国家古籍工作规划项目

全国少数民族古籍工作“十四五”规划重点项目

国家民委铸牢中华民族共同体意识古籍整理出版书系

广西高甲壮语瑶歌译注

第一册

第一篇 序歌
第二篇 久别歌
第三篇 重逢歌

广西壮族自治区少数民族古籍保护研究中心 编

主编 韦体吉 蓝长龙 岑学贵

副主编 蓝永红 蓝盛 陆霞 王江苗

GEP
广西教育出版社
南宁

图书在版编目（CIP）数据

广西高甲壮语瑶歌译注 / 广西壮族自治区少数民族古籍保护研究中心编 ；韦体吉，蓝长龙，岑学贵主编. -- 南宁 ：广西教育出版社，2022.11
（国家民委铸牢中华民族共同体意识古籍整理出版书系）
ISBN 978-7-5435-9096-0

Ⅰ. ①广… Ⅱ. ①广… ②韦… ③蓝… ④岑… Ⅲ. ①瑶族-民歌-作品集-中国 Ⅳ. ①I277.295.1

中国版本图书馆CIP数据核字(2021)第269419号

策　　划：施伟文　吴春霞　熊奥奔
责任编辑：熊奥奔　韦胜辉　陈逸飞
特约编辑：黄　明　韦林池
封面设计：刘　丽
版式设计：鲍　翰　杨　阳
封面剪纸：初春枝
封底篆刻：李苏先
责任校对：谢桂清　陆婬澄
责任技编：蒋　媛

广西高甲壮语瑶歌译注
GUANGXI GAOJIA ZHUANGYU YAOGE YIZHU

出 版 人：石立民
出版发行：广西教育出版社
地　　址：广西南宁市鲤湾路8号　邮政编码：530022
电　　话：0771-5865797
本社网址：http://www.gxeph.com
电子信箱：gxeph@vip.163.com
印　　刷：广西民族印刷包装集团有限公司
开　　本：889mm×1194mm　1/16
印　　张：145.75
字　　数：1996千字
版　　次：2022年11月第1版
印　　次：2022年11月第1次印刷
书　　号：ISBN 978-7-5435-9096-0
全套定价：680.00元（全四册）

《广西高甲壮语瑶歌译注》编委会名单

编 委 会 主 任：韦如柱

编委会副主任：方维荣

编 委 会 成 员：（按姓氏笔画顺序排列）

韦如柱　方维荣　卢子斌　李珊珊

李燕玲　陈　战　钟　奕

主　　编：韦体吉　蓝长龙　岑学贵

副 主 编：蓝永红　蓝　盛　陆　霞　王江苗

编纂成员：（按姓氏笔画顺序排列）

王江苗　韦　超　韦凤兵　韦如柱　韦体吉

韦孟伶　韦爱华　方维荣　卢子斌　卢奋长

卢柳爱　李珊珊　李香莲　李燕玲　岑学贵

陆　霞　陈　战　钟　奕　袁宝贤　袁朝信

黄青霞　黄俊霖　曹　昆　覃　健　覃宝亮

蓝　盛　蓝长龙　蓝永红　蓝誉国　蒙启英

《广西高甲壮语瑶歌译注》搜集整理人员名单

瑶歌搜集：袁朝信

汉文直译：韦体吉

汉文意译：韦体吉

壮文转写：韦体吉　陆　霞

国际音标：陆　霞　蓝　盛　卢奋长

瑶歌传唱：袁朝信　袁宝贤　韦凤兵　卢柳爱

曲谱整理：曹　昆　马鹏翔　张静佳　吴雄军

注　　释：蓝长龙　岑学贵

统　　纂：岑学贵　蓝长龙　韦如柱

国家民委铸牢中华民族共同体意识古籍整理出版书系（总序）

党的十八大以来，习近平总书记立足于中国统一多民族国家的基本国情，在深刻把握中华民族伟大复兴战略全局和世界百年未有之大变局的基础上，提出了铸牢中华民族共同体意识的重大原创性论断，为我们做好新时代党的民族工作指明了方向。铸牢中华民族共同体意识，是习近平总书记关于加强和改进民族工作的重要思想的核心要义。习近平总书记在2021年8月召开的中央民族工作会议上强调，做好新时代党的民族工作，要把铸牢中华民族共同体意识作为党的民族工作的主线，引导各族人民牢固树立休戚与共、荣辱与共、生死与共、命运与共的共同体理念。铸牢中华民族共同体意识是新时代党的民族工作的“纲”，所有工作要向此聚焦。

一部中国史，就是一部各民族交融汇聚成多元一体中华民族的历史，就是各民族共同缔造、发展、巩固统一的伟大祖国的历史。中华文明上下五千年，各民族你中有我、我中有你，共同创造和积累了丰富多彩的历史文化，留下了卷帙浩繁的古籍文献。自1984年全面启动以来，少数民族古籍工作伴随着改革开放的伟大征程，走过了近40年的风风雨雨，在抢救、保护、普查、整理、翻译、出版、研究、利用等方面取得了一系列显著成就，有效服务了民族团结进步事业和中国特色社会主义文化建设。

在国家民委党组的正确领导下，我们坚持以习近平总书记关于加强和改进民族工作的重要思想为行动指南，充分发挥“组织、协调、联络、指导”职能，召集全国各地的少数民族古籍工作部门和相关领域的专家学者进行认真谋划、充分论证。大家一致认为，面向新时代，必须在铸牢中华民族共同体意识的视野下，为全国少数民族古籍整理研究工作的升级转型搭建平台，探索新路。由此，我们在《中国少数民族古籍集成》《中国少数民族古籍总目提要》等以往重大项目的成功经验基础上，策划了“国家民委铸牢中华民族共同体意识古籍整理出版书系”重点出版项目（以下简称“书系”），计划整理出版一批蕴含丰富民族团结进步思想内涵的古籍精品，为中华民族史研究、构筑中华民族共有精神家园提供更多的一手资料和历史见证，激励各族人民共同团结奋斗、共同繁荣发展。“书系”的建设得到了全国同仁的响应和支持，内蒙古、广西、云南等地少数民族古籍工作部门积极投入第一批试点。

古籍是中国传统文化的结晶。只有坚持创造性转化、创新性发展，才能“以古人之规矩，开自己之生面”，使其融入社会主义文化强国建设。为此，“书系”在内容上，着重体现了以下三点。一是记录各族人民共同缔造伟大祖国的历史进程。如体现民族地区自古以来就是我国领土不可分割的一部分的有力证据；体现中央对民族地区治理的文献档案等；体现各族群众心向中央，维护祖国统一和领土完整的人物事迹、传说故事等。二是展现各民族交往交流交融的生动事实。如生动体现“汉族离不开少数民族，少数民族离不开汉族，各少数民族之间也相互离不开”的具体事例等。三是丰富中华优秀传统文化的璀璨宝库。如收录在相关领域具有重大、特殊价值，符合历史文物性、学术资料性、艺术代表性标准，能有效提高我国文化软实力、增强文化自信、扩大国际专业领域话语权的珍贵古籍文献等。

“书系”收录的书目，在类型上以少数民族古籍为主，兼顾汉文古籍。整理民族文字古籍时，兼顾其原生性、学术性、时代性，在采取影印、校勘、辑佚、注释、标点、编目等传统模式的基础上，贯彻落实关于学习使用好国家通用语言文字的相关精神，附上现代汉语注释或译文。具备条件的，采用“四行对译”（民族古文字、国际音标、直译、意译）的国际通行标准，以便于在各族群众中推广普及。“书系”除以实体书形式出版外，还将紧跟信息化建设步伐，把相关资料和音视频等加以归纳汇总，逐步开发制作成数据库，实现更深层次的研究利用和开放共享。

胸怀千秋伟业，恰是百年风华。“书系”启动之时，正值中国共产党百年华诞。作为铸牢中华民族共同体意识的生动实践，“书系”将陆续出版，与大家见面。让我们团结携手，共同进步，汇聚起实现中华民族伟大复兴的磅礴力量！

国家民委全国少数民族古籍整理研究室

2021 年 11 月 15 日

目录
Contents

民族交往交流交融的民间叙写与图景再现（代序）

瑶族是一个历史悠久且支系众多的山地游耕农业民族。作为中华民族大家庭中的重要成员，瑶族不但与其他民族一起共同缔造、发展、巩固统一伟大的祖国，而且还通过勤劳的双手和聪明才智创造出丰富多彩的民族文化，为我国文化宝库增添了许多珍贵的遗产，其中就包括广西河池市都安瑶族自治县高甲一带瑶族世代传承的壮语瑶歌。“高甲”是都安当地民众对九渡、拉仁、永安、板岭四个乡镇交界山区的传统称谓，此地世代流传的壮语山歌，当地习惯称为“高甲山歌”，又因主要由瑶族歌手用壮语演唱，故称“高甲壮语瑶歌”。2013年，瑶族歌师袁朝信用汉字和土俗字记录下高甲壮语瑶歌，编为10辑，名为《广西高甲壮语瑶歌》。根据歌中唱到的“康熙”“道光”“安定”“永顺”和“都安”等词语可推测出高甲壮语瑶歌可能成形于清末民初，其内容包罗万象，主要涉及族群分布、民间信仰、人生礼仪、族际交往、土司制度、生产生活和集市贸易等方面，形象生动地再现了桂西北地区壮族、汉族、瑶族等民族“你中有我，我中有你”的历史图景，并多维度反映出中华民族多元一体格局的形成、发展历程。

一、桂西北壮族、汉族、瑶族的族称、族源及分布特征

国内外的专家学者对于壮侗语族族群来源的看法较为一致，认为他们主要来源于百越中的西瓯、骆越两大部

分，世代繁衍生息于岭南地区。自汉武帝平南越之后，西瓯、骆越虽较少复见于史书，但并不意味着其后裔就此消失，而是在社会的发展中继续分化与融合，其后裔的族称乌浒、俚、僚等依次或者同时出现在史籍中。中华人民共和国成立前，史籍中记载的壮族族称包括“撞”“僮”等，如南宋李曾伯的《可斋杂稿》卷十七载：“在宜州，则有土丁、民丁、保丁、义丁、义效、撞丁共九千余人。”《元史》卷五十一载：“至正十一年，广西庆远府有异禽双飞，见于述昆乡，飞鸟千百随之，盖凤凰云。其一飞去，其一留止者，为僮人射死。”中华人民共和国成立后，经过协商，因称“僮”的地方较广，遂统一为僮族。由于“僮”是多音字，1965 年经周恩来总理建议改为壮族。桂西北地区的壮族自称“布蛮”“布壮”“布雅”“布浓”“布土”“布衣”等，所以在《广西高甲壮语瑶歌》第七篇中把壮语称为“土语”或“蛮话”。地名是各个历史时期人们为了便于生产生活和开展社会交往而为地物或空间地域命名的名称。在《广西高甲壮语瑶歌》中，以壮语命名的地名比比皆是，如 na² kjau³ tan⁶（九顿田）、həɯ¹ ɕaːi²（才圩）、həɯ¹ θaːn¹ vaŋ²（三王圩）、həɯ¹ la³ li⁶（拉利圩）、həɯ¹ kaːu¹ liŋ⁴（高岭圩）等。《广西高甲壮语瑶歌》中出现众多的壮语地名，说明壮族及其先民从古至今均广泛分布在桂西北地区繁衍生息，并把自然环境恶劣的喀斯特地区改造成适合人类生存的空间，为壮族文化与其他民族文化在桂西北进一步接触、互鉴和融合提供保障。

对于瑶族的族称，学术界普遍认为瑶族始称“莫徭”，据《梁书》载：“零陵、衡阳等郡，有莫傜蛮者，依山险为居。”《隋书》仍沿用此族称，称莫傜。唐宋之后，书面文献多以“傜”或“傜”等来称呼瑶族。中华人民共和国成立后，正式统称为瑶族。居住在桂西北地区的瑶族主要有两大支系，即勉瑶支系和布努瑶支系。操汉藏语系苗瑶语族苗语支的瑶族自称“布努”“东努”“努努”等，而在《广西高甲壮语瑶歌》中有“布嵂”和“瑶”等称谓。

《瑶族通史》（民族出版社，2007 年）结合人种、语言、考古、文献和习俗等学科研究成果，指出瑶族是从古代九黎部落和三苗部落的一个分支发展而来的，与苗族、畲族同源。瑶族先民先到湖南湘江、资江和洞庭湖一带，之后于隋唐时期分别向两广和贵州一带迁徙。到了宋代，瑶族先民已遍布广西各地，包括桂西北地区，《宋史》载："广西所部二十五郡，三方邻溪峒，与蛮瑶、黎、疍杂处。"又《桂海虞衡志》载："广西经略使所领二十五郡，其外则西南诸蛮。蛮之区落，不可殚记；姑记其声问相接，帅司常有事于其地者数种，曰羁縻州洞，曰瑶，曰僚，曰蛮，曰黎，曰疍，通谓之蛮。"到了元代，桂西北地区的部分瑶族先民成为屯田的"屯兵"，如《元史》载："成宗大德二年，黄圣许叛，逃之交趾，遗弃水田五百四十五顷七亩。部民有吕瑛者，言募牧兰等处及融、庆溪洞瑶、僮民丁，于上浪、忠州诸处开屯耕种。"明清以降，广西已成为瑶族人口较多的地区，与壮侗语族先民交错杂居，并形成了大杂居小聚居的分布格局，如《明史》载："广西瑶、僮居多，盘万岭之中，当三江之险，六十三山倚为巢穴，三十六源踞其腹心，其散布于桂林、柳州、庆远、平乐诸郡县者，所在蔓衍。"（雍正）《广西通志》载："庆远府……地尽瑶。"（嘉庆）《广西通志》载："思恩（治今环江）瑶，居五十二峒及仪凤、茆滩上中下疃之间。"《清史稿》载："瑶、僮多于汉人十倍。"（道光）《天河县志》载："瑶僮杂居。"根据都安部分瑶族口述家谱资料显示，其先民有一部分从邻近的东兰、环江、河池（现金城江区）、宜州等地陆续迁入，最早定居下来的有蓝、蒙、罗等姓，之后有一部分瑶族迁往马山、大化和平果等地定居。史料记载的瑶族分布情况与口述家谱内容大致可互相印证。

明代中叶始，都安一带分别由都阳土巡检司、安定土巡检司、永顺长官司和永定长官司分治。安定土巡检司于明嘉靖七年（1528年）设置，属思恩府，安定土巡检司分别与忻城、永顺、兴隆和白山等土司辖地接壤，其辖地大致包括今都安瑶族自治县大兴、安阳、高岭、地苏、拉烈、保安等乡镇及大化瑶族自治县雅龙乡一带，司治初设于吞洲（今都安瑶族自治县地苏镇），后迁至才圩（今都安瑶族自治县安阳镇）。永顺长官司于明弘治五年（1492年）设置，隶属于庆远府，《广西高甲壮语瑶歌》中屡次提到的"邓治仁"即清代晚期土司，第三篇文本中提到"不久来文告，土司不管民。皇帝下诏书，剥夺土司权"可能指的是清宣统二年（1910年）裁撤永顺长官司一事。永顺长官司辖地大致包括今金城江区白土乡，宜州区龙头乡和拉利乡，都安瑶族自治县三只羊、板岭、永安、拉仁、九渡等五个乡镇全部地域及加贵乡一部分地域，司治初设于古磉，后迁入交椅山麓，继迁古腊，再迁司街（今板岭乡永顺圩）。目前都安的瑶族主要集中于拉烈、九渡、大兴、永安、下坳、三只羊等乡镇的部分山弄，所以瑶族也与山区壮族一样自称为“布弄”，即居住在山弄里的人。《广西高甲壮语瑶歌》中分别出现“柳州”“思恩”“庆远”“安定友到访”“我来自东兰”“友来自南州”“我想永顺人”“你家在都安”等内容，说明瑶族散居在桂西北各地且时有迁徙，族内交往仍然密切。

进入桂西北地区定居的汉族自称“客边人”，在《广西高甲壮语瑶歌》中，对汉族的称谓有“坤”和“客”等。早在春秋战国时期，就有一部分楚国人进入桂东北与壮侗语族先民杂居，而汉族先民大规模进入广西始于秦始皇统一岭南之后谪徙五十万人到桂林郡、南海郡和象郡戍守。《史记》载：“三十三年，发诸尝逋亡人、赘婿、贾人，略取陆梁地，为桂林、象郡、南海，以适遣戍。”就地屯垦的戍卒以及因战乱、经商、贬谪而陆续南下的落籍者可以说是史料记载最早迁来广西的汉族。都安九渡乡九茹东汉墓群位于刁江之滨，出土器物主要有陶屋和陶罐等，从器物风格上可判断出墓主人可能是汉族或汉化较深的壮侗语族先民，说明早在东汉时期汉族或汉文化就已通过刁江传入高甲一带。秦汉之后，历朝历代的史籍中均有汉族进入桂西北的记载，直至清末，从别的省份迁入桂西北地区的汉族有增无减，如《天河县志》（民国）中记载光绪三十年（1904年）统计的人口数量比康熙年间多出数十倍。就都安汉族而言，据各姓家谱、族谱记载，多数是清朝年间从四川、贵州、湖南、广东等地迁来，生活在都安西北部的七百弄、板升、隆福、下坳、板岭、三只羊等地的汉族操西南官话为主。因汉族进入都安定居者颇多，所以在《广西高甲壮语瑶歌》第七篇提到“你家在都安，天天讲汉话”，这里的汉话指的是西南官话。此外，在《广西高甲壮语瑶歌》第一篇中还提到“汉人住德胜”，德胜今属河池市宜州区管辖，在唐、宋时为羁縻琳州地，明洪武二十八年（1395年）设德胜巡检司，永乐六年（1408 年）河池守御千户所迁至德胜，清康熙年间设为宜山县丞署，雍正七年（1729 年）设为庆远府同知署，光绪年间划为古阳乡上青里。民国时设德胜民团局，因有汉族官兵在德胜屯田驻守，或退役后定居下来，所以此地有不少汉族。

桂西北壮族、汉族、瑶族的分布特征主要表现为族内小聚居和族际大杂居两种类型。壮族是稻作农业民族，依水而居，其村寨大多坐落在丘陵平坝和河谷平原；瑶族依山而居，以耕山为主，形成了“无山不有瑶”的分布格局，自称为“布峼”；汉族则主要聚居在商业比较发达的圩场或者朝廷设置的军事重镇。总体来说，“壮族住水头，汉族住街头，瑶族占山头”。随着人口的流动以及族际交往的日益密切，部分有圩场的村落遂成为壮族、汉族、瑶族的杂居之地。多民族互嵌式社会结构是民族交往交流交融的重要载体。汉族与瑶族依次迁入广西的历史与中原王朝建立统一的多民族国家的历史是互有联系的。长久以来，桂西北各民族和睦相处，亲密无间的民族关系为边疆的稳定与发展奠定了基础。

二、桂西北壮族、汉族、瑶族交往交流交融的经纬空间

桂西北地形多样，结构复杂，溶岩遍布，群山连亘，地势西北高东南低，九万大山、凤凰山、东风岭、都阳山、青龙山等山脉多分布于边缘地带。经济与文化交往的动力驱使着桂西北各民族在崇山峻岭之中开辟出羊肠小道，把山峼、水田、畬地、平峒与河道连接起来，从而构成交通网络。在《广西高甲壮语瑶歌》中就提到壮族、瑶族等少数民族“磨利刀开路，去开通小路。任凭路险恶，妹陪哥同行”，或是“请师傅砌石，请汉人修路”，各族人民齐心协力“修路到红渡”，“修条高山路”，“修路到九渡”，“修路通南宁”，“修路通庆远”，“修筑都安街，像庆远平坦”，“前面有条河，过河去思恩”。文本中多次提到的“庆远街”“州城”乃庆远府府治宜山县（今河池市宜州区），辖内驿道四通八达，与流经此地的龙江、中洲河一道成为联结滇、黔、桂、粤的水陆交通要道。南宋初在宜山设立

马市，马贩从贵州、大理等地把马匹转运到宜山之后东向柳州，折而北上桂林，经湘桂走廊进入岭北。明代在高甲及其周边设置的安定、永定和永顺等土司辖域内，都有通达府、县、里、堡、哨、甲及圩场之间的道路，以此巩固中央朝廷和土司对桂西北少数民族的政治统治。到了清代，朝廷在桂西北各水陆交通要道汛地分设若干陆塘、水塘和水陆塘，在派兵驻守的同时传递官府文书。

《广西高甲壮语瑶歌》第十篇中提到农历三月北京出新皇的说法有可能指清代光绪帝即位（1875 年 2 月 25 日，即农历正月二十日），待新帝即位的诏书通过驿道及山间小路传至桂西北少数民族聚居区时估计已到了农历三月。清末民初时期，都安高甲地区的壮族、瑶族等少数民族通往外界的水陆交通线大致有四条：一是往东北方向经龙头圩抵达庆远街，之后沿着驿道东向柳州；二是经龙头圩进入德胜，再西向金城江直至“南州”（南丹土州），或经德胜抵达思恩后进入贵州；三是借助横穿都安南北的山间小道北上金城江，或经高岭南下直抵南宁，此道属于平坦的人行便道，其间有短途路段可驶牛马车；四是通过红水河、刁江和澄江等内河到达柳州、梧州、百色和广东各地。特殊的地理环境对道路通行有很大的制约，但交织如网的水陆交通线对桂西北各民族人口流动、商贸交往和文化融合起到积极的作用。

道路的交叉点、河谷、平坝及河流码头往往会成为商品交流的集散地，壮族、布依族和毛南族等壮侗语族民族把贸易点称为 haw，汉译为“圩场”。因居住环境、生产方式和经济结构等各有特点，所以桂西北各民族在商贸交往上形成了互通有无的关系。分布在高甲周边地区的圩场主要有庆远圩、龙头圩、高岭圩、丁峒圩、下坳圩等，其圩期为三天一圩。《广西高甲壮语瑶歌》中提到的上市农副土特产品主要有：猪、牛、羊、桐油、水果、米酒、烟草、芸香竹、洋纱、土布和绸缎等。龙头圩在明清时期属永顺长官司，宣统二年（1910 年）为宜山县第十二区，民国十二年（1923 年）为民团局，民国二十二年（1933 年）为龙头区，民国三十一年（1942 年）撤区，改为龙头乡。《广西高甲壮语瑶歌》中提到的 ko^1 $kjau^5$ 即桐树，在桂西北各民族传统经济作物中，常见的桐树有千年桐和光桐。都安榨油业始于清代光绪中叶，当地瑶族用桐树籽榨成桐油之后运往宜山县龙头圩出售。与此同时，洋纱也经龙头圩输入到都安瑶族聚居区。最好的牛市在高岭圩和下坳圩。高岭圩是黔桂陆路交通线上一个重要起落点，周边地区人烟稠密，澄江从圩侧蜿蜒而过，该圩场成圩年代早于才圩，迄今已有四百多年的历史，有数座圩亭，来此赶圩的人大多是来自附近村庄或山鼻的壮族和瑶族，交际时操壮语为主，瑶语次之，外来客商则操西南官话。下坳圩是都安北部的重要圩场，民国前属庆远路河池土州，为古仁里地。丁峒圩为瑶族、毛南族、壮族和水族群众进行商品交易的重要圩场，相传其圩名由各族寨老议定，因临近金城江及宜山龙头圩，汉族也常来此赶圩，各族群众围摊畅饮或对唱山歌，颇为热闹。不少圩场有汉人开办的店铺，如《广西高甲壮语瑶歌》中就提到“汉人站店铺”。

在中华人民共和国成立前数十年间，有一些汉族商贩进入高甲地区进行小规模的贸易活动，族际贸易交往方式主要有以物易物和货币交换两种形式，瑶族使用的生产工具和生活必需品多由汉族商贩运来，而汉族商贩会把收购到的瑶族土特产运到各圩场售卖。汉族商贩对于沟通城乡物资交流起到一定的作用。桂西北壮族、瑶族等少数民族聚居区自古以来商品经济不发达，但在汉族的影响下，也有一部分地区逐渐开始了专业的经商活动，如《广西高甲壮语瑶歌》第七篇文本中提到“养猪一栏栏，卖到各县去”，“赶圩卖猪肉，赶圩卖羊肉”等。为了促进民族之间的商贸交往，有一部分人还学习汉语西南官话。在《广西高甲壮语瑶歌》第七篇文本中就有数百句歌行与学习汉语有关，如唱词中唱道:“关门是‘关土’，喂猪是‘公母’；狐狸是‘能苗’，野鸡是‘鸟给’。”群际接触增强了桂西北各民族成员对相似性和共同性的感知，圩场可以说是族际交往、文化交流及民族融合的重要场所。

三、桂西北壮族、汉族、瑶族交往交流交融的社会表征

汉族与岭南少数民族在文化上的交流由来已久。从已发掘出

土的文物上看，早在先秦时期，中原文化就已浸润壮族先民聚居区，武鸣马头安等秧坡战国墓群出土的部分铜矛、夹砂陶器、装饰品等有中原及西南其他地区的文化因素。安等秧坡及平乐银山岭等战国墓葬群还出土了大量的铁器，其形制多与楚国同类工具相似，说明当时壮族先民的冶炼技术已受到楚国冶铁业的影响。汉文化大规模南传始于秦汉时期。公元前214年，秦始皇统一岭南，并“置桂林、南海、象郡，以谪徙民，与越杂处”。秦朝灭亡之后，赵佗建南越国，采取了“和辑百越”的政策，并提倡汉越通婚。徙民与越杂处及通婚，为汉文化在壮族先民中传播创造了条件。汉武帝平定南越国后，把秦时在岭南设置的三郡又分置为九郡，并委派中原官吏管理各郡郡务，对中央王朝政令的施行以及汉文化在岭南的传播起了促进作用。

到了东汉时期，朝廷委派的中原官吏不仅在岭南地区推行中原先进的生产技术，还以儒家礼教思想来引导壮侗语族先民移风易俗，《后汉书》载：“九真俗以射猎为业，不知牛耕，民常告籴交阯，每致困乏。延乃令铸作田器，教之垦辟。田畴岁岁开广，百姓充给。又骆越之民无嫁娶礼法，各因淫好，无适对匹，不识父子之姓，夫妇之道。延乃移书属县，各使男年二十至五十，女年十五至四十，皆以年齿相配……平帝时，汉中锡光为交阯太守，教道民夷，渐以礼义，化声侔于延……岭南华风，始于二守焉。”汉朝时在岭南建立了许多学校，以向壮侗语族先民传播汉字文化和儒家经典。三国时代到魏晋南北朝时期，中原地区群雄逐鹿，刀兵四起，有许多避乱或被流放的文人学士不断南迁，并在岭南地区开坛讲学，推动了少数民族聚居区汉文化教育的发展。不仅有文人学士迁入壮族地区，还有大批难民涌入广西。隋大业五年（609年），广西人口比南朝刘宋大明八年（464年）增加10倍，形成客家人的基础。

进入唐代以后，中央封建王朝不断加强对岭南的统治与开发，以发展岭南的经济和文化，巩固其统治地位，使岭南成为捍卫中原的屏障，因而在少数民族地区推行羁縻制度，采取移民实边和军民屯田等政策。到了宋元时期，朝廷仍然沿袭唐代的羁縻制和移民屯田制等。征调或移民而来的官兵及外来流民不仅可以守边御敌，还带来了先进的农业技术，有的落籍桂西北地区，并与当地少数民族通婚和繁衍后代。迁入广西的汉族先民大部分为从事农业生产的平民百姓，因汉族与岭南少数民族都是农业民族，均以农业经济生活为主，所以各族先民杂居或彼此通婚时，双方文化易于互动和交流。影响比较明显的如语言，宋人周去非的《岭外代答》载："北人，语言平易，而杂以南音。本西北流民，自五代之乱，占籍于钦者也。"壮族除了说本民族的语言之外，母语中还混杂着不少汉借词，如《广西高甲壮语瑶歌》第十篇中的春分（ɕun^{1} fan^{1}）、清明（ɕiŋ^{1} miŋ^{2}）、谷雨（kok^{7} həɯ^{4}）、芒种（muːŋ^{2} ɕuŋ^{5}）、大暑（taːi^{6} θəɯ^{5}）、白露（peːk^{8} lo^{6}）、北京（pak^{7} kiŋ^{1}）、结（kiːt^{7}）等词汇均为汉语借词。都安一带的瑶族在学习壮语的同时也学会了壮语中的汉语借词读音以及古壮字。壮族的"古壮字"（sawndip）又被称为"方块壮字"，这是壮族利用汉字并模仿汉字六书的构字方法创制而成的未成熟文字。古壮字最早见于唐代的《六合坚固大宅颂碑》和《智城碑》，宋时已得到广泛应用，《桂海虞衡志》载："边远俗陋，牒诉券约专用土俗书。"《广西高甲壮语瑶歌》中的古壮字大部分是借汉字的音来表壮意，如用"后"表 haeuj（进）、"土"表 dou（我）、"特"表 dawz（拿）等，部分自造字是借汉语西南官话来表壮意，如《广西高甲壮语瑶歌》第七篇中的方块壮字"犭乞"，其读音为 ɕi^{5}，意思是"猪"。

从流传于桂西北少数民族地区的道教属于正一派来看，道教应当是在元代时传入高甲及周边地区的壮族、瑶族等民族村寨。道公一般被称为"布道"，其职责主要是替人修斋、打醮及超度亡灵。壮族把道公的"法术"和"符咒"分别叫作 faːp^{7}、fu^{2}，巫师和道公都是桂西北民间信仰的仪式人员，因道教对当地少数民族的影响较大，所以当地少数民族也把巫师的巫术叫作 faːp^{7}，使之语用范围扩大，如《广西高甲壮语瑶歌》第八篇中唱道："麽公和道公，才懂符懂法。""壮瑶化"的道教主要表现在崇奉的神祇除了"三清"还增添了壮族、瑶族等民族信仰的神祇，如花神婆婆，在《广西高甲壮语瑶歌》中称为"娅王""三娅""娅王三"等。在壮族和仫佬族道公的经文里面，三位花神婆婆的名字分别为云霄、瑶霄和凌霄，或者为上楼太白仙婆、中楼月殿仙婆、下楼感应仙婆，其相关神迹当是《封神演义》在壮族聚居区广泛流传后才被吸收进入经文里面的。花神婆婆从原先的一位神祇演变成三位神灵可能是受到道教学说的影响，即“道生一，一生二，二生三，三生万物”，这与壮族、瑶族等民族认为花神婆婆是生育之神和妇幼保护神的说法不谋而合，但略有不同之处在于瑶族还认为花神婆婆是婚姻之神和主管降雨的神灵，如《广西高甲壮语瑶歌》第五篇中唱道：“去问三婆王，得结婚就值。”第八篇唱道：“求天上三婆，要雨不要晴。”桂西北的汉族、仫佬族、毛南族，以及贵州的水族与布依族也信仰花神婆婆，如布依族民间认为花神婆婆在花园里培育的花朵是仍在娘胎里的婴儿的灵魂，花神婆婆送花下凡附在娘胎里的婴儿身上，婴儿出生之后才能健康成长。在桂西北壮族、瑶族等民族的转世观念中，他们认为人从花中来，死后有一魂又转往花神婆婆的花园去还原为花，永远以“花—人—花”的形式循环，这与佛教的六道轮回说法不同。

在都安地区以宣传儒家思想为核心的学塾兴办于明代。思恩府地于明嘉靖七年（1528 年）分设土司之后，王守仁推行良知良能之训，饬谕九土司各设学塾于司衙，劝导本司土人送子入塾读书。安定、永顺、永定等司流官多系汉族文士充任，故对邑内教育发展起到一定的推进作用。清道光年间，安定司和永定长官司分别于司域内创办孔孟私塾。而后，地苏、高岭、都阳等地陆续自行聘请先生开馆设塾施教，各塾馆有大馆、中馆、小馆三等之分。清光绪三十年（1904 年）永定长官司增办宜州、京口、川花、四甲等学堂，之后安定、高岭、地苏等地也陆续创办小学堂，至宣统二年（1910 年），都安地区共计有两等小学堂 6 所，初等小学堂 14 所。汉语西南官话于明朝时期进入广西，桂西北各民族在进行族际交往的过程中主要操汉语西南官话，而汉族文人在书院、私塾、府学和义学等场所授课时也以汉语西南官话为主，受语言环境的多重影响，壮族、瑶族等少数民族歌师在编创民歌的过程中也融入不少西南官话词汇，如《广西高甲壮语瑶歌》中的“去”读作 kə^{4}，“什么”读作 ɕɯ^{5} ma^{5}，“扇子”读作 ɕeːn^{4} θɯ^{3} 等。

在壮族民居建筑文化和地理环境的影响之下，桂西北的部分瑶族也居于干栏建筑中，《广西高甲壮语瑶歌》唱词也多次提到瑶族民居主要是 ɹa:n² kja:n¹（干栏），部分住房为 ɹa:n² ŋwa⁴（瓦房）和 ɹa:n² ha²（茅屋）等。值得一提的是，唱词证明都安瑶族开始住上瓦房，说明汉族制瓦技术已于清末民初传入瑶族聚居区。明清时期，风水术及风水观念在壮族地区广泛传播与运用，并逐渐影响与壮族毗邻而居或交错杂居的瑶族。从《广西高甲壮语瑶歌》唱词中可知瑶族在建房之前会请风水师帮看地以及择吉上梁，如第九篇唱词“在此处建屋，正对龙脉地”，“建第五座屋，请来择字匠。请匠择吉时，吉时竖屋架”，以及“龙脉地”“择字匠”“择吉时”等均可反映出部分瑶族已受汉族风水观念的影响，人们认为阳宅和阴宅所处环境的好坏决定着宅主或葬者一家的祸福，所以需要运用风水术的相关理论来选择阳宅或阴宅的地形、朝向、布局等要素。综上可见，汉文化对桂西北各少数民族的辐射效应是多层面的，也表明了桂西北各少数民族认同作为中国主流文化的汉文化。

四、《广西高甲壮语瑶歌》整理出版的多重价值

民族文化典籍是铸牢中华民族共同体意识的重要资源以及研究民族语言文化的重要资料。习近平总书记在 2021 年 8 月召开的中央民族工作会议上强调，铸牢中华民族共同体意识是新时代党的民族工作的“纲”，所有工作要向此聚焦。这一重要论断为新时代党的民族工作指明了前进方向，提供了根本遵循。内容繁复的《广西高甲壮语瑶歌》是桂西北瑶族社会历史文化的投影，也是壮族、汉族、瑶族等民族文化互鉴融通的结晶，因此，《广西高甲壮语瑶歌》的整理、译注与出版具有如下重要价值：

（一）铸牢中华民族共同体意识的价值

1. 树立和突出各民族共享的中华文化符号和中华民族形象

符号是人们内部心理活动与外界社会交往的媒介，所以社会群体的凝聚需依靠各成员之间通过共享的符号互动来实现。符号既可以让人们认知客观世界，又有助于唤起人们的情感。当民族群体成员的情感凝聚在共享的文化符号之中，各成员就对这一文化符号持

有普遍的情感认同，遂形成民族共同体意识。也就是说，共享的文化符号是构建民族共同体的思想根基，二者具有内在的逻辑关系。中华文化符号是各民族在长期的交往交流交融过程中所形成的各种具有中国特色的象征符号，诸如自然物象、语言文字、民俗节日、神话传说和历史记忆等中华文化符号元素。从符号的物质载体上来看，《广西高甲壮语瑶歌》唱词中蕴含的中华文化符号多属于艺术意义符号，其中最具有代表性的当属后羿射日故事、盘古开天辟地故事、梁祝传说、土司史话、诗歌韵律、方块壮字、汉语中古音等，这些壮族、汉族、瑶族等民族共享的中华文化符号，不仅承载了各民族的共同历史、共同记忆、共同情感、共同精神及共同价值理念，还以其特定的形式展现出自强不息、勤劳奋进、开放包容、团结统一和修身崇德的中华民族形象。共享的中华文化符号是凝聚各民族情感认同的纽带，树立和突出《广西高甲壮语瑶歌》中各民族共享的中华文化符号和中华民族形象，有助于让各族群众能够从中找到归属感，进而唤起各族群众对中华民族身份的认同，进一步铸牢中华民族共同体意识。

2. 增强各族群众对中华文化的认同和构筑民族共有精神家园

文化认同是群体中社会成员在心理层面上对所属群体文化的肯定和认可，以及由此产生的一种自我归属感。中华文化是我国各民族文化的集大成者，是整个中华民族的灵魂和精神标识。中华文化与各民族优秀传统文化是一体与多元的关系，所以各民族自我认同本民族文化的同时，也必然在认同中华文化的过程中获得归属感和满足感。增强各族群众对中华文化的认同、构筑民族共有精神家园是实现铸牢中华民族共同体意识的基础和途径。伏羲与女娲是中华上古文化之中非常重要的神话人物，被视为中华民族的人文始祖，与之有关的神话传说在广西红水河流域广泛流传，如壮族师公经书有《伏羲子妹》和《伏依女娲句》，水族有神话传说《女娲伏羲兄妹》，仫佬族有《伏羲兄妹》的唱本，瑶族有《伏羲小娘唱》等。在《广西高甲壮语瑶歌》唱词中，瑶族与壮族分别把伏羲、女娲称作 koŋ^{1} hi^{3} 和 ȵi^{6} mo:i^{6}，他们认为伏羲与女娲是兄妹关系，两人在洪水之后成婚再造人类，因出于对生命之源的敬重，民间也把伏羲与女娲视为婚姻之神。除了伏羲女娲传说之外，《广西高甲壮语瑶歌》中出现的“额”崇拜、帮工习俗和“补粮添寿”习俗等文化符号也兼具民族文化特性与中华文化共性，均是桂西北各民族文化融通交汇的结晶，凝聚了各民族文化的精华。从传统文化场域上看，民间艺人、听众、文本、演唱地点、仪式规范和相关礼俗等因素融合共生，构成一个有机整体，因此，《广西高甲壮语瑶歌》的整理出版有助于各民族歌手以歌为媒传播文本中共享的中华文化符号，在增强各族群众认同中华文化的基础上构筑中华民族共有精神家园，让各族群众心有所归，永远像石榴籽一样紧紧抱在一起，为铸牢中华民族共同体意识提供实践路径。

3. 推进乡村振兴与铸牢中华民族共同体意识的积极同构

乡村振兴战略的实施在一定程度上保护了民族文化的文化场域及其生存土壤，对增强桂西北各民族的文化自信与文化自觉有积极作用，而整理、保护和传承民族文化是乡村文化振兴的题中要义之一，两者之间存在相互依托和相互影响的关系。产业兴旺是实施乡村振兴战略的主要目标，其宗旨是充分利用乡村的有效资源来发展经济，满足农村居民的物质需求与精神需求，促进农村的可持续发展。乡村文化资源是产业振兴的动力基础，而具有经济开发价值的民族文化资源则是乡村特色文化产业发展的重要资源。作为少数民族优秀传统文化的代表，《广西高甲壮语瑶歌》的整理出版虽不具有直接的经济价值，但若合理转化其呈现的方式，并应用于特定的文化场域之中，同样也可以产生一些经济价值，实现强化中华文化的普惠性。因此，可深入挖掘文本的特色文化符号来丰富民族地区的文旅品牌内涵，再利用现代经济理念和产业经营模式来盘活这些乡村特色文化资源，使之成为走特色化、差异化发展之路的源泉，从而推进民族文化资源与现代消费需求的有效对接，实现民族优秀文化产品的精准供给。伴随着民族地区乡村振兴的深入推进以及各阶段目标的实现，桂西北各民族也将在优秀传统文化系统性保护与创造性转化、创新性发展的过程中获得幸福感、自豪感和光荣感，进而激励各族群众肩负起铸牢中华民族共同体意识的历史使命和时代责任。

（二）道德教育价值

孝道观念作为儒家传统伦理道德观念之一，对壮族、瑶族等民族的影响非常深远。《广西高甲壮语瑶歌》第二篇唱词中唱道："pi^{1} ni^{4} miŋ^{6} mɯɯŋ^{2} θiːu^{3}，heːu^{6} kɯi^{2} fɯ^{4} pu^{3} liːŋ^{2}.（今年你命背，要别人补粮）。" pu^{3} liːŋ^{2} 是汉借词，本义是补粮，但在壮语里面词义范围扩大，其义多引申为"补粮添寿"习俗，该习俗是壮族、瑶族等民族为祈祷家中老人延年益寿而延请民间道公来操持相关法事，把"米"补给老人魂魄，以"补粮"的形式教化晚辈既要履行供养和照料老年人的义务，又要多加关心老年人的精神需求。

儒家提倡"慎终追远"和"丧事主哀"，即要重视守丧和祭祀故去的亲人，这是行孝的另一种外化和延伸。若家中有亲人去世，壮族、瑶族等民族均延请道公来主持法事，唱词中称为"做道"（ku^{4} taːu^{6}），ku^{4} 的意思是"做"，所以 ku^{4} taːu^{6} 的意思可以理解为"做道场"。唱词中与做道场有关的汉借词还有 liŋ^{2} vei^{6}（灵位）、θiːu^{3} haːu^{5}（守孝）、θiːu^{3} ɕaːi^{1}（吃斋）等。按照都安瑶族的习俗，逝者子女在做道场期间要吃斋，通常只吃黄豆和黑豆，出殡之后要守孝，时间为三年；而都安壮族的孝期长短不一，一般父孝 32 天，母孝 42 天，这与第二篇唱词所提到的孝期是基本一致的，如唱词中唱道："父孝三十二，母孝四十天。"由此可见，《广西高甲壮语瑶歌》中蕴含的儒家孝道观念，在壮族、瑶族等民族聚居区仍保持比较古朴的面貌，并通过传统礼俗来推动尽孝规范的现实运行，从而实现习染化育的社会功能。

（三）语言价值

语言是一种文化的载体，频繁的族际交往使不同民族的文化发生接触与交流，并推动各自语言的变迁和发展。《广西高甲壮语瑶歌》的唱词主要由壮语民族词和壮语汉借词组成。借词是语言接触中最重要的社会语言现象。

根据语音特点可以分为上古汉语借词、中古汉语借词和近代汉语借词，如属于上古汉语借词的有 do^{3}（躲）、tan^{3}（穿）等，属于中古汉语借词的有 muːŋ^{6}（望）、niːm^{6}（念）、toːk^{8}（独）、ho^{3}（苦）、θuːn^{5}（算）、ɕiːŋ^{5}（唱）、poːi^{2}（赔）、fuːŋ^{1}（方）等，属于近代汉语借词的有 kin^6（斤）、pə^2（百）、θaːn^6（三）、lu^2（六）、mi^3（米）等。《广西高甲壮语瑶歌》中出现的汉语借词主要以中古汉语借词为主，其次是近代的西南官话。中古汉语借词主要来源于“古平话”，其语音特点与现代平话的语音特点有相似之处，如古浊塞音、塞擦音一般读不送气清音，如“平”“桃”“朝”“钱”等字，在《广西高甲壮语瑶歌》中分别读 piŋ^2、taːu^2、ɕiːu^2、ɕiːn^2，这些词在现代平话中大多也为不送气音，如邕宁马村平话分别读 pəŋ^2、taːu^2、tsiu^2、tsin^2，但在白话中却多为送气音，如南宁白话分别读 phiŋ^2、thou^2、tshiu^2、tshin^2。平话是广西四大主要汉语方言之一，语言学家张均如在《民族语文》（1988 年第 3 期）发表的《广西平话对当地壮侗语族语言的影响》一文中提到：“平话主要来自于中原，是自秦汉以至唐宋等历代南迁的汉人所说的汉语在湖南南部和广西等地长期交融演变（当然包括少数民族语言的影响）而形成的一种内部基本一致的汉语方言。”平话对壮语的影响十分深刻，是壮语重要的词汇来源之一，这种现象在《广西高甲壮语瑶歌》中也有所体现。

汉语对壮语的影响是持续和深远的，这也使得壮语能够源源不断地从汉语中吸收新的词汇来丰富自身的表达，甚至出现了不同层次语音特点同时存在的情况，如“铜”在《广西高甲壮语瑶歌》中有 luːŋ^2、toŋ^2 两种语音形式，两者都属上古音层次，但 toŋ^2 的出现当晚于 luːŋ^2；再如“唱”有 ɕiːŋ^5、ɕaːŋ^4 两种读音，“生”有 θeːŋ^1、θɯn^6 两种读音，其中 ɕiːŋ^5 和 θeːŋ^1 属于中古汉语借词，而 ɕaːŋ^4 和 θɯn^6 则属近代汉语借词。有甚者民族固有词与汉借词共存的情况，如“米”有 hau^4、mi^3 两种语音形式，其中 hau^4 为民族固有词，而 mi^3 为汉借词，来源西南官话。语言是一种重要的文化基因，透过语言可以了解不同民族的接触和交往。无论是关系词还是汉语借词，都是民族交往、交流、交融的重要体现，这对研究和阐释各民族的历史关系具有重要意义。

（四）艺术价值

民歌是由劳动人民根据自己的生活经历、体验进行创作，是人民通过长期的积累衍变而成。因此，任何一首民歌都蕴含着其自身的民族文化特征。从我国的多声部音乐的发展来看，广西是我国多声部民歌研究的重要源头之一，尤其是壮族、侗族、瑶族等少数民族的民歌对我国多声部音乐的研究有着不可替代的作用。其中，“高甲山歌”由于极具个性，已列入第三批河池市非物质文化遗产代表性项目名录。

高甲壮语瑶歌的表现形式主要为男女歌师的合唱，男歌师占据主导地位，女歌师为辅，由男歌师先唱，女歌师在特定的位置切入，形成二声部合唱。演唱速度为庄板。其调式感偏向“羽”调式，有较大的游离性，这与其歌唱中大量使用滑音等装饰音以及中立音的情况有密切联系。高甲壮语瑶歌在民间多采用混合节拍，常见$\frac{3}{4}$、$\frac{4}{4}$、$\frac{5}{4}$、$\frac{7}{4}$拍。不同于散板，其节拍节奏有时候较为明显，最为明显的是每段的第一、第二个乐句，往往是$\frac{3}{4}$或$\frac{4}{4}$拍开始，而细节之处则多受歌手个体演唱因素影响而变化。高甲壮语瑶歌演唱时，长音往往出现在乐句或乐段的结尾处，节奏较为自由，一般以歌师自然流露的气息用尽而结束。旋律发展以级进为主，少见跳进，女歌师的演唱声部几乎不出现跳进。高甲壮语瑶歌的结构形式从唱词来看，基本上是每首四句，每句五个字，完整地表达一个意思、一种情感、一种情景。从山歌的曲调旋律来看，则是由上下两个长句构成，每个长句又由前后两个短句组成，后句是在前句的基础上，叠加另外一个歌手的演唱衍生发展而成，但是在结束时则通过长音的持续形成结构的扩展。

另外，从多声部结构来看，尽管全国有很多少数民族有多声部的结构形态，但是高甲壮语瑶歌的男女双声部结构在国内外都具有极其特殊的形态，就是小二度纵向和声音响的特征。这在国内少数民族多声部音乐中是极其罕见的。这种小二度碰撞产生的音响并不是在音乐行进过程中偶尔发生的情况，而是在乐句终止与半终止时，必然要产生的一种固定的音乐形态（见第 2274 页《〈广西高甲壮语瑶歌〉曲谱》）。

从乐谱分析来看，这种小二度碰撞的现象在歌曲中频繁出现，与该音乐曲调的音列结构有着密切的关系。高声部（男声）是以 A 为中心音，在此基础上形成 A、B、C、D 的四音列为核心音列，而低声部（女声）则以A为中心音，形成的$^{\#}$G、A、$^{\#}$A、B、C的变化音列，从而与男声声部互为补充，并由此形成终止前围绕主音的上下小二度特色音程的音效。从目前国内民族音乐形态研究的情况来看，在传统歌谣中，以如此鲜明的小二度持续音效作为歌曲的结束是极为罕见的。可以说，高甲壮语瑶歌的多声音乐形态是我国少数民族多声音乐研究中不可多得的瑰宝，对于我国传统民族歌谣的音乐形态研究有着极其重要的意义。

总而言之，《广西高甲壮语瑶歌》作为多个民族优秀文化交往交流交融的结晶，对社会学、民族学、民俗学、文学、语言学和音乐等学科都有很高的研究价值，其内容不仅是对中华民族团结一家亲的歌颂，还展现了桂西北各族群众在“你中有我、我中有你”的人文环境中相互融合交汇的历史图景。深入挖掘和阐发其蕴含的中华民族共同体思想内涵和时代价值，有助于丰富开展民族团结进步教育的载体，构筑中华民族共有精神家园，增强各民族群众对伟大祖国、中华民族、中华文化的认同，促进各民族和睦相处、和衷共济、和谐发展，像石榴籽一样紧紧抱在一起。

凡例

一、歌本来源

《广西高甲壮语瑶歌》主要流传于广西都安瑶族自治县东北部九渡乡、拉仁镇、永安镇、板岭乡交界处的“高甲”山区。歌本搜集、整理及传承人为袁朝信，瑶族，退休矿工，民间歌师。《广西高甲壮语瑶歌》主要反映瑶族生产生活和情感体验等内容，以壮语传唱，用土俗字记录传抄，传唱者为瑶族人民，反映各民族交往交流交融的情况。

二、内容编排

本书分序、凡例、正文、后记四个部分。正文共10篇，每篇都是相对独立的内容，每篇歌词以“五对照”体例进行翻译编排：第一行为土俗字，用于记录歌本传抄的原貌；第二行为拼音壮文，根据标准壮文进行转写；第三行为国际音标，记录发音人的实际语音；第四行为汉文直译，是歌词逐个字、词的原义；第五行为汉文意译，表达整句歌词的意思。

三、音系特点

本书语音以袁朝信为发音人进行记录，因其受母语（瑶语）的影响较大，同一字、词的发音多不稳定。现结合壮语方言调查词表，对记录语音的音系做规范处理，具体如下：

（一）声母

发音方法		发音部位					
		双唇	唇齿	舌尖	舌面	舌根	喉门
塞音	清音	p		t		k	ʔ
	浊音	b		d			
擦音	清音		f	θ	ç		h
	浊音		v	ɹ	j		
边音				l			
鼻音		m		n	ȵ	ŋ	
腭化音	塞音	pj				kj	
唇化音	塞音					kw	

声母说明：

1. 双唇音 b 的实际读音为带先喉塞的 ʔb，舌尖音 d 的实际读音为带先喉塞的 ʔd。

2. 舌尖音 θ 有时读成 s，统一处理为 θ。

3. 腭化音 kj 有时读成舌面擦音 tɕ，统一处理为 kj。

4. b 有时读 m，d 有时读 n，f 有时读 v，均为自由变读。

（二）韵母

	单韵母	i		e		a		ə	o		u		ɯ	
舒声韵	复合韵母				ei	ai	a:i			o:i				ɯ:i
			i:u		e:u	au	a:u		ou					
						aɯ		əɯ						
	鼻音尾韵母	im	i:m			am	a:m		om		um			
		in	i:n		e:n	an	a:n	ən	on	o:n	un	u:n	ɯn	ɯ:n
		iŋ			e:ŋ	aŋ	a:ŋ		oŋ	o:ŋ	uŋ	u:ŋ	ɯŋ	ɯ:ŋ
塞声韵	塞音尾韵母	ip	i:p			ap	a:p		op	o:p	up			
		it	i:t	et		at	a:t		ot	o:t	ut	u:t		
						ak	a:k		ok	o:k	uk	u:k	ɯk	ɯ:k

韵母说明：

1. 韵母 i、ei 部分出现自由变读，如“兄”读 pi^{4} 或 pei^{4}，“有”读 mi^{2} 或 mei^{2}，统一处理为 i。

2. 韵母 u、ou 部分出现自由变读，如“友”读 ju^{4} 或 jou^{4}，统一处理为 u。

3. 韵尾 eːn、iːn 部分出现自由变读，如“年”读 neːn^{2} 或 niːn^{2}，“变”读 peːn^{5} 或 piːn^{5}。

4. 鼻音韵尾 m 部分读成 n，如 θaːn^{1}（三）、ɹan^{4}（水）、θin^{1}（心）、kin^{1}（金）等。

5. 塞音韵尾 p 部分读成 t，如 ɕit^{8}（十）、ɹaːt^{8}（担）等。

6. 部分借词的鼻音韵尾 ŋ 读 n，如 min^{2}（明）、θan^{5}（生）。

7. 韵母 iːŋ、ɯːŋ、eːŋ 在部分词语中可自由变读，如“想”有 θiːŋ^{3}、θɯːŋ^{3}、θeːŋ^{3} 三读，“地方”有 piːŋ^{2}、pɯːŋ^{2}、peːŋ^{2} 三读，统一处理为 iːŋ。

（三）声调

调类	第 1 调	第 2 调	第 3 调	第 4 调	第 5 调	第 6 调	第 7 调		第 8 调	
							长音	短音	长音	短音
调值	53	31	55	24	33	42	33	55	24	31
例词	来	你	给	马	鸡	河	嘴	菜	外	重
	ma^{1}	mɯŋ^{2}	həɯ^{3}	ma^{4}	kai^{5}	ta^{6}	paːk^{7}	pjak^{7}	ɹoːk^{8}	nak^{7}

四、壮文转写

本书壮文转写以《壮文方案》为依据，根据方案的相关规定并结合语音对应规律进行转写。如声母 ɹ 对应拼音壮文的 r，ɯːŋ 对应拼音壮文 ieng 等。歌本部分词语的调类与标准壮语的调类不一致，也以标准壮文为准，如“做”在歌本中为第 4 调 ku^{4}，但武鸣壮语为第 6 调，故壮文转写取标准壮文第 6 调的 guh。歌本出现很多现代西南官话借词，其壮文转写主要遵守新借词的转写规则。

第一篇　序歌

《序歌》唱述瑶族女青年在农闲时期渴望与情友相会对歌的心境，待男方收到邀约前来探访女方之后，双方分别用富有幽默感的唱词将心中的真挚情感表达出来，并通过部分对唱内容来展现当地及其周边地区的民族分布、地方风俗和乡村经济发展等情况。歌中唱到的德胜位于河池市宜州区，主要为汉族聚居地。都安的汉族大多数是清代从贵州、四川、湖南和广东的嘉应州（今梅州市）等地迁徙而来，与瑶族毗邻而居，故瑶歌唱词中有客人住广东一说。唱词中出现的安定、永顺和永安均为壮族、瑶族等民族的聚居地。瑶族男女均喜好抽生烟，故而唱词中有以烟待客之俗。

合唱

1-1

造	**句**	**比**	**内**	**观**
Caux	coenz	beij	neix	gonq
ɕa:u^{4}	kjon^{2}	pi^{3}	ni^{4}	ko:n^{5}
造	句	歌	这	先

造几首山歌，

1-2

不	**知**	**早**	**说**	**很**
Mbouj	rox	romh	naeuz	hwnz
bou^{5}	ɹo^{4}	ɹo:n^{6}	nau^{2}	hɯn^{2}
不	知	早	或	夜

不知早或夜。

1-3

早	**是**	**说**	**句**	**更**
Romh	cix	naeuz	coenz	gwnz
ɹo:n^{6}	ɕi^{4}	nau^{2}	kjon^{2}	kɯn^{2}
早	就	说	句	上

早就唱上句，

1-4

很	**是**	**说**	**句**	**内**
Hwnz	cix	naeuz	coenz	neix
hɯn^{2}	ɕi^{4}	nau^{2}	kjon^{2}	ni^{4}
夜	就	说	句	这

夜就唱这句。

1-5

在	**样**	**内**	**牙**	**乃**
Ywq	yiengh	neix	yax	naiq
jɯ^{5}	jɯ:ŋ^{6}	ni^{4}	ja^{5}	na:i^{5}
在	样	这	也	累

闲着人疲倦，

1-6

爱	**讲**	**满**	**古**	**存**
Ngaiq	gangj	monh	guh	caemz
ŋa:i^{5}	ka:ŋ^{3}	mo:n^{6}	ku^{4}	ɕan^{2}
爱	讲	情	做	玩

谈情来消遣。

1-7

在	**牙**	**拜**	**一**	**宁**
Ywq	yax	baiq	ndeu	ninz
jɯ^{5}	ja^{5}	ba:i^{5}	de:u^{1}	nin^{2}
在	也	打瞌睡	一	睡

闲着打瞌睡，

1-8

说	**句**	**欢**	**改**	**伏**
Naeuz	coenz	fwen	gaij	mbwq
nau^{2}	kjon^{2}	vɯ:n^{1}	ka:i^{3}	bɯ^{5}
说	句	歌	解	闷

唱首歌解闷。

1-9

在	**样**	**内**	**牙**	**乃**
Ywq	yiengh	neix	yax	naiq
jɯ^{5}	jɯ:ŋ^{6}	ni^{4}	ja^{5}	na:i^{5}
在	样	这	也	累

闲着人疲倦，

1–10

爱 讲 满 宗 荣

Ngaiq gangj monh soeng yungz

ŋa:i^{5} ka:ŋ^{3} mo:n^{6} θoŋ^{1} joŋ^{2}

爱 讲 情 从 容

谈情精神爽。

1–11

在 样 内 不 宗

Ywq yiengh neix mbouj soeng

jɯ^{5} jɯ:ŋ^{6} ni^{4} bou^{5} θoŋ^{1}

在 样 这 不 舒服

这样不舒心，

1–12

九 包 同 讲 满

Iu mbauq doengz gangj monh

i:u^{1} ba:u^{5} toŋ^{2} ka:ŋ^{3} mo:n^{6}

邀 小伙 同 讲 情

邀小伙谈情。

1–13

在 样 内 牙 伕

Ywq yiengh neix yax mbwq

jɯ^{5} jɯ:ŋ^{6} ni^{4} ja^{5} bɯ^{5}

在 样 这 也 闷

这样太烦闷，

1–14

贝 秋 额① 江 王

Bae ciuq ngieg gyang vaengz

pai^{1} ɕi:u^{5} ŋe:k^{8} kja:ŋ^{1} vaŋ^{2}

去 看 蛟龙 中 潭

去瞅渊中龙。

1–15

在 灯 说 在 尚

Ywq daemq naeuz ywq sang

jɯ^{5} tan^{5} nau^{2} jɯ^{5} θa:ŋ^{1}

在 低 或 在 高

看它住多高，

1–16

在 王 说 在 类

Ywq vang naeuz ywq raeh

jɯ^{5} va:ŋ^{1} nau^{2} jɯ^{5} ɹai^{6}

在 横 或 在 竖

身姿横或竖。

1–17

在 样 内 牙 伕

Ywq yiengh neix yax mbwq

jɯ^{5} jɯ:ŋ^{6} ni^{4} ja^{5} bɯ^{5}

在 样 这 也 闷

闲着心烦闷，

1–18

特 先 马 打 魚

Dawz set ma dwk bya

tɐɯ^{2} θe:t^{7} ma^{1} tak^{7} pja^{1}

拿 鱼竿 来 钓 鱼

不如去钓鱼。

1–19

得 蛟 是 特 马

Ndaej nyauh cix dawz ma

dai^{3} ɳa:u^{6} ɕi^{4} tɐɯ^{2} ma^{1}

得 虾 就 拿 来

得虾就带来，

① 额［ŋe:k^{8}］：蛟龙，都安壮族、瑶族等民族崇拜的水神，其力能翻江倒海，也能变身男青年上岸对歌。

1–20

得	**魚**	**是**	**特**	**斗**
Ndaej	bya	cix	dawz	daeuj
dai^{3}	pja^{1}	ɕi^{4}	təɯ^{2}	tau^{3}
得	鱼	就	拿	来

得鱼也拿来。

1–21

在	**样**	**内**	**牙**	**伏**
Ywq	yiengh	neix	yax	mbwq
jɯ^{5}	jɯːŋ^{6}	ni^{4}	ja^{5}	bɯ^{5}
在	样	这	也	闷

闲着心烦闷，

1–22

特	**德**	**马**	**配**	**堂**
Dawz	dawh	ma	boiq	dangz
təɯ^{2}	təɯ^{6}	ma^{1}	poːi^{5}	taːŋ^{2}
拿	筷	来	配	堂

拿筷来配对。

1–23

变	**友**	**而**	**在**	**行**
Bienq	youx	lawz	caih	hangz
piːn^{5}	ju^{4}	laɯ^{2}	ɕaːi^{6}	haːŋ^{2}
辨	友	哪	在	行

看友谁在行，

1–24

特	**布**	**马**	**裁**	**布**
Dawz	baengz	ma	caiz	buh
təɯ^{2}	paŋ^{2}	ma^{1}	ɕaːi^{2}	pu^{6}
拿	布	来	裁	衣服

用布裁成衣。

1–25

在	**样**	**内**	**牙**	**伏**
Ywq	yiengh	neix	yax	mbwq
jɯ^{5}	jɯːŋ^{6}	ni^{4}	ja^{5}	bɯ^{5}
在	样	这	也	闷

闲着心烦闷，

1–26

特	**德**	**马**	**同**	**岁**
Dawz	dawh	ma	doengz	caez
təɯ^{2}	təɯ^{6}	ma^{1}	toŋ^{2}	ɕai^{2}
拿	筷	来	同	齐

请好友相聚。

1–27

友	**共**	**姓**	**当**	**韦**①
Youx	gungh	singq	dangq	vae
ju^{4}	kuŋ^{6}	θiŋ^{5}	taːŋ^{5}	vai^{1}
友	共	姓	另	姓

友是否同姓，

1–28

不	**乱**	**岁**	**很**	**内**
Mbouj	luenh	caez	hwnz	neix
bou^{5}	luːn^{6}	ɕai^{2}	hɯn^{2}	ni^{4}
不	乱	齐	夜	这

难得聚一夜。

1–29

在	**样**	**内**	**牙**	**伏**
Ywq	yiengh	neix	yax	mbwq
jɯ^{5}	jɯːŋ^{6}	ni^{4}	ja^{5}	bɯ^{5}
在	样	这	也	闷

闲着心烦闷，

① 友共姓当韦[ju^{4} kuŋ^{6} θiŋ^{5} taːŋ^{5} vai^{1}]：意为友是否同姓。都安当地瑶族以前流行舅表婚，后来禁止近亲结婚，因此对歌的时候要互相问清对方是否属于近亲，若是近亲，则不能以歌择偶。

1–30

特	**德**	**马**	**同**	**岁**
Dawz	dawh	ma	doengz	caez
təɯ^{2}	təɯ^{6}	ma^{1}	toŋ^{2}	ɕai^{2}
拿	**筷**	**来**	**同**	**齐**

邀好友相聚。

1–31

友	**共**	**姓**	**当**	**韦**
Youx	gungh	singq	dangq	vae
ju^{4}	kuŋ^{6}	θiŋ^{5}	taːŋ^{5}	vai^{1}
友	**共**	**姓**	**另**	**姓**

友是否同姓，

1–32

同	**岁**	**是**	**讲**	**满**
Doengz	caez	cix	gangj	monh
toŋ^{2}	ɕai^{2}	ɕi^{4}	kaːŋ^{3}	moːn^{6}
同	**齐**	**就**	**讲**	**情**

相聚就谈情。

1–33

在	**样**	**内**	**牙**	**伕**
Ywq	yiengh	neix	yax	mbwq
jɯ^{5}	jɯːŋ^{6}	ni^{4}	ja^{5}	bɯ^{5}
在	**样**	**这**	**也**	**闷**

闲着心烦闷，

1–34

特	**德**	**马**	**同**	**岁**
Dawz	dawh	ma	doengz	caez
təɯ^{2}	təɯ^{6}	ma^{1}	toŋ^{2}	ɕai^{2}
拿	**筷**	**来**	**同**	**齐**

邀好友相聚。

1–35

友	**共**	**姓**	**当**	**韦**
Youx	gungh	singq	dangq	vae
ju^{4}	kuŋ^{6}	θiŋ^{5}	taːŋ^{5}	vai^{1}
友	**共**	**姓**	**另**	**姓**

友是否同姓，

1–36

斗	**满**	**美**	**然**	**农**
Daeuj	monh	maez	ranz	nuengx
tau^{3}	moːn^{6}	mai^{2}	ɹaːn^{2}	nuːŋ^{4}
来	**谈情**	**说爱**	**家**	**妹**

来妹家谈情。

1–37

很	**斗**	**牙**	**包**	**宁**
Hwnj	daeuj	yah	mbauq	ningq
hɯn^{3}	tau^{3}	ja^{6}	baːu^{5}	niŋ^{5}
上	**来**	**呀**	**小伙**	**小**

上来呀小哥，

1–38

长	**丁**	**能**	**邦**	**祘**
Cang	dingq	naengh	bangx	suen
ɕaːŋ^{1}	tiŋ^{5}	naŋ^{6}	paːŋ^{4}	θuːn^{1}
说	**定**	**坐**	**旁**	**园**

说定坐园边。

1–39

很	**斗**	**牙**	**勒**	**龙**
Hwnj	daeuj	yah	lwg	lungz
hɯn^{3}	tau^{3}	ja^{6}	lɯk^{8}	luŋ^{2}
上	**来**	**呀**	**子**	**龙**

上来呀小哥，

1-40

下 斗 牙 备 姓

Roengz daeuj yah beix singq

ɹoŋ^{2} tau^{3} ja^{6} pi^{4} θiŋ^{5}

下 来 呀 兄 姓

下来呀仁兄。

1-41

很 斗 牙 勒 龙

Hwnj daeuj yah lwg lungz

hɯn^{3} tau^{3} ja^{6} lɯk^{8} luŋ^{2}

上 来 呀 子 龙

上来呀小哥，

1-42

下 斗 牙 备 姓

Roengz daeuj yah beix singq

ɹoŋ^{2} tau^{3} ja^{6} pi^{4} θiŋ^{5}

下 来 呀 兄 姓

下来呀仁兄。

1-43

说 句 欢 土 听

Naeuz coenz fwen dou dingq

nau^{2} kjon^{2} vuːn^{1} tu^{1} tiŋ^{5}

说 句 歌 我 听

唱歌我们听，

1-44

共 姓 说 当 韦

Gungh singq naeuz dangq vae

kuŋ^{6} θiŋ^{5} nau^{2} taːŋ^{5} vai^{1}

共 姓 或 另 姓

是否是同姓。

1-45

很 斗 牙 勒 龙

Hwnj daeuj yah lwg lungz

hɯn^{3} tau^{3} ja^{6} lɯk^{8} luŋ^{2}

上 来 呀 子 龙

上来呀小哥，

1-46

下 斗 牙 备 姓

Roengz daeuj yah beix singq

ɹoŋ^{2} tau^{3} ja^{6} pi^{4} θiŋ^{5}

下 来 呀 兄 姓

下来呀仁兄。

1-47

说 句 欢 土 听

Naeuz coenz fwen dou dingq

nau^{2} kjon^{2} vuːn^{1} tu^{1} tiŋ^{5}

说 句 歌 我 听

唱歌给我听，

1-48

累 声 邦 办 而

Laeq sing baengz baenz lawz

lai^{5} θiŋ^{1} paŋ^{2} pan^{2} laɯ^{2}

看 声 朋 成 哪样

看喉音如何。

1-49

很 斗 牙 勒 龙

Hwnj daeuj yah lwg lungz

hɯn^{3} tau^{3} ja^{6} lɯk^{8} luŋ^{2}

上 来 呀 子 龙

上来呀小哥，

1-50

下 斗 牙 勒 丰

Roengz daeuj yah lwg fungh

ɹoŋ^{2} tau^{3} ja^{6} lɯk^{8} fuŋ^{6}

下 来 呀 子 凤

下来呀小妹。

1-51

斗 偻 沙 桥 公

Daeuj raeuz nda giuz gungj

tau^{3} ɹau^{2} da^{1} kiːu^{2} kuŋ^{3}

来 我们 摆 桥 拱

我们做拱桥，

1-52

马 偻 中 相 长

Ma raeuz cuengq sieng raez

ma^{1} ɹau^{2} ɕuːŋ^{5} θeːŋ^{1} ɹai^{2}

来 我们 中 状 元

我们中状元。

1-53

很 斗 牙 勒 龙

Hwnj daeuj yah lwg lungz

hɯn^{3} tau^{3} ja^{6} lɯk^{8} luŋ^{2}

上 来 呀 子 龙

上来呀小哥，

1-54

下 斗 牙 勒 丰

Roengz daeuj yah lwg fungh

ɹoŋ^{2} tau^{3} ja^{6} lɯk^{8} fuŋ^{6}

下 来 呀 子 凤

下来呀小妹。

1-55

斗 偻 沙 桥 公

Daeuj raeuz nda giuz gungj

tau^{3} ɹau^{2} da^{1} kiːu^{2} kuŋ^{3}

来 我们 摆 桥 拱

我们做拱桥，

1-56

马 偻 中 相 长

Ma raeuz cuengq sieng raez

ma^{1} ɹau^{2} ɕuːŋ^{5} θeːŋ^{1} ɹai^{2}

来 我们 中 状 元

我们中状元。

1-57

很 斗 牙 勒 龙

Hwnj daeuj yah lwg lungz

hɯn^{3} tau^{3} ja^{6} lɯk^{8} luŋ^{2}

上 来 呀 子 龙

上来呀小哥，

1-58

下 斗 牙 对 邦

Roengz daeuj yah doih baengz

ɹoŋ^{2} tau^{3} ja^{6} toːi^{6} paŋ^{2}

下 来 呀 伙伴 朋

下来呀朋友。

1-59

斗 偻 沙 桥 党

Daeuj raeuz nda giuz daengq

tau^{3} ɹau^{2} da^{1} kiːu^{2} taŋ^{5}

来 我们 摆 桥 凳

我们摆凳子，

1-60

马	**偻**	**能**	**同**	**排**
Ma	raeuz	naengh	doengz	baiz
ma^{1}	ɹau^{2}	naŋ^{6}	toŋ^{2}	pa:i^{2}
来	我们	坐	同	排

我们并排坐。

1-61

很	**斗**	**牙**	**勒**	**龙**
Hwnj	daeuj	yah	lwg	lungz
hɯn^{3}	tau^{3}	ja^{6}	lɯk^{8}	luŋ^{2}
上	来	呀	子	龙

上来呀小哥，

1-62

下	**斗**	**牙**	**对**	**邦**
Roengz	daeuj	yah	doih	baengz
ɹoŋ^{2}	tau^{3}	ja^{6}	to:i^{6}	paŋ^{2}
下	来	呀	伙伴	朋

下来呀朋友。

1-63

斗	**偻**	**沙**	**桥**	**党**
Daeuj	raeuz	nda	giuz	daengq
tau^{3}	ɹau^{2}	da^{1}	ki:u^{2}	taŋ^{5}
来	我们	摆	桥	凳

我们摆凳子，

1-64

马	**偻**	**狼**	**声**	**欢**
Ma	raeuz	langh	sing	fwen
ma^{1}	ɹau^{2}	la:ŋ^{6}	θiŋ^{1}	vu:n^{1}
来	我们	放	声	歌

我们放声唱。

1-65

很	**斗**	**牙**	**勒**	**龙**
Hwnj	daeuj	yah	lwg	lungz
hɯn^{3}	tau^{3}	ja^{6}	lɯk^{8}	luŋ^{2}
上	来	呀	子	龙

上来呀小哥，

1-66

下	**斗**	**牙**	**贵**	**伕**
Roengz	daeuj	yah	gwiz	fwx
ɹoŋ^{2}	tau^{3}	ja^{6}	kɯi^{2}	fə^{4}
下	来	呀	丈夫	别人

下来呀夫君。

1-67

说	**句**	**欢**	**改**	**伕**
Naeuz	coenz	fwen	gaij	mbwq
nau^{2}	kjon^{2}	vu:n^{1}	ka:i^{3}	bɯ^{5}
说	句	歌	解	闷

唱山歌解闷，

1-68

空	**勒**	**备**	**千**	**年**
Ndwi	lawh	beix	cien	nienz
du:i^{1}	ləɯ^{6}	pi^{4}	ɕi:n^{1}	ni:n^{2}
不	换	兄	千	年

这机会难逢。

1-69

很	**斗**	**牙**	**勒**	**龙**
Hwnj	daeuj	yah	lwg	lungz
hɯn^{3}	tau^{3}	ja^{6}	lɯk^{8}	luŋ^{2}
上	来	呀	子	龙

上来呀小哥，

1–70

下 斗 牙 龙 女

Roengz daeuj yah lungz nawx

ɹoŋ^{2} tau^{3} ja^{6} luŋ^{2} nɯ^{4}

下 来 呀 龙 女

下来呀小妹。

1–71

你 米 方 你 在

Mwngz miz fueng mwngz ywq

mɯŋ^{2} mi^{2} fuːŋ^{1} mɯŋ^{2} jɯ^{5}

你 有 方 你 住

你有地方住，

1–72

农 不 勒 小 正

Nuengx mbouj lawh siuj cingz

nuːŋ^{4} bou^{5} ləɯ^{6} θiːu^{3} ɕiŋ^{2}

妹 不 换 小 情

妹不强留你。

1–73

很 斗 牙 王 怀

Hwnj daeuj yah vangz vaiq

hɯn^{3} tau^{3} ja^{6} vaːŋ^{2} vaːi^{5}

上 来 呀 空 荡

上来抽空聊，

1–74

斗 偻 裁 美 支

Daeuj raeuz caiz mae sei

tau^{3} ɹau^{2} ɕaːi^{2} mai^{1} θi^{1}

来 我们 裁 纱 丝

我们裁丝绸。

1–75

很 斗 牙 包 好

Hwnj daeuj yah mbauq ndei

hɯn^{3} tau^{3} ja^{6} baːu^{5} dei^{1}

上 来 呀 小伙 好

上来呀小哥，

1–76

斗 偻 吹 正 义

Daeuj raeuz ci cingz ngeih

tau^{3} ɹau^{2} ɕi^{1} ɕiŋ^{2} ȵi^{6}

来 我们 吹 情 义

我们谈情义。

1–77

很 斗 牙 王 怀

Hwnj daeuj yah vangz vaiq

hɯn^{3} tau^{3} ja^{6} vaːŋ^{2} vaːi^{5}

上 来 呀 空 荡

上来抽空聊，

1–78

斗 偻 裁 美 团

Daeuj raeuz caiz mae duenh

tau^{3} ɹau^{2} ɕaːi^{2} mai^{1} tuːn^{6}

来 我们 裁 纱 缎

我们裁绸缎。

1–79

很 斗 牙 乜 月

Hwnj daeuj yah meh ndwen

hɯn^{3} tau^{3} ja^{6} me^{6} duːn^{1}

上 来 呀 母 月

月亮快上来，

1–80

斗	偻	全	天	下
Daeuz	raeuz	cienz	denh	ya
tau^{3}	ɹau^{2}	ɕu:n^{2}	ti:n^{1}	ja^{6}
来	我们	传	天	下

来聊天下事。

1–81

很	斗	牙	王	怀
Hwnj	daeuj	yah	vangz	vaiq
hɯn^{3}	tau^{3}	ja^{6}	va:ŋ^{2}	va:i^{5}
上	来	呀	空	荡

上来抽空聊，

1–82

斗	偻	裁	美	团
Daeuj	raeuz	caiz	mae	duenh
tau^{3}	ɹau^{2}	ɕa:i^{2}	mai^{1}	tu:n^{6}
来	我们	裁	纱	缎

来裁缎制衣。

1–83

很	斗	牙	乜	月
Hwnj	daeuj	yah	meh	ndwen
hɯn^{3}	tau^{3}	ja^{6}	me^{6}	du:n^{1}
上	来	呀	母	月

上来呀月亮，

1–84

全	四	方	拉	里
Cienz	seiq	fueng	ndau	ndeiq
ɕu:n^{2}	θei^{5}	fu:ŋ^{1}	dau^{1}	di^{5}
传	四	方	星	斗

叫上满天星。

1–85

庖	内	论	立	立
Haemh	neix	laep	li	li
han^{6}	ni^{4}	lap^{7}	li^{1}	li^{1}
夜	这	黑	漆	漆

今晚黑漆漆，

1–86

党	骑	样	而	排
Daengq	eij	yiengh	lawz	baiz
taŋ^{5}	i^{3}	jɯ:ŋ^{6}	laɯ^{2}	pa:i^{2}
凳	椅	样	哪	排

座次怎样排。

1–87

庖	内	论	来	来
Haemh	neix	laep	lai	lai
han^{6}	ni^{4}	lap^{7}	la:i^{1}	la:i^{1}
夜	这	黑	多	多

今夜黑漆漆，

1–88

包	乖	出	而	斗
Mbauq	gvai	ok	lawz	daeuj
ba:u^{5}	kwa:i^{1}	o:k^{7}	laɯ^{2}	tau^{3}
小伙	乖	出	哪	来

靓仔何处来。

1–89

很	内	论	立	立
Hwnz	neix	laep	li	li
hɯn^{2}	ni^{4}	lap^{7}	li^{1}	li^{1}
夜	这	黑	漆	漆

今夜黑漆漆，

1–90

党	**骑**	**样**	**而**	**排**
Daengq	eij	yiengh	lawz	baiz
taŋ^{5}	i^{3}	jɯːŋ^{6}	laɯ^{2}	paːi^{2}
凳	椅	样	哪	排

座次怎样排。

1–91

亱	**内**	**论**	**来**	**来**
Haemh	neix	laep	lai	lai
han^{6}	ni^{4}	lap^{7}	laːi^{1}	laːi^{1}
夜	这	黑	多	多

今夜黑漆漆，

1–92

样	**而**	**排**	**后**	**生**
Yiengh	lawz	baiz	haux	seng
jɯːŋ^{6}	laɯ^{2}	paːi^{2}	hou^{4}	θeːŋ^{1}
样	哪	排	后	生

如何排后生。

1–93

亱	**内**	**论**	**立**	**立**
Haemh	neix	laep	li	li
han^{6}	ni^{4}	lap^{7}	li^{1}	li^{1}
夜	这	黑	漆	漆

今夜黑漆漆，

1–94

党	**骑**	**样**	**而**	**站**
Daengq	eij	yiengh	lawz	soengz
taŋ^{5}	i^{3}	jɯːŋ^{6}	laɯ^{2}	θoŋ^{2}
凳	椅	样	哪	站

座位怎样摆。

1–95

备	**斗**	**内**	**巡**	**同**
Beix	daeuj	neix	cunz	doengz
pi^{4}	tau^{3}	ni^{4}	ɕun^{2}	toŋ^{2}
兄	来	这	巡	同

兄来探老友，

1–96

勒	**龙**	**开**	**么**	**姓**
Lwg	lungz	gij	maz	singq
lɯk^{8}	luŋ^{2}	kaːi^{2}	ma^{2}	θiŋ^{5}
子	龙	什	么	姓

小哥你贵姓。

1–97

亱	**内**	**论**	**立**	**立**
Haemh	neix	laep	li	li
han^{6}	ni^{4}	lap^{7}	li^{1}	li^{1}
夜	这	黑	漆	漆

今夜黑漆漆，

1–98

党	**骑**	**样**	**而**	**站**
Daengq	eij	yiengh	lawz	soengz
taŋ^{5}	i^{3}	jɯːŋ^{6}	laɯ^{2}	θoŋ^{2}
凳	椅	样	哪	站

座位怎样摆。

1–99

真	**同**	**不**	**真**	**同**
Caen	doengz	mbouj	caen	doengz
ɕin^{1}	toŋ^{2}	bou^{5}	ɕin^{1}	toŋ^{2}
真	同	不	真	同

是否真老友，

1-100

老	**是**	**龙**	**变**	**化**
Lau	cix	lungz	bienq	vaq
la:u^{1}	ɕi^{4}	luŋ^{2}	pi:n^{5}	va^{5}
怕	就	龙	变	化

只怕兄变化。

1-101

庖	**内**	**论**	**立**	**立**
Haemh	neix	laep	li	li
han^{6}	ni^{4}	lap^{7}	li^{1}	li^{1}
夜	这	黑	漆	漆

今夜黑漆漆，

1-102

党	**骑**	**样**	**而**	**说**
Daengq	eij	yiengh	lawz	naeuz
taŋ^{5}	i^{3}	jɯ:ŋ^{6}	lau^{2}	nau^{2}
凳	椅	样	哪	说

座位怎样摆。

1-103

备	**斗**	**内**	**巡**	**偻**
Beix	daeuj	neix	cunz	raeuz
pi^{4}	tau^{3}	ni^{4}	ɕun^{2}	ɹau^{2}
兄	来	这	巡	我们

兄来看我们，

1-104

说	**句**	**欢**	**土**	**听**
Naeuz	coenz	fwen	dou	dingq
nau^{2}	kjon^{2}	vu:n^{1}	tu^{1}	tiŋ^{5}
说	句	歌	我	听

唱句歌来听。

1-105

很	**内**	**论**	**十**	**分**
Hwnz	neix	laep	cib	faen
hɯn^{2}	ni^{4}	lap^{7}	ɕit^{8}	fan^{1}
夜	这	黑	十	分

今夜十分黑，

1-106

金	**跟**	**银**	**同**	**配**
Gim	riengz	ngaenz	doengz	boiq
kin^{1}	ɹi:ŋ^{2}	ŋan^{2}	toŋ^{2}	po:i^{5}
金	和	银	同	配

金和银相配。

1-107

少	**跟**	**龙**	**相**	**会**
Sau	riengz	lungz	siengh	hoih
θa:u^{1}	ɹi:ŋ^{2}	luŋ^{2}	θe:ŋ^{6}	ho:i^{6}
姑娘	和	龙	相	会

男女来相会，

1-108

可	**当**	**对**	**金**	**秋**
Goj	dangq	doiq	gim	ciuz
ko^{5}	taŋ^{5}	to:i^{5}	kin^{1}	ɕi:u^{2}
也	当	对	金	珠

如同对金珠。

1-109

庖	**内**	**论**	**十**	**分**
Haemh	neix	laep	cib	faen
han^{6}	ni^{4}	lap^{7}	ɕit^{8}	fan^{1}
夜	这	黑	十	分

今夜十分黑，

1–110

金	**跟**	**银**	**岁**	**克**
Gim	riengz	ngaenz	caez	gwz
kin^{1}	ɹiːŋ^{2}	ŋan^{2}	ɕai^{2}	kə^{4}
金	和	银	齐	去

金和银合璧。

1–111

夜	**来**	**黑**	**又**	**黑**
Ye	laiz	hwz	youh	hwz
je^{4}	laːi^{2}	hə^{2}	jou^{4}	hə^{2}
夜	来	黑	又	黑

夜色黑又黑，

1–112

什	**么**	**客**	**斗**	**巡**
Cwq	maq	gwz	daeuj	cunz
ɕɯ^{5}	ma^{5}	kə^{2}	tau^{3}	ɕun^{2}
什	么	客	来	巡

何方客来访。

1–113

亱	**内**	**本**	**论**	**了**
Haemh	neix	mbwn	laep	liux
han^{6}	ni^{4}	bɯn^{1}	lap^{7}	liːu^{4}
夜	这	天	黑	完

今晚天黑黑，

1–114

真	**定**	**牙**	**下**	**文**
Cinj	dingh	yaek	roengz	fwn
ɕin^{3}	tiŋ^{6}	jak^{7}	ɹoŋ^{2}	vun^{1}
准	定	欲	下	雨

必定要下雨。

1–115

亱	**内**	**论**	**疼**	**疼**
Haemh	neix	laep	dwn	dwn
han^{6}	ni^{4}	lap^{7}	tɯn^{1}	tɯn^{1}
夜	这	黑	煞	煞

今夜天很黑，

1–116

老	**米**	**文**	**斗**	**么**
Lau	miz	fwn	daeuj	moq
laːu^{1}	mi^{2}	vun^{1}	tau^{3}	mo^{5}
怕	有	雨	来	新

恐新雨来临。

男唱

1–117

是	**想**	**不**	**很**	**河**
Cix	siengj	mbouj	hwnj	haw
ɕi^{4}	θiːŋ^{3}	bou^{5}	hɯn^{3}	həɯ^{1}
就	想	不	上	圩

本不想赶圩，

1–118

手	**又**	**特**	**贝**	**银**
Fwngz	youh	dawz	mbaw	ngaenz
fɯŋ^{2}	jou^{4}	təɯ^{2}	baɯ^{1}	ŋan^{2}
手	又	拿	张	钱

手已拿好钱。

1-119

想	**不**	**斗**	**巡**	**伴**
Siengj	mbouj	daeuj	cunz	buenx
θiːŋ^{3}	bou^{5}	tau^{3}	ɕun^{2}	puːn^{4}
想	不	来	巡	伴

想不来访友，

1-120

为	**观**	**偻**	**米**	**正**
Vih	gonq	raeuz	miz	cingz
vei^{6}	koːn^{5}	ɹau^{2}	mi^{2}	ɕiŋ^{2}
为	先	我们	有	情

前又有交情。

1-123

亱	**乱**	**忠**	**很**①	**哭**
Haemh	lwenz	fangz	hwnz	daej
han^{6}	lɯːn^{2}	faːŋ^{2}	hɯn^{2}	tai^{3}
夜	昨	做	梦	哭

昨晚梦里哭，

1-124

见	**邦**	**美**	**堂**	**然**
Raen	baengz	maez	daengz	ranz
ɹan^{1}	paŋ^{2}	mai^{2}	taŋ^{2}	ɹaːn^{2}
见	朋	爱	到	家

见好友到家。

女唱

1-121

亱	**内**	**亱**	**开**	**么**
Haemh	neix	haemh	gij	maz
han^{6}	ni^{4}	han^{6}	kaːi^{2}	ma^{2}
夜	这	夜	什	么

今夜为何因，

1-122

土	**鸦**	**马**	**告**	**事**
Duz	a	ma	gauj	saeh
tu^{2}	a^{1}	ma^{1}	kaːu^{3}	θei^{6}
只	鸦	来	搞	事

乌鸦来闹事。

男唱

1-125

是	**想**	**不**	**很**	**河**
Cix	siengj	mbouj	hwnj	haw
ɕi^{4}	θiːŋ^{3}	bou^{5}	hɯn^{3}	həɯ^{1}
就	想	不	上	圩

本不想赶圩，

1-126

手	**又**	**特**	**贝**	**团**
Fwngz	youh	dawz	mbaw	duenh
fɯŋ^{2}	jou^{4}	təɯ^{2}	baɯ^{1}	tuːn^{6}
手	又	拿	张	纸币

手中已拿钱。

① 忠很［faːŋ^{2} hɯn^{2}］：做梦。

1-127

想	**不**	**斗**	**巡**	**伴**
Siengj	mbouj	daeuj	cunz	buenx
θi:ŋ^{3}	bou^{5}	tau^{3}	ɕun^{2}	pu:n^{4}
想	不	来	巡	伴

本不想访友，

1-128

满	**堂**	**农**	**声**	**欢**
Muengh	daengz	nuengx	sing	fwen
mu:ŋ^{6}	taŋ^{2}	nu:ŋ^{4}	θiŋ^{1}	vu:n^{1}
望	到	妹	声	歌

想听妹歌喉。

女唱

1-129

庙	**内**	**庙**	**开**	**么**
Haemh	neix	haemh	gij	maz
han^{6}	ni^{4}	han^{6}	ka:i^{2}	ma^{2}
夜	这	夜	什	么

今夜为何因，

1-130

土	**鸦**	**马**	**沙**	**对**
Duz	a	ma	ra	doih
tu^{2}	a^{1}	ma^{1}	ɹa^{1}	to:i^{6}
只	鸦	来	找	伙伴

乌鸦找伴侣。

1-131

庙	**乱**	**忠**	**很**	**凶**
Haemh	lwenz	fangz	hwnz	rwix
han^{6}	lɯ:n^{2}	fa:ŋ^{2}	hɯn^{2}	ɹu:i^{4}
夜	昨	做	梦	孬

昨夜做恶梦，

1-132

包	**青**	**斗**	**巡**	**同**
Mbauq	oiq	daeuj	cunz	doengz
ba:u^{5}	o:i^{5}	tau^{3}	ɕun^{2}	toŋ^{2}
小伙	嫩	来	巡	同

后生来访友。

男唱

1-133

是	**想**	**不**	**很**	**河**
Cix	siengj	mbouj	hwnj	haw
ɕi^{4}	θi:ŋ^{3}	bou^{5}	hɯn^{3}	həɯ^{1}
就	想	不	上	圩

本不想赶圩，

1-134

手	**又**	**特**	**贝**	**王**
Fwngz	youh	dawz	mbaw	vangh
fɯŋ^{2}	jou^{4}	təɯ^{2}	baɯ^{1}	va:ŋ^{6}
手	又	拿	张	纸票

手又拿好钱。

1-135

想	**不**	**斗**	**巡**	**邦**
Siengj	mbouj	daeuj	cunz	baengz
θiːŋ^{3}	bou^{5}	tau^{3}	ɕun^{2}	paŋ^{2}
想	不	来	巡	朋

若不来访友，

1-136

忙	**堂**	**秀**	**方**	**卢**
Moengh	daengz	couh	fueng	louz
maːŋ^{4}	taŋ^{2}	ɕiːu^{6}	fuːŋ^{1}	lu^{2}
梦	到	就	风	流

梦到风流世。

女唱

1-137

亱	**内**	**亱**	**开**	**么**
Haemh	neix	haemh	gij	maz
han^{6}	ni^{4}	han^{6}	kaːi^{2}	ma^{2}
夜	这	夜	什	么

今夜是何因，

1-138

土	**鸦**	**斗**	**沙**	**仪**
Duz	a	daeuj	ra	saenq
tu^{2}	a^{1}	tau^{3}	ɹa^{1}	θin^{5}
只	鸦	来	找	信

乌鸦来要信。

1-139

文	**来**	**下**	**斗**	**听**
Vunz	lai	roengz	daeuj	dingq
vun^{2}	laːi^{1}	ɹoŋ^{2}	tau^{3}	tiŋ^{5}
人	多	下	来	听

大伙来听听，

1-140

包	**宁**	**斗**	**巡**	**偻**
Mbauq	ningq	daeuj	cunz	raeuz
baːu^{5}	niŋ^{5}	tau^{3}	ɕun^{2}	ɹau^{2}
小伙	小	来	巡	我们

小哥哥来访。

男唱

1-141

是	**想**	**不**	**很**	**河**
Cix	siengj	mbouj	hwnj	haw
ɕi^{4}	θiːŋ^{3}	bou^{5}	hɯn^{3}	həɯ^{1}
就	想	不	上	圩

本想不赶圩，

1-142

手	**又**	**特**	**贝**	**王**
Fwngz	youh	dawz	mbaw	vangh
fɯŋ^{2}	jou^{4}	təɯ^{2}	baɯ^{1}	vaːŋ^{6}
手	又	拿	张	纸票

手中已拿钱。

1–143

想	**不**	**斗**	**巡**	**邦**
Siengj	mbouj	daeuj	cunz	baengz
θiːŋ^3	bou^5	tau^3	ɕun^2	paŋ^2
想	不	来	巡	朋

想不来访友，

1–144

伕	**说**	**当**	**良**	**心**
Fwx	naeuz	dangq	liengz	sim
fə^4	nau^2	taːŋ^5	liːŋ^2	θin^1
别人	说	当	良	心

良心何以安。

女唱

1–145

⿸广旦	**内**	**⿸广旦**	**开**	**么**
Haemh	neix	haemh	gij	maz
han^6	ni^4	han^6	kaːi^2	ma^2
夜	这	夜	什	么

今夜是何因，

1–146

土	**鸦**	**斗**	**沙**	**仪**
Duz	a	daeuj	ra	saenq
tu^2	a^1	tau^3	ɹa^1	θin^5
只	鸦	来	找	信

乌鸦来找信。

1–147

文	**来**	**下**	**斗**	**听**
Vunz	lai	roengz	daeuj	dingq
vun^2	laːi^1	ɹoŋ^2	tau^3	tiŋ^5
人	多	下	来	听

大伙来听听，

1–148

友	**安**	**定**	**斗**	**巡**
Youx	an	dingh	daeuj	cunz
ju^4	aːn^1	tiŋ^6	tau^3	ɕun^2
友	安	定	来	巡

安定友到访。

男唱

1–149

是	**想**	**不**	**很**	**河**
Cix	siengj	mbouj	hwnj	haw
ɕi^4	θiːŋ^3	bou^5	hɯn^3	haɯ^1
就	想	不	上	圩

本不想赶圩，

1–150

手	**又**	**特**	**贝**	**九①**
Fwngz	youh	dawz	mbaw	geux
fɯŋ^2	jou^4	təɯ^2	baɯ^1	keːu^4
手	又	拿	张	皱

无奈手拿钱。

① 九［keːu^4］：皱。指带褶皱的纸票。

1–151

想	**不**	**巡**	**老**	**表**
Siengj	mbouj	cunz	laux	biuj
θi:ŋ^{3}	bou^{5}	ɕun^{2}	la:u^{4}	pi:u^{3}
想	不	巡	老	表

若不来走亲，

1–152

佚	**说**	**了**	**小**	**正**
Fwx	naeuz	liux	siuj	cingz
fə^{4}	nau^{2}	li:u^{4}	θi:u^{3}	ɕiŋ^{2}
别人	说	完	小	情

恐人说绝情。

女唱

1–153

庖	**内**	**庖**	**开**	**么**
Haemh	neix	haemh	gij	maz
han^{6}	ni^{4}	han^{6}	ka:i^{2}	ma^{2}
夜	这	夜	什	么

今夜是何因，

1–154

土	**鸦**	**斗**	**沙**	**仪**
Duz	a	daeuj	ra	saenq
tu^{2}	a^{1}	tau^{3}	ɹa^{1}	θin^{5}
只	鸦	来	找	信

乌鸦找书信。

1–155

知	**你**	**斗**	**包**	**宁**
Rox	mwngz	daeuj	mbauq	ningq
ɹo^{4}	mɯŋ^{2}	tau^{3}	ba:u^{5}	niŋ^{5}
知	你	来	小伙	小

知你后生来，

1–156

办	**从**	**良**	**加**	**你**
Banh	congz	lingh	caj	mwngz
pa:n^{6}	ɕo:ŋ^{2}	le:ŋ^{6}	kja^{3}	mɯŋ^{2}
办	桌	另	等	你

办家宴等你。

男唱

1–157

友	**安**	**定**	**的**	**文**
Youx	an	dingh	diq	vunz
ju^{4}	a:n^{1}	tiŋ^{6}	ti^{5}	vun^{2}
友	安	定	的	人

友来自安定，

1–158

它	**是**	**办**	**从**	**良**
De	cix	banh	congz	lingh
te^{1}	ɕi^{4}	pa:n^{6}	ɕo:ŋ^{2}	le:ŋ^{6}
他	就	办	桌	另

办家宴招待。

1—159

偻	**爱**	**文**	**永**	**顺**
Raeuz	gyaez	vunz	yungj	sun
ɹau^{2}	kjai^{2}	vun^{2}	jin^{3}	ɕin^{4}
我们	爱	人	永	顺

我想永顺人，

1—160

办	**从**	**良**	**古**	**而**
Banh	congz	lingh	guh	rawz
paːn^{6}	ɕoːŋ^{2}	leːŋ^{6}	ku^{4}	ɹaɯ^{2}
办	桌	另	做	什么

不必办家宴。

女唱

1—161

庖	**内**	**庖**	**开**	**么**
Haemh	neix	haemh	gij	maz
han^{6}	ni^{4}	han^{6}	kaːi^{2}	ma^{2}
夜	这	夜	什	么

今晚是何因，

1—162

土	**鸦**	**马**	**沙**	**仪**
Duz	a	ma	ra	saenq
tu^{2}	a^{1}	ma^{1}	ɹa^{1}	θin^{5}
只	鸦	来	找	信

乌鸦来找信。

1—163

想	**不**	**办**	**从**	**良**
Siengj	mbouj	banh	congz	lingh
θiːŋ^{3}	bou^{5}	paːn^{6}	ɕoːŋ^{2}	leːŋ^{6}
想	不	办	桌	另

若不办家宴，

1—164

包	**宁**	**又**	**斗**	**巡**
Mbauq	ningq	youh	daeuj	cunz
baːu^{5}	niŋ^{5}	jou^{4}	tau^{3}	ɕun^{2}
小伙	小	又	来	巡

小哥已来访。

男唱

1—165

斗	**堂**	**尝**	**得**	**能**
Daeuj	daengz	caengz	ndaej	naengh
tau^{3}	taŋ^{2}	ɕaŋ^{2}	dai^{3}	naŋ^{6}
来	到	未	得	坐

客来未坐定，

1—166

先	**特**	**比**	**马**	**团**
Senq	dawz	beij	ma	duenz
θeːn^{5}	taɯ^{2}	pi^{3}	ma^{1}	tuːn^{2}
先	拿	歌	来	猜

先比试歌喉。

1—167

四	**方**	**土**	**全**	**全**
Seiq	fangh	dou	gyonj	cienz
θei^5	faːŋ^5	tu^1	kjoːn^3	ɕuːn^2
四	方	我	都	传

聚四方歌友，

1—168

欢	**么**	**团**	**样**	**内**
Fwen	moq	duenz	yiengh	neix
vuːn^1	mo^5	tuːn^2	juːŋ^6	ni^4
歌	新	猜	样	这

用新歌猜谜。

女唱

1—169

然	**米**	**十**	**斤**	**油**
Ranz	miz	cib	gaen	youz
ɹaːn^2	mi^2	ɕit^8	kan^1	jou^2
家	有	十	斤	油

家有十斤油，

1—170

点	**江**	**然**	**亮**	**托**
Diemj	gyang	ranz	rongh	doh
tiːn^3	kjaːŋ^1	ɹaːn^2	ɹoːŋ^6	to^6
点	中	家	亮	遍

点亮整间屋。

1—171

包	**乖**	**才**	**斗**	**么**
Mbauq	gvai	nda	daeuj	moq
baːu^5	kwaːi^1	da^1	tau^3	mo^5
小伙	乖	刚	来	新

小哥头次来，

1—172

真	**定**	**牙**	**说**	**欢**
Cinj	dingh	yaek	naeuz	fwen
ɕin^3	tiŋ^6	jak^7	nau^2	vuːn^1
准	定	欲	说	歌

想必擅唱歌。

男唱

1—173

斗	**堂**	**尝**	**得**	**能**
Daeuj	daengz	caengz	ndaej	naengh
tau^3	taŋ^2	ɕaŋ^2	dai^3	naŋ^6
来	到	未	得	坐

客来未落座，

1—174

先	**特**	**比**	**马**	**团**
Senq	dawz	beij	ma	duenz
θeːn^5	təɯ^2	pi^3	ma^1	tuːn^2
先	拿	歌	来	猜

先拿歌来考。

1-175

备	**是**	**空**	**知**	**欢**
Beix	cix	ndwi	rox	fwen
pi^{4}	çi^{4}	du:i^{1}	ɹo^{4}	vu:n^{1}
兄	就	不	懂	歌

兄本不懂歌，

1-176

团	**开**	**么**	**唱**	**歌**
Dwen	gij	maz	cang	go
tɯ:n^{1}	ka:i^{2}	ma^{2}	ça:ŋ^{4}	ko^{5}
提	什	么	唱	歌

谈什么唱歌。

女唱

1-177

然	**米**	**十**	**斤**	**油**
Ranz	miz	cib	gaen	youz
ɹa:n^{2}	mi^{2}	çit^{8}	kan^{1}	jou^{2}
家	有	十	斤	油

家有十斤油，

1-178

点	**江**	**然**	**亮**	**托**
Diemj	gyang	ranz	rongh	doh
ti:n^{3}	kja:ŋ^{1}	ɹa:n^{2}	ɹo:ŋ^{6}	to^{6}
点	中	家	亮	遍

点亮整间屋。

1-179

是	**想**	**不**	**唱**	**歌**
Cix	siengj	mbouj	cang	go
çi^{4}	θi:ŋ^{3}	bou^{5}	ça:ŋ^{4}	ko^{5}
就	想	不	唱	歌

本想不唱歌，

1-180

邦	**么**	**又**	**堂**	**然**
Baengz	moq	youh	daengz	ranz
paŋ^{2}	mo^{5}	jou^{4}	taŋ^{2}	ɹa:n^{2}
朋	新	又	到	家

新朋又莅临。

男唱

1-181

斗	**堂**	**尝**	**得**	**能**
Daeuj	daengz	caengz	ndaej	naengh
tau^{3}	taŋ^{2}	çaŋ^{2}	dai^{3}	naŋ^{6}
来	到	未	得	坐

客来未落座，

1-182

先	**特**	**比**	**马**	**说**
Senq	dawz	beij	ma	naeuz
θe:n^{5}	təɯ^{2}	pi^{3}	ma^{1}	nau^{2}
先	拿	歌	来	说

先把歌来聊。

1-183

能 党 尝 吃 寿

Naengh daengq caengz gwn caeuz

naŋ⁶ taŋ⁵ çaŋ² kɯn¹ çau²

坐 凳 未 吃 晚饭

坐下未吃饭，

1-184

少 先 说 欢 比

Sau senq naeuz fwen beij

θaːu¹ θeːn⁵ nau² vuːn¹ pi³

姑娘 先 说 山 歌

妹先论山歌。

女唱

1-185

是 想 不 说 欢

Cix siengj mbouj naeuz fwen

çi⁴ θiːŋ³ bou⁵ nau² vuːn¹

就 想 不 说 歌

本不想唱歌，

1-186

龙 又 巡 堂 内

Lungz youh cunz daengz neix

luŋ² jou⁴ çun² taŋ² ni⁴

龙 又 巡 到 这

哥哥又来临。

1-187

是 想 不 说 比

Cix siengj mbouj naeuz beij

çi⁴ θiːŋ³ bou⁵ nau² pi³

就 想 不 说 歌

本不想唱歌，

1-188

友 良 立 堂 然

Youx lingz leih daengz ranz

ju⁴ leːŋ⁶ lei⁶ taŋ² ɹaːn²

友 伶 俐 到 家

伶俐友来临。

男唱

1-189

斗 堂 尝 得 能

Daeuj daengz caengz ndaej naengh

tau³ taŋ² çaŋ² dai³ naŋ⁶

来 到 未 得 坐

板凳未坐稳，

1-190

先 特 比 马 乃

Senq dawz beij ma nai

θeːn⁵ tɑɯ² pi³ ma¹ naːi¹

先 拿 歌 来 招呼

先用歌招呼。

1-191

能	**党**	**是**	**尝**	**岁**
Naengh	daengq	cix	caengz	caez
naːŋ^{6}	taŋ^{5}	ɕi^{4}	ɕaŋ^{2}	ɕai^{2}
坐	凳	就	未	齐

人还未到齐，

1-192

欢	**先**	**乃**	**先**	**满**
Fwen	senq	nai	senq	monh
vuːn^{1}	θeːn^{5}	naːi^{1}	θeːn^{5}	moːn^{6}
歌	先	招呼	先	谈情

就要先唱歌。

女唱

1-193

想	**不**	**笑**	**不**	**洋**
Siengj	mbouj	riu	mbouj	angq
θiːŋ^{3}	bou^{5}	ɹiːu^{1}	bou^{5}	aːŋ^{5}
想	不	笑	不	高兴

心中不欢快，

1-194

对	**邦**	**又**	**斗**	**长**
Doih	baengz	youh	daeuj	raez
toːi^{6}	paŋ^{2}	jou^{4}	tau^{3}	ɹai^{2}
伙伴	朋	又	来	遇

嘉宾又临门。

1-195

不	**讲**	**满**	**跟**	**乃**
Mbouj	gangj	monh	riengz	nai
bou^{5}	kaːŋ^{3}	moːn^{6}	ɹiːŋ^{2}	naːi^{1}
不	讲	情	和	招呼

不招呼不行，

1-196

龙	**在**	**远**	**斗**	**托**
Lungz	ywq	gyae	daeuj	doh
luŋ^{2}	jɯ^{5}	kjai^{1}	tau^{3}	to^{6}
龙	在	远	来	向

友从远方来。

男唱

1-197

斗	**堂**	**尝**	**得**	**能**
Daeuj	daengz	caengz	ndaej	naengh
tau^{3}	taŋ^{2}	ɕaŋ^{2}	dai^{3}	naŋ^{6}
来	到	未	得	坐

进门未坐定，

1-198

先	**特**	**比**	**马**	**念**
Senq	dawz	beij	ma	niemh
θeːn^{5}	təɯ^{2}	pi^{3}	ma^{1}	niːm^{6}
先	拿	歌	来	念

先把歌来唱。

1–199

能	**党**	**尝**	**吃**	**烷**
Naengh	daengq	caengz	gwn	ien
naŋ^{6}	taŋ^{5}	ɕaŋ^{2}	kɯn^{1}	iːn^{1}
坐	凳	未	吃	烟

坐下未抽烟，

1–200

少	**先**	**年**	**间**	**布**
Sau	senq	nem	gen	buh
θaːu^{1}	θeːn^{5}	neːm^{1}	keːn^{1}	pu^{6}
姑娘	先	贴	衣	袖

妹先牵衣袖。

女唱

1–201

想	**不**	**笑**	**不**	**洋**
Siengj	mbouj	riu	mbouj	angq
θiːŋ^{3}	bou^{5}	ɹiːu^{1}	bou^{5}	aːŋ^{5}
想	不	笑	不	高兴

心中不欢快，

1–202

对	**邦**	**又**	**斗**	**秀**
Doih	baengz	youh	daeuj	ciuz
toːi^{6}	paŋ^{2}	jou^{4}	tau^{3}	ɕiːu^{2}
伙伴	朋	又	来	邀

朋友又来访。

1–203

想	**不**	**洋**	**不**	**笑**
Siengj	mbouj	angq	mbouj	riu
θiːŋ^{3}	bou^{5}	aːŋ^{5}	bou^{5}	ɹiːu^{1}
想	不	高兴	不	笑

若不带笑脸，

1–204

文	**说**	**偻**	**不**	**兰**
Vunz	naeuz	raeuz	mbouj	lanh
vun^{2}	nau^{2}	ɹau^{2}	bou^{5}	lan^{6}
人	说	我们	不	大方

显得不大方。

男唱

1–205

土	**斗**	**堂**	**巴**	**土**
Dou	daeuj	daengz	bak	dou
tu^{1}	tau^{3}	taŋ^{2}	paːk^{7}	tou^{1}
我	来	到	口	门

我刚到大门，

1–206

乜	**仙**	**茶**	**邦**	**党**
Meh	cienq	caz	bangx	daengq
me^{6}	ɕeːn^{1}	ɕa^{2}	paːŋ^{4}	taŋ^{5}
母	煎	茶	旁	凳

母已沏好茶。

1-207

斗 是 尝 得 能

Daeuj cix caengz ndaej naengh

tau^3 $ɕi^4$ $ɕaŋ^2$ dai^3 $naŋ^6$

来 就 未 得 坐

进门未落座，

1-208

邦 先 狼 声 欢

Baengz senq langh sing fwen

$paŋ^2$ $θeːn^5$ $laːŋ^6$ $θiŋ^1$ $vuːn^1$

朋 先 放 声 歌

友放声高歌。

1-211

想 不 结 声 欢

Siengj mbouj giet sing fwen

$θiːŋ^3$ bou^5 $kiːt^7$ $θiŋ^1$ $vuːn^1$

想 不 结 声 歌

若不放声唱，

1-212

偻 又 元 少 包

Raeuz youh yiemz sau mbauq

$ɹau^2$ jou^4 $jiːn^2$ $θaːu^1$ $baːu^5$

我们 又 嫌 姑娘 小伙

对不住后生。

女唱

1-209

想 不 笑 不 洋

Siengj mbouj riu mbouj angq

$θiːŋ^3$ bou^5 $ɹiːu^1$ bou^5 $aːŋ^5$

想 不 笑 不 高兴

本来不欢悦，

1-210

对 邦 又 斗 巡

Doih baengz youh daeuj cunz

$toːi^6$ $paŋ^2$ jou^4 tau^3 $ɕun^2$

伙伴 朋 又 来 巡

嘉宾又临门。

男唱

1-213

土 斗 堂 巴 土

Dou daeuj daengz bak dou

tu^1 tau^3 $taŋ^2$ $paːk^7$ tou^1

我 来 到 口 门

我刚到门口，

1-214

乜 仙 茶 邦 党

Meh cienq caz bangx daengq

me^6 $ɕeːn^1$ $ɕa^2$ $paːŋ^4$ $taŋ^5$

母 煎 茶 旁 凳

母就备好茶。

1-215

斗	**是**	**尝**	**得**	**能**
Daeuj	cix	caengz	ndaej	naengh
tau^{3}	ɕi^{4}	ɕaŋ^{2}	dai^{3}	naŋ^{6}
来	就	未	得	坐

进门未落座，

1-216

欢	**对**	**邦**	**先**	**岁**
Fwen	doih	baengz	senq	caez
vuːn^{1}	toːi^{6}	paŋ^{2}	θeːn^{5}	ɕai^{2}
歌	伙伴	朋	早	齐

歌友已到齐。

女唱

1-217

是	**想**	**不**	**说**	**欢**
Cix	siengj	mbouj	naeuz	fwen
ɕi^{4}	θiːŋ^{3}	bou^{5}	nau^{2}	vuːn^{1}
是	想	不	说	歌

本不想唱歌，

1-218

龙	**又**	**巡**	**堂**	**板**
Lungz	youh	cunz	daengz	mbanj
luŋ^{2}	jou^{4}	ɕun^{2}	taŋ^{2}	baːn^{3}
龙	又	巡	到	村

情友又到访。

1-219

是	**想**	**不**	**告**	**然**
Cix	siengj	mbouj	gauq	ranz
ɕi^{4}	θiːŋ^{3}	bou^{5}	kaːu^{5}	ɹaːn^{2}
就	想	不	靠	家

本想不在家，

1-220

邦	**斗**	**板**	**偻**	**站**
Baengz	daeuj	mbanj	raeuz	soengz
paŋ^{2}	tau^{3}	baːn^{3}	ɹau^{2}	θoŋ^{2}
朋	来	村	我们	站

友已到村上。

男唱

1-221

斗	**堂**	**尝**	**得**	**能**
Daeuj	daengz	caengz	ndaej	naengh
tau^{3}	taŋ^{2}	ɕaŋ^{2}	dai^{3}	naŋ^{6}
来	到	未	得	坐

进门未落座，

1-222

先	**特**	**比**	**马**	**说**
Senq	dawz	beij	ma	naeuz
θeːn^{5}	təɯ^{2}	pi^{3}	ma^{1}	nau^{2}
早	拿	歌	来	说

先把歌来唱。

1–223

八	**列**①	**友**	**巴**	**轻**
Bah	leh	youx	bak	mbaeu
pa^{6}	le^{6}	ju^{4}	pa:k^{7}	bau^{1}
唉	**唷**	**友**	**嘴**	**轻**

吾友口舌巧，

1–224

说	**开**	**么**	**欢**	**比**
Naeuz	gij	maz	fwen	beij
nau^{2}	ka:i^{2}	ma^{2}	vu:n^{1}	pi^{3}
说	**什**	**么**	**山**	**歌**

聊什么山歌。

女唱

1–225

是	**想**	**不**	**说**	**欢**
Cix	siengj	mbouj	naeuz	fwen
ɕi^{4}	θi:ŋ^{3}	bou^{5}	nau^{2}	vu:n^{1}
就	**想**	**不**	**说**	**歌**

正待不唱歌，

1–226

龙	**又**	**巡**	**斗**	**欠**
Lungz	youh	cunz	daeuj	genx
luŋ^{2}	jou^{4}	ɕun^{2}	tau^{3}	ke:n^{4}
龙	**又**	**巡**	**来**	**紧挨**

后生又来临。

1–227

不	**唱**	**歌**	**小**	**面**
Mbouj	cang	go	siuj	mienh
bou^{5}	ɕa:ŋ^{4}	ko^{5}	θi:u^{3}	me:n^{6}
不	**唱**	**歌**	**小**	**事**

不唱是小事，

1–228

伕	**报**	**田**	**偻**	**凉**
Fwx	bauq	denz	raeuz	liengz
fə^{4}	pa:u^{5}	te:n^{2}	ɹau^{2}	li:ŋ^{2}
别人	**报**	**地**	**我们**	**凉**

传我村冷漠。

男唱

1–229

土	**斗**	**堂**	**巴**	**土**
Dou	daeuj	daengz	bak	dou
tu^{1}	tau^{3}	taŋ^{2}	pa:k^{7}	tou^{1}
我	**来**	**到**	**口**	**门**

我来到门口，

1–230

乜	**仙**	**茶**	**邦**	**党**
Meh	cienq	caz	bangx	daengq
me^{6}	ɕe:n^{1}	ɕa^{2}	pa:ŋ^{4}	taŋ^{5}
母	**煎**	**茶**	**旁**	**凳**

母已沏好茶。

① 八列［pa^{6} le^{6}］：唉唷。句首语气词，无实义。

1-231

斗	**是**	**尝**	**得**	**能**
Daeuj	cix	caengz	ndaej	naengh
tau^{3}	ɕi^{4}	ɕaŋ^{2}	dai^{3}	naŋ^{6}
来	就	未	得	坐

进门未落座，

1-232

邦	**先**	**叫**	**吃**	**茶**
Baengz	senq	heuh	gwn	caz
paŋ^{2}	θeːn^{5}	heːu^{6}	kɯn^{1}	ɕa^{2}
朋	早	叫	吃	茶

我友请喝茶。

女唱

1-233

友	**安**	**定**	**斗**	**巡**
Youx	an	dingh	daeuj	cunz
ju^{4}	aːn^{1}	tiŋ^{6}	tau^{3}	ɕun^{2}
友	安	定	来	巡

安定友来访，

1-234

玩	**茶**	**乃**	**它**	**观**
Vanj	caz	nai	de	gonq
vaːn^{3}	ɕa^{2}	naːi^{1}	te^{1}	koːn^{5}
碗	茶	招呼	他	先

好茶招待他。

1-235

官	**足**	**观**	**了**	**伴**
Guen	coux	gonq	liux	buenx
koːn^{1}	ɕou^{4}	koːn^{5}	liːu^{4}	puːn^{4}
歇	脚	先	啰	伴

我友先休息，

1-236

洋	**面**	**面**	**小**	**凉**
Yaeng	menh	menh	siu	liengz
jaːŋ^{1}	meːn^{6}	meːn^{6}	θiːu^{1}	liːŋ^{2}
再	慢	慢	消	凉

请慢慢歇凉。

男唱

1-237

土	**斗**	**堂**	**巴**	**土**
Dou	daeuj	daengz	bak	dou
tu^{1}	tau^{3}	taŋ^{2}	paːk^{7}	tou^{1}
我	来	到	口	门

我到家门口，

1-238

乜	**在**	**然**	**打**	**歪**
Meh	ywq	ranz	daz	faiq
me^{6}	jɯ^{5}	ɹaːn^{2}	ta^{2}	vaːi^{5}
母	在	家	纺	棉

看见母纺纱。

1-239

土 是 想 不 代

Dou cix siengj mbouj daiz

tu^{1} ɕi^{4} θiːŋ^{3} bou^{5} taːi^{4}

我 就 想 不 夸

我若不夸奖，

1-240

老 知 坏 墓 份①

Lau rox vaih moh faenz

laːu^{1} ɹo^{4} vaːi^{6} mo^{6} fan^{2}

怕 知 坏 墓 坟

对祖宗不恭。

女唱

1-241

友 安 定 斗 巡

Youx an dingh daeuj cunz

ju^{4} aːn^{1} tiŋ^{6} tau^{3} ɕun^{2}

友 安 定 来 巡

安定友来访，

1-242

玩 茶 乃 它 观

Vanj caz nai de gonq

vaːn^{3} ɕa^{2} naːi^{1} te^{1} koːn^{5}

碗 茶 招呼 他 先

先敬一碗茶。

1-243

官 足 观 了 伴

Guen coux gonq liux buenx

koːn^{1} ɕou^{4} koːn^{5} liːu^{4} puːn^{4}

歇 脚 先 啰 伴

我友先歇脚，

1-244

洋 面 面 开 正

Yaeng menh menh hai cingz

jaːŋ^{1} meːn^{6} meːn^{6} haːi^{1} ɕiŋ^{2}

再 慢 慢 开 情

再慢慢谈情。

男唱

1-245

卜 客 在 广 东

Boux hek ywq gvangj doeng

pu^{4} heːk^{7} jɯ^{5} kwaːŋ^{3} toŋ^{1}

个 客 在 广 东

客从广东来，

1-246

它 是 米 茶 炕②

De cix miz caz ien

te^{1} ɕi^{4} mi^{2} ɕa^{2} iːn^{1}

他 就 有 茶 烟

他会有茶烟。

① 墓份［mo^{6} fan^{2}］：坟墓。此处代指祖宗。女方母亲热情招待，男方害羞不敢回应，但又怕坏了祖宗或宗族的声誉，被人指责不懂礼数。

②炕［iːn^{1}］：烟。瑶族成年男女均喜好抽生烟，故而有以烟待客之俗。

1-247

然	**少**	**开**	**炕**	**天**
Ranz	sau	hai	ien	den
ɹa:n^{2}	θa:u^{1}	ha:i^{1}	i:n^{1}	te:n^{5}
家	姑娘	开	烟	店

女友家开店，

1-248

米	**茶**	**炕**	**知**	**空**
Miz	caz	ien	rox	ndwi
mi^{2}	ɕa^{2}	i:n^{1}	ɹo^{4}	du:i^{1}
有	茶	烟	或	不

有没有烟茶。

女唱

1-249

得	**义**	**备**	**斗**	**巡**
Ndaej	nyi	beix	daeuj	cunz
dai^{3}	ȵi^{1}	pi^{4}	tau^{3}	ɕun^{2}
得	听	兄	来	巡

得知兄造访，

1-250

土	**沙**	**米**	**茶**	**炕**
Dou	nda	miz	caz	ien
tu^{1}	da^{1}	mi^{2}	ɕa^{2}	i:n^{1}
我	摆	有	茶	烟

我备有茶烟。

1-251

卜	**土**	**开**	**炕**	**天**
Boh	dou	hai	ien	den
po^{6}	tu^{1}	ha:i^{1}	i:n^{1}	te:n^{5}
父	我	开	烟	店

父亲开烟店，

1-252

样	**样**	**是**	**米**	**岁**
Yiengh	yiengh	cix	miz	caez
jɯ:ŋ^{6}	jɯ:ŋ^{6}	ɕi^{4}	mi^{2}	ɕai^{2}
样	样	是	有	齐

样样都齐全。

男唱

1-253

阝	**客**	**在**	**广**	**东**
Boux	hek	ywq	gvangj	doeng
pu^{4}	he:k^{7}	jɯ^{5}	kwa:ŋ^{3}	toŋ^{1}
个	客	在	广	东

客从广东来，

1-254

它	**是**	**要**	**钱**	**元**
De	cix	aeu	cienz	yienh
te^{1}	ɕi^{4}	au^{1}	ɕi:n^{2}	ji:n^{6}
他	就	要	钱	现

就要收现钱。

1-255

然	**少**	**开**	**⿰火元**	**天**
Ranz	sau	hai	ien	den
ɹaːn^{2}	θaːu^{1}	haːi^{1}	iːn^{1}	teːn^{5}
家	姑娘	开	烟	店

女友开烟店，

1-256

要	**钱**	**元**	**知**	**空**
Aeu	cienz	yienh	rox	ndwi
au^{1}	ɕiːn^{2}	jiːn^{6}	ɹo^{4}	duːi^{1}
要	钱	现	或	不

是否收现钱。

女唱

1-257

友	**长**	**判**	**外**	**元**
Youx	cangh	buenq	vaij	roen
ju^{4}	ɕaːŋ^{6}	puːn^{5}	vaːi^{3}	joːn^{1}
友	匠	贩	过	路

若过路商贩，

1-258

買	**全**	**给**	**钱**	**元**
Cawx	gyonj	hawj	cienz	yienh
ɕəɯ^{4}	kjoːn^{3}	həɯ^{3}	ɕiːn^{2}	jiːn^{6}
买	都	给	钱	现

全现金交易。

1-259

龙	**斗**	**巡**	**⿰火元**	**天**
Lungz	daeuj	cunz	ien	den
luŋ^{2}	tau^{3}	ɕun^{2}	iːn^{1}	teːn^{5}
龙	来	巡	烟	店

后生访烟店，

1-260

米	**钱**	**元**	**是**	**要**
Miz	cienz	yienh	cix	aeu
mi^{2}	ɕiːn^{2}	jiːn^{6}	ɕi^{4}	au^{1}
有	钱	现	就	要

有现钱就收。

男唱

1-261

友	**安**	**定**	**斗**	**巡**
Youx	an	dingh	daeuj	cunz
ju^{4}	aːn^{1}	tiŋ^{6}	tau^{3}	ɕun^{2}
友	安	定	来	巡

安定友来访，

1-262

它	**全**	**给**	**钱**	**元**
De	gyonj	hawj	cienz	yienh
te^{1}	kjoːn^{3}	həɯ^{3}	ɕiːn^{2}	jiːn^{6}
他	都	给	钱	现

他都给现钱。

1–263

龙	**斗**	**巡**	**⿰火元**	**天**
Lungz	daeuj	cunz	ien	den
luŋ^{2}	tau^{3}	çun^{2}	i:n^{1}	te:n^{5}
龙	来	巡	烟	店

哥造访烟店，

1–264

钱	**元**	**不**	**钱**	**支**
Cienz	yienh	mbouj	cienz	si
çi:n^{2}	ji:n^{6}	bou^{5}	çi:n^{2}	θi^{1}
钱	现	不	钱	赊

现钱不赊帐。

女唱

1–265

阝	**客**	**在**	**广**	**东**
Boux	hek	ywq	gvangj	doeng
pu^{4}	he:k^{7}	jɯ^{5}	kwa:ŋ^{3}	toŋ^{1}
个	客	在	广	东

客从广东来，

1–266

阝	**坤**	**在**	**德**	**胜**①
Boux	gun	ywq	daek	swng
pu^{4}	kun^{1}	jɯ^{5}	tak^{7}	θiŋ^{5}
个	官	在	德	胜

汉人住德胜。

1–267

八	**列**	**龙**	**安**	**定**
Bah	leh	lungz	an	dingh
pa^{6}	le^{6}	luŋ^{2}	a:n^{1}	tiŋ^{6}
唉	哨	龙	安	定

安定的情哥，

1–268

不	**乱**	**斗**	**巡**	**偻**
Mbouj	luenh	daeuj	cunz	raeuz
bou^{5}	lu:n^{6}	tau^{3}	çun^{2}	ɹau^{2}
不	乱	来	巡	我们

很少来光临。

男唱

1–269

土	**斗**	**堂**	**大**	**罗**
Dou	daeuj	daengz	daih	loh
tu^{1}	tau^{3}	taŋ^{2}	ta:i^{6}	lo^{6}
我	来	到	大	路

我还在半路，

1–270

是	**叫**	**农**	**仙**	**茶**
Cix	heuh	nuengx	cienq	caz
çi^{4}	he:u^{6}	nu:ŋ^{4}	çe:n^{1}	ça^{2}
就	叫	妹	煎	茶

妹就备好茶。

① 德胜［tak^{7} θiŋ^{5}］：即德胜镇，位于河池市宜州区，是汉族主要聚居区之一。

1–271

氿	**肉**	**开**	**八**	**沙**
Laeuj	noh	gaej	bah	nda
lau³	no⁶	ka:i⁵	pa⁶	da¹
酒	肉	莫	急	摆

酒肉先别备，

1–272

仙	**茶**	**加**	**土**	**观**
Cienq	caz	caj	dou	gonq
çe:n¹	ça²	kja³	tu¹	ko:n⁵
煎	茶	等	我	先

先沏茶等我。

女唱

1–273

土	**空**	**知**	**你**	**斗**
Dou	ndwi	rox	mwngz	daeuj
tu¹	du:i¹	ɹo⁴	mɯŋ²	tau³
我	不	知	你	来

我不知你来，

1–274

肉	**氿**	**是**	**空**	**沙**
Noh	laeuj	cix	ndwi	nda
no⁶	lau³	çi⁴	du:i¹	da¹
肉	酒	就	不	摆

不备有酒肉。

1–275

土	**空**	**知**	**你**	**马**
Dou	ndwi	rox	mwngz	ma
tu¹	du:i¹	ɹo⁴	mɯŋ²	ma¹
我	不	知	你	来

我不知你来，

1–276

论	**茶**	**空**	**认**	**仙**
Lumz	caz	ndwi	nyinh	cienq
lun²	ça²	du:i¹	ȵin⁶	çe:n¹
忘	茶	不	记得	煎

茶也忘了沏。

男唱

1–277

中	**当**	**备**	**外**	**斗**
Cuengq	daengq	beix	vaij	daeuj
çu:ŋ⁵	taŋ⁵	pi⁴	va:i³	tau³
特意	叮嘱	兄	过	来

特邀兄过来，

1–278

肉	**氿**	**是**	**空**	**沙**
Noh	laeuj	cix	ndwi	nda
no⁶	lau³	çi⁴	du:i¹	da¹
肉	酒	是	不	摆

何不备酒肉。

1-279

中 当 备 外 马

Cuengq daengq beix vaij ma

çu:ŋ^{5} taŋ^{5} pi^{4} va:i^{3} ma^{1}

特意 叮嘱 兄 过 来

有意请兄来，

1-280

应 么 茶 不 仙

Yinh maz caz mbouj cienq

iŋ^{1} ma^{2} ça^{2} bou^{5} çe:n^{1}

因 何 茶 不 煎

为何不沏茶？

女唱

1-281

牙 斗 你 不 说

Yaek daeuj mwngz mbouj naeuz

jak^{7} tau^{3} mɯŋ^{2} bou^{5} nau^{2}

欲 来 你 不 说

要来你不说，

1-282

牙 马 你 不 讲

Yaek ma mwngz mbouj gangj

jak^{7} ma^{1} mɯŋ^{2} bou^{5} ka:ŋ^{3}

欲 来 你 不 讲

要来你不讲。

1-283

几 日 内 红 仰

Geij ngoenz neix hong nyaengq

ki^{3} ŋon^{2} ni^{4} ho:ŋ^{1} ȵaŋ^{5}

几 日 这 工 忙

这几天繁忙，

1-284

农 不 往 仙 茶

Nuengx mbouj vangq cienq caz

nu:ŋ^{4} bou^{5} va:ŋ^{5} çe:n^{1} ça^{2}

妹 不 空 煎 茶

妹没空沏茶。

男唱

1-285

土 斗 堂 土 外

Dou daeuj daengz dou rog

tu^{1} tau^{3} taŋ^{2} tou^{1} ɹo:k^{8}

我 来 到 门 外

我来到大门，

1-286

农 才 出 土 里

Nuengx nda ok dou ndaw

nu:ŋ^{4} da^{1} o:k^{7} tou^{1} daɯ^{1}

妹 刚 出 门 里

妹才出小门。

1-287

是 笨 你 貝 而

Cwq baenh mwngz bae lawz

ɕɯ^{5} pan^{6} mɯŋ^{2} pai^{1} lauɯ^{2}

刚 刚 你 去 哪

刚刚你去哪，

1-288

不 仙 茶 加 备

Mbouj cienq caz caj beix

bou^{5} ɕeːn^{1} ɕa^{2} kja^{3} pi^{4}

不 煎 茶 等 兄

不沏茶等我。

女唱

1-289

少 乖 可 在 家

Sau gvai goj cai gya

θaːu^{1} kwaːi^{1} ko^{5} ɕaːi^{4} kja^{1}

姑娘 乖 也 在 家

妹也在家等，

1-290

空 知 备 外 马

Ndwi rox beix vaij ma

duːi^{1} ɹo^{4} pi^{4} vaːi^{3} ma^{1}

不 知 兄 过 来

不知兄到来。

1-291

年 年 可 仙 茶

Nienz nienz goj cienq caz

niːn^{2} niːn^{2} ko^{5} ɕeːn^{1} ɕa^{2}

年 年 也 煎 茶

年年都沏茶，

1-292

龙 马 对 日 初

Lungz ma doiq ngoenz byouq

luŋ^{2} ma^{1} toːi^{5} ŋon^{2} pjou^{5}

龙 来 对 日 空

你来不逢时。

男唱

1-293

土 斗 堂 土 外

Dou daeuj daengz dou rog

tu^{1} tau^{3} taŋ^{2} tou^{1} ɹoːk^{8}

我 来 到 门 外

我到大门外，

1-294

农 才 红 关 土

Nuengx nda hoengq gven dou

nuːŋ^{4} da^{1} hoŋ^{6} kweːn^{1} tou^{1}

妹 刚 空 关 门

妹才关上门。

1-295

土	**斗**	**堂**	**柳**	**州**
Dou	daeuj	daengz	louj	couh
tu^{1}	tau^{3}	taŋ^{2}	lou^{4}	ɕou^{1}
我	来	到	柳	州

我来到柳州，

1-296

才	**关**	**土**	**么**	**农**
Nda	gven	dou	maq	nuengx
da^{1}	kwe:n^{1}	tou^{1}	ma^{5}	nu:ŋ^{4}
刚	关	门	嘛	妹

妹才刚关门。

女唱

1-297

夜	**来**	**到**
Ye	laiz	dau
je^{4}	la:i^{2}	ta:u^{4}
夜	来	到

夜深了，

1-298

乜	**追**	**农**	**关**	**土**
Meh	coi	nuengx	gven	dou
me^{6}	ɕo:i^{1}	nu:ŋ^{4}	kwe:n^{1}	tou^{1}
母	催	妹	关	门

母叫妹关门。

1-299

空	**知**	**备**	**斗**	**楼**
Ndwi	rox	beix	daeuj	louz
du:i^{1}	ɹo^{4}	pi^{4}	tau^{3}	lou^{2}
不	知	兄	来	玩

不知兄造访，

1-300

少	**办**	**文**	**良**	**立**
Sau	baenz	vunz	lingz	leih
θa:u^{1}	pan^{2}	vun^{2}	le:ŋ^{6}	lei^{6}
姑娘	成	人	伶	俐

妹才要关门。

男唱

1-301

土	**斗**	**堂**	**大**	**罗**
Dou	daeuj	daengz	daih	loh
tu^{1}	tau^{3}	taŋ^{2}	ta:i^{6}	lo^{6}
我	来	到	大	路

我来到半路，

1-302

封	**作**	**农**	**貝**	**而**
Fungq	coz	nuengx	bae	lawz
fuŋ^{5}	ɕo^{2}	nu:ŋ^{4}	pai^{1}	laɯ^{2}
逢	年轻	妹	去	哪

妹关门去哪。

1-303

小	**然**	**农**	**牙**	**伏**
Souj	ranz	nuengx	yax	fwz
θiːu^3	ɹaːn^2	nuːŋ^4	ja^5	fɯ^2
守	**家**	**妹**	**也**	**荒**

在家妹也闷，

1-304

少	**貝**	**而**	**安**	**玉**
Sau	bae	lawz	anh	yiz
θaːu^1	pai^1	laɯ^2	aːn^1	ji^4
姑娘	**去**	**哪**	**安**	**逸**

妹去哪休闲。

女唱

1-305

几	**比**	**内**	**邦**	**乱**
Geij	bi	neix	biengz	luenh
ki^3	pi^1	ni^4	piːŋ^2	luːn^6
几	**年**	**这**	**地方**	**乱**

近年不太平，

1-306

农	**牙**	**三**	**然**	**伏**
Nuengx	yaek	sanq	ranz	fwz
nuːŋ^4	jak^7	θaːn^5	ɹaːn^2	fɯ^2
妹	**欲**	**散**	**家**	**荒**

妹欲离家园。

1-307

义	**备**	**刀**	**很**	**河**
Nyi	beix	dauq	hwnj	haw
ȵi^1	pi^4	taːu^5	hɯn^3	həɯ^1
听	**兄**	**又**	**上**	**圩**

闻兄来赶圩，

1-308

少	**采**	**元**	**貝**	**节**
Sau	byaij	roen	bae	ciep
θaːu^1	pjaːi^3	joːn^1	pai^1	ɕeːt^7
姑娘	**走**	**路**	**去**	**接**

妹徒步去接。

男唱

1-309

土	**斗**	**堂**	**拉**	**占**
Dou	daeuj	daengz	laj	canz
tu^1	tau^3	taŋ^2	la^3	ɕaːn^2
我	**来**	**到**	**下**	**晒台**

我到晒台下，

1-310

得	**义**	**双**	**句**	**好**
Ndaej	nyi	song	coenz	hauq
dai^3	ȵi^1	θoːŋ^1	kjon^2	haːu^5
得	**听**	**两**	**句**	**话**

听到两句话。

1-311

笨	**阝**	**而**	**貝**	**报**
Baenh	boux	lawz	bae	bauq
pan^{6}	pu^{4}	laɯ^{2}	pai^{1}	paːu^{5}
刚	**个**	**哪**	**去**	**报**

刚才谁报信，

1-312

农	**斗**	**节**	**备**	**银**
Nuengx	daeuj	ciep	beix	ngaenz
nuːŋ^{4}	tau^{3}	ɕeːt^{7}	pi^{4}	ŋan^{2}
妹	**来**	**接**	**兄**	**银**

妹亲自来接。

女唱

1-313

义	**备**	**牙**	**外**	**斗**
Nyi	beix	yaek	vaij	daeuj
ȵi^{1}	pi^{4}	jak^{7}	vaːi^{3}	tau^{3}
听	**兄**	**欲**	**过**	**来**

听说兄要来，

1-314

板	**土**	**又**	**几**	**来**
Mbanj	dou	youh	geij	lai
baːn^{3}	tu^{1}	jou^{4}	ki^{3}	laːi^{1}
村	**我**	**又**	**几**	**多**

我村离不远。

1-315

义	**备**	**刀**	**很**	**开**
Nyi	beix	dauq	hwnj	gai
ȵi^{1}	pi^{4}	taːu^{5}	hɯn^{3}	kaːi^{1}
听	**兄**	**又**	**上**	**街**

闻兄来赶街，

1-316

少	**划**	**船**	**貝**	**节**
Sau	vaij	ruz	bae	ciep
θaːu^{1}	vaːi^{3}	ɹu^{2}	pai^{1}	ɕeːt^{7}
姑娘	**划**	**船**	**去**	**接**

妹划船去接。

男唱

1-317

备	**是**	**尝**	**外**	**斗**
Beix	cix	caengz	vaij	daeuj
pi^{4}	ɕi^{4}	ɕaŋ^{2}	vaːi^{3}	tau^{3}
兄	**就**	**未**	**过**	**来**

兄还未动身，

1-318

农	**米**	**良**	**几**	**来**
Nuengx	miz	liengh	geij	lai
nuːŋ^{4}	mi^{2}	leːŋ^{6}	ki^{3}	laːi^{1}
妹	**有**	**肚量**	**几**	**多**

妹情意多深。

1-319

备	是	尝	斗	才
Beix	cix	caengz	daeuj	yai
pi^{4}	ɕi^{4}	ɕaŋ^{2}	tau^{3}	ja:i^{1}
兄	就	未	来	说

兄还未来到，

1-320

先	划	船	貝	节
Senq	vaij	ruz	bae	ciep
θe:n^{5}	va:i^{3}	ɹu^{2}	pai^{1}	ɕe:t^{7}
早	划	船	去	接

早划船去接。

女唱

1-321

土	貝	河	才	刀
Dou	bae	haw	nda	dauq
tu^{1}	pai^{1}	həɯ^{1}	da^{1}	ta:u^{5}
我	去	圩	刚	回

我赶圩刚回，

1-322

伕	报	堂	浪	你
Fwx	bauq	daengz	laeng	mwngz
fə^{4}	pa:u^{5}	taŋ^{2}	laŋ^{1}	mɯŋ^{2}
别人	报	到	家	你

忽闻兄来了。

1-323

义	火	又	义	供
Ngeix	hoj	youh	ngeix	gungz
ȵi^{4}	ho^{3}	jou^{4}	ȵi^{4}	kuŋ^{2}
想	苦	又	想	穷

无论多辛苦，

1-324

貝	节	龙	土	观
Bae	ciep	lungz	dou	gonq
pai^{1}	ɕe:t^{7}	luŋ^{2}	tu^{1}	ko:n^{5}
去	接	龙	我	先

都要去接兄。

男唱

1-325

土	斗	堂	大	罗
Dou	daeuj	daengz	daih	loh
tu^{1}	tau^{3}	taŋ^{2}	ta:i^{6}	lo^{6}
我	来	到	大	路

我来到半路，

1-326

见	双	卜	相	歪
Raen	song	boux	ciengx	vaiz
ɹan^{1}	θo:ŋ^{1}	pu^{4}	ɕi:ŋ^{4}	va:i^{2}
见	两	个	养	水牛

见两个牧人。

1-327

板	农	欢	来	来
Mbanj	nuengx	ndwek	lai	lai
ba:n^{3}	nu:ŋ^{4}	dɯ:k^{7}	la:i^{1}	la:i^{1}
村	妹	热闹	多	多

你村多热闹，

1-328

古	邦	说	古	道①
Guh	bang	naeuz	guh	dauh
ku^{4}	pa:ŋ^{1}	nau^{2}	ku^{4}	ta:u^{6}
做	仪式	或	做	道

谁家做道场。

1-331

空	古	邦	古	道
Ndwi	guh	bang	guh	dauh
du:i^{1}	ku^{4}	pa:ŋ^{1}	ku^{4}	ta:u^{6}
不	做	仪式	做	道

不做斋做道，

1-332

邦	斗	板	古	而
Baengz	daeuj	mbanj	guh	rawz
paŋ^{2}	tau^{3}	ba:n^{3}	ku^{4}	ɹaɯ^{2}
朋	来	村	做	什么

客进村干啥。

女唱

1-329

垌	土	牙	空	芬
Doengh	dou	yax	ndwi	fwnz
toŋ^{6}	tu^{1}	ja^{5}	du:i^{1}	fɯn^{2}
垌	我	也	不	柴

我林无大柴，

1-330

山	土	牙	空	吵
Bya	dou	yax	ndwi	nyaux
pja^{1}	tu^{1}	ja^{5}	du:i^{1}	ɲa:u^{4}
山	我	也	不	小柴

我山无小柴。

男唱

1-333

土	斗	堂	大	罗
Dou	daeuj	daengz	daih	loh
tu^{1}	tau^{3}	taŋ^{2}	ta:i^{6}	lo^{6}
我	来	到	大	路

我来到半路，

1-334

见	双	卜	相	牛
Raen	song	boux	ciengx	cwz
ɹan^{1}	θo:ŋ^{1}	pu^{4}	ɕi:ŋ^{4}	ɕɯ^{2}
见	两	个	养	黄牛

见两个牧人。

① 古邦说古道[ku^{4} pa:ŋ^{1} nau^{2} ku^{4} ta:u^{6}]：指做道场，壮族和瑶族等民族的习俗之一，即家中有人去世，则邀请道公到家中主持道场并安放灵位。此处喻指对歌场面热闹，人员众多。

1-335

板	农	欢	样	河
Mbanj	nuengx	ndwek	yiengh	haw
ba:n^{3}	nu:ŋ^{4}	dɯ:k^{7}	jɯ:ŋ^{6}	həɯ^{1}
村	妹	热闹	样	圩

村热闹如圩，

1-336

龙	斗	特	烋	天
Lungz	daeuj	dawz	ien	den
luŋ^{2}	tau^{3}	təɯ^{2}	i:n^{1}	te:n^{5}
龙	来	守	烟	店

兄来守烟店。

女唱

1-337

双	手	双	朵	花
Song	fwngz	song	duj	va
θo:ŋ^{1}	fɯŋ^{2}	θo:ŋ^{1}	tu^{3}	va^{1}
两	手	两	朵	花

手捧两朵花，

1-338

出	而	马	秋	面
Ok	lawz	ma	ciuq	mienh
o:k^{7}	laɯ^{2}	ma^{1}	ɕi:u^{5}	me:n^{6}
出	哪	来	照	面

到哪来见面。

1-339

日	日	土	可	先
Ngoenz	ngoenz	dou	goj	senq
ŋon^{2}	ŋon^{2}	tu^{1}	ko^{5}	θe:n^{5}
天	天	我	也	早

每天都早来，

1-340

烋	天	不	卜	特
Ien	den	mbouj	boux	dawz
i:n^{1}	te:n^{5}	bou^{5}	pu^{4}	təɯ^{2}
烟	店	不	个	守

烟店无人守。

男唱

1-341

土	斗	堂	大	罗
Dou	daeuj	daengz	daih	loh
tu^{1}	tau^{3}	taŋ^{2}	ta:i^{6}	lo^{6}
我	来	到	大	路

我来到半路，

1-342

见	双	卜	相	牛
Raen	song	boux	ciengx	cwz
ɹan^{1}	θo:ŋ^{1}	pu^{4}	ɕi:ŋ^{4}	ɕɯ^{2}
见	两	个	养	黄牛

遇两个牧人。

1-343

板	农	欢	样	河
Mbanj	nuengx	ndwek	yiengh	haw
ba:n^{3}	nu:ŋ^{4}	dɯ:k^{7}	jɯ:ŋ^{6}	həɯ^{1}
村	妹	热闹	样	圩

村热闹如圩，

1-344

斗	三	时	讲	满
Daeuj	sam	seiz	gangj	monh
tau^{3}	θa:n^{1}	θi^{2}	ka:ŋ^{3}	mo:n^{6}
来	三	时	讲	情

时刻来谈情。

女唱

1-345

卜	土	当	华	老
Boh	dou	dang	hak	laux
po^{6}	tu^{1}	ta:ŋ^{1}	ha:k^{7}	la:u^{4}
父	我	当	官	大

我父当大官，

1-346

斗	是	满	三	时
Daeuj	cix	monh	sam	seiz
tau^{3}	ɕi^{4}	mo:n^{6}	θa:n^{1}	θi^{2}
来	就	谈情	三	时

既来就长聊。

1-347

哥	土	当	长	字
Go	dou	dang	cangh	saw
ko^{1}	tu^{1}	ta:ŋ^{1}	ɕa:ŋ^{6}	θaɯ^{1}
哥	我	当	匠	书

哥是读书人，

1-348

时	而	时	不	欢
Seiz	lawz	seiz	mbouj	ndwek
θi^{2}	laɯ^{2}	θi^{2}	bou^{5}	dɯ:k^{7}
时	哪	时	不	热闹

何时不热闹？

男唱

1-349

土	斗	堂	大	罗
Dou	daeuj	daengz	daih	loh
tu^{1}	tau^{3}	taŋ^{2}	ta:i^{6}	lo^{6}
我	来	到	大	路

我来到半路，

1-350

见	双	阝	相	歪
Raen	song	boux	ciengx	vaiz
ɹan^{1}	θo:ŋ^{1}	pu^{4}	ɕi:ŋ^{4}	va:i^{2}
见	两	个	养	水牛

遇两个牧人。

1-351

田	**内**	**米**	**少**	**乖**
Dieg	neix	miz	sau	gvai
ti:k^{8}	ni^{4}	mi^{2}	θa:u^{1}	kwa:i^{1}
地	这	有	姑娘	乖

此地有美女，

1-352

龙	**斗**	**才**	**讲**	**满**
Lungz	daeuj	yai	gangj	monh
luŋ^{2}	tau^{3}	ja:i^{1}	ka:ŋ^{3}	mo:n^{6}
龙	来	说	讲	情

我来找她聊。

女唱

1-353

卜	**土**	**当**	**华**	**老**
Boh	dou	dang	hak	laux
po^{6}	tu^{1}	ta:ŋ^{1}	ha:k^{7}	la:u^{4}
父	我	当	官	大

我父当大官，

1-354

你	**斗**	**你**	**牙**	**说**
Mwngz	daeuj	mwngz	yax	naeuz
mɯŋ^{2}	tau^{3}	mɯŋ^{2}	ja^{5}	nau^{2}
你	来	你	也	说

你来提前说。

1-355

哥	**土**	**当**	**华**	**头**
Go	dou	dang	hak	daeuz
ko^{1}	tu^{1}	ta:ŋ^{1}	ha:k^{7}	tau^{2}
哥	我	当	官	大

我哥当大官，

1-356

你	**牙**	**说**	**它**	**知**
Mwngz	yax	naeuz	de	rox
mɯŋ^{2}	ja^{5}	nau^{2}	te^{1}	ɹo^{4}
你	也	说	他	知

你讲给他听。

男唱

1-357

土	**斗**	**堂**	**大**	**罗**
Dou	daeuj	daengz	daih	loh
tu^{1}	tau^{3}	taŋ^{2}	ta:i^{6}	lo^{6}
我	来	到	大	路

我来到大路，

1-358

见	**双**	**卜**	**相**	**歪**
Raen	song	boux	ciengx	vaiz
ɹan^{1}	θo:ŋ^{1}	pu^{4}	ɕi:ŋ^{4}	va:i^{2}
见	两	个	养	水牛

见两个牧人。

1-359

板	**内**	**欢**	**来**	**来**
Mbanj	neix	ndwek	lai	lai
ba:n^{3}	ni^{4}	dɯ:k^{7}	la:i^{1}	la:i^{1}
村	这	热闹	多	多

这村真热闹，

1-360

龙	**很**	**开**	**斗**	**观**
Lungz	hwnj	gai	daeuj	gonq
luŋ^{2}	hɯn^{3}	ka:i^{1}	tau^{3}	ko:n^{5}
龙	上	街	来	先

兄先上街去。

女唱

1-361

卜	**土**	**当**	**华**	**老**
Boh	dou	dang	hak	laux
po^{6}	tu^{1}	ta:ŋ^{1}	ha:k^{7}	la:u^{4}
父	我	当	官	大

我父当大官，

1-362

你	**斗**	**你**	**牙**	**些**
Mwngz	daeuj	mwngz	yax	re
mɯŋ^{2}	tau^{3}	mɯŋ^{2}	ja^{5}	ɹe^{1}
你	来	你	也	提防

你来要提防。

1-363

哥	**土**	**当**	**大**	**爷**
Go	dou	dang	daih	yez
ko^{1}	tu^{1}	ta:ŋ^{1}	ta:i^{6}	je^{2}
哥	我	当	大	爷

我哥当老爷，

1-364

你	**牙**	**些**	**斗**	**观**
Mwngz	yax	re	daeuj	gonq
mɯŋ^{2}	ja^{5}	ɹe^{1}	tau^{3}	ko:n^{5}
你	也	提防	来	先

你也要提防。

男唱

1-365

板	**你**	**出**	**华**	**老**
Mbanj	mwngz	ok	hak	laux
ba:n^{3}	mɯŋ^{2}	o:k^{7}	ha:k^{7}	la:u^{4}
村	你	出	官	大

你村出大官，

1-366

土	**斗**	**土**	**是**	**些**
Dou	daeuj	dou	cix	re
tu^{1}	tau^{3}	tu^{1}	ɕi^{4}	ɹe^{1}
我	来	我	就	提防

我来就提防。

1-367

你	**来**	**土**	**勒**	**业**
Mwngz	laih	dou	lwg	nyez
mɯŋ^{2}	la:i^{6}	tu^{1}	lɯk^{8}	ɲe^{2}
你	以为	我	子	小孩

把我当小孩，

1-368

土	**是**	**些**	**斗**	**观**
Dou	cix	re	daeuj	gonq
tu^{1}	ɕi^{4}	ɹe^{1}	tau^{3}	ko:n^{5}
我	就	提防	来	先

我早有准备。

女唱

1-369

双	**手**	**双**	**朵**	**花**
Song	fwngz	song	duj	va
θo:ŋ^{1}	fɯŋ^{2}	θo:ŋ^{1}	tu^{3}	va^{1}
两	手	两	朵	花

手捧两朵花，

1-370

出	**而**	**马**	**韦**	**机**
Ok	lawz	ma	vae	giq
o:k^{7}	laɯ^{2}	ma^{1}	vai^{1}	ki^{5}
出	哪	来	姓	支

异姓友何来。

1-371

问	**江**	**龙**	**板**	**内**
Cam	gyangz	lungz	mbanj	neix
ɕa:m^{1}	kja:ŋ^{2}	luŋ^{2}	ba:n^{3}	ni^{4}
问	诸	龙	村	这

问村中诸君，

1-372

友	**土**	**说**	**贵**	**文**
Youx	dou	naeuz	gwiz	vunz
ju^{4}	tu^{1}	nau^{2}	kɯi^{2}	vun^{2}
友	我	或	丈夫	人

来客是何人。

男唱

1-373

在	**十**	**三**	**日**	**罗**
Ywq	cib	sam	ngoenz	loh
jɯ^{5}	ɕit^{8}	θa:n^{1}	ŋon^{2}	lo^{6}
走	十	三	天	路

走十三天路，

1-374

斗	**托**	**友**	**少**	**论**
Daeuj	doh	youx	sau	lwnz
tau^{3}	to^{6}	ju^{4}	θa:u^{1}	lun^{2}
来	向	友	姑娘	最小

来看小女友。

1-375

牙	**空**	**是**	**贵**	**文**
Yax	ndwi	cix	gwiz	vunz
ja^{5}	du:i^{1}	ɕi^{4}	kɯi^{2}	vun^{2}
也	**不**	**是**	**丈夫**	**人**

非别人夫君，

1-376

包	**论**	**斗**	**巡**	**农**
Mbauq	lwnz	daeuj	cunz	nuengx
ba:u^{5}	lun^{2}	tau^{3}	ɕun^{2}	nu:ŋ^{4}
小伙	**最小**	**来**	**巡**	**妹**

小哥来看妹。

女唱

1-377

夜	**来**	**到**
Ye	laiz	dau
je^{4}	la:i^{2}	ta:u^{4}
夜	**来**	**到**

夜晚已降临，

1-378

包	**不**	**乱**	**堂**	**然**
Mbauq	mbouj	luenh	daengz	ranz
ba:u^{5}	bou^{5}	lu:n^{6}	taŋ^{2}	ɹa:n^{2}
小伙	**不**	**乱**	**到**	**家**

难得来一次。

1-379

伕	**狼**	**占**
Fwx	langh	canz
fə^{4}	la:ŋ^{6}	ɕa:n^{2}
别人	**放**	**晒台**

晒台上消遣，

1-380

兰	**阝**	**而**	**斗**	**内**
Lan	boux	lawz	daeuj	neix
la:n^{1}	pu^{4}	laɯ^{2}	tau^{3}	ni^{4}
孙	**个**	**哪**	**来**	**这**

谁家孙子来。

男唱

1-381

在	**十**	**三**	**日**	**罗**
Ywq	cib	sam	ngoenz	loh
jɯ^{5}	ɕit^{8}	θa:n^{1}	ŋon^{2}	lo^{6}
走	**十**	**三**	**天**	**路**

走十三天路，

1-382

斗	**巡**	**友**	**少**	**然**
Daeuj	cunz	youx	sau	ranz
tau^{3}	ɕun^{2}	ju^{4}	θa:u^{1}	ɹa:n^{2}
来	**巡**	**友**	**姑娘**	**家**

来访女友家。

1–383

牙 空 特 那 兰
Yax ndwi dwg naj lan
ja^5 du:i^1 tɯk^8 na^3 la:n^1
也 不 是 脸 孙
并不是孙辈，

1–384

平 班 龙 牙 斗
Bingz ban lungz yax daeuj
piŋ^2 pa:n^1 luŋ^2 ja^5 tau^3
平 班 龙 才 来
同龄人才来。

女唱

1–385

夜 来 到
Ye laiz dau
je^4 la:i^2 ta:u^4
夜 来 到
夜晚已来到，

1–386

包 不 乱 斗 巡
Mbauq mbouj luenh daeuj cunz
ba:u^5 bou^5 lu:n^6 tau^3 ɕun^2
小伙 不 乱 来 巡
小哥难得来。

1–387

飞 很 斗 了 论①
Mbin hwnj daeuj liux lwnz
bin^1 hɯn^3 tau^3 li:u^4 lun^2
飞 上 来 啰 情哥
小哥快上来，

1–388

巡 土 说 巡 伕
Cunz dou naeuz cunz fwx
ɕun^2 tu^1 nau^2 ɕun^2 fə^4
巡 我 或 巡 别人
是否来访我？

男唱

1–389

特 条 罗 王 连
Dwg diuz loh vuengz lienz
tɯk^8 ti:u^2 lo^6 va:ŋ^2 li:n^2
是 条 路 黄 连
这条路难走，

1–390

千 年 土 不 瓜
Cien nienz dou mbouj gvaq
ɕi:n^1 ni:n^2 tu^1 bou^5 kwa^5
千 年 我 不 过
荒凉无人走。

① 论［lun^2］：情哥、情妹，男女对歌时对彼此的爱称。

1–391

客	**来**	**斗**	**你**	**家**
Gwz	laiz	daeuj	nij	gya
kə^{2}	laːi^{2}	tau^{3}	ni^{3}	kja^{1}
客	来	到	你	家

客人到你家，

1–392

不	**太**	**瓜**	**貝**	**而**
Mbouj	daih	gvaq	bae	lawz
bou^{5}	taːi^{6}	kwa^{5}	pai^{1}	laɯ^{2}
不	太	过	去	哪

不轻易离开。

女唱

1–393

飞	**很**	**斗**	**了**	**论**
Mbin	hwnj	daeuj	liux	lwnz
bin^{1}	hɯn^{3}	tau^{3}	liːu^{4}	lun^{2}
飞	上	来	啰	情哥

小哥快上来，

1–394

巡	**土**	**说**	**巡**	**伕**
Cunz	dou	naeuz	cunz	fwx
ɕun^{2}	tu^{1}	nau^{2}	ɕun^{2}	fə^{4}
巡	我	或	巡	别人

是否来访我？

1–395

巡	**土**	**龙**	**是**	**在**
Cunz	dou	lungz	cix	ywq
ɕun^{2}	tu^{1}	luŋ^{2}	ɕi^{4}	jɯ^{5}
巡	我	龙	就	在

看我就住下，

1–396

巡	**伕**	**备**	**是**	**貝**
Cunz	fwx	beix	cix	bae
ɕun^{2}	fə^{4}	pi^{4}	ɕi^{4}	pai^{1}
巡	别人	兄	就	去

来别家便走。

男唱

1–397

在	**十**	**三**	**日**	**罗**
Ywq	cib	sam	ngoenz	loh
jɯ^{5}	ɕit^{8}	θaːn^{1}	ŋon^{2}	lo^{6}
走	十	三	天	路

走十三天路，

1–398

斗	**巡**	**友**	**少**	**金**
Daeuj	cunz	youx	sau	gim
tau^{3}	ɕun^{2}	ju^{4}	θaːu^{1}	kin^{1}
来	巡	友	姑娘	金

探金贵女友。

1-399

沙	**饭**	**端**	**不**	**吃**
Saj	souh	donq	mbouj	gwn
θa^{3}	θou^{6}	toːn^{5}	bou^{5}	kɯn^{1}
舍（得）	饭	顿	不	吃

即便不吃饭，

1-400

牙	**飞**	**堂**	**然**	**农**
Yax	mbin	daengz	ranz	nuengx
ja^{5}	bin^{1}	taŋ^{2}	ɹaːn^{2}	nuːŋ^{4}
也	飞	到	家	妹

也要来妹家。

女唱

1-401

我	**在**	**我**	**地**	**方**
Ngoj	cai	ngoj	di	fangh
ŋo^{3}	çaːi^{4}	ŋo^{3}	ti^{4}	faːŋ^{5}
我	在	我	地	方

我在我家乡，

1-402

克	**哪**	**来**	**包**	**金**
Gwz	naj	laiz	mbauq	gim
kə^{4}	na^{3}	laːi^{2}	baːu^{5}	kin^{1}
去	哪	来	小伙	金

哪来贵公子。

1-403

沙	**饭**	**端**	**不**	**吃**
Saj	souh	donq	mbouj	gwn
θa^{3}	θou^{6}	toːn^{5}	bou^{5}	kɯn^{1}
舍（得）	饭	顿	不	吃

连饭都不吃，

1-404

老	**斗**	**巡**	**是**	**错**
Lau	daeuj	cunz	cix	loek
laːu^{1}	tau^{3}	çun^{2}	çi^{4}	lok^{7}
怕	来	巡	是	错

只怕找错人。

男唱

1-405

在	**十**	**三**	**日**	**罗**
Ywq	cib	sam	ngoenz	loh
jɯ^{5}	çit^{8}	θaːn^{1}	ŋon^{2}	lo^{6}
走	十	三	天	路

走十三天路，

1-406

斗	**巡**	**友**	**少**	**金**
Daeuj	cunz	youx	sau	gim
tau^{3}	çun^{2}	ju^{4}	θaːu^{1}	kin^{1}
来	巡	友	姑娘	金

探金贵情友。

1-407

但　得　农　岁　心

Danh ndaej nuengx caez sim

ta:n^{6} dai^{3} nu:ŋ^{4} ɕai^{2} θin^{1}

但　得　妹　齐　心

但与妹同心，

1-408

不　吃　牙　可　印

Mbouj gwn yax goj imq

bou^{5} kɯn^{1} ja^{5} ko^{5} im^{5}

不　吃　也　可　饱

有情饮水饱。

女唱

1-409

我　在　我　地　方

Ngoj cai ngoj di fangh

ŋo^{3} ɕa:i^{4} ŋo^{3} ti^{4} fa:ŋ^{5}

我　在　我　地　方

我在我家乡，

1-410

克　哪　友　巴　轻

Gwz naj youx bak mbaeu

kə^{4} na^{3} ju^{4} pa:k^{7} bau^{1}

去　哪　友　嘴　轻

何方贵客来？

1-411

你　备　斗　巡　偻

Mwngz beix daeuj cunz raeuz

mɯŋ^{2} pi^{4} tau^{3} ɕun^{2} ɹau^{2}

你　兄　来　巡　我们

兄来看望我，

1-412

吃　寿　不　办　端

Gwn caeuz mbouj baenz donq

kɯn^{1} ɕau^{2} bou^{5} pan^{2} to:n^{5}

吃　晚饭　不　成　顿

食不知其味。

男唱

1-413

在　十　三　日　罗

Ywq cib sam ngoenz loh

jɯ^{5} ɕit^{8} θa:n^{1} ŋon^{2} lo^{6}

走　十　三　天　路

走十三天路，

1-414

斗　巡　友　巴　轻

Daeuj cunz youx bak mbaeu

tau^{3} ɕun^{2} ju^{4} pa:k^{7} bau^{1}

来　巡　友　嘴　轻

访伶俐女友。

1-415

十 庖 不 吃 寿

Cib haemh mbouj gwn caeuz

çit^{8} han^{6} bou^{5} kɯn^{1} çau^{2}

十 夜 不 吃 晚饭

十晚不吃饭，

1-416

团 堂 少 自 印

Dwen daengz sau gag imq

tɯ:n^{1} taŋ^{2} θa:u^{1} ka:k^{8} im^{5}

提 到 姑娘 自 饱

想到妹就饱。

女唱

1-417

我 在 我 地 方

Ngoj cai ngoj di fangh

ŋo^{3} ça:i^{4} ŋo^{3} ti^{4} fa:ŋ^{5}

我 在 我 地 方

我在我家乡，

1-418

在 哪 来 巴 丢

Cai naj laiz bak diu

ça:i^{4} na^{3} la:i^{2} pa:k^{7} ti:u^{1}

在 哪 来 嘴 刁

何方客临门？

1-419

义 备 吃 茶 绿

Ngeix beix gwn caz heu

ȵi^{4} pi^{4} kɯn^{1} ça^{2} he:u^{1}

想 兄 吃 茶 清

兄以茶代饭，

1-420

日 采 千 里 罗

Ngoenz byaij cien leix loh

ŋon^{2} pja:i^{3} çi:n^{1} li^{4} lo^{6}

日 走 千 里 路

日行千里路。

男唱

1-421

土 是 想 不 马

Dou cix siengj mbouj ma

tu^{1} çi^{4} θi:ŋ^{3} bou^{5} ma^{1}

我 是 想 不 来

我本不想来，

1-422

仙 茶 沙 堂 后

Cienq caz ra daengz haeux

çe:n^{1} ça^{2} ɹa^{1} taŋ^{2} hau^{4}

煎 茶 找 到 米

你已备茶饭。

1-423

土	是	想	不	斗
Dou	cix	siengj	mbouj	daeuj
tu^{1}	ɕi^{4}	θiːŋ^{3}	bou^{5}	tau^{3}
我	是	想	不	来

我本不想来，

1-424

友	口	不	阝	巡
Youx	gaeuq	mbouj	boux	cunz
ju^{4}	kau^{5}	bou^{5}	pu^{4}	ɕun^{2}
友	旧	不	个	巡

故交无人访。

女唱

1-425

牙	斗	是	自	斗
Yaek	daeuj	cix	gag	daeuj
jak^{7}	tau^{3}	ɕi^{4}	kaːk^{8}	tau^{3}
欲	来	就	自	来

想来你便来，

1-426

空	米	友	貝	沙
Ndwi	miz	youx	bae	ra
duːi^{1}	mi^{2}	ju^{4}	pai^{1}	ɹa^{1}
不	有	友	去	找

我不会去找。

1-427

牙	马	是	自	马
Yaek	ma	cix	gag	ma
jak^{7}	ma^{1}	ɕi^{4}	kaːk^{8}	ma^{1}
欲	来	就	自	来

想来你就来，

1-428

空	米	文	貝	当
Ndwi	miz	vunz	bae	daengq
duːi^{1}	mi^{2}	vun^{2}	pai^{1}	taŋ^{5}
不	有	人	去	叮嘱

无人去邀约。

男唱

1-429

你	说	你	空	当
Mwngz	naeuz	mwngz	ndwi	daengq
mɯŋ^{2}	nau^{2}	mɯŋ^{2}	duːi^{1}	taŋ^{5}
你	说	你	不	叮嘱

你说没邀约，

1-430

利	米	话	外	江
Lij	miz	vah	vaij	gyang
li^{4}	mi^{2}	va^{6}	vaːi^{3}	kjaːŋ^{1}
还	有	话	过	中

还有邀约语。

1-431

你 空 当 包 娘

Mwngz ndwi daengq mbauq nangz

mɯŋ^{2} duːi^{1} taŋ^{5} baːu^{5} naːŋ^{2}

你 不 叮嘱 俊 姑娘

你未提前说，

1-432

自 马 堂 亩 内

Gag ma daengz haemh neix

kaːk^{8} ma^{1} taŋ^{2} han^{6} ni^{4}

自 来 到 夜 这

今夜我自来。

女唱

1-433

当 备 斗 月 义

Daengq beix daeuj ndwen ngeih

taŋ^{5} pi^{4} tau^{3} duːn^{1} ȵi^{6}

叮嘱 兄 来 月 二

约兄二月来，

1-434

月 内 备 先 堂

Ndwen neix beix senq daengz

duːn^{1} ni^{4} pi^{4} θeːn^{5} taŋ^{2}

月 这 兄 早 到

兄提前来到。

1-435

当 你 斗 月 浪

Daengq mwngz daeuj ndwen laeng

taŋ^{5} mɯŋ^{2} tau^{3} duːn^{1} laŋ^{1}

叮嘱 你 来 月 后

邀你下月来，

1-436

应 么 斗 月 内

Yinh maz daeuj ndwen neix

iŋ^{1} ma^{2} tau^{3} duːn^{1} ni^{4}

因 何 来 月 这

为何本月到？

男唱

1-437

在 十 三 日 罗

Ywq cib sam ngoenz loh

jɯ^{5} ɕit^{8} θaːn^{1} ŋon^{2} lo^{6}

走 十 三 天 路

走十三天路，

1-438

斗 巡 友 在 行

Daeuj cunz youx caih hangz

tau^{3} ɕun^{2} ju^{4} ɕaːi^{6} haːŋ^{2}

来 巡 友 在 行

访远方女友。

1-439

月	**内**	**备**	**空**	**堂**
Ndwen	neix	beix	ndwi	daengz
du:n^{1}	ni^{4}	pi^{4}	du:i^{1}	taŋ^{2}
月	这	兄	不	到

本月兄不来，

1-440

月	**浪**	**少**	**火**	**满**
Ndwen	laeng	sau	hoj	muengh
du:n^{1}	laŋ^{1}	θa:u^{1}	ho^{3}	mu:ŋ^{6}
月	后	姑娘	难	望

怕妹会惦念。

女唱

1-441

夜	**来**	**到**
Ye	laiz	dau
je^{4}	la:i^{2}	ta:u^{4}
夜	来	到

夜晚已来到，

1-442

备	**出**	**田**	**而**	**马**
Beix	ok	denz	lawz	ma
pi^{4}	o:k^{7}	te:n^{2}	laɯ^{2}	ma^{1}
兄	出	地	哪	来

兄从何处来。

1-443

伕	**内**	**伕**	**开**	**么**
Fawh	neix	fawh	gij	maz
fəɯ^{6}	ni^{4}	fəɯ^{6}	ka:i^{2}	ma^{2}
时	这	时	什	么

这什么时节，

1-444

斗	**巡**	**花**	**龙**	**女**
Daeuj	cunz	va	lungz	nawx
tau^{3}	ɕun^{2}	va^{1}	luŋ^{2}	nɯ^{4}
来	巡	花	龙	女

来探访姑娘。

男唱

1-445

伕	**内**	**空**	**斗**	**巡**
Fawh	neix	ndwi	daeuj	cunz
fəɯ^{6}	ni^{4}	du:i^{1}	tau^{3}	ɕun^{2}
时	这	不	来	巡

这时不来访，

1-446

堂	**伕**	**春**	**不**	**往**
Daengz	fawh	cin	mbouj	vangq
taŋ^{2}	fəɯ^{6}	ɕun^{1}	bou^{5}	va:ŋ^{5}
到	时	春	不	空

入春便无暇。

1-447

伕 种 那 红 仰

Fawh ndaem naz hong nyaengq

fəɯ6 dan1 na2 ho:ŋ1 ȵa:ŋ5

时 种 田 工 忙

种田时忙碌，

1-448

备 不 往 斗 巡

Beix mbouj vangq daeuj cunz

pi4 bou5 va:ŋ5 tau3 ɕun2

兄 不 空 来 巡

兄无暇来访。

女唱

1-449

夜 来 到

Ye laiz dau

je4 la:i2 ta:u4

夜 来 到

夜晚已来到，

1-450

备 出 板 而 马

Beix ok mbanj lawz ma

pi4 o:k7 ba:n3 laɯ2 ma1

兄 出 村 哪 来

兄从哪村来？

1-451

早 刀 瓜 马 查

Romh dauq gvaq ma caz

ɹo:n6 ta:u5 kwa5 ma1 ɕa2

早 回 过 来 查问

早早来打听，

1-452

鸦 貝 架 而 读

A bae gyaz lawz douh

a1 pai1 kja2 laɯ2 tou6

鸦 去 草丛 哪 栖息

乌鸦去哪方。

男唱

1-453

在 十 三 日 罗

Ywq cib sam ngoenz loh

jɯ5 ɕit8 θa:n1 ŋon2 lo6

走 十 三 天 路

走十三天路，

1-454

斗 巡 友 少 而

Daeuj cunz youx sau lawz

tau3 ɕun2 ju4 θa:u1 laɯ2

来 巡 友 姑娘 哪

访谁家姑娘。

1-455

早	**刀**	**瓜**	**马**	**查**
Romh	dauq	gvaq	ma	caz
ɹoːn^{6}	taːu^{5}	kwa^{5}	ma^{1}	ɕa^{2}
早	回	过	来	查问

早早过来问，

1-456

鸦	**可**	**站**	**尾**	**会**
A	goj	soengz	byai	faex
a^{1}	ko^{5}	θoŋ^{2}	pjaːi^{1}	fai^{4}
鸦	也	站	尾	树

乌鸦站树梢。

女唱

1-457

你	**备**	**斗**	**巡**	**土**
Mwngz	beix	daeuj	cunz	dou
mɯŋ^{2}	pi^{4}	tau^{3}	ɕun^{2}	tu^{1}
你	兄	来	巡	我

仁兄来看我，

1-458

九	**名**	**貝**	**堂**	**府**
Riuz	mingz	bae	daengz	fuj
ɹiːu^{2}	miŋ^{2}	pai^{1}	taŋ^{2}	fu^{3}
传	名	去	到	府

名声广流传。

1-459

你	**斗**	**内**	**巡**	**友**
Mwngz	daeuj	neix	cunz	youx
mɯŋ^{2}	tau^{3}	ni^{4}	ɕun^{2}	ju^{4}
你	来	这	巡	友

你来此访友，

1-460

付	**母**	**当**	**样**	**而**
Fuj	muj	daengq	yiengh	lawz
fu^{4}	mu^{4}	taŋ^{5}	jɯːŋ^{6}	laɯ^{2}
父	母	叮嘱	样	哪

父母怎吩咐？

男唱

1-461

土	**斗**	**堂**	**巴**	**土**
Dou	daeuj	daengz	bak	dou
tu^{1}	tau^{3}	taŋ^{2}	paːk^{7}	tou^{1}
我	来	到	口	门

我出到门口，

1-462

利	**论**	**点**	**点**	**毛**
Lij	lumz	gyaep	dem	mauh
li^{4}	lun^{2}	kjot^{7}	teːn^{1}	maːu^{6}
还	忘	雨帽	与	帽

忘记带竹帽。

1-463

乜	当	貝	当	刀
Meh	daengq	bae	daengq	dauq
me^{6}	taŋ^{5}	pai^{1}	taŋ^{5}	ta:u^{5}
母	叮嘱	去	叮嘱	回

母反复交待，

1-464

开	吵	闹	然	文
Gaej	cauj	nyaux	ranz	vunz
ka:i^{5}	ɕa:u^{3}	ȵa:u^{4}	ɹa:n^{2}	vun^{2}
莫	吵	闹	家	人

莫打搅人家。

女唱

1-465

日	貝	垌	马	论
Ngoenz	bae	doengh	ma	laep
ŋon^{2}	pai^{1}	toŋ^{6}	ma^{1}	lap^{7}
日	去	垌	来	黑

地里待到夜，

1-466

点	阝	而	吊	勾
Gyaep	boux	lawz	venj	ngaeu
kjot^{7}	pu^{4}	laɯ^{2}	ve:n^{3}	ŋau^{1}
雨帽	个	哪	挂	钩

竹帽挂钩上。

1-467

三	才	吊	良	罗
San	sai	venj	liengz	loh
θa:n^{1}	θa:i^{1}	ve:n^{3}	le:ŋ^{2}	lo^{6}
编	带	挂	边	路

带子挂路边，

1-468

包	作	而	斗	内
Mbauq	coz	lawz	daeuj	neix
ba:u^{5}	ɕo^{2}	laɯ^{2}	tau^{3}	ni^{4}
小伙	年轻	哪	来	这

谁家后生来。

男唱

1-469

在	十	三	日	罗
Ywq	cib	sam	ngoenz	loh
jɯ^{5}	ɕit^{8}	θa:n^{1}	ŋon^{2}	lo^{6}
走	十	三	天	路

走十三天路，

1-470

斗	巡	友	少	而
Daeuj	cunz	youx	sau	lawz
tau^{3}	ɕun^{2}	ju^{4}	θa:u^{1}	laɯ^{2}
来	巡	友	姑娘	哪

来看谁家妹。

1-471

说	农	不	用	查
Naeuz	nuengx	mbouj	yungh	caz
nau^{2}	nuːŋ^{4}	bou^{5}	juŋ^{6}	ɕa^{2}
说	妹	不	用	查问

姑娘不必问，

1-472

包	乖	斗	巡	农
Mbauq	gvai	daeuj	cunz	nuengx
baːu^{5}	kwaːi^{1}	tau^{3}	ɕun^{2}	nuːŋ^{4}
小伙	乖	来	巡	妹

后生来看你。

女唱

1-473

日	貝	垌	马	论
Ngoenz	bae	doengh	ma	laep
ŋon^{2}	pai^{1}	toŋ^{6}	ma^{1}	lap^{7}
日	去	垌	来	黑

去田垌晚归，

1-474

点	阝	而	吊	周
Gyaep	boux	lawz	venj	saeu
kjot^{7}	pu^{4}	laɯ^{2}	veːn^{3}	θau^{1}
雨帽	个	哪	挂	柱

见雨帽挂柱。

1-475

三	才	吊	良	楼
San	sai	venj	liengz	laeuz
θaːn^{1}	θaːi^{1}	veːn^{3}	leːŋ^{2}	lau^{2}
编	带	挂	边	楼

带子挂楼旁，

1-476

友	而	斗	巡	农
Youx	lawz	daeuj	cunz	nuengx
ju^{4}	laɯ^{2}	tau^{3}	ɕun^{2}	nuːŋ^{4}
友	哪	来	巡	妹

谁来看姑娘。

男唱

1-477

土	在	田	广	东
Dou	ywq	denz	gvangj	doeng
tu^{1}	jɯ^{5}	teːn^{2}	kwaːŋ^{3}	toŋ^{1}
我	在	地	广	东

我来自广东，

1-478

下	斗	巡	少	口
Roengz	daeuj	cunz	sau	gaeuq
ɹoŋ^{2}	tau^{3}	ɕun^{2}	θaːu^{1}	kau^{5}
下	来	巡	姑娘	旧

来看老相识。

1-479

说 卜 你 煮 氿

Naeuz boh mwngz cawj laeuj

nau^{2} po^{6} mɯŋ^{2} ɕəɯ^{3} lau^{3}

说 父 你 煮 酒

叫你父酿酒，

1-480

备 牙 斗 古 亲

Beix yaek daeuj guh cin

pi^{4} jak^{7} tau^{3} ku^{4} ɕin^{1}

兄 欲 来 做 亲

我要来提亲。

女唱

1-481

你 当 你 是 马

Mwngz daengq mwngz cix ma

mɯŋ^{2} taŋ^{5} mɯŋ^{2} ɕi^{4} ma^{1}

你 叮嘱 你 就 来

你说你要来，

1-482

后 三 比 煮 氿

Haeux sam bi cawj laeuj

hau^{4} θaːn^{1} pi^{1} ɕəɯ^{3} lau^{3}

米 三 年 煮 酒

家有陈粮酒。

1-483

你 当 你 不 斗

Mwngz daengq mwngz mbouj daeuj

mɯŋ^{2} taŋ^{5} mɯŋ^{2} bou^{5} tau^{3}

你 叮嘱 你 不 来

若你还不来，

1-484

坏 后 备 是 赔

Vaih haeux beix cix boiz

vaːi^{6} hau^{4} pi^{4} ɕi^{4} poːi^{2}

坏 米 兄 就 赔

你要赔酒粮。

男唱

1-485

写 后 口 古 么

Ce haeux gaeuq guh maz

ɕe^{1} hau^{4} kau^{5} ku^{4} ma^{2}

留 米 旧 做 什么

留旧米干啥，

1-486

特 马 甲 煮 氿

Dawz ma gyanx cawj laeuj

təɯ^{2} ma^{1} kjaːn^{4} ɕəɯ^{3} lau^{3}

拿 来 碾 煮 酒

拿来酿米酒。

1-487

少	**口**	**点**	**包**	**口**
Sau	gaeuq	dem	mbauq	gaeuq
θa:u^{1}	kau^{5}	te:n^{1}	ba:u^{5}	kau^{5}
姑娘	**旧**	**与**	**小伙**	**旧**

我俩旧相识，

1-488

不	**斗**	**又**	**貝**	**而**
Mbouj	daeuj	youh	bae	lawz
bou^{5}	tau^{3}	jou^{4}	pai^{1}	laɯ^{2}
不	**来**	**又**	**去**	**哪**

怎能不来往。

女唱

1-489

知	**乖**	**是**	**斗**	**托**
Rox	gvai	cix	daeuj	doh
ɹo^{4}	kwa:i^{1}	ɕi^{4}	tau^{3}	to^{6}
知	**乖**	**就**	**来**	**向**

聪明常走动，

1-490

知	**九**	**是**	**斗**	**巡**
Rox	yiuj	cix	daeuj	cunz
ɹo^{4}	ji:u^{3}	ɕi^{4}	tau^{3}	ɕun^{2}
知	**礼**	**就**	**来**	**巡**

懂礼常来往。

1-491

山	**四**	**欢**	**冬**	**冬**
Byaj	cwx	ndot	doen	doen
pja^{3}	ɕɯ^{4}	do:t^{7}	ton^{1}	ton^{1}
雷	**鸣**	**闹**	**咚**	**咚**

春雷响咚咚，

1-492

巡	**是**	**巡**	**比**	**内**
Cunz	cix	cunz	bi	neix
ɕun^{2}	ɕi^{4}	ɕun^{2}	pi^{1}	ni^{4}
巡	**就**	**巡**	**年**	**这**

聚就选今年。

男唱

1-493

土	**在**	**田**	**广**	**东**
Dou	ywq	dieg	gvangj	doeng
tu^{1}	jɯ^{5}	ti:k^{8}	kwa:ŋ^{3}	toŋ^{1}
我	**在**	**地**	**广**	**东**

我来自广东，

1-494

下	**斗**	**巡**	**韦**	**机**
Roengz	daeuj	cunz	vae	giq
ɹoŋ^{2}	tau^{3}	ɕun^{2}	vai^{1}	ki^{5}
下	**来**	**巡**	**姓**	**支**

来看异姓友。

1-495

想	**斗**	**巡**	**比**	**内**
Siengj	daeuj	cunz	bi	neix
θiːŋ^{3}	tau^{3}	ɕun^{2}	pi^{1}	ni^{4}
想	**来**	**巡**	**年**	**这**

想今年造访，

1-496

命	**尝**	**立**	**农**	**银**
Mingh	caengz	leih	nuengx	ngaenz
miŋ^{6}	ɕaŋ^{2}	li^{6}	nuːŋ^{4}	ŋan^{2}
命	**未**	**利**	**妹**	**银**

妹流年不利。

女唱

1-497

双	**手**	**双**	**朵**	**花**
Song	fwngz	song	duj	va
θoːŋ^{1}	fɯŋ^{2}	θoːŋ^{1}	tu^{3}	va^{1}
两	**手**	**两**	**朵**	**花**

手捧两朵花，

1-498

出	**而**	**马**	**韦**	**机**
Ok	lawz	ma	vae	giq
oːk^{7}	laɯ^{2}	ma^{1}	vai^{1}	ki^{5}
出	**哪**	**来**	**姓**	**支**

异姓友何来。

1-499

加	**你**	**备**	**命**	**立**
Caj	mwngz	beix	mingh	leih
kja^{3}	mɯŋ^{2}	pi^{4}	miŋ^{6}	li^{6}
等	**你**	**兄**	**命**	**利**

等兄吉利时，

1-500

卜	**装**	**马**	**下**	**邦**
Boh	cang	max	roengz	biengz
po^{6}	ɕaːŋ^{1}	ma^{4}	ɹoŋ^{2}	piːŋ^{2}
父	**装**	**马**	**下**	**地方**

父骑马送嫁。

男唱

1-501

土	**在**	**田**	**南**	**州**
Dou	ywq	dieg	nanz	couh
tu^{1}	jɯ^{5}	tiːk^{8}	naːn^{2}	ɕou^{5}
我	**在**	**地**	**南**	**州**

我住在南州，

1-502

斗	**巡**	**友**	**牙**	**门**
Daeuj	cunz	youx	yax	monz
tau^{3}	ɕun^{2}	ju^{4}	ja^{6}	mɯn^{2}
来	**巡**	**友**	**衙**	**门**

来访贵女友。

1-503

农	**银**	**牙**	**农**	**银**
Nuengx	ngaenz	yah	nuengx	ngaenz
nu:ŋ^{4}	ŋan^{2}	ja^{6}	nu:ŋ^{4}	ŋan^{2}
妹	银	呀	妹	银

高贵女友啊，

1-504

古	**存**	**加**	**土**	**观**
Guh	caemz	caj	dou	gonq
ku^{4}	çan^{2}	kja^{3}	tu^{1}	ko:n^{5}
做	玩	等	我	先

请耐心等待。

女唱

1-505

我	**在**	**我**	**地**	**方**
Ngoj	cai	ngoj	di	fangh
ŋo^{3}	ça:i^{4}	ŋo^{3}	ti^{4}	fa:ŋ^{5}
我	在	我	地	方

我在我家乡，

1-506

来	**么**	**友**	**四**	**方**
Laiz	maq	youx	seiq	fueng
la:i^{2}	ma^{5}	ju^{4}	θei^{5}	fu:ŋ^{1}
来	吗	友	四	方

何来远方客。

1-507

当	**阝**	**当**	**米**	**同**
Dangq	boux	dangq	miz	doengz
ta:ŋ^{5}	pu^{4}	ta:ŋ^{5}	mi^{2}	toŋ^{2}
另	个	另	有	同

各有各的伴，

1-508

友	**而**	**站**	**加**	**备**
Youx	lawz	soengz	caj	beix
ju^{4}	lauɯ^{2}	θoŋ^{2}	kja^{3}	pi^{4}
友	哪	站	等	兄

谁会等仁兄。

男唱

1-509

土	**斗**	**堂**	**拉**	**占**
Dou	daeuj	daengz	laj	canz
tu^{1}	tau^{3}	taŋ^{2}	la^{3}	ça:n^{2}
我	来	到	下	晒台

我来到楼下，

1-510

文	**江**	**然**	**又**	**轩**
Vunz	gyang	ranz	youh	hemq
vun^{2}	kja:ŋ^{1}	ɹa:n^{2}	jou^{4}	he:n^{5}
人	中	家	又	喊

听屋中喧闹。

1-511

卜	**坤**	**斗**	**炕**	**天**
Boux	gun	daeuj	ien	den
pu^{4}	kun^{1}	tau^{3}	iːn^{1}	teːn^{5}
个	官	来	烟	店

客人来住店，

1-512

然	**农**	**轩**	**开**	**么**
Ranz	nuengx	hemq	gij	maz
ɹaːn^{2}	nuːŋ^{4}	heːn^{5}	kaːi^{2}	ma^{2}
家	妹	喊	什	么

妹家喧闹啥。

女唱

1-513

友	**内**	**在**	**方**	**而**
Youx	neix	ywq	fueng	lawz
ju^{4}	ni^{4}	jɯ^{5}	fuːŋ^{1}	laɯ^{2}
友	这	在	方	哪

此友何处来，

1-514

两	**吊**	**作**	**拉**	**司**
Liengj	venj	coq	laj	swj
liːŋ^{3}	veːn^{3}	ɕo^{5}	la^{3}	θɯ^{3}
伞	挂	放	下	偏屋

伞挂在廊下。

1-515

友	**土**	**说**	**贵**	**伕**
Youx	dou	naeuz	gwiz	fwx
ju^{4}	tu^{1}	nau^{2}	kɯi^{2}	fə^{4}
友	我	或	丈夫	别人

是不是我友，

1-516

外	**罗**	**空**	**后**	**然**
Vaij	loh	ndwi	haeuj	ranz
vaːi^{3}	lo^{6}	duːi^{1}	hau^{3}	ɹaːn^{2}
过	路	不	进	家

过路不进家。

男唱

1-517

土	**斗**	**堂**	**拉**	**占**
Dou	daeuj	daengz	laj	canz
tu^{1}	tau^{3}	taŋ^{2}	la^{3}	ɕaːn^{2}
我	来	到	下	晒台

我来到楼下，

1-518

文	**江**	**然**	**又**	**讲**
Vunz	gyang	ranz	youh	gangj
vun^{2}	kjaːŋ^{1}	ɹaːn^{2}	jou^{4}	kaːŋ^{3}
人	中	家	又	讲

家中人又讲。

1-519

想	**后**	**然**	**你**	**邦**
Siengj	haeuj	ranz	mwngz	baengz
θiːŋ^{3}	hau^{3}	ɹaːn^{2}	mɯŋ^{2}	paŋ^{2}
想	进	家	你	朋

想进你家去，

1-520

老	**农**	**空**	**知**	**买**①
Lau	nuengx	ndwi	rox	mai
laːu^{1}	nuːŋ^{4}	duːi^{1}	ɹo^{4}	maːi^{1}
怕	妹	不	知	面

怕妹不认识。

女唱

1-521

后	**然**	**斗**	**了**	**龙**
Haeuj	ranz	daeuj	liux	lungz
hau^{3}	ɹaːn^{2}	tau^{3}	liːu^{4}	luŋ^{2}
进	家	来	啰	龙

小哥进家来，

1-522

应	**么**	**少**	**不**	**知**
Yinh	maz	sau	mbouj	rox
iŋ^{1}	ma^{2}	θaːu^{1}	bou^{5}	ɹo^{4}
因	何	姑娘	不	知

情妹怎不知。

1-523

后	**然**	**斗**	**了**	**哥**
Haeuj	ranz	daeuj	liux	go
hau^{3}	ɹaːn^{2}	tau^{3}	liːu^{4}	ko^{1}
进	家	来	啰	哥

情哥进家来，

1-524

么	**农**	**不**	**知**	**买**
Maz	nuengx	mbouj	rox	mai
ma^{2}	nuːŋ^{4}	bou^{5}	ɹo^{4}	maːi^{1}
怎么	妹	不	知	面

妹怎不认识。

男唱

1-525

土	**斗**	**堂**	**拉**	**占**
Dou	daeuj	daengz	laj	canz
tu^{1}	tau^{3}	taŋ^{2}	la^{3}	ɕaːn^{2}
我	来	到	下	晒台

我来到楼下，

1-526

文	**江**	**然**	**又**	**讲**
Vunz	gyang	ranz	youh	gangj
vun^{2}	kjaːŋ^{1}	ɹaːn^{2}	jou^{4}	kaːŋ^{3}
人	中	家	又	讲

屋中人又讲。

① 知买[ɹo^{4} maːi^{1}]：意指认识。

1-527

想	**后**	**然**	**你**	**邦**
Siengj	haeuj	ranz	mwngz	baengz
θiːŋ^{3}	hau^{3}	ɹaːn^{2}	mɯŋ^{2}	paŋ^{2}
想	进	家	你	朋

想进情妹家，

1-528

农	**利**	**忙**	**知**	**空**
Nuengx	leix	mangx	rox	ndwi
nuːŋ^{4}	li^{4}	maːŋ^{4}	ɹo^{4}	duːi^{1}
妹	还	喜欢	或	不

妹还喜欢否？

女唱

1-529

后	**然**	**斗**	**了**	**龙**
Haeuj	ranz	daeuj	liux	lungz
hau^{3}	ɹaːn^{2}	tau^{3}	liːu^{4}	luŋ^{2}
进	家	来	啰	龙

小哥进家来，

1-530

应	**么**	**少**	**不**	**忙**
Yinh	maz	sau	mbouj	mangx
iŋ^{1}	ma^{2}	θaːu^{1}	bou^{5}	maːŋ^{4}
因	何	姑娘	不	喜欢

如何不喜欢。

1-531

对	**邦**	**见**	**对**	**邦**
Doih	baengz	gen	doih	baengz
toːi^{6}	paŋ^{2}	keːn^{4}	toːi^{6}	paŋ^{2}
伙伴	朋	见	伙伴	朋

情侣见情侣，

1-532

不	**忙**	**又**	**貝**	**而**
Mbouj	mangx	youh	bae	lawz
bou^{5}	maːŋ^{4}	jou^{4}	pai^{1}	laɯ^{2}
不	喜欢	又	去	哪

怎能不欢喜。

男唱

1-533

土	**斗**	**堂**	**拉**	**占**
Dou	daeuj	daengz	laj	canz
tu^{1}	tau^{3}	taŋ^{2}	la^{3}	ɕaːn^{2}
我	来	到	下	晒台

我来到楼下，

1-534

两	**可**	**吊**	**拉**	**罗**
Liengj	goj	venj	laj	roq
liːŋ^{3}	ko^{5}	veːn^{3}	la^{3}	ɹo^{5}
伞	可	挂	下	屋檐

雨伞挂廊下。

1-535

外　元　少　空　可

Vaij　roen　sau　ndwi　goq

va:i^{3}　jo:n^{1}　θa:u^{1}　du:i^{1}　ko^{6}

过　路　姑娘　不　顾

过路妹不顾，

1-536

𠲸　罗　貝　邦　文

Ndi　loh　bae　biengz　vunz

di^{1}　lo^{6}　pai^{1}　pi:ŋ^{2}　vun^{2}

沿　路　去　地方　人

各自去他方。

女唱

1-537

后　然　斗　了　龙

Haeuj　ranz　daeuj　liux　lungz

hau^{3}　ɹa:n^{2}　tau^{3}　li:u^{4}　luŋ^{2}

进　家　来　啰　龙

小哥进家来，

1-538

应　么　少　不　知

Yinh　maz　sau　mbouj　rox

iŋ^{1}　ma^{2}　θa:u^{1}　bou^{5}　ɹo^{4}

因　何　姑娘　不　知

为何我不识。

1-539

外　元　少　想　可

Vaij　roen　sau　siengj　goq

va:i^{3}　jo:n^{1}　θa:u^{1}　θi:ŋ^{3}　ko^{6}

过　路　姑娘　想　顾

路上看见哥，

1-540

空　知　友　阝　而

Ndwi　rox　youx　boux　lawz

du:i^{1}　ɹo^{4}　ju^{4}　pu^{4}　laɯ^{2}

不　知　友　个　哪

不知谁伴侣。

男唱

1-541

土　斗　堂　拉　占

Dou　daeuj　daengz　laj　canz

tu^{1}　tau^{3}　taŋ^{2}　la^{3}　ɕa:n^{2}

我　来　到　下　晒台

我来到楼下，

1-542

两　可　吊　拉　罗

Liengj　goj　venj　laj　roq

li:ŋ^{3}　ko^{5}　ve:n^{3}　la^{3}　ɹo^{5}

伞　也　挂　下　屋檐

雨伞挂廊下。

1-543

外 元 少 空 可

Vaij roen sau ndwi goq

vaːi^{3} joːn^{1} θaːu^{1} duːi^{1} ko^{6}

过 路 姑娘 不 顾

路过妹不理，

1-544

后 然 伕 小 凉

Haeuj ranz fwx siu liengz

hau^{3} ɹaːn^{2} fə^{4} θiːu^{1} liːŋ^{2}

进 家 别人 消 凉

进别家歇凉。

女唱

1-545

氿 三 比 不 吃

Laeuj sam bi mbouj gwn

lau^{3} θaːn^{1} pi^{1} bou^{5} kɯn^{1}

酒 三 年 不 喝

陈酒你不喝，

1-546

刀 貝 吃 氿 师

Dauq bae gwn laeuj ndwq

taːu^{5} pai^{1} kɯn^{1} lau^{3} dɯ^{5}

倒 去 喝 酒 酒糟

硬要喝糟酒。

1-547

然 三 楼 不 在

Ranz sam laeuz mbouj ywq

ɹaːn^{2} θaːn^{1} lau^{2} bou^{5} jɯ^{5}

家 三 楼 不 住

楼房你不住，

1-548

貝 拉 司 伕 站

Bae laj swj fwx soengz

pai^{1} la^{3} θɯ^{4} fə^{4} θoŋ^{2}

去 下 偏屋 别人 站

愿站屋檐下。

男唱

1-549

土 在 田 广 东

Dou ywq denz gvangj doeng

tu^{1} jɯ^{5} teːn^{2} kwaːŋ^{3} toŋ^{1}

我 在 地 广 东

我来自广东，

1-550

下 斗 巡 少 口

Roengz daeuj cunz sau gaeuq

ɹoŋ^{2} tau^{3} çun^{2} θaːu^{1} kau^{5}

下 来 巡 姑娘 旧

来看旧情友。

1-551

吉	**然**	**空**	**得**	**后①**
Gih	ranz	ndwi	ndaej	haeuj
ki^{6}	ɹa:n^{2}	du:i^{1}	dai^{3}	hau^{3}
忌	家	不	得	进

入屋怕忌讳，

1-552

斗	**被**	**能**	**江**	**官**
Daeuj	deng	naengh	gyang	gonz
tau^{3}	te:ŋ^{1}	naŋ^{6}	kja:ŋ^{1}	ko:n^{2}
来	被	坐	中	村巷

挨去坐村口。

女唱

1-553

果	**我**	**四**	**丈**	**尚**
Go	ngox	seiq	ciengh	sang
ko^{1}	ŋo^{4}	θei^{5}	ɕɯ:ŋ^{6}	θa:ŋ^{1}
棵	芦苇	四	丈	高

白事早结束，

1-554

又	**说**	**然**	**土**	**吉**
Youh	naeuz	ranz	dou	gih
jou^{4}	nau^{2}	ɹa:n^{2}	tu^{1}	ki^{6}
又	说	家	我	忌

说我家忌讳。

1-555

巴	**土**	**三**	**良**	**为**
Bak	dou	san	lingz	veih
pa:k^{7}	tou^{1}	θa:n^{1}	liŋ^{2}	vei^{6}
口	门	编	灵	位

门口编灵位，

1-556

又	**利**	**吉**	**开**	**么**
Youh	lij	gih	gij	maz
jou^{4}	li^{4}	ki^{6}	ka:i^{2}	ma^{2}
又	还	忌	什	么

还忌讳什么。

男唱

1-557

土	**在**	**田**	**广**	**东**
Dou	ywq	dieg	gvangj	doeng
tu^{1}	jɯ^{5}	ti:k^{8}	kwa:ŋ^{3}	toŋ^{1}
我	在	地	广	东

我来自广东，

1-558

下	**斗**	**巡**	**少**	**口**
Roengz	daeuj	cunz	sau	gaeuq
ɹoŋ^{2}	tau^{3}	ɕun^{2}	θa:u^{1}	kau^{5}
下	来	巡	姑娘	旧

来看旧相识。

① 吉然空得后[ki^{6} ɹa:n^{2} du:i^{1} dai^{3} hau^{3}]：入屋怕忌讳。瑶族人认为外人不宜拜访刚举办白事的主家。

1-559

吉	**然**	**空**	**得**	**后**
Gih	ranz	ndwi	ndaej	haeuj
ki^{6}	ɹa:n^{2}	du:i^{1}	dai^{3}	hau^{3}
忌	**家**	**不**	**得**	**进**

忌讳不能进，

1-560

斗	**被**	**贵**	**大**	**堂**
Daeuj	deng	gvih	daih	dangz
tau^{3}	te:ŋ^{1}	kwei^{6}	ta:i^{6}	ta:ŋ^{2}
来	**被**	**跪**	**大**	**堂**

挨去大堂跪。

女唱

1-561

卜	**客**	**在**	**广**	**东**
Boux	hek	ywq	gvangj	doeng
pu^{4}	he:k^{7}	jɯ^{5}	kwa:ŋ^{3}	toŋ^{1}
个	**客**	**在**	**广**	**东**

客人在广东，

1-562

出	**土**	**它**	**是**	**贵**
Ok	dou	de	cix	gvih
o:k^{7}	tou^{1}	te^{1}	ɕi^{4}	kwei^{6}
出	**门**	**他**	**就**	**跪**

出门就吃亏。

1-563

江	**然**	**三**	**良**	**为**
Gyang	ranz	san	lingz	veih
kja:ŋ^{1}	ɹa:n^{2}	θa:n^{1}	liŋ^{2}	vei^{6}
中	**家**	**编**	**灵**	**位**

家中设灵位，

1-564

又	**利**	**贵**	**卜**	**而**
Youh	lij	gvih	boux	lawz
jou^{4}	li^{4}	kwei^{6}	pu^{4}	laɯ^{2}
又	**还**	**跪**	**个**	**哪**

还要给谁跪。

男唱

1-565

斗	**堂**	**田**	**对**	**邦**
Daeuj	daengz	denz	doih	baengz
tau^{3}	taŋ^{2}	te:n^{2}	to:i^{6}	paŋ^{2}
来	**到**	**地**	**伙伴**	**朋**

来到女友家，

1-566

利	**光**	**外**	**江**	**开**
Lij	gvangq	vaij	gyang	gai
li^{4}	kwa:ŋ^{5}	va:i^{3}	kja:ŋ^{1}	ka:i^{1}
还	**宽**	**过**	**中**	**街**

家比街道宽。

1-567

斗　堂　田　少　乖

Daeuj　daengz　denz　sau　gvai

tau^{3}　taŋ^{2}　te:n^{2}　θa:u^{1}　kwa:i^{1}

来　到　地　姑娘　乖

到女友家乡，

1-568

利　来　外　德　胜

Lij　lai　vaij　daek　swng

li^{4}　la:i^{1}　va:i^{3}　tak^{7}　θiŋ^{5}

还　多　过　德　胜

比德胜还宽。

女唱

1-569

永　顺　不　利　光

Yungj　sun　mbouj　lij　gvangq

jin^{3}　ɕin^{4}　bou^{5}　li^{4}　kwa:ŋ^{5}

永　顺　不　还　宽

永顺更加宽，

1-570

永　安　不　利　来

Yungj　anh　mbouj　lij　lai

jin^{3}　ŋa:n^{5}　bou^{5}　li^{4}　la:i^{1}

永　安　不　还　多

永安更加大。

1-571

你　备　斗　堂　尾

Mwngz　beix　daeuj　daengz　byai

mɯŋ^{2}　pi^{4}　tau^{3}　taŋ^{2}　pja:i^{1}

你　兄　来　到　尾

兄最后才来，

1-572

又　来　开　么　由

Youh　lai　gij　maz　raeuh

jou^{4}　la:i^{1}　ka:i^{2}　ma^{2}　ɹau^{6}

又　多　什　么　多

多想也无用。

男唱

1-573

伕　九　州　安　定

Fawh　riuz　cou　an　dingh

fəɯ^{6}　ɹi:u^{2}　ɕou^{1}　a:n^{1}　tiŋ^{6}

时　传　州　安　定

传到安定州，

1-574

伕　内　备　才　堂

Fawh　neix　beix　nda　daengz

fəɯ^{6}　ni^{4}　pi^{4}　da^{1}　taŋ^{2}

时　这　兄　刚　到

这时兄才到。

1-575

佚	**九**	**安**	**河**	**江**①
Fawh	riuz	aen	haw	gyang
fəɯ^{6}	ɹi:u^{2}	an^{1}	həɯ^{1}	kja:ŋ^{1}
时	传	个	圩	江

传到那江圩，

1-576

龙	**斗**	**堂**	**庖**	**内**
Lungz	daeuj	daengz	haemh	neix
luŋ^{2}	tau^{3}	taŋ^{2}	han^{6}	ni^{4}
龙	来	到	夜	这

今晚兄才到。

女唱

1-577

义	**你**	**备**	**牙**	**马**
Nyi	mwngz	beix	yaek	ma
ȵi^{1}	mɯŋ^{2}	pi^{4}	jak^{7}	ma^{1}
听	你	兄	欲	来

想你兄要来，

1-578

貝	**从**	**山**②	**買**	**氿**
Bae	congh	bya	cawx	laeuj
pai^{1}	ɕo:ŋ^{6}	pja^{1}	ɕəɯ^{4}	lau^{3}
去	洞	山	买	酒

去永安买酒。

1-579

义	**你**	**龙**	**牙**	**斗**
Nyi	mwngz	lungz	yaek	daeuj
ȵi^{1}	mɯŋ^{2}	luŋ^{2}	jak^{7}	tau^{3}
听	你	龙	欲	来

听闻兄要来，

1-580

貝	**下**	**坳**	**買**	**歪**
Bae	laj	au	cawx	vaiz
pai^{1}	la^{3}	au^{5}	ɕəɯ^{4}	va:i^{2}
去	下	坳	买	水牛

去下坳买牛。

男唱

1-581

备	**是**	**尝**	**外**	**斗**
Beix	cix	caengz	vaij	daeuj
pi^{4}	ɕi^{4}	ɕaŋ^{2}	va:i^{3}	tau^{3}
兄	就	未	过	来

我还未曾来，

1-582

刀	**米**	**良**	**能**	**来**
Dauq	miz	liengh	nyaenx	lai
ta:u^{5}	mi^{2}	le:ŋ^{6}	ȵan^{4}	la:i^{1}
倒	有	肚量	那么	多

你想真周全。

① 河江［həɯ^{1} kja:ŋ^{1}］：江圩，永顺土司管理的一个小集市。今址不详。

② 从山［ɕo:ŋ^{6} pja^{1}］：山洞，永安旧称。

1-583

备	**是**	**尝**	**斗**	**采**
Beix	cix	caengz	daeuj	byaij
pi^{4}	çi^{4}	çaŋ^{2}	tau^{3}	pjaːi^{3}
兄	就	未	来	走

我尚未启程，

1-584

先	**買**	**歪**	**在**	**加**
Senq	cawx	vaiz	ywq	caj
θeːn^{5}	çəɯ^{4}	vaːi^{2}	jɯ^{5}	kja^{3}
早	买	水牛	在	等

早买牛来等。

女唱

1-585

义	**你**	**备**	**牙**	**斗**
Nyi	mwngz	beix	yaek	daeuj
ȵi^{1}	mɯŋ^{2}	pi^{4}	jak^{7}	tau^{3}
听	你	兄	欲	来

听闻兄要来，

1-586

板	**土**	**优**	**几**	**来**
Mbanj	dou	you	geij	lai
baːn^{3}	tu^{1}	jou^{1}	ki^{5}	laːi^{1}
村	我	忧	几	多

全村都在想。

1-587

义	**备**	**牙**	**斗**	**采**
Nyi	beix	yaek	daeuj	byaij
ȵi^{1}	pi^{4}	jak^{7}	tau^{3}	pjaːi^{3}
听	兄	欲	来	走

听闻兄要来，

1-588

少	**買**	**歪**	**在**	**加**
Sau	cawx	vaiz	ywq	caj
θaːu^{1}	çəɯ^{4}	vaːi^{2}	jɯ^{5}	kja^{3}
姑娘	买	水牛	在	等

妹买牛来等。

男唱

1-589

貝	**下**	**坳**	**買**	**歪**
Bae	laj	au	cawx	vaiz
pai^{1}	la^{3}	au^{5}	çəɯ^{4}	vaːi^{2}
去	下	坳	买	水牛

去下坳买牛，

1-590

得	**土**	**歪**	**勾**	**定**
Ndaej	duz	vaiz	gaeu	dinj
dai^{3}	tu^{2}	vaːi^{2}	kau^{1}	tin^{3}
得	只	水牛	角	短

得短角水牛。

1-591

报	贝	堂	安	定
Bauq	bae	daengz	an	dingh
paːu^{5}	pai^{1}	taŋ^{2}	aːn^{1}	tiŋ^{6}
报	去	到	安	定

报到安定去，

1-592

正	土	内	九	名
Cingq	duz	neix	riuz	mingz
ɕiŋ^{5}	tu^{2}	ni^{4}	ɹiːu^{2}	miŋ^{2}
正	只	这	传	名

就此牛有名。

女唱

1-593

贝	高	岭	買	歪
Bae	gauh	lingj	cawx	vaiz
pai^{1}	kaːu^{1}	liŋ^{4}	ɕəɯ^{4}	vaːi^{2}
去	高	岭	买	水牛

去高岭买牛，

1-594

勾	米	三	寸	班
Gaeu	miz	sam	saen	mbanq
kau^{1}	mi^{2}	θaːn^{1}	θan^{1}	baːn^{5}
角	有	三	处	疤痕

角有三处疤。

1-595

正	马	堂	丢	万
Cing	ma	daengz	deu	fanh
ɕiŋ^{1}	ma^{1}	taŋ^{2}	teːu^{1}	faːn^{6}
拉	来	到	坳	万

牵牛到万坳，

1-596

利	锯	班	一	写
Lij	gawq	mbanq	ndeu	ce
li^{4}	kəɯ^{5}	baːn^{5}	deːu^{1}	ɕe^{1}
还	锯	疤痕	一	留

锯除一处疤。

1-597

你	备	斗	巡	土
Mwngz	beix	daeuj	cunz	dou
mɯŋ^{2}	pi^{4}	tau^{3}	ɕun^{2}	tu^{1}
你	兄	来	巡	我

兄来这看我，

1-598

采	定	说	骑	马
Byaij	din	naeuz	gwih	max
pjaːi^{3}	tin^{1}	nau^{2}	kɯːi^{6}	ma^{4}
走	脚	或	骑	马

步行或骑马。

1-599

采	定	是	讲	话
Byaij	din	cix	gangj	vah
pjaːi^{3}	tin^{1}	ɕi^{4}	kaːŋ^{3}	va^{6}
走	脚	就	讲	话

步行就算了，

1-600

骑	**马**	**是**	**装**	**安**
Gwih	max	cix	cang	an
kɯːi^{6}	ma^{4}	ɕi^{4}	ɕaːŋ^{1}	aːn^{1}
骑	马	就	装	鞍

骑马就装鞍。

男唱

1-601

阝	**客**	**在**	**广**	**东**
Boux	hek	ywq	gvangj	doeng
pu^{4}	heːk^{7}	jɯ^{5}	kwaːŋ^{3}	toŋ^{1}
个	客	在	广	东

客是广东人，

1-602

出	**土**	**是**	**骑**	**马**
Ok	dou	cix	gwih	max
oːk^{7}	tou^{1}	ɕi^{4}	kɯːi^{6}	ma^{4}
出	门	就	骑	马

出门就骑马。

1-603

偻	**岁**	**文**	**拉**	**达**
Raeuz	caez	vunz	laj	dah
ɹau^{2}	ɕai^{2}	vun^{2}	la^{3}	ta^{6}
我们	齐	人	下	河

同是河边人，

1-604

可	**采**	**拉**	**另**	**偻**
Goj	byaij	laj	lumj	raeuz
ko^{5}	pjaːi^{3}	la^{3}	lun^{3}	ɹau^{2}
也	走	下	像	我们

都一样步行。

女唱

1-605

你	**备**	**斗**	**巡**	**土**
Mwngz	beix	daeuj	cunz	dou
mɯŋ^{2}	pi^{4}	tau^{3}	ɕun^{2}	tu^{1}
你	兄	来	巡	我

兄来看望我，

1-606

采	**定**	**说**	**能**	**轿**
Byaij	din	naeuz	naengh	giuh
pjaːi^{3}	tin^{1}	nau^{2}	naŋ^{6}	kiːu^{6}
走	脚	或	坐	轿

步行或坐轿。

1-607

采	**定**	**是**	**崼**	**小**
Byaij	din	cix	rungh	sauq
pjaːi^{3}	tin^{1}	ɕi^{4}	ɹuŋ^{6}	θaːu^{5}
走	脚	就	崼	小

步行平常事，

1-608

能 轿 是 九 名

Naengh giuh cix riuz mingz

naŋ^{6} kiːu^{6} ɕi^{4} ɹiːu^{2} miŋ^{2}

坐 轿 就 传 名

坐轿名望大。

男唱

1-609

卜 客 在 广 东

Boux hek ywq gvangj doeng

pu^{4} heːk^{7} jɯ^{5} kwaːŋ^{3} toŋ^{1}

个 客 在 广 东

来者广东客，

1-610

出 土 是 能 轿

Ok dou cix naengh giuh

oːk^{7} tou^{1} ɕi^{4} naŋ^{6} kiːu^{6}

出 门 就 坐 轿

出门就坐轿。

1-611

文 三 少 牙 了

Vunz sanq sau yaek liux

vun^{2} θaːn^{5} θaːu^{1} jak^{7} liːu^{4}

人 散 姑娘 欲 完

姑娘要走完，

1-612

不 能 轿 古 而

Mbouj naengh giuh guh rawz

bou^{5} naŋ^{6} kiːu^{6} ku^{4} ɹaɯ^{2}

不 坐 轿 做 什么

不坐轿咋办。

女唱

1-613

斗 么 龙 外 开

Daeuj maq lungz vaih gyaiq

tau^{3} ma^{5} luŋ^{2} vaːi^{6} kaːi^{5}

来 嘛 龙 外 界

来啦外地哥，

1-614

来 么 友 长 欢

Laiz maq youx cangh fwen

laːi^{2} ma^{5} ju^{4} ɕaːŋ^{6} vuːn^{1}

来 嘛 友 匠 歌

来啦山歌手。

1-615

九 你 备 知 权

Riuz mwngz beix rox gienz

ɹiːu^{2} mɯŋ^{2} pi^{4} ɹo^{4} kjuːn^{2}

传 你 兄 知 拳术

传兄会拳术，

1-616

节	双	盘	土	累
Cek	song	buenz	dou	laeq
çe:t^{7}	θo:ŋ^{1}	pu:n^{2}	tu^{1}	lai^{5}
劈	两	盘	我	看

比划给我看。

男唱

1-617

土	在	田	广	东
Dou	ywq	dieg	gvangj	doeng
tu^{1}	jɯ^{5}	ti:k^{8}	kwa:ŋ^{3}	toŋ^{1}
我	在	地	广	东

我来自广东，

1-618

斗	巡	友	长	团
Daeuj	cunz	youx	cangh	duenz
tau^{3}	çun^{2}	ju^{4}	ça:ŋ^{6}	tu:n^{2}
来	巡	友	匠	猜

来看友唱歌。

1-619

不	外	是	说	欢
Mbouj	vaij	cix	naeuz	fwen
bou^{5}	va:i^{3}	çi^{4}	nau^{2}	vu:n^{1}
不	过	就	说	歌

不走就对歌，

1-620

长	权	不	得	节
Cangh	gienz	mbouj	ndaej	cek
ça:ŋ^{6}	kju:n^{2}	bou^{5}	dai^{3}	çe:t^{7}
匠	拳术	不	得	劈

拳不可卖弄。

女唱

1-621

斗	么	龙	外	开
Daeuj	maq	lungz	vaih	gyaiq
tau^{3}	ma^{5}	luŋ^{2}	va:i^{6}	ka:i^{5}
来	嘛	龙	外	界

来啦外地哥，

1-622

来	么	友	长	欢
Laiz	maq	youx	cangh	fwen
la:i^{2}	ma^{5}	ju^{4}	ça:ŋ^{6}	vu:n^{1}
来	嘛	友	匠	歌

来啦山歌手。

1-623

斗	空	节	长	权
Daeuj	ndwi	cek	cangh	gienz
tau^{3}	du:i^{1}	çe:t^{7}	ça:ŋ^{6}	kju:n^{2}
来	不	劈	匠	拳术

不表演拳术，

1-624

龙	尝	办	师	付
Lungz	caengz	baenz	sae	fouh
luŋ^{2}	ɕaŋ^{2}	pan^{2}	θei^{1}	fou^{6}
龙	未	成	师	傅

兄未成师傅。

男唱

1-625

土	在	田	广	东
Dou	ywq	dieg	gvangj	doeng
tu^{1}	jɯ^{5}	ti:k^{8}	kwa:ŋ^{3}	toŋ^{1}
我	在	地	广	东

我来自广东，

1-626

斗	巡	友	大	团
Daeuj	cunz	youx	daih	duenz
tau^{3}	ɕun^{2}	ju^{4}	ta:i^{6}	tu:n^{2}
来	巡	友	大	猜

来看妹赛歌。

1-627

空	知	双	甫	权
Ndwi	rox	song	bouh	gienz
du:i^{1}	ɹo^{4}	θo:ŋ^{1}	pou^{6}	kju:n^{2}
不	知	两	步	拳术

不会点拳术，

1-628

斗	空	全	邦	农
Daeuj	ndwi	cienz	biengz	nuengx
tau^{3}	du:i^{1}	ɕu:n^{2}	pi:ŋ^{2}	nu:ŋ^{4}
来	不	传	地方	妹

难以到妹乡。

女唱

1-629

你	斗	刀	可	斗
Mwngz	daeuj	dauq	goj	daeuj
mɯŋ^{2}	tau^{3}	ta:u^{5}	ko^{5}	tau^{3}
你	来	倒	可	来

你来则来之，

1-630

得	几	样	送	而
Ndaej	geij	yiengh	soengq	lawz
dai^{3}	ki^{3}	jɯ:ŋ^{6}	θoŋ^{5}	laɯ^{2}
得	几	样	送	哪

送我何礼品。

1-631

你	马	刀	可	马
Mwngz	ma	dauq	goj	ma
mɯŋ^{2}	ma^{1}	ta:u^{5}	ko^{5}	ma^{1}
你	来	倒	可	来

你来是来了，

1-632

特	正	么	送	农
Dawz	cingz	maz	soengq	nuengx
təɯ^{2}	ɕiŋ^{2}	ma^{2}	θoŋ^{5}	nuːŋ^{4}
拿	情	什么	送	妹

送我何信物。

男唱

1-633

在	然	土	可	祘
Ywq	ranz	dou	goj	suenq
jɯ^{5}	ɹaːn^{2}	tu^{1}	ko^{5}	θuːn^{5}
在	家	我	可	算

在家策划好，

1-634

装	古	担	一	马
Cang	guh	rap	ndeu	ma
ɕaːŋ^{1}	ku^{4}	ɹaːt^{7}	deːu^{1}	ma^{1}
装	做	担	一	来

合做一担来。

1-635

堂	大	罗	相	差
Daengz	daih	loh	ceng	ca
taŋ^{2}	taːi^{6}	lo^{6}	ɕeːŋ^{1}	ɕa^{1}
到	大	路	相	差

路上出差错，

1-636

马	堂	然	你	初
Ma	daengz	ranz	mwngz	byouq
ma^{1}	taŋ^{2}	ɹaːn^{2}	mɯŋ^{2}	pjou^{5}
来	到	家	你	空

空手到你家。

女唱

1-637

米	开	么	元	古
Miz	gij	maz	yuenz	gouq
mi^{2}	kaːi^{2}	ma^{2}	juːn^{2}	kou^{5}
有	什	么	缘	故

究竟是何故，

1-638

堂	大	罗	相	差
Daengz	daih	loh	ceng	ca
taŋ^{2}	taːi^{6}	lo^{6}	ɕeːŋ^{1}	ɕa^{1}
到	大	路	相	差

大路出差错。

1-639

托	卜	而	元	加
Doh	boux	lawz	ien	gya
to^{6}	pu^{4}	laɯ^{2}	juːn^{1}	kja^{1}
同	个	哪	冤	家

跟谁闹矛盾，

1-640

斗	**相**	**差**	**大**	**罗**
Daeuj	ceng	ca	daih	loh
tau^{3}	ɕe:ŋ^{1}	ɕa^{1}	ta:i^{6}	lo^{6}
来	相	差	大	路

路上出差错。

男唱

1-641

在	**然**	**土**	**可**	**长**
Ywq	ranz	dou	goj	caengh
jɯ^{5}	ɹa:n^{2}	tu^{1}	ko^{5}	ɕaŋ^{6}
在	家	我	可	称

在家我已称，

1-642

一	**斤**	**来**	**双**	**两**
It	gaen	lai	song	liengx
it^{7}	kan^{1}	la:i^{1}	θo:ŋ^{1}	li:ŋ^{4}
一	斤	多	二	两

一斤二两多。

1-643

划	**船**	**空**	**认**	**相**
Vaij	ruz	ndwi	nyinh	siengq
va:i^{3}	ɹu^{2}	du:i^{1}	ɲin^{6}	θi:ŋ^{5}
划	船	不	记得	看

坐船不留意，

1-644

堂	**然**	**农**	**空**	**米**
Daengz	ranz	nuengx	ndwi	miz
taŋ^{2}	ɹa:n^{2}	nu:ŋ^{4}	du:i^{1}	mi^{2}
到	家	妹	不	有

到妹家已无。

女唱

1-645

斗	**么**	**龙**	**外**	**开**
Daeuj	maq	lungz	vaih	gyaiq
tau^{3}	ma^{5}	luŋ^{2}	va:i^{6}	ka:i^{5}
来	嘛	龙	外	界

来啦外地哥，

1-646

来	**么**	**友**	**长**	**欢**
Laiz	maq	youx	cangh	fwen
la:i^{2}	ma^{5}	ju^{4}	ɕa:ŋ^{6}	vu:n^{1}
来	嘛	友	匠	歌

来啦好歌友。

1-647

被	**打**	**结**	**江**	**元**
Deng	daj	giep	gyang	roen
te:ŋ^{1}	ta^{3}	ki:t^{7}	kja:ŋ^{1}	jo:n^{1}
被	打	劫	中	路

途中被打劫，

1-648

论 开 么 的 合

Lwnh gij maz diq huq

lun^{6} ka:i^{2} ma^{5} ti^{5} ho^{5}

告诉 什 么 的 货

告诉我啥货。

男唱

1-649

土 在 田 元 远

Dou ywq dieg roen gyae

tu^{1} jɯ^{5} ti:k^{8} jo:n^{1} kjai^{1}

我 在 地 路 远

我来自远方，

1-650

下 斗 巡 对 达

Roengz daeuj cunz doih dah

ɹoŋ^{2} tau^{3} ɕun^{2} to:i^{6} ta^{6}

下 来 巡 伙伴 女孩

来看女朋友。

1-651

特 美 支 洋 沙

Dawz mae sei yangz ca

təɯ^{2} mai^{1} θi^{1} ja:ŋ^{2} ɕa^{5}

拿 纱 丝 洋 纱

带蚕丝洋纱，

1-652

外 达 论 更 船

Vaij dah lumz gwnz ruz

va:i^{3} ta^{6} lun^{2} kɯn^{2} ɹu^{2}

过 河 忘 上 船

遗忘在船上。

女唱

1-653

斗 么 龙 外 开

Daeuj maq lungz vaih gyaiq

tau^{3} ma^{5} luŋ^{2} va:i^{6} ka:i^{5}

来 嘛 龙 外 界

来啦外地哥，

1-654

来 么 友 长 欢

Laiz maq youx cangh fwen

la:i^{2} ma^{5} ju^{4} ɕa:ŋ^{6} vɯ:n^{1}

来 嘛 友 匠 歌

来啦好歌手。

1-655

被 打 结 江 元

Deng daj giep gyang roen

te:ŋ^{1} ta^{3} ki:t^{7} kja:ŋ^{1} jo:n^{1}

被 打 劫 中 路

半路被打劫，

1-656

应	**么**	**团①**	**不**	**报**
Yinh	maz	donz	mbouj	bauq
iŋ^{1}	ma^{2}	to:n^{2}	bou^{5}	pa:u^{5}
因	**何**	**团**	**不**	**报**

为何不报团。

男唱

1-657

土	**在**	**田**	**江**	**西**
Dou	ywq	dieg	gyangh	sih
tu^{1}	jɯ^{5}	ti:k^{8}	kja:ŋ^{5}	θi^{5}
我	**在**	**地**	**江**	**西**

我来自江西,

1-658

斗	**巡**	**友**	**满**	**美**
Daeuj	cunz	youx	monh	maez
tau^{3}	çun^{2}	ju^{4}	mo:n^{6}	mai^{2}
来	**巡**	**友**	**谈情**	**说爱**

来看望女友。

1-659

元	**远**	**罗**	**又**	**远**
Roen	gyae	loh	youh	gyae
jo:n^{1}	kjai^{1}	lo^{6}	jou^{4}	kjai^{1}
路	**远**	**路**	**又**	**远**

路途太遥远,

1-660

报	**团**	**少**	**空**	**出**
Bauq	donz	sau	ndwi	ok
pa:u^{5}	to:n^{2}	θa:u^{1}	dɯ:i^{1}	o:k^{7}
报	**团**	**姑娘**	**不**	**出**

报团妹不出。

女唱

1-661

斗	**么**	**龙**	**外**	**开**
Daeuj	maq	lungz	vaih	gyaiq
tau^{3}	ma^{5}	luŋ^{2}	va:i^{6}	ka:i^{5}
来	**嘛**	**龙**	**外**	**界**

来啦外地哥,

1-662

来	**么**	**友**	**长**	**欢**
Laiz	maq	youx	cangh	fwen
la:i^{2}	ma^{5}	ju^{4}	ça:ŋ^{6}	vɯ:n^{1}
来	**嘛**	**友**	**匠**	**歌**

来啦好歌友。

1-663

被	**打**	**结**	**江**	**元**
Deng	daj	giep	gyang	roen
te:ŋ^{1}	ta^{3}	ki:t^{7}	kja:ŋ^{1}	jo:n^{1}
被	**打**	**劫**	**中**	**路**

路上被打劫,

① 团［to:n^{2}］：清末民初的地方武装，其职责是辅助军警维持地方治安。

1-664

知　权　是　同　代

Rox gienz cix doengh daix

ɹo^{4} kjuːn^{2} ɕi^{4} toŋ^{2} taːi^{4}

知　拳术　就　相　接

懂拳就反击。

男唱

1-665

土　在　田　江　西

Dou ywq dieg gyangh sih

tu^{1} jɯ^{5} tiːk^{8} kjaːŋ^{5} θi^{5}

我　在　地　江　西

我来自江西，

1-666

斗　巡　友　巴　丢

Daeuj cunz youx bak diu

tau^{3} ɕun^{2} ju^{4} paːk^{7} tiːu^{1}

来　巡　友　嘴　刁

来看伶俐友。

1-667

外　达　又　外　桥

Vaij dah youh vaij giuz

vaːi^{3} ta^{6} jou^{4} vaːi^{3} kiːu^{2}

过　河　又　过　桥

过河又过桥，

1-668

知　权　空　认　代

Rox gienz ndwi nyinh daix

ɹo^{4} kjuːn^{2} duːi^{1} ȵin^{6} taːi^{4}

知　拳术　不　记得　接

不记得抵抗。

女唱

1-669

双　土　鸟　羽　坤

Song duz roeg fwed goenq

θoːŋ^{1} tu^{2} ɹok^{8} fuːt^{8} kon^{5}

两　只　鸟　翅　断

两只断翼鸟，

1-670

飞　出　板　而　马

Mbin ok mbanj lawz ma

bin^{1} oːk^{7} baːn^{3} law^{2} ma^{1}

飞　出　村　哪　来

从何处飞来。

1-671

双　土　鸟　羽　花

Song duz roeg fwed va

θoːŋ^{1} tu^{2} ɹok^{8} fuːt^{8} va^{1}

两　只　鸟　翅　花

两只花翅鸟，

1-672

飞	出	山	而	斗
Mbin	ok	bya	lawz	daeuj
bin^{1}	o:k^{7}	pja^{1}	laɯ^{2}	tau^{3}
飞	出	山	哪	来

来自哪座山。

男唱

1-673

生	土	鸟	羽	坤
Seng	duz	roeg	fwed	goenq
θe:ŋ^{1}	tu^{2}	ɹok^{8}	fɯ:t^{8}	kon^{5}
生	只	鸟	翅	断

一只断翼鸟，

1-674

可	专	拉	很	那
Goj	conq	laj	haenz	naz
ko^{5}	ɕo:n^{5}	la^{3}	han^{2}	na^{2}
可	钻	下	边	田

出入田埂下。

1-675

你	空	知	少	而
Mwngz	ndwi	rox	sau	lawz
mɯŋ^{2}	du:i^{1}	ɹo^{4}	θa:u^{1}	laɯ^{2}
你	不	知	姑娘	哪

你不认识我，

1-676

土	出	山	土	斗
Dou	ok	bya	dou	daeuj
tu^{1}	o:k^{7}	pja^{1}	tu^{1}	tau^{3}
我	出	山	我	来

我从山中来。

女唱

1-677

双	土	鸟	飞	邦
Song	duz	roeg	mbin	mbangq
θo:ŋ^{1}	tu^{2}	ɹok^{8}	bin^{1}	ba:ŋ^{5}
两	只	鸟	飞	扬

两只鸟惊飞，

1-678

飞	出	板	而	马
Mbin	ok	mbanj	lawz	ma
bin^{1}	o:k^{7}	ba:n^{3}	laɯ^{2}	ma^{1}
飞	出	村	哪	来

从何处飞来。

1-679

伕	内	伕	开	么
Fawh	neix	fawh	gij	maz
fəɯ^{6}	ni^{4}	fəɯ^{6}	ka:i^{2}	ma^{2}
时	这	时	什	么

这什么时令，

1-680

斗	巡	花	对	么
Daeuj	cunz	va	doih	moq
tau^{3}	ɕun^{2}	va^{1}	toːi^{6}	mo^{5}
来	巡	花	伙伴	新

来寻新女友。

男唱

1-681

在	然	是	飞	灯
Ywq	ranz	cix	mbin	daemq
jɯ^{5}	ɹaːn^{2}	ɕi^{4}	bin^{1}	tan^{5}
在	家	就	飞	低

在家就低飞，

1-682

出	外	是	飞	尚
Ok	rog	cix	mbin	sang
oːk^{7}	ɹoːk^{8}	ɕi^{4}	bin^{1}	θaːŋ^{1}
出	外	就	飞	高

外出就高飞。

1-683

告	得	羽	三	层
Gauq	ndaej	fwed	sam	caengz
kaːu^{5}	dai^{3}	fuːt^{8}	θaːn^{1}	ɕaŋ^{2}
靠	得	翅	三	层

全靠翅膀硬，

1-684

飞	马	堂	然	农
Mbin	ma	daengz	ranz	nuengx
bin^{1}	ma^{1}	taŋ^{2}	ɹaːn^{2}	nuːŋ^{4}
飞	来	到	家	妹

才能到妹家。

女唱

1-685

双	土	鸟	飞	邦
Song	duz	roeg	mbin	mbangq
θoːŋ^{1}	tu^{2}	ɹok^{8}	bin^{1}	baːŋ^{5}
两	只	鸟	飞	扬

两只鸟惊飞，

1-686

飞	出	板	而	马
Mbin	ok	mbanj	lawz	ma
bin^{1}	oːk^{7}	baːn^{3}	laɯ^{2}	ma^{1}
飞	出	村	哪	来

从何处飞来。

1-687

伕	内	伕	开	么
Fawh	neix	fawh	gij	maz
fəɯ^{6}	ni^{4}	fəɯ^{6}	kaːi^{2}	ma^{2}
时	这	时	什	么

这什么时令，

1-688

斗	巡	花	义	月
Daeuj	cunz	va	ngeih	nyied
tau^{3}	ɕun^{2}	va^{1}	ȵi^{6}	ȵuːt^{8}
来	巡	花	二	月

来探二月花。

男唱

1-689

见	十	义	公	山
Raen	cib	ngeih	goeng	bya
ɹan^{1}	ɕit^{8}	ȵi^{6}	koŋ^{1}	pja^{1}
见	十	二	座	山

翻十二座山，

1-690

却	土	鸦	引	罗
Gyo	duz	a	yinx	loh
kjo^{1}	tu^{2}	a^{1}	jin^{4}	lo^{6}
幸亏	只	鸦	引	路

得乌鸦引路。

1-691

土	鸦	特	心	作
Duz	a	dawz	sim	soh
tu^{2}	a^{1}	təɯ^{2}	θin^{1}	θo^{6}
只	鸦	拿	心	直

靠乌鸦诚实，

1-692

引	罗	马	巡	你
Yinx	loh	ma	cunz	mwngz
jin^{4}	lo^{6}	ma^{1}	ɕun^{2}	mɯŋ^{2}
引	路	来	巡	你

带路来看你。

女唱

1-693

双	土	鸟	代	内
Song	duz	roeg	dai	neix
θoːŋ^{1}	tu^{2}	ɹok^{8}	taːi^{1}	ni^{4}
两	只	鸟	死	这

两只比翼鸟，

1-694

很	雷	马	古	对
Hwnj	ndoi	ma	guh	doih
hɯn^{3}	doːi^{1}	ma^{1}	ku^{4}	toːi^{6}
上	坡	来	做	伙伴

到岭上结伴。

1-695

出	而	马	包	青
Ok	lawz	ma	mbauq	oiq
oːk^{7}	laɯ^{2}	ma^{1}	baːu^{5}	oːi^{5}
出	哪	来	小伙	嫩

后生哥哪来，

1-696

斗	古	对	很	河
Daeuj	guh	doih	hwnj	haw
tau^{3}	ku^{4}	toːi^{6}	hɯn^{3}	həɯ^{1}
来	做	伙伴	上	圩

来做伴赶圩。

男唱

1-697

双	土	鸟	代	内
Song	duz	roeg	dai	neix
θoːŋ^{1}	tu^{2}	ɹok^{8}	taːi^{1}	ni^{4}
两	只	鸟	死	这

两只比翼鸟，

1-698

很	雷	斗	古	穷
Hwnj	ndoi	daeuj	guh	gyoengq
hɯn^{3}	doːi^{1}	tau^{3}	ku^{4}	kjoŋ^{5}
上	坡	来	做	群

到岭上结群。

1-699

刀	马	代	江	垌
Dauq	ma	dai	gyang	doengh
taːu^{5}	ma^{1}	taːi^{1}	kjaːŋ^{1}	toŋ^{6}
回	来	死	中	垌

飞来平地死，

1-700

农	得	送	知	空
Nuengx	ndaej	soengq	rox	ndwi
nuːŋ^{4}	dai^{3}	θoŋ^{5}	ɹo^{4}	duːi^{1}
妹	得	送	或	不

妹能送葬否？

女唱

1-701

飞	马	读	果	才
Mbin	ma	douh	go	ndaij
bin^{1}	ma^{1}	tou^{6}	ko^{1}	daːi^{3}
飞	来	栖息	棵	苎麻

苎麻丛栖息，

1-702

才	马	读	桥	开
Raih	ma	douh	giuz	gai
ɹaːi^{6}	ma^{1}	tou^{6}	kiu^{2}	kaːi^{1}
爬	来	栖息	桥	街

漫步到街头。

1-703

三	八	利	得	代
Sanh	bek	lij	ndaej	dai
θaːn^{1}	peːk^{7}	li^{4}	dai^{3}	taːi^{1}
山	伯	还	得	死

山伯舍得死，

1-704

英	**台**	**么**	**不**	**送**
Yingh	daiz	maz	mbouj	soengq
iŋ^{1}	taːi^{2}	ma^{2}	bou^{5}	θoŋ^{5}
英	台	怎么	不	送

英台何不送。

男唱

1-705

双	**土**	**鸟**	**代**	**内**
Song	duz	roeg	dai	neix
θoːŋ^{1}	tu^{2}	ɹok^{8}	taːi^{1}	ni^{4}
两	只	鸟	死	这

两只比翼鸟，

1-706

很	**雷**	**斗**	**古**	**穷**
Hwnj	ndoi	daeuj	guh	gyoengq
hɯn^{3}	doːi^{1}	tau^{3}	ku^{4}	kjoŋ^{5}
上	坡	来	做	群

到岭上结群。

1-707

英	**台**	**狼**	**得**	**送**
Yingh	daiz	langh	ndaej	soengq
iŋ^{1}	taːi^{2}	laːŋ^{6}	dai^{3}	θoŋ^{5}
英	台	若	得	送

英台若得送，

1-708

备	**古**	**穷**	**斗**	**巡**
Beix	guh	gyoengq	daeuj	cunz
pi^{4}	ku^{4}	kjoŋ^{5}	tau^{3}	ɕun^{2}
兄	做	群	来	巡

兄结队来访。

女唱

1-709

双	**土**	**鸟**	**羽**	**才**
Song	duz	roeg	fwed	raiz
θoːŋ^{1}	tu^{2}	ɹok^{8}	fɯːt^{8}	ɹaːi^{2}
两	只	鸟	翅	花纹

两只花翅鸟，

1-710

同	**排**	**吃**	**果**	**后**
Doengz	baiz	gwn	go	haeux
toŋ^{2}	paːi^{2}	kɯn^{1}	ko^{1}	hau^{4}
同	排	吃	棵	谷

并排捡谷吃。

1-711

秋	**样**	**刀**	**好**	**口**
Ciuq	yiengh	dauq	ndei	gaeuj
ɕiːu^{5}	jɯːŋ^{6}	taːu^{5}	dei^{1}	kau^{3}
看	样	倒	好	看

模样倒俊俏，

1-712

不	**乱**	**斗**	**巡**	**偻**
Mbouj	luenh	daeuj	cunz	raeuz
bou^{5}	luːn^{6}	tau^{3}	ɕun^{2}	ɹau^{2}
不	乱	来	巡	我们

难得来看我。

男唱

1-713

土	**是**	**想**	**牙**	**马**
Dou	cix	siengj	yaek	ma
tu^{1}	ɕi^{4}	θiːŋ^{3}	jak^{7}	ma^{1}
我	是	想	欲	来

我是想要来，

1-714

又	**卡**	**双**	**卡**	**达**
Youh	gaz	song	ga	dah
jou^{4}	ka^{2}	θoːŋ^{1}	ka^{1}	ta^{6}
又	卡	两	条	河

两条河阻拦。

1-715

想	**斗**	**巡**	**龙**	**那**
Siengj	daeuj	cunz	lungz	nax
θiːŋ^{3}	tau^{3}	ɕun^{2}	luŋ^{2}	na^{4}
想	来	巡	大舅	小舅

想来走亲戚，

1-716

外	**达**	**又**	**用**	**钱**
Vaij	dah	youh	yungh	cienz
vaːi^{3}	ta^{6}	jou^{4}	juŋ^{6}	ɕiːn^{2}
过	河	又	用	钱

过河要花钱。

1-717

外	**卡**	**达**	**甲**	**门**
Vaij	ga	dah	gap	monz
vaːi^{3}	ka^{1}	ta^{6}	kaːt^{7}	mɯn^{2}
过	条	河	甲	门

单过甲门河，

1-718

用	**贝**	**七**	**块**	**钱**
Yungh	bae	caet	gvai	cienz
juŋ^{6}	pai^{1}	ɕat^{7}	kwaːi^{4}	ɕiːn^{2}
用	去	七	块	钱

就花七元钱。

女唱

1-719

外	**卡**	**达**	**义**	**元**
Vaij	ga	dah	ngeih	yenz
vaːi^{3}	ka^{1}	ta^{6}	ȵi^{6}	jeːn^{2}
过	条	河	二	元

要过二元河，

1–720

贝 钱 偻 岁 作

Bae cienz raeuz caez coq

pai^{1} çiːn^{2} ɹau^{2} çai^{2} ço^{5}

去 钱 我们 齐 放

路费同分摊。

1–721

双 土 鸟 羽 才

Song duz roeg fwed raiz

θoːŋ^{1} tu^{2} ɹok^{8} fuːt^{8} ɹaːi^{2}

两 只 鸟 翅 花纹

两只花翅鸟，

1–722

同 排 吃 果 机

Doengz baiz gwn go giq

toŋ^{2} paːi^{2} kɯn^{1} ko^{1} ki^{5}

同 排 吃 棵 这

同吃一树果。

1–723

吨 务 鞋 高 底

Daenj gouh haiz gauh dij

tan^{3} kou^{6} haːi^{2} kaːu^{5} ti^{3}

穿 双 鞋 高 底

脚穿高跟鞋，

1–724

斗 内 说 贝 而

Daeuj neix naeuz bae lawz

tau^{3} ni^{4} nau^{2} pai^{1} lau^{2}

来 这 或 去 哪

不知去何方。

男唱

1–725

邦 更 是 果 金

Biengz gwnz cix go gim

piːŋ^{2} kɯn^{2} çi^{4} ko^{1} kin^{1}

地方 上 是 果 金

上方是果金，

1–726

邦 拉 是 果 机

Biengz laj cix go giq

piːŋ^{2} la^{3} çi^{4} ko^{1} ki^{5}

地方 下 是 果 机

下方是果机。

1–727

吨 务 鞋 高 底

Daenj gouh haiz gauh dij

tan^{3} kou^{6} haːi^{2} kaːu^{5} ti^{3}

穿 双 鞋 高 底

脚穿高跟鞋，

1–728

中 斗 内 巡 你

Cuengq daeuj neix cunz mwngz

çuːŋ^{5} tau^{3} ni^{4} çun^{2} mɯŋ^{2}

特意 来 这 巡 你

特意来看你。

女唱

1-729

双	**土**	**鸟**	**羽**	**才**
Song	duz	roeg	fwed	raiz
θoːŋ^{1}	tu^{2}	ɹok^{8}	fuːt^{8}	ɹaːi^{2}
两	**只**	**鸟**	**翅**	**花纹**

两只花翅鸟，

1-730

同	**排**	**吃**	**后**	**节**
Doengz	baiz	gwn	haeux	ceh
toŋ^{2}	paːi^{2}	kɯn^{1}	hau^{4}	ɕe^{6}
同	**排**	**吃**	**谷**	**种**

并排吃谷种。

1-731

元	**牙**	**了**	**些**	**些**
Yuenz	yaq	liux	ndeq	ndeq
juːn^{2}	ja^{5}	liːu^{4}	de^{5}	de^{5}
缘	**也**	**完**	**绝**	**绝**

我俩将缘尽，

1-732

刀	**出**	**些**	**而**	**马**
Dauq	ok	seiq	lawz	ma
taːu^{5}	oːk^{7}	θe^{5}	lau^{2}	ma^{1}
倒	**出**	**处**	**哪**	**来**

又从哪冒出。

男唱

1-733

秀	**可**	**利**	**双**	**偻**
Ciuh	goj	lix	song	raeuz
ɕiːu^{6}	ko^{5}	li^{4}	θoːŋ^{1}	ɹau^{2}
世	**也**	**剩**	**两**	**我们**

就剩我们俩，

1-734

忧	**开**	**么**	**老**	**表**
You	gij	maz	laux	biuj
jou^{1}	kaːi^{2}	ma^{2}	laːu^{4}	piːu^{3}
忧	**什**	**么**	**老**	**表**

老表你莫愁。

1-735

元	**了**	**正**	**不**	**了**
Yuenz	liux	cingz	mbouj	liux
juːn^{2}	liːu^{4}	ɕiŋ^{2}	bou^{5}	liːu^{4}
缘	**完**	**情**	**不**	**完**

缘了情未了，

1-736

秀	**好**	**秀**	**同**	**巡**
Ciuh	ndij	ciuh	doengz	cunz
ɕiːu^{6}	di^{1}	ɕiːu^{6}	toŋ^{2}	ɕun^{2}
世	**与**	**世**	**同**	**巡**

世代来相聚。

女唱

1-737

当	**日**	**乱**	**你**	**马**
Daengq	ngoenz	lwenz	mwngz	ma
taŋ^{5}	ŋon^{2}	lɯːn^{2}	mɯŋ^{2}	ma^{1}
叮嘱	**日**	**昨**	**你**	**来**

叫你昨天来，

1-738

日	**文**	**你**	**才**	**斗**
Ngoenz	fwn	mwngz	caiz	daeuj
ŋon^{2}	vun^{1}	mɯŋ^{2}	ɕaːi^{6}	tau^{3}
日	**雨**	**你**	**才**	**来**

雨天你才到。

1-739

当	**日**	**乱**	**文**	**友**
Daengq	ngoenz	lwenz	vunz	youx
taŋ^{5}	ŋon^{2}	lɯːn^{2}	vun^{2}	ju^{4}
叮嘱	**日**	**昨**	**人**	**友**

嘱昨日会友，

1-740

刀	**斗**	**对**	**日**	**内**
Dauq	daeuj	doiq	ngoenz	neix
taːu^{5}	tau^{3}	toːi^{5}	ŋon^{2}	ni^{4}
倒	**来**	**对**	**日**	**这**

你今天才来。

男唱

1-741

日	**乱**	**想**	**牙**	**马**
Ngoenz	lwenz	siengj	yaek	ma
ŋon^{2}	lɯːn^{2}	θiːŋ^{3}	jak^{7}	ma^{1}
日	**昨**	**想**	**欲**	**来**

本想昨日来，

1-742

老	**不**	**对**	**伴**	**口**
Lau	mbouj	doiq	buenx	gaeuq
laːu^{1}	bou^{5}	toːi^{5}	puːn^{4}	kau^{5}
怕	**不**	**对**	**伴**	**旧**

怕错过老友。

1-743

日	**内**	**刀**	**外**	**斗**
Ngoenz	neix	dauq	vaij	daeuj
ŋon^{2}	ni^{4}	taːu^{5}	vaːi^{3}	tau^{3}
日	**这**	**倒**	**过**	**来**

改到今日来，

1-744

对	**伴**	**口**	**在**	**然**
Doiq	buenx	gaeuq	ywq	ranz
toːi^{5}	puːn^{4}	kau^{5}	jɯ^{5}	ɹaːn^{2}
对	**伴**	**旧**	**在**	**家**

逢老友在家。

女唱

1-745

当	**日**	**乱**	**你**	**马**
Daengq	ngoenz	lwenz	mwngz	ma
taŋ^{5}	ŋon^{2}	lɯːn^{2}	mɯŋ^{2}	ma^{1}
叮嘱	**日**	**昨**	**你**	**来**

嘱咐昨天来，

1-746

日	**文**	**你**	**才**	**走**
Ngoenz	fwn	mwngz	caiz	yamq
ŋon^{2}	vun^{1}	mɯŋ^{2}	ɕaːi^{6}	jaːm^{5}
日	**雨**	**你**	**才**	**走**

雨天才启步。

1-747

内	**斗**	**山**	**好**	**汉**
Neix	daeuj	bya	hau	hanq
ni^{4}	tau^{3}	pja^{1}	haːu^{1}	haːn^{5}
这	**来**	**山**	**白**	**灿灿**

青山已枯尽，

1-748

伴	**斗**	**板**	**古**	**而**
Buenx	daeuj	mbanj	guh	rawz
puːn^{4}	tau^{3}	baːn^{3}	ku^{4}	ɹaɯ^{2}
伴	**来**	**村**	**做**	**什么**

友来有何用？

男唱

1-749

日	**乱**	**想**	**牙**	**马**
Ngoenz	lwenz	siengj	yaek	ma
ŋon^{2}	lɯːn^{2}	θiːŋ^{3}	jak^{7}	ma^{1}
日	**昨**	**想**	**欲**	**来**

本想昨日来，

1-750

老	**不**	**对**	**你**	**伴**
Lau	mbouj	doiq	mwngz	buenx
laːu^{1}	bou^{5}	toːi^{5}	mɯŋ^{2}	puːn^{4}
怕	**不**	**对**	**你**	**伴**

生怕错过你。

1-751

内	**斗**	**山**	**好**	**汉**
Neix	daeuj	bya	hau	hanq
ni^{4}	tau^{3}	pja^{1}	haːu^{1}	haːn^{5}
这	**来**	**山**	**白**	**灿灿**

青山已枯尽，

1-752

牙	**对**	**伴**	**在**	**行**
Yax	doiq	buenx	caih	hangz
ja^{5}	toːi^{5}	puːn^{4}	ɕaːi^{6}	haːŋ^{2}
才	**对**	**伴**	**在**	**行**

才来会情友。

第二篇　久别歌

《久别歌》主要唱述男方来到女方家之后，双方一边喝茶，一边以对歌的方式来倾诉久别相思之情。男方道出自己因连续卧病在床三年而未能经常来访。为了探知病因，女方提议让男方去求神问卜，并告知本瑶寨风景优美、民风淳朴，久病初愈的男方可尽情对歌，无须多虑。接着女方在感叹双方久别重逢时，也向男方吐露心中的怨气，并巧借京城里树木成双以及伏羲兄妹成对来暗示男方应该早点来谈情，还戏称要用符咒来囚禁情人。对唱中双方还谈论了许多话题，如守孝制度、互换信物和“补粮添寿”习俗等。

女唱

2-1
寿 把 洋 又 拜
Caeux baj yieng youh baiq
çou^{4} pa^{3} jɯ:ŋ^{1} jou^{4} pa:i^{5}
握 把 香 又 拜
手握香敬拜，

2-2
同 乃 造 写 南
Doengz nai caux ce nanz
toŋ^{2} na:i^{1} ça:u^{4} çe^{1} na:n^{2}
同 招呼 造 留 久
伤感为阔别。

2-3
对 邦 马 堂 然
Doih baengz ma daengz ranz
to:i^{6} paŋ^{2} ma^{1} taŋ^{2} ɹa:n^{2}
伙伴 朋 来 到 家
挚友今来临，

2-4
结 写 南 偻 观
Giet ce nanz raeuz gonq
ki:t^{7} çe^{1} na:n^{2} ɹau^{2} ko:n^{5}
结 留 久 我们 先
先忆久别情。

2-5
想 不 结 欢 造
Siengj mbouj giet fwen caux
θi:ŋ^{3} bou^{5} ki:t^{7} vu:n^{1} ça:u^{4}
想 不 结 歌 造
不唱久别歌，

2-6
阝 老 罵 偻 办
Boux laux ndaq raeuz bamz
pu^{4} la:u^{4} da^{5} ɹau^{2} pa:n^{2}
个 老 骂 我们 笨
老人斥嘴笨。

2-7
想 不 造 写 南
Siengj mbouj caux ce nanz
θi:ŋ^{3} bou^{5} ça:u^{4} çe^{1} na:n^{2}
想 不 造 留 久
不唱久别歌，

2-8
邦 堂 然 贝 了
Baengz daengz ranz bae liux
paŋ^{2} taŋ^{2} ɹa:n^{2} pai^{1} li:u^{4}
朋 到 家 去 完
朋友全离去。

2-9
对 邦 马 堂 然
Doih baengz ma daengz ranz
to:i^{6} paŋ^{2} ma^{1} taŋ^{2} ɹa:n^{2}
伙伴 朋 来 到 家
挚友今来临，

2–10

爱	**玩**	**双**	**句**	**话**
Ngaiq	vanz	song	coenz	vah
ŋa:i^5	va:n^2	θo:ŋ^1	kjon^2	va^6
爱	还	两	句	话

爱聊几句话。

2–11

后	**生**	**来**	**到**	**家**
Haux	seng	laiz	dau	gya
hou^4	θe:ŋ^1	la:i^2	ta:u^4	kja^1
后	生	来	到	家

小伙今临门，

2–12

爱	**讲**	**话**	**写**	**南**
Ngaiq	gangj	vah	ce	nanz
ŋa:i^5	ka:ŋ^3	va^6	çe^1	na:n^2
爱	讲	话	留	久

爱聊久别情。

2–13

对	**邦**	**马**	**堂**	**然**
Doih	baengz	ma	daengz	ranz
to:i^6	paŋ^2	ma^1	taŋ^2	ɹa:n^2
伙伴	朋	来	到	家

好友到我家，

2–14

爱	**玩**	**双**	**句**	**比**
Ngaiq	vanz	song	coenz	beij
ŋa:i^5	va:n^2	θo:ŋ^1	kjon^2	pi^3
爱	还	两	句	歌

来对几首歌。

2–15

后	**生**	**来**	**到**	**内**
Haux	seng	laiz	dau	neix
hou^4	θe:ŋ^1	la:i^2	ta:u^4	ni^4
后	生	来	到	这

小伙来到此，

2–16

合	**理**	**比**	**写**	**南**
Hwz	leix	beij	ce	nanz
ho^2	li^4	pi^3	çe^1	na:n^2
合	理	歌	留	久

该唱久别歌。

2–17

对	**邦**	**马**	**堂**	**然**
Doih	baengz	ma	daengz	ranz
to:i^6	paŋ^2	ma^1	taŋ^2	ɹa:n^2
伙伴	朋	来	到	家

好朋友到家，

2–18

爱	**玩**	**双**	**句**	**比**
Ngaiq	vanz	song	coenz	beij
ŋa:i^5	va:n^2	θo:ŋ^1	kjon^2	pi^3
爱	还	两	句	歌

来对几首歌。

2–19

后	**生**	**来**	**到**	**内**
Haux	seng	laiz	dau	neix
hou^4	θe:ŋ^1	la:i^2	ta:u^4	ni^4
后	生	来	到	这

小伙来到此，

2-20

造	**句**	**比**	**土**	**跟**
Caux	coenz	beij	dou	riengz
ɕaːu^{4}	kjon^{2}	pi^{3}	tu^{1}	ɹiːŋ^{2}
造	句	歌	我	跟

来和我对歌。

2-21

当	**卩**	**在**	**当**	**然**
Dangq	boux	ywq	dangq	ranz
taːŋ^{5}	pu^{4}	jɯ^{5}	taːŋ^{5}	ɹaːn^{2}
另	个	在	另	家

你我各一方，

2-22

土	**牙**	**尝**	**知**	**定**
Dou	yax	caengz	rox	dingh
tu^{1}	ja^{5}	ɕaŋ^{2}	ɹo^{4}	tiŋ^{6}
我	也	未	知	定

我还未知情。

2-23

说	**句**	**欢**	**土**	**听**
Naeuz	coenz	fwen	dou	dingq
nau^{2}	kjon^{2}	vɯːn^{1}	tu^{1}	tiŋ^{5}
说	句	歌	我	听

唱句歌我听，

2-24

共	**姓**	**说**	**当**	**韦**
Gungh	singq	naeuz	dangq	vae
kuŋ^{6}	θiŋ^{5}	nau^{2}	taːŋ^{5}	vai^{1}
共	姓	或	另	姓

同姓或异姓。

2-25

当	**卩**	**在**	**当**	**然**
Dangq	boux	ywq	dangq	ranz
taːŋ^{5}	pu^{4}	jɯ^{5}	taːŋ^{5}	ɹaːn^{2}
另	个	在	另	家

你我各一方，

2-26

土	**牙**	**尝**	**知**	**定**
Dou	yax	caengz	rox	dingh
tu^{1}	ja^{5}	ɕaŋ^{2}	ɹo^{4}	tiŋ^{6}
我	也	未	知	定

我还未知晓。

2-27

说	**句**	**欢**	**土**	**听**
Naeuz	coenz	fwen	dou	dingq
nau^{2}	kjon^{2}	vɯːn^{1}	tu^{1}	tiŋ^{5}
说	句	歌	我	听

唱歌给我听，

2-28

累	**声**	**邦**	**办**	**而**
Laeq	sing	baengz	baenz	lawz
lai^{5}	θiŋ^{1}	paŋ^{2}	pan^{2}	laɯ^{2}
看	声	朋	成	哪样

看歌喉如何。

2-29

当	**卩**	**在**	**当**	**然**
Dangq	boux	ywq	dangq	ranz
taːŋ^{5}	pu^{4}	jɯ^{5}	taːŋ^{5}	ɹaːn^{2}
另	个	在	另	家

你我各一方，

2-30

土	**牙**	**尝**	**知**	**作**
Dou	yax	caengz	rox	coh
tu^{1}	ja^{5}	ɕaŋ^{2}	ɹo^{4}	ɕo^{6}
我	**也**	**未**	**知**	**名字**

不知你大名。

2-31

很	**斗**	**偻**	**讲**	**果**
Hwnj	daeuj	raeuz	gangj	goj
hɯn^{3}	tau^{3}	ɹau^{2}	ka:ŋ^{3}	ko^{3}
上	**来**	**我们**	**讲**	**故事**

咱们来聊天，

2-32

讲	**后**	**罗**	**写**	**南**
Gangj	haeuj	loh	ce	nanz
ka:ŋ^{3}	hau^{3}	lo^{6}	ɕe^{1}	na:n^{2}
讲	**进**	**路**	**留**	**久**

聊阔别之情。

2-33

当	**卜**	**在**	**当**	**然**
Dangq	boux	ywq	dangq	ranz
ta:ŋ^{5}	pu^{4}	jɯ^{5}	ta:ŋ^{5}	ɹa:n^{2}
另	**个**	**在**	**另**	**家**

你我各一方，

2-34

土	**牙**	**尝**	**知**	**作**
Dou	yax	caengz	rox	coh
tu^{1}	ja^{5}	ɕaŋ^{2}	ɹo^{4}	ɕo^{6}
我	**也**	**未**	**知**	**名字**

不知你大名。

2-35

包	**乖**	**才**	**斗**	**么**
Mbauq	gvai	nda	daeuj	moq
ba:u^{5}	kwa:i^{1}	da^{1}	tau^{3}	mo^{5}
小伙	**乖**	**刚**	**来**	**新**

后生你刚到，

2-36

唱	**歌**	**给**	**邦**	**九**
Cang	go	hawj	biengz	riuz
ɕa:ŋ^{4}	ko^{5}	həɯ^{3}	pi:ŋ^{2}	ɹi:u^{2}
唱	**歌**	**给**	**地方**	**传**

唱歌传世人。

2-37

当	**卜**	**在**	**当**	**然**
Dangq	boux	ywq	dangq	ranz
ta:ŋ^{5}	pu^{4}	jɯ^{5}	ta:ŋ^{5}	ɹa:n^{2}
另	**个**	**在**	**另**	**家**

你我各一方，

2-38

土	**牙**	**尝**	**知**	**了**
Dou	yax	caengz	rox	liux
tu^{1}	ja^{5}	ɕaŋ^{2}	ɹo^{4}	li:u^{4}
我	**也**	**未**	**知**	**完**

我非样样懂。

2-39

很	**斗**	**牙**	**老**	**表**
Hwnj	daeuj	yah	laux	biuj
hɯn^{3}	tau^{3}	ja^{6}	la:u^{4}	pi:u^{3}
上	**来**	**呀**	**老**	**表**

快来呀老表，

2-40

本	**亮**	**不**	**几**	**南**
Mbwn	rongh	mbouj	geij	nanz
bɯn^{1}	ɹo:ŋ^{6}	bou^{5}	ki^{3}	na:n^{2}
天	亮	不	几	久

不久天要亮。

2-41

当	**阝**	**在**	**当**	**然**
Dangq	boux	ywq	dangq	ranz
ta:ŋ^{5}	pu^{4}	jɯ^{5}	ta:ŋ^{5}	ɹa:n^{2}
另	个	在	另	家

你我各一方，

2-42

土	**牙**	**尝**	**知**	**了**
Dou	yax	caengz	rox	liux
tu^{1}	ja^{5}	ɕaŋ^{2}	ɹo^{4}	li:u^{4}
我	也	未	知	完

我非样样懂。

2-43

很	**斗**	**牙**	**老**	**表**
Hwnj	daeuj	yah	laux	biuj
hɯn^{3}	tau^{3}	ja^{6}	la:u^{4}	pi:u^{3}
起	来	呀	老	表

过来呀老表，

2-44

讲	**不**	**了**	**秀**	**正**
Gangj	mbouj	liux	ciuh	cingz
ka:ŋ^{3}	bou^{5}	li:u^{4}	ɕi:u^{6}	ɕiŋ^{2}
讲	不	完	世	情

谈不完的情。

2-45

说	**欢**	**牙**	**对**	**生**
Naeuz	fwen	yah	doiq	saemq
nau^{2}	vɯ:n^{1}	ja^{6}	to:i^{5}	θan^{5}
说	歌	呀	对	庚

唱歌吧朋友，

2-46

一	**亱**	**不**	**几**	**来**
It	haemh	mdouj	geij	lai
it^{7}	han^{6}	bou^{5}	ki^{3}	la:i^{1}
一	夜	不	几	多

一夜值千金。

2-47

唱	**歌**	**牙**	**包**	**乖**
Cang	go	yah	mbauq	gvai
ɕa:ŋ^{4}	ko^{5}	ja^{6}	ba:u^{5}	kwa:i^{1}
唱	歌	呀	小伙	乖

小伙快唱歌，

2-48

用	**很**	**来**	**貝**	**了**
Byongh	hwnz	lai	bae	liux
pjo:ŋ^{6}	hɯn^{2}	la:i^{1}	pai^{1}	li:u^{4}
半	夜	多	去	完

今夜已过半。

2-49

说	**欢**	**牙**	**对**	**生**
Naeuz	fwen	yah	doiq	saemq
nau^{2}	vɯ:n^{1}	ja^{6}	to:i^{5}	θan^{5}
说	歌	呀	对	庚

唱歌吧朋友，

2-50

一	**亱**	**不**	**几**	**来**
It	haemh	mbouj	geij	lai
it^{7}	han^{6}	bou^{5}	ki^{3}	la:i^{1}
一	夜	不	几	多

一夜值千金。

2-51

唱	**歌**	**不**	**老**	**代**
Cang	go	mbouj	lau	dai
ça:ŋ^{4}	ko^{5}	bou^{5}	la:u^{1}	ta:i^{1}
唱	歌	不	怕	死

唱歌可壮胆，

2-52

祘	**话**	**乖**	**给**	**备**
Son	vah	gvai	hawj	beix
θo:n^{1}	va^{6}	kwa:i^{1}	həɯ^{3}	pi^{4}
教	话	乖	给	兄

教兄说甜言。

2-53

说	**欢**	**牙**	**对**	**生**
Naeuz	fwen	yah	doiq	saemq
nau^{2}	vu:n^{1}	ja^{6}	to:i^{5}	θan^{5}
说	歌	呀	对	庚

唱歌吧朋友，

2-54

一	**亱**	**不**	**几**	**时**
It	haemh	mbouj	geij	seiz
it^{7}	han^{6}	bou^{5}	ki^{3}	θi^{2}
一	夜	不	几	时

一夜值千金。

2-55

唱	**歌**	**牙**	**包**	**好**
Cang	go	yah	mbauq	ndei
ça:ŋ^{4}	ko^{5}	ja^{6}	ba:u^{5}	dei^{1}
唱	歌	呀	小伙	好

唱歌吧小伙，

2-56

本	**三**	**时**	**是**	**亮**
Mbwn	sam	seiz	cix	rongh
bɯn^{1}	θa:n^{1}	θi^{2}	çi^{4}	ɹo:ŋ^{6}
天	三	时	就	亮

不久天就亮。

2-57

说	**欢**	**牙**	**对**	**生**
Naeuz	fwen	yah	doiq	saemq
nau^{2}	vu:n^{1}	ja^{6}	to:i^{5}	θan^{5}
说	歌	呀	对	庚

唱歌吧朋友，

2-58

一	**亱**	**不**	**几**	**时**
It	haemh	mbouj	geij	seiz
it^{7}	han^{6}	bou^{5}	ki^{3}	θi^{2}
一	夜	不	几	时

一夜值千金。

2-59

唱	**歌**	**唱**	**平**	**占**
Cang	go	cang	bingz	canz
ça:ŋ^{4}	ko^{5}	ça:ŋ^{4}	piŋ^{2}	ça:n^{2}
唱	歌	唱	平	晒台

上晒台唱歌，

2–60

板	**然**	**牙**	**好**	**听**
Mbanj	ranz	yax	ndij	dingq
baːn^{3}	ɹaːn^{2}	ja^{5}	di^{1}	tiŋ^{5}
村	**家**	**也**	**与**	**听**

村民也来听。

2–61

在	**方**	**而**	**了**	**邦**
Ywq	fueng	lawz	liux	baengz
jɯ^{5}	fuːŋ^{1}	laɯ^{2}	liːu^{4}	paŋ^{2}
在	**方**	**哪**	**啰**	**朋**

友今在何处，

2–62

卢	**浪**	**刀**	**方**	**而**
Louz	langh	dauq	fueng	lawz
lu^{2}	laːŋ^{6}	taːu^{5}	fuːŋ^{1}	laɯ^{2}
流	**浪**	**回**	**方**	**哪**

流浪到何方。

2–63

三	**六**	**九**	**又**	**河**
Sam	roek	gouj	youh	haw
θaːn^{1}	ɹok^{7}	kjou^{3}	jou^{4}	həɯ^{1}
三	**六**	**九**	**又**	**圩**

三六九逢圩，

2–64

貝	**而**	**南**	**堂**	**内**
Bae	lawz	nanz	daengz	neix
pai^{1}	laɯ^{2}	naːn^{2}	taŋ^{2}	ni^{4}
去	**哪**	**久**	**到**	**这**

何故不相逢。

2–65

在	**方**	**而**	**了**	**邦**
Ywq	fueng	lawz	liux	baengz
jɯ^{5}	fuːŋ^{1}	laɯ^{2}	liːu^{4}	paŋ^{2}
在	**方**	**哪**	**啰**	**朋**

友今在何处，

2–66

卢	**浪**	**刀**	**方**	**而**
Louz	langh	dauq	fueng	lawz
lu^{2}	laːŋ^{6}	taːu^{5}	fuːŋ^{1}	laɯ^{2}
流	**浪**	**回**	**方**	**哪**

流浪到何方。

2–67

在	**方**	**而**	**长**	**字**
Youq	fueng	lawz	cangh	saw
jɯ^{5}	fuːŋ^{1}	laɯ^{2}	ɕaːŋ^{6}	θaɯ^{1}
在	**方**	**哪**	**匠**	**书**

教书匠何在，

2–68

马	**倭**	**平**	**罗**	**格**
Ma	raeuz	bingz	loh	gek
ma^{1}	ɹau^{2}	piŋ^{2}	lo^{6}	keːk^{7}
来	**我们**	**平**	**罗**	**盘**

一起看风水。

2–69

在	**方**	**而**	**了**	**邦**
Ywq	fueng	lawz	liux	baengz
jɯ^{5}	fuːŋ^{1}	laɯ^{2}	liːu^{4}	paŋ^{2}
在	**方**	**哪**	**啰**	**朋**

友今在何处，

2–70

卢	浪	马	同	巡
Louz	langh	ma	doengz	cunz
lu^{2}	la:ŋ^{6}	ma^{1}	toŋ^{2}	ɕun^{2}
流	浪	来	同	巡

一起来相聚。

2–71

在	方	而	包	论
Ywq	fueng	lawz	mbauq	lwnz
jɯ^{5}	fu:ŋ^{1}	laɯ^{2}	ba:u^{5}	lun^{2}
在	方	哪	小伙	最小

小哥在何方，

2–72

马	巡	花	义	月
Ma	cunz	va	ngeih	nyied
ma^{1}	ɕun^{2}	va^{1}	ȵi^{6}	ȵu:t^{8}
来	巡	花	二	月

来探二月花。

2–73

在	方	而	了	邦
Ywq	fueng	lawz	liux	baengz
jɯ^{5}	fu:ŋ^{1}	laɯ^{2}	li:u^{4}	paŋ^{2}
在	方	哪	完	朋

我友今何在，

2–74

卢	浪	马	同	沙
Louz	langh	ma	doengz	ra
lu^{2}	la:ŋ^{6}	ma^{1}	toŋ^{2}	ɹa^{1}
流	浪	来	相	找

流浪来相寻。

2–75

邦	口	农	刀	马
Baengz	gaeuq	nuengx	dauq	ma
paŋ^{2}	kau^{5}	nu:ŋ^{4}	ta:u^{5}	ma^{1}
朋	旧	妹	倒	来

旧友回故地，

2–76

沙	马	偻	讲	满
Ra	ma	raeuz	gangj	monh
ɹa^{1}	ma^{1}	ɹau^{2}	ka:ŋ^{3}	mo:n^{6}
找	来	我们	讲	情

我们来谈情。

男唱

2–77

垌	光	六	金	城
Doengh	gvangq	lueg	gim	singz
toŋ^{6}	kwa:ŋ^{5}	lu:k^{8}	kin^{5}	θiŋ^{2}
垌	宽	谷	金	城

金城江地广，

2–78

是	空	认	说	欢
Cix	ndwi	nyinh	naeuz	fwen
ɕi^{4}	du:i^{1}	ȵin^{6}	nau^{2}	vu:n^{1}
是	不	记得	说	歌

却忘了唱歌。

2–79

伕	**内**	**农**	**刀**	**团**
Fawh	neix	nuengx	dauq	dwen
fəɯ^{6}	ni^{4}	nuːŋ^{4}	taːu^{5}	tɯːn^{1}
时	**这**	**妹**	**倒**	**提**

若非妹提醒，

2–80

欢	**写**	**南**	**论**	**了**
Fwen	ce	nanz	lumz	liux
vuːn^{1}	ɕe^{1}	naːn^{2}	lun^{2}	liːu^{4}
歌	**留**	**久**	**忘**	**完**

忘了久别歌。

女唱

2–81

垌	**光**	**六**	**金**	**城**
Doengh	gvangq	lueg	gim	singz
toŋ^{6}	kwaːŋ^{5}	luːk^{8}	kin^{5}	θiŋ^{2}
垌	**宽**	**谷**	**金**	**城**

金城江地广，

2–82

不	**认**	**开**	**桥**	**仙**
Mbouj	nyinh	gaiq	giuz	sien
bou^{5}	ȵin^{6}	kaːi^{5}	kiːu^{2}	θiːn^{1}
不	**记得**	**架**	**桥**	**仙**

忘记架仙桥。

2–83

公	**喜**	**六**	**千**	**年**
Goeng	hij	roek	cien	nienz
koŋ^{1}	hi^{3}	ɹok^{7}	ɕiːn^{1}	niːn^{2}
公	**羲**	**六**	**千**	**年**

伏羲六千年，

2–84

欢	**写**	**南**	**不**	**了**
Fwen	ce	nanz	mbouj	liux
vuːn^{1}	ɕe^{1}	naːn^{2}	bou^{5}	liːu^{4}
歌	**留**	**久**	**不**	**完**

不忘久别歌。

男唱

2–85

果	**往**	**查**	**果**	**杈**
Go	vaeng	cab	go	veq
ko^{1}	vaŋ^{1}	ɕaːt^{8}	ko^{1}	ve^{5}
棵	**稗**	**插**	**棵**	**蓼草**

树纵横交错，

2–86

秀	**些**	**在**	**拉**	**单**
Ciuh	seiq	ywq	laj	dan
ɕiːu^{6}	θe^{5}	jɯ^{5}	la^{3}	taːn^{1}
世	**世**	**在**	**下**	**滩**

世世在平地。

2-87

不	**加**	**农**	**写**	**南**
Mbouj	caj	nuengx	ce	nanz
bou^{5}	kja^{3}	nu:ŋ^{4}	çe^{1}	na:n^{2}
不	等	妹	留	久

不待妹说久，

2-88

备	**银**	**可**	**写**	**乃**
Beix	ngaenz	goj	ce	naih
pi^{4}	ŋan^{2}	ko^{5}	çe^{1}	na:i^{6}
兄	银	也	留	久

兄也感觉久。

女唱

2-89

果	**往**	**查**	**果**	**权**
Go	vaeng	cab	go	veq
ko^{1}	vaŋ^{1}	ça:t^{8}	ko^{1}	ve^{5}
棵	稗	插	棵	蓼草

树纵横交错，

2-90

秀	**些**	**在**	**拉**	**单**
Ciuh	seiq	ywq	laj	dan
çi:u^{6}	θe^{5}	jɯ^{5}	la^{3}	ta:n^{1}
世	世	在	下	滩

世世在平地。

2-91

备	**写**	**乃**	**说**	**南**
Beix	ce	naih	naeuz	nanz
pi^{4}	çe^{1}	na:i^{6}	nau^{2}	na:n^{2}
兄	留	久	说	久

兄停久不久，

2-92

少	**写**	**三**	**月**	**团**
Sau	ce	sam	ndwen	donh
θa:u^{1}	çe^{1}	θa:n^{1}	du:n^{1}	to:n^{6}
姑娘	留	三	月	半

妹停三月半。

男唱

2-93

少	**写**	**三**	**月**	**团**
Sau	ce	sam	ndwen	donh
θa:u^{1}	çe^{1}	θa:n^{1}	du:n^{1}	to:n^{6}
姑娘	留	三	月	半

妹停三月半，

2-94

又	**米**	**几**	**来**	**南**
Youh	miz	geij	lai	nanz
jou^{4}	mi^{2}	ki^{3}	la:i^{1}	na:n^{2}
又	有	几	多	久

也没有多久。

2–95

备	**写**	**四**	**月**	**三**
Beix	ce	seiq	ndwen	sam
pi^{4}	çe^{1}	θei^{5}	du:n^{1}	θa:n^{1}
兄	留	四	月	三

兄停四月多，

2–96

不	**利**	**南**	**外**	**农**
Mbouj	lij	nanz	vaij	nuengx
bou^{5}	li^{4}	na:n^{2}	va:i^{3}	nu:ŋ^{4}
不	还	久	过	妹

比妹还要久。

女唱

2–97

义	**月**	**对**	**花**	**六**
Ngeih	nyied	doiq	va	loux
ȵi^{6}	ȵu:t^{8}	to:i^{5}	va^{1}	lou^{4}
二	月	对	花	石榴

二月石榴花，

2–98

粒	**歪**	**铁**	**好**	**占**
Ngveih	faiq	dek	hau	canz
ŋwei^{6}	va:i^{5}	te:k^{7}	ha:u^{1}	ça:n^{2}
粒	棉	裂	白	灿灿

棉桃爆白絮。

2–99

狼	**对**	**生**	**偻**	**南**
Langh	doiq	saemq	raeuz	nanz
la:ŋ^{6}	to:i^{5}	θan^{5}	ɹau^{2}	na:n^{2}
放	对	庚	我们	久

离朋友太久，

2–100

中	**很**	**然**	**斗**	**问**
Cuengq	hwnj	ranz	daeuj	haemq
çu:ŋ^{5}	hɯn^{3}	ɹa:n^{2}	tau^{3}	han^{5}
特意	上	家	来	问

特上门探望。

男唱

2–101

田	**土**	**在**	**三**	**力**
Denz	dou	ywq	sam	leih
te:n^{2}	tu^{1}	ju^{5}	θa:n^{1}	li^{4}
地	我	在	三	力

我来自三力，

2–102

空	**知**	**比**	**写**	**南**
Ndwi	rox	beij	ce	nanz
du:i^{1}	ɹo^{4}	pi^{3}	çe^{1}	na:n^{2}
不	知	歌	留	久

不识久别歌。

2–103

田	土	在	东	兰
Denz	dou	ywq	doeng	lanz
te:n^{2}	tu^{1}	jɯ^{5}	toŋ^{1}	la:n^{2}
地	我	在	东	兰

我来自东兰，

2–104

欢	写	南	空	知
Fwen	ce	nanz	ndwi	rox
vu:n^{1}	çe^{1}	na:n^{2}	du:i^{1}	ɹo^{4}
歌	留	久	不	知

不懂久别歌。

女唱

2–105

观	土	貝	南	宁
Gonq	dou	bae	nanz	ningz
ko:n^{5}	tu^{1}	pai^{1}	na:n^{2}	niŋ^{2}
先	我	去	南	宁

先前到南宁，

2–106

真	九	你	唱	歌
Cingq	riuz	mwngz	cang	go
çiŋ^{5}	ɹi:u^{2}	mɯŋ^{2}	ça:ŋ^{4}	ko^{5}
正	传	你	唱	歌

曾邀你唱歌。

2–107

欢	写	南	空	知
Fwen	ce	nanz	ndwi	rox
vu:n^{1}	çe^{1}	na:n^{2}	du:i^{1}	ɹo^{4}
歌	留	久	不	知

不懂久别歌，

2–108

又	出	罗	古	而
Youh	ok	loh	guh	rawz
jou^{4}	o:k^{7}	lo^{6}	ku^{4}	ɹaɯ^{2}
又	出	路	做	什么

还出来干嘛！

男唱

2–109

田	土	在	三	力
Denz	dou	ywq	sam	leih
te:n^{2}	tu^{1}	jɯ^{5}	θa:n^{1}	li^{4}
地	我	在	三	力

我来自三力，

2–110

空	知	比	山	尚
Ndwi	rox	beij	bya	sang
du:i^{1}	ɹo^{4}	pi^{3}	pja^{1}	θa:ŋ^{1}
不	知	歌	山	高

不识高山歌。

2–111

田	**土**	**在**	**英**	**刚**①
Denz	dou	ywq	ing	gang
te:n^{2}	tu^{1}	jɯ^{5}	iŋ^{1}	ka:ŋ^{1}
地	**我**	**在**	**英**	**刚**

我家在英刚，

2–112

龙	**空**	**当**	**罗**	**内**
Lungz	ndwi	dang	loh	neix
luŋ^{2}	du:i^{1}	ta:ŋ^{1}	lo^{6}	ni^{4}
龙	**不**	**当**	**路**	**这**

不识这一带。

女唱

2–113

观	**土**	**贝**	**南**	**宁**
Gonq	dou	bae	nanz	ningz
ko:n^{5}	tu^{1}	pai^{1}	na:n^{2}	niŋ^{2}
先	**我**	**去**	**南**	**宁**

我去南宁时，

2–114

伕	**九**	**你**	**知**	**比**
Fwx	riuz	mwngz	rox	beij
fə^{4}	ɹi:u^{2}	mɯŋ^{2}	ɹo^{4}	pi^{3}
别人	**传**	**你**	**知**	**歌**

听说你懂歌。

2–115

龙	**空**	**当**	**罗**	**内**
Lungz	ndwi	dang	loh	neix
luŋ^{2}	du:i^{1}	ta:ŋ^{1}	lo^{6}	ni^{4}
龙	**不**	**当**	**路**	**这**

兄未来这带，

2–116

荣	**玉**	**友**	**采**	**邦**
Yungz	yi	youx	caij	biengz
juŋ^{2}	ji^{4}	ju^{4}	ɕa:i^{3}	pi:ŋ^{2}
容	**易**	**友**	**走**	**地方**

我熟你不熟。

男唱

2–117

义	**少**	**乖**	**办**	**病**
Nyi	sau	gvai	baenz	bingh
ȵi^{1}	θa:u^{1}	kwa:i^{1}	pan^{2}	piŋ^{6}
听	**姑娘**	**乖**	**成**	**病**

听闻妹生病，

2–118

备	**扛**	**两**	**马**	**才**
Beix	gwed	liengj	ma	yai
pi^{4}	kɯ:t^{8}	li:ŋ^{3}	ma^{1}	ja:i^{1}
兄	**扛**	**伞**	**来**	**看**

兄撑伞来看。

① 英刚[iŋ^{1} ka:ŋ^{1}]：地名，今址不详。

2-119

佚	**报**	**说**	**你**	**代**
Fwx	bauq	naeuz	mwngz	dai
fə^{4}	pa:u^{5}	nau^{2}	mɯŋ^{2}	ta:i^{1}
别人	报	说	你	死

传言你过世，

2-120

忠	**开**	**么**	**唱**	**歌**
Fangz	gij	maz	cang	go
fa:ŋ^{2}	ka:i^{2}	ma^{2}	ɕa:ŋ^{4}	ko^{5}
鬼	什	么	唱	歌

那是谁唱歌？

女唱

2-121

写	**南**	**由**	**了**	**乖**
Ce	nanz	raeuh	liux	gvai
ɕe^{1}	na:n^{2}	ɹau^{6}	li:u^{4}	kwa:i^{1}
留	久	很	完	乖

久别了朋友，

2-122

写	**南**	**来**	**韦**	**机**
Ce	nanz	lai	vae	giq
ɕe^{1}	na:n^{2}	la:i^{1}	vai^{1}	ki^{5}
留	久	多	姓	支

久违异姓友。

2-123

牙	**尝**	**代**	**时**	**内**
Yax	caengz	dai	seiz	neix
ja^{5}	ɕaŋ^{2}	ta:i^{1}	θi^{2}	ni^{4}
也	未	死	时	这

眼下未曾死，

2-124

但	**备**	**外**	**斗**	**巡**
Danh	beix	vaij	daeuj	cunz
ta:n^{6}	pi^{4}	va:i^{3}	tau^{3}	ɕun^{2}
但	兄	过	来	巡

谢兄来看望。

男唱

2-125

病	**三**	**比**	**更**	**床**
Bingh	sam	bi	gwnz	mbonq
piŋ^{6}	θa:n^{1}	pi^{1}	kɯn^{2}	bo:n^{5}
病	三	年	上	床

卧病床三年，

2-126

空	**得**	**走**	**很**	**下**
Ndwi	ndaej	yamq	hwnj	roengz
du:i^{1}	dai^{3}	ja:m^{5}	hɯn^{3}	ɹoŋ^{2}
不	得	走	上	下

都不得走动。

2–127

病	**三**	**比**	**更**	**从**
Bingh	sam	bi	gwnz	congz
piŋ^{6}	θa:n^{1}	pi^{1}	kɯn^{2}	ço:ŋ^{2}
病	三	年	上	床

卧病躺三年，

2–128

写	**少**	**同**	**南**	**由**
Ce	sau	doengz	nanz	raeuh
çe^{1}	θa:u^{1}	toŋ^{2}	na:n^{2}	ɹau^{6}
留	姑娘	同	久	很

与女友久别。

女唱

2–129

备	**办**	**病**	**开**	**么**
Beix	baenz	bingh	gij	maz
pi^{4}	pan^{2}	piŋ^{6}	ka:i^{2}	ma^{2}
兄	成	病	什	么

兄得什么病，

2–130

是	**不**	**沙**	**文**	**干**
Cix	mbouj	ra	vunz	ganq
çi^{4}	bou^{5}	ɹa^{1}	vun^{2}	ka:n^{5}
是	不	找	人	照料

不找人照顾。

2–131

被	**开**	**么**	**的**	**难**
Deng	gij	maz	diq	nanz
te:ŋ^{1}	ka:i^{2}	ma^{2}	ti^{5}	na:n^{2}
挨	什	么	的	难

遇什么灾难，

2–132

是	**不**	**走**	**邦**	**偻**
Cix	mbouj	yamq	biengz	raeuz
çi^{4}	bou^{5}	ja:m^{5}	pi:ŋ^{2}	ɹau^{2}
是	不	走	地方	我们

久不来这边。

男唱

2–133

病	**三**	**比**	**同**	**长**
Bingh	sam	bi	doengz	raez
piŋ^{6}	θa:n^{1}	pi^{1}	toŋ^{2}	ɹai^{2}
病	三	年	同	长

连续病三年，

2–134

空	**同**	**岁**	**韦**	**阿**
Ndwi	doengz	caez	vae	oq
du:i^{1}	toŋ^{2}	çai^{2}	vai^{1}	o^{5}
不	同	齐	姓	别

久违异姓友。

2–135

病	**三**	**比**	**斗**	**作**
Bingh	sam	bi	daeuj	coq
piŋ^{6}	θa:n^{1}	pi^{1}	tau^{3}	ɕo^{5}
病	三	年	来	放

连续病三年，

2–136

狼	**韦**	**阿**	**偻**	**南**
Langh	vae	oq	raeuz	nanz
la:ŋ^{6}	vai^{1}	o^{5}	ɹau^{2}	na:n^{2}
放	姓	别	我们	久

久违异姓友。

女唱

2–137

备	**办**	**病**	**开**	**么**
Beix	baenz	bingh	gij	maz
pi^{4}	pan^{2}	piŋ^{6}	ka:i^{2}	ma^{2}
兄	成	病	什	么

兄得什么病，

2–138

是	**不**	**沙**	**文**	**祘**
Cix	mbouj	ra	vunz	suenq
ɕi^{4}	bou^{5}	ɹa^{1}	vun^{2}	θu:n^{5}
是	不	找	人	算

何不去占卜。

2–139

老	**包**	**乖**	**牙**	**断**
Lau	mbauq	gvai	yaek	duenx
la:u^{1}	ba:u^{5}	kwa:i^{1}	jak^{7}	tu:n^{4}
怕	小伙	乖	要	断

恐兄要断情，

2–140

报	**说**	**病**	**作**	**身**
Bauq	naeuz	bingh	coq	ndang
pa:u^{5}	nau^{2}	piŋ^{6}	ɕo^{5}	da:ŋ^{1}
报	说	病	放	身

原是病缠身。

男唱

2–141

病	**三**	**比**	**同**	**长**
Bingh	sam	bi	doengz	raez
piŋ^{6}	θa:n^{1}	pi^{1}	toŋ^{2}	ɹai^{2}
病	三	年	同	长

连续病三年，

2–142

空	**同**	**岁**	**小**	**面**
Ndwi	doengz	caez	ciuq	mienh
du:i^{1}	toŋ^{2}	ɕai^{2}	ɕi:u^{5}	me:n^{6}
不	同	齐	照	面

不能相会面。

2-143

几　比　红　斗　连

Geij　bi　hong　daeuj　lenz

ki^{3}　pi^{1}　ho:ŋ^{1}　tau^{3}　li:n^{2}

几　年　工　来　连

几年不干活，

2-144

⿰氵七　开　田　内　凉

Saet　gaiq　denz　neix　liengz

θat^{7}　ka:i^{5}　te:n^{2}　ni^{4}　li:ŋ^{2}

留　块　地　这　凉

田地变荒芜。

2-145

写　南　由　了　乖

Ce　nanz　raeuh　liux　gvai

çe^{1}　na:n^{2}　ɹau^{6}　li:u^{4}　kwa:i^{1}

留　久　很　啰　乖

久别了朋友，

2-146

写　南　来　韦　机

Ce　nanz　lai　vae　giq

çe^{1}　na:n^{2}　la:i^{1}　vai^{1}　ki^{5}

留　久　多　姓　支

久别异姓友。

2-147

病　三　比　样　内

Bingh　sam　bi　yiengh　neix

piŋ^{6}　θa:n^{1}　pi^{1}　jɯ:ŋ^{6}　ni^{4}

病　三　年　样　这

如此病三年，

2-148

问　你　农　说　而

Haemq　mwngz　nuengx　naeuz　rawz

han^{5}　mɯŋ^{2}　nu:ŋ^{4}　nau^{2}　ɹaɯ^{2}

问　你　妹　说　什么

妹说怎么办。

2-149

病　三　比　同　长

Bingh　sam　bi　doengz　raez

piŋ^{6}　θa:n^{1}　pi^{1}　toŋ^{2}　ɹai^{2}

病　三　年　同　长

连续病三年，

2-150

空　同　岁　韦　机

Ndwi　doengz　caez　vae　giq

du:i^{1}　toŋ^{2}　çai^{2}　vai^{1}　ki^{5}

不　同　齐　姓　支

不能陪我友。

2-151

病　三　比　样　内

Bingh　sam　bi　yiengh　neix

piŋ^{6}　θa:n^{1}　pi^{1}　jɯ:ŋ^{6}　ni^{4}

病　三　年　样　这

如此病三年，

2-152

农　不　知　说　而

Nuengx　mbouj　rox　naeuz　rawz

nu:ŋ^{4}　bou^{5}　ɹo^{4}　nau^{2}　ɹaɯ^{2}

妹　不　知　说　什么

不知妹如何。

女唱

2–153

板 内 板 阝 好

Mbanj neix mbanj boux ndei

ba:n^{3} ni^{4} ba:n^{3} pu^{4} dei^{1}

村 这 村 个 好

全村人都好，

2–154

种 果 支 会 王

Ndaem go sei faex vangh

dan^{1} ko^{1} θi^{1} fai^{4} va:ŋ^{6}

种 棵 吊丝竹 树 苹婆

种竹又种树。

2–155

板 内 老 又 光

Mbanj neix laux youh gvangq

ba:n^{3} ni^{4} la:u^{4} jou^{4} kwa:ŋ^{5}

村 这 大 又 宽

此村大又宽，

2–156

邦 南 狼 声 欢

Baengz nanz langh sing fwen

paŋ^{2} na:n^{2} la:ŋ^{6} θiŋ^{1} vu:n^{1}

朋 久 放 声 歌

友可放声唱。

男唱

2–157

板 内 板 阝 好

Mbanj neix mbanj boux ndei

ba:n^{3} ni^{4} ba:n^{3} pu^{4} dei^{1}

村 这 村 个 好

此村好人多，

2–158

种 果 支 会 王

Ndaem go sei faex vangh

dan^{1} ko^{1} θi^{1} fai^{4} va:ŋ^{6}

种 棵 吊丝竹 树 苹婆

种竹又种树。

2–159

米 声 欢 是 狼

Miz sing fwen cix langh

mi^{2} θiŋ^{1} vu:n^{1} ɕi^{4} la:ŋ^{6}

有 声 歌 就 放

有歌尽管唱，

2–160

邦 开 义 样 而

Baengz gaej ngeix yiengh lawz

paŋ^{2} ka:i^{5} n̥i^{4} juu:ŋ^{6} lauu^{2}

朋 莫 想 样 哪

友勿需多虑。

女唱

2–161

板	**内**	**板**	**卜**	**好**
Mbanj	neix	mbanj	boux	ndei
ba:n^{3}	ni^{4}	ba:n^{3}	pu^{4}	dei^{1}
村	这	村	个	好

此村好人多，

2–162

种	**果**	**支**	**会**	**王**
Ndaem	go	sei	faex	vangh
dan^{1}	ko^{1}	θi^{1}	fai^{4}	va:ŋ^{6}
种	棵	吊丝竹	树	苹婆

种竹又种树。

2–163

声	**欢**	**想**	**牙**	**狼**
Sing	fwen	siengj	yaek	langh
θiŋ^{1}	vu:n^{1}	θi:ŋ^{3}	jak^{7}	la:ŋ^{6}
声	歌	想	要	放

待要纵声唱，

2–164

当	**得**	**农**	**知**	**空**
Daengh	ndaej	nuengx	rox	ndwi
taŋ^{6}	dai^{3}	nu:ŋ^{4}	ɹo^{4}	du:i^{1}
配	得	妹	知	不

怕你比不过。

男唱

2–165

板	**内**	**板**	**卜**	**好**
Mbanj	neix	mbanj	boux	ndei
ba:n^{3}	ni^{4}	ba:n^{3}	pu^{4}	dei^{1}
村	这	村	个	好

此村人真好，

2–166

种	**果**	**支**	**会**	**王**
Ndaem	go	sei	faex	vangh
dan^{1}	ko^{1}	θi^{1}	fai^{4}	va:ŋ^{6}
种	棵	吊丝竹	树	苹婆

种竹又种树。

2–167

米	**声**	**欢**	**是**	**狼**
Miz	sing	fwen	cix	langh
mi^{2}	θiŋ^{1}	vu:n^{1}	ɕi^{4}	la:ŋ^{6}
有	声	歌	就	放

有歌纵声唱，

2–168

金	**当**	**可**	**得**	**银**
Gim	daengh	goj	ndaej	ngaenz
kin^{1}	taŋ^{6}	ko^{5}	dai^{3}	ŋan^{2}
金	配	也	得	银

金和银相配。

女唱

2–169

板	**内**	**板**	**阝**	**好**
Mbanj	neix	mbanj	boux	ndei
ba:n^{3}	ni^{4}	ba:n^{3}	pu^{4}	dei^{1}
村	这	村	个	好

该村人真好，

2–170

种	**果**	**支**	**会**	**王**
Ndaem	go	sei	faex	vangh
dan^{1}	ko^{1}	θi^{1}	fai^{4}	va:ŋ^{6}
种	棵	吊丝竹	树	苹婆

种竹又种树。

2–171

伏	**九**	**你**	**老**	**行**
Fwx	riuz	mwngz	laux	hangz
fə^{4}	ɹi:u^{2}	muɯŋ^{2}	la:u^{4}	ha:ŋ^{2}
别人	传	你	老	行

听说你在行，

2–172

农	**爱**	**问**	**几**	**句**
Nuengx	ngaiq	haemq	geij	coenz
nu:ŋ^{4}	ŋa:i^{5}	ha:n^{5}	ki^{3}	kjon^{2}
妹	爱	问	几	句

妹想问几句。

男唱

2–173

板	**内**	**板**	**阝**	**好**
Mbanj	neix	mbanj	boux	ndei
ba:n^{3}	ni^{4}	ba:n^{3}	pu^{4}	dei^{1}
村	这	村	个	好

此村人真好，

2–174

种	**果**	**支**	**会**	**王**
Ndaem	go	sei	faex	vangh
dan^{1}	ko^{1}	θi^{1}	fai^{4}	va:ŋ^{6}
种	棵	吊丝竹	树	苹婆

种竹又种树。

2–175

老	**行**	**点**	**老**	**行**
Laux	hangz	dem	laux	hangz
la:u^{4}	ha:ŋ^{2}	te:n^{1}	la:u^{4}	ha:ŋ^{2}
老	行	与	老	行

都是老行家，

2–176

又	**同**	**问**	**古**	**而**
Youh	doengz	haemq	guh	rawz
jou^{4}	toŋ^{2}	ha:n^{5}	ku^{4}	ɹaɯ^{2}
又	同	问	做	什么

还对问做甚。

女唱

2-177

板	内	板	阝	好
Mbanj	neix	mbanj	boux	ndei
ba:n^{3}	ni^{4}	ba:n^{3}	pu^{4}	dei^{1}
村	这	村	个	好

这村人真好，

2-178

种	果	支	会	我
Ndaem	go	sei	faex	ngox
dan^{1}	ko^{1}	θi^{1}	fai^{4}	ŋo^{4}
种	棵	吊丝竹	树	无花果

栽竹又种果。

2-179

很	斗	偻	讲	果
Hwnj	daeuj	raeuz	gangj	goj
hɯn^{3}	tau^{3}	ɹau^{2}	ka:ŋ^{3}	ko^{3}
起	来	我们	讲	故事

我们来聊天，

2-180

讲	后	罗	写	南
Gangj	haeuj	loh	ce	nanz
ka:ŋ^{3}	hau^{3}	lo^{6}	ɕe^{1}	na:n^{2}
讲	进	路	留	久

聊到久别歌。

男唱

2-181

板	内	板	阝	好
Mbanj	neix	mbanj	boux	ndei
ba:n^{3}	ni^{4}	ba:n^{3}	pu^{4}	dei^{1}
村	这	村	个	好

这村人真好，

2-182

种	果	支	会	我
Ndaem	go	sei	faex	ngox
dan^{1}	ko^{1}	θi^{1}	fai^{4}	ŋo^{4}
种	棵	吊丝竹	树	无花果

种竹又栽果。

2-183

但	说	欢	对	罗
Danh	naeuz	fwen	doiq	loh
ta:n^{6}	nau^{2}	vu:n^{1}	to:i^{5}	lo^{6}
但	说	歌	对	路

唱歌要对路，

2-184

秀	阝	老	交	代
Ciuh	boux	laux	gyau	daiq
ɕi:u^{6}	pu^{4}	la:u^{4}	kja:u^{1}	tai^{5}
世	个	老	交	代

前辈已吩咐。

女唱

2-185

板 内 板 卜 好

Mbanj neix mbanj boux ndei

baːn^{3} ni^{4} baːn^{3} pu^{4} dei^{1}

村 这 村 个 好

此村多好人，

2-186

种 果 支 中 先

Ndaem go sei cuengq sienq

dan^{1} ko^{1} θi^{1} ɕuːŋ^{5} θiːn^{5}

种 棵 吊丝竹 放 线

栽竹竹长高。

2-187

尝 斗 板 内 惯

Caengz daeuj mbanj neix gvenq

ɕaŋ^{2} tau^{3} baːn^{3} ni^{4} kweːn^{5}

未 来 村 这 惯

来这未习惯，

2-188

空 知 念 写 南

Ndwi rox niemh ce nanz

duːi^{1} ɹo^{4} niːm^{6} ɕe^{1} naːn^{2}

不 知 念 留 久

不记久别歌。

男唱

2-189

板 内 板 卜 好

Mbanj neix mbanj boux ndei

baːn^{3} ni^{4} baːn^{3} pu^{4} dei^{1}

村 这 村 个 好

这个村人好，

2-190

种 果 支 中 先

Ndaem go sei cuengq sienq

dan^{1} ko^{1} θi^{1} ɕuːŋ^{5} θiːn^{5}

种 棵 吊丝竹 放 线

栽竹竹长高。

2-191

伴 你 可 斗 惯

Buenx mwngz goj daeuj gvenq

puːn^{4} muŋ^{2} ko^{5} tau^{3} kweːn^{5}

伴 你 也 来 惯

友你已来惯，

2-192

么 不 念 写 南

Maz mbouj niemh ce nanz

ma^{2} bou^{5} niːm^{6} ɕe^{1} naːn^{2}

何 不 念 留 久

何不记久别。

女唱

2-193

写 南 空 出 外

Ce nanz ndwi ok rog

ɕe^{1} na:n^{2} du:i^{1} o:k^{7} ɹo:k^{8}

留 久 不 出 外

许久不出门，

2-194

六 莫 才 桥 兰

Loeg mok raih giuz lanz

lok^{8} mo:k^{7} ɹa:i^{6} ki:u^{2} la:n^{2}

偶 尔 爬 桥 栏

偶尔跨门栏。

2-195

空 知 念 写 南

Ndwi rox niemh ce nanz

du:i^{1} ɹo^{4} ni:m^{6} ɕe^{1} na:n^{2}

不 知 念 留 久

不记久别歌，

2-196

是 开 汉 了 备

Cix gaej han liux beix

ɕi^{4} ka:i^{5} ha:n^{1} li:u^{4} pi^{4}

就 别 应 啰 兄

你就别出声。

男唱

2-197

写 南 空 出 外

Ce nanz ndwi ok rog

ɕe^{1} na:n^{2} du:i^{1} o:k^{7} ɹo:k^{8}

留 久 不 出 外

许久不出门，

2-198

六 莫 才 桥 兰

Loeg mok raih giuz lanz

lok^{8} mo:k^{7} ɹa:i^{6} ki:u^{2} la:n^{2}

偶 尔 爬 桥 栏

偶尔跨栏杆。

2-199

知 汉 刀 知 汉

Rox han dauq rox han

ɹo^{4} ha:n^{1} ta:u^{5} ɹo^{4} ha:n^{1}

知 应 倒 知 应

倒是会对歌，

2-200

欢 写 南 牙 了

Fwen ce nanz yax liux

vu:n^{1} ɕe^{1} na:n^{2} ja^{5} li:u^{4}

歌 留 久 也 完

久别歌已完。

女唱

2-201

写 南 空 出 外

Ce nanz ndwi ok rog

çe^{1} na:n^{2} du:i^{1} o:k^{7} ɹo:k^{8}

留 久 不 出 外

许久不出门，

2-202

六 莫 才 桥 兰

Loeg mok raih giuz lanz

lok^{8} mo:k^{7} ɹa:i^{6} ki:u^{2} la:n^{2}

偶 尔 爬 桥 栏

偶尔跨门栏。

2-203

十 义 罗 写 南

Cib ngeih loh ce nanz

çit^{8} ɲi^{6} lo^{6} çe^{1} na:n^{2}

十 二 路 留 久

十二路久别，

2-204

老 龙 汉 不 对

Lau lungz han mbouj doiq

la:u^{1} luŋ^{2} ha:n^{1} bou^{5} to:i^{5}

怕 龙 应 不 对

怕兄答不对。

男唱

2-205

写 南 由 了 乖

Ce nanz raeuh liux gvai

çe^{1} na:n^{2} ɹau^{6} li:u^{4} kwa:i^{1}

留 久 很 啰 乖

久别了朋友，

2-206

写 南 来 少 青

Ce nanz lai sau oiq

çe^{1} na:n^{2} la:i^{1} θa:u^{1} o:i^{5}

留 久 多 姑娘 嫩

久别了小妹。

2-207

变 土 汉 不 对

Bienh dou han mbouj doiq

pi:n^{6} tu^{1} ha:n^{1} bou^{5} to:i^{5}

即便 我 应 不 对

即便我答错，

2-208

良 米 罗 一 说

Lingh miz loh ndeu naeuz

le:ŋ^{6} mi^{2} lo^{6} de:u^{1} nau^{2}

另 有 路 一 说

也说得过去。

女唱

2-209
才 斗 亘 第 一
Nda daeuj haemh daih it
da^{1} tau^{3} han^{6} ti^{5} it^{7}
刚 来 夜 第 一
才来第一夜，

2-210
是 唱 歌 写 南
Cix cang go ce nanz
çi^{4} ça:ŋ^{4} ko^{5} çe^{1} na:n^{2}
就 唱 歌 留 久
就唱久别歌。

2-211
亘 第 义 第 三
Haemh daih ngeih daih sam
han^{6} ti^{5} ȵi^{6} ti^{5} θa:n^{1}
夜 第 二 第 三
第二第三夜，

2-212
说 欢 么 了 农
Naeuz fwen maz liux nuengx
nau^{2} vu:n^{1} ma^{2} li:u^{4} nu:ŋ^{4}
说 歌 什么 啰 妹
又唱什么歌。

男唱

2-213
才 斗 亘 第 一
Nda daeuj haemh daih it
da^{1} tau^{3} han^{6} ti^{5} it^{7}
刚 来 夜 第 一
才来第一夜，

2-214
是 唱 歌 写 南
Cix cang go ce nanz
çi^{4} ça:ŋ^{4} ko^{5} çe^{1} na:n^{2}
就 唱 歌 留 久
就唱久别歌。

2-215
亘 第 义 第 三
Haemh daih ngeih daih sam
han^{6} ti^{5} ȵi^{6} ti^{5} θa:n^{1}
夜 第 二 第 三
第二第三夜，

2-216
应 当 说 欢 斗
Wng dang naeuz fwen daeuj
iŋ^{1} ta:ŋ^{1} nau^{2} vu:n^{1} tau^{3}
应 当 说 歌 来
应唱欢迎歌。

女唱

2-217
才 斗 亱 第 一
Nda daeuj haemh daih it
da¹ tau³ han⁶ ti⁵ it⁷
刚 来 夜 第 一
才来第一夜，

2-218
是 唱 歌 写 南
Cix cang go ce nanz
ɕi⁴ ɕaːŋ⁴ ko⁵ ɕe¹ naːn²
就 唱 歌 留 久
就唱久别歌。

2-219
亱 第 义 第 三
Haemh daih ngeih daih sam
han⁶ ti⁵ ȵi⁶ ti⁵ θaːn¹
夜 第 二 第 三
第二第三夜，

2-220
欢 写 南 米 由
Fwen ce nanz miz raeuh
vuːn¹ ɕe¹ naːn² mi² ɹau⁶
歌 留 久 有 多
再唱久别歌。

男唱

2-221
卜 采 垌 采 邦
Boux caij doengh caij biengz
pu⁴ ɕaːi³ toŋ⁶ ɕaːi³ piːŋ²
个 踩 垌 踩 地方
走江湖的人，

2-222
它 是 知 欢 斗
De cix rox fwen daeuj
te¹ ɕi⁴ ɹo⁴ vuːn¹ tau³
他 就 知 歌 来
会唱迎宾歌。

2-223
少 口 点 包 口
Sau gaeuq dem mbauq gaeuq
θaːu¹ kau⁵ teːn¹ baːu⁵ kau⁵
姑娘 旧 与 小伙 旧
男女老朋友，

2-224
不 可 比 写 南
Mbouj goj beij ce nanz
bou⁵ ko⁵ pi³ ɕe¹ naːn²
不 也 歌 留 久
只会久别歌。

女唱

2-225

你　狼　说　欢　斗

Mwngz langh naeuz fwen daeuj

muɯŋ^{2} la:ŋ^{6} nau^{2} vu:n^{1} tau^{3}

你　若　说　歌　来

若说迎宾歌，

2-226

表　备　是　知　汉

Biuj beix cix rox han

pi:u^{3} pi^{4} ɕi^{4} ɹo^{4} ha:n^{1}

表　兄　是　知　应

表兄会应对。

2-227

刀　唱　歌　写　南

Dauq cang go ce nanz

ta:u^{5} ɕa:ŋ^{4} ko^{5} ɕe^{1} na:n^{2}

倒　唱　歌　留　久

要唱久别歌，

2-228

空　知　汉　了　农

Ndwi rox han liux nuengx

du:i^{1} ɹo^{4} ha:n^{1} li:u^{4} nu:ŋ^{4}

不　知　应　啰　妹

妹不会应对。

男唱

2-229

板　你　米　知　唱

Mbanj mwngz miz rox ciengq

ba:n^{3} muɯŋ^{2} mi^{2} ɹo^{4} ɕi:ŋ^{5}

村　你　有　知　唱

村里人会唱，

2-230

好　文　邦　古　对

Ndij vunz biengz guh doih

di^{1} vun^{2} pi:ŋ^{2} ku^{4} to:i^{6}

与　人　地方　做　伙伴

与路人为伍。

2-231

板　你　米　少　青

Mbanj mwngz miz sau oiq

ba:n^{3} muɯŋ^{2} mi^{2} θa:u^{1} o:i^{5}

村　你　有　姑娘　嫩

你村有少女，

2-232

对　不　太　立　南

Doih mbouj daih liz nanz

to:i^{6} bou^{5} ta:i^{6} li^{2} na:n^{2}

伙伴　不　太　离　久

情友会常来。

女唱

2-233
月 相 斗 讲 满
Ndwen cieng daeuj gangj monh
du:n^1 ɕi:ŋ^1 tau^3 ka:ŋ^3 mo:n^6
月 正 来 讲 情
正月来谈情，

2-234
同 断 板 内 难
Doengh duenx mbanj neix nanz
toŋ^2 tu:n^4 ba:n^3 ni^4 na:n^2
相 断 村 这 难
脱离此村难。

2-235
表 农 样 平 班
Biuj nuengx yiengh bingz ban
pi:u^3 nu:ŋ^4 jɯ:ŋ^6 piŋ^2 pan^1
表 妹 样 平 班
表妹是同辈，

2-236
貝 而 南 堂 内
Bae lawz nanz dangq neix
pai^1 laɯ^2 na:n^2 ta:ŋ^5 ni^4
去 哪 久 趟 这
你莫要久别。

男唱

2-237
月 相 斗 讲 满
Ndwen cieng daeuj gangj monh
du:n^1 ɕi:ŋ^1 tau^3 ka:ŋ^3 mo:n^6
月 正 来 讲 情
正月来谈情，

2-238
农 又 讲 说 南
Nuengx youh gangj naeuz nanz
nu:ŋ^4 jou^4 ka:ŋ^3 nau^2 na:n^2
妹 又 讲 说 久
妹何言太久。

2-239
月 义 后 月 三
Ndwen ngeih haeuj ndwen sam
du:n^1 ȵi^6 hau^3 du:n^1 θa:n^1
月 二 进 月 三
二月到三月，

2-240
几 来 南 了 农
Geij lai nanz liux nuengx
ki^3 la:i^1 na:n^2 liu^4 nu:ŋ^4
几 多 久 啰 妹
没多久呀妹。

女唱

2-241

几	来	乃	你	马
Geij	lai	naih	mwngz	ma
ki^{3}	la:i^{1}	na:i^{6}	mɯŋ^{2}	ma^{1}
几	多	久	你	来

多久你没来，

2-242

几	来	南	你	义
Geij	lai	nanz	mwngz	ngeix
ki^{3}	la:i^{1}	na:n^{2}	mɯŋ^{2}	ȵi^{4}
几	多	久	你	想

你自己想想。

2-243

合	相	貝	十	四
Hop	cieng	bae	cib	seiq
ho:p^{7}	ɕi:ŋ^{1}	pai^{1}	ɕit^{8}	θei^{5}
周	正	去	十	四

正月到七月，

2-244

又	利	不	尝	南
Youh	lij	mbouj	caengz	nanz
jou^{4}	li^{4}	bou^{5}	ɕaŋ^{2}	na:n^{2}
又	还	不	未	久

你还说不久。

男唱

2-245

可	说	南	说	南
Goj	naeuz	nanz	naeuz	nanz
ko^{5}	nau^{2}	na:n^{2}	nau^{2}	na:n^{2}
也	说	久	说	久

总说久又久，

2-246

南	几	来	韦	机
Nanz	geij	lai	vae	giq
na:n^{2}	ki^{3}	la:i^{1}	vai^{1}	ki^{5}
久	几	多	姓	支

友看有多久。

2-247

土	才	南	的	内
Dou	nda	nanz	diq	neix
tu^{1}	da^{1}	na:n^{2}	ti^{5}	ni^{4}
我	刚	久	点	这

我才离久点，

2-248

米	卩	利	南	来
Miz	boux	lij	nanz	lai
mi^{2}	pu^{4}	li^{4}	na:n^{2}	la:i^{1}
有	个	还	久	多

有人离更久。

女唱

2-249

几 来 乃 你 马

Geij lai naih mwngz ma

ki^{3} la:i^{1} na:i^{6} mɯŋ^{2} ma^{1}

几 多 久 你 来

你多久没来，

2-250

几 来 南 你 知

Geij lai nanz mwngz rox

ki^{3} la:i^{1} na:n^{2} mɯŋ^{2} ɹo^{4}

几 多 久 你 知

你心里有数。

2-251

廷 刀 变 办 多

Dinz dauq bienq baenz doq

tin^{2} ta:u^{5} pi:n^{5} pan^{2} to^{5}

黄蜂 倒 变 成 马蜂

黄蜂变马蜂，

2-252

备 才 知 说 南

Beix nda rox naeuz nanz

pi^{4} da^{1} ɹo^{4} nau^{2} na:n^{2}

兄 刚 知 说 久

兄才觉得久。

男唱

2-253

可 说 南 说 南

Goj naeuz nanz naeuz nanz

ko^{5} nau^{2} na:n^{2} nau^{2} na:n^{2}

总 说 久 说 久

总说久又久，

2-254

南 儿 来 妻 伏

Nanz geij lai maex fawh

na:n^{2} ki^{3} la:i^{1} mai^{4} fəɯ^{6}

久 几 多 没 时

也不知多久。

2-255

秀 卜 作 同 勒

Ciuh boux coz doengz lawh

çi:u^{6} pu^{4} ço^{2} toŋ^{2} ləɯ^{6}

世 个 年轻 同 换

青年谈交情，

2-256

可 米 伏 一 南

Goj miz fawh ndeu nanz

ko^{5} mi^{2} fəɯ^{6} de:u^{1} na:n^{2}

总 有 时 一 久

总会觉得久。

女唱

2–257

几	**来**	**乃**	**你**	**马**
Geij	lai	naih	mwngz	ma
ki^{3}	la:i^{1}	na:i^{6}	mɯŋ^{2}	ma^{1}
几	多	久	你	来

多久你没来，

2–258

几	**来**	**南**	**你**	**知**
Geij	lai	nanz	mwngz	rox
ki^{3}	la:i^{1}	na:n^{2}	mɯŋ^{2}	ɹo^{4}
几	多	久	你	知

多久你自知。

2–259

四	**方**	**九**	**巡**	**托**
Seiq	fueng	gou	cunz	doh
θei^{5}	fu:ŋ^{1}	kou^{1}	ɕun^{2}	to^{6}
四	方	我	巡	遍

四方我走遍，

2–260

备	**乂**	**利**	**说**	**而**
Beix	youh	lij	naeuz	rawz
pi^{4}	jou^{4}	li^{4}	nau^{2}	ɹaɯ^{2}
兄	又	还	说	什么

兄还说什么。

男唱

2–261

可	**说**	**南**	**说**	**南**
Goj	naeuz	nanz	naeuz	nanz
ko^{5}	nau^{2}	na:n^{2}	nau^{2}	na:n^{2}
总	说	久	说	久

总说久又久，

2–262

南	**几**	**来**	**对**	**朝**
Nanz	geij	lai	doiq	sauh
na:n^{2}	ki^{3}	la:i^{1}	to:i^{5}	θa:u^{6}
久	几	多	对	辈

请问有多久。

2–263

水	**叶**	**巴**	**利**	**刀**
Raemx	mbaw	byaz	lij	dauq
ɹan^{4}	baɯ^{1}	pja^{2}	li^{4}	ta:u^{5}
水	叶	芋	还	回

露珠会回流，

2–264

少	**跟**	**包**	**不**	**南**
Sau	riengz	mbauq	mbouj	nanz
θa:u^{1}	ɹi:ŋ^{2}	ba:u^{5}	bou^{5}	na:n^{2}
姑娘	和	小伙	不	久

妹等哥不久。

女唱

2-265

写	**土**	**南**	**堂**	**内**
Ce	dou	nanz	daengz	neix
ɕe^{1}	tu^{1}	na:n^{2}	taŋ^{2}	ni^{4}
留	我	久	到	这

离我那么久，

2-266

办	**病**	**不**	**吃**	**炕**
Baenz	bingh	mbouj	gwn	ien
pan^{2}	piŋ^{6}	bou^{5}	kɯn^{1}	i:n^{1}
成	病	不	吃	烟

生病不抽烟。

2-267

八	**列**	**友**	**同**	**年**
Bah	leh	youx	doengz	nienz
pa^{6}	le^{6}	ju^{4}	toŋ^{2}	ni:n^{2}
唉	啃	友	同	年

咿呀同年友，

2-268

么	**写**	**南**	**堂**	**内**
Maz	ce	nanz	daengz	neix
ma^{2}	ɕe^{1}	na:n^{2}	taŋ^{2}	ni^{4}
怎么	留	久	到	这

分别何太久。

男唱

2-269

可	**说**	**南**	**说**	**南**
Goj	naeuz	nanz	naeuz	nanz
ko^{5}	nau^{2}	na:n^{2}	nau^{2}	na:n^{2}
总	说	久	说	久

总说太久远，

2-270

南	**几**	**来**	**对**	**生**
Nanz	geij	lai	doiq	saemq
na:n^{2}	ki^{3}	la:i^{1}	to:i^{5}	θan^{5}
久	几	多	对	庚

友说有多久。

2-271

元	**远**	**是**	**办**	**能**
Roen	gyae	cix	baenz	nyaenx
jo:n^{1}	kjai^{1}	ɕi^{4}	pan^{2}	ȵan^{4}
路	远	就	成	这样

只因路途远，

2-272

不	**特**	**备**	**写**	**南**
Mbouj	dwg	beix	ce	nanz
bou^{5}	tɯk^{8}	pi^{4}	ɕe^{1}	na:n^{2}
不	是	兄	留	久

非兄久不来。

女唱

2-273

写	土	南	堂	内
Ce	dou	nanz	daengz	neix
ɕe^{1}	tu^{1}	na:n^{2}	taŋ^{2}	ni^{4}
留	我	久	到	这

别我那么久，

2-274

知	正	义	是	立
Rox	cingz	ngeih	cix	liz
ɹo^{4}	ɕiŋ^{2}	ȵi^{6}	ɕi^{4}	li^{2}
或	情	义	是	离

是否情已断。

2-275

写	乃	得	几	比
Ce	naih	ndaej	geij	bi
ɕe^{1}	na:i^{6}	dai^{3}	ki^{3}	pi^{1}
留	久	得	几	年

分别已多年，

2-276

老	牙	立	后	生
Lau	yax	liz	haux	seng
la:u^{1}	ja^{5}	li^{2}	hou^{4}	θe:ŋ^{1}
怕	也	离	后	生

恐青春已过。

男唱

2-277

可	说	南	说	南
Goj	naeuz	nanz	naeuz	nanz
ko^{5}	nau^{2}	na:n^{2}	nau^{2}	na:n^{2}
总	说	久	说	久

总说过太久，

2-278

南	几	来	对	伴
Nanz	geij	lai	doih	buenx
na:n^{2}	ki^{3}	la:i^{1}	to:i^{6}	pu:n^{4}
久	几	多	伙伴	伴

友说有多久。

2-279

元	远	是	同	断
Roen	gyae	cix	doengh	duenx
jo:n^{1}	kjai^{1}	ɕi^{4}	toŋ^{2}	tu:n^{4}
路	远	就	相	断

路遥不来往，

2-280

不	特	伴	立	南
Mbouj	dwg	buenx	liz	nanz
bou^{5}	tuk^{8}	pu:n^{4}	li^{2}	na:n^{2}
不	是	伴	离	久

非同伴久别。

女唱

2-281

写	土	南	堂	内
Ce	dou	nanz	daengz	neix
ɕe^{1}	tu^{1}	naːn^{2}	taŋ^{2}	ni^{4}
留	我	久	到	这

离别那么久，

2-282

知	正	义	是	论
Rox	cingz	ngeih	cix	lumz
ɹo^{4}	ɕiŋ^{2}	ȵi^{6}	ɕi^{4}	lun^{2}
或	情	义	是	忘

是否已忘情。

2-283

甲	写	正	邦	文
Gyah	ce	cingz	biengz	vunz
kja^{6}	ɕe^{1}	ɕiŋ^{2}	piːŋ^{2}	vun^{2}
宁可	留	情	地方	人

宁弃远方情，

2-284

开	论	正	韦	机
Gaej	lumz	cingz	vae	giq
kaːi^{5}	lun^{2}	ɕiŋ^{2}	vai^{1}	ki^{5}
莫	忘	情	姓	支

勿忘挚友心。

男唱

2-285

可	说	南	说	南
Goj	naeuz	nanz	naeuz	nanz
ko^{5}	nau^{2}	naːn^{2}	nau^{2}	naːn^{2}
总	说	久	说	久

总说久又久，

2-286

南	几	来	老	表
Nanz	geij	lai	laux	biuj
naːn^{2}	ki^{3}	laːi^{1}	laːu^{4}	piːu^{3}
久	几	多	老	表

老表说多久。

2-287

元	了	正	不	了
Yuenz	liux	cingz	mbouj	liux
juːn^{2}	liːu^{4}	ɕiŋ^{2}	bou^{5}	liːu^{4}
缘	完	情	不	完

缘了情未了，

2-288

秀	好	秀	同	巡
Ciuh	ndij	ciuh	doengh	cunz
ɕiːu^{6}	di^{1}	ɕiːu^{6}	toŋ^{2}	ɕun^{2}
世	与	世	相	巡

世代总来往。

女唱

2-289

写　土　南　堂　内

Ce　dou　nanz　daengz　neix

çe^{1}　tu^{1}　na:n^{2}　taŋ^{2}　ni^{4}

留　我　久　到　这

离我那么久，

2-290

土　刀　提　你　优

Dou　dauq　diq　mwngz　you

tu^{1}　ta:u^{5}　ti^{5}　mɯŋ^{2}　jou^{1}

我　倒　替　你　忧

我为你忧愁。

2-291

岁　单　秀　方　卢

Caez　danq　ciuh　fueng　louz

çai^{2}　ta:n^{5}　çi:u^{6}　fu:ŋ^{1}　lu^{2}

齐　顾及　世　风　流

叹世间风流，

2-292

开　写　南　论　伕

Gaej　ce　nanz　lumj　fwx

ka:i^{5}　çe^{1}　na:n^{2}　lun^{3}　fə^{4}

莫　留　久　像　别人

别冷漠待人。

男唱

2-293

可　说　南　说　南

Goj　naeuz　nanz　naeuz　nanz

ko^{5}　nau^{2}　na:n^{2}　nau^{2}　na:n^{2}

总　说　久　说　久

总说离别久，

2-294

南　儿　来　对　伴

Nanz　geij　lai　doih　buenx

na:n^{2}　ki^{3}　la:i^{1}　to:i^{6}　pu:n^{4}

久　几　多　伙伴　伴

友说有多久。

2-295

元　远　是　办　能

Roen　gyae　cix　baenz　nyaenx

jo:n^{1}　kjai^{1}　çi^{4}　pan^{2}　ɲan^{4}

路　远　就　成　这样

只因路途远，

2-296

在　近　不　立　南

Ywq　gyawj　mbouj　liz　nanz

jɯ^{5}　kjaɯ^{3}　bou^{5}　li^{2}　na:n^{2}

在　近　不　离　久

若近不久别。

女唱

2-297
写 土 南 堂 内
Ce dou nanz daengz neix
çe^{1} tu^{1} naːn^{2} taŋ^{2} ni^{4}
留 我 久 到 这
离我那么久，

2-298
土 刀 提 你 忧
Dou dauq diq mwngz you
tu^{1} taːu^{5} ti^{5} mɯŋ^{2} jou^{1}
我 倒 替 你 忧
我为你忧愁。

2-299
备 写 乃 邦 土
Beix ce naih biengz dou
pi^{4} çe^{1} naːi^{6} piːŋ^{2} tu^{1}
兄 留 久 地方 我
久别我家乡，

2-300
老 得 元 邦 伏
Lau ndaej yuenz biengz fwx
laːu^{1} dai^{3} juːn^{2} piːŋ^{2} fə^{4}
怕 得 缘 地方 别人
是否另有缘。

男唱

2-301
可 说 南 说 南
Goj naeuz nanz naeuz nanz
ko^{5} nau^{2} naːn^{2} nau^{2} naːn^{2}
总 说 久 说 久
总说分别久，

2-302
南 几 来 龙 女
Nanz geij lai lungz nawx
naːn^{2} ki^{3} laːi^{1} luŋ^{2} nɯ^{4}
久 几 多 龙 女
情友你说呢？

2-303
狼 得 元 邦 伏
Langh ndaej yuenz biengz fwx
laːŋ^{6} dai^{3} juːn^{2} piːŋ^{2} fə^{4}
若 得 缘 地方 别人
若另有姻缘，

2-304
不 斗 勒 农 银
Mbouj daeuj lawh nuengx ngaenz
bou^{5} tau^{3} ləɯ^{6} nuːŋ^{4} ŋan^{2}
不 来 换 妹 银
不同妹交往。

女唱

2-305

写	韦	机	偻	南
Ce	vae	giq	raeuz	nanz
çe^{1}	vai^{1}	ki^{5}	ɹau^{2}	na:n^{2}
留	姓	支	我们	久

离我友太久，

2-306

狼	声	叫	偻	元
Langh	sing	heuh	raeuz	yuenz
la:ŋ^{6}	θiŋ^{1}	he:u^{6}	ɹau^{2}	ju:n^{2}
放	声	叫	我们	缘

纵声唱交情。

2-307

特	正	义	马	团
Dawz	cingz	ngeih	ma	duenz
təɯ^{2}	çiŋ^{2}	ȵi^{6}	ma^{1}	tu:n^{2}
拿	情	义	来	猜

拿信物作证，

2-308

利	合	元	知	不
Lij	hob	yuenz	rox	mbouj
li^{4}	ho:p^{8}	ju:n^{2}	ɹo^{4}	bou^{5}
还	合	缘	或	不

情缘是否在。

男唱

2-309

以	样	内	貝	那
Ei	yiengh	neix	bae	naj
i^{1}	jɯ:ŋ^{6}	ni^{4}	pai^{1}	na^{3}
依	样	这	去	前

从今天往后，

2-310

备	不	太	立	南
Beix	mbouj	daih	liz	nanz
pi^{4}	bou^{5}	ta:i^{6}	li^{2}	na:n^{2}
兄	不	太	离	久

兄不会久别。

2-311

但	米	仪	同	玩
Danh	miz	saenq	doengh	vanz
ta:n^{6}	mi^{2}	θin^{5}	toŋ^{2}	va:n^{2}
但	有	信	相	还

但有信来往，

2-312

不	立	南	了	农
Mbouj	liz	nanz	liux	nuengx
bou^{5}	li^{2}	na:n^{2}	li:u^{4}	nu:ŋ^{4}
不	离	久	啰	妹

妹莫愁久别。

女唱

2-313

小	**女**	**可**	**在**	**加**
Siuj	nawx	goj	cai	gya
θi:u^3	nɯ^4	ko^5	ça:i^4	kja^1
小	女	也	在	家

小女在等待，

2-314

空	**米**	**卜**	**貝**	**南**
Ndwi	miz	boux	bae	nanz
du:i^1	mi^2	pu^4	pai^1	na:n^2
不	有	个	去	久

不会走他乡。

2-315

小	**女**	**可**	**造**	**然**
Siuj	nawx	goj	caux	ranz
θi:u^3	nɯ^4	ko^5	ça:u^4	ɹa:n^2
小	女	也	造	家

小女要成家，

2-316

空	**貝**	**南**	**论**	**备**
Ndwi	bae	nanz	lumj	beix
du:i^1	pai^1	na:n^2	lun^3	pi^4
不	去	久	像	兄

不像兄久别。

男唱

2-317

秀	**乜**	**女**	**造**	**然**
Ciuh	meh	mbwk	caux	ranz
çi:u^6	me^6	bɯk^7	ça:u^4	ɹa:n^2
世	女	人	造	家

若女人成家，

2-318

写	**南**	**是**	**不**	**可**
Ce	nanz	cix	mbouj	goj
çe^1	na:n^2	çi^4	bou^5	ko^5
留	久	是	不	可

就不会久别。

2-319

包	**乖**	**空**	**马**	**托**
Mbauq	gvai	ndwi	ma	doh
ba:u^5	kwa:i^1	du:i^1	ma^1	to^6
小伙	乖	不	来	向

小伙不来找，

2-320

卜	**而**	**合**	**英**	**元**
Boux	lawz	hob	in	yuenz
pu^4	law^2	ho:p^8	in^1	ju:n^2
个	哪	合	姻	缘

跟谁去联姻。

女唱

2-321

写	**南**	**空**	**出**	**外**
Ce	nanz	ndwi	ok	rog
çe^{1}	na:n^{2}	du:i^{1}	o:k^{7}	ɹo:k^{8}
留	久	不	出	外

好久不出门，

2-322

六	**莫**	**才**	**桥**	**兰**
Loeg	mok	raih	giuz	lanz
lok^{8}	mo:k^{7}	ɹa:i^{6}	ki:u^{2}	la:n^{2}
偶	尔	爬	桥	栏

偶尔会张望。

2-323

写	**乃**	**空**	**马**	**玩**
Ce	naih	ndwi	ma	vanz
çe^{1}	na:i^{6}	du:i^{1}	ma^{1}	va:n^{2}
留	久	不	来	还

好久未来往，

2-324

口	**代**	**三**	**得**	**田**
Gaeuj	daih	san	ndaej	denz
kau^{3}	ta:i^{6}	θa:n^{1}	dai^{3}	te:n^{2}
看	大	山	得	地

看风水宝地。

男唱

2-325

写	**南**	**空**	**出**	**外**
Ce	nanz	ndwi	ok	rog
çe^{1}	na:n^{2}	du:i^{1}	o:k^{7}	ɹo:k^{8}
留	久	不	出	外

许久未出门，

2-326

六	**莫**	**才**	**桥**	**兰**
Loeg	mok	raih	giuz	lanz
lok^{8}	mo:k^{7}	ɹa:i^{6}	ki:u^{2}	la:n^{2}
偶	尔	爬	桥	栏

偶尔会张望。

2-327

正	**义**	**想**	**牙**	**玩**
Cingz	ngeih	siengj	yaek	vanz
çiŋ^{2}	ȵi^{6}	si:ŋ^{3}	jak^{7}	va:n^{2}
情	义	想	要	还

想交换礼品，

2-328

少	**然**	**说**	**妻**	**伕**
Sau	ranz	naeuz	maex	fwx
θa:u^{1}	ɹa:n^{2}	nau^{2}	mai^{4}	fə^{4}
姑娘	家	或	妻	别人

恐是别人妻。

女唱

2-329

写	**南**	**空**	**出**	**外**
Ce	nanz	ndwi	ok	rog
ɕe^{1}	naːn^{2}	duːi^{1}	oːk^{7}	ɹoːk^{8}
留	久	不	出	外

许久没出门，

2-330

六	**莫**	**才**	**桥**	**兰**
Loeg	mok	raih	giuz	lanz
lok^{8}	moːk^{7}	ɹaːi^{6}	kiːu^{2}	laːn^{2}
偶	尔	爬	桥	栏

偶尔会张望。

2-331

米	**正**	**义**	**是**	**玩**
Miz	cingz	ngeih	cix	vanz
mi^{2}	ɕiŋ^{2}	ȵi^{6}	ɕi^{4}	vaːn^{2}
有	情	义	就	还

有礼品就换，

2-332

少	**然**	**空**	**了**	**备**
Sau	ranz	ndwi	liux	beix
θaːu^{1}	ɹaːn^{2}	duːi^{1}	liːu^{4}	pi^{4}
姑娘	家	不	完	兄

我还是少女。

男唱

2-333

写	**南**	**空**	**出**	**外**
Ce	nanz	ndwi	ok	rog
ɕe^{1}	naːn^{2}	duːi^{1}	oːk^{7}	ɹoːk^{8}
留	久	不	出	外

许久没出门，

2-334

六	**莫**	**才**	**桥**	**兰**
Loeg	mok	raih	giuz	lanz
lok^{8}	moːk^{7}	ɹaːi^{6}	kiːu^{2}	laːn^{2}
偶	尔	爬	桥	栏

偶尔会张望。

2-335

妻	**伕**	**土**	**不**	**玩**
Maex	fwx	dou	mbouj	vanz
mai^{4}	fə^{4}	tu^{1}	bou^{5}	vaːn^{2}
妻	别人	我	不	还

人妻我不换，

2-336

少	**然**	**土**	**是**	**勒**
Sau	ranz	dou	cix	lawh
θaːu^{1}	ɹaːn^{2}	tu^{1}	ɕi^{4}	ləɯ^{6}
姑娘	家	我	就	换

少女我才换。

女唱

2-337

写	乃	空	很	京
Ce	naih	ndwi	hwnj	ging
ɕe^{1}	na:i^{6}	du:i^{1}	hɯn^{3}	kiŋ^{1}
留	久	不	上	京

许久不上京，

2-338

会	更	城	对	务
Faex	gwnz	singz	doiq	huj
fai^{4}	kɯn^{2}	θiŋ^{2}	to:i^{5}	hu^{3}
树	上	城	对	云

城里树参天。

2-339

写	南	空	巡	友
Ce	nanz	ndwi	cunz	youx
ɕe^{1}	na:n^{2}	du:i^{1}	ɕun^{2}	ju^{4}
留	久	不	巡	友

久不来访友，

2-340

备	办	阝	付	正
Beix	baenz	boux	fuz	cingz
pi^{4}	pan^{2}	pu^{4}	fu^{2}	ɕiŋ^{2}
兄	成	个	负	情

兄成负情郎。

男唱

2-341

写	乃	空	很	京
Ce	naih	ndwi	hwnj	ging
ɕe^{1}	na:i^{6}	du:i^{1}	hɯn^{3}	kiŋ^{1}
留	久	不	上	京

许久不上京，

2-342

会	更	城	对	务
Faex	gwnz	singz	doiq	huj
fai^{4}	kɯn^{2}	θiŋ^{2}	to:i^{5}	hu^{3}
树	上	城	对	云

城里树参天。

2-343

友	自	古	给	友
Youx	gag	guh	hawj	youx
ju^{4}	ka:k^{8}	ku^{4}	həɯ^{3}	ju^{4}
友	自	做	给	友

友自作自受，

2-344

沚	邦	友	不	办
Saet	baengz	youx	mbouj	baenz
θat^{7}	paŋ^{2}	ju^{4}	bou^{5}	pan^{2}
留	朋	友	不	成

做不成朋友。

女唱

2-345

写	**乃**	**空**	**很**	**京**
Ce	naih	ndwi	hwnj	ging
çe^{1}	naːi^{6}	duːi^{1}	hɯn^{3}	kiŋ^{1}
留	久	不	上	京

许久不上京，

2-346

会	**更**	**城**	**好**	**占**
Faex	gwnz	singz	hau	canz
fai^{4}	kɯn^{2}	θiŋ^{2}	haːu^{1}	çaːn^{2}
树	上	城	白	灿灿

树木变荒凉。

2-347

写	**南**	**空**	**马**	**干**
Ce	nanz	ndwi	ma	ganq
çe^{1}	naːn^{2}	duːi^{1}	ma^{1}	kaːn^{5}
留	久	不	来	照料

久没来打理，

2-348

正	**三**	**说**	**可**	**圆**
Cingz	sanq	naeuz	goj	nduen
çiŋ^{2}	θaːn^{5}	nau^{2}	ko^{5}	doːn^{1}
情	散	或	也	圆

情谊还在否？

男唱

2-349

写	**乃**	**空**	**很**	**京**
Ce	naih	ndwi	hwnj	ging
çe^{1}	naːi^{6}	duːi^{1}	hɯn^{3}	kiŋ^{1}
留	久	不	上	京

许久不上京，

2-350

会	**更**	**城**	**好**	**占**
Faex	gwnz	singz	hau	canz
fai^{4}	kɯn^{2}	θiŋ^{2}	haːu^{1}	çaːn^{2}
树	上	城	白	灿灿

树木变荒凉。

2-351

知	**乖**	**是**	**马**	**干**
Rox	gvai	cix	ma	ganq
ɹo^{4}	kwaːi^{1}	çi^{4}	ma^{1}	kaːn^{5}
知	乖	就	来	照料

聪明来管顾，

2-352

正	**牙**	**三**	**下**	**王**
Cingz	yaek	sanq	roengz	vaengz
çiŋ^{2}	jak^{7}	θaːn^{5}	ɹoŋ^{2}	vaŋ^{2}
情	要	散	下	潭

情义要终结。

女唱

2-353

写　乃　空　很　京

Ce naih ndwi hwnj ging

çe^{1} na:i^{6} du:i^{1} hɯn^{3} kiŋ^{1}

留　久　不　上　京

许久不上京，

2-354

会　更　城　中　先

Faex gwnz singz cuengq sienq

fai^{4} kɯn^{2} θiŋ^{2} çu:ŋ^{5} θi:n^{5}

树　上　城　放　线

城里树参天。

2-355

写　乃　空　马　玩

Ce naih ndwi ma vanz

çe^{1} na:i^{6} du:i^{1} ma^{1} va:n^{2}

留　久　不　来　还

许久未交往，

2-356

知　是　变　良　心

Rox cix bienq liengz sim

ɹo^{4} çi^{4} pi:n^{5} li:ŋ^{2} θin^{1}

或　是　变　良　心

是否变了心？

男唱

2-357

写　乃　空　很　京

Ce naih ndwi hwnj ging

çe^{1} na:i^{6} du:i hɯn^{3} kiŋ^{1}

留　久　不　上　京

好久不上京，

2-358

会　更　城　中　先

Faex gwnz singz cuengq sienq

fai^{4} kɯn^{2} θiŋ^{2} çu:ŋ^{5} θi:n^{5}

树　上　城　放　线

城里树参天。

2-359

变　土　刀　不　变

Bienq dou dauq mbouj bienq

pi:n^{5} tu^{1} ta:u^{5} bou^{5} pi:n^{5}

变　我　倒　不　变

我仍然不变，

2-360

优　良　面　给　龙

Yaeuq lenj mienh hawj lungz

jau^{5} le:n^{2} me:n^{6} haɯ^{3} luŋ^{2}

藏　脸　面　给　龙

留脸面给兄。

女唱

2–361

写 乃 空 很 京

Ce naih ndwi hwnj ging

çe^{1} na:i^{6} du:i^{1} hɯn^{3} kiŋ^{1}

留 久 不 上 京

许久不上京，

2–361

会 更 城 中 先

Faex gwnz singz cuengq sienq

fai^{4} kɯn^{2} θiŋ^{2} çu:ŋ^{5} θi:n^{5}

树 上 城 放 线

城里树参天。

2–363

变 少 乖 不 变

Bienh sau gvai mbouj bienq

pi:n^{6} θa:u^{1} kwa:i^{1} bou^{5} pi:n^{5}

即便 姑娘 乖 不 变

若我心不变，

2–364

干 田 偻 岁 站

Ganq denz raeuz caez soengz

ka:n^{5} te:n^{2} ɹau^{2} çai^{2} θoŋ^{2}

照料 地 我们 齐 站

一起管田地。

男唱

2–365

写 乃 空 很 京

Ce naih ndwi hwnj ging

çe^{1} na:i^{6} du:i^{1} hɯn^{3} kiŋ^{1}

留 久 不 上 京

许久不上京，

2–366

会 更 城 中 先

Faex gwnz singz cuengq sienq

fai^{4} kɯn^{2} θiŋ^{2} çu:ŋ^{5} θi:n^{5}

树 上 城 放 线

城里树参天。

2–367

想 牙 干 十 田

Siengj yaek ganq cix denz

θi:ŋ^{3} jak^{7} ka:n^{5} çi^{4} te:n^{2}

想 要 照料 此 地

想管庄稼地，

2–368

老 鸟 炕 不 从

Lau roeg enq mbouj coengz

la:u^{1} ɹok^{8} e:n^{5} bou^{5} çoŋ^{2}

怕 鸟 燕 不 从

恐阿妹不愿。

女唱

2-369

写	乃	空	很	京
Ce	naih	ndwi	hwnj	ging
ɕe^{1}	na:i^{6}	du:i^{1}	hɯn^{3}	kiŋ^{1}
留	久	不	上	京

许久不上京，

2-370

会	更	城	中	先
Faex	gwnz	singz	cuengq	sienq
fai^{4}	kɯn^{2}	θiŋ^{2}	ɕu:ŋ^{3}	θi:n^{5}
树	上	城	放	线

城里树参天。

2-371

知	乖	是	干	田
Rox	gvai	cix	ganq	denz
ɹo^{4}	kwa:i^{1}	ɕi^{4}	ka:n^{5}	te:n^{2}
知	乖	就	照料	地

聪明就种地，

2-372

鸟	炕	牙	勒	正
Roeg	enq	yax	lawh	cingz
ɹok^{8}	e:n^{5}	ja^{5}	ləɯ^{6}	ɕiŋ^{2}
鸟	燕	也	换	情

姑娘也交心。

男唱

2-373

写	乃	空	很	京
Ce	naih	ndwi	hwnj	ging
ɕe^{1}	na:i^{6}	du:i^{1}	hɯn^{3}	kiŋ^{1}
留	久	不	上	京

许久不上京，

2-374

会	更	城	米	对
Faex	gwnz	singz	miz	doih
fai^{4}	kɯn^{2}	θiŋ^{2}	mi^{2}	to:i^{6}
树	上	城	有	伙伴

城里树参天。

2-375

公	喜	点	义	莫①
Goeng	hij	dem	ngeih	moih
koŋ^{1}	hi^{3}	te:n^{1}	ŋi^{6}	mo:i^{6}
公	羲	与	二	妹

伏羲与女娲，

2-376

不	乱	对	双	僂
Mbouj	luenh	doiq	song	raeuz
bou^{5}	lu:n^{6}	to:i^{5}	θo:ŋ^{1}	ɹau^{2}
不	乱	对	两	我们

比不上我俩。

① 义莫[ŋi^{6} mo:i^{6}]：二妹。壮族与瑶族认为伏羲与女娲是兄妹关系，两人在洪水之后成婚再造人类，因敬重生命之源，民间把二者视为婚姻之神，并把女娲叫作“二妹”。

女唱

2-377

写 乃 空 很 京

Ce naih ndwi hwnj ging

çe^{1} na:i^{6} du:i^{1} hɯn^{3} kiŋ^{1}

留 久 不 上 京

许久不上京，

2-378

会 更 城 米 对

Faex gwnz singz miz doih

fai^{4} kɯn^{2} θiŋ^{2} mi^{2} to:i^{6}

树 上 城 有 伙伴

城里树成双。

2-379

公 喜 点 义 莫

Goeng hij dem ngeih moih

koŋ^{1} hi^{3} te:n^{1} ȵi^{6} mo:i^{6}

公 羲 与 二 妹

伏羲与女娲，

2-380

同 对 是 勒 正

Doengz doih cix lawh cingz

toŋ^{2} to:i^{6} çi^{4} ləɯ^{6} çiŋ^{2}

同 伙伴 就 换 情

他俩成双对。

男唱

2-381

写 乃 空 很 京

Ce naih ndwi hwnj ging

çe^{1} na:i^{6} du:i^{1} hɯn^{3} kiŋ^{1}

留 久 不 上 京

许久不上京，

2-381

会 更 城 米 对

Faex gwnz singz miz doih

fai^{4} kɯn^{2} θiŋ^{2} mi^{2} to:i^{6}

树 上 城 有 伙伴

城里树成双。

2-383

写 南 空 马 配

Ce nanz ndwi ma boiq

çe^{1} na:n^{2} du:i^{1} ma^{1} po:i^{5}

留 久 不 来 配

久不来相配，

2-384

老 托 罪 农 银

Lau doek coih nuengx ngaenz

la:u^{1} tok^{7} ço:i^{6} nu:ŋ^{4} ŋan^{2}

怕 落 罪 妹 银

恐得罪情妹。

女唱

2-385

写	**乃**	**空**	**很**	**京**
Ce	naih	ndwi	hwnj	ging
çe^{1}	na:i^{6}	du:i^{1}	hɯn^{3}	kiŋ^{1}
留	久	不	上	京

许久不上京，

2-386

会	**更**	**城**	**米**	**对**
Faex	gwnz	singz	miz	doih
fai^{4}	kɯn^{2}	θiŋ^{2}	mi^{2}	to:i^{6}
树	上	城	有	对

城里树成双。

2-387

知	**乖**	**是**	**斗**	**配**
Rox	gvai	cix	daeuj	boiq
ɹo^{4}	kwa:i^{1}	çi^{4}	tau^{3}	po:i^{5}
知	乖	就	来	配

聪明就来配，

2-388

不	**托**	**罪**	**阝**	**而**
Mbouj	doek	coih	boux	lawz
bou^{5}	tok^{7}	ço:i^{6}	pu^{4}	laɯ^{2}
不	落	罪	个	哪

不会得罪人。

男唱

2-389

好	**罗**	**貝**	**改**	**韦**
Ndij	loh	bae	gaij	vae
di^{1}	lo^{6}	pai^{1}	ka:i^{3}	vai^{1}
沿	路	去	改	姓

一路找情友，

2-390

元	**远**	**不**	**办**	**友**
Roen	gyae	mbouj	baenz	youx
jo:n^{1}	kjai^{1}	bou^{5}	pan^{2}	ju^{4}
路	远	不	成	友

路遥不成友。

2-391

更	**本**	**三**	**层**	**务**
Gwnz	mbwn	sam	caengz	huj
kɯn^{2}	bɯn^{1}	θa:n^{1}	çaŋ^{2}	hu^{3}
上	天	三	层	云

天上三层云，

2-392

⿰氵七	**邦**	**友**	**偻**	**南**
Saet	baengz	youx	raeuz	nanz
θat^{7}	paŋ^{2}	ju^{6}	ɹau^{2}	na:n^{2}
留	朋	友	我们	久

别我友太久。

女唱

2-393

写 南 土 不 讲

Ce nanz dou mbouj gangj

çe^{1} naːn^{2} tu^{1} bou^{5} kaːŋ^{3}

留 久 我 不 讲

久别我不讲，

2-394

立 南 土 不 说

Liz nanz dou mbouj naeuz

li^{2} naːn^{2} tu^{1} bou^{5} nau^{2}

离 久 我 不 说

久别我不说。

2-395

牙 断 心 邦 偻

Yaek duenx sim biengz raeuz

jak^{7} tuːn^{4} θin^{5} piːŋ^{2} ɹau^{2}

要 断 心 地方 我们

欲同我断绝，

2-396

土 牙 说 句 内

Dou yax naeuz coenz neix

tu^{1} ja^{5} nau^{2} kjon^{2} ni^{4}

我 才 说 句 这

我才说这话。

男唱

2-397

写 南 空 出 外

Ce nanz ndwi ok rog

çe^{1} naːn^{2} duːi^{1} oːk^{7} ɹoːk^{8}

留 久 不 出 外

许久没出门，

2-398

六 莫 才 桥 界

Loeg mok raih giuz gaiq

lok^{8} moːk^{7} ɹaːi^{6} kiːu^{2} kaːi^{1}

偶 尔 爬 桥 界

偶尔越界栏。

2-399

写 南 由 南 来

Ce nanz raeuh nanz lai

çe^{1} naːn^{2} ɹau^{6} naːn^{2} laːi^{1}

留 久 多 久 多

分别久又久，

2-400

利 知 买 知 不

Lij rox mai rox mbouj

li^{4} ɹo^{4} maːi^{1} ɹo^{4} bou^{5}

还 知 面 或 不

还认识我否？

女唱

2-401

写	**南**	**空**	**出**	**外**
Ce	nanz	ndwi	ok	rog
çe^{1}	na:n^{2}	du:i^{1}	o:k^{7}	ɹo:k^{8}
留	久	不	出	外

许久没出门，

2-402

六	**莫**	**才**	**桥**	**界**
Loeg	mok	raih	giuz	gaiq
lok^{8}	mo:k^{7}	ɹa:i^{6}	ki:u^{2}	ka:i^{1}
偶	尔	爬	桥	界

偶尔越界栏。

2-403

要	**间**	**布**	**同**	**拜**
Aeu	gen	buh	doengh	baiq
au^{1}	ke:n^{1}	pu^{6}	toŋ^{2}	pa:i^{5}
要	衣	袖	相	拜

曾作揖对拜，

2-404

土	**知**	**买**	**你**	**由**
Dou	rox	mai	mwngz	raeuh
tu^{1}	ɹo^{4}	ma:i^{1}	mɯŋ^{2}	ɹau^{6}
我	知	面	你	多

我太了解你。

男唱

2-405

写	**南**	**空**	**出**	**外**
Ce	nanz	ndwi	ok	rog
çe^{1}	na:n^{2}	du:i^{1}	o:k^{7}	ɹo:k^{8}
留	久	不	出	外

许久没出门，

2-406

六	**莫**	**才**	**桥**	**界**
Loeg	mok	raih	giuz	gaiq
lok^{8}	mo:k^{7}	ɹa:i^{6}	ki:u^{2}	ka:i^{1}
偶	尔	爬	桥	界

偶尔越界栏。

2-407

卩	**卩**	**你**	**知**	**买**
Boux	boux	mwngz	rox	mai
pu^{4}	pu^{4}	mɯŋ^{2}	ɹo^{4}	ma:i^{1}
个	个	你	知	面

个个你认识，

2-408

你	**拜**	**马**	**土**	**累**
Mwngz	baiq	ma	dou	laeq
mɯŋ^{2}	pa:i^{5}	ma^{1}	tu^{1}	lai^{5}
你	拜	来	我	看

你介绍给我。

女唱

2-409

写	南	由	了	乖
Ce	nanz	raeuh	liux	gvai
çe^{1}	naːn^{2}	ɹau^{6}	liːu^{4}	kwaːi^{1}
留	久	多	啰	乖

久违了我友，

2-410

写	南	来	对	爱
Ce	nanz	lai	doih	gyaiz
çe^{1}	naːn^{2}	laːi^{1}	toːi^{6}	kjai^{2}
留	久	多	伙伴	爱

久别了情友。

2-411

土	拜	刀	可	得
Dou	baiq	dauq	goj	ndaej
tu^{1}	paːi^{5}	taːu^{5}	ko^{5}	dai^{3}
我	拜	倒	可	得

我拜是可以，

2-412

为	定	利	空	米
Vih	dingh	laex	ndwi	miz
vei^{6}	tiŋ^{6}	li^{4}	duːi^{1}	mi^{2}
为	定	礼	不	有

可惜无定礼。

男唱

2-413

写	南	空	出	外
Ce	nanz	ndwi	ok	rog
çe^{1}	naːn^{2}	duːi^{1}	oːk^{7}	ɹoːk^{8}
留	久	不	出	外

许久没出门，

2-414

六	莫	才	桥	界
Loeg	mok	raih	giuz	gaiq
lok^{8}	moːk^{7}	ɹaːi^{6}	kiːu^{2}	kaːi^{1}
偶	尔	爬	桥	界

偶尔越界栏。

2-415

全	邦	友	同	拜
Gyonj	baengz	youx	doengz	baiq
kjoːn^{1}	paŋ^{2}	ju^{6}	toŋ^{2}	paːi^{5}
聚	朋	友	同	拜

邀好友相聚，

2-416

你	知	买	几	卜
Mwngz	rox	mai	geij	boux
mɯŋ^{2}	ɹo^{4}	maːi^{1}	ki^{3}	pu^{4}
你	知	面	几	个

你认识几人？

女唱

2-417

写	**南**	**由**	**了**	**乖**
Ce	nanz	raeuh	liux	gvai
çe^{1}	naːn^{2}	ɹau^{6}	liːu^{4}	kwaːi^{1}
留	久	多	啰	乖

久违了我友，

2-418

写	**南**	**来**	**王**	**些**①
Ce	nanz	lai	vangh	veq
çe^{1}	naːn^{2}	laːi^{1}	vaːŋ^{6}	ve^{5}
留	久	多	王	世

久别了情友。

2-419

知	**买**	**空**	**知**	**列**
Rox	mai	ndwi	rox	leq
ɹo^{4}	maːi^{1}	duːi^{1}	ɹo^{4}	le^{5}
知	面	不	知	咧

认识不认识，

2-420

万	**些**	**不**	**重**	**心**
Fanh	seiq	mbouj	naek	sim
faːn^{6}	θe^{5}	bou^{5}	nak^{7}	θin^{1}
万	世	不	重	心

永远不上心。

① 王些［vaːŋ^{6} ve^{5}］：对情友的称呼。

女唱

2-421

写	**南**	**由**	**了**	**乖**
Ce	nanz	raeuh	liux	gvai
çe^{1}	naːn^{2}	ɹau^{6}	liːu^{4}	kwaːi^{1}
留	久	很	啰	乖

久违了我友，

2-422

写	**南**	**来**	**王**	**些**
Ce	nanz	lai	vangh	veq
çe^{1}	naːn^{2}	laːi^{1}	vaːŋ^{6}	ve^{5}
留	久	多	王	世

久别了情友。

2-423

些	**内**	**空**	**知**	**列**
Seiq	neix	ndwi	rox	leq
θe^{5}	ni^{4}	duːi^{1}	ɹo^{4}	le^{5}
世	这	不	知	咧

今世不认识，

2-424

些	**第**	**义**	**知**	**买**
Seiq	daih	ngeih	rox	mai
θe^{5}	ti^{5}	ȵi^{6}	ɹo^{4}	maːi^{1}
世	第	二	知	面

来世会相识。

男唱

2–425

写	**南**	**来**	**韦**	**机**
Ce	nanz	lai	vae	giq
çe^{1}	na:n^{2}	la:i^{1}	vai^{1}	ki^{5}
留	**久**	**多**	**姓**	**支**

久违了情友，

2–426

合	**义**①	**由**	**了**	**乖**
Hoz	ngeix	raeuh	liux	gvai
ho^{2}	ȵi^{4}	ɹau^{6}	li:u^{4}	kwa:i^{1}
喉	**想**	**多**	**啰**	**乖**

昼思夜又想。

2–427

些	**第**	**义**	**知**	**买**
Seiq	daih	ngeih	rox	mai
θe^{5}	ti^{5}	ȵi^{6}	ɹo^{4}	ma:i^{1}
世	**第**	**二**	**知**	**面**

来世再相识，

2–428

秀	**少**	**乖**	**牙**	**了**
Ciuh	sau	gvai	yax	liux
çi:u^{6}	θa:u^{1}	kwa:i^{1}	ja^{5}	li:u^{4}
世	**姑娘**	**乖**	**也**	**完**

妹今生已过。

女唱

2–429

水	**拉**	**达**	**同**	**反**
Raemx	laj	dah	doengz	fan
ɹan^{4}	la^{3}	ta^{6}	toŋ^{2}	fa:n^{1}
水	**下**	**河**	**同**	**翻**

河水翻波浪，

2–430

船	**拉**	**单**	**同**	**分**
Ruz	laj	dan	doengz	mbek
ɹu^{2}	la^{3}	ta:n^{1}	toŋ^{2}	be:k^{7}
船	**下**	**滩**	**同**	**分别**

滩前船分航。

2–431

貝	**方**	**而**	**得**	**田**
Bae	fueng	lawz	ndaej	denz
pai^{1}	fu:ŋ^{1}	laɯ^{2}	dai^{3}	te:n^{2}
去	**方**	**哪**	**得**	**地**

何处得新友，

2–432

狼	**农**	**板**	**内**	**南**
Langh	nuengx	ban	neix	nanz
la:ŋ^{6}	nu:ŋ^{4}	pa:n^{1}	ni^{4}	na:n^{2}
放	**妹**	**这**	**么**	**久**

离我这么久。

① 合义[ho^{2} ȵi^{4}]：心想，表示思念。壮族、瑶族等少数民族认为脖子、喉咙、肚子、心脏等都是可以思考的器官。

男唱

2–433

水	**拉**	**达**	**同**	**反**
Raemx	laj	dah	doengz	fan
ɹan^{4}	la^{3}	ta^{6}	toŋ^{2}	faːn^{1}
水	下	河	同	翻

河水翻波浪，

2–434

船	**拉**	**单**	**全**	**刀**
Ruz	laj	dan	cienj	dauq
ɹu^{2}	la^{3}	taːn^{1}	ɕuːn^{3}	taːu^{5}
船	下	滩	转	回

滩前船返航。

2–435

貝	**广**	**东**	**小**	**豪**
Bae	gvangj	doeng	souj	hauq
pai^{1}	kwaːŋ^{3}	toŋ^{1}	θiːu^{3}	haːu^{5}
去	广	东	守	孝

去广东守孝，

2–436

狼	**少**	**包**	**偻**	**南**
Langh	sau	mbauq	raeuz	nanz
laːŋ^{6}	θaːu^{1}	baːu^{5}	ɹau^{2}	naːn^{2}
放	姑娘	小伙	我们	久

别友这么久。

女唱

2–437

水	**拉**	**达**	**同**	**反**
Raemx	laj	dah	doengz	fan
ɹan^{4}	la^{3}	ta^{6}	toŋ^{2}	faːn^{1}
水	下	河	同	翻

河水翻波浪，

2–438

船	**拉**	**单**	**全**	**刀**
Ruz	laj	dan	cienj	dauq
ɹu^{2}	la^{3}	taːn^{1}	ɕuːn^{3}	taːu^{5}
船	下	滩	转	回

滩前船掉头。

2–439

卜	**乜**	**是**	**先**	**老**
Boh	meh	cix	senq	laux
po^{6}	me^{6}	ɕi^{4}	θeːn^{5}	laːu^{4}
父	母	是	早	老

父母早过世，

2–440

利	**小**	**豪**	**阝**	**而**
Lij	souj	hauq	boux	lawz
li^{4}	θiːu^{3}	haːu^{5}	pu^{4}	law^{2}
还	守	孝	个	哪

还为谁守孝？

男唱

2-441

水	**拉**	**达**	**同**	**反**
Raemx	laj	dah	doengz	fan
ɹan^{4}	la^{3}	ta^{6}	toŋ^{2}	fa:n^{1}
水	**下**	**河**	**同**	**翻**

河水翻波浪，

2-442

船	**拉**	**单**	**全**	**刀**
Ruz	laj	dan	cienj	dauq
ɹu^{2}	la^{3}	ta:n^{1}	ɕu:n^{3}	ta:u^{5}
船	**下**	**滩**	**转**	**回**

滩前船掉头。

2-443

比	**瓜**	**乜**	**土**	**老**
Bi	gvaq	meh	dou	laux
pi^{1}	kwa^{5}	me^{6}	tu^{1}	la:u^{4}
年	**过**	**母**	**我**	**老**

去年母过世，

2-444

小	**豪**	**了**	**牙**	**马**
Souj	hauq	liux	yax	ma
θi:u^{3}	ha:u^{5}	li:u^{4}	ja^{5}	ma^{1}
守	**孝**	**完**	**才**	**来**

守完孝才来。

女唱

2-445

写	**南**	**来**	**韦**	**机**
Ce	nanz	lai	vae	giq
ɕe^{1}	na:n^{2}	la:i^{1}	vai^{1}	ki^{5}
留	**久**	**多**	**姓**	**支**

久违了情友，

2-446

合	**义**	**由**	**了**	**乖**
Hoz	ngeix	raeuh	liux	gvai
ho^{2}	ȵi^{4}	ɹau^{6}	li:u^{4}	kwa:i^{1}
喉	**想**	**多**	**啰**	**乖**

昼思夜又想。

2-447

备	**貝**	**那**	**小**	**帅**
Beix	bae	naj	siu	cai
pi^{4}	pai^{1}	na^{3}	θi:u^{1}	ɕa:i^{1}
兄	**去**	**前**	**吃**	**斋**

兄开始吃斋，

2-448

帅	**几**	**来**	**声**	**叫**
Cai	geij	lai	sing	heuh
ɕa:i^{1}	ki^{3}	la:i^{1}	θiŋ^{5}	he:u^{6}
斋	**几**	**多**	**声**	**叫**

吃斋要多久？

男唱

2-449

卜	**小**	**三**	**十**	**义**
Boh	souj	sam	cib	ngeih
po^6	θi:u^3	θa:n^1	ɕit^8	ɲi^6
父	守	三	十	二

父孝三十二，

2-450

乜	**小**	**四**	**十**	**岁**
Meh	souj	seiq	cib	caez
me^6	θi:u^3	θei^5	ɕit^8	ɕai^2
母	守	四	十	齐

母孝四十天。

2-451

八	**列**	**友**	**当**	**韦**
Bah	leh	youx	dangq	vae
pa^6	le^6	ju^4	ta:ŋ^5	vai^1
唉	唷	友	另	姓

异姓女朋友，

2-452

问	**古**	**而**	**了**	**农**
Cam	guh	rawz	liux	nuengx
ɕa:m^1	ku^4	ɹau^2	li:u^4	nu:ŋ^4
问	做	什么	啰	妹

问来做什么？

女唱

2-453

写	**南**	**空**	**出**	**外**
Ce	nanz	ndwi	ok	rog
ɕe^1	na:n^2	du:i^1	o:k^7	ɹo:k^8
留	久	不	出	外

许久没出门，

2-454

六	**莫**	**才**	**桥**	**兰**
Loeg	mok	raih	giuz	lanz
lok^8	mo:k^7	ɹa:i^6	ki:u^2	la:n^2
偶	尔	爬	桥	栏

偶尔爬栏杆。

2-455

土	**是**	**想**	**不**	**问**
Dou	cix	siengj	mbouj	cam
tu^1	ɕi^4	θi:ŋ^3	bou^5	ɕa:m^1
我	是	想	不	问

我本不想问，

2-456

真	**包**	**乖**	**小**	**豪**
Caen	mbauq	gvai	souj	hauq
ɕin^1	ba:u^5	kwa:i^1	θi:u^3	ha:u^5
真	小伙	乖	守	孝

是小哥守孝。

男唱

2-457

写 南 来 韦 机

Ce nanz lai vae giq

çe^{1} na:n^{2} la:i^{1} vai^{1} ki^{5}

留 久 多 姓 支

久违了情友，

2-458

合 义 由 了 乖

Hoz ngeix raeuh liux gvai

ho^{2} ɲi^{4} ɹau^{6} li:u^{4} kwa:i^{1}

喉 想 多 啰 乖

昼思夜又想。

2-459

天 乱 备 狼 代

Ngoenz lwenz beix langh dai

ŋon^{2} lɯ:n^{2} pi^{4} la:ŋ^{6} ta:i^{1}

天 昨 兄 若 死

将来若我死，

2-460

叫 少 乖 小 豪

Heuh sau gvai souj hauq

he:u^{6} θa:u^{1} kwa:i^{1} θi:u^{3} ha:u^{5}

叫 姑娘 乖 守 孝

请你来守孝。

女唱

2-461

写 南 来 韦 机

Ce nanz lai vae giq

çe^{1} na:n^{2} la:i^{1} vai^{1} ki^{5}

留 久 多 姓 支

久别异姓友，

2-462

合 义 由 了 乖

Hoz ngeix raeuh liux gvai

ho^{2} ɲi^{4} ɹau^{6} li:u^{4} kwa:i^{1}

喉 想 多 啰 乖

昼思夜又想。

2-463

卜 利 当 卜 代

Boux lix dangq boux dai

pu^{4} li^{4} ta:ŋ^{5} pu^{4} ta:i^{1}

个 活 当 个 死

活人当死人，

2-464

帅 几 来 了 备

Cai geij lai liux beix

ça:i^{1} ki^{3} la:i^{1} li:u^{4} pi^{4}

斋 几 多 啰 兄

要吃斋多久。

男唱

2-465

写　南　来　韦　机

Ce nanz lai vae giq

çe^{1} na:n^{2} la:i^{1} vai^{1} ki^{5}

留　久　多　姓　支

久别心上人，

2-466

合　义　由　了　乖

Hoz ngeix raeuh liux gvai

ho^{2} ȵi^{4} ɹau^{6} li:u^{4} kwa:i^{1}

喉　想　多　啰　乖

昼思夜又想。

2-467

伕　小　豪　文　代

Fwx souj hauq vunz dai

fə^{4} θi:u^{3} ha:u^{5} vun^{2} ta:i^{1}

别人　守　孝　人　死

为死人守孝，

2-468

少　小　帅　文　利

Sau siu cai vunz lix

θa:u^{1} θi:u^{1} ça:i^{1} vun^{2} li^{4}

姑娘　吃　斋　人　活

为活人吃斋。

女唱

2-469

写　南　来　韦　机

Ce nanz lai vae giq

çe^{1} na:n^{2} la:i^{1} vai^{1} ki^{5}

留　久　多　姓　支

久别心上人，

2-470

合　义　由　了　乖

Hoz ngeix raeuh liux gvai

ho^{2} ȵi^{5} ɹau^{6} li:u^{4} kwa:i^{1}

喉　想　多　啰　乖

昼思夜又想。

2-471

文　利　土　牙　帅

Vunz lix dou yax cai

vun^{2} li^{4} tu^{1} ja^{5} ça:i^{1}

人　活　我　也　斋

为活人吃斋，

2-472

文　死　土　牙　豪

Vunz dai dou yax hauq

vun^{2} ta:i^{1} tu^{1} ja^{5} ha:u^{5}

人　死　我　也　孝

为死人守孝。

男唱

2-473

水 拉 达 同 反

Raemx laj dah doengz fan

ɹan^{4} la^{3} ta^{6} toŋ^{2} fa:n^{1}

水 下 河 同 翻

河水翻波浪，

2-474

船 拉 单 全 刀

Ruz laj dan cienj dauq

ɹu^{2} la^{3} ta:n^{1} ɕu:n^{3} ta:u^{5}

船 下 滩 转 回

滩前船掉头。

2-475

卜 乜 是 代 了

Boh meh cix dai liux

po^{6} me^{6} ɕi^{4} ta:i^{1} li:u^{4}

父 母 是 死 完

父母都过世，

2-476

农 利 小 阝 而

Nuengx lij souj boux lawz

nu:ŋ^{4} li^{4} θi:u^{3} pu^{4} laɯ^{2}

妹 还 守 个 哪

妹还厮守谁？

女唱

2-477

水 拉 达 同 反

Raemx laj dah doengz fan

ɹan^{4} la^{3} ta^{6} toŋ^{2} fa:n^{1}

水 下 河 同 翻

河水翻波浪，

2-478

船 拉 单 全 刀

Ruz laj dan cienj dauq

ɹu^{2} la^{3} ta:n^{1} ɕu:n^{3} ta:u^{5}

船 下 滩 转 回

滩前船掉头。

2-479

正 圆 办 安 笂

Cingq nduen baenz aen yiuj

ɕiŋ^{5} do:n^{1} pan^{2} an^{1} ji:u^{3}

正 圆 成 个 仓

情意那么深，

2-480

表 貝 自 不 马

Biuj bae gag mbouj ma

pi:u^{3} pai^{1} ka:k^{8} bou^{5} ma^{1}

表 去 自 不 回

友何去不回？

男唱

2-481

水	**拉**	**达**	**同**	**反**
Raemx	laj	dah	doengz	fan
ɹan^{4}	la^{3}	ta^{6}	toŋ^{2}	faːn^{1}
水	下	河	同	翻

河水翻波浪，

2-482

船	**拉**	**单**	**全**	**刀**
Ruz	laj	dan	cienj	dauq
ɹu^{2}	la^{3}	taːn^{1}	ɕuːn^{3}	taːu^{5}
船	下	滩	转	回

滩前船返航。

2-483

贝	**广**	**东**	**小**	**豪**
Bae	gvangj	doeng	souj	hauq
pai^{1}	kwaːŋ^{3}	toŋ^{1}	θiːu^{3}	haːu^{5}
去	广	东	守	孝

去广东守孝，

2-484

利	**刀**	**田**	**知**	**空**
Lij	dauq	denz	rox	ndwi
li^{4}	taːu^{5}	teːn^{2}	ɹo^{4}	duːi^{1}
还	回	地	或	不

还回不回来？

女唱

2-485

水	**拉**	**达**	**同**	**反**
Raemx	laj	dah	doengz	fan
ɹan^{4}	la^{3}	ta^{6}	toŋ^{2}	faːn^{1}
水	下	河	同	翻

河水翻波浪，

2-486

船	**相**	**下**	**王**	**老**
Ruz	cengq	roengz	vaengz	laux
ɹu^{2}	ɕeːŋ^{5}	ɹoŋ^{2}	vaŋ^{2}	laːu^{4}
船	撑	下	潭	大

船漂向深渊。

2-487

份	**广**	**英**	**可**	**毫**
Faenh	gvangj	in	goj	hauh
fan^{6}	kwaːŋ^{3}	in^{1}	ko^{5}	haːu^{6}
份	广	姻	可	绕

缘分还未了，

2-488

不	**刀**	**又**	**贝**	**而**
Mbouj	dauq	youh	bae	lawz
bou^{5}	taːu^{5}	jou^{4}	pai^{1}	law^{2}
不	回	又	去	哪

不回能去哪？

男唱

2-489

水	**拉**	**达**	**同**	**反**
Raemx	laj	dah	doengz	fan
ɹan4	la3	ta6	toŋ2	faːn1
水	**下**	**河**	**同**	**翻**

河水翻波浪，

2-490

船	**相**	**下**	**王**	**老**
Ruz	cengq	roengz	vaengz	laux
ɹu2	ɕeːŋ5	ɹoŋ2	vaŋ2	laːu4
船	**撑**	**下**	**潭**	**大**

船漂向深渊。

2-491

知	**你**	**刀**	**空**	**刀**
Rox	mwngz	dauq	ndwi	dauq
ɹo4	mɯŋ2	taːu5	duːi1	taːu5
知	**你**	**回**	**不**	**回**

不知你回否？

2-492

开	**罗**	**伴**	**召**	**心**
Gaej	lox	buenx	cau	sim
kaːi5	lo4	puːn4	ɕaːu5	θin1
莫	**骗**	**伴**	**操**	**心**

别让我操心。

女唱

2-493

水	**拉**	**达**	**同**	**反**
Raemx	laj	dah	doengz	fan
ɹan4	la3	ta6	toŋ2	faːn1
水	**下**	**河**	**同**	**翻**

河水翻波浪，

2-494

船	**相**	**下**	**王**	**老**
Ruz	cengq	roengz	vaengz	laux
ɹu2	ɕeːŋ5	ɹoŋ2	vaŋ2	laːu4
船	**撑**	**下**	**潭**	**大**

船漂向深渊。

2-495

土	**说**	**刀**	**是**	**刀**
Dou	naeuz	dauq	cix	dauq
tu1	nau2	taːu5	ɕi4	taːu5
我	**说**	**回**	**就**	**回**

我说回就回，

2-496

伴	**不**	**良**	**论**	**文**
Buenx	mbouj	lingh	lumj	vunz
puːn4	bou5	leːŋ6	lun3	vun2
伴	**不**	**另**	**像**	**人**

不像其他人。

男唱

2-497

水 拉 达 同 反

Raemx laj dah doengz fan

ɹan^{4} la^{3} ta^{6} toŋ^{2} faːn^{1}

水 下 河 同 翻

河水翻波浪，

2-498

船 相 下 王 老

Ruz cengq roengz vaengz laux

ɹu^{2} ɕeːŋ^{5} ɹoŋ^{2} vaŋ^{2} laːu^{4}

船 撑 下 潭 大

船漂向深渊。

2-499

汉 日 而 你 刀

Hanh ngoenz lawz mwngz dauq

haːn^{6} ŋon^{2} laɯ^{2} mɯŋ^{2} taːu^{5}

限 天 哪 你 回

限你哪天回，

2-500

贝 罗 老 加 你

Bae loh laux caj mwngz

pai^{1} lo^{6} laːu^{4} kja^{3} mɯŋ^{2}

去 路 大 等 你

去路上接你。

女唱

2-501

水 拉 达 同 反

Raemx laj dah doengz fan

ɹan^{4} la^{3} ta^{6} toŋ^{2} faːn^{1}

水 下 河 同 翻

河水翻波浪，

2-502

船 相 下 王 老

Ruz cengq roengz vaengz laux

ɹu^{2} ɕeːŋ^{5} ɹoŋ^{2} vaŋ^{2} laːu^{4}

船 撑 下 潭 大

船漂向深渊。

2-503

日 寅 点 日 卯

Ngoenz yinz dem ngoenz maux

ŋon^{2} jin^{2} teːn^{1} ŋon^{2} maːu^{4}

日 寅 与 日 卯

寅日或卯日，

2-504

才 备 刀 日 而

Caih beix dauq ngoenz lawz

ɕaːi^{6} pi^{4} taːu^{5} ŋon^{2} laɯ^{2}

随 兄 回 日 哪

随兄哪天回。

男唱

2-505

水	拉	达	同	反
Raemx	laj	dah	doengz	fan
ɹan⁴	la³	ta⁶	toŋ²	fa:n¹
水	下	河	同	翻

河水翻波浪，

2-506

船	相	下	王	老
Ruz	cengq	roengz	vaengz	laux
ɹu²	çe:ŋ⁵	ɹoŋ²	van²	la:u⁴
船	撑	下	潭	大

船漂向深渊。

2-507

日	寅	对	土	初
Ngoenz	yinz	doiq	duz	cauq
ŋon²	jin²	to:i⁵	tu²	ça:u⁵
日	寅	对	只	灶

寅日犯灶王，

2-508

刀	日	卯	来	好
Dauq	ngoenz	maux	lai	ndci
ta:u⁵	ŋon²	ma:u⁴	la:i¹	dei¹
回	日	卯	多	好

卯日回最好。

女唱

2-509

润	吹	拉	果	求
Rumz	ci	laj	go	gyaeuq
ɹun²	çi¹	la³	ko¹	kjau⁵
风	吹	下	棵	桐

风吹桐树下，

2-510

优	堂	拉	果	力
Yaeuq	daengz	laj	go	leiz
jau⁵	taŋ²	la³	ko¹	li²
收	到	下	棵	梨

收到梨树下。

2-511

备	貝	那	玩	支
Beix	bae	naj	vanz	sei
pi⁴	pai¹	na³	va:n²	θi¹
兄	去	前	还	丝

兄去买丝线，

2-512

正	好	马	土	累
Cingz	ndei	ma	dou	laeq
çiŋ²	dei¹	ma¹	tu¹	lai⁵
情	好	来	我	看

礼品让我看。

男唱

2-513

润	**吹**	**拉**	**果**	**求**
Rumz	ci	laj	go	gyaeuq
ɹun^{2}	ɕi^{1}	la^{3}	ko^{1}	kjau^{5}
风	**吹**	**下**	**棵**	**桐**

风吹桐树下，

2-514

优	**堂**	**拉**	**果**	**力**
Yaeuq	daengz	laj	go	leiz
jau^{5}	taŋ^{2}	la^{3}	ko^{1}	li^{2}
收	**到**	**下**	**棵**	**梨**

收到梨树下。

2-515

农	**牙**	**要**	**正**	**好**
Nuengx	yaek	aeu	cingz	ndei
nu:ŋ^{4}	jak	au^{1}	ɕiŋ^{2}	dei^{1}
妹	**欲**	**要**	**情**	**好**

妹要好礼品，

2-516

站	**几**	**比**	**在**	**加**
Soengz	geij	bi	ywq	caj
θoŋ^{2}	ki^{3}	pi^{1}	jɯ^{5}	kja^{3}
站	**几**	**年**	**在**	**等**

还得等几年。

女唱

2-517

润	**吹**	**拉**	**果**	**求**
Rumz	ci	laj	go	gyaeuq
ɹun^{2}	ɕi^{1}	la^{3}	ko^{1}	kjau^{5}
风	**吹**	**下**	**棵**	**桐**

风吹桐树下，

2-518

优	**堂**	**拉**	**桥**	**祘**
Yaeuq	daengz	laj	giuz	suen
jau^{5}	taŋ^{2}	la^{3}	ki:u^{2}	θu:n^{1}
收	**到**	**下**	**桥**	**园**

收到园栏边。

2-519

听	**三**	**义**	**九**	**月**
Dingz	sam	ngeih	gouj	ndwen
tiŋ^{2}	θa:n^{1}	ɳi^{6}	kjou^{3}	du:n^{1}
停	**三**	**二**	**九**	**月**

过了多少月，

2-520

正	**不**	**论**	**土**	**閙**
Cingz	mbouj	lumz	dou	nauq
ɕiŋ^{2}	bou^{5}	lun^{2}	tu^{1}	na:u^{5}
情	**不**	**忘**	**我**	**一点**

礼不到我手。

男唱

2-521

润	吹	拉	果	求
Rumz	ci	laj	go	gyaeuq
ɹun^{2}	ɕi^{1}	la^{3}	ko^{1}	kjau^{5}
风	吹	下	棵	桐

风吹桐树下，

2-522

优	堂	拉	桥	𥘵
Yaeuq	daengz	laj	giuz	suen
jau^{5}	taŋ^{2}	la^{3}	ki:u^{2}	θu:n^{1}
收	到	下	桥	园

收到园栏边。

2-523

听	三	义	九	月
Dingz	sam	ngeih	gouj	ndwen
tiŋ^{2}	θa:n^{1}	ȵi^{6}	kjou^{3}	du:n^{1}
停	三	二	九	月

等它几个月，

2-524

正	不	很	洋	𥘵
Cingz	mbouj	hwnj	yaeng	suenq
ɕiŋ^{2}	bou^{5}	hɯn^{3}	jaŋ^{1}	θu:n^{5}
情	不	让	再	算

礼不齐再说。

女唱

2-525

润	吹	拉	果	求
Rumz	ci	laj	go	gyaeuq
ɹun^{2}	ɕi^{1}	la^{3}	ko^{1}	kjau^{5}
风	吹	下	棵	桐

风吹桐树下，

2-526

优	堂	拉	果	力
Yaeuq	daengz	laj	go	leiz
jau^{5}	taŋ^{2}	la^{3}	ko^{1}	li^{2}
收	到	下	棵	梨

收到梨树下。

2-527

听	三	义	九	比
Dingz	sam	ngeih	gouj	bi
tiŋ^{2}	θa:n^{1}	ȵi^{6}	kjou^{3}	pi^{1}
停	三	二	九	年

等那么多年，

2-528

正	好	貝	伝	伕
Cingz	ndei	bae	nyienh	fwx
ɕiŋ^{2}	dei^{1}	pai^{1}	ȵu:n^{6}	fə^{4}
情	好	去	愿	别人

礼好也厌倦。

女唱

2-529

润	**吹**	**拉**	**果**	**求**
Rumz	ci	laj	go	gyaeuq
ɹun^{2}	ɕi^{1}	la^{3}	ko^{1}	kjau^{5}
风	**吹**	**下**	**棵**	**桐**

风吹桐树下，

2-530

优	**堂**	**拉**	**果**	**江**
Yaeuq	dangz	laj	go	gyang
jau^{5}	taŋ^{2}	la^{3}	ko^{1}	kjaːŋ^{1}
收	**到**	**下**	**棵**	**桄榔**

吹到桄榔下。

2-531

备	**贝**	**那**	**玩**	**洋**
Beix	bae	naj	vanz	angq
pi^{4}	pai^{1}	na^{3}	vaːn^{2}	aːŋ^{5}
兄	**去**	**前**	**还**	**高兴**

兄外出寻欢，

2-532

正	**不**	**堂**	**土**	**秀**
Cingz	mbouj	daengz	dou	souh
ɕiŋ^{2}	bou^{5}	taŋ^{2}	tu^{1}	θiːu^{6}
情	**不**	**到**	**我**	**受**

礼轮不到我。

男唱

2-533

润	**吹**	**拉**	**果**	**求**
Rumz	ci	laj	go	gyaeuq
ɹun^{2}	ɕi^{1}	la^{3}	ko^{1}	kjau^{5}
风	**吹**	**下**	**棵**	**桐**

风吹桐树下，

2-534

优	**堂**	**拉**	**果**	**江**
Yaeuq	daengz	laj	go	gyang
jau^{5}	taŋ^{2}	la^{3}	ko^{1}	kjaːŋ^{1}
收	**到**	**下**	**棵**	**桄榔**

吹到桄榔下。

2-535

备	**贝**	**那**	**玩**	**洋**
Beix	bae	naj	vanz	angq
pi^{4}	pai^{1}	na^{3}	vaːn^{2}	aːŋ^{5}
兄	**去**	**前**	**还**	**高兴**

兄外出寻欢，

2-536

刀	**浪**	**洋**	**玩**	**农**
Dauq	laeng	yaeng	vanz	nuengx
taːu^{5}	laŋ^{1}	jaŋ^{1}	vaːn^{2}	nuːŋ^{4}
回	**后**	**再**	**还**	**妹**

回头再陪妹。

女唱

2-537

润	吹	拉	果	求
Rumz	ci	laj	go	gyaeuq
ɹun²	çi¹	la³	ko¹	kjau⁵
风	吹	下	棵	桐

风吹桐树林，

2-538

优	堂	拉	果	江
Yaeuq	daengz	laj	go	gyang
jau⁵	taŋ²	la³	ko¹	kja:ŋ¹
收	到	下	棵	桄榔

吹到桄榔下。

2-539

丰	可	初	江	王
Fungh	goj	coengh	gyang	vaengz
fuŋ⁶	ko⁵	çoŋ⁶	kja:ŋ¹	vaŋ²
凤	也	朝	中	潭

凤绕潭边飞，

2-540

几	时	堂	然	农
Geij	seiz	daengz	ranz	nuengx
ki³	θi²	taŋ²	ɹa:n²	nuŋ⁴
几	时	到	家	妹

何时到妹家。

男唱

2-541

润	吹	拉	果	求
Rumz	ci	laj	go	gyauq
ɹun²	çi¹	la³	ko¹	kjau⁵
风	吹	下	棵	桐

风吹桐树林，

2-542

优	堂	拉	果	江
Yaeuq	daengz	laj	go	gyang
jau⁵	taŋ²	la³	ko¹	kja:ŋ¹
收	到	下	棵	桄榔

吹到桄榔下。

2-543

丰	打	羽	飞	尚
Fungh	daj	fwed	mbin	sang
fuŋ⁶	ta³	fu:t⁸	bin¹	θa:ŋ¹
凤	打	翅	飞	高

凤展翅高飞，

2-544

米	日	堂	然	农
Miz	ngoenz	daengz	ranz	nuengx
mi²	ŋon²	taŋ²	ɹa:n²	nu:ŋ⁴
有	日	堂	家	妹

总会到妹家。

女唱

2-545

比	瓜	貝	而	代
Bi	gvaq	bae	lawz	dai
pi^{1}	kwa^{5}	pai^{1}	lauɯ^{2}	ta:i^{1}
年	过	去	哪	死

去年哪逍遥，

2-546

比	才	貝	而	利
Bi	gyai	bae	lawz	lix
pi^{1}	kja:i^{1}	pai^{1}	lauɯ^{2}	li^{4}
年	前	去	哪	活

前年哪快活。

2-547

貝	而	南	堂	内
Bae	lawz	nanz	daengz	neix
pai^{1}	lauɯ^{2}	na:n^{2}	taŋ^{2}	ni^{4}
去	哪	久	到	这

去哪这么久，

2-548

相	初	义	才	马
Cieng	co	ngeih	nda	ma
ɕi:ŋ^{1}	ɕo^{1}	ȵi^{6}	da^{1}	ma^{1}
正	初	二	刚	来

年初二才来。

男唱

2-549

巡	它	说	巡	代
Cunz	da	naeuz	cunz	daiq
ɕun^{2}	ta^{1}	nau^{2}	ɕun^{2}	ta:i^{5}
巡	岳父	或	巡	岳母

探岳父岳母，

2-550

相	初	义	是	马
Cieng	co	ngeih	cix	ma
ɕi:ŋ^{1}	ɕo^{1}	ȵi^{6}	ɕi^{4}	ma^{1}
正	初	二	就	回

年初二就回。

2-551

由	方	空	了	而
Youz	fangh	ndwi	liux	lawz
jou^{2}	fa:ŋ^{5}	du:i^{1}	li:u^{4}	lauɯ^{2}
游	方	不	完	哪

出去走一走，

2-552

马	日	而	土	得
Ma	ngoenz	lawz	doq	ndaej
ma^{1}	ŋon^{2}	lauɯ^{2}	to^{5}	dai^{3}
回	日	哪	都	得

何时回都行。

女唱

2–553

比	**瓜**	**貝**	**而**	**代**
Bi	gvaq	bae	lawz	dai
pi^{1}	kwa^{5}	pai^{1}	lauɯ^{2}	ta:i^{1}
年	**过**	**去**	**哪**	**死**

去年哪逍遥，

2–554

比	**才**	**貝**	**而**	**利**
Bi	gyai	bae	lawz	lix
pi^{1}	kja:i^{1}	pai^{1}	lauɯ^{2}	li^{4}
年	**前**	**去**	**哪**	**活**

前年哪快活。

2–555

乜	**土**	**吃**	**生**	**日**
Meh	dou	gwn	swngh	yiz
me^{6}	tu^{1}	kɯn^{1}	θɯn^{6}	ji^{2}
母	**我**	**吃**	**生**	**日**

我母过生日，

2–556

当	**初**	**义**	**你**	**马**
Daengq	co	ngeih	mwngz	ma
taŋ^{5}	ɕo^{1}	n̥i^{6}	mɯŋ^{2}	ma^{1}
叮嘱	**初**	**二**	**你**	**来**

叫你初二来。

男唱

2–557

写	**南**	**空**	**马**	**托**
Ce	nanz	ndwi	ma	doh
ɕe^{1}	na:n^{2}	du:i^{1}	ma^{1}	to^{6}
留	**久**	**不**	**来**	**向**

久别不来往，

2–558

大	**罗**	**很**	**叶**	**哈**
Daih	loh	hwnj	mbaw	haz
ta:i^{6}	lo^{6}	hɯn^{3}	bauɯ^{1}	ha^{2}
大	**路**	**起**	**叶**	**茅草**

大路长野草。

2–559

农	**米**	**干**	**开**	**么**
Nuengx	miz	ganq	gij	maz
nu:ŋ^{4}	mi^{2}	ka:n^{5}	ka:i^{2}	ma^{2}
妹	**有**	**事**	**什**	**么**

妹有何大事，

2–560

当	**龙**	**马**	**初**	**义**
Daengq	lungz	ma	co	ngeih
taŋ^{5}	luŋ^{2}	ma^{1}	ɕo^{1}	n̥i^{6}
叮嘱	**龙**	**来**	**初**	**二**

要兄初二来。

女唱

2-561

写	**南**	**来**	**韦**	**机**
Ce	nanz	lai	vae	giq
çe^{1}	na:n^{2}	la:i^{1}	vai^{1}	ki^{5}
留	久	多	姓	支

久别了我友，

2-562

合	**义**	**由**	**了**	**而**
Hoz	ngeix	raeuh	liux	lawz
ho^{2}	ȵi^{4}	rau^{6}	li:u^{4}	laɯ^{2}
喉	想	多	啰	哪

心中多思念。

2-563

空	**米**	**干**	**开**	**么**
Ndwi	miz	ganq	gij	maz
du:i^{1}	mi^{2}	ka:n^{5}	ka:i^{2}	ma^{2}
不	有	事	什	么

没有什么事，

2-564

当	**龙**	**马**	**讲**	**满**
Daengq	lungz	ma	gangj	monh
taŋ^{5}	luŋ^{2}	ma^{1}	ka:ŋ^{3}	mo:n^{6}
叮嘱	龙	来	讲	情

叫兄来谈情。

男唱

2-565

写	**南**	**来**	**韦**	**机**
Ce	nanz	lai	vae	giq
çe^{1}	na:n^{2}	la:i^{1}	vai^{1}	ki^{5}
留	久	多	姓	支

久别心上人，

2-566

合	**义**	**由**	**了**	**而**
Hoz	ngeix	raeuh	liux	lawz
ho^{2}	ȵi^{4}	ɹau^{6}	li:u^{4}	laɯ^{2}
喉	想	多	啰	哪

有太多挂念。

2-567

米	**干**	**备**	**是**	**马**
Miz	ganq	beix	cix	ma
mi^{2}	ka:n^{5}	pi^{4}	çi^{4}	ma^{1}
有	事	兄	就	来

有事兄才来，

2-568

当	**空**	**龙**	**不**	**斗**
Daengq	ndwi	lungz	mbouj	daeuj
taŋ^{5}	du:i^{1}	luŋ^{2}	bou^{3}	tau^{3}
叮嘱	空	龙	不	来

无事兄不来。

女唱

2–569

写	**南**	**空**	**马**	**托**
Ce	nanz	ndwi	ma	doh
çe^{1}	na:n^{2}	du:i^{1}	ma^{1}	to^{6}
留	久	不	来	向

久别不来往，

2–570

大	**罗**	**很**	**叶**	**哈**
Daih	loh	hwnj	mbaw	haz
ta:i^{6}	lo^{6}	hɯn^{3}	baɯ^{1}	ha^{2}
大	路	起	叶	茅草

大路长野草。

2–571

友	**垌**	**光**	**外**	**马**
Youx	doengh	gvangq	vaij	ma
ju^{4}	toŋ^{6}	kwa:ŋ^{5}	va:i^{3}	ma^{1}
友	垌	宽	过	来

外地友过来，

2–572

真	**少**	**而**	**知**	**不**
Cim	sau	rawz	rox	mbouj
çin^{1}	θa:u^{1}	ɹaɯ^{2}	ɹo^{4}	bou^{5}
相	姑娘	什么	或	不

相上小妹否？

男唱

2–573

写	**南**	**空**	**马**	**托**
Ce	nanz	ndwi	ma	doh
çe^{1}	na:n^{2}	du:i^{1}	ma^{1}	to^{6}
留	久	不	来	向

久别不往来，

2–574

大	**罗**	**很**	**叶**	**哈**
Daih	loh	hwnj	mbaw	haz
ta:i^{6}	lo^{6}	hɯn^{3}	baɯ^{1}	ha^{2}
大	路	起	叶	茅草

大路长杂草。

2–575

真	**友**	**口**	**你**	**马**
Cin	youx	gaeuq	mwngz	ma
çin^{1}	ju^{4}	kau^{5}	mɯŋ^{2}	ma^{1}
亲	友	旧	你	来

你老情友来，

2–576

查	**古**	**而**	**了**	**农**
Caz	guh	rawz	liux	nuengx
ça^{2}	ku^{4}	ɹaɯ^{2}	li:u^{4}	nu:ŋ^{4}
查问	做	什么	啰	妹

妹查问什么？

女唱

2-577

写	**南**	**空**	**马**	**托**
Ce	nanz	ndwi	ma	doh
çe^{1}	na:n^{2}	du:i^{1}	ma^{1}	to^{6}
留	久	不	来	向

久别不来往，

2-578

大	**罗**	**很**	**叶**	**哈**
Daih	loh	hwnj	mbaw	haz
ta:i^{6}	lo^{6}	hɯn^{3}	baɯ^{1}	ha^{2}
大	路	起	叶	茅草

路面长杂草。

2-579

土	**是**	**想**	**不**	**查**
Dou	cix	siengj	mbouj	caz
tu^{1}	çi^{4}	θi:ŋ^{3}	bou^{5}	ça^{2}
我	是	想	不	查问

我本不想问，

2-580

老	**韦**	**偻**	**备**	**农**
Lau	vae	raeuz	beix	nuengx
la:u^{1}	vai^{1}	ɹau^{2}	pi^{4}	nu:ŋ^{4}
怕	姓	我们	兄	妹

怕与我同姓。

男唱

2-581

写	**南**	**空**	**马**	**托**
Ce	nanz	ndwi	ma	doh
çe^{1}	na:n^{2}	du:i^{1}	ma^{1}	to^{6}
留	久	不	来	向

久别不往来，

2-582

大	**罗**	**很**	**叶**	**哈**
Daih	loh	hwnj	mbaw	haz
ta:i^{6}	lo^{6}	hɯn^{3}	baɯ^{1}	ha^{2}
大	路	起	叶	茅草

大路长杂草。

2-583

共	**姓**	**备**	**不**	**马**
Gungh	singq	beix	mbouj	ma
kuŋ^{6}	θiŋ^{5}	pi^{4}	bou^{5}	ma^{1}
共	姓	兄	不	来

同姓兄不来，

2-584

当	**韦**	**龙**	**牙**	**斗**
Dangq	vae	lungz	yax	daeuj
ta:ŋ^{5}	vai^{1}	luŋ^{2}	ja^{5}	tau^{3}
另	姓	龙	才	来

异姓兄才来。

女唱

2-585

写	**南**	**空**	**马**	**托**
Ce	nanz	ndwi	ma	doh
çe^{1}	na:n^{2}	du:i^{1}	ma^{1}	to^{6}
留	久	不	来	向

久别不往来，

2-586

大	**罗**	**很**	**叶**	**哈**
Daih	loh	hwnj	mbaw	haz
ta:i^{6}	lo^{6}	hɯn^{3}	baɯ^{1}	ha^{2}
大	路	起	叶	茅草

路面长茅草。

2-587

真	**友**	**口**	**土**	**马**
Cin	youx	gaeuq	dou	ma
çin^{1}	ju^{4}	kau^{5}	tu^{1}	ma^{1}
亲	友	旧	我	来

我老情友来，

2-588

查	**古**	**正**	**点**	**义**
Caz	guh	cingz	dem	ngeih
ça^{2}	ku^{4}	çiŋ^{2}	te:n^{1}	ŋi^{6}
查问	做	情	与	义

来问情和义。

男唱

2-589

写	**南**	**由**	**了**	**乖**
Ce	nanz	raeuh	liux	gvai
çe^{1}	na:n^{2}	ɹau^{6}	li:u^{4}	kwa:i^{1}
留	久	多	啰	乖

久别了我友，

2-590

写	**南**	**来**	**对**	**伴**
Ce	nanz	lai	doih	buenx
çe^{1}	na:n^{2}	la:i^{1}	to:i^{6}	pu:n^{4}
留	久	多	伙伴	伴

久别了伴侣。

2-591

但	**说**	**欢**	**刚**	**观**
Danh	naeuz	fwen	gangq	gonq
ta:n^{6}	nau^{2}	vu:n^{1}	ka:ŋ^{5}	ko:n^{5}
但	谈	歌	先	前

且先来唱歌，

2-592

天	**明**	**亮**	**洋**	**查**
Ngoenz	cog	rongh	yaeng	caz
ŋon^{2}	ço:k^{8}	ɹo:ŋ^{6}	jaŋ^{1}	ça^{2}
天	明	亮	再	查问

明天再来问。

女唱

2-593

写	**南**	**由**	**了**	**乖**
Ce	nanz	raeuh	liux	gvai
çe^{1}	naːn^{2}	ɹau^{6}	liːu^{4}	kwaːi^{1}
留	久	多	啰	乖

久别了亲朋，

2-594

写	**南**	**来**	**韦**	**机**
Ce	nanz	lai	vae	giq
çe^{1}	naːn^{2}	laːi^{1}	vai^{1}	ki^{5}
留	久	多	姓	支

久别异姓友。

2-595

想	**不**	**查**	**亘**	**内**
Siengj	mbouj	caz	haemh	neix
θiːŋ^{3}	bou^{5}	ça^{2}	han^{6}	ni^{4}
想	不	查问	夜	这

今晚若不问，

2-596

亮	**了**	**备**	**又**	**贝**
Rongh	liux	beix	youh	bae
ɹoːŋ^{6}	liːu^{4}	pi^{4}	jou^{4}	pai^{1}
亮	完	兄	又	去

天亮兄又走。

男唱

2-597

写	**南**	**空**	**马**	**托**
Ce	nanz	ndwi	ma	doh
çe^{1}	naːn^{2}	duːi^{1}	ma^{1}	to^{6}
留	久	不	来	向

久别不往来，

2-598

大	**罗**	**很**	**叶**	**哈**
Daih	loh	hwnj	mbaw	haz
taːi^{6}	lo^{6}	hɯn^{3}	baɯ^{1}	ha^{2}
大	路	起	叶	茅草

大路长杂草。

2-599

土	**特**	**你**	**开**	**么**
Dou	dwg	mwngz	gij	maz
tu^{1}	tɯk^{8}	mɯŋ^{2}	kaːi^{2}	ma^{2}
我	是	你	什	么

我是你何人，

2-600

查	**要**	**韦**	**要**	**姓**
Caz	aeu	vae	aeu	singq
ça^{2}	au^{1}	vai^{1}	au^{1}	θiŋ^{5}
查问	要	姓	要	姓

查问姓和氏。

女唱

2-601

写　南　由　了　乖

Ce nanz raeuh liux gvai

çe^{1} na:n^{2} ɹau^{6} li:u^{4} kwa:i^{1}

留　久　多　啰　乖

久别了我友，

2-602

写　南　来　备　宁

Ce nanz lai beix ningq

çe^{1} na:n^{2} la:i^{1} pi^{4} niŋ^{5}

留　久　多　兄　小

久别了小哥。

2-603

查　要　韦　要　姓

Caz aeu vae aeu singq

ça^{2} au^{1} vai^{1} au^{1} θi:ŋ^{5}

查问　要　姓　要　姓

问清楚姓氏，

2-604

农　知　定　开　正

Nuengx rox dingh hai cingz

nu:ŋ^{4} ɹo^{4} tiŋ^{6} ha:i^{1} çiŋ^{2}

妹　知　定　开　情

好准备礼品。

男唱

2-605

写　南　空　马　托

Ce nanz ndwi ma doh

çe^{1} na:n^{2} du:i^{1} ma^{1} to^{6}

留　久　不　来　向

久别不往来，

2-606

大　罗　很　叶　哈

Daih loh hwnj mbaw haz

ta:i^{6} lo^{6} hɯn^{3} baɯ^{1} ha^{2}

大　路　起　叶　茅草

大路长杂草。

2-607

真　友　你　是　查

Cin youx mwngz cix caz

çin^{1} ju^{4} mɯŋ^{2} çi^{4} ça^{2}

亲　友　你　就　查问

是友你就问，

2-608

开　沙　堂　贵　伏

Gaej ra daengz gwiz fwx

ka:i^{5} ɹa^{1} taŋ^{2} kɯi^{2} fə^{4}

别　找　到　丈夫　别人

莫找别人夫。

女唱

2-609

写	**南**	**空**	**马**	**托**
Ce	nanz	ndwi	ma	doh
çe^{1}	na:n^{2}	du:i^{1}	ma^{1}	to^{6}
留	**久**	**不**	**来**	**向**

久别不往来，

2-610

大	**罗**	**很**	**叶**	**哈**
Daih	loh	hwnj	mbaw	haz
ta:i^{6}	lo^{6}	hɯn^{3}	baɯ^{1}	ha^{2}
大	**路**	**起**	**叶**	**茅草**

大路长杂草。

2-611

贵	**伕**	**土**	**牙**	**查**
Gwiz	fwx	dou	yax	caz
kɯi^{2}	fə^{4}	tu^{1}	ja^{5}	ça^{1}
丈夫	**别人**	**我**	**也**	**查问**

别人夫也查，

2-612

包	**而**	**土**	**牙**	**勒**
Mbauq	lawz	dou	yax	lawh
ba:u^{5}	laɯ^{2}	tu^{1}	ja^{5}	ləɯ^{6}
小伙	**哪**	**我**	**也**	**换**

后生哥也交。

男唱

2-613

写	**南**	**空**	**马**	**托**
Ce	nanz	ndwi	ma	doh
çe^{1}	na:n^{2}	du:i^{1}	ma^{1}	to^{6}
留	**久**	**不**	**来**	**向**

久别不往来，

2-614

大	**罗**	**很**	**叶**	**哈**
Daih	loh	hwnj	mbaw	haz
ta:i^{6}	lo^{6}	hɯn^{3}	baɯ^{1}	ha^{2}
大	**路**	**起**	**叶**	**茅草**

大路长杂草。

2-615

米	**茶**	**是**	**仙**	**茶**
Miz	caz	cix	cienq	caz
mi^{2}	ça^{2}	çi^{4}	çe:n^{1}	ça^{2}
有	**茶**	**就**	**煎**	**茶**

有茶快沏茶，

2-616

而	**你**	**堂**	**貝**	**了**
Rawz	mwngz	daengz	baeh	liux
ɹaɯ^{2}	mɯŋ^{2}	taŋ^{2}	pai^{6}	li:u^{4}
什么	**你**	**到**	**去**	**完**

你友全到来。

女唱

2-617

写	南	空	马	托
Ce	nanz	ndwi	ma	doh
çe^{1}	naːn^{2}	duːi^{1}	ma^{1}	to^{6}
留	久	不	来	向

久别不往来，

2-618

大	罗	很	叶	哈
Daih	loh	hwnj	mbaw	haz
taːi^{6}	lo^{6}	hɯn^{3}	baɯ^{1}	ha^{2}
大	路	起	叶	茅草

大路长杂草。

2-619

尝	封	变	仙	茶
Caengz	fueng	bienh	cienq	caz
çaŋ^{2}	fuŋ^{1}	piːn^{6}	çeːn^{1}	ça^{2}
未	方	便	煎	茶

未得空沏茶，

2-620

而	马	是	在	观
Raz	ma	cix	ywq	gonq
ɹa^{2}	ma^{1}	çi^{4}	jɯ^{5}	koːn^{5}
一会	来	就	在	先

友来先住下。

男唱

2-621

写	南	空	马	托
Ce	nanz	ndwi	ma	doh
çe^{1}	naːn^{2}	duːi^{1}	ma^{1}	to^{6}
留	久	不	来	向

久别不往来，

2-622

大	罗	很	叶	哈
Daih	loh	hwnj	mbaw	haz
taːi^{6}	lo^{6}	hɯn^{3}	baɯ^{1}	ha^{2}
大	路	起	叶	茅草

大路长杂草。

2-623

米	茶	是	仙	茶
Miz	caz	cix	cienq	caz
mi^{2}	ça^{2}	çi^{4}	çeːn^{1}	ça^{2}
有	茶	就	煎	茶

有茶就沏茶，

2-624

而	马	空	变	初
Raz	ma	ndwi	bienh	coq
ɹa^{2}	ma^{1}	duːi^{1}	peːn^{6}	ço^{5}
一会	来	不	便	放

晚就来不及。

女唱

2-625

写 南 空 马 托

Ce nanz ndwi ma doh

çe^{1} na:n^{2} du:i^{1} ma^{1} to^{6}

留 久 不 来 向

久别不往来，

2-626

大 罗 很 叶 哈

Daih loh hwnj mbaw haz

ta:i^{6} lo^{6} hɯn^{3} baɯ^{1} ha^{2}

大 路 起 叶 茅草

大路长杂草。

2-627

忙 什 么 包 而

Mangz cwq maq mbauq lawz

ma:ŋ^{2} çɯ^{5} ma^{5} ba:u^{5} laɯ^{2}

忙 什 么 小伙 哪

后生急什么，

2-628

站 时 一 可 得

Soengz seiz ndeu goj ndaej

θoŋ^{2} θi^{2} de:u^{1} ko^{5} dai^{3}

站 时 一 也 得

站一下再说。

男唱

2-629

写 南 空 马 托

Ce nanz ndwi ma doh

çe^{1} na:n^{2} du:i^{1} ma^{1} to^{6}

留 久 不 来 向

久别不往来，

2-630

大 罗 很 叶 哈

Daih loh hwmj mbaw haz

ta:i^{6} lo^{6} hɯn^{3} baɯ^{1} ha^{2}

大 路 起 叶 茅草

大路长杂草。

2-631

土 真 客 从 山

Dou caen hek congh bya

tu^{1} çin^{1} he:k^{7} ço:ŋ^{6} pja^{1}

我 真 客 洞 山

我来自永安，

2-632

不 得 站 更 补

Mbouj ndaej soengz gwnz bouq

bou^{5} dai^{3} θoŋ^{2} kɯn^{2} pu^{5}

不 得 站 上 铺

不可住商铺。

女唱

2-633

写	**南**	**空**	**马**	**托**
Ce	nanz	ndwi	ma	doh
çe^{1}	naːn^{2}	duːi^{1}	ma^{1}	to^{6}
留	久	不	来	向

久别不往来，

2-634

大	**罗**	**很**	**叶**	**哈**
Daih	loh	hwnj	mbaw	haz
taːi^{6}	lo^{6}	hɯn^{3}	baɯ^{1}	ha^{2}
大	路	起	叶	茅草

大路长杂草。

2-635

空	**知**	**备**	**外**	**马**
Ndwi	rox	beix	vaij	ma
duːi^{1}	ɹo^{4}	pi^{4}	vaːi^{3}	ma^{1}
不	知	兄	过	来

不知道兄来，

2-636

论	**茶**	**空**	**认**	**仙**
Lumz	caz	ndwi	nyinh	cienq
lun^{2}	ça^{2}	duːi^{1}	ȵin^{6}	çeːn^{1}
忘	茶	不	记得	煎

忘记把茶沏。

男唱

2-637

写	**南**	**空**	**马**	**托**
Ce	nanz	ndwi	ma	doh
çe^{1}	naːn^{2}	duːi^{1}	ma^{1}	to^{6}
留	久	不	来	向

久别不往来，

2-638

大	**罗**	**很**	**叶**	**哈**
Daih	loh	hwnj	mbaw	haz
taːi^{6}	lo^{6}	hɯn^{3}	baɯ^{1}	ha^{2}
大	路	起	叶	茅草

大路长杂草。

2-639

中	**当**	**备**	**外**	**马**
Cuengq	daengq	beix	vaij	ma
çuːŋ^{5}	taŋ^{5}	pi^{4}	vaːi^{3}	ma^{1}
特意	叮嘱	兄	过	来

特意叫兄来，

2-640

应	**么**	**茶**	**不**	**仙**
Yinh	maz	caz	mbouj	cienq
iŋ^{1}	ma^{2}	ça^{2}	bou^{5}	çeːn^{1}
因	何	茶	不	煎

为何不沏茶。

女唱

2-641

写	**南**	**空**	**马**	**托**
Ce	nanz	ndwi	ma	doh
çe^{1}	na:n^{2}	du:i^{1}	ma^{1}	to^{6}
留	久	不	来	向

久别不往来，

2-642

大	**罗**	**很**	**叶**	**哈**
Daih	loh	hwnj	mbaw	haz
ta:i^{6}	lo^{6}	hɯn^{3}	baɯ^{1}	ha^{2}
大	路	起	叶	茅草

道路长野草。

2-643

年	**年**	**可**	**仙**	**茶**
Nenz	nenz	goj	cienq	caz
ni:n^{2}	ni:n^{2}	ko^{5}	çe:n^{1}	ça^{2}
年	年	也	煎	茶

年年都沏茶，

2-644

龙	**马**	**对**	**日**	**初**
Lungz	ma	doiq	ngoenz	byouq
luŋ^{2}	ma^{1}	to:i^{5}	ŋon^{2}	pjou^{5}
龙	来	对	日	空

兄来不逢时。

男唱

2-645

写	**南**	**空**	**马**	**托**
Ce	nanz	ndwi	ma	doh
çe^{1}	na:n^{2}	du:i^{1}	ma^{1}	to^{6}
留	久	不	来	向

久别不往来，

2-646

大	**罗**	**很**	**叶**	**哈**
Daih	loh	hwnj	mbaw	haz
ta:i^{6}	lo^{6}	hɯn^{3}	baɯ^{1}	ha^{2}
大	路	起	叶	茅草

道路长杂草。

2-647

土	**不**	**文**	**吃**	**茶**
Dou	mbouj	vunz	gwn	caz
tu^{1}	bou^{5}	vun^{2}	kɯn^{1}	ça^{2}
我	不	人	吃	茶

不奢望喝茶，

2-648

但	**少**	**而**	**在**	**加**
Danh	sau	lawz	cai	gya
ta:n^{6}	θa:u^{1}	laɯ^{2}	ça:i^{4}	kja^{1}
但	姑娘	哪	在	家

但求妹在家。

女唱

2-649
写 南 空 马 托
Ce nanz ndwi ma doh
çe¹ na:n² du:i¹ ma¹ to⁶
留 久 不 来 向
久别不往来，

2-650
大 罗 很 叶 哈
Daih loh hwnj mbaw haz
ta:i⁶ lo⁶ hɯn³ bauɯ¹ ha²
大 路 起 叶 茅草
道路长杂草。

2-651
你 备 空 吃 茶
Mwngz beix ndwi gwn caz
mɯŋ² pi⁴ du:i¹ kɯn¹ ça²
你 兄 不 吃 茶
兄你不喝茶，

2-652
不 真 勒 田 内
Mbouj caen lwg denz neix
bou⁵ çin¹ lɯk⁸ te:n² ni⁴
不 真 儿 地 这
非本地小伙。

男唱

2-653
写 南 空 马 托
Ce nanz ndwi ma doh
çe¹ na:n² du:i¹ ma¹ to⁶
留 久 不 来 向
久别不往来，

2-654
大 罗 很 叶 哈
Daih loh hwnj mbaw haz
ta:i⁶ lo⁶ hɯn³ bauɯ¹ ha²
大 路 起 叶 茅草
道路长杂草。

2-655
土 真 客 从 山
Dou caen hek congh bya
tu¹ çin¹ he:k⁷ ço:ŋ⁶ pja¹
我 真 客 洞 山
我是永安人，

2-656
不 吃 茶 垌 光
Mbouj gwn caz doengh gvangq
bou⁵ kɯn¹ ça² toŋ⁶ kwa:ŋ⁵
不 吃 茶 垌 宽
不喝外地茶。

女唱

2-657

写	**南**	**空**	**马**	**托**
Ce	nanz	ndwi	ma	doh
çe^{1}	na:n^{2}	du:i^{1}	ma^{1}	to^{6}
留	久	不	来	向

久别不往来，

2-658

大	**罗**	**很**	**叶**	**哈**
Daih	loh	hwnj	mbaw	haz
ta:i^{6}	lo^{6}	hɯn^{3}	baɯ^{1}	ha^{2}
大	路	起	叶	茅草

道路长杂草。

2-659

你	**备**	**空**	**吃**	**茶**
Mwngz	beix	ndwi	gwn	caz
mɯn^{2}	pi^{4}	du:i^{1}	kɯn^{1}	ça^{2}
你	兄	不	吃	茶

兄你不喝茶，

2-660

好	**土**	**貝**	**高**	**岭**
Ndij	dou	bae	gauh	lingj
di^{1}	tu^{1}	pai^{1}	ka:u^{1}	liŋ^{4}
与	我	去	高	岭

跟我去高岭。

男唱

2-661

写	**南**	**不**	**马**	**托**
Ce	nanz	mbouj	ma	doh
çe^{1}	na:n^{2}	bou^{5}	ma^{1}	to^{6}
留	久	不	来	向

久别不往来，

2-662

大	**罗**	**很**	**叶**	**哈**
Daih	loh	hwnj	mbaw	haz
ta:i^{6}	lo^{6}	hɯn^{3}	baɯ^{1}	ha^{2}
大	路	起	叶	茅草

道路长杂草。

2-663

告	**告**	**是**	**吃**	**茶**
Gau	gau	cix	gwn	caz
ka:u^{1}	ka:u^{1}	çi^{4}	kɯn^{1}	ça^{2}
次	次	是	吃	茶

每次都喝茶，

2-664

米	**几**	**来**	**钱**	**買**
Miz	geij	lai	cienz	cawx
mi^{2}	ki^{3}	la:i^{1}	çi:n^{2}	çəɯ^{4}
有	几	多	钱	买

有多少钱买。

女唱

2-665

写	**南**	**不**	**马**	**托**
Ce	nanz	mbouj	ma	doh
çe^{1}	na:n^{2}	bou^{5}	ma^{1}	to^{6}
留	久	不	来	向

久别不往来，

2-666

大	**罗**	**很**	**叶**	**哈**
Daih	loh	hwnj	mbaw	haz
ta:i^{6}	lo^{6}	hɯn^{3}	baɯ^{1}	ha^{2}
大	路	起	叶	茅草

道路长杂草。

2-667

吃	**的**	**水**	**点**	**茶**
Gwn	diq	raemx	dem	caz
kɯn^{1}	ti^{5}	ɹan^{4}	te:n^{1}	ça^{2}
吃	点	水	与	茶

喝一点茶水，

2-668

贝	**钱**	**开**	**么**	**备**
Bae	cienz	gij	maz	beix
pai^{1}	çi:n^{2}	ka:i^{2}	ma^{2}	pi^{4}
去	钱	什	么	兄

不花什么钱。

男唱

2-669

写	**南**	**不**	**马**	**托**
Ce	nanz	mbouj	ma	doh
çe^{1}	na:n^{2}	bou^{5}	ma^{1}	to^{6}
留	久	不	来	向

久别不往来，

2-670

大	**罗**	**很**	**叶**	**哈**
Daih	loh	hwnj	mbaw	haz
ta:i^{6}	lo^{6}	hɯn^{3}	baɯ^{1}	ha^{2}
大	路	起	叶	茅草

道路长杂草。

2-671

告	**告**	**是**	**吃**	**茶**
Gau	gau	cix	gwn	caz
ka:u^{1}	ka:u^{1}	çi^{4}	kɯn^{1}	ça^{2}
次	次	是	吃	茶

每次都喝茶，

2-672

不	**坏**	**家**	**你**	**农**
Mbouj	vaih	gya	mwngz	nuengx
bou^{5}	va:i^{6}	kja^{1}	mɯŋ^{2}	nu:ŋ^{4}
不	坏	家	你	妹

妹你败家不？

女唱

2-673

写 南 空 马 托

Ce nanz ndwi ma doh

çe^{1} na:n^{2} du:i^{1} ma^{1} to^{6}

留 久 不 来 向

久别不往来，

2-674

大 罗 很 叶 哈

Daih loh hwnj mbaw haz

ta:i^{6} lo^{6} hɯn^{3} baɯ^{1} ha^{2}

大 路 起 叶 茅草

道路长杂草。

2-675

吃 的 水 点 茶

Gwn diq raemx dem caz

kɯn^{1} ti^{5} ɹan^{4} te:n^{1} ça^{2}

吃 点 水 与 茶

喝点茶和水，

2-676

坏 加 开 么 备

Vaih gya gij maz beix

va:i^{6} kja^{1} ka:i^{2} ma^{2} pi^{4}

坏 家 什 么 兄

怎么会败家？

男唱

2-677

写 南 空 马 托

Ce nanz ndwi ma doh

çe^{1} na:n^{2} du:i^{1} ma^{1} to^{6}

留 久 不 来 向

久别不往来，

2-678

大 罗 很 叶 哈

Daih loh hwnj mbaw haz

ta:i^{6} lo^{6} hɯn^{3} baɯ^{1} ha^{2}

大 路 起 叶 茅草

道路长杂草。

2-679

你 农 空 仙 茶

Mwngz nuengx ndwi cienq caz

mɯŋ^{2} nu:ŋ^{4} du:i^{1} çe:n^{1} ça^{2}

你 妹 不 煎 茶

妹你不沏茶，

2-680

龙 可 马 告 内

Lungz goj ma gau neix

luŋ^{2} ko^{5} ma^{1} ka:u^{1} ni^{4}

龙 就 来 次 这

我只来这次。

女唱

2-681

写	**南**	**空**	**马**	**托**
Ce	nanz	ndwi	ma	doh
ɕe^{1}	na:n^{2}	du:i^{1}	ma^{1}	to^{6}
留	久	不	来	向

久别不往来，

2-682

大	**罗**	**很**	**叶**	**哈**
Daih	loh	hwnj	mbaw	haz
ta:i^{6}	lo^{6}	hɯn^{3}	baɯ^{1}	ha^{2}
大	路	起	叶	茅草

道路长杂草。

2-683

但	**你**	**备**	**外**	**马**
Danh	mwngz	beix	vaij	ma
ta:n^{6}	mɯŋ^{2}	pi^{4}	va:i^{3}	ma^{1}
但	你	兄	过	来

吾兄只管来，

2-684

兴	**邦**	**山**	**米**	**由**
Hing	bangx	bya	miz	raeuh
hiŋ^{1}	pa:ŋ^{4}	pja^{1}	mi^{2}	ɹau^{6}
姜	旁	山	有	多

山茶有的是。

男唱

2-685

写	**南**	**空**	**马**	**托**
Ce	nanz	ndwi	ma	doh
ɕe^{1}	na:n^{2}	du:i^{1}	ma^{1}	to^{6}
留	久	不	来	向

久别不往来，

2-686

大	**罗**	**很**	**叶**	**哈**
Daih	loh	hwnj	mbaw	haz
ta:i^{6}	lo^{6}	hɯn^{3}	baɯ^{1}	ha^{2}
大	路	起	叶	茅草

道路长杂草。

2-687

吃	**是**	**吃**	**茶**	**那**
Gwn	cix	gwn	caz	naz
kɯn^{1}	ɕi^{4}	kɯn^{1}	ɕa^{2}	na^{2}
吃	是	吃	茶	田

喝就喝田茶，

2-688

讲	**茶**	**山**	**么**	**农**
Gangj	caz	bya	maz	nuengx
ka:ŋ^{3}	ɕa^{2}	pja^{1}	ma^{2}	nu:ŋ^{4}
讲	茶	山	嘛	妹

不要喝山茶。

女唱

2-689

写	**南**	**空**	**马**	**托**
Ce	nanz	ndwi	ma	doh
çe^{1}	na:n^{2}	du:i^{1}	ma^{1}	to^{6}
留	久	不	来	向

久别不往来，

2-690

大	**罗**	**很**	**叶**	**哈**
Daih	loh	hwnj	mbaw	haz
ta:i^{6}	lo^{6}	hɯn^{3}	baɯ^{1}	ha^{2}
大	路	起	叶	茅草

道路长杂草。

2-691

要	**水**	**绿**	**古**	**茶**
Aeu	raemx	heu	guh	caz
au^{1}	ɹan^{4}	he:u^{1}	ku^{4}	ça^{2}
要	水	清	做	茶

以清水为茶，

2-692

而	**不**	**吃**	**良**	**仙**
Lawz	mbouj	gwn	lingh	cienq
laɯ^{2}	bou^{5}	kɯn^{1}	le:ŋ^{6}	çe:n^{1}
哪	不	吃	另	煎

不喝我再沏。

男唱

2-693

写	**南**	**空**	**马**	**托**
Ce	nanz	ndwi	ma	doh
çe^{1}	na:n^{2}	du:i^{1}	ma^{1}	to^{6}
留	久	不	来	向

久别不往来，

2-694

大	**罗**	**很**	**叶**	**哈**
Daih	loh	hwnj	mbaw	haz
ta:i^{6}	lo^{6}	hɯn^{3}	baɯ^{1}	ha^{2}
大	路	起	叶	茅草

道路长杂草。

2-695

要	**水**	**绿**	**古**	**茶**
Aeu	raemx	heu	guh	caz
au^{1}	ɹan^{4}	he:u^{1}	ku^{4}	ça^{2}
要	水	清	做	茶

以清水为茶，

2-696

不	**真**	**然**	**当**	**客**
Mbouj	caen	ranz	dang	hek
bou^{5}	çin^{1}	ɹa:n^{2}	ta:ŋ^{1}	he:k^{7}
不	真	家	当	客

非待客之道。

女唱

2–697

写	南	空	马	托
Ce	nanz	ndwi	ma	doh
çe^{1}	na:n^{2}	du:i^{1}	ma^{1}	to^{6}
留	久	不	来	向

久别不往来，

2–698

大	罗	很	叶	哈
Daih	loh	hwnj	mbaw	haz
ta:i^{6}	lo^{6}	hɯn^{3}	baɯ^{1}	ha^{2}
大	路	起	叶	茅草

道路长杂草。

2–699

听	你	备	空	马
Dingq	mwngz	beix	ndwi	ma
tiŋ^{5}	mɯŋ^{2}	pi^{4}	du:i^{1}	ma^{1}
听	你	兄	不	来

等久你不来，

2–700

仙	茶	全	办	水
Cienq	caz	cienz	baenz	raemx
çe:n^{1}	ça^{2}	çe:n^{2}	pan^{2}	ɹan^{4}
煎	茶	全	成	水

茶水全褪色。

男唱

2–701

写	南	由	了	乖
Ce	nanz	raeuh	liux	gvai
çe^{1}	na:n^{2}	ɹau^{6}	li:u^{4}	kwa:i^{1}
留	久	多	啰	乖

久别了朋友，

2–702

写	南	来	对	生
Ce	nanz	lai	doiq	saenq
çe^{1}	na:n^{2}	la:i^{1}	to:i^{5}	θan^{5}
留	久	多	对	庚

久别同龄友。

2–703

仙	茶	全	办	水
Cienq	caz	cienz	baenz	raemx
çe:n^{1}	ça^{2}	çe:n^{2}	pan^{2}	ɹan^{4}
煎	茶	全	成	水

茶水全褪色，

2–704

么	不	优	加	龙
Maz	mbouj	yaeuq	caj	lungz
ma^{2}	bou^{5}	jau^{5}	kja^{3}	luŋ^{2}
何	不	收	等	龙

何不留等兄。

女唱

2-705

写 南 由 了 乖

Ce nanz raeuh liux gvai

çe^{1} naːn^{2} ɹau^{6} liːu^{4} kwaːi^{1}

留 久 多 啰 乖

久别了朋友，

2-706

写 南 来 韦 求

Ce nanz lai vae gyaeuq

çe^{1} naːn^{2} laːi^{1} vai^{1} kjau^{5}

留 久 多 姓 别

久别异姓友。

2-707

土 是 想 牙 优

Dou cix siengj yaek yaeuq

tu^{1} çi^{4} θiːŋ^{3} jak^{7} jau^{5}

我 是 想 要 收

本想留等你，

2-708

特 友 口 知 空

Dwg youx gaeuq rox ndwi

tɯk^{8} ju^{4} kau^{5} ɹo^{4} duːi^{1}

是 友 旧 或 不

是否老情友？

男唱

2-709

写 南 由 了 乖

Ce nanz raeuh liux gvai

çe^{1} naːn^{2} ɹau^{6} liːu^{4} kwaːi^{1}

留 久 多 啰 乖

久别了朋友，

2-710

写 南 来 韦 求

Ce nanz lai vae gyaeuq

çe^{1} naːn^{2} laːi^{1} vai^{1} kjau^{5}

留 久 多 姓 别

久别异姓友。

2-711

米 茶 少 管 优

Miz caz sau guenj yaeuq

mi^{2} ça^{2} θaːu^{1} kuːn^{3} jau^{5}

有 茶 姑娘 管 收

有茶只管收，

2-712

真 友 口 农 银

Caen youx gaeuq nuengx ngaenz

çin^{1} ju^{4} kau^{5} nuːŋ^{4} ŋan^{2}

真 友 旧 妹 银

正是老情友。

女唱

2-713

写	南	由	了	乖
Ce	nanz	raeuh	liux	gvai
çe^{1}	na:n^{2}	ɹau^{6}	li:u^{4}	kwa:i^{1}
留	久	多	啰	乖

久别了朋友，

2-714

写	南	来	韦	求
Ce	nanz	lai	vae	gyaeuq
çe^{1}	na:n^{2}	la:i^{1}	vai^{1}	kjau^{5}
留	久	多	姓	别

久别异姓友。

2-715

土	是	想	牙	优
Dou	cix	siengj	yaek	yaeuq
tu^{1}	çi^{4}	θi:ŋ^{3}	jak^{7}	jau^{5}
我	是	想	要	收

我是想要留，

2-716

备	空	后	然	傍
Beix	ndwi	haeuj	ranz	raeuz
pi^{4}	du:i^{1}	hau^{3}	ɹa:n^{2}	ɹau^{2}
兄	不	进	家	我们

兄不进我家。

男唱

2-717

写	南	由	了	乖
Ce	nanz	raeuh	liux	gvai
çe^{1}	na:n^{2}	ɹau^{6}	li:u^{4}	kwa:i^{1}
留	久	多	啰	乖

久别了朋友，

2-718

写	南	来	韦	求
Ce	nanz	lai	vae	gyaeuq
çe^{1}	na:n^{2}	la:i^{1}	vai^{1}	kjau^{5}
留	久	多	姓	别

久别异姓友。

2-719

米	茶	少	管	优
Miz	caz	sau	guenj	yaeuq
mi^{2}	ça^{2}	θa:u^{1}	ku:n^{3}	jau^{5}
有	茶	姑娘	管	收

有茶只管收，

2-720

告	内	后	然	你
Gau	neix	haeuj	ranz	mwngz
ka:u^{1}	ni^{4}	hau^{3}	ɹa:n^{2}	mɯŋ^{2}
次	这	进	家	你

这次进你家。

女唱

2–721

写　南　空　马　托
Ce　nanz　ndwi　ma　doh
çe^{1}　na:n^{2}　du:i^{1}　ma^{1}　to^{6}
留　久　不　来　向
久不相往来，

2–722

大　罗　很　叶　哈
Daih　loh　hwnj　mbaw　haz
ta:i^{6}　lo^{6}　hɯn^{3}　baɯ^{1}　ha^{2}
大　路　起　叶　茅草
道路长杂草。

2–723

听　你　备　空　马
Dingq　mwngz　beix　ndwi　ma
tiŋ^{5}　mɯŋ^{2}　pi^{4}　du:i^{1}　ma^{1}
听　你　兄　不　来
等你久不来，

2–724

问　邦　呀①　一　累
Cam　bang　yaz　ndeu　laeq
ça:m^{1}　pa:ŋ^{1}　ja^{2}　de:u^{1}　lai^{5}
问　帮　巫　一　看
去找人看看。

男唱

2–725

写　南　空　马　托
Ce　nanz　ndwi　ma　doh
çe^{1}　na:n^{2}　du:i^{1}　ma^{1}　to^{6}
留　久　不　来　向
久不相往来，

2–726

大　罗　很　叶　哈
Daih　loh　hwnj　mbaw　haz
ta:i^{6}　lo^{6}　hɯn^{3}　baɯ^{1}　ha^{2}
大　路　起　叶　茅草
道路长杂草。

2–727

南　不　乃　可　马
Nanz　mbouj　naih　goj　ma
na:n^{2}　bou^{5}　na:i^{6}　ko^{5}　ma^{1}
久　不　久　也　来
久不久都来，

2–728

问　呀　古　样　而
Cam　yaz　guh　yiengh　lawz
ça:m^{1}　ja^{2}　ku^{4}　jɯ:ŋ^{6}　laɯ^{2}
问　巫　做　样　哪
找人干什么？

① 呀［ja^{2}］：巫。壮族、瑶族民间专司算卜的人，多为中老年妇女。

女唱

2-729

写	**南**	**空**	**马**	**托**
Ce	nanz	ndwi	ma	doh
çe^{1}	na:n^{2}	du:i^{1}	ma^{1}	to^{6}
留	**久**	**不**	**来**	**向**

久不相往来，

2-730

大	**罗**	**很**	**叶**	**哈**
Daih	loh	hwnj	mbaw	haz
ta:i^{6}	lo^{6}	hɯn^{3}	baɯ^{1}	ha^{2}
大	**路**	**起**	**叶**	**茅草**

道路长杂草。

2-731

是	**想**	**不**	**问**	**呀**
Cix	siengj	mbouj	cam	yaz
çi^{4}	θi:ŋ^{3}	bou^{5}	ça:m^{1}	ja^{2}
是	**想**	**不**	**问**	**巫**

本不想找人，

2-732

而	**空**	**马**	**田**	**内**
Lawz	ndwi	ma	denz	neix
laɯ^{2}	du:i^{1}	ma^{1}	te:n^{2}	ni^{4}
哪	**不**	**来**	**地**	**这**

他又总不来。

男唱

2-733

写	**南**	**空**	**马**	**托**
Ce	nanz	ndwi	ma	doh
çe^{1}	na:n^{2}	du:i^{1}	ma^{1}	to^{6}
留	**久**	**不**	**来**	**向**

久不相往来，

2-734

大	**罗**	**很**	**叶**	**哈**
Daih	loh	hwnj	mbaw	haz
ta:i^{6}	lo^{6}	hɯn^{3}	baɯ^{1}	ha^{2}
大	**路**	**起**	**叶**	**茅草**

道路长杂草。

2-735

加	**罗**	**貝**	**问**	**呀**
Gyaj	lox	bae	cam	yaz
kja^{3}	lo^{4}	pai^{1}	ça:m^{1}	ja^{2}
假	**骗**	**去**	**问**	**巫**

假装去找人，

2-736

堂	**拉**	**山**	**它**	**刀**
Daengz	laj	bya	de	dauq
taŋ^{2}	la^{3}	pja^{1}	te^{1}	ta:u^{5}
到	**下**	**山**	**那**	**回**

到山脚返回。

女唱

2-737

写 南 空 马 托

Ce nanz ndwi ma doh

ɕe^{1} na:n^{2} du:i^{1} ma^{1} to^{6}

留 久 不 来 向

久不相往来，

2-738

大 罗 很 叶 哈

Daih loh hwnj mbaw haz

ta:i^{6} lo^{6} hɯn^{3} baɯ^{1} ha^{2}

大 路 起 叶 茅草

道路长杂草。

2-739

不 特 罗 包 而

Mbouj dwg lox mbauq lawz

bou^{5} tɯk^{8} lo^{4} ba:u^{5} laɯ^{2}

不 是 骗 小伙 哪

并非骗男友，

2-740

真 问 呀 大 才

Caen cam yaz dah raix

ɕin^{1} ɕa:m^{1} ja^{2} ta^{6} ɹa:i^{4}

真 问 巫 实 在

确实去找人。

男唱

2-741

写 南 空 马 托

Ce nanz ndwi ma doh

ɕe^{1} na:n^{2} du:i^{1} ma^{1} to^{6}

留 久 不 来 向

久不相往来，

2-742

大 罗 很 叶 哈

Daih loh hwnj mbaw haz

ta:i^{6} lo^{6} hɯn^{3} baɯ^{1} ha^{2}

大 路 起 叶 茅草

道路长杂草。

2-743

特 后 貝 问 呀

Dawz haeux bae cam yaz

təɯ^{2} hau^{4} pai^{1} ɕa:m^{1} ja^{2}

拿 米 去 问 巫

拿米去找人，

2-744

出 忠 么 了 农

Ok fangz maz liux nuengx

o:k^{7} fa:ŋ^{2} ma^{2} li:u^{4} nu:ŋ^{4}

出 鬼 什么 啰 妹

问出什么来。

女唱

2-745

写	南	空	马	托
Ce	nanz	ndwi	ma	doh
çe¹	na:n²	du:i¹	ma¹	to⁶
留	久	不	来	向

久不相往来，

2-746

大	罗	很	叶	哈
Daih	loh	hwnj	mbaw	haz
ta:i⁶	lo⁶	hɯn³	baɯ¹	ha²
大	路	起	叶	茅草

道路长杂草。

2-747

特	后	贝	问	呀
Dawz	haeux	bae	cam	yaz
təɯ²	hau⁴	pai¹	ça:m¹	ja²
拿	米	去	问	巫

拿米去找人，

2-748

出	土	忠	少	包
Ok	duz	fangz	sau	mbauq
o:k⁷	tu²	fa:ŋ²	θa:u¹	ba:u⁵
出	只	鬼	姑娘	小伙

查到有私情。

男唱

2-749

写	南	由	了	乖
Ce	nanz	raeuh	liux	gvai
çe¹	na:n²	ɹau⁶	li:u⁴	kwa:i¹
留	久	多	啰	乖

久别心上人，

2-750

写	南	来	对	朝
Ce	nanz	lai	doih	sauh
çe¹	na:n²	la:i¹	to:i⁶	θa:u⁶
留	久	多	伙伴	辈

久别同龄友。

2-751

邦	你	刀	米	交
Biengz	mwngz	dauq	miz	gyauq
pi:ŋ²	mɯŋ²	ta:u⁵	mi²	kja:u⁵
地方	你	倒	有	家教

你那重家教，

2-752

少	跟	包	米	忠
Sau	riengz	mbauq	miz	fangz
θa:u¹	ɹi:ŋ²	ba:u⁵	mi²	fa:ŋ²
姑娘	和	小伙	有	鬼

男女有私情。

女唱

2-753

写	**南**	**来**	**韦**	**机**
Ce	nanz	lai	vae	giq
çe1	na:n2	la:i1	vai1	ki5
留	久	多	姓	支

久别异姓友，

2-754

合	**义**	**由**	**了**	**娘**
Hoz	ngeix	raeuh	liux	nangz
ho2	ɲi4	ɹau6	li:u4	na:ŋ2
喉	想	很	啰	姑娘

心中思念妹。

2-755

小	**纳**	**站**	**拜**	**浪**
Siuj	nix	soengz	baih	laeng
θi:u3	ni4	θoŋ2	pa:i6	laŋ1
小	影	站	边	后

影子随身后，

2-756

不	**是**	**忠**	**少**	**包**
Mbouj	cix	fangz	sau	mbauq
bou5	ɕi4	fa:ŋ2	θa:u1	ba:u5
不	是	鬼	姑娘	小伙

不知是何人。

男唱

2-757

写	**南**	**空**	**马**	**托**
Ce	nanz	ndwi	ma	doh
çe1	na:n2	du:i1	ma1	to6
留	久	不	来	向

久不相往来，

2-758

大	**罗**	**很**	**叶**	**哈**
Daih	loh	hwnj	mbaw	haz
ta:i6	lo6	hɯn3	baɯ1	ha2
大	路	起	叶	茅草

道路长野草。

2-759

特	**后**	**贝**	**问**	**呀**
Dawz	haeux	bae	cam	yaz
təɯ2	hau4	pai1	ɕa:m1	ja2
拿	米	去	问	巫

若还去找人，

2-760

出	**忠**	**你**	**是**	**领**
Ok	fangz	mwngz	cix	lingx
o:k7	fa:ŋ2	mɯŋ2	ɕi4	liŋ4
出	鬼	你	就	领

出事你承担。

女唱

2–761

写	**南**	**空**	**马**	**托**
Ce	nanz	ndwi	ma	doh
çe^{1}	na:n^{2}	du:i^{1}	ma^{1}	to^{6}
留	久	不	来	向

久不相往来，

2–762

大	**罗**	**很**	**叶**	**哈**
Daih	loh	hwnj	mbaw	haz
ta:i^{6}	lo^{6}	hɯn^{3}	baɯ^{1}	ha^{2}
大	路	起	叶	茅

道路长杂草。

2–763

领	**铁**	**作**	**邦**	**法**
Lingx	diep	coq	bangx	faz
liŋ^{4}	ti:p^{7}	ço^{5}	pa:ŋ^{4}	fa^{2}
领	贴	放	旁	竹墙

鬼符贴墙壁，

2–764

忠	**利**	**托**	**你**	**由**
Fangz	lij	doz	mwngz	raeuh
fa:ŋ^{2}	li^{4}	to^{2}	mɯŋ^{2}	ɹau^{1}
鬼	还	作祟	你	多

招鬼来闹你。

男唱

2–765

写	**南**	**空**	**马**	**托**
Ce	nanz	ndwi	ma	doh
çe^{1}	na:n^{2}	du:i^{1}	ma^{1}	to^{6}
留	久	不	来	向

久不相往来，

2–766

大	**罗**	**很**	**叶**	**哈**
Daih	loh	hwnj	mbaw	haz
ta:i^{6}	lo^{6}	hɯn^{3}	baɯ^{1}	ha^{2}
大	路	起	叶	茅草

道路长杂草。

2–767

领	**三**	**娅**①	**拉**	**花**
Lingx	sam	yah	laj	va
liŋ^{4}	θa:n^{1}	ja^{6}	la^{3}	va^{1}
领	三	婆	下	花

请三婆就位，

2–768

忠	**么**	**托**	**少**	**包**
Fangz	maz	doz	sau	mbauq
fa:ŋ^{2}	ma^{2}	to^{2}	θa:u^{1}	ba:u^{5}
鬼	什么	作祟	姑娘	小伙

无鬼闹男女。

① 三娅[θa:n^{1} ja^{6}]：三位花婆娘娘。民间尊为妇女和儿童的保护神。

女唱

2-769

写　南　空　马　托

Ce　nanz　ndwi　ma　doh

ɕe^{1}　na:n^{2}　du:i^{1}　ma^{1}　to^{6}

留　久　不　来　向

久不相往来，

2-770

大　罗　很　叶　哈

Daih　loh　hwnj　mbaw　haz

ta:i^{6}　lo^{6}　hɯn^{3}　baɯ^{1}　ha^{2}

大　路　起　叶　茅草

道路长杂草。

2-771

领　铁　作　邦　法

Lingx　diep　coq　bangx　faz

liŋ^{4}　ti:p^{7}　ɕo^{5}　pa:ŋ^{4}　fa^{2}

领　贴　放　旁　竹墙

鬼符贴墙壁，

2-772

忠　托　你　牙　知

Fangz　doz　mwngz　yax　rox

fa:ŋ^{2}　to^{2}　mɯŋ^{2}　ja^{5}　ɹo^{4}

鬼　作祟　你　也　知

便知谁作祟。

男唱

2-773

写　南　空　马　托

Ce　nanz　ndwi　ma　doh

ɕe^{1}　na:n^{2}　du:i^{1}　ma^{1}　to^{6}

留　久　不　来　向

久不相往来，

2-774

大　罗　很　叶　哈

Daih　loh　hwnj　mbaw　haz

ta:i^{6}　lo^{6}　hɯn^{3}　baɯ^{1}　ha^{2}

大　路　起　叶　茅草

道路长杂草。

2-775

领　铁　作　邦　法

Lingx　diep　coq　bangx　faz

liŋ^{4}　ti:p^{7}　ɕo^{5}　pa:ŋ^{4}　fa^{2}

领　贴　放　旁　竹墙

鬼符贴墙壁，

2-776

而　马　是　环　厄

Raz　ma　cix　vanz　nyienh

ɹa^{2}　ma^{1}　ɕi^{4}　va:n^{2}　ȵu:n^{6}

一会　来　就　还　愿

适时来还愿。

女唱

2–777

写	**南**	**空**	**马**	**托**
Ce	nanz	ndwi	ma	doh
çe^{1}	na:n^{2}	du:i^{1}	ma^{1}	to^{6}
留	**久**	**不**	**来**	**向**

久不相往来，

2–778

大	**罗**	**很**	**叶**	**哈**
Daih	loh	hwnj	mbaw	haz
ta:i^{6}	lo^{6}	hɯn^{3}	baɯ^{1}	ha^{2}
大	**路**	**起**	**叶**	**茅草**

道路长杂草。

2–779

特	**后**	**贝**	**问**	**呀**
Dawz	haeux	bae	cam	yaz
təɯ^{2}	hau^{4}	pai^{1}	ça:m^{1}	ja^{2}
拿	**米**	**去**	**问**	**巫**

拿米去找人，

2–780

得	**文**	**龙**	**贝**	**金**
Ndaej	vwnz	lungz	bae	gimq
dai^{3}	vun^{1}	luŋ^{2}	pai^{1}	kin^{5}
得	**魂**	**龙**	**去**	**禁**

试图抓住你。

男唱

2–781

写	**南**	**空**	**马**	**托**
Ce	nanz	ndwi	ma	doh
çe^{1}	na:n^{2}	du:i^{1}	ma^{1}	to^{6}
留	**久**	**不**	**来**	**向**

久不相往来，

2–782

大	**罗**	**很**	**叶**	**哈**
Daih	loh	hwnj	mbaw	haz
ta:i^{6}	lo^{6}	hɯn^{3}	baɯ^{1}	ha^{2}
大	**路**	**起**	**叶**	**茅草**

道路长杂草。

2–783

文	**备**	**托**	**江**	**那**
Vwnz	beix	doek	gyang	naz
vun^{1}	pi^{4}	tok^{7}	kja:ŋ^{1}	na^{2}
魂	**兄**	**落**	**中**	**田**

兄魂落田中，

2–784

忠	**贝**	**沙**	**不**	**对**
Fangz	bae	ra	mbouj	doiq
fa:ŋ^{2}	pai^{1}	ɹa^{1}	bou^{5}	to:i^{5}
鬼	**去**	**找**	**不**	**对**

谁也找不见。

女唱

2-785

写	**南**	**空**	**马**	**托**
Ce	nanz	ndwi	ma	doh
çe^{1}	na:n^{2}	du:i^{1}	ma^{1}	to^{6}
留	久	不	来	向

久不相往来，

2-786

大	**罗**	**很**	**叶**	**哈**
Daih	loh	hwnj	mbaw	haz
ta:i^{6}	lo^{6}	hɯn^{3}	baɯ^{1}	ha^{2}
大	路	起	叶	茅草

道路长杂草。

2-787

卜	**土**	**知**	**问**	**呀**
Boh	dou	rox	cam	yaz
po^{6}	tu^{1}	ɹo^{4}	ça:m^{1}	ja^{2}
父	我	知	问	巫

我父会找人，

2-788

连	**时**	**沙**	**是**	**对**
Lienz	seiz	ra	cix	doiq
li:n^{2}	θi^{2}	ɹa^{1}	çi^{4}	to:i^{5}
连	时	找	就	对

马上能找见。

男唱

2-789

写	**南**	**空**	**马**	**托**
Ce	nanz	ndwi	ma	doh
çe^{1}	na:n^{2}	du:i^{1}	ma^{1}	to^{6}
留	久	不	来	向

久不相往来，

2-790

大	**罗**	**很**	**叶**	**哈**
Daih	loh	hwnj	mbaw	haz
ta:i^{6}	lo^{6}	hɯn^{3}	baɯ^{1}	ha^{2}
大	路	起	叶	茅草

道路长杂草。

2-791

特	**后**	**貝**	**问**	**呀**
Dawz	haeux	bae	cam	yaz
təɯ^{2}	hau^{4}	pai^{1}	ça:m^{1}	ja^{2}
拿	米	去	问	巫

拿米去找人，

2-792

得	**文**	**你**	**是**	**金**
Ndaej	vwnz	mwngz	cix	gimq
dai^{3}	vun^{1}	mɯŋ^{2}	çi^{4}	kin^{5}
得	魂	你	就	禁

把心交给你。

女唱

2–793

写 南 空 马 托

Ce nanz ndwi ma doh

çe^{1} na:n^{2} du:i^{1} ma^{1} to^{6}

留 久 不 来 向

久不相往来，

2–794

大 罗 很 叶 哈

Daih loh hwnj mbaw haz

ta:i^{6} lo^{6} hɯn^{3} baɯ^{1} ha^{2}

大 路 起 叶 茅草

道路长杂草。

2–795

卜 土 知 问 呀

Boh dou rox cam yaz

po^{6} tu^{1} ɹo^{4} ça:m^{1} ja^{2}

父 我 知 问 巫

我父会找人，

2–796

特 文 龙 貝 金

Dawz vwnz lungz bae gimq

təɯ^{2} vun^{1} luŋ^{2} pai^{1} kin^{5}

拿 魂 龙 去 禁

试图抓住你。

男唱

2–797

你 金 土 狼 得

Mwngz gimq dou langh ndaej

mɯŋ^{2} kin^{5} tu^{1} la:ŋ^{6} dai^{3}

你 禁 我 若 得

你若能抓我，

2–798

四 处 给 你 站

Seiq cih hawj mwngz soengz

θei^{5} çi^{6} həɯ^{3} mɯŋ^{2} θoŋ^{2}

四 处 给 你 站

天下由你霸。

2–799

你 金 土 狼 下

Mwngz gimq dou langh roengz

mɯŋ^{2} kin^{5} tu^{1} la:ŋ^{6} ɹoŋ^{2}

你 禁 我 若 下

你抓得了我，

2–800

四 方 写 你 在

Seiq fueng ce mwngz ywq

θei^{5} fu:ŋ^{1} çe^{1} mɯŋ^{2} jɯ^{5}

四 方 留 你 住

天下由你住。

女唱

2-801

写	**南**	**空**	**马**	**托**
Ce	nanz	ndwi	ma	doh
çe^{1}	na:n^{2}	du:i^{1}	ma^{1}	to^{6}
留	**久**	**不**	**来**	**向**

久不相往来，

2-802

大	**罗**	**很**	**叶**	**哈**
Daih	loh	hwnj	mbaw	haz
ta:i^{6}	lo^{6}	hɯn^{3}	baɯ^{1}	ha^{2}
大	**路**	**起**	**叶**	**茅草**

道路长野草。

2-803

金	**你**	**后**	**三**	**娅**
Gimq	mwngz	haeuj	sam	yah
kin^{5}	mɯŋ^{2}	hau^{3}	θa:n^{1}	ja^{6}
禁	**你**	**进**	**三**	**婆**

囚进三婆狱，

2-804

牛	**歪**	**打**	**不**	**刀**
Cwz	vaiz	daz	mbouj	dauq
çɯ^{2}	va:i^{2}	ta^{2}	bou^{5}	ta:u^{5}
黄牛	**水牛**	**拉**	**不**	**回**

牛都拉不回。

男唱

2-805

金	**是**	**金**
Gimq	cix	gimq
kin^{5}	çi^{4}	kin^{5}
禁	**就**	**禁**

囚就囚，

2-806

良	**备**	**牙**	**不**	**老**
Liengh	beix	yax	mbouj	lau
le:ŋ^{6}	pi^{4}	ja^{5}	bou^{5}	la:u^{1}
谅	**兄**	**也**	**不**	**怕**

谅我也不怕。

2-807

符	**三**	**么**	**斗**	**包**
Fouz	san	moq	daeuj	bau
fu^{2}	θa:n^{1}	mo^{5}	tau^{3}	pa:u^{1}
符	**编**	**新**	**来**	**包**

用新符来包，

2-808

土	**不**	**老**	**你**	**金**
Dou	mbouj	lau	mwngz	gimq
tu^{1}	bou^{5}	la:u^{1}	mɯŋ^{2}	kin^{5}
我	**不**	**怕**	**你**	**禁**

我也不怕囚。

女唱

2-809

土	**金**	**你**	**了**	**备**
Dou	gimq	mwngz	liux	beix
tu^{1}	kin^{5}	mɯŋ^{2}	liːu^{4}	pi^{4}
我	禁	你	啰	兄

我囚你老兄，

2-810

金	**作**	**合**	**会**	**坤**
Gimq	coq	hoh	faex	goen
kin^{5}	ɕo^{5}	ho^{6}	fai^{4}	kon^{1}
禁	放	节	树	粉单竹

放竹盒囚禁。

2-811

土	**金**	**你**	**备**	**银**
Dou	gimq	mwngz	beix	ngaenz
tu^{1}	kin^{5}	mɯŋ^{2}	pi^{4}	ŋan^{2}
我	禁	你	兄	银

我囚你老兄，

2-812

了	**坤**	**又**	**了**	**命**
Liux	hoenz	youh	liux	mingh
liːu^{4}	hon^{1}	jou^{4}	liːu^{4}	miŋ^{6}
完	魂	又	完	命

魂完命也丢。

男唱

2-813

金	**是**	**金**
Gimq	cix	gimq
kin^{5}	ɕi^{4}	kin^{5}
禁	就	禁

囚就囚，

2-814

良	**备**	**牙**	**不**	**代**
Liengh	beix	yax	mbouj	dai
leːŋ^{6}	pi^{4}	ja^{5}	bou^{5}	taːi^{1}
谅	兄	也	不	死

谅我死不了。

2-815

刀	**反**	**金**	**少**	**乖**
Dauq	fan	gimq	sau	gvai
taːu^{5}	faːn^{1}	kin^{5}	θaːu^{1}	kwaːi^{1}
倒	反	禁	姑娘	乖

反过来囚妹，

2-816

要	**你**	**代**	**时**	**内**
Aeu	mwngz	dai	seiz	neix
au^{1}	mɯŋ^{2}	taːi^{1}	θi^{2}	ni^{4}
要	你	死	时	这

要你马上死。

女唱

2-817

土	**金**	**你**	**了**	**备**
Dou	gimq	mwngz	liux	beix
tu^1	kin^5	mɯŋ^2	liːu^4	pi^4
我	**禁**	**你**	**啰**	**兄**

老兄我囚你，

2-818

金	**作**	**合**	**会**	**丰**
Gimq	coq	hoh	faex	fung
kin^5	ɕo^5	ho^6	fai^4	fuŋ^1
禁	**放**	**节**	**树**	**枫**

囚在枫树盒。

2-819

土	**金**	**你**	**包**	**同**
Dou	gimq	mwngz	mbauq	doengz
tu^1	kin^5	mɯŋ^2	baːu^5	toŋ^2
我	**禁**	**你**	**俊**	**同**

小哥我囚你，

2-820

你	**论**	**方**	**告**	**内**
Mwngz	lumz	fueng	gau	neix
mɯŋ^2	lun^2	fuːŋ^1	kaːu^1	ni^4
你	**忘**	**方**	**次**	**这**

轮到你迷路。

男唱

2-821

金	**是**	**金**
Gimq	cix	gimq
kin^5	ɕi^4	kin^5
禁	**就**	**禁**

囚就囚，

2-822

良	**备**	**牙**	**不**	**忧**
Liengh	beix	yax	mbouj	you
leːŋ^6	pi^4	ja^5	bou^5	jou^1
谅	**兄**	**也**	**不**	**忧**

谅我也不忧。

2-823

岁	**单**	**秀**	**方**	**卢**
Caez	danq	ciuh	fueng	louz
ɕai^2	taːn^5	ɕiːu^6	fuːŋ^1	lu^2
齐	**承担**	**世**	**风**	**流**

同为风流事，

2-824

土	**不**	**忧**	**你**	**金**
Dou	mbouj	you	mwngz	gimq
tu^1	bou^5	jou^1	mɯŋ^2	kin^5
我	**不**	**忧**	**你**	**禁**

你囚我不愁。

女唱

2-825

土	金	你	了	备
Dou	gimq	mwngz	liux	beix
tu¹	kin⁵	muɯŋ²	liːu⁴	pi⁴
我	禁	你	啰	兄

老兄我囚你，

2-826

金	作	合	会	相
Gimq	coq	hoh	faex	yiengz
kin⁵	ço⁵	ho⁶	fai⁴	jeːŋ²
禁	放	节	树	柠

囚在树盒里。

2-827

土	金	你	包	良
Dou	gimq	mwngz	mbauq	lengj
tu¹	kin⁵	muɯŋ²	baːu⁵	leːŋ⁶
我	禁	你	俊	靓

情友我囚你，

2-828

金	作	箱	作	龙
Gimq	coq	sieng	coq	loengx
kin⁵	ço⁵	θeːŋ¹	ço⁵	loŋ⁴
禁	放	箱	放	箱

囚在笼箱里。

男唱

2-829

写	南	由	了	乖
Ce	nanz	raeuh	liux	gvai
çe¹	naːn²	ɹau⁶	liːu⁴	kwaːi¹
留	久	多	啰	乖

久别了心肝，

2-830

写	南	来	告	从
Ce	nanz	lai	gauq	coengh
çe¹	naːn²	laːi¹	kaːu⁵	çoŋ⁶
留	久	多	靠	帮

久别相思苦。

2-831

金	作	箱	作	龙
Gimq	coq	sieng	coq	loengx
kin⁵	ço⁵	θeːŋ¹	ço⁵	loŋ⁴
禁	放	箱	放	箱

囚在笼箱里，

2-832

金	不	动	备	银
Gimq	mbouj	doengh	beix	ngaenz
kin⁵	bou⁵	toŋ⁴	pi⁴	ŋan²
禁	不	动	兄	银

囚不住小哥。

女唱

2-833

土	**金**	**你**	**了**	**备**
Dou	gimq	mwngz	liux	beix
tu^{1}	kin^{5}	mɯŋ^{2}	liːu^{4}	pi^{4}
我	**禁**	**你**	**啰**	**兄**

小哥我囚你，

2-834

金	**作**	**合**	**会**	**支**
Gimq	coq	hoh	faex	sei
kin^{5}	ɕo^{5}	ho^{6}	fai^{4}	θi^{1}
禁	**放**	**节**	**树**	**吊丝**

囚在竹盒中。

2-835

土	**金**	**你**	**包**	**好**
Dou	gimq	mwngz	mbauq	ndei
tu^{1}	kin^{5}	mɯŋ^{2}	baːu^{5}	dei^{1}
我	**禁**	**你**	**小伙**	**好**

小哥我囚你，

2-836

金	**作**	**吉**	**忠**	**凶**
Gimq	coq	giz	fangz	rwix
kin^{5}	ɕo^{5}	ki^{2}	faːŋ^{2}	ɹɯːi^{4}
禁	**放**	**处**	**鬼**	**孬**

囚在恶鬼处。

男唱

2-837

金	**是**	**金**
Gimq	cix	gimq
kin^{5}	ɕi^{4}	kin^{5}
禁	**就**	**禁**

囚就囚，

2-838

良	**备**	**牙**	**不**	**忧**
Liengh	beix	yax	mbouj	you
leːŋ^{6}	pi^{4}	ja^{5}	bou^{5}	jou^{1}
谅	**兄**	**也**	**不**	**忧**

谅兄我不愁。

2-839

说	**农**	**八**	**金**	**土**
Naeuz	nuengx	bah	gimq	dou
nau^{2}	nuːŋ^{4}	pa^{6}	kin^{5}	tu^{1}
说	**妹**	**莫急**	**禁**	**我**

劝妹莫囚我，

2-840

貝	**金**	**贵**	**你**	**观**
Bae	gimq	gwiz	mwngz	gonq
pai^{1}	kin^{5}	kɯi^{2}	mɯŋ^{2}	koːn^{5}
去	**禁**	**丈夫**	**你**	**先**

先囚你丈夫。

女唱

2-841

土	金	你	了	备
Dou	gimq	mwngz	liux	beix
tu^{1}	kin^{5}	mɯŋ^{2}	liːu^{4}	pi^{4}
我	禁	你	啰	兄

小哥我囚你，

2-842

金	作	拉	罗	河
Gimq	coq	laj	loh	haw
kin^{5}	ɕo^{5}	la^{3}	lo^{6}	həɯ^{1}
禁	放	下	路	圩

囚在大路旁。

2-843

观	你	勒	卜	而
Gonq	mwngz	lawh	boux	lawz
koːn^{5}	mɯŋ^{2}	ləɯ^{6}	pu^{4}	laɯ^{2}
先	你	换	个	哪

你看上哪个，

2-844

九	全	特	马	金
Gou	cienz	dawz	ma	gimq
kou^{1}	ɕeːn^{2}	təɯ^{2}	ma^{1}	kin^{5}
我	全	拿	来	禁

我都拿来囚。

男唱

2-845

金	是	金
Gimq	cix	gimq
kin^{5}	ɕi^{4}	kin^{5}
禁	就	禁

囚就囚，

2-846

良	备	牙	不	忧
Liengh	beix	yax	mbouj	you
leːŋ^{6}	pi^{4}	ja^{5}	bou^{5}	jou^{1}
谅	兄	也	不	忧

谅兄我不愁。

2-847

土	知	法	知	符
Dou	rox	fap	rox	fouz
tu^{1}	ɹo^{4}	faːp^{7}	ɹo^{4}	fu^{2}
我	知	法	知	符

我懂符和法，

2-848

土	不	忧	你	金
Dou	mbouj	you	mwngz	gimq
tu^{1}	bou^{5}	jou^{1}	mɯŋ^{2}	kin^{5}
我	不	忧	你	禁

不怕你囚禁。

女唱

2-849

土	金	你	了	备
Dou	gimq	mwngz	liux	beix
tu^1	kin^5	mɯŋ^2	liːu^4	pi^4
我	禁	你	啰	兄

小哥我囚你，

2-850

金	作	拉	床	宁
Gimq	coq	laj	mbonq	ninz
kin^5	ɕo^5	la^3	boːn^5	nin^2
禁	放	下	床	睡

囚在床铺下。

2-851

补	兰	三	把	针
Bouj	lanh	sam	fag	cim
pu^3	laːn^6	θaːn^1	faːk^8	ɕim^1
补	滥	三	把	针

加上三颗针，

2-852

要	你	辰	时	内
Aeu	mwngz	sinz	seiz	neix
au^1	mɯŋ^2	θin^2	θi^2	ni^4
要	你	飞	时	这

要你立即死。

男唱

2-853

金	是	金
Gimq	cix	gimq
kin^5	ɕi^4	kin^5
禁	就	禁

囚就囚，

2-854

良	备	牙	不	老
Liengh	beix	yax	mbouj	lau
leːŋ^6	pi^4	ja^5	bou^5	laːu^1
谅	兄	也	不	怕

谅我也不怕。

2-855

土	米	卜	米	叔
Dou	miz	boh	miz	au
tu^1	mi^2	po^6	mi^2	aːu^1
我	有	父	有	叔

我有父有叔，

2-856

土	不	老	你	金
Dou	mbouj	lau	mwngz	gimq
tu^1	bou^5	laːu^1	mɯŋ^2	kin^5
我	不	怕	你	禁

我不怕你囚。

女唱

2-857

土	**金**	**你**	**了**	**备**
Dou	gimq	mwngz	liux	beix
tu^1	kin^5	mɯŋ^2	liːu^4	pi^4
我	禁	你	啰	兄

小哥我囚你，

2-858

金	**作**	**合**	**会**	**怀**
Gimq	coq	hoh	faex	faiz
kin^5	ɕo^5	ho^6	fai^4	faːi^2
禁	放	节	树	麻竹

囚在竹节中。

2-859

土	**金**	**你**	**包**	**乖**
Dou	gimq	mwngz	mbauq	gvai
tu^1	kin^5	mɯŋ^2	baːu^5	kwaːi^1
我	禁	你	小伙	乖

小伙我囚你，

2-860

金	**作**	**尾**	**会**	**坤**
Gimq	coq	byai	faex	goenq
kin^5	ɕo^5	pjaːi^1	fai^4	kon^5
禁	放	尾	树	断

囚在断尾树。

男唱

2-861

金	**是**	**金**
Gimq	cix	gimq
kin^5	ɕi^4	kin^5
禁	就	禁

囚就囚，

2-862

良	**备**	**牙**	**不**	**代**
Liengh	beix	yax	mbouj	dai
leːŋ^6	pi^4	ja^5	bou^5	taːi^1
谅	兄	也	不	死

谅囚不死我。

2-863

刀	**反**	**金**	**少**	**乖**
Dauq	fan	gimq	sau	gvai
taːu^5	faːn^1	kin^5	θau^1	kwaːi^1
倒	反	禁	姑娘	乖

反过来囚妹，

2-864

老	**知**	**代**	**写**	**命**
Lau	rox	dai	ce	mingh
laːu^1	ɹo^4	taːi^1	ɕe^1	miŋ^6
怕	知	死	留	命

恐死于非命。

女唱

2-865

写	**南**	**空**	**马**	**托**
Ce	nanz	ndwi	ma	doh
çe¹	na:n²	du:i¹	ma¹	to⁶
留	久	不	来	向

久不相往来，

2-866

大	**罗**	**很**	**叶**	**月**
Daih	loh	hwnj	mbaw	ndwen
ta:i⁶	lo⁶	hɯn³	baɯ¹	do:n¹
大	路	起	叶	月亮柴

道路长野树。

2-867

备	**空**	**采**	**空**	**巡**
Beix	ndwi	caij	ndwi	cunz
pi⁴	du:i¹	ça:i³	du:i¹	çun²
兄	不	踩	不	巡

兄都不来往，

2-868

老	**得**	**元**	**貝**	**了**
Lau	ndaej	yuenz	bae	liux
la:u¹	dai³	ju:n²	pai¹	li:u⁴
怕	得	缘	去	完

恐另有所爱。

男唱

2-869

写	**南**	**空**	**马**	**托**
Ce	nanz	ndwi	ma	doh
çe¹	na:n²	du:i¹	ma¹	to⁶
留	久	不	来	向

久不相往来，

2-870

大	**罗**	**很**	**叶**	**月**
Daih	loh	hwnj	mbaw	ndwen
ta:i⁶	lo⁶	hɯn³	baɯ¹	do:n¹
大	路	起	叶	月亮柴

道路长野树。

2-871

早	**晅**	**外**	**江**	**官**
Haet	haemh	vaij	gyang	gonz
hat⁷	han⁶	va:i³	kja:ŋ¹	ko:n²
早	晚	过	中	村巷

早晚过你屋，

2-872

得	**元**	**少**	**不**	**知**
Ndaej	yuenz	sau	mbouj	rox
dai³	ju:n²	θa:u¹	bou⁵	ɹo⁴
得	缘	姑娘	不	知

有缘你不知。

女唱

2-873

写	**南**	**空**	**马**	**托**
Ce	nanz	ndwi	ma	doh
çe^{1}	na:n^{2}	du:i^{1}	ma^{1}	to^{6}
留	久	不	来	向

久不相往来，

2-874

大	**罗**	**很**	**叶**	**月**
Daih	loh	hwnj	mbaw	ndwen
ta:i^{6}	lo^{6}	hɯn^{3}	baɯ^{1}	do:n^{1}
大	路	起	叶	月亮柴

道路长野树。

2-875

加	**罗**	**外**	**江**	**官**
Gyaj	lox	vaij	gyang	gonz
kja^{3}	lo^{4}	va:i^{3}	kja:ŋ^{1}	ko:n^{2}
假	骗	过	中	村巷

假意过门前，

2-876

老	**得**	**元**	**不**	**定**
Lau	ndaej	yuenz	mbouj	dingh
la:u^{1}	dai^{3}	ju:n^{2}	bou^{5}	tiŋ^{6}
怕	得	缘	不	定

说不定有缘。

男唱

2-877

写	**南**	**空**	**马**	**托**
Ce	nanz	ndwi	ma	doh
çe^{1}	na:n^{2}	du:i^{1}	ma^{1}	to^{6}
留	久	不	来	向

久不相往来，

2-878

大	**罗**	**很**	**叶**	**月**
Daih	loh	hwnj	mbaw	ndwen
ta:i^{6}	lo^{6}	hɯn^{3}	baɯ^{1}	do:n^{1}
大	路	起	叶	月亮柴

道路长野树。

2-879

十	**分**	**狼**	**得**	**元**
Cib	faen	langh	ndaej	yuenz
çit^{8}	fan^{1}	la:ŋ^{6}	dai^{3}	ju:n^{2}
十	分	若	得	缘

若另有所爱，

2-880

不	**马**	**堂**	**庖**	**内**
Mbouj	ma	daengz	haemh	neix
bou^{5}	ma^{1}	taŋ^{2}	han^{6}	ni^{4}
不	来	到	夜	这

今晚定不来。

女唱

2-881

写	**南**	**空**	**马**	**托**
Ce	nanz	ndwi	ma	doh
çe^{1}	na:n^{2}	du:i^{1}	ma^{1}	to^{6}
留	久	不	来	向

久不相往来，

2-882

大	**罗**	**很**	**叶**	**月**
Daih	loh	hwnj	mbaw	ndwen
ta:i^{6}	lo^{6}	hɯn^{3}	baɯ^{1}	do:n^{1}
大	路	起	叶	月亮柴

道路长野树。

2-883

得	**元**	**是**	**得**	**元**
Ndaej	yuenz	cix	ndaej	yuenz
dai^{3}	ju:n^{2}	çi^{4}	dai^{3}	ju:n^{2}
得	缘	就	得	缘

另有心上人，

2-884

满	**古**	**而**	**了**	**备**
Muenz	guh	rawz	liux	beix
mu:n^{2}	ku^{4}	ɹaɯ^{2}	li:u^{4}	pi^{4}
瞒	做	什么	啰	兄

何必要相瞒。

男唱

2-885

写	**南**	**空**	**马**	**托**
Ce	nanz	ndwi	ma	doh
çe^{1}	na:n^{2}	du:i^{1}	ma^{1}	to^{6}
留	久	不	来	向

久不相往来，

2-886

大	**罗**	**很**	**叶**	**月**
Daih	loh	hwnj	mbaw	ndwen
ta:i^{6}	lo^{6}	hɯn^{2}	baɯ^{1}	do:n^{1}
大	路	起	叶	月亮柴

道路长野树。

2-887

十	**分**	**备**	**得**	**元**
Cib	faen	beix	ndaej	yuenz
çit^{8}	fan^{1}	pi^{4}	dai^{3}	ju:n^{2}
十	分	兄	得	缘

若真得新友，

2-888

不	**满**	**你**	**师**	**付**
Mbouj	muenz	mwngz	sae	fouh
bou^{5}	mu:n^{2}	mɯŋ^{2}	θei^{1}	fou^{6}
不	瞒	你	师	傅

不会瞒过你。

女唱

2-889

写	**南**	**空**	**马**	**托**
Ce	nanz	ndwi	ma	doh
ɕe^{1}	naːn^{2}	duːi^{1}	ma^{1}	to^{6}
留	久	不	来	向

久不相往来，

2-890

大	**罗**	**很**	**叶**	**月**
Daih	loh	hwnj	mbaw	ndwen
taːi^{6}	lo^{6}	hɯn^{2}	baɯ^{1}	doːn^{1}
大	路	起	叶	月亮柴

道路长野树。

2-891

墓	**不**	**汕**	**良**	**盘**①
Moh	mbouj	saed	lingh	buenz
mo^{6}	bou^{5}	θat^{8}	leːŋ^{6}	puːn^{2}
墓	不	实	另	盘

墓不实再修，

2-892

祘	**不**	**好**	**良**	**围**
Suen	mbouj	ndei	lingh	humx
θuːn^{1}	bou^{5}	dei^{1}	leːŋ^{6}	hun^{4}
园	不	好	另	围

园不好再围。

男唱

2-893

写	**南**	**空**	**马**	**托**
Ce	nanz	ndwi	ma	doh
ɕe^{1}	naːn^{2}	duːi^{1}	ma^{1}	to^{6}
留	久	不	来	向

久不相往来，

2-894

大	**罗**	**很**	**叶**	**月**
Daih	loh	hwnj	mbaw	ndwen
taːi^{6}	lo^{6}	hɯn^{3}	baɯ^{1}	doːn^{1}
大	路	起	叶	月亮柴

道路长野树。

2-895

墓	**口**	**是**	**空**	**盘**
Moh	gaeuq	cix	ndwi	buenz
mo^{6}	kau^{5}	ɕi^{4}	duːi^{1}	puːn^{2}
墓	旧	就	不	盘

旧墓不修葺，

2-896

花	**齐**	**吉**	**而**	**斗**
Va	ruenz	giz	rawz	daeuj
va^{1}	ɹuːn^{2}	ki^{2}	laɯ^{2}	tau^{3}
花	盛开	处	哪	来

子孙从何来。

① 墓不汕良盘 [mo^{6} bou^{5} θat^{8} leːŋ^{6} puːn^{2}]：墓不实再修。壮族二次葬习俗，此指亡人以棺材下葬；此为第一次葬；三年后捡骨骸装全坛中再次安葬，此为二次葬。

女唱

2-897

写　南　空　马　托

Ce nanz ndwi ma doh

çe1 na:n2 du:i1 ma1 to6

留　久　不　来　向

久不相往来，

2-898

大　罗　很　叶　月

Daih loh hwnj mbaw ndwen

ta:i6 lo6 hɯn3 baɯ1 do:n1

大　路　起　叶　月亮柴

道路长野树。

2-899

汕　墓　口　空　盘

Saet moh gaeuq ndwi buenz

θat7 mo6 kau5 du:i1 pu:n2

留　墓　旧　不　盘

祖坟不修整，

2-900

汕　花　齐　更　南

Saet va ruenz gwnz namh

θat7 va1 ɹu:n2 kɯn2 na:n6

留　花　盛开　上　土

任杂草丛生。

男唱

2-901

写　南　空　马　托

Ce nanz ndwi ma doh

çe1 na:n2 du:i1 ma1 to6

留　久　不　来　向

久不相往来，

2-902

大　罗　很　叶　月

Daih loh hwnj mbaw ndwen

ta:i6 lo6 hɯn3 baɯ1 do:n1

大　路　起　叶　月亮柴

道路长野树。

2-903

墓　口　偻　岁　盘

Moh gaeuq raeuz caez buenz

mo6 kau5 ɹau2 çai2 pu:n2

墓　旧　我们　齐　盘

祖坟共同修，

2-904

花　齐　偻　岁　优

Va ruenz raeuz caez yaeuq

va1 ɹu:n2 ɹau2 çai2 jau5

花　盛开　我们　齐　收

开花共同采。

女唱

2–905

写 南 空 马 托

Ce nanz ndwi ma doh

çe^{1} na:n^{2} du:i^{1} ma^{1} to^{6}

留 久 不 来 向

久不相往来，

2–906

大 罗 很 叶 月

Daih loh hwnj mbaw ndwen

ta:i^{6} lo^{6} hɯn^{3} baɯ^{1} do:n^{1}

大 路 起 叶 月亮柴

道路长野树。

2–907

四 方 你 全 全

Seiq fangh mwngz gyonj cienj

θei^{5} fa:ŋ^{5} mɯŋ^{2} kjo:n^{3} çu:n^{3}

四 方 你 都 转

四方你游尽，

2–908

秋 团 而 来 良

Ciuq gyoenz lawz lai lengj

çi:u^{5} kjo:n^{2} laɯ^{2} la:i^{1} le:ŋ^{6}

看 朵 哪 多 靓

看哪朵花靓。

男唱

2–909

写 南 空 马 托

Ce nanz ndwi ma doh

çe^{1} na:n^{2} du:i^{1} ma^{1} to^{6}

留 久 不 来 向

久不相往来，

2–910

大 罗 很 叶 月

Daih loh hwnj mbaw nduen

ta:i^{6} lo^{6} hɯn^{3} baɯ^{1} do:n^{1}

大 路 起 叶 月亮柴

道路长野树。

2–911

四 方 土 全 全

Seiq fangh dou gyonj cienj

θei^{5} fa:ŋ^{5} tu^{1} kjo:n^{3} çu:n^{3}

四 方 我 都 转

四周我都转，

2–912

朵 朵 可 一 样

Duj duj goj it yiengh

tu^{3} tu^{3} ko^{5} it^{7} jɯ:ŋ^{6}

朵 朵 也 一 样

朵朵一样靓。

女唱

2-913

写	**南**	**空**	**马**	**托**
Ce	nanz	ndwi	ma	doh
çe^{1}	na:n^{2}	du:i^{1}	ma^{1}	to^{6}
留	久	不	来	向

久不相往来，

2-914

大	**罗**	**很**	**叶**	**月**
Daih	loh	hwnj	mbaw	ndwen
ta:i^{6}	lo^{6}	hɯn^{3}	baɯ^{1}	do:n^{1}
大	路	起	叶	月亮柴

道路长野树。

2-915

四	**方**	**写**	**你**	**全**
Seiq	fangh	ce	mwngz	cienj
θei^{5}	fa:ŋ^{5}	çe^{1}	mɯŋ^{2}	çu:n^{3}
四	方	留	你	转

四周让你转，

2-916

小	**正**	**写**	**你**	**开**
Siuj	cingz	ce	mwngz	hai
θi:u^{3}	çiŋ^{2}	çe^{1}	mɯŋ^{2}	ha:i^{1}
小	情	留	你	开

薄礼让你给。

男唱

2-917

写	**南**	**由**	**了**	**乖**
Ce	nanz	raeuh	liux	gvai
çe^{1}	na:n^{2}	ɹau^{6}	li:u^{4}	kwa:i^{1}
留	久	多	啰	乖

久别了我友，

2-918

写	**南**	**来**	**王**	**怀**
Ce	nanz	lai	vangz	vaiq
ce^{1}	na:n^{2}	la:i^{1}	va:ŋ^{2}	va:i^{5}
留	久	多	空	荡

久别心空荡。

2-919

小	**正**	**写**	**土**	**开**
Siuj	cingz	ce	dou	hai
θi:u^{3}	çiŋ^{2}	çe^{1}	tu^{1}	ha:i^{1}
小	情	留	我	开

薄礼由我给，

2-920

备	**贝**	**拜**	**而**	**站**
Beix	bae	baih	lawz	soengz
pi^{4}	pai^{1}	pa:i^{6}	laɯ^{2}	θoŋ^{2}
兄	去	边	哪	站

我去哪里站？

女唱

2-921

写	**南**	**由**	**了**	**乖**
Ce	nanz	raeuh	liux	gvai
ɕe^{1}	na:n^{2}	ɹau^{6}	li:u^{4}	kwa:i^{1}
留	久	多	啰	乖

久别了我友，

2-922

写	**南**	**来**	**王**	**怀**
Ce	nanz	lai	vangz	vaiq
ɕe^{1}	na:n^{2}	la:i^{1}	va:ŋ^{2}	va:i^{5}
留	久	多	空	荡

久别心空荡。

2-923

小	**正**	**写**	**你**	**开**
Siuj	cingz	ce	mwngz	hai
θi:u^{3}	ɕiŋ^{2}	ɕe^{1}	mɯŋ^{2}	ha:i^{1}
小	情	留	你	开

薄礼由你给，

2-924

王	**怀**	**写**	**你**	**跟**
Vangz	vaiq	ce	mwngz	riengz
va:ŋ^{2}	va:i^{5}	ɕe^{1}	mɯŋ^{2}	ɹi:ŋ^{2}
绕	棺	留	你	跟

绕棺让你跟。

男唱

2-925

写	**南**	**来**	**韦**	**机**
Ce	nanz	lai	vae	giq
ɕe^{1}	na:n^{2}	la:i^{1}	vai^{1}	ki^{5}
留	久	多	姓	支

久别异姓友，

2-926

合	**义**	**由**	**了**	**娘**
Hoz	ngeix	raeuh	liux	nangz
ho^{2}	ȵi^{4}	ɹau^{6}	li:u^{4}	na:ŋ^{2}
喉	想	很	啰	姑娘

思念你姑娘。

2-927

王	**怀**	**写**	**土**	**跟**
Vangz	vaiq	ce	dou	riengz
va:ŋ^{2}	va:i^{5}	ɕe^{1}	tu^{1}	ɹi:ŋ^{2}
绕	棺	留	我	跟

让我跟绕棺，

2-928

少	**贝**	**邦**	**而**	**在**
Sau	bae	biengz	lawz	ywq
θa:u^{1}	pai^{1}	pi:ŋ^{2}	laɯ^{2}	jɯ^{5}
姑娘	去	地方	哪	在

妹去哪偷闲？

女唱

2-929

写	**南**	**来**	**韦**	**机**
Ce	nanz	lai	vae	giq
çe^{1}	na:n^{2}	la:i^{1}	vai^{1}	ki^{5}
留	**久**	**多**	**姓**	**支**

久别异姓友，

2-930

合	**义**	**由**	**了**	**娘**
Hoz	ngeix	raeuh	liux	nangz
ho^{2}	ȵi^{4}	ɹau^{6}	li:u^{4}	na:ŋ^{2}
喉	**想**	**很**	**啰**	**姑娘**

姑娘想念你。

2-931

王	**怀**	**写**	**你**	**跟**
Vangz	vaiq	ce	mwngz	riengz
va:ŋ^{2}	va:i^{5}	çe^{1}	mɯŋ^{2}	ɹi:ŋ^{2}
绕	**棺**	**留**	**你**	**跟**

让你同绕棺，

2-932

当	**邦**	**偻**	**当**	**在**
Dangq	biengz	raeuz	dangq	ywq
ta:ŋ^{5}	pi:ŋ^{2}	ɹau^{2}	ta:ŋ^{5}	jɯ^{5}
另	**地方**	**我们**	**另**	**在**

各自在一边。

男唱

2-933

写	**南**	**来**	**韦**	**机**
Ce	nanz	lai	vae	giq
çe^{1}	na:n^{2}	la:i^{1}	vai^{1}	ki^{5}
留	**久**	**多**	**姓**	**支**

久别异姓友，

2-934

合	**义**	**由**	**了**	**娘**
Hoz	ngeix	raeuh	liux	nangz
ho^{2}	ȵi^{4}	ɹau^{6}	li:u^{4}	na:ŋ^{2}
喉	**想**	**很**	**啰**	**姑娘**

心中想情妹。

2-935

王	**怀**	**写**	**土**	**跟**
Vangz	vaiq	ce	dou	riengz
va:ŋ^{2}	va:i^{5}	çe^{1}	tu^{1}	ɹi:ŋ^{2}
绕	**棺**	**留**	**我**	**跟**

让我同绕棺，

2-936

心	**凉**	**不**	**了**	**农**
Sim	liengz	mbouj	liux	nuengx
θin^{1}	li:ŋ^{2}	bou^{5}	li:u^{6}	nu:ŋ^{4}
心	**凉**	**不**	**啰**	**妹**

问你心寒不。

女唱

2-937

写	南	来	韦	机
Ce	nanz	lai	vae	giq
çe^{1}	na:n^{2}	la:i^{1}	vai^{1}	ki^{5}
留	久	多	姓	支

久别异姓友，

2-938

合	义	由	了	娘
Hoz	ngeix	raeuh	liux	nangz
ho^{2}	ȵi^{4}	ɹau^{6}	li:u^{4}	na:ŋ^{2}
喉	想	多	啰	姑娘

姑娘思念你。

2-939

王	怀	写	你	跟
Vangz	vaiq	ce	mwngz	riengz
va:ŋ^{2}	va:i^{5}	çe^{1}	mɯŋ^{2}	ɹi:ŋ^{2}
绕	棺	留	你	跟

让你同绕棺，

2-940

心	凉	是	开	怨
Sim	liengz	cix	gaej	yonq
θin^{1}	li:ŋ^{2}	çi^{4}	ka:i^{5}	jo:n^{5}
心	凉	就	莫	怨

心寒你莫怨。

女唱

2-941

写	南	空	马	托
Ce	nanz	ndwi	ma	doh
çe^{1}	na:n^{2}	du:i^{1}	ma^{1}	to^{6}
留	久	不	来	向

久不相往来，

2-942

大	罗	很	叶	月
Daih	loh	hwnj	mbaw	ndwen
ta:i^{6}	lo^{6}	hɯn^{3}	baɯ^{1}	do:n^{1}
大	路	起	叶	月亮柴

道路长野树。

2-943

邓	志	仁①	古	官
Dwng	cix	yinz	guh	guen
tɯŋ^{4}	çi^{4}	jin^{2}	ku^{4}	ku:n^{1}
邓	治	仁	做	官

邓治仁做官，

2-944

归	团	而	了	备
Gvei	donz	lawz	liux	beix
kwei^{1}	to:n^{2}	laɯ^{2}	li:u^{4}	pi^{4}
归	团	哪	啰	兄

兄归哪个团。

① 邓志仁［tɯŋ^{4} çi^{4} jin^{2}］：邓治仁，清光绪年间庆远府永顺土司。

男唱

2-945

写	**南**	**空**	**马**	**托**
Ce	nanz	ndwi	ma	doh
ɕe^{1}	naːn^{2}	duːi^{1}	ma^{1}	to^{6}
留	久	不	来	向

久不相往来，

2-946

大	**罗**	**很**	**叶**	**月**
Daih	loh	hwnj	mbaw	ndwen
taːi^{6}	lo^{6}	hɯn^{3}	baɯ^{1}	doːn^{1}
大	路	起	叶	月亮柴

道路长野树。

2-947

邓	**志**	**仁**	**古**	**官**
Dwng	cix	yinz	guh	guen
tɯŋ^{4}	ɕi^{4}	jin^{2}	ku^{4}	kuːn^{1}
邓	治	仁	做	官

邓治仁做官，

2-948

尝	**归**	**团**	**而**	**闹**
Caengz	gvei	donz	lawz	nauq
ɕaŋ^{2}	kwei^{1}	toːn^{2}	laɯ^{2}	naːu^{5}
未	归	团	哪	不

未定归哪团。

女唱

2-949

写	**南**	**空**	**马**	**托**
Ce	nanz	ndwi	ma	doh
ɕe^{1}	naːn^{2}	duːi^{1}	ma^{1}	to^{6}
留	久	不	来	向

久不相往来，

2-950

大	**罗**	**很**	**叶**	**月**
Daih	loh	hwnj	mbaw	ndwen
taːi^{6}	lo^{6}	hɯn^{3}	baɯ^{1}	doːn^{1}
大	路	起	叶	月亮柴

道路长野树。

2-951

表	**备**	**尝**	**归**	**团**
Biuj	beix	caengz	gvei	donz
piːu^{3}	pi^{4}	ɕaŋ^{2}	kwei^{1}	toːn^{2}
表	兄	未	归	团

表兄未归团，

2-952

么	**不**	**全**	**天**	**下**
Maz	mbouj	cienj	denh	ya
ma^{2}	bou^{5}	ɕuːn^{3}	tiːn^{1}	ja^{6}
何	不	转	天	下

何不游天下。

男唱

2-953

写 南 空 马 托

Ce nanz ndwi ma doh

ɕe^{1} naːn^{2} duːi^{1} ma^{1} to^{6}

留 久 不 来 向

久不相往来，

2-954

大 罗 很 叶 月

Daih loh hwnj mbaw ndwen

taːi^{6} lo^{6} hɯn^{3} baɯ^{1} doːn^{1}

大 路 起 叶 月亮柴

道路长野树。

2-955

天 下 想 牙 全

Denh ya siengj yaek cienj

tiːn^{1} ja^{6} θiːŋ^{3} jak^{7} ɕuːn^{3}

天 下 想 要 转

想游转天下，

2-956

乜 月 空 出 光

Meh ndwen ndwi ok gvengq

me^{6} duːn^{1} duːi^{1} oːk^{7} kweːŋ^{5}

母 月 不 出 光

月亮不露光。

女唱

2-957

写 南 空 马 托

Ce nanz ndwi ma doh

ɕe^{1} naːn^{2} duːi^{1} ma^{1} to^{6}

留 久 不 来 向

久不相往来，

2-958

大 罗 很 叶 月

Daih loh hwnj mbaw ndwen

taːi^{6} lo^{6} bɯn^{3} baɯ^{1} doːn^{1}

大 路 起 叶 月亮柴

道路长野树。

2-959

想 托 农 共 团

Siengj doh nuengx gungh donz

θiːŋ^{3} to^{6} nuːŋ^{4} kuŋ^{6} toːn^{2}

想 同 妹 共 团

想同我共团，

2-960

老 英 元 不 合

Lau in yuenz mbouj hob

laːu^{1} in^{1} juːn^{2} bou^{5} hoːp^{8}

怕 姻 缘 不 合

怕姻缘不合。

男唱

2-961

写	**南**	**空**	**马**	**托**
Ce	nanz	ndwi	ma	doh
ɕe1	na:n2	du:i1	ma1	to6
留	**久**	**不**	**来**	**向**

久不相往来，

2-962

大	**罗**	**很**	**叶**	**月**
Daih	loh	hwnj	mbaw	nduen
ta:i6	lo6	hɯn3	baɯ1	do:n1
大	**路**	**起**	**叶**	**月亮柴**

道路长野树。

2-963

观	**托**	**农**	**共**	**团**
Gonq	doh	nuengx	gungh	donz
ko:n5	to6	nu:ŋ4	kuŋ6	to:n2
先	**同**	**妹**	**共**	**团**

先前咱共团，

2-964

英	**元**	**偻**	**少**	**包**
In	yuenz	raeuz	sau	mbauq
in1	ju:n2	ɹau2	θa:u1	ba:u5
姻	**缘**	**我们**	**姑娘**	**小伙**

成这段姻缘。

女唱

2-965

写	**南**	**不**	**马**	**托**
Ce	nanz	ndwi	ma	doh
ɕe1	na:n2	du:i1	ma1	to6
留	**久**	**不**	**来**	**向**

久不相往来，

2-966

大	**罗**	**很**	**叶**	**仁**
Daih	loh	hwnj	mbaw	nyungz
ta:i6	lo6	hɯn3	baɯ1	ȵuŋ2
大	**路**	**起**	**叶**	**绒**

道路长野草。

2-967

备	**空**	**采**	**空**	**巡**
Beix	ndwi	caij	ndwi	cunz
pi4	du:i1	ɕa:i3	du:i1	ɕun2
兄	**不**	**踩**	**不**	**巡**

兄久不来往，

2-968

老	**是**	**论**	**貝**	**了**
Lau	cix	lumz	bae	liux
la:u1	ɕi4	lun2	pai1	li:u4
怕	**是**	**忘**	**去**	**完**

是否已忘情。

男唱

2–969

写	**南**	**空**	**马**	**托**
Ce	nanz	ndwi	ma	doh
ɕe^{1}	naːn^{2}	duːi^{1}	ma^{1}	to^{6}
留	久	不	来	向

久不相往来，

2–970

大	**罗**	**很**	**叶**	**仁**
Daih	loh	hwnj	mbaw	nyungz
taːi^{6}	lo^{6}	hɯn^{3}	baɯ^{1}	ȵuŋ^{2}
大	路	起	叶	绒

道路长野草。

2–971

论	**土**	**刀**	**不**	**论**
Lumz	dou	dauq	mbouj	lumz
lun^{2}	tu^{1}	taːu^{5}	bou^{5}	lun^{2}
忘	我	倒	不	忘

不致于忘情，

2–972

比	**九**	**月**	**可**	**认**
Bi	gouj	ndwen	goj	nyinh
pi^{1}	kjou^{3}	duːn^{1}	ko^{5}	ȵin^{6}
年	九	月	还	记得

经年记更清。

女唱

2–973

写	**南**	**空**	**马**	**托**
Ce	nanz	ndwi	ma	doh
ɕe^{1}	naːn^{2}	duːi^{1}	ma^{1}	to^{6}
留	久	不	来	向

久不相往来，

2–974

大	**罗**	**很**	**叶**	**仁**
Daih	loh	hwnj	mbaw	nyungz
taːi^{6}	lo^{6}	hɯn^{3}	baɯ^{1}	ȵuŋ^{2}
大	路	起	叶	绒

道路长野草。

2–975

全	**表**	**备**	**不**	**论**
Cienz	biuj	beix	mbouj	lumz
ɕuːn^{2}	piːu^{3}	pi^{4}	bou^{5}	lun^{2}
传	表	兄	不	忘

若表兄不忘，

2–976

是	**马**	**巡**	**讲**	**满**
Cix	ma	cunz	gangj	monh
ɕi^{4}	ma^{1}	ɕun^{2}	kaːŋ^{3}	moːn^{6}
就	来	巡	讲	情

就过来谈情。

男唱

2-977

写	**南**	**空**	**马**	**托**
Ce	nanz	ndwi	ma	doh
ɕe^{1}	na:n^{2}	du:i^{1}	ma^{1}	to^{6}
留	**久**	**不**	**来**	**向**

久不相往来，

2-978

大	**罗**	**很**	**叶**	**仁**
Daih	loh	hwnj	mbaw	nyungz
ta:i^{6}	lo^{6}	hɯn^{3}	baɯ^{1}	ȵuŋ^{2}
大	**路**	**起**	**叶**	**绒**

道路长野草。

2-979

想	**干**	**罗**	**斗**	**巡**
Siengj	ganj	loh	daeuj	cunz
θi:ŋ^{3}	ka:n^{3}	lo^{6}	tau^{3}	ɕun^{2}
想	**赶**	**路**	**来**	**巡**

想过路来访，

2-980

米	**文**	**封**	**罗**	**机**
Miz	vunz	fung	loh	giq
mi^{2}	vun^{2}	fuŋ^{1}	lo^{6}	ki^{5}
有	**人**	**封**	**路**	**岔**

有人封岔路。

女唱

2-981

写	**南**	**空**	**马**	**托**
Ce	nanz	ndwi	ma	doh
ɕe^{1}	na:n^{2}	du:i^{1}	ma^{1}	to^{6}
留	**久**	**不**	**来**	**向**

久不相往来，

2-982

大	**罗**	**很**	**叶**	**仁**
Daih	loh	hwnj	mbaw	nyungz
ta:i^{6}	lo^{6}	hɯn^{3}	baɯ^{1}	ȵuŋ^{2}
大	**路**	**起**	**叶**	**绒**

道路长野草。

2-983

管	**干**	**罗**	**马**	**巡**
Guenj	ganj	loh	ma	cunz
ku:n^{3}	ka:n^{3}	lo^{6}	ma^{1}	ɕun^{2}
管	**赶**	**路**	**来**	**巡**

扫清路来访，

2-984

友	**而**	**封**	**洋**	**祘**
Youx	lawz	fung	yaeng	suenq
ju^{4}	laɯ^{2}	fuŋ^{1}	jaŋ^{1}	θu:n^{5}
友	**哪**	**封**	**再**	**算**

谁封路再说。

男唱

2-985

写	**南**	**空**	**马**	**托**
Ce	nanz	ndwi	ma	doh
ɕe^{1}	na:n^{2}	du:i^{1}	ma^{1}	to^{6}
留	久	不	来	向

久不相往来，

2-986

大	**罗**	**很**	**叶**	**仁**
Daih	loh	hwnj	mbaw	nyungz
ta:i^{6}	lo^{6}	hɯn^{3}	baɯ^{1}	ɲuŋ^{2}
大	路	起	叶	绒

道路长野草。

2-987

观	**几**	**阝**	**斗**	**巡**
Gonq	geij	boux	daeuj	cunz
ko:n^{5}	ki^{3}	pu^{4}	tau^{3}	ɕun^{2}
先	几	个	来	巡

以前有人来，

2-988

米	**文**	**封**	**它**	**瓜**
Miz	vunz	fung	de	gvaq
mi^{2}	vun^{2}	fuŋ^{1}	te^{1}	kwa^{5}
有	人	封	他	过

曾经被封过。

女唱

2-989

写	**南**	**由**	**了**	**乖**
Ce	nanz	raeuh	liux	gvai
ɕe^{1}	na:n^{2}	ɹau^{6}	li:u^{4}	kwa:i^{1}
留	久	多	啰	乖

久别了我友，

2-990

写	**南**	**来**	**对**	**达**
Ce	nanz	lai	doih	dah
ɕe^{1}	na:n^{2}	la:i^{1}	to:i^{6}	ta^{6}
留	久	多	伙伴	女

久违了情友。

2-991

友	**而**	**封**	**你**	**瓜**
Youx	lawz	fung	mwngz	gvaq
ju^{4}	laɯ^{2}	fuŋ^{1}	mɯŋ^{2}	kwa^{5}
友	哪	封	你	过

谁人封过你，

2-992

你	**念**	**那**	**它**	**写**
Mwngz	niemh	naj	de	ce
mɯŋ^{2}	ni:m^{6}	na^{3}	te^{1}	ɕe^{1}
你	记	脸	他	留

把他记起来。

女唱

2-993

写　南　由　了　乖

Ce　nanz　raeuh　liux　gvai

çe^{1}　na:n^{2}　ɹau^{6}　li:u^{4}　kwa:i^{1}

留　久　多　啰　乖

久别了我友，

2-994

写　南　来　对　达

Ce　nanz　lai　doih　dah

çe^{1}　na:n^{2}　la:i^{1}　to:i^{6}　ta^{6}

留　久　多　伙伴　女

久违了女伴。

2-995

土　是　想　念　那

Dou　cix　siengj　niemh　naj

tu^{1}　çi^{4}　θi:ŋ^{3}　ni:m^{6}　na^{3}

我　是　想　记　脸

我本想记住，

2-996

备　空　瓜　邦　偻

Beix　ndwi　gvaq　biengz　raeuz

pi^{4}　dɯ:i^{1}　kwa^{5}　pi:ŋ^{2}　ɹau^{2}

兄　不　过　地方　我们

兄不走我方。

男唱

2-997

写　南　由　了　乖

Ce　nanz　raeuh　liux　gvai

çe^{1}　na:n^{2}　ɹau^{6}　li:u^{4}　kwa:i^{1}

留　久　多　啰　乖

久别了心肝，

2-998

写　南　来　对　达

Ce　nanz　lai　doih　dah

çe^{1}　na:n^{2}　la:i^{1}　to:i^{6}　ta^{6}

留　久　多　伙伴　女

久违了情友。

2-999

说　少　乖　念　那

Naeuz　sau　gvai　niemh　naj

nau^{2}　θa:u^{1}　kwa:i^{1}　ni:m^{6}　na^{3}

说　姑娘　乖　记　脸

叫女友记住，

2-1000

告　内　瓜　邦　你

Gau　neix　gvaq　biengz　mwngz

ka:u^{1}　ni^{4}　kwa^{5}　pi:ŋ^{2}　mɯŋ^{2}

次　这　过　地方　你

这回走你方。

女唱

2–1001

写	**南**	**由**	**了**	**乖**
Ce	nanz	raeuh	liux	gvai
çe^{1}	naːn^{2}	ɹau^{6}	liːu^{4}	kwaːi^{1}
留	久	多	啰	乖

久别了心肝，

2–1002

写	**南**	**来**	**对**	**达**
Ce	nanz	lai	doih	dah
çe^{1}	naːn^{2}	laːi^{1}	toːi^{6}	ta^{6}
留	久	多	伙伴	女

久别了情友。

2–1003

知	**你**	**瓜**	**空**	**瓜**
Rox	mwngz	gvaq	ndwi	gvaq
ɹo^{4}	mɯŋ^{2}	kwa^{5}	duːi^{1}	kwa^{5}
知	你	过	不	过

谁知你过否，

2–1004

开	**罗**	**伴**	**召**	**心**
Gaej	lox	buenx	cau	sim
kaːi^{5}	lo^{4}	puːn^{4}	çaːu^{5}	θin^{1}
别	哄	伴	操	心

别哄我操心。

男唱

2–1005

写	**南**	**由**	**了**	**乖**
Ce	nanz	raeuh	liux	gvai
çe^{1}	naːn^{2}	ɹau^{6}	liːu^{4}	kwaːi^{1}
留	久	多	啰	乖

久别了心肝，

2–1006

写	**南**	**来**	**对**	**达**
Ce	nanz	lai	doih	dah
çe^{1}	naːn^{2}	laːi^{1}	toːi^{6}	ta^{6}
留	久	多	伙伴	女

久别了情友。

2–1007

土	**讲**	**瓜**	**是**	**瓜**
Dou	gangj	gvaq	cix	gvaq
tu^{1}	kaːŋ^{3}	kwa^{5}	çi^{4}	kwa^{5}
我	讲	过	就	过

我说过就过，

2–1008

伴	**不**	**良**	**论**	**文**
Buenx	mbouj	lingh	lumj	vunz
puːn^{4}	bou^{5}	leːŋ^{6}	lun^{3}	vun^{2}
伴	不	另	像	人

不轻易骗人。

女唱

2-1009
写　南　空　马　托
Ce　nanz　ndwi　ma　doh
çe^{1}　na:n^{2}　du:i^{1}　ma^{1}　to^{6}
留　久　不　来　向
久不相往来，

2-1010
大　罗　很　叶　仁
Daih　loh　hwnj　mbaw　nyungz
ta:i^{6}　lo^{6}　hɯn^{3}　baɯ^{1}　ȵuŋ^{2}
大　路　起　叶　绒
道路长野草。

2-1011
备　空　采　空　巡
Beix　ndwi　caij　ndwi　cunz
pi^{4}　du:i^{1}　ça:i^{3}　du:i^{1}　çun^{2}
兄　不　踩　不　巡
兄总不来往，

2-1012
少　牙　说　句　内
Sau　yax　naeuz　coenz　neix
θa:u^{1}　ja^{5}　nau^{2}　kjon^{2}　ni^{4}
姑娘　才　说　句　这
我才这么说。

男唱

2-1013
写　南　空　马　托
Ce　nanz　ndwi　ma　doh
çe^{1}　na:n^{2}　du:i^{1}　ma^{1}　to^{6}
留　久　不　来　向
久不相往来，

2-1014
大　罗　很　叶　仁
Daih　loh　hwnj　mbaw　nyungz
ta:i^{6}　lo^{6}　hɯn^{3}　baɯ^{1}　ȵuŋ^{2}
大　路　起　叶　绒
道路长野草。

2-1015
阝　阝　是　妻　文
Boux　boux　cix　maex　vunz
pu^{4}　pu^{4}　çi^{4}　mai^{4}　vun^{2}
个　个　是　妻　人
都是别人妻，

2-1016
巡　阝　而　了　农
Cunz　boux　lawz　liux　nuengx
çun^{2}　pu^{4}　laɯ^{2}　li:u^{4}　nu:ŋ^{4}
巡　个　哪　啰　妹
我敢访哪个。

女唱

2-1017

写	南	空	马	托
Ce	nanz	ndwi	ma	doh
çe¹	na:n²	du:i¹	ma¹	to⁶
留	久	不	来	向

久不相往来，

2-1018

大	罗	很	叶	仁
Daih	loh	hwnj	mbaw	nyungz
ta:i⁶	lo⁶	hɯn³	baɯ¹	ɲuŋ²
大	路	起	叶	绒

道路长野草。

2-1019

妻	文	是	妻	文
Maex	vunz	cix	maex	vunz
mai⁴	vun²	çi⁴	mai⁴	vun²
妻	人	是	妻	人

人妻是人妻，

2-1020

巡	可	米	正	重
Cunz	goj	miz	cingz	naek
çun²	ko⁵	mi¹	çiŋ²	nak⁷
巡	也	有	情	重

走访情义重。

男唱

2-1021

写	南	空	马	托
Ce	nanz	ndwi	ma	doh
çe¹	na:n²	du:i¹	ma¹	to⁶
留	久	不	来	向

久不相往来，

2-1022

大	罗	很	叶	仁
Daih	loh	hwnj	mbaw	nyungz
ta:i⁶	lo⁶	hɯn³	baɯ¹	ɲuŋ²
大	路	起	叶	绒

道路长野草。

2-1023

妻	文	写	给	文
Maex	vunz	ce	hawj	vunz
mai⁴	vun²	çe¹	həɯ³	vun²
妻	人	留	给	人

人家的妻室，

2-1024

土	不	巡	是	八
Dou	mbouj	cunz	cix	bah
tu¹	bou⁵	çun²	çi⁴	pa⁶
我	不	巡	就	罢

我宁愿不访。

女唱

2-1025

写	南	空	马	托
Ce	nanz	ndwi	ma	doh
çe^{1}	na:n^{2}	du:i^{1}	ma^{1}	to^{6}
留	久	不	来	向

久不相往来，

2-1026

大	罗	很	叶	仁
Daih	loh	hwnj	mbaw	nyungz
ta:i^{6}	lo^{6}	hɯn^{3}	baɯ^{1}	ȵuŋ^{2}
大	路	起	叶	绒

道路长野草。

2-1027

知	九	备	是	巡
Rox	yiuj	beix	cix	cunz
ɹo^{4}	ji:u^{3}	pi^{4}	çi^{4}	çun^{2}
知	礼	兄	就	巡

兄要访就访，

2-1028

牙	貝	文	貝	了
Yaek	bae	vunz	bae	liux
jak^{7}	pai^{1}	vun^{2}	pai^{1}	li:u^{4}
欲	去	人	去	完

我要嫁人了。

男唱

2-1029

写	南	空	马	托
Ce	nanz	ndwi	ma	doh
çe^{1}	na:n^{2}	du:i^{1}	ma^{1}	to^{6}
留	久	不	来	向

久不相往来，

2-1030

大	罗	很	叶	仁
Daih	loh	hwnj	mbaw	nyungz
ta:i^{6}	lo^{6}	hɯn^{3}	baɯ^{1}	ȵuŋ^{2}
大	路	起	叶	绒

道路长野草。

2-1031

卩	卩	是	貝	文
Boux	boux	cix	bae	vunz
pu^{4}	pu^{4}	çi^{4}	pai^{1}	vun^{2}
个	个	是	去	人

个个都嫁人，

2-1032

样	而	巡	了	农
Yiengh	lawz	cunz	liux	nuengx
jɯ:ŋ^{6}	laɯ^{2}	çun^{2}	li:u^{4}	nu:ŋ^{4}
样	哪	巡	啰	妹

我能恋哪个。

女唱

2-1033

写	**南**	**空**	**马**	**托**
Ce	nanz	ndwi	ma	doh
ɕe^{1}	naːn^{2}	duːi^{1}	ma^{1}	to^{6}
留	久	不	来	向

久不相往来，

2-1034

大	**罗**	**很**	**叶**	**仁**
Daih	loh	hwnj	mbaw	nyungz
taːi^{6}	lo^{6}	hɯn^{3}	baɯ^{1}	ȵuŋ^{2}
大	路	起	叶	绒

道路长野草。

2-1035

貝	**文**	**是**	**貝**	**文**
Bae	vunz	cix	bae	vunz
pai^{1}	vun^{2}	ɕi^{4}	pai^{1}	vun^{2}
去	人	就	去	人

嫁人归嫁人，

2-1036

秀	**同**	**巡**	**可**	**在**
Ciuh	doengh	cunz	goj	ywq
ɕiːu^{6}	toŋ^{2}	ɕun^{2}	ko^{5}	jɯ^{5}
世	相	巡	也	在

友情永远在。

男唱

2-1037

写	**南**	**空**	**马**	**托**
Ce	nanz	ndwi	ma	doh
ɕe^{1}	naːn^{2}	duːi^{1}	ma^{1}	to^{6}
留	久	不	来	向

久不相往来，

2-1038

大	**罗**	**很**	**叶**	**仁**
Daih	loh	hwnj	mbaw	nyungz
taːi^{6}	lo^{6}	hɯn^{3}	baɯ^{1}	ȵuŋ^{2}
大	路	起	叶	绒

道路长野草。

2-1039

农	**在**	**加**	**几**	**春**
Nuengx	cai	gya	geij	cin
nuːŋ^{4}	ɕaːi^{4}	kja^{1}	ki^{3}	ɕun^{1}
妹	在	家	几	春

妹在家几年，

2-1040

龙	**利**	**巡**	**几**	**年**
Lungz	lij	cunz	geij	nenz
luŋ^{2}	li^{4}	ɕun^{2}	ki^{3}	neːn^{2}
龙	还	巡	几	年

兄就访几年。

女唱

2–1041

写	**南**	**空**	**马**	**托**
Ce	nanz	ndwi	ma	doh
ɕe^{1}	naːn^{2}	duːi^{1}	ma^{1}	to^{6}
留	久	不	来	向

久不相往来，

2–1042

大	**罗**	**很**	**叶**	**仁**
Daih	loh	hwnj	mbaw	nyungz
taːi^{6}	lo^{6}	hɯn^{3}	baɯ^{1}	ȵuŋ^{2}
大	路	起	叶	绒

道路长野草。

2–1043

在	**加**	**备**	**是**	**巡**
Cai	gya	beix	cix	cunz
ɕaːi^{4}	kja^{1}	pi^{4}	ɕi^{4}	ɕun^{2}
在	家	兄	就	巡

妹在家就访，

2–1044

后	**邦**	**文**	**是**	**了**
Haeuj	biengz	vunz	cix	liux
hau^{3}	piːŋ^{2}	vun^{2}	ɕi^{4}	liːu^{4}
进	地方	人	就	完

妹嫁人就罢。

男唱

2–1045

写	**南**	**空**	**马**	**托**
Ce	nanz	ndwi	ma	doh
ɕe^{1}	naːn^{2}	duːi^{1}	ma^{1}	to^{6}
留	久	不	来	向

久不相往来，

2–1046

大	**罗**	**很**	**叶**	**仁**
Daih	loh	hwnj	mbaw	nyungz
taːi^{6}	lo^{6}	hɯn^{3}	baɯ^{1}	ȵuŋ^{2}
大	路	起	叶	绒

道路长野草。

2–1047

农	**狼**	**后**	**邦**	**文**
Nuengx	langh	haeuj	biengz	vunz
nuːŋ^{4}	laːŋ^{6}	hau^{3}	piːŋ^{2}	vun^{2}
妹	若	进	地方	人

妹若嫁他方，

2–1048

龙	**是**	**巡**	**然**	**乜**
Lungz	cix	cunz	ranz	meh
luŋ^{2}	ɕi^{4}	ɕun^{2}	ɹaːn^{2}	me^{6}
龙	就	巡	家	母

我访你娘家。

女唱

2-1049
写 南 空 马 托
Ce nanz ndwi ma doh
çe^{1} na:n^{2} du:i^{1} ma^{1} to^{6}
留 久 不 来 向
久不相往来，

2-1050
大 罗 很 叶 仁
Daih loh hwnj mbaw nyungz
ta:i^{6} lo^{6} hɯn^{3} baɯ^{1} ȵuŋ^{2}
大 路 起 叶 绒
道路长野草。

2-1051
洋 面 面 同 巡
Yaeng menh menh doengh cunz
jaŋ^{1} me:n^{6} me:n^{6} toŋ^{2} çun^{2}
再 慢 慢 相 巡
若总是来访，

2-1052
秀 文 貝 了 备
Ciuh vunz bae liux beix
çi:u^{6} vun^{2} pai^{1} li:u^{4} pi^{4}
世 人 去 完 兄
误一辈青春。

男唱

2-1053
写 南 空 马 托
Ce nanz ndwi ma doh
çe^{1} na:n^{2} du:i^{1} ma^{1} to^{6}
留 久 不 来 向
久不相往来，

2-1054
大 罗 很 叶 仁
Daih loh hwnj mbaw nyungz
ta:i^{6} lo^{6} hɯn^{3} baɯ^{1} ȵuŋ^{2}
大 路 起 叶 绒
道路长野草。

2-1055
知 九 是 同 巡
Rox yiuj cix doengh cunz
ɹo^{4} ji:u^{3} çi^{4} toŋ^{2} çun^{2}
知 礼 就 相 巡
聪明就互访，

2-1056
秀 文 不 几 乃
Ciuh vunz mbouj geij naih
çi:u^{6} vun^{2} bou^{5} ki^{3} na:i^{6}
世 人 不 几 久
人生没多长。

女唱

2-1057

写	南	由	了	金
Ce	nanz	raeuh	liux	gim
çe1	na:n2	ɹau6	li:u4	kin1
留	久	多	啰	金

久别了好友，

2-1058

特	心	平	样	水
Dawz	sim	bingz	yiengh	raemx
təɯ2	θin1	piŋ2	jɯ:ŋ6	ɹan4
拿	心	平	样	水

心平静如水。

2-1059

出	而	马	对	生
Ok	lawz	ma	doiq	saemq
o:k7	laɯ2	ma1	to:i5	θan5
出	哪	来	对	庚

同龄友何来，

2-1060

马	讲	满	然	偻
Ma	gangj	monh	ranz	raeuz
ma1	ka:ŋ3	mo:n6	ɹa:n2	ɹau2
来	讲	情	家	我们

到我家谈情。

男唱

2-1061

写	南	由	了	金
Ce	nanz	raeuh	liux	gim
çe1	na:n2	ɹau6	li:u4	kin1
留	久	多	啰	金

久别了好友，

2-1062

特	心	平	样	水
Dawz	sim	bingz	yiengh	raemx
təɯ2	θin1	piŋ2	jɯ:ŋ6	ɹan4
拿	心	平	样	水

心平静如水。

2-1063

日	采	尚	采	灯
Ngoenz	byaij	sang	byaij	daemq
ŋon2	pja:i3	θa:ŋ1	pja:i3	tan5
日	走	高	走	低

常走上走下，

2-1064

它	对	庖	写	南
Dauq	doiq	haemh	ce	nanz
ta:u5	to:i5	han6	çe1	na:n2
倒	对	夜	留	久

偏对久别夜。

女唱

2-1065

写	**南**	**由**	**了**	**金**
Ce	nanz	raeuh	liux	gim
çe^{1}	naːn^{2}	ɹau^{6}	liːu^{4}	kin^{1}
留	久	多	啰	金

久别了好友，

2-1066

特	**心**	**平**	**样**	**水**
Dawz	sim	bingz	yiengh	raemx
təɯ^{2}	θin^{1}	piŋ^{2}	jɯːŋ^{6}	ɹan^{4}
拿	心	平	样	水

心平静如水。

2-1067

出	**而**	**马**	**对**	**生**
Ok	lawz	ma	doiq	saemq
oːk^{7}	laɯ^{2}	ma^{1}	toːi^{5}	θan^{5}
出	哪	来	对	庚

同龄友何来，

2-1068

么	**是**	**庖**	**能**	**来**
Maz	cix	haemh	nyaenx	lai
ma^{2}	çi^{4}	han^{6}	ȵan^{4}	laːi^{1}
何	是	夜	那么	多

怎来那么晚。

男唱

2-1069

写	**南**	**由**	**了**	**金**
Ce	nanz	raeuh	liux	gim
çe^{1}	naːn^{2}	ɹau^{6}	liːu^{4}	kin^{1}
留	久	多	啰	金

久别了好友，

2-1070

特	**心**	**平**	**样**	**水**
Dawz	sim	bingz	yiengh	raemx
təɯ^{2}	θin^{1}	piŋ^{2}	jɯːŋ^{6}	ɹan^{4}
拿	心	平	样	水

心平静如水。

2-1071

元	**远**	**来**	**对**	**先**
Roen	gyae	lai	doiq	saemq
joːn^{1}	kjai^{1}	laːi^{1}	toːi^{5}	θan^{5}
路	远	多	对	庚

路途太遥远，

2-1072

庖	**黑**	**才**	**马**	**堂**
Haemh	laep	nda	ma	daengz
han^{6}	lat^{7}	da^{1}	ma^{1}	taŋ^{2}
夜	黑	刚	来	到

天黑才来到。

女唱

2-1073

写　南　来　韦　机

Ce　nanz　lai　vae　giq

çe^{1}　na:n^{2}　la:i^{1}　vai^{1}　ki^{5}

留　久　多　姓　支

久别异姓友，

2-1074

合　义　由　了　少

Hoz　ngeix　raeuh　liux　sau

ho^{2}　ȵi^{4}　ɹau^{6}　li:u^{4}　θa:u^{1}

喉　想　很　啰　姑娘

心中想女伴。

2-1075

⿸厂亘　论　才　马　堂

Haemh　laep　nda　ma　daengz

han^{6}　lat^{7}　da^{1}　ma^{1}　taŋ^{2}

夜　黑　刚　来　到

夜深才来到，

2-1076

老　年　忠　古　对

Lau　nem　fangz　guh　doih

la:u^{1}　ne:m^{1}　fa:ŋ^{2}　ku^{4}　to:i^{6}

怕　贴　鬼　做　伙伴

恐同鬼做伴。

男唱

2-1077

写　南　来　韦　机

Ce　nanz　lai　vae　giq

çe^{1}　na:n^{2}　la:i^{1}　vai^{1}　ki^{5}

留　久　多　姓　支

久别异姓友，

2-1078

合　义　由　了　娘

Hoz　ngeix　raeuh　liux　nangz

ho^{2}　ȵi^{4}　ɹau^{6}　li:u^{4}　na:ŋ^{2}

喉　想　很　啰　姑娘

心中想女伴。

2-1079

十　分　狼　年　忠

Cib　faen　langh　nem　fangz

çit^{8}　fan^{1}　la:ŋ^{6}　ne:m^{1}　fa:ŋ^{2}

十　分　若　贴　鬼

方才若随鬼，

2-1080

不　马　堂　⿸厂亘　内

Mbouj　ma　daengz　haemh　neix

bou^{5}　ma^{1}　taŋ^{2}　han^{6}　ni^{4}

不　来　到　夜　这

今晚来不了。

女唱

2–1081

写	**南**	**由**	**了**	**金**
Ce	nanz	raeuh	liux	gim
çe^{1}	na:n^{2}	ɹau^{6}	li:u^{4}	kin^{1}
留	**久**	**多**	**啰**	**金**

久别了好友，

2–1082

特	**心**	**平**	**样**	**水**
Dawz	sim	bingz	yiengh	raemx
tɑɯ^{2}	θin^{1}	piŋ^{2}	jɯ:ŋ^{6}	ɹan^{4}
拿	**心**	**平**	**样**	**水**

心平静如水。

2–1083

交	**能**	**来**	**对**	**生**
Gyau	nyaenx	lai	doiq	saemq
kja:u^{1}	ȵan^{4}	la:i^{1}	to:i^{5}	θan^{5}
交	**那么**	**多**	**对**	**庚**

那么多好友，

2–1084

友	**而**	**狼**	**你**	**马**
Youx	lawz	langh	mwngz	ma
ju^{4}	lɑɯ^{2}	la:ŋ^{6}	mɯŋ^{2}	ma^{1}
友	**哪**	**放**	**你**	**来**

谁肯放你来。

男唱

2–1085

写	**南**	**由**	**了**	**金**
Ce	nanz	raeuh	liux	gim
çe^{1}	na:n^{2}	ɹau^{6}	li:u^{4}	kin^{1}
留	**久**	**多**	**啰**	**金**

久别了好友，

2–1086

特	**心**	**平**	**样**	**水**
Dawz	sim	bingz	yiengh	raemx
tɑɯ^{2}	θin^{1}	piŋ^{2}	jɯ:ŋ^{6}	ɹan^{4}
拿	**心**	**平**	**样**	**水**

心平静如水。

2–1087

日	**古**	**红**	**堂**	**亱**
Ngoenz	guh	hong	daengz	haemh
ŋon^{2}	ku^{4}	ho:ŋ^{1}	taŋ^{2}	han^{6}
日	**做**	**工**	**到**	**夜**

每天忙到晚，

2–1088

卜	**乜**	**狼**	**土**	**马**
Boh	meh	langh	dou	ma
po^{6}	me^{6}	la:ŋ^{6}	tu^{1}	ma^{1}
父	**母**	**放**	**我**	**来**

父母才让来。

女唱

2-1089

写	**南**	**来**	**韦**	**机**
Ce	nanz	lai	vae	giq
çe^{1}	naːn^{2}	laːi^{1}	vai^{1}	ki^{5}
留	**久**	**多**	**姓**	**支**

久别异姓友，

2-1090

合	**义**	**由**	**了**	**而**
Hoz	ngeix	raeuh	liux	lawz
ho^{2}	ɲi^{4}	ɹau^{6}	liːu^{4}	law^{2}
喉	**想**	**很**	**啰**	**哪**

太多的思念。

2-1091

卜	**乜**	**狼**	**你**	**马**
Boh	meh	langh	mwngz	ma
po^{6}	me^{6}	laːŋ^{6}	mɯŋ^{2}	ma^{1}
父	**母**	**放**	**你**	**来**

父母让你来，

2-1092

米	**开**	**么**	**正**	**重**
Miz	gij	maz	cingz	naek
mi^{2}	kaːi^{2}	ma^{2}	çiŋ^{2}	nak^{7}
有	**什**	**么**	**情**	**重**

带什么大礼。

男唱

2-1093

写	**南**	**来**	**韦**	**机**
Ce	nanz	lai	vae	giq
çe^{1}	naːn^{2}	laːi^{1}	vai^{1}	ki^{5}
留	**久**	**多**	**姓**	**支**

久别异姓友，

2-1094

合	**义**	**由**	**了**	**娘**
Hoz	ngeix	raeuh	liux	nangz
ho^{2}	ɲi^{4}	ɹau^{6}	liːu^{4}	naːŋ^{2}
喉	**想**	**多**	**啰**	**娘**

心中想女伴。

2-1095

卜	**乜**	**狼**	**土**	**马**
Boh	meh	langh	dou	ma
po^{6}	me^{6}	laːŋ^{6}	tu^{1}	ma^{1}
父	**母**	**放**	**我**	**来**

父母让我来，

2-1096

马	**年**	**少**	**勒**	**仪**
Ma	nem	sau	lawh	saenq
ma^{1}	neːm^{1}	θaːu^{1}	ləɯ^{6}	θin^{5}
来	**贴**	**姑娘**	**换**	**信**

同情友交心。

女唱

2–1097

写 南 来 韦 机

Ce nanz lai vae giq

çe^{1} na:n^{2} la:i^{1} vai^{1} ki^{5}

留 久 多 姓 支

久别异姓友，

2–1098

合 义 由 了 而

Hoz ngeix raeuh liux lawz

ho^{2} ȵi^{4} ɹau^{6} li:u^{4} laɯ^{2}

喉 想 很 啰 哪

心中多思念。

2–1099

卜 乜 狼 你 马

Boh meh langh mwngz ma

po^{6} me^{6} la:ŋ^{6} mɯŋ^{2} ma^{1}

父 母 放 你 来

父母让你来，

2–1100

安 加 尝 了 备

An gya caengz liux beix

a:n^{1} kja^{1} çaŋ^{2} li:u^{4} pi^{4}

安 家 未 完 兄

你结婚没有？

男唱

2–1101

写 南 来 韦 机

Ce nanz lai vae giq

çe^{1} na:n^{2} la:i^{1} vai^{1} ki^{5}

留 久 多 姓 支

久别异姓友，

2–1102

合 义 由 了 而

Hoz ngeix raeuh liux lawz

ho^{2} ȵi^{4} ɹau^{6} li:u^{4} laɯ^{2}

喉 想 很 啰 哪

心中多想念。

2–1103

付 防 水 叶 巴①

Fouz vangh raemx rong byaz

fu^{2} va:ŋ^{6} ɹan^{4} ɹo:ŋ^{1} pja^{2}

浮 摇晃 水 叶 芋

像水珠晃动，

2–1104

加 在 而 了 农

Gya ywq lawz liux nuengx

kja^{1} jɯ^{5} laɯ^{2} li:u^{4} nu:ŋ^{4}

家 在 哪 啰 妹

哪有什么家。

① 付防水叶巴［fu^{2} va:ŋ^{6} ɹan^{4} ɹo:ŋ^{1} pja^{2}］：像芋叶上的水珠晃动，比喻男方四处游走，没有固定居所。

女唱

2-1105

写	南	来	韦	机
Ce	nanz	lai	vae	giq
çe^{1}	na:n^{2}	la:i^{1}	vai^{1}	ki^{5}
留	久	多	姓	支

久别异姓友，

2-1106

合	义	由	了	而
Hoz	ngeix	raeuh	liux	lawz
ho^{2}	ȵi^{4}	ɹau^{6}	li:u^{4}	laɯ^{2}
喉	想	很	啰	哪

心中多思念。

2-1107

表	备	尝	当	加
Biuj	beix	caengz	dang	gya
pi:u^{3}	pi^{4}	çaŋ^{2}	ta:ŋ^{1}	kja^{1}
表	兄	未	当	家

兄还未成家，

2-1108

沙	正	马	土	勒
Nda	cingz	ma	dou	lawh
da^{1}	çiŋ^{2}	ma^{1}	tu^{1}	ləɯ^{6}
摆	情	来	我	换

拿礼品来换。

男唱

2-1109

写	南	来	韦	机
Ce	nanz	lai	vae	giq
çe^{1}	na:n^{2}	la:i^{1}	vai^{1}	ki^{5}
留	久	多	姓	支

久别异姓友，

2-1110

合	义	由	了	而
Hoz	ngeix	raeuh	liux	lawz
ho^{2}	ȵi^{4}	ɹau^{6}	li:u^{4}	laɯ^{2}
喉	想	很	啰	哪

心中多思念。

2-1111

表	农	先	当	加
Biuj	nuengx	senq	dang	gya
pi:u^{3}	nu:ŋ^{4}	θe:n^{5}	ta:ŋ^{1}	kja^{1}
表	妹	早	当	家

妹你早成家，

2-1112

沙	正	牙	不	满
Nda	cingz	yax	mbouj	monh
da^{1}	çiŋ^{2}	ja^{5}	bou^{5}	mo:n^{6}
摆	情	也	不	谈情

送礼勿言情。

女唱

2-1113

写 南 来 韦 机

Ce nanz lai vae giq

ɕe^{1} naːn^{2} laːi^{1} vai^{1} ki^{5}

留 久 多 姓 支

久别异姓友，

2-1114

合 义 由 了 而

Hoz ngeix raeuh liux lawz

ho^{2} ȵi^{4} ɹau^{6} liːu^{4} laɯ^{2}

喉 想 很 啰 哪

心中多思念。

2-1115

表 备 尝 当 加

Biuj beix caengz dang gya

piːu^{3} pi^{4} ɕaŋ^{2} taːŋ^{1} kja^{1}

表 兄 未 当 家

兄还未成家，

2-1116

么 不 马 利 早

Maz mbouj ma lij romh

ma^{2} bou^{5} ma^{1} li^{4} ɹoːn^{6}

何 不 来 还 早

何不早点来。

男唱

2-1117

写 南 由 了 乖

Ce nanz raeuh liux gvai

ɕe^{1} naːn^{2} ɹau^{6} liːu^{4} kwaːi^{1}

留 久 多 啰 乖

久别了心肝，

2-1118

写 南 来 对 伴

Ce nanz lai doih buenx

ɕe^{1} naːn^{2} laːi^{1} toːi^{6} puːn^{4}

留 久 多 伙伴 伴

久别了情友。

2-1119

想 牙 马 利 早

Siengj yaek ma lij romh

θiːŋ^{3} jak^{7} ma^{1} li^{4} ɹoːn^{6}

想 要 来 还 早

本想早点来，

2-1120

知 对 伴 知 空

Rox doih buenx rox ndwi

ɹo^{4} toːi^{6} puːn^{4} ɹo^{4} duːi^{1}

知 伙伴 伴 知 不

怕友不知道。

女唱

2-1121

写	**南**	**由**	**了**	**乖**
Ce	nanz	raeuh	liux	gvai
çe^{1}	na:n^{2}	ɹau^{6}	li:u^{4}	kwa:i^{1}
留	久	多	啰	乖

久别了心肝，

2-1122

写	**南**	**来**	**对**	**伴**
Ce	nanz	lai	doih	buenx
çe^{1}	na:n^{2}	la:i^{1}	to:i^{6}	pu:n^{4}
留	久	多	伙伴	伴

久违了情友。

2-1123

龙	**管**	**马**	**利**	**早**
Lungx	guenj	ma	lij	romh
luŋ^{2}	ku:n^{3}	ma^{1}	li^{4}	ɹo:n^{6}
龙	管	来	还	早

兄只管早来，

2-1124

不	**对**	**又**	**貝**	**而**
Mbouj	doiq	youh	bae	lawz
bou^{5}	to:i^{5}	jou^{4}	pai^{1}	laɯ^{2}
不	对	又	去	哪

我无处可去。

男唱

2-1125

写	**南**	**由**	**了**	**乖**
Ce	nanz	raeuh	liux	gvai
çe^{1}	na:n^{2}	ɹau^{6}	li:u^{4}	kwa:i^{1}
留	久	多	啰	乖

久别了心肝，

2-1126

写	**南**	**来**	**对**	**伴**
Ce	nanz	lai	doih	buenx
çe^{1}	na:n^{2}	la:i^{1}	to:i^{6}	pu:n^{4}
留	久	多	伙伴	伴

久别了情友。

2-1127

想	**牙**	**利**	**马**	**早**
Siengj	yaek	lij	ma	romh
θi:ŋ^{3}	jak^{7}	li^{4}	ma^{1}	ɹo:n^{6}
想	要	还	来	早

本想早点来，

2-1128

为	**观**	**空**	**米**	**正**
Vih	gonq	ndwi	miz	cingz
vei^{6}	ko:n^{5}	du:i^{1}	mi^{2}	çiŋ^{2}
为	先	不	有	情

只因无礼品。

女唱

2-1129

写	南	由	了	乖
Ce	nanz	raeuh	liux	gvai
çe^{1}	na:n^{2}	ɹau^{6}	li:u^{4}	kwa:i^{1}
留	久	多	啰	乖

久别了心肝，

2-1130

写	南	来	对	伴
Ce	nanz	lai	doih	buenx
çe^{1}	na:n^{2}	la:i^{1}	to:i^{6}	pu:n^{4}
留	久	多	伙伴	伴

久违了情友。

2-1131

龙	貝	州	古	判
Lungz	bae	cou	guh	buenq
luŋ^{2}	pai^{1}	çou^{1}	ku^{4}	pu:n^{5}
龙	去	州	做	贩

兄去做生意，

2-1132

得	团	说	得	绸
Ndaej	duenh	naeuz	ndaej	couz
dai^{3}	tu:n^{6}	nau^{2}	dai^{3}	çu^{2}
得	缎	或	得	绸

得绸或得缎。

男唱

2-1133

写	南	由	了	乖
Ce	nanz	raeuh	liux	gvai
çe^{1}	na:n^{2}	ɹau^{6}	li:u^{4}	kwa:i^{1}
留	久	多	啰	乖

久别心上人，

2-1134

写	南	来	对	伴
Ce	nanz	lai	doih	buenx
çe^{1}	na:n^{2}	la:i^{1}	to:i^{6}	pu:n^{4}
留	久	多	伙伴	伴

久别了情友。

2-1135

想	牙	马	利	早
Siengj	yaek	ma	lij	romh
θi:ŋ^{3}	jak^{7}	ma^{1}	li^{4}	ɹo:n^{6}
想	要	来	还	早

本想早点来，

2-1136

农	古	判	邦	文
Nuengx	guh	buenq	biengz	vunz
nu:ŋ^{4}	ku^{4}	pu:n^{5}	pi:ŋ^{2}	vun^{2}
妹	做	贩	地方	人

妹外出经商。

女唱

2-1137

写 南 由 了 乖

Ce nanz raeuh liux gvai

çe^{1} na:n^{2} ɹau^{6} li:u^{4} kwa:i^{1}

留 久 多 啰 乖

久别了心肝，

2-1138

写 南 来 对 伴

Ce nanz lai doih buenx

çe^{1} na:n^{2} la:i^{1} to:i^{6} pu:n^{4}

留 久 多 伙伴 伴

久违了情友。

2-1139

不 自 土 古 判

Mbouj gag dou guh buenq

bou^{5} ka:k^{8} tu^{1} ku^{4} pu:n^{5}

不 自 我 做 贩

并非我买卖，

2-1140

备 可 满 来 吉

Beix goj monh lai giz

pi^{4} ko^{5} mo:n^{6} la:i^{1} ki^{2}

兄 也 谈情 多 处

因兄多留情。

男唱

2-1141

写 南 由 了 金

Ce nanz raeuh liux gim

çe^{1} na:n^{2} ɹau^{6} li:u^{4} kin^{1}

留 久 多 啰 金

久别了好友，

2-1142

特 心 平 样 水

Dawz sim bingz yiengh raemx

təɯ^{2} θin^{1} piŋ^{2} jɯ:ŋ^{6} ɹan^{4}

拿 心 平 样 水

心平静如水。

2-1143

比 内 务 外 灯

Bi neix huj vaij daemq

pi^{1} ni^{4} hu^{3} va:i^{3} tan^{5}

年 这 云 过 低

今年云层矮，

2-1144

说 对 生 特 平

Naeuz doiq saemq dawz bingz

nau^{2} to:i^{5} θan^{5} təɯ^{2} piŋ^{2}

说 对 庚 拿 平

情友心要平。

女唱

2-1145

写	**南**	**由**	**了**	**金**
Ce	nanz	raeuh	liux	gim
çe^{1}	naːn^{2}	ɹau^{6}	liːu^{4}	kin^{1}
留	久	多	啰	金

久别了好友，

2-1146

特	**心**	**平**	**样**	**水**
Dawz	sim	bingz	yiengh	raemx
təɯ^{2}	θin^{1}	piŋ^{2}	jɯːŋ^{6}	ɹan^{4}
拿	心	平	样	水

心平静如水。

2-1147

全	**特**	**平**	**样**	**水**
Gyonj	dawz	bingz	yiengh	raemx
kjoːn^{3}	təɯ^{2}	piŋ^{2}	jɯːŋ^{6}	ɹan^{4}
都	拿	平	样	水

时时心平静，

2-1148

秋	**样**	**能**	**不**	**米**
Ciuq	yiengh	nyaenx	mbouj	miz
çiːu^{5}	jɯːŋ^{6}	ɲan^{4}	bou^{5}	mi^{2}
看	样	那么	不	有

没人能做到。

男唱

2-1149

写	**南**	**由**	**了**	**金**
Ce	nanz	raeuh	liux	gim
çe^{1}	naːn^{2}	ɹau^{6}	liːu^{4}	kin^{1}
留	久	多	啰	金

久别了好友，

2-1150

特	**心**	**平**	**样**	**水**
Dawz	sim	bingz	yiengh	raemx
təɯ^{2}	θin^{1}	piŋ^{2}	jɯːŋ^{6}	ɹan^{4}
拿	心	平	样	水

心平静如水。

2-1151

空	**特**	**平**	**样**	**水**
Ndwi	dawz	bingz	yiengh	raemx
duːi^{1}	təɯ^{2}	piŋ^{2}	jɯːŋ^{6}	ɹan^{4}
不	拿	平	样	水

不心平气和，

2-1152

务	**外**	**灯**	**邦**	**你**
Huj	vaij	daemq	biengz	mwngz
hu^{3}	vaːi^{3}	tan^{5}	piːŋ^{2}	mɯŋ^{2}
云	过	低	地方	你

乌云会压顶。

女唱

2-1153

写	南	来	韦	机
Ce	nanz	lai	vae	giq
çe¹	na:n²	la:i¹	vai¹	ki⁵
留	久	多	姓	支

久别异姓友，

2-1154

义	又	坤	心	头
Ngeix	youh	goenq	sim	daeuz
ȵi⁴	jou⁴	kon⁵	θin¹	tau²
想	又	断	心	脏

想起断肝肠。

2-1155

务	外	灯	邦	偻
Huj	vaij	daemq	biengz	raeuz
hu³	va:i³	tan⁵	pi:ŋ²	ɹau²
云	过	低	地方	我们

我处云层低，

2-1156

是	坤	勾	邦	伕
Cix	goenq	gaeu	biengz	fwx
çi⁴	kon⁵	kau¹	pi:ŋ²	fə⁴
就	断	藤	地方	别人

就回绝他人。

男唱

2-1157

写	南	由	了	乖
Ce	nanz	raeuh	liux	gvai
çe¹	na:n²	ɹau⁶	li:u⁴	kwa:i¹
留	久	多	啰	乖

久别了好友，

2-1158

写	南	来	龙	女
Ce	nanz	lai	lungz	nawx
çe¹	na:n²	la:i¹	luŋ²	nɯ⁴
留	久	多	龙	女

久别了姑娘。

2-1159

少	坤	勾	邦	伕
Sau	goenq	gaeu	biengz	fwx
θa:u¹	kon⁵	kau¹	pi:ŋ²	fə⁴
姑娘	断	藤	地方	别人

妹回绝别人，

2-1160

备	得	勒	知	空
Beix	ndaej	lawh	rox	ndwi
pi⁴	dai³	ləɯ⁶	ɹo⁴	du:i¹
兄	得	换	知	不

兄可替换否？

女唱

2–1161

写	南	由	了	乖
Ce	nanz	raeuh	liux	gvai
çe^{1}	na:n^{2}	ɹau^{6}	li:u^{4}	kwa:i^{1}
留	久	多	啰	乖

久别了心肝，

2–1162

写	南	来	龙	女
Ce	nanz	lai	lungz	nawx
çe^{1}	na:n^{2}	la:i^{1}	luŋ^{2}	nɯ^{4}
留	久	多	龙	女

久别了朋友。

2–1163

少	坤	勾	邦	佚
Sau	goenq	gaeu	biengz	fwx
θa:u^{1}	kon^{5}	kau^{1}	pi:ŋ^{2}	fə^{4}
姑娘	断	藤	地方	别人

妹回绝别人，

2–1164

备	是	勒	要	正
Beix	cix	lawh	aeu	cingz
pi^{4}	çi^{4}	ləɯ^{6}	au^{1}	çiŋ^{2}
兄	就	换	要	情

兄就同妹恋。

男唱

2–1165

写	南	由	了	金
Ce	nanz	raeuh	liux	gim
çe^{1}	na:n^{2}	ɹau^{6}	li:u^{4}	kin^{1}
留	久	多	啰	金

久别了好友，

2–1166

特	心	平	样	水
Dawz	sim	bingz	yiengh	raemx
təɯ^{2}	θin^{1}	piŋ^{2}	jɯ:ŋ^{6}	ɹan^{4}
拿	心	平	样	水

心平静如水。

2–1167

比	内	务	外	灯
Bi	neix	huj	vaij	daemq
pi^{1}	ni^{4}	hu^{3}	vai^{3}	tan^{5}
年	这	云	过	低

今年云层低，

2–1168

更	山	师①	下	王
Gwnz	bya	saw	roengz	vaengz
kɯn^{2}	pja^{1}	θɯ^{1}	ɹoŋ^{2}	vaŋ^{2}
上	山	师	下	潭

高山沉入潭。

① 山师[pja^{1} θɯ^{1}]：山名。今址不详。

女唱

2-1169

写	**南**	**由**	**了**	**金**
Ce	nanz	raeuh	liux	gim
çe^{1}	na:n^{2}	ɹau^{6}	li:u^{4}	kin^{1}
留	久	多	啰	金

久别了好友，

2-1170

特	**心**	**平**	**样**	**水**
Dawz	sim	bingz	yiengh	raemx
təɯ^{2}	θin^{1}	piŋ^{2}	jɯ:ŋ^{6}	ɹan^{4}
拿	心	平	样	水

心平静如水。

2-1171

务	**外**	**尚**	**样**	**能**
Huj	vaij	sang	yiengh	nyaenx
hu^{3}	va:i^{3}	θa:ŋ^{1}	jɯ:ŋ^{6}	ȵan^{4}
云	过	高	样	那么

云层那么高，

2-1172

样	**而**	**更**	**得**	**偻**
Yiengh	lawz	goemq	ndaej	raeuz
jɯ:ŋ^{6}	laɯ^{2}	kon^{5}	dai^{3}	ɹau^{2}
样	哪	盖	得	我们

怎盖得我们。

男唱

2-1173

写	**南**	**由**	**了**	**金**
Ce	nanz	raeuh	liux	gim
çe^{1}	na:n^{2}	ɹau^{6}	li:u^{4}	kin^{1}
留	久	多	啰	金

久别了好友，

2-1174

特	**心**	**平**	**样**	**水**
Dawz	sim	bingz	yiengh	raemx
təɯ^{2}	θin^{1}	piŋ^{2}	jɯ:ŋ^{6}	ɹan^{4}
拿	心	平	样	水

心平静如水。

2-1175

务	**外**	**尚**	**外**	**灯**
Huj	vaij	sang	vaij	daemq
hu^{3}	va:i^{3}	θa:ŋ^{1}	va:i^{3}	tan^{5}
云	过	高	过	低

云层高或低，

2-1176

更	**备**	**空**	**知**	**利**
Goemq	beix	ndwi	rox	lix
kon^{5}	pi^{4}	du:i^{1}	ɹo^{4}	li^{4}
盖	兄	不	知	活

盖你也不知。

女唱

2-1177

写 南 由 了 金
Ce nanz raeuh liux gim
çe¹ naːn² ɹau⁶ liːu⁴ kin¹
留 久 多 啰 金
久别了好友，

2-1178

特 心 平 样 水
Dawz sim bingz yiengh raemx
təɯ² θin¹ piŋ² jɯːŋ⁶ ɹan⁴
拿 心 平 样 水
心静平如水。

2-1179

务 外 尚 外 灯
Huj vaij sang vaij daemq
hu³ vaːi³ θaːŋ¹ vaːi³ tan⁵
云 过 高 过 低
云层高或低，

2-1180

吹 要 水 反 平
Ci aeu raemx fan bingz
çi¹ au¹ ɹan⁴ faːn¹ piŋ²
吹 要 水 翻 平
水面总要平。

女唱

2-1181

写 南 由 了 金
Ce nanz raeuh liux gim
çe¹ naːn² ɹau⁶ liːu⁴ kin¹
留 久 多 啰 金
久别了好友，

2-1182

特 心 平 样 水
Dawz sim bingz yiengh raemx
təɯ² θin¹ piŋ² jɯːŋ⁶ ɹan⁴
拿 心 平 样 水
心平静如水。

2-1183

贝 秋 那 九 顿[1]
Bae ciuq naz gouj daenh
pai¹ çiːu⁵ na² kjau³ tan⁶
去 看 田 九 顿
去看九顿田，

2-1184

平 样 水 知 空
Bingz yiengh raemx rox ndwi
piŋ² jɯːŋ⁶ ɹan⁴ ɹo⁴ duːi¹
平 样 水 知 不
是否平如水。

① 九顿［kjau³ tan⁶］：九顿，地名。即今都安瑶族自治县大兴镇政府所在地。

男唱

2-1185

写	**南**	**由**	**了**	**金**
Ce	nanz	raeuh	liux	gim
ɕe^{1}	naːn^{2}	ɹau^{6}	liːu^{4}	kin^{1}
留	久	多	啰	金

久别了好友，

2-1186

特	**心**	**平**	**样**	**水**
Dawz	sim	bingz	yiengh	raemx
təɯ^{2}	θin^{1}	piŋ^{2}	jɯːŋ^{6}	ɹan^{4}
拿	心	平	样	水

心平静如水。

2-1187

貝	**秋**	**那**	**九**	**顿**
Bae	ciuq	naz	gouj	daenh
pai^{1}	ɕiːu^{5}	na^{2}	kjau^{3}	tan^{6}
去	看	田	九	顿

去看九顿田，

2-1188

不	**办**	**份**	**土**	**偻**
Mbouj	baenz	faenh	duz	raeuz
bou^{5}	pan^{2}	fan^{6}	tu^{2}	ɹau^{2}
不	成	份	的	我们

不属于我们。

女唱

2-1189

写	**南**	**由**	**了**	**金**
Ce	nanz	raeuh	liux	gim
ɕe^{1}	naːn^{2}	ɹau^{6}	liːu^{4}	kin^{1}
留	久	多	啰	金

久别了好友，

2-1190

特	**心**	**平**	**样**	**水**
Dawz	sim	bingz	yiengh	raemx
təɯ^{2}	θin^{1}	piŋ^{2}	jɯːŋ^{6}	ɹan^{4}
拿	心	平	样	水

心平静如水。

2-1191

重	**心**	**吨**	**拉**	**芬**
Naek	sim	daemx	laj	faenh
nak^{7}	θin^{1}	tan^{4}	la^{3}	fan^{6}
重	心	顶	下	树梢

只要你用心，

2-1192

却	**分**	**份**	**可**	**堂**
Gyog	baen	faenh	goj	daengz
kjoːk^{8}	pan^{1}	fan^{6}	ko^{5}	taŋ^{2}
将来	分	份	可	到

会分到一份。

男唱

2-1193
写 南 由 了 金
Ce nanz raeuh liux gim
çe^1 naːn^2 ɹau^6 liːu^4 kin^1
留 久 多 啰 金
久别了好友，

2-1194
特 心 平 样 水
Dawz sim bingz yiengh raemx
təɯ^2 θin^1 piŋ^2 jɯːŋ^6 ɹan^4
拿 心 平 样 水
心平静如水。

2-1195
唱 歌 堂 又 能
Cang go daengz youh naengh
çaːŋ^4 ko^5 taŋ^2 jou^4 naŋ^6
唱 歌 到 又 坐
唱歌时落座，

2-1196
份 土 备 在 而
Faenh duz beix ywq lawz
fan^6 tu^2 pi^4 jɯ^5 laɯ^2
份 的 兄 在 哪
兄哪还有份。

女唱

2-1197
写 南 由 了 金
Ce nanz raeuh liux gim
çe^1 naːn^2 ɹau^6 liːu^4 kin^1
留 久 多 啰 金
久别了好友，

2-1198
特 心 平 样 水
Dawz sim bingz yiengh raemx
təɯ^2 θin^1 piŋ^2 jɯːŋ^6 ɹan^4
拿 心 平 样 水
心平静如水。

2-1199
包 乖 牙 要 份
Mbauq gvai yaek aeu faenh
baːu^5 kwaːi^1 jak^7 au^1 fan^6
小伙 乖 欲 要 份
兄想要名分，

2-1200
是 开 见 灯 日
Cix gaej raen daeng ngoenz
çi^4 kaːi^5 ɹan^1 taŋ^1 ŋon^2
就 别 见 灯 天
不得见天日。

男唱

2-1201

写	**南**	**由**	**了**	**金**
Ce	nanz	raeuh	liux	gim
çe^{1}	na:n^{2}	ɹau^{6}	li:u^{4}	kin^{1}
留	久	多	啰	金

久别了好友，

2-1202

特	**心**	**平**	**样**	**水**
Dawz	sim	bingz	yiengh	raemx
təɯ^{2}	θin^{1}	piŋ^{2}	jɯ:ŋ^{6}	ɹan^{4}
拿	心	平	样	水

心平静如水。

2-1203

土	**不**	**文**	**要**	**份**
Dou	mbouj	vun	aeu	faenh
tu^{1}	bou^{5}	vun^{1}	au^{1}	fan^{6}
我	不	奢求	要	名份

不奢望名分，

2-1204

但	**对**	**生**	**办**	**然**
Danh	doiq	saemq	baenz	ranz
ta:n^{6}	to:i^{5}	θan^{5}	pan^{2}	ɹa:n^{2}
但	对	庚	成	家

但愿友成家。

女唱

2-1205

写	**南**	**由**	**了**	**金**
Ce	nanz	raeuh	liux	gim
çe^{1}	na:n^{2}	ɹau^{6}	li:u^{4}	kin^{1}
留	久	多	啰	金

久别了好友，

2-1206

特	**心**	**平**	**样**	**水**
Dawz	sim	bingz	yiengh	raemx
təɯ^{2}	θin^{1}	piŋ^{2}	jɯ:ŋ^{6}	ɹan^{4}
拿	心	平	样	水

心平静如水。

2-1207

包	**乖**	**空**	**要**	**份**
Mbauq	gvai	ndwi	aeu	faenh
ba:u^{5}	kwa:i^{1}	du:i^{1}	au^{1}	fan^{6}
小伙	乖	不	要	份

兄不要名分，

2-1208

老	**牙**	**坤**	**正**	**偻**
Lau	yaek	goenq	cingz	raeuz
la:u^{1}	jak^{7}	kon^{5}	çiŋ^{2}	ɹau^{2}
怕	要	断	情	我们

是否要绝情。

男唱

2–1209

写 南 由 了 金

Ce nanz raeuh liux gim

çe^{1} naːn^{2} ɹau^{6} liːu^{4} kin^{1}

留 久 多 啰 金

久别了好友，

2–1210

特 心 平 样 水

Dawz sim bingz yiengh raemx

təɯ^{2} θin^{1} piŋ^{2} jɯːŋ^{6} ɹan^{4}

拿 心 平 样 水

心平静如水。

2–1211

元 坤 正 不 坤

Yuenz goenq cingz mbouj goenq

juːn^{2} kon^{5} çiŋ^{2} bou^{5} kon^{5}

缘 断 情 不 断

缘断情不断，

2–1212

门 办 绳 灯 龙

Maenh baenz cag daeng loengz

man^{6} pan^{2} çaːk^{8} taŋ^{1} loŋ^{2}

稳固 成 绳 灯 笼

稳如灯笼绳。

女唱

2–1213

写 南 由 了 金

Ce nanz raeuh liux gim

çe^{1} naːn^{2} ɹau^{6} liːu^{4} kin^{1}

留 久 多 啰 金

久别了好友，

2–1214

特 心 平 样 水

Dawz sim bingz yiengh raemx

təɯ^{2} θin^{1} piŋ^{2} jɯːŋ^{6} ɹan^{4}

拿 心 平 样 水

心平静如水。

2–1215

送 花 堂 九 顿

Soengq va daengz gouj daenh

θoŋ^{5} va^{1} taŋ^{2} kjau^{3} tan^{6}

送 花 到 九 顿

送花到九顿，

2–1216

正 不 门 牙 难

Cingz mbouj maenh yax nanz

çiŋ^{2} bou^{5} man^{6} ja^{5} naːn^{2}

情 不 稳固 也 难

情不定都难。

男唱

2-1217

写	**南**	**由**	**了**	**金**
Ce	nanz	raeuh	liux	gim
çe^{1}	na:n^{2}	ɹau^{6}	li:u^{4}	ki:n^{1}
留	久	多	啰	金

久别了好友，

2-1218

特	**心**	**平**	**样**	**水**
Dawz	sim	bingz	yiengh	raemx
təɯ^{2}	θin^{1}	piŋ^{2}	jɯ:ŋ^{6}	ɹan^{4}
拿	心	平	样	水

心平静如水。

2-1219

送	**花**	**堂**	**九**	**顿**
Soengq	va	daengz	gouj	daenh
θoŋ^{5}	va^{1}	taŋ^{2}	kjau^{3}	tan^{6}
送	花	到	九	顿

送花到九顿，

2-1220

能	**外**	**友**	**卜**	**而**
Naengh	vaij	youx	boux	lawz
naŋ^{6}	va:i^{3}	ju^{4}	pu^{4}	laɯ^{2}
坐	过	友	个	哪

错过哪位友。

女唱

2-1221

写	**南**	**由**	**了**	**金**
Ce	nanz	raeuh	liux	gim
çe^{1}	na:n^{2}	ɹau^{6}	li:u^{4}	kin^{1}
留	久	多	啰	金

久别了好友，

2-1222

特	**心**	**平**	**样**	**水**
Dawz	sim	bingz	yiengh	raemx
təɯ^{2}	θin^{1}	piŋ^{2}	jɯ:ŋ^{6}	ɹan^{4}
拿	心	平	样	水

心平静如水。

2-1223

送	**花**	**堂**	**九**	**顿**
Soengq	va	daengz	gouj	daenh
θoŋ^{5}	va^{1}	taŋ^{2}	kjau^{3}	tan^{6}
送	花	到	九	顿

送花到九顿，

2-1224

能	**外**	**友**	**邦**	**你**
Naengh	vaij	youx	biengz	mwngz
naŋ^{6}	va:i^{3}	ju^{4}	pi:ŋ^{2}	mɯŋ^{2}
坐	过	友	地方	你

错失你好友。

男唱

2-1225

写	南	来	韦	机
Ce	nanz	lai	vae	giq
çe¹	na:n²	la:i¹	vai¹	ki⁵
留	久	多	姓	支

久别异姓友，

2-1226

义	又	坤	心	头
Ngeix	youh	goenq	sim	daeuz
ȵi⁴	jou⁴	kon⁵	θin¹	tau²
想	又	断	心	脏

想起断肝肠。

2-1227

能	外	友	邦	偻
Naengh	vaij	youx	biengz	raeuz
naŋ⁶	va:i³	ju⁴	pi:ŋ²	ɹau²
坐	过	友	地方	我们

错失我方友，

2-1228

要	卜	而	特	仪
Aeu	boux	lawz	dawz	saenq
au¹	pu⁴	laɯ²	təɯ²	θin⁵
要	个	哪	拿	信

谁来收情书。

女唱

2-1229

写	南	来	韦	机
Ce	nanz	lai	vae	giq
çe¹	na:n²	la:i¹	vai¹	ki⁵
留	久	多	姓	支

久别异姓友，

2-1230

义	又	坤	心	头
Ngeix	youh	goenq	sim	daeuz
ȵi⁴	jou⁴	kon⁵	θin¹	tau²
想	又	断	心	脏

想来肝肠断。

2-1231

能	外	友	邦	偻
Naengh	vaij	youx	biengz	raeuz
naŋ⁶	va:i³	ju⁴	pi:ŋ²	ɹau²
坐	过	友	地方	我们

错过我方友，

2-1232

要	备	银	特	仪
Aeu	beix	ngaenz	dawz	saenq
au¹	pi⁴	ŋan²	təɯ²	θin⁵
要	兄	银	拿	信

要兄接情书。

男唱

2-1233

写	南	由	了	金
Ce	nanz	raeuh	liux	gim
çe^{1}	na:n^{2}	ɹau^{6}	li:u^{4}	kin^{1}
留	久	多	啰	金

久别了好友，

2-1234

特	心	平	样	水
Dawz	sim	bingz	yiengh	raemx
təɯ^{2}	θin^{1}	piŋ^{2}	jɯ:ŋ^{6}	ɹan^{4}
拿	心	平	样	水

心平静如水。

2-1235

勾	邦	会	古	门
Gaeu	baengh	faex	guh	maenh
kau^{1}	paŋ^{6}	fai^{4}	ku^{4}	man^{6}
藤	靠	树	做	稳固

藤缠树才稳，

2-1236

备	邦	农	古	文
Beix	baengh	nuengx	guh	vunz
pi^{4}	paŋ^{6}	nu:ŋ^{4}	ku^{4}	vun^{2}
兄	靠	妹	做	人

兄靠妹成家。

女唱

2-1237

写	南	由	了	金
Ce	nanz	raeuh	liux	gim
çe^{1}	na:n^{2}	ɹau^{6}	li:u^{4}	kin^{1}
留	久	多	啰	金

久别了好友，

2-1238

特	心	平	样	水
Dawz	sim	bingz	yiengh	raemx
təɯ^{2}	θin^{1}	piŋ^{2}	jɯ:ŋ^{6}	ɹan^{4}
拿	心	平	样	水

心平静如水。

2-1239

问	你	友	对	生
Cam	mwngz	youx	doiq	saemq
ça:m^{1}	mɯŋ^{2}	ju^{4}	to:i^{5}	θan^{5}
问	你	友	对	庚

我问同龄友，

2-1240

邦	样	能	古	而
Baengh	yiengh	nyaenx	guh	rawz
paŋ^{6}	jɯ:ŋ^{6}	ɲan^{4}	ku^{4}	ɹaɯ^{2}
靠	样	那么	做	什么

为何要靠人？

男唱

2–1241

写	南	由	了	金
Ce	nanz	raeuh	liux	gim
çe^{1}	naːn^{2}	ɹau^{6}	liːu^{4}	kin^{1}
留	久	多	啰	金

久别了好友，

2–1242

特	心	平	样	水
Dawz	sim	bingz	yiengh	raemx
təɯ^{2}	θin^{1}	piŋ^{2}	jɯːŋ^{6}	ɹan^{4}
拿	心	平	样	水

心平静如水。

2–1243

想	不	邦	样	能
Siengj	mbouj	baengh	yiengh	nyaenx
θiːŋ^{3}	bou^{5}	paŋ^{6}	jɯːŋ^{6}	ɲan^{4}
想	不	靠	样	那么

想不那样靠，

2–1244

对	生	不	重	心
Doiq	saemq	mbouj	naek	sim
toːi^{5}	θan^{5}	bou^{5}	nak^{7}	θin^{1}
对	庚	不	重	心

发小不重视。

男唱

2–1245

写	南	由	了	金
Ce	nanz	raeuh	liux	gim
çe^{1}	naːn^{2}	ɹau^{6}	liːu^{4}	kin^{1}
留	久	多	啰	金

久别了好友，

2–1246

特	心	平	样	良
Dawz	sim	bingz	yiengh	liengz
təɯ^{2}	θin^{1}	piŋ^{2}	jɯːŋ^{6}	leːŋ^{2}
拿	心	平	样	梁

心平静如梁。

2–1247

能	更	桥	比	仿
Naengh	gwnz	giuz	bi	buengz
naŋ^{6}	kɯn^{2}	kiːu^{2}	pi^{1}	peːŋ^{5}
坐	上	桥	摇	晃

坐桥上闲荡，

2–1248

米	良	是	中	正
Miz	liengh	cix	cuengq	cingz
mi^{2}	leːŋ^{6}	çi^{4}	çuːŋ^{5}	çiŋ^{2}
有	肚量	就	放	情

有意就谈情。

女唱

2-1249

写　南　由　了　金

Ce　nanz　raeuh　liux　gim

ɕe^{1}　na:n^{2}　ɹau^{6}　li:u^{4}　kin^{1}

留　久　多　啰　金

久别了好友，

2-1250

特　心　平　样　良

Dawz　sim　bingz　yiengh　liengz

təɯ^{2}　θin^{1}　piŋ^{2}　jɯ:ŋ^{6}　le:ŋ^{2}

拿　心　平　样　梁

心平静如梁。

2-1251

正　可　在　更　防

Cingz　goj　ywq　gwnz　vengh

ɕiŋ^{2}　ko^{5}　jɯ^{5}　kɯn^{2}　ve:ŋ^{6}

情　也　在　上　横梁

信物在梁上，

2-1252

洋　面　面　小　凉

Yaeng　menh　menh　siu　liengz

jaŋ^{1}　me:n^{6}　me:n^{6}　θi:u^{1}　li:ŋ^{2}

再　慢　慢　消　凉

再悠闲乘凉。

男唱

2-1253

写　南　由　了　金

Ce　nanz　raeuh　liux　gim

ɕe^{1}　na:n^{2}　ɹau^{6}　li:u^{4}　kin^{1}

留　久　多　啰　金

久别了好友，

2-1254

特　心　平　样　良

Dawz　sim　bingz　yiengh　liengz

təɯ^{2}　θin^{1}　piŋ^{2}　jɯ:ŋ^{6}　le:ŋ^{2}

拿　心　平　样　梁

心平静如梁。

2-1255

正　土　在　更　防

Cingz　dou　ywq　gwnz　vengh

ɕiŋ^{2}　tu^{1}　jɯ^{5}　kɯn^{2}　ve:ŋ^{6}

情　我　在　上　横梁

信物在梁上，

2-1256

田　农　在　方　而

Dieg　nuengx　ywq　fueng　lawz

di:k^{8}　nu:ŋ^{4}　jɯ^{5}　fu:ŋ^{1}　laɯ^{2}

地　妹　在　方　哪

妹你住何方？

女唱

2-1257

写	南	由	了	金
Ce	nanz	raeuh	liux	gim
ɕe^{1}	naːn^{2}	ɹau^{6}	liːu^{4}	kin^{1}
留	久	多	啰	金

久别了好友，

2-1258

特	心	平	样	良
Dawz	sim	bingz	yiengh	liengz
təɯ^{2}	θin^{1}	piŋ^{2}	jɯːŋ^{6}	leːŋ^{2}
拿	心	平	样	梁

心平静如梁。

2-1259

广	东	十	三	相①
Gvangj	doeng	cib	sam	siengj
kwaːŋ^{3}	toŋ^{1}	ɕit^{8}	θaːn^{1}	θeːŋ^{3}
广	东	十	三	省

广东十三司，

2-1260

不	真	田	农	银
Mbouj	caen	denz	nuengx	ngaenz
bou^{5}	ɕin^{1}	teːn^{2}	nuːŋ^{4}	ŋan^{2}
不	真	地	妹	银

不是妹家乡。

男唱

2-1261

写	南	由	了	金
Ce	nanz	raeuh	liux	gim
ɕe^{2}	naːn^{2}	ɹau^{6}	liːu^{4}	kin^{1}
留	久	多	啰	金

久别了好友，

2-1262

特	心	平	样	良
Dawz	sim	bingz	yiengh	liengz
təɯ^{2}	θin^{1}	piŋ^{2}	jɯːŋ^{6}	leːŋ^{2}
拿	心	平	样	梁

心平静如梁。

2-1263

广	东	十	三	相
Gvangj	doeng	cib	sam	siengj
kwaːŋ^{3}	toŋ^{1}	ɕit^{8}	θaːn^{1}	θeːŋ^{3}
广	东	十	三	省

广东十三司，

2-1264

田	伕	不	田	偻
Denz	fwx	mbouj	denz	raeuz
teːn^{2}	fə^{4}	bou^{5}	teːn^{2}	ɹau^{2}
地	别人	不	地	我们

不是我家园。

① 相［θeːŋ^{3}］：此指广东下辖的行政区划。

① 认相可下王［ȵin^{6} θiːŋ^{5} ko^{5} ɹoŋ^{2} vaŋ^{2}］：会看也落水。比喻男女之间有缘无分。

女唱

2–1265

写	**南**	**由**	**了**	**金**
Ce	nanz	raeuh	liux	gim
çe^{1}	naːn^{2}	ɹau^{6}	liːu^{4}	kin^{1}
留	久	多	啰	金

久别了好友，

2–1266

特	**心**	**平**	**样**	**良**
Dawz	sim	bingz	yiengh	liengz
təɯ^{2}	θin^{1}	piŋ^{2}	jɯːŋ^{6}	leːŋ^{2}
拿	心	平	样	梁

心平静如梁。

2–1267

广	**东**	**十**	**三**	**相**
Gvangj	doeng	cib	sam	siengj
kwaːŋ^{3}	toŋ^{1}	çit^{8}	θaːn^{1}	θeːŋ^{3}
广	东	十	三	省

广东十三司，

2–1268

不	**得**	**相**	**罗**	**元**
Mbouj	ndaej	ceng	loh	yuenz
bou^{5}	dai^{3}	çeːŋ^{1}	lo^{6}	juːn^{2}
不	得	争	路	缘

寻不到缘份。

男唱

2–1269

写	**南**	**由**	**了**	**金**
Ce	nanz	raeuh	liux	gim
çe^{1}	naːn^{2}	ɹau^{6}	liːu^{4}	kin^{1}
留	久	多	啰	金

久别了好友，

2–1270

特	**心**	**平**	**样**	**良**
Dawz	sim	bingz	yiengh	liengz
təɯ^{2}	θin^{1}	piŋ^{2}	jɯːŋ^{6}	leːŋ^{2}
拿	心	平	样	梁

心平静如梁。

2–1271

阝	**相**	**阝**	**不**	**相**
Boux	siengq	boux	mbouj	siengq
pu^{4}	θiːŋ^{5}	pu^{4}	bou^{5}	θiːŋ^{5}
个	相	个	不	相

没人会看相，

2–1272

认	**相**	**可**	**下**	**王**①
Nyinh	siengq	goj	roengz	vaengz
ȵin^{6}	θiːŋ^{5}	ko^{5}	ɹoŋ^{2}	vaŋ^{2}
仍	相	也	下	潭

会看也落水。

女唱

2-1273

写	**难**	**由**	**了**	**金**
Ce	nanz	raeuh	liux	gim
çe^{1}	naːn^{2}	ɹau^{6}	liːu^{4}	kin^{1}
留	久	多	啰	金

久别了好友，

2-1274

特	**心**	**平**	**样**	**良**
Dawz	sim	bingz	yiengh	liengz
təɯ^{2}	θin^{1}	piŋ^{2}	jɯːŋ^{6}	leːŋ^{2}
拿	心	平	样	梁

心平静如梁。

2-1275

身	**土**	**生**	**貝**	**边**
Ndang	dou	ceng	bae	mbiengq
daːŋ^{1}	tu^{1}	çeːŋ^{1}	pai^{1}	biːŋ^{5}
身	我	差	去	边

我身不匀称，

2-1276

从	**土**	**相**	**农**	**银**
Coengh	dou	siengq	nuengx	ngaenz
çoŋ^{6}	tu^{1}	θiːŋ^{5}	nuːŋ^{4}	ŋan^{2}
帮	我	相	妹	银

来帮我看相。

男唱

2-1277

写	**南**	**由**	**了**	**金**
Ce	nanz	raeuh	liux	gim
çe^{1}	naːn^{2}	ɹau^{6}	liːu^{4}	kin^{1}
留	久	多	啰	金

久别了好友，

2-1278

特	**心**	**平**	**样**	**良**
Dawz	sim	bingz	yiengh	liengz
təɯ^{2}	θin^{1}	piŋ^{2}	jɯːŋ^{6}	leːŋ^{2}
拿	心	平	样	梁

心平静如梁。

2-1279

身	**龙**	**生**	**貝**	**边**
Ndang	lungz	ceng	bae	mbiengq
daːŋ^{1}	luŋ^{2}	çeːŋ^{1}	pai^{1}	biːŋ^{5}
身	龙	差	去	边

我身不匀称，

2-1280

良	**相**	**不**	**很**	**桥**
Liengh	siengq	mbouj	hwnj	giuz
leːŋ^{6}	θiːŋ^{5}	bou^{5}	hɯn^{3}	kiːu^{2}
谅	相	不	上	桥

并非富贵相。

女唱

2-1281

写	南	由	了	金
Ce	nanz	raeuh	liux	gim
çe^{1}	naːn^{2}	ɹau^{6}	liːu^{4}	kin^{1}
留	久	多	啰	金

久别了好友，

2-1282

特	心	平	样	良
Dawz	sim	bingz	yiengh	liengz
təɯ^{2}	θin^{1}	piŋ^{2}	jɯːŋ^{6}	leːŋ^{2}
拿	心	平	样	梁

心平静如梁。

2-1283

生	边	可	利	边
Ceng	vengh	goj	lix	vengh
çeːŋ^{1}	veːŋ^{6}	ko^{5}	li^{4}	veːŋ^{6}
差	边	可	剩	边

身材不匀称，

2-1284

相	大	才	农	银
Cengq	dah	raix	nuengx	ngaenz
çeːŋ^{5}	ta^{6}	ɹaːi^{4}	nuːŋ^{4}	ŋan^{2}
撑	实	在	妹	银

定要撑起来。

男唱

2-1285

写	南	由	了	金
Ce	nanz	raeuh	liux	gim
çe^{1}	naːn^{2}	ɹau^{6}	liːu^{4}	kin^{1}
留	久	多	啰	金

久别了好友，

2-1286

特	心	平	样	良
Dawz	sim	bingz	yiengh	liengz
təɯ^{2}	θin^{1}	piŋ^{2}	jɯːŋ^{6}	leːŋ^{2}
拿	心	平	样	梁

心平静如梁。

2-1287

身	你	生	貝	边
Ndang	mwngz	ceng	bae	rengh
daːŋ^{1}	mɯŋ^{2}	çeːŋ^{1}	pai^{1}	ɹeːŋ^{6}
身	你	差	去	跟

身材不匀称，

2-1288

可	好	强	下	王
Goj	ndei	giengh	roengz	vaengz
ko^{5}	dei^{1}	kiːŋ^{6}	ɹoŋ^{2}	vaŋ^{2}
也	好	跳	下	潭

想沉潭自尽。

女唱

2-1289

写	南	由	了	金
Ce	nanz	raeuh	liux	gim
çe^{1}	naːn^{2}	ɹau^{6}	liːu^{4}	kin^{1}
留	久	多	啰	金

久别了好友，

2-1290

特	心	平	样	良
Dawz	sim	bingz	yiengh	liengz
təɯ^{2}	θin^{1}	piŋ^{2}	jɯːŋ^{6}	leːŋ^{2}
拿	心	平	样	粱

心平静如粱。

2-1291

土	可	站	吉	光
Dou	goj	soengz	giz	gvengq
tu^{1}	ko^{5}	θoŋ^{2}	ki^{2}	kweːŋ^{5}
我	也	站	处	空旷

我在明处看，

2-1292

大	你	强	得	下
Dax	mwngz	giengh	ndaej	roengz
ta^{4}	mɯŋ^{2}	kiːŋ^{6}	dai^{3}	ɹoŋ^{2}
赌	你	跳	得	下

赌你敢跳潭。

男唱

2-1293

写	南	由	了	金
Ce	nanz	raeuh	liux	gim
çe^{1}	naːn^{2}	ɹau^{6}	liːu^{4}	kin^{1}
留	久	多	啰	金

久别了好友，

2-1294

特	心	平	样	良
Dawz	sim	bingz	yiengh	liengz
təɯ^{2}	θin^{1}	piŋ^{2}	jɯːŋ^{6}	leːŋ^{2}
拿	心	平	样	粱

心平静如粱。

2-1295

你	大	九	是	强
Mwngz	dax	gou	cix	giengh
mɯŋ^{2}	ta^{4}	kou^{1}	çi^{4}	kiːŋ^{6}
你	赌	我	就	跳

你赌我便跳，

2-1296

又	貝	爱	开	么
Youh	bae	ngaih	gij	maz
jou^{4}	pai^{1}	ŋaːi^{6}	kaːi^{2}	ma^{2}
又	去	妨碍	什	么

我还怕什么。

女唱

2-1297

写	**南**	**由**	**了**	**金**
Ce	nanz	raeuh	liux	gim
çe^{1}	naːn^{2}	ɹau^{6}	liːu^{4}	kin^{1}
留	久	多	啰	金

久别了好友，

2-1298

特	**心**	**平**	**样**	**良**
Dawz	sim	bingz	yiengh	liengz
təɯ^{2}	θin^{1}	piŋ^{2}	jɯːŋ^{6}	leːŋ^{2}
拿	心	平	样	梁

心平静如梁。

2-1299

然	**你**	**米**	**鸟**	**相**①
Ranz	mwngz	miz	roeg	ciengx
ɹaːn^{2}	mɯŋ^{2}	mi^{2}	ɹok^{8}	çiːŋ^{4}
家	你	有	鸟	养

你已有家室，

2-1300

不	**相**	**友**	**元**	**远**
Mbouj	siengq	youx	roen	gyae
bou^{5}	θiːŋ^{5}	ju^{4}	joːn^{1}	kjai^{1}
不	相	友	路	远

不理远方友。

男唱

2-1301

写	**南**	**由**	**了**	**金**
Ce	nanz	raeuh	liux	gim
çe^{1}	naːn^{2}	ɹau^{6}	liːu^{4}	kin^{1}
留	久	多	啰	金

久别了好友，

2-1302

特	**心**	**平**	**样**	**良**
Dawz	sim	bingz	yiengh	liengz
təɯ^{2}	θin^{1}	piŋ^{2}	jɯːŋ^{6}	leːŋ^{2}
拿	心	平	样	梁

心平静如梁。

2-1303

你	**贝**	**然**	**土**	**相**
Mwngz	bae	ranz	dou	siengq
mɯŋ^{2}	pai^{1}	ɹaːn^{2}	tu^{1}	θiːŋ^{5}
你	去	家	我	相

你去我家看，

2-1304

米	**鸟**	**相**	**在**	**而**
Miz	roeg	ciengx	ywq	lawz
mi^{2}	ɹok^{8}	çiːŋ^{4}	jɯ^{5}	laɯ^{2}
有	鸟	养	在	哪

我哪有家室。

① 鸟相[ɹok^{8} çiːŋ^{4}]：养鸟。指爱人，此处女方试探男方是否已有家室。

女唱

2–1305

写	南	由	了	金
Ce	nanz	raeuh	liux	gim
çe^{1}	naːn^{2}	ɹau^{6}	liːu^{4}	kin^{1}
留	久	多	啰	金

久别了好友，

2–1306

特	心	平	样	良
Dawz	sim	bingz	yiengh	liengz
təɯ^{2}	θin^{1}	piŋ^{2}	jɯːŋ^{6}	leːŋ^{2}
拿	心	平	样	梁

心平静如梁。

2–1307

天	乱	土	貝	相
Ngoenz	lwenz	dou	bae	siengq
ŋon^{2}	lɯːn^{2}	tu^{1}	pai^{1}	θiːŋ^{5}
日	昨	我	去	相

昨天我去看，

2–1308

备	相	鸟	良	然
Beix	ciengx	roeg	lingh	ranz
pi^{4}	çiːŋ^{4}	ɹok^{8}	leːŋ^{6}	ɹaːn^{2}
兄	养	鸟	另	家

兄已有家室。

男唱

2–1309

写	南	由	了	金
Ce	nanz	raeuh	liux	gim
çe^{1}	naːn^{2}	ɹau^{6}	liːu^{4}	kin^{1}
留	久	多	啰	金

久别了好友，

2–1310

特	心	平	样	良
Dawz	sim	bingz	yiengh	liengz
təɯ^{2}	θin^{1}	piŋ^{2}	jɯːŋ^{6}	leːŋ^{2}
拿	心	平	样	梁

心平静如梁。

2–1311

得	九	义	是	相
Ndaej	giuj	ngeih	cix	ciengx
dai^{3}	kiːu^{3}	ȵi^{6}	çi^{4}	çiːŋ^{4}
得	情	义	就	养

有人就结婚，

2–1312

又	收	命	古	而
Youh	caeuq	mingh	guh	rawz
jou^{4}	çau^{5}	miŋ^{6}	ku^{4}	ɹaɯ^{2}
又	收	命	做	什么

何故要沾花。

女唱

2–1313

写 南 由 了 金

Ce nanz raeuh liux gim

çe^{1} na:n^{2} ɹau^{6} li:u^{4} kin^{1}

留 久 多 啰 金

久别了好友，

2–1314

特 心 平 样 良

Dawz sim bingz yiengh liengz

təɯ^{2} θin^{1} piŋ^{2} jɯ:ŋ^{6} le:ŋ^{2}

拿 心 平 样 梁

心平静如梁。

2–1315

得 九 空 合 相

Ndaej gou ndwi hob ciengx

dai^{3} kou^{1} du:i^{1} ho:p^{8} çi:ŋ^{4}

得 我 不 合 养

婚姻不合意，

2–1316

爱 先 友 邦 你

Ngaiq senj youx biengz mwngz

ŋa:i^{5} θe:n^{3} ju^{4} pi:ŋ^{2} mɯŋ^{2}

爱 选 友 地方 你

可选你乡友。

男唱

2–1317

写 南 由 了 乖

Ce nanz raeuh liux gvai

çe^{1} na:n^{2} ɹau^{6} li:u^{4} kwa:i^{1}

留 久 多 啰 乖

久别了我友，

2–1318

写 南 来 韦 求

Ce nanz lai vae gyaeuq

çe^{1} na:n^{2} la:i^{1} vai^{1} kjau^{5}

留 久 多 姓 别

久违了情友。

2–1319

九 义 少 牙 有

Giuj ngeih sau yax youj

ki:u^{3} ȵi^{6} θa:u^{1} ja^{5} jou^{3}

情 义 姑娘 也 有

妹也有情友，

2–1320

鸟 相 农 牙 米

Roeg ciengx nuengx yax miz

ɹok^{8} çi:ŋ^{4} nu:ŋ^{4} ja^{5} mi^{2}

鸟 养 妹 也 有

妹也有爱人。

女唱

2-1321

写	**南**	**由**	**了**	**乖**
Ce	nanz	raeuh	liux	gvai
çe^{1}	naːn^{2}	ɹau^{6}	liːu^{4}	kwaːi^{1}
留	久	多	啰	乖

久别了我友，

2-1322

写	**南**	**来**	**韦**	**求**
Ce	nanz	lai	vae	gyaeuq
çe^{1}	naːn^{2}	laːi^{1}	vai^{1}	kjau^{5}
留	久	多	姓	别

久违了情友。

2-1323

九	**义**	**是**	**没**	**有**
Giuj	ngeih	cix	meij	youj
kiːu^{3}	ɲi^{6}	çi^{4}	mei^{3}	jou^{3}
情	义	是	没	有

情友都没有，

2-1324

讲	**鸟**	**相**	**古**	**而**
Gangj	roeg	ciengx	guh	rawz
kaːŋ^{3}	ɹok^{8}	çiːŋ^{4}	ku^{4}	ɹaɯ^{2}
讲	鸟	养	做	什么

上哪要爱人。

男唱

2-1325

写	**南**	**由**	**了**	**金**
Ce	nanz	raeuh	liux	gim
çe^{1}	naːn^{2}	ɹau^{6}	liːu^{4}	kin^{1}
留	久	多	啰	金

久别了好友，

2-1326

特	**心**	**平**	**样**	**良**
Dawz	sim	bingz	yiengh	liengz
təɯ^{2}	θin^{1}	piŋ^{2}	jɯːŋ^{6}	leːŋ^{2}
拿	心	平	样	梁

心平静如梁。

2-1327

得	**巴**	**空**	**办**	**样**
Ndaej	baz	ndwi	baenz	yiengh
dai^{3}	pa^{2}	duːi^{1}	pan^{2}	jɯːŋ^{6}
得	妻	不	成	样

妻子不漂亮，

2-1328

坏	**相**	**备**	**贝**	**空**
Vaih	siengq	beix	bae	ndwi
vaːi^{6}	θiːŋ^{5}	pi^{4}	pai^{1}	duːi^{1}
坏	相	兄	去	空

浪费兄美貌。

女唱

2–1329

写 南 由 了 金

Ce nanz raeuh liux gim

çe^{1} na:n^{2} ɹau^{6} li:u^{4} kin^{1}

留 久 多 啰 金

久别了好友，

2–1330

特 心 平 样 良

Dawz sim bingz yiengh liengz

təɯ^{2} θin^{1} piŋ^{2} jɯ:ŋ^{6} le:ŋ^{2}

拿 心 平 样 梁

心平静如梁。

2–1331

要 干 然 干 祥

Aeu ganq ranz ganq riengh

au^{1} ka:n^{5} ɹa:n^{2} ka:n^{5} ɹi:ŋ^{6}

要 照料 家 照料 栏

娶来管家事，

2–1332

要 办 样 古 而

Aeu baenz yiengh guh rawz

au^{1} pan^{2} jɯ:ŋ^{6} ku^{4} ɹaɯ^{2}

要 成 样 做 什么

无须相貌好。

男唱

2–1333

写 南 由 了 金

Ce nanz raeuh liux gim

çe^{1} na:n^{2} ɹau^{6} li:u^{4} kin^{1}

留 久 多 啰 金

久别了好友，

2–1334

特 心 平 样 良

Dawz sim bingz yiengh liengz

təɯ^{2} θin^{1} piŋ^{2} jɯ:ŋ^{6} le:ŋ^{2}

拿 心 平 样 梁

心平静如梁。

2–1335

得 巴 空 办 样

Ndaej baz ndwi baenz yiengh

dai^{3} pa^{2} du:i^{1} pan^{2} jɯ:ŋ^{6}

得 妻 不 成 样

妻相貌不好，

2–1336

下 祥 伕 又 笑

Roengz riengh fwx youh riu

ɹoŋ^{2} ɹi:ŋ^{6} fə^{4} jou^{4} ɹi:u^{1}

下 栏 别人 又 笑

出门人见笑。

女唱

2-1337

写 南 由 了 金

Ce nanz raeuh liux gim

çe^{1} na:n^{2} ɹau^{6} li:u^{4} kin^{1}

留 久 多 啰 金

久别了好友，

2-1338

特 心 平 样 良

Dawz sim bingz yiengh liengz

təɯ^{2} θin^{1} piŋ^{2} jɯ:ŋ^{6} le:ŋ^{2}

拿 心 平 样 梁

心平静如梁。

2-1339

你 说 空 办 样

Mwngz naeuz ndwi baenz yiengh

mɯŋ^{2} nau^{2} du:i^{1} pan^{2} jɯ:ŋ^{6}

你 说 不 成 样

你嫌相貌差，

2-1340

几 卜 恋 牙 要

Geij boux lienh yaek aeu

ki^{3} pu^{4} li:n^{6} jak^{7} au^{1}

几 个 恋 要 娶

别人等着娶。

女唱

2-1341

写 南 由 了 金

Ce nanz raeuh liux gim

çe^{1} na:n^{2} ɹau^{6} li:u^{4} kin^{1}

留 久 多 啰 金

久别了好友，

2-1342

特 心 平 样 马

Dawz sim bingz yiengh max

təɯ^{2} θin^{1} piŋ^{2} jɯ:ŋ^{6} ma^{4}

拿 心 平 样 马

心平如木马。

2-1343

丰 飞 外 三① 瓜

Fungh mbin vaij san gvaq

fuŋ^{6} bin^{1} va:i^{3} θa:n^{1} kwa^{5}

凤 飞 过 封山 过

凤飞过屋角，

2-1344

炕 托 拉 你 米

Ien doek laj mwngz miz

i:n^{1} tok^{7} la^{3} mɯŋ^{2} mi^{2}

烟 落 下 你 有

见你有好烟。

① 三［θa:n^{1}］：房屋的封山。

男唱

2–1345

写 南 由 了 金

Ce nanz raeuh liux gim

çe^{1} naːn^{2} ɹau^{6} liːu^{4} kin^{1}

留 久 多 啰 金

久别了好友，

2–1346

特 心 平 样 马

Dawz sim bingz yiengh max

təɯ^{2} θin^{1} piŋ^{2} jɯːŋ^{6} ma^{4}

拿 心 平 样 马

心平如木马。

2–1347

日 乱 土 貝 瓜

Ngoenz lwenz dou bae gvaq

ŋon^{2} lɯːn^{2} tu^{1} pai^{1} kwa^{5}

日 昨 我 去 过

昨天我到过，

2–1348

炕 托 拉 在 而

Ien doek laj ywq lawz

iːn^{1} tok^{7} la^{3} jɯ^{5} laɯ^{2}

烟 落 下 在 哪

不见有好烟。

女唱

2–1349

写 南 由 了 金

Ce nanz raeuh liux gim

çe^{1} naːn^{2} ɹau^{6} liːu^{4} kin^{1}

留 久 多 啰 金

久别了好友，

2–1350

特 心 平 样 马

Dawz sim bingz yiengh max

təɯ^{2} θin^{1} piŋ^{2} jɯːŋ^{6} ma^{4}

拿 心 平 样 马

心平如木马。

2–1351

土 可 站 拉 架

Dou goj soengz laj gyaz

tu^{1} ko^{5} θoŋ^{2} la^{3} kja^{2}

我 可 站 下 草丛

我站草蓬下，

2–1352

备 古 杀 外 元

Beix guh cax vaij roen

pi^{4} ku^{4} θa^{4} vaːi^{3} joːn^{1}

兄 做 煞 过 路

兄过路做法。

男唱

2-1353

写	南	由	了	金
Ce	nanz	raeuh	liux	gim
çe¹	naːn²	ɹau⁶	liːu⁴	kin¹
留	久	多	啰	金

久别了好友，

2-1354

特	心	平	样	马
Dawz	sim	bingz	yiengh	max
təɯ²	θin¹	piŋ²	jɯːŋ⁶	ma⁴
拿	心	平	样	马

心平如木马。

2-1355

重	心	吨	拉	架
Naek	sim	daemx	laj	gyaz
nak⁷	θin¹	tan⁴	la³	kja²
重	心	顶	下	草丛

心落入草蓬，

2-1356

却	备	外	邦	你
Gyo	beix	vaij	biengz	mwngz
kjo¹	pi⁴	vaːi³	piːŋ²	mɯŋ²
幸亏	兄	过	地方	你

幸兄过你方。

女唱

2-1357

写	南	由	了	金
Ce	nanz	raeuh	liux	gim
çe¹	naːn²	ɹau⁶	liːu⁴	kin¹
留	久	多	啰	金

久别了好友，

2-1358

特	心	平	样	马
Dawz	sim	bingz	yiengh	max
təɯ²	θin¹	piŋ²	jɯːŋ⁶	ma⁴
拿	心	平	样	马

心平如木马。

2-1359

想	牙	吨	拉	架
Siengj	yaek	daemx	laj	gyaz
θiːŋ³	jak⁷	tan⁴	la³	kja²
想	要	顶	下	草丛

真想撞草蓬，

2-1360

备	空	瓜	邦	偻
Beix	ndwi	gvaq	biengz	raeuz
pi⁴	duːi¹	kwa⁵	piːŋ²	ɹau²
兄	不	过	地方	我们

兄不过我乡。

男唱

2-1361

写　南　由　了　金

Ce nanz raeuh liux gim

ɕe^{1} na:n^{2} ɹau^{6} li:u^{4} kin^{1}

留　久　多　啰　金

久别了好友，

2-1362

特　心　平　样　马

Dawz sim bingz yiengh max

təɯ^{2} θin^{1} piŋ^{2} jɯ:ŋ^{6} ma^{4}

拿　心　平　样　马

心平如木马。

2-1363

元　同　拉

Yuenz doengz laq

ju:n^{2} toŋ^{2} la^{5}

缘　同　牵

缘相牵，

2-1364

重　不　外　双　偻

Naek mbouj vaij song raeuz

nak^{7} bou^{5} va:i^{3} θo:ŋ^{1} ɹau^{2}

重　不　过　两　我们

情重不过咱。

女唱

2-1365

写　南　由　了　金

Ce nanz raeuh liux gim

ɕe^{1} na:n^{2} ɹau^{6} li:u^{4} kin^{1}

留　久　多　啰　金

久别了好友，

2-1366

特　心　平　样　马

Dawz sim bingz yiengh max

təɯ^{2} θin^{1} piŋ^{2} jɯ:ŋ^{6} ma^{4}

拿　心　平　样　马

心平如木马。

2-1367

江　邦　十　义　加

Gyang biengz cib ngeih gya

kja:ŋ^{1} pi:ŋ^{2} ɕit^{8} ȵi^{6} kja^{1}

中　地方　十　二　家

此处十二家，

2-1368

知　备　重　方　而

Rox beix naek fueng lawz

ɹo^{4} pi^{4} nak^{7} fu:ŋ^{1} laɯ^{2}

知　兄　重　方　哪

兄看重哪边。

男唱

2-1369

写 南 来 韦 机

Ce nanz lai vae giq

çe^{1} na:n^{2} la:i^{1} vai^{1} ki^{5}

留 久 多 姓 支

久别异姓友，

2-1370

合 义 由 了 乖

Hoz ngeix raeuh liux gvai

ho^{2} ȵi^{4} ɹau^{6} li:u^{4} kwa:i^{1}

喉 想 很 啰 乖

心中多思念。

2-1371

七 十 义 条 开

Caet cib ngeih diuz gai

çat^{7} çit^{8} ȵi^{6} ti:u^{2} ka:i^{1}

七 十 二 条 街

七十二条街，

2-1372

重 你 来 了 农

Naek mwngz lai liux nuengx

nak^{7} mɯŋ^{2} la:i^{1} li:u^{4} nu:ŋ^{4}

重 你 多 啰 妹

最看重是你。

女唱

2-1373

写 南 由 了 金

Ce nanz raeuh liux gim

çe^{1} na:n^{2} ɹau^{6} li:u^{4} kin^{1}

留 久 多 啰 金

久别了好友，

2-1374

特 心 平 样 马

Dawz sim bingz yiengh max

təɯ^{2} θin^{1} piŋ^{2} jɯ:ŋ^{6} ma^{4}

拿 心 平 样 马

心平如木马。

2-1375

全 包 乖 可 重

Cienz mbauq gvai goj naek

çu:n^{2} ba:u^{5} kwa:i^{1} ko^{5} nak^{7}

传 小伙 乖 也 重

传情哥义重，

2-1376

下 卡 巴 土 特

Roengz gaq bak dou dawz

ɹoŋ^{2} ka^{5} pa:k^{7} tou^{1} təɯ^{2}

下 这 口 门 等

在门口恭候。

男唱

2-1377

写	**南**	**由**	**了**	**金**
Ce	nanz	raeuh	liux	gim
çe^{1}	naːn^{2}	ɹau^{6}	liːu^{4}	kin^{1}
留	久	多	啰	金

久别了好友，

2-1378

特	**心**	**平**	**样**	**马**
Dawz	sim	bingz	yiengh	max
təɯ^{2}	θin^{1}	piŋ^{2}	jɯːŋ^{6}	ma^{4}
拿	心	平	样	马

心平如木马。

2-1379

要	**良**	**心**	**同**	**重**
Aeu	liengz	sim	doengz	naek
au^{1}	liːŋ^{2}	θin^{1}	toŋ^{2}	nak^{5}
要	良	心	同	重

良心情义重，

2-1380

要	**卡**	**巴**	**古**	**而**
Aeu	gaz	bak	guh	rawz
au^{1}	ka^{2}	paːk^{7}	ku^{4}	ɹaɯ^{2}
要	阻碍	口	做	什么

不必做承诺。

女唱

2-1381

写	**南**	**由**	**了**	**金**
Ce	nanz	raeuh	liux	gim
çe^{1}	naːn^{2}	ɹau^{6}	liːu^{4}	kin^{1}
留	久	多	啰	金

久别了好友，

2-1382

特	**心**	**平**	**样**	**马**
Dawz	sim	bingz	yiengh	max
təɯ^{2}	θin^{1}	piŋ^{2}	jɯːŋ^{6}	ma^{4}
拿	心	平	样	马

心平如木马。

2-1383

想	**不**	**要**	**卡**	**巴**
Siengj	mbouj	aeu	gaz	bak
θiːŋ^{3}	bou^{5}	au^{1}	ka^{2}	paːk^{7}
想	不	要	阻碍	口

想不做承诺，

2-1384

却	**备**	**兵**	**正**	**傍**
Cog	beix	binq	cingz	raeuz
çoːk^{8}	pi^{4}	pin^{5}	çiŋ^{2}	ɹau^{2}
将来	兄	赖	情	我们

恐兄赖信物。

男唱

2-1385

写	南	由	了	乖
Ce	nanz	raeuh	liux	gvai
çe^{1}	na:n^{2}	ɹau^{6}	li:u^{4}	kwa:i^{1}
留	久	多	啰	乖

久别了好友，

2-1386

要	条	才	古	仪
Aeu	diuz	sai	guh	saenq
au^{1}	ti:u^{2}	θa:i^{1}	ku^{4}	θin^{5}
要	条	带	做	信

要带子作信。

2-1387

你	全	老	土	兵
Mwngz	gyonj	lau	dou	binq
mɯŋ^{2}	kjo:n^{3}	la:u^{1}	tu^{1}	pin^{5}
你	都	怕	我	赖

别怕我变卦，

2-1388

要	墨	马	写	字
Aeu	maeg	ma	sij	saw
au^{1}	mak^{8}	ma^{1}	θi^{3}	θaɯ^{1}
要	墨	来	写	字

写字来作证。

女唱

2-1389

写	南	来	韦	机
Ce	nanz	lai	vae	giq
çe^{1}	na:n^{2}	la:i^{1}	vai^{1}	ki^{5}
留	久	多	姓	支

久别异姓友，

2-1390

义	又	动	心	师
Ngeix	youh	doengh	sim	sei
ȵi^{4}	jou^{4}	toŋ^{4}	θin^{1}	ɕɯ^{1}
想	又	动	心	思

心中多思念。

2-1391

要	墨	马	写	字
Aeu	maeg	ma	sij	saw
au^{1}	mak^{8}	ma^{1}	θi^{3}	θaɯ^{1}
要	墨	来	写	字

若以书为证，

2-1392

在	而	办	备	农
Ywq	lawz	baenz	beix	nuengx
jɯ^{5}	laɯ^{2}	pan^{2}	pi^{4}	nu:ŋ^{4}
在	哪	成	兄	妹

哪还成兄妹。

男唱

2-1393

写	南	来	韦	机
Ce	nanz	lai	vae	giq
çe¹	naːn²	laːi¹	vai¹	ki⁵
留	久	多	姓	支

久别异姓友，

2-1394

义	又	动	心	师
Ngeix	youh	doengh	sim	sei
ȵi⁴	jou⁴	toŋ⁴	θin¹	çɯ¹
想	又	动	心	思

多少的思念。

2-1395

要	墨	马	写	字
Aeu	maeg	ma	sij	saw
au¹	mak⁸	ma¹	θi³	θaɯ¹
要	墨	来	写	字

若以书为证，

2-1396

当	河	偻	当	很
Dangq	haw	raeuz	dangq	hwnj
taːŋ⁵	həɯ¹	ɹau²	taːŋ⁵	hɯn³
另	圩	我们	另	上

各赶各的圩。

女唱

2-1397

写	南	由	了	金
Ce	nanz	raeuh	liux	gim
çe¹	naːn²	ɹau⁶	liːu⁴	kin¹
留	久	多	啰	金

久别了好友，

2-1398

特	心	平	样	马
Dawz	sim	bingz	yiengh	max
təɯ²	θin¹	piŋ²	jɯːŋ⁶	ma⁴
拿	心	平	样	马

心平如木马。

2-1399

全	包	乖	可	重
Cienz	mbauq	gvai	goj	naek
çuːn²	baːu⁵	kwaːi¹	ko⁵	nak⁷
传	小伙	乖	也	重

传情哥稳重，

2-1400

采	罗	老	同	跟
Byaij	loh	laux	doengh	riengz
pjaːi³	lo⁶	laːu⁴	toŋ²	ɹiːŋ²
走	路	大	相	跟

同心走大路。

男唱

2–1401

写	南	由	了	金
Ce	nanz	raeuh	liux	gim
çe^{1}	naːn^{2}	ɹau^{6}	liːu^{4}	kin^{1}
留	久	多	啰	金

久别了好友，

2–1402

特	心	平	样	马
Dawz	sim	bingz	yiengh	max
təɯ^{2}	θin^{1}	piŋ^{2}	jɯːŋ^{6}	ma^{4}
拿	心	平	样	马

心平如木马。

2–1403

重	古	而	不	重
Naek	guh	rawz	mbouj	naek
nak^{7}	ku^{4}	ɹaɯ^{2}	bou^{5}	nak^{7}
重	做	什么	不	重

情义怎不重，

2–1404

为	备	采	尝	堂
Vih	beix	byaij	caengz	daengz
vei^{6}	pi^{4}	pjaːi^{3}	çaŋ^{2}	taŋ^{2}
为	兄	走	未	到

只因兄未到。

女唱

2–1405

写	南	由	了	金
Ce	nanz	raeuh	liux	gim
çe^{1}	naːn^{2}	ɹau^{6}	liːu^{4}	kin^{1}
留	久	多	啰	金

久别了好友，

2–1406

特	心	平	样	马
Dawz	sim	bingz	yiengh	max
təɯ^{2}	θin^{1}	piŋ^{2}	jɯːŋ^{6}	ma^{4}
拿	心	平	样	马

心平如木马。

2–1407

全	包	乖	可	重
Cienz	mbauq	gvai	goj	naek
çuːn^{2}	baːu^{5}	kwaːi^{1}	ko^{5}	nak^{7}
传	小伙	乖	也	重

兄情义也重，

2–1408

采	罗	打	衣	定
Byaij	loh	daz	iet	din
pjaːi^{3}	lo^{6}	ta^{2}	jiːt^{7}	tin^{1}
走	路	拉	伸	脚

路上大步走。

男唱

2-1409

写	**南**	**来**	**韦**	**机**
Ce	nanz	lai	vae	giq
çe^{1}	na:n^{2}	la:i^{1}	vai^{1}	ki^{5}
留	**久**	**多**	**姓**	**支**

久别异姓友，

2-1410

义	**又**	**动**	**本**	**心**
Ngeix	youh	doengh	bonj	sim
n̥i^{4}	jou^{4}	toŋ^{4}	po:n^{3}	θin^{1}
想	**又**	**动**	**本**	**心**

想起就伤心。

2-1411

采	**罗**	**打**	**衣**	**定**
Byaij	loh	daz	iet	din
pja:i^{3}	lo^{6}	ta^{2}	ji:t^{7}	tin^{1}
走	**路**	**拉**	**伸**	**脚**

途中大步走，

2-1412

一	**里**	**几**	**来**	**走**
Yiz	leix	geij	lai	yamq
i^{2}	li^{4}	ki^{3}	la:i^{1}	ja:m^{5}
一	**里**	**几**	**多**	**步**

一里多少步？

女唱

2-1413

写	**南**	**来**	**韦**	**机**
Ce	nanz	lai	vae	giq
çe^{1}	na:n^{2}	la:i^{1}	vai^{1}	ki^{5}
留	**久**	**多**	**姓**	**支**

久别异姓友，

2-1414

义	**又**	**动**	**本**	**心**
Ngeix	youh	doengh	bonj	sim
n̥i^{4}	jou^{4}	toŋ^{4}	po:n^{3}	θin^{1}
想	**又**	**动**	**本**	**心**

想起就伤感。

2-1415

采	**罗**	**打**	**衣**	**定**
Byaij	loh	daz	iet	din
pja:i^{3}	lo^{6}	ta^{2}	ji:t^{7}	tin^{1}
走	**路**	**拉**	**伸**	**脚**

路上大步走，

2-1416

一	**里**	**百**	**义**	**走**
Yiz	leix	bak	ngeih	yamq
i^{2}	li^{4}	pa:k^{7}	n̥i^{6}	ja:m^{5}
一	**里**	**百**	**二**	**步**

一里百二步。

男唱

2-1417

采	**罗**	**打**	**衣**	**定**
Byaij	loh	daz	iet	din
pja:i^{3}	lo^{6}	ta^{2}	ji:t^{7}	tin^{1}
走	路	拉	伸	脚

若是大步走，

2-1418

一	**里**	**百**	**义**	**走**
Yiz	leix	bak	ngeih	yamq
i^{2}	li^{4}	pa:k^{7}	ȵi^{6}	ja:m^{5}
一	里	百	二	步

一里百二步。

2-1419

龙	**采**	**元**	**垌**	**光**
Lungz	byaij	roen	doengh	gvangq
luŋ^{2}	pja:i^{3}	jo:n^{1}	toŋ^{6}	kwa:ŋ^{5}
龙	走	路	垌	宽

兄常走平地，

2-1420

一	**万**	**几**	**来**	**里**
Yiz	fanh	geij	lai	leix
i^{2}	fa:n^{6}	ki^{3}	la:i^{1}	li^{4}
一	万	几	多	里

一万有几里。

女唱

2-1421

采	**罗**	**打**	**衣**	**定**
Byaij	loh	daz	iet	din
pja:i^{3}	lo^{6}	ta^{2}	ji:t^{7}	tin^{1}
走	路	拉	伸	脚

途中大步走，

2-1422

一	**里**	**百**	**义**	**走**
Yiz	leix	bak	ngeih	yamq
i^{2}	li^{4}	pa:k^{7}	ȵi^{6}	ja:m^{5}
一	里	百	二	步

一里百二步。

2-1423

龙	**采**	**元**	**垌**	**光**
Lungz	byaij	roen	doengh	gvangq
luŋ^{2}	pja:i^{3}	jo:n^{1}	toŋ^{6}	kwa:ŋ^{5}
龙	走	路	垌	宽

兄走平原路，

2-1424

一	**万**	**百**	**义**	**里**
Yiz	fanh	bak	ngeih	leix
i^{2}	fa:n^{6}	pa:k^{7}	ȵi^{6}	li^{4}
一	万	百	二	里

一万百二里。

男唱

2-1425

写	**南**	**来**	**韦**	**机**
Ce	nanz	lai	vae	giq
çe^1	na:n^2	la:i^1	vai^1	ki^5
留	久	多	姓	支

久别异姓友，

2-1426

义	**又**	**动**	**本**	**心**
Ngeix	youh	doengh	bonj	sim
ɳi^4	jou^4	toŋ^4	po:n^3	θin^1
想	又	动	本	心

想起就伤心。

2-1427

采	**罗**	**打**	**衣**	**定**
Byaij	loh	daz	iet	din
pja:i^3	lo^6	ta^2	ji:t^7	tin^1
走	路	拉	伸	脚

路上大步走，

2-1428

牙	**飞**	**下**	**田**	**务**
Yaek	mbin	roengz	denz	huj
jak^7	bin^1	ɹoŋ^2	te:n^2	hu^3
欲	飞	下	地	云

想腾云驾雾。

女唱

2-1429

写	**南**	**来**	**韦**	**机**
Ce	nanz	lai	vae	giq
çe^1	na:n^2	la:i^1	vai^1	ki^5
留	久	多	姓	支

久别异姓友，

2-1430

义	**又**	**动**	**本**	**心**
Ngeix	youh	doengh	bonj	sim
ɳi^4	jou^4	toŋ^4	po:n^3	θin^1
想	又	动	本	心

思念又伤心。

2-1431

在	**是**	**打**	**衣**	**定**
Ywq	cix	daz	iet	din
jɯ^5	çi^4	ta^2	ji:t^7	tin^1
在	就	拉	伸	脚

我要迈大步，

2-1432

丰	**飞**	**贝**	**是**	**了**
Fungh	mbin	bae	cix	liux
fuŋ^6	bin^1	pai^1	çi^4	li:u^4
凤	飞	去	就	完

如凤展翅飞。

男唱

2-1433

写 南 由 了 金

Ce nanz raeuh liux gim

çe^{1} na:n^{2} ɹau^{6} li:u^{4} kin^{1}

留 久 多 啰 金

久别了好友，

2-1434

特 心 平 样 中

Dawz sim bingz yiengh cungq

təɯ^{2} θin^{1} piŋ^{2} jɯ:ŋ^{6} çuŋ^{5}

拿 心 平 样 枪

心要平如枪。

2-1435

想 开 桥 外 峯①

Siengj gaiq giuz vaij rungh

θi:ŋ^{3} ka:i^{5} ki:u^{2} va:i^{3} ɹuŋ^{6}

想 架 桥 过 峯

想架桥过村，

2-1436

知 命 中 知 空

Rox mingh cungq rox ndwi

ɹo^{4} miŋ^{6} çoŋ^{5} ɹo^{4} du:i^{1}

知 命 中 知 不

不知成功否。

女唱

2-1437

写 南 由 了 金

Ce nanz raeuh liux gim

çe^{1} na:n^{2} ɹau^{6} li:u^{4} kin^{1}

留 久 多 啰 金

久别了好友，

2-1438

特 心 平 样 中

Dawz sim bingz yiengh cungq

təɯ^{2} θin^{1} piŋ^{2} jɯ:ŋ^{6} çuŋ^{5}

拿 心 平 样 枪

心要平如枪。

2-1439

勒 鸦 配 勒 丰

Lwg a boiq lwg fungh

lɯk^{8} a^{1} po:i^{5} lɯk^{8} fuŋ^{6}

子 鸦 配 子 凤

鸦仔配凤仔，

2-1440

命 中 是 同 说

Mingh cungq cix doengz naeuz

miŋ^{6} çoŋ^{5} çi^{4} toŋ^{2} nau^{2}

命 中 就 同 说

命定就和谐。

① 峯［ɹuŋ^{6}］：南方山区习惯上称峡谷的小片平地为“峯”或“山峯”。

男唱

2-1441

写	南	由	了	金
Ce	nanz	raeuh	liux	gim
çe[1]	naːn[2]	ɹau[6]	liːu[4]	kin[1]
留	久	多	啰	金

久别了好友，

2-1442

特	心	平	样	中
Dawz	sim	bingz	yiengh	cungq
təɯ[2]	θin[1]	piŋ[2]	jɯːŋ[6]	çuŋ[5]
拿	心	平	样	枪

心要平如枪。

2-1443

勒	鸦	配	勒	丰
Lwg	a	boiq	lwg	fungh
lɯk[8]	a[1]	poːi[5]	lɯk[8]	fuŋ[6]
子	鸦	配	子	凤

乌鸦配凤凰，

2-1444

命	不	中	牙	难
Mingh	mbouj	cungq	yax	nanz
miŋ[6]	bou[5]	çoŋ[5]	ja[5]	naːn[2]
命	不	中	也	难

无运实在难。

女唱

2-1445

写	南	由	了	金
Ce	nanz	raeuh	liux	gim
çe[1]	naːn[2]	ɹau[6]	liːu[4]	kin[1]
留	久	多	啰	金

久别了好友，

2-1446

特	心	平	样	中
Dawz	sim	bingz	yiengh	cungq
təɯ[2]	θin[1]	piŋ[2]	jɯːŋ[6]	çuŋ[5]
拿	心	平	样	枪

心要平如枪。

2-1447

得	开	桥	外	崖
Ndaej	gaiq	giuz	vaij	rungh
dai[3]	kaːi[5]	kiːu[2]	vaːi[3]	ɹuŋ[6]
得	架	桥	过	崖

架桥过山村，

2-1448

祘	子	丰	米	心
Suenq	lwq	fungh	miz	sim
θuːn[5]	lɯk[8]	fuŋ[6]	mi[2]	θin[1]
算	子	凤	有	心

你算有心人。

男唱

2-1449

写	**南**	**由**	**了**	**金**
Ce	nanz	raeuh	liux	gim
çe^{1}	na:n^{2}	ɹau^{6}	li:u^{4}	kin^{1}
留	久	多	啰	金

久别了好友，

2-1450

特	**心**	**平**	**样**	**中**
Dawz	sim	bingz	yiengh	cungq
təɯ^{2}	θin^{1}	piŋ^{2}	jɯ:ŋ^{6}	çuŋ^{5}
拿	心	平	样	枪

心要平如枪。

2-1451

我	**问**	**你**	**勒**	**丰**
Ngoj	vwn	nij	lwg	fungh
ŋo^{3}	vɯn^{4}	ni^{3}	lɯk^{8}	fuŋ^{6}
我	问	你	子	凤

情妹我问你，

2-1452

备	**在**	**岸**	**开**	**么**
Beix	ywq	rungh	gij	maz
pi^{4}	jɯ^{5}	ɹuŋ^{6}	ka:i^{2}	ma^{2}
兄	住	峒	什	么

兄住哪个村？

女唱

2-1453

写	**南**	**由**	**了**	**金**
Ce	nanz	raeuh	liux	gim
çe^{1}	na:n^{2}	ɹau^{6}	li:u^{4}	kin^{1}
留	久	多	啰	金

久别了好友，

2-1454

特	**心**	**平**	**样**	**中**
Dawz	sim	bingz	yiengh	cungq
təɯ^{2}	θin^{1}	piŋ^{2}	jɯ:ŋ^{6}	çuŋ^{5}
拿	心	平	样	枪

心要平如枪。

2-1455

灯	**日**	**偻**	**岁**	**共**
Daeng	ngoenz	raeuz	caez	gungh
taŋ^{1}	ŋon^{2}	ɹau^{2}	çai^{2}	kuŋ^{6}
灯	天	我们	齐	共

我俩共天下，

2-1456

又	**问**	**岸**	**古**	**而**
Youh	haemq	rungh	guh	rawz
jou^{4}	han^{5}	ɹuŋ^{6}	ku^{4}	ɹaɯ^{2}
又	问	峒	做	什么

何须问住址。

男唱

2–1457

写	**南**	**由**	**了**	**金**
Ce	nanz	raeuh	liux	gim
ɕe^{1}	naːn^{2}	ɹau^{6}	liːu^{4}	kin^{1}
留	久	多	啰	金

久别了好友，

2–1458

特	**心**	**平**	**样**	**中**
Dawz	sim	bingz	yiengh	cungq
təɯ^{2}	θin^{1}	piŋ^{2}	jɯːŋ^{6}	ɕuŋ^{5}
拿	心	平	样	枪

心要平如枪。

2–1459

灯	**日**	**刀**	**岁**	**共**
Daeng	ngoenz	dauq	caez	gungh
taŋ^{1}	ŋon^{2}	taːu^{5}	ɕai^{2}	kuŋ^{6}
灯	天	倒	齐	共

虽然共天下，

2–1460

为	**崊**	**空**	**岁**	**站**
Vih	rungh	ndwi	caez	soengz
vei^{6}	ɹuŋ^{6}	duːi^{1}	ɕai^{2}	θoŋ^{2}
为	崊	不	齐	站

却不住一村。

女唱

2–1461

写	**南**	**由**	**了**	**金**
Ce	nanz	raeuh	liux	gim
ɕe^{1}	naːn^{2}	ɹau^{6}	liːu^{4}	kin^{1}
留	久	多	啰	金

久别了好友，

2–1462

特	**心**	**平**	**样**	**中**
Dawz	sim	bingz	yiengh	cungq
təɯ^{2}	θin^{1}	piŋ^{2}	jɯːŋ^{6}	ɕuŋ^{5}
拿	心	平	样	枪

心要平如枪。

2–1463

为	**公**	**山**	**斗**	**碰**
Vih	goeng	bya	daeuj	bungq
vei^{6}	koŋ^{1}	pja^{1}	tau^{3}	puŋ^{5}
为	座	山	来	碰

只一山相隔，

2–1464

不	**可**	**崊**	**一**	**办**
Mbouj	goj	rungh	ndeu	baenz
bou^{5}	ko^{5}	ɹuŋ^{6}	deːu^{1}	pan^{2}
不	也	崊	一	成

否则是一村。

男唱

2–1465

写	南	由	了	金
Ce	nanz	raeuh	liux	gim
çe^{1}	naːn^{2}	ɹau^{6}	liːu^{4}	kin^{1}
留	久	多	啰	金

久别了好友，

2–1466

特	心	平	样	中
Dawz	sim	bingz	yiengh	cungq
təɯ^{2}	θin^{1}	piŋ^{2}	jɯːŋ^{6}	çuŋ^{5}
拿	心	平	样	枪

心要平如枪。

2–1467

灯	日	刀	岁	共
Daeng	ngoenz	dauq	caez	gungh
taŋ^{1}	ŋon^{2}	taːu^{5}	çai^{2}	kuŋ^{6}
灯	天	倒	齐	共

太阳共一个，

2–1468

拉	韦	偻	同	分
Laj	vae	raeuz	doengz	faen
la^{3}	vai^{1}	ɹau^{2}	toŋ^{2}	fan^{1}
下	姓	我们	同	分

姓氏又分开。

女唱

2–1469

写	南	由	了	金
Ce	nanz	raeuh	liux	gim
çe^{1}	naːn^{2}	ɹau^{6}	liːu^{4}	kin^{1}
留	久	多	啰	金

久别了好友，

2–1470

特	心	平	样	中
Dawz	sim	bingz	yiengh	cungq
təɯ^{2}	θin^{1}	piŋ^{2}	jɯːŋ^{6}	çuŋ^{5}
拿	心	平	样	枪

心要平如枪。

2–1471

当	卩	在	当	崇
Dangq	boux	ywq	dangq	rungh
taːŋ^{5}	pu^{4}	jɯ^{5}	taːŋ^{5}	ɹuŋ^{6}
另	个	在	另	崇

各人住各村，

2–1472

偻	岁	共	灯	日
Raeuz	caez	gungh	daeng	ngoenz
ɹau^{2}	çai^{2}	kuŋ^{6}	taŋ^{1}	ŋon^{2}
我们	齐	共	灯	天

共一个太阳。

男唱

2-1473

写　南　由　了　金

Ce nanz raeuh liux gim

ɕe^{1} na:n^{2} ɹau^{6} li:u^{4} kin^{1}

留　久　多　啰　金

久别了好友，

2-1474

特　心　平　样　中

Dawz sim bingz yiengh cungq

təɯ^{2} θin^{1} piŋ^{2} jɯ:ŋ^{6} ɕuŋ^{5}

拿　心　平　样　枪

心要平如枪。

2-1475

元　远　百　义　崇

Roen gyae bak ngeih rungh

jo:n^{1} kjai^{1} pa:k^{7} ŋ̊i^{6} ɹuŋ^{6}

路　远　百　二　崇

百二村之遥，

2-1476

话　在　动　双　偻

Vah ywq dungx song raeuz

va^{6} jɯ^{5} tuŋ^{4} θo:ŋ^{1} ɹau^{2}

话　在　肚　两　我们

话埋在心里。

女唱

2-1477

写　南　由　了　金

Ce nanz raeuh liux gim

ɕe^{1} na:n^{2} ɹau^{6} li:u^{4} kin^{1}

留　久　多　啰　金

久别了好友，

2-1478

特　心　平　样　中

Dawz sim bingz yiengh cungq

təɯ^{2} θin^{1} piŋ^{2} jɯ:ŋ^{6} ɕuŋ^{5}

拿　心　平　样　枪

心要平如枪。

2-1479

要　银　子　马　碰

Aeu yinz swj ma bungq

au^{1} jin^{2} θɯ^{3} ma^{1} puŋ^{5}

要　银　子　来　碰

拿银子来换，

2-1480

分　团　崇　给　你

Mbek donh rungh hawj mwngz

be:k^{7} to:n^{6} ɹuŋ^{6} həɯ^{3} mɯŋ^{2}

分　半　崇　给　你

半个村给你。

男唱

2–1481

写	**南**	**由**	**了**	**金**
Ce	nanz	raeuh	liux	gim
çe^{1}	naːn^{2}	ɹau^{6}	liːu^{4}	kin^{1}
留	久	多	啰	金

久别了好友，

2–1482

特	**心**	**平**	**样**	**中**
Dawz	sim	bingz	yiengh	cungq
təɯ^{2}	θin^{1}	piŋ^{2}	jɯːŋ^{6}	çuŋ^{5}
拿	心	平	样	枪

心要平如枪。

2–1483

要	**是**	**要**	**全**	**垌**
Aeu	cix	aeu	cienz	doengh
au^{1}	çi^{4}	au^{1}	çuːn^{2}	toŋ^{6}
要	就	要	全	垌

要就要全村，

2–1484

讲	**团**	**峷**	**古**	**而**
Gangj	donh	rungh	guh	rawz
kaːŋ^{3}	toːn^{6}	ɹuŋ^{6}	ku^{4}	ɹaɯ^{2}
讲	半	峷	做	什么

要半村何用。

女唱

2–1485

写	**南**	**由**	**了**	**金**
Ce	nanz	raeuh	liux	gim
çe^{1}	naːn^{2}	ɹau^{6}	liːu^{4}	kin^{1}
留	久	多	啰	金

久别了好友，

2–1486

特	**心**	**平**	**样**	**中**
Dawz	sim	bingz	yiengh	cungq
təɯ^{2}	θin^{1}	piŋ^{2}	jɯːŋ^{6}	çuŋ^{5}
拿	心	平	样	枪

心要平如枪。

2–1487

你	**但**	**得**	**团**	**峷**
Mwngz	danh	ndaej	donh	rungh
mɯŋ^{2}	taːn^{6}	dai^{3}	toːn^{6}	ɹuŋ^{6}
你	但	得	半	峷

你能得半村，

2–1488

是	**祘**	**命**	**你**	**好**
Cix	suenq	mingh	mwngz	ndei
çi^{4}	θuːn^{5}	miŋ^{6}	mɯŋ^{2}	dei^{1}
就	算	命	你	好

就算你命好。

男唱

2-1489

写	南	由	了	金
Ce	nanz	raeuh	liux	gim
çe^{1}	na:n^{2}	ɹau^{6}	li:u^{4}	kin^{1}
留	久	多	啰	金

久别了好友，

2-1490

特	心	平	样	中
Dawz	sim	bingz	yiengh	cungq
təɯ^{2}	θin^{1}	piŋ^{2}	jɯ:ŋ^{6}	çuŋ^{5}
拿	心	平	样	枪

心要平如枪。

2-1491

讲	不	得	全	垌
Gangj	mbouj	ndaej	cienz	doengh
ka:ŋ^{3}	bou^{5}	dai^{3}	ce:n^{2}	toŋ^{6}
讲	不	得	全	垌

要不得全村，

2-1492

是	利	闹	堂	洋
Cix	lij	nyaux	daengz	yangz
çi^{4}	li^{4}	ɳa:u^{4}	taŋ^{2}	ja:ŋ^{2}
就	还	闹	到	皇

就告到朝廷。

女唱

2-1493

写	南	由	了	金
Ce	nanz	raeuh	liux	gim
çe^{1}	na:n^{2}	ɹau^{6}	li:u^{4}	kin^{1}
留	久	多	啰	金

久别了好友，

2-1494

特	心	平	样	中
Dawz	sim	bingz	yiengh	cungq
təɯ^{2}	θin^{1}	piŋ^{2}	jɯ:ŋ^{6}	çuŋ^{5}
拿	心	平	样	枪

心要平如枪。

2-1495

你	牙	要	全	垌
Mwngz	yaek	aeu	cienz	doengh
mɯŋ^{2}	jak^{7}	au^{1}	çe:n^{2}	toŋ^{6}
你	欲	要	全	垌

你想要全村，

2-1496

叫	团	中	你	马
Heuh	donz	cungj	mwngz	ma
he:u^{6}	to:n^{2}	çoŋ^{5}	mɯŋ^{2}	ma^{1}
叫	团	总	你	来

叫你团总来。

男唱

2-1497

写	**南**	**来**	**韦**	**机**
Ce	nanz	lai	vae	giq
çe^{1}	naːn^{2}	laːi^{1}	vai^{1}	ki^{5}
留	**久**	**多**	**姓**	**支**

久别异姓友，

2-1498

合	**义**	**由**	**了**	**而**
Hoz	ngeix	raeuh	liux	lawz
ho^{2}	ɲi^{4}	ɹau^{6}	liːu^{4}	laɯ^{2}
喉	**想**	**很**	**啰**	**哪**

心中多思念。

2-1499

叫	**团**	**中**	**土**	**马**
Heuh	donz	cungj	dou	ma
heːu^{6}	toːn^{2}	çoŋ^{5}	tu^{1}	ma^{1}
叫	**团**	**总**	**我**	**来**

叫我团总来，

2-1500

你	**相**	**差**	**告**	**内**
Mwngz	ceng	ca	gau	neix
mɯŋ^{2}	çeːŋ^{1}	ça^{1}	kaːu^{1}	ni^{4}
你	**相**	**差**	**次**	**这**

这回你就输。

女唱

2-1501

写	**南**	**来**	**韦**	**机**
Ce	nanz	lai	vae	giq
çe^{1}	naːn^{2}	lai^{1}	vai^{1}	ki^{5}
留	**久**	**多**	**姓**	**支**

久别异姓友，

2-1502

合	**义**	**由**	**了**	**而**
Hoz	ngeix	raeuh	liux	lawz
ho^{2}	ɲi^{4}	ɹau^{6}	liːu^{4}	laɯ^{2}
喉	**想**	**很**	**啰**	**哪**

心中多思念。

2-1503

不	**瓜**	**是**	**分**	**加**
Mbouj	gvaq	cix	baen	gya
bou^{5}	kwa^{5}	çi^{4}	pan^{1}	kja^{1}
不	**过**	**是**	**分**	**家**

不过是分家，

2-1504

相	**差**	**开**	**么**	**备**
Ceng	ca	gij	maz	beix
çeːŋ^{1}	ça^{1}	kaːi^{2}	ma^{2}	pi^{4}
相	**差**	**什**	**么**	**兄**

我有什么错。

男唱

2-1505

写 南 来 韦 机

Ce nanz lai vae giq

çe^{1} na:n^{2} la:i^{1} vai^{1} ki^{5}

留 久 多 姓 支

久别异姓友，

2-1506

合 义 由 了 而

Hoz ngeix raeuh liux lawz

ho^{2} ȵi^{4} ɹau^{6} li:u^{4} laɯ^{2}

喉 想 很 啰 哪

心中多想念。

2-1507

叫 团 中 土 马

Heuh donz cungj dou ma

he:u^{6} to:n^{2} çoŋ^{5} tu^{1} ma^{1}

叫 团 总 我 来

叫我团总来，

2-1508

丢 加 一 你 勒

Ndek gya ndeu mwngz lawh

de:k^{7} kja^{1} de:u^{1} mɯŋ^{2} ləɯ^{6}

丢 家 一 你 换

拿一家来换。

女唱

2-1509

写 南 来 韦 机

Ce nanz lai vae giq

çe^{1} na:n^{2} la:i^{1} vai^{1} ki^{5}

留 久 多 姓 支

久别异姓友，

2-1510

合 义 由 了 而

Hoz ngeix raeuh liux lawz

ho^{2} ȵi^{4} ɹau^{6} li:u^{4} laɯ^{2}

喉 想 很 啰 哪

心中多想念。

2-1511

叫 团 中 你 马

Heuh donz cungj mwngz ma

he:u^{6} to:n^{2} çoŋ^{5} mɯŋ^{2} ma^{1}

叫 团 总 你 来

叫你团总来，

2-1512

丢 加 牙 不 得

Ndek gya yax mbouj ndaej

de:k^{7} kja^{1} ja^{5} bou^{5} dai^{3}

丢 家 也 不 得

也不得分家。

女唱

2-1513

写	南	由	了	金
Ce	nanz	raeuh	liux	gim
çe^{1}	na:n^{2}	ɹau^{6}	li:u^{4}	kin^{1}
留	久	多	啰	金

久别了好友，

2-1514

特	心	平	样	中
Dawz	sim	bingz	yiengh	cungq
taɯ^{2}	θin^{1}	piŋ^{2}	jɯ:ŋ^{6}	çuŋ^{5}
拿	心	平	样	枪

心要平如枪。

2-1515

狼	少	下	广	东
Langh	sau	roengz	gvangj	doeng
la:ŋ^{6}	θa:u^{1}	ɹoŋ^{2}	kwa:ŋ^{3}	toŋ^{1}
若	姑娘	下	广	东

若妹去广东，

2-1516

动	备	乱	知	空
Dungx	beix	luenh	rox	ndwi
tuŋ^{4}	pi^{4}	lu:n^{6}	ɹo^{4}	du:i^{1}
肚	兄	乱	或	不

兄你伤感否？

男唱

2-1517

写	南	由	了	金
Ce	nanz	raeuh	liux	gim
çe^{1}	na:n^{2}	ɹau^{6}	li:u^{4}	kin^{1}
留	久	多	啰	金

久别了好友，

2-1518

特	心	平	样	中
Dawz	sim	bingz	yiengh	cungq
taɯ^{2}	θin^{1}	piŋ^{2}	jɯ:ŋ^{6}	çuŋ^{5}
拿	心	平	样	枪

心要平如枪。

2-1519

狼	少	下	广	东
Langh	sau	roengz	gvangj	doeng
la:ŋ^{6}	θa:u^{1}	ɹoŋ^{2}	kwa:ŋ^{3}	toŋ^{1}
若	姑娘	下	广	东

若妹去广东，

2-1520

动	备	乱	跟	你
Dungx	beix	luenh	riengz	mwngz
tuŋ^{4}	pi^{4}	lu:n^{6}	ɹi:ŋ^{2}	mɯŋ^{2}
肚	兄	乱	跟	你

兄伤感心慌。

女唱

2-1521

写	南	由	了	金
Ce	nanz	raeuh	liux	gim
çe^{1}	na:n^{2}	ɹau^{6}	li:u^{4}	kin^{1}
留	久	多	啰	金

久别了好友，

2-1522

特	心	平	样	中
Dawz	sim	bingz	yiengh	cungq
təɯ^{2}	θin^{1}	piŋ^{2}	jɯ:ŋ^{6}	çuŋ^{5}
拿	心	平	样	枪

心要平如枪。

2-1523

得	金	条	才	手
Ndaej	gim	diuz	raez	fwngz
dai^{3}	kin^{1}	ti:u^{2}	ɹai^{2}	fɯŋ^{2}
得	金	条	塞	手

送金条到手，

2-1524

当	盆	动	江	然
Daengx	buenz	dungh	gyang	ranz
taŋ^{4}	pu:n^{2}	toŋ^{6}	kja:ŋ^{1}	ɹa:n^{2}
全	盘	晒席	中	家

放屋中竹席。

男唱

2-1525

写	南	由	了	金
Ce	nanz	raeuh	liux	gim
çe^{1}	na:n^{2}	ɹau^{6}	li:u^{4}	kin^{1}
留	久	多	啰	金

久别了好友，

2-1526

特	心	平	样	中
Dawz	sim	bingz	yiengh	cungq
təɯ^{2}	θin^{1}	piŋ^{2}	jɯ:ŋ^{6}	çuŋ^{5}
拿	心	平	样	枪

心要平如枪。

2-1527

得	金	条	才	手
Ndaej	gim	diuz	raez	fwngz
dai^{3}	kin^{1}	ti:u^{2}	ɹa:i^{2}	fɯŋ^{2}
得	金	条	塞	手

送金条到手，

2-1528

牙	可	用	本	钱
Yax	goj	yungh	bonj	cienz
ja^{5}	ko^{5}	juŋ^{6}	po:n^{3}	çi:n^{2}
也	也	用	本	钱

也要付本钱。

女唱

2-1529
借 乃 是 立 南
Ciq naih cix leih nanz
çi5 na:i6 çi4 lei6 na:n2
借 久 就 利 久
借久利息多，

2-1530
代 三 年 不 借
Dai sam nienz mbouj ciq
ta:i1 θa:n1 ni:n2 bou5 çi5
死 三 年 不 借
宁死也不借。

2-1531
中 芬 作 罗 机
Cuengq fwnz coq loh giq
çu:ŋ5 fɯn2 ço5 lo6 ki5
放 柴 放 路 岔
薪柴搁岔路，

2-1532
邦 不 为 是 跟
Baengz mbouj vei cix riengz
paŋ2 bou5 vei1 çi4 ɹi:ŋ2
朋 不 亏 就 跟
友不弃就来。

男唱

2-1533
借 乃 是 立 南
Ciq naih cix leih nanz
çi5 na:i6 çi4 lei6 na:n2
借 久 就 利 久
借久利息多，

2-1534
代 三 年 不 借
Dai sam nienz mbouj ciq
ta:i1 θa:n1 ni:n2 bou5 çi5
死 三 年 不 借
宁死也不借。

2-1535
为 土 刀 不 为
Vei dou dauq mbouj vei
vei1 tu1 ta:u5 bou5 vei1
亏 我 倒 不 亏
我倒是愿意，

2-1536
一 义 牙 跟 元
It ngeih yaek riengz yuenz
it7 ȵi6 jak7 ɹi:ŋ2 ju:n2
一 二 要 跟 缘
一切都随缘。

女唱

2-1537

借 乃 是 立 南

Ciq naih cix leih nanz

çi^{5} na:i^{6} çi^{4} lei^{6} na:n^{2}

借 久 就 利 久

借久利息多，

2-1538

代 三 年 不 借

Dai sam nienz mbouj ciq

ta:i^{1} θa:n^{1} ni:n^{2} bou^{5} çi^{5}

死 三 年 不 借

宁死也不借。

2-1539

全 包 乖 不 为

Cienz mbauq gvai mbouj vei

çu:n^{2} ba:u^{5} kwa:i^{1} bou^{5} vei^{1}

传 小伙 乖 不 亏

若兄不怕亏，

2-1540

是 采 地 邦 偻

Cix caij di biengz raeuz

çi^{4} ça:i^{3} ti^{4} pi:ŋ^{2} ɹau^{2}

就 踩 地 地方 我们

多来我家乡。

男唱

2-1541

借 乃 是 立 南

Ciq naih cix leih nanz

çi^{5} na:i^{6} çi^{4} lei^{6} na:n^{2}

借 久 就 利 久

借久利息多，

2-1542

代 三 年 不 借

Dai sam nienz mbouj ciq

ta:i θa:n^{1} ni:n^{2} bou^{5} çi^{5}

死 三 年 不 借

宁死也不借。

2-1543

想 牙 跟 元 内

Siengj yaek riengz yuenz neix

θi:ŋ^{3} jak^{7} ɹi:ŋ^{2} ju:n^{2} ni^{4}

想 要 跟 缘 这

想要结姻缘，

2-1544

办 字 命 知 空

Baenz sw mingh rox ndwi

pan^{2} θɯ^{1} miŋ^{6} ɹo^{4} du:i^{1}

成 字 命 或 不

八字合不合？

女唱

2–1545

借	**乃**	**是**	**立**	**南**
Ciq	naih	cix	leih	nanz
ɕi^{5}	naːi^{6}	ɕi^{4}	lei^{6}	naːn^{2}
借	**久**	**就**	**利**	**久**

借久利息多，

2–1546

代	**三**	**年**	**不**	**借**
Dai	sam	nienz	mbouj	ciq
taːi^{1}	θaːn^{1}	niːn^{2}	bou^{5}	ɕi^{5}
死	**三**	**年**	**不**	**借**

宁死也不借。

2–1547

友	**而**	**跟**	**元**	**内**
Youx	lawz	riengz	yuenz	neix
ju^{4}	laɯ^{2}	ɹiːŋ^{2}	juːn^{2}	ni^{4}
友	**哪**	**跟**	**缘**	**这**

谁结这个缘，

2–1548

义	**百**	**四**	**千**	**粮**
Ngeih	bak	seiq	cien	liengz
ȵi^{6}	paːk^{7}	θei^{5}	ɕiːn^{1}	liːŋ^{2}
二	**百**	**四**	**千**	**粮**

二百四千钱。

男唱

2–1549

义	**百**	**四**	**千**	**粮**
Ngeih	bak	seiq	cien	liengz
ȵi^{6}	paːk^{7}	θei^{5}	ɕiːn^{1}	liːŋ^{2}
二	**百**	**四**	**千**	**粮**

二百四千钱，

2–1550

中	**江**	**邦**	**要**	**立**
Cuengq	gyang	biengz	aeu	leih
ɕuːŋ^{5}	kjaːŋ^{1}	piːŋ^{2}	au^{1}	lei^{6}
放	**中**	**地方**	**要**	**利**

贷出去取利。

2–1551

我	**不**	**跟**	**元**	**内**
Ngoj	mbouj	riengz	yuenz	neix
ŋo^{3}	bou^{5}	ɹiːŋ^{2}	juːn^{2}	ni^{4}
我	**不**	**跟**	**缘**	**这**

我不结此缘，

2–1552

累	**你**	**农**	**说**	**而**
Laeq	mwngz	nuengx	naeuz	rawz
lai^{5}	mɯŋ^{2}	nuːŋ^{4}	nau^{2}	ɹaɯ^{2}
看	**你**	**妹**	**说**	**什么**

看妹怎么说。

女唱

2-1553

义	百	四	千	粮
Ngeih	bak	seiq	cien	liengz
ȵi⁶	pa:k⁷	θei⁵	ɕi:n¹	li:ŋ²
二	百	四	千	粮

二百四千钱，

2-1554

中	江	邦	要	立
Cuengq	gyang	biengz	aeu	leih
ɕu:ŋ⁵	kja:ŋ¹	pi:ŋ²	au¹	lei⁶
放	中	地方	要	利

贷出去要利。

2-1555

龙	不	跟	元	内
Lungz	mbouj	riengz	yuenz	neix
luŋ²	bou⁵	ɹi:ŋ²	ju:n²	ni⁴
龙	不	跟	缘	这

兄不结此缘，

2-1556

邦	地	可	米	文
Biengz	deih	goj	miz	vunz
pi:ŋ²	tei⁶	ko⁵	mi²	vun²
地方	地	也	有	人

自有他人结。

男唱

2-1557

写	南	来	韦	机
Ce	nanz	lai	vae	giq
ɕe¹	na:n²	la:i¹	vai¹	ki⁵
留	久	多	姓	支

久别了情侣，

2-1558

义	牙	不	相	能
Ngeix	yax	mbouj	siengj	nyaenx
ȵi⁴	ja⁵	bou⁵	θe:ŋ³	ȵan⁴
想	也	不	想	那样

本不想那样。

2-1559

邦	地	刀	米	文
Biengz	deih	dauq	miz	vunz
pi:ŋ²	tei⁶	ta:u⁵	mi²	vun²
地方	地	倒	有	人

地方是有人，

2-1560

几	时	少	得	勒
Geij	seiz	sau	ndaej	lawh
ki³	θi²	θa:u¹	dai³	ləɯ⁶
几	时	姑娘	得	换

妹何时结交。

女唱

2-1561

借 南 来 韦 机

Ciq nanz lai vae giq

çi^{5} naːn^{2} laːi^{1} vai^{1} ki^{5}

借 久 多 姓 支

久别了情侣，

2-1562

义 牙 不 相 能

Ngeix yax mbouj siengj nyaenx

ɲi^{4} ja^{5} bou^{5} θeːŋ^{3} ɲan^{4}

想 也 不 想 那样

本不想这样。

2-1563

邦 地 刀 米 文

Biengz deih dauq miz vunz

piːŋ^{2} tei^{6} taːu^{5} mi^{2} vun^{2}

地方 地 倒 有 人

地方是有人，

2-1564

不 比 你 了 备

Mbouj beij mwngz liux beix

bou^{5} pi^{3} mɯŋ^{2} liːu^{4} pi^{4}

不 比 你 啰 兄

不比你老兄。

女唱

2-1565

借 乃 是 立 南

Ciq naih cix leih nanz

çi^{5} naːi^{6} çi^{4} lei^{6} naːn^{2}

借 久 就 利 久

借久利息多，

2-1566

代 三 年 不 借

Dai sam nienz mbouj ciq

taːi^{1} θaːn^{1} niːn^{2} bou^{5} çi^{5}

死 三 年 不 借

宁死也不借。

2-1567

中 钱 堂 伕 内

Cuengq cienz daengz fawh neix

çuːŋ^{5} çiːn^{2} taŋ^{2} fəɯ^{6} ni^{4}

放 钱 到 时 这

放贷到如今，

2-1568

得 几 阝 堂 然

Ndaej geij boux daengz ranz

dai^{3} ki^{3} pu^{4} taŋ^{2} ɹaːn^{2}

得 几 个 到 家

得几个情友。

男唱

2-1569

借	**乃**	**是**	**立**	**南**
Ciq	naih	cix	leih	nanz
ɕi^{5}	na:i^{6}	ɕi^{4}	lei^{6}	na:n^{2}
借	久	就	利	久

借久利息多，

2-1570

代	**三**	**年**	**不**	**借**
Dai	sam	nienz	mbouj	ciq
ta:i^{1}	θa:n^{1}	ni:n^{2}	bou^{5}	ɕi^{5}
死	三	年	不	借

宁死也不借。

2-1571

中	**钱**	**堂**	**伏**	**内**
Cuengq	cienz	daengz	fawh	neix
ɕu:ŋ^{5}	ɕi:n^{2}	taŋ^{2}	fəɯ^{6}	ni^{4}
放	钱	到	时	这

放贷到今天，

2-1572

真	**得**	**农**	**岁**	**心**
Caen	ndaej	nuengx	caez	sim
ɕin^{1}	dai^{3}	nu:ŋ^{4}	ɕai^{2}	θin^{1}
真	得	妹	齐	心

就得妹齐心。

女唱

2-1573

借	**乃**	**是**	**立**	**南**
Ciq	naih	cix	leih	nanz
ɕi^{5}	na:i^{6}	ɕi^{4}	lei^{6}	na:n^{2}
借	久	就	利	久

借久利息多，

2-1574

代	**三**	**年**	**不**	**借**
Dai	sam	nienz	mbouj	ciq
ta:i^{1}	θa:n^{1}	ni:n^{2}	bou^{5}	ɕi^{5}
死	三	年	不	借

宁死也不借。

2-1575

伕	**中**	**钱**	**要**	**立**
Fwx	cuengq	cienz	aeu	leih
fə^{4}	ɕu:ŋ^{5}	ɕi:n^{2}	au^{1}	lei^{6}
别人	放	钱	要	利

人放钱取利，

2-1576

备	**中**	**地**	**要**	**巴**
Beix	cuengq	reih	aeu	baz
pi^{4}	ɕu:ŋ^{5}	ɹei^{6}	au^{1}	pa^{2}
兄	放	地	要	妻

兄租地娶妻。

男唱

2–1577

借 乃 是 立 南

Ciq naih cix leih nanz

çi^{5} na:i^{6} çi^{4} lei^{6} na:n^{2}

借 久 就 利 久

借久利息多，

2–1578

代 三 年 不 借

Dai sam nienz mbouj ciq

ta:i^{1} θa:n^{1} ni:n^{2} bou^{5} çi^{5}

死 三 年 不 借

宁死也不借。

2–1579

心 火 来 韦 机

Sim hoj lai vae giq

θin^{1} ho^{3} la:i^{1} vai^{1} ki^{5}

辛 苦 多 姓 支

实在太穷困，

2–1580

满 田 地 要 巴

Muengh dieg deih aeu baz

mu:ŋ^{6} ti:k^{8} tei^{6} au^{1} pa^{2}

望 地 地 娶 妻

靠土地娶妻。

女唱

2–1581

借 乃 是 立 南

Ciq naih cix leih nanz

çi^{5} na:i^{6} çi^{4} lei^{6} na:n^{2}

借 久 就 利 久

借久利息多，

2–1582

代 三 年 不 借

Dai sam nienz mbouj ciq

ta:i^{1} θa:n^{1} ni:n^{2} bou^{5} çi^{5}

死 三 年 不 借

宁死也不借。

2–1583

中 钱 堂 伕 内

Cuengq cienz daengz fawh neix

çu:ŋ^{5} çi:n^{2} taŋ^{2} fəɯ^{6} ni^{4}

放 钱 到 时 这

放贷到如今，

2–1584

得 几 贵 银 收

Ndaej geij gvih ngaenz caeu

dai^{3} ki^{3} kwei^{6} ŋan^{2} çau^{1}

得 几 柜 银 收

得几柜利银。

男唱

2–1585

借	**乃**	**是**	**立**	**南**
Ciq	naih	cix	leih	nanz
çi^{5}	na:i^{6}	çi^{4}	lei^{6}	na:n^{2}
借	久	就	利	久

借久利息多，

2–1586

代	**三**	**年**	**不**	**借**
Dai	sam	nienz	mbouj	ciq
ta:i^{1}	θa:n^{1}	ni:n^{2}	bou^{5}	çi^{5}
死	三	年	不	借

宁死也不借。

2–1587

十	**分**	**得**	**银**	**贵**
Cib	faen	ndaej	ngaenz	gvih
çit^{8}	fan^{1}	dai^{3}	ŋan^{2}	kwei^{6}
十	分	得	银	柜

真有那么多，

2–1588

立	**可**	**托**	**你**	**收**
Leih	goj	doh	mwngz	siu
lei^{6}	ko^{5}	to^{6}	mɯŋ^{2}	θi:u^{1}
利	也	同	你	收

你也同分利。

女唱

2–1589

借	**乃**	**是**	**立**	**南**
Ciq	naih	cix	leih	nanz
çi^{5}	na:i^{6}	çi^{4}	lei^{6}	na:n^{2}
借	久	就	利	久

借久利息多，

2–1590

代	**三**	**年**	**不**	**借**
Dai	sam	nienz	mbouj	ciq
ta:i^{1}	θa:n^{1}	ni:n^{2}	bou^{5}	çi^{5}
死	三	年	不	借

宁死也不借。

2–1591

门	**钱**	**三**	**分**	**立**
Maenz	cienz	sam	faen	leih
man^{2}	çi:n^{2}	θa:n^{1}	fan^{1}	lei^{6}
元	钱	三	分	利

一元三分利，

2–1592

友	**而**	**提**	**你**	**收**
Youx	rawz	diq	mwngz	siu
ju^{4}	ɹaɯ^{2}	ti^{5}	mɯŋ^{2}	θi:u^{1}
友	什么	替	你	收

谁愿帮你收。

男唱

2–1593

借 乃 是 立 南

Ciq naih cix leih nanz

çi^{5} na:i^{6} çi^{4} lei^{6} na:n^{2}

借 久 就 利 久

借久利息多，

2–1594

代 三 年 不 借

Dai sam nienz mbouj ciq

ta:i^{1} θa:n^{1} ni:n^{2} bou^{5} çi^{5}

死 三 年 不 借

宁死也不借。

2–1595

后 本 偻 岁 为

Haeuj bonj raeuz caez vei

hau^{3} po:n^{3} ɹau^{2} çai^{2} vei^{1}

进 本 我们 齐 亏

亏本大家担，

2–1596

后 立 偻 岁 收

Haeuj leih raeuz caez siu

hau^{3} lei^{6} ɹau^{2} çai^{2} θi:u^{1}

进 利 我们 齐 收

盈利大家分。

男唱

2–1597

借 乃 是 立 南

Ciq naih cix leih nanz

çi^{5} na:i^{6} çi^{4} lei^{6} na:n^{2}

借 久 就 利 久

借久利息多，

2–1598

代 三 年 不 借

Dai sam nienz mbouj ciq

ta:i^{1} θa:n^{1} ni:n^{2} bou^{5} çi^{5}

死 三 年 不 借

宁死也不借。

2–1599

中 钱 空 要 立

Cuengq cienz ndwi aeu leih

çu:ŋ^{5} çi:n^{2} du:i^{1} au^{1} lei^{6}

放 钱 不 要 利

放贷不要利，

2–1600

些 第 义 得 你

Seiq daih ngeih ndaej mwngz

θe^{5} ti^{5} ȵi^{6} dai^{3} mɯŋ^{2}

世 第 二 得 你

下辈子娶你。

女唱

2–1601

写	**南**	**来**	**韦**	**机**
Ce	nanz	lai	vae	giq
ɕe^{1}	na:n^{2}	la:i^{1}	vai^{1}	ki^{5}
留	久	多	姓	支

久别了情侣，

2–1602

义	**又**	**坤**	**心**	**头**
Ngeix	youh	goenq	sim	daeuz
ȵi^{4}	jou^{4}	kon^{5}	θin^{1}	tau^{2}
想	又	断	心	脏

想起断肝肠。

2–1603

些	**第**	**义**	**得**	**偻**
Seiq	daih	ngeih	ndaej	raeuz
θe^{5}	ti^{5}	ȵi^{6}	dai^{3}	ɹau^{2}
世	第	二	得	我们

下辈子娶我，

2–1604

利	**说**	**么**	**了**	**农**
Lij	naeuz	maz	liux	nuengx
li^{4}	nau^{2}	ma^{2}	li:u^{4}	nu:ŋ^{4}
还	说	什么	啰	妹

我还说什么。

男唱

2–1605

借	**乃**	**是**	**立**	**南**
Ciq	naih	cix	leih	nanz
ɕi^{5}	na:i^{6}	ɕi^{4}	lei^{6}	na:n^{2}
借	久	就	利	久

借久利息多，

2–1606

代	**三**	**年**	**不**	**借**
Dai	sam	nienz	mbouj	ciq
ta:i^{1}	θa:n^{1}	ni:n^{2}	bou^{5}	ɕi^{5}
死	三	年	不	借

宁死也不借。

2–1607

贵	**农**	**站**	**罗**	**机**
Gwiz	nuengx	soengz	loh	giq
kɯi^{2}	nu:ŋ^{4}	θoŋ^{2}	lo^{6}	ki^{5}
丈夫	妹	站	路	岔

妹夫在路口，

2–1608

讲	**大**	**玉**	**双**	**偻**
Gangj	dax	yix	song	raeuz
ka:ŋ^{3}	ta^{4}	ji^{4}	θo:ŋ^{1}	ɹau^{2}
讲	大	意	两	我们

说我俩闲话。

女唱

2–1609
借 乃 是 立 南
Ciq naih cix leih nanz
çi^{5} na:i^{6} çi^{4} lei^{6} na:n^{2}
借 久 就 利 久
借久利息多，

2–1610
代 三 年 不 借
Dai sam nienz mbouj ciq
ta:i^{1} θa:n^{1} ni:n^{2} bou^{5} çi^{5}
死 三 年 不 借
宁死也不借。

2–1611
在 而 米 阝 内
Ywq lawz miz boux neix
jɯ^{5} laɯ^{2} mi^{2} pu^{4} ni^{4}
在 哪 有 人 这
哪有这种人，

2–1612
才 旦 事 你 说
Caih danh saeh mwngz naeuz
ça:i^{6} ta:n^{1} θei^{6} mɯŋ^{2} nau^{2}
随 谈 事 你 说
是你自己说。

男唱

2–1613
借 乃 是 立 南
Ciq naih cix leih nanz
çi^{5} na:i^{6} çi^{4} lei^{6} na:n^{2}
借 久 就 利 久
借久利息多，

2–1614
代 三 年 不 借
Dai sam nienz mbouj ciq
ta:i^{1} θa:n^{1} ni:n^{2} bou^{5} çi^{5}
死 三 年 不 借
宁死也不借。

2–1615
你 全 收 好 里
Mwngz gyonj caeu ndei ndiq
mɯŋ^{2} kjo:n^{3} çau^{1} dei^{1} di^{5}
你 都 收 好 好
你收得再好，

2–1616
底 十 土 知 来
Dij cih dou rox lai
ti^{3} çi^{6} tu^{1} ɹo^{4} la:i^{1}
底 细 我 知 多
底细我早知。

女唱

2-1617

写　南　由　了　乖

Ce　nanz　raeuh　liux　gvai

ɕe^{1}　naːn^{2}　ɹau^{6}　liːu^{4}　kwaːi^{1}

留　久　多　啰　乖

久别了好友，

2-1618

写　南　来　对　邦

Ce　nanz　lai　doih　baengz

ɕe^{1}　naːn^{2}　laːi^{1}　toːi^{6}　paŋ^{2}

留　久　多　伙伴　朋

久违了情友。

2-1619

米　真　你　是　讲

Miz　caen　mwngz　cix　gangj

mi^{2}　ɕin^{1}　mɯŋ^{2}　ɕi^{4}　kaːŋ^{3}

有　真　你　就　讲

真有你就说，

2-1620

开　乱　往　作　偻

Gaej　luenh　uengj　coq　raeuz

kaːi^{5}　luːn^{6}　vaːŋ^{3}　ɕo^{5}　ɹau^{3}

莫　乱　枉　放　我们

莫来冤枉我。

男唱

2-1621

写　南　由　了　乖

Ce　nanz　raeuh　liux　gvai

ɕe^{1}　naːn^{2}　ɹau^{6}　liːu^{4}　kwaːi^{1}

留　久　多　啰　乖

久别了好友，

2-1622

写　南　来　韦　阿

Ce　nanz　lai　vae　oq

ɕe^{1}　naːn^{2}　laːi^{1}　vai^{1}　o^{5}

留　久　多　姓　友

久违了情友。

2-1623

年　土　牙　可　知

Nienz　dou　yah　goj　rox

niːn^{2}　tu^{1}　ja^{5}　ko^{5}　ɹo^{4}

反正　我　也　可　知

反正我懂了，

2-1624

甲　认　作　来　好

Gyah　nyinh　soh　lai　ndei

kja^{6}　ɲin^{6}　θo^{6}　laːi^{1}　dei^{1}

自　认　直　多　好

不如你直说。

女唱

2–1625

借	**乃**	**是**	**立**	**南**
Ciq	naih	cix	leih	nanz
çi^{5}	na:i^{6}	çi^{4}	lei^{6}	na:n^{2}
借	**久**	**就**	**利**	**久**

借久利息多，

2–1626

代	**三**	**年**	**不**	**借**
Dai	sam	nienz	mbouj	ciq
ta:i^{1}	θa:n^{1}	ni:n^{2}	bou^{5}	çi^{5}
死	**三**	**年**	**不**	**借**

宁死也不借。

2–1627

忠	**而**	**古**	**金**	**归**
Fangz	rawz	guh	gim	gvi
fa:ŋ^{2}	ɹaɯ^{2}	ku^{4}	kin^{1}	kwei^{5}
鬼	**什么**	**做**	**金**	**龟**

哪个做小人，

2–1628

楼	**句**	**内**	**给**	**你**
Laeuh	coenz	neix	hawj	mwngz
lau^{6}	kjon^{2}	ni^{4}	həɯ^{3}	mɯŋ^{2}
漏	**句**	**这**	**给**	**你**

漏机密给你？

男唱

2–1629

借	**乃**	**是**	**立**	**南**
Ciq	naih	cix	leih	nanz
çi^{5}	na:i^{6}	çi^{4}	lei^{6}	na:n^{2}
借	**久**	**就**	**利**	**久**

借久利息多，

2–1630

代	**三**	**年**	**不**	**借**
Dai	sam	nienz	mbouj	ciq
ta:i^{1}	θa:n^{1}	ni:n^{2}	bou^{5}	çi^{5}
死	**三**	**年**	**不**	**借**

宁死也不借。

2–1631

昨	**天**	**克**	**干**	**衣**
Coz	denh	gwz	ganj	hih
ço^{2}	ti:n^{1}	kə^{4}	ka:n^{3}	ji^{5}
昨	**天**	**去**	**赶**	**圩**

昨天去赶圩，

2–1632

贵	**农**	**楼**	**给**	**偻**
Gwiz	nuengx	laeuh	hawj	raeuz
kɯi^{2}	nu:ŋ^{4}	lau^{6}	həɯ^{3}	ɹau^{2}
丈夫	**妹**	**漏**	**给**	**我们**

妹夫漏给我。

女唱

2-1633

借	**乃**	**是**	**立**	**南**
Ciq	naih	cix	leih	nanz
çi^{5}	na:i^{6}	çi^{4}	lei^{6}	na:n^{2}
借	久	就	利	久

借久利息多，

2-1634

代	**三**	**年**	**不**	**借**
Dai	sam	nienz	mbouj	ciq
ta:i^{1}	θa:n^{1}	ni:n^{2}	bou^{5}	çi^{5}
死	三	年	不	借

宁死也不借。

2-1635

它	**刀**	**楼**	**样**	**内**
De	dauq	laeuh	yiengh	neix
te^{1}	ta:u^{5}	lau^{6}	jɯ:ŋ^{6}	ni^{4}
他	倒	漏	样	这

他说漏这句，

2-1636

利	**记**	**话**	**样**	**而**
Lij	geiq	vah	yiengh	rawz
li^{4}	ki^{5}	va^{6}	jɯ:ŋ^{6}	ɹaɯ^{2}
还	记	话	样	什么

还说了什么？

男唱

2-1637

借	**乃**	**是**	**立**	**南**
Ciq	naih	cix	leih	nanz
çi^{5}	na:i^{6}	çi^{4}	lei^{6}	na:n^{2}
借	久	就	利	久

借久利息多，

2-1638

代	**三**	**年**	**不**	**借**
Dai	sam	nienz	mbouj	ciq
ta:i^{1}	θa:n^{1}	ni:n^{2}	bou^{5}	çi^{5}
死	三	年	不	借

宁死也不借。

2-1639

楼	**双**	**句**	**样**	**内**
Laeuh	song	coenz	yiengh	neix
lau^{6}	θo:ŋ^{1}	kjon^{2}	jɯ:ŋ^{6}	ni^{4}
漏	两	句	样	这

说漏这两句，

2-1640

说	**农**	**八**	**造**	**然**
Naeuz	nuengx	bah	caux	ranz
nau^{2}	nu:ŋ^{4}	pa^{6}	ça:u^{4}	ɹa:n^{2}
说	妹	别急	造	家

妹莫急嫁人。

女唱

2–1641

借	**乃**	**是**	**立**	**南**
Ciq	naih	cix	leih	nanz
çi^{5}	na:i^{6}	çi^{4}	lei^{6}	na:n^{2}
借	久	就	利	久

借久利息多，

2–1642

代	**三**	**年**	**不**	**借**
Dai	sam	nienz	mbouj	ciq
ta:i^{1}	θa:n^{1}	ni:n^{2}	bou^{5}	çi^{5}
死	三	年	不	借

宁死也不借。

2–1643

什	**么**	**人**	**说**	**你**
Gwq	maq	yinz	coz	nij
çɯ^{5}	ma^{5}	jin^{2}	ço^{2}	ni^{3}
什	么	人	说	你

什么人说你，

2–1644

要	**它**	**马**	**对**	**相**
Aeu	de	ma	doiq	ciengq
au^{1}	te^{1}	ma^{1}	to:i^{5}	çi:ŋ^{5}
要	他	来	对	证

叫他来对证。

男唱

2–1645

写	**南**	**来**	**韦**	**机**
Ce	nanz	lai	vae	giq
çe^{1}	na:n^{2}	la:i^{1}	vai^{1}	ki^{5}
留	久	多	姓	支

久违了情侣，

2–1646

火	**义**	**由**	**了**	**娘**
Hoj	ngeix	raeuh	liux	nangz
ho^{3}	ȵi^{4}	ɹau^{6}	li:u^{4}	na:ŋ^{2}
苦	想	很	啰	姑娘

思念你姑娘。

2–1647

要	**它**	**马**	**对**	**相**
Aeu	de	ma	doiq	ciengq
au^{1}	te^{1}	ma^{1}	to:i^{5}	çi:ŋ^{5}
要	他	来	对	证

叫他来对证，

2–1648

少	**娘**	**不**	**干**	**对**
Sau	nangz	mbouj	gamj	doiq
θa:u^{1}	na:ŋ^{2}	bou^{5}	ka:n^{3}	to:i^{5}
姑娘	姑娘	不	敢	对

姑娘敢不敢？

女唱

2-1649

借	**乃**	**是**	**立**	**南**
Ciq	naih	cix	leih	nanz
ɕi^{5}	na:i^{6}	ɕi^{4}	lei^{6}	na:n^{2}
借	**久**	**就**	**利**	**久**

借久利息多，

2-1650

代	**三**	**年**	**不**	**借**
Dai	sam	nienz	mbouj	ciq
ta:i^{1}	θa:n^{1}	ni:n^{2}	bou^{5}	ɕi^{5}
死	**三**	**年**	**不**	**借**

宁死也不借。

2-1651

写	**字**	**作**	**更**	**贵**
Sij	saw	coq	gwnz	gvih
θi^{3}	θaɯ^{1}	ɕo^{5}	kɯn^{2}	kwei^{6}
写	**字**	**放**	**上**	**柜**

写字搁柜上，

2-1652

农	**团**	**十**	**开**	**么**
Nuengx	duenz	cih	gaiq	maz
nu:ŋ^{4}	tu:n^{2}	ɕi^{6}	ka:i^{2}	ma^{2}
妹	**猜**	**个**	**什**	**么**

猜我写什么。

男唱

2-1653

借	**乃**	**是**	**立**	**南**
Ciq	naih	cix	leih	nanz
ɕi^{5}	na:i^{6}	ɕi^{4}	lei^{6}	na:n^{2}
借	**久**	**就**	**利**	**久**

借久利息多，

2-1654

代	**三**	**年**	**不**	**借**
Dai	sam	nienz	mbouj	ciq
ta:i^{1}	θa:n^{1}	ni:n^{2}	bou^{5}	ɕi^{5}
死	**三**	**年**	**不**	**借**

宁死也不借。

2-1655

写	**字**	**作**	**更**	**贵**
Sij	saw	coq	gwnz	gvih
θi^{3}	θaɯ^{1}	ɕo^{5}	kɯn^{2}	kwei^{6}
写	**字**	**放**	**上**	**柜**

写字搁柜上，

2-1656

备	**团**	**十**	**写**	**南**
Beix	duenz	cih	ce	nanz
pi^{4}	tu:n^{2}	ɕi^{6}	ɕe^{1}	na:n^{2}
兄	**猜**	**个**	**留**	**久**

兄猜是“久别”。

女唱

2-1657
借 乃 是 立 南
Ciq naih cix leih nanz
çi^{5} na:i^{6} çi^{4} lei^{6} na:n^{2}
借 久 就 利 久
借久利息多，

2-1658
代 三 年 不 借
Dai sam nienz mbouj ciq
ta:i^{1} θa:n^{1} ni:n^{2} bou^{5} çi^{5}
死 三 年 不 借
宁死也不借。

2-1659
包 乖 真 知 理
Mbauq gvai caen rox leix
ba:u^{5} kwa:i^{1} çin^{1} ɹo^{4} li^{4}
小伙 乖 真 知 理
情哥真聪明，

2-1660
团 后 十 写 南
Duenz haeuj cih ce nanz
tu:n^{2} hau^{3} çi^{6} çe^{1} na:n^{2}
猜 进 个 留 久
猜出个“久别”。

男唱

2-1661
借 乃 是 立 南
Ciq naih cix leih nanz
çi^{5} na:i^{6} çi^{4} lei^{6} na:n^{2}
借 久 就 利 久
借久利息多，

2-1662
代 三 年 不 借
Dai sam nienz mbouj ciq
ta:i^{1} θa:n^{1} ni:n^{2} bou^{5} çi^{5}
死 三 年 不 借
宁死也不借。

2-1663
想 不 团 十 内
Siengj mbouj duenz cih neix
θi:ŋ^{3} bou^{5} tu:n^{2} çi^{6} ni^{4}
想 不 猜 个 这
想不猜这字，

2-1664
义 句 比 你 贵
Ngeix coenz beij mwngz bengz
ɲi^{4} kjon^{2} pi^{3} mɯŋ^{2} pe:ŋ^{2}
想 句 歌 你 贵
你歌声可贵。

男唱

2-1665

借	**乃**	**是**	**立**	**南**
Ciq	naih	cix	leih	nanz
çi^{5}	na:i^{6}	çi^{4}	lei^{6}	na:n^{2}
借	久	就	利	久

借久利息多，

2-1666

代	**三**	**年**	**不**	**借**
Dai	sam	nienz	mbouj	ciq
ta:i^{1}	θa:n^{1}	ni:n^{2}	bou^{5}	çi^{5}
死	三	年	不	借

宁死也不借。

2-1667

写	**字**	**作**	**张**	**纸**
Sij	saw	coq	mbaw	ceij
θi^{3}	θaɯ^{1}	ço^{5}	baɯ^{1}	çi^{3}
写	字	放	张	纸

用纸来写信，

2-1668

记	**给**	**伕**	**送**	**你**
Geiq	hawj	fwx	soengq	mwngz
ki^{5}	həɯ^{3}	fə^{4}	θoŋ^{5}	mɯŋ^{2}
寄	给	别人	送	你

托人送给你。

女唱

2-1669

借	**乃**	**是**	**立**	**南**
Ciq	naih	cix	leih	nanz
çi^{5}	na:i^{6}	çi^{4}	lei^{6}	na:n^{2}
借	久	就	利	久

借久利息多，

2-1670

代	**三**	**年**	**不**	**借**
Dai	sam	nienz	mbouj	ciq
ta:i^{1}	θa:n^{1}	ni:n^{2}	bou^{5}	çi^{5}
死	三	年	不	借

宁死也不借。

2-1671

写	**字**	**空**	**办**	**十**
Sij	saw	ndwi	baenz	cih
θi^{3}	θaɯ^{1}	du:i^{1}	pan^{2}	çi^{6}
写	字	不	成	个

写字不成字，

2-1672

记	**伕**	**空**	**全**	**偻**
Geiq	fwx	ndwi	ronz	raeuz
ki^{5}	fə^{4}	du:i^{1}	ɹo:n^{2}	ɹau^{2}
寄	别人	不	转达	我们

托人送不到。

男唱

2-1673

写 南 来 韦 机

Ce nanz lai vae giq

ɕe^{1} naːn^{2} laːi^{1} vai^{1} ki^{5}

留 久 多 姓 支

久别了情侣，

2-1674

义 牙 不 相 全

Ngeix yax mbouj siengq cienz

ȵi^{4} ja^{5} bou^{5} θeːŋ^{5} ɕeːn^{2}

想 也 不 相 全

想来心不安。

2-1675

土 记 仪 可 全

Dou geiq saenq goj ronz

tu^{1} ki^{5} θin^{5} ko^{5} ɹoːn^{2}

我 寄 信 可 转达

我寄信已通，

2-1676

你 满 貝 么 农

Mwngz muenz bae maz nuengx

mɯŋ^{2} muːn^{2} pai^{1} ma^{2} nuːŋ^{4}

你 瞒 去 嘛 妹

妹为何瞒兄。

女唱

2-1677

写 南 来 韦 机

Ce nanz lai vae giq

ɕe^{1} naːn^{2} laːi^{1} vai^{1} ki^{5}

留 久 多 姓 支

久别了情侣，

2-1678

义 牙 不 相 全

Ngeix yax mbouj siengq cienz

ȵi^{4} ja^{5} bou^{5} θeːŋ^{5} ɕeːn^{2}

想 也 不 相 全

想来心不安。

2-1679

记 仪 作 江 元

Geiq saenq coq gyang roen

ki^{5} θin^{5} ɕo^{5} kjaːŋ^{1} joːn^{1}

寄 信 放 中 路

信丢在路上，

2-1680

满 貝 牙 真 对

Muenz bae yax caen doiq

muːn^{2} pai^{1} ja^{5} ɕin^{1} toːi^{5}

瞒 去 也 真 对

瞒你也活该。

男唱

2-1681

写　南　来　韦　机

Ce　nanz　lai　vae　giq

ɕe^{1}　na:n^{2}　la:i^{1}　vai^{1}　ki^{5}

留　久　多　姓　支

久别了情侣，

2-1682

义　牙　不　相　全

Ngeix　yax　mbouj　siengq　cienz

ȵi^{4}　ja^{5}　bou^{5}　θe:ŋ^{5}　ɕe:n^{2}

想　也　不　相　全

想来心不安。

2-1683

记　仪　空　同　全

Geiq　saenq　ndwi　doengz　ronz

ki^{5}　θin^{5}　du:i^{1}　toŋ^{2}　ɹo:n^{2}

寄　信　不　同　转达

寄信不相通，

2-1684

难　办　元　了　农

Nanz　baenz　yuenz　liux　nuengx

na:n^{2}　pan^{2}　ju:n^{2}　li:u^{4}　nu:ŋ^{4}

难　成　缘　啰　妹

我俩难结缘。

女唱

2-1685

写　南　来　韦　机

Ce　nanz　lai　vae　giq

ɕe^{1}　na:n^{2}　la:i^{1}　vai^{1}　ki^{5}

留　久　多　姓　支

久违了情侣，

2-1686

义　牙　不　相　全

Ngeix　yax　mbouj　siengq　cienz

ȵi^{4}　ja^{5}　bou^{5}　θe:ŋ^{5}　ɕe:n^{2}

想　也　不　相　全

想来心不安。

2-1687

记　仪　伕　全　满

Geiq　saenq　fwx　gyonj　muenz

ki^{5}　θin^{5}　fə^{4}　kjo:n^{3}　mu:n^{2}

寄　信　别人　都　瞒

信被别人瞒，

2-1688

龙　尝　办　师　付

Lungz　caengz　baenz　sae　fouh

luŋ^{2}　ɕaŋ^{2}　pan^{2}　θei^{1}　fou^{6}

龙　未　成　师　傅

兄未成师傅。

男唱

2–1689

写	**南**	**来**	**韦**	**机**
Ce	nanz	lai	vae	giq
ɕe^{1}	na:n^{2}	la:i^{1}	vai^{1}	ki^{5}
留	久	多	姓	支

久违了情侣，

2–1690

义	**牙**	**不**	**相**	**全**
Ngeix	yax	mbouj	siengq	cienz
ȵi^{4}	ja^{5}	bou^{5}	θe:ŋ^{5}	ɕe:n^{2}
想	也	不	相	全

想来心不安。

2–1691

记	**仪**	**空**	**同**	**全**
Geiq	saenq	ndwi	doengz	ronz
ki^{5}	θin^{5}	du:i^{1}	toŋ^{2}	ɹo:n^{2}
寄	信	不	同	转达

寄信不畅通，

2–1692

月	**跟**	**日**	**吃**	**希**
Ndwen	riengz	ngoenz	gwn	heiq
du:n^{1}	ɹi:ŋ^{2}	ŋon^{2}	kɯn^{1}	hi^{5}
月	跟	日	吃	气

日夜都怄气。

女唱

2–1693

借	**乃**	**是**	**立**	**南**
Ciq	naih	cix	leih	nanz
ɕi^{5}	na:i^{6}	ɕi^{4}	lei^{6}	na:n^{2}
借	久	就	利	久

借久利息多，

2–1694

代	**三**	**年**	**不**	**借**
Dai	sam	nienz	mbouj	ciq
ta:i^{1}	θa:n^{1}	ni:n^{2}	bou^{5}	ɕi^{5}
死	三	年	不	借

宁死也不借。

2–1695

写	**字**	**封**	**天**	**地**
Sij	saw	fung	denh	deih
θi^{3}	θaɯ^{1}	fuŋ^{1}	ti:n^{1}	tei^{6}
写	字	封	天	地

写字封天地，

2–1696

满	**告**	**内**	**要**	**正**
Muengh	gau	neix	aeu	cingz
mu:ŋ^{6}	ka:u^{1}	ni^{4}	au^{1}	ɕiŋ^{2}
望	次	这	要	情

祈盼得礼品。

男唱

2-1697

借	**乃**	**是**	**立**	**南**
Ciq	naih	cix	leih	nanz
ɕi^{5}	na:i^{6}	ɕi^{4}	lei^{6}	na:n^{2}
借	久	就	利	久

借久利息多，

2-1698

代	**三**	**年**	**不**	**借**
Dai	sam	nienz	mbouj	ciq
ta:i^{1}	θa:n^{1}	ni:n^{2}	bou^{5}	ɕi^{5}
死	三	年	不	借

宁死也不借。

2-1699

写	**字**	**封**	**天**	**地**
Sij	saw	fung	denh	deih
θi^{3}	θaɯ^{1}	fuŋ^{1}	ti:n^{1}	tei^{6}
写	字	封	天	地

写字封天地，

2-1700

正	**义**	**出**	**而**	**马**
Cingz	ngeih	ok	lawz	ma
ɕiŋ^{2}	ȵi^{6}	o:k^{7}	laɯ^{2}	ma^{1}
情	义	出	哪	来

情义从哪来？

女唱

2-1701

借	**乃**	**是**	**立**	**南**
Ciq	naih	cix	leih	nanz
ɕi^{5}	na:i^{6}	ɕi^{4}	lei^{6}	na:n^{2}
借	久	就	利	久

借久利息多，

2-1702

代	**三**	**年**	**不**	**借**
Dai	sam	nienz	mbouj	ciq
ta:i^{1}	θa:n^{1}	ni:n^{2}	bou^{5}	ɕi^{5}
死	三	年	不	借

宁死也不借。

2-1703

写	**字**	**封**	**天**	**地**
Sij	saw	fung	denh	deih
θi^{3}	θaɯ^{1}	fuŋ^{1}	ti:n^{1}	tei^{6}
写	字	封	天	地

写字封天地，

2-1704

正	**义**	**刀**	**马**	**岁**
Cingz	ngeih	dauq	ma	caez
ɕiŋ^{2}	ȵi^{6}	ta:u^{5}	ma^{1}	ɕai^{2}
情	义	回	来	齐

情义又回来。

男唱

2–1705

借	**乃**	**是**	**立**	**南**
Ciq	naih	cix	leih	nanz
ɕi^{5}	naːi^{6}	ɕi^{4}	lei^{6}	naːn^{2}
借	久	就	利	久

借久利息多，

2–1706

代	**三**	**年**	**不**	**借**
Dai	sam	nienz	mbouj	ciq
taːi^{1}	θaːn^{1}	niːn^{2}	bou^{5}	ɕi^{5}
死	三	年	不	借

宁死也不借。

2–1707

写	**字**	**封**	**天**	**地**
Sij	saw	fung	denh	deih
θi^{3}	θaɯ^{1}	fuŋ^{1}	tiːn^{1}	tei^{6}
写	字	封	天	地

对天地发誓，

2–1708

正	**义**	**玩**	**托**	**邦**
Cingz	ngeih	vanq	doh	biengz
ɕiŋ^{2}	ȵi^{6}	vaːn^{6}	to^{6}	piːŋ^{2}
情	义	撒	遍	地方

情义却不专。

女唱

2–1709

借	**乃**	**是**	**立**	**南**
Ciq	naih	cix	leih	nanz
ɕi^{5}	naːi^{6}	ɕi^{4}	lei^{6}	naːn^{2}
借	久	就	利	久

借久利息多，

2–1710

代	**三**	**年**	**不**	**借**
Dai	sam	nienz	mbouj	ciq
taːi^{1}	θaːn^{1}	niːn^{2}	bou^{5}	ɕi^{5}
死	三	年	不	借

宁死也不借。

2–1711

空	**米**	**么**	**采**	**地**
Ndwi	miz	moq	byaij	deih
duːi^{1}	mi^{2}	mo^{5}	pjaːi^{3}	ti^{6}
不	有	新	走	频

不能常来往，

2–1712

说	**备**	**记**	**月**	**日**
Naeuz	beix	geiq	ndwen	ngoenz
nau^{2}	pi^{4}	ki^{5}	duːn^{1}	ŋon^{2}
说	兄	记	月	日

请兄记时间。

男唱

2-1713

借	**乃**	**是**	**立**	**南**
Ciq	naih	cix	leih	nanz
çi^{5}	na:i^{6}	çi^{4}	lei^{6}	na:n^{2}
借	久	就	利	久

借久利息多，

2-1714

代	**三**	**年**	**不**	**借**
Dai	sam	nienz	mbouj	ciq
ta:i^{1}	θa:n^{1}	ni:n^{2}	bou^{5}	çi^{5}
死	三	年	不	借

宁死也不借。

2-1715

月	**日**	**貝**	**样**	**内**
Ndwen	ngoenz	bae	yiengh	neix
du:n^{1}	ŋon^{2}	pai^{1}	jɯ:ŋ^{6}	ni^{4}
月	日	去	样	这

光阴在荏苒，

2-1716

给	**备**	**记**	**样**	**而**
Hawj	beix	geiq	yiengh	lawz
həɯ^{3}	pi^{4}	ki^{5}	jɯ:ŋ^{6}	laɯ^{2}
给	兄	记	样	哪

兄哪记得清。

女唱

2-1717

写	**南**	**由**	**了**	**乖**
Ce	nanz	raeuh	liux	gvai
çe^{1}	na:n^{2}	ɹau^{6}	li:u^{4}	kwa:i^{1}
留	久	多	啰	乖

久别了情友，

2-1718

写	**南**	**来**	**对**	**爱**
Ce	nanz	lai	doih	gyaez
çe^{1}	na:n^{2}	la:i^{1}	to:i^{6}	kjai^{2}
留	久	多	伙伴	爱

久违了情友。

2-1719

记	**月**	**日**	**空**	**得**
Geiq	ndwen	ngoenz	ndwi	ndaej
ki^{5}	du:n^{1}	ŋon^{2}	du:i^{1}	dai^{3}
记	月	日	不	得

日期记不住，

2-1720

加	**来**	**不**	**中**	**官**
Gyaj	lai	mbouj	cungq	guen
kja^{3}	la:i^{1}	bou^{5}	çoŋ^{5}	ku:n^{1}
假	多	不	中	官

假义无官当。

男唱

2–1721

写	南	来	韦	机
Ce	nanz	lai	vae	giq
ɕe^{1}	na:n^{2}	la:i^{1}	vai^{1}	ki^{5}
留	久	多	姓	支

久别了情友，

2–1722

义	不	福	不	份
Ngeix	mbouj	fuk	mbouj	faenh
ȵi^{4}	bou^{5}	fuk^{7}	bou^{5}	fanh
想	不	福	不	份

想也无福分。

2–1723

乱	真	华	牙	门
Luenh	cingq	hak	yax	monz
lu:n^{6}	ɕiŋ^{5}	ha:k^{7}	ja^{6}	mɯn^{2}
乱	正	官	衙	门

如同进衙门，

2–1724

记	月	日	满	秀
Geiq	ndwen	ngoenz	mued	ciuh
ki^{5}	du:n^{1}	ŋon^{2}	mu:t^{8}	ɕi:u^{6}
记	月	日	没	世

记住一辈子。

女唱

2–1725

写	南	来	韦	机
Ce	nanz	lai	vae	giq
ɕe^{1}	na:n^{2}	la:i^{1}	vai^{1}	ki^{5}
留	久	多	姓	支

久别了情友，

2–1726

义	作	动	是	付
Ngeix	coq	dungx	cix	fouz
ȵi^{4}	ɕo^{5}	tuŋ^{4}	ɕi^{4}	fu^{2}
想	放	肚	就	浮

思念断肝肠。

2–1727

华	利	记	柳	州
Hak	lij	geiq	louj	couh
ha:k^{7}	li^{4}	ki^{5}	lou^{4}	ɕou^{1}
官	还	记	柳	州

柳州还记得，

2–1728

少	土	记	不	得
Sau	dou	geiq	mbouj	ndaej
θa:u^{1}	tu^{1}	ki^{5}	bou^{5}	dai^{3}
姑娘	我	记	不	得

就我记不得。

男唱

2-1729

写	**南**	**来**	**韦**	**机**
Ce	nanz	lai	vae	giq
çe^{1}	na:n^{2}	la:i^{1}	vai^{1}	ki^{5}
留	**久**	**多**	**姓**	**支**

久别了情友，

2-1730

义	**作**	**动**	**是**	**付**
Ngeix	coq	dungx	cix	fouz
ȵi^{4}	ço^{5}	tuŋ^{4}	çi^{4}	fu^{2}
想	**放**	**肚**	**就**	**浮**

思念肝肠断。

2-1731

乱	**是**	**哈**	**柳**	**州**
Luenh	cix	haq	louj	couh
lu:n^{6}	çi^{4}	ha^{5}	lou^{4}	çou^{1}
乱	**是**	**嫁**	**柳**	**州**

胡乱嫁柳州，

2-1732

记	**方**	**卢**	**满**	**秀**
Geiq	fueng	louz	mued	ciuh
ki^{5}	fu:ŋ^{1}	lu^{2}	mu:t^{8}	çi:u^{6}
记	**风**	**流**	**没**	**世**

青春永不忘。

女唱

2-1733

借	**乃**	**是**	**立**	**南**
Ciq	naih	cix	leih	nanz
çi^{5}	na:i^{6}	çi^{4}	lei^{6}	na:n^{2}
借	**久**	**就**	**利**	**久**

借久利息多，

2-1734

代	**三**	**年**	**不**	**借**
Dai	sam	nienz	mbouj	ciq
ta:i^{1}	θa:n^{1}	ni:n^{2}	bou^{5}	çi^{5}
死	**三**	**年**	**不**	**借**

宁死也不借。

2-1735

记	**的**	**欢**	**跟**	**比**
Geiq	diq	fwen	riengz	beij
ki^{5}	ti^{5}	vu:n^{1}	ɹi:ŋ^{2}	pi^{3}
记	**些**	**歌**	**跟**	**歌**

要记住山歌，

2-1736

记	**道**	**理**	**卜**	**作**
Geiq	dauh	leix	boux	coz
ki^{5}	ta:u^{6}	li^{4}	pu^{4}	ço^{2}
记	**道**	**理**	**个**	**年轻**

青年要知理。

男唱

2-1737

借	**乃**	**是**	**立**	**南**
Ciq	naih	cix	leih	nanz
ɕi^{5}	naːi^{6}	ɕi^{4}	lei^{6}	naːn^{2}
借	久	就	利	久

借久利息多，

2-1738

代	**三**	**年**	**不**	**借**
Dai	sam	nienz	mbouj	ciq
taːi^{1}	θaːn^{1}	niːn^{2}	bou^{5}	ɕi^{5}
死	三	年	不	借

宁死也不借。

2-1739

句	**欢**	**当**	**道**	**理**
Coenz	fwen	daengq	dauh	leix
kjon^{2}	vuːn^{1}	taŋ^{5}	taːu^{6}	lei^{4}
句	歌	叮嘱	道	理

用山歌说理，

2-1740

义	**了**	**样**	**而**	**赔**
Ngeix	liux	yiengh	lawz	boiz
ȵi^{4}	liːu^{4}	jɯːŋ^{6}	laɯ^{2}	poːi^{2}
想	完	样	哪	还

如何对得上。

女唱

2-1741

借	**乃**	**是**	**立**	**南**
Ciq	naih	cix	leih	nanz
ɕi^{5}	naːi^{6}	ɕi^{4}	lei^{6}	naːn^{2}
借	久	就	利	久

借久利息多，

2-1742

代	**三**	**年**	**不**	**借**
Dai	sam	nienz	mbouj	ciq
taːi^{1}	θaːn^{1}	niːn^{2}	bou^{5}	ɕi^{5}
死	三	年	不	借

宁死也不借。

2-1743

句	**欢**	**当**	**道**	**理**
Goenz	fwen	daengq	dauh	leix
kjon^{2}	vuːn^{1}	taŋ^{5}	taːu^{6}	li^{4}
句	歌	叮嘱	道	理

用山歌说理，

2-1744

乃	**义**	**了**	**洋**	**赔**
Naih	ngeix	liux	yaeng	boiz
naːi^{6}	ȵi^{4}	liːu^{4}	jaŋ^{1}	poːi^{2}
慢	想	完	再	还

想好了再和。

男唱

2–1745

借	**乃**	**是**	**立**	**南**
Ciq	naih	cix	leih	nanz
ɕi^{5}	naːi^{6}	ɕi^{4}	lei^{6}	naːn^{2}
借	久	就	利	久

借久利息多，

2–1746

代	**三**	**年**	**不**	**借**
Dai	sam	nienz	mbouj	ciq
taːi^{1}	θaːn^{1}	niːn^{2}	bou^{5}	ɕi^{5}
死	三	年	不	借

宁死也不借。

2–1747

本	**反**	**元**	**拉**	**里**
Mbwn	fan	yaep	ndau	ndeiq
bɯn^{1}	faːn^{1}	jat^{7}	dau^{1}	di^{5}
天	翻	闪	星	星

夜晚星星闪，

2–1748

亮	**给**	**备**	**采**	**邦**
Rongh	hawj	beix	caij	biengz
ɹoːŋ^{6}	həɯ^{3}	pi^{4}	ɕaːi^{3}	piːŋ^{2}
亮	给	兄	踩	地方

照我走天下。

女唱

2–1749

借	**乃**	**是**	**立**	**南**
Ciq	naih	cix	leih	nanz
ɕi^{5}	naːi^{6}	ɕi^{4}	lei^{6}	naːn^{2}
借	久	就	利	久

借久利息多，

2–1750

代	**三**	**年**	**不**	**借**
Dai	sam	nienz	mbouj	ciq
taːi^{1}	θaːn^{1}	niːn^{2}	bou^{5}	ɕi^{5}
死	三	年	不	借

宁死也不借。

2–1751

包	**乖**	**利**	**说**	**比**
Mbauq	gvai	lij	naeuz	beij
baːu^{5}	kwaːi^{1}	li^{4}	nau^{2}	pi^{3}
小伙	乖	还	说	歌

情哥还唱歌，

2–1752

开	**八**	**亮**	**了**	**本**
Gaej	bah	rongh	liux	mbwn
kaːi^{5}	pa^{6}	ɹoːŋ^{6}	liːu^{4}	bɯn^{1}
莫	急	亮	啰	天

天莫亮太早。

男唱

2-1753

借	**乃**	**是**	**立**	**南**
Ciq	naih	cix	leih	nanz
ɕi^{5}	na:i^{6}	ɕi^{4}	lei^{6}	na:n^{2}
借	久	就	利	久

借久利息多，

2-1754

代	**三**	**年**	**不**	**借**
Dai	sam	nienz	mbouj	ciq
ta:i^{1}	θa:n^{1}	ni:n^{2}	bou^{5}	ɕi^{5}
死	三	年	不	借

宁死也不借。

2-1755

更	**本**	**七**	**拉**	**里**
Gwnz	mbwn	caet	ndau	ndeiq
kɯn^{2}	bɯn^{1}	ɕat^{7}	dau^{1}	di^{5}
上	天	跳	星	星

天上星星闪，

2-1756

告	**内**	**良**	**貝**	**南**
Gau	neix	rengx	bae	nanz
ka:u^{1}	ni^{4}	ɹe:ŋ^{4}	pai^{1}	na:n^{2}
次	这	旱	去	久

这下旱得久。

女唱

2-1757

借	**乃**	**是**	**立**	**南**
Ciq	naih	cix	leih	nanz
ɕi^{5}	na:i^{6}	ɕi^{4}	lei^{6}	na:n^{2}
借	久	就	利	久

借久利息多，

2-1758

代	**三**	**年**	**不**	**借**
Dai	sam	nienz	mbouj	ciq
ta:i^{1}	θa:n^{1}	ni:n^{2}	bou^{5}	ɕi^{5}
死	三	年	不	借

宁死也不借。

2-1759

不	**可**	**良**	**月**	**内**
Mbouj	goj	rengx	ndwen	neix
bou^{5}	ko^{5}	ɹe:ŋ^{4}	du:n^{1}	ni^{4}
不	也	旱	月	这

这个月天旱，

2-1760

月	**义**	**不**	**可**	**文**
Ndwen	ngeih	mbouj	goj	fwn
du:n^{1}	ȵi^{6}	bou^{5}	ko^{5}	vun^{1}
月	二	不	也	雨

二月不落雨。

女唱

2-1761

写	**南**	**来**	**韦**	**机**
Ce	nanz	lai	vae	giq
ɕe^{1}	naːn^{2}	laːi^{1}	vai^{1}	ki^{5}
留	久	多	姓	支

久别了情友，

2-1762

义	**牙**	**不**	**相**	**仁**
Ngeix	yax	mbouj	siengh	yunz
ȵi^{4}	ja^{5}	bou^{5}	θeːŋ^{5}	jun^{2}
想	也	不	相	回应

相思无回应。

2-1763

满	**月**	**义**	**斗**	**文**
Muengh	ndwen	ngeih	daeuj	fwn
muːŋ^{6}	duːn^{1}	ȵi^{6}	tau^{3}	vun^{1}
望	月	二	来	雨

望二月下雨，

2-1764

老	**犯**	**春**	**了**	**备**
Lau	famh	cin	liux	beix
laːu^{1}	faːn^{6}	ɕun^{1}	liːu^{4}	pi^{4}
怕	犯	春	啰	兄

只怕犯立春。

男唱

2-1765

写	**南**	**来**	**韦**	**机**
Ce	nanz	lai	vae	giq
ɕe^{1}	naːn^{2}	laːi^{1}	vai^{1}	ki^{5}
留	久	多	姓	支

久违了情友，

2-1766

义	**牙**	**不**	**相**	**仁**
Ngeix	yax	mbouj	siengh	yunz
ȵi^{4}	ja^{5}	bou^{5}	θeːŋ^{5}	jun^{2}
想	也	不	相	回应

相思无回应。

2-1767

本	**论**	**是**	**斗**	**文**
Mbwn	laep	cix	daeuj	fwn
bɯn^{1}	lap^{7}	ɕi^{4}	tau^{3}	vun^{1}
天	黑	就	来	雨

天黑就下雨，

2-1768

犯	**春**	**开**	**么**	**农**
Famh	cin	gij	maz	nuengx
faːn^{6}	ɕun^{1}	kaːi^{2}	ma^{2}	nuːŋ^{4}
犯	春	什	么	妹

妹犯什么春？

女唱

2-1769

写	**南**	**来**	**韦**	**机**
Ce	nanz	lai	vae	giq
ɕe^{1}	na:n^{2}	la:i^{1}	vai^{1}	ki^{5}
留	久	多	姓	支

久违了情友，

2-1770

义	**牙**	**不**	**相**	**仁**
Ngeix	yax	mbouj	siengh	yunz
ɲi^{4}	ja^{5}	bou^{5}	θe:ŋ^{5}	jun^{2}
想	也	不	相	回应

相思无回应。

2-1771

月	**义**	**牙**	**斗**	**文**
Ndwen	ngeih	yax	daeuj	fwn
du:n^{1}	ɲi^{6}	ja^{5}	tau^{3}	vun^{1}
月	二	也	来	雨

二月也下雨，

2-1772

更	**本**	**很**	**代**	**六**
Gwnz	mbwn	hwnj	daih	loeg
kɯn^{2}	bɯn^{1}	hɯn^{3}	ta:i^{6}	lok^{8}
上	天	起	苔	绿

天宫长青苔。

男唱

2-1773

月	**义**	**牙**	**斗**	**文**
Ndwen	ngeih	yax	daeuj	fwn
du:n^{1}	ɲi^{6}	ja^{5}	tau^{3}	vun^{1}
月	二	也	来	雨

二月份下雨，

2-1774

更	**本**	**很**	**代**	**六**
Gwnz	mbwn	hwnj	daih	loeg
kɯn^{2}	bɯn^{1}	hɯn^{3}	ta:i^{6}	lok^{8}
上	天	起	苔	绿

天宫长青苔。

2-1775

结	**三**	**层**	**拉**	**蒙**
Giet	sam	caengz	laj	mok
ki:t^{7}	θa:n^{1}	ɕaŋ^{2}	la^{3}	mo:k^{7}
结	三	层	下	雾

云下结三层，

2-1776

文	**不**	**托**	**牙**	**难**
Fwn	mbouj	doek	yax	nanz
vun^{1}	bou^{5}	tok^{7}	ja^{5}	na:n^{2}
雨	不	落	也	难

雨不落都难。

女唱

2-1777

借	**乃**	**是**	**立**	**南**
Ciq	naih	cix	leih	nanz
ɕi^{5}	na:i^{6}	ɕi^{4}	lei^{6}	na:n^{2}
借	久	就	利	久

借久利息多，

2-1778

代	**三**	**年**	**不**	**借**
Dai	sam	nienz	mbouj	ciq
ta:i^{1}	θa:n^{1}	ni:n^{2}	bou^{5}	ɕi^{5}
死	三	年	不	借

宁死也不借。

2-1779

明	**天**	**大**	**落**	**雨**
Mingz	denh	da	loz	hij
min^{2}	ti:n^{1}	ta^{4}	lo^{2}	hi^{3}
明	天	大	落	雨

明天下大雨，

2-1780

到	**底**	**样**	**而**	**说**
Dau	dij	yiengh	lawz	naeuz
ta:u^{4}	ti^{3}	jɯ:ŋ^{6}	laɯ^{2}	nau^{2}
到	底	样	哪	说

到底怎么说？

男唱

2-1781

借	**乃**	**是**	**立**	**南**
Ciq	naih	cix	leih	nanz
ɕi^{5}	na:i^{6}	ɕi^{4}	lei^{6}	na:n^{2}
借	久	就	利	久

借久利息多，

2-1782

代	**三**	**年**	**不**	**借**
Dai	sam	nienz	mbouj	ciq
ta:i^{1}	θa:n^{1}	ni:n^{2}	bou^{5}	ɕi^{5}
死	三	年	不	借

宁死也不借。

2-1783

明	**天**	**落**	**大**	**雨**
Mingz	denh	loz	da	hij
min^{2}	ti:n^{1}	lo^{2}	ta^{4}	hi^{3}
明	天	落	大	雨

明天下大雨，

2-1784

邦	**地**	**是**	**文**	**荣**
Biengz	deih	cix	vuen	yungz
pi:ŋ^{2}	tei^{6}	ɕi^{4}	vu:n^{1}	juŋ^{2}
地方	地	就	欢	乐

大地就繁荣。

女唱

2-1785

借	乃	是	立	南
Ciq	naih	cix	leih	nanz
ɕi^{5}	naːi^{6}	ɕi^{4}	lei^{6}	naːn^{2}
借	久	就	利	久

借久利息多，

2-1786

代	三	年	不	借
Dai	sam	nienz	mbouj	ciq
taːi^{1}	θaːn^{1}	niːn^{2}	bou^{5}	ɕi^{5}
死	三	年	不	借

宁死也不借。

2-1787

巴	少	丢	样	内
Bak	sau	diu	yiengh	neix
paːk^{7}	θaːu^{1}	tiːu^{1}	jɯːŋ^{6}	ni^{4}
嘴	姑娘	刁	样	这

妹如此灵巧，

2-1788

友	良	立	牙	要
Youx	lingz	leih	yax	aeu
ju^{4}	leːŋ^{6}	lei^{6}	ja^{5}	au^{1}
友	伶	俐	才	要

聪明友才娶。

男唱

2-1789

借	乃	是	立	南
Ciq	naih	cix	leih	nanz
ɕi^{5}	naːi^{6}	ɕi^{4}	lei^{6}	naːn^{2}
借	久	就	利	久

借久利息多，

2-1790

代	三	年	不	借
Dai	sam	nienz	mbouj	ciq
taːi^{1}	θaːn^{1}	niːn^{2}	bou^{5}	ɕi^{5}
死	三	年	不	借

宁死也不借。

2-1791

不	文	得	良	立
Mbouj	vun	ndaej	lingz	leih
bou^{5}	vun^{1}	dai^{3}	leːŋ^{6}	lei^{6}
不	求	得	伶	俐

不求友聪慧，

2-1792

但	知	理	哈	你
Danh	rox	leix	ha	mwngz
taːn^{6}	ɹo^{4}	li^{4}	ha^{1}	mɯŋ^{2}
但	知	理	配	你

但像你达理。

女唱

2-1793

借	**乃**	**是**	**立**	**南**
Ciq	naih	cix	leih	nanz
ɕi^{5}	naːi^{6}	ɕi^{4}	lei^{6}	naːn^{2}
借	久	就	利	久

借久利息多，

2-1794

代	**三**	**年**	**不**	**借**
Dai	sam	nienz	mbouj	ciq
taːi^{1}	θaːn^{1}	niːn^{2}	bou^{5}	ɕi^{5}
死	三	年	不	借

宁死也不借。

2-1795

不	**得**	**友**	**良**	**立**
Mbouj	ndaej	youx	lingz	leih
bou^{5}	dai^{3}	ju^{4}	leːŋ^{6}	lei^{6}
不	得	友	伶	俐

不得聪慧友，

2-1796

可	**为**	**秀**	**你**	**空**
Goj	vei	ciuh	mwngz	ndwi
ko^{5}	vei^{1}	ɕiːu^{6}	mɯŋ^{2}	duːi^{1}
也	亏	世	你	空

枉你这一生。

男唱

2-1797

借	**乃**	**是**	**立**	**南**
Ciq	naih	cix	leih	nanz
ɕi^{5}	naːi^{6}	ɕi^{4}	lei^{6}	naːn^{2}
借	久	就	利	久

借久利息多，

2-1798

代	**三**	**年**	**不**	**借**
Dai	sam	nienz	mbouj	ciq
taːi^{1}	θaːn^{1}	niːn^{2}	bou^{5}	ɕi^{5}
死	三	年	不	借

宁死也不借。

2-1799

巴	**丢**	**刀**	**丢**	**的**
Bak	diu	dauq	diu	diq
paːk^{7}	tiːu^{1}	taːu^{5}	tiːu^{1}	ti^{5}
嘴	刁	倒	刁	点

有点小聪明，

2-1800

长	**记**	**罗**	**贵**	**文**
Cang	giq	lox	gwiz	vunz
ɕaːŋ^{1}	ki^{5}	lo^{4}	kɯi^{2}	vun^{2}
假	装	哄	丈夫	人

骗别人丈夫。

女唱

2-1801

借	**乃**	**是**	**立**	**南**
Ciq	naih	cix	leih	nanz
ɕi^{5}	naːi^{6}	ɕi^{4}	lei^{6}	naːn^{2}
借	久	就	利	久

借久利息多，

2-1802

代	**三**	**年**	**不**	**借**
Dai	sam	nienz	mbouj	ciq
taːi^{1}	θaːn^{1}	niːn^{2}	bou^{5}	ɕi^{5}
死	三	年	不	借

宁死也不借。

2-1803

不	**自**	**土**	**丢**	**的**
Mbouj	gag	dou	diu	diq
bou^{5}	kaːk^{8}	tu^{1}	tiːu^{1}	ti^{5}
不	自	我	刁	点

不只我伶俐，

2-1804

备	**牙**	**可**	**丢**	**仁**
Beix	yax	goj	diu	viz
pi^{4}	ja^{5}	ko^{5}	tiːu^{1}	vi^{2}
兄	也	可	刁	滑

兄也很滑头。

男唱

2-1805

借	**乃**	**是**	**立**	**南**
Ciq	naih	cix	leih	nanz
ɕi^{5}	naːi^{6}	ɕi^{4}	lei^{6}	naːn^{2}
借	久	就	利	久

借久利息多，

2-1806

代	**三**	**年**	**不**	**借**
Dai	sam	nienz	mbouj	ciq
taːi^{1}	θaːn^{1}	niːn^{2}	bou^{5}	ɕi^{5}
死	三	年	不	借

宁死也不借。

2-1807

巴	**少**	**丢**	**样**	**内**
Bak	sau	diu	yiengh	neix
paːk^{7}	θaːu^{1}	tiːu^{1}	jɯːŋ^{6}	ni^{4}
嘴	姑娘	刁	样	这

妹如此灵巧，

2-1808

动	**利**	**义**	**知**	**空**
Dungx	lij	ngeix	rox	ndwi
tuŋ^{4}	li^{4}	ȵi^{4}	ɹo^{4}	duːi^{1}
肚	还	想	或	不

心中思念否？

女唱

2-1809

借	乃	是	立	南
Ciq	naih	cix	leih	nanz
ɕi^{5}	na:i^{6}	ɕi^{4}	lei^{6}	na:n^{2}
借	久	就	利	久

借久利息多，

2-1810

代	三	年	不	借
Dai	sam	nienz	mbouj	ciq
ta:i^{1}	θa:n^{1}	ni:n^{2}	bou^{5}	ɕi^{5}
死	三	年	不	借

宁死也不借。

2-1811

勒	独	代	利	衣
Lwg	dog	dai	lij	iq
lɯk^{8}	to:k^{8}	ta:i^{1}	li^{4}	i^{5}
子	独	死	还	小

独子死得早，

2-1812

是	利	义	堂	你
Cix	lij	ngeix	daengz	mwngz
ɕi^{4}	li^{4}	ȵi^{4}	taŋ^{2}	mɯŋ^{2}
是	还	想	到	你

还在想念你。

男唱

2-1813

借	乃	是	立	南
Ciq	naih	cix	leih	nanz
ɕi^{5}	na:i^{6}	ɕi^{4}	lei^{6}	na:n^{2}
借	久	就	利	久

借久利息多，

2-1814

代	三	年	不	借
Dai	sam	nienz	mbouj	ciq
ta:i^{1}	θa:n^{1}	ni:n^{2}	bou^{5}	ɕi^{5}
死	三	年	不	借

宁死也不借。

2-1815

对	那	可	说	义
Doiq	naj	goj	naeuz	ngeix
to:i^{5}	na^{3}	ko^{5}	nau^{2}	ȵi^{4}
对	脸	可	说	想

当面说相思，

2-1816

背	那	为	土	写
Boih	naj	viq	dou	ce
po:i^{6}	na^{3}	vi^{5}	tu^{1}	ɕe^{1}
背	脸	忘	我	留

转脸就忘光。

女唱

2-1817

借	**乃**	**是**	**立**	**南**
Ciq	naih	cix	leih	nanz
ɕi^{5}	na:i^{6}	ɕi^{4}	lei^{6}	na:n^{2}
借	久	就	利	久

借久利息多，

2-1818

代	**三**	**年**	**不**	**借**
Dai	sam	nienz	mbouj	ciq
ta:i^{1}	θa:n^{1}	ni:n^{2}	bou^{5}	ɕi^{5}
死	三	年	不	借

宁死也不借。

2-1819

为	**土**	**刀**	**不**	**为**
Viq	dou	dauq	mbouj	viq
vi^{5}	tu^{1}	ta:u^{5}	bou^{5}	vi^{5}
忘	我	倒	不	忘

我不会忘你，

2-1820

动	**可**	**义**	**千**	**年**
Dungx	goj	ngeix	cien	nienz
tuŋ^{4}	ko^{5}	ȵi^{4}	ɕi:n^{1}	ni:n^{2}
肚	可	想	千	年

念你一千年。

男唱

2-1821

借	**乃**	**是**	**立**	**南**
Ciq	naih	cix	leih	nanz
ɕi^{5}	na:i^{6}	ɕi^{4}	lei^{6}	na:n^{2}
借	久	就	利	久

借久利息多，

2-1822

代	**三**	**年**	**不**	**借**
Dai	sam	nienz	mbouj	ciq
ta:i^{1}	θa:n^{1}	ni:n^{2}	bou^{5}	ɕi^{5}
死	三	年	不	借

宁死也不借。

2-1823

知	**你**	**义**	**空**	**义**
Rox	mwngz	ngeix	ndwi	ngeix
ɹo^{4}	mɯŋ^{2}	ȵi^{4}	du:i^{1}	ȵi^{4}
知	你	想	不	想

不知想不想，

2-1824

老	**特**	**备**	**古**	**论**
Lau	dawz	beix	guh	lumz
la:u^{1}	təɯ^{2}	pi^{4}	ku^{4}	lun^{2}
怕	拿	兄	做	忘

只怕忘了兄。

女唱

2-1825

借	**乃**	**是**	**立**	**南**
Ciq	naih	cix	leih	nanz
ɕi^{5}	na:i^{6}	ɕi^{4}	lei^{6}	na:n^{2}
借	久	就	利	久

借久利息多，

2-1826

代	**三**	**年**	**不**	**外**
Dai	sam	nienz	mbouj	vaij
ta:i^{1}	θa:n^{1}	ni:n^{2}	bou^{5}	va:i^{3}
死	三	年	不	过

宁死也不借。

2-1827

办	**钱**	**買**	**红**	**开**
Banh	cienz	cawx	hong	gaiq
pa:n^{6}	ɕi:n^{2}	ɕəɯ^{4}	ho:ŋ^{1}	ka:i^{5}
办	钱	买	东	西

备钱买东西，

2-1828

偻	**同**	**祘**	**很**	**河**
Raeuz	doengz	suenq	hwnj	haw
ɹau^{2}	toŋ^{2}	θu:n^{5}	hɯn^{3}	həɯ^{1}
我们	同	算	上	圩

我俩同赶圩。

男唱

2-1829

借	**乃**	**是**	**立**	**南**
Ciq	naih	cix	leih	nanz
ɕi^{5}	na:i^{6}	ɕi^{4}	lei^{6}	na:n^{2}
借	久	就	利	久

借久利息多，

2-1830

代	**三**	**年**	**不**	**外**
Dai	sam	nienz	mbouj	vaij
ta:i^{1}	θa:n^{1}	ni:n^{2}	bou^{5}	va:i^{3}
死	三	年	不	过

宁死也不借。

2-1831

很	**河**	**刀**	**可**	**爱**
Hwnj	haw	dauq	goj	ngaih
hɯn^{3}	həɯ^{1}	ta:u^{5}	ko^{5}	ŋa:i^{6}
上	圩	倒	也	易

上街倒容易，

2-1832

老	**红**	**开**	**不**	**岁**
Lau	hong	gaiq	mbouj	caez
la:u^{1}	ho:ŋ^{1}	ka:i^{5}	bou^{5}	ɕai^{2}
怕	东	西	不	齐

怕货品不齐。

女唱

2-1833

借 乃 是 立 南

Ciq naih cix leih nanz

ɕi^{5} naːi^{6} ɕi^{4} lei^{6} naːn^{2}

借 久 就 利 久

借久利息多，

2-1834

代 三 年 不 外

Dai sam nienz mbouj vaij

taːi^{1} θaːn^{1} niːn^{2} bou^{5} vaːi^{3}

死 三 年 不 过

死也不去借。

2-1835

中 很 河 大 才

Cuengq hwnj haw dah raix

ɕuːŋ^{5} hɯn^{3} həɯ^{1} ta^{6} ɹaːi^{4}

特意 上 圩 实 在

特意去赶圩，

2-1836

样 而 样 不 岁

Yiengh lawz yiengh mbouj caez

jɯːŋ^{6} laɯ^{2} jɯːŋ^{6} bou^{5} ɕai^{2}

样 哪 样 不 齐

哪样货没有。

男唱

2-1837

借 乃 是 立 南

Ciq naih cix leih nanz

ɕi^{5} naːi^{6} ɕi^{4} lei^{6} naːn^{2}

借 久 就 利 久

借久利息多，

2-1838

代 三 年 不 外

Dai sam nienz mbouj vaij

taːi^{1} θan^{1} niːn^{2} bou^{5} vaːi^{3}

死 三 年 不 过

死也不去借。

2-1839

很 河 刀 可 爱

Hwnj haw dauq goj ngaih

hɯn^{3} həɯ^{1} taːu^{5} ko^{5} ŋaːi^{6}

上 圩 倒 也 易

上街倒容易，

2-1840

邦 贩 卜 而 当

Biengz baih boux laez dang

piːŋ^{2} paːi^{6} pu^{4} laɯ^{2} taːŋ^{1}

地方 败 个 哪 当

迷路怎么办。

女唱

2–1841

借	**乃**	**是**	**立**	**南**
Ciq	naih	cix	leih	nanz
ɕi^{5}	na:i^{6}	ɕi^{4}	lei^{6}	na:n^{2}
借	久	就	利	久

借久利息多，

2–1842

代	**三**	**年**	**不**	**外**
Dai	sam	nienz	mbouj	vaij
ta:i^{1}	θa:n^{1}	ni:n^{2}	bou^{5}	va:i^{3}
死	三	年	不	过

宁死也不借。

2–1843

少	**全**	**忧**	**邦**	**败**
Sau	gyonj	you	biengz	baih
θa:u^{1}	kjo:n^{3}	jou^{1}	pi:ŋ^{2}	pa:i^{6}
姑娘	都	忧	地方	败

妹总怕迷路，

2–1844

老	**不**	**太**	**很**	**河**
Lau	mbouj	daih	hwnj	haw
la:u^{1}	bou^{5}	ta:i^{6}	hɯn^{3}	həɯ^{1}
怕	不	太	上	圩

怕很少赶圩。

男唱

2–1845

借	**乃**	**是**	**立**	**南**
Ciq	naih	cix	leih	nanz
ɕi^{5}	na:i^{6}	ɕi^{4}	lei^{6}	na:n^{2}
借	久	就	利	久

借久利息多，

2–1846

代	**三**	**年**	**不**	**外**
Dai	sam	nienz	mbouj	vaij
ta:i^{1}	θa:n^{1}	ni:n^{2}	bou^{5}	va:i^{3}
死	三	年	不	过

宁死也不借。

2–1847

几	**阝**	**讲**	**利**	**害**
Geij	boux	gangj	leih	haih
ki^{3}	pu^{4}	ka:ŋ^{3}	lei^{6}	ha:i^{6}
几	个	讲	利	害

几个聪明人，

2–1848

是	**利**	**败**	**托**	**邦**
Cix	lij	baih	doh	biengz
ɕi^{4}	li^{4}	pa:i^{6}	to^{6}	pi:ŋ^{2}
是	还	败	遍	地方

都还走错路。

女唱

2-1849

借 乃 是 立 南

Ciq naih cix leih nanz

ɕi^{5} na:i^{6} ɕi^{4} lei^{6} na:n^{2}

借 久 就 利 久

借久利息多，

2-1850

代 三 年 不 外

Dai sam nienz mbouj vaij

ta:i^{1} θa:n^{1} ni:n^{2} bou^{5} va:i^{3}

死 三 年 不 过

宁死也不借。

2-1851

不 外 貝 钱 开

Mbouj vaij bae cienz hai

bou^{5} va:i^{3} pai^{1} ɕi:n^{2} ha:i^{1}

不 过 去 钱 开

大不了花钱，

2-1852

又 利 贩 样 而

Youh lij baih yiengh lawz

jou^{4} li^{4} pa:i^{6} jɯ:ŋ^{6} laɯ^{2}

又 还 败 样 哪

怕什么迷路。

男唱

2-1853

借 乃 是 立 南

Ciq naih cix leih nanz

ɕi^{5} na:i^{6} ɕi^{4} lei^{6} na:n^{2}

借 久 就 利 久

借久利息多，

2-1854

代 三 年 不 外

Dai sam nienz mbouj vaij

ta:i^{1} θa:n^{1} ni:n^{2} bou^{5} va:i^{3}

死 三 年 不 过

宁死也不借。

2-1855

貝 钱 偻 岁 开

Bae cienz raeuz caez hai

pai^{1} ɕi:n^{2} ɹau^{2} ɕai^{2} ha:i^{1}

去 钱 我们 齐 开

花钱大家付，

2-1856

邦 贩 偻 岁 当

Biengz baih raeuz caez dang

pi:ŋ^{2} pa:i^{6} ɹau^{2} ɕai^{2} ta:ŋ^{1}

地方 败 我们 齐 当

迷路同担当。

女唱

2-1857

借 乃 是 立 南

Ciq naih cix leih nanz

çi⁵ na:i⁶ çi⁴ lei⁶ na:n²

借 久 就 利 久

借久利息多，

2-1858

代 三 年 不 外

Dai sam nienz mbouj vaij

ta:i¹ θa:n¹ ni:n² bou⁵ va:i³

死 三 年 不 过

宁死也不借。

2-1859

十 分 邦 狼 贩

Cib faen biengz langh baih

çit⁸ fan¹ pi:ŋ² la:ŋ⁶ pa:i⁶

十 分 地方 若 败

若真的迷路，

2-1860

备 貝 拜 而 站

Beix bae baih lawz soengz

pi⁴ pai¹ pa:i⁶ laɯ² θoŋ²

兄 去 边 哪 站

兄去哪里住？

男唱

2-1861

借 乃 是 立 南

Ciq naih cix leih nanz

çi⁵ na:i⁶ çi⁴ lei⁶ na:n²

借 久 就 利 久

借久利息多，

2-1862

代 三 年 不 外

Dai sam nienz mbouj vaij

ta:i¹ θa:n¹ ni:n² bou⁵ va:i³

死 三 年 不 过

宁死也不借。

2-1863

十 分 邦 狼 贩

Cib faen biengz langh baih

çit⁸ fan¹ pi:ŋ² la:ŋ⁶ pa:i⁶

十 分 地方 若 败

若真的迷路，

2-1864

当 田 傍 当 站

Dangq denz raeuz dangq soengz

ta:ŋ⁵ te:n² ɹau² ta:ŋ⁵ θoŋ²

另 地 我们 另 站

各自走他方。

女唱

2-1865

借 乃 是 立 南

Ciq naih cix leih nanz

ɕi^{5} na:i^{6} ɕi^{4} lei^{6} na:n^{2}

借 久 就 利 久

借久利息多，

2-1866

代 三 年 不 外

Dai sam nienz mbouj vaij

ta:i^{1} θa:n^{1} ni:n^{2} bou^{5} va:i^{3}

死 三 年 不 过

宁死也不借。

2-1867

十 分 邦 狼 败

Cib faen biengz langh baih

ɕit^{8} fan^{1} pi:ŋ^{2} la:ŋ^{6} pa:i^{6}

十 分 地方 若 败

若真的迷路，

2-1868

代 农 很 方 而

Daiq nuengx hwnj fueng lawz

ta:i^{5} nu:ŋ^{4} hɯn^{3} fu:ŋ^{1} laɯ^{2}

带 妹 上 方 哪

带我去何方。

男唱

2-1869

借 乃 是 立 南

Ciq naih cix leih nanz

ɕi^{5} na:i^{6} ɕi^{4} lei^{6} na:n^{2}

借 久 就 利 久

借久利息多，

2-1870

代 三 年 不 外

Dai sam nienz mbouj vaij

ta:i^{1} θa:n^{1} ni:n^{2} bou^{5} va:i^{3}

死 三 年 不 过

宁死也不借。

2-1871

十 分 邦 狼 贩

Cib faen biengz langh baiq

ɕit^{8} fan^{1} pi:ŋ^{2} la:ŋ^{6} pa:i^{5}

十 分 地方 若 败

若真的迷路，

2-1872

代 农 很 元 城

Daiq nuengx hwnj roen singz

ta:i^{5} nu:ŋ^{4} hɯn^{3} jo:n^{1} θiŋ^{2}

带 妹 上 路 城

带妹去城里。

男唱

2-1873

借　乃　是　立　南

Ciq naih cix leih nanz

çi5 na:i6 çi4 lei6 na:n2

借　久　就　利　久

借久难负息，

2-1874

代　三　年　不　外

Dai sam nienz mbouj vaij

ta:i1 θa:n1 ni:n2 bou5 va:i3

死　三　年　不　过

死也不去借。

2-1875

想　特　正　马　开

Siengj dawz cingz ma gai

θi:ŋ3 təɯ2 çiŋ2 ma1 ka:i1

想　拿　情　来　卖

真想卖信物，

2-1876

农　空　爱　堂　偻

Nuengx ndwi ngaiq daengz raeuz

nu:ŋ4 du:i1 ŋa:i5 taŋ2 ɹau2

妹　不　爱　到　我们

妹已不爱我。

女唱

2-1877

借　乃　是　立　南

Ciq naih cix leih nanz

çi5 na:i6 çi4 lei6 na:n2

借　久　就　利　久

借久难负息，

2-1878

代　三　年　不　外

Dai sam nienz mbouj vaij

ta:i1 θa:n1 ni:n2 bou5 va:i3

死　三　年　不　过

死也不去借。

2-1879

爱　古　而　不　爱

Ngaiq guh rawz mbouj ngaiq

ŋa:i5 ku4 ɹaɯ2 bou5 ŋa:i5

爱　做　什么　不　爱

怎么说不爱，

2-1880

为　备　采　尝　堂

Vih beix byaij caengz daengz

vei6 pi4 pja:i3 çaŋ2 taŋ2

为　兄　走　未　到

只因兄未到。

男唱

2-1881

借	**乃**	**是**	**立**	**南**
Ciq	naih	cix	leih	nanz
ɕi^{5}	na:i^{6}	ɕi^{4}	lei^{6}	na:n^{2}
借	久	就	利	久

借久利息多，

2-1882

代	**三**	**年**	**不**	**外**
Dai	sam	nienz	mbouj	vaij
ta:i^{1}	θa:n^{1}	ni:n^{2}	bou^{5}	va:i^{3}
死	三	年	不	过

宁死也不借。

2-1883

全	**少**	**乖**	**可**	**爱**
Cienz	sau	gvai	goh	ngaiq
ɕu:n^{2}	θa:u^{1}	kwa:i^{1}	ko^{5}	ŋa:i^{5}
传	姑娘	乖	也	爱

若妹还爱哥，

2-1884

优	**双**	**才**	**共**	**船**
Yaeuq	song	sai	gungh	ruz
jau^{5}	θo:ŋ^{1}	θa:i^{1}	kuŋ^{6}	ɹu^{2}
藏	两	带	共	船

我俩齐上船。

女唱

2-1885

借	**乃**	**是**	**立**	**南**
Ciq	naih	cix	leih	nanz
ɕi^{5}	na:i^{6}	ɕi^{4}	lei^{6}	na:n^{2}
借	久	就	利	久

借久利息多，

2-1886

代	**三**	**年**	**不**	**外**
Dai	sam	nienz	mbouj	vaij
ta:i^{1}	θa:n^{1}	ni:n^{2}	bou^{5}	va:i^{3}
死	三	年	不	过

宁死也不借。

2-1887

卜	**爱**	**卜**	**不**	**爱**
Boux	ngaiq	boux	mbouj	ngaiq
pu^{4}	ŋa:i^{5}	pu^{4}	bou^{5}	ŋa:i^{5}
个	爱	个	不	爱

不知爱不爱，

2-1888

才	**内**	**不**	**想**	**特**
Sai	neix	mbouj	siengj	dawz
θa:i^{1}	ni^{4}	bou^{5}	θi:ŋ^{3}	təɯ^{2}
带	这	不	想	拿

信物不想带。

女唱

2-1889

借 乃 是 立 南

Ciq naih cix leih nanz

çi^{5} na:i^{6} çi^{4} lei^{6} na:n^{2}

借 久 就 利 久

借久利息多，

2-1890

代 三 年 不 外

Dai sam nienz mbouj vaij

ta:i^{1} θa:n^{1} ni:n^{2} bou^{5} va:i^{3}

死 三 年 不 过

宁死也不借。

2-1891

小 正 想 牙 开

Siuj cingz siengj yaek hai

θi:u^{3} çiŋ^{2} θi:ŋ^{3} jak^{7} ha:i^{1}

小 情 想 要 开

真想开信物，

2-1892

备 空 采 邦 偻

Beix ndwi byaij biengz raeuz

pi^{4} du:i^{1} pja:i^{3} pi:ŋ^{2} ɹau^{2}

兄 不 走 地方 我们

兄不见来访。

男唱

2-1893

借 乃 是 立 南

Ciq naih cix leih nanz

çi^{5} na:i^{6} çi^{4} lei^{6} na:n^{2}

借 久 就 利 久

借久利息多，

2-1894

代 三 年 不 外

Dai sam nienz mbouj vaij

ta:i^{1} θa:n^{1} ni:n^{2} bou^{5} va:i^{3}

死 三 年 不 过

宁死也不借。

2-1895

米 正 少 空 开

Miz cingz sau ndwi hai

mi^{2} çiŋ^{2} θa:u^{1} du:i^{1} ha:i^{1}

有 情 姑娘 不 开

有礼妹不开，

2-1896

当 果 爱 强 元

Dangq go ngaih gyang roen

ta:ŋ^{5} ko^{1} ŋa:i^{6} kja:ŋ^{1} jo:n^{1}

当 棵 艾 中 路

当作路边草。

女唱

2-1897

借	**乃**	**是**	**立**	**南**
Ciq	naih	cix	leih	nanz
ɕi^{5}	na:i^{6}	ɕi^{4}	lei^{6}	na:n^{2}
借	久	就	利	久

借久利息多，

2-1898

代	**三**	**年**	**不**	**外**
Dai	sam	nienz	mbouj	vaij
ta:i^{1}	θa:n^{1}	ni:n^{2}	bou^{5}	va:i^{3}
死	三	年	不	过

宁死也不借。

2-1899

正	**刀**	**变**	**办**	**才**
Cingz	dauq	bienq	baenz	sai
ɕiŋ^{2}	ta:u^{5}	pi:n^{5}	pan^{2}	θa:i^{1}
情	倒	变	成	带

礼品成绸带，

2-1900

又	**利**	**开**	**样**	**而**
Youh	lij	hai	yiengh	lawz
jou^{4}	li^{4}	ha:i^{1}	jɯ:ŋ^{6}	laɯ^{2}
又	还	开	样	哪

还用开什么。

男唱

2-1901

借	**乃**	**是**	**立**	**南**
Ciq	naih	cix	leih	nanz
ɕi^{5}	na:i^{6}	ɕi^{4}	lei^{6}	na:n^{2}
借	久	就	利	久

借久利息多，

2-1902

代	**三**	**年**	**不**	**外**
Dai	sam	nienz	mbouj	vaij
ta:i^{1}	θa:n^{1}	ni:n^{2}	bou^{5}	va:i^{3}
死	三	年	不	过

宁死也不借。

2-1903

义	**桥**	**金**	**你**	**坏**
Nyi	giuz	gim	mwngz	vaih
ɲi^{1}	ki:u^{2}	kin^{1}	mɯŋ^{2}	va:i^{6}
听	桥	金	你	坏

听说金桥坏，

2-1904

农	**修**	**正**	**知**	**尝**
Nuengx	coih	cingz	rox	caengz
nu:ŋ^{4}	ɕo:i^{6}	ɕiŋ^{2}	ɹo^{4}	ɕaŋ^{2}
妹	修	正	或	未

妹修好没有？

女唱

2-1905

借 乃 是 立 南

Ciq naih cix leih nanz

ɕi^{5} na:i^{6} ɕi^{4} lei^{6} na:n^{2}

借 久 就 利 久

借久利息多，

2-1906

代 三 年 不 外

Dai sam nienz mbouj vaij

ta:i^{1} θa:n^{1} ni:n^{2} bou^{5} va:i^{3}

死 三 年 不 过

宁死也不借。

2-1907

桥 么 桥 不 坏

Giuz maz giuz mbouj vaih

ki:u^{2} ma^{2} ki:u^{2} bou^{5} va:i^{6}

桥 什么 桥 不 坏

是桥都会坏，

2-1908

代 代 开 字 份

Daih daih hai saw faenz

ta:i^{6} ta:i^{6} ha:i^{1} θaɯ^{1} fan^{2}

代 代 开 字 文

故需合八字。

男唱

2-1909

借 乃 是 立 南

Ciq naih cix leih nanz

ɕi^{5} na:i^{6} ɕi^{4} lei^{6} na:n^{2}

借 久 就 利 久

借久利息多，

2-1910

代 三 年 不 外

Dai sam nienz mbouj vaij

ta:i^{1} θa:n^{1} ni:n^{2} bou^{5} va:i^{3}

死 三 年 不 过

宁死也不借。

2-1911

桥 好 伕 是 才

Giuz ndei fwx cix raih

ki:u^{2} dei^{1} fə^{4} ɕi^{4} ɹa:i^{6}

桥 好 别人 就 爬

桥好别人走，

2-1912

写 桥 买 给 你

Ce giuz maiq hawj mwngz

ɕe^{1} ki:u^{2} ma:i^{5} həɯ^{3} mɯŋ^{2}

留 桥 寡 给 你

荒桥留给你。

女唱

2-1913

借	**乃**	**是**	**立**	**南**
Ciq	naih	cix	leih	nanz
ɕi^{5}	na:i^{6}	ɕi^{4}	lei^{6}	na:n^{2}
借	久	就	利	久

借久利息多，

2-1914

代	**三**	**年**	**不**	**外**
Dai	sam	nienz	mbouj	vaij
ta:i^{1}	θa:n^{1}	ni:n^{2}	bou^{5}	va:i^{3}
死	三	年	不	过

宁死也不借。

2-1915

桥	**好**	**土**	**是**	**才**
Giuz	ndei	dou	cix	raih
ki:u^{2}	dei^{1}	tu^{1}	ɕi^{4}	ɹa:i^{6}
桥	好	我	就	爬

好桥我便走，

2-1916

桥	**买**	**扔**	**下**	**王**
Giuz	maiq	gingx	roengz	vaengz
ki:u^{2}	ma:i^{5}	kiŋ^{4}	ɹoŋ^{2}	vaŋ^{2}
桥	寡	扔	下	潭

荒桥丢下潭。

男唱

2-1917

借	**乃**	**是**	**立**	**南**
Ciq	naih	cix	leih	nanz
ɕi^{5}	na:i^{6}	ɕi^{4}	lei^{6}	na:n^{2}
借	久	就	利	久

借久利息多，

2-1918

代	**三**	**年**	**不**	**外**
Dai	sam	nienz	mbouj	vaij
ta:i^{1}	θa:n^{1}	ni:n^{2}	bou^{5}	va:i^{3}
死	三	年	不	过

宁死也不借。

2-1919

友	**而**	**元**	**桥**	**买**
Youx	lawz	yiemz	giuz	maiq
ju^{4}	laɯ^{2}	ji:n^{2}	ki:u^{2}	ma:i^{5}
友	哪	嫌	桥	寡

哪个嫌桥荒，

2-1920

万	**代**	**它**	**不**	**求**
Fanh	daih	de	mbouj	gyaeu
fa:n^{6}	ta:i^{6}	te^{1}	bou^{5}	kjau^{1}
万	代	他	不	寿

寿命不会长。

女唱

2–1921

借	**乃**	**是**	**立**	**南**
Ciq	naih	cix	leih	nanz
ɕi^{5}	naːi^{6}	ɕi^{4}	lei^{6}	naːn^{2}
借	久	就	利	久

借久利息多，

2–1922

代	**三**	**年**	**不**	**外**
Dai	sam	nienz	mbouj	vaij
taːi^{1}	θaːn^{1}	niːn^{2}	bou^{5}	vaːi^{3}
死	三	年	不	过

宁死也不借。

2–1923

古	**条**	**布**	**马**	**开**
Guh	diuz	baengz	ma	gaiq
ku^{4}	tiːu^{2}	paŋ^{2}	ma^{1}	kaːi^{5}
做	条	布	来	架

用布来架桥，

2–1924

大	**你**	**才**	**外**	**貝**
Dax	mwngz	raih	vaij	bae
ta^{4}	mɯŋ^{2}	ɹaːi^{6}	vaːi^{3}	pai^{1}
赌	你	爬	过	去

你敢走过否？

男唱

2–1925

借	**乃**	**是**	**立**	**南**
Ciq	naih	cix	leih	nanz
ɕi^{5}	naːi^{6}	ɕi^{4}	lei^{6}	naːn^{2}
借	久	就	利	久

借久利息多，

2–1926

代	**三**	**年**	**不**	**外**
Dai	sam	nienz	mbouj	vaij
taːi^{1}	θaːn^{1}	niːn^{2}	bou^{5}	vaːi^{3}
死	三	年	不	过

宁死也不借。

2–1927

你	**大**	**土**	**是**	**才**
Mwngz	dax	dou	cix	raih
mɯŋ^{2}	ta^{4}	tu^{1}	ɕi^{4}	ɹaːi^{6}
你	赌	我	就	爬

你赌我便走，

2–1928

又	**貝**	**爱**	**开**	**么**
Youh	bae	ngaih	gij	maz
jou^{4}	pai^{1}	ŋaːi^{6}	kaːi^{2}	ma^{2}
又	去	妨碍	什	么

不碍什么事。

女唱

2–1929

借	**乃**	**是**	**立**	**南**
Ciq	naih	cix	leih	nanz
ɕi^{5}	na:i^{6}	ɕi^{4}	lei^{6}	na:n^{2}
借	久	就	利	久

借久利息多，

2–1930

代	**三**	**年**	**不**	**外**
Dai	sam	nienz	mbouj	vaij
ta:i^{1}	θa:n^{1}	ni:n^{1}	bou^{5}	va:i^{3}
死	三	年	不	过

宁死也不借。

2–1931

桥	**代**	**三**	**牙**	**坏**
Giuz	daih	san	yaek	vaih
ki:u^{2}	ta:i^{6}	θa:n^{1}	jak^{7}	va:i^{6}
桥	大	山	要	坏

大山桥将坏，

2–1932

满	**大**	**才**	**备**	**银**
Muenz	dah	raix	beix	ngaenz
mu:n^{2}	ta^{6}	ɹa:i^{4}	pi^{4}	ŋan^{2}
瞒	实	在	兄	银

瞒着你情哥。

男唱

2–1933

借	**乃**	**是**	**立**	**南**
Ciq	naih	cix	leih	nanz
ɕi^{5}	na:i^{6}	ɕi^{4}	lei^{6}	na:n^{2}
借	久	就	利	久

借久利息多，

2–1934

代	**三**	**年**	**不**	**外**
Dai	sam	nienz	mbouj	vaij
ta:i^{1}	θa:n^{1}	ni:n^{2}	bou^{5}	va:i^{3}
死	三	年	不	过

宁死也不借。

2–1935

桥	**代**	**三**	**狼**	**坏**
Giuz	daih	san	langh	vaih
ki:u^{2}	ta:i^{6}	θa:n^{1}	la:ŋ^{1}	va:i^{6}
桥	大	山	若	坏

大山桥若坏，

2–1936

偻	**良**	**开**	**桥**	**仙**
Raeuz	lingh	gaiq	giuz	sien
ɹau^{2}	le:ŋ^{6}	ka:i^{5}	ki:u^{2}	θi:n^{1}
我们	另	架	桥	仙

我俩建仙桥。

女唱

2-1937

借	乃	是	立	南
Ciq	naih	cix	leih	nanz
çi^{5}	na:i^{6}	çi^{4}	lei^{6}	na:n^{2}
借	久	就	利	久

借久利息多，

2-1938

代	三	年	不	外
Dai	sam	nienz	mbouj	vaij
ta:i^{1}	θa:n^{1}	ni:n^{2}	bou^{5}	va:i^{3}
死	三	年	不	过

死也不去借。

2-1939

开	桥	下	东	海
Gaiq	giuz	roengz	doeng	haij
ka:i^{5}	ki:u^{2}	ɹoŋ^{2}	toŋ^{1}	ha:i^{3}
架	桥	下	东	海

架桥入东海，

2-1940

才	不	得	是	付
Raih	mbouj	ndaej	cix	fuz
ɹa:i^{6}	bou^{5}	dai^{3}	çi^{4}	fu^{2}
爬	不	得	就	扶

走不了就扶。

男唱

2-1941

开	桥	下	东	海
Gaiq	giuz	roengz	doeng	haij
ka:i^{5}	ki:u^{2}	ɹoŋ^{2}	toŋ^{1}	ha:i^{3}
架	桥	下	东	海

架桥下东海，

2-1942

才	不	得	是	付
Raih	mbouj	ndaej	cix	fuz
ɹa:i^{6}	bou^{5}	dai^{3}	çi^{4}	fu^{2}
爬	不	得	就	扶

走不了就扶。

2-1943

开	桥	下	柳	州
Gaiq	giuz	roengz	louj	couh
ka:i^{5}	ki:u^{2}	ɹoŋ^{2}	lou^{4}	çou^{1}
架	桥	下	柳	州

架桥往柳州，

2-1944

付	不	得	是	优
Fuz	mbouj	ndaej	cix	yaeuq
fu^{2}	bou^{5}	dai^{3}	çi^{4}	jau^{5}
扶	不	得	就	藏

浮不起就收。

女唱

2–1945

开	**桥**	**下**	**柳**	**州**
Gaiq	giuz	roengz	louj	couh
kaːi^{5}	kiːu^{2}	ɹoŋ^{2}	lou^{4}	ɕou^{1}
架	桥	下	柳	州

架桥往柳州，

2–1946

付	**不**	**得**	**是**	**优**
Fuz	mbouj	ndaej	cix	yaeuq
fu^{2}	bou^{5}	dai^{3}	ɕi^{4}	jau^{5}
扶	不	得	就	藏

浮不起就收。

2–1947

开	**桥**	**很**	**南**	**州**
Gaiq	giuz	hwnj	nanz	couh
kaːi^{5}	kiːu^{2}	hɯn^{3}	naːn^{2}	ɕou^{1}
架	桥	上	南	州

架桥往南州，

2–1948

邦	**口**	**田**	**而**	**好**
Baengz	gaeuj	denz	lawz	ndei
paŋ^{2}	kau^{3}	teːn^{2}	laɯ^{2}	dei^{1}
朋	看	地	哪	好

友找好去处。

男唱

2–1949

开	**桥**	**下**	**柳**	**州**
Gaiq	giuz	roengz	louj	couh
kaːi^{5}	kiːu^{2}	ɹoŋ^{2}	lou^{4}	ɕou^{1}
架	桥	下	柳	州

架桥往柳州，

2–1950

付	**不**	**得**	**是**	**优**
Fuz	mbouj	ndaej	cix	yaeuq
fu^{2}	bou^{5}	dai^{3}	ɕi^{4}	jau^{5}
扶	不	得	就	藏

浮不了就收。

2–1951

开	**桥**	**很**	**南**	**州**
Gaiq	giuz	hwnj	nanz	couh
kaːi^{5}	kiːu^{2}	hɯn^{3}	naːn^{2}	ɕou^{1}
架	桥	上	南	州

架桥通南州，

2–1952

邦	**口**	**𠯿**	**是**	**跟**
Baengz	gaeuj	nyienh	cix	riengz
paŋ^{2}	kau^{3}	ȵuːn^{6}	ɕi^{4}	ɹiːŋ^{2}
朋	看	愿	就	跟

友愿就跟上。

女唱

2-1953

借	**乃**	**是**	**立**	**南**
Ciq	naih	cix	leih	nanz
ɕi^{5}	naːi^{6}	ɕi^{4}	lei^{6}	naːn^{2}
借	**久**	**就**	**利**	**久**

借久利息多，

2-1954

代	**三**	**年**	**不**	**外**
Dai	sam	nienz	mbouj	vaij
taːi^{1}	θaːn^{1}	niːn^{2}	bou^{5}	vaːi^{3}
死	**三**	**年**	**不**	**过**

宁死也不借。

2-1955

代	**好**	**叶**	**烍**	**代**
Dai	ndij	mbaw	ien	dai
taːi^{1}	di^{1}	baɯ^{1}	iːn^{1}	taːi^{1}
死	**与**	**叶**	**烟**	**死**

死为烂烟叶，

2-1956

十	**在**	**心**	**不**	**干**
Siz	caih	sim	mbouj	gam
θi^{2}	ɕaːi^{4}	θin^{1}	bou^{5}	kaːn^{1}
实	**在**	**心**	**不**	**甘**

实在心不甘。

男唱

2-1957

借	**乃**	**是**	**立**	**南**
Ciq	naih	cix	leih	nanz
ɕi^{5}	naːi^{6}	ɕi^{4}	lei^{6}	naːn^{2}
借	**久**	**就**	**利**	**久**

借久利息多，

2-1958

代	**三**	**年**	**不**	**外**
Dai	sam	nienz	mbouj	vaij
taːi^{1}	θaːn^{1}	niːn^{2}	bou^{5}	vaːi^{3}
死	**三**	**年**	**不**	**过**

宁死也不借。

2-1959

你	**自**	**吃**	**烍**	**代**
Mwngz	gag	gwn	ien	dai
mɯŋ^{2}	kaːk^{8}	kɯn^{1}	iːn^{1}	taːi^{1}
你	**自**	**吃**	**烟**	**死**

你自抽烂烟，

2-1960

友	**而**	**害**	**命**	**你**
Youx	lawz	haih	mingh	mwngz
ju^{4}	laɯ^{2}	haːi^{6}	miŋ^{6}	mɯŋ^{2}
友	**哪**	**害**	**命**	**你**

谁害你性命。

女唱

2-1961

代	好	叶	第	一
Dai	ndij	mbaw	daih	it
ta:i^{1}	di^{1}	baɯ^{1}	ti^{5}	it^{7}
死	与	叶	第	一

为第一叶死，

2-1962

十	在	心	不	干
Siz	caih	sim	mbouj	gam
θi^{2}	ça:i^{4}	θin^{1}	bou^{5}	ka:n^{1}
实	在	心	不	甘

实在心不甘。

2-1963

叶	第	义	第	三
Mbaw	daih	ngeih	daih	sam
baɯ^{1}	ti^{5}	ȵi^{6}	ti^{5}	θa:n^{1}
叶	第	二	第	三

第二第三叶，

2-1964

心	不	干	大	才
Sim	mbouj	gam	dah	raix
θin^{1}	bou^{5}	ka:n^{1}	ta^{6}	ɹa:i^{4}
心	不	甘	实	在

心实在不甘。

男唱

2-1965

代	好	叶	第	一
Dai	ndij	mbaw	daih	it
ta:i^{1}	di^{1}	baɯ^{1}	ti^{5}	it^{7}
死	与	叶	第	一

为第一叶死，

2-1966

十	在	心	不	干
Siz	caih	sim	mbouj	gam
θi^{2}	ça:i^{4}	θin^{1}	bou^{5}	ka:n^{1}
实	在	心	不	甘

实在心不甘。

2-1967

叶	第	四	第	三
Mbaw	daih	seiq	daih	sam
baɯ^{1}	ti^{5}	θei^{5}	ti^{5}	θa:n^{1}
叶	第	四	第	三

第三第四叶，

2-1968

心	不	干	是	勒
Sim	mbouj	gam	cix	lawh
θin^{1}	bou^{5}	ka:n^{1}	çi^{4}	ləɯ^{6}
心	不	甘	就	换

不甘就互换。

女唱

2-1969

借　乃　是　立　南

Ciq　naih　cix　leih　nanz

çi^{5}　na:i^{6}　çi^{4}　lei^{6}　na:n^{2}

借　久　就　利　久

借久利息多，

2-1970

代　三　年　不　外

Dai　sam　nienz　mbouj　vaij

ta:i^{1}　θa:n^{1}　ni:n^{2}　bou^{5}　va:i^{3}

死　三　年　不　过

宁死也不借。

2-1971

鸟　鸠　吃　叶　才

Roeg　raeu　gwn　mbaw　ndaij

ɹok^{8}　ɹau^{1}　kɯn^{1}　baɯ^{1}　da:i^{3}

鸟　斑鸠　吃　叶　苎麻

斑鸠吃麻叶，

2-1972

老　不　满　貝　南

Lau　mbouj　monh　bae　nanz

la:u^{1}　bou^{5}　mo:n^{6}　pai^{1}　na:n^{2}

怕　不　谈情　去　久

怕爱情不久。

男唱

2-1973

借　乃　是　立　南

Ciq　naih　cix　leih　nanz

çi^{5}　na:i^{6}　çi^{4}　lei^{6}　na:n^{2}

借　久　就　利　久

借久利息多，

2-1974

代　三　年　不　外

Dai　sam　nienz　mbouj　vaij

ta:i^{1}　θa:n^{1}　ni:n^{2}　bou^{5}　va:i^{3}

死　三　年　不　过

宁死也不借。

2-1975

鸟　鸠　吃　叶　才

Roeg　raeu　gwn　mbaw　ndaij

ɹok^{8}　ɹau^{1}　kɯn^{1}　baɯ^{1}　da:i^{3}

鸟　斑鸠　吃　叶　苎麻

斑鸠吃麻叶，

2-1976

老　古　怪　给　你

Lau　guh　gvaiq　hawj　mwngz

la:u^{1}　ku^{4}　kwa:i^{5}　həɯ^{3}　mɯŋ^{2}

怕　做　怪　给　你

怕给你使坏。

女唱

2-1977

借 乃 是 立 南

Ciq naih cix leih nanz

çi^{5} na:i^{6} çi^{4} lei^{6} na:n^{2}

借 久 就 利 久

借久利息多，

2-1978

代 三 年 不 外

Dai sam nienz mbouj vaij

ta:i^{1} θa:n^{1} ni:n^{2} bou^{5} va:i^{3}

死 三 年 不 过

宁死也不借。

2-1979

贩 它 吃 叶 才

Nyienh de gwn mbaw ndaij

ȵu:n^{6} te^{1} kɯn^{1} baɯ^{1} da:i^{3}

愿 它 吃 叶 苎麻

愿它吃麻叶，

2-1980

又 古 怪 开 么

Youh guh gvaiq gij maz

jou^{4} ku^{4} kwa:i^{5} ka:i^{2} ma^{2}

又 做 怪 什 么

不怕它使坏。

男唱

2-1981

借 乃 是 立 南

Ciq naih cix leih nanz

çi^{5} na:i^{6} çi^{4} lei^{6} na:n^{2}

借 久 就 利 久

借久利息多，

2-1982

代 三 年 不 外

Dai sam nienz mbouj vaij

ta:i^{1} θa:n^{1} ni:n^{2} bou^{5} va:i^{3}

死 三 年 不 过

宁死也不借。

2-1983

鸟 鸠 吃 叶 才

Roeg raeu gwn mbaw ndaij

ɹok^{8} ɹau^{1} kɯn^{1} baɯ^{1} da:i^{3}

鸟 斑鸠 吃 叶 苎麻

斑鸠吃麻叶，

2-1984

怪 备 八 造 然

Gvaiq beix bah caux ranz

kwa:i^{5} pi^{4} pa^{6} ça:u^{4} ɹa:n^{2}

怪 兄 莫急 造 家

怪兄不结婚。

女唱

2-1985

借	**乃**	**是**	**立**	**南**
Ciq	naih	cix	leih	nanz
ɕi⁵	naːi⁶	ɕi⁴	lei⁶	naːn²
借	久	就	利	久

借久利息多，

2-1986

代	**三**	**年**	**不**	**外**
Dai	sam	nienz	mbouj	vaij
taːi¹	θaːn¹	niːn²	bou⁵	vaːi³
死	三	年	不	过

宁死也不借。

2-1987

鸟	**鸠**	**吃**	**叶**	**才**
Roeg	raeu	gwn	mbaw	ndaij
ɹok⁸	ɹau¹	kɯn¹	baɯ¹	daːi³
鸟	斑鸠	吃	叶	苎麻

斑鸠吃麻叶，

2-1988

怪	**伕**	**不**	**怪**	**偻**
Gvaiq	fwx	mbouj	gvaiq	raeuz
kwaːi⁵	fə⁴	bou⁵	kwaːi⁵	ɹau²
怪	别人	不	怪	我们

怪人不怪我。

男唱

2-1989

借	**乃**	**是**	**立**	**南**
Ciq	naih	cix	leih	nanz
ɕi⁵	naːi⁶	ɕi⁴	lei⁶	naːn²
借	久	就	利	久

借久利息多，

2-1990

代	**三**	**年**	**不**	**外**
Dai	sam	nienz	mbouj	vaij
taːi¹	θaːn¹	niːn²	bou⁵	vaːi³
死	三	年	不	过

宁死也不借。

2-1991

鸟	**鸠**	**吃**	**叶**	**才**
Roeg	raeu	gwn	mbaw	ndaij
ɹok⁸	ɹau¹	kɯn¹	baɯ¹	daːi³
鸟	斑鸠	吃	叶	苎麻

斑鸠吃麻叶，

2-1992

怪	**伕**	**是**	**堂**	**你**
Gvaiq	fwx	cix	daengz	mwngz
kwaːi⁵	fə⁴	ɕi⁴	taŋ²	mɯŋ²
怪	别人	就	到	你

怪人又怪你。

女唱

2-1993

借	**乃**	**是**	**立**	**南**
Ciq	naih	cix	leih	nanz
ɕi^{5}	naːi^{6}	ɕi^{4}	lei^{6}	naːn^{2}
借	**久**	**就**	**利**	**久**

借久利息多，

2-1994

代	**三**	**年**	**不**	**外**
Dai	sam	nienz	mbouj	vaij
taːi	θaːn^{1}	niːn^{2}	bou^{5}	vaːi^{3}
死	**三**	**年**	**不**	**过**

宁死也不借。

2-1995

九	**义**	**马**	**古**	**怪**
Giuj	nyij	ma	guh	gvaiq
kiːu^{3}	ȵi^{3}	ma^{1}	ku^{4}	kwaːi^{5}
九	**义**	**来**	**做**	**怪**

九义鸟作怪，

2-1996

土	**内**	**不**	**太**	**求**
Duz	neix	mbouj	daih	gyaeu
tu^{2}	ni^{4}	bou^{5}	taːi^{6}	kjau^{1}
只	**这**	**不**	**太**	**寿**

此物不吉利。

男唱

2-1997

借	**乃**	**是**	**立**	**南**
Ciq	naih	cix	leih	nanz
ɕi^{5}	naːi^{6}	ɕi^{4}	lei^{6}	naːn^{2}
借	**久**	**就**	**利**	**久**

借久利息多，

2-1998

代	**三**	**年**	**不**	**求**
Dai	sam	nienz	mbouj	giuz
taːi^{1}	θaːn^{1}	niːn^{2}	bou^{5}	kiːu^{2}
死	**三**	**年**	**不**	**求**

宁死也不借。

2-1999

下	**符**	**元**	**貝**	**了**
Roengz	fouz	yuenz	bae	liux
ɹoŋ^{2}	fu^{2}	juːn^{2}	pai^{1}	liːu^{4}
下	**符**	**缘**	**去**	**完**

缘分已过去，

2-2000

当	**卜**	**刘**	**当**	**邦**
Dangq	boux	liuh	dangq	biengz
taːŋ^{5}	pu^{4}	liːu^{6}	taːŋ^{5}	piːŋ^{2}
另	**个**	**游**	**另**	**地方**

各自走天涯。

女唱

2-2001

借	**乃**	**是**	**立**	**南**
Ciq	naih	cix	leih	nanz
ɕi^{5}	na:i^{6}	ɕi^{4}	lei^{6}	na:n^{2}
借	久	就	利	久

借久利息多，

2-2002

代	**三**	**年**	**不**	**求**
Dai	sam	nienz	mbouj	giuz
ta:i^{1}	θa:n^{1}	ni:n^{2}	bou^{5}	ki:u^{2}
死	三	年	不	求

宁死也不借。

2-2003

交	**心**	**是**	**尝**	**了**
Gyau	sim	cix	caengz	liux
kjau^{1}	θin^{1}	ɕi^{4}	ɕaŋ^{2}	li:u^{4}
交	心	是	未	完

交心尚未了，

2-2004

先	**求**	**下**	**符**	**元**
Senq	giuz	roengz	fouz	yienz
θe:n^{5}	ki:u^{2}	ɹoŋ^{2}	fu^{2}	ju:n^{2}
先	求	下	符	缘

缘分竟到头。

男唱

2-2005

借	**乃**	**是**	**立**	**南**
Ciq	naih	cix	leih	nanz
ɕi^{5}	na:i^{6}	ɕi^{4}	lei^{6}	na:n^{2}
借	久	就	利	久

借久利息多，

2-2006

代	**三**	**年**	**不**	**求**
Dai	sam	nienz	mbouj	giuz
ta:i^{1}	θa:n^{1}	ni:n^{2}	bou^{5}	ki:u^{2}
死	三	年	不	求

宁死也不借。

2-2007

汉	**欢**	**秋**	**牙**	**秋**
Han	fwen	ciux	yah	ciux
ha:n^{1}	vu:n^{1}	ɕi:u^{4}	ja^{6}	ɕi:u^{4}
应	歌	啾	呀	啾

对歌呼呼响，

2-2008

得	**贵**	**了**	**知**	**尝**
Ndaej	gwiz	liux	rox	caengz
dai^{3}	kɯi^{2}	li:u^{4}	ɹo^{4}	ɕaŋ^{2}
得	丈夫	完	或	未

有没有丈夫？

女唱

2–2009

借 乃 是 立 南

Ciq naih cix leih nanz

çi^{5} na:i^{6} çi^{4} lei^{6} na:n^{2}

借 久 就 利 久

借久利息多，

2–2010

代 三 年 不 求

Dai sam nienz mbouj giuz

ta:i^{1} θa:n^{1} ni:n^{2} bou^{5} ki:u^{2}

死 三 年 不 求

宁死也不借。

2–2011

文 邦 刀 得 了

Vunz biengz dauq ndaej liux

vun^{2} pi:ŋ^{2} ta:u^{5} dai^{3} li:u^{4}

人 地方 倒 得 完

能得到世人，

2–2012

利 小 尝 得 你

Lij siuj caengz ndaej mwngz

li^{4} θi:u^{3} çaŋ^{2} dai^{3} mɯŋ^{2}

还 少 未 得 你

唯独未得你。

男唱

2–2013

借 乃 是 立 南

Ciq naih cix leih nanz

çi^{5} na:i^{6} çi^{4} lei^{6} na:n^{2}

借 久 就 利 久

借久利息多，

2–2014

代 三 年 不 求

Dai sam nienz mbouj giuz

ta:i^{1} θa:n^{1} ni:n^{2} bou^{5} ki:u^{2}

死 三 年 不 求

宁死也不借。

2–2015

加 文 邦 得 了

Caj vunz biengz ndaej liux

kja^{3} vun^{2} pi:ŋ^{2} dai^{3} li:u^{4}

等 人 地方 得 完

交结所有人，

2–2016

真 祘 农 米 心

Caen suenq nuengx miz sim

çin θu:n^{5} nu:ŋ^{4} mi^{2} θin^{1}

真 算 妹 有 心

妹真有心机。

女唱

2–2017

借	**乃**	**是**	**立**	**南**
Ciq	naih	cix	leih	nanz
çi^{5}	naːi^{6}	çi^{4}	lei^{6}	naːn^{2}
借	久	就	利	久

借久利息多，

2–2018

代	**三**	**年**	**不**	**求**
Dai	sam	nienz	mbouj	giuz
taːi^{1}	θaːn^{1}	niːn^{2}	bou^{5}	kiːu^{2}
死	三	年	不	求

宁死也不借。

2–2019

土	**加**	**狼**	**得**	**了**
Dou	caj	langh	ndaej	liux
tu^{1}	kja^{3}	laːŋ^{6}	dai^{3}	liːu^{4}
我	等	若	得	完

若我真得完，

2–2020

你	**备**	**样**	**而**	**说**
Mwngz	beix	yiengh	lawz	naeuz
mɯŋ^{2}	pi^{4}	jɯːŋ^{6}	laɯ^{2}	nau^{2}
你	兄	样	哪	说

看你怎么说。

男唱

2–2021

借	**乃**	**是**	**立**	**南**
Ciq	naih	cix	leih	nanz
çi^{5}	naːi^{6}	çi^{4}	lei^{6}	naːn^{2}
借	久	就	利	久

借久利息多，

2–2022

代	**三**	**年**	**不**	**求**
Dai	sam	nienz	mbouj	giuz
taːi^{1}	θaːn^{1}	niːn^{2}	bou^{5}	kiːu^{2}
死	三	年	不	求

宁死也不借。

2–2023

得	**贵**	**是**	**造**	**秀**
Ndaej	gwiz	cix	caux	ciuh
dai^{3}	kɯi^{2}	çi^{4}	çaːu^{4}	çiːu^{6}
得	丈夫	就	造	世

有夫就结婚，

2–2024

开	**乱**	**丢**	**来**	**文**
Gaej	luenh	diu	lai	vunz
kaːi^{5}	luːn^{6}	tiːu^{1}	laːi^{1}	vun^{2}
莫	乱	挑	多	人

莫交太多人。

女唱

2–2025

借	**乃**	**是**	**立**	**南**
Ciq	naih	cix	leih	nanz
ɕi^{5}	naːi^{6}	ɕi^{4}	lei^{6}	naːn^{2}
借	久	就	利	久

借久利息多，

2–2026

代	**三**	**年**	**不**	**求**
Dai	sam	nienz	mbouj	giuz
taːi^{1}	θaːn^{1}	niːn^{2}	bou^{5}	kiːu^{2}
死	三	年	不	求

宁死也不借。

2–2027

土	**波**	**不**	**造**	**秀**
Dou	boq	mbouj	caux	ciuh
tu^{1}	po^{5}	bou^{5}	ɕaːu^{4}	ɕiːu^{6}
我	吹牛	不	造	世

骗说不结婚，

2–2028

同	**刘**	**观**	**备**	**银**
Doengz	liuh	gonq	beix	ngaenz
toŋ^{2}	liːu^{6}	koːn^{5}	pi^{4}	ŋan^{2}
同	游	先	兄	银

先同哥游荡。

男唱

2–2029

借	**乃**	**是**	**立**	**南**
Ciq	naih	cix	leih	nanz
ɕi^{5}	naːi^{6}	ɕi^{4}	lei^{6}	naːn^{2}
借	久	就	利	久

借久利息多，

2–2030

代	**三**	**年**	**不**	**求**
Dai	sam	nienz	mbouj	giuz
taːi^{1}	θaːn^{1}	niːn^{2}	bou^{5}	kiːu^{2}
死	三	年	不	求

宁死也不借。

2–2031

你	**好**	**土**	**同**	**刘**
Mwngz	ndij	dou	doengz	liuh
mɯŋ^{2}	di^{1}	tu^{1}	toŋ^{2}	liːu^{6}
你	与	我	同	游

你同我游玩，

2–2032

老	**秀**	**农**	**开**	**说**
Lauq	ciuh	nuengx	gaej	naeuz
laːu^{5}	ɕiːu^{6}	nuːŋ^{4}	kaːi^{5}	nau^{2}
误	世	妹	莫	说

误青春莫怪。

女唱

2-2033

借	**乃**	**是**	**立**	**南**
Ciq	naih	cix	leih	nanz
ɕi^{5}	na:i^{6}	ɕi^{4}	lei^{6}	na:n^{2}
借	久	就	利	久

借久利息多，

2-2034

代	**三**	**年**	**不**	**求**
Dai	sam	nienz	mbouj	giuz
ta:i^{1}	θa:n^{1}	ni:n^{2}	bou^{5}	ki:u^{2}
死	三	年	不	求

宁死也不借。

2-2035

少	**跟**	**包**	**同**	**刘**
Sau	riengz	mbauq	doengz	liuh
θa:u^{1}	ɹi:ŋ^{2}	ba:u^{5}	toŋ^{2}	li:u^{6}
姑娘	跟	小伙	同	游

情兄妹同游，

2-2036

又	**老**	**秋**	**开**	**么**
Youh	lauq	ciuh	gij	maz
jou^{4}	la:u^{5}	ɕi:u^{6}	ka:i^{2}	ma^{2}
又	误	世	什	么

误什么青春？

男唱

2-2037

借	**乃**	**是**	**立**	**南**
Ciq	naih	cix	leih	nanz
ɕi^{5}	na:i^{6}	ɕi^{4}	lei^{6}	na:n^{2}
借	久	就	利	久

借久利息多，

2-2038

代	**三**	**年**	**不**	**求**
Dai	sam	nienz	mbouj	giuz
ta:i^{1}	θa:i^{1}	ni:n^{2}	bou^{5}	ki:u^{2}
死	三	年	不	求

宁死也不借。

2-2039

你	**好**	**土**	**同**	**刘**
Mwngz	ndij	dou	doengz	liuh
mɯŋ^{2}	di^{1}	tu^{1}	toŋ^{2}	li:u^{6}
你	与	我	同	游

你同我游玩，

2-2040

却	**可**	**了**	**定**	**手**
Gyog	goj	liux	din	fwngz
kjo:k^{8}	ko^{5}	li:u^{4}	tin^{1}	fɯŋ^{2}
将	可	完	脚	手

耽误你技艺。

女唱

2-2041

借	**乃**	**是**	**立**	**南**
Ciq	naih	cix	leih	nanz
çi^{5}	na:i^{6}	çi^{4}	lei^{6}	na:n^{2}
借	久	就	利	久

借久利息多，

2-2042

代	**三**	**年**	**不**	**求**
Dai	sam	nienz	mbouj	giuz
ta:i^{1}	θa:n^{1}	ni:n^{2}	bou^{5}	ki:u^{2}
死	三	年	不	求

宁死也不借。

2-2043

元	**了**	**正**	**不**	**了**
Yuenz	liux	cingz	mbouj	liux
ju:n^{2}	li:u^{4}	çiŋ^{2}	bou^{5}	li:u^{4}
缘	完	情	不	完

缘了情未了，

2-2044

秀	**可**	**在**	**江**	**邦**
Ciuh	goj	ywq	gyang	biengz
çi:u^{6}	ko^{5}	jɯ^{5}	kja:ŋ^{1}	pi:ŋ^{2}
世	可	在	中	地方

青春总还在。

男唱

2-2045

借	**乃**	**是**	**立**	**南**
Ciq	naih	cix	leih	nanz
çi^{5}	na:i^{6}	çi^{4}	li^{4}	na:n^{2}
借	久	就	利	久

借久利息多，

2-2046

代	**三**	**年**	**不**	**求**
Dai	sam	nienz	mbouj	giuz
ta:i^{1}	θa:n^{1}	ni:n^{2}	bou^{5}	ki:u^{2}
死	三	年	不	求

宁死也不借。

2-2047

开	**好**	**土**	**同**	**刘**
Gaej	ndij	dou	doengz	liuh
ka:i^{5}	di^{1}	tu^{1}	toŋ^{2}	li:u^{6}
莫	与	我	同	游

莫陪我游玩，

2-2048

造	**秀**	**是**	**造**	**快**
Caux	ciuh	cix	caux	riuz
ça:u^{4}	çi:u^{6}	çi^{4}	ça:u^{4}	ɹi:u^{2}
造	世	就	造	快

快快去结婚。

女唱

2-2049

借　乃　是　立　南

Ciq naih cix leih nanz

ɕi^{5} na:i^{6} ɕi^{4} lei^{6} na:n^{2}

借　久　就　利　久

借久利息多，

2-2050

代　三　年　不　求

Dai sam nienz mbouj giuz

ta:i^{1} θa:n^{1} ni:n^{2} bou^{5} ki:u^{2}

死　三　年　不　求

宁死也不借。

2-2051

在　古　鸦　跟　朽

Ywq guh a riengz yiuh

jɯ^{5} ku^{4} a^{1} ɹi:ŋ^{2} ji:u^{6}

在　做　鸦　跟　鹞

像鸟一样活，

2-2052

当　秀　内　空　米

Dangq ciuh neix ndwi miz

ta:ŋ^{5} ɕi:u^{6} ni^{4} du:i^{1} mi^{2}

当　世　这　不　有

算是没此生。

男唱

2-2053

借　乃　是　立　南

Ciq naih cix leih nanz

ɕi^{5} na:i^{6} ɕi^{4} lei^{6} na:n^{2}

借　久　就　利　久

借久利息多，

2-2054

代　三　年　不　求

Dai sam nienz mbouj giuz

ta:i^{1} θa:n^{1} ni:n^{2} bou^{5} ki:u^{2}

死　三　年　不　求

宁死也不借。

2-2055

土　鸦　利　造　秀

Duz a lij caux ciuh

tu^{2} a^{1} li^{4} ɕa:u^{4} ɕi:u^{6}

只　鸦　还　造　世

鸦还要筑窠，

2-2056

么　农　不　造　然

Maz nuengx mbouj caux ranz

ma^{2} nu:ŋ^{4} bou^{5} ɕa:u^{4} ɹa:n^{2}

何　妹　不　造　家

妹何不成家？

女唱

2-2057

借	**乃**	**是**	**立**	**南**
Ciq	naih	cix	leih	nanz
$ɕi^5$	$na:i^6$	$ɕi^4$	lei^6	$na:n^2$
借	久	就	利	久

借久利息多，

2-2058

代	**三**	**年**	**不**	**求**
Dai	sam	nienz	mbouj	giuz
$ta:i^1$	$θa:n^1$	$ni:n^2$	bou^5	$ki:u^2$
死	三	年	不	求

宁死也不借。

2-2059

友	**而**	**不**	**造**	**秀**
Youx	lawz	mbouj	caux	ciuh
ju^4	law^2	bou^5	$ɕa:u^4$	$ɕi:u^6$
友	哪	不	造	世

哪个不成家，

2-2060

外	**拉**	**庙**	**忠**	**特**
Vaij	laj	miuh	fangz	dawz
$va:i^3$	la^3	$mi:u^6$	$fa:ŋ^2$	$təw^2$
过	下	庙	鬼	拿

出门遭鬼打。

男唱

2-2061

借	**乃**	**是**	**立**	**南**
Ciq	naih	cix	leih	na:nz
$ɕi^5$	$na:i^6$	$ɕi^4$	lei^6	$na:n^2$
借	久	就	利	久

借久利息多，

2-2062

代	**三**	**年**	**不**	**求**
Dai	sam	nienz	mbouj	giuz
$ta:i^1$	$θa:n^1$	$ni:n^2$	bou^5	$ki:u^2$
死	三	年	不	求

宁死也不借。

2-2063

土	**忠**	**可**	**知**	**九**
Duz	fangz	goj	rox	yiuj
tu^2	$fa:ŋ^2$	ko^5	$ɹo^4$	$ji:u^3$
只	鬼	可	知	礼

鬼也通人意，

2-2064

不	**折**	**秀**	**卜**	**作**
Mbouj	euj	ciuh	boux	coz
bou^5	$e:u^3$	$ɕi:u^6$	pu^4	$ɕo^2$
不	折	世	个	年轻

不伤害青年。

女唱

2-2065

借	**乃**	**是**	**立**	**南**
Ciq	naih	cix	leih	nanz
ɕi^{5}	naːi^{6}	ɕi^{4}	lei^{6}	naːn^{2}
借	久	就	利	久

借久利息多，

2-2066

代	**三**	**年**	**不**	**求**
Dai	sam	nienz	mbouj	giuz
taːi^{1}	θaːn^{1}	niːn^{2}	bou^{5}	kiːu^{2}
死	三	年	不	求

宁死也不借。

2-2067

友	**而**	**空**	**造**	**秀**
Youx	lawz	ndwi	caux	ciuh
ju^{4}	laɯ^{2}	ɗuːi^{1}	ɕaːu^{4}	ɕiːu^{6}
友	哪	不	造	世

哪个不成家，

2-2068

贝	**小**	**庙**	**义**	**凉**
Bae	souj	miuh	ngeix	liengz
pai^{1}	θiːu^{3}	miːu^{6}	ȵi^{4}	liːŋ^{2}
去	守	庙	想	凉

凄凉去守庙。

男唱

2-2069

借	**乃**	**是**	**立**	**南**
Ciq	naih	cix	leih	nanz
ɕi^{5}	naːi^{6}	ɕi^{4}	lei^{6}	naːn^{2}
借	久	就	利	久

借久利息多，

2-2070

代	**三**	**年**	**不**	**求**
Dai	sam	nienz	mbouj	giuz
taːi^{1}	θaːn^{1}	niːn^{2}	bou^{5}	kiːu^{2}
死	三	年	不	求

宁死也不借。

2-2071

给	**农**	**贝**	**小**	**庙**
Hawj	nuengx	bae	souj	miuh
həɯ^{3}	nuːŋ^{4}	pai^{1}	θiːu^{3}	miːu^{6}
给	妹	去	守	庙

让妹去守庙，

2-2072

备	**造**	**秀**	**不**	**办**
Beix	caux	ciuh	mbouj	baenz
pi^{4}	ɕaːu^{4}	ɕiːu^{6}	bou^{5}	pan^{2}
兄	造	世	不	成

兄成不了家。

女唱

2-2073

借	乃	是	立	南
Ciq	naih	cix	leih	nanz
çi^{5}	na:i^{6}	çi^{4}	lei^{6}	na:n^{2}
借	久	就	利	久

借久利息多，

2-2074

代	三	年	不	求
Dai	sam	nienz	mbouj	giuz
ta:i^{1}	θa:n^{1}	ni:n^{2}	bou^{5}	ki:u^{2}
死	三	年	不	求

宁死也不借。

2-2075

小	把	洋	古	了
Siu	baj	yieng	guh	liux
θi:u^{1}	pa^{3}	jɯ:ŋ^{1}	ku^{4}	li:u^{4}
烧	把	香	做	完

一把香烧完，

2-2076

庙	内	空	米	忠
Miuh	neix	ndwi	miz	fangz
mi:u^{6}	ni^{4}	du:i^{1}	mi^{2}	fa:ŋ^{2}
庙	这	不	有	鬼

不见庙中鬼。

男唱

2-2077

借	乃	是	立	南
Ciq	naih	cix	leih	nanz
çi^{5}	na:i^{6}	çi^{4}	lei^{6}	na:n^{2}
借	久	就	利	久

借久利息多，

2-2078

代	三	年	不	求
Dai	sam	nienz	mbouj	giuz
ta:i^{1}	θa:n^{1}	ni:n^{2}	bou^{5}	ki:u^{2}
死	三	年	不	求

宁死也不借。

2-2079

米	洋	是	管	小
Miz	yieng	cix	guenj	siu
mi^{2}	jɯ:ŋ^{1}	çi^{4}	ku:n^{3}	θi:u^{1}
有	香	就	管	烧

有香尽管烧，

2-2080

庙	而	庙	不	忠
Miuh	lawz	miuh	mbouj	fangz
mi:u^{6}	laɯ^{2}	mi:u^{6}	bou^{5}	fa:ŋ^{2}
庙	哪	庙	不	鬼

是庙都有鬼。

女唱

2-2081

借	**乃**	**是**	**立**	**南**
Ciq	naih	cix	leih	nanz
ɕi^{5}	na:i^{6}	ɕi^{4}	lei^{6}	na:n^{2}
借	久	就	利	久

借久利息多，

2-2082

代	**三**	**年**	**不**	**求**
Dai	sam	nienz	mbouj	giuz
ta:i^{1}	θa:n^{1}	ni:n^{2}	bou^{5}	ki:u^{2}
死	三	年	不	求

宁死也不借。

2-2083

把	**洋**	**三**	**十**	**九**
Baj	yieng	sam	cib	gouj
pa^{3}	jɯ:ŋ^{1}	θa:n^{1}	ɕit^{8}	kjou^{3}
把	香	三	十	九

三十九支香，

2-2084

乃	**小**	**份**	**广**	**英**
Naih	souj	faenh	gvangj	in
na:i^{6}	θi:u^{3}	fan^{6}	kwa:ŋ^{3}	in^{1}
慢	守	份	广	姻

守那份姻缘。

男唱

2-2085

借	**乃**	**是**	**立**	**南**
Ciq	naih	cix	leih	nanz
ɕi^{5}	na:i^{6}	ɕi^{4}	lei^{6}	na:n^{2}
借	久	就	利	久

借久利息多，

2-2086

代	**三**	**年**	**不**	**求**
Dai	sam	nienz	mbouj	giuz
ta:i^{1}	θa:n^{1}	ni:n^{2}	bou^{5}	ki:u^{2}
死	三	年	不	求

宁死也不借。

2-2087

把	**洋**	**三**	**十**	**九**
Baj	yieng	sam	cib	gouj
pa^{3}	jɯ:ŋ^{1}	θa:n^{1}	ɕit^{8}	kjou^{3}
把	香	三	十	九

三十九支香，

2-2088

乃	**小**	**份**	**牙**	**马**
Naih	souj	faenh	yax	ma
na:i^{6}	θi:u^{3}	fan^{6}	ja^{5}	ma^{1}
久	守	份	才	来

静候缘分来。

女唱

2-2089

借	**乃**	**是**	**立**	**南**
Ciq	naih	cix	leih	nanz
çi^5	na:i^6	çi^4	lei^6	na:n^2
借	久	就	利	久

借久利息多，

2-2090

代	**三**	**年**	**不**	**求**
Dai	sam	nienz	mbouj	giuz
ta:i^1	θa:n^1	ni:n^2	bou^5	ki:u^2
死	三	年	不	求

宁死也不借。

2-2091

文	**江**	**邦**	**代**	**了**
Vunz	gyang	biengz	dai	liux
vun^2	kja:ŋ^1	pi:ŋ^2	ta:i^1	li:u^4
人	中	地方	死	完

世人全死光，

2-2092

农	**利**	**小**	**卜**	**而**
Nuengx	lij	souj	boux	lawz
nu:ŋ^4	li^4	θi:u^3	pu^4	laɯ^2
妹	还	守	个	哪

妹还指望谁？

男唱

2-2093

借	**乃**	**是**	**立**	**南**
Ciq	naih	cix	leih	nanz
çi^5	na:i^6	çi^4	lei^6	na:n^2
借	久	就	利	久

借久利息多，

2-2094

代	**三**	**年**	**不**	**求**
Dai	sam	nienz	mbouj	giuz
ta:i^1	θa:n^1	ni:n^2	bou^5	ki:u^2
死	三	年	不	求

宁死也不借。

2-2095

小	**洋**	**庙**	**它**	**庙**
Siu	yieng	miuh	daz	miuh
θi:u^1	jɯ:ŋ^1	mi:u^6	ta^2	mi:u^6
烧	香	庙	又	庙

逐个庙烧香，

2-2096

特	**貝**	**庙**	**而**	**排**
Dawz	bae	miuh	lawz	baiz
təɯ^2	pai^1	mi:u^6	laɯ^2	pa:i^2
拿	去	庙	哪	排

哪个庙才对。

女唱

2-2097

借	**乃**	**是**	**利**	**南**
Ciq	naih	cix	leih	nanz
ɕi^{5}	na:i^{6}	ɕi^{4}	lei^{6}	na:n^{2}
借	久	就	利	久

借久利息多，

2-2098

代	**三**	**年**	**不**	**求**
Dai	sam	nienz	mbouj	giuz
ta:i^{1}	θa:n^{1}	ni:n^{2}	bou^{5}	ki:u^{2}
死	三	年	不	求

宁死也不借。

2-2099

代	**后**	**京**	**洋**	**庙**
Dai	haeuj	ging	yangz	miuh
ta:i^{1}	hau^{3}	kiŋ^{1}	ja:ŋ^{2}	mi:u^{6}
死	进	京	皇	庙

死后入皇庙，

2-2100

九	**坤**	**备**	**貝**	**跟**
Giuh	hoenz	beix	bae	riengz
ki:u^{6}	hoen^{1}	pi^{4}	pai^{1}	ɹi:ŋ^{2}
握	魂	兄	去	跟

要兄魂同行。

男唱

2-2101

借	**乃**	**是**	**立**	**南**
Ciq	naih	cix	leih	nanz
ɕi^{5}	na:i^{6}	ɕi^{4}	lei^{6}	na:n^{2}
借	久	就	利	久

借久利息多，

2-2102

代	**三**	**年**	**不**	**求**
Dai	sam	nienz	mbouj	giuz
ta:i^{1}	θa:n^{1}	ni:n^{2}	bou^{5}	ki:u^{2}
死	三	年	不	求

宁死也不借。

2-2103

你	**代**	**你**	**是**	**了**
Mwngz	dai	mwngz	cix	liux
mɯŋ^{2}	ta:i^{1}	mɯŋ^{2}	ɕi^{4}	li:u^{4}
你	死	你	就	完

你死就算了，

2-2104

九	**坤**	**备**	**古**	**而**
Giuh	hoenz	beix	guh	rawz
ki:u^{6}	hoen^{1}	pi^{4}	ku^{4}	ɹaɯ^{2}
握	魂	兄	做	什么

为何勾我魂？

女唱

2-2105

借	乃	是	立	南
Ciq	naih	cix	leih	nanz
ɕi^{5}	naːi^{6}	ɕi^{4}	lei^{6}	naːn^{2}
借	久	就	利	久

借久利息多，

2-2106

代	三	年	不	求
Dai	sam	nienz	mbouj	giuz
taːi^{1}	θaːn^{1}	niːn^{2}	bou^{5}	kiːu^{2}
死	三	年	不	求

宁死也不借。

2-2107

代	后	京	皇	庙
Dai	haeuj	ging	yangz	miuh
taːi^{1}	hau^{3}	kiŋ^{1}	jaːŋ^{2}	miːu^{6}
死	进	京	皇	庙

死后入皇庙，

2-2108

九	要	坤	岁	全
Giuh	aeu	hoenz	caez	cienz
kiːu^{6}	au^{1}	hoen^{1}	ɕai^{2}	ɕeːn^{2}
握	要	魂	齐	全

魂魄要齐全。

男唱

2-2109

借	乃	是	立	南
Ciq	naih	cix	leih	nanz
ɕi^{5}	naːi^{6}	ɕi^{4}	lei^{6}	naːn^{2}
借	久	就	利	久

借久利息多，

2-2110

代	三	年	不	求
Dai	sam	nienz	mbouj	giuz
taːi^{1}	θaːn^{1}	niːn^{2}	bou^{5}	kiːu^{2}
死	三	年	不	求

宁死也不借。

2-2111

代	后	京	洋	庙
Dai	haeuj	ging	yangz	miuh
taːi^{1}	hau^{3}	kiŋ^{1}	jaːŋ^{2}	miːu^{6}
死	进	京	皇	庙

死后入皇庙，

2-2112

知	坤	农	刀	而
Rox	hoenz	nuengx	dauq	lawz
ɹo^{4}	hoen^{1}	nuːŋ^{2}	taːu^{5}	laɯ^{2}
知	魂	妹	回	哪

妹魂归何处？

女唱

2-2113

借	**乃**	**是**	**立**	**南**
Ciq	naih	cix	leih	nanz
çi^{5}	naːi^{6}	çi^{4}	lei^{6}	naːn^{2}
借	久	就	利	久

借久利息多,

2-2114

代	**三**	**年**	**不**	**求**
Dai	sam	nienz	mbouj	giuz
taːi^{1}	θaːn^{1}	niːn^{2}	bou^{5}	kiːu^{2}
死	三	年	不	求

宁死也不借。

2-2115

代	**后**	**京**	**洋**	**庙**
Dai	haeuj	ging	yangz	miuh
taːi^{1}	hau^{3}	kiŋ^{1}	jaːŋ^{2}	miːu^{6}
死	进	京	皇	庙

死后进皇庙,

2-2116

坤	**可**	**足**	**洋**	**油**
Hoenz	goj	couh	yieng	youz
hon^{1}	ko^{5}	çou^{6}	jɯːŋ^{1}	jou^{2}
魂	可	吸收	香	油

魂留新牌位。

男唱

2-2117

借	**乃**	**是**	**立**	**南**
Ciq	naih	cix	leih	nanz
çi^{5}	naːi^{6}	çi^{4}	lei^{6}	naːn^{2}
借	久	就	利	久

借久利息多,

2-2118

代	**三**	**年**	**不**	**求**
Dai	sam	nienz	mbouj	giuz
taːi^{1}	θaːn^{1}	niːn^{2}	bou^{5}	kiːu^{2}
死	三	年	不	求

宁死也不借。

2-2119

比	**内**	**命**	**你**	**小**
Bi	neix	mingh	mwngz	siuj
pi^{1}	ni^{4}	miŋ^{6}	mɯŋ^{2}	θiːu^{3}
年	这	命	你	少

今年你命背,

2-2120

叫	**贵**	**伏**	**补**	**粮**①
Heuh	gwiz	fwx	bouj	liengz
heːu^{6}	kɯi^{2}	fɯ^{4}	pu^{3}	liːŋ^{2}
叫	丈夫	别人	补	粮

要别人补粮。

① 补粮[pu^{3} liːŋ^{2}]:补粮添寿。壮族、瑶族地区民间传统习俗。部分老年人在床腿边放个小米缸,每逢农历九月初九或缸里的稻米准备吃完,儿孙都要为老人举行“补粮”仪式,有时还会延请道公或师公来主持仪式,预示着人延年益寿。在此喻指让对方及时补救,避免运势不佳时大祸临头。

女唱

2-2121

写	**南**	**来**	**了**	**友**
Ce	nanz	lai	liux	youx
ɕe^{1}	na:n^{2}	la:i^{1}	li:u^{4}	ju^{4}
留	**久**	**多**	**啰**	**友**

久别了情友，

2-2122

小	**卡**	**豆**	**拉**	**相**
Souj	gaq	duh	laj	ciengz
θi:u^{3}	ka^{5}	tu^{6}	la^{3}	ɕi:ŋ^{2}
守	**孤**	**独**	**下**	**墙**

孤身院墙下。

2-2123

命	**农**	**可**	**利**	**强**
Mingh	nuengx	goj	lij	giengz
miŋ^{6}	nu:ŋ^{4}	ko^{5}	li^{4}	ki:ŋ^{2}
命	**妹**	**也**	**还**	**强**

妹命脉正旺，

2-2124

不	**补**	**粮**	**可**	**得**
Mbouj	bouj	liengz	goj	ndaej
bou^{5}	pu^{3}	li:ŋ^{2}	ko^{5}	dai^{3}
不	**补**	**粮**	**可**	**得**

无须再补粮。

男唱

2-2125

写	**南**	**来**	**了**	**友**
Ce	nanz	lai	liux	youx
ɕe^{1}	na:n^{2}	la:i^{1}	li:u^{4}	ju^{4}
留	**久**	**多**	**啰**	**友**

久别了情友，

2-2126

小	**卡**	**豆**	**拉**	**相**
Souj	gaq	duh	laj	ciengz
θi:u^{3}	ka^{5}	tu^{6}	la^{3}	ɕi:ŋ^{2}
守	**孤**	**独**	**下**	**墙**

孤身院墙下。

2-2127

你	**农**	**空**	**补**	**粮**
Mwngz	nuengx	ndwi	bouj	liengz
mɯŋ^{2}	nu:ŋ^{4}	du:i^{1}	pu^{3}	li:ŋ^{2}
你	**妹**	**不**	**补**	**粮**

妹若不补粮，

2-2128

不	**外**	**相**	**比**	**内**
Mbouj	vaij	cieng	bi	neix
bou^{5}	va:i^{3}	ɕi:ŋ^{1}	pi^{1}	ni^{4}
不	**过**	**正**	**年**	**这**

年内会死去。

女唱

2-2129

写	**南**	**来**	**了**	**友**
Ce	nanz	lai	liux	youx
çe^{1}	na:n^{2}	la:i^{1}	li:u^{4}	ju^{4}
留	久	多	啰	友

久别了情友，

2-2130

小	**卡**	**豆**	**拉**	**歪**
Souj	gaq	duh	laj	fai
θi:u^{3}	ka^{5}	tu^{6}	la^{3}	va:i^{1}
守	孤	独	下	水坝

孤身坝子下。

2-2131

相	**比**	**么**	**空**	**代**
Cieng	bi	moq	ndwi	dai
çi:ŋ^{1}	pi^{1}	mo^{5}	du:i^{1}	ta:i^{1}
正	年	新	不	死

明年我不死，

2-2132

包	**乖**	**古**	**而**	**沵**
Mbauq	gvai	guh	rawz	suenq
ba:u^{5}	kwa:i^{1}	ku^{4}	ɹaɯ^{2}	θu:n^{5}
小伙	乖	做	什么	算

兄作何打算？

男唱

2-2133

写	**南**	**来**	**了**	**友**
Ce	nanz	lai	liux	youx
çe^{1}	na:n^{2}	la:i^{1}	li:u^{4}	ju^{4}
留	久	多	啰	友

久别了情友，

2-2134

小	**卡**	**豆**	**拉**	**歪**
Souj	gaq	duh	laj	fai
θi:u^{3}	ka^{5}	tu^{6}	la^{3}	va:i^{1}
守	孤	独	下	水坝

孤身坝子下。

2-2135

相	**比**	**么**	**空**	**代**
Cieng	bi	moq	ndwi	dai
çi:ŋ^{1}	pi^{1}	mo^{5}	du:i^{1}	ta:i^{1}
正	年	新	不	死

若明年不死，

2-2136

岁	**古**	**开**	**一**	**在**
Caez	guh	gai	ndeu	ywq
çai^{2}	ku^{4}	ka:i^{1}	de:u^{1}	jɯ^{5}
齐	做	街	一	住

同住一条街。

女唱

2–2137

写	南	来	了	友
Ce	nanz	lai	liux	youx
çe^{1}	na:n^{2}	la:i^{1}	li:u^{4}	ju^{4}
留	久	多	啰	友

久别了情友，

2–2138

小	卡	豆	拉	歪
Souj	gaq	duh	laj	fai
θi:u^{3}	ka^{5}	tu^{6}	la^{3}	va:i^{1}
守	孤	独	下	水坝

孤身坝子下。

2–2139

想	衣	备	空	乖
Siengj	eiq	beix	ndwi	gvai
θi:ŋ^{3}	ei^{5}	pi^{4}	du:i^{1}	kwa:i^{1}
想	同意	兄	不	乖

看来兄不乖，

2–2140

偻	共	开	不	得
Raeuz	gungh	gai	mbouj	ndaej
ɹau^{2}	kuŋ^{6}	ka:i^{1}	bou^{5}	dai^{3}
我们	共	街	不	得

不能同一街。

男唱

2–2141

写	南	来	了	友
Ce	nanz	lai	liux	youx
çe^{1}	na:n^{2}	la:i^{1}	li:u^{4}	ju^{4}
留	久	多	啰	友

久别了情友，

2–2142

小	卡	豆	拉	歪
Souj	gaq	duh	laj	fai
θi:u^{3}	ka^{5}	tu^{6}	la^{3}	va:i^{1}
守	孤	独	下	水坝

孤身坝子下。

2–2143

打	想	衣	狼	乖
Daj	siengj	eiq	langh	gvai
ta^{3}	θi:ŋ^{3}	ei^{5}	la:ŋ^{6}	kwa:i^{1}
打	想	同意	若	乖

若志趣相投，

2–2144

岁	共	开	少	包
Caez	gungh	gai	sau	mbauq
çai^{2}	kuŋ^{6}	ka:i^{1}	θa:u^{1}	ba:u^{5}
齐	共	街	姑娘	小伙

兄妹共一街。

女唱

2-2145

写	**南**	**来**	**了**	**友**
Ce	nanz	lai	liux	youx
çe^{1}	na:n^{2}	la:i^{1}	li:u^{4}	ju^{4}
留	久	多	啰	友

久别了情友，

2-2146

小	**卡**	**豆**	**拉**	**歪**
Souj	gaq	duh	laj	fai
θi:u^{3}	ka^{5}	tu^{6}	la^{3}	va:i^{1}
守	孤	独	下	水坝

孤身坝子下。

2-2147

想	**托**	**备**	**共**	**开**
Siengj	doh	beix	gungh	gai
θi:ŋ^{3}	to^{6}	pi^{4}	kuŋ^{6}	ka:i^{1}
想	同	兄	共	街

想和兄同街，

2-2148

老	**钱**	**财**	**不**	**当**
Lau	cienz	caiz	mbouj	dang
la:u^{1}	çi:n^{2}	ça:i^{2}	bou^{5}	ta:ŋ^{1}
怕	钱	财	不	当

又怕手头紧。

男唱

2-2149

写	**南**	**来**	**了**	**友**
Ce	nanz	lai	liux	youx
çe^{1}	na:n^{2}	la:i^{1}	li:u^{4}	ju^{4}
留	久	多	啰	友

久别了情友，

2-2150

小	**卡**	**豆**	**拉**	**歪**
Souj	gaq	duh	laj	fai
θi:u^{3}	ka^{5}	tu^{6}	la^{3}	va:i^{1}
守	孤	独	下	水坝

孤身坝子下。

2-2151

但	**偻**	**得**	**共**	**开**
Danh	raeuz	ndaej	gungh	gai
ta:n^{6}	ɹau^{2}	dai^{3}	kuŋ^{6}	ka:i^{1}
但	我们	得	共	街

只要能同街，

2-2152

钱	**财**	**全**	**不**	**讲**
Cienz	caiz	gyonj	mbouj	gangj
çi:n^{2}	ça:i^{2}	kjo:n^{3}	bou^{5}	ka:ŋ^{3}
钱	财	都	不	讲

钱财不用论。

第三篇 重逢歌

《重逢歌》主要围绕瑶族青年男女之间的情缘展开，双方在对歌时均认为只要情投意合就可以谈婚论嫁，如果双方没有缘分，也不要过多强求，一切随缘而定。唱词中反映了婚姻自由观念，说明当地瑶族青年受父母包办婚姻的影响有限，他们在择偶方面有一定的自主权。情感上需要相互爱慕，人格上需要互相尊重。男方在以歌表达爱意时，曾试探性地询问女方是否嫌弃其相貌。女方则认为双方都是由生育女神花婆娘娘送花给父母而生的，因缘结合与相貌无关。在不偏离情缘这一条主线的情况下，男女双方对歌时分别以服装裁剪、佳肴烹饪、纸伞涂油、水稻种植等常识性问题来考察对方的生产生活技能，精神、爱情也需要物质作为最基本的保障。因是久别重逢，男女之间对歌时涉及的话题还包括民间信仰、族群关系、清代货币重量、土司历史等，内容丰富，题材广泛，说明瑶族青年善于学习知识，敏于观察周围事物的发展。

女唱

3-1

写	**南**	**来**	**了**	**友**
Ce	nanz	lai	liux	youx
çe^{1}	naːn^{2}	laːi^{1}	liːu^{4}	ju^{4}
留	久	多	啰	友

久违了我友，

3-2

小	**卡**	**豆**	**拉**	**相**
Souj	gaq	duh	laj	ciengz
θiːu^{3}	ka^{5}	tu^{6}	la^{3}	çiːŋ^{2}
守	孤	独	下	墙

孤身院墙下。

3-3

封	**仪**	**贝**	**堂**	**相**
Fung	saenq	bae	daengz	ciengz
fuŋ^{1}	θin^{5}	pai^{1}	taŋ^{2}	çiːŋ^{2}
封	信	去	到	场

信是送到了，

3-4

龙	**利**	**跟**	**知**	**不**
Lungz	lij	riengz	rox	mbouj
luŋ^{2}	li^{4}	ɹiːŋ^{2}	ɹo^{4}	bou^{5}
龙	还	跟	或	不

小哥还跟不？

男唱

3-5

写	**南**	**来**	**了**	**友**
Ce	nanz	lai	liux	youx
çe^{1}	naːn^{2}	laːi^{1}	liːu^{4}	ju^{4}
留	久	多	啰	友

久违了我友，

3-6

小	**卡**	**豆**	**拉**	**相**
Souj	gaq	duh	laj	ciengz
θiːu^{3}	ka^{5}	tu^{6}	la^{3}	çiːŋ^{2}
守	孤	独	下	墙

孤身院墙下。

3-7

平	**牙**	**跟**	**不**	**跟**
Bingz	yaek	riengz	mbouj	riengz
piŋ^{2}	jak^{7}	ɹiːŋ^{2}	bou^{5}	ɹiːŋ^{2}
凭	要	跟	不	跟

管他跟与否，

3-8

初	**元**	**可**	**米**	**份**
Co	yuenz	goj	miz	faenh
ço^{1}	juːn^{2}	ko^{5}	mi^{2}	fan^{6}
初	缘	可	有	份

初始有缘分。

女唱

3–9

写	南	来	了	友
Ce	nanz	lai	liux	youx
çe^{1}	na:n^{2}	la:i^{1}	li:u^{4}	ju^{4}
留	久	多	啰	友

久违了我友，

3–10

小	卡	豆	拉	相
Souj	gaq	duh	laj	ciengz
θi:u^{3}	ka^{5}	tu^{6}	la^{3}	çi:ŋ^{2}
守	孤	独	下	墙

孤身院墙下。

3–11

知	九	备	是	跟
Rox	yiuj	beix	cix	riengz
ɹo^{4}	ji:u^{3}	pi^{4}	çi^{4}	ɹi:ŋ^{2}
知	礼	兄	就	跟

知礼兄就跟，

3–12

好	文	邦	古	对
Ndij	vunz	biengz	guh	doih
di^{1}	vun^{2}	pi:ŋ^{2}	ku^{4}	to:i^{6}
与	人	地方	做	伙伴

与路人做伴。

男唱

3–13

写	南	来	了	友
Ce	nanz	lai	liux	youx
çe^{1}	na:n^{2}	la:i^{1}	li:u^{4}	ju^{4}
留	久	多	啰	友

久违了我友，

3–14

小	卡	豆	拉	相
Souj	gaq	duh	laj	ciengz
θi:u^{3}	ka^{5}	tu^{6}	la^{3}	çi:ŋ^{2}
守	孤	独	下	墙

孤身院墙下。

3–15

空	特	土	危	相
Ndwi	dwg	dou	ngviz	ciengz
du:i^{1}	tɯk^{8}	tu^{1}	ŋwei^{2}	çi:ŋ^{2}
不	是	我	锥	墙

不以我为重，

3–16

平	爱	跟	爱	不
Bingz	ngaiq	riengz	ngaiq	mbouj
piŋ^{2}	ŋa:i^{5}	ɹi:ŋ^{2}	ŋa:i^{5}	bou^{5}
凭	爱	跟	爱	不

可跟可不跟。

女唱

3–17

写	**南**	**来**	**了**	**友**
Ce	nanz	lai	liux	youx
ɕe^{1}	na:n^{2}	la:i^{1}	li:u^{4}	ju^{4}
留	久	多	啰	友

久违了我友，

3–18

小	**卡**	**豆**	**拉**	**相**
Souj	gaq	duh	laj	ciengz
θi:u^{3}	ka^{5}	tu^{6}	la^{3}	ɕi:ŋ^{2}
守	孤	独	下	墙

独立院墙边。

3–19

空	**特**	**你**	**危**	**相**
Ndwi	dwg	mwngz	ngviz	ciengz
du:i^{1}	tɯk^{8}	mɯŋ^{2}	ŋwei^{2}	ɕi:ŋ^{2}
不	是	你	锥	墙

若不看重你，

3–20

跟	**阝**	**而**	**讲**	**满**
Riengz	boux	lawz	gangj	monh
ɹi:ŋ^{2}	pu^{4}	laɯ^{2}	ka:ŋ^{3}	mo:n^{6}
跟	个	哪	讲	情

跟哪个谈情。

男唱

3–21

写	**南**	**来**	**了**	**友**
Ce	nanz	lai	liux	youx
ɕe^{1}	na:n^{2}	la:i^{1}	li:u^{4}	ju^{4}
留	久	多	啰	友

久违了我友，

3–22

小	**卡**	**豆**	**拉**	**相**
Souj	gaq	duh	laj	ciengz
θi:u^{3}	ka^{5}	tu^{6}	la^{3}	ɕi:ŋ^{2}
守	孤	独	下	墙

孤身院墙下。

3–23

不	**特**	**土**	**危**	**相**
Ndwi	dwg	dou	ngviz	ciengz
du:i^{1}	tɯk^{8}	tu^{1}	ŋwei^{2}	ɕi:ŋ^{2}
不	是	我	锥	墙

不以我为重，

3–24

爱	**马**	**相**	**要**	**份**
Ngaiq	ma	ceng	aeu	faenh
ŋa:i^{5}	ma^{1}	ɕe:ŋ^{5}	au^{1}	fan^{6}
爱	来	争	要	份

爱来争名分。

女唱

3-25

写	**南**	**来**	**了**	**友**
Ce	nanz	lai	liux	youx
çe^1	na:n^2	la:i^1	li:u^4	ju^4
留	久	多	啰	友

久违了我友，

3-26

小	**卡**	**豆**	**拉**	**相**
Souj	gaq	doh	laj	ciengz
θi:u^3	ka^5	tu^6	la^3	çi:ŋ^2
守	孤	独	下	墙

孤身院墙下。

3-27

元	**罗**	**你**	**是**	**跟**
Yuenz	loh	mwngz	cix	riengz
ju:n^2	lo^6	mɯŋ^2	çi^4	ɹi:ŋ^2
缘	路	你	就	跟

你随你的缘，

3-28

开	**贝**	**相**	**元**	**农**
Gaej	bae	ceng	yuenz	nuengx
ka:i^5	pai^1	çe:ŋ^5	ju:n^2	nu:ŋ^4
莫	去	争	缘	妹

莫争妹的缘。

男唱

3-29

写	**南**	**来**	**了**	**友**
Ce	nanz	lai	liux	youx
çe^1	na:n^2	la:i^1	li:u^4	ju^4
留	久	多	啰	友

久违了我友，

3-30

小	**卡**	**豆**	**拉**	**相**
Souj	gaq	duh	laj	ciengz
θi:u^3	ka^5	tu^6	la^3	çi:ŋ^2
守	孤	独	下	墙

孤身院墙下。

3-31

元	**罗**	**土**	**是**	**跟**
Yuenz	loh	dou	cix	riengz
ju:n^2	lo^6	tu^1	çi^4	ɹi:ŋ^2
缘	路	我	就	跟

我随我的缘，

3-32

土	**不**	**相**	**元**	**伕**
Dou	mbouj	ceng	yuenz	fwx
tu^1	bou^5	çe:ŋ^5	ju:n^2	fə^4
我	不	争	缘	别人

不争别人缘。

女唱

3-33

写	**南**	**来**	**了**	**友**
Ce	nanz	lai	liux	youx
ɕe^{1}	na:n^{2}	la:i^{1}	li:u^{4}	ju^{4}
留	久	多	啰	友

久违了我友，

3-34

小	**卡**	**豆**	**拉**	**相**
Souj	gaq	duh	laj	ciengz
θi:u^{3}	ka^{5}	tu^{6}	la^{3}	ɕi:ŋ^{2}
守	孤	独	下	墙

孤身院墙下。

3-35

往	**你**	**备**	**巴**	**强**
Uengj	mwngz	beix	bak	giengz
va:ŋ^{3}	mɯŋ^{2}	pi^{4}	pa:k^{7}	ki:ŋ^{2}
枉	你	兄	嘴	犟

兄为男子汉，

3-36

跟	**不**	**得**	**元**	**农**
Riengz	mbouj	ndaej	roen	nuengx
ɹi:ŋ^{2}	bou^{5}	dai^{3}	jo:n^{1}	nu:ŋ^{4}
跟	不	得	路	妹

跟不上情妹。

男唱

3-37

写	**南**	**来**	**了**	**友**
Ce	nanz	lai	liux	youx
ɕe^{1}	na:n^{2}	la:i^{1}	li:u^{4}	ju^{4}
留	久	多	啰	友

久违了我友，

3-38

小	**卡**	**豆**	**拉**	**相**
Souj	gaq	duh	laj	ciengz
θi:u^{3}	ka^{5}	tu^{6}	la^{3}	ɕi:ŋ^{2}
守	孤	独	下	墙

孤身院墙下。

3-39

元	**罗**	**想**	**牙**	**跟**
Yuenz	loh	siengj	yaek	riengz
ju:n^{2}	lo^{6}	θi:ŋ^{3}	jak^{7}	ɹi:ŋ^{2}
缘	路	想	要	跟

想要随缘走，

3-40

巴	**空**	**强**	**哈**	**对**
Bak	ndwi	giengz	ha	doih
pa:k^{7}	du:i^{1}	ki:ŋ^{2}	ha^{1}	to:i^{6}
嘴	不	犟	配	伙伴

嘴斗不过人。

女唱

3–41

写	**南**	**来**	**了**	**友**
Ce	nanz	lai	liux	youx
çe^{1}	na:n^{2}	la:i^{1}	li:u^{4}	ju^{4}
留	**久**	**多**	**啰**	**友**

久违了我友，

3–42

小	**卡**	**豆**	**拉**	**相**
Souj	gaq	duh	laj	ciengz
θi:u^{3}	ka^{5}	tu^{6}	la^{3}	çi:ŋ^{2}
守	**孤**	**独**	**下**	**墙**

孤身院墙下。

3–43

往	**你**	**备**	**巴**	**强**
Uengj	mwngz	beix	bak	giengz
va:ŋ^{3}	mɯŋ^{2}	pi^{4}	pa:k^{7}	ki:ŋ^{2}
枉	**你**	**兄**	**嘴**	**犟**

兄为男子汉，

3–44

刀	**写**	**邦**	**给**	**佚**
Dauq	ce	biengz	hawj	fwx
ta:u^{5}	çe^{1}	pi:ŋ^{2}	həɯ^{3}	fə^{4}
倒	**留**	**地方**	**给**	**别人**

江山让给人。

男唱

3–45

写	**南**	**来**	**了**	**友**
Ce	nanz	lai	liux	youx
çe^{1}	na:n^{2}	la:i^{1}	li:u^{4}	ju^{4}
留	**久**	**多**	**啰**	**友**

久违了我友，

3–46

小	**卡**	**豆**	**拉**	**相**
Souj	gaq	duh	laj	ciengz
θi:u^{3}	ka^{5}	tu^{6}	la^{3}	çi:ŋ^{2}
守	**孤**	**独**	**下**	**墙**

孤身院墙下。

3–47

巴	**强**	**命**	**不**	**强**
Bak	giengz	mingh	mbouj	giengz
pa:k^{7}	ki:ŋ^{2}	miŋ^{6}	bou^{5}	ki:ŋ^{2}
嘴	**犟**	**命**	**不**	**犟**

嘴硬命不硬，

3–48

写	**文**	**邦**	**是**	**八**
Ce	vunz	biengz	cix	bah
çe^{1}	vun^{2}	pi:ŋ^{2}	çi^{4}	pa^{6}
留	**人**	**地方**	**就**	**罢**

愿让给别人。

女唱

3-49

写	**南**	**来**	**了**	**友**
Ce	nanz	lai	liux	youx
çe^{1}	na:n^{2}	la:i^{1}	li:u^{4}	ju^{4}
留	久	多	啰	友

久违了我友，

3-50

小	**卡**	**豆**	**拉**	**相**
Souj	gaq	duh	laj	ciengz
θi:u^{3}	ka^{5}	tu^{6}	la^{3}	çi:ŋ^{2}
守	孤	独	下	墙

孤身院墙下。

3-51

同	**算**	**纳**	**千**	**粮**
Doengz	suenq	nab	cien	liengz
toŋ^{2}	θu:n^{5}	na:p^{8}	çi:n^{1}	li:ŋ^{2}
同	算	交纳	千	粮

清算土地账，

3-52

为	**要**	**邦**	**土**	**刀**
Vih	aeu	biengz	dou	dauq
vei^{6}	au^{1}	pi:ŋ^{2}	tu^{1}	ta:u^{5}
为	要	地方	我	回

讨还我江山。

男唱

3-53

写	**南**	**来**	**了**	**友**
Ce	nanz	lai	liux	youx
çe^{1}	na:n^{2}	la:i^{1}	li:u^{4}	ju^{4}
留	久	多	啰	友

久违了我友，

3-54

小	**卡**	**豆**	**拉**	**相**
Souj	gaq	duh	laj	ciengz
θi:u^{3}	ka^{5}	tu^{6}	la^{3}	çi:ŋ^{2}
守	孤	独	下	墙

孤身院墙下。

3-55

巴	**强**	**命**	**不**	**强**
Bak	giengz	mingh	mbouj	giengz
pa:k^{7}	ki:ŋ^{2}	miŋ^{6}	bou^{5}	ki:ŋ^{2}
嘴	犟	命	不	犟

嘴硬命不硬，

3-56

纳	**千**	**粮**	**付**	**荣**
Nab	cien	liengz	fouz	yungh
na:p^{8}	çi:n^{1}	li:ŋ^{2}	fu^{2}	juŋ^{6}
交纳	千	粮	无	用

交千粮无用。

女唱

3–57

写	**南**	**来**	**了**	**友**
Ce	nanz	lai	liux	youx
çe^{1}	na:n^{2}	la:i^{1}	li:u^{4}	ju^{4}
留	久	多	啰	友

久违了我友，

3–58

小	**卡**	**豆**	**拉**	**相**
Souj	gaq	duh	laj	ciengz
θi:u^{3}	ka^{5}	tu^{6}	la^{3}	çi:ŋ^{2}
守	孤	独	下	墙

孤身院墙下。

3–59

甲	**土**	**纳**	**千**	**粮**
Gyah	dou	nab	cien	liengz
kja^{6}	tu^{1}	na:p^{8}	çi:n^{1}	li:ŋ^{2}
宁可	我	交纳	千	粮

愿交纳千粮，

3–60

不	**写**	**邦**	**给**	**佚**
Mbouj	ce	biengz	hawj	fwx
bou^{5}	çe^{1}	pi:ŋ^{2}	həɯ^{3}	fə^{4}
不	留	地方	给	别人

寸土不让人。

男唱

3–61

写	**南**	**来**	**了**	**友**
Ce	nanz	lai	liux	youx
çe^{1}	na:n^{2}	la:i^{1}	li:u^{4}	ju^{4}
留	久	多	啰	友

久违了我友，

3–62

小	**卡**	**豆**	**拉**	**相**
Souj	gaq	duh	laj	ciengz
θi:u^{3}	ka^{5}	tu^{6}	la^{3}	çi:ŋ^{2}
守	孤	独	下	墙

孤身院墙下。

3–63

往	**你**	**备**	**巴**	**强**
Uengj	mwngz	beix	bak	giengz
va:ŋ^{3}	mɯŋ^{2}	pi^{4}	pa:k^{7}	ki:ŋ^{2}
枉	你	兄	嘴	犟

枉你兄强势，

3–64

纳	**千**	**粮**	**卩**	**岁**
Nab	cien	liengz	boux	saeq
na:p^{8}	çi:n^{1}	li:ŋ^{2}	pu^{4}	θai^{5}
交纳	千	粮	人	官吏

要交纳千粮。

女唱

3-65

写	**南**	**来**	**了**	**友**
Ce	nanz	lai	liux	youx
çe^{1}	na:n^{2}	la:i^{1}	li:u^{4}	ju^{4}
留	久	多	啰	友

久违了我友，

3-66

小	**卡**	**豆**	**拉**	**相**
Souj	gaq	duh	laj	ciengz
θi:u^{3}	ka^{5}	tu^{6}	la^{3}	çi:ŋ^{2}
守	孤	独	下	墙

孤身院墙下。

3-67

千	**粮**	**纳**	**红**	**良**
Cien	liengz	nab	hong	liengz
çi:n^{1}	li:ŋ^{2}	na:p^{8}	ho:ŋ^{1}	li:ŋ^{2}
千	粮	交纳	工	忙

交粮农活忙，

3-68

良	**想**	**牙**	**不**	**得**
Liengh	siengj	yax	mbouj	ndaej
le:ŋ^{6}	θi:ŋ^{3}	ja^{5}	bou^{5}	dai^{3}
谅	想	也	不	得

想要也不得。

男唱

3-69

千	**粮**	**纳**	**红**	**良**
Cien	liengz	nab	hong	liengz
çi:n^{1}	li:ŋ^{2}	na:p^{8}	ho:ŋ^{1}	li:ŋ^{2}
千	粮	交纳	工	忙

交粮农活忙，

3-70

良	**想**	**牙**	**不**	**得**
Liengh	siengj	yax	mbouj	ndaej
le:ŋ^{6}	θi:ŋ^{3}	ja^{5}	bou^{5}	dai^{3}
谅	想	也	不	得

想要也不得。

3-71

千	**粮**	**纳**	**后**	**岁**
Cien	liengz	nab	haeux	saeq
çi:n^{1}	li:ŋ^{2}	na:p^{8}	hau^{4}	θai^{5}
千	粮	交纳	米	小

要交纳小米，

3-72

良	**事**	**不**	**安**	**名**
Liengh	saeh	mbouj	an	ningz
le:ŋ^{6}	θei^{6}	bou^{5}	a:n^{1}	niŋ^{2}
谅	事	不	安	宁

以求得安宁。

女唱

3–73

写	**南**	**来**	**了**	**友**
Ce	nanz	lai	liux	youx
ɕe^{1}	na:n^{2}	la:i^{1}	li:u^{4}	ju^{4}
留	久	多	啰	友

久违了我友，

3–74

小	**卡**	**豆**	**拉**	**相**
Souj	gaq	duh	laj	ciengz
θi:u^{3}	ka^{5}	tu^{6}	la^{3}	ɕi:ŋ^{2}
守	孤	独	下	墙

孤身院墙下。

3–75

千	**粮**	**纳**	**红**	**良**
Cien	liengz	nab	hong	liengz
ɕi:n^{1}	li:ŋ^{2}	na:p^{8}	ho:ŋ^{1}	li:ŋ^{2}
千	粮	交纳	工	忙

交粮农活忙，

3–76

良	**想**	**牙**	**不**	**刀**
Liengh	siengj	yax	mbouj	dauq
le:ŋ^{6}	θi:ŋ^{3}	ja^{5}	bou^{5}	ta:u^{5}
谅	想	也	不	回

料想回不来。

男唱

3–77

千	**粮**	**纳**	**红**	**良**
Cien	liengz	nab	hong	liengz
ɕi:n^{1}	li:ŋ^{2}	na:p^{8}	ho:ŋ^{1}	li:ŋ^{2}
千	粮	交纳	工	忙

交粮农活忙，

3–78

良	**想**	**牙**	**不**	**刀**
Liengh	siengj	yax	mbouj	dauq
le:ŋ^{6}	θi:ŋ^{3}	ja^{5}	bou^{5}	ta:u^{5}
谅	想	也	不	回

料想回不来。

3–79

千	**粮**	**纳**	**后**	**包**
Cien	liengz	nab	haeux	mbauq
ɕi:n^{1}	li:ŋ^{2}	na:p^{8}	hau^{4}	ba:u^{5}
千	粮	交纳	米	俊

要交纳好米，

3–80

良	**不**	**刀**	**而**	**马**
Liengh	mbouj	dauq	lawz	ma
le:ŋ^{6}	bou^{5}	ta:u^{5}	lau^{2}	ma^{1}
谅	不	回	哪	来

料想回不来。

男唱

3-81

千 粮 纳 后 良

Cien liengz nab haeux liengz

çiːn^{1} liːŋ^{2} naːp^{8} hau^{4} liːŋ^{2}

千 粮 交纳 米 忙

交粮农事忙，

3-82

良 想 牙 不 刀

Liengh siengj yax mbouj dauq

leːŋ^{6} θiːŋ^{3} ja^{5} bou^{5} taːu^{5}

谅 想 也 不 回

料想回不来。

3-83

千 粮 纳 后 包

Cien liengz nab haeux mbauq

çiːn^{1} liːŋ^{2} naːp^{8} hau^{4} baːu^{5}

千 粮 交纳 米 俊

要交纳好米，

3-84

刀 是 合 英 元

Dauq cix hob in yuenz

taːu^{5} çi^{4} hoːp^{8} in^{1} juːn^{2}

回 就 合 姻 缘

回来就提亲。

女唱

3-85

写 南 来 了 友

Ce nanz lai liux youx

çe^{1} naːn^{2} laːi^{1} liːu^{4} ju^{4}

留 久 多 啰 友

久违了我友，

3-86

小 卡 豆 拉 相

Souj gaq duh laj ciengz

θiːu^{3} ka^{5} tu^{6} la^{3} çiːŋ^{2}

守 孤 独 下 墙

孤身院墙下。

3-87

农 得 纳 千 粮

Nuengx ndaej nab cien liengz

nuːŋ^{4} dai^{3} naːp^{8} çiːn^{1} liːŋ^{2}

妹 得 交纳 千 粮

妹交纳千粮，

3-88

龙 得 跟 知 不

Lungz ndaej riengz rox mbouj

luŋ^{2} dai^{3} ɹiːŋ^{2} ɹo^{4} bou^{5}

龙 得 跟 或 不

兄攀得上否？

男唱

3-89

写	南	来	了	友
Cen	nanz	lai	liux	youx
çe^{1}	na:n^{2}	la:i^{1}	li:u^{4}	ju^{4}
留	久	多	啰	友

久违了我友，

3-90

小	卡	豆	拉	相
Souj	gaq	duh	laj	ciengz
θi:u^{3}	ka^{5}	tu^{6}	la^{3}	çi:ŋ^{2}
守	孤	独	下	墙

孤身院墙下。

3-91

农	得	纳	千	粮
Nuengx	ndaej	nab	cien	liengz
nu:ŋ^{4}	dai^{3}	na:p^{8}	çi:n^{1}	li:ŋ^{2}
妹	得	交纳	千	粮

妹交纳千粮，

3-92

龙	是	跟	元	罗
Lungz	cix	riengz	yuenz	loh
luŋ^{2}	çi^{4}	ɹi:ŋ^{2}	ju:n^{2}	lo^{6}
龙	就	跟	缘	路

兄追随妹走。

女唱

3-93

写	南	来	了	友
Ce	nanz	lai	liux	youx
çe^{1}	na:n^{2}	la:i^{1}	li:u^{4}	ju^{4}
留	久	多	啰	友

久违了我友，

3-94

小	卡	豆	拉	相
Souj	gaq	duh	laj	ciengz
θi:u^{3}	ka^{5}	tu^{6}	la^{3}	çi:ŋ^{2}
守	孤	独	下	墙

孤身院墙下。

3-95

元	罗	不	卜	跟
Yuenz	loh	mbouj	boux	riengz
ju:n^{2}	lo^{6}	bou^{5}	pu^{4}	ɹi:ŋ^{2}
缘	路	不	个	跟

走路无人跟，

3-96

邦	牙	凉	貝	了
Biengz	yaek	liengz	bae	liux
pi:ŋ^{2}	jak^{7}	li:ŋ^{2}	pai^{6}	li:u^{4}
地方	要	凉	去	完

世上要萧条。

女唱

3-97

写	**南**	**来**	**了**	**友**
Ce	nanz	lai	liux	youx
çe^{1}	naːn^{2}	laːi^{1}	liːu^{4}	ju^{4}
留	久	多	啰	友

久违了我友，

3-98

小	**卡**	**豆**	**拉**	**相**
Souj	gaq	duh	laj	ciengz
θiːu^{3}	ka^{5}	tu^{6}	la^{3}	çiːŋ^{2}
守	孤	独	下	墙

孤身院墙下。

3-99

老	**田**	**农**	**是**	**凉**
Lau	denz	nuengx	cix	liengz
laːu^{1}	teːn^{2}	nuːŋ^{4}	çi^{4}	liːŋ^{2}
怕	地	妹	就	凉

妹家乡荒凉，

3-100

邦	**龙**	**不**	**可**	**欢**
Biengz	lungz	mbouj	goj	ndwek
piːŋ^{2}	luŋ^{2}	bou^{5}	ko^{5}	dɯːk^{7}
地方	龙	不	可	热闹

兄家乡热闹。

男唱

3-101

写	**南**	**来**	**了**	**友**
Ce	nanz	lai	liux	youx
çe^{1}	naːn^{2}	laːi^{1}	liːu^{4}	ju^{4}
留	久	多	啰	友

久违了我友，

3-102

小	**卡**	**豆**	**拉**	**相**
Souj	gaq	duh	laj	ciengz
θiːu^{3}	ka^{5}	tu^{6}	la^{3}	çiːŋ^{2}
守	孤	独	下	墙

孤身院墙下。

3-103

伕	**报**	**田**	**偻**	**凉**
Fwx	bauq	denz	raeuz	liengz
fɯ^{4}	paːu^{5}	teːn^{2}	ɹau^{2}	liːŋ^{2}
别人	报	地	我们	凉

谣传地荒凉，

3-104

贝	**而**	**米**	**邦**	**内**
Bae	lawz	miz	biengz	neix
pai^{1}	laɯ^{2}	mi^{2}	piːŋ^{2}	ni^{4}
去	哪	有	地方	这

哪有这种事。

女唱

3–105

写 南 来 了 友

Ce nanz lai liux youx

çe^{1} na:n^{2} la:i^{1} li:u^{4} ju^{4}

留 久 多 啰 友

久违了我友，

3–106

小 卡 豆 拉 相

Souj gaq duh laj ciengz

θi:u^{3} ka^{5} tu^{6} la^{3} çi:ŋ^{2}

守 孤 独 下 墙

孤身院墙下。

3–107

可 在 拜 内 相

Goj ywq baih neix cieng

ko^{5} jɯ^{5} pa:i^{6} ni^{4} çi:ŋ^{1}

可 在 边 这 正

春节到来前，

3–108

可 米 相 一 欢

Goj miz ciengz ndeu ndwek

ko^{5} mi^{2} çi:ŋ^{2} de:u^{1} dɯ:k^{7}

可 有 场 一 热闹

会非常欢乐。

男唱

3–109

写 南 来 了 友

Ce nanz lai liux youx

çe^{1} na:n^{2} la:i^{1} li:u^{4} ju^{4}

留 久 多 啰 友

久违了我友，

3–110

小 卡 豆 拉 相

Souj gaq duh laj ciengz

θi:u^{3} ka^{5} tu^{6} la^{3} çi:ŋ^{2}

守 孤 独 下 墙

孤身院墙下。

3–111

可 满 的 月 相

Goj muengh diq ndwen cieng

ko^{5} mu:ŋ^{6} ti^{5} du:n^{1} çi:ŋ^{1}

可 望 点 月 正

就指望春节，

3–112

外 相 不 可 了

Vaij cieng mbouj goj liux

va:i^{3} çi:ŋ^{1} bou^{5} ko^{5} li:u^{4}

过 正 不 可 完

春节会过去。

女唱

3-113

写	**南**	**来**	**了**	**友**
Ce	nanz	lai	liux	youx
çe^{1}	na:n^{2}	la:i^{1}	li:u^{4}	ju^{4}
留	久	多	啰	友

久违了我友，

3-114

小	**卡**	**豆**	**拉**	**相**
Souj	gaq	duh	laj	ciengz
θi:u^{3}	ka^{5}	tu^{6}	la^{3}	çi:ŋ^{2}
守	孤	独	下	墙

孤身院墙下。

3-115

满	**相**	**是**	**算**	**相**
Muengh	cieng	cix	suenq	cieng
mu:ŋ^{6}	çi:ŋ^{1}	çi^{4}	θu:n^{5}	çi:ŋ^{1}
望	正	就	算	正

春节要准备，

3-116

知	**相**	**而**	**同**	**瓜**
Rox	cieng	lawz	doengh	gvaq
ɹo^{4}	çi:ŋ^{1}	lauɯ^{2}	toŋ^{2}	kwa^{5}
或	正	哪	相	过

找机会聚首。

男唱

3-117

写	**南**	**来**	**了**	**友**
Ce	nanz	lai	liux	youx
çe^{1}	na:n^{2}	la:i^{1}	li:u^{4}	ju^{4}
留	久	多	啰	友

久违了我友，

3-118

小	**卡**	**豆**	**拉**	**相**
Souj	gaq	duh	laj	ciengz
θi:u^{3}	ka^{5}	tu^{6}	la^{3}	çi:ŋ^{2}
守	孤	独	下	墙

孤身院墙下。

3-119

伕	**报**	**田**	**偻**	**凉**
Fwx	bauq	denz	raeuz	liengz
fə^{4}	pa:u^{5}	te:n^{2}	ɹau^{2}	li:ŋ^{2}
别人	报	地	我们	凉

谣传地荒凉，

3-120

龙	**贝**	**邦**	**而**	**在**
Lungz	bae	biengz	lawz	ywq
luŋ^{2}	pai^{1}	pi:ŋ^{2}	lauɯ^{2}	jɯ^{5}
龙	去	地方	哪	住

兄去向何方？

女唱

3-121

写	南	来	了	友
Ce	nanz	lai	liux	youx
ɕe¹	naːn²	laːi¹	liːu⁴	ju⁴
留	久	多	啰	友

久违了我友，

3-122

小	卡	豆	拉	相
Souj	gaq	duh	laj	ciengz
θiːu³	ka⁵	tu⁶	la³	ɕiːŋ²
守	孤	独	下	墙

孤身院墙下。

3-123

伕	报	田	偻	凉
Fwx	bauq	denz	raeuz	liengz
fə⁴	paːu⁵	teːn²	ɹau²	liːŋ²
别人	报	地	我们	凉

谣传地荒凉，

3-124

当	邦	偻	当	在
Dangq	biengz	raeuz	dangq	ywq
taːŋ⁵	piːŋ²	ɹau²	taːŋ⁵	jɯ⁵
另	地方	我们	另	住

各自找住处。

男唱

3-125

写	南	来	了	友
Ce	nanz	lai	liux	youx
ɕe¹	naːn²	laːi¹	liːu⁴	ju⁴
留	久	多	啰	友

久违了我友，

3-126

小	卡	豆	拉	相
Souj	gaq	duh	laj	ciengz
θiːu³	ka⁵	tu⁶	la³	ɕiːŋ²
守	孤	独	下	墙

孤身院墙下。

3-127

元	罗	不	卩	跟
Yuenz	loh	mbouj	boux	riengz
juːn²	lo⁶	bou⁵	pu⁴	ɹiːŋ²
缘	路	不	个	跟

走路无人伴，

3-128

凉	办	相	月	腊
Liengz	baenz	cieng	ndwen	lab
liːŋ²	pan²	ɕiːŋ¹	duːn¹	laːt⁸
凉	成	正	月	腊

孤寒似腊月。

女唱

3-129

写　南　来　了　友

Ce nanz lai liux youx

çe^{1} na:n^{2} la:i^{1} li:u^{4} ju^{4}

留　久　多　啰　友

久违了我友，

3-130

小　卡　豆　拉　相

Souj gaq duh laj ciengz

θi:u^{3} ka^{5} tu^{6} la^{3} çi:ŋ^{2}

守　孤　独　下　墙

孤身院墙下。

3-131

月　内　不　可　凉

Ndwen neix mbouj goj liengz

du:n^{1} ni^{4} bou^{5} ko^{5} li:ŋ^{2}

月　这　不　可　凉

这个月还冷，

3-132

外　相　不　可　友

Vaij cieng mbouj goj raeuj

va:i^{3} çi:ŋ^{1} bou^{5} ko^{5} ɹau^{3}

过　正　不　可　暖

过年不会暖。

男唱

3-133

月　内　不　可　凉

Ndwen neix mbouj goj liengz

du:n^{1} ni^{4} bou^{5} ko^{5} li:ŋ^{2}

月　这　不　可　凉

这个月还冷，

3-134

外　相　不　可　友

Vaij cieng mbouj goj raeuj

va:i^{3} çi:ŋ^{1} bou^{5} ko^{5} ɹau^{3}

过　正　不　可　暖

过年不会暖。

3-135

出　瓜　比　内　斗

Ok gvaq bi neix daeuj

o:k^{7} kwa^{5} pi^{1} ni^{4} tau^{3}

出　过　年　这　来

自今年以来，

3-136

友　口　变　良　心

Youx gaeuq bienq liengz sim

ju^{4} kau^{5} pi:n^{5} li:ŋ^{2} θin^{1}

友　旧　变　良　心

旧友变良心。

女唱

3-137

月	内	不	可	凉
Ndwen	neix	mbouj	goj	liengz
du:n^{1}	ni^{4}	bou^{5}	ko^{5}	li:ŋ^{2}
月	这	不	可	凉

这个月还冷，

3-138

外	相	不	可	友
Vaij	cieng	mbouj	goj	raeuj
va:i^{3}	çi:ŋ^{1}	bou^{5}	ko^{5}	ɹau^{3}
过	正	不	可	暖

过年不会暖。

3-139

出	瓜	比	内	斗
Ok	gvaq	bi	neix	daeuj
o:k^{7}	kwa^{5}	pi^{1}	ni^{4}	tau^{3}
出	过	年	这	来

今年多怪异，

3-140

友	口	良	造	然
Youx	gaeuq	lingh	caux	ranz
ju^{4}	kau^{5}	le:ŋ^{6}	ça:u^{4}	ɹa:n^{2}
友	旧	另	造	家

旧友另结婚。

男唱

3-141

写	南	来	了	友
Ce	nanz	lai	liux	youx
çe^{1}	na:n^{2}	la:i^{1}	li:u^{4}	ju^{4}
留	久	多	啰	友

久违了我友，

3-142

小	卡	豆	拉	相
Souj	gaq	duh	laj	ciengz
θi:u^{3}	ka^{5}	tu^{6}	la^{3}	çi:ŋ^{2}
守	孤	独	下	墙

孤身院墙下。

3-143

月	内	不	可	凉
Ndwen	neix	mbouj	goj	liengz
du:n^{1}	ni^{4}	bou^{5}	ko^{5}	li:ŋ^{2}
月	这	不	可	凉

这个月冷清，

3-144

外	相	不	可	欢
Vaij	cieng	mbouj	goj	ndwek
va:i^{3}	çi:ŋ^{1}	bou^{5}	ko^{5}	dɯ:k^{7}
过	正	不	可	热闹

过年就热闹。

女唱

3-145

月	**内**	**不**	**可**	**凉**
Ndwen	neix	mbouj	goj	liengz
duːn^{1}	ni^{4}	bou^{5}	ko^{5}	liːŋ^{2}
月	这	不	可	凉

这个月冷清，

3-146

外	**相**	**不**	**可**	**欢**
Vaij	cieng	mbouj	goj	ndwek
vaːi^{3}	ɕiːŋ^{1}	bou^{5}	ko^{5}	dɯːk^{7}
过	正	不	可	热闹

过年就热闹。

3-147

外	**九**	**冬**	**十**	**月**
Vaij	gouj	doeng	cib	nyied
vaːi^{3}	kjou^{3}	toŋ^{1}	ɕit^{8}	ɲuːt^{8}
过	九	冬	十	月

到寒冬时节，

3-148

欢	**样**	**内**	**知**	**空**
Ndwek	yiengh	neix	rox	ndwi
dɯːk^{7}	jɯːŋ^{6}	ni^{4}	ɹo^{4}	duːi^{1}
热闹	样	这	或	不

如此热闹否？

男唱

3-149

月	**内**	**不**	**可**	**凉**
Ndwen	neix	mbouj	goj	liengz
duːn^{1}	ni^{4}	bou^{5}	ko^{5}	liːŋ^{2}
月	这	不	可	凉

这个月冷清，

3-150

外	**相**	**不**	**可**	**欢**
Vaij	cieng	mbouj	goj	ndwek
vaːi^{3}	ɕiːŋ^{1}	bou^{5}	ko^{5}	dɯːk^{7}
过	正	不	可	热闹

过年就热闹。

3-151

外	**九**	**冬**	**十**	**月**
Vaij	gouj	doeng	cib	nyied
vaːi^{3}	kjou^{3}	toŋ^{1}	ɕit^{8}	ɲuːt^{8}
过	九	冬	十	月

过寒冬时节，

3-152

不	**可**	**欢**	**样**	**河**
Mbouj	goj	ndwek	yiengh	haw
bou^{5}	ko^{5}	dɯːk^{7}	jɯːŋ^{6}	həɯ^{1}
不	可	热闹	样	圩

如赶圩热闹。

女唱

3-153

月	**内**	**不**	**可**	**凉**
Ndwen	neix	mbouj	goj	liengz
du:n^{1}	ni^{4}	bou^{5}	ko^{5}	li:ŋ^{2}
月	这	不	可	凉

这个月冷清，

3-154

外	**相**	**不**	**可**	**欢**
Vaij	cieng	mbouj	goj	ndwek
va:i^{3}	ɕi:ŋ^{1}	bou^{5}	ko^{5}	dɯ:k^{7}
过	正	不	可	热闹

过年就热闹。

3-155

外	**九**	**冬**	**十**	**月**
Vaij	gouj	doeng	cib	nyied
va:i^{3}	kjou^{3}	toŋ^{1}	ɕit^{8}	ȵu:t^{8}
过	九	冬	十	月

过寒冬时节，

3-156

欢	**样**	**内**	**不**	**说**
Ndwek	yiengh	neix	mbouj	naeuz
dɯ:k^{7}	jɯ:ŋ^{6}	ni^{4}	bou^{5}	nau^{2}
热闹	样	这	不	说

不会再热闹。

男唱

3-157

月	**内**	**不**	**可**	**凉**
Ndwen	neix	mbouj	goj	liengz
du:n^{1}	ni^{4}	bou^{5}	ko^{5}	li:ŋ^{2}
月	这	不	可	凉

这个月冷清，

3-158

外	**相**	**不**	**可**	**欢**
Vaij	cieng	mbouj	goj	ndwek
va:i^{3}	ɕi:ŋ^{1}	bou^{5}	ko^{5}	dɯ:k^{7}
过	正	不	可	热闹

过年就热闹。

3-159

外	**九**	**冬**	**十**	**月**
Vaij	gouj	doeng	cib	nyied
va:i^{3}	kjou^{3}	toŋ^{1}	ɕit^{8}	ȵu:t^{8}
过	九	冬	十	月

过寒冬时节，

3-160

欢	**办**	**多**	**跟**	**廷**
Ndwek	baenz	doq	riengz	dinz
dɯ:k^{7}	pan^{2}	to^{5}	ɹi:ŋ^{2}	tin^{2}
热闹	成	马蜂	跟	黄蜂

热闹如蜂群。

女唱

3–161

月 内 不 可 凉

Ndwen neix mbouj goj liengz

duːn^{1} ni^{4} bou^{5} ko^{5} liːŋ^{2}

月 这 不 可 凉

这个月冷清，

3–162

外 相 不 可 欢

Vaij cieng mbouj goj ndwek

vaːi^{3} ɕiːŋ^{1} bou^{5} ko^{5} dɯːk^{7}

过 正 不 可 热闹

过年就热闹。

3–163

外 九 冬 十 月

Vaij gouj doeng cib nyied

vaːi^{3} kjou^{3} toŋ^{1} ɕit^{8} ȵuːt^{8}

过 九 冬 十 月

过寒冬时节，

3–164

欢 伕 不 堂 偻

Ndwek fwx mbouj daengz raeuz

dɯːk^{7} fə^{4} bou^{5} taŋ^{2} ɹau^{2}

热闹 别人 不 到 我们

热闹不到我。

男唱

3–165

月 内 不 可 凉

Ndwen neix mbouj goj liengz

duːn^{1} ni^{4} bou^{5} ko^{5} liːŋ^{2}

月 这 不 可 凉

这个月冷清，

3–166

外 相 不 可 欢

Vaij cieng mbouj goj ndwek

vaːi^{3} ɕiːŋ^{1} bou^{5} ko^{5} dɯːk^{7}

过 正 不 可 热闹

过年就热闹。

3–167

外 九 冬 十 月

Vaij gouj doeng cib nyied

vaːi^{3} kjou^{3} toŋ^{1} ɕit^{8} ȵuːt^{8}

过 九 冬 十 月

过寒冬时节，

3–168

欢 伕 是 堂 你

Ndwek fwx cix daengz mwngz

dɯːk^{7} fə^{4} ɕi^{4} taŋ^{2} mɯŋ^{2}

热闹 别人 就 到 你

大家都热闹。

女唱

3-169

写	南	来	了	友
Ce	nanz	lai	liux	youx
çe^{1}	na:n^{2}	la:i^{1}	li:u^{4}	ju^{4}
留	久	多	啰	友

久违了我友，

3-170

小	卡	豆	拉	相
Souj	gaq	duh	laj	ciengz
θi:u^{3}	ka^{5}	tu^{6}	la^{3}	çi:ŋ^{2}
守	孤	独	下	墙

孤身院墙下。

3-171

平	日	阳	日	凉
Bingz	ngoenz	ndit	ngoenz	liengz
piŋ^{2}	ŋon^{2}	dit^{7}	ŋon^{2}	li:ŋ^{2}
凭	日	阳光	日	凉

不论晴或阴，

3-172

诱	土	娘	很	早
Yaeuh	duz	nengz	hwnj	romh
jau^{4}	tu^{2}	ni:ŋ^{2}	hɯn^{3}	ɹo:n^{6}
诱	只	虫	起	早

叫姊妹起早。

男唱

3-173

写	南	来	了	友
Ce	nanz	lai	liux	youx
çe^{1}	na:n^{2}	la:i^{1}	li:u^{4}	ju^{4}
留	久	多	啰	友

久违了我友，

3-174

小	卡	豆	拉	相
Souj	gaq	duh	laj	ciengz
θi:u^{3}	ka^{5}	tu^{6}	la^{3}	çi:ŋ^{2}
守	孤	独	下	墙

孤身院墙下。

3-175

日	阳	土	牙	跟
Ngoenz	ndit	dou	yax	riengz
ŋon^{2}	dit^{7}	tu^{1}	ja^{5}	ɹi:ŋ^{2}
日	阳光	我	也	跟

晴天追随你，

3-176

日	凉	土	牙	优
Ngoenz	liengz	dou	yax	yaeuq
ŋon^{2}	li:ŋ^{2}	tu^{1}	ja^{5}	jau^{5}
日	凉	我	也	收

阴天也不离。

女唱

3-177

写	**南**	**来**	**了**	**友**
Ce	nanz	lai	liux	youx
çe^{1}	na:n^{2}	la:i^{1}	li:u^{4}	ju^{4}
留	**久**	**多**	**啰**	**友**

久违了我友，

3-178

小	**卡**	**豆**	**拉**	**相**
Souj	gaq	duh	laj	ciengz
θi:u^{3}	ka^{5}	tu^{6}	la^{3}	çi:ŋ^{2}
守	**孤**	**独**	**下**	**墙**

孤身院墙下。

3-179

平	**日**	**阳**	**日**	**凉**
Bingz	ngoenz	ndit	ngoenz	liengz
piŋ^{2}	ŋon^{2}	dit^{7}	ŋon^{2}	li:ŋ^{2}
凭	日	阳光	日	凉

别论晴或阴，

3-180

特	**很**	**相**	**了**	**备**
Dawz	hwnj	ciengz	liux	beix
təɯ^{2}	hɯn^{3}	çi:ŋ^{2}	li:u^{4}	pi^{4}
拿	上	场	啰	兄

都拿出来看。

男唱

3-181

写	**南**	**来**	**了**	**友**
Ce	nanz	lai	liux	youx
çe^{1}	na:n^{2}	la:i^{1}	li:u^{4}	ju^{4}
留	**久**	**多**	**啰**	**友**

久违了我友，

3-182

小	**卡**	**豆**	**拉**	**相**
Souj	gaq	duh	laj	ciengz
θi:u^{3}	ka^{5}	tu^{6}	la^{3}	çi:ŋ^{2}
守	**孤**	**独**	**下**	**墙**

孤身院墙下。

3-183

平	**日**	**阳**	**日**	**凉**
Bingz	ngoenz	ndit	ngoenz	liengz
piŋ^{2}	ŋon^{2}	dit^{7}	ŋon^{2}	li:ŋ^{2}
凭	日	阳光	日	凉

别论晴或阴，

3-184

少	**跟**	**娘**	**岁**	**古**
Sau	riengz	nangz	caez	guh
θa:u^{1}	ɹi:ŋ^{2}	na:ŋ^{2}	çai^{2}	ku^{4}
姑娘	跟	姑娘	齐	做

姊妹一起干。

女唱

3-185

写	**南**	**来**	**了**	**友**
Ce	nanz	lai	liux	youx
çe^{1}	na:n^{2}	la:i^{1}	li:u^{4}	ju^{4}
留	久	多	啰	友

久违了我友，

3-186

小	**卡**	**豆**	**拉**	**相**
Souj	gaq	duh	laj	ciengz
θi:u^{3}	ka^{5}	tu^{6}	la^{3}	çi:ŋ^{2}
守	孤	独	下	墙

孤身院墙下。

3-187

友	**你**	**玩**	**托**	**邦**
Youx	mwngz	vanq	doh	biengz
ju^{4}	mɯŋ^{2}	va:n^{6}	to^{6}	pi:ŋ^{2}
友	你	撒	遍	地方

你到处结交，

3-188

跟	**卜**	**而**	**同**	**重**
Riengz	boux	lawz	doengz	naek
ɹi:ŋ^{2}	pu^{4}	laɯ^{2}	toŋ^{2}	nak^{7}
跟	个	哪	相	重

跟谁情最深？

男唱

3-189

写	**南**	**来**	**了**	**友**
Ce	nanz	lai	liux	youx
çe^{1}	na:n^{2}	la:i^{1}	li:u^{4}	ju^{4}
留	久	多	啰	友

久违了我友，

3-190

小	**卡**	**豆**	**拉**	**歪**
Souj	gaq	duh	laj	fai
θi:u^{3}	ka^{5}	tu^{6}	la^{3}	va:i^{1}
守	孤	独	下	水坝

独自在坝下。

3-191

友	**土**	**玩**	**托**	**开**
Youx	dou	vanq	doh	gai
ju^{4}	tu^{1}	va:n^{6}	to^{6}	ka:i^{1}
友	我	撒	遍	街

我满街交友，

3-192

重	**你**	**来**	**了**	**农**
Naek	mwngz	lai	liux	nuengx
nak^{7}	mɯŋ^{2}	la:i^{1}	li:u^{4}	nu:ŋ^{4}
重	你	多	啰	妹

就对你情深。

女唱

3-193

写	**南**	**来**	**了**	**友**
Ce	nanz	lai	liux	youx
ɕe^{1}	na:n^{2}	la:i^{1}	li:u^{4}	ju^{4}
留	久	多	啰	友

久违了我友，

3-194

小	**卡**	**豆**	**拉**	**歪**
Souj	gaq	duh	laj	fai
θi:u^{3}	ka^{5}	tu^{6}	la^{3}	va:i^{1}
守	孤	独	下	水坝

独自在坝下。

3-195

特	**正**	**义**	**马**	**排**
Dawz	cingz	ngeih	ma	baiz
təɯ^{2}	ɕiŋ^{2}	ȵi^{6}	ma^{1}	pa:i^{2}
拿	情	义	来	排

拿信物来排，

3-196

重	**来**	**说**	**重**	**小**
Naek	lai	naeuz	naek	siuj
nak^{7}	la:i^{1}	nau^{2}	nak^{7}	θi:u^{3}
重	多	或	重	少

看情有多重。

男唱

3-197

写	**南**	**来**	**了**	**友**
Ce	nanz	lai	liux	youx
ɕe^{1}	na:n^{2}	la:i^{1}	li:u^{4}	ju^{4}
留	久	多	啰	友

久违了我友，

3-198

小	**卡**	**豆**	**拉**	**歪**
Souj	gaq	duh	laj	fai
θi:u^{3}	ka^{5}	tu^{6}	la^{3}	va:i^{1}
守	孤	独	下	水坝

独自在坝下。

3-199

平	**重**	**小**	**重**	**来**
Bingz	naek	siuj	naek	lai
piŋ^{2}	nak^{7}	θi:u^{3}	nak^{7}	la:i^{1}
凭	重	少	重	多

任情有多深，

3-200

堂	**尾**	**你**	**可**	**知**
Daengz	byai	mwngz	goj	rox
taŋ^{2}	pja:i^{1}	mɯŋ^{2}	ko^{5}	ɹo^{4}
到	尾	你	可	知

以后你会懂。

女唱

3-201

写	南	来	了	友
Ce	nanz	lai	liux	youx
çe^{1}	na:n^{2}	la:i^{1}	li:u^{4}	ju^{4}
留	久	多	啰	友

久违了我友，

3-202

小	卡	豆	拉	歪
Souj	gaq	duh	laj	fai
θi:u^{3}	ka^{5}	tu^{6}	la^{3}	va:i^{1}
守	孤	独	下	水坝

孤身在坝下。

3-203

正	义	重	堂	尾
Cingz	ngeih	naek	daengz	byai
çiŋ^{2}	ȵi^{6}	nak^{7}	taŋ^{2}	pja:i^{1}
情	义	重	到	尾

情义到最后，

3-204

不	办	财	了	备
Mbouj	baenz	caiz	liux	beix
bou^{5}	pan^{2}	ça:i^{2}	li:u^{4}	pi^{4}
不	成	财	啰	兄

再也不值钱。

男唱

3-205

写	南	来	了	友
Ce	nanz	lai	liux	youx
çe^{1}	na:n^{2}	la:i^{1}	li:u^{4}	ju^{4}
留	久	多	啰	友

久违了我友，

3-206

小	卡	豆	拉	歪
Souj	gaq	duh	laj	fai
θi:u^{3}	ka^{5}	tu^{6}	la^{3}	va:i^{1}
守	孤	独	下	水坝

孤身在坝下。

3-207

正	义	重	堂	尾
Cingz	ngeih	naek	daengz	byai
çiŋ^{2}	ȵi^{6}	nak^{7}	taŋ^{2}	pja:i^{1}
情	义	重	到	尾

情义到最后，

3-208

重	办	开	后	生
Naek	baenz	gai	haux	seng
nak^{7}	pan^{2}	ka:i^{1}	hou^{4}	θe:ŋ^{1}
重	成	街	后	生

重成众后生。

女唱

3-209

写	**南**	**来**	**了**	**友**
Ce	nanz	lai	liux	youx
ɕe^{1}	na:n^{2}	la:i^{1}	li:u^{4}	ju^{4}
留	久	多	啰	友

久违了我友，

3-210

小	**卡**	**豆**	**拉**	**歪**
Souj	gaq	duh	laj	fai
θi:u^{3}	ka^{5}	tu^{6}	la^{3}	va:i^{1}
守	孤	独	下	水坝

孤身在坝下。

3-211

正	**义**	**重**	**堂**	**尾**
Cingz	ngeih	naek	daengz	byai
ɕiŋ^{2}	ȵi^{6}	nak^{7}	taŋ^{2}	pja:i^{1}
情	义	重	到	尾

情义到最后，

3-212

办	**开**	**牙**	**不**	**满**
Baenz	gai	yax	mbouj	monh
pan^{2}	ka:i^{1}	ja^{5}	bou^{5}	mo:n^{6}
成	街	也	不	谈情

再重也淡泊。

男唱

3-213

写	**南**	**来**	**了**	**友**
Ce	nanz	lai	liux	youx
ɕe^{1}	na:n^{2}	la:i^{1}	li:u^{4}	ju^{4}
留	久	多	啰	友

久违了我友，

3-214

小	**卡**	**豆**	**拉**	**歪**
Souj	gaq	duh	laj	fai
θi:u^{3}	ka^{5}	tu^{6}	la^{3}	va:i^{1}
守	孤	独	下	水坝

孤身在坝下。

3-215

正	**义**	**重**	**堂**	**尾**
Cingz	ngeih	naek	daengz	byai
ɕiŋ^{2}	ȵi^{6}	nak^{7}	taŋ^{2}	pja:i^{1}
情	义	重	到	尾

情义到最后，

3-216

重	**办**	**开**	**少**	**包**
Naek	baenz	gai	sau	mbauq
nak^{7}	pan^{2}	ka:i^{1}	θa:u^{1}	ba:u^{5}
重	成	街	姑娘	小伙

重成众兄妹。

女唱

3-217

写	**南**	**来**	**了**	**友**
Ce	nanz	lai	liux	youx
çe^{1}	na:n^{2}	la:i^{1}	li:u^{4}	ju^{4}
留	**久**	**多**	**啰**	**友**

久违了我友，

3-218

小	**卡**	**豆**	**拉**	**歪**
Souj	gaq	duh	laj	fai
θi:u^{3}	ka^{5}	tu^{6}	la^{3}	va:i^{1}
守	**孤**	**独**	**下**	**水坝**

孤身在坝下。

3-219

正	**义**	**重**	**堂**	**尾**
Cingz	ngeih	naek	daengz	byai
çiŋ^{2}	ȵi^{6}	nak^{7}	taŋ^{2}	pja:i^{1}
情	**义**	**重**	**到**	**尾**

情义到最后，

3-220

开	**可**	**写**	**给**	**佚**
Gai	goj	ce	hawj	fwx
ka:i^{1}	ko^{5}	çe^{1}	həɯ^{3}	fə^{4}
街	**可**	**留**	**给**	**别人**

皆是别人的。

男唱

3-221

写	**南**	**来**	**了**	**友**
Ce	nanz	lai	liux	youx
çe^{1}	na:n^{2}	la:i^{1}	li:u^{4}	ju^{4}
留	**久**	**多**	**啰**	**友**

久违了我友，

3-222

小	**卡**	**豆**	**拉**	**歪**
Souj	gaq	duh	laj	fai
θi:u^{3}	ka^{5}	tu^{6}	la^{3}	va:i^{1}
守	**孤**	**独**	**下**	**水坝**

孤身在坝下。

3-223

间	**布**	**不**	**卜**	**裁**
Gen	buh	mbouj	boux	caiz
ke:n^{1}	pu^{6}	bou^{5}	pu^{4}	ça:i^{2}
衣	**袖**	**不**	**个**	**裁**

衣衫无人裁，

3-224

说	**少**	**帮**	**土**	**修**
Naeuz	sau	bangh	dou	coih
nau^{2}	θa:u^{1}	pa:ŋ^{1}	tu^{1}	ço:i^{6}
说	**姑娘**	**帮**	**我**	**修补**

妹可肯帮我。

女唱

3-225

写 南 来 了 友

Ce nanz lai liux youx

çe^{1} na:n^{2} la:i^{1} li:u^{4} ju^{4}

留 久 多 啰 友

久违了我友，

3-226

小 卡 豆 拉 歪

Souj gaq duh laj fai

θi:u^{3} ka^{5} tu^{6} la^{3} va:i^{1}

守 孤 独 下 水坝

孤身在坝下。

3-227

友 土 在 更 开

Youx dou ywq gwnz gai

ju^{4} tu^{1} jɯ^{5} kɯn^{2} ka:i^{1}

友 我 在 上 街

我住在街上，

3-228

定 手 不 哈 备

Din fwngz mbouj ha beix

tin^{1} fɯŋ^{2} bou^{5} ha^{1} pi^{4}

脚 手 不 配 兄

技艺不如兄。

男唱

3-229

写 南 来 了 友

Ce nanz lai liux youx

çe^{1} na:n^{2} la:i^{1} li:u^{4} ju^{4}

留 久 多 啰 友

久违了我友，

3-230

小 卡 豆 拉 歪

Souj gaq duh laj fai

θi:u^{3} ka^{5} tu^{6} la^{3} va:i^{1}

守 孤 独 下 水坝

孤身在坝下。

3-231

友 你 在 更 开

Youx mwngz ywq gwnz gai

ju^{4} mɯŋ^{2} jɯ^{5} kɯn^{2} ka:i^{1}

友 你 在 上 街

你住在街上，

3-232

手 更 乔 知 剪

Fwngz gaem geuz rox raed

fɯŋ^{2} kan^{1} ke:u^{2} ɹo^{4} ɹat^{8}

手 握 剪 知 剪

手巧会裁缝。

女唱

3-233
写 南 来 了 友
Ce nanz lai liux youx
çe¹ na:n² la:i¹ li:u⁴ ju⁴
留 久 多 啰 友
久违了我友，

3-234
小 卡 豆 拉 歪
Souj gaq duh laj fai
θi:u³ ka⁵ tu⁶ la³ va:i¹
守 孤 独 下 水坝
孤身在坝下。

3-235
友 土 在 更 开
Youx dou ywq gwnz gai
ju⁴ tu¹ jɯ⁵ kɯn² ka:i¹
友 我 在 上 街
我在街上住，

3-236
手 特 乔 空 变
Fwngz dawz geuz ndwi bienz
fɯŋ² təɯ² ke:u² du:i¹ pe:n²
手 拿 剪 不 熟练
不会用剪刀。

男唱

3-237
写 南 由 了 乖
Ce nanz racuh liux gvai
çe¹ na:n² ɹau⁶ li:u⁴ kwa:i¹
留 久 多 啰 乖
久别了情友，

3-238
写 南 来 小 面[1]
Ce nanz lai siuj mienh
çe¹ na:n² la:i¹ θi:u³ me:n⁶
留 久 多 小 面
久违了好友。

3-239
手 特 乔 空 变
Fwngz dawz geuz ndwi bienz
fɯŋ² təɯ² ke:u² du:i¹ pe:n²
手 拿 剪 不 熟练
不会用剪刀，

3-240
样 而 古 长 封
Yiengh lawz guh cangh fong
jɯ:ŋ⁶ laɯ² ku⁴ ça:ŋ⁶ foŋ²
样 哪 做 匠 缝
如何当裁缝？

① 小面[θi:u³ me:n⁶]：此指情友。

女唱

3-241

写	**南**	**由**	**了**	**乖**
Ce	nanz	raeuh	liux	gvai
çe^{1}	naːn^{2}	ɹau^{6}	liːu^{4}	kwaːi^{1}
留	久	很	啰	乖

久违了我友，

3-242

写	**南**	**来**	**小**	**面**
Ce	nanz	lai	siuj	mienh
çe^{1}	naːn^{2}	laːi^{1}	θiːu^{3}	meːn^{6}
留	久	多	小	面

久别了伴侣。

3-243

手	**特**	**乔**	**空**	**变**
Fwngz	dawz	geuz	ndwi	bienz
fɯŋ^{2}	təɯ^{2}	keːu^{2}	duːi^{1}	peːn^{2}
手	拿	剪	不	熟练

不会用剪刀，

3-244

见	**不**	**得**	**怛**	**布**
Gen	mbouj	ndaej	dan	baengz
keːn^{4}	bou^{5}	dai^{3}	taːn^{1}	paŋ^{2}
见	不	得	摊	布

从不去布市。

男唱

3-245

写	**南**	**来**	**了**	**友**
Ce	nanz	lai	liux	youx
çe^{1}	naːn^{2}	laːi^{1}	liːu^{4}	ju^{4}
留	久	多	啰	友

久违了我友，

3-246

小	**卡**	**豆**	**拉**	**歪**
Souj	gaq	duh	laj	fai
θiːu^{3}	ka^{5}	tu^{6}	la^{3}	vaːi^{1}
守	孤	独	下	水坝

孤身在坝下。

3-247

农	**不**	**乱**	**很**	**开**
Nuengx	mbouj	luenh	hwnj	gai
nuːŋ^{4}	bou^{5}	luːn^{6}	hɯn^{3}	kaːi^{1}
妹	不	乱	上	街

妹很少上街，

3-248

裁	**务**	**鞋**	**分**	**备**
Caiz	gouh	haiz	baen	beix
çaːi^{2}	kou^{6}	haːi^{2}	pan^{1}	pi^{4}
裁	双	鞋	分	兄

做对鞋送兄。

女唱

3-249

写	**南**	**来**	**了**	**友**
Ce	nanz	lai	liux	youx
ɕe^{1}	na:n^{2}	la:i^{1}	li:u^{4}	ju^{4}
留	久	多	啰	友

久违了我友，

3-250

小	**卡**	**豆**	**拉**	**歪**
Souj	gaq	duh	laj	fai
θi:u^{3}	ka^{5}	tu^{6}	la^{3}	va:i^{1}
守	孤	独	下	水坝

孤身在坝下。

3-251

布	**对**	**刀**	**知**	**裁**
Buh	doiq	dauq	rox	caiz
pu^{6}	to:i^{5}	ta:u^{5}	ɹo^{4}	ɕa:i^{2}
衣服	对	倒	知	裁

衣服会剪裁，

3-252

花	**鞋**	**空**	**知**	**剪**
Va	haiz	ndwi	rox	raed
va^{1}	ha:i^{2}	du:i^{1}	ɹo^{4}	ɹat^{8}
花	鞋	不	知	剪

花鞋不会做。

男唱

3-253

写	**南**	**来**	**了**	**友**
Ce	nanz	lai	liux	youx
ɕe^{1}	na:n^{2}	la:i^{1}	li:u^{4}	ju^{4}
留	久	多	啰	友

久违了我友，

3-254

小	**卡**	**豆**	**拉**	**歪**
Souj	gaq	duh	laj	fai
θi:u^{3}	ka^{5}	tu^{6}	la^{3}	va:i^{1}
守	孤	独	下	水坝

孤身在坝下。

3-255

空	**知**	**剪**	**花**	**鞋**
Ndwi	rox	raed	va	haiz
du:i^{1}	ɹo^{4}	ɹat^{8}	va^{1}	ha:i^{2}
不	会	剪	花	鞋

不会做花鞋，

3-256

很	**开**	**古**	**而**	**样**
Hwnj	gai	guh	lawz	yiengh
hɯn^{3}	ka:i^{1}	ku^{4}	laɯ^{2}	jɯ:ŋ^{6}
上	街	做	哪	样

上街做什么？

女唱

3-257

写	**南**	**来**	**了**	**友**
Ce	nanz	lai	liux	youx
çe^{1}	naːn^{2}	laːi^{1}	liːu^{4}	ju^{4}
留	**久**	**多**	**啰**	**友**

久违了我友，

3-258

小	**卡**	**豆**	**拉**	**歪**
Souj	gaq	duh	laj	fai
θiːu^{3}	ka^{5}	tu^{6}	la^{3}	vaːi^{1}
守	**孤**	**独**	**下**	**水坝**

孤身住坝下。

3-259

空	**知**	**剪**	**花**	**鞋**
Ndwi	rox	raed	va	haiz
duːi^{1}	ɹo^{4}	ɹat^{8}	va^{1}	haːi^{2}
不	**知**	**剪**	**花**	**鞋**

不会做花鞋，

3-260

很	**开**	**摆**	**怛**	**补**
Hwnj	gai	baij	dan	bouq
hɯn^{3}	kaːi^{1}	paːi^{3}	taːn^{1}	pu^{5}
上	**街**	**摆**	**摊**	**铺**

上街做生意。

男唱

3-261

写	**南**	**来**	**了**	**友**
Ce	nanz	lai	liux	youx
çe^{1}	naːn^{2}	laːi^{1}	liːu^{4}	ju^{4}
留	**久**	**多**	**啰**	**友**

久违了我友，

3-262

小	**卡**	**豆**	**拉**	**歪**
Souj	gaq	duh	laj	fai
θiːu^{3}	ka^{5}	tu^{6}	la^{3}	vaːi^{1}
守	**孤**	**独**	**下**	**水坝**

孤身住坝下。

3-263

知	**裁**	**是**	**帮**	**裁**
Rox	caiz	cix	bangh	caiz
ɹo^{4}	çaːi^{2}	çi^{4}	paːŋ^{1}	çaːi^{2}
知	**裁**	**就**	**帮**	**裁**

会裁就帮裁，

3-264

讲	**来**	**古**	**而**	**样**
Gangj	lai	guh	lawz	yiengh
kaːŋ^{3}	laːi^{1}	ku^{4}	laɯ^{2}	jɯːŋ^{6}
讲	**多**	**做**	**哪**	**样**

多说也无用。

女唱

3-265

写 南 来 了 友

Ce nanz lai liux youx

çe^{1} na:n^{2} la:i^{1} li:u^{4} ju^{4}

留 久 多 啰 友

久违了我友，

3-266

小 卡 豆 拉 歪

Souj gaq duh laj fai

θi:u^{3} ka^{5} tu^{6} la^{3} va:i^{1}

守 孤 独 下 水坝

孤身住坝下。

3-267

空 知 六 知 才

Ndwi rox loek rox sai

du:i^{1} ɹo^{4} lok^{7} ɹo^{4} θa:i^{1}

不 知 线轴 知 带

不识线和带，

3-268

空 知 裁 了 备

Ndwi rox caiz liux beix

du:i^{1} ɹo^{4} ça:i^{2} li:u^{4} pi^{4}

不 知 裁 啰 兄

不会做花鞋。

男唱

3-269

写 南 来 了 友

Ce nanz lai liux youx

çe^{1} na:n^{2} la:i^{1} li:u^{4} ju^{4}

留 久 多 啰 友

久违了我友，

3-270

小 卡 豆 拉 歪

Souj gaq duh laj fai

θi:u^{3} ka^{5} tu^{6} la^{3} va:i^{1}

守 孤 独 下 水坝

孤身住坝下。

3-271

农 你 空 知 裁

Nuengx mwngz ndwi rox caiz

nu:ŋ^{4} mɯŋ^{2} du:i^{1} ɹo^{4} ça:i^{2}

妹 你 不 知 裁

妹你不会裁，

3-272

貝 河 裁 要 样

Bae haw caiz aeu yiengh

pai^{1} həɯ^{1} ça:i^{2} au^{1} jɯ:ŋ^{6}

去 圩 裁 要 样

上街取鞋样。

女唱

3-273

写	**南**	**来**	**了**	**友**
Ce	nanz	lai	liux	youx
çe^{1}	na:n^{2}	la:i^{1}	li:u^{4}	ju^{4}
留	久	多	啰	友

久违了我友，

3-274

小	**卡**	**豆**	**拉**	**歪**
Souj	gaq	duh	laj	fai
θi:u^{3}	ka^{5}	tu^{6}	la^{3}	va:i^{1}
守	孤	独	下	水坝

孤身住坝下。

3-275

想	**牙**	**贝**	**河**	**裁**
Siengj	yaek	bae	haw	caiz
θi:ŋ^{3}	jak^{7}	pai^{1}	həɯ^{1}	ça:i^{2}
想	要	去	圩	裁

想去街上裁，

3-276

空	**米**	**鞋**	**采**	**罗**
Ndwi	miz	haiz	byaij	loh
du:i^{1}	mi^{2}	ha:i^{2}	pja:i^{3}	lo^{6}
不	有	鞋	走	路

无鞋不能走。

男唱

3-277

写	**南**	**来**	**了**	**友**
Ce	nanz	lai	liux	youx
çe^{1}	na:n^{2}	la:i^{1}	li:u^{4}	ju^{4}
留	久	多	啰	友

久违了我友，

3-278

小	**卡**	**豆**	**拉**	**歪**
Souj	gaq	duh	laj	fai
θi:u^{3}	ka^{5}	tu^{6}	la^{3}	va:i^{1}
守	孤	独	下	水坝

孤身住坝下。

3-279

农	**你**	**帮**	**土**	**裁**
Nuengx	mwngz	bangh	dou	caiz
nu:ŋ^{4}	mɯŋ^{2}	pa:ŋ^{1}	tu^{1}	ça:i^{2}
妹	你	帮	我	裁

你来帮我裁，

3-280

要	**几**	**来**	**钱**	**可**
Aeu	gij	lai	cienz	goq
au^{1}	ki^{3}	la:i^{1}	çi:n^{2}	ko^{5}
要	几	多	钱	雇

收多少工钱？

女唱

3-281

写	南	来	了	友
Ce	nanz	lai	liux	youx
ɕe¹	na:n²	la:i¹	li:u⁴	ju⁴
留	久	多	啰	友

久违了我友，

3-282

小	卡	豆	拉	歪
Souj	gaq	duh	laj	fai
θi:u³	ka⁵	tu⁶	la³	va:i¹
守	孤	独	下	水坝

孤身住坝下。

3-283

告	内	帮	你	裁
Gau	neix	bangh	mwngz	caiz
ka:u¹	ni⁴	pa:ŋ¹	mɯŋ²	ɕa:i²
次	这	帮	你	裁

这次白帮你，

3-284

告	浪	洋	要	可
Gau	laeng	yaeng	aeu	goq
ka:u¹	laŋ¹	ja:ŋ¹	au¹	ko⁵
次	后	再	要	雇

下次再要钱。

男唱

3-285

写	南	来	了	友
Ce	nanz	lai	liux	youx
ɕe¹	na:n²	la:i¹	li:u⁴	ju⁴
留	久	多	啰	友

久违了我友，

3-286

小	卡	豆	拉	歪
Souj	gaq	duh	laj	fai
θi:u³	ka⁵	tu⁶	la³	va:i¹
守	孤	独	下	水坝

孤身住坝下。

3-287

刀	米	力	能	来
Dauq	miz	rengz	nyaenx	lai
ta:u⁵	mi²	ɹe:ŋ²	ɲan⁴	la:i¹
倒	有	力	那么	多

有那么多力，

3-288

裁	布	不	要	可
Caiz	baengz	mbouj	aeu	goq
ɕa:i²	paŋ²	bou⁵	au¹	ko⁵
裁	布	不	要	雇

裁布不收钱。

女唱

3-289

写	**南**	**来**	**了**	**友**
Ce	nanz	lai	liux	youx
çe^{1}	na:n^{2}	la:i^{1}	li:u^{4}	ju^{4}
留	久	多	啰	友

久违了我友，

3-290

小	**卡**	**豆**	**拉**	**歪**
Souj	gaq	duh	laj	fai
θi:u^{3}	ka^{5}	tu^{6}	la^{3}	va:i^{1}
守	孤	独	下	水坝

孤身住坝下。

3-291

小	**面**	**才**	**很**	**开**
Siuj	mienh	nda	hwnj	gai
θi:u^{3}	me:n^{6}	da^{1}	hɯn^{3}	ka:i^{1}
小	面	刚	上	街

小妹刚上街，

3-292

帮	**裁**	**空**	**可**	**得**
Bangh	caiz	ndwi	goj	ndaej
pa:ŋ^{1}	ça:i^{2}	du:i^{1}	ko^{5}	dai^{3}
帮	裁	不	可	得

免费帮你裁。

男唱

3-293

写	**南**	**来**	**了**	**友**
Ce	nanz	lai	liux	youx
çe^{1}	na:n^{2}	la:i^{1}	li:u^{4}	ju^{4}
留	久	多	啰	友

久违了我友，

3-294

小	**卡**	**豆**	**拉**	**歪**
Souj	gaq	duh	laj	fai
θi:u^{3}	ka^{5}	tu^{6}	la^{3}	va:i^{1}
守	孤	独	下	水坝

孤身住坝下。

3-295

你	**农**	**帮**	**土**	**裁**
Mwngz	nuengx	bangh	dou	caiz
mɯŋ^{2}	nu:ŋ^{4}	pa:ŋ^{1}	tu^{1}	ça:i^{2}
你	妹	帮	我	裁

小妹帮我裁，

3-296

几	**来**	**是**	**办**	**对**
Gij	lai	cix	baenz	doiq
ki^{3}	la:i^{1}	çi^{4}	pan^{2}	to:i^{5}
几	多	就	成	对

多少钱一套？

女唱

3-297

写	南	来	了	友
Ce	nanz	lai	liux	youx
çe^{1}	naːn^{2}	laːi^{1}	liːu^{4}	ju^{4}
留	久	多	啰	友

久违了我友，

3-298

小	卡	豆	拉	歪
Souj	gaq	duh	laj	fai
θiːu^{3}	ka^{5}	tu^{6}	la^{3}	vaːi^{1}
守	孤	独	下	水坝

孤身住坝下。

3-299

问	长	六	长	裁
Cam	cangh	loek	cangh	caiz
çaːm^{1}	çaːŋ^{6}	lok^{7}	çaːŋ^{6}	çaːi^{2}
问	匠	线轴	匠	裁

问裁缝师傅，

3-300

几	来	它	牙	知
Gij	lai	de	yax	rox
ki^{3}	laːi^{1}	te^{1}	ja^{5}	ɹo^{4}
几	多	他	也	知

多少他知道。

男唱

3-301

写	南	来	了	友
Ce	nanz	lai	liux	youx
çe^{1}	naːn^{2}	laːi^{1}	liːu^{4}	ju^{4}
留	久	多	啰	友

久违了我友，

3-302

小	卡	豆	拉	歪
Souj	gaq	duh	laj	fai
θiːu^{3}	ka^{5}	tu^{6}	la^{3}	vaːi^{1}
守	孤	独	下	水坝

孤身住坝下。

3-303

乜	农	真	长	裁
Meh	nuengx	caen	cangh	caiz
me^{6}	nuːŋ^{4}	çin^{1}	çaːŋ^{6}	çaːi^{2}
母	妹	真	匠	裁

你母是裁缝，

3-304

么	刀	问	勒	伕
Maz	dauq	cam	lwg	fwx
ma^{2}	taːu^{5}	çaːm^{1}	lɯk^{8}	fə^{4}
何	倒	问	子	别人

何必请教人。

女唱

3-305

写	**南**	**来**	**了**	**友**
Ce	nanz	lai	liux	youx
çe^{1}	na:n^{2}	la:i^{1}	li:u^{4}	ju^{4}
留	久	多	啰	友

久违了我友，

3-306

小	**卡**	**豆**	**拉**	**歪**
Souj	gaq	duh	laj	fai
θi:u^{3}	ka^{5}	tu^{6}	la^{3}	va:i^{1}
守	孤	独	下	水坝

孤身住坝下。

3-307

长	**裁**	**刀**	**长**	**裁**
Cangh	caiz	dauq	cangh	caiz
ça:ŋ^{6}	ça:i^{2}	ta:u^{5}	ça:ŋ^{6}	ça:i^{2}
匠	裁	倒	匠	裁

裁缝是裁缝，

3-308

爱	**问**	**龙**	**要**	**样**
Ngaiq	cam	lungz	aeu	yiengh
ŋa:i^{5}	ça:m^{1}	luŋ^{2}	au^{1}	jɯ:ŋ^{6}
爱	问	龙	要	样

问兄要裁样。

男唱

3-309

写	**南**	**来**	**了**	**友**
Ce	nanz	lai	liux	youx
çe^{1}	na:n^{2}	la:i^{1}	li:u^{4}	ju^{4}
留	久	多	啰	友

久违了我友，

3-310

小	**卡**	**豆**	**拉**	**歪**
Souj	gaq	duh	laj	fai
θi:u^{3}	ka^{5}	tu^{6}	la^{3}	va:i^{1}
守	孤	独	下	水坝

孤身住坝下。

3-311

传	**书**	**记**	**更**	**开**
Cuenh	cih	geiq	gwnz	gai
çu:n^{6}	çi^{6}	ki^{5}	kɯn^{2}	ka:i^{1}
传	书	寄	上	街

资料在街上，

3-312

长	**刘**	**裁**	**布**	**对**
Ciengz	liuz	caiz	buh	doiq
çi:ŋ^{2}	li:u^{2}	ça:i^{2}	pu^{6}	to:i^{5}
常	常	裁	衣服	对

经常裁套服。

女唱

3-313

写	**南**	**来**	**了**	**友**
Ce	nanz	lai	liux	youx
çe^{1}	na:n^{2}	la:i^{1}	li:u^{4}	ju^{4}
留	久	多	啰	友

久违了我友，

3-314

小	**卡**	**豆**	**拉**	**歪**
Souj	gaq	duh	laj	fai
θi:u^{3}	ka^{5}	tu^{6}	la^{3}	va:i^{1}
守	孤	独	下	水坝

孤身住坝下。

3-315

告	**内**	**帮**	**你**	**裁**
Gau	neix	bangh	mwngz	caiz
ka:u^{1}	ni^{4}	pa:ŋ^{1}	mɯŋ^{2}	ça:i^{2}
次	这	帮	你	裁

这次帮你裁，

3-316

给	**包**	**乖**	**要**	**样**
Hawj	mbauq	gvai	aeu	yiengh
həɯ^{3}	ba:u^{5}	kwa:i^{1}	au^{1}	juːŋ^{6}
给	小伙	乖	要	样

给你学式样。

男唱

3-317

写	**南**	**来**	**了**	**友**
Ce	nanz	lai	liux	youx
çe^{1}	na:n^{2}	la:i^{1}	li:u^{4}	ju^{4}
留	久	多	啰	友

久违了我友，

3-318

小	**卡**	**豆**	**拉**	**歪**
Souj	gaq	duh	laj	fai
θi:u^{3}	ka^{5}	tu^{6}	la^{3}	va:i^{1}
守	孤	独	下	水坝

孤身住坝下。

3-319

特	**绸**	**团**	**马**	**排**
Dawz	couz	duenh	ma	baiz
təɯ^{2}	çu^{2}	tu:n^{6}	ma^{1}	pa:i^{2}
拿	绸	缎	来	排

把绸缎摊开，

3-320

裁	**拜**	**而**	**斗**	**观**
Caiz	baih	lawz	daeuj	gonq
ça:i^{2}	pa:i^{6}	laɯ^{2}	tau^{3}	ko:n^{5}
裁	边	哪	来	先

从哪头剪起？

女唱

3-321

写	**南**	**来**	**了**	**友**
Ce	nanz	lai	liux	youx
çe^{1}	na:n^{2}	la:i^{1}	li:u^{4}	ju^{4}
留	久	多	啰	友

久违了我友，

3-322

小	**卡**	**豆**	**拉**	**架**
Souj	gaq	duh	laj	gyaz
θi:u^{3}	ka^{5}	tu^{6}	la^{3}	kja^{2}
守	孤	独	下	草丛

孤身草丛中。

3-323

平	**拜**	**左**	**拜**	**右**
Bingz	baih	swix	baih	gvaz
piŋ^{2}	pa:i^{6}	θɯ:i^{4}	pa:i^{6}	kwa^{2}
凭	边	左	边	右

任左边右边，

3-324

裁	**拜**	**而**	**土**	**得**
Caiz	baih	lawz	doq	ndaej
ça:i^{2}	pa:i^{6}	laɯ^{2}	to^{5}	dai^{3}
裁	边	哪	都	得

剪哪边都行。

男唱

3-325

写	**南**	**来**	**了**	**友**
Ce	nanz	lai	liux	youx
çe^{1}	na:n^{2}	la:i^{1}	li:u^{4}	ju^{4}
留	久	多	啰	友

久违了我友，

3-326

小	**卡**	**豆**	**拉**	**架**
Souj	gaq	duh	laj	gyaz
θi:u^{3}	ka^{5}	tu^{6}	la^{3}	kja^{2}
守	孤	独	下	草丛

孤身草丛中。

3-327

农	**刀**	**裁**	**拜**	**右**
Nuengx	dauq	caiz	baih	gvaz
nu:ŋ^{4}	ta:u^{5}	ça:i^{2}	pa:i^{6}	kwa^{2}
妹	倒	裁	边	右

妹先剪右边，

3-328

可	**老**	**不**	**对**	**处**
Goq	lau	mbouj	doiq	cih
ko^{5}	la:u^{1}	bou^{5}	to:i^{5}	çi^{6}
也	怕	不	对	处

只怕不对头。

女唱

3-329

写	**南**	**来**	**了**	**友**
Ce	nanz	lai	liux	youx
çe^{1}	na:n^{2}	la:i^{1}	li:u^{4}	ju^{4}
留	久	多	啰	友

久违了我友，

3-330

小	**卡**	**豆**	**拉**	**架**
Souj	gaq	duh	laj	gyaz
θi:u^{3}	ka^{5}	tu^{6}	la^{3}	kja^{2}
守	孤	独	下	草丛

孤身草丛中。

3-331

手	**左**	**是**	**裁**	**花**
Fwngz	swix	cix	caiz	va
fɯŋ^{2}	θɯ:i^{4}	çi^{4}	ca:i^{2}	va^{1}
手	左	就	裁	花

左手专剪花，

3-332

手	**右**	**是**	**裁**	**布**
Fwngz	gvaz	cix	caiz	buh
fɯŋ^{2}	kwa^{2}	çi^{4}	ça:i^{2}	pu^{6}
手	右	是	裁	衣服

右手裁衣服。

男唱

3-333

写	**南**	**来**	**了**	**友**
Ce	nanz	lai	liux	youx
çe^{1}	na:n^{2}	la:i^{1}	li:u^{4}	ju^{4}
留	久	多	啰	友

久违了我友，

3-334

小	**卡**	**豆**	**拉**	**架**
Souj	gaq	duh	laj	gyaz
θi:u^{3}	ka^{5}	tu^{6}	la^{3}	kja^{2}
守	孤	独	下	草丛

孤身草丛中。

3-335

要	**手**	**左**	**裁**	**花**
Aeu	fwngz	swix	caiz	va
au^{1}	fɯŋ^{2}	θɯ:i^{4}	ça:i^{2}	va^{1}
要	手	左	裁	花

用左手剪花，

3-336

老	**应**	**当**	**不**	**合**
Lau	wng	dang	mbouj	hob
la:u^{1}	iŋ^{1}	ta:ŋ^{1}	bou^{5}	ho:p^{8}
怕	应	当	不	合

怕不合常理。

女唱

3-337

写	**南**	**来**	**了**	**友**
Ce	nanz	lai	liux	youx
çe^{1}	na:n^{2}	la:i^{1}	li:u^{4}	ju^{4}
留	久	多	啰	友

久违了我友，

3-338

小	**卡**	**豆**	**拉**	**歪**
Souj	gaq	duh	laj	fai
θi:u^{3}	ka^{5}	tu^{6}	la^{3}	va:i^{1}
守	孤	独	下	水坝

孤身在坝下。

3-339

手	**左**	**写**	**土**	**裁**
Fwngz	swix	ce	dou	caiz
fɯŋ^{2}	θɯ:i^{4}	çe^{1}	tu^{1}	ça:i^{2}
手	左	留	我	裁

让我左手剪，

3-340

龙	**贝**	**开**	**而**	**在**
Lungz	bae	gai	lawz	ywq
luŋ^{2}	pai^{1}	ka:i^{1}	laɯ^{2}	jɯ^{5}
龙	去	街	哪	住

兄去哪街住？

男唱

3-341

写	**南**	**来**	**了**	**友**
Ce	nanz	lai	liux	youx
çe^{1}	na:n^{2}	la:i^{1}	li:u^{4}	ju^{4}
留	久	多	啰	友

久违了我友，

3-342

小	**卡**	**豆**	**拉**	**歪**
Souj	gaq	duh	laj	fai
θi:u^{3}	ka^{5}	tu^{6}	la^{3}	va:i^{1}
守	孤	独	下	水坝

孤身在坝下。

3-343

手	**左**	**写**	**你**	**裁**
Fwngz	swix	ce	mwngz	caiz
fɯŋ^{2}	θɯ:i^{4}	çe^{1}	mɯŋ^{2}	ça:i^{2}
手	左	留	你	裁

让你左手剪，

3-344

当	**开**	**偻**	**当**	**很**
Dangq	gai	raeuz	dangq	hwnj
ta:ŋ^{5}	ka:i^{1}	ɹau^{2}	ta:ŋ^{5}	hɯn^{3}
另	街	我们	另	上

各上各的街。

男唱

3-345
写 南 来 了 友
Ce nanz lai liux youx
ɕe^{1} na:n^{2} la:i^{1} li:u^{4} ju^{4}
留 久 多 啰 友
久违了我友，

3-346
小 卡 豆 支 支
Souj gaq duh ngeiq sei
θi:u^{3} ka^{5} tu^{6} ȵi^{5} θi^{1}
守 孤 独 枝 吊丝竹
孤身竹林下。

3-347
帮 土 裁 对 衣
Bangh dou caiz doiq ei
pa:ŋ^{1} tu^{1} ɕa:i^{2} to:i^{5} i^{1}
帮 我 裁 对 纸衣
帮我裁纸衣，

3-348
开 支 贵 你 知
Gaej sei gwiz mwngz rox
ka:i^{5} θi^{1} kɯi^{2} mɯŋ^{2} ɹo^{4}
别 私 丈夫 你 知
莫让他人知。

女唱

3-349
写 南 来 了 友
Ce nanz lai liux youx
ɕe^{1} na:n^{2} la:i^{1} li:u^{4} ju^{4}
留 久 多 啰 友
久违了我友，

3-350
小 卡 豆 拉 歪
Souj gaq duh laj fai
θi:u^{3} ka^{5} tu^{6} la^{3} va:i^{1}
守 孤 独 下 水坝
孤身坝子下。

3-351
尝 米 卜 而 代
Caengz miz boux lawz dai
ɕaŋ^{2} mi^{2} pu^{4} laɯ^{2} ta:i^{1}
未 有 人 哪 死
没有人辞世，

3-352
裁 衣 古 而 样
Caiz ei guh lawz yiengh
ɕa:i^{2} i^{1} ku^{4} laɯ^{2} jɯ:ŋ^{6}
裁 纸衣 做 哪 样
裁纸衣何用？

男唱

3-353
写 南 来 了 友
Ce nanz lai liux youx
çe[1] na:n[2] la:i[1] li:u[4] ju[4]
留 久 多 啰 友
久违了我友，

3-354
小 卡 豆 拉 歪
Souj gaq duh laj fai
θi:u[3] ka[5] tu[6] la[3] va:i[1]
守 孤 独 下 水坝
孤身坝子下。

3-355
义 贵 口 你 代
Ngeix gwiz gaeuq mwngz dai
ȵi[4] kui[2] kau[5] muŋ[2] ta:i[1]
想 丈夫 旧 你 死
若你前夫死，

3-356
裁 对 衣 貝 送
Caiz doiq ei bae soengq
ça:i[2] to:i[5] i[1] pai[1] θoŋ[5]
裁 对 纸衣 去 送
裁纸衣祭送。

女唱

3-357
写 南 来 了 友
Ce nanz lai liux youx
çe[1] na:n[2] la:i[1] li:u[4] ju[4]
留 久 多 啰 友
久违了我友，

3-358
小 卡 豆 拉 歪
Souj gaq duh laj fai
θi:u[3] ka[5] tu[6] la[3] va:i[1]
守 孤 独 下 水坝
孤身坝子下。

3-359
刀 米 良 能 来
Dauq miz liengh nyaenx lai
ta:u[5] mi[2] le:ŋ[6] ȵan[4] la:i[1]
倒 有 量 那么 多
肚量那么大，

3-360
裁 衣 送 贵 伕
Caiz ei soengq gwiz fwx
ça:i[2] i[1] θoŋ[5] kui[2] fə[4]
裁 纸衣 送 丈夫 别人
给人送纸衣。

男唱

3-361

写	**南**	**来**	**了**	**友**
Ce	nanz	lai	liux	youx
çe^{1}	na:n^{2}	la:i^{1}	li:u^{4}	ju^{4}
留	久	多	啰	友

久违了我友，

3-362

小	**卡**	**豆**	**拉**	**歪**
Souj	gaq	duh	laj	fai
θi:u^{3}	ka^{5}	tu^{6}	la^{3}	va:i^{1}
守	孤	独	下	水坝

孤身坝子下。

3-363

土	**是**	**想**	**不**	**裁**
Dou	cix	siengj	mbouj	caiz
tu^{1}	çi^{4}	θi:ŋ^{3}	bou^{5}	ça:i^{2}
我	是	想	不	裁

我本不想裁，

3-364

秀	**英**	**台**	**同**	**元**
Ciuh	yingh	daiz	doengz	yuenz
çi:u^{6}	iŋ^{1}	ta:i^{2}	toŋ^{2}	ju:n^{2}
世	英	台	同	缘

前世曾有缘。

女唱

3-365

写	**南**	**来**	**了**	**友**
Ce	nanz	lai	liux	youx
çe^{1}	na:n^{2}	la:i^{1}	li:u^{4}	ju^{4}
留	久	多	啰	友

久违了我友，

3-366

小	**卡**	**豆**	**拉**	**歪**
Souj	gaq	duh	laj	fai
θi:u^{3}	ka^{5}	tu^{6}	la^{3}	va:i^{1}
守	孤	独	下	水坝

孤身坝子下。

3-367

伕	**裁**	**布**	**文**	**代**
Fwx	caiz	buh	vunz	dai
fu^{4}	ça:i^{2}	pu^{6}	vun^{2}	ta:i^{1}
别人	裁	衣服	人	死

人裁死人衣，

3-368

龙	**裁**	**衣**	**文**	**利**
Lungz	caiz	ei	vunz	lix
luŋ^{2}	ça:i^{2}	i^{1}	vun^{2}	li^{4}
龙	裁	纸衣	人	活

兄为活人裁。

男唱

3-369

写	南	来	了	友
Ce	nanz	lai	liux	youx
çe^{1}	na:n^{2}	la:i^{1}	li:u^{4}	ju^{4}
留	久	多	啰	友

久违了我友，

3-370

小	卡	豆	拉	歪
Souj	gaq	duh	laj	fai
θi:u^{3}	ka^{5}	tu^{6}	la^{3}	va:i^{1}
守	孤	独	下	水坝

孤身坝子下。

3-371

卜	利	土	牙	裁
Boux	lix	dou	yax	caiz
pu^{4}	li^{4}	tu^{1}	ja^{5}	ça:i^{2}
个	活	我	也	裁

活人我也裁，

3-372

卜	代	土	牙	剪
Boux	dai	dou	yax	raed
pu^{4}	ta:i^{1}	tu^{1}	ja^{5}	ɹat^{8}
个	死	我	也	剪

死人我也剪。

女唱

3-373

写	南	来	了	友
Ce	nanz	lai	liux	youx
çe^{1}	na:n^{2}	la:i^{1}	li:u^{4}	ju^{4}
留	久	多	啰	友

久违了我友，

3-374

小	卡	豆	义	支
Souj	gaq	duh	ngeiq	sei
θi:u^{3}	ka^{5}	tu^{6}	ȵi^{5}	θi^{1}
守	孤	独	枝	吊丝竹

孤身竹林下。

3-375

义	你	备	裁	衣
Nyi	mwngz	beix	caiz	ei
ȵi^{1}	mɯŋ^{2}	pi^{4}	ça:i^{2}	i^{1}
听	你	兄	裁	纸衣

兄裁死人衣，

3-376

老	牙	立	后	生
Lau	yaek	liz	haux	seng
la:u^{1}	jak^{7}	li^{2}	hou^{4}	θe:ŋ^{1}
怕	要	离	后	生

怕要离人世。

男唱

3-377

写	南	来	了	友
Ce	nanz	lai	liux	youx
çe^{1}	na:n^{2}	la:i^{1}	li:u^{4}	ju^{4}
留	久	多	啰	友

久违了我友，

3-378

小	卡	豆	义	支
Souj	gaq	duh	ngeiq	sei
θi:u^{3}	ka^{5}	tu^{6}	ȵi^{5}	θi^{1}
守	孤	独	枝	吊丝竹

孤身竹林下。

3-379

备	才	红	裁	衣
Beix	nda	hoengq	caiz	ei
pi^{4}	da^{1}	hoŋ^{6}	ça:i^{2}	i^{1}
兄	刚	空	裁	纸衣

兄才爱裁衣，

3-380

讲	立	貝	么	农
Gangj	liz	bae	maq	nuengx
ka:ŋ^{3}	li^{2}	pai^{1}	ma^{5}	nu:ŋ^{4}
讲	离	去	嘛	妹

讲什么辞世。

女唱

3-381

写	南	来	了	友
Ce	nanz	lai	liux	youx
çe^{1}	na:n^{2}	la:i^{1}	li:u^{4}	ju^{4}
留	久	多	啰	友

久违了我友，

3-382

小	卡	豆	更	桥
Souj	gaq	duh	gwnz	giuz
θi:u^{3}	ka^{5}	tu^{6}	kɯn^{2}	ki:u^{2}
守	孤	独	上	桥

孤身在桥上。

3-383

衣	甲①	问	布	绿
Ei	gyaz	cam	baengz	heu
i^{1}	kja^{2}	ça:m^{1}	paŋ^{2}	he:u^{1}
纸衣	甲	问	布	青

纸衣问青衣，

3-384

条	而	来	广	合
Diuz	lawz	lai	gvangh	hoz
ti:u^{2}	lauɯ^{2}	la:i^{1}	kwa:ŋ^{6}	ho^{2}
条	哪	多	合	脖

哪条最中意？

① 衣甲［i^{1} kja^{2}］：纸衣。都安当地人把烧给逝者的纸衣叫作“衣甲”。

男唱

3-385

写	**南**	**来**	**了**	**友**
Ce	nanz	lai	liux	youx
çe^{1}	na:n^{2}	la:i^{1}	li:u^{4}	ju^{4}
留	久	多	啰	友

久违了我友，

3-386

小	**卡**	**豆**	**更**	**桥**
Souj	gaq	duh	gwnz	giuz
θi:u^{3}	ka^{5}	tu^{6}	kɯn^{2}	ki:u^{2}
守	孤	独	上	桥

孤身在桥上。

3-387

衣	**甲**	**问**	**布**	**绿**
Ei	gyaz	cam	baengz	heu
i^{1}	kja^{2}	ɕa:m^{1}	paŋ^{2}	he:u^{1}
纸衣	甲	问	布	青

纸衣应青衣，

3-388

条	**条**	**可**	**一**	**样**
Diuz	diuz	goj	it	yiengh
ti:u^{2}	ti:u^{2}	ko^{5}	it^{7}	jɯ:ŋ^{6}
条	条	可	一	样

条条都一样。

女唱

3-389

写	**南**	**来**	**了**	**友**
Ce	nanz	lai	liux	youx
çe^{1}	na:n^{2}	la:i^{1}	li:u^{4}	ju^{4}
留	久	多	啰	友

久违了我友，

3-390

小	**卡**	**豆**	**更**	**桥**
Souj	gaq	duh	gwnz	giuz
θi:u^{3}	ka^{5}	tu^{6}	kɯn^{2}	ki:u^{2}
守	孤	独	上	桥

孤身在桥上。

3-391

衣	**甲**	**问**	**布**	**绿**
Ei	gyaz	cam	baengz	heu
i^{1}	kja^{2}	ɕa:m^{1}	paŋ^{2}	he:u^{1}
纸衣	甲	问	衣	青

纸衣问青衣，

3-392

条	**而**	**送**	**后**	**生**
Diuz	lawz	soengq	haux	seng
ti:u^{2}	law^{2}	θoŋ^{5}	hou^{4}	θe:ŋ^{1}
条	哪	送	后	生

哪条送后生？

男唱

3-393

写	南	来	了	友
Ce	nanz	lai	liux	youx
çe^{1}	naːn^{2}	laːi^{1}	liːu^{4}	ju^{4}
留	久	多	啰	友

久违了我友，

3-394

小	卡	豆	更	桥
Souj	gaq	duh	gwnz	kiuz
θiːu^{3}	ka^{5}	tu^{6}	kɯn^{2}	kiːu^{2}
守	孤	独	上	桥

孤身在桥上。

3-395

衣	甲	问	布	绿
Ei	gyaz	cam	baengz	heu
i^{1}	kja^{2}	çaːm^{1}	paŋ^{2}	heːu^{1}
纸衣	甲	问	布	青

纸衣应青衣，

3-396

条	而	送	土	得
Diuz	lawz	soengq	dog	ndaej
tiːu^{2}	laɯ^{2}	θoŋ^{5}	to^{5}	dai^{3}
条	哪	送	都	得

哪条送都得。

女唱

3-397

写	南	来	了	友
Ce	nanz	lai	liux	youx
çe^{1}	naːn^{2}	laːi^{1}	liːu^{4}	ju^{4}
留	久	多	啰	友

久违了我友，

3-398

小	卡	豆	更	桥
Souj	gaq	duh	gwnz	giuz
θiːu^{3}	ka^{5}	tu^{6}	kɯn^{2}	kiːu^{2}
守	孤	独	上	桥

孤身在桥上。

3-399

衣	甲	问	布	绿
Ei	gyaz	cam	baengz	heu
i^{1}	kja^{2}	çaːm^{1}	paŋ^{2}	heːu^{1}
纸衣	甲	问	布	青

纸衣问青衣，

3-400

条	而	布	良	立
Diuz	lawz	baengz	lingz	leih
tiːu^{2}	laɯ^{2}	paŋ^{2}	leːŋ^{6}	lei^{6}
条	哪	布	伶	俐

哪条最靓丽？

男唱

3–401

写	**南**	**来**	**了**	**友**
Ce	nanz	lai	liux	youx
çe^{1}	naːn^{2}	laːi^{1}	liːu^{4}	ju^{4}
留	**久**	**多**	**啰**	**友**

久违了我友，

3–402

小	**卡**	**豆**	**更**	**桥**
Souj	gaq	duh	gwnz	giuz
θiːu^{3}	ka^{5}	tu^{6}	kɯn^{2}	kiːu^{2}
守	**孤**	**独**	**上**	**桥**

孤身在桥上。

3–403

布	**兵**	**可**	**来**	**绿**
Baengz	bit	goj	lai	heu
paŋ^{2}	pik^{7}	ko^{5}	laːi^{1}	heːu^{1}
布	**匹**	**可**	**多**	**青**

布匹最合意，

3–404

布	**条**	**可**	**来**	**满**
Baengz	diuz	goj	lai	muenx
paŋ^{2}	tiːu^{2}	ko^{5}	laːi^{1}	moːn^{6}
布	**条**	**可**	**多**	**满意**

布条最满足。

女唱

3–405

写	**南**	**来**	**了**	**友**
Ce	nanz	lai	liux	youx
çe^{1}	naːn^{2}	laːi^{1}	liːu^{4}	ju^{4}
留	**久**	**多**	**啰**	**友**

久违了我友，

3–406

小	**卡**	**豆**	**门**	**全**
Souj	gaq	duh	monz	cenz
θiːu^{3}	ka^{5}	tu^{6}	mɯn^{2}	çiːn^{2}
守	**孤**	**独**	**门**	**前**

只身在家门。

3–407

九	**经**	**开**	**么**	**年**
Gouj	gingh	gij	maz	nienz
kjau^{3}	kiŋ^{5}	kaːi^{2}	ma^{2}	niːn^{2}
九	**京**	**什**	**么**	**年**

今夕是何年，

3–408

邦	**小**	**仙**	**当**	**内**
Baengz	siuh	sien	daengz	neix
paŋ^{2}	θiːu^{3}	θiːn^{1}	taŋ^{2}	ni^{4}
朋	**修**	**仙**	**到**	**这**

友修仙至今。

男唱

3-409

写	南	来	了	友
Ce	nanz	lai	liux	youx
çe¹	na:n²	la:i¹	li:u⁴	ju⁴
留	久	多	啰	友

久违了我友，

3-410

小	卡	豆	门	全
Souj	gaq	duh	monz	cenz
θi:u³	ka⁵	tu⁶	mɯn²	çi:n²
守	孤	独	门	前

孤身在家门。

3-411

芬	是	利	吃	烗
Fwd	cix	lij	gwn	ien
fɯt⁸	çi⁴	li⁴	kɯn¹	i:n¹
人	是	还	吃	烟

人家抽香烟，

3-412

偻	小	仙	不	爱
Raeuz	siuh	sien	mbouj	ngaih
ɹau²	θi:u³	θi:n¹	bou⁵	ŋa:i⁶
我	修	仙	不	妨碍

我修仙无碍。

女唱

3-413

写	南	来	了	友
Ce	nanz	lai	liux	youx
çe¹	na:n²	la:i¹	li:u⁴	ju⁴
留	久	多	啰	友

久违了我友，

3-414

小	卡	豆	门	全
Souj	gaq	duh	monz	cenz
θi:u³	ka⁵	tu⁶	mɯn²	çi:n²
守	孤	独	门	前

孤身在门前。

3-415

观	几	阝	小	仙
Gonq	geij	boux	siuh	sien
ko:n⁵	ki³	pu⁴	θi:u³	θi:n¹
先	几	个	修	仙

曾有人修仙，

3-416

浪	空	办	么	古
Laeng	ndwi	baenz	maz	guh
laŋ¹	du:i¹	pan²	ma²	ku⁴
后	不	成	什么	做

后一事无成。

男唱

3-417

写	**南**	**来**	**了**	**友**
Ce	nanz	lai	liux	youx
ɕe^{1}	naːn^{2}	laːi^{1}	liːu^{4}	ju^{4}
留	久	多	啰	友

久违了我友，

3-418

小	**卡**	**豆**	**门**	**全**
Souj	gaq	duh	monz	cenz
θiːu^{3}	ka^{5}	tu^{6}	mɯn^{2}	ɕiːn^{2}
守	孤	独	门	前

孤身在门前。

3-419

观	**几**	**卩**	**小**	**仙**
Gonq	geij	boux	siuh	sien
koːn^{5}	ki^{3}	pu^{4}	θiːu^{3}	θiːn^{1}
先	几	个	修	仙

曾有人修仙，

3-420

浪	**得**	**更**	**天**	**下**
Laeng	ndaej	gaem	denh	ya
laŋ^{1}	dai^{3}	kan^{1}	tiːn^{1}	ja^{6}
后	得	握	天	下

后夺得天下。

女唱

3-421

写	**南**	**来**	**了**	**友**
Ce	nanz	lai	liux	youx
ɕe^{1}	naːn^{2}	laːi^{1}	liːu^{4}	ju^{4}
留	久	多	啰	友

久违了我友，

3-422

小	**卡**	**豆**	**门**	**全**
Souj	gaq	duh	monz	cenz
θiːu^{3}	ka^{5}	tu^{6}	mɯn^{2}	ɕiːn^{2}
守	孤	独	门	前

孤身在门前。

3-423

想	**托**	**备**	**古**	**仙**
Siengj	doh	beix	guh	sien
θiːŋ^{3}	to^{6}	pi^{4}	ku^{4}	θiːn^{1}
想	同	兄	做	仙

想和兄成仙，

3-424

本	**开**	**怜**	**知**	**不**
Mbwn	hai	lienz	rox	mbouj
bɯn^{1}	haːi^{1}	liːn^{2}	ɹo^{4}	bou^{5}
天	可	怜	或	不

天是否可怜？

男唱

3-425

写	**南**	**来**	**了**	**友**
Ce	nanz	lai	liux	youx
ɕe^{1}	na:n^{2}	la:i^{1}	li:u^{4}	ju^{4}
留	**久**	**多**	**啰**	**友**

久违了我友，

3-426

小	**卡**	**豆**	**门**	**全**
Souj	gaq	duh	monz	cenz
θi:u^{3}	ka^{5}	tu^{6}	muɯn^{2}	ɕi:n^{2}
守	**孤**	**独**	**门**	**前**

孤身在门前。

3-427

管	**托**	**备**	**古**	**仙**
Guenj	doh	beix	guh	sien
ku:n^{3}	to^{6}	pi^{4}	ku^{4}	θi:n^{1}
管	**同**	**兄**	**做**	**仙**

和兄同为仙，

3-428

本	**开**	**怜**	**你**	**勒**
Mbwn	hai	lienz	mwngz	lawh
bɯn^{1}	ha:i^{1}	li:n^{2}	mɯŋ^{2}	ləɯ^{6}
天	**可**	**怜**	**你**	**换**

天让你结交。

女唱

3-429

写	**南**	**来**	**了**	**友**
Ce	nanz	lai	liux	youx
ɕe^{1}	na:n^{2}	la:i^{1}	li:u^{4}	ju^{4}
留	**久**	**多**	**啰**	**友**

久违了我友，

3-430

小	**卡**	**豆**	**门**	**全**
Souj	gaq	duh	monz	cenz
θi:u^{3}	ka^{5}	tu^{6}	muɯn^{2}	ɕi:n^{2}
守	**孤**	**独**	**门**	**前**

孤身在门前。

3-431

天	**下**	**刀**	**开**	**怜**
Denh	ya	dauq	hai	lienz
ti:n^{1}	ja^{6}	ta:u^{5}	ha:i^{1}	li:n^{2}
天	**下**	**倒**	**可**	**怜**

天下是可怜，

3-432

更	**本**	**空**	**开**	**怜**
Gwnz	mbwn	ndwi	hai	lienz
kɯn^{2}	bɯn^{1}	du:i^{1}	ha:i^{1}	li:n^{2}
上	**天**	**不**	**可**	**怜**

天上不可怜。

男唱

3-433

写	**南**	**来**	**了**	**友**
Ce	nanz	lai	liux	youx
ɕe^{1}	na:n^{2}	la:i^{1}	li:u^{4}	ju^{4}
留	久	多	啰	友

久违了我友，

3-434

小	**卡**	**豆**	**门**	**全**
Souj	gaq	duh	monz	cenz
θi:u^{3}	ka^{5}	tu^{6}	mɯn^{2}	ɕi:n^{2}
守	孤	独	门	前

孤身在门前。

3-435

加	**天**	**下**	**开**	**怜**
Caj	denh	ya	hai	lienz
kja^{3}	ti:n^{1}	ja^{6}	ha:i^{1}	li:n^{2}
等	天	下	可	怜

等天下可怜，

3-436

老	**应**	**当**	**不**	**合**
Lau	wng	dang	mbouj	hob
la:u^{1}	iŋ^{1}	ta:ŋ^{1}	bou^{5}	ho:p^{8}
怕	应	当	不	合

这不合情理。

女唱

3-437

写	**南**	**来**	**了**	**友**
Ce	nanz	lai	liux	youx
ɕe^{1}	na:n^{2}	la:i^{1}	li:u^{4}	ju^{4}
留	久	多	啰	友

久违了我友，

3-438

小	**卡**	**豆**	**门**	**全**
Souj	gaq	duh	monz	cenz
θi:u^{3}	ka^{5}	tu^{6}	mɯn^{2}	ɕi:n^{2}
守	孤	独	门	前

孤身在门前。

3-439

想	**托**	**备**	**古**	**仙**
Siengj	doh	beix	guh	sien
θi:ŋ^{3}	to^{6}	pi^{4}	ku^{4}	θi:n^{1}
想	同	兄	做	仙

和兄同做仙，

3-440

牙	**方**	**怜**	**空**	**傲**
Yaek	fueng	lienz	ndwi	euq
jak^{7}	fu:ŋ^{1}	li:n^{2}	du:i^{1}	e:u^{5}
要	方	怜	不	拒绝

要天下同情。

女唱

3-441

想	**托**	**备**	**古**	**仙**
Siengj	doh	beix	guh	sien
θiːŋ^{3}	to^{6}	pi^{4}	ku^{4}	θiːn^{1}
想	**同**	**兄**	**做**	**仙**

与兄共为仙，

3-442

牙	**方**	**怜**	**空**	**傲**
Yaek	fueng	lienz	ndwi	euq
jak^{7}	fuːŋ^{1}	liːn^{2}	duːi^{1}	eːu^{5}
要	**方**	**怜**	**不**	**拒绝**

要天下怜悯。

3-443

想	**好**	**龙**	**同**	**好**
Siengj	ndij	lungz	doengz	hauq
θiːŋ^{3}	di^{1}	luŋ^{2}	toŋ^{2}	haːu^{5}
想	**与**	**龙**	**同**	**好**

想和兄交好，

3-444

本	**空**	**毫**	**双**	**偻**
Mbwn	ndwi	hauh	song	raeuz
bɯn^{1}	duːi^{1}	haːu^{6}	θoːŋ^{1}	ɹau^{2}
天	**不**	**成全**	**两**	**我们**

天下为难我。

男唱

3-445

写	**南**	**来**	**了**	**友**
Ce	nanz	lai	liux	youx
ɕe^{1}	naːn^{2}	laːi^{1}	liːu^{4}	ju^{4}
留	**久**	**多**	**啰**	**友**

久违了我友，

3-446

小	**卡**	**豆**	**门**	**全**
Souj	gaq	duh	monz	cenz
θiːu^{3}	ka^{5}	tu^{6}	mɯn^{2}	ɕiːn^{2}
守	**孤**	**独**	**门**	**前**

孤身家门前。

3-447

比	**才**	**更**	**果**	**间**
Bi	raih	gwnz	go	genj
pi^{1}	ɹaːi^{6}	kɯn^{2}	ko^{1}	keːn^{3}
年	**爬**	**上**	**棵**	**简**

常在树上玩，

3-448

办	**同**	**年**	**知**	**不**
Baenz	doengz	nienz	rox	mbouj
pan^{2}	toŋ^{2}	niːn^{2}	ɹo^{4}	bou^{5}
成	**同**	**年**	**或**	**不**

结成伴侣否？

女唱

3-449

写	**南**	**来**	**了**	**友**
Ce	nanz	lai	liux	youx
çe^{1}	naːn^{2}	laːi^{1}	liːu^{4}	ju^{4}
留	久	多	啰	友

久违了我友，

3-450

小	**卡**	**豆**	**门**	**全**
Souj	gaq	duh	monz	cenz
θiːu^{3}	ka^{5}	tu^{6}	mɯn^{2}	çiːn^{2}
守	孤	独	门	前

孤身家门外。

3-451

比	**才**	**更**	**果**	**间**
Bi	raih	gwnz	go	genj
pi^{1}	ɹaːi^{6}	kɯn^{2}	ko^{1}	keːn^{3}
年	爬	上	棵	简

常在树上玩，

3-452

办	**同**	**年**	**可**	**爱**
Baenz	doengz	nienz	goj	ngaih
pan^{2}	toŋ^{2}	niːn^{2}	ko^{5}	ŋaːi^{6}
成	同	年	也	易

成伴侣容易。

男唱

3-453

写	**南**	**来**	**了**	**友**
Ce	nanz	lai	liux	youx
çe^{1}	naːn^{2}	laːi^{1}	liːu^{4}	ju^{4}
留	久	多	啰	友

久违了我友，

3-454

小	**卡**	**豆**	**门**	**全**
Souj	gaq	duh	monz	cenz
θiːu^{3}	ka^{5}	tu^{6}	mɯn^{2}	çiːn^{2}
守	孤	独	门	前

孤身家门外。

3-455

友	**而**	**牙**	**古**	**仙**
Youx	lawz	yaek	guh	sien
ju^{4}	laɯ^{2}	jak^{7}	ku^{4}	θiːn^{1}
友	哪	欲	做	仙

谁想做神仙，

3-456

是	**开**	**变**	**罗**	**机**
Cix	gaej	bienq	loh	giq
çi^{4}	kaːi^{5}	piːn^{5}	lo^{6}	ki^{5}
就	莫	变	路	岔

就别骗朋友。

男唱

3-457

写 南 来 了 友

Ce nanz lai liux youx

çe^{1} na:n^{2} la:i^{1} li:u^{4} ju^{4}

留 久 多 啰 友

久违了我友，

3-458

小 卡 豆 门 全

Souj gaq duh monz cenz

θi:u^{3} ka^{5} tu^{6} mɯn^{2} çi:n^{2}

守 孤 独 门 前

孤身家门外。

3-459

不 文 得 古 仙

Mbouj vun ndaej guh sien

bou^{5} vun^{1} dai^{3} ku^{4} θi:n^{1}

不 奢求 得 做 仙

不苛求成仙，

3-460

但 得 年 间 布

Danh ndaej nem gen buh

ta:n^{6} dai^{3} ne:m^{1} ke:n^{1} pu^{6}

但 得 贴 衣 袖

但得伴左右。

女唱

3-461

写 南 来 了 友

Ce nanz lai liux youx

çe^{1} na:n^{2} la:i^{1} li:u^{4} ju^{4}

留 久 多 啰 友

久违了我友，

3-462

小 卡 豆 门 全

Souj gaq duh monz cenz

θi:u^{3} ka^{5} tu^{6} mɯn^{2} çi:n^{2}

守 孤 独 门 前

孤身家门外。

3-463

下 祥 贵 又 间

Roengz riengh gwiz youh gem

ɹoŋ^{2} ɹi:ŋ^{6} kɯi^{2} jou^{4} ke:m^{1}

下 栏 丈夫 又 监管

出门丈夫管，

3-464

龙 年 土 不 得

Lungz nem dou mbouj ndaej

luŋ^{2} ne:m^{1} tu^{1} bou^{5} dai^{3}

龙 贴 我 不 得

哥恋我不行。

女唱

3-465

写	**南**	**来**	**了**	**友**
Ce	nanz	lai	liux	youx
çe^{1}	na:n^{2}	la:i^{1}	li:u^{4}	ju^{4}
留	久	多	啰	友

久违了我友，

3-466

小	**卡**	**豆**	**门**	**全**
Souj	gaq	duh	monz	cenz
θi:u^{3}	ka^{1}	tu^{6}	mɯn^{2}	çi:n^{2}
守	孤	独	门	前

孤身家门外。

3-467

贵	**牙**	**间**	**是**	**间**
Gwiz	yaek	gem	cix	gem
kɯi^{2}	jak^{7}	ke:m^{1}	çi^{4}	ke:m^{1}
丈夫	欲	监管	就	监管

若无人管束，

3-468

外	**边**	**马**	**勒**	**仪**
Vaij	nden	ma	lawh	saenq
va:i^{3}	de:n^{1}	ma^{1}	ləɯ^{6}	θin^{5}
过	边	来	换	信

悄悄来幽会。

男唱

3-469

写	**南**	**来**	**了**	**友**
Ce	nanz	lai	liux	youx
çe^{1}	na:n^{2}	la:i^{1}	li:u^{4}	ju^{4}
留	久	多	啰	友

久违了我友，

3-470

小	**卡**	**豆**	**门**	**全**
Souj	gaq	duh	monz	cenz
θi:u^{3}	ka^{5}	tu^{6}	mɯn^{2}	çi:n^{2}
守	孤	独	门	前

孤身家门外。

3-471

罗	**老**	**是**	**空**	**变**
Loh	laux	cix	ndwi	bienz
lo^{6}	la:u^{4}	çi^{4}	du:i^{1}	pe:n^{2}
路	大	是	不	熟练

大路走不好，

3-472

讲	**罗**	**边**	**么**	**农**
Gangj	loh	nden	maz	nuengx
ka:ŋ^{3}	lo^{6}	de:n^{1}	ma^{2}	nu:ŋ^{4}
讲	路	边	什么	妹

更别说小路。

女唱

3–473

写	南	来	了	友
Ce	nanz	lai	liux	youx
çe^{1}	na:n^{2}	la:i^{1}	li:u^{4}	ju^{4}
留	久	多	啰	友

久违了我友，

3–474

小	卡	豆	门	全
Souj	gaq	duh	monz	cenz
θi:u^{3}	ka^{5}	tu^{6}	mɯn^{2}	çi:n^{2}
守	孤	独	门	前

孤身家门外。

3–475

罗	老	土	牙	变
Loh	laux	dou	yax	bienz
lo^{6}	la:u^{4}	tu^{1}	ja^{5}	pe:n^{2}
路	大	我	也	熟练

大路我也走，

3–476

罗	边	土	牙	才
Loh	nden	dou	yax	raih
lo^{6}	de:n^{1}	tu^{1}	ja^{5}	ɹa:i^{6}
路	边	我	也	爬

小径我也行。

男唱

3–477

写	南	来	了	友
Ce	nanz	lai	liux	youx
çe^{1}	na:n^{2}	la:i^{1}	li:u^{4}	ju^{4}
留	久	多	啰	友

久违了我友，

3–478

小	卡	豆	门	全
Souj	gaq	duh	monz	cenz
θi:u^{3}	ka^{5}	tu^{6}	mɯn^{2}	çi:n^{2}
守	孤	独	门	前

孤身家门外。

3–479

想	托	农	古	仙
Siengj	doh	nuengx	guh	sien
θi:ŋ^{3}	to^{6}	nu:ŋ^{4}	ku^{4}	θi:n^{1}
想	同	妹	做	仙

想同妹为仙，

3–480

老	少	元	坤	凶
Lau	sau	yiemz	goet	rwix
la:u^{1}	θa:u^{1}	ji:n^{2}	kot^{7}	ɹu:i^{4}
怕	姑娘	嫌	骨	孬

怕妹嫌我贱。

女唱

3-481

写	**南**	**来**	**了**	**友**
Ce	nanz	lai	liux	youx
çe^{1}	na:n^{2}	la:i^{1}	li:u^{4}	ju^{4}
留	久	多	啰	友

久违了我友，

3-482

小	**卡**	**豆**	**门**	**全**
Souj	gaq	duh	monz	cenz
θi:u^{3}	ka^{5}	tu^{6}	mɯn^{2}	çi:n^{2}
守	孤	独	门	前

孤身家门外。

3-483

同	**对**	**勒**	**王**	**连**
Doengz	doih	lwg	vuengz	lienz
toŋ^{2}	to:i^{6}	lɯk^{8}	va:ŋ^{2}	li:n^{2}
同	伙伴	子	王	连

同是婆王子，

3-484

友	**而**	**元**	**你**	**备**
Youx	lawz	yiemz	mwngz	beix
ju^{4}	law^{2}	ji:n^{2}	mɯŋ^{2}	pi^{4}
友	哪	嫌	你	兄

谁会嫌弃兄？

男唱

3-485

写	**南**	**来**	**了**	**友**
Ce	nanz	lai	liux	youx
çe^{1}	na:n^{2}	la:i^{1}	li:u^{4}	ju^{4}
留	久	多	啰	友

久违了我友，

3-486

小	**卡**	**豆**	**门**	**全**
Souj	gaq	duh	monz	cenz
θi:u^{3}	ka^{1}	tu^{6}	mɯn^{2}	çi:n^{2}
守	孤	独	门	前

孤身家门外。

3-487

古	**对**	**外**	**山**	**仙**
Guh	doih	vaij	bya	sien
ku^{4}	to:i^{6}	va:i^{3}	pja^{1}	θi:n^{1}
做	伙伴	过	山	仙

做伴过仙山，

3-488

观	**你**	**元**	**土**	**瓜**
Gonq	mwngz	yiemz	dou	gvaq
ko:n^{5}	mɯŋ^{2}	ji:n^{2}	tu^{1}	kwa^{5}
先	你	嫌	我	过

你曾嫌弃我。

女唱

3–489

写	南	由	了	乖
Ce	nanz	raeuh	liux	gvai
çe^{1}	na:n^{2}	ɹau^{6}	li:u^{4}	kwa:i^{1}
留	久	多	啰	乖

久违了我友，

3–490

写	南	来	对	达
Ce	nanz	lai	doih	dah
çe^{1}	na:n^{2}	la:i^{1}	to:i^{6}	ta^{6}
留	久	多	伙伴	女孩

久违了情妹。

3–491

友	而	元	你	瓜
Youx	lawz	yiemz	mwngz	gvaq
ju^{4}	laɯ^{2}	ji:n^{2}	mɯŋ^{2}	kwa^{5}
友	哪	嫌	你	过

哪个嫌过你，

3–492

你	念	那	它	写
Mwngz	nenq	naj	de	ce
mɯŋ^{2}	ne:n^{5}	na^{3}	te^{1}	çe^{1}
你	记	脸	他	留

记住他的脸。

男唱

3–493

写	南	由	了	乖
Ce	nanz	raeuh	liux	gvai
çe^{1}	na:n^{2}	ɹau^{6}	li:u^{4}	kwa:i^{1}
留	久	多	啰	乖

久违了我友，

3–494

写	南	来	对	达
Ce	nanz	lai	doih	dah
çe^{1}	na:n^{2}	la:i^{1}	to:i^{6}	ta^{6}
留	久	多	伙伴	女孩

久违了情妹。

3–495

土	是	想	念	那
Dou	cix	siengj	nenq	naj
tu^{1}	çi^{4}	θi:ŋ^{3}	ne:n^{5}	na^{3}
我	是	想	记	脸

本想记脸面，

3–496

文	空	瓜	邦	偻
Vunz	ndwi	gvaq	biengz	raeuz
vun^{2}	du:i^{1}	kwa^{5}	pi:ŋ^{2}	ɹau^{2}
人	不	过	地方	我们

人不来我乡。

男唱

3-497

写	南	由	了	乖
Ce	nanz	raeuh	liux	gvai
çe^{1}	na:n^{2}	ɹau^{6}	li:u^{4}	kwa:i^{1}
留	久	多	啰	乖

久违了我友，

3-498

写	南	来	对	达
Ce	nanz	lai	doih	dah
çe^{1}	na:n^{2}	la:i^{1}	to:i^{6}	ta^{6}
留	久	多	伙伴	女孩

久违了情妹。

3-499

说	少	乖	念	那
Naeuz	sau	gvai	nenq	naj
nau^{2}	θa:u^{1}	kwa:i^{1}	ne:n^{5}	na^{3}
说	姑娘	乖	记	脸

叫姑娘记脸，

3-500

告	内	瓜	邦	你
Gau	neix	gvaq	biengz	mwngz
ka:u^{1}	ni^{4}	kwa^{5}	pi:ŋ^{2}	mɯŋ^{2}
次	这	过	地方	你

这次走你乡。

女唱

3-501

写	南	由	了	乖
Ce	nanz	raeuh	liux	gvai
çe^{1}	na:n^{2}	ɹau^{6}	li:u^{4}	kwa:i^{1}
留	久	多	啰	乖

久违了我友，

3-502

写	南	来	对	达
Ce	nanz	lai	doih	dah
çe^{1}	na:n^{2}	la:i^{1}	to:i^{6}	ta^{6}
留	久	多	伙伴	女孩

久违了情妹。

3-503

知	你	瓜	空	瓜
Rox	mwngz	gvaq	ndwi	gvaq
ɹo^{4}	mɯŋ^{2}	kwa^{5}	du:i^{1}	kwa^{5}
知	你	过	不	过

懂你过不过，

3-504

开	罗	伴	召	心
Gaej	lox	buenx	cau	sim
ka:i^{5}	lo^{4}	pu:n^{4}	ça:u^{5}	θin^{1}
莫	哄	伴	操	心

莫哄我操心。

男唱

3-505

写	南	由	了	乖
Ce	nanz	raeuh	liux	gvai
çe^{1}	na:n^{2}	ɹau^{6}	li:u^{4}	kwa:i^{1}
留	久	多	啰	乖

久违了我友，

3-506

写	南	来	对	达
Ce	nanz	lai	doih	dah
çe^{1}	na:n^{2}	la:i^{1}	to:i^{6}	ta^{6}
留	久	多	伙伴	女孩

久违了情妹。

3-507

土	讲	瓜	是	瓜
Dou	gangj	gvaq	cix	gvaq
tu^{1}	ka:ŋ^{3}	kwa^{5}	çi^{4}	kwa^{5}
我	讲	过	就	过

我说过就过，

3-508

伴	不	乱	勒	文
Buenx	mbouj	luenh	lawh	vunz
pu:n^{4}	bou^{5}	lu:n^{6}	ləɯ^{6}	vun^{2}
伴	不	乱	换	人

你莫交别人。

女唱

3-509

写	南	由	了	乖
Ce	nanz	raeuh	liux	gvai
çe^{1}	na:n^{2}	ɹau^{6}	li:u^{4}	kwa:i^{1}
留	久	多	啰	乖

久违了我友，

3-510

写	南	来	对	达
Ce	nanz	lai	doih	dah
çe^{1}	na:n^{2}	la:i^{1}	to:i^{6}	ta^{6}
留	久	多	伙伴	女孩

久违了情妹。

3-511

利	宁	空	念	那
Lij	ningq	ndwi	nenq	naj
li^{4}	niŋ^{5}	du:i^{1}	ne:n^{5}	na^{3}
还	小	不	记	脸

小时不认识，

3-512

瓜	了	农	牙	说
Gvaq	liux	nuengx	yax	naeuz
kwa^{5}	li:u^{4}	nu:ŋ^{4}	ja^{5}	nau^{2}
过	完	妹	才	说

过后我才讲。

男唱

3-513

写	**南**	**来**	**了**	**友**
Ce	nanz	lai	liux	youx
çe^{1}	na:n^{2}	la:i^{1}	li:u^{4}	ju^{4}
留	久	多	啰	友

久违了我友，

3-514

小	**卡**	**豆**	**门**	**全**
Souj	gaq	duh	monz	cenz
θi:u^{3}	ka^{5}	tu^{6}	mɯn^{2}	çi:n^{2}
守	孤	独	门	前

孤身家门外。

3-515

友	**而**	**牙**	**古**	**仙**
Youx	lawz	yaek	guh	sien
ju^{4}	laɯ^{2}	jak^{7}	ku^{4}	θi:n^{1}
友	哪	欲	做	仙

谁想做神仙，

3-516

勾	**门**	**全**	**宝**	**满**
Gaeu	maenz	cienz	bauj	monh
kau^{1}	man^{2}	çe:n^{2}	pa:u^{3}	mo:n^{6}
藤	薯	全	饱	情

藤蔓也深情。

女唱

3-517

写	**南**	**由**	**了**	**乖**
Ce	nanz	raeuh	liux	gvai
çe^{1}	na:n^{2}	ɹau^{6}	li:u^{4}	kwa:i^{1}
留	久	多	啰	乖

久违了我友，

3-518

写	**南**	**来**	**对**	**伴**
Ce	nanz	lai	doih	buenx
çe^{1}	na:n^{2}	la:i^{1}	to:i^{6}	pu:n^{4}
留	久	多	伙伴	伴

久违了情友。

3-519

勾	**门**	**全**	**宝**	**满**
Gaeu	maenz	cienz	bauj	monh
kau^{1}	man^{2}	çe:n^{2}	pa:u^{3}	mo:n^{6}
藤	薯	全	饱	情

藤蔓也深情，

3-520

[illegible]	**好**	**备**	**共**	**然**
Nyienh	ndij	beix	gungh	ranz
ɳ̊u:n^{6}	di^{1}	pi^{4}	kuŋ^{6}	ɹa:n^{2}
愿	与	兄	共	家

愿和兄成家。

男唱

3-521

写	**南**	**由**	**了**	**乖**
Ce	nanz	raeuh	liux	gvai
çe^{1}	na:n^{2}	ɹau^{6}	li:u^{4}	kwa:i^{1}
留	久	多	啰	乖

久违了我友，

3-522

写	**南**	**来**	**对**	**伴**
Ce	nanz	lai	doih	buenx
çe^{1}	na:n^{2}	la:i^{1}	to:i^{6}	pu:n^{4}
留	久	多	伙伴	伴

久违了情友。

3-523

知	**你**	**庍**	**空**	**庍**
Rox	mwngz	nyienh	ndwi	nyienh
ɹo^{4}	mɯŋ^{2}	ȵu:n^{6}	du:i^{1}	ȵu:n^{6}
知	你	愿	不	愿

不知你愿否，

3-524

开	**罗**	**伴**	**召**	**心**
Gaej	lox	buenx	cau	sim
ka:i^{5}	lo^{4}	pu:n^{4}	ça:u^{5}	θin^{1}
莫	哄	伴	操	心

莫哄我揪心。

女唱

3-525

写	**南**	**由**	**了**	**乖**
Ce	nanz	raeuh	liux	gvai
çe^{1}	na:n^{2}	ɹau^{6}	li:u^{4}	kwa:i^{1}
留	久	多	啰	乖

久违了我友，

3-526

写	**南**	**来**	**对**	**伴**
Ce	nanz	lai	doih	buenx
çe^{1}	na:n^{2}	la:i^{1}	to:i^{6}	pu:n^{4}
留	久	多	伙伴	伴

久违了情友。

3-527

土	**讲**	**庍**	**就**	**庍**
Dou	gangj	nyienh	cix	nyienh
tu^{1}	ka:ŋ^{3}	ȵu:n^{6}	çi^{4}	ȵu:n^{6}
我	讲	愿	就	愿

我说愿就愿，

3-528

伴	**不**	**乱**	**另**	**文**
Buenx	mbouj	luenh	lumj	vunz
pu:n^{4}	bou^{5}	lu:n^{6}	lun^{3}	vun^{2}
伴	不	乱	像	人

不像人善变。

男唱

3-529

写	**南**	**由**	**了**	**乖**
Ce	nanz	raeuh	liux	gvai
çe^{1}	na:n^{2}	ɹau^{6}	li:u^{4}	kwa:i^{1}
留	久	多	啰	乖

久违了我友，

3-530

写	**南**	**来**	**对**	**伴**
Ce	nanz	lai	doih	buenx
çe^{1}	na:n^{2}	la:i^{1}	to:i^{6}	pu:n^{4}
留	久	多	伙伴	伴

久违了情友。

3-531

条	**心**	**少**	**狼**	**尻**
Diuz	sim	sau	langh	nyienh
ti:u^{2}	θin^{1}	θa:u^{1}	la:ŋ^{6}	ɲu:n^{6}
条	心	姑娘	若	愿

若妹心愿意，

3-532

偻	**良**	**完**	**代**	**堂**
Raeuz	lingh	vuenh	daih	dangz
ɹau^{2}	le:ŋ^{6}	vu:n^{6}	ta:i^{6}	ta:ŋ^{2}
我们	另	换	大	堂

我俩换新房。

女唱

3-533

写	**南**	**来**	**了**	**友**
Ce	nanz	lai	liux	youx
çe^{1}	na:n^{2}	la:i^{1}	li:u^{4}	ju^{4}
留	久	多	啰	友

久违了我友，

3-534

小	**卡**	**豆**	**门**	**全**
Souj	gaq	duh	monz	cenz
θi:u^{3}	ka^{5}	tu^{6}	muɯn^{2}	çi:n^{2}
守	孤	独	门	前

孤身家门外。

3-535

友	**而**	**牙**	**古**	**仙**
Youx	lawz	yaek	guh	sien
ju^{4}	lauɯ^{2}	jak^{7}	ku^{4}	θi:n^{1}
友	哪	欲	做	仙

谁想做神仙，

3-536

钱	**好**	**是**	**开**	**用**
Cienz	hau	cix	gaej	yungh
çi:n^{2}	ha:u^{1}	çi^{4}	ka:i^{5}	juŋ^{6}
钱	白	就	别	用

就不用花钱。

男唱

3-537

写 南 来 了 友

Ce nanz lai liux youx

çe^{1} na:n^{2} la:i^{1} li:u^{4} ju^{4}

留 久 多 啰 友

久违了我友，

3-538

小 卡 豆 同 交

Souj gaq duh doengh gyau

θi:u^{3} ka^{5} tu^{6} toŋ^{2} kja:u^{1}

守 孤 独 相 交

孤身等结交。

3-539

空 得 用 钱 好

Ndwi ndaej yungh cienz hau

du:i^{1} dai^{3} juŋ^{6} çi:n^{2} ha:u^{1}

不 得 用 钱 白

不用做买卖，

3-540

秀 包 少 牙 了

Ciuh mbauq sau yax liux

çi:u^{6} ba:u^{5} θa:u^{1} ja^{5} li:u^{4}

世 小伙 姑娘 也 完

青春期误过。

女唱

3-541

写 南 来 了 友

Ce nanz lai liux youx

çe^{1} na:n^{2} la:i^{1} li:u^{4} ju^{4}

留 久 多 啰 友

久违了我友，

3-542

小 卡 豆 同 交

Souj gaq duh doengh gyau

θi:u^{3} ka^{5} tu^{6} toŋ^{2} kja:u^{1}

守 孤 独 相 交

孤身等结交。

3-543

秀 包 三 秀 少

Ciuh mbauq sam ciuh sau

çi:u^{6} ba:u^{5} θa:n^{1} çi:u^{6} θa:u^{1}

世 小伙 三 世 姑娘

青春不易过，

3-544

老 开 么 了 备

Lau gij maz liux beix

la:u^{1} ka:i^{2} ma^{2} li:u^{4} pi^{4}

怕 什 么 啰 兄

兄还怕什么。

男唱

3-545

写	**南**	**来**	**了**	**友**
Ce	nanz	lai	liux	youx
çe^{1}	naːn^{2}	laːi^{1}	liːu^{4}	ju^{4}
留	久	多	啰	友

久违了我友，

3-546

小	**卡**	**豆**	**同**	**交**
Souj	gaq	duh	doengh	gyau
θiːu^{3}	ka^{5}	tu^{6}	toŋ^{2}	kjaːu^{1}
守	孤	独	相	交

孤身等结交。

3-547

秀	**包**	**三**	**秀**	**少**
Ciuh	mbauq	sam	ciuh	sau
çiːu^{6}	baːu^{5}	θaːn^{1}	çiːu^{6}	θaːu^{1}
世	小伙	三	世	姑娘

青春不易过，

3-548

可	**老**	**不**	**外**	**秀**
Goj	lau	mbouj	vaij	ciuh
ko^{5}	laːu^{1}	bou^{5}	vaːi^{3}	çiːu^{6}
也	怕	不	过	世

就怕无结果。

女唱

3-549

写	**南**	**来**	**了**	**友**
Ce	nanz	lai	liux	youx
çe^{1}	naːn^{2}	laːi^{1}	liːu^{4}	ju^{4}
留	久	多	啰	友

久违了我友，

3-550

小	**卡**	**豆**	**同**	**交**
Souj	gaq	duh	doengh	gyau
θiːu^{3}	ka^{5}	tu^{6}	toŋ^{2}	kjaːu^{1}
守	孤	独	相	交

孤身等结交。

3-551

备	**牙**	**用**	**钱**	**白**
Beix	yaek	yungh	cienz	hau
pi^{4}	jak^{7}	juŋ^{6}	çiːn^{2}	haːu^{1}
兄	欲	用	钱	白

兄想花大钱，

3-552

貝	**交**	**少**	**垌**	**光**
Bae	gyau	sau	doengh	gvangq
pai^{1}	kjaːu^{1}	θaːu^{1}	toŋ^{6}	kwaːŋ^{5}
去	交	姑娘	垌	宽

去交外乡妹。

男唱

3-553

写	**南**	**由**	**了**	**乖**
Ce	nanz	raeuh	liux	gvai
ɕe^{1}	na:n^{2}	ɹau^{6}	li:u^{4}	kwa:i^{1}
留	久	多	啰	乖

久违了我友，

3-554

写	**南**	**来**	**对**	**邦**
Ce	nanz	lai	doih	baengz
ɕe^{1}	na:n^{2}	la:i^{1}	to:i^{6}	paŋ^{2}
留	久	多	伙伴	朋

久违了情友。

3-555

貝	**交**	**少**	**垌**	**光**
Bae	gyau	sau	doengh	gvangq
pai^{1}	kja:u^{1}	θa:u^{1}	toŋ^{6}	kwa:ŋ^{5}
去	交	姑娘	垌	宽

去交外乡妹，

3-556

得	**银**	**刚**	**马**	**然**
Ndaej	ngaenz	gang	ma	ranz
dai^{3}	ŋan^{2}	ka:ŋ^{1}	ma^{1}	ɹa:n^{2}
得	银	缸	来	家

得大钱回家。

女唱

3-557

写	**南**	**由**	**了**	**乖**
Ce	nanz	raeuh	liux	gvai
ɕe^{1}	na:n^{2}	ɹau^{6}	li:u^{4}	kwa:i^{1}
留	久	多	啰	乖

久违了我友，

3-558

写	**南**	**来**	**对**	**邦**
Ce	nanz	lai	doiq	baengz
ɕe^{1}	na:n^{2}	la:i^{1}	to:i^{6}	paŋ^{2}
留	久	多	伙伴	朋

久违了情友。

3-559

不	**文**	**得**	**银**	**刚**
Mbouj	vun	ndaej	ngaenz	gang
bou^{5}	vun^{1}	dai^{3}	ŋan^{2}	ka:ŋ^{1}
不	奢求	得	银	缸

不苛求大钱，

3-560

但	**得**	**备**	**岁**	**心**
Danh	ndaej	beix	caez	sim
ta:n^{6}	dai^{3}	pi^{4}	ɕai^{2}	θin^{1}
但	得	兄	齐	心

但求兄齐心。

男唱

3-561

写	**南**	**来**	**了**	**友**
Ce	nanz	lai	liux	youx
ɕe^{1}	na:n^{2}	la:i^{1}	li:u^{4}	ju^{4}
留	久	多	啰	友

久违了我友，

3-562

小	**卡**	**豆**	**门**	**全**
Souj	gaq	duh	monz	cenz
θi:u^{3}	ka^{5}	tu^{6}	mɯn^{2}	ɕi:n^{2}
守	孤	独	门	前

孤身家门外。

3-563

道	**光**	**开**	**么**	**年**
Dau	gvangh	gij	maz	nienz
ta:u^{4}	kwa:ŋ^{6}	ka:i^{2}	ma^{2}	ni:n^{2}
道	光	什	么	年

道光什么年，

3-564

门	**钱**	**开**	**么**	**毫**
Maenz	cienz	gij	maz	hauz
man^{2}	ɕi:n^{2}	ka:i^{2}	ma^{2}	ha:u^{6}
元	钱	什	么	毫

一元多少毫？

女唱

3-565

写	**南**	**来**	**了**	**友**
Ce	nanz	lai	liux	youx
ɕe^{1}	na:n^{2}	la:i^{1}	li:u^{4}	ju^{4}
留	久	多	啰	友

久违了我友，

3-566

小	**卡**	**豆**	**门**	**全**
Souj	gaq	duh	monz	cenz
θi:u^{3}	ka^{5}	tu^{6}	mɯn^{2}	ɕi:n^{2}
守	孤	独	门	前

孤身家门外。

3-567

道	**光**	**义**	**十**	**年**
Dau	gvangh	ngeih	cib	nienz
ta:u^{4}	kwa:ŋ^{6}	ȵi^{6}	ɕit^{8}	ni:n^{2}
道	光	二	十	年

道光二十年，

3-568

门	**钱**	**义**	**十**	**毫**
Maenz	cienz	ngeih	cib	hauz
man^{2}	ɕi:n^{2}	ȵi^{6}	ɕit^{6}	ha:u^{6}
元	钱	二	十	毫

一元二十毫。

男唱

3–569

写	**南**	**来**	**了**	**友**
Ce	nanz	lai	liux	youx
ɕe^{1}	naːn^{2}	laːi^{1}	liːu^{4}	ju^{4}
留	久	多	啰	友

久违了我友，

3–570

小	**卡**	**豆**	**门**	**全**
Souj	gaq	duh	monz	cenz
θiːu^{3}	ka^{5}	tu^{6}	mɯn^{2}	ɕiːn^{2}
守	孤	独	门	前

孤身家门外。

3–571

道	**光**	**开**	**么**	**年**
Dau	gvangh	gij	maz	nienz
taːu^{4}	kwaːŋ^{6}	kaːi^{2}	ma^{2}	niːn^{2}
道	光	什	么	年

是道光哪年，

3–572

用	**门**	**钱**	**康**	**熙**
Yungh	maenz	cienz	gangh	hih
juŋ^{6}	man^{2}	ɕiːn^{2}	kaːŋ^{5}	hi^{5}
用	元	钱	康	熙

用康熙铜钱。

女唱

3–573

写	**南**	**来**	**了**	**友**
Ce	nanz	lai	liux	youx
ɕe^{1}	naːn^{2}	laːi^{1}	liːu^{4}	ju^{4}
留	久	多	啰	友

久违了我友，

3–574

小	**卡**	**豆**	**门**	**全**
Souj	gaq	duh	monz	cenz
θiːu^{3}	ka^{5}	tu^{6}	mɯn^{2}	ɕiːn^{2}
守	孤	独	门	前

孤身家门外。

3–575

道	**光**	**义**	**十**	**年**
Dau	gvangh	ngeih	cib	nienz
taːu^{4}	kwaːŋ^{6}	ȵi^{6}	ɕit^{8}	niːn^{2}
道	光	二	十	年

道光二十年，

3–576

造	**钱**	**交**	**备**	**姓**
Caux	cienz	gyau	beix	singq
ɕaːu^{4}	ɕiːn^{2}	kjaːu^{1}	pi^{4}	θiŋ^{5}
造	钱	交	兄	姓

造钱给兄花。

男唱

3-577

写	南	来	了	友
Ce	nanz	lai	liux	youx
çe^{1}	naːn^{2}	laːi^{1}	liːu^{4}	ju^{4}
留	久	多	啰	友

久违了我友，

3-578

小	卡	豆	拉	单
Souj	gaq	duh	laj	dan
θiːu^{3}	ka^{5}	tu^{6}	la^{3}	taːn^{1}
守	孤	独	下	滩

孤身沙滩上。

3-579

求	作	菜	不	玩
Gyu	coq	byaek	mbouj	van
kju^{1}	ço^{5}	pjak^{7}	bou^{5}	vaːn^{1}
盐	放	菜	不	甜

盐少菜无味，

3-580

偻	牙	难	了	农
Raeuz	yax	nanz	liux	nuengx
ɹau^{2}	ja^{5}	naːn^{2}	liːu^{4}	nuːŋ^{4}
我们	也	难	啰	妹

我俩难结交。

女唱

3-581

写	南	来	了	友
Ce	nanz	lai	liux	youx
çe^{1}	naːn^{2}	laːi^{1}	liːu^{4}	ju^{4}
留	久	多	啰	友

久违了我友，

3-582

小	卡	豆	拉	单
Souj	gaq	duh	laj	dan
θiːu^{3}	ka^{5}	tu^{6}	la^{3}	taːn^{1}
守	孤	独	下	滩

孤身沙滩上。

3-583

空	知	生	知	玩
Ndwi	rox	soemj	rox	van
duːi^{1}	ɹo^{4}	θon^{3}	ɹo^{4}	vaːn^{1}
不	知	酸	或	甜

是酸还是甜，

3-584

土	牙	尝	知	定
Dou	yax	caengz	rox	dingh
tu^{1}	ja^{5}	çaŋ^{2}	ɹo^{4}	tiŋ^{6}
我	也	未	知	定

我也不知道。

男唱

3-585

写	**南**	**来**	**了**	**友**
Ce	nanz	lai	liux	youx
çe^{1}	na:n^{2}	la:i^{1}	li:u^{4}	ju^{4}
留	**久**	**多**	**啰**	**友**

久违了我友，

3-586

小	**卡**	**豆**	**拉**	**单**
Souj	gaq	duh	laj	dan
θi:u^{3}	ka^{5}	tu^{6}	la^{3}	ta:n^{1}
守	**孤**	**独**	**下**	**滩**

孤身沙滩上。

3-587

长	**判**	**外**	**拉**	**占**
Cangh	buenq	vaij	laj	canz
ça:ŋ^{6}	pu:n^{5}	va:i^{3}	la^{3}	ça:n^{2}
匠	**贩**	**过**	**下**	**晒台**

商贩正路过，

3-588

不	**玩**	**是**	**良**	**買**
Mbouj	van	cix	lingh	cawx
bou^{5}	va:n^{1}	çi^{4}	le:ŋ^{6}	çaɯ^{4}
不	**甜**	**就**	**另**	**买**

不甜再另买。

女唱

3-589

写	**南**	**来**	**了**	**友**
Ce	nanz	lai	liux	youx
çe^{1}	na:n^{2}	la:i^{1}	li:u^{4}	ju^{4}
留	**久**	**多**	**啰**	**友**

久违了我友，

3-590

小	**卡**	**豆**	**拉**	**单**
Souj	gaq	duh	laj	dan
θi:u^{3}	ka^{5}	tu^{6}	la^{3}	ta:n^{1}
守	**孤**	**独**	**下**	**滩**

孤身沙滩上。

3-591

长	**判**	**外**	**拉**	**占**
Cangh	buenq	vaij	laj	canz
ça:ŋ^{6}	pu:n^{5}	va:i^{3}	la^{3}	ça:n^{2}
匠	**贩**	**过**	**下**	**晒台**

商贩过路问，

3-592

少	**空**	**米**	**钱**	**元**
Sau	ndwi	miz	cienz	yienh
θa:u^{1}	du:i^{1}	mi^{2}	çi:n^{2}	ji:n^{6}
姑娘	**不**	**有**	**钱**	**现**

妹不带现钱。

男唱

3-593

写	南	由	了	乖
Ce	nanz	raeuh	liux	gvai
ɕe^{1}	na:n^{2}	ɹau^{6}	li:u^{4}	kwa:i^{1}
留	久	多	啰	乖

久违了我友，

3-594

写	南	来	小	面
Ce	nanz	lai	siuj	mienh
ɕe^{1}	na:n^{2}	la:i^{1}	θi:u^{3}	me:n^{6}
留	久	多	小	面

久违了小妹。

3-595

然	少	开	烍	天
Ranz	sau	hai	ien	den
ɹa:n^{2}	θa:u^{1}	ha:i^{1}	i:n^{1}	te:n^{5}
家	姑娘	开	烟	店

妹家开商店，

3-596

么	钱	元	不	米
Maz	cienz	yienh	mbouj	miz
ma^{2}	ɕi:n^{6}	ji:n^{6}	bou^{5}	mi^{2}
何	钱	现	不	有

为何无现钱？

女唱

3-597

写	南	由	了	乖
Ce	nanz	raeuh	liux	gvai
ɕe^{1}	na:n^{2}	ɹau^{6}	li:u^{4}	kwa:i^{1}
留	久	多	啰	乖

久违了我友，

3-598

写	南	来	小	面
Ce	nanz	lai	siuj	mienh
ɕe^{1}	na:n^{2}	la:i^{1}	θi:u^{3}	me:n^{6}
留	久	多	小	面

久违了小妹。

3-599

烍	天	它	烍	天
Ien	den	daq	ien	den
i:n^{1}	te:n^{5}	ta^{5}	i:n^{1}	te:n^{5}
烟	店	连	烟	店

商店是商店，

3-600

空	封	变	在	然
Ndwi	fueng	bienh	ywq	ranz
du:i^{1}	fu:ŋ^{1}	pi:n^{6}	jɯ^{5}	ɹa:n^{2}
不	方	便	在	家

不如家方便。

男唱

3-601

写 南 由 了 乖

Ce nanz raeuh liux gvai

çe^1 naːn^2 ɹau^6 liːu^4 kwaːi^1

留 久 多 啰 乖

久违了我友，

3-602

写 南 来 小 面

Ce nanz lai siuj mienh

çe^1 naːn^2 laːi^1 θiːu^3 meːn^6

留 久 多 小 面

久别了小妹。

3-603

然 少 开 炕 天

Ranz sau hai ien den

ɹaːn^2 θaːu^1 haːi^1 iːn^1 teːn^5

家 姑娘 开 烟 店

妹家开商店，

3-604

買 元 不 買 支

Cawx yienh mbouj cawx si

çaɯ^4 jiːn^6 bou^5 çaɯ^4 θi^1

买 现 不 买 赊

现金不赊账。

女唱

3-605

写 南 由 了 乖

Ce nanz raeuh liux gvai

çe^1 naːn^2 ɹau^6 liːu^4 kwaːi^1

留 久 多 啰 乖

久违了我友，

3-606

写 南 来 韦 阿

Ce nanz lai vae oq

çe^1 naːn^2 laːi^1 vai^1 o^5

留 久 多 姓 别

久违了情友。

3-607

写 字 作 邦 托

Sij saw coq bangx doh

θi^3 θaɯ^1 ço^5 paːŋ^4 to^6

写 字 放 旁 渡口

挂牌在渡口，

3-608

长 判 外 连 连

Cangh buenq vaij lienz lienz

çaːŋ^6 puːn^5 vaːi^3 liːn^2 liːn^2

匠 贩 过 连 连

商贩来不停。

男唱

3-609

写	**南**	**由**	**了**	**乖**
Ce	nanz	raeuh	liux	gvai
çe^{1}	na:n^{2}	ɹau^{6}	li:u^{4}	kwa:i^{1}
留	久	多	啰	乖

久违了我友,

3-610

写	**南**	**来**	**韦**	**阿**
Ce	nanz	lai	vae	oq
çe^{1}	na:n^{2}	la:i^{1}	vai^{1}	o^{5}
留	久	多	姓	别

久违了情友。

3-611

写	**字**	**作**	**拉**	**罗**
Sij	saw	coq	laj	roq
θi^{3}	θaɯ^{1}	ço^{5}	la^{3}	ɹo^{5}
写	字	放	下	屋檐

挂牌在路边,

3-612

长	**判**	**自**	**不**	**马**
Cangh	buenq	gag	mbouj	ma
ça:ŋ^{6}	pu:n^{5}	ka:k^{8}	bou^{5}	ma^{1}
匠	贩	自	不	来

商贩也不来。

女唱

3-613

写	**南**	**来**	**了**	**友**
Ce	nanz	lai	liux	youx
çe^{1}	na:n^{2}	la:i^{1}	li:u^{4}	ju^{4}
留	久	多	啰	友

久违了我友,

3-614

小	**卡**	**豆**	**拉**	**单**
Souj	gaq	duh	laj	dan
θi:u^{3}	ka^{5}	tu^{6}	la^{3}	ta:n^{1}
守	孤	独	下	滩

孤身沙滩上。

3-615

两	**作**	**油**	**贝**	**南**
Liengj	coq	youz	bae	nanz
li:ŋ^{3}	ço^{5}	jou^{2}	pai^{1}	na:n^{2}
伞	放	油	去	久

纸伞早涂油,

3-616

应	**利**	**香**	**知**	**不**
Wng	lij	byeng	rox	mbouj
iŋ^{1}	li^{4}	pje:ŋ^{1}	ɹo^{4}	bou^{5}
仍	还	香	或	不

仍然还香否?

男唱

3-617
写 南 来 了 友
Ce nanz lai liux youx
çe¹ na:n² la:i¹ li:u⁴ ju⁴
留 久 多 啰 友
久违了我友，

3-618
小 卡 豆 拉 单
Souj gaq duh laj dan
θi:u³ ka⁵ tu⁶ la³ ta:n¹
守 孤 独 下 滩
孤身沙滩上。

3-619
香 古 而 不 香
Byeng guh rawz mbouj byeng
pje:ŋ¹ ku⁴ ɹaɯ² bou⁵ pje:ŋ¹
香 做 什么 不 香
香如何不香，

3-620
在 山 尚 卢 元
Ywq bya sang louz yienh
jɯ⁵ pja¹ θa:ŋ¹ lu² jo:n⁶
在 山 高 流 连
流连高山上。

女唱

3-621
香 古 而 不 香
Byeng guh rawz mbouj byeng
pje:ŋ¹ ku⁴ ɹaɯ² bou⁵ pje:ŋ¹
香 做 什么 不 香
香如何不香，

3-622
在 山 尚 卢 元
Ywq bya sang louz yienh
jɯ⁵ pja¹ θa:ŋ¹ lu² jo:n⁶
在 山 高 流 连
流连高山上。

3-623
满 古 而 不 满
Monh guh rawz mbouj monh
mo:n⁶ ku⁴ ɹaɯ² bou⁵ mo:n⁶
谈情 做 什么 不 谈情
谈情谁不想，

3-624
卩 在 团 里 元
Boux ywq donh leix roen
pu⁴ jɯ⁵ to:n⁶ li² jo:n¹
个 在 半 里 路
相距太遥远。

男唱

3-625

写	**南**	**来**	**了**	**友**
Ce	nanz	lai	liux	youx
çe^{1}	na:n^{2}	la:i^{1}	li:u^{4}	ju^{4}
留	**久**	**多**	**啰**	**友**

久违了我友，

3-626

小	**卡**	**豆**	**拉**	**单**
Souj	gaq	duh	laj	dan
θi:u^{3}	ka^{5}	tu^{6}	la^{3}	ta:n^{1}
守	**孤**	**独**	**下**	**滩**

独立河滩上。

3-627

山	**江**	**在**	**山**	**尚**
Can	gyangh	ywq	bya	sang
ça:n^{4}	kja:ŋ^{5}	jɯ^{5}	pja^{1}	θa:ŋ^{1}
山	**姜**	**在**	**山**	**高**

山姜在高山，

3-628

香	**堂**	**少**	**知**	**不**
Byeng	daengz	sau	rox	mbouj
pje:ŋ^{1}	taŋ^{2}	θa:u^{1}	ɹo^{4}	bou^{5}
香	**到**	**姑娘**	**或**	**不**

妹嗅到香否？

女唱

3-629

写	**南**	**来**	**了**	**友**
Ce	nanz	lai	liux	youx
çe^{1}	na:n^{2}	la:i^{1}	li:u^{4}	ju^{4}
留	**久**	**多**	**啰**	**友**

久违了我友，

3-630

小	**卡**	**豆**	**拉**	**单**
Souj	gaq	duh	laj	dan
θi:u^{3}	ka^{5}	tu^{6}	la^{3}	ta:n^{1}
守	**孤**	**独**	**下**	**滩**

独立河滩上。

3-631

山	**江**	**在**	**山**	**尚**
Can	gyangh	ywq	bya	sang
ça:n^{4}	kja:ŋ^{5}	jɯ^{5}	pja^{1}	θa:ŋ^{1}
山	**姜**	**在**	**山**	**高**

山姜在高山，

3-632

香	**堂**	**龙**	**是**	**勒**
Byeng	daengz	lungz	cix	lawh
pje:ŋ^{1}	taŋ^{2}	luŋ^{2}	çi^{4}	ləɯ^{6}
香	**到**	**龙**	**就**	**换**

兄可以争取。

男唱

3-633

写	南	来	了	友
Ce	nanz	lai	liux	youx
çe¹	na:n²	la:i¹	li:u⁴	ju⁴
留	久	多	啰	友

久违了我友，

3-634

小	卡	豆	拉	单
Souj	gaq	duh	laj	dan
θi:u³	ka⁵	tu⁶	la³	ta:n¹
守	孤	独	下	滩

孤身河滩上。

3-635

芬	说	香	忠	香
Fwt	naeuz	byeng	fangz	byeng
fut⁸	nau²	pje:ŋ¹	fa:ŋ²	pje:ŋ¹
忽然	说	香	鬼	香

据说十分香，

3-636

香	马	堂	田	内
Byeng	ma	daengz	denz	neix
pje:ŋ¹	ma¹	taŋ²	te:n²	ni⁴
香	来	到	地	这

香熏到此地。

女唱

3-637

写	南	来	了	友
Ce	nanz	lai	liux	youx
çe¹	na:n²	la:i¹	li:u⁴	ju⁴
留	久	多	啰	友

久违了我友，

3-638

小	卡	豆	拉	单
Souj	gaq	duh	laj	dan
θi:u³	ka⁵	tu⁶	la³	ta:n¹
守	孤	独	下	滩

孤身河滩上。

3-639

山	江	在	山	尚
Can	gyangh	ywq	bya	sang
ça:n⁴	kja:ŋ⁵	jɯ⁵	pja¹	θa:ŋ¹
山	姜	在	山	高

山姜在高山，

3-640

讲	坤	开	么	姓
Gangj	gun	gij	maz	singq
ka:ŋ³	kun¹	ka:i²	ma²	θiŋ⁵
讲	官话	什	么	姓

汉语怎么讲？

男唱

3-641

写	南	来	了	友
Ce	nanz	lai	liux	youx
çe^{1}	na:n^{2}	la:i^{1}	li:u^{4}	ju^{4}
留	久	多	啰	友

久违了我友，

3-642

小	卡	豆	拉	单
Souj	gaq	duh	laj	dan
θi:u^{3}	ka^{5}	tu^{6}	la^{3}	ta:n^{1}
守	孤	独	下	滩

孤身河滩上。

3-643

山	江	在	山	尚
Can	gyangh	ywq	bya	sang
ça:n^{4}	kja:ŋ^{5}	jɯ^{5}	pja^{1}	θa:ŋ^{1}
山	姜	在	山	高

山姜在高山，

3-644

讲	坤	美	成	见
Gangj	gun	meij	cingz	gen
ka:ŋ^{3}	kun^{1}	mai^{3}	çiŋ^{2}	ke:n^{4}
讲	官话	美	成	见

美如君所见。

女唱

3-645

山	江	在	山	尚
Can	gyangh	ywq	bya	sang
ça:n^{4}	kja:ŋ^{5}	jɯ^{5}	pja^{1}	θa:ŋ^{1}
山	姜	在	山	高

山姜在高山，

3-646

讲	坤	美	成	见
Gangj	gun	meij	cingz	gen
ka:ŋ^{3}	kun^{1}	mai^{3}	çiŋ^{2}	ke:n^{4}
讲	官话	美	成	见

美如君所见。

3-647

出	花	又	中	先
Ok	va	youh	cuengq	sienq
o:k^{7}	va^{1}	jou^{4}	çu:ŋ^{5}	θe:n^{5}
出	花	又	放	线

开花特漂亮，

3-648

见	美	成	农	银
Gen	meij	cingz	nuengx	ngaenz
ke:n^{4}	mei^{3}	çiŋ^{2}	nu:ŋ^{4}	ŋan^{2}
见	美	成	妹	银

像情妹一样。

男唱

3-649

写	**南**	**来**	**了**	**友**
Ce	nanz	lai	liux	youx
ɕe^{1}	na:n^{2}	la:i^{1}	li:u^{4}	ju^{4}
留	久	多	啰	友

久违了我友，

3-650

小	**卡**	**豆**	**全**	**岁**
Souj	gaq	duh	cienz	caez
θi:u^{3}	ka^{5}	tu^{6}	ɕe:n^{2}	ɕai^{2}
守	孤	独	全	齐

时时在孤独。

3-651

哥	**山**	**江**	**在**	**远**
Go	can	gyangh	ywq	gyae
ko^{1}	ɕa:n^{4}	kja:ŋ^{5}	jɯ^{5}	kjai^{1}
哥	山	姜	在	远

哥离山姜远，

3-652

空	**知**	**韦**	**它**	**了**
Ndwi	rox	vae	de	liux
du:i^{1}	ɹo^{4}	vai^{1}	te^{1}	li:u^{4}
不	知	姓	他	完

不知姓什么。

女唱

3-653

写	**南**	**来**	**了**	**友**
Ce	nanz	lai	liux	youx
ɕe^{1}	na:n^{2}	la:i^{1}	li:u^{4}	ju^{4}
留	久	多	啰	友

久违了我友，

3-654

小	**卡**	**豆**	**全**	**岁**
Souj	gaq	duh	cienz	caez
θi:u^{3}	ka^{5}	tu^{6}	ɕe:n^{2}	ɕai^{2}
守	孤	独	全	齐

时时在孤独。

3-655

代	**姓**	**儿**	**来**	**远**
Daih	singq	geij	lai	gyae
ta:i^{6}	θiŋ^{5}	ki^{3}	la:i^{1}	kjai^{1}
代	姓	几	多	远

每代有多久，

3-656

么	**韦**	**少**	**不**	**知**
Maz	vae	sau	mbouj	rox
ma^{2}	vai^{1}	θa:u^{1}	bou^{5}	ɹo^{4}
什么	姓	姑娘	不	知

姓甚妹不知。

男唱

3-657

写	**南**	**来**	**了**	**友**
Ce	nanz	lai	liux	youx
çe^{1}	na:n^{2}	la:i^{1}	li:u^{4}	ju^{4}
留	久	多	啰	友

久违了我友，

3-658

小	**卡**	**豆**	**满**	**美**
Souj	gaq	duh	monh	maez
θi:u^{3}	ka^{5}	tu^{6}	mo:n^{6}	mai^{2}
守	孤	独	谈情	说爱

孤独不言情。

3-659

空	**知**	**作**	**它**	**岁**
Ndwi	rox	coh	de	caez
du:i^{1}	ɹo^{4}	ço^{6}	te^{1}	çai^{2}
不	知	名字	她	齐

未知朋友名，

3-660

空	**知**	**韦**	**备**	**农**
Ndwi	rox	vae	beix	nuengx
du:i^{1}	ɹo^{4}	vai^{1}	pi^{4}	nu:ŋ^{4}
不	知	姓	兄	妹

不识兄妹姓。

女唱

3-661

写	**南**	**来**	**了**	**友**
Ce	nanz	lai	liux	youx
çe^{1}	na:n^{2}	la:i^{1}	li:u^{4}	ju^{4}
留	久	多	啰	友

久违了我友，

3-662

小	**卡**	**豆**	**全**	**岁**
Souj	gaq	duh	cienz	caez
θi:u^{3}	ka^{5}	tu^{6}	çe:n^{2}	çai^{2}
守	孤	独	全	齐

时时在孤独。

3-663

空	**知**	**姓**	**知**	**韦**
Ndwi	rox	singq	rox	vae
du:i^{1}	ɹo^{4}	θiŋ^{5}	ɹo^{4}	vai^{1}
不	知	姓	知	姓

姓氏都不知，

3-664

元	**远**	**是**	**开**	**采**
Roen	gyae	cix	gaej	byaij
jo:n^{1}	kjai^{1}	çi^{4}	ka:i^{5}	pja:i^{3}
路	远	就	别	走

不如不来往。

男唱

3-665

写	**南**	**来**	**了**	**友**
Ce	nanz	lai	liux	youx
ɕe^{1}	na:n^{2}	la:i^{1}	li:u^{4}	ju^{4}
留	**久**	**多**	**啰**	**友**

久违了我友，

3-666

小	**卡**	**豆**	**全**	**岁**
Souj	gaq	duh	cienz	caez
θi:u^{3}	ka^{5}	tu^{6}	ɕe:n^{2}	ɕai^{2}
守	**孤**	**独**	**全**	**齐**

时时在孤独。

3-667

当	**阝**	**当**	**在**	**远**
Dangq	boux	dangq	ywq	gyae
ta:ŋ^{5}	pu^{4}	ta:ŋ^{5}	jɯ^{5}	kjai^{1}
另	**个**	**另**	**在**	**远**

各住各家乡，

3-668

问	**韦**	**古**	**而**	**样**
Cam	vae	guh	lawz	yiengh
ɕa:m^{1}	vai^{1}	ku^{4}	laɯ^{2}	jɯ:ŋ^{6}
问	**姓**	**做**	**哪**	**样**

何需问姓氏？

女唱

3-669

写	**南**	**来**	**了**	**友**
Ce	nanz	lai	liux	youx
ɕe^{1}	na:n^{2}	la:i^{1}	li:u^{4}	ju^{4}
留	**久**	**多**	**啰**	**友**

久违了我友，

3-670

小	**卡**	**豆**	**全**	**岁**
Souj	gaq	duh	cienz	caez
θi:u^{3}	ka^{5}	tu^{6}	ɕe:n^{2}	ɕai^{2}
守	**孤**	**独**	**全**	**齐**

时时在孤独。

3-671

当	**阝**	**当**	**在**	**远**
Dangq	boux	dangq	ywq	gyae
ta:ŋ^{5}	pu^{4}	ta:ŋ^{5}	jɯ^{5}	kjai^{1}
另	**个**	**另**	**在**	**远**

各住各家乡，

3-672

当	**韦**	**龙**	**牙**	**勒**
Dangq	vae	lungz	yax	lawh
ta:ŋ^{5}	vai^{1}	luŋ^{2}	ja^{5}	ləɯ^{6}
另	**姓**	**龙**	**才**	**换**

异姓兄才交。

男唱

3-673

写	**南**	**来**	**了**	**友**
Ce	nanz	lai	liux	youx
çe^{1}	na:n^{2}	la:i^{1}	li:u^{4}	ju^{4}
留	**久**	**多**	**啰**	**友**

久违了我友，

3-674

小	**卡**	**豆**	**拉**	**单**
Souj	gaq	duh	laj	dan
θi:u^{3}	ka^{5}	tu^{6}	la^{3}	ta:n^{1}
守	**孤**	**独**	**下**	**滩**

孤身河滩上。

3-675

貝	**得**	**田**	**代**	**三**
Bae	ndaej	denz	daih	san
pai^{1}	dai^{3}	te:n^{2}	ta:i^{6}	θa:n^{1}
去	**得**	**地**	**大**	**山**

得风水好地，

3-676

利	**玩**	**正**	**知**	**不**
Lij	vanz	cingz	rox	mbouj
li^{4}	va:n^{2}	çiŋ^{2}	ɹo^{4}	bou^{5}
还	**还**	**情**	**或**	**不**

还念旧情否？

女唱

3-677

写	**南**	**来**	**了**	**友**
Ce	nanz	lai	liux	youx
çe^{1}	na:n^{2}	la:i^{1}	li:u^{4}	ju^{4}
留	**久**	**多**	**啰**	**友**

久违了我友，

3-678

小	**卡**	**豆**	**拉**	**单**
Souj	gaq	duh	laj	dan
θi:u^{3}	ka^{5}	tu^{6}	la^{3}	ta:n^{1}
守	**孤**	**独**	**下**	**滩**

孤身河滩上。

3-679

貝	**得**	**田**	**代**	**三**
Bae	ndaej	denz	daih	san
pai^{1}	dai^{3}	te:n^{2}	ta:i^{6}	θa:n^{1}
去	**得**	**地**	**大**	**山**

找到好地方，

3-680

玩	**正**	**牙**	**不**	**满**
Vanz	cingz	yax	mbouj	monh
va:n^{2}	çiŋ^{2}	ja^{5}	bou^{5}	mo:n^{6}
还	**情**	**也**	**不**	**谈情**

念情不谈情。

男唱

3-681

写	**南**	**来**	**了**	**友**
Ce	nanz	lai	liux	youx
çe^{1}	naːn^{2}	laːi^{1}	liːu^{4}	ju^{4}
留	**久**	**多**	**啰**	**友**

久违了我友，

3-682

小	**卡**	**豆**	**拉**	**单**
Souj	gaq	duh	laj	dan
θiːu^{3}	ka^{5}	tu^{6}	la^{3}	taːn^{1}
守	**孤**	**独**	**下**	**滩**

孤身河滩上。

3-683

貝	**得**	**田**	**代**	**三**
Bae	ndaej	denz	daih	san
pai^{1}	dai^{3}	teːn^{2}	taːi^{6}	θaːn^{1}
去	**得**	**地**	**大**	**山**

找到好地方，

3-684

玩	**正**	**写**	**给**	**佚**
Vanz	cingz	ce	hawj	fwx
vaːn^{2}	çiŋ^{2}	çe^{1}	həɯ^{3}	fə^{4}
还	**情**	**留**	**给**	**别人**

旧情让给人。

女唱

3-685

写	**南**	**来**	**了**	**友**
Ce	nanz	lai	liux	youx
çe^{1}	naːn^{2}	laːi^{1}	liːu^{4}	ju^{4}
留	**久**	**多**	**啰**	**友**

久违了我友，

3-686

小	**卡**	**豆**	**拉**	**单**
Souj	gaq	duh	laj	dan
θiːu^{3}	ka^{5}	tu^{6}	la^{3}	taːn^{1}
守	**孤**	**独**	**下**	**滩**

孤身河滩上。

3-687

貝	**得**	**田**	**代**	**三**
Bae	ndaej	denz	daih	san
pai^{1}	dai^{3}	teːn^{2}	taːi^{6}	θaːn^{1}
去	**得**	**地**	**大**	**山**

找到好地方，

3-688

不	**阝**	**玩**	**九**	**果**
Mbouj	boux	vanz	giuz	goj
bou^{5}	pu^{4}	vaːn^{2}	kiːu^{2}	ko^{3}
不	**个**	**还**	**头**	**故事**

旧友无人交。

男唱

3-689

写	南	来	了	友
Ce	nanz	lai	liux	youx
çe^{1}	na:n^{2}	la:i^{1}	li:u^{4}	ju^{4}
留	久	多	啰	友

久违了我友，

3-690

小	卡	豆	拉	单
Souj	gaq	duh	laj	dan
θi:u^{3}	ka^{5}	tu^{6}	la^{3}	ta:n^{1}
守	孤	独	下	滩

孤身河滩上。

3-691

貝	得	田	代	三
Bae	ndaej	denz	daih	san
pai^{1}	dai^{3}	te:n^{2}	ta:i^{6}	θa:n^{1}
去	得	地	大	山

找得好地方，

3-692

偻	牙	难	送	仪
Raeuz	yax	nanz	soengq	saenq
ɹau^{2}	ja^{5}	na:n^{2}	θoŋ^{5}	θin^{5}
我们	也	难	送	信

彼此难通信。

女唱

3-693

貝	得	田	代	三
Bae	ndaej	denz	daih	san
pai^{1}	dai^{3}	te:n^{2}	ta:i^{6}	θa:n^{1}
去	得	地	大	山

去那好地方，

3-694

偻	牙	难	送	仪
Raeuz	yax	nanz	soengq	saenq
ɹau^{2}	ja^{5}	na:n^{2}	θoŋ^{5}	θin^{5}
我们	也	难	送	信

彼此难通信。

3-695

元	远	罗	又	远
Roen	gyae	loh	youh	gyae
jo:n^{1}	kjai^{1}	lo^{6}	jou^{4}	kjai^{1}
路	远	路	又	远

路途遥又远，

3-696

代	封	仪	难	全
Daiq	fung	saenq	nanz	cienz
ta:i^{5}	fuŋ^{1}	θin^{5}	na:n^{2}	çu:n^{2}
带	封	信	难	传

寄信难收到。

男唱

3–697

写 南 来 了 友

Ce nanz lai liux youx

ɕe^{1} na:n^{2} la:i^{1} li:u^{4} ju^{4}

留 久 多 啰 友

久违了我友，

3–698

小 卡 豆 拉 单

Souj gaq duh laj dan

θi:u^{3} ka^{5} tu^{6} la^{3} ta:n^{1}

守 孤 独 下 滩

孤身河滩上。

3–699

正 义 想 牙 玩

Cingz ngeih siengj yaek vanz

ɕiŋ^{2} ȵi^{6} θi:ŋ^{3} jak^{7} va:n^{2}

情 义 想 要 还

正想去还情，

3–700

少 然 说 妻 伏

Sau ranz naeuz maex fwx

θa:u^{1} ɹa:n^{2} nau^{2} mai^{4} fə^{4}

姑娘 家 或 妻 别人

是否已嫁人？

女唱

3–701

写 南 来 了 友

Ce nanz lai liux youx

ɕe^{1} na:n^{2} la:i^{1} li:u^{4} ju^{4}

留 久 多 啰 友

久违了我友，

3–702

小 卡 豆 拉 单

Souj gaq duh laj dan

θi:u^{3} ka^{5} tu^{6} la^{3} ta:n^{1}

守 孤 独 下 滩

孤身河滩上。

3–703

米 正 义 是 玩

Miz cingz ngeih cix vanz

mi^{2} ɕiŋ^{2} ȵi^{6} ɕi^{4} va:n^{2}

有 情 义 就 还

想还情就还，

3–704

少 然 空 了 备

Sau ranz ndwi liux beix

θa:u^{1} ɹa:n^{2} du:i^{1} li:u^{4} pi^{4}

姑娘 家 不 啰 兄

终究是闺女。

男唱

3–705

写	**南**	**来**	**了**	**友**
Ce	nanz	lai	liux	youx
çe^{1}	naːn^{2}	laːi^{1}	liːu^{4}	ju^{4}
留	久	多	啰	友

久违了我友，

3–706

小	**卡**	**豆**	**拉**	**单**
Souj	gaq	duh	laj	dan
θiːu^{3}	ka^{5}	tu^{6}	la^{3}	taːn^{1}
守	孤	独	下	滩

孤身河滩上。

3–707

妻	**伕**	**土**	**不**	**玩**
Maex	fwx	dou	mbouj	vanz
mai^{4}	fə^{4}	tu^{1}	bou^{5}	vaːn^{2}
妻	别人	我	不	还

别人妻不交，

3–708

少	**然**	**土**	**是**	**勒**
Sau	ranz	dou	cix	lawh
θaːu^{1}	ɹaːn^{2}	tu^{1}	çi^{4}	ləɯ^{6}
姑娘	家	我	就	换

闺女我才交。

女唱

3–709

写	**南**	**来**	**了**	**友**
Ce	nanz	lai	liux	youx
çe^{1}	naːn^{2}	laːi^{1}	liːu^{4}	ju^{4}
留	久	多	啰	友

久违了我友，

3–710

小	**卡**	**豆**	**拉**	**单**
Souj	gaq	duh	laj	dan
θiːu^{3}	ka^{5}	tu^{6}	la^{3}	taːn^{1}
守	孤	独	下	滩

孤身河滩上。

3–711

义	**然**	**瓦**	**你**	**反**
Nyi	ranz	ngvax	mwngz	fan
n̥i^{1}	ɹaːn^{2}	ŋwa^{4}	mɯŋ^{2}	faːn^{1}
听	家	瓦	你	翻

听说瓦房倒，

3–712

后	**然**	**单**	**貝**	**在**
Haeuj	ranz	gyan	bae	ywq
hau^{3}	ɹaːn^{2}	kjaːn^{1}	pai^{1}	jɯ^{5}
进	家	干栏	去	住

住进干栏屋。

男唱

3-713

写	南	来	了	友
Ce	nanz	lai	liux	youx
çe^{1}	naːn^{2}	laːi^{1}	liːu^{4}	ju^{4}
留	久	多	啰	友

久违了我友，

3-714

小	卡	豆	拉	单
Souj	gaq	duh	laj	dan
θiːu^{3}	ka^{5}	tu^{6}	la^{3}	taːn^{1}
守	孤	独	下	滩

孤身河滩上。

3-715

然	瓦	是	利	反
Ranz	ngvax	cix	lij	fan
ɹaːn^{2}	ŋwa^{4}	çi^{4}	li^{4}	faːn^{1}
家	瓦	是	还	翻

瓦房还重建，

3-716

讲	然	单	么	农
Gangj	ranz	gyan	maq	nuengx
kaːŋ^{3}	ɹaːn^{2}	kjaːn^{1}	ma^{5}	nuːŋ^{4}
讲	家	干栏	嘛	妹

讲什么干栏？

女唱

3-717

写	南	来	了	友
Ce	nanz	lai	liux	youx
çe^{1}	naːn^{2}	laːi^{1}	liːu^{4}	ju^{4}
留	久	多	啰	友

久违了我友，

3-718

小	卡	豆	拉	单
Souj	gaq	duh	laj	dan
θiːu^{3}	ka^{5}	tu^{6}	la^{3}	taːn^{1}
守	孤	独	下	滩

孤身河滩上。

3-719

然	瓦	片	三	层
Ranz	ngvax	bienh	sam	caengz
ɹaːn^{2}	ŋwa^{4}	piːn^{6}	θaːn^{1}	çaŋ^{2}
家	瓦	编	三	层

瓦房连年修，

3-720

讲	反	貝	么	备
Gangj	fan	bae	maq	beix
kaːŋ^{3}	faːn^{1}	pai^{1}	ma^{5}	pi^{4}
讲	翻	去	嘛	兄

谈何去重建？

男唱

3-721

写	**南**	**来**	**了**	**友**
Ce	nanz	lai	liux	youx
çe^{1}	naːn^{2}	laːi^{1}	liːu^{4}	ju^{4}
留	**久**	**多**	**啰**	**友**

久违了我友，

3-722

小	**卡**	**豆**	**拉**	**单**
Souj	gaq	duh	laj	dan
θiːu^{3}	ka^{5}	tu^{6}	la^{3}	taːn^{1}
守	**孤**	**独**	**下**	**滩**

孤身河滩上。

3-723

然	**瓦**	**是**	**利**	**反**
Ranz	ngvax	cix	lij	fan
ɹaːn^{2}	ŋwa^{4}	çi^{4}	li^{4}	faːn^{1}
家	**瓦**	**是**	**还**	**翻**

瓦房还重建，

3-724

讲	**卡**	**单**	**拉**	**司**
Gangj	gaq	gyan	laj	sɯj
kaːŋ^{3}	ka^{5}	kjaːn^{1}	la^{3}	θɯ^{3}
讲	**孤**	**单**	**下**	**偏屋**

谈何住社庙。

女唱

3-725

写	**南**	**来**	**了**	**友**
Ce	nanz	lai	liux	youx
çe^{1}	naːn^{2}	laːi^{1}	liːu^{4}	ju^{4}
留	**久**	**多**	**啰**	**友**

久违了我友，

3-726

小	**卡**	**豆**	**拉**	**单**
Souj	gaq	duh	laj	dan
θiːu^{3}	ka^{5}	tu^{6}	la^{3}	taːn^{1}
守	**孤**	**独**	**下**	**滩**

孤身河滩上。

3-727

粒	**后**	**八**	**是**	**三**
Ngveih	haeux	bet	cix	sanq
ŋwei^{6}	hau^{4}	peːt^{7}	çi^{4}	θaːn^{5}
粒	**米**	**剥**	**就**	**散**

米粒剥会散，

3-728

龙	**反**	**得**	**知**	**不**
Lungz	fan	ndaej	rox	mbouj
luŋ^{2}	faːn^{1}	dai^{3}	ɹo^{4}	bou^{5}
龙	**翻**	**得**	**或**	**不**

兄能挽回否？

男唱

3-729

写 南 来 了 友

Ce nanz lai liux youx

çe^{1} na:n^{2} la:i^{1} li:u^{4} ju^{4}

留 久 多 啰 友

久违了我友，

3-730

小 卡 豆 拉 单

Souj gaq duh laj dan

θi:u^{3} ka^{5} tu^{6} la^{3} ta:n^{1}

守 孤 独 下 滩

孤身河滩上。

3-731

粒 后 八 是 三

Ngveih haeux bet cix sanq

ŋwei^{6} hau^{4} pe:t^{7} çi^{4} θa:n^{5}

粒 米 剥 就 散

米粒剥会散，

3-732

良 反 牙 不 得

Lingh fan yax mbouj ndaej

le:ŋ^{6} fa:n^{1} ja^{5} bou^{5} dai^{3}

另 翻 也 不 得

反悔也不得。

女唱

3-733

写 南 来 了 友

Ce nanz lai liux youx

çe^{1} na:n^{2} la:i^{1} li:u^{4} ju^{4}

留 久 多 啰 友

久违了吾友，

3-734

小 卡 豆 拉 单

Souj gaq duh laj dan

θi:u^{3} ka^{5} tu^{6} la^{3} ta:n^{1}

守 孤 独 下 滩

孤身河滩上。

3-735

粒 后 八 是 三

Ngveih haeux bet cix sanq

ŋwei^{6} hau^{4} pe:t^{7} çi^{4} θa:n^{5}

粒 米 剥 就 散

米粒剥会散，

3-736

土 反 给 你 累

Dou fan hawj mwngz laeq

tu^{1} fan^{1} həɯ^{3} mɯŋ^{2} lai^{5}

我 翻 给 你 看

我翻给你看。

男唱

3-737

写	**南**	**来**	**了**	**友**
Ce	nanz	lai	liux	youx
$çe^{1}$	$na:n^{2}$	$la:i^{1}$	$li:u^{4}$	ju^{4}
留	**久**	**多**	**啰**	**友**

久违了我友，

3-738

小	**卡**	**豆**	**拉**	**单**
Souj	gaq	duh	laj	dan
$\theta i:u^{3}$	ka^{5}	tu^{6}	la^{3}	$ta:n^{1}$
守	**孤**	**独**	**下**	**滩**

孤身河滩上。

3-739

粒	**后**	**八**	**是**	**三**
Ngveih	haeux	bet	cix	sanq
ηwei^{6}	hau^{4}	$pe:t^{5}$	$çi^{4}$	$\theta a:n^{5}$
粒	**米**	**剥**	**就**	**散**

米粒剥会散，

3-740

反	**得**	**少**	**是**	**节**
Fan	ndaej	sau	cix	ciep
$fa:n^{1}$	dai^{1}	$\theta a:u^{1}$	$çi^{4}$	$çe:t^{7}$
翻	**得**	**姑娘**	**就**	**接**

反得妹承接。

女唱

3-741

粒	**后**	**八**	**是**	**三**
Ngveih	haeux	bet	cix	sanq
ηwei^{6}	hau^{4}	$pe:t^{7}$	$çi^{4}$	$\theta a:n^{5}$
粒	**米**	**剥**	**就**	**散**

米粒剥会散，

3-742

反	**得**	**少**	**是**	**节**
Fan	ndaej	sau	cix	ciep
$fa:n^{1}$	dai^{1}	$\theta a:u^{1}$	$çi^{4}$	$çe:t^{7}$
翻	**得**	**姑娘**	**就**	**接**

反得妹来接。

3-743

粒	**后**	**八**	**是**	**八**
Ngveih	haeux	bet	cix	bet
ηwei^{6}	hau^{4}	$pe:t^{7}$	$çi^{4}$	$pe:t^{7}$
粒	**米**	**剥**	**就**	**剥**

米粒剥就散，

3-744

节	**得**	**农**	**是**	**要**
Ciep	ndaej	nuengx	cix	aeu
$çe:t^{7}$	dai^{3}	$nu:\eta^{4}$	$çi^{4}$	au^{1}
接	**得**	**妹**	**就**	**要**

接得妹就嫁。

男唱

3-745

粒	**后**	**八**	**是**	**三**
Ngveih	haeux	bet	cix	sanq
ŋwei^{6}	hau^{4}	peːt^{7}	ɕi^{4}	θaːn^{5}
粒	**米**	**剥**	**就**	**散**

米粒剥会散，

3-746

反	**得**	**你**	**是**	**节**
Fan	ndaej	mwngz	cix	ciep
faːn^{1}	dai^{3}	mɯŋ^{2}	ɕi^{4}	ɕeːt^{7}
翻	**得**	**你**	**就**	**接**

反得妹来接。

3-747

粒	**后**	**八**	**十**	**八**
Ngveih	haeux	bet	cix	bet
ŋwei^{6}	hau^{4}	peːt^{7}	ɕi^{4}	peːt^{7}
粒	**米**	**剥**	**就**	**剥**

米粒剥就碎，

3-748

不	**节**	**伕**	**英**	**元**
Mbouj	ciep	fwx	in	yuenz
bou^{5}	ɕeːt^{7}	fə^{4}	in^{1}	juːn^{2}
不	**接**	**别人**	**姻**	**缘**

姻缘不可坏。

女唱

3-749

粒	**后**	**八**	**是**	**三**
Ngveih	haeux	bet	cix	sanq
ŋwei^{6}	hau^{4}	peːt^{7}	ɕi^{4}	θaːn^{5}
粒	**米**	**剥**	**就**	**散**

米粒剥会散，

3-750

反	**得**	**少**	**是**	**节**
Fan	ndaej	sau	cix	ciep
faːn^{1}	dai^{3}	θaːu^{1}	ɕi^{4}	ɕeːt^{7}
翻	**得**	**姑娘**	**就**	**接**

反得妹来接。

3-751

粒	**后**	**八**	**是**	**八**
Ngveih	haeux	bet	cix	bet
ŋwei^{6}	hau^{4}	peːt^{7}	ɕi^{4}	peːt^{7}
粒	**米**	**剥**	**就**	**剥**

米粒剥就碎，

3-752

良	**节**	**不**	**得**	**傻**
Lingh	ciep	mbouj	ndaej	raeuz
leːŋ^{6}	ɕeːt^{7}	bou^{5}	dai^{3}	ɹau^{2}
另	**接**	**不**	**得**	**我们**

前缘难续上。

女唱

3-753

写	**南**	**来**	**了**	**友**
Ce	nanz	lai	liux	youx
çe^{1}	naːn^{2}	laːi^{1}	liːu^{4}	ju^{4}
留	久	多	啰	友

久违了我友，

3-754

小	**卡**	**豆**	**拉**	**单**
Souj	gaq	duh	laj	dan
θiːu^{3}	ka^{5}	tu^{6}	la^{3}	taːn^{1}
守	孤	独	下	滩

孤身河滩上。

3-755

伕	**收**	**后**	**很**	**板**
Fwx	siu	haeux	hwnj	bam
fə^{4}	θiːu^{1}	hau^{4}	hɯn^{3}	paːn^{1}
别人	收	米	上	阁楼

看别人收米，

3-756

心	**龙**	**反**	**知**	**不**
Sim	lungz	fan	rox	mbouj
θin^{1}	luŋ^{2}	faːn^{1}	ɹo^{4}	bou^{5}
心	龙	翻	或	不

兄是否变心？

男唱

3-757

写	**南**	**来**	**了**	**友**
Ce	nanz	lai	liux	youx
çe^{1}	naːn^{2}	laːi^{1}	liːu^{4}	ju^{4}
留	久	多	啰	友

久违了我友，

3-758

小	**卡**	**豆**	**更**	**桥**
Souj	gaq	duh	gwnz	giuz
θiːu^{3}	ka^{5}	tu^{6}	kɯn^{2}	kiːu^{2}
守	孤	独	上	桥

独立孤桥上。

3-759

后	**黄**	**伕**	**是**	**收**
Haeux	henj	fwx	cix	siu
hau^{4}	heːn^{3}	fə^{4}	çi^{4}	θiːu^{1}
米	黄	别人	就	收

稻熟别人收，

3-760

后	**绿**	**不**	**可**	**在**
Haeux	heu	mbouj	goj	ywq
hau^{4}	heːu^{1}	bou^{5}	ko^{5}	jɯ^{5}
米	青	不	可	在

稻青禾还在。

女唱

3-761
写 南 来 了 友
Ce nanz lai liux youx
çe^{1} na:n^{2} la:i^{1} li:u^{4} ju^{4}
留 久 多 啰 友
久违了我友，

3-762
小 卡 豆 更 桥
Souj gaq duh gwnz giuz
θi:u^{3} ka^{5} tu^{6} kɯn^{2} ki:u^{2}
守 孤 独 上 桥
独立孤桥上。

3-763
后 黄 刀 伕 收
Haeux henj dauq fwx siu
hau^{4} he:n^{3} ta:u^{5} fə^{4} θi:u^{1}
米 黄 倒 别人 收
谷熟别人收，

3-764
付 苗 你 了 备
Fouz miuz mwngz liux beix
fu^{2} mi:u^{2} mɯŋ^{2} li:u^{4} pi^{4}
浮 禾苗 你 啰 兄
兄徒收禾秆。

男唱

3-765
写 南 来 了 友
Ce nanz lai liux youx
çe^{1} na:n^{2} la:i^{1} li:u^{4} ju^{4}
留 久 多 啰 友
久违了我友，

3-766
小 卡 豆 更 桥
Souj gaq duh gwnz giuz
θi:u^{3} ka^{5} tu^{6} kɯn^{2} ki:u^{2}
守 孤 独 上 桥
独立孤桥上。

3-767
后 黄 查 后 绿
Haeux henj cab haeux heu
hau^{4} he:n^{3} ça:p^{8} hau^{4} he:u^{1}
米 黄 掺 米 青
黄青稻杂乱，

3-768
样 而 收 了 农
Yiengh lawz siu liux nuengx
jɯ:ŋ^{6} laɯ^{2} θi:u^{1} li:u^{4} nu:ŋ^{4}
样 哪 收 啰 妹
叫我怎么收？

女唱

3-769

写	**南**	**来**	**了**	**友**
Ce	nanz	lai	liux	youx
çe^{1}	naːn^{2}	laːi^{1}	liːu^{4}	ju^{4}
留	**久**	**多**	**啰**	**友**

久违了吾友，

3-770

小	**卡**	**豆**	**更**	**桥**
Souj	gaq	duh	gwnz	giuz
θiːu^{3}	ka^{5}	tu^{6}	kɯn^{2}	kiːu^{2}
守	**孤**	**独**	**上**	**桥**

独立孤桥上。

3-771

后	**黄**	**查**	**后**	**绿**
Haeux	henj	cab	haeux	heu
hau^{4}	heːn^{3}	çaːp^{8}	hau^{4}	heːu^{1}
米	**黄**	**掺**	**米**	**青**

生熟苗杂乱，

3-772

得	**二**	**苗**	**了**	**备**
Ndaej	song	miuz	liux	beix
dai^{3}	θoːŋ^{1}	miːu^{2}	liːu^{4}	pi^{4}
得	**两**	**糙**	**啰**	**兄**

我收得两苗。

男唱

3-773

后	**千**	**点**	**后**	**纳**
Haeux	ciem	dem	haeux	nah
hau^{4}	çiːn^{1}	teːn^{1}	hau^{4}	na^{6}
米	**籼**	**与**	**米**	**糯**

籼米和糯米，

3-774

岁	**托**	**加**	**天**	**一**
Caez	doek	gyaj	ngoenz	ndeu
çai^{2}	tok^{7}	kja^{3}	ŋon^{2}	deːu^{1}
齐	**落**	**秧**	**天**	**一**

同一天播种。

3-775

后	**纳**	**可**	**利**	**绿**
Haeux	nah	goj	lij	heu
hau^{4}	na^{6}	ko^{5}	li^{4}	heːu^{1}
米	**糯**	**可**	**还**	**青**

糯米苗还青，

3-776

后	**千**	**苗**	**先**	**害**
Haeux	ciem	miuz	senq	haih
hau^{4}	çiːn^{1}	miːu^{2}	θeːn^{5}	haːi^{6}
米	**籼**	**禾苗**	**早**	**枯**

籼米早成熟。

女唱

3-777

写	**南**	**来**	**了**	**友**
Ce	nanz	lai	liux	youx
çe^{1}	na:n^{2}	la:i^{1}	li:u^{4}	ju^{4}
留	**久**	**多**	**啰**	**友**

久违了我友，

3-778

小	**卡**	**豆**	**更**	**楼**
Souj	gaq	duh	gwnz	laeuz
θi:u^{3}	ka^{5}	tu^{6}	kɯn^{2}	lau^{2}
守	**孤**	**独**	**上**	**楼**

孤身寒楼上。

3-779

后	**黄**	**你**	**是**	**说**
Haeux	henj	mwngz	cix	naeuz
hau^{4}	he:n^{3}	mɯŋ^{2}	çi^{4}	nau^{2}
米	**黄**	**你**	**就**	**说**

稻熟告诉我，

3-780

土	**帮**	**你**	**三**	**笂**
Dou	bangh	mwngz	san	yiuj
tu^{1}	pa:ŋ^{1}	mɯŋ^{2}	θa:n^{1}	ji:u^{3}
我	**帮**	**你**	**编**	**仓**

帮你做粮仓。

男唱

3-781

写	**南**	**来**	**了**	**友**
Ce	nanz	lai	liux	youx
çe^{1}	na:n^{2}	la:i^{1}	li:u^{4}	ju^{4}
留	**久**	**多**	**啰**	**友**

久违了我友，

3-782

小	**卡**	**豆**	**相**	**仁**
Souj	gaq	duh	ciengz	yinz
θi:u^{3}	ka^{5}	tu^{6}	çi:ŋ^{2}	jun^{2}
守	**孤**	**独**	**像**	**茅草人**

孤独像茅人。

3-783

后	**黄**	**后**	**邦**	**文**
Haeux	henj	haeuj	biengz	vunz
hau^{4}	he:n^{3}	hau^{3}	pi:ŋ^{2}	vun^{2}
米	**黄**	**进**	**地方**	**人**

稻熟走他乡，

3-784

你	**召**	**心**	**么**	**农**
Mwngz	cau	sim	maz	nuengx
mɯŋ^{2}	ça:u^{5}	θin^{1}	ma^{2}	nu:ŋ^{4}
你	**操**	**心**	**什么**	**妹**

妹操什么心？

男唱

3-785

写	**南**	**来**	**了**	**友**
Ce	nanz	lai	liux	youx
ɕe^{1}	naːn^{2}	laːi^{1}	liːu^{4}	ju^{4}
留	久	多	啰	友

久违了我友，

3-786

小	**卡**	**豆**	**相**	**仁**
Souj	gaq	duh	ciengz	yinz
θiːu^{3}	ka^{5}	tu^{6}	ɕiːŋ^{2}	jun^{2}
守	孤	独	像	茅草人

孤独似茅人。

3-787

后	**黄**	**后**	**邦**	**文**
Haeux	henj	haeuj	biengz	vunz
hau^{4}	heːn^{3}	hau^{3}	piːŋ^{2}	vun^{2}
米	黄	进	地方	人

稻熟走他乡，

3-788

偻	**岁**	**刚**	**手**	**初**
Raeuz	caez	gang	fwngz	byouq
ɹau^{2}	ɕai^{2}	kaːŋ^{1}	fɯŋ^{2}	pjou^{5}
我们	齐	打开	手	空

我俩空手回。

女唱

3-789

写	**南**	**来**	**了**	**友**
Ce	nanz	lai	liux	youx
ɕe^{1}	naːn^{2}	laːi^{1}	liːu^{4}	ju^{4}
留	久	多	啰	友

久违了我友，

3-790

小	**卡**	**豆**	**相**	**仁**
Souj	gaq	duh	ciengz	yinz
θiːu^{3}	ka^{5}	tu^{6}	ɕiːŋ^{2}	jun^{2}
守	孤	独	像	茅草人

孤独似茅人。

3-791

后	**黄**	**后**	**邦**	**文**
Haeux	henj	haeuj	biengz	vunz
hau^{4}	heːn^{3}	hau^{3}	piːŋ^{2}	vun^{2}
米	黄	进	地方	人

稻熟走他乡，

3-792

月	**跟**	**日**	**吃**	**希**
Ndwen	riengz	ngoenz	gwn	heiq
dɯːn^{1}	ɹiːŋ^{2}	ŋon^{2}	kɯn^{1}	hi^{5}
月	跟	日	吃	气

天天在着急。

男唱

3-793

写 南 来 了 友

Ce nanz lai liux youx

çe^{1} naːn^{2} laːi^{1} liːu^{4} ju^{4}

留 久 多 啰 友

久违了我友，

3-794

小 卡 豆 义 罗

Souj gaq duh ngeiq loh

θiːu^{3} ka^{5} tu^{6} ȵi^{5} lo^{6}

守 孤 独 枝 路

独立岔路旁。

3-795

伕 收 后 更 果

Fwx siu haeux gwnz go

fə^{4} θiːu^{1} hau^{4} kɯn^{2} ko^{1}

别人 收 谷 上 棵

别人忙收割，

3-796

偻 岁 却 讲 满

Raeuz caez gyo gangj monh

ɹau^{2} çai^{2} kjo^{1} kaːŋ^{3} moːn^{6}

我们 齐 幸亏 讲 情

我们在谈情。

女唱

3-797

写 南 来 了 友

Ce nanz lai liux youx

çe^{1} naːn^{2} laːi^{1} liːu^{4} ju^{4}

留 久 多 啰 友

久违了我友，

3-798

小 卡 豆 义 罗

Souj gaq duh ngeiq loh

θiːu^{3} ka^{5} tu^{6} ȵi^{5} lo^{6}

守 孤 独 枝 路

独立岔路旁。

3-799

会 邦 山 牙 锣

Faex bangx bya yax roz

fai^{4} paːŋ^{4} pja^{1} ja^{5} ɹo^{2}

树 旁 山 也 枯

山边树会枯，

3-800

秀 卜 作 牙 了

Ciuh boux coz yax liux

çiːu^{6} pu^{4} ço^{2} ja^{5} liːu^{4}

世 个 年轻 也 完

盛年也会衰。

男唱

3-801

写	南	来	了	友
Ce	nanz	lai	liux	youx
çe^{1}	naːn^{2}	laːi^{1}	liːu^{4}	ju^{4}
留	久	多	啰	友

久违了我友，

3-802

小	卡	豆	义	罗
Souj	gaq	duh	ngeiq	loh
θiːu^{3}	ka^{5}	tu^{6}	ȵi^{5}	lo^{6}
守	孤	独	枝	路

独立岔路旁。

3-803

会	王	百	义	果
Faex	vangh	bak	ngeih	go
fai^{4}	vaːŋ^{6}	paːk^{7}	ȵi^{6}	ko^{1}
树	苹婆	百	二	棵

杂树百二蔸，

3-804

代	愣	不	得	了
Dai	roz	mbouj	ndaej	liux
taːi^{1}	ɹo^{2}	bou^{5}	dai^{3}	liːu^{4}
死	枯	不	得	完

不会全枯死。

女唱

3-805

写	南	来	了	友
Ce	nanz	lai	liux	youx
çe^{1}	naːn^{2}	laːi^{1}	liːu^{4}	ju^{4}
留	久	多	啰	友

久违了我友，

3-806

小	卡	豆	义	罗
Souj	gaq	duh	ngeiq	loh
θiːu^{3}	ka^{5}	tu^{6}	ȵi^{5}	lo^{6}
守	孤	独	枝	路

独立岔路旁。

3-807

不	仪	果	仟	破
Mbouj	saenq	go	sen	boz
bou^{5}	θin^{5}	ko^{1}	θeːn^{1}	po^{2}
不	信	棵	大	芦

不信大山芦，

3-808

代	愣	更	令	兰
Dai	roz	gwnz	rin	ndat
taːi^{1}	ɹo^{2}	kɯn^{2}	ɹin^{1}	daːt^{7}
死	枯	上	石	热

热石上枯死。

男唱

3-809
写 南 来 了 友
Ce nanz lai liux youx
çe^{1} na:n^{2} la:i^{1} li:u^{4} ju^{4}
留 久 多 啰 友
久违了我友，

3-810
小 卡 豆 义 罗
Souj gaq duh ngeiq loh
θi:u^{3} ka^{5} tu^{6} ȵi^{5} lo^{6}
守 孤 独 枝 路
独立岔路旁。

3-811
不 仪 果 仟 破
Mbouj saenq go sen boz
bou^{5} θin^{5} ko^{1} θe:n^{1} po^{2}
不 信 棵 大 芦
不见大山芦，

3-812
果 㑩 果 又 很
Go roz go youh hwnj
ko^{1} ɹo^{2} ko^{1} jou^{4} hɯn^{3}
棵 枯 棵 又 起
有枯又有荣。

女唱

3-813
写 南 来 了 友
Ce nanz lai liux youx
çe^{1} na:n^{2} la:i^{1} li:u^{4} ju^{4}
留 久 多 啰 友
久违了我友，

3-814
小 卡 豆 义 罗
Souj gaq duh ngeiq loh
θi:u^{3} ka^{5} tu^{6} ȵi^{5} lo^{6}
守 孤 独 枝 路
独立岔路旁。

3-815
歪 铁 貝 写 果
Faiq dek bae ce go
va:i^{5} te:k^{7} pai^{1} çe^{1} ko^{1}
棉 裂 去 留 棵
棉熟离树去，

3-816
叶 㑩 貝 写 干
Mbaw roz bae ce ganj
baɯ^{1} ɹo^{2} pai^{1} çe^{1} ka:n^{5}
叶 枯 去 留 秆
叶落树枝秃。

男唱

3-817

歪	**铁**	**贝**	**写**	**果**
Faiq	dek	bae	ce	go
vaːi^{5}	teːk^{7}	pai^{1}	çe^{1}	ko^{1}
棉	**裂**	**去**	**留**	**棵**

棉熟离树去，

3-818

叶	**僇**	**贝**	**写**	**干**
Mbaw	roz	bae	ce	ganj
baɯ^{1}	ɹo^{2}	pai^{1}	çe^{1}	kaːn^{5}
叶	**枯**	**去**	**留**	**秆**

叶落树枝秃。

3-819

交	**春**	**堂**	**好**	**汉**
Gyau	cin	daengz	hau	hanq
kjaːu^{1}	çun^{1}	taŋ^{2}	haːu^{1}	haːn^{5}
交	**春**	**到**	**白**	**灿灿**

马上要立春，

3-820

农	**赔**	**三**	**跟**	**偻**
Nuengx	boiq	sanq	riengz	raeuz
nuːŋ^{4}	poːi^{5}	θaːn^{5}	ɹiːŋ^{2}	ɹau^{2}
妹	**险**	**散**	**跟**	**我们**

妹差点走散。

女唱

3-821

写	**南**	**来**	**了**	**友**
Ce	nanz	lai	liux	youx
çe^{1}	naːn^{2}	laːi^{1}	liːu^{4}	ju^{4}
留	**久**	**多**	**啰**	**友**

久违了我友，

3-822

小	**卡**	**豆**	**邦**	**吨**
Souj	gaq	duh	bangx	daemz
θiːu^{3}	ka^{5}	tu^{6}	paːŋ^{4}	tan^{2}
守	**孤**	**独**	**旁**	**塘**

独立池塘边。

3-823

伕	**玩**	**金**	**玩**	**银**
Fwx	vanz	gim	vanz	ngaenz
fə^{4}	vaːn^{2}	kin^{1}	vaːn^{2}	ŋan^{2}
别人	**还**	**金**	**还**	**银**

别人送金银，

3-824

偻	**玩**	**更**	**了**	**备**
Raeuz	vanz	gaen	liux	beix
ɹau^{2}	vaːn^{2}	kan^{1}	liːu^{4}	pi^{4}
我们	**还**	**巾**	**啰**	**兄**

我俩送毛巾。

男唱

3-825

写	南	来	了	友
Ce	nanz	lai	liux	youx
çe^{1}	na:n^{2}	la:i^{1}	li:u^{4}	ju^{4}
留	久	多	啰	友

久违了我友，

3-826

小	卡	豆	邦	吨
Souj	gaq	duh	bangx	daemz
θi:u^{3}	ka^{5}	tu^{6}	pa:ŋ^{4}	tan^{2}
守	孤	独	旁	塘

孤身池塘边。

3-827

九	父	你	米	银
Riuz	boh	mwngz	miz	ngaenz
ɹi:u^{2}	po^{6}	mɯŋ^{2}	mi^{2}	ŋan^{2}
传	父	你	有	银

传你父有钱，

3-828

它	要	更	古	仪
Dauq	aeu	gaen	guh	saenq
ta:u^{5}	au^{1}	kan^{1}	ku^{4}	θin^{5}
倒	要	巾	做	信

却用巾为信。

女唱

3-829

写	南	来	了	友
Ce	nanz	lai	liux	youx
çe^{1}	na:n^{2}	la:i^{1}	li:u^{4}	ju^{4}
留	久	多	啰	友

久违了我友，

3-830

小	卡	豆	邦	吨
Souj	gaq	duh	bangx	daemz
θi:u^{3}	ka^{5}	tu^{6}	pa:ŋ^{4}	tan^{2}
守	孤	独	旁	塘

只身池塘边。

3-831

银	子	不	真	银
Yinz	swj	mbouj	caen	ngaenz
jin^{2}	θɯ^{3}	bou^{5}	çin^{1}	ŋan^{2}
银	子	不	真	银

并非真有钱，

3-832

贝	更	不	真	仪
Mbaw	gaen	mbouj	caen	saenq
baɯ^{1}	kan^{1}	bou^{5}	çin^{1}	θin^{5}
张	巾	不	真	信

巾也非信物。

男唱

3-833

写　南　来　了　友

Ce　nanz　lai　liux　youx

çe^{1}　na:n^{2}　la:i^{1}　li:u^{4}　ju^{4}

留　久　多　啰　友

久违了我友，

3-834

小　卡　豆　邦　吨

Souj　gaq　duh　bangx　daemz

θi:u^{3}　ka^{5}　tu^{6}　pa:ŋ^{4}　tan^{2}

守　孤　独　旁　塘

孤身池塘边。

3-835

心　火　来　农　银

Sin　hoj　lai　nuengx　ngaenz

θin^{1}　ho^{3}　la:i^{1}　nu:ŋ^{4}　ŋan^{2}

辛　苦　多　妹　银

家里太贫穷，

3-836

要　更　古　桥　才

Aeu　gaen　guh　giuz　raih

au^{1}　kan^{1}　ku^{4}　ki:u^{2}　ɹa:i^{6}

要　巾　做　桥　爬

用毛巾当桥。

女唱

3-837

写　南　来　了　友

Ce　nanz　lai　liux　youx

çe^{1}　na:n^{2}　la:i^{1}　li:u^{4}　ju^{4}

留　久　多　啰　友

久违了我友，

3-838

小　卡　豆　邦　吨

Souj　gaq　duh　bangx　daemz

θi:u^{3}　ka^{5}　tu^{6}　pa:ŋ^{4}　tan^{2}

守　孤　独　旁　塘

孤身池塘边。

3-839

九　父　你　米　银

Riuz　boh　mwngz　miz　ngaenz

ɹi:u^{2}　po^{6}　muŋ^{2}　mi^{2}　ŋan^{2}

传　父　你　有　银

传你父富裕，

3-840

搭　条　元　偻　采

Dap　diuz　roen　raeuz　byaij

ta:t^{7}　ti:u^{2}　jo:n^{1}　ɹau^{2}　pja:i^{3}

搭　条　路　我们　走

为我俩牵线。

男唱

3-841

写 南 来 了 友

Ce nanz lai liux youx

çe^{1} naːn^{2} laːi^{1} liːu^{4} ju^{4}

留 久 多 啰 友

久违了我友，

3-842

小 卡 豆 邦 吨

Souj gaq duh bangx daemz

θiːu^{3} ka^{5} tu^{6} paːŋ^{4} tan^{2}

守 孤 独 旁 塘

孤身池塘边。

3-843

伕 讲 火 讲 很

Fwx gangj hoj gangj haemz

fə^{4} kaːŋ^{3} ho^{3} kaːŋ^{3} han^{2}

别人 讲 穷 讲 苦

我家真的穷，

3-844

银 在 而 了 农

Ngaenz ywq lawz liux nuengx

ŋan^{2} jɯ^{5} laɯ^{2} liːu^{4} nuːŋ^{4}

银 在 哪 啰 妹

哪里有银子。

女唱

3-845

写 南 来 了 友

Ce nanz lai liux youx

çe^{1} naːn^{2} laːi^{1} liːu^{4} ju^{4}

留 久 多 啰 友

久违了我友，

3-846

小 卡 豆 邦 吨

Souj gaq duh bangx daemz

θiːu^{3} ka^{5} tu^{6} paːŋ^{4} tan^{2}

守 孤 独 旁 塘

孤身池塘边。

3-847

空 特 讲 古 存

Ndwi dwg gangj guh caemz

duːi^{1} tɯk^{8} kaːŋ^{3} ku^{4} çan^{2}

不 是 讲 做 玩

不是开玩笑，

3-848

真 米 银 大 才

Caen miz ngaenz dah raix

çin^{1} mi^{2} ŋan^{2} ta^{6} ɹaːi^{4}

真 有 银 实 在

确实银子多。

男唱

3-849

写	**南**	**来**	**了**	**友**
Ce	nanz	lai	liux	youx
çe^{1}	naːn^{2}	laːi^{1}	liːu^{4}	ju^{4}
留	久	多	啰	友

久违了我友，

3-850

小	**卡**	**豆**	**邦**	**吨**
Souj	gaq	duh	bangx	daemz
θiːu^{3}	ka^{5}	tu^{6}	paːŋ^{4}	tan^{2}
守	孤	独	旁	塘

孤身池塘边。

3-851

听	**勒**	**伕**	**讲**	**很**
Dingq	lwg	fwx	gangj	haemz
tiŋ^{5}	lɯk^{8}	fə^{4}	kaːŋ^{3}	han^{2}
听	子	别人	讲	苦

听信人传言，

3-852

偻	**难**	**办**	**备**	**农**
Raeuz	nanz	baenz	beix	nuengx
ɹau^{2}	naːn^{2}	pan^{2}	pi^{4}	nuːŋ^{4}
我们	难	成	兄	妹

我俩难结交。

女唱

3-853

写	**南**	**来**	**了**	**友**
Ce	nanz	lai	liux	youx
çe^{1}	naːn^{2}	laːi^{1}	liːu^{4}	ju^{4}
留	久	多	啰	友

久违了我友，

3-854

小	**卡**	**豆**	**邦**	**吨**
Souj	gaq	duh	bangx	daemz
θiːu^{3}	ka^{5}	tu^{6}	paːŋ^{4}	tan^{2}
守	孤	独	旁	塘

孤身池塘边。

3-855

才	**勒**	**伕**	**讲**	**很**
Caih	lwg	fwx	gangj	haemz
çaːi^{6}	lɯk^{8}	fə^{4}	kaːŋ^{3}	han^{2}
随	子	别人	讲	苦

任凭人传言，

3-856

偻	**定**	**心**	**偻**	**在**
Raeuz	dingh	sim	raeuz	ywq
ɹau^{2}	tiŋ^{6}	θin^{1}	ɹau^{2}	jɯ^{5}
我们	定	心	我们	在

我岿然不动。

男唱

3-857

写 南 来 了 友

Ce nanz lai liux youx

çe^{1} na:n^{2} la:i^{1} li:u^{4} ju^{4}

留 久 多 啰 友

久违了我友，

3-858

小 卡 豆 邦 吨

Souj gaq duh bangx daemz

θi:u^{3} ka^{5} tu^{6} pa:ŋ^{4} tan^{2}

守 孤 独 旁 塘

孤身池塘边。

3-859

占 石 砂 古 银

Camx rin req guh ngaenz

ça:n^{6} ɹin^{1} ɹe^{5} ku^{4} ŋan^{2}

凿 石 沙 做 银

铲沙子为银，

3-860

少 秋 办 知 不

Sau ciuq baenz rox mbouj

θa:u^{1} çi:u^{5} pan^{2} ɹo^{4} bou^{5}

姑娘 看 成 或 不

妹看能成吗？

女唱

3-861

写 南 来 了 友

Ce nanz lai liux youx

çe^{1} na:n^{2} la:i^{1} li:u^{4} ju^{4}

留 久 多 啰 友

久违了我友，

3-862

小 卡 豆 邦 吨

Souj gaq duh bangx daemz

θi:u^{3} ka^{5} tu^{6} pa:ŋ^{4} tan^{2}

守 孤 独 旁 塘

孤身池塘边。

3-863

南 古 瓦 刀 办

Namh guh ngvax dauq baenz

na:n^{6} ku^{4} ŋwa^{4} ta:u^{5} pan^{2}

泥 做 瓦 倒 成

泥巴可制瓦，

3-864

石 古 银 不 变

Rin guh ngaenz mbouj bienq

ɹin^{1} ku^{4} ŋan^{2} bou^{5} pi:n^{5}

石 做 银 不 变

石不可变银。

男唱

3-865

写　南　来　了　友

Ce nanz lai liux youx

ɕe^{1} na:n^{2} la:i^{1} li:u^{4} ju^{4}

留　久　多　啰　友

久违了我友，

3-866

小　卡　豆　邦　吨

Souj gaq duh bangx daemz

θi:u^{3} ka^{5} tu^{6} pa:ŋ^{4} tan^{2}

守　孤　独　旁　塘

孤身池塘边。

3-867

占　石　砂　古　银

Camx rin req guh ngaenz

ɕa:n^{6} ɹin^{1} ɹe^{5} ku^{4} ŋan^{2}

凿　石　沙　做　银

铲沙子为银，

3-868

同　分　忧　然　瓦

Doengz baen yaeuq ranz ngvax

toŋ^{2} pan^{1} jau^{5} ɹa:n^{2} ŋwa^{4}

同　分　藏　家　瓦

分好藏瓦房。

女唱

3-869

写　南　来　了　友

Ce nanz lai liux youx

ɕe^{1} na:n^{2} la:i^{1} li:u^{4} ju^{4}

留　久　多　啰　友

久违了我友，

3-870

小　卡　豆　邦　吨

Souj gaq duh bangx daemz

θi:u^{3} ka^{5} tu^{6} pa:ŋ^{4} tan^{2}

守　孤　独　旁　塘

孤身池塘边。

3-871

石　砂　变　办　银

Rin req bienq baenz ngaenz

ɹin^{1} ɹe^{5} pi:n^{5} pan^{2} ŋan^{2}

石　沙　变　成　银

沙子变成银，

3-872

老　莫　芬　牙　中

Lau moh faenz yaek cungq

la:u^{1} mo^{6} fan^{2} jak^{7} ɕoŋ^{5}

怕　墓　坟　要　中

怕祖坟发迹。

男唱

3-873

写 南 来 了 友

Ce nanz lai liux youx

çe^{1} na:n^{2} la:i^{1} li:u^{4} ju^{4}

留 久 多 啰 友

久违了我友，

3-874

小 卡 豆 邦 吨

Souj gaq duh bangx daemz

θi:u^{3} ka^{5} tu^{6} pa:ŋ^{4} tan^{2}

守 孤 独 旁 塘

孤身池塘边。

3-875

空 却 土 莫 芬

Ndwi gyo dou moh faenz

du:i^{1} kjo^{1} tu^{1} mo^{6} fan^{2}

不 幸亏 我 墓 坟

若非我祖坟，

3-876

巴 农 银 自 尖

Bak nuengx ngaenz gag raeh

pa:k^{7} nu:ŋ^{4} ŋan^{2} ka:k^{8} ɹai^{6}

嘴 妹 银 自 利

情妹嘴厉害。

女唱

3-877

空 却 土 莫 芬

Ndwi gyo dou moh faenz

du:i^{1} kjo^{1} tu^{1} mo^{6} fan^{2}

不 幸亏 我 墓 坟

若非我祖坟，

3-878

巴 农 银 自 尖

Bak nuengx ngaenz gag raeh

pa:k^{7} nu:ŋ^{4} ŋan^{2} ka:k^{8} ɹai^{6}

嘴 妹 银 自 利

情妹嘴厉害。

3-879

空 却 你 了 岁

Ndwi gyo mwngz liux caez

du:i^{1} kjo^{1} mɯŋ^{2} li:u^{4} çai^{2}

不 幸亏 你 完 齐

若不全靠你，

3-880

巴 农 尖 办 钢

Bak nuengx raeh baenz gang

pa:k^{7} nu:ŋ^{4} ɹai^{6} pan^{2} ka:ŋ^{1}

嘴 妹 利 成 钢

妹本事哪来？

男唱

3-881

写	**南**	**来**	**了**	**友**
Ce	nanz	lai	liux	youx
çe^{1}	na:n^{2}	la:i^{1}	li:u^{4}	ju^{4}
留	久	多	啰	友

久违了我友，

3-882

小	**卡**	**豆**	**邦**	**吨**
Souj	gaq	duh	bangx	daemz
θi:u^{3}	ka^{5}	tu^{6}	pa:ŋ^{4}	tan^{2}
守	孤	独	旁	塘

孤身池塘边。

3-883

加	**结**	**六**	**十**	**日**
Gyaj	geq	roek	cib	ngoenz
kja^{3}	ke^{5}	ɹok^{7}	çit^{8}	ŋon^{2}
秧	老	六	十	天

秧龄六十天，

3-884

种	**利**	**办**	**知**	**不**
Ndaem	lij	baenz	rox	mbouj
dan^{1}	li^{4}	pan^{2}	ɹo^{4}	bou^{5}
种	还	成	知	不

能栽成稻否？

女唱

3-885

写	**南**	**来**	**了**	**友**
Ce	nanz	lai	liux	youx
çe^{1}	na:n^{2}	la:i^{1}	li:u^{4}	ju^{4}
留	久	多	啰	友

久违了我友，

3-886

小	**卡**	**豆**	**邦**	**吨**
Souj	gaq	duh	bangx	daemz
θi:u^{3}	ka^{5}	tu^{6}	pa:ŋ^{4}	tan^{2}
守	孤	独	旁	塘

孤身池塘边。

3-887

加	**结**	**种**	**空**	**办**
Gyaj	geq	ndaem	ndwi	baenz
kja^{3}	ke^{5}	dan^{1}	du:i^{1}	pan^{2}
秧	老	种	不	成

老秧不可插，

3-888

良	**特**	**芬**	**贝**	**告**
Lingh	dawz	faenz	bae	gauq
le:ŋ^{6}	təɯ^{2}	fan^{2}	pai^{1}	ka:u^{5}
另	拿	种子	去	育

要重新播种。

男唱

3-889

写	南	来	了	友
Ce	nanz	lai	liux	youx
ɕe^{1}	naːn^{2}	laːi^{1}	liːu^{4}	ju^{4}
留	久	多	啰	友

久违了我友，

3-890

小	卡	豆	邦	吨
Souj	gaq	duh	bangx	daemz
θiːu^{3}	ka^{5}	tu^{6}	paːŋ^{4}	tan^{2}
守	孤	独	旁	塘

孤身池塘边。

3-891

伕	特	加	你	种
Fwx	dawz	gyaj	mwngz	ndaem
fə^{4}	təɯ^{2}	kja^{3}	mɯŋ^{2}	dan^{1}
别人	拿	秧	你	种

别人用你秧，

3-892

好	恨	不	了	农
Ndei	haemz	mbouj	liux	nuengx
dei^{1}	han^{2}	bou^{5}	liːu^{4}	nuːŋ^{4}
好	恨	不	啰	妹

可恨不可恨？

女唱

3-893

写	南	来	了	友
Ce	nanz	lai	liux	youx
ɕe^{1}	naːn^{2}	laːi^{1}	liːu^{4}	ju^{4}
留	久	多	啰	友

久违了我友，

3-894

小	卡	豆	邦	吨
Souj	gaq	duh	bangx	daemz
θiːu^{3}	ka^{5}	tu^{6}	paːŋ^{4}	tan^{2}
守	孤	独	旁	塘

孤身池塘边。

3-895

米	加	伕	是	种
Miz	gyaj	fwx	cix	ndaem
mi^{2}	kja^{3}	fə^{4}	ɕi^{4}	dan^{1}
有	秧	别人	就	种

有秧她就插，

3-896

土	不	恨	那	良
Dou	mbouj	haemz	naz	rengx
tu^{1}	bou^{5}	han^{2}	na^{2}	ɹeːŋ^{4}
我	不	恨	田	旱

这与我无干。

男唱

3-897

写 南 来 了 友

Ce nanz lai liux youx

çe^1 na:n^2 la:i^1 li:u^4 ju^4

留 久 多 啰 友

久违了我友，

3-898

小 卡 豆 邦 吨

Souj gaq duh bangx daemz

θi:u^3 ka^5 tu^6 pa:ŋ^4 tan^2

守 孤 独 旁 塘

孤身池塘边。

3-899

伕 特 加 貝 种

Fwx dawz gyaj bae ndaem

fə^4 təɯ^2 kja^3 pai^1 dan^1

别人 拿 秧 去 种

别人有秧插，

3-900

少 外 很 貝 满

Sau vaij haenz bae muengh

θa:u^2 va:i^3 han^2 pai^1 mu:ŋ^6

姑娘 过 边 去 望

妹在旁观望。

女唱

3-901

写 南 来 了 友

Ce nanz lai liux youx

çe^1 na:n^2 la:i^1 li:u^4 ju^4

留 久 多 啰 友

久违了我友，

3-902

小 卡 豆 邦 吨

Souj gaq duh bangx daemz

θi:u^3 ka^5 tu^6 pa:ŋ^4 tan^2

守 孤 独 旁 塘

孤身池塘边。

3-903

你 特 加 貝 种

Mwngz dawz gyaj bae ndaem

mɯŋ^2 təɯ^2 kja^3 pai^1 dan^1

你 拿 秧 去 种

你拿秧去插，

3-904

土 古 仟 貝 先

Dou guh en bae senq

tu^1 ku^4 e:n^1 pai^1 θe:n^5

我 做 签 去 插

我拿签去扎。

男唱

3-905

写	**南**	**由**	**了**	**乖**
Ce	nanz	raeuh	liux	gvai
çe^{1}	na:n^{2}	ɹau^{6}	li:u^{4}	kwa:i^{1}
留	久	多	啰	乖

久违了我友，

3-906

写	**南**	**来**	**小**	**面**
Ce	nanz	lai	siuj	mienh
çe^{1}	na:n^{2}	la:i^{1}	θi:u^{3}	me:n^{6}
留	久	多	小	面

久违了情友。

3-907

你	**古**	**仟**	**貝**	**先**
Mwngz	guh	en	bae	senq
mɯŋ^{2}	ku^{4}	e:n^{1}	pai^{1}	θe:n^{5}
你	做	签	去	插

你用签去扎，

3-908

土	**特**	**架**	**貝**	**芬**
Dou	dawz	cax	bae	faenz
tu^{1}	təɯ^{2}	kja^{4}	pai^{1}	fan^{2}
我	拿	刀	去	伐

我用刀去砍。

女唱

3-909

写	**南**	**来**	**了**	**友**
Ce	nanz	lai	liux	youx
çe^{1}	na:n^{2}	la:i^{1}	li:u^{4}	ju^{4}
留	久	多	啰	友

久违了我友，

3-910

小	**卡**	**豆**	**邦**	**吨**
Souj	gaq	duh	bangx	daemz
θi:u^{3}	ka^{5}	tu^{6}	pa:ŋ^{4}	tan^{2}
守	孤	独	旁	塘

孤身池塘边。

3-911

你	**特**	**架**	**貝**	**芬**
Mwngz	dawz	cax	bae	faenz
mɯŋ^{2}	təɯ^{2}	kja^{3}	pai^{1}	fan^{2}
你	拿	刀	去	伐

你拿刀去砍，

3-912

土	**古**	**润**	**貝**	**考**
Dou	guh	rumz	bae	gauj
tu^{1}	ku^{4}	ɹun^{2}	pai^{1}	ka:u^{3}
我	做	风	去	绞

我招风去吹。

男唱

3-913

写	**南**	**来**	**了**	**友**
Ce	nanz	lai	liux	youx
çe^{1}	na:n^{2}	la:i^{1}	li:u^{4}	ju^{4}
留	久	多	啰	友

久违了我友，

3-914

写	**南**	**来**	**对**	**朝**
Ce	nanz	lai	doiq	sauh
çe^{1}	na:n^{2}	la:i^{1}	to:i^{5}	θa:u^{6}
留	久	多	对	辈

久违了伴侣。

3-915

你	**古**	**润**	**贝**	**考**
Mwngz	guh	rumz	bae	gauj
mɯŋ^{2}	ku^{4}	ɹun^{2}	pai^{1}	ka:u^{3}
你	做	风	去	绞

你用风去吹，

3-916

土	**贝**	**邦**	**它**	**特**
Dou	bae	bangx	de	dawz
tu^{1}	pai^{1}	pa:ŋ^{4}	te^{1}	təɯ^{2}
我	去	旁	那	守

我去旁边守。

女唱

3-917

写	**南**	**来**	**韦**	**机**
Ce	nanz	lai	vae	giq
çe^{1}	na:n^{2}	la:i^{1}	vai^{1}	ki^{5}
留	久	多	姓	支

久违了情友，

3-918

义	**又**	**动**	**心**	**师**
Ngeix	youh	doengh	sim	sei
ȵi^{4}	jou^{4}	toŋ^{4}	θin^{1}	ɕɯ^{1}
想	又	动	心	思

思念又心痛。

3-919

你	**贝**	**邦**	**它**	**特**
Mwngz	bae	bangx	de	dawz
mɯŋ^{2}	pai^{1}	pa:ŋ^{4}	te^{1}	təɯ^{2}
你	去	旁	那	守

你去旁边守，

3-920

在	**而**	**给**	**土**	**知**
Ywq	lawz	hawj	dou	rox
jɯ^{5}	laɯ^{2}	həɯ^{3}	tu^{1}	ɹo^{4}
在	哪	给	我	知

告诉我住址。

男唱

3-921

写	**南**	**来**	**韦**	**机**
Ce	nanz	lai	vae	giq
ɕe^1	naːn^2	laːi^1	vai^1	ki^5
留	**久**	**多**	**姓**	**支**

久违了情友，

3-922

义	**又**	**动**	**心**	**师**
Ngeix	youh	doengh	sim	sei
ȵi^4	jou^4	toŋ^4	θin^1	ɕɯ^1
想	**又**	**动**	**心**	**思**

思念断肝肠。

3-923

你	**贝**	**邦**	**它**	**特**
Mwngz	bae	bangx	de	dawz
mɯŋ^2	pai^1	paːŋ^4	te^1	təɯ^2
你	**去**	**旁**	**那**	**守**

你去旁边守，

3-924

临	**时**	**是**	**见**	**那**
Lienz	seiz	cix	raen	naj
liːn^2	θi^2	ɕi^4	ɹan^1	na^3
临	**时**	**就**	**见**	**脸**

立马就见面。

女唱

3-925

写	**南**	**来**	**韦**	**机**
Ce	nanz	lai	vae	giq
ɕe^1	naːn^2	laːi^1	vai^1	ki^5
留	**久**	**多**	**姓**	**支**

久违了情友，

3-926

义	**又**	**动**	**心**	**师**
Ngeix	youh	doengh	sim	sei
ȵi^4	jou^4	toŋ^4	θin^1	ɕɯ^1
想	**又**	**动**	**心**	**思**

思念断肝肠。

3-927

你	**贝**	**邦**	**它**	**特**
Mwngz	bae	bangx	de	dawz
mɯŋ^2	pai^1	paːŋ^4	te^1	təɯ^2
你	**去**	**旁**	**那**	**守**

你去旁边守，

3-928

托	**几**	**叶**	**下**	**斗**
Doek	geij	mbaw	roengz	daeuj
tok^7	ki^3	baɯ^1	ɹoŋ^2	tau^3
落	**几**	**叶**	**下**	**来**

树叶落下来。

男唱

3-929

写 南 来 韦 机

Ce nanz lai vae giq

çe^{1} na:n^{2} la:i^{1} vai^{1} ki^{5}

留 久 多 姓 支

久违了情友，

3-930

义 又 动 心 师

Ngeix youh doengh sim sei

ȵi^{4} jou^{4} toŋ^{4} θin^{1} ɕɯ^{1}

想 又 动 心 思

思念断肝肠。

3-931

你 貝 邦 它 特

Mwngz bae bangx de dawz

mɯŋ^{2} pai^{1} pa:ŋ^{4} te^{1} təɯ^{2}

你 去 旁 那 守

你去旁边守，

3-932

几 时 托 叶 么

Geij seiz doek mbaw moq

ki^{3} θi^{2} tok^{7} baɯ^{1} mo^{5}

几 时 落 叶 新

何时嫩叶落？

女唱

3-933

写 南 来 韦 机

Ce nanz lai vae giq

çe^{1} na:n^{2} la:i^{1} vai^{1} ki^{5}

留 久 多 姓 支

久违了情友，

3-934

义 又 动 心 师

Ngeix youh doengh sim sei

ȵi^{4} jou^{4} toŋ^{4} θin^{1} ɕɯ^{1}

想 又 动 心 思

思念断肝肠。

3-935

土 貝 邦 它 特

Dou bae bangx de dawz

tu^{1} pai^{1} pa:ŋ^{4} te^{1} təɯ^{2}

我 去 旁 那 守

我去旁边守，

3-936

托 叶 偻 岁 捡

Doek mbaw raeuz caez gip

tok^{7} baɯ^{1} ɹau^{2} ɕai^{2} kip^{7}

落 叶 我们 齐 捡

落叶大家捡。

男唱

3-937

写	**南**	**来**	**了**	**友**
Ce	nanz	lai	liux	youx
çe^{1}	naːn^{2}	laːi^{1}	liːu^{4}	ju^{4}
留	**久**	**多**	**啰**	**友**

久违了我友，

3-938

小	**卡**	**豆**	**邦**	**吨**
Souj	gaq	duh	bangx	daemz
θiːu^{3}	ka^{5}	tu^{6}	paːŋ^{4}	tan^{2}
守	**孤**	**独**	**旁**	**塘**

孤身池塘边。

3-939

然	**瓦**	**在**	**思**	**恩**
Ranz	ngvax	ywq	swh	wnh
ɹaːn^{2}	ŋwa^{4}	jɯ^{5}	θɯ^{1}	an^{1}
家	**瓦**	**在**	**思**	**恩**

瓦房在思恩，

3-940

分	**安**	**而**	**给**	**备**
Baen	aen	lawz	hawj	beix
pan^{1}	an^{1}	laɯ^{2}	həɯ^{3}	pi^{4}
分	**个**	**哪**	**给**	**兄**

送哪座给兄？

女唱

3-941

写	**南**	**来**	**了**	**友**
Ce	nanz	lai	liux	youx
çe^{1}	naːn^{2}	laːi^{1}	liːu^{4}	ju^{4}
留	**久**	**多**	**啰**	**友**

久违了我友，

3-942

小	**卡**	**豆**	**邦**	**吨**
Souj	gaq	duh	bangx	daemz
θiːu^{3}	ka^{5}	tu^{6}	paːŋ^{4}	tan^{2}
守	**孤**	**独**	**旁**	**塘**

孤身池塘边。

3-943

然	**瓦**	**想**	**牙**	**分**
Ranz	ngvax	siengj	yaek	baen
ɹaːn^{2}	ŋwa^{4}	θiːŋ^{3}	jak^{7}	pan^{1}
家	**瓦**	**想**	**要**	**分**

想送你瓦房，

3-944

老	**芬**	**龙**	**不**	**秀**
Lau	faenz	lungz	mbouj	souh
laːu^{1}	fan^{2}	luŋ^{2}	bou^{5}	θiːu^{6}
怕	**坟**	**龙**	**不**	**受**

怕祖宗不要。

男唱

3-945

写	南	来	了	友
Ce	nanz	lai	liux	youx
çe^{1}	naːn^{2}	laːi^{1}	liːu^{4}	ju^{4}
留	久	多	啰	友

久违了我友，

3-946

小	卡	豆	邦	吨
Souj	gaq	duh	bangx	daemz
θiːu^{3}	ka^{5}	tu^{6}	paːŋ^{4}	tan^{2}
守	孤	独	旁	塘

孤身池塘边。

3-947

不	分	玩	不	分
Mbouj	baen	vanz	mbouj	baen
bou^{5}	pan^{1}	vaːn^{2}	bou^{5}	pan^{1}
不	分	还	不	分

不给就不给，

3-948

又	说	芬	不	秀
Youh	naeuz	faenz	mbouj	souh
jou^{4}	nau^{2}	fan^{2}	bou^{5}	θiːu^{6}
又	说	坟	不	受

莫说祖宗拒。

女唱

3-949

写	南	来	了	友
Ce	nanz	lai	liux	youx
çe^{1}	naːn^{2}	laːi^{1}	liːu^{4}	ju^{4}
留	久	多	啰	友

久违了我友，

3-950

小	卡	豆	邦	吨
Souj	gaq	duh	bangx	daemz
θiːu^{3}	ka^{5}	tu^{6}	paːŋ^{4}	tan^{2}
守	孤	独	旁	塘

孤身池塘边。

3-951

然	瓦	在	思	恩
Ranz	ngvax	ywq	swh	wnh
ɹaːn^{2}	ŋwa^{4}	jɯ^{5}	θɯ^{1}	an^{1}
屋	瓦	在	思	恩

瓦房在思恩，

3-952

子	芬	分	牙	得
Swj	faenz	baen	yax	ndaej
θɯ^{3}	fan^{2}	pan^{1}	ja^{5}	dai^{3}
祖	坟	分	才	得

祖坟旺才得。

男唱

3-953

写	南	来	了	友
Ce	nanz	lai	liux	youx
çe^{1}	na:n^{2}	la:i^{1}	li:u^{4}	ju^{4}
留	久	多	啰	友

久违了我友，

3-954

小	卡	豆	邦	吨
Souj	gaq	duh	bangx	daemz
θi:u^{3}	ka^{5}	tu^{6}	pa:ŋ^{4}	tan^{2}
守	孤	独	旁	塘

孤身池塘边。

3-955

然	瓦	利	卜	安
Ranz	ngvax	lix	boux	aen
ɹa:n^{2}	ŋwa^{4}	li^{4}	pu^{4}	an^{1}
家	瓦	剩	人	个

每人一间屋，

3-956

才	农	银	土	列
Caih	nuengx	ngaenz	dou	leh
ça:i^{6}	nu:ŋ^{4}	ŋan^{2}	tu^{1}	le^{6}
随	妹	银	我	选

任小妹你选。

女唱

3-957

写	南	来	了	友
Ce	nanz	lai	liux	youx
çe^{1}	na:n^{2}	la:i^{1}	li:u^{4}	ju^{4}
留	久	多	啰	友

久违了我友，

3-958

小	卡	豆	邦	吨
Souj	gaq	duh	bangx	daemz
θi:u^{3}	ka^{5}	tu^{6}	pa:ŋ^{4}	tan^{2}
守	孤	独	旁	塘

孤身池塘边。

3-959

然	瓦	利	卜	安
Ranz	ngvax	lix	boux	aen
ɹa:n^{2}	ŋwa^{4}	li^{4}	pu^{4}	an^{1}
家	瓦	剩	人	个

每人一间屋，

3-960

古	存	几	比	观
Guh	caemz	geij	bi	gonq
ku^{4}	çan^{2}	ki^{3}	pi^{1}	ko:n^{5}
做	玩	几	年	先

先游玩几年。

男唱

3-961

写 南 来 了 友

Ce nanz lai liux youx

çe^{1} na:n^{2} la:i^{1} li:u^{4} ju^{4}

留 久 多 啰 友

久违了我友，

3-962

小 卡 豆 邦 吨

Souj gaq duh bangx daemz

θi:u^{3} ka^{5} tu^{6} pa:ŋ^{4} tan^{2}

守 孤 独 旁 塘

孤身池塘边。

3-963

加 你 农 古 存

Caj mwngz nuengx guh caemz

kja^{3} mɯŋ^{2} nu:ŋ^{4} ku^{4} çan^{2}

等 你 妹 做 玩

等你玩几年，

3-964

然 思 恩 牙 了

Ranz swh wnh yax liux

ɹa:n^{2} θɯ^{1} an^{1} ja^{5} li:u^{4}

家 思 恩 也 完

思恩屋分完。

女唱

3-965

写 南 来 了 友

Ce nanz lai liux youx

çe^{1} na:n^{2} la:i^{1} li:u^{4} ju^{4}

留 久 多 啰 友

久违了我友，

3-966

小 卡 豆 邦 吨

Souj gaq duh bangx daemz

θi:u^{3} ka^{5} tu^{6} pa:ŋ^{4} tan^{2}

守 孤 独 旁 塘

孤身池塘边。

3-967

然 瓦 占 金 伦

Ranz ngvax canh gim laenz

ɹa:n^{2} ŋwa^{4} ça:n^{6} kin^{1} lan^{2}

家 瓦 赚 金 伦

瓦屋能赚钱，

3-968

刀 给 坤 马 在

Dauq hawj gun ma ywq

ta:u^{5} həɯ^{3} kun^{1} ma^{1} jɯ^{5}

倒 给 官 来 住

白让汉人住。

男唱

3–969

写	南	来	韦	机
Ce	nanz	lai	vae	giq
ɕe^{1}	na:n^{2}	la:i^{1}	vai^{1}	ki^{5}
留	久	多	姓	支

久违了情友，

3–970

合	义	由	了	少
Hoz	ngeix	raeuh	liux	sau
ho^{2}	ȵi^{4}	ɹau^{6}	li:u^{4}	θa:u^{1}
脖	想	多	啰	姑娘

思念妹良多。

3–971

邦	扛	中	马	堂
Baengz	gwed	cungq	ma	daengz
paŋ^{2}	kɯ:t^{8}	ɕuŋ^{5}	ma^{1}	taŋ^{2}
朋	扛	枪	来	到

我友扛枪来，

3–972

坤	洋	丢	不	变
Gun	yaeng	deuz	mbouj	bienh
kun^{1}	jaŋ^{1}	ti:u^{2}	bou^{5}	pi:n^{6}
官	再	逃	不	便

人来不及跑。

女唱

3–973

写	南	来	了	友
Ce	nanz	lai	liux	youx
ɕe^{1}	na:n^{2}	la:i^{1}	li:u^{4}	ju^{4}
留	久	多	啰	友

久违了我友，

3–974

小	卡	豆	更	桥
Souj	gaq	duh	gwnz	giuz
θi:u^{3}	ka^{5}	tu^{6}	kɯn^{2}	ki:u^{2}
守	孤	独	上	桥

孤身在桥上。

3–975

坤	怕	坤	是	丢
Gun	ba	gun	cix	deuz
kun^{1}	pa^{4}	kun^{1}	ɕi^{4}	ti:u^{2}
官	怕	官	就	逃

汉人怕才跑，

3–976

文	偻	不	可	在
Vunz	raeuz	mbouj	goj	ywq
vun^{2}	ɹau^{2}	bou^{5}	ko^{5}	jɯ^{5}
人	我们	不	可	住

我们依然住。

男唱

3-977

写	南	来	了	友
Ce	nanz	lai	liux	youx
çe^{1}	na:n^{2}	la:i^{1}	li:u^{4}	ju^{4}
留	久	多	啰	友

久违了我友，

3-978

小	卡	豆	更	楼
Souj	gaq	duh	gwnz	laeuz
θi:u^{3}	ka^{5}	tu^{6}	kɯn^{2}	lau^{2}
守	孤	独	上	楼

孤身住楼上。

3-979

卜	坤	丢	然	偻
Boux	gun	deuz	ranz	raeuz
pu^{4}	kun^{1}	ti:u^{2}	ɹa:n^{2}	ɹau^{2}
个	官	逃	家	我们

汉人逃离去，

3-980

偻	是	却	讲	满
Raeuz	cix	gyo	gangj	monh
ɹau^{2}	çi^{4}	kjo^{1}	ka:ŋ^{3}	mo:n^{6}
我们	就	幸亏	讲	情

我俩便谈情。

女唱

3-981

写	南	来	了	友
Ce	nanz	lai	liux	youx
çe^{1}	na:n^{2}	la:i^{1}	li:u^{4}	ju^{4}
留	久	多	啰	友

久违了我友，

3-982

小	卡	豆	更	桥
Souj	gaq	duh	gwnz	giuz
θi:u^{3}	ka^{5}	tu^{6}	kɯn^{2}	ki:u^{2}
守	孤	独	上	桥

孤身石桥上。

3-983

卜	坤	是	利	丢
Boux	gun	cix	lij	deuz
pu^{4}	kun^{1}	çi^{4}	li^{4}	ti:u^{2}
个	官	就	还	逃

汉人都离去，

3-984

讲	文	偻	么	备
Gangj	vunz	raeuz	maq	beix
ka:ŋ^{3}	vun^{2}	ɹau^{2}	ma^{5}	pi^{4}
讲	人	我们	嘛	兄

何况是我们。

男唱

3-985

写 南 来 了 友

Ce nanz lai liux youx

çe^{1} naːn^{2} laːi^{1} liːu^{4} ju^{4}

留 久 多 啰 友

久违了我友，

3-986

小 卡 豆 更 楼

Souj gaq duh gwnz laeuz

θiːu^{3} ka^{5} tu^{6} kɯn^{2} lau^{2}

守 孤 独 上 楼

孤身在楼上，

3-987

卪 坤 丢 然 偻

Boux gun deuz ranz raeuz

pu^{4} kun^{1} tiːu^{2} ɹaːn^{2} ɹau^{2}

人 官 逃 家 我们

汉人逃离去，

3-988

偻 岁 却 得 在

Raeuz caez gyo ndaej ywq

ɹau^{2} çai^{2} kjo^{1} dai^{3} jɯ^{5}

我们 齐 幸亏 得 住

我俩赖着住。

女唱

3-989

写 南 来 了 友

Ce nanz lai liux youx

çe^{1} naːn^{2} laːi^{1} liːu^{4} ju^{4}

留 久 多 啰 友

久违了我友，

3-990

小 卡 豆 邦 吨

Souj gaq duh bangx daemz

θiːu^{3} ka^{5} tu^{6} paːŋ^{4} tan^{2}

守 孤 独 旁 塘

孤身池塘边。

3-991

勒 独 乜 金 银

Lwg dog meh gim ngaenz

lɯk^{8} toːk^{8} me^{6} kin^{1} ŋan^{2}

子 独 母 金 银

独子有金银，

3-992

爱 造 然 知 不

Ngaiq caux ranz rox mbouj

ŋaːi^{5} çaːu^{4} ɹaːn^{2} ɹo^{4} bou^{5}

爱 造 家 或 不

想不想结婚？

男唱

3-993

写	南	来	了	友
Ce	nanz	lai	liux	youx
çe^{1}	na:n^{2}	la:i^{1}	li:u^{4}	ju^{4}
留	久	多	啰	友

久违了我友，

3-994

小	卡	豆	邦	吨
Souj	gaq	duh	bangx	daemz
θi:u^{3}	ka^{5}	tu^{6}	pa:ŋ^{4}	tan^{2}
守	孤	独	旁	塘

孤身池塘边。

3-995

勒	独	乜	金	银
Lwg	dog	meh	gim	ngaenz
lɯk^{8}	tok^{8}	me^{6}	kin^{1}	ŋan^{2}
子	独	母	金	银

独子有金银，

3-996

爱	龙	芬	龙	符
Ngaiq	loengh	faed	loengh	fouz
ŋa:i^{5}	loŋ^{6}	fat^{8}	loŋ^{6}	fu^{2}
爱	弄	佛	弄	符

爱玩弄符法。

女唱

3-997

写	南	来	了	友
Ce	nanz	lai	liux	youx
çe^{1}	na:n^{2}	la:i^{1}	li:u^{4}	ju^{4}
留	久	多	啰	友

久违了我友，

3-998

小	卡	豆	邦	吨
Souj	gaq	duh	bangx	daemz
θi:u^{3}	ka^{5}	tu^{6}	pa:ŋ^{4}	tan^{2}
守	孤	独	旁	塘

孤身池塘边。

3-999

龙	符	牙	不	办
Loengh	fouz	yax	mbouj	baenz
loŋ^{6}	fu^{2}	ja^{5}	bou^{5}	pan^{2}
弄	符	也	不	成

弄符也不成，

3-1000

龙	芬	牙	不	中
Loengh	faed	yax	mbouj	cungq
loŋ^{6}	fat^{8}	ja^{5}	bou^{5}	çoŋ^{5}
弄	佛	也	不	中

拜神也无用。

男唱

3–1001

写	**南**	**来**	**了**	**友**
Ce	nanz	lai	liux	youx
çe^{1}	naːn^{2}	laːi^{1}	liːu^{4}	ju^{4}
留	久	多	啰	友

久违了我友，

3–1002

小	**卡**	**豆**	**邦**	**吨**
Souj	gaq	duh	bangx	daemz
θiːu^{3}	ka^{5}	tu^{6}	paːŋ^{4}	tan^{2}
守	孤	独	旁	塘

孤身池塘边。

3–1003

农	**龙**	**符**	**空**	**办**
Nuengx	loengh	fouz	ndwi	baenz
nuːŋ^{4}	loŋ^{6}	fu^{2}	duːi^{1}	pan^{2}
妹	弄	符	不	成

妹弄符不成，

3–1004

土	**龙**	**芬**	**你**	**累**
Dou	loengh	faed	mwngz	laeq
tu^{1}	loŋ^{6}	fat^{8}	mɯŋ^{2}	lai^{5}
我	弄	佛	你	看

我弄神你看。

女唱

3–1005

写	**南**	**来**	**了**	**友**
Ce	nanz	lai	liux	youx
çe^{1}	naːn^{2}	laːi^{1}	liːu^{4}	ju^{4}
留	久	多	啰	友

久违了我友，

3–1006

小	**卡**	**豆**	**邦**	**吨**
Souj	gaq	duh	bangx	daemz
θiːu^{3}	ka^{5}	tu^{6}	paːŋ^{4}	tan^{2}
守	孤	独	旁	塘

孤身池塘边。

3–1007

观	**几**	**卜**	**龙**	**芬**
Gonq	geij	boux	loengh	faed
koːn^{5}	ki^{3}	pu^{4}	loŋ^{6}	fat^{8}
先	几	个	弄	佛

曾有人弄神，

3–1008

浪	**空**	**办**	**么**	**古**
Laeng	ndwi	baenz	maz	guh
laŋ^{1}	duːi^{1}	pan^{2}	ma^{2}	ku^{4}
后	不	成	什么	做

后一事无成。

男唱

3–1009

写	**南**	**来**	**了**	**友**
Ce	nanz	lai	liux	youx
ɕe^{1}	na:n^{2}	la:i^{1}	li:u^{4}	ju^{4}
留	久	多	啰	友

久违了我友，

3–1010

小	**卡**	**豆**	**邦**	**吨**
Souj	gaq	duh	bangx	daemz
θi:u^{3}	ka^{5}	tu^{6}	pa:ŋ^{4}	tan^{2}
守	孤	独	旁	塘

孤身池塘边。

3–1011

观	**几**	**阝**	**龙**	**芬**
Gonq	geij	boux	loengh	faed
ko:n^{5}	ki^{3}	pu^{4}	loŋ^{6}	fat^{8}
先	几	个	弄	佛

曾有人弄神，

3–1012

浪	**得**	**更**	**天**	**下**
Laeng	ndaej	gaem	denh	yah
laŋ^{1}	dai^{3}	kan^{1}	ti:n^{1}	ja^{6}
后	得	握	天	下

后得坐天下。

男唱

3–1013

写	**南**	**来**	**了**	**友**
Ce	nanz	lai	liux	youx
ɕe^{1}	na:n^{2}	la:i^{1}	li:u^{4}	ju^{4}
留	久	多	啰	友

久违了我友，

3–1014

小	**卡**	**豆**	**邦**	**吨**
Souj	gaq	duh	bangx	daemz
θi:u^{3}	ka^{5}	tu^{6}	pa:ŋ^{4}	tan^{2}
守	孤	独	旁	塘

孤身池塘边，

3–1015

玩	**金**	**完**	**玩**	**银**
Vanj	gim	vuenh	vanj	ngaenz
va:n^{3}	kin^{1}	vu:n^{6}	va:n^{3}	ŋan^{2}
碗	金	换	碗	银

金碗换银碗，

3–1016

乜	**你**	**从**	**知**	**不**
Meh	mwngz	coengz	rox	mbouj
me^{6}	muŋ^{2}	ɕoŋ^{2}	ɹo^{4}	bou^{5}
母	你	从	或	不

你母愿意不？

女唱

3-1017

写	南	来	了	友
Ce	nanz	lai	liux	youx
çe^{1}	naːn^{2}	laːi^{1}	liːu^{4}	ju^{4}
留	久	多	啰	友

久违了我友，

3-1018

小	卡	豆	桥	朋
Souj	gaq	duh	giuz	bungz
θiːu^{3}	ka^{5}	tu^{6}	kiːu^{2}	puŋ^{2}
守	孤	独	桥	篷

孤身桥篷下。

3-1019

乜	土	刀	可	从
Meh	dou	dauq	goj	coengz
me^{6}	tu^{1}	taːu^{5}	ko^{5}	çoŋ^{2}
母	我	倒	可	从

我母会愿意，

3-1020

老	备	银	不	爱
Lau	beix	ngaenz	mbouj	ngaiq
laːu^{1}	pi^{4}	ŋan^{2}	bou^{5}	ŋaːi^{5}
怕	兄	银	不	爱

怕兄不愿意。

男唱

3-1021

写	南	来	了	友
Ce	nanz	lai	liux	youx
çe^{1}	naːn^{2}	laːi^{1}	liːu^{4}	ju^{4}
留	久	多	啰	友

久违了我友，

3-1022

小	卡	豆	桥	朋
Souj	gaq	duh	giuz	bungz
θiːu^{3}	ka^{5}	tu^{6}	kiːu^{2}	puŋ^{2}
守	孤	独	桥	篷

孤身桥篷下。

3-1023

乜	农	狼	可	从
Meh	nuengx	langh	goj	coengz
me^{6}	nuːŋ^{4}	laːŋ^{6}	ko^{5}	çoŋ^{2}
母	妹	若	可	从

妹母若愿意，

3-1024

龙	是	下	字	定
Lungz	cix	roengz	saw	dingh
luŋ^{2}	çi^{4}	ɹoŋ^{2}	θaɯ^{1}	tiŋ^{6}
龙	就	下	书	订

兄就下聘礼。

女唱

3-1025

写	南	来	了	友
Ce	nanz	lai	liux	youx
çe^{1}	naːn^{2}	laːi^{1}	liːu^{4}	ju^{4}
留	久	多	啰	友

久违了我友，

3-1026

小	卡	豆	桥	朋
Souj	gaq	duh	giuz	bungz
θiːu^{3}	ka^{5}	tu^{6}	kiːu^{2}	puŋ^{2}
守	孤	独	桥	篷

孤身桥篷下。

3-1027

卩	从	卩	不	从
Boux	coengz	boux	mbouj	coengz
pu^{4}	çoŋ^{2}	pu^{4}	bou^{5}	çoŋ^{2}
个	从	个	不	从

若非都愿意，

3-1028

心	岁	下	牙	得
Sim	caez	roengz	yax	ndaej
θin^{1}	çai^{2}	ɹoŋ^{2}	ja^{5}	dai^{3}
心	齐	下	才	得

心齐才成事。

女唱

3-1029

写	南	来	了	友
Ce	nanz	lai	liux	youx
çe^{1}	naːn^{2}	laːi^{1}	liːu^{4}	ju^{4}
留	久	多	啰	友

久违了我友，

3-1030

小	卡	豆	桥	朋
Souj	gaq	duh	giuz	bungz
θiːu^{3}	ka^{5}	tu^{6}	kiːu^{2}	puŋ^{2}
守	孤	独	桥	篷

孤身桥篷下。

3-1031

本	叫	你	古	皇
Mbwn	heuh	mwngz	guh	vuengz
bɯn^{1}	heːu^{6}	mɯŋ^{2}	ku^{4}	vuːŋ^{2}
天	叫	你	做	皇

天要你为皇，

3-1032

管	几	来	长	丁
Guenj	gij	lai	cangq	dingh
kuːn^{3}	ki^{3}	laːi^{1}	çaːŋ^{2}	tiŋ^{5}
管	几	多	壮	丁

管多少人口。

男唱

3-1033

写	**南**	**来**	**了**	**友**
Ce	nanz	lai	liux	youx
çe^{1}	na:n^{2}	la:i^{1}	li:u^{4}	ju^{4}
留	久	多	啰	友

久违了我友，

3-1034

小	**卡**	**豆**	**桥**	**朋**
Souj	gaq	duh	giuz	bungz
θi:u^{3}	ka^{5}	tu^{6}	ki:u^{2}	puŋ^{2}
守	孤	独	桥	篷

孤身桥篷下。

3-1035

本	**叫**	**你**	**古**	**皇**
Mbwn	heuh	mwngz	guh	vuengz
bɯn^{1}	he:u^{6}	mɯŋ^{2}	ku^{4}	vu:ŋ^{2}
天	叫	你	做	皇

天任我为皇，

3-1036

拉	**本**	**土**	**管**	**了**
Laj	mbwn	dou	guenj	liux
la^{3}	bɯn^{1}	tu^{1}	ku:n^{3}	li:u^{4}
下	天	我	管	完

黎民我全管。

女唱

3-1037

写	**南**	**来**	**了**	**友**
Ce	nanz	lai	liux	youx
çe^{1}	na:n^{2}	la:i^{1}	li:u^{4}	ju^{4}
留	久	多	啰	友

久违了我友，

3-1038

小	**卡**	**豆**	**桥**	**朋**
Souj	gaq	duh	giuz	bungz
θi:u^{3}	ka^{5}	tu^{6}	ki:u^{2}	puŋ^{2}
守	孤	独	桥	篷

孤身桥篷下。

3-1039

邦	**达**	**论**	**蒙**	**蒙**
Bangx	dah	laep	moengz	moengz
pa:ŋ^{4}	ta^{6}	lap^{7}	moŋ^{2}	moŋ^{2}
旁	河	黑	蒙	蒙

河畔灰蒙蒙，

3-1040

站	**方**	**而**	**了**	**备**
Soengz	fueng	lawz	liux	beix
θoŋ^{2}	fu:ŋ^{1}	laɯ^{2}	li:u^{4}	pi^{4}
站	方	哪	啰	兄

兄今在何方。

男唱

3-1041

写	**南**	**来**	**了**	**友**
Ce	nanz	lai	liux	youx
çe^{1}	naːn^{2}	laːi^{1}	liːu^{4}	ju^{4}
留	久	多	啰	友

久违了我友，

3-1042

小	**卡**	**豆**	**桥**	**朋**
Souj	gaq	duh	giuz	bungz
θiːu^{3}	ka^{5}	tu^{6}	kiːu^{2}	puŋ^{2}
守	孤	独	桥	篷

孤身桥篷下。

3-1043

爱	**采**	**南**	**古**	**荣**
Ngaiq	caij	namh	guh	yungz
ŋaːi^{5}	çaːi^{3}	naːn^{6}	ku^{4}	juŋ^{2}
爱	踩	土	做	溶

脚踏天下土，

3-1044

方	**而**	**方**	**不**	**在**
Fueng	lawz	fueng	mbouj	ywq
fuːŋ^{1}	lauː^{2}	fuːŋ^{1}	bou^{5}	juː^{5}
方	哪	方	不	在

何处无足迹。

女唱

3-1045

写	**南**	**来**	**了**	**友**
Ce	nanz	lai	liux	youx
çe^{1}	naːn^{2}	laːi^{1}	liːu^{4}	ju^{4}
留	久	多	啰	友

久违了我友，

3-1046

小	**卡**	**豆**	**桥**	**朋**
Souj	gaq	duh	giuz	bungz
θiːu^{3}	ka^{5}	tu^{6}	kiːu^{2}	puŋ^{2}
守	孤	独	桥	篷

孤身桥篷下。

3-1047

邦	**达**	**论**	**蒙**	**蒙**
Bangx	dah	laep	moengz	moengz
paːŋ^{4}	ta^{6}	lap^{7}	moŋ^{2}	moŋ^{2}
傍	河	黑	蒙	蒙

河畔灰蒙蒙，

3-1048

站	**方**	**而**	**中**	**先**
Soengz	fueng	lawz	cuengq	sienq
θoŋ^{2}	fuːŋ^{1}	lauː^{2}	çuːŋ^{5}	θiːn^{5}
站	方	哪	放	线

何处能下钓？

男唱

3-1049

写	**南**	**来**	**了**	**友**
Ce	nanz	lai	liux	youx
çe^{1}	na:n^{2}	la:i^{1}	li:u^{4}	ju^{4}
留	**久**	**多**	**啰**	**友**

久违了我友，

3-1050

小	**卡**	**豆**	**桥**	**朋**
Souj	gaq	duh	giuz	bungz
θi:u^{3}	ka^{5}	tu^{6}	ki:u^{2}	puŋ^{2}
守	**孤**	**独**	**桥**	**篷**

孤身桥篷下。

3-1051

爱	**采**	**南**	**古**	**荣**
Ngaiq	caij	namh	guh	yungz
ŋa:i^{5}	ça:i^{3}	na:n^{6}	ku^{4}	juŋ^{2}
爱	**踩**	**土**	**做**	**溶**

足迹遍天下，

3-1052

站	**方**	**而**	**土**	**得**
Soengz	fueng	lawz	doq	ndaej
θoŋ^{2}	fu:ŋ^{1}	laɯ^{2}	to^{5}	dai^{3}
站	**方**	**哪**	**都**	**得**

可四海为家。

女唱

3-1053

写	**南**	**来**	**了**	**友**
Ce	nanz	lai	liux	youx
çe^{1}	na:n^{2}	la:i^{1}	li:u^{4}	ju^{4}
留	**久**	**多**	**啰**	**友**

久违了我友，

3-1054

小	**卡**	**豆**	**桥**	**朋**
Souj	gaq	duh	giuz	bungz
θi:u^{3}	ka^{5}	tu^{6}	ki:u^{2}	puŋ^{2}
守	**孤**	**独**	**桥**	**篷**

孤身桥篷下。

3-1055

邦	**达**	**论**	**蒙**	**蒙**
Bangx	dah	laep	moengz	moengz
pa:ŋ^{4}	ta^{6}	lap^{7}	moŋ^{2}	moŋ^{2}
傍	**河**	**黑**	**蒙**	**蒙**

河畔灰蒙蒙，

3-1056

老	**是**	**龙**	**反**	**少**
Lau	cix	lungz	fan	sau
la:u^{1}	çi^{4}	luŋ^{2}	fa:n^{1}	θa:u^{1}
怕	**是**	**龙**	**翻**	**姑娘**

怕是兄叛妹。

男唱

3-1057

写	南	来	了	友
Ce	nanz	lai	liux	youx
çe^{1}	naːn^{2}	laːi^{1}	liːu^{4}	ju^{4}
留	久	多	啰	友

久违了我友，

3-1058

小	卡	豆	桥	朋
Souj	gaq	duh	giuz	bungz
θiːu^{3}	ka^{5}	tu^{6}	kiːu^{2}	puŋ^{2}
守	孤	独	桥	篷

孤身桥篷下。

3-1059

邦	达	论	蒙	蒙
Bangx	dah	laep	moengz	moengz
paːŋ^{4}	ta^{6}	lap^{7}	moŋ^{2}	moŋ^{2}
傍	河	黑	蒙	蒙

河畔黑蒙蒙，

3-1060

点	灯	龙	牙	亮
Diemj	daeng	loengz	yax	rongh
tiːn^{3}	taŋ^{1}	loŋ^{2}	ja^{5}	ɹoːŋ^{6}
点	灯	笼	才	亮

点灯笼照明。

女唱

3-1061

写	南	来	了	友
Ce	nanz	lai	liux	youx
çe^{1}	naːn^{2}	laːi^{1}	liːu^{4}	ju^{4}
留	久	多	啰	友

久违了我友，

3-1062

小	卡	豆	桥	朋
Souj	gaq	duh	giuz	bungz
θiːu^{3}	ka^{5}	tu^{6}	kiːu^{2}	puŋ^{2}
守	孤	独	桥	篷

孤身桥篷下。

3-1063

貝	得	田	四	方
Bae	ndaej	denz	seiq	fueng
pai^{1}	dai^{3}	teːn^{2}	θei^{5}	fuːŋ^{1}
去	得	地	四	方

远方得好地，

3-1064

那	翁	说	那	良
Naz	ong	naeuz	naz	rengx
na^{2}	oːŋ^{1}	nau^{2}	na^{2}	ɹeːŋ^{4}
田	肥沃	或	田	旱

肥田或旱田。

男唱

3–1065

写	**南**	**来**	**了**	**友**
Ce	nanz	lai	liux	youx
ɕe^{1}	na:n^{2}	la:i^{1}	li:u^{4}	ju^{4}
留	**久**	**多**	**啰**	**友**

久违了我友，

3–1066

小	**卡**	**豆**	**桥**	**朋**
Souj	gaq	duh	giuz	bungz
θi:u^{3}	ka^{5}	tu^{6}	ki:u^{2}	puŋ^{2}
守	**孤**	**独**	**桥**	**篷**

孤身桥篷下。

3–1067

貝	**得**	**田**	**四**	**方**
Bae	ndaej	denz	seiq	fueng
pai^{1}	dai^{3}	te:n^{2}	θei^{5}	fu:ŋ^{1}
去	**得**	**地**	**四**	**方**

远方得好地，

3–1068

那	**翁**	**办**	**地**	**歪**
Naz	ong	baenz	reih	faiq
na^{2}	o:ŋ^{1}	pan^{2}	ɹei^{6}	va:i^{5}
田	**肥沃**	**成**	**地**	**棉**

水田变棉地。

女唱

3–1069

写	**南**	**来**	**了**	**友**
Ce	nanz	lai	liux	youx
ɕe^{1}	na:n^{2}	la:i^{1}	li:u^{4}	ju^{4}
留	**久**	**多**	**啰**	**友**

久违了我友，

3–1070

小	**卡**	**豆**	**桥**	**朋**
Souj	gaq	duh	giuz	bungz
θi:u^{3}	ka^{5}	tu^{6}	ki:u^{2}	puŋ^{2}
守	**孤**	**独**	**桥**	**篷**

孤身桥篷下。

3–1071

貝	**得**	**田**	**四**	**方**
Bae	ndaej	denz	seiq	fueng
pai^{1}	dai^{3}	te:n^{2}	θei^{5}	fu:ŋ^{1}
去	**得**	**地**	**四**	**方**

远方得好地，

3–1072

种	**果**	**中**	**果**	**补**
Ndaem	go	coeng	go	mbuq
dan^{1}	ko^{1}	ɕoŋ^{1}	ko^{1}	bu^{5}
种	**棵**	**葱**	**棵**	**萞麻**

只能种麻类。

男唱

3-1073

写	南	来	了	罗
Ce	nanz	lai	liux	loh
çe^{1}	na:n^{2}	la:i^{1}	li:u^{4}	lo^{6}
留	久	多	啰	路

久不走老路，

3-1074

吨	莫	貝	秋	王
Daeb	mboq	bae	ciuz	vaengz
tat^{8}	bo^{5}	pai^{1}	çi:u^{2}	vaŋ^{2}
砌	泉	去	朝	潭

修泉入大潭。

3-1075

观	貝	堂	它	堂
Gonq	bae	dangq	daq	dangq
ko:n^{5}	pai^{1}	ta:ŋ^{5}	ta^{5}	ta:ŋ^{5}
先	去	趟	连	趟

曾经走几趟，

3-1076

得	王	尝	了	农
Ndaej	vaengz	caengz	liux	nuengx
dai^{3}	vaŋ^{2}	çaŋ^{2}	li:u^{4}	nu:ŋ^{4}
得	潭	未	咧	妹

到不到潭边？

女唱

3-1077

写	南	来	了	罗
Ce	nanz	lai	liux	loh
çe^{1}	na:n^{2}	la:i^{1}	li:u^{4}	lo^{6}
留	久	多	啰	路

久不走老路，

3-1078

吨	莫	貝	秋	王
Daeb	mboq	bae	ciuz	vaengz
tat^{8}	bo^{5}	pai^{1}	çi:u^{2}	vaŋ^{2}
砌	泉	去	朝	潭

修泉入大潭。

3-1079

额	可	足	江	堂
Ngieg	goj	cug	gyang	dangz
ŋe:k^{8}	ko^{5}	çuk^{8}	kja:ŋ^{1}	ta:ŋ^{2}
蛟龙	可	绑	中	堂

蛟龙在大堂，

3-1080

得	王	少	不	知
Ndaej	vaengz	sau	mbouj	rox
dai^{3}	vaŋ^{2}	θa:u^{1}	bou^{5}	ɹo^{4}
得	潭	姑娘	不	知

哪里见大潭。

男唱

3-1081

写	南	来	了	罗
Ce	nanz	lai	liux	loh
ɕe^{1}	na:n^{2}	la:i^{1}	li:u^{4}	lo^{6}
留	久	多	啰	路

久不走老路，

3-1082

吨	莫	貝	秋	王
Daeb	mboq	bae	ciuz	vaengz
tat^{8}	bo^{5}	pai^{1}	ɕi:u^{2}	vaŋ^{2}
砌	泉	去	朝	潭

引泉水通潭。

3-1083

伕	报	堂	英	刚
Fwx	bauq	daengz	ing	gang
fə^{4}	pa:u^{5}	taŋ^{2}	iŋ^{1}	ka:ŋ^{1}
别人	报	到	英	刚

传言到英刚，

3-1084

龙	得	王	貝	了
Lungz	ndaej	vaengz	bae	liux
luŋ^{2}	dai^{3}	vaŋ^{2}	pai^{1}	li:u^{4}
龙	得	潭	去	完

兄已到达潭。

女唱

3-1085

写	南	来	了	罗
Ce	nanz	lai	liux	loh
ɕe^{1}	na:n^{2}	la:i^{1}	li:u^{4}	lo^{6}
留	久	多	啰	路

久不走老路，

3-1086

吨	莫	貝	秋	王
Daeb	mboq	bae	ciuz	vaengz
tat^{8}	bo^{5}	pai^{1}	ɕi:u^{2}	vaŋ^{2}
砌	泉	去	朝	潭

引泉水入潭。

3-1087

义	勒	伕	古	诱
Nyi	lwg	fwx	guh	byaengz
ȵi^{1}	lɯk^{8}	fə^{4}	ku^{4}	pjaŋ^{2}
听	子	别人	做	骗

你受别人骗，

3-1088

王	在	而	了	备
Vaengz	ywq	lawz	liux	beix
va:ŋ^{2}	jɯ^{5}	laɯ^{2}	li:u^{4}	pi^{4}
潭	在	哪	啰	兄

哪里到大潭。

男唱

3-1089

写	**南**	**来**	**了**	**罗**
Ce	nanz	lai	liux	loh
çe^{1}	na:n^{2}	la:i^{1}	li:u^{4}	lo^{6}
留	**久**	**多**	**啰**	**路**

久不走此路，

3-1090

吨	**莫**	**貝**	**秋**	**王**
Daeb	mboq	bae	ciuz	vaengz
tat^{8}	bo^{5}	pai^{1}	çi:u^{2}	vaŋ^{2}
砌	**泉**	**去**	**朝**	**潭**

引泉入大潭。

3-1091

不	**特**	**讲**	**古**	**诱**
Mbouj	dwg	gangj	guh	byaengz
bou^{5}	tɯk^{8}	ka:ŋ^{3}	ku^{4}	pjaŋ^{2}
不	**是**	**讲**	**做**	**骗**

不是在骗你，

3-1092

真	**得**	**王**	**大**	**才**
Caen	ndaej	vaengz	dah	raix
çin^{1}	dai^{3}	vaŋ^{2}	ta^{6}	ɹa:i^{4}
真	**得**	**潭**	**实**	**在**

真的到大潭。

女唱

3-1093

写	**南**	**来**	**了**	**罗**
Ce	nanz	lai	liux	loh
çe^{1}	na:n^{2}	la:i^{1}	li:u^{4}	lo^{6}
留	**久**	**多**	**啰**	**路**

久不走此路，

3-1094

吨	**莫**	**貝**	**秋**	**王**
Daeb	mboq	bae	ciuz	vaengz
tat^{8}	bo^{5}	pai^{1}	çi:u^{2}	vaŋ^{2}
砌	**泉**	**去**	**朝**	**潭**

引泉水入潭。

3-1095

额	**牙**	**尝**	**得**	**王**
Ngieg	yax	caengz	ndaej	vaengz
ŋe:k^{8}	ja^{5}	çaŋ^{2}	dai^{3}	vaŋ^{2}
蛟龙	**也**	**未**	**得**	**潭**

蛟龙未归潭，

3-1096

娘	**牙**	**尝**	**得**	**主**
Nangz	yax	caengz	ndaej	cawj
na:ŋ^{2}	ja^{5}	çaŋ^{2}	dai^{3}	çaɯ^{3}
姑娘	**也**	**未**	**得**	**主**

妹未有夫君。

男唱

3-1097
写 南 来 了 罗
Ce nanz lai liux loh
çe^{1} na:n^{2} la:i^{1} li:u^{4} lo^{6}
留 久 多 啰 路
久不走此路，

3-1098
吨 莫 貝 秋 王
Daeb mboq bae ciuz vaengz
tat^{8} bo^{5} pai^{1} çi:u^{2} vaŋ^{2}
砌 泉 去 朝 潭
引泉入大潭。

3-1099
挖 莫 是 挖 尚
Vat mboq cix vat sang
va:t^{7} bo^{5} çi^{4} va:t^{7} θa:ŋ^{1}
挖 泉 就 挖 高
泉要挖深点，

3-1100
兰 要 魚 跟 蛟
Lanz aeu bya riengz nyauh
la:n^{2} au^{1} pja^{1} ɹi:ŋ^{2} ɲa:u^{6}
拦 要 鱼 跟 虾
要拦鱼和虾。

女唱

3-1101
写 南 来 了 罗
Ce nanz lai liux loh
çe^{1} na:n^{2} la:i^{1} li:u^{4} lo^{6}
留 久 多 啰 路
久不走此路，

3-1102
吨 莫 貝 秋 王
Daeb mboq bae ciuz vaengz
tat^{8} bo^{5} pai^{1} çi:u^{2} vaŋ^{2}
砌 泉 去 朝 潭
引泉入大潭。

3-1103
挖 莫 是 尝 堂
Vat mboq cix caengz daengz
va:t^{7} bo^{5} çi^{4} çaŋ^{2} taŋ^{2}
挖 泉 就 未 到
泉还未修通，

3-1104
样 而 兰 得 刀
Yiengh lawz lanz ndaej dauq
ju:ŋ^{6} lauɯ^{2} la:n^{2} dai^{3} ta:u^{5}
样 哪 拦 得 回
哪拦得鱼虾？

男唱

3–1105

写	**南**	**来**	**了**	**罗**
Ce	nanz	lai	liux	loh
çe^{1}	na:n^{2}	la:i^{1}	li:u^{4}	lo^{6}
留	久	多	啰	路

久不走此路，

3–1106

吨	**莫**	**貝**	**秋**	**王**
Daeb	mboq	bae	ciuz	vaengz
tat^{8}	bo^{5}	pai^{1}	çi:u^{2}	vaŋ^{2}
砌	泉	去	朝	潭

引泉入大潭。

3–1107

挖	**莫**	**是**	**挖**	**尚**
Vat	mboq	cix	vat	sang
va:t^{7}	bo^{5}	çi^{4}	va:t^{7}	θa:ŋ^{1}
挖	泉	就	挖	高

泉要挖深点，

3–1108

魚	**在**	**王**	**达**	**老**
Bya	ywq	vaengz	dah	laux
pja^{1}	jɯ^{5}	vaŋ^{2}	ta^{6}	la:u^{4}
鱼	在	潭	河	大

引来大河鱼。

女唱

3–1109

写	**南**	**来**	**了**	**罗**
Ce	nanz	lai	liux	loh
çe^{1}	na:n^{2}	la:i^{1}	li:u^{4}	lo^{6}
留	久	多	啰	路

久不走此路，

3–1110

吨	**莫**	**貝**	**秋**	**王**
Daeb	mboq	bae	ciuz	vaengz
tat^{8}	bo^{5}	pai^{1}	çi:u^{2}	vaŋ^{2}
砌	泉	去	朝	潭

引泉入大潭。

3–1111

挖	**莫**	**是**	**尝**	**堂**
Vat	mboq	cix	caengz	daengz
va:t^{7}	bo^{5}	çi^{4}	çaŋ^{2}	taŋ^{2}
挖	泉	就	未	到

泉眼未挖通，

3–1112

魚	**在**	**王**	**先**	**丢**
Bya	ywq	vaengz	senq	deuz
pja^{1}	jɯ^{5}	vaŋ^{2}	θe:n^{5}	ti:u^{2}
鱼	在	潭	早	逃

渊中鱼逃走。

男唱

3-1113

写 南 来 了 罗

Ce nanz lai liux loh

çe^{1} na:n^{2} la:i^{1} li:u^{4} lo^{6}

留 久 多 啰 路

久不走此路，

3-1114

吨 莫 貝 秋 吨

Daeb mboq bae ciuz daemz

tat^{8} bo^{5} pai^{1} çi:u^{2} tan^{2}

砌 泉 去 朝 塘

引泉水入塘。

3-1115

挖 莫 是 尝 真

Vat mboq cix caengz caen

va:t^{7} bo^{5} çi^{4} çaŋ^{2} çin^{1}

挖 泉 就 未 真

泉眼未修好，

3-1116

魚 先 付 更 水

Bya senq fouz gwnz raemx

pja^{1} θe:n^{5} fu^{2} kɯn^{2} ɹan^{4}

鱼 早 浮 上 水

鱼儿早死光。

女唱

3-1117

写 南 来 了 罗

Ce nanz lai liux loh

çe^{1} na:n^{2} la:i^{1} li:u^{4} lo^{6}

留 久 多 啰 路

久不走此路，

3-1118

吨 莫 貝 秋 桥

Daeb mboq bae ciuz giuz

tat^{8} bo^{5} pai^{1} çi:u^{6} ki:u^{2}

砌 泉 去 朝 桥

引泉往桥下。

3-1119

挖 莫 是 挖 快

Vat mboq cix vat riuz

va:t^{7} bo^{5} çi^{4} va:t^{7} ɹi:u^{2}

挖 泉 就 挖 快

挖泉要快速，

3-1120

魚 拉 桥 貝 了

Bya laj giuz bae liux

pja^{1} la^{3} ki:u^{2} pai^{1} li:u^{4}

鱼 下 桥 去 完

否则鱼跑光。

男唱

3-1121

写	**南**	**来**	**了**	**罗**
Ce	nanz	lai	liux	loh
ɕe^{1}	na:n^{2}	la:i^{1}	li:u^{4}	lo^{6}
留	久	多	啰	路

久不走此路，

3-1122

吨	**莫**	**貝**	**秋**	**桥**
Daeb	mboq	bae	ciuz	giuz
tat^{8}	bo^{5}	pai^{1}	ɕi:u^{2}	ki:u^{2}
砌	泉	去	朝	桥

引泉通桥下。

3-1123

邦	**挖**	**莫**	**空**	**快**
Baengz	vat	mboq	ndwi	riuz
paŋ^{2}	va:t^{7}	bo^{5}	du:i^{1}	ɹi:u^{2}
朋	挖	泉	不	快

你挖泉不快，

3-1124

魚	**下**	**桥**	**正**	**对**
Bya	roengz	giuz	cingq	doiq
pja^{1}	ɹoŋ^{2}	ki:u^{2}	ɕiŋ^{5}	to:i^{5}
鱼	下	桥	正	对

活该鱼逃走。

女唱

3-1125

写	**南**	**来**	**了**	**罗**
Ce	nanz	lai	liux	loh
ɕe^{1}	na:n^{2}	la:i^{1}	li:u^{4}	lo^{6}
留	久	多	啰	路

久不走此路，

3-1126

吨	**莫**	**貝**	**秋**	**依**
Daeb	mboq	bae	ciuz	rij
tat^{8}	bo^{5}	pai^{1}	ɕi:u^{2}	ɹi^{3}
砌	泉	去	朝	溪

引泉水入溪。

3-1127

邦	**挖**	**莫**	**空**	**好**
Baengz	vat	mboq	ndwi	ndei
paŋ^{2}	va:t^{7}	bo^{5}	du:i^{1}	dei^{1}
朋	挖	泉	不	好

你泉未挖好，

3-1128

蛟	**更**	**吉**	**貝**	**了**
Nyauh	gwnz	giz	bae	liux
ɲa:u^{6}	kɯn^{2}	ki^{2}	pai^{1}	li:u^{4}
虾	上	处	去	完

虾儿全跑光。

男唱

3–1129

写	南	来	了	罗
Ce	nanz	lai	liux	loh
ɕe^{1}	naːn^{2}	laːi^{1}	liːu^{4}	lo^{6}
留	久	多	啰	路

久不走此路，

3–1130

吨	莫	貝	秋	依
Daeb	mboq	bae	ciuz	rij
tat^{8}	bo^{5}	pai^{1}	ɕiːu^{2}	ɹi^{3}
砌	泉	去	朝	溪

引泉水入溪。

3–1131

邦	挖	莫	空	好
Baengz	vat	mboq	ndwi	ndei
paŋ^{2}	vaːt^{7}	bo^{5}	duːi^{1}	dei^{1}
朋	挖	泉	不	好

你挖泉不通，

3–1132

蛟	更	吉	正	对
Nyauh	gwnz	giz	cingq	doiq
ɲaːu^{6}	kɯn^{2}	ki^{2}	ɕiŋ^{5}	toːi^{5}
虾	上	处	正	对

虾儿已退走。

女唱

3–1133

写	南	来	了	罗
Ce	nanz	lai	liux	loh
ɕe^{1}	naːn^{2}	laːi^{1}	liːu^{4}	lo^{6}
留	久	多	啰	路

久不走此路，

3–1134

吨	莫	貝	秋	依
Daeb	mboq	bae	ciuz	rij
tat^{8}	bo^{5}	pai^{1}	ɕiːu^{2}	ɹi^{3}
砌	泉	去	朝	溪

引泉水入溪。

3–1135

邦	挖	莫	空	好
Baengz	vat	mboq	ndwi	ndei
paŋ^{2}	vaːt^{7}	bo^{5}	duːi^{1}	dei^{1}
朋	挖	泉	不	好

你泉未挖好，

3–1136

龙	飞	貝	王	老
Lungz	fi	bae	vaengz	laux
luŋ^{2}	fi^{1}	pai^{1}	vaŋ^{2}	laːu^{4}
龙	飞	去	潭	大

龙已下大潭。

男唱

3-1137

写	**南**	**来**	**了**	**罗**
Ce	nanz	lai	liux	loh
çe^{1}	na:n^{2}	la:i^{1}	li:u^{4}	lo^{6}
留	**久**	**多**	**啰**	**路**

久不走此路，

3-1138

吨	**莫**	**貝**	**秋**	**依**
Daeb	mboq	bae	ciuz	rij
tat^{8}	bo^{5}	pai^{1}	çi:u^{2}	ɹi^{3}
砌	**泉**	**去**	**朝**	**溪**

引泉水入溪。

3-1139

友	**在**	**拜**	**皮**	**义**
Youx	ywq	baih	bienz	nyiz
ju^{4}	jɯ^{5}	pa:i^{6}	pi:n^{2}	ɲi^{2}
友	**在**	**边**	**便**	**宜**

友在占便宜，

3-1140

难	**为**	**土**	**卢**	**元**
Nanz	vih	dou	louz	yienh
na:n^{2}	vei^{6}	tu^{1}	lu^{2}	jo:n^{6}
难	**为**	**我**	**流**	**连**

难为我游荡。

女唱

3-1141

写	**南**	**来**	**了**	**罗**
Ce	nanz	lai	liux	loh
çe^{1}	na:n^{2}	la:i^{1}	li:u^{4}	lo^{6}
留	**久**	**多**	**啰**	**路**

久不走此路，

3-1142

吨	**莫**	**貝**	**秋**	**依**
Daeb	mboq	bae	ciuz	rij
tat^{8}	bo^{5}	pai^{1}	çiu^{2}	ɹi^{3}
砌	**泉**	**去**	**朝**	**溪**

引泉水入溪。

3-1143

平	**罗**	**近**	**罗**	**远**
Bingz	loh	gyawj	loh	gyae
piŋ^{2}	lo^{6}	kjaɯ^{3}	lo^{6}	kjai^{1}
凭	**路**	**近**	**路**	**远**

无论你远近，

3-1144

皮	**义**	**可**	**来**	**良**
Bienz	nyiz	goj	lai	lingh
pi:n^{2}	ɲi^{2}	ko^{5}	la:i^{1}	le:ŋ^{6}
便	**宜**	**可**	**多**	**另**

便宜占优势。

男唱

3-1145

写	南	来	了	罗
Ce	nanz	lai	liux	loh
ɕe^{1}	na:n^{2}	la:i^{1}	li:u^{4}	lo^{6}
留	久	多	啰	路

久不走此路，

3-1146

吨	莫	贝	秋	依
Daeb	mboq	bae	ciuz	rij
tat^{8}	bo^{5}	pai^{1}	ɕi:u^{2}	ɹi^{3}
砌	泉	去	朝	溪

引泉水入溪。

3-1147

田	而	作	告	火
Denz	lawz	coq	gau	feiz
te:n^{2}	laɯ^{2}	ɕo^{5}	ka:u^{1}	fi^{2}
地	哪	放	次	火

故地放把火，

3-1148

同	立	板	内	乃
Doengh	liz	mbanj	neix	naih
toŋ^{2}	li^{2}	ba:n^{3}	ni^{4}	na:i^{6}
相	离	村	这	久

离别这么久。

女唱

3-1149

写	南	来	了	罗
Ce	nanz	lai	liux	loh
ɕe^{1}	na:n^{2}	la:i^{1}	li:u^{4}	lo^{6}
留	久	多	啰	路

久不走此路，

3-1150

吨	莫	贝	秋	依
Daeb	mboq	bae	ciuz	rij
tat^{8}	bo^{5}	pai^{1}	ɕi:u^{2}	ɹi^{3}
砌	泉	去	朝	溪

引泉水入溪。

3-1151

正	义	牙	空	米
Cingz	ngeih	yax	ndwi	miz
ɕiŋ^{2}	ɲi^{6}	ja^{5}	du:i^{1}	mi^{2}
情	义	也	不	有

信物不见有，

3-1152

立	贝	牙	正	对
Liz	bae	yax	cingq	doiq
li^{2}	pai^{1}	ja^{5}	ɕiŋ^{5}	to:i^{5}
离	去	也	正	对

分别正合适。

男唱

3-1153

写	南	来	了	罗
Ce	nanz	lai	liux	loh
çe^{1}	naːn^{2}	laːi^{1}	liːu^{4}	lo^{6}
留	久	多	啰	路

久不走此路，

3-1154

吨	莫	貝	秋	依
Daeb	mboq	bae	ciuz	rij
tat^{8}	bo^{5}	pai^{1}	çiːu^{2}	ɹi^{3}
砌	泉	去	朝	溪

引泉水入溪。

3-1155

正	义	备	兏	米
Cingz	ngeih	beix	nyienh	miz
çiŋ^{2}	ȵi^{6}	pi^{4}	ȵuːn^{6}	mi^{2}
情	义	兄	愿	有

信物兄本有，

3-1156

不	干	写	给	伕
Mbouj	gam	ce	hawj	fwx
bou^{5}	kaːn^{1}	çe^{1}	həɯ^{3}	fə^{4}
不	甘	留	给	别人

不甘赠别人。

女唱

3-1157

写	南	来	了	罗
Ce	nanz	lai	liux	loh
çe^{1}	naːn^{2}	laːi^{1}	liːu^{4}	lo^{6}
留	久	多	啰	路

久不走此路，

3-1158

吨	莫	貝	秋	依
Daeb	mboq	bae	ciuz	rij
tat^{8}	bo^{5}	pai^{1}	çiːu^{2}	ɹi^{3}
砌	泉	去	朝	溪

引泉水入溪。

3-1159

要	钢	连	马	提
Aeu	gang	lienh	ma	diz
au^{1}	kaːŋ^{1}	liːn^{6}	ma^{1}	ti^{2}
要	钢	炼	来	锻造

用精钢打造，

3-1160

你	支	给	土	累
Mwngz	si	hawj	dou	laeq
mɯŋ^{2}	θi^{1}	həɯ^{3}	tu^{1}	lai^{5}
你	赊	给	我	看

你借给我看。

男唱

3-1161

写	南	来	了	罗
Ce	nanz	lai	liux	loh
ɕe^{1}	na:n^{2}	la:i^{1}	li:u^{4}	lo^{6}
留	久	多	啰	路

久不走此路，

3-1162

吨	莫	貝	秋	依
Daeb	mboq	bae	ciuz	rij
tat^{8}	bo^{5}	pai^{1}	ɕi:u^{2}	ɹi^{3}
砌	泉	去	朝	溪

引泉水入溪。

3-1163

土	是	想	牙	支
Dou	cix	siengj	yaek	si
tu^{1}	ɕi^{4}	θi:ŋ^{3}	jak^{7}	θi^{1}
我	是	想	要	赊

我想借给你，

3-1164

老	贵	你	不	中
Lau	gwiz	mwngz	mbouj	cuengq
la:u^{1}	kui^{2}	muŋ^{2}	bou^{5}	ɕu:ŋ^{5}
怕	丈夫	你	不	放

怕你夫不放。

女唱

3-1165

写	南	来	了	罗
Ce	nanz	lai	liux	loh
ɕe^{1}	na:n^{2}	la:i^{1}	li:u^{4}	lo^{6}
留	久	多	啰	路

久不走此路，

3-1166

吨	莫	貝	秋	依
Daeb	mboq	bae	ciuz	rij
tat^{8}	bo^{5}	pai^{1}	ɕi:u^{2}	ɹi^{3}
砌	泉	去	朝	溪

引泉水入溪。

3-1167

不	支	玩	不	支
Mbouj	si	vanz	mbouj	si
bou^{5}	θi^{1}	va:n^{2}	bou^{5}	θi^{1}
不	赊	还	不	赊

不借就不借，

3-1168

又	说	贵	不	中
Youh	naeuz	gwiz	mbouj	cuengq
jou^{4}	nau^{2}	kui^{2}	bou^{5}	ɕu:ŋ^{5}
又	说	丈夫	不	放

莫说夫不放。

男唱

3-1169

写	南	来	了	罗
Ce	nanz	lai	liux	loh
çe^{1}	na:n^{2}	la:i^{1}	li:u^{4}	lo^{6}
留	久	多	啰	路

久不走此路，

3-1170

吨	莫	貝	秋	依
Daeb	mboq	bae	ciuz	rij
tat^{8}	bo^{5}	pai^{1}	çi:u^{2}	ɹi^{3}
砌	泉	去	朝	溪

引泉水入溪。

3-1171

九	卡	田	你	好
Riuz	gaq	denz	mwngz	ndei
ɹi:u^{2}	ka^{5}	te:n^{2}	mɯŋ^{2}	dei
传	这	地	你	好

传你地方好，

3-1172

支	土	貝	托	不
Si	dou	bae	doh	mbouj
θi^{1}	tu^{1}	pai^{1}	to^{6}	bou^{5}
赊	我	去	向	不

我能过去否？

女唱

3-1173

写	南	来	了	罗
Ce	nanz	lai	liux	loh
çe^{1}	na:n^{2}	la:i^{1}	li:u^{4}	lo^{6}
留	久	多	啰	路

久不走此路，

3-1174

吨	莫	貝	秋	依
Daeb	mboq	bae	ciuz	rij
tat^{8}	bo^{5}	pai^{1}	çi:u^{2}	ɹi^{3}
砌	泉	去	朝	溪

引泉水入溪。

3-1175

巡	貝	九	三	支
Cunz	bae	giuj	sam	si
çun^{2}	pai^{1}	ki:u^{3}	θa:n^{1}	θi^{1}
巡	去	跟	三	细

不辞天涯苦，

3-1176

邦	而	好	了	备
Biengz	lawz	ndei	liux	beix
pi:ŋ^{2}	lauu^{2}	dei^{1}	li:u^{4}	pi^{4}
地方	哪	好	啰	兄

何方兄称心？

男唱

3-1177
写 南 来 了 罗
Ce nanz lai liux loh
çe^{1} na:n^{2} la:i^{1} li:u^{4} lo^{6}
留 久 多 啰 路
久不走此路，

3-1178
吨 莫 貝 秋 依
Daeb mboq bae ciuz rij
tat^{8} bo^{5} pai^{1} çi:u^{2} ɹi^{3}
砌 泉 去 朝 溪
引泉水入溪。

3-1179
巡 貝 吉 它 吉
Cunz bae giz daq giz
çun^{2} pai^{1} ki^{2} ta^{5} ki^{2}
巡 去 处 连 处
到处都去看，

3-1180
好 不 哈 邦 农
Ndei mbouj ha biengz nuengx
dei^{1} bou^{5} ha^{1} pi:ŋ^{2} nu:ŋ^{4}
好 不 配 地方 妹
妹家乡最好。

女唱

3-1181
写 南 来 了 罗
Ce nanz lai liux loh
çe^{1} na:n^{2} la:i^{1} li:u^{4} lo^{6}
留 久 多 啰 路
久不走此路，

3-1182
吨 莫 貝 秋 依
Daeb mboq bae ciuz rij
tat^{8} bo^{5} pai^{1} çi:u^{2} ɹi^{3}
砌 泉 去 朝 溪
引泉水入溪。

3-1183
巡 貝 吉 它 吉
Cunz bae giz daq giz
çun^{2} pai^{1} ki^{2} ta^{5} ki^{2}
巡 去 处 连 处
到处去探索，

3-1184
邦 而 好 洋 在
Biengz lawz ndei yaeng ywq
pi:ŋ^{2} laɯ^{2} dei^{1} jaŋ^{1} jɯ^{5}
地方 哪 好 再 住
哪里好再住。

男唱

3-1185

写	**南**	**来**	**了**	**罗**
Ce	nanz	lai	liux	loh
ɕe^{1}	naːn^{2}	laːi^{1}	liːu^{4}	lo^{6}
留	**久**	**多**	**啰**	**路**

久不走此路，

3-1186

吨	**莫**	**貝**	**秋**	**依**
Daeb	mboq	bae	ciuz	rij
tat^{8}	bo^{5}	pai^{1}	ɕiːu^{2}	ɹi^{3}
砌	**泉**	**去**	**朝**	**溪**

引泉水入溪。

3-1187

巡	**貝**	**吉**	**它**	**吉**
Cunz	bae	giz	daq	giz
ɕun^{2}	pai^{1}	ki^{2}	ta^{5}	ki^{2}
巡	**去**	**处**	**连**	**处**

到处都去看，

3-1188

空	**米**	**吉**	**相**	**会**
Ndwi	miz	giz	siengh	hoih
duːi^{1}	mi^{2}	ki^{2}	θeːŋ^{6}	hoːi^{6}
不	**有**	**处**	**相**	**会**

无处能见面。

女唱

3-1189

写	**南**	**来**	**了**	**罗**
Ce	nanz	lai	liux	loh
ɕe^{1}	naːn^{2}	laːi^{1}	liːu^{4}	lo^{6}
留	**久**	**多**	**啰**	**路**

久不走此路，

3-1190

吨	**莫**	**貝**	**秋**	**依**
Daeb	mboq	bae	ciuz	rij
tat^{8}	bo^{5}	pai^{1}	ɕiːu^{2}	ɹi^{3}
砌	**泉**	**去**	**朝**	**溪**

引泉水入溪。

3-1191

可	**利**	**几**	**节**	**布**
Goj	lix	geij	cik	baengz
ko^{5}	li^{4}	ki^{3}	ɕik^{7}	paŋ^{2}
可	**剩**	**几**	**尺**	**布**

还有几尺布，

3-1192

兰	**得**	**土**	**知**	**不**
Lanz	ndaej	dou	rox	mbouj
laːn^{2}	dai^{3}	tu^{1}	ɹo^{4}	bou^{5}
拦	**得**	**我**	**或**	**不**

怎能拦住我？

男唱

3-1193

写	南	来	了	罗
Ce	nanz	lai	liux	loh
çe^{1}	na:n^{2}	la:i^{1}	li:u^{4}	lo^{6}
留	久	多	啰	路

久不走此路，

3-1194

吨	莫	貝	秋	依
Daeb	mboq	bae	ciuz	rij
tat^{8}	bo^{5}	pai^{1}	çi:u^{2}	ɹi^{3}
砌	泉	去	朝	溪

引泉水入溪。

3-1195

可	利	儿	节	布
Goj	lix	geij	cik	baengz
ko^{5}	li^{4}	ki^{3}	çik^{7}	paŋ^{2}
可	剩	儿	尺	布

还有几尺布，

3-1196

写	装	身	土	观
Ce	cang	ndang	dou	gonq
çe^{1}	ça:ŋ^{1}	da:ŋ^{1}	tu^{1}	ko:n^{5}
留	装	身	我	先

留装扮自身。

女唱

3-1197

写	南	来	了	罗
Ce	nanz	lai	liux	loh
çe^{1}	na:n^{2}	la:i^{1}	li:u^{4}	lo^{6}
留	久	多	啰	路

久不走此路，

3-1198

吨	莫	貝	秋	依
Daeb	mboq	bae	ciuz	rij
tat^{8}	bo^{5}	pai^{1}	çi:u^{2}	ɹi^{3}
砌	泉	去	朝	溪

引泉水入溪。

3-1199

米	布	自	装	身
Miz	baengz	gag	cang	ndang
mi^{2}	paŋ^{2}	ka:k^{8}	ça:ŋ^{1}	da:ŋ^{1}
有	布	自	装	身

有布来打扮，

3-1200

又	貝	儿	来	田
Youh	bae	geij	lai	dieg
jou^{4}	pai^{1}	ki^{3}	la:i^{1}	ti:k^{8}
又	去	儿	多	地

又去哪游荡？

男唱

3-1201

写	南	来	了	罗
Ce	nanz	lai	liux	loh
çe^{1}	naːn^{2}	laːi^{1}	liːu^{4}	lo^{6}
留	久	多	啰	路

久不走此路，

3-1202

吨	莫	貝	秋	王
Daeb	mboq	bae	ciuz	vaengz
tat^{8}	bo^{5}	pai^{1}	çiːu^{2}	vaŋ^{2}
砌	泉	去	朝	潭

引泉水入潭。

3-1203

土	米	土	是	装
Dou	miz	dou	cix	cang
tu^{1}	mi^{2}	tu^{1}	çi^{4}	caːŋ^{1}
我	有	我	就	装

有布我打扮，

3-1204

空	却	忠	而	得
Ndwi	gyo	fangz	lawz	ndaej
duːi^{1}	kjo^{1}	faːŋ^{2}	laɯ^{2}	dai^{3}
不	幸亏	鬼	哪	得

不求谁施舍。

女唱

3-1205

写	南	来	了	罗
Ce	nanz	lai	liux	loh
çe^{1}	naːn^{2}	laːi^{1}	liːu^{4}	lo^{6}
留	久	多	啰	路

久不走此路，

3-1206

吨	莫	貝	秋	王
Daeb	mboq	bae	ciuz	vaengz
tat^{8}	bo^{5}	pai^{1}	çiːu^{2}	vaŋ^{2}
砌	泉	去	朝	潭

引泉水入潭。

3-1207

卜	装	说	乜	装
Boh	cang	naeuz	meh	cang
po^{6}	çaːŋ^{1}	nau^{2}	me^{6}	çaːŋ^{1}
父	装	或	母	装

父母谁装扮，

3-1208

论	勒	洋	一	样
Lumj	lwg	yangz	it	yiengh
lun^{3}	lɯk^{8}	jaːŋ^{2}	it^{7}	jɯːŋ^{6}
像	子	王	一	样

俨然如王子。

男唱

3-1209

写	**南**	**来**	**了**	**罗**
Ce	nanz	lai	liux	loh
çe^{1}	naːn^{2}	laːi^{1}	liːu^{4}	lo^{6}
留	久	多	啰	路

久不走此路，

3-1210

吨	**莫**	**貝**	**秋**	**王**
Daeb	mboq	bae	ciuz	vaengz
tat^{8}	bo^{5}	pai^{1}	çiːu^{2}	vaŋ^{2}
砌	泉	去	朝	潭

引泉入大潭。

3-1211

真	**卜**	**乜**	**土**	**装**
Caen	boh	meh	dou	cang
çin^{1}	po^{6}	me^{6}	tu^{1}	çaːŋ^{1}
真	父	母	我	装

父母装扮我，

3-1212

勒	**洋**	**是**	**利**	**岁**
Lwg	yangz	cix	lij	saeq
lɯk^{8}	jaːŋ^{2}	çi^{4}	li^{4}	θai^{5}
王	子	是	还	小

王子还年幼。

女唱

3-1213

写	**南**	**来**	**了**	**罗**
Ce	nanz	lai	liux	loh
çe^{1}	naːn^{2}	laːi^{1}	liːu^{4}	lo^{6}
留	久	多	啰	路

久不走此路，

3-1214

吨	**莫**	**貝**	**秋**	**王**
Daeb	mboq	bae	ciuz	vaengz
tat^{8}	bo^{5}	pai^{1}	çiːu^{2}	vaŋ^{2}
砌	泉	去	朝	潭

引泉入大潭。

3-1215

米	**布**	**自**	**装**	**身**
Miz	baengz	gag	cang	ndang
mi^{2}	paŋ^{2}	kaːk^{8}	çaːŋ^{1}	daːŋ^{1}
有	布	自	装	身

自家布装扮，

3-1216

明	**代**	**忠**	**不**	**领**
Cog	dai	fangz	mbouj	lingx
çoːk^{8}	taːi^{1}	faːŋ^{2}	bou^{5}	liŋ^{4}
将来	死	鬼	不	领

死了鬼不认。

男唱

3-1217

平	乜	女	卜	才
Bingz	meh	mbwk	boux	sai
piŋ^{2}	me^{6}	bɯk^{7}	pu^{4}	θa:i^{1}
凭	女	人	男	人

无论男或女，

3-1218

条	罗	代	不	瓜
Diuz	loh	dai	mbouj	gvaq
ti:u^{2}	lo^{6}	ta:i^{1}	bou^{5}	kwa^{5}
条	路	死	不	过

终究都要死。

3-1219

忠	不	领	是	八
Fangz	mbouj	lingx	cix	bah
fa:ŋ^{2}	bou^{5}	liŋ^{4}	çi^{4}	pa^{6}
鬼	不	领	就	罢

鬼不认拉倒，

3-1220

在	卜	万	千	年
Ywq	boux	fanh	cien	nienz
jɯ^{5}	pu^{4}	fa:n^{6}	çi:n^{1}	ni:n^{2}
住	个	万	千	年

活到千万岁。

女唱

3-1221

写	南	来	了	罗
Ce	nanz	lai	liux	loh
çe^{1}	na:n^{2}	la:i^{1}	li:u^{4}	lo^{6}
留	久	多	啰	路

久不走此路，

3-1222

吨	莫	貝	秋	王
Daeb	mboq	bae	ciuz	vaengz
tat^{8}	bo^{5}	pai^{1}	çi:u^{2}	vaŋ^{2}
砌	泉	去	朝	潭

引泉入深渊。

3-1223

农	貝	那	被	江
Nuengx	bae	naj	deng	gyaeng
nu:ŋ^{4}	pai^{1}	na^{3}	te:ŋ^{1}	kjaŋ^{1}
妹	去	前	被	囚

妹死后被囚，

3-1224

被	三	层	拉	龙
Deng	sam	caengz	laj	loengx
te:ŋ^{1}	θa:n^{1}	çaŋ^{1}	la^{3}	loŋ^{4}
被	三	层	下	箱

下三层地狱。

男唱

3-1225
农 贝 那 被 江
Nuengx bae naj deng gyaeng
nu:ŋ4 pai1 na3 te:ŋ1 kjaŋ1
妹 去 前 被 囚
妹死后被囚，

3-1226
被 三 层 拉 龙
Deng sam caengz laj loengx
te:ŋ1 θa:n1 çaŋ1 la3 loŋ4
被 三 层 下 箱
下三层地狱。

3-1227
拜 定 三 拜 碰
Baez din sam baez bungq
pai2 tin1 θa:n1 pai2 puŋ5
次 脚 三 次 碰
一步三碰壁，

3-1228
拉 龙 铁 好 占
Laj loengx diet hau canz
la3 loŋ4 ti:t7 ha:u1 ça:n2
下 箱 铁 白 灿灿
铁牢笼阴森。

女唱

3-1229
写 南 来 了 罗
Ce nanz lai liux loh
çe1 na:n2 la:i1 li:u4 lo6
留 久 多 啰 路
久不走此路，

3-1230
吨 莫 贝 秋 王
Daeb mboq bae ciuz vaengz
tat8 bo5 pai1 çi:u2 vaŋ2
砌 泉 去 朝 潭
引泉水入潭。

3-1231
农 贝 那 被 江
Nuengx bae naj deng gyaeng
nu:ŋ4 pai1 na3 te:ŋ1 kjaŋ1
妹 去 前 被 囚
妹死后被囚，

3-1232
银 堂 是 不 出
Ngaenz daengz cix mbouj ok
ŋan2 taŋ2 çi4 bou5 o:k7
银 到 是 不 出
钱都赎不回。

男唱

3-1233

农 貝 那 被 江

Nuengx bae naj deng gyaeng

nu:ŋ^{4} pai^{1} na^{3} te:ŋ^{1} kjaŋ^{1}

妹 去 前 被 囚

妹死后被囚，

3-1234

银 堂 是 不 出

Ngaenz daengz cix mbouj ok

ŋan^{2} taŋ^{2} çi^{4} bou^{5} o:k^{7}

银 到 是 不 出

钱都赎不回。

3-1235

少 乖 被 后 作

Sau gvai deng haeuj coek

θa:u^{1} kwa:i^{1} te:ŋ^{1} hau^{3} çok^{7}

姑娘 乖 被 进 牢笼

妹魂进牢笼，

3-1236

万 代 不 见 身

Fanh daih mbouj gen ndang

fa:n^{6} ta:i^{6} bou^{5} ke:n^{4} da:ŋ^{1}

万 代 不 见 身

永不得见面。

女唱

3-1237

写 南 来 了 罗

Ce nanz lai liux loh

çe^{1} na:n^{2} la:i^{1} li:u^{4} lo^{6}

留 久 多 啰 路

久不走此路，

3-1238

吨 莫 貝 秋 王

Daeb mboq bae ciuz vaengz

tat^{8} bo^{5} pai^{1} çi:u^{2} vaŋ^{2}

砌 泉 去 朝 潭

引泉入深渊。

3-1239

农 自 古 那 尚

Nuengx gag guh naj sang

nu:ŋ^{4} ka:k^{8} ku^{4} na^{3} θa:ŋ^{1}

妹 自 做 脸 高

妹秉性高傲，

3-1240

被 江 牙 正 对

Deng gyaeng yax cingq doiq

te:ŋ^{1} kjaŋ^{1} ja^{5} çiŋ^{5} to:i^{5}

被 囚 也 正 对

被囚也活该。

男唱

3-1241

写	南	来	了	罗
Ce	nanz	lai	liux	loh
çe^{1}	na:n^{2}	la:i^{1}	li:u^{4}	lo^{6}
留	久	多	啰	路

久不走此路，

3-1242

吨	莫	貝	秋	王
Daeb	mboq	bae	ciuz	vaengz
tat^{8}	bo^{5}	pai^{1}	çi:u^{2}	vaŋ^{2}
砌	泉	去	朝	潭

引泉水入渊。

3-1243

农	貝	那	被	江
Nuengx	bae	naj	deng	gyaeng
nu:ŋ^{4}	pai^{1}	na^{3}	te:ŋ^{1}	kjaŋ^{1}
妹	去	前	被	囚

妹死后被囚，

3-1244

全	那	尚	么	农
Cienz	naj	sang	maq	nuengx
çe:n^{2}	na^{3}	θa:ŋ^{1}	ma^{5}	nu:ŋ^{4}
全	脸	高	嘛	妹

兄也不高兴。

女唱

3-1245

写	南	来	了	罗
Ce	nanz	lai	liux	loh
çe^{1}	na:n^{2}	la:i^{1}	li:u^{4}	lo^{6}
留	久	多	啰	路

久不走此路，

3-1246

吨	莫	貝	秋	王
Daeb	mboq	bae	ciuz	vaengz
tat^{8}	bo^{5}	pai^{1}	çi:u^{2}	vaŋ^{2}
砌	泉	去	朝	潭

引泉水入渊。

3-1247

农	貝	那	被	江
Nuengx	bae	naj	deng	gyaeng
nu:ŋ^{4}	pai^{1}	na^{3}	te:ŋ^{1}	kjaŋ^{1}
妹	去	前	被	囚

妹死后被囚，

3-1248

开	身	龙	貝	求
Gai	ndang	lungz	bae	rouh
ka:i^{1}	da:ŋ^{1}	luŋ^{2}	pai^{1}	ɹou^{6}
卖	身	龙	去	赎

兄卖身去赎。

男唱

3–1249

写	**南**	**来**	**了**	**罗**
Ce	nanz	lai	liux	loh
çe^{1}	naːn^{2}	laːi^{1}	liːu^{4}	lo^{6}
留	**久**	**多**	**啰**	**路**

久不走此路，

3–1250

吨	**莫**	**貝**	**秋**	**王**
Daeb	mboq	bae	ciuz	vaengz
tat^{8}	bo^{5}	pai^{1}	çiːu^{2}	vaŋ^{2}
砌	**泉**	**去**	**朝**	**潭**

引泉水入潭。

3–1251

老	**是**	**开**	**身**	**忠**
Lau	cix	gai	ndang	fangz
laːu^{1}	çi^{4}	kaːi^{1}	daːŋ^{1}	faːŋ^{2}
怕	**是**	**卖**	**身**	**鬼**

你可卖鬼身，

3–1252

开	**身**	**土**	**不**	**得**
Gai	ndang	dou	mbouj	ndaej
kaːi^{1}	daːŋ^{1}	tu^{1}	bou^{5}	dai^{3}
卖	**身**	**我**	**不**	**得**

不可卖我身。

女唱

3–1253

阮	**堂**	**秀**	**广**	**英**
Nyienh	daengz	ciuh	gvangj	in
ȵuːn^{6}	taŋ^{2}	çiːu^{6}	kwaːŋ^{3}	in^{1}
愿	**到**	**世**	**广**	**姻**

若是已成亲，

3–1254

是	**开**	**身**	**貝**	**求**
Cix	gai	ndang	bae	rouh
çi^{4}	kaːi^{1}	daːŋ^{1}	pai^{1}	ɹou^{6}
就	**卖**	**身**	**去**	**赎**

愿卖身去赎。

3–1255

阮	**堂**	**秀**	**邦**	**友**
Nyienh	daengz	ciuh	baengz	youx
ȵuːn^{6}	taŋ^{2}	çiːu^{6}	paŋ^{2}	ju^{4}
愿	**到**	**世**	**朋**	**友**

我俩成伴侣，

3–1256

求	**农**	**马**	**岁**	**站**
Rouh	nuengx	ma	caez	soengz
ɹou^{6}	nuːŋ^{4}	ma^{1}	çai^{2}	θoŋ^{2}
赎	**妹**	**来**	**齐**	**站**

赎妹来成亲。

男唱

3-1257

应 乱 办 巴 土

Wng luenh baenz baz dou

iŋ1 lu:n6 pan2 pa2 tu1

应 乱 成 妻 我

若还成我妻，

3-1258

是 开 身 貝 求

Cix gai ndang bae rouh

çi4 ka:i1 da:ŋ1 pai1 ɹou6

就 卖 身 去 赎

我卖身去赎。

3-1259

办 巴 文 了 友

Baenz baz vunz liux youx

pan2 pa2 vun2 li:u4 ju4

成 妻 人 啰 友

已成别人妻，

3-1260

不 足 农 古 而

Mbouj rouh nuengx guh rawz

bou5 ɹou6 nu:ŋ4 ku4 ɹaɯ2

不 赎 妹 做 什么

赎你有何用。

女唱

3-1261

阮 堂 秀 广 英

Nyienh daengz ciuh gvangj in

ȵu:n6 taŋ2 çi:u6 kwa:ŋ3 in1

愿 到 世 广 姻

若是已成亲，

3-1262

是 开 身 貝 节

Cix gai ndang bae ciep

çi4 ka:i1 da:ŋ1 pai1 çe:t7

就 卖 身 去 接

卖身去赎回。

3-1263

阮 堂 秀 三 八

Nyienh daengz ciuh sanh bek

ȵu:n6 taŋ2 çi:u6 θa:n1 pe:k7

愿 到 世 山 伯

若是梁山伯，

3-1264

是 貝 节 英 台

Cix bae ciep yingh daiz

çi4 pai1 çe:t7 iŋ1 ta:i2

就 去 接 英 台

就去接英台。

男唱

3-1265

应	**乱**	**办**	**友**	**土**
Wng	luenh	baenz	youx	dou
iŋ^{1}	lu:n^{6}	pan^{2}	ju^{4}	tu^{1}
应	乱	成	友	我

若还是我友，

3-1266

是	**开**	**身**	**貝**	**求**
Cix	gai	ndang	bae	rouh
ɕi^{4}	ka:i^{1}	da:ŋ^{1}	pai^{1}	ɹou^{6}
就	卖	身	去	赎

我卖身去赎。

3-1267

交	**空**	**得**	**你**	**友**
Gyau	ndwi	ndaej	mwngz	youx
kja:u^{1}	du:i^{1}	dai^{3}	mɯŋ^{2}	ju^{4}
交	不	得	你	友

交不上你友，

3-1268

求	**不**	**得**	**你**	**同**
Rouh	mbouj	ndaej	mwngz	doengz
ɹou^{6}	bou^{5}	dai^{3}	mɯŋ^{2}	toŋ^{2}
赎	不	得	你	同

赎不了你身。

女唱

3-1269

阮	**堂**	**秀**	**广**	**英**
Nyienh	daengz	ciuh	gvangj	in
ȵu:n^{6}	taŋ^{2}	ɕi:u^{6}	kwa:ŋ^{3}	in^{1}
愿	到	世	广	姻

若是已成亲，

3-1270

是	**开**	**身**	**貝**	**累**
Cix	gai	ndang	bae	laeq
ɕi^{4}	ka:i^{1}	da:ŋ^{1}	pai^{1}	lai^{5}
就	卖	身	去	看

卖身去探望。

3-1271

认	**堂**	**秀**	**邦**	**美**
Nyinh	daengz	ciuh	baengz	maez
ȵin^{6}	taŋ^{2}	ɕi:u^{6}	paŋ^{2}	mai^{2}
记	到	世	朋	说爱

想到恋爱事，

3-1272

强	**下**	**海**	**貝**	**跟**
Giengh	roengz	haij	bae	riengz
kji:ŋ^{6}	ɹoŋ^{2}	ha:i^{3}	pai^{1}	ɹi:ŋ^{2}
跳	下	海	去	跟

愿跳海跟随。

男唱

3-1273

应	**乱**	**办**	**友**	**土**
Wng	luenh	baenz	youx	dou
iŋ^{1}	lu:n^{6}	pan^{2}	ju^{4}	tu^{1}
应	乱	成	友	我

若还是我友，

3-1274

是	**开**	**身**	**貝**	**秋**
Cix	gai	ndang	bae	ciuq
ɕi^{4}	ka:i^{1}	da:ŋ^{1}	pai^{1}	ɕi:u^{5}
就	卖	身	去	看

卖身去探望。

3-1275

办	**巴**	**文**	**貝**	**了**
Baenz	baz	vunz	bae	liux
pan^{2}	pa^{2}	vun^{2}	pai^{1}	li:u^{4}
成	妻	人	去	完

你是别人妻，

3-1276

备	**秋**	**不**	**得**	**你**
Beix	ciuq	mbouj	ndaej	mwngz
pi^{4}	ɕi:u^{5}	bou^{5}	dai^{3}	mɯŋ^{2}
兄	看	不	得	你

兄不可看望。

女唱

3-1277

写	**南**	**又**	**写**	**乃**
Ce	nanz	youh	ce	naih
ɕe^{1}	na:n^{2}	jou^{4}	ɕe^{1}	na:i^{6}
留	久	又	留	久

分别久又久，

3-1278

坤	**貝**	**拜**	**土**	**楼**
Gun	bae	baih	dou	louz
kun^{1}	pai^{1}	pa:i^{6}	tu^{1}	lou^{2}
官	去	边	我	玩

汉人来求婚。

3-1279

伕	**吨**	**安**	**作**	**偻**
Fwx	daenh	an	coq	raeuz
fə^{4}	tan^{6}	a:n^{1}	ɕo^{5}	ɹau^{2}
别人	堵	鞍	放	我们

人用鞍压我，

3-1280

备	**银**	**古**	**而**	**祘**
Beix	ngaenz	guh	rawz	suenq
pi^{4}	ŋan^{2}	ku^{4}	ɹaɯ^{2}	θu:n^{5}
兄	银	做	什么	算

兄说怎么办？

男唱

3-1281

写	南	又	写	乃
Ce	nanz	youh	ce	naih
ɕe^{1}	naːn^{2}	jou^{4}	ɕe^{1}	naːi^{6}
留	久	又	留	久

分别久又久，

3-1282

坤	貝	拜	土	楼
Gun	bae	baih	dou	louz
kun^{1}	pai^{1}	paːi^{6}	tu^{1}	lou^{2}
官	去	边	我	玩

汉人去求婚。

3-1283

安	重	说	安	轻
An	naek	naeuz	an	mbaeu
aːn^{1}	nak^{7}	nau^{2}	aːn^{1}	bau^{1}
鞍	重	或	鞍	轻

那鞍重不重，

3-1284

说	土	帮	你	优
Naeuz	dou	bangh	mwngz	yaeuq
nau^{2}	tu^{1}	paːŋ^{1}	mɯŋ^{2}	jau^{5}
说	我	帮	你	藏

交我帮你扛。

女唱

3-1285

写	南	又	写	乃
Ce	nanz	youh	ce	naih
ɕe^{1}	naːn^{2}	jou^{4}	ɕe^{1}	naːi^{6}
留	久	又	留	久

分别久又久，

3-1286

坤	貝	拜	土	楼
Gun	bae	baih	dou	louz
kun^{1}	pai^{1}	paːi^{6}	tu^{1}	lou^{2}
官	去	边	我	玩

汉人来求婚。

3-1287

牙	不	重	不	轻
Yax	mbouj	naek	mbouj	mbaeu
ja^{5}	bou^{5}	nak^{7}	bou^{5}	bau^{1}
也	不	重	不	轻

不重也不轻，

3-1288

在	心	头	你	义
Ywq	sim	daeuz	mwngz	ngeix
jɯ^{5}	θin^{1}	tau^{2}	mɯŋ^{2}	ȵi^{4}
在	心	脏	你	想

你用心掂量。

男唱

3–1289

写	南	又	写	乃
Ce	nanz	youh	ce	naih
çe^{1}	na:n^{2}	jou^{4}	çe^{1}	na:i^{6}
留	久	又	留	久

分别久又久，

3–1290

坤	贝	拜	土	楼
Gun	bae	baih	dou	louz
kun^{1}	pai^{1}	pa:i^{6}	tu^{1}	lou^{2}
官	去	边	我	玩

汉人去求婚。

3–1291

安	重	是	同	说
An	naek	cix	doengh	naeuz
a:n^{1}	nak^{7}	çi^{4}	toŋ^{2}	nau^{2}
鞍	重	就	相	说

重担两相商，

3–1292

安	轻	是	同	勒
An	mbaeu	cix	doengh	lawh
a:n^{1}	bau^{1}	çi^{4}	toŋ^{2}	ləɯ^{6}
鞍	轻	就	相	换

不重可互换。

女唱

3–1293

写	南	又	写	乃
Ce	nanz	youh	ce	naih
çe^{1}	na:n^{2}	jou^{4}	çe^{1}	na:i^{6}
留	久	又	留	久

分别久又久，

3–1294

坤	贝	拜	土	三
Gun	bae	baih	dou	sanq
kun^{1}	pai^{1}	pa:i^{6}	tu^{1}	θa:n^{5}
官	去	边	我	散

汉人来求婚。

3–1295

重	不	得	是	班
Naek	mbouj	ndaej	cix	ban
nak^{7}	bou^{5}	dai^{3}	çi^{4}	pa:n^{1}
重	不	得	就	摊

太重就分摊，

3–1296

贝	王	三①	共	罗
Bae	vangz	san	gungh	loh
pai^{1}	va:ŋ^{2}	θa:n^{1}	kuŋ^{6}	lo^{6}
去	王	三	共	路

去阴间同行。

① 王三[va:ŋ^{2} θa:n^{1}]：王三，指婆王，旧时人认为，万民皆婆王送花而生，死了也要到婆王处报到轮回。

男唱

3-1297

写 南 又 写 乃

Ce nanz youh ce naih

çe^{1} na:n^{2} jou^{4} çe^{1} na:i^{6}

留 久 又 留 久

分别久又久，

3-1298

坤 貝 拜 土 楼

Gun bae baih dou louz

kun^{1} pai^{1} pa:i^{6} tu^{1} lou^{2}

官 去 边 我 玩

汉人去求婚。

3-1299

马 你 坤 龙 头

Max mwngz goenq lungz daeuz

ma^{4} muɯŋ^{2} kon^{5} luŋ^{2} tau^{2}

马 你 断 龙 头

把马拴龙头，

3-1300

要 利 得 知 不

Aeu lij ndaej rox mbouj

au^{1} li^{4} dai^{3} ɹo^{4} bou^{5}

要 还 得 或 不

可取不可取？

女唱

3-1301

写 南 又 写 乃

Ce nanz youh ce naih

çe^{1} na:n^{2} jou^{4} çe^{1} na:i^{6}

留 久 又 留 久

分别久又久，

3-1302

坤 貝 拜 土 楼

Gun bae baih dou louz

kun^{1} pai^{1} pa:i^{6} tu^{1} lou^{2}

官 去 边 我 玩

汉人来求婚。

3-1303

马 可 足 拉 周

Max goj cug laj saeu

ma^{4} ko^{5} çuk^{8} la^{3} θau^{1}

马 可 绑 下 柱

马拴柱子上，

3-1304

牙 要 是 自 决

Yaek aeu cix gag gej

jak^{7} au^{1} çi^{4} ka:k^{8} ke^{3}

欲 要 就 自 解

想要自己解。

男唱

3–1305

写	**南**	**又**	**写**	**乃**
Ce	nanz	youh	ce	naih
çe^{1}	na:n^{2}	jou^{4}	çe^{1}	na:i^{6}
留	久	又	留	久

分别久又久，

3–1306

坤	**貝**	**拜**	**土**	**楼**
Gun	bae	baih	dou	louz
kun^{1}	pai^{1}	pa:i^{6}	tu^{1}	lou^{2}
官	去	边	我	玩

汉人去求婚。

3–1307

土	**自**	**决**	**自**	**要**
Dou	gag	gej	gag	aeu
tu^{1}	ka:k^{8}	ke^{3}	ka:k^{8}	au^{1}
我	自	解	自	要

我擅自拉走，

3–1308

文	**说**	**偻**	**犯**	**罪**
Vunz	naeuz	raeuz	famh	coih
vun^{2}	nau^{2}	ɹau^{2}	fa:n^{6}	ço:i^{6}
人	说	我们	犯	罪

人说我犯罪。

女唱

3–1309

写	**南**	**又**	**写**	**乃**
Ce	nanz	youh	ce	naih
çe^{1}	na:n^{2}	jou^{4}	çe^{1}	na:i^{6}
留	久	又	留	久

分别久又久，

3–1310

坤	**貝**	**拜**	**土**	**楼**
Gun	bae	baih	dou	louz
kun^{1}	pai^{1}	pa:i^{6}	tu^{1}	lou^{2}
官	去	边	我	玩

汉人来求婚。

3–1311

你	**自**	**决**	**自**	**要**
Mwngz	gag	gej	gag	aeu
mɯŋ^{2}	ka:k^{8}	ke^{3}	ka:k^{8}	au^{1}
你	自	解	自	要

你擅自拉走，

3–1312

友	**而**	**说**	**洋**	**祘**
Youx	lawz	naeuz	yaeng	suenq
ju^{4}	laɯ^{2}	nau^{2}	ja:ŋ^{1}	θu:n^{5}
友	哪	说	再	算

谁讲了再说。

男唱

3-1313

写	南	又	写	乃
Ce	nanz	youh	ce	naih
çe^{1}	naːn^{2}	jou^{4}	çe^{1}	naːi^{6}
留	久	又	留	久

分别久又久，

3-1314

坤	貝	拜	土	楼
Gun	bae	baih	dou	louz
kun^{1}	pai^{1}	paːi^{6}	tu^{1}	lou^{2}
官	去	边	我	玩

汉人去求婚。

3-1315

土	自	决	自	要
Dou	gag	gej	gag	aeu
tu^{1}	kaːk^{8}	ke^{3}	kaːk^{8}	au^{1}
我	自	解	自	要

我擅自拉走，

3-1316

文	说	偻	卜	兰
Vunz	naeuz	raeuz	boux	lanh
vun^{2}	nau^{2}	ɹau^{2}	pu^{4}	laːn^{6}
人	说	我们	人	烂

人说我坏蛋。

女唱

3-1317

写	南	又	写	乃
Ce	nanz	youh	ce	naih
çe^{1}	naːn^{2}	jou^{4}	çe^{1}	naːi^{6}
留	久	又	留	久

分别久又久，

3-1318

坤	貝	拜	土	楼
Gun	bae	baih	dou	louz
kun^{1}	pai^{1}	paːi^{6}	tu^{1}	lou^{2}
官	去	边	我	玩

汉人来求婚。

3-1319

马	你	坤	南	宁
Max	mwngz	gun	nanz	ningz
ma^{4}	mɯŋ^{2}	kun^{1}	naːn^{2}	niŋ^{2}
马	你	官	南	宁

此乃南宁马，

3-1320

貝	提	正	牙	得
Bae	diz	cingz	yaek	ndaej
pai^{1}	ti^{2}	çiŋ^{2}	jak^{7}	dai^{3}
去	拿	情	欲	得

你驾驭不得。

男唱

3-1321

写 南 又 写 乃

Ce nanz youh ce naih

çe^{1} naːn^{2} jou^{4} çe^{1} naːi^{6}

留 久 又 留 久

分别久又久，

3-1322

坤 貝 拜 土 城

Gun bae baih dou singz

kun^{1} pai^{1} paːi^{6} tou^{1} θiŋ^{2}

官 去 边 门 城

汉人去求婚。

3-1323

给 农 貝 提 正

Hawj nuengx bae diz cingz

həɯ^{3} nuːŋ^{4} pai^{1} ti^{2} çiŋ^{2}

给 妹 去 拿 情

让妹接礼品，

3-1324

恵 不 要 土 内

Fangz mbouj aeu duz neix

faːŋ^{2} bou^{5} au^{1} tu^{2} ni^{4}

鬼 不 要 个 这

鬼都不接受。

女唱

3-1325

写 南 又 写 乃

Ce nanz youh ce naih

çe^{1} naːn^{2} jou^{4} çe^{1} naːi^{6}

留 久 又 留 久

分别久又久，

3-1326

坤 貝 拜 土 城

Gun bae baih dou singz

kun^{1} pai^{1} paːi^{6} tou^{1} θiŋ^{2}

官 去 边 门 城

汉人来求婚。

3-1327

土 内 恵 不 要

Duz neix fangz mbouj aeu

tu^{2} ni^{4} faːŋ^{2} bou^{5} au^{1}

个 这 鬼 不 要

送去鬼不收，

3-1328

写 字 回 它 刀

Sij saw hoiz de dauq

θi^{3} θaɯ^{1} hoːi^{2} te^{1} taːu^{5}

写 字 回 他 回

写字退回来。

男唱

3-1329

写	**南**	**又**	**写**	**乃**
Ce	nanz	youh	ce	naih
ɕe^{1}	na:n^{2}	jou^{4}	ɕe^{1}	na:i^{6}
留	久	又	留	久

分别久又久，

3-1330

坤	**貝**	**拜**	**土**	**城**
Gun	bae	baih	dou	singz
kun^{1}	pai^{1}	pa:i^{6}	tou^{1}	θiŋ^{2}
官	去	边	门	城

汉人去求婚。

3-1331

鸟	**炕**	**叫**	**里**	**仁**
Roeg	enq	heuh	ndaw	vingz
ɹok^{8}	e:n^{5}	he:u^{6}	daɯ^{1}	viŋ^{2}
鸟	燕	叫	里	草窝

蓬雀草中叫，

3-1332

叫	**要**	**正**	**了**	**农**
Heuh	aeu	cingz	liux	nuengx
he:u^{6}	au^{1}	ɕiŋ^{2}	li:u^{4}	nu:ŋ^{4}
叫	要	情	啰	妹

想讨要礼品。

女唱

3-1333

写	**南**	**又**	**写**	**乃**
Ce	nanz	youh	ce	naih
ɕe^{1}	na:n^{2}	jou^{4}	ɕe^{1}	na:i^{6}
留	久	又	留	久

分别久又久，

3-1334

坤	**貝**	**拜**	**土**	**城**
Gun	bae	baiq	dou	singz
kun^{1}	pai^{1}	pa:i^{6}	tou^{1}	θiŋ^{2}
官	去	边	门	城

汉人来求婚。

3-1335

鸟	**炕**	**叫**	**里**	**仁**
Roeg	enq	heuh	ndaw	vingz
ɹok^{8}	e:n^{5}	he:u^{6}	daɯ^{1}	viŋ^{2}
鸟	燕	叫	里	草窝

蓬雀草中叫，

3-1336

正	**开**	**么**	**伏**	**内**
Cingz	gij	maz	fawh	neix
ɕiŋ^{2}	ka:i^{2}	ma^{2}	fəɯ^{6}	ni^{4}
情	什	么	时	这

要什么礼品？

男唱

3-1337

写 南 又 写 乃

Ce nanz youh ce naih

ɕe^{1} naːn^{2} jou^{4} ɕe^{1} naːi^{6}

留 久 又 留 久

分别久又久，

3-1338

坤 貝 拜 土 城

Gun bae baih dou singz

kun^{1} pai^{1} paːi^{6} tou^{1} θiŋ^{2}

官 去 边 门 城

汉人去求婚。

3-1339

鸟 炕 叫 里 仁

Roeg enq heuh ndaw vingz

ɹok^{8} eːn^{5} heːu^{6} daɯ^{1} viŋ^{2}

鸟 燕 叫 里 草窝

蓬雀草中叫，

3-1340

米 小 正 是 开

Miz siuj cingz cix hai

mi^{2} θiːu^{5} ɕiŋ^{2} ɕi^{4} haːi^{1}

有 小 情 就 开

礼品快拿来。

女唱

3-1341

写 南 又 写 乃

Ce nanz youh ce naih

ɕe^{1} naːn^{2} jou^{4} ɕe^{1} naːi^{6}

留 久 又 留 久

分别久又久，

3-1342

坤 貝 拜 土 城

Gun bae baih dou singz

kun^{1} pai^{1} paːi^{6} tou^{1} θiŋ^{2}

官 去 边 门 城

汉人来求婚。

3-1343

鸟 炕 叫 里 仁

Roeg enq heuh ndaw vingz

ɹok^{8} eːn^{5} heːu^{6} daɯ^{1} viŋ^{2}

鸟 燕 叫 里 草窝

蓬雀草中叫，

3-1344

友 变 心 良 样

Youx bienq sim lingh yiengh

ju^{4} piːn^{5} θin^{1} leːŋ^{6} jɯːŋ^{6}

友 变 心 另 样

友变另条心。

男唱

3-1345

写	南	又	写	乃
Ce	nanz	youh	ce	naih
çe^{1}	na:n^{2}	jou^{4}	çe^{1}	na:i^{6}
留	久	又	留	久

分别久又久，

3-1346

坤	貝	拜	土	城
Gun	bae	baih	dou	singz
kun^{1}	pai^{1}	pa:i^{6}	tou^{1}	θiŋ^{2}
官	去	边	门	城

汉人去求婚。

3-1347

鸟	炕	叫	里	仁
Roeg	enq	heuh	ndaw	vingz
ɹok^{8}	e:n^{5}	he:u^{6}	dauɯ^{1}	viŋ^{2}
鸟	燕	叫	里	草窝

蓬雀草中叫，

3-1348

阝	通	正	牙	知
Boux	doeng	cingz	yaek	rox
pu^{4}	toŋ^{1}	çiŋ^{2}	jak^{7}	ɹo^{4}
个	通	情	欲	知

通情人要懂。

女唱

3-1349

写	南	由	了	娘
Ce	nanz	raeuh	liux	nangz
çe^{1}	na:n^{2}	ɹau^{6}	li:u^{4}	na:ŋ^{2}
留	久	多	啰	姑娘

久违了小妹，

3-1350

下	王	狼	叶	蕉
Roengz	vaengz	laengz	mbaw	gyoij
ɹoŋ^{2}	vaŋ^{2}	laŋ^{2}	bauɯ^{1}	kjo:i^{3}
下	潭	勾	叶	芭蕉

下潭捡蕉叶。

3-1351

龙	秋	更	山	背
Lungz	ciuq	gwnz	bya	boih
luŋ^{2}	çi:u^{5}	kɯn^{2}	pja^{1}	po:i^{6}
龙	看	上	山	背

兄看阴山上，

3-1352

对	伕	说	对	偻
Doih	fwx	naeuz	doih	raeuz
to:i^{6}	fə^{4}	nau^{2}	to:i^{6}	ɹau^{2}
伙伴	别人	或	伙伴	我们

是谁的好友。

男唱

3–1353

写	南	由	了	娘
Ce	nanz	raeuh	liux	nangz
ɕe^{1}	na:n^{2}	ɹau^{6}	li:u^{4}	na:ŋ^{2}
留	久	多	啰	姑娘

久违了小妹，

3–1354

下	王	狼	叶	蕉
Roengz	vaengz	laengz	mbaw	gyoij
ɹoŋ^{2}	vaŋ^{2}	laŋ^{2}	baɯ^{1}	kjo:i^{3}
下	潭	勾	叶	芭蕉

下潭捡蕉叶。

3–1355

羊	吃	草	山	背
Yiengz	gwn	nywj	bya	boih
jɯ:ŋ^{2}	kɯn^{1}	ȵɯ^{3}	pja^{1}	po:i^{6}
羊	吃	草	山	背

阴山上是羊，

3–1356

不	真	对	二	偻
Mbouj	caen	doih	song	raeuz
bou^{5}	ɕin^{1}	to:i^{6}	θo:ŋ^{1}	ɹau^{2}
不	真	伙伴	两	我们

非我俩密友。

女唱

3–1357

写	南	由	了	娘
Ce	nanz	raeuh	liux	nangz
ɕe^{1}	na:n^{2}	ɹau^{6}	li:u^{4}	na:ŋ^{2}
留	久	多	啰	姑娘

久违了小妹，

3–1358

下	王	狼	叶	蕉
Roengz	vaengz	laengz	mbaw	gyoij
ɹoŋ^{2}	vaŋ^{2}	laŋ^{2}	baɯ^{1}	kjo:i^{3}
下	潭	勾	叶	芭蕉

下潭捡蕉叶。

3–1359

羊	吃	草	山	背
Yiengz	gwn	nywj	bya	boih
jɯ:ŋ^{2}	kɯn^{1}	ȵɯ^{3}	pja^{1}	po:i^{6}
羊	吃	草	山	背

阴山上是羊，

3–1360

回	贝	刀	板	而
Hoiz	bae	dauq	mbanj	lawz
ho:i^{2}	pai^{1}	ta:u^{5}	ba:n^{3}	laɯ^{2}
回	去	回	村	哪

回头去哪村？

男唱

3-1361

写　南　由　了　娘

Ce nanz raeuh liux nangz

çe1 na:n2 ɹau6 li:u4 na:ŋ2

留　久　多　啰　姑娘

久违了小妹，

3-1362

下　王　狼　叶　蕉

Roengz vaengz laengz mbaw gyoij

ɹoŋ2 vaŋ2 laŋ2 baɯ1 kjo:i3

下　潭　勾　叶　芭蕉

下潭捡蕉叶。

3-1363

羊　吃　草　山　背

Yiengz gwn nywj bya boih

juɯ:ŋ2 kɯn1 ȵɯ3 pja1 po:i6

羊　吃　草　山　背

阴山上是羊，

3-1364

回　貝　堂　板　偻

Hoiz bae daengz mbanj raeuz

ho:i2 pai1 taŋ2 ba:n3 ɹau2

回　去　到　村　我们

回头是我村。

女唱

3-1365

写　南　由　了　娘

Ce nanz raeuh liux nangz

çe1 na:n2 ɹau6 li:u4 na:ŋ2

留　久　多　啰　姑娘

久违了小妹，

3-1366

下　王　狼　叶　蕉

Roengz vaengz laengz mbaw gyoij

ɹoŋ2 vaŋ2 laŋ2 baɯ1 kjo:i3

下　潭　勾　叶　芭蕉

下潭捡蕉叶。

3-1367

羊　吃　草　山　背

Yiengz gwn nywj bya boih

juɯ:ŋ2 kɯn1 ȵɯ3 pja1 po:i6

羊　吃　草　山　背

阴山上是羊，

3-1368

回　利　刀　知　空

Hoiz lij dauq rox ndwi

ho:i2 li4 ta:u5 ɹo4 du:i1

回　还　回　或　不

尚可回头否？

男唱

3-1369

写	南	由	了	娘
Ce	nanz	raeuh	liux	nangz
ɕe^{1}	naːn^{2}	ɹau^{6}	liːu^{4}	naːŋ^{2}
留	久	多	啰	姑娘

久违了小妹，

3-1370

下	王	狼	叶	蕉
Roengz	vaengz	laengz	mbaw	gyoij
ɹoŋ^{2}	vaŋ^{2}	laŋ^{2}	baɯ^{1}	kjoːi^{3}
下	潭	勾	叶	芭蕉

下潭捡蕉叶。

3-1371

羊	吃	草	山	背
Yiengz	gwn	nywj	bya	boih
jɯːŋ^{2}	kɯn^{1}	ȵɯ^{3}	pja^{1}	poːi^{6}
羊	吃	草	山	背

阴山上是羊，

3-1372

回	不	刀	牙	难
Hoiz	mbouj	dauq	yax	nanz
hoːi^{2}	bou^{5}	taːu^{5}	ja^{5}	naːn^{2}
回	不	回	也	难

回不来难办。

女唱

3-1373

写	南	由	了	娘
Ce	nanz	raeuh	liux	nangz
ɕe^{1}	naːn^{2}	ɹau^{6}	liːu^{4}	naːŋ^{2}
留	久	多	啰	姑娘

久违了小妹，

3-1374

下	王	狼	叶	蕉
Roengz	vaengz	laengz	mbaw	gyoij
ɹoŋ^{2}	vaŋ^{2}	laŋ^{2}	baɯ^{1}	kjoːi^{3}
下	潭	勾	叶	芭蕉

下潭捡蕉叶。

3-1375

开	相	狼	同	对
Hai	cieng	langh	doengz	doih
haːi^{1}	ɕiːŋ^{1}	laːŋ^{6}	toŋ^{2}	toːi^{6}
开	正	若	同	伙伴

一同过春节，

3-1376

同	祘	修	条	元
Doengz	suenq	coih	diuz	roen
toŋ^{2}	θuːn^{5}	ɕoːi^{6}	tiːu^{2}	joːn^{1}
同	算	修补	条	路

联合筑条路。

女唱

3-1377

写 南 由 了 娘

Ce nanz raeuh liux nangz

çe^{1} na:n^{2} ɹau^{6} li:u^{4} na:ŋ^{2}

留 久 多 啰 姑娘

久违了小妹，

3-1378

下 王 狼 叶 蕉

Roengz vaengz laengz mbaw gyoij

ɹoŋ^{2} vaŋ^{2} laŋ^{2} baɯ^{1} kjo:i^{3}

下 潭 勾 叶 芭蕉

下潭捡蕉叶。

3-1379

开 相 它 同 对

Hai cieng daq doengz doih

ha:i^{1} çi:ŋ^{1} ta^{5} toŋ^{2} to:i^{6}

开 正 连 同 伙伴

开春同过年，

3-1380

命 凶 不 同 跟

Mingh rwix mbouj doengh riengz

miŋ^{6} ɹɯ:i^{4} bou^{5} toŋ^{2} ɹi:ŋ^{2}

命 孬 不 相 跟

命孬不同住。

男唱

3-1381

写 南 由 了 娘

Ce nanz raeuh liux nangz

çe^{1} na:n^{2} ɹau^{6} li:u^{4} na:ŋ^{2}

留 久 多 啰 姑娘

久违了小妹，

3-1382

下 王 狼 叶 蕉

Roengz vaengz laengz mbaw gyoij

ɹoŋ^{2} vaŋ^{2} laŋ^{2} baɯ^{1} kjo:i^{3}

下 潭 勾 叶 芭蕉

下潭捡蕉叶。

3-1383

年 纪 少 利 青

Nienz geij sau lij oiq

ni:n^{2} ki^{3} θa:u^{1} li^{4} o:i^{5}

年 纪 姑娘 还 嫩

妹年纪轻轻，

3-1384

怨 命 凶 古 而

Yonq mingh rwix guh rawz

jo:n^{5} miŋ^{6} ɹɯ:i^{4} ku^{4} ɹaɯ^{2}

怨 命 孬 做 什么

为何要怨命？

女唱

3-1385

写	南	由	了	娘
Ce	nanz	raeuh	liux	nangz
çe¹	na:n²	ɹau⁶	li:u⁴	na:ŋ²
留	久	多	啰	姑娘

久违了小妹，

3-1386

下	王	狼	叶	蕉
Roengz	vaengz	laengz	mbaw	gyoij
ɹoŋ²	vaŋ²	laŋ²	baɯ¹	kjo:i³
下	潭	勾	叶	芭蕉

下潭捡蕉叶。

3-1387

想	不	怨	命	凶
Siengj	mbouj	yonq	mingh	rwix
θi:ŋ³	bou⁵	jo:n⁵	miŋ⁶	ɹɯ:i⁴
想	不	怨	命	孬

本不想怨命，

3-1388

配	不	得	备	银
Boiq	mbouj	ndaej	beix	ngaenz
po:i⁵	bou⁵	dai³	pi⁴	ŋan²
配	不	得	兄	银

又配不上兄。

男唱

3-1389

写	南	由	了	娘
Ce	nanz	raeuh	liux	nangz
çe¹	na:n²	ɹau⁶	li:u⁴	na:ŋ²
留	久	多	啰	姑娘

久违了小妹，

3-1390

下	王	狼	叶	蕉
Roengz	vaengz	laengz	mbaw	gyoij
ɹoŋ²	vaŋ²	laŋ²	baɯ¹	kjo:i³
下	潭	勾	叶	芭蕉

下潭捡蕉叶。

3-1391

年	纪	少	利	青
Nienz	geij	sau	lij	oiq
ni:n²	ki³	θa:u¹	li⁴	o:i⁵
年	纪	姑娘	还	嫩

妹年纪轻轻，

3-1392

八	领	罪	邦	文
Bah	lingx	coih	biengz	vunz
pa⁶	liŋ⁴	ço:i⁶	pi:ŋ²	vun²
莫急	领	罪	地方	人

别走远受罪。

女唱

3-1393

写	**南**	**由**	**了**	**娘**
Ce	nanz	raeuh	liux	nangz
çe^{1}	na:n^{2}	ɹau^{6}	li:u^{4}	na:ŋ^{2}
留	久	多	啰	姑娘

久违了小妹，

3-1394

下	**王**	**狼**	**叶**	**蕉**
Roengz	vaengz	laengz	mbaw	gyoij
ɹoŋ^{2}	vaŋ^{2}	laŋ^{2}	baɯ^{1}	kjo:i^{3}
下	潭	勾	叶	芭蕉

下潭捡蕉叶。

3-1395

少	**牙**	**尝**	**领**	**罪**
Sau	yax	caengz	lingx	coih
θa:u^{1}	ja^{5}	çaŋ^{2}	liŋ^{4}	ço:i^{6}
姑娘	也	未	领	罪

妹未许配人，

3-1396

利	**加**	**对**	**邦**	**你**
Lij	caj	doih	biengz	mwngz
li^{4}	kja^{3}	to:i^{6}	pi:ŋ^{2}	mɯŋ^{2}
还	等	伙伴	地方	你

正在等待你。

男唱

3-1397

写	**南**	**由**	**了**	**娘**
Ce	nanz	raeuh	liux	nangz
çe^{1}	na:n^{2}	ɹau^{6}	li:u^{4}	na:ŋ^{2}
留	久	多	啰	姑娘

久违了小妹，

3-1398

下	**王**	**狼**	**叶**	**蕉**
Roengz	vaengz	laengz	mbaw	gyoij
ɹoŋ^{2}	vaŋ^{2}	laŋ^{2}	baɯ^{1}	kjo:i^{3}
下	潭	勾	叶	芭蕉

下潭捡蕉叶。

3-1399

自	**忧**	**不**	**得**	**田**
Gag	you	mbouj	ndaej	dieg
ka:k^{8}	jou^{1}	bou^{5}	dai^{3}	ti:k^{8}
自	忧	不	得	地

怕没有对象，

3-1400

自	**打**	**羽**	**自**	**飞**
Gag	daj	fwed	gag	mbin
ka:k^{8}	ta^{3}	fɯ:t^{8}	ka:k^{8}	bin^{1}
自	打	翅	自	飞

靠自己奔波。

女唱

3-1401

写	南	由	了	娘
Cc	nanz	raeuh	liux	nangz
çe^{1}	na:n^{2}	ɹau^{6}	li:u^{4}	na:ŋ^{2}
留	久	多	啰	姑娘

久违了小妹，

3-1402

下	王	狼	叶	节
Roengz	vaengz	laengz	mbaw	cieg
ɹoŋ^{2}	vaŋ^{2}	laŋ^{2}	baɯ^{1}	çɯ:k^{8}
下	潭	勾	叶	野蕉

下潭捡蕉叶。

3-1403

丰	飞	貝	堂	田
Fungh	mbin	bae	daengz	dieg
fuŋ^{6}	bin^{1}	pai^{1}	taŋ^{2}	ti:k^{8}
凤	飞	去	到	地

凤已得其所，

3-1404

利	打	羽	古	而
Lij	daj	fwed	guh	rawz
li^{4}	ta^{3}	fɯ:t^{8}	ku^{4}	ɹaɯ^{2}
还	打	翅	做	什么

何故要起飞？

男唱

3-1405

写	南	由	了	娘
Ce	nanz	raeuh	liux	nangz
çe^{1}	na:n^{2}	ɹau^{6}	li:u^{4}	na:ŋ^{2}
留	久	多	啰	姑娘

久违了小妹，

3-1406

下	王	狼	叶	节
Roengz	vaengz	laengz	mbaw	cieg
ɹoŋ^{2}	vaŋ^{2}	laŋ^{2}	baɯ^{1}	çɯ:k^{8}
下	潭	勾	叶	野蕉

下潭捡蕉叶。

3-1407

丰	飞	貝	堂	田
Fungh	mbin	bae	daengz	dieg
fuŋ^{6}	bin^{1}	pai^{1}	taŋ^{2}	ti:k^{8}
凤	飞	去	到	地

凤已得其所，

3-1408

利	打	羽	加	你
Lij	daj	fwed	caj	mwngz
li^{4}	ta^{3}	fɯ:t^{8}	kja^{3}	mɯŋ^{2}
还	打	翅	等	你

拍翅膀等你。

男唱

3-1409

写	南	由	了	娘
Ce	nanz	raeuh	liux	nangz
çe¹	na:n²	ɹau⁶	li:u⁴	na:ŋ²
留	久	多	啰	姑娘

久违了小妹，

3-1410

下	王	狼	叶	节
Roengz	vaengz	laengz	mbaw	cieg
ɹoŋ²	vaŋ²	laŋ²	baɯ¹	çɯ:k⁸
下	潭	勾	叶	野蕉

下潭捡蕉叶。

3-1411

少	米	九	布	换
Sau	miz	geu	buh	rieg
θa:u¹	mi²	ke:u¹	pu⁶	ɹɯ:k⁸
姑娘	有	件	衣服	换

妹有新衣穿，

3-1412

备	沙	田	尝	米
Beix	ra	dieg	caengz	miz
pi⁴	ɹa¹	ti:k⁸	çaŋ²	mi²
兄	找	地	未	有

兄未得其所。

女唱

3-1413

写	南	由	了	娘
Ce	nanz	raeuh	liux	nangz
çe¹	na:n²	ɹau⁶	li:u⁴	na:ŋ²
留	久	多	啰	姑娘

久违了小妹，

3-1414

下	王	狼	叶	节
Roengz	vaengz	laengz	mbaw	cieg
ɹoŋ²	vaŋ²	laŋ²	baɯ¹	çɯ:k⁸
下	潭	勾	叶	野蕉

下潭捡蕉叶。

3-1415

少	办	果	菜	面
Sau	baenz	go	byaek	miek
θa:u¹	pan²	ko¹	pjak⁷	me:k⁷
姑娘	成	棵	菜	苦麦

妹如野麦菜，

3-1416

尝	知	田	在	而
Caengz	rox	dieg	ywq	lawz
çaŋ²	ɹo⁴	ti:k⁸	jɯ⁵	laɯ²
未	知	地	在	哪

无处可安家。

男唱

3-1417

写	南	由	了	娘
Ce	nanz	raeuh	liux	nangz
ɕe^{1}	na:n^{2}	ɹau^{6}	li:u^{4}	na:ŋ^{2}
留	久	多	啰	姑娘

久违了小妹，

3-1418

下	王	狼	叶	节
Roengz	vaengz	laengz	mbaw	cieg
ɹoŋ^{2}	vaŋ^{2}	laŋ^{2}	baɯ^{1}	ɕɯ:k^{8}
下	潭	勾	叶	野蕉

下潭捡蕉叶。

3-1419

九	吨	三	九	换
Geu	daenj	sam	geu	rieg
ke:u^{1}	tan^{3}	θa:n^{1}	ke:u^{1}	ɹɯ:k^{8}
件	穿	三	件	换

要好多新衣，

3-1420

友	而	尻	另	你
Youx	lawz	nyienh	lumj	mwngz
ju^{4}	laɯ^{2}	ɲu:n^{6}	lun^{3}	mɯŋ^{2}
友	哪	愿	像	你

有谁愿娶你？

女唱

3-1421

写	南	由	了	娘
Ce	nanz	raeuh	liux	nangz
ɕe^{1}	na:n^{2}	ɹau^{6}	li:u^{4}	na:ŋ^{2}
留	久	多	啰	姑娘

久违了小妹，

3-1422

下	王	狼	叶	节
Roengz	vaengz	laengz	mbaw	cieg
ɹoŋ^{2}	vaŋ^{2}	laŋ^{2}	baɯ^{1}	ɕɯ:k^{8}
下	潭	勾	叶	野蕉

下潭捡蕉叶。

3-1423

九	吨	三	九	换
Geu	daenj	sam	geu	rieg
ke:u^{1}	tan^{3}	θa:n^{1}	ke:u^{1}	ɹɯ:k^{8}
件	穿	三	件	换

要好多新衣，

3-1424

友	玩	田	你	米
Youx	vanz	dieg	mwngz	miz
ju^{4}	va:n^{2}	ti:k^{8}	mɯŋ^{2}	mi^{2}
友	还	地	你	有

有人愿结交。

男唱

3-1425

写	**南**	**由**	**了**	**娘**
Ce	nanz	raeuh	liux	nangz
çe^{1}	na:n^{2}	ɹau^{6}	li:u^{4}	na:ŋ^{2}
留	**久**	**多**	**啰**	**姑娘**

久违了小妹，

3-1426

下	**王**	**狼**	**叶**	**节**
Roengz	vaengz	laengz	mbaw	cieg
ɹoŋ^{2}	vaŋ^{2}	laŋ^{2}	bauɯ^{1}	çɯ:k^{8}
下	**潭**	**勾**	**叶**	**野蕉**

下潭捡蕉叶。

3-1427

貝	**方**	**而**	**得**	**田**
Bae	fueng	lawz	ndaej	dieg
pai^{1}	fu:ŋ^{1}	lauɯ^{2}	dai^{3}	ti:k^{8}
去	**方**	**哪**	**得**	**地**

何处得对象，

3-1428

狼	**额**	**外**	**邦**	**偻**
Langh	ngieg	vaij	biengz	raeuz
la:ŋ^{6}	ŋe:k^{8}	va:i^{3}	pi:ŋ^{2}	ɹau^{2}
放	**蛟龙**	**过**	**地方**	**我们**

蛟龙到我乡。

女唱

3-1429

写	**南**	**由**	**了**	**娘**
Ce	nanz	raeuh	liux	nangz
çe^{1}	na:n^{2}	ɹau^{6}	li:u^{4}	na:ŋ^{2}
留	**久**	**多**	**啰**	**姑娘**

久违了小妹，

3-1430

下	**王**	**狼**	**叶**	**节**
Roengz	vaengz	laengz	mbaw	cieg
ɹoŋ^{2}	vaŋ^{2}	laŋ^{2}	bauɯ^{1}	çɯ:k^{8}
下	**潭**	**勾**	**叶**	**野蕉**

下潭捡蕉叶。

3-1431

很	**代**	**三**	**得**	**田**
Hwnj	daih	san	ndaej	denz
hɯn^{3}	ta:i^{6}	θa:n^{1}	dai^{3}	te:n^{2}
上	**大**	**山**	**得**	**地**

上山得其所，

3-1432

浪	**额**	**外**	**邦**	**你**
Langh	ngieg	vaij	biengz	mwngz
la:ŋ^{6}	ŋe:k^{8}	va:i^{3}	pi:ŋ^{2}	mɯŋ^{2}
放	**蛟龙**	**过**	**地方**	**你**

蛟龙到你乡。

男唱

3–1433

写 南 由 了 娘

Ce nanz raeuh liux nangz

ɕe^{1} na:n^{2} ɹau^{6} li:u^{4} na:ŋ^{2}

留 久 多 啰 姑娘

久违了小妹，

3–1434

下 王 狼 叶 节

Roengz vaengz laengz mbaw cieg

ɹoŋ^{2} vaŋ^{2} laŋ^{2} baɯ^{1} ɕɯ:k^{8}

下 潭 勾 叶 野蕉

下潭捡蕉叶。

3–1435

龙 牙 尝 得 田

Lungz yax caengz ndaej dieg

luŋ^{2} ja^{5} ɕaŋ^{2} dai^{3} ti:k^{8}

龙 也 未 得 地

兄尚无对象，

3–1436

说 农 八 召 心

Naeuz nuengx bah cau sim

nau^{2} nu:ŋ^{4} pa^{6} ɕa:u^{5} θin^{1}

说 妹 莫急 操 心

妹别急操心。

女唱

3–1437

写 南 由 了 娘

Ce nanz raeuh liux nangz

ɕe^{1} na:n^{2} ɹau^{6} li:u^{4} na:ŋ^{2}

留 久 多 啰 姑娘

久违了小妹，

3–1438

下 王 狼 叶 节

Roengz vaengz laengz mbaw cieg

ɹoŋ^{2} vaŋ^{2} laŋ^{2} baɯ^{1} ɕɯ:k^{8}

下 潭 勾 叶 野蕉

下潭捡蕉叶。

3–1439

讲 句 句 堂 田

Gangj coenz coenz daengz dieg

ka:ŋ^{3} kjon^{2} kjon^{2} taŋ^{2} ti:k^{8}

讲 句 句 到 地

话说得在理，

3–1440

偻 良 完 小 正

Raeuz lingh vuenh siuj cingz

ɹau^{2} le:ŋ^{6} vu:n^{6} θi:u^{3} ɕiŋ^{2}

我们 另 换 小 情

我俩来结交。

男唱

3-1441

写	**南**	**由**	**了**	**娘**
Ce	nanz	raeuh	liux	nangz
çe^{1}	naːn^{2}	ɹau^{2}	liːu^{4}	naːŋ^{2}
留	久	多	啰	姑娘

久违了小妹，

3-1442

下	**王**	**狼**	**叶**	**节**
Roengz	vaengz	laengz	mbaw	cieg
ɹoŋ^{2}	vaŋ^{2}	laŋ^{2}	baɯ^{1}	çɯːk^{8}
下	潭	勾	叶	野蕉

下潭采蕉叶。

3-1443

变	**你**	**讲**	**堂**	**田**
Bienh	mwngz	gangj	daengz	dieg
piːn^{6}	mɯŋ^{2}	kaːŋ^{3}	taŋ^{2}	tiːk^{8}
即便	你	讲	到	地

既然聊到这，

3-1444

良	**换**	**布**	**三**	**层**
Lingh	rieg	buh	sam	caengz
leːŋ^{6}	ɹɯːk^{8}	pu^{6}	θaːn^{1}	çaŋ^{2}
另	换	衣服	三	层

先换三套衣。

女唱

3-1445

写	**南**	**由**	**了**	**娘**
Ce	nanz	raeuh	liux	nangz
çe^{1}	naːn^{2}	ɹau^{6}	liːu^{4}	naːŋ^{2}
留	久	多	啰	姑娘

久违了小妹，

3-1446

下	**王**	**贝**	**打**	**瓜**
Roengz	vaengz	bae	daj	gva
ɹoŋ^{2}	vaŋ^{2}	pai^{1}	ta^{3}	kwa^{1}
下	潭	去	打	锅

潭边铸锅头。

3-1447

罗	**平**	**办**	**罗**	**马**
Loh	bingz	baenz	loh	max
lo^{6}	piŋ^{2}	pan^{2}	lo^{6}	ma^{4}
路	平	成	路	马

平坦如马路，

3-1448

瓜	**是**	**瓜**	**快**	**快**
Gvaq	cix	gvaq	riuz	riuz
kwa^{5}	çi^{4}	kwa^{5}	ɹiːu^{2}	ɹiːu^{2}
过	就	过	快	快

想走快点走。

男唱

3-1449

写	南	由	了	娘
Ce	nanz	raeuh	liux	nangz
ɕe^{1}	na:n^{2}	ɹau^{6}	li:u^{4}	na:ŋ^{2}
留	久	多	啰	姑娘

久违了小妹，

3-1450

下	王	貝	打	瓜
Roengz	vaengz	bae	daj	gva
ɹoŋ^{2}	vaŋ^{2}	pai^{1}	ta^{3}	kwa^{1}
下	潭	去	打	锅

潭边铸锅头。

3-1451

日	论	土	貝	瓜
Ngoenz	lwenz	dou	bae	gvaq
ŋon^{2}	lɯ:n^{2}	tu^{1}	pai^{1}	kwa^{5}
日	昨	我	去	过

昨天我走过，

3-1452

办	罗	马	在	而
Baenz	loh	max	ywq	lawz
pan^{2}	lo^{6}	ma^{4}	jɯ^{5}	laɯ^{2}
成	路	马	在	哪

哪里有马路？

女唱

3-1453

写	南	貝	是	八
Ce	nanz	bae	cix	bah
ɕe^{1}	na:n^{2}	pai^{1}	ɕi^{4}	pa^{6}
留	久	去	就	罢

不见面则罢，

3-1454

水	拉	达	背	全
Raemx	laj	dah	boiq	cienj
ɹan^{4}	la^{3}	ta^{6}	po:i^{5}	ɕu:n^{3}
水	下	河	背	转

河水起漩涡。

3-1455

农	尝	堂	罗	边
Nuengx	caengz	daengz	loh	nden
nu:ŋ^{4}	ɕaŋ^{2}	taŋ^{2}	lo^{6}	de:n^{1}
妹	未	到	路	边

妹未到小路，

3-1456

几	时	堂	罗	马
Geij	seiz	daengz	loh	max
ki^{3}	θi^{2}	taŋ^{2}	lo^{6}	ma^{4}
几	时	到	路	马

何时到马路？

男唱

3-1457

写　南　贝　是　八

Ce　nanz　bae　cix　bah

ɕe^{1}　naːn^{2}　pai^{1}　ɕi^{4}　pa^{6}

留　久　去　就　罢

不见面则罢，

3-1458

水　拉　达　背　全

Raemx　laj　dah　boiq　cienj

ɹan^{4}　la^{3}　ta^{6}　poːi^{5}　ɕuːn^{3}

水　下　河　背　转

河水起漩涡。

3-1459

农　牙　火　本　钱

Nuengx　yax　hoj　bonj　cienz

nuːŋ^{4}　ja^{5}　ho^{3}　poːn^{3}　ɕiːn^{2}

妹　也　穷　本　钱

你没有本钱，

3-1460

外　罗　边　是　八

Vaij　loh　nden　cix　bah

vaːi^{3}　lo^{6}　deːn^{1}　ɕi^{4}　pa^{6}

过　路　边　就　罢

走小路算了。

女唱

3-1461

写　南　由　了　娘

Ce　nanz　raeuh　liux　nangz

ɕe^{1}　naːn^{2}　ɹau^{6}　liːu^{4}　naːŋ^{2}

留　久　多　啰　姑娘

久违了小妹，

3-1462

下　王　贝　小　些

Roengz　vaengz　bae　siuj　seiq

ɹoŋ^{2}　vaŋ^{2}　pai^{1}　θiːu^{3}　θe^{5}

下　潭　去　小　事

到潭边休闲。

3-1463

正　卜　说　正　乜

Cingz　boh　naeuz　cingz　meh

ɕiŋ^{2}　po^{6}　nau^{2}　ɕiŋ^{2}　me^{6}

情　父　或　情　母

父母备礼品，

3-1464

重　正　义　能　来

Naek　cingz　ngeih　nyaenx　lai

nak^{7}　ɕiŋ^{2}　ȵi^{6}　ȵan^{4}　laːi^{1}

重　情　义　那么　多

情义太深重。

男唱

3-1465

写　南　由　了　娘

Ce　nanz　raeuh　liux　nangz

çe^{1}　na:n^{2}　ɹau^{6}　li:u^{4}　na:ŋ^{2}

留　久　多　啰　姑娘

久违了小妹，

3-1466

下　王　貝　小　些

Roengz　vaengz　bae　siuj　seiq

ɹoŋ^{2}　vaŋ^{2}　pai^{1}　θi:u^{3}　θe^{5}

下　潭　去　小　事

到潭边休闲。

3-1467

牙　空　特　正　乜

Yax　ndwi　dwg　cingz　meh

ja^{5}　du:i^{1}　tɯk^{8}　çiŋ^{2}　me^{6}

也　不　是　情　母

非母重情义，

3-1468

些　内　些　包　少

Seq　neix　seq　mbauq　sau

θe^{5}　ni^{4}　θe^{5}　ba:u^{5}　θa:u^{1}

点　这　点　小伙　姑娘

送兄妹礼品。

女唱

3-1469

写　南　由　了　娘

Ce　nanz　raeuh　liux　nangz

çe^{1}　na:n^{2}　ɹau^{6}　li:u^{4}　na:ŋ^{2}

留　久　多　啰　姑娘

久违了小妹，

3-1470

下　王　貝　小　些

Roengz　vaengz　bae　siuj　seiq

ɹoŋ^{2}　vaŋ^{2}　pai^{1}　θi:u^{3}　θe^{5}

下　潭　去　小　事

到潭边休闲。

3-1471

元　牙　了　些　些

Yuenz　yaek　liux　ndeq　ndeq

ju:n^{2}　jak^{7}　li:u^{4}　de^{5}　de^{5}

缘　要　完　急　急

缘分快到头，

3-1472

刀　出　些　而　马

Dauq　ok　seiq　lawz　ma

ta:u^{5}　o:k^{7}　θe^{5}　laɯ^{2}　ma^{1}

又　出　世　哪　来

缘从何而来。

男唱

3-1473

写	**南**	**由**	**了**	**娘**
Ce	nanz	raeuh	liux	nangz
çe^{1}	naːn^{2}	ɹau^{6}	liːu^{4}	naːŋ^{2}
留	久	多	啰	姑娘

久违了小妹，

3-1474

下	**王**	**貝**	**小**	**些**
Roengz	vaengz	bae	siuj	seiq
ɹoŋ^{2}	vaŋ^{2}	pai^{1}	θiːu^{3}	θe^{5}
下	潭	去	小	事

到潭边消遣。

3-1475

些	**观**	**偻**	**米**	**义**
Seiq	gonq	raeuz	miz	ngeih
θe^{5}	koːn^{5}	ɹau^{2}	mi^{2}	ȵi^{6}
世	先	我们	有	义

前世有情义，

3-1476

些	**内**	**刀**	**马**	**还**
Seiq	neix	dauq	ma	vanz
θe^{5}	ni^{4}	taːu^{5}	ma^{1}	vaːn^{2}
世	这	又	来	还

今世来还情。

女唱

3-1477

写	**南**	**由**	**了**	**娘**
Ce	nanz	raeuh	liux	nangz
çe^{1}	naːn^{2}	ɹau^{6}	liːu^{4}	naːŋ^{2}
留	久	多	啰	姑娘

久违了小妹，

3-1478

难	**冲**	**相**	**尾**	**会**
Nanz	gyoep	ciengz	byai	faex
naːn^{2}	kjop^{7}	çiːŋ^{2}	pjaːi^{1}	fai^{4}
难	春	墙	尾	树

树梢不闪光。

3-1479

装	**身**	**美**	**又**	**美**
Cang	ndang	meij	youh	meij
çaːŋ^{1}	daːŋ^{1}	mai^{3}	jou^{4}	mai^{3}
装	身	美	又	美

打扮实在美，

3-1480

古	**秀**	**哭**	**跟**	**你**
Guh	ciuh	daej	riengz	mwngz
ku^{4}	çiːu^{6}	tai^{3}	ɹiːŋ^{2}	mɯŋ^{2}
做	世	哭	跟	你

终为你流泪。

男唱

3-1481

阝	**乖**	**可**	**阝**	**乖**
Boux	gvai	goj	boux	gvai
pu^{4}	kwaːi^{1}	ko^{5}	pu^{4}	kwaːi^{1}
个	乖	可	个	乖

乖巧真乖巧，

3-1482

比	**才**	**罗**	**说**	**哭**
Biq	myaiz	lox	naeuz	daej
pi^{3}	mjaːi^{2}	lo^{4}	nau^{2}	tai^{3}
吐	口水	骗	说	哭

吐口水装哭。

3-1483

水	**才**	**吊**	**尾**	**会**
Raemx	raiz	venj	byai	faex
ɹan^{4}	ɹaːi^{2}	veːn^{3}	pjaːi^{1}	fai^{4}
水	露	挂	尾	树

露水挂树梢，

3-1484

罗	**说**	**哭**	**跟**	**偻**
Lox	naeuz	daej	riengz	raeuz
lo^{4}	nau^{2}	tai^{3}	ɹiːŋ^{2}	ɹau^{2}
骗	说	哭	跟	我们

说为我流泪。

女唱

3-1485

写	**南**	**由**	**了**	**娘**
Ce	nanz	raeuh	liux	nangz
ɕe^{1}	naːn^{2}	ɹau^{6}	liːu^{4}	naːŋ^{2}
留	久	多	啰	姑娘

久违了小妹，

3-1486

南	**冲**	**相**	**是**	**小**
Namh	gyoep	ciengz	cix	siuj
naːn^{6}	kjop^{7}	ɕiːŋ^{2}	ɕi^{4}	θiːu^{3}
泥	舂	墙	是	少

墙泥都变少。

3-1487

写	**南**	**秀**	**少**	**包**
Ce	nanz	ciuh	sau	mbauq
ɕe^{1}	naːn^{2}	ɕiːu^{6}	θaːu^{1}	baːu^{5}
留	久	世	姑娘	小伙

久别兄妹情，

3-1488

外	**十**	**权**	**牙**	**跟**
Vaij	cib	gemh	yax	riengz
vaːi^{3}	ɕit^{8}	keːn^{6}	ja^{5}	ɹiːŋ^{2}
过	十	山坳	也	跟

相见不容易。

男唱

3–1489
写　南　由　了　娘
Ce　nanz　raeuh　liux　nangz
ɕe^{1}　na:n^{2}　ɹau^{6}　li:u^{4}　na:ŋ^{2}
留　久　多　啰　姑娘
久违了小妹，

3–1490
南　冲　相　是　小
Namh　gyoep　ciengz　cix　siuj
na:n^{6}　kjop^{7}　ɕi:ŋ^{2}　ɕi^{4}　θi:u^{3}
泥　舂　墙　是　少
墙泥都变少。

3–1491
写　南　秀　少　包
Ce　nanz　ciuh　sau　mbauq
ɕe^{1}　na:n^{2}　ɕi:u^{6}　θa:u^{1}　ba:u^{5}
留　久　世　姑娘　小伙
耽误兄妹情，

3–1492
回　利　刀　知　空
Hoiz　lij　dauq　rox　ndwi
ho:i^{2}　li^{4}　ta:u^{5}　ɹo^{4}　du:i^{1}
回　还　回　或　不
能否再挽回？

女唱

3–1493
写　南　由　了　娘
Ce　nanz　raeuh　liux　nangz
ɕe^{1}　na:n^{2}　ɹau^{6}　li:u^{4}　na:ŋ^{2}
留　久　多　啰　姑娘
久违了小妹，

3–1494
南　冲　相　是　小
Namh　gyoep　ciengz　cix　siuj
na:n^{6}　kjop^{7}　ɕi:ŋ^{2}　ɕi^{4}　θi:u^{3}
泥　舂　墙　是　少
墙泥都变少。

3–1495
娅　王①　连　可　叫
Yah　vangz　lienz　goj　heuh
ja^{6}　va:ŋ^{2}　li:n^{2}　ko^{5}　he:u^{6}
婆　王　连　可　叫
若婆王召唤，

3–1496
不　刀　又　贝　而
Mbouj　dauq　youh　bae　lawz
bou^{5}　ta:u^{5}　jou^{4}　pai^{1}　laɯ^{2}
不　回　又　去　哪
注定要轮回。

① 娅王［ja^{6} va:ŋ^{2}］：婆王。也称娅王，是壮族民间传说中的创世神、生育神和稻神。在广西百色市的右江、西林、那坡等县区和云南省文山壮族苗族自治州的富宁、广南、砚山等县，每年农历七月十七至二十日举办“唱娅王”活动，形成了以追忆和唱诵娅王功绩为主的民俗节日。

男唱

3-1497

写	南	由	了	娘
Ce	nanz	raeuh	liux	nangz
çe¹	na:n²	ɹau⁶	li:u⁴	na:ŋ²
留	久	多	啰	姑娘

久违了小妹，

3-1498

南	冲	相	是	小
Namh	gyoep	ciengz	cix	siuj
na:n⁶	kjop⁷	çi:ŋ²	çi⁴	θi:u³
泥	舂	墙	是	少

墙泥都变少。

3-1499

往	秀	少	秀	包
Uengj	ciuh	sau	ciuh	mbauq
va:ŋ³	çi:u⁶	θa:u¹	çi:u⁶	ba:u⁵
枉	世	姑娘	世	小伙

愿兄妹情深，

3-1500

刀	是	合	英	元
Dauq	cix	hob	in	yuenz
ta:u⁵	çi⁴	ho:p⁸	in¹	ju:n²
回	就	合	姻	缘

能合成婚姻。

女唱

3-1501

写	南	由	了	娘
Ce	nanz	raeuh	liux	nangz
çe¹	na:n²	ɹau⁶	li:u⁴	na:ŋ²
留	久	多	啰	姑娘

久违了小妹，

3-1502

会	洋	头	长	合
Faex	yieng	gyaeuj	cangz	hoz
fai⁴	jɯ:ŋ¹	kjau³	çaŋ²	ho²
树	香樟	头	钉	脖

思念断肝肠。

3-1503

不	南	伕	封	托
Mbouj	nanz	fwx	fung	doh
bou⁵	na:n²	fə⁴	fuŋ¹	to⁶
不	久	别人	封	渡口

别人要封路，

3-1504

备	论	罗	邦	偻
Beix	lumz	loh	biengz	raeuz
pi⁴	lun²	lo⁶	pi:ŋ²	ɹau²
兄	忘	路	地方	我们

兄不走我乡。

男唱

3-1505

写 南 由 了 娘

Ce nanz raeuh liux nangz

çe^{1} naːn^{2} ɹau^{6} liːu^{4} naːŋ^{2}

留 久 多 啰 姑娘

久违了小妹，

3-1506

会 洋 头 长 合

Faex yieng gyaeuj cangz hoz

fai^{4} jɯːŋ^{1} kjau^{3} çaŋ^{2} ho^{2}

树 香樟 头 钉 脖

思念断肝肠。

3-1507

不 自 土 论 罗

Mbouj gag dou lumz loh

bou^{5} kaːk^{8} tu^{1} lun^{2} lo^{6}

不 只 我 忘 路

不仅我不走，

3-1508

农 牙 可 论 元

Nuengx yax goj lumz roen

nuːŋ^{4} ja^{5} ko^{5} lun^{2} joːn^{1}

妹 也 可 忘 路

妹也不会走。

女唱

3-1509

写 南 由 了 娘

Ce nanz raeuh liux nangz

çe^{1} naːn^{2} ɹau^{6} liːu^{4} naːŋ^{2}

留 久 多 啰 姑娘

久违了小妹，

3-1510

会 洋 头 长 合

Faex yieng gyaeuj cangz hoz

fai^{4} jɯːŋ^{1} kjau^{3} çaːŋ^{2} ho^{2}

树 香樟 头 钉 脖

思念断肝肠。

3-1511

论 元 利 小 可

Lumz roen lij siuj goj

lun^{2} joːn^{1} li^{4} θiːu^{3} ko^{3}

忘 路 还 小 事

忘途是小事，

3-1512

论 罗 沶 不 通

Lumz loh suenq mbouj doeng

lun^{2} lo^{6} θuːn^{5} bou^{5} toŋ^{1}

忘 路 算 不 通

忘路更麻烦。

男唱

3–1513

写 南 由 了 娘

Ce nanz raeuh liux nangz

çe^{1} na:n^{2} ɹau^{6} li:u^{4} na:ŋ^{2}

留 久 多 啰 姑娘

久违了姑娘，

3–1514

会 洋 头 长 合

Faex yieng gyaeuj cangz hoz

fai^{4} jɯ:ŋ^{1} kjau^{3} ça:ŋ^{2} ho^{2}

树 香樟 头 钉 脖

思念断肝肠。

3–1515

春 内 春 比 么

Cin neix cin bi moq

çun^{1} ni^{4} çun^{1} pi^{1} mo^{5}

春 这 春 年 新

该春是新春，

3–1516

话 讲 火 农 银

Vah gangj hoj nuengx ngaenz

va^{6} ka:ŋ^{3} ho^{3} nu:ŋ^{4} ŋan^{2}

话 讲 苦 妹 银

总讲妹家穷。

女唱

3–1517

写 南 由 了 娘

Ce nanz raeuh liux nangz

çe^{1} na:n^{2} ɹau^{6} li:u^{4} na:ŋ^{2}

留 久 多 啰 姑娘

久违了姑娘，

3–1518

会 更 城 扛 两

Faex gwnz singz gang liengj

fai^{4} kɯn^{2} θiŋ^{2} ka:ŋ^{1} li:ŋ^{3}

树 上 城 撑 伞

城里树长大。

3–1519

封 变 不 封 变

Fung bienh mbouj fung bienh

fuŋ^{1} pi:n^{6} bou^{5} fuŋ^{1} pi:n^{6}

结 辫 不 结 辫

结辫不结辫，

3–1520

丰 头 先 牙 全

Fung gyaeuj semq yaek ronz

fuŋ^{1} kjou^{3} θe:n^{5} jak^{7} ɹo:n^{2}

结 头 簪 欲 穿

用头簪扎稳。

男唱

3-1521

写	**南**	**由**	**了**	**娘**
Ce	nanz	raeuh	liux	nangz
çe^{1}	na:n^{2}	ɹau^{6}	li:u^{4}	na:ŋ^{2}
留	久	多	啰	姑娘

久违了姑娘，

3-1522

会	**更**	**城**	**扛**	**两**
Faex	gwnz	singz	gang	liengj
fai^{4}	kɯn^{2}	θiŋ^{2}	ka:ŋ^{1}	li:ŋ^{3}
树	上	城	撑	伞

城里树长大。

3-1523

在	**家**	**得**	**几**	**年**
Cai	gya	ndaej	gij	nienz
ça:i^{4}	kja^{1}	dai^{3}	ki^{3}	ni:n^{2}
在	家	得	几	年

在家住几年，

3-1524

先	**封**	**变**	**加**	**龙**
Senq	fung	bienh	caj	lungz
θe:n^{5}	fuŋ^{1}	pi:n^{6}	kja^{3}	luŋ^{2}
先	结	辫	等	龙

结辫等老兄。

女唱

3-1525

写	**南**	**由**	**了**	**娘**
Ce	nanz	raeuh	liux	nangz
çe^{1}	na:n^{2}	ɹau^{6}	li:u^{4}	na:ŋ^{2}
留	久	多	啰	姑娘

久违了姑娘，

3-1526

会	**更**	**城**	**扛**	**两**
Faex	gwnz	singz	gang	liengj
fai^{4}	kɯn^{2}	θiŋ^{2}	ka:ŋ^{1}	li:ŋ^{3}
树	上	城	撑	伞

城里树长大。

3-1527

在	**家**	**得**	**几**	**年**
Cai	gya	ndaej	gij	nienz
ça:i^{4}	kja^{1}	dai^{3}	ki^{3}	ni:n^{2}
在	家	得	几	年

居家这么久，

3-1528

田	**农**	**在**	**方**	**而**
Denz	nuengx	ywq	fueng	lawz
te:n^{2}	nu:ŋ^{4}	jɯ^{5}	fu:ŋ^{1}	laɯ^{2}
地	妹	在	方	哪

妹嫁至何方？

男唱

3-1529

写	南	由	了	娘
Ce	nanz	raeuh	liux	nangz
çe^{1}	na:n^{2}	ɹau^{6}	li:u^{4}	na:ŋ^{2}
留	久	多	啰	姑娘

久违了姑娘，

3-1530

会	更	城	扛	两
Faex	gwnz	singz	gang	liengj
fai^{4}	kɯn^{2}	θiŋ^{2}	ka:ŋ^{1}	li:ŋ^{3}
树	上	城	撑	伞

城里树长大。

3-1531

在	家	得	几	年
Cai	gya	ndaej	gij	nienz
ça:i^{4}	kja^{1}	dai^{3}	ki^{3}	ni:n^{2}
在	家	得	几	年

在家待几年，

3-1532

洋	面	面	小	凉
Yaeng	menh	menh	siu	liengz
jaŋ^{1}	me:n^{6}	me:n^{6}	θi:u^{1}	li:ŋ^{2}
再	慢	慢	消	凉

可慢慢休闲。

女唱

3-1533

写	南	牙	不	为
Ce	nanz	yax	mbouj	vei
çe^{1}	na:n^{2}	ja^{5}	bou^{5}	vei^{1}
留	久	也	不	亏

居家也不亏，

3-1534

良	要	纸	配	绸
Lingh	aeu	ceij	boiq	couz
le:ŋ^{6}	au^{1}	çi^{3}	po:i^{5}	çu^{2}
另	要	纸	配	绸

乐得学女红。

3-1535

了	卡	秀	方	卢
Liux	gaq	ciuh	fueng	louz
li:u^{4}	ka^{5}	çi:u^{6}	fu:ŋ^{1}	lu^{2}
完	这	世	风	流

过了风流时，

3-1536

平	办	王	办	类
Bingz	baenz	vang	baenz	raeh
piŋ^{2}	pan^{2}	va:ŋ^{1}	pan^{2}	ɹai^{6}
凭	成	横	成	竖

管它成哪样。

男唱

3-1537

写	南	牙	不	为
Ce	nanz	yax	mbouj	vei
çe^{1}	naːn^{2}	ja^{5}	bou^{5}	vei^{1}
留	久	也	不	亏

久别也不亏，

3-1538

良	要	纸	配	绸
Lingh	aeu	ceij	boiq	couz
leːŋ^{6}	au^{1}	çi^{3}	poːi^{5}	çu^{2}
另	要	纸	配	绸

乐得学女红。

3-1539

了	是	了	邦	初
Liux	cix	liux	biengz	sou
liːu^{4}	çi^{4}	liːu^{4}	piːŋ^{2}	θu^{1}
完	就	完	地方	你们

你家乡完蛋，

3-1540

邦	土	可	在	不
Biengz	dou	goj	ywq	mbouj
piːŋ^{2}	tu^{1}	ko^{5}	jɯ^{5}	bou^{5}
地方	我	可	在	不

我家乡尚存。

女唱

3-1541

写	南	牙	不	为
Ce	nanz	yax	mbouj	vei
çe^{1}	naːn^{2}	ja^{5}	bou^{5}	vei^{1}
留	久	也	不	亏

久别也不亏，

3-1542

良	要	纸	配	绸
Lingh	aeu	ceij	boiq	couz
leːŋ^{6}	au^{1}	çi^{3}	poːi^{5}	çu^{2}
另	要	纸	配	绸

乐得学女红。

3-1543

了	韦	机	邦	土
Liux	vae	giq	biengz	dou
liːu^{4}	vai^{1}	ki^{5}	piːŋ^{2}	tu^{1}
完	姓	支	地方	我

我家乡要完，

3-1544

心	龙	付	知	不
Sim	lungz	fouz	rox	mbouj
θin^{1}	luŋ^{2}	fu^{2}	ɹo^{4}	bou^{5}
心	龙	浮	或	不

兄你心慌否？

男唱

3-1545

写	南	牙	不	为
Cc	nanz	yax	mbouj	vei
çe^{1}	naːn^{2}	ja^{5}	bou^{5}	vei^{1}
留	久	也	不	亏

久别也不亏，

3-1546

良	要	纸	配	绸
Lingh	aeu	ceij	boiq	couz
leːŋ^{6}	au^{1}	çi^{3}	poːi^{5}	çu^{2}
另	要	纸	配	绸

乐得学女红。

3-1547

了	韦	机	邦	土
Liux	vae	giq	biengz	dou
liːu^{4}	vai^{1}	ki^{5}	piːŋ^{2}	tu^{1}
完	姓	支	地方	我

密友我要完，

3-1548

邦	少	是	良	要
Biengz	sau	cix	lingh	aeu
piːŋ^{2}	θaːu^{1}	çi^{4}	leːŋ^{6}	au^{1}
地方	姑娘	就	另	要

妹另选对象。

女唱

3-1549

写	南	牙	不	为
Ce	nanz	yax	mbouj	vei
çe^{1}	naːn^{2}	ja^{5}	bou^{5}	vei^{1}
留	久	也	不	亏

久别也不亏，

3-1550

良	要	纸	配	绸
Lingh	aeu	ceij	boiq	couz
leːŋ^{6}	au^{1}	çi^{3}	poːi^{5}	çu^{2}
另	要	纸	配	绸

乐得学女红。

3-1551

牙	了	秀	乜	月
Yaek	liux	ciuh	meh	ndwen
jak^{7}	liːu^{4}	çiːu^{6}	me^{6}	dwːn^{1}
欲	完	世	母	月

月亮快落山，

3-1552

不	卜	全	讲	满
Mbouj	boux	cienz	gangj	monh
bou^{5}	pu^{4}	çuːn^{2}	kaːŋ^{3}	moːn^{6}
不	个	传	讲	情

无人找谈情。

男唱

3-1553

写 南 牙 不 为

Ce nanz yax mbouj vei

çe^{1} na:n^{2} ja^{5} bou^{5} vei^{1}

留 久 也 不 亏

久别也不亏，

3-1554

良 要 纸 配 绸

Lingh aeu ceij boiq couz

le:ŋ^{6} au^{1} çi^{3} po:i^{5} çu^{2}

另 要 纸 配 绸

乐得学女红。

3-1555

牙 了 秀 乜 月

Yaek liux ciuh meh ndwen

jak^{7} li:u^{4} çi:u^{6} me^{6} du:n^{1}

欲 完 世 母 月

月亮快落山，

3-1556

元 可 办 同 駡

Roen goj baenz doengh ndaq

jo:n^{1} ko^{5} pan^{2} toŋ^{2} da^{5}

路 可 成 相 骂

我俩相寻找。

女唱

3-1557

写 南 牙 不 为

Ce nanz yax mbouj vei

çe^{1} na:n^{2} ja^{5} bou^{5} vei^{1}

留 久 也 不 亏

久别也不亏，

3-1558

可 利 条 美 好

Goj lix diuz mae hau

ko^{5} li^{4} ti:u^{2} mai^{1} ha:u^{1}

可 剩 条 纱 白

还有条白线。

3-1559

了 秀 包 秀 少

Liux ciuh mbauq ciuh sau

li:u^{4} çi:u^{6} ba:u^{5} çi:u^{6} θa:u^{1}

完 世 小伙 世 姑娘

恋爱期过了，

3-1560

不 卜 交 韦 机

Mbouj boux gyau vae giq

bou^{5} pu^{4} kja:u^{1} vai^{1} ki^{5}

不 个 交 姓 支

无人成伴侣。

男唱

3-1561

写 南 牙 不 为

Cc nanz yax mbouj vei

çe^1 na:n^2 ja^5 bou^5 vei^1

留 久 也 不 亏

久别也不亏，

3-1562

可 利 条 美 好

Goj lix diuz mae hau

ko^5 li^4 ti:u^2 mai^1 ha:u^1

可 剩 条 纱 白

还有条白线。

3-1563

了 秀 包 秀 少

Liux ciuh mbauq ciuh sau

li:u^4 çi:u^6 ba:u^5 çi:u^6 θa:u^1

完 世 小伙 世 姑娘

过了青春期，

3-1564

不 交 正 牙 了

Mbouj gyau cingz yax liux

bou^5 kja:u^1 çiŋ^2 ja^5 li:u^4

不 交 情 也 完

不交情也淡。

女唱

3-1565

写 南 牙 不 为

Ce nanz yax mbouj vei

çe^1 na:n^2 ja^5 bou^5 vei^1

留 久 也 不 亏

久别也不亏，

3-1566

可 利 条 美 黑

Goj lix diuz mae ndaem

ko^5 li^4 ti:u^2 mai^1 nan^1

可 剩 条 纱 黑

还有条黑线。

3-1567

牙 了 秀 农 银

Yaek liux ciuh nuengx ngaenz

jak^7 li:u^4 çi:u^6 nu:ŋ^4 ŋan^2

欲 完 世 妹 银

青春期将过，

3-1568

美 黑 不 卜 省

Mae ndaem mbouj boux swnj

mai^1 nan^1 bou^5 pu^4 θɯn^3

纱 黑 不 个 接

黑线无人接。

男唱

3-1569
写 南 牙 不 为
Ce nanz yax mbouj vei
çe^{1} na:n^{2} ja^{5} bou^{5} vei^{1}
留 久 也 不 亏
久别也不亏，

3-1570
可 利 条 美 黑
Goj lix diuz mae ndaem
ko^{5} li^{4} ti:u^{2} mai^{1} nan^{1}
可 剩 条 纱 黑
还有条黑线。

3-1571
了 卡 秀 农 银
Liux gaq ciuh nuengx ngaenz
li:u^{4} ka^{5} çi:u^{6} nu:ŋ^{4} ŋan^{2}
完 这 世 妹 银
青春期将过，

3-1572
牙 难 见 备 农
Yax nanz raen beix nuengx
ja^{5} na:n^{2} ɹan^{1} pi^{4} nu:ŋ^{4}
也 难 见 兄 妹
兄妹难见面。

女唱

3-1573
写 南 牙 不 为
Ce nanz yax mbouj vei
çe^{1} na:n^{2} ja^{5} bou^{5} vei^{1}
留 久 也 不 亏
久别也不亏，

3-1574
可 利 条 美 红
Goj lix diuz mae hoengz
ko^{5} li^{4} ti:u^{2} mai^{1} hoŋ^{2}
可 剩 条 纱 红
还有条红线。

3-1575
了 秀 内 了 同
Liux ciuh neix liux doengz
li:u^{4} çi:u^{6} ni^{4} li:u^{4} toŋ^{2}
完 世 这 啰 同
青春期将过，

3-1576
桥 龙 不 阝 采
Giuz lungz mbouj boux byaij
ki:u^{2} luŋ^{2} bou^{5} pu^{4} pja:i^{3}
桥 龙 不 个 走
兄家无人走。

男唱

3–1577

写	**南**	**牙**	**不**	**为**
Ce	nanz	yax	mbouj	vei
çe^{1}	naːn^{2}	ja^{5}	bou^{5}	vei^{1}
留	久	也	不	亏

久别也不亏，

3–1578

可	**利**	**条**	**美**	**红**
Goj	lix	diuz	mae	hoengz
ko^{5}	li^{4}	tiːu^{2}	mai^{1}	hoŋ^{2}
可	剩	条	纱	红

还有条红线。

3–1579

了	**是**	**了**	**四**	**方**
Liux	cix	liux	seiq	fueng
liːu^{4}	çi^{4}	liːu^{4}	θei^{5}	fuːŋ^{1}
完	是	完	四	方

周边都走过，

3–1580

同	**偻**	**不**	**可**	**在**
Doengz	raeuz	mbouj	goj	ywq
toŋ^{2}	ɹau^{2}	bou^{5}	ko^{5}	jɯ^{5}
同	我们	不	可	在

兄妹深情在。

女唱

3–1581

写	**南**	**牙**	**不**	**为**
Ce	nanz	yax	mbouj	vei
çe^{1}	naːn^{2}	ja^{5}	bou^{5}	vei^{1}
留	久	也	不	亏

久别也不亏，

3–1582

可	**利**	**条**	**美**	**绿**
Goj	lix	diuz	mae	heu
ko^{5}	li^{4}	tiːu^{2}	mai^{1}	heːu^{1}
可	剩	条	纱	青

还有条青线。

3–1583

了	**交**	**友**	**巴**	**丢**
Liux	gyau	youx	bak	diu
liːu^{4}	kjaːu^{1}	ju^{4}	paːk^{7}	tiːu^{1}
完	交	友	嘴	刁

情友不在了，

3–1584

不	**卜**	**九**	**讲**	**满**
Mbouj	boux	iu	gangj	monh
bou^{5}	pu^{4}	iːu^{1}	kaːŋ^{3}	moːn^{6}
不	个	邀	讲	情

无人邀谈情。

男唱

3–1585

写	南	牙	不	为
Ce	nanz	yax	mbouj	vei
çe^{1}	na:n^{2}	ja^{5}	bou^{5}	vei^{1}
留	久	也	不	亏

久别也不亏，

3–1586

可	利	条	美	绿
Goj	lix	diuz	mae	heu
ko^{5}	li^{4}	ti:u^{2}	mai^{1}	he:u^{1}
可	剩	条	纱	青

还有条青线。

3–1587

了	交	友	巴	丢
Liux	gyau	youx	bak	diu
li:u^{4}	kja:u^{1}	ju^{4}	pa:k^{7}	ti:u^{1}
完	交	友	嘴	刁

情侣已不在，

3–1588

长	刘	开	正	初
Ciengz	liuz	hai	cingz	byouq
çi:ŋ^{2}	li:u^{2}	ha:i^{1}	çiŋ^{2}	pjou^{5}
常	常	开	情	空

思念睹信物。

女唱

3–1589

堂	吉	内	了	老
Daengz	giz	neix	liux	laux
taŋ^{2}	ki^{2}	ni^{4}	li:u^{4}	la:u^{4}
到	处	这	啰	老

情到此了断，

3–1590

刀	吉	内	了	乖
Dauq	giz	neix	liux	gvai
ta:u^{5}	ki^{2}	ni^{4}	li:u^{4}	kwa:i^{1}
回	处	这	啰	乖

情到此为止。

3–1591

伕	讲	满	好	来
Fwx	gangj	monh	ndei	lai
fə^{4}	ka:ŋ^{3}	mo:n^{6}	dei^{1}	la:i^{1}
别人	讲	情	好	多

别人会谈情，

3–1592

你	貝	说	你	在
Mwngz	bae	naeuz	mwngz	ywq
mɯŋ^{2}	pai^{1}	nau^{2}	mɯŋ^{2}	jɯ^{5}
你	去	或	你	在

你走还是留？

男唱

3-1593

土 说 貝 三 走

Dou naeuz bae sam yamq

tu^{1} nau^{2} pai^{1} θa:n^{1} ja:m^{5}

我 说 去 三 步

我说走三步，

3-1594

你 说 刀 四 寸

Mwngz naeuz dauq seiq conq

mɯŋ^{2} nau^{2} ta:u^{5} θei^{5} θon^{1}

你 说 回 四 寸

你说回四寸。

3-1595

土 说 貝 邦 文

Dou naeuz bae biengz vunz

tu^{1} nau^{2} pai^{1} pi:ŋ^{2} vun^{2}

我 说 去 地方 人

我说走他乡，

3-1596

你 说 在 田 内

Mwngz naeuz ywq dieg neix

mɯŋ^{2} nau^{2} jɯ^{5} ti:k^{8} ni^{4}

你 说 在 地 这

你说守故土。

女唱

3-1597

条 绳 四 丈 长

Diuz cag seiq ciengh raez

ti:u^{2} ɕa:k^{8} θei^{5} ɕɯ:ŋ^{6} ɹai^{2}

条 绳 四 丈 长

大绳四丈长，

3-1598

狼 定 牙 不 在

Laengz din yax mbouj ywq

laŋ^{2} tin^{1} ja^{5} bou^{5} jɯ^{5}

拦 脚 也 不 在

拦不住手脚。

3-1599

龙 牙 貝 玩 师

Lungz yaek bae vanz swz

luŋ^{2} jak^{7} pai^{1} va:n^{2} θɯ^{2}

龙 欲 去 还 辞

兄告别离去，

3-1600

九 山 四 元 远

Riuz bya cwx roen gyae

ɹi:u^{2} pja^{1} ɕɯ^{4} jo:n^{1} kjai^{1}

传 山 社 路 远

社山路也遥。

男唱

3-1601

条 绳 四 寸 长

Diuz cag seiq conq raez

tiːu^{2} ɕaːk^{8} θei^{5} θon^{1} ɹai^{2}

条 绳 四 寸 长

绳子四寸长，

3-1602

狠 定 牙 不 刀

Laengz din yax mbouj dauq

laŋ^{2} tin^{1} ja^{5} bou^{5} taːu^{5}

拦 脚 也 不 回

缚不住手脚。

3-1603

少 牙 貝 王 老

Sau yax bae vaengz laux

θaːu^{1} ja^{5} pai^{1} vaŋ^{2} laːu^{4}

姑娘 也 去 潭 大

妹朝大潭走，

3-1604

备 牙 刀 王 三

Beix yax dauq vaengz san

pi^{4} ja^{5} taːu^{5} vaŋ^{2} θaːn^{1}

兄 也 回 潭 山

兄回小潭去。

女唱

3-1605

歪 老 不 吨 觉

Vaiz laux mbouj daenj gyoi

vaːi^{2} laːu^{4} bou^{5} tan^{3} kjoːi^{1}

水牛 老 不 穿 竹箩筐

老牛不用鞭，

3-1606

但 得 义 句 白

Danh ndaej nyi coenz bawh

taːn^{6} dai^{3} ȵi^{1} kjon^{2} pəɯ^{6}

但 得 听 句 往右

听令自己走。

3-1607

六 月 后 大 师

Roek nyied haeuj daih sawq

ɹok^{7} ȵuːt^{8} hau^{3} taːi^{6} θəɯ^{5}

六 月 进 大 暑

六月值大暑，

3-1608

不 在 几 来 南

Mbouj ywq geij lai nanz

bou^{5} jɯ^{5} ki^{3} laːi^{1} naːn^{2}

不 住 几 多 久

也不会久住。

男唱

3-1609

歪	**老**	**不**	**吨**	**觉**
Vaiz	laux	mbouj	daenj	gyoi
vaːi^{2}	laːu^{4}	bou^{5}	tan^{3}	kjoːi^{1}
水牛	老	不	穿	竹萝筐

老牛停不下，

3-1610

但	**得**	**义**	**句**	**白**
Danh	ndaej	nyi	coenz	bawh
taːn^{6}	dai^{3}	ɲi^{1}	kjon^{2}	pəɯ^{6}
但	得	听	句	往右

总听口令走。

3-1611

站	**拉**	**果**	**心**	**师**
Soengz	laj	go	sim	sei
θoŋ^{2}	la^{3}	ko^{1}	θin^{1}	ɕɯ^{1}
站	下	棵	心	思

天天在相思，

3-1612

斥	**克**	**拉**	**清**	**明**
Nyienh	gwz	laj	cing	mingz
ɲuːn^{6}	kə^{4}	la^{3}	ɕiŋ^{1}	miŋ^{2}
愿	去	下	清	明

情愿入坟墓。

女唱

3-1613

不	**在**	**几**	**来**	**南**
Mbouj	ywq	geij	lai	nanz
bou^{5}	jɯ^{5}	ki^{3}	laːi^{1}	naːn^{2}
不	住	几	多	久

也不会久住，

3-1614

不	**吃**	**几**	**来**	**光**
Mbouj	gwn	geij	lai	gvangq
bou^{5}	kɯn^{1}	ki^{3}	laːi^{1}	kwaːŋ^{5}
不	吃	几	多	宽

吃不了多少。

3-1615

很	**代**	**三**	**古**	**洋**
Hwnj	daih	san	guh	angq
hɯn^{3}	taːi^{6}	θaːn^{1}	ku^{4}	aːŋ^{5}
上	大	山	做	高兴

上高山作乐，

3-1616

牙	**狼**	**秀**	**方**	**卢**
Yaek	langh	ciuh	fueng	louz
jak^{7}	laːŋ^{6}	ɕiːu^{6}	fuːŋ^{1}	lu^{2}
欲	放	世	风	流

追忆风流时。

男唱

3-1617

不	在	几	来	南
Mbouj	ywq	geij	lai	nanz
bou^{5}	jɯ^{5}	ki^{3}	la:i^{1}	na:n^{2}
不	住	几	多	久

也不会久住，

3-1618

不	吃	几	来	光
Mbouj	gwn	geij	lai	gvangq
bou^{5}	kɯn^{1}	ki^{3}	la:i^{1}	kwa:ŋ^{5}
不	吃	几	多	宽

吃不了多少。

3-1619

很	代	三	古	洋
Hwnj	daih	san	guh	angq
hɯn^{3}	ta:i^{6}	θa:n^{1}	ku^{4}	a:ŋ^{5}
上	大	山	做	高兴

上高山作乐，

3-1620

可	办	狼	你	写
Goj	baenz	langh	mwngz	ce
ko^{5}	pan^{2}	la:ŋ^{6}	mɯŋ^{2}	çe^{1}
可	成	放	你	留

如同离别你。

女唱

3-1621

不	在	几	来	南
Mbouj	ywq	geij	lai	nanz
bou^{5}	jɯ^{5}	ki^{3}	la:i^{1}	na:n^{2}
不	住	几	多	久

也不会久住，

3-1622

不	吃	几	来	光
Mbouj	gwn	geij	lai	gvangq
bou^{5}	kɯn^{1}	ki^{3}	la:i^{1}	kwa:ŋ^{5}
不	吃	几	多	宽

吃不了多少。

3-1623

很	代	三	古	洋
Hwnj	daih	san	guh	angq
hɯn^{3}	ta:i^{6}	θa:n^{1}	ku^{4}	a:ŋ^{5}
上	大	山	做	高兴

上高山作乐，

3-1624

不	卜	兰	正	双
Mbouj	boux	lanh	cingz	sueng
bou^{5}	pu^{4}	la:n^{6}	çiŋ^{2}	θu:ŋ^{1}
不	个	大方	情	双

谁送双份礼？

男唱

3-1625

不 在 几 来 南

Mbouj ywq geij lai nanz

bou^{5} jɯ^{5} ki^{3} la:i^{1} na:n^{2}

不 住 几 多 久

也不会久住，

3-1626

不 吃 几 来 光

Mbouj gwn geij lai gvangq

bou^{5} kɯn^{1} ki^{3} la:i^{1} kwa:ŋ^{5}

不 吃 几 多 宽

吃不了多少。

3-1627

貝 三 比 马 往

Bae sam bi ma vangq

pai^{i} θa:n^{1} pi^{1} ma^{1} va:ŋ^{5}

去 三 年 来 空

三年不见面，

3-1628

刀 付 王 马 巡

Dauq fouz vangh ma cunz

ta:u^{5} fu^{2} va:ŋ^{6} ma^{1} ɕun^{2}

又 焦 躁 来 巡

急急来探望。

女唱

3-1629

不 在 几 来 南

Mbouj ywq geij lai nanz

bou^{5} jɯ^{5} ki^{3} la:i^{1} na:n^{2}

不 住 几 多 久

也不会久住，

3-1630

不 吃 几 来 光

Mbouj gwn geij lai gvangq

bou^{5} kɯn^{1} ki^{3} la:i^{1} kwa:ŋ^{5}

不 吃 几 多 宽

吃不了多少。

3-1631

貝 代 三 古 洋

Bae daih san guh angq

pai^{1} ta:i^{6} θa:n^{1} ku^{4} a:ŋ^{5}

去 大 山 做 高兴

去高山作乐，

3-1632

佚 不 狼 你 马

Fwx mbouj langh mwngz ma

fə^{4} bou^{5} la:ŋ^{6} mɯŋ^{2} ma^{1}

别人 不 放 你 来

只怕回不来。

男唱

3-1633

不 在 几 来 南
Mbouj ywq geij lai nanz
bou^5 jɯ^5 ki^3 la:i^1 na:n^2
不 住 几 多 久
也不会久住，

3-1634

不 吃 几 来 光
Mbouj gwn geij lai gvangq
bou^5 kɯn^1 ki^3 la:i^1 kwa:ŋ^5
不 吃 几 多 宽
吃不了多少。

3-1635

很 代 三 古 洋
Hwnj daih san guh angq
hɯn^3 ta:i^6 θa:n^1 ku^4 a:ŋ^5
上 大 山 做 高兴
上高山作乐，

3-1636

垌 光 偻 岁 全
Doengh gvangq raeuz caez cienj
toŋ^6 kwa:ŋ^5 ɹau^2 çai^2 çu:n^3
垌 宽 我们 齐 转
同玩转天下。

女唱

3-1637

很 代 三 古 洋
Hwnj daih san guh angq
hɯn^3 ta:i^6 θa:n^1 ku^4 a:ŋ^5
上 大 山 做 高兴
上高山作乐，

3-1638

垌 光 偻 岁 全
Doengh gvangq raeuz caez cienj
toŋ^6 kwa:ŋ^5 ɹau^2 çai^2 çu:n^3
垌 宽 我们 齐 转
同去外地游。

3-1639

扛 两 强 乜 月
Gang liengj giengz meh ndwen
ka:ŋ^1 li:ŋ^3 ki:ŋ^2 me^6 du:n^1
撑 伞 像 母 月
打伞像月亮，

3-1640

偻 岁 全 天 下
Raeuz caez cienj denh ya
ɹau^2 çai^2 çu:n^3 ti:n^1 ja^6
我们 齐 转 天 下
同玩转天下。

男唱

3-1641

不	**在**	**几**	**来**	**南**
Mbouj	ywq	geij	lai	nanz
bou^{5}	jɯ^{5}	ki^{3}	laːi^{1}	naːn^{2}
不	住	几	多	久

也不会久住，

3-1642

不	**貝**	**几**	**来**	**罗**
Mbouj	bae	geij	lai	loh
bou^{5}	pai^{1}	ki^{3}	laːi^{1}	lo^{6}
不	去	几	多	路

走不了几处。

3-1643

貝	**三**	**比**	**被**	**火**
Bae	sam	bi	deng	hoj
pai^{1}	θaːn^{1}	pi^{1}	teːŋ^{1}	ho^{3}
去	三	年	挨	穷

去受三年苦，

3-1644

刀	**⿸厂元**	**却**	**刀**	**浪**
Dauq	nyienh	gyoh	dauq	laeng
taːu^{5}	ȵuːn^{6}	kjo^{6}	taːu^{5}	laŋ^{1}
回	愿	同情	回	后

后悔又回乡。

女唱

3-1645

不	**在**	**几**	**来**	**南**
Mbouj	ywq	geij	lai	nanz
bou^{5}	jɯ^{5}	ki^{3}	laːi^{1}	naːn^{2}
不	住	几	多	久

也不会久住，

3-1646

不	**貝**	**几**	**来**	**罗**
Mbouj	bae	geij	lai	loh
bou^{5}	pai^{1}	ki^{3}	laːi^{1}	lo^{6}
不	去	几	多	路

走不了几处。

3-1647

加	**阝**	**浪**	**马**	**跟**
Caj	boux	laeng	ma	riengz
kja^{3}	pu^{4}	laŋ^{1}	ma^{1}	ɹiːŋ^{2}
等	个	后	来	跟

别人来结交，

3-1648

牙	**分**	**秀**	**二**	**偻**
Yax	mbek	ciuh	song	raeuz
ja^{5}	beːk^{7}	ɕiːu^{6}	θoːŋ^{1}	ɹau^{2}
也	分别	世	两	我们

我俩便永别。

男唱

3-1649

不	在	几	来	南
Mbouj	ywq	geij	lai	nanz
bou^{5}	jɯ^{5}	ki^{3}	la:i^{1}	na:n^{2}
不	住	几	多	久

也不会久住，

3-1650

不	貝	几	来	罗
Mbouj	bae	geij	lai	loh
bou^{5}	pai^{1}	ki^{3}	la:i^{1}	lo^{6}
不	去	几	多	路

走不了几处。

3-1651

友	而	讲	说	分
Youx	lawz	gangj	naeuz	mbek
ju^{4}	laɯ^{2}	ka:ŋ^{3}	nau^{2}	be:k^{7}
友	哪	讲	说	分别

谁说要离别，

3-1652

务	是	格	它	貝
Huj	cix	gek	de	bae
hu^{3}	ɕi^{4}	ke:k^{7}	te^{1}	pai^{1}
云	就	隔	他	去

云彩隔离他。

女唱

3-1653

不	在	几	来	南
Mbouj	ywq	geij	lai	nanz
bou^{5}	jɯ^{5}	ki^{3}	la:i^{1}	na:n^{2}
不	住	几	多	久

也不会久住，

3-1654

不	貝	几	来	田
Mbouj	bae	geij	lai	dieg
bou^{5}	pai^{1}	ki^{3}	la:i^{1}	ti:k^{8}
不	去	几	多	地

走不了几处。

3-1655

偻	同	分	布	节
Raeuz	doengh	baen	baengz	cik
ɹau^{2}	toŋ^{2}	pan^{1}	paŋ^{2}	ɕik^{7}
我们	相	分	布	尺

我俩分土布，

3-1656

偻	同	分	布	绸
Raeuz	doengh	baen	baengz	couz
ɹau^{2}	toŋ^{2}	pan^{1}	paŋ^{2}	ɕu^{2}
我们	相	分	布	绸

我俩分绸缎。

男唱

3-1657

不	**乃**	**偻**	**同**	**分**
Mbouj	naih	racuz	doengh	baen
bou^5	na:i^6	ɹau^2	toŋ^2	pan^1
不	久	我们	相	分

不久两相分，

3-1658

不	**南**	**偻**	**同**	**分**
Mbouj	nanz	raeuz	doengh	mbek
bou^5	na:n^2	ɹau^2	toŋ^2	be:k^7
不	久	我们	相	分别

不久两相别。

3-1659

利	**贝**	**巾**	**三**	**节**
Lix	mbaw	gaen	sam	cik
li^4	baɯ^1	kan^1	θa:n^1	ɕik^7
剩	张	巾	三	尺

还有条毛巾，

3-1660

分	**了**	**是**	**同**	**分**
Mbek	liux	cix	doengh	baen
be:k^7	li:u^4	ɕi^4	toŋ^2	pan^1
分别	完	就	相	分

分完便离别。

女唱

3-1661

不	**南**	**偻**	**同**	**分**
Mbouj	nanz	raeuz	doengh	mbek
bou^5	na:n^2	ɹau^2	toŋ^2	be:k^7
不	久	我们	相	分别

不久两相别，

3-1662

不	**乃**	**偻**	**同**	**分**
Mbouj	naih	raeuz	doengh	baen
bou^5	na:i^6	ɹau^2	toŋ^2	pan^1
不	久	我们	相	分

不久两相分。

3-1663

你	**讲**	**它**	**可**	**办**
Mwngz	gangj	dauq	goj	baenz
mɯŋ^2	ka:ŋ^3	ta:u^5	ko^5	pan^2
你	讲	倒	可	成

你想得真美，

3-1664

友	**而**	**分**	**你**	**农**
Youx	lawz	baen	mwngz	nuengx
ju^4	laɯ^2	pan^1	mɯŋ^2	nu:ŋ^4
友	哪	分	你	妹

谁会分给你。

男唱

3-1665

不	南	偻	同	分
Mbouj	nanz	raeuz	doengh	mbek
bou⁵	na:n²	ɹau²	toŋ²	be:k⁷
不	久	我们	相	分别

不久两相别，

3-1666

不	乃	偻	同	分
Mbouj	naih	raeuz	doengh	baen
bou⁵	na:i⁶	ɹau²	toŋ²	pan¹
不	久	我们	相	分

不久两相分。

3-1667

偻	同	分	太	日
Raeuz	doengh	mbek	daeng	ngoenz
ɹau²	toŋ²	be:k⁷	taŋ¹	ŋon²
我们	相	分别	灯	日

我俩分太阳，

3-1668

偻	同	分	天	下
Raeuz	doengh	baen	denh	ya
ɹau²	toŋ²	pan¹	ti:n¹	ja⁶
我们	相	分	天	下

我俩分天下。

女唱

3-1669

不	南	偻	同	分
Mbouj	nanz	raeuz	doengh	mbek
bou⁵	na:n²	ɹau²	toŋ²	be:k⁷
不	久	我们	相	分别

不久两相别，

3-1670

不	乃	偻	同	分
Mbouj	naih	raeuz	doengh	baen
bou⁵	na:i⁶	ɹau²	toŋ²	pan¹
不	久	我们	相	分

不久两相分。

3-1671

偻	同	分	太	日
Raeuz	doengh	mbek	daeng	ngoenz
ɹau²	toŋ²	be:k⁷	taŋ¹	ŋon²
我们	相	分别	灯	日

我俩分太阳，

3-1672

偻	同	分	然	在
Raeuz	doengh	baen	ranz	ywq
ɹau²	toŋ²	pan¹	ɹa:n²	jɯ⁵
我们	相	分	家	住

我俩分家财。

男唱

3-1673
不 南 偻 同 分
Mbouj nanz raeuz doengh mbek
bou5 na:n2 ɹau2 toŋ2 be:k7
不 久 我们 相 分别
不久两相别，

3-1674
不 乃 偻 同 分
Mbouj naih raeuz doengh baen
bou5 na:i6 ɹau2 toŋ2 pan1
不 久 我们 相 分
不久两相分。

3-1675
你 讲 它 可 办
Mwngz gangj dauq goj baenz
mɯŋ2 ka:ŋ3 ta:u5 ko5 pan2
你 讲 倒 可 成
你讲得好听，

3-1676
你 分 马 土 累
Mwngz baen ma dou laeq
mɯŋ2 pan1 ma1 tu1 lai5
你 分 来 我 看
不久将分手。

女唱

3-1677
不 南 偻 同 分
Mbouj nanz raeuz doengh mbek
bou5 na:n2 ɹau2 toŋ2 be:k7
不 久 我们 相 分别
不久两相别，

3-1678
不 乃 偻 同 分
Mbouj naih raeuz doengh baen
bou5 na:i6 ɹau2 toŋ2 pan1
不 久 我们 相 分
不久两相分。

3-1679
分 备 很 思 恩
Mbek beix hwnj swh wnh
be:k7 pi4 hɯn3 θɯ1 an1
分别 兄 上 思 恩
兄归属思恩，

3-1680
分 少 下 安 定
Baen sau roengz an dingh
pan1 θa:u1 ɹoŋ2 a:n1 tiŋ6
分 姑娘 下 安 定
妹归属安定。

男唱

3–1681

不	南	偻	同	分
Mbouj	nanz	raeuz	doengh	mbek
bou^{5}	na:n^{2}	ɹau^{2}	toŋ^{2}	be:k^{7}
不	久	我们	相	分别

不久两相别，

3–1682

不	乃	偻	同	师
Mbouj	naih	raeuz	doengh	swz
bou^{5}	na:i^{6}	ɹau^{2}	toŋ^{2}	θɯ^{2}
不	久	我们	相	辞

不久将告辞。

3–1683

偻	同	分	罗	河
Raeuz	doengh	mbek	loh	haw
ɹau^{2}	toŋ^{6}	be:k^{7}	lo^{6}	həɯ^{1}
我们	相	分别	路	圩

在路上离别，

3–1684

偻	同	师	烿	天
Raeuz	doengh	swz	ien	den
ɹau^{2}	toŋ^{2}	θɯ^{2}	i:n^{1}	te:n^{5}
我们	相	辞	烟	店

在商店告辞。

女唱

3–1685

不	南	偻	同	分
Mbouj	nanz	raeuz	doengh	mbek
bou^{5}	na:n^{2}	ɹau^{2}	toŋ^{2}	be:k^{7}
不	久	我们	相	分别

不久两相别，

3–1686

不	乃	偻	同	师
Mbouj	naih	raeuz	doengh	swz
bou^{5}	na:i^{6}	ɹau^{2}	toŋ^{2}	θɯ^{2}
不	久	我们	相	辞

不久将告辞。

3–1687

偻	同	分	罗	河
Raeuz	doengh	mbek	loh	haw
ɹau^{2}	toŋ^{2}	be:k^{7}	lo^{6}	həɯ^{1}
我们	相	分别	路	圩

在路上离别，

3–1688

偻	同	师	烿	天
Raeuz	doengh	swz	ien	den
ɹau^{2}	toŋ^{2}	θɯ^{2}	i:n^{1}	te:n^{5}
我们	相	辞	烟	店

在商店告辞。

男唱

3–1689

不	**南**	**写**	**字**	**送**
Mbouj	nanz	sij	saw	soengq
bou^{5}	naːn^{2}	θi^{3}	θaɯ^{1}	θoŋ^{5}
不	久	写	书	送

不久立休书，

3–1690

千	**条**	**罗**	**难**	**通**
Cien	diuz	loh	nanz	doeng
ɕiːn^{1}	tiːu^{2}	lo^{6}	naːn^{2}	toŋ^{1}
千	条	路	难	通

从此不见面。

3–1691

秀	**卜**	**作**	**龙**	**蒙**
Ciuh	boux	coz	loeng	moengz
ɕiːu^{6}	pu^{4}	ɕo^{2}	loŋ^{1}	moŋ^{2}
世	个	年轻	胧	朦

少年时糊涂，

3–1692

干	**难**	**通**	**天**	**下**
Gan	nanz	doeng	denh	ya
kaːn^{1}	naːn^{2}	toŋ^{1}	tiːn^{1}	ja^{6}
干	难	通	天	下

落得无路走。

女唱

3–1693

不	**南**	**写**	**字**	**十**
Mbouj	nanz	sij	saw	cih
bou^{5}	naːn^{2}	θi^{3}	θaɯ^{1}	ɕi^{6}
不	久	写	书	字

不久来文告，

3–1694

不	**给**	**爷**	**管**	**民**
Mbouj	hawj	yez	guenj	minz
bou^{5}	həɯ^{3}	je^{2}	kuːn^{3}	min^{2}
不	给	爷	管	民

土司不管民。

3–1695

皇	**帝**	**更**	**皮**	**红**
Vuengz	daeq	gaem	bit	nding
vuːŋ^{2}	tai^{5}	kan^{1}	pit^{7}	diŋ^{1}
皇	帝	握	笔	红

皇帝下诏书，

3–1696

不	**给**	**爷**	**更**	**印**
Mbouj	hawj	yez	gaem	yinq
bou^{5}	həɯ^{3}	je^{2}	kan^{1}	in^{5}
不	给	爷	握	印

剥夺土司权。

男唱

3-1697

不　在　几　来　乃

Mbouj ywq geij lai naih

bou^5 jɯ^5 ki^3 laːi^1 naːi^6

不　住　几　多　久

过不了多久，

3-1698

它　刀　下　王　三

De dauq roengz vaengz san

te^1 taːu^5 ɹoŋ^2 vaŋ^2 θaːn^1

他　回　下　潭　山

回到山潭边。

3-1699

不　初　几　来　南

Mbouj cu geij lai nanz

bou^5 ɕu^6 ki^3 laːi^1 naːn^2

不　住　几　多　久

过不了多久，

3-1700

貝　王　三　共　罗

Bae vaengz san gungh loh

pai^1 vaŋ^2 θaːn^1 kuŋ^6 lo^6

去　潭　山　共　路

外出又同路。

女唱

3-1701

不　在　几　来　乃

Mbouj ywq geij lai naih

bou^5 jɯ^5 ki^3 laːi^1 naːi^6

不　住　几　多　久

过不了多久，

3-1702

它　刀　下　王　三

De dauq roengz vaengz san

te^1 taːu^5 ɹoŋ^2 vaŋ^2 θaːn^1

他　回　下　潭　山

回到山潭边。

3-1703

不　初　几　来　南

Mbouj cu geij lai nanz

bou^5 ɕu^6 ki^3 laːi^1 naːn^2

不　住　几　多　久

过不了多久，

3-1704

写　代　三　良　要

Ce daih san lingh aeu

ɕe^1 taːi^6 θaːn^1 leːŋ^6 au^1

留　大　山　另　要

重新选对象。

男唱

3–1705

不	**在**	**几**	**来**	**乃**
Mbouj	ywq	geij	lai	naih
bou^{5}	jɯ^{5}	ki^{3}	laːi^{1}	naːi^{6}
不	住	几	多	久

过不了多久，

3–1706

它	**刀**	**下**	**王**	**三**
De	dauq	roengz	vaengz	san
te^{1}	taːu^{5}	ɹoŋ^{2}	vaŋ^{2}	θaːn^{1}
他	回	下	潭	山

他又去山潭。

3–1707

不	**初**	**几**	**来**	**比**
Mbouj	cu	geij	lai	bi
bou^{5}	ɕu^{6}	ki^{3}	laːi^{1}	pi^{1}
不	住	几	多	年

不用多少年，

3–1708

邦	**牙**	**立**	**后**	**生**
Biengz	yax	liz	haux	seng
piːŋ^{2}	ja^{5}	li^{2}	hou^{4}	θeːŋ^{1}
地方	也	离	后	生

青春已不再。

女唱

3–1709

不	**在**	**几**	**来**	**乃**
Mbouj	ywq	geij	lai	naih
bou^{5}	jɯ^{5}	ki^{3}	laːi^{1}	naːi^{6}
不	住	几	多	久

过不了多久，

3–1710

它	**刀**	**下**	**王**	**三**
De	dauq	roengz	vaengz	san
te^{1}	taːu^{5}	ɹoŋ^{2}	vaŋ^{2}	θaːn^{1}
他	回	下	潭	山

他又去山潭。

3–1711

不	**初**	**几**	**来**	**月**
Mbouj	cu	geij	lai	ndwen
bou^{5}	ɕu^{6}	ki^{3}	laːi^{1}	duːn^{1}
不	住	几	多	月

没有多少月，

3–1712

良	**牙**	**齐**	**貝**	**了**
Liengh	yaek	caez	bae	liux
leːŋ^{6}	jak^{7}	ɕai^{2}	pai^{1}	liːu^{4}
谅	欲	齐	去	完

将要分别去。

男唱

3-1713

不	**在**	**几**	**来**	**乃**
Mbouj	ywq	geij	lai	naih
bou^{5}	jɯ^{5}	ki^{3}	la:i^{1}	na:i^{6}
不	住	几	多	久

过不了多久，

3-1714

它	**刀**	**下**	**付**	**元**
De	dauq	roengz	fouz	roen
te^{1}	ta:u^{5}	ɹoŋ^{2}	fu^{2}	jo:n^{1}
他	倒	下	浮	路

他又走小路。

3-1715

土	**听**	**月**	**它**	**月**
Dou	dingq	ndwen	daq	ndwen
tu^{1}	tiŋ^{5}	du:n^{1}	ta^{5}	du:n^{1}
我	听	月	连	月

我等了又等，

3-1716

良	**空**	**齐**	**土**	**闹**
Liengh	ndwi	ruenz	dou	nauq
le:ŋ^{6}	du:i^{1}	ɹu:n^{2}	tu^{1}	na:u^{5}
谅	不	爱	我	一点

不见表深情。

女唱

3-1717

不	**在**	**几**	**来**	**乃**
Mbouj	ywq	geij	lai	naih
bou^{5}	jɯ^{5}	ki^{3}	la:i^{1}	na:i^{6}
不	住	几	多	久

过不了多久，

3-1718

它	**刀**	**下**	**付**	**元**
De	dauq	roengz	fouz	roen
te^{1}	ta:u^{5}	ɹoŋ^{2}	fu^{2}	jo:n^{1}
他	倒	下	浮	路

他又走小路。

3-1719

听	**三**	**义**	**九**	**月**
Dingq	sam	ngeih	gouj	ndwen
tiŋ^{5}	θa:n^{1}	ȵi^{6}	kjou^{3}	du:n^{1}
听	三	二	九	月

再等几个月，

3-1720

良	**不**	**齐**	**洋**	**祘**
Liengh	mbouj	ruenz	yaeng	suenq
le:ŋ^{6}	bou^{5}	ɹu:n^{2}	jaŋ^{1}	θu:n^{5}
谅	不	爱	再	算

真不爱再说。

男唱

3-1721

不 在 几 来 乃

Mbouj ywq geij lai naih

bou^{5} jɯ^{5} ki^{3} la:i^{1} na:i^{6}

不 住 几 多 久

过不了多久，

3-1722

它 刀 下 付 元

De dauq roengz fouz roen

te^{1} ta:u^{5} ɹoŋ^{2} fu^{2} jo:n^{1}

他 倒 下 浮 路

他又走小路。

3-1723

听 三 义 九 月

Dingq sam ngeih gouj ndwen

tiŋ^{5} θa:n^{1} ȵi^{6} kjou^{3} dɯ:n^{1}

听 三 二 九 月

等待几个月，

3-1724

良 齐 貝 邦 伕

Liengh ruenz bae biengz fwx

le:ŋ^{6} ɹu:n^{2} pai^{1} pi:ŋ^{2} fə^{4}

另 爬 去 地方 别人

外出找对象。

女唱

3-1725

不 在 几 来 乃

Mbouj ywq geij lai naih

bou^{5} jɯ^{5} ki^{3} la:i^{1} na:i^{6}

不 住 几 多 久

过不了多久，

3-1726

它 刀 下 柳 州

De dauq roengz louj couh

te^{1} ta:u^{5} ɹoŋ^{2} lou^{4} ɕou^{1}

他 倒 下 柳 州

他又去柳州。

3-1727

良 不 齐 邦 土

Liengh mbouj ruenz biengz dou

le:ŋ^{6} bou^{5} ɹu:n^{2} pi:ŋ^{2} tu^{1}

谅 不 爬 地方 我们

不来我家乡，

3-1728

牙 可 齐 邦 农

Yax goj ruenz biengz nuengx

ja^{5} ko^{5} ɹu:n^{2} pi:ŋ^{2} nu:ŋ^{4}

也 可 爬 地方 妹

也爱妹家乡。

男唱

3-1729

不 在 儿 来 南

Mbouj ywq geij lai nanz

bou^5 jɯ^5 ki^3 laːi^1 naːn^2

不 住 儿 多 久

不会住多久，

3-1730

在 义 三 月 内

Ywq ngeih sam ndwen neix

jɯ^5 ȵi^6 θaːn^1 duːn^1 ni^4

在 二 三 月 这

就两三个月。

3-1731

刀 后 月 第 四

Dauq haeuj ndwen daih seiq

taːu^5 hau^3 duːn^1 ti^5 θei^5

回 进 月 第 四

到第四个月，

3-1732

好 邦 地 讲 笑

Ndij biengz deih gangj riu

di^1 piːŋ^2 ti^6 kaːŋ^3 ɹiːu^1

与 地方 地 讲 笑

同乡友说笑。

女唱

3-1733

不 在 儿 来 南

Mbouj ywq geij lai nanz

bou^5 jɯ^5 ki^3 laːi^1 naːn^2

不 住 儿 多 久

不会住多久，

3-1734

在 义 三 月 内

Ywq ngeih sam ndwen neix

jɯ^5 ȵi^6 θaːn^1 duːn^1 ni^4

在 二 三 月 这

就两三个月。

3-1735

刀 后 月 第 四

Dauq haeuj ndwen daih seiq

taːu^5 hau^3 duːn^1 ti^5 θei^5

回 进 月 第 四

到第四个月，

3-1736

备 农 牙 同 师

Beix nuengx yax doengh swz

pi^4 nuːŋ^4 ja^5 toŋ^2 θɯ^2

兄 妹 也 相 辞

兄妹要分手。

男唱

3-1737

不	**在**	**几**	**来**	**南**
Mbouj	ywq	geij	lai	nanz
bou^5	jɯ^5	ki^3	la:i^1	na:n^2
不	住	几	多	久

不会住多久，

3-1738

在	**义**	**三**	**月**	**内**
Ywq	ngeih	sam	ndwen	neix
jɯ^5	ɲi^6	θa:n^1	du:n^1	ni^4
在	二	三	月	这

就两三个月。

3-1739

不	**几**	**南**	**了**	**伴**
Mbouj	geij	nanz	liux	buenx
bou^5	ki^3	na:n^2	li:u^4	pu:n^4
不	几	久	啰	伴

过不了多久，

3-1740

分	**秀**	**满**	**偻**	**貝**
Mbek	ciuh	monh	raeuz	bae
be:k^7	ɕi:u^6	mo:n^6	ɹau^2	pai^1
分别	世	情	我们	去

离别兄妹情。

女唱

3-1741

不	**在**	**几**	**来**	**南**
Mbouj	ywq	geij	lai	nanz
bou^5	jɯ^5	ki^3	la:i^1	na:n^2
不	住	几	多	久

不会住多久，

3-1742

在	**义**	**三**	**月**	**团**
Ywq	ngeih	sam	ndwen	donh
jɯ^5	ɲi^6	θa:n^1	du:n^1	to:n^6
在	二	三	月	半

两三个月内。

3-1743

不	**几**	**南**	**了**	**伴**
Mbouj	geij	nanz	liux	buenx
bou^5	ki^3	na:n^2	li:u^4	pu:n^4
不	几	久	啰	伴

过不了多久，

3-1744

务	**刀**	**全**	**马**	**江**
Huj	dauq	cienj	ma	gyang
hu^3	ta:u^5	ɕu:n^3	ma^1	kja:ŋ^1
云	又	转	来	中

风云会变幻。

男唱

3-1745

不　在　几　来　南

Mbouj ywq geij lai nanz

bou^{5} jɯ^{5} ki^{3} la:i^{1} na:n^{2}

不　住　几　多　久

不会住多久，

3-1746

在　义　三　月　团

Ywq ngeih sam ndwen donh

jɯ^{5} ȵi^{6} θa:n^{1} du:n^{1} to:n^{6}

在　二　三　月　半

两三个月内。

3-1747

不　几　南　了　伴

Mbouj geij nanz liux buenx

bou^{5} ki^{3} na:n^{2} li:u^{4} pu:n^{4}

不　几　久　啰　伴

过不了多久，

3-1748

分　秀　满　秀　美

Mbek ciuh monh ciuh maez

be:k^{7} ɕi:u^{6} mo:n^{6} ɕi:u^{6} mai^{2}

分别　世　情　世　爱

我俩要分离。

女唱

3-1749

不　在　几　来　南

Mbouj ywq geij lai nanz

bou^{5} jɯ^{5} ki^{3} la:i^{1} na:n^{2}

不　住　几　多　久

不会住多久，

3-1750

在　义　三　月　团

Ywq ngeih sam ndwen donh

jɯ^{5} ȵi^{6} θa:n^{1} du:n^{1} to:n^{6}

在　二　三　月　半

两三个月内。

3-1751

不　几　南　了　伴

Mbouj geij nanz liux buenx

bou^{5} ki^{3} na:n^{2} li:u^{4} pu:n^{4}

不　几　久　啰　伴

过不了多久，

3-1752

当　元　偻　当　站

Dangq yienh raeuz dangq soengz

ta:ŋ^{5} je:n^{6} ɹau^{2} ta:ŋ^{5} θoŋ^{2}

另　县　我们　另　站

各住各的县。

男唱

3-1753

不	**南**	**牙**	**月**	**内**
Mbouj	nanz	yax	ndwen	neix
bou⁵	naːn²	ja⁵	duːn¹	ni⁴
不	久	也	月	这

不久或本月，

3-1754

不	**乃**	**牙**	**月**	**更**
Mbouj	naih	yax	ndwen	gwnz
bou⁵	naːi⁶	ja⁵	duːn¹	kɯn²
不	久	也	月	上

不久或上月。

3-1755

给	**备**	**貝**	**听**	**春**
Hawj	beix	bae	dingq	cin
həɯ³	pi⁴	pai¹	tiŋ⁵	ɕun¹
给	兄	去	听	春

让兄去探春，

3-1756

定	**文**	**说**	**定**	**良**
Dingh	fwn	naeuz	dingh	rengx
tiŋ⁶	vun¹	nau²	tiŋ⁶	ɹeːŋ⁴
定	雨	或	定	旱

是晴还是雨。

女唱

3-1757

不	**南**	**牙**	**月**	**内**
Mbouj	nanz	yax	ndwen	neix
bou⁵	naːn²	ja⁵	duːn¹	ni⁴
不	久	也	月	这

不久或本月，

3-1758

不	**乃**	**牙**	**月**	**更**
Mbouj	naih	yax	ndwen	gwnz
bou⁵	naːi⁶	ja⁵	duːn¹	kɯn²
不	久	也	月	上

不久或上月。

3-1759

不	**自**	**备**	**听**	**春**
Mbouj	gag	beix	dingq	cin
bou⁵	kaːk⁸	pi⁴	tiŋ⁵	ɕun¹
不	自	兄	听	春

不只你探春，

3-1760

农	**银**	**可**	**听**	**安**
Nuengx	ngaenz	goj	dingq	an
nuːŋ⁴	ŋan²	ko⁵	tiŋ⁵	aːn⁵
妹	银	可	听	安

妹也探安危。

男唱

3-1761

不	**南**	**牙**	**月**	**内**
Mbouj	nanz	yax	ndwen	neix
bou5	na:n2	ja5	du:n1	ni4
不	久	也	月	这

不久或本月，

3-1762

不	**乃**	**牙**	**月**	**更**
Mbouj	naih	yax	ndwen	gwnz
bou5	na:i6	ja5	du:n1	kɯn2
不	久	也	月	上

不久或上月。

3-1763

古	**伴**	**后**	**邦**	**文**
Guh	buenx	haeuj	biengz	vunz
ku4	pu:n4	hau3	pi:ŋ2	vun2
做	伴	进	地方	人

做伴走他乡，

3-1764

米	**日**	**论**	**土**	**由**
Miz	ngoenz	lumz	dou	raeuh
mi2	ŋon2	lun2	tu1	ɹau6
有	日	忘	我	多

我将被遗忘。

女唱

3-1765

不	**南**	**牙**	**月**	**内**
Mbouj	nanz	yax	ndwen	neix
bou5	na:n2	ja5	du:n1	ni4
不	久	也	月	这

不久或本月，

3-1766

不	**乃**	**牙**	**月**	**更**
Mbouj	naih	yax	ndwen	gwnz
bou5	na:i6	ja5	du:n1	kɯn2
不	久	也	月	上

不久或上月。

3-1767

古	**伴**	**后**	**邦**	**文**
Guh	buenx	haeuj	biengz	vunz
ku4	pu:n4	hau3	pi:ŋ2	vun2
做	伴	进	地方	人

做伴走他乡，

3-1768

千	**年**	**论**	**备**	**农**
Cien	nienz	lumz	beix	nuengx
ɕi:n1	ni:n2	lun2	pi4	nu:ŋ4
千	年	忘	兄	妹

永忘兄妹情。

男唱

3-1769

不	南	牙	月	内
Mbouj	nanz	yax	ndwen	neix
bou^{5}	na:n^{2}	ja^{5}	du:n^{1}	ni^{4}
不	久	也	月	这

不久或本月，

3-1770

不	乃	牙	月	更
Mbouj	naih	yax	ndwen	gwnz
bou^{5}	na:i^{6}	ja^{5}	du:n^{1}	kɯn^{2}
不	久	也	月	上

不久或上月。

3-1771

一	江	义	又	江
It	gyangz	ngeih	youh	gyangz
it^{7}	kja:ŋ^{1}	ȵi^{6}	jou^{4}	kja:ŋ^{1}
一	叹	二	又	叹

叹气声不断，

3-1772

卜	浪	堂	洋	勒
Boux	laeng	daengz	yaeng	lawh
pu^{4}	laŋ^{1}	taŋ^{2}	jaŋ^{1}	ləɯ^{6}
个	后	到	再	换

等新人结交。

女唱

3-1773

不	南	牙	月	内
Mbouj	nanz	yax	ndwen	neix
bou^{5}	na:n^{2}	ja^{5}	du:n^{1}	ni^{4}
不	久	也	月	这

不久或本月，

3-1774

不	乃	牙	月	浪
Mbouj	naih	yax	ndwen	laeng
bou^{5}	na:i^{6}	ja^{5}	du:n^{1}	laŋ^{1}
不	久	也	月	后

不久到下月。

3-1775

文	九	友	在	行
Vunz	riuz	youx	caih	hangz
vun^{2}	ɹi:u^{2}	ju^{4}	ɕa:i^{6}	hang^{2}
人	传	友	在	行

传说你懂事，

3-1776

空	齐	邦	土	闹
Ndwi	ruenz	biengz	dou	nauq
du:i^{1}	ɹu:n^{2}	pi:ŋ^{2}	tu^{1}	na:u^{5}
不	爬	地方	我	一点

却不来我乡。

男唱

3-1777

不	**南**	**牙**	**月**	**内**
Mbouj	nanz	yax	ndwen	neix
bou^{5}	na:n^{2}	ja^{5}	du:n^{1}	ni^{4}
不	久	也	月	这

不久或本月，

3-1778

不	**乃**	**牙**	**月**	**浪**
Mbouj	naih	yax	ndwen	laeng
bou^{5}	na:i^{6}	ja^{5}	du:n^{1}	laŋ^{1}
不	久	也	月	后

或许是下月。

3-1779

秋	**田**	**内**	**牙**	**凉**
Ciuq	denz	neix	yax	liengz
ɕi:u^{5}	te:n^{2}	ni^{4}	ja^{5}	li:ŋ^{2}
看	地	这	也	凉

此地将荒芜，

3-1780

少	**江**	**邦**	**牙**	**了**
Sau	gyang	biengz	yax	liux
θa:u^{1}	kja:ŋ^{1}	pi:ŋ^{2}	ja^{5}	li:u^{4}
姑娘	中	地方	也	完

姑娘剩无几。

女唱

3-1781

不	**南**	**牙**	**月**	**内**
Mbouj	nanz	yax	ndwen	neix
bou^{5}	na:n^{2}	ja^{5}	du:n^{1}	ni^{4}
不	久	也	月	这

不久或本月，

3-1782

不	**乃**	**牙**	**月**	**相**
Mbouj	naih	yax	ndwen	cieng
bou^{5}	na:i^{6}	ja^{5}	du:n^{1}	ɕi:ŋ^{1}
不	久	也	月	正

或许到正月。

3-1783

老	**田**	**备**	**是**	**凉**
Lau	denz	beix	cix	liengz
la:u^{1}	te:n^{2}	pi^{4}	ɕi^{4}	li:ŋ^{2}
怕	地	兄	是	凉

兄家乡荒芜，

3-1784

邦	**土**	**不**	**可**	**欢**
Biengz	dou	mbouj	goj	ndwek
pi:ŋ^{2}	tu^{1}	bou^{5}	ko^{5}	du:k^{7}
地方	我	不	也	热闹

我家乡热闹。

男唱

3-1785

相 比 内 牙 瓜

Cicng bi neix yax gvaq

ɕiːŋ^{1} pi^{1} ni^{4} ja^{5} kwa^{5}

正 年 这 也 过

今年春节过，

3-1786

了 比 么 牙 堂

Liux bi moq yax daengz

liːu^{4} pi^{1} mo^{5} ja^{5} taŋ^{2}

完 年 新 也 到

新一年就到，

3-1787

种 蕉 不 很 笋

Ndaem gyoij mbouj hwnj rangz

dan^{1} kjoːi^{3} bou^{5} hɯn^{3} ɹaːŋ^{2}

种 芭蕉 不 起 笋

种蕉不长笋，

3-1788

卜 而 当 秀 友

Boux lawz dang ciuh youx

pu^{4} laɯ^{2} taːŋ^{1} ɕiːu^{6} ju^{4}

个 哪 当 世 友

兄妹情难当。

女唱

3-1789

相 比 内 牙 瓜

Cieng bi neix yax gvaq

ɕiːŋ^{1} pi^{1} ni^{4} ja^{5} kwa^{5}

正 年 这 也 过

今年春节过，

3-1790

了 比 么 牙 堂

Liux bi moq yax daengz

liːu^{4} pi^{1} mo^{5} ja^{5} taŋ^{2}

完 年 新 也 到

新一年就到。

3-1791

秀 土 是 土 当

Ciuh dou cix dou dang

ɕiːu^{6} tu^{1} ɕi^{4} tu^{1} taːŋ^{1}

世 我 是 我 当

我的事由我，

3-1792

空 给 龙 貝 勒

Ndwi hawj lungz bae lawh

duːi^{1} haɯ^{3} luŋ^{2} pai^{1} ləɯ^{6}

不 给 龙 去 换

不要兄操心。

男唱

3-1793

庆	**远①**	**出**	**贝**	**排**
Ging	yenj	ok	mbaw	baiz
kiŋ^3	juːn^6	oːk^7	bauɯ^1	paːi^2
庆	远	出	张	牌

庆远出通告，

3-1794

江	**开**	**出**	**贝**	**标**
Gyang	gai	ok	mbaw	beuq
kjaːŋ^1	kaːi^1	oːk^7	bauɯ^1	peːu^5
中	街	出	张	榜

街上贴告示。

3-1795

不	**南**	**三**	**十**	**九**
Mbouj	nanz	sam	cib	gouj
bou^5	naːn^2	θaːn^1	ɕit^8	kjou^3
不	久	三	十	九

快到三十九，

3-1796

貝	**秋**	**乜**	**太**	**日**
Bae	ciuq	meh	daeng	ngoenz
pai^1	ɕiːu^5	me^6	taŋ^1	ŋon^2
去	看	母	灯	日

太阳走得急。

女唱

3-1797

庆	**远**	**出**	**贝**	**排**
Ging	yenj	ok	mbaw	baiz
kiŋ^3	juːn^6	oːk^7	bauɯ^1	paːi^2
庆	远	出	张	牌

庆远出通告，

3-1798

江	**开**	**出**	**贝**	**标**
Gyang	gai	ok	mbaw	beuq
kjaːŋ^1	kaːi^1	oːk^7	bauɯ^1	peːu^5
中	街	出	张	榜

街上贴告示。

3-1799

不	**南**	**三**	**十**	**九**
Mbouj	nanz	sam	cib	gouj
bou^5	naːn^2	θaːn^1	ɕit^8	kjou^3
不	久	三	十	九

快到三十九，

3-1800

了	**秋**	**你**	**农**	**银**
Liux	ciuh	mwngz	nuengx	ngaenz
liːu^4	ɕiːu^6	mɯŋ^2	nuːŋ^4	ŋan^2
完	世	你	妹	银

妹青春到头。

① 庆远 [kiŋ^3 juːn^6]：庆远，宋置庆远府，元时先改安抚司，后改庆远路，大德元年改庆远南州安抚司，明代时复为府。治所在今广西河池市宜州区。

男唱

3-1801

庆	**远**	**出**	**贝**	**排**
Ging	yenj	ok	mbaw	baiz
kiŋ^3	juːn^6	oːk^7	baɯ^1	paːi^2
庆	远	出	张	牌

庆远贴通告，

3-1802

江	**开**	**出**	**贝**	**十**
Gyang	gai	ok	mbaw	cih
kjaːŋ^1	kaːi^1	oːk^7	baɯ^1	ɕi^6
中	街	出	张	字

街上贴告示。

3-1803

不	**南**	**三**	**十**	**九**
Mbouj	nanz	sam	cib	gouj
bou^5	naːn^2	θaːn^1	ɕit^8	kjou^3
不	久	三	十	九

快到三十九，

3-1804

外	**拉**	**地**	**是**	**采**
Vaij	laj	deih	cix	caij
vaːi^3	la^3	ti^6	ɕi^4	ɕaːi^3
过	下	地	就	踩

走路地都凹。

女唱

3-1805

庆	**远**	**出**	**贝**	**排**
Ging	yenj	ok	mbaw	baiz
kiŋ^3	juːn^6	oːk^7	baɯ^1	paːi^2
庆	远	出	张	牌

庆远贴通告，

3-1806

江	**开**	**出**	**贝**	**十**
Gyang	gai	ok	mbaw	cih
kjaːŋ^1	kaːi^1	oːk^7	baɯ^1	ɕi^6
中	街	出	张	字

街上贴告示。

3-1807

不	**南**	**三**	**十**	**几**
Mbouj	nanz	sam	cib	geij
bou^5	naːn^2	θaːn^1	ɕit^8	ki^3
不	久	三	十	几

快到三十几，

3-1808

邦	**地**	**牙**	**付**	**苗**
Biengz	deih	yax	fouz	miuz
piːŋ^2	ti^6	ja^5	fu^2	miːu^2
地方	地	也	无	禾苗

禾苗长不出。

男唱

3-1809

外 相 貝 初 九

Vaij cieng bae co gouj

va:i^{3} ɕi:ŋ^{1} pai^{1} ɕo^{1} kjou^{3}

过 正 去 初 九

过正月初九，

3-1810

下 府 貝 打 排

Roengz fuj bae daj baiz

ɹoŋ^{2} fu^{3} pai^{1} ta^{3} pa:i^{2}

下 府 去 打 牌

去府城打牌。

3-1811

庆 远 欢 来 来

Ging yenj ndwek lai lai

kiŋ^{3} ju:n^{6} dɯ:k^{7} la:i^{1} la:i^{1}

庆 远 热闹 多 多

庆远真热闹，

3-1812

乖 是 乖 时 内

Gvai cix gvai seiz neix

kwa:i^{1} ɕi^{4} kwa:i^{1} θi^{2} ni^{4}

乖 就 乖 时 这

玩就及时玩。

女唱

3-1813

外 相 貝 初 九

Vaij cieng bae co gouj

va:i^{3} ɕi:ŋ^{1} pai^{1} ɕo^{1} kjou^{3}

过 正 去 初 九

过正月初九，

3-1814

下 府 貝 打 排

Roengz fuj bae daj baiz

ɹoŋ^{2} fu^{3} pai^{1} ta^{3} pa:i^{2}

下 府 去 打 牌

去府城打牌。

3-1815

庆 远 欢 来 来

Ging yenj ndwek lai lai

kiŋ^{3} ju:n^{6} dɯ:k^{7} la:i^{1} la:i^{1}

庆 远 热闹 多 多

庆远真热闹，

3-1816

不 南 可 同 沙

Mbouj nanz goj doengh ra

bou^{5} na:n^{2} ko^{5} toŋ^{2} ɹa^{1}

不 久 可 相 找

我俩互追寻。

男唱

3-1817
外 相 貝 初 九
Vaij cieng bae co gouj
va:i³ çi:ŋ¹ pai¹ ço¹ kjou³
过 正 去 初 九
过正月初九，

3-1818
下 府 貝 打 啰
Roengz fuj bae daj laz
ɹoŋ² fu³ pai¹ ta³ la²
下 府 去 打 锣
去府城击锣。

3-1819
才 记 仪 外 马
Nda geiq saenq vaij ma
da¹ ki⁵ θin⁵ va:i³ ma¹
刚 寄 信 过 来
刚刚收到信，

3-1820
说 少 沙 生 衣
Naeuz sau ra seng eiq
nau² θa:u¹ ɹa¹ θe:ŋ¹ i⁵
说 姑娘 找 相 依
说妹找对象。

女唱

3-1821
外 相 貝 初 九
Vaij cieng bae co gouj
va:i³ çi:ŋ¹ pai¹ ço¹ kjou³
过 正 去 初 九
过正月初九，

3-1822
下 府 貝 打 排
Roengz fuj bae daj baiz
ɹoŋ² fu³ pai¹ ta³ pa:i²
下 府 去 打 牌
去府城打牌。

3-1823
皇 帝 在 北 京
Vuengz daeq ywq baek ging
vu:ŋ² tai⁵ jɯ⁵ pak⁷ kiŋ¹
皇 帝 在 北 京
皇帝在北京，

3-1824
是 利 飞 马 跟
Cix lij mbin ma riengz
çi⁴ li⁴ bin¹ ma¹ ɹi:ŋ²
是 还 飞 来 跟
还特意来看。

男唱

3-1825

外	**相**	**貝**	**初**	**十**
Vaij	cieng	bae	co	cib
va:i^{3}	çi:ŋ^{1}	pai^{1}	ço^{1}	çit^{8}
过	正	去	初	十

过了年初十，

3-1826

几	**土**	**皮**	**几**	**长**
Geij	duz	bid	giz	raez
ki^{3}	tu^{2}	pit^{8}	ki^{2}	ɹai^{2}
几	只	蝉	几	长

蝉儿叫声长。

3-1827

话	**内**	**用**	**貝**	**远**
Vah	neix	yungh	bae	gyae
va^{6}	ni^{4}	juŋ^{4}	pai^{1}	kjai^{1}
话	这	用	去	远

声音传太远，

3-1828

不	**想**	**长**	**邦**	**农**
Mbouj	siengj	raez	biengz	nuengx
bou^{5}	θi:ŋ^{3}	ɹai^{2}	pi:ŋ^{2}	nu:ŋ^{4}
不	想	长	地方	妹

不想吵妹家。

女唱

3-1829

外	**相**	**貝**	**初**	**十**
Vaij	cieng	bae	co	cib
va:i^{3}	çi:ŋ^{1}	pai^{1}	ço^{1}	çit^{8}
过	正	去	初	十

过正月初十，

3-1830

几	**土**	**皮**	**几**	**长**
Geij	duz	bid	giz	raez
ki^{3}	tu^{2}	pit^{8}	ki^{2}	ɹai^{2}
几	只	蝉	几	长

蝉儿叫声长。

3-1831

外	**相**	**貝**	**初**	**三**
Vaij	cieng	bae	co	sam
va:i^{3}	çi:ŋ^{1}	pai^{1}	ço^{1}	θa:n^{1}
过	正	去	初	三

过了年初三，

3-1832

不	**南**	**是**	**回**	**克**
Mbouj	nanz	cix	veiz	gwz
bou^{5}	na:n^{2}	çi^{4}	vei^{2}	kə^{4}
不	久	就	回	去

不久就回家。

男唱

3-1833

外	**相**	**貝**	**初**	**十**
Vaij	cieng	bae	co	cib
va:i^{3}	ɕi:ŋ^{1}	pai^{1}	ɕo^{1}	ɕit^{8}
过	正	去	初	十

过了年初十，

3-1834

几	**土**	**皮**	**几**	**兰**
Geij	duz	bid	giz	lanh
ki^{3}	tu^{2}	pit^{8}	ki^{2}	la:n^{6}
几	只	蝉	几	滥

蝉儿叫得欢。

3-1835

金	**交**	**飞**	**外**	**尚**
Gim	gyau	mbin	vaij	sang
kin^{1}	kja:u^{1}	bin^{4}	vai^{3}	θa:ŋ^{1}
金	鸟	飞	过	高

翠鸟空中飞，

3-1836

南	**不**	**南**	**又**	**叫**
Nanz	mbouj	nanz	youh	heuh
na:n^{2}	bou^{5}	na:n^{2}	jou^{4}	he:u^{6}
久	不	久	又	叫

不时鸣几声。

女唱

3-1837

外	**相**	**貝**	**初**	**十**
Vaij	cieng	bae	co	cib
va:i^{3}	ɕi:ŋ^{1}	pai^{1}	ɕo^{1}	ɕit^{8}
过	正	去	初	十

过了年初十，

3-1838

几	**土**	**皮**	**几**	**兰**
Geij	duz	bid	giz	lanh
ki^{3}	tu^{2}	pit^{8}	ki^{2}	la:n^{6}
几	只	蝉	几	滥

蝉儿叫得欢。

3-1839

金	**交**	**飞**	**外**	**尚**
Gim	gyau	mbin	vaij	sang
kin^{1}	kja:u^{1}	bin^{4}	vai^{3}	θa:ŋ^{1}
金	鸟	飞	过	高

翠鸟空中飞，

3-1840

不	**南**	**可**	**赔**	**三**
Mbouj	nanz	goj	boiq	sanq
bou^{5}	na:n^{2}	ko^{5}	po:i^{5}	θa:n^{5}
不	久	也	险	散

不久要分开。

男唱

3-1841

欢 写 南

Fwen ce nanz

vu:n[1] çe[1] na:n[2]

歌 留 久

久别歌，

3-1842

南 来 不 好 口

Nanz lai mbouj ndei gaeuj

na:n[2] la:i[1] bou[5] dei[1] kau[3]

久 多 不 好 看

太久难见面。

3-1843

欢 写 南 内 烂

Fwen ce nanz neix lanh

vu:n[1] çe[1] na:n[2] ni[4] la:n[6]

歌 留 久 这 滥

久别歌太多，

3-1844

丢 仿 头 内 写

Ndek fiengh gyaeuj neix ce

de:k[7] fi:ŋ[6] kjau[3] ni[4] çe[1]

丢 边 头 这 留

忘掉这一头。

女唱

3-1845

欢 写 南

Fwen ce nanz

vu:n[1] çe[1] na:n[2]

歌 留 久

久别歌，

3-1846

南 来 不 好 听

Nanz lai mbouj ndei dingq

na:n[2] la:i[1] bou[5] dei[1] tiŋ[5]

久 多 不 好 听

太久不好听。

3-1847

米 罗 貝 米 兴

Miz loh bae miz hingq

mi[2] lo[6] pai[1] mi[2] hiŋ[5]

有 路 去 有 兴趣

对歌有乐趣，

3-1848

牙 好 听 貝 南

Yax ndei dingq bae nanz

ja[5] dei[1] tiŋ[5] pai[1] na:n[2]

才 好 听 去 久

歌才传得久。

男唱

3-1849

欢	写	南
Fwen	ce	nanz
vuːn^{1}	çe^{1}	naːn^{2}
歌	留	久

久别歌，

3-1850

南	来	不	好	累
Nanz	lai	mbouj	ndei	laeq
naːn^{2}	laːi^{1}	bou^{5}	dei^{1}	lai^{5}
久	多	不	好	看

久别不易见。

3-1851

欢	写	南	内	小
Fwen	ce	nanz	neix	siuj
vuːn^{1}	çe^{1}	naːn^{2}	ni^{4}	θiːu^{3}
歌	留	久	这	少

久别歌太少，

3-1852

良	干	罗	一	貝
Lingh	ganq	loh	ndeu	bae
leːŋ^{6}	kaːn^{5}	lo^{6}	deːu^{1}	pai^{1}
另	照料	路	一	去

要开辟新路。

女唱

3-1853

特	罗	内	貝	丢
Dawz	loh	neix	bae	ndek
təɯ^{2}	lo^{6}	ni^{4}	pai^{1}	deːk^{7}
拿	路	这	去	丢

把旧的抛弃，

3-1854

良	干	罗	一	貝
Lingh	ganq	loh	ndeu	bae
leːŋ^{6}	kaːn^{5}	lo^{6}	deːu^{1}	pai^{1}
另	照料	路	一	去

开辟新路子。

3-1855

特	罗	内	貝	远
Dawz	loh	neix	bae	gyae
təɯ^{2}	lo^{6}	ni^{4}	pai^{1}	kjai^{1}
拿	路	这	去	远

远离旧路子，

3-1856

偻	良	开	罗	么
Raeuz	lingh	hai	loh	moq
ɹau^{2}	leːŋ^{6}	haːi^{1}	lo^{6}	mo^{5}
我们	另	开	路	新

开辟新路径。

男唱

3–1857

十 义 罗 欢 美

Cib ngeih loh fwen maez

çit^{8} ȵi^{6} lo^{6} vu:n^{1} mai^{2}

十 二 路 歌 说爱

十二路情歌，

3–1858

开 罗 而 貝 观

Hai loh lawz bae gonq

ha:i^{1} lo^{6} laɯ^{2} pai^{1} ko:n^{5}

开 路 哪 去 先

先唱哪一路。

3–1859

十 三 罗 欢 满

Cib sam loh fwen monh

çit^{8} θa:n^{1} lo^{6} vu:n^{1} mo:n^{6}

十 三 路 歌 情

十三路情歌，

3–1860

才 农 祘 罗 而

Caih nuengx suenq loh lawz

ça:i^{6} nu:ŋ^{4} θu:n^{5} lo^{6} laɯ^{2}

随 妹 算 路 哪

任由妹选择。

女唱

3–1861

欢 写 南 牙 了

Fwen ce nanz yax liux

vu:n^{1} çe^{1} na:n^{2} ja^{5} li:u^{4}

歌 留 久 也 完

久别歌唱完，

3–1862

良 开 罗 貝 沙

Lingh hai loh bae ra

le:ŋ^{6} ha:i^{1} lo^{6} pai^{1} ɹa^{1}

另 开 路 去 找

另开辟蹊径。

3–1863

平 欢 么 欢 么

Bingz fwen moq fwen moq

piŋ^{2} vu:n^{1} mo^{5} vu:n^{1} mo^{5}

凭 歌 新 歌 新

任哪种新歌，

3–1864

可 沙 堂 欢 三

Goj ra daengz fwen sanq

ko^{5} ɹa^{1} taŋ^{2} vu:n^{1} θa:n^{5}

可 找 到 歌 散

离不开散歌。

男唱

3–1865

欢 写 南 牙 了

Fwen ce nanz yax liux

vuːn^1 ɕe^1 naːn^2 ja^5 liːu^4

歌 留 久 也 完

久别歌唱完，

3–1866

偻 打 㳵 偻 貝

Raeuz daj suenq raeuz bae

ɹau^2 ta^3 θuːn^5 ɹau^2 pai^1

我们 打 算 我们 去

我俩重起头。

3–1867

后 欢 满 欢 美

Haeuj fwen monh fwen maez

hau^3 vuːn^1 moːn^6 vuːn^1 mai^2

进 歌 谈情 歌 说爱

进恋爱歌场，

3–1868

你 貝 不 列 农

Mwngz bae mbouj leq nuengx

mɯŋ^2 pai^1 bou^5 le^5 nuːŋ^4

你 去 不 咧 妹

妹愿不愿去？

女唱

3–1869

欢 写 南 牙 了

Fwen ce nanz yax liux

vuːn^1 ɕe^1 naːn^2 ja^5 liːu^4

歌 留 久 也 完

久别歌唱完，

3–1870

偻 打 㳵 偻 貝

Raeuz daj suenq raeuz bae

ɹau^2 ta^3 θuːn^5 ɹau^2 pai^1

我们 打 算 我们 去

我俩重起头。

3–1871

后 欢 满 欢 美

Haeuj fwen monh fwen maez

hau^3 vuːn^1 moːn^6 vuːn^1 mai^2

进 歌 谈情 歌 说爱

进恋爱歌场，

3–1872

偻 岁 貝 欢 三

Raeuz caez bae fwen sanq

ɹau^2 ɕai^2 pai^1 vuːn^1 θaːn^5

我 齐 去 歌 散

我俩一道去。

男唱

3–1873

欢　写　南　牙　了

Fwen ce nanz yax liux

vuːn^{1} çe^{1} naːn^{2} ja^{5} liːu^{4}

歌　留　久　也　完

久别歌唱完，

3–1874

偻　打　祘　偻　貝

Raeuz daj suenq raeuz bae

ɹau^{2} ta^{3} θuːn^{5} ɹau^{2} pai^{1}

我们　打　算　我们　去

我俩重起头。

3–1875

我　问　你　少　金

Ngoj vwn nij sau gim

ŋo^{3} vɯn^{4} ni^{3} θaːu^{1} kin^{1}

我　问　你　姑娘　金

我问你情妹，

3–1876

你　飞　说　你　在

Mwngz mbin naeuz mwngz ywq

mɯŋ^{2} bin^{1} nau^{2} mɯŋ^{2} jɯ^{5}

你　飞　或　你　在

是走还是留？

女唱

3–1877

欢　写　南　牙　了

Fwen ce nanz yax liux

vuːn^{1} çe^{1} naːn^{2} ja^{5} liːu^{4}

歌　留　久　也　完

久别歌唱完，

3–1878

当　田　偻　当　宁

Dang dieg raeuz dang ninz

taːŋ^{1} tiːk^{8} ɹau^{2} taːŋ^{1} nin^{2}

另　地　我们　另　睡

唯各奔东西。

3–1879

米　羽　偻　岁　飞

Miz fwed raeuz caez mbin

mi^{2} fuːt^{8} ɹau^{2} çai^{2} bin^{1}

有　翅　我们　齐　飞

有翅比翼飞，

3–1880

米　定　偻　岁　采

Miz din raeuz caez byaij

mi^{2} tin^{1} ɹau^{2} çai^{2} pjaːi^{2}

有　脚　我们　齐　走

有脚并肩走。

男唱

3–1881

华	老	出	贝	字
Hak	laux	ok	mbaw	saw
ha:k^{7}	la:u^{4}	o:k^{7}	baɯ^{1}	θaɯ^{1}
官	大	出	张	字

大官出告示，

3–1882

给	土	貝	回	垌
Hawj	dou	bae	hoiz	doengh
həɯ^{3}	tu^{1}	pai^{1}	ho:i^{2}	toŋ^{6}
给	我	去	回	垌

要我去外地。

3–1883

不	南	偻	古	穷
Mbouj	nanz	raeuz	guh	gyoengq
bou^{5}	na:n^{2}	ɹau^{2}	ku^{4}	kjoŋ^{5}
不	久	我们	做	群

将来再聚首，

3–1884

狼	垌	光	内	伕
Langh	doengh	gvangq	neix	fwz
la:ŋ^{6}	toŋ^{6}	kwa:ŋ^{5}	ni^{4}	fɯ^{2}
放	垌	宽	这	荒

此地成荒野。

女唱

3–1885

今	天	亮	样	内
Ginh	denh	rongh	yiengh	neix
kin^{5}	ti:n^{1}	ɹo:ŋ^{6}	jɯ:ŋ^{6}	ni^{4}
今	天	亮	样	这

今天这样亮，

3–1886

明	天	亮	样	而
Mingz	denh	rongh	yiengh	lawz
min^{2}	ti:n^{1}	ɹo:ŋ^{6}	jɯ:ŋ^{6}	laɯ^{2}
明	天	亮	样	哪

明天将如何？

3–1887

狼	垌	光	内	伕
Langh	doengh	gvangq	neix	fwz
la:ŋ^{6}	toŋ^{6}	kwa:ŋ^{5}	ni^{4}	fɯ^{2}
放	垌	宽	这	荒

此地成荒野，

3–1888

牙	貝	而	了	备
Yaek	bae	lawz	liux	beix
jak^{7}	pai^{1}	laɯ^{2}	li:u^{4}	pi^{4}
要	去	哪	啰	兄

兄去向何方？

男唱

3-1889

今	**天**	**亮**	**样**	**内**
Ginh	denh	rongh	yiengh	neix
kin^5	$ti:n^1$	$ɹo:ŋ^6$	$jɯ:ŋ^6$	ni^4
今	天	亮	样	这

今天这样亮，

3-1890

明	**天**	**亮**	**样**	**而**
Mingz	denh	rongh	yiengh	lawz
min^2	$ti:n^1$	$ɹo:ŋ^6$	$jɯ:ŋ^6$	law^2
明	天	亮	样	哪

明天将如何？

3-1891

平	**貝**	**而**	**貝**	**而**
Bingz	bae	lawz	bae	lawz
$piŋ^2$	pai^1	law^2	pai^1	law^2
凭	去	哪	去	哪

任我去哪里，

3-1892

问	**古**	**而**	**了**	**农**
Haemq	guh	rawz	liux	nuengx
han^5	ku^4	$ɹaw^2$	$li:u^4$	$nu:ŋ^4$
问	做	什么	啰	妹

妹问我做啥？

女唱

3-1893

今	**天**	**亮**	**样**	**内**
Ginh	denh	rongh	yiengh	neix
kin^5	$ti:n^1$	$ɹo:ŋ^6$	$jɯ:ŋ^6$	ni^4
今	天	亮	样	这

今天这样亮，

3-1894

明	**天**	**亮**	**样**	**而**
Mingz	denh	rongh	yiengh	lawz
min^2	$ti:n^1$	$ɹo:ŋ^6$	$jɯ:ŋ^6$	law^2
明	天	亮	样	哪

明天将如何？

3-1895

问	**你**	**备**	**具**	**而**
Haemq	mwngz	beix	bae	lawz
han^5	$mɯŋ^2$	pi^4	pai^1	law^2
问	你	兄	去	哪

问兄要去哪，

3-1896

牙	**年**	**你**	**一**	**罗**
Yaek	nem	mwngz	it	loh
jak^7	$ne:m^1$	$mɯŋ^2$	it^7	lo^6
欲	贴	你	一	路

欲与你同行。

男唱

3-1897

今	**天**	**亮**	**样**	**内**
Ginh	denh	rongh	yiengh	neix
kin^{5}	ti:n^{1}	ɹo:ŋ^{6}	jɯ:ŋ^{6}	ni^{4}
今	天	亮	样	这

今天这样亮，

3-1898

明	**天**	**亮**	**样**	**而**
Mingz	denh	rongh	yiengh	lawz
min^{2}	ti:n^{1}	ɹo:ŋ^{6}	jɯ:ŋ^{6}	laɯ^{2}
明	天	亮	样	哪

明天将如何？

3-1899

平	**贝**	**板**	**贝**	**河**
Bingz	bae	mbanj	bae	haw
piŋ^{2}	pai^{1}	ba:n^{3}	pai^{1}	həɯ^{1}
凭	去	村	去	圩

任我去哪里，

3-1900

龙	**年**	**土**	**不**	**得**
Lungz	nem	doq	mbouj	ndaej
luŋ^{2}	ne:m^{1}	to^{5}	bou^{5}	dai^{3}
龙	贴	都	不	得

难与妹同行。

女唱

3-1901

十	**阝**	**十**	**条**	**定**
Cib	boux	cib	diuz	dwngx
ɕit^{8}	pu^{4}	ɕit^{8}	ti:u^{2}	tɯŋ^{4}
十	个	十	条	棍

十人十根棍，

3-1902

特	**贝**	**丢**	**下**	**官**
Dawz	bae	ndek	roengz	gumz
təɯ^{2}	pai^{1}	de:k^{7}	ɹoŋ^{2}	kun^{2}
拿	去	丢	下	坑

拿去丢下坑。

3-1903

十	**阝**	**十**	**句**	**欢**
Cib	boux	cib	coenz	fwen
ɕit^{8}	pu^{4}	ɕit^{8}	kjon^{2}	vu:n^{1}
十	个	十	句	歌

十人十首歌，

3-1904

特	**贝**	**伴**	**少**	**口**
Dawz	bae	buenx	sau	gaeuq
təɯ^{2}	pai^{1}	pu:n^{6}	θa:u^{1}	kau^{5}
拿	去	伴	姑娘	旧

去伴老情妹。

男唱

3-1905

十	**阝**	**十**	**条**	**定**
Cib	boux	cib	diuz	dwngx
ɕit^{8}	pu^{4}	ɕit^{8}	tiːu^{2}	tɯŋ^{4}
十	个	十	条	棍

十人十根棍，

3-1906

特	**貝**	**丟**	**下**	**官**
Dawz	bae	ndek	roengz	gumz
təɯ^{2}	pai^{1}	deːk^{7}	ɹoŋ^{2}	kun^{2}
拿	去	丢	下	坑

拿去丢下坑。

3-1907

十	**阝**	**十**	**开**	**团**
Cib	boux	cib	gaiq	duenh
ɕit^{8}	pu^{4}	ɕit^{8}	kaːi^{5}	tuːn^{6}
十	个	十	块	缎

十人十块缎，

3-1908

开	**欢**	**貝**	**跟**	**比**
Hai	fwen	bae	riengz	beij
haːi^{1}	vuːn^{1}	pai^{1}	ɹiːŋ^{2}	pi^{3}
开	歌	去	跟	比

比赛唱山歌。

女唱

3-1909

十	**阝**	**十**	**条**	**定**
Cib	boux	cib	diuz	dwngx
ɕit^{8}	pu^{4}	ɕit^{8}	tiːu^{2}	tɯŋ^{4}
十	个	十	条	棍

十人十根棍，

3-1910

特	**貝**	**丟**	**下**	**那**
Dawz	bae	ndek	roengz	naz
təɯ^{2}	pai^{1}	deːk^{7}	ɹoŋ^{2}	na^{2}
拿	去	丢	下	田

拿去丢下田。

3-1911

十	**阝**	**十**	**开**	**差**
Cib	boux	cib	gaiq	ca
ɕit^{8}	pu^{4}	ɕit^{8}	kaːi^{5}	ɕa^{1}
十	个	十	块	叉

十人十把叉，

3-1912

貝	**挖**	**那**	**古**	**墓**
Bae	vat	naz	guh	moh
pai^{1}	vaːt^{7}	na^{2}	ku^{4}	mo^{6}
去	挖	田	做	墓

挖田做坟墓。

男唱

3-1913

十	阝	十	条	定
Cib	boux	cib	diuz	dwngx
çit⁸	pu⁴	çit⁸	tiːu²	tɯŋ⁴
十	个	十	条	棍

十人十根棍，

3-1914

特	貝	丢	下	开
Dawz	bae	ndek	roengz	gai
təɯ²	pai¹	deːk⁷	ɹoŋ²	kaːi¹
拿	去	丢	下	街

拿去街上丢。

3-1915

十	阝	十	条	才
Cib	boux	cib	diuz	sai
çit⁸	pu⁴	çit⁸	tiːu²	θaːi¹
十	个	十	条	带

十人十条带，

3-1916

要	尾	马	同	省
Aeu	rieng	max	doengz	swnj
au¹	ɹɯːŋ¹	ma⁴	toŋ²	θɯn³
要	尾	马	同	接

拿马尾来接。

女唱

3-1917

少	牙	貝	干	罗
Sau	yaek	bae	ganj	loh
θaːu¹	jak⁷	pai¹	kaːn³	lo⁶
姑娘	欲	去	赶	路

妹急于赶路，

3-1918

备	牙	貝	干	元
Beix	yaek	bae	ganj	roen
pi⁴	jak⁷	pai¹	kaːn³	joːn¹
兄	欲	去	赶	路

兄急于赶程。

3-1919

貝	干	那	四	方
Bae	ganq	naz	seiq	fueng
pai¹	kaːn⁵	na²	θei⁵	fuːŋ¹
去	照料	田	四	方

料理四方田，

3-1920

貝	干	元	龙	那
Bae	ganq	roen	lungz	nax
pai¹	kaːn⁵	joːn¹	luŋ²	na⁴
去	照料	路	大舅	小舅

修好亲戚路。

国家古籍工作规划项目

全国少数民族古籍工作“十四五”规划重点项目

国家民委铸牢中华民族共同体意识
古籍整理出版书系

广西高甲壮语瑶歌译注

第二册

第四篇　求缘歌
第五篇　爱恋歌

广西壮族自治区少数民族古籍保护研究中心　编

主　编　韦体吉　蓝长龙　岑学贵

副主编　蓝永红　蓝　盛　陆　霞　王江苗

GEP
广西教育出版社
南宁

目录 Contents

第四篇　求缘歌

《求缘歌》主要唱述男女双方到庙里烧香燃烛祭拜神灵，在半路被雨淋湿，男方因双方八字不合而生闷气，女方为安慰男方，劝导男方不要游走他乡，而与女方长相厮守，好好培养感情，并借庙中修仙千年得福缘的说法来鼓励男方淡化八字影响姻缘的观念。从唱词中可知男女双方的母亲为表亲关系，双方仍可以歌传情，说明瑶族有姑舅表婚之习。迁入都安的汉族以经商、躲避战乱及遭遇自然灾荒者居多，因壮族、瑶族等少数民族与汉族均是农业民族，情感上容易沟通交流，唱词中提到河边学汉语，说明瑶族性格包容，与汉族交往普遍。瑶族歌师在对唱中常采用隐喻修辞手法，通过燕子、画眉、黄鹂、蝴蝶、天鹅、槟榔、柿子树等动植物来传达瑶族的审美感受和情感认知。

女唱

4-1

后　庙　贝　烧　纸

Haeuj　miuh　bae　byaeu　ceij

hau^{3}　mi:u^{6}　pai^{1}　pjau^{1}　ɕi^{3}

进　庙　去　烧　纸

进庙去烧纸，

4-2

堂　大　罗　被　文

Daengz　daih　loh　deng　fwn

taŋ^{2}　ta:i^{6}　lo^{6}　te:ŋ^{1}　vun^{1}

到　大　路　挨　雨

半路被雨淋。

4-3

命　不　合　广　英

Mingh　mbouj　hob　gvangj　in

miŋ^{6}　bou^{5}　ho:p^{8}　kwa:ŋ^{3}　in^{1}

命　不　合　广　姻

命不合婚姻，

4-4

说　庙　辰　开　怪

Naeuz　miuh　sinz　gaej　gvaiq

nau^{2}　mi:u^{6}　θin^{2}　ka:i^{5}　kwa:i^{5}

说　庙　神　莫　怪

请庙神别怪。

男唱

4-5

后　庙　贝　烧　纸

Haeuj　miuh　bae　byaeu　ceij

hau^{3}　mi:u^{6}　pai^{1}　pjau^{1}　ɕi^{3}

进　庙　去　烧　纸

进庙去烧纸，

4-6

堂　大　罗　被　文

Daengz　daih　loh　deng　fwn

taŋ^{2}　ta:i^{6}　lo^{6}　te:ŋ^{1}　vun^{1}

到　大　路　挨　雨

半路被雨淋。

4-7

空　得　合　广　英

Ndwi　ndaej　hob　gvangj　in

du:i^{1}　dai^{3}　ho:p^{8}　kwa:ŋ^{3}　in^{1}

不　得　合　广　姻

不得合婚姻，

4-8

九　良　心　不　付

Gou　liengz　sim　mbouj　fug

kou^{1}　li:ŋ^{2}　θin^{1}　bou^{5}　fuk^{8}

我　良　心　不　服

我内心不服。

女唱

4-9
后 庙 贝 烧 纸
Haeuj miuh bae byaeu ceij
hau^{3} mi:u^{6} pai^{1} pjau^{1} çi^{3}
进 庙 去 烧 纸
进庙去烧纸，

4-10
堂 大 罗 被 文
Daengz daih loh deng fwn
taŋ^{2} ta:i^{6} lo^{6} te:ŋ^{1} vun^{1}
到 大 路 挨 雨
半路被雨淋。

4-11
备 牙 合 广 英
Beix yaek hob gvangj in
pi^{4} jak^{7} ho:p^{8} kwa:ŋ^{3} in^{1}
兄 要 合 广 姻
兄要合婚姻，

4-12
是 特 正 出 光
Cix dawz cingz ok gvengq
çi^{4} təɯ^{2} çiŋ^{2} o:k^{7} kwe:ŋ^{5}
就 拿 情 出 光
亮出信物来。

男唱

4-13
后 庙 贝 烧 纸
Haeuj miuh bae byaeu ceij
hau^{3} mi:u^{6} pai^{1} pjau^{1} çi^{3}
进 庙 去 烧 纸
进庙去烧纸，

4-14
堂 大 罗 被 文
Daengz daih loh deng fwn
taŋ^{2} ta:i^{6} lo^{6} te:ŋ^{1} vun^{1}
到 大 路 挨 雨
半路被雨淋。

4-15
命 空 合 广 英
Mingh ndwi hob gvangj in
miŋ^{6} du:i^{1} ho:p^{8} kwa:ŋ^{3} in^{1}
命 不 合 广 姻
命不合婚姻，

4-16
代 条 心 不 念
Dai diuz sim mbouj net
ta:i^{1} ti:u^{2} θin^{1} bou^{5} ne:t^{7}
死 条 心 不 实
死也不服气。

女唱

4-17

后	**庙**	**贝**	**烧**	**纸**
Haeuj	miuh	bae	byaeu	ceij
hau^{3}	miːu^{6}	pai^{1}	pjau^{1}	ɕi^{3}
进	庙	去	烧	纸

进庙去烧纸，

4-18

堂	**大**	**罗**	**被**	**文**
Daengz	daih	loh	deng	fwn
taŋ^{2}	taːi^{6}	lo^{6}	teːŋ^{1}	vun^{1}
到	大	路	挨	雨

半路被雨淋。

4-19

备	**牙**	**合**	**广**	**英**
Beix	yaek	hob	gvangj	in
pi^{4}	jak^{7}	hoːp^{8}	kwaːŋ^{3}	in^{1}
兄	要	合	广	姻

兄要合婚姻，

4-20

是	**开**	**飞**	**邦**	**伕**
Cix	gaej	mbin	biengz	fwx
ɕi^{4}	kaːi^{5}	bin^{1}	piːŋ^{2}	fə^{4}
就	莫	飞	地方	别人

就别跑他乡。

男唱

4-21

后	**庙**	**贝**	**烧**	**纸**
Haeuj	miuh	bae	byaeu	ceij
hau^{3}	miːu^{6}	pai^{1}	pjau^{1}	ɕi^{3}
进	庙	去	烧	纸

进庙去烧纸，

4-22

堂	**大**	**罗**	**被**	**文**
Daengz	daih	loh	deng	fwn
taŋ^{2}	taːi^{6}	lo^{6}	teːŋ^{1}	vun^{1}
到	大	路	挨	雨

半路被雨淋。

4-23

在	**是**	**合**	**广**	**英**
Ywq	cix	hob	gvangj	in
jɯ^{5}	ɕi^{4}	hoːp^{8}	kwaːŋ^{3}	in^{1}
在	就	合	婚	姻

在就合婚姻，

4-24

丰	**飞**	**贝**	**是**	**了**
Fungh	mbin	bae	cix	liux
fuŋ^{6}	bin^{1}	pai^{1}	ɕi^{4}	liːu^{4}
凤	飞	去	就	算

妹不在就算。

女唱

4-25

后	**庙**	**贝**	**烧**	**纸**
Haeuj	miuh	bae	byaeu	ceij
hau^{3}	miːu^{6}	pai^{1}	pjau^{1}	çi^{3}
进	庙	去	烧	纸

进庙去烧纸，

4-26

开	**小**	**古**	**坏**	**身**
Gaej	souj	guh	vaih	ndang
kaːi^{5}	θiːu^{3}	ku^{4}	vaːi^{6}	daːŋ^{1}
莫	守	做	坏	身

别误了自身。

4-27

小	**些**	**勒**	**代**	**汉**
Souj	seiq	lwg	dai	hat
θiːu^{3}	θe^{5}	lɯk^{8}	taːi^{1}	haːt^{7}
守	世	子	死	渴

久等会渴死，

4-28

邦	**土**	**从**	**不**	**得**
Biengz	dou	coengh	mbouj	ndaej
piːŋ^{2}	tu^{1}	çoŋ^{6}	bou^{5}	dai^{3}
地方	我	帮	不	得

我可帮不了。

男唱

4-29

后	**庙**	**贝**	**烧**	**纸**
Haeuj	miuh	bae	byaeu	ceij
hau^{3}	miːu^{6}	pai^{1}	pjau^{1}	çi^{3}
进	庙	去	烧	纸

进庙去烧纸，

4-30

开	**小**	**古**	**坏**	**同**
Gaej	souj	guh	vaih	doengz
kaːi^{5}	θiːu^{3}	ku^{4}	vaːi^{6}	toŋ^{2}
莫	守	做	坏	同

别误了好友。

4-31

坤	**芬**	**知**	**坤**	**龙**
Goet	fauh	rox	goet	lungz
kot^{7}	faːu^{6}	to^{4}	kot^{7}	luŋ^{2}
骨	凡	或	骨	龙

凡人或龙种，

4-32

应	**么**	**从**	**不**	**得**
Yinh	maz	coengh	mbouj	ndaej
iŋ^{1}	ma^{2}	çoŋ^{6}	bou^{5}	dai^{3}
因	何	帮	不	得

为何帮不得？

女唱

4-33

田	**农**	**小**	**地**	**方**
Dieg	nuengx	siuj	di	fangh
ti:k^{8}	nu:ŋ^{4}	θi:u^{3}	ti^{4}	fa:ŋ^{5}
地	妹	小	地	方

我处小地方，

4-34

装	**不**	**得**	**坤**	**龙**
Cang	mbouj	ndaej	goet	lungz
ɕa:ŋ^{1}	bou^{5}	dai^{3}	kot^{7}	luŋ^{2}
装	不	得	骨	龙

容不下情哥。

4-35

田	**农**	**秋**	**四**	**方**
Dieg	nuengx	ciuq	seiq	fueng
ti:k^{8}	nu:ŋ^{4}	ɕi:u^{5}	θei^{5}	fu:ŋ^{1}
地	妹	看	四	方

我处通四方，

4-36

从	**不**	**得**	**备**	**姓**
Coengh	mbouj	ndaej	beix	singq
ɕoŋ^{6}	bou^{5}	dai^{3}	pi^{4}	θiŋ^{5}
帮	不	得	兄	姓

哪帮得了兄。

男唱

4-37

十	**义**	**果**	**菜**	**韦**
Cib	ngeih	go	byaek	vaeh
ɕit^{8}	ȵi^{6}	ko^{1}	pjak^{7}	vai^{6}
十	二	棵	菜	鱼腥草

十二棵香菜，

4-38

果	**一**	**貝**	**单**	**姓**
Go	ndeu	bae	dan	singq
ko^{1}	de:u^{1}	pai^{1}	ta:n^{1}	θiŋ^{5}
棵	一	去	单	姓

一棵变孤单。

4-39

老	**变**	**详**	**不**	**定**
Lau	bienq	yangz	mbouj	dingh
la:u^{1}	pi:n^{5}	ja:ŋ^{2}	bou^{5}	tiŋ^{6}
怕	变	欢	不	定

怕另有新欢，

4-40

田	**农**	**不**	**得**	**装**
Dieg	nuengx	mbouj	ndaej	cang
ti:k^{8}	nu:ŋ^{4}	bou^{5}	dai^{3}	ɕa:ŋ^{1}
地	妹	不	得	装

你那容不下。

女唱

4-41

三	十	八	卢	垌
Sam	cib	bah	louz	doengh
θaːn^{1}	ɕit^{8}	pa^{6}	lu^{2}	toŋ^{6}
三	十	莫急	玩	垌

三十别乱游，

4-42

说	龙	八	祘	弄
Naeuz	lungz	bah	suenq	loeng
nau^{2}	luŋ^{2}	pa^{6}	θuːn^{5}	loŋ^{1}
说	龙	莫急	算	错

兄别乱谋划。

4-43

额	利	很	利	下
Ngieg	lij	hwnj	lij	roengz
ŋeːk^{8}	li^{4}	hɯn^{3}	li^{4}	ɹoŋ^{2}
蛟龙	还	上	还	下

蛟龙知进退，

4-44

八	祘	弄	了	龙
Bah	suenq	loeng	liux	lungz
pa^{6}	θuːn^{5}	loŋ^{1}	liːu^{4}	luŋ^{2}
莫急	算	错	啰	龙

兄莫乱谋划。

男唱

4-45

三	十	八	卢	果
Sam	cib	bah	louz	gox
θaːn^{1}	ɕit^{8}	pa^{6}	lu^{2}	ko^{4}
三	十	莫急	玩	角落

三十别乱逛，

4-46

贵	佚	罗	土	空
Gwiz	fwx	lox	dou	ndwi
kɯi^{2}	fə^{4}	lo^{4}	tu^{1}	duːi^{1}
丈夫	别人	骗	我	空

人夫哄骗我。

4-47

良	要	给	马	赔
Lingh	aeu	gaeq	ma	boiz
leːŋ^{6}	au^{1}	kai^{5}	ma^{1}	poːi^{2}
另	要	鸡	来	还

另用鸡赔礼，

4-48

狼	可	米	文	勒
Langh	goj	miz	vunz	lawh
laːŋ^{6}	ko^{3}	mi^{2}	vun^{2}	ləɯ^{6}
若	可	有	人	换

若有人提议。

女唱

4-49

良	**特**	**给**	**马**	**赔**
Lingh	dawz	gaeq	ma	boiz
le:ŋ^6	təɯ^2	kai^5	ma^1	po:i^2
另	拿	鸡	来	还

另用鸡赔礼，

4-50

良	**要**	**更**	**马**	**节**
Lingh	aeu	gaen	ma	ciet
le:ŋ^6	au^1	kan^1	ma^1	ɕi:t^7
另	要	巾	来	裹

另用巾来包。

4-51

少	**得**	**良**	**完**	**田**
Sau	ndaej	lingh	vuenh	dieg
θa:u^1	dai^3	le:ŋ^6	vu:n^6	ti:k^8
姑娘	得	另	换	地

我若到别处，

4-52

备	**利**	**尻**	**知**	**空**
Beix	lij	nyienh	rox	ndwi
pi^4	li^4	ȵu:n^6	ɹo^4	du:i^1
兄	还	愿	或	不

兄愿意跟否？

男唱

4-53

良	**特**	**给**	**马**	**赔**
Lingh	dawz	gaeq	ma	boiz
le:ŋ^6	təɯ^2	kai^5	ma^1	po:i^2
另	拿	鸡	来	还

另用鸡赔礼，

4-54

良	**要**	**更**	**马**	**节**
Lingh	aeu	gaen	ma	ciet
le:ŋ^6	au^1	kan^1	ma^1	ɕi:t^7
另	要	巾	来	裹

另用巾来包。

4-55

少	**得**	**良**	**完**	**田**
Sau	ndaej	lingh	vuenh	dieg
θa:u^1	dai^3	le:ŋ^6	vu:n^6	ti:k^8
姑娘	得	另	换	地

妹若到别处，

4-56

备	**是**	**换**	**小**	**正**
Beix	cix	rieg	siuj	cingz
pi^4	ɕi^4	ɹɯ:k^8	θi:u^3	ɕiŋ^2
兄	就	换	小	情

我再送礼物。

女唱

4-57

三	**十**	**八**	**卢**	**兴**
Sam	cib	bah	louz	hingq
θa:n^{1}	çit^{8}	pa^{6}	lu^{2}	hiŋ^{5}
三	十	莫急	玩	兴趣

三十莫游荡，

4-58

貝	**听**	**长**	**我**	**皇**
Bae	dingq	cangh	ngox	vuengz
pai^{1}	tiŋ^{5}	ça:ŋ^{6}	ŋo^{4}	vu:ŋ^{2}
去	听	匠	念	喃

去听人念经。

4-59

牙	**托**	**农**	**结**	**双**
Yaek	doh	nuengx	giet	sueng
jak^{7}	to^{6}	nu:ŋ^{4}	ki:t^{7}	θu:ŋ^{1}
要	同	妹	结	双

要同妹成双，

4-60

来	**方**	**是**	**开**	**想**
Lai	fueng	cix	gaej	siengj
la:i^{1}	fu:ŋ^{1}	çi^{4}	ka:i^{5}	θi:ŋ^{3}
多	方	就	莫	想

就别想多心。

男唱

4-61

少	**开**	**想**	**来**	**罗**
Sau	gaej	siengj	lai	loh
θa:u^{1}	ka:i^{5}	θi:ŋ^{3}	la:i^{1}	lo^{6}
姑娘	莫	想	多	路

妹你别多心，

4-62

伴	**开**	**想**	**来**	**吉**
Buenx	gaej	siengj	lai	giz
pu:n^{4}	ka:i^{5}	θi:ŋ^{3}	la:i^{1}	ki^{2}
伴	莫	想	多	处

友别想太多。

4-63

想	**来**	**罗**	**同**	**立**
Siengj	lai	loh	doengz	liz
θi:ŋ^{3}	la:i^{1}	lo^{6}	toŋ^{2}	li^{2}
想	多	路	同	离

想多会分离，

4-64

想	**来**	**吉**	**心**	**三**
Siengj	lai	giz	sim	sanq
θi:ŋ^{3}	la:i^{1}	ki^{2}	θin^{1}	θa:n^{5}
想	多	处	心	散

想多心会散。

女唱

4-65

龙	**开**	**想**	**来**	**罗**
Lungz	gaej	siengj	lai	loh
luŋ^{2}	kaːi^{5}	θiːŋ^{3}	laːi^{1}	lo^{6}
龙	莫	想	多	路

兄别太多心，

4-66

伴	**开**	**想**	**来**	**方**
Buenx	gaej	siengj	lai	fueng
puːn^{4}	kaːi^{5}	θiːŋ^{3}	laːi^{1}	fuːŋ^{1}
伴	莫	想	多	方

友莫想他方。

4-67

想	**来**	**罗**	**六**	**莫**
Siengj	lai	loh	loeg	mok
θiːŋ^{3}	laːi^{1}	lo^{6}	lok^{8}	moːk^{7}
想	多	路	梦	游

多心易走神，

4-68

想	**来**	**方**	**老**	**秀**
Siengj	lai	fueng	lauq	ciuh
θiːŋ^{3}	laːi^{1}	fuːŋ^{1}	laːu^{5}	ɕiːu^{6}
想	多	方	误	世

多思误青春。

男唱

4-69

少	**开**	**想**	**来**	**罗**
Sau	gaej	siengj	lai	loh
θaːu^{1}	kaːi^{5}	θiːŋ^{3}	laːi^{1}	lo^{6}
姑娘	莫	想	多	路

妹别太多心，

4-70

伴	**开**	**想**	**来**	**方**
Buenx	gaej	siengj	lai	fueng
puːn^{4}	kaːi^{5}	θiːŋ^{3}	laːi^{1}	fuːŋ^{1}
伴	莫	想	多	方

友莫想他方。

4-71

来	**罗**	**是**	**开**	**满**
Lai	loh	cix	gaej	muengh
laːi^{1}	lo^{6}	ɕi^{4}	kaːi^{5}	muːŋ^{6}
多	路	是	莫	望

多心易失望，

4-72

来	**方**	**是**	**开**	**想**
Lai	fueng	cix	gaej	siengj
laːi^{1}	fuːŋ^{1}	ɕi^{4}	kaːi^{5}	θiːŋ^{3}
多	方	是	莫	想

多想也白想。

女唱

4–73

龙	**开**	**想**	**来**	**罗**
Lungz	gaej	siengj	lai	loh
luŋ^{2}	kaːi^{5}	θiːŋ^{3}	laːi^{1}	lo^{6}
龙	莫	想	多	路

兄别想太多，

4–74

伴	**友**	**很**	**庙**	**辰**
Buenx	youx	hwnj	miuh	sinz
puːn^{4}	ju^{4}	hɯn^{3}	miːu^{6}	θin^{2}
伴	友	上	庙	神

伴友去上供。

4–75

友	**口**	**八**	**变**	**心**
Youx	gaeuq	bah	bienq	sim
ju^{4}	kau^{5}	pa^{6}	piːn^{5}	θin^{1}
友	旧	莫急	变	心

老友莫变心，

4–76

打	**羽**	**飞**	**跟**	**对**
Daj	fwed	mbin	riengz	doih
ta^{3}	fuːt^{8}	bin^{1}	ɹiːŋ^{2}	toːi^{6}
打	翅	飞	跟	伙伴

展翅结伴飞。

男唱

4–77

少	**开**	**想**	**来**	**罗**
Sau	gaej	siengj	lai	loh
θaːu^{1}	kaːi^{5}	θiːŋ^{3}	laːi^{1}	lo^{6}
姑娘	莫	想	多	路

妹别想太多，

4–78

伴	**友**	**很**	**庙**	**辰**
Buenx	youx	hwnj	miuh	sinz
puːn^{4}	ju^{4}	hɯn^{3}	miːu^{6}	θin^{2}
伴	友	上	庙	神

伴友去上供。

4–79

农	**米**	**羽**	**是**	**飞**
Nuengx	miz	fwed	cix	mbin
nuːŋ^{4}	mi^{2}	fuːt^{8}	ɕi^{4}	bin^{1}
妹	有	翅	就	飞

妹展翅飞行，

4–80

龙	**小**	**定**	**尝**	**飞**
Lungz	souj	dingh	caengz	mbin
luŋ^{2}	θiːu^{3}	tiŋ^{1}	ɕaŋ^{2}	bin^{1}
龙	守	定	未	飞

兄原地未动。

女唱

4-81

龙	**开**	**想**	**来**	**罗**
Lungz	gaej	siengj	lai	loh
luŋ^{2}	ka:i^{5}	θi:ŋ^{3}	la:i^{1}	lo^{6}
龙	**莫**	**想**	**多**	**路**

兄你别多想，

4-82

伴	**友**	**很**	**庙**	**辰**
Buenx	youx	hwnj	miuh	sinz
pu:n^{4}	ju^{4}	hɯn^{3}	mi:u^{6}	θin^{2}
伴	**友**	**上**	**庙**	**神**

伴友拜庙神。

4-83

打	**金**	**交**	**狼**	**飞**
Daj	gim	gyau	langh	mbin
ta^{3}	kin^{1}	kja:u^{1}	la:ŋ^{6}	bin^{1}
打	**金**	**蜘蛛**	**若**	**飞**

打得金蛛飞，

4-84

特	**广**	**英**	**马**	**合**
Dawz	gvangj	in	ma	hob
təɯ^{2}	kwa:ŋ^{3}	in^{1}	ma^{1}	ho:p^{8}
拿	**婚**	**姻**	**来**	**合**

就能合婚姻。

男唱

4-85

少	**开**	**想**	**来**	**罗**
Sau	gaej	siengj	lai	loh
θa:u^{1}	ka:i^{5}	θi:ŋ^{3}	la:i^{1}	lo^{6}
姑娘	**莫**	**想**	**多**	**路**

妹你别多想，

4-86

伴	**友**	**很**	**庙**	**辰**
Buenx	youx	hwnj	miuh	sinz
pu:n^{4}	ju^{4}	hɯn^{3}	mi:u^{6}	θin^{2}
伴	**友**	**上**	**庙**	**神**

伴友拜庙神。

4-87

农	**米**	**羽**	**是**	**飞**
Nuengx	miz	fwed	cix	mbin
nu:ŋ^{4}	mi^{2}	fɯ:t^{8}	ɕi^{4}	bin^{1}
妹	**有**	**翅**	**就**	**飞**

妹有翅就飞，

4-88

定	**龙**	**是**	**不**	**走**
Din	lungz	cix	mbouj	yamq
tin^{1}	luŋ^{2}	ɕi^{4}	bou^{5}	ja:m^{5}
脚	**龙**	**是**	**不**	**走**

兄痴心不改。

女唱

4–89

备	**开**	**想**	**来**	**罗**
Beix	gaej	siengj	lai	loh
pi^{4}	kaːi^{5}	θiːŋ^{3}	laːi^{1}	lo^{6}
兄	莫	想	多	路

兄别想太多，

4–90

伴	**友**	**很**	**大**	**堂**
Buenx	youx	hwnj	daih	dangz
puːn^{4}	ju^{4}	hɯn^{3}	taːi^{6}	taːŋ^{2}
伴	友	上	大	堂

随我上厅堂。

4–91

三	**七**	**利**	**在**	**浪**
Sam	caet	lij	ywq	laeng
θaːn^{1}	ɕat^{7}	li^{4}	jɯ^{5}	laŋ^{1}
三	七	还	在	后

三七日未到，

4–92

不	**尝**	**堂**	**时**	**内**
Mbouj	caengz	daengz	seiz	neix
bou^{5}	ɕaŋ^{2}	taŋ^{2}	θi^{2}	ni^{4}
不	未	到	时	这

并未到此时。

男唱

4–93

少	**开**	**想**	**来**	**罗**
Sau	gaej	siengj	lai	loh
θaːu^{1}	kaːi^{5}	θiːŋ^{3}	laːi^{1}	lo^{6}
姑娘	莫	想	多	路

妹别想太多，

4–94

伴	**友**	**很**	**大**	**堂**
Buenx	youx	hwnj	daih	dangz
puːn^{4}	ju^{4}	hɯn^{3}	taːi^{6}	taːŋ^{2}
伴	友	上	大	堂

陪我上厅堂。

4–95

三	**七**	**利**	**在**	**浪**
Sam	caet	lij	ywq	laeng
θaːn^{1}	ɕat^{7}	li^{4}	jɯ^{5}	laŋ^{1}
三	七	还	在	后

三七日未到，

4–96

洋	**开**	**正**	**同**	**送**
Yaeng	gaij	cingz	doengh	soengq
jaŋ^{1}	kaːi^{5}	ɕiŋ^{2}	toŋ^{2}	θoŋ^{5}
再	开	情	相	送

那时再送礼。

女唱

4–97

后	**庙**	**贝**	**烧**	**纸**
Haeuj	miuh	bae	byaeu	ceij
hau^{3}	miːu^{6}	pai^{1}	pjau^{1}	çi^{3}
进	庙	去	烧	纸

进庙去烧纸，

4–98

堂	**罗**	**机**	**吃**	**炕**
Daengz	loh	giq	gwn	ien
taŋ^{2}	lo^{6}	ki^{5}	kɯn^{1}	iːn^{1}
到	路	岔	吃	烟

到岔路吸烟。

4–99

岁	**后**	**庙**	**小**	**仙**
Caez	haeuj	miuh	siuh	sien
çai^{2}	hau^{3}	miːu^{6}	θiːu^{3}	θiːn^{1}
齐	进	庙	修	仙

同进庙修炼，

4–100

得	**千**	**年**	**知**	**不**
Ndaej	cien	nienz	rox	mbouj
dai^{3}	çiːn^{1}	niːn^{2}	ɹo^{4}	bou^{5}
得	千	年	或	不

能否活千年？

男唱

4–101

后	**庙**	**贝**	**烧**	**纸**
Haeuj	miuh	bae	byaeu	ceij
hau^{3}	miːu^{6}	pai^{1}	pjau^{1}	çi^{3}
进	庙	去	烧	纸

进庙去烧纸，

4–102

堂	**罗**	**机**	**吃**	**炕**
Daengz	loh	giq	gwn	ien
taŋ^{2}	lo^{6}	ki^{5}	kɯn^{1}	iːn^{1}
到	路	岔	吃	烟

到岔路吸烟。

4–103

岁	**后**	**庙**	**小**	**仙**
Caez	haeuj	miuh	siuh	sien
çai^{2}	hau^{3}	miːu^{6}	θiːu^{3}	θiːn^{1}
齐	进	庙	修	仙

同进庙修炼，

4–104

得	**千**	**年**	**牙**	**祘**
Ndaej	cien	nienz	yax	suenq
dai^{3}	çiːn^{1}	niːn^{2}	ja^{5}	θuːn^{5}
得	千	年	才	算

活千年才算。

女唱

4-105

后	庙	贝	烧	纸
Haeuj	miuh	bae	byaeu	ceij
hau³	mi:u⁶	pai¹	pjau¹	çi³
进	庙	去	烧	纸

进庙去烧纸，

4-106

堂	罗	机	吃	烗
Daengz	loh	giq	gwn	ien
taŋ²	lo⁶	ki⁵	kɯn¹	i:n¹
到	路	岔	吃	烟

到岔路吸烟。

4-107

岁	后	庙	小	仙
Caez	haeuj	miuh	siuh	sien
çai²	hau³	mi:u⁶	θi:u³	θi:n¹
齐	进	庙	修	仙

同进庙修炼，

4-108

友	而	变	罗	机
Youx	lawz	bienq	loh	giq
ju⁴	laɯ²	pi:n⁵	lo⁶	ki⁵
友	哪	变	路	岔

谁突然变心？

男唱

4-109

后	庙	贝	烧	纸
Haeuj	miuh	bae	byaeu	ceij
hau³	ɯi:u⁶	pai¹	pjau¹	çi³
进	庙	去	烧	纸

进庙去烧纸，

4-110

堂	罗	机	吃	烗
Daengz	loh	giq	gwn	ien
taŋ²	lo⁶	ki⁵	kɯn¹	i:n¹
到	路	支	吃	烟

到岔路吸烟。

4-111

岁	后	庙	小	仙
Caez	haeuj	miuh	siuh	sien
çai²	hau³	mi:u⁶	θi:u³	θi:n¹
齐	进	庙	修	仙

同进庙修炼，

4-112

友	而	变	是	才
Youx	lawz	bienq	cix	raih
ju⁴	laɯ²	pi:n⁵	çi⁴	ɹa:i⁶
友	哪	变	就	爬

变心就被踩。

女唱

4-113

岁	**后**	**庙**	**小**	**仙**
Caez	haeuj	miuh	siuh	sien
çai^{2}	hau^{3}	mi:u^{6}	θi:u^{3}	θi:n^{1}
齐	进	庙	修	仙

同进庙修炼，

4-114

友	**而**	**变**	**是**	**才**
Youx	lawz	bienq	cix	raih
ju^{4}	laɯ^{2}	pi:n^{5}	çi^{4}	ɹa:i^{6}
友	哪	变	就	爬

谁变就被踩。

4-115

勒	**龙**	**在**	**江**	**海**
Lwg	lungz	ywq	gyang	haij
lɯk^{8}	luŋ^{2}	jɯ^{5}	kja:ŋ^{1}	ha:i^{3}
子	龙	在	中	海

龙仔在海中，

4-116

才	**得**	**农**	**是**	**要**
Raih	ndaej	nuengx	cix	aeu
ɹa:i^{6}	dai^{3}	nu:ŋ^{4}	çi^{4}	au^{1}
爬	得	妹	就	要

踩得妹就要。

男唱

4-117

岁	**后**	**庙**	**小**	**仙**
Caez	haeuj	miuh	siuh	sien
çai^{2}	hau^{3}	mi:u^{6}	θi:u^{3}	θi:n^{1}
齐	进	庙	修	仙

同进庙修炼，

4-118

友	**而**	**变**	**是**	**才**
Youx	lawz	bienq	cix	raih
ju^{4}	laɯ^{2}	pi:n^{5}	çi^{4}	ɹa:i^{6}
友	哪	变	就	爬

谁变就被踩。

4-119

勒	**龙**	**在**	**江**	**海**
Lwg	lungz	ywq	gyang	haij
lɯk^{8}	luŋ^{2}	jɯ^{5}	kja:ŋ^{1}	ha:i^{3}
子	龙	在	中	海

龙仔在海中，

4-120

才	**不**	**得**	**长**	**刘**
Raih	mbouj	ndaej	ciengz	liuz
ɹa:i^{6}	bou^{5}	dai^{3}	çi:ŋ^{2}	li:u^{2}
爬	不	得	常	常

永远踩不得。

女唱

4-121

后 庙 貝 烧 纸

Haeuj miuh bae byaeu ceij

hau^{3} mi:u^{6} pai^{1} pjau^{1} çi^{3}

进 庙 去 烧 纸

进庙去烧纸，

4-122

堂 罗 机 吃 烷

Daengz loh giq gwn ien

taŋ^{2} lo^{6} ki^{5} kɯn^{1} i:n^{1}

到 路 岔 吃 烟

到岔路吸烟。

4-123

岁 后 庙 小 仙

Caez haeuj miuh siuh sien

çai^{2} hau^{3} mi:u^{6} θi:u^{3} θi:n^{1}

齐 进 庙 修 仙

同进庙修炼，

4-124

点 洋 不 老 三

Diemj yieng mbouj lau sanq

ti:n^{3} jɯ:ŋ^{1} bou^{5} la:u^{1} θa:n^{5}

点 香 不 怕 散

燃香不会散。

男唱

4-125

岁 后 庙 小 仙

Caez haeuj miuh siuh sien

çai^{2} hau^{3} mi:u^{6} θi:u^{3} θi:n^{1}

齐 进 庙 修 仙

同进庙修炼，

4-126

点 洋 不 老 三

Diemj yieng mbouj lau sanq

ti:n^{3} jɯ:ŋ^{1} bou^{5} la:u^{1} θa:n^{5}

点 香 不 怕 散

燃香不会散。

4-127

土 皮 在 江 南

Duz bid ywq gyang namh

tu^{2} pit^{8} jɯ^{5} kja:ŋ^{1} na:n^{6}

只 蝉 在 中 土

蝉儿在土中，

4-128

叫 邦 貝 纳 凉

Heuh baengz bae nab liengz

he:u^{6} paŋ^{2} pai^{1} na:p^{8} li:ŋ^{2}

叫 朋 去 纳 凉

叫友去乘凉。

女唱

4-129

岁	**后**	**庙**	**小**	**仙**
Caez	haeuj	miuh	siuh	sien
ɕai^{2}	hau^{3}	miːu^{6}	θiːu^{3}	θiːn^{1}
齐	进	庙	修	仙

同进庙修炼，

4-130

点	**洋**	**不**	**老**	**三**
Diemj	yieng	mbouj	lau	sanq
tiːn^{3}	jɯːŋ^{1}	bou^{5}	laːu^{1}	θaːn^{5}
点	香	不	怕	散

燃香不会散。

4-131

土	**皮**	**在**	**江**	**南**
Duz	bid	ywq	gyang	namh
tu^{2}	pit^{8}	jɯ^{5}	kjaːŋ^{1}	naːn^{6}
只	蝉	在	中	土

蝉儿在土中，

4-132

土	**叫**	**声**	**它**	**声**
Duz	heuh	sing	daz	sing
tu^{2}	heːu^{6}	θiŋ^{1}	ta^{2}	θiŋ^{1}
只	叫	声	又	声

蝉鸣声不断。

男唱

4-133

土	**皮**	**在**	**江**	**南**
Duz	bid	ywq	gyang	namh
tu^{2}	pit^{8}	jɯ^{5}	kjaːŋ^{1}	naːn^{6}
只	蝉	在	中	土

蝉儿在土中，

4-134

土	**叫**	**声**	**它**	**声**
Duz	heuh	sing	daz	sing
tu^{2}	heːu^{6}	θiŋ^{1}	ta^{2}	θiŋ^{1}
只	叫	声	又	声

蝉鸣声不断。

4-135

义	**月**	**后**	**清**	**明**
Ngeih	nyied	haeuj	cing	mingz
ȵi^{6}	ȵuːt^{8}	hau^{3}	ɕiŋ^{1}	miŋ^{2}
二	月	进	清	明

二月到清明，

4-136

叫	**要**	**正**	**了**	**农**
Heuh	aeu	cingz	liux	nuengx
heːu^{6}	au^{1}	ɕiŋ^{2}	liːu^{4}	nuːŋ^{4}
叫	要	情	啰	妹

唤妹来换礼。

女唱

4-137

土 皮 在 江 南

Duz bid ywq gyang namh

tu^2 pit^8 jɯ^5 kjaːŋ^1 naːn^6

只 蝉 在 中 土

蝉儿在土中，

4-138

土 叫 声 它 声

Duz heuh sing daz sing

tu^2 heːu^6 θiŋ^1 ta^2 θiŋ^1

只 叫 声 又 声

蝉鸣声不断。

4-139

义 月 后 清 明

Ngeih nyied haeuj cing mingz

ȵi^6 ȵuːt^8 hau^3 ɕiŋ^1 miŋ^2

二 月 进 清 明

二月到清明，

4-140

正 开 么 伕 内

Cingz gij maz fawh neix

ɕiŋ^2 kaːi^2 ma^2 fəɯ^6 ni^4

情 什 么 时 这

此时送何礼？

男唱

4-141

土 皮 在 江 南

Duz bid ywq gyang namh

tu^2 pit^8 jɯ^5 kjaːŋ^1 naːn^6

只 蝉 在 中 土

蝉儿在土中，

4-142

土 叫 声 它 声

Duz heuh sing daz sing

tu^2 heːu^6 θiŋ^1 ta^2 θiŋ^1

只 叫 声 又 声

蝉鸣声不断。

4-143

义 月 空 送 正

Ngeih nyied ndwi soengq cingz

ȵi^6 ȵuːt^8 duːi^1 θoŋ^5 ɕiŋ^2

二 月 不 送 情

二月不送礼，

4-144

外 清 明 牙 了

Vaij cing mingz yax liux

vaːi^3 ɕiŋ^1 miŋ^2 ja^5 liːu^4

过 清 明 也 完

清明后已晚。

女唱

4-145

土	**皮**	**在**	**江**	**南**
Duz	bid	ywq	gyang	namh
tu²	pit⁸	jɯ⁵	kja:ŋ¹	na:n⁶
只	蝉	在	中	土

蝉儿在土中，

4-146

土	**叫**	**声**	**它**	**声**
Duz	heuh	sing	daz	sing
tu²	he:u⁶	θiŋ¹	ta²	θiŋ¹
只	叫	声	又	声

蝉鸣声不断。

4-147

义	**月**	**后**	**清**	**明**
Ngeih	nyied	haeuj	cing	mingz
ȵi⁶	ȵu:t⁸	hau³	ɕiŋ¹	miŋ²
二	月	进	清	明

二月到清明，

4-148

回	**要**	**正**	**土**	**刀**
Hoiz	aeu	cingz	dou	dauq
ho:i²	au¹	ɕiŋ²	tu¹	ta:u⁵
回	要	情	我	回

还我信物来。

男唱

4-149

土	**皮**	**在**	**江**	**南**
Duz	bid	ywq	gyang	namh
tu²	pit⁸	jɯ⁵	kja:ŋ¹	na:n⁶
只	蝉	在	中	土

蝉儿在土中，

4-150

土	**叫**	**声**	**它**	**声**
Duz	heuh	sing	daz	sing
tu²	he:u⁶	θiŋ¹	ta²	θiŋ¹
只	叫	声	又	声

蝉鸣声不断。

4-151

义	**月**	**后**	**清**	**明**
Ngeih	nyied	haeuj	cing	mingz
ȵi⁶	ȵu:t⁸	hau³	ɕiŋ¹	miŋ²
二	月	进	清	明

二月到清明，

4-152

米	**正**	**好**	**是**	**送**
Miz	cingz	ndei	cix	soengq
mi²	ɕiŋ²	dei¹	ɕi⁴	θoŋ⁵
有	情	好	就	送

有好礼就送。

女唱

4-153

土 皮 在 江 南

Duz bid ywq gyang namh

tu^{2} pit^{8} jɯ^{5} kjaːŋ^{1} naːn^{6}

只 蝉 在 中 土

蝉在泥土中，

4-154

土 叫 声 它 声

Duz heuh sing daz sing

tu^{2} heːu^{6} θiŋ^{1} ta^{2} θiŋ^{1}

只 叫 声 又 声

蝉鸣声不断。

4-155

想 牙 开 小 正

Siengj yaek hai siuj cingz

θiːŋ^{3} jak^{7} haːi^{1} θiːu^{3} ɕiŋ^{2}

想 要 开 小 情

想送小礼品，

4-156

邦 少 平 说 乱

Biengz sau bingz naeuz luenh

piːŋ^{2} θaːu^{1} piŋ^{2} nau^{2} luːn^{6}

地方 姑娘 平 或 乱

地方平安否？

男唱

4-157

土 皮 在 江 南

Duz bid ywq gyang namh

tu^{2} pit^{8} jɯ^{5} kjaːŋ^{1} naːn^{6}

只 蝉 在 中 土

蝉在泥土中，

4-158

土 叫 声 它 声

Duz heuh sing daz sing

tu^{2} heːu^{6} θiŋ^{1} ta^{2} θiŋ^{1}

只 叫 声 又 声

蝉鸣声不断。

4-159

米 正 是 开 正

Miz cingz cix hai cingz

mi^{2} ɕiŋ^{2} ɕi^{4} haːi^{1} ɕiŋ^{2}

有 情 就 开 情

有礼品就送，

4-160

邦 少 平 办 水

Biengz sau bingz baenz raemx

piːŋ^{2} θaːu^{1} piŋ^{2} pan^{2} ɹan^{4}

地方 姑娘 平 成 水

地方平如水。

女唱

4-161

土　皮　在　江　南

Duz　bid　ywq　gyang　namh

tu^{2}　pit^{8}　jɯ^{5}　kja:ŋ^{1}　na:n^{6}

只　蝉　在　中　土

蝉在泥土中，

4-162

土　叫　声　它　声

Duz　heuh　sing　daz　sing

tu^{2}　he:u^{6}　θiŋ^{1}　ta^{2}　θiŋ^{1}

只　叫　声　又　声

蝉鸣声不断。

4-163

田　龙　狼　可　平

Dieg　lungz　langh　goj　bingz

ti:k^{8}　luŋ^{2}　la:ŋ^{6}　ko^{3}　piŋ^{2}

地　龙　若　可　平

兄处若平安，

4-164

龙　特　正　马　开

Lungz　dawz　cingz　ma　hai

luŋ^{2}　təɯ^{2}　ɕiŋ^{2}　ma^{1}　ha:i^{1}

龙　拿　情　来　开

我就开礼盒。

男唱

4-165

土　皮　在　江　南

Duz　bid　ywq　gyang　namh

tu^{2}　pit^{8}　jɯ^{5}　kja:ŋ^{1}　na:n^{6}

只　蝉　在　中　土

蝉在泥土中，

4-166

土　叫　声　它　声

Duz　heuh　sing　daz　sing

tu^{2}　he:u^{6}　θiŋ^{1}　ta^{2}　θiŋ^{1}

只　叫　声　又　声

蝉鸣声不断。

4-167

想　牙　开　小　正

Siengj　yaek　hai　siuj　cingz

θi:ŋ^{3}　jak^{7}　ha:i^{1}　θi:u^{3}　ɕiŋ^{2}

想　要　开　小　情

想送小礼品，

4-168

少　安　仁　貝　了

Sau　an　yingz　bae　liux

θa:u^{1}　a:n^{1}　jiŋ^{2}　pai^{1}　li:u^{4}

姑娘　安　营　去　完

妹又成家了。

女唱

4-169

土 皮 在 江 南

Duz bid ywq gyang namh

tu^{2} pit^{8} jɯ^{5} kja:ŋ^{1} na:n^{6}

只 蝉 在 中 土

蝉儿在土中，

4-170

土 叫 声 它 声

Duz heuh sing daz sing

tu^{2} he:u^{6} θiŋ^{1} ta^{2} θiŋ^{1}

只 叫 声 又 声

蝉鸣声不断。

4-171

米 正 是 开 正

Miz cingz cix hai cingz

mi^{2} ɕiŋ^{2} ɕi^{4} ha:i^{1} ɕiŋ^{2}

有 情 就 开 情

有礼就拿来，

4-172

仁 在 而 了 备

Yingz ywq lawz liux beix

jiŋ^{2} jɯ^{5} laɯ^{2} li:u^{4} pi^{4}

营 在 哪 啰 兄

哪里有家安？

男唱

4-173

几 贵 叫 岸 拉

Gin gveiq heuh rungh laj

kin^{1} kwei^{5} he:u^{6} ɹuŋ^{6} la^{3}

子 规 叫 岸 下

子规这村叫，

4-174

告 华 叫 岸 令

Gauq vax heuh rungh lingq

ka:u^{5} va^{4} he:u^{6} ɹuŋ^{6} liŋ^{5}

秧 鸡 叫 岸 陡

秧鸡那叫村。

4-175

乜 土 点 乜 你

Meh dou dem meh mwngz

me^{6} tu^{1} te:n^{1} me^{6} mɯŋ^{2}

母 我 与 母 你

双方的长辈，

4-176

利 米 正 知 不①

Lij miz cingz rox mbouj

li^{4} mi^{2} ɕiŋ^{2} ɹo^{4} bou^{5}

还 有 情 或 不

还有交情否？

① 乜土点乜你，利米正知不［me^{6} tu^{1} te:n^{1} me^{6} mɯŋ^{2}, li^{4} mi^{2} ɕiŋ^{2} ɹo^{4} bou^{5}］：双方的长辈，还有交情否。当地人认为子规与秧鸡都是杜鹃，同种同族，而今分道而鸣，故有此语。

女唱

4-177

几	**贵**	**叫**	**岸**	**拉**
Gin	gveiq	heuh	rungh	laj
kin^{1}	kwei^{5}	heːu^{6}	ɹuŋ^{6}	la^{3}
子	规	叫	岸	下

子规屯前啼，

4-178

告	**华**	**叫**	**岸**	**浪**
Gauq	vax	heuh	rungh	laeng
kaːu^{5}	va^{4}	heːu^{6}	ɹuŋ^{6}	laŋ^{1}
秧	鸡	叫	岸	后

秧鸡屯后叫。

4-179

乜	**土**	**点**	**乜**	**你**
Meh	dou	dem	meh	mwngz
me^{6}	tu^{1}	teːn^{1}	me^{6}	mɯŋ^{2}
母	我	与	母	你

双方的长辈，

4-180

米	**正**	**牙**	**告**	**内**
Miz	cingz	yax	gau	neix
mi^{2}	ɕiŋ^{2}	ja^{5}	kaːu^{1}	ni^{4}
有	情	也	次	这

此次有交情。

男唱

4-181

几	**贵**	**叫**	**岸**	**拉**
Gin	gveiq	heuh	rungh	laj
kin^{1}	kwei^{5}	heːu^{6}	ɹuŋ^{6}	la^{3}
子	规	叫	岸	下

子规屯前啼，

4-182

告	**华**	**叫**	**岸**	**浪**
Gauq	vax	heuh	rungh	laeng
kaːu^{5}	va^{4}	heːu^{6}	ɹuŋ^{6}	laŋ^{1}
秧	鸡	叫	岸	后

秧鸡屯后叫。

4-183

乜	**土**	**点**	**乜**	**你**
Meh	dou	dem	meh	mwngz
me^{6}	tu^{1}	teːn^{1}	me^{6}	mɯŋ^{2}
母	我	与	母	你

双方的长辈，

4-184

米	**正**	**少**	**不**	**知**
Miz	cingz	sau	mbouj	rox
mi^{2}	ɕiŋ^{2}	θaːu^{1}	bou^{5}	ɹo^{4}
有	情	姑娘	不	知

有情妹不知。

女唱

4-185

几	**贵**	**叫**	**岸**	**拉**
Gin	gveiq	heuh	rungh	laj
kin^{1}	kwei^{5}	heːu^{6}	ɹuŋ^{6}	la^{3}
子	规	叫	岸	下

子规屯前啼，

4-186

告	**华**	**叫**	**岸**	**浪**
Gauq	vax	heuh	rungh	laeng
kaːu^{5}	va^{4}	heːu^{6}	ɹuŋ^{6}	laŋ^{1}
秧	鸡	叫	岸	后

秧鸡屯后叫。

4-187

乜	**土**	**点**	**乜**	**你**
Meh	dou	dem	meh	mwngz
me^{6}	tu^{1}	teːn^{1}	me^{6}	mɯŋ^{2}
母	我	与	母	你

双方的长辈，

4-188

长	**刘**	**正**	**同**	**送**
Ciengz	liuz	cingz	doengh	soengq
ɕiːŋ^{2}	liːu^{2}	ɕiŋ^{2}	toŋ^{2}	θoŋ^{5}
常	常	情	相	送

常互送礼物。

男唱

4-189

几	**贵**	**叫**	**岸**	**拉**
Gin	gveiq	heuh	rungh	laj
kin^{1}	kwei^{5}	heːu^{6}	ɹuŋ^{6}	la^{3}
子	规	叫	岸	下

子规屯前啼，

4-190

告	**华**	**叫**	**岸**	**浪**
Gauq	vax	heuh	rungh	laeng
kaːu^{5}	va^{4}	heːu^{6}	ɹuŋ^{6}	laŋ^{2}
秧	鸡	叫	岸	后

秧鸡屯后叫。

4-191

乜	**土**	**点**	**乜**	**你**
Meh	dou	dem	meh	mwngz
me^{6}	tu^{1}	teːn^{1}	me^{6}	mɯŋ^{2}
母	我	与	母	你

双方的长辈，

4-192

米	**正**	**牙**	**不**	**满**
Miz	cingz	yax	mbouj	monh
mi^{2}	ɕiŋ^{2}	ja^{5}	bou^{5}	moːn^{6}
有	情	也	不	谈情

有礼不谈情。

女唱

4–193

几	**贵**	**叫**	**岸**	**拉**
Gin	gveiq	heuh	rungh	laj
kin^{1}	kwei^{5}	heːu^{6}	ɹuŋ^{6}	la^{3}
子	规	叫	岸	下

子规屯前啼，

4–194

告	**华**	**叫**	**岸**	**浪**
Gauq	vax	heuh	rungh	laeng
kaːu^{5}	va^{4}	heːu^{6}	ɹuŋ^{6}	laŋ^{1}
秧	鸡	叫	岸	后

秧鸡屯后叫。

4–195

乜	**土**	**点**	**乜**	**你**
Meh	dou	dem	meh	mwngz
me^{6}	tu^{1}	teːn^{1}	me^{6}	mɯŋ^{2}
母	我	与	母	你

双方的母亲，

4–196

它	**正**	**真**	**达**	**农**
De	cingq	caen	dah	nuengx
te^{1}	ɕiŋ^{5}	ɕin^{1}	ta^{6}	nuːŋ^{4}
她们	正	真	女孩	妹

她们亲姊妹。

男唱

4–197

乜	**土**	**点**	**乜**	**你**
Meh	dou	dem	meh	mwngz
me^{6}	tu^{1}	teːn^{1}	me^{6}	mɯŋ^{2}
母	我	与	母	你

双方的母亲，

4–198

它	**正**	**真**	**达**	**农**
De	cingq	caen	dah	nuengx
te^{1}	ɕiŋ^{5}	ɕin^{1}	ta^{6}	nuːŋ^{4}
她们	正	真	女孩	妹

她们亲姊妹。

4–199

坤	**勾**	**偻**	**岁**	**动**
Goenq	gaeu	raeuz	caez	doengh
kon^{5}	kau^{1}	ɹau^{2}	ɕai^{2}	toŋ^{6}
断	藤	我们	齐	痛

绝情两边痛，

4–200

农	**开**	**想**	**来**	**吉**
Nuengx	gaej	siengj	lai	giz
nuːŋ^{4}	kaːi^{5}	θiːŋ^{3}	laːi^{1}	ki^{2}
妹	莫	想	多	处

劝妹莫多心。

女唱

4-201

乜	土	点	乜	你
Meh	dou	dem	meh	mwngz
me^{6}	tu^{1}	teːn^{1}	me^{6}	mɯŋ^{2}
母	我	与	母	你

双方的母亲，

4-202

它	正	真	达	农
De	cingq	caen	dah	nuengx
te^{1}	ɕiŋ^{5}	ɕin^{1}	ta^{6}	nuːŋ^{4}
她们	正	真	女孩	妹

她们亲姊妹。

4-203

坤	勾	偻	岁	动
Goenq	gaeu	raeuz	caez	doengh
kon^{5}	kau^{1}	ɹau^{2}	ɕai^{2}	toŋ^{6}
断	藤	我们	齐	痛

绝情两边痛，

4-204

阝	开	中	阝	貝
Boux	gaej	cuengq	boux	bae
pu^{4}	kaːi^{5}	ɕuːŋ^{5}	pu^{4}	pai^{1}
个	莫	放	个	去

别相互放弃。

男唱

4-205

乜	土	点	乜	你
Meh	dou	dem	meh	mwngz
me^{6}	tu^{1}	teːn^{1}	me^{6}	mɯŋ^{2}
母	我	与	母	你

双方的母亲，

4-206

它	正	真	老	表
De	cingq	caen	laux	biuj
te^{1}	ɕiŋ^{5}	ɕin^{1}	laːu^{4}	piːu^{3}
她们	是	真	老	表

她们真老表。

4-207

特	马	祘	古	了
Dawz	ma	suenq	guh	liux
təɯ^{2}	ma^{1}	θuːn^{5}	ku^{4}	liːu^{4}
拿	来	算	做	完

以此来推算，

4-208

真	老	表	双	偻
Caen	laux	biuj	song	raeuz
ɕin^{1}	laːu^{4}	piːu^{3}	θoːŋ^{1}	ɹau^{2}
真	老	表	两	我们

我俩是老表。

女唱

4-209

乜	**土**	**点**	**乜**	**你**
Meh	dou	dem	meh	mwngz
me^{6}	tu^{1}	teːn^{1}	me^{6}	mɯŋ^{2}
母	我	与	母	你

双方的母亲，

4-210

它	**正**	**真**	**老**	**表**
De	cingq	caen	laux	biuj
te^{1}	ɕiŋ^{5}	ɕin^{1}	laːu^{4}	piːu^{3}
她们	是	真	老	表

她们是老表。

4-211

特	**马**	**祘**	**古**	**了**
Dawz	ma	suenq	guh	liux
təɯ^{2}	ma^{1}	θuːn^{5}	ku^{4}	liːu^{4}
拿	来	算	做	完

以此来推算，

4-212

真	**表**	**农**	**当**	**韦**
Caen	biuj	nuengx	dangq	vae
ɕin^{1}	piːu^{3}	nuːŋ^{4}	taːŋ^{5}	vai^{1}
真	表	妹	另	姓

是异姓表亲。

男唱

4-213

乜	**土**	**点**	**乜**	**你**
Meh	dou	dem	meh	mwngz
me^{6}	tu^{1}	teːn^{1}	me^{6}	mɯŋ^{2}
母	我	与	母	你

双方的母亲，

4-214

它	**正**	**真**	**老**	**表**
De	cingq	caen	laux	biuj
te^{1}	ɕiŋ^{5}	ɕin^{1}	laːu^{4}	piːu^{3}
她们	正	真	老	表

她们亲老表。

4-215

貝	**了**	**不**	**可**	**了**
Bae	liux	mbouj	goj	liux
pai^{1}	liːu^{4}	bou^{5}	ko^{5}	liːu^{4}
去	了	不	也	了

过了就过了，

4-216

田	**农**	**不**	**可**	**凉**
Dieg	nuengx	mbouj	goj	liengz
tiːk^{8}	nuːŋ^{4}	bou^{5}	ko^{5}	liːŋ^{2}
地	妹	不	也	凉

亲情已渐淡。

女唱

4-217

几	贵	叫	岸	拉
Gin	gveiq	heuh	rungh	laj
kin^{1}	kwei^{5}	heːu^{6}	ɹuŋ^{6}	la^{3}
子	规	叫	岸	下

屯下子规啼，

4-218

告	华	叫	岸	更
Gauq	vax	heuh	rungh	gwnz
kaːu^{5}	va^{4}	heːu^{6}	ɹuŋ^{6}	kɯn^{2}
秧	鸡	叫	岸	上

屯上秧鸡叫。

4-219

文	土	叫	备	银
Vunz	dou	heuh	beix	ngaenz
vun^{1}	tu^{1}	heːu^{6}	pi^{4}	ŋan^{2}
人	我	叫	兄	银

我的人叫你，

4-220

龙	得	义	知	不
Lungz	ndaej	nyi	rox	mbouj
luŋ^{2}	dai^{3}	ȵi^{1}	ɹo^{4}	bou^{5}
龙	得	听	或	不

兄可听到否？

男唱

4-221

几	贵	叫	岸	拉
Gin	gveiq	heuh	rungh	laj
kin^{1}	kwei^{5}	heːu^{6}	ɹuŋ^{6}	la^{3}
子	规	叫	岸	下

屯下子规啼，

4-222

告	华	叫	更	河
Gauq	vax	heuh	gwnz	haw
kaːu^{5}	va^{4}	heːu^{6}	kɯn^{2}	həɯ^{1}
秧	鸡	叫	上	圩

圩上秧鸡叫。

4-223

老	是	叫	卜	而
Lau	cix	heuh	boux	lawz
laːu^{1}	ɕi^{4}	heːu^{6}	pu^{4}	laɯ^{2}
怕	是	叫	个	哪

怕是叫他人，

4-224

在	而	马	叫	备
Ywq	lawz	ma	heuh	beix
jɯ^{5}	laɯ^{2}	ma^{1}	heːu^{6}	pi^{4}
在	哪	来	叫	兄

哪里是叫我。

女唱

4-225

几 贵 叫 岸 拉

Gin gveiq heuh rungh laj

kin^{1} kwei^{5} heːu^{6} ɹuŋ^{6} la^{3}

子 规 叫 弄 下

屯下子规啼，

4-226

告 华 叫 更 河

Gauq vax heuh gwnz haw

kaːu^{5} va^{4} heːu^{6} kɯn^{2} həɯ^{1}

秧 鸡 叫 上 圩

圩上秧鸡叫。

4-227

不 特 叫 卜 而

Mbouj dwg heuh boux lawz

bou^{5} tɯk^{8} heːu^{6} pu^{4} laɯ^{2}

不 是 叫 个 哪

不是叫别人，

4-228

真 叫 你 了 备

Caen heuh mwngz liux beix

ɕin^{1} heːu^{6} mɯŋ^{2} liːu^{4} pi^{4}

真 叫 你 啰 兄

正是叫情哥。

男唱

4-229

几 贵 叫 岸 拉

Gin gveiq heuh rungh laj

kin^{1} kwei^{5} heːu^{6} ɹuŋ^{6} la^{3}

子 规 叫 弄 下

屯下子规啼，

4-230

告 华 叫 柳 州

Gauq vax heuh louj couh

kaːu^{5} va^{4} heːu^{6} lou^{4} ɕou^{1}

秧 鸡 叫 柳 州

柳州秧鸡叫。

4-231

狼 真 叫 文 土

Langh caen heuh vunz dou

laːŋ^{6} ɕin^{1} heːu^{6} vun^{1} tu^{1}

若 真 叫 人 我

若真是叫我，

4-232

是 划 船 貝 节

Cix vaij ruz bae ciep

ɕi^{4} vaːi^{3} ɹu^{2} pai^{1} ɕeːt^{7}

就 划 船 去 接

就划船去接。

女唱

4-233

几	**贵**	**叫**	**𡶴**	**拉**
Gin	gveiq	heuh	rungh	laj
kin^{1}	kwei^{5}	heːu^{6}	ɹuŋ^{6}	la^{3}
子	规	叫	𡶴	下

屯下子规啼，

4-234

告	**华**	**叫**	**柳**	**州**
Gauq	vax	heuh	louj	couh
kaːu^{5}	va^{4}	heːu^{6}	lou^{4}	çou^{1}
秧	鸡	叫	柳	州

柳州秧鸡叫。

4-235

狼	**真**	**叫**	**文**	**土**
Langh	caen	heuh	vunz	dou
laːŋ^{6}	çin^{1}	heːu^{6}	vun^{1}	tu^{1}
若	真	叫	人	我

若真是叫我，

4-236

貝	**州**	**偻**	**古**	**对**
Bae	cou	raeuz	guh	doih
pai^{1}	çou^{1}	ɹau^{2}	ku^{4}	toːi^{6}
去	州	我们	做	伙伴

结伴去州城。

男唱

4-237

几	**贵**	**叫**	**𡶴**	**拉**
Gin	gveiq	heuh	rungh	laj
kin^{1}	kwei^{5}	heːu^{6}	ɹuŋ^{6}	la^{3}
子	规	叫	𡶴	下

屯下子规啼，

4-238

告	**华**	**叫**	**柳**	**州**
Gauq	vax	heuh	louj	couh
kaːu^{5}	va^{4}	heːu^{6}	lou^{4}	çou^{1}
秧	鸡	叫	柳	州

柳州秧鸡叫。

4-239

天	**下**	**叫**	**文**	**土**
Denh	yah	heuh	vunz	dou
tiːn^{1}	ja^{6}	heːu^{6}	vun^{1}	tu^{1}
天	下	叫	人	我

全天下叫我，

4-240

老	**牙**	**付**	**生**	**衣**
Lau	yax	fouz	seng	eiq
laːu^{1}	ja^{5}	fu^{2}	θeːŋ^{1}	ei^{5}
怕	也	无	生	意

怕也难应付。

女唱

4-241

几	**贵**	**叫**	**苒**	**拉**
Gin	gveiq	heuh	rungh	laj
kin^{1}	kwei^{5}	heːu^{6}	ɹuŋ^{6}	la^{3}
子	规	叫	苒	下

屯下子规啼，

4-242

告	**华**	**叫**	**更**	**河**
Gauq	vax	heuh	gwnz	haw
kaːu^{5}	va^{4}	heːu^{6}	kɯn^{2}	həɯ^{1}
秧	鸡	叫	上	圩

圩上秧鸡叫。

4-243

全	**面**	**刀**	**方**	**而**
Gyonj	menh	dauq	fueng	lawz
kjoːn^{3}	meːn^{6}	taːu^{5}	fuːŋ^{1}	laɯ^{2}
都	慢	回	方	哪

走散到何方，

4-244

利	**玩**	**正**	**知**	**不**
Lij	vanz	cingz	rox	mbouj
li^{4}	vaːn^{2}	ɕiŋ^{2}	ɹo^{4}	bou^{5}
还	还	情	或	不

还要送礼不？

男唱

4-245

几	**贵**	**叫**	**苒**	**拉**
Gin	gveiq	heuh	rungh	laj
kin^{1}	kwei^{5}	heːu^{6}	ɹuŋ^{6}	la^{3}
子	规	叫	苒	下

屯下子规啼，

4-246

告	**华**	**叫**	**更**	**河**
Gauq	vax	heuh	gwnz	haw
kaːu^{5}	va^{4}	heːu^{6}	kɯn^{2}	həɯ^{1}
秧	鸡	叫	上	圩

圩上秧鸡叫。

4-247

农	**狼**	**尝**	**贝**	**而**
Nuengx	langh	caengz	bae	lawz
nuːŋ^{4}	laːŋ^{6}	ɕaŋ^{2}	pai^{1}	laɯ^{2}
妹	若	未	去	哪

妹若没去处，

4-248

米	**正**	**龙**	**是**	**送**
Miz	cingz	lungz	cix	soengq
mi^{2}	ɕiŋ^{2}	luŋ^{2}	ɕi^{4}	θoŋ^{5}
有	情	龙	就	送

兄有礼就送。

女唱

4-249

几	**贵**	**叫**	**岸**	**拉**
Gin	gveiq	heuh	rungh	laj
kin^{1}	kwei^{5}	heːu^{6}	ɹuŋ^{6}	la^{3}
子	规	叫	岸	下

屯下子规啼，

4-250

告	**华**	**叫**	**岸**	**龙**
Gauq	vax	heuh	rungh	lungz
kaːu^{5}	va^{4}	heːu^{6}	ɹuŋ^{6}	luŋ^{2}
秧	鸡	叫	岸	龙

兄屯秧鸡叫。

4-251

间	**布**	**班**	**同**	**下**
Gen	buh	banq	doengz	roengz
keːn^{1}	pu^{6}	paːn^{5}	toŋ^{2}	ɹoŋ^{2}
衣	袖	搭	同	下

衣袖向下垂，

4-252

利	**认**	**同**	**知**	**不**
Lij	nyinh	doengz	rox	mbouj
li^{4}	ɲin^{6}	toŋ^{2}	ɹo^{4}	bou^{5}
还	认	同	或	不

记得同伴否？

男唱

4-253

几	**贵**	**叫**	**岸**	**拉**
Gin	gveiq	heuh	rungh	laj
kin^{1}	kwei^{5}	heːu^{6}	ɹuŋ^{6}	la^{3}
子	规	叫	岸	下

屯下子规啼，

4-254

告	**华**	**叫**	**岸**	**龙**
Gauq	vax	heuh	rungh	lungz
kaːu^{5}	va^{4}	heːu^{6}	ɹuŋ^{6}	luŋ^{2}
秧	鸡	叫	岸	龙

我屯秧鸡叫。

4-255

间	**布**	**班**	**同**	**下**
Gen	buh	banq	doengz	roengz
keːn^{1}	pu^{6}	paːn^{5}	toŋ^{2}	ɹoŋ^{2}
衣	袖	搭	同	下

衣袖向下垂，

4-256

了	**同**	**偻**	**告**	**内**
Liux	doengz	raeuz	gau	neix
liːu^{4}	toŋ^{2}	ɹau^{2}	kaːu^{1}	ni^{4}
完	同	我们	次	这

友情到此断。

女唱

4-257

几	**贵**	**叫**	**岸**	**拉**
Gin	gveiq	heuh	rungh	laj
kin^{1}	kwei^{5}	heːu^{6}	ɹuŋ^{6}	la^{3}
子	规	叫	岸	下

屯下子规啼，

4-258

告	**华**	**叫**	**岸**	**龙**
Gauq	vax	heuh	rungh	lungz
kaːu^{5}	va^{4}	heːu^{6}	ɹuŋ^{6}	luŋ^{2}
秧	鸡	叫	岸	龙

兄屯秧鸡叫。

4-259

了	**是**	**了**	**四**	**方**
Liux	cix	liux	seiq	fueng
liːu^{4}	ɕi^{4}	liːu^{4}	θei^{5}	fuːŋ^{1}
完	就	完	四	方

四周全消亡，

4-260

同	**偻**	**不**	**可**	**在**
Doengz	raeuz	mbouj	goj	ywq
toŋ^{2}	ɹau^{2}	bou^{5}	ko^{5}	jɯ^{5}
同	我们	不	也	在

我俩情犹在。

男唱

4-261

几	**贵**	**叫**	**岸**	**拉**
Gin	gveiq	heuh	rungh	laj
kin^{1}	kwei^{5}	heːu^{6}	ɹuŋ^{6}	la^{3}
子	规	叫	岸	下

屯下子规啼，

4-262

告	**华**	**叫**	**三**	**宗**
Gauq	vax	heuh	san	coeng
kaːu^{5}	va^{4}	heːu^{6}	θaːn^{1}	ɕoŋ^{1}
秧	鸡	叫	山	松

松山秧鸡叫。

4-263

土	**叫**	**土**	**了**	**龙**
Duz	heuh	duz	liux	lungz
tu^{2}	heːu^{6}	tu^{2}	liːu^{4}	luŋ^{2}
只	叫	只	啰	龙

它们相呼唤，

4-264

叫	**千**	**同**	**万**	**友**
Heuh	cien	doengz	fanh	youx
heːu^{6}	ɕiːn^{1}	toŋ^{2}	faːn^{6}	ju^{4}
叫	千	同	万	友

呼朋又引伴。

女唱

4-265

几	贵	叫	荣	拉
Gin	gveiq	heuh	rungh	laj
kin^{1}	kwei^{5}	he:u^{6}	ɹuŋ^{6}	la^{3}
子	规	叫	荣	下

屯下子规啼，

4-266

告	华	叫	三	宗
Gauq	vax	heuh	san	coeng
ka:u^{5}	va^{4}	he:u^{6}	θa:n^{1}	ɕoŋ^{1}
秧	鸡	叫	山	松

松山秧鸡叫。

4-267

土	叫	土	了	龙
Duz	heuh	duz	liux	lungz
tu^{2}	he:u^{6}	tu^{2}	li:u^{4}	luŋ^{2}
只	叫	只	啰	龙

它们相呼唤，

4-268

土	站	土	能	田
Duz	soengz	duz	naengh	dieg
tu^{2}	θoŋ^{2}	tu^{2}	naŋ^{6}	ti:k^{8}
只	站	只	坐	地

有站又有坐。

男唱

4-269

几	贵	叫	荣	拉
Gin	gveiq	heuh	rungh	laj
kin^{1}	kwei^{5}	he:u^{6}	ɹuŋ^{6}	la^{3}
子	规	叫	荣	下

屯下子规啼，

4-270

告	华	叫	三	宗
Gauq	vax	heuh	san	coeng
ka:u^{5}	va^{4}	he:u^{6}	θa:n^{1}	ɕoŋ^{1}
秧	鸡	叫	山	松

松山秧鸡叫。

4-271

说	农	八	古	蒙
Naeuz	nuengx	bah	guh	muengz
nau^{2}	nu:ŋ^{4}	pa^{6}	ku^{4}	mu:ŋ^{2}
说	妹	莫急	做	忙

妹不要着急，

4-272

乃	站	加	土	观
Naih	soengz	caj	dou	gonq
na:i^{6}	θoŋ^{2}	kja^{3}	tu^{1}	ko:n^{5}
慢	站	等	我	先

耐心等待我。

女唱

4-273

几	贵	叫	岽	拉
Gin	gveiq	heuh	rungh	laj
ki^{7}	kwei^{5}	heːu^{6}	ɹuŋ^{6}	la^{3}
子	规	叫	岽	下

屯下子规啼，

4-274

告	华	叫	三	宗
Gauq	vax	heuh	san	coeng
kaːu^{5}	va^{4}	heːu^{6}	θaːn^{1}	ɕoŋ^{1}
秧	鸡	叫	山	松

松山秧鸡叫。

4-275

当	阝	当	米	同
Dangq	boux	dangq	miz	doengz
taːŋ^{5}	pu^{4}	taːŋ^{5}	mi^{2}	toŋ^{2}
另	个	另	有	同

各有各的伴，

4-276

阝	而	站	加	备
Boux	lawz	soengz	caj	beix
pu^{4}	laɯ^{2}	θoŋ^{2}	kja^{3}	pi^{4}
个	哪	站	等	兄

谁愿意等你？

男唱

4-277

几	贵	叫	岽	拉
Gin	gveiq	heuh	rungh	laj
kin^{1}	kwei^{5}	heːu^{6}	ɹuŋ^{6}	la^{3}
子	规	叫	岽	下

屯下子规啼，

4-278

告	华	叫	岽	长
Gauq	vax	heuh	rungh	raez
kaːu^{5}	va^{4}	heːu^{6}	ɹuŋ^{6}	ɹai^{2}
秧	鸡	叫	岽	长

村中秧鸡叫。

4-279

土	叫	土	又	貝
Duz	heuh	duz	youh	bae
tu^{2}	heːu^{6}	tu^{2}	jou^{4}	pai^{1}
只	叫	只	又	去

相呼唤而去，

4-280

利	满	美	知	不
Lij	monh	maez	rox	mbouj
li^{4}	moːn^{6}	mai^{2}	ɹo^{4}	bou^{5}
还	谈情	说爱	或	不

谈情说爱否？

女唱

4–281

几	贵	叫	岸	拉
Gin	gveiq	heuh	rungh	laj
kin^{1}	kwei^{5}	heːu^{6}	ɹuŋ^{6}	la^{3}
子	规	叫	岸	下

屯下子规啼，

4–282

告	华	叫	岸	长
Gauq	vax	heuh	rungh	raez
kaːu^{5}	va^{4}	heːu^{6}	ɹuŋ^{6}	ɹai^{2}
秧	鸡	叫	岸	长

村中秧鸡叫。

4–283

土	叫	土	又	貝
Duz	heuh	duz	youh	bae
tu^{2}	heːu^{6}	tu^{2}	jou^{4}	pai^{1}
只	叫	只	又	去

相呼唤而去，

4–284

满	美	偻	牙	了
Monh	maez	raeuz	yax	liux
moːn^{6}	mai^{2}	ɹau^{2}	ja^{5}	liːu^{4}
谈情	说爱	我们	也	完

已过谈爱时。

男唱

4–285

几	贵	叫	岸	拉
Gin	gveiq	heuh	rungh	laj
kin^{1}	kwei^{5}	heːu^{6}	ɹuŋ^{6}	la^{3}
子	规	叫	岸	下

屯下子规啼，

4–286

告	华	叫	岸	长
Gauq	vax	heuh	rungh	raez
kaːu^{5}	va^{4}	heːu^{6}	ɹuŋ^{6}	ɹai^{2}
秧	鸡	叫	岸	长

村中秧鸡叫。

4–287

土	叫	土	又	貝
Duz	heuh	duz	youh	bae
tu^{2}	heːu^{6}	tu^{2}	jou^{4}	pai^{1}
只	叫	只	又	去

相呼唤而去，

4–288

土	元	远	刀	乃
Duz	roen	gyae	dauq	naiq
tu^{2}	joːn^{1}	kjai^{1}	taːu^{5}	naːi^{5}
只	路	远	倒	累

路遥者受累。

女唱

4-289

几	**贵**	**叫**	**岸**	**拉**
Gin	gveiq	heuh	rungh	laj
kin^{1}	kwei^{5}	heːu^{6}	ɹuŋ^{6}	la^{3}
子	规	叫	岸	下

屯下子规啼，

4-290

告	**华**	**叫**	**岸**	**长**
Gauq	vax	heuh	rungh	raez
kaːu^{5}	va^{4}	heːu^{6}	ɹuŋ^{6}	ɹai^{2}
秧	鸡	叫	岸	长

村中秧鸡叫。

4-291

额	**跟**	**达**	**是**	**貝**
Ngieg	riengz	Dah	cix	bae
ŋeːk^{8}	ɹiːŋ^{2}	ta^{6}	ɕi^{4}	pai^{1}
蛟龙	跟	河	就	去

蛟龙随河走，

4-292

魚	**跟**	**王**	**可**	**在**
Bya	riengz	vaengz	goj	ywq
pja^{1}	ɹiːŋ^{2}	vaŋ^{2}	ko^{5}	jɯ^{5}
鱼	跟	潭	也	在

潭中鱼尚在。

男唱

4-293

几	**贵**	**叫**	**岸**	**拉**
Gin	gveiq	heuh	rungh	laj
kin^{1}	kwei^{5}	heːu^{6}	ɹuŋ^{6}	la^{3}
子	规	叫	岸	下

屯下子规啼，

4-294

告	**华**	**叫**	**岸**	**长**
Gauq	vax	heuh	rungh	raez
kaːu^{5}	va^{4}	heːu^{6}	ɹuŋ^{6}	ɹai^{2}
秧	鸡	叫	岸	长

村中秧鸡叫。

4-295

友	**而**	**刀**	**元**	**远**
Youx	lawz	dauq	roen	gyae
ju^{4}	laɯ^{2}	taːu^{5}	joːn^{1}	kjai^{1}
友	哪	回	路	远

友返程路遥，

4-296

备	**斗**	**长**	**又**	**哭**
Beix	daeuj	raez	youh	daej
pi^{4}	tau^{3}	ɹai^{2}	jou^{4}	tai^{3}
兄	来	鸣	又	哭

兄兴叹泪下。

女唱

4-297

几	**贵**	**叫**	**岸**	**拉**
Gin	gveiq	heuh	rungh	laj
kin¹	kwei⁵	heːu⁶	ɹuŋ⁶	la³
子	规	叫	岸	下

屯下子规啼，

4-298

告	**华**	**叫**	**岸**	**长**
Gauq	vax	heuh	rungh	raez
kaːu⁵	va⁴	heːu⁶	ɹuŋ⁶	ɹai²
秧	鸡	叫	岸	长

村中秧鸡叫。

4-299

友	**而**	**刀**	**元**	**远**
Youx	lawz	dauq	roen	gyae
ju⁴	laɯ²	taːu⁵	joːn¹	kjai¹
友	哪	回	路	远

友返程路遥，

4-300

可	**来**	**美**	**来**	**满**
Goj	lai	maez	lai	monh
ko⁵	laːi¹	mai²	laːi¹	moːn⁶
也	多	说爱	多	谈情

不如多谈情。

男唱

4-301

几	**贵**	**叫**	**岸**	**拉**
Gin	gveiq	heuh	rungh	laj
kin¹	kwei⁵	heːu⁶	ɹuŋ⁶	la³
子	规	叫	岸	下

屯下子规啼，

4-302

告	**华**	**叫**	**山**	**尚**
Gauq	vax	heuh	bya	sang
kaːu⁵	va⁴	heːu⁶	pja¹	θaːŋ¹
秧	鸡	叫	山	高

村中秧鸡叫。

4-303

土	**叫**	**土**	**又**	**汉**
Duz	heuh	duz	youh	han
tu²	heːu⁶	tu²	jou⁴	haːn¹
只	叫	只	又	应

它们在对话，

4-304

心	**农**	**反**	**知**	**不**
Sim	nuengx	fanz	rox	mbouj
θin¹	nuːŋ⁴	faːn²	ɹo⁴	bou⁵
心	妹	烦	或	不

妹心烦不烦？

女唱

4-305

几	贵	叫	岸	拉
Gin	gveiq	heuh	rungh	laj
kin^{1}	kwei^{5}	heːu^{6}	ɹuŋ^{6}	la^{3}
子	规	叫	岸	下

屯下子规啼，

4-306

告	华	叫	山	尚
Gauq	vax	heuh	bya	sang
kaːu^{5}	va^{4}	heːu^{6}	pja^{1}	θaːŋ^{1}
秧	鸡	叫	山	高

高山秧鸡叫。

4-307

土	叫	四	叫	三
Duz	heuh	seiq	heuh	sam
tu^{2}	heːu^{6}	θei^{5}	heːu^{6}	θaːn^{1}
只	叫	四	叫	三

它叽叽喳喳，

4-308

心	农	反	来	六
Sim	nuengx	fanz	lai	loh
θin^{1}	nuːŋ^{4}	faːn^{2}	laːi^{1}	lo^{6}
心	妹	烦	多	咯

我实在心烦。

男唱

4-309

几	贵	叫	岸	拉
Gin	gveiq	heuh	rungh	laj
kin^{1}	kwei^{5}	heːu^{6}	ɹuŋ^{6}	la^{3}
子	规	叫	岸	下

屯下子规啼，

4-310

告	华	叫	山	尚
Gauq	vax	heuh	bya	sang
kaːu^{5}	va^{4}	heːu^{6}	pja^{1}	θaːŋ^{1}
秧	鸡	叫	山	高

高山秧鸡叫。

4-311

几	贵	叫	元	干
Gin	gveiq	heuh	roen	ganq
kin^{1}	kwei^{5}	heːu^{6}	joːn^{1}	kaːn^{5}
子	规	叫	路	照料

子规叫扫路，

4-312

不	南	是	回	克
Mbouj	nanz	cix	veiz	gwz
bou^{5}	naːn^{2}	ɕi^{4}	vei^{2}	kə^{4}
不	久	就	回	去

要踏上返程。

女唱

4-313

几	**贵**	**叫**	**涌**	**拉**
Gin	gveiq	heuh	rungh	laj
kin¹	kwei⁵	heːu⁶	ɹuŋ⁶	la³
子	规	叫	涌	下

屯下子规啼，

4-314

告	**华**	**叫**	**山**	**尚**
Gauq	vax	heuh	bya	sang
kaːu⁵	va⁴	heːu⁶	pja¹	θaːŋ¹
秧	鸡	叫	山	高

高山秧鸡叫。

4-315

土	**叫**	**四**	**叫**	**三**
Duz	heuh	seiq	heuh	sam
tu²	heːu⁶	θei⁵	heːu⁶	θaːn¹
只	叫	四	叫	三

它叽叽喳喳，

4-316

土	**山**	**三**	**托**	**乃**
Duz	bya	sanq	doek	naiq
tu²	pja¹	θaːn⁵	tok⁷	naːi⁵
只	山	散	落	累

散去徒伤感。

男唱

4-317

几	**贵**	**叫**	**涌**	**拉**
Gin	gveiq	heuh	rungh	laj
kin¹	kwei⁵	heːu⁶	ɹuŋ⁶	la³
子	规	叫	涌	下

屯下子规啼，

4-318

告	**华**	**叫**	**山**	**尚**
Gauq	vax	heuh	bya	sang
kaːu⁵	va⁴	heːu⁶	pja¹	θaːŋ¹
秧	鸡	叫	山	高

高山秧鸡叫。

4-319

叫	**山**	**灯**	**是**	**荒**
Heuh	bya	daemq	cix	byangz
heːu⁶	pja¹	tan⁵	ɕi⁴	pjaːŋ²
叫	山	低	就	空

矮山上空鸣，

4-320

叫	**山**	**尚**	**是**	**勒**
Heuh	bya	sang	cix	lawh
heːu⁶	pja¹	θaːŋ¹	ɕi⁴	ləɯ⁶
叫	山	高	就	换

高山上谈情。

女唱

4-321

几	**贵**	**叫**	**岽**	**拉**
Gin	gveiq	heuh	rungh	laj
kin^{1}	kwei^{5}	heːu^{6}	ɹuŋ^{6}	la^{3}
子	规	叫	岽	下

屯下子规啼，

4-322

告	**华**	**叫**	**山**	**尚**
Gauq	vax	heuh	bya	sang
kaːu^{5}	va^{4}	heːu^{6}	pja^{1}	θaːŋ^{1}
秧	鸡	叫	山	高

高山秧鸡叫。

4-323

山	**灯**	**是**	**少**	**然**
Bya	daemq	cix	sau	ranz
pja^{1}	tan^{5}	ɕi^{4}	θaːu^{1}	ɹaːn^{2}
山	低	是	姑娘	家

矮山是姑娘，

4-324

山	**尚**	**是**	**妻**	**伕**
Bya	sang	cix	maex	fwx
pja^{1}	θaːŋ^{1}	ɕi^{4}	mai^{4}	fə^{4}
山	高	是	妻	别人

高山是人妻。

男唱

4-325

几	**贵**	**叫**	**令**	**令**
Gin	gveiq	heuh	lin	lin
kin^{1}	kwei^{5}	heːu^{6}	lin^{1}	lin^{1}
子	规	叫	连	连

子规啼连连，

4-326

得	**义**	**声**	**龙**	**女**
Ndaej	nyi	sing	lungz	nawx
dai^{3}	ȵi^{1}	θiŋ^{1}	luŋ^{2}	nɯ^{4}
得	听	声	龙	女

宛若妹细语。

4-327

少	**可**	**貝**	**牙**	**伕**
Sau	goj	bae	nyienh	fwx
θaːu^{1}	ko^{3}	pai^{1}	ȵuːn^{6}	fə^{4}
姑娘	可	去	愿	别人

妹许配别人，

4-328

备	**可**	**在**	**千**	**年**
Beix	goj	ywq	cien	nienz
pi^{4}	ko^{3}	jɯ^{5}	ɕiːn^{1}	niːn^{2}
兄	可	在	千	年

兄永世孤单。

女唱

4–329

几	**贵**	**叫**	**令**	**令**
Gin	gveiq	heuh	lin	lin
kin^{1}	kwei^{5}	heːu^{6}	lin^{1}	lin^{1}
子	**规**	**叫**	**连**	**连**

子规啼连连，

4–330

得	**义**	**声**	**韦**	**阿**
Ndaej	nyi	sing	vae	oq
dai^{3}	ȵi^{1}	θiŋ^{1}	vai^{1}	o^{5}
得	**听**	**声**	**姓**	**别**

如闻友歌声。

4–331

少	**貝**	**千**	**里**	**罗**
Sau	bae	cien	leix	loh
θaːu^{1}	pai^{1}	ɕiːn^{1}	li^{4}	lo^{6}
姑娘	**去**	**千**	**里**	**路**

妹去到远方，

4–332

备	**可**	**克**	**桥**	**伕**
Beix	goj	gwz	giuz	fwz
pi^{4}	ko^{3}	kə^{4}	kiːu^{2}	fɯ^{2}
兄	**可**	**去**	**桥**	**荒**

兄独走荒桥。

男唱

4–333

几	**贵**	**叫**	**令**	**令**
Gin	gveiq	heuh	lin	lin
kin^{1}	kwei^{5}	heːu^{6}	lin^{1}	lin^{1}
子	**规**	**叫**	**连**	**连**

子规啼连连，

4–334

得	**义**	**声**	**韦**	**阿**
Ndaej	nyi	sing	vae	oq
dai^{3}	ȵi^{1}	θiŋ^{1}	vai^{1}	o^{5}
得	**听**	**声**	**姓**	**别**

如闻异姓友。

4–335

少	**刀**	**马**	**然**	**卜**
Sau	dauq	ma	ranz	boh
θaːu^{1}	taːu^{5}	ma^{1}	ɹaːn^{2}	po^{6}
姑娘	**回**	**来**	**家**	**父**

妹回到父家，

4–336

备	**厇**	**火**	**是**	**巡**
Beix	nyienh	hoj	cix	cunz
pi^{4}	ȵuːn^{6}	ho^{3}	ɕi^{4}	ɕun^{2}
兄	**愿**	**苦**	**就**	**巡**

兄愿就来往。

女唱

4-337

几	贵	叫	令	令
Gin	gveiq	heuh	lin	lin
kin^{1}	kwei^{5}	heːu^{6}	lin^{1}	lin^{1}
子	规	叫	连	连

子规啼连连，

4-338

得	义	声	韦	阿
Ndaej	nyi	sing	vae	oq
dai^{3}	ȵi^{1}	θiŋ^{1}	vai^{1}	o^{5}
得	听	声	姓	别

如闻异姓友。

4-339

少	刀	马	然	卜
Sau	dauq	ma	ranz	boh
θaːu^{1}	taːu^{5}	ma^{1}	ɹaːn^{2}	po^{6}
姑娘	回	来	家	父

妹回到父家，

4-340

备	又	火	本	钱
Beix	youh	hoj	bonj	cienz
pi^{4}	jou^{4}	ho^{3}	poːn^{3}	ɕiːn^{2}
兄	又	穷	本	钱

兄又缺本钱。

男唱

4-341

几	贵	叫	令	令
Gin	gveiq	heuh	lin	lin
kin^{1}	kwei^{5}	heːu^{6}	lin^{1}	lin^{1}
子	规	叫	连	连

子规啼连连，

4-342

得	义	声	对	生
Ndaej	nyi	sing	doiq	saemq
dai^{3}	ȵi^{1}	θiŋ^{1}	toːi^{5}	θan^{5}
得	听	声	对	庚

如闻同龄友。

4-343

土	叫	尚	叫	灯
Duz	heuh	sang	heuh	daemq
tu^{2}	heːu^{6}	θaːŋ^{1}	heːu^{6}	tan^{5}
只	叫	高	叫	低

声时高时低，

4-344

对	生	在	方	而
Doiq	saemq	ywq	fueng	lawz
toːi^{5}	θan^{5}	jɯ^{5}	fuːŋ^{1}	laɯ^{2}
对	庚	在	方	哪

同龄友何在？

女唱

4-345

几	**贵**	**叫**	**令**	**令**
Gin	gveiq	heuh	lin	lin
kin^{1}	kwei^{5}	heːu^{6}	lin^{1}	lin^{1}
子	规	叫	连	连

子规啼连连，

4-346

得	**义**	**声**	**对**	**生**
Ndaej	nyi	sing	doiq	saemq
dai^{3}	ȵi^{1}	θiŋ^{1}	toːi^{5}	θan^{5}
得	听	声	对	庚

如闻同龄友。

4-347

土	**叫**	**尚**	**叫**	**灯**
Duz	heuh	sang	heuh	daemq
tu^{2}	heːu^{6}	θaːŋ^{1}	heːu^{6}	tan^{5}
只	叫	高	叫	低

声时高时低，

4-348

对	**生**	**真**	**友**	**偻**
Doiq	saemq	caen	youx	raeuz
toːi^{5}	θan^{5}	ɕin^{1}	ju^{4}	ɹau^{2}
对	庚	真	友	我们

同龄是我友。

男唱

4-349

几	**贵**	**叫**	**令**	**令**
Gin	gveiq	heuh	lin	lin
kin^{1}	kwei^{5}	heːu^{6}	lin^{1}	lin^{1}
子	规	叫	连	连

子规啼连连，

4-350

得	**义**	**声**	**对**	**爱**
Ndaej	nyi	sing	doih	gyaez
dai^{3}	ȵi^{1}	θiŋ^{1}	toːi^{6}	kjai^{2}
得	听	声	伙伴	爱

如闻情友声。

4-351

鸟	**沙**	**叫**	**尾**	**会**
Roeg	ra	heuh	byai	faex
ɹok^{8}	ɹa^{1}	heːu^{6}	pjaːi^{1}	fai^{4}
鸟	白鹇	叫	尾	树

白雉树梢叫，

4-352

知	**得**	**农**	**知**	**空**
Rox	ndaej	nuengx	rox	ndwi
ɹo^{4}	dai^{3}	nuːŋ^{4}	ɹo^{4}	duːi^{1}
知	得	妹	或	不

知能娶妹否？

女唱

4-353

几	**贵**	**叫**	**令**	**令**
Gin	gveiq	heuh	lin	lin
kin^{1}	kwei^{5}	heːu^{6}	lin^{1}	lin^{1}
子	规	叫	连	连

子规啼连连，

4-354

得	**义**	**声**	**对**	**爱**
Ndaej	nyi	sing	doih	gyaez
dai^{3}	ȵi^{1}	θiŋ^{1}	toːi^{6}	kjai^{2}
得	听	声	伙伴	爱

如闻情友声。

4-355

土	**叫**	**土**	**又**	**哭**
Duz	heuh	duz	youh	daej
tu^{2}	heːu^{6}	tu^{2}	jou^{4}	tai^{3}
只	叫	只	又	哭

有叫又有哭，

4-356

文	**土**	**得**	**文**	**你**
Vunz	dou	ndaej	vunz	mwngz
vun^{2}	tu^{1}	dai^{3}	vun^{2}	mɯŋ^{2}
人	我	得	人	你

愿得嫁情哥。

男唱

4-357

几	**贵**	**叫**	**令**	**令**
Gin	gveiq	heuh	lin	lin
kin^{1}	kwei^{5}	heːu^{6}	lin^{1}	lin^{1}
子	规	叫	连	连

子规啼连连，

4-358

得	**义**	**声**	**付**	**母**
Ndaej	nyi	sing	fux	mux
dai^{3}	ȵi^{1}	θiŋ^{1}	fu^{4}	mu^{4}
得	听	声	父	母

如闻父母声。

4-359

华	**打**	**啰**	**下**	**府**
Hak	daj	laz	roengz	fuj
haːk^{7}	ta^{3}	la^{2}	ɹoŋ^{2}	fu^{3}
官	打	锣	下	府

如敲锣打鼓，

4-360

付	**母**	**强**	**心**	**头**
Fux	mux	giengz	sim	daeuz
fu^{4}	fu^{4}	kiːŋ^{2}	θin^{1}	tau^{2}
父	母	搁	心	脏

父母最揪心。

女唱

4-361

几	**贵**	**叫**	**令**	**令**
Gin	gveiq	heuh	lin	lin
kin^{1}	kwei^{5}	heːu^{6}	lin^{1}	lin^{1}
子	规	叫	连	连

子规啼连连，

4-362

得	**义**	**声**	**对**	**达**
Ndaej	nyi	sing	doih	dah
dai^{3}	ȵi^{1}	θiŋ^{1}	toːi^{6}	ta^{6}
得	听	声	伙伴	女孩

如闻情友声。

4-363

出	**追**	**你**	**开**	**駡**
Ok	cei	mwngz	gaej	ndaq
oːk^{7}	ɕei^{1}	mɯŋ^{2}	kaːi^{5}	da^{5}
出	追	你	莫	骂

跟随你别骂，

4-364

文	**变**	**化**	**跟**	**你**
Vunz	bienq	vaq	riengz	mwngz
vun^{2}	piːn^{5}	va^{5}	ɹiːŋ^{2}	mɯŋ^{2}
人	变	化	跟	你

人变心跟你。

男唱

4-365

几	**贵**	**叫**	**令**	**令**
Gin	gveiq	heuh	lin	lin
kin^{1}	kwei^{5}	heːu^{6}	lin^{1}	lin^{1}
子	规	叫	连	连

子规啼连连，

4-366

得	**义**	**声**	**对**	**达**
Ndaej	nyi	sing	doih	dah
dai^{3}	ȵi^{1}	θiŋ^{1}	toːi^{6}	ta^{6}
得	听	声	伙伴	女孩

如闻情友声。

4-367

文	**龙**	**可**	**在**	**家**
Vunz	lungz	goj	cai	gya
vun^{2}	luŋ^{2}	ko^{3}	ɕaːi^{4}	kja^{1}
人	龙	可	在	家

情哥人尚在，

4-368

几	**时**	**化**	**年**	**偻**
Geij	seiz	vaq	nem	raeuz
ki^{3}	θi^{2}	va^{5}	neːm^{1}	ɹau^{2}
几	时	化	贴	我们

几时与我好？

女唱

4-369

几	贵	叫	令	令
Gin	gveiq	heuh	lin	lin
kin^1	kwei^5	he:u^6	lin^1	lin^1
子	规	叫	连	连

子规啼连连，

4-370

得	义	声	对	达
Ndaej	nyi	sing	doih	dah
dai^3	ȵi^1	θiŋ^1	to:i^6	ta^6
得	听	声	伙伴	女孩

如闻情友声。

4-371

土	临	时	变	化
Dou	lienz	seiz	bienq	vaq
tu^1	li:n^2	θi^2	pi:n^5	va^5
我	临	时	变	化

我应时变化，

4-372

貝	拜	那	你	站
Bae	baih	naj	mwngz	soengz
pai^1	pa:i^6	na^3	mɯŋ^2	θoŋ^2
去	边	脸	你	站

去到你面前。

男唱

4-373

几	贵	叫	令	令
Gin	gveiq	heuh	lin	lin
kin^1	kwei^5	he:u^6	lin^1	lin^1
子	规	叫	连	连

子规啼连连，

4-374

得	义	声	对	达
Ndaej	nyi	sing	doih	dah
dai^3	ȵi^1	θiŋ^1	to:i^6	ta^6
得	听	声	伙伴	女孩

如闻情友声。

4-375

少	变	心	貝	瓜
Sau	bienq	sim	bae	gvaq
θa:u^1	pi:n^5	θin^1	pai^1	kwa^5
姑娘	变	心	去	过

情友已变心，

4-376

备	变	化	不	办
Beix	bienq	vaq	mbouj	baenz
pi^4	pi:n^5	va^5	bou^5	pan^2
兄	变	化	不	成

兄永恒不变。

女唱

4-377

几	贵	叫	令	令
Gin	gveiq	heuh	lin	lin
kin^{1}	kwei^{5}	heːu^{6}	lin^{1}	lin^{1}
子	规	叫	连	连

子规啼连连，

4-378

得	义	声	对	达
Ndaej	nyi	sing	doih	dah
dai^{3}	ȵi^{1}	θiŋ^{1}	toːi^{6}	ta^{6}
得	听	声	伙伴	女孩

如闻情友声。

4-379

少	变	心	貝	那
Sau	bienq	sim	bae	naj
θaːu^{1}	piːn^{5}	θin^{1}	pai^{1}	na^{3}
姑娘	变	心	去	前

妹变心在前，

4-380

备	变	化	貝	跟
Beix	bienq	vaq	bae	riengz
pi^{4}	piːn^{5}	va^{5}	pai^{1}	ɹiːŋ^{2}
兄	变	化	去	跟

哥变心在后。

男唱

4-381

几	贵	叫	令	令
Gin	gveiq	heuh	lin	lin
kin^{1}	kwei^{5}	heːu^{6}	lin^{1}	lin^{1}
子	规	叫	连	连

子规啼连连，

4-382

得	义	声	对	伴
Ndaej	nyi	sing	doih	buenx
dai^{3}	ȵi^{1}	θiŋ^{1}	toːi^{6}	puːn^{4}
得	听	声	对	伴

如闻情友声。

4-383

土	叫	啰	叫	乱
Duz	heuh	laz	heuh	luenh
tu^{2}	heːu^{6}	la^{2}	heːu^{6}	luːn^{6}
只	叫	锣	叫	乱

它啼声凄凉，

4-384

动	心	伴	知	空
Doengh	sim	buenx	rox	ndwi
toŋ^{5}	θin^{1}	puːn^{4}	ɹo^{4}	duːi^{1}
痛	心	伴	或	不

友你痛心否？

女唱

4-385

几	**贵**	**叫**	**令**	**令**
Gin	gveiq	heuh	lin	lin
kin^{1}	kwei^{5}	heːu^{6}	lin^{1}	lin^{1}
子	规	叫	连	连

子规啼连连，

4-386

得	**义**	**声**	**对**	**伴**
Ndaej	nyi	sing	doih	buenx
ɗai^{3}	ȵi^{1}	θiŋ^{1}	toːi^{6}	puːn^{4}
得	听	声	伙伴	伴

如闻伴侣声。

4-387

土	**叫**	**啰**	**叫**	**乱**
Duz	heuh	laz	heuh	luenh
tu^{2}	heːu^{6}	la^{2}	heːu^{6}	luːn^{6}
只	叫	锣	叫	乱

它啼声凄凉，

4-388

动	**秀**	**满**	**包**	**少**
Doengh	ciuh	monh	mbauq	sau
toŋ^{5}	ɕiːu^{6}	moːn^{6}	ɓaːu^{5}	θaːu^{1}
痛	世	情	小伙	姑娘

痛彻儿女情。

男唱

4-389

几	**贵**	**叫**	**令**	**令**
Gin	gveiq	heuh	lin	lin
kin^{1}	kwei^{5}	heːu^{6}	lin^{1}	lin^{1}
子	规	叫	连	连

子规啼连连，

4-390

得	**义**	**声**	**对**	**邦**
Ndaej	nyi	sing	doih	baengz
ɗai^{3}	ȵi^{1}	θiŋ^{1}	toːi^{6}	paŋ^{2}
得	听	声	伙伴	朋

如闻密友声。

4-391

几	**贵**	**叫**	**方**	**光**
Gin	gveiq	heuh	fung	gvangq
kin^{1}	kwei^{5}	heːu^{6}	fuːŋ^{1}	kwaːŋ^{5}
子	规	叫	方	宽

子规平地啼，

4-392

叫	**对**	**邦**	**开**	**正**
Heuh	doih	baengz	hai	cingz
heːu^{6}	toːi^{6}	paŋ^{2}	haːi^{1}	ɕiŋ^{2}
叫	伙伴	朋	开	情

叫友送礼品。

女唱

4-393

几	**贵**	**叫**	**令**	**令**
Gin	gveiq	heuh	lin	lin
kin^{1}	kwei^{5}	heːu^{6}	lin^{1}	lin^{1}
子	规	叫	连	连

子规啼连连，

4-394

得	**义**	**声**	**对**	**邦**
Ndaej	nyi	sing	doih	baengz
dai^{3}	n̥i^{1}	θiŋ^{1}	toːi^{6}	paŋ^{2}
得	听	声	伙伴	朋

如闻情友声。

4-395

几	**贵**	**叫**	**方**	**光**
Gin	gveiq	heuh	fung	gvangq
kin^{1}	kwei^{5}	heːu^{6}	fuːŋ^{1}	kwaːŋ^{5}
子	规	叫	方	宽

子规平地啼，

4-396

说	**对**	**邦**	**造**	**然**
Naeuz	doih	baengz	caux	ranz
nau^{2}	toːi^{6}	paŋ^{2}	ɕaːu^{4}	ɹaːn^{2}
说	伙伴	朋	造	家

叫我友结婚。

男唱

4-397

几	**贵**	**叫**	**令**	**令**
Gin	gveiq	heuh	lin	lin
kin^{1}	kwci^{5}	heːu^{6}	lin^{1}	lin^{1}
子	规	叫	连	连

子规啼连连，

4-398

得	**义**	**声**	**对**	**邦**
Ndaej	nyi	sing	doih	baengz
dai^{3}	n̥i^{1}	θiŋ^{1}	toːi^{6}	paŋ^{2}
得	听	声	伙伴	朋

如闻情友声。

4-399

龙	**采**	**元**	**垌**	**光**
Lungz	byaij	roen	doengh	gvangq
luŋ^{2}	pjaːi^{3}	joːn^{1}	toŋ^{6}	kwaːŋ^{5}
龙	走	路	垌	宽

兄走大平地，

4-400

备	**口**	**田**	**而**	**好**
Beix	gaeuj	dieg	lawz	ndei
pi^{4}	kau^{3}	tiːk^{8}	lauː^{2}	dei^{1}
兄	看	地	哪	好

选择好地方。

女唱

4-401

几	**贵**	**叫**	**令**	**令**
Gin	gveiq	heuh	lin	lin
kin^{1}	kwei^{5}	heːu^{6}	lin^{1}	lin^{1}
子	规	叫	连	连

子规啼连连，

4-402

得	**义**	**声**	**老**	**表**
Ndaej	nyi	sing	laux	biuj
dai^{3}	ȵi^{1}	θiŋ^{1}	laːu^{4}	piːu^{3}
得	听	声	老	表

如闻老表声。

4-403

少	**得**	**元**	**貝**	**了**
Sau	ndaej	yuenz	bae	liux
θaːu^{1}	dai^{3}	juːn^{2}	pai^{1}	liːu^{4}
姑娘	得	缘	去	完

妹另有姻缘，

4-404

当	**庙**	**偻**	**当**	**站**
Dangq	miuh	raeuz	dangq	soengz
taːŋ^{5}	miːu^{6}	ɹau^{2}	taːŋ^{5}	θoŋ^{2}
另	庙	我们	另	站

各进各的庙。

男唱

4-405

几	**贵**	**叫**	**令**	**令**
Gin	gveiq	heuh	lin	lin
kin^{1}	kwei^{5}	heːu^{6}	lin^{1}	lin^{1}
子	规	叫	连	连

子规啼连连，

4-406

叫	**拉**	**定**	**地**	**面**
Heuh	laj	din	reih	meg
heːu^{6}	la^{3}	tin^{1}	ɹei^{6}	meːk^{8}
叫	下	脚	地	麦

麦地边鸣叫。

4-407

双	**偻**	**牙**	**同**	**分**
Song	raeuz	yaek	doengh	mbek
θoːŋ^{1}	ɹau^{2}	jak^{7}	toŋ^{2}	beːk^{7}
两	我们	要	相	分别

我俩要分手，

4-408

不	**卜**	**节**	**定**	**手**
Mbouj	boux	ciep	din	fwngz
bou^{5}	pu^{4}	ɕeːt^{7}	tin^{1}	fɯŋ^{2}
无	人	接	脚	手

无人承手艺。

女唱

4-409

几 贵 叫 令 令

Gin gveiq heuh lin lin

kin^{1} kwei^{5} heːu^{6} lin^{1} lin^{1}

子 规 叫 连 连

子规啼连连，

4-410

叫 拉 定 地 面

Heuh laj din reih meg

heːu^{6} la^{3} tin^{1} ɹei^{6} meːk^{8}

叫 下 脚 地 麦

麦地边啼叫。

4-411

定 手 不 卩 节

Din fwngz mbouj boux ciep

tin^{1} fɯŋ^{2} bou^{5} pu^{4} ɕeːt^{7}

脚 手 无 人 接

手艺无人承，

4-412

当 花 㑚 花 害

Dangq va roz va haih

taːŋ^{5} va^{1} ɹo^{2} va^{1} haːi^{6}

像 花 枯 花 谢

如鲜花凋谢。

男唱

4-413

几 贵 叫 令 令

Gin gveiq heuh lin lin

kin^{1} kwei^{5} heːu^{6} lin^{1} lin^{1}

子 规 叫 连 连

子规啼连连，

4-414

叫 拉 定 田 楼

Heuh laj din dieg raeu

heːu^{6} la^{3} tin^{1} tiːk^{8} ɹau^{1}

叫 下 脚 地 枫

枫林边啼叫。

4-415

比 么 后 春 寿

Bi moq haeuj cin caeux

pi^{1} mo^{5} hau^{3} ɕun^{1} ɕau^{4}

年 新 进 春 早

明年春来早，

4-416

农 可 后 邦 文

Nuengx goj haeuj biengz vunz

nuːŋ^{4} ko^{3} hau^{3} piːŋ^{2} vun^{2}

妹 可 进 地方 人

妹嫁入他乡。

女唱

4-417

几	**贵**	**叫**	**令**	**令**
Gin	gveiq	heuh	lin	lin
kin^{1}	kwei^{5}	heːu^{6}	lin^{1}	lin^{1}
子	规	叫	连	连

子规啼连连，

4-418

叫	**拉**	**定**	**地**	**歪**
Heuh	laj	din	reih	faiq
heːu^{6}	la^{3}	tin^{1}	ɹei^{6}	vaːi^{5}
叫	下	脚	地	棉

棉花地啼叫。

4-419

红	**良**	**堂**	**大**	**才**
Hong	liengz	daengz	dah	raix
hoːŋ^{1}	liːŋ^{2}	taŋ^{2}	ta^{6}	ɹaːi^{4}
工	忙	到	实	在

农忙就要来，

4-420

农	**托**	**乃**	**跟**	**你**
Nuengx	doek	naiq	riengz	mwngz
nuːŋ^{4}	tok^{7}	naːi^{5}	ɹiːŋ^{2}	mɯŋ^{2}
妹	落	累	跟	你

妹为你伤感。

男唱

4-421

几	**贵**	**叫**	**令**	**令**
Gin	gveiq	heuh	lin	lin
kin^{1}	kwei^{5}	heːu^{6}	lin^{1}	lin^{1}
子	规	叫	连	连

子规啼连连，

4-422

叫	**拉**	**定**	**地**	**歪**
Heuh	laj	din	reih	faiq
heːu^{6}	la^{3}	tin^{1}	ɹei^{6}	vaːi^{5}
叫	下	脚	地	棉

棉花地啼叫。

4-423

可	**利**	**土**	**在**	**才**
Goj	lix	dou	ywq	caih
ko^{3}	li^{4}	tu^{1}	jɯ^{5}	ɕaːi^{6}
可	剩	我	在	随

我依然在这，

4-424

八	**托**	**乃**	**农**	**银**
Bah	doek	naiq	nuengx	ngaenz
pa^{6}	tok^{7}	naːi^{5}	nuːŋ^{4}	ŋan^{2}
莫急	落	累	妹	银

妹莫忙泄气。

女唱

4-425

几	**贵**	**叫**	**令**	**令**
Gin	gveiq	heuh	lin	lin
kin^{1}	kwei^{5}	heːu^{6}	lin^{1}	lin^{1}
子	规	叫	连	连

子规啼连连，

4-426

叫	**拉**	**定**	**地**	**歪**
Heuh	laj	din	reih	faiq
heːu^{6}	la^{3}	tin^{1}	ɹei^{6}	vaːi^{5}
叫	下	脚	地	棉

棉花地啼叫。

4-427

红	**良**	**堂**	**大**	**才**
Hong	liengz	daengz	dah	raix
hoːŋ^{1}	liːŋ^{2}	taŋ^{2}	ta^{6}	ɹaːi^{4}
工	忙	到	实	在

农忙就要来，

4-428

不	**卜**	**采**	**很**	**下**
Mbouj	boux	byaij	hwnj	roengz
bou^{5}	pu^{4}	pjaːi^{3}	hɯn^{3}	ɹoŋ^{2}
无	人	走	上	下

无一个来往。

男唱

4-429

几	**贵**	**叫**	**令**	**令**
Gin	gveiq	heuh	lin	lin
kin^{1}	kwei^{5}	heːu^{6}	lin^{1}	lin^{1}
子	规	叫	连	连

子规啼连连，

4-430

叫	**拉**	**定**	**地**	**歪**
Heuh	laj	din	reih	faiq
heːu^{6}	la^{3}	tin^{1}	ɹei^{6}	vaːi^{5}
叫	下	脚	地	棉

棉花地啼叫。

4-431

红	**良**	**堂**	**大**	**才**
Hong	liengz	daengz	dah	raix
hoːŋ^{1}	liːŋ^{2}	taŋ^{2}	ta^{6}	ɹaːi^{4}
工	忙	到	实	在

农忙就要来，

4-432

不	**大**	**干**	**方**	**卢**
Mbouj	daih	ganq	fueng	louz
bou^{5}	taːi^{6}	kaːn^{5}	fuːŋ^{1}	lu^{2}
不	大	顾	风	流

顾不上风流。

女唱

4-433

几	**贵**	**吃**	**勒**	**宁**
Gin	gveiq	gwn	lwg	nim
kin^{1}	kwei^{5}	kɯn^{1}	lɯk^{8}	nim^{1}
子	规	吃	子	稔子

子规吃稔子，

4-434

牙	**它**	**红**	**办**	**血**
Heuj	de	nding	baenz	lwed
heːu^{3}	te^{1}	diŋ^{1}	pan^{2}	lɯːt^{8}
牙	它	红	成	血

其嘴红似血。

4-435

金	**银**	**果**	**它**	**果**
Gim	ngaenz	gox	daz	gox
kin^{1}	ŋan^{2}	ko^{4}	ta^{2}	ko^{4}
金	银	角落	又	角落

金银堆满屋，

4-436

是	**利**	**变**	**办**	**龙**
Cix	lij	bienq	baenz	lungz
ɕi^{4}	li^{4}	piːn^{5}	pan^{2}	luŋ^{2}
是	还	变	成	龙

就会变成龙。

男唱

4-437

几	**贵**	**吃**	**勒**	**吨**
Gin	gveiq	gwn	lwg	dumh
kin^{1}	kwei^{5}	kɯn^{1}	lɯk^{8}	tum^{6}
子	规	吃	子	莓

子规吃草莓，

4-438

特	**贝**	**巴**	**而**	**收**
Dawz	bae	baq	lawz	caeu
təɯ^{2}	pai^{1}	pa^{5}	laɯ^{2}	ɕau^{1}
拿	去	坡	哪	藏

藏进哪边山？

4-439

米	**话**	**是**	**同**	**说**
Miz	vah	cix	doengh	naeuz
mi^{2}	va^{6}	ɕi^{4}	toŋ^{2}	nau^{2}
有	话	就	相	说

有话当面说，

4-440

收	**古**	**而**	**了**	**农**
Caeu	guh	rawz	liux	nuengx
ɕau^{1}	ku^{4}	ɹaɯ^{2}	liːu^{4}	nuːŋ^{4}
藏	做	什么	啰	妹

躲藏做什么？

女唱

4-441

几 贵 吃 勒 吨

Gin gveiq gwn lwg dumh

kin^{1} kwei^{5} kɯn^{1} lɯk^{8} tum^{6}

子 规 吃 子 莓

子规吃草莓，

4-442

特 貝 巴 而 收

Dawz bae baq lawz caeu

təɯ^{2} pai^{1} pa^{5} laɯ^{2} ɕau^{1}

拿 去 坡 哪 藏

藏进哪边山？

4-443

米 话 备 是 说

Miz vah beix cix naeuz

mi^{2} va^{6} pi^{4} ɕi^{4} nau^{2}

有 话 兄 就 说

有话兄直说，

4-444

偻 点 偻 不 爱

Raeuz dem raeuz mbouj ngaih

ɹau^{2} teːn^{1} ɹau^{2} bou^{5} ŋaːi^{6}

我们 与 我们 不 妨碍

你我间不妨。

男唱

4-445

几 贵 师

Gin gveiq swz

kin^{1} kwei^{5} θɯ^{2}

子 规 辞

子规辞，

4-446

谷 雨 堂 又 文

Goek hawx daengz youh fwn

kok^{7} həɯ^{4} taŋ^{2} jou^{4} vun^{1}

谷 雨 到 又 雨

谷雨时多雨。

4-447

几 贵 春

Gin gveiq cin

kin^{1} kwei^{5} ɕun^{1}

子 规 春

子规春，

4-448

清 明 堂 又 叫

Cing mingz daengz youh heuh

ɕiŋ^{1} miŋ^{2} taŋ^{2} jou^{4} heːu^{6}

清 明 到 又 叫

清明节又啼。

女唱

4-449

几	**贵**	**春**
Gin	gveiq	cin
kin^{1}	kwei^{5}	ɕun^{1}
子	规	春

子规春，

4-450

清	**明**	**堂**	**又**	**叫**
Cing	mingz	daengz	youh	heuh
ɕiŋ^{1}	miŋ^{2}	taŋ^{2}	jou^{4}	heːu^{6}
清	明	到	又	叫

清明来又叫。

4-451

古	**巡**	**是**	**尝**	**了**
Guh	cunz	cix	caengz	liux
ku^{4}	ɕun^{2}	ɕi^{4}	ɕaŋ^{2}	liːu^{4}
做	巡	是	未	完

互访尚未了，

4-452

先	**马**	**报**	**红**	**良**
Senq	ma	bauq	hong	liengz
θeːn^{5}	ma^{1}	paːu^{5}	hoːŋ^{1}	liːŋ^{2}
先	来	报	工	忙

先来报农忙。

男唱

4-453

几	**贵**	**春**
Gin	gveiq	cin
kin^{1}	kwei^{5}	ɕun^{1}
子	规	春

子规春，

4-454

清	**明**	**堂**	**又**	**报**
Cing	mingz	daengz	youh	bauq
ɕiŋ^{1}	miŋ^{2}	taŋ^{2}	jou^{4}	paːu^{5}
清	明	到	又	报

清明来又报。

4-455

鸟	**九**	**马**	**从**	**好**
Roeg	geuq	ma	coengh	hauh
ɹok^{8}	kjeːu^{3}	ma^{1}	ɕoŋ^{6}	haːu^{5}
鸟	画眉	来	帮	记

画眉来帮衬，

4-456

不	**知**	**报**	**罗**	**而**
Mbouj	rox	bauq	loh	lawz
bou^{5}	ɹo^{4}	paːu^{5}	lo^{6}	laɯ^{2}
不	知	报	路	哪

不知往哪报。

女唱

4-457

几	**贵**	**春**
Gin	gveiq	cin
kin^{1}	kwei^{5}	ɕun^{1}
子	规	春

子规春，

4-458

清	**明**	**堂**	**又**	**报**
Cing	mingz	daengz	youh	bauq
ɕiŋ^{1}	miŋ^{2}	taŋ^{2}	jou^{4}	paːu^{5}
清	明	到	又	报

清明来又报。

4-459

鸟	**九**	**马**	**从**	**好**
Roeg	geuq	ma	coengh	hauh
ɹok^{8}	kjeːu^{3}	ma^{1}	ɕoŋ^{6}	haːu^{5}
鸟	画眉	来	帮	记

画眉来帮衬，

4-460

报	**备**	**姓**	**造**	**苗**
Bauq	beix	singq	caux	miuz
paːu^{5}	pi^{4}	θiŋ^{5}	ɕaːu^{4}	miːu^{2}
报	兄	姓	造	禾苗

叫小哥播种。

男唱

4-461

几	**贵**	**春**
Gin	gveiq	cin
kin^{1}	kwei^{5}	ɕun^{1}
子	规	春

子规春，

4-462

清	**明**	**堂**	**又**	**报**
Cing	mingz	daengz	youh	bauq
ɕiŋ^{1}	miŋ^{2}	taŋ^{2}	jou^{4}	paːu^{5}
清	明	到	又	报

清明节又报。

4-463

鸟	**九**	**马**	**从**	**好**
Roeg	geuq	ma	coengh	hauh
ɹok^{8}	kjeːu^{3}	ma^{1}	ɕoŋ^{6}	haːu^{5}
鸟	画眉	来	帮	记

画眉鸟来帮，

4-464

报	**表**	**农**	**付**	**正**
Bauq	biuj	nuengx	fouz	cingz
paːu^{5}	piːu^{3}	nuːŋ^{4}	fu^{2}	ɕiŋ^{2}
报	表	妹	无	情

说表妹无情。

女唱

4-465

千	**土**	**鸟**	**邦**	**山**
Cien	duz	roeg	bangx	bya
çiːn^1	tu^2	ɹok^8	paːŋ^4	pja^1
千	只	鸟	旁	山

山边千只鸟，

4-466

不	**哈**	**土**	**黄**	**连**
Mbouj	ha	duz	vangz	lenx
bou^5	ha^1	tu^2	vaːŋ^2	leːn^4
不	配	只	黄	鹂

比不上黄鹂。

4-467

三	**月**	**皮**	**斗**	**轩**
Sam	nyied	bid	daeuj	hemq
θaːn^1	ɲuːt^8	pit^8	tau^3	heːn^5
三	月	蝉	来	喊

三月份到来，

4-468

后	**黄**	**了**	**是**	**贝**
Haeux	henj	liux	cix	bae
hau^4	heːn^3	liːu^4	çi^4	pai^1
米	黄	完	就	去

谷子黄才走。

男唱

4-469

千	**土**	**鸟**	**邦**	**山**
Cien	duz	roeg	bangx	bya
çiːn^1	tu^2	ɹok^8	paːŋ^4	pja^1
千	只	鸟	旁	山

山边千只鸟，

4-470

不	**哈**	**土**	**黄**	**连**
Mbouj	ha	duz	vangz	lenx
bou^5	ha^1	tu^2	vaːŋ^2	leːn^4
不	配	只	黄	鹂

比不上黄鹂。

4-471

三	**月**	**皮**	**斗**	**轩**
Sam	nyied	bid	daeuj	hemq
θaːn^1	ɲuːt^8	pit^8	tau^3	heːn^5
三	月	蝉	来	喊

三月份到来，

4-472

坤	**卩**	**边**	**岁**	**合**
Goenq	boux	vengh	saej	hoz
kon^5	pu^4	veːŋ^6	θai^3	ho^2
断	人	边	肠	脖

两边断肝肠。

女唱

4-473

千	**土**	**鸟**	**邦**	**山**
Cien	duz	roeg	bangx	bya
çi:n^{1}	tu^{2}	ɹok^{8}	pa:ŋ^{4}	pja^{1}
千	只	鸟	旁	山

山边千只鸟，

4-474

不	**哈**	**土**	**黄**	**连**
Mbouj	ha	duz	vangz	lenx
bou^{5}	ha^{1}	tu^{2}	va:ŋ^{2}	le:n^{4}
不	配	只	黄	鹂

比不上黄鹂。

4-475

三	**月**	**皮**	**斗**	**轩**
Sam	nyied	bid	daeuj	hemq
θa:n^{1}	ɲu:t^{8}	pit^{8}	tau^{3}	he:n^{5}
三	月	蝉	来	喊

三月份到此，

4-476

马	**报**	**节**	**清**	**明**
Ma	bauq	ciet	cing	mingz
ma^{1}	pa:u^{5}	çi:t^{7}	çiŋ^{1}	miŋ^{2}
来	报	节	清	明

来报清明节。

男唱

4-477

千	**土**	**鸟**	**邦**	**山**
Cien	duz	roeg	bangx	bya
çi:n^{1}	tu^{2}	ɹok^{8}	pa:ŋ^{4}	pja^{1}
千	只	鸟	旁	山

山边千只鸟，

4-478

不	**哈**	**土**	**黄**	**连**
Mbouj	ha	duz	vangz	lenx
bou^{5}	ha^{1}	tu^{2}	va:ŋ^{2}	le:n^{4}
不	配	只	黄	鹂

比不上黄鹂。

4-479

三	**月**	**皮**	**斗**	**轩**
Sam	nyied	bid	daeuj	hemq
θa:n^{1}	ɲu:t^{8}	pit^{8}	tau^{3}	he:n^{5}
三	月	蝉	来	喊

三月份到此，

4-480

马	**干**	**田**	**包**	**少**
Ma	ganq	dieg	mbauq	sau
ma^{1}	ka:n^{5}	ti:k^{8}	ba:u^{5}	θa:u^{1}
来	照料	地	小伙	姑娘

替你护庄稼。

女唱

4-481

变	**办**	**对**	**甲**	**盆**
Bienq	baenz	doiq	gyaj	buenz
pi:n^5	pan^2	to:i^5	kja^3	pun^2
变	成	对	狐	灵

变一对狐灵，

4-482

好	**润**	**马**	**唱**	**歌**
Ndij	rumz	ma	cang	go
di^1	ɹun^2	ma^1	ɕa:ŋ^4	ko^5
与	风	来	唱	歌

随风来唱歌。

4-483

变	**办**	**对**	**花**	**偌**
Bienq	baenz	doiq	va	roz
pi:n^5	pan^2	to:i^5	va^1	ɹo^2
变	成	对	花	枯

变成枯萎花，

4-484

马	**唱**	**歌**	**然**	**偻**
Ma	cang	go	ranz	raeuz
ma^1	ɕa:ŋ^4	ko^5	ɹa:n^2	ɹau^2
来	唱	歌	家	我们

来我家唱歌。

男唱

4-485

变	**办**	**对**	**甲**	**盆**
Bienq	baenz	doiq	gyaj	buenz
pi:n^5	pan^2	to:i^5	kja^3	pun^2
变	成	对	狐	灵

变一对狐灵，

4-486

好	**润**	**马**	**唱**	**歌**
Ndij	rumz	ma	cang	go
di^1	ɹun^2	ma^1	ɕa:ŋ^4	ko^5
与	风	来	唱	歌

随风来唱歌。

4-487

变	**办**	**对**	**花**	**偌**
Bienq	baenz	doiq	va	roz
pi:n^5	pan^2	to:i^5	va^1	ɹo^2
变	成	对	花	枯

变成枯萎花，

4-488

巴	**唱**	**歌**	**能**	**空**
Bak	cang	go	nyaenx	ndwi
pa:k^7	ɕa:ŋ^4	ko^5	ȵan^4	du:i^1
嘴	唱	歌	那么	空

像开口唱歌。

女唱

4-489

变	**办**	**对**	**甲**	**盆**
Bienq	baenz	doiq	gyaj	buenz
piːn^{5}	pan^{2}	toːi^{5}	kja^{3}	pun^{2}
变	成	对	狐	灵

变一对狐灵，

4-490

好	**润**	**马**	**唱**	**歌**
Ndij	rumz	ma	cang	go
di^{1}	ɹun^{2}	ma^{1}	ɕaːŋ^{4}	ko^{5}
与	风	来	唱	歌

随风来唱歌。

4-491

变	**成**	**对**	**花**	**像**
Bienq	baenz	doiq	va	roz
piːn^{5}	pan^{2}	toːi^{5}	va^{1}	ɹo^{2}
变	成	对	花	枯

变成枯萎花，

4-492

唱	**歌**	**不**	**米**	**正**
Cang	go	mbouj	miz	cingz
ɕaːŋ^{4}	ko^{5}	bou^{5}	mi^{2}	ɕiŋ^{2}
唱	歌	不	有	情

唱歌没有情。

男唱

4-493

变	**办**	**对**	**甲**	**盆**
Bienq	baenz	doiq	gyaj	buenz
piːn^{5}	pan^{2}	toːi^{5}	kja^{3}	pun^{2}
变	成	对	狐	灵

变一对狐灵，

4-494

好	**润**	**马**	**唱**	**歌**
Ndij	rumz	ma	cang	go
di^{1}	ɹun^{2}	ma^{1}	ɕaːŋ^{4}	ko^{5}
与	风	来	唱	歌

随风来唱歌。

4-495

变	**办**	**对**	**花**	**罗**
Bienq	baenz	doiq	va	roz
piːn^{5}	pan^{2}	toːi^{5}	va^{1}	ɹo^{2}
变	成	对	花	枯

变成枯萎花，

4-496

唱	**歌**	**给**	**邦**	**笑**
Cang	go	hawj	biengz	riu
ɕaːŋ^{4}	ko^{5}	həɯ^{3}	piːŋ^{2}	ɹiːu^{1}
唱	歌	给	地方	笑

唱歌闹笑话。

女唱

4-497

变	办	对	甲	盆
Bienq	baenz	doiq	gyaj	buenz
pi:n5	pan2	to:i5	kja3	pun2
变	成	对	狐	灵

变一对狐灵，

4-498

好	润	马	讲	满
Ndij	rumz	ma	gangj	monh
di1	ɹun2	ma1	ka:ŋ3	mo:n6
与	风	来	讲	情

随风来谈情。

4-499

变	办	鸦	跟	早
Bienq	baenz	a	riengz	romh
pi:n5	pan2	a1	ɹi:ŋ2	ɹo:n6
变	成	鸦	跟	鹰

变乌鸦老鹰，

4-500

马	满	农	三	时
Ma	monh	nuengx	sanq	ceiz
ma1	mo:n6	nu:ŋ4	θa:n5	ɕi2
来	谈情	妹	散	时

来找妹谈情。

男唱

4-501

变	办	对	甲	盆
Bienq	baenz	doiq	gyaj	buenz
pi:n5	pan2	to:i5	kja3	pun2
变	成	对	狐	灵

变一对狐灵，

4-502

好	润	马	讲	满
Ndij	rumz	ma	gangj	monh
di1	ɹun2	ma1	ka:ŋ3	mo:n6
与	风	来	讲	情

随风来谈情。

4-503

鸦	跟	早
A	riengz	romh
a1	ɹi:ŋ2	ɹo:n6
鸦	跟	鹰

乌鸦和老鹰，

4-504

卜	巴	满	卜	空
Boux	bak	monh	boux	ndwi
pu4	pa:k8	mo:n6	pu4	du:i1
人	嘴	谈情	人	不

并非都谈情。

女唱

4-505

变	**办**	**对**	**甲**	**盆**
Bienq	baenz	doiq	gyaj	buenz
piːn^{5}	pan^{2}	toːi^{5}	kja^{3}	pun^{2}
变	成	对	狐	灵

变一对狐灵，

4-506

好	**润**	**马**	**讲**	**满**
Ndij	rumz	ma	gangj	monh
di^{1}	ɹun^{2}	ma^{1}	kaːŋ^{3}	moːn^{6}
与	风	来	讲	情

随风来谈情。

4-507

鸦	**跟**	**早**
A	riengz	romh
a^{1}	ɹiːŋ^{2}	ɹoːn^{6}
鸦	跟	鹰

乌鸦和老鹰，

4-508

满	**了**	**是**	**岁**	**论**
Monh	liux	cix	caez	lumz
moːn^{6}	liu^{4}	ɕi^{4}	ɕai^{2}	lun^{2}
情	完	就	齐	忘

谈情后相忘。

男唱

4-509

变	**办**	**对**	**甲**	**盆**
Bienq	baenz	doiq	gyaj	buenz
piːn^{5}	pan^{2}	toːi^{5}	kja^{3}	pun^{2}
变	成	对	狐	灵

变一对狐灵，

4-510

好	**润**	**马**	**讲**	**满**
Ndij	rumz	ma	gangj	monh
di^{1}	ɹun^{2}	ma^{1}	kaːŋ^{3}	moːn^{6}
与	风	来	讲	情

随风来谈情。

4-511

鸦	**跟**	**早**
A	riengz	romh
a^{1}	ɹiːŋ^{2}	ɹoːn^{6}
鸦	跟	鹰

乌鸦和老鹰，

4-512

讲	**满**	**了**	**洋**	**貝**
Gangj	monh	liux	yaeng	bae
kaːŋ^{3}	moːn^{6}	liːu^{4}	jaŋ^{1}	pai^{1}
讲	情	完	再	去

聊完情再走。

女唱

4-513

变	**办**	**对**	**甲**	**盆**
Bienq	baenz	doiq	gyaj	buenz
pi:n^{5}	pan^{2}	to:i^{5}	kja^{3}	pun^{2}
变	成	对	狐	灵

变一对狐灵，

4-514

好	**润**	**马**	**讲**	**理**
Ndij	rumz	ma	gangj	leix
di^{1}	ɹun^{2}	ma^{1}	ka:ŋ^{3}	li^{4}
与	风	来	讲	理

随风来讲理。

4-515

飞	**马**	**堂**	**田**	**内**
Mbin	ma	daengz	dieg	neix
bin^{1}	ma^{1}	taŋ^{2}	ti:k^{8}	ni^{4}
飞	来	到	地	这

飞到此地来，

4-516

合	**理**	**开**	**小**	**正**
Hwz	leix	hai	siuj	cingz
ho^{2}	li^{4}	hai^{1}	θi:u^{3}	çiŋ^{2}
合	理	开	小	情

理应送礼品。

男唱

4-517

变	**办**	**对**	**甲**	**盆**
Bienq	baenz	doiq	gyaj	buenz
pi:n^{5}	pan^{2}	to:i^{5}	kja^{3}	pun^{2}
变	成	对	狐	灵

变一对狐灵，

4-518

好	**润**	**马**	**讲**	**理**
Ndij	rumz	ma	gangj	leix
di^{1}	ɹun^{2}	ma^{1}	ka:ŋ^{3}	li^{4}
与	风	来	讲	理

随风来讲理。

4-519

飞	**马**	**堂**	**田**	**内**
Mbin	ma	daengz	dieg	neix
bin^{1}	ma^{1}	taŋ^{2}	ti:k^{8}	ni^{4}
飞	来	到	地	这

飞到此地来，

4-520

欠	**正**	**义**	**阝**	**而**
Gen	cingz	ngeih	boux	lawz
ke:n^{4}	çiŋ^{2}	ȵi^{6}	pu^{4}	laɯ^{2}
欠	情	义	个	哪

欠谁的情义。

女唱

4-521

变 办 对 甲 盆

Bienq baenz doiq gyaj buenz

pi:n^{5} pan^{2} to:i^{5} kja^{3} pun^{2}

变 成 对 狐 灵

变一对狐灵，

4-522

好 润 马 讲 理

Ndij rumz ma gangj leix

di^{1} ɹun^{2} ma^{1} ka:ŋ^{3} li^{4}

与 风 来 讲 理

随风来讲理。

4-523

飞 马 堂 田 内

Mbin ma daengz dieg neix

bin^{1} ma^{1} taŋ^{2} ti:k^{8} ni^{4}

飞 来 到 地 这

飞到此地来，

4-524

欠 正 义 双 倭

Gen cingz ngeih song raeuz

ke:n^{4} ɕiŋ^{2} ȵi^{6} θo:ŋ^{1} ɹau^{2}

欠 情 义 两 我们

欠我俩情义。

男唱

4-525

变 办 对 甲 盆

Bienq baenz doiq gyaj buenz

pi:n^{5} pan^{2} to:i^{5} kja^{3} pun^{2}

变 成 对 狐 灵

变一对狐灵，

4-526

好 润 马 讲 理

Ndij rumz ma gangj leix

di^{1} ɹun^{2} ma^{1} ka:ŋ^{3} li^{4}

与 风 来 讲 理

随风来讲理。

4-527

空 米 正 跟 义

Ndwi miz cingz riengz ngeih

du:i^{1} mi^{2} ɕiŋ^{2} ɹi:ŋ^{2} ȵi^{6}

不 有 情 跟 义

无情又无义，

4-528

道 理 三 下 王

Dauh leix sanq roengz vaengz

ta:u^{6} li^{4} θa:n^{5} ɹoŋ^{2} vaŋ^{2}

道 理 散 下 潭

道理沉潭底。

女唱

4-529

变	**办**	**对**	**甲**	**盆**
Bienq	baenz	doiq	gyaj	buenz
pi:n^{5}	pan^{2}	to:i^{5}	kja^{3}	pun^{2}
变	成	对	狐	灵

变一对狐灵，

4-530

好	**润**	**马**	**讲**	**洋**
Ndij	rumz	ma	gangj	angq
di^{1}	ɹun^{2}	ma^{1}	ka:ŋ^{3}	a:ŋ^{5}
与	风	来	讲	高兴

随风凑热闹。

4-531

飞	**马**	**堂**	**邦**	**邦**
Mbin	ma	daengz	biengz	baengz
bin^{1}	ma^{1}	taŋ^{2}	pi:ŋ^{2}	paŋ^{2}
飞	来	到	地方	朋

飞到友家乡，

4-532

可	**当**	**对**	**金**	**秀**
Goj	dangq	doiq	gim	ciuz
ko^{5}	taŋ^{5}	to:i^{5}	kin^{1}	ɕi:u^{2}
可	当	对	金	耳环

像对金耳环。

男唱

4-533

变	**办**	**对**	**甲**	**盆**
Bienq	baenz	doiq	gyaj	buenz
pi:n^{5}	pan^{2}	to:i^{5}	kja^{3}	pun^{2}
变	成	对	狐	灵

变一对狐灵，

4-534

好	**润**	**马**	**讲**	**洋**
Ndij	rumz	ma	gangj	angq
di^{1}	ɹun^{2}	ma^{1}	ka:ŋ^{3}	a:ŋ^{5}
与	风	来	讲	高兴

随风凑热闹。

4-535

飞	**马**	**堂**	**邦**	**邦**
Mbin	ma	daengz	biengz	baengz
bin^{1}	ma^{1}	taŋ^{2}	pi:ŋ^{2}	paŋ^{2}
飞	来	到	地方	朋

飞到友家乡，

4-536

可	**当**	**空**	**米**	**正**
Goj	dangq	ndwi	miz	cingz
ko^{5}	taŋ^{5}	du:i^{1}	mi^{2}	ɕiŋ^{2}
可	当	不	有	情

还两手空空。

女唱

4–537

变 办 对 甲 盆

Bienq baenz doiq gyaj buenz

pi:n^{5} pan^{2} to:i^{5} kja^{3} pun^{2}

变 成 对 狐 灵

变一对狐灵，

4–538

好 润 马 讲 洋

Ndij rumz ma gangj angq

di^{1} ɹun^{2} ma^{1} ka:ŋ^{3} a:ŋ^{5}

与 风 来 讲 高兴

随风凑热闹。

4–539

龙 办 文 由 方

Iungz baenz vunz youz fangh

luŋ^{2} pan^{2} vun^{2} jou^{2} fa:ŋ^{5}

龙 成 人 游 方

兄浪迹天涯，

4–540

友 而 忙 是 却

Youx lawz maengx cix gyo

ju^{4} lauɯ^{2} ma:ŋ^{4} ɕi^{4} kjo^{1}

友 哪 喜欢 就 幸亏

或幸有人爱。

男唱

4–541

变 办 对 甲 盆

Bienq baenz doiq gyaj buenz

pi:n^{5} pan^{2} to:i^{5} kja^{3} pun^{2}

变 成 对 狐 灵

变一对狐灵，

4–542

好 润 马 讲 洋

Ndij rumz ma gangj angq

di^{1} ɹun^{2} ma^{1} ka:ŋ^{3} a:ŋ^{5}

与 风 来 讲 高兴

随风凑热闹。

4–543

飞 马 堂 邦 邦

Mbin ma daengz biengz baengz

bin^{1} ma^{1} taŋ^{2} pi:ŋ^{2} paŋ^{2}

飞 来 到 地方 朋

飞到友家乡，

4–544

忙 自 秀 方 卢

Maengx gag ciuh fueng louz

ma:ŋ^{4} ka:k^{8} ɕi:u^{6} fu:ŋ^{1} lu^{2}

喜欢 自 世 风 流

望各自安好。

女唱

4-545

变 办 对 甲 盆

Bienq baenz doiq gyaj buenz

pi:n^{5} pan^{2} to:i^{5} kja^{3} pun^{2}

变 成 对 狐 灵

变一对狐灵，

4-546

好 润 马 讲 洋

Ndij rumz ma gangj angq

di^{1} ɹun^{2} ma^{1} ka:ŋ^{3} a:ŋ^{5}

与 风 来 讲 高兴

随风凑热闹。

4-547

巴 轻 土 是 讲

Bak mbaeu dou cix gangj

pa:k^{7} bau^{1} tu^{1} ɕi^{4} ka:ŋ^{3}

嘴 轻 我 就 讲

我心直口快，

4-548

当 阝 当 良 心

Dangq boux dangq liengz sim

ta:ŋ^{5} pu^{4} ta:ŋ^{5} li:ŋ^{2} θin^{1}

另 人 另 良 心

咱各怀异心。

男唱

4-549

变 办 对 甲 盆

Bienq baenz doiq gyaj buenz

pi:n^{5} pan^{2} to:i^{5} kja^{3} pun^{2}

变 成 对 狐 灵

变一对狐灵，

4-550

好 润 马 讲 洋

Ndij rumz ma gangj angq

di^{1} ɹun^{2} ma^{1} ka:ŋ^{3} a:ŋ^{5}

与 风 来 讲 高兴

随风凑热闹。

4-551

知 少 乖 空 忙

Rox sau gvai ndwi maengx

ɹo^{4} θa:u^{1} kwa:i^{1} du:i^{1} ma:ŋ^{4}

知 姑娘 乖 不 喜欢

我知妹无意，

4-552

银 当 是 不 马

Ngaenz daengq cix mbouj ma

ŋan^{2} taŋ^{5} ɕi^{4} bou^{5} ma^{1}

银 叮嘱 是 不 来

当我未曾来。

女唱

4-553

变	办	对	甲	盆
Bienq	baenz	doiq	gyaj	buenz
pi:n^{5}	pan^{2}	to:i^{5}	kja^{3}	pun^{2}
变	成	对	狐	灵

变一对狐灵，

4-554

好	润	马	波	小
Ndij	rumz	ma	boq	seuq
di^{1}	ɹun^{2}	ma^{1}	po^{5}	θe:u^{5}
与	风	来	吹	哨

随风吹口哨。

4-555

变	办	鸦	跟	九
Bienq	baenz	a	riengz	yiuh
pi:n^{5}	pan^{2}	a^{1}	ɹi:ŋ^{2}	ji:u^{6}
变	成	鸦	跟	鹞

变乌鸦和鹞，

4-556

马	刘	农	三	时
Ma	liuz	nuengx	sanq	seiz
ma^{1}	li:u^{2}	nu:ŋ^{4}	θa:n^{5}	θi^{2}
来	看	妹	散	时

来与我消遣。

男唱

4-557

变	办	对	甲	盆
Bienq	baenz	doiq	gyaj	buenz
pi:n^{5}	pan^{2}	to:i^{5}	kja^{3}	pun^{2}
变	成	对	狐	灵

变一对狐灵，

4-558

好	润	马	波	小
Ndij	rumz	ma	boq	seuq
di^{1}	ɹun^{2}	ma^{1}	po^{5}	θe:u^{5}
与	风	来	吹	哨

随风吹口哨。

4-559

鸦	跟	九
A	riengz	yiuh
a^{1}	ɹi:ŋ^{2}	ji:u^{6}
鸦	跟	鹞

乌鸦和鹞鹰，

4-560

卜	巴	快	卜	空
Boux	bak	riuz	boux	ndwi
pu^{4}	pa:k^{8}	ɹi:u^{2}	pu^{4}	du:i^{1}
人	嘴	快	人	不

我不如你快。

女唱

4-561

变 办 对 甲 盆

Bienq baenz doiq gyaj buenz

pi:n^{5} pan^{2} to:i^{5} kja^{3} pun^{2}

变 成 对 狐 灵

变一对狐灵，

4-562

好 润 马 秋 田

Ndij rumz ma ciuq dieg

di^{1} ɹun^{2} ma^{1} ɕi:u^{5} ti:k^{8}

与 风 来 看 地

随风来看地。

4-563

变 办 对 鸟 炕

Bienq baenz doiq roeg enq

pi:n^{5} pan^{2} to:i^{5} ɹok^{8} e:n^{5}

变 成 对 鸟 燕

变一对燕子，

4-564

马 秋 田 包 少

Ma ciuq dieg mbauq sau

ma^{1} ɕi:u^{5} ti:k^{8} ba:u^{5} θa:u^{1}

来 看 地 小伙 姑娘

来情妹家乡。

男唱

4-565

变 办 对 甲 盆

Bienq baenz doiq gyaj buenz

pi:n^{5} pan^{2} to:i^{5} kja^{3} pun^{2}

变 成 对 狐 灵

变一对狐灵，

4-566

好 润 马 秋 田

Ndij rumz ma ciuq dieg

di^{1} ɹun^{2} ma^{1} ɕi:u^{5} ti:k^{8}

与 风 来 看 地

随风来看地。

4-567

变 办 对 鸟 炕

Bienq baenz doiq roeg enq

pi:n^{5} pan^{2} to:i^{5} ɹok^{8} e:n^{5}

变 成 对 鸟 燕

变一对燕子，

4-568

马 秋 田 内 空

Ma ciuq dieg neix ndwi

ma^{1} ɕi:u^{5} ti:k^{8} ni^{4} du:i^{1}

来 看 地 这 空

白到此处来。

男唱

4-569

变 办 对 甲 盆

Bienq baenz doiq gyaj buenz

piːn^{5} pan^{2} toːi^{5} kja^{3} pun^{2}

变 成 对 狐 灵

变一对狐灵，

4-570

好 润 马 秋 田

Ndij rumz ma ciuq dieg

di^{1} ɹun^{2} ma^{1} ɕiːu^{5} tiːk^{8}

与 风 来 看 地

随风来看地。

4-571

变 办 对 鸟 炕

Bienq baenz doiq roeg enq

piːn^{5} pan^{2} toːi^{5} ɹok^{8} eːn^{5}

变 成 对 鸟 燕

变一对燕子，

4-572

马 秋 田 内 银

Ma ciuq dieg neix ngaenz

ma^{1} ɕiːu^{5} tiːk^{8} ni^{4} ŋan^{2}

来 看 地 这 银

来看妹家园。

女唱

4-573

变 办 对 甲 盆

Bienq baenz doiq gyaj buenz

piːn^{5} pan^{2} toːi^{5} kja^{3} pun^{2}

变 成 对 狐 灵

变一对狐灵，

4-574

好 润 马 秋 田

Ndij rumz ma ciuq dieg

di^{1} ɹun^{2} ma^{1} ɕiːu^{5} tiːk^{8}

与 风 来 看 地

随风来看地。

4-575

变 办 对 鸟 炕

Bienq baenz doiq roeg enq

piːn^{5} pan^{2} toːi^{5} ɹok^{8} eːn^{5}

变 成 对 鸟 燕

变一对燕子，

4-576

得 田 是 论 偻

Ndaej dieg cix lumz raeuz

dai^{3} tiːk^{8} ɕi^{4} lun^{2} ɹau^{2}

得 地 就 忘 我们

到此便忘我。

男唱

4-577

变	**办**	**对**	**甲**	**盆**
Bienq	baenz	doiq	gyaj	buenz
pi:n^{5}	pan^{2}	to:i^{5}	kja^{3}	pun^{2}
变	成	对	狐	灵

变一对狐灵，

4-578

好	**润**	**马**	**秋**	**田**
Ndij	rumz	ma	ciuq	dieg
di^{1}	ɹun^{2}	ma^{1}	ɕi:u^{5}	ti:k^{8}
与	风	来	看	地

随风来看地。

4-579

变	**办**	**对**	**鸟**	**炕**
Bienq	baenz	doiq	roeg	enq
pi:n^{5}	pan^{2}	to:i^{5}	ɹok^{8}	e:n^{5}
变	成	对	鸟	燕

变一对燕子，

4-580

貝	**邦**	**权**	**小**	**凉**
Bae	bangx	gemh	siu	liengz
pai^{1}	paŋ^{4}	ke:n^{6}	θi:u^{1}	li:ŋ^{2}
去	傍	山坳	消	凉

去坳口乘凉。

女唱

4-581

变	**办**	**对**	**鸟**	**炕**
Bienq	baenz	doiq	roeg	enq
pi:n^{5}	pan^{2}	to:i^{5}	ɹok^{8}	e:n^{5}
变	成	对	鸟	燕

变一对燕子，

4-582

貝	**邦**	**权**	**小**	**凉**
Bae	bangx	gemh	siu	liengz
pai^{1}	pa:ŋ^{4}	ke:n^{6}	θi:u^{1}	li:ŋ^{2}
去	旁	山坳	消	凉

去坳口乘凉。

4-583

日	**古**	**红**	**它**	**力**
Ngoenz	guh	hong	dwk	rengz
ŋon^{2}	ku^{4}	ho:ŋ^{1}	tɯk^{7}	ɹe:ŋ^{2}
天	做	工	费	力

做工太辛苦，

4-584

团	**堂**	**你**	**又**	**怨**
Dwen	daengz	mwngz	youh	yonq
tɯ:n^{1}	taŋ^{2}	mɯŋ^{2}	jou^{4}	jo:n^{5}
提	到	你	又	怨

忍不住怨你。

男唱

4-585

变	**办**	**对**	**鸟**	**炕**
Bienq	baenz	doiq	roeg	enq
pi:n^{5}	pan^{2}	to:i^{5}	ɹok^{8}	e:n^{5}
变	成	对	鸟	燕

变一对燕子，

4-586

貝	**邦**	**权**	**小**	**凉**
Bae	bangx	gemh	siu	liengz
pai^{1}	pa:ŋ^{4}	ke:n^{6}	θi:u^{1}	li:ŋ^{2}
去	旁	山坳	消	凉

去坳口乘凉。

4-587

自	**古**	**红**	**它**	**力**
Gag	guh	hong	dwk	rengz
ka:k^{8}	ku^{4}	ho:ŋ^{1}	tɯk^{7}	ɹe:ŋ^{2}
自	做	工	费	力

你做工辛苦，

4-588

怨	**作**	**土**	**不**	**得**
Yonq	coq	dou	mbouj	ndaej
jo:n^{5}	ɕo^{5}	tu^{1}	bou^{5}	dai^{3}
怨	放	我	不	得

也不该怨我。

女唱

4-589

变	**办**	**对**	**鸟**	**炕**
Bienq	baenz	doiq	roeg	enq
pi:n^{5}	pan^{2}	to:i^{5}	ɹok^{8}	e:n^{5}
变	成	对	鸟	燕

变一对燕子，

4-590

貝	**邦**	**权**	**它**	**站**
Bae	bangx	gemh	de	soengz
pai^{1}	pa:ŋ^{4}	ke:n^{6}	te^{1}	θoŋ^{2}
去	旁	山坳	那	站

站在坳口处。

4-591

日	**下**	**垌**	**古**	**红**
Ngoenz	roengz	doengh	guh	hong
ŋon^{2}	ɹoŋ^{2}	toŋ^{6}	ku^{4}	ho:ŋ^{1}
天	下	垌	做	工

每日要劳作，

4-592

厈	**米**	**双**	**对**	**幺**
Nyienh	miz	song	doiq	moq
ȵu:n^{6}	mi^{2}	θo:ŋ^{1}	to:i^{5}	mo^{5}
愿	有	两	对	新

愿嫁作人妻。

男唱

4-593

变	**办**	**对**	**鸟**	**炕**
Bienq	baenz	doiq	roeg	enq
pi:n^{5}	pan^{2}	to:i^{5}	ɹok^{8}	e:n^{5}
变	成	对	鸟	燕

变一对燕子，

4-594

貝	**邦**	**权**	**它**	**站**
Bae	bangx	gemh	de	soengz
pai^{1}	pa:ŋ^{4}	ke:n^{6}	te^{1}	θoŋ^{2}
去	旁	山坳	那	站

站在坳口处。

4-595

自	**土**	**自**	**古**	**红**
Gag	dou	gag	guh	hong
ka:k^{8}	tu^{1}	ka:k^{8}	ku^{4}	ho:ŋ^{1}
自	我	自	做	工

我独自劳作，

4-596

不	**要**	**双**	**对**	**么**
Mbouj	aeu	song	doiq	moq
bou^{5}	au^{1}	θo:ŋ^{1}	to:i^{5}	mo^{5}
不	要	两	对	新

不要成双对。

女唱

4-597

变	**办**	**对**	**鸟**	**炕**
Bienq	baenz	doiq	roeg	enq
pi:n^{5}	pan^{2}	to:i^{5}	ɹok^{8}	e:n^{5}
变	成	对	鸟	燕

变一对燕子，

4-598

貝	**邦**	**权**	**它**	**站**
Bae	bangx	gemh	de	soengz
pai^{1}	pa:ŋ^{4}	ke:n^{6}	te^{1}	θoŋ^{2}
去	旁	山坳	那	站

站在坳口处。

4-599

狼	**农**	**自**	**古**	**红**
Langh	nuengx	gag	guh	hong
la:ŋ^{6}	nu:ŋ^{4}	ka:k^{8}	ku^{4}	ho:ŋ^{1}
若	妹	自	做	工

妹独自劳作，

4-600

强	**文**	**空**	**米**	**对**
Giengz	vunz	ndwi	miz	doih
ki:ŋ^{2}	vun^{2}	du:i^{1}	mi^{2}	to:i^{6}
强	人	不	有	伙伴

强过成双对。

男唱

4-601

变	**办**	**对**	**鸟**	**炏**
Bienq	baenz	doiq	roeg	enq
piːn^{5}	pan^{2}	toːi^{5}	ɹok^{8}	eːn^{5}
变	成	对	鸟	燕

变一对燕子，

4-602

貝	**邦**	**权**	**它**	**站**
Bae	bangx	gemh	de	soengz
pai^{1}	paːŋ^{4}	keːn^{6}	te^{1}	θoŋ^{2}
去	旁	山坳	那	站

站在坳口处。

4-603

自	**土**	**自**	**古**	**红**
Gag	dou	gag	guh	hong
kaːk^{8}	tu^{1}	kaːk^{8}	ku^{4}	hoːŋ^{1}
自	我	自	做	工

我独自劳作，

4-604

不	**要**	**文**	**伴**	**罗**
Mbouj	aeu	vunz	buenx	loh
bou^{5}	au^{1}	vun^{2}	puːn^{4}	lo^{6}
不	要	人	伴	路

无须人相伴。

女唱

4-605

变	**办**	**对**	**鸟**	**炏**
Bienq	baenz	doiq	roeg	enq
piːn^{5}	pan^{2}	toːi^{5}	ɹok^{8}	eːn^{5}
变	成	对	鸟	燕

变一对燕子，

4-606

貝	**邦**	**权**	**它**	**站**
Bae	bangx	gemh	de	soengz
pai^{1}	paːŋ^{4}	keːn^{6}	te^{1}	θoŋ^{2}
去	旁	山坳	那	站

站在坳口处。

4-607

伕	**蒙**	**九**	**良**	**森**
Fawh	muengz	iu	lingh	ndoeng
fəɯ^{6}	muːŋ^{2}	iːu^{1}	leːŋ^{6}	doŋ^{1}
时	忙	邀	另	山林

农忙约他人，

4-608

同	**写**	**红**	**满**	**友**
Doengz	ce	hong	muengh	youx
toŋ^{2}	çe^{1}	hoːŋ^{1}	muːŋ^{6}	ju^{4}
同	留	工	望	友

留活盼友来。

男唱

4-609

变	办	对	鸟	炏
Bienq	baenz	doiq	roeg	enq
pi:n^{5}	pan^{2}	to:i^{5}	ɹok^{8}	e:n^{5}
变	成	对	鸟	燕

变一对燕子，

4-610

貝	邦	权	它	站
Bae	bangx	gemh	de	soengz
pai^{1}	pa:ŋ^{4}	ke:n^{6}	te^{1}	θoŋ^{2}
去	旁	山坳	那	站

站在坳口处。

4-611

伕	满	是	办	同
Fwx	muengh	cix	baenz	doengz
fə^{4}	mu:ŋ^{6}	ɕi^{4}	pan^{2}	toŋ^{2}
别人	望	就	成	同

人守望成友，

4-612

偻	满	空	满	初
Raeuz	muengh	ndwi	muengh	byouq
ɹau^{2}	mu:ŋ^{6}	du:i^{1}	mu:ŋ^{6}	pjou^{5}
我们	望	空	望	空

我守望落空。

女唱

4-613

变	办	对	鸟	炏
Bienq	baenz	doiq	roeg	enq
pi:n^{5}	pan^{2}	to:i^{5}	ɹok^{8}	e:n^{5}
变	成	对	鸟	燕

变一对燕子，

4-614

貝	邦	权	它	站
Bae	bangx	gemh	de	soengz
pai^{1}	pa:ŋ^{4}	ke:n^{6}	te^{1}	θoŋ^{2}
去	旁	山坳	那	站

站在坳口处。

4-615

比	古	三	日	红
Bi	guh	sam	ngoenz	hong
pi^{1}	ku^{4}	θa:n^{1}	ŋon^{2}	ho:ŋ^{1}
年	做	三	天	工

年做三天工，

4-616

日	在	三	告	乃
Ngoenz	ywq	sam	gau	naiq
ŋon^{2}	jɯ^{5}	θa:n^{1}	ka:u^{1}	na:i^{5}
天	在	三	次	累

每天歇三次。

男唱

4-617

变	**办**	**对**	**鸟**	**炕**
Bienq	baenz	doiq	roeg	enq
$pi:n^5$	pan^2	$to:i^5$	$ɹok^8$	$e:n^5$
变	成	对	鸟	燕

变一对燕子，

4-618

貝	**邦**	**权**	**它**	**站**
Bae	bangx	gemh	de	soengz
pai^1	$pa:ŋ^4$	$ke:n^6$	te^1	$θoŋ^2$
去	旁	山坳	那	站

站在坳口处。

4-619

日	**满**	**三**	**告**	**同**
Ngoenz	muengh	sam	gau	doengz
$ŋon^2$	$mu:ŋ^6$	$θa:n^1$	$ka:u^1$	$toŋ^2$
日	望	三	次	同

日望三回友，

4-620

写	**红**	**你**	**是**	**八**
Ce	hong	mwngz	cix	bah
$ɕe^1$	$ho:ŋ^1$	$muɯŋ^2$	$ɕi^4$	pa^6
留	工	你	就	罢

停工又如何？

女唱

4-621

变	**办**	**对**	**鸟**	**炕**
Bienq	baenz	doiq	roeg	enq
$pi:n^5$	pan^2	$to:i^5$	$ɹok^8$	$e:n^5$
变	成	对	鸟	燕

变一对燕子，

4-622

貝	**邦**	**权**	**它**	**站**
Bae	bangx	gemh	de	soengz
pai^1	$pa:ŋ^4$	$ke:n^6$	te^1	$θoŋ^2$
去	旁	山坳	那	站

站在坳口处。

4-623

满	**同**	**不**	**见**	**同**
Muengh	doengz	mbouj	raen	doengz
$mu:ŋ^6$	$toŋ^2$	bou^5	$ɹan^1$	$toŋ^2$
望	同	不	见	同

望友不见友，

4-624

同	**貝**	**方**	**而**	**在**
Doengz	bae	fueng	lawz	ywq
$toŋ^2$	pai^1	$fu:ŋ^1$	$lauɯ^2$	$juɯ^5$
同	去	方	哪	在

友住在何方？

男唱

4-625

月	内	八	满	炕
Ndwen	neix	bah	muengh	enq
du:n^{1}	ni^{4}	pa^{6}	mu:ŋ^{6}	e:n^{5}
月	这	莫急	望	燕

本月莫望燕，

4-626

炕	的	南	古	弄
Enq	dih	namh	guh	rongz
e:n^{5}	ti^{6}	na:n^{6}	ku^{4}	ɹoŋ^{2}
燕	搬	土	做	窝

燕搬泥筑巢。

4-627

月	内	八	满	同
Ndwen	neix	bah	muengh	doengz
du:n^{1}	ni^{4}	pa^{6}	mu:ŋ^{6}	toŋ^{2}
月	这	莫急	望	同

本月别望友，

4-628

同	古	红	尝	变
Doengz	guh	hong	caengz	bienh
toŋ^{2}	ku^{4}	ho:ŋ^{1}	ɕaŋ^{2}	pi:n^{6}
同	做	工	未	便

友忙于做工。

女唱

4-629

变	办	对	鸟	炕
Bienq	baenz	doiq	roeg	enq
pi:n^{5}	pan^{2}	to:i^{5}	ɹok^{8}	e:n^{5}
变	成	对	鸟	燕

变一对燕子，

4-630

貝	邦	权	小	凉
Bae	bangx	gamh	souh	liengz
pai^{1}	pa:ŋ^{4}	ke:n^{6}	θi:u^{6}	li:ŋ^{2}
去	傍	山坳	受	凉

站在坳口处。

4-631

刘	见	友	元	远
Liuz	raen	youx	roen	gyae
li:u^{2}	ɹan^{1}	ju^{4}	jo:n^{1}	kjai^{1}
看	见	友	路	远

望见远方友，

4-632

好	米	不	了	备
Ndei	miz	mbouj	liux	beix
dei^{1}	mi^{2}	bou^{5}	li:u^{4}	pi^{4}
好	有	不	啰	兄

能否成好友？

男唱

4-633

变	**办**	**对**	**鸟**	**烍**
Bienq	baenz	doiq	roeg	enq
piːn^{5}	pan^{2}	toːi^{5}	ɹok^{8}	eːn^{5}
变	成	对	鸟	燕

变一对燕子，

4-634

貝	**邦**	**权**	**小**	**美**
Bae	bangx	gemh	souj	meiz
pai^{1}	paːŋ^{4}	keːn^{6}	θiːu^{3}	mei^{2}
去	旁	山坳	守	妹

去坳口等友。

4-635

刘	**见**	**友**	**元**	**远**
Liuz	raen	youx	roen	gyae
liːu^{2}	ɹan^{1}	ju^{4}	joːn^{1}	kjai^{1}
看	见	友	路	远

望见远方友，

4-636

好	**米**	**又**	**好**	**满**
Ndei	miz	youh	ndei	monh
di^{1}	mi^{2}	jou^{4}	di^{1}	moːn^{6}
好	有	又	好	谈情

人好可谈情。

女唱

4-637

变	**办**	**对**	**鸟**	**烍**
Bienq	baenz	doiq	roeg	enq
piːn^{5}	pan^{2}	toːi^{5}	ɹok^{8}	eːn^{5}
变	成	对	鸟	燕

变一对燕子，

4-638

貝	**邦**	**权**	**小**	**美**
Bae	bangx	gemh	souj	meiz
pai^{1}	paːŋ^{4}	keːn^{6}	θiːu^{3}	mei^{2}
去	旁	山坳	守	妹

去坳口等友。

4-639

刘	**见**	**满**	**是**	**貝**
Liuz	raen	monh	cix	bae
liːu^{2}	ɹan^{1}	moːn^{6}	çi^{4}	pai^{1}
看	见	情	就	去

见情友就走，

4-640

刘	**见**	**米**	**是**	**刀**
Liuz	raen	miz	cix	dauq
liːu^{2}	ɹan^{1}	mi^{2}	çi^{4}	taːu^{5}
看	见	有	就	回

见朋友就回。

男唱

4-641

变	**办**	**对**	**鸟**	**炕**
Bienq	baenz	doiq	roeg	enq
pi:n^{5}	pan^{2}	to:i^{5}	ɹok^{8}	e:n^{5}
变	成	对	鸟	燕

变一对燕子，

4-642

貝	**邦**	**权**	**小**	**美**
Bae	bangx	gemh	souj	meiz
pai^{1}	pa:ŋ^{4}	ke:n^{6}	θi:u^{3}	mei^{2}
去	旁	山坳	守	妹

去坳口等友。

4-643

刘	**見**	**友**	**元**	**远**
Liuz	raen	youx	roen	gyae
li:u^{2}	ɹan^{1}	ju^{4}	jo:n^{1}	kjai^{1}
看	见	友	路	远

望见远方友，

4-644

想	**貝**	**不**	**想**	**刀**
Siengj	bae	mbouj	siengj	dauq
θi:ŋ^{3}	pai^{1}	bou^{5}	θi:ŋ^{3}	ta:u^{5}
想	去	不	想	回

想去不想回。

女唱

4-645

变	**办**	**对**	**鸟**	**炕**
Bienq	baenz	doiq	roeg	enq
pi:n^{5}	pan^{2}	to:i^{5}	ɹok^{8}	e:n^{5}
变	成	对	鸟	燕

变一对燕子，

4-646

貝	**邦**	**权**	**小**	**美**
Bae	bangx	gemh	souj	meiz
pai^{1}	pa:ŋ^{4}	ke:n^{6}	θi:u^{3}	mei^{2}
去	旁	山坳	守	妹

去坳口等友。

4-647

刘	**見**	**友**	**元**	**远**
Liuz	raen	youx	roen	gyae
li:u^{2}	ɹan^{1}	ju^{4}	jo:n^{1}	kjai^{1}
看	见	友	路	远

望见远方友，

4-648

想	**改**	**韦**	**貝**	**勒**
Siengj	gaij	vae	bae	lawh
θi:ŋ^{3}	ka:i^{3}	vai^{1}	pai^{1}	ləɯ^{6}
想	改	姓	去	换

想改姓相交。

男唱

4–649

变	**办**	**对**	**鸟**	**炕**
Bienq	baenz	doiq	roeg	enq
pi:n^{5}	pan^{2}	to:i^{5}	ɹok^{8}	e:n^{5}
变	成	对	鸟	燕

变一对燕子，

4–650

貝	**邦**	**权**	**小**	**美**
Bae	bangx	gemh	souj	meiz
pai^{1}	pa:ŋ^{4}	ke:n^{6}	θi:u^{3}	mei^{2}
去	旁	山坳	守	妹

去坳口等友。

4–651

改	**作**	**牙**	**不**	**貝**
Gaij	coh	yax	mbouj	bae
ka:i^{3}	ɕo^{6}	ja^{5}	bou^{5}	pai^{1}
改	名字	也	不	去

改名也不去，

4–652

改	**韦**	**牙**	**不**	**刀**
Gaij	vae	yax	mbouj	dauq
ka:i^{3}	vai^{1}	ja^{5}	bou^{5}	ta:u^{5}
改	姓	也	不	回

改姓也不回。

女唱

4–653

变	**办**	**对**	**鸟**	**炕**
Bienq	baenz	doiq	roeg	enq
pi:n^{5}	pan^{2}	to:i^{5}	ɹok^{8}	e:n^{5}
变	成	对	鸟	燕

变一对燕子，

4–654

田	**它**	**在**	**告**	**岽**
Dieg	de	ywq	gau	rungh
ti:k^{8}	te^{1}	jɯ^{5}	ka:u^{1}	ɹuŋ^{6}
地	他	在	山	岽

他家在山里。

4–655

农	**得**	**田**	**文**	**荣**
Nuengx	ndaej	dieg	vuen	yungz
nu:ŋ^{4}	dai^{3}	ti:k^{8}	vu:n^{1}	juŋ^{2}
妹	得	地	欢	乐

妹得富足地，

4–656

好	**办**	**龙**	**小**	**女**
Ndei	baenz	lungz	siuj	nawx
dei^{1}	pan^{2}	luŋ^{2}	θi:u^{3}	nɯ^{4}
好	成	龙	小	女

好似女神仙。

女唱

4-657

变	**办**	**对**	**鸟**	**炴**
Bienq	baenz	doiq	roeg	enq
piːn^{5}	pan^{2}	toːi^{5}	ɹok^{8}	eːn^{5}
变	**成**	**对**	**鸟**	**燕**

变一对燕子，

4-658

田	**它**	**在**	**告**	**岽**
Dieg	de	ywq	gau	rungh
tiːk^{8}	te^{1}	jɯ^{5}	kaːu^{1}	ɹuŋ^{6}
地	**他**	**在**	**山**	**岽**

他家在山里。

4-659

心	**火**	**又**	**心**	**供**
Sin	hoj	youh	sin	gungz
θin^{1}	ho^{3}	jou^{4}	θin^{1}	kuŋ^{2}
辛	**苦**	**又**	**辛**	**穷**

艰苦又贫穷，

4-660

文	**荣**	**开**	**么**	**备**
Vuen	yungz	gij	maz	beix
vuːn^{1}	juŋ^{2}	kaːi^{2}	ma^{5}	pi^{4}
欢	**乐**	**什**	**么**	**兄**

谈不上富足。

男唱

4-661

变	**办**	**对**	**鸟**	**炴**
Bienq	baenz	doiq	roeg	enq
piːn^{5}	pan^{2}	toːi^{5}	ɹok^{8}	eːn^{5}
变	**成**	**对**	**鸟**	**燕**

变一对燕子，

4-662

田	**它**	**在**	**告**	**岽**
Dieg	de	ywq	gau	rungh
tiːk^{8}	te^{1}	jɯ^{5}	kaːu^{1}	ɹuŋ^{6}
地	**他**	**在**	**山**	**岽**

他家在山里。

4-663

秀	**内**	**不**	**文**	**荣**
Ciuh	neix	mbouj	vuen	yungz
ɕiːu^{6}	ni^{4}	bou^{5}	vuːn^{1}	juŋ^{2}
世	**这**	**不**	**欢**	**乐**

今世不富足，

4-664

堂	**秀**	**浪**	**洋**	**祘**
Daengz	ciuh	laeng	yaeng	suenq
taːŋ^{2}	ɕiːu^{6}	laŋ^{1}	jaŋ^{1}	θuːn^{5}
到	**世**	**后**	**再**	**算**

下辈子另算。

女唱

4-665

变 办 对 鸟 炕

Bienq baenz doiq roeg enq

piːn^{5} pan^{2} toːi^{5} ɹok^{8} eːn^{5}

变 成 对 鸟 燕

变一对燕子，

4-666

田 它 在 告 峀

Dieg de ywq gau rungh

tiːk^{8} te^{1} jɯ^{5} kaːu^{1} ɹuŋ^{6}

地 他 在 山 峀

他家在山里。

4-667

加 秀 浪 文 荣

Caj ciuh laeng vuen yungz

kja^{3} ɕiːu^{6} laŋ^{1} vuːn^{1} juŋ^{2}

等 世 后 欢 乐

等下辈富足，

4-668

秀 少 论 牙 了

Ciuh sau lumz yax liux

ɕiːu^{6} θaːu^{1} lun^{2} ja^{5} liːu^{4}

世 姑娘 忘 也 完

哪还记得我。

男唱

4-669

变 办 对 鸟 炕

Bienq baenz doiq roeg enq

piːn^{5} pan^{2} toːi^{5} ɹok^{8} eːn^{5}

变 成 对 鸟 燕

变一对燕子，

4-670

田 它 在 告 峀

Dieg de ywq gauh rungh

tiːk^{8} te^{1} jɯ^{5} kaːu^{1} ɹuŋ^{6}

地 他 在 山 峀

他家在山里。

4-671

秀 秀 是 文 荣

Ciuh ciuh cix vuen yungz

ɕiːu^{6} ɕiːu^{6} ɕi^{4} vuːn^{1} juŋ^{2}

世 世 就 欢 乐

代代都富足，

4-672

利 说 么 了 农

Lij naeuz maz liux nuengx

li^{4} nau^{2} ma^{2} liːu^{4} nuːŋ^{4}

还 说 什么 啰 妹

妹还挑什么？

男唱

4-673

变	**办**	**对**	**鸟**	**炕**
Bienq	baenz	doiq	roeg	enq
piːn^{5}	pan^{2}	toːi^{5}	ɹok^{8}	eːn^{5}
变	成	对	鸟	燕

变一对燕子，

4-674

田	**它**	**在**	**方**	**立**
Dieg	de	ywq	fueng	leih
tiːk^{8}	te^{1}	jɯ^{5}	fuːŋ^{1}	li^{6}
地	他	在	方	利

他家方位好。

4-675

你	**得**	**田**	**你**	**好**
Mwngz	ndaej	dieg	mwngz	ndei
mɯŋ^{2}	dai^{3}	tiːk^{8}	mɯŋ^{2}	dei^{1}
你	得	地	你	好

你有好去处，

4-676

古	**九**	**义**	**马**	**罗**
Guh	giuj	ngeih	ma	loh
ku^{4}	kiːu^{3}	ȵi^{6}	ma^{1}	lo^{6}
做	情	义	来	路

做什么都得。

女唱

4-677

变	**办**	**对**	**鸟**	**炕**
Bienq	baenz	doiq	roeg	enq
piːn^{5}	pan^{2}	toːi^{5}	ɹok^{8}	eːn^{5}
变	成	对	鸟	燕

变一对燕子，

4-678

田	**它**	**在**	**方**	**立**
Dieg	de	ywq	fueng	leih
tiːk^{8}	te^{1}	jɯ^{5}	fuːŋ^{1}	li^{6}
地	他	在	方	利

他家方位好。

4-679

得	**开**	**田**	**背**	**时**
Ndaej	gaiq	dieg	boih	seiz
dai^{3}	kaːi^{5}	tiːk^{8}	poːi^{6}	θi^{2}
得	块	地	背	时

得块贫瘠地，

4-680

又	**好**	**开**	**么**	**由**
Youh	ndei	gij	maz	raeuh
jou^{4}	dei^{1}	kaːi^{2}	ma^{2}	ɹau^{6}
又	好	什	么	多

算什么好地？

男唱

4–681

变	办	对	鸟	炕
Bienq	baenz	doiq	roeg	enq
pi:n^{5}	pan^{2}	to:i^{5}	ɹok^{8}	e:n^{5}
变	成	对	鸟	燕

变一对燕子，

4–682

田	它	在	方	好
Dieg	de	ywq	fueng	hau
ti:k^{8}	te^{1}	jɯ^{5}	fu:ŋ^{1}	ha:u^{1}
地	他	在	方	白

他方在平川。

4–683

貝	得	田	金	交
Bae	ndaej	dieg	gim	gyau
pai^{1}	dai^{3}	ti:k^{8}	kin^{1}	kja:u^{1}
去	得	地	金	鸟

得风水好地，

4–684

古	卩	好	罗	备
Guh	boux	hau	lox	beix
ku^{4}	pu^{4}	ha:u^{1}	lo^{4}	pi^{4}
做	人	白	骗	兄

还来骗老兄。

女唱

4–685

变	办	对	鸟	炕
Bienq	baenz	doiq	roeg	enq
pi:n^{5}	pan^{2}	to:i^{5}	ɹok^{8}	e:n^{5}
变	成	对	鸟	燕

变一对燕子，

4–686

田	它	在	方	黑
Dieg	de	ywq	fueng	naem
ti:k^{8}	te^{1}	jɯ^{5}	fu:ŋ^{1}	nan^{1}
地	他	在	方	黑

他方在暗处。

4–687

往	元	空	备	银
Uengj	ien	ndwi	beix	ngaenz
va:ŋ^{3}	ju:n^{1}	du:i^{1}	pi^{4}	ŋan^{2}
枉	冤	空	兄	银

情哥冤枉我，

4–688

偻	空	办	么	古
Raeuz	ndwi	baenz	maz	guh
ɹau^{2}	du:i^{1}	pan^{2}	ma^{2}	ku^{4}
我们	不	成	什么	做

我做不成事。

男唱

4-689

变	**办**	**对**	**鸟**	**炕**
Bienq	baenz	doiq	roeg	enq
pi:n^{5}	pan^{2}	to:i^{5}	ɹok^{8}	e:n^{5}
变	成	对	鸟	燕

变一对燕子，

4-690

田	**它**	**在**	**方**	**黑**
Dieg	de	ywq	fueng	naem
ti:k^{8}	te^{1}	jɯ^{5}	fu:ŋ^{1}	nan^{1}
地	他	在	方	黑

他方在暗处。

4-691

家	**財**	**在**	**思**	**恩**
Gya	caiz	ywq	swh	wnh
kja^{1}	ɕa:i^{2}	jɯ^{5}	θɯ^{1}	an^{1}
家	财	在	思	恩

财产在思恩，

4-692

不	**真**	**少**	**家**	**当**
Mbouj	caen	sau	gya	dangq
bou^{5}	ɕin^{1}	θa:u^{1}	kja^{1}	ta:ŋ^{5}
不	真	姑娘	家	当

不是妹家产。

女唱

4-693

变	**办**	**对**	**鸟**	**炕**
Bienq	baenz	doiq	roeg	enq
pi:n^{5}	pan^{2}	to:i^{5}	ɹok^{8}	e:n^{5}
变	成	对	鸟	燕

变一对燕子，

4-694

田	**它**	**在**	**方**	**黑**
Dieg	de	ywq	fueng	naem
ti:k^{8}	te^{1}	jɯ^{5}	fu:ŋ^{1}	nan^{1}
地	他	在	方	黑

他方在暗处。

4-695

结	**卜**	**妻**	**不**	**办**
Giet	boh	maex	mbouj	baenz
ki:t^{7}	po^{6}	mai^{4}	bou^{5}	pan^{2}
结	夫	妻	不	成

结不成夫妻，

4-696

古	**灯**	**日**	**同**	**秋**
Guh	daeng	ngoenz	doengh	ciuq
ku^{4}	taŋ^{1}	ŋon^{2}	toŋ^{2}	ɕi:u^{5}
做	灯	天	相	照

阳光下相伴。

男唱

4-697

变 办 对 鸟 炕

Bienq baenz doiq roeg enq

pi:n^5 pan^2 to:i^5 ɹok^8 e:n^5

变 成 对 鸟 燕

变一对燕子，

4-698

田 它 在 方 黑

Dieg de ywq fueng naem

ti:k^8 te^1 jɯ^5 fu:ŋ^1 nan^1

地 他 在 方 黑

他方在暗处。

4-699

备 才 红 古 巡

Beix nda hoengq guh cunz

pi^4 da^1 hoŋ^6 ku^4 ɕun^2

兄 刚 空 做 巡

兄晚来一步，

4-700

少 先 办 妻 伏

Sau senq baenz maex fwx

θa:u^1 θe:n^5 pan^2 mai^4 fə^4

姑娘 早 成 妻 别人

妹早已嫁人。

女唱

4-701

变 办 对 鸟 炕

Bienq baenz doiq roeg enq

pi:n^5 pan^2 to:i^5 ɹok^8 e:n^5

变 成 对 鸟 燕

变一对燕子，

4-702

田 它 在 方 三

Dieg de ywq fueng san

ti:k^8 te^1 jɯ^5 fu:ŋ^1 θa:n^1

地 他 在 方 山

他方在山上。

4-703

小 女 空 米 然

Siuj nawx ndwi miz ranz

θi:u^3 nɯ^4 du:i^1 mi^2 ɹa:n^2

小 女 不 有 家

小女没有家，

4-704

马 元 干 内 在

Ma yiemh gamj neix ywq

ma^1 ju:n^5 ka:n^3 ni^4 jɯ^5

来 檐 洞 这 住

到岩洞来住。

男唱

4-705

变	**办**	**对**	**鸟**	**炕**
Bienq	baenz	doiq	roeg	enq
piːn^{5}	pan^{2}	toːi^{5}	ɹok^{8}	eːn^{5}
变	成	对	鸟	燕

变一对燕子，

4-706

可	**全**	**拉**	**定**	**山**
Goj	cienj	laj	din	bya
ko^{5}	ɕuːn^{3}	la^{3}	tin^{1}	pja^{1}
可	转	下	脚	山

常在山边飞。

4-707

中	**中**	**牙**	**不**	**马**
Cuengq	cungq	yax	mbouj	ma
ɕuːŋ^{5}	ɕuŋ^{5}	ja^{5}	bou^{5}	ma^{1}
放	枪	也	不	来

打枪也不走，

4-708

不	**比**	**日**	**同**	**当**
Mbouj	beij	ngoenz	doengh	daengq
bou^{5}	pi^{3}	ŋon^{2}	toŋ^{2}	taŋ^{5}
不	比	天	相	叮嘱

因与友相约。

女唱

4-709

卜	**你**	**相**	**九**	**义**
Boh	mwngz	ciengx	giuj	nyij
po^{6}	mɯŋ^{2}	ɕiːŋ^{4}	kiːu^{3}	ȵi^{3}
父	你	养	九	义

你父获新生，

4-710

可	**为**	**土**	**鸟**	**炕**
Goj	vei	duz	roeg	enq
ko^{5}	vei^{1}	tu^{2}	ɹok^{8}	eːn^{5}
可	亏	只	鸟	燕

幸亏有燕子。

4-711

九	**义**	**刀**	**米**	**田**
Giuj	nyij	dauq	miz	dieg
kiːu^{3}	ȵi^{3}	taːu^{5}	mi^{2}	tiːk^{8}
九	义	又	有	地

再生还有地，

4-712

可	**鸟**	**炕**	**召**	**心**
Goj	roeg	enq	cau	sim
ko^{5}	ɹok^{8}	eːn^{5}	ɕaːu^{5}	θin^{1}
可	鸟	燕	操	心

靠燕子帮衬。

男唱

4-713

卜	**你**	**相**	**九**	**义**
Boh	mwngz	ciengx	giuj	nyij
po^6	mɯŋ^2	ɕiːŋ^4	kiːu^3	ȵi^3
父	你	养	九	义

你父获新生，

4-714

可	**为**	**土**	**鸟**	**炕**
Goj	vei	duz	roeg	enq
ko^5	vei^1	tu^2	ɹok^8	eːn^5
可	亏	只	鸟	燕

幸亏有燕子。

4-715

飞	**贝**	**伏**	**又**	**轩**
Mbin	bae	fwx	youh	hemq
bin^1	pai^1	fə^4	jou^4	heːn^5
飞	去	别人	又	喊

飞走人又喊，

4-716

中	**先**	**伏**	**又**	**笑**
Cuengq	sienq	fwx	youh	riu
ɕuːŋ^5	θiːn^5	fə^4	jou^4	ɹiːu^1
放	线	别人	又	笑

不走别人笑。

女唱

4-717

变	**办**	**对**	**鸟**	**炕**
Bienq	baenz	doiq	roeg	enq
piːn^5	pan^2	toːi^5	ɹok^8	eːn^5
变	成	对	鸟	燕

变一对燕子，

4-718

可	**全**	**拉**	**定**	**森**
Goj	cienj	laj	din	ndoeng
ko^5	ɕuːn^3	la^3	tin^1	doŋ^1
可	转	下	脚	山林

常在林中飞。

4-719

丰	**打**	**羽**	**哐**	**彭**①
Fungh	daj	fwed	bing	bang
fuŋ^6	ta^3	fuːt^8	piŋ^1	poŋ^1
凤	打	翅	乒	乓

凤展翅高飞，

4-720

采	**南**	**垌**	**邦**	**光**
Caij	namh	doengh	biengz	gvangq
ɕaːi^3	naːn^6	toŋ^6	piːŋ^2	kwaːŋ^5
踩	土	垌	地方	宽

大地方落脚。

① 哐彭［piŋ^1 poŋ^1］：乒乓，拟声词，形容东西撞击的声音。

男唱

4-721

变　办　对　鸟　烷

Bienq baenz doiq roeg enq

piːn5 pan2 toːi5 ɹok8 eːn5

变　成　对　鸟　燕

变一对燕子，

4-722

下　垌　变　办　鸦

Roengz doengh bienq baenz a

ɹoŋ2 toŋ6 piːn5 pan2 a1

下　垌　变　成　鸦

出门变乌鸦。

4-723

计　后　罗　不　马

Gyiq haeuj loh mbouj ma

kji5 hau3 lo6 bou5 ma1

故意　进　路　不　来

故意不回家，

4-724

很　山　貝　古　九

Hwnj bya bae guh yiuh

hɯn3 pja1 pai1 ku4 jiːu6

上　山　去　做　鹞

上山当鹞鹰。

女唱

4-725

变　办　对　鸟　沙

Bienq baenz doiq roeg ra

piːn5 pan2 toːi5 ɹok8 ɹa1

变　成　对　鸟　白鹇

变一对白鹇，

4-726

飞　貝　它　又　叫

Mbin bae de youh heuh

bin1 pai te1 jou4 heːu6

飞　去　它　又　叫

飞翔又鸣叫。

4-727

很　山　貝　古　九

Hwnj bya bae guh yiuh

hɯn3 pja1 pai1 ku4 jiːu6

上　山　去　做　鹞

上山当鹞鹰，

4-728

又　办　秀　开　么

Youh baenz ciuh gij maz

jou4 pan2 ɕiːu6 kaːi2 ma2

又　成　世　什　么

活着有何用。

男唱

4-729

变	**办**	**对**	**鸟**	**沙**
Bienq	baenz	doiq	roeg	ra
piːn^{5}	pan^{2}	toːi^{5}	ɹok^{8}	ɹa^{1}
变	成	对	鸟	白鹇

变一对白鹇，

4-730

飞	**貝**	**它**	**又**	**叫**
Mbin	bae	de	youh	heuh
bin^{1}	pai	te^{1}	jou^{4}	heːu^{6}
飞	去	它	又	叫

飞翔又鸣叫。

4-731

划	**手**	**又**	**波**	**小**
Vad	fwngz	youh	boq	seuq
vaːt^{8}	fɯŋ^{2}	jou^{4}	po^{5}	θeːu^{5}
招	手	又	吹	哨

摇手又吹哨，

4-732

叫	**办**	**鸟**	**王**	**美**
Heuh	baenz	roeg	vangz	meiz
heːu^{6}	pan^{2}	ɹok^{8}	vaːŋ^{2}	mei^{2}
叫	成	鸟	画	眉

如同画眉鸟。

女唱

4-733

变	**办**	**对**	**鸟**	**沙**
Bienq	baenz	doiq	roeg	ra
piːn^{5}	pan^{2}	toːi^{5}	ɹok^{8}	ɹa^{1}
变	成	对	鸟	白鹇

变一对白鹇，

4-734

飞	**貝**	**它**	**又**	**叫**
Mbin	bae	de	youh	heuh
bin^{1}	pai	te^{1}	jou^{4}	heːu^{6}
飞	去	它	又	叫

飞翔又鸣叫。

4-735

划	**手**	**又**	**波**	**小**
Vad	fwngz	youh	boq	seuq
vaːt^{8}	fɯŋ^{2}	jou^{4}	po^{5}	θeːu^{5}
招	手	又	吹	哨

摇手又吹哨，

4-736

白	**老**	**秀**	**双**	**偻**
Beg	lauq	ciuh	song	raeuz
peːk^{8}	laːu^{5}	ɕiːu^{6}	θoːŋ^{1}	ɹau^{2}
白	误	世	两	我们

误我俩青春。

男唱

4-737

变	**办**	**对**	**鸟**	**沙**
Bienq	baenz	doiq	roeg	ra
pi:n^5	pan^2	to:i^5	ɹok^8	ɹa^1
变	成	对	鸟	白鹇

变一对白鹇，

4-738

飞	**貝**	**它**	**又**	**叫**
Mbin	bae	de	youh	heuh
bin^1	pai	te^1	jou^4	he:u^6
飞	去	它	又	叫

飞翔又鸣叫。

4-739

在	**古**	**鸦**	**跟**	**九**
Ywq	guh	a	riengz	yiuh
jɯ^5	ku^4	a^1	ɹi:ŋ^2	ji:u^6
在	做	鸦	跟	鹞

做乌鸦鹞鹰，

4-740

当	**秀**	**内**	**空**	**米**
Dangq	ciuh	neix	ndwi	miz
ta:ŋ^5	ɕi:u^6	ni^4	du:i^1	mi^2
当	世	这	不	有

当没有此生。

女唱

4-741

变	**办**	**对**	**鸟**	**炕**
Bienq	baenz	doiq	roeg	enq
pi:n^5	pan^2	to:i^5	ɹok^8	e:n^5
变	成	对	鸟	燕

变一对燕子，

4-742

吃	**貝**	**千**	**后**	**三**
Gwn	bae	cien	haeux	san
kɯn^1	pai^1	ɕi:n^1	hau^4	θa:n^1
吃	去	千	米	白

吃了许多米。

4-743

丰	**飞**	**外**	**司**	**然**
Fungh	mbin	vaij	swj	ranz
fuŋ^6	bin^1	va:i^3	θɯ^3	ɹa:n^2
凤	飞	过	偏屋	家

凤飞过屋头，

4-744

油	**点**	**灯**	**空**	**良**
Youz	diemj	daeng	ndwi	liengh
jou^2	ti:n^3	taŋ^1	du:i^1	li:ŋ^6
油	点	灯	不	亮

油灯点不亮。

男唱

4-745

油 点 灯 空 良

Youz diemj daeng ndwi liengh

jou^{2} tiːn^{3} taŋ^{1} duːi^{1} liːŋ^{6}

油 点 灯 不 亮

油灯点不亮，

4-746

偻 同 祘 很 圩

Raeuz doengz suenq hwnj hawj

ɹau^{2} toŋ^{2} θuːn^{5} hɯn^{3} həɯ^{3}

我们 同 算 上 圩

我俩谋相遇。

4-747

水 点 是 利 特

Raemx diemj cix lij dwz

ɹan^{4} tiːn^{3} ɕi^{4} li^{4} tɯ^{2}

水 点 就 还 燃

水都可点燃，

4-748

么 油 点 不 良

Maz youz diemj mbouj liengh

ma^{2} jou^{2} tiːn^{3} bou^{5} liːŋ^{6}

何 油 点 不 亮

油点却不亮？

女唱

4-749

不 仪 果 勒 求

Mbouj saenq go lwg gyaeuq

bou^{5} θin^{5} ko^{1} lɯk^{8} kjau^{5}

不 信 棵 子 桐

看那棵桐树，

4-750

纠 了 又 结 安

Gyaeuh liux youh giet aen

kjau^{6} liːu^{4} jou^{4} kiːt^{7} an^{1}

落 完 又 结 个

来年又结果。

4-751

托 拉 果 内 办

Doek laj go neix baenz

tok^{7} la^{3} ko^{1} ni^{4} pan^{2}

落 下 棵 这 成

熟果用做油，

4-752

油 点 灯 又 良

Youz diemj daeng youh liengh

jou^{2} tiːn^{3} taŋ^{1} jou^{4} liːŋ^{6}

油 点 灯 又 亮

点灯也能亮。

男唱

4-753

十	**义**	**安**	**灯**	**龙**
Cib	ngeih	aen	daeng	loengz
ɕit^{8}	ȵi^{6}	an^{1}	taŋ^{1}	loŋ^{2}
十	二	个	灯	笼

十二盏灯笼，

4-754

全	**特**	**下**	**斗**	**点**
Gyonj	dawz	roengz	daeuj	diemj
kjo:n^{3}	təɯ^{2}	ɹoŋ^{2}	tau^{3}	ti:n^{3}
都	拿	下	来	点

全部都点上。

4-755

油	**点**	**灯**	**空**	**良**
Youz	diemj	daeng	ndwi	liengh
jou^{2}	ti:n^{3}	taŋ^{1}	du:i^{1}	li:ŋ^{6}
油	点	灯	不	亮

油灯点不亮，

4-756

坏	**灯**	**照**	**你**	**貝**
Vaih	dwngh	cau	mwngz	bae
va:i^{6}	tɯŋ^{5}	ɕa:u^{4}	mɯŋ^{2}	pai^{1}
坏	灯	罩	你	去

白浪费灯罩。

女唱

4-757

貝	**河**	**買**	**灯**	**罩**
Bae	haw	cawx	dwngh	cau
pai^{1}	həɯ^{1}	ɕəɯ^{4}	tɯŋ^{5}	ɕa:u^{4}
去	圩	买	灯	罩

上街买灯罩，

4-758

堂	**大**	**罗**	**被**	**文**
Daengz	daih	loh	deng	fwn
taŋ^{2}	ta:i^{6}	lo^{6}	te:ŋ^{1}	vun^{1}
到	大	路	挨	雨

半路被雨淋。

4-759

备	**自**	**古**	**被**	**吨**
Beix	gag	guh	deng	dumx
pi^{4}	ka:k^{8}	ku^{4}	te:ŋ^{1}	tun^{4}
兄	自	做	挨	淹

兄身上被淋，

4-760

怨	**作**	**土**	**不**	**得**
Yonq	coq	dou	mbouj	ndaej
jo:n^{5}	ɕo^{5}	tu^{1}	bou^{5}	dai^{3}
怨	放	我	不	得

你怨不得我。

男唱

4-761

十	义	安	灯	龙
Cib	ngeih	aen	daeng	loengz
ɕit^{8}	ȵi^{6}	an^{1}	taŋ^{1}	loŋ^{2}
十	二	个	灯	笼

十二盏灯笼，

4-762

全	特	下	斗	点
Gyonj	dawz	roengz	daeuj	diemj
kjoːn^{3}	təɯ^{2}	ɹoŋ^{2}	tau^{3}	tiːn^{3}
都	拿	下	来	点

全部都点上。

4-763

油	点	灯	不	良
Youz	diemj	daeng	mbouj	liengh
jou^{2}	tiːn^{3}	taŋ^{1}	bou^{5}	liːŋ^{6}
油	点	灯	不	亮

油灯点不亮，

4-764

农	自	变	良	心
Nuengx	gag	bienq	liengz	sim
nuːŋ^{4}	kaːk^{8}	piːn^{5}	liːŋ^{2}	θin^{1}
妹	自	变	良	心

妹你已变心。

女唱

4-765

貝	河	買	门	灯
Bae	haw	cawx	mwnz	daeng
pai^{1}	həɯ^{1}	ɕəɯ^{4}	mɯn^{2}	taŋ^{1}
去	圩	买	芯	灯

上街买灯芯，

4-766

特	马	作	安	强
Dawz	ma	coq	aen	giengz
təɯ^{2}	ma^{1}	ɕo^{5}	an^{1}	kiːŋ^{2}
拿	来	放	个	三脚灶

回来搁灶上。

4-767

油	点	灯	空	良
Youz	diemj	daeng	ndwi	liengh
jou^{2}	tiːn^{3}	taŋ^{1}	duːi^{1}	liːŋ^{6}
油	点	灯	不	亮

油灯点不亮，

4-768

坏	卜	乜	本	钱
Vaih	boh	meh	bonj	cienz
vaːi^{6}	po^{6}	me^{6}	poːn^{3}	ɕiːn^{2}
坏	父	母	本	钱

白浪费本钱。

男唱

4-769

十	**义**	**安**	**灯**	**龙**
Cib	ngeih	aen	daeng	loengz
çit^{8}	n̥i^{6}	an^{1}	taŋ^{1}	loŋ^{2}
十	二	个	灯	笼

十二盏灯笼，

4-770

全	**特**	**下**	**斗**	**点**
Gyonj	dawz	roengz	daeuj	diemj
kjo:n^{3}	təɯ^{2}	ɹoŋ^{2}	tau^{3}	ti:n^{3}
都	拿	下	来	点

全部都点上。

4-771

油	**点**	**灯**	**空**	**良**
Youz	diemj	daeng	ndwi	liengh
jou^{2}	ti:n^{3}	taŋ^{1}	du:i^{1}	li:ŋ^{6}
油	点	灯	不	亮

油灯点不亮，

4-772

是	**利**	**强**	**得**	**忠**
Cix	lij	giengz	ndaej	fangz
çi^{4}	li^{4}	ki:ŋ^{2}	dai^{3}	fa:ŋ^{2}
是	还	强	得	鬼

也比摸黑强。

女唱

4-773

十	**义**	**安**	**灯**	**龙**
Cib	ngeih	aen	daeng	loengz
çit^{8}	n̥i^{6}	an^{1}	taŋ^{1}	loŋ^{2}
十	二	个	灯	笼

十二盏灯笼，

4-774

点	**安**	**安**	**是**	**良**
Diemj	aen	aen	cix	liengh
ti:n^{3}	an^{1}	an^{1}	çi^{4}	li:ŋ^{6}
点	个	个	是	亮

盏盏都明亮。

4-775

点	**灯**	**作**	**吉**	**光**
Diemj	daeng	coq	giz	gvengq
ti:n^{3}	taŋ^{1}	ço^{5}	ki^{2}	kwe:ŋ^{5}
点	灯	放	处	空旷

点灯搁高处，

4-776

良	**堂**	**备**	**知**	**空**
Liengh	daengz	beix	rox	ndwi
li:ŋ^{6}	taŋ^{2}	pi^{4}	ɹo^{4}	du:i^{1}
亮	到	兄	或	不

能否照亮你？

男唱

4-777

十 义 安 灯 龙

Cib ngeih aen daeng loengz

çit^{8} ȵi^{6} an^{1} taŋ^{1} loŋ^{2}

十 二 个 灯 笼

十二盏灯笼，

4-778

点 安 安 是 良

Diemj aen aen cix liengh

ti:n^{3} an^{1} an^{1} çi^{4} li:ŋ^{6}

点 个 个 是 亮

盏盏都明亮。

4-779

点 灯 作 吉 光

Diemj daeng coq giz gvengq

ti:n^{3} taŋ^{1} ço^{5} ki^{2} kwe:ŋ^{5}

点 灯 放 处 空旷

点灯搁高处，

4-780

良 伕 不 堂 偻

Liengh fwx mbouj daengz raeuz

li:ŋ^{6} fə^{4} bou^{5} taŋ^{2} ɹau^{2}

亮 别人 不 到 我们

光照不到我。

女唱

4-781

十 义 安 灯 龙

Cib ngeih aen daeng loengz

çit^{8} ȵi^{6} an^{1} taŋ^{1} loŋ^{2}

十 二 个 灯 笼

十二盏灯笼，

4-782

点 安 安 是 亮

Diemj aen aen cix rongh

ti:n^{3} an^{1} an^{1} çi^{4} ɹo:ŋ^{6}

点 个 个 是 亮

盏盏都明亮。

4-783

点 灯 龙 古 穷

Diemj daeng loengz guh gyoengq

ti:n^{3} taŋ^{1} loŋ^{2} ku^{4} kjoŋ^{5}

点 灯 笼 做 群

灯笼点成串，

4-784

备 秋 亮 知 空

Beix ciuq rongh rox ndwi

pi^{4} çi:u^{5} ɹo:ŋ^{6} ɹo^{4} du:i^{1}

兄 看 亮 或 不

你看亮不亮？

男唱

4-785

十	**义**	**安**	**灯**	**龙**
Cib	ngeih	aen	daeng	loengz
ɕit^{8}	ȵi^{6}	an^{1}	taŋ^{1}	loŋ^{2}
十	二	个	灯	笼

十二盏灯笼，

4-786

点	**安**	**安**	**是**	**亮**
Diemj	aen	aen	cix	rongh
ti:n^{3}	an^{1}	an^{1}	ɕi^{4}	ɹo:ŋ^{6}
点	个	个	是	亮

盏盏都明亮。

4-787

点	**灯**	**龙**	**古**	**群**
Diemj	daeng	loengz	guh	gyoengq
ti:n^{3}	taŋ^{1}	loŋ^{2}	ku^{4}	kjoŋ^{5}
点	灯	笼	做	群

灯笼点成串，

4-788

亮	**办**	**乜**	**灯**	**日**
Rongh	baenz	meh	daeng	ngoenz
ɹo:ŋ^{6}	pan^{2}	me^{6}	taŋ^{1}	ŋon^{2}
亮	成	母	灯	天

比太阳还亮。

女唱

4-789

点	**灯**	**作**	**央**	**华**
Diemj	daeng	coq	yangq	vaj
ti:n^{3}	taŋ^{1}	ɕo^{5}	ja:ŋ^{5}	va^{3}
点	灯	放	香	火

点灯搁神龛，

4-790

良	**貝**	**五**	**安**	**京**
Rongh	bae	haj	aen	ging
ɹo:ŋ^{6}	pai^{1}	ha^{3}	an^{1}	kiŋ^{1}
亮	去	五	个	经

亮五个宗支。

4-791

问	**付**	**母**	**广**	**英**
Haemq	fux	mux	gvangj	in
han^{5}	fu^{4}	mu^{4}	kwa:ŋ^{3}	in^{1}
问	父	母	广	姻

问月下老人，

4-792

利	**米**	**正**	**知**	**不**
Lij	miz	cingz	rox	mbouj
li^{4}	mi^{2}	ɕiŋ^{2}	ɹo^{4}	bou^{5}
还	有	情	或	不

姻缘还在否？

男唱

4-793

点	**灯**	**作**	**央**	**华**
Diemj	daeng	coq	yangq	vaj
tiːn^{3}	taŋ^{1}	ɕo^{5}	jaːŋ^{5}	va^{3}
点	灯	放	香	火

点灯搁神龛，

4-794

亮	**貝**	**五**	**安**	**京**
Rongh	bae	haj	aen	ging
ɹoːŋ^{6}	pai^{1}	ha^{3}	an^{1}	kiŋ^{1}
亮	去	五	个	经

亮五个宗支。

4-795

问	**付**	**母**	**广**	**英**
Haemq	fux	mux	gvangj	in
han^{5}	fu^{4}	mu^{4}	kwaːŋ^{3}	in^{1}
问	父	母	广	姻

问月下老人，

4-796

米	**正**	**牙**	**告**	**内**
Miz	cingz	yax	gau	neix
mi^{2}	ɕiŋ^{2}	ja^{5}	kaːu^{1}	ni^{4}
有	情	也	次	这

盼能结姻缘。

女唱

4-797

点	**灯**	**作**	**央**	**华**
Diemj	daeng	coq	yangq	vaj
tiːn^{3}	taŋ^{1}	ɕo^{5}	jaːŋ^{5}	va^{3}
点	灯	放	香	火

点灯搁神龛，

4-798

亮	**貝**	**五**	**安**	**京**
Rongh	bae	haj	aen	ging
ɹoːŋ^{6}	pai^{1}	ha^{3}	an^{1}	kiŋ^{1}
亮	去	五	个	经

亮五个宗支。

4-799

点	**灯**	**作**	**罗**	**令**
Diemj	daeng	coq	loh	rin
tiːn^{3}	taŋ^{1}	ɕo^{5}	lo^{6}	ɹin^{1}
点	灯	放	路	石

点灯搁路边，

4-800

亮	**堂**	**城**	**皇**	**帝**
Rongh	daengz	singz	vuengz	daeq
ɹoːŋ^{6}	taŋ^{2}	θiŋ^{2}	vuːŋ^{2}	tai^{5}
亮	到	城	皇	帝

照亮到皇城。

男唱

4-801

点	**灯**	**作**	**央**	**华**
Diemj	daeng	coq	yangq	vaj
tiːn^{3}	taŋ^{1}	ɕo^{5}	jaːŋ^{5}	va^{3}
点	灯	放	香	火

点灯搁神龛，

4-802

亮	**貝**	**五**	**安**	**京**
Rongh	bae	haj	aen	ging
ɹoːŋ^{6}	pai^{1}	ha^{3}	an^{1}	kiŋ^{1}
亮	去	五	个	经

亮五个宗支。

4-803

点	**灯**	**作**	**罗**	**令**
Diemj	daeng	coq	loh	rin
tiːn^{3}	taŋ^{1}	ɕo^{5}	lo^{6}	ɹin^{1}
点	灯	放	路	石

点灯搁路边，

4-804

北	**京**	**城**	**亮**	**了**
Baek	ging	singz	rongh	liux
pak^{7}	kiŋ^{1}	θiŋ^{2}	ɹoːŋ^{6}	liːu^{4}
北	京	城	亮	完

照亮北京城。

女唱

4-805

点	**灯**	**作**	**央**	**华**
Diemj	daeng	coq	yangq	vaj
tiːn^{3}	taŋ^{1}	ɕo^{5}	jaːŋ^{5}	va^{3}
点	灯	放	香	火

点灯搁神龛，

4-806

亮	**貝**	**五**	**安**	**楼**
Rongh	bae	haj	aen	laeuz
ɹoːŋ^{6}	pai^{1}	ha^{3}	an^{1}	lau^{2}
亮	去	五	个	楼

照亮五座楼。

4-807

点	**灯**	**作**	**龙**	**头**
Diemj	daeng	coq	lungz	daeuz
tiːn^{3}	taŋ^{1}	ɕo^{5}	luŋ^{2}	tau^{2}
点	灯	放	龙	头

点灯搁龙头，

4-808

亮	**堂**	**偻**	**知**	**不**
Rongh	daengz	raeuz	rox	mbouj
ɹoːŋ^{6}	taŋ^{2}	ɹau^{2}	ɹo^{4}	bou^{5}
亮	到	我们	或	不

照到我乡否？

男唱

4-809

点	**灯**	**作**	**央**	**华**
Diemj	daeng	coq	yangq	vaj
ti:n^{3}	taŋ^{1}	ɕo^{5}	ja:ŋ^{5}	va^{3}
点	灯	放	香	火

点灯搁神龛，

4-810

亮	**貝**	**五**	**安**	**楼**
Rongh	bae	haj	aen	laeuz
ɹo:ŋ^{6}	pai^{1}	ha^{3}	an^{1}	lau^{2}
亮	去	五	个	楼

照亮五座楼。

4-811

点	**灯**	**作**	**龙**	**头**
Diemj	daeng	coq	lungz	daeuz
ti:n^{3}	taŋ^{1}	ɕo^{5}	luŋ^{2}	tau^{2}
点	灯	放	龙	头

点灯搁龙头，

4-812

亮	**堂**	**偻**	**是**	**勒**
Rongh	daengz	raeuz	cix	lawh
ɹo:ŋ^{6}	taŋ^{2}	ɹau^{2}	ɕi^{4}	ləɯ^{6}
亮	到	我们	就	换

照到就结交。

女唱

4-813

点	**灯**	**作**	**央**	**华**
Diemj	daeng	coq	yangq	vaj
ti:n^{3}	taŋ^{1}	ɕo^{5}	ja:ŋ^{5}	va^{3}
点	灯	放	香	火

点灯搁神龛，

4-814

亮	**貝**	**五**	**安**	**楼**
Rongh	bae	haj	aen	laeuz
ɹo:ŋ^{6}	pai^{1}	ha^{3}	an^{1}	lau^{2}
亮	去	五	个	楼

照亮五座楼。

4-815

米	**话**	**是**	**同**	**说**
Miz	vah	cix	doengh	naeuz
mi^{2}	va^{6}	ɕi^{4}	toŋ^{2}	nau^{2}
有	话	就	相	说

有话公开说，

4-816

收	**古**	**而**	**了**	**备**
Caeu	guh	rawz	liux	beix
ɕau^{1}	ku^{4}	ɹaɯ^{2}	li:u^{4}	pi^{4}
藏	做	什么	啰	兄

兄藏着做甚？

男唱

4–817

点	**灯**	**作**	**央**	**华**
Diemj	daeng	coq	yangq	vaj
ti:n³	taŋ¹	ɕo⁵	ja:ŋ⁵	va³
点	灯	放	香	火

点灯搁神龛，

4–818

亮	**貝**	**五**	**安**	**楼**
Rongh	bae	haj	aen	laeuz
ɹo:ŋ⁶	pai¹	ha³	an¹	lau²
亮	去	五	个	楼

照亮五座楼。

4–819

利	**宁**	**空**	**同**	**说**
Lij	ningq	ndwi	doengh	naeuz
li⁴	niŋ⁵	du:i¹	toŋ²	nau²
还	小	不	相	说

小时不相商，

4–820

内	**正**	**偻**	**牙**	**坤**
Neix	cingz	raeuz	yaek	goenq
ni⁴	ɕiŋ²	ɹau²	jak⁷	kon⁵
这	情	我们	要	断

而今情快断。

女唱

4–821

点	**灯**	**作**	**央**	**华**
Diemj	daeng	coq	yangq	vaj
ti:n³	taŋ¹	ɕo⁵	ja:ŋ⁵	va³
点	灯	放	香	火

点灯搁神龛，

4–822

亮	**貝**	**五**	**安**	**开**
Rongh	bae	haj	aen	gai
ɹo:ŋ⁶	pai¹	ha³	an¹	ka:i¹
亮	去	五	个	街

照亮五条街。

4–823

点	**灯**	**排**	**它**	**排**
Diemj	daeng	baiz	daz	baiz
ti:n³	taŋ¹	pa:i²	ta²	pa:i²
点	灯	排	又	排

成排的灯火，

4–824

特	**貝**	**开**	**而**	**良**
Dawz	bae	gai	lawz	liengh
təɯ²	pai¹	ka:i¹	laɯ²	li:ŋ⁶
拿	去	街	哪	亮

要照哪条街？

男唱

4-825

点	**灯**	**作**	**央**	**华**
Diemj	daeng	coq	yangq	vaj
ti:n^{3}	taŋ^{1}	ɕo^{5}	ja:ŋ^{5}	va^{3}
点	灯	放	香	火

点灯搁神龛，

4-826

亮	**貝**	**五**	**安**	**开**
Rongh	bae	haj	aen	gai
ɹo:ŋ^{6}	pai^{1}	ha^{3}	an^{1}	ka:i^{1}
亮	去	五	个	街

照亮五条街。

4-827

点	**灯**	**排**	**它**	**排**
Diemj	daeng	baiz	daz	baiz
ti:n^{3}	taŋ^{1}	pa:i^{2}	ta^{2}	pa:i^{2}
点	灯	排	又	排

成排的灯火，

4-828

亮	**堂**	**开**	**少**	**包**
Rongh	daengz	gai	sau	mbauq
ɹo:ŋ^{6}	taŋ^{2}	ka:i^{1}	θa:u^{1}	ba:u^{5}
亮	到	街	姑娘	小伙

照亮情友街。

女唱

4-829

点	**灯**	**作**	**央**	**华**
Diemj	daeng	coq	yangq	vaj
ti:n^{3}	taŋ^{1}	ɕo^{5}	ja:ŋ^{5}	va^{3}
点	灯	放	香	火

点灯搁神龛，

4-830

亮	**貝**	**五**	**安**	**板**
Rongh	bae	haj	aen	mbanj
ɹo:ŋ^{6}	pai^{1}	ha^{3}	an^{1}	ba:n^{3}
亮	去	五	个	村

照亮五个村。

4-831

点	**灯**	**作**	**罗**	**汉**
Diemj	daeng	coq	loh	hanz
ti:n^{3}	taŋ^{1}	ɕo^{5}	lo^{6}	ha:n^{2}
点	灯	放	路	担

扁担头点灯，

4-832

亮	**貝**	**三**	**丈**	**四**
Rongh	bae	sam	ciengh	seiq
ɹo:ŋ^{6}	pai^{1}	θa:n^{1}	ɕɯ:ŋ^{6}	θei^{5}
亮	去	三	丈	四

照亮一大片。

男唱

4–833

点	**灯**	**作**	**央**	**华**
Diemj	daeng	coq	yangq	vaj
ti:n^{3}	taŋ^{1}	ɕo^{5}	ja:ŋ^{5}	va^{3}
点	灯	放	香	火

点灯搁神龛，

4–834

亮	**貝**	**五**	**安**	**板**
Rongh	bae	haj	aen	mbanj
ɹo:ŋ^{6}	pai^{1}	ha^{3}	an^{1}	ba:n^{3}
亮	去	五	个	村

照亮五个村。

4–835

点	**灯**	**作**	**罗**	**汉**
Diemj	daeng	coq	loh	hanz
ti:n^{3}	taŋ^{1}	ɕo^{5}	lo^{6}	ha:n^{2}
点	灯	放	路	担

扁担头点灯，

4–836

亮	**貝**	**堂**	**然**	**农**
Rongh	bae	daengz	ranz	nuengx
ɹo:ŋ^{6}	pai^{1}	taŋ^{2}	ɹa:n^{2}	nu:ŋ^{4}
亮	去	到	家	妹

照到小妹家。

女唱

4–837

点	**灯**	**作**	**更**	**开**
Diemj	daeng	coq	gwnz	gai
ti:n^{3}	taŋ^{1}	ɕo^{5}	kɯn^{2}	ka:i^{1}
点	灯	放	上	街

点灯放街上，

4–838

文	**来**	**堂**	**又**	**贵**
Vunz	lai	daengz	youh	gvih
vun^{2}	la:i^{1}	taŋ^{2}	jou^{4}	kwei^{6}
人	多	到	又	跪

大家又下跪。

4–839

点	**灯**	**作**	**良**	**为**
Diemj	daeng	coq	liengz	veih
ti:n^{3}	taŋ^{1}	ɕo^{5}	le:ŋ^{2}	vei^{6}
点	灯	放	梁	帏

点灯挂梁上，

4–840

亮	**四**	**处**	**古**	**岁**
Rongh	seiq	cih	guh	caez
ɹo:ŋ^{6}	θei^{5}	ɕi^{6}	ku^{4}	ɕai^{2}
亮	四	处	做	齐

周边全照亮。

男唱

4-841

点	**灯**	**作**	**更**	**开**
Diemj	daeng	coq	gwnz	gai
ti:n^{3}	taŋ^{1}	ɕo^{5}	kɯn^{2}	ka:i^{1}
点	灯	放	上	街

点灯放街上，

4-842

文	**来**	**堂**	**又**	**贵**
Vunz	lai	daengz	youh	gvih
vun^{2}	la:i^{1}	taŋ^{2}	jou^{4}	kwei^{6}
人	多	到	又	跪

大家又下跪。

4-843

点	**灯**	**作**	**良**	**为**
Diemj	daeng	coq	liengz	veih
ti:n^{3}	taŋ^{1}	ɕo^{5}	le:ŋ^{6}	vei^{6}
点	灯	放	梁	帏

点灯挂梁上，

4-844

四	**处**	**亮**	**吨**	**本**
Seiq	cih	rongh	daemx	mbwn
θei^{5}	ɕi^{6}	ɹo:ŋ^{6}	tan^{4}	bɯn^{1}
四	处	亮	顶	天

天亮如白昼。

女唱

4-845

点	**灯**	**作**	**更**	**开**
Diemj	daeng	coq	gwnz	gai
ti:n^{3}	taŋ^{1}	ɕo^{5}	kɯn^{2}	ka:i^{1}
点	灯	放	上	街

点灯放街上，

4-846

文	**来**	**堂**	**又**	**满**
Vunz	lai	daengz	youh	muengh
vun^{2}	la:i^{1}	taŋ^{2}	jou^{4}	mu:ŋ^{6}
人	多	到	又	望

路人来围观。

4-847

点	**灯**	**作**	**吉**	**降**
Diemj	daeng	coq	gix	gyangq
ti:n^{3}	taŋ^{1}	ɕo^{5}	ki^{4}	kja:ŋ^{5}
点	灯	放	这	搁

点灯放这里，

4-848

刘	**对**	**邦**	**开**	**正**
Liuz	doih	baengz	hai	cingz
liu^{2}	to:i^{6}	paŋ^{2}	ha:i^{1}	ɕiŋ^{2}
看	伙伴	朋	开	情

看友分礼品。

男唱

4-849

点	**灯**	**作**	**更**	**开**
Diemj	daeng	coq	gwnz	gai
ti:n^3	taŋ^1	ɕo^5	kɯn^2	ka:i^1
点	灯	放	上	街

点灯放街上，

4-850

文	**来**	**堂**	**又**	**满**
Vunz	lai	daengz	youh	muengh
vun^2	la:i^1	taŋ^2	jou^4	mu:ŋ^6
人	多	到	又	望

路人来围观。

4-851

点	**灯**	**作**	**吉**	**降**
Diemj	daeng	coq	gix	gyangq
ti:n^3	taŋ^1	ɕo^5	ki^4	kja:ŋ^5
点	灯	放	这	搁

点灯放这里，

4-852

秀	**对**	**邦**	**米**	**元**
Ciuh	doih	baengz	miz	yuenz
ɕi:u^6	to:i^6	paŋ^2	mi^2	ju:n^2
世	伙伴	朋	有	缘

情侣有缘分。

女唱

4-853

点	**灯**	**作**	**更**	**开**
Diemj	daeng	coq	gwn	gai
ti:n^3	taŋ^1	ɕo^5	kɯn^2	ka:i^1
点	灯	放	上	街

点灯放街上，

4-854

文	**来**	**堂**	**又**	**相**
Vunz	lai	daengz	youh	siengq
vun^2	la:i^1	taŋ^2	jou^4	θi:ŋ^5
人	多	到	又	看

路人来围观。

4-855

点	**太**	**作**	**吉**	**光**
Diemj	daeng	coq	giz	gvengq
ti:n^3	taŋ^1	ɕo^5	ki^2	kwe:ŋ^5
点	灯	放	处	空旷

点灯搁高处，

4-856

相	**要**	**友**	**在**	**行**
Siengq	aeu	youx	caih	hangz
θi:ŋ^5	au^1	ju^4	ɕa:i^6	ha:ŋ^2
相	要	友	在	行

选个伶俐友。

男唱

4-857

点	**灯**	**作**	**更**	**开**
Diemj	daeng	coq	gwnz	gai
ti:n^{3}	taŋ^{1}	ço^{5}	kɯn^{2}	ka:i^{1}
点	灯	放	上	街

点灯放街上，

4-858

文	**来**	**堂**	**又**	**相**
Vunz	lai	daengz	youh	siengq
vun^{2}	la:i^{1}	taŋ^{2}	jou^{4}	θi:ŋ^{5}
人	多	到	又	看

路人来围观。

4-859

卜	**相**	**卜**	**不**	**相**
Boux	siengq	boux	mbouj	siengq
pu^{4}	θi:ŋ^{5}	pu^{4}	bou^{5}	θi:ŋ^{5}
人	相	人	不	相

有看有不看，

4-860

英	**相**	**可**	**下**	**王**
Yingz	siengq	goj	roengz	vaengz
iŋ^{1}	θi:ŋ^{5}	ko^{5}	ɹoŋ^{2}	vaŋ^{2}
仍	相	可	下	潭

到潭边相亲。

女唱

4-861

点	**灯**	**作**	**更**	**开**
Diemj	daeng	coq	gwnz	gai
ti:n^{3}	taŋ^{1}	ço^{5}	kɯn^{2}	ka:i^{1}
点	灯	放	上	街

点灯放街上，

4-862

文	**来**	**堂**	**又**	**满**
Vunz	lai	daengz	youh	monh
vun^{2}	la:i^{1}	taŋ^{2}	jou^{4}	mo:n^{6}
人	多	到	又	谈情

朋友来谈情。

4-863

点	**灯**	**作**	**庆**	**远**
Diemj	daeng	coq	ging	yenj
ti:n^{3}	taŋ^{1}	ço^{5}	kiŋ^{3}	ju:n^{6}
点	灯	放	庆	远

点灯搁庆远，

4-864

农	**秋**	**满**	**知**	**空**
Nuengx	ciuq	monh	rox	ndwi
nu:ŋ^{4}	çi:u^{5}	mo:n^{6}	ɹo^{4}	du:i^{1}
妹	看	谈情	或	不

我未必谈情。

男唱

4-865

点	**灯**	**作**	**更**	**开**
Diemj	daeng	coq	gwnz	gai
ti:n^{3}	taŋ^{1}	ɕo^{5}	kɯn^{2}	ka:i^{1}
点	灯	放	上	街

点灯放街上，

4-866

文	**来**	**堂**	**又**	**满**
Vunz	lai	daengz	youh	monh
vun^{2}	la:i^{1}	taŋ^{2}	jou^{4}	mo:n^{6}
人	多	到	又	谈情

朋友来谈情。

4-867

点	**灯**	**作**	**庆**	**远**
Diemj	daeng	coq	ging	yenj
ti:n^{3}	taŋ^{1}	ɕo^{5}	kiŋ^{3}	ju:n^{6}
点	灯	放	庆	远

点灯搁庆远，

4-868

农	**秋**	**满**	**是**	**貝**
Nuengx	ciuq	monh	cix	bae
nu:ŋ^{4}	ɕi:u^{5}	mo:n^{6}	ɕi^{4}	pai^{1}
妹	看	谈情	就	去

妹谈情就去。

女唱

4-869

点	**灯**	**作**	**更**	**开**
Diemj	daeng	coq	gwnz	gai
ti:n^{3}	taŋ^{1}	ɕo^{5}	kɯn^{2}	ka:i^{1}
点	灯	放	上	街

点灯放街上，

4-870

文	**来**	**堂**	**又**	**口**
Vunz	lai	daengz	youh	gaeuj
vun^{2}	la:i^{1}	taŋ^{2}	jou^{4}	kau^{3}
人	多	到	又	看

路人来围观。

4-871

点	**灯**	**作**	**南**	**州**
Diemj	daeng	coq	nanz	couh
ti:n^{3}	taŋ^{1}	ɕo^{5}	na:n^{2}	ɕou^{5}
点	灯	放	南	州

点灯放南州，

4-872

邦	**口**	**田**	**而**	**好**
Baengz	gaeuj	dieg	lawz	ndei
paŋ^{2}	kau^{3}	ti:k^{8}	laɯ^{2}	dei^{1}
朋	看	地	哪	好

友看何处好？

男唱

4-873

点	**灯**	**作**	**更**	**开**
Diemj	daeng	coq	gwnz	gai
ti:n^{3}	taŋ^{1}	ɕo^{5}	kɯn^{2}	ka:i^{1}
点	灯	放	上	街

点灯放街上，

4-874

文	**来**	**堂**	**又**	**口**
Vunz	lai	daengz	youh	gaeuj
vun^{2}	la:i^{1}	taŋ^{2}	jou^{4}	kau^{3}
人	多	到	又	看

路人来围观。

4-875

点	**灯**	**作**	**南**	**州**
Diemj	daeng	coq	nanz	couh
ti:n^{3}	taŋ^{1}	ɕo^{5}	na:n^{2}	ɕou^{5}
点	灯	放	南	州

点灯放南州，

4-876

邦	**口**	**尻**	**是**	**跟**
Baengz	gaeuj	nyienh	cix	riengz
paŋ^{2}	kau^{3}	ȵu:n^{6}	ɕi^{4}	ɹi:ŋ^{2}
朋	看	愿	就	跟

友愿意就来。

女唱

4-877

知	**安**	**灯**	**内**	**罗**
Rox	aen	daeng	neix	roh
ɹo^{4}	an^{1}	taŋ^{1}	ni^{4}	ɹo^{6}
知	个	灯	这	漏

明知灯漏油，

4-878

是	**不**	**作**	**油**	**令**
Cix	mbouj	coq	youz	rim
ɕi^{4}	bou^{5}	ɕo^{5}	jou^{2}	ɹin^{1}
就	不	放	油	满

就别放满油。

4-879

知	**农**	**变**	**良**	**心**
Rox	nuengx	bienq	liengz	sim
ɹo^{4}	nu:ŋ^{4}	pi:n^{5}	li:ŋ^{2}	θin^{1}
知	妹	变	良	心

明知妹变心，

4-880

千	**金**	**是**	**不**	**勒**
Cien	gim	cix	mbouj	lawh
ɕi:n^{1}	kin^{1}	ɕi^{4}	bou^{5}	ləɯ^{6}
千	金	就	不	换

别花重金谈。

男唱

4-881

知　安　灯　内　罗

Rox　aen　daeng　neix　roh

ɹo^4　an^1　taŋ^1　ni^4　ɹo^6

知　个　灯　这　漏

明知灯漏油，

4-882

是　不　作　油　令

Cix　mbouj　coq　youz　rim

çi^4　bou^5　ço^5　jou^2　ɹin^1

就　不　放　油　满

就不放满油。

4-883

知　农　变　良　心

Rox　nuengx　bienq　liengz　sim

ɹo^4　nuːŋ^4　piːn^5　liːŋ^2　θin^1

知　妹　变　良　心

若知妹变心，

4-884

先　特　正　土　刀

Senq　dawz　cingz　dou　dauq

θeːn^5　təɯ^2　çiŋ　tu^1　taːu^5

早　拿　情　我　回

早追回信物。

女唱

4-885

知　安　灯　内　罗

Rox　aen　daeng　neix　roh

ɹo^4　an^1　taŋ^1　ni^4　ɹo^6

知　个　灯　这　漏

明知灯漏油，

4-886

是　不　作　油　桐

Cix　mbouj　coq　youz　doengz

çi^4　bou^5　ço^5　jou^2　toŋ^2

就　不　放　油　桐

就不加桐油。

4-887

知　农　你　空　从

Rox　nuengx　mwngz　ndwi　coengz

ɹo^4　nuːŋ^4　mɯŋ^2　duːi^1　çoŋ^2

知　妹　你　不　从

若知妹不从，

4-888

采　很　下　付　荣

Byaij　hwnj　roengz　fouz　yungh

pjaːi^3　hɯn^3　ɹoŋ^2　fu^2　juŋ^6

走　上　下　无　用

努力也白费。

男唱

4-889

知	**安**	**灯**	**内**	**罗**
Rox	aen	daeng	neix	roh
ɹo^{4}	an^{1}	taŋ^{1}	ni^{4}	ɹo^{6}
知	个	灯	这	漏

明知灯漏油，

4-890

是	**空**	**作**	**油**	**桐**
Cix	ndwi	coq	youz	doengz
ɕi^{4}	du:i^{1}	ɕo^{5}	jou^{2}	toŋ^{2}
就	不	放	油	桐

就不加桐油。

4-891

知	**农**	**你**	**空**	**从**
Rox	nuengx	mwngz	ndwi	coengz
ɹo^{4}	nu:ŋ^{4}	mɯŋ^{2}	du:i^{1}	ɕoŋ^{2}
知	妹	你	不	从

若知妹不从，

4-892

桥	**龙**	**是**	**空**	**采**
Giuz	lungz	cix	ndwi	byaij
ki:u^{2}	luŋ^{2}	ɕi^{4}	du:i^{1}	pja:i^{3}
桥	龙	就	不	走

不走冤枉路。

女唱

4-893

知	**安**	**灯**	**内**	**罗**
Rox	aen	daeng	neix	roh
ɹo^{4}	an^{1}	taŋ^{1}	ni^{4}	ɹo^{6}
知	个	灯	这	漏

明知灯漏油，

4-894

是	**空**	**作**	**油**	**来**
Cix	ndwi	coq	youz	lai
ɕi^{4}	du:i^{1}	ɕo^{5}	jou^{2}	la:i^{1}
就	不	放	油	多

不加太多油。

4-895

知	**能**	**空**	**办**	**才**
Rox	nyaenx	ndwi	baenz	caiz
ɹo^{4}	ȵan^{4}	du:i^{1}	pan^{2}	ɕa:i^{2}
知	那么	不	成	才

若知要落空，

4-896

土	**先**	**乖**	**利**	**早**
Dou	senq	gvai	lij	romh
tu^{1}	θe:n^{5}	kwa:i^{1}	li^{4}	ɹo:n^{6}
我	早	乖	还	早

我早该悔悟。

男唱

4–897

乖　不　乖　利　早

Gvai mbouj gvai lij romh

kwa:i^{1} bou^{5} kwa:i^{1} li^{4} ɹo:n^{6}

乖　不　乖　还　早

不早点悔悟，

4–898

祘　不　祘　可　比

Suenq mbouj suenq goek bi

θu:n^{5} bou^{5} θu:n^{5} kok^{7} pi^{1}

算　不　算　根　年

年初也不说。

4–899

佚　内　刀　同　立

Fawh neix dauq doengh liz

fəɯ^{6} ni^{4} ta:u^{5} toŋ^{2} li^{2}

时　这　倒　相　离

而今要分手，

4–900

话　好　龙　才　出

Vah ndei lungz nda ok

va^{6} dei^{1} luŋ^{2} da^{1} o:k^{7}

话　好　龙　刚　出

兄才说好话。

女唱

4–901

尝　得　义　十　比

Caengz ndaej ngeih cib bi

ɕaŋ^{2} dai^{3} ȵi^{6} ɕit^{8} pi^{1}

未　得　二　十　年

不满二十岁，

4–902

是　好　你　打　祘

Cix ndij mwngz daj suenq

ɕi^{4} di^{1} mɯŋ^{2} ta^{3} θu:n^{5}

就　与　你　打　算

就同你商议。

4–903

想　牙　乖　利　早

Siengj yaek gvai lij romh

θi:ŋ^{3} jak^{7} kwa:i^{1} li^{4} ɹo:n^{6}

想　要　乖　还　早

想早点悔悟，

4–904

为　观　空　米　正

Vih gonq ndwi miz cingz

vei^{6} kon^{5} du:i^{1} mi^{2} ɕiŋ^{2}

为　先　不　有　情

只因没彩礼。

男唱

4-905

想 牙 乖 利 早

Siengj yaek gvai lij romh

θi:ŋ3 jak7 kwa:i1 li4 ɹo:n6

想 要 乖 还 早

想早点悔悟,

4-906

为 观 空 米 正

Vih gonq ndwi miz cingz

vei6 ko:n5 du:i1 mi2 ɕiŋ2

为 先 不 有 情

只因没彩礼。

4-907

想 托 农 中 声

Siengj doh nuengx cuengq sing

θi:ŋ3 to6 nu:ŋ4 ɕu:ŋ5 θiŋ1

想 同 妹 放 声

想同妹唱歌,

4-908

知 哈 文 知 不

Rox ha vunz rox mbouj

ɹo4 ha1 vun2 ɹo4 bou5

知 配 人 或 不

又怕不如人。

女唱

4-909

想 牙 乖 利 早

Siengj yaek gvai lij romh

θi:ŋ3 jak7 kwa:i1 li4 ɹo:n6

想 要 乖 还 早

想早点悔悟,

4-910

为 观 空 米 正

Vih gonq ndwi miz cingz

vei6 ko:n5 du:i1 mi2 ɕiŋ2

为 先 不 有 情

只因没彩礼。

4-911

管 托 备 中 声

Guenj doh beix cuengq sing

ku:n3 to6 pi4 ɕu:ŋ5 θiŋ1

管 同 兄 放 声

尽管放声唱,

4-912

不 哈 文 洋 祘

Mbouj ha vunz yaeng suenq

bou5 ha1 vun2 jaŋ1 θu:n5

不 配 人 再 算

不如人再说。

男唱

4–913

乖	**不**	**乖**	**利**	**早**
Gvai	mbouj	gvai	lij	romh
kwa:i^{1}	bou^{5}	kwa:i^{1}	li^{4}	ɹo:n^{6}
乖	不	乖	还	早

来得及反悔，

4–914

祘	**不**	**祘**	**笂**	**笂**①
Suenq	mbouj	suenq	yiuz	yiuz
θu:n^{5}	bou^{5}	θu:n^{5}	ji:u^{2}	ji:u^{2}
算	不	算	九	九

要不要算账？

4–915

鸟	**炾**	**牙**	**断**	**桥**
Roeg	enq	yaek	duenx	giuz
ɹok^{8}	e:n^{5}	jak^{7}	tu:n^{4}	ki:u^{2}
鸟	燕	欲	断	桥

燕子要飞走，

4–916

龙	**才**	**九**	**玩**	**仪**
Lungz	nda	iu	vanz	saenq
luŋ^{2}	da^{1}	i:u^{1}	va:n^{2}	θin^{5}
龙	刚	邀	还	信

老兄要结交。

女唱

4–917

想	**牙**	**乖**	**利**	**早**
Siengj	yaek	gvai	lij	romh
θi:ŋ^{3}	jak^{7}	kwa:i^{1}	li^{4}	ɹo:n^{6}
想	要	乖	还	早

想早点反悔，

4–918

为	**观**	**空**	**同**	**说**
Vih	gonq	ndwi	doengh	naeuz
vei^{6}	ko:n^{5}	du:i^{1}	toŋ^{2}	nau^{2}
为	先	不	相	说

但未曾商议。

4–919

往	**双**	**偻**	**巴**	**轻**
Uengj	song	raeuz	bak	mbaeu
va:ŋ^{3}	θo:ŋ^{1}	ɹau^{2}	pa:k^{7}	bau^{1}
枉	两	我们	嘴	轻

我俩虽巧舌，

4–920

空	**同**	**说**	**利**	**早**
Ndwi	doengh	naeuz	lij	romh
du:i^{1}	toŋ^{2}	nau^{2}	li^{4}	ɹo:n^{6}
不	相	说	还	早

先前不商议。

① 笂笂［ji:u^{2} ji:u^{2}］：九九，指用算盘算账。

男唱

4–921

乖 不 乖 利 早

Gvai mbouj gvai lij romh

kwaːi^{1} bou^{5} kwaːi^{1} li^{4} ɹoːn^{6}

乖 不 乖 还 早

来得及反悔，

4–922

祘 不 祘 可 比

Suenq mbouj suenq goek bi

θuːn^{5} bou^{5} θuːn^{5} kok^{7} pi^{1}

算 不 算 根 年

年初也承诺。

4–923

备 农 牙 同 立

Beix nuengx yaek doengh liz

pei^{4} nuːŋ^{4} jak^{7} toŋ^{2} li^{2}

兄 妹 欲 相 离

兄妹将分手，

4–924

讲 句 好 句 凶

Gangj coenz ndei coenz rwix

kaːŋ^{3} kjon^{2} dei^{1} kjon^{2} ɹuːi^{4}

讲 句 好 句 孬

好坏都要讲。

女唱

4–925

油 了 门 又 了

Youz liux mwnz youh liux

jou^{2} liːu^{4} mɯn^{2} jou^{4} liːu^{4}

油 完 芯 又 完

油尽灯也枯，

4–926

优 强 貝 吊 法

Yaeuq gyongh bae venj faz

jau^{5} kjoːŋ^{6} pai^{1} veːn^{3} fa^{2}

藏 架 去 挂 竹墙

灯架已无用。

4–927

了 告 内 了 而

Liux gau neix liux roih

liːu^{4} kaːu^{1} ni^{4} liːu^{4} ɹoːi^{6}

完 次 这 完 他

我俩到头了，

4–928

面 元 家 双 边

Mienx ien gya song mbiengj

miːn^{4} juːn^{1} kja^{1} θoːŋ^{1} bɯːŋ^{3}

免 冤 家 两 边

免得造冤家。

男唱

4-929

油	**了**	**门**	**又**	**了**
Youz	liux	mwnz	youh	liux
jou^{2}	liːu^{4}	mɯn^{2}	jou^{4}	liːu^{4}
油	完	芯	又	完

油尽灯也枯，

4-930

优	**强**	**貝**	**吊**	**法**
Yaeuq	gyongh	bae	venj	faz
jau^{5}	kjoːŋ^{6}	pai^{1}	veːn^{3}	fa^{2}
藏	架	去	挂	竹墙

灯架已无用。

4-931

讲	**了**	**貝**	**包**	**而**
Gangj	liux	bae	mbauq	lawz
kaːŋ^{3}	liːu^{4}	pai^{1}	baːu^{5}	laɯ^{2}
讲	完	去	小伙	哪

有话就说完，

4-932

文	**利**	**加**	**你**	**由**
Vunz	lij	caj	mwngz	raeuh
vun^{1}	li^{4}	kja^{3}	mɯŋ^{2}	ɹau^{6}
人	还	等	你	多

没人能等你。

女唱

4-933

油	**了**	**门**	**又**	**了**
Youz	liux	mwnz	youh	liux
jou^{2}	liːu^{4}	mɯn^{2}	jou^{4}	liːu^{4}
油	完	芯	又	完

油尽灯也枯，

4-934

优	**强**	**貝**	**吊**	**从**
Yaeuq	gyongh	bae	venj	congh
jau^{5}	kjoːŋ^{6}	pai^{1}	veːn^{3}	ɕoːŋ^{6}
藏	架	去	挂	洞

灯架也无用。

4-935

了	**告**	**内**	**了**	**同**
Liux	gau	neix	liux	doengz
liːu^{4}	kaːu^{1}	ni^{4}	liːu^{4}	toŋ^{2}
完	次	这	完	同

情分已到头，

4-936

桥	**龙**	**不**	**卩**	**采**
Giuz	lungz	mbouj	boux	byaij
kiːu^{2}	luŋ^{2}	bou^{5}	pu^{4}	pjaːi^{3}
桥	龙	无	人	走

以后不来往。

男唱

4-937

油 了 门 又 了

Youz liux mwnz youh liux

jou^{2} liːu^{4} mɯn^{2} jou^{4} liːu^{4}

油 完 芯 又 完

油尽灯也枯，

4-938

优 强 贝 吊 从

Yaeuq gyongh bae venj congh

jau^{5} kjoːŋ^{6} pai^{1} veːn^{3} ɕoːŋ^{6}

藏 架 去 挂 洞

灯架也无用。

4-939

了 是 了 四 方

Liux cix liux seiq fueng

liːu^{4} ɕi^{4} liːu^{4} θei^{5} fuːŋ^{1}

完 是 完 四 方

做不成情友，

4-940

同 偻 不 可 在

Doengz raeuz mbouj goj ywq

toŋ^{2} ɹau^{2} bou^{5} ko^{5} jɯ^{5}

同 我们 不 也 在

我俩情义在。

女唱

4-941

油 了 门 又 了

Youz liux mwnz youh liux

jou^{2} liːu^{4} mɯn^{2} jou^{4} liːu^{4}

油 完 芯 又 完

油尽灯也枯，

4-942

优 强 贝 吊 从

Yaeuq gyongh bae venj congh

jau^{5} kjoːŋ^{6} pai^{1} veːn^{3} ɕoːŋ^{6}

藏 架 去 挂 洞

灯架也无用。

4-943

了 告 内 了 同

Liux gau neix liux doengz

liːu^{4} kaːu^{1} ni^{4} liːu^{4} toŋ^{2}

完 次 这 完 同

情分已到头，

4-944

了 四 方 少 包

Liux seiq fueng sau mbauq

liːu^{4} θei^{5} fuːŋ^{1} θaːu^{1} baːu^{5}

完 四 方 姑娘 小伙

兄妹情义断。

男唱

4–945

油　了　门　又　了

Youz liux mwnz youh liux

jou^{2} liːu^{4} mɯn^{2} jou^{4} liːu^{4}

油　完　芯　又　完

油尽灯也枯，

4–946

优　强　貝　吊　从

Yaeuq gyongh bae venj congh

jau^{5} kjoːŋ^{6} pai^{1} veːn^{3} ɕoːŋ^{6}

藏　架　去　挂　洞

灯架也无用。

4–947

以　样　内　同　下

Ei yiengh neix doengh roengz

i^{1} jɯːŋ^{6} ni^{4} toŋ^{2} ɹoŋ^{2}

依　样　这　相　下

从今天开始，

4–948

不　卜　从　后　生

Mbouj boux coengh haux seng

bou^{5} pu^{4} ɕoŋ^{6} hou^{4} θeːŋ^{1}

无　人　帮　后　生

无处可求助。

女唱

4–949

油　了　门　又　了

Youz liux mwnz youh liux

jou^{2} liːu^{4} mɯn^{2} jou^{4} liːu^{4}

油　完　芯　又　完

油尽灯也枯，

4–950

优　强　貝　吊　令

Yaeuq gyongh bae venj rin

jau^{5} kjoːŋ^{6} pai^{1} veːn^{3} ɹin^{1}

藏　架　去　挂　石

灯架也无用。

4–951

牙　了　秀　友　金

Yaek liux ciuh youx gim

jak^{7} liːu^{4} ɕiːu^{6} ju^{4} kin^{1}

欲　完　世　友　金

我俩情缘尽，

4–952

当　卜　飞　当　边

Dangq boux mbin dangq mbiengj

taːŋ^{5} pu^{4} bin^{1} taːŋ^{5} bɯːŋ^{3}

另　人　飞　另　边

就各奔东西。

男唱

4-953

油	了	门	又	了
Youz	liux	mwnz	youh	liux
jou²	liːu⁴	mɯn²	jou⁴	liːu⁴
油	完	芯	又	完

油尽灯也枯，

4-954

优	强	貝	吊	令
Yaeuq	gyongh	bae	venj	rin
jau⁵	kjoːŋ⁶	pai¹	veːn³	ɹin¹
藏	架	去	挂	石

灯架也无用。

4-955

初	是	初	三	辰
Couh	cix	couh	san	sinz
ɕou⁶	ɕi⁴	ɕou⁶	θaːn¹	θin²
宿	就	宿	山	神

留宿大石山，

4-956

开	飞	来	了	农
Gaej	mbin	lai	liux	nuengx
kaːi⁵	bin¹	laːi¹	liːu⁴	nuːŋ⁴
莫	飞	多	啰	妹

妹别走太远。

女唱

4-957

油	了	门	又	了
Youz	liux	mwnz	youh	liux
jou²	liːu⁴	mɯn²	jou⁴	liːu⁴
油	完	芯	又	完

油尽灯也枯，

4-958

优	强	貝	吊	令
Yaeuq	gyongh	bae	venj	rin
jau⁵	kjoːŋ⁶	pai¹	veːn³	ɹin¹
藏	架	去	挂	石

灯架也无用。

4-959

老	表	备	是	飞
Laux	biuj	beix	cix	mbin
laːu⁴	piːu³	pi⁴	ɕi⁴	bin¹
老	表	兄	是	飞

表兄走就走，

4-960

定	土	是	不	走
Din	dou	cix	mbouj	yamq
tin¹	tu¹	ɕi⁴	bou⁵	jaːm⁵
脚	我	是	不	走

我定不会走。

男唱

4-961

油 了 门 又 了

Youz liux mwnz youh liux

jou^{2} li:u^{4} mɯn^{2} jou^{4} li:u^{4}

油 完 芯 又 完

油尽灯也枯，

4-962

优 强 貝 吊 周

Yaeuq gyongh bae venj saeu

jau^{5} kjo:ŋ^{6} pai^{1} ve:n^{3} θau^{1}

藏 架 去 挂 柱

灯架也无用。

4-963

牙 了 秀 巴 轻

Yaek liux ciuh bak mbaeu

jak^{7} li:u^{4} ɕi:u^{6} pa:k^{7} bau^{1}

欲 完 世 嘴 轻

青春留不住，

4-964

你 说 而 了 农

Mwngz naeuz rawz liux nuengx

mɯŋ^{2} nau^{2} ɹaɯ^{2} li:u^{4} nu:ŋ^{4}

你 说 什么 啰 妹

妹说怎么办？

女唱

4-965

油 了 门 又 了

Youz liux mwnz youh liux

jou^{2} li:u^{4} mɯn^{2} jou^{4} li:u^{4}

油 完 芯 又 完

油尽灯也枯，

4-966

优 强 貝 吊 周

Yaeuq gyongh bae venj saeu

jau^{5} kjo:ŋ^{6} pai^{1} ve:n^{3} θau^{1}

藏 架 去 挂 柱

灯架也无用。

4-967

了 穷 友 巴 轻

Liux gyoengq youx bak mbaeu

li:u^{4} kjoŋ^{5} ju^{4} pa:k^{7} bau^{1}

完 群 友 嘴 轻

伴侣情缘尽，

4-968

牙 说 而 牙 由

Yaek naeuz rawz yax raeuh

jak^{7} nau^{2} ɹaɯ^{2} ja^{5} ɹau^{6}

欲 说 什么 也 多

也无话可说。

男唱

4–969

油	**了**	**门**	**又**	**了**
Youz	liux	mwnz	youh	liux
jou^{2}	liːu^{4}	mɯn^{2}	jou^{4}	liːu^{4}
油	完	芯	又	完

油尽灯也枯，

4–970

优	**强**	**貝**	**吊**	**周**
Yaeuq	gyongh	bae	venj	saeu
jau^{5}	kjoːŋ^{6}	pai^{1}	veːn^{3}	θau^{1}
藏	架	去	挂	柱

灯架也无用。

4–971

牙	**了**	**秀**	**巴**	**轻**
Yaek	liux	ciuh	bak	mbaeu
jak^{7}	liːu^{4}	ɕiːu^{6}	paːk^{7}	bau^{1}
欲	完	世	嘴	轻

青春留不住，

4–972

双	**偻**	**古**	**而**	**祘**
Song	raeuz	guh	rawz	suenq
θoːŋ^{1}	ɹau^{2}	ku^{4}	ɹaɯ^{2}	θuːn^{5}
两	我们	做	什么	算

如何度余生？

女唱

4–973

油	**了**	**门**	**又**	**了**
Youz	liux	mwnz	youh	liux
jou^{2}	liːu^{4}	mɯn^{2}	jou^{4}	liːu^{4}
油	完	芯	又	完

油尽灯也枯，

4–974

优	**强**	**貝**	**吊**	**周**
Yaeuq	gyongh	bae	venj	saeu
jau^{5}	kjoːŋ^{6}	pai^{1}	veːn^{3}	θau^{1}
藏	架	去	挂	柱

灯架也无用。

4–975

牙	**了**	**秀**	**巴**	**轻**
Yaek	liux	ciuh	bak	mbaeu
jak^{7}	liːu^{4}	ɕiːu^{6}	paːk^{7}	bau^{1}
欲	完	世	嘴	轻

青春留不住，

4–976

双	**偻**	**更**	**天**	**下**
Song	raeuz	gwnz	denh	yah
θoːŋ^{1}	ɹau^{2}	kɯn^{2}	tiːn^{1}	ja^{6}
两	我们	上	天	下

我俩走天下。

男唱

4-977

油 了 门 又 了

Youz liux mwnz youh liux

jou^{2} liːu^{4} mɯn^{2} jou^{4} liːu^{4}

油 完 芯 又 完

油尽灯也枯，

4-978

优 强 贝 吊 周

Yaeuq gyongh bae venj saeu

jau^{5} kjoːŋ^{6} pai^{1} veːn^{3} θau^{1}

藏 架 去 挂 柱

灯架也无用。

4-979

牙 了 秀 巴 轻

Yaek liux ciuh bak mbaeu

jak^{7} liːu^{4} ɕiːu^{6} paːk^{7} bau^{1}

欲 完 世 嘴 轻

青春留不住，

4-980

坤 勾 偻 岁 动

Goenq gaeu raeuz caez doengh

kon^{5} kau^{1} ɹau^{2} ɕai^{2} toŋ^{6}

断 藤 我们 齐 痛

我俩都心痛。

女唱

4-981

油 了 门 又 了

Youz liux mwnz youh liux

jou^{2} liːu^{4} mɯn^{2} jou^{4} liːu^{4}

油 完 芯 又 完

油尽灯也枯，

4-982

优 强 贝 吊 周

Yaeuq gyongh bae venj saeu

jau^{5} kjoːŋ^{6} pai^{1} veːn^{3} θau^{1}

藏 架 去 挂 柱

灯架也无用。

4-983

了 穷 友 巴 轻

Liux gyoengq youx bak mbaeu

liːu^{4} kjoŋ^{5} ju^{4} paːk^{7} bau^{1}

完 群 友 嘴 轻

伴侣情缘尽，

4-984

同 说 写 给 伕

Doengz naeuz ce hawj fwx

toŋ^{2} nau^{2} ɕe^{1} həɯ^{3} fə^{4}

同 说 留 给 别人

要提醒后人。

男唱

4–985

变	**办**	**鸟**	**告**	**架**
Bienq	baenz	roeg	gauq	gyax
piːn^{5}	pan^{2}	ɹok^{8}	kaːu^{5}	kja^{4}
变	成	鸟	秧	鸡

变成杜鹃鸟，

4–986

下	**拉**	**达**	**讲**	**坤**
Roengz	laj	dah	gangj	gun
ɹoŋ^{2}	la^{3}	ta^{6}	kaːŋ^{3}	kun^{1}
下	下	河	讲	官话

河畔学汉语。

4–987

同	**对**	**马**	**拉**	**本**
Doengz	doih	ma	laj	mbwn
toŋ^{2}	toːi^{6}	ma^{1}	la^{3}	bɯn^{1}
同	伙伴	来	下	天

同为天下人，

4–988

么	**办**	**文**	**样**	**内**
Maz	baenz	vunz	yiengh	neix
ma^{2}	pan^{2}	vun^{2}	jɯːŋ^{6}	ni^{4}
何	成	人	样	这

为何成这样？

女唱

4–989

变	**办**	**鸟**	**告**	**架**
Bienq	baenz	roeg	gauq	gyax
piːn^{5}	pan^{2}	ɹok^{8}	kaːu^{5}	kja^{4}
变	成	鸟	秧	鸡

变成杜鹃鸟，

4–990

下	**拉**	**达**	**讲**	**坤**
Roengz	laj	dah	gangj	gun
ɹoŋ^{2}	la^{3}	ta^{6}	kaːŋ^{3}	kun^{1}
下	下	河	讲	官话

河畔学汉语。

4–991

卜	**而**	**卜**	**不**	**文**
Boux	lawz	boux	mbouj	vunz
pu^{4}	laɯ^{2}	pu^{4}	bou^{5}	vun^{2}
人	哪	人	不	人

个个皆凡人，

4–992

卜	**而**	**龙**	**小**	**女**
Boux	lawz	lungz	siuj	nawx
pu^{4}	laɯ^{2}	luŋ^{2}	θiu^{3}	nɯ^{4}
人	哪	龙	小	女

谁是小龙女？

男唱

4-993

变	**办**	**鸟**	**告**	**架**
Bienq	baenz	roeg	gauq	gyax
piːn^{5}	pan^{2}	ɹok^{8}	kaːu^{5}	kja^{4}
变	成	鸟	秧	鸡

变成杜鹃鸟，

4-994

下	**拉**	**达**	**讲**	**坤**
Roengz	laj	dah	gangj	gun
ɹoŋ^{2}	la^{3}	ta^{6}	kaːŋ^{3}	kun^{1}
下	下	河	讲	官话

河畔学汉语。

4-995

早	**可**	**全**	**外**	**更**
Romh	goj	cienj	vaij	gwnz
ɹoːn^{6}	ko^{5}	ɕuːn^{3}	vaːi^{3}	kɯn^{2}
鹰	可	转	过	上

鹰在高空飞，

4-996

知	**哈**	**文**	**知**	**不**
Rox	ha	vunz	rox	mbouj
ɹo^{4}	ha^{1}	vun^{2}	ɹo^{4}	bou^{5}
知	配	人	或	不

是否配得上？

女唱

4-997

变	**办**	**鸟**	**告**	**架**
Bienq	baenz	roeg	gauq	gyax
piːn^{5}	pan^{2}	ɹok^{8}	kaːu^{5}	kja^{4}
变	成	鸟	秧	鸡

变成杜鹃鸟，

4-998

下	**拉**	**达**	**讲**	**坤**
Roengz	laj	dah	gangj	gun
ɹoŋ^{2}	la^{3}	ta^{6}	kaːŋ^{3}	kun^{1}
下	下	河	讲	官话

河畔学汉语。

4-999

早	**可**	**全**	**外**	**更**
Romh	goj	cienj	vaij	gwnz
ɹoːn^{6}	ko^{5}	ɕuːn^{3}	vaːi^{3}	kɯn^{2}
鹰	可	旋	过	上

鹰在高空飞，

4-1000

不	**哈**	**文**	**洋**	**祘**
Mbouj	ha	vunz	yaeng	suenq
bou^{5}	ha^{1}	vun^{2}	jaŋ^{1}	θuːn^{5}
不	配	人	再	算

配不上再说。

男唱

4-1001

变	**办**	**鸟**	**告**	**架**
Bienq	baenz	roeg	gauq	gyax
piːn^{5}	pan^{2}	ɹok^{8}	kaːu^{5}	kja^{4}
变	成	鸟	秧	鸡

变成杜鹃鸟，

4-1002

下	**拉**	**达**	**讲**	**坤**
Roengz	laj	dah	gangj	gun
ɹoŋ^{2}	la^{3}	ta^{6}	kaːŋ^{3}	kun^{1}
下	下	河	讲	官话

河畔学汉语。

4-1003

友	**文**	**可**	**友**	**文**
Youx	vunz	goj	youx	vunz
ju^{4}	vun^{2}	ko^{3}	ju^{4}	vun^{2}
友	人	可	友	人

密友归密友，

4-1004

几	**时**	**真**	**备**	**农**
Geij	seiz	caen	beix	nuengx
ki^{3}	θi^{2}	ɕin^{1}	pei^{4}	nuːŋ^{4}
几	时	真	兄	妹

并非亲兄妹。

女唱

4-1005

变	**办**	**鸟**	**告**	**架**
Bienq	baenz	roeg	gauq	gyax
piːn^{5}	pan^{2}	ɹok^{8}	kaːu^{5}	kja^{4}
变	成	鸟	秧	鸡

变成杜鹃鸟，

4-1006

下	**拉**	**达**	**讲**	**坤**
Roengz	laj	dah	gangj	gun
ɹoŋ^{2}	la^{3}	ta^{6}	kaːŋ^{3}	kun^{1}
下	下	河	讲	官话

河畔学汉语。

4-1007

些	**第**	**义**	**办**	**文**
Seiq	daih	ngeih	baenz	vunz
θe^{5}	ti^{5}	ȵi^{6}	pan^{2}	vun^{2}
世	第	二	成	人

轮回变风光，

4-1008

洋	**赔**	**正**	**你**	**备**
Yaeng	boiz	cingz	mwngz	beix
jaŋ^{1}	poːi^{2}	ɕiŋ^{2}	mɯŋ^{2}	pi^{4}
再	赔	情	你	兄

再还你深情。

男唱

4–1009

变	**办**	**鸟**	**告**	**架**
Bianq	baenz	roeg	gauq	gyax
piːn^{5}	pan^{2}	ɹok^{8}	kaːu^{5}	kja^{4}
变	成	鸟	秧	鸡

变成杜鹃鸟，

4–1010

下	**拉**	**达**	**告**	**朋**
Roengz	laj	dah	gauj	boengz
ɹoŋ^{2}	la^{3}	ta^{6}	kaːu^{3}	poŋ^{2}
下	下	河	搞	泥

下河玩泥浆。

4–1011

身	**农**	**生**	**下**	**朋**
Ndang	nuengx	caem	roengz	boengz
daːŋ^{1}	nuːŋ^{4}	ɕan^{1}	ɹoŋ^{2}	poŋ^{2}
身	妹	沉	下	泥

小妹沉泥潭，

4–1012

累	**同**	**而**	**得**	**优**
Laeq	doengz	lawz	ndaej	yaeuq
lai^{5}	toŋ^{2}	laɯ^{2}	dai^{3}	jau^{5}
看	同	哪	得	藏

哪位扛得动？

女唱

4–1013

变	**办**	**鸟**	**告**	**架**
Bienq	baenz	roeg	gauq	gyax
piːn^{5}	pan^{2}	ɹok^{8}	kaːu^{5}	kja^{4}
变	成	鸟	秧	鸡

变成杜鹃鸟，

4–1014

下	**拉**	**达**	**告**	**朋**
Roengz	laj	dah	gauj	boengz
ɹoŋ^{2}	la^{3}	ta^{6}	kaːu^{3}	poŋ^{2}
下	下	河	搞	泥

下河玩泥浆。

4–1015

身	**农**	**生**	**下**	**朋**
Ndang	nuengx	caem	roengz	boengz
daːŋ^{1}	nuːŋ^{4}	ɕan^{1}	ɹoŋ^{2}	poŋ^{2}
身	妹	沉	下	泥

小妹沉泥潭，

4–1016

偻	**是**	**付**	**生**	**衣**
Raeuz	cix	fouz	seng	eiq
ɹau^{2}	ɕi^{4}	fu^{2}	θeːŋ^{1}	i^{5}
我们	就	浮	相	依

我俩难结交。

男唱

4-1017

不 仪 果 后 梁

Mbouj saenq go haeux liengx

bou^{5} θin^{5} ko^{1} hau^{4} liːŋ^{4}

不 信 棵 稻 粱

看那狗尾粟，

4-1018

在 四 处 拉 本

Ywq seiq cih laj mbwn

jɯ^{5} θei^{5} ɕi^{6} la^{3} bɯn^{1}

在 四 处 下 天

它长遍天下。

4-1019

变 办 达 农 银

Bienq baenz dah nuengx ngaenz

piːn^{5} pan^{2} ta^{6} nuːŋ^{4} ŋan^{2}

变 成 女孩 妹 银

化为靓妹子，

4-1020

付 拉 本 内 在

Fouz laj mbwn neix ywq

fu^{2} la^{3} bɯn^{1} ni^{4} jɯ^{5}

浮 下 天 这 在

永活在天下。

女唱

4-1021

不 仪 果 后 梁

Mbouj saenq go haeux liengx

bou^{5} θin^{5} ko^{1} hau^{4} liːŋ^{4}

不 信 棵 稻 粱

看那狗尾粟，

4-1022

日 换 几 告 绸

Ngoenz rieg geij gau couz

ŋon^{2} ɹɯːk^{8} ki^{3} kaːu^{1} ɕu^{2}

天 换 几 次 绸

经常换新叶。

4-1023

不 论 秀 友 土

Mbouj lumz ciuh youx dou

bou^{5} lun^{2} ɕiːu^{6} ju^{4} tu^{1}

不 忘 世 友 我

你看我好友，

4-1024

日 换 几 告 𠬠

Ngoenz rieg geij gau boux

ŋon^{2} ɹɯːk^{8} ki^{3} kaːu^{1} pu^{4}

天 换 几 次 人

一日换几人。

男唱

4-1025

不　仪　粒　后　面

Mbouj saenq ngveih haeux meg

bou^{5} θin^{5} ŋwei^{6} hau^{4} meːk^{8}

不　信　粒　米　麦

你看那荞麦，

4-1026

米　借　刀　米　吉

Miz ciq dauq miz giz

mi^{2} ɕi^{5} taːu^{5} mi^{2} ki^{2}

有　借　又　有　处

也有地方借。

4-1027

命　农　正　可　好

Mingh nuengx cingq goj ndei

miŋ^{6} nuːŋ^{4} ɕiŋ^{5} ko^{3} dei^{1}

命　妹　正　可　好

小妹命真好，

4-1028

一　比　交　一　阝

It bi gyau it boux

it^{7} pi^{1} kjaːu^{1} it^{7} pu^{4}

一　年　交　一　个

每年交一人。

女唱

4-1029

不　仪　粒　后　面

Mbouj saenq ngveih haeux meg

bou^{5} θin^{5} ŋwei^{6} hau^{4} meːk^{8}

不　信　粒　米　麦

你看那荞麦，

4-1030

米　借　刀　米　开

Miz ciq dauq miz gai

mi^{2} ɕi^{5} taːu^{5} mi^{2} kaːi^{1}

有　借　又　有　街

街上有买卖。

4-1031

变　办　勒　阝　才

Bienq baenz lwg boux sai

piːn^{5} pan^{2} lɯk^{8} pu^{4} θaːi^{1}

变　成　子　男　人

若是男娃子，

4-1032

代　可　站　然　乜

Dai goj soengz ranz meh

taːi^{1} ko^{3} θoŋ^{2} ɹaːn^{2} me^{6}

死　可　站　家　母

终生住娘家。

男唱

4–1033

变	**办**	**勒**	**阝**	**才**
Bienq	baenz	lwg	boux	sai
pi:n^{5}	pan^{2}	lɯk^{8}	pu^{4}	θa:i^{1}
变	成	子	男	人

若是男娃子，

4–1034

是	**采**	**更**	**采**	**拉**
Cix	byaij	gwnz	byaij	laj
ɕi^{4}	pja:i^{3}	kɯn^{2}	pja:i^{3}	la^{3}
就	走	上	走	下

便可到处走。

4–1035

勒	**乜**	**女**	**变**	**化**
Lwg	meh	mbwk	bienq	vaq
lɯk^{5}	me^{6}	bɯk^{7}	pi:n^{5}	va^{5}
子	女	人	变	化

成女妹仔家，

4–1036

可	**在**	**家**	**加**	**龙**
Goj	cai	gya	caj	lungz
ko^{5}	ɕa:i^{4}	kja^{1}	kja^{3}	luŋ^{2}
可	在	家	等	龙

只好在家等。

女唱

4–1037

变	**办**	**勒**	**阝**	**才**
Bienq	baenz	lwg	boux	sai
pi:n^{5}	pan^{2}	lɯk^{8}	pu^{4}	θa:i^{1}
变	成	子	男	人

若是男娃子，

4–1038

更	**绳**	**歪**	**跟**	**卜**
Gaem	cag	vaiz	riengz	boh
kan^{1}	ɕa:k^{8}	va:i^{2}	ɹi:ŋ^{2}	po^{6}
握	绳	水牛	跟	父

可继承父业。

4–1039

勒	**乜**	**女**	**心**	**火**
Lwg	meh	mbwk	sin	hoj
lɯk^{8}	me^{6}	bɯk^{7}	θin^{1}	ho^{3}
子	女	人	辛	苦

女妹仔辛苦，

4–1040

十	**日**	**罗**	**祓**	**貝**
Cib	ngoenz	loh	deng	bae
ɕit^{8}	ŋon^{2}	lo^{6}	te:ŋ^{1}	pai^{1}
十	天	路	挨	去

嫁远也得去。

① 兴兴［ȵiŋ5 ȵiŋ5］：灵灵，拟声词。

男唱

4-1041

变　办　鸟　告　兴

Bienq baenz roeg gauq lingq

pi:n5 pan2 ɹok8 ka:u5 iiŋ5

变　成　鸟　加　灵

化为加灵鸟，

4-1042

叫　兴　兴①　江　那

Heuh nyingq nyingq gyang naz

he:u6 ȵiŋ5 ȵiŋ5 kja:ŋ1 na2

叫　灵　灵　中　田

在田间欢唱。

4-1043

说　农　八　造　家

Naeuz nuengx bah caux gya

nau2 nu:ŋ4 pa6 ɕa:u4 kja1

说　妹　莫急　造　家

劝妹缓结婚，

4-1044

站　好　龙　讲　满

Soengz ndij lungz gangj monh

θoŋ2 di1 luŋ2 ka:ŋ3 mo:n6

站　与　龙　讲　情

先陪兄谈情。

女唱

4-1045

变　办　鸟　告　兴

Bienq baez roeg gauq lingq

pi:n5 pan2 ɹok8 ka:u5 iiŋ5

变　成　鸟　加　灵

化为加灵鸟，

4-1046

叫　兴　兴　江　那

Heuh nyingq nyingq gyang naz

he:u6 ȵiŋ5 ȵiŋ5 kja:ŋ1 na2

叫　灵　灵　中　田

在田间欢唱。

4-1047

备　是　先　当　家

Beix cix senq dang gya

pi4 ɕi4 θe:n5 ta:ŋ1 kja1

兄　是　早　当　家

兄你早成家，

4-1048

几　时　少　得　包

Geij seiz sau ndaej mbauq

ki3 θi2 θa:u1 dai3 ba:u5

几　时　姑娘　得　小伙

我怎得到你？

男唱

4-1049

变	**办**	**鸟**	**告**	**兴**
Bienq	baenz	roeg	gauq	lingq
piːn^{5}	pan^{2}	ɹok^{8}	kaːu^{5}	iiŋ^{5}
变	成	鸟	加	灵

化为加灵鸟，

4-1050

叫	**兴**	**兴**	**江**	**那**
Heuh	nyingq	nyingq	gyang	naz
heːu^{6}	ȵiŋ^{5}	ȵiŋ^{5}	kjaːŋ^{1}	na^{2}
叫	灵	灵	中	田

在田间欢唱。

4-1051

变	**办**	**早**	**跟**	**鸦**
Bienq	baenz	romh	riengz	a
piːn^{5}	pan^{2}	ɹoːn^{6}	ɹiːŋ^{2}	a^{1}
变	成	鹰	跟	鸦

为老鹰乌鸦，

4-1052

马	**拉**	**本**	**内**	**秋**
Ma	laj	mbwn	neix	ciuz
ma^{1}	la^{3}	bun^{1}	ni^{4}	ɕiːu^{2}
来	下	天	这	盘旋

活在这世上。

女唱

4-1053

变	**办**	**鸟**	**告**	**兴**
Bienq	baenz	roeg	gauq	lingq
piːn^{5}	pan^{2}	ɹok^{8}	kaːu^{5}	iiŋ^{5}
变	成	鸟	加	灵

化为加灵鸟，

4-1054

叫	**兴**	**兴**	**江**	**那**
Heuh	nyingq	nyingq	gyang	naz
heːu^{6}	ȵiŋ^{5}	ȵiŋ^{5}	kjaːŋ^{1}	na^{2}
叫	灵	灵	中	田

在田间欢唱。

4-1055

农	**是**	**造**	**办**	**家**
Nuengx	cix	caux	baenz	gya
nuːŋ^{4}	ɕi^{4}	ɕaːu^{4}	pan^{2}	kja^{1}
妹	是	造	成	家

妹已建成家，

4-1056

龙	**空**	**办**	**么**	**古**
Lungz	ndwi	baenz	maz	guh
luŋ^{2}	duːi^{1}	pan^{2}	ma^{2}	ku^{4}
龙	不	成	什么	做

兄一事无成。

男唱

4–1057

变	**办**	**鸟**	**告**	**兴**
Bienq	baenz	roeg	gauq	lingq
piːn^{5}	pan^{2}	ɹok^{8}	kaːu^{5}	iiŋ^{5}
变	成	鸟	加	灵

化为加灵鸟，

4–1058

叫	**兴**	**兴**	**江**	**仁**
Heuh	nyingq	nyingq	gyang	vingz
heːu^{6}	ȵiŋ^{5}	ȵiŋ^{5}	kjaːŋ^{1}	viŋ^{2}
叫	灵	灵	中	草窝

草丛中欢叫。

4–1059

罗	**土**	**强**	**小**	**正**
Lox	dou	giengz	siuj	cingz
lo^{4}	tu^{1}	kiːŋ^{2}	θiːu^{3}	ɕiŋ^{2}
骗	我	搁	小	情

骗我押礼品，

4–1060

少	**又**	**飞**	**邦**	**佚**
Sau	youh	mbin	biengz	fwx
θaːu^{1}	jou^{4}	bin^{1}	piːŋ^{2}	fə^{4}
姑娘	又	飞	地方	别人

妹又走他乡。

女唱

4–1061

变	**办**	**鸟**	**告**	**兴**
Bienq	baenz	roeg	gauq	lingq
piːn^{5}	pan^{2}	ɹok^{8}	kaːu^{5}	iiŋ^{5}
变	成	鸟	加	灵

化为加灵鸟，

4–1062

叫	**兴**	**兴**	**江**	**仁**
Heuh	nyingq	nyingq	gyang	vingz
heːu^{6}	ȵiŋ^{5}	ȵiŋ^{5}	kjaːŋ^{1}	viŋ^{2}
叫	灵	灵	中	草窝

草丛中欢叫。

4–1063

罗	**备**	**强**	**小**	**正**
Lox	beix	giengz	siuj	cingz
lo^{4}	pi^{4}	kiːŋ^{2}	θiːu^{3}	ɕiŋ^{2}
骗	兄	搁	小	情

骗兄押礼品，

4–1064

貝	**真**	**定**	**不**	**刀**
Bae	caen	dingh	mbouj	dauq
pai^{1}	ɕin^{1}	tiŋ^{6}	bou^{5}	taːu^{5}
去	真	定	不	回

远去不回来。

男唱

4-1065

变	**办**	**鸟**	**告**	**兴**
Bienq	baenz	roeg	gauq	lingq
pi:n^{5}	pan^{2}	ɹok^{8}	ka:u^{5}	iiŋ^{5}
变	成	鸟	加	灵

化为加灵鸟，

4-1066

叫	**兴**	**兴**	**江**	**仁**
Heuh	nyingq	nyingq	gyang	vingz
he:u^{6}	ȵiŋ^{5}	ȵiŋ^{5}	kja:ŋ^{1}	viŋ^{2}
叫	灵	灵	中	草窝

草丛中欢叫。

4-1067

可	**利**	**土**	**点**	**你**
Goj	lix	dou	dem	mwngz
ko^{5}	li^{4}	tu^{1}	te:m^{1}	mɯŋ^{2}
可	剩	我	与	你

只有我和你，

4-1068

重	**小**	**正**	**了**	**农**
Naek	siuj	cingz	liux	nuengx
nak^{7}	θi:u^{3}	ɕiŋ^{2}	li:u^{4}	nu:ŋ^{4}
重	小	情	啰	妹

更器重礼物。

女唱

4-1069

变	**办**	**鸟**	**告**	**兴**
Bienq	baenz	roeg	gauq	lingq
pi:n^{5}	pan^{2}	ɹok^{8}	ka:u^{5}	iiŋ^{5}
变	成	鸟	加	灵

化为加灵鸟，

4-1070

叫	**兴**	**兴**	**江**	**那**
Heuh	nyingq	nyingq	gyang	naz
he:u^{6}	ȵiŋ^{5}	ȵiŋ^{5}	kja:ŋ^{1}	na^{2}
叫	灵	灵	中	田

在田间欢叫。

4-1071

变	**办**	**粒**	**后**	**千**
Bienq	baenz	ngveih	haeux	ciem
pi:n^{5}	pan^{2}	ŋwei^{6}	hau^{4}	ɕi:n^{1}
变	成	粒	米	籼

变成一粒米，

4-1072

牙	**年**	**花**	**对**	**生**
Yaek	nem	va	doiq	saemq
jak^{7}	ne:m^{1}	va^{1}	to:i^{5}	θan^{5}
要	贴	花	对	庚

跟定同龄友。

男唱

4–1073

变	**办**	**鸟**	**告**	**兴**
Bienq	baenz	roeg	gauq	lingq
piːn^{5}	pan^{2}	ɹok^{8}	kaːu^{5}	iiŋ^{5}
变	成	鸟	加	灵

化为加灵鸟，

4–1074

叫	**兴**	**兴**	**江**	**那**
Heuh	nyingq	nyingq	gyang	naz
heːu^{6}	ȵiŋ^{5}	ȵiŋ^{5}	kjaːŋ^{1}	na^{2}
叫	灵	灵	中	田

在田间欢叫。

4–1075

下	**祥**	**贵**	**又**	**间**
Roengz	riengh	gwiz	youh	gem
ɹoŋ^{2}	ɹiːŋ^{6}	kɯi^{2}	jou^{4}	keːm^{1}
下	栏	丈夫	又	监管

出门丈夫管，

4–1076

少	**年**	**土**	**不**	**得**
Sau	nem	dou	mbouj	ndaej
θaːu^{1}	neːm^{1}	tu^{1}	bou^{5}	dai^{3}
姑娘	跟	我	不	得

妹跟我不行。

女唱

4–1077

变	**办**	**对**	**鸟**	**沙**
Bienq	baenz	doiq	roeg	ra
piːn^{5}	pan^{2}	toːi^{5}	ɹok^{8}	ɹa^{1}
变	成	对	鸟	白鹇

变一对白鹇，

4–1078

很	**山**	**吃**	**叶**	**会**
Hwnj	bya	gwn	mbaw	faex
hɯn^{3}	pja^{1}	kɯn^{1}	baɯ^{1}	fai^{4}
上	山	吃	叶	树

上山吃树叶。

4–1079

变	**办**	**对**	**卜**	**妻**
Bienq	baenz	doiq	boh	maex
piːn^{5}	pan^{2}	toːi^{5}	po^{6}	mai^{4}
变	成	对	夫	妻

变一对夫妻，

4–1080

下	**祥**	**偻**	**岁**	**貝**
Roengz	riengh	raeuz	caez	bae
ɹoŋ^{2}	ɹiːŋ^{6}	ɹau^{2}	ɕai^{2}	pai^{1}
下	栏	我们	齐	去

外出做伴行。

男唱

4-1081

变 办 对 鸟 沙

Bienq baenz doiq roeg ra

piːn^{5} pan^{2} toːi^{5} ɹok^{8} ɹa^{1}

变 成 对 鸟 白鹇

变一对白鹇，

4-1082

很 山 吃 叶 会

Hwnj bya gwn mbaw faex

hɯn^{3} pja^{1} kɯn^{1} baɯ^{1} fai^{4}

上 山 吃 叶 树

上山吃树叶。

4-1083

变 办 对 卜 妻

Bienq baenz doiq boh maex

piːn^{5} pan^{2} toːi^{5} po^{6} mai^{4}

变 成 对 夫 妻

变一对夫妻，

4-1084

下 祥 干 包 少

Roengz riengh ganq mbauq sau

ɹoŋ^{2} ɹiːŋ^{6} kaːn^{5} baːu^{5} θaːu^{1}

下 栏 顾 小伙 姑娘

外出先打扮。

女唱

4-1085

变 办 对 鸟 沙

Bienq baenz doiq roeg ra

piːn^{5} pan^{2} toːi^{5} ɹok^{8} ɹa^{1}

变 成 对 鸟 白鹇

变一对白鹇，

4-1086

很 山 吃 叶 亚

Hwnj bya gwn mbaw yaq

hɯn^{3} pja^{1} kɯn^{1} baɯ^{1} ja^{5}

上 山 吃 叶 母猪藤

上山吃树叶。

4-1087

变 办 对 给 沙

Bienq baenz doiq gaeq ra

piːn^{5} pan^{2} toːi^{5} kai^{5} ɹa^{1}

变 成 对 鸡 白鹇

变一对白鹇，

4-1088

才 巴 吃 水 才

Raih baq gwn raemx raiz

ɹaːi^{6} pa^{5} kɯn^{1} ɹan^{4} ɹaːi^{2}

爬 坡 吃 水 露水

山边吃露水。

男唱

4-1089

变	**办**	**对**	**鸟**	**沙**
Bienq	baenz	doiq	roeg	ra
pi:n^{5}	pan^{2}	to:i^{5}	ɹok^{8}	ɹa^{1}
变	成	对	鸟	白鹇

变一对白鹇，

4-1090

很	**山**	**吃**	**叶**	**亚**
Hwnj	bya	gwn	mbaw	yaq
hɯn^{3}	pja^{1}	kɯn^{1}	baɯ^{1}	ja^{5}
上	山	吃	叶	母猪藤

上山吃树叶。

4-1091

变	**办**	**对**	**给**	**沙**
Bienq	baenz	doiq	gaeq	ra
pi:n^{5}	pan^{2}	to:i^{5}	kai^{5}	ɹa^{1}
变	成	对	鸡	白鹇

变一对白鹇，

4-1092

才	**好**	**巴**	**内**	**貝**
Raih	ndij	baq	neix	bae
ɹa:i^{6}	di^{1}	pa^{5}	ni^{4}	pai^{1}
爬	沿	坡	这	去

逐坡走过去。

女唱

4-1093

变	**办**	**对**	**给**	**沙**
Bienq	baenz	doiq	gaeq	ra
pi:n^{5}	pan^{2}	to:i^{5}	kai^{5}	ɹa^{1}
变	成	对	鸡	白鹇

变一对白鹇，

4-1094

才	**好**	**巴**	**内**	**貝**
Raih	ndij	baq	neix	bae
ɹa:i^{6}	di^{1}	pa^{5}	ni^{4}	pai^{1}
爬	沿	坡	这	去

逐坡走过去。

4-1095

变	**办**	**对**	**鸟**	**给**
Bienq	baenz	doiq	roeg	gaeq
pi:n^{5}	pan^{2}	to:i^{5}	ɹok^{8}	kai^{5}
变	成	对	鸟	鸡

变一对野鸡，

4-1096

飞	**貝**	**说**	**可**	**在**
Mbin	bae	naeuz	goj	ywq
bin^{1}	pai^{1}	nau^{2}	ko^{5}	jɯ^{5}
飞	去	或	可	在

飞走或留下？

男唱

4–1097

变	**办**	**对**	**给**	**沙**
Bienq	baenz	doiq	gaeq	ra
pi:n^{5}	pan^{2}	to:i^{5}	kai^{5}	ɹa^{1}
变	成	对	鸡	白鹇

变一对白鹇，

4–1098

才	**好**	**巴**	**内**	**貝**
Raih	ndij	baq	neix	bae
ɹa:i^{6}	di^{1}	pa^{5}	ni^{4}	pai^{1}
爬	沿	坡	这	去

逐坡走过去。

4–1099

变	**办**	**对**	**鸟**	**给**
Bienq	baenz	doiq	roeg	gaeq
pi:n^{5}	pan^{2}	to:i^{5}	ɹok^{8}	kai^{5}
变	成	对	鸟	鸡

变一对野鸡，

4–1100

飞	**貝**	**偻**	**一**	**罗**
Mbin	bae	raeuz	yiz	loh
bin^{1}	pai^{1}	ɹau^{2}	i^{2}	lo^{6}
飞	去	我们	一	路

在一起飞翔。

女唱

4–1101

变	**办**	**鸟**	**九**	**钱**
Bienq	baenz	roeg	giuj	cienz
pi:n^{5}	pan^{2}	ɹok^{8}	ki:u^{3}	çi:n^{2}
变	成	鸟	纸	钱

变成纸钱鸟，

4–1102

乜	**特**	**娘**	**马**	**可**
Meh	dawz	nangz	ma	goq
me^{6}	təɯ^{2}	na:ŋ^{2}	ma^{1}	ko^{5}
母	拿	姑娘	来	顾

母当女儿养。

4–1103

自	**在**	**自**	**飞**	**付**
Gag	ywq	gag	mbin	fouz
ka:k^{8}	jɯ^{5}	ka:k^{8}	bin^{1}	fu^{2}
自	在	自	飞	浮

整日飞不停，

4–1104

老	**了**	**是**	**飞**	**貝**
Laux	liux	cix	mbin	bae
la:u^{4}	li:u^{4}	çi^{4}	bin^{1}	pai^{1}
老	完	就	飞	去

老了就飞走。

男唱

4–1105

变 办 鸟 九 钱

Bienq baenz roeg giuj cienz

piːn^{5} pan^{2} ɹok^{8} kiːu^{3} ɕiːn^{2}

变 成 鸟 纸 钱

变成纸钱鸟，

4–1106

乜 特 娘 马 相

Meh dawz nangz ma ciengx

me^{6} təɯ^{2} naːŋ^{2} ma^{1} ɕiːŋ^{4}

母 拿 姑娘 来 养

母当女儿养。

4–1107

老 了 又 刀 良

Laux liux youh dauq lingh

laːu^{4} liːu^{4} jou^{4} taːu^{5} leːŋ^{6}

老 完 又 倒 另

老了它变坏，

4–1108

往 乜 相 它 力

Uengj meh ciengx dwk rengz

vaːŋ^{3} me^{6} ɕiːŋ^{4} tɯk^{7} ɹeːŋ^{2}

枉 母 养 费 力

枉费母心机。

女唱

4–1109

变 办 鸟 九 钱

Bienq baenz roeg giuj cienz

piːn^{5} pan^{2} ɹok^{8} kiːu^{3} ɕiːn^{2}

变 成 鸟 纸 钱

变成纸钱鸟，

4–1110

乜 特 娘 马 干

Meh dawz nangz ma ganq

me^{6} təɯ^{2} naːŋ^{2} ma^{1} kaːn^{5}

母 拿 姑娘 来 照料

母当女儿养。

4–1111

它 知 吃 知 讲

De rox gwn rox gangj

te^{1} ɹo^{4} kɯn^{1} ɹo^{4} kaːŋ^{3}

他 知 吃 知 讲

她样样能干，

4–1112

刀 贝 干 然 文

Dauq bae ganq ranz vunz

taːu^{5} pai^{1} kaːn^{5} ɹaːn^{2} vun^{2}

倒 去 照料 家 人

却嫁给别人。

男唱

4-1113

变	办	鸟	九	钱
Bienq	baenz	roeg	giuj	cienz
pi:n^{5}	pan^{2}	ɹok^{8}	ki:u^{3}	çi:n^{2}
变	成	鸟	纸	钱

变成纸钱鸟，

4-1114

飞	貝	三	条	先
Mbin	bae	sam	diuz	sienq
bin^{1}	pai^{1}	θa:n^{1}	ti:u^{2}	θi:n^{5}
飞	去	三	条	线

飞在不远处。

4-1115

往	卜	生	乜	相
Uengj	boh	seng	meh	ciengx
va:ŋ^{3}	po^{6}	θe:ŋ^{1}	me^{6}	çi:ŋ^{4}
枉	父	生	母	养

虽父母生养，

4-1116

空	知	邦	在	而
Ndwi	rox	biengz	ywq	lawz
du:i^{1}	ɹo^{4}	pi:ŋ^{2}	jɯ^{5}	laɯ^{2}
不	知	地方	在	哪

却不知去向。

女唱

4-1117

变	办	鸟	九	钱
Bienq	baenz	roeg	giuj	cienz
pi:n^{5}	pan^{2}	ɹok^{8}	ki:u^{3}	çi:n^{2}
变	成	鸟	纸	钱

变成纸钱鸟，

4-1118

乜	特	娘	马	可
Meh	dawz	nangz	ma	goq
me^{6}	təɯ^{2}	na:ŋ^{2}	ma^{1}	ko^{5}
母	拿	姑娘	来	顾

母捡来抚养。

4-1119

管	造	安	然	古
Guenj	caux	aen	ranz	gouq
ku:n^{3}	ça:u^{4}	an^{1}	ɹa:n^{2}	kou^{5}
管	造	个	家	救

为之造间房，

4-1120

知	办	在	知	空
Rox	baenz	ywq	rox	ndwi
ɹo^{4}	pan^{2}	jɯ^{5}	ɹo^{4}	du:i^{1}
知	成	住	或	不

未知舒适否？

男唱

4-1121

变	**办**	**鸟**	**九**	**钱**
Bienq	baenz	roeg	giuj	cienz
piːn5	pan2	ɹok8	kiːu3	ɕiːn2
变	成	鸟	纸	钱

变成纸钱鸟，

4-1122

千	**年**	**站**	**罗**	**老**
Cien	nienz	soengz	loh	laux
ɕiːn1	niːn2	θoŋ2	lo6	laːu4
千	年	站	路	大

常在大路旁。

4-1123

家	**然**	**是**	**利**	**造**
Gya	ranz	cix	lij	caux
kja1	ɹaːn2	ɕi4	li4	ɕaːu4
家	家	就	还	造

肯为我造屋，

4-1124

不	**在**	**又**	**貝**	**而**
Mbouj	ywq	youh	bae	lawz
bou5	jɯ5	jou4	pai1	laɯ2
不	住	又	去	哪

不住说不通。

女唱

4-1125

变	**办**	**鸟**	**九**	**钱**
Bienq	baenz	roeg	giuj	cienz
piːn5	pan2	ɹok8	kiːu3	ɕiːn2
变	成	鸟	纸	钱

变成纸钱鸟，

4-1126

千	**年**	**站**	**罗**	**老**
Cien	nienz	soengz	loh	laux
ɕiːn1	niːn2	θoŋ2	lo6	laːu4
千	年	站	路	大

常在大路旁。

4-1127

家	**然**	**造**	**是**	**造**
Gya	ranz	caux	cix	caux
kja1	ɹaːn2	ɕaːu4	ɕi4	ɕaːu4
家	家	造	就	造

结婚归结婚，

4-1128

秀	**少**	**包**	**开**	**论**
Ciuh	sau	mbauq	gaej	lumz
ɕiːu6	θaːu1	baːu5	kaːi5	lun2
世	姑娘	小伙	莫	忘

莫忘我俩情。

男唱

4-1129

变	**办**	**鸟**	**九**	**钱**
Bienq	baenz	roeg	giuj	cienz
piːn^{5}	pan^{2}	ɹok^{8}	kiːu^{3}	ɕiːn^{2}
变	成	鸟	纸	钱

变成纸钱鸟，

4-1130

千	**年**	**站**	**罗**	**老**
Cien	nienz	soengz	loh	laux
ɕiːn^{1}	niːn^{2}	θoŋ^{2}	lo^{6}	laːu^{4}
千	年	站	路	大

常在大路旁。

4-1131

家	**然**	**不**	**想**	**造**
Gya	ranz	mbouj	siengj	caux
kja^{1}	ɹaːn^{2}	bou^{5}	θiːŋ^{3}	ɕaːu^{4}
家	家	不	想	造

本不想成家，

4-1132

为	**句**	**好**	**农**	**银**
Vih	coenz	hauq	nuengx	ngaenz
vei^{6}	kjon^{2}	haːu^{5}	nuːŋ^{4}	ŋan^{2}
为	句	话	妹	银

因妹一句话。

女唱

4-1133

变	**办**	**鸟**	**九**	**钱**
Bienq	baenz	roeg	giuj	cienz
piːn^{5}	pan^{2}	ɹok^{8}	kiːu^{3}	ɕiːn^{2}
变	成	鸟	纸	钱

变成纸钱鸟，

4-1134

堂	**果**	**仟**	**又**	**读**
Daengz	go	em	youh	douh
taŋ^{2}	ko^{1}	eːm^{1}	jou^{4}	tou^{6}
到	棵	芭芒	又	栖息

常泊芭芒梢。

4-1135

可	**飞**	**六**	**牙**	**六**
Goj	mbin	lueg	yax	lueg
ko^{5}	bin^{1}	luːk^{8}	ja^{5}	luːk^{8}
可	飞	谷	也	谷

飞无数山谷，

4-1136

田	**读**	**在**	**方**	**而**
Dieg	douh	ywq	fueng	lawz
tiːk^{8}	tou^{6}	jɯ^{5}	fuːŋ^{1}	laɯ^{2}
地	栖息	在	方	哪

何处可落脚？

男唱

4-1137

变	办	鸟	九	钱
Bienq	baenz	roeg	giuj	cienz
pi:n^{5}	pan^{2}	ɹok^{8}	ki:u^{3}	çi:n^{2}
变	成	鸟	纸	钱

变成纸钱鸟，

4-1138

堂	果	仟	又	读
Daengz	go	em	youh	douh
taŋ^{2}	ko^{1}	e:m^{1}	jou^{4}	tou^{6}
到	棵	芭芒	又	栖息

常泊芭芒梢。

4-1139

可	飞	六	牙	六
Goj	mbin	lueg	yax	lueg
ko^{3}	bin^{1}	lu:k^{8}	ja^{5}	lu:k^{8}
可	飞	谷	也	谷

飞无数山谷，

4-1140

田	读	不	田	站
Dieg	douh	mbouj	dieg	soengz
ti:k^{8}	tou^{6}	bou^{5}	ti:k^{8}	θoŋ^{2}
地	栖息	不	地	站

却无处安身。

女唱

4-1141

变	办	鸟	九	钱
Bienq	baenz	roeg	giuj	cienz
pi:n^{5}	pan^{2}	ɹok^{8}	ki:u^{3}	çi:n^{2}
变	成	鸟	纸	钱

变成纸钱鸟，

4-1142

堂	果	仟	又	朵
Daengz	go	em	youh	ndoj
taŋ^{2}	ko^{1}	e:m^{1}	jou^{4}	do^{3}
到	棵	芭芒	又	躲

藏身芭芒丛。

4-1143

变	办	鸟	九	果
Bienq	baenz	roeg	giuj	goj
pi:n^{5}	pan^{2}	ɹok^{8}	ki:u^{3}	ko^{3}
变	成	鸟	九	果

变成九果鸟，

4-1144

田	朵	在	方	而
Dieg	ndoj	ywq	fueng	lawz
ti:k^{8}	do^{3}	jɯ^{5}	fu:ŋ^{1}	laɯ^{2}
地	躲	在	方	哪

藏身在何处？

男唱

4-1145

变 办 鸟 九 钱

Bienq baenz roeg giuj cienz

piːn^{5} pan^{2} ɹok^{8} kiːu^{3} ɕiːn^{2}

变 成 鸟 纸 钱

变成纸钱鸟，

4-1146

堂 果 仟 又 朵

Daengz go em youh ndoj

taŋ^{2} ko^{1} eːm^{1} jou^{4} do^{3}

到 棵 芭芒 又 躲

藏身芭芒丛。

4-1147

变 办 鸟 九 果

Bienq baenz roeg giuj goj

piːn^{5} pan^{2} ɹok^{8} kiːu^{3} ko^{3}

变 成 鸟 九 果

变成九果鸟，

4-1148

田 朵 在 浪 你

Dieg ndoj ywq laeng mwngz

tiːk^{8} do^{3} jɯ^{5} laŋ^{1} mɯŋ^{2}

地 躲 在 后 你

藏身在你家。

女唱

4-1149

变 办 鸟 九 钱

Bienq baenz roeg giuj cienz

piːn^{5} pan^{2} ɹok^{8} kiːu^{3} ɕiːn^{2}

变 成 鸟 纸 钱

变成纸钱鸟，

4-1150

被 江 作 安 仓

Deng gyaeng coq aen sangq

teːŋ^{1} kjaŋ^{1} ɕo^{5} an^{1} θaːŋ^{5}

挨 囚 放 个 木桶

被囚禁笼中。

4-1151

江 三 比 了 邦

Gyaeng sam bi liux baengz

kjaŋ^{1} θaːn^{1} pi^{1} liːu^{4} paŋ^{2}

囚 三 年 啰 朋

被囚禁三年，

4-1152

狼 牙 不 知 飞

Langh yax mbouj rox mbin

laːŋ^{6} ja^{5} bou^{5} ɹo^{4} bin^{1}

放 也 不 知 飞

从此不会飞。

男唱

4-1153

江	三	比	了	邦
Gyaeng	sam	bi	liux	baengz
kjaŋ^{1}	θa:n^{1}	pi^{1}	li:u^{4}	paŋ^{2}
囚	三	年	啰	朋

被囚禁三年，

4-1154

狼	牙	不	知	飞
Langh	yax	mbouj	rox	mbin
la:ŋ^{6}	ja^{5}	bou^{5}	ɹo^{4}	bin^{1}
放	也	不	知	飞

从此不会飞。

4-1155

连	三	果	桃	定
Lienh	sam	guj	dauz	din
li:n^{6}	θa:n^{1}	ku^{3}	ta:u^{2}	tin^{1}
链	三	股	绑	脚

用链条绑稳，

4-1156

飞	牙	不	跟	对
Mbin	yax	mbouj	riengz	doih
bin^{1}	ja^{5}	bou^{5}	ɹi:ŋ^{2}	to:i^{6}
飞	也	不	跟	伙伴

跟不上同伴。

女唱

4-1157

开	大	土	了	金
Gaej	dax	dou	liux	gim
ka:i^{5}	ta^{4}	tu^{1}	li:u^{4}	kin^{1}
莫	赌	我	啰	金

友和我打赌，

4-1158

连	桃	定	不	门
Lienh	dauz	din	mbouj	maenh
li:n^{6}	ta:u^{2}	tin^{1}	bou^{5}	man^{6}
链	绑	脚	不	稳固

链条锁不住。

4-1159

采	日	元	堂	论
Byaij	ngoenz	roen	daengz	laep
pja:i^{3}	ŋon^{2}	jo:n^{1}	taŋ	lap^{7}
走	天	路	到	黑

同走一天路，

4-1160

大	你	邦	貝	跟
Dax	mwngz	baengz	bae	riengz
ta^{4}	muɯŋ^{2}	paŋ^{2}	pai^{1}	ɹi:ŋ^{2}
赌	你	朋	去	跟

谅你跟不上。

男唱

4-1161

变	办	鸟	九	钱
Bienq	baenz	roeg	giuj	cienz
pi:n^{5}	pan^{2}	ɹok^{8}	ki:u^{3}	ɕi:n^{2}
变	成	鸟	纸	钱

变成纸钱鸟，

4-1162

被	江	作	安	元
Deng	gyaeng	coq	aen	yuenq
te:ŋ^{1}	kjaŋ^{1}	ɕo^{5}	an^{1}	ju:n^{5}
挨	囚	放	个	院

囚在院子中。

4-1163

江	三	比	了	伴
Gyaeng	sam	bi	liux	buenx
kjaŋ^{1}	θa:m^{1}	pi^{1}	li:u^{4}	pu:n^{4}
囚	三	年	啰	伴

被囚三年整，

4-1164

下	元	貝	告	芬
Roengz	yuenq	bae	gauj	fwnz
ɹoŋ^{2}	ju:n^{5}	pai^{1}	kau^{3}	fun^{2}
下	院	去	搞	柴

出门扛柴火。

女唱

4-1165

变	办	鸟	九	钱
Bienq	baenz	roeg	giuj	cienz
pi:n^{5}	pan^{2}	ɹok^{8}	ki:u^{3}	ɕi:n^{2}
变	成	鸟	纸	钱

变成纸钱鸟，

4-1166

被	江	作	安	元
Deng	gyaeng	coq	aen	yuenq
te:ŋ^{1}	kjaŋ^{1}	ɕo^{5}	an^{1}	ju:n^{5}
挨	囚	放	个	院

囚在院子中。

4-1167

江	三	比	了	伴
Gyaeng	sam	bi	liux	buenx
kjaŋ^{1}	θa:m^{1}	pi^{1}	li:u^{4}	pu:n^{4}
囚	三	年	啰	伴

被囚三年整，

4-1168

尻	好	备	共	然
Nyienh	ndij	beix	gungh	ranz
ɲu:n^{6}	di^{1}	pi^{4}	kuŋ^{6}	ɹa:n^{2}
愿	与	兄	共	家

愿同兄成亲。

男唱

4-1169

变	**办**	**鸟**	**九**	**钱**
Bienq	baenz	roeg	giuj	cienz
pi:n^{5}	pan^{2}	ɹok^{8}	ki:u^{3}	ɕi:n^{2}
变	成	鸟	纸	钱

变成纸钱鸟，

4-1170

被	**江**	**作**	**安**	**笂**
Deng	gyaeng	coq	aen	yiuj
te:ŋ^{1}	kjaŋ^{1}	ɕo^{5}	an^{1}	ji:u^{3}
挨	囚	放	个	仓

囚在米仓中。

4-1171

江	三	**比**	**古**	**了**
Gyaeng	sam	bi	guh	liux
kjaŋ^{1}	θa:n^{1}	pi^{1}	ku^{4}	li:u^{4}
囚	三	年	做	完

被囚三年整，

4-1172

汉	**表**	**农**	**造**	**然**
Han	biuj	nuengx	caux	ranz
ha:n^{1}	pi:u^{3}	nu:ŋ^{4}	ɕa:u^{4}	ɹa:n^{2}
应	表	妹	造	家

答应结婚姻。

女唱

4-1173

变	**办**	**鸟**	**九**	**钱**
Bienq	baenz	roeg	giuj	cienz
pi:n^{5}	pan^{2}	ɹok^{8}	ki:u^{3}	ɕi:n^{2}
变	成	鸟	纸	钱

变成纸钱鸟，

4-1174

被	**江**	**作**	**安**	**笂**
Deng	gyaeng	coq	aen	yiuj
te:ŋ^{1}	kjaŋ^{1}	ɕo^{5}	an^{1}	ji:u^{3}
挨	囚	放	个	仓

囚在米仓中。

4-1175

江	三	**比**	**古**	**了**
Gyaeng	sam	bi	guh	liux
kjaŋ^{1}	θa:n^{1}	pi^{1}	ku^{4}	li:u^{4}
囚	三	年	做	完

被囚三年整，

4-1176

农	**造**	**秀**	**不**	**办**
Nuengx	caux	ciuh	mbouj	baenz
nu:ŋ^{4}	ɕa:u^{4}	ɕi:u^{6}	bou^{5}	pan^{2}
妹	造	世	不	成

妹成不了家。

男唱

4-1177

变	**办**	**鸟**	**九**	**钱**
Bienq	baenz	roeg	giuj	cienz
pi:n^{5}	pan^{2}	ɹok^{8}	ki:u^{3}	ɕi:n^{2}
变	成	鸟	纸	钱

变成纸钱鸟，

4-1178

被	**江**	**作**	**安**	**贵**
Deng	gyaeng	coq	aen	gvih
te:ŋ^{1}	kjaŋ^{1}	ɕo^{5}	an^{1}	kwei^{6}
挨	囚	放	个	柜

囚在柜子中。

4-1179

江	**三**	**比**	**不**	**比**
Gyaeng	sam	bi	mbouj	biq
kjaŋ^{1}	θa:n^{1}	pi^{1}	bou^{5}	pi^{5}
囚	三	年	不	逃

三年不逃脱，

4-1180

在	**安**	**贵**	**千**	**年**
Ywq	aen	gvih	cien	nienz
jɯ^{5}	an^{1}	kwei^{6}	ɕi:n^{1}	ni:n^{2}
在	个	柜	千	年

永远在柜中。

女唱

4-1181

变	**办**	**鸟**	**九**	**钱**
Bienq	baenz	roeg	giuj	cienz
pi:n^{5}	pan^{2}	ɹok^{8}	ki:u^{3}	ɕi:n^{2}
变	成	鸟	纸	钱

变成纸钱鸟，

4-1182

被	**江**	**作**	**安**	**贵**
Deng	gyaeng	coq	aen	gvih
te:ŋ^{1}	kjaŋ^{1}	ɕo^{5}	an^{1}	kwei^{6}
挨	囚	放	个	柜

囚在柜子中。

4-1183

江	**三**	**比**	**不**	**比**
Gyaeng	sam	bi	mbouj	biq
kjaŋ^{1}	θa:n^{1}	pi^{1}	bou^{5}	pi^{5}
囚	三	年	不	逃

三年不逃脱，

4-1184

告	**内**	**为**	**小**	**正**
Gau	neix	vei	siuj	cingz
ka:u^{1}	ni^{4}	vei^{1}	θi:u^{3}	ɕiŋ^{2}
次	这	亏	小	情

亏贴小礼品。

男唱

4-1185

变 办 鸟 九 钱

Bienq baenz roeg giuj cienz

pi:n^{5} pan^{2} ɹok^{8} ki:u^{3} ɕi:n^{2}

变 成 鸟 纸 钱

变成纸钱鸟，

4-1186

被 江 作 安 贵

Deng gyaeng coq aen gvih

te:ŋ^{1} kjaŋ^{1} ɕo^{5} an^{1} kwei^{6}

挨 囚 放 个 柜

囚在柜子中。

4-1187

江 三 比 不 比

Gyaeng sam bi mbouj biq

kjaŋ^{1} θa:n^{1} pi^{1} bou^{5} pi^{5}

囚 三 年 不 逃

三年不逃脱，

4-1188

为 牙 采 合 你

Vih yaek caij hoz mwngz

vei^{6} jak^{8} ɕa:i^{3} ho^{2} mɯŋ^{2}

为 要 踩 脖 你

为了报复你。

女唱

4-1189

变 办 鸟 九 钱

Bienq baenz roeg giuj cienz

pi:n^{5} pan^{2} ɹok^{8} ki:u^{3} ɕi:n^{2}

变 成 鸟 纸 钱

变成纸钱鸟，

4-1190

被 江 作 安 贵

Deng gyaeng coq aen gvih

te:ŋ^{1} kjaŋ^{1} ɕo^{5} an^{1} kwei^{6}

挨 囚 放 个 柜

囚在柜子中。

4-1191

江 三 比 不 比

Gyaeng sam bi mbouj biq

kjaŋ^{1} θa:n^{1} pi^{1} bou^{5} pi^{5}

囚 三 年 不 逃

三年不逃脱，

4-1192

刘 四 处 吨 本

Liuz seiq cih daemx mbwn

li:u^{2} θei^{5} ɕi^{6} tan^{4} bɯn^{1}

看 四 处 顶 天

四处是铁壁。

男唱

4–1193
变　办　鸟　九　钱
Bienq　baenz　roeg　giuj　cienz
piːn^{5}　pan^{2}　ɹok^{8}　kiːu^{3}　ɕiːn^{2}
变　成　鸟　纸　钱
变成纸钱鸟，

4–1194
被　江　作　安　侎
Deng　gyaeng　coq　aen　rug
teːŋ^{1}　kjaŋ^{1}　ɕo^{5}　an^{1}　ɹuk^{8}
挨　囚　放　个　卧房
囚在笼箱中。

4–1195
被　打　又　被　足
Deng　daj　youh　deng　dub
teːŋ^{1}　ta^{3}　jou^{4}　teːŋ^{1}　tup^{8}
挨　打　又　挨　捶
时常被殴打，

4–1196
在　安　侎　千　年
Ywq　aen　rug　cien　nienz
jɯ^{5}　an^{1}　ɹuk^{8}　ɕiːn^{1}　niːn^{2}
在　个　卧房　千　年
永囚笼箱中。

女唱

4–1197
变　办　鸟　九　钱
Bienq　baenz　roeg　giuj　cienz
piːn^{5}　pan^{2}　ɹok^{8}　kiːu^{3}　ɕiːn^{2}
变　成　鸟　纸　钱
变成纸钱鸟，

4–1198
被　江　作　安　侎
Deng　gyaeng　coq　aen　rug
teːŋ^{1}　kjaŋ^{1}　ɕo^{5}　an^{1}　ɹuk^{8}
挨　囚　放　个　卧房
囚在笼箱中。

4–1199
被　打　又　被　足
Deng　daj　youh　deng　dub
teːŋ^{1}　ta^{3}　jou^{4}　teːŋ^{1}　tup^{8}
挨　打　又　挨　捶
时常被殴打，

4–1200
在　安　侎　古　洋
Ywq　aen　rug　guh　angq
jɯ^{5}　an^{1}　ɹuk^{8}　ku^{4}　aːŋ^{5}
在　个　卧房　做　高兴
惯了无所谓。

男唱

4-1201
变 办 果 勒 雷
Bienq baenz go lwg ndae
piːn^{5} pan^{2} ko^{1} lɯk^{8} dai^{1}
变 成 棵 子 柿
化作柿子树，

4-1202
在 远 秋 好 口
Ywq gyae ciuq ndei gaeuj
jɯ^{5} kjai^{1} ɕiːu^{5} dei^{1} kau^{3}
在 远 看 好 看
远观尤好看。

4-1203
汏 办 花 勒 求
Ndaet baenz va lwg gyaeuq
dat^{7} pan^{2} va^{1} lɯk^{8} kjau^{5}
密 成 花 子 桐
胜过桐子花，

4-1204
往 九 满 你 空
Uengj gou muengh mwngz ndwi
vaːŋ^{3} kou^{1} muːŋ^{6} mɯŋ^{2} duːi^{1}
枉 我 望 你 不
可惜空入目。

女唱

4-1205
变 办 果 勒 雷
Bienq baenz go lwg ndae
piːn^{5} pan^{2} ko^{1} lɯk^{8} dai^{1}
变 成 棵 子 柿
化作柿子树，

4-1206
在 远 秋 好 口
Ywq gyae ciuq ndei gaeuj
jɯ^{5} kjai^{1} ɕiːu^{5} dei^{1} kau^{3}
在 远 看 好 看
远眺太美观。

4-1207
汏 办 花 勒 求
Ndaet baenz va lwg gyaeuq
dat^{7} pan^{2} va^{1} lɯk^{8} kjau^{5}
密 成 花 子 桐
胜过桐子花，

4-1208
手 寿 不 办 財
Fwngz caeux mbouj baenz caiz
fɯŋ^{2} ɕau^{4} bou^{5} pan^{2} ɕaːi^{2}
手 抓 不 成 财
手抓不值钱。

男唱

4-1209

变	**办**	**果**	**勒**	**雷**
Bienq	baenz	go	lwg	ndae
pi:n^5	pan^2	ko^1	lɯk^8	dai^1
变	成	棵	子	柿

化作柿子树，

4-1210

在	**远**	**秋**	**不**	**伕**
Ywq	gyae	ciuq	mbouj	mbwq
jɯ^5	kjai^1	ɕi:u^5	bou^5	bɯ^5
在	远	看	不	闷

远观尤耐看。

4-1211

好	**办**	**龙**	**小**	**女**
Ndei	baenz	lungz	siuj	nawx
dei^1	pan^2	luŋ^2	θi:u^3	nɯ^4
好	成	龙	小	女

美如小龙女，

4-1212

办	**妻**	**伕**	**貝**	**空**
Baenz	maex	fwx	bae	ndwi
pan^2	mai^4	fə^4	pai^1	du:i^1
成	妻	别人	去	不

可惜嫁别人。

女唱

4-1213

变	**办**	**果**	**勒**	**雷**
Bienq	baenz	go	lwg	ndae
pi:n^5	pan^2	ko^1	lɯk^8	dai^1
变	成	棵	子	柿

化作柿子树，

4-1214

在	**远**	**秋**	**不**	**伕**
Ywq	gyae	ciuq	mbouj	mbwq
jɯ^5	kjai^1	ɕi:u^5	bou^5	bɯ^5
在	远	看	不	闷

远看也不厌。

4-1215

好	**办**	**龙**	**小**	**女**
Ndei	baenz	lungz	siuj	nawx
dei^1	pan^2	luŋ^2	θi:u^3	nɯ^4
好	成	龙	小	女

美如小龙女，

4-1216

备	**是**	**勒**	**要**	**正**
Beix	cix	lawh	aeu	cingz
pi^4	ɕi^4	ləɯ^6	au^1	ɕiŋ^2
兄	就	换	要	情

兄就送彩礼。

男唱

4-1217

变	**办**	**果**	**勒**	**雷**
Bienq	baenz	go	lwg	ndae
pi:n^{5}	pan^{2}	ko^{1}	lɯk^{8}	dai^{1}
变	成	棵	子	柿

化作柿子树，

4-1218

在	**远**	**秋**	**好**	**相**
Ywq	gyae	ciuq	ndei	siengq
jɯ^{5}	kjai^{1}	ɕi:u^{5}	dei^{1}	θi:ŋ^{5}
在	远	看	好	看

雪白又美丽。

4-1219

好	**办**	**支**	**安**	**强**
Hau	baenz	sei	aen	giengz
ha:u^{1}	pan^{2}	θi^{1}	an^{1}	ki:ŋ^{2}
白	成	丝	个	三脚灶

白如三脚灶，

4-1220

卩	**牙**	**相**	**卩**	**空**
Boux	yax	siengq	boux	ndwi
pu^{4}	ja^{5}	θi:ŋ^{5}	pu^{4}	du:i^{1}
人	也	看	人	空

相对视无语。

女唱

4-1221

变	**办**	**果**	**勒**	**雷**
Bienq	baenz	go	lwg	ndae
pi:n^{5}	pan^{2}	ko^{1}	lɯk^{8}	dai^{1}
变	成	棵	子	柿

化作柿子树，

4-1222

在	**远**	**秋**	**好**	**相**
Ywq	gyae	ciuq	ndei	siengq
jɯ^{5}	kjai^{1}	ɕi:u^{5}	dei^{1}	θi:ŋ^{5}
在	远	看	好	看

雪白又美丽。

4-1223

好	**办**	**支**	**安**	**强**
Hau	baenz	sei	aen	giengz
ha:u^{1}	pan^{2}	θi^{1}	an^{1}	ki:ŋ^{2}
白	成	丝	个	三脚灶

白如三脚灶，

4-1224

认	**相**	**可**	**下**	**王**
Nyinh	siengq	goj	roengz	vaengz
ȵin^{6}	θi:ŋ^{5}	ko^{3}	ɹoŋ^{2}	vaŋ^{2}
仍	看	可	下	潭

须入潭受洗。

男唱

4-1225

变 办 果 勒 雷

Bienq baenz go lwg ndae

pi:n^5 pan^2 ko^1 lɯk^8 dai^1

变 成 棵 子 柿

化作柿子树，

4-1226

在 远 秋 好 相

Ywq gyae ciuq ndei siengq

jɯ^5 kjai^1 ɕi:u^5 dei^1 θi:ŋ^5

在 远 看 好 看

雪白又美丽。

4-1227

好 办 支 安 强

Hau baenz sei aen giengz

ha:u^1 pan^2 θi^1 an^1 ki:ŋ^2

白 成 丝 个 三脚灶

白如三脚灶，

4-1228

画 要 相 你 写

Vah aeu siengq mwngz ce

va^6 au^1 θi:ŋ^5 mɯŋ^2 ɕe^1

画 要 相 你 留

收藏你画像。

女唱

4-1229

变 办 果 勒 雷

Bienq baenz go lwg ndae

pi:n^5 pan^2 ko^1 lɯk^8 dai^1

变 成 棵 子 柿

化作柿子树，

4-1230

在 远 秋 好 满

Ywq gyae ciuq ndei muengh

jɯ^5 kjai^1 ɕi:u^5 dei^1 mu:ŋ^6

在 远 看 好 望

洁白又美丽。

4-1231

好 办 绸 跟 团

Ndei baenz couz riengz duenh

dei^1 pan^2 ɕu^2 ɹi:ŋ^2 tu:n^6

好 成 绸 跟 缎

美丽如绸缎，

4-1232

往 土 满 你 空

Uengj dou monh mwngz ndwi

va:ŋ^3 tu^1 mo:n^6 mɯŋ^2 du:i^1

枉 我 谈情 你 空

枉我一段情。

男唱

4-1233

变	**办**	**果**	**勒**	**雷**
Bienq	baenz	go	lwg	ndae
pi:n^{5}	pan^{2}	ko^{1}	lɯk^{8}	dai^{1}
变	成	棵	子	柿

化作柿子树，

4-1234

在	**远**	**秋**	**好**	**满**
Ywq	gyae	ciuq	ndei	muengh
jɯ^{5}	kjai^{1}	ɕi:u^{5}	dei^{1}	mu:ŋ^{6}
在	远	看	好	望

洁白又美丽。

4-1235

好	**办**	**绸**	**跟**	**团**
Ndei	baenz	couz	riengz	duenh
dei^{1}	pan^{2}	ɕu^{2}	ɹi:ŋ^{2}	tu:n^{6}
好	成	绸	跟	缎

美丽如绸缎，

4-1236

牙	**满**	**农**	**要**	**正**
Yaek	monh	nuengx	aeu	cingz
jak^{7}	mo:n^{6}	nu:ŋ^{4}	au^{1}	ɕiŋ^{2}
要	谈情	妹	要	情

谈情要礼品。

女唱

4-1237

变	**办**	**果**	**美**	**狼**①
Bienq	baenz	go	mak	langz
pi:n^{5}	pan^{2}	ko^{1}	mai^{1}	la:ŋ^{2}
变	成	棵	槟	榔

变成槟榔树，

4-1238

在	**更**	**堂**	**卢**	**连**
Ywq	gwnz	dangz	luz	lienz
jɯ^{5}	kɯn^{2}	ta:ŋ^{2}	lu^{2}	li:n^{2}
在	上	堂	游	荡

客来少不得。

4-1239

正	**双**	**偻**	**牙**	**断**
Cingz	song	raeuz	yaek	duenx
ɕiŋ^{2}	θo:ŋ^{1}	ɹau^{2}	jak^{7}	tu:n^{4}
情	两	我们	欲	断

若我俩情断，

4-1240

然	**卜**	**乜**	**牙**	**伏**
Ranz	boh	meh	yaek	fwz
ɹa:n^{2}	po^{6}	me^{6}	jak^{7}	fɯ^{2}
家	父	母	欲	荒

娘家客渐疏。

① 美狼[mai^{1} la:ŋ^{2}]：槟榔。桂西北地区的壮族、瑶族等民族常以槟榔作为待客礼品或婚俗信礼。

男唱

4-1241

变	**办**	**果**	**美**	**狼**
Bienq	baenz	go	mak	langz
piːn^{5}	pan^{2}	ko^{1}	mai^{1}	laːŋ^{2}
变	成	棵	槟	榔

变成槟榔树，

4-1242

在	**更**	**堂**	**卢**	**连**
Ywq	gwnz	dangz	luz	lienz
jɯ^{5}	kɯn^{2}	taːŋ^{2}	lu^{2}	liːn^{2}
在	上	堂	游	荡

客来少不得。

4-1243

老	**少**	**怪**	**是**	**断**
Lau	sau	gvaiq	cix	duenx
laːu^{1}	θaːu^{1}	kwaːi^{5}	ɕi^{4}	tuːn^{4}
怕	姑娘	怪	就	断

妹怨则情断，

4-1244

备	**可**	**满**	**千**	**年**
Beix	goj	monh	cien	nienz
pi^{4}	ko^{5}	moːn^{6}	ɕiːn^{1}	niːn^{2}
兄	可	谈情	千	年

兄终生思念。

女唱

4-1245

变	**办**	**果**	**美**	**狼**
Bienq	baenz	go	mak	langz
piːn^{5}	pan^{2}	ko^{1}	mai^{1}	laːŋ^{2}
变	成	棵	槟	榔

变成槟榔树，

4-1246

在	**更**	**堂**	**良**	**要**
Ywq	gwnz	dangz	lingh	yau
jɯ^{5}	kɯn^{2}	taːŋ^{2}	leːŋ^{6}	jaːu^{4}
在	上	堂	另	要

另寻新机会。

4-1247

水	**叶**	**巴**	**利**	**刀**
Raemx	rong	byaz	lij	dauq
ɹan^{4}	ɹoːŋ^{1}	pja^{2}	li^{4}	taːu^{5}
水	叶	芋	还	回

芋叶水会变，

4-1248

知	**办**	**友**	**阝**	**而**
Rox	baenz	youx	boux	lawz
ɹo^{4}	pan^{2}	ju^{4}	pu^{4}	laɯ^{2}
知	成	友	人	哪

情友易新欢。

男唱

4-1249

变　办　果　美　狼

Bienq　baenz　go　mak　langz

piːn^{5}　pan^{2}　ko^{1}　mai^{1}　laːŋ^{2}

变　成　棵　槟　榔

变成槟榔树，

4-1250

在　更　堂　反　夫

Ywq　gwnz　dangz　fanz　foek

jɯ^{5}　kɯn^{2}　taːŋ^{2}　faːn^{2}　fu^{5}

在　上　堂　翻　覆

随宾客更换。

4-1251

一　斤　三　百　六

Yiz　ginh　sanh　bwz　luz

i^{2}　kin^{6}　θaːn^{6}　pə^{2}　lu^{2}

一　斤　三　百　六

每斤三百六，

4-1252

定　古　友　给　你

Dingh　guh　youx　hawj　mwngz

tiŋ^{6}　ku^{4}　ju^{4}　həɯ^{3}　mɯŋ^{2}

定　做　友　给　你

只交妹一人。

女唱

4-1253

变　办　果　美　狼

Bienq　baenz　go　mak　langz

piːn^{5}　pan^{2}　ko^{1}　mai^{1}　laːŋ^{2}

变　成　棵　槟　榔

变成槟榔树，

4-1254

在　更　堂　反　夫

Ywq　gwnz　dangz　fanz　foek

jɯ^{5}　kɯn^{2}　taːŋ^{2}　faːn^{2}　fu^{5}

在　上　堂　翻　覆

随宾客更换。

4-1255

一　斤　三　百　六

Yiz　ginh　sanh　bwz　luz

i^{2}　kin^{6}　θaːn^{6}　pə^{2}　lu^{2}

一　斤　三　百　六

每斤三百六，

4-1256

古　友　不　米　正

Guh　youx　mbouj　miz　cingz

ku^{4}　ju^{4}　bou^{5}　mi^{2}　ɕiŋ^{2}

做　友　不　有　情

交友情不深。

男唱

4-1257

变	**办**	**果**	**美**	**狼**
Bienq	baenz	go	mak	langz
piːn^{5}	pan^{2}	ko^{1}	mai^{1}	laːŋ^{2}
变	成	棵	槟	榔

变成槟榔树，

4-1258

在	**更**	**堂**	**反**	**夫**
Ywq	gwnz	dangz	fanz	foek
jɯ^{5}	kɯn^{2}	taːŋ^{2}	faːn^{2}	fu^{5}
在	上	堂	翻	覆

当众可变换。

4-1259

一	**斤**	**三**	**百**	**六**
Yiz	ginh	sanh	bwz	luz
i^{2}	kin^{6}	θaːn^{6}	pə^{2}	lu^{2}
一	斤	三	百	六

每斤三百六，

4-1260

𠰀	**古**	**友**	**米**	**正**
Nyienh	guh	youx	miz	cingz
ȵuːn^{6}	ku^{4}	ju^{4}	mi^{2}	ɕiŋ^{2}
愿	做	友	有	情

结交要重情。

女唱

4-1261

变	**办**	**果**	**美**	**狼**
Bienq	baenz	go	mak	langz
piːn^{5}	pan^{2}	ko^{1}	mai^{1}	laːŋ^{2}
变	成	棵	槟	榔

变成槟榔树，

4-1262

在	**更**	**堂**	**大**	**师**
Ywq	gwnz	dangz	daih	sawq
jɯ^{5}	kɯn^{2}	taːŋ^{2}	taːi^{6}	θaɯ^{5}
在	上	堂	大	显

在客厅风光。

4-1263

定	**生**	**先**	**定**	**死**
Dingh	seng	senq	dingh	swj
tiŋ^{6}	θeːŋ^{1}	θeːn^{5}	tiŋ^{6}	θɯ^{3}
定	生	先	定	死

生死由命定，

4-1264

空	**知**	**友**	**卩**	**而**
Ndwi	rox	youx	boux	lawz
duːi^{1}	ɹo^{4}	ju^{4}	pu^{4}	laɯ^{2}
不	知	友	人	哪

不知交何友。

男唱

4-1265

变	**办**	**果**	**美**	**狼**
Bienq	baenz	go	mak	langz
piːn^{5}	pan^{2}	ko^{1}	mai^{1}	laːŋ^{2}
变	成	棵	槟	榔

变成槟榔树，

4-1266

在	**更**	**堂**	**反**	**夫**
Ywq	gwnz	dangz	fanz	foek
jɯ^{5}	kɯn^{2}	taːŋ^{2}	faːn^{2}	fu^{5}
在	上	堂	翻	覆

当众可变换。

4-1267

名	**堂**	**开**	**清**	**楚**
Mingz	dangz	hai	cing	cuj
miŋ^{2}	taːŋ^{2}	haːi^{1}	θiŋ^{5}	θu^{5}
名	堂	开	清	楚

信物归信物，

4-1268

本	**狼**	**付**	**是**	**却**
Mbwn	langh	fuz	cix	gyo
bɯn^{1}	laːŋ^{6}	fu^{2}	ɕi^{4}	kjo^{1}
天	若	扶	就	幸亏

上天助事成。

女唱

4-1269

变	**办**	**果**	**美**	**狼**
Bienq	baenz	go	mak	langz
piːn^{5}	pan^{2}	ko^{1}	mai^{1}	laːŋ^{2}
变	成	棵	槟	榔

变成槟榔树，

4-1270

在	**更**	**堂**	**好**	**汉**
Ywq	gwnz	dangz	hau	hanq
jɯ^{5}	kɯn^{2}	taːŋ^{2}	haːu^{1}	haːn^{5}
在	上	堂	白	灿灿

迎客最风光。

4-1271

一	**斤**	**三**	**百**	**三**
Yiz	ginh	sanh	bwz	sanh
i^{2}	kin^{6}	θaːn^{6}	pə^{2}	θaːn^{6}
一	斤	三	百	三

每斤三百三，

4-1272

吃	**占**	**不**	**备**	**银**
Gwn	canh	mbouj	beix	ngaenz
kɯn^{1}	ɕaːn^{6}	bou^{5}	pi^{4}	ŋan^{2}
吃	赚	不	兄	银

兄台情愿否？

男唱

4-1273

变	**办**	**果**	**美**	**狼**
Bienq	baenz	go	mak	langz
piːn⁵	pan²	ko¹	mai¹	laːŋ²
变	**成**	**棵**	**槟**	**榔**

变成槟榔树，

4-1274

在	**更**	**堂**	**好**	**汉**
Ywq	gwnz	dangz	hau	hanq
jɯ⁵	kɯn²	taːŋ²	haːu¹	haːn⁵
在	**上**	**堂**	**白**	**灿灿**

堂上放光芒。

4-1275

一	**斤**	**三**	**百**	**三**
Yiz	ginh	sanh	bwz	sanh
i²	kin⁶	θaːn⁶	pə²	θaːn⁶
一	**斤**	**三**	**百**	**三**

每斤三百三，

4-1276

吃	**占**	**为**	**罗**	**而**
Gwn	canh	vih	loh	lawz
kɯn¹	ɕaːn⁶	vei⁶	lo⁶	laɯ²
吃	**赚**	**为**	**路**	**哪**

为何要去赚？

女唱

4-1277

变	**办**	**果**	**美**	**狼**
Bienq	baenz	go	mak	langz
piːn⁵	pan²	ko¹	mai¹	laːŋ²
变	**成**	**棵**	**槟**	**榔**

变成槟榔树，

4-1278

在	**更**	**堂**	**好**	**汉**
Ywq	gwnz	dangz	hau	hanq
jɯ⁵	kɯn²	taːŋ²	haːu¹	haːn⁵
在	**上**	**堂**	**白**	**灿灿**

堂上放光芒。

4-1279

一	**斤**	**三**	**百**	**三**
Yiz	ginh	sanh	bwz	sanh
i²	kan⁶	θaːn⁶	pə²	θaːn⁶
一	**斤**	**三**	**百**	**三**

每斤三百三，

4-1280

吃	**占**	**可**	**说**	**你**
Gwn	canh	goj	naeuz	mwngz
kɯn¹	ɕaːn⁶	ko³	nau²	mɯŋ²
吃	**赚**	**可**	**说**	**你**

赚钱要告知。

男唱

4-1281

变	**办**	**果**	**美**	**狼**
Bienq	baenz	go	mak	langz
pi:n^{5}	pan^{2}	ko^{1}	mai^{1}	la:ŋ^{2}
变	成	棵	槟	榔

变成槟榔树，

4-1282

在	**更**	**堂**	**大**	**师**
Ywq	gwnz	dangz	daih	sawq
jɯ^{5}	kɯn^{2}	ta:ŋ^{2}	ta:i^{6}	θəɯ^{5}
在	上	堂	大	显

堂上显荣光。

4-1283

付	**母**	**给**	**你**	**克**
Fuj	muj	geij	nij	gwz
fu^{4}	mu^{4}	kei^{3}	ni^{3}	kə^{4}
父	母	给	你	去

父母让你嫁，

4-1284

龙	**女**	**八**	**封**	**桥**
Lungz	nawx	bah	fung	giuz
luŋ^{2}	nɯ^{4}	pa^{6}	fuŋ^{1}	ki:u^{2}
龙	女	莫急	封	桥

你先别封口。

女唱

4-1285

变	**办**	**果**	**美**	**狼**
Bienq	baenz	go	mak	langz
pi:n^{5}	pan^{2}	ko^{1}	mai^{1}	la:ŋ^{2}
变	成	棵	槟	榔

变成槟榔树，

4-1286

在	**更**	**堂**	**大**	**师**
Ywq	gwnz	dangz	daih	sawq
jɯ^{5}	kɯn^{2}	ta:ŋ^{2}	ta:i^{6}	θəɯ^{5}
在	上	堂	大	显

堂上显荣光。

4-1287

华	**仔**	**同**	**你**	**克**
Vaz	caij	doengz	nij	gwz
va^{2}	ɕa:i^{3}	toŋ^{2}	ni^{3}	kə^{4}
娃	仔	同	你	去

带仔去出嫁，

4-1288

么	**不**	**勒**	**要**	**正**
Maz	mbouj	lawh	aeu	cingz
ma^{2}	bou^{5}	laɯ^{6}	au^{1}	ɕiŋ^{2}
何	不	换	要	情

何乐而不为。

男唱

4-1289
变 办 果 美 狼
Bienq baenz go mak langz
pi:n^{5} pan^{2} ko^{1} mai^{1} la:ŋ^{2}
变 成 棵 槟 榔
变成槟榔树，

4-1290
在 更 堂 定 收
Ywq gwnz dangz dingh caeu
jɯ^{5} kɯn^{2} ta:ŋ^{2} tiŋ^{6} ɕau^{1}
在 上 堂 定 藏
细心收藏好。

4-1291
少 狼 特 句 口
Sau langh dawz coenz gaeuq
θa:u^{1} la:ŋ^{6} təɯ^{2} kjon^{2} kau^{5}
姑娘 若 拿 句 旧
妹若守诺言，

4-1292
佚 内 先 办 然
Fawh neix senq baenz ranz
fəɯ^{6} ni^{4} θe:n^{5} pan^{2} ɹa:n^{2}
时 这 早 成 家
如今早成家。

女唱

4-1293
变 办 果 美 狼
Bienq baenz go mak langz
pi:n^{5} pan^{2} ko^{1} mai^{1} la:ŋ^{2}
变 成 棵 槟 榔
变成槟榔树，

4-1294
在 更 堂 定 收
Ywq gwnz dangz dingh caeu
jɯ^{5} kɯn^{2} ta:ŋ^{2} tiŋ^{6} ɕau^{1}
在 上 堂 定 藏
细心收藏好。

4-1295
少 可 特 句 口
Sau goj dawz coenz gaeuq
θa:u^{1} ko^{5} təɯ^{2} kjon^{2} kau^{5}
姑娘 也 拿 句 旧
妹信守诺言，

4-1296
备 自 不 特 平
Beix gag mbouj dawz bingz
pi^{4} ka:k^{8} bou^{5} təɯ^{2} piŋ^{2}
兄 自 不 拿 平
兄自己负心。

男唱

4-1297

少	**可**	**特**	**句**	**口**
Sau	goj	dawz	coenz	gaeuq
θa:u^{1}	ko^{5}	təɯ^{2}	kjon^{2}	kau^{5}
姑娘	也	拿	句	旧

妹信守诺言，

4-1298

备	**自**	**不**	**特**	**平**
Beix	gag	mbouj	dawz	bingz
pi^{4}	ka:k^{8}	bou^{5}	təɯ^{2}	piŋ^{2}
兄	自	不	拿	平

兄自己负心。

4-1299

农	**可**	**特**	**句**	**真**
Nuengx	goj	dawz	coenz	caen
nu:ŋ^{4}	ko^{5}	təɯ^{2}	kjon^{2}	ɕin^{1}
妹	也	拿	句	真

妹坚守真情，

4-1300

心	**备**	**银**	**自**	**良**
Sim	beix	ngaenz	gag	lingh
θin^{1}	pi^{4}	ŋan^{2}	ka:k^{8}	le:ŋ^{6}
心	兄	银	自	另

兄自已变心。

女唱

4-1301

变	**办**	**果**	**美**	**狼**
Bienq	baenz	go	mak	langz
pi:n^{5}	pan^{2}	ko^{1}	mai^{1}	la:ŋ^{2}
变	成	棵	槟	榔

变成槟榔树，

4-1302

在	**更**	**堂**	**定**	**收**
Ywq	gwnz	dangz	dingh	caeu
jɯ^{5}	kɯn^{2}	ta:ŋ^{2}	tiŋ^{6}	ɕau^{1}
在	上	堂	定	藏

在堂上收好。

4-1303

几	**卜**	**特**	**句**	**口**
Geij	boux	dawz	coenz	gaeuq
ki^{3}	pu^{4}	təɯ^{2}	kjon^{2}	kau^{5}
几	人	拿	句	旧

坚守诺言者，

4-1304

伕	**内**	**利**	**在**	**而**
Fawh	neix	lij	ywq	lawz
fəɯ^{6}	ni^{4}	li^{4}	jɯ^{5}	laɯ^{2}
时	这	还	在	哪

如今人何在？

男唱

4–1305

变	**办**	**果**	**美**	**狼**
Bienq	baenz	go	mak	langz
pi:n^{5}	pan^{2}	ko^{1}	mai^{1}	la:ŋ^{2}
变	成	棵	槟	榔

变成槟榔树，

4–1306

在	**更**	**堂**	**好**	**当**
Ywq	gwnz	dangz	hau	dangx
jɯ^{5}	kɯn^{2}	ta:ŋ^{2}	ha:u^{1}	ta:ŋ^{4}
在	上	堂	白	亮

堂上放光芒。

4–1307

句	**讲**	**三**	**句**	**满**
Coenz	gangj	sam	coenz	muengh
kjon^{2}	ka:ŋ^{3}	θa:n^{1}	kjon^{2}	mu:ŋ^{6}
句	讲	三	句	望

时时在期望，

4–1308

样	**而**	**跟**	**你**	**貝**
Yiengh	lawz	riengz	mwngz	bae
jɯ:ŋ^{6}	laɯ^{2}	ɹi:ŋ^{2}	mɯŋ^{2}	pai^{1}
样	哪	跟	你	去

何时能同行？

女唱

4–1309

变	**办**	**果**	**美**	**狼**
Bienq	baenz	go	mak	langz
pi:n^{5}	pan^{2}	ko^{1}	mai^{1}	la:ŋ^{2}
变	成	棵	槟	榔

变成槟榔树，

4–1310

在	**更**	**堂**	**好**	**当**
Ywq	gwnz	dangz	hau	dangx
jɯ^{5}	kɯn^{2}	ta:ŋ^{2}	ha:u^{1}	ta:ŋ^{4}
在	上	堂	白	亮

堂上放光芒。

4–1311

包	**少**	**牙**	**同**	**狼**
Mbauq	sau	yaek	doengh	langh
ba:u^{5}	θa:u^{1}	jak^{7}	toŋ^{2}	la:ŋ^{6}
小伙	姑娘	欲	相	放

兄妹要约会，

4–1312

话	**当**	**农**	**样**	**而**
Vah	daengq	nuengx	yiengh	lawz
va^{6}	taŋ^{5}	nu:ŋ^{4}	jɯ:ŋ^{6}	laɯ^{2}
话	叮嘱	妹	样	哪

嘱咐妹何知？

男唱

4-1313

变	**办**	**果**	**美**	**狼**
Bienq	baenz	go	mak	langz
piːn^{5}	pan^{2}	ko^{1}	mai^{1}	laːŋ^{2}
变	成	棵	槟	榔

变成槟榔树，

4-1314

在	**更**	**堂**	**好**	**占**
Ywq	gwnz	dangz	hau	canz
jɯ^{5}	kɯn^{2}	taːŋ^{2}	haːu^{1}	ɕaːn^{2}
在	上	堂	白	灿灿

堂上放光芒。

4-1315

包	**少**	**牙**	**同**	**狼**
Mbauq	sau	yaek	doengh	langh
baːu^{5}	θaːu^{1}	jak^{7}	toŋ^{2}	laːŋ^{6}
小伙	姑娘	欲	相	放

兄妹要聚首，

4-1316

话	**当**	**农**	**造**	**然**
Vah	daengq	nuengx	caux	ranz
va^{6}	taŋ^{5}	nuːŋ^{4}	ɕaːu^{4}	ɹaːn^{2}
话	叮嘱	妹	造	家

嘱咐妹先知。

女唱

4-1317

变	**办**	**果**	**美**	**狼**
Bienq	baenz	go	mak	langz
piːn^{5}	pan^{2}	ko^{1}	mai^{1}	laːŋ^{2}
变	成	棵	槟	榔

变成槟榔树，

4-1318

在	**更**	**堂**	**好**	**当**
Ywq	gwnz	dangz	hau	dangx
jɯ^{5}	kɯn^{2}	taːŋ^{2}	haːu^{1}	taːŋ^{4}
在	上	堂	白	亮

堂上放光芒。

4-1319

空	**米**	**正**	**了**	**邦**
Ndwi	miz	cingz	liux	baengz
duːi^{1}	mi^{2}	ɕiŋ^{2}	liu^{4}	paŋ^{2}
不	有	情	啰	朋

手中无礼品，

4-1320

空	**知**	**当**	**样**	**而**
Ndwi	rox	daengq	yiengh	lawz
duːi^{1}	ɹo^{4}	taŋ^{5}	jɯːŋ^{6}	law^{2}
不	知	叮嘱	样	哪

话不好出口。

男唱

4-1321

变	**办**	**果**	**美**	**狼**
Bienq	baenz	go	mak	langz
pi:n^5	pan^2	ko^1	mai^1	la:ŋ^2
变	成	棵	槟	榔

变成槟榔树，

4-1322

在	**更**	**堂**	**好**	**当**
Ywq	gwnz	dangz	hau	dangx
jɯ^5	kɯn^2	ta:ŋ^2	ha:u^1	ta:ŋ^4
在	上	堂	白	亮

堂上放光芒。

4-1323

知	**少**	**乖**	**空**	**忙**
Rox	sau	gvai	ndwi	maengx
ɹo^4	θa:u^1	kwa:i^1	du:i^1	ma:ŋ^4
知	姑娘	乖	不	喜欢

若知妹不爱，

4-1324

银	**当**	**是**	**不**	**马**
Ngaenz	dangq	cix	mbouj	ma
ŋan^2	ta:ŋ^5	ɕi^4	bou^5	ma^1
银	叮嘱	就	不	来

钱都买不来。

女唱

4-1325

变	**办**	**果**	**美**	**狼**
Bienq	baenz	go	mak	langz
pi:n^5	pan^2	ko^1	mai^1	la:ŋ^2
变	成	棵	槟	榔

变成槟榔树，

4-1326

在	**更**	**堂**	**好**	**当**
Ywq	gwnz	dangz	hau	dangx
jɯ^5	kɯn^2	ta:ŋ^2	ha:u^1	ta:ŋ^4
在	上	堂	白	亮

堂上放光芒。

4-1327

正	**可**	**在**	**好**	**汉**
Cingz	goj	ywq	hau	hanq
ɕiŋ^2	ko^5	jɯ^5	ha:u^1	ha:n^5
情	也	在	白	灿灿

礼品依然在，

4-1328

备	**自**	**走**	**不**	**堂**
Beix	gag	yamq	mbouj	daengz
pi^4	ka:k^8	ja:m^5	bou^5	taŋ^2
兄	自	走	不	到

兄不来而已。

男唱

4-1329

变 办 果 美 狼

Bienq baenz go mak langz

pi:n^{5} pan^{2} ko^{1} mai^{1} la:ŋ^{2}

变 成 棵 槟 榔

变成槟榔树，

4-1330

在 更 堂 出 歪

Ywq gwnz dangz ok faiq

jɯ^{5} kɯn^{2} ta:ŋ^{2} o:k^{7} va:i^{5}

在 上 堂 出 棉

在堂上发光。

4-1331

八 列 金 银 哥

Bah leh gim ngaenz go

pa^{6} le^{6} kin^{1} ŋan^{2} ko^{1}

唉 哨 金 银 哥

啊哈好情哥，

4-1332

命 貝 合 阝 而

Mingh bae hob boux lawz

miŋ^{6} pai^{1} ho:p^{8} pu^{4} laɯ^{2}

命 去 合 人 哪

同谁结姻缘？

女唱

4-1333

变 办 果 美 狼

Bienq baenz go mak langz

pi:n^{5} pan^{2} ko^{1} mai^{1} la:ŋ^{2}

变 成 棵 槟 榔

变成槟榔树，

4-1334

在 更 堂 好 歪

Ywq gwnz dangz hau faiq

jɯ^{5} kɯn^{2} ta:ŋ^{2} ha:u^{1} va:i^{5}

在 上 堂 白 棉

在堂上发光。

4-1335

八 列 金 银 哥

Bah leh gim ngaenz go

pa^{6} le^{6} kin^{1} ŋan^{2} ko^{1}

唉 哨 金 银 哥

啊哈好情哥，

4-1336

命 土 合 命 你

Mingh dou hob mingh mwngz

miŋ^{6} tu^{1} ho:p^{8} miŋ^{6} mɯŋ^{2}

命 我 合 命 你

我俩八字合。

男唱

4-1337

八 列 金 银 哥

Bah leh gim ngaenz go

pa^{6} le^{6} kin^{1} ŋan^{2} ko^{1}

唉 唷 金 银 哥

啊哈好情哥，

4-1338

命 土 合 命 你

Mingh dou hob mingh mwngz

miŋ^{6} tu^{1} hoːp^{8} miŋ^{6} mɯŋ^{2}

命 我 合 命 你

我俩八字合。

4-1339

应 当 合 广 英

Wng dang hob gvangj in

iŋ^{1} taːŋ^{1} hoːp^{8} kwaːŋ^{3} in^{1}

应 当 合 广 姻

应当有姻缘，

4-1340

不 古 而 同 沙

Mbouj guh rawz doengh ra

bou^{5} ku^{4} ɹaɯ^{2} toŋ^{2} ɹa^{1}

不 做 什么 相 找

何不相寻求？

女唱

4-1341

变 办 果 花 买

Bienq baenz go va mai

piːn^{5} pan^{2} ko^{1} va^{1} maːi^{1}

变 成 棵 花 密蒙

变成姊妹花，

4-1342

在 江 开 大 罗

Ywq gyang gai daih loh

jɯ^{5} kjaːŋ^{1} kaːi^{1} taːi^{6} lo^{6}

在 中 街 大 路

到处都可见。

4-1343

变 办 果 韦 阿

Bienq baenz go vae oq

piːn^{5} pan^{2} ko^{1} vai^{1} o^{5}

变 成 棵 姓 别

变成情侣树，

4-1344

在 更 墓 英 台

Ywq gwnz moh yingh daiz

jɯ^{5} kɯn^{2} mo^{6} iŋ^{1} taːi^{2}

在 上 墓 英 台

在英台墓上。

男唱

4–1345

变	**办**	**果**	**韦**	**阿**
Bienq	baenz	go	vae	oq
piːn^{5}	pan^{2}	ko^{1}	vai^{1}	o^{5}
变	成	棵	姓	别

变成情侣树，

4–1346

在	**更**	**墓**	**英**	**台**
Ywq	gwnz	moh	yingh	daiz
jɯ^{5}	kɯn^{2}	mo^{6}	iŋ^{1}	taːi^{2}
在	上	墓	英	台

在英台墓上。

4–1347

偻	**同**	**软**	**好**	**来**
Raeuz	doengz	nyied	ndei	lai
ɹau^{2}	toŋ^{2}	ȵiːt^{8}	dei^{1}	laːi^{1}
我们	同	甘心	好	多

我俩情意深，

4–1348

代	**同**	**得**	**知**	**不**
Dai	doengh	ndaej	rox	mbouj
taːi^{1}	toŋ^{2}	dai^{3}	ɹo^{4}	bou^{5}
死	相	得	或	不

死能成亲否？

女唱

4–1349

变	**办**	**果**	**韦**	**阿**
Bienq	baenz	go	vae	oq
piːn^{5}	pan^{2}	ko^{1}	vai^{1}	o^{5}
变	成	棵	姓	别

变成情侣树，

4–1350

在	**更**	**墓**	**英**	**台**
Ywq	gwnz	moh	yingh	daiz
jɯ^{5}	kɯn^{2}	mo^{6}	iŋ^{1}	taːi^{2}
在	上	墓	英	台

在英台墓上。

4–1351

偻	**同**	**软**	**好**	**来**
Raeuz	doengz	nyied	ndei	lai
ɹau^{2}	toŋ^{2}	ȵiːt^{8}	dei^{1}	laːi^{1}
我们	同	甘心	好	多

我俩情意深，

4–1352

代	**是**	**不**	**同**	**从**
Dai	cix	mbouj	doengz	congh
taːi^{1}	ɕi^{4}	bou^{5}	toŋ^{2}	ɕoːŋ^{6}
死	就	不	同	洞

死也不同坟。

男唱

4-1353

变	**办**	**果**	**花**	**买**
Bienq	baenz	go	va	mai
piːn^{5}	pan^{2}	ko^{1}	va^{1}	maːi^{1}
变	成	棵	花	密蒙

变成姊妹花，

4-1354

在	**江**	**开**	**大**	**罗**
Ywq	gyang	gai	daih	loh
jɯ^{5}	kjaːŋ^{1}	kaːi^{1}	taːi^{6}	lo^{6}
在	中	街	大	路

到处都可见。

4-1355

变	**办**	**果**	**韦**	**阿**
Bienq	baenz	go	vae	oq
piːn^{5}	pan^{2}	ko^{1}	vai^{1}	o^{5}
变	成	棵	姓	别

变成情侣树，

4-1356

托	**拉**	**罗**	**你**	**办**
Doek	laj	roq	mwngz	baenz
tok^{7}	la^{3}	ɹo^{5}	mɯŋ^{2}	pan^{2}
落	下	屋檐	你	成

长在屋檐下。

女唱

4-1357

变	**办**	**果**	**韦**	**阿**
Bienq	baenz	go	vae	oq
piːn^{5}	pan^{2}	ko^{1}	vai^{1}	o^{5}
变	成	棵	姓	别

变成情侣树，

4-1358

托	**拉**	**罗**	**你**	**办**
Doek	laj	roq	mwngz	baenz
tok^{7}	la^{3}	ɹo^{5}	mɯŋ^{2}	pan^{2}
落	下	屋檐	你	成

长在屋檐下。

4-1359

代	**下**	**地**	**贝**	**生**
Dai	roengz	deih	bae	caem
taːi^{1}	ɹoŋ^{2}	tei^{6}	pai^{1}	ɕan^{1}
死	下	地	去	埋

死去万事空，

4-1360

坤	**刀**	**生**	**然**	**农**
Hoen	dauq	seng	ranz	nuengx
hon^{1}	taːu^{5}	θeːŋ^{1}	ɹaːn^{2}	nuːŋ^{4}
魂	回	生	家	妹

投胎到妹家。

男唱

4-1361

乜	月	玩	乜	月
Meh	ndwen	vanz	meh	ndwen
me^{6}	duːn^{1}	vaːn^{2}	me^{6}	duːn^{1}
母	月	还	母	月

月亮归月亮，

4-1362

几	时	年	拉	里
Geij	seiz	nem	ndau	ndeiq
ki^{3}	θi^{2}	neːm^{1}	daːu^{1}	di^{5}
几	时	贴	星	星

不混同星星。

4-1363

几	阝	代	下	地
Geij	boux	dai	roengz	deih
ki^{3}	pu^{4}	taːi^{1}	ɹoŋ^{2}	tei^{6}
几	人	死	下	地

有谁死去了，

4-1364

托	然	农	在	而
Doek	ranz	nuengx	ywq	lawz
tok^{7}	ɹaːn^{2}	nuːŋ^{4}	jɯ^{5}	laɯ^{2}
落	家	妹	在	哪

还同妹共家。

女唱

4-1365

尝	得	义	十	比
Caengz	ndaej	ngeih	cib	bi
ɕaŋ^{2}	dai^{3}	ȵi^{6}	ɕit^{8}	pi^{1}
未	得	二	十	年

不满二十岁，

4-1366

是	交	你	考	从
Cix	gyau	mwngz	gauq	coux
ɕi^{4}	kjaːu^{1}	mɯŋ^{2}	kaːu^{5}	ɕou^{4}
就	交	你	好	友

就同你结交。

4-1367

义	加	然	你	动
Ngeix	caj	ranz	mwngz	doengh
ȵi^{4}	kja^{3}	ɹaːn^{2}	mɯŋ^{2}	toŋ^{6}
想	等	家	你	动

等你家同意，

4-1368

正	见	备	马	堂
Cingq	raen	beix	ma	daengz
ɕiŋ^{5}	ɹan^{1}	pi^{4}	ma^{1}	taŋ^{2}
正	见	兄	来	到

便是你家人。

男唱

4-1369

尝	**得**	**义**	**十**	**比**
Caengz	ndaej	ngeih	cib	bi
ɕaŋ²	dai³	ȵi⁶	ɕit⁸	pi¹
未	得	二	十	年

不到二十岁，

4-1370

是	**交**	**你**	**老**	**表**
Cix	gyau	mwngz	laux	biuj
ɕi⁴	kjaːu¹	mɯŋ²	laːu⁴	piːu³
就	交	你	老	表

就同你结交。

4-1371

文	**龙**	**真**	**知**	**九**
Vunz	lungz	caen	rox	yiuj
vun²	luŋ²	ɕin¹	ɹo⁴	jiːu³
人	龙	真	知	礼

我友真懂理，

4-1372

巡	**老**	**表**	**当**	**韦**
Cunz	laux	biuj	dangq	vae
ɕun²	laːu⁴	piːu³	taːŋ⁵	vai¹
巡	老	表	另	姓

会找外姓友。

女唱

4-1373

尝	**得**	**义**	**十**	**比**
Caengz	ndaej	ngeih	cib	bi
ɕaŋ²	dai³	ȵi⁶	ɕit⁸	pi¹
未	得	二	十	年

不满二十岁，

4-1374

是	**好**	**你**	**龙**	**小**
Cix	ndij	mwngz	lungz	siuj
ɕi⁴	di¹	mɯŋ²	luŋ²	θiːu³
就	与	你	龙	小

就和你结交。

4-1375

想	**不**	**巡**	**老**	**表**
Siengj	mbouj	cunz	laux	biuj
θiːŋ³	bou⁵	ɕun²	laːu⁴	piːu³
想	不	巡	老	表

若还不来往，

4-1376

牙	**了**	**秀**	**备**	**银**
Yaek	liux	ciuh	beix	ngaenz
jak⁷	liːu⁴	ɕiːu⁶	pi⁴	ŋan²
欲	完	世	兄	银

兄青春又过。

男唱

4-1377

变	**办**	**果**	**花**	**生**
Bienq	baenz	go	va	saemq
piːn^{5}	pan^{2}	ko^{1}	va^{1}	θan^{5}
变	成	棵	花	庚

变枝同龄花，

4-1378

友	**对**	**生**	**牙**	**要**
Youx	doiq	saemq	yaek	aeu
ju^{4}	toːi^{5}	θan^{5}	jak^{7}	au^{1}
友	对	庚	欲	要

同龄友想要。

4-1379

友	**而**	**初**	**论**	**偻**
Youx	lawz	couj	lumj	raeuz
ju^{4}	lauɯ^{2}	ɕou^{3}	lum^{3}	ɹau^{2}
友	哪	丑	像	我们

没人丑过我，

4-1380

你	**开**	**要**	**了**	**农**
Mwngz	gaej	aeu	liux	nuengx
mɯŋ^{2}	kaːi^{5}	au^{1}	liːu^{4}	nuːŋ^{4}
你	莫	要	啰	妹

妹你莫牵挂。

男唱

4-1381

友	**土**	**初**	**是**	**初**
Youx	dou	couj	cix	couj
ju^{4}	tu^{1}	ɕou^{3}	ɕi^{4}	ɕou^{3}
友	我	丑	是	丑

我友虽丑人，

4-1382

它	**可**	**听**	**土**	**说**
De	goj	dingq	dou	naeuz
te^{1}	ko^{3}	tiŋ^{5}	tu^{1}	nau^{2}
她	可	听	我	说

她听我的话。

4-1383

友	**土**	**初**	**土**	**要**
Youx	dou	couj	dou	aeu
ju^{4}	tu^{1}	ɕou^{3}	tu^{1}	au^{1}
友	我	丑	我	要

丑友我愿要，

4-1384

卜	**而**	**说**	**不**	**得**
Boux	lawz	naeuz	mbouj	ndaej
pu^{4}	lauɯ^{2}	nau^{2}	bou^{5}	dai^{3}
人	哪	说	不	得

别人管不着。

女唱

4-1385

友	初	牙	友	初
Youx	couj	yah	youx	couj
ju⁴	ɕou³	ja⁶	ju⁴	ɕou³
友	丑	呀	友	丑

丑友呀丑友，

4-1386

你	牙	听	土	说
Mwngz	yaek	dingq	dou	naeuz
mɯŋ²	jak⁷	tiŋ⁵	tu¹	nau²
你	要	听	我	说

你可要听话。

4-1387

友	初	你	开	要
Youx	couj	mwngz	gaej	aeu
ju⁴	ɕou³	mɯŋ²	ka:i⁵	au¹
友	丑	你	莫	要

丑友你莫娶，

4-1388

文	说	不	好	听
Vunz	naeuz	mbouj	ndei	dingq
vun²	nau²	bou⁵	dei¹	tiŋ⁵
人	说	不	好	听

人言不好听。

男唱

4-1389

广	英	点	付	母
Gvangj	in	dem	fuj	muj
kwa:ŋ³	in¹	te:n¹	fu⁴	mu⁴
广	姻	与	父	母

姻缘父母命，

4-1390

不	太	初	儿	来
Mbouj	daih	couj	geij	lai
bou⁵	ta:i⁶	ɕou³	ki³	la:i¹
不	太	丑	儿	多

就不能嫌丑。

4-1391

三	八	托	英	台
Sanh	bek	doh	yingh	daiz
θa:n¹	pe:k⁷	to⁶	iŋ¹	ta:i²
山	伯	同	英	台

山伯和英台，

4-1392

同	排	可	一	样
Doengz	baiz	goj	it	yiengh
toŋ²	pa:i²	ko⁵	it⁷	jɯ:ŋ⁶
同	排	也	一	样

并排一样美。

女唱

4-1393

友	**土**	**初**	**是**	**初**
Youx	dou	couj	cix	couj
ju^{4}	tu^{1}	ɕou^{3}	ɕi^{4}	ɕou^{3}
友	我	丑	是	丑

我友丑是丑，

4-1394

生	**衣**	**它**	**可**	**怪**
Seng	eiq	de	goq	gvai
θeːŋ^{1}	ei^{5}	te^{1}	ko^{5}	kwaːi^{1}
生	意	他	也	精

他精通生计。

4-1395

拉	**定**	**不**	**断**	**鞋**
Laj	din	mbouj	duenx	haiz
la^{3}	tin^{1}	bou^{5}	tuːn^{4}	haːi^{2}
下	脚	不	断	鞋

脚上穿新鞋，

4-1396

排	**可**	**得**	**你**	**备**
Baiz	goj	ndaej	mwngz	beix
paːi^{2}	ko^{5}	dai^{3}	mɯŋ^{2}	pi^{4}
排	也	得	你	兄

配得上老兄。

男唱

4-1397

好	**牙**	**可**	**妻**	**伕**
Ndei	yax	goj	maex	fwx
dei^{1}	ja^{5}	ko^{5}	mai^{4}	fə^{4}
好	也	也	妻	别人

美也别人妻，

4-1398

初	**牙**	**可**	**友**	**文**
Couj	yax	goj	youx	vunz
ɕou^{3}	ja^{5}	ko^{5}	ju^{4}	vun^{2}
丑	也	也	友	人

丑也是我友。

4-1399

同	**伴**	**在**	**拉**	**本**
Doengh	buenx	ywq	laj	mbwn
toŋ^{2}	puːn^{4}	jɯ^{5}	la^{3}	bɯn^{1}
相	伴	在	下	天

同活在世上，

4-1400

知	**日**	**而**	**同**	**沙**
Rox	ngoenz	lawz	doengh	ra
ɹo^{4}	ŋon^{2}	laɯ^{2}	toŋ^{2}	ɹa^{1}
知	天	哪	相	找

总有见面时。

女唱

4-1401

贵	好	妻	又	好
Gwiz	ndei	maex	youh	ndei
kɯi²	dei¹	mai⁴	jou⁴	dei¹
丈夫	好	妻	又	好

夫帅妻又美，

4-1402

打	九	支	求	刀
Daz	geu	sei	gyaeuj	dauq
ta²	ke:u¹	θi¹	kjau³	ta:u⁵
拉	件	丝	头	回

同打扮更靓。

4-1403

苗	拜	浪	凉	孝
Miuq	baih	laeng	liengz	yauj
mi:u⁵	pa:i⁶	laŋ¹	li:ŋ²	ja:u³
瞄	边	后	凉	飕飕

脊背无遮挡，

4-1404

巴	备	罗	土	空
Baz	beix	lox	dou	ndwi
pa²	pi⁴	lo⁴	tu¹	du:i¹
妻	兄	骗	我	空

老兄在骗人。

男唱

4-1405

贵	好	妻	又	好
Gwiz	ndei	maex	youh	ndei
kɯi²	dei¹	mai⁴	jou⁴	dei¹
丈夫	好	妻	又	好

夫帅妻又美，

4-1406

要	美	支	裁	布
Aeu	mae	sei	caiz	buh
au¹	mai¹	θi¹	ɕa:i²	pu⁶
要	纱	丝	裁	衣服

穿绸缎衣衫。

4-1407

贵	好	妻	又	初
Gwiz	ndei	maex	youh	couj
kɯi²	dei¹	mai⁴	jou⁴	ɕou³
丈夫	好	妻	又	丑

夫好而妻丑，

4-1408

同	九	古	关	巴
Doengz	gou	guh	gvan	baz
toŋ²	kou¹	ku⁴	kwa:n¹	pa²
同	我	做	夫	妻

齐心做夫妻。

女唱

4-1409

布	**你**	**坏**	**更**	**巴**
Buh	mwngz	vaih	gwnz	mbaq
pu^{6}	mɯŋ^{2}	va:i^{6}	kɯn^{2}	ba^{5}
衣服	**你**	**坏**	**上**	**肩**

上身衣也烂，

4-1410

华	**你**	**坏**	**拉**	**定**
Vaq	mwngz	vaih	laj	din
va^{5}	mɯŋ^{2}	va:i^{6}	la^{3}	tin^{1}
裤	**你**	**坏**	**下**	**脚**

下身裤也烂。

4-1411

空	**米**	**卜**	**特**	**针**
Ndwi	miz	boux	dawz	cim
du:i^{1}	mi^{2}	pu^{4}	təɯ^{2}	çim^{1}
不	**有**	**个**	**拿**	**针**

没人做女红，

4-1412

召	**心**	**不**	**了**	**备**
Cau	sim	mbouj	liux	beix
ça:u^{5}	θin^{1}	bou^{5}	li:u^{4}	pi^{4}
操	**心**	**不**	**完**	**兄**

兄操心不完。

男唱

4-1413

布	**坏**	**是**	**古**	**华**
Buh	vaih	cix	guh	vaq
pu^{6}	va:i^{6}	çi^{4}	ku^{4}	va^{5}
衣服	**坏**	**就**	**做**	**裤**

衣烂改成裤，

4-1414

华	**坏**	**是**	**古**	**鞋**
Vaq	vaih	cix	guh	haiz
va^{5}	va:i^{6}	çi^{4}	ku^{4}	ha:i^{2}
裤	**坏**	**就**	**做**	**鞋**

烂裤改成鞋。

4-1415

知	**认**	**又**	**知**	**裁**
Rox	nyib	youh	rox	caiz
ɹo^{4}	ȵip^{8}	jou^{4}	ɹo^{4}	ça:i^{2}
会	**缝**	**又**	**会**	**裁**

会缝又会裁，

4-1416

忧	**开**	**么**	**了**	**农**
You	gij	maz	liux	nuengx
jou^{1}	ka:i^{2}	ma^{2}	li:u^{4}	nu:ŋ^{4}
忧	**什**	**么**	**啰**	**妹**

妹还愁什么？

男唱

4–1417

点 你 坏 了 农

Gyaep mwngz vaih liux nuengx

kjot^{7} mɯŋ^{2} vaːi^{6} liːu^{4} nuːŋ^{4}

雨帽 你 坏 完 妹

妹竹帽坏了，

4–1418

沙 托 马 土 三

Ra duk ma dou san

ɹa^{1} tuk^{7} ma^{1} tu^{1} θaːn^{1}

找 篾 来 我 编

拿篾帮你编。

4–1419

贵 你 初 了 农

Gwiz mwngz couj liux nuengx

kɯi^{2} mɯŋ^{2} ɕou^{3} liːu^{4} nuːŋ^{4}

丈夫 你 丑 完 妹

妹丈夫丑陋，

4–1420

装 身 马 土 勒

Cang ndang ma dou lawh

ɕaːŋ^{1} daːŋ^{1} ma^{1} tu^{1} ləɯ^{6}

装 身 来 我 换

打扮来换礼。

女唱

4–1421

点 坏 可 利 纸①

Gyaep vaih goj lix ceij

kjot^{7} vaːi^{6} ko^{5} li^{4} ɕi^{3}

雨帽 坏 也 剩 纸

帽坏还有纸，

4–1422

两 坏 可 利 绸

Liengj vaih goj lix couz

liːŋ^{3} vaːi^{6} ko^{5} li^{4} ɕu^{2}

伞 坏 也 剩 绸

伞坏还有绸。

4–1423

可 利 土 点 你

Goj lix dou dem mwngz

ko^{5} li^{4} tu^{1} teːn^{1} mɯŋ^{2}

也 剩 我 与 你

今只有我俩，

4–1424

重 小 正 了 备

Naek siuj cingz liux beix

nak^{7} θiːu^{3} ɕiŋ^{2} liːu^{4} pi^{4}

重 小 情 啰 兄

礼品快拿来。

① 点坏可利纸［kjot^{7} vaːi^{6} ko^{5} li^{4} ɕi^{3}］：帽坏还有纸。过去习惯用桐子浸泡纱纸做雨帽。

男唱

4-1425

点	**坏**	**可**	**利**	**纸**
Gyaep	vaih	goj	lix	ceij
kjot^{7}	va:i^{6}	ko^{5}	li^{4}	çi^{3}
雨帽	**坏**	**也**	**剩**	**纸**

帽坏还有纸，

4-1426

两	**坏**	**可**	**利**	**绸**
Liengj	vaih	goj	lix	couz
li:ŋ^{3}	va:i^{6}	ko^{5}	li^{4}	çu^{2}
伞	**坏**	**也**	**剩**	**绸**

伞坏还有绸。

4-1427

农	**爱**	**干**	**方**	**卢**
Nuengx	ngaiq	ganq	fueng	louz
nu:ŋ^{4}	ŋa:i^{5}	ka:n^{5}	fu:ŋ^{1}	lu^{2}
妹	**爱**	**顾**	**风**	**流**

妹到处游荡，

4-1428

明	**可**	**付**	**吉**	**㳮**
Cog	goj	fouz	giz	suenq
ço:k^{8}	ko^{5}	fu^{2}	ki^{2}	θu:n^{5}
将来	**也**	**无**	**处**	**算**

将无所安身。

女唱

4-1429

点	**坏**	**可**	**利**	**纸**
Gyaep	vaih	goj	lix	ceij
kjot^{7}	va:i^{6}	ko^{5}	li^{4}	çi^{3}
雨帽	**坏**	**也**	**剩**	**纸**

帽坏帽纸在，

4-1430

两	**坏**	**可**	**利**	**绸**
Liengj	vaih	goj	lix	couz
li:ŋ^{3}	va:i^{6}	ko^{5}	li^{4}	çu^{2}
伞	**坏**	**也**	**剩**	**绸**

伞坏有伞绸。

4-1431

友	**而**	**干**	**方**	**卢**
Youx	lawz	ganq	fueng	louz
ju^{4}	laɯ^{2}	ka:n^{5}	fu:ŋ^{1}	lu^{2}
友	**哪**	**顾**	**风**	**流**

谁只顾游荡，

4-1432

是	**特**	**符**	**三**	**美**
Cix	dawz	fouz	sanq	maez
çi^{4}	təɯ^{2}	fu^{2}	θa:n^{1}	mai^{2}
就	**拿**	**符**	**散**	**爱**

情侣会分手。

男唱

4-1433

乜	**你**	**老**	**了**	**金**
Meh	mwngz	laux	liux	gim
me⁶	mɯŋ²	laːu⁴	liːu⁴	kin¹
母	你	老	啰	金

你母已变老，

4-1434

手	**更**	**针**	**认**	**布**
Fwngz	gaem	cim	nyib	buh
fɯŋ²	kan¹	ɕim¹	ȵip⁸	pu⁶
手	握	针	缝	衣服

还在做女红。

4-1435

得	**贵**	**马**	**小**	**古**
Ndaej	Gwiz	ma	ciuq	goq
dai³	kɯi²	ma¹	θiːu¹	ku⁵
得	丈夫	来	照	顾

得丈夫帮助，

4-1436

乜	**农**	**是**	**文**	**荣**
Meh	nuengx	cix	vuen	yungz
me⁶	nuːŋ⁴	ɕi⁴	vuːn¹	juŋ²
母	妹	就	欢	乐

你母得从容。

女唱

4-1437

乜	**你**	**老**	**了**	**金**
Meh	mwngz	laux	liux	gim
me⁶	mɯŋ²	laːu⁴	liːu⁴	kin¹
母	你	老	啰	金

你母已变老，

4-1438

手	**更**	**针**	**认**	**布**
Fwngz	gaem	cim	nyib	buh
fɯŋ²	kan¹	ɕim¹	ȵip⁸	pu⁶
手	握	针	缝	衣服

还在做女红。

4-1439

尝	**米**	**元**	**小**	**哥**
Caengz	miz	yuenz	siuj	go
ɕaŋ²	mi²	juːn²	θiːu³	ko¹
未	有	缘	小	哥

无缘遇情哥，

4-1440

想	**采**	**路**	**邦**	**你**
Siengj	byaij	loh	biengz	mwngz
θiːŋ³	pjaːi³	lo⁶	piːŋ²	mɯŋ²
想	走	路	地方	你

想到你乡去。

男唱

4-1441

乜 你 老 了 金

Meh mwngz laux liux gim

me^{6} mɯŋ^{2} laːu^{4} liːu^{4} kin^{1}

母 你 老 啰 金

你母已变老，

4-1442

手 特 针 认 布

Fwngz dawz cim nyib buh

fɯŋ^{2} təɯ^{2} ɕim^{1} ȵip^{8} pu^{6}

手 拿 针 缝 衣服

还要做女红。

4-1443

米 元 你 是 古

Miz yuenz mwngz cix guh

mi^{2} juːn^{2} mɯŋ^{2} ɕi^{4} ku^{4}

有 缘 你 就 做

有缘你随缘，

4-1444

开 满 卜 论 偻

Gaej monh boux lumj raeuz

kaːi^{5} moːn^{6} pu^{4} lum^{3} ɹau^{2}

莫 谈情 人 像 我们

不一定找我。

女唱

4-1445

乜 你 老 了 金

Meh mwngz laux liux gim

me^{6} mɯŋ^{2} laːu^{4} liːu^{4} kin^{1}

母 你 老 啰 金

你母已变老，

4-1446

手 特 针 认 布

Fwngz dawz cim nyib buh

fɯŋ^{2} təɯ^{2} ɕim^{1} ȵip^{8} pu^{6}

手 拿 针 缝 衣服

还要做女红。

4-1447

尝 米 元 小 哥

Caengz miz yuenz siuj go

ɕaŋ^{2} mi^{2} juːn^{2} θiːu^{3} ko^{1}

未 有 缘 小 哥

无缘遇情哥，

4-1448

正 满 卜 论 偻

Cingq monh boux lumj raeuz

ɕiŋ^{5} moːn^{6} pu^{4} lum^{3} ɹau^{2}

正 谈情 人 像 我们

能与我谈情。

男唱

4-1449

变 办 双 务 特

Bienq baenz song gouh dawh

piːn^{5} pan^{2} θoːŋ^{1} kou^{6} təɯ^{6}

变 成 两 双 筷

变两副筷条，

4-1450

偻 同 勒 吃 爱

Raeuz doengh lawh gwn ngaiz

ɹau^{2} toŋ^{2} ləɯ^{6} kɯn^{1} ŋaːi^{2}

我们 相 换 吃 饭

我俩交换用。

4-1451

变 办 板 同 排

Bienq baenz mbanj doengz baiz

piːn^{5} pan^{2} baːn^{3} toŋ^{2} paːi^{2}

变 成 村 同 排

同住邻近村，

4-1452

贵 你 代 土 勒

Gwiz mwngz dai dou lawh

kɯi^{2} mɯŋ^{2} taːi^{1} tu^{1} ləɯ^{6}

丈夫 你 死 我 换

你夫死我替。

女唱

4-1453

变 牛 说 变 歪①

Bienq cwz naeuz bienq vaiz

piːn^{5} ɕɯ^{2} nau^{2} piːn^{5} vaːi^{2}

变 黄牛 或 变 水牛

黄牛或水牛，

4-1454

土 代 土 是 勒

Duz dai duz cix lawh

tu^{2} taːi^{1} tu^{2} ɕi^{4} ləɯ^{6}

只 死 只 就 换

死了可替换。

4-1455

贵 农 是 利 在

Gwiz nuengx cix lij ywq

kɯi^{2} nuːŋ^{4} ɕi^{4} li^{4} jɯ^{5}

丈夫 妹 就 还 在

妹丈夫还在，

4-1456

样 而 勒 得 你

Yiengh lawz lawh ndaej mwngz

juːŋ^{6} laɯ^{2} ləɯ^{6} dai^{3} mɯŋ^{2}

样 哪 换 得 你

如何换成你？

① 变牛说变歪[piːn^{5} ɕɯ^{2} nau^{2} piːn^{5} vaːi^{2}]：黄牛或水牛。此指人不能等同于畜牲。

男唱

4-1457

请	长	马	祘	命
Cingj	cangh	ma	suenq	mingh
çiŋ^{3}	ça:ŋ^{6}	ma^{1}	θu:n^{5}	miŋ^{6}
请	匠	来	算	命

问过算命师，

4-1458

汉	比	么	它	代
Hanh	bi	moq	de	dai
ha:n^{6}	pi^{1}	mo^{5}	te^{1}	ta:i^{1}
限	年	新	他	死

你夫难长久。

4-1459

说	备	办	钱	财
Naeuz	beix	banh	cienz	caiz
nau^{2}	pei^{4}	pa:n^{6}	çi:n^{2}	ça:i^{2}
说	兄	办	钱	财

兄备好彩礼，

4-1460

它	代	你	是	勒
De	dai	mwngz	cix	lawh
te^{1}	ta:i^{1}	mɯŋ^{2}	çi^{4}	ləɯ^{6}
他	死	你	就	换

他死你就换。

女唱

4-1461

变	办	双	务	特
Bienq	baenz	song	gouh	dawh
pi:n^{5}	pan^{2}	θo:ŋ^{1}	kou^{6}	təɯ^{6}
变	成	两	双	筷

变两副筷条，

4-1462

偻	同	勒	吃	爱
Raeuz	doengh	lawh	gwn	ngaiz
ɹau^{2}	toŋ^{2}	ləɯ^{6}	kɯn^{1}	ŋa:i^{2}
我们	相	换	吃	饭

我俩交换用。

4-1463

加	贵	口	土	代
Gaj	gwiz	gaeuq	dou	dai
kja^{3}	kɯi^{2}	kau^{5}	tu^{1}	ta:i^{1}
等	丈夫	旧	我	死

等我前夫死，

4-1464

包	乖	牙	老	秀
Mbauq	gvai	yax	lauq	ciuh
ba:u^{5}	kwa:i^{1}	ja^{4}	la:u^{5}	çi:u^{6}
小伙	乖	也	误	世

你青春也过。

男唱

4-1465

变	**办**	**双**	**务**	**特**
Bienq	baenz	song	gouh	dawh
piːn⁵	pan²	θoːŋ¹	kou⁶	tau⁶
变	成	两	双	筷

变成两副筷，

4-1466

偻	**同**	**勒**	**吃**	**爱**
Raeuz	doengh	lawh	gwn	ngaiz
ɹau²	toŋ²	ləɯ⁶	kɯn¹	ŋaːi²
我们	相	换	吃	饭

我俩交换用。

4-1467

变	**办**	**板**	**九**	**兴**
Bienq	baenz	mbanj	gouj	hing
piːn⁵	pan²	baːn³	kjau³	ɹin¹
变	成	村	九	兴

变成九兴村，

4-1468

卜	**通**	**正**	**卜**	**勒**
Boux	doeng	cingz	boux	lawh
pu⁴	toŋ¹	ɕiŋ²	pu⁴	ləɯ⁶
人	通	情	人	换

相互换礼品。

女唱

4-1469

变	**办**	**双**	**务**	**特**
Bienq	baenz	song	gouh	dawh
piːn⁵	pan²	θoːŋ¹	kou⁶	tau⁶
变	成	两	双	筷

变成两双筷，

4-1470

偻	**同**	**勒**	**吃**	**令**
Raeuz	doengh	lawh	gwn	ringz
ɹau²	toŋ²	ləɯ⁶	kɯn¹	ɹiŋ²
我们	相	换	吃	晌午

我俩交换用。

4-1471

变	**办**	**板**	**九**	**兴**
Bienq	baenz	mbanj	gouj	hing
piːn⁵	pan²	baːn³	kjau³	ɹin¹
变	成	村	九	兴

变成九兴村，

4-1472

卜	**通**	**正**	**牙**	**知**
Boux	doeng	cingz	yax	rox
pu⁴	toŋ¹	ɕiŋ²	ja⁵	ɹo⁴
人	通	情	也	知

或可去谈情。

男唱

4-1473

变	**办**	**双**	**务**	**特**
Bienq	baenz	song	gouh	dawh
pi:n^{5}	pan^{2}	θo:ŋ^{1}	kou^{6}	təɯ^{6}
变	成	两	双	筷

变成两双筷，

4-1474

偻	**同**	**勒**	**吃**	**寿**
Raeuz	doengh	lawh	gwn	caeuz
ɹau^{2}	toŋ^{2}	ləɯ^{6}	kɯn^{1}	ɕau^{2}
我们	相	换	吃	晚饭

我俩轮着用。

4-1475

变	**办**	**友**	**巴**	**轻**
Bienq	baenz	youx	bak	mbaeu
pi:n^{5}	pan^{2}	ju^{4}	pa:k^{7}	bau^{1}
变	成	友	嘴	轻

变成巧舌友，

4-1476

马	**年**	**土**	**勒**	**仪**
Ma	nem	dou	lawh	saenq
ma^{1}	ne:m^{1}	tu^{1}	ləɯ^{6}	θin^{5}
来	贴	我	换	信

和我来结交。

女唱

4-1477

变	**办**	**双**	**务**	**特**
Bienq	baenz	song	gouh	dawh
pi:n^{5}	pan^{2}	θo:ŋ^{1}	kou^{6}	təɯ^{6}
变	成	两	双	筷

变两副筷条，

4-1478

偻	**同**	**勒**	**吃**	**寿**
Raeuz	doengh	lawh	gwn	caeuz
ɹau^{2}	toŋ^{2}	ləɯ^{6}	kɯn^{1}	ɕau^{2}
我们	相	换	吃	晚饭

我俩共进餐。

4-1479

偻	**刀**	**可**	**爱**	**偻**
Raeuz	dauq	goj	ngaiq	raeuz
ɹau^{2}	ta:u^{5}	ko^{5}	ŋa:i^{5}	ɹau^{2}
我们	倒	可	爱	我们

我俩是相爱，

4-1480

不	**卜**	**帮**	**土**	**祘**
Mbouj	boux	bang	dou	suenq
bou^{5}	pu^{4}	pa:ŋ^{1}	tu^{1}	θu:n^{5}
无	人	帮	我	算

谁为我主张？

女唱

4-1481

变	办	双	乜	巴
Bienq	baenz	song	meh	mbaj
piːn5	pan2	θoːŋ1	me6	ba3
变	成	两	母	蝴蝶

变两只蝴蝶，

4-1482

才	外	拉	很	布
Raih	vaij	laj	hwnj	baengz
ɹaːi6	vaːi3	la3	hɯn3	paŋ2
爬	过	下	上	布

爬过布架下。

4-1483

英	乱	变	办	忠
Wng	luenh	bienq	baenz	fangz
iŋ1	luːn6	piːn5	pan2	faːŋ2
应	乱	变	成	鬼

抑或变成鬼，

4-1484

下	王	要	小	女
Roengz	vaengz	aeu	siuj	nawx
ɹoŋ2	vaŋ2	au1	θiːu3	nɯ4
下	潭	要	小	女

入潭来娶我。

男唱

4-1485

变	办	对	乜	巴
Bienq	baenz	doiq	meh	mbaj
piːn5	pan2	toːi5	me6	ba3
变	成	对	母	蝴蝶

变成对蝴蝶，

4-1486

才	外	拉	很	布
Raih	vaij	laj	hwnj	baengz
ɹaːi6	vaːi3	la3	hɯn3	paŋ2
爬	过	下	上	布

爬过晾布架。

4-1487

英	乱	变	办	忠
Wng	luenh	bienq	baenz	fangz
iŋ1	luːn6	piːn5	pan2	faːŋ2
应	乱	变	成	鬼

若还变成鬼，

4-1488

双	偻	先	同	得
Song	raeuz	senq	doengh	ndaej
θoːŋ1	ɹau2	θeːn5	toŋ2	dai3
两	我们	早	相	得

我俩早成亲。

女唱

4-1489

变　办　对　乜　巴

Bienq baenz doiq meh mbaj

piːn^{5} pan^{2} toːi^{5} me^{6} ba^{3}

变　成　对　母　蝴蝶

变一对蝴蝶，

4-1490

才　外　拉　桥　令

Raih vaij laj giuz rin

ɹaːi^{6} vaːi^{3} la^{3} kiːu^{2} ɹin^{1}

爬　过　下　桥　石

爬过石桥下。

4-1491

变　办　对　乜　延

Bienq baenz doiq meh dinz

piːn^{5} pan^{2} toːi^{5} me^{6} tin^{2}

变　成　对　母　黄蜂

变一对黄蜂，

4-1492

牙　玲　要　少　口

Yaek ginz aeu sau gaeuq

jak^{7} kin^{2} au^{1} θaːu^{1} kau^{5}

欲　擒　要　姑娘　旧

定要娶情妹。

男唱

4-1493

变　办　对　乜　巴

Bienq baenz doiq meh mbaj

piːn^{5} pan^{2} toːi^{5} me^{6} ba^{3}

变　成　对　母　蝴蝶

变一对蝴蝶，

4-1494

才　外　拉　桥　令

Raih vaij laj giuz rin

ɹaːi^{6} vaːi^{3} la^{3} kiːu^{2} ɹin^{1}

爬　过　下　桥　石

爬过石桥下。

4-1495

土　米　羽　米　定

Duz miz fwed miz din

tu^{2} mi^{2} fuːt^{8} mi^{2} tin^{1}

我　有　翅　有　脚

我会飞会走，

4-1496

你　玲　土　不　得

Mwngz ginz dou mbouj ndaej

mɯŋ^{2} kin^{2} tu^{1} bou^{5} dai^{3}

你　擒　我　不　得

你捉不到我。

女唱

4-1497

很 不 外 土 多

Haen mbouj vaij duz doq

han¹ bou⁵ vaːi³ tu² to⁵

狠 不 过 只 马蜂

马蜂最厉害，

4-1498

是 利 朵 拉 令

Cix lij ndoj laj ringq

çi⁴ li⁴ do³ la³ ɹiŋ⁵

是 还 躲 下 碗架

还会躲碗架。

4-1499

很 不 外 土 延

Haen mbouj vaij duz dinz

han¹ bou⁵ vaːi³ tu² tin²

狠 不 过 只 黄蜂

黄蜂也厉害，

4-1500

土 玲 是 利 得

Dou ginz cix lij ndaej

tu¹ kin² çi⁴ li⁴ dai³

我 擒 就 还 得

我还捉得它。

男唱

4-1501

你 玲 它 狼 得

Mwngz ginz de langh ndaej

mɯŋ² kin² te¹ laːŋ⁶ dai³

你 擒 它 若 得

你能捉得它，

4-1502

四 处 写 你 站

Seiq cih ce mwngz soengz

θei⁵ çi⁶ çe¹ mɯŋ² θoŋ²

四 处 留 你 站

天下全归你。

4-1503

你 玲 它 狼 下

Mwngz ginz de langh roengz

mɯŋ² kin² te¹ laːŋ⁶ ɹoŋ²

你 擒 它 若 下

你制得了它，

4-1504

四 方 写 你 在

Seiq fueng ce mwngz ywq

θei⁵ fuːŋ¹ çe¹ mɯŋ² jɯ⁵

四 方 留 你 住

天下全归你。

女唱

4-1505

变	**办**	**对**	**乜**	**巴**
Bienq	baenz	doiq	meh	mbaj
piːn⁵	pan²	toːi⁵	me⁶	ba³
变	**成**	**对**	**母**	**蝴蝶**

变一对蝴蝶，

4-1506

才	**外**	**拉**	**桥**	**令**
Raih	vaij	laj	giuz	rin
ɹaːi⁶	vaːi³	la³	kiːu²	ɹin¹
爬	**过**	**下**	**桥**	**石**

爬过石桥下。

4-1507

卜	**托**	**扶**	**古**	**亲**
Boh	doh	fwx	guh	cin
po⁶	to⁶	fə⁴	ku⁴	ɕin¹
父	**同**	**别人**	**做**	**亲**

父和人攀亲，

4-1508

不	**给**	**少**	**间**	**对**
Mbouj	hawj	sau	gem	doih
bou⁵	həɯ³	θaːu¹	keːm¹	toːi⁶
不	**给**	**姑娘**	**监管**	**伙伴**

不让妹管人。

男唱

4-1509

变	**办**	**对**	**乜**	**巴**
Bienq	baenz	doiq	meh	mbaj
piːn⁵	pan²	toːi⁵	me⁶	ba³
变	**成**	**对**	**母**	**蝴蝶**

变一对蝴蝶，

4-1510

才	**外**	**拉**	**桥**	**令**
Raih	vaij	laj	giuz	rin
ɹaːi⁶	vaːi³	la³	kiːu²	ɹin¹
爬	**过**	**下**	**桥**	**石**

爬过石桥下。

4-1511

南	**是**	**利**	**见**	**本**
Namh	cix	lij	gen	mbwn
naːn⁶	ɕi⁴	li⁴	keːn⁴	buɯn¹
土	**是**	**还**	**见**	**天**

地还会管天，

4-1512

文	**么**	**不**	**间**	**对**
Vunz	maz	mbouj	gem	doih
vun²	ma²	bou⁵	keːm¹	toːi⁶
人	**什么**	**不**	**监管**	**伙伴**

人也会管人。

女唱

4-1513
变 办 对 乜 巴
Bienq baenz doiq meh mbaj
pi:n^{5} pan^{2} to:i^{5} me^{6} ba^{3}
变 成 对 母 蝴蝶
变一对蝴蝶，

4-1514
才 外 拉 桥 祘
Raih vaij laj giuz suen
ɹa:i^{6} va:i^{3} la^{3} ki:u^{2} θu:n^{1}
爬 过 下 桥 园
爬过园子边。

4-1515
变 办 对 乜 月
Bienq baenz doiq meh ndwen
pi:n^{5} pan^{2} to:i^{5} me^{6} do:n^{1}
变 成 对 母 蚯蚓
变一对蚯蚓，

4-1516
堂 江 官 又 良
Daengz gyang guenz youh liengh
taŋ^{2} kja:ŋ^{1} ku:n^{2} jou^{4} li:ŋ^{6}
到 中 坪 又 亮
到晒坪闪光。

男唱

4-1517
变 办 对 乜 巴
Bienq baenz doiq meh mbaj
pi:n^{5} pan^{2} to:i^{5} me^{6} ba^{3}
变 成 对 母 蝴蝶
变一对蝴蝶，

4-1518
才 外 拉 桥 祘
Raih vaij laj giuz suen
ɹa:i^{6} va:i^{3} la^{3} ki:u^{2} θu:n^{1}
爬 过 下 桥 园
爬过园子边。

4-1519
变 办 对 乜 月
Bienq baenz doiq meh ndwen
pi:n^{5} pan^{2} to:i^{5} me^{6} do:n^{1}
变 成 对 母 蚯蚓
变一对蚯蚓，

4-1520
全 四 方 内 在
Cienj seiq fueng neix ywq
ɕu:n^{3} θei^{5} fu:ŋ^{1} ni^{4} jɯ^{5}
转 四 方 这 在
在此间徘徊。

女唱

4-1521

变	**办**	**对**	**乜**	**月**
Bienq	baenz	doiq	meh	ndwen
pi:n^{5}	pan^{2}	to:i^{5}	me^{6}	do:n^{1}
变	**成**	**对**	**母**	**蚯蚓**

变一对蚯蚓，

4-1522

全	**四**	**方**	**内**	**在**
Cienj	seiq	fueng	neix	ywq
çu:n^{3}	θei^{5}	fu:ŋ^{1}	ni^{4}	jɯ^{5}
转	**四**	**方**	**这**	**在**

在四周转悠。

4-1523

秀	**不**	**玲**	**妻**	**伕**
Ciuh	mbouj	ginz	maex	fwx
çi:u^{6}	bou^{5}	kin^{2}	mai^{4}	fə^{4}
世	**不**	**擒**	**妻**	**别人**

不夺别人妻，

4-1524

厈	**在**	**满**	**秀**	**文**
Nyienh	ywq	monh	ciuh	vunz
ȵu:n^{6}	jɯ^{5}	mo:n^{6}	çi:u^{6}	vun^{2}
愿	**在**	**谈情**	**世**	**人**

谈情一辈子。

男唱

4-1525

变	**办**	**对**	**乜**	**月**
Bienq	baenz	doiq	meh	ndwen
pi:n^{5}	pan^{2}	to:i^{5}	me^{6}	do:n^{1}
变	**成**	**对**	**母**	**蚯蚓**

变一对蚯蚓，

4-1526

全	**四**	**方**	**内**	**在**
Cienj	seiq	fueng	neix	ywq
çu:n^{3}	θei^{5}	fu:ŋ^{1}	ni^{4}	jɯ^{5}
转	**四**	**方**	**这**	**在**

在四周盘旋。

4-1527

秀	**不**	**玲**	**妻**	**伕**
Ciuh	mbouj	ginz	maex	fwx
çi:u^{6}	bou^{5}	kin^{2}	mai^{4}	fə^{4}
世	**不**	**擒**	**妻**	**别人**

不夺别人妻，

4-1528

真	**祘**	**勒**	**阝**	**乖**
Caen	suenq	lwg	boux	gvai
çin^{1}	θu:n^{5}	lɯk^{8}	pu^{4}	kwa:i^{1}
真	**算**	**子**	**人**	**乖**

才是聪明人。

女唱

4–1529

秀 不 玲 妻 伕

Ciuh mbouj ginz maex fwx

çiːu6 bou5 kin2 mai4 fə4

世 不 擒 妻 别人

从不夺人妻，

4–1530

正 祘 勒 阝 乖

Cingq suenq lwg boux gvai

çiŋ5 θuːn5 lɯk8 pu4 kwaːi1

正 算 子 人 乖

才是真君子。

4–1531

提 头 古 阝 才

Daeq gyaeuj guh boux sai

ti5 kjau3 ku4 pu4 θaːi1

剃 头 做 人 男

落发装男人，

4–1532

要 巴 马 土 累

Aeu baz ma dou laeq

au1 pa2 ma1 tu1 lai5

要 妻 来 我 看

你妻今何在？

男唱

4–1533

秀 不 玲 妻 伕

Ciuh mbouj ginz maex fwx

çiːu6 bou5 kin2 mai4 fə4

世 不 擒 妻 别人

不夺别人妻，

4–1534

真 祘 勒 阝 乖

Caen suenq lwg boux gvai

çin1 θuːn5 lɯk8 pu4 kwaːi1

真 算 子 人 乖

才是真君子。

4–1535

农 刀 变 阝 才

Nuengx dauq bienq boux sai

nuːŋ4 taːu5 piːn5 pu4 θaːi1

妹 又 变 人 男

妹若变男子，

4–1536

包 乖 貝 而 在

Mbauq gvai bae lawz ywq

baːu5 kwaːi1 pai1 lauɯ2 jɯ5

小伙 乖 去 哪 住

哥往何处摆？

女唱

4-1537

秀 不 玲 妻 伕

Ciuh mbouj ginz maex fwx

çiːu^{6} bou^{5} kin^{2} mai^{4} fə^{4}

世 不 擒 妻 别人

从不夺人妻，

4-1538

真 祘 勒 卩 乖

Caen suenq lwg boux gvai

çin^{1} θuːn^{5} lɯk^{8} pu^{4} kwaːi^{1}

真 算 子 人 乖

才是真君子。

4-1539

给 农 变 卩 才

Hawj nuengx bienq boux sai

həɯ^{3} nuːŋ^{4} piːn^{5} pu^{4} θaːi^{1}

给 妹 变 人 男

让妹变男子，

4-1540

龙 小 帅 你 勒

Lungz siu caiz mwngz lawh

luŋ^{2} θiːu^{1} çaːi^{2} mɯŋ^{2} ləɯ^{6}

龙 秀 才 你 换

兄等我结交。

男唱

4-1541

秀 不 玲 妻 伕

Ciuh mbouj ginz maex fwx

çiːu^{6} bou^{5} kin^{2} mai^{4} fə^{4}

世 不 擒 妻 别人

从不夺人妻，

4-1542

真 祘 勒 卩 乖

Caen suenq lwg boux gvai

çin^{1} θuːn^{5} lɯk^{8} pu^{4} kwaːi^{1}

真 算 子 人 乖

才是真君子。

4-1543

加 你 备 小 帅

Caj mwngz beix siu caiz

kja^{3} mɯŋ^{2} pi^{4} θiːu^{1} çaːi^{2}

等 你 兄 秀 才

等兄成秀才，

4-1544

秀 少 乖 牙 了

Ciuh sau gvai yax liux

çiːu^{6} θaːu^{1} kwaːi^{1} ja^{5} liːu^{4}

世 姑娘 乖 也 完

你青春也过。

女唱

4-1545

变	办	双	土	交
Bienq	baenz	song	duz	gyau
$pi:n^5$	pan^2	$θo:ŋ^1$	tu^2	$kja:u^1$
变	成	两	只	蜘蛛

变一对蜘蛛，

4-1546

打	支	细	又	细
Daz	sei	saeq	youh	saeq
ta^2	$θi^1$	$θai^5$	jou^4	$θai^5$
纺	丝	细	又	细

吐丝细又细。

4-1547

鸦	刀	变	办	给
A	dauq	bienq	baenz	gaeq
a^1	$ta:u^5$	$pi:n^5$	pan^2	kai^5
鸦	倒	变	成	鸡

乌鸦变成鸡，

4-1548

不	师	岁	办	文
Mbouj	swz	caez	baenz	vunz
bou^5	$θɯ^2$	$çai^2$	pan^2	vun^2
不	辞	齐	成	人

万物变成人。

男唱

4-1549

变	办	双	土	交
Bienq	baenz	song	duz	gyau
$pi:n^5$	pan^2	$θo:ŋ^1$	tu^2	$kja:u^1$
变	成	两	只	蜘蛛

变两只蜘蛛，

4-1550

打	支	门	又	门
Daz	sei	maenh	youh	maenh
ta^2	$θi^1$	man^6	jou^4	man^6
纺	丝	稳固	又	稳固

结网牢又牢。

4-1551

小	正	生	下	水
Siuj	cingz	caem	roengz	raemx
$θi:u^3$	$çiŋ^2$	$çaŋ^1$	$ɹoŋ^2$	$ɹan^4$
小	情	沉	下	水

礼品置水中，

4-1552

能	作	备	不	堂
Nyaenx	coq	beix	mbouj	daengz
$ɲan^4$	$ço^5$	pi^4	bou^5	$taŋ^2$
那么	放	兄	不	到

可见不可得。

女唱

4-1553

变 办 双 土 交

Bienq baenz song duz gyau

piːn^{5} pan^{2} θoːŋ^{1} tu^{2} kjaːu^{1}

变 成 两 只 蜘蛛

变两只蜘蛛，

4-1554

打 支 细 又 细

Daz sei saeq youh saeq

ta^{2} θi^{1} θai^{5} jou^{4} θai^{5}

纺 丝 细 又 细

吐丝细又细。

4-1555

往 偻 交 正 义

Uengj raeuz gyau cingz ngeih

vaːŋ^{3} ɹau^{2} kjaːu^{1} ɕiŋ^{2} ȵi^{6}

枉 我们 交 情 义

我俩情意深，

4-1556

卜 团 秀 牙 论

Boux donh ciuh yax lumz

pu^{4} toːn^{6} ɕiːu^{6} ja^{5} lun^{2}

人 半 世 也 忘

半辈子难忘。

男唱

4-1557

变 办 双 土 交

Bienq baenz song duz gyaeu

piːn^{5} pan^{2} θoːŋ^{1} tu^{2} kjaːu^{1}

变 成 两 只 蜘蛛

变两只蜘蛛，

4-1558

打 支 细 又 细

Daz sei saeq youh saeq

ta^{2} θi^{1} θai^{5} jou^{4} θai^{5}

纺 丝 细 又 细

吐丝细又细。

4-1559

空 得 交 正 义

Ndwi ndaej gyau cingz ngeih

duːi^{1} dai^{3} kjaːu^{1} ɕiŋ^{2} ȵi^{6}

不 得 交 情 义

不能送礼品，

4-1560

可 为 秀 你 空

Goj vei ciuh mwngz ndwi

ko^{5} vei^{1} ɕiːu^{6} muɯŋ^{2} duːi^{1}

可 亏 世 你 空

亏欠你终生。

女唱

4-1561

变	**办**	**双**	**土**	**交**
Bienq	baenz	song	duz	gyau
piːn^5	pan^2	θoːŋ^1	tu^2	kjaːu^1
变	**成**	**两**	**只**	**蜘蛛**

变成对蜘蛛，

4-1562

很	**它**	**好**	**结**	**蒙**
Hwnj	dat	hau	giet	muengx
hɯn^3	taːt^7	haːu^1	kiːt^7	muːŋ^4
上	**山崖**	**白**	**结**	**网**

它夜晚结网。

4-1563

坤	**勾**	**偻**	**岁**	**动**
Goenq	gaeu	raeuz	caez	doengh
kon^5	kau^1	ɹau^2	ɕai^2	toŋ^6
断	**藤**	**我们**	**齐**	**痛**

绝情都心痛，

4-1564

卜	**开**	**狼**	**卜**	**貝**
Boux	gaej	langh	boux	bae
pu^4	kaːi^5	laːŋ^6	pu^4	pai^1
人	**莫**	**放**	**人**	**去**

我俩不离去。

男唱

4-1565

变	**办**	**双**	**土**	**交**
Bienq	baenz	song	duz	gyau
piːn^5	pan^2	θoːŋ^1	tu^2	kjaːu^1
变	**成**	**两**	**只**	**蜘蛛**

变成对蜘蛛，

4-1566

很	**它**	**好**	**结**	**蒙**
Hwnj	dat	hau	giet	muengx
hɯn^3	taːt^7	haːu^1	kiːt^7	muːŋ^4
上	**山崖**	**白**	**结**	**网**

它夜晚结网。

4-1567

坤	**勾**	**偻**	**岁**	**动**
Goenq	gaeu	raeuz	caez	doengh
kon^5	kau^1	ɹau^2	ɕai^2	toŋ^6
断	**藤**	**我们**	**齐**	**痛**

绝情都心痛，

4-1568

农	**开**	**想**	**来**	**吉**
Nuengx	gaej	siengj	lai	giz
nuːŋ^4	kaːi^5	θiːŋ^3	laːi^1	ki^2
妹	**莫**	**想**	**多**	**处**

妹莫想他人。

女唱

4-1569

变 办 双 土 交

Bienq baenz song duz gyau

pi:n^{5} pan^{2} θo:ŋ^{1} tu^{2} kja:u^{1}

变 成 两 只 蜘蛛

变两只蜘蛛，

4-1570

很 它 好 结 网

Hwnj dat hau giet vangj

hɯn^{3} ta:t^{7} ha:u^{1} ki:t^{7} va:ŋ^{3}

上 山崖 白 结 网

它夜晚结网。

4-1571

往 双 倭 同 满

Uengj song raeuz doengh muengh

va:ŋ^{3} θo:ŋ^{1} ɹau^{2} toŋ^{2} mu:ŋ^{6}

枉 两 我们 相 望

枉两相守望，

4-1572

阝 狼 阝 下 王

Boux langh boux roengz vaengz

pu^{4} la:ŋ^{6} pu^{4} ɹoŋ^{2} vaŋ^{2}

人 放 人 下 潭

情断水潭中。

男唱

4-1573

变 办 双 土 交

Bienq baenz song duz gyau

pi:n^{5} pan^{2} θo:ŋ^{1} tu^{2} kja:u^{1}

变 成 两 只 蜘蛛

变两只蜘蛛，

4-1574

很 它 好 结 网

Hwnj dat hau giet vangj

hɯn^{3} ta:t^{7} ha:u^{1} ki:t^{7} va:ŋ^{3}

上 山崖 白 结 网

夜晚它织网。

4-1575

交 空 得 你 邦

gyau ndwi ndaej mwngz baengz

kja:u^{1} du:i^{1} dai^{3} mɯŋ^{2} paŋ^{2}

交 不 得 你 朋

若交不上你，

4-1576

元 往 秀 阝 作

Ien uengj ciuh boux coz

ju:n^{1} va:ŋ^{3} ɕi:u^{6} pu^{4} ɕo^{2}

冤 枉 世 人 年轻

枉度这一生。

男唱

4-1577

变	**办**	**对**	**汉**	**本**
Bienq	baenz	doiq	hanq	mbwn
pi:n^{5}	pan^{2}	to:i^{5}	ha:n^{5}	bɯn^{1}
变	成	对	鹅	天

变成对天鹅，

4-1578

飞	**三**	**比**	**不**	**乃**
Mbin	sam	bi	mbouj	naiq
bin^{1}	θa:n^{1}	pi^{1}	bou^{5}	na:i^{5}
飞	三	年	不	馁

翱翔不觉累。

4-1579

变	**办**	**龙**	**江**	**海**
Bienq	baenz	lungz	gyang	haij
pi:n^{5}	pan^{2}	luŋ^{2}	kja:ŋ^{1}	ha:i^{3}
变	成	龙	中	海

变成海中龙，

4-1580

伴	**农**	**采**	**罗**	**王**
Buenx	nuengx	byaij	loh	vang
pu:n^{4}	nu:ŋ^{4}	pja:i^{3}	lo^{6}	va:ŋ^{1}
伴	妹	走	路	横

伴妹走远路。

女唱

4-1581

变	**办**	**对**	**汉**	**本**
Bienq	baenz	doiq	hanq	mbwn
pi:n^{5}	pan^{2}	to:i^{5}	ha:n^{5}	bɯn^{1}
变	成	对	鹅	天

变成对天鹅，

4-1582

飞	**外**	**更**	**外**	**拉**
Mbin	vaij	gwnz	vaij	laj
bin^{1}	va:i^{3}	kɯn^{2}	va:i^{3}	la^{3}
飞	过	上	过	下

天空任你飞。

4-1583

变	**办**	**对**	**魚**	**达**
Bienq	baenz	doiq	bya	dah
pi:n^{5}	pan^{2}	to:i^{5}	pja^{1}	ta^{6}
变	成	对	鱼	河

变成对河鱼，

4-1584

华	**开**	**田**	**内**	**空**
Hah	gaiq	dieg	neix	ndwi
ha^{6}	ka:i^{5}	ti:k^{8}	ni^{4}	du:i^{1}
占	块	地	这	不

徒占一块地。

男唱

4-1585

变	办	对	魚	达
Bienq	baenz	doiq	bya	dah
piːn⁵	pan²	toːi⁵	pja¹	ta⁶
变	成	对	鱼	河

变一对河鱼，

4-1586

才	好	水	托	下
Raih	ndij	raemx	doh	roengz
ɹaːi⁶	di¹	ɹan⁴	to⁶	ɹoŋ²
爬	沿	水	向	下

在水中游弋。

4-1587

卡	达	内	空	从
Ga	dah	neix	ndwi	coengz
ka¹	ta⁶	ni⁴	duːi¹	ɕoŋ²
条	河	这	不	从

此河它不爱，

4-1588

牙	下	貝	王	老
Yaek	roengz	bae	vaengz	laux
jak⁷	ɹoŋ²	pai¹	vaŋ²	laːu⁴
欲	下	去	潭	大

想游入深渊。

女唱

4-1589

变	办	对	魚	达
Bienq	baenz	doiq	bya	dah
piːn⁵	pan²	toːi⁵	pja¹	ta⁶
变	成	对	鱼	河

变一对河鱼，

4-1590

才	好	水	同	貝
Raih	ndij	raemx	doengz	bae
ɹaːi⁶	di¹	ɹan⁴	toŋ²	pai¹
爬	沿	水	同	去

在水中游弋。

4-1591

变	办	对	鸟	给
Bienq	baenz	doiq	roeg	gaeq
piːn⁵	pan²	toːi⁵	ɹok⁸	kai⁵
变	成	对	鸟	鸡

变一对野鸡，

4-1592

飞	貝	说	可	在
Mbin	bae	naeuz	goj	ywq
bin¹	pai¹	nau²	ko⁵	jɯ⁵
飞	去	或	也	在

或许飞走了。

男唱

4-1593

变	办	对	魚	达
Bienq	baenz	doiq	bya	dah
piːn5	pan2	toːi5	pja1	ta6
变	成	对	鱼	河

变一对河鱼，

4-1594

才	好	水	同	貝
Raih	ndij	raemx	doengz	bae
ɹaːi6	di1	ɹan4	toŋ2	pai1
爬	沿	水	同	去

在水中游弋。

4-1595

变	办	对	鸟	给
Bienq	baenz	doiq	roeg	gaeq
piːn5	pan2	toːi5	ɹok8	kai5
变	成	对	鸟	鸡

变一对野鸡，

4-1596

飞	貝	偻	一	罗
Mbin	bae	raeuz	yiz	loh
bin1	pai1	ɹau2	i2	lo6
飞	去	我们	一	路

空中比翼飞。

女唱

4-1597

变	办	对	汉	本
Bienq	baenz	doiq	hanq	mbwn
piːn5	pan2	toːi5	haːn5	bɯn1
变	成	对	鹅	天

变一对天鹅，

4-1598

飞	外	更	务	全
Mbin	vaij	gwnz	huj	cienj
bin1	vaːi3	kɯn2	hu3	ɕuːn3
飞	过	上	云	转

飞在流云上。

4-1599

八	要	友	九	团①
Bah	aeu	youx	gouj	duenz
pa6	au1	ju4	kjau3	toːn5
莫急	要	友	九	团

莫娶九团人，

4-1600

伴	土	观	备	银
Buenx	dou	gonq	beix	ngaenz
puːn4	tu1	koːn5	pi4	ŋan2
伴	我	先	兄	银

先陪我游玩。

① 九团［kjau3 toːn5］：地名，今址不详。

男唱

4-1601

变 办 对 汉 本

Bienq baenz doiq hanq mbwn

pi:n^{5} pan^{2} to:i^{5} ha:n^{5} bɯn^{1}

变 成 对 鹅 天

变一对天鹅，

4-1602

飞 外 更 务 全

Mbin vaij gwnz huj cienj

bin^{1} va:i^{3} kɯn^{2} hu^{3} ɕu:n^{3}

飞 过 上 云 转

在天上翱翔。

4-1603

打 银 子 不 祘

Daj yinz swj mbouj suenq

ta^{3} jin^{2} θɯ^{3} bou^{5} θu:n^{5}

打 银 子 不 算

舍礼品不算，

4-1604

才 农 伴 阝 而

Caih nuengx buenx boux lawz

ɕa:i^{6} nu:ŋ^{4} pu:n^{4} pu^{4} laɯ^{2}

随 妹 伴 人 哪

任妹嫁给谁。

女唱

4-1605

变 办 对 汉 本

Bienq baenz doiq hanq mbwn

pi:n^{5} pan^{2} to:i^{5} ha:n^{5} bɯn^{1}

变 成 对 鹅 天

变一对天鹅，

4-1606

飞 外 更 务 全

Mbin vaij gwnz huj cienj

bin^{1} va:i^{3} kɯn^{2} hu^{3} ɕu:n^{3}

飞 过 上 云 转

在天上翱翔。

4-1607

八 要 友 九 团

Bah aeu youx gouj duenz

pa^{6} au^{1} ju^{4} kjau^{3} to:n^{5}

莫急 要 友 九 团

不嫁九团人，

4-1608

秀 土 伴 秀 你

Ciuh dou buenx ciuh mwngz

ɕi:u^{6} tu^{1} pu:n^{4} ɕi:u^{6} mɯŋ^{2}

世 我 伴 世 你

我陪你终生。

男唱

4-1609

变	**办**	**对**	**汉**	**本**
Bienq	baenz	doiq	hanq	mbwn
pi:n^{5}	pan^{2}	to:i^{5}	ha:n^{5}	bɯn^{1}
变	成	对	鹅	天

变成对天鹅，

4-1610

飞	**三**	**比**	**不**	**乃**
Mbin	sam	bi	mbouj	naiq
bin^{1}	θa:n^{1}	pi^{1}	bou^{5}	na:i^{5}
飞	三	年	不	累

常飞不觉累。

4-1611

伴	**秀**	**土**	**狼**	**外**
Buenx	ciuh	dou	langh	vaij
pu:n^{4}	ɕi:u^{6}	tu^{1}	la:ŋ^{6}	va:i^{3}
伴	世	我	若	过

陪我一辈子，

4-1612

真	**祘**	**农**	**米**	**心**
Cingq	suenq	nuengx	miz	sim
ɕiŋ^{5}	θu:n^{5}	nu:ŋ^{4}	mi^{2}	θin^{1}
正	算	妹	有	心

足见妹情深。

女唱

4-1613

变	**办**	**对**	**汉**	**本**
Bienq	baenz	doiq	hanq	mbwn
pi:n^{5}	pan^{2}	to:i^{5}	ha:n^{5}	bɯn^{1}
变	成	对	鹅	天

变成对天鹅，

4-1614

飞	**三**	**比**	**不**	**乃**
Mbin	sam	bi	mbouj	naiq
bin^{1}	θa:n^{1}	pi^{1}	bou^{5}	na:i^{5}
飞	三	年	不	累

常飞不觉累。

4-1615

伴	**秀**	**你**	**不**	**外**
Buenx	ciuh	mwngz	mbouj	vaij
pu:n^{4}	ɕi:u^{6}	mɯŋ^{2}	bou^{5}	va:i^{3}
伴	世	你	不	过

伴你不到头，

4-1616

秀	**不**	**采**	**拉**	**本**
Ciuh	mbouj	byaij	laj	mbwn
ɕi:u^{6}	bou^{5}	pja:i^{3}	la^{3}	bɯn^{1}
世	不	走	下	天

无颜在天下。

男唱

4-1617

变	**办**	**对**	**汉**	**本**
Bienq	baenz	doiq	hanq	mbwn
pi:n^{5}	pan^{2}	to:i^{5}	ha:n^{5}	bɯn^{1}
变	成	对	鹅	天

变一对天鹅，

4-1618

飞	**外**	**更**	**务**	**全**
Mbin	vaij	gwnz	huj	cienj
bin^{1}	va:i^{3}	kɯn^{2}	hu^{3}	ɕu:n^{3}
飞	过	上	云	转

翱翔云天外。

4-1619

打	**银**	**子**	**狼**	**团**
Daj	yinz	swj	langh	donh
ta^{3}	jin^{2}	θɯ^{3}	la:ŋ^{6}	to:n^{6}
打	银	子	若	半

不愿送礼品，

4-1620

备	**贝**	**元**	**而**	**站**
Beix	bae	yienh	lawz	soengz
pi^{4}	pai^{1}	je:n^{6}	lau^{2}	θoŋ^{2}
兄	去	县	哪	站

兄何地栖身？

女唱

4-1621

变	**办**	**对**	**汉**	**本**
Bienq	baenz	doiq	hanq	mbwn
pi:n^{5}	pan^{2}	to:i^{5}	ha:n^{5}	bɯn^{1}
变	成	对	鹅	天

变一对天鹅，

4-1622

飞	**外**	**更**	**千**	**万**
Mbin	vaij	gwnz	cien	fanh
bin^{1}	va:i^{3}	kɯn^{2}	ɕi:n^{1}	fa:n^{6}
飞	过	上	千	万

飞过万重天。

4-1623

变	**办**	**鸟**	**羊**	**干**
Bienq	baenz	roeg	yangh	ganq
pi:n^{5}	pan^{2}	ɹok^{8}	ja:ŋ^{6}	ka:n^{5}
变	成	鸟	苍	鹭

变成苍鹭鸟，

4-1624

赔	**三**	**秀**	**方**	**卢**
Boiq	sam	ciuh	fueng	louz
po:i^{5}	θa:n^{1}	ɕi:u^{6}	fu:ŋ^{1}	lu^{2}
陪	三	世	风	流

三代陪你玩。

男唱

4-1625

变	办	对	汉	本
Bienq	baenz	doiq	hanq	mbwn
pi:n^{5}	pan^{2}	to:i^{5}	ha:n^{5}	bɯn^{1}
变	成	对	鹅	天

变一对天鹅，

4-1626

飞	外	更	千	万
Mbin	vaij	gwnz	cien	fanh
bin^{1}	va:i^{3}	kɯn^{2}	ɕi:n^{1}	fa:n^{6}
飞	过	上	千	万

飞过万重天。

4-1627

更	本	三	层	难
Gwnz	mbwn	sam	caengz	nanz
kɯn^{2}	bɯn^{1}	θa:n^{1}	ɕaŋ^{2}	na:n^{2}
上	天	三	层	难

天堂也多难，

4-1628

邦	干	不	堂	偻
Baengz	ganq	mbouj	daengz	raeuz
paŋ^{2}	ka:n^{5}	bou^{5}	taŋ^{2}	ɹau^{2}
朋	照料	不	到	我们

管不及我们。

女唱

4-1629

权	权	伕	作	令
Gemh	gemh	fwx	coq	rin
ke:m^{6}	ke:m^{6}	fə^{4}	ɕo^{5}	ɹin^{1}
山坳	山坳	别人	放	石

山山石墙挡，

4-1630

吉	吉	伕	作	梆
Giz	giz	fwx	coq	bangq
ki^{2}	ki^{2}	fə^{4}	ɕo^{5}	pa:ŋ^{5}
处	处	别人	放	栅栏

处处放栏杆。

4-1631

心	凉	来	了	邦
Sim	liengz	lai	liux	baengz
θin^{1}	li:ŋ^{2}	la:i^{1}	li:u^{4}	paŋ^{2}
心	凉	多	啰	朋

实在太寒心，

4-1632

知	干	堂	不	堂
Rox	ganq	daengz	mbouj	daengz
ɹo^{4}	ka:n^{5}	taŋ^{2}	bou^{5}	taŋ^{2}
知	照料	到	不	到

管得到没有？

男唱

4-1633

邦	**达**	**三**	**层**	**城**
Bangx	dah	sam	caengz	singz
$pa:ŋ^4$	ta^6	$θa:n^1$	$ɕaŋ^2$	$θiŋ^2$
旁	河	三	层	城

河边三道城，

4-1634

北	**京**	**九**	**层**	**安**
Baek	ging	gouj	caengz	anh
pak^7	$kiŋ^1$	$kjou^3$	$ɕaŋ^2$	$a:n^1$
北	京	九	层	安

北京九道关。

4-1635

鸟	**龙**	**是**	**八**	**汉**
Neuj	loengz	cix	bah	hanh
$ne:u^3$	$loŋ^2$	$ɕi^4$	pa^6	$ha:n^6$
鸟	笼	就	莫急	焊

鸟笼别封死，

4-1636

乃	**乃**	**干**	**可**	**堂**
Naih	naih	ganq	goj	daengz
$na:i^6$	$na:i^6$	$ka:n^5$	ko^3	$taŋ^2$
久	久	照料	可	到

久久望一回。

女唱

4-1637

鸟	**龙**	**是**	**八**	**汉**
Neuj	loengz	cix	bah	hanh
$ne:u^3$	$loŋ^2$	$ɕi^4$	pa^6	$ha:n^6$
鸟	笼	就	别急	焊

鸟笼别封死，

4-1638

乃	**乃**	**干**	**可**	**堂**
Naih	naih	ganq	goj	daengz
$na:i^6$	$na:i^6$	$ka:n^5$	ko^3	$taŋ^2$
久	久	照料	可	到

久久望一回。

4-1639

日	**完**	**三**	**告**	**长**
Ngoenz	vuenh	sam	gau	caengh
$ŋon^2$	$vu:n^6$	$θa:n^1$	$ka:u^1$	$ɕaŋ^6$
天	换	三	次	秤

日换三杆秤，

4-1640

干	**堂**	**龙**	**牙**	**知**
Ganq	daengz	lungz	yax	rox
$ka:n^5$	$taŋ^2$	$luŋ^2$	ja^5	$ɹo^4$
照料	到	龙	才	知

顾到你再说。

男唱

4-1641

心	凉	来	了	邦
Sim	liengz	lai	liux	baengz
θin^{1}	liːŋ^{2}	laːi^{1}	liːu^{4}	paŋ^{2}
心	凉	多	啰	朋

实在太心寒，

4-1642

知	干	堂	不	堂
Rox	ganq	daengz	mbouj	daengz
ɹo^{4}	kaːn^{5}	taŋ^{2}	bou^{5}	taŋ^{2}
知	照料	到	不	到

天地管不管。

4-1643

果	我	四	丈	尚
Go	ngox	seiq	ciengh	sang
ko^{1}	ŋo^{4}	θei^{5}	ɕɯːŋ^{6}	θaːŋ^{1}
棵	芦苇	四	丈	高

芦苇四丈高，

4-1644

干	不	堂	土	了
Ganq	mbouj	daengz	dou	liux
kaːn^{5}	bou^{5}	taŋ^{2}	tu^{1}	liːu^{4}
照料	不	到	我	完

管不到我了。

女唱

4-1645

心	凉	来	了	邦
Sim	liengz	lai	liux	baengz
θin^{1}	liːŋ^{2}	laːi^{1}	liːu^{4}	paŋ^{2}
心	凉	多	啰	朋

实在太心寒，

4-1646

知	干	堂	不	堂
Rox	ganq	daengz	mbouj	daengz
ɹo^{4}	kaːn^{5}	taŋ^{2}	bou^{5}	taŋ^{2}
知	照料	到	不	到

天地管不管。

4-1647

果	我	四	丈	尚
Go	ngox	seiq	ciengh	sang
ko^{1}	ŋo^{4}	θei^{5}	ɕɯːŋ^{6}	θaːŋ^{1}
棵	芦苇	四	丈	高

芦苇四丈高，

4-1648

干	堂	龙	牙	祘
Ganq	daengz	lungz	yax	suenq
kaːn^{5}	taŋ^{2}	luŋ^{2}	ja^{5}	θuːn^{5}
照料	到	龙	才	算

哪顾到老兄。

男唱

4-1649

邦 达 三 层 城

Bangx dah sam caengz singz

pa:ŋ^{4} ta^{6} θa:n^{1} ɕaŋ^{2} θiŋ^{2}

旁 河 三 层 城

河边三重城，

4-1650

北 京 九 层 安

Baek ging gouj caengz anh

pak^{7} kiŋ^{1} kjou^{3} ɕaŋ^{2} a:n^{1}

北 京 九 层 安

北京九道关。

4-1651

几 阝 代 下 难

Geij boux dai roengz namh

ki^{3} pu^{4} ta:i^{1} ɹoŋ^{2} na:n^{6}

几 人 死 下 土

一心忙白事，

4-1652

干 堂 农 在 而

Ganq daengz nuengx ywq lawz

ka:n^{5} taŋ^{2} nu:ŋ^{4} jɯ^{5} law^{2}

照料 到 妹 在 哪

无心照顾妹。

女唱

4-1653

知 邦 山 米 莫

Rox bangx bya miz mboq

ɹo^{4} pa:ŋ^{4} pja^{1} mi^{2} bo^{5}

知 旁 山 有 泉

山边有泉水，

4-1654

先 修 罗 貝 通

Senq coih loh bae doeng

θe:n^{5} co:i^{6} lo^{6} pai^{1} toŋ^{1}

早 修 路 去 通

先把路修通。

4-1655

知 东 海 米 龙

Rox doeng haij miz lungz

ɹo^{4} toŋ^{1} ha:i^{3} mi^{2} luŋ^{2}

知 东 海 有 龙

知东海有龙，

4-1656

土 先 下 貝 干

Dou senq roengz bae ganq

tu^{1} θe:n^{5} ɹoŋ^{2} pai^{1} ka:n^{5}

我 早 下 去 照料

我先去打理。

男唱

4-1657

心	**农**	**真**	**桥**	**付**
Sim	nuengx	caen	giuz	fouz
θin^{1}	nuːŋ^{4}	ɕin^{1}	kiːu^{2}	fu^{2}
心	妹	真	桥	浮

妹心像浮桥，

4-1658

罗	**土**	**空**	**了**	**邦**
Lox	dou	ndwi	liux	baengz
lo^{4}	tu^{1}	duːi^{1}	liːu^{4}	paŋ^{2}
骗	我	不	啰	朋

只会哄骗我。

4-1659

手	**少**	**更**	**皮**	**墨**
Fwngz	sau	gaem	bit	maeg
fɯŋ^{2}	θaːu^{1}	kan^{1}	pit^{7}	mak^{8}
手	姑娘	握	笔	墨

妹是读书人，

4-1660

罗	**备**	**干**	**坏**	**力**
Lox	beix	ganq	vaih	rengz
lo^{4}	pi^{4}	kaːn^{5}	vaːi^{6}	ɹeːŋ^{2}
骗	兄	照料	坏	力

哄我白费力。

女唱

4-1661

龙	**牙**	**龙**
Lungz	hah	lungz
luŋ^{2}	ha^{5}	luŋ^{2}
龙	呀	龙

兄啊兄，

4-1662

那	**翁**	**牙**	**米**	**水**
Naz	oeng	yax	miz	raemx
na^{2}	oŋ^{1}	ja^{5}	mi^{2}	ɹan^{4}
田	肥沃	才	有	水

烂泥田有水。

4-1663

伕	**要**	**貝**	**古**	**份**
Fwx	aeu	bae	guh	faenh
fə^{4}	au^{1}	pai^{1}	ku^{4}	fan^{6}
别人	要	去	做	份

别人占去了，

4-1664

了	**对**	**生**	**邦**	**偻**
Liux	doiq	saemq	biengz	raeuz
liːu^{4}	toːi^{5}	θan^{5}	piːŋ^{2}	ɹau^{2}
完	对	庚	地方	我们

此地无伴侣。

男唱

4-1665

龙	牙	龙
Lungz	yah	lungz
luŋ[2]	ja[5]	luŋ[2]
龙	呀	龙

兄啊兄，

4-1666

那	翁	牙	米	水
Naz	oeng	yax	miz	raemx
na[2]	oŋ[1]	ja[5]	mi[2]	ɹan[4]
田	肥沃	才	有	水

烂泥田有水。

4-1667

伕	要	貝	古	份
Fwx	aeu	bae	guh	faenh
fə[4]	au[1]	pai[1]	ku[4]	fan[6]
别人	要	去	做	份

别人娶了去，

4-1668

对	生	良	开	正
Doiq	saemq	lingh	hai	cingz
toːi[5]	θan[5]	leːŋ[6]	haːi[1]	ɕiŋ[2]
对	庚	另	开	情

哥另找他人。

女唱

4-1669

龙	牙	龙
Lungz	yah	lungz
luŋ[2]	ja[5]	luŋ[2]
龙	呀	龙

兄啊兄，

4-1670

那	翁	米	水	相
Naz	oeng	miz	raemx	ciengx
na[2]	oŋ[1]	mi[2]	ɹan[4]	ɕiːŋ[4]
田	肥沃	有	水	养

泥田有水养。

4-1671

秀	卩	作	心	良
Ciuh	boux	coz	sim	liengh
ɕiːu[6]	pu[4]	ɕo[2]	θin[1]	liːŋ[6]
世	人	年轻	心	亮

后生心敞亮，

4-1672

不	干	秀	方	卢
Mbouj	ganq	ciuh	fueng	louz
bou[5]	kaːn[5]	ɕiːu[6]	fuːŋ[1]	lu[2]
不	照料	世	风	流

无意去风流。

男唱

4–1673

岁 骑 马 外 桥

Caez gwih max vaij giuz

çai^{2} kɯːi^{6} ma^{4} vaːi^{3} kiːu^{2}

齐 骑 马 过 桥

同策马过桥，

4–1674

土 一 生 下 水

Duz ndeu saen roengz raemx

tu^{2} deːu^{1} θan^{1} ɹoŋ^{2} ɹan^{4}

我 一 惧怕 下 水

不小心落水。

4–1675

狼 土 作 桥 灯

Langh dou coq giuz daenq

laːŋ^{6} tu^{1} ço^{5} kiːu^{2} tan^{5}

放 我 放 桥 墩

丢我坐桥墩，

4–1676

才 对 生 土 说

Caih doiq saemq dou naeuz

çaːi^{6} toːi^{5} θan^{5} tu^{1} nau^{2}

随 对 庚 我们 说

任朋友戏我。

女唱

4–1677

岁 骑 马 外 桥

Caez gwih max vaij giuz

çai^{2} kɯːi^{6} ma^{4} vaːi^{3} kiːu^{2}

齐 骑 马 过 桥

同策马过桥，

4–1678

土 一 生 下 南

Dou ndeu saen roengz namh

tu^{1} deːu^{1} θan^{1} ɹoŋ^{2} naːn^{6}

我 一 惧怕 下 土

不小心落地。

4–1679

秋 牙 穷 对 邦

Ciuq yah gyoengq doih baengz

çiːu^{5} ja^{6} kjoŋ^{5} toːi^{6} paŋ^{2}

看 呀 群 伙伴 朋

看呀众好友，

4–1680

备 牙 狼 土 写

Beix yaek langh dou ce

pi^{4} jak^{7} laːŋ^{6} tu^{1} çe^{1}

兄 欲 放 我 留

兄要抛弃我。

男唱

4-1681

岁	**骑**	**马**	**外**	**桥**
Caez	gwih	max	vaij	giuz
ɕai^{2}	kɯ:i^{6}	ma^{4}	va:i^{3}	ki:u^{2}
齐	骑	马	过	桥

同策马过桥，

4-1682

土	**一**	**生**	**下**	**南**
Dou	ndeu	saen	roengz	namh
tu^{1}	de:u^{1}	θan^{1}	ɹoŋ^{2}	na:n^{6}
我	一	惧怕	下	土

不小心落地。

4-1683

秋	**牙**	**穷**	**对**	**邦**
Ciuq	yah	gyoengq	doih	baengz
ɕi:u^{5}	ja^{6}	kjoŋ^{5}	to:i^{6}	paŋ^{2}
看	呀	群	伙伴	朋

看呀众好友，

4-1684

备	**累**	**农**	**下**	**王**
Beix	laeq	nuengx	roengz	vaengz
pi^{4}	lai^{5}	nu:ŋ^{4}	ɹoŋ^{2}	vaŋ^{2}
兄	推	妹	下	潭

兄推妹下水。

女唱

4-1685

重	**心**	**干**	**水**	**吨**
Naek	sim	ganq	raemx	daemz
nak^{7}	θin^{1}	ka:n^{5}	ɹan^{4}	tan^{2}
重	心	照料	水	塘

同心护塘水，

4-1686

浪	**可**	**通**	**水**	**莫**
Laeng	goj	doeng	raemx	mboq
laŋ^{1}	ko^{3}	toŋ^{1}	ɹan^{4}	bo^{5}
后	可	通	水	泉

它会通泉水。

4-1687

重	**心**	**干**	**元**	**罗**
Naek	sim	ganq	roen	loh
nak^{7}	θin^{1}	ka:n^{5}	jo:n^{1}	lo^{6}
重	心	照料	路	路

同心修好路，

4-1688

明	**办**	**合**	**土**	**你**
Cog	baenz	huq	duz	mwngz
ɕo:k^{8}	pan^{2}	ho^{5}	tu^{2}	mɯŋ^{2}
将来	成	货	的	你

或谋得财富。

男唱

4-1689

重	**心**	**干**	**水**	**吨**
Naek	sim	ganq	raemx	daemz
nak^{7}	θin^{1}	kaːn^{5}	ɹan^{4}	tan^{2}
重	心	照料	水	塘

用心护塘水，

4-1690

浪	**可**	**通**	**水**	**依**
Laeng	goj	doeng	raemx	rij
laŋ^{1}	ko^{3}	toŋ^{1}	ɹan^{4}	ɹi^{3}
后	可	通	水	溪

它会通溪水。

4-1691

重	**心**	**干**	**田**	**内**
Naek	sim	ganq	denz	neix
nak^{7}	θin^{1}	kaːn^{5}	teːn^{2}	ni^{4}
重	心	照料	地	这

用心管此地，

4-1692

明	**办**	**农**	**家**	**财**
Cog	baenz	nuengx	gya	caiz
ɕoːk^{8}	pan^{2}	nuːŋ^{4}	kja^{1}	ɕaːi^{2}
将来	成	妹	家	财

将成妹家财。

女唱

4-1693

重	**心**	**干**	**水**	**吨**
Naek	sim	ganq	raemx	daemz
nak^{7}	θin^{1}	kaːn^{5}	ɹan^{4}	tan^{2}
重	心	照料	水	塘

用心顾塘水，

4-1694

浪	**可**	**通**	**水**	**达**
Laeng	goj	doeng	raemx	dah
laŋ^{1}	ko^{3}	toŋ^{1}	ɹan^{4}	ta^{6}
后	可	通	水	河

它会通河水。

4-1695

重	**心**	**干**	**头**	**牙**
Naek	sim	ganq	gyaeuj	yah
nak^{7}	θin^{1}	kaːn^{5}	kjau^{3}	ja^{6}
重	心	照料	头	芽

用心护幼苗，

4-1696

八	**沙**	**秀**	**方**	**卢**
Bah	ra	ciuh	fueng	louz
pa^{6}	ɹa^{1}	ɕiːu^{6}	fuːŋ^{1}	lu^{2}
莫急	找	世	风	流

先别顾风流。

女唱

4-1697

重　心　干　水　吨

Naek sim ganq raemx daemz

nak^{7} θin^{1} ka:n^{5} ɹan^{4} tan^{2}

重　心　照料　水　塘

用心顾塘水，

4-1698

浪　可　通　水　达

Laeng goj doeng raemx dah

laŋ^{1} ko^{3} toŋ^{1} ɹan^{4} ta^{6}

后　可　通　水　河

它会通河水。

4-1699

比　对　三　告　话

Bi doiq sam gau vah

pi^{1} to:i^{5} θa:n^{1} ka:u^{1} va^{6}

年　对　三　次　话

一年三见面，

4-1700

对　伏　沙　苗　春

Doiq fwx ra miuz cin

to:i^{5} fə^{4} ɹa^{1} mi:u^{2} ɕun^{1}

对　别人　找　禾苗　春

别人寻恋友。

男唱

4-1701

重　心　干　水　吨

Naek sim ganq raemx daemz

nak^{7} θin^{1} ka:n^{5} ɹan^{4} tan^{2}

重　心　照顾　水　塘

用心管塘水，

4-1702

浪　可　通　水　王

Laeng goj doeng raemx vaengz

laŋ^{1} ko^{3} toŋ^{1} ɹan^{4} vaŋ^{2}

后　可　通　水　潭

会通到深渊。

4-1703

采　罗　定　是　慢

Byaij loh din cix manh

pja:i^{3} lo^{6} tin^{1} ɕi^{4} ma:n^{6}

走　路　脚　就　辣

我俩常来往，

4-1704

干　农　古　妻　文

Ganq nuengx guh maex vunz

ka:n^{3} nu:ŋ^{4} ku^{4} mai^{4} vun^{2}

照顾　妹　做　妻　人

妹却嫁别人。

女唱

4-1705

知	**你**	**干**	**空**	**干**
Rox	mwngz	ganq	ndwi	ganq
ɹo^{4}	mɯŋ^{2}	kaːn^{5}	duːi^{1}	kaːn^{5}
知	你	照料	不	照料

管你照顾否，

4-1706

农	**牙**	**走**	**罗**	**河**
Nuengx	yaek	yamq	loh	haw
nuːŋ^{4}	jak^{7}	jaːm^{5}	lo^{6}	həɯ^{1}
妹	欲	走	路	圩

妹要广交友。

4-1707

不	**干**	**你**	**是**	**师**
Mbouj	ganq	mwngz	cix	swz
bou^{5}	kaːn^{5}	mɯŋ^{2}	çi^{4}	θɯ^{2}
不	照料	你	就	辞

不要你辞退，

4-1708

土	**米**	**河**	**土**	**采**
Dou	miz	haw	dou	byaij
tu^{1}	mi^{2}	həɯ^{1}	tu^{1}	pjaːi^{3}
我	有	圩	我	走

我另找路走。

男唱

4-1709

土	**是**	**想**	**牙**	**干**
Dou	cix	siengj	yaek	ganq
tu^{1}	çi^{4}	θiːŋ^{3}	jak^{7}	kaːn^{5}
我	是	想	要	照料

我是想管顾，

4-1710

农	**又**	**走**	**邦**	**文**
Nuengx	youh	yamq	biengz	vunz
nuːŋ^{4}	jou^{4}	jaːm^{5}	piːŋ^{2}	vun^{2}
妹	又	走	地方	人

妹又走他乡。

4-1711

想	**干**	**秀**	**少**	**论**
Siengj	ganq	ciuh	sau	lwnz
θiːŋ^{3}	kaːn^{5}	çiːu^{6}	θaːu^{1}	lun^{2}
想	照料	世	姑娘	最小

想管顾小妹，

4-1712

办	**巴**	**文**	**貝**	**了**
Baenz	baz	vunz	bae	liux
pan^{2}	pa^{2}	vun^{2}	pai^{1}	liːu^{4}
成	妻	人	去	啰

又已成人妻。

女唱

4-1713

知	**你**	**干**	**空**	**干**
Rox	mwngz	ganq	ndwi	ganq
ɹo^{4}	mɯŋ^{2}	kaːn^{5}	duːi^{1}	kaːn^{5}
知	**你**	**照料**	**不**	**照料**

管你顾不顾，

4-1714

农	**牙**	**走**	**罗**	**远**
Nuengx	yaek	yamq	loh	gyae
nuːŋ^{4}	jak^{7}	jaːm^{5}	lo^{6}	kjai^{1}
妹	**欲**	**走**	**路**	**远**

妹要走远路。

4-1715

不	**干**	**秀**	**满**	**美**
Mbouj	ganq	ciuh	monh	maez
bou^{5}	kaːn^{5}	ɕiːu^{6}	moːn^{6}	mai^{2}
不	**照料**	**世**	**情**	**爱**

不顾及恋情，

4-1716

少	**貝**	**远**	**古**	**伴**
Sau	bae	gyae	guh	buenx
θaːu^{1}	pai^{1}	kjai^{1}	ku^{4}	puːn^{4}
姑娘	**去**	**远**	**做**	**伴**

妹远走结交。

男唱

4-1717

土	**是**	**想**	**牙**	**干**
Dou	cix	siengj	yaek	ganq
tu^{1}	ɕi^{4}	θiːŋ^{3}	jak^{7}	kaːn^{5}
我	**是**	**想**	**要**	**照料**

我心想管顾，

4-1718

农	**又**	**走**	**罗**	**远**
Nuengx	youh	yamq	loh	gyae
nuːŋ^{4}	jou^{4}	jaːm^{5}	lo^{6}	kjai^{1}
妹	**又**	**走**	**路**	**远**

妹又走他乡。

4-1719

想	**干**	**秀**	**满**	**美**
Siengj	ganq	ciuh	monh	maez
θiːŋ^{3}	kaːn^{5}	ɕiːu^{6}	moːn^{6}	mai^{2}
想	**照料**	**世**	**情**	**爱**

心想顾恋情，

4-1720

少	**又**	**貝**	**邦**	**伕**
Sau	youh	bae	biengz	fwx
θaːu^{1}	jou^{4}	pai^{1}	piːŋ^{2}	fə^{4}
姑娘	**又**	**去**	**地方**	**别人**

妹又走远方。

女唱

4-1721

龙 在 浪 管 干

Lungz ywq laeng guenj ganq

luŋ2 jɯ5 laŋ1 ku:n3 ka:n5

龙 在 后 管 照料

兄依旧管顾，

4-1722

农 贝 那 不 论

Nuengx bae naj mbouj lumz

nu:ŋ4 pai1 na3 bou5 lun2

妹 去 前 不 忘

妹虽走不忘。

4-1723

干 秀 内 办 文

Ganq ciuh neix baenz vunz

ka:n5 ɕi:u6 ni4 pan2 vun2

照料 世 这 成 人

今生若出息，

4-1724

不 论 正 你 备

Mbouj lumz cingz mwngz beix

bou5 lun2 ɕiŋ2 mɯŋ2 pi4

不 忘 情 你 兄

不忘兄恩情。

男唱

4-1725

土 是 想 牙 干

Dou cix siengj yaek ganq

tu1 ɕi4 θi:ŋ3 jak7 ka:n5

我 是 想 将要 照料

我本想管顾，

4-1726

空 知 水 达 尚

Ndwi rox raemx dah sang

du:i1 ɹo4 ɹan4 ta6 θa:ŋ1

不 知 水 河 高

岂料河水涨。

4-1727

想 干 额 江 王

Siengj ganq ngieg gyang vaengz

θi:ŋ3 ka:n5 ŋe:k8 kja:ŋ1 vaŋ2

想 照料 蛟龙 中 潭

顾深渊蛟龙，

4-1728

正 不 堂 土 秀

Cingz mbouj daengz dou souh

ɕiŋ2 bou5 taŋ2 tu1 θi:u6

情 不 到 我 受

情不容我受。

女唱

4-1729

知　你　干　空　干

Rox　mwngz　ganq　ndwi　ganq

ɹo^4　mɯŋ^2　ka:n^5　du:i^1　ka:n^5

知　你　照料　不　照料

你爱顾不顾，

4-1730

农　牙　走　罗　河

Nuengx　yaek　yamq　loh　haw

nu:ŋ^4　jak^7　ja:m^5　lo^6　həɯ^1

妹　欲　走　路　圩

妹我要走远。

4-1731

干　农　伕　古　而

Ganq　nuengx　fwx　guh　rawz

ka:n^5　nu:ŋ^4　fə^4　ku^4　ɹaɯ^2

照料　妹　别人　做　什么

顾别人何益，

4-1732

千　年　它　可　变

Cien　nienz　de　goj　bienq

ɕi:n^1　ni:n^2　te^1　ko^3　pi:n^5

千　年　他　可　变

日久她会变。

男唱

4-1733

土　是　想　牙　干

Dou　cix　siengj　yaek　ganq

tu^1　ɕi^4　θi:ŋ^3　jak^7　ka:n^5

我　是　想　要　照料

我本想管顾，

4-1734

为　备　走　尝　堂

Vih　beix　yamq　caengz　daengz

vei^6　pi^4　ja:m^5　ɕaŋ^2　taŋ^2

为　兄　走　未　到

只因兄未到。

4-1735

利　𠂇　那　𠂇　浪

Lix　boux　naj　boux　laeng

li^4　pu^4　na^3　pu^4　laŋ^1

剩　人　前　人　后

还有其他人，

4-1736

它　牙　帮　你　干

De　yaek　bang　mwngz　ganq

te^1　jak^7　pa:ŋ^1　mɯŋ^2　ka:n^5

他　欲　帮　你　照料

他们想管顾。

女唱

4-1737

重	**心**	**你**	**是**	**干**
Naek	sim	mwngz	cix	ganq
nak^{7}	θin^{1}	mɯŋ^{2}	ɕi^{4}	kaːn^{5}
重	**心**	**你**	**就**	**照料**

情深你就顾，

4-1738

开	**古**	**三**	**头**	**桥**
Gaej	guh	sanq	gyaeuj	giuz
kaːi^{5}	ku^{4}	θaːn^{5}	kjau^{3}	kiːu^{2}
莫	**做**	**散**	**头**	**桥**

莫在此分手。

4-1739

干	**得**	**对**	**鸟**	**九**
Ganq	ndaej	doiq	roeg	geuq
kaːn^{5}	dai^{3}	toːi^{5}	ɹok^{8}	kjeːu^{5}
照料	**得**	**对**	**鸟**	**画眉**

顾对画眉鸟，

4-1740

长	**刘**	**偻**	**讲**	**满**
Ciengz	liuz	raeuz	gangj	monh
ɕiːŋ^{2}	liːu^{2}	ɹau^{2}	kaːŋ^{3}	moːn^{6}
常	**常**	**我们**	**讲**	**情**

时时可谈情。

男唱

4-1741

土	**可**	**干**	**可**	**干**
Dou	goj	ganq	goj	ganq
tu^{1}	ko^{5}	kaːn^{5}	ko^{5}	kaːn^{5}
我	**也**	**照料**	**也**	**照料**

我总在管顾，

4-1742

不	**给**	**三**	**头**	**桥**
Mbouj	hawj	sanq	gyaeuj	giuz
bou^{5}	həɯ^{3}	θaːn^{5}	kjau^{3}	kiːu^{2}
不	**给**	**散**	**头**	**桥**

桥头不分手。

4-1743

土	**可**	**干**	**鸟**	**九**
Dou	goj	ganq	roeg	geuq
tu^{1}	ko^{5}	kaːn^{5}	ɹok^{8}	kjeːu^{5}
我	**也**	**照料**	**鸟**	**画眉**

我顾画眉鸟，

4-1744

不	**给**	**刘**	**邦**	**佚**
Mbouj	hawj	liuh	biengz	fwx
bou^{5}	həɯ^{3}	liːu^{6}	piːŋ^{2}	fə^{4}
不	**给**	**游**	**地方**	**别人**

不让走他乡。

女唱

4-1745

重	**心**	**你**	**是**	**干**
Naek	sim	mwngz	cix	ganq
nak^{7}	θin^{1}	mɯŋ^{2}	ɕi^{4}	kaːn^{5}
重	**心**	**你**	**就**	**照料**

情深你就顾，

4-1746

开	**给**	**三**	**下**	**船**
Gaej	hawj	sanq	roengz	ruz
kaːi^{5}	həɯ^{3}	θaːn^{5}	ɹoŋ^{2}	ɹu^{2}
莫	**给**	**散**	**下**	**船**

莫在船上散。

4-1747

干	**得**	**少**	**友**	**土**
Ganq	ndaej	sau	youx	dou
kaːn^{5}	dai^{3}	θaːu^{1}	ju^{4}	tu^{1}
照料	**得**	**姑娘**	**友**	**我**

顾得本姑娘，

4-1748

祘	**定**	**手**	**你**	**尖**
Suenq	din	fwngz	mwngz	raeh
θuːn^{5}	tin^{1}	fɯŋ^{2}	mɯŋ^{2}	ɹai^{6}
算	**脚**	**手**	**你**	**利**

算你有本事。

男唱

4-1749

土	**可**	**干**	**可**	**干**
Dou	goj	ganq	goj	ganq
tu^{1}	ko^{5}	kaːn^{5}	ko^{5}	kaːn^{5}
我	**也**	**照料**	**也**	**照料**

我精心管顾，

4-1750

不	**给**	**三**	**下**	**船**
Mbouj	hawj	sanq	roengz	ruz
bou^{5}	həɯ^{3}	θaːn^{5}	ɹoŋ^{2}	ɹu^{2}
不	**给**	**散**	**下**	**船**

船上不许散。

4-1751

土	**可**	**干**	**可**	**补**
Dou	goj	ganq	goj	bouj
tu^{1}	ko^{5}	kaːn^{5}	ko^{5}	pu^{3}
我	**也**	**照料**	**也**	**补**

我用心管顾，

4-1752

不	**给**	**少**	**连**	**全**
Mbouj	hawj	sau	lienh	cienh
bou^{5}	həɯ^{3}	θaːu^{1}	liːn^{6}	ɕiːn^{6}
不	**给**	**姑娘**	**滥**	**贱**

不让妹委屈。

女唱

4-1753
重 心 你 是 干
Naek sim mwngz cix ganq
nak7 θin1 mɯŋ2 ɕi4 kaːn5
重 心 你 就 照料
有心你就顾，

4-1754
不 给 三 下 官
Mbouj hawj sanq roengz guenz
bou5 həɯ3 θaːn5 ɹoŋ2 kuːn2
不 给 散 下 坪
不散晒坪上。

4-1755
干 得 对 乜 月
Ganq ndaej doiq meh ndwen
kaːn5 dai3 toːi5 me6 duːn1
照料 得 对 母 月
顾一对伴侣，

4-1756
偻 岁 全 天 下
Raeuz caez cienj denh yah
ɹau2 ɕai2 ɕuːn3 tiːn1 ja6
我们 齐 转 天 下
天地间畅游。

男唱

4-1757
土 可 干 可 干
Dou goj ganq goj ganq
tu1 ko5 kaːn5 ko5 kaːn5
我 也 照料 也 照料
我用心管顾，

4-1758
不 给 三 邦 伕
Mbouj hawj sanq biengz fwx
bou5 həɯ3 θaːn5 piːŋ2 fə4
不 给 散 地方 别人
不散在远方。

4-1759
同 伴 在 拉 本
Doengh buenx ywq laj mbwn
toŋ2 puːn4 jɯ5 la3 bɯn1
相 伴 在 下 天
相依天地间，

4-1760
办 文 偻 一 罗
Baenz vunz raeuz yiz loh
pan2 vun2 ɹau2 i2 lo6
成 人 我们 一 路
相伴在人世。

女唱

4–1761

重　心　你　是　干

Naek sim mwngz cix ganq

nak^{7} θin^{1} mɯŋ^{2} ɕi^{4} kaːn^{5}

重　心　你　就　照料

情深你就顾，

4–1762

开　给　水　后　那

Gaej hawj raemx haeuj naz

kaːi^{5} həɯ^{3} ɹan^{4} hau^{3} na^{2}

莫　给　水　进　田

莫让水浸田。

4–1763

干　十　罗　不　差

Ganq cib loh mbouj ca

kaːn^{5} ɕit^{8} lo^{6} bou^{5} ɕa^{1}

照料　十　路　不　差

管顾得周全，

4–1764

贝　古　巴　给　备

Bae guh baz hawj beix

pai^{1} ku^{4} pa^{2} həɯ^{3} pi^{4}

去　做　妻　给　兄

嫁兄当老婆。

男唱

4–1765

土　可　干　可　干

Dou goj ganq goj ganq

tu^{1} ko^{5} kaːn^{5} ko^{5} kaːn^{5}

我　也　照料　也　照料

我精心管顾，

4–1766

不　给　水　后　那

Mbouj hawj raemx haeuj naz

bou^{5} həɯ^{3} ɹan^{4} hau^{3} na^{2}

不　给　水　进　田

不让水浸田。

4–1767

干　秀　内　古　么

Ganq ciuh neix guh maz

kaːn^{5} ɕiːu^{6} ni^{4} ku^{4} ma^{2}

照料　世　这　做　什么

管顾有何用，

4–1768

干　少　而　跟　对

Ganq sau lawz riengz doih

kaːn^{5} θaːu^{1} laɯ^{2} ɹiːŋ^{2} toːi^{6}

照料　姑娘　哪　跟　伙伴

到头一场空。

男唱

4–1769

重 心 你 是 干

Naek sim mwngz cix ganq

nak^{7} θin^{1} mɯŋ^{2} ɕi^{4} kaːn^{5}

重 心 你 就 照料

你精心管顾，

4–1770

开 给 水 后 歪

Gaej hawj raemx haeuj fai

kaːi^{5} həɯ^{3} ɹan^{4} hau^{3} vaːi^{1}

莫 给 水 进 坝

别让水进坝。

4–1771

干 得 秀 少 乖

Ganq ndaej ciuh sau gvai

kaːn^{5} dai^{3} ɕiːu^{6} θaːu^{1} kwaːi^{1}

照料 得 世 姑娘 乖

恋得好情妹，

4–1772

堂 日 代 利 认

Daengz ngoenz dai lij nyinh

taŋ^{2} ŋon^{2} taːi^{1} li^{4} ȵin^{6}

到 天 死 还 记得

到死不忘怀。

女唱

4–1773

土 可 干 可 干

Dou goj ganq goj ganq

tu^{1} ko^{5} kaːn^{5} ko^{5} kaːn^{5}

我 也 照料 也 照料

我精心管顾，

4–1774

不 给 水 后 歪

Mbouj hawj raemx haeuj fai

bou^{5} həɯ^{3} ɹan^{4} hau^{3} vaːi^{1}

不 给 水 进 坝

不让水进坝。

4–1775

想 干 秀 少 乖

Siengj ganq ciuh sau gvai

θiːŋ^{3} gaːn^{5} ɕiːu^{6} θaːu^{1} kwaːi^{1}

想 照料 世 姑娘 乖

管顾好情妹，

4–1776

老 堂 尾 貝 了

Lau daengz byai bae liux

laːu^{1} taŋ^{2} pjaːi^{1} pai^{1} liːu^{4}

怕 到 尾 去 完

就怕来不及。

男唱

4-1777

干	**元**	**不**	**办**	**罗**
Ganq	roen	mbouj	baenz	loh
kaːn^{5}	joːn^{1}	bou^{5}	pan^{2}	lo^{6}
照料	**路**	**不**	**成**	**路**

修路不成路，

4-1778

坏	**巴**	**名**	**灯**	**龙**
Vaih	bak	mid	daeng	lungz
vaːi^{6}	paːk^{7}	mit^{8}	taŋ^{1}	luŋ^{2}
坏	**嘴**	**匕首**	**荡**	**龙**

弄坏兄利刀。

4-1779

干	**田**	**空**	**得**	**站**
Ganq	dieg	ndwi	ndaej	soengz
kaːn^{5}	tiːk^{8}	duːi^{1}	dai^{3}	θoŋ^{2}
照料	**地**	**不**	**得**	**站**

有地不安居，

4-1780

为	**好**	**龙**	**山**	**四**
Vih	ndij	lungz	bya	cwx
vei^{6}	di^{1}	luŋ^{2}	pja^{1}	ɕɯ^{4}
为	**与**	**龙**	**山**	**社**

因祖宗有言。

女唱

4-1781

干	**元**	**不**	**办**	**罗**
Ganq	roen	mbouj	baenz	loh
kaːn^{5}	joːn^{1}	bou^{5}	pan^{2}	lo^{6}
照料	**路**	**不**	**成**	**路**

修路不成路，

4-1782

坏	**巴**	**名**	**灯**	**龙**
Vaih	bak	mid	daeng	lungz
vaːi^{6}	paːk^{7}	mit^{8}	taŋ^{1}	luŋ^{2}
坏	**嘴**	**匕首**	**荡**	**龙**

弄坏兄利刀。

4-1783

干	**田**	**空**	**得**	**站**
Ganq	dieg	ndwi	ndaej	soengz
kaːn^{5}	tiːk^{8}	duːi^{1}	dai^{3}	θoŋ^{2}
照料	**地**	**不**	**得**	**站**

有地不安居，

4-1784

忠	**皇**	**心**	**不**	**念**
Fangz	vuengz	sim	mbouj	net
faːŋ^{2}	vuːŋ^{2}	θin^{1}	bou^{5}	neːt^{7}
鬼	**皇**	**心**	**不**	**实**

皇帝心不安。

男唱

4–1785

干 元 不 办 罗

Ganq roen mbouj baenz loh

kaːn^{5} joːn^{1} bou^{5} pan^{2} lo^{6}

照料 路 不 成 路

修路不成路，

4–1786

坏 巴 名 灯 金

Vaih bak mid daeng gim

vaːi^{6} paːk^{7} mit^{8} taŋ^{1} kin^{1}

坏 嘴 匕首 荡 金

弄坏兄利刀。

4–1787

干 田 空 得 领

Ganq dieg ndwi ndaej lingx

kaːn^{5} tiːk^{8} duːi^{1} dai^{3} liŋ^{4}

照料 地 不 得 领

有地不得住，

4–1788

召 心 不 了 农

Cau sim mbouj liux nuengx

çaːu^{5} θin^{1} bou^{5} liːu^{4} nuːŋ^{4}

操 心 不 完 妹

妹可操心否？

女唱

4–1789

干 元 不 办 罗

Ganq roen mbouj baenz loh

kaːn^{5} joːn^{1} bou^{5} pan^{2} lo^{6}

照料 路 不 成 路

修路不成路，

4–1790

坏 巴 名 灯 金

Vaih bak mid daeng gim

vaːi^{6} paːk^{7} mit^{8} taŋ^{1} kin^{1}

坏 嘴 匕首 荡 金

弄坏兄利刀。

4–1791

干 田 空 得 领

Ganq dieg ndwi ndaej lingx

kaːn^{5} tiːk^{8} duːi^{1} dai^{3} liŋ^{4}

照料 地 不 得 领

有地不得住，

4–1792

八 召 心 咬 气

Bah cau sim ngauh giq

pa^{6} çaːu^{5} θin^{1} ŋaːu^{5} ki^{5}

莫急 操 心 怄 气

别心焦怄气。

男唱

4-1809

干　元　不　办　罗

Ganq roen mbouj baenz loh

ka:n^{5} jo:n^{1} bou^{5} pan^{2} lo^{6}

照料 路 不 成 路

修路不成路，

4-1810

坏　巴　名　灯　油

Vaih bak mid daeng youz

va:i^{6} pa:k^{7} mit^{8} taŋ^{1} jou^{2}

坏 嘴 匕首 荡 油

搞坏利刀刃。

4-1811

干　元　不　办　州

Ganq yienh mbouj baenz cou

ka:n^{5} ju:n^{6} bou^{5} pan^{2} ɕou^{1}

照料 县 不 成 州

顾县不成州，

4-1812

开　罗　土　心　三

Gaej lox dou sim sanq

ka:i^{5} lo^{4} tu^{1} θin^{1} θa:n^{5}

莫 骗 我 心 散

莫骗我灰心。

女唱

4-1813

重　心　干　果　后

Naek sim ganq go haeux

nak^{7} θin^{1} ka:n^{5} ko^{1} hau^{4}

重 心 照料 棵 米

专心理禾苗，

4-1814

南　不　诱　文　空

Namh mbouj yaeuh vunz ndwi

na:n^{6} bou^{5} jau^{4} vun^{2} du:i^{1}

土 不 诱 人 空

地不会哄人。

4-1815

重　心　干　果　赔

Naek sim ganq go bui

nak^{7} θin^{1} ka:n^{5} ko^{1} pu:i^{1}

重 心 照料 棵 脱皮木

勤护理林木，

4-1816

浪　可　米　文　勒

Laeng goj miz vunz lawh

laŋ^{1} ko^{5} mi^{2} vun^{2} ləɯ^{6}

后 也 有 人 换

会有人结交。

男唱

4–1817

重 心 干 果 后

Naek sim ganq go haeux

nak^{7} θin^{1} kaːn^{5} ko^{1} hau^{4}

重 心 照料 棵 米

专心理禾苗，

4–1818

怨 代 寿 开 跟

Yonq dai caeux gaej riengz

joːn^{5} taːi^{1} ɕau^{4} kaːi^{5} ɹiːŋ^{2}

怨 死 早 莫 跟

才能有饭吃。

4–1819

狼 农 作 江 邦

Langh nuengx coq gyang biengz

laːŋ^{6} nuːŋ^{4} ɕo^{5} kjaːŋ^{1} piːŋ^{2}

放 妹 放 中 地方

丢妹在荒原，

4–1820

累 娘 而 得 优

Laeq nangz lawz ndaej yaeuq

lai^{5} naːŋ^{2} laɯ^{2} dai^{3} jau^{5}

看 姑娘 哪 得 藏

看谁能收留。

女唱

4–1821

土 是 想 牙 优

Dou cix siengj yaek yaeuq

tu^{1} ɕi^{4} θiːŋ^{3} jak^{7} jau^{5}

我 是 想 要 藏

我本想收留，

4–1822

不 知 吨 说 布

Mbouj rox doenh naeuz baengz

bou^{5} ɹo^{4} ton^{6} nau^{2} paŋ^{2}

不 知 蓝靛 或 布

又素昧平生。

4–1823

优 农 堂 江 王

Yaeuq nuengx daengz gyang vaengz

jau^{5} nuːŋ^{4} taŋ^{2} kjaːŋ^{1} vaŋ^{2}

藏 妹 到 中 潭

带妹到潭边，

4–1824

忠 同 清 贝 了

Fangz doengh sing bae liux

faːŋ^{2} toŋ^{2} θiŋ^{1} pai^{1} liu^{4}

鬼 相 抢 去 完

被鬼抢了去。

男唱

4-1825

优 卡 鞋 很 党

Yaeuq ga haiz hwnj daengq

jau^{5} ka^{1} haːi^{2} hɯn^{3} taŋ^{5}

藏 只 鞋 上 凳

搁鞋板凳上，

4-1826

本 又 更 同 下

Mbwn youh goemq doengz roengz

bɯn^{1} jou^{4} kon^{5} toŋ^{2} ɹoŋ^{2}

天 又 盖 同 下

天又往下压。

4-1827

想 优 农 很 站

Siengj yaeuq nuengx hwnj soengz

θiːŋ^{3} jau^{5} nuːŋ^{4} hɯn^{3} θoŋ^{2}

想 扶 妹 起 站

想让妹站立，

4-1828

本 又 下 斗 更

Mbwn youh roengz daeuj goemq

bɯn^{1} jou^{4} ɹoŋ^{2} tau^{3} kon^{5}

天 又 下 来 盖

天又压下来。

女唱

4-1829

应 乱 办 友 土

Wng luenh baenz youx dou

iŋ^{1} luːn^{6} pan^{2} ju^{4} tu^{1}

几 乱 成 友 我

若真成我友，

4-1830

土 是 邦 你 优

Dou cix baengh mwngz yaeuq

tu^{1} ɕi^{4} paŋ^{6} mɯŋ^{2} jau^{5}

我 就 靠 你 藏

我就收留你。

4-1831

少 归 田 南 州

Sau gvi dieg nanz couh

θaːu^{1} kwei^{1} tiːk^{8} naːn^{2} ɕou^{5}

姑娘 归 地 南 州

妹归属南州，

4-1832

不 优 农 古 而

Mbouj yaeuq nuengx guh rawz

bou^{5} jau^{5} nuːŋ^{4} ku^{4} ɹaɯ^{2}

不 扶 妹 做 什么

扶妹没有用。

男唱

4-1833

条 元 对 伕 华

Diuz roen doiq fwx hah

tiːu^{2} joːn^{1} toːi^{5} fə^{4} ha^{6}

条 路 对 别人 滑

这条陌路滑，

4-1834

备 优 不 很 你

Beix yaeuq mbouj hwnj mwngz

pi^{4} jau^{5} bou^{5} hɯn^{3} mɯŋ^{2}

兄 扶 不 起 你

兄扶不起你。

4-1835

明 令 朵 狼 付

Cog rin doj langh fouz

ɕoːk^{8} ɹin^{1} to^{3} laːŋ^{6} fu^{2}

将来 石 土 若 浮

若石头翻身，

4-1836

办 论 土 不 定

Baenz lumj dou mbouj dingh

pan^{2} lum^{3} tu^{1} bou^{5} tiŋ^{6}

成 像 我 不 定

我也会变样。

女唱

4-1837

重 心 你 是 优

Naek sim mwngz cix yaeuq

nak^{7} θin^{1} mɯŋ^{2} ɕi^{4} jau^{5}

重 心 你 就 扶

有心你就扶，

4-1838

开 古 托 江 邦

Gaej guh doek gyang biengz

kaːi^{5} ku^{4} tok^{7} kjaːŋ^{1} piːŋ^{2}

莫 做 落 中 地方

莫中途摔倒。

4-1839

优 得 对 乜 月

Yaeuq ndaej doiq meh ndwen

jau^{5} dai^{3} toːi^{5} me^{6} duːn^{1}

藏 得 对 母 月

把月亮藏好，

4-1840

偻 全 安 拉 里

Raeuz cienj aen ndau ndeiq

ɹau^{2} ɕuːn^{3} an^{1} daːu^{1} di^{5}

我们 转 个 星 星

如同得天星。

男唱

4-1841

办 绸 说 办 团

Baenz couz naeuz baenz duenh

pan^{2} çu^{2} nau^{2} pan^{2} tu:n^{6}

成 绸 或 成 缎

若是绸或缎，

4-1842

土 是 帮 你 裁

Dou cix bang mwngz caiz

tu^{1} çi^{4} pa:ŋ^{1} mɯŋ^{2} ça:i^{2}

我 就 帮 你 裁

我就帮你裁。

4-1843

办 牛 说 办 歪

Baenz cwz naeuz baenz vaiz

pan^{2} çɯ^{2} nau^{2} pan^{2} va:i^{2}

成 黄牛 或 成 水牛

若还变成牛，

4-1844

土 是 帮 你 优

Dou cix bang mwngz yaeuq

tu^{1} çi^{4} pa:ŋ^{1} mɯŋ^{2} jau^{5}

我 就 帮 你 藏

我就帮你收。

女唱

4-1845

重 心 你 是 优

Naek sim mwngz cix yaeuq

nak^{7} θin^{1} mɯŋ^{2} çi^{4} jau^{5}

重 心 你 就 藏

有心你就收，

4-1846

开 古 三 江 手

Gaej guh sanq gyang fwngz

ka:i^{5} ku^{4} θa:n^{5} kja:ŋ^{1} fɯŋ^{2}

莫 做 散 中 手

莫松手丢失。

4-1847

备 优 农 堂 更

Beix yaeuq nuengx daengz gwnz

pi^{4} jau^{5} nu:ŋ^{4} taŋ^{2} kɯn^{2}

兄 扶 妹 到 上

兄拉妹一把，

4-1848

强 本 优 得 南

Giengz mbwn yaeuq ndaej namh

ki:ŋ^{2} bɯn^{1} jau^{5} dai^{3} na:n^{6}

像 天 藏 得 土

如同天扶地。

男唱

4–1849

办 金 说 办 玉

Baenz gim naeuz baenz nyawh

pan^{2} kin^{1} nau^{2} pan^{2} ȵəɯ^{6}

成 金 或 成 玉

若是金或玉，

4–1850

全 后 龙 貝 收

gyonj haeuj loengx bae caeu

kjoːn^{3} hau^{3} loŋ^{4} pai^{1} ɕau^{1}

都 进 箱 去 收

全给兄收起。

4–1851

友 贵 口 牙 要

Youx gwiz gaeuq yaek aeu

ju^{4} kɯi^{2} kau^{5} jak^{7} au^{1}

友 丈夫 旧 欲 要

那前夫想要，

4–1852

龙 优 你 不 得

Lungz yaeuq mwngz mbouj ndaej

luŋ^{2} jau^{5} mɯŋ^{2} bou^{5} dai^{3}

龙 扶 你 不 得

兄扶不得你。

女唱

4–1853

重 心 你 是 优

Naek sim mwngz cix yaeuq

nak^{7} θin^{1} mɯŋ^{2} ɕi^{4} jau^{5}

重 心 你 就 扶

情深你就扶，

4–1854

开 古 三 江 手

Gaej guh sanq gyang fwngz

kaːi^{5} ku^{4} θaːn^{5} kjaːŋ^{1} fɯŋ^{2}

莫 做 散 中 手

不然会分手。

4–1855

优 秀 内 办 文

Yaeuq ciuh neix baenz vunz

jau^{5} ɕiːu^{6} ni^{4} pan^{2} vun^{2}

扶 世 这 成 人

今生我好过，

4–1856

真 正 龙 满 秀

Caen cingz lungz mued ciuh

ɕin^{1} ɕiŋ^{2} luŋ^{2} muːt^{8} ɕiːu^{6}

真 情 龙 没 世

感恩一世人。

男唱

4-1857

土　是　想　牙　优

Dou cix siengj yaek yaeuq

tu1 çi4 θiːŋ3 jak7 jau5

我　是　想　要　扶

我有心帮助，

4-1858

农　又　采　邦　文

Nuengx youh byaij biengz vunz

nuːŋ4 jou4 pjaːi3 piːŋ2 vun2

妹　又　走　地方　人

妹又走他乡。

4-1859

想　优　秀　少　论

Siengj yaeuq ciuh sau lwnz

θiːŋ3 jau5 çiːu6 θaːu1 lun2

想　扶　世　姑娘　最小

想扶持小妹，

4-1860

办　巴　文　贝　了

Baenz baz vunz bae liux

pan2 pa2 vun2 pai1 liːu4

成　妻　人　去　完

她却嫁别人。

女唱

4-1861

水　吨　田　办　笐

Raemx daemz dieg baenz yiuj

ɹan4 tan2 tiːk8 pan2 jiːu3

水　塘　地　成　仓

大地被水淹，

4-1862

良　包　牙　不　师

Liengh mbauq yax mbouj swz

leːŋ6 baːu5 ja5 bou5 θɯ2

谅　小伙　也　不　辞

兄也不动摇。

4-1863

优　妻　伕　古　而

Yaeuq maex fwx guh rawz

jau5 mai4 fə4 ku4 ɹaɯ2

扶　妻　别人　做　什么

恋人妻何益，

4-1864

千　年　它　可　变

Cien nienz de goj bienq

çiːn1 niːn2 te1 ko3 piːn5

千　年　她　可　变

日久她会变。

男唱

4-1865

变	**友**	**而**	**知**	**乖**
Bienh	youx	lawz	rox	gvai
pi:n^{6}	ju^{4}	laɯ^{2}	ɹo^{4}	kwa:i^{1}
即便	友	哪	知	乖

谁会动脑子，

4-1866

优	**卡**	**鞋**	**很**	**党**
Yaeuq	ga	haiz	hwnj	daengq
jau^{5}	ka^{1}	ha:i^{2}	hɯn^{3}	taŋ^{5}
藏	只	鞋	上	凳

收她一只鞋。

4-1867

变	**友**	**而**	**知**	**讲**
Bienh	youx	lawz	rox	gangj
pi:n^{6}	ju^{4}	laɯ^{2}	ɹo^{4}	ka:ŋ^{3}
即便	友	哪	会	讲

谁人口才好，

4-1868

优	**对**	**邦**	**很**	**桥**
Yaeuq	doih	baengz	hwnj	giuz
jau^{5}	to:i^{6}	paŋ^{2}	hɯn^{3}	ki:u^{2}
扶	伙伴	朋	上	桥

扶密友上桥。

女唱

4-1869

重	**心**	**你**	**是**	**优**
Naek	sim	mwngz	cix	yaeuq
nak^{7}	θin^{1}	mɯŋ^{2}	ɕi^{4}	jau^{5}
重	心	你	就	扶

情深你就扶，

4-1870

开	**古**	**三**	**头**	**船**
Gaej	guh	sanq	gyaeuj	ruz
ka:i^{5}	ku^{4}	θa:n^{5}	kjau^{3}	ɹu^{2}
莫	做	散	头	船

船头莫分手。

4-1871

优	**得**	**秀**	**友**	**土**
Yaeuq	ndaej	ciuh	youx	dou
jau^{5}	dai^{3}	ɕi:u^{6}	ju^{4}	tu^{1}
扶	得	世	友	我

扶持今世情，

4-1872

貝	**头**	**船**	**同**	**节**
Bae	gyaeuj	ruz	doengh	ciep
pai^{1}	kjau^{3}	ɹu^{2}	toŋ^{2}	ɕe:t^{7}
去	头	船	相	接

到船头相会。

男唱

4-1873

额	**狼**	**优**	**得**	**龙**
Ngieg	langh	yaeuq	ndaej	lungz
ŋe:k^{8}	la:ŋ^{6}	jau^{5}	dai^{3}	luŋ^{2}
蛟龙	若	扶	得	龙

蛟龙扶起龙，

4-1874

土	**貝**	**邦**	**你**	**在**
Dou	bae	biengz	mwngz	ywq
tu^{1}	pai^{1}	pi:ŋ^{2}	mɯŋ^{2}	jɯ^{5}
我	去	地方	你	住

我到你家住。

4-1875

金	**狼**	**优**	**得**	**玉**
Gim	langh	yaeuq	ndaej	nyawh
kin^{1}	la:ŋ^{6}	jau^{5}	dai^{3}	ȵəɯ^{6}
金	若	扶	得	玉

金若扶得玉，

4-1876

备	**是**	**克**	**邦**	**你**
Beix	cix	gwz	biengz	mwngz
pi^{4}	ɕi^{4}	kə^{4}	pi:ŋ^{2}	mɯŋ^{2}
兄	就	去	地方	你

兄去你家乡。

女唱

4-1877

重	**心**	**你**	**是**	**优**
Naek	sim	mwngz	cix	yaeuq
nak^{7}	θin^{1}	mɯŋ^{2}	ɕi^{4}	jau^{5}
重	心	你	就	扶

有心你就扶，

4-1878

开	**古**	**三**	**头**	**占**
Gaej	guh	sanq	gyaeuj	canz
ka:i^{5}	ku^{4}	θa:n^{5}	kjau^{3}	ɕa:n^{2}
莫	做	散	头	晒台

屋头莫分手。

4-1879

优	**得**	**友**	**平**	**班**
Yaeuq	ndaej	youx	bingz	ban
jau^{5}	dai^{3}	ju^{4}	piŋ^{2}	pa:n^{1}
扶	得	友	平	班

扶得真情友，

4-1880

全	**古**	**然**	**一**	**在**
Gyonj	guh	ranz	ndeu	ywq
kjo:n^{3}	ku^{4}	ɹa:n^{2}	de:u^{1}	jɯ^{5}
都	做	家	一	住

我俩便成亲。

男唱

4-1881

土	是	想	牙	优
Dou	cix	siengj	yaek	yaeuq
tu^{1}	$ɕi^{4}$	$θiːŋ^{3}$	jak^{7}	jau^{5}
我	是	想	要	扶

我本想扶助，

4-1882

表	农	先	造	然
Biuj	nuengx	senq	caux	ranz
$piːu^{3}$	$nuːŋ^{4}$	$θeːn^{5}$	$ɕaːu^{4}$	$ɹaːn^{2}$
表	妹	先	造	家

妹却先嫁人。

4-1883

想	优	秀	平	班
Siengj	yaeuq	ciuh	bingz	ban
$θiːŋ^{3}$	jau^{5}	$ɕiːu^{6}$	$piŋ^{2}$	$paːn^{1}$
想	扶	世	平	班

想扶同龄友，

4-1884

少	造	然	貝	了
Sau	caux	ranz	bae	liux
$θaːu^{1}$	$ɕaːu^{4}$	$ɹaːn^{2}$	pai^{1}	$liːu^{4}$
姑娘	造	家	去	完

妹却已嫁人。

女唱

4-1885

变	友	而	知	乖
Bienh	youx	lawz	rox	gvai
$piːn^{6}$	ju^{4}	$laɯ^{2}$	$ɹo^{4}$	$kwaːi^{1}$
即便	友	哪	知	乖

若谁会想到，

4-1886

优	卡	鞋	很	九
Yaeuq	ga	haiz	hwnj	giuj
jau^{5}	ka^{1}	$haːi^{2}$	$hɯn^{3}$	$kiːu^{3}$
藏	只	鞋	上	跟

私藏一只鞋。

4-1887

变	友	而	知	九
Bienh	youx	lawz	rox	yiuj
$piːn^{6}$	ju^{4}	$laɯ^{2}$	$ɹo^{4}$	$jiːu^{3}$
即便	友	哪	知	礼

谁会多心眼，

4-1888

良	造	秀	一	点
Lingh	caux	ciuh	ndeu	dem
$leːŋ^{6}$	$ɕaːu^{4}$	$ɕiːu^{6}$	$deːu^{1}$	$teːn^{1}$
另	造	世	一	还

再交位情友。

男唱

4-1889

厈	**古**	**会**	**双**	**春**
Nyienh	guh	faex	song	cin
ɲuːn^{6}	ku^{4}	fai^{4}	θoːŋ^{1}	ɕun^{1}
愿	做	树	两	春

愿做再生树，

4-1890

不	**古**	**文**	**双**	**秀**
Mbouj	guh	vunz	song	ciuh
bou^{5}	ku^{4}	vun^{2}	θoːŋ^{1}	ɕiːu^{6}
不	做	人	两	世

不做两世人。

4-1891

会	**双**	**春**	**利**	**拆**
Faex	song	cin	lij	euj
fai^{4}	θoːŋ^{1}	ɕun^{1}	li^{4}	eːu^{3}
树	两	春	还	折

再生树会折，

4-1892

文	**双**	**秀**	**代**	**作**
Vunz	song	ciuh	dai	coz
vun^{2}	θoːŋ^{1}	ɕiːu^{6}	taːi^{1}	ɕo^{2}
人	两	世	死	年轻

两世人短命。

女唱

4-1893

阝	**坤**	**要**	**双**	**妻**
Boux	gun	aeu	song	maex
pu^{4}	kun^{1}	au^{1}	θoːŋ^{1}	mai^{4}
人	官	要	两	妻

汉人娶两妻，

4-1894

不	**是**	**会**	**双**	**春**
Mbouj	cix	faex	song	cin
bou^{5}	ɕi^{4}	fai^{4}	θoːŋ^{1}	ɕun^{1}
不	是	树	两	春

如同双春树。

4-1895

阝	**么**	**刀**	**马**	**巡**
Boux	moq	dauq	ma	cunz
pu^{4}	mo^{5}	taːu^{5}	ma^{1}	ɕun^{2}
人	新	回	来	巡

新人来续婚，

4-1896

不	**是**	**文**	**双**	**秀**
Mbouj	cix	vunz	song	ciuh
bou^{5}	ɕi^{4}	vun^{2}	θoːŋ^{1}	ɕiːu^{6}
不	是	人	两	世

便是两世人。

男唱

4-1897

往	**土**	**种**	**果**	**中**
Vangj	dou	ndaem	go	coeng
va:ŋ^3	tu^1	dan^1	ko^1	ɕoŋ^1
曾经	**我**	**种**	**棵**	**葱**

我下地种葱，

4-1898

果	**而**	**翁**	**是**	**干**
go	lawz	oeng	cix	ganq
ko^1	laɯ^2	oŋ^1	ɕi^4	ka:n^5
棵	**哪**	**肥沃**	**就**	**照料**

哪株肥就管。

4-1899

拉	**可**	**空**	**米**	**南**
Laj	goek	ndwi	miz	namh
la^3	kok^7	du:i^1	mi^2	na:n^6
下	**根**	**不**	**有**	**土**

根部没有土，

4-1900

大	**你**	**干**	**它**	**办**
Dax	mwngz	ganq	de	baenz
ta^4	mɯŋ^2	ka:n^5	te^1	pan^2
赌	**你**	**照料**	**它**	**成**

赌你种不成。

女唱

4-1901

往	**土**	**种**	**果**	**中**
Vangj	dou	ndaem	go	coeng
va:ŋ^3	tu^1	dan^1	ko^1	ɕoŋ^1
曾经	**我**	**种**	**棵**	**葱**

我曾种过葱，

4-1902

果	**而**	**翁**	**是**	**干**
go	lawz	oeng	cix	ganq
ko^1	laɯ^2	oŋ^1	ɕi^4	ka:n^5
棵	**哪**	**肥沃**	**就**	**照料**

哪株肥就管。

4-1903

拉	**可**	**空**	**米**	**南**
Laj	goek	ndwi	miz	namh
la^3	kok^7	du:i^1	mi^2	na:n^6
下	**根**	**不**	**有**	**土**

根部没有土，

4-1904

不	**干**	**古**	**坏**	**力**
Mbouj	ganq	guh	vaih	rengz
bou^5	ka:n^5	ku^4	va:i^6	ɹe:ŋ^2
不	**照料**	**做**	**坏**	**力**

种了也白搭。

男唱

4-1905

往	土	种	果	中
Vangj	dou	ndaem	go	coeng
va:ŋ^{3}	tu^{1}	dan^{1}	ko^{1}	ɕoŋ^{1}
曾经	我	种	棵	葱

我曾种过葱，

4-1906

果	而	翁	是	干
Go	lawz	oeng	cix	ganq
ko^{1}	laɯ^{2}	oŋ^{1}	ɕi^{4}	ka:n^{5}
棵	哪	肥沃	就	照料

哪株肥就管。

4-1907

方	卢	牙	赔	三
Fueng	louz	yaek	boiq	sanq
fu:ŋ^{1}	lu^{2}	jak^{7}	po:i^{5}	θa:n^{5}
风	流	要	险	散

恋情快要散，

4-1908

不	干	才	合	你
Mbouj	ganq	caih	hoz	mwngz
bou^{5}	ka:n^{5}	ɕa:i^{6}	ho^{2}	mɯŋ^{2}
不	照料	随	喉	你

顾不顾由你。

女唱

4-1909

种	果	中	果	补
Ndaem	go	coeng	go	mbuq
dan^{1}	ko^{1}	ɕoŋ^{1}	ko^{1}	bu^{5}
种	棵	葱	棵	葱

种下了大葱，

4-1910

拉	貝	读	邦	城
Rag	bae	duj	bangx	singz
ɹa:k^{8}	pai^{1}	tu^{3}	pa:ŋ^{4}	θiŋ^{2}
根	去	包	旁	城

其根贴城墙。

4-1911

吨	绸	团	布	红
Daemj	couz	duenh	baengz	nding
tan^{3}	ɕu^{2}	tu:n^{6}	paŋ^{2}	diŋ^{1}
织	绸	缎	布	红

织红布绸缎，

4-1912

堂	京	洋	开	补
Daengz	ging	yangz	hai	bouq
taŋ^{2}	kiŋ^{1}	ja:ŋ^{2}	ha:i^{1}	pu^{5}
到	京	皇	开	铺

去京都摆卖。

男唱

4-1913

种	**果**	**中**	**果**	**补**
Ndaem	go	coeng	go	mbuq
dan^{1}	ko^{1}	ɕoŋ^{1}	ko^{1}	bu^{5}
种	棵	葱	棵	葱

种下了大葱，

4-1914

拉	**贝**	**读**	**邦**	**城**
Rag	bae	duj	bangx	singz
ɹaːk^{8}	pai^{1}	tu^{3}	paːŋ^{4}	θiŋ^{2}
根	去	包	旁	城

其根贴城墙。

4-1915

农	**得**	**义**	**十**	**令**
Nuengx	ndaej	ngeih	cib	lingz
nuːŋ^{4}	dai^{3}	ȵi^{6}	ɕit^{8}	liŋ^{2}
妹	得	二	十	零

妹今二十几，

4-1916

种	**果**	**正**	**对**	**么**
Ndaem	go	cingz	doiq	moq
dan^{1}	ko^{1}	ɕiŋ^{2}	toːi^{5}	mo^{5}
种	棵	情	对	新

再寻新情友。

女唱

4-1917

种	**中**	**九**	**不**	**办**
Ndaem	coeng	giux	mbouj	baenz
dan^{1}	ɕoŋ^{1}	kiːu^{4}	bou^{5}	pan^{2}
种	葱	藠	不	成

藠头种不成，

4-1918

偻	**良**	**种**	**中**	**补**
Raeuz	lingh	ndaem	coeng	mbuq
ɹau^{2}	leːŋ^{6}	dan^{1}	ɕoŋ^{1}	bu^{5}
我们	另	种	葱	葱

便改种大葱。

4-1919

秀	**内**	**不**	**办**	**古**
Ciuh	neix	mbouj	baenz	guh
ɕiːu^{6}	ni^{4}	bou^{5}	pan^{2}	ku^{4}
世	这	不	成	做

今生不成事，

4-1920

偻	**良**	**祘**	**秀**	**浪**
Raeuz	lingh	suenq	ciuh	laeng
ɹau^{2}	leːŋ^{6}	θuːn^{5}	ɕiːu^{6}	laŋ^{1}
我们	另	算	世	后

下辈子再来。

男唱

4-1921

秀	**内**	**是**	**不**	**祘**
Ciuh	neix	cix	mbouj	suenq
ɕiːu^{6}	ni^{4}	ɕi^{4}	bou^{5}	θuːn^{5}
世	这	是	不	算

今世不作为，

4-1922

刀	**貝**	**祘**	**秀**	**浪**
Dauq	bae	suenq	ciuh	laeng
taːu^{5}	pai^{1}	θuːn^{5}	ɕiːu^{6}	laŋ^{1}
倒	去	算	世	后

谈何下辈子？

4-1923

秀	**内**	**是**	**利**	**诱**
Ciuh	neix	cix	lij	yaeuh
ɕiːu^{6}	ni^{4}	ɕi^{4}	li^{4}	jau^{4}
世	这	是	还	诱

今生还在骗，

4-1924

祘	**秀**	**浪**	**么**	**农**
Suenq	ciuh	laeng	maq	nuengx
θuːn^{5}	ɕiːu^{6}	laŋ^{1}	ma^{5}	nuːŋ^{4}
算	世	后	嘛	妹

下辈又如何？

女唱

4-1925

种	**中**	**补**	**不**	**成**
Ndaem	coeng	mbuq	mbouj	baenz
dan^{1}	ɕoŋ^{1}	bu^{5}	bu^{5}	pan^{2}
种	葱	葱	不	成

大葱种不成，

4-1926

偻	**良**	**种**	**中**	**九**
Raeuz	lingh	ndaem	coeng	giux
ɹau^{2}	leːŋ^{6}	dan^{1}	ɕoŋ^{1}	kiːu^{4}
我们	另	种	葱	藠

再改种藠头。

4-1927

重	**心**	**是**	**尝**	**了**
Naek	sim	cix	caengz	liux
nak^{7}	θin^{1}	ɕi^{4}	ɕaŋ^{2}	liːu^{4}
重	心	还	未	完

旧情还未了，

4-1928

备	**先**	**沙**	**土**	**写**
Beix	senq	ra	dou	ce
pi^{4}	θeːn^{5}	ɹa^{1}	tu^{1}	ɕe^{1}
兄	先	找	我	留

兄就来找我。

男唱

4-1929

种 中 补 不 办

Ndaem coeng mbuq mbouj baenz

dan^{1} ɕoŋ^{1} bu^{5} bou^{5} pan^{2}

种 葱 葱 不 成

种葱种不成，

4-1930

偻 良 种 中 九

Raeuz lingh ndaem coeng giux

ɹau^{2} leːŋ^{6} dan^{1} ɕoŋ^{1} kiːu^{4}

我们 另 种 葱 藠

我们种藠头。

4-1931

不 重 心 是 了

Mbouj naek sim cix liux

bou^{5} nak^{7} θin^{1} ɕi^{4} liːu^{4}

不 重 心 就 算

不重情就算，

4-1932

友 垌 光 可 米

Youx doengh gvangq goj miz

ju^{4} toŋ^{6} kwaːŋ^{5} ko^{3} mi^{2}

友 垌 宽 可 有

外地友多着。

女唱

4-1933

会 邦 山 元 作

Faex bangx bya yiemz soh

fai^{4} paːŋ^{4} pja^{1} jiːn^{2} θo^{6}

树 旁 山 嫌 直

山边树太直，

4-1934

不 乱 办 卡 力

Mbouj luenh baenz gaq liz

bou^{5} luːn^{6} pan^{2} ka^{5} li^{2}

不 乱 成 架 犁

做不成犁架。

4-1935

友 垌 光 刀 米

Youx doengh gvangq dauq miz

ju^{4} toŋ^{6} kwaːŋ^{5} taːu^{5} mi^{2}

友 垌 宽 倒 有

外地友不乏，

4-1936

不 比 你 了 备

Mbouj beij mwngz liux beix

bou^{5} pi^{3} muɯŋ^{2} liːu^{4} pi^{4}

不 比 你 啰 兄

都比不上兄。

男唱

4-1937

种	**中**	**补**	**空**	**办**
Ndaem	coeng	mbuq	ndwi	baenz
dan^{1}	ɕoŋ^{1}	bu^{5}	du:i^{1}	pan^{2}
种	葱	葱	不	成

种葱种不成，

4-1938

偻	**良**	**种**	**中**	**九**
Raeuz	lingh	ndaem	coeng	giux
ɹau^{2}	le:ŋ^{6}	dan^{1}	ɕoŋ^{1}	ki:u^{4}
我们	另	种	葱	藠

就改种藠头。

4-1939

贵	**不**	**好**	**是**	**了**
Gwiz	mbouj	ndei	cix	liux
kɯi^{2}	bou^{5}	dei^{1}	ɕi^{4}	li:u^{4}
丈夫	不	好	就	算

夫不好则罢，

4-1940

友	**而**	**安**	**你**	**要**
Youx	lawz	at	mwngz	aeu
ju^{4}	laɯ^{2}	a:t^{7}	mɯŋ^{2}	au^{1}
友	哪	压	你	要

谁强迫你要。

女唱

4-1941

往	**土**	**种**	**果**	**慢**
Vangj	dou	ndaem	go	manh
va:ŋ^{3}	tu^{1}	dan^{1}	ko^{1}	ma:n^{6}
往	我	种	棵	辣椒

我种过辣椒，

4-1942

千	**万**	**在**	**里**	**祘**
Cien	fanh	ywq	ndaw	suen
ɕi:n^{1}	fa:n^{6}	jɯ^{5}	daɯ^{1}	θu:n^{1}
千	万	在	里	园

种在菜园中，

4-1943

知	**干**	**空**	**知**	**盘**
Rox	ganq	ndwi	rox	buenz
ɹo^{4}	ka:n^{5}	du:i^{1}	ɹo^{4}	pu:n^{2}
知	照料	不	知	盘

会种不会收，

4-1944

刀	**文**	**邦**	**貝**	**了**
Dauq	vunz	biengz	bae	liux
ta:u^{5}	vun^{2}	pi:ŋ^{2}	pai^{1}	li:u^{4}
倒	人	地方	去	完

旁人拿走了。

男唱

4–1945

往　土　种　果　慢

Vangj dou ndaem go manh

va:ŋ^{3} tu^{1} dan^{1} ko^{1} ma:n^{6}

曾经　我　种　棵　辣椒

我种过辣椒，

4–1946

干　给　伕　吃　安

Ganq hawj fwx gwn aen

ka:n^{5} həɯ^{3} fə^{4} kɯn^{1} an^{1}

照料　给　别人　吃　个

给别人吃果。

4–1947

不　得　秀　话　恨

Mbouj ndaej souh vah haemz

bou^{5} dai^{3} θi:u^{6} va^{6} han^{2}

不　得　受　话　恨

受不了恶语，

4–1948

写　文　邦　是　八

Ce vunz biengz cix bah

çe^{1} vun^{2} pi:ŋ^{2} çi^{4} pa^{6}

留　人　地方　就　罢

让给人算了。

女唱

4–1949

往　土　种　果　慢

Vangj dou ndaem go manh

va:ŋ^{3} tu^{1} dan^{1} ko^{1} ma:n^{6}

曾经　我　种　棵　辣椒

我种过辣椒，

4–1950

千　万　在　里　祘

Cien fanh ywq ndaw suen

çi:n^{1} fa:n^{6} jɯ^{5} daɯ^{1} θu:n^{1}

千　万　在　里　园

种在菜园里。

4–1951

花　慢　铁　好　全

Va manh dek hau romz

va^{1} ma:n^{6} te:k^{7} ha:u^{1} ɹo:m^{2}

花　辣椒　裂　白　闪

辣椒花盛开，

4–1952

文　邦　全　斗　乃

Vunz biengz gyonj daeuj nai

vun^{2} pi:ŋ^{2} kjo:n^{3} tau^{3} na:i^{1}

人　地方　都　来　赞

路人都称赞。

男唱

4–1953

往	**土**	**种**	**果**	**慢**
Vangj	dou	ndaem	go	manh
va:ŋ^{3}	tu^{1}	dan^{1}	ko^{1}	ma:n^{6}
曾经	**我**	**种**	**棵**	**辣椒**

我曾种辣椒，

4–1954

千	**万**	**在**	**里**	**祘**
Cien	fanh	ywq	ndaw	suen
çi:n^{1}	fa:n^{6}	jɯ^{5}	daɯ^{1}	θu:n^{1}
千	**万**	**在**	**里**	**园**

种在菜园里。

4–1955

十	**义**	**罗**	**同**	**盘**
Cib	ngeih	loh	doengz	buenz
çit^{8}	ȵi^{6}	lo^{6}	toŋ^{2}	pu:n^{2}
十	**二**	**路**	**同**	**盘**

一片尽椒苗，

4–1956

出	**花**	**又**	**中**	**先**
Ok	va	youh	cuengq	sienq
o:k^{7}	va^{1}	jou^{4}	çu:ŋ^{5}	θi:n^{5}
出	**花**	**又**	**放**	**线**

开花好漂亮。

女唱

4–1957

往	**土**	**种**	**果**	**慢**
Vangj	dou	ndaem	go	manh
va:ŋ^{1}	tu^{1}	dan^{1}	ko^{1}	ma:n^{6}
曾经	**我**	**种**	**棵**	**辣椒**

我种过辣椒，

4–1958

千	**万**	**在**	**里**	**祘**
Cien	fanh	ywq	ndaw	suen
çi:n^{1}	fa:n^{6}	jɯ^{5}	daɯ^{1}	θu:n^{1}
千	**万**	**在**	**里**	**园**

种在菜园里。

4–1959

十	**义**	**罗**	**同**	**盘**
Cib	ngeih	loh	doengz	buenz
çit^{8}	ȵi^{6}	lo^{6}	toŋ^{2}	pu:n^{2}
十	**二**	**路**	**同**	**盘**

一大片椒苗，

4–1960

千	**年**	**不**	**下**	**垌**
Cien	nienz	mbouj	roengz	doengh
çi:n^{1}	ni:n^{2}	bou^{5}	ɹoŋ^{2}	toŋ^{6}
千	**年**	**不**	**下**	**垌**

常年离不开。

男唱

4-1961

果	中	点	果	九
go	coeng	dem	go	giux
ko^{1}	ɕoŋ^{1}	teːm^{1}	ko^{1}	kiːu^{4}
棵	葱	与	棵	藠

若论葱和藠，

4-1962

可	当	乜	一	生
Goj	dangq	meh	ndeu	seng
ko^{5}	taːŋ^{5}	me^{6}	deːu^{1}	θeːŋ^{1}
可	当	母	一	生

恰似同母生。

4-1963

华	元	利	下	邦
Hak	yienh	lij	roengz	biengz
haːk^{7}	jeːn^{6}	li^{4}	ɹoŋ^{2}	piːŋ^{2}
官	县	还	下	地方

县官还下乡，

4-1964

文	么	不	下	垌
Vunz	maz	mbouj	roengz	doengh
vun^{2}	ma^{2}	bou^{5}	ɹoŋ^{2}	toŋ^{6}
人	什么	不	下	垌

何人不下地？

女唱

4-1965

围	祘	是	围	光
Humx	suen	cix	humx	gvangq
hum^{4}	θuːn^{1}	ɕi^{4}	hum^{4}	kwaːŋ^{5}
围	园	就	围	宽

菜园要宽大，

4-1966

种	勒	慢	外	边
Ndaem	lwg	manh	vaij	nden
dan^{1}	lɯk^{8}	maːn^{6}	vaːi^{3}	deːn^{1}
种	子	辣椒	过	边

周围种辣椒。

4-1967

板	米	十	阝	权
Mbanj	miz	cib	boux	gien
baːn^{3}	mi^{3}	ɕit^{8}	pu^{4}	kiːn^{1}
村	有	十	个	小气

村里小气鬼，

4-1968

勒	丰	不	被	爱
Lwg	fwngh	mbouj	deng	gyaez
lɯk^{8}	fɯŋ^{6}	bou^{5}	teːŋ^{1}	kjai^{2}
葱	然	不	被	爱

或不受欢迎。

男唱

4-1969

围 祘 是 围 光

Humx suen cix humx gvangq

hum^{4} θu:n^{1} ɕi^{4} hum^{4} kwa:ŋ^{5}

围 园 就 围 宽

菜园要宽大，

4-1970

种 勒 慢 外 边

Ndaem lwg manh vaij nden

dan^{1} lɯk^{8} ma:n^{6} va:i^{3} de:n^{1}

种 子 辣椒 过 边

周边种辣椒。

4-1971

对 伕 捡 貝 吃

Doiq fwx gip bae gwn

to:i^{5} fə^{4} kip^{7} pai^{1} kɯn^{1}

对 别人 捡 去 吃

别人捡去吃，

4-1972

好 恨 不 了 农

Ndei haemz mbouj liux nuengx

dei^{1} hɯn^{2} bou^{5} li:u^{4} nu:ŋ^{4}

好 恨 不 啰 妹

妹说苦恼不？

女唱

4-1973

围 祘 是 围 光

Humx suen cix humx gvangq

hum^{4} θu:n^{1} ɕi^{4} hum^{4} kwa:ŋ^{5}

围 园 就 围 宽

菜园要宽敞，

4-1974

种 勒 慢 外 边

Ndaem lwg manh vaij nden

dan^{1} lɯk^{8} ma:n^{6} va:i^{3} de:n^{1}

种 子 辣椒 过 边

周边种辣椒。

4-1975

对 伕 捡 貝 吃

Doiq fwx gip bae gwn

to:i^{5} fə^{4} kip^{7} pai^{1} kɯn^{1}

对 别人 捡 去 吃

别人捡去吃，

4-1976

龙 外 很 貝 满

Lungz vaij haenz bae muengh

luŋ^{2} va:i^{3} han^{2} pai^{1} mu:ŋ^{6}

龙 过 边 去 望

兄过那边看。

男唱

4-1977

往	**土**	**种**	**果**	**力**
Vangj	dou	ndaem	go	leiz
vaːŋ^{3}	tu^{1}	dan^{1}	ko^{1}	li^{2}
曾经	我	种	棵	梨

我种过梨子，

4-1978

空	**知**	**粒**	**它**	**很**
Ndwi	rox	ngveih	de	hwnj
duːi^{1}	ɹo^{4}	ŋwei^{6}	te^{1}	hɯn^{3}
不	知	粒	它	起

种粒会发芽。

4-1979

知	**能**	**是**	**开**	**种**
Rox	nyaenx	cix	gaej	ndaem
ɹo^{4}	ȵan^{4}	ɕi^{4}	kaːi^{5}	dan^{1}
知	这样	就	莫	种

晓得不用种，

4-1980

写	**它**	**很**	**满**	**秀**
Ce	de	hwnj	mued	ciuh
ɕe^{1}	te^{1}	hɯn^{3}	muːt^{8}	ɕiːu^{6}
留	它	起	没	世

让其籽自繁。

女唱

4-1981

知	**果**	**果**	**内**	**很**
Rox	go	mak	neix	haemz
ɹo^{4}	ko^{1}	maːk^{7}	ni^{4}	han^{2}
知	棵	果	这	苦

得知此果苦，

4-1982

不	**种**	**古**	**坏**	**田**
Mbouj	ndaem	guh	vaih	dieg
bou^{5}	dan^{1}	ku^{4}	vaːi^{6}	tiːk^{8}
不	种	做	坏	地

无须刻意种。

4-1983

快	**快**	**特**	**貝**	**丢**
Riuz	riuz	dawz	bae	ndek
ɹiːu^{2}	ɹiːu^{2}	təɯ^{2}	pai^{1}	deːk^{7}
快	快	拿	去	丢

快快丢了去，

4-1984

完	**田**	**作**	**板**	**立**
Vuenh	dieg	coq	banj	liz
vuːn^{6}	tiːk^{8}	ɕo^{5}	paːn^{3}	li^{2}
换	地	放	板	栗

腾地种板栗。

男唱

4-1985

知	**果**	**果**	**内**	**玩**
Rox	go	mak	neix	van
ɹo^{4}	ko^{1}	maːk^{7}	ni^{4}	vaːn^{1}
知	**棵**	**果**	**这**	**甜**

得知此果甜，

4-1986

刀	**貝**	**问**	**要**	**粒**
Dauq	bae	cam	aeu	ngveih
taːu^{5}	pai^{1}	ɕaːm^{1}	au^{1}	ŋweih
又	**去**	**问**	**要**	**粒**

又去讨种子。

4-1987

果	**果**	**伕**	**是**	**记**
Go	go	fwx	cix	geiq
ko^{1}	ko^{1}	fə^{4}	ɕi^{4}	ki^{5}
棵	**棵**	**别人**	**就**	**记**

别人记清楚，

4-1988

份	**土**	**备**	**在**	**而**
Faenh	duz	beix	ywq	lawz
fan^{6}	tu^{2}	pi^{4}	jɯ^{5}	laɯ^{2}
份	**的**	**兄**	**在**	**哪**

兄名分何在？

女唱

4-1989

知	**果**	**果**	**内**	**玩**
Rox	go	mak	neix	van
ɹo^{4}	ko^{1}	maːk^{7}	ni^{4}	vaːn^{1}
知	**棵**	**果**	**这**	**甜**

知此果味甜，

4-1990

刀	**貝**	**问**	**要**	**粒**
Dauq	bae	cam	aeu	ngveih
taːu^{5}	pai^{1}	ɕaːm^{1}	au^{1}	ŋwei^{6}
又	**去**	**问**	**要**	**粒**

又去讨种子。

4-1991

果	**果**	**伕**	**是**	**记**
Go	go	fwx	cix	geiq
ko^{1}	ko^{1}	fə^{4}	ɕi^{4}	ki^{5}
棵	**棵**	**别人**	**就**	**记**

别人记清楚，

4-1992

份	**内**	**不**	**堂**	**偻**
Faenh	neix	mbouj	daengz	raeuz
fan^{6}	ni^{4}	bou^{5}	taŋ^{2}	ɹau^{2}
份	**这**	**不**	**到**	**我们**

我们没名分。

男唱

4-1993

知 果 果 内 玩

Rox go mak neix van

ɹo^{4} ko^{1} maːk^{7} ni^{4} vaːn^{1}

知 棵 果 这 甜

知此果味甜，

4-1994

刀 貝 问 要 节

Dauq bae cam aeu ceh

taːu^{5} pai^{1} ɕaːm^{1} au^{1} ɕe^{6}

又 去 问 要 种

又去讨种子。

4-1995

些 观 伕 先 列

Seiq gonq fwx senq leh

θe^{5} koːn^{5} fə^{4} θeːn^{5} le^{6}

世 先 别人 先 选

前世别人选，

4-1996

瓜 了 牙 堂 偻

Gvaq liux yax daengz raeuz

kwa^{5} liːu^{4} ja^{5} taŋ^{2} ɹau^{2}

过 了 才 到 我们

剩下才到我。

女唱

4-1997

种 果 作 江 开

Ndaem mak coq gyang gai

dan^{1} maːk^{7} ɕo^{5} kjaːŋ^{1} kaːi^{1}

种 果 放 中 街

街上种水果，

4-1998

文 来 堂 又 动

Vunz lai daengz youh dongx

vun^{2} laːi^{1} taŋ^{2} jou^{4} toːŋ^{4}

人 多 到 又 打招呼

路人来评说。

4-1999

口 千 垌 万 垌

Gaeuj cien doengh fanh doengh

kau^{3} ɕiːn^{1} toŋ^{6} faːn^{6} toŋ^{6}

看 千 垌 万 垌

走许多地方，

4-2000

满 果 果 内 空

Muengh go mak neix ndwi

muːŋ^{6} ko^{1} maːk^{7} ni^{4} duːi^{1}

望 棵 果 这 空

就见这株果。

第五篇　爱恋歌

《爱恋歌》主要唱述男方来女方家做客，主客双方在以歌抒情的过程中谈论各种话题。瑶族的家中事务一般由妇女负责打理，织布裁衣是妇女日常家务活动之一。男方歌师以织布裁衣为主题，主要是为了考察女方的手工织布技艺，并以此来判断女方是否心灵手巧和善良贤惠。瑶族聚居区地少人多，所以需要在村边平地、山坳或低洼地等处开荒种粮。唱词中提到男方来帮助女方干农活，说明瑶族存在帮工习俗。壮族、瑶族等少数民族熟稔梁山伯与祝英台的传说，表明中华文化深入桂西地区，得到各少数民族的高度认同，影响深远。瑶歌中以梁山伯和祝英台至死相守候来表达瑶族青年对爱情的坚贞，以及对有情人终成眷属的期望。

女唱

5–1

是	**想**	**不**	**说**	**欢**
Cix	siengj	mbouj	naeuz	fwen
çi^{4}	θiːŋ^{3}	bou^{5}	nau^{2}	vuːn^{1}
是	想	不	说	歌

本不想唱歌，

5–2

龙	**又**	**巡**	**斗**	**托**
Lungz	youh	cunz	daeuj	doh
luŋ^{2}	jou^{4}	çun^{2}	tau^{3}	to^{6}
龙	又	巡	来	向

怎奈兄来访。

5–3

是	**想**	**不**	**唱**	**歌**
Cix	siengj	mbouj	cang	go
çi^{4}	θiːŋ^{3}	bou^{5}	çaːŋ^{4}	ko^{5}
是	想	不	唱	歌

本不想唱歌，

5–4

邦	**么**	**又**	**堂**	**然**
Baengz	moq	youh	daengz	ranz
paŋ^{2}	mo^{5}	jou^{4}	taŋ^{2}	ɹaːn^{2}
朋	新	又	到	家

新朋又临门。

男唱

5–5

是	**想**	**不**	**说**	**欢**
Cix	siengj	mbouj	naeuz	fwen
çi^{4}	θiːŋ^{3}	bou^{5}	nau^{2}	vuːn^{1}
是	想	不	说	歌

本不想唱歌，

5–6

偻	**又**	**元**	**少**	**包**
Raeuz	youh	yiemz	sau	mbauq
ɹau^{2}	jou^{4}	jiːn^{2}	θaːu^{1}	baːu^{5}
我们	又	嫌	姑娘	小伙

对不住情友。

5–7

是	**想**	**不**	**中**	**好**
Cix	siengj	mbouj	cuengq	hauq
çi^{4}	θiːŋ^{3}	bou^{5}	çuːŋ^{5}	haːu^{5}
是	想	不	放	话

不想放声唱，

5–8

秀	**卜**	**老**	**九**	**提**
Ciuh	boh	laux	gou	diz
çiːu^{6}	po^{6}	laːu^{4}	kou^{1}	ti^{2}
世	父	老	我	提

长辈又催唱。

女唱

5-9

是 想 不 说 欢

Cix siengj mbouj naeuz fwen

çi^{4} θiːŋ^{3} bou^{5} nau^{2} vuːn^{1}

是 想 不 说 歌

本不想唱歌，

5-10

龙 又 巡 堂 内

Lungz youh cunz daeng neix

luŋ^{2} jou^{4} çun^{2} taŋ^{2} nei^{4}

龙 又 巡 到 这

情哥又来访。

5-11

是 想 不 讲 满

Cix siengj mbouj gangj monh

çi^{4} θiːŋ^{3} bou^{5} kaːŋ^{3} moːn^{6}

是 想 不 讲 情

本不想谈情，

5-12

友 良 立 斗 巡

Youx lingz leih daeuj cunz

ju^{4} leːŋ^{6} lei^{6} tau^{3} çun^{2}

友 伶 俐 来 巡

朋友又临门。

男唱

5-13

是 想 不 说 欢

Cix siengj mbouj naeuz fwen

çi^{4} θiːŋ^{3} bou^{5} nau^{2} vuːn^{1}

是 想 不 说 歌

本不想唱歌，

5-14

偻 又 元 韦 机

Raeuz youh yiemz vae giq

ɹau^{2} jou^{4} jiːn^{2} vai^{1} ki^{5}

我们 又 嫌 姓 支

怕对友不敬。

5-15

是 想 不 讲 满

Cix Sieng mbouj gangj monh

çi^{4} θiːŋ^{3} bou^{5} kaːŋ^{3} moːn^{6}

是 想 不 讲 情

本不想谈情，

5-16

正 义 偻 重 来

Cingz ngeih raeuz naek lai

çiŋ^{2} ȵi^{6} ɹau^{2} nak^{7} laːi^{1}

情 义 我们 重 多

我俩情义重。

女唱

5-17

是	**想**	**不**	**说**	**欢**
Cix	siengj	mbouj	naeuz	fwen
ɕi^{4}	θiːŋ^{3}	bou^{5}	nau^{2}	vuːn^{1}
是	想	不	说	歌

本不想唱歌，

5-18

龙	**斗**	**堂**	**邦**	**伴**
Lungz	daeuj	daengz	biengz	buenx
luŋ^{2}	tau^{3}	taŋ^{2}	piːŋ^{2}	puːn^{4}
龙	来	到	地方	伴

兄来我家园。

5-19

是	**想**	**不**	**讲**	**满**
Cix	siengj	mbouj	gangj	monh
ɕi^{4}	θiːŋ^{3}	bou^{5}	kaːŋ^{3}	moːn^{6}
是	想	不	讲	情

本不想谈情，

5-20

田	**庆**	**远**	**牙**	**凉**
Dieg	ging	yenj	yax	liengz
tiːk^{8}	kiŋ^{3}	juːn^{6}	ja^{5}	liːŋ^{2}
地	庆	远	也	凉

庆远也荒凉。

男唱

5-21

是	**想**	**不**	**说**	**欢**
Cix	siengj	mbouj	naeuz	fwen
ɕi^{4}	θiːŋ^{3}	bou^{5}	nau^{2}	vuːn^{1}
是	想	不	说	歌

本不想唱歌，

5-22

偻	**又**	**元**	**对**	**伴**
Raeuz	youh	yiemz	doiq	buenx
ɹau^{2}	jou^{4}	jiːn^{2}	toːi^{5}	puːn^{4}
我们	又	嫌	对	伴

怕对友不敬。

5-23

是	**想**	**不**	**讲**	**满**
Cix	siengj	mbouj	gangj	monh
ɕi^{4}	θiːŋ^{3}	bou^{5}	kaːŋ^{3}	moːn^{6}
是	想	不	讲	情

本不想谈情，

5-24

为	**观**	**偻**	**米**	**正**
Vih	gonq	raeuz	miz	cingz
vei^{6}	koːn^{5}	ɹau^{2}	mi^{2}	ɕiŋ^{2}
为	先	我们	有	情

因咱有旧情。

女唱

5-25

是 想 不 说 欢

Cix siengj mbouj naeuz fwen

çi⁴ θiːŋ³ bou⁵ nau² vuːn¹

是 想 不 说 歌

本不想唱歌，

5-26

十 义 月 牙 瓜

Cib ngeih ndwen yaek gvaq

çit⁸ ȵi⁶ duːn¹ jak⁷ kwa⁵

十 二 月 要 过

十二月将过。

5-27

水 吨 配 水 达

Raemx daemz boiq raemx dah

ɹan⁴ tan² poːi⁵ ɹan⁴ ta⁶

水 塘 配 水 河

塘水配河水，

5-28

样 而 瓜 秀 偻

Yiengh lawz gvaq ciuh raeuz

jɯːŋ⁶ law² kwa⁵ çiːu⁶ ɹau²

样 哪 过 世 我们

今世怎么过？

男唱

5-29

是 想 不 说 欢

Cix siengj mbouj naeuz fwen

çi⁴ θiːŋ³ bou⁵ nau² vuːn¹

是 想 不 说 歌

本不想唱歌，

5-30

十 义 月 牙 瓜

Cib ngeih ndwen yaek gvaq

çit⁸ ȵi⁶ duːn¹ jak⁷ kwa⁵

十 二 月 要 过

十二月将过。

5-31

水 吨 配 水 达

Raemx daemz boiq raemx dah

ɹan⁴ tan² poːi⁵ ɹan⁴ ta⁶

水 塘 配 水 河

塘水配河水，

5-32

瓜 了 是 论 王

Gvaq liux cix lumz vaengz

kwa⁵ liːu⁴ çi⁴ lun² vaŋ²

过 完 就 忘 潭

过了忘水潭。

女唱

5-33

是	**想**	**不**	**说**	**欢**
Cix	siengj	mbouj	naeuz	fwen
ɕi^{4}	θi:ŋ^{3}	bou^{5}	nau^{2}	vu:n^{1}
是	想	不	说	歌

本不想唱歌，

5-34

十	**义**	**月**	**牙**	**瓜**
Cib	ngeih	ndwen	yaek	gvaq
ɕit^{8}	ɲi^{6}	du:n^{1}	jak^{7}	kwa^{5}
十	二	月	要	过

十二月将过。

5-35

以	**样**	**内**	**貝**	**那**
Ei	yiengh	neix	bae	naj
i^{1}	jɯ:ŋ^{6}	ni^{4}	pai^{1}	na^{3}
依	样	这	去	前

愿从今以后，

5-36

变	**化**	**马**	**同**	**跟**
Bienq	vaq	ma	doengh	riengz
pi:n^{5}	va^{5}	ma^{1}	toŋ^{2}	ɹi:ŋ^{2}
变	化	来	相	跟

相聚在一起。

男唱

5-37

是	**想**	**不**	**说**	**欢**
Cix	siengj	mbouj	naeuz	fwen
ɕi^{4}	θi:ŋ^{3}	bou^{5}	nau^{2}	vu:n^{1}
是	想	不	说	歌

本不想唱歌，

5-38

十	**义**	**月**	**牙**	**瓜**
Cib	ngeih	ndwen	yaek	gvaq
ɕit^{8}	ɲi^{6}	du:n^{1}	jak^{7}	kwa^{5}
十	二	月	要	过

十二月将过。

5-39

全	**利**	**邦**	**外**	**瓦**
Cienj	lix	bangx	rog	gvah
ɕu:n^{3}	li^{4}	ba:ŋ^{4}	ɹo:k^{8}	kwa^{6}
转	圈圈	旁	外	磨子

整日围磨转，

5-40

坏	**开**	**田**	**内**	**空**
Vaih	gaiq	dieg	neix	ndwi
va:i^{6}	ka:i^{5}	ti:k^{8}	ni^{4}	du:i^{1}
坏	块	地	这	空

白开垦此地。

女唱

5–41
是 想 不 说 欢
Cix siengj mbouj naeuz fwen
çi⁴ θiːŋ³ bou⁵ nau² vuːn¹
是 想 不 说 歌
本不想唱歌，

5–42
十 义 月 牙 了
Cib ngeih ndwen yaek liux
çit⁸ ɲi⁶ duːn¹ jak⁷ liːu⁴
十 二 月 要 完
十二月将过。

5–43
不 说 欢 老 表
Mbouj naeuz fwen laux biuj
bou⁵ nau² vuːn¹ laːu⁴ piːu³
不 说 歌 老 表
情友不唱歌，

5–44
马 几 秀 拉 本
Ma geij ciuh laj mbwn
ma¹ ki³ çiːu⁶ la³ bun¹
来 几 世 下 天
人能活几世。

男唱

5–45
是 想 不 说 欢
Cix siengj mbouj naeuz fwen
çi⁴ θiːŋ³ bou⁵ nau² vuːn¹
是 想 不 说 歌
本不想唱歌，

5–46
十 义 月 牙 了
Cib ngeih ndwen yaek liux
çit⁸ ɲi⁶ duːn¹ jak⁷ liːu⁴
十 二 月 要 完
十二月将过。

5–47
知 乖 是 波 小
Rox gvai cix boq seuq
ɹo⁴ kwaːi¹ çi⁴ po⁵ θeːu⁵
知 乖 就 吹 哨
聪明便吹哨，

5–48
秀 不 利 几 南
Ciuh mbouj lix geij nanz
çiːu⁶ bou⁵ li⁴ ki³ naːn²
世 不 剩 几 久
人生太短暂。

女唱

5-49

是	**想**	**不**	**说**	**欢**
Cix	siengj	mbouj	naeuz	fwen
ɕi^{4}	θiːŋ^{3}	bou^{5}	nau^{2}	vuːn^{1}
是	想	不	说	歌

本不想唱歌，

5-50

十	**义**	**月**	**牙**	**了**
Cib	ngeih	ndwen	yaek	liux
ɕit^{8}	ȵi^{6}	duːn^{1}	jak^{7}	liːu^{4}
十	二	月	要	完

十二月将过。

5-51

干	**鸦**	**不**	**办**	**九**
Ganq	a	mbouj	baenz	yiuh
kaːn^{5}	a^{1}	bou^{5}	pan^{2}	jiːu^{6}
照料	鸦	不	成	鹞

乌鸦不成鹞，

5-52

白	**老**	**秀**	**内**	**空**
Beg	lauq	ciuh	neix	ndwi
peːk^{8}	laːu^{5}	ɕiːu^{6}	ni^{4}	duːi^{1}
白	误	世	这	空

枉过这一生。

男唱

5-53

是	**想**	**不**	**说**	**欢**
Cix	siengj	mbouj	naeuz	fwen
ɕi^{4}	θiːŋ^{3}	bou^{5}	nau^{2}	vuːn^{1}
是	想	不	说	歌

本不想唱歌，

5-54

十	**义**	**月**	**牙**	**了**
Cib	ngeih	ndwen	yaek	liux
ɕit^{8}	ȵi^{6}	duːn^{1}	jak^{7}	liːu^{4}
十	二	月	要	完

十二月将过。

5-55

在	**古**	**鸦**	**跟**	**九**
Ywq	guh	a	riengz	yiuh
jɯ^{5}	ku^{4}	a^{1}	ɹiːŋ^{2}	jiːu^{6}
在	做	鸦	跟	鹞

人生如鸟兽，

5-56

当	**秀**	**内**	**空**	**米**
Dangq	ciuh	neix	ndwi	miz
taːŋ^{5}	ɕiːu^{6}	ni^{4}	duːi^{1}	mi^{2}
当	世	这	不	有

枉度这一生。

女唱

5-57

是	**想**	**不**	**说**	**欢**
Cix	siengj	mbouj	naeuz	fwen
ɕi^{4}	θiːŋ^{3}	bou^{5}	nau^{2}	vuːn^{1}
是	想	不	说	歌

本不想唱歌，

5-58

十	**义**	**月**	**牙**	**断**
Cib	ngeih	ndwen	yaek	duenx
ɕit^{8}	ȵi^{6}	duːn^{1}	jak^{7}	tuːn^{4}
十	二	月	要	断

十二月将过。

5-59

讲	**笑**	**牙**	**对**	**伴**
Gangj	riu	yah	doiq	buenx
kaːŋ^{3}	ɹiːu^{1}	ja^{6}	toːi^{5}	puːn^{4}
讲	笑	呀	对	伴

伴侣来作乐，

5-60

讲	**满**	**牙**	**友**	**偻**
Gangj	monh	yah	youx	raeuz
kaːŋ^{3}	moːn^{6}	ja^{6}	ju^{4}	ɹau^{2}
讲	情	呀	友	我们

情友来谈情。

男唱

5-61

是	**想**	**不**	**说**	**欢**
Cix	siengj	mbouj	naeuz	fwen
ɕi^{4}	θiːŋ^{3}	bou^{5}	nau^{2}	vuːn^{1}
是	想	不	说	歌

本不想唱歌，

5-62

十	**义**	**月**	**牙**	**断**
Cib	ngeih	ndwen	yaek	duenx
ɕit^{8}	ȵi^{6}	duːn^{1}	jak^{7}	tuːn^{4}
十	二	月	要	断

十二月将过。

5-63

不	**几**	**难**	**了**	**伴**
Mbouj	geij	nanz	liux	buenx
bou^{5}	ki^{3}	naːn^{2}	liːu^{4}	puːn^{4}
不	几	久	啰	伴

人生太短暂，

5-64

分	**秀**	**满**	**秀**	**美**
Mbek	ciuh	monh	ciuh	maez
beːk^{7}	ɕiːu^{6}	moːn^{6}	ɕiːu^{6}	mai^{2}
分	世	情	世	爱

咱缘分将尽。

女唱

5-65

是	**想**	**不**	**说**	**欢**
Cix	siengj	mbouj	naeuz	fwen
ɕi^4	θiːŋ^3	bou^5	nau^2	vuːn^1
是	想	不	说	歌

本不想唱歌，

5-66

十	**义**	**月**	**牙**	**断**
Cib	ngeih	ndwen	yaek	duenx
ɕit^8	ȵi^6	duːn^1	jak^7	tuːn^4
十	二	月	要	断

十二月将过。

5-67

友	**而**	**不**	**讲**	**满**
Youx	lawz	mbouj	gangj	monh
ju^4	lauɯ^2	bou^5	kaːŋ^3	moːn^6
友	哪	不	讲	情

哪个不谈情，

5-68

老	**牙**	**断**	**小**	**正**
Lau	yaek	duenx	siuj	cingz
laːu^1	jak^7	tuːn^4	θiːu^3	ɕiŋ^2
怕	要	断	小	情

情义要断绝。

男唱

5-69

是	**想**	**不**	**说**	**欢**
Cix	siengj	mbouj	naeuz	fwen
ɕi^4	θiːŋ^3	bou^5	nau^2	vuːn^1
是	想	不	说	歌

本不想唱歌，

5-70

十	**义**	**月**	**牙**	**断**
Cib	ngeih	ndwen	yaek	duenx
ɕit^8	ȵi^6	duːn^1	jak^7	tuːn^4
十	二	月	要	断

十二月将过。

5-71

秀	**美**	**三**	**秀**	**满**
Ciuh	maez	sam	ciuh	monh
ɕiːu^6	mai^2	θaːn^1	ɕiːu^6	moːn^6
世	爱	三	世	情

一世三段情，

5-72

断	**牙**	**才**	**合**	**你**
Duenx	yax	caih	hoz	mwngz
tuːn^4	ja^5	ɕaːi^6	ho^2	mɯŋ^2
断	也	随	脖	你

断绝由你定。

女唱

5–73

讲	**笑**	**牙**	**对**	**邦**
Gangj	riu	yah	doih	baengz
ka:ŋ^{3}	ɹi:u^{1}	ja^{6}	to:i^{6}	pa:ŋ^{2}
讲	笑	呀	伙伴	朋

伴侣来寻欢，

5–74

讲	**洋**	**牙**	**文**	**偻**
Gangj	angq	yah	vunz	raeuz
ka:ŋ^{3}	a:ŋ^{5}	ja^{5}	vun^{2}	ɹau^{2}
讲	高兴	呀	人	我们

情友来作乐。

5–75

水	**吨**	**外**	**桥**	**头**
Raemx	daemz	vaij	giuz	daeuz
ɹan^{4}	tan^{4}	va:i^{3}	ki:u^{2}	tau^{2}
水	塘	过	桥	头

水从桥头过，

5–76

文	**不**	**求**	**百**	**岁**
Vunz	mbouj	gyaeu	bak	suiq
vun^{2}	bou^{5}	kjau^{1}	pa:k^{7}	θu:i^{5}
人	不	寿	百	岁

人无百年寿。

男唱

5–77

讲	**笑**	**牙**	**对**	**邦**
Gangj	riu	yah	doih	baengz
ka:ŋ^{3}	ɹi:u^{1}	ja^{6}	to:i^{6}	pa:ŋ^{2}
讲	笑	呀	伙伴	朋

伴侣来寻欢，

5–78

讲	**洋**	**牙**	**文**	**来**
Gangj	angq	yah	vunz	lai
ka:ŋ^{3}	a:ŋ^{5}	ja^{6}	vun^{2}	la:i^{1}
讲	高兴	呀	人	多

情友来作乐。

5–79

不	**讲**	**满**	**包**	**乖**
Mbouj	gangj	monh	mbauq	gvai
bou^{5}	ka:ŋ^{3}	mo:n^{6}	ba:u^{5}	kwa:i^{1}
不	讲	情	小伙	乖

年少不谈情，

5–80

堂	**时**	**代**	**不**	**知**
Daengz	seiz	dai	mbouj	rox
taŋ^{2}	θi^{2}	ta:i^{1}	bou^{5}	ɹo^{4}
到	时	死	不	知

老来莫追悔。

女唱

5-81

讲	笑	牙	对	邦
Gangj	riu	yah	doih	baengz
ka:ŋ^{3}	ɹi:u^{1}	ja^{6}	to:i^{6}	paŋ^{2}
讲	笑	呀	伙伴	朋

伴侣来寻欢，

5-82

讲	洋	牙	文	来
Gangj	angq	yah	vunz	lai
ka:ŋ^{3}	a:ŋ^{5}	ja^{6}	vun^{2}	la:i^{1}
讲	高兴	呀	人	多

情友来作乐。

5-83

卩	义	十	牙	代
Boux	ngeih	cib	yax	dai
pu^{4}	ȵi^{6}	ɕit^{8}	ja^{5}	ta:i^{1}
个	二	十	也	死

二十也会死，

5-84

卩	三	十	牙	老
Boux	sam	cib	yax	laux
pu^{4}	θa:n^{1}	ɕit^{8}	ja^{5}	la:u^{4}
个	三	十	也	老

三十也会老。

男唱

5-85

卩	义	十	牙	代
Boux	ngeih	cib	yax	dai
pu^{4}	ȵi^{6}	ɕit^{8}	ja^{5}	ta:i^{1}
个	二	十	也	死

二十也会死，

5-86

卩	三	十	牙	老
Boux	sam	cib	yax	laux
pu^{4}	θa:n^{1}	ɕit^{8}	ja^{5}	la:u^{4}
个	三	十	也	老

三十也会老。

5-87

不	干	少	跟	包
Mbouj	ganq	sau	riengz	mbauq
bou^{5}	ka:n^{5}	θa:u^{1}	ɹi:ŋ^{2}	ba:u^{5}
不	照料	姑娘	跟	小伙

年少不风流，

5-88

秀	元	老	貝	空
Ciuh	yuenz	lauq	bae	ndwi
ɕi:u^{6}	ju:n^{2}	la:u^{5}	pai^{1}	du:i^{1}
世	缘	误	去	空

枉度这一世。

女唱

5-89

见	**鸟**	**炕**	**不**	**笑**
Gen	roeg	enq	mbouj	riu
keːn^{4}	ɹok^{8}	eːn^{5}	bou^{5}	ɹiːu^{1}
见	鸟	燕	不	笑

见燕子不笑，

5-90

见	**鸟**	**九**	**不**	**讲**
Gen	roeg	geuq	mbouj	gangj
keːn^{4}	ɹok^{8}	kjeːu^{5}	bou^{5}	kaːŋ^{3}
见	鸟	画眉	不	讲

见画眉不讲。

5-91

见	**邦**	**友**	**不**	**忙**
Gen	baengz	youx	mbouj	maengx
keːn^{4}	paŋ^{2}	ju^{4}	bou^{5}	maːŋ^{4}
见	朋	友	不	喜欢

不爱见朋友，

5-92

可	**当**	**空**	**米**	**正**
Goj	dangq	ndwi	miz	cingz
ko^{3}	taːŋ^{5}	duːi^{1}	mi^{2}	ɕiŋ^{2}
可	当	不	有	情

和绝情无异。

男唱

5-93

见	**鸟**	**炕**	**不**	**笑**
Gen	roeg	enq	mbouj	riu
keːn^{4}	ɹok^{8}	eːn^{5}	bou^{5}	ɹiːu^{1}
见	鸟	燕	不	笑

见燕子不笑，

5-94

见	**鸟**	**九**	**不**	**忙**
Gen	roeg	geuq	mbouj	maengx
keːn^{4}	ɹok^{8}	kjeːu^{5}	bou^{5}	maːŋ^{4}
见	鸟	画眉	不	喜欢

见画眉不爱。

5-95

见	**邦**	**友**	**不**	**讲**
Gen	baengz	youx	mbouj	gangj
keːn^{4}	paŋ^{2}	ju^{4}	bou^{5}	kaːŋ^{3}
见	朋	友	不	讲

见友不出声，

5-96

往	**土**	**忙**	**你**	**空**
Uengj	dou	maengx	mwngz	ndwi
vaːŋ^{3}	tu^{1}	maːŋ^{4}	mɯŋ^{2}	duːi^{1}
枉	我	喜欢	你	空

枉我喜欢你。

女唱

5-97

满 是 满 义 十

Monh cix monh ngeih cib

mo:n^{6} ɕi^{4} mo:n^{6} ȵi^{6} ɕit^{8}

谈情 就 谈情 二 十

二十岁谈情，

5-98

外 义 一 牙 难

Vaij ngeih it yax nanz

va:i^{3} ȵi^{6} it^{7} ja^{5} na:n^{2}

过 二 一 也 难

往后更困难。

5-99

汉 义 四 义 三

Hamj ngeih seiq ngeih sam

ha:n^{3} ȵi^{6} θei^{5} ȵi^{6} θa:n^{1}

跨 二 四 二 三

过二十几岁，

5-100

装 身 牙 付 用

Cang ndang yax fouz yungh

ɕa:ŋ^{1} da:ŋ^{1} ja^{5} fu^{4} juŋ^{6}

装 身 也 无 用

打扮也徒劳。

男唱

5-101

满 是 满 义 十

Monh cix monh ngeih cib

mo:n^{6} ɕi^{4} mo:n^{6} ȵi^{6} ɕit^{8}

谈情 就 谈情 二 十

二十岁谈情，

5-102

外 义 一 牙 才

Vaij ngeih it yax raij

va:i^{3} ȵi^{6} it^{7} ja^{5} ɹa:i^{3}

过 二 一 也 枯萎

往后更困难。

5-103

卩 满 义 十 来

Boux monh ngeih cib lai

pu^{4} mo:n^{6} ȵi^{6} ɕit^{8} la:i^{1}

个 谈情 二 十 多

二十多谈情，

5-104

不 代 牙 老 秀

Mbouj dai yax lauq ciuh

bou^{5} ta:i^{1} ja^{5} la:u^{5} ɕi:u^{6}

不 死 也 误 世

不死也枉费。

女唱

5–105

满	是	满	义	十
Monh	cix	monh	ngeih	cib
moːn^{6}	ɕi^{4}	moːn^{6}	ȵi^{6}	ɕit^{8}
谈情	就	谈情	二	十

二十岁谈情，

5–106

外	义	一	牙	才
Vaij	ngeih	it	yax	raij
vaːi^{3}	ȵi^{6}	it^{7}	ja^{5}	ɹaːi^{3}
过	二	一	也	枯萎

往后更困难。

5–107

卜	义	十	牙	代
Boux	ngeih	cib	yax	dai
pu^{4}	ȵi^{6}	ɕit^{8}	ja^{5}	taːi^{1}
人	二	十	也	死

若二十岁死，

5–108

造	钱	财	付	用
Caux	cienz	caiz	fouz	yungh
ɕaːu^{4}	ɕiːn^{2}	ɕaːi^{2}	fu^{4}	juŋ^{6}
造	钱	财	无	用

有钱也无用。

男唱

5–109

满	是	满	义	十
Monh	cix	monh	ngeih	cib
moːn^{6}	ɕi^{4}	moːn^{6}	ȵi^{6}	ɕit^{8}
谈情	就	谈情	二	十

二十岁谈情，

5–110

外	义	一	牙	才
Vaij	ngeih	it	yax	raij
vaːi^{3}	ȵi^{6}	it^{7}	ja^{5}	ɹaːi^{3}
过	二	一	也	枯萎

往后更困难。

5–111

外	义	五	不	代
Vaij	ngeih	haj	mbouj	dai
vaːi^{3}	ȵi^{6}	ha^{3}	bou^{5}	taːi^{1}
过	二	五	不	死

活过二十五，

5–112

偻	洋	祘	造	秀
Raeuz	yaeng	suenq	caux	ciuh
ɹau^{2}	jaŋ^{1}	θuːn^{5}	ɕaːu^{4}	ɕiːu^{6}
我们	再	算	造	世

我们再成家。

女唱

5-113

满	**是**	**满**	**义**	**十**
Monh	cix	monh	ngeih	cib
mo:n^{6}	ɕi^{4}	mo:n^{6}	ȵi^{6}	ɕit^{8}
谈情	**就**	**谈情**	**二**	**十**

二十岁谈情，

5-114

外	**义**	**一**	**同**	**下**
Vaij	ngeih	it	doengz	roengz
va:i^{3}	ȵi^{6}	it^{7}	toŋ^{2}	ɹoŋ^{2}
过	**二**	**一**	**同**	**下**

二十一衰老。

5-115

满	**公**	**衣**	**义**	**宗**
Muengh	goeng	yez	ngeix	soeng
mu:ŋ^{6}	kuŋ^{5}	je^{2}	ȵi^{4}	θoŋ^{1}
望	**公**	**爷**	**想**	**舒服**

一心盼情友，

5-116

不	**办**	**同**	**土**	**了**
Mbouj	baenz	doengz	dou	liux
bou^{5}	pan^{2}	toŋ^{2}	tu^{1}	li:u^{4}
不	**成**	**同**	**我**	**啰**

却不成情友。

男唱

5-117

满	**是**	**满**	**义**	**十**
Monh	cix	monh	ngeih	cib
mo:n^{6}	ɕi^{4}	mo:n^{6}	ȵi^{6}	ɕit^{8}
谈情	**就**	**谈情**	**二**	**十**

二十岁谈情，

5-118

外	**义**	**一**	**同**	**下**
Vaij	ngeih	it	doengz	roengz
va:i^{3}	ȵi^{6}	it^{7}	toŋ^{2}	ɹoŋ^{2}
过	**二**	**一**	**同**	**下**

二十一衰老。

5-119

满	**公**	**衣**	**义**	**宗**
Muengh	goeng	yez	ngeix	soeng
mu:ŋ^{6}	kuŋ^{5}	je^{2}	ȵi^{4}	θoŋ^{1}
望	**公**	**爷**	**想**	**舒服**

一心盼情友，

5-120

浪	**办**	**同**	**少**	**包**
Laeng	baenz	doengz	sau	mbauq
laŋ^{1}	pan^{2}	toŋ^{2}	θa:u^{1}	ba:u^{5}
后	**成**	**同**	**姑娘**	**小伙**

最终成情侣。

女唱

5–121

满	是	满	义	十
Monh	cix	monh	ngeih	cib
mo:n^{6}	çi^{4}	mo:n^{6}	ȵi^{6}	çit^{8}
谈情	就	谈情	二	十

二十岁谈情，

5–122

外	义	一	同	下
Vaij	ngeih	it	doengz	roengz
va:i^{3}	ȵi^{6}	it^{7}	toŋ^{2}	ɹoŋ^{2}
过	二	一	同	下

二十一衰老。

5–123

讲	满	观	包	同
Gangj	monh	gonq	mbauq	doengz
ka:ŋ^{3}	mo:n^{6}	ko:n^{5}	ba:u^{5}	toŋ^{2}
讲	情	先	小伙	同

和男友谈情，

5–124

蒙	开	么	造	秀
Muengz	gij	maz	caux	ciuh
mu:ŋ^{2}	ka:i^{2}	ma^{2}	ça:u^{4}	çi:u^{6}
忙	什	么	造	世

不着急成家。

男唱

5–125

想	不	笑	不	洋
Siengj	mbouj	riu	mbouj	angq
θi:ŋ^{3}	bou^{5}	ɹi:u^{1}	bou^{5}	a:ŋ^{5}
想	不	笑	不	高兴

不寻欢作乐，

5–126

阴	山	四	牙	下
Raemh	bya	cwx	yax	roengz
ɹan^{6}	pja^{1}	çɯ^{4}	ja^{5}	ɹoŋ^{2}
阴	山	社	也	下

太阳快下山。

5–127

是	想	不	古	蒙
Cix	siengj	mbouj	guh	muengz
çi^{4}	θi:ŋ^{3}	bou^{5}	ku^{4}	mu:ŋ^{2}
是	想	不	做	忙

原本不着急，

5–128

秀	才	同	牙	了
Ciuh	caiz	doengz	yaek	liux
çi:u^{6}	ɕa:i^{6}	toŋ^{2}	jak^{7}	li:u^{4}
世	才	同	要	完

此生即将过。

女唱

5-129
想 好 龙 讲 满
Siengj ndij lungz gangj monh
θiːŋ^{3} di^{1} luŋ^{2} kaːŋ^{3} moːn^{6}
想 与 龙 讲 情
想和兄谈情，

5-130
老 知 断 桥 宗
Lau rox duenx giuz coeng
laːu^{1} ɹo^{4} tuːn^{4} kiːu^{2} ɕoŋ^{1}
怕 知 断 桥 宗
怕断送缘分。

5-131
想 托 备 古 同
Siengj doh beix guh doengz
θiːŋ^{3} to^{6} pi^{4} ku^{4} toŋ^{2}
想 同 兄 做 同
想和兄结缘，

5-132
老 桥 龙 不 欢
Lau giuz lungz mbouj ndwek
laːu^{1} kiːu^{2} luŋ^{2} bou^{5} dɯːk^{7}
怕 桥 龙 不 热闹
怕咱无缘分。

男唱

5-133
管 好 土 讲 满
Guenj ndij dou gangj monh
kuːn^{3} di^{1} tu^{1} kaːŋ^{3} moːn^{6}
管 与 我 讲 情
尽管来谈情，

5-134
不 老 断 桥 宗
Mbouj lau duenx giuz coeng
bou^{5} laːu^{1} tuːn^{4} kiːu^{2} ɕoŋ^{1}
不 怕 断 桥 宗
不怕缘分断。

5-135
农 托 备 古 同
Nuengx doh beix guh doengz
nuːŋ^{4} to^{6} pi^{4} ku^{4} toŋ^{2}
妹 同 兄 做 同
你同我结友，

5-136
桥 龙 偻 岁 采
Giuz lungz raeuz caez byaij
kiːu^{2} luŋ^{2} ɹau^{2} ɕai^{2} pjaːi^{3}
桥 龙 我们 齐 走
咱共度良缘。

女唱

5-137

想	**好**	**龙**	**讲**	**满**
Siengj	ndij	lungz	gangj	monh
θiːŋ^{3}	di^{1}	luŋ^{2}	kaːŋ^{3}	moːn^{6}
想	与	龙	讲	情

想同兄谈情，

5-138

老	**知**	**断**	**小**	**正**
Lau	rox	duenx	siuj	cingz
laːu^{1}	ɹo^{4}	tuːn^{4}	θiːu^{3}	ɕiŋ^{2}
怕	知	断	小	情

怕断送交情。

5-139

想	**好**	**备**	**中**	**声**
Siengj	ndij	beix	cuengq	sing
θiːŋ^{3}	di^{1}	pi^{4}	ɕuːŋ^{5}	θiŋ^{1}
想	与	兄	放	声

想放声高唱，

5-140

老	**小**	**正**	**不**	**当**
Lau	siuj	cingz	mbouj	dangq
laːu^{1}	θiːu^{3}	ɕiŋ^{2}	bou^{5}	taːŋ^{5}
怕	小	情	不	当

怕情分不合。

男唱

5-141

管	**好**	**土**	**讲**	**满**
Guenj	ndij	dou	gangj	monh
kuːn^{3}	di^{1}	tu^{1}	kaːŋ^{3}	moːn^{6}
管	与	我	讲	情

尽管来谈情，

5-142

不	**老**	**断**	**小**	**正**
Mbouj	lau	duenx	siuj	cingz
bou^{5}	laːu^{1}	tuːn^{4}	θiːu^{3}	ɕiŋ^{2}
不	怕	断	小	情

不怕断情缘。

5-143

但	**得**	**中**	**句**	**声**
Danh	ndaej	cuengq	coenz	sing
taːn^{6}	dai^{3}	ɕuːŋ^{5}	kjon^{2}	θiŋ^{1}
但	得	放	句	声

但得放声唱，

5-144

小	**正**	**全**	**不**	**讲**
Siuj	cingz	gyonj	mbouj	gangj
θiːu^{3}	ɕiŋ^{2}	kjoːn^{3}	bou^{5}	kaːŋ^{3}
小	情	都	不	讲

礼品自会有。

女唱

5–145

友	**而**	**不**	**讲**	**满**
Youx	lawz	mbouj	gangj	monh
ju^{4}	laɯ^{2}	bou^{5}	ka:ŋ^{3}	mo:n^{6}
友	哪	不	讲	情

友若不谈情，

5–146

听	**鸟**	**炕**	**邦**	**吨**
Dingq	roeg	enq	bangx	daemz
tiŋ^{5}	ɹok^{8}	e:n^{5}	pa:ŋ^{4}	tan^{2}
听	鸟	燕	旁	塘

看池边飞燕。

5–147

不	**讲**	**满**	**农**	**银**
Mbouj	gangj	monh	nuengx	ngaenz
bou^{5}	ka:ŋ^{3}	mo:n^{6}	nu:ŋ^{4}	ŋan^{2}
不	讲	情	妹	银

若还不谈情，

5–148

米	**几**	**日**	**样**	**内**
Miz	geij	ngoenz	yiengh	neix
mi^{2}	ki^{3}	ŋon^{2}	jɯ:ŋ^{6}	ni^{4}
有	几	天	样	这

怕错失良机。

男唱

5–149

是	**想**	**不**	**古**	**洋**
Cix	siengj	mbouj	guh	angq
ɕi^{4}	θi:ŋ^{3}	bou^{5}	ku^{4}	a:ŋ^{5}
是	想	不	做	高兴

本想不作乐，

5–150

水	**达**	**牙**	**满**	**很**
Raemx	dah	yaek	mued	haenz
ɹan^{4}	ta^{6}	jak^{7}	mu:t^{8}	han^{2}
水	河	要	没	边

河水涨满堤。

5–151

爱	**讲**	**满**	**古**	**存**
Ngaiq	gangj	monh	guh	caemz
ŋa:i^{5}	ka:ŋ^{3}	mo:n^{6}	ku^{4}	ɕan^{2}
爱	讲	情	做	玩

爱谈情说爱，

5–152

外	**月**	**日**	**是**	**了**
Vaij	ndwen	ngoenz	cix	liux
va:i^{3}	du:n^{1}	ŋon^{2}	ɕi^{4}	li:u^{4}
过	月	天	就	算

好打发时光。

女唱

5–153

想	**好**	**龙**	**讲**	**满**
Siengj	ndij	lungz	gangj	monh
θiːŋ^{3}	di^{1}	luŋ^{2}	kaːŋ^{3}	moːn^{6}
想	与	龙	讲	情

想和兄谈情，

5–154

老	**不**	**太**	**外**	**春**
Lau	mbouj	daih	vaij	cin
laːu^{1}	bou^{5}	taːi^{6}	vaːi^{3}	ɕun^{1}
怕	不	太	过	春

怕不能善终。

5–155

想	**讲**	**满**	**欢**	**吨**
Siengj	gangj	monh	ndwek	dumx
θiːŋ^{3}	kaːŋ^{3}	moːn^{6}	dɯːk^{7}	tun^{4}
想	讲	情	热闹	淹

想热烈谈情，

5–156

后	**邦**	**文**	**貝**	**了**
Haeuj	biengz	vunz	bae	liux
hau^{3}	piːŋ^{2}	vun^{2}	pai^{1}	liːu^{4}
进	地方	人	去	完

兄远走他乡。

男唱

5–157

友	**而**	**不**	**讲**	**满**
Youx	lawz	mbouj	gangj	monh
ju^{4}	laɯ^{2}	bou^{5}	kaːŋ^{3}	moːn^{6}
友	哪	不	讲	情

友若不谈情，

5–158

听	**鸟**	**炕**	**邦**	**吨**
Dingq	roeg	enq	bangx	daemz
tiŋ^{5}	ɹok^{8}	eːn^{5}	paːŋ^{4}	tan^{2}
听	鸟	燕	旁	塘

看池边飞燕。

5–159

讲	**满**	**不**	**外**	**你**
Gangj	monh	mbouj	vaij	mwngz
kaːŋ^{3}	moːn^{6}	bou^{5}	vaːi^{3}	mɯŋ^{2}
讲	情	不	过	你

谈情输给你，

5–160

秀	**文**	**土**	**可**	**元**
Ciuh	vunz	dou	goj	nyienh
ɕiːu^{6}	vun^{2}	tu^{1}	ko^{3}	ȵuːn^{6}
世	人	我	可	愿

我心甘情愿。

女唱

5-161

友	**而**	**不**	**讲**	**满**
Youx	lawz	mbouj	gangj	monh
ju^{4}	laɯ^{2}	bou^{5}	kaːŋ^{3}	moːn^{6}
友	哪	不	讲	情

友若不谈情，

5-162

听	**鸟**	**炕**	**桥**	**付**
Dingq	roeg	enq	giuz	fouz
tiŋ^{5}	ɹok^{8}	eːn^{5}	kiːu^{2}	fu^{2}
听	鸟	燕	桥	浮

看桥边飞燕。

5-163

讲	**满**	**外**	**秀**	**土**
Gangj	monh	vaij	ciuh	dou
kaːŋ^{3}	moːn^{6}	vaːi^{3}	ɕiːu^{6}	tu^{1}
讲	情	过	世	我

谈情度此生，

5-164

忧	**开**	**么**	**了**	**备**
You	gij	maz	liux	beix
jou^{1}	kaːi^{2}	ma^{2}	liːu^{4}	pi^{4}
忧	什	么	啰	兄

兄忧愁什么？

男唱

5-165

想	**好**	**少**	**讲**	**满**
Siengj	ndij	sau	gangj	monh
θiːŋ^{3}	di^{1}	θaːu^{1}	kaːŋ^{3}	moːn^{6}
想	与	姑娘	讲	情

想和妹谈情，

5-166

老	**不**	**太**	**同**	**哈**
Lau	mbouj	daih	doengz	ha
laːu^{1}	bou^{5}	taːi^{6}	toŋ^{2}	ha^{1}
怕	不	太	同	配

又怕不般配。

5-167

阳	**是**	**牙**	**外**	**山**
Ndit	cix	yaek	vaij	bya
dit^{7}	ɕi^{4}	jak^{7}	vaːi^{3}	pja^{1}
阳光	就	要	过	山

太阳快落山，

5-168

才	**碰**	**花**	**对**	**生**
Nda	bungz	va	doiq	saemq
da^{1}	puŋ^{2}	va^{1}	toːi^{5}	θan^{5}
刚	逢	花	对	庚

才遇同龄友。

女唱

5-169

友	**而**	**不**	**讲**	**满**
Youx	lawz	mbouj	gangj	monh
ju^{4}	lau^{2}	bou^{5}	ka:ŋ^{3}	mo:n^{6}
友	哪	不	讲	情

友若不谈情，

5-170

听	**鸟**	**炕**	**很**	**那**
Dingq	roeg	enq	haenz	naz
tiŋ^{5}	ɹok^{8}	e:n^{5}	han^{2}	na^{2}
听	鸟	燕	边	田

看田边飞燕。

5-171

外	**山**	**是**	**外**	**山**
Vaij	bya	cix	vaij	bya
va:i^{3}	pja^{1}	ɕi^{4}	va:i^{3}	pja^{1}
过	山	就	过	山

太阳已下山，

5-172

秀	**同**	**哈**	**可**	**在**
Ciuh	doengz	ha	goj	ywq
ɕi:u^{6}	toŋ^{2}	ha^{1}	ko^{5}	jɯ^{5}
世	同	配	也	在

同龄友尚在。

男唱

5-173

想	**好**	**少**	**讲**	**满**
Siengj	ndij	sau	gangj	monh
θi:ŋ^{3}	di^{1}	θa:u^{1}	ka:ŋ^{3}	mo:n^{6}
想	与	姑娘	讲	情

想与妹谈情，

5-174

老	**不**	**太**	**相**	**差**
Lau	mbouj	daih	ceng	ca
la:u^{1}	bou^{5}	ta:i^{6}	ɕe:ŋ^{1}	ɕa^{1}
怕	不	太	相	差

怕不太般配。

5-175

才	**碰**	**友**	**元**	**家**
Nda	bungz	youx	ien	gya
da^{1}	puŋ^{2}	ju^{4}	ju:n^{1}	kja^{1}
刚	逢	友	冤	家

才遇上好友，

5-176

阳	**外**	**山**	**具**	**了**
Ndit	vaij	bya	bae	liux
dit^{7}	va:i^{3}	pja^{1}	pai^{1}	li:u^{4}
阳光	过	山	去	完

太阳已落山。

女唱

5-177

友 而 不 讲 满

Youx lawz mbouj gangj monh

ju^{4} laɯ^{2} bou^{5} kaːŋ^{3} moːn^{6}

友 哪 不 讲 情

友若不谈情，

5-178

听 鸟 炕 很 那

Dingq roeg enq haenz naz

tiŋ^{5} ɹok^{8} eːn^{5} han^{2} na^{2}

听 鸟 燕 边 田

看田边飞燕。

5-179

外 山 是 外 山

Vaij bya cix vaij bya

vaːi^{3} pja^{1} ɕi^{4} vaːi^{3} pja^{1}

过 山 就 过 山

太阳已下山，

5-180

元 家 偻 可 在

Ien gya raeuz goj ywq

juːn^{1} kja^{1} ɹau^{2} ko^{5} jɯ^{5}

冤 家 我们 也 在

同龄友尚在。

男唱

5-181

友 而 不 讲 满

Youx lawz mbouj gangj monh

ju^{4} laɯ^{2} bou^{5} kaːŋ^{3} moːn^{6}

友 哪 不 讲 情

友若不谈情，

5-182

听 鸟 炕 认 罗

Dingq roeg enq nyinh loh

tiŋ^{5} ɹok^{8} eːn^{5} ɲin^{6} lo^{6}

听 鸟 燕 记得 路

看飞燕识途。

5-183

满 的 巴 跟 合

Monh diq bak riengz hoz

moːn^{6} ti^{5} paːk^{7} ɹiːŋ^{2} ho^{2}

情 点 嘴 跟 脖

谈情来消遣，

5-184

元 可 写 给 伕

Yuenz goj ce hawj fwx

juːn^{2} ko^{5} ɕe^{1} həɯ^{3} fə^{4}

缘 可 留 给 别人

咱有缘无分。

女唱

5-185

友 而 不 讲 满

Youx lawz mbouj gangj monh

ju^{4} laɯ^{2} bou^{5} kaːŋ^{3} moːn^{6}

友 哪 不 讲 情

友若不谈情，

5-186

听 鸟 炕 很 那

Dingq roeg enq haenz naz

tiŋ^{5} ɹok^{8} eːn^{5} han^{2} na^{2}

听 鸟 燕 边 田

看田边飞燕。

5-187

骨 跟 南 同 华

Ndok riengz namh doengh vaz

dok^{7} ɹiːŋ^{2} naːn^{6} toŋ^{2} va^{2}

骨 跟 土 相 混

死后化为泥，

5-188

出 而 马 讲 满

Ok lawz ma gangj monh

oːk^{7} laɯ^{2} ma^{1} kaːŋ^{3} moːn^{6}

出 哪 来 讲 情

还谈什么情？

男唱

5-189

友 而 不 造 秀

Youx lawz mbouj caux ciuh

ju^{4} laɯ^{2} bou^{5} ɕaːu^{4} ɕiːu^{6}

友 哪 不 造 世

友若不成家，

5-190

听 鸟 炕 更 桥

Dingq roeg enq gwnz giuz

tiŋ^{5} ɹok^{8} eːn^{5} kɯn^{2} kiːu^{2}

听 鸟 燕 上 桥

看桥上飞燕。

5-191

友 而 不 讲 笑

Youx lawz mbouj gangj riu

ju^{4} laɯ^{2} bou^{5} kaːŋ^{3} ɹiːu^{1}

友 哪 不 讲 笑

友若不寻欢，

5-192

听 鸟 九 江 巴

Dingq roeg geuq gyang baq

tiŋ^{5} ɹok^{8} kjeːu^{5} kjaːŋ^{1} pa^{5}

听 鸟 画眉 中 坡

看坡上画眉。

女唱

5-193

土	**波**	**不**	**造**	**秀**
Dou	boj	mbouj	caux	ciuh
tu^{1}	po^{3}	bou^{5}	ɕaːu^{4}	ɕiːu^{6}
我	吹牛	不	造	世

我偏不成家，

5-194

牙	**刘**	**友**	**巴**	**丢**
Yaek	liuz	youx	bak	diu
jak^{7}	liːu^{2}	ju^{4}	paːk^{7}	tiːu^{1}
欲	看	友	嘴	刁

你油嘴滑舌。

5-195

土	**波**	**不**	**讲**	**笑**
Dou	boj	mbouj	gangj	riu
tu^{1}	po^{3}	bou^{5}	kaːŋ^{3}	ɹiːu^{1}
我	吹牛	不	讲	笑

我就不寻欢，

5-196

听	**鸟**	**九**	**讲**	**理**
Dingq	roeg	geuq	gangj	leix
tiŋ^{5}	ɹok^{8}	kjeːu^{5}	kaːŋ^{3}	li^{4}
听	鸟	画眉	讲	理

听画眉讲理。

男唱

5-197

友	**而**	**不**	**造**	**秀**
Youx	lawz	mbouj	caux	ciuh
ju^{4}	lauɯ^{2}	bou^{5}	ɕaːu^{4}	ɕiːu^{6}
友	哪	不	造	世

友若不成家，

5-198

听	**土**	**九**	**邦**	**山**
Dingq	duz	geuq	bangx	bya
tiŋ^{5}	tu^{2}	kjeːu^{5}	paːŋ^{4}	pja^{1}
听	只	画眉	旁	山

看山上画眉。

5-199

友	**而**	**不**	**造**	**家**
Youx	lawz	mbouj	caux	gya
ju^{4}	lauɯ^{2}	bou^{5}	ɕaːu^{4}	kja^{1}
友	哪	不	造	家

友若不成家，

5-200

听	**润**	**吹**	**尾**	**会**
Dingq	rumz	ci	byai	faex
tiŋ^{5}	ɹun^{2}	ɕi^{1}	pjaːi^{1}	fai^{4}
听	风	吹	尾	树

听风吹树梢。

女唱

5-201

牙 叫 土 造 秀

Yaek heuh dou caux ciuh

jak^{7} heːu^{6} tu^{1} ɕaːu^{4} ɕiːu^{6}

要 叫 我 造 世

若要我成家，

5-202

是 加 友 同 哈

Cix caj youx doengz ha

ɕi^{4} kja^{3} ju^{4} toŋ^{2} ha^{1}

就 等 友 同 配

须等有缘人。

5-203

牙 叫 土 造 家

Yaek heuh dou caux gya

jak^{7} heːu^{6} tu^{1} ɕaːu^{4} kja^{1}

要 叫 我 造 家

若要我成家，

5-204

是 年 花 对 生

Cix nem va doiq saemq

ɕi^{4} neːm^{1} va^{1} toːi^{5} θan^{5}

就 贴 花 对 庚

要找同龄友。

男唱

5-205

友 而 不 造 家

Youx lawz mbouj caux gya

ju^{4} lauɯ^{2} bou^{5} ɕaːu^{4} kja^{1}

友 哪 不 造 家

友不想成家，

5-206

貝 听 九 邦 山

Bae dingq yiuh bangx bya

pai^{1} tiŋ^{5} jiːu^{6} paːŋ^{4} pja^{1}

去 听 鹞 旁 山

看山边鹞鹰。

5-207

友 而 不 造 家

Youx lawz mbouj caux gya

ju^{4} lauɯ^{2} bou^{5} ɕaːu^{4} kja^{1}

友 哪 不 造 家

友若不成家，

5-208

听 鸟 鸦 尾 会

Dingq roeg a byai faex

tiŋ^{5} ɹok^{8} a^{1} pjaːi^{1} fai^{4}

听 鸟 鸦 尾 树

看树梢乌鸦。

女唱

5-209

土	**波**	**不**	**造**	**秀**
Dou	boj	mbouj	caux	ciuh
tu^{1}	po^{3}	bou^{5}	ɕaːu^{4}	ɕiːu^{6}
我	吹牛	不	造	世

我就不成家，

5-210

在	**古**	**九**	**跟**	**鸦**
Ywq	guh	yiuh	riengz	a
jɯ^{5}	ku^{4}	jiːu^{6}	ɹiːŋ^{2}	a^{1}
住	做	鹞	跟	鸦

像鹞鹰乌鸦。

5-211

土	**波**	**不**	**造**	**家**
Dou	boj	mbouj	caux	gya
tu^{1}	po^{3}	bou^{5}	ɕaːu^{4}	kja^{1}
我	吹牛	不	造	家

我就不成家，

5-212

在	**古**	**鸦**	**赔**	**三**
Ywq	guh	a	boiq	sanq
jɯ^{5}	ku^{4}	a^{1}	poːi^{5}	θaːn^{5}
在	做	鸦	险	散

像离群乌鸦。

男唱

5-213

友	**而**	**不**	**造**	**秀**
Youx	lawz	mbouj	caux	ciuh
ju^{4}	laɯ^{2}	bou^{5}	ɕaːu^{4}	ɕiːu^{6}
友	哪	不	造	世

友若不成家，

5-214

听	**土**	**九**	**邦**	**山**
Dingq	duz	yiuh	bangx	bya
tiŋ^{5}	tu^{2}	jiːu^{6}	paːŋ^{4}	pja^{1}
听	只	鹞	旁	山

看山边鹞鹰。

5-215

土	**早**	**利**	**造**	**家**
Duz	romh	lij	caux	gya
tu^{2}	ɹoːn^{6}	li^{4}	ɕaːu^{4}	kja^{1}
只	鹰	还	造	家

老鹰还造窝，

5-216

么	**少**	**不**	**造**	**秀**
Maz	sau	mbouj	caux	ciuh
ma^{2}	θaːu^{1}	bou^{5}	ɕaːu^{4}	ɕiːu^{6}
何	姑娘	不	造	世

妹怎不成家？

女唱

5–217

土	**波**	**不**	**造**	**秀**
Dou	boj	mbouj	caux	ciuh
tu^{1}	po^{3}	bou^{5}	ɕa:u^{4}	ɕi:u^{6}
我	吹牛	不	造	世

我就不成家，

5–218

在	**古**	**九**	**跟**	**鸦**
Ywq	guh	yiuh	riengz	a
jɯ^{5}	ku^{4}	ji:u^{6}	ɹi:ŋ^{2}	a^{1}
在	做	鹞	跟	鸦

像鹞鹰乌鸦。

5–219

土	**波**	**不**	**造**	**家**
Dou	boj	mbouj	caux	gya
tu^{1}	po^{3}	bou^{5}	ɕa:u^{4}	kja^{1}
我	吹牛	不	造	家

我就不成家，

5–220

牙	**年**	**龙**	**唱**	**歌**
Yaek	nem	lungz	cang	go
jak^{7}	ne:m^{1}	luŋ^{2}	ɕa:ŋ^{4}	ko^{5}
要	贴	龙	唱	歌

要和兄唱歌。

男唱

5–221

你	**农**	**空**	**造**	**家**
Mwngz	nuengx	ndwi	caux	gya
mɯŋ^{2}	nu:ŋ^{4}	du:i^{1}	ɕa:u^{4}	kja^{1}
你	妹	不	造	家

妹你不成家，

5–222

狼	**办**	**鸦**	**跟**	**九**
Langh	baenz	a	riengz	yiuh
la:ŋ^{6}	pan^{2}	a^{1}	ɹi:ŋ^{2}	ji:u^{6}
若	成	鸦	跟	鹞

如乌鸦鹞鹰。

5–223

你	**农**	**空**	**造**	**秀**
Mwngz	nuengx	ndwi	caux	ciuh
mɯŋ^{2}	nu:ŋ^{4}	du:i^{1}	ɕa:u^{4}	ɕi:u^{6}
你	妹	不	造	世

妹你不成家，

5–224

却	**可**	**了**	**定**	**手**
Cog	goj	liux	din	fwngz
ɕo:k^{8}	ko^{5}	li:u^{4}	tin^{1}	fɯŋ^{2}
将来	可	完	脚	手

枉度这一生。

女唱

5-225

土	**波**	**不**	**造**	**家**
Dou	boj	mbouj	caux	gya
tu¹	po³	bou⁵	ɕaːu⁴	kja¹
我	吹牛	不	造	家

我就不成家，

5-226

在	**古**	**鸦**	**跟**	**九**
Ywq	guh	a	riengz	yiuh
jɯ⁵	ku⁴	a¹	ɹiːŋ²	jiːu⁶
在	做	鸦	跟	鹞

如乌鸦鹞鹰。

5-227

土	**波**	**不**	**造**	**秀**
Dou	boj	mbouj	caux	ciuh
tu¹	po³	bou⁵	ɕaːu⁴	ɕiːu⁶
我	吹牛	不	造	世

我就不成家，

5-228

同	**刘**	**观**	**备**	**银**
Doengz	liuh	gonq	beix	ngaenz
toŋ²	liːu⁶	koːn⁵	pi⁴	ŋan²
同	游	先	兄	银

先同兄游玩。

男唱

5-229

你	**农**	**空**	**造**	**家**
Mwngz	nuengx	ndwi	caux	gya
mɯŋ²	nuːŋ⁴	duːi¹	ɕaːu⁴	kja¹
你	妹	不	造	家

妹你不成家，

5-230

狼	**办**	**鸦**	**跟**	**九**
Langh	baenz	a	riengz	yiuh
laːŋ⁶	pan²	a¹	ɹiːŋ²	jiːu⁶
若	成	鸦	跟	鹞

像乌鸦鹞鹰。

5-231

你	**好**	**土**	**同**	**刘**
Mwngz	ndij	dou	doengz	liuh
mɯŋ²	di¹	tu¹	toŋ²	liːu⁶
你	与	我	同	游

你和我游玩，

5-232

却	**老**	**秀**	**你**	**贝**
Cog	lauq	ciuh	mwngz	bae
ɕoːk⁸	laːu⁵	ɕiːu⁶	mɯŋ²	pai¹
将来	误	世	你	去

怕误你一生。

女唱

5-233

岁	补	不	造	家
Caez	boj	mbouj	caux	gya
çai^{2}	po^{3}	bou^{5}	ça:u^{4}	kja^{1}
齐	吹牛	不	造	家

咱们不成家，

5-234

岁	古	鸦	跟	九
Caez	guh	a	riengz	yiuh
çai^{2}	ku^{4}	a^{1}	ɹi:ŋ^{2}	ji:u^{6}
齐	做	鸦	跟	鹞

做乌鸦鹞鹰。

5-235

少	跟	包	同	刘
Sau	riengz	mbauq	doengz	liuh
θa:u^{1}	ɹi:ŋ^{2}	ba:u^{5}	toŋ^{2}	li:u^{6}
姑娘	跟	小伙	同	游

妹和哥玩耍，

5-236

又	老	秀	开	么
Youh	lauq	ciuh	gij	maz
jou^{4}	la:u^{5}	çi:u^{6}	ka:i^{2}	ma^{2}
又	误	世	什	么

算什么耽误？

男唱

5-237

好	不	外	绸	团
Ndei	mbouj	vaij	couz	duenh
dei^{1}	bou^{5}	va:i^{3}	çu^{2}	tu:n^{6}
好	不	过	绸	缎

好不过绸缎，

5-238

满	不	外	支	绸
Monh	mbouj	vaij	sei	couz
mo:n^{6}	bou^{5}	va:i^{3}	θi^{1}	çu^{2}
情	不	过	丝	绸

美不如丝绸。

5-239

八	列	勒	方	卢
Bah	leh	lwg	fueng	louz
pa^{6}	le^{2}	lɯk^{8}	fu:ŋ^{1}	lu^{2}
唉	唷	子	风	流

哎呀风流人，

5-240

可	开	正	来	满
Goj	hai	cingz	lai	monh
ko^{5}	ha:i^{1}	çiŋ^{2}	la:i^{1}	mo:n^{6}
可	开	情	多	谈情

愿破费谈情。

女唱

5-241

好	**不**	**外**	**绸**	**团**
Ndei	mbouj	vaij	couz	duenh
dei^{1}	bou^{5}	vaːi^{3}	ɕu^{2}	tuːn^{6}
好	不	过	绸	缎

好不过绸缎，

5-242

满	**不**	**外**	**绸**	**支**
Monh	mbouj	vaij	couz	sei
moːn^{6}	bou^{5}	vaːi^{3}	ɕu^{2}	θi^{1}
情	不	过	绸	丝

美不如丝绸。

5-243

东	**不**	**外**	**龙**	**飞**
Ndongq	mbouj	vaij	luengz	feiz
doːŋ^{5}	bou^{5}	vaːi^{3}	luːŋ^{2}	fi^{2}
明亮	不	过	铜	火

不如红铜亮，

5-244

好	**不**	**外**	**少**	**包**
Ndei	mbouj	vaij	sau	mbauq
dei^{1}	bou^{5}	vaːi^{3}	θaːu^{1}	baːu^{5}
好	不	过	姑娘	小伙

不如恋人好。

男唱

5-245

好	**不**	**外**	**绸**	**团**
Ndei	mbouj	vaij	couz	duenh
dei^{1}	bou^{5}	vaːi^{3}	ɕu^{2}	tuːn^{6}
好	不	过	绸	缎

好不过绸缎，

5-246

满	**不**	**外**	**绸**	**支**
monh	mbouj	vaij	couz	sei
moːn^{6}	bou^{5}	vaːi^{3}	ɕu^{2}	θi^{1}
情	不	过	绸	丝

美不如丝绸。

5-247

伕	**九**	**好**	**九**	**好**
Fwx	riuz	ndei	riuz	ndei
fə^{4}	ɹiːu^{2}	dei^{1}	ɹiːu^{2}	dei^{1}
别人	传	好	传	好

大家都说好，

5-248

不	**貝**	**吉**	**而**	**对**
Mbouj	bae	giz	lawz	doiq
bou^{5}	pai^{1}	ki^{2}	lauː^{2}	toːi^{5}
不	去	处	哪	对

无处去查证。

女唱

5-249

佚	**九**	**好**	**九**	**好**
Fwx	riuz	ndei	riuz	ndei
fə^{4}	ɹiːu^{2}	dei^{1}	ɹiːu^{2}	dei^{1}
别人	传	好	传	好

大家都说好，

5-250

又	**好**	**开**	**么**	**由**
Youh	ndei	gij	maz	raeuh
jou^{4}	dei^{1}	kaːi^{2}	ma^{2}	ɹau^{6}
又	好	什	么	多

哪有那么好？

5-251

南	**砂**	**绞**	**南**	**头**
Namh	req	gyaux	namh	daeuh
naːn^{6}	ɹe^{5}	kjaːu^{4}	naːn^{6}	tau^{6}
土	沙	混和	土	灰

沙土混灰土，

5-252

不	**可**	**后**	**邦**	**偻**
Mbouj	goj	haeuj	biengz	raeuz
bou^{5}	ko^{5}	hau^{3}	piːŋ^{2}	ɹau^{2}
不	可	进	地方	我们

配不上咱们。

男唱

5-253

佚	**九**	**好**	**九**	**好**
Fwx	riuz	ndei	riuz	ndei
fə^{4}	ɹiːu^{2}	dei^{1}	ɹiːu^{2}	dei^{1}
别人	传	好	传	好

大家都说好，

5-254

强	**美**	**支**	**尾**	**朝**
Giengz	mae	sei	byai	saux
kiːŋ^{2}	mai^{1}	θi^{1}	pjaːi^{1}	θaːu^{4}
像	纱	丝	尾	竿

如竿上丝绸。

5-255

苗	**拜**	**浪**	**凉**	**孝**
Miuq	baih	laeng	liengz	yauj
miːu^{5}	paːi^{6}	laŋ^{1}	liːŋ^{2}	jaːu^{3}
瞄	边	后	凉	飕飕

望背后寒凉，

5-256

贵	**农**	**罗**	**土**	**空**
Gwiz	nuengx	lox	dou	ndwi
kɯi^{2}	nuːŋ^{4}	lo^{4}	tu^{1}	duːi^{1}
丈夫	妹	骗	我	空

你夫诓骗我。

女唱

5-257

好 不 外 绸 支

Ndei mbouj vaij couz sei

dei^{1} bou^{5} va:i^{3} çu^{2} θi^{1}

好 不 过 绸 丝

好不过丝绸，

5-258

美 不 外 支 岁

Meij mbouj vaij sei saeq

mei^{3} bou^{5} va:i^{3} θi^{1} θai^{5}

美 不 过 丝 小

美不如丝线。

5-259

才 不 外 叶 会

Yaiq mbouj vaij mbaw faex

ja:i^{5} bou^{5} va:i^{3} baɯ^{1} fai^{4}

青 不 过 叶 树

不如树叶青，

5-260

美 不 外 双 偻

Maez mbouj vaij song raeuz

mai^{2} bou^{5} va:i^{3} θo:ŋ^{1} ɹau^{2}

爱 不 过 两 我们

不如咱情深。

男唱

5-261

好 不 外 绸 团

Ndei mbouj vaij couz duenh

dei^{1} bou^{5} va:i^{3} çu^{2} tu:n^{6}

好 不 过 绸 缎

好不过绸缎，

5-262

满 不 外 绸 好

Monh mbouj vaij couz ndei

mo:n^{6} bou^{5} va:i^{3} çu^{2} dei^{1}

情 不 过 绸 好

美不如丝绸。

5-263

色 不 外 花 桃

Saek mbouj vaij va dauz

θak^{7} bou^{5} va:i^{3} va^{1} ta:u^{2}

色 不 过 花 桃

不如桃花红，

5-264

好 不 外 美 歪

Hau mbouj vaij mae faiq

ha:u^{1} bou^{5} va:i^{3} mai^{1} va:i^{5}

白 不 过 纱 棉

不如棉纱白。

女唱

5-265

好	**不**	**外**	**绸**	**团**
Ndei	mbouj	vaij	couz	duenh
dei^{1}	bou^{5}	vaːi^{3}	ɕu^{2}	tuːn^{6}
好	不	过	绸	缎

不如绸缎好，

5-266

满	**不**	**外**	**双**	**偻**
Monh	mbouj	vaij	song	raeuz
moːn^{6}	bou^{5}	vaːi^{3}	θoːŋ^{1}	ɹau^{2}
情	不	过	两	我们

不如咱情深。

5-267

伕	**牙**	**说**	**是**	**说**
Fwx	yaek	naeuz	cix	naeuz
fə^{4}	jak^{7}	nau^{2}	ɕi^{4}	nau^{2}
别人	欲	说	就	说

无论怎么说，

5-268

正	**双**	**偻**	**来**	**重**
Cingz	song	raeuz	lai	naek
ɕiŋ^{2}	θoːŋ^{1}	ɹau^{2}	laːi^{1}	nak^{7}
情	两	我们	多	重

我俩情最深。

男唱

5-269

好	**不**	**外**	**绸**	**团**
Ndei	mbouj	vaij	couz	duenh
dei^{1}	bou^{5}	vaːi^{3}	ɕu^{2}	tuːn^{6}
好	不	过	绸	缎

不如绸缎好，

5-270

满	**不**	**外**	**双**	**偻**
Monh	mbouj	vaij	song	raeuz
moːn^{6}	bou^{5}	vaːi^{3}	θoːŋ^{1}	ɹau^{2}
情	不	过	两	我们

不如咱情深。

5-271

伕	**会**	**六**	**更**	**楼**
Fwx	hoij	rok	gwnz	laeuz
fə^{4}	hoːi^{3}	ɹoːk^{7}	kɯn^{2}	lau^{2}
别人	挂	梭	上	楼

楼上人纺织，

5-272

应	**么**	**少**	**不**	**知**
Yinh	maz	sau	mbouj	rox
iŋ^{1}	ma^{2}	θaːu^{1}	bou^{5}	ɹo^{4}
因	何	姑娘	不	知

妹怎不知道？

女唱

5–273

貝	**河**	**買**	**美**	**支**
Bae	haw	cawx	mae	sei
pai^{1}	həɯ^{1}	ɕəɯ^{4}	mai^{1}	θi^{1}
去	圩	买	线	丝

上街买丝线，

5–274

结	**勾**	**作**	**大**	**罗**
Giet	ngaeu	coq	daih	loh
kiːt^{7}	ŋau^{1}	ɕo^{5}	taːi^{6}	lo^{6}
结	钩	放	大	路

结索放道路。

5–275

知	**古**	**而**	**不**	**知**
Rox	guh	rawz	mbouj	rox
ɹo^{4}	ku^{4}	ɹaɯ^{2}	bou^{5}	ɹo^{4}
知	做	哪	不	知

怎可能不会，

5–276

农	**不**	**爱**	**吨**	**布**
Nuengx	mbouj	ngaiq	daemj	baengz
nuːŋ^{4}	bou^{5}	ŋaːi^{5}	tan^{3}	paŋ^{2}
妹	不	爱	织	布

我不爱织布。

男唱

5–277

会	**六**	**作**	**更**	**楼**
Hoij	rok	coq	gwnz	laeuz
hoːi^{3}	ɹoːk^{7}	ɕo^{5}	kɯn^{2}	lau^{2}
挂	梭	放	上	楼

在楼上纺织，

5–278

要	**美**	**支**	**马**	**绞**
Aeu	mae	sei	ma	heux
au^{1}	mai^{1}	θi^{1}	ma^{1}	heːu^{4}
要	线	丝	来	绕

用丝线来纺。

5–279

会	**六**	**是**	**尝**	**了**
Hoij	rok	cix	caengz	liux
hoːi^{3}	ɹoːk^{7}	ɕi^{4}	ɕaŋ^{2}	liːu^{4}
挂	梭	是	未	完

未曾纺织完，

5–280

伏	**先**	**叫**	**特**	**貝**
Fwx	senq	heuh	dawz	bae
fə^{4}	θeːn^{5}	heːu^{6}	təɯ^{2}	pai^{1}
别人	早	叫	拿	去

别人催着要。

女唱

5–281

会	**六**	**作**	**更**	**楼**
Hoij	rok	coq	gwnz	laeuz
hoːi^{3}	ɹoːk^{7}	ɕo^{5}	kɯn^{2}	lau^{2}
挂	**梭**	**放**	**上**	**楼**

在楼上纺织，

5–282

要	**美**	**支**	**马**	**绞**
Aeu	mae	sei	ma	heux
au^{1}	mai^{1}	θi^{1}	ma^{1}	heːu^{4}
要	**线**	**丝**	**来**	**绕**

用丝线来纺。

5–283

会	**六**	**是**	**尝**	**了**
Hoij	rok	cix	caengz	liux
hoːi^{3}	ɹoːk^{7}	ɕi^{4}	ɕaŋ^{2}	liːu^{4}
挂	**梭**	**是**	**未**	**完**

未曾纺织完，

5–284

伕	**先**	**叫**	**要**	**布**
Fwx	senq	heuh	aeu	baengz
fə^{4}	θeːn^{5}	heːu^{6}	au^{1}	paŋ^{2}
别人	**早**	**叫**	**要**	**布**

人催着取布。

男唱

5–285

会	**六**	**作**	**更**	**楼**
Hoij	rok	coq	gwnz	laeuz
hoːi^{3}	ɹoːk^{7}	ɕo^{5}	kɯn^{2}	lau^{2}
挂	**梭**	**放**	**上**	**楼**

在楼上纺织，

5–286

貝	**而**	**要**	**美**	**歪**
Bae	lawz	aeu	mae	faiq
pai^{1}	lauɯ^{2}	au^{1}	mai^{1}	vaːi^{5}
去	**哪**	**要**	**纱**	**棉**

去哪要棉纱？

5–287

讲	**克**	**又**	**讲**	**来**
Gangj	gwz	youh	gangj	laiz
kaːŋ^{3}	kə^{4}	jou^{4}	kaːŋ^{3}	laːi^{2}
讲	**去**	**又**	**讲**	**来**

说来又说去，

5–288

老	**不**	**太**	**办**	**布**
Lau	mbouj	daih	baenz	baengz
laːu^{1}	bou^{5}	taːi^{6}	pan^{2}	paŋ^{2}
怕	**不**	**太**	**成**	**布**

怕织不成布。

女唱

5-289

会	**六**	**作**	**更**	**楼**
Hoij	rok	coq	gwnz	laeuz
ho:i^{3}	ɹo:k^{7}	ɕo^{5}	kɯn^{2}	lau^{2}
挂	**梭**	**放**	**上**	**楼**

在楼上纺织，

5-290

貝	**而**	**要**	**美**	**歪**
Bae	lawz	aeu	mae	faiq
pai^{1}	laɯ^{2}	au^{1}	mai^{1}	va:i^{5}
去	**哪**	**要**	**纱**	**棉**

去哪要棉纱？

5-291

管	**重**	**心**	**大**	**才**
Guenj	naek	sim	daih	raix
ku:n^{3}	nak^{7}	θin^{1}	ta:i^{6}	ɹa:i^{4}
管	**重**	**心**	**实**	**在**

只管用心纺，

5-292

明	**歪**	**可**	**办**	**布**
Cog	faiq	goj	baenz	baengz
ɕo:k^{8}	va:i^{5}	ko^{5}	pan^{2}	paŋ^{2}
将来	**棉**	**可**	**成**	**布**

棉花会成布。

男唱

5-293

会	**六**	**作**	**更**	**楼**
Hoij	rok	coq	gwnz	laeuz
ho:i^{3}	ɹo:k^{7}	ɕo^{5}	kɯn^{2}	lau^{2}
挂	**梭**	**放**	**上**	**楼**

在楼上纺织，

5-294

貝	**而**	**要**	**洋**	**沙**
Bae	lawz	aeu	yangz	sa
pai^{1}	laɯ^{2}	au^{2}	ja:ŋ^{2}	θa^{1}
去	**哪**	**要**	**洋**	**纱**

去哪要洋纱？

5-295

美	**支**	**刀**	**办**	**加**
Mae	sei	dauq	baenz	gyaq
mai^{1}	θi^{1}	ta:u^{5}	pan^{2}	kja^{5}
线	**丝**	**倒**	**成**	**价**

丝线价格高，

5-296

洋	**沙**	**刀**	**皮**	**义**
Yangz	sa	dauq	bienz	ngeih
ja:ŋ^{2}	θa^{1}	ta:u^{5}	pi:n^{2}	ȵi^{2}
洋	**纱**	**倒**	**便**	**宜**

洋纱倒便宜。

女唱

5–297

会 六 作 更 楼

Hoij rok coq gwnz laeuz

hoːi^{3} ɹoːk^{7} ɕo^{5} kɯn^{2} lau^{2}

挂 梭 放 上 楼

在楼上纺织，

5–298

貝 而 要 洋 沙

Bae lawz aeu yangz sa

pai^{1} lauɯ^{2} au^{1} jaːŋ^{2} θa^{1}

去 哪 要 洋 纱

去哪要洋纱？

5–299

美 支 刀 很 加

Mae sei dauq hwnj gyaq

mai^{1} θi^{1} taːu^{5} hɯn^{3} kja^{5}

线 丝 倒 起 价

丝线涨了价，

5–300

洋 沙 刀 办 钱

Yangz sa dauq baenz cienz

jaːŋ^{2} θa^{1} taːu^{5} pan^{2} ɕiːn^{2}

洋 纱 倒 成 钱

洋纱倒值钱。

男唱

5–301

会 六 作 更 楼

Hoij rok coq gwnz laeuz

hoːi^{3} ɹoːk^{7} ɕo^{5} kɯn^{2} lau^{2}

挂 梭 放 上 楼

在楼上纺织，

5–302

貝 而 要 皮 机①

Bae lawz aeu biz giq

pai^{1} lauɯ^{2} au^{1} pi^{4} ki^{5}

去 哪 要 哔 叽

哪里有哔叽？

5–303

会 六 作 拉 累

Hoij rok coq laj lae

hoːi^{3} ɹoːk^{7} ɕo^{5} la^{3} lai^{1}

挂 梭 放 下 梯

在梯下纺织，

5–304

伕 作 四 尝 银

Fwx coq seiq cangz ngaenz

fə^{4} ɕo^{5} θei^{5} ɕaːŋ^{2} ŋan^{2}

人 放 四 两 银

人给四两银。

① 皮机[pi^{4} ki^{5}]：哔叽。用羊毛来织的一种布料。

女唱

5-305

会	**六**	**作**	**更**	**楼**
Hoij	rok	coq	gwnz	laeuz
ho:i^3	ɹo:k^7	ɕo^5	kɯn^2	lau^2
挂	梭	放	上	楼

在楼上纺织，

5-306

貝	**而**	**要**	**皮**	**机**
Bae	lawz	aeu	biz	giq
pai^1	laɯ^2	au^1	pi^2	ki^5
去	哪	要	哔	叽

哪里有哔叽？

5-307

会	**六**	**作**	**拉**	**累**
Hoij	rok	coq	laj	lae
ho:i^3	ɹo:k^7	ɕo^5	la^3	lai^1
挂	纺	放	下	梯

在梯下纺织，

5-308

占	**色**	**作**	**广**	**西**
Canh	saek	coq	gvangj	sih
ɕa:n^6	θak^7	ɕo^5	kwa:ŋ^3	θei^1
赚	色	放	广	西

闻名全广西。

男唱

5-309

会	**六**	**作**	**更**	**楼**
Hoij	rok	coq	gwnz	laeuz
ho:i^3	ɹo:k^7	ɕo^5	kɯn^2	lau^2
挂	梭	放	上	楼

在楼上纺织，

5-310

貝	**而**	**要**	**绸**	**团**
Bae	lawz	aeu	couz	duenh
pai^1	laɯ^1	au^1	ɕu^2	tu:n^6
去	哪	要	绸	缎

哪里有绸缎？

5-311

会	**六**	**作**	**庆**	**远**
Hoij	rok	coq	ging	yenj
ho:i^3	ɹo:k^7	ɕo^5	kiŋ^3	ju:n^6
挂	梭	放	庆	远

在庆远纺织，

5-312

农	**秋**	**满**	**知**	**空**
Nuengx	ciuq	monh	rox	ndwi
nu:ŋ^4	ɕi:u^5	mo:n^6	ɹo^4	du:i^1
妹	看	谈情	或	不

够情意不够？

女唱

5-313

会	六	作	更	楼
Hoij	rok	coq	gwnz	laeuz
hoːi^{3}	ɹoːk^{7}	ɕo^{5}	kɯn^{2}	lau^{2}
挂	梭	放	上	楼

在楼上纺织，

5-314

貝	而	要	绸	团
Bae	lawz	aeu	couz	duenh
pai^{1}	laɯ^{2}	au^{1}	ɕu^{2}	tuːn^{6}
去	哪	要	绸	缎

哪里有绸缎？

5-315

会	六	作	庆	远
Hoij	rok	coq	ging	yenj
hoːi^{3}	ɹoːk^{7}	ɕo^{5}	kiŋ^{3}	juːn^{6}
挂	梭	放	庆	远

在庆远纺织，

5-316

好	满	又	好	美
Ndei	monh	youh	ndei	maez
dei^{1}	moːn^{6}	jou^{4}	dei^{1}	mai^{2}
好	谈情	又	好	说爱

好尽意谈情。

男唱

5-317

会	六	作	更	楼
Hoij	rok	coq	gwnz	laeuz
hoːi^{3}	ɹoːk^{7}	ɕo^{5}	kɯn^{2}	lau^{2}
挂	梭	放	上	楼

在楼上纺织，

5-318

貝	而	要	布	补
Bae	lawz	aeu	baengz	bouq
pai^{1}	laɯ^{2}	au^{1}	paŋ^{2}	pu^{5}
去	哪	要	布	铺

哪里有市布？

5-319

兰	本	钱	了	友
Lanh	bonj	cienz	liux	youx
laːn^{6}	poːn^{3}	ɕiːn^{2}	liːu^{4}	ju^{4}
烂	本	钱	啰	友

好友丢本钱，

5-320

一	罗	吨	布	河
Yiz	loh	daemj	baengz	haw
i^{2}	lo^{6}	tan^{3}	paŋ^{2}	həɯ^{1}
一	路	织	布	圩

一同织市布。

女唱

5-321

乜	**你**	**知**	**会**	**六**
Meh	mwngz	rox	hoij	rok
me^{6}	mɯŋ^{2}	ɹo^{4}	ho:i^{3}	ɹo:k^{7}
母	你	会	挂	梭

你母会挂梭，

5-322

长	**刘**	**能**	**从**	**尚**
Ciengz	liuz	naengh	congz	sang
ɕi:ŋ^{2}	li:u^{2}	naŋ^{6}	ɕo:ŋ^{2}	θa:ŋ^{1}
常	常	坐	桌	高

时常坐高凳。

5-323

乜	**你**	**知**	**吨**	**布**
Meh	mwngz	rox	daemj	baengz
me^{6}	mɯŋ^{2}	ɹo^{4}	tan^{3}	paŋ^{2}
母	你	会	织	布

你母会织布，

5-324

能	**从**	**尚**	**当**	**客**
Naengh	congz	sang	dang	hek
naŋ^{6}	ɕo:ŋ^{2}	θa:ŋ^{1}	ta:ŋ^{1}	he:k^{7}
坐	桌	高	当	客

坐高凳待客。

男唱

5-325

乜	**土**	**知**	**会**	**六**
Meh	dou	rox	hoij	rok
me^{6}	tu^{1}	ɹo^{4}	ho:i^{3}	ɹo:k^{7}
母	我	会	挂	梭

我母会挂梭，

5-326

牙	**空**	**能**	**从**	**尚**
Yax	ndwi	naengh	congz	sang
ja^{5}	du:i^{1}	naŋ^{6}	ɕo:ŋ^{2}	θa:ŋ^{1}
也	不	坐	桌	高

也不坐高凳。

5-327

乜	**土**	**知**	**吨**	**布**
Meh	dou	rox	daemj	baengz
me^{6}	tu^{1}	ɹo^{4}	tan^{3}	paŋ^{2}
母	我	会	织	布

我母会织布，

5-328

能	**从**	**尚**	**不**	**得**
Naengh	congz	sang	mbouj	ndaej
naŋ^{6}	ɕo:ŋ^{2}	θa:ŋ^{1}	bou^{5}	dai^{3}
坐	桌	高	不	得

高凳坐不了。

女唱

5-329

乜	你	知	会	六
Meh	mwngz	rox	hoij	rok
me^{6}	mɯŋ^{2}	ɹo^{4}	hoːi^{3}	ɹoːk^{7}
母	你	会	挂	梭

你母会挂梭，

5-330

长	刘	能	从	尚
Ciengz	liuz	naengh	congz	sang
ɕiːŋ^{2}	liːu^{2}	naŋ^{6}	ɕoːŋ^{2}	θaːŋ^{1}
常	常	坐	桌	高

时常坐高凳。

5-331

乜	你	知	吨	布
Meh	mwngz	rox	daemj	baengz
me^{6}	mɯŋ^{2}	ɹo^{4}	tan^{3}	paŋ^{2}
母	你	会	织	布

你母会织布，

5-332

能	从	尚	裁	布
Naengh	congz	sang	caiz	buh
naŋ^{6}	ɕoːŋ^{2}	θaːŋ^{1}	ɕaːi^{2}	pu^{6}
坐	桌	高	裁	衣服

坐高凳裁衣。

女唱

5-333

乜	你	知	会	六
Meh	mwngz	rox	hoij	rok
me^{6}	mɯŋ^{2}	ɹo^{4}	hoːi^{3}	ɹoːk^{7}
母	你	会	挂	梭

你母会挂梭，

5-334

牙	空	能	从	尚
Yax	ndwi	naengh	congz	sang
ja^{5}	duːi^{1}	naŋ^{6}	ɕoːŋ^{2}	θaːŋ^{1}
也	不	坐	桌	高

也不坐高凳。

5-335

乜	土	知	吨	布
Meh	dou	rox	daemj	baengz
me^{6}	tu^{1}	ɹo^{4}	tan^{3}	paŋ^{2}
母	我	会	织	布

我母会织布，

5-336

定	手	不	哈	备
Din	fwngz	mbouj	ha	beix
tin^{1}	fɯŋ^{2}	bou^{5}	ha^{1}	pi^{4}
脚	手	不	配	兄

技艺不如兄。

男唱

5-337

乜	伱	知	吨	布
Meh	mwngz	rox	daemj	baengz
me^{6}	mɯŋ^{2}	ɹo^{4}	tan^{3}	paŋ^{2}
母	你	会	织	布

你母会织布，

5-338

娘	伱	知	吨	格
Nangz	mwngz	rox	daemj	gek
naːŋ^{2}	mɯŋ^{2}	ɹo^{4}	tan^{3}	keːk^{7}
姑娘	你	会	织	格

妹你会织棉。

5-339

定	手	好	节	节
Din	fwngz	hau	cet	cet
tin^{1}	fɯŋ^{2}	haːu^{1}	ɕeːt^{7}	ɕeːt^{7}
脚	手	好	棒	棒

妹手艺一流，

5-340

论	卩	客	江	开
Lumj	boux	hek	gyang	gai
lun^{3}	pu^{4}	heːk^{7}	kjaŋ^{1}	kaːi^{1}
像	人	客	中	街

像个街上客。

女唱

5-341

乜	土	知	吨	布
Meh	dou	rox	daemj	baengz
me^{6}	tu^{1}	ɹo^{4}	tan^{3}	paŋ^{2}
母	我	会	织	布

我母会织布，

5-342

娘	土	知	吨	格
Nangz	dou	rox	daemj	gek
naːŋ^{2}	tu^{1}	ɹo^{4}	tan^{3}	keːk^{7}
姑娘	我	会	织	格

本人会织棉。

5-343

布	伱	好	又	换
Baengz	mwngz	ndei	youh	rieg
paŋ^{2}	mɯŋ^{2}	dei^{1}	jou^{4}	ɹɯːk^{7}
布	你	好	又	换

你布好就换，

5-344

尺	不	太	令	周
Cik	mbouj	daih	rim	caeuz
ɕik^{7}	bou^{5}	taːi^{6}	ɹin^{1}	ɕau^{2}
尺	不	太	满	数

怕尺寸不足。

男唱

5-345

贝 河 買 美 歪

Bae haw cawx mae faiq

pai^{1} həɯ^{1} cəɯ^{4} mai^{1} vaːi^{5}

去 圩 买 纱 棉

赶圩买棉线，

5-346

特 马 然 结 勾

Dawz ma ranz giet ngaeu

təɯ^{2} ma^{1} ɹaːn^{2} kiːt^{7} ŋau^{1}

拿 来 家 结 钩

拿回家结带。

5-347

但 你 农 巴 轻

Danh mwngz nuengx bak mbaeu

taːn^{6} mɯŋ^{2} nuːŋ^{4} paːk^{7} bau^{1}

但 你 妹 嘴 轻

但妹口舌巧，

5-348

尺 令 周 可 爱

Cik rim caeuz goj ngaih

ɕik^{7} ɹin^{1} ɕau^{2} ko^{5} ŋaːi^{6}

尺 满 数 也 易

保证尺寸足。

男唱

5-349

乜 你 知 吨 布

Meh mwngz rox daemj baengz

me^{6} mɯŋ^{2} ɹo^{4} tan^{3} paŋ^{2}

母 你 会 织 布

你母会织布，

5-350

娘 土 知 吨 布

Nangz dou rox daemj buh

naːŋ^{2} tu^{1} ɹo^{4} tan^{3} pu^{6}

姑娘 我 会 织 衣服

妹你会织衣。

5-351

知 裁 布 更 补

Rox caiz baengz gwnz bouq

ɹo^{4} ɕaːi^{2} paŋ^{2} kɯn^{2} pu^{5}

会 裁 布 上 铺

店铺里裁衣，

5-352

知 认 布 更 河

Rox nyib buh gwnz haw

ɹo^{4} ȵip^{8} pu^{6} kɯn^{2} həɯ^{1}

会 缝 衣服 上 圩

在街上缝衣。

女唱

5-353

乜	土	知	吨	布
Meh	dou	rox	daemj	baengz
me6	tu1	ɹo4	tan3	paŋ2
母	我	会	织	布

我母会织布，

5-354

娘	土	知	吨	布
Nangz	dou	rox	daemj	buh
naːŋ2	tu1	ɹo4	tan3	pu6
姑娘	我	会	织	衣服

妹会织衣服。

5-355

知	裁	布	更	补
Rox	caiz	buh	gwnz	bouq
ɹo4	ɕaːi2	pu6	kɯn2	pu5
会	裁	衣服	上	铺

会开店裁衣，

5-356

知	裁	布	南	宁
Rox	caiz	buh	nanz	ningz
ɹo4	ɕaːi2	pu6	naːn2	niŋ2
会	裁	衣服	南	宁

会裁南宁装。

女唱

5-357

乜	你	知	吨	布
Meh	mwngz	rox	daemj	baengz
me6	mɯŋ2	ɹo4	tan3	paŋ2
母	你	会	织	布

你母会织布，

5-358

娘	土	知	吨	团
Nangz	dou	rox	daemj	duenh
naːŋ2	tu1	ɹo4	tan3	tuːn6
姑娘	我	会	织	缎

妹会织缎子。

5-359

备	吨	绸	庆	远
Beix	daenj	couz	ging	yenj
pi4	tan3	ɕu2	kiŋ3	juːn6
兄	穿	绸	庆	远

兄穿庆远绸，

5-360

农	吨	团	方	而
Nuengx	daenj	duenh	fueng	lawz
nuːŋ4	tan3	tuːn6	fuːŋ1	laɯ2
妹	穿	缎	方	哪

妹穿何方缎？

男唱

5-361

乜	**土**	**知**	**吨**	**布**
Meh	dou	rox	daemj	baengz
me^{6}	tu^{1}	ɹo^{4}	tan^{3}	paŋ^{2}
母	我	会	织	布

我母会织布，

5-362

娘	**你**	**知**	**吨**	**格**
Nangz	mwngz	rox	daemj	gek
naːŋ^{2}	mɯŋ^{2}	ɹo^{4}	tan^{3}	keːk^{7}
姑娘	你	会	织	格

妹你会织棉。

5-363

备	**吨**	**绸**	**庆**	**远**
Beix	daenj	couz	ging	yenj
pi^{4}	tan^{3}	ɕu^{2}	kiŋ^{3}	juːn^{6}
兄	穿	绸	庆	远

兄穿庆远绸，

5-364

农	**吨**	**团**	**南**	**宁**
Nuengx	daenj	duenh	nanz	ningz
nuːŋ^{4}	tan^{3}	tuːn^{6}	naːn^{2}	niŋ^{2}
妹	穿	缎	南	宁

妹穿南宁缎。

女唱

5-365

乜	**你**	**知**	**吨**	**布**
Meh	mwngz	rox	daemj	baengz
me^{6}	mɯŋ^{2}	ɹo^{4}	tan^{3}	paŋ^{2}
母	你	会	织	布

你母会织布，

5-366

娘	**土**	**知**	**吨**	**团**
Nangz	dou	rox	daemj	duenh
naːŋ^{2}	tu^{1}	ɹo^{4}	tan^{3}	toːn^{6}
姑娘	我	会	织	缎

妹织南宁缎。

5-367

吨	**三**	**九**	**四**	**袮**
Daemj	sam	geu	seiq	sonx
tan^{3}	θaːn^{1}	keːu^{1}	θei^{5}	θoːn^{4}
织	三	件	四	套

织个三四套，

5-368

友	**长**	**判**	**而**	**分**
Youx	cangh	buenq	lawz	baen
ju^{4}	ɕaːŋ^{6}	puːn^{5}	laɯ^{2}	pan^{1}
友	匠	贩	哪	分

由布商分类。

男唱

5-369

乜	**土**	**知**	**吨**	**布**
Meh	dou	rox	daemj	baengz
me^{6}	tu^{1}	ɹo^{4}	tan^{3}	paŋ^{2}
母	我	会	织	布

我母会织布，

5-370

娘	**你**	**知**	**吨**	**团**
Nangz	mwngz	rox	daemj	duenh
na:ŋ^{2}	mɯŋ^{2}	ɹo^{4}	tan^{3}	tu:n^{6}
姑娘	你	会	织	缎

妹你会织缎。

5-371

吨	**三**	**九**	**四**	**祘**
Daemj	sam	geu	seiq	sonx
tan^{3}	θa:n^{1}	ke:u^{1}	θei^{5}	θo:n^{4}
织	三	件	四	套

织个三四套，

5-372

友	**长**	**判**	**土**	**米**
Youx	cangh	buenq	dou	miz
ju^{4}	ɕa:ŋ^{6}	pu:n^{5}	tu^{1}	mi^{2}
友	匠	贩	我	有

我有贩布友。

女唱

5-373

乜	**你**	**知**	**吨**	**布**
Meh	mwngz	rox	daemj	baengz
me^{6}	mɯŋ^{2}	ɹo^{4}	tan^{3}	paŋ^{2}
母	你	会	织	布

你母会织布，

5-374

娘	**土**	**知**	**吨**	**斗**
Nangz	dou	rox	daemj	daeuq
na:ŋ^{2}	tu^{1}	ɹo^{4}	tan^{3}	tau^{5}
姑娘	我	会	织	斗

妹我会织巾。

5-375

更	**支**	**少**	**牙**	**有**
Gaen	sei	sau	yax	youj
kan^{1}	θi^{1}	θa:u^{1}	ja^{5}	jou^{3}
巾	丝	姑娘	也	有

丝巾妹也有，

5-376

布	**对**	**农**	**牙**	**米**
Buh	doiq	nuengx	yax	miz
pu^{6}	to:i^{5}	nu:ŋ^{4}	ja^{5}	mi^{2}
衣服	对	妹	也	有

套装妹也有。

男唱

5-377
也 土 知 吨 布
Meh dou rox daemj baengz
me6 tu1 ɹo4 tan3 paŋ2
母 我 会 织 布
我母会织布，

5-378
娘 你 知 吨 斗
Nangz mwngz rox daemj daeuq
na:ŋ2 mɯŋ2 ɹo4 tan3 tau5
姑娘 你 会 织 斗
妹会织头帕。

5-379
更 支 是 没 有
Gaen sei cix meij youj
kan1 θi1 çi4 mei3 jou3
巾 丝 是 没 有
丝巾都没有，

5-380
讲 布 对 古 而
Gangj buh doiq guh rawz
ka:ŋ3 pu6 to:i5 ku4 ɹau2
讲 衣服 对 做 什么
何况讲套装？

女唱

5-381
也 你 知 特 乔
Meh mwngz rox dawz geuz
me6 mɯŋ2 ɹo4 təɯ2 ke:u2
母 你 会 拿 剪
你母会剪裁，

5-382
乔 乔 一 十 一
Geuz geuz it cib it
ke:u2 ke:u2 it7 çit8 it7
剪 剪 一 十 一
剪工很了得。

5-383
平 日 文 日 阳
Bingz ngoenz fwn ngoenz ndit
piŋ2 ŋon2 vun1 ŋon2 dit7
凭 天 雨 天 阳光
任晴天雨天，

5-384
牙 古 认 装 身
Yax guh nyib cang ndang
ja5 ku4 ȵip8 ça:ŋ1 da:ŋ1
也 做 缝 装 身
都缝衣打扮。

男唱

5-385

乜	**土**	**知**	**特**	**乔**
Meh	dou	rox	dawz	geuz
me^{6}	tu^{1}	ɹo^{4}	təɯ^{2}	keːu^{2}
母	我	会	拿	剪

我母会剪裁，

5-386

乔	**乔**	**一**	**十**	**义**
Geuz	geuz	it	cib	ngeih
keːu^{2}	keːu^{2}	it^{7}	ɕit^{8}	ȵi^{6}
剪	剪	一	十	二

一剪当两剪。

5-387

吨	**乜**	**布**	**九**	**玉**
Daenj	meh	buh	giuj	yi
tan^{3}	me^{6}	pu^{6}	kiːu^{3}	ji^{4}
穿	母	衣服	九	玉

穿件九玉衣，

5-388

田	**内**	**不**	**乱**	**米**
Dieg	neix	mbouj	luenh	miz
tiːk^{8}	ni^{4}	bou^{5}	luːn^{6}	mi^{2}
地	这	不	乱	有

本地很少见。

女唱

5-389

乜	**你**	**知**	**特**	**乔**
Meh	mwngz	rox	dawz	geuz
me^{6}	mɯŋ^{2}	ɹo^{4}	təɯ^{2}	keːu^{2}
母	你	会	拿	剪

你母会用剪，

5-390

乔	**乔**	**义**	**十**	**三**
Geuz	geuz	ngeih	cib	sam
keːu^{2}	keːu^{2}	ȵi^{6}	ɕit^{8}	θaːn^{1}
剪	剪	二	十	三

两剪当三剪。

5-391

吨	**布**	**么**	**好**	**占**
Daenj	buh	moq	hau	canz
tan^{3}	pu^{6}	mo^{5}	haːu^{1}	ɕaːn^{2}
穿	衣服	新	白	灿灿

穿上新衣服，

5-392

装	**身**	**玩**	**勒**	**伕**
Cang	ndang	vanz	lwg	fwx
ɕaːŋ^{1}	daːŋ^{1}	vaːn^{2}	lɯk^{8}	fə^{4}
装	身	还	子	别人

同别人交友。

男唱

5-393

乜	**土**	**知**	**特**	**乔**
Meh	dou	rox	dawz	geuz
me^{6}	tu^{1}	ɹo^{4}	təɯ^{2}	keːu^{2}
母	**我**	**会**	**拿**	**剪**

我母会用剪，

5-394

乔	**乔**	**三**	**十**	**四**
Geuz	geuz	sam	cib	seiq
keːu^{2}	keːu^{2}	θaːn^{1}	ɕit^{8}	θei^{5}
剪	**剪**	**三**	**十**	**四**

三剪顶四剪。

5-395

吨	**九**	**布**	**良**	**立**
Daenj	geu	buh	lengj	lih
tan^{3}	keːu^{1}	pu^{6}	leːŋ^{6}	li^{6}
穿	**件**	**衣服**	**靓**	**丽**

穿上靓丽衣，

5-396

友	**而**	**帮**	**你**	**裁**
Youx	lawz	bang	mwngz	caiz
ju^{4}	laɯ^{2}	paːŋ^{1}	mɯŋ^{2}	ɕaːi^{2}
友	**哪**	**帮**	**你**	**裁**

谁人帮你裁？

女唱

5-397

乜	**你**	**知**	**特**	**乔**
Meh	mwngz	rox	dawz	geuz
me^{6}	mɯŋ^{2}	ɹo^{4}	təɯ^{2}	keːu^{2}
母	**你**	**会**	**拿**	**剪**

你母会用剪，

5-398

乔	**乔**	**四**	**十**	**五**
Geuz	geuz	seiq	cib	haj
keːu^{2}	keːu^{2}	θei^{5}	ɕit^{8}	ha^{3}
剪	**剪**	**四**	**十**	**五**

四剪顶五剪。

5-399

以	**样**	**内**	**貝**	**那**
Ei	yiengh	neix	bae	naj
i^{1}	jɯːŋ^{6}	ni^{4}	pai^{1}	na^{3}
依	**样**	**这**	**去**	**前**

从今天往后，

5-400

外	**达**	**貝**	**古**	**裁**
Vaij	dah	bae	guh	caiz
vaːi^{3}	ta^{6}	pai^{1}	ku^{4}	ɕaːi^{2}
过	**河**	**去**	**做**	**裁**

过河去裁缝。

男唱

5-401

乜	你	知	特	乔
Meh	mwngz	rox	dawz	geuz
me^{6}	mɯŋ^{2}	ɹo^{4}	təɯ^{2}	keːu^{2}
母	你	会	拿	剪

你母会用剪，

5-402

乔	乔	五	十	六
Geuz	geuz	haj	cib	roek
keːu^{2}	keːu^{2}	ha^{3}	çit^{8}	ɹok^{7}
剪	剪	五	十	六

五剪顶六剪。

5-403

十	在	心	不	付
Siz	caih	sim	mbouj	fug
θi^{2}	çaːi^{4}	θin^{1}	bou^{5}	fuk^{8}
实	在	心	不	服

实在心不服，

5-404

出	外	貝	古	裁
Ok	rog	bae	guh	caiz
oːk^{7}	ɹoːk^{8}	pai^{1}	ku^{4}	çaːi^{2}
出	外	去	做	裁

外出当裁缝。

女唱

5-405

乜	你	知	特	乔
Meh	mwngz	rox	dawz	geuz
me^{6}	mɯŋ^{2}	ɹo^{4}	təɯ^{2}	keːu^{2}
母	你	会	拿	剪

你母会用剪，

5-406

乔	乔	六	十	七
Geuz	geuz	roek	cib	caet
keːu^{2}	keːu^{2}	ɹok^{7}	çit^{8}	çat^{7}
剪	剪	六	十	七

六剪当七剪。

5-407

布	你	好	又	汔
Baengz	mwngz	ndei	youh	aet
paŋ^{2}	mɯŋ^{2}	dei^{1}	jou^{4}	at^{7}
布	你	好	又	靓

你的布好美，

5-408

请	卜	长	马	裁
Cingj	boux	cangh	ma	caiz
çiŋ^{3}	pu^{4}	çaːŋ^{6}	ma^{1}	çaːi^{2}
请	人	匠	来	裁

请师傅来裁。

男唱

5-409

乜	**你**	**知**	**特**	**乔**
Meh	mwngz	rox	dawz	geuz
me^{6}	mɯŋ^{2}	ɹo^{4}	təɯ^{2}	keːu^{2}
母	你	会	拿	剪

你母会用剪，

5-410

乔	**乔**	**七**	**十**	**八**
Geuz	geuz	caet	cib	bet
keːu^{2}	keːu^{2}	ɕat^{7}	ɕit^{8}	peːt^{7}
剪	剪	七	十	八

七剪顶八剪。

5-411

十	**在**	**心**	**不**	**念**
Siz	caih	sim	mbouj	net
θi^{2}	ɕaːi^{4}	θin^{1}	bou^{5}	neːt^{7}
实	在	心	不	实

心中不踏实，

5-412

莫	**和**	**先**	**岁**	**裁**
Moz	dem	set	caez	caiz
mo^{2}	teːn^{1}	θeːt^{7}	ɕai^{2}	ɕaːi^{2}
磨	与	鱼竿	齐	裁

一同做裁缝。

女唱

5-413

乜	**你**	**知**	**特**	**乔**
Meh	mwngz	rox	dawz	geuz
me^{6}	mɯŋ^{2}	ɹo^{4}	təɯ^{2}	keːu^{2}
母	你	会	拿	剪

你母会用剪，

5-414

乔	**乔**	**八**	**十**	**九**
Geuz	geuz	bet	cib	gouj
keːu^{2}	keːu^{2}	peːt^{7}	ɕit^{8}	kjou^{3}
剪	剪	八	十	九

八剪当九剪。

5-415

装	**身**	**办**	**老**	**表**
Cang	ndang	baenz	laux	biuj
ɕaːŋ^{1}	daːŋ^{1}	pan^{2}	laːu^{4}	piːu^{3}
装	身	成	老	表

打扮成老表，

5-416

貝	**小**	**乜**	**灯**	**日**
Bae	souj	meh	daeng	ngoenz
pai^{1}	θiːu^{3}	me^{6}	taŋ^{1}	ŋon^{2}
去	守	母	灯	天

去守那太阳。

男唱

5-417

乜	**土**	**知**	**特**	**乔**
Meh	dou	rox	dawz	geuz
me^{6}	tu^{1}	ɹo^{4}	təɯ^{2}	keːu^{2}
母	我	会	拿	剪

我母会用剪，

5-418

乔	**乔**	**九**	**义**	**十**
Geuz	geuz	gouj	ngeih	cib
keːu^{2}	keːu^{2}	kjou^{3}	ȵi^{6}	ɕit^{8}
剪	剪	九	二	十

九剪当二十。

5-419

日	**不**	**想**	**古**	**认**
Ngoenz	mbouj	siengj	guh	nyib
ŋon^{2}	bou^{5}	θiːŋ^{3}	ku^{4}	ȵip^{8}
天	不	想	做	缝

不想做裁缝，

5-420

想	**托**	**农**	**古**	**裁**
Siengj	doh	nuengx	guh	caiz
θiːŋ^{3}	to^{6}	nuːŋ^{4}	ku^{4}	ɕaːi^{2}
想	同	妹	做	裁

想和妹剪裁。

女唱

5-421

乜	**你**	**知**	**特**	**乔**
Meh	mwngz	rox	dawz	geuz
me^{6}	mɯŋ^{2}	ɹo^{4}	təɯ^{2}	keːu^{2}
母	你	会	拿	剪

你母会用剪，

5-422

乔	**乔**	**九**	**义**	**一**
Geuz	geuz	gouj	ngeih	it
keːu^{2}	keːu^{2}	kjou^{3}	ȵi^{6}	it^{7}
剪	剪	九	二	一

九剪顶二一。

5-423

九	**乜**	**你**	**知**	**认**
Riuz	meh	mwngz	rox	nyib
ɹiːu^{2}	me^{6}	mɯŋ^{2}	ɹo^{4}	ȵip^{8}
传	母	你	会	缝

你母会缝衣，

5-424

刀	**另**	**布**	**更**	**河**
Dauq	rib	buh	gwnz	haw
taːu^{5}	ɹip^{8}	pu^{6}	kɯn^{2}	həɯ^{1}
又	捡	衣服	上	圩

到圩上领工。

男唱

5–425

裁 条 布 第 一

Caiz diuz baengz daih it

ça:i^{2} ti:u^{2} paŋ^{2} ti^{5} it^{7}

裁 条 布 第 一

裁第一条布，

5–426

一 节 办 几 九

It cik baenz geij geu

it^{7} çik^{7} pan^{2} ki^{3} ke:u^{1}

一 尺 成 几 件

一尺成几件。

5–427

农 裁 布 长 刘

Nuengx caiz buh ciengz liuz

nu:ŋ^{4} ça:i^{2} pu^{6} çi:ŋ^{2} li:u^{2}

妹 裁 衣服 常 常

妹经常裁衣，

5–428

一 条 办 几 对

It diuz baenz geij doiq

it^{7} ti:u^{2} pan^{2} ki^{3} to:i^{5}

一 条 成 几 对

一条裁几套。

女唱

5–429

裁 条 布 第 义

Caiz diuz baengz daih ngeih

ça:i^{2} ti:u^{2} paŋ^{2} ti^{5} ȵi^{6}

裁 条 布 第 二

裁第二条布，

5–430

友 良 立 马 裁

Youx lingz leih ma caiz

ju^{4} le:ŋ^{6} lei^{6} ma^{1} ça:i^{2}

友 伶 俐 来 裁

伶俐友来裁。

5–431

农 不 乱 很 开

Nuengx mbouj luenh hwnj gai

nu:ŋ^{4} bou^{5} lu:n^{6} hɯn^{3} ka:i^{1}

妹 不 乱 上 街

妹很少上街，

5–432

偻 裁 布 伏 八

Raeuz caiz baengz fuz bet

ɹau^{2} ça:i^{2} paŋ^{2} fu^{2} pe:t^{7}

我们 裁 布 幅 八

我裁八幅布。

男唱

5-433

裁	**条**	**布**	**第**	**三**
Caiz	diuz	baengz	daih	sam
ça:i^{2}	ti:u^{2}	paŋ^{2}	ti^{5}	θa:n^{1}
裁	条	布	第	三

裁第三条布，

5-434

伕	**问**	**你**	**要**	**样**
Fwx	cam	mwngz	aeu	yiengh
fə^{4}	ça:m^{1}	mɯŋ^{2}	au^{1}	jɯ:ŋ^{6}
别人	问	你	要	样

人问你取样。

5-435

开	**特**	**乔**	**出**	**光**
Hai	dawz	geuz	ok	gvengq
ha:i^{1}	təɯ^{2}	ke:u^{2}	o:k^{7}	kwe:ŋ^{5}
开	拿	剪	出	空旷

开剪亮技艺，

5-436

伕	**要**	**样**	**你**	**貝**
Fwx	aeu	yiengh	mwngz	bae
fə^{4}	au^{1}	jɯ:ŋ^{6}	mɯŋ^{2}	pai^{1}
别人	要	样	你	去

人问你取样。

女唱

5-437

裁	**条**	**布**	**第**	**四**
Caiz	diuz	baengz	daih	seiq
ça:i^{2}	ti:u^{2}	paŋ^{2}	ti^{5}	θei^{5}
裁	条	布	第	四

裁第四条布，

5-438

要	**四**	**处**	**同**	**哈**
Aeu	seiq	cih	doengz	ha
au^{1}	θei^{5}	çi^{6}	toŋ^{2}	ha^{1}
要	四	处	同	配

要四角对齐。

5-439

特	**乔**	**不**	**相**	**差**
Dawz	geuz	mbouj	ceng	ca
təɯ^{2}	ke:u^{2}	bou^{5}	çe:ŋ^{1}	ça^{1}
拿	剪	不	相	差

裁工无差错，

5-440

祘	**定**	**手**	**你**	**尖**
Suenq	din	fwngz	mwngz	raeh
θu:n^{5}	tin^{1}	fɯŋ^{2}	mɯŋ^{2}	ɹai^{6}
算	脚	手	你	利

算你技艺好。

男唱

5-441

裁	**条**	**布**	**第**	**五**
Caiz	diuz	baengz	daih	haj
ça:i^{2}	ti:u^{2}	paŋ^{2}	ti^{5}	ha^{3}
裁	条	布	第	五

裁第五条布，

5-442

貝	**拉**	**达**	**古**	**裁**
Bae	laj	dah	guh	caiz
pai^{1}	la^{3}	ta^{6}	ku^{4}	ça:i^{2}
去	下	河	做	裁

去河边摆摊。

5-443

农	**裁**	**布**	**好**	**来**
Nuengx	caiz	buh	ndei	lai
nu:ŋ^{4}	ça:i^{2}	pu^{6}	dei^{1}	la:i^{1}
妹	裁	衣服	好	多

妹裁艺真好，

5-444

很	**开**	**摆**	**单**	**补**
Hwnj	gai	baij	dan	bouq
hɯn^{3}	ka:i^{1}	pa:i^{3}	ta:n^{1}	pu^{5}
上	街	摆	摊	铺

可上街摆摊。

女唱

5-445

裁	**条**	**布**	**第**	**六**
Caiz	diuz	baengz	daih	roek
ça:i^{2}	ti:u^{2}	paŋ^{2}	ti^{5}	ɹok^{7}
裁	条	布	第	六

裁第六条布，

5-446

心	**不**	**付**	**农**	**银**
Sim	mbouj	fug	nuengx	ngaenz
θin^{1}	bou^{5}	fuk^{8}	nu:ŋ^{4}	ŋan^{2}
心	不	服	妹	银

妹心不服你。

5-447

想	**裁**	**布**	**分**	**你**
Siengj	caiz	buh	baen	mwngz
θi:ŋ^{3}	ça:i^{2}	pu^{6}	pan^{1}	mɯŋ^{2}
想	裁	衣服	分	你

想裁衣送你，

5-448

老	**应**	**当**	**不**	**合**
Lau	wng	dang	mbouj	hob
la:u^{1}	iŋ^{1}	ta:ŋ^{1}	bou^{5}	ho:p^{8}
怕	应	当	不	合

怕于理不合。

男唱

5-449

裁	**条**	**布**	**第**	**七**
Caiz	diuz	baengz	daih	caet
ça:i^{2}	ti:u^{2}	paŋ^{2}	ti^{5}	çat^{7}
裁	条	布	第	七

裁第七条布，

5-450

汔	**办**	**朵**	**花**	**力**
Aet	baenz	duj	va	leiz
at^{7}	pan^{2}	tu^{3}	va^{1}	li^{2}
靓	成	朵	花	梨

靓丽过梨花。

5-451

伕	**裁**	**布**	**分**	**飞**
Fwx	caiz	buh	faen	fi
fə^{4}	ça:i^{2}	pu^{6}	fan^{1}	fi^{1}
别人	裁	衣服	纷	飞

人人都裁衣，

5-452

难	**为**	**土**	**卜**	**兰**
Nanz	vih	dou	boux	lanh
na:n^{2}	vei^{1}	tu^{1}	pu^{4}	la:n^{6}
难	为	我	人	大方

难为我常人。

女唱

5-453

裁	**条**	**布**	**第**	**八**
Caiz	diuz	baengz	daih	bet
ça:i^{2}	ti:u^{2}	paŋ^{2}	ti^{5}	pe:t^{7}
裁	条	布	第	八

裁第八条布，

5-454

心	**不**	**念**	**几**	**来**
Sim	mbouj	net	geij	lai
θin^{1}	bou^{5}	ne:t^{7}	ki^{3}	la:i^{1}
心	不	实	几	多

心中不踏实。

5-455

想	**裁**	**布**	**很**	**开**
Siengj	caiz	buh	hwnj	gai
θi:ŋ^{3}	ça:i^{2}	pu^{6}	hɯn^{3}	ka:i^{1}
想	裁	衣服	上	街

想裁衣去卖，

5-456

排	**不**	**得**	**勒**	**伕**
Baiz	mbouj	ndaej	lwg	fwx
pa:i^{2}	bou^{5}	dai^{3}	lɯk^{8}	fə^{4}
排	不	得	子	别人

又怕不如人。

男唱

5-457

裁	**条**	**布**	**第**	**九**
Caiz	diuz	baengz	daih	gouj
ça:i^{2}	ti:u^{2}	paŋ^{2}	ti^{5}	kjou^{3}
裁	条	布	第	九

裁第九条布，

5-458

乃	**小**	**作**	**更**	**楼**
Naih	souj	coq	gwnz	laeuz
na:i^{6}	θi:u^{3}	ço^{5}	kɯn^{2}	lau^{2}
慢	守	放	上	楼

小心放楼上。

5-459

往	**你**	**农**	**巴**	**轻**
Uengj	mwngz	nuengx	bak	mbaeu
va:ŋ^{3}	mɯŋ^{2}	nu:ŋ^{4}	pa:k^{7}	bau^{1}
枉	你	妹	嘴	轻

幸得妹伶俐，

5-460

帮	**土**	**裁**	**布**	**对**
Bang	dou	caiz	buh	doiq
pa:ŋ^{1}	tu^{1}	ça:i^{2}	pu^{6}	to:i^{5}
帮	我	裁	衣服	对

裁套服给我。

男唱

5-461

裁	**条**	**布**	**第**	**十**
Caiz	diuz	baengz	daih	cib
ça:i^{2}	ti:u^{2}	paŋ^{2}	ti^{5}	çit^{8}
裁	条	布	第	十

裁第十条布，

5-462

另	**贝**	**头**	**桥**	**开**
Rib	bae	daeuz	giuz	gai
ɹip^{8}	pai^{1}	tau^{2}	ki:u^{2}	ka:i^{1}
捡	去	大	桥	卖

领去桥头卖。

5-463

农	**裁**	**布**	**好**	**来**
Nuengx	caiz	buh	ndei	lai
nu:ŋ^{4}	ça:i^{2}	pu^{6}	dei^{1}	la:i^{1}
妹	裁	衣服	好	多

妹裁功真好，

5-464

贝	**摆**	**开**	**庆**	**远**
Bae	baij	gai	ging	yenj
pai^{1}	pa:i^{3}	ka:i^{1}	kiŋ^{3}	ju:n^{6}
去	摆	卖	庆	远

去庆远摆摊。

女唱

5-465

裁 九 布 第 一

Caiz geu buh daih it

çaːi^{2} keːu^{1} pu^{6} ti^{5} it^{7}

裁 件 衣服 第 一

裁第一件衣，

5-466

沙 𠬠 认 空 米

Ra boux nyib ndwi miz

ɹa^{1} pu^{4} ȵip^{8} duːi^{1} mi^{2}

找 人 缝 不 有

找不到人缝。

5-467

想 裁 对 布 好

Siengj caiz doiq buh ndei

θiːŋ^{3} çaːi^{2} toːi^{5} pu^{6} dei^{1}

想 裁 对 衣服 好

想裁套好衣，

5-468

不 𠬠 帮 土 祘

Mbouj boux bang dou suenq

bou^{5} pu^{4} paːŋ^{1} tu^{1} θuːn^{5}

无 人 帮 我 算

没人出主意。

男唱

5-469

裁 九 布 第 义

Caiz geu buh daih ngeih

çaːi^{2} keːu^{1} pu^{6} ti^{5} ȵi^{6}

裁 件 衣服 第 二

裁第二件衣，

5-470

请 长 手 马 裁

Cingj cangh fwngz ma caiz

çiŋ^{3} çaːŋ^{6} fɯŋ^{2} ma^{1} çaːi^{2}

请 匠 手 来 裁

请高手来裁。

5-471

农 不 乱 很 开

Nuengx mbouj luenh hwnj gai

nuːŋ^{4} bou^{5} luːn^{6} hɯn^{3} kaːi^{1}

妹 不 乱 上 街

妹很少上街，

5-472

偻 裁 布 长 刘

Raeuz caiz baengz ciengz liuz

ɹau^{2} çaːi^{2} paŋ^{2} çiːŋ^{2} liːu^{2}

我们 裁 布 常 常

我经常裁衣。

女唱

5–473

裁	**九**	**布**	**第**	**三**
Caiz	geu	buh	daih	sam
ɕaːi^{2}	keːu^{1}	pu^{6}	ti^{5}	θaːn^{1}
裁	件	衣服	第	三

裁第三件衣，

5–474

要	**花**	**单**	**马**	**碰**
Aeu	va	dan	ma	bungq
au^{1}	va^{1}	taːn^{1}	ma^{1}	puŋ^{5}
要	花	丹	来	碰

带牡丹图案。

5–475

布	**你**	**好**	**办**	**丰**
Baengz	mwngz	ndei	baenz	fungh
paŋ^{2}	mɯŋ^{2}	dei^{1}	pan^{2}	fuŋ^{6}
布	你	好	成	凤

你布美如凤，

5–476

请	**卜**	**长**	**马**	**裁**
Cingj	boux	cangh	ma	caiz
ɕiŋ^{3}	pu^{4}	ɕaːŋ^{6}	ma^{1}	ɕaːi^{2}
请	人	匠	来	裁

请高手来裁。

男唱

5–477

裁	**九**	**布**	**第**	**四**
Caiz	geu	buh	daih	seiq
ɕaːi^{2}	keːu^{1}	pu^{6}	ti^{5}	θei^{5}
裁	件	衣服	第	四

裁第四件衣，

5–478

是	**自**	**查**	**布**	**绿**
Cix	gag	cab	baengz	heu
ɕi^{4}	kaːk^{8}	ɕaːp^{8}	paŋ^{2}	heːu^{1}
是	自	掺	布	青

想用青色料。

5–479

往	**你**	**农**	**巴**	**丢**
Uengj	mwngz	nuengx	bak	diu
vaːŋ^{3}	mɯŋ^{2}	nuːŋ^{4}	paːk^{7}	tiːu^{1}
枉	你	妹	嘴	刁

幸得伶俐妹，

5–480

长	**刘**	**裁**	**布**	**对**
Ciengz	liuz	caiz	buh	doiq
ɕiːŋ^{2}	liːu^{2}	ɕaːi^{2}	pu^{6}	toːi^{5}
常	常	裁	衣服	对

时常裁套衣。

女唱

5-481

裁	**九**	**布**	**第**	**五**
Caiz	geu	buh	daih	haj
ça:i^{2}	ke:u^{1}	pu^{6}	ti^{5}	ha^{3}
裁	件	衣服	第	五

裁第五件衣，

5-482

下	**拉**	**达**	**裁**	**布**
Roengz	laj	dah	caiz	baengz
ɹoŋ^{2}	la^{3}	ta^{6}	ça:i^{2}	paŋ^{2}
下	下	河	裁	布

到河边剪布。

5-483

利	**小**	**条**	**骨**	**浪**
Lij	siuj	diuz	ndok	laeng
li^{4}	θi:u^{3}	ti:u^{2}	dok^{7}	laŋ^{1}
还	小	条	骨	后

布料差少许，

5-484

说	**龙**	**帮**	**土**	**祘**
Naeuz	lungz	bang	dou	suenq
nau^{2}	luŋ^{2}	pa:ŋ^{1}	tu^{1}	θu:n^{5}
说	龙	帮	我	算

兄帮我补上。

男唱

5-485

裁	**九**	**布**	**第**	**六**
Caiz	geu	buh	daih	roek
ça:i^{2}	ke:u^{1}	pu^{6}	ti^{5}	ɹok^{7}
裁	件	衣服	第	六

裁第六件衣，

5-486

心	**不**	**付**	**是**	**说**
Sim	mbouj	fug	cix	naeuz
θin^{1}	bou^{5}	fuk^{8}	çi^{4}	nau^{2}
心	不	服	就	说

不满意就说。

5-487

农	**裁**	**布**	**很**	**勾**
Nuengx	caiz	buh	hwnj	ngaeu
nu:ŋ^{4}	ça:i^{2}	pu^{6}	hɯn^{3}	ŋau^{1}
妹	裁	衣服	起	钩

妹裁衣笔挺，

5-488

龙	**马**	**秋**	**要**	**样**
Lungz	ma	ciuq	aeu	yiengh
luŋ^{2}	ma^{1}	çi:u^{5}	au^{1}	jɯ:ŋ^{6}
龙	来	看	要	样

兄来学方法。

女唱

5-489

裁	**九**	**布**	**第**	**七**
Caiz	geu	buh	daih	caet
ça:i^{2}	ke:u^{1}	pu^{6}	ti^{5}	çat^{7}
裁	件	衣服	第	七

裁第七件衣，

5-490

勒	**扣**	**作**	**同**	**排**
Lwg	gaet	coq	doengz	baiz
lɯk^{8}	kat^{7}	ço^{5}	toŋ^{2}	pa:i^{2}
子	扣	放	同	排

扣子放一排。

5-491

吨	**贝**	**堂**	**江**	**开**
Daenj	bae	daengz	gyang	gai
tan^{3}	pai^{1}	taŋ^{2}	kja:ŋ^{1}	ka:i^{1}
穿	去	到	中	街

穿着去逛街，

5-492

文	**来**	**全**	**斗**	**秋**
Vunz	lai	gyonj	daeuj	ciuq
vun^{2}	la:i^{1}	kjo:n^{3}	tau^{3}	çi:u^{5}
人	多	都	来	看

大伙都来看。

男唱

5-493

裁	**九**	**布**	**第**	**八**
Caiz	geu	buh	daih	bet
ça:i^{2}	ke:u^{1}	pu^{6}	ti^{5}	pe:t^{7}
裁	件	衣服	第	八

裁第八件衣，

5-494

心	**不**	**念**	**牙**	**难**
Sim	mbouj	net	yax	nanz
θin^{1}	bou^{5}	ne:t^{7}	ja^{5}	na:n^{2}
心	不	实	也	难

不满意都难。

5-495

空	**米**	**卜**	**古**	**三**
Ndwi	miz	boux	guh	san
du:i^{1}	mi^{2}	pu^{4}	ku^{4}	θa:n^{1}
不	有	个	人	编

若无人织布，

5-496

偻	**牙**	**难**	**裁**	**布**
Raeuz	yax	nanz	caiz	buh
ɹau^{2}	ja^{5}	na:n^{2}	ça:i^{2}	pu^{6}
我们	也	难	裁	衣服

用什么裁衣？

女唱

5-497

裁	**九**	**布**	**第**	**九**
Caiz	geu	buh	daih	gouj
ça:i^{2}	ke:u^{1}	pu^{6}	ti^{5}	kjou^{3}
裁	件	衣服	第	九

裁第九件衣，

5-498

刘	**穷**	**友**	**更**	**楼**
Liuz	gyoengq	youx	gwnz	laeuz
li:u^{2}	kjoŋ^{5}	ju^{4}	kɯn^{2}	lau^{2}
看	群	友	上	楼

瞅楼上好友。

5-499

阝	**阝**	**巴**	**是**	**轻**
Boux	boux	bak	cix	mbaeu
pu^{4}	pu^{4}	pa:k^{7}	çi^{4}	bau^{1}
人	人	嘴	是	轻

个个都巧舌，

5-500

要	**阝**	**而**	**讲**	**满**
Aeu	boux	lawz	gangj	monh
au^{1}	pu^{4}	lau^{2}	ka:ŋ^{3}	mo:n^{6}
要	人	哪	讲	情

同哪个谈情？

男唱

5-501

裁	**九**	**布**	**第**	**十**
Caiz	geu	buh	daih	cib
ça:i^{2}	ke:u^{1}	pu^{6}	ti^{5}	çit^{8}
裁	件	衣服	第	十

裁第十件衣，

5-502

貝	**节**	**友**	**然**	**千**
Bae	ciep	youx	ranz	cien
pai^{1}	çe:t^{7}	ju^{4}	ɹa:n^{2}	çi:n^{1}
去	接	友	家	砖

接砖屋好友。

5-503

说	**备**	**兰**	**本**	**钱**
Naeuz	beix	lanh	bonj	cienz
nau^{2}	pi^{4}	la:n^{6}	po:n^{3}	çi:n^{2}
说	兄	大方	本	钱

兄不惜本钱，

5-504

千	**年**	**偻**	**裁**	**布**
Cien	nienz	raeuz	caiz	buh
çi:n^{1}	ni:n^{2}	ɹau^{2}	ça:i^{2}	pu^{6}
千	年	我们	裁	衣服

我们同裁衣。

女唱

5-505

吨	**乜**	**布**	**年**	**身**
Daenj	meh	buh	nem	ndang
tan^{3}	me^{6}	pu^{6}	neːm^{1}	daːŋ^{1}
穿	母	衣服	贴	身

穿件贴身衣，

5-506

果	**绿**	**样**	**叶**	**会**
Go	heu	yiengh	mbaw	faex
ko^{1}	heːu^{1}	jɯːŋ^{6}	baɯ^{1}	fai^{4}
棵	青	样	叶	树

青绿像树叶。

5-507

很	**河**	**马**	**土**	**累**
Hwnj	haw	ma	dou	laeq
hɯn^{3}	həɯ^{1}	ma^{1}	tu^{1}	lai^{5}
上	圩	来	我	看

赶圩让我看，

5-508

定	**手**	**尖**	**能**	**来**
Din	fwngz	raeh	nyaenx	lai
tin^{1}	fɯŋ^{2}	ɹai^{6}	ȵan^{4}	laːi^{1}
脚	手	利	那么	多

技艺那么好。

男唱

5-509

吨	**乜**	**布**	**年**	**身**
Daenj	meh	buh	nem	ndang
tan^{3}	me^{6}	pu^{6}	neːm^{1}	daːŋ^{1}
穿	母	衣服	贴	身

穿件贴身衣，

5-510

果	**绿**	**样**	**叶**	**会**
Go	heu	yiengh	mbaw	faex
ko^{1}	heːu^{1}	jɯːŋ^{6}	baɯ^{1}	fai^{4}
棵	青	样	叶	树

新鲜像树叶。

5-511

定	**手**	**刀**	**可**	**尖**
Din	fwngz	dauq	goj	raeh
tin^{1}	fɯŋ^{2}	taːu^{5}	ko^{3}	ɹai^{6}
脚	手	倒	可	利

技艺实在好，

5-512

不	**得**	**卜**	**论**	**你**
Mbouj	ndaej	boux	lumj	mwngz
bou^{5}	dai^{3}	pu^{4}	lun^{3}	mɯŋ^{2}
不	得	个	像	你

难得人像你。

女唱

5-513

吨 乜 布 年 身

Daenj meh buh nem ndang

tan^{3} me^{6} pu^{6} ne:m^{1} da:ŋ^{1}

穿 母 衣服 贴 身

穿件贴身衣，

5-514

果 绿 样 叶 会

Go heu yiengh mbaw faex

ko^{1} he:u^{1} jɯ:ŋ^{6} baɯ^{1} fai^{4}

棵 青 样 叶 树

青绿像树叶。

5-515

装 身 美 又 美

Cang ndang meij youh meij

ɕa:ŋ^{1} da:ŋ^{1} mai^{3} jou^{4} mai^{3}

装 身 美 又 美

打扮真漂亮，

5-516

备 可 累 写 空

Beix goj laeq ce ndwi

pi^{4} ko^{3} lai^{5} ɕe^{1} du:i^{1}

兄 可 看 留 空

兄也是白看。

男唱

5-517

吨 乜 布 年 身

Daenj meh buh nem ndang

tan^{3} me^{6} pu^{6} ne:m^{1} da:ŋ^{1}

穿 母 衣服 贴 身

穿件贴身衣，

5-518

果 绿 样 叶 会

Go heu yiengh mbaw faex

ko^{1} he:u^{1} jɯ:ŋ^{6} baɯ^{1} fai^{4}

棵 青 样 叶 树

清新像树叶。

5-519

但 定 手 你 尖

Danh din fwngz mwngz raeh

ta:n^{6} tin^{1} fɯŋ^{2} mɯŋ^{2} ɹai^{6}

但 脚 手 你 利

但你技艺好，

5-520

却 可 得 堂 手

Cog goj ndaej daengz fwngz

ɕo:k^{8} ko^{5} dai^{3} taŋ^{2} fɯŋ^{2}

将来 可 得 到 手

将会得到你。

女唱

5-521

吨 乜 布 年 身

Daenj meh buh nem ndang

tan^{3} me^{6} pu^{6} ne:m^{1} da:ŋ^{1}

穿 母 衣服 贴 身

穿件贴身衣，

5-522

果 绿 样 叶 芬

Go heu yiengh mbaw foed

ko^{1} he:u^{1} jɯ:ŋ^{6} baɯ^{1} fot^{8}

棵 青 样 叶 嫩枝

清新像嫩枝。

5-523

要 银 古 勒 扣

Aeu ngaenz guh lwg gaet

au^{1} ŋan^{2} ku^{4} lɯk^{8} kat^{7}

要 银 做 子 扣

用银做扣子，

5-524

友 而 汄 给 你

Youx lawz saet hawj mwngz

ju^{4} laɯ^{2} θat^{7} həɯ^{3} mɯŋ^{2}

友 哪 留 给 你

哪位友给你？

男唱

5-525

吨 乜 布 年 身

Daenj meh buh nem ndang

tan^{3} me^{6} pu^{6} ne:m^{1} da:ŋ^{1}

穿 母 衣服 贴 身

穿件贴身衣，

5-526

果 绿 样 叶 芬

Go heu yiengh mbaw foed

ko^{1} he:u^{1} jɯ:ŋ^{6} baɯ^{1} fot^{8}

棵 青 样 叶 嫩枝

清新如嫩枝。

5-527

要 银 古 勒 扣

Aeu ngaenz guh lwg gaet

au^{1} ŋan^{2} ku^{4} lɯk^{8} kat^{7}

要 银 做 子 扣

用银做扣子，

5-528

友 对 生 土 米

Youx doiq saemq dou miz

ju^{4} to:i^{5} θan^{5} tu^{1} mi^{2}

友 对 庚 我 有

我有同龄友。

女唱

5-529

吨	**乜**	**布**	**年**	**身**
Daenj	meh	buh	nem	ndang
tan^{3}	me^{6}	pu^{6}	ne:m^{1}	da:ŋ^{1}
穿	**母**	**衣服**	**贴**	**身**

穿件贴身衣，

5-530

果	**绿**	**样**	**叶**	**弄**
Go	heu	yiengh	mbaw	rungz
ko^{1}	he:u^{1}	jɯ:ŋ^{6}	baɯ^{1}	ɹuŋ^{2}
棵	**青**	**样**	**叶**	**榕**

青如榕树叶。

5-531

出	**外**	**貝**	**古**	**穷**
Ok	rog	bae	guh	gyoengq
o:k^{7}	ɹo:k^{8}	pai^{1}	ku^{4}	kjoŋ^{5}
出	**外**	**去**	**做**	**群**

外出去会友，

5-532

备	**秋**	**同**	**知**	**空**
Beix	ciuq	doengz	rox	ndwi
pi^{4}	ɕi:u^{5}	toŋ^{2}	ɹo^{4}	du:i^{1}
兄	**看**	**同**	**或**	**不**

兄与众同否？

男唱

5-533

吨	**乜**	**布**	**年**	**身**
Daenj	meh	buh	nem	ndang
tan^{3}	me^{6}	pu^{6}	ne:m^{1}	da:ŋ^{1}
穿	**母**	**衣服**	**贴**	**身**

穿件贴身衣，

5-534

可	**绿**	**样**	**叶**	**弄**
Goj	heu	yiengh	mbaw	rungz
ko^{5}	he:u^{1}	jɯ:ŋ^{6}	baɯ^{1}	ɹuŋ^{2}
可	**青**	**样**	**叶**	**榕**

青如榕树叶。

5-535

出	**外**	**貝**	**古**	**穷**
Ok	rog	bae	guh	gyoengq
o:k^{7}	ɹo:k^{8}	pai^{1}	ku^{4}	kjoŋ^{5}
出	**外**	**去**	**做**	**群**

外出去会友，

5-536

同	**秀**	**满**	**秀**	**美**
Doengz	ciuh	monh	ciuh	maez
toŋ^{2}	ɕi:u^{6}	mo:n^{6}	ɕi:u^{6}	mai^{2}
同	**世**	**情**	**世**	**爱**

全是谈情友。

女唱

5-537

吨	**乜**	**布**	**年**	**身**
Daenj	meh	buh	nem	ndang
tan^{3}	me^{6}	pu^{6}	ne:m^{1}	da:ŋ^{1}
穿	母	衣服	贴	身

穿件贴身衣，

5-538

可	**绿**	**样**	**叶**	**团**
Goj	heu	yiengh	mbaw	donh
ko^{5}	he:u^{1}	jɯ:ŋ^{6}	baɯ^{1}	to:n^{6}
可	青	样	叶	端草

青新像草叶。

5-539

吨	**三**	**九**	**四**	**祘**
Daenj	sam	geu	seiq	sonx
tan^{3}	θa:n^{1}	ke:u^{1}	θei^{5}	θo:n^{4}
穿	三	件	四	套

穿上一套套，

5-540

农	**贝**	**元**	**而**	**要**
Nuengx	bae	yienh	lawz	aeu
nu:ŋ^{4}	pai^{1}	je:n^{6}	laɯ^{2}	au^{1}
妹	去	县	哪	要

我去哪里要？

男唱

5-541

吨	**乜**	**布**	**年**	**身**
Daenj	meh	buh	nem	ndang
tan^{3}	me^{6}	pu^{6}	ne:m^{1}	da:ŋ^{1}
穿	母	衣服	贴	身

穿件贴身衣，

5-542

果	**绿**	**样**	**叶**	**团**
Go	heu	yiengh	mbaw	donh
ko^{1}	he:u^{1}	jɯ:ŋ^{6}	baɯ^{1}	to:n^{6}
棵	青	样	叶	端草

青新如草叶。

5-543

吨	**三**	**九**	**四**	**祘**
Daenj	sam	geu	seiq	sonx
tan^{3}	θa:n^{1}	ke:u^{1}	θei^{5}	θo:n^{4}
穿	三	件	四	套

穿上一套套，

5-544

田	**庆**	**远**	**土**	**米**
Dieg	ging	yenj	dou	miz
ti:k^{8}	kiŋ^{3}	ju:n^{6}	tu^{1}	mi^{2}
地	庆	远	我	有

我们庆远有。

女唱

5-545

吨	乜	布	年	身
Daenj	meh	buh	nem	ndang
tan^{3}	me^{6}	pu^{6}	neːm^{1}	daːŋ^{1}
穿	母	衣服	贴	身

穿件贴身衣，

5-546

果	绿	样	叶	丰
Go	heu	yiengh	mbaw	fung
ko^{1}	heːu^{1}	jɯːŋ^{6}	baɯ^{1}	fuŋ^{1}
棵	青	样	叶	枫

青如枫树叶。

5-547

吨	九	布	生	荣
Daenj	geu	buh	sinh	yungz
tan^{3}	keːu^{1}	pu^{6}	θin^{6}	juŋ^{2}
穿	件	衣服	芯	绒

穿件芯绒衣，

5-548

阝	崬	说	阝	坤
Boux	rungh	naeuz	boux	gun
pu^{4}	ɹuŋ^{6}	nau^{2}	pu^{4}	kun^{1}
人	崬	或	人	官

瑶族或汉族。

男唱

5-549

吨	乜	布	年	身
Daenj	meh	buh	nem	ndang
tan^{3}	me^{6}	pu^{6}	neːm^{1}	daːŋ^{1}
穿	母	衣服	贴	身

穿件贴身衣，

5-550

果	绿	样	叶	丰
Go	heu	yiengh	mbaw	fung
ko^{1}	heːu^{1}	jɯːŋ^{6}	baɯ^{1}	fuŋ^{1}
棵	青	样	叶	枫

青如枫树叶。

5-551

吨	九	布	生	荣
Daenj	geu	buh	sinh	yungz
tan^{3}	keːu^{1}	pu^{6}	θin^{6}	juŋ^{2}
穿	件	衣服	芯	绒

穿件芯绒衣，

5-552

阝	崬	不	乱	米
Boux	rungh	mbouj	luenh	miz
pu^{4}	ɹuŋ^{6}	bou^{5}	luːn^{6}	mi^{2}
人	崬	不	乱	有

瑶族很少穿。

女唱

5-553

吨	**布**	**对**	**它**	**对**
Daenj	buh	doiq	daz	doiq
tan^{3}	pu^{6}	toːi^{5}	ta^{2}	toːi^{5}
穿	**衣服**	**对**	**又**	**对**

穿衣一套套，

5-554

勒	**扣**	**作**	**好**	**占**
Lwg	gaet	coq	hau	canz
lɯk^{8}	kat^{7}	ɕo^{5}	haːu^{1}	ɕaːn^{2}
子	**扣**	**放**	**白**	**灿灿**

扣子亮闪闪。

5-555

卜	**装**	**说**	**乜**	**装**
Boh	cang	naeuz	meh	cang
po^{6}	ɕaːŋ^{1}	nau^{2}	me^{6}	ɕaːŋ^{1}
父	**装**	**或**	**母**	**装**

谁父母打扮，

5-556

论	**勒**	**洋**	**一**	**样**
Lumj	lwg	yangz	it	yiengh
lun^{3}	lɯk^{8}	jaːŋ^{2}	it^{7}	jɯːŋ^{6}
像	**子**	**皇**	**一**	**样**

像皇子一般。

男唱

5-557

吨	**布**	**对**	**它**	**对**
Daenj	buh	doiq	daz	doiq
tan^{3}	pu^{6}	toːi^{5}	ta^{2}	toːi^{5}
穿	**衣服**	**对**	**又**	**对**

穿衣一套套，

5-558

勒	**扣**	**作**	**好**	**占**
Lwg	gaet	coq	hau	canz
lɯk^{8}	kat^{7}	ɕo^{5}	haːu^{1}	ɕaːn^{2}
子	**扣**	**放**	**白**	**灿灿**

扣子白闪闪。

5-559

真	**卜**	**乜**	**土**	**装**
Caen	boh	meh	dou	cang
ɕin^{1}	po^{6}	me^{6}	tu^{1}	ɕaːŋ^{1}
真	**父**	**母**	**我**	**装**

亲父母打扮，

5-560

勒	**洋**	**是**	**利**	**岁**
Lwg	yangz	cix	lij	saeq
lɯk^{8}	jaːŋ^{2}	ɕi^{4}	li^{4}	θai^{5}
子	**皇**	**是**	**还**	**小**

比皇子还靓。

女唱

5-561

吨	布	对	它	对
Daenj	buh	doiq	daz	doiq
tan^{3}	pu^{6}	to:i^{5}	ta^{2}	to:i^{5}
穿	衣服	对	又	对

穿衣一套套，

5-562

勒	扣	作	同	排
Lwg	gaet	coq	doengz	baiz
lɯk^{8}	kat^{7}	ɕo^{5}	toŋ^{2}	pa:i^{2}
子	扣	放	同	排

扣子放一排。

5-563

吨	绸	团	布	裁
Daenj	couz	duenh	buh	caiz
tan^{3}	ɕu^{2}	tu:n^{6}	pu^{6}	ɕa:i^{2}
穿	绸	缎	衣服	裁

穿绸缎衣衫，

5-564

很	开	摆	但	补
Hwnj	gai	baij	dan	bouq
hɯn^{3}	ka:i^{1}	pa:i^{3}	ta:n^{1}	pu^{5}
上	街	摆	摊	铺

上街做生意。

男唱

5-565

吨	布	对	它	对
Daenj	buh	doiq	daz	doiq
tan^{3}	pu^{6}	to:i^{5}	ta^{2}	to:i^{5}
穿	衣服	对	又	对

穿衣一套套，

5-566

勒	扣	作	同	排
Lwg	gaet	coq	doengz	baiz
lɯk^{8}	kat^{7}	ɕo^{5}	toŋ^{2}	pa:i^{2}
子	扣	放	同	排

扣子一排排。

5-567

吨	绸	团	布	裁
Daenj	couz	duenh	buh	caiz
tan^{3}	ɕu^{2}	tu:n^{6}	pu^{6}	ɕa:i^{2}
穿	绸	缎	衣服	裁

穿绸缎衣衫，

5-568

貝	摆	开	庆	远
Bae	baij	gai	ging	yenj
pai^{1}	pa:i^{3}	ka:i^{1}	kiŋ^{3}	ju:n^{6}
去	摆	街	庆	远

去庆远摆摊。

女唱

5-569

吨	**布**	**对**	**它**	**对**
Daenj	buh	doiq	daz	doiq
tan^{3}	pu^{6}	toːi^{5}	ta^{2}	toːi^{5}
穿	衣服	对	又	对

穿衣一套套，

5-570

勒	**扣**	**作**	**同**	**平**
Lwg	gaet	coq	doengz	bingz
lɯk^{8}	kat^{7}	ɕo^{5}	toŋ^{2}	piŋ^{2}
子	扣	放	同	平

扣子一排排。

5-571

吨	**绸**	**团**	**布**	**红**
Daenj	couz	duenh	baengz	nding
tan^{3}	ɕu^{2}	tuːn^{6}	paŋ^{2}	diŋ^{1}
穿	绸	缎	布	红

穿红色绸缎，

5-572

貝	**城**	**而**	**开**	**补**
Bae	singz	lawz	hai	bouq
pai^{1}	θiŋ^{2}	laɯ^{2}	haːi^{1}	pu^{5}
去	城	哪	开	铺

去哪里摆摊？

男唱

5-573

吨	**布**	**对**	**它**	**对**
Daenj	buh	doiq	daz	doiq
tan^{3}	pu^{6}	toːi^{5}	ta^{2}	toːi^{5}
穿	衣服	对	又	对

穿衣一套套，

5-574

勒	**扣**	**作**	**同**	**平**
Lwg	gaet	coq	doengz	bingz
lɯk^{8}	kat^{7}	ɕo^{5}	toŋ^{2}	piŋ^{2}
子	扣	放	同	平

扣子一排排。

5-575

吨	**绸**	**团**	**布**	**红**
Daenj	couz	duenh	baengz	nding
tan^{3}	ɕu^{2}	tuːn^{6}	paŋ^{2}	diŋ^{1}
穿	绸	缎	布	红

穿红色绸缎，

5-576

堂	**南**	**宁**	**开**	**补**
Daengz	nanz	ningz	hai	bouq
taŋ^{2}	naːn^{2}	niŋ^{2}	haːi^{1}	pu^{5}
到	南	宁	开	铺

到南宁开店。

女唱

5-577

更 河 开 勒 七

Gwnz haw gai lwg caw

kɯn^{2} həɯ^{1} ka:i^{1} lɯk^{8} ɕəɯ^{1}

上 圩 卖 子 珠

圩上卖珠子，

5-578

一 两 七 十 钱

It liengx caet cib cienz

it^{7} li:ŋ^{4} ɕat^{7} ɕit^{8} ɕi:n^{2}

一 两 七 十 钱

每两七十元。

5-579

垌 光 中 长 元

Doengh gvangq cungq cangh yenz

toŋ^{6} kwa:ŋ^{5} ɕoŋ^{5} ɕa:ŋ^{5} je:n^{2}

垌 广 中 状 元

最后中状元，

5-580

强 乜 月 交 代

Giengz meh ndwen gyau daiq

ki:ŋ^{2} me^{6} du:n^{1} kja:u^{1} ta:i^{5}

像 母 月 交 蚀

风光赛月亮。

男唱

5-581

更 河 开 勒 七

Gwnz haw gai lwg caw

kɯn^{2} həɯ^{1} ka:i^{1} lɯk^{8} ɕəɯ^{1}

上 圩 卖 子 珠

圩上卖珠子，

5-582

一 两 七 十 钱

It liengx caet cib cienz

it^{7} li:ŋ^{4} ɕat^{7} ɕit^{8} ɕi:n^{2}

一 两 七 十 钱

每两七十元。

5-583

长 判 外 卢 连

Cangh buenq vaij luz lienz

ɕa:ŋ^{6} pu:n^{5} va:i^{3} lu^{2} li:n^{2}

匠 贩 过 连 连

商贩走不停，

5-584

米 钱 少 是 買

Miz cienz sau cix cawx

mi^{2} ɕi:n^{2} θa:u^{1} ɕi^{4} ɕəɯ^{4}

有 钱 姑娘 就 买

有钱妹就买。

女唱

5-585

更 河 开 勒 七

Gwnz haw gai lwg caw

kɯn^{2} həɯ^{1} ka:i^{1} lɯk^{8} ɕəɯ^{1}

上 圩 卖 子 珠

圩上卖珠子，

5-586

一 两 七 十 钱

It liengx caet cib cienz

it^{7} li:ŋ^{4} ɕat^{7} ɕit^{8} ɕi:n^{2}

一 两 七 十 钱

每两七十元。

5-587

长 判 外 卢 连

Cangh buenq vaij luz lienz

ɕa:ŋ^{6} pu:n^{5} va:i^{3} lu^{2} li:n^{2}

匠 贩 过 连 连

商贩走不断，

5-588

少 坚 钱 不 買

Sau gien cienz mbouj cawx

θa:u^{1} ki:n^{1} ɕi:n^{2} bou^{5} ɕəɯ^{4}

姑娘 吝啬 钱 不 买

妹舍不得买。

男唱

5-589

更 河 开 绸 团

Gwnz haw gai couz duenh

kɯn^{2} həɯ^{1} ka:i^{1} ɕu^{2} tu:n^{6}

上 圩 卖 绸 缎

圩上卖绸缎，

5-590

庆 远 判 绸 红

Ging yenj buenq couz hoengz

kiŋ^{3} ju:n^{6} pu:n^{5} ɕu^{2} hoŋ^{2}

庆 远 贩 绸 红

庆远卖红绸。

5-591

佚 判 很 判 下

Fwx buenq hwnj buenq roengz

fə^{4} pu:n^{5} hɯn^{3} pu:n^{5} ɹoŋ^{2}

别人 贩 上 贩 下

商贩到处走，

5-592

空 齐 邦 土 閙

Ndwi ruenz biengz dou nauq

du:i^{1} ɹu:n^{2} pi:ŋ^{2} tu^{1} na:u^{5}

不 爱 地方 我 一点

不走我家乡。

女唱

5-593

更　河　开　绸　团

Gwnz haw gai couz duenh

kɯn^2 həɯ^1 kaːi^1 ɕu^2 tuːn^6

上　圩　卖　绸　缎

圩上卖绸缎，

5-594

庆　远　判　绸　红

Ging yenj buenq couz hoengz

kiŋ^3 juːn^6 puːn^5 ɕu^2 hoŋ^2

庆　远　贩　绸　红

庆远卖红绸。

5-595

利　判　下　广　东

Lij buenq roengz gvangj doeng

li^4 puːn^5 ɹoŋ^2 kwaːŋ^3 toŋ^1

还　贩　下　广　东

还贩到广东，

5-596

米　日　齐　邦　农

Miz ngoenz ruenz biengz nuengx

mi^2 ŋon^2 ɹuːn^2 piːŋ^2 nuːŋ^4

有　天　爱　地方　妹

哪天到我家？

男唱

5-597

更　河　开　绸　团

Gwnz haw gai couz duenh

kɯn^2 həɯ^1 kaːi^1 ɕu^2 tuːn^6

上　圩　卖　绸　缎

圩上卖绸缎，

5-598

庆　远　判　绸　好

Ging yenj buenq couz hau

kiŋ^3 juːn^6 puːn^5 ɕu^2 haːu^1

庆　远　贩　绸　白

庆远卖白绸。

5-599

伕　九　哈　花　桃

Fwx riuz ha va dauz

fə^4 ɹiːu^2 ha^1 va^1 taːu^2

别人　传　配　花　桃

据传像桃花，

5-600

不　知　好　说　美

Mbouj rox hau naeuz meiq

bou^5 ɹo^4 haːu^1 nau^2 mei^5

不　知　白　或　灰

是白还是灰？

女唱

5-601

更 河 判 绸 团

Gwnz haw buenq couz duenh

kɯn^{2} həɯ^{1} pu:n^{5} ɕu^{2} tu:n^{6}

上 圩 贩 绸 缎

圩上贩绸缎，

5-602

庆 远 判 绸 好

Ging yenj buenq couz hau

kiŋ^{3} ju:n^{6} pu:n^{5} ɕu^{2} ha:u^{1}

庆 远 贩 绸 白

庆远贩白绸。

5-603

伕 九 哈 花 桃

Fwx riuz ha va dauz

fə^{4} ɹi:u^{2} ha^{1} va^{1} ta:u^{2}

别人 传 配 花 桃

说绸如桃花，

5-604

不 好 牙 可 美

Mbouj hau yah goj meiq

bou^{5} ha:u^{1} ja^{5} ko^{5} mei^{5}

不 白 也 可 灰

不白也是灰。

男唱

5-605

更 河 开 绸 团

Gwnz haw gai couz duenh

kɯn^{2} həɯ^{1} ka:i^{1} ɕu^{2} tu:n^{6}

上 圩 卖 绸 缎

圩上卖绸缎，

5-606

庆 远 判 绸 好

Ging yenj buenq couz hau

kiŋ^{3} ju:n^{6} pu:n^{5} ɕu^{2} ha:u^{1}

庆 远 贩 绸 白

庆远卖白绸。

5-607

汔 办 哈 花 桃

Aet baenz ha va dauz

at^{7} pan^{2} ha^{1} va^{1} ta:u^{2}

靓 成 配 花 桃

美色如桃花，

5-608

得 交 心 是 念

Ndaej gyau sim cix net

dai^{3} kja:u^{1} θin^{1} ɕi^{4} ne:t^{7}

得 交 心 就 实

得交心欢悦。

女唱

5-609

更	河	开	绸	团
Gwnz	haw	gai	couz	duenh
kɯn^{2}	həɯ^{1}	ka:i^{1}	ɕu^{2}	tu:n^{6}
上	圩	卖	绸	缎

圩上卖绸缎，

5-610

庆	远	判	绸	好
Ging	yenj	buenq	couz	hau
kiŋ^{3}	ju:n^{6}	pu:n^{5}	ɕu^{2}	ha:u^{1}
庆	远	贩	绸	白

庆远卖白绸。

5-611

往	秀	包	秀	少
Uengj	ciuh	mbauq	ciuh	sau
va:ŋ^{3}	ɕi:u^{6}	ba:u^{5}	ɕi:u^{6}	θa:u^{1}
枉	世	小伙	世	姑娘

枉一代情友，

5-612

同	交	不	同	得
Doengz	gyau	mbouj	doengz	ndaej
toŋ^{2}	kja:u^{1}	bou^{5}	toŋ^{2}	dai^{3}
同	交	不	同	得

终不成眷属。

男唱

5-613

更	河	开	绸	团
Gwnz	hawj	gai	couz	duenh
kɯn^{2}	həɯ^{1}	ka:i^{1}	ɕu^{2}	tu:n^{6}
上	圩	卖	绸	缎

圩上卖绸缎，

5-614

庆	远	判	绸	好
Ging	yenj	buenq	couz	hau
kiŋ^{3}	ju:n^{6}	pu:n^{5}	ɕu^{2}	ha:u^{1}
庆	远	贩	绸	白

庆远卖白绸。

5-615

勒	仪	古	包	少
Lawh	saenq	guh	mbauq	sau
ləɯ^{6}	θin^{5}	ku^{4}	ba:u^{5}	θa:u^{1}
换	信	做	小伙	姑娘

换信成情侣，

5-616

老	开	么	了	农
Lau	gij	maz	liux	nuengx
la:u^{1}	ka:i^{2}	ma^{2}	li:u^{4}	nu:ŋ^{4}
怕	什	么	啰	妹

小妹怕什么？

女唱

5-617

更	**河**	**开**	**绸**	**团**
Gwnz	haw	gai	couz	duenh
kɯn^{2}	həɯ^{1}	ka:i^{1}	ɕu^{2}	tu:n^{6}
上	圩	卖	绸	缎

圩上卖绸缎，

5-618

庆	**远**	**判**	**绸**	**好**
Ging	yenj	buenq	couz	hau
kiŋ^{3}	ju:n^{6}	pu:n^{5}	ɕu^{2}	ha:u^{1}
庆	远	贩	绸	白

庆远卖白绸。

5-619

勒	**仪**	**古**	**包**	**少**
Lawh	saenq	guh	mbauq	sau
ləɯ^{6}	θin^{5}	ku^{4}	ba:u^{5}	θa:u^{1}
换	信	做	小伙	姑娘

换信做情侣，

5-620

可	**老**	**不**	**外**	**秀**
Goj	lau	mbouj	vaij	ciuh
ko^{5}	la:u^{1}	bou^{5}	va:i^{3}	ɕi:u^{6}
可	怕	不	过	世

怕不得善终。

男唱

5-621

更	**河**	**开**	**绸**	**团**
Gwnz	haw	gai	couz	duenh
kɯn^{2}	həɯ^{1}	ka:i^{1}	ɕu^{2}	tu:n^{6}
上	圩	卖	绸	缎

圩上卖绸缎，

5-622

庆	**远**	**判**	**绸**	**支**
Ging	yenj	buenq	couz	sei
kiŋ^{3}	ju:n^{6}	pu:n^{2}	ɕu^{2}	θi^{1}
庆	远	贩	绸	丝

庆远卖丝绸。

5-623

伕	**九**	**好**	**九**	**好**
Fwx	riuz	ndei	riuz	ndei
fə^{4}	ɹi:u^{2}	dei^{1}	ɹi:u^{2}	dei^{1}
别人	传	好	传	好

据说丝绸好，

5-624

不	**贝**	**吉**	**而**	**得**
Mbouj	bae	giz	lawz	ndaej
bou^{5}	pai^{1}	ki^{2}	laɯ^{2}	dai^{3}
不	去	处	哪	得

但又无所得。

女唱

5-625

更	河	开	绸	团
Gwnz	haw	gai	couz	duenh
kɯn²	həɯ¹	ka:i¹	ɕu²	tu:n⁶
上	圩	卖	绸	锻

圩上卖绸锻，

5-626

庆	远	判	绸	支
Ging	yenj	buenq	couz	sei
kiŋ³	ju:n⁶	pu:n⁵	ɕu²	θi¹
庆	远	贩	绸	丝

庆远卖丝绸。

5-627

卩	好	人	刀	米
Boux	hauq	yinz	dauq	miz
pu⁴	ha:u⁵	jin²	tau⁵	mi²
人	好	人	倒	有

好人有是有，

5-628

友	千	金	难	有
Youx	cien	gim	nanz	youj
ju⁴	ɕi:n¹	kin¹	na:n²	jou³
友	千	金	难	有

千金友难得。

男唱

5-629

更	河	开	绸	团
Gwnz	haw	gai	couz	duenh
kɯn²	həɯ¹	ka:i¹	ɕu²	tu:n⁶
上	圩	卖	绸	锻

圩上卖绸锻，

5-630

庆	远	判	绸	支
Ging	yenj	buenq	couz	sei
kiŋ³	ju:n⁶	pu:n⁵	ɕu²	θi¹
庆	远	贩	绸	丝

庆远卖丝绸。

5-631

卩	好	人	刀	米
Boux	hauq	yinz	dauq	miz
pu⁴	ha:u⁵	jin²	tau⁵	mi²
人	好	人	倒	有

好人有是有，

5-632

不	比	你	了	农
Mbouj	beij	mwngz	liux	nuengx
bou⁵	pi³	mɯŋ²	li:u⁴	nu:ŋ⁴
不	比	你	啰	妹

不比情妹你。

女唱

5-633

更	河	开	绸	团
Gwnz	haw	gai	couz	duenh
kɯn^{2}	həɯ^{1}	ka:i^{5}	ɕu^{2}	tu:n^{6}
上	圩	卖	绸	锻

圩上卖绸锻，

5-634

庆	远	判	绸	支
Ging	yenj	buenq	couz	sei
kiŋ^{3}	ju:n^{6}	pu:n^{5}	ɕu^{2}	θi^{1}
庆	远	贩	绸	丝

庆远卖丝绸。

5-635

阝	好	人	刀	米
Boux	hauq	yinz	dauq	miz
pu^{4}	hau^{5}	jin^{2}	ta^{5}	mi^{2}
人	好	人	倒	有

好人有是有，

5-636

几	时	龙	得	勒
Geij	seiz	lungz	ndaej	lawh
ki^{3}	θi^{2}	luŋ^{2}	dai^{3}	ləɯ^{6}
几	时	龙	得	换

兄何时得交？

男唱

5-637

更	河	开	绸	团
Gwnz	haw	gai	couz	duenh
kɯn^{2}	həɯ^{1}	ka:i^{1}	ɕu^{2}	tu:n^{6}
上	圩	卖	绸	锻

圩上卖绸锻，

5-638

知	祘	是	装	身
Rox	suenq	cix	cang	ndang
ɹo^{4}	θu:n^{5}	ɕi^{4}	ɕa:ŋ^{1}	da:ŋ^{1}
知	算	就	装	身

有意就置衣。

5-639

知	九	是	裁	布
Rox	yiuj	cix	caiz	baengz
ɹo^{4}	ji:u^{3}	ɕi^{4}	ɕa:i^{2}	paŋ^{2}
知	礼	就	裁	布

有心就裁衣，

5-640

正	牙	堂	貝	了
Cingz	yaek	daengz	bae	liux
ɕiŋ^{2}	jak^{7}	taŋ^{2}	pai^{1}	li:u^{4}
情	要	到	去	啰

情友快到了。

女唱

5-641

更 河 开 绸 团

Gwnz haw gai couz duenh

kɯn^{2} həɯ^{1} kaːi^{1} ɕu^{2} tuːn^{6}

上 圩 卖 绸 锻

圩上卖绸锻，

5-642

知 祘 是 装 身

Rox suenq cix cang ndang

ɹo^{4} θuːn^{5} ɕi^{4} ɕaːŋ^{1} daːŋ^{1}

知 算 就 装 身

有心就置衣。

5-643

知 正 堂 不 堂

Rox cing daengz mbouj daengz

ɹo^{4} ɕiŋ^{2} taŋ^{2} bou^{5} taŋ^{2}

知 情 到 不 到

情友未必来，

5-644

先 装 身 在 加

Senq cang ndang ywq caj

θeːn^{5} ɕaːŋ^{1} daːŋ^{1} jɯ^{5} kja^{3}

先 装 身 在 等

买新衣来等。

男唱

5-645

更 河 开 美 支

Gwnz haw gai mae sei

kɯn^{2} həɯ^{1} kaːi^{1} mai^{1} θi^{1}

上 圩 卖 纱 丝

圩上卖丝线，

5-646

𠂤 米 钱 是 加

Boux miz cienz cix gyaq

pu^{4} mi^{2} ɕiːn^{2} ɕi^{4} kja^{5}

人 有 钱 就 讲价

有钱就讲价。

5-647

更 河 开 洋 沙

Gwnz haw gai yangz sa

kɯn^{2} həɯ^{1} kaːi^{1} yaːŋ^{2} θa^{1}

上 圩 卖 洋 纱

圩上卖洋纱，

5-648

一 马 几 来 钱

It max geij lai cienz

it^{7} ma^{4} ki^{3} laːi^{1} ɕiːn^{2}

一 码 几 多 钱

一码多少钱？

女唱

5-649

更	河	开	美	支
Gwnz	haw	gai	mae	sei
kɯn^{2}	həɯ^{1}	kaːi^{1}	mai^{1}	θi^{1}
上	圩	卖	纱	丝

圩上卖丝线，

5-650

卜	米	钱	是	加
Boux	miz	cienz	cix	gyaq
pu^{4}	mi^{2}	ɕiːn^{2}	ɕi^{4}	kja^{5}
人	有	钱	就	讲价

有钱就问价。

5-651

一	马	三	关	五
It	max	sam	gvanq	haj
it^{7}	ma^{4}	θaːn^{1}	kwaːn^{5}	ha^{3}
一	码	三	贯	五

每码三贯五，

5-652

又	问	加	古	而
Youh	haemq	gyaq	guh	rawz
jou^{4}	han^{5}	kja^{5}	ku^{4}	ɹaɯ^{2}
又	问	价	做	什么

问价干什么？

男唱

5-653

更	河	开	美	支
Gwnz	haw	gai	mae	sei
kɯn^{2}	həɯ^{1}	kaːi^{1}	mai^{1}	θi^{1}
上	圩	卖	纱	丝

圩上卖丝线，

5-654

卜	米	钱	是	加
Boux	miz	cienz	cix	gyaq
pu^{4}	mi^{2}	ɕiːn^{2}	ɕi^{4}	kja^{5}
人	有	钱	就	讲价

有钱就问价。

5-655

美	支	点	洋	沙
Mae	sei	dem	yangz	sa
mai^{1}	θi^{1}	teːn^{1}	jaːŋ^{2}	θa^{1}
纱	丝	与	洋	纱

丝线与洋纱，

5-656

讲	加	不	对	同
Gangj	gyaq	mbouj	doiq	doengz
kaːŋ^{3}	kja^{5}	bou^{5}	toːi^{5}	toŋ^{2}
讲	价	不	对	同

价钱不对等。

女唱

5-657

更	**河**	**开**	**美**	**支**
Gwnz	haw	gai	mae	sei
kɯn²	həɯ¹	kaːi¹	mai¹	θi¹
上	**圩**	**卖**	**纱**	**丝**

圩上卖丝线，

5-658

卜	**米**	**钱**	**是**	**加**
Boux	miz	cienz	cix	gyaq
pu⁴	mi²	ɕiːn²	ɕi⁴	kja⁵
人	**有**	**钱**	**就**	**讲价**

有钱就问价。

5-659

美	**支**	**点**	**洋**	**沙**
Mae	sei	dem	yangz	sa
mai¹	θi¹	teːn¹	jaːŋ²	θa¹
纱	**丝**	**与**	**洋**	**纱**

丝线与洋纱，

5-660

备	**加**	**瓜**	**知**	**空**
Beix	gyaq	gvaq	rox	ndwi
pi⁴	kja⁵	kwa⁵	ɹo⁴	duːi¹
兄	**讲价**	**过**	**或**	**不**

兄曾问价否？

男唱

5-661

更	**河**	**开**	**美**	**支**
Gwnz	haw	gai	mae	sei
kɯn²	həɯ¹	kaːi¹	mai¹	θi¹
上	**圩**	**卖**	**纱**	**丝**

圩上卖丝线，

5-662

米	**钱**	**龙**	**是**	**加**
Miz	cienz	lungz	cix	gyaq
mi²	ɕiːn²	luŋ²	ɕi⁴	kja⁵
有	**钱**	**龙**	**就**	**讲价**

兄有钱就问。

5-663

伕	**作**	**空**	**堂**	**加**
Fwx	coq	ndwi	daengz	gyaq
fə⁴	ɕo⁵	duːi¹	taŋ²	kja⁵
别人	**放**	**不**	**到**	**价**

人给钱不够，

5-664

乜	**可**	**华**	**加**	**龙**
Meh	goj	hah	caj	lungz
me⁶	ko⁵	ha⁶	kja³	luŋ²
母	**可**	**占**	**等**	**龙**

母会留给我。

女唱

5-665

更	**河**	**开**	**美**	**支**
Gwnz	haw	gai	mae	sei
kɯn^{2}	həɯ^{1}	ka:i^{1}	mai^{1}	θi^{1}
上	**圩**	**卖**	**纱**	**丝**

圩上卖丝线，

5-666

卜	**米**	**钱**	**是**	**加**
Boux	miz	cienz	cix	gyaq
pu^{4}	mi^{2}	ɕi:n^{2}	ɕi^{4}	kja^{5}
人	**有**	**钱**	**就**	**讲价**

有钱就问价。

5-667

些	**观**	**伕**	**先**	**华**
Seiq	gonq	fwx	senq	hah
θe^{5}	ko:n^{5}	fə^{4}	θe:n^{5}	ha^{6}
世	**先**	**别人**	**早**	**占**

前世别人订，

5-668

瓜	**了**	**牙**	**堂**	**偻**
Gvaq	liux	yax	daengz	raeuz
kwa^{5}	li:u^{4}	ja^{5}	taŋ^{2}	ɹau^{2}
过	**完**	**才**	**到**	**我们**

过后我才来。

男唱

5-669

更	**河**	**开**	**美**	**支**
Gwnz	haw	gai	mae	sei
kɯn^{2}	həɯ^{1}	ka:i^{1}	mai^{1}	θi^{1}
上	**圩**	**卖**	**纱**	**丝**

圩上卖丝线，

5-670

米	**钱**	**龙**	**是**	**兰**
Miz	cienz	lungz	cix	lanh
mi^{2}	ɕi:n^{2}	luŋ^{2}	ɕi^{4}	la:n^{6}
有	**钱**	**龙**	**就**	**大方**

兄有钱就买。

5-671

更	**河**	**开**	**兰**	**干**
Gwnz	haw	gai	lanz	ganh
kɯn^{2}	həɯ^{1}	ka:i^{1}	la:n^{2}	ka:n^{5}
上	**圩**	**卖**	**栏**	**杆**

圩上卖栏杆，

5-672

波	**兰**	**買**	**卜**	**条**
Boj	lanh	cawx	boux	diuz
po^{3}	la:n^{6}	ɕəɯ^{4}	pu^{4}	ti:u^{2}
吹牛	**大方**	**买**	**人**	**条**

每人买一条。

女唱

5-673

更	**河**	**开**	**美**	**支**
Gwnz	haw	gai	mae	sei
kɯn^{2}	həɯ^{1}	ka:i^{1}	mai^{1}	θi^{1}
上	**圩**	**卖**	**纱**	**丝**

圩上卖丝线，

5-674

卜	**米**	**钱**	**是**	**兰**
Boux	miz	cienz	cix	lanh
pu^{4}	mi^{2}	ɕi:n^{2}	ɕi^{4}	la:n^{6}
人	**有**	**钱**	**就**	**大方**

有钱随意买。

5-675

更	**河**	**开**	**兰**	**干**
Gwnz	haw	gai	lanz	ganh
kɯn^{2}	həɯ^{1}	ka:i^{1}	la:n^{2}	ka:n^{5}
上	**圩**	**卖**	**栏**	**杆**

圩上卖栏杆，

5-676

友	**而**	**兰**	**是**	**要**
Youx	lawz	lanh	cix	aeu
ju^{4}	laɯ^{2}	la:n^{6}	ɕi^{4}	au^{1}
友	**哪**	**大方**	**就**	**要**

舍得钱就买。

男唱

5-677

更	**河**	**开**	**美**	**支**
Gwnz	haw	gai	mae	sei
kɯn^{2}	həɯ^{1}	ka:i^{1}	mai^{1}	θi^{1}
上	**圩**	**卖**	**纱**	**丝**

圩上卖丝线，

5-678

米	**钱**	**龙**	**管**	**兰**
Miz	cienz	lungz	guenj	lanh
mi^{2}	ɕi:n^{2}	luŋ^{2}	ku:n^{3}	la:n^{6}
有	**钱**	**龙**	**管**	**大方**

兄有钱就买。

5-679

卜	**坤**	**米**	**银**	**万**
Boux	gun	miz	ngaenz	fanh
pu^{4}	kun^{1}	mi^{2}	ŋan^{2}	fa:n^{6}
人	**官**	**有**	**银**	**万**

汉人较有钱，

5-680

它	**可**	**兰**	**可**	**贝**
De	goj	lanh	goj	bae
te^{1}	ko^{5}	la:n^{6}	ko^{5}	pai^{1}
他	**可**	**大方**	**可**	**去**

可边走边买。

女唱

5-681

更	河	开	美	支
Gwnz	haw	gai	mae	sei
kɯn^{2}	həɯ^{1}	ka:i^{1}	mai^{1}	θi^{1}
上	圩	卖	纱	丝

圩上卖丝线，

5-682

米	钱	偻	岁	兰
Miz	cienz	raeuz	caez	lanh
mi^{2}	ɕi:n^{2}	ɹau^{2}	ɕai^{2}	la:n^{6}
有	钱	我们	齐	大方

我们同去买。

5-683

卜	坤	米	银	万
Boux	gun	miz	ngaenz	fanh
pu^{4}	kun^{1}	mi^{2}	ŋan^{2}	fa:n^{6}
人	官	有	银	万

汉人再有钱，

5-684

兰	不	瓜	双	偻
Lanh	mbouj	gvaq	song	raeuz
la:n^{6}	bou^{5}	kwa^{5}	θo:ŋ^{1}	ɹau^{2}
大方	不	过	两	我们

比不过我俩。

男唱

5-685

更	河	开	美	支
Gwnz	haw	gai	mae	sei
kɯn^{2}	həɯ^{1}	ka:i^{1}	mai^{1}	θi^{1}
上	圩	卖	纱	丝

圩上卖丝线，

5-686

米	钱	你	是	要
Miz	cienz	mwngz	cix	aeu
mi^{2}	ɕi:n^{2}	mɯŋ^{2}	ɕi^{4}	au^{7}
有	钱	你	就	要

有钱随便买。

5-687

更	河	开	布	照
Gwnz	haw	gai	baengz	caeux
kɯn^{2}	həɯ^{1}	ka:i^{1}	paŋ^{2}	ɕau^{4}
上	圩	卖	布	条

圩上卖布条，

5-688

要	牙	加	农	银
Aeu	yax	caj	nuengx	ngaenz
au^{1}	ja^{5}	kja^{3}	nu:ŋ^{4}	ŋan^{2}
要	也	等	妹	银

等妹来再买。

女唱

5-689

更	河	开	美	支
Gwnz	haw	gai	mae	sei
kɯn^{2}	həɯ^{1}	ka:i^{1}	mai^{1}	θi^{1}
上	圩	卖	纱	丝

圩上卖丝线，

5-690

卜	米	钱	是	要
Boux	miz	cienz	cix	aeu
pu^{4}	mi^{2}	ɕi:n^{2}	ɕi^{4}	au^{1}
人	有	钱	就	要

有钱就去买。

5-691

更	河	卖	布	照
Gwnz	haw	gai	baengz	caeux
kɯn^{2}	həɯ^{1}	ka:i^{1}	paŋ^{2}	ɕau^{4}
上	圩	卖	布	条

圩上卖布条，

5-692

不	要	古	坏	钱
Mbouj	aeu	guh	vaih	cienz
bou^{5}	au^{1}	ku^{4}	va:i^{6}	ɕi:n^{2}
不	要	做	坏	钱

不值得去买。

男唱

5-693

更	河	开	美	支
Gwnz	haw	gai	mae	sei
kɯn^{2}	həɯ^{1}	ka:i^{1}	mai^{1}	si^{1}
上	圩	卖	纱	丝

圩上卖丝线，

5-694

米	线	你	是	買
Miz	cienz	mwngz	cix	cawx
mi^{2}	ɕi:n^{2}	mɯŋ^{2}	ɕi^{4}	ɕəɯ^{4}
有	钱	你	就	买

有钱你就买。

5-695

更	河	开	心	事
Gwnz	haw	gai	sim	saeh
kɯn^{2}	həɯ^{1}	ka:i^{1}	θin^{1}	θei^{6}
上	圩	卖	心	事

圩上卖心事，

5-696

買	牙	加	农	银
Cawx	yax	caj	nuengx	ngaenz
ɕəɯ^{4}	ja^{5}	kja^{3}	nu:ŋ^{4}	ŋan^{2}
买	也	等	妹	银

等妹再来买。

女唱

5-697

更	河	开	美	支
Gwnz	haw	gai	mae	sei
kɯn^{2}	həɯ^{1}	kaːi^{1}	mai^{1}	θi^{1}
上	圩	卖	纱	丝

圩上卖丝线，

5-698

卜	米	钱	是	買
Boux	miz	cienz	cix	cawx
pu^{4}	mi^{2}	ɕiːn^{2}	ɕi^{4}	ɕəɯ^{4}
人	有	钱	就	买

谁有钱就买。

5-699

更	河	开	心	事
Gwnz	haw	gai	sim	saeh
kɯn^{2}	həɯ^{1}	kaːi^{1}	θin^{1}	θei^{6}
上	圩	卖	心	事

圩上卖心事，

5-700

不	買	古	坏	钱
Mbouj	cawx	guh	vaih	cienz
bou^{5}	ɕəɯ^{4}	ku^{4}	vaːi^{6}	ɕiːn^{2}
不	买	做	坏	钱

买了费钱财。

男唱

5-701

貝	河	買	洋	沙
Bae	haw	cawx	yangz	sa
pai^{1}	ɦəɯ^{1}	ɕəɯ^{4}	jaːŋ^{2}	θa^{1}
去	圩	买	洋	纱

赶圩买洋纱，

5-702

利	買	得	把	针
Lij	cawx	ndaej	fag	cim
li^{4}	ɕəɯ^{4}	dai^{3}	faːk^{8}	ɕim^{1}
还	买	得	把	针

还买一把针。

5-703

说	对	邦	用	心
Naeuz	doih	baengz	yungh	sim
nau^{2}	toːi^{6}	paŋ^{2}	juŋ^{6}	θin^{1}
说	伙伴	朋	用	心

情友要用心，

5-704

特	心	平	了	农
Dawz	sim	bingz	liux	nuengx
təɯ^{2}	θin^{1}	piŋ^{2}	liːu^{4}	nuːŋ^{4}
拿	心	平	啰	妹

妹心要真诚。

女唱

5-705

贝	**河**	**買**	**把**	**针**
Bae	haw	cawx	fag	cim
pai¹	həɯ¹	ɕəɯ⁴	fa:k⁸	ɕim¹
去	圩	买	把	针

赶圩买把针，

5-706

特	**马**	**丁**	**会**	**骨**
Dawz	ma	ding	faex	ndoek
təɯ²	ma¹	tiŋ¹	fai⁴	dok⁷
拿	来	钉	树	刺竹

拿来钉刺竹。

5-707

少	**丁**	**贵**	**狼**	**出**
Sau	ding	gwiz	langh	ok
θa:u¹	tiŋ¹	kɯi²	la:ŋ⁶	o:k⁷
姑娘	钉	丈夫	若	出

妹离得丈夫，

5-708

务	**是**	**更**	**灯**	**日**
Huj	cix	goemq	daeng	ngoenz
hu³	ɕi⁴	kon⁵	taŋ¹	ŋan²
云	就	盖	灯	天

云雾盖太阳。

男唱

5-709

贝	**河**	**買**	**把**	**针**
Bae	haw	cawx	fag	cim
pai¹	həɯ¹	ɕəɯ⁴	fa:k⁸	ɕim¹
去	圩	买	把	针

赶圩买把针，

5-710

特	**马**	**丁**	**会**	**累**
Dawz	ma	ding	faex	reiq
təɯ²	ma¹	tiŋ¹	fai⁴	ɹei⁵
拿	来	钉	树	椎木

拿来钉椎木。

5-711

少	**丁**	**贵**	**刀**	**得**
Sau	ding	gwiz	dauq	ndaej
θa:u¹	tiŋ¹	kɯi²	ta:u⁵	dai³
姑娘	钉	丈夫	倒	得

妹可离丈夫，

5-712

妻	**伏**	**不**	**中**	**土**
Maex	fwx	mbouj	cuengq	dou
mai⁴	fə⁴	bou⁵	ɕu:ŋ⁵	tu¹
妻	别人	不	放	我

我离妻不得。

女唱

5-713

貝	**河**	**買**	**把**	**针**
Bae	haw	cawx	fag	cim
pai^{1}	həɯ^{1}	ɕəɯ^{4}	faːk^{8}	ɕim^{1}
去	圩	买	把	针

赶圩买把针，

5-714

特	**马**	**丁**	**会**	**累**
Dawz	ma	ding	faex	reiq
təɯ^{2}	ma^{1}	tiŋ^{1}	fai^{4}	ɹei^{5}
拿	来	钉	树	椎木

拿来钉椎木。

5-715

少	**丁**	**贵**	**狼**	**得**
Sau	ding	gwiz	langh	ndaej
θaːu^{1}	tiŋ^{1}	kɯi^{2}	laːŋ^{6}	dai^{3}
姑娘	钉	丈夫	若	得

妹若变单身，

5-716

备	**汢**	**妻**	**不**	**要**
Beix	saet	maex	mbouj	aeu
pi^{4}	θat^{7}	mai^{4}	bou^{5}	au^{1}
兄	留	妻	不	要

兄也要弃妻。

男唱

5-717

貝	**河**	**買**	**把**	**针**
Bae	haw	cawx	fag	cim
pai^{1}	həɯ^{1}	ɕəɯ^{4}	faːk^{8}	ɕim^{1}
去	圩	买	把	针

赶圩买把针，

5-718

特	**马**	**丁**	**会**	**古**
Dawz	ma	ding	faex	goux
təɯ^{2}	ma^{1}	tiŋ^{1}	fai^{4}	ku^{4}
拿	来	钉	树	乌桕

拿来钉桕木。

5-719

少	**丁**	**贵**	**要**	**友**
Sau	ding	gwiz	aeu	youx
θaːu^{1}	tiŋ^{1}	kɯi^{2}	au^{1}	ju^{4}
姑娘	钉	丈夫	要	友

妹弃夫交友，

5-720

良	**祘**	**甫**	**一**	**点**
Lingh	suenq	bouh	ndeu	dem
leːŋ^{6}	θuːn^{5}	pou^{6}	deːu^{1}	teːn^{1}
另	算	步	一	还

还要走一步。

女唱

5–721

貝	河	買	把	针
Bae	haw	cawx	fag	cim
pai^{1}	həɯ^{1}	ɕəɯ^{4}	fa:k^{8}	ɕim^{1}
去	圩	买	把	针

赶圩买把针，

5–722

特	马	丁	会	老
Dawz	ma	ding	faex	laux
təɯ^{2}	ma^{1}	tiŋ^{1}	fai^{4}	la:u^{4}
拿	来	钉	树	大

拿来钉大树。

5–723

少	丁	贵	要	包
Sau	ding	gwiz	aeu	mbauq
θa:u^{1}	tiŋ^{1}	kɯi^{2}	au^{1}	ba:u^{5}
姑娘	钉	丈夫	要	小伙

妹弃夫交友，

5–724

偻	良	造	家	然
Raeuz	lingh	caux	gya	ranz
ɹau^{2}	le:ŋ^{6}	ɕa:u^{4}	kja^{1}	ɹa:n^{2}
我们	另	造	家	家

我俩结婚姻。

男唱

5–725

貝	河	買	把	针
Bae	haw	cawx	fag	cim
pai^{1}	həɯ^{1}	ɕəɯ^{4}	fa:k^{8}	ɕim^{1}
去	圩	买	把	针

赶圩买把针，

5–726

特	马	丁	会	坚
Dawz	ma	ding	faex	genq
təɯ^{2}	ma^{1}	tiŋ^{1}	fai^{4}	ke:n^{5}
拿	来	钉	树	坚

拿来钉坚木。

5–727

少	丁	贵	连	连
Sau	ding	gwiz	lienz	lienz
θa:u^{1}	tiŋ^{1}	kɯi^{2}	le:n^{2}	le:n^{2}
姑娘	钉	丈夫	连	连

妹急忙弃夫，

5–728

明	田	农	可	凉
Cog	dieg	muengx	goj	liengz
ɕo:k^{8}	ti:k^{8}	nu:ŋ^{4}	ko^{5}	li:ŋ^{2}
将来	地	妹	可	凉

家园会荒凉。

女唱

5–729

架 左 不 好 特

Cax swix mbouj ndei dawz

kja^4 θɯːi^4 bou^5 dei^1 təɯ^2

刀 左 不 好 拿

左刀不好使，

5–730

特 马 芬 果 蕉

Dawz ma faenz go gyoij

təɯ^2 ma^1 fan^2 ko^1 kjoːi^3

拿 来 伐 棵 芭蕉

用来砍芭蕉。

5–731

贵 土 好 又 青

Gwiz dou ndei youh oiq

kɯi^2 tu^1 dei^1 jou^4 oːi^5

丈夫 我 好 又 嫩

我夫少又帅，

5–732

样 而 对 它 贝

Yiengh lawz doiq de bae

jɯːŋ^6 laɯ^2 toːi^5 te^1 pai^1

样 哪 退 他 去

为何抛弃他？

男唱

5–733

架 右 不 好 特

Cax gvaz mbouj ndei dawz

kja^4 kwa^2 bou^5 dei^1 təɯ^2

刀 右 不 好 拿

右刀不好使，

5–734

特 马 芬 果 杭

Dawz ma faenz go gangx

təɯ^2 ma^1 fan^2 ko^1 kaːŋ^4

拿 来 伐 棵 毛竹

用来砍毛竹。

5–735

贵 不 好 是 狼

Gwiz mbouj ndei cix langh

kɯi^2 bou^5 dei^1 ɕi^4 laːŋ^6

丈夫 不 好 就 放

夫不好就离，

5–736

友 而 安 你 要

Youx lawz at mwngz aeu

ju^4 laɯ^2 aːt^7 mɯŋ^2 au^1

友 哪 压 你 要

谁强迫你要？

女唱

5-737

架	**左**	**不**	**好**	**特**
Cax	swix	mbouj	ndei	dawz
kja^{4}	θɯːi^{4}	bou^{5}	dei^{1}	təɯ^{2}
刀	左	不	好	拿

左刀不好使，

5-738

特	**马**	**芬**	**会**	**骨**
Dawz	ma	faenz	faex	ndoek
təɯ^{2}	ma^{1}	fan^{2}	fai^{4}	dok^{7}
拿	来	伐	树	刺竹

用来砍刺竹。

5-739

少	**丁**	**贵**	**狼**	**出**
Sau	ding	gwiz	langh	ok
θaːu^{1}	tiŋ^{1}	kɯi^{2}	laːŋ^{6}	oːk^{7}
姑娘	钉	丈夫	若	出

妹若变单身，

5-740

备	**波**	**兰**	**银**	**千**
Beix	boj	lanh	ngaenz	cien
pi^{4}	po^{3}	laːn^{6}	ŋan^{2}	ɕiːn^{1}
兄	吹牛	大方	银	千

兄出千两银。

男唱

5-741

架	**左**	**不**	**好**	**特**
Cax	swix	mbouj	ndei	dawz
kja^{4}	θɯːi^{4}	bou^{5}	dei^{1}	təɯ^{2}
刀	左	不	好	拿

左刀不好使，

5-742

特	**马**	**芬**	**果**	**蕉**
Dawz	ma	faenz	go	gyoij
təɯ^{2}	ma^{1}	fan^{2}	ko^{1}	kjoːi^{3}
拿	来	伐	棵	芭蕉

用来砍芭蕉。

5-743

份	**广**	**英**	**真**	**背**
Faenh	gvangj	in	caen	boih
fan^{6}	kwaːŋ^{3}	in^{1}	ɕin^{1}	poːi^{6}
份	广	姻	真	背

姻缘真倒霉，

5-744

空	**知**	**会**	**小**	**正**
Ndwi	rox	hoih	siuj	cingz
duːi^{1}	ɹo^{4}	hoːi^{6}	θiːu^{3}	ɕiŋ^{2}
不	知	会	小	情

相会何不顺。

女唱

5-745

能	党	空	米	卡
Naengh	daengq	ndwi	miz	ga
naŋ^{6}	taŋ^{5}	du:i^{1}	mi^{2}	ka^{1}
坐	凳	不	有	腿

板凳没有腿，

5-746

英	拜	右	拜	左
Ing	baih	gvaz	baih	swix
iŋ^{1}	pa:i^{6}	kwa^{2}	pa:i^{6}	θɯ:i^{4}
靠	边	右	边	左

倾右又倾左。

5-747

广	英	空	知	会
Gvangj	in	ndwi	rox	hoih
kwa:ŋ^{3}	in^{1}	du:i^{1}	ɹo^{4}	ho:i^{6}
广	姻	不	知	会

姻缘不相投，

5-748

命	土	凶	办	么
Mingh	dou	rwix	baenz	maz
miŋ^{6}	tu^{1}	ɹu:i^{4}	pan^{2}	ma^{2}
命	我	孬	成	什么

我命真不好。

男唱

5-749

能	党	空	米	卡
Naengh	daengq	ndwi	miz	ga
naŋ^{6}	taŋ^{5}	du:i^{1}	mi^{2}	ka^{1}
坐	凳	不	有	腿

板凳没有腿，

5-750

英	拜	右	拜	左
Ing	baih	gvaz	baih	swix
iŋ^{1}	pa:i^{6}	kwa^{2}	pa:i^{6}	θɯ:i^{4}
靠	边	右	边	左

倾右又倾左。

5-751

年	纪	你	利	青
Nienz	geij	mwngz	lij	oiq
ni:n^{2}	ki^{3}	mɯŋ^{2}	li^{4}	o:i^{5}
年	纪	你	还	嫩

你年纪轻轻，

5-752

怨	命	凶	古	么
Yonq	mingh	rwix	guh	maz
jo:n^{5}	miŋ^{6}	ɹu:i^{4}	ku^{4}	ma^{2}
怨	命	孬	做	什么

何怨命不好？

女唱

5-753

能	**党**	**空**	**米**	**卡**
Naengh	daengq	ndwi	miz	ga
naŋ^{6}	taŋ^{5}	duːi^{1}	mi^{2}	ka^{1}
坐	凳	不	有	腿

板凳没有腿，

5-754

英	**拜**	**右**	**拜**	**左**
Ing	baih	gvaz	baih	swix
iŋ^{1}	paːi^{6}	kwa^{2}	paːi^{6}	θɯːi^{4}
靠	边	右	边	左

倾右又倾左。

5-755

想	**不**	**怨**	**命**	**凶**
Siengj	mbouj	yonq	mingh	rwix
θiːŋ^{3}	bou^{5}	joːn^{3}	miŋ^{6}	ɹuːi^{4}
想	不	怨	命	孬

不怨命不好，

5-756

配	**不**	**得**	**备**	**银**
Boiq	mbouj	ndaej	beix	ngaenz
poːi^{5}	bou^{5}	dai^{3}	pi^{4}	ŋan^{2}
配	不	得	兄	银

配不上情哥。

男唱

5-757

能	**党**	**空**	**米**	**卡**
Naengh	daengq	ndwi	miz	ga
naŋ^{6}	taŋ^{5}	duːi^{1}	mi^{2}	ka^{1}
坐	凳	不	有	腿

板凳没有腿，

5-758

英	**拜**	**右**	**拜**	**左**
Ing	baih	gvaz	baih	swix
iŋ^{1}	paːi^{6}	kwa^{2}	paːi^{6}	θɯːi^{4}
靠	边	右	边	左

倾右又倾左。

5-759

年	**纪**	**少**	**利**	**青**
Nienz	geij	sau	lij	oiq
niːn^{2}	ki^{3}	θaːu^{1}	li^{4}	oːi^{5}
年	纪	姑娘	还	嫩

妹年纪还小，

5-760

八	**领**	**罪**	**邦**	**文**
Bah	lingx	coih	biengz	vunz
pa^{6}	liŋ^{4}	ɕoːi^{6}	piːŋ^{2}	vun^{2}
莫急	领	罪	地方	人

别急许配人。

女唱

5-761

能	**党**	**空**	**米**	**卡**
Naengh	daengq	ndwi	miz	ga
naŋ^{6}	taŋ^{5}	duːi^{1}	mi^{2}	ka^{1}
坐	凳	不	有	腿

板凳没有腿，

5-762

英	**拜**	**右**	**排**	**左**
Ing	baih	gvaz	baih	swix
iŋ^{1}	paːi^{6}	kwa^{2}	paːi^{6}	θɯːi^{4}
靠	边	右	边	左

倾右又倾左。

5-763

少	**牙**	**尝**	**领**	**罪**
Sau	yax	caengz	lingx	coih
θaːu^{1}	ja^{5}	ɕaŋ^{2}	liŋ^{4}	ɕoːi^{6}
姑娘	也	未	领	罪

妹不曾许人，

5-764

利	**加**	**对**	**邦**	**你**
Lij	caj	doiq	biengz	mwngz
li^{4}	kja^{3}	toːi^{5}	piːŋ^{2}	mɯŋ^{2}
还	等	对	地方	你

还在等待你。

男唱

5-765

能	**党**	**空**	**米**	**卡**
Naengh	daengq	ndwi	miz	ga
naŋ^{6}	taŋ^{5}	duːi^{1}	mi^{2}	ka^{1}
坐	凳	不	有	腿

板凳没有腿，

5-766

英	**拜**	**而**	**牙**	**论**
Ing	baih	lawz	yax	laemx
iŋ^{1}	paːi^{6}	laɯ^{2}	ja^{5}	lan^{4}
靠	边	哪	也	倒

左右两边倒。

5-767

年	**土**	**空**	**米**	**份**
Nem	dou	ndwi	miz	faenh
neːm^{1}	tu^{1}	duːi^{1}	mi^{2}	fan^{6}
贴	我	不	有	份

你我没缘分，

5-768

牙	**不**	**恨**	**友**	**文**
Yax	mbouj	haemz	youx	vun
ja^{5}	bou^{5}	han^{2}	ju^{4}	vun^{2}
也	不	恨	友	人

不去怨别人。

女唱

5-769

能	**党**	**空**	**米**	**卡**
Naengh	daengq	ndwi	miz	ga
naŋ^{6}	taŋ^{5}	duːi^{1}	mi^{2}	ka^{1}
坐	**凳**	**不**	**有**	**腿**

板凳没有腿，

5-770

英	**吉**	**而**	**牙**	**论**
Ing	giz	lawz	yax	laemx
iŋ^{1}	ki^{2}	lauː^{2}	ja^{5}	lan^{4}
靠	**处**	**哪**	**也**	**倒**

放哪里都倒。

5-771

少	**乖**	**牙**	**要**	**份**
Sau	gvai	yaek	aeu	faenh
θaːu^{1}	kwaːi^{1}	jak^{7}	au^{1}	fan^{6}
姑娘	**乖**	**欲**	**要**	**份**

妹想要缘分，

5-772

是	**马**	**能**	**排**	**龙**
Cix	ma	naengh	baiz	lungz
ɕi^{4}	ma^{1}	naŋ^{6}	paːi^{2}	luŋ^{2}
就	**来**	**坐**	**排**	**龙**

跟哥并排坐。

男唱

5-773

能	**党**	**空**	**米**	**卡**
Naengh	daengq	ndwi	miz	ga
naŋ^{6}	taŋ^{5}	duːi^{1}	mi^{2}	ka^{1}
坐	**凳**	**不**	**有**	**腿**

板凳没有腿，

5-774

英	**拜**	**而**	**牙**	**论**
Ing	baih	lawz	yax	laemx
iŋ^{1}	paːi^{6}	lauː^{2}	ja^{5}	lan^{4}
靠	**边**	**哪**	**也**	**倒**

靠哪边都倒。

5-775

土	**不**	**文**	**要**	**份**
Dou	mbouj	vun	aeu	faenh
tu^{1}	bou^{5}	vun^{1}	au^{1}	fan^{6}
我	**不**	**奢求**	**要**	**份**

不求我有份，

5-776

但	**对**	**生**	**办**	**然**
Danh	doiq	saemq	baenz	ranz
taːn^{6}	toːi^{5}	θan^{5}	pan^{2}	ɹaːn^{2}
但	**对**	**庚**	**成**	**家**

但我友成家。

女唱

5-777

能	**党**	**空**	**米**	**卡**
Naengh	daengq	ndwi	miz	ga
naŋ^{6}	taŋ^{5}	duːi^{1}	mi^{2}	ka^{1}
坐	凳	不	有	腿

板凳没有腿，

5-778

英	**吉**	**而**	**牙**	**论**
Ing	giz	lawz	yax	laemx
iŋ^{1}	ki^{2}	lauɯ^{2}	ja^{5}	lan^{4}
靠	处	哪	也	倒

靠哪边都倒。

5-779

少	**乖**	**不**	**要**	**份**
Sau	gvai	mbouj	aeu	faenh
θaːu^{1}	kwaːi^{1}	bou^{5}	au^{1}	fan^{6}
姑娘	乖	不	要	份

妹不图名分，

5-780

老	**牙**	**坤**	**正**	**偻**
Lau	yaek	goenq	cingz	raeuz
laːu^{1}	jak^{7}	kon^{5}	ɕiŋ^{2}	ɹau^{2}
怕	欲	断	情	我们

怕是要绝情。

男唱

5-781

能	**党**	**空**	**米**	**卡**
Naengh	daengq	ndwi	miz	ga
naŋ^{6}	taŋ^{5}	duːi^{1}	mi^{2}	ka^{1}
坐	凳	不	有	腿

板凳没有腿，

5-782

英	**拜**	**而**	**牙**	**论**
Ing	baih	lawz	yax	laemx
iŋ^{1}	paːi^{6}	lauɯ^{2}	ja^{5}	lan^{4}
靠	边	哪	也	倒

靠哪边都倒。

5-783

元	**坤**	**正**	**不**	**坤**
Yuenz	goenq	cingz	mbouj	goenq
juːn^{2}	kon^{5}	ɕiŋ^{2}	bou^{5}	kon^{5}
缘	断	情	不	断

缘断情不断，

5-784

生	**好**	**生**	**同**	**巡**
Saemq	ndij	saemq	doengz	cunz
θan^{5}	di^{1}	θan^{5}	toŋ^{2}	ɕun^{2}
庚	与	庚	同	巡

友常来常往。

女唱

5-785

偻 岁 能 安 党

Raeuz caez naengh aen daengq

ɹau^{2} ɕai^{2} naŋ^{6} an^{1} taŋ^{5}

我们 齐 坐 个 凳

我俩一张凳，

5-786

开 给 论 刀 浪

Gaej hawj laemx dauq laeng

ka:i^{5} haɯ^{3} lan^{4} ta:u^{5} laŋ^{1}

莫 给 倒 回 后

莫给向后倒。

5-787

偻 岁 强 下 王

Raeuz caez giengh roengz vaengz

ɹau^{2} ɕai^{2} ki:ŋ^{6} ɹoŋ^{2} vaŋ^{2}

我们 齐 跳 下 潭

我俩跳水潭，

5-788

开 相 浪 了 备

Gaej siengq laeng liux beix

ka:i^{5} θi:ŋ^{5} laŋ^{1} li:u^{4} pi^{4}

莫 相 后 啰 兄

莫瞻前顾后。

男唱

5-789

偻 岁 能 安 党

Raeuz caez naengh aen daengq

ɹau^{2} ɕai^{2} naŋ^{6} an^{1} taŋ^{5}

我们 齐 坐 个 凳

我俩一张凳，

5-790

开 给 论 刀 浪

Gaej hawj laemx dauq laeng

ka:i^{5} həɯ^{3} lan^{4} ta:u^{5} laŋ^{1}

莫 给 倒 回 后

莫给向后倒。

5-791

阝 强 阝 下 王

Boux giengh boux roengz vaengz

pu^{4} ki:ŋ^{6} pu^{4} ɹoŋ^{2} vaŋ^{2}

人 跳 人 下 潭

牵手跳水潭，

5-792

相 秀 文 不 了

Siengj ciuh vunz mbouj liux

θi:ŋ^{3} ɕi:u^{6} vun^{2} bou^{5} li:u^{4}

想 世 人 不 完

此生情未了。

女唱

5-793

能	**党**	**空**	**米**	**卡**
Naengh	daengq	ndwi	miz	ga
naŋ^{6}	taŋ^{5}	du:i^{1}	mi^{2}	ka^{1}
坐	凳	不	有	腿

板凳没有腿，

5-794

沙	**不**	**米**	**田**	**邦**
Ra	mbouj	miz	dieg	baengh
ɹa^{1}	bou^{5}	mi^{2}	ti:k^{8}	paŋ^{6}
找	不	有	地	靠

无处可依靠。

5-795

往	**双**	**偻**	**岁**	**能**
Uengj	song	raeuz	caez	naengh
va:ŋ^{3}	θo:ŋ^{1}	ɹau^{2}	ɕai^{2}	naŋ^{6}
枉	两	我们	齐	坐

我俩一张凳，

5-796

阝	**开**	**狼**	**阝**	**貝**
Boux	gaej	langh	boux	bae
pu^{4}	ka:i^{5}	la:ŋ^{6}	pu^{4}	pai^{1}
人	莫	放	人	去

别单独离去。

男唱

5-797

能	**党**	**空**	**米**	**卡**
Naengh	daengq	ndwi	miz	ga
naŋ^{6}	taŋ^{5}	du:i^{1}	mi^{2}	ka^{1}
坐	凳	不	有	腿

板凳没有腿，

5-798

空	**米**	**吉**	**而**	**邦**
Ndwi	miz	giz	lawz	baengh
du:i^{1}	mi^{2}	ki^{2}	laɯ^{2}	paŋ^{6}
不	有	处	哪	靠

无地方可靠。

5-799

得	**年**	**少**	**岁**	**能**
Ndaej	nem	sau	ceaz	naengh
dai^{3}	ne:m^{1}	θa:u^{1}	cai^{2}	naŋ^{6}
得	贴	姑娘	齐	坐

得与妹同坐，

5-800

备	**不**	**当**	**良**	**心**
Beix	mbouj	dangq	liengz	sim
pi^{4}	bou^{5}	ta:ŋ^{5}	li:ŋ^{2}	θin^{1}
兄	不	当	良	心

兄不负良心。

女唱

5-801

党 尚 偻 岁 能

Daengq sang raeuz caez naengh

taŋ^{5} θaːŋ^{1} ɹau^{2} ɕai^{2} naŋ^{6}

凳 高 我们 齐 坐

高凳一起坐，

5-802

党 灯 偻 岁 站

Daengq daemq raeuz caez soengz

taŋ^{5} tan^{5} ɹau^{2} ɕai^{2} θoŋ^{2}

凳 低 我们 齐 站

矮凳一起站。

5-803

偻 岁 能 了 同

Raeuz caez naengh liux doengz

ɹau^{2} ɕai^{2} naŋ^{6} liːu^{4} toŋ^{2}

我们 齐 坐 啰 同

同坐一辈子，

5-804

偻 岁 站 满 秀

Raeuz caez soengz mued ciuh

ɹau^{2} ɕai^{2} θoŋ^{2} muːt^{8} ɕiːu^{6}

我们 齐 站 没 世

同站这一世。

男唱

5-805

党 尚 偻 岁 能

Daengq sang raeuz caez naengh

taŋ^{5} θaːŋ^{1} ɹau^{2} ɕai^{2} naŋ^{6}

凳 高 我们 齐 坐

高凳一起坐，

5-806

党 灯 偻 岁 英

Daengq daemq raeuz caez ing

taŋ^{5} tan^{5} ɹau^{2} ɕai^{2} iŋ^{1}

凳 低 我们 齐 靠

矮凳相依靠。

5-807

得 你 农 岁 心

Ndaej mwngz nuengx caez sim

dai^{3} mɯŋ^{2} nuːŋ^{4} ɕai^{2} θin^{1}

得 你 妹 齐 心

兄妹俩齐心，

5-808

米 千 金 难 買

Miz cien gim nanz cawx

mi^{2} ɕiːn^{1} kin^{1} naːn^{2} ɕaɯ^{4}

有 千 金 难 买

千金也难买。

女唱

5-809

党 尚 偻 岁 能

Daengq sang raeuz caez naengh

taŋ^{5} θaːŋ^{1} ɹau^{2} ɕai^{2} naŋ^{6}

凳 高 我们 齐 坐

高凳一起坐，

5-810

党 灯 偻 岁 站

Daengq daemq raeuz caez soengz

taŋ^{5} tan^{5} ɹau^{2} ɕai^{2} θoŋ^{2}

凳 低 我们 齐 站

矮凳一起站。

5-811

得 托 备 古 同

Ndaej doh beix guh doengz

dai^{3} to^{6} pi^{4} ku^{4} toŋ^{2}

得 同 兄 做 同

能和兄结友，

5-812

来 方 少 不 想

Lai fueng sau mbouj siengj

laːi^{1} fuːŋ^{1} θaːu^{1} bou^{5} θiːŋ^{3}

多 方 姑娘 不 想

妹不想别处。

男唱

5-813

党 尚 偻 岁 能

Daengq sang raeuz caez naengh

taŋ^{5} θaːŋ^{1} ɹau^{2} ɕai^{2} naŋ^{6}

凳 高 我们 齐 坐

高凳一起坐，

5-814

党 灯 偻 岁 站

Daengq daemq raeuz caez soengz

taŋ^{5} tan^{5} ɹau^{2} ɕai^{2} θoŋ^{2}

凳 低 我们 齐 站

矮凳一起站。

5-815

狼 得 共 地 方

Langh ndaej gungh deih fueng

laːŋ^{6} dai^{3} kuŋ^{6} tei^{6} fuːŋ^{1}

若 得 共 地 方

若能在一起，

5-816

文 下 岁 共 两

Fwn roengz caez gungh liengj

vun^{1} ɹoŋ^{2} ɕai^{2} kuŋ^{6} liːŋ^{3}

雨 下 齐 共 伞

雨天共把伞。

女唱

5–817

能 党 条

Naengh daengq diuz

naŋ^{6} taŋ^{5} tiːu^{2}

坐 凳 条

坐长凳，

5–818

沩 小 配 沩 师

Laeuj siu boiq laeuj ndwq

lau^{3} θiːu^{1} poːi^{5} lau^{3} dɯ^{5}

酒 烧 配 酒 酒糟

烧酒配糟酒。

5–819

不 能 又 不 瓜

Mbouj naengh youh mbouj gvaq

bou^{5} naŋ^{6} jou^{4} bou^{5} kwa^{5}

不 坐 又 不 过

不停又不走，

5–820

贵 伕 駡 好 恨

Gwiz fwx ndaq ndei haemz

kuːi^{2} fə^{4} da^{5} dei^{1} han^{2}

丈夫 别人 骂 好 恨

被人骂可悲。

男唱

5–821

能 党 条

Naengh daengq diuz

naŋ^{6} taŋ^{5} tiːu^{2}

坐 凳 条

坐长凳，

5–822

沩 小 配 沩 师

Laeuj siu boiq laeuj ndwq

lau^{3} θiːu^{1} poːi^{5} lau^{3} dɯ^{5}

酒 烧 配 酒 酒糟

烧酒配糟酒。

5–823

十 分 贵 狼 駡

Cib faen gwiz langh ndaq

ɕit^{8} fan^{1} kuːi^{2} laːŋ^{6} da^{5}

十 分 丈夫 若 骂

若被丈夫骂，

5–824

能 不 瓜 三 时

Naengh mbouj gvaq sam seiz

naŋ^{6} bou^{5} kwa^{5} θaːn^{1} θi^{2}

坐 不 过 三 时

绝不可久留。

女唱

5-825
能 党 条
Naengh daengq diuz
naŋ6 taŋ5 tiːu2
坐 凳 条
坐长凳，

5-826
氿 小 配 氿 师
Laeuj siu boiq laeuj ndwq
lau3 θiːu1 poːi5 lau3 dɯ5
酒 烧 配 酒 酒糟
烧酒配糟酒。

5-827
命 农 代 刘 牙①
Mingh nuengx daiq liuz yaq
miŋ6 nuːŋ4 taːi5 liːu2 ja5
命 妹 带 流 霞
命如扫帚星，

5-828
能 党 加 土 说
Naengh daengq caj dou naeuz
naŋ6 taŋ5 kja3 tu1 nau2
坐 凳 等 我 说
等我慢慢说。

男唱

5-829
能 党 条
Naengh daengq diuz
naŋ6 taŋ5 tiːu2
坐 凳 条
坐长凳，

5-830
氿 小 配 氿 师
Laeuj siu boiq laeuj ndwq
lau3 θiːu1 poːi5 lau3 dɯ5
酒 烧 配 酒 酒糟
烧酒配糟酒。

5-831
十 分 代 刘 牙
Cib faen daiq liuz yaq
ɕit8 fan1 taːi5 liːu2 ja5
十 分 带 流 霞
真如扫帚星，

5-832
不 能 党 加 龙
Mbouj naengh daengq caj lungz
bou5 naŋ6 taŋ5 kja3 luŋ2
不 坐 凳 等 龙
也不坐等兄。

① 刘牙[liːu2 ja5]：流霞，即民间认为的扫帚星，不吉祥。

女唱

5-833

能	**党**	**条**
Naengh	daengq	diuz
naŋ^{6}	taŋ^{5}	tiːu^{2}
坐	凳	条

坐长凳，

5-834

氿	**小**	**配**	**氿**	**师**
Laeuj	siu	boiq	laeuj	ndwq
lau^{3}	θiːu^{1}	poːi^{5}	lau^{3}	dɯ^{5}
酒	烧	配	酒	酒糟

烧酒配糟酒。

5-835

金	**秋**	**牙**	**配**	**玉**
Gim	ciuz	yaek	boiq	nyawh
kin^{1}	ɕiːu^{2}	jak^{7}	poːi^{5}	ɲəɯ^{6}
金	珠	欲	配	玉

金要想配玉，

5-836

问	**你**	**备**	**说**	**而**
Haemq	mwngz	beix	naeuz	rawz
han^{5}	mɯŋ^{2}	pi^{4}	nau^{2}	ɹaɯ^{2}
问	你	兄	说	哪

兄你怎么说？

男唱

5-837

能	**党**	**条**
Naengh	daengq	diuz
naŋ^{6}	taŋ^{5}	tiːu^{2}
坐	凳	条

坐长凳，

5-838

氿	**小**	**配**	**氿**	**师**
Laeuj	siu	boiq	laeuj	ndwq
lau^{3}	θiːu^{1}	poːi^{5}	lau^{3}	dɯ^{5}
酒	烧	配	酒	酒糟

烧酒配糟酒。

5-839

双	**金**	**十**	**双**	**玉**
Song	gim	cib	song	nyawh
θoŋ^{1}	kin^{1}	ɕit^{8}	θoːŋ^{1}	ɲəɯ^{6}
两	金	十	两	玉

两金十两玉，

5-840

农	**不**	**知**	**说**	**而**
Nuengx	mbouj	rox	naeuz	rawz
nuːŋ^{4}	bou^{5}	ɹo^{4}	nau^{2}	ɹaɯ^{2}
妹	不	知	说	什么

不知怎样说。

女唱

5-841

能 党 条

Naengh daengq diuz

naŋ^{6} taŋ^{5} ti:u^{2}

坐 凳 条

坐长凳，

5-842

氿 小 配 氿 师

Laeuj siu boiq laeuj ndwq

lau^{3} θi:u^{1} po:i^{5} lau^{3} dɯ^{5}

酒 烧 配 酒 酒糟

烧酒配糟酒。

5-843

些 观 乱 五 师

Seiq gonq luenh ngux cawj

θe^{5} ko:n^{5} lu:n^{6} ŋo^{4} ɕəɯ^{3}

世 先 乱 舞 狮

前世乱舞狮，

5-844

备 立 记 知 空

Beix lij geiq rox ndwi

pi^{4} li^{4} ki^{5} ɹo^{4} du:i^{1}

兄 还 记 或 不

兄还记得否？

男唱

5-845

能 党 条

Naengh daengq diuz

naŋ^{6} taŋ^{5} ti:u^{2}

坐 凳 条

坐长凳，

5-846

氿 小 配 氿 师

Laeuj siu boiq laeuj ndwq

lau^{3} θi:u^{1} po:i^{5} lau^{3} dɯ^{5}

酒 烧 配 酒 酒糟

烧酒配糟酒。

5-847

邦 少 乱 五 师

Biengz sau luenh ngux cawj

pi:ŋ^{2} θa:u^{1} lu:n^{6} ŋo^{4} ɕəɯ^{3}

地方 姑娘 乱 舞 狮

妹地乱舞狮，

5-848

田 备 不 可 平

Dieg beix mbouj goj bingz

ti:k^{8} pi^{4} bou^{5} ko^{5} piŋ^{2}

地 兄 不 可 平

兄地依旧平。

女唱

5-849

能	**党**	**条**
Naengh	daengq	diuz
naŋ^{6}	taŋ^{5}	ti:u^{2}
坐	凳	条

坐长凳，

5-850

氿	**小**	**配**	**氿**	**师**
Laeuj	siu	boiq	laeuj	ndwq
lau^{3}	θi:u^{1}	po:i^{5}	lau^{3}	dɯ^{5}
酒	烧	配	酒	酒糟

烧酒配糟酒。

5-851

乱	**儿**	**比**	**五**	**师**
Luenh	geij	bi	ngux	cawj
lu:n^{6}	ki^{3}	pi^{1}	ŋo^{4}	ɕaɯ^{3}
乱	几	年	舞	狮

舞狮乱几年，

5-852

备	**贝**	**田**	**而**	**站**
Beix	bae	dieg	lawz	soengz
pi^{4}	pai^{1}	ti:k^{8}	laɯ^{2}	θoŋ^{2}
兄	去	地	哪	站

兄到哪里躲？

男唱

5-853

能	**党**	**条**
Naengh	daengq	diuz
naŋ^{6}	taŋ^{5}	ti:u^{2}
坐	凳	条

坐长凳，

5-854

氿	**小**	**配**	**氿**	**师**
Laeuj	siu	boiq	laeuj	ndwq
lau^{3}	θi:u^{1}	po:i^{5}	lau^{3}	dɯ^{5}
酒	烧	配	酒	酒糟

烧酒配糟酒。

5-855

龙	**貝**	**邦**	**五**	**师**
Lungz	bae	bang	ngux	cawj
luŋ^{2}	pai^{1}	pa:ŋ^{1}	ŋo^{4}	ɕaɯ^{3}
龙	去	仪式	舞	狮

兄云游舞狮，

5-856

得	**坤**	**玉**	**刀**	**然**
Ndaej	goenh	nywh	dauq	ranz
dai^{3}	kon^{6}	ɳəɯ^{6}	ta:u^{5}	ɹa:n^{2}
得	手镯	玉	回	家

得玉镯回家。

女唱

5-857

能	**邦**	**党**
Naengh	bangx	daengq
naŋ^6	paːŋ^4	taŋ^5
坐	旁	凳

坐凳旁，

5-858

古	**洋**	**外**	**桥**	**头**
Guh	angq	vaij	giuz	daeuz
ku^4	aːŋ^5	vaːi^3	kiːu^2	tau^2
做	高兴	过	桥	头

欢乐过桥头。

5-859

时	**内**	**能**	**排**	**偻**
Seiz	neix	naengh	baih	raeuz
θi^2	ni^4	naŋ^6	paːi^2	ɹau^2
时	这	坐	排	我们

现在同排坐，

5-860

开	**说**	**贵**	**土**	**知**
Gaej	naeuz	gwiz	dou	rox
kaːi^5	nau^2	kɯi^2	tu^1	ɹo^4
莫	说	丈夫	我	知

别告诉我夫。

男唱

5-861

岁	**能**	**田**	**柳**	**州**
Caez	naengh	dieg	louj	couh
ɕai^2	naŋ^6	tiːk^8	lou^4	ɕou^1
齐	坐	地	柳	州

一同在柳州，

5-862

忧	**你**	**来**	**韦**	**阿**
You	mwngz	lai	vae	oq
jou^1	mɯŋ^2	laːi^1	vai^1	o^5
忧	你	多	姓	别

忧心情妹你。

5-863

十	**分**	**贵**	**狼**	**知**
Cib	faen	gwiz	langh	rox
ɕit^8	fan^1	kɯi^2	laːŋ^6	ɹo^4
十	分	丈夫	若	知

倘若丈夫懂，

5-864

加	**罗**	**不**	**能**	**党**
Gyaj	lox	mbouj	naengh	daengq
kja^3	lo^4	bou^5	naŋ^6	taŋ^5
假	骗	不	坐	凳

假装不坐凳。

女唱

5-865

能	**邦**	**党**
Naengh	bangx	daengq
naŋ^{6}	pa:ŋ^{4}	taŋ^{5}
坐	旁	凳

坐凳旁，

5-866

古	**洋**	**外**	**更**	**城**
Guh	angq	vaij	gwnz	singz
ku^{4}	a:ŋ^{5}	va:i^{3}	kɯn^{2}	θiŋ^{2}
做	高兴	过	上	城

欢乐过城头。

5-867

皇	**帝**	**在**	**北**	**京**
Vuengz	daeq	ywq	baek	ging
vu:ŋ^{2}	tai^{5}	jɯ^{5}	pak^{7}	kiŋ^{1}
皇	帝	在	北	京

皇帝在北京，

5-868

是	**立**	**飞**	**斗**	**相**
Cix	lij	mbin	daeuj	siengq
ɕi^{4}	li^{4}	bin^{1}	tau^{3}	θi:ŋ^{5}
尽	还	飞	来	相

还跑来观看。

男唱

5-869

能	**邦**	**党**
Naengh	bangx	daengq
naŋ^{6}	pa:ŋ^{4}	taŋ^{5}
坐	旁	凳

坐凳旁，

5-870

古	**洋**	**外**	**桥**	**沶**
Guh	angq	vaij	giuz	suen
ku^{4}	a:ŋ^{5}	va:i^{3}	ki:u^{2}	θu:n^{1}
做	高兴	过	桥	园

欢乐过桥畔。

5-871

能	**田**	**得**	**九**	**月**
Naengh	dieg	ndaej	gouj	ndwen
naŋ^{6}	ti:k^{8}	dai^{3}	kjou^{3}	du:n^{1}
坐	地	得	九	月

坐等九个月，

5-872

备	**尝**	**了**	**中**	**官**
Beix	caengz	liux	cungq	guen
pi^{4}	ɕaŋ^{2}	li:u^{4}	ɕoŋ^{5}	ku:n^{1}
兄	未	啰	中	官

兄可曾中官？

女唱

5-873
能 邦 党
Naengh bangx daengq
naŋ^{6} pa:ŋ^{4} ta:ŋ^{5}
坐 旁 凳
坐凳旁，

5-874
古 洋 外 桥 𥙶
Guh angq vaij giuz suen
ku^{4} a:ŋ^{5} va:i^{3} ki:u^{2} θu:n^{1}
做 高兴 过 桥 园
欢乐过桥畔。

5-875
能 田 不 中 官
Naengh dieg mbouj cungq guen
naŋ^{6} ti:k^{8} bou^{5} ɕoŋ^{5} ku:n^{1}
坐 地 不 中 官
坐等不中官，

5-876
九 月 是 利 党
Gouj ndwen cix leih daengq
kjou^{3} du:n^{1} ɕi^{4} lei^{6} taŋ^{5}
九 月 是 利 凳
白付九月息。

男唱

5-877
能 邦 党
Naengh bangx daengq
naŋ^{6} pa:ŋ^{4} ta:ŋ^{5}
坐 旁 凳
坐凳旁，

5-878
古 洋 外 桥 𥙶
Guh angq vaij giuz suen
ku^{4} a:ŋ^{5} va:i^{3} ki:u^{2} θu:n^{1}
做 高兴 过 桥 园
欢乐过桥畔。

5-879
邓 志 仁① 古 官
Dwng ci yinz guh guen
tɯŋ^{4} ɕi^{4} jin^{2} ku^{8} ku:n^{1}
邓 治 仁 做 官
邓治仁做官，

5-880
归 团 而 了 农
Gvei donz lawz liux nuengx
kwei^{1} to:n^{2} laɯ^{2} li:u^{4} nu:ŋ^{4}
归 团 哪 啰 妹
妹归哪个团？

① 邓志仁［tɯŋ^{4} ɕi^{4} jin^{2}］：邓志仁，又名邓治仁，清代晚期永顺土司，籍贯及生卒年均不详。

女唱

5-881

能	**邦**	**党**
Naengh	bangx	daengq
naŋ^{6}	paːŋ^{4}	taŋ^{5}
坐	旁	凳

坐凳旁，

5-882

古	**洋**	**外**	**桥**	**祘**
Guh	angq	vaij	giuz	suen
ku^{4}	aːŋ^{5}	vaːi^{3}	kiːu^{2}	θuːn^{1}
做	高兴	过	桥	园

欢乐过桥畔。

5-883

邓	**志**	**仁**	**古**	**官**
Dwng	ci	yinz	guh	guen
tɯŋ^{4}	ɕi^{4}	jin^{2}	ku^{4}	kuːn^{1}
邓	治	仁	做	官

邓治仁做官，

5-884

尝	**归**	**团**	**而**	**闹**
Caengz	gvei	donz	lawz	nauq
ɕaŋ^{2}	kwei^{1}	toːn^{2}	lau^{2}	naːu^{5}
未	归	团	哪	不

归属还未定。

男唱

5-885

能	**邦**	**党**
Naengh	bangx	daengq
naŋ^{6}	paːŋ^{4}	taŋ^{5}
坐	旁	凳

坐凳旁，

5-886

古	**洋**	**外**	**桥**	**祘**
Guh	angq	vaij	giuz	suen
ku^{4}	aːŋ^{5}	vaːi^{3}	kiːu^{2}	θuːn^{1}
做	高兴	过	桥	园

欢乐过桥畔。

5-887

表	**农**	**尝**	**归**	**团**
Biuj	nuengx	caengz	gvei	donz
piːu^{3}	nuːŋ^{4}	ɕaŋ^{2}	kwei^{1}	toːn^{2}
表	妹	未	归	团

表妹未归团，

5-888

么	**不**	**全**	**天**	**牙**
Maz	mbouj	cienz	denh	ya
ma^{2}	bou^{5}	ɕuːn^{2}	tiːn^{1}	ja^{6}
何	不	传	天	下

我怎么不懂？

女唱

5-889
能 邦 党
Naengh bangx daengq
naŋ6 pa:ŋ4 taŋ5
坐 旁 凳
坐凳旁，

5-890
古 洋 外 桥 袮
Guh angq vaij giuz suen
ku4 a:ŋ5 va:i3 ki:u2 θu:n1
做 高兴 过 桥 园
欢乐过桥畔。

5-891
天 牙 想 牙 全
Denh ya siengj yaek cienz
ti:n1 ja6 θi:ŋ3 jak7 çu:n2
天 下 想 要 传
想要传天下，

5-892
乜 月 空 出 光
Meh ndwen ndwi ok gvengq
me6 du:n1 du:i1 o:k7 kwe:ŋ5
母 月 不 出 空旷
月亮不露光。

男唱

5-893
偻 岁 能 安 党
Raeuz caez naengh aen daengq
ɹau2 çai2 naŋ6 an1 taŋ5
我们 齐 坐 个 凳
我俩一起坐，

5-894
不 给 拜 而 袮
Mbouj hawj baih lawz suenq
bou5 həɯ3 pa:i6 laɯ2 θu:n5
不 给 边 哪 算
不让谁算计。

5-895
能 月 是 袮 月
Naengh ndwen cix suenq ndwen
naŋ6 du:n1 çi4 θu:n5 du:n1
坐 月 是 算 月
珍惜相处时，

5-896
卜 官 问 要 罪
Boux guen cam aeu coih
pu4 ku:n1 ça:m1 au1 ço:i6
人 官 问 要 罪
官爷将问罪。

女唱

5-897

偻	**岁**	**能**	**安**	**党**
Raeuz	caez	naengh	aen	daengq
ɹau^{2}	ɕai^{2}	naŋ^{6}	an^{1}	taŋ^{5}
我们	齐	坐	个	凳

我俩一起坐，

5-898

不	**给**	**拜**	**而**	**祘**
Mbouj	hawj	baih	lawz	suenq
bou^{5}	həɯ^{3}	pa:i^{6}	laɯ^{2}	θu:n^{5}
不	给	边	哪	算

不给谁算计。

5-899

卜	**土**	**当**	**大**	**团**
Boh	dou	dang	daih	donz
po^{6}	tu^{1}	ta:ŋ^{1}	ta:i^{6}	to:n^{2}
父	我	当	大	团

我父当团总，

5-900

不	**老**	**官**	**了**	**备**
Mbouj	lau	guen	liux	beix
bou^{5}	la:u^{1}	ku:n^{1}	li:u^{4}	pi^{4}
不	怕	官	啰	兄

兄不用怕官。

男唱

5-901

偻	**岁**	**能**	**安**	**党**
Raeuz	caez	naengh	aen	daengq
ɹau^{2}	ɕai^{2}	naŋ^{6}	an^{1}	taŋ^{5}
我们	齐	坐	个	凳

同坐一张凳，

5-902

不	**给**	**拜**	**而**	**立**
Mbouj	hawj	baih	lawz	liz
bou^{5}	həɯ^{3}	pa:i^{6}	laɯ^{2}	li^{2}
不	给	边	哪	离

不能相分离。

5-903

能	**比**	**是**	**祘**	**比**
Naengh	bi	cix	suenq	bi
naŋ^{6}	pi^{1}	ɕi^{4}	θu:n^{5}	pi^{1}
坐	年	是	算	年

珍惜相处时，

5-904

知	**比**	**而**	**同**	**沙**
Rox	bi	lawz	doengz	ra
ɹo^{4}	pi^{1}	laɯ^{2}	toŋ^{2}	ɹa^{1}
知	年	哪	同	找

聚散终有期。

女唱

5-905

偻	**岁**	**能**	**安**	**党**
Raeuz	caez	naengh	aen	daengq
ɹau²	çai²	naŋ⁶	an¹	taŋ⁵
我们	齐	坐	个	凳

我俩一起坐，

5-906

不	**给**	**拜**	**而**	**立**
Mbouj	hawj	baih	lawz	liz
bou⁵	həɯ³	paːi⁶	laɯ²	li²
不	给	边	哪	离

不能相分离。

5-907

岁	**能**	**田**	**义**	**支**
Caez	naengh	dieg	ngeix	si
çai²	naŋ⁶	tiːk⁸	ɲi⁴	θi¹
齐	坐	地	想	想

同坐同思念，

5-908

开	**同**	**立**	**论**	**伕**
Gaej	doengz	liz	lumj	fwx
kaːi⁵	toŋ²	li²	lun³	fə⁴
莫	相	离	像	别人

别互相离去。

男唱

5-909

能	**党**	**条**	**然**	**瓦**
Naengh	daengq	diuz	ranz	ngvax
naŋ⁶	taŋ⁵	tiːu²	ɹaːn²	ŋwa⁴
坐	凳	条	家	瓦

瓦屋坐长凳，

5-910

能	**党**	**骑**	**然**	**楼**
Naengh	daengq	eij	ranz	laeuz
naŋ⁶	taŋ⁵	i³	ɹaːn²	lau²
坐	凳	椅	家	楼

楼房坐板凳。

5-911

时	**内**	**能**	**排**	**偻**
Seiz	neix	naengh	baiz	raeuz
θi²	ni⁴	naŋ⁶	paːi²	ɹau²
时	这	坐	排	我们

此时并排坐，

5-912

知	**得**	**要**	**知**	**不**
Rox	ndaej	aeu	rox	mbouj
ɹo⁴	dai³	au¹	ɹo⁴	bou⁵
知	得	要	或	不

何时得成家。

女唱

5-913

能	**党**	**条**	**然**	**瓦**
Naengh	daengq	diuz	ranz	ngvax
naŋ^{6}	taŋ^{5}	tiːu^{2}	ɹaːn^{2}	ŋwa^{4}
坐	凳	条	家	瓦

瓦屋坐长凳，

5-914

能	**党**	**骑**	**然**	**楼**
Naengh	daengq	eij	ranz	laeuz
naŋ^{6}	taŋ^{5}	i^{3}	ɹaːn^{2}	lau^{2}
坐	凳	椅	家	楼

楼房坐板凳。

5-915

得	**能**	**满**	**秀**	**偻**
Ndaej	naengh	mued	ciuh	raeuz
dai^{3}	naŋ^{6}	muːt^{8}	ɕiːu^{6}	ɹau^{2}
得	坐	没	世	我们

同坐一世人，

5-916

不	**得**	**要**	**洋**	**祘**
Mbouj	ndaej	aeu	yaeng	suenq
bou^{5}	dai^{3}	au^{1}	jaŋ^{1}	θuːn^{5}
不	得	要	再	算

不成又何憾。

男唱

5-917

能	**党**	**条**	**然**	**瓦**
Naengh	daengq	diuz	ranz	ngvax
naŋ^{6}	taŋ^{5}	tiːu^{2}	ɹaːn^{2}	ŋwa^{4}
坐	凳	条	家	瓦

瓦屋坐长凳，

5-918

能	**党**	**骑**	**然**	**楼**
Naengh	daengq	eij	ranz	laeuz
naŋ^{6}	taŋ^{5}	i^{3}	ɹaːn^{2}	lau^{2}
坐	凳	椅	家	楼

楼房坐板凳。

5-919

些	**内**	**不**	**得**	**要**
Seiq	neix	mbouj	ndaej	aeu
θe^{5}	ni^{4}	bou^{5}	dai^{3}	au^{1}
世	这	不	得	要

今世不成亲，

5-920

巴	**轻**	**就**	**空**	**抵**
Bak	mbaeu	cix	ndwi	dij
paːk^{7}	bau^{1}	ɕi^{4}	duːi^{1}	ti^{3}
嘴	轻	就	不	值

不值得谈情。

女唱

5-921

能	**党**	**条**	**然**	**瓦**
Naengh	daengq	diuz	ranz	ngvax
naŋ^{6}	taŋ^{5}	ti:u^{2}	ɹa:n^{2}	ŋwa^{4}
坐	凳	条	家	瓦

瓦屋坐长凳，

5-922

能	**党**	**骑**	**然**	**楼**
Naengh	daengq	eij	ranz	laeuz
naŋ^{6}	taŋ^{5}	i^{3}	ɹa:n^{2}	lau^{2}
坐	凳	椅	家	楼

楼房坐板凳。

5-923

勒	**仪**	**空**	**得**	**要**
Lawh	saenq	ndwi	ndaej	aeu
ləɯ^{6}	θin^{5}	du:i^{1}	dai^{3}	au^{1}
换	信	不	得	要

相交不成亲，

5-924

坤	**心**	**头**	**备**	**农**
Goenq	sim	daeuz	beix	nuengx
kon^{5}	θin^{1}	tau^{2}	pi^{4}	nu:ŋ^{4}
断	心	脏	兄	妹

令兄妹伤感。

男唱

5-925

能	**党**	**条**	**然**	**瓦**
Naengh	daengq	diuz	ranz	ngvax
naŋ^{6}	taŋ^{5}	ti:u^{2}	ɹa:n^{2}	ŋwa^{4}
坐	凳	条	家	瓦

瓦屋坐长凳，

5-926

能	**党**	**骑**	**然**	**单**
Naengh	daengq	eij	ranz	gyan
naŋ^{6}	taŋ^{5}	i^{3}	ɹa:n^{2}	kja:n^{1}
坐	凳	椅	家	干栏

家中坐板凳。

5-927

貝	**问**	**忠**	**卢**	**汉**
Bae	haemq	fangz	louz	han
pai^{1}	han^{5}	fa:ŋ^{2}	lu^{2}	ha:n^{1}
去	问	鬼	游	荡

去询问野鬼，

5-928

得	**共**	**然**	**知**	**不**
Ndaej	gungh	ranz	rox	mbouj
dai^{3}	kuŋ^{6}	ɹa:n^{2}	ɹo^{4}	bou^{5}
得	共	家	或	不

是否能成亲？

女唱

5-929
能　党　条　然　瓦
Naengh daengq diuz ranz ngvax
naŋ6 taŋ5 tiːu2 ɹaːn2 ŋwa4
坐　凳　条　家　瓦
瓦屋坐长凳，

5-930
能　党　骑　然　单
Naengh daengq eij ranz gyan
naŋ6 taŋ5 i3 ɹaːn2 kjaːn1
坐　凳　椅　家　干栏
家中坐板凳。

5-931
貝　问　娅　王　三
Bae haemq yah vangz san
pai1 han5 ja6 vaːŋ2 θaːn1
去　问　婆　王　三
去问三婆王，

5-932
得　共　然　是　抵
Ndaej gungh ranz cix dij
dai3 kuŋ6 ɹaːn2 ɕi4 ti3
得　共　家　就　值
得结婚就值。

男唱

5-933
润　反　务　又　全
Rumz fan huj youh cienj
ɹun2 faːn1 hu3 jou4 ɕuːn3
风　翻　云　又　转
任风云变幻，

5-934
农　能　田　不　忧
Nuengx naengh dieg mbouj you
nuːŋ4 naŋ6 tiːk8 bou5 jou1
妹　坐　地　不　忧
妹坐稳勿忧。

5-935
得　备　能　排　你
Ndaej beix naengh baiz mwngz
dai3 pi4 naŋ6 paːi2 mɯŋ2
得　兄　坐　排　你
兄与你同坐，

5-936
是　不　忧　邦　乱
Cix mbouj you biengz luenh
ɕi4 bou5 jou1 piːŋ2 luːn6
就　不　忧　地方　乱
便不愁变故。

女唱

5–937

润 反 务 又 全
Rumz fan huj youh cienj
ɹun^{2} fa:n^{1} hu^{3} jou^{4} ɕu:n^{3}
风 翻 云 又 转
任风云变幻，

5–938

备 能 田 不 安
Beix naengh dieg mbouj an
pi^{4} naŋ^{6} ti:k^{8} bou^{5} a:n^{1}
兄 坐 地 不 安
兄坐卧不安。

5–939

本 论 地 又 反
Mbwn laep deih youh fan
bɯn^{1} lap^{7} tei^{6} jou^{4} fa:n^{1}
天 黑 地 又 翻
天昏地翻覆，

5–940

皇 北 京 能 田
Vuengz baek ging naengh dienh
vu:ŋ^{2} pak^{7} kiŋ^{1} naŋ^{6} te:n^{6}
皇 北 京 坐 殿
北京皇坐殿。

男唱

5–941

本 论 地 又 反
Mbwn laep deih youh fan
bɯn^{1} lap^{7} tei^{6} jou^{4} fa:n^{1}
天 黑 地 又 翻
天昏地翻覆，

5–942

皇 北 京 能 田
Vuengz baek ging naengh dienh
vu:ŋ^{2} pak^{7} kiŋ^{1} naŋ^{6} te:n^{6}
皇 北 京 坐 殿
北京皇坐殿。

5–943

洋 点 皇 同 全
Yangz dem vuengz doengz cienj
ja:ŋ^{2} te:n^{1} vu:ŋ^{2} toŋ^{2} ɕu:n^{3}
皇 与 皇 同 转
皇位在更替，

5–944

能 田 不 安 民
Naengh dienh mbouj an minz
naŋ^{6} te:n^{6} bou^{5} a:n^{1} min^{2}
坐 殿 不 安 民
占位不安民。

女唱

5–945

党	**米**	**由**	**米**	**来**
Daengq	miz	raeuh	miz	lai
taŋ^{5}	mi^{2}	ɹau^{6}	mi^{2}	la:i^{1}
凳	有	多	有	多

板凳到处有，

5–946

知	**乖**	**少**	**是**	**能**
Rox	gvai	sau	cix	naengh
ɹo^{4}	kwa:i^{1}	θa:u^{1}	ɕi^{4}	naŋ^{6}
知	乖	姑娘	就	坐

聪明妹就坐。

5–947

外	**时**	**一**	**了**	**邦**
Vaij	seiz	ndeu	liux	biengz
va:i^{3}	θi^{2}	de:u^{1}	li:u^{4}	pi:ŋ^{2}
过	时	一	完	地方

过了天下乱，

5–948

沙	**田**	**能**	**不**	**米**
Ra	dieg	naengh	mbouj	miz
ɹa^{7}	ti:k^{8}	naŋ^{6}	bou^{5}	mi^{2}
找	地	坐	不	有

想坐都不行。

男唱

5–949

党	**内**	**党**	**会**	**支**
Daengq	neix	daengq	faex	sei
taŋ^{5}	ni^{4}	taŋ^{5}	fai^{4}	θi^{1}
凳	这	凳	树	吊丝竹

此是竹子凳，

5–950

好	**土**	**牙**	**不**	**能**
Ndei	dou	yax	mbouj	naengh
dei^{1}	tu^{1}	ja^{5}	bou^{5}	naŋ^{6}
好	我	也	不	坐

再好也不坐。

5–951

自	**土**	**貝**	**邦**	**光**
Gag	dou	bae	biengz	gvangq
ka:k^{8}	tu^{1}	pai^{1}	pi:ŋ^{2}	kwa:ŋ^{5}
自	我	去	地方	宽

我去大地方，

5–952

能	**党**	**老**	**古**	**官**
Naengh	daengq	laux	guh	guen
naŋ^{6}	taŋ^{5}	la:u^{4}	ku^{4}	ku:n^{1}
坐	凳	大	做	官

当官坐高凳。

女唱

5–953

几	卜	能	党	老
Geij	boux	naengh	daengq	laux
ki3	pu4	naŋ6	taŋ5	la:u4
几	人	坐	凳	大

几人坐高凳，

5–954

是	利	闹	堂	洋
Cix	lij	nyaux	daengz	yangz
ɕi4	li4	ȵa:u4	taŋ2	ja:ŋ2
是	还	闹	到	皇

被告到朝廷？

5–955

几	卜	能	党	尚
Geij	boux	naengh	daengq	sang
ki3	pu4	naŋ6	taŋ5	θa:ŋ1
几	人	坐	凳	高

几人坐高凳，

5–956

浪	空	办	么	古
Laeng	ndwi	baenz	maz	guh
laŋ1	du:i1	pan2	ma2	ku4
后	不	成	什么	做

也一事无成？

男唱

5–957

几	卜	能	党	老
Geij	boux	naengh	daengq	laux
ki3	pu4	naŋ6	taŋ5	la:u4
几	人	坐	凳	大

几人坐高凳，

5–958

是	利	闹	堂	洋
Cix	lij	nyaux	daengz	yangz
ɕi4	li4	ȵa:u4	taŋ2	ja:ŋ2
是	还	闹	到	皇

被告到朝廷？

5–959

几	卜	能	党	尚
Geij	boux	naengh	daengq	sang
ki3	pu4	naŋ6	taŋ5	θa:ŋ1
几	人	坐	凳	高

几人坐高凳，

5–960

浪	得	更	天	牙
Laeng	ndaej	gaem	denh	ya
laŋ1	dai3	kan1	ti:n1	ja6
后	得	握	天	下

得管过天下？

女唱

5-961

能 江 开

Naengh gyang gai

naŋ^{6} kja:ŋ^{1} ka:i^{1}

坐 中 街

坐街上，

5-962

吨 鞋 貝 会 华

Daenj haiz bae hoih hak

tan^{3} ha:i^{2} pai^{1} ho:i^{6} ha:k^{7}

穿 鞋 去 会 官

穿鞋会汉人。

5-963

分 子 下 几 甲

Faen swj roengz geij gyak

fan^{1} θɯ^{3} ɹoŋ^{2} ki^{3} kja:k^{7}

分 子 下 几 甲

子女归哪甲，

5-964

为 好 巴 文 偻

Vih ndij bak vunz raeuz

vei^{6} di^{1} pa:k^{7} vun^{2} ɹau^{2}

为 与 嘴 人 我们

皆因乱开口？

男唱

5-965

能 江 开

Naengh gyang gai

naŋ^{6} kja:ŋ^{1} ka:i^{1}

坐 中 街

坐街上，

5-966

吨 鞋 貝 会 华

Daenj haiz bae hoih hak

tan^{3} ha:i^{2} pai^{1} ho:i^{6} ha:k^{7}

穿 鞋 去 会 官

穿鞋会汉人。

5-967

分 子 下 几 甲

Faen swj roengz geij gyak

fan^{1} θɯ^{3} ɹoŋ^{2} ki^{3} kja:k^{7}

分 子 下 几 甲

子女归哪甲，

5-968

分 秀 满 偻 貝

Mbek ciuh monh raeuz bae

me:k^{7} ɕi:u^{6} mo:n^{6} ɹau^{2} pai^{1}

分 世 情 我们 去

拆散我恋情？

女唱

5-969

能 江 开

Naengh gyang gai

naŋ^{6} kja:ŋ^{1} ka:i^{1}

坐 中 街

坐街上，

5-970

吨 鞋 貝 会 田

Daenj haiz bae hoih dieg

tan^{3} ha:i^{2} pai^{1} ho:i^{6} ti:k^{8}

穿 鞋 去 会 地

穿鞋去故地。

5-971

鸟 九 点 鸟 炕

Roeg geuq dem roeg enq

ɹok^{8} kje:u^{5} te:n^{1} ɹok^{8} e:n^{5}

鸟 画眉 与 鸟 燕

画眉与燕子，

5-972

得 能 田 方 而

Ndaej naengh dieg fueng lawz

dai^{3} naŋ^{6} ti:k^{8} fu:ŋ^{1} laɯ^{2}

得 坐 地 方 哪

得管哪边天？

男唱

5-973

能 江 开

Naengh gyang gai

naŋ^{6} kja:ŋ^{1} ka:i^{1}

坐 中 街

坐街上，

5-974

吨 鞋 貝 会 田

Daenj haiz bae hoih dieg

tan^{3} ha:i^{2} pai^{1} ho:i^{6} ti:k^{8}

穿 鞋 去 会 地

穿鞋去故地。

5-975

鸟 九 点 鸟 炕

Roeg geuq dem roeg enq

ɹok^{8} kje:u^{5} te:n^{1} ɹok^{8} e:n^{5}

鸟 画眉 与 鸟 燕

画眉与燕子，

5-976

岁 能 田 方 卢

Caez naengh dieg fueng louz

ɕai^{2} naŋ^{6} ti:k^{8} fu:ŋ^{1} lu^{2}

齐 坐 地 风 流

到处去游荡。

女唱

5-977

能 轿 金

Naengh giuh gim

naŋ^{6} kiːu^{6} kin^{1}

坐 轿 金

坐金轿，

5-978

令 不 平 良 权

Rin mbouj bingz lingh gemh

ɹin^{1} bou^{5} piŋ^{2} leːŋ^{6} keːn^{6}

石 不 平 另 垫

石不平再垫。

5-979

往 土 周 能 田

Uengj duz baeu naengh dieg

vaːŋ^{3} tu^{2} pau^{1} naŋ^{6} tiːk^{8}

枉 只 螃蟹 坐 地

我邀约同坐，

5-980

代 是 连 条 心

Dai cix lienz diuz sim

taːi^{1} ɕi^{4} liːn^{2} tiːu^{2} θin^{1}

死 就 连 条 心

死去心相连。

男唱

5-981

能 轿 金

Naengh giuh gim

naŋ^{6} kiːu^{6} kin^{1}

坐 轿 金

坐金轿，

5-982

令 不 平 良 权

Rin mbouj bingz lingh gemh

ɹin^{1} bou^{5} piŋ^{2} leːŋ^{6} keːn^{6}

石 不 平 另 垫

石不平再垫。

5-983

变 代 貝 是 面

Bienq dai bae cix mied

piːn^{5} taːi^{1} pai^{1} ɕi^{4} miːt^{8}

变 死 去 就 灭

死去就泯灭，

5-984

在 牙 恋 同 要

Ywq yaek lienh doengz aeu

jɯ^{5} jak^{7} liːn^{6} toŋ^{2} au^{1}

在 要 恋 同 要

活着恋结交。

女唱

5-985

能	**轿**	**金**
Naengh	giuh	gim
naŋ^{6}	kiːu^{6}	kin^{1}
坐	轿	金

坐金轿，

5-986

令	**不**	**平**	**良**	**占**
Rin	mbouj	bingz	lingh	camx
ɹin^{1}	bou^{5}	piŋ^{2}	leːŋ^{6}	ɕaːn^{6}
石	不	平	另	凿

石不平再凿。

5-987

能	**拉**	**果**	**令**	**板**
Naengh	laj	go	rin	banj
naŋ^{6}	la^{3}	ko^{1}	ɹin^{1}	paːn^{3}
坐	下	棵	石	板

坐在石板上，

5-988

兰	**条**	**命**	**你**	**空**
Lanh	diuz	mingh	mwngz	ndwi
laːn^{6}	tiːu^{2}	miŋ^{6}	mɯŋ^{2}	duːi^{1}
滥	条	命	你	不

枉过这一生。

男唱

5-989

能	**轿**	**金**
Naengh	giuh	gim
naŋ^{6}	kiːu^{6}	kin^{1}
坐	轿	金

坐金轿，

5-990

要	**令**	**古**	**代**	**芬**
Aeu	rin	guh	daix	faenx
au^{1}	ɹin^{1}	ku^{4}	taːi^{4}	fan^{4}
要	石	做	接	尘

用石挡尘埃。

5-991

管	**能**	**又**	**管**	**芬**
Guenj	naengh	youh	guenj	baet
kuːn^{3}	naŋ^{6}	jou^{4}	kuːn^{3}	pat^{7}
管	坐	又	管	轻拍

坐着拍一拍，

5-992

不	**给**	**芬**	**見**	**身**
Mbouj	hawj	faenx	gen	ndang
bou^{5}	haɯ^{3}	fan^{4}	keːn^{4}	daːŋ^{1}
不	给	尘	见	身

不让尘沾身。

女唱

5-993

能 轿 金

Naengh giuh gim

naŋ^{6} ki:u^{6} gin^{1}

坐 轿 金

坐金轿，

5-994

要 令 古 代 芬

Aeu rin guh daix faenx

au^{1} ɹin^{1} ku^{4} ta:i^{4} fan^{4}

要 石 做 接 尘

用石挡尘埃。

5-995

要 间 布 貝 芬

Aeu gen buh bae baet

au^{1} ke:n^{1} pu^{6} pai^{1} pat^{7}

要 衣 袖 去 轻拍

用衣袖去扫，

5-996

芬 真 大 年 身

Baed caen daih nem ndang

pat^{8} ɕin^{1} ta:i^{6} ne:m^{1} da:ŋ^{1}

轻拍 真 大 贴 身

越拍越沾身。

男唱

5-997

偻 岁 能 轿 金

Raeuz caez naengh giuh gim

ɹau^{2} ɕai^{2} naŋ^{6} ki:u^{6} kin^{1}

我们 齐 坐 轿 金

我俩坐金轿，

5-998

偻 岁 飞 桥 党

Raeuz caez mbin giuh daengq

ɹau^{2} ɕai^{2} bin^{1} ki:u^{6} taŋ^{5}

我们 齐 飞 轿 凳

我俩登轿凳。

5-999

农 貝 方 而 能

Nuengx bae fueng lawz naengh

nu:ŋ^{4} pai^{1} fu:ŋ^{1} lauɯ^{2} naŋ^{6}

妹 去 方 哪 坐

妹去何方坐，

5-1000

不 当 备 句 一

Mbouj daengq beix coenz ndeu

bou^{5} taŋ^{5} pi^{4} kjon^{2} de:u^{1}

不 叮嘱 兄 句 一

不告知一声？

女唱

5-1001

偻	**岁**	**能**	**轿**	**金**
Raeuz	caez	naengh	giuh	gim
ɹau^{2}	ɕai^{2}	naŋ^{6}	kiːu^{6}	kin^{1}
我们	齐	坐	轿	金

我俩坐金轿，

5-1002

偻	**岁**	**飞**	**桥**	**党**
Raeuz	caez	mbin	giuz	daengq
ɹau^{2}	ɕai^{2}	bin^{1}	kiːu^{2}	taŋ^{5}
我们	齐	飞	桥	凳

我俩爬桥凳。

5-1003

十	**分**	**米**	**田**	**能**
Cib	faen	miz	dieg	naengh
ɕit^{8}	fan^{1}	mi^{2}	tiːk^{8}	naŋ^{6}
十	分	有	地	坐

真有地方坐，

5-1004

话	**可**	**当**	**堂**	**龙**
Vah	goj	daengq	daengz	lungz
va^{6}	ko^{3}	taŋ^{5}	taŋ^{2}	luŋ^{2}
话	可	叮嘱	到	龙

会通知到兄。

男唱

5-1005

偻	**岁**	**能**	**轿**	**金**
Raeuz	caez	naengh	giuh	gim
ɹau^{2}	ɕai^{2}	naŋ^{6}	kiːu^{6}	kin^{1}
我们	齐	坐	轿	金

我俩坐金轿，

5-1006

偻	**岁**	**飞**	**九**	**渡**
Raeuz	caez	mbin	gouj	duh
ɹau^{2}	ɕai^{2}	bin^{1}	kjau^{3}	tu^{6}
我们	齐	飞	九	渡

我俩去九渡。

5-1007

重	**心**	**牙**	**邦**	**友**
Naek	sim	yah	baengz	youx
nak^{7}	θin^{1}	ja^{6}	paŋ^{2}	ju^{4}
重	心	呀	朋	友

重情呀朋友，

5-1008

干	**十**	**卢**	**满**	**美**
Gan	cib	louz	monh	maez
kaːn^{1}	ɕit^{8}	lu^{2}	moːn^{6}	mai^{2}
干	十	玩	情	爱

游玩聊真情。

女唱

5-1009

偻	**岁**	**能**	**轿**	**金**
Raeuz	caez	naengh	giuh	gim
ɹau^{2}	ɕai^{2}	naŋ^{6}	kiːu^{6}	kin^{1}
我们	齐	坐	轿	金

我俩坐金轿，

5-1010

偻	**岁**	**飞**	**九**	**渡**
Raeuz	caez	mbin	gouj	duh
ɹau^{2}	ɕai^{2}	bin^{1}	kjau^{3}	tu^{6}
我们	齐	飞	九	渡

一起去九渡。

5-1011

不	**重**	**心**	**了**	**友**
Mbouj	naek	sim	liux	youx
bou^{5}	nak^{7}	θin^{1}	liːu^{4}	ju^{4}
不	重	心	啰	友

友若不重情，

5-1012

交	**邦**	**友**	**古**	**而**
Gyau	baengz	youx	guh	rawz
kjaːu^{1}	paŋ^{2}	ju^{4}	ku^{4}	ɹaɯ^{2}
交	朋	友	做	什么

何苦要交友？

男唱

5-1013

得	**能**	**田**	**土**	**周**
Ndaej	naengh	dieg	duz	baeu
dai^{3}	naŋ^{6}	tiːk^{8}	tu^{2}	pau^{1}
得	坐	地	只	螃蟹

坐进螃蟹地，

5-1014

是	**不**	**说**	**土**	**知**
Cix	mbouj	naeuz	dou	rox
ɕi^{4}	bou^{5}	nau^{2}	tu^{1}	ɹo^{4}
是	不	说	我	知

何不告我知？

5-1015

得	**能**	**田**	**土**	**多**
Ndaej	naengh	dieg	duz	doq
dai^{3}	naŋ^{6}	tiːk^{8}	tu^{2}	to^{5}
得	坐	地	只	马蜂

得坐马蜂地，

5-1016

说	**你**	**知**	**农**	**银**
Naeuz	mwngz	rox	nuengx	ngaenz
nau^{2}	mɯŋ^{2}	ɹo^{4}	nuːŋ^{4}	ŋan^{2}
说	你	知	妹	银

兄要告诉你。

女唱

5–1017

得	**能**	**田**	**土**	**多**
Ndaej	naengh	dieg	duz	doq
dai^{3}	naŋ^{6}	tiːk^{8}	tu^{2}	to^{5}
得	坐	地	只	马蜂

得坐马蜂地，

5–1018

办	**办**	**莫**	**跟**	**娘**
Banh	baenz	moed	riengz	nengz
paːn^{6}	pan^{2}	mot^{8}	ɹiːŋ^{2}	neːŋ^{2}
爬	成	蚂蚁	跟	虫

蜂爬如蚁蝇。

5–1019

得	**能**	**田**	**土**	**象**
Ndaej	naengh	dieg	duz	ciengh
dai^{3}	naŋ^{6}	tiːk^{8}	tu^{2}	θeːŋ^{6}
得	坐	地	只	象

得坐大象地，

5–1020

乖	**办**	**龙**	**小**	**女**
Gvai	baenz	lungz	siuj	nawx
kwaːi^{1}	pan^{2}	luŋ^{2}	θiːu^{3}	nɯ^{4}
乖	成	龙	小	女

乖如小龙女。

女唱

5–1021

能	**拉**	**果**	**会**	**支**
Naengh	laj	go	faex	sei
naŋ^{6}	la^{3}	ko^{1}	fai^{4}	θi^{1}
坐	下	棵	树	吊丝竹

坐在丝竹下，

5–1022

润	**吹**	**尾**	**专**	**刀**
Rumz	ci	byai	cienj	dauq
ɹun^{2}	ɕi^{1}	pjaːi^{1}	ɕuːn^{3}	taːu^{5}
风	吹	尾	转	回

风吹竹梢摆。

5–1023

能	**拉**	**果**	**会**	**老**
Naengh	laj	go	faex	laux
naŋ^{6}	la^{3}	ko^{1}	fai^{4}	laːu^{4}
坐	下	棵	树	大

坐在大树下，

5–1024

润	**吹**	**刀**	**又**	**凉**
Rumz	ci	dauq	youh	liengz
ɹun^{2}	ɕi^{1}	taːu^{5}	jou^{4}	liːŋ^{2}
风	吹	回	又	凉

风吹好乘凉。

男唱

5-1025

能	**拉**	**果**	**会**	**支**
Naengh	laj	go	faex	sei
naŋ^{6}	la^{3}	ko^{1}	fai^{4}	θi^{1}
坐	下	棵	树	吊丝竹

坐在丝竹下，

5-1026

润	**吹**	**尾**	**吨**	**南**
Rumz	ci	byai	daemx	namh
ɹun^{2}	ɕi^{1}	pja:i^{1}	tan^{4}	na:n^{6}
风	吹	尾	顶	土

风吹梢触地。

5-1027

偻	**岁**	**能**	**了**	**邦**
Raeuz	caez	naengh	liux	baengz
ɹau^{2}	ɕai^{2}	naŋ^{6}	li:u^{4}	paŋ^{2}
我们	齐	坐	啰	朋

我俩一起坐，

5-1028

讲	**洋**	**满**	**秀**	**文**
Gangj	angq	mued	ciuh	vunz
ka:ŋ^{3}	a:ŋ^{5}	mu:t^{8}	ɕi:u^{6}	vun^{2}
讲	高兴	没	世	人

欢乐过一世。

女唱

5-1029

能	**拉**	**果**	**会**	**老**
Naengh	laj	go	faex	laux
naŋ^{6}	la^{3}	ko^{1}	fai^{4}	la:u^{4}
坐	下	棵	树	大

坐在大树下，

5-1030

不	**乱**	**对**	**银**	**支**
Mbouj	luenh	doiq	ngaenz	sei
bou^{5}	lu:n^{6}	to:i^{5}	ŋan^{2}	θi^{1}
不	乱	对	银	丝

不乱私藏银。

5-1031

润	**吹**	**吉**	**它**	**吉**
Rumz	ci	giz	daz	giz
ɹun^{2}	ɕi^{1}	ki^{2}	ta^{2}	ki^{2}
风	吹	处	又	处

风儿到处吹，

5-1032

对	**银**	**支**	**洋**	**能**
Doiq	ngaenz	sei	yaeng	naengh
to:i^{5}	ŋan^{2}	θi^{1}	jaŋ^{1}	naŋ^{6}
对	银	私	再	坐

密友你安坐。

男唱

5-1033
岁 能 拉 山 四
Caez naengh laj bya cwx
ɕai^{2} naŋ^{6} la^{3} pja^{1} ɕɯ^{4}
齐 坐 下 山 社
同坐社山下，

5-1034
戾 克 拉 山 仙
Nyienh gwz laj bya sien
ȵu:n^{6} kə^{4} la^{3} pja^{1} θi:n^{1}
愿 去 下 山 仙
同去仙山下。

5-1035
山 四 光 卢 连
Bya cwx gvangq luz lienz
pja^{1} ɕɯ^{4} kwa:ŋ^{5} lu^{2} li:n^{2}
山 社 宽 连 连
社山宽又广，

5-1036
更 米 千 土 丰
Gwnz miz cien duz fungh
kɯn^{2} mi^{2} ɕi:n^{1} tu^{2} fuŋ^{6}
上 有 千 只 凤
上有千只凤。

女唱

5-1037
岁 能 拉 山 四
Caez naengh laj bya cwx
ɕai^{2} naŋ^{6} la^{3} pja^{1} ɕɯ^{4}
齐 坐 下 山 社
同坐社山下，

5-1038
戾 克 拉 山 好
Nyienh gwz laj bya hau
ȵu:n^{6} kə^{4} la^{3} pja^{1} ha:u^{1}
愿 去 下 山 白
同去白山下。

5-1039
卜 乜 罵 开 老
Boh meh ndaq gaej lau
po^{6} me^{6} da^{5} ka:i^{5} la:u^{1}
父 母 骂 莫 怕
别怕父母骂，

5-1040
岁 古 交 才 水
Caez guh gyau raih raemx
ɕai^{2} ku^{4} kja:u^{1} ɹa:i^{6} ɹan^{4}
齐 做 蜘蛛 爬 水
同为水上蛛。

男唱

5-1041

能	**拉**	**果**	**会**	**支**
Naengh	laj	go	faex	sei
naŋ^{6}	la^{3}	ko^{1}	fai^{4}	θi^{1}
坐	下	棵	树	吊丝竹

坐在丝竹下，

5-1042

条	**好**	**是**	**纳**	**特**
Diuz	ndei	cix	nod	dawh
tiːu^{2}	dei^{1}	ɕi^{4}	noːt^{8}	təɯ^{6}
条	好	是	削	筷

好竹做箭支。

5-1043

能	**下**	**拉**	**山**	**四**
Naengh	roengz	laj	bya	cwx
naŋ^{6}	ɹoŋ^{2}	la^{3}	pja^{1}	ɕɯ^{4}
坐	下	下	山	社

坐在社山下，

5-1044

小	**女**	**当**	**勒**	**龙**
Siuj	nawx	dangq	lwg	lungz
θiːu^{3}	nɯ^{4}	taːŋ^{5}	lɯk^{8}	luŋ^{2}
小	女	当	子	龙

小女如龙子。

女唱

5-1045

能	**拉**	**果**	**会**	**支**
Naengh	laj	go	faex	sei
naŋ^{6}	la^{3}	ko^{1}	fai^{4}	θi^{1}
坐	下	棵	树	吊丝竹

坐在丝竹下，

5-1046

条	**好**	**是**	**纳**	**特**
Diuz	ndei	cix	nod	dawh
tiːu^{2}	dei^{1}	ɕi^{4}	noːt^{8}	təɯ^{6}
条	好	是	削	筷

好竹做箭支。

5-1047

能	**下**	**拉**	**山**	**四**
Naengh	roengz	laj	bya	cwx
naŋ^{6}	ɹoŋ^{2}	la^{3}	pja^{1}	ɕɯ^{4}
坐	下	下	山	社

坐在社山下，

5-1048

强	**务**	**特**	**江**	**手**
Giengz	huj	dawz	gyang	fwngz
kiːŋ^{2}	hu^{3}	təɯ^{2}	kjaːŋ^{1}	fɯŋ^{2}
像	云	拿	中	手

如云落手中。

男唱

5-1049

能	**拉**	**果**	**会**	**支**
Naengh	laj	go	faex	sei
naŋ^{6}	la^{3}	ko^{1}	fai^{4}	θi^{1}
坐	下	棵	树	吊丝竹

坐在丝竹下，

5-1050

条	**好**	**是**	**纳**	**那**
Diuz	ndei	cix	nod	naq
tiːu^{2}	dei^{1}	ɕi^{4}	noːt^{8}	na^{5}
条	好	是	削	箭

好竹做箭支。

5-1051

你	**能**	**吉**	**内**	**加**
Mwngz	naengh	giz	neix	caj
mɯŋ^{2}	naŋ^{6}	ki^{2}	ni^{4}	kja^{3}
你	坐	处	这	等

你坐这里等，

5-1052

备	**貝**	**那**	**要**	**正**
Beix	bae	naj	aeu	cingz
pi^{4}	pai^{1}	na^{3}	au^{1}	ɕiŋ^{2}
兄	去	前	要	情

兄去要信物。

女唱

5-1053

能	**拉**	**果**	**会**	**支**
Naengh	laj	go	faex	sei
naŋ^{6}	la^{3}	ko^{1}	fai^{4}	θi^{1}
坐	下	棵	树	吊丝竹

坐在丝竹下，

5-1054

条	**好**	**是**	**纳**	**那**
Diuz	ndei	cix	nod	naq
tiːu^{2}	dei^{1}	ɕi^{4}	noːt^{8}	na^{5}
条	好	就	削	箭

好竹制成箭。

5-1055

你	**来**	**土**	**真**	**怕**
Mwngz	laih	dou	caen	ba
mɯŋ^{2}	laːi^{6}	tu^{1}	ɕin^{1}	pa^{4}
你	以为	我	真	怕

别以为我怕，

5-1056

能	**田**	**加**	**备**	**银**
Naengh	dieg	caj	beix	ngaenz
naŋ^{6}	tiːk^{8}	kja^{3}	pi^{4}	ŋan^{2}
坐	地	等	兄	银

就地等仁兄。

男唱

5-1057

能 拉 果 会 支

Naengh laj go faex sei

naŋ^{6} la^{3} ko^{1} fai^{4} θi^{1}

坐 下 棵 树 吊丝竹

坐在丝竹下，

5-1058

条 好 是 纳 那

Diuz ndei cix nod naq

ti:u^{2} dei^{1} ɕi^{4} no:t^{8} na^{5}

条 好 就 削 箭

好竹制成箭。

5-1059

牙 要 正 是 加

Yaek aeu cingz cix caj

jak^{7} au^{1} ɕiŋ^{2} ɕi^{4} kja^{3}

欲 要 情 就 等

要信物就等，

5-1060

怕 什 么 农 银

Ba cwq maq nuengx ngaenz

pa^{4} ɕɯ^{5} ma^{5} nu:ŋ^{4} ŋan^{2}

怕 什 么 妹 银

妹你怕什么？

女唱

5-1061

能 拉 果 会 支

Naengh laj go faex sei

naŋ^{6} la^{3} ko^{1} fai^{4} θi^{1}

坐 下 棵 树 吊丝竹

坐在丝竹下，

5-1062

润 吹 尾 同 乂

Rumz ci byai doengz vet

ɹun^{2} ɕi^{1} pja:i^{1} toŋ^{2} ve:t^{7}

风 吹 尾 同 擦

竹梢相摩擦。

5-1063

得 能 八 十 八

Ndaej naengh bet cib bet

dai^{3} naŋ^{6} pe:t^{7} ɕit^{8} pe:t^{7}

得 坐 八 十 八

坐到八十八，

5-1064

心 是 念 备 银

Sim cix net beix ngaenz

θin^{1} ɕi^{4} ne:t^{7} pi^{4} ŋan^{2}

心 就 实 兄 银

就对兄心安。

男唱

5-1065

能	**拉**	**果**	**会**	**支**
Naengh	laj	go	faex	sei
naŋ⁶	la³	ko¹	fai⁴	θi¹
坐	**下**	**棵**	**树**	**吊丝竹**

坐在丝竹下，

5-1066

润	**吹**	**尾**	**同**	**乂**
Rumz	ci	byai	doengz	vet
ɹun²	ɕi¹	pjaːi¹	toŋ²	veːt⁷
风	**吹**	**尾**	**同**	**擦**

竹梢相摩擦。

5-1067

牙	**能**	**八**	**十**	**八**
Yaek	naengh	bet	cib	bet
jak⁷	naŋ⁶	peːt⁷	ɕit⁸	peːt⁷
欲	**坐**	**八**	**十**	**八**

想坐八十八，

5-1068

良	**马**	**节**	**英**	**元**
Lingh	ma	ciep	in	yuenz
leːŋ⁶	ma¹	ɕeːt⁷	in¹	juːn²
另	**来**	**接**	**姻**	**缘**

再来接姻缘。

女唱

5-1069

能	**拉**	**果**	**会**	**支**
Naengh	laj	go	faex	sei
naŋ⁶	la³	ko¹	fai⁴	θi¹
坐	**下**	**棵**	**树**	**吊丝竹**

坐在丝竹下，

5-1070

润	**吹**	**尾**	**中**	**先**
Rumz	ci	byai	cuengq	sienq
ɹun²	ɕi¹	pjaːi¹	ɕuːŋ⁵	θiːn⁵
风	**吹**	**尾**	**放**	**线**

竹梢向下垂。

5-1071

能	**拉**	**果**	**会**	**坚**
Naengh	laj	go	faex	genq
naŋ⁶	la³	ko¹	fai⁴	keːn⁵
坐	**下**	**棵**	**树**	**坚**

坐在坚树下，

5-1072

听	**鸟**	**杭**	**讲**	**坤**
Dingq	roeg	enq	gangj	gun
tiŋ⁵	ɹok⁸	eːn⁵	kaːŋ³	kun¹
听	**鸟**	**燕**	**讲**	**官话**

听鸟讲汉话。

男唱

5-1073

能 拉 果 会 支

Naengh laj go faex sei

naŋ6 la3 ko1 fai4 θi1

坐 下 棵 树 吊丝竹

坐在丝竹下，

5-1074

润 吹 尾 打 绞

Rumz ci byai daj nyeux

ɹun2 ɕi1 pja:i1 ta3 ȵe:u4

风 吹 尾 打 绞

风吹梢交叉。

5-1075

能 拉 果 会 老

Naengh laj go faex laux

naŋ6 la3 ko1 fai4 la:u4

坐 下 棵 树 大

坐在大树下，

5-1076

𠂤 中 好 𠂤 跟

Boux cuengq hauq boux riengz

pu4 ɕu:ŋ5 ha:u5 pu4 ɹi:ŋ2

人 放 话 人 跟

叫声相呼应。

女唱

5-1077

能 拉 果 会 骨

Naengh laj go faex ndoek

naŋ6 la3 ko1 fai4 dok7

坐 下 棵 树 刺竹

坐在刺竹下，

5-1078

听 土 鸟 九 全

Dingq duz roeg giuj cienz

tiŋ5 tu2 ɹok8 ki:u3 ɕi:n2

听 只 鸟 九 全

听九全鸟叫。

5-1079

能 拉 果 秋 元

Naengh laj go ciu yienz

naŋ6 la3 ko1 ɕi:u1 ji:n2

坐 下 棵 秋 元

坐在大树下，

5-1080

听 九 全 改 姓

Dingq giuj cienz gaij singq

tiŋ5 ki:u3 ɕi:n2 ka:i3 θiŋ5

听 九 全 改 姓

九全鸟绝情。

男唱

5-1081

能	**拉**	**果**	**会**	**骨**
Naengh	laj	go	faex	ndoek
naŋ^{6}	la^{3}	ko^{1}	fai^{4}	dok^{7}
坐	下	棵	树	刺竹

坐在刺竹下，

5-1082

听	**土**	**鸟**	**羽**	**才**
Dingq	duz	roeg	fwed	raiz
tiŋ^{5}	tu^{2}	ɹok^{8}	fuːt^{8}	ɹaːi^{2}
听	只	鸟	翅	花纹

听花翅鸟鸣。

5-1083

能	**拉**	**果**	**会**	**怀**
Naengh	laj	go	faex	faiz
naŋ^{6}	la^{3}	ko^{1}	fai^{4}	faːi^{2}
坐	下	棵	树	麻竹

坐在麻竹下，

5-1084

听	**少**	**乖**	**反**	**团**
Dingq	sau	gvai	fan	duenh
tiŋ^{5}	θaːu^{1}	kwaːi^{1}	faːn^{1}	tuːn^{6}
听	姑娘	乖	翻	缎

看情侣织缎。

女唱

5-1085

能	**拉**	**果**	**会**	**骨**
Naengh	laj	go	faex	ndoek
naŋ^{6}	la^{3}	ko^{1}	fai^{4}	dok^{7}
坐	下	棵	树	刺竹

坐在刺竹下，

5-1086

听	**土**	**鸟**	**王**	**美**
Dingq	duz	roeg	vangz	meiz
tiŋ^{5}	tu^{2}	ɹok^{8}	vaːŋ^{2}	mei^{2}
听	只	鸟	画	眉

听画眉鸟唱。

5-1087

能	**拉**	**果**	**会**	**支**
Naengh	laj	go	faex	sei
naŋ^{6}	la^{3}	ko^{1}	jai^{4}	θi^{1}
坐	下	棵	树	吊丝竹

坐吊丝竹下，

5-1088

听	**包**	**好**	**讲**	**话**
Dingq	mbauq	ndei	gangj	vah
tiŋ^{5}	baːu^{5}	dei^{1}	kaːŋ^{3}	va^{6}
听	小伙	好	讲	话

听情友讲话。

男唱

5–1089

能	**拉**	**果**	**会**	**骨**
Naengh	laj	go	faex	ndoek
naŋ^{6}	la^{3}	ko^{1}	fai^{4}	dok^{7}
坐	下	棵	树	刺竹

坐在刺竹下，

5–1090

老	**知**	**托**	**把**	**叶**
Lau	rox	doek	baj	mbaw
laːu^{1}	ɹo^{4}	tok^{7}	pa^{3}	baɯ^{1}
怕	知	落	把	叶

怕会落张叶。

5–1091

能	**拉**	**果**	**内**	**特**
Naengh	laj	go	neix	dawz
naŋ^{6}	la^{3}	ko^{1}	ni^{4}	təɯ^{2}
坐	下	棵	这	拿

守候此树下，

5–1092

托	**几**	**叶**	**下**	**斗**
Doek	geij	mbaw	roengz	daeuj
tok^{7}	ki^{3}	baɯ^{1}	ɹoŋ^{2}	tau^{3}
落	几	叶	下	来

等几张落叶。

女唱

5–1093

能	**拉**	**果**	**会**	**骨**
Naengh	laj	go	faex	ndoek
naŋ^{6}	la^{3}	ko^{1}	fai^{4}	dok^{7}
坐	下	棵	树	刺竹

坐在刺竹下，

5–1094

老	**知**	**托**	**把**	**叶**
Lau	rox	doek	baj	mbaw
laːu^{1}	ɹo^{4}	tok^{7}	pa^{3}	baɯ^{1}
怕	知	落	把	叶

怕会落叶片。

5–1095

能	**拉**	**果**	**内**	**特**
Naengh	laj	go	neix	dawz
naŋ^{6}	la^{3}	ko^{1}	ni^{4}	təɯ^{2}
坐	下	棵	这	拿

守候此树下，

5–1096

几	**时**	**托**	**叶**	**么**
Geij	seiz	doek	mbaw	moq
ki^{3}	θi^{2}	tok^{7}	baɯ^{1}	mo^{5}
几	时	落	叶	新

何时再落叶？

男唱

5-1097

能	**拉**	**果**	**会**	**骨**
Naengh	laj	go	faex	ndoek
naŋ^6	la^3	ko^1	fai^4	dok^7
坐	下	棵	树	刺竹

坐在刺竹下，

5-1098

老	**知**	**托**	**把**	**叶**
Lau	rox	doek	baj	mbaw
laːu^1	ɹo^4	tok^7	pa^3	baɯ^1
怕	知	落	把	叶

怕它落片叶。

5-1099

能	**拉**	**果**	**内**	**特**
Naengh	laj	go	neix	dawz
naŋ^6	la^3	ko^1	ni^4	təɯ^2
坐	下	棵	这	拿

守候此树下，

5-1100

托	**叶**	**偻**	**岁**	**捡**
Doek	mbaw	raeuz	caez	gip
tok^7	baɯ^1	ɹau^2	ɕai^2	kitp^7
落	叶	我们	齐	捡

落叶一同捡。

女唱

5-1101

能	**拉**	**果**	**会**	**骨**
Naengh	laj	go	faex	ndoek
naŋ^6	la^3	ko^1	fai^4	dok^7
坐	下	棵	树	刺竹

坐在刺竹下，

5-1102

老	**知**	**托**	**把**	**叶**
Lau	rox	doek	baj	mbaw
laːu^1	ɹo^4	tok^7	pa^3	baɯ^1
怕	知	落	把	叶

怕它落片叶。

5-1103

能	**拉**	**果**	**内**	**特**
Naengh	laj	go	neix	dawz
naŋ^6	la^3	ko^1	ni^4	təɯ^2
坐	下	棵	这	拿

守候此树下，

5-1104

几	**时**	**给**	**你**	**知**
Geij	seiz	hawj	mwngz	rox
ki^3	θi^2	həɯ^3	mɯŋ^2	ɹo^4
几	时	给	你	知

何时才落叶？

男唱

5-1105

能	下	拉	果	干
Naengh	roengz	laj	go	gam
naŋ^{6}	roŋ^{2}	la^{3}	ko^{1}	ka:n^{1}
坐	下	下	棵	柑

坐柑果树下，

5-1106

玩	是	吃	阝	团
Van	cix	gwn	boux	donh
va:n^{1}	ɕi^{4}	kɯn^{1}	pu^{4}	to:n^{6}
甜	就	吃	人	半

果甜同分享。

5-1107

吃	果	内	了	伴
Gwn	go	neix	liux	buenx
kɯn^{1}	ko^{1}	ni^{4}	li:u^{4}	pu:n^{4}
吃	棵	这	啰	伴

同吃此树果，

5-1108

开	貝	满	来	果
Gaej	bae	muengh	lai	go
ka:i^{5}	pai^{1}	mu:ŋ^{6}	la:i^{1}	ko^{1}
莫	去	望	多	棵

莫去望他株。

女唱

5-1109

能	下	拉	果	干
Naengh	roengz	laj	go	gam
naŋ^{6}	ɹoŋ^{2}	la^{3}	ko^{1}	ka:n^{1}
坐	下	下	棵	柑

坐柑果树下，

5-1110

玩	是	吃	阝	团
Van	cix	gwn	boux	donh
va:n^{1}	ɕi^{4}	kɯn^{1}	pu^{4}	to:n^{6}
甜	就	吃	人	半

果甜同分享。

5-1111

能	好	美	好	满
Naengh	ndei	maez	ndei	monh
naŋ^{6}	dei^{1}	mai^{2}	dei^{1}	mo:n^{6}
坐	好	说爱	好	谈情

坐着谈情爱，

5-1112

阝	开	中	阝	貝
Boux	gaej	cuengq	boux	bae
pu^{4}	ka:i^{5}	ɕu:ŋ^{5}	pu^{4}	pai^{1}
人	莫	放	人	去

莫放弃对方。

男唱

5–1113

能	**下**	**拉**	**果**	**干**
Naengh	roengz	laj	go	gam
naŋ^{6}	ɹoŋ^{2}	la^{3}	ko^{1}	kaːn^{1}
坐	下	下	棵	柑

坐柑果树下，

5–1114

玩	**是**	**吃**	**卩**	**的**
Van	cix	gwn	boux	diq
vaːn^{1}	ɕi^{4}	kɯn^{1}	pu^{4}	ti^{5}
甜	就	吃	人	点

果甜同分享。

5–1115

偻	**岁**	**能**	**些**	**内**
Raeuz	caez	naengh	seiq	neix
ɹau^{2}	ɕai^{2}	naŋ^{6}	θe^{5}	ni^{4}
我们	齐	坐	世	这

我俩恋今世，

5–1116

些	**第**	**义**	**办**	**而**
Seiq	daih	ngeih	baenz	rawz
θe^{5}	ti^{5}	ȵi^{6}	pan^{2}	ɹaɯ^{2}
世	第	二	成	什么

不管下辈子。

女唱

5–1117

能	**下**	**拉**	**果**	**干**
Naengh	roengz	laj	go	gam
naŋ^{6}	ɹoŋ^{2}	la^{3}	ko^{1}	kaːn^{1}
坐	下	下	棵	柑

坐柑果树下，

5–1118

玩	**是**	**吃**	**卩**	**的**
Van	cix	gwn	boux	diq
vaːn^{1}	ɕi^{4}	kɯn^{1}	pu^{4}	ti^{5}
甜	就	吃	人	点

果甜共分享。

5–1119

偻	**岁**	**能**	**些**	**内**
Raeuz	caez	naengh	seiq	neix
ɹau^{2}	ɕai^{2}	naŋ^{6}	θe^{5}	ni^{4}
我们	齐	坐	世	这

今世在一起，

5–1120

一	**义**	**是**	**开**	**论**
It	ngeih	cix	gaej	lumz
it^{7}	ȵi^{6}	ɕi^{4}	kaːi^{5}	lun^{2}
一	二	就	莫	忘

一切莫相忘。

男唱

5-1121

能	**下**	**拉**	**果**	**干**
Naengh	roengz	laj	go	gam
naŋ^{6}	ɹoŋ^{2}	la^{3}	ko^{1}	ka:n^{1}
坐	**下**	**下**	**棵**	**柑**

同坐柑果下，

5-1122

玩	**是**	**吃**	**卜**	**的**
Van	cix	gwn	boux	diq
va:n^{1}	çi^{4}	kɯn^{1}	pu^{4}	ti^{5}
甜	**就**	**吃**	**人**	**点**

果甜共分享。

5-1123

岁	**能**	**满**	**秀**	**内**
Caez	naengh	mued	ciuh	neix
çai^{2}	naŋ^{6}	mu:t^{8}	çi:u^{6}	ni^{4}
齐	**坐**	**没**	**世**	**这**

今生恋白头，

5-1124

正	**祘**	**农**	**米**	**心**
Cingq	suenq	nuengx	miz	sim
çiŋ^{5}	θu:n^{5}	nu:ŋ^{4}	mi^{2}	θin^{1}
正	**算**	**妹**	**有**	**心**

足见妹真心。

女唱

5-1125

能	**下**	**拉**	**果**	**干**
Naengh	roengz	laj	go	gam
naŋ^{6}	ɹoŋ^{2}	la^{3}	ko^{1}	ka:n^{1}
坐	**下**	**下**	**棵**	**柑**

同坐柑果下，

5-1126

玩	**是**	**吃**	**卜**	**的**
Van	cix	gwn	boux	diq
va:n^{1}	çi^{4}	kɯn^{1}	pu^{4}	ti^{5}
甜	**就**	**吃**	**人**	**点**

果甜共分享。

5-1127

岁	**能**	**满**	**秀**	**内**
Caez	naengh	mued	ciuh	neix
çai^{2}	naŋ^{6}	mu:t^{8}	çi:u^{6}	ni^{4}
齐	**坐**	**没**	**世**	**这**

今世恋白头，

5-1128

些	**第**	**义**	**共**	**然**
Seiq	daih	ngeih	gungh	ranz
θe^{5}	ti^{5}	ȵi^{6}	kuŋ^{6}	ɹa:n^{2}
世	**第**	**二**	**共**	**家**

来世要成亲。

男唱

5–1129

能	**下**	**拉**	**果**	**沙**
Naengh	roengz	la	go	sa
naŋ^{6}	ɹoŋ^{2}	la^{3}	ko^{1}	θa^{1}
坐	**下**	**下**	**棵**	**构树**

坐纱皮树下，

5–1130

空	**知**	**沙**	**办**	**纸**
Ndwi	rox	sa	baenz	ceij
du:i^{1}	ɹo^{4}	θa^{1}	pan^{2}	ɕi^{3}
不	**知**	**纱**	**成**	**纸**

不知纱成纸。

5–1131

能	**下**	**拉**	**果**	**玉**
Naengh	roengz	laj	go	yix
naŋ^{6}	ɹoŋ^{2}	la^{3}	ko^{1}	ji^{4}
坐	**下**	**下**	**棵**	**喜树**

坐在喜树下，

5–1132

空	**知**	**纸**	**办**	**钱**
Ndwi	rox	ceij	baenz	cienz
du:i^{1}	ɹo^{4}	ɕi^{3}	pan^{2}	ɕi:n^{2}
不	**知**	**纸**	**成**	**钱**

不知纸值钱。

女唱

5–1133

能	**下**	**拉**	**果**	**歪**
Naengh	roengz	laj	go	faiq
naŋ^{6}	ɹoŋ^{2}	la^{3}	ko^{1}	va:i^{5}
坐	**下**	**下**	**棵**	**棉**

坐在棉花下，

5–1134

空	**知**	**歪**	**办**	**布**
Ndwi	rox	faiq	baenz	baengz
du:i^{1}	ɹo^{4}	va:i^{5}	pan^{2}	paŋ^{2}
不	**知**	**棉**	**成**	**布**

不知棉成布。

5–1135

能	**下**	**拉**	**果**	**江**
Naengh	roengz	laj	go	gyang
naŋ^{6}	ɹoŋ^{2}	la^{3}	ko^{1}	kja:ŋ^{1}
坐	**下**	**下**	**棵**	**桄榔**

坐桄榔树下，

5–1136

空	**知**	**布**	**办**	**布**
Ndwi	rox	baengz	baenz	buh
du:i^{1}	ɹo^{4}	paŋ^{2}	pan^{2}	pu^{6}
不	**知**	**布**	**成**	**衣服**

不知布成衣。

男唱

5-1137

能 下 拉 果 歪

Naengh roengz laj go faiq

naŋ^{6} ɹoŋ^{2} la^{3} ko^{1} vaːi^{5}

坐 下 下 棵 棉

坐在棉花下，

5-1138

空 知 歪 办 布

Ndwi rox faiq baenz baengz

duːi^{1} ɹo^{4} vaːi^{5} pan^{2} paŋ^{2}

不 知 棉 成 布

不知棉成布。

5-1139

偻 岁 能 江 王

Raeuz caez naengh gyang vaengz

ɹau^{2} ɕai^{2} naŋ^{6} kjaːŋ^{1} vaŋ^{2}

我们 齐 坐 中 潭

同坐水潭中，

5-1140

先 刚 偻 岁 在

Sienq gang raeuz caez ywq

θiːn^{5} kaːŋ^{1} ɹau^{2} ɕai^{2} jɯ^{5}

线 挡 我们 齐 在

网护我俩在。

女唱

5-1141

能 下 拉 果 歪

Naengh roengz laj go faiq

naŋ^{6} ɹoŋ^{2} la^{3} ko^{1} vaːi^{5}

坐 下 下 棵 棉

坐在棉花下，

5-1142

空 知 歪 办 布

Ndwi rox faiq baenz baengz

duːi^{1} ɹo^{4} vaːi^{5} pan^{2} paŋ^{2}

不 知 棉 成 布

不知棉成布。

5-1143

偻 岁 能 江 王

Raeuz caez naengh gyang vaengz

ɹau^{2} ɕai^{2} naŋ^{6} kjaːŋ^{1} vaŋ^{2}

我们 齐 坐 中 潭

同坐水潭中，

5-1144

开 给 忠 兰 罗

Gaej hawj fangz lanz loh

kaːi^{5} həɯ^{3} faːŋ^{2} laːn^{2} lo^{6}

莫 给 鬼 拦 路

莫让鬼拦路。

男唱

5–1145

能 吉 内 吃 烷

Naengh giz neix gwn ien

naŋ^{6} ki^{2} ni^{4} kɯn^{1} iːn^{1}

坐 处 这 吃 烟

坐这里吸烟，

5–1146

小 仙 加 韦 机

Siuh sien caj vae giq

θiːu^{3} θiːn^{1} kja^{3} vai^{1} ki^{5}

修 仙 等 姓 支

修炼等密友。

5–1147

代 貝 些 第 义

Dai Bae seiq daih ngeih

taːi^{1} pai^{1} θe^{5} ti^{5} ȵi^{6}

死 去 世 第 二

轮回第二世，

5–1148

利 对 农 知 空

Leix doiq nuengx rox ndwi

li^{4} toːi^{5} nuːŋ^{4} ɹo^{4} duːi^{1}

理 对 妹 或 不

还理情妹不？

女唱

5–1149

能 吉 内 吃 烷

Naengh giz neix gwn ien

naŋ^{6} ki^{2} ni^{4} kɯn^{1} iːn^{1}

坐 处 这 吃 烟

坐这里吸烟，

5–1150

小 仙 加 韦 机

Siuh sien gyaj vae giq

θiːu^{3} θiːn^{1} kja^{3} vai^{1} ki^{5}

修 仙 等 姓 支

修炼等密友。

5–1151

代 貝 些 第 义

Dai Bae seiq daih ngeih

taːi^{1} pai^{1} θe^{5} ti^{5} ȵi^{6}

死 去 世 第 二

轮回第二世，

5–1152

牙 托 备 共 然

Yaek doh beix gungh ranz

jak^{7} to^{6} pi^{4} kuŋ^{6} ɹaːn^{2}

欲 同 兄 共 家

要同兄成亲。

男唱

5-1153

能	**吉**	**内**	**吃**	**炾**
Naengh	giz	neix	gwn	ien
naŋ^{6}	ki^{2}	ni^{4}	kɯn^{1}	iːn^{1}
坐	处	这	吃	烟

坐这里吸烟，

5-1154

小	**仙**	**加**	**韦**	**阿**
Siuh	sien	caj	vae	oq
θiːu^{3}	θiːn^{1}	kja^{3}	vai^{1}	o^{5}
修	仙	等	姓	别

修炼等情友。

5-1155

岁	**能**	**田**	**盘**	**古**
Caez	naengh	dieg	buenz	guj
ɕai^{2}	naŋ^{6}	tiːk^{8}	puːn^{2}	ku^{3}
齐	坐	地	盘	古

同在盘古地，

5-1156

开	**论**	**罗**	**满**	**美**
Gaej	lumz	loh	monh	maez
kaːi^{5}	lun^{2}	lo^{6}	moːn^{6}	mai^{2}
莫	忘	路	情	爱

切莫忘恋情。

女唱

5-1157

能	**吉**	**内**	**吃**	**炾**
Naengh	giz	neix	gwn	ien
naŋ^{6}	ki^{2}	ni^{4}	kɯn^{1}	iːn^{1}
坐	处	这	吃	烟

坐这里吸烟，

5-1158

小	**仙**	**加**	**韦**	**阿**
Siuh	sien	caj	vae	oq
θiːu^{3}	θiːn^{1}	kja^{3}	vai^{1}	o^{5}
修	仙	等	姓	别

修炼等情友。

5-1159

往	**双**	**偻**	**唱**	**歌**
Uengj	song	raeuz	cang	go
vaːŋ^{3}	θoːŋ^{1}	ɹau^{2}	ɕaːŋ^{4}	ko^{5}
枉	两	我们	唱	歌

我俩曾对歌，

5-1160

知	**办**	**合**	**卜**	**而**
Rox	baenz	huq	boux	lawz
ɹo^{4}	pan^{2}	ho^{5}	pu^{4}	laɯ^{2}
知	成	货	人	哪

知成谁配偶。

男唱

5-1161

能 吉 内 吃 烷

Naengh giz neix gwn ien

naŋ^{6} ki^{2} ni^{4} kɯn^{1} iːn^{1}

坐 处 这 吃 烟

坐这里吸烟，

5-1162

小 仙 加 韦 阿

Siuh sien caj vae oq

θiːu^{3} θiːn^{1} kja^{3} vai^{1} o^{5}

修 仙 等 姓 别

修炼等情友。

5-1163

往 双 偻 唱 歌

Uengj song raeuz cang go

vaːŋ^{3} θoːŋ^{1} ɹau^{2} ɕaːŋ^{4} ko^{5}

枉 两 我们 唱 歌

我俩曾对歌，

5-1164

广 合 不 农 银

Gvangj hoz mbouj nuengx ngaenz

kwaːŋ^{3} ho^{2} bou^{5} nuːŋ^{4} ŋan^{2}

广 脖 不 妹 银

妹你相思否？

女唱

5-1165

能 吉 内 吃 烷

Naengh giz neix gwn ien

naŋ^{6} ki^{2} ni^{4} kɯn^{1} iːn^{1}

坐 处 这 吃 烟

坐这里吸烟，

5-1166

小 仙 加 韦 阿

Siuh sien caj vae oq

θiːu^{3} θiːn^{1} kja^{3} vai^{1} o^{5}

修 仙 等 姓 别

修炼等情友。

5-1167

得 年 龙 唱 歌

Ndaej nem lungz cang go

dai^{3} neːm^{1} luŋ^{2} ɕaːŋ^{4} ko^{5}

得 贴 龙 唱 歌

能同兄唱歌，

5-1168

广 合 又 文 荣

Gvangj hoz youh vuen yungz

kwaːŋ^{3} ho^{2} jou^{4} vun^{1} juŋ^{2}

广 脖 又 欢 乐

惬意又温馨。

男唱

5-1169

说	**的**	**欢**	**跟**	**比**
Naeuz	diq	fwen	riengz	beij
nau^{2}	ti^{5}	vuːn^{1}	ɹiːŋ^{2}	pi^{3}
说	点	歌	跟	歌

讲到歌的事，

5-1170

义	**不**	**付**	**不**	**分**
Ngeix	mbouj	fouz	mbouj	faen
ȵi^{4}	bou^{5}	fu^{2}	bou^{5}	fan^{1}
想	不	浮	不	分

牵挂不愿分。

5-1171

米	**仪**	**是**	**同**	**分**
Miz	saenq	cix	doengz	baen
mi^{2}	θin^{5}	çi^{4}	toŋ^{2}	pan^{1}
有	信	就	同	分

有信就互送，

5-1172

米	**更**	**是**	**同**	**完**
Miz	gaen	cix	doengz	vuenh
mi^{2}	kan^{1}	çi^{4}	toŋ^{2}	vuːn^{6}
有	巾	就	同	换

有巾就互换。

女唱

5-1173

农	**米**	**仪**	**是**	**分**
Nuengx	miz	saenq	cix	baen
nuːŋ^{4}	mi^{2}	θin^{5}	çi^{4}	pan^{1}
妹	有	信	就	分

妹有信就给，

5-1174

龙	**米**	**更**	**是**	**完**
Lungz	miz	gaen	cix	vuenh
luŋ^{2}	mi^{2}	kan^{1}	çi^{4}	vuːn^{6}
龙	有	巾	就	换

兄有巾就送。

5-1175

同	**分**	**特**	**好**	**占**
Doengz	baen	dawz	hau	canz
toŋ^{2}	pan^{1}	taɯ^{2}	haːu^{1}	çaːn^{2}
同	分	拿	白	灿灿

手上东西多，

5-1176

伕	**九**	**板**	**偻**	**米**
Fwx	riuz	mbanj	raeuz	miz
fə^{4}	ɹiːu^{2}	baːn^{3}	ɹau^{2}	mi^{2}
别人	传	村	我们	有

人传本村富。

男唱

5-1177

备	**米**	**仪**	**是**	**分**
Beix	miz	saenq	cix	baen
pi^{4}	mi^{2}	θin^{5}	ɕi^{4}	pan^{1}
兄	有	信	就	分

兄有信就送，

5-1178

少	**米**	**更**	**是**	**罗**
Sau	miz	gaen	cix	lok
θa:u^{1}	mi^{2}	kan^{1}	ɕi^{4}	lo:k^{7}
姑娘	有	巾	就	赠

妹有巾就赠。

5-1179

要	**的**	**内**	**古**	**可**
Aeu	diq	neix	guh	goek
au^{1}	ti^{5}	ni^{4}	ku^{4}	kok^{7}
要	点	这	做	根

以这些为由，

5-1180

古	**元**	**罗**	**同**	**巡**
Guh	roen	loh	doengz	cunz
ku^{4}	jo:n^{1}	lo^{6}	toŋ^{2}	ɕun^{2}
做	路	路	同	巡

好相互往来。

女唱

5-1181

米	**仪**	**是**	**同**	**分**
Miz	saenq	cix	doengz	baen
mi^{2}	θin^{5}	ɕi^{4}	toŋ^{2}	pan^{1}
有	信	就	同	分

有信就互送，

5-1182

米	**更**	**是**	**同**	**勒**
Miz	gaen	cix	doengz	lawh
mi^{2}	kan^{1}	ɕi^{4}	toŋ^{2}	ləɯ^{6}
有	巾	就	同	换

有巾就互换。

5-1183

同	**分**	**特**	**改**	**伏**
Doengz	baen	dawz	gaij	mbwq
toŋ^{2}	pan^{1}	təɯ^{2}	ka:i^{3}	bɯ^{5}
同	分	拿	解	闷

交换可解闷，

5-1184

空	**勒**	**农**	**千**	**年**
Ndwi	lawh	nuengx	cien	nienz
dɯ:i^{1}	ləɯ^{6}	nu:ŋ^{4}	ɕi:n^{1}	ni:n^{2}
不	换	妹	千	年

不求恋长远。

男唱

5-1185

备 斗 堂 邦 你

Beix daeuj daengz biengz mwngz

pi⁴ tau³ taŋ² pi:ŋ² mɯŋ²

兄 来 到 地方 你

兄到你家乡，

5-1186

米 仪 分 土 观

Miz saenq baen dou gonq

mi² θin⁵ pan¹ tu¹ ko:n⁵

有 信 分 我 先

你应给我信。

5-1187

却 它 堂 邦 伴

Gyo de daengz biengz buenx

kjo¹ te¹ taŋ² pi:ŋ² pu:n⁴

幸亏 它 到 地方 伴

赖它才访友，

5-1188

备 洋 祘 洋 赔

Beix yaeng suenq yaeng boiz

pi⁴ jaŋ¹ θu:n⁵ jaŋ¹ po:i²

兄 慢 算 慢 赔

兄慢慢还情。

女唱

5-1189

米 仪 想 牙 分

Miz saenq siengj yaek baen

mi² θin⁵ θi:ŋ³ jak⁷ pan¹

有 信 想 要 分

本想送你信，

5-1190

老 你 特 貝 废

Lau mwngz dawz bae feiq

la:u¹ mɯŋ² təɯ² pai¹ fei⁵

怕 你 拿 去 废

怕你拿去废。

5-1191

明 土 貝 空 得

Gog dou bae ndwi ndaej

ɕo:k⁸ tu¹ pai¹ du:i¹ dai³

将来 我 去 不 得

到老走不动，

5-1192

貝 问 安 而 要

Bae haemq aen lawz aeu

pai¹ han⁵ an¹ laɯ² au¹

去 问 个 哪 要

去问谁讨回？

男唱

5-1193

米	**仪**	**农**	**管**	**分**
Miz	saenq	nuengx	guenj	baen
mi^{2}	θin^{5}	nu:ŋ^{4}	ku:n^{3}	pan^{1}
有	信	妹	管	分

有信尽管给，

5-1194

土	**不**	**特**	**贝**	**废**
Dou	mbouj	dawz	bae	feiq
tu^{1}	bou^{5}	təɯ^{2}	pai^{1}	fei^{5}
我	不	拿	去	废

我不会废弃。

5-1195

明	**你**	**贝**	**空**	**得**
Gog	mwngz	bae	ndwi	ndaej
ɕo:k^{8}	mɯŋ^{2}	pai^{1}	dɯ:i^{1}	dai^{3}
将来	你	去	不	得

等你走不动，

5-1196

贝	**问**	**岁**	**板**	**偻**
Bae	haemq	caez	mbanj	raeuz
pai^{1}	han^{5}	ɕai^{2}	ba:n^{3}	ɹau^{2}
去	问	齐	村	我们

去我村讨回。

女唱

5-1197

你	**农**	**牙**	**要**	**仪**
Mwngz	nuengx	yaek	aeu	saenq
mɯŋ^{2}	nu:ŋ^{4}	jak^{5}	au^{1}	θin^{5}
你	妹	要	要	信

妹妹想要信，

5-1198

仪	**板**	**内**	**尝**	**米**
Saenq	ban	neix	caengz	miz
θin^{5}	pa:n^{1}	ni^{4}	ɕaŋ^{2}	mi^{2}
信	时	这	未	有

现如今没有。

5-1199

请	**卜**	**长**	**马**	**提**
Cingj	boux	cangh	ma	diz
ɕiŋ^{3}	pu^{4}	ɕa:ŋ^{6}	ma^{1}	ti^{2}
请	人	匠	来	锻造

请工匠打造，

5-1200

日	**好**	**特**	**贝**	**送**
Ngoenz	ndei	dawz	bae	soengq
ŋon^{2}	dei^{1}	təɯ^{2}	pai^{1}	θoŋ^{5}
天	好	拿	去	送

择日拿去送。

男唱

5-1201

你 备 牙 要 仪

Mwngz beix yaek aeu saenq

mɯŋ^{2} pi^{4} jak^{7} au^{1} θin^{5}

你 兄 想 要 信

哥哥想要信，

5-1202

送 农 貝 堂 然

Soengq nuengx bae daengz ranz

θoŋ^{5} nu:ŋ^{4} pai^{1} taŋ^{2} ɹa:n^{2}

送 妹 去 到 家

送妹回到家。

5-1203

仪 在 龙 更 板

Saenq ywq loengx gwnz mbanj

θin^{5} jɯ^{5} loŋ^{4} kɯn^{2} ba:n^{3}

信 在 箱 上 村

信在兄村上，

5-1204

貝 堂 然 牙 得

Bae daengz ranz yax ndaej

pai^{1} taŋ^{2} ɹa:n^{2} ja^{5} dai^{3}

去 到 家 才 得

回到家才得。

女唱

5-1205

你 来 土 真 怕

Mwngz laih dou caen ba

mɯŋ^{2} la:i^{6} tu^{1} ɕin^{1} pa^{4}

你 以为 我 真 怕

你以为我怕，

5-1206

送 农 貝 堂 然

Soengq nuengx bae daengz ranz

θoŋ^{5} nu:ŋ^{4} pai^{1} taŋ^{2} ɹa:n^{2}

送 妹 去 到 家

送情妹回家。

5-1207

你 来 土 正 办

Mwngz laih dou cingq bamz

mɯŋ^{2} la:i^{6} tu^{1} ɕiŋ^{5} pa:n^{2}

你 以为 我 正 笨

你以为我笨，

5-1208

貝 堂 然 要 仪

Bae daengz ranz aeu saenq

pai^{1} taŋ^{2} ɹa:n^{2} au^{1} θin^{5}

去 到 家 要 信

到家去要信。

男唱

5-1209

求 农 得 贝 更

Giuz nuengx ndaej mbaw gaen

kiːu^{2} nuːŋ^{4} dai^{3} baɯ^{1} kan^{1}

求 妹 得 张 巾

求妹得条巾，

5-1210

双 头 才 栏 干

Song gyaeuj raiz lanz ganh

θoːŋ^{1} kjau^{3} ɹaːi^{2} laːn^{2} kaːn^{5}

两 头 花纹 栏 杆

两头镶图案。

5-1211

平 贝 河 贝 板

Bingz bae haw bae mbanj

piŋ^{2} pai^{1} həɯ^{1} pai^{1} baːn^{3}

凭 去 圩 去 村

任上街走村，

5-1212

办 相 是 却 你

Baenz siengq cix gyo mwngz

pan^{2} θiːŋ^{5} ɕi^{4} kjo^{1} mɯŋ^{2}

成 相 就 幸亏 你

风光全靠你。

女唱

5-1213

农 分 要 给 你

Nuengx baen gaen hawj mwngz

nuːŋ^{4} pan^{1} kan^{1} həɯ^{3} mɯŋ^{2}

妹 分 巾 给 你

妹送巾给你，

5-1214

貝 而 你 牙 班

Bae lawz mwngz yaek banq

pai^{1} laɯ^{2} mɯŋ^{2} jak^{7} paːn^{5}

去 哪 你 要 搭

外出你要挂。

5-1215

在 是 求 抹 汉

Ywq cix giuz vuet hanh

jɯ^{5} ɕi^{4} kiːu^{2} vuːt^{7} haːn^{6}

在 就 求 擦 汗

活着可擦汗，

5-1216

代 是 班 从 良

Dai cix banq congz lingz

taːi^{1} ɕi^{4} paːn^{5} ɕoːŋ^{2} liŋ^{2}

死 就 搭 桌 灵

死去挂灵台。

男唱

5-1217

求	**农**	**得**	**贝**	**更**
Giuz	nuengx	ndaej	mbaw	gaen
kiːu^{2}	nuːŋ^{4}	dai^{3}	baɯ^{1}	kan^{1}
求	**妹**	**得**	**张**	**巾**

妹送条毛巾，

5-1218

双	**头**	**才**	**勒**	**丰**
Song	gyaeuj	raiz	lwg	fungh
θoːŋ^{1}	kjau^{3}	ɹaːi^{2}	lɯk^{8}	fuŋ^{6}
两	**头**	**花纹**	**子**	**凤**

两头绣凤凰。

5-1219

很	**河**	**土**	**牙**	**用**
Hwnj	haw	dou	yax	yungh
hɯn^{3}	həɯ^{1}	tu^{1}	ja^{5}	juŋ^{6}
上	**圩**	**我**	**也**	**用**

赶圩我也用，

5-1220

下	**峷**	**土**	**牙**	**特**
Roengz	rungh	dou	yax	dawz
ɹoŋ^{2}	ɹuŋ^{6}	tu^{1}	ja^{5}	təɯ^{2}
下	**峷**	**我**	**也**	**拿**

进村我也带。

女唱

5-1221

农	**分**	**更**	**给**	**你**
Nuengx	baen	gaen	hawj	mwngz
nuːŋ^{4}	pan^{1}	kan^{1}	həɯ^{3}	mɯŋ^{2}
妹	**分**	**巾**	**给**	**你**

妹送巾给你，

5-1222

贝	**板**	**你**	**牙**	**配**
Bae	mbanj	mwngz	yaek	boiq
pai^{1}	baːn^{3}	mɯŋ^{2}	jak^{7}	poːi^{5}
去	**村**	**你**	**要**	**配**

走村你要带。

5-1223

贝	**吃**	**氿**	**吃**	**岁**
Bae	gwn	laeuj	gwn	coih
pai^{1}	kɯn^{1}	lau^{3}	kɯn^{1}	ɕoːi^{6}
去	**吃**	**酒**	**吃**	**席**

去吃酒赴宴，

5-1224

开	**论**	**对**	**双**	**偻**
Gaej	lumz	doiq	song	raeuz
kaːi^{5}	lun^{2}	toːi^{5}	θoːŋ^{1}	ɹau^{2}
莫	**忘**	**对**	**两**	**我们**

莫忘我俩情。

男唱

5-1225

求	**农**	**得**	**贝**	**更**
Giuz	nuengx	ndaej	mbaw	gaen
kiːu^{2}	nuːŋ^{4}	dai^{3}	baɯ^{1}	kan^{1}
求	妹	得	张	巾

靠妹得条巾，

5-1226

双	**头**	**裁**	**韦**	**机**
Song	gyaeuj	caiz	vae	giq
θoːŋ^{1}	kjau^{3}	ɕaːi^{2}	vai^{1}	ki^{5}
两	头	裁	姓	支

两头绣情侣。

5-1227

特	**贝**	**堂**	**拉**	**利**
Dawz	bae	daengz	laj	leih
təɯ^{2}	pai^{1}	taŋ^{2}	la^{3}	li^{6}
拿	去	到	拉	利

拿到拉利街，

5-1228

伕	**作**	**四**	**尝**	**银**
Fwx	coq	seiq	cangz	ngaenz
fə^{4}	ɕo^{5}	θei^{5}	ɕaːŋ^{2}	ŋan^{2}
别人	放	四	两	银

值得四两银。

女唱

5-1229

农	**分**	**更**	**给**	**你**
Nuengx	baen	gaen	hawj	mwngz
nuːŋ^{4}	pan^{1}	kan^{1}	həɯ^{3}	mɯŋ^{2}
妹	分	巾	给	你

妹送巾给你，

5-1230

才	**办**	**花**	**韦**	**生**
Raiz	baenz	va	vae	saemq
ɹaːi^{2}	pan^{2}	va^{1}	vai^{1}	θan^{5}
花纹	成	花	姓	庚

绣上同龄友。

5-1231

贝	**然**	**卜**	**乜**	**问**
Bae	ranz	boh	meh	haemq
pai^{1}	ɹaːn^{2}	po^{6}	me^{6}	han^{5}
去	家	父	母	问

回家父母问，

5-1232

备	**古**	**样**	**而**	**说**
Beix	guh	yiengh	lawz	naeuz
pi^{4}	ku^{4}	juːŋ^{6}	laɯ^{2}	nau^{2}
兄	做	样	哪	说

兄做何解释？

男唱

5-1233

求 农 得 贝 更

Giuz nuengx ndaej mbaw gaen

kiːu^{2} nuːŋ^{4} dai^{3} baɯ^{1} kan^{1}

求 妹 得 张 巾

求妹送条巾，

5-1234

双 头 长 韦 生

Song gyaeuj raez vae saemq

θoːn^{1} kjau^{3} ɹai^{2} vai^{1} θan^{5}

两 头 长 姓 庚

绣上同龄友。

5-1235

貝 然 卜 乜 问

Bae ranz boh meh haemq

pai^{1} ɹaːn^{2} po^{6} me^{6} han^{5}

去 家 父 母 问

回家父母问，

5-1236

说 对 生 土 分

Naeuz doiq saemq dou baen

nau^{2} toːi^{5} θan^{5} tu^{1} pan^{1}

说 对 庚 我 分

说同龄友送。

女唱

5-1237

送 封 仪 第 一

Soengq fung saenq daih it

θoŋ^{5} fuŋ^{1} θin^{5} ti^{5} it^{7}

送 封 信 第 一

送第一封信，

5-1238

记 作 拉 床 宁

Geiq coq laj mbonq ninz

ki^{5} ɕo^{5} la^{3} boːn^{5} nin^{2}

寄 放 下 床 睡

寄放床铺下。

5-1239

送 贝 内 古 正

Soengq mbaw neix guh cingz

θoŋ^{5} baɯ^{1} ni^{4} ku^{4} ɕiŋ^{2}

送 张 这 做 情

信做定情物，

5-1240

特 很 心 了 备

Dawz hwnj sim liux beix

təɯ^{2} hɯn^{3} θin^{1} liːu^{4} pi^{4}

拿 上 心 啰 兄

兄认真收好。

男唱

5–1241

送 封 仪 第 义

Soengq fung saenq daih ngeih

θoŋ^{5} fuŋ^{1} θin^{5} ti^{5} ȵi^{6}

送 封 信 第 二

送第二封信，

5–1242

韦 机 特 貝 收

Vae giq dawz bae caeu

vai^{1} ki^{5} təɯ^{2} pai^{1} ɕau^{1}

姓 支 拿 去 收

情友拿去收。

5–1243

变 农 不 沙 偻

Bienh nuengx mbouj ra raeuz

pi:n^{6} nu:ŋ^{4} bou^{5} ɹa^{1} ɹau^{2}

即便 妹 不 找 我们

即使妹不找，

5–1244

米 仪 好 是 勒

Miz saenq ndei cix lawh

mi^{2} θin^{5} dei^{1} ɕi^{4} ləɯ^{6}

有 信 好 就 换

也可以通信。

女唱

5–1245

送 封 仪 第 三

Soengq fung saenq daih sam

θoŋ^{5} fuŋ^{1} θin^{5} ti^{5} θa:n^{1}

送 封 信 第 三

送第三封信，

5–1246

伕 问 你 开 认

Fwx cam mwngz gaej nyinh

fə^{4} ɕa:m^{1} mɯŋ^{2} ka:i^{5} ȵin^{6}

别人 问 你 莫 记得

别告诉别人。

5–1247

八 十 四 完 仪

Baz cib seiq vuenh saenq

pa^{2} ɕit^{8} θei^{5} vu:n^{6} θin^{5}

八 十 四 换 信

老了还通信，

5–1248

农 开 认 给 文

Nuengx gaej nyinh hawj vunz

nu:ŋ^{4} ka:i^{5} ȵin^{6} həɯ^{3} vun^{2}

妹 莫 记得 给 人

妹莫告诉人。

男唱

5-1249

送	**封**	**仪**	**第**	**四**
Soengq	fung	saenq	daih	seiq
θoŋ^{5}	fuŋ^{1}	θin^{5}	ti^{5}	θei^{5}
送	封	信	第	四

送第四封信，

5-1250

你	**牙**	**记**	**了**	**同**
Mwngz	yaek	geiq	liux	doengz
mɯŋ^{2}	jak^{7}	ki^{5}	liːu^{4}	toŋ^{2}
你	要	记	啰	同

密友要记好。

5-1251

日	**貝**	**垌**	**古**	**红**
Ngoenz	bae	doengh	guh	hong
ŋon^{2}	pai^{1}	toŋ^{6}	ku^{4}	hoːŋ^{1}
天	去	垌	做	工

下地去劳作，

5-1252

开	**论**	**正**	**韦**	**机**
Gaej	lumz	cinqz	vae	giq
kaːi^{5}	lun^{2}	ɕiŋz	vai^{1}	ki^{5}
莫	忘	情	姓	支

莫忘恋人情。

女唱

5-1253

送	**封**	**仪**	**第**	**五**
Soengq	fung	saenq	daih	haj
θoŋ^{5}	fuŋ^{1}	θin^{5}	ti^{5}	ha^{3}
送	封	信	第	五

送第五封信，

5-1254

话	**记**	**作**	**心**	**头**
Vah	geiq	coq	sim	daeuz
va^{6}	ki^{5}	ɕo^{5}	θin^{1}	tau^{2}
话	记	放	心	脏

牢记知心话。

5-1255

爱	**伕**	**貝**	**写**	**偻**
Gyaez	fwx	bae	ce	raeuz
kjai^{2}	fə^{4}	pai^{1}	ɕe^{1}	ɹau^{2}
爱	别人	去	留	我们

舍我爱别人，

5-1256

正	**龙**	**你**	**牙**	**记**
Cingz	lungz	mwngz	yaek	geiq
ɕiŋ^{2}	luŋ^{2}	mɯŋ^{2}	jak^{7}	ki^{5}
情	龙	你	要	记

要记我俩情。

男唱

5-1257

送 封 仪 第 六

Soengq fung saenq daih roek

θoŋ^{5} fuŋ^{1} θin^{5} ti^{5} ɹok^{7}

送 封 信 第 六

送第六封信，

5-1258

乃 优 作 江 手

Naih yaeuq coq gyangq fwngz

na:i^{6} jau^{5} ɕo^{5} kja:ŋ^{1} fɯŋ^{2}

慢 藏 放 中 手

常放在手中。

5-1259

勒 穷 友 用 日

Lawh gyoengq youx byongh ngoenz

ləɯ^{6} kjoŋ^{5} ju^{4} pjo:ŋ^{6} ŋon^{2}

换 群 友 半 天

盼情友半天，

5-1260

老 貝 文 不 刀

Lau bae vunz mbouj dauq

la:u^{1} pai^{1} vun^{2} bou^{5} ta:u^{5}

怕 去 人 不 回

怕远走不归。

女唱

5-1261

送 封 仪 第 七

Soengq fung saenq daih caet

θoŋ^{5} fuŋ^{1} θin^{5} ti^{5} ɕat^{7}

送 封 信 第 七

送第七封信，

5-1262

说 农 开 八 貝

Naeuz nuengx gaej bah bae

nau^{2} nu:ŋ^{4} ka:i^{5} pa^{6} pai^{1}

说 妹 莫 莫急 去

劝妹别急走。

5-1263

秀 满 点 秀 美

Ciuh monh dem ciuh maez

ɕi:u^{6} mo:n^{6} te:n^{1} ɕi:u^{6} mai^{2}

世 情 与 世 爱

这一段恋情，

5-1264

龙 利 爱 知 不

Lungz lij gyaez rox mbouj

luŋ^{2} li^{4} kjai^{2} ɹo^{4} bou^{5}

龙 还 爱 或 不

兄可曾记否？

男唱

5-1265

送	**封**	**仪**	**第**	**八**
Soengq	fung	saenq	daih	bet
θoŋ^{5}	fuŋ^{1}	θin^{5}	ti^{5}	pe:t^{7}
送	封	信	第	八

送第八封信，

5-1266

心	**不**	**念**	**了**	**论**
Sim	mbouj	net	liux	lwnz
θin^{1}	bou^{5}	ne:t^{7}	li:u^{4}	lun^{2}
心	不	实	啰	情友

心中放不下。

5-1267

说	**农**	**八**	**贝**	**文**
Naeuz	nuengx	bah	bae	vunz
nau^{2}	nu:ŋ^{4}	pa^{6}	pai^{1}	vun^{2}
说	妹	莫急	去	人

叫妹别急嫁，

5-1268

加	**土**	**巡**	**你**	**观**
Gaj	dou	cunz	mwngz	gonq
kja^{3}	tu^{1}	çun^{2}	mɯŋ^{2}	ko:n^{5}
等	我	巡	你	先

等哥去寻妹。

女唱

5-1269

送	**封**	**仪**	**第**	**九**
Soengq	fung	saenq	daih	gouj
θoŋ^{5}	fuŋ^{1}	θin^{5}	ti^{5}	kjou^{3}
送	封	信	第	九

送第九封信，

5-1270

说	**老**	**表**	**开**	**立**
Naeuz	laux	biuj	gaej	liz
nau^{2}	la:u^{4}	pi:u^{3}	ka:i^{5}	li^{2}
说	老	表	莫	离

情友别远走。

5-1271

贝	**完**	**团**	**点**	**支**
Bae	vuenh	duenh	dem	sei
pai^{1}	vu:n^{6}	tu:n^{6}	te:n^{1}	θi^{1}
去	换	缎	与	丝

送去缎和丝，

5-1272

正	**好**	**贝**	**尻**	**伕**
Cingz	ndei	bae	nyienh	fwx
çiŋ^{2}	dei^{1}	pai^{1}	ȵu:n^{6}	fə^{4}
情	好	去	愿	别人

体面交别人。

男唱

5–1273

送	**封**	**仪**	**第**	**十**
Soengq	fung	saenq	daih	cib
θoŋ^{5}	fuŋ^{1}	θin^{5}	ti^{5}	çit^{8}
送	**封**	**信**	**第**	**十**

送第十封信，

5–1274

说	**韦**	**机**	**开**	**忧**
Naeuz	vae	giq	gaej	you
nau^{2}	vai^{1}	ki^{5}	ka:i^{5}	jou^{1}
说	**姓**	**支**	**莫**	**忧**

我友别担忧。

5–1275

岁	**单**	**秀**	**方**	**卢**
Caez	danq	ciuh	fueng	louz
çai^{2}	ta:n^{5}	çi:u^{6}	fu:ŋ^{1}	lu^{2}
齐	**承担**	**世**	**风**	**流**

同游同欢乐，

5–1276

忧	**开**	**么**	**了**	**农**
You	gij	maz	liux	nuengx
jou^{1}	ka:i^{2}	ma^{2}	li:u^{4}	nu:ŋ^{4}
忧	**什**	**么**	**啰**	**妹**

妹发什么愁？

女唱

5–1277

开	**当**	**农**	**月**	**相**
Gaej	daengq	nuengx	ndwen	cieng
ka:i^{5}	ta:ŋ^{5}	nu:ŋ^{4}	du:n^{1}	çi:ŋ^{1}
莫	**叮嘱**	**妹**	**月**	**正**

正月莫相邀，

5–1278

红	**良**	**堂**	**卢**	**乱**
Hong	liengz	daengz	louz	luenh
ho:ŋ^{1}	li:ŋ^{2}	taŋ^{2}	lu^{2}	lu:n^{6}
工	**忙**	**到**	**玩**	**乱**

农忙不当玩。

5–1279

开	**当**	**土**	**了**	**伴**
Gaej	daengq	dou	liux	buenx
ka:i^{5}	taŋ^{5}	tu^{1}	li:u^{4}	pu:n^{4}
莫	**叮嘱**	**我**	**啰**	**伴**

友莫邀约我，

5–1280

农	**利**	**祘**	**造**	**苗**
Nuengx	lij	suenq	caux	miuz
nu:ŋ^{4}	li^{4}	θu:n^{5}	ça:u^{4}	mi:u^{2}
妹	**还**	**算**	**造**	**禾苗**

妹正忙播种。

男唱

5-1281

开	当	备	月	义
Gaej	daengq	beix	ndwen	ngeih
ka:i^{5}	taŋ^{5}	pi^{4}	du:n^{1}	ȵi^{6}
莫	叮嘱	兄	月	二

二月莫邀兄，

5-1282

四	处	祘	古	红
Seiq	cih	suenq	guh	hong
θei^{5}	ɕi^{6}	θu:n^{5}	ku^{4}	ho:ŋ^{1}
四	处	算	做	工

正忙做农活。

5-1283

话	些	列	好	祘
Vah	ceq	leq	hauq	suenq
va^{6}	ɕe^{5}	le^{5}	ha:u^{5}	θu:n^{5}
话	多	余	好	算

聊天事好说，

5-1284

洋	古	红	相	命
Yaeng	guh	hong	ciengx	mingh
jaŋ^{1}	ku^{4}	ho:ŋ^{1}	ɕi:ŋ^{4}	miŋ^{6}
慢	做	工	养	命

要干活养命。

女唱

5-1285

开	当	农	月	三
Gaej	daengq	nuengx	ndwen	sam
ka:i^{5}	taŋ^{5}	nu:ŋ^{4}	du:n^{1}	θa:n^{1}
莫	叮嘱	妹	月	三

三月莫约妹，

5-1286

分	身	牙	不	托
Baen	ndang	yax	mbouj	doh
pan^{1}	da:ŋ^{1}	ja^{5}	bou^{5}	to^{6}
分	身	也	不	遍

活路顾不及。

5-1287

声	叫	利	小	可
Sing	heuh	lij	siuj	goj
θiŋ^{1}	he:u^{6}	li^{4}	θi:u^{3}	ko^{3}
声	叫	还	小	事

相约是小事，

5-1288

貝	割	墓	清	明
Bae	vuet	moh	cing	mingz
pai^{1}	vu:t^{7}	mo^{6}	ɕiŋ^{1}	miŋ^{2}
去	割	墓	清	明

清明要扫墓。

男唱

5-1289

开 当 备 月 四

Gaej daengq beix ndwen seiq

ka:i⁵ ta:ŋ⁵ pi⁴ du:n¹ θei⁵

莫 叮嘱 兄 月 四

四月别约兄，

5-1290

利 巴 地 尝 种

Lix mba reih caengz ndaem

li⁴ ba¹ ɹei⁶ ɕaŋ² dan¹

剩 块 地 未 种

播种还未完。

5-1291

土 是 想 貝 巡

Dou cix siengj bae cunz

tu¹ ɕi⁴ θi:ŋ³ pai¹ ɕun²

我 是 想 去 巡

我想去看你，

5-1292

红 良 堂 卢 乱

Hong liengz daengz louz luenh

ho:ŋ¹ li:ŋ² taŋ² lu² lu:n⁶

工 忙 到 玩 乱

农事忙又乱。

女唱

5-1293

开 当 农 月 五

Gaej daengq nuengx ndwen ngux

ka:i⁵ taŋ⁵ nu:ŋ⁴ du:n¹ ŋu⁴

莫 叮嘱 妹 月 五

五月莫约妹，

5-1294

土 米 罗 土 貝

Dou miz loh dou bae

tu¹ mi² lo⁶ tu¹ pai¹

我 有 路 我 去

我有事要做。

5-1295

想 巡 友 当 韦

Siengj cunz youx dangq vae

θi:ŋ³ ɕun² ju⁴ ta:ŋ⁵ vai¹

想 巡 友 另 姓

想访异姓友，

5-1296

老 少 貝 不 刀

Lau sau bae mbouj dauq

la:u¹ θa:u¹ pai¹ bou⁵ ta:u⁵

怕 姑娘 去 不 回

怕妹不在家。

男唱

5-1297

开	**当**	**备**	**月**	**六**
Gaej	daengq	beix	ndwen	loeg
kaːi^{5}	taːŋ^{5}	pi^{4}	duːn^{1}	lok^{8}
莫	**叮嘱**	**兄**	**月**	**六**

六月莫约兄，

5-1298

说	**农**	**八**	**变**	**心**
Naeuz	nuengx	bah	bienq	sim
nau^{2}	nuːŋ^{4}	pa^{6}	piːn^{5}	θin^{1}
说	**妹**	**莫急**	**变**	**心**

妹莫忙变心。

5-1299

打	**金**	**交**	**浪**	**飞**
Daj	gim	gyau	langh	mbin
ta^{3}	kin^{1}	kjaːu^{1}	laːŋ^{6}	bin^{1}
打	**金**	**蜘蛛**	**若**	**飞**

金蛛若会飞，

5-1300

马	**巡**	**土**	**讲**	**满**
Ma	cunz	dou	gangj	monh
ma^{1}	ɕun^{2}	tu^{1}	kaːŋ^{3}	moːn^{6}
来	**巡**	**我**	**讲**	**情**

来找我谈情。

女唱

5-1301

开	**当**	**农**	**月**	**七**
Gaej	daengq	nuengx	ndwen	caet
kaːi^{5}	taŋ^{5}	nuːŋ^{4}	duːn^{1}	ɕat^{7}
莫	**叮嘱**	**妹**	**月**	**七**

七月莫约妹，

5-1302

说	**对**	**生**	**特**	**平**
Naeuz	doiq	saemq	dawz	bingz
nau^{2}	toːi^{5}	θan^{5}	təɯ^{2}	piŋ^{2}
说	**对**	**庚**	**拿**	**平**

对挚友公平。

5-1303

唱	**歌**	**定**	**开**	**正**
Cang	go	ndwi	hai	cingz
ɕaːŋ^{4}	ko^{5}	duːi^{1}	haːi^{1}	ɕiŋ^{2}
唱	**歌**	**不**	**开**	**情**

对歌不送礼，

5-1304

偻	**中**	**声**	**不**	**抵**
Raeuz	cuengq	sing	mbouj	dij
ɹau^{2}	ɕuːŋ^{5}	θiŋ^{1}	bou^{5}	ti^{3}
我们	**放**	**声**	**不**	**值**

纵声唱不值。

男唱

5–1305

开	**当**	**备**	**月**	**八**
Gaej	daengq	beix	ndwen	bet
kaːi^{5}	taŋ^{5}	pi^{4}	duːn^{1}	peːt^{7}
莫	**叮嘱**	**兄**	**月**	**八**

八月莫约兄，

5–1306

心	**不**	**念**	**了**	**而**
Sim	mbouj	net	liux	lawz
θin^{1}	bou^{5}	neːt^{7}	liːu^{4}	laɯ^{2}
心	**不**	**实**	**完**	**哪**

心中不踏实。

5–1307

貝	**托**	**伏**	**造**	**家**
Bae	doh	fwx	caux	gya
pai^{1}	to^{6}	fə^{4}	ɕaːu^{4}	kja^{1}
去	**同**	**别人**	**造**	**家**

同别人结婚，

5–1308

不	**马**	**正**	**牙**	**了**
Mbouj	ma	cingz	yax	liux
bou^{5}	ma^{1}	ɕiŋ^{2}	ja^{5}	liːu^{4}
不	**来**	**情**	**也**	**完**

不来情也绝。

女唱

5–1309

开	**当**	**农**	**月**	**九**
Gaej	daengq	nuengx	ndwen	gouj
kaːi^{5}	taŋ^{5}	nuːŋ^{4}	duːn^{1}	kjou^{3}
莫	**叮嘱**	**妹**	**月**	**九**

九月莫约妹，

5–1310

伏	**收**	**后**	**更**	**果**
Fawh	siu	haeux	gwnz	go
fəɯ^{4}	θiːu^{1}	hau^{4}	kɯn^{2}	ko^{1}
时	**收**	**谷**	**上**	**棵**

正在收苞谷。

5–1311

满	**些**	**巴**	**跟**	**合**
Monh	seq	bak	riengz	hoz
moːn^{6}	θe^{5}	paːk^{7}	ɹiːŋ^{2}	ho^{2}
谈情	**点**	**嘴**	**跟**	**脖**

嘴巴上谈情，

5–1312

元	**可**	**写**	**给**	**伏**
Yuenz	goj	ce	hawj	fwx
juːn^{2}	ko^{5}	ɕe^{1}	həɯ^{3}	fə^{4}
缘	**可**	**留**	**给**	**别人**

缘分归别人。

男唱

5–1313

开	**当**	**备**	**月**	**十**
Gaej	daengq	beix	ndwen	cib
kaːi^{5}	taŋ^{5}	pi^{4}	duːn^{1}	ɕit^{8}
莫	**叮嘱**	**兄**	**月**	**十**

十月莫约兄，

5–1314

你	**牙**	**义**	**了**	**江**
Mwngz	yaek	ngeix	liux	gyang
mɯŋ^{2}	jak^{7}	ȵi^{4}	liːu^{4}	kjaːŋ^{1}
你	**要**	**想**	**啰**	**友**

妹心里明白。

5–1315

秋	**白**	**罗**	**内**	**往**
Ciuq	beg	loh	neix	vangq
ɕiːu^{5}	peːk^{8}	lo^{6}	ni^{4}	vaːŋ^{5}
看	**白**	**露**	**这**	**空**

白露来闲空，

5–1316

不	**满**	**堂**	**土**	**了**
Mbouj	monh	daengx	dou	liux
bou^{5}	moːn^{6}	taŋ^{2}	tu^{1}	liːu^{4}
不	**谈情**	**到**	**我**	**完**

不找我谈情。

女唱

5–1317

一	**当**	**义**
It	daengq	ngeih
it^{7}	taŋ^{5}	ȵi^{6}
一	**叮嘱**	**二**

一嘱二，

5–1318

当	**韦**	**机**	**牙**	**特**
Daengq	vae	giq	yaek	dawz
taŋ^{5}	vai^{1}	ki^{5}	jak^{7}	təɯ^{2}
叮嘱	**姓**	**支**	**要**	**拿**

异姓友要听。

5–1319

土	**当**	**你**
Dou	daengq	mwngz
tu^{1}	taŋ^{5}	mɯŋ^{2}
我	**叮嘱**	**你**

我嘱你，

5–1320

说	**小**	**正**	**开**	**断**
Naeuz	siuj	cingz	gaej	duenx
nau^{2}	θiːu^{3}	ɕiŋ^{2}	kaːi^{5}	tuːn^{4}
说	**小**	**情**	**莫**	**断**

莫让情义断。

男唱

5–1321

义	**当**	**三**
Ngeih	daengq	sam
ȵi^{6}	taŋ^{5}	θaːn^{1}
二	**叮嘱**	**三**

二嘱三，

5–1322

当	**花**	**单**	**花**	**祘**
Daengq	va	dan	va	sonx
taŋ^{5}	va^{1}	taːn^{1}	va^{1}	θoːn^{4}
叮嘱	**花**	**单**	**花**	**套**

嘱单花重花。

5–1323

土	**当**	**你**	**对**	**生**
Dou	daengq	mwngz	doiq	saemq
tu^{1}	taŋ^{5}	mɯŋ^{2}	toːi^{5}	θan^{5}
我	**叮嘱**	**你**	**对**	**庚**

我嘱同龄友，

5–1324

开	**八**	**坤**	**正**	**偻**
Gaej	bah	goenq	cingz	raeuz
kaːi^{5}	pa^{6}	kon^{5}	ɕiŋ^{2}	ɹau^{2}
莫	**莫急**	**断**	**情**	**我们**

莫断我俩情。

女唱

5–1325

三	**当**	**四**
Sam	daengq	seiq
θaːn^{1}	taŋ^{5}	θei^{5}
三	**叮嘱**	**四**

三嘱四，

5–1326

当	**韦**	**机**	**邦**	**山**
Daengq	vae	giq	bangx	bya
taŋ^{5}	vai^{1}	ki^{5}	paːŋ^{4}	pja^{1}
叮嘱	**姓**	**支**	**旁**	**山**

嘱山边我友。

5–1327

秀	**早**	**当**	**秀**	**鸦**
Ciuh	romh	daengq	ciuh	a
ɕiːu^{6}	ɹoːn^{6}	taŋ^{5}	ɕiːu^{6}	a^{1}
世	**鹰**	**叮嘱**	**世**	**鸦**

老鹰嘱乌鸦，

5–1328

当	**几**	**句**	**道**	**理**
Daengq	geij	coenz	dauh	leix
taŋ^{5}	ki^{3}	kjon^{2}	taːu^{6}	li^{4}
叮嘱	**几**	**句**	**道**	**理**

为的是道理。

男唱

5-1329

四	**当**	**五**
Seiq	daengq	haj
θei^{5}	taŋ^{5}	ha^{3}
四	叮嘱	五

四嘱五，

5-1330

说	**农**	**八**	**貝**	**辰**
Naeuz	nuengx	bah	bae	finz
nau^{2}	nuːŋ^{4}	pa^{6}	pai^{1}	fin^{2}
说	妹	莫急	去	出走

妹别走他乡。

5-1331

洋	**面**	**面**	**同**	**巡**
Yaeng	menh	menh	doengh	cunz
jaŋ^{1}	meːn^{6}	meːn^{6}	toŋ^{2}	ɕun^{2}
再	慢	慢	相	巡

互相常往来，

5-1332

外	**月**	**日**	**是**	**了**
Vaij	ndwen	ngoenz	cix	liux
vaːi^{3}	duːn^{1}	ŋon^{2}	ɕi^{4}	liːu^{4}
过	月	天	就	算

过日子就好。

女唱

5-1333

五	**当**	**六**
Haj	daengq	roek
ha^{3}	taŋ^{5}	ɹok^{7}
五	叮嘱	六

五嘱六，

5-1334

勒	**独**	**八**	**古**	**忙**
Lwg	dog	bah	guh	mangz
lɯk^{8}	tok^{8}	pa^{6}	ku^{4}	maŋ^{2}
子	独	莫急	做	忙

独子别着急。

5-1335

小	**女**	**祘**	**尝**	**通**
Siuj	nawx	suenq	caengz	doeng
θiːu^{3}	nɯ^{4}	θuːn^{5}	ɕaŋ^{2}	toŋ^{1}
小	女	算	未	通

小女未想好，

5-1336

乃	**站**	**加**	**土**	**观**
Naih	soengz	caj	dou	gonq
naːi^{6}	θoŋ^{2}	kja^{3}	tu^{1}	koːn^{5}
慢	站	等	我	先

暂时等待我。

男唱

5-1337

六	**当**	**七**
Roek	daengq	caet
ɹok^{7}	taŋ^{5}	ɕat^{7}
六	叮嘱	七

六嘱七，

5-1338

汔	**办**	**朵**	**花**	**买**
Aet	baenz	duj	va	mai
at^{7}	pan^{2}	tu^{3}	va^{1}	maːi^{1}
靓	成	朵	花	密蒙

比黄花漂亮。

5-1339

三	**八**	**托**	**英**	**台**
Sanh	bek	doh	yingh	daiz
θaːn^{1}	peːk^{7}	to^{6}	iŋ^{1}	taːi^{2}
山	伯	同	英	台

山伯与英台，

5-1340

代	**是**	**利**	**同**	**当**
Dai	cix	lij	doengh	daengq
taːi^{1}	ɕi^{4}	li^{4}	toŋ^{2}	taːŋ^{5}
死	是	还	相	叮嘱

到死还相约。

女唱

5-1341

七	**当**	**八**
Caet	daengq	bet
ɕat^{7}	taŋ^{5}	peːt^{7}
七	叮嘱	八

七嘱八，

5-1342

心	**不**	**念**	**几**	**来**
Sim	mbouj	net	geij	lai
θin^{1}	bou^{5}	neːt^{7}	ki^{3}	laːi^{1}
心	不	实	几	多

心中不踏实。

5-1343

花	**偬**	**当**	**花**	**才**
Va	roz	daengq	va	yaij
va^{1}	ɹo^{2}	taŋ^{5}	va^{1}	jaːi^{3}
花	枯	叮嘱	花	枯

枯花嘱枯花，

5-1344

得	**共**	**开**	**是**	**抵**
Ndaej	gungh	hai	cix	dij
dai^{3}	kuŋ^{6}	haːi^{1}	ɕi^{4}	ti^{3}
得	共	开	就	值

同盛开就值。

男唱

5-1345

八 当 九

Bet daengq gouj

pe:t^{7} taŋ^{5} kjou^{3}

八 叮嘱 九

八嘱九，

5-1346

说 老 表 开 师

Naeuz laux biuj gaej swz

nau^{2} la:u^{4} pi:u^{3} ka:i^{5} θɯ^{2}

说 老 表 莫 辞

老表你莫辞。

5-1347

务 全 刀 日 而

Huj cienj dauq ngoenz lawz

hu^{3} ɕu:n^{3} ta:u^{5} ŋon^{2} laɯ^{2}

云 转 回 天 哪

有朝云翻转，

5-1348

包 少 偻 一 罗

Mbauq sau raeuz it loh

ba:u^{5} θa:u^{1} ɹau^{2} it^{7} lo^{6}

小伙 姑娘 我们 一 路

我俩又同路。

女唱

5-1349

九 当 十

Gouj daengq cib

kjou^{3} taŋ^{5} ɕit^{8}

九 叮嘱 十

九嘱十，

5-1350

六 令 斗 轿 金

Ruh rib doh giuh gim

ɹu^{6} ɹip^{8} to^{6} ki:u^{6} kin^{1}

忽 然 斗 轿 金

意外碰金轿。

5-1351

说 农 八 变 心

Naeuz nuengx bah bienq sim

nau^{2} nu:ŋ^{4} pa^{6} pi:n^{5} θin^{1}

说 妹 莫急 变 心

妹别急变心，

5-1352

加 玩 正 𠬠 口

Caj vanz cingz boux gaeuq

kja^{3} va:n^{2} ɕiŋ^{2} pu^{4} kau^{5}

等 还 情 人 旧

先还故人情。

男唱

5-1353

当	**卡**	**秀**	**韦**	**机**
Daengq	gaq	ciuh	vae	giq
taŋ^{5}	ka^{5}	ɕiːu^{6}	vai^{1}	ki^{5}
叮嘱	**这**	**世**	**姓**	**支**

嘱我心上人，

5-1354

开	**八**	**祘**	**造**	**家**
Gaej	bah	suenq	caux	gya
kaːi^{5}	pa^{6}	θuːn^{5}	ɕaːu^{4}	kja^{1}
莫	**莫急**	**算**	**造**	**家**

莫忙去嫁人。

5-1355

当	**卡**	**秀**	**少**	**而**
Daengq	gaq	ciuh	sau	lawz
taŋ^{5}	ka^{5}	ɕiːu^{6}	θaːu^{1}	lauɯ^{2}
叮嘱	**这**	**世**	**姑娘**	**哪**

嘱心中小妹，

5-1356

当	**家**	**开**	**论**	**备**
Daengq	gya	gaej	lumz	beix
taŋ^{5}	kja^{1}	kaːi^{3}	lun^{2}	pi^{4}
叮嘱	**家**	**莫**	**忘**	**兄**

成家别忘我。

女唱

5-1357

土	**当**	**你**	**牙**	**要**
Dou	daengq	mwngz	yaek	aeu
tu^{1}	taŋ^{5}	mɯŋ^{2}	jak^{7}	au^{1}
我	**叮嘱**	**你**	**欲**	**要**

我嘱你要听，

5-1358

土	**说**	**你**	**牙**	**记**
Dou	naeuz	mwngz	yaek	geiq
tu^{1}	nau^{2}	mɯŋ^{2}	jak^{7}	ki^{5}
我	**说**	**你**	**要**	**记**

我讲你要记。

5-1359

貝	**方**	**而**	**得**	**田**
Bae	fueng	lawz	ndaej	dieg
pai^{1}	fuːŋ^{1}	lauɯ^{2}	dai^{3}	tiːk^{8}
去	**方**	**哪**	**得**	**地**

去哪里落脚，

5-1360

空	**见**	**面**	**农**	**银**
Ndwi	gen	mienh	nuengx	ngaenz
duːi^{1}	keːn^{4}	meːn^{6}	nuːŋ^{4}	ŋan^{2}
不	**见**	**面**	**妹**	**银**

不同妹相见？

男唱

5-1361

你 当 土 可 要

Mwngz daengq dou goj aeu

mɯŋ^{2} taŋ^{2} tu^{1} ko^{3} au^{1}

你 叮嘱 我 可 要

你的话我听，

5-1362

你 说 土 可 记

Mwngz naeuz dou goj geiq

mɯŋ^{2} nau^{2} tu^{1} ko^{3} ki^{5}

你 说 我 可 记

你说的我记。

5-1363

开 当 土 了 农

Gaej daengq dou liux nuengx

kaːi^{5} taŋ^{5} tu^{1} liːu^{4} nuːŋ^{4}

莫 叮嘱 我 啰 妹

妹你别说了，

5-1364

可 义 作 里 合

Goj ngeix coq ndaw hoz

ko^{5} ȵi^{4} ɕo^{5} daɯ^{1} ho^{2}

可 想 放 里 脖

我常记心间。

女唱

5-1365

土 当 你 样 内

Dou daengq mwngz yiengh neix

tu^{1} taŋ^{5} mɯŋ^{2} jɯːŋ^{6} ni^{4}

我 叮嘱 你 样 这

我说的这些，

5-1366

你 牙 记 了 同

Mwngz yaek geiq liux doengz

mɯŋ^{2} jak^{7} ki^{5} liːu^{4} toŋ^{2}

你 要 记 啰 同

友你要记住。

5-1367

当 卜 貝 当 方

Dangq boux bae dangq fueng

taːŋ^{5} pu^{4} pai^{1} taːŋ^{5} fuːŋ^{1}

另 人 去 另 方

各奔走各方，

5-1368

知 日 而 同 对

Rox ngoenz lawz doengh doiq

ɹo^{4} ŋon^{2} laɯ^{2} toŋ^{2} toːi^{5}

知 天 哪 相 对

何日再相逢？

男唱

5-1369

当	**卡**	**秀**	**花**	**罗**
Daengq	gaq	ciuh	va	loh
taŋ^{5}	ka^{5}	ɕiːu^{6}	va^{1}	lo^{6}
叮嘱	**这**	**世**	**花**	**路**

嘱心中情妹，

5-1370

开	**八**	**祘**	**造**	**家**
Gaej	bah	suenq	caux	gya
kaːi^{5}	pa^{6}	θuːn^{5}	ɕaːu^{4}	kja^{1}
莫	**莫急**	**算**	**造**	**家**

莫急嫁别人。

5-1371

当	**卡**	**秀**	**少**	**而**
Daengq	gaq	ciuh	sau	lawz
taŋ^{5}	ka^{5}	ɕiːu^{6}	θaːu^{1}	laɯ^{2}
叮嘱	**这**	**世**	**姑娘**	**哪**

嘱心中妹子，

5-1372

八	**造**	**家**	**了**	**农**
Bah	caux	gya	liux	nuengx
pa^{6}	ɕaːu^{4}	kja^{1}	liːu^{4}	nuːŋ^{4}
莫急	**造**	**家**	**啰**	**妹**

先别急嫁人。

女唱

5-1373

当	**卡**	**秀**	**包**	**同**
Daengq	gaq	ciuh	mbauq	doengz
taŋ^{5}	ka^{5}	ɕiːu^{6}	baːu^{5}	toŋ^{2}
叮嘱	**这**	**世**	**小伙**	**同**

嘱心中情哥，

5-1374

站	**四**	**方**	**讲**	**满**
Soengz	seiq	fueng	gangj	monh
θoŋ^{2}	θei^{5}	fuːŋ^{1}	kaːŋ^{3}	moːn^{6}
站	**四**	**方**	**讲**	**情**

到处可谈情。

5-1375

当	**卡**	**勒**	**长**	**判**
Daengq	gaq	lwg	cangh	buenq
taŋ^{5}	ka^{5}	lɯk^{8}	ɕaːŋ^{6}	puːn^{5}
叮嘱	**这**	**子**	**匠**	**贩**

嘱各位商贩，

5-1376

开	**八**	**断**	**罗**	**河**
Gaej	bah	duenx	loh	haw
kaːi^{5}	pa^{6}	tuːn^{4}	lo^{6}	həɯ^{1}
莫	**莫急**	**断**	**路**	**圩**

莫关闭圩场。

男唱

5-1377

当	**卡**	**秀**	**少**	**同**
Daengq	gaq	ciuh	sau	doengz
taŋ^{5}	ka^{5}	ɕiːu^{6}	θaːu^{1}	toŋ^{2}
叮嘱	这	世	姑娘	同

嘱心中情友，

5-1378

站	**四**	**方**	**加**	**备**
Soengz	seiq	fueng	caj	beix
θoŋ^{2}	θei^{5}	fuːŋ^{1}	kja^{3}	pi^{4}
站	四	方	等	兄

要耐心等兄。

5-1379

当	**卡**	**秀**	**韦**	**机**
Daengq	gaq	ciuh	vae	giq
taŋ^{5}	ka^{5}	ɕiːu^{6}	vai^{1}	ki^{5}
叮嘱	这	世	姓	支

嘱心上情友，

5-1380

开	**八**	**为**	**小**	**正**
Gaej	bah	vei	siuj	cingz
kaːi^{5}	pa^{6}	vei^{1}	θiːu^{3}	ɕiŋ^{2}
莫	莫急	亏	小	情

别亏欠情义。

女唱

5-1381

一	**当**	**果**	**会**	**洋**
It	daengq	go	faex	yieng
it^{7}	taŋ^{5}	ko^{1}	fai^{4}	jɯːŋ^{1}
一	叮嘱	棵	树	香

一嘱香樟树，

5-1382

千	**年**	**不**	**下**	**拉**
Cien	nienz	mbouj	roengz	rag
ɕiːn^{1}	niːn^{2}	bou^{5}	ɹoŋ^{2}	ɹaːk^{8}
千	年	不	下	根

千年不生根。

5-1383

义	**当**	**果**	**会**	**华**
Ngeih	daengq	go	faex	vak
ȵi^{6}	taŋ^{5}	ko^{1}	fai^{4}	vaːk^{7}
二	叮嘱	棵	树	秋枫

二嘱那秋枫，

5-1384

万	**代**	**不**	**托**	**叶**
Fanh	daih	mbouj	doek	mbaw
faːn^{6}	taːi^{6}	bou^{5}	tok^{7}	baɯ^{1}
万	代	不	落	叶

万代不落叶。

男唱

5-1385
当 果 会 拉 占
Daengq go faex laj canz
taŋ5 ko1 fai4 la3 ɕa:n2
叮嘱 棵 树 下 晒台
嘱晒台边树，

5-1386
当 果 干 拉 庙
Daengq go gam laj miuh
taŋ5 ko1 ka:n1 la3 mi:u6
叮嘱 棵 柑 下 庙
嘱庙堂边树。

5-1387
土 当 你 老 表
Dou daengq mwngz laux biuj
tu1 taŋ5 mɯŋ2 la:u4 pi:u3
我 叮嘱 你 老 表
我嘱心上人，

5-1388
造 秀 开 论 偻
Caux ciuh gaej lumz raeuz
ɕa:u4 ɕi:u6 ka:i5 lun2 ɹau2
造 世 莫 忘 我们
结婚莫忘我。

女唱

5-1389
当 果 十 果 寿
Daengq go cwd go caeuz
taŋ5 ko1 ɕwt8 ko1 ɕau2
叮嘱 棵 榕 棵 楸
嘱榕树楸树，

5-1390
当 果 丰 邦 达
Daengq go fung bangx dah
taŋ5 ko1 fuŋ1 pa:ŋ4 ta6
叮嘱 棵 枫 旁 河
嘱河边枫树。

5-1391
一 当 义 又 话
It daengq ngeih youh vah
it7 taŋ5 ɲi6 jou4 va6
一 叮嘱 二 又 话
一嘱二再嘱，

5-1392
当 备 八 造 然
Daengq beix bah caux ranz
taŋ5 pi4 pa6 ɕa:u4 ɹa:n2
叮嘱 兄 莫急 造 家
兄莫急成家。

女唱

5-1393

当	**果**	**十**	**果**	**寿**
Daengq	go	cwd	go	caeuz
taŋ^{5}	ko^{1}	ɕɯt^{8}	ko^{1}	ɕau^{2}
叮嘱	**棵**	**榕**	**棵**	**楸**

嘱榕树楸树，

5-1394

当	**果**	**丰**	**邦**	**达**
Daengq	go	fung	bangx	dah
taŋ^{5}	ko^{1}	fuŋ^{1}	pa:ŋ^{4}	ta^{6}
叮嘱	**棵**	**枫**	**旁**	**河**

嘱河边枫树。

5-1395

以	**样**	**内**	**贝**	**那**
Ei	yiengh	neix	bae	naj
i^{1}	jɯ:ŋ^{6}	ni^{4}	pai^{1}	na^{3}
依	**样**	**这**	**去**	**前**

从这时候起，

5-1396

外	**达**	**开**	**论**	**船**
Vaij	dah	gaej	lumz	ruz
va:i^{3}	ta^{6}	ka:i^{5}	lun^{2}	ɹu^{2}
过	**河**	**莫**	**忘**	**船**

过河莫忘船。

男唱

5-1397

当	**果**	**十**	**果**	**寿**
Daengq	go	cwd	go	caeuz
taŋ^{5}	ko^{1}	ɕɯt^{8}	ko^{1}	ɕau^{2}
叮嘱	**棵**	**榕**	**棵**	**楸**

嘱榕树楸树，

5-1398

当	**果**	**丰**	**邦**	**令**
Daengq	go	fung	bangx	lingq
taŋ^{5}	ko^{1}	fuŋ^{1}	pa:ŋ^{4}	liŋ^{5}
叮嘱	**树**	**枫**	**旁**	**陡**

嘱岭边枫树。

5-1399

土	**当**	**你**	**农**	**宁**
Dou	daengq	mwngz	nuengx	ningq
tu^{1}	taŋ^{5}	mɯŋ^{2}	nu:ŋ^{4}	niŋ^{5}
我	**叮嘱**	**你**	**妹**	**小**

我嘱小妹你，

5-1400

真	**定**	**在**	**加**	**龙**
Cinj	dingh	ywq	caj	lungz
ɕin^{3}	tiŋ^{6}	jɯ^{5}	kja^{3}	luŋ^{2}
准	**定**	**在**	**等**	**龙**

定要等待兄。

女唱

5–1401

当	果	十	果	寿
Daengq	go	cwd	go	caeuz
taŋ5	ko1	ɕwt8	ko1	ɕau2
叮嘱	棵	榕	棵	楸

嘱榕树楸树，

5–1402

当	果	丰	邦	达
Daengq	go	fung	bangx	dah
taŋ5	ko1	fuŋ1	pa:ŋ4	ta6
叮嘱	棵	枫	旁	河

嘱河边枫树。

5–1403

古	巡	空	是	八
Guh	cunz	ndwi	cix	bah
ku4	ɕun2	du:i1	ɕi4	pa6
做	巡	空	就	罢

想来往便来，

5–1404

话	当	农	古	而
Vah	daengq	nuengx	guh	rawz
va6	taŋ5	nu:ŋ4	ku4	ɹaɯ2
话	叮嘱	妹	做	什么

叮嘱妹干吗？

男唱

5–1405

当	果	十	果	寿
Daengq	go	cwd	go	caeuz
taŋ5	ko1	ɕwt8	ko1	ɕau2
叮嘱	棵	榕	棵	楸

嘱榕树楸树，

5–1406

当	果	丰	邦	柒
Daengq	go	fung	bangx	gyaek
taŋ5	ko1	fuŋ1	pa:ŋ4	kjak7
叮嘱	棵	枫	旁	坎

嘱坎边枫树。

5–1407

想	不	当	样	内
Siengj	mbouj	daengq	yiengh	neix
θi:ŋ3	bou5	ta:ŋ5	jɯ:ŋ6	ni4
想	不	叮嘱	样	这

本想不叮嘱，

5–1408

老	农	变	良	心
Lau	nuengx	bienq	liengz	sim
la:u1	nu:ŋ4	pi:n5	li:ŋ2	θin1
怕	妹	变	良	心

怕妹变了心。

女唱

5-1409

当	**果**	**十**	**果**	**寿**
Daengq	go	cwd	go	caeuz
taŋ5	ko1	ɕwt8	ko1	ɕau2
叮嘱	棵	榕	棵	楸

嘱榕树楸树，

5-1410

当	**果**	**丰**	**邦**	**柒**
Daengq	go	fung	bangx	gyaek
taŋ5	ko1	fuŋ1	paːŋ4	kjak7
叮嘱	棵	枫	旁	坎

嘱坎边枫树。

5-1411

话	**可**	**当**	**样**	**内**
Vah	goj	daengq	yiengh	neix
va6	ko5	taŋ5	jɯːŋ6	ni4
话	可	叮嘱	样	这

话是这么说，

5-1412

才	**备**	**刀**	**方**	**而**
Caih	beix	dauq	fueng	lawz
ɕaːi6	pi4	taːu5	fuːŋ1	laɯ2
随	兄	回	方	哪

由兄去何方。

男唱

5-1413

额	**牙**	**不**	**得**	**站**
Ngieg	yax	mbouj	ndaej	soengz
ŋeːk8	ja5	bou5	dai3	θoŋ2
蛟龙	也	不	得	站

蛟龙不可待，

5-1414

龙	**牙**	**不**	**得**	**加**
Lungz	yax	mbouj	ndaej	caj
luŋ2	ja5	bou5	dai3	kja3
龙	也	不	得	等

兄也不可等。

5-1415

同	**说**	**卜**	**句**	**话**
Doengz	naeuz	boux	coenz	vah
toŋ2	nau2	pu4	kjon2	va6
同	说	人	句	话

互相道个别，

5-1416

当	**罗**	**偻**	**当**	**貝**
Dangq	loh	raeuz	dangq	bae
taːŋ5	lo6	ɹau2	taːŋ5	pai1
另	路	我们	另	去

再各奔东西。

女唱

5-1417

不	**文**	**额**	**得**	**站**
Mbouj	vun	ngieg	ndaej	soengz
bou^{5}	vun^{1}	ŋeːk^{8}	dai^{3}	θoŋ^{2}
不	奢求	蛟龙	得	站

不求蛟龙等，

5-1418

不	**文**	**龙**	**得**	**加**
Mbouj	vun	lungz	ndaej	caj
bou^{5}	vun^{1}	luŋ^{2}	dai^{3}	kja^{3}
不	奢求	龙	得	等

不求兄能等。

5-1419

反	**秋**	**贝**	**是**	**八**
Fan	ciuz	bae	cix	bah
faːn^{1}	ɕiːu^{2}	pai^{1}	ɕi^{4}	pa^{6}
反	朝	去	就	罢

管它朝代变，

5-1420

天	**牙**	**利**	**双**	**傻**
Denh	ya	lix	song	raeuz
tiːn^{1}	ja^{6}	li^{4}	θoːŋ^{1}	ɹau^{2}
天	下	剩	两	我们

天下有我俩。

男唱

5-1421

额	**牙**	**不**	**得**	**站**
Ngieg	yax	mbouj	ndaej	soengz
ŋeːk^{8}	ja^{5}	bou^{5}	dai^{3}	θoŋ^{2}
蛟龙	也	不	得	站

蛟龙不可待，

5-1422

龙	**牙**	**不**	**得**	**加**
Lungz	yax	mbouj	ndaej	caj
luŋ^{2}	ja^{5}	bou^{5}	dai^{3}	kja^{3}
龙	也	不	得	等

兄也不可等。

5-1423

外	**相**	**贝**	**十**	**五**
Vaij	cieng	bae	cib	haj
vaːi^{3}	ɕiːŋ^{1}	pai^{1}	ɕit^{8}	ha^{3}
过	正	去	十	五

过正月十五，

5-1424

不	**得**	**加**	**几**	**来**
Mbouj	ndaej	caj	geij	lai
bou^{5}	dai^{3}	kja^{3}	ki^{3}	laːi^{1}
不	得	等	几	多

还能等多久？

女唱

5-1425

一 加 义 又 加

It caj ngeih youh caj

it^{7} kja^{3} ȵi^{6} jou^{4} kja^{3}

一 等 二 又 等

一再地等待，

5-1426

不 得 加 几 来

Mbouj ndaej caj geij lai

bou^{5} dai^{3} kja^{3} ki^{3} la:i^{1}

不 得 等 几 多

不能等太久。

5-1427

三 八 加 英 台

Sanh bek caj yingh daiz

θa:n^{1} pe:k^{7} kja^{3} iŋ^{1} ta:i^{2}

山 伯 等 英 台

山伯等英台，

5-1428

加 来 不 合 祘

Caj lai mbouj hob suenq

kja^{3} la:i^{1} bou^{5} ho:p^{8} θu:n^{5}

等 多 不 合 算

等久也不行。

男唱

5-1429

一 加 义 又 加

It caj ngeih youh caj

it^{7} kja^{3} ȵi^{6} jou^{4} kja^{3}

一 等 二 又 等

一再地等待，

5-1430

不 得 加 几 来

Mbouj ndaej caj geij lai

bou^{5} dai^{3} kja^{3} ki^{3} la:i^{1}

不 得 等 几 多

不能等太久。

5-1431

三 八 利 得 代

Sanh bek lij ndaej dai

θa:n^{1} pe:k^{7} li^{4} dai^{3} ta:i^{1}

山 伯 还 得 死

山伯可以死，

5-1432

英 台 不 得 加

Yingh daiz mbouj ndaej caj

iŋ^{1} ta:i^{2} bou^{5} dai^{3} kja^{3}

英 台 不 得 等

英台不可等。

女唱

5-1433

变	**友**	**而**	**知**	**乖**
Bienh	youx	lawz	rox	gvai
piːn^{6}	ju^{4}	lauɯ^{2}	ɹo^{4}	kwaːi^{1}
即便	友	哪	和	乖

哪位友精巧？

5-1434

加	**花**	**才**	**共**	**罗**
Caj	va	raiz	gungh	loh
kja^{3}	va^{1}	ɹaːi^{2}	kuŋ^{6}	lo^{6}
等	花	花纹	共	路

等花开同路。

5-1435

变	**友**	**而**	**知**	**火**
Bienh	youx	lawz	rox	hoj
piːn^{6}	ju^{4}	lauɯ^{2}	ɹo^{4}	ho^{3}
即便	友	哪	知	苦

友若耐得苦，

5-1436

加	**花**	**罗**	**要**	**正**
Caj	va	loh	aeu	cingz
kja^{3}	va^{1}	lo^{6}	au^{1}	ɕiŋ^{2}
等	花	路	要	情

等花开谈情。

男唱

5-1437

一	**加**	**义**	**又**	**加**
It	caj	ngeih	youh	caj
it^{7}	kja^{3}	ŋi^{6}	jou^{4}	kja^{3}
一	等	二	又	等

一再地等待，

5-1438

不	**得**	**加**	**儿**	**来**
Mbouj	ndaej	caj	geij	lai
bou^{5}	dai^{3}	kja^{3}	ki^{3}	laːi^{1}
不	得	等	几	多

不能等太久。

5-1439

三	**八**	**加**	**英**	**台**
Sanh	bek	caj	yingh	daiz
θaːn^{1}	peːk^{7}	kja^{3}	iŋ^{1}	taːi^{2}
山	伯	等	英	台

山伯等英台，

5-1440

加	**少**	**乖**	**老**	**秀**
Caj	sau	gvai	lauq	ciuh
kja^{3}	θaːu^{1}	kwaːi^{1}	laːu^{5}	ɕiːu^{6}
等	姑娘	乖	误	世

等妹误年华。

女唱

5-1441

三 加 你 了 论

Sam caj mwngz liux lwnz

θaːn^{1} kja^{3} mɯŋ^{2} liːu^{4} lun^{2}

三 等 你 啰 情友

三等你情友，

5-1442

加 要 文 共 罗

Caj aeu vunz gungh loh

kja^{3} au^{1} vun^{2} kuŋ^{6} lo^{6}

等 要 人 共 路

等你同路走。

5-1443

加 少 乖 小 可

Caj sau gvai siuj goj

kja^{3} θaːu^{1} kwaːi^{1} θiːu^{3} ko^{3}

等 姑娘 乖 小 事

等妹是小事，

5-1444

加 花 罗 花 才

Caj va loh va raiz

kja^{3} va^{1} lo^{6} va^{1} ɹaːi^{2}

等 花 路 花 花纹

等一路繁花。

男唱

5-1445

四 加 你 了 同

Seiq caj mwngz liux doengz

θei^{5} kja^{3} mɯŋ^{2} liːu^{4} toŋ^{2}

四 等 你 啰 同

四等好友你，

5-1446

开 八 飞 邦 伕

Gaej bah mbin biengz fwx

kaːi^{5} pa^{6} bin^{1} piːŋ^{2} fə^{4}

莫 莫急 飞 地方 别人

别急走他乡。

5-1447

加 要 金 跟 玉

Caj aeu gim riengz nyawh

kja^{3} au^{1} kin^{1} ɹiːŋ^{2} ɲəɯ^{6}

等 要 金 跟 玉

等要金要玉，

5-1448

加 备 勒 要 正

Caj beix lawh aeu cingz

kja^{3} pi^{4} ləɯ^{6} au^{1} ɕiŋ^{2}

等 兄 换 要 情

等兄换信物。

女唱

5-1449

五 加 你 了 江

Ngux caj mwngz liux gyang

ŋu^{4} kja^{3} mɯŋ^{2} liːu^{4} kjaŋ^{1}

五 等 你 啰 友

五等情友你，

5-1450

开 八 飞 邦 光

Gaej bah mbin biengz gvangq

kaːi^{5} pa^{6} bin^{1} piːŋ^{2} kwaːŋ^{5}

莫 莫急 飞 地方 宽

别急走他乡。

5-1451

加 少 乖 古 洋

Caj sau gvai guh angq

kja^{3} θaːu^{1} kwaːi^{1} ku^{4} aːŋ^{5}

等 姑娘 乖 做 高兴

等妹同欢乐，

5-1452

八 吉 忙 造 然

Bah giz mangz caux ranz

pa^{6} ki^{2} maːŋ^{2} ɕaːu^{4} ɹaːn^{2}

莫 急 忙 造 家

别急着成家。

男唱

5-1453

六 加 你 了 金

Loeg caj mwngz liux gim

lok^{8} kja^{3} mɯŋ^{2} liːu^{4} kin^{1}

六 等 你 啰 金

六等好友你，

5-1454

开 八 飞 变 相

Gaej bah mbin bienq siengq

kaːi^{5} pa^{6} bin^{1} piːn^{5} θiːŋ^{5}

莫 急 飞 变 相

别急着翻脸。

5-1455

加 包 乖 心 凉

Caj mbauq gvai sim liengz

kja^{3} baːu^{5} kwaːi^{1} θin^{1} liːŋ^{2}

等 小伙 乖 心 凉

等情友心凉，

5-1456

开 八 强 下 王

Gaej bah giengh roengz vaengz

kaːi^{5} pa^{6} kjiːŋ^{6} ɹoŋ^{2} vaŋ^{2}

莫 急 跳 下 潭

莫忙跳水潭。

女唱

5-1457

七	**加**	**朵**	**花**	**买**
Caet	caj	duj	va	mai
çat^7	kja^3	tu^3	va^1	maːi^1
七	等	朵	花	密蒙

等密蒙花开，

5-1458

在	**江**	**开**	**大**	**罗**
Ywq	gyang	gai	daih	loh
jɯ^5	kjaːŋ^1	kaːi^1	taːi^6	lo^6
在	中	街	大	路

在街上大路。

5-1459

加	**卡**	**秀**	**花**	**罗**
Caj	gaq	ciuh	va	loh
kja^3	ka^5	çiːu^6	va^1	lo^6
等	这	世	花	路

等花季同路，

5-1460

得	**罗**	**是**	**论**	**偻**
Ndaej	loh	cix	lumz	raeuz
dai^3	lo^6	çi^4	lun^2	ɹau^2
得	路	就	忘	我们

新欢却忘我。

男唱

5-1461

八	**加**	**朵**	**花**	**罗**
Bet	caj	duj	va	loh
peːt^7	kja^3	tu^3	va^1	lo^6
八	等	朵	花	路

八等鲜花绽，

5-1462

包	**同**	**罗**	**米**	**来**
Mbauq	doengz	loh	miz	lai
baːu^5	toŋ^2	lo^6	mi^2	laːi^1
小伙	同	路	有	多

情友多的是。

5-1463

利	**宁**	**加**	**少**	**乖**
Lij	ningq	caj	sau	gvai
li^4	niŋ^5	kja^3	θaːu^1	kwaːi^1
还	小	等	姑娘	乖

从小恋情妹，

5-1464

强	**文**	**代**	**大**	**罗**
Giengz	vunz	dai	daih	loh
kiːŋ^2	vun^2	taːi^1	taːi^6	lo^6
像	人	死	大	路

却如路边尸。

女唱

5-1465

九	加	朵	花	棉
Gouj	caj	duj	va	mienz
kjou^3	kja^3	tu^3	va^1	miːn^2
九	等	朵	花	棉

九等木棉花，

5-1466

空	米	钱	貝	買
Ndwi	miz	cienz	bae	cawx
duːi^1	mi^2	ɕiːn^2	pai^1	ɕəɯ^4
不	有	钱	去	买

没有钱去买。

5-1467

秀	卜	作	同	勒
Ciuh	boux	coz	doengz	lawh
ɕiːu^6	pu^4	ɕo^2	toŋ^2	ləɯ^6
世	人	年轻	同	换

从小就相恋，

5-1468

开	好	伕	造	然
Gaej	ndij	fwx	caux	ranz
kaːi^5	di^1	fə^4	ɕaːu^4	ɹaːn^2
莫	与	别人	造	家

不要寻新欢。

男唱

5-1469

十	加	你	了	农
Cib	caj	mwngz	liux	nuengx
ɕit^8	kja^3	mɯŋ^2	liːu^4	nuːŋ^4
十	等	你	啰	妹

十等情妹你，

5-1470

开	八	祘	造	然
Gaej	bah	suenq	caux	ranz
kaːi^5	pa^6	θuːn^5	ɕaːu^4	ɹaːn^2
莫	急	算	造	家

你莫忙成家。

5-1471

叫	天	牙	狼	汉
Heuh	denh	ya	langh	han
heːu^6	tiːn^1	ja^6	laːŋ^6	haːn^1
叫	天	下	若	应

若还合天意，

5-1472

岁	共	然	一	在
Caez	gungh	ranz	ndeu	ywq
ɕai^2	kuŋ^6	ɹaːn^2	deːu^1	jɯ^5
齐	共	家	一	住

我俩共一家。

女唱

5–1473

加	备	比	第	一
Caj	beix	bi	daih	it
kja^{3}	pi^{4}	pi^{1}	ti^{5}	it^{7}
等	兄	年	第	一

等兄第一年，

5–1474

你	不	乱	很	开
Mwngz	mbouj	luenh	hwnj	gai
mɯŋ^{2}	bou^{5}	luːn^{6}	hɯn^{3}	kaːi^{1}
你	不	乱	上	街

你很少上街。

5–1475

加	卡	秀	包	乖
Caj	gaq	ciuh	mbauq	gvai
kja^{3}	ka^{5}	ɕiːu^{6}	baːu^{5}	kwaːi^{1}
等	卡	世	小伙	乖

等兄一辈子，

5–1476

得	共	开	知	不
Ndaej	gungh	gai	rox	mbouj
dai^{3}	kuŋ^{6}	kaːi^{1}	ɹo^{4}	bou^{5}
得	共	街	或	不

未同赶过街。

男唱

5–1477

加	农	比	第	一
Caj	nuengx	bi	daih	it
kja^{3}	nuːŋ^{4}	pi^{1}	ti^{5}	it^{7}
等	妹	年	第	一

等妹第一年，

5–1478

说	表	农	用	心
Naeuz	biuj	nuengx	yungh	sim
nau^{2}	piːu^{3}	nuːŋ^{4}	juŋ^{6}	θin^{1}
说	表	妹	用	心

妹要记在心。

5–1479

得	正	开	八	飞
Ndaej	cingz	gaej	bah	mbin
dai^{3}	ɕiŋ^{2}	kaːi^{5}	pa^{6}	bin^{1}
得	情	莫	急	飞

得新欢别走，

5–1480

在	加	土	讲	满
Ywq	caj	dou	gangj	monh
jɯ^{5}	kja^{3}	tu^{1}	kaːŋ^{3}	moːn^{6}
在	等	我	讲	情

我俩先谈情。

女唱

5-1481

加	**备**	**比**	**第**	**义**
Caj	beix	bi	daih	ngeih
kja^{3}	pi^{4}	pi^{1}	ti^{5}	ȵi^{6}
等	兄	年	第	二

等兄第二年，

5-1482

难	**不**	**乃**	**古**	**巡**
Nanz	mbouj	naih	guh	cunz
na:n^{2}	bou^{5}	na:i^{6}	ku^{4}	ɕun^{2}
久	不	久	做	巡

久不久互访。

5-1483

乃	**加**	**观**	**备**	**银**
Naih	caj	gonq	beix	ngaenz
na:i^{6}	kja^{3}	ko:n^{5}	pi^{4}	ŋan^{2}
慢	等	先	兄	银

兄耐心等待，

5-1484

浪	**可**	**办**	**备**	**农**
Laeng	goj	baenz	beix	nuengx
laŋ^{1}	ko^{3}	pan^{2}	pi^{4}	nu:ŋ^{4}
后	可	成	兄	妹

我俩会成亲。

男唱

5-1485

加	**农**	**比**	**第**	**义**
Caj	nuengx	bi	daih	ngeih
kja^{3}	nu:ŋ^{4}	pi^{1}	ti^{5}	ȵi^{6}
等	妹	年	第	二

等妹第二年，

5-1486

说	**韦**	**机**	**开**	**还**
Naeuz	vae	giq	gaej	vanz
nau^{2}	vai^{1}	ki^{5}	ka:i^{5}	va:n^{2}
说	姓	支	莫	还

你莫交别人。

5-1487

加	**卡**	**秀**	**平**	**班**
Caj	gaq	ciuh	bingz	ban
kja^{3}	ka^{5}	ɕi:u^{6}	piŋ^{2}	pa:n^{1}
等	卡	世	平	班

等我平辈友，

5-1488

得	**共**	**然**	**是**	**抵**
Ndaej	gungh	ranz	cix	dij
dai^{3}	kuŋ^{6}	ɹa:n^{2}	ɕi^{4}	ti^{3}
得	共	家	就	值

得成亲就值。

女唱

5-1489

加	**备**	**比**	**第**	**三**
Caj	beix	bi	daih	sam
kja^{3}	pi^{4}	pi^{1}	ti^{5}	θaːn^{1}
等	兄	年	第	三

等兄第三年，

5-1490

话	**貝**	**问**	**卜**	**乜**
Vah	bae	cam	boh	meh
va^{6}	pai^{1}	ɕaːm^{1}	po^{6}	me^{6}
话	去	问	父	母

便征求父母。

5-1491

往	**双**	**偻**	**外**	**些**
Uengj	song	raeuz	vaij	seiq
vaːŋ^{3}	θoːŋ^{1}	ɹau^{2}	vaːi^{3}	θe^{5}
枉	两	我们	过	世

枉我俩至死，

5-1492

空	**办**	**十**	**开**	**么**
Ndwi	baenz	cih	gij	maz
duːi^{1}	pan^{2}	ɕi^{6}	kaːi^{2}	ma^{2}
不	成	个	什	么

任何事无成。

男唱

5-1493

加	**农**	**比**	**第**	**三**
Caj	nuengx	bi	daih	sam
kja^{3}	nuːŋ^{4}	pi^{1}	ti^{5}	θaːn^{1}
等	妹	年	第	三

等妹第三年，

5-1494

秀	**平**	**班**	**牙**	**了**
Ciuh	bingz	ban	yaek	liux
ɕiːu^{6}	piŋ^{2}	paːn^{1}	jak^{7}	liːu^{4}
世	平	班	要	完

难寻同龄友。

5-1495

想	**加**	**秀**	**老**	**表**
Siengj	caj	ciuh	laux	biuj
θiːŋ^{3}	kja^{3}	ɕiːu^{6}	laːu^{4}	piːu^{3}
想	等	世	老	表

断守妹一生，

5-1496

农	**造**	**秀**	**写**	**偻**
Nuengx	caux	ciuh	ce	raeuz
nuːŋ^{4}	ɕaːu^{4}	ɕiːu^{6}	ɕe^{1}	ɹau^{2}
妹	造	世	留	我们

妹给我个家。

女唱

5-1497

加	备	比	第	四
Caj	beix	bi	daih	seiq
kja^{3}	pi^{4}	pi^{1}	ti^{5}	θei^{5}
等	兄	年	第	四

等兄第四年，

5-1498

空	办	十	开	么
Ndwi	baenz	cih	gij	maz
du:i^{1}	pan^{2}	ɕi^{6}	ka:i^{2}	ma^{2}
不	成	个	什	么

却一事无成。

5-1499

加	秀	早	秀	鸦
Caj	ciuh	romh	ciuh	a
kja^{3}	ɕi:u^{6}	ɹo:n^{6}	ɕi:u^{6}	a^{1}
等	世	鹰	世	鸦

如老鹰乌鸦，

5-1500

空	办	开	么	古
Ndwi	baenz	gij	maz	guh
du:i^{1}	pan^{2}	ka:i^{2}	ma^{2}	ku^{4}
不	成	什	么	做

什么也不做。

男唱

5-1501

加	农	比	第	四
Caj	nuengx	bi	daih	seiq
kja^{3}	nu:ŋ^{4}	pi^{1}	ti^{5}	θei^{5}
等	妹	年	第	四

等妹第四年，

5-1502

义	又	坤	心	头
Ngeix	youh	goenq	sim	daeuz
ŋi^{4}	jou^{4}	kon^{5}	θin^{1}	tau^{2}
想	又	断	心	脏

想来肝肠断。

5-1503

往	你	农	巴	轻
Uengj	mwngz	nuengx	bak	mbaeu
va:ŋ^{3}	mɯŋ^{2}	nu:ŋ^{4}	pa:k^{7}	bau^{1}
枉	你	妹	嘴	轻

枉你乖巧妹，

5-1504

不	办	土	天	份
Mbouj	baenz	dou	denh	faenh
bou^{5}	pan^{2}	tu^{1}	ti:n^{1}	fan^{6}
不	成	我	天	分

与我没缘分。

女唱

5-1505

加 备 比 第 五

Caj beix bi daih haj

kja^{3} pi^{4} pi^{1} ti^{5} ha^{3}

等 兄 年 第 五

等兄第五年，

5-1506

不 得 加 几 来

Mbouj ndaej caj geij lai

bou^{5} dai^{3} kja^{3} ki^{3} la:i^{1}

不 得 等 几 多

不能等太久。

5-1507

花 罗 加 花 才

Va loh caj va raiz

va^{1} lo^{6} kja^{3} va^{1} ɹa:i^{2}

花 路 等 花 花纹

花期相等待，

5-1508

得 共 开 牙 祘

Ndaej gungh hai yax suenq

dai^{3} kuŋ^{6} ha:i^{1} ja^{5} θu:n^{5}

得 共 开 才 算

同绽放才好。

男唱

5-1509

加 农 比 第 五

Caj nuengx bi daih haj

kja^{3} nu:ŋ^{4} pi^{1} ti^{5} ha^{3}

等 妹 年 第 五

等妹第五年，

5-1510

利 加 比 它 比

Lij caj bi daz bi

li^{4} kja^{3} pi^{1} ta^{2} pi^{1}

还 等 年 又 年

一年又一年。

5-1511

变 办 鸟 九 义

Bienq baenz roeg giuj nyij

pi:n^{5} pan^{2} ɹok^{8} ki:u^{3} ȵi^{3}

变 成 鸟 九 义

变成九义鸟，

5-1512

少 好 牙 回 克

Sau ndei yaek veiz gwz

θa:u^{1} dei^{1} jak^{7} vei^{2} kə^{4}

姑娘 好 要 回 去

情妹要回家。

女唱

5–1513

加	**备**	**比**	**第**	**六**
Caj	beix	bi	daih	roek
kja^{3}	pi^{4}	pi^{1}	ti^{5}	ɹok^{7}
等	兄	年	第	六

等兄第六年，

5–1514

义	**作**	**动**	**是**	**付**
Ngeix	coq	dungx	cix	fouz
ȵi^{4}	ɕo^{5}	tuŋ^{4}	ɕi^{4}	fu^{2}
想	放	肚	就	浮

想到肝肠断。

5–1515

得	**备**	**在**	**加**	**土**
Ndaej	beix	ywq	caj	dou
dai^{3}	pi^{4}	jɯ^{5}	kja^{3}	tu^{1}
得	兄	在	等	我

兄在守候我，

5–1516

是	**不**	**忧**	**老**	**秀**
Cix	mbouj	you	lauq	ciuh
ɕi^{4}	bou^{5}	jou^{1}	laːu^{5}	ɕiːu^{6}
就	不	忧	误	世

就不愁婚事。

男唱

5–1517

加	**农**	**比**	**第**	**六**
Caj	nuengx	bi	daih	roek
kja^{3}	nuːŋ^{4}	pi^{1}	ti^{5}	ɹok^{7}
等	妹	年	第	六

等妹第六年，

5–1518

出	**外**	**伕**	**又**	**问**
Ok	rog	fwx	youh	cam
oːk^{7}	ɹoːk^{8}	fə^{4}	jou^{4}	ɕaːm^{1}
出	外	别人	又	问

出门人探问。

5–1519

在	**古**	**妑**	**黄**	**连**
Ywq	guh	yah	vangz	lenx
jɯ^{5}	ku^{4}	ja^{6}	vaːŋ^{2}	leːn^{4}
在	做	婆	黄	鹂

如那黄鹂鸟，

5–1520

千	**年**	**偻**	**古**	**对**
Cien	nienz	raeuz	guh	doiq
ɕiːn^{1}	niːn^{2}	ɹau^{2}	ku^{4}	toːi^{5}
千	年	我们	做	对

永久成双对。

女唱

5-1521

加	**备**	**比**	**第**	**七**
Caj	beix	bi	daih	caet
kja^{3}	pi^{4}	pi^{1}	ti^{5}	ɕat^{7}
等	兄	年	第	七

等兄第七年，

5-1522

汔	**办**	**朵**	**花**	**力**
Aet	baenz	duj	va	leiz
at^{7}	pan^{2}	tu^{3}	va^{1}	li^{2}
靓	成	朵	花	梨

像梨花美丽。

5-1523

加	**备**	**比**	**它**	**比**
Caj	beix	bi	daz	bi
kja^{3}	pi^{4}	pi^{1}	ta^{2}	pi^{1}
等	兄	年	又	年

年复年断守，

5-1524

牙	**同**	**立**	**貝**	**了**
Yaek	doengz	liz	bae	liux
jak^{7}	toŋ^{2}	li^{2}	pai^{1}	liːu^{4}
要	同	离	去	完

将要分手了。

男唱

5-1525

加	**农**	**比**	**第**	**七**
Caj	nuengx	bi	daih	caet
kja^{3}	nuːŋ^{4}	pi^{1}	ti^{5}	ɕat^{7}
等	妹	年	第	七

等妹第七年，

5-1526

花	**好**	**样**	**花**	**力**
Va	ndei	yiengh	va	leiz
va^{1}	dei^{1}	jɯːŋ^{6}	va^{1}	li^{2}
花	好	样	花	梨

美得像梨花。

5-1527

玩	**仪**	**比**	**它**	**比**
Vanz	saenq	bi	daz	bi
vaːn^{2}	θin^{5}	pi^{1}	ta^{2}	pi^{1}
还	信	年	又	年

年年都寄信，

5-1528

米	**正**	**好**	**是**	**送**
Miz	cingz	ndei	cix	soengq
mi^{2}	ɕiŋ^{2}	dei^{1}	ɕi^{4}	θoŋ^{5}
有	情	好	就	送

有好礼快送。

女唱

5-1529

加	**备**	**比**	**第**	**八**
Caj	beix	bi	daih	bet
kja^{3}	pi^{4}	pi^{1}	ti^{5}	peːt^{7}
等	兄	年	第	八

等兄第八年，

5-1530

心	**不**	**念**	**牙**	**难**
Sim	mbouj	net	yax	nanz
θin^{1}	bou^{5}	neːt^{7}	ja^{5}	naːn^{2}
心	不	实	也	难

不放心也难。

5-1531

加	**得**	**秀**	**平**	**班**
Caj	ndaej	ciuh	bingz	ban
kja^{3}	dai^{3}	ɕiːu^{6}	piŋ^{2}	paːn^{1}
等	得	世	平	班

得到同龄友，

5-1532

造	**然**	**心**	**是**	**念**
Caux	ranz	sim	cix	net
ɕaːu^{4}	ɹaːn^{2}	θin^{1}	ɕi^{4}	neːt^{7}
造	家	心	就	实

成家心踏实。

男唱

5-1533

加	**农**	**比**	**第**	**八**
Caj	nuengx	bi	daih	bet
kja^{3}	nuːŋ^{4}	pi^{1}	ti^{5}	peːt^{7}
等	妹	年	第	八

等妹第八年，

5-1534

节	**邦**	**友**	**马**	**岁**
Ciep	baengz	youx	ma	caez
ɕeːt^{7}	paŋ^{2}	ju^{4}	ma^{1}	ɕai^{2}
接	朋	友	来	齐

朋友都来齐。

5-1535

在	**加**	**友**	**元**	**远**
Ywq	caj	youx	roen	gyae
jɯ^{5}	kja^{3}	ju^{4}	joːn^{1}	kjai^{1}
在	等	友	路	远

坐等远方友，

5-1536

明	**少**	**可**	**老**	**秀**
Cog	sau	goj	lauq	ciuh
ɕoːk^{8}	θaːu^{1}	ko^{3}	laːu^{5}	ɕiːu^{6}
将来	姑娘	可	误	世

妹会误青春。

女唱

5-1537

加	**备**	**比**	**第**	**九**
Caj	beix	bi	daih	gouj
kja^{3}	pi^{4}	pi^{1}	ti^{5}	kjou^{3}
等	兄	年	第	九

等兄第九年，

5-1538

不	**得**	**加**	**几**	**来**
Mbouj	ndaej	caj	geij	lai
bou^{5}	dai^{3}	kja^{3}	ki^{3}	la:i^{1}
不	得	等	几	多

不能再久等。

5-1539

想	**加**	**秀**	**包**	**乖**
Siengj	caj	ciuh	mbauq	gvai
θi:ŋ^{3}	kja^{3}	ɕi:u^{6}	ba:u^{5}	kwa:i^{1}
想	等	世	小伙	乖

想守候情哥，

5-1540

老	**堂**	**尾**	**贝**	**了**
Lau	daengz	byai	bae	liux
la:u^{1}	taŋ^{2}	pja:i^{1}	pai^{1}	li:u^{4}
怕	到	尾	去	完

恐年纪要过。

男唱

5-1541

加	**农**	**比**	**第**	**九**
Caj	nuengx	bi	daih	gouj
kja^{3}	nu:ŋ^{4}	pi^{1}	ti^{5}	kjou^{3}
等	妹	年	第	九

等妹第九年，

5-1542

罗	**老**	**表**	**心**	**付**
Lox	laux	biuj	sim	fouz
lo^{4}	la:u^{4}	pi:u^{3}	θin^{1}	fu^{2}
哄	老	表	心	浮

哄情友开心。

5-1543

巴	**可**	**罗**	**加**	**土**
Bak	goj	lox	caj	dou
pa:k^{7}	ko^{3}	lo^{4}	kja^{3}	tu^{1}
嘴	可	骗	等	我

嘴上说等我，

5-1544

干	**方**	**卢**	**邦**	**伕**
Ganq	fueng	louz	biengz	fwx
ka:n^{5}	fu:ŋ^{1}	lu^{2}	pi:ŋ^{2}	fə^{4}
顾	风	流	地方	别人

只顾找别人。

女唱

5-1545

加 备 比 第 十

Caj beix bi daih cib

kja^{3} pi^{4} pi^{1} ti^{5} ɕit^{8}

等 兄 年 第 十

等兄第十年，

5-1546

四 处 农 全 当

Seiq cih nuengx gyonj dang

θei^{5} ɕi^{6} nuːŋ^{4} kjoːn^{3} taːŋ^{1}

四 处 妹 都 当

妹到处游荡。

5-1547

伕 利 加 秀 浪

Fwx lij caj ciuh laeng

fə^{4} li^{4} kja^{3} ɕiːu^{6} laŋ^{1}

别人 还 等 世 后

人家等下辈，

5-1548

龙 加 土 不 得

Lungz caj dou mbouj ndaej

luŋ^{2} kja^{3} tu^{1} bou^{5} dai^{3}

龙 等 我 不 得

你等我无果。

男唱

5-1549

加 农 比 第 十

Caj nuengx bi daih cib

kja^{3} nuːŋ^{4} pi^{1} ti^{5} ɕit^{8}

等 妹 年 第 十

等妹第十年，

5-1550

备 可 在 加 你

Beix goj ywq caj mwngz

pi^{4} ko^{3} jɯ^{5} kja^{3} mɯŋ^{2}

兄 可 在 等 你

兄还在等你。

5-1551

秀 些 马 拉 本

Ciuh seiq ma laj mbwn

ɕiːu^{6} θe^{5} ma^{1} la^{3} bɯn^{1}

世 世 来 下 天

轮回天地间，

5-1552

可 双 僗 同 加

Goj song raeuz doengz caj

ko^{5} θoːŋ^{1} ɹau^{2} toŋ^{2} kja^{3}

可 两 我们 同 等

我俩相守候。

女唱

5–1553

备	**点**	**农**	**同**	**加**
Beix	dem	nuengx	doengz	caj
pi^4	teːn^1	nuːŋ^4	toŋ^2	kja^3
兄	与	妹	同	等

兄妹相厮守，

5–1554

特	**后**	**岸**	**贝**	**优**
Dawz	haeuj	rungh	bae	yaeuq
təɯ^2	hau^3	ɹuŋ^6	pai^1	jau^5
拿	进	岸	去	收

进山岸幽居。

5–1555

加	**农**	**不**	**得**	**要**
Caj	nuengx	mbouj	ndaej	aeu
kja^3	nuːŋ^4	bou^5	dai^3	au^1
等	妹	不	得	娶

等妹娶不得，

5–1556

秀	**巴**	**轻**	**牙**	**了**
Ciuh	bak	mbaeu	yax	liux
ɕiːu^6	paːk^7	bau^1	ja^5	liːu^4
世	嘴	轻	也	完

青春期也过。

男唱

5–1557

往	**双**	**偻**	**同**	**加**
Uengj	song	raeuz	doengz	caj
vaːŋ^3	θoːŋ^1	ɹau^2	toŋ^2	kja^3
枉	两	我们	同	等

我俩相守候，

5–1558

空	**办**	**十**	**开**	**么**
Ndwi	baenz	cih	gij	maz
duːi^1	pan^2	ɕi^6	kaːi^2	ma^2
不	成	个	什	么

却一事无成。

5–1559

加	**备**	**不**	**办**	**家**
Caj	beix	mbouj	baenz	gya
kja^3	pi^4	bou^5	pan^2	kja^1
等	兄	不	成	家

断守不成家，

5–1560

偻	**同**	**哈**	**不**	**抵**
Raeuz	doengz	ha	mbouj	dij
ɹau^2	toŋ^2	ha^1	bou^5	ti^3
我们	同	配	不	值

相耽误不值。

女唱

5-1561

土	加	你	了	备
Dou	caj	mwngz	liux	beix
tu^{1}	kja^{3}	$mɯŋ^{2}$	$li:u^{4}$	pi^{4}
我	等	你	啰	兄

情哥我等你，

5-1562

话	贝	问	付	母
Vah	bae	cam	fuj	muj
va^{6}	pai^{1}	$ça:m^{1}$	fu^{4}	mu^{4}
话	去	问	父	母

去征求父母。

5-1563

土	加	你	了	友
Dou	caj	mwngz	liux	youx
tu^{1}	kja^{3}	$mɯŋ^{2}$	$li:u^{4}$	ju^{4}
我	等	你	啰	友

情友我等你，

5-1564

空	办	罗	开	么
Ndwi	baenz	loh	gij	maz
$du:i^{1}$	pan^{2}	lo^{6}	$ka:i^{2}$	ma^{2}
不	成	路	什	么

等了也无用。

男唱

5-1565

你	加	土	了	农
Mwngz	caj	dou	liux	nuengx
$mɯŋ^{2}$	kja^{3}	tu^{1}	$li:u^{4}$	$nu:ŋ^{4}$
你	等	我	啰	妹

情妹你等我，

5-1566

话	贝	问	卜	乜
Vah	bae	cam	boh	meh
va^{6}	pai^{1}	$ça:m^{1}$	po^{6}	me^{6}
话	去	问	父	母

去征求父母。

5-1567

巴	讲	坤	小	些
Bak	gangj	goenq	siuj	seiq
$pa:k^{7}$	$ka:ŋ^{3}$	kon^{5}	$θi:u^{3}$	$θe^{5}$
嘴	讲	断	小	事

空谈没有用，

5-1568

几	时	合	英	元
Geij	seiz	hwz	in	yuenz
ki^{3}	$θi^{2}$	ho^{2}	in^{1}	$ju:n^{2}$
几	时	合	姻	缘

何时才成亲？

女唱

5-1569

土 加 你 了 备

Dou caj mwngz liux beix

tu^1 kja^3 mɯŋ^2 li:u^4 pi^4

我 等 你 啰 兄

情哥我等你，

5-1570

后 地 查 后 那

Haeux reih cab haeux naz

hau^4 ɹei^6 ɕa:p^8 hau^4 na^2

米 地 掺 米 田

苞谷掺稻谷。

5-1571

同 加 结 关 巴

Doengz caj giet gvan baz

toŋ^2 kja^3 ki:t^7 kwa:i^1 pa^2

同 等 结 夫 妻

守候结夫妻，

5-1572

蒙 开 么 了 备

Muengz gij maz liux beix

mu:ŋ^2 ka:i^2 ma^2 li:u^4 pi^4

忙 什 么 啰 兄

情哥急什么？

男唱

5-1573

土 加 你 了 农

Dou caj mwngz liux nuengx

tu^1 kja^3 mɯŋ^2 li:u^4 nu:ŋ^4

我 等 你 啰 妹

情妹我等你，

5-1574

后 地 查 后 那

Haeux reih cab haeux naz

hau^4 ɹei^6 ɕa:p^8 hau^4 na^2

米 地 掺 米 田

苞谷掺稻谷。

5-1575

结 空 办 关 巴

Giet ndwi baenz gvan baz

ki:t^7 dɯ:i^1 pan^2 kwa:i^1 pa^2

结 不 成 夫 妻

若不成夫妻，

5-1576

抹 水 山 同 分

Vuet raemx bya doengz mbek

vu:t^7 ɹan^4 pja^1 toŋ^2 be:k^7

擦 水 眼 同 分

就挥泪告别。

女唱

5-1577

备 点 农 同 加

Beix dem nuengx doengz caj

pi^{1} te:n^{1} nu:ŋ^{4} toŋ^{2} kja^{3}

兄 与 妹 同 等

兄妹相守候，

5-1578

不 得 加 几 来

Mbouj ndaej caj geij lai

bou^{5} dai^{3} kja^{3} ki^{3} la:i^{1}

不 得 等 几 多

守候不长久。

5-1579

三 八 托 英 台

Sanh bek doh yingh daiz

θa:n^{1} pe:k^{7} to^{6} iŋ^{1} ta:i^{2}

山 伯 同 英 台

山伯与英台，

5-1580

代 是 利 同 加

Dai cix lij doengz caj

ta:i^{1} çi^{4} li^{4} toŋ^{2} kja^{3}

死 就 还 同 等

至死还相守。

男唱

5-1581

往 双 偻 同 加

Uengj song raeuz doengz caj

va:ŋ^{3} θo:ŋ^{1} ɹau^{2} toŋ^{2} kja^{3}

枉 两 我们 同 等

我俩相守候，

5-1582

心 不 念 牙 难

Sim mbouj net yax nanz

θin^{1} bou^{5} ne:t^{7} ja^{5} na:n^{2}

心 不 实 也 难

心不定难受。

5-1583

加 农 不 平 班

Caj nuengx mbouj bingz ban

kja^{3} nu:ŋ^{4} bou^{5} piŋ^{2} pa:n^{1}

等 妹 不 平 班

等妹不能娶，

5-1584

心 龙 反 下 水

Sim lungz fan roengz raemx

θin^{1} luŋ^{2} fa:n^{1} ɹoŋ^{2} ɹan^{4}

心 龙 翻 下 水

兄心痛欲绝。

女唱

5-1585

往	**双**	**偻**	**同**	**加**
Uengj	song	raeuz	doengz	caj
va:ŋ^{3}	θo:ŋ^{1}	ɹau^{2}	toŋ^{2}	kja^{3}
枉	两	我们	同	等

我俩相守候，

5-1586

可	**开**	**样**	**花**	**力**
Goj	hai	yiengh	va	leiz
ko^{5}	ha:i^{1}	juu:ŋ^{6}	va^{1}	li^{2}
可	开	样	花	梨

如同梨花开。

5-1587

汉	**农**	**貝**	**三**	**比**
Han	nuengx	bae	sam	bi
ha:n^{1}	nu:ŋ^{4}	pai^{1}	θa:n^{1}	pi^{1}
应	妹	去	三	年

承诺去三年，

5-1588

正	**好**	**牙**	**同**	**送**
Cingz	ndei	yaek	doengz	soengq
ɕiŋ^{2}	dei^{1}	jak^{7}	toŋ^{2}	θoŋ^{5}
情	好	要	同	送

互送好信物。

男唱

5-1589

往	**双**	**偻**	**同**	**加**
Uengj	song	raeuz	doengz	caj
va:ŋ^{3}	θo:ŋ^{1}	ɹau^{2}	toŋ^{2}	kja^{3}
枉	两	我们	同	等

我俩相守候，

5-1590

加	**三**	**八**	**反**	**身**
Caj	sanh	bek	fan	ndang
kja^{3}	θa:n^{1}	pe:k^{7}	fa:n^{1}	da:ŋ^{1}
等	山	伯	翻	身

等山伯再世。

5-1591

加	**卜**	**那**	**卜**	**浪**
Caj	boux	naj	boux	laeng
kja^{3}	pu^{4}	na^{3}	pu^{4}	laŋ^{1}
等	人	前	人	后

比前又比后，

5-1592

不	**哈**	**文**	**洋**	**祘**
Mbouj	ha	vunz	yaeng	suenq
bou^{5}	ha^{1}	vun^{2}	jaŋ^{1}	θu:n^{5}
不	配	人	再	算

不如人再说。

女唱

5-1593

往	**双**	**偻**	**同**	**加**
Uengj	song	raeuz	doengz	caj
vaːŋ^{3}	θoːŋ^{1}	ɹau^{2}	toŋ^{2}	kja^{3}
枉	两	我们	同	等

我俩相守候，

5-1594

不	**得**	**加**	**几**	**来**
Mbouj	ndaej	caj	geij	lai
bou^{5}	dai^{3}	kja^{3}	ki^{3}	laːi^{1}
不	得	等	几	多

不可能长久。

5-1595

三	**八**	**利**	**得**	**代**
Sanh	bek	lij	ndaej	dai
θaːn^{1}	peːk^{7}	li^{4}	dai^{3}	taːi^{1}
山	伯	还	得	死

山伯舍得死，

5-1596

么	**少**	**不**	**得**	**加**
Maz	sau	mbouj	ndaej	caj
ma^{2}	θaːu^{1}	bou^{5}	dai^{3}	kja^{3}
何	姑娘	不	得	等

妹怎等不得？

男唱

5-1597

往	**双**	**偻**	**同**	**加**
Uengj	song	raeuz	doengz	caj
vaːŋ^{3}	θoːŋ^{1}	ɹau^{2}	toŋ^{2}	kja^{3}
枉	两	我们	同	等

我俩相守候，

5-1598

义	**作**	**动**	**是**	**反**
Ngeix	coq	dungx	cix	fan
ŋi^{4}	ɕo^{5}	tuŋ^{4}	ɕi^{4}	faːn^{1}
想	放	肚	就	翻

想起就烦恼。

5-1599

加	**得**	**农**	**共**	**家**
Caj	ndaej	nuengx	gungh	gya
kja^{3}	dai^{3}	nuːŋ^{4}	kuŋ^{6}	kja^{1}
等	得	妹	共	家

若得妹结亲，

5-1600

心	**是**	**干**	**满**	**秀**
Sim	cix	gan	mued	ciuh
θin^{1}	ɕi^{4}	kaːn^{1}	muːt^{8}	ɕiːu^{6}
心	就	甘	没	世

今生心满足。

女唱

5-1601

三 八 托 英 台

Sanh bek doh yingh daiz

θaːn^{1} peːk^{7} to^{6} iŋ^{1} taːi^{2}

山 伯 同 英 台

山伯和英台，

5-1602

代 是 利 同 加

Dai cix lij doengz caj

taːi^{1} ɕi^{4} li^{4} toŋ^{2} kja^{3}

死 就 还 同 等

至死相守候。

5-1603

三 八 代 貝 那

Sanh bek dai bae naj

θaːn^{1} peːk^{7} taːi^{1} pai^{1} na^{3}

山 伯 死 去 前

山伯先死去，

5-1604

是 利 加 英 台

Cix lij caj yingh daiz

ɕi^{4} li^{4} kja^{3} iŋ^{1} taːi^{2}

就 还 等 英 台

还等祝英台。

男唱

5-1605

三 八 托 英 台

Sanh bek doh yingh daiz

θaːn^{1} peːk^{7} to^{6} iŋ^{1} taːi^{2}

山 伯 同 英 台

山伯与英台，

5-1606

代 是 利 同 加

Dai cix lij doengz caj

taːi^{1} ɕi^{4} li^{4} toŋ^{2} kja^{3}

死 就 还 同 等

至死相守候。

5-1607

变 办 双 土 巴

Bienq baenz song duz mbaj

peːn^{5} pan^{2} θoːŋ^{1} tu^{2} ba^{3}

变 成 两 只 蝴蝶

变成一双蝶，

5-1608

变 化 很 更 本

Bienq vaq hwnj gwnz mbwn

piːn^{5} va^{5} hɯn^{3} kɯn^{2} bɯn^{1}

变 化 上 上 天

变化飞上天。

女唱

5–1609

三	八	托	英	台
Sanh	bek	doh	yingh	daiz
θaːn1	peːk7	to6	iŋ1	taːi2
山	伯	同	英	台

山伯与英台，

5–1610

代	是	利	同	加
Dai	cix	lij	doengz	caj
taːi1	ɕi4	li4	toŋ2	kja3
死	就	还	同	等

至死相守候。

5–1611

明	龙	代	貝	那
Cog	lungz	dai	bae	naj
ɕoːk8	luŋ2	taːi1	pai1	na3
将来	龙	死	去	前

日后兄死去，

5–1612

利	加	备	知	空
Lij	caj	beix	rox	ndwi
li4	kja3	pi4	ɹo4	duːi1
还	等	兄	或	不

还等不等兄？

男唱

5–1613

三	八	托	英	台
Sanh	bek	doh	yingh	daiz
θaːn1	peːk7	to6	iŋ1	taːi2
山	伯	同	英	台

山伯与英台，

5–1614

代	是	利	同	加
Dai	cix	lij	doengz	caj
taːi1	ɕi4	li4	toŋ2	kja3
死	就	还	同	等

至死相守候。

5–1615

龙	浪	代	貝	那
Lungz	langh	dai	bae	naj
luŋ2	laːŋ6	taːi1	pai1	na3
龙	若	死	去	前

兄若先死去，

5–1616

利	加	农	共	然
Lij	caj	nuengx	gungh	ranz
li4	kja3	nuːŋ4	kuŋ6	ɹaːn2
还	等	妹	共	家

等妹做一家。

女唱

5-1617

三	**八**	**托**	**英**	**台**
Sanh	bek	doh	yingh	daiz
θaːn^{1}	peːk^{7}	to^{6}	iŋ^{1}	taːi^{2}
山	伯	同	英	台

山伯与英台，

5-1618

代	**是**	**利**	**共**	**墓**
Dai	cix	lij	gungh	moh
taːi^{1}	ɕi^{4}	li^{4}	kuŋ^{6}	mo^{6}
死	就	还	共	墓

死还共坟墓。

5-1619

往	**双**	**偻**	**了**	**哥**
Uengj	song	raeuz	liux	go
vaːŋ^{3}	θoːŋ^{1}	ɹau^{2}	liːu^{4}	ko^{1}
枉	两	我们	啰	哥

说到我们俩，

5-1620

得	**共**	**墓**	**知**	**空**
Ndaej	gungh	moh	rox	ndwi
dai^{3}	kuŋ^{6}	mo^{6}	ɹo^{4}	duːi^{1}
得	共	墓	或	不

将得共墓否？

男唱

5-1621

三	**八**	**托**	**英**	**台**
Sanh	bek	doh	yingh	daiz
θaːn^{1}	peːk^{7}	to^{6}	iŋ^{1}	taːi^{2}
山	伯	同	英	台

山伯与英台，

5-1622

代	**是**	**利**	**共**	**墓**
Dai	cix	lij	gungh	moh
taːi^{1}	ɕi^{4}	li^{4}	kuŋ^{6}	mo^{6}
死	就	还	共	墓

死还共坟墓。

5-1623

往	**双**	**偻**	**唱**	**歌**
Uengj	song	raeuz	cang	go
vaːŋ^{3}	θoːŋ^{1}	ɹau^{2}	ɕaːŋ^{4}	ko^{5}
枉	两	我们	唱	歌

我俩同唱歌，

5-1624

共	**墓**	**心**	**是**	**甘**
Gungh	moh	sim	cix	gan
kuŋ^{6}	mo^{6}	θin^{1}	ɕi^{4}	kaːn^{1}
共	墓	心	就	甘

共墓心才甘。

女唱

5-1625

三	八	托	英	台
Sanh	bek	doh	yingh	daiz
θaːn^{1}	peːk^{7}	to^{6}	iŋ^{1}	taːi^{2}
山	伯	同	英	台

山伯与英台，

5-1626

代	是	利	共	墓
Dai	cix	lij	gungh	moh
taːi^{1}	çi^{4}	li^{4}	kuŋ^{6}	mo^{6}
死	就	还	共	墓

死还共坟墓。

5-1627

特	很	雷	貝	作
Dawz	hwnj	ndoi	bae	coq
təɯ^{2}	hɯn^{3}	doːi^{1}	pai^{1}	ço^{5}
拿	上	坡	去	放

拿到坡上葬，

5-1628

伕	报	托	拉	本
Fwx	bauq	doh	laj	mbwn
fə^{4}	paːu^{5}	to^{6}	la^{3}	bɯn^{1}
别人	报	遍	下	天

相传遍天下。

男唱

5-1629

三	八	托	英	台
Sanh	bek	doh	yingh	daiz
θaːn^{1}	peːk^{7}	to^{6}	iŋ^{1}	taːi^{2}
山	伯	同	英	台

山伯与英台，

5-1630

代	是	利	共	墓
Dai	cix	lij	gungh	moh
taːi^{1}	çi^{4}	li^{4}	kuŋ^{6}	mo^{6}
死	就	还	共	墓

死还共坟墓。

5-1631

貝	埋	作	大	罗
Bae	moek	coq	daih	loh
pai^{1}	mok^{7}	ço^{5}	taːi^{6}	lo^{6}
去	埋	放	大	路

埋葬在路边，

5-1632

伕	说	墓	包	少
Fwx	naeuz	moh	mbauq	sau
fə^{4}	nau^{2}	mo^{6}	baːu^{5}	θaːu^{1}
别人	说	墓	小伙	姑娘

人传夫妻坟。

①烧纸［pjau^{1} çi^{3}］：烧纸。当地丧葬习俗，即烧纸钱。
②分鞋［pan^{1} haːi^{2}］：分鞋，指烧纸鞋，当地丧葬习俗之一。

女唱

5-1633

三	八	托	英	台
Sanh	bek	doh	yingh	daiz
θaːn^{1}	peːk^{7}	to^{6}	iŋ^{1}	taːi^{2}
山	伯	同	英	台

山伯与英台，

5-1634

代	是	利	共	墓
Dai	cix	lij	gungh	moh
taːi^{1}	çi^{4}	li^{4}	kuŋ^{6}	mo^{6}
死	就	还	共	墓

死还共坟墓。

5-1635

佚	外	元	外	罗
Fwx	vaij	roen	vaij	loh
fə^{4}	vaːi^{3}	joːn^{1}	vaːi^{3}	lo^{6}
别人	过	路	过	路

陌路人走过，

5-1636

利	烧	纸[1]	小	洋
Lij	byaeu	ceij	siu	yieng
li^{4}	pjau^{1}	çi^{3}	θiːu^{1}	jɯːŋ^{1}
还	烧	纸	烧	香

还烧纸焚香。

男唱

5-1637

三	八	托	英	台
Sanh	bek	doh	yingh	daiz
θaːn^{1}	peːk^{7}	to^{6}	iŋ^{1}	taːi^{2}
山	伯	同	英	台

山伯与英台，

5-1638

代	是	利	共	田
Dai	cix	lij	gungh	dieg
taːi^{1}	çi^{4}	li^{4}	kuŋ^{6}	tiːk^{8}
死	就	还	共	地

死还共坟地。

5-1639

卜	才	外	烧	纸[1]
Boux	sai	vaij	byaeu	ceij
pu^{4}	θaːi^{1}	vaːi^{3}	pjau^{1}	çi^{3}
男	人	过	烧	纸

男子死烧纸，

5-1640

乜	女	外	分	鞋[2]
Meh	mbwk	vaij	baen	haiz
me^{6}	bɯk^{7}	vaːi^{3}	pan^{1}	haːi^{2}
女	人	过	分	鞋

妇女死送鞋。

女唱

5-1641

三	八	托	英	台
Sanh	bek	doh	yingh	daiz
θaːn1	peːk7	to6	iŋ1	taːi2
山	伯	同	英	台

山伯与英台，

5-1642

代	是	利	同	得
Dai	cix	lij	doengz	ndaej
taːi1	ɕi4	li4	toŋ2	dai3
死	就	还	同	得

死了还成亲。

5-1643

往	双	偻	了	岁
Uengj	song	raeuz	liux	caez
vaːŋ2	θoːŋ1	ɹau2	liːu4	ɕai2
枉	两	我们	啰	齐

我们俩相爱，

5-1644

利	同	得	知	空
Lij	doengz	ndaej	rox	ndwi
li4	toŋ2	dai3	ɹo4	duːi1
还	同	得	或	不

还能成亲否？

男唱

5-1645

三	八	托	英	台
Sanh	bek	doh	yingh	daiz
θaːn1	peːk7	to6	iŋ1	taːi2
山	伯	同	英	台

山伯与英台，

5-1646

代	是	利	同	得
Dai	cix	lij	doengz	ndaej
taːi1	ɕi4	li4	toŋ2	dai3
死	都	还	同	得

死了还成亲。

5-1647

但	定	手	你	尖
Danh	din	fwngz	mwngz	raeh
taːn6	tin1	fɯŋ2	mɯŋ2	ɹai6
但	脚	手	你	利

说你手艺好，

5-1648

不	得	又	貝	而
Mbouj	ndaej	youh	bae	lawz
bou5	dai3	jou6	pai1	laɯ2
不	得	又	去	哪

不会得不到。

女唱

5-1649

后 千 查 后 纳

Haeux ciem cab haeux nah

hau4 ɕi:n1 ɕa:p8 hau4 na6

米 籼 掺 米 糯

籼米掺糯米，

5-1650

讲 加 不 同 跟

Gangj gyaq mbouj doengz riengz

ka:ŋ3 kja5 bou5 toŋ2 ɹi:ŋ2

讲 价 不 同 跟

价钱不相同。

5-1651

想 古 友 采 邦

Siengj guh youx byaij biengz

θi:ŋ3 ku4 ju4 pja:i3 pi:ŋ2

想 做 友 走 地方

想做游方友，

5-1652

巴 不 强 哈 对

Bak mbouj giengz ha doih

pa:k7 bou5 ki:ŋ2 ha1 to:i6

嘴 不 强 配 伙伴

嘴笨不如人。

男唱

5-1653

后 千 查 后 纳

Haeux ciem cab haeux nah

hau4 ɕi:n1 ɕa:p8 hau4 na6

米 籼 掺 米 糯

籼米掺糯米，

5-1654

讲 加 不 同 跟

Gangj gyaq mbouj doengz riengz

ka:ŋ3 kja5 bou5 toŋ2 ɹi:ŋ2

讲 价 不 同 跟

价钱不相同。

5-1655

当 卜 当 红 良

Dangq boux dangq hong liengz

ta:ŋ5 pu4 ta:ŋ5 ho:ŋ1 li:ŋ2

另 人 另 工 忙

各忙各的事，

5-1656

当 邦 当 元 罗

Dangq biengz dangq roen loh

ta:ŋ5 pi:ŋ2 ta:ŋ5 jo:n1 lo6

另 地方 另 路 路

各地有各路。

女唱

5-1657

后 千 查 后 纳

Haeux ciem cab haeux nah

hau4 çi:n1 ça:p8 hau4 na6

米 籼 掺 米 糯

籼米掺糯米，

5-1658

讲 加 不 同 跟

Gangj gyaq mbouj doengz riengz

ka:ŋ3 kja5 bou5 toŋ2 ɹi:ŋ2

讲 价 不 同 跟

价钱不相同。

5-1659

想 古 友 管 邦

Siengj guh youx guenj biengz

θi:ŋ3 ku4 ju4 ku:n3 pi:ŋ2

想 做 友 管 地方

想做霸王友，

5-1660

文 说 偻 犯 罪

Vunz naeuz raeuz famh coih

vun2 nau2 ɹau2 fa:n6 ço:i6

人 说 我们 犯 罪

怕人骂犯罪。

男唱

5-1661

后 千 查 后 纳

Haeux ciem cab haeux nah

hau4 çi:n1 ça:p8 hau4 na6

米 籼 掺 米 糯

籼米掺糯米，

5-1662

讲 加 不 同 跟

Gangj gyaq mbouj doengz riengz

ka:ŋ3 kja5 bou5 toŋ2 ɹi:ŋ2

讲 价 不 同 跟

价钱不相同。

5-1663

当 阝 当 红 良

Dangq boux dangq hong liengz

ta:ŋ5 pu4 ta:ŋ5 ho:ŋ1 li:ŋ2

另 人 另 工 忙

各忙各的事，

5-1664

当 邦 当 元 采

Dangq biengz dangq roen byaij

ta:ŋ5 pi:ŋ2 ta:ŋ5 jo:n1 pja:i3

另 地方 另 路 走

各地走各路。

女唱

5-1665

后	**千**	**查**	**后**	**纳**
Haeux	ciem	cab	haeux	nah
hau^{4}	ɕiːn^{1}	ɕaːp^{8}	hau^{4}	na^{6}
米	**籼**	**掺**	**米**	**糯**

籼米掺糯米，

5-1666

讲	**加**	**不**	**同**	**吃**
Gangj	gyaq	mbouj	doengz	gwn
kaːŋ^{3}	kja^{5}	bou^{5}	toŋ^{2}	kɯn^{1}
讲	价	不	同	吃

价格不相等。

5-1667

南	**利**	**尚**	**外**	**本**
Namh	lij	sang	vaij	mbwn
naːn^{6}	li^{4}	θaːŋ^{1}	vaːi^{3}	bɯn^{1}
土	还	高	过	天

地比天还高，

5-1668

样	**而**	**平**	**得**	**瓜**
Yiengh	lawz	bingz	ndaej	gvaq
jɯːŋ^{6}	laɯ^{2}	piŋ^{2}	dai^{3}	kwa^{5}
样	哪	平	得	过

公平在哪里？

男唱

5-1669

后	**千**	**查**	**后**	**纳**
Haeux	ciem	cab	haeux	nah
hau^{4}	ɕiːn^{1}	ɕaːp^{8}	hau^{4}	na^{6}
米	**籼**	**掺**	**米**	**糯**

籼米掺糯米，

5-1670

讲	**加**	**不**	**同**	**吃**
Gangj	gyaq	mbouj	doengz	gwn
kaːŋ^{3}	kja^{5}	bou^{5}	toŋ^{2}	kɯn^{1}
讲	价	不	同	吃

价格不等同。

5-1671

南	**利**	**尚**	**外**	**本**
Namh	lij	sang	vaij	mbwn
naːn^{6}	li^{4}	θaːŋ^{1}	vaːi^{3}	bɯn^{1}
土	还	高	过	天

地比天还高，

5-1672

开	**好**	**土**	**同**	**洋**
Gaej	ndij	dou	doengz	angq
kaːi^{5}	di^{1}	tu^{1}	toŋ^{2}	aːŋ^{5}
莫	与	我	同	高兴

别与我同乐。

女唱

5-1673
后 千 查 后 纳
Haeux ciem cab haeux nah
hau⁴ çiːn¹ çaːp⁸ hau⁴ na⁶
米 籼 掺 米 糯
籼米掺糯米，

5-1674
讲 加 不 对 同
Gangj gyaq mbouj doiq doengz
kaːŋ³ kja⁵ bou⁵ toːi⁵ toŋ²
讲 价 不 对 同
价格不对等。

5-1675
歪 些 考 不 彭
Faiq reh gauj mbouj mboeng
vaːi⁵ ɹe⁶ kaːu³ bou⁵ boŋ¹
棉 条 轧 不 松
棉絮轧不松，

5-1676
老 土 站 不 党
Lauq dou soengz mbouj daengq
laːu⁵ tu¹ θoŋ² bou⁵ taŋ⁵
误 我 站 不 凳
害我无凳坐。

男唱

5-1677
后 千 查 后 纳
Haeux ciem cab haeux nah
hau⁴ çiːn¹ çaːp⁸ hau⁴ na⁶
米 籼 掺 米 糯
籼米掺糯米，

5-1678
讲 加 不 对 同
Gangj gyaq mbouj doiq doengz
kaːŋ³ kja⁵ bou⁵ toːi⁵ toŋ²
讲 价 不 对 同
价格不对等。

5-1679
歪 些 考 不 彭
Faiq reh gauj mbouj mboeng
vaːi⁵ ɹe⁶ kaːu³ bou⁵ boŋ¹
棉 条 轧 不 松
棉絮轧不松，

5-1680
难 办 同 少 包
Nanz baenz doengz sau mbauq
naːn² pan² toŋ² θaːu¹ baːu⁵
难 成 同 姑娘 小伙
我俩难结交。

女唱

5-1681

板　米　十　仓　后

Mbanj miz cib sangq haeux

ba:n3 mi2 çit8 θa:ŋ5 hau4

村　有　十　仓　米

村有十仓米，

5-1682

造　牙　得　邦　亲

Caux yax ndaej baengz cin

ça:u4 ja5 dai3 paŋ2 çin1

造　才　得　朋　亲

才能结亲家。

5-1683

板　米　十　两　金

Mbanj miz cib liengx gim

ba:n3 mi2 çit8 li:ŋ4 kin1

村　有　十　两　金

村有十两金，

5-1684

恋　牙　得　妻　伕

Lienh yax ndaej maex fwx

li:n2 ja5 dai3 mai4 fə4

恋　才　得　妻　别人

恋得别人妻。

男唱

5-1685

卜　土　火　来　来

Boh dou hoj lai lai

po6 tu1 ho3 la:i1 la:i1

父　我　苦　多　多

我父实在穷，

5-1686

开　土　貝　古　奴

Gai dou bae guh hoiq

ka:i1 tu1 pai1 ku4 ho:i5

卖　我　去　做　奴隶

卖我当奴隶，

5-1687

⻏　米　钱　是　对

Boux miz cienz cix doiq

pu4 mi2 çi:n2 çi4 to:i5

人　有　钱　就　退

有钱可退订，

5-1688

优　命　农　古　文

Yaeuq mingh nuengx guh vunz

jau5 miŋ6 nu:ŋ4 ku4 vun2

藏　命　妹　做　人

留得命不死。

女唱

5-1689

勒 阝 才 古 奴

Lwg boux sai guh hoiq

lɯk^{8} pu^{4} θa:i^{1} ku^{4} ho:i^{5}

子 男 人 做 奴隶

男孩当奴隶，

5-1690

钱 对 它 是 马

Cienz doiq de cix ma

ɕi:n^{2} to:i^{5} te^{1} ɕi^{4} ma^{1}

钱 退 他 就 来

钱赎便可回。

5-1691

勒 乜 女 造 家

Lwg meh mbwk caux gya

lɯk^{8} me^{6} bɯk^{7} ɕa:u^{4} kja^{1}

子 女 人 造 家

女孩子当家，

5-1692

出 而 马 了 备

Ok lawz ma liux beix

o:k^{7} laɯ^{2} ma^{1} li:u^{4} pi^{4}

出 哪 来 啰 兄

怎么脱得身？

男唱

5-1693

办 要 尼 要 那

Banh aeu nwj aeu naq

pa:n^{6} au^{1} nɯ^{3} au^{1} na^{5}

办 要 弩 要 箭

备办弩和箭，

5-1694

貝 卡 乜 灯 日

Bae gaj meh daeng ngoenz

pai^{1} ka^{3} me^{6} taŋ^{1} ŋon^{2}

去 杀 母 灯 天

去射杀太阳。

5-1695

办 要 金 跟 银

Banh aeu gim riengz ngaenz

pa:n^{6} au^{1} kin^{1} ɹi:ŋ^{2} ŋan^{2}

办 要 金 跟 银

备办金和银，

5-1696

貝 求 身 土 刀

Bae rouh ndang dou dauq

pai^{1} ɹou^{6} da:ŋ^{1} tu^{1} ta:u^{5}

去 赎 身 我 回

去赎回我身。

女唱

5-1697

米	中	空	米	秋
Miz	cungq	ndwi	miz	siu
mi^{2}	çuŋ^{5}	duːi^{1}	mi^{2}	θiːu^{1}
有	枪	不	有	硝

有枪无枪药，

5-1698

口	鸟	九	外	达
Gaeuj	roeg	geuq	vaij	dah
kau^{3}	ɹok^{8}	kjeːu^{5}	vaːi^{3}	ta^{6}
看	鸟	画眉	过	河

空望鸟飞走。

5-1699

米	尼	空	米	那
Miz	nwj	ndwi	miz	naq
mi^{2}	nɯ^{3}	duːi^{1}	mi^{2}	na^{5}
有	弩	不	有	箭

有弓没有箭，

5-1700

口	友	瓜	貝	空
Gaeuj	youx	gvaq	bae	ndwi
kau^{3}	ju^{4}	kwa^{5}	pai^{1}	duːi^{1}
看	友	过	去	空

看友擦肩过。

男唱

5-1701

米	尼	空	米	那
Miz	nwj	ndwi	miz	naq
mi^{2}	nɯ^{3}	duːi^{1}	mi^{2}	na^{5}
有	弩	不	有	箭

有弓没有箭，

5-1702

口	友	瓜	貝	空
Gaeuj	youx	gvaq	bae	ndwi
kau^{3}	ju^{4}	kwa^{5}	pai^{1}	duːi^{1}
看	友	过	去	空

看友擦肩过。

5-1703

米	仪	不	米	莫
Miz	saenq	mbouj	miz	muiz
mi^{2}	θin^{5}	bou^{5}	mi^{2}	muːi^{2}
有	信	不	有	机会

有信无机会，

5-1704

元	可	办	同	沙
Yuenz	goj	baenz	doengz	ra
juːn^{2}	ko^{5}	pan^{2}	toŋ^{2}	ɹa^{1}
缘	可	成	同	找

缘分不可找。

女唱

5–1705

米 中 空 米 秋

Miz cungq ndwi miz siu

mi^{2} çuŋ^{5} du:i^{1} mi^{2} θi:u^{1}

有 枪 不 有 硝

有枪无枪药，

5–1706

口 鸟 九 外 达

Gaeuj roeg geuq vaij dah

kau^{3} ɹok^{8} kje:u^{5} va:i^{3} ta^{6}

看 鸟 画眉 过 河

白望鸟飞走。

5–1707

米 尼 空 米 那

Miz nwj ndwi miz naq

mi^{2} nɯ^{3} du:i^{1} mi^{2} na^{5}

有 弩 不 有 箭

有弓没有箭，

5–1708

口 友 瓜 月 日

Gaeuj youh gvaq ndwen ngoenz

kau^{3} ju^{4} kwa^{5} du:n^{1} ŋon^{2}

看 友 过 月 天

看友度日月。

男唱

5–1709

后 江 垌

Haeux gyang doengh

hau^{4} kja:ŋ^{1} toŋ^{6}

米 中 垌

苞谷米，

5–1710

不 比 后 江 那

Mbouj beij haeux gyang naz

bou^{5} pi^{3} hau^{4} kja:ŋ^{1} na^{2}

不 比 米 中 田

不比稻谷米。

5–1711

后 江 垌 裁 花

Haeux gyang doengh caiz va

hau^{4} kja:ŋ^{1} toŋ^{6} ça:i^{2} va^{1}

米 中 垌 裁 花

苞谷顶开花，

5–1712

后 江 那 裁 丰

Haeux gyang naz caiz fungh

hau^{4} kja:ŋ^{1} na^{2} ça:i^{2} fuŋ^{6}

米 中 田 裁 凤

稻谷吊凤尾。

女唱

5-1713

后 江 垌

Haeux gyang doengh

hau^{4} kjaːŋ^{1} toŋ^{6}

米 中 垌

苞谷米，

5-1714

不 比 后 江 那

Mbouj beij haeux gyang naz

bou^{5} pi^{3} hau^{4} kjaːŋ^{1} na^{2}

不 比 米 中 田

不如稻谷米。

5-1715

后 江 垌 裁 花

Haeux gyang doengh caiz va

hau^{4} kjaːŋ^{1} toŋ^{6} ɕaːi^{2} va^{1}

米 中 垌 裁 花

玉米顶开花，

5-1716

后 江 那 中 先

Haeux gyang naz cuengq sienq

hau^{4} kjaːŋ^{1} na^{2} ɕuːŋ^{5} θiːn^{5}

米 中 田 放 线

稻谷吊禾线。

男唱

5-1717

后 江 垌

Haeux gyang doengh

hau^{4} kjaːŋ^{1} toŋ^{6}

米 中 垌

苞谷米，

5-1718

不 比 后 江 开

Mbouj beij haeux gyang gai

bou^{5} pi^{3} hau^{4} kjaːŋ^{1} kaːi^{1}

不 比 米 中 街

不如街上米。

5-1719

后 江 垌 好 来

Haeux gyang doengh ndei lai

hau^{4} kjaːŋ^{1} toŋ^{6} dei^{1} laːi^{1}

米 中 垌 好 多

苞谷米真好，

5-1720

米 团 开 团 買

Miz donh gai donh cawx

mi^{2} toːn^{6} kaːi^{1} toːn^{6} ɕəɯ^{4}

有 半 卖 半 买

有卖也有买。

女唱

5-1721

后 江 垌 米 来

Haeux gyang doengh miz lai

hau^{4} kja:ŋ^{1} toŋ^{6} mi^{2} la:i^{1}

米 中 垌 有 多

垌场有米多，

5-1722

米 团 开 团 買

Miz donh gai donh cawx

mi^{2} to:n^{6} ka:i^{1} to:n^{6} ɕəɯ^{4}

有 半 卖 半 买

有卖也有买。

5-1723

出 加 比 银 子

Ok gyaq beij yinz swj

o:k^{7} kja^{5} pi^{3} jin^{2} θɯ^{3}

出 价 比 银 子

用银子比价，

5-1724

钱 買 不 强 开

Cienz cawx mbouj giengz gai

ɕi:n^{2} ɕəɯ^{4} bou^{5} ki:ŋ^{2} ka:i^{1}

钱 买 不 强 卖

不强买强卖。

男唱

5-1725

米 钱 買 那 近

Miz cienz cawx naz gyawj

mi^{2} ɕi:n^{2} ɕəɯ^{4} na^{7} kjaɯ^{3}

有 钱 买 田 近

有钱买近地，

5-1726

开 貝 買 那 远

Gaej bae cawx naz gyae

ka:i^{5} pai^{1} ɕəɯ^{4} na^{2} kjai^{1}

莫 去 买 田 远

莫去买远地。

5-1727

文 斗 不 好 貝

Fwn daeuj mbouj ndei bae

vun^{1} tau^{3} bou^{5} dei^{1} pai^{1}

雨 来 不 好 去

雨来少管顾，

5-1728

那 远 不 办 后

Naz gyae mbouj baenz haeux

na^{2} kjai^{1} bou^{5} pan^{2} hau^{4}

田 远 不 成 米

庄稼长不好。

女唱

5-1729

米 钱 買 那 近

Miz cienz cawx naz gyawj

mi^{2} ɕiːn^{2} ɕəɯ^{4} na^{2} kjaɯ^{3}

有 钱 买 田 近

有钱买近地，

5-1730

开 貝 買 那 远

Gaej bae cawx naz gyae

kaːi^{5} pai^{1} ɕəɯ^{4} na^{2} kjai^{1}

莫 去 买 田 远

莫去买远地。

5-1731

文 斗 山 又 长

Fwn daeuj byaj youh raez

vun^{1} tau^{3} pja^{1} jou^{4} ɹai^{2}

雨 来 雷 又 鸣

下雨又打雷，

5-1732

貝 不 得 又 怨

Bae mbouj ndaej youh yonq

pai^{1} bou^{5} dai^{3} jou^{4} joːn^{5}

去 不 得 又 怨

去不了又怨。

男唱

5-1733

古 巴 地 元 远

Guh mba reih roen gyae

ku^{4} ba^{1} ɹei^{6} joːn^{1} kjai^{1}

做 块 地 路 远

种块偏远地，

5-1734

沙 不 米 卜 干

Ra mbouj miz boux ganq

ɹa^{1} bou^{5} mi^{2} pu^{4} kaːn^{5}

找 不 有 人 照料

没人愿管顾。

5-1735

古 巴 地 江 板

Guh mba reih gyang mbanj

ku^{4} ba^{1} ɹei^{6} kjaːŋ^{1} baːn^{3}

做 块 地 中 村

种块村边地，

5-1736

干 牙 得 长 刘

Ganq yax ndaej ciengz liuz

kaːn^{5} ja^{5} dai^{3} ɕiːŋ^{2} liːu^{2}

照料 才 得 常 常

经常得管理。

女唱

5-1737

古	**巴**	**地**	**元**	**远**
Guh	mba	reih	roen	gyae
ku^{4}	ba^{1}	ɹei^{6}	joːn^{1}	kjai^{1}
做	块	地	路	远

种块边远地，

5-1738

沙	**不**	**米**	**阝**	**干**
Ra	mbouj	miz	boux	ganq
ɹa^{1}	bou^{5}	mi^{2}	pu^{4}	kaːn^{5}
找	不	有	人	照料

无人愿管理。

5-1739

古	**巴**	**那**	**好**	**汉**
Guh	mba	naz	hauq	hanx
ku^{4}	ba^{1}	na^{2}	haːu^{5}	haːn^{4}
做	块	田	好	汉

种块好汉地，

5-1740

干	**给**	**伕**	**九**	**名**
Ganq	hawj	fwx	riuz	mingz
kaːn^{5}	həɯ^{3}	fə^{4}	ɹiːu^{2}	miŋ^{2}
照料	给	别人	传	名

让路人传扬。

男唱

5-1741

古	**巴**	**地**	**元**	**远**
Guh	mba	reih	roen	gyae
ku^{4}	ba^{1}	ɹei^{6}	joːn^{1}	kjai^{1}
做	块	地	路	远

种块边远地，

5-1742

沙	**不**	**来**	**阝**	**伴**
Ra	mbouj	miz	boux	buenx
ɹa^{1}	bou^{5}	mi^{2}	pu^{4}	puːn^{4}
找	不	有	人	伴

没有人做伴。

5-1743

古	**巴**	**田**	**庆**	**远**
Guh	mba	dieg	ging	yenj
ku^{4}	ba^{1}	tiːk^{8}	kiŋ^{3}	juːn^{6}
做	块	地	庆	远

到庆远种地，

5-1744

不	**阝**	**伴**	**双**	**偻**
Mbouj	boux	buenx	song	raeuz
bou^{5}	pu^{4}	puːn^{4}	θoːŋ^{1}	ɹau^{2}
不	人	伴	两	我们

无人伴我俩。

女唱

5-1745

友 狼 牙 说 欢

Youx langh yaek naeuz fwen

ju⁴ laːŋ⁶ jak⁵ nau² vuːn¹

友 若 要 说 歌

友要想唱歌，

5-1746

是 貝 站 罗 机

Cix bae soengz loh giq

çi⁴ pai¹ θoŋ² lo⁶ ki⁵

就 去 站 路 岔

就到岔路唱。

5-1747

友 而 牙 说 比

Youx lawz yaek naeuz beij

ju⁴ laɯ² jak⁷ nau² pi³

友 哪 要 说 歌

友真要唱歌，

5-1748

是 古 地 江 元

Cix guh reih gyang roen

çi⁴ ku⁴ ɹei⁶ kjaːŋ¹ joːn¹

就 做 地 中 路

就去路边地。

男唱

5-1749

古 巴 地 邦 山

Guh mba reih bangx bya

ku⁴ ba¹ ɹei⁶ paːŋ⁴ pja¹

做 块 地 旁 山

种块山边地，

5-1750

沙 不 米 阝 从

Ra mbouj miz boux coengh

ɹa¹ bou⁵ mi² pu⁴ çoŋ⁶

找 不 有 人 帮

无人肯相帮。

5-1751

变 友 而 在 红

Bengh ywx lawz youq hoengq

peːŋ⁶ ju⁴ laɯ² jɯ⁵ hoŋ⁶

若 友 哪 在 空

我友若空闲，

5-1752

马 从 备 儿 日

Ma coengh beix geij ngoenz

ma¹ çoŋ⁶ pi⁴ ki³ ŋon²

来 帮 兄 几 天

来帮几天忙。

女唱

5-1753

古 巴 地 邦 山

Guh mba reih bangx bya

ku^{4} ba^{1} ɹei^{6} paːŋ^{4} pja^{1}

做 块 地 旁 山

种块山边地，

5-1754

沙 不 来 卩 变

Ra mbouj miz boux bienh

ɹa^{1} bou^{5} mi^{2} pu^{4} piːn^{6}

找 不 有 人 便

没人得空帮。

5-1755

问 你 同 小 面

Cam mwngz doengz siuj mienh

çaːm^{1} mɯŋ^{2} toŋ^{2} θiːu^{3} meːn^{6}

问 你 同 小 面

问你俏情友，

5-1756

古 红 变 知 尝

Guh hong bienh rox caengz

ku^{4} hoːŋ^{1} piːn^{6} ɹo^{4} çaŋ^{2}

做 工 便 或 未

忙完了没有？

男唱

5-1757

古 巴 地 邦 山

Guh mba reih bangx bya

ku^{4} ba^{1} ɹei^{6} paːŋ^{4} pja^{1}

做 块 地 旁 山

种块山边地，

5-1758

沙 不 米 拉 笂

Ra mbouj miz laj yiuj

ɹa^{1} bou^{5} mi^{2} la^{3} jiːu^{3}

找 不 有 下 仓

没有米进仓。

5-1759

比 内 古 地 小

Bi neix guh reih siuj

pi^{1} ni^{4} ku^{4} ɹei^{6} θiːu^{3}

年 这 做 地 少

今年种地少，

5-1760

先 了 得 几 日

Senq liux ndaej geij ngoenz

θeːn^{5} liːu^{4} dai^{3} ki^{3} ŋon^{2}

早 完 得 几 天

几天前已完。

女唱

5-1761

古	**巴**	**地**	**邦**	**山**
Guh	mba	reih	bangx	bya
ku^{4}	ba^{1}	ɹei^{6}	pa:ŋ^{4}	pja^{1}
做	**块**	**地**	**旁**	**山**

种块山边地，

5-1762

古	**巴**	**田**	**江**	**垌**
Guh	mba	dieg	gyang	doengh
ku^{4}	ba^{1}	ti:k^{8}	kja:ŋ^{1}	toŋ^{6}
做	**块**	**地**	**中**	**垌**

种块垌场地，

5-1763

写	**巴**	**一**	**土**	**从**
Ce	mba	ndeu	dou	coengh
ɕe^{1}	ba^{1}	de:u^{1}	tu^{1}	ɕoŋ^{6}
留	**块**	**一**	**我**	**帮**

留一块我种，

5-1764

累	**田**	**垌**	**办**	**而**
Laeq	dieg	doengh	baenz	rawz
lai^{5}	ti:k^{8}	toŋ^{6}	pan^{2}	ɹaɯ^{2}
看	**地**	**垌**	**成**	**什么**

看平地如何。

男唱

5-1765

古	**巴**	**地**	**邦**	**山**
Guh	mba	reih	bangx	bya
ku^{4}	ba^{1}	ɹei^{6}	pa:ŋ^{4}	pja^{1}
做	**块**	**地**	**旁**	**山**

种块山边地，

5-1766

古	**巴**	**那**	**江**	**垌**
Guh	mba	naz	gyang	doengh
ku^{4}	ba^{1}	na^{2}	kja:ŋ^{1}	toŋ^{6}
做	**块**	**田**	**中**	**垌**

种块垌场地。

5-1767

红	**良**	**不**	**卜**	**从**
Hong	liengz	mbouj	boux	coengh
ho:ŋ^{1}	li:ŋ^{2}	bou^{5}	pu^{4}	ɕoŋ^{6}
工	**忙**	**不**	**人**	**帮**

农忙无人帮，

5-1768

正	**满**	**卜**	**论**	**你**
Cingq	muengh	boux	lumj	mwngz
ɕiŋ^{5}	mu:ŋ^{6}	pu^{4}	lun^{3}	mɯŋ^{2}
正	**望**	**人**	**像**	**你**

正在盼着你。

女唱

5-1769

古 巴 地 邦 山

Guh mba reih bangx bya

ku^4 ba^1 ɹei^6 paːŋ^4 pja^1

做 块 地 旁 山

种块山边地，

5-1770

古 巴 田 江 权

Guh mba dieg gyang gemh

ku^4 ba^1 tiːk^8 kjaːŋ^1 keːn^6

做 块 地 中 山坳

种块坳口地。

5-1771

种 后 不 中 先

Ndaem haeux mbouj cuengq sienq

dan^1 hau^4 bou^5 ɕuːŋ^5 θiːn^5

种 米 不 放 线

禾苗不旺盛，

5-1772

阳 斗 连 又 代

Ndit daeuj lenh youh dai

dit^7 tau^3 leːn^6 jou^4 taːi^1

阳光 来 枯 又 死

太阳晒枯死。

男唱

5-1773

挖 卡 达 古 王

Vat ga dah guh vaengz

vaːt^7 ka^1 ta^6 ku^4 vaŋ^2

挖 条 河 做 潭

挖河成水潭，

5-1774

土 不 忧 它 良

Dou mbouj you de rengx

tu^1 bou^5 jou^1 te^1 ɹeːŋ^4

我 不 忧 它 旱

不愁它天旱。

5-1775

阳 斗 良 牙 良

Ndit daeuj rengx yah rengx

dit^7 tau^3 ɹeːŋ^4 ja^6 ɹeːŋ^4

阳光 来 旱 呀 旱

太阳烈又烈，

5-1776

后 代 良 江 那

Haeux dai rengx gyang naz

hau^4 taːi^1 ɹeːŋ^4 kjaːŋ^1 na^2

米 死 旱 中 田

禾苗被晒死。

女唱

5-1777

古	**巴**	**地**	**邦**	**山**
Guh	mba	reih	bangx	bya
ku^{4}	ba^{1}	ɹei^{6}	paːŋ^{4}	pja^{1}
做	**块**	**地**	**旁**	**山**

种块山边地，

5-1778

古	**巴**	**那**	**江**	**困**
Guh	mba	naz	gyang	gumh
ku^{4}	ba^{1}	na^{2}	kjaːŋ^{1}	kun^{6}
做	**块**	**田**	**中**	**洼**

种块低洼田。

5-1779

比	**而**	**被**	**水**	**吨**
Bi	lawz	deng	raemx	dumx
pi^{1}	laɯ^{2}	teːŋ^{1}	ɹan^{4}	tun^{4}
年	**哪**	**被**	**水**	**淹**

哪年被水淹，

5-1780

农	**是**	**大**	**付**	**苗**
Nuengx	cix	daih	fouz	miuz
nuːŋ^{4}	ɕi^{4}	taːi^{6}	fu^{2}	miːu^{2}
妹	**就**	**大**	**无**	**禾苗**

失望又心烦。

男唱

5-1781

古	**巴**	**地**	**江**	**权**
Guh	mba	reih	gyang	gemh
ku^{4}	ba^{1}	ɹei^{6}	kjaːŋ^{1}	keːn^{6}
做	**块**	**地**	**中**	**山坳**

种块山坳地，

5-1782

良	**贝**	**秋**	**水**	**才**
Rengx	bae	ciuq	raemx	raiz
ɹeːŋ^{4}	pai^{1}	ɕiːu^{5}	ɹan^{4}	ɹaːi^{2}
旱	**去**	**看**	**水**	**露水**

靠露水抗旱。

5-1783

阳	**斗**	**连**	**又**	**代**
Ndit	daeuj	lenh	youh	dai
dit^{7}	tau^{3}	leːn^{6}	jou^{4}	taːi^{1}
阳光	**来**	**枯**	**又**	**死**

太阳晒枯死，

5-1784

罗	**土**	**耙**	**那**	**初**
Lox	dou	ndai	naz	byouq
lo^{4}	tu^{1}	daːi^{1}	na^{2}	pjou^{5}
哄	**我**	**耙**	**田**	**空**

害我白耙田。

女唱

5-1785

古	**巴**	**地**	**邦**	**山**
Guh	mba	reih	bangx	bya
ku^4	ba^1	ɹei^6	paːŋ^4	pja^1
做	**块**	**地**	**旁**	**山**

种块山边地，

5-1786

古	**巴**	**那**	**江**	**权**
Guh	mba	naz	gyang	gemh
ku^4	ba^1	na^2	kjaːŋ^1	keːn^6
做	**块**	**田**	**中**	**山坳**

种块山坳地。

5-1787

土	**鸦**	**又**	**马**	**恋**
Duz	a	youh	ma	lienh
tu^2	a^1	jou^4	ma^1	liːn^6
只	**鸦**	**又**	**来**	**恋**

乌鸦来侵害，

5-1788

卡	**边**	**又**	**斗**	**吃**
Ga	biengq	youh	daeuj	gwn
ka^1	peːŋ^5	jou^4	tau^3	kɯn^1
松	**鼠**	**又**	**来**	**吃**

松鼠又来吃。

男唱

5-1789

古	**巴**	**地**	**江**	**权**
Guh	mba	reih	gyang	gemh
ku^4	ba^1	ɹei^6	kjaːŋ^1	keːn^6
做	**块**	**地**	**中**	**山坳**

种块山坳地，

5-1790

卡	**边**	**又**	**斗**	**托**
Ga	biengq	youh	daeuj	doh
ka^1	peːŋ^5	jou^4	tau^3	to^6
松	**鼠**	**又**	**来**	**向**

松鼠来侵害。

5-1791

汉	**地**	**又**	**汉**	**作**
Han	reih	youh	han	coz
haːn^6	ɹei^6	jou^4	haːn^6	ɕo^2
旱	**地**	**又**	**旱**	**作**

旱地又旱作，

5-1792

好	**卡**	**边**	**分**	**团**
Ndij	ga	biengq	baen	donh
di^1	ka^1	peːŋ^5	pan^1	toːn^6
与	**松**	**鼠**	**分**	**半**

鼠害分一半。

女唱

5-1793

古 地 开 古 来

Guh reih gaej guh lai

ku^{4} ɹei^{6} ka:i^{5} ku^{4} la:i^{1}

做 地 莫 做 多

种地莫种多，

5-1794

堂 尾 干 不 变

Daengz byai ganq mbouj bienh

taŋ^{2} pja:i^{1} ka:n^{5} bou^{5} pi:n^{6}

到 尾 照料 不 便

管理跟不上。

5-1795

义 月 皮 斗 轩

Ngeih nyied bid daeuj hemq

ȵi^{6} ȵu:t^{8} pit^{8} tau^{3} he:n^{5}

二 月 蝉 来 喊

二月份蝉鸣，

5-1796

动 农 乱 知 空

Dungx nuengx luenh rox ndwi

tuŋ^{4} nu:ŋ^{4} lu:n^{6} ɹo^{4} du:i^{1}

肚 妹 乱 或 不

妹心乱不已。

男唱

5-1797

古 地 开 古 来

Guh reih gaej guh lai

ku^{4} ɹei^{6} ka:i^{5} ku^{4} la:i^{1}

做 地 莫 做 多

种地莫种多，

5-1798

堂 尾 干 不 变

Daengz byai ganq mbouj bienh

taŋ^{2} pja:i^{1} ka:n^{5} bou^{5} pi:n^{6}

到 尾 照料 不 便

管理跟不上。

5-1799

义 月 皮 斗 轩

Ngeih nyied bid daeuj hemq

ȵi^{6} ȵu:t^{8} pit^{8} tau^{3} he:n^{5}

二 月 蝉 来 喊

二月份蝉鸣，

5-1800

坤 阝 边 才 合

Goenq boux mbiengj sai hoz

kon^{5} pu^{4} bɯ:ŋ^{3} θa:i^{1} ho^{2}

断 人 边 带 脖

愿死不愿活。

女唱

5-1801

古	**巴**	**地**	**岸**	**长**
Guh	mba	reih	rungh	raez
ku^{4}	ba^{1}	ɹei^{6}	ɹuŋ^{6}	ɹai^{2}
做	块	地	岸	长

种块长垌地，

5-1802

力	**追**	**不**	**堂**	**头**
Liz	cae	mbouj	daengz	gyaeuj
li^{2}	ɕei^{1}	bou^{5}	taŋ^{2}	kjau^{3}
犁	犁	不	到	头

犁耙不到头。

5-1803

后	**黄**	**又**	**刀**	**烂**
Haeux	henj	youh	dauq	naeuh
hau^{4}	he:n^{3}	jou^{4}	ta:u^{5}	nau^{6}
米	黄	又	倒	烂

苗变黄变烂，

5-1804

老	**不**	**太**	**办**	**苗**
Lau	mbouj	daih	baenz	miuz
la:u^{1}	bou^{5}	ta:i^{6}	pan^{2}	mi:u^{2}
怕	不	太	成	禾苗

庄稼长不好。

男唱

5-1805

古	**巴**	**地**	**岸**	**长**
Guh	mba	reih	rungh	raez
ku^{4}	ba^{1}	ɹei^{6}	ɹuŋ^{6}	ɹai^{2}
做	块	地	岸	长

种块长垌地，

5-1806

力	**追**	**不**	**堂**	**头**
Liz	cae	mbouj	daengz	gyaeuj
li^{2}	ɕei^{1}	bou^{5}	taŋ^{2}	kjau^{3}
犁	犁	不	到	头

犁耙不到头。

5-1807

果	**往**	**变**	**办**	**后**
Go	vaeng	bienq	baenz	haeux
ko^{1}	vaŋ^{1}	pi:n^{5}	pan^{2}	hau^{4}
棵	稗	变	成	米

稗草变成米，

5-1808

农	**不**	**火**	**造**	**苗**
Nuengx	mbouj	hoj	caux	miuz
nu:ŋ^{4}	bou^{5}	ho^{3}	ɕa:u^{4}	mi:u^{2}
妹	不	苦	造	苗

可以不种禾。

女唱

5-1809

古	巴	地	邦	令
Guh	mba	reih	bangx	lingq
ku^4	ba^1	ɹei^6	paːŋ^4	liŋ^5
做	块	地	旁	陡

种块岭边地，

5-1810

真	定	作	后	往
Cinj	dingh	coq	haeux	vaeng
ɕin^3	tiŋ^6	ɕo^5	hau^4	vaŋ^1
准	定	放	米	稗

只好种小米。

5-1811

古	巴	地	刀	浪
Guh	mba	reih	dauq	laeng
ku^4	ba^1	ɹei^6	taːu^5	laŋ^1
做	块	地	回	后

回头再种地，

5-1812

作	后	往	相	命
Coq	haeux	vaeng	ciengx	mingh
ɕo^5	hau^4	vaŋ^1	ɕiːŋ^4	miŋ^6
放	米	稗	养	命

种小米过活。

男唱

5-1813

古	巴	地	邦	令
Guh	mba	reih	bangx	lingq
ku^4	ba^1	ɹei^6	paːŋ^4	liŋ^5
做	块	地	旁	陡

种块岭边地，

5-1814

真	定	作	后	才
Cinj	dingh	coq	haeux	raiz
ɕin^3	tiŋ^6	ɕo^5	hau^4	ɹaːi^2
准	定	放	米	花纹

只好种花米。

5-1815

古	巴	地	堂	尾
Guh	mba	reih	daengz	byai
ku^4	ba^1	ɹei^6	taŋ^2	pjaːi^1
做	块	地	到	尾

种完这片地，

5-1816

不	代	牙	老	秀
Mbouj	dai	yax	lauq	ciuh
bou^5	taːi^1	ja^5	laːu^5	ɕiːu^6
不	死	也	误	世

不死也误时。

女唱

5–1817

自 种 后 不 办

Gag ndaem haeux mbouj baenz

ka:k8 dan1 hau4 bou5 pan2

自 种 米 不 成

庄稼种不好，

5–1818

开 古 恨 作 南

Gaej guh haemz coq namh

ka:i5 ku4 han2 ço5 na:n6

莫 做 恨 放 土

莫埋怨土地。

5–1819

貝 古 判 空 占

Bae guh buenq ndwi canh

pai1 ku4 pu:n5 du:i1 ça:n6

去 做 贩 不 赚

买卖不赚钱，

5–1820

汉 不 得 田 文

Hanh mbouj ndaej dieg vunz

ha:n6 bou5 dai3 ti:k8 vun2

限 不 得 地 人

怨不得商铺。

男唱

5–1821

古 巴 地 邦 山

Guh mba reih bangx bya

ku4 ba1 ɹei6 pa:ŋ4 pja1

做 片 地 旁 山

种块山边地，

5–1822

古 巴 那 邦 令

Guh mba naz bangx lingq

ku4 ba1 na2 pa:ŋ4 liŋ5

做 块 田 旁 陡

种块岭边田。

5–1823

得 华 后 满 丁

Ndaej vaek haeux muenx dingj

dai3 vak7 hau4 mo:n6 tiŋ3

得 苞 米 满 顶

得满筐苞米，

5–1824

才 可 命 农 银

Yah goj mingh nuengx ngaenz

ja5 ko3 miŋ6 nu:ŋ6 ŋan2

也 可 命 妹 银

妹命好纳财。

女唱

5-1825

古	巴	地	邦	山
Guh	mba	reih	bangx	bya
ku⁴	ba¹	ɹei⁶	paːŋ⁴	pja¹
做	块	地	旁	山

种块山边地，

5-1826

古	巴	那	邦	令
Guh	mba	naz	bangx	lingq
ku⁴	ba¹	na²	paːŋ⁴	liŋ⁵
做	块	田	旁	陡

种块岭边田。

5-1827

自	怨	卟	条	命
Gag	yonq	boux	diuz	mingh
kaːk⁸	joːn⁵	pu⁴	tiːu²	miŋ⁶
自	怨	人	条	命

莫怨自个命，

5-1828

本	可	定	双	偻
Mbwn	goj	dingh	song	raeuz
bɯn¹	ko⁵	tiŋ⁶	θoːŋ¹	ɹau²
天	可	定	两	我们

我俩从天命。

男唱

5-1829

古	巴	地	岸	拉
Guh	mba	reih	rungh	laeg
ku⁴	ba¹	ɹei⁶	ɹuŋ⁶	lak⁸
做	块	地	岸	深

种块下垌地，

5-1830

托	甲	又	托	令
Doek	gyaek	youh	doek	rin
tok⁷	kjak⁷	jou⁴	tok⁷	ɹin¹
落	级	又	落	石

尽碰到碎石。

5-1831

种	后	不	得	吃
Ndaem	haeux	mbouj	ndaej	gwn
dan¹	hau⁴	bou⁵	dai³	kɯn¹
种	米	不	得	吃

种米不得吃，

5-1832

马	拉	本	老	秀
Ma	laj	mbwn	lauq	ciuh
ma¹	la³	bɯn¹	laːu⁵	ɕiːu⁶
来	下	天	误	世

枉度这一生。

女唱

5-1833

难	**不**	**见**	**你**	**备**
Nanz	mbouj	raen	mwngz	beix
naːn^{2}	bou^{5}	ɹan^{1}	mɯŋ^{2}	pi^{4}
久	不	见	你	兄

久违了情哥，

5-1834

伕	**内**	**古**	**么**	**红**
Fawh	neix	guh	maz	hong
fəɯ^{6}	ni^{4}	ku^{4}	ma^{2}	hoːŋ^{1}
时	这	做	什么	工

近段忙什么？

5-1835

写	**乃**	**空**	**同**	**通**
Ce	naih	ndwi	doengh	doeng
ɕe^{1}	naːi^{6}	duːi^{1}	toŋ^{2}	toŋ^{1}
留	久	不	相	通

久不相往来，

5-1836

古	**么**	**红**	**当**	**内**
Guh	maz	hong	dangq	neix
ku^{4}	ma^{2}	hoːŋ^{1}	taŋ^{5}	ni^{4}
做	什么	工	当	这

近段做什么？

男唱

5-1837

月	**三**	**是**	**红**	**地**
Ndwen	sam	cix	hong	reih
duːn^{1}	θaːn^{1}	ɕi^{4}	hoːŋ^{1}	ɹei^{6}
月	三	是	工	地

三月忙旱地，

5-1838

月	**四**	**是**	**红**	**那**
Ndwen	seiq	cix	hong	naz
duːn^{1}	θei^{5}	ɕi^{4}	hoːŋ^{1}	na^{2}
月	四	是	工	田

四月忙下田。

5-1839

当	**内**	**空**	**古**	**么**
Dangq	neix	ndwi	guh	maz
taŋ^{5}	ni^{4}	duːi^{1}	ku^{4}	ma^{2}
当	这	不	做	什么

近段不干活，

5-1840

可	**在**	**空**	**了**	**农**
Goj	ywq	ndwi	liux	nuengx
ko^{5}	jɯ^{5}	duːi^{1}	liːu^{4}	nuːŋ^{4}
可	在	空	啰	妹

在家空闲着。

女唱

5-1841

日 日 是 古 地

Ngoenz ngoenz cix guh reih

ŋon² ŋon² çi⁴ ku⁴ ɹei⁶

天 天 就 做 地

天天都种地，

5-1842

然 米 几 卜 吃

Ranz miz geij boux gwn

ɹa:n² mi² ki³ pu⁴ kɯn¹

家 有 几 人 吃

多少人吃饭？

5-1843

自 卜 乜 点 你

Gag boh meh dem mwngz

ka:k⁸ po⁶ me⁶ te:n¹ mɯŋ²

自 父 母 与 你

就父母和你，

5-1844

吃 几 来 了 备

Gwn geij lai liux beix

kɯn¹ ki³ la:i¹ li:u⁴ pi⁴

吃 几 多 啰 兄

吃得多少饭？

男唱

5-1845

是 想 不 古 地

Cix siengj mbouj guh reih

çi⁴ θi:ŋ³ bou⁵ ku⁴ ɹei⁶

是 想 不 做 地

本不想种地，

5-1846

韦 机 斗 牙 吃

Vae giq daeuj yaek gwn

vai¹ ki⁵ tau³ jak⁷ kɯn¹

姓 支 来 要 吃

情友来要吃。

5-1847

不 古 地 备 银

Mbouj guh reih beix ngaenz

bou⁵ ku⁴ ɹei⁶ pi⁴ ŋan²

不 做 地 兄 银

若是不种地，

5-1848

要 开 么 当 客

Aeu gij maz dang hek

au¹ ka:i² ma² ta:ŋ¹ he:k⁷

要 什 么 当 客

用什么待客？

女唱

5-1849

是	想	不	古	红
Cix	siengj	mbouj	guh	hong
ɕi⁴	θiːŋ³	bou⁵	ku⁴	hoːŋ¹
是	想	不	做	工

本想不干活，

5-1850

卡	同	堂	牙	代
Gak	doengz	daengz	yaek	daix
kaːk⁷	toŋ²	taŋ²	jak⁷	taːi⁴
各	同	到	要	接

要招待朋友。

5-1851

是	想	不	种	歪
Cix	siengj	mbouj	ndaem	faiq
ɕi⁴	θiːŋ³	bou⁵	dan¹	vaːi⁵
是	想	不	种	棉

原不想种棉，

5-1852

间	布	坏	牙	封
Gen	buh	vaih	yaek	fong
keːn¹	pu⁶	vaːi⁶	jak⁷	foːŋ²
衣	袖	坏	要	缝

衣服坏要补。

男唱

5-1853

日	可	乃	可	乃
Ngoenz	goj	naiq	goj	naiq
ŋon²	ko³	naːi⁵	ko³	naːi⁵
天	可	累	可	累

每天都困倦，

5-1854

歪	是	不	想	特
Vaiz	cix	mbouj	siengj	dawz
vaːi²	ɕi⁴	bou⁵	θiːŋ³	təɯ²
水牛	是	不	想	拿

牛都不想看。

5-1855

日	不	想	红	么
Ngoenz	mbouj	siengj	hong	maz
ŋon²	bou⁵	θiːŋ³	hoːŋ¹	ma²
天	不	想	工	什么

都不想干活，

5-1856

想	好	少	古	对
Siengj	ndij	sau	guh	doih
θiːŋ³	di¹	θaːu¹	ku⁴	toːi⁶
想	与	姑娘	做	伙伴

想与妹同处。

女唱

5-1857

卜	老	乃	好	红
Boh	laux	naiq	ndij	hong
po^{6}	laːu^{4}	naːi^{5}	di^{1}	hoːŋ^{1}
父	老	累	与	工

大人做工累，

5-1858

𠬠	作	乃	好	对
Boux	coz	naiq	ndij	doih
po^{4}	ɕo^{2}	naːi^{5}	di^{1}	toːi^{6}
人	年轻	累	与	伙伴

年青交友累。

5-1859

乃	好	少	利	青
Naiq	ndij	sau	lij	oiq
naːi^{5}	di^{1}	θaːu^{1}	li^{4}	oːi^{5}
累	与	姑娘	还	嫩

累因妹稚嫩，

5-1860

乃	好	对	利	作
Naiq	ndij	doih	lij	coz
naːi^{5}	di^{1}	toːi^{6}	li^{4}	ɕo^{2}
累	与	伙伴	还	年轻

累因友年青。

男唱

5-1861

日	可	乃	可	乃
Ngoenz	goj	naiq	goj	naiq
ŋon^{2}	ko^{5}	naːi^{5}	ko^{5}	naːi^{5}
天	可	累	可	累

天天在犯病，

5-1862

老	不	太	外	比
Lau	mbouj	daih	vaij	bi
laːu^{1}	bou^{5}	taːi^{6}	vaːi^{3}	pi^{1}
怕	不	太	过	年

怕过不得年。

5-1863

不	办	秀	刀	好
Mbouj	baenz	ciuh	dauq	ndei
bou^{5}	pan^{2}	ɕiːu^{6}	taːu^{5}	dei^{1}
不	成	世	倒	好

过不了一世，

5-1864

但	外	比	内	观
Danh	vaij	bi	neix	gonq
taːn^{6}	vaːi^{3}	pi^{1}	ni^{4}	koːn^{5}
但	过	年	这	先

但过得今年。

女唱

5–1865

卜	老	乃	好	红
Boh	laux	naiq	ndij	hong
po^{6}	la:u^{4}	na:i^{5}	di^{1}	ho:ŋ^{1}
父	老	累	与	工

大人为工病，

5–1866

卜	作	乃	好	友
Boux	coz	naiq	ndij	youx
pu^{4}	ço^{2}	na:i^{5}	di^{1}	ju^{4}
人	年轻	累	与	友

青年交友累。

5–1867

乃	好	花	良	六
Naiq	ndij	va	liengz	loux
na:i^{5}	di^{1}	va^{1}	li:ŋ^{2}	lou^{4}
累	与	花	石	榴

为石榴花病，

5–1868

乃	好	友	金	银
Naiq	ndij	youx	gim	ngaenz
na:i^{5}	di^{1}	ju^{4}	kin^{1}	ŋan^{2}
累	与	友	金	银

为心上友病。

男唱

5–1869

在	然	罗	说	乃
Ywq	ranz	lox	naeuz	naiq
jɯ^{5}	ɹa:n^{2}	lo^{4}	nau^{2}	na:i^{5}
在	家	骗	说	累

你在家装病，

5–1870

外	权	飞	办	润
Vaij	gemh	mbin	baenz	rumz
va:i^{3}	ke:n^{6}	bin^{1}	pan^{2}	ɹun^{2}
过	山坳	飞	成	风

外出快如风。

5–1871

友	而	古	论	你
Youx	lawz	guh	lumj	mwngz
ju^{4}	laɯ^{2}	ku^{4}	lun^{3}	mɯŋ^{2}
友	哪	做	像	你

有谁能像你，

5–1872

采	定	不	立	南
Byaij	din	mbouj	liz	namh
pja:i^{3}	tin^{1}	bou^{5}	li^{2}	na:n^{6}
走	脚	不	离	土

走路快如风。

女唱

5-1873

卜 老 乃 好 红

Boh laux naiq ndij hong

po^{6} la:u^{4} na:i^{5} di^{1} ho:ŋ^{1}

父 老 累 与 工

大人做工病，

5-1874

卜 作 乃 好 谁

Boux coz naiq ndij caeh

pu^{4} ɕo^{2} na:i^{5} di^{1} ɕai^{6}

人 年轻 累 与 友

青年交友累。

5-1875

乃 好 少 巴 尖

Naiq ndij sau bak raeh

na:i^{5} di^{1} θa:u^{1} pa:k^{7} ɹai^{6}

累 与 姑娘 嘴 利

病为乖巧妹，

5-1876

乃 好 谁 英 台

Naiq ndij caeh yingh daiz

na:i^{5} di^{1} ɕai^{6} iŋ^{1} ta:i^{2}

累 与 友 英 台

病为英台友。

男唱

5-1877

日 可 乃 可 乃

Ngoenz goj naiq goj naiq

ŋon^{2} ko^{5} na:i^{5} ko^{5} na:i^{5}

天 可 累 可 累

每天都患病，

5-1878

空 米 的 公 力

Ndwi miz diq goeng rengz

du:i^{1} mi^{2} ti^{5} koŋ^{1} ɹe:ŋ^{2}

不 有 点 工 力

没一点力气。

5-1879

团 堂 作 少 娘

Dwen daengz coh sau nangz

tuɯ:n^{1} taŋ^{2} ɕo^{6} θa:u^{1} na:ŋ^{2}

提 到 名字 姑娘 姑娘

想到情友名，

5-1880

力 刀 马 样 口

Rengz dauq ma yiengh gaeuq

ɹe:ŋ^{2} ta:u^{5} ma^{1} jɯ:ŋ^{6} kau^{5}

力 又 来 样 旧

依旧有力气。

女唱

5-1881

日	可	乃	样	内
Ngoenz	goj	naiq	yiengh	neix
ηon^{2}	ko^{5}	$na:i^{5}$	$jɯ:\eta^{6}$	ni^{4}
天	可	累	样	这

每天病如此，

5-1882

乃	病	说	乃	空
Naiq	bingh	naeuz	naiq	ndwi
$na:i^{5}$	$pi\eta^{6}$	nau^{2}	$na:i^{5}$	$du:i^{1}$
累	病	说	累	空

是否真有病。

5-1883

乃	病	农	是	赔
Naiq	bingh	nuengx	cix	beiz
$na:i^{5}$	$pi\eta^{6}$	$nu:\eta^{4}$	$ɕi^{4}$	$po:i^{2}$
累	病	妹	就	陪

若真病就陪，

5-1884

变	乃	空	是	了
Bienq	naiq	ndwi	cix	liux
$pi:n^{5}$	$na:i^{5}$	$du:i^{1}$	$ɕi^{4}$	$li:u^{4}$
变	累	不	就	算

无病就算了。

男唱

5-1885

日	可	乃	可	乃
Ngoenz	goj	naiq	goj	naiq
ηon^{2}	ko^{5}	$na:i^{5}$	ko^{5}	$na:i^{5}$
天	可	累	可	累

每天都犯困，

5-1886

不	太	得	同	巡
Mbouj	daih	ndaej	doengz	cunz
bou^{5}	$ta:i^{6}$	dai^{3}	$to\eta^{2}$	$ɕun^{2}$
不	太	得	同	巡

很少得来往。

5-1887

给	农	貝	定	春
Hawj	nuengx	bae	dingh	cin
$hәɯ^{3}$	$nu:\eta^{4}$	pai^{1}	$ti\eta^{6}$	$ɕun^{1}$
给	妹	去	定	春

给妹去问巫，

5-1888

听	文	说	听	良
Dingq	fwn	naeuz	dingq	rengx
$ti\eta^{5}$	vun^{1}	nau^{2}	$ti\eta^{5}$	$ɹe:\eta^{4}$
听	雨	说	听	旱

犯雨或犯晴。

女唱

5–1889

日	**可**	**乃**	**样**	**内**
Ngoenz	goj	naiq	yiengh	neix
ŋon^{2}	ko^{5}	naːi^{5}	jɯːŋ^{6}	ni^{4}
天	可	累	样	这

每天如此累，

5–1890

不	**太**	**得**	**同**	**巡**
Mbouj	daih	ndaej	doengz	cunz
bou^{5}	taːi^{6}	dai^{3}	toŋ^{2}	ɕun^{2}
不	太	得	同	巡

很少得来往。

5–1891

不	**自**	**农**	**丁**	**春**
Mbouj	gag	nuengx	dingj	cin
bou^{5}	kaːk^{8}	nuːŋ^{4}	tiŋ^{3}	ɕun^{1}
不	自	妹	顶	春

不只妹犯春，

5–1892

备	**银**	**可**	**听**	**安**
Beix	ngaenz	goj	dingq	anq
pi^{4}	ŋan^{2}	ko^{5}	tiŋ^{3}	aːn^{5}
兄	银	可	听	案

情哥也犯错。

男唱

5–1893

友	**十**	**一**	**十**	**一**
Youx	cib	it	cib	it
ju^{4}	ɕit^{8}	it^{7}	ɕit^{8}	it^{7}
友	十	一	十	一

大伙十一岁，

5–1894

备	**农**	**不**	**岁**	**心**
Beix	nuengx	mbouj	caez	sim
pi^{4}	nuːŋ^{4}	bou^{5}	ɕai^{2}	θin^{1}
兄	妹	不	齐	心

兄妹不同心。

5–1895

友	**垌**	**光**	**牙**	**飞**
Youx	doengh	gvangq	yaek	mbin
ju^{4}	toŋ^{6}	kwaːŋ^{5}	jak^{7}	bin^{1}
友	垌	宽	要	飞

外地友要走，

5–1896

召	**心**	**不**	**了**	**农**
Cau	sim	mbouj	liux	nuengx
ɕaːu^{5}	θin^{1}	bou^{5}	liːu^{4}	nuːŋ^{4}
操	心	不	啰	妹

妹你揪心否？

女唱

5–1897

友 十 一 十 义

Youx cib it cib ngeih

ju^{4} çit^{8} it^{7} çit^{8} ȵi^{6}

友 十 一 十 二

友十一二岁，

5–1898

欢 比 不 好 团

Fwen beij mbouj ndei dwen

vuːn^{1} pi^{3} bou^{5} dei^{1} tɯːn^{1}

歌 比 不 好 提

对歌不用说。

5–1899

貝 托 伕 合 元

Bae doh fwx hob yuenz

pai^{1} to^{6} fə^{4} hoːp^{8} juːn^{2}

去 同 别人 合 缘

同别人联姻，

5–1900

不 团 堂 土 了

Mbouj dwen daengz dou liux

bou^{5} tɯːn^{1} taŋ^{2} tu^{1} liːu^{4}

不 提 到 我 啰

不提到我了。

男唱

5–1901

友 十 义 十 三

Youx cib ngeih cib sam

ju^{4} çit^{8} ȵi^{6} çit^{8} θaːn^{1}

友 十 二 十 三

友十二三岁，

5–1902

想 造 然 时 内

Siengj caux ranz seiz neix

θiːŋ^{3} çaːu^{4} ɹaːn^{2} θi^{5} ni^{4}

想 造 家 时 这

就要成家业。

5–1903

好 伕 合 九 英

Ndij fwx hob giuj in

di^{1} fə^{4} hoːp^{8} kiːu^{3} in^{1}

与 别人 合 九 姻

同别人结婚，

5–1904

话 良 义 罗 偻

Vah lingh ngeih lox raeuz

va^{6} leːŋ^{6} ȵi^{6} lo^{4} ɹau^{2}

话 另 二 骗 我们

编假话骗我。

女唱

5-1905

友 十 三 十 四

Youx cib sam cib seiq

ju^{4} çit^{8} θa:n^{1} çit^{8} θei^{5}

友 十 三 十 四

友十三四岁，

5-1906

牙 不 希 了 而

Yax mbouj heiq liux lawz

ja^{5} bou^{5} hi^{5} li:u^{4} lauɯ^{2}

也 不 气 啰 哪

也不愁什么。

5-1907

貝 托 伕 造 家

Bae doh fwx caux gya

pai^{1} to^{6} fə^{4} ça:u^{4} kja^{1}

去 同 别人 造 家

跟别人成家，

5-1908

不 沙 堂 土 了

Mbouj ra daengz dou liux

bou^{5} ɹa^{1} taŋ^{2} tu^{1} li:u^{4}

不 找 到 我 啰

不再理我了。

男唱

5-1909

友 十 四 十 五

Youx cib seiq cib haj

ju^{4} çit^{8} θei^{5} çit^{8} ha^{3}

友 十 四 十 五

友十四五岁，

5-1910

话 可 在 心 头

Vah goj ywq sim daeuz

va^{6} ko^{5} jɯ^{5} θin^{1} tau^{2}

话 可 在 心 脏

思念在心中。

5-1911

爱 伕 貝 写 偻

Gyaez fwx bae ce raeuz

kjai^{2} fə^{4} pai^{1} çe^{1} ɹau^{2}

爱 别人 去 留 我们

有新欢甩我，

5-1912

正 你 土 不 记

Cingz mwngz dou mbouj geiq

çiŋ^{2} mɯŋ^{2} tu^{1} bou^{5} ki^{5}

情 你 我 不 记

旧情我不记。

女唱

5-1913

友 十 五 十 六

Youx cib haj cib roek

ju^{4} ɕit^{8} ha^{3} ɕit^{8} ɹok^{7}

友 十 五 十 六

友十五六岁，

5-1914

不 太 错 几 来

Mbouj daih loek geij lai

bou^{5} ta:i^{6} lok^{7} ki^{3} la:i^{1}

不 太 错 几 多

长得很不错。

5-1915

八 断 仪 包 乖

Bah duenx saenq mbauq gvai

pa^{6} tu:n^{4} θin^{5} ba:u^{5} kwa:i^{1}

莫急 断 信 小伙 乖

情哥莫断情，

5-1916

堂 尾 你 可 知

Daengz byai mwngz goj rox

taŋ^{2} pja:i^{1} mɯŋ^{2} ko^{5} ɹo^{4}

到 尾 你 可 知

将来你会懂。

男唱

5-1917

友 十 六 十 七

Youx cib roek cib caet

ju^{4} ɕit^{8} ɹok^{7} ɕit^{8} ɕat^{7}

友 十 六 十 七

友十六七岁，

5-1918

汔 办 安 灯 龙

Aet baenz aen daeng loengz

at^{7} pan^{2} an^{1} taŋ^{1} loŋ^{2}

靓 成 个 灯 笼

红润如灯笼。

5-1919

农 利 作 四 方

Nuengx lij coh seiq fueng

nu:ŋ^{4} li^{4} ɕo^{6} θei^{5} fu:ŋ^{1}

妹 还 名字 四 方

妹还在观望，

5-1920

忙 开 么 了 备

Mangz gij maz liux beix

ma:ŋ^{2} ka:i^{2} ma^{2} li:u^{4} pi^{4}

忙 什 么 啰 兄

兄我也不急。

女唱

5–1921

友	**十**	**七**	**十**	**八**
Youx	cib	caet	cib	bet
ju^{4}	çit^{8}	çat^{7}	çit^{8}	pe:t^{7}
友	十	七	十	八

友十七八岁，

5–1922

马	**当**	**客**	**然**	**偻**
Ma	dang	hek	ranz	raeuz
ma^{1}	ta:ŋ^{1}	he:k^{7}	ɹa:n^{2}	ɹau^{2}
来	当	客	家	我们

来我家做主。

5–1923

知	**讲**	**又**	**知**	**说**
Rox	gangj	youh	rox	naeuz
ɹo^{4}	ka:ŋ^{3}	jou^{4}	ɹo^{4}	nau^{2}
会	讲	又	会	说

会讲又会说，

5–1924

马	**然**	**偻**	**是**	**八**
Ma	ranz	raeuz	cix	bah
ma^{1}	ɹa:n^{2}	ɹau^{2}	çi^{4}	pa^{6}
来	家	我们	就	罢

来我家做主。

男唱

5–1925

友	**十**	**八**	**十**	**九**
Youx	cib	bet	cib	gouj
ju^{4}	çit^{8}	pe:t^{7}	çit^{8}	kjou^{3}
友	十	八	十	九

友十八九岁，

5–1926

秋	**办**	**安**	**灯**	**龙**
Ciuq	baenz	aen	daeng	loengz
çi:u^{5}	pan^{2}	an^{1}	taŋ^{1}	loŋ^{2}
看	成	个	灯	笼

红润像灯笼。

5–1927

农	**利**	**刘**	**四**	**方**
nuengx	lij	liuh	seiq	fueng
nu:ŋ^{4}	li^{4}	liu^{6}	θei^{5}	fu:ŋ^{1}
妹	还	游	四	方

妹还在游荡，

5–1928

八	**古**	**蒙**	**了**	**备**
Bah	guh	muengz	liux	beix
pa^{6}	ku^{4}	mu:ŋ^{2}	li:u^{4}	pi^{4}
莫急	做	忙	啰	兄

兄我不着急。

女唱

5-1929

友 十 九 义 十

Youx cib gouj ngeih cib

ju4 ɕit8 kjou3 ȵi6 ɕit8

友 十 九 二 十

友十九二十，

5-1930

另 备 农 同 排

Rib beix nuengx doengz baiz

ɹip8 pi4 nu:ŋ4 toŋ2 pa:i2

捡 兄 妹 同 排

我俩并排坐。

5-1931

邦 友 开 它 开

Baengz youx gai daz gai

paŋ2 ju4 ka:i1 ta2 ka:i1

朋 友 街 又 街

朋友多又多，

5-1932

知 乖 龙 是 勒

Rox gvai lungz cix lawh

ɹo4 kwa:i1 luŋ2 ɕi4 ləɯ6

知 乖 龙 就 换

快择友结交。

男唱

5-1933

友 义 十 义 一

Youx ngeih cib ngeih it

ju4 ȵi6 ɕit8 ȵi6 it7

友 二 十 二 一

友二十廿一，

5-1934

想 勒 仪 少 乖

Siengj lawh saenq sau gvai

θi:ŋ3 ləɯ6 θin5 θa:u1 kwa:i1

想 换 信 姑娘 乖

想和妹结交。

5-1935

农 得 义 十 来

Nuengx ndaej ngeih cib lai

nu:ŋ4 dai3 ȵi6 ɕit8 la:i1

妹 得 二 十 多

妹二十多岁，

5-1936

贝 开 而 中 先

Bae gai lawz cuengq sienq

pai1 ka:i1 laɯ2 ɕu:ŋ5 θi:n5

去 街 哪 放 线

去哪里亮相？

女唱

5-1937

友	**义**	**一**	**义**	**义**
Youx	ngeih	it	ngeih	ngeih
ju^{4}	ȵi^{6}	it^{7}	ȵi^{6}	ȵi^{6}
友	二	一	二	二

友廿一廿二，

5-1938

可	**抵**	**万**	**千**	**金**
Goj	dij	fanh	cien	gim
ko^{5}	ti^{3}	fa:n^{6}	ɕi:n^{1}	kin^{1}
可	抵	万	千	金

抵得万两金。

5-1939

友	**十**	**八**	**貝**	**辰**
Youx	cib	bet	bae	finz
ju^{4}	ɕit^{8}	pe:t^{7}	pai^{1}	fin^{2}
友	十	八	去	出走

友十八走远，

5-1940

采	**定**	**不**	**立**	**南**
Byaij	din	mbouj	liz	namh
pja:i^{3}	tin^{1}	bou^{5}	li^{2}	na:n^{6}
走	脚	不	离	土

脚步快如飞。

男唱

5-1941

友	**义**	**义**	**义**	**三**
Youx	ngeih	ngeih	ngeih	sam
ju^{4}	ȵi^{6}	ȵi^{6}	ȵi^{6}	θa:n^{1}
友	二	二	二	三

友廿二廿三，

5-1942

想	**造**	**家**	**时**	**内**
Siengj	caux	gya	seiz	neix
θi:ŋ^{3}	ɕa:u^{4}	kja^{1}	θi^{2}	ni^{4}
想	造	家	时	这

想立即成家。

5-1943

友	**十**	**八**	**同**	**为**
Youx	cib	bet	doengz	vih
ju^{4}	ɕit^{8}	pe:t^{7}	toŋ^{2}	vei^{6}
友	十	八	同	为

十八岁好友，

5-1944

良	**貝**	**田**	**而**	**站**
Lingh	bae	dieg	lawz	soengz
le:ŋ^{6}	pai^{1}	ti:k^{8}	laɯ^{2}	θoŋ^{2}
另	去	地	哪	站

另到别处去。

女唱

5-1945

友	**义**	**三**	**义**	**四**
Youx	ngeih	sam	ngeih	seiq
ju^{4}	ȵi^{6}	θaːn^{1}	ȵi^{6}	θei^{5}
友	二	三	二	四

友廿三廿四，

5-1946

牙	**不**	**希**	**了**	**而**
Yax	mbouj	heiq	liux	lawz
ja^{5}	bou^{5}	hi^{5}	liːu^{4}	laɯ^{2}
也	不	气	啰	哪

什么都不愁。

5-1947

友	**十**	**八**	**当**	**家**
Youx	cib	bet	dang	gya
ju^{4}	ɕit^{8}	peːt^{7}	taːŋ^{1}	kja^{1}
友	十	八	当	家

友十八成家，

5-1948

不	**马**	**正**	**牙**	**了**
Mbouj	ma	cingz	yax	liux
bou^{5}	ma^{1}	ɕiŋ^{2}	ja^{5}	liːu^{4}
不	来	情	也	完

不来情就断。

男唱

5-1949

友	**义**	**四**	**义**	**五**
Youx	ngeih	seiq	ngeih	haj
ju^{4}	ȵi^{6}	θei^{5}	ȵi^{6}	ha^{3}
友	二	四	二	五

友廿四廿五，

5-1950

华	**记**	**作**	**心**	**头**
Vah	geiq	coq	sim	daeuz
va^{6}	ki^{5}	ɕo^{5}	θin^{1}	tau^{2}
话	记	放	心	脏

情义记心间。

5-1951

友	**十**	**八**	**巴**	**轻**
Youx	cib	bet	bak	mbaeu
ju^{4}	ɕit^{8}	peːt^{7}	paːk^{7}	bau^{1}
友	十	八	嘴	轻

友十八乖巧，

5-1952

不	**难**	**可**	**赔**	**三**
Mbouj	nanz	goj	boiq	sanq
bou^{5}	naːn^{2}	ko^{5}	poːi^{5}	θaːn^{5}
不	久	可	险	散

不久会落单。

女唱

5-1953

友　义　五　义　六

Youx ngeih haj ngeih roek

ju^{4} ȵi^{6} ha^{3} ȵi^{6} ɹok^{7}

友　二　五　二　六

友廿五廿六，

5-1954

不　太　付　几　来

Mbouj daih fug geij lai

bou^{5} taːi^{6} fuk^{8} ki^{3} laːi^{1}

不　太　服　几　多

心中不服气。

5-1955

勒　仪　得　少　乖

Lawh saenq ndaej sau gvai

ləɯ^{6} θin^{5} dai^{3} θaːu^{1} kwaːi^{1}

换　信　得　姑娘　乖

结交好女友，

5-1956

代　是　不　同　从

Dai cix mbouj doengz congh

taːi^{1} ɕi^{4} bou^{5} toŋ^{2} ɕoːŋ^{6}

死　就　不　同　洞

死却不共坟。

男唱

5-1957

友　义　六　义　七

Youx ngeih roek ngeih caet

ju^{4} ȵi^{6} ɹok^{7} ȵi^{6} ɕat^{7}

友　二　六　二　七

友廿六廿七，

5-1958

汔　办　朵　花　支

Aet baenz duj va sei

at^{7} pan^{2} tu^{3} va^{1} θi^{1}

靓　成　朵　花　丝

漂亮如丝花。

5-1959

友　十　八　同　立

Youx cib bet doengz liz

ju^{4} ɕit^{8} peːt^{7} toŋ^{2} li^{2}

友　十　八　同　离

友十八离去，

5-1960

少　貝　吉　而　在

Sau bae giz lawz ywq

θaːu^{1} pai^{1} ki^{2} laɯ^{2} jɯ^{5}

姑娘　去　处　哪　住

妹何处安身？

女唱

5-1961
友 义 七 义 八
Youx ngeih caet ngeih bet
ju⁴ ȵi⁶ ɕat⁷ ȵi⁶ peːt⁷
友 二 七 二 八
友廿七廿八，

5-1962
可 当 对 金 秋
Goj dangq doiq gim ciuz
ko⁵ taːŋ¹ toːi⁵ kin¹ ɕiːu²
可 当 对 金 耳环
美如金耳环。

5-1963
往 双 偻 讲 笑
Uengj song raeuz gangj riu
vaːŋ³ θoːŋ¹ ɹau² kaːŋ³ ɹiːu¹
枉 两 我们 讲 笑
我俩曾谈情，

5-1964
得 长 刘 知 不
Ndaej ciengz liuz rox mbouj
dai³ ɕiːŋ² liːu² ɹo⁴ bou⁵
得 常 常 或 不
而今不长久。

男唱

5-1965
友 义 八 义 九
Youx ngeih bet ngeih gouj
ju⁴ ȵi⁶ peːt⁷ ȵi⁶ kjou³
友 二 八 二 九
友廿八廿九，

5-1966
乃 小 古 友 文
Naih souj guh youx vunz
naːi⁶ θiːu³ ku⁴ ju⁴ vun²
慢 守 做 友 人
等别人结友。

5-1967
秋 白 罗 更 本
Ciuq beg loh gwnz mbwn
ɕiːu⁵ peːk⁸ lo⁶ kɯn² bɯn¹
看 白 露 上 天
是苍天过错，

5-1968
米 日 可 同 得
Miz ngoenz goj doengz ndaej
mi² ŋon² ko⁵ toŋ² dai³
有 天 可 同 得
日后会成亲。

女唱

5–1969

友 义 九 三 十

Youx ngeih gouj sam cib

ju^{4} ȵi^{6} kjou^{3} θaːn^{1} ɕit^{8}

友 二 九 三 十

友廿九三十，

5–1970

六 令 读 桥 龙

Ruh rib douh giuz lung

ɹu^{6} ɹip^{8} tou^{6} kiːu^{2} luŋ^{2}

忽 然 栖息 桥 龙

喜得上龙桥。

5–1971

干 十 田 岁 站

Ganq cib dieg caez soengz

kaːn^{5} ɕit^{8} tiːk^{8} ɕai^{2} θoŋ^{2}

照料 十 地 齐 站

管此地共处，

5–1972

干 四 方 岁 在

Ganq seiq fueng caez ywq

kaːn^{5} θei^{5} fuːŋ^{1} ɕai^{2} jɯ^{5}

照料 四 方 齐 住

管四方同住。

国家古籍工作规划项目

全国少数民族古籍工作“十四五”规划重点项目

国家民委铸牢中华民族共同体意识
古籍整理出版书系

广西高甲壮语瑶歌译注

第三册

第六篇 访友歌
第七篇 交往歌

广西壮族自治区少数民族古籍保护研究中心 编

主　编　韦体吉　蓝长龙　岑学贵

副主编　蓝永红　蓝　盛　陆　霞　王江苗

GEP
广西教育出版社
南　宁

目录
Contents

第六篇　访友歌

《访友歌》主要唱述男女双方互相交往的过程。从唱词中可知男方曾经与汉族人住在一个村，而女方会说汉话和壮话，说明瑶族与壮、汉等民族和睦相处，并互相学习对方语言以促进族际交往交流交融。都安的圩场早在明清时期便在河谷、平坝及河流码头等地方逐步形成，至民国年间逐渐发展至部分山区，从而成为各族人民商品交易的集散地。唱词中描述有汉族人在圩场上经营绸缎生意，有汉族人身穿绸缎连赶九个圩场，且边走边交易货物，瑶族人则在圩场上以歌会友。唱词中提到各族人民可以到二十八个圩场赶集，各个圩场每隔三天为市，比较有名的圩场有高岭圩、永安圩、永顺圩、庆远街、拉利圩等。这些圩场构成了各民族感情交流、经济贸易往来的固定网络，极大推动了当地经济社会的发展，为各民族交往交流交融提供了必要条件。

①勒论[lɯk^{8} lun^{2}]：最小的儿子，也称满仔。

男唱

6–1

观 偻 造 对 邦

Gonq raeuz caux doih baengz

ko:n^{5} ɹau^{2} ɕa:u^{4} to:i^{6} paŋ^{2}

先 我们 造 伙伴 朋

我俩曾结交，

6–2

米 两 是 当 文

Miz liengj cix dangj fwn

mi^{2} li:ŋ^{3} ɕi^{4} ta:ŋ^{3} vun^{1}

有 伞 就 挡 雨

共撑伞挡雨。

6–3

它 同 分 了 论

Daj doengz mbek liux lwnz

ta^{3} toŋ^{2} me:k^{7} li:u^{4} lun^{2}

自从 同 分别 了 情友

自从分别后，

6–4

份 小 正 牙 了

Faenh siuj cingz yax liux

fan^{6} θi:u^{3} ɕiŋ^{2} ja^{5} li:u^{4}

份 小 情 也 完

情分已无存。

女唱

6–5

观 偻 造 对 邦

Gonq raeuz caux doih baengz

ko:n^{5} ɹau^{2} ɕa:u^{4} to:i^{6} paŋ^{2}

先 我们 造 伙伴 朋

我俩曾结交，

6–6

米 两 是 当 文

Miz liengj cix dangj fwn

mi^{2} li:ŋ^{3} ɕi^{4} ta:ŋ^{3} vun^{1}

有 伞 就 挡 雨

共撑伞挡雨。

6–7

乜 利 分 勒 论①

Meh lij mbek lwg lwnz

me^{6} li^{4} me:k^{7} lɯk^{8} lun^{2}

母 还 分别 子 最小

母还别满仔，

6–8

偻 分 偻 不 爱

Raeuz mbek raeuz mbouj ngaih

ɹau^{2} me:k^{7} ɹau^{2} bou^{5} ŋa:i^{6}

我们 分别 我们 不 妨碍

我俩别无妨。

男唱

6–9

观	偻	造	对	邦
Gonq	raeuz	caux	doih	baengz
koːn5	ɹau2	ɕaːu4	toːi6	paŋ2
先	我们	造	伙伴	朋

我俩曾结交，

6–10

米	两	是	当	文
Miz	liengj	cix	dangj	fwn
mi2	liːŋ3	ɕi4	taːŋ3	vun1
有	伞	就	挡	雨

共把伞挡雨。

6–11

甲	乜	分	勒	论
Gyah	meh	mbek	lwg	lwnz
kja6	me6	meːk7	lɯk8	lun2
宁可	母	分别	子	最小

宁可母别子，

6–12

偻	分	偻	不	得
Raeuz	mbek	raeuz	mbouj	ndaej
ɹau2	meːk7	ɹau2	bou5	dai3
我们	分别	我们	不	得

我俩不可分。

女唱

6–13

观	偻	造	对	邦
Gonq	raeuz	caux	doih	baengz
koːn5	ɹau2	ɕaːu4	toːi6	paŋ2
先	我们	造	伙伴	朋

我俩曾结交，

6–14

米	两	是	当	文
Miz	liengj	cix	dangj	fwn
mi2	liːŋ3	ɕi4	taːŋ3	vun1
有	伞	就	挡	雨

有伞同挡雨。

6–15

乜	利	分	勒	论
Meh	lij	mbek	lwg	lwnz
me6	li4	meːk7	lɯk8	lun2
母	还	分别	子	最小

母子尚分离，

6–16

难	为	偻	备	农
Nanz	vei	raeuz	beix	nuengx
naːn2	vi1	ɹau2	pi4	nuːŋ4
难	为	我们	兄	妹

何况我们俩。

男唱

6–17

观	**偻**	**造**	**对**	**邦**
Gonq	raeuz	caux	doih	baengz
koːn^{5}	ɹau^{2}	ɕaːu^{4}	toːi^{6}	paŋ^{2}
先	**我们**	**造**	**伙伴**	**朋**

我俩曾结交，

6–18

米	**两**	**是**	**当**	**文**
Miz	liengj	cix	dangj	fwn
mi^{2}	liːŋ^{3}	ɕi^{4}	taːŋ^{3}	vun^{1}
有	**伞**	**就**	**挡**	**雨**

共撑一把伞。

6–19

分	**农**	**后**	**邦**	**文**
Mbek	nuengx	haeuj	biengz	vunz
meːk^{7}	nuːŋ^{4}	hau^{3}	piːŋ^{2}	vun^{2}
分别	**妹**	**进**	**地方**	**人**

妹远走他乡，

6–20

平	**论**	**土**	**知**	**不**
Bingz	lumj	dou	rox	mbouj
piŋ^{2}	lun^{3}	tu^{1}	ɹo^{4}	bou^{5}
安宁	**像**	**我**	**或**	**否**

那里安定否？

女唱

6–21

观	**偻**	**造**	**对**	**邦**
Gonq	raeuz	caux	doih	baengz
koːn^{5}	ɹau^{2}	ɕaːu^{4}	toːi^{6}	paŋ^{2}
先	**我们**	**造**	**伙伴**	**朋**

我俩曾结交，

6–22

米	**两**	**是**	**当**	**文**
Miz	liengj	cix	dangj	fwn
mi^{2}	liːŋ^{3}	ɕi^{4}	taːŋ^{3}	vun^{1}
有	**伞**	**就**	**挡**	**雨**

两人同把伞。

6–23

农	**自**	**后**	**邦**	**文**
Nuengx	gag	haeuj	biengz	vunz
nuːŋ^{4}	kaːk^{8}	hau^{3}	piːŋ^{2}	vun^{2}
妹	**自**	**进**	**地方**	**人**

妹独走他乡，

6–24

怨	**作**	**土**	**不**	**得**
Yonq	coq	dou	mbouj	ndaej
joːn^{5}	ɕo^{5}	tu^{1}	bou^{5}	dai^{3}
怨	**放**	**我**	**不**	**得**

怨不得别人。

男唱

6–25

观 偻 造 对 邦

Gonq raeuz caux doih baengz

koːn^{5} ɹau^{2} ɕaːu^{4} toːi^{6} paŋ^{2}

先 我们 造 伙伴 朋

我俩曾结交，

6–26

米 两 是 当 文

Miz liengj cix dangj fwn

mi^{2} liːŋ^{3} ɕi^{4} taːŋ^{3} vun^{1}

有 伞 就 挡 雨

共用一把伞。

6–27

农 自 后 邦 文

Nuengx gag haeuj biengz vunz

nuːŋ^{4} kaːk^{8} hau^{3} piːŋ^{2} vun^{2}

妹 自 进 地方 人

妹独走他乡，

6–28

平 办 王 办 类

Bingz baenz vang baenz raeh

piŋ^{2} pan^{2} vaːŋ^{1} pan^{2} ɹai^{6}

凭 成 横 成 竖

管它怎么样。

女唱

6–29

观 偻 造 对 邦

Gonq raeuz caux doih baengz

koːn^{5} ɹau^{2} ɕaːu^{4} toːi^{6} paŋ^{2}

先 我们 造 伙伴 朋

我俩曾结交，

6–30

米 两 是 当 文

Miz liengj cix dangj fwn

mi^{2} liːŋ^{3} ɕi^{4} taːŋ^{3} vun^{1}

有 伞 就 挡 雨

共用一把伞。

6–31

分 农 后 邦 文

Mbek nuengx haeuj biengz vunz

meːk^{7} nuːŋ^{4} hau^{3} piːŋ^{2} vun^{2}

分别 妹 进 地方 人

送妹去他乡，

6–32

才 合 你 了 备

Caih hoz mwngz liux beix

ɕaːi^{6} ho^{2} mɯŋ^{2} liːu^{4} pi^{4}

随 喉 你 了 兄

遂了兄心愿。

男唱

6–33

观	**偻**	**造**	**对**	**邦**
Gonq	raeuz	caux	doih	baengz
koːn^{5}	ɹau^{2}	ɕaːu^{4}	toːi^{6}	paŋ^{2}
先	我们	造	伙伴	朋

我俩曾结交，

6–34

米	**两**	**是**	**当**	**文**
Miz	liengj	cix	dangj	fwn
mi^{2}	liːŋ^{3}	ɕi^{4}	taːŋ^{3}	vun^{1}
有	伞	就	挡	雨

共撑一把伞。

6–35

分	**农**	**后**	**邦**	**文**
Mbek	nuengx	haeuj	biengz	vunz
meːk^{7}	nuːŋ^{4}	hau^{3}	piːŋ^{2}	vun^{2}
分别	妹	进	地方	人

让妹走他乡，

6–36

对	**良**	**心**	**不**	**瓜**
Doiq	liengz	sim	mbouj	gvaq
toːi^{5}	liːŋ^{2}	θin^{1}	bou^{5}	kwa^{5}
对	良	心	不	过

良心过不去。

女唱

6–37

尝	**得**	**义**	**十**	**比**
Caengz	ndaej	ngeih	cib	bi
ɕaŋ^{2}	dai^{3}	ȵi^{6}	ɕit^{8}	pi^{1}
未	得	二	十	年

未满二十岁，

6–38

是	**交**	**你**	**对**	**邦**
Cix	gyau	mwngz	doih	baengz
ɕi^{4}	kjaːu^{1}	mɯŋ^{2}	toːi^{6}	paŋ^{2}
就	交	你	伙伴	朋

就结交情哥。

6–39

对	**良**	**心**	**不**	**瓜**
Doiq	liengz	sim	mbouj	gvaq
toːi^{5}	liːŋ^{2}	θin^{1}	bou^{5}	kwa^{5}
对	良	心	不	过

对不住良心，

6–40

又	**利**	**勒**	**古**	**而**
Youh	lij	lawh	guh	rawz
jou^{4}	li^{4}	ləɯ^{6}	ku^{6}	ɹaɯ^{2}
又	还	换	做	什么

结交做什么？

男唱

6-41

尝	**得**	**义**	**十**	**比**
Caengz	ndaej	ngeih	cib	bi
ɕaŋ^{2}	dai^{3}	ȵi^{6}	ɕit^{8}	pi^{1}
未	得	二	十	年

未满二十岁，

6-42

是	**交**	**你**	**对**	**达**
Cix	gyau	mwngz	doih	dah
ɕi^{4}	kjaːu^{1}	mɯŋ^{2}	toːi^{6}	ta^{6}
就	交	你	伙伴	女孩

就结交情妹。

6-43

对	**良**	**心**	**不**	**瓜**
Doiq	liengz	sim	mbouj	gvaq
toːi^{5}	liːŋ^{2}	θin^{1}	bou^{5}	kwa^{5}
对	良	心	不	过

对不住良心，

6-44

勒	**古**	**开**	**年**	**正**
Lawh	guh	gaej	nem	cingz
ləɯ^{6}	ku^{4}	kaːi^{5}	neːm^{1}	ɕiŋ^{2}
换	做	莫	贴	情

结交不沾情。

女唱

6-45

尝	**得**	**义**	**十**	**比**
Caengz	ndaej	ngeih	cib	bi
ɕaŋ^{2}	dai^{3}	ȵi^{6}	ɕit^{8}	pi^{1}
未	得	二	十	年

未满二十岁，

6-46

是	**交**	**你**	**对**	**邦**
Cix	gyau	mwngz	doih	baengz
ɕi^{4}	kjaːu^{1}	mɯŋ^{2}	toːi^{6}	paŋ^{6}
就	交	你	伙伴	朋

就结交情哥。

6-47

对	**良**	**心**	**不**	**瓜**
Doiq	liengz	sim	mbouj	gvaq
toːi^{5}	liːŋ^{2}	θin^{1}	bou^{5}	kwa^{5}
对	良	心	不	过

对不住良心，

6-48

是	**对**	**那**	**土**	**说**
Cix	doiq	naj	dou	naeuz
ɕi^{4}	toːi^{5}	na^{3}	tu^{1}	nau^{2}
就	对	脸	我	说

当面对我说。

男唱

6-49

观	**偻**	**造**	**对**	**邦**
Gonq	raeuz	caux	doih	baengz
ko:n⁵	ɹau²	ɕa:u⁴	to:i⁶	paŋ²
先	我们	造	伙伴	朋

我俩曾结交，

6-50

米	**两**	**是**	**当**	**文**
Miz	liengj	cix	dangj	fwn
mi²	li:ŋ³	ɕi⁴	ta:ŋ³	vun¹
有	伞	就	挡	雨

共用一把伞。

6-51

分	**农**	**后**	**邦**	**文**
Mbek	nuengx	haeuj	biengz	vunz
me:k⁷	nu:ŋ⁴	hau³	pi:ŋ²	vun²
分别	妹	进	地方	人

别妹走他乡，

6-52

贝	**年**	**坤**	**共**	**板**
Bae	nem	gun	gungh	mbanj
pai¹	ne:m¹	kun¹	kuŋ⁶	ba:n³
去	贴	官	共	村

同汉族共村。

女唱

6-53

观	**偻**	**造**	**对**	**邦**
Gonq	raeuz	caux	doih	baengz
ko:n⁵	ɹau²	ɕa:u⁴	to:i⁶	paŋ²
先	我们	造	伙伴	朋

我俩曾结交，

6-54

米	**两**	**是**	**当**	**文**
Miz	liengj	cix	dangj	fwn
mi²	li:ŋ³	ɕi⁴	ta:ŋ³	vun¹
有	伞	就	挡	雨

雨中共把伞。

6-55

分	**农**	**后**	**邦**	**文**
Mbek	nuengx	haeuj	biengz	vunz
me:k⁷	nu:ŋ⁴	hau³	pi:ŋ²	vun²
分别	妹	进	地方	人

别妹走他乡，

6-56

不	**坤**	**牙**	**可**	**客**
Mbouj	gun	yax	goj	hek
bou⁵	kun¹	ja⁵	ko⁵	he:k⁷
不	官	也	也	客

同汉族共处。

男唱

6-57

观	偻	造	对	邦
Gonq	raeuz	caux	doih	baengz
ko:n⁵	ɹau²	ɕa:u⁴	to:i⁶	paŋ²
先	我们	造	伙伴	朋

我俩曾结交，

6-58

米	两	是	当	文
Miz	liengj	cix	dangj	fwn
mi²	li:ŋ³	ɕi⁴	ta:ŋ³	vun¹
有	伞	就	挡	雨

雨中共把伞。

6-59

分	农	后	邦	文
Mbek	nuengx	haeuj	biengz	vunz
me:k⁷	nu:ŋ⁴	hau³	pi:ŋ²	vun²
分别	妹	进	地方	人

别妹走他乡，

6-60

罗	草	堂	拉	罗
Loh	rum	daengz	laj	roq
lo⁶	ɹum¹	taŋ²	la³	ɹo⁵
路	草	到	下	屋檐

草长到屋檐。

女唱

6-61

观	偻	造	对	邦
Gonq	raeuz	caux	doih	baengz
ko:n⁵	ɹau²	ɕa:u⁴	to:i⁶	paŋ²
先	我们	造	伙伴	朋

我俩曾结交，

6-62

米	两	是	当	文
Miz	liengj	cix	dangj	fwn
mi²	li:ŋ³	ɕi⁴	ta:ŋ³	vun¹
有	伞	就	挡	雨

雨中共把伞。

6-63

罗	牙	草	是	草
Loh	yax	rum	cix	rum
lo⁶	ja⁵	ɹum¹	ɕi⁴	ɹum¹
路	也	草	就	草

任它路长草，

6-64

外	交	春	牙	割
Vaij	gyau	cin	yax	vuet
va:i³	kja:u¹	ɕun¹	ja⁴	vu:t⁷
过	交	春	也	割

立春后再割。

男唱

6–65

观	**偻**	**造**	**对**	**邦**
Gonq	raeuz	caux	doih	baengz
ko:n^{5}	ɹau^{2}	ɕa:u^{4}	to:i^{6}	paŋ^{2}
先	我们	造	伙伴	朋

我俩曾结交，

6–66

米	**两**	**是**	**当**	**文**
Miz	liengj	cix	dangj	fwn
mi^{2}	li:ŋ^{3}	ɕi^{4}	ta:ŋ^{3}	vun^{1}
有	伞	就	挡	雨

雨中共把伞。

6–67

加	**备**	**割**	**罗**	**草**
Caj	beix	vuet	loh	rum
kja^{3}	pi^{4}	vu:t^{7}	lo^{6}	ɹum^{1}
等	兄	割	路	草

等兄割完草，

6–68

少	**论**	**牙**	**回**	**貝**
Sau	lwnz	yax	hoiz	bae
θa:u^{1}	lun^{2}	ja^{5}	ho:i^{2}	pai^{1}
姑娘	最小	也	回	去

情妹早还家。

女唱

6–69

观	**偻**	**造**	**对**	**邦**
Gonq	raeuz	caux	doih	baengz
ko:n^{5}	ɹau^{2}	ɕa:u^{4}	to:i^{6}	paŋ^{2}
先	我们	造	伙伴	朋

我俩曾结交，

6–70

米	**两**	**是**	**当**	**文**
Miz	liengj	cix	dangj	fwn
mi^{2}	li:ŋ^{3}	ɕi^{4}	ta:ŋ^{3}	vun^{1}
有	伞	就	挡	雨

雨中共把伞。

6–71

垌	**光**	**偻**	**岁**	**巡**
Doengh	gvangq	raeuz	caez	cunz
toŋ^{6}	kwa:ŋ^{5}	ɹau^{2}	ɕai^{2}	ɕun^{2}
垌	宽	我们	齐	巡

垌宽共畅游，

6–72

罗	**草**	**偻**	**岁**	**割**
Loh	rum	raeuz	caez	vuet
lo^{6}	ɹum^{1}	ɹau^{2}	ɕai^{2}	vu:t^{7}
路	草	我们	齐	割

路荒同铲平。

男唱

6–73

观	偻	造	对	邦
Gonq	raeuz	caux	doih	baengz
ko:n^{5}	ɹau^{2}	ɕa:u^{4}	to:i^{6}	paŋ^{2}
先	我们	造	伙伴	朋

我俩曾结交，

6–74

米	两	是	当	文
Miz	liengj	cix	dangj	fwn
mi^{2}	li:ŋ^{3}	ɕi^{4}	ta:ŋ^{3}	vun^{1}
有	伞	就	挡	雨

雨中共把伞。

6–75

垌	光	不	卜	巡
Doengh	gvangq	mbouj	boux	cunz
toŋ^{6}	kwa:ŋ^{5}	bou^{5}	pu^{4}	ɕun^{2}
垌	宽	无	人	巡

垌宽无人走，

6–76

罗	草	不	卜	割
Loh	rum	mbouj	boux	vuet
lo^{6}	ɹum^{1}	bou^{5}	pu^{4}	vu:t^{7}
路	草	无	人	割

野草无人割。

女唱

6–77

观	偻	造	对	邦
Gonq	raeuz	caux	doih	baengz
ko:n^{5}	ɹau^{2}	ɕa:u^{4}	to:i^{6}	paŋ^{2}
先	我们	造	伙伴	朋

我俩曾结交，

6–78

米	两	是	当	文
Miz	liengj	cix	dangj	fwn
mi^{2}	li:ŋ^{3}	ɕi^{4}	ta:ŋ^{3}	vun^{1}
有	伞	就	挡	雨

雨中共把伞。

6–79

分	农	后	邦	文
Mbek	nuengx	haeuj	biengz	vunz
me:k^{7}	nu:ŋ^{4}	hau^{3}	pi:ŋ^{2}	vun^{2}
分别	妹	进	地方	人

别妹走他乡，

6–80

架	芬	正	不	坤
Cax	faenz	cingz	mbouj	goenq
kja^{4}	fan^{2}	ɕiŋ^{2}	bou^{5}	kon^{5}
刀	伐	情	不	断

刀砍情不断。

男唱

6–81

观 偻 造 对 邦

Gonq raeuz caux doih baengz

ko:n^{5} ɹau^{2} ɕa:u^{4} to:i^{6} paŋ^{2}

先 我们 造 伙伴 朋

我俩曾结交，

6–82

米 两 是 当 文

Miz liengj cix dangj fwn

mi^{2} li:ŋ^{3} ɕi^{4} ta:ŋ^{3} vun^{1}

有 伞 就 挡 雨

雨中共把伞。

6–83

分 农 后 邦 文

Mbek nuengx haeuj biengz vunz

me:k^{7} nu:ŋ^{4} hau^{3} pi:ŋ^{2} vun^{2}

分别 妹 进 地方 人

别妹走他乡，

6–84

架 芬 正 可 在

Cax faenz cingz goj ywq

kja^{4} fan^{2} ɕiŋ^{2} ko^{5} jɯ^{5}

刀 伐 情 还 在

刀砍情还在。

女唱

6–85

尝 得 义 十 比

Caengz ndaej ngeih cib bi

ɕaŋ^{2} dai^{3} ȵi^{6} ɕit^{8} pi^{1}

未 得 二 十 年

不到二十岁，

6–86

是 交 你 龙 女

Cix gyau mwngz lungz nawx

ɕi^{4} kja:u^{1} mɯŋ^{2} luŋ^{2} nɯ^{4}

就 交 你 龙 女

就结交龙女。

6–87

架 芬 正 可 在

Cax faenz cingz goj ywq

kja^{4} fan^{2} ɕiŋ^{2} ko^{5} jɯ^{5}

刀 伐 情 还 在

刀砍情还在，

6–88

么 不 勒 要 正

Maz mbouj lawh aeu cingz

ma^{2} bou^{5} ləɯ^{6} au^{1} ɕiŋ^{2}

何 不 换 要 情

何不换信物？

男唱

6-89

尝	**得**	**义**	**十**	**比**
Caengz	ndaej	ngeih	cib	bi
ɕaŋ^{2}	dai^{3}	ȵi^{6}	ɕit^{8}	pi^{1}
未	得	二	十	年

不到二十岁，

6-90

是	**交**	**你**	**龙**	**女**
Cix	gyau	mwngz	lungz	nawx
ɕi^{4}	kjaːu^{1}	mɯŋ^{2}	luŋ^{2}	nɯ^{4}
就	交	你	龙	女

就结交龙女。

6-91

小	**正**	**想**	**牙**	**勒**
Siuj	cingz	siengj	yax	lawh
θiːu^{3}	ɕiŋ^{2}	θiːŋ^{3}	ja^{5}	ləɯ^{6}
小	情	想	也	换

想交换信物，

6-92

农	**又**	**克**	**邦**	**文**
Nuengx	youh	gwz	biengz	vunz
nuːŋ^{4}	jou^{4}	kə^{4}	piːŋ^{2}	vun^{2}
妹	又	去	地方	人

妹又走他乡。

女唱

6-93

尝	**得**	**义**	**十**	**比**
Caengz	ndaej	ngeih	cib	bi
ɕaŋ^{2}	dai^{3}	ȵi^{6}	ɕit^{8}	pi^{1}
未	得	二	十	年

不到二十岁，

6-94

是	**交**	**你**	**龙**	**女**
Cix	gyau	mwngz	lungz	nawx
ɕi^{4}	kjaːu^{1}	mɯŋ^{2}	luŋ^{2}	nɯ^{4}
就	交	你	龙	女

就结交龙女。

6-95

米	**小**	**正**	**是**	**勒**
Miz	siuj	cingz	cix	lawh
mi^{2}	θiːu^{3}	ɕiŋ^{2}	ɕi^{4}	ləɯ^{6}
有	小	情	就	换

有礼物拿来，

6-96

农	**可**	**克**	**加**	**你**
Nuengx	goj	gwq	caj	mwngz
nuːŋ^{4}	ko^{5}	kə^{4}	kja^{3}	mɯŋ^{2}
妹	还	总是	等	你

妹耐心等你。

男唱

6–97

尝	**得**	**义**	**十**	**比**
Caengz	ndaej	ngeih	cib	bi
ɕaŋ^{2}	dai^{3}	ȵi^{6}	ɕit^{8}	pi^{1}
未	得	二	十	年

不到二十岁，

6–98

是	**交**	**你**	**龙**	**女**
Cix	gyau	mwngz	lungz	nawx
ɕi^{4}	kja:u^{1}	mɯŋ^{2}	luŋ^{2}	nɯ^{4}
就	交	你	龙	女

就结交龙女。

6–99

米	**小**	**正**	**是**	**勒**
Miz	siuj	cingz	cix	lawh
mi^{2}	θi:u^{3}	ɕiŋ^{2}	ɕi^{4}	ləɯ^{6}
有	小	情	就	换

有礼物拿来，

6–100

克	**加**	**备**	**古**	**而**
Gwq	caj	beix	guh	rawz
kə^{4}	kja^{3}	pi^{4}	ku^{4}	ɹaɯ^{2}
总是	等	兄	做	什么

等兄干什么？

女唱

6–101

观	**偻**	**造**	**对**	**邦**
Gonq	raeuz	caux	doih	baengz
ko:n^{5}	ɹau^{2}	ɕa:u^{4}	to:i^{6}	paŋ^{2}
先	我们	造	伙伴	朋

我俩曾结交，

6–102

米	**两**	**是**	**当**	**文**
Miz	liengj	cix	dangj	fwn
mi^{2}	li:ŋ^{3}	ɕi^{4}	ta:ŋ^{3}	vun^{1}
有	伞	就	挡	雨

共把伞挡雨。

6–103

想	**古**	**务**	**跟**	**润**
Siengj	guh	huj	riengz	rumz
θi:ŋ^{3}	ku^{4}	hu^{3}	ɹi:ŋ^{2}	ɹun^{2}
想	做	云	跟	风

想做云和风，

6–104

平	**论**	**土**	**知**	**不**
Bingz	lumj	dou	rox	mbouj
piŋ^{2}	lun^{3}	tu^{1}	ɹo^{4}	bou^{5}
安宁	像	我	或	否

是否比我好？

男唱

6-105

观	**偻**	**造**	**对**	**邦**
Gonq	raeuz	caux	doih	baengz
koːn⁵	ɹau²	ɕaːu⁴	toːi⁶	paŋ²
先	**我们**	**造**	**伙伴**	**朋**

我俩曾结交，

6-106

米	**两**	**是**	**当**	**文**
Miz	liengj	cix	dangj	fwn
mi²	liːŋ³	ɕi⁴	taːŋ³	vun¹
有	**伞**	**就**	**挡**	**雨**

共把伞挡雨。

6-107

牙	**古**	**务**	**跟**	**润**
Yaek	guh	huj	riengz	rumz
jak⁷	ku⁴	hu³	ɹiːŋ²	ɹun²
要	**做**	**云**	**跟**	**风**

要做云和风，

6-108

利	**口**	**本**	**全**	**刀**
Lij	gaeuj	mbwn	cienj	dauq
li⁴	kau³	bɯn¹	ɕuːn³	taːu⁵
还	**看**	**天**	**转**	**回**

还由天变幻。

女唱

6-109

观	**偻**	**造**	**对**	**邦**
Gonq	raeuz	caux	doih	baengz
koːn⁵	ɹau²	ɕaːu⁴	toːi⁶	paŋ²
先	**我们**	**造**	**伙伴**	**朋**

我俩曾结交，

6-110

米	**两**	**是**	**当**	**文**
Miz	liengj	cix	dangj	fwn
mi²	liːŋ³	ɕi⁴	taːŋ³	vun¹
有	**伞**	**就**	**挡**	**雨**

雨中共把伞。

6-111

古	**务**	**不**	**办**	**润**
Guh	huj	mbouj	baenz	rumz
ku⁴	hu³	bou⁵	pan²	ɹun²
做	**云**	**不**	**成**	**风**

做云不成风，

6-112

堂	**用**	**本**	**又**	**三**
Daengz	byongh	mbwn	youh	sanq
taŋ²	pjoːŋ⁶	bɯn¹	jou⁴	θaːn⁵
到	**半**	**天**	**又**	**散**

到空中又散。

男唱

6-113

观	**偻**	**造**	**对**	**邦**
Gonq	raeuz	caux	doih	baengz
koːn^5	ɹau^2	ɕaːu^4	toːi^6	paŋ^2
先	我们	造	伙伴	朋

我俩曾结交，

6-114

米	**两**	**是**	**当**	**文**
Miz	liengj	cix	dangj	fwn
mi^2	liːŋ^3	ɕi^4	taːŋ^3	vɯn^1
有	伞	就	挡	雨

共撑一把伞。

6-115

丰	**飞**	**外**	**用**	**本**
Fungh	mbin	vaij	byongh	mbwn
fuŋ^6	bin^1	vaːi^3	pjoːŋ^6	bɯn^1
凤	飞	过	半	天空

凤凰天上飞，

6-116

土	**古**	**润**	**贝**	**节**
Dou	guh	rumz	bae	ciep
tu^1	ku^4	ɹun^2	pai^1	ɕeːt^7
我	做	风	去	接

我化风去接。

女唱

6-117

观	**偻**	**造**	**对**	**邦**
Gonq	raeuz	caux	doih	baengz
koːn^5	ɹau^2	ɕaːu^4	toːi^6	paŋ^2
先	我们	造	伙伴	朋

我俩曾结交，

6-118

米	**两**	**是**	**当**	**文**
Miz	liengj	cix	dangj	fwn
mi^2	liːŋ^3	ɕi^4	taːŋ^3	vɯn^1
有	伞	就	挡	雨

共把伞挡雨。

6-119

王	**蛟**	**外**	**用**	**本**
Vumz	vauz	vaij	byongh	mbwn
vaːŋ^6	vaːu^2	vaːi^3	pjoːŋ^6	bɯn^1
蝙	蝠	过	半	天空

蝙蝠天上过，

6-120

你	**讲**	**坤**	**土**	**听**
Mwngz	gangj	gun	dou	dingq
mɯŋ^2	kaːŋ^3	kun^1	tu^1	tiŋ^5
你	讲	官话	我	听

讲汉话来听。

男唱

6–121

观 偻 造 对 邦

Gonq raeuz caux doih baengz

koːn^{5} ɹau^{2} çaːu^{4} toːi^{6} paŋ^{2}

先 我们 造 伙伴 朋

我俩曾结交，

6–122

米 两 是 当 文

Miz liengj cix dangj fwn

mi^{2} liːŋ^{3} çi^{4} taːŋ^{3} vɯn^{1}

有 伞 就 挡 雨

共把伞挡雨。

6–123

王 蛟 外 用 本

Vumz vauz vaij byongh mbwn

vaːŋ^{6} vaːu^{2} vaːi^{3} pjoːŋ^{6} bɯn^{1}

蝙 蝠 过 半 天空

蝙蝠天上过，

6–124

讲 坤 土 空 知

Gangj gun dou ndwi rox

kaːŋ^{3} kun^{1} tu^{1} duːi^{1} ɹo^{4}

讲 官话 我 不 知

不懂讲汉话。

女唱

6–125

鸟 九 在 江 巴

Roeg geuq ywq gyang baq

ɹok^{8} kjeːu^{5} jɯ^{5} kjaːŋ^{1} pa^{5}

鸟 画眉 在 中 坡

画眉在山上，

6–126

是 利 汉 讲 坤

Cix lij hoed gangj gun

çi^{4} li^{4} hot^{8} kaːŋ^{3} kun^{1}

就 还 说 讲 官话

还学讲汉话。

6–127

表 农 开 么 文

Biuj nuengx gij maz vunz

piːu^{3} nuːŋ^{4} kaːi^{2} ma^{2} vun^{2}

表 妹 什 么 人

表妹何等人，

6–128

么 讲 坤 不 知

Maz gangj gun mbouj rox

ma^{2} kaːŋ^{3} kun^{1} bou^{5} ɹo^{4}

怎么 讲 官话 不 知

怎不懂汉话？

①义元［ȵi^{6} ŋiːŋ^{2}］：二弦，此处引申为“懂汉话的人”。

男唱

6-129

讲	**坤**	**土**	**不**	**知**
Gangj	gun	dou	mbouj	rox
kaːŋ^{3}	kun^{1}	tu^{1}	bou^{5}	ɹo^{4}
讲	官话	我	不	知

汉话我不懂，

6-130

讲	**朵**	**土**	**空**	**变**
Gangj	doj	dou	ndwi	bienz
kaːŋ^{3}	to^{3}	tu^{1}	duːi^{1}	peːn^{2}
讲	土话	我	不	熟练

壮话我不熟。

6-131

讲	**卡**	**客**	**义**	**元**①
Gangj	gah	hek	ngeih	nyienz
kaːŋ^{3}	ka^{6}	heːk^{7}	ȵi^{6}	ŋiːŋ^{2}
讲	那	客	二	弦

你讲那汉话，

6-132

土	**空**	**变**	**罗**	**内**
Dou	ndwi	bienz	loh	neix
tu^{1}	duːi^{1}	peːn^{2}	lo^{6}	ni^{4}
我	不	熟练	路	这

我听不明白。

女唱

6-133

讲	**坤**	**你**	**牙**	**知**
Gangj	gun	mwngz	yax	rox
kaːŋ^{3}	kun^{1}	mɯŋ^{2}	ja^{5}	ɹo^{4}
讲	官话	你	也	知

汉话你也懂，

6-134

讲	**朵**	**你**	**牙**	**变**
Gangj	doj	mwngz	yax	bienz
kaːŋ^{3}	to^{3}	mɯŋ^{2}	ja^{5}	peːn^{2}
讲	土话	你	也	熟练

壮话你熟练。

6-135

你	**真**	**勒**	**长**	**元**
Mwngz	cingq	lwg	cangh	yenz
mɯŋ^{2}	ɕiŋ^{5}	lɯk^{8}	ɕaːŋ^{5}	jeːn^{2}
你	是	子	状	元

兄是状元郎，

6-136

变	**办**	**交**	**圿**	**水**
Bienz	baenz	gyau	raih	raemx
peːn^{2}	pan^{2}	kjaːu^{1}	ɹaːi^{6}	ɹan^{4}
熟练	成	蜘蛛	爬	水

巧如水上蛛。

男唱

6–137

观 偻 造 对 邦

Gonq raeuz caux doih baengz

ko:n^{5} ɹau^{2} ɕa:u^{4} to:i^{6} paŋ^{2}

先 我们 造 伙伴 朋

我俩曾结交，

6–138

米 两 是 当 文

Miz liengj cix dangj fwn

mi^{2} li:ŋ^{3} ɕi^{4} ta:ŋ^{3} vun^{1}

有 伞 就 挡 雨

雨中共把伞。

6–139

巴 农 知 讲 坤

Bak nuengx rox gangj gun

pa:k^{7} nu:ŋ^{4} ɹo^{4} ka:ŋ^{3} kun^{1}

嘴 妹 知 讲 官话

妹会讲汉话，

6–140

帮 土 封 罗 机

Bang dou fung loh giq

pa:ŋ^{1} tu^{1} fuŋ^{1} lo^{6} ki^{5}

帮 我 封 路 岔

帮我封岔路。

女唱

6–141

观 偻 造 对 邦

Gonq raeuz caux doih baengz

ko:n^{5} ɹau^{2} ɕa:u^{4} to:i^{6} paŋ^{2}

先 我们 造 伙伴 朋

我俩曾结交，

6–142

米 两 是 当 文

Miz liengj cix dangj fwn

mi^{2} li:ŋ^{3} ɕi^{4} ta:ŋ^{3} vun^{1}

有 伞 就 挡 雨

共把伞挡雨。

6–143

利 宁 空 讲 坤

Lij ningq ndwi gangj gun

li^{4} niŋ^{5} du:i^{1} ka:ŋ^{3} kun^{1}

还 小 不 讲 官话

幼不讲汉话，

6–144

良 祘 牙 不 变

Liengh suenq yax mbouj bienq

le:ŋ^{6} θu:n^{5} ja^{5} bou^{5} pi:n^{5}

谅 算 也 不 变

想必变不了。

男唱

6–145

观 偻 造 对 邦

Gonq raeuz caux doih baengz

ko:n^{5} ɹau^{2} ɕa:u^{4} to:i^{6} paŋ^{2}

先 我们 造 伙伴 朋

我俩曾结交，

6–146

米 两 是 当 文

Miz liengj cix dangj fwn

mi^{2} li:ŋ^{3} ɕi^{4} ta:ŋ^{3} vun^{1}

有 伞 就 挡 雨

共把伞挡雨。

6–147

利 宁 不 讲 坤

Lij ningq mbouj gangj gun

li^{4} niŋ^{5} bou^{5} ka:ŋ^{3} kun^{1}

还 小 不 讲 官话

幼不学汉话，

6–148

办 文 貝 而 在

Baenz vunz bae lawz ywq

pan^{2} vun^{2} pai^{1} lauı^{2} juı^{5}

成 人 去 哪 住

长大怎么办？

女唱

6–149

观 偻 造 对 邦

Gonq raeuz caux doih baengz

ko:n^{5} ɹau^{2} ɕa:u^{4} to:i^{6} paŋ^{2}

先 我们 造 伙伴 朋

我俩曾结交，

6–150

米 两 是 当 文

Miz liengj cix dangj fwn

mi^{2} li:ŋ^{3} ɕi^{4} ta:ŋ^{3} vun^{1}

有 伞 就 挡 雨

共把伞挡雨。

6–151

鸟 烷 知 讲 坤

Roeg enq rox gangj gun

ɹok^{8} e:n^{5} ɹo^{4} ka:ŋ^{3} kun^{1}

鸟 燕 知 讲 官话

燕子会汉话，

6–152

办 文 偻 共 罗

Baenz vunz raeuz gungh loh

pan^{2} vun^{2} ɹau^{2} kuŋ^{6} lo^{6}

成 人 我们 共 路

长大咱结伴。

男唱

6–153

观	**偻**	**造**	**对**	**邦**
Gonq	raeuz	caux	doih	baengz
ko:n^{5}	ɹau^{2}	ɕa:u^{4}	to:i^{6}	paŋ^{2}
先	我们	造	伙伴	朋

我俩曾结交，

6–154

米	**两**	**是**	**当**	**文**
Miz	liengj	cix	dangj	fwn
mi^{2}	li:ŋ^{3}	ɕi^{4}	ta:ŋ^{3}	vun^{1}
有	伞	就	挡	雨

共撑一把伞。

6–155

南	**利**	**尚**	**外**	**本**
Namh	lij	sang	vaij	mbwn
na:n^{6}	li^{4}	θa:ŋ^{1}	va:i^{3}	bɯn^{1}
土	还	高	过	天

地比天还高，

6–156

样	**而**	**平**	**得**	**瓜**
Yiengh	lawz	bingz	ndaej	gvaq
jɯ:ŋ^{6}	law^{2}	piŋ^{2}	dai^{3}	kwa^{5}
样	哪	平	得	过

说什么平等？

女唱

6–157

观	**偻**	**造**	**对**	**邦**
Gonq	raeuz	caux	doih	baengz
ko:n^{5}	ɹau^{2}	ɕa:u^{4}	to:i^{6}	paŋ^{2}
先	我们	造	伙伴	朋

我俩曾结交，

6–158

米	**两**	**是**	**当**	**文**
Miz	liengj	cix	dangj	fwn
mi^{2}	li:ŋ^{3}	ɕi^{4}	ta:ŋ^{3}	vun^{1}
有	伞	就	挡	雨

雨中共把伞。

6–159

南	**利**	**尚**	**外**	**本**
Namh	lij	sang	vaij	mbwn
na:n^{6}	li^{4}	θa:ŋ^{1}	va:i^{3}	bɯn^{1}
土	还	高	过	天

地比天还高，

6–160

开	**好**	**土**	**同**	**用**
Gaej	ndij	dou	doengz	yungh
ka:i^{5}	di^{1}	tu^{1}	toŋ^{2}	juŋ^{6}
莫	与	我	同	用

莫和我共伞。

男唱

6–161

观	**偻**	**造**	**对**	**邦**
Gonq	raeuz	caux	doih	baengz
ko:n^5	ɹau^2	ɕa:u^4	to:i^6	paŋ^2
先	我们	造	伙伴	朋

我俩曾结交，

6–162

米	**两**	**是**	**当**	**文**
Miz	liengj	cix	dangj	fwn
mi^2	li:ŋ^3	ɕi^4	ta:ŋ^3	vun^1
有	伞	就	挡	雨

雨中共把伞。

6–163

优	**间**	**布**	**当**	**润**
Yaeuj	gen	buh	dangj	rumz
jau^3	ke:n^1	pu^6	ta:ŋ^3	ɹun^2
抬	衣	袖	挡	风

举衣袖遮风，

6–164

论	**贝**	**全**	**备**	**农**
Lumz	bae	cienz	beix	nuengx
lun^2	pai^1	ɕi:n^2	pi^4	nu:ŋ^4
忘	去	全	兄	妹

妹你全忘了。

女唱

6–165

观	**偻**	**造**	**对**	**邦**
Gonq	raeuz	caux	doih	baengz
ko:n^5	ɹau^2	ɕa:u^4	to:i^6	paŋ^2
先	我们	造	伙伴	朋

我俩曾结交，

6–166

米	**两**	**是**	**当**	**文**
Miz	liengj	cix	dangj	fwn
mi^2	li:ŋ^3	ɕi^4	ta:ŋ^3	vun^1
有	伞	就	挡	雨

雨中共把伞。

6–167

老	**表**	**农**	**是**	**论**
Lau	biuj	nuengx	cix	lumz
la:u^1	pi:u^3	nu:ŋ^4	ɕi^4	lun^2
怕	表	妹	是	忘

怕表妹忘记，

6–168

备	**银**	**不**	**可**	**认**
Beix	ngaenz	mbouj	goj	nyinh
pi^4	ŋan^2	bou^5	ko^5	ȵin^6
兄	银	不	还	认

仁兄尚记否？

男唱

6–169

观　倭　造　对　邦

Gonq raeuz caux doih baengz

koːn^{5} ɹau^{2} ɕaːu^{4} toːi^{6} paŋ^{2}

先　我们　造　伙伴　朋

我俩曾结交，

6–170

米　两　是　当　文

Miz liengj cix dangj fwn

mi^{2} liːŋ^{3} ɕi^{4} taːŋ^{3} vun^{1}

有　伞　就　挡　雨

雨中共把伞。

6–171

全　表　备　不　论

Cienz biuj beix mbouj lumz

ɕuːn^{2} piːu^{3} pi^{4} bou^{5} lun^{2}

传　表　兄　不　忘

表兄若不忘，

6–172

是　马　巡　讲　满

Cix ma cunz gangj monh

ɕi^{4} ma^{1} ɕun^{2} kaːŋ^{3} moːn^{6}

就　来　巡　讲　情

就过来谈情。

女唱

6–173

观　倭　造　对　邦

Gonq raeuz caux doih baengz

koːn^{5} ɹau^{2} ɕaːu^{4} toːi^{6} paŋ^{2}

先　我们　造　伙伴　朋

我俩曾结交，

6–174

米　两　是　当　文

Miz liengj cix dangj fwn

mi^{2} liːŋ^{3} ɕi^{4} taːŋ^{3} vun^{1}

有　伞　就　挡　雨

共把伞挡雨。

6–175

想　干　罗　马　巡

Siengj ganj loh ma cunz

θiːŋ^{3} kaːn^{3} lo^{6} ma^{1} ɕun^{2}

想　赶　路　来　巡

心想常来往，

6–176

米　文　封　罗　机

Miz vunz fung loh giq

mi^{2} vun^{2} fuŋ^{1} lo^{6} ki^{5}

有　人　封　路　岔

有人封岔路。

男唱

6-177

观	偻	造	对	邦
Gonq	raeuz	caux	doih	baengz
koːn⁵	ɹau²	ɕaːu⁴	toːi⁶	paŋ²
先	我们	造	伙伴	朋

我俩曾结交，

6-178

米	两	是	当	文
Miz	liengj	cix	dangj	fwn
mi²	liːŋ³	ɕi⁴	taːŋ³	vun¹
有	伞	就	挡	雨

共撑一把伞。

6-179

管	干	罗	马	巡
Guenj	ganj	loh	ma	cunz
kuːn³	kaːn³	lo⁶	ma¹	ɕun²
尽管	赶	路	来	巡

尽管过来玩，

6-180

友	而	封	洋	祘
Youx	lawz	fung	yaeng	suenq
ju⁴	lau²	fuŋ¹	jaŋ¹	θuːn⁵
友	哪	封	再	算

谁封路再说。

女唱

6-181

观	偻	造	对	邦
Gonq	raeuz	caux	doih	baengz
koːn⁵	ɹau²	ɕaːu⁴	toːi⁶	paŋ²
先	我们	造	伙伴	朋

我俩曾结交，

6-182

米	两	是	当	文
Miz	liengj	cix	dangj	fwn
mi²	liːŋ³	ɕi⁴	taːŋ³	vun¹
有	伞	就	挡	雨

共把伞挡雨。

6-183

观	几	卜	斗	巡
Gonq	geij	boux	daeuj	cunz
koːn⁵	ki³	pu⁴	tau³	ɕun²
先	几	人	来	巡

有几人来访，

6-184

米	文	封	它	瓜
Miz	vunz	fung	de	gvaq
mi²	vun²	fuŋ¹	te¹	kwa⁵
有	人	封	他	过

曾被人封过。

男唱

6-185

尝	**得**	**义**	**十**	**比**
Caengz	ndaej	ngeih	cib	bi
çaŋ^{2}	dai^{3}	ȵi^{6}	çit^{8}	pi^{1}
未	得	二	十	年

不到二十岁，

6-186

是	**交**	**你**	**对**	**达**
Cix	gyau	mwngz	doih	dah
çi^{4}	kja:u^{1}	mɯŋ^{2}	to:i^{6}	ta^{6}
就	交	你	伙伴	女孩

就结交情妹。

6-187

友	**而**	**封**	**你**	**瓜**
Youx	lawz	fung	mwngz	gvaq
ju^{4}	laɯ^{2}	fuŋ^{1}	mɯŋ^{2}	kwa^{5}
友	哪	封	你	过

哪个拦过你，

6-188

你	**念**	**那**	**它**	**写**
Mwngz	nenq	naj	de	ce
mɯŋ^{2}	ne:n^{5}	na^{3}	te^{1}	çe^{1}
你	记	脸	他	留

记住他长相。

女唱

6-189

尝	**得**	**义**	**十**	**比**
Caengz	ndaej	ngeih	cib	bi
çaŋ^{2}	dai^{3}	ȵi^{6}	çit^{8}	pi^{1}
未	得	二	十	年

不到二十岁，

6-190

是	**交**	**你**	**对**	**邦**
Cix	gyau	mwngz	doih	baengz
çi^{4}	kja:u^{1}	mɯŋ^{2}	to:i^{6}	paŋ^{2}
就	交	你	伙伴	朋

就结交情哥。

6-191

土	**是**	**想**	**念**	**那**
Dou	cix	siengj	nenq	naj
tu^{1}	çi^{4}	θi:ŋ^{3}	ne:n^{5}	na^{3}
我	是	想	记	脸

我想记长相，

6-192

备	**空**	**瓜**	**邦**	**偻**
Beix	ndwi	gvaq	biengz	raeuz
pi^{4}	du:i^{1}	kwa^{5}	pi:ŋ^{2}	ɹau^{2}
兄	不	过	地方	我们

兄不来我乡。

男唱

6-193

尝 得 义 十 比

Caengz ndaej ngeih cib bi

ɕaŋ^{2} dai^{3} ȵi^{6} ɕit^{8} pi^{1}

未 得 二 十 年

不到二十岁，

6-194

是 交 你 对 达

Cix gyau mwngz doih dah

ɕi^{4} kja:u^{1} muɯŋ^{2} to:i^{6} ta^{6}

就 交 你 伙伴 女孩

就结交情妹。

6-195

说 少 乖 念 那

Naeuz sau gvai nenq naj

nau^{2} θa:u^{1} kwa:i^{1} ne:n^{5} na^{3}

说 姑娘 乖 记 脸

叫情妹记脸，

6-196

告 内 瓜 邦 你

Gau neix gvaq biengz mwngz

ka:u^{1} ni^{4} kwa^{5} pi:ŋ^{2} muɯŋ^{2}

次 这 过 地方 你

这次走你乡。

女唱

6-197

尝 得 义 十 比

Caengz ndaej ngeih cib bi

ɕaŋ^{2} dai^{3} ȵi^{6} ɕit^{8} pi^{1}

未 得 二 十 年

不到二十岁，

6-198

是 交 你 对 朋

Cix gyau mwngz doih baengz

ɕi^{4} kja:u^{1} muɯŋ^{2} to:i^{6} paŋ^{2}

就 交 你 伙伴 朋

就结交情哥。

6-199

知 你 瓜 空 瓜

Rox mwngz gvaq ndwi gvaq

ɹo^{4} muɯŋ^{2} kwa^{5} du:i^{1} kwa^{5}

知 你 过 不 过

懂你过不过，

6-200

开 罗 伴 召 心

Gaej lox buenx cau sim

ka:i^{5} lo^{4} pu:n^{4} ɕa:u^{5} θin^{1}

莫 哄 伴 操 心

莫哄妹揪心。

男唱

6-201
尝 得 义 十 比
Caengz ndaej ngeih cib bi
ɕaŋ² dai³ ȵi⁶ ɕit⁸ pi¹
未 得 二 十 年
不到二十岁，

6-202
是 交 你 对 达
Cix gyau mwngz doih dah
ɕi⁴ kja:u¹ mɯŋ² to:i⁶ ta⁶
就 交 你 伙伴 女孩
就结交情妹。

6-203
土 讲 瓜 是 瓜
Dou gangj gvaq cix gvaq
tu¹ ka:ŋ³ kwa⁵ ɕi⁴ kwa⁵
我 讲 过 就 过
我讲过就过，

6-204
伴 不 良 领 文
Buenx mbouj lengh lingx vunz
pu:n⁴ bou⁵ li:ŋ⁶ liŋ⁴ vun²
伴 不 另 领 人
妹莫交别人。

女唱

6-205
尝 得 义 十 比
Caengz ndaej ngeih cib bi
ɕaŋ² dai³ ȵi⁶ ɕit⁸ pi¹
未 得 二 十 年
不到二十岁，

6-206
是 交 你 对 邦
Cix gyau mwngz doih baengz
ɕi⁴ kja:u¹ mɯŋ² to:i⁶ paŋ²
就 交 你 伙伴 朋
就结交情哥。

6-207
几 卩 讲 说 瓜
Geij boux gangj naeuz gvaq
ki³ pu⁴ ka:ŋ³ nau² kwa⁵
几 人 讲 说 过
曾有人说过，

6-208
伕 内 利 在 而
Fawh neix lij ywq lawz
fəɯ⁶ ni⁴ li⁴ jɯ⁵ laɯ²
时 这 还 在 哪
如今在哪里？

男唱

6–209

观	**偻**	**造**	**对**	**邦**
Gonq	raeuz	caux	doih	baengz
koːn^{5}	ɹau^{2}	ɕaːu^{4}	toːi^{6}	paŋ^{2}
先	我们	造	伙伴	朋

我俩曾结交，

6–210

米	**两**	**是**	**当**	**文**
Miz	liengj	cix	dangj	fwn
mi^{2}	liːŋ^{3}	ɕi^{4}	taːŋ^{3}	vun^{1}
有	伞	就	挡	雨

共把伞挡雨。

6–211

优	**两**	**当**	**贵**	**文**
Yaeuj	liengj	dangj	gwiz	vunz
jau^{3}	liːŋ^{3}	taːŋ^{3}	kɯi^{2}	vun^{2}
举	伞	挡	丈夫	人

撑伞挡别人，

6–212

文	**吨**	**你**	**了**	**农**
Fwn	dumx	mwngz	liux	nuengx
vun^{1}	tun^{4}	mɯŋ^{2}	liːu^{4}	nuːŋ^{4}
雨	湿	你	了	妹

自身被淋湿。

女唱

6–213

观	**偻**	**造**	**对**	**邦**
Gonq	raeuz	caux	doih	baengz
koːn^{5}	ɹau^{2}	ɕaːu^{4}	toːi^{6}	paŋ^{2}
先	我们	造	伙伴	朋

我俩曾结交，

6–214

米	**两**	**是**	**当**	**文**
Miz	liengj	cix	dangj	fwn
mi^{2}	liːŋ^{3}	ɕi^{4}	taːŋ^{3}	vun^{1}
有	伞	就	挡	雨

共把伞挡雨。

6–215

岁	**土**	**伴**	**包**	**论**
Caez	dou	buenx	mbauq	lwnz
ɕai^{2}	tu^{1}	puːn^{4}	baːu^{5}	lun^{2}
自从	我	伴	小伙	最小

自从伴情哥，

6–216

文	**又**	**吨**	**几**	**刀**
Fwn	youh	dumx	geij	dauq
vun^{1}	jou^{4}	tun^{4}	ki^{3}	taːu^{5}
雨	又	湿	几	回

又挨淋几次？

男唱

6–217

观 偻 造 对 邦

Gonq raeuz caux doih baengz

koːn^{5} ɹau^{2} ɕaːu^{4} toːi^{6} paŋ^{2}

先 我们 造 伙伴 朋

我俩曾结交，

6–218

米 两 是 当 文

Miz liengj cix dangj fwn

mi^{2} liːŋ^{3} ɕi^{4} taːŋ^{3} vun^{1}

有 伞 就 挡 雨

共把伞挡雨。

6–219

优 两 当 贵 文

Yaeuj liengj dangj gwiz vunz

jau^{3} liːŋ^{3} taːŋ^{3} kɯi^{2} vun^{2}

举 伞 挡 丈夫 人

撑伞挡别人，

6–220

文 吨 貝 而 换

Fwn dumx bae lawz rieg

vun^{1} tun^{4} pai^{1} laɯ^{2} ɹɯːk^{8}

雨 湿 去 哪 换

淋湿哪更衣？

女唱

6–221

观 偻 造 对 邦

Gonq raeuz caux doih baengz

koːn^{5} ɹau^{2} ɕaːu^{4} toːi^{6} paŋ^{2}

先 我们 造 伙伴 朋

我俩曾结交，

6–222

米 两 是 当 文

Miz liengj cix dangj fwn

mi^{2} liːŋ^{3} ɕi^{4} taːŋ^{3} vun^{1}

有 伞 就 挡 雨

共把伞挡雨。

6–223

岁 土 伴 包 论

Caez dou buenx mbauq lwnz

ɕai^{2} tu^{1} puːn^{4} baːu^{5} lun^{2}

自从 我 伴 小伙 最小

自从伴情哥，

6–224

九 吨 三 九 换

Geu daenj sam geu rieg

keːu^{1} tan^{3} θaːn^{1} keːu^{1} ɹɯːk^{8}

件 穿 三 件 换

常备换衣衫。

①三八[θaːn^{1} peːk^{7}]：指梁山伯。

男唱

6-225

尝	**得**	**义**	**十**	**比**
Caengz	ndaej	ngeih	cib	bi
ɕaŋ^{2}	dai^{3}	ȵi^{6}	ɕit^{8}	pi^{1}
未	得	二	十	年

不到二十岁，

6-226

是	**交**	**你**	**三**	**八**①
Cix	gyau	mwngz	sanh	bek
ɕi^{4}	kjaːu^{1}	mɯŋ^{2}	θaːn^{1}	peːk^{7}
就	交	你	山	伯

就交你山伯。

6-227

九	**吨**	**三**	**九**	**完**
Geu	daenj	sam	geu	vuenh
keːu^{1}	tan^{3}	θaːn^{1}	keːu^{1}	vuːn^{6}
件	穿	三	件	换

衣衫一套套，

6-228

友	**玩**	**田**	**你**	**米**
Youx	van	dieg	mwngz	miz
ju^{4}	vaːn^{1}	tiːk^{8}	mɯŋ^{2}	mi^{2}
友	甜	地	你	有

心羡你富足。

女唱

6-229

尝	**得**	**义**	**十**	**比**
Caengz	ndaej	ngeih	cib	bi
ɕaŋ^{2}	dai^{3}	ȵi^{6}	ɕit^{8}	pi^{1}
未	得	二	十	年

不到二十岁，

6-230

是	**交**	**你**	**三**	**八**
Cix	gyau	mwngz	sanh	bek
ɕi^{4}	kjaːu^{1}	mɯŋ^{2}	θaːn^{1}	peːk^{7}
就	交	你	山	伯

就交你山伯。

6-231

九	**吨**	**三**	**九**	**换**
Geu	daenj	sam	geu	rieg
keːu^{1}	tan^{3}	θaːn^{1}	keːu^{1}	ɹɯːk^{8}
件	穿	三	件	换

衣衫一套套，

6-232

友	**而**	**尻**	**离**	**你**
Youx	lawz	nyienh	liz	mwngz
ju^{4}	laɯ^{2}	ȵuːn^{6}	li^{2}	mɯŋ^{2}
友	哪	愿	离	你

谁愿离开你？

男唱

6-233

观	偻	造	对	邦
Gonq	raeuz	caux	doih	baengz
ko:n5	ɹau2	ɕa:u4	to:i6	paŋ2
先	我们	造	伙伴	朋

我俩曾结交，

6-234

米	两	是	当	文
Miz	liengj	cix	dangj	fwn
mi2	li:ŋ3	ɕi4	ta:ŋ3	vun1
有	伞	就	挡	雨

雨中共把伞。

6-235

分	农	后	邦	文
Mbek	nuengx	haeuj	biengz	vunz
me:k7	nu:ŋ4	hau3	pi:ŋ2	vun2
分别	妹	进	地方	人

别妹走他乡，

6-236

两	当	文	牙	了
Liengj	dangj	fwn	yax	liux
li:ŋ3	ta:ŋ3	vun1	ja5	liu4
伞	挡	雨	也	完

遮雨伞也无。

女唱

6-237

观	偻	造	对	邦
Gonq	raeuz	caux	doih	baengz
ko:n5	ɹau2	ɕa:u4	to:i6	paŋ2
先	我们	造	伙伴	朋

我俩曾结交，

6-238

米	两	是	当	文
Miz	liengj	cix	dangj	fwn
mi2	li:ŋ3	ɕi4	ta:ŋ3	vun1
有	伞	就	挡	雨

雨中共把伞。

6-239

分	农	后	邦	文
Mbek	nuengx	haeuj	biengz	vunz
me:k7	nu:ŋ4	hau3	pi:ŋ2	vun2
分别	妹	进	地方	人

别妹走他乡，

6-240

两	当	文	米	由
Liengj	dangj	fwn	miz	raeuh
li:ŋ3	ta:ŋ3	vun1	mi2	ɹau6
伞	挡	雨	有	多

雨伞多的是。

男唱

6–241

观 偻 造 对 邦

Gonq raeuz caux doih baengz

koːn^{5} ɹau^{2} ɕaːu^{4} toːi^{6} paŋ^{2}

先 我们 造 伙伴 朋

我俩曾结交，

6–242

米 两 你 是 扛

Miz liengj mwngz cix gang

mi^{2} liːŋ^{3} mɯŋ^{2} ɕi^{4} kaːŋ^{1}

有 伞 你 就 撑

雨伞你自撑。

6–243

垌 光 空 米 王

Doengh gvangq ndwi miz vaengz

toŋ^{6} kwaːŋ^{5} duːi^{1} mi^{2} vaŋ^{2}

垌 宽 不 有 潭

外地无水潭，

6–244

话 土 向 你 刀

Vah dou yiengq mwngz dauq

va^{6} tu^{1} jiːŋ^{5} mɯŋ^{2} taːu^{5}

话 我 向 你 回

心系妹身上。

女唱

6–245

观 偻 造 对 邦

Gonq raeuz caux doih baengz

koːn^{5} ɹau^{2} ɕaːu^{4} toːi^{6} paŋ^{2}

先 我们 造 伙伴 朋

我俩曾结交，

6–246

米 两 你 是 扛

Miz liengj mwngz cix gang

mi^{2} liːŋ^{3} mɯŋ^{2} ɕi^{4} kaːŋ^{1}

有 伞 你 就 撑

雨伞你独撑。

6–247

垌 光 可 米 王

Doengh gvangq goj miz vaengz

toŋ^{6} kwaŋ^{5} ko^{5} mi^{2} vaŋ^{2}

垌 宽 也 有 潭

外地也有潭，

6–248

话 古 诱 了 备

Vah guh byaengz liux beix

va^{6} ku^{4} pjaŋ^{2} liːu^{4} pi^{4}

话 做 骗 啰 兄

兄在开玩笑。

男唱

6-249
观 偻 造 对 邦
Gonq raeuz caux doih baengz
ko:n5 ɹau2 ça:u4 to:i6 paŋ2
先 我们 造 伙伴 朋
我俩曾结交，

6-250
米 两 你 是 扛
Miz liengj mwngz cix gang
mi2 li:ŋ3 mɯŋ2 çi4 ka:ŋ1
有 伞 你 就 撑
雨伞你独撑。

6-251
秋 公 山 而 高
Ciuq goeng bya lawz sang
çi:u5 koŋ1 pja1 laɯ2 θa:ŋ1
看 座 山 哪 高
看哪座山高，

6-252
少 反 身 貝 读
Sau fan ndang bae douh
θa:u1 fa:n1 da:ŋ1 pai1 tou6
姑娘 翻 身 去 栖息
妹转去投奔。

女唱

6-253
观 偻 造 对 邦
Gonq raeuz caux doih baengz
ko:n5 ɹau2 ça:u4 to:i6 paŋ2
先 我们 造 伙伴 朋
我俩曾结交，

6-254
米 两 你 是 扛
Miz liengj mwngz cix gang
mi2 li:ŋ3 mɯŋ2 çi4 ka:ŋ1
有 伞 你 就 撑
雨伞你独撑。

6-255
土 是 想 反 身
Dou cix siengj fan ndang
tu1 çi4 θi:ŋ3 fa:n1 da:ŋ1
我 是 想 翻 身
我是想转身，

6-256
正 空 堂 土 寿
Cingz ndwi daengz dou caeux
çiŋ2 du:i1 taŋ2 tu1 çau4
情 不 到 我 握
情缘抓不住。

男唱

6–257

观	**偻**	**造**	**对**	**邦**
Gonq	raeuz	caux	doih	baengz
ko:n^{5}	ɹau^{2}	ɕa:u^{4}	to:i^{6}	paŋ^{2}
先	我们	造	伙伴	朋

我俩曾结交，

6–258

米	**两**	**你**	**是**	**扛**
Miz	liengj	mwngz	cix	gang
mi^{2}	li:ŋ^{3}	mɯŋ^{2}	ɕi^{4}	ka:ŋ^{1}
有	伞	你	就	撑

雨伞你独撑。

6–259

方	**变**	**是**	**装**	**身**
Fueng	bienh	cix	cang	ndang
fu:ŋ^{1}	pi:n^{6}	ɕi^{4}	ɕa:ŋ^{1}	da:ŋ^{1}
方	便	就	装	身

要抓紧打扮，

6–260

正	**牙**	**堂**	**貝**	**了**
Cingz	yax	daengz	bae	liux
ɕiŋ^{2}	ja^{5}	taŋ^{2}	pai^{1}	li:u^{4}
情	也	到	去	完

情缘来又走。

女唱

6–261

观	**偻**	**造**	**对**	**邦**
Gonq	raeuz	caux	doih	baengz
ko:n^{5}	ɹau^{2}	ɕa:u^{4}	to:i^{6}	paŋ^{2}
先	我们	造	伙伴	朋

我俩曾结交，

6–262

米	**两**	**你**	**是**	**扛**
Miz	liengj	mwngz	cix	gang
mi^{2}	li:ŋ^{3}	mɯŋ^{2}	ɕi^{4}	ka:ŋ^{1}
有	伞	你	就	撑

雨伞你独撑。

6–263

知	**正**	**堂**	**不**	**堂**
Rox	cingz	daengz	mbouj	daengz
ɹo^{4}	ɕiŋ^{2}	taŋ^{2}	bou^{5}	taŋ^{2}
知	情	到	不	到

情缘到不到，

6–264

先	**装**	**身**	**在**	**加**
Senq	cang	ndang	ywq	caj
θe:n^{5}	ɕa:ŋ^{1}	da:ŋ^{1}	jɯ^{5}	kja^{3}
先	装	身	在	等

先打扮等候。

男唱

6–265

观 偻 造 对 邦

Gonq raeuz caux doih baengz

ko:n^5 ɹau^2 ɕa:u^4 to:i^6 paŋ^2

先 我们 造 伙伴 朋

我俩曾结交，

6–266

米 两 你 是 扛

Miz liengj mwngz cix gang

mi^2 li:ŋ^3 mɯŋ^2 ɕi^4 ka:ŋ^1

有 伞 你 就 撑

雨伞你自撑。

6–267

表 农 真 在 行

Biuj nuengx cingq caih hangz

pi:u^3 nu:ŋ^4 ɕiŋ^5 ɕa:i^6 ha:ŋ^2

表 妹 真 在 行

表妹真伶俐，

6–268

装 身 加 贵 伕

Cang ndang caj gwiz fwx

ɕa:ŋ^1 da:ŋ^1 kja^3 kɯi^2 fə^4

装 身 等 丈夫 别人

打扮等情友。

女唱

6–269

观 偻 造 对 邦

Gonq raeuz caux doih baengz

ko:n^5 ɹau^2 ɕa:u^4 to:i^6 paŋ^2

先 我们 造 伙伴 朋

我俩曾结交，

6–270

米 两 你 是 扛

Miz liengj mwngz cix gang

mi^2 li:ŋ^3 mɯŋ^2 ɕi^4 ka:ŋ^1

有 伞 你 就 撑

雨伞你自撑。

6–271

安 庙 作 江 堂

An miuh coq gyang dangz

a:n^1 mi:u^6 ɕo^5 kja:ŋ^1 ta:ŋ^2

安 庙 放 中 堂

安庙放客厅，

6–272

刀 浪 观 了 备

Dauq laeng gonq liux beix

ta:u^5 laŋ^1 ko:n^5 li:u^4 pi^4

回 后 先 了 兄

先告辞了兄。

男唱

6-273

观	**偻**	**造**	**对**	**邦**
Gonq	raeuz	caux	doih	baengz
koːn^{5}	ɹau^{2}	ɕaːu^{4}	toːi^{6}	paŋ^{2}
先	我们	造	伙伴	朋

我俩曾结交，

6-274

米	**两**	**你**	**是**	**扛**
Miz	liengj	mwngz	cix	gang
mi^{2}	liːŋ^{3}	mɯŋ^{2}	ɕi^{4}	kaːŋ^{1}
有	伞	你	就	撑

雨伞你自撑。

6-275

安	**庙**	**作**	**江**	**王**
An	miuh	coq	gyang	vaengz
aːn^{1}	miːu^{6}	ɕo^{5}	kjaːŋ^{1}	vaŋ^{2}
安	庙	放	中	潭

安庙放潭中，

6-276

刀	**浪**	**牙**	**不**	**满**
Dauq	laeng	yax	mbouj	monh
taːu^{5}	laŋ^{1}	ja^{5}	bou^{5}	moːn^{6}
回	后	也	不	谈情

辞别无情缘。

女唱

6-277

观	**偻**	**造**	**对**	**邦**
Gonq	raeuz	caux	doih	baengz
koːn^{5}	ɹau^{2}	ɕaːu^{4}	toːi^{6}	paŋ^{2}
先	我们	造	伙伴	朋

我俩曾结交，

6-278

米	**两**	**你**	**是**	**扛**
Miz	liengj	mwngz	cix	gang
mi^{2}	liːŋ^{3}	mɯŋ^{2}	ɕi^{4}	kaːŋ^{1}
有	伞	你	就	撑

雨伞你独撑。

6-279

安	**庙**	**作**	**江**	**堂**
An	miuh	coq	gyang	dangz
aːn^{1}	miːu^{6}	ɕo^{5}	kjaːŋ^{1}	taːŋ^{2}
安	庙	放	中	堂

安庙放客厅，

6-280

辰	**古**	**尚**	**外**	**对**
Nyienh	guh	sang	vaij	doih
ȵuːn^{6}	ku^{4}	θaːŋ^{1}	vaːi^{3}	toːi^{6}
愿	做	高	过	伙伴

要比别人高。

男唱

6-281

观 偻 造 对 邦

Gonq raeuz caux doih baengz

koːn^{5} ɹau^{2} ɕaːu^{4} toːi^{6} paŋ^{2}

先 我们 造 伙伴 朋

我俩曾结交，

6-282

米 两 你 是 扛

Miz liengj mwngz cix gang

mi^{2} liːŋ^{3} mɯŋ^{2} ɕi^{4} kaːŋ^{1}

有 伞 你 就 撑

雨伞你自撑。

6-283

农 米 羽 三 层

Nuengx miz fwed sam caengz

nuːŋ^{4} mi^{2} fuːt^{8} θaːn^{1} ɕaŋ^{2}

妹 有 翅 三 层

妹有三层翅，

6-284

飞 尚 马 土 累

Mbin sang ma dou laeq

bin^{1} θaːŋ^{1} ma^{1} tu^{1} lai^{5}

飞 高 来 我 看

高飞给我看。

女唱

6-285

观 偻 造 对 邦

Gonq raeuz caux doih baengz

koːn^{5} ɹau^{2} ɕaːu^{4} toːi^{6} paŋ^{2}

先 我们 造 伙伴 朋

我俩曾结交，

6-286

米 两 你 是 扛

Miz liengj mwngz cix gang

mi^{2} liːŋ^{3} mɯŋ^{2} ɕi^{4} kaːŋ^{1}

有 伞 你 就 撑

雨伞你自撑。

6-287

空 米 羽 三 层

Ndwi miz fwed sam caengz

duːi^{1} mi^{2} fuːt^{8} θaːn^{1} ɕaŋ^{2}

不 有 翅 三 层

没有三层翅，

6-288

飞 尚 牙 不 得

Mbin sang yax mbouj ndaej

bin^{1} θaːŋ^{1} ja^{5} bou^{5} dai^{3}

飞 高 也 不 得

高飞也不行。

男唱

6-289

观　偻　造　对　邦

Gonq raeuz caux doih baengz

koːn^{5} ɹau^{2} ɕaːu^{4} toːi^{6} paŋ^{2}

先　我们　造　伙伴　朋

我俩曾结交，

6-290

米　两　你　是　扛

Miz liengj mwngz cix gang

mi^{2} liːŋ^{3} mɯŋ^{2} ɕi^{4} kaːŋ^{1}

有　伞　你　就　撑

雨伞你自撑。

6-291

乱　米　羽　三　层

Luenh miz fwed sam caengz

luːn^{6} mi^{2} fuːt^{8} θaːn^{1} ɕaŋ^{2}

少　有　翅　三　层

少见三层翅，

6-292

飞　尚　偻　一　罗

Mbin sang raeuz it loh

bin^{1} θaːŋ^{1} ɹau^{2} it^{7} lo^{6}

飞　高　我们　一　路

我俩同高飞。

女唱

6-293

观　偻　造　对　邦

Gonq raeuz caux doih baengz

koːn^{5} ɹau^{2} ɕaːu^{4} toːi^{6} paŋ^{2}

先　我们　造　伙伴　朋

我俩曾结交，

6-294

米　两　你　是　扛

Miz liengj mwngz cix gang

mi^{2} liːŋ^{3} mɯŋ^{2} ɕi^{4} kaːŋ^{1}

有　伞　你　就　撑

雨伞你独撑。

6-295

想　古　九　飞　尚

Siengj guh yiuh mbin sang

θiːŋ^{3} ku^{4} jiu^{6} bin^{1} θaːŋ^{1}

想　做　鹞　飞　高

想像鹰高飞，

6-296

金　银　往　罗　机

Gim ngaenz vang loh giq

kin^{1} ŋan^{2} vaːŋ^{1} lo^{6} ki^{5}

金　银　横　路　岔

金银铺岔路。

男唱

6-297
观 偻 造 对 邦
Gonq raeuz caux doih baengz
koːn^5 ɹau^2 ɕaːu^4 toːi^6 paŋ^2
先 我们 造 伙伴 朋
我俩曾结交，

6-298
米 两 你 是 扛
Miz liengj mwngz cix gang
mi^2 liːŋ^3 mɯŋ^2 ɕi^4 kaːŋ^1
有 伞 你 就 撑
雨伞你独撑。

6-299
土 是 想 反 身
Dou cix siengj fan ndang
tu^1 ɕi^6 θiːŋ^3 faːn^1 daːŋ^1
我 是 想 翻 身
我本想翻身，

6-300
老 少 堂 不 得
Lau sau daengz mbouj ndaej
laːu^1 saːu^1 taŋ^2 bou^5 dai^3
怕 姑娘 到 不 得
怕妹到不了。

女唱

6-301
观 偻 造 对 邦
Gonq raeuz caux doih baengz
koːn^5 ɹau^2 ɕaːu^4 toːi^6 paŋ^2
先 我们 造 伙伴 朋
我俩曾结交，

6-302
米 两 你 是 扛
Miz liengj mwngz cix gang
mi^2 liːŋ^3 mɯŋ^2 ɕi^4 kaːŋ^1
有 伞 你 就 撑
雨伞你自撑。

6-303
然 瓦 板 三 层
Ranz ngvax banj sam caengz
ɹaːn^2 ŋwa^4 paːn^3 θaːn^1 ɕaŋ^2
家 瓦 板 三 层
瓦屋三层楼，

6-304
应 么 堂 不 得
Yinh maz daengz mbouj ndaej
iŋ^1 ma^2 taŋ^2 bou^5 dai^3
因 何 到 不 得
为何到不了？

男唱

6-305
观 偻 造 对 邦
Gonq raeuz caux doih baengz
koːn^{5} ɹau^{2} ɕaːu^{4} toːi^{6} paŋ^{2}
先 我们 造 伙伴 朋
我俩曾结交，

6-306
米 两 你 是 扛
Miz liengj mwngz cix gang
mi^{2} liːŋ^{3} mɯŋ^{2} ɕi^{4} kaːŋ^{1}
有 伞 你 就 撑
雨伞你自撑。

6-307
然 瓦 板 三 层
Ranz ngvax banj sam caengz
ɹaːn^{2} ŋwa^{4} paːn^{3} θaːn^{1} ɕaŋ^{2}
家 瓦 板 三 层
瓦屋三层楼，

6-308
堂 得 你 是 节
Daengz ndaej mwngz cix ciep
taŋ^{2} dai^{3} mɯŋ^{2} ɕi^{4} ɕeːt^{7}
到 得 你 就 接
接到你就接。

女唱

6-309
观 偻 造 对 邦
Gonq raeuz caux doih baengz
koːn^{5} ɹau^{2} ɕaːu^{4} toːi^{6} paŋ^{2}
先 我们 造 伙伴 朋
我俩曾结交，

6-310
米 两 你 是 扛
Miz liengj mwngz cix gang
mi^{2} liːŋ^{3} mɯŋ^{2} ɕi^{4} kaːŋ^{1}
有 伞 你 就 撑
雨伞你自撑。

6-311
丰 打 羽 飞 尚
Fungh daj fwed mbin sang
fuŋ^{6} ta^{3} fɯːt^{8} bin^{1} θaːŋ^{1}
凤 打 翅 飞 高
凤振翅高飞，

6-312
貝 同 节 江 王
Bae doengz ciep gyang vaengz
pai^{1} toŋ^{2} ɕeːt^{7} kjaːŋ^{1} vaŋ^{2}
去 同 接 中 潭
去潭中会面。

男唱

6–313

观	偻	造	对	邦
Gonq	raeuz	caux	doih	baengz
ko:n^5	ɹau^2	ɕa:u^4	to:i^6	paŋ^2
先	我们	造	伙伴	朋

我俩曾结交，

6–314

米	两	你	是	扛
Miz	liengj	mwngz	cix	gang
mi^2	li:ŋ^3	mɯŋ^2	ɕi^4	ka:ŋ^1
有	伞	你	就	撑

雨伞你管撑。

6–315

貝	同	节	江	王
Bae	doengz	ciep	gyang	vaengz
pai^1	toŋ^2	ɕe:t^7	kja:ŋ^1	vaŋ^2
去	同	接	中	潭

去潭中会面，

6–316

可	强	忠	外	罗
Goj	giengz	fangz	vaij	loh
ko^5	ki:ŋ^2	fa:ŋ^2	va:i^3	lo^6
也	像	鬼	过	路

如同鬼过路。

女唱

6–317

观	偻	造	对	邦
Gonq	raeuz	caux	doih	baengz
ko:n^5	ɹau^2	ɕa:u^4	to:i^6	paŋ^2
先	我们	造	伙伴	朋

我俩曾结交，

6–318

米	两	你	是	扛
Miz	liengj	mwngz	cix	gang
mi^2	li:ŋ^3	mɯŋ^2	ɕi^4	ka:ŋ^1
有	伞	你	就	撑

雨伞你管撑。

6–319

貝	同	节	江	王
Bae	doengz	ciep	gyang	vaengz
pai^1	toŋ^2	ɕe:t^7	kja:ŋ^1	vaŋ^2
去	同	接	中	潭

去潭中会面，

6–320

强	忠	空	米	庙
Giengz	fangz	ndwi	miz	miuh
ki:ŋ^2	fa:ŋ^2	du:i^1	mi^2	mi:u^6
像	鬼	不	有	庙

像无庙野鬼。

男唱

6–321

观	**偻**	**造**	**对**	**邦**
Gonq	raeuz	caux	doih	baengz
ko:n^{5}	ɹau^{2}	ɕa:u^{4}	to:i^{6}	paŋ^{2}
先	我们	造	伙伴	朋

我俩曾结交，

6–322

米	**两**	**你**	**是**	**扛**
Miz	liengj	mwngz	cix	gang
mi^{2}	li:ŋ^{3}	mɯŋ^{2}	ɕi^{4}	ka:ŋ^{1}
有	伞	你	就	撑

雨伞你管撑。

6–323

偻	**岁**	**强**	**下**	**王**
Raeuz	caez	giengh	roengz	vaengz
ɹau^{2}	ɕai^{2}	ki:ŋ^{6}	ɹoŋ^{2}	vaŋ^{2}
我们	齐	跳	下	潭

我俩跳下潭，

6–324

开	**相**	**浪**	**了**	**农**
Gaej	ciengx	laeng	liux	nuengx
ka:i^{5}	ɕi:ŋ^{4}	laŋ^{1}	li:u^{4}	nu:ŋ^{4}
莫	养	后	啰	妹

从此绝了后。

女唱

6–325

观	**偻**	**造**	**对**	**邦**
Gonq	raeuz	caux	doih	baengz
ko:n^{5}	ɹau^{2}	ɕa:u^{4}	to:i^{6}	paŋ^{2}
先	我们	造	伙伴	朋

我俩曾结交，

6–326

米	**两**	**你**	**是**	**扛**
Miz	liengj	mwngz	cix	gang
mi^{2}	li:ŋ^{3}	mɯŋ^{2}	ɕi^{4}	ka:ŋ^{1}
有	伞	你	就	撑

雨伞你管撑。

6–327

𠊛	**强**	**𠊛**	**下**	**王**
Boux	giengh	boux	roengz	vaengz
pu^{4}	ki:ŋ^{6}	pu^{4}	ɹoŋ^{2}	vaŋ^{2}
人	跳	人	下	潭

相继跳水潭，

6–328

相	**秀**	**文**	**不**	**了**
Siengj	ciuh	vunz	mbouj	liux
θi:ŋ^{3}	ɕi:u^{6}	vun^{2}	bou^{5}	li:u^{4}
想	世	人	不	完

不想活世上。

男唱

6-329

观 偻 造 对 邦

Gonq raeuz caux doih baengz

koːn^{5} ɹau^{2} ɕaːu^{4} toːi^{6} paŋ^{2}

先 我们 造 伙伴 朋

我俩曾结交，

6-330

米 两 你 是 扛

Miz liengj mwngz cix gang

mi^{2} liːŋ^{3} mɯŋ^{2} ɕi^{4} kaːŋ^{1}

有 伞 你 就 撑

雨伞你管撑。

6-331

偻 岁 强 下 王

Raeuz caez giengh roengz vaengz

ɹau^{2} ɕai^{2} kiːŋ^{6} ɹoŋ^{2} vaŋ^{2}

我们 齐 跳 下 潭

我俩同跳潭，

6-332

间 身 你 告 内

Gem ndang mwngz gau neix

keːm^{1} daːŋ^{1} mɯŋ^{2} kaːu^{1} ni^{4}

监管 身 你 次 这

看管你一世。

女唱

6-333

观 偻 造 对 邦

Gonq raeuz caux doih baengz

koːn^{5} ɹau^{2} ɕaːu^{4} toːi^{6} paŋ^{2}

先 我们 造 伙伴 朋

我俩曾结交，

6-334

米 两 你 是 扛

Miz liengj mwngz cix gang

mi^{2} liːŋ^{3} mɯŋ^{2} ɕi^{4} kaːŋ^{1}

有 伞 你 就 撑

雨伞你管撑。

6-335

阝 强 阝 下 王

Boux giengh boux roengz vaengz

pu^{4} kiːŋ^{6} pu^{4} ɹoŋ^{2} vaŋ^{2}

人 跳 人 下 潭

相随跳水潭，

6-336

间 身 开 么 由

Gem ndang gij maz raeuh

keːm^{1} daːŋ^{1} kaːi^{2} ma^{2} ɹau^{6}

监管 身 块 什么 多

还看管什么？

男唱

6-337

观	**偻**	**造**	**对**	**邦**
Gonq	raeuz	caux	doih	baengz
koːn⁵	ɹau²	ɕaːu⁴	toːi⁶	paŋ²
先	**我们**	**造**	**伙伴**	**朋**

我俩曾结交，

6-338

米	**两**	**你**	**是**	**扛**
Miz	liengj	mwngz	cix	gang
mi²	liːŋ³	mɯŋ²	ɕi⁴	kaːŋ¹
有	**伞**	**你**	**就**	**撑**

雨伞你管撑。

6-339

偻	**岁**	**强**	**下**	**王**
Raeuz	caez	giengh	roengz	vaengz
ɹau²	ɕai²	kiːŋ⁶	ɹoŋ²	vaŋ²
我们	**齐**	**跳**	**下**	**潭**

我俩同跳潭，

6-340

间	**身**	**是**	**牙**	**勒**
Gem	ndang	cix	yax	lawh
keːm¹	daːŋ¹	ɕi⁴	ja⁵	laɯ⁶
监管	**身**	**是**	**也**	**换**

是为永结交。

女唱

6-341

观	**偻**	**造**	**对**	**邦**
Gonq	raeuz	caux	doih	baengz
koːn⁵	ɹau²	ɕaːu⁴	toːi⁶	paŋ²
先	**我们**	**造**	**伙伴**	**朋**

我俩曾结交，

6-342

米	**两**	**你**	**是**	**扛**
Miz	liengj	mwngz	cix	gang
mi²	liːŋ³	mɯŋ²	ɕi⁴	kaːŋ¹
有	**伞**	**你**	**就**	**撑**

雨伞你管撑。

6-343

阝	**强**	**阝**	**下**	**王**
Boux	giengh	boux	roengz	vaengz
pu⁴	kiːŋ⁶	pu⁴	ɹoŋ²	vaŋ²
人	**跳**	**人**	**下**	**潭**

相随跳水潭，

6-344

乜	**在**	**浪**	**又**	**怨**
Meh	ywq	laeng	youh	yonq
me⁶	jɯ⁵	laŋ¹	jou⁴	joːn⁵
母	**在**	**后**	**又**	**怨**

母活着受罪。

男唱

6–345

岁	强	下	江	王
Caez	giengh	roengz	gyang	vaengz
çai^{2}	kiːŋ^{6}	ɹoŋ^{2}	kjaːŋ^{1}	vaŋ^{2}
齐	跳	下	中	潭

一同去跳潭，

6–346

乜	在	浪	又	怨
Meh	ywq	laeng	youh	yonq
me^{6}	jɯ^{5}	laŋ^{1}	jou^{4}	joːn^{5}
母	在	后	又	怨

母活着受罪。

6–347

貝	那	刀	可	满
Bae	naj	dauq	goj	muenh
pai^{1}	na^{3}	taːu^{5}	ko^{5}	muːn^{6}
去	前	倒	也	欢乐

死去遂心愿，

6–348

乜	又	怨	心	凉
Meh	youh	yonq	sim	liengz
me^{6}	jou^{4}	joːn^{5}	θin^{1}	liːŋ^{2}
母	又	怨	心	凉

母活着悲伤。

女唱

6–349

偻	岁	强	下	王
Raeuz	caez	giengh	roengz	vaengz
ɹau^{2}	çai^{2}	kiːŋ^{6}	ɹoŋ^{2}	vaŋ^{2}
我们	齐	跳	下	潭

我俩同跳潭，

6–350

乜	在	浪	又	怨
Meh	ywq	laeng	youh	yonq
me^{6}	jɯ^{5}	laŋ^{1}	jou^{4}	joːn^{5}
母	在	后	又	怨

母活着受罪。

6–351

貝	那	刀	可	满
Bae	naj	dauq	goj	muenh
pai^{1}	na^{3}	taːu^{5}	ko^{5}	muːn^{6}
去	前	倒	也	欢乐

死去遂心愿，

6–352

乜	又	怨	堂	偻
Meh	youh	yonq	daengz	raeuz
me^{6}	jou^{4}	joːn^{5}	taŋ^{2}	ɹau^{2}
母	又	怨	到	我们

母会怨我们。

①洋伴会［jɯ:ŋ^{1} pu:n^{4} fai^{4}］：香伴棺，香火伴棺材，指死后有后人供奉。

男唱

6-353

观	偻	造	对	邦
Gonq	raeuz	caux	doih	baengz
ko:n^{5}	ɹau^{2}	ɕa:u^{4}	to:i^{6}	paŋ^{2}
先	我们	造	伙伴	朋

我俩曾结交，

6-354

米	两	你	是	扛
Miz	liengj	mwngz	cix	gang
mi^{2}	li:ŋ^{3}	mɯŋ^{2}	ɕi^{4}	ka:ŋ^{1}
有	伞	你	就	撑

雨伞尽管撑。

6-355

秋	样	农	装	身
Ciuq	yiengh	nuengx	cang	ndang
ɕi:u^{5}	jɯ:ŋ^{6}	nu:ŋ^{4}	ɕa:ŋ^{1}	da:ŋ^{1}
看	样	妹	装	身

像情妹打扮，

6-356

狼	米	洋	伴	会①
Langh	miz	yieng	buenx	faex
la:ŋ^{6}	mi^{2}	jɯ:ŋ^{1}	pu:n^{4}	fai^{4}
若	有	香	伴	棺

如有香火伴。

女唱

6-357

尝	得	义	十	比
Caengz	ndaej	ngeih	cib	bi
ɕaŋ^{2}	dai^{3}	ȵi^{6}	ɕit^{8}	pi^{1}
未	得	二	十	年

不到二十岁，

6-358

是	交	你	邦	美
Cix	gyau	mwngz	baengz	meij
ɕi^{4}	kja:u^{1}	mɯŋ^{2}	paŋ^{2}	mei^{3}
就	交	你	朋	美

就交你情哥。

6-359

狼	米	洋	伴	会
Langh	miz	yieng	buenx	faex
la:ŋ^{6}	mi^{2}	jɯ:ŋ^{1}	pu:n^{4}	fai^{4}
若	有	香	伴	棺

若有香火伴，

6-360

不	托	农	中	声
Mbouj	doh	nuengx	cuengq	sing
bou^{5}	to^{6}	nu:ŋ^{4}	ɕu:ŋ^{5}	θiŋ^{1}
不	同	妹	放	声

不与妹哭丧。

男唱

6-361

观 在 秀 友 江

Gonq ywq ciuh youx gyang

koːn^{5} jɯ^{5} ɕiːu^{6} ju^{4} kjaːŋ^{1}

先 在 世 友 中

还在恋爱时，

6-362

空 米 洋 伴 会

Ndwi miz yieng buenx faex

duːi^{1} mi^{2} jɯːŋ^{1} puːn^{4} fai^{4}

不 有 香 伴 棺

无须香伴棺。

6-363

堂 秀 你 了 岁

Daengz ciuh mwngz liux caez

taŋ^{2} ɕiːu^{6} mɯŋ^{2} liːu^{4} ɕai^{2}

到 世 你 完 齐

到你辞世时，

6-364

貝 伴 会 很 洋

Bae buenx faex hwnj yieng

pai^{1} puːn^{4} fai^{4} hɯn^{3} jɯːŋ^{1}

去 伴 棺 上 香

去烧香守灵。

女唱

6-365

观 在 秀 友 江

Gonq ywq ciuh youx gyang

koːn^{5} jɯ^{5} ɕiːu^{6} ju^{4} kjaːŋ^{1}

先 在 世 友 中

以前谈恋爱，

6-366

空 米 洋 伴 会

Ndwi miz yieng buenx faex

duːi^{1} mi^{2} jɯːŋ^{1} puːn^{4} fai^{4}

不 有 香 伴 棺

不焚香守棺。

6-367

貝 邦 山 它 累

Bae bangx bya de laeq

pai^{1} paːŋ^{4} pja^{1} te^{1} lai^{5}

去 旁 山 那 看

到山边去看，

6-368

勾 绞 会 在 而

Gaeu heux faex ywq lawz

kau^{1} heːu^{4} fai^{4} jɯ^{5} laɯ^{2}

藤 缠 树 在 哪

哪有藤缠树？

男唱

6-369

尝	**得**	**义**	**十**	**比**
Caengz	ndaej	ngeih	cib	bi
ɕaŋ^{2}	dai^{3}	ȵi^{6}	ɕit^{8}	pi^{1}
未	得	二	十	年

不到二十岁，

6-370

是	**交**	**你**	**对**	**爱**
Cix	gyau	mwngz	doih	gyaez
ɕi^{4}	kjaːu^{1}	mɯŋ^{2}	toːi^{6}	kjai^{2}
就	交	你	伙伴	爱

就结交情友。

6-371

日	**乱**	**土**	**貝**	**累**
Ngoenz	lwenz	dou	bae	laeq
ŋon^{2}	lɯːn^{2}	tu^{1}	pai^{1}	lai^{5}
天	昨	我	去	看

昨天我去看，

6-372

勾	**绞**	**会**	**三**	**层**
Gaeu	heux	faex	sam	caengz
kau^{1}	heːu^{4}	fai^{4}	θaːn^{1}	ɕaŋ^{2}
藤	绞	树	三	层

藤缠树三匝。

女唱

6-373

尝	**得**	**义**	**十**	**比**
Caengz	ndaej	ngeih	cib	bi
ɕaŋ^{2}	dai^{3}	ȵi^{6}	ɕit^{8}	pi^{1}
未	得	二	十	年

不到二十岁，

6-374

是	**交**	**你**	**对**	**爱**
Cix	gyau	mwngz	doih	gyaez
ɕi^{4}	kjaːu^{1}	mɯŋ^{2}	toːi^{6}	kjai^{2}
就	交	你	伙伴	爱

就结交情友。

6-375

勾	**刀**	**马**	**绞**	**会**
Gaeu	dauq	ma	heux	faex
kau^{1}	taːu^{5}	ma^{1}	heːu^{4}	fai^{4}
藤	倒	来	缠	树

藤转来缠树，

6-376

外	**不**	**能**	**尝**	**米**
Vaij	mbouj	nyaenx	caengz	miz
vaːi^{3}	bou^{5}	ȵan^{4}	ɕaŋ^{2}	mi^{2}
过	不	那样	未	有

过去很少见。

男唱

6-377

观 偻 造 对 邦

Gonq raeuz caux doih baengz

ko:n^{5} ɹau^{2} ɕa:u^{4} to:i^{6} paŋ^{2}

先 我们 造 伙伴 朋

我俩曾结交，

6-378

米 两 你 是 扛

Miz liengj mwngz cix gang

mi^{2} li:ŋ^{3} mɯŋ^{2} ɕi^{4} ka:ŋ^{1}

有 伞 你 就 撑

雨伞尽管撑。

6-379

秋 后 拜 山 尚

Ciuq haeuj baih bya sang

ɕi:u^{5} hau^{3} pa:i^{6} pja^{1} θa:ŋ^{1}

看 进 边 山 高

往高山上看，

6-380

米 两 扛 你 在

Miz liengj gang mwngz ywq

mi^{2} li:ŋ^{3} ka:ŋ^{1} mɯŋ^{2} jɯ^{5}

有 伞 撑 你 在

有伞遮庇你。

女唱

6-381

观 偻 造 对 邦

Gonq raeuz caux doih baengz

ko:n^{5} ɹau^{2} ɕa:u^{4} to:i^{6} paŋ^{2}

先 我们 造 伙伴 朋

我俩曾结交，

6-382

米 两 你 是 扛

Miz liengj mwngz cix gang

mi^{2} li:ŋ^{3} mɯŋ^{2} ɕi^{4} ka:ŋ^{1}

有 伞 你 就 撑

雨伞尽管撑。

6-383

变 友 而 在 行

Bienz youx lawz caih hangz

pe:n^{2} ju^{4} laɯ^{2} ɕa:i^{6} ha:ŋ^{2}

熟练 友 哪 在 行

哪位友伶俐，

6-384

好 土 扛 两 么

Ndij dou gang liengj moq

di^{1} tu^{1} ka:ŋ^{1} li:ŋ^{3} mo^{5}

与 我 撑 伞 新

同我撑新伞。

男唱

6-385
观 偻 造 对 邦
Gonq raeuz caux doih baengz
ko:n5 ɹau2 ɕa:u4 to:i6 paŋ2
先 我们 造 伙伴 朋
我俩曾结交，

6-386
米 两 是 写 字
Miz liengj cix sij sw
mi2 li:ŋ3 ɕi4 θi3 θɯ1
有 伞 就 写 字
伞上打暗号。

6-387
干 邦 友 很 河
Ganq baengz youx hwnj haw
ka:n5 paŋ2 ju4 hɯn3 həɯ1
照料 朋 友 上 圩
顾情友赶圩，

6-388
开 写 两 年 伕
Gaej ce liengj nem fwx
ka:i5 ɕe1 li:ŋ3 ne:m1 fə4
莫 留 伞 贴 别人
莫替人打伞。

女唱

6-389
观 偻 造 对 邦
Gonq raeuz caux doih baengz
ko:n5 ɹau2 ɕa:u4 to:i6 paŋ2
先 我们 造 伙伴 朋
我俩曾结交，

6-390
米 两 是 写 字
Miz liengj cix sij sw
mi2 li:ŋ3 ɕi4 θi3 θɯ1
有 伞 就 写 字
伞上打记号。

6-391
备 是 尝 很 河
Beix cix caengz hwnj haw
pi4 ɕi4 ɕaŋ2 hɯn3 həɯ1
兄 就 未 上 圩
兄还没赶圩，

6-392
扛 两 貝 么 备
Gang liengj bae maz beix
ka:ŋ1 li:ŋ3 pai1 ma2 pi4
撑 伞 去 什么 兄
打伞干什么？

男唱

6-393

观 偻 造 对 邦

Gonq raeuz caux doih baengz

koːn^{5} ɹau^{2} ɕaːu^{4} toːi^{6} paŋ^{2}

先 我们 造 伙伴 朋

我俩曾结交，

6-394

米 两 是 写 字

Miz liengj cix sij sw

mi^{2} liːŋ^{3} ɕi^{4} θi^{3} θɯ^{1}

有 伞 就 写 字

伞要打记号。

6-395

几 年 内 很 河

Geij nienz neix hwnj haw

ki^{3} niːn^{2} ni^{4} hɯn^{3} həɯ^{1}

几 年 这 上 圩

这几年赶圩，

6-396

空 见 坤 干 衣

Ndwi gen gun ganj hih

duːi^{1} keːn^{4} kun^{1} kaːn^{3} ji^{5}

不 见 官 赶 圩

不见汉人来。

女唱

6-397

观 偻 造 对 邦

Gonq raeuz caux doih baengz

koːn^{5} ɹau^{2} ɕaːu^{4} toːi^{6} paŋ^{2}

先 我们 造 伙伴 朋

我俩曾结交，

6-398

米 两 是 写 字

Miz liengj cix sij sw

mi^{2} liːŋ^{3} ɕi^{4} θi^{3} θɯ^{1}

有 伞 就 写 字

伞要打记号。

6-399

老 备 是 貝 而

Lau beix cix bae lawz

laːu^{1} pi^{4} ɕi^{4} pai^{1} laɯ^{2}

怕 兄 是 去 哪

兄往何处去，

6-400

坤 可 站 然 天

Gun goj soengz ranz den

kun^{1} ko^{5} θoŋ^{2} ɹaːn^{2} teːn^{5}

官 也 站 家 店

汉人站店铺。

男唱

6-401

尝	得	义	十	比
Caengz	ndaej	ngeih	cib	bi
çaŋ^{2}	dai^{3}	ȵi^{6}	çit^{8}	pi^{1}
未	得	二	十	年

不到二十岁，

6-402

是	交	你	小	面
Cix	gyau	mwngz	siuj	mienh
çi^{4}	kjaːu^{1}	mɯŋ^{2}	θiːu^{3}	meːn^{6}
就	交	你	小	面

结交小情友。

6-403

坤	可	站	然	天
Gun	goj	soengz	ranz	den
kun^{1}	ko^{5}	θoŋ^{2}	ɹaːn^{2}	teːn^{5}
官	也	站	家	店

汉人站店铺，

6-404

空	见	面	农	银
Ndwi	gen	mienh	nuengx	ngaenz
duːi^{1}	keːn^{4}	meːn^{6}	nuːŋ^{4}	ŋan^{2}
不	见	面	妹	银

情妹在何处？

女唱

6-405

尝	得	义	十	比
Caengz	ndaej	ngeih	cib	bi
çaŋ^{2}	dai^{3}	ȵi^{6}	çit^{8}	pi^{1}
未	得	二	十	年

不到二十岁，

6-406

是	交	你	小	面
Cix	gyau	mwngz	siuj	mienh
çi^{4}	kjaːu^{1}	mɯŋ^{2}	θiːu^{3}	meːn^{6}
就	交	你	小	面

结交小情友。

6-407

坤	可	站	然	天
Gun	goj	soengz	ranz	den
kun^{1}	ko^{5}	θoŋ^{2}	ɹan^{2}	teːn^{5}
官	也	站	家	店

汉人站店铺，

6-408

见	面	是	勒	正
Gen	mienh	cix	lawh	cingz
keːn^{4}	meːn^{6}	çi^{4}	ləɯ^{6}	çiŋ^{2}
见	面	就	换	情

见面换信物。

男唱

6–409

观 偻 造 对 邦

Gonq raeuz caux doih baengz

koːn^{5} ɹau^{2} ɕaːu^{4} toːi^{6} paŋ^{2}

先 我们 造 伙伴 朋

我俩曾结交，

6–410

米 两 是 写 字

Miz liengj cix sij sw

mi^{2} liːŋ^{3} ɕi^{4} θi^{3} θɯ^{1}

有 伞 就 写 字

伞要打记号。

6–411

米 河 是 干 河

Miz haw cix ganj haw

mi^{2} həɯ^{1} ɕi^{4} kaːn^{3} həɯ^{1}

有 圩 就 赶 圩

只管赶圩场，

6–412

开 貝 站 然 天

Gaej bae soengz ranz den

kaːi^{5} pai^{1} θoŋ^{2} ɹaːn^{2} teːn^{5}

莫 去 站 家 店

别到店铺站。

女唱

6–413

尝 得 义 十 比

Caengz ndaej ngeih cib bi

ɕaŋ^{2} dai^{3} n̥i^{6} ɕit^{8} pi^{1}

未 得 二 十 年

不到二十岁，

6–414

是 交 你 小 面

Cix gyau mwngz siuj mienh

ɕi^{4} kjaːu^{1} mɯŋ^{2} θiːu^{3} meːn^{6}

就 交 你 小 面

结交小情友。

6–415

爱 貝 站 然 天

Ngaiq bae soengz ranz den

ŋaːi^{5} pai^{1} θoŋ^{2} ɹaːn^{2} teːn^{5}

爱 去 站 家 店

爱去店铺站，

6–416

听 鸟 炕 讲 坤

Dingq roeg enq gangj gun

tiŋ^{5} ɹok^{8} eːn^{5} kaːŋ^{3} kun^{1}

听 鸟 燕 讲 官话

听鸟讲汉话。

男唱

6-417

观 偻 造 对 邦

Gonq raeuz caux doih baengz

ko:n^{5} ɹau^{2} ɕa:u^{4} to:i^{6} paŋ^{2}

先 我们 造 伙伴 朋

我俩曾结交，

6-418

米 两 是 写 字

Miz liengj cix sij sw

mi^{2} li:ŋ^{3} ɕi^{4} θi^{3} θɯ^{1}

有 伞 就 写 字

伞要做记号。

6-419

不 𠬠 干 罗 河

Mbouj boux ganq loh haw

bou^{5} pu^{4} ka:n^{3} lo^{6} həɯ^{1}

无 人 照料 路 圩

街道无人扫，

6-420

牙 说 而 牙 由

Yax naeuz lawz yax raeuh

ja^{5} nau^{2} laɯ^{2} ja^{5} ɹau^{6}

也 说 哪 也 多

不知怎么说。

女唱

6-421

观 偻 造 对 邦

Gonq raeuz caux doih baengz

ko:n^{5} ɹau^{2} ɕa:u^{4} to:i^{6} paŋ^{2}

先 我们 造 伙伴 朋

我俩曾结交，

6-422

米 两 是 写 字

Miz liengj cix sij sw

mi^{2} li:ŋ^{3} ɕi^{4} θi^{3} θɯ^{1}

有 伞 就 写 字

伞要做记号。

6-423

不 𠬠 干 罗 河

Mbouj boux ganq loh haw

bou^{5} pou^{4} ka:n^{5} lo^{6} həɯ^{1}

无 人 照料 路 圩

街道无人扫，

6-424

𠅮 同 师 是 八

Nyienh doengz swz cix bah

ȵu:n^{6} toŋ^{2} θɯ^{2} ɕi^{4} pa^{6}

愿 同 辞 就 罢

我们分手罢。

男唱

6–425

观	**偻**	**造**	**对**	**邦**
Gonq	raeuz	caux	doih	baengz
koːn^{5}	ɹau^{2}	ɕaːu^{4}	toːi^{6}	paŋ^{2}
先	**我们**	**造**	**伙伴**	**朋**

我俩曾结交，

6–426

米	**两**	**是**	**写**	**字**
Miz	liengj	cix	sij	sw
mi^{2}	liːŋ^{3}	ɕi^{4}	θi^{3}	θɯ^{1}
有	**伞**	**就**	**写**	**字**

伞要打记号。

6–427

你	**师**	**土**	**不**	**师**
Mwngz	swz	dou	mbouj	swz
mɯŋ^{2}	θɯ^{2}	tu^{1}	bou^{5}	θɯ^{2}
你	**辞**	**我**	**不**	**辞**

你分我不分，

6–428

罗	**河**	**土**	**牙**	**很**
Loh	haw	dou	yax	hwnj
lo^{6}	həɯ^{1}	tu^{1}	ja^{5}	hɯn^{3}
路	**圩**	**我**	**也**	**上**

我还要赶圩。

女唱

6–429

观	**偻**	**造**	**对**	**邦**
Gonq	raeuz	caux	doih	baengz
koːn^{5}	ɹau^{2}	ɕaːu^{4}	toːi^{6}	paŋ^{2}
先	**我们**	**造**	**伙伴**	**朋**

我俩曾结交，

6–430

米	**两**	**是**	**写**	**字**
Miz	liengj	cix	sij	sw
mi^{2}	liːŋ^{3}	ɕi^{4}	θi^{3}	θɯ^{1}
有	**伞**	**就**	**写**	**字**

伞上做记号。

6–431

变	**表**	**农**	**不**	**师**
Bienh	biuj	nuengx	mbouj	swz
piːn^{6}	piːu^{3}	nuːŋ^{4}	bou^{5}	θɯ^{2}
即便	**表**	**妹**	**不**	**辞**

情妹不愿分，

6–432

岁	**很**	**河**	**三**	**王**
Caez	hwnj	haw	sam	vangz
ɕai^{2}	hɯn^{3}	həɯ^{1}	θaːn^{1}	vaŋ^{2}
齐	**上**	**圩**	**三**	**王**

同赶三王圩。

男唱

6-433

观　倭　造　对　邦

Gonq　raeuz　caux　doih　baengz

koːn^{5}　ɹau^{2}　ɕaːu^{4}　toːi^{6}　paŋ^{2}

先　我们　造　伙伴　朋

我俩曾结交，

6-434

米　两　是　写　字

Miz　liengj　cix　sij　sw

mi^{2}　liːŋ^{3}　ɕi^{4}　θi^{3}　θɯ^{1}

有　伞　就　写　字

雨伞打记号。

6-435

交　本　阝　你　特

Gyau　bonj　bouh　mwngz　dawz

kjaːu^{1}　poːn^{3}　pou^{6}　mɯŋ^{2}　təɯ^{2}

交　本　薄　你　拿

交歌本给你，

6-436

龙　师　河　貝　了

Lungz　swz　haw　bae　liux

luŋ^{2}　θɯ^{2}　həɯ^{1}　pai^{1}　liːu^{4}

龙　辞　圩　去　完

我不再赶圩。

女唱

6-437

观　倭　造　对　邦

Gonq　raeuz　caux　doih　baengz

koːn^{5}　ɹau^{2}　ɕaːu^{4}　toːi^{6}　paŋ^{2}

先　我们　造　伙伴　朋

我俩曾结交，

6-438

米　两　是　写　字

Miz　liengj　cix　sij　sw

mi^{2}　liːŋ^{3}　ɕi^{4}　θi^{3}　θɯ^{1}

有　伞　就　写　字

伞上做记号。

6-439

交　本　阝　土　特

Gyau　bonj　bouh　dou　dawz

kjaːu^{1}　poːn^{3}　pou^{6}　tu^{1}　təɯ^{2}

交　本　薄　我　拿

交歌本给我，

6-440

龙　貝　而　干　衣

Lungz　bae　lawz　ganj　hih

luŋ^{2}　pai^{1}　laɯ^{2}　kaːn^{3}　ji^{5}

龙　去　哪　赶　圩

兄赶哪条圩？

男唱

6–441

观	**偻**	**造**	**对**	**邦**
Gonq	raeuz	caux	doih	baengz
ko:n^{5}	ɹau^{2}	ɕa:u^{4}	to:i^{6}	paŋ^{2}
先	我们	造	伙伴	朋

我俩曾结交，

6–442

米	**两**	**是**	**写**	**字**
Miz	liengj	cix	sij	sw
mi^{2}	li:ŋ^{3}	ɕi^{4}	θi^{3}	θɯ^{1}
有	伞	就	写	字

伞上做记号。

6–443

交	**本**	**阝**	**你**	**特**
Gyau	bonj	bouh	mwngz	dawz
kja:u^{1}	po:n^{3}	pou^{6}	mɯŋ^{2}	təɯ^{2}
交	本	薄	你	拿

歌本交给你，

6–444

当	**河**	**偻**	**当**	**很**
Dangq	haw	raeuz	dangq	hwnj
ta:ŋ^{5}	həɯ^{1}	ɹau^{2}	ta:ŋ^{5}	hɯn^{3}
另	圩	我们	另	上

各赶各的圩。

女唱

6–445

观	**偻**	**造**	**对**	**邦**
Gonq	raeuz	caux	doih	baengz
ko:n^{5}	ɹau^{2}	ɕa:u^{4}	to:i^{6}	paŋ^{2}
先	我们	造	伙伴	朋

我俩曾结交，

6–446

米	**两**	**是**	**写**	**字**
Miz	liengj	cix	sij	sw
mi^{2}	li:ŋ^{3}	ɕi^{4}	θi^{3}	θɯ^{1}
有	伞	就	写	字

伞上做记号。

6–447

两	**阳**	**伞**	**你**	**特**
Liengj	yangz	sanj	mwngz	dawz
li:ŋ^{3}	ja:ŋ^{6}	θa:n^{3}	mɯŋ^{2}	təɯ^{2}
伞	阳	伞	你	拿

阳伞由你拿，

6–448

很	**河**	**不**	**说**	**农**
Hwnj	haw	mbouj	naeuz	nuengx
hɯn^{3}	həɯ^{1}	bou^{5}	nau^{2}	nu:ŋ^{4}
上	圩	不	说	妹

瞒着妹赶圩。

男唱

6–449

观	**偻**	**造**	**对**	**邦**
Gonq	raeuz	caux	doih	baengz
koːn^{5}	ɹau^{2}	ɕaːu^{4}	toːi^{6}	paŋ^{2}
先	**我们**	**造**	**伙伴**	**朋**

我俩曾结交，

6–450

米	**两**	**是**	**写**	**字**
Miz	liengj	cix	sij	sw
mi^{2}	liːŋ^{3}	ɕi^{4}	θi^{3}	θɯ^{1}
有	**伞**	**就**	**写**	**字**

伞上做记号。

6–451

两	**阳**	**伞**	**你**	**特**
Liengj	yangz	sanj	mwngz	dawz
liːŋ^{3}	jaːŋ^{6}	θaːn^{3}	mɯŋ^{2}	təɯ^{2}
伞	**阳**	**伞**	**你**	**拿**

阳伞由你拿，

6–452

很	**河**	**采**	**罗**	**背**
Hwnj	haw	byaij	loh	boih
hɯn^{3}	həɯ^{1}	pjaːi^{3}	lo^{6}	poːi^{6}
上	**圩**	**走**	**路**	**僻静**

赶圩走小路。

女唱

6–453

观	**偻**	**造**	**对**	**邦**
Gonq	raeuz	caux	doih	baengz
koːn^{5}	ɹau^{2}	ɕaːu^{4}	toːi^{6}	paŋ^{2}
先	**我们**	**造**	**伙伴**	**朋**

我俩曾结交，

6–454

米	**两**	**是**	**写**	**字**
Miz	liengj	cix	sij	sw
mi^{2}	liːŋ^{3}	ɕi^{4}	θi^{3}	θɯ^{1}
有	**伞**	**就**	**写**	**字**

伞上做记号。

6–455

交	**本**	**卜**	**你**	**特**
Gyau	bonj	bouh	mwngz	dawz
kjaːu^{1}	poːn^{3}	pou^{6}	mɯŋ^{2}	təɯ^{2}
交	**本**	**薄**	**你**	**拿**

歌本交给你，

6–456

明	**河**	**偻**	**可**	**三**
Cog	haw	raeuz	goj	sanq
ɕoːk^{8}	həɯ^{1}	ɹau^{2}	ko^{5}	θaːn^{5}
将来	**圩**	**我们**	**也**	**散**

赶圩后分别。

男唱

6-457

不	**老**	**元**	**偻**	**火**
Mbouj	lau	roen	raeuz	hoj
bou^{5}	laːu^{1}	joːn^{1}	ɹau^{2}	ho^{3}
不	怕	路	我们	苦

不怕路途苦，

6-458

不	**老**	**罗**	**土**	**伕**
Mbouj	lau	loh	dou	fwz
bou^{5}	laːu^{1}	lo^{6}	tu^{1}	fɯ^{2}
不	怕	路	我	荒

不愁路径荒。

6-459

拆	**义**	**会**	**马**	**师**
Euj	ngeiq	faex	ma	swz
eːu^{3}	ȵi^{5}	fai^{4}	ma^{1}	θɯ^{2}
折	枝	树	来	辞

折树枝告别，

6-460

不	**老**	**河**	**偻**	**三**
Mbouj	lau	haw	raeuz	sanq
bou^{5}	laːu^{1}	haɯ^{1}	ɹau^{2}	θaːn^{5}
不	怕	圩	我们	散

不怕圩场散。

女唱

6-461

不	**老**	**元**	**偻**	**火**
Mbouj	lau	roen	raeuz	hoj
bou^{5}	laːu^{1}	joːn^{1}	ɹau^{2}	ho^{3}
不	怕	路	我们	苦

不嫌路径苦，

6-462

不	**老**	**罗**	**土**	**伕**
Mbouj	lau	loh	dou	fwz
bou^{5}	laːu^{1}	lo^{6}	tu^{1}	fɯ^{2}
不	怕	路	我	荒

不避路途荒。

6-463

拆	**义**	**会**	**马**	**师**
Euj	ngeiq	faex	ma	swz
eːu^{3}	ȵi^{5}	fai^{4}	ma^{1}	θɯ^{2}
折	枝	树	来	辞

折树枝告别，

6-464

办	**河**	**是**	**求**	**满**
Baenz	haw	cix	gouz	monh
pan^{2}	haɯ^{1}	ɕi^{4}	kjou^{2}	moːn^{6}
成	圩	就	求	情

赶圩要重聊。

男唱

6-465

不	**老**	**元**	**偻**	**火**
Mbouj	lau	roen	raeuz	hoj
bou^{5}	la:u^{1}	jo:n^{1}	ɹau^{2}	ho^{3}
不	怕	路	我们	苦

不嫌路途难，

6-466

不	**老**	**罗**	**土**	**伕**
Mbouj	lau	loh	dou	fwz
bou^{5}	la:u^{1}	lo^{6}	tu^{1}	fɯ^{2}
不	怕	路	我	荒

不避路途荒。

6-467

折	**义**	**会**	**马**	**师**
Euj	ngeiq	faex	ma	swz
e:u^{3}	ȵi^{5}	fai^{4}	ma^{1}	θɯ^{2}
折	枝	树	来	辞

折树枝告别，

6-468

在	**而**	**办**	**备**	**农**
Ywq	lawz	baenz	beix	nuengx
jɯ^{5}	laɯ^{2}	pan^{2}	pi^{4}	nu:ŋ^{4}
在	哪	成	兄	妹

哪还成兄妹？

女唱

6-469

观	**偻**	**造**	**对**	**邦**
Gonq	raeuz	caux	doih	baengz
ko:n^{5}	ɹau^{2}	ɕa:u^{4}	to:i^{6}	paŋ^{2}
先	我们	造	伙伴	朋

我俩曾结友，

6-470

米	**两**	**是**	**写**	**字**
Miz	liengj	cix	sij	sw
mi^{2}	li:ŋ^{3}	ɕi^{4}	θi^{3}	θɯ^{1}
有	伞	就	写	字

伞上做记号。

6-471

不	**可**	**满**	**三**	**时**
Mbouj	goj	monh	sam	seiz
bou^{5}	ko^{5}	mo:n^{6}	θa:n^{1}	θi^{2}
不	也	谈情	三	时

谈情也短暂，

6-472

河	**可**	**写**	**给**	**伕**
Haw	goj	ce	hawj	fwx
haɯ^{1}	ko^{5}	ɕe^{1}	haɯ^{3}	fə^{4}
圩	也	留	给	别人

圩是别人圩。

男唱

6–473

观 偻 造 对 邦

Gonq raeuz caux doih baengz

koːn^5 ɹau^2 ɕaːu^4 toːi^6 paŋ^2

先 我们 造 伙伴 朋

我俩曾结交，

6–474

米 两 是 写 字

Miz liengj cix sij sw

mi^2 liːŋ^3 ɕi^4 θi^3 θɯ^1

有 伞 就 写 字

伞上留记号。

6–475

满 勒 伕 的 河

Muenz lwg fwx diq haw

muːn^2 lɯk^8 fə^4 ti^5 həɯ^1

瞒 子 别人 的 圩

爱谈地下情，

6–476

不 办 偻 天 份

Mbouj baenz raeuz denh faenh

bou^5 pan^2 ɹau^2 tiːn^1 fan^6

不 成 我们 天 份

成不了缘分。

女唱

6–477

观 偻 造 对 邦

Gonq raeuz caux doih baengz

koːn^5 ɹau^2 ɕaːu^4 toːi^6 paŋ^2

先 我们 造 伙伴 朋

我俩曾结交，

6–478

米 两 是 写 字

Miz liengj cix sij sw

mi^2 liːŋ^3 ɕi^4 θi^3 θɯ^1

有 伞 就 写 字

伞上留记号。

6–479

满 河 是 祘 河

Monh haw cix suenq haw

moːn^6 həɯ^1 ɕi^4 θuːn^5 həɯ^1

谈情 圩 就 算 圩

得谈情且谈，

6–480

知 河 而 同 沙

Rox haw lawz doengz ra

ɹo^4 həɯ^1 laɯ^2 toŋ^2 ɹa^1

知 圩 哪 同 找

管将来如何。

男唱

6-481
观 偻 造 对 邦
Gonq raeuz caux doih baengz
koːn^5 ɹau^2 ɕaːu^4 toːi^6 paŋ^2
先 我们 造 伙伴 朋
我俩曾结交，

6-482
米 两 是 写 字
Miz liengj cix sij sw
mi^2 liːŋ^3 ɕi^4 θi^3 θɯ^1
有 伞 就 写 字
伞上留记号。

6-483
满 是 尝 办 河
Monh cix caengz baenz haw
moːn^6 ɕi^4 ɕaŋ^2 pan^2 həɯ^1
谈情 就 未 成 圩
谈情未谈成，

6-484
本 先 师 貝 瓜
Mbwn senq swz bae gvaq
bɯn^1 θeːn^5 θɯ^2 pai^1 kwa^5
天 早 辞 去 过
天意早已过。

女唱

6-485
观 偻 造 对 邦
Gonq raeuz caux doih baengz
koːn^5 ɹau^2 ɕaːu^4 toːi^6 paŋ^2
先 我们 造 伙伴 朋
我俩曾结交，

6-486
米 两 是 写 字
Miz liengj cix sij sw
mi^2 liːŋ^3 ɕi^4 θi^3 θɯ^1
有 伞 就 写 字
伞上留记号。

6-487
土 来 本 是 师
Dou laih mbwn cix swz
tu^1 laːi^6 bɯn^1 ɕi^4 θɯ^2
我 以为 天 就 辞
我来此辞别，

6-488
它 对 龙 唱 歌
Daj doiq lungz cang go
ta^3 toːi^5 luŋ^2 ɕaːŋ^4 ko^5
想 对 龙 唱 歌
要同兄唱歌。

男唱

6-489

观 偻 造 对 邦

Gonq raeuz caux doih baengz

koːn5 ɹau2 ɕaːu4 toːi6 paŋ2

先 我们 造 伙伴 朋

我俩曾结交，

6-490

米 两 是 写 字

Miz liengj cix sij sw

mi2 liːŋ3 ɕi4 θi3 θɯ1

有 伞 就 写 字

伞上做记号。

6-491

老 是 师 卜 而

Lau cix swz boux lawz

laːu1 ɕi4 θɯ2 pu4 laɯ2

怕 就 辞 人 哪

怕与你分别，

6-492

在 而 马 师 备

Ywq lawz ma swz beix

jɯ5 laɯ2 ma1 θɯ2 pi4

在 哪 来 辞 兄

哪里来辞别？

女唱

6-493

观 偻 造 对 邦

Gonq raeuz caux doih baengz

koːn5 ɹau2 ɕaːu4 toːi6 paŋ2

先 我们 造 伙伴 朋

我俩曾结交，

6-494

米 两 是 写 字

Miz liengj cix sij sw

mi2 liːŋ3 ɕi4 θi3 θɯ1

有 伞 就 写 字

伞上打记号。

6-495

不 特 师 卜 而

Mbouj dwg swz boux lawz

bou5 tɯk8 θɯ2 pu4 laɯ2

不 是 辞 人 哪

不是辞别谁，

6-496

真 师 你 了 备

Caen swz mwngz liux beix

ɕin1 θɯ2 mɯŋ2 liːu4 pi4

真 辞 你 了 兄

正是辞别兄。

男唱

6–497

观	**偻**	**造**	**对**	**邦**
Gonq	raeuz	caux	doih	baengz
koːn^5	ɹau^2	ɕaːu^4	toːi^6	paŋ^2
先	**我们**	**造**	**伙伴**	**朋**

我俩曾结交，

6–498

米	**两**	**是**	**写**	**字**
Miz	liengj	cix	sij	sw
mi^2	liːŋ^3	ɕi^4	θi^3	θɯ^1
有	**伞**	**就**	**写**	**字**

伞上做记号。

6–499

义	**十**	**八**	**安**	**河**
Ngeih	cib	bet	aen	haw
ȵi^6	ɕit^8	peːt^7	an^1	həɯ^1
二	**十**	**八**	**个**	**圩**

二十八个圩，

6–500

本	**师**	**不**	**得**	**了**
Mbwn	swz	mbouj	ndaej	liux
bɯn^1	θɯ^2	bou^5	dai^3	liːu^4
天	**辞**	**不**	**得**	**完**

总有圩可赶。

女唱

6–501

观	**偻**	**造**	**对**	**邦**
Gonq	raeuz	caux	doih	baengz
koːn^5	ɹau^2	ɕaːu^4	toːi^6	paŋ^2
先	**我们**	**造**	**伙伴**	**朋**

我俩曾结交，

6–502

米	**两**	**是**	**写**	**字**
Miz	liengj	cix	sij	sw
mi^2	liːŋ^3	ɕi^4	θi^3	θɯ^1
有	**伞**	**就**	**写**	**字**

伞上做记号。

6–503

本	**论**	**务**	**又**	**师**
Mbwn	laep	huj	youh	cw
bɯn^1	lap^7	hu^3	jou^4	ɕɯ^1
天	**黑**	**云**	**又**	**遮**

天阴云又遮，

6–504

米	**日**	**师**	**你**	**由**
Miz	ngoenz	swz	mwngz	raeuh
mi^2	ŋon^2	θɯ^2	mɯŋ^2	ɹau^6
有	**天**	**辞**	**你**	**多**

终有辞别时。

男唱

6-505

观	**偻**	**造**	**对**	**邦**
Gonq	raeuz	caux	doih	baengz
koːn^{5}	ɹau^{2}	ɕaːu^{4}	toːi^{6}	paŋ^{2}
先	我们	造	伙伴	朋

我俩曾结交，

6-506

米	**两**	**是**	**写**	**字**
Miz	liengj	cix	sij	sw
mi^{2}	liːŋ^{3}	ɕi^{4}	θi^{3}	θɯ^{1}
有	伞	就	写	字

伞上做记号。

6-507

更	**祥**	**下**	**斗**	**师**
Gwnz	siengh	roengz	daeuj	swz
kɯn^{2}	θiːŋ^{6}	ɹoŋ^{2}	tau^{3}	θɯ^{2}
上	上天	下	来	辞

上方来辞别，

6-508

你	**说**	**而**	**了**	**农**
Mwngz	naeuz	rawz	liux	nuengx
mɯŋ^{2}	nau^{2}	ɹaɯ^{2}	liːu^{4}	nuːŋ^{4}
你	说	什么	啰	妹

你说怎么办？

女唱

6-509

观	**偻**	**造**	**对**	**邦**
Gonq	raeuz	caux	doih	baengz
koːn^{5}	ɹau^{2}	ɕaːu^{4}	toːi^{6}	paŋ^{2}
先	我们	造	伙伴	朋

我俩曾结交，

6-510

米	**两**	**是**	**写**	**字**
Miz	liengj	cix	sij	sw
mi^{2}	liːŋ^{3}	ɕi^{4}	θi^{3}	θɯ^{1}
有	伞	就	写	字

伞上做记号。

6-511

更	**祥**	**下**	**斗**	**师**
Gwnz	siengh	roengz	daeuj	swz
kɯn^{2}	θiːŋ^{6}	ɹoŋ^{2}	tau^{3}	θɯ^{2}
上	上天	下	来	辞

上方来辞别，

6-512

你	**古**	**而**	**得**	**傲**
Mwngz	guh	rawz	ndaej	euq
mɯŋ^{2}	ku^{4}	ɹaɯ^{2}	dai^{3}	eːu^{5}
你	做	什么	得	拒绝

你如何违抗？

男唱

6-513

观	**偻**	**造**	**对**	**邦**
Gonq	raeuz	caux	doih	baengz
koːn^{5}	ɹau^{2}	ɕaːu^{4}	toːi^{6}	paŋ^{2}
先	我们	造	伙伴	朋

我俩曾结交，

6-514

米	**两**	**是**	**写**	**字**
Miz	liengj	cix	sij	sw
mi^{2}	liːŋ^{3}	ɕi^{4}	θi^{3}	θɯ^{1}
有	伞	就	写	字

伞上做记号。

6-515

三	**六**	**九**	**又**	**河**
Sam	loeg	gouj	youh	haw
θaːn^{1}	lok^{8}	kjou^{3}	jou^{4}	həɯ^{1}
三	六	九	又	圩

三六九圩日，

6-516

干	**河**	**而**	**了**	**农**
Ganj	haw	lawz	liux	nuengx
kaːn^{3}	həɯ^{1}	laɯ^{2}	liːu^{4}	nuːŋ^{4}
赶	圩	哪	啰	妹

妹赶哪条圩？

女唱

6-517

观	**偻**	**造**	**对**	**邦**
Gonq	raeuz	caux	doih	baengz
koːn^{5}	ɹau^{2}	ɕaːu^{4}	toːi^{6}	paŋ^{2}
先	我们	造	伙伴	朋

我俩曾结交，

6-518

米	**两**	**是**	**写**	**字**
Miz	liengj	cix	sij	sw
mi^{2}	liːŋ^{3}	ɕi^{4}	θi^{3}	θɯ^{1}
有	伞	就	写	字

伞上留记号。

6-519

三	**六**	**九**	**又**	**河**
Sam	loeg	gouj	youh	haw
θaːn^{1}	lok^{8}	kjou^{3}	jou^{4}	həɯ^{1}
三	六	九	又	圩

三六九圩日，

6-520

可	**干**	**河**	**义**	**四**
Goj	ganj	haw	ngeih	seiq
ko^{5}	kaːn^{3}	həɯ^{1}	ȵi^{6}	θei^{5}
也	赶	圩	二	四

我赶二四圩。

男唱

6–521

三 六 九 又 河

Sam loeg gouj youh haw

θa:n^{1} lok^{8} kjou^{3} jou^{4} həɯ^{1}

三 六 九 又 圩

三六九圩日，

6–522

可 干 河 义 四

Goj ganj haw ngeih seiq

ko^{5} ka:n^{3} həɯ^{1} ȵi^{6} θei^{5}

还 赶 圩 二 四

偏赶二四圩。

6–523

月 三 日 星 期

Ndwen sam ngoenz singh giz

du:n^{1} θa:n^{1} ŋon^{2} θiŋ^{5} ki^{6}

月 三 天 星 期

每月几星期，

6–524

干 衣 对 日 而

Ganj hih doiq ngoenz lawz

ka:n^{3} ji^{5} to:i^{5} ŋon^{2} laɯ^{2}

赶 圩 对 天 哪

哪天是圩日？

女唱

6–525

三 六 九 又 河

Sam loeg gouj youh haw

θa:n^{1} lok^{8} kjou^{3} jou^{4} həɯ^{1}

三 六 九 又 圩

三六九圩日，

6–526

可 干 河 义 四

Goj ganj haw ngeih seiq

ko^{5} ka:n^{3} həɯ^{1} ȵi^{6} θei^{5}

还 赶 圩 二 四

偏二四赶圩。

6–527

事 正 不 立 底

Saeh cingz mbouj liz dij

θei^{6} ɕiŋ^{2} bou^{5} li^{2} ti^{3}

事 情 不 离 底

办事太离谱，

6–528

日 安 玉 空 米

Ngoenz anh yiz ndwi miz

ŋon^{2} a:n^{1} ji^{4} du:i^{1} mi^{2}

天 安 逸 不 有

终日不安逸。

男唱

6–529

三	六	九	又	河
Sam	loeg	gouj	youh	haw
θaːn^{1}	lok^{8}	kjou^{3}	jou^{4}	həɯ^{1}
三	六	九	又	圩

三六九圩日，

6–530

可	干	河	义	四
Goj	ganj	haw	ngeih	seiq
ko^{5}	kaːn^{3}	həɯ^{1}	ȵi^{6}	θei^{5}
还	赶	圩	二	四

偏二四赶圩。

6–531

想	干	河	拉	利
Siengj	ganj	haw	laj	leih
θiːŋ^{3}	kaːn^{3}	həɯ^{1}	la^{3}	li^{6}
想	赶	圩	拉	利

想赶拉利圩，

6–532

知	对	农	知	空
Rox	doiq	nuengx	rox	ndwi
ɹo^{4}	toːi^{5}	nuːŋ^{4}	ɹo^{4}	duːi^{1}
知	对	妹	或	不

不知逢妹否？

女唱

6–533

三	六	九	又	河
Sam	loeg	gouj	youh	haw
θaːn^{1}	lok^{8}	kjou^{3}	jou^{4}	həɯ^{1}
三	六	九	又	圩

三六九圩日，

6–534

可	干	河	义	四
Goj	ganj	haw	ngeih	seiq
ko^{5}	kaːn^{3}	həɯ^{1}	ȵi^{6}	θei^{5}
还	赶	圩	二	四

偏二四赶圩。

6–535

但	米	正	跟	义
Danh	miz	cingz	riengz	ngeih
taːn^{6}	mi^{2}	ɕiŋ^{2}	ɹiːŋ^{2}	ȵi^{6}
但	有	情	跟	义

但有情义在，

6–536

不	对	又	貝	而
Mbouj	doiq	youh	bae	lawz
bou^{5}	toːi^{5}	jou^{4}	pai^{1}	laɯ^{2}
不	对	又	去	哪

怎会不碰面？

男唱

6-537

三 六 九 又 河

Sam loeg gouj youh haw

θaːn^{1} lok^{8} kjou^{3} jou^{4} həɯ^{1}

三 六 九 又 圩

三六九圩日，

6-538

可 干 河 义 四

Goj ganj haw ngeih seiq

ko^{5} kaːn^{3} həɯ^{1} ȵi^{6} θei^{5}

还 赶 圩 二 四

偏二四上圩。

6-539

少 好 乖 生 衣

Sau ndei gvai seng eiq

θaːu^{1} dei^{1} kwaːi^{1} θeːŋ^{1} i^{5}

姑娘 好 乖 相 依

妹不会珍惜，

6-540

干 衣 不 对 龙

Ganj hih mbouj doiq lungz

kaːn^{3} ji^{5} bou^{5} toːi^{5} luŋ^{2}

赶 圩 不 对 龙

赶圩不相遇。

女唱

6-541

三 六 九 又 河

Sam loeg gouj youh haw

θaːn^{1} lok^{8} kjou^{3} jou^{4} həɯ^{1}

三 六 九 又 圩

三六九圩日，

6-542

可 干 河 义 四

Goj ganj haw ngeih seiq

ko^{5} kaːn^{3} həɯ^{1} ȵi^{6} θei^{5}

还 赶 圩 二 四

偏二四赶圩。

6-543

少 可 乖 生 衣

Sau goj gvai seng eiq

θaːu^{1} ko^{5} kwaːi^{1} θeːŋ^{1} i^{5}

姑娘 也 乖 相 依

妹是想相会，

6-544

备 自 祘 不 通

Beix gag suenq mbouj doeng

pi^{4} kaːk^{8} θuːn^{5} bou^{5} toŋ^{1}

兄 自 算 不 通

兄计划不周。

男唱

6-545

义 十 八 安 河

Ngeih cib bet aen haw

ȵi^{6} ɕit^{8} peːt^{7} an^{1} həɯ^{1}

二 十 八 个 圩

二十八个圩，

6-546

可 干 河 义 四

Goj ganj haw ngeih seiq

ko^{5} kaːn^{3} həɯ^{1} ȵi^{6} θei^{5}

还 赶 圩 二 四

偏二四上圩。

6-547

小 的 欢 跟 比

Siuj diq fwen riengz beij

θiːu^{3} ti^{5} vuːn^{1} ɹiːŋ^{2} pi^{3}

少 点 歌 跟 歌

若还不唱歌，

6-548

难 赔 理 农 银

Nanz boiz laex nuengx ngaenz

naːn^{2} poːi^{2} li^{4} nuːŋ^{4} ŋan^{2}

难 赔 礼 妹 银

难还情妹礼。

女唱

6-549

义 十 八 安 河

Ngeih cib bet aen haw

ȵi^{6} ɕit^{8} peːt^{7} an^{1} həɯ^{1}

二 十 八 个 圩

二十八个圩，

6-550

可 干 河 义 四

Goj ganj haw ngeih seiq

ko^{5} kaːn^{3} həɯ^{1} ȵi^{6} θei^{5}

还 赶 圩 二 四

偏二四赶圩。

6-551

句 欢 当 道 理

Coenz fwen daengq dauh leix

kjon^{2} vuːn^{1} taŋ^{5} taːu^{6} li^{4}

句 歌 叮嘱 道 理

歌便是道理，

6-552

乃 义 了 洋 赔

Naih ngeix liux yaeng boiz

naːi^{6} ȵi^{4} liːu^{4} jaŋ^{1} poːi^{2}

慢 想 完 慢 赔

想好了再和。

男唱

6-553

义	十	八	安	河
Ngeih	cib	bet	aen	haw
ȵi^{6}	ɕit^{8}	pe:t^{7}	an^{1}	həɯ^{1}
二	十	八	个	圩

二十八个圩，

6-554

可	干	河	义	四
Goj	ganj	haw	ngeih	seiq
ko^{5}	ka:n^{3}	həɯ^{1}	ȵi^{6}	θei^{5}
还	赶	圩	二	四

偏二四赶圩。

6-555

句	欢	当	道	理
Coenz	fwen	daengq	dauh	leix
kjon^{2}	vu:n^{1}	taŋ^{5}	ta:u^{6}	li^{4}
句	歌	叮嘱	道	理

歌来说道理，

6-556

赔	了	样	而	说
Boiz	liux	yiengh	lawz	naeuz
po:i^{2}	li:u^{4}	jɯ:ŋ^{6}	laɯ^{2}	nau^{2}
赔	完	样	哪	说

唱完又如何？

女唱

6-557

义	十	八	安	河
Ngeih	cib	bet	aen	haw
ȵi^{6}	ɕit^{8}	pe:t^{7}	an^{1}	həɯ^{1}
二	十	八	个	圩

二十八个圩，

6-558

可	干	河	义	四
Goj	ganj	haw	ngeih	seiq
ko^{5}	ka:n^{3}	həɯ^{1}	ȵi^{6}	θei^{5}
还	赶	圩	二	四

偏二四赶圩。

6-559

知	欢	又	知	比
Rox	fwen	youh	rox	beij
ɹo^{4}	vu:n^{1}	jou^{4}	ɹo^{4}	pi^{3}
知	歌	又	知	歌

会编又会唱，

6-560

给	农	样	而	论
Hawj	nuengx	yiengh	lawz	lumz
həɯ^{3}	nu:ŋ^{4}	jɯ:ŋ^{6}	laɯ^{2}	lun^{2}
给	妹	样	哪	忘

叫妹怎么忘？

男唱

6-561

义	**十**	**八**	**安**	**河**
Ngeih	cib	bet	aen	haw
ȵi^{6}	ɕit^{8}	peːt^{7}	an^{1}	həɯ^{1}
二	十	八	个	圩

二十八个圩，

6-562

可	**干**	**河**	**义**	**五**
Goj	ganj	haw	ngeih	ngux
ko^{5}	kaːn^{3}	həɯ^{1}	ȵi^{6}	ŋu^{4}
还	赶	圩	二	五

偏二五赶圩。

6-563

干	**衣**	**不**	**尝**	**能**
Ganj	hih	mbouj	caengz	naengh
kaːn^{3}	ji^{5}	bou^{5}	ɕaŋ^{2}	naŋ^{6}
赶	圩	不	未	坐

赶圩还未坐，

6-564

话	**内**	**罗**	**土**	**空**
Vah	neix	lox	dou	ndwi
va^{6}	ni^{4}	lo^{4}	tu^{1}	duːi^{1}
话	这	骗	我	空

用此话骗我。

女唱

6-565

义	**十**	**八**	**安**	**河**
Ngeih	cib	bet	aen	haw
ȵi^{6}	ɕit^{8}	peːt^{7}	an^{1}	həɯ^{1}
二	十	八	个	圩

二十八个圩，

6-566

可	**干**	**河**	**义**	**五**
Goj	ganj	haw	ngeih	ngux
ko^{5}	kaːn^{3}	həɯ^{1}	ȵi^{6}	ŋu^{4}
还	赶	圩	二	五

偏二五赶圩。

6-567

土	**阝**	**正**	**阝**	**作**
Dou	boux	cing	boux	soh
tu^{1}	pu^{4}	ɕiŋ^{1}	pu^{4}	θo^{6}
我	人	正	人	直

我是正直人，

6-568

秀	**不**	**罗**	**阝**	**而**
Ciuh	mbouj	lox	boux	lawz
ɕiːu^{6}	bou^{5}	lo^{4}	pou^{4}	laɯ^{2}
世	不	骗	人	哪

从未骗过人。

男唱

6-569

义	十	八	安	河
Ngeih	cib	bet	aen	haw
ȵi6	ɕit8	peːt7	an1	həɯ1
二	十	八	个	圩

二十八个圩，

6-570

可	干	河	永	安
Goj	ganj	haw	yungj	anh
ko5	kaːn3	həɯ1	jin3	ŋaːn6
还	赶	圩	永	安

只赶永安圩。

6-571

干	衣	不	尝	了
Ganj	hih	mbouj	caengz	liux
kaːn3	ji5	bou5	ɕaŋ2	liːu4
赶	圩	不	未	完

赶圩还没完，

6-572

当	卩	三	当	吉
Dangq	boux	sanq	dangq	giz
taːŋ5	pu4	θaːn5	taːŋ5	ki2
另	人	散	另	处

就各奔东西。

女唱

6-573

义	十	八	安	河
Ngeih	cib	bet	aen	haw
ȵi6	ɕit8	peːt7	an1	həɯ1
二	十	八	个	圩

二十八个圩，

6-574

可	干	河	永	安
Goj	ganj	haw	yungj	anh
ko5	kaːn3	həɯ1	jin3	ŋaːn5
还	赶	圩	永	安

只赶永安圩。

6-575

卩	坤	可	来	兰
Boux	gun	goj	lai	lanh
pu4	kun1	ko5	laːi1	laːn6
人	官	也	多	大方

汉人多大气，

6-576

干	貝	九	安	河
Ganj	bae	gouj	aen	haw
kaːn3	pai1	kjou3	an1	həɯ1
赶	去	九	个	圩

连赶九个圩。

男唱

6-577

义 十 八 安 河

Ngeih cib bet aen haw

ȵi^{6} ɕit^{8} pe:t^{7} an^{1} həɯ^{1}

二 十 八 个 圩

二十八个圩，

6-578

可 干 河 永 安

Goj ganj haw yungj anh

ko^{5} ka:n^{3} həɯ^{1} jin^{3} ŋa:n^{5}

还 赶 圩 永 安

只赶永安圩。

6-579

阝 坤 米 银 万

Boux gun miz ngaenz fanh

pu^{4} kun^{1} mi^{2} ŋan^{2} fa:n^{6}

人 官 有 银 万

汉人有万银，

6-580

它 可 兰 可 貝

De goj lanh goj bae

te^{1} ko^{5} la:n^{6} ko^{5} pai^{1}

他 也 大方 也 去

他边走边花。

女唱

6-581

义 十 八 安 河

Ngeih cib bet aen haw

ȵi^{6} ɕit^{8} pe:t^{7} an^{1} həɯ^{1}

二 十 八 个 圩

二十八个圩，

6-582

可 干 河 永 安

Goj ganj haw yungj anh

ko^{5} ka:n^{3} həɯ^{1} jin^{3} ŋa:n^{5}

还 赶 圩 永 安

只赶永安圩。

6-583

阝 坤 米 银 万

Boux gun miz ngaenz fanh

pu^{4} kun^{1} mi^{2} ŋan^{2} fa:n^{6}

人 官 有 银 万

汉人有钱多，

6-584

兰 不 外 双 偻

Lanh mbouj vaij song raeuz

la:n^{6} bou^{5} va:i^{3} θo:ŋ^{1} ɹau^{2}

大方 不 过 两 我们

不如咱大方。

男唱

6-585

义 十 八 安 河

Ngeih cib bet aen haw

ȵi^{6} ɕit^{8} peːt^{7} an^{1} həɯ^{1}

二 十 八 个 圩

二十八个圩，

6-586

可 干 河 高 岭

Goj ganj haw gauh lingj

ko^{5} kaːn^{3} həɯ^{1} kaːu^{1} liŋ^{4}

还 赶 圩 高 岭

只赶高岭圩。

6-587

想 干 河 永 顺

Siengj ganj haw yungj sun

θiːŋ^{3} kaːn^{3} həɯ^{1} jin^{3} θin^{6}

想 赶 圩 永 顺

想赶永顺圩，

6-588

知 对 农 知 空

Rox doiq nuengx rox ndwi

ɹo^{4} toːi^{5} nuːŋ^{4} ɹo^{4} duːi^{1}

知 对 妹 或 不

不知遇妹否？

女唱

6-589

义 十 八 安 河

Ngeih cib bet aen haw

ȵi^{6} ɕit^{8} peːt^{7} an^{1} həɯ^{1}

二 十 八 个 圩

二十八个圩，

6-590

可 干 河 拉 利

Goj ganj haw laj leih

ko^{5} kaːn^{3} həɯ^{1} la^{3} li^{6}

还 赶 圩 拉 利

只赶拉利圩。

6-591

但 米 正 跟 义

Danh miz cingz riengz ngeih

taːn^{6} mi^{2} ɕiŋ^{2} ɹiːŋ^{2} ȵi^{6}

但 有 情 跟 义

但有情有义，

6-592

不 对 又 貝 而

Mbouj doiq youh bae lawz

bou^{5} toːi^{5} jou^{4} pai^{1} laɯ^{2}

不 对 又 去 哪

怎会不相遇？

男唱

6-593

义	**十**	**八**	**安**	**河**
Ngeih	cib	bet	aen	haw
ȵi^{6}	ɕit^{8}	pe:t^{7}	an^{1}	həɯ^{1}
二	十	八	个	圩

二十八个圩，

6-594

可	**干**	**河**	**庆**	**远**
Goj	ganj	haw	ging	yenj
ko^{5}	ka:n^{3}	həɯ^{1}	kiŋ^{3}	ju:n^{6}
还	赶	圩	庆	远

只赶庆远街。

6-595

河	**而**	**米**	**长**	**判**
Haw	lawz	miz	cangh	buenq
həɯ^{1}	laɯ^{2}	mi^{2}	ɕa:ŋ^{6}	pu:n^{5}
圩	哪	有	匠	贩

哪圩有商贩，

6-596

可	**来**	**满**	**来**	**美**
Goj	lai	monh	lai	maez
ko^{5}	la:i^{1}	mo:n^{6}	la:i^{1}	mai^{2}
也	多	谈情	多	说爱

多人谈情爱。

女唱

6-597

义	**十**	**八**	**安**	**河**
Ngeih	cib	bet	aen	haw
ȵi^{6}	ɕit^{8}	pe:t^{7}	an^{1}	həɯ^{1}
二	十	八	个	圩

二十八个圩，

6-598

可	**干**	**河**	**庆**	**远**
Goj	ganj	haw	ging	yenj
ko^{5}	ka:n^{3}	həɯ^{1}	kiŋ^{3}	ju:n^{6}
还	赶	圩	庆	远

只赶庆远街。

6-599

河	**而**	**米**	**长**	**判**
Haw	lawz	miz	cangh	buenq
həɯ^{1}	laɯ^{2}	mi^{2}	ɕa:ŋ^{6}	pu:n^{5}
圩	哪	有	匠	贩

哪圩有商贩，

6-600

绸	**团**	**来**	**皮**	**义**
Couz	duenh	lai	bienz	nyiz
ɕu^{2}	tu:n^{6}	la:i^{1}	pi:n^{2}	ȵi^{2}
绸	缎	多	便	宜

绸缎就便宜。

男唱

6-601

义	十	八	安	河
Ngeih	cib	bet	aen	haw
ȵi6	ɕit8	peːt7	an1	həɯ1
二	十	八	个	圩

二十八个圩，

6-602

可	干	河	庆	远
Goj	ganj	haw	ging	yenj
ko5	kaːn3	həɯ1	kiŋ3	juːn6
还	赶	圩	庆	远

只赶庆远街。

6-603

河	而	米	长	判
Haw	lawz	miz	cangh	buenq
həɯ1	laɯ2	mi2	ɕaːŋ6	puːn5
圩	哪	有	匠	贩

哪圩有商贩，

6-604

绸	团	可	来	好
Couz	duenh	goj	lai	ndei
ɕu2	tuːn6	ko5	laːi1	dei1
绸	缎	也	多	好

就有好绸缎。

女唱

6-605

河	而	米	长	判
Haw	lawz	miz	cangh	buenq
həɯ1	laɯ2	mi2	ɕaːŋ6	puːn5
圩	哪	有	匠	贩

哪圩有商贩，

6-606

绸	团	可	来	好
Couz	duenh	goj	lai	ndei
ɕu2	tuːn6	ko5	laːi1	dei1
绸	缎	也	多	好

就有好绸缎。

6-607

友	而	吨	绸	支
Youx	lawz	daenj	couz	sei
ju4	laɯ2	tan3	ɕu2	θi1
友	哪	穿	绸	丝

哪个穿绸丝，

6-608

可	归	勒	长	判
Goj	gvei	lwg	cangh	buenq
ko5	kwei1	lɯk8	ɕaːŋ6	puːn5
也	归	子	匠	贩

必是商家子。

男唱

6–609

义	十	八	安	河
Ngeih	cib	bet	aen	haw
ȵi⁶	ɕit⁸	peːt⁷	an¹	həɯ¹
二	十	八	个	圩

二十八个圩，

6–610

河	而	河	不	满
Haw	lawz	haw	mbouj	monh
həɯ¹	laɯ²	həɯ¹	bou⁵	moːn⁶
圩	哪	圩	不	谈情

哪圩不谈情？

6–611

想	交	勒	长	判
Siengj	gyau	lwg	cangh	buenq
θiːŋ³	kjaːu¹	lɯk⁸	ɕaːŋ⁶	puːn⁵
想	交	子	匠	贩

想交商家子，

6–612

老	不	满	貝	南
Lau	mbouj	monh	bae	nanz
laːu¹	bou⁵	moːn⁶	pai¹	naːn²
怕	不	谈情	去	久

怕感情不长。

女唱

6–613

义	十	八	安	河
Ngeih	cib	bet	aen	haw
ȵi⁶	ɕit⁸	peːt⁷	an¹	həɯ¹
二	十	八	个	圩

二十八个圩，

6–614

河	而	河	不	满
Haw	lawz	haw	mbouj	monh
həɯ¹	laɯ²	həɯ¹	bou⁵	moːn⁶
圩	哪	圩	不	谈情

哪圩不谈情？

6–615

官	交	土	了	伴
Guen	gyau	dou	liux	buenx
kuːn¹	kjaːu¹	tu¹	liːu⁴	puːn⁴
官	交	我	啰	伴

官同我结伴，

6–616

不	满	又	貝	而
Mbouj	monh	youh	bae	lawz
bou⁵	moːn⁶	jou⁴	pai¹	laɯ²
不	谈情	又	去	哪

哪能不谈情？

男唱

6-617

义	**十**	**八**	**安**	**河**
Ngeih	cib	bet	aen	haw
ȵi^{6}	ɕit^{8}	peːt^{7}	an^{1}	həɯ^{1}
二	十	八	个	圩

二十八个圩，

6-618

河	**而**	**河**	**不**	**满**
Haw	lawz	haw	mbouj	monh
həɯ^{1}	laɯ^{2}	həɯ^{1}	bou^{5}	moːn^{6}
圩	哪	圩	不	谈情

哪圩不谈情？

6-619

河	**而**	**米**	**绸**	**团**
Haw	lawz	miz	couz	duenh
həɯ^{1}	laɯ^{2}	mi^{2}	ɕu^{2}	tuːn^{6}
圩	哪	有	绸	缎

哪圩有绸缎，

6-620

长	**判**	**可**	**来**	**秋**
Cangh	buenq	goj	lai	ciuq
ɕaːŋ^{6}	puːn^{5}	ko^{5}	laːi^{1}	ɕiːu^{5}
匠	贩	也	多	看

商贩多光顾。

女唱

6-621

义	**十**	**八**	**安**	**河**
Ngeih	cib	bet	aen	haw
ȵi^{6}	ɕit^{8}	peːt^{7}	an^{1}	həɯ^{1}
二	十	八	个	圩

二十八个圩，

6-622

河	**而**	**河**	**不**	**满**
Haw	lawz	haw	mbouj	monh
həɯ^{1}	laɯ^{2}	həɯ^{1}	bou^{5}	moːn^{6}
圩	哪	圩	不	谈情

哪圩不谈情？

6-623

河	**而**	**米**	**绸**	**团**
Haw	lawz	miz	couz	duenh
həɯ^{1}	laɯ^{2}	mi^{2}	ɕu^{2}	tuːn^{6}
圩	哪	有	绸	缎

哪圩有绸缎，

6-624

长	**判**	**外**	**令**	**令**
Cangh	buenq	vaij	lin	lin
ɕaːŋ^{6}	puːn^{5}	vaːi^{3}	lin^{1}	lin^{1}
匠	贩	过	连	连

商贩穿梭来。

男唱

6-625

观　偻　造　对　邦

Gonq raeuz caux doih baengz

ko:n^5 ɹau^2 ɕa:u^4 to:i^6 paŋ^2

先　我们　造　伙伴　朋

我俩谈情时，

6-626

讲　洋　样　鸟　沙

Gangj angq yiengh roeg ra

ka:ŋ^3 a:ŋ^5 jɯ:ŋ^6 ɹok^8 ɹa^1

讲　高兴　样　鸟　白鹇

欢乐如白雉。

6-627

讲　满　作　了　而

Gangj monh coq liux roih

ka:ŋ^3 mo:n^6 ɕo^5 li:u^4 ɹoi^6

讲　情　放　啰　他

谈情要抓紧，

6-628

阳　外　山　貝　了

Ndit vaij bya bae liux

dit^7 va:i^3 pja^1 pai^1 li:u^4

阳光　过　山　去　完

太阳要落山。

女唱

6-629

观　偻　造　对　邦

Gonq raeuz caux doih baengz

ko:n^5 ɹau^2 ɕa:u^4 to:i^6 paŋ^2

先　我们　造　伙伴　朋

我俩谈情时，

6-630

讲　洋　样　鸟　沙

Gangj angq yiengh roeg ra

ka:ŋ^3 a:ŋ^5 jɯ:ŋ^6 ɹok^8 ɹa^1

讲　高兴　样　鸟　白鹇

欢乐如白雉。

6-631

外　山　是　外　山

Vaij bya cix vaij bya

va:i^3 pja^1 ɕi^4 va:i^3 pja^1

过　山　就　过　山

日落又如何，

6-632

秀　同　哈　可　在

Ciuh doengz ha goj ywq

ɕi:u^6 toŋ^2 ha^1 ko^5 jɯ^5

世　同　配　也　在

同龄友还在。

男唱

6-633

观 偻 造 对 邦

Gonq raeuz caux doih baengz

ko:n^{5} ɹau^{2} ɕa:u^{4} to:i^{6} paŋ^{2}

先 我们 造 伙伴 朋

我俩恋爱时，

6-634

讲 洋 样 鸟 沙

Gangj angq yiengh roeg ra

ka:ŋ^{3} a:ŋ^{5} jɯ:ŋ^{6} ɹok^{8} ɹa^{1}

讲 高兴 样 鸟 白鹇

欢乐如白雉。

6-635

灯 日 牙 外 山

Daeng ngoenz yaek vaij bya

taŋ^{1} ŋon^{2} jak^{7} va:i^{3} pja^{1}

灯 天 将 过 山

太阳快落山，

6-636

浪 利 马 知 不

Laeng lij ma rox mbouj

laŋ^{1} li^{4} ma^{1} ɹo^{4} bou^{5}

后 还 来 或 不

还会回来否？

女唱

6-637

观 偻 造 对 邦

Gonq raeuz caux doih baengz

ko:n^{5} ɹau^{2} ɕa:u^{4} to:i^{6} paŋ^{2}

先 我们 造 伙伴 朋

我俩恋爱时，

6-638

讲 洋 样 鸟 沙

Gangj angq yiengh roeg ra

ka:ŋ^{3} a:ŋ^{5} jɯ:ŋ^{6} ɹok^{8} ɹa^{1}

讲 高兴 样 鸟 白鹇

欢乐如白雉。

6-639

但 正 义 同 哈

Danh cingz ngeih doengz ha

ta:n^{6} ɕiŋ^{2} ɳi^{6} toŋ^{2} ha^{1}

但 情 义 同 配

两人情义在，

6-640

浪 可 马 外 田

Laeng goj ma vaij dieg

laŋ^{1} ko^{5} ma^{1} va:i^{3} ti:k^{8}

后 也 来 过 地

依然回故地。

男唱

6-641

观	**偻**	**造**	**对**	**邦**
Gonq	raeuz	caux	doih	baengz
koːn^{5}	ɹau^{2}	ɕaːu^{4}	toːi^{6}	paŋ^{2}
先	**我们**	**造**	**伙伴**	**朋**

我俩初恋时，

6-642

讲	**洋**	**样**	**鸟**	**沙**
Gangj	angq	yiengh	roeg	ra
kaːŋ^{3}	aːŋ^{5}	jɯːŋ^{6}	ɹok^{8}	ɹa^{1}
讲	**高兴**	**样**	**鸟**	**白鹇**

欢乐如白雉。

6-643

正	**义**	**刀**	**同**	**哈**
Cingz	ngeih	dauq	doengz	ha
ɕiŋ^{2}	ȵi^{6}	taːu^{5}	toŋ^{2}	ha^{1}
情	**义**	**倒**	**同**	**配**

但情义依旧，

6-644

元	**远**	**来**	**了**	**农**
roen	gyae	lai	liux	nuengx
joːn^{1}	kjai^{1}	laːi^{1}	liːu^{4}	nuːŋ^{4}
路	**远**	**多**	**啰**	**妹**

可惜路太远。

女唱

6-645

观	**偻**	**造**	**对**	**邦**
Gonq	raeuz	caux	doih	baengz
koːn^{5}	ɹau^{2}	ɕaːu^{4}	toːi^{6}	paŋ^{2}
先	**我们**	**造**	**伙伴**	**朋**

我俩初恋时，

6-646

讲	**洋**	**样**	**鸟**	**沙**
Gangj	angq	yiengh	roeg	ra
kaːŋ^{3}	aːŋ^{5}	jɯːŋ^{6}	ɹok^{8}	ɹa^{1}
讲	**高兴**	**像**	**鸟**	**白鹇**

欢乐如白雉。

6-647

但	**正**	**义**	**同**	**哈**
Danh	cingz	ngeih	doengz	ha
taːn^{6}	ɕiŋ^{2}	ȵi^{6}	toŋ^{2}	ha^{1}
但	**情**	**义**	**同**	**配**

但情义依旧，

6-648

元	**远**	**可**	**办**	**近**
Roen	gyae	goj	baenz	gyawj
joːn^{1}	kjai^{1}	ko^{5}	pan^{2}	kjaɯ^{3}
路	**远**	**也**	**成**	**近**

路遥如近邻。

男唱

6-649

观 偻 造 对 邦

Gonq raeuz caux doih baengz

koːn^{5} ɹau^{2} ɕaːu^{4} toːi^{6} paŋ^{2}

先 我们 造 伙伴 朋

我俩初恋时，

6-650

讲 洋 样 鸟 沙

Gangj angq yiengh roeg ra

kaːŋ^{3} aːŋ^{5} jɯːŋ^{6} ɹok^{8} ɹa^{1}

讲 高兴 样 鸟 白鹇

欢乐如白雉。

6-651

明 天 亮 外 山

Mingz denh rongh vaij bya

min^{2} tiːn^{1} ɹoːŋ^{6} vaːi^{3} pja^{1}

明 天 亮 过 山

明天日落时，

6-652

偻 岁 扛 手 初

Raeuz caez gang fwngz byouq

ɹau^{2} ɕai^{2} kaːŋ^{1} fɯŋ^{2} pjou^{5}

我们 齐 撑 手 空

我俩用手挡。

女唱

6-653

明 天 亮 外 山

Mingz denh rongh vaij bya

min^{2} tiːn^{1} ɹoːŋ^{6} vaːi^{3} pja^{1}

明 天 亮 过 山

明天日落时，

6-654

偻 岁 扛 手 初

Raeuz caez gang fwngz byouq

ɹau^{2} ɕai^{2} kaːŋ^{1} fɯŋ^{2} pjou^{5}

我们 齐 撑 手 空

我俩用手挡。

6-655

明 天 亮 外 务

Mingz denh rongh vaij huj

min^{2} tiːn^{1} ɹoːŋ^{6} vaːi^{3} hu^{3}

明 天 亮 过 云

明天云遮日，

6-656

元 是 古 小 正

Nyienh cix guh siuj cingz

ȵuːn^{6} ɕi^{4} ku^{4} θiːu^{3} ɕiŋ^{2}

愿 就 做 小 情

我俩就相交。

男唱

6-657

明	**天**	**亮**	**外**	**山**
Mingz	denh	rongh	vaij	bya
min²	ti:n¹	ɹo:ŋ⁶	va:i³	pja¹
明	天	亮	过	山

明天日落时，

6-658

偻	**岁**	**扛**	**手**	**初**
Raeuz	caez	gang	fwngz	byouq
ɹau²	ɕai²	ka:ŋ¹	fɯŋ²	pjou⁵
我们	齐	撑	手	空

我俩用手挡。

6-659

明	**天**	**亮**	**外**	**务**
Mingz	denh	rongh	vaij	huj
min²	ti:n¹	ɹo:ŋ⁶	va:i³	hu³
明	天	亮	过	云

明天日穿云，

6-660

古	**友**	**不**	**米**	**正**
Guh	youx	mbouj	miz	cingz
ku⁵	ju⁴	bou⁵	mi²	ɕiŋ²
做	友	不	有	情

交友无情意。

女唱

6-661

明	**天**	**亮**	**外**	**山**
Mingz	denh	rongh	vaij	bya
min²	ti:n¹	ɹo:ŋ⁶	va:i³	pja¹
明	天	亮	过	山

明天日落时，

6-662

偻	**岁**	**扛**	**手**	**初**
Raeuz	caez	gang	fwngz	byouq
ɹau²	ɕai²	ka:ŋ¹	fɯŋ²	pjou⁵
我们	齐	撑	手	空

我俩用手挡。

6-663

明	**天**	**亮**	**外**	**务**
Mingz	denh	rongh	vaij	huj
min²	ti:n¹	ɹo:ŋ⁶	va:i³	hu³
明	天	亮	过	云

明天日穿云，

6-664

古	**友**	**初**	**年**	**你**
Guh	youx	byouq	nem	mwngz
ku⁴	ju⁴	pjou⁵	ne:m¹	mɯŋ²
做	友	空	贴	你

情友想念你。

男唱

6-665

明	**天**	**亮**	**外**	**山**
Mingz	denh	rongh	vaij	bya
min^{2}	ti:n^{1}	ɹo:ŋ^{6}	va:i^{3}	pja^{1}
明	天	亮	过	山

明天日落时，

6-666

偻	**岁**	**扛**	**手**	**初**
Raeuz	caez	gang	fwngz	byouq
ɹau^{2}	ɕai^{2}	ka:ŋ^{1}	fuɯŋ^{2}	pjou^{5}
我们	齐	撑	手	空

我俩用手挡。

6-667

明	**天**	**亮**	**外**	**务**
Mingz	denh	rongh	vaij	huj
min^{2}	ti:n^{1}	ɹo:ŋ^{6}	va:i^{3}	hu^{3}
明	天	亮	过	云

明天日穿云，

6-668

扛	**手**	**初**	**可**	**怜**
Gang	fwngz	byouq	hoj	lienz
ka:ŋ^{1}	fuɯŋ^{2}	pjou^{5}	ho^{3}	li:n^{2}
撑	手	空	可	怜

无伞真可怜。

女唱

6-669

观	**偻**	**造**	**对**	**邦**
Gonq	raeuz	caux	doih	baengz
ko:n^{5}	ɹau^{2}	ɕa:u^{4}	to:i^{6}	paŋ^{2}
先	我们	造	伙伴	朋

我俩初恋时，

6-670

讲	**洋**	**样**	**鸟**	**沙**
Gangj	angq	yiengh	roeg	ra
ka:ŋ^{3}	a:ŋ^{5}	jɯ:ŋ^{6}	ɹok^{8}	ɹa^{1}
讲	高兴	样	鸟	白鹇

欢乐赛白雉。

6-671

阳	**貝**	**了**	**刀**	**马**
Ndit	bae	liux	dauq	ma
dit^{7}	pai^{1}	li:u^{4}	ta:u^{5}	ma^{1}
阳光	去	完	回	来

日落又日升，

6-672

少	**当**	**家**	**不**	**刀**
Sau	dang	gya	mbouj	dauq
θa:u^{1}	ta:ŋ^{1}	kja^{1}	bou^{5}	ta:u^{5}
姑娘	当	家	不	回

妹嫁人不回。

男唱

6-673

观　倭　造　对　邦

Gonq　raeuz　caux　doih　baengz

koːn^{5}　ɹau^{2}　ɕaːu^{4}　toːi^{6}　paŋ^{2}

先　我们　造　伙伴　朋

我俩初恋时，

6-674

讲　洋　样　鸟　沙

Gangj　angq　yiengh　roeg　ra

kaːŋ^{3}　aːŋ^{5}　jɯːŋ^{6}　ɹok^{8}　ɹa^{1}

讲　高兴　样　鸟　白鹇

欢乐胜白雉。

6-675

阳　貝　是　利　马

Ndit　bae　cix　lij　ma

dit^{7}　pai^{1}　ɕi^{4}　li^{4}　ma^{1}

阳光　去　就　还　来

日落又日升，

6-676

文　么　貝　不　刀

Vunz　maz　bae　mbouj　dauq

vun^{2}　ma^{2}　pai^{1}　bou^{5}　taːu^{5}

人　什么　去　不　回

人去哪不回？

女唱

6-677

观　倭　造　对　邦

Gonq　raeuz　caux　doih　baengz

koːn^{5}　ɹau^{2}　ɕaːu^{4}　toːi^{6}　paŋ^{2}

先　我们　造　伙伴　朋

我俩初恋时，

6-678

讲　洋　样　鸟　沙

Gangj　angq　yiengh　roeg　ra

kaːŋ^{3}　aːŋ^{5}　jɯːŋ^{6}　ɹok^{8}　ɹa^{1}

讲　高兴　样　鸟　白鹇

欢乐像白雉。

6-679

貝　三　比　刀　马

Bae　sam　bi　dauq　ma

pai^{1}　θaːn^{1}　pi^{1}　taːu^{5}　ma^{1}

去　三　年　回　来

外出三年回，

6-680

少　先　办　妻　伕

Sau　senq　baenz　maex　fwx

θaːu^{1}　θeːn^{5}　pan^{2}　mai^{4}　fə^{4}

姑娘　早　成　妻　别人

妹已是人妻。

男唱

6-681

观 偻 造 对 邦

Gonq raeuz caux doih baengz

ko:n^{5} ɹau^{2} ɕa:u^{4} to:i^{6} paŋ^{2}

先 我们 造 伙伴 朋

我俩初恋时，

6-682

讲 洋 样 鸟 沙

Gangj angq yiengh roeg ra

ka:ŋ^{3} a:ŋ^{5} jɯ:ŋ^{6} ɹok^{8} ɹa^{1}

讲 高兴 样 鸟 白鹇

欢乐如灰雉。

6-683

伕 报 堂 从 山

Fwx bauq daengz congh bya

fə^{4} pa:u^{5} taŋ^{2} ɕo:ŋ^{6} pja^{1}

别人 报 到 洞 山

传言到永安，

6-684

少 当 家 贝 了

Sau dang gya bae liux

θa:u^{1} ta:ŋ^{1} kja^{1} pai^{1} li:u^{4}

姑娘 当 家 去 完

情妹已嫁人。

女唱

6-685

观 偻 造 对 邦

Gonq raeuz caux doih baengz

ko:n^{5} ɹau^{2} ɕa:u^{4} to:i^{6} paŋ^{2}

先 我们 造 伙伴 朋

我俩初恋时，

6-686

讲 洋 样 鸟 沙

Gangj angq yiengh roeg ra

ka:ŋ^{3} a:ŋ^{5} jɯ:ŋ^{6} ɹok^{8} ɹa^{1}

讲 高兴 样 鸟 白鹇

欢乐如灰雉。

6-687

岁 共 乡 从 山

Caez gungh yangh congh bya

ɕai^{2} kuŋ^{6} ja:ŋ^{5} ɕo:ŋ^{6} pja^{1}

齐 共 乡 洞 山

同住永安乡，

6-688

当 家 龙 不 知

Dang gya lungz mbouj rox

ta:ŋ^{1} kja^{1} luŋ^{2} bou^{5} ɹo^{4}

当 家 龙 不 知

嫁人兄不懂。

男唱

6-689

观	偻	造	对	邦
Gonq	raeuz	caux	doih	baengz
koːn^{5}	ɹau^{2}	ɕaːu^{4}	toːi^{6}	paŋ^{2}
先	我们	造	伙伴	朋

我俩初恋时，

6-690

讲	洋	样	鸟	沙
Gangj	angq	yiengh	roeg	ra
kaːŋ^{3}	aːŋ^{5}	jɯːŋ^{6}	ɹok^{8}	ɹa^{1}
讲	高兴	样	鸟	白鹇

欢乐像白雉。

6-691

当	家	是	当	家
Dang	gya	cix	dang	gya
taːŋ^{1}	kja^{1}	ɕi^{4}	taːŋ^{1}	kja^{1}
当	家	就	当	家

出嫁就出嫁，

6-692

满	古	而	了	农
Muenz	guh	rawz	liux	nuengx
muːn^{2}	ku^{4}	ɹaɯ^{2}	liːu^{4}	nuːŋ^{4}
瞒	做	什么	啰	妹

瞒我干什么？

女唱

6-693

观	偻	造	对	邦
Gonq	raeuz	caux	doih	baengz
koːn^{5}	ɹau^{2}	ɕaːu^{4}	toːi^{6}	paŋ^{2}
先	我们	造	伙伴	朋

我俩初恋时，

6-694

讲	洋	样	鸟	沙
Gangj	angq	yiengh	roeg	ra
kaːŋ^{3}	aːŋ^{5}	jɯːŋ^{6}	ɹok^{8}	ɹa^{1}
讲	高兴	样	鸟	白鹇

欢乐像白雉。

6-695

十	分	狼	当	家
Cib	faen	langh	dang	gya
ɕit^{8}	fan^{1}	laːŋ^{6}	taːŋ^{1}	kja^{1}
十	分	若	当	家

若真的嫁人，

6-696

不	满	你	师	付
Mbouj	muenz	mwngz	sae	fouh
bou^{5}	muːn^{2}	mɯŋ^{2}	θei^{1}	fou^{6}
不	瞒	你	师	傅

也不会瞒你。

男唱

6–697

观 偻 造 对 邦

Gonq raeuz caux doih baengz

koːn^{5} ɹau^{2} ɕaːu^{4} toːi^{6} paŋ^{2}

先 我们 造 伙伴 朋

我俩初恋时，

6–698

讲 洋 样 鸟 沙

Gangj angq yiengh roeg ra

kaːŋ^{3} aːŋ^{5} jɯːŋ^{6} ɹok^{8} ɹa^{1}

讲 高兴 样 鸟 白鹇

欢乐似白雉。

6–699

论 农 是 当 家

Lumj nuengx cix dang gya

lun^{3} nuːŋ^{4} ɕi^{4} taːŋ^{1} kja^{1}

像 妹 就 当 家

妹贤妻良母，

6–700

包 而 不 办 满

Mbauq lawz mbouj baenz muengh

baːu^{5} laɯ^{2} bou^{5} pan^{2} muːŋ^{6}

小伙 哪 不 成 望

男孩谁不爱？

女唱

6–701

观 偻 造 对 邦

Gonq raeuz caux doih baengz

koːn^{5} ɹau^{2} ɕaːu^{4} toːi^{6} paŋ^{2}

先 我们 造 伙伴 朋

我俩初恋时，

6–702

讲 洋 样 鸟 沙

Gangj angq yiengh roeg ra

kaːŋ^{3} aːŋ^{5} jɯːŋ^{6} ɹok^{8} ɹa^{1}

讲 高兴 样 鸟 白鹇

欢乐如白雉。

6–703

秋 友 而 当 家

Ciuq youx lawz dang gya

ɕiːu^{5} ju^{4} laɯ^{2} taːŋ^{1} kja^{1}

看 友 哪 当 家

看谁出嫁过，

6–704

声 欢 自 良 样

Sing fwen gag lingh yiengh

θiŋ^{1} vuːn^{1} kaːk^{8} leːŋ^{6} jɯːŋ^{6}

声 歌 自 另 样

歌声不同人。

男唱

6–705

秋	**友**	**而**	**当**	**家**
Ciuq	youx	lawz	dang	gya
çi:u^{5}	ju^{4}	lauɯ^{2}	ta:ŋ^{1}	kja^{1}
看	友	哪	当	家

看谁已结婚，

6–706

声	**欢**	**自**	**良**	**样**
Sing	fwen	gag	lingh	yiengh
θiŋ^{1}	vu:n^{1}	ka:k^{8}	le:ŋ^{6}	jɯ:ŋ^{6}
声	歌	自	另	样

歌声不同人。

6–707

秋	**友**	**而**	**造**	**祥**
Ciuq	youx	lawz	caux	riengh
çi:u^{5}	ju^{4}	lauɯ^{2}	ça:u^{4}	ɹi:ŋ^{6}
看	友	哪	造	栏

哪位已成家，

6–708

身	**样**	**相**	**不**	**同**
Ndang	yiengh	siengq	mbouj	doengz
da:ŋ^{1}	jɯ:ŋ^{6}	θi:ŋ^{5}	bou^{5}	toŋ^{2}
身	样	相	不	同

打扮也不同。

女唱

6–709

观	**偻**	**造**	**对**	**邦**
Gonq	raeuz	caux	doih	baengz
ko:n^{5}	ɹau^{2}	ça:u^{4}	to:i^{3}	paŋ^{2}
先	我们	造	伙伴	朋

我俩初恋时，

6–710

讲	**洋**	**样**	**鸟**	**沙**
Gangj	angq	yiengh	roeg	ra
ka:ŋ^{3}	a:ŋ^{5}	jɯ:ŋ^{6}	ɹok^{8}	ɹa^{1}
讲	高兴	样	鸟	白鹇

欢乐似白雉。

6–711

十	**分**	**狼**	**当**	**家**
Cib	faen	langh	dang	gya
çit^{8}	fan^{1}	la:ŋ^{6}	ta:ŋ^{1}	kja^{1}
十	分	若	当	家

若还嫁别人，

6–712

不	**年**	**龙**	**唱**	**歌**
Mbouj	nem	lungz	cang	go
bou^{5}	ne:m^{1}	luŋ^{2}	ça:ŋ^{4}	ko^{5}
不	贴	龙	唱	歌

不同你唱歌。

男唱

6–713

观 偻 造 对 邦

Gonq raeuz caux doih baengz

koːn^{5} ɹau^{2} ɕaːu^{4} toːi^{6} paŋ^{2}

先 我们 造 伙伴 朋

我俩初恋时，

6–714

讲 洋 样 鸟 沙

Gangj angq yiengh roeg ra

kaːŋ^{3} aːŋ^{5} jɯːŋ^{6} ɹok^{8} ɹa^{1}

讲 高兴 样 鸟 白鹇

欢乐如白雉。

6–715

表 农 尝 当 家

Biuj nuengx caengz dang gya

piːu^{3} nuːŋ^{4} ɕaŋ^{2} taːŋ^{1} kja^{1}

表 妹 未 当 家

情妹未嫁人，

6–716

沙 正 马 土 勒

Ra cingz ma dou lawh

ɹa^{1} ɕiŋ^{2} ma^{1} tu^{1} ləɯ^{6}

找 情 来 我 换

拿信物交换。

女唱

6–717

观 偻 造 对 邦

Gonq raeuz caux doih baengz

koːn^{5} ɹau^{2} ɕaːu^{4} toːi^{6} paŋ^{2}

先 我们 造 伙伴 朋

我俩初恋时，

6–718

讲 洋 样 鸟 沙

Gangj angq yiengh roeg ra

kaːŋ^{3} aːŋ^{5} jɯːŋ^{6} ɹok^{8} ɹa^{1}

讲 高兴 样 鸟 白鹇

欢乐像白雉。

6–719

表 备 先 当 家

Biuj beix senq dang gya

piːu^{3} pi^{4} θeːn^{5} taːŋ^{1} kja^{1}

表 兄 早 当 家

表兄早当家，

6–720

沙 正 牙 不 满

Ra cingz yax mbouj monh

ɹa^{1} ɕiŋ^{2} ja^{5} bou^{5} moːn^{6}

找 情 也 不 谈情

换信物无味。

男唱

6-721

观 偻 造 对 邦

Gonq raeuz caux doih baengz

koːn^{5} ɹau^{2} ɕaːu^{4} toːi^{6} paŋ^{2}

先 我们 造 伙伴 朋

我俩初恋时，

6-722

讲 洋 样 鸟 沙

Gangj angq yiengh roeg ra

kaːŋ^{3} aːŋ^{5} jɯːŋ^{6} ɹok^{8} ɹa^{1}

讲 高兴 样 鸟 白鹇

欢乐如白雉。

6-723

生 刀 瓜 马 查

Seng dauq gvaq ma caz

θeːŋ^{1} taːu^{5} kwa^{5} ma^{1} ɕa^{2}

硬生生 回 过 来 查问

硬要来查问，

6-724

鸦 貝 吉 而 读

A bae giz lawz douh

a^{1} pai^{1} ki^{2} laɯ^{2} tou^{6}

鸦 去 处 哪 栖息

乌鸦何处栖？

女唱

6-725

观 偻 造 对 邦

Gonq raeuz caux doih baengz

koːn^{5} ɹau^{2} ɕaːu^{4} toːi^{6} paŋ^{2}

先 我们 造 伙伴 朋

我俩初恋时，

6-726

讲 洋 样 鸟 沙

Gangj angq yiengh roeg ra

kaːŋ^{3} aːŋ^{5} jɯːŋ^{6} ɹok^{8} ɹa^{1}

讲 高兴 样 鸟 白鹇

欢乐如白雉。

6-727

生 刀 瓜 马 查

Seng dauq gvaq ma caz

θeːŋ^{1} taːu^{5} kwa^{5} ma^{1} ɕa^{2}

硬生生 回 过 来 查问

硬要过来查，

6-728

鸦 可 站 尾 会

A goj soengz byai faex

a^{1} ko^{5} θoŋ^{2} pjaːi^{1} fai^{4}

鸦 也 站 尾 树

乌鸦栖树梢。

男唱

6–729

生 刀 瓜 马 查

Seng dauq gvaq ma caz

θeːŋ^{1} taːu^{5} kwa^{5} ma^{1} ɕa^{2}

硬生生 回 过 来 查问

硬要来查问，

6–730

鸦 可 站 尾 会

A goj soengz byai faex

a^{1} ko^{5} θoŋ^{2} pjaːi^{1} fai^{4}

鸦 也 站 尾 树

乌鸦栖树梢。

6–731

秋 四 方 口 累

Ciuq seiq fueng gaeuj laeq

ɕiːu^{5} θei^{5} fuːŋ^{1} kau^{3} lai^{5}

看 四 方 看 看

四方打听看，

6–732

利 得 备 知 空

Lij ndaej beix rox ndwi

li^{4} dai^{3} pi^{4} ɹo^{4} duːi^{1}

还 得 兄 或 不

兄是否可求。

女唱

6–733

生 刀 瓜 马 查

Seng dauq gvaq ma caz

θeːŋ^{1} taːu^{5} kwa^{5} ma^{1} ɕa^{2}

硬生生 回 过 来 查问

偏要来查看，

6–734

鸦 可 站 尾 会

A goj soengz byai faex

a^{1} ko^{5} θoŋ^{2} pjaːi^{1} fai^{4}

鸦 也 站 尾 树

乌鸦栖树梢。

6–735

但 定 手 你 尖

Danh din fwngz mwngz raeh

taːn^{6} tin^{1} fɯŋ^{2} mɯŋ^{2} ɹai^{6}

但 脚 手 你 利

但手脚利索，

6–736

不 得 又 貝 而

Mbouj ndaej youh bae lawz

bou^{5} dai^{3} jou^{4} pai^{1} laɯ^{2}

不 得 又 去 哪

哪能求不得？

男唱

6–737

生 刀 瓜 马 查

Seng dauq gvaq ma caz

θeːŋ^{1} taːu^{5} kwa^{5} ma^{1} ɕa^{2}

硬生生 回 过 来 查问

偏要来查问，

6–738

鸦 可 站 尾 会

A goj soengz byai faex

a^{1} ko^{5} θoŋ^{2} pjaːi^{1} fai^{4}

鸦 可 站 尾 树

乌鸦栖树梢。

6–739

秋 四 方 口 累

Ciuq seiq fueng gaeuj laeq

ɕiːu^{5} θei^{5} fuːŋ^{1} kau^{3} lai^{5}

看 四 方 看 看

四方打听看，

6–740

才 农 得 阝 而

Caih nuengx ndaej boux lawz

ɕaːi^{6} nuːŋ^{4} dai^{3} pu^{4} lauɯ^{2}

随 妹 得 人 哪

任你选哪个。

女唱

6–741

生 刀 瓜 马 查

Seng dauq gvaq ma caz

θeːŋ^{1} taːu^{5} kwa^{5} ma^{1} ɕa^{2}

硬生生 回 过 来 查问

偏要来查问，

6–742

鸦 可 站 尾 会

A goj soengz byai faex

a^{1} ko^{5} θoŋ^{2} pjaːi^{1} fai^{4}

鸦 也 站 尾 树

乌鸦栖树梢。

6–743

定 手 刀 可 尖

Din fwngz dauq goj raeh

tin^{1} fuɯŋ^{2} taːu^{5} ko^{5} ɹai^{6}

脚 手 倒 也 利

本领还不错，

6–744

不 得 阝 论 你

Mbouj ndaej boux lumj mwngz

bou^{5} dai^{3} pu^{4} lun^{3} muɯŋ^{2}

不 得 个 像 你

不如你有才。

男唱

6-745
观 偻 造 对 邦
Gonq raeuz caux doih baengz
koːn⁵ ɹau² ɕaːu⁴ toːi⁶ paŋ²
先 我们 造 伙伴 朋
我俩初恋时，

6-746
讲 洋 样 鸟 九
Gangj angq yiengh roeg geuq
kaːŋ³ aːŋ⁵ jɯːŋ⁶ ɹok⁸ kjeːu⁵
讲 高兴 样 鸟 画眉
欢乐像画眉。

6-747
三 比 丰 不 秋
Sam bi fungh mbouj ciuq
θaːn¹ pi¹ fuŋ⁶ bou⁵ ɕiːu⁵
三 年 凤 不 看
三年凤不来，

6-748
利 讲 笑 知 不
Lij gangj riu rox mbouj
li⁴ kaːŋ³ ɹiːu¹ ɹo⁴ bou⁵
还 讲 笑 或 不
还能说笑否？

女唱

6-749
观 偻 造 对 邦
Gonq raeuz caux doih baengz
koːn⁵ ɹau² ɕaːu⁴ toːi⁶ paŋ²
先 我们 造 伙伴 朋
我俩初恋时，

6-750
讲 洋 样 鸟 九
Gangj angq yiengh roeg geuq
kaːŋ³ aːŋ⁵ jɯːŋ⁶ ɹok⁸ kjeːu⁵
讲 高兴 样 鸟 画眉
欢乐像眉鸟。

6-751
三 比 丰 不 秋
Sam bi fungh mbouj ciuq
θaːn¹ pi¹ fuŋ⁶ bou⁵ ɕiːu⁵
三 年 凤 不 看
三年凤不来，

6-752
讲 笑 后 邦 伕
Gangj riu haeuj biengz fwx
kaːŋ³ ɹiːu¹ hau³ piːŋ² fə⁴
讲 笑 进 地方 别人
谈笑走他乡。

男唱

6–753

观	**偻**	**造**	**对**	**邦**
Gonq	raeuz	caux	doih	baengz
koːn^{5}	ɹau^{2}	ɕaːu^{4}	toːi^{6}	paŋ^{2}
先	我们	造	伙伴	朋

我俩初恋时，

6–754

讲	**洋**	**样**	**鸟**	**九**
Gangj	angq	yiengh	roeg	geuq
kaːŋ^{3}	aːŋ^{5}	jɯːŋ^{6}	ɹok^{8}	kjeːu^{5}
讲	高兴	样	鸟	画眉

欢乐似眉鸟。

6–755

想	**托**	**农**	**讲**	**笑**
Siengj	doh	nuengx	gangj	riu
θiːŋ^{3}	to^{6}	nuːŋ^{4}	kaːŋ^{3}	ɹiːu^{1}
想	同	妹	讲	笑

想和妹讲笑，

6–756

得	**长**	**刘**	**知**	**不**
Ndaej	ciengz	liuz	rox	mbouj
dai^{3}	ɕiːŋ^{2}	liːu^{2}	ɹo^{4}	bou^{5}
得	常	常	或	不

怕不得长久。

女唱

6–757

观	**偻**	**造**	**对**	**邦**
Gonq	raeuz	caux	doih	baengz
koːn^{5}	ɹau^{2}	ɕaːu^{4}	toːi^{6}	paŋ^{2}
先	我们	造	伙伴	朋

我俩初恋时，

6–758

讲	**洋**	**样**	**鸟**	**九**
Gangj	angq	yiengh	roeg	geuq
kaːŋ^{3}	aːŋ^{5}	jɯːŋ^{6}	ɹok^{8}	kjeːu^{5}
讲	高兴	样	鸟	画眉

欢乐如眉鸟。

6–759

备	**托**	**农**	**讲**	**笑**
Beix	doh	nuengx	gangj	riu
pi^{4}	to^{6}	nuːŋ^{4}	kaːŋ^{3}	ɹiːu^{1}
兄	同	妹	讲	笑

情兄妹玩闹，

6–760

长	**刘**	**偻**	**讲**	**满**
Ciengz	liuz	raeuz	gangj	monh
ɕiːŋ^{2}	liːu^{2}	ɹau^{2}	kaːŋ^{3}	moːn^{6}
常	常	我们	讲	情

我俩常谈情。

男唱

6–761

你	**得**	**贵**	**你**	**好**
Mwngz	ndaej	gwiz	mwngz	ndei
mɯŋ^2	dai^3	kɯi^2	mɯŋ^2	dei^1
你	得	丈夫	你	好

你嫁好丈夫，

6–762

你	**是**	**笑**	**是**	**洋**
Mwngz	cix	riu	cix	angq
mɯŋ^2	ɕi^4	ɹiːu^1	ɕi^4	aːŋ^5
你	就	笑	就	高兴

常笑常欢乐。

6–763

土	**办**	**阝**	**由**	**浪**
Dou	baenz	boux	youz	langh
tu^1	pan^2	pu^4	jou^6	laːŋ^5
我	成	人	游	浪

我是流浪汉，

6–764

不	**往**	**托**	**你**	**笑**
Mbouj	vangq	doh	mwngz	riu
bou^5	vaːŋ^5	to^6	mɯŋ^2	ɹiːu^1
不	空	同	你	笑

无暇同你笑。

女唱

6–765

观	**偻**	**造**	**对**	**邦**
Gonq	raeuz	caux	doih	baengz
koːn^5	ɹau^2	ɕaːu^4	toːi^6	paŋ^2
先	我们	造	伙伴	朋

我俩初恋时，

6–766

讲	**洋**	**样**	**鸟**	**九**
Gangj	angq	yiengh	roeg	geuq
kaːŋ^3	aːŋ^5	jɯːŋ^6	ɹok^8	kjeːu^5
讲	高兴	样	鸟	画眉

欢乐如画眉。

6–767

见	**备**	**不**	**讲**	**笑**
Raen	beix	mbouj	gangj	riu
ɹan^1	pi^4	bou^5	kaːŋ^3	ɹiːu^1
见	兄	不	讲	笑

见兄不开心，

6–768

伴	**真**	**丢**	**生**	**衣**
Buenx	cingq	diuq	seng	eiq
puːn^4	ɕiŋ^5	tiːu^1	θeːŋ^1	ei^5
伴	真	丢	生	意

我愿丢生意。

男唱

6-769

你	得	贵	你	好
Mwngz	ndaej	gwiz	mwngz	ndei
mɯŋ2	dai3	kɯi2	mɯŋ2	dei1
你	得	丈夫	你	好

你得好丈夫，

6-770

你	是	笑	是	洋
Mwngz	cix	riu	cix	angq
mɯŋ2	ɕi4	ɹiːu1	ɕi4	aːŋ5
你	就	笑	就	高兴

常笑常欢乐。

6-771

土	办	卜	由	浪
Dou	baenz	boux	youz	langh
tu1	pan2	pu4	jou2	laːŋ5
我	成	人	游	浪

我是流浪汉，

6-772

友	而	满	是	却
Youx	lawz	muengh	cix	gyo
ju4	laɯ2	muːŋ6	ɕi4	kjo1
友	哪	望	是	幸亏

有谁看得起。

女唱

6-773

十	义	圤	那	伕
Cib	ngeih	raih	naz	fwz
ɕit8	ŋ̍i6	ɹaːi6	na2	fɯ2
十	二	块	田	荒

十二块荒田，

6-774

写	圤	一	种	炕
Ce	raih	ndeu	ndaem	ien
ɕe1	ɹaːi6	deːu1	dan1	iːn1
留	块	一	种	烟

留一块种烟。

6-775

刀	米	能	的	那
Dauq	miz	nyaenx	diq	naj
taːu5	mi2	ɲan4	ti5	na3
倒	有	那样	的	脸

竟有这般脸，

6-776

见	备	不	讲	笑
Gen	beix	mbouj	gangj	riu
keːn4	pi4	bou5	kaːŋ3	ɹiːu1
见	兄	不	讲	笑

遇兄不谈笑。

女唱

6–777

十	义	坮	那	伕
Cib	ngeih	raih	naz	fwz
çit^{8}	ɲi^{6}	ɹa:i^{6}	na^{2}	fɯ^{2}
十	二	块	田	荒

十二块荒田，

6–778

写	坮	一	种	歪
Ce	raih	ndeu	ndaem	faiq
çe^{1}	ɹa:i^{6}	de:u^{1}	dan^{1}	va:i^{5}
留	块	一	种	棉

留一块种棉。

6–779

少	得	卜	外	开
Sau	ndaej	boux	vaih	gaiq
θa:u^{1}	dai^{3}	pu^{4}	va:i^{6}	ka:i^{5}
姑娘	得	人	外	界

妹得外地夫，

6–780

备	托	乃	不	笑
Beix	doek	naiq	mbouj	riu
pi^{4}	tok^{7}	na:i^{5}	bou^{5}	ɹi:u^{1}
兄	失	望	不	笑

兄失望不乐。

男唱

6–781

十	义	坮	那	伕
Cib	ngeih	raih	naz	fwz
çit^{8}	ɲi^{6}	ɹa:i^{6}	na^{2}	fɯ^{2}
十	二	块	田	荒

十二块荒田，

6–782

写	坮	一	种	歪
Ce	raih	ndeu	ndaem	faiq
çe^{1}	ɹa:i^{6}	de:u^{1}	dan^{1}	va:i^{5}
留	块	一	种	棉

留一块种棉。

6–783

可	利	土	在	在
Goj	lij	Dou	ywq	caih
ko^{5}	li^{4}	tu^{1}	jɯ^{5}	ca:i^{6}
也	还	我	在	在

还有我健在，

6–784

八	托	乃	农	银
Bah	doek	naiq	nuengx	ngaenz
pa^{6}	tok^{7}	na:i^{5}	nu:ŋ^{4}	ŋan^{2}
莫	失	望	妹	银

情妹莫泄气。

女唱

6–785

十 义 圤 那 伕

Cib ngeih raih naz fwz

ɕit^{8} ȵi^{6} ɹa:i^{6} na^{2} fɯ^{2}

十 二 块 田 荒

十二块荒田，

6–786

写 圤 一 种 歪

Ce raih ndeu ndaem faiq

ɕe^{1} ɹa:i^{6} de:u^{1} dan^{1} va:i^{5}

留 块 一 种 棉

留一块种棉。

6–787

尝 得 阝 外 开

Caengz ndaej boux vaih gaiq

ɕaŋ^{2} dai^{3} pu^{4} va:i^{6} ka:i^{5}

未 得 人 外 界

没嫁外地人，

6–788

利 月 乃 加 你

Lij yiet naiq caj mwngz

li^{4} ji:t^{7} na:i^{5} kja^{3} mɯŋ^{2}

还 歇 累 等 你

闲着等待你。

男唱

6–789

十 义 圤 那 伕

Cib ngeih raih naz fwz

ɕit^{8} ȵi^{6} ɹa:i^{6} na^{2} fɯ^{2}

十 二 块 田 荒

十二块荒田，

6–790

写 圤 一 种 歪

Ce raih ndeu ndaem faiq

ɕe^{1} ɹa:i^{6} de:u^{1} dan^{1} va:i^{5}

留 块 一 种 棉

留一块种棉。

6–791

牙 要 阝 外 开

Yaek aeu boux vaih gaiq

jak^{7} au^{1} pu^{4} va:i^{6} ka:i^{5}

欲 要 人 外 界

想要外地人，

6–792

么 不 来 快 快

Maz mbouj laih riuz riuz

ma^{2} bou^{5} la:i^{6} ɹi:u^{2} ɹi:u^{2}

怎么 不 来 快 快

何不早早要？

女唱

6–793

观	偻	造	对	邦
Gonq	raeuz	caux	doih	baengz
koːn^{5}	ɹau^{2}	ɕaːu^{4}	toːi^{6}	paŋ^{2}
先	我们	造	伙伴	朋

我俩初恋时，

6–794

讲	洋	样	鸟	九
Gangj	angq	yiengh	roeg	geuq
kaːŋ^{3}	aːŋ^{5}	jɯːŋ^{6}	ɹok^{8}	kjeːu^{5}
讲	高兴	样	鸟	画眉

欢乐似画眉。

6–795

想	牙	圤	快	快
Siengj	yaek	raih	riuz	riuz
θiːŋ^{3}	jak^{7}	ɹaːi^{6}	ɹiːu^{2}	ɹiːu^{2}
想	要	走	快	快

想要走快些，

6–796

巴	丢	不	哈	备
Bak	diu	mbouj	ha	beix
paːk^{7}	tiːu^{1}	bou^{5}	ha^{1}	pi^{4}
嘴	刁	不	配	兄

不如兄嘴巧。

男唱

6–797

观	偻	造	对	邦
Gonq	raeuz	caux	doiq	baengz
koːn^{5}	ɹau^{2}	ɕaːu^{4}	toːi^{6}	paŋ^{2}
先	我们	造	伙伴	朋

我俩初恋时，

6–798

讲	洋	样	鸟	九
Gangj	angq	yiengh	roeg	geuq
kaːŋ^{3}	aːŋ^{5}	jɯːŋ^{6}	ɹok^{8}	kjeːu^{5}
讲	高兴	样	鸟	画眉

欢乐如画眉。

6–799

想	托	农	讲	笑
Siengj	doh	nuengx	gangj	riu
θiːŋ^{3}	to^{6}	nuːŋ^{4}	kaːŋ^{3}	ɹiːu^{1}
想	同	妹	讲	笑

想和妹谈笑，

6–800

老	邦	桥	米	对
Lau	bangx	giuz	miz	doih
laːu^{1}	paːŋ^{4}	kiːu^{2}	mi^{2}	toːi^{6}
怕	旁	桥	有	伙伴

怕身边有人。

女唱

6-801

观	**偻**	**造**	**对**	**邦**
Gonq	raeuz	caux	doih	baengz
koːn^{5}	ɹau^{2}	ɕaːu^{4}	toːi^{6}	paŋ^{2}
先	我们	造	伙伴	朋

我俩初恋时，

6-802

讲	**洋**	**样**	**鸟**	**九**
Gangj	angq	yiengh	roeg	geuq
kaːŋ^{3}	aːŋ^{5}	jɯːŋ^{6}	ɹok^{8}	kjeːu^{5}
讲	高兴	样	鸟	画眉

欢乐像画眉。

6-803

自	**汒**	**不**	**讲**	**笑**
Gag	saed	mbouj	gangj	riu
kaːk^{8}	θat^{8}	bou^{5}	kaːŋ^{3}	ɹiːu^{1}
自	实	不	讲	笑

确实不说笑，

6-804

又	**说**	**桥**	**米**	**对**
Youh	naeuz	giuz	miz	doih
jou^{4}	nau^{2}	kiːu^{2}	mi^{2}	toːi^{6}
又	说	桥	有	伙伴

说桥边有人。

男唱

6-805

观	**偻**	**造**	**对**	**邦**
Gonq	raeuz	caux	doih	baengz
koːn^{5}	ɹau^{2}	ɕaːu^{4}	toːi^{6}	paŋ^{2}
先	我们	造	伙伴	朋

我俩初恋时，

6-806

讲	**洋**	**样**	**鸟**	**九**
Gangj	angq	yiengh	roeg	geuq
kaːŋ^{3}	aːŋ^{5}	jɯːŋ^{6}	ɹok^{8}	kjeːu^{5}
讲	高兴	样	鸟	画眉

欢乐如画眉。

6-807

邦	**达**	**汒**	**王**	**绿**
Bangx	dah	saed	vaengz	heu
paːŋ^{4}	ta^{6}	θat^{8}	vaŋ^{2}	heːu^{1}
旁	河	实	潭	清

河边是深潭，

6-808

桥	**而**	**尚**	**了**	**农**
Giuz	lawz	sang	liux	nuengx
kiːu^{2}	laɯ^{2}	θaːŋ^{1}	liːu^{4}	nuːŋ^{4}
桥	哪	高	了	妹

哪会有高桥？

女唱

6–809

观	偻	造	对	邦
Gonq	raeuz	caux	doih	baengz
ko:n^{5}	ɹau^{2}	ɕa:u^{4}	to:i^{6}	paŋ^{2}
先	我们	造	伙伴	朋

我俩初恋时，

6–810

讲	洋	样	鸟	九
Gangj	angq	yiengh	roeg	geuq
ka:ŋ^{3}	a:ŋ^{5}	jɯ:ŋ^{6}	ɹok^{8}	kje:u^{5}
讲	高兴	样	鸟	画眉

欢乐似画眉。

6–811

邦	达	汜	王	绿
Bangx	dah	saed	vaengz	heu
pa:ŋ^{4}	ta^{6}	θat^{8}	vaŋ^{2}	he:u^{1}
旁	河	实	潭	清

河边是深潭，

6–812

米	桥	尚	外	对
Miz	giuz	sang	vaij	doih
mi^{2}	ki:u^{2}	θa:ŋ^{1}	va:i^{3}	to:i^{6}
有	桥	高	过	伙伴

有桥特别高。

男唱

6–813

尝	得	义	十	比
Caengz	ndaej	ngeih	cib	bi
ɕaŋ^{2}	dai^{3}	ȵi^{6}	ɕit^{8}	pi^{1}
未	得	二	十	年

不到二十岁，

6–814

是	交	你	少	青
Cix	gyau	mwngz	sau	oiq
ɕi^{4}	kja:u^{1}	mɯŋ^{2}	θa:u^{1}	o:i^{5}
就	交	你	姑娘	嫩

就交你情妹。

6–815

米	桥	尚	外	对
Miz	giuz	sang	vaij	doih
mi^{2}	ki:u^{2}	θa:ŋ^{1}	va:i^{3}	to:i^{6}
有	桥	高	过	伙伴

有桥特别高，

6–816

米	桥	凶	外	文
Miz	giuz	rwix	vaij	vunz
mi^{2}	ki:u^{2}	ɹɯ:i^{4}	va:i^{3}	vun^{2}
有	桥	孬	过	人

有桥特别险。

女唱

6–817

山 尚 屃 米 会

Bya sang nyienh miz faex

pja^{1} θa:ŋ^{1} ɲu:n^{6} mi^{2} fai^{4}

山 高 愿 有 树

高山空有树，

6–818

鸟 炕 自 不 秋

Roeg enq gag mbouj ciuz

ɹok^{8} e:n^{5} ka:k^{8} bou^{5} ɕi:u^{2}

鸟 燕 自 不 盘旋

飞燕不投宿。

6–819

山 灯 屃 米 桥

Bya daemq nyienh miz giuz

pja^{1} tan^{5} ɲu:n^{6} mi^{2} ki:u^{2}

山 低 愿 有 桥

矮山徒有桥，

6–820

鸟 九 自 不 读

Roeg geuq gag mbouj douh

ɹok^{8} kje:u^{5} ka:k^{8} bou^{5} tou^{6}

鸟 画眉 自 不 栖息

画眉不愿栖。

男唱

6–821

观 偻 造 对 邦

Gonq raeuz caux doih baengz

ko:n^{5} ɹau^{2} ɕa:u^{4} to:i^{6} paŋ^{2}

先 我们 造 伙伴 朋

我俩初恋时，

6–822

讲 洋 样 鸟 九

Gangj angq yiengh roeg geuq

ka:ŋ^{3} a:ŋ^{5} juː:ŋ^{6} ɹok^{8} kje:u^{5}

讲 高兴 样 鸟 画眉

欢乐像画眉。

6–823

山 灯 偻 岁 秋

Bya daemq raeuz caez ciuz

pja^{1} tan^{5} ɹau^{2} ɕai^{2} ɕi:u^{2}

山 低 我们 齐 盘旋

我们站矮山，

6–824

山 尚 偻 岁 读

Bya sang raeuz caez douh

pja^{1} θa:ŋ^{1} ɹau^{2} ɕai^{2} tou^{6}

山 高 我们 齐 栖息

我们立高山。

女唱

6-825

观	**偻**	**造**	**对**	**邦**
Gonq	raeuz	caux	doih	baengz
koːn^{5}	ɹau^{2}	ɕaːu^{4}	toːi^{6}	paŋ^{2}
先	我们	造	伙伴	朋

我俩初恋时，

6-826

讲	**洋**	**样**	**鸟**	**九**
Gangj	angq	yiengh	roeg	geuq
kaːŋ^{3}	aːŋ^{5}	jɯːŋ^{6}	ɹok^{8}	kjeːu^{5}
讲	高兴	样	鸟	画眉

欢乐如画眉。

6-827

知	**讲**	**又**	**知**	**笑**
Rox	gangj	youh	rox	riu
ɹo^{4}	kaːŋ^{3}	jou^{4}	ɹo^{4}	ɹiːu^{1}
知	讲	又	知	笑

有说又有笑，

6-828

鸟	**九**	**不**	**乱**	**斗**
Roeg	geuq	mbouj	luenh	daeuj
ɹok^{8}	kjeːu^{5}	bou^{5}	luːn^{6}	tau^{3}
鸟	画眉	不	乱	来

画眉不常来。

男唱

6-829

观	**偻**	**造**	**对**	**邦**
Gonq	raeuz	caux	doih	baengz
koːn^{5}	ɹau^{2}	ɕaːu^{4}	toːi^{6}	paŋ^{2}
先	我们	造	伙伴	朋

我俩初恋时，

6-830

讲	**洋**	**样**	**鸟**	**九**
Gangj	angq	yiengh	roeg	geuq
kaːŋ^{3}	aːŋ^{5}	jɯːŋ^{6}	ɹok^{8}	kjeːu^{5}
讲	高兴	样	鸟	画眉

欢乐似眉鸟。

6-831

利	**你**	**农**	**卜**	**一**
Lij	mwngz	nuengx	boux	ndeu
li^{4}	mɯŋ^{2}	nuːŋ^{4}	pu^{4}	deːu^{1}
还	你	妹	人	一

剩情妹一人，

6-832

貝	**本**	**绿**	**而**	**在**
Bae	mbwn	heu	lawz	ywq
pai^{1}	bɯn^{1}	heːu^{1}	laɯ^{2}	jɯ^{5}
去	天	青	哪	住

去何处栖身？

女唱

6-833

观	偻	造	对	邦
Gonq	raeuz	caux	doih	baengz
ko:n^{5}	ɹau^{2}	ça:u^{4}	to:i^{6}	paŋ^{2}
先	我们	造	伙伴	朋

我俩初恋时，

6-834

讲	洋	样	鸟	九
Gangj	angq	yiengh	roeg	geuq
ka:ŋ^{3}	a:ŋ^{5}	jɯ:ŋ^{6}	ɹok^{8}	kje:u^{5}
讲	高兴	样	鸟	画眉

欢乐如眉鸟。

6-835

利	你	卜	文	一
Lij	mwngz	boux	vunz	ndeu
li^{4}	mɯŋ^{2}	pu^{4}	vun^{2}	de:u^{1}
还	你	个	人	一

剩你一个人，

6-836

貝	封	桥	拉	利
Bae	fung	giuz	laj	leih
pai^{1}	fuŋ^{1}	ki:u^{2}	la^{3}	li^{6}
去	封	桥	拉	利

到拉利守桥。

男唱

6-837

观	偻	造	对	邦
Gonq	raeuz	caux	doih	baengz
ko:n^{5}	ɹau^{2}	ça:u^{4}	to:i^{6}	paŋ^{2}
先	我们	造	伙伴	朋

我俩初恋时，

6-838

讲	洋	样	鸟	九
Gangj	angq	yiengh	roeg	geuq
ka:ŋ^{3}	a:ŋ^{5}	jɯ:ŋ^{6}	ɹok^{8}	kje:u^{5}
讲	高兴	样	鸟	画眉

欢乐如画眉。

6-839

利	你	农	卜	一
Lij	mwngz	nuengx	boux	ndeu
li^{4}	mɯŋ^{2}	nu:ŋ^{4}	pu^{4}	de:u^{1}
还	你	妹	人	一

剩情妹一人，

6-840

定	手	快	是	圤
Din	fwngz	riuz	cix	raih
tin^{1}	fɯŋ^{2}	ɹi:u^{2}	çi^{4}	ɹa:i^{6}
脚	手	快	就	走

手脚快就走。

女唱

6-841

利 你 农 阝 一

Lij mwngz nuengx boux ndeu

li^{4} mɯŋ^{2} nuːŋ^{4} pu^{4} deːu^{1}

还 你 妹 人 一

剩情妹一人，

6-842

定 手 快 是 坮

Din fwngz riuz cix raih

tin^{1} fɯŋ^{2} ɹiːu^{2} ɕi^{4} ɹaːi^{6}

脚 手 快 就 走

手脚快就走。

6-843

勒 龙 在 江 海

Lwg lungz ywq gyang haij

lɯk^{8} luŋ^{2} jɯ^{5} kjaːŋ^{1} haːi^{3}

子 龙 在 中 海

龙子在海中，

6-844

坮 得 备 是 要

Raih ndaej beix cix aeu

ɹaːi^{6} dai^{3} pi^{4} ɕi^{4} au^{1}

走 得 兄 就 要

去到兄就要。

男唱

6-845

利 你 农 阝 一

Lij mwngz nuengx boux ndeu

li^{4} mɯŋ^{2} nuːŋ^{4} pu^{4} deːu^{1}

还 你 妹 人 一

剩情妹一人，

6-846

定 手 快 是 坮

Din fwngz riuz cix raih

tin^{1} fɯŋ^{2} ɹiːu^{2} ɕi^{4} ɹaːi^{6}

脚 手 快 就 走

手脚快就走。

6-847

勒 龙 在 江 海

Lwg lungz ywq gyang haij

lɯk^{8} luŋ^{2} jɯ^{5} kjaːŋ^{1} haːi^{3}

子 龙 在 中 海

龙子在海里，

6-848

坮 不 得 长 刘

Raih mbouj ndaej ciengz liuz

ɹaːi^{6} bou^{5} dai^{3} ɕiːŋ^{2} liːu^{2}

走 不 得 常 常

不能经常去。

女唱

6-849

观	偻	造	对	邦
Gonq	raeuz	caux	doih	baengz
koːn5	ɹau2	ɕaːu4	toːi6	paŋ2
先	我们	造	伙伴	朋

我俩初恋时，

6-850

讲	洋	样	鸟	九
Gangj	angq	yiengh	roeg	geuq
kaːŋ3	aːŋ5	jɯːŋ6	ɹok8	kjeːu5
讲	高兴	样	鸟	画眉

欢乐似画眉。

6-851

给	农	貝	封	桥
Hawj	nuengx	bae	fung	giuz
həɯ3	nuːŋ4	pai1	fuŋ1	kiːu2
给	妹	去	封	桥

让妹去守桥，

6-852

阝	而	秋	后	生
Boux	lawz	ciuq	haux	seng
pu4	laɯ2	ɕiːu5	hou4	θeːŋ1
个	哪	看	后	生

哪个看后生？

男唱

6-853

观	偻	造	对	邦
Gonq	raeuz	caux	doih	baengz
koːn5	ɹau2	ɕaːu4	toːi6	paŋ2
先	我们	造	伙伴	朋

我俩初恋时，

6-854

讲	洋	样	鸟	九
Gangj	angq	yiengh	roeg	geuq
kaːŋ3	aːŋ5	jɯːŋ6	ɹok8	kjeːu5
讲	高兴	样	鸟	画眉

欢乐如画眉。

6-855

给	农	貝	封	桥
Hawj	nuengx	bae	fung	giuz
həɯ3	nuːŋ4	pai1	fuŋ1	kiːu2
给	妹	去	封	桥

让妹去守桥，

6-856

偻	良	秋	阝	么
Raeuz	lingh	ciuq	boux	moq
ɹau2	leːŋ6	ɕiːu5	pu4	mo5
我们	另	看	人	新

另外选新人。

女唱

6-857

给 农 貝 封 桥

Hawj nuengx bae fung giuz

həɯ^{3} nuːŋ^{4} pai^{1} fuŋ^{1} kiːu^{2}

给 妹 去 封 桥

让妹去守桥，

6-858

偻 良 秋 卜 么

Raeuz lingh ciuq boux moq

ɹau^{2} leːŋ^{6} ɕiːu^{5} pu^{4} mo^{5}

我们 另 看 个 新

另外选新人。

6-859

卜 口 巡 尝 托

Boux gaeuq cunz caengz doh

pu^{4} kau^{5} ɕun^{2} ɕaŋ^{2} to^{6}

人 旧 巡 未 遍

旧友未探完，

6-860

卜 么 样 而 完

Boux moq yiengh lawz vuenh

pu^{4} mo^{5} jɯːŋ^{6} laɯ^{2} vuːn^{6}

人 新 样 哪 换

新人怎么交？

男唱

6-861

给 农 貝 封 桥

Hawj nuengx bae fung giuz

həɯ^{3} nuːŋ^{4} pai^{1} fuŋ^{1} kiːu^{2}

给 妹 去 封 桥

让妹去守桥，

6-862

偻 良 秋 卜 么

Raeuz lingh ciuq boux moq

ɹau^{2} leːŋ^{6} ɕiːu^{5} pu^{4} mo^{5}

我们 另 看 个 新

另外选新人。

6-863

卜 口 尝 巡 托

Boux gaeuq caengz cunz doh

pu^{4} kau^{5} ɕaŋ^{2} ɕun^{2} to^{6}

人 旧 未 巡 遍

旧友未走遍，

6-864

卜 么 良 开 正

Boux moq lingh hai cingz

pu^{4} mo^{5} leːŋ^{6} haːi^{1} ɕiŋ^{2}

人 新 另 开 情

新友另送礼。

女唱

6-865

给 农 贝 封 桥

Hawj nuengx bae fung giuz

həɯ^{3} nuːŋ^{4} pai^{1} fuŋ^{1} kiːu^{2}

给 妹 去 封 桥

让妹去守桥，

6-866

偻 良 秋 阝 么

Raeuz lingh ciuq boux moq

ɹau^{2} leːŋ^{6} ɕiːu^{5} pu^{4} mo^{5}

我们 另 看 人 新

另外选新人。

6-867

阝 口 尝 巡 托

Boux gaeuq caengz cunz doh

pu^{4} kau^{5} ɕaŋ^{2} ɕun^{2} to^{6}

人 旧 未 巡 遍

旧友未走遍，

6-868

阝 么 刀 米 元

Boux moq dauq miz yuenz

pu^{4} mo^{5} taːu^{5} mi^{2} juːn^{2}

人 新 倒 有 缘

新友倒有缘。

男唱

6-869

尝 得 义 十 比

Caengz ndaej ngeih cib bi

ɕaŋ^{2} dai^{3} ȵi^{6} ɕit^{8} pi^{1}

未 得 二 十 年

不到二十岁，

6-870

是 交 你 韦 阿

Cix gyau mwngz vae oq

ɕi^{4} kjaːu^{1} mɯŋ^{2} vai^{1} o^{5}

就 交 你 姓 别

就交你情友。

6-871

平 阝 口 阝 么

Bingz boux gaeuq boux moq

piŋ^{2} pu^{4} kau^{5} pu^{4} mo^{5}

凭 人 旧 人 新

任新朋老友，

6-872

一 路 完 小 正

Yiz lu vuenh siuj cingz

i^{2} lu^{4} vuːn^{6} θiːu^{3} ɕiŋ^{2}

一 路 换 小 情

都交换礼物。

女唱

6–873

观	偻	造	对	邦
Gonq	raeuz	caux	doih	baengz
ko:n^{5}	ɹau^{2}	ɕa:u^{4}	to:i^{6}	paŋ^{2}
先	我们	造	伙伴	朋

我俩初恋时，

6–874

讲	洋	样	鸟	九
Gangj	angq	yiengh	roeg	geuq
ka:ŋ^{3}	a:ŋ^{5}	jɯ:ŋ^{6}	ɹok^{8}	kje:u^{5}
讲	高兴	样	鸟	画眉

欢乐如画眉。

6–875

知	讲	又	知	笑
Rox	gangj	youh	rox	riu
ɹo^{4}	ka:ŋ^{3}	jou^{4}	ɹo^{4}	ɹi:u^{1}
知	讲	又	知	笑

有说又有笑，

6–876

邦	可	九	贝	光
Biengz	goj	riuz	bae	gvangq
pi:ŋ^{2}	ko^{5}	ɹi:u^{2}	pai^{1}	kwa:ŋ^{5}
地方	也	传	去	宽

天下广流传。

男唱

6–877

观	偻	造	对	邦
Gonq	raeuz	caux	doih	baengz
ko:n^{5}	ɹau^{2}	ɕa:u^{4}	to:i^{6}	paŋ^{2}
先	我们	造	伙伴	朋

我俩初恋时，

6–878

讲	洋	样	鸟	九
Gangj	angq	yiengh	roeg	geuq
ka:ŋ^{3}	a:ŋ^{5}	jɯ:ŋ^{6}	ɹok^{8}	kje:u^{5}
讲	高兴	样	鸟	画眉

欢乐如画眉。

6–879

卜	秋	卜	又	笑
Boux	ciuq	boux	youh	riu
pu^{4}	ɕi:u^{5}	pu^{4}	jou^{4}	ɹi:u^{1}
人	看	人	又	笑

看着对方笑，

6–880

但	方	卢	同	得
Danh	fueng	louz	doengz	ndaej
ta:n^{6}	fu:ŋ^{2}	lu^{2}	toŋ^{2}	dai^{3}
但	风	流	同	得

只盼能相恋。

女唱

6-881

观 偻 造 对 邦

Gonq raeuz caux doih baengz

ko:n^{5} ɹau^{2} ɕa:u^{4} to:i^{6} paŋ^{2}

先 我们 造 伙伴 朋

我俩初恋时，

6-882

讲 洋 样 鸟 九

Gangj angq yiengh roeg geuq

ka:ŋ^{3} a:ŋ^{5} jɯ:ŋ^{6} ɹok^{8} kje:u^{5}

讲 高兴 样 鸟 画眉

欢乐如画眉。

6-883

往 你 农 巴 丢

Uengj mwngz nuengx bak diu

va:ŋ^{3} mɯŋ^{2} nu:ŋ^{4} pa:k^{7} ti:u^{1}

枉 你 妹 嘴 刁

枉妹口舌巧，

6-884

伏 更 桥 贝 了

Fwx gwnz giuz bae liux

fə^{4} kɯn^{2} ki:u^{2} pai^{1} li:u^{4}

别人 上 桥 去 完

桥上人走了。

男唱

6-885

观 偻 造 对 邦

Gonq raeuz caux doih baengz

ko:n^{5} ɹau^{2} ɕa:u^{4} to:i^{6} paŋ^{2}

先 我们 造 伙伴 朋

我俩初恋时，

6-886

讲 洋 样 鸟 九

Gangj angq yiengh roeg geuq

ka:ŋ^{3} a:ŋ^{5} jɯ:ŋ^{6} ɹok^{8} kje:u^{5}

讲 高兴 样 鸟 画眉

欢乐似画眉。

6-887

巴 尖 动 空 丢

Bak raeh dungx ndwi diu

pa:k^{7} ɹai^{6} tuŋ^{4} du:i^{1} ti:u^{1}

嘴 利 肚 不 刁

舌巧肚肠笨，

6-888

伏 更 桥 正 对

Fwx gwnz giuz cingq doiq

fə^{4} kɯn^{2} ki:u^{2} ɕiŋ^{5} to:i^{5}

别人 上 桥 正 对

桥上是情友。

女唱

6-889

观	**偻**	**造**	**对**	**邦**
Gonq	raeuz	caux	doih	baengz
ko:n^{5}	ɹau^{2}	ça:u^{4}	to:i^{6}	paŋ^{2}
先	我们	造	伙伴	朋

我俩初恋时，

6-890

讲	**洋**	**貝**	**吨**	**本**
Gangj	angq	bae	daemx	mbwn
ka:ŋ^{3}	a:ŋ^{5}	pai^{1}	tan^{4}	bɯn^{1}
讲	高兴	去	顶	天

欢乐到天上。

6-891

土	**真**	**阝**	**爱**	**文**
Dou	cingq	boux	ngaiq	vunz
tu^{1}	çiŋ^{5}	pu^{4}	ŋa:i^{5}	vun^{2}
我	是	个	爱	人

我是爱情友，

6-892

老	**龙**	**不**	**欢**	**喜**
Lau	lungz	mbouj	vuen	heij
la:u^{1}	luŋ^{2}	bou^{5}	vu:n^{1}	hi^{3}
怕	龙	不	欢	喜

怕兄不爱我。

男唱

6-893

观	**偻**	**造**	**对**	**邦**
Gonq	raeuz	caux	doih	baengz
ko:n^{5}	ɹau^{2}	ça:u^{4}	to:i^{6}	paŋ^{2}
先	我们	造	伙伴	朋

我俩初恋时，

6-894

讲	**洋**	**貝**	**吨**	**本**
Gangj	angq	bae	daemx	mbwn
ka:ŋ^{3}	a:ŋ^{5}	pai^{1}	tan^{4}	bɯn^{1}
讲	高兴	去	顶	天

高兴到天上。

6-895

不	**自**	**农**	**爱**	**文**
Mbouj	gag	nuengx	ngaiq	vunz
bou^{5}	ka:k^{8}	nu:ŋ^{4}	ŋa:i^{5}	vun^{2}
不	自	妹	爱	人

不只妹爱人，

6-896

备	**银**	**可**	**爱**	**对**
Beix	ngaenz	goj	ngaiq	doih
pi^{4}	ŋan^{2}	ko^{5}	ŋa:i^{5}	to:i^{6}
兄	银	也	爱	伙伴

兄也爱情友。

女唱

6-897
观　傍　造　对　邦
Gonq raeuz caux doih baengz
koːn5 ɹau2 ɕaːu4 toːi6 paŋ2
先　我们　造　伙伴　朋
我俩初恋时，

6-898
讲　洋　貝　吨　本
Gangj angq bae daemx mbwn
kaːŋ3 aːŋ5 pai1 tan4 bɯn1
讲　高兴　去　顶　天
欢乐到天上。

6-899
爱　友　办　论　你
Ngaiq youx baenz lumj mwngz
ŋaːi5 ju4 pan2 lun3 mɯŋ2
爱　友　成　像　你
像你爱情友，

6-900
利　说　么　了　备
Lij naeuz maz liux beix
li4 nau2 ma2 liːu4 pi4
还　说　什么　啰　兄
不必多言辞。

男唱

6-901
观　傍　造　对　邦
Gonq raeuz caux doih baengz
koːn5 ɹau2 ɕaːu4 toːi6 paŋ2
先　我们　造　伙伴　朋
我俩初恋时，

6-902
讲　洋　貝　吨　本
Gangj angq bae daemx mbwn
kaːŋ3 aːŋ5 pai1 tan4 bɯn1
讲　高兴　去　顶　天
欢乐到天上。

6-903
采　定　不　立　南
Caij din mbouj liz namh
ɕaːi3 tin1 bou5 li2 naːn6
踩　脚　不　离　土
双脚不离地，

6-904
爱　你　办　论　友
Ngaiq mwngz baenz lumj youx
ŋaːi5 mɯŋ2 pan2 lun3 ju4
爱　你　成　像　友
爱你如情友。

女唱

6–905

采 定 不 立 南

Caij din mbouj liz namh

ɕa:i3 tin1 bou5 li2 na:n6

踩 脚 不 离 土

走路不着地，

6–906

牙 走 下 桂 林

Yax yamq roengz gvei linz

ja5 ja:m5 ɹoŋ2 kwei1 lin2

也 步 下 桂 林

徒步去桂林。

6–907

采 南 不 立 定

Byaij namh mbouj liz din

pja:i3 na:n6 bou5 li2 tin1

走 土 不 离 脚

走路不离地，

6–908

牙 飞 下 片 务

Yax mbin roengz benq huj

ja5 bin1 ɹoŋ2 pe:n6 hu3

也 飞 下 片 云

想飞下云霄。

男唱

6–909

采 定 不 立 南

Caij din mbouj liz namh

ɕa:i3 tin1 bou5 li2 na:n6

踩 脚 不 离 土

走路不离地，

6–910

牙 走 下 桂 林

Yax yamq roengz gvei linz

ja5 ja:m5 ɹoŋ2 kwei1 lin2

也 步 下 桂 林

徒步去桂林。

6–911

采 定 不 立 南

Caij din mbouj liz namh

ɕa:i3 tin1 bou5 li2 na:n6

踩 脚 不 离 土

走路不着地，

6–912

丰 飞 貝 是 了

Fungh mbin bae cix liux

fuŋ6 bin1 pai1 ɕi4 li:u4

凤 飞 去 就 算

如凤展翅飞。

女唱

6-913

采	定	不	立	南
Caij	din	mbouj	liz	namh
ça:i³	tin¹	bou⁵	li²	na:n⁶
踩	脚	不	离	土

走路不着地，

6-914

牙	走	下	方	卢
Yax	yamq	roengz	fueng	louz
ja⁵	ja:m⁵	ɹoŋ²	fu:ŋ¹	lu²
也	步	下	风	流

想徒步游荡。

6-915

采	南	不	立	土
Caij	namh	mbouj	liz	dou
ça:i³	na:n⁶	bou⁵	li²	tou¹
踩	土	不	离	门

想走走不远，

6-916

心	付	不	了	备
Sim	fouz	mbouj	liux	beix
θin¹	fu²	bou⁵	li:u⁴	pi⁴
心	浮	不	啰	兄

心烦不心烦？

男唱

6-917

采	定	不	立	南
Caij	din	mbouj	liz	namh
ça:i³	tin¹	bou⁵	li²	na:n⁶
踩	脚	不	离	土

走路不着地，

6-918

牙	走	下	方	卢
Yax	yamq	roengz	fueng	louz
ja⁵	ja:m⁵	ɹoŋ²	fu:ŋ¹	lu²
也	步	下	风	流

徒步去游荡。

6-919

采	南	不	立	土
Caij	namh	mbouj	liz	dou
ça:i³	na:n⁶	bou⁵	li²	tou¹
踩	土	不	离	门

想走走不远，

6-920

心	付	是	开	怨
Sim	fouz	cix	gaej	yonq
θin¹	fu²	çi⁴	ka:i⁵	jo:n⁵
心	浮	就	莫	怨

心烦莫抱怨。

女唱

6–921

采	定	不	立	南
Caij	din	mbouj	liz	namh
ça:i^{3}	tin^{1}	bou^{5}	li^{2}	na:n^{6}
踩	脚	不	离	土

走路不着地，

6–922

牙	走	下	方	立
Yax	yamq	roengz	fueng	liz
ja^{5}	ja:m^{5}	ɹoŋ^{2}	fu:ŋ^{1}	li^{2}
也	步	下	方	离

想远走他乡。

6–923

采	条	罗	义	车
Byaij	diuz	loh	ngiq	ci
pja:i^{3}	ti:u^{2}	lo^{6}	ŋi^{5}	çi^{1}
走	条	路	岔	车

走条三岔路，

6–924

方	而	好	了	备
Fueng	lawz	ndei	liux	beix
fu:ŋ^{1}	laɯ^{2}	dei^{1}	li:u^{4}	pi^{4}
方	哪	好	啰	兄

哪边好地方？

男唱

6–925

采	定	不	立	南
Caij	din	mbouj	liz	namh
ça:i^{3}	tin^{1}	bou^{5}	li^{2}	na:n^{6}
踩	脚	不	离	土

走路不着地，

6–926

牙	走	下	方	立
Yax	yamq	roengz	fueng	liz
ja^{5}	ja:m^{5}	ɹoŋ^{2}	fu:ŋ^{1}	li^{2}
也	步	下	方	离

要远走他乡。

6–927

采	条	罗	义	车
Byaij	diuz	loh	ngiq	ci
pjai^{3}	ti:u^{2}	lo^{6}	ŋi^{5}	çi^{1}
走	条	路	岔	车

走条三岔路，

6–928

好	不	哈	少	包
Ndei	mbouj	ha	sau	mbauq
dei^{1}	bou^{5}	ha^{1}	θa:u^{1}	ba:u^{5}
好	不	配	姑娘	小伙

好不如恋人。

女唱

6–929

采	**定**	**不**	**立**	**南**
Caij	din	mbouj	liz	namh
ça:i^{3}	tin^{1}	bou^{5}	li^{2}	na:n^{6}
踩	**脚**	**不**	**离**	**土**

走路不着地，

6–930

牙	**走**	**下**	**方**	**立**
Yax	yamq	roengz	fueng	liz
ja^{5}	ja:m^{5}	ɹoŋ^{2}	fu:ŋ^{1}	li^{2}
也	**步**	**下**	**方**	**离**

要远走他乡。

6–931

采	**条**	**罗**	**义**	**车**
Byaij	diuz	loh	ngiq	ci
pja:i^{3}	ti:u^{2}	lo^{6}	ŋi^{5}	çi^{1}
走	**条**	**路**	**岔**	**车**

走到三岔路，

6–932

邦	**而**	**好**	**洋**	**在**
Biengz	lawz	ndei	yaeng	ywq
pi:ŋ^{2}	laɯ^{2}	dei^{1}	jaŋ^{1}	jɯ^{5}
地方	**哪**	**好**	**再**	**住**

哪里好才住。

男唱

6–933

采	**定**	**不**	**立**	**南**
Caij	din	mbouj	liz	namh
ça:i^{3}	tin^{1}	bou^{5}	li^{2}	na:n^{6}
踩	**脚**	**不**	**离**	**土**

走路不着地，

6–934

牙	**走**	**下**	**方**	**立**
Yax	yamq	roengz	fueng	liz
ja^{5}	ja:m^{5}	ɹoŋ^{2}	fu:ŋ^{1}	li^{2}
也	**步**	**下**	**方**	**离**

要远走他乡。

6–935

采	**条**	**罗**	**义**	**车**
Byaij	diuz	loh	ngiq	ci
pjai^{3}	ti:u^{2}	lo^{6}	ŋi^{5}	çi^{1}
走	**条**	**路**	**岔**	**车**

走到三岔路，

6–936

邦	**不**	**好**	**是**	**刀**
Biengz	mbouj	ndei	cix	dauq
pi:ŋ^{2}	bou^{5}	dei^{1}	çi^{4}	ta:u^{5}
地方	**不**	**好**	**就**	**回**

地不好就回。

女唱

6-937

采 定 不 立 南

Caij din mbouj liz namh

ça:i^3 tin^1 bou^5 li^2 na:n^6

踩 脚 不 离 土

走路不着地，

6-938

牙 走 下 方 立

Yax yamq roengz fueng liz

ja^5 ja:m^5 ɹoŋ^2 fu:ŋ^1 li^2

也 步 下 方 离

要远走他乡。

6-939

你 得 田 你 好

Mwngz ndaej denz mwngz ndei

mɯŋ^2 dai^3 te:n^2 mɯŋ^2 dei^1

你 得 地 你 好

你选得好地，

6-940

古 九 义 马 罗

Guh gouj ngiq ma lox

ku^4 kjou^3 ŋi^5 ma^1 lo^4

做 九 话头 来 哄

找借口哄我。

男唱

6-941

采 定 不 立 南

Caij din mbouj liz namh

ça:i^3 tin^1 bou^5 li^2 na:n^6

踩 脚 不 离 土

走路不着地，

6-942

牙 走 下 方 立

Yax yamq roengz fueng liz

ja^5 ja:m^5 ɹoŋ^2 fu:ŋ^1 li^2

也 步 下 方 离

要远走他乡。

6-943

得 开 田 背 时

Ndaej gaiq denz boih seiz

dai^3 ka:i^5 te:n^2 po:i^6 θi^2

得 块 地 背 时

得块不吉地，

6-944

你 说 好 么 农

Mwngz naeuz ndei maz nuengx

mɯŋ^2 nau^2 dei^1 ma^2 nu:ŋ^4

你 说 好 什么 妹

你说有啥好？

女唱

6-945

观 偻 造 对 邦

Gonq raeuz caux doih baengz

ko:n^{5} ɹau^{2} ɕa:u^{4} to:i^{6} paŋ^{2}

先 我们 造 伙伴 朋

我俩初恋时，

6-946

讲 洋 貝 吨 本

Gangj angq bae daemx mbwn

ka:ŋ^{3} a:ŋ^{5} pai^{1} tan^{4} bɯn^{1}

讲 高兴 去 顶 天

欢乐到天上。

6-947

内 儿 贵 反 春

Neix gin gveiq fan cin

ni^{4} kin^{1} kwei^{5} fan^{1} ɕun^{1}

这 子 规 翻 春

杜鹃反季节，

6-948

农 银 特 心 变

Nuengx ngaenz dawz sim bienq

nu:ŋ^{4} ŋan^{2} təɯ^{2} θin^{1} pi:n^{5}

妹 银 拿 心 变

情妹把心变。

男唱

6-949

尝 得 义 十 比

Caengz ndaej ngeih cib bi

ɕaŋ^{2} dai^{3} ȵi^{6} ɕit^{8} pi^{1}

未 得 二 十 年

不到二十岁，

6-950

是 交 你 小 面

Cix gyau mwngz siuj mienh

ɕi^{4} kja:u^{1} mɯŋ^{2} θi:u^{3} me:n^{6}

就 交 你 小 面

结交你情友。

6-951

十 分 特 心 变

Cib faen dawz sim bienq

ɕit^{8} fan^{1} təɯ^{2} θin^{1} pi:n^{5}

十 分 拿 心 变

实在变良心，

6-952

见 不 得 小 正

Gen mbouj ndaej siuj cingz

ke:n^{4} bou^{5} dai^{3} θi:u^{3} ɕiŋ^{2}

见 不 得 小 情

对不住信物。

女唱

6–953

十	分	特	心	变
Cib	faen	dawz	sim	bienq
ɕit^{8}	fan^{1}	təɯ^{2}	θin^{1}	piːn^{5}
十	分	拿	心	变

实在变良心，

6–954

见	不	得	小	正
Gen	mbouj	ndaej	siuj	cingz
keːn^{4}	bou^{5}	dai^{3}	θiːu^{3}	ɕiŋ^{2}
见	不	得	小	情

对不住信物。

6–955

狼	那	刀	特	平
Langh	naj	dauq	dawz	bingz
laːŋ^{6}	na^{3}	taːu^{5}	təɯ^{2}	piŋ^{2}
若	前	又	拿	平

此后心不变，

6–956

你	说	而	了	备
Mwngz	naeuz	lawz	liux	beix
mɯŋ^{2}	nau^{2}	laɯ^{2}	liːu^{4}	pi^{4}
你	说	哪	啰	兄

你还说什么？

男唱

6–957

十	分	特	心	变
Cib	faen	dawz	sim	bienq
ɕit^{8}	fan^{1}	təɯ^{2}	θin^{1}	piːn^{5}
十	分	拿	心	变

实在变良心，

6–958

见	不	得	小	正
Gen	mbouj	ndaej	siuj	cingz
keːn^{4}	bou^{5}	dai^{3}	θiːu^{3}	ɕiŋ^{2}
见	不	得	小	情

对不住信物。

6–959

狼	那	刀	特	平
Langh	naj	dauq	dawz	bingz
laːŋ^{6}	na^{3}	taːu^{5}	təɯ^{2}	piŋ^{2}
若	前	又	拿	平

往后心不变，

6–960

几	时	本	全	刀
Geij	seiz	mbwn	cienj	dauq
ki^{3}	θi^{2}	bɯn^{1}	ɕuːn^{3}	taːu^{5}
几	时	天	转	回

天哪会倒转？

女唱

6–961

十	**分**	**特**	**心**	**变**
Cib	faen	dawz	sim	bienq
çit[8]	fan[1]	təɯ[2]	θin[1]	piːn[5]
十	分	拿	心	变

实在变良心，

6–962

见	**不**	**得**	**小**	**正**
Gen	mbouj	ndaej	siuj	cingz
keːn[4]	bou[5]	dai[3]	θiːu[3]	çiŋ[2]
见	不	得	小	情

对不住信物。

6–963

狼	**那**	**刀**	**特**	**平**
Langh	naj	dauq	dwz	bingz
laːŋ[6]	na[3]	taːu[5]	təɯ[2]	piŋ[2]
若	前	又	拿	平

往后不变心，

6–964

不	**真**	**论**	**伕**	**内**
Mbouj	caen	lumj	fawh	neix
bou[5]	çin[1]	lun[3]	fəɯ[6]	ni[4]
不	真	像	时	这

亲密不如今。

男唱

6–965

十	**分**	**特**	**心**	**变**
Cib	faen	dawz	sim	bienq
çit[8]	fan[1]	təɯ[2]	θin[1]	piːn[5]
十	分	拿	心	变

实在变良心，

6–966

见	**不**	**得**	**小**	**正**
Gen	mbouj	ndaej	siuj	cingz
keːn[4]	bou[5]	dai[3]	θiːu[3]	çiŋ[2]
见	不	得	小	情

对不住信物。

6–967

狼	**那**	**刀**	**特**	**平**
Langh	naj	dauq	dawz	bingz
laːŋ[6]	na[3]	taːu[5]	təɯ[2]	piŋ[2]
若	前	又	拿	平

往后不变心，

6–968

不	**真**	**洋**	**面**	**祘**
Mbouj	caen	yaeng	menh	suenq
bou[5]	çin[1]	jaŋ[1]	meːn[6]	θuːn[5]
不	真	再	慢	算

不亲密再说。

女唱

6–969

利 宁 更 相 丢

Lij ningq gwnz ciengz diuq

li^{4} niŋ^{5} kɯn^{2} ɕiːŋ^{2} tiːu^{5}

还 小 上 墙 跳

小时墙上跳，

6–970

犯 土 庙 里 阴

Famh duz miuh ndaw yim

faːn^{6} tu^{2} miːu^{6} daɯ^{1} in^{1}

犯 只 庙 里 阴

犯阴间庙神。

6–971

想 牙 开 小 正

Siengj yax hai siuj cingz

θiːŋ^{3} ja^{5} haːi^{1} θiːu^{3} ɕiŋ^{2}

想 也 开 小 情

想送小礼品，

6–972

邦 少 平 说 乱

Biengz sau bingz naeuz luenh

piːŋ^{2} θaːu^{1} piŋ^{2} nau^{2} luːn^{6}

地方 姑娘 安宁 或 乱

地方平稳否？

男唱

6–973

利 宁 更 相 丢

Lij ningq gwnz ciengz diuq

li^{4} niŋ^{5} kɯn^{2} ɕiːŋ^{2} tiːu^{5}

还 小 上 墙 跳

小时墙上跳，

6–974

犯 土 庙 里 阴

Famh duz miuh ndaw yim

faːn^{6} tu^{2} miːu^{6} daɯ^{1} in^{1}

犯 只 庙 里 阴

犯阴间庙神。

6–975

米 正 是 开 正

Miz cingz cix hai cingz

mi^{2} ɕiŋ^{2} ɕi^{4} haːi^{1} ɕiŋ^{2}

有 情 就 开 情

有礼品就送，

6–976

邦 土 平 办 水

Biengz dou bingz baenz raemx

piːŋ^{2} tu^{1} piŋ^{2} pan^{2} ɹan^{4}

地方 我 平 成 水

地方平如水。

女唱

6–977

利	**宁**	**更**	**相**	**条**
Lij	ningq	gwnz	ciengz	diuq
li^{4}	niŋ^{5}	kɯn^{2}	ɕiːŋ^{2}	tiːu^{5}
还	小	上	墙	跳

小时墙上跳，

6–978

犯	**土**	**庙**	**里**	**阴**
Famh	duz	miuh	ndaw	yim
faːn^{6}	tu^{2}	miːu^{6}	daɯ^{1}	in^{1}
犯	只	庙	里	阴

犯阴间庙神。

6–979

田	**农**	**狼**	**可**	**平**
Denz	nuengx	langh	goj	bingz
teːn^{2}	nuːŋ^{4}	laːŋ^{6}	ko^{5}	piŋ^{2}
地	妹	若	也	平

若地方平稳，

6–980

龙	**特**	**正**	**貝**	**开**
Lungz	dawz	cingz	bae	hai
luŋ^{2}	təɯ^{2}	ɕiŋ^{2}	bai^{1}	haːi^{1}
龙	拿	情	去	开

兄把礼品送。

男唱

6–981

利	**宁**	**更**	**相**	**丢**
Lij	ningq	gwnz	ciengz	diuq
li^{4}	niŋ^{5}	kɯn^{2}	ɕiːŋ^{2}	tiːu^{5}
还	小	上	墙	跳

小时墙上跳，

6–982

犯	**土**	**庙**	**里**	**阴**
Famh	duz	miuh	ndaw	yim
faːn^{6}	tu^{2}	miːu^{6}	daɯ^{1}	in^{1}
犯	只	庙	里	阴

犯阴间庙神。

6–983

想	**开**	**份**	**小**	**正**
Siengj	hai	faenh	siuj	cingz
θiːŋ^{3}	haːi^{1}	fan^{6}	θiːu^{3}	ɕiŋ^{2}
想	开	份	小	情

想送份礼品，

6–984

少	**安**	**仁**	**貝**	**了**
Sau	an	yingz	bae	liux
θaːu^{1}	aːn^{1}	jiŋ^{2}	pai^{1}	liːu^{4}
姑娘	安	营	去	了

妹安家去了。

女唱

6–985

利 宁 更 相 丢

Lij ningq gwnz ciengz diuq

li^{4} niŋ^{5} kɯn^{2} çi:ŋ^{2} ti:u^{5}

还 小 上 墙 跳

小时墙上跳，

6–986

犯 土 庙 里 阴

Famh duz miuh ndaw yim

fa:n^{6} tu^{2} mi:u^{6} daɯ^{1} in^{1}

犯 只 庙 里 阴

犯阴间庙神。

6–987

米 正 是 开 正

Miz cingz cix hai cingz

mi^{2} çiŋ^{2} çi^{4} ha:i^{1} çiŋ^{2}

有 情 就 开 情

有礼品就送，

6–988

仁 在 而 了 备

Yingz ywq lawz liux beix

jiŋ^{2} jɯ^{5} laɯ^{2} li:u^{4} pi^{4}

营 在 哪 啰 兄

我哪里有家？

男唱

6–989

利 宁 更 相 丢

Lij ningq gwnz ciengz diuq

li^{4} niŋ^{5} kɯn^{2} çi:ŋ^{2} ti:u^{5}

还 小 上 墙 跳

小时墙上跳，

6–990

犯 土 庙 里 阴

Famh duz miuh ndaw yim

fa:n^{6} tu^{2} mi:u^{6} daɯ^{1} in^{1}

犯 只 庙 里 阴

犯阴间庙神。

6–991

罗 备 边 小 正

Lox beix bienh siuj cingz

lo^{4} pi^{4} pi:n^{6} θi:u^{3} çiŋ^{2}

骗 兄 筹办 小 情

骗兄要礼品，

6–992

貝 生 定 不 刀

Bae caemq din mbouj dauq

pai^{1} çan^{5} tin^{1} bou^{5} ta:u^{5}

去 顿 脚 不 回

顿足去不回。

女唱

6-993

点 长 是 点 平

Diemj caengh cix diemj bingz

te:n³ ɕaŋ⁶ ɕi⁴ te:n³ piŋ²

点 秤 就 点 平

造秤要平准，

6-994

开 古 声 达 乱

Gaej guh sing daz luenh

ka:i⁵ ku⁴ θiŋ¹ ta² lu:n⁶

莫 做 秤星 砣 乱

莫让秤星乱。

6-995

交 阝 一 了 伴

Gyau boux ndeu liux buenx

kja:u¹ pu⁴ de:u¹ li:u⁴ pu:n⁴

交 个 一 啰 伴

好友交一个，

6-996

开 乱 团 来 文

Gaej luenh dwen lai vunz

ka:i⁵ lu:n⁶ tɯ:n⁵ la:i¹ vun²

莫 乱 提 多 人

莫乱交多人。

男唱

6-997

点 长 是 点 平

Diemj caengh cix diemj bingz

te:n³ ɕaŋ⁶ ɕi⁴ te:n³ piŋ²

点 秤 就 点 平

造秤要平准，

6-998

开 古 声 坤 义

Gaej guh sing goenq ngeiq

ka:i⁵ ku⁴ θiŋ¹ kon⁵ ȵi⁵

莫 做 秤星 断 枝

莫让秤星断。

6-999

交 阝 一 良 立

Gyau boux ndeu lingz leih

kja:u¹ pu⁴ de:u¹ le:ŋ⁶ lei⁶

交 个 一 伶 俐

交个伶俐友，

6-1000

可 当 义 十 文

Goj daengq ngeih cib vunz

ko⁵ taŋ⁵ ȵi⁶ ɕit⁸ vun²

也 当 义 十 人

顶得二十人。

女唱

6–1001

点	长	是	点	平
Diemj	caengh	cix	diemj	bingz
te:n^{3}	ɕaŋ^{6}	ɕi^{4}	te:n^{3}	piŋ^{2}
点	秤	就	点	平

造秤要精准，

6–1002

开	古	声	它	三
Gaej	guh	sing	daz	sanq
ka:i^{5}	ku^{4}	θiŋ^{1}	ta^{2}	θa:n^{5}
莫	做	秤星	砣	散

莫让秤星乱。

6–1003

交	阝	一	好	汉
Gyau	boux	ndeu	hauj	hanq
kja:u^{1}	pu^{4}	de:u^{1}	ha:u^{3}	ha:n^{5}
交	个	一	好	汉

交个好汉友，

6–1004

干	给	佚	九	名
Ganq	hawj	fwx	riuz	mingz
ka:n^{5}	həɯ^{3}	fə^{4}	ɹi:u^{2}	miŋ^{2}
照料	给	别人	传	名

让世人传颂。

男唱

6–1005

点	长	是	点	平
Diemj	caengh	cix	diemj	bingz
te:n^{3}	ɕaŋ^{6}	ɕi^{4}	te:n^{3}	piŋ^{2}
点	秤	就	点	平

造秤要精准，

6–1006

开	古	达	绞	闹
Gaej	guh	daz	heux	naux
ka:i^{5}	ku^{4}	ta^{2}	he:u^{4}	na:u^{4}
莫	做	砣	绕	纽

莫让砣绕纽。

6–1007

包	少	连	九	教①
Mbauq	sau	lienz	gouj	gyauq
ba:u^{5}	θa:u^{1}	li:n^{2}	kjou^{3}	kja:u^{4}
俊	姑娘	连	九	教

情友花肠子，

6–1008

长	绞	闹	吃	文②
Caengh	heux	naux	gwn	vunz
ɕaŋ^{6}	he:u^{4}	na:u^{4}	kɯn^{1}	vun^{2}
秤	绕	纽	吃	人

绕秤纽讹人。

① 九教［kjou^{3} kja:u^{4}］：九教。“三教九流”的简称，此处指行为不端。

② 长绞闹吃文［ɕaŋ^{6} he:u^{4} na:u^{4} kɯn^{1} vun^{2}］：绕秤纽讹人。指在秤杆上动手脚，缺斤少两。

女唱

6-1009

一	斤	古	斤	四
It	gaen	guh	gaen	seiq
it^{7}	kan^{1}	ku^{4}	kan^{1}	θei^{5}
一	斤	做	斤	四

一斤顶四斤，

6-1010

拉	地	利	特	仁
Laj	deih	lij	dawz	vingz
la^{3}	ti^{6}	li^{4}	təɯ^{2}	viŋ^{2}
下	地	还	拿	仁义

地下神灵见。

6-1011

长	绞	闹	吃	文
Caengh	heux	naux	gwn	vunz
ɕaŋ^{6}	heːu^{4}	naːu^{4}	kɯn^{1}	vun^{2}
秤	绕	纽	吃	人

绕秤纽讹人，

6-1012

拉	本	利	特	托
Laj	mbwn	lij	dawz	dox
la^{3}	bɯn^{1}	li^{4}	təɯ^{8}	to^{6}
下	天	还	拿	公平

天下要公平。

男唱

6-1013

点	长	是	点	平
Diemj	caengh	cix	diemj	bingz
teːn^{3}	ɕaŋ^{6}	ɕi^{4}	teːn^{3}	piŋ^{2}
点	秤	就	点	平

造秤要精准，

6-1014

开	古	声	它	三
Gaej	guh	sing	daz	sanq
kaːi^{5}	ku^{4}	θiŋ^{1}	ta^{2}	θaːn^{5}
莫	做	秤星	砣	散

莫让秤星乱。

6-1015

交	卜	一	好	汉
Gyau	boux	ndeu	hauj	hanq
kjaːu^{1}	pu^{4}	deːu^{1}	haːu^{3}	haːn^{5}
交	个	一	好	汉

交个好汉友，

6-1016

可	抵	万	千	金
Goj	dij	fanh	cien	gim
ko^{5}	ti^{3}	faːn^{6}	ɕiːn^{1}	kin^{1}
也	值	万	千	金

抵万两黄金。

女唱

6–1017

点	**长**	**是**	**点**	**平**
Diemj	caengh	cix	diemj	bingz
te:n^{3}	ɕaŋ^{6}	ɕi^{4}	te:n^{3}	piŋ^{2}
点	秤	就	点	平

造秤要精准，

6–1018

开	**古**	**声**	**坤**	**正**
Gaej	guh	sing	goenq	gyaengh
ka:i^{5}	ku^{4}	θiŋ^{1}	kon^{5}	kjaŋ^{6}
莫	做	秤星	断	节

莫让秤星断。

6–1019

九	**𠂎**	**九**	**条**	**心**
Gouj	boux	gouj	diuz	sim
kjou^{3}	pu^{4}	kjou^{3}	ti:u^{2}	θin^{1}
九	人	九	条	心

九人九颗心，

6–1020

定	**不**	**得**	**心**	**你**
Dingh	mbouj	ndaej	sim	mwngz
tiŋ^{6}	bou^{5}	dai^{3}	θin^{1}	mɯŋ^{2}
定	不	得	心	你

你心没法定。

男唱

6–1021

观	**偻**	**造**	**对**	**邦**
Gonq	raeuz	caux	doih	baengz
ko:n^{5}	ɹau^{2}	ɕa:u^{4}	to:i^{6}	paŋ^{2}
先	我们	造	伙伴	朋

我俩初恋时，

6–1022

讲	**洋**	**貝**	**吨**	**天**
Gangj	angq	bae	daemx	den
ka:ŋ^{3}	a:ŋ^{5}	pai^{1}	tan^{4}	ti:n^{1}
讲	高兴	去	顶	天

高兴到天上。

6–1023

不	**𠂎**	**兰**	**本**	**钱**
Mbouj	boux	lanh	bonj	cienz
bou^{5}	pu^{4}	la:n^{6}	po:n^{3}	ɕi:n^{2}
不	人	花	本	钱

无人舍花钱，

6–1024

可	**怜**	**偻**	**同**	**分**
Hoj	lienz	raeuz	doengz	mbek
ho^{3}	li:n^{2}	ɹau^{2}	toŋ^{2}	me:k^{7}
可	怜	我们	同	分别

怜我俩离别。

女唱

6–1025

十	卜	从	十	关
Cib	boux	coengh	cib	gvanq
çit^{8}	pu^{4}	çoŋ^{6}	çit^{8}	kwa:n^{5}
十	人	帮	十	贯

十人帮十贯，

6–1026

乃	乃	可	办	仙
Naih	naih	goj	baenz	sien
na:i^{6}	na:i^{6}	ko^{5}	pan^{2}	θi:n^{1}
久	久	也	成	仙

久后必成仙。

6–1027

十	卜	帮	十	千
Cib	boux	bang	cib	cien
çit^{8}	pu^{4}	pa:ŋ^{1}	çit^{8}	çi:n^{1}
十	人	帮	十	千

十人十千两，

6–1028

办	同	年	可	爱
Baenz	doengz	nienz	goj	ngaih
pan^{2}	toŋ^{2}	ni:n^{2}	ko^{5}	ŋa:i^{6}
成	同	年	也	易

完婚也容易。

男唱

6–1029

观	偻	造	对	邦
Gonq	raeuz	caux	doih	baengz
ko:n^{5}	ɹau^{2}	ça:u^{4}	to:i^{6}	paŋ^{2}
先	我们	造	伙伴	朋

我俩初恋时，

6–1030

讲	洋	貝	吨	天
Gangj	angq	bae	daemx	denh
ka:ŋ^{3}	a:ŋ^{5}	pai^{1}	tan^{4}	ti:n^{1}
讲	高兴	去	顶	天

高兴到天上。

6–1031

说	农	兰	本	钱
Naeuz	nuengx	lanh	bonj	cienz
nau^{2}	nu:ŋ^{4}	la:n^{6}	po:n^{3}	çi:n^{2}
说	妹	花	本	钱

妹舍得出钱，

6–1032

优	然	砖	岁	在
Yaeuj	ranz	cien	caez	ywq
jau^{3}	ɹa:n^{2}	çi:n^{1}	çai^{2}	jɯ^{5}
举	家	砖	齐	住

建砖房同居。

女唱

6–1033

观 偻 造 对 邦

Gonq raeuz caux doih baengz

koːn^5 ɹau^2 ɕaːu^4 toːi^6 paŋ^2

先 我们 造 伙伴 朋

我俩初恋时，

6–1034

讲 洋 貝 吨 天

Gangj angq bae daemx denh

kaːŋ^3 aːŋ^5 pai^1 tan^4 tiːn^1

讲 高兴 去 顶 天

高兴到天上。

6–1035

备 得 兰 本 钱

Beix ndaej lanh bonj cienz

pi^4 dai^3 laːn^6 poːn^3 ɕiːn^2

兄 得 花 本 钱

兄舍得出钱，

6–1036

少 得 年 知 不

Sau ndaej nem rox mbouj

θaːu^1 dai^3 neːm^1 ɹo^4 bou^5

姑娘 得 贴 或 不

妹未必愿意。

男唱

6–1037

观 偻 造 对 邦

Gonq raeuz caux doih baengz

koːn^5 ɹau^2 ɕaːu^4 toːi^6 paŋ^2

先 我们 造 伙伴 朋

我俩初恋时，

6–1038

讲 洋 貝 吨 天

Gangj angq bae daemx denh

kaːŋ^3 aːŋ^5 pai^1 tan^4 tiːn^1

讲 高兴 去 顶 天

高兴到天上。

6–1039

备 得 兰 本 钱

Beix ndaej lanh bonj cienz

pi^4 dai^3 laːn^6 poːn^3 ɕiːn^2

兄 得 花 本 钱

兄舍得出钱，

6–1040

少 是 年 间 布

Sau cix nem gen buh

θaːu^1 ɕi^4 neːm^1 keːn^1 pu^6

姑娘 就 贴 手 衣

妹跟兄牵手。

女唱

6-1041

观	**偻**	**造**	**对**	**邦**
Gonq	raeuz	caux	doiq	baengz
koːn^{5}	ɹau^{2}	ɕaːu^{4}	toːi^{5}	paŋ^{2}
先	我们	造	伙伴	朋

我俩初恋时，

6-1042

讲	**洋**	**貝**	**吨**	**天**
Gangj	angq	bae	daemx	denh
kaːŋ^{3}	aːŋ^{5}	pai^{1}	tan^{4}	tiːn^{1}
讲	高兴	去	顶	天

高兴到天上。

6-1043

罗	**备**	**兰**	**本**	**钱**
Lox	beix	lanh	bonj	cienz
lo^{4}	pi^{4}	laːn^{6}	poːn^{3}	ɕiːn^{2}
哄	兄	花	本	钱

哄兄出本钱，

6-1044

贵	**更**	**间**	**不**	**中**
Gwiz	gaem	gen	mbouj	cuengq
kɯi^{2}	kan^{1}	keːn^{1}	bou^{5}	ɕuːŋ^{5}
丈夫	握	手臂	不	放

我夫不放手。

男唱

6-1045

观	**偻**	**造**	**对**	**邦**
Gonq	raeuz	caux	doih	baengz
koːn^{5}	ɹau^{2}	ɕaːu^{4}	toːi^{6}	paŋ^{2}
先	我们	造	伙伴	朋

我俩初恋时，

6-1046

讲	**洋**	**貝**	**吨**	**天**
Gangj	angq	bae	daemx	denh
kaːŋ^{3}	aːŋ^{5}	pai^{1}	tan^{4}	tiːn^{1}
讲	高兴	去	顶	天

高兴到天上。

6-1047

贵	**牙**	**间**	**是**	**间**
Gwiz	yax	gem	cix	gem
kɯi^{2}	ja^{5}	keːm^{1}	ɕi^{4}	keːm^{1}
丈夫	要	监管	就	监管

丈夫非要管，

6-1048

外	**边**	**马**	**勒**	**仪**
Vaij	nden	ma	lawh	saenq
vaːi^{3}	deːn^{1}	ma^{1}	ləɯ^{6}	θin^{5}
过	边	来	换	信

偷偷换信物。

女唱

6–1049

观	**偻**	**造**	**对**	**邦**
Gonq	raeuz	caux	doih	baengz
ko:n^{5}	ɹau^{2}	ɕa:u^{4}	to:i^{6}	paŋ^{2}
先	我们	造	伙伴	朋

我俩初恋时，

6–1050

讲	**洋**	**貝**	**吨**	**天**
Gangj	angq	bae	daemx	denh
ka:ŋ^{3}	a:ŋ^{5}	pai^{1}	tan^{4}	ti:n^{1}
讲	高兴	去	顶	天

高兴到天上。

6–1051

罗	**老**	**是**	**空**	**便**
Loh	laux	cix	ndwi	benz
lo^{6}	la:u^{4}	ɕi^{4}	du:i^{1}	pe:n^{2}
路	大	是	不	爬

大路你不走，

6–1052

讲	**罗**	**边**	**么**	**备**
Gangj	loh	nden	maz	beix
ka:ŋ^{3}	lo^{6}	de:n^{1}	ma^{2}	pi^{4}
讲	路	边	什么	兄

非要走小路。

男唱

6–1053

观	**偻**	**造**	**对**	**邦**
Gonq	raeuz	caux	doih	baengz
ko:n^{5}	ɹau^{2}	ɕa:u^{4}	to:i^{6}	paŋ^{2}
先	我们	造	伙伴	朋

我俩初恋时，

6–1054

讲	**洋**	**貝**	**吨**	**天**
Gangj	angq	bae	daemx	denh
ka:ŋ^{3}	a:ŋ^{5}	pai^{1}	tan^{4}	ti:n^{1}
讲	高兴	去	顶	天

高兴到天上。

6–1055

罗	**老**	**土**	**牙**	**便**
Loh	laux	dou	yax	benz
lo^{6}	la:u^{4}	tu^{1}	ja^{5}	pe:n^{2}
路	大	我	也	爬

大路我也走，

6–1056

罗	**边**	**土**	**牙**	**圸**
Loh	nden	dou	yax	raih
lo^{6}	de:n^{1}	tu^{1}	ja^{5}	ɹa:i^{6}
路	边	我	也	走

小路我也走。

女唱

6-1057

观	**偻**	**造**	**对**	**邦**
Gonq	raeuz	caux	doih	baengz
koːn^{5}	ɹau^{2}	ɕaːu^{4}	toːi^{6}	paŋ^{2}
先	我们	造	伙伴	朋

我俩初恋时，

6-1058

讲	**洋**	**貝**	**吨**	**天**
Gangj	angq	bae	daemx	denh
kaːŋ^{3}	aːŋ^{5}	pai^{1}	tan^{4}	tiːn^{1}
讲	高兴	去	顶	天

高兴到天上。

6-1059

想	**牙**	**兰**	**本**	**钱**
Siengj	yax	lanh	bonj	cienz
θiːŋ^{3}	ja^{5}	laːn^{6}	poːn^{3}	ɕiːn^{2}
想	要	花	本	钱

想要花本钱，

6-1060

娅	**王**	**连**	**空**	**叫**
Yah	vangz	lienz	ndwi	heuh
ja^{6}	vaːŋ^{2}	liːn^{2}	duːi^{1}	heːu^{6}
婆	王	连	不	叫

婆王不邀请。

男唱

6-1061

想	**牙**	**兰**	**本**	**钱**
Siengj	yax	lanh	bonj	cienz
θiːŋ^{3}	ja^{5}	laːn^{6}	poːn^{3}	ɕiːn^{2}
想	要	花	本	钱

想要花本钱，

6-1062

娅	**王**	**连**	**空**	**叫**
Yah	vangz	lienz	ndwi	heuh
ja^{6}	vaːŋ^{2}	liːn^{2}	duːi^{1}	heːu^{6}
婆	王	连	不	叫

婆王不邀请。

6-1063

想	**托**	**你**	**同**	**好**
Siengj	doh	mwngz	doengz	ndei
θiːŋ^{3}	to^{6}	muɯŋ^{2}	toŋ^{2}	dei^{1}
想	同	你	同	好

想与你成亲，

6-1064

本	**不**	**叫**	**双**	**偻**
Mbwn	mbouj	heuh	song	raeuz
buɯn^{1}	bou^{5}	heːu^{6}	θoːŋ^{1}	ɹau^{2}
天	不	叫	两	我们

老天不赞同。

女唱

6–1065

尝 得 义 十 比

Caengz ndaej ngeih cib bi

çaŋ^{2} dai^{3} ȵi^{6} çit^{8} pi^{1}

未 得 二 十 年

不到二十岁，

6–1066

是 交 你 对 邦

Cix gyau mwngz doih baengz

çi^{4} kjaːu^{1} mɯŋ^{2} toːi^{6} paŋ^{2}

就 交 你 伙伴 朋

就交你情哥。

6–1067

管 好 龙 同 好

Guenj ndij lungz doengz ndei

kuːn^{3} di^{1} luŋ^{2} toŋ^{2} dei^{1}

管 与 龙 同 好

愿与兄结友，

6–1068

本 狼 叫 是 却

Mbwn langh heuh cix gyo

bɯn^{1} laːŋ^{6} heːu^{6} çi^{4} kjo^{1}

天 若 叫 就 幸亏

天许就幸运。

男唱

6–1069

尝 得 义 十 比

Caengz ndaej ngeih cib bi

çaŋ^{2} dai^{3} ȵi^{6} çit^{8} pi^{1}

未 得 二 十 年

不到二十岁，

6–1070

是 交 你 对 少

Cix gyau mwngz doih sau

çi^{4} kjaːu^{1} mɯŋ^{2} toːi^{6} θaːu^{1}

就 交 你 伙伴 姑娘

就交你情妹。

6–1071

更 天 牙 空 好

Gwnz mbwn yax ndwi hauq

kɯn^{2} bɯn^{1} ja^{5} duːi^{1} haːu^{5}

上 天 也 不 好

天公不作美，

6–1072

从 叫 了 是 貝

Coengh heuh liux cix bae

çoŋ^{6} heːu^{6} liːu^{4} çi^{4} pai^{1}

帮 叫 完 就 去

不能遂人愿。

女唱

6-1073
观 偻 造 对 邦
Gonq raeuz caux doih baengz
koːn⁵ ɹau² ɕaːu⁴ toːi⁶ paŋ²
先 我们 造 伙伴 朋
我俩初恋时，

6-1074
讲 好 满 好 美
Gangj ndei monh ndei maez
kaːŋ³ dei¹ moːn⁶ dei¹ mai²
讲 好 情 好 爱
沉迷于恋爱。

6-1075
土 办 阝 托 台
Dou baenz boux doek daiz
tu¹ pan² pu⁴ tok⁷ taːi²
我 成 人 落 台
我成落魄人，

6-1076
是 不 爱 讲 满
Cix mbouj gyaez gangj monh
ɕi⁴ bou⁵ kjai² kaːŋ³ moːn⁶
就 不 爱 讲 情
再不想谈情。

男唱

6-1077
观 偻 造 对 邦
Gonq raeuz caux doih baengz
koːn⁵ ɹau² ɕaːu⁴ toːi⁶ paŋ²
先 我们 造 伙伴 朋
我俩初恋时，

6-1078
讲 好 满 好 美
Gangj ndei monh ndei maez
kaːŋ³ dei¹ moːn⁶ dei¹ mai²
讲 好 情 好 爱
沉迷于恋爱。

6-1079
自 办 阝 托 台
Gag baenz boux doek daiz
kaːk⁸ pan² pu⁴ tok⁷ taːi²
自 成 人 落 台
你自己落魄，

6-1080
怨 作 土 不 得
Yonq coq dou mbouj ndaej
joːn⁵ ɕo⁵ tu¹ bou⁵ dai³
怨 放 我 不 得
不得埋怨我。

女唱

6–1081

观 偻 造 对 邦

Gonq raeuz caux doih baengz

ko:n^5 ɹau^2 ɕa:u^4 to:i^6 paŋ^2

先 我们 造 伙伴 朋

我俩初恋时，

6–1082

讲 好 满 好 美

Gangj ndei monh ndei maez

ka:ŋ^3 dei^1 mo:n^6 dei^1 mai^2

讲 好 情 好 爱

谈情又说爱。

6–1083

友 共 姓 当 韦

Youx gungh singq dangq vae

ju^4 kuŋ^6 θiŋ^5 ta:ŋ^5 vai^1

友 共 姓 另 姓

同姓异姓友，

6–1084

不 乱 岁 亱 内

Mbouj luenh caez haemh neix

bou^5 lu:n^6 ɕai^2 han^6 ni^4

不 乱 齐 夜 这

今夜人到齐。

男唱

6–1085

观 偻 造 对 邦

Gonq raeuz caux doih baengz

ko:n^5 ɹau^2 ɕa:u^4 to:i^6 paŋ^2

先 我们 造 伙伴 朋

我俩初恋时，

6–1086

讲 好 满 好 美

Gangj ndei monh ndei maez

ka:ŋ^3 dei^1 mo:n^6 dei^1 mai^2

讲 好 情 好 爱

谈情又说爱。

6–1087

友 共 姓 当 韦

Youx gungh singq dangq vae

ju^4 kuŋ^6 θiŋ^5 ta:ŋ^5 vai^1

友 共 姓 另 姓

异姓友汇聚，

6–1088

同 岁 是 讲 满

Doengz caez cix gangj monh

toŋ^2 ɕai^2 ɕi^4 ka:ŋ^3 mo:n^6

同 齐 就 讲 情

共同来谈情。

女唱

6–1089

观 偻 造 对 邦

Gonq raeuz caux doih baengz

koːn^{5} ɹau^{2} ɕaːu^{4} toːi^{6} paŋ^{2}

先 我们 造 伙伴 朋

我俩初恋时，

6–1090

讲 好 满 好 美

Gangj ndei monh ndei maez

kaːŋ^{3} dei^{1} moːn^{6} dei^{1} mai^{2}

讲 好 情 好 爱

谈情又说爱。

6–1091

共 姓 刀 貝 远

Gungh singq dauq bae gyae

kuŋ^{6} θiŋ^{5} taːu^{5} pai^{1} kjai^{1}

共 姓 回 去 远

同姓人远去，

6–1092

当 韦 刀 马 近

Dangq vae dauq ma gyawj

taːŋ^{5} vai^{1} taːu^{5} ma^{1} kjaɯ^{3}

另 姓 回 来 近

异姓友来会。

男唱

6–1093

观 偻 造 对 邦

Gonq raeuz caux doih baengz

koːn^{5} ɹau^{2} ɕaːu^{4} toːi^{6} paŋ^{2}

先 我们 造 伙伴 朋

我俩初恋时，

6–1094

讲 好 满 好 美

Gangj ndei monh ndei maez

kaːŋ^{3} dei^{1} moːn^{6} dei^{1} mai^{2}

讲 好 情 好 爱

谈情又说爱。

6–1095

想 完 仪 外 貝

Siengj vuenh saenq vaij bae

θiːŋ^{3} vuːn^{6} θin^{5} vaːi^{3} pai^{1}

想 换 信 过 去

想回信给你，

6–1096

少 秋 美 知 不

Sau ciuq maez rox mbouj

θaːu^{1} ɕiːu^{5} mai^{2} ɹo^{4} bou^{5}

姑娘 看 迷 或 不

妹是否喜欢？

女唱

6-1097

观 偻 造 对 邦

Gonq raeuz caux doih baengz

koːn^{5} ɹau^{2} çaːu^{4} toːi^{6} paŋ^{2}

先 我们 造 伙伴 朋

我俩初恋时，

6-1098

讲 好 满 好 美

Gangj ndei monh ndei maez

kaːŋ^{3} dei^{1} moːn^{6} dei^{1} mai^{2}

讲 好 情 好 爱

谈情又说爱。

6-1099

备 完 仪 外 貝

Beix vuenh saenq vaij bae

pi^{4} vuːn^{6} θin^{5} vaːi^{3} pai^{1}

兄 换 信 过 去

兄写信过去，

6-1100

少 美 是 玩 刀

Sau maez cix vanz dauq

θaːu^{1} mai^{2} çi^{4} vaːn^{2} taːu^{5}

姑娘 爱 就 还 回

有情就复信。

男唱

6-1101

观 偻 造 对 邦

Gonq raeuz caux doih baengz

koːn^{5} ɹau^{2} çaːu^{4} toːi^{6} paŋ^{2}

先 我们 造 伙伴 朋

我俩初恋时，

6-1102

讲 好 满 好 美

Gangj ndei monh ndei maez

kaːŋ^{3} dei^{1} moːn^{6} dei^{1} mai^{2}

讲 好 情 好 爱

谈情又说爱。

6-1103

想 完 仪 外 貝

Siengj vuenh saenq vaij bae

θiːŋ^{3} vaːn^{6} θin^{5} vaːi^{3} pai^{1}

想 换 信 过 去

想寄信给你，

6-1104

不 知 远 说 近

Mbouj rox gyae naeuz gyawj

bou^{5} ɹo^{4} kjai^{1} nau^{2} kjaɯ^{3}

不 知 远 或 近

不知路多远。

女唱

6-1105
观 偻 造 对 邦
Gonq raeuz caux doih baengz
ko:n5 ɹau2 ɕa:u4 to:i6 paŋ2
先 我们 造 伙伴 朋
我俩初恋时，

6-1106
讲 好 满 好 美
Gangj ndei monh ndei maez
ka:ŋ3 dei1 mo:n6 dei1 mai2
讲 好 情 好 爱
谈情又说爱。

6-1107
的 早 罗 一 貝
Diq haet loh ndeu bae
ti5 hat7 lo6 de:u1 pai1
点 早 路 一 去
一早上路去，

6-1108
几 来 远 了 备
Geij lai gyae liux beix
ki3 la:i1 kjai1 li:u4 pi4
几 多 远 啰 兄
没有多少远。

男唱

6-1109
观 偻 造 对 邦
Gonq raeuz caux doih baengz
ko:n5 ɹau2 ɕa:u4 to:i6 paŋ2
先 我们 造 伙伴 朋
我俩初恋时，

6-1110
讲 好 满 好 美
Gangj ndei monh ndei maez
ka:ŋ3 dei1 mo:n6 dei1 mai2
讲 好 情 好 爱
谈情又说爱。

6-1111
三 安 岸 同 长
Sam aen rungh doengz raez
θa:n1 an1 ɹuŋ6 toŋ2 ɹai2
三 个 岸 同 长
距离三个岸，

6-1112
又 尝 远 么 农
Youh caengz gyae maq nuengx
jou4 ɕaŋ2 kjai1 ma5 nu:ŋ4
又 未 远 嘛 妹
妹说远不远？

女唱

6–1113

观 偻 造 对 邦

Gonq raeuz caux doih baengz

ko:n^{5} ɹau^{2} ça:u^{4} to:i^{6} paŋ^{2}

先 我们 造 伙伴 朋

我俩初恋时，

6–1114

讲 好 满 好 美

Gangj ndei monh ndei maez

ka:ŋ^{3} dei^{1} mo:n^{6} dei^{1} mai^{2}

讲 好 情 好 爱

谈情又说爱。

6–1115

友 而 刀 元 远

Youx lawz dauq roen gyae

ju^{4} lauɯ^{2} ta:u^{5} jon^{1} kjai^{1}

友 哪 回 路 远

哪个友路远，

6–1116

皮 斗 长 又 哭

Bid daeuj raez youh daej

pit^{8} tau^{3} ɹai^{2} jou^{4} tai^{3}

蝉 来 鸣 又 哭

听蝉鸣又哭。

女唱

6–1117

观 偻 造 对 邦

Gonq raeuz caux doih baengz

ko:n^{5} ɹau^{2} ça:u^{4} to:i^{6} paŋ^{2}

先 我们 造 伙伴 朋

我俩初恋时，

6–1118

讲 好 满 好 美

Gangj ndei monh ndei maez

ka:ŋ^{3} dei^{1} mo:n^{6} dei^{1} mai^{2}

讲 好 情 好 爱

谈情又说爱。

6–1119

友 而 刀 元 远

Youx rawz dauq roen gyae

ju^{4} lauɯ^{2} ta:u^{5} jo:ŋ^{1} kjai^{1}

友 哪 回 路 远

哪位路途远，

6–1120

可 来 美 来 满

Goj lai maez lai monh

ko^{5} la:i^{1} mai^{2} la:i^{1} mo:n^{6}

也 多 说爱 多 谈情

可多聊情谊。

男唱

6–1121

观	**偻**	**造**	**对**	**邦**
Gonq	raeuz	caux	doih	baengz
ko:n^{5}	ɹau^{2}	ɕa:u^{4}	to:i^{6}	paŋ^{2}
先	我们	造	伙伴	朋

我俩初恋时，

6–1122

讲	**好**	**满**	**好**	**美**
Gangj	ndei	monh	ndei	maez
ka:ŋ^{3}	dei^{1}	mo:n^{6}	dei^{1}	mai^{2}
讲	好	情	好	爱

谈情又说爱。

6–1123

当	**卜**	**当**	**在**	**远**
Dangq	boux	dangq	ywq	gyae
ta:ŋ^{5}	pu^{4}	ta:ŋ^{5}	jɯ^{5}	kjai^{1}
另	人	另	在	远

各人住得远，

6–1124

利	**满**	**美**	**知**	**不**
Lij	monh	maez	rox	mbouj
li^{4}	mo:n^{6}	mai^{2}	ɹo^{4}	bou^{5}
还	谈情	说爱	或	不

还能谈情否？

女唱

6–1125

观	**偻**	**造**	**对**	**邦**
Gonq	raeuz	caux	doih	baengz
ko:n^{5}	ɹau^{2}	ɕa:u^{4}	to:i^{6}	paŋ^{2}
先	我们	造	伙伴	朋

我俩初恋时，

6–1126

讲	**好**	**满**	**好**	**美**
Gangj	ndei	monh	ndei	maez
ka:ŋ^{3}	dei^{1}	mo:n^{6}	dei^{1}	mai^{2}
讲	好	情	好	爱

谈情又说爱。

6–1127

当	**卜**	**当**	**在**	**远**
Dangq	boux	dangq	ywq	gyae
ta:ŋ^{5}	pu^{4}	ta:ŋ^{5}	jɯ^{5}	kjai^{1}
另	人	另	在	远

各自住得远，

6–1128

满	**美**	**偻**	**牙**	**了**
Monh	maez	raeuz	yax	liux
mo:n^{6}	mai^{2}	ɹau^{2}	ja^{5}	li:u^{4}
情	爱	我们	也	完

情爱已到头。

男唱

6–1129

观	**偻**	**造**	**对**	**邦**
Gonq	raeuz	caux	doih	baengz
ko:n^5	ɹau^2	ɕa:u^4	to:i^6	paŋ^2
先	我们	造	伙伴	朋

我俩初恋时，

6–1130

讲	**好**	**满**	**好**	**美**
Gangj	ndei	monh	ndei	maez
ka:ŋ^3	dei^1	mo:n^6	dei^1	mai^2
讲	好	情	好	爱

谈情又说爱。

6–1131

貝	**邦**	**伕**	**改**	**韦**
Bae	biengz	fwx	gaij	vae
pai^1	pi:ŋ^2	fə^4	ka:i^3	vai^1
去	地方	别人	改	姓

嫁他乡改姓，

6–1132

好	**美**	**不**	**了**	**农**
Ndei	maez	mbouj	liux	nuengx
dei^1	mai^2	bou^5	li:u^4	nu:ŋ^4
好	爱	不	啰	妹

妹你幸福否？

女唱

6–1133

观	**偻**	**造**	**对**	**邦**
Gonq	raeuz	caux	doih	baengz
ko:n^5	ɹau^2	ɕa:u^4	to:i^6	paŋ^2
先	我们	造	伙伴	朋

我俩初恋时，

6–1134

讲	**好**	**满**	**好**	**美**
Gangj	ndei	monh	ndei	maez
ka:ŋ^3	dei^1	mo:n^6	dei^1	mai^2
讲	好	情	好	爱

谈情又说爱。

6–1135

貝	**邦**	**伕**	**改**	**韦**
Bae	biengz	fwx	gaij	vae
pai^1	pi:ŋ^2	fə^4	ka:i^3	vai^1
去	地方	别人	改	姓

嫁他乡改姓，

6–1136

好	**美**	**又**	**好**	**满**
Ndei	maez	youh	ndei	monh
dei^1	mai^2	jou^4	dei^1	mo:n^6
好	爱	又	好	情

幸福又欢悦。

男唱

6-1137

观 偻 造 对 邦

Gonq raeuz caux doih baengz

ko:n⁵ ɹau² ɕa:u⁴ to:i⁶ paŋ²

先 我们 造 伙伴 朋

我俩初恋时，

6-1138

讲 好 满 好 美

Gangj ndei monh ndei maez

ka:ŋ³ dei¹ mo:n⁶ dei¹ mai²

讲 好 情 好 爱

谈情又说爱。

6-1139

农 改 作 狼 貝

Nuengx gaij coh langh bae

nu:ŋ⁴ ka:i³ ɕo⁶ la:ŋ⁶ pai¹

妹 改 名字 若 去

妹若改得名，

6-1140

龙 改 韦 貝 勒

Lungz gaij vae bae lawh

luŋ² ka:i³ vai¹ pai¹ ləɯ⁶

龙 改 姓 去 换

兄改姓找你。

女唱

6-1141

观 偻 造 对 邦

Gonq raeuz caux doih baengz

ko:n⁵ ɹau² ɕa:u⁴ to:i⁶ paŋ²

先 我们 造 伙伴 朋

我俩初恋时，

6-1142

讲 好 满 好 美

Gangj ndei monh ndei maez

ka:ŋ³ dei¹ mo:n⁶ dei¹ mai²

讲 好 情 好 爱

谈情又说爱。

6-1143

改 作 是 空 貝

Gaij coh cix ndwi bae

ka:i³ ɕo⁶ ɕi⁴ du:i¹ pai¹

改 名字 就 不 去

名都改不掉，

6-1144

讲 改 韦 么 备

Gangj gaij vae maz beix

ka:ŋ³ ka:i³ vai¹ ma² pi⁴

讲 改 姓 什么 兄

何况改姓氏。

男唱

6–1145

观	**偻**	**造**	**对**	**邦**
Gonq	raeuz	caux	doih	baengz
ko:n^{5}	ɹau^{2}	ɕa:u^{4}	to:i^{6}	paŋ^{2}
先	我们	造	伙伴	朋

我俩初恋时，

6–1146

讲	**好**	**满**	**好**	**美**
Gangj	ndei	monh	ndei	maez
ka:ŋ^{3}	dei^{1}	mo:n^{6}	dei^{1}	mai^{2}
讲	好	情	好	爱

谈情又说爱。

6–1147

改	**作**	**牙**	**空**	**貝**
Gaij	coh	yax	ndwi	bae
ka:i^{3}	ɕo^{6}	ja^{5}	du:i^{1}	pai^{1}
改	名字	也	不	去

名也改不掉，

6–1148

改	**韦**	**牙**	**不**	**刀**
Gaij	vae	yax	mbouj	dauq
ka:i^{3}	vai^{1}	ja^{5}	bou^{5}	ta:u^{5}
改	姓	也	不	回

姓也改不回。

女唱

6–1149

观	**偻**	**造**	**对**	**邦**
Gonq	raeuz	caux	doih	baengz
ko:n^{5}	ɹau^{2}	ɕa:u^{4}	to:i^{6}	paŋ^{2}
先	我们	造	伙伴	朋

我俩初恋时，

6–1150

讲	**好**	**满**	**好**	**美**
Gangj	ndei	monh	ndei	maez
ka:ŋ^{3}	dei^{1}	mo:n^{6}	dei^{1}	mai^{2}
讲	好	情	好	爱

谈情又说爱。

6–1151

改	**作**	**古**	**当**	**韦**
Gaij	coh	guh	dangq	vae
ka:i^{3}	ɕo^{5}	ku^{4}	ta:ŋ^{5}	vai^{1}
改	名字	做	另	姓

改名为异姓，

6–1152

改	**姓**	**古**	**备**	**农**
Gaij	singq	guh	beix	nuengx
ka:i^{3}	θiŋ^{5}	ku^{4}	pi^{4}	nu:ŋ^{4}
改	姓	做	兄	妹

改姓做夫妻。

① 手 好［fuɯŋ² haːu¹］：白手。指表白之意。

男唱

6–1153

观 偻 造 对 邦

Gonq raeuz caux doih baengz

koːn⁵ ɹau² ɕaːu⁴ toːi⁶ paŋ²

先 我们 造 伙伴 朋

我俩初恋时，

6–1154

讲 洋 样 包 少

Gangj angq yiengh mbauq sau

kaːŋ³ aːŋ⁵ jɯːŋ⁶ baːu⁵ θaːu¹

讲 高兴 样 小伙 姑娘

欢悦如兄妹。

6–1155

洋 乃 付 乃 逃

Yaeng naih fuz naih lauz

jaŋ¹ naːi⁶ fu² naːi⁶ laːu²

慢 慢 扶 慢 大

相互搀扶大，

6–1156

不 老 正 偻 坤

Mbouj lau cingz raeuz goenq

bou⁵ laːu¹ ɕiŋ² ɹau² kon⁵

不 怕 情 我们 断

不愁情分断。

女唱

6–1157

观 偻 造 对 邦

Gonq raeuz caux doih baengz

koːn⁵ ɹau² ɕaːu⁴ toːi⁶ paŋ²

先 我们 造 伙伴 朋

我俩初恋时，

6–1158

讲 洋 样 包 少

Gangj angq yiengh mbauq sau

kaːŋ³ aːŋ⁵ jɯːŋ⁶ baːu⁵ θaːu¹

讲 高兴 样 小伙 姑娘

欢悦如兄妹。

6–1159

几 阝 先 手 好①

Geij boux senj fwngz hau

ki³ pu⁴ θeːn³ fuɯŋ² haːu¹

几 人 选 手 白

曾有人表白，

6–1160

正 包 少 利 坤

Cingz mbauq sau lij goenq

ɕiŋ² baːu⁵ θaːu¹ li⁴ kon⁵

情 小伙 姑娘 还 断

兄妹情也断。

男唱

6-1161

几	卜	先	手	好
Geij	boux	senj	fwngz	hau
ki^{3}	pu^{4}	θe:n^{3}	fɯŋ^{2}	ha:u^{1}
几	人	选	手	白

曾有人相好，

6-1162

正	包	少	利	坤
Cingz	mbauq	sau	lij	goenq
ɕiŋ^{2}	ba:u^{5}	θa:u^{1}	li^{4}	kon^{5}
情	小伙	姑娘	还	断

兄妹情还断。

6-1163

几	卜	讲	样	能
Geij	boux	gangj	yiengh	nyaenx
ki^{3}	pu^{4}	ka:ŋ^{3}	jɯ:ŋ^{6}	ɲan^{4}
几	人	讲	样	那样

情意那么好，

6-1164

是	利	坤	土	写
Cix	lij	goenq	dou	ce
ɕi^{4}	li^{4}	kon^{5}	tu^{1}	ɕe^{1}
就	还	断	我	留

还同我绝交。

女唱

6-1165

观	偻	造	对	邦
Gonq	raeuz	caux	doih	baengz
ko:n^{5}	ɹau^{2}	ɕa:u^{4}	to:i^{6}	paŋ^{2}
先	我们	造	伙伴	朋

我俩初恋时，

6-1166

讲	洋	样	包	少
Gangj	angq	yiengh	mbauq	sau
ka:ŋ^{3}	a:ŋ^{5}	jɯ:ŋ^{6}	ba:u^{5}	θa:u^{1}
讲	高兴	样	小伙	姑娘

欢悦如兄妹。

6-1167

貝	邦	伕	同	交
Bae	biengz	fwx	doengz	gyau
pai^{1}	pi:ŋ^{2}	fə^{4}	toŋ^{2}	kja:u^{1}
去	地方	别人	同	交

去他乡交友，

6-1168

龙	包	得	知	不
Lungz	bau	ndaej	rox	mbouj
luŋ^{2}	pa:u^{1}	dai^{3}	ɹo^{4}	bou^{5}
龙	包	得	或	不

兄能保证吗？

男唱

6-1169

观	**偻**	**造**	**对**	**邦**
Gonq	raeuz	caux	doih	baengz
ko:n5	ɹau2	ɕa:u4	to:i6	paŋ2
先	**我们**	**造**	**伙伴**	**朋**

我俩初恋时，

6-1170

讲	**洋**	**样**	**包**	**少**
Gangj	angq	yiengh	mbauq	sau
ka:ŋ3	a:ŋ5	jɯ:ŋ6	ba:u5	θa:u1
讲	**高兴**	**样**	**小伙**	**姑娘**

欢悦如兄妹。

6-1171

貝	**邦**	**佚**	**同**	**交**
Bae	biengz	fwx	doengz	gyau
pai1	pi:ŋ2	fə4	toŋ2	kja:u1
去	**地方**	**别人**	**同**	**交**

去他乡交友，

6-1172

龙	**包**	**你**	**玩**	**仪**
Lungz	bau	mwngz	vanz	saenq
luŋ2	pa:u1	mɯŋ2	va:n2	θin5
龙	**包**	**你**	**还**	**信**

兄还信给你。

女唱

6-1173

观	**偻**	**造**	**对**	**邦**
Gonq	raeuz	caux	doih	baengz
ko:n5	ɹau2	ɕa:u4	to:i6	paŋ2
先	**我们**	**造**	**伙伴**	**朋**

我俩初恋时，

6-1174

讲	**洋**	**样**	**包**	**少**
Gangj	angq	yiengh	mbauq	sau
ka:ŋ3	a:ŋ5	jɯ:ŋ6	ba:u5	θa:u1
讲	**高兴**	**样**	**小伙**	**姑娘**

欢悦如兄妹。

6-1175

知	**你**	**包**	**空**	**包**
Rox	mwngz	bau	ndwi	bau
ɹo4	mɯŋ2	pa:u1	du:i1	pa:u1
知	**你**	**包**	**不**	**包**

谁又能保证，

6-1176

罗	**包**	**少**	**老**	**秀**
Lox	mbauq	sau	lauq	ciuh
lo4	ba:u5	θa:u1	la:u5	ɕi:u6
哄	**小伙**	**姑娘**	**误**	**世**

哄兄妹而已。

男唱

6–1177

观 偻 造 对 邦

Gonq raeuz caux doih baengz

koːn^{5} ɹau^{2} çaːu^{4} toːi^{6} paŋ^{2}

先 我们 造 伙伴 朋

我俩初恋时，

6–1178

讲 洋 样 包 少

Gangj angq yiengh mbauq sau

kaːŋ^{3} aːŋ^{5} jɯːŋ^{6} baːu^{5} θaːu^{1}

讲 高兴 样 小伙 姑娘

欢悦如兄妹。

6–1179

土 讲 包 是 包

Dou gangj bau cix bau

tu^{1} kaːŋ^{3} paːu^{1} çi^{4} paːu^{1}

我 讲 包 就 包

我讲保就保，

6–1180

老 开 么 了 农

Lau gij maz liux nuengx

laːu^{1} kaːi^{2} ma^{2} liːu^{4} nuːŋ^{4}

怕 什 么 啰 妹

妹你怕什么？

女唱

6–1181

观 偻 造 对 邦

Gonq raeuz caux doih baengz

koːn^{5} ɹau^{2} çaːu^{4} toːi^{6} paŋ^{2}

先 我们 造 伙伴 朋

我俩初恋时，

6–1182

讲 洋 样 包 少

Gangj angq yiengh mbauq sau

kaːŋ^{3} aːŋ^{5} jɯːŋ^{6} baːu^{5} θaːu^{1}

讲 高兴 样 小伙 姑娘

欢悦如兄妹。

6–1183

告 内 吨 刀 好

Gau neix daemz dauq hau

kaːu^{1} ni^{4} tan^{2} taːu^{5} haːu^{1}

次 这 塘 倒 白

这下水塘干，

6–1184

龙 你 包 不 得

Lungz mwngz bau mbouj ndaej

luŋ^{2} mɯŋ^{2} paːu^{1} bou^{5} dai^{3}

龙 你 包 不 得

兄恐保不了。

男唱

6–1185

观	偻	造	对	邦
Gonq	raeuz	caux	doih	baengz
koːn^{5}	ɹau^{2}	ɕaːu^{4}	toːi^{6}	paŋ^{2}
先	我们	造	伙伴	朋

我俩初恋时，

6–1186

讲	洋	样	包	少
Gangj	angq	yiengh	mbauq	sau
kaːŋ^{3}	aːŋ^{5}	jɯːŋ^{6}	baːu^{5}	θaːu^{1}
讲	高兴	样	小伙	姑娘

欢悦如兄妹。

6–1187

告	内	吨	刀	好
Gau	neix	daemz	dauq	hau
kaːu^{1}	ni^{4}	tan^{2}	taːu^{5}	haːu^{1}
次	这	塘	倒	白

这下水塘干，

6–1188

包	少	付	生	衣
Mbauq	sau	fouz	seng	eiq
baːu^{5}	θaːu^{1}	fu^{2}	θeːŋ^{1}	i^{5}
小伙	姑娘	浮	相	依

兄妹要失望。

女唱

6–1189

观	偻	造	对	邦
Gonq	raeuz	caux	doih	baengz
koːn^{5}	ɹau^{2}	ɕaːu^{4}	toːi^{6}	paŋ^{2}
先	我们	造	伙伴	朋

我俩初恋时，

6–1190

讲	洋	样	包	少
Gangj	angq	yiengh	mbauq	sau
kaːŋ^{3}	aːŋ^{5}	jɯːŋ^{6}	baːu^{5}	θaːu^{1}
讲	高兴	样	小伙	姑娘

欢悦如兄妹。

6–1191

貝	邦	佚	同	交
Bae	biengz	fwx	doengz	gyau
pai^{1}	piːŋ^{2}	fə^{4}	toŋ^{2}	kjaːu^{1}
去	地方	别人	同	交

去外地交友，

6–1192

要	你	古	妻	罗
Aeu	mwngz	guh	maex	loh
au^{1}	mɯŋ^{2}	ku^{4}	mai^{4}	lo^{6}
要	你	做	妻	路

要你当路人。

男唱

6–1193

观 偻 造 对 邦

Gonq raeuz caux doih baengz

koːn^{5} ɹau^{2} ɕaːu^{4} toːi^{6} paŋ^{2}

先 我们 造 伙伴 朋

我俩初恋时，

6–1194

讲 洋 样 包 少

Gangj angq yiengh mbauq sau

kaːŋ^{3} aːŋ^{5} jɯːŋ^{6} baːu^{5} θaːu^{1}

讲 高兴 样 小伙 姑娘

欢悦如兄妹。

6–1195

布 皮 查 布 好

Baengz bik cab baengz hau

paŋ^{2} pik^{7} ɕaːp^{8} paŋ^{2} haːu^{1}

布 蓝 掺 布 白

蓝布夹白布，

6–1196

样 而 交 了 农

Yiengh lawz gyau liux nuengx

jɯːŋ^{6} laɯ^{2} kjaːu^{1} liːu^{4} nuːŋ^{4}

样 哪 交 啰 妹

怎么能相交？

女唱

6–1197

观 偻 造 对 邦

Gonq raeuz caux doih baengz

koːn^{5} ɹau^{2} ɕaːu^{4} toːi^{6} paŋ^{2}

先 我们 造 伙伴 朋

我俩初恋时，

6–1198

讲 洋 样 包 少

Gangj angq yiengh mbauq sau

kaːŋ^{3} aːŋ^{5} jɯːŋ^{6} baːu^{5} θaːu^{1}

讲 高兴 样 小伙 姑娘

欢悦如兄妹。

6–1199

布 皮 查 布 好

Baengz bik cab baengz hau

paŋ^{2} pik^{7} ɕaːp^{8} paŋ^{2} haːu^{1}

布 蓝 掺 布 白

蓝布夹白布，

6–1200

可 交 正 牙 知

Goj gyau cingz yax rox

ko^{5} kjaːu^{1} ɕiŋ^{2} ja^{5} ɹo^{4}

也 交 情 才 知

换礼物才懂。

男唱

6-1201

观 偻 造 对 邦

Gonq raeuz caux doih baengz

ko:n⁵ ɹau² ɕa:u⁴ to:i⁶ paŋ²

先 我们 造 伙伴 朋

我俩初恋时，

6-1202

讲 洋 样 包 少

Gangj angq yiengh mbauq sau

ka:ŋ³ a:ŋ⁵ jɯ:ŋ⁶ ba:u⁵ θa:u¹

讲 高兴 样 小伙 姑娘

欢乐如兄妹。

6-1203

布 皮 查 布 好

Baengz bik cab baengz hau

paŋ² pik⁷ ɕa:p⁸ paŋ² ha:u¹

布 蓝 掺 布 白

蓝布夹白布，

6-1204

交 古 正 跟 义

Gyau guh cingz riengz ngeih

kja:u¹ ku⁴ ɕiŋ² ɹi:ŋ² ȵi⁶

交 做 情 跟 义

为情义相交。

女唱

6-1205

观 偻 造 对 邦

Gonq raeuz caux doih baengz

ko:n⁵ ɹau² ɕa:u⁴ to:i⁶ paŋ²

先 我们 造 伙伴 朋

我俩初恋时，

6-1206

讲 洋 样 包 少

Gangj angq yiengh mbauq sau

ka:ŋ³ a:ŋ⁵ jɯ:ŋ⁶ ba:u⁵ θa:u¹

讲 高兴 样 小伙 姑娘

欢乐如兄妹。

6-1207

布 皮 土 是 交

Baengz bik dou cix gyau

paŋ² pik⁷ tu¹ ɕi⁴ kja:u¹

布 蓝 我 就 交

穿蓝我结交，

6-1208

布 好 土 不 勒

Baengz hau dou mbouj lawh

paŋ² ha:u¹ tu¹ bou⁵ ləɯ⁶

布 白 我 不 换

穿白我不愿。

男唱

6–1209

观 偻 造 对 邦

Gonq raeuz caux doih baengz

koːn^{5} ɹau^{2} ɕaːu^{4} toːi^{6} paŋ^{2}

先 我们 造 伙伴 朋

我俩初恋时，

6–1210

讲 洋 样 包 少

Gangj angq yiengh mbauq sau

kaːŋ^{3} aːŋ^{5} jɯːŋ^{6} baːu^{5} θaːu^{1}

讲 高兴 样 小伙 姑娘

欢乐如兄妹。

6–1211

正 义 想 牙 交

Cingz ngeih siengj yaek gyau

ɕiŋ^{2} ȵi^{6} θiːŋ^{3} jak^{7} kjaːu^{1}

情 义 想 要 交

情义是要交，

6–1212

真 花 桃 知 不

Caen va dauz rox mbouj

ɕin^{1} va^{1} taːu^{2} ɹo^{4} bou^{5}

真 花 桃 或 不

真桃花与否？

女唱

6–1213

观 偻 造 对 邦

Gonq raeuz caux doih baengz

koːn^{5} ɹau^{2} ɕaːu^{4} toːi^{6} paŋ^{2}

先 我们 造 伙伴 朋

我俩初恋时，

6–1214

讲 洋 样 包 少

Gangj angq yiengh mbauq sau

kaːŋ^{3} aːŋ^{5} jɯːŋ^{6} baːu^{5} θaːu^{1}

讲 高兴 样 小伙 姑娘

欢乐如兄妹。

6–1215

米 正 义 是 交

Miz cingz ngeih cix gyau

mi^{2} ɕiŋ^{2} ȵi^{6} ɕi^{4} kjaːu^{1}

有 情 义 就 交

有情就结交，

6–1216

真 花 桃 义 月

Caen va dauz ngeih nyied

ɕin^{1} va^{1} taːu^{2} ȵi^{6} ȵuːt^{8}

真 花 桃 二 月

是二月桃花。

男唱

6-1217

观	**偻**	**造**	**对**	**邦**
Gonq	raeuz	caux	doih	baengz
koːn^{5}	ɹau^{2}	ɕaːu^{4}	toːi^{6}	paŋ^{2}
先	**我们**	**造**	**伙伴**	**朋**

我俩初恋时，

6-1218

讲	**洋**	**样**	**包**	**少**
Gangj	angq	yiengh	mbauq	sau
kaːŋ^{3}	aːŋ^{5}	jɯːŋ^{6}	baːu^{5}	θaːu^{1}
讲	**高兴**	**样**	**小伙**	**姑娘**

欢乐如兄妹。

6-1219

伕	**优**	**连**	**同**	**桃**
Fwx	yaeuj	lienh	doengh	dauz
fə^{4}	jau^{3}	liːn^{6}	toŋ^{2}	taːu^{2}
别人	**举**	**链**	**相**	**绑**

若被铁链绑，

6-1220

好	**老**	**不**	**了**	**农**
Ndei	lau	mbouj	liux	nuengx
dei^{1}	laːu^{1}	bou^{5}	liːu^{4}	nuːŋ^{4}
好	**怕**	**不**	**啰**	**妹**

你说可怕不？

女唱

6-1221

观	**偻**	**造**	**对**	**邦**
Gonq	raeuz	caux	doih	baengz
koːn^{5}	ɹau^{2}	ɕaːu^{4}	toːi^{6}	paŋ^{2}
先	**我们**	**造**	**伙伴**	**朋**

我俩初恋时，

6-1222

讲	**洋**	**样**	**包**	**少**
Gangj	angq	yiengh	mbauq	sau
kaːŋ^{3}	aːŋ^{5}	jɯːŋ^{6}	baːu^{5}	θaːu^{1}
讲	**高兴**	**样**	**小伙**	**姑娘**

欢乐如兄妹。

6-1223

伕	**优**	**连**	**同**	**桃**
Fwx	yaeuj	lienh	doengh	dauz
fə^{4}	jau^{3}	liːn^{6}	toŋ^{2}	taːu^{2}
别人	**举**	**链**	**相**	**绑**

若被别人绑，

6-1224

好	**老**	**是**	**开**	**勒**
Ndei	lau	cix	gaej	lawh
dei^{1}	laːu^{1}	ɕi^{4}	kaːi^{5}	ləɯ^{6}
好	**怕**	**就**	**莫**	**换**

害怕就别交。

男唱

6–1225

观	**偻**	**造**	**对**	**邦**
Gonq	raeuz	caux	doih	baengz
koːn^5	ɹau^2	ɕaːu^4	toːi^6	paŋ^2
先	我们	造	伙伴	朋

我俩初恋时，

6–1226

讲	**洋**	**样**	**包**	**少**
Gangj	angq	yiengh	mbauq	sau
kaːŋ^3	aːŋ^5	jɯːŋ^6	baːu^5	θaːu^1
讲	高兴	样	小伙	姑娘

欢乐如兄妹。

6–1227

被	**难**	**告**	**托**	**告**
Deng	nanh	gau	doek	gau
teːŋ^1	naːn^6	kaːu^1	tok^7	kaːu^1
被	难	次	落	次

一次次落难，

6–1228

好	**老**	**不**	**了**	**农**
Ndei	lau	mbouj	liux	nuengx
dei^1	laːu^1	bou^5	liːu^4	nuːŋ^4
好	怕	不	啰	妹

情妹怕不怕？

女唱

6–1229

观	**偻**	**造**	**对**	**邦**
Gonq	raeuz	caux	doih	baengz
koːn^5	ɹau^2	ɕaːu^4	toːi^6	paŋ^2
先	我们	造	伙伴	朋

我俩初恋时，

6–1230

讲	**洋**	**样**	**包**	**少**
Gangj	angq	yiengh	mbauq	sau
kaːŋ^3	aːŋ^5	jɯːŋ^6	baːu^5	θaːu^1
讲	高兴	样	小伙	姑娘

欢乐如兄妹。

6–1231

被	**难**	**是**	**开**	**老**
Deng	nanh	cix	gaej	lau
teːŋ^1	naːn^6	ɕi^4	kaːi^5	laːu^1
被	难	是	莫	怕

落难不用怕，

6–1232

但	**包**	**少**	**岁**	**在**
Danh	mbauq	sau	caez	ywq
taːn^6	baːu^5	θaːu^1	ɕai^2	jɯ^5
但	小伙	姑娘	齐	在

但兄妹相聚。

① 果桃[ko^1 taːu^2]：桃树。老百姓认为桃树枝可避邪。

男唱

6-1233

观 偻 造 对 邦

Gonq raeuz caux doih baengz

koːn^5 ɹau^2 ɕaːu^4 toːi^6 paŋ^2

先 我们 造 伙伴 朋

我俩初恋时，

6-1234

讲 洋 样 包 少

Gangj angq yiengh mbauq sau

kaːŋ^3 aːŋ^5 jɯːŋ^6 baːu^5 θaːu^1

讲 高兴 样 小伙 姑娘

欢乐如兄妹。

6-1235

被 难 告 托 告

Deng nanh gau doek gau

teːŋ^1 naːn^6 kaːu^1 tok^7 kaːu^1

被 难 次 落 次

一次次落难，

6-1236

很 果 桃① 贝 满

Hwnj go dauz bae muengh

hɯn^3 ko^1 taːu^2 pai^1 muːŋ^6

上 棵 桃 去 望

上桃树观望。

女唱

6-1237

利 宁 偻 古 同

Lij ningq raeuz guh doengz

li^4 niŋ^5 ɹau^2 ku^4 toŋ^2

还 小 我们 做 同

小时结同心，

6-1238

英 元 偻 对 邦

In yuenz raeuz doih baengz

in^1 juːn^2 ɹau^2 toːi^6 paŋ^2

姻 缘 我们 伙伴 朋

姻缘是情友。

6-1239

要 中 心 斗 讲

Aeu cungh sim daeuz gangj

au^1 ɕuŋ^5 θin^1 tau^2 kaːŋ^3

要 忠 心 来 讲

凭良心而论，

6-1240

同 汉 不 几 年

Doengh hanh mbouj geij nienz

toŋ^2 haːn^6 bou^5 ki^3 niːn^2

相 限 不 几 年

打赌没多久。

男唱

6-1241

利 宁 偻 古 同

Lij ningq raeuz guh doengz

li^{4} niŋ^{5} ɹau^{2} ku^{4} toŋ^{2}

还 小 我们 做 同

从小结同心，

6-1242

英 元 偻 对 邦

In yuenz raeuz doih baengz

in^{1} juːn^{2} ɹau^{2} toːi^{6} paŋ^{2}

姻 缘 我们 伙伴 朋

缘分是情友。

6-1243

米 小 正 是 完

Miz siuj cingz cix vuenh

mi^{2} θiːu^{3} ɕiŋ^{2} ɕi^{4} vuːn^{6}

有 小 情 就 换

有礼品就换，

6-1244

又 同 汉 古 而

Youh doengh hanh guh rawz

jou^{4} toŋ^{2} haːn^{6} ku^{4} ɹaɯ^{2}

又 相 限 做 什么

何必要打赌？

女唱

6-1245

利 宁 偻 古 同

Lij ningq raeuz guh doengz

li^{4} niŋ^{5} ɹau^{2} ku^{4} toŋ^{2}

还 小 我们 做 同

自幼结同心，

6-1246

英 元 偻 对 邦

In yuenz raeuz doih baengz

in^{1} juːn^{2} ɹau^{2} toːi^{6} paŋ^{2}

姻 缘 我们 伙伴 朋

缘分是情友。

6-1247

是 想 不 同 汉

Cix siengj mbouj doengh hanh

ɕi^{4} θiːŋ^{3} bou^{5} toŋ^{2} haːn^{6}

就 想 不 相 限

本不想打赌，

6-1248

对 邦 不 重 心

Doih baengz mbouj naek sim

toːi^{6} paŋ^{2} bou^{5} nak^{7} θin^{1}

伙伴 朋 不 重 心

情友不在意。

男唱

6–1249

利 宁 偻 古 同

Lij ningq raeuz guh doengz

li^{4} niŋ^{5} ɹau^{2} ku^{4} toŋ^{2}

还 小 我们 做 同

从小结同心，

6–1250

英 元 偻 对 邦

In yuenz raeuz doih baengz

in^{1} juːn^{2} ɹau^{2} toːi^{6} paŋ^{2}

姻 缘 我们 伙伴 朋

缘分是情友。

6–1251

交 正 全 同 汉

Gyau cingz gyonj doengh hanh

kjaːu^{1} ɕiŋ^{2} kjoːn^{3} toŋ^{2} haːn^{6}

交 情 都 相 限

结交还相欺，

6–1252

秀 对 邦 难 办

Ciuh doih baengz nanz baenz

ɕiːu^{6} toːi^{6} paŋ^{2} naːn^{2} pan^{2}

世 伙伴 朋 难 成

情侣结不成。

女唱

6–1253

利 宁 偻 古 同

Lij ningq raeuz guh doengz

li^{4} niŋ^{5} ɹau^{2} ku^{4} toŋ^{2}

还 小 我们 做 同

从小结同心，

6–1254

英 元 偻 对 邦

In yuenz raeuz doih baengz

in^{1} juːn^{2} ɹau^{2} toːi^{6} paŋ^{2}

姻 缘 我们 伙伴 朋

姻缘定情友。

6–1255

米 小 正 是 完

Miz siuj cingz cix vuenh

mi^{2} θiːu^{3} ɕiŋ^{2} ɕi^{4} vuːn^{6}

有 小 情 就 换

有礼物拿来，

6–1256

金 当 可 得 银

Gim dingh goj ndaej ngaenz

kin^{1} taːŋ^{6} ko^{5} dai^{3} ŋan^{2}

金 锭 也 得 银

金锭或银子。

男唱

6–1257

利	**宁**	**偻**	**古**	**同**
Lij	ningq	raeuz	guh	doengz
li^{4}	niŋ^{5}	ɹau^{2}	ku^{4}	toŋ^{2}
还	小	我们	做	同

自幼结同心，

6–1258

英	**元**	**偻**	**对**	**邦**
In	yuenz	raeuz	doih	baengh
in^{1}	juːn^{2}	ɹau^{2}	toːi^{6}	paŋ^{2}
姻	缘	我们	伙伴	朋

姻缘定情侣。

6–1259

米	**小**	**正**	**是**	**完**
Miz	siuj	cingz	cix	vuenh
mi^{2}	θiːu^{3}	ɕiŋ^{2}	ɕi^{4}	vuːn^{6}
有	小	情	就	换

有礼物拿来，

6–1260

讲	**金**	**当**	**古**	**而**
Gangj	gim	dingh	guh	rawz
kaːŋ^{3}	kin^{1}	taːŋ^{6}	ku^{4}	ɹaɯ^{2}
讲	金	锭	做	什么

为何提金锭？

女唱

6–1261

利	**宁**	**偻**	**古**	**同**
Lij	ningq	raeuz	guh	doengz
li^{4}	niŋ^{5}	ɹau^{2}	ku^{4}	toŋ^{2}
还	小	我们	做	同

从小结同心，

6–1262

英	**元**	**偻**	**对**	**邦**
In	yuenz	raeuz	doih	baengz
in^{1}	juːn^{2}	ɹau^{2}	toːi^{6}	paŋ^{2}
姻	缘	我们	伙伴	朋

姻缘定情侣。

6–1263

想	**不**	**讲**	**金**	**当**
Siengj	mbouj	gangj	gim	dingh
θiːŋ^{3}	bou^{5}	kaːŋ^{3}	kin^{1}	taːŋ^{6}
想	不	讲	金	锭

不想提金锭，

6–1264

邦	**老**	**兰**	**你**	**米**
Baengz	laux	lanh	mwngz	miz
paŋ^{2}	laːu^{4}	laːn^{6}	muɯŋ^{2}	mi^{2}
朋	大	大方	你	有

你是大方友。

男唱

6–1265

利 宁 偻 古 同

Lij ningq raeuz guh doengz

li^4 niŋ^5 ɹau^2 ku^4 toŋ^2

还 小 我们 做 同

从小结同心，

6–1266

英 元 偻 对 邦

In yuenz raeuz doih baengz

in^1 ju:n^2 ɹau^2 to:i^6 paŋ^2

姻 缘 我们 伙伴 朋

姻缘定情侣。

6–1267

米 小 正 是 完

Miz siuj cingz cix vuenh

mi^2 θi:u^3 ɕiŋ^2 ɕi^4 vu:n^6

有 小 情 就 换

有礼物拿来，

6–1268

邦 老 兰 在 而

Baengz laux lanh ywq lawz

paŋ^2 la:u^4 la:n^6 jɯ^5 lauɯ^2

朋 大 大方 在 哪

哪有大方友？

女唱

6–1269

利 宁 偻 古 同

Lij ningq raeuz guh doengz

li^4 niŋ^5 ɹau^2 ku^4 toŋ^2

还 小 我们 做 同

从小结同心，

6–1270

英 元 偻 对 邦

In yuenz raeuz doih baengz

in^1 ju:n^2 ɹau^2 to:i^6 paŋ^2

姻 缘 我们 伙伴 朋

姻缘定情侣。

6–1271

小 正 想 牙 完

Siuj cingz siengj yaek vuenh

θi:u^3 ɕiŋ^2 θi:ŋ^3 jak^7 vu:n^6

小 情 想 要 换

本想送礼物，

6–1272

备 空 满 堂 偻

Beix ndwi muengh daengz raeuz

pi^4 du:i^1 mu:ŋ^6 taŋ^2 ɹau^2

兄 不 望 到 我们

情哥不想我。

男唱

6-1273

利 宁 偻 古 同

Lij ningq raeuz guh doengz

li^{4} niŋ^{5} ɹau^{2} ku^{4} toŋ^{2}

还 小 我们 做 同

从小结同心，

6-1274

英 元 偻 对 邦

In yuenz raeuz doih baengz

in^{1} juːn^{2} ɹau^{2} toːi^{6} paŋ^{2}

姻 缘 我们 伙伴 朋

姻缘定情侣。

6-1275

米 小 正 是 完

Miz siuj cingz cix vuenh

mi^{2} θiːu^{3} ɕiŋ^{2} ɕi^{4} vuːn^{6}

有 小 情 就 换

有礼品就送，

6-1276

不 满 又 貝 而

Mbouj muengh youh bae lawz

bou^{5} muːŋ^{6} jou^{4} pai^{1} laɯ^{2}

不 望 又 去 哪

不想你想谁？

女唱

6-1277

利 宁 偻 古 同

Lij ningq raeuz guh doengz

li^{4} niŋ^{5} ɹau^{2} ku^{4} toŋ^{2}

还 小 我们 做 同

从小结同心，

6-1278

英 元 偻 对 邦

In yuenz raeuz doih baengz

in^{1} juːn^{2} ɹau^{2} toːi^{6} paŋ^{2}

姻 缘 我们 伙伴 朋

姻缘定情侣。

6-1279

老 兰 点 老 兰

Laux lanh dem laux lanh

laːu^{4} laːn^{6} teːn^{1} laːu^{4} laːn^{6}

大 大方 与 大 大方

我俩皆大方，

6-1280

牙 完 是 同 说

Yax vuenh cix doengz naeuz

ja^{5} vuːn^{6} ɕi^{4} toŋ^{2} nau^{2}

也 换 就 同 说

结交好商量。

男唱

6-1281

利 宁 偻 古 同

Lij ningq raeuz guh doengz

li^{4} niŋ^{5} ɹau^{2} ku^{4} toŋ^{2}

还 小 我们 做 同

从小结同心，

6-1282

英 元 偻 对 邦

In yuenz raeuz doih baengz

in^{1} juːn^{2} ɹau^{2} toːi^{6} paŋ^{2}

姻 缘 我们 伙伴 朋

姻缘定情侣。

6-1283

老 兰 点 老 兰

Laux lanh dem laux lanh

laːu^{4} laːn^{6} teːn^{1} laːu^{4} laːn^{6}

大 大方 与 大 大方

我俩皆大方，

6-1284

完 牙 得 正 双

Vuenh yax ndaej cingz song

vuːn^{6} ja^{5} dai^{3} ɕiŋ^{2} θoːŋ^{1}

换 也 得 情 两

互送双份礼。

女唱

6-1285

利 宁 偻 古 同

Lij ningq raeuz guh doengz

li^{4} niŋ^{5} ɹau^{2} ku^{4} toŋ^{2}

还 小 我们 做 同

从小结同心，

6-1286

英 元 偻 对 邦

In yuenz raeuz doih baengz

in^{1} juːn^{2} ɹau^{2} toːi^{6} paŋ^{2}

姻 缘 我们 伙伴 朋

姻缘定情侣。

6-1287

巴 轻 土 是 讲

Bak mbaeu dou cix gangj

paːk^{7} bau^{1} tu^{1} ɕi^{4} kaːŋ^{3}

嘴 轻 我 就 讲

嘴快我直说，

6-1288

当 阝 当 良 心

Dangq boux dangq liengz sim

taːŋ^{5} pu^{4} taːŋ^{5} liːŋ^{6} θin^{1}

另 人 另 良 心

良心各不同。

男唱

6–1289

利	**宁**	**偻**	**古**	**同**
Lij	ningq	raeuz	guh	doengz
li^4	niŋ^5	ɹau^2	ku^4	toŋ^2
还	**小**	**我们**	**做**	**同**

从小结同心，

6–1290

英	**元**	**偻**	**对**	**邦**
In	yuenz	raeuz	doih	baengz
in^1	juːn^2	ɹau^2	toːi^6	paŋ^2
姻	**缘**	**我们**	**伙伴**	**朋**

姻缘定情侣。

6–1291

要	**金**	**银**	**马**	**当**
Aeu	gim	ngaenz	ma	dangq
au^1	kin^1	ŋan^2	ma^1	taːŋ^5
要	**金**	**银**	**来**	**当**

把家底当完，

6–1292

备	**完**	**不**	**得**	**你**
Beix	vuenh	mbouj	ndaej	mwngz
pi^4	vuːn^6	bou^5	dai^3	mɯŋ^2
兄	**换**	**不**	**得**	**你**

也娶不得你。

女唱

6–1293

利	**宁**	**偻**	**古**	**同**
Lij	ningq	raeuz	guh	doengz
li^4	niŋ^5	ɹau^2	ku^4	toŋ^2
还	**小**	**我们**	**做**	**同**

从小结同心，

6–1294

英	**元**	**偻**	**对**	**邦**
In	yuenz	raeuz	doih	baengz
in^1	juːn^2	ɹau^2	toːi^6	paŋ^2
姻	**缘**	**我们**	**伙伴**	**朋**

姻缘定情侣。

6–1295

少	**装**	**身**	**好**	**占**
Sau	cang	ndang	hau	canz
θaːu^1	ɕaːŋ^1	daːŋ^1	haːu^1	ɕaːn^2
姑娘	**装**	**身**	**白**	**灿灿**

妹打扮漂亮，

6–1296

老	**备**	**完**	**不**	**下**
Lau	beix	vuenh	mbouj	roengz
laːu^4	pi^4	vuːn^6	bou^5	ɹoŋ^2
怕	**兄**	**换**	**不**	**下**

怕兄配不上。

男唱

6–1297

利	宁	偻	古	同
Lij	ningq	raeuz	guh	doengz
li^{4}	niŋ^{5}	ɹau^{2}	ku^{4}	toŋ^{2}
还	小	我们	做	同

从小结同心，

6–1298

英	元	偻	对	邦
In	yuenz	raeuz	doih	baengz
in^{1}	juːn^{2}	ɹau^{2}	toːi^{6}	paŋ^{2}
姻	缘	我们	伙伴	朋

姻缘定情侣。

6–1299

土	能	邦	很	累
Dou	naengh	bangx	haenz	laeq
tu^{1}	naŋ^{6}	paːŋ^{4}	han^{2}	lai^{5}
我	坐	旁	边	看

我坐旁边看，

6–1300

累	农	完	卜	而
Laeq	nuengx	vuenh	boux	lawz
lai^{5}	nuːŋ^{4}	vuːn^{6}	pu^{4}	laɯ^{2}
看	妹	换	个	哪

妹同谁结交？

女唱

6–1301

利	宁	偻	古	同
Lij	ningq	raeuz	guh	doengz
li^{4}	niŋ^{5}	ɹau^{2}	ku^{4}	toŋ^{2}
还	小	我们	做	同

从小结同心，

6–1302

英	元	偻	对	邦
In	yuenz	raeuz	doih	baengz
in^{1}	juːn^{2}	ɹau^{2}	toːi^{6}	paŋ^{2}
姻	缘	我们	伙伴	朋

姻缘定情侣。

6–1303

土	能	邦	很	累
Dou	naengh	bangx	haenz	laeq
tu^{1}	naŋ^{6}	paːŋ^{4}	han^{2}	lai^{5}
我	坐	旁	边	看

我坐旁边看，

6–1304

备	爱	完	爱	空
Beix	ngaiq	vuenh	ngaiq	ndwi
pi^{4}	ŋaːi^{5}	vuːn^{6}	ŋaːi^{5}	duːi^{1}
兄	爱	换	爱	不

兄另结交否？

男唱

6–1305

利 宁 偻 古 同

Lij ningq raeuz guh doengz

li^{4} niŋ^{5} ɹau^{2} ku^{4} toŋ^{2}

还 小 我们 做 同

从小结同心，

6–1306

英 元 偻 对 邦

In yuenz raeuz doih baengz

in^{1} juːn^{2} ɹau^{2} toːi^{6} paŋ^{2}

姻 缘 我们 伙伴 朋

姻缘定为友。

6–1307

合 元 不 对 罗

Hob yuenz mbouj doiq loh

hoːp^{8} juːn^{2} bou^{5} toːi^{5} lo^{6}

合 缘 不 对 路

八字合不上，

6–1308

当 阝 三 当 吉

Dangq boux sanq dangq giz

taːŋ pu^{4} θaːn^{5} taːŋ^{5} ki^{2}

另 人 散 另 处

各自奔前程。

女唱

6–1309

利 宁 偻 古 同

Lij ningq raeuz guh doengz

li^{4} niŋ^{5} ɹau^{2} ku^{4} toŋ^{2}

还 小 我们 做 同

从小结同心，

6–1310

英 元 偻 对 邦

In yuenz raeuz doih baengz

in^{1} juːn^{2} ɹau^{2} toːi^{6} paŋ^{2}

姻 缘 我们 伙伴 朋

姻缘定为友。

6–1311

十 分 阝 爱 阝

Cib faen boux ngaiq boux

ɕit^{8} fan^{1} pu^{4} ŋaːi^{5} pu^{4}

十 分 人 爱 人

实在相爱慕，

6–1312

干 邦 友 同 巡

Ganq baengz youx doengh cunz

kaːn^{5} paŋ^{2} ju^{4} toŋ^{2} ɕun^{2}

照料 朋 友 相 巡

做朋友来往。

男唱

6-1313

利	**宁**	**偻**	**古**	**同**
Lij	ningq	raeuz	guh	doengz
li^{4}	niŋ^{5}	ɹau^{2}	ku^{4}	toŋ^{2}
还	小	我们	做	同

自幼结同心，

6-1314

英	**元**	**偻**	**对**	**邦**
In	yuenz	raeuz	doih	baengz
in^{1}	juːn^{2}	ɹau^{2}	toːi^{6}	paŋ^{2}
姻	缘	我们	伙伴	朋

姻缘定为友。

6-1315

得	**元**	**你**	**是**	**古**
Ndaej	yuenz	mwngz	cix	guh
dai^{3}	juːn^{2}	mɯŋ^{2}	ɕi^{4}	ku^{4}
得	缘	你	就	做

有缘你就走，

6-1316

开	**满**	**阝**	**论**	**偻**
Gaej	muenz	boux	lumj	raeuz
kaːi^{5}	muːn^{2}	pu^{4}	lun^{3}	ɹau^{2}
莫	瞒	人	像	我们

不要瞒着我。

女唱

6-1317

利	**宁**	**偻**	**古**	**同**
Lij	ningq	raeuz	guh	doengz
li^{4}	niŋ^{5}	ɹau^{2}	ku^{4}	toŋ^{2}
还	小	我们	做	同

从小结同心，

6-1318

英	**元**	**偻**	**对**	**邦**
In	yuenz	raeuz	doih	baengz
in^{1}	juːn^{2}	ɹau^{2}	toːi^{6}	paŋ^{2}
姻	缘	我们	伙伴	朋

姻缘定为友。

6-1319

尝	**得**	**元**	**小**	**古**
Caengz	ndaej	yuenz	siuj	guh
ɕaŋ^{2}	dai^{3}	juːn^{2}	θiːu^{3}	ku^{4}
未	得	缘	少	做

未逢缘可去，

6-1320

真	**满**	**阝**	**论**	**你**
Caen	muenz	boux	lumj	mwngz
ɕin^{1}	muːn^{2}	pu^{4}	lun^{3}	mɯŋ^{2}
真	瞒	人	像	你

真的瞒着你。

男唱

6-1321

利	宁	偻	古	同
Lij	ningq	raeuz	guh	doengz
li^{4}	niŋ^{5}	ɹau^{2}	ku^{4}	toŋ^{2}
还	小	我们	做	同

从小结同心，

6-1322

英	元	偻	韦	阿
In	yuenz	raeuz	vae	oq
in^{1}	juːn^{2}	ɹau^{2}	vai^{1}	o^{5}
姻	缘	我们	姓	别

姻缘为情友。

6-1323

八	十	字	空	合
Bet	cih	saw	ndwi	hwz
peːt^{7}	ɕi^{6}	θaɯ^{1}	duːi^{1}	ho^{2}
八	个	字	不	合

八字合不上，

6-1324

当	罗	偻	当	貝
Dangq	loh	raeuz	dangq	bae
taːŋ^{5}	lo^{6}	ɹau^{2}	taːŋ^{5}	pai^{1}
另	路	我们	另	去

各走各的路。

女唱

6-1325

利	宁	偻	古	同
Lij	ningq	raeuz	guh	doengz
li^{4}	niŋ^{5}	ɹau^{2}	ku^{4}	toŋ^{2}
还	小	我们	做	同

从小结同心，

6-1326

英	元	偻	韦	阿
In	yuenz	raeuz	vae	oq
in^{1}	juːn^{2}	ɹau^{2}	vai^{1}	o^{5}
姻	缘	我们	姓	别

姻缘为情友。

6-1327

八	十	字	空	合
Bet	cih	saw	ndwi	hwz
peːt^{7}	ɕi^{6}	θaɯ^{1}	duːi^{1}	ho^{2}
八	个	字	不	合

八字合不上，

6-1328

当	花	僁	花	才
Dangq	va	roz	va	yaij
taːŋ^{5}	va^{1}	ɹo^{2}	va^{1}	jaːi^{3}
当	花	枯	花	枯萎

如残花凋落。

男唱

6-1329

利	**宁**	**偻**	**古**	**同**
Lij	ningq	raeuz	guh	doengz
li^{4}	niŋ^{5}	ɹau^{2}	ku^{4}	toŋ^{2}
还	小	我们	做	同

从小结同心，

6-1330

英	**元**	**偻**	**韦**	**阿**
In	yuenz	raeuz	vae	oq
in^{1}	juːn^{2}	ɹau^{2}	vai^{1}	o^{5}
姻	缘	我们	姓	别

姻缘为情友。

6-1331

八	**十**	**字**	**空**	**合**
Bet	cih	saw	ndwi	hwz
peːt^{7}	ɕi^{6}	θaɯ^{1}	duːi^{1}	ho^{2}
八	个	字	不	合

八字合不上，

6-1332

白	**唱**	**歌**	**能**	**空**
Beg	cang	go	nyaenx	ndwi
peːk^{8}	ɕaːŋ^{4}	ko^{5}	ɲan^{4}	duːi^{1}
白	唱	歌	那样	空

白唱那情歌。

女唱

6-1333

利	**宁**	**偻**	**古**	**同**
Lij	ningq	raeuz	guh	doengz
li^{4}	niŋ^{5}	ɹau^{2}	ku^{4}	toŋ^{2}
还	小	我们	做	同

自幼结同心，

6-1334

英	**元**	**偻**	**韦**	**阿**
In	yuenz	raeuz	vae	oq
in^{1}	juːn^{2}	ɹau^{2}	vai^{1}	o^{5}
姻	缘	我们	姓	别

姻缘为情友。

6-1335

八	**十**	**字**	**空**	**合**
Bet	cih	saw	ndwi	hwz
peːt^{7}	ɕi^{6}	θaɯ^{1}	duːi^{1}	ho^{2}
八	个	字	不	合

八字合不上，

6-1336

唱	**歌**	**不**	**米**	**正**
Cang	go	mbouj	miz	cingz
ɕaːŋ^{4}	ko^{5}	bou^{5}	mi^{2}	ɕiŋ^{2}
唱	歌	不	有	情

唱歌无情义。

男唱

6-1337

利	**宁**	**偻**	**古**	**同**
Lij	ningq	raeuz	guh	doengz
li^{4}	niŋ^{5}	ɹau^{2}	ku^{4}	toŋ^{2}
还	小	我们	做	同

从小结同心，

6-1338

英	**元**	**偻**	**韦**	**阿**
In	yuenz	raeuz	vae	oq
in^{1}	ju:n^{2}	ɹau^{2}	vai^{1}	o^{5}
姻	缘	我们	姓	别

姻缘为情友。

6-1339

八	**十**	**字**	**不**	**合**
Bet	cih	saw	mbouj	hwz
pe:t^{7}	ɕi^{6}	θaɯ^{1}	bou^{5}	ho^{2}
八	个	字	不	合

八字合不上，

6-1340

当	**白**	**罗**	**更**	**本**
Dangq	beg	loh	gwnz	mbwn
ta:ŋ^{5}	pe:k^{8}	lo^{6}	kɯn^{2}	bɯn^{1}
当	白	鹭	上	天

如白鹭上天。

女唱

6-1341

利	**宁**	**偻**	**古**	**同**
Lij	ningq	raeuz	guh	doengz
li^{4}	niŋ^{5}	ɹau^{2}	ku^{4}	toŋ^{2}
还	小	我们	做	同

从小结同心，

6-1342

英	**元**	**偻**	**韦**	**阿**
In	yuenz	raeuz	vae	oq
in^{1}	ju:n^{2}	ɹau^{2}	vai^{1}	o^{5}
姻	缘	我们	姓	别

姻缘为情友。

6-1343

土	**问**	**你**	**了**	**备**
Dou	cam	mwngz	liux	beix
tu^{1}	ɕa:m^{1}	mɯŋ^{2}	li:u^{4}	pi^{4}
我	问	你	啰	兄

兄我想问你，

6-1344

白	**罗**	**外**	**日**	**而**
Beg	loh	vaij	ngoenz	lawz
pe:k^{8}	lo^{6}	va:i^{3}	ŋon^{2}	laɯ^{2}
白	鹭	过	天	哪

白鹭哪天过？

男唱

6-1345

利　宁　偻　古　同

Lij ningq raeuz guh doengz

li^4 niŋ^5 ɹau^2 ku^4 toŋ^2

还　小　我们　做　同

从小结同心，

6-1346

英　元　偻　韦　阿

In yuenz raeuz vae oq

in^1 juːn^2 ɹau^2 vai^1 o^5

姻　缘　我们　姓　别

姻缘为情友。

6-1347

外　八　月　十　五

Vaij bet nyied cib ngux

vaːi^3 peːt^7 ȵuːt^8 ɕit^8 ŋu^4

过　八　月　十　五

过八月十五，

6-1348

白　罗　外　连　连

Beg loh vaij lienz lienz

peːk^8 lo^6 vaːi^3 liːn^2 liːn^2

白　鹭　过　连　连

白鹭飞满天。

女唱

6-1349

利　宁　偻　古　同

Lij ningq raeuz guh doengz

li^4 niŋ^5 ɹau^2 ku^4 toŋ^2

还　小　我们　做　同

从小结同心，

6-1350

英　元　偻　老　表

In yuenz raeuz laux biuj

in^1 juːn^2 ɹau^2 laːu^4 piːu^3

姻　缘　我们　老　表

缘分为老表。

6-1351

元　牙　凉　貝　了

Yuenz yax liengz bae liux

juːn^2 ja^5 liːŋ^2 pai^1 liːu^4

缘　也　凉　去　完

缘分快到头，

6-1352

问　表　备　说　而

Haemq biuj beix naeuz rawz

han^5 piːu^3 pi^4 nau^2 ɹaɯ^2

问　表　兄　说　什么

你说怎么办？

男唱

6–1353

利	宁	偻	古	同
Lij	ningq	raeuz	guh	doengz
li^{4}	niŋ^{5}	ɹau^{2}	ku^{4}	toŋ^{2}
还	小	我们	做	同

从小结同心，

6–1354

英	元	偻	老	表
In	yuenz	raeuz	laux	biuj
in^{1}	juːn^{2}	ɹau^{2}	laːu^{4}	piːu^{3}
姻	缘	我们	老	表

缘分为老表。

6–1355

元	牙	凉	貝	了
Yuenz	yax	liengz	bae	liux
juːn^{2}	ja^{5}	liːŋ^{2}	pai^{1}	liːu^{4}
缘	也	凉	去	完

缘分淡就淡，

6–1356

秀	可	利	双	偻
Ciuh	goj	lij	song	raeuz
çiːu^{6}	ko^{5}	li^{4}	θoːŋ^{1}	ɹau^{2}
世	还	还	两	我们

我俩人还在。

女唱

6–1357

利	宁	偻	古	同
Lij	ningq	raeuz	guh	doengz
li^{4}	niŋ^{5}	ɹau^{2}	ku^{4}	toŋ^{2}
还	小	我们	做	同

从小结同心，

6–1358

英	元	偻	老	表
In	yuenz	raeuz	laux	biuj
in^{1}	juːn^{2}	ɹau^{2}	laːu^{4}	piːu^{3}
姻	缘	我们	老	表

缘分为老表。

6–1359

元	凉	是	波	小
Yuenz	liengz	cix	boq	seuq
juːn^{2}	liːŋ^{2}	çi^{4}	po^{5}	θeːu^{5}
缘	凉	就	吹	哨

缘淡就吹哨，

6–1360

份	老	表	不	论
Faenh	laux	biuj	mbouj	lumz
fan^{6}	laːu^{4}	piːu^{3}	bou^{5}	lun^{2}
份	老	表	不	忘

老表情分在。

男唱

6–1361

利	**宁**	**偻**	**古**	**同**
Lij	ningq	raeuz	guh	doengz
li^{4}	niŋ^{5}	ɹau^{2}	ku^{4}	toŋ^{2}
还	小	我们	做	同

从小结同心，

6–1362

英	**元**	**偻**	**老**	**表**
In	yuenz	raeuz	laux	biuj
in^{1}	juːn^{2}	ɹau^{2}	laːu^{4}	piːu^{3}
姻	缘	我们	老	表

缘分为老表。

6–1363

元	**凉**	**是**	**波**	**小**
Yuenz	liengz	cix	boq	seuq
juːn^{2}	liːŋ^{2}	ɕi^{4}	po^{5}	θeːu^{5}
缘	凉	就	吹	哨

缘淡就吹哨，

6–1364

备	**貝**	**田**	**你**	**站**
Beix	bae	dieg	mwngz	soengz
pi^{4}	pai^{1}	tiːk^{8}	mɯŋ^{2}	θoŋ^{2}
兄	去	地	你	站

兄去投靠你。

女唱

6–1365

利	**宁**	**偻**	**古**	**同**
Lij	ningq	raeuz	guh	doengz
li^{4}	niŋ^{5}	ɹau^{2}	ku^{4}	toŋ^{2}
还	小	我们	做	同

自幼结同心，

6–1366

英	**元**	**偻**	**少**	**包**
In	yuenz	raeuz	sau	mbauq
in^{1}	juːn^{2}	ɹau^{2}	θaːu^{1}	baːu^{5}
姻	缘	我们	姑娘	小伙

缘分为情侣。

6–1367

元	**少**	**米**	**吉**	**兆**
Yuenz	sau	miz	giz	cau
juːn^{2}	θaːu^{1}	mi^{2}	ki^{6}	ɕaːu^{4}
缘	姑娘	有	吉	兆

妹缘有吉兆，

6–1368

不	**知**	**报**	**罗**	**而**
Mbouj	rox	bauq	loh	lawz
bou^{5}	ɹo^{4}	paːu^{5}	lo^{6}	lauɯ^{2}
不	知	报	路	哪

不知应何方。

男唱

6-1369

利	宁	偻	古	同
Lij	ningq	raeuz	guh	doengz
li^{4}	niŋ^{5}	ɹau^{2}	ku^{4}	toŋ^{2}
还	小	我们	做	同

自幼结同心，

6-1370

英	元	偻	少	包
In	yuenz	raeuz	sau	mbauq
in^{1}	juːn^{2}	ɹau^{2}	θaːu^{1}	baːu^{5}
姻	缘	我们	姑娘	小伙

缘分为情侣。

6-1371

元	少	米	吉	兆
Yuenz	sau	miz	giz	cau
juːn^{2}	θaːu^{1}	mi^{2}	ki^{6}	ɕaːu^{4}
缘	姑娘	有	吉	兆

妹缘有吉兆，

6-1372

报	老	表	造	然
Bauq	laux	biuj	caux	ranz
paːu^{5}	laːu^{4}	piːu^{3}	ɕaːu^{4}	ɹaːn^{2}
报	老	表	造	家

同老表成家。

女唱

6-1373

利	宁	偻	古	同
Lij	ningq	raeuz	guh	doengz
li^{4}	niŋ^{5}	ɹau^{2}	ku^{4}	toŋ^{2}
还	小	我们	做	同

自幼结同心，

6-1374

英	元	偻	少	包
In	yuenz	raeuz	sau	mbauq
in^{1}	juːn^{2}	ɹau^{2}	θaːu^{1}	baːu^{5}
姻	缘	我们	姑娘	小伙

缘分为情侣。

6-1375

声	欢	办	义	傲
Sing	fwen	baenz	ngih	ngauz
θiŋ^{1}	vuːn^{1}	pan^{2}	ŋi^{6}	ŋaːu^{2}
声	歌	成	嗷	嗷

歌声那么高，

6-1376

利	刀	田	知	空
Lij	dauq	denz	rox	ndwi
li^{4}	taːu^{5}	teːn^{2}	ɹo^{4}	duːi^{1}
还	回	地	或	不

还回故地否？

① 从毫[ɕoːŋ^{6} heːu^{5}]：洞气，指从一个孔出气，引申为同呼吸。

男唱

6-1377

利	宁	偻	古	同
Lij	ningq	raeuz	guh	doengz
li^{4}	niŋ^{5}	ɹau^{2}	ku^{4}	toŋ^{2}
还	小	我们	做	同

自幼结同心，

6-1378

英	元	偻	少	包
In	yuenz	raeuz	sau	mbauq
in^{1}	juːn^{2}	ɹau^{2}	θaːu^{1}	baːu^{5}
姻	缘	我们	姑娘	小伙

缘分为情侣。

6-1379

方	卢	偻	从	毫[1]
Fueng	louz	raeuz	congh	heuq
fuːŋ^{1}	lu^{2}	ɹau^{2}	ɕoːŋ^{6}	heːu^{5}
风	流	我们	洞	气

同游荡同返，

6-1380

不	刀	又	貝	而
Mbouj	dauq	youh	bae	lawz
bou^{5}	taːu^{5}	jou^{4}	pai^{1}	lauɯ^{2}
不	回	又	去	哪

不回又奈何？

女唱

6-1381

利	宁	偻	古	同
Lij	ningq	raeuz	guh	doengz
li^{4}	niŋ^{5}	ɹau^{2}	ku^{4}	toŋ^{2}
还	小	我们	做	同

自幼结同心，

6-1382

英	元	偻	少	包
In	yuenz	raeuz	sau	mbauq
in^{1}	juːn^{2}	ɹau^{2}	θaːu^{1}	baːu^{5}
姻	缘	我们	姑娘	小伙

缘分为情侣。

6-1383

娅	王	连	空	叫
Yah	vangz	lienz	ndwi	heuh
ja^{6}	vaːŋ^{2}	liːn^{2}	duːi^{1}	heːu^{6}
婆	王	连	不	叫

婆王不同意，

6-1384

才	农	刀	方	而
Caih	nuengx	dauq	fueng	lawz
ɕaːi^{6}	nuːŋ^{4}	taːu^{5}	fuːŋ^{1}	lauɯ^{2}
随	妹	回	方	哪

任我去何方。

男唱

6–1385
利 宁 偻 古 同
Lij ningq raeuz guh doengz
li^{4} niŋ^{5} ɹau^{2} ku^{4} toŋ^{2}
还 小 我们 做 同
从小结同心，

6–1386
英 元 偻 少 包
In yuenz raeuz sau mbauq
in^{1} juːn^{2} ɹau^{2} θaːu^{1} baːu^{5}
姻 缘 我们 姑娘 小伙
缘分为情侣。

6–1387
妸 王 连 可 叫
Yah vangz lienz goj heuh
ja^{6} vaːŋ^{2} liːn^{2} ko^{5} heːu^{6}
婆 王 连 也 叫
婆王若同意，

6–1388
采 罗 老 同 跟
Byaij loh laux doengh riengz
pjaːi^{3} lo^{6} laːu^{4} toŋ^{2} ɹiːŋ^{2}
走 路 大 相 跟
走路都相随。

女唱

6–1389
利 宁 偻 古 同
Lij ningq raeuz guh doengz
li^{4} niŋ^{5} ɹau^{2} ku^{4} toŋ^{2}
还 小 我们 做 同
从小结同心，

6–1390
英 元 偻 少 包
In yuenz raeuz sau mbauq
in^{1} juːn^{2} ɹau^{2} θaːu^{1} baːu^{5}
姻 缘 我们 姑娘 小伙
缘分为情侣。

6–1391
汉 日 而 你 刀
Hanh ngoenz lawz mwngz dauq
haːn^{6} ŋon^{2} laɯ^{2} mɯŋ^{2} taːu^{5}
限 天 哪 你 回
你定哪天回，

6–1392
貝 罗 老 加 你
Bae loh laux caj mwngz
pai^{1} lo^{6} laːu^{4} kja^{3} mɯŋ^{2}
去 路 大 等 你
去大路等你。

男唱

6–1393

利　宁　偻　古　同

Lij　ningq　raeuz　guh　doengz

li^{4}　niŋ^{5}　ɹau^{2}　ku^{4}　toŋ^{2}

还　小　我们　做　同

自幼结同心，

6–1394

英　元　偻　少　包

In　yuenz　raeuz　sau　mbouq

in^{1}　ju:n^{2}　ɹau^{2}　θa:u^{1}　ba:u^{5}

姻　缘　我们　姑娘　小伙

缘分为情侣。

6–1395

日　寅　点　日　卯

Ngoenz　yinz　dem　ngoenz　maux

ŋon^{2}　jin^{2}　te:n^{1}　ŋon^{2}　ma:u^{4}

天　寅　与　天　卯

寅日和卯日，

6–1396

才　备　刀　日　而

Caih　beix　dauq　ngoenz　lawz

ɕa:i^{6}　pi^{4}　ta:u^{5}　ŋon^{2}　laɯ^{2}

随　兄　回　日　哪

随我哪天回。

女唱

6–1397

利　宁　偻　古　同

Lij　ningq　raeuz　guh　doengz

li^{4}　niŋ^{5}　ɹau^{2}　ku^{4}　toŋ^{2}

还　小　我们　做　同

从小结同心，

6–1398

英　元　偻　少　包

In　yuenz　raeuz　sau　mbauq

in^{1}　ju:n^{2}　ɹau^{2}　θa:u^{1}　ba:u^{5}

姻　缘　我们　姑娘　小伙

缘分为情侣。

6–1399

日　寅　对　土　初

Ngoenz　yinz　doiq　duz　cauq

ŋon^{2}　jin^{2}　to:i^{5}　tu^{2}　ɕa:u^{5}

天　寅　对　只　灶

寅日犯灶王，

6–1400

刀　日　卯　来　好

Dauq　ngoenz　maux　lai　ndei

ta:u^{5}　ŋon^{2}　ma:u^{4}　la:i^{1}　dei^{1}

回　天　卯　多　好

卯日回才好。

男唱

6–1401

利	**宁**	**偻**	**古**	**同**
Lij	ningq	raeuz	guh	doengz
li^{4}	niŋ^{5}	ɹau^{2}	ku^{4}	toŋ^{2}
还	**小**	**我们**	**做**	**同**

从小结同心，

6–1402

英	**元**	**偻**	**少**	**包**
In	yuenz	raeuz	sau	mbauq
in^{1}	juːn^{2}	ɹau^{2}	θaːu^{1}	baːu^{5}
姻	**缘**	**我们**	**姑娘**	**小伙**

缘分为情侣。

6–1403

你	**良**	**心**	**不**	**好**
Mwngz	liengz	sim	mbouj	ndei
mɯŋ^{2}	liːŋ^{2}	θin^{1}	bou^{5}	dei^{1}
你	**良**	**心**	**不**	**好**

你良心不好，

6–1404

罗	**备**	**刀**	**日**	**寅**
Lox	beix	dauq	ngoenz	yinz
lo^{4}	pi^{4}	taːu^{5}	ŋon^{2}	jin^{2}
骗	**兄**	**回**	**天**	**寅**

骗兄寅日回。

女唱

6–1405

利	**宁**	**偻**	**古**	**同**
Lij	ningq	raeuz	guh	doengz
li^{4}	niŋ^{5}	ɹau^{2}	ku^{4}	toŋ^{2}
还	**小**	**我们**	**做**	**同**

小时结同心，

6–1406

十	**月**	**办**	**安**	**元**
Cib	ndwen	baenz	aen	yuenq
cit^{8}	duːn^{1}	pan^{2}	an^{1}	juːn^{5}
十	**月**	**成**	**个**	**院**

十月围个院。

6–1407

少	**牙**	**要**	**良**	**面**
Sau	yaek	aeu	liengz	mienh
θaːu^{1}	jak^{7}	au^{1}	liːŋ^{2}	meːn^{6}
姑娘	**欲**	**要**	**良**	**面**

妹想要颜面，

6–1408

是	**开**	**变**	**良**	**心**
Cix	gaej	bienq	liengz	sim
çi^{4}	kaːi^{5}	piːn^{5}	liːŋ^{2}	θin^{1}
就	**莫**	**变**	**良**	**心**

你别变良心。

男唱

6-1409

利	**宁**	**偻**	**古**	**同**
Lij	ningq	raeuz	guh	doengz
li^{4}	niŋ^{5}	ɹau^{2}	ku^{4}	toŋ^{2}
还	小	我们	做	同

从小结同心，

6-1410

十	**月**	**办**	**安**	**元**
Cib	ndwen	baenz	aen	yuenq
çit^{8}	du:n^{1}	pan^{2}	an^{1}	ju:n^{5}
十	月	成	个	院

十月变成院。

6-1411

变	**土**	**刀**	**不**	**变**
Bienq	dou	dauq	mbouj	bienq
pi:n^{5}	tu^{1}	ta:u^{5}	bou^{5}	pi:n^{5}
变	我	倒	不	变

我是不会变，

6-1412

优	**良**	**面**	**给**	**农**
Yaeuj	liengz	mienh	hawj	nuengx
jau^{3}	li:ŋ^{2}	me:n^{6}	həɯ^{3}	nu:ŋ^{4}
举	良	面	给	妹

要面子给妹。

女唱

6-1413

利	**宁**	**偻**	**古**	**同**
Lij	ningq	raeuz	guh	doengz
li^{4}	niŋ^{5}	ɹau^{2}	ku^{4}	toŋ^{2}
还	小	我们	做	同

从小结同心，

6-1414

十	**月**	**办**	**安**	**元**
Cib	ndwen	baenz	aen	yuenq
çit^{8}	du:n^{1}	pan^{2}	an^{1}	ju:n^{5}
十	月	成	个	院

十月变成院。

6-1415

全	**包**	**乖**	**不**	**变**
Cienz	mbauq	gvai	mbouj	bienq
çu:n^{2}	ba:u^{5}	kwa:i^{1}	bou^{5}	pi:n^{5}
传	小伙	乖	不	变

传说兄不变，

6-1416

干	**田**	**偻**	**岁**	**站**
Ganq	denz	raeuz	caez	soengz
ka:n^{5}	te:n^{2}	ɹau^{2}	çai^{2}	θoŋ^{2}
照料	地	我们	齐	站

我俩共进退。

男唱

6-1417

利 宁 偻 古 同

Lij ningq raeuz guh doengz

li^{4} niŋ^{5} ɹau^{2} ku^{4} toŋ^{2}

还 小 我们 做 同

从小结同心，

6-1418

十 月 办 安 元

Cib ndwen baenz aen yuenq

çit^{8} du:n^{1} pan^{2} an^{1} ju:n^{5}

十 月 成 个 院

十月变成院。

6-1419

想 牙 干 十 田

Siengj yaek ganq cix dieg

θi:ŋ^{3} jak^{7} ka:n^{5} çi^{4} ti:k^{8}

想 要 照料 此 地

想要管好地，

6-1420

老 鸟 炕 不 从

Lau roeg enq mbouj coengh

la:u^{1} ɹok^{8} e:n^{5} bou^{5} çoŋ^{6}

怕 鸟 燕 不 帮

怕燕子不帮。

女唱

6-1421

利 宁 偻 古 同

Lij ningq raeuz guh doengz

li^{4} niŋ^{5} ɹau^{2} ku^{4} toŋ^{2}

还 小 我们 做 同

小时结同心，

6-1422

十 月 办 安 元

Cib ndwen baenz aen yuenq

çit^{8} du:n^{1} pan^{2} an^{1} ju:n^{5}

十 月 成 个 院

十月变成院。

6-1423

知 乖 是 干 田

Rox gvai cix ganq denz

ɹo^{4} kwa:i^{1} çi^{4} ka:n^{5} te:n^{2}

知 乖 就 照料 地

聪明便管地，

6-1424

鸟 炕 牙 勒 正

Roeg enq yax lawh cingz

ɹok^{8} e:n^{5} ja^{5} ləɯ^{6} çiŋ^{2}

鸟 燕 也 换 情

燕子也谈情。

男唱

6-1425

利 宁 偻 古 同

Lij ningq raeuz guh doengz

li^{4} niŋ^{5} ɹau^{2} ku^{4} toŋ^{2}

还 小 我们 做 同

从小结同心，

6-1426

十 月 办 安 岸

Cib ndwen baenz aen rungh

ɕit^{8} du:n^{1} pan^{2} an^{1} ɹuŋ^{6}

十 月 成 个 岸

十月变成村。

6-1427

为 文 邦 斗 龙

Vih vunz biengz daeuj loengh

vei^{6} vun^{2} pi:ŋ^{2} tau^{3} loŋ^{6}

为 人 地方 来 岸

因坏人捉弄，

6-1428

告 内 三 下 王

Gau neix sanq roengz vaengz

ka:u^{1} ni^{4} θa:n^{5} ɹoŋ^{2} vaŋ^{2}

次 这 散 下 潭

散落下水潭。

女唱

6-1429

利 宁 偻 古 同

Lij ningq raeuz guh doengz

li^{4} niŋ^{5} ɹau^{2} ku^{4} toŋ^{2}

还 小 我们 做 同

从小结同心，

6-1430

十 月 办 安 岸

Cib ndwen baenz aen rungh

ɕit^{8} du:n^{1} pan^{2} an^{1} ɹuŋ^{6}

十 月 成 个 岸

十月变成村。

6-1431

米 正 你 空 送

Miz cingz mwngz ndwi soengq

mi^{2} ɕiŋ^{2} mɯŋ^{2} du:i^{1} θoŋ^{5}

有 情 你 不 送

有礼你不送，

6-1432

收 作 农 古 而

Caeu coq nuengx guh rawz

ɕau^{1} ɕo^{5} nu:ŋ^{4} ku^{4} ɹaɯ^{2}

藏 放 妹 做 什么

瞒我做什么？

女唱

6–1433

利 宁 偻 古 同

Lij ningq raeuz guh doengz

li^{4} niŋ^{5} ɹau^{2} ku^{4} toŋ^{2}

还 小 我们 做 同

小时结同心，

6–1434

十 月 办 安 岸

Cib ndwen baenz aen rungh

ɕit^{8} du:n^{1} pan^{2} an^{1} ɹuŋ^{6}

十 月 成 个 岸

十月变成村。

6–1435

正 刀 变 办 龙

Cingz dauq bienq baenz lungz

ɕiŋ^{2} ta:u^{5} pi:n^{5} pan^{2} luŋ^{2}

情 倒 变 成 龙

礼物变成龙，

6–1436

送 农 牙 不 要

Soengq nuengx yax mbouj aeu

θoŋ^{5} nu:ŋ^{4} ja^{5} bou^{5} au^{1}

送 妹 也 不 要

送我也不要。

男唱

6–1437

利 宁 偻 古 同

Lij ningq raeuz guh doengz

li^{4} niŋ^{5} ɹau^{2} ku^{4} toŋ^{2}

还 小 我们 做 同

从小结同心，

6–1438

十 月 办 安 岸

Cib ndwen baenz aen rungh

ɕit^{8} du:n^{1} pan^{2} an^{1} ɹuŋ^{6}

十 月 成 个 岸

十月变成村。

6–1439

正 刀 变 办 龙

Cingz dauq bienq baenz lungz

ɕiŋ^{2} ta:u^{5} pi:n^{5} pan^{2} luŋ^{2}

情 倒 变 成 龙

礼物变成龙，

6–1440

送 伏 不 送 偻

Soengq fwx mbouj soengq raeuz

θoŋ^{5} fə^{4} bou^{5} θoŋ^{5} ɹau^{2}

送 别人 不 送 我们

送人不送我。

女唱

6–1441

不	**仪**	**果**	**枇**	**杷**
Mbouj	saenq	go	biz	baz
bou^{5}	θin^{5}	ko^{1}	pi^{2}	pa^{2}
不	信	棵	枇	杷

不信枇杷树，

6–1442

出	**花**	**对**	**伕**	**阴**
Ok	va	doiq	fawh	yaem
oːk^{7}	va^{1}	toːi^{5}	fəɯ^{6}	jan^{5}
出	花	对	时	阴

冬季才开花。

6–1443

备	**干**	**农**	**不**	**干**
Beix	ganq	nuengx	mbouj	ganq
pi^{4}	kaːn^{5}	nuːŋ^{4}	bou^{5}	kaːn^{5}
兄	照料	妹	不	照料

兄管妹不管，

6–1444

三	**牙**	**才**	**合**	**你**
Sanq	yax	caih	hoz	mwngz
θaːn^{5}	ja^{5}	ɕaːi^{6}	ho^{2}	mɯŋ^{2}
散	也	随	喉	你

分手也由你。

男唱

6–1445

不	**仪**	**果**	**枇**	**杷**
Mbouj	saenq	go	biz	baz
bou^{5}	θin^{5}	ko^{1}	pi^{2}	pa^{2}
不	信	棵	枇	杷

不信枇杷树，

6–1446

出	**花**	**对**	**伕**	**凉**
Ok	va	doiq	fawh	liengz
oːk^{7}	va^{1}	toːi^{5}	fəɯ^{6}	liːŋ^{2}
出	花	对	时	凉

冬季才开花。

6–1447

包	**少**	**偻**	**岁**	**干**
Mbauq	sau	raeuz	caez	ganq
baːu^{5}	θaːu^{1}	ɹau^{2}	ɕai^{2}	kaːn^{5}
小伙	姑娘	我们	齐	照料

情侣共同管，

6–1448

又	**利**	三	**托**	**而**
Youh	Lij	sanq	doek	lawz
jou^{4}	li^{4}	θaːn^{5}	tok^{7}	laɯ^{2}
又	还	散	落	哪

哪还会分别？

男唱

6–1449

不	**仪**	**果**	**枇**	**杷**
Mbouj	saenq	go	biz	baz
bou^5	θin^5	ko^1	pi^2	pa^2
不	信	棵	枇	杷

不信枇杷树，

6–1450

它	**出**	**花**	**单**	**丁**
De	ok	va	daemq	dingq
te^1	o:k^7	va^1	tan^5	tiŋ^5
它	出	花	倒	颠

花苞颠倒挂。

6–1451

不	**仪**	**秀**	**农**	**宁**
Mbouj	saenq	ciuh	nuengx	ningq
bou^5	θin^5	ɕi:u^6	nu:ŋ^4	niŋ^5
不	信	世	妹	小

不信小情妹，

6–1452

真	**定**	**用**	**来**	**文**
Caen	dingh	yungh	lai	vunz
ɕin^1	tiŋ^6	juŋ^6	la:i^1	vun^2
真	定	用	多	人

心中有多人。

女唱

6–1453

不	**仪**	**果**	**枇**	**杷**
Mbouj	saenq	go	biz	baz
bou^5	θin^5	ko^1	pi^2	pa^2
不	信	棵	枇	杷

不信枇杷树，

6–1454

它	**出**	**花**	**单**	**丁**
De	ok	va	daemq	dingq
te^1	o:k^7	va^1	tan^5	tiŋ^5
它	出	花	倒	颠

花儿颠倒挂。

6–1455

不	**仪**	**秀**	**农**	**宁**
Mbouj	saenq	ciuh	nuengx	ningq
bou^5	θin^5	ɕi:u^6	nu:ŋ^4	niŋ^5
不	信	世	妹	小

不信小情妹，

6–1456

完	**仪**	**了**	**又**	**论**
Vuenh	saenq	liux	youh	lumz
vu:n^6	θin^5	li:u^4	jou^4	lun^2
换	信	完	又	忘

会忘了恋情。

男唱

6-1457

不 仪 果 枇 杷

Mbouj saenq go biz baz

bou^{5} θin^{5} ko^{1} pi^{2} pa^{2}

不 信 棵 枇 杷

不信枇杷树，

6-1458

强 乜 月 交 代

Giengz meh ndwen gyau daiq

ki:ŋ^{2} me^{6} du:n^{1} kja:u^{1} ta:i^{5}

像 母 月 交 代

如天上月食。

6-1459

两 变 读 字 才

Liengj benh doeg saw caih

li:ŋ^{3} pe:n^{6} tok^{8} θaɯ^{1} ça:i^{6}

两 边 读 书 实

两边都识字，

6-1460

才 开 命 双 偻

Caiz hai mingh song raeuz

ça:i^{6} ha:i^{1} miŋ^{6} θo:ŋ^{1} ɹau^{2}

才 开 命 两 我们

才会合八字。

女唱

6-1461

两 变 读 字 才

Liengj benh doeg saw caih

li:ŋ^{3} pe:n^{6} tok^{8} θaɯ^{1} ça:i^{6}

两 边 读 书 实

两边都识字，

6-1462

才 开 命 双 偻

Caiz hai mingh song raeuz

ça:i^{6} ha:i^{1} miŋ^{6} θo:ŋ^{1} ɹau^{2}

才 开 命 两 我们

才会合八字。

6-1463

狼 那 得 同 要

Langh naj ndaej doengz aeu

la:ŋ^{6} na^{3} dai^{3} toŋ^{2} au^{1}

若 前 得 同 要

如若得成亲，

6-1464

你 说 而 了 备

Mwngz naeuz rawz liux beix

mɯŋ^{2} nau^{2} ɹaɯ^{2} li:u^{4} pi^{4}

你 说 什么 啰 兄

兄说好不好？

男唱

6-1465

两	变	读	字	才
Liengj	benh	doeg	saw	caih
le:ŋ^{3}	pe:n^{6}	tok^{8}	θaɯ^{1}	ɕa:i^{6}
两	边	读	书	实

两边都识字，

6-1466

才	开	命	双	偻
Caiz	hai	mingh	song	raeuz
ɕa:i^{6}	ha:i^{1}	miŋ^{6}	θo:ŋ^{1}	ɹau^{2}
才	开	命	两	我们

才会合八字。

6-1467

狼	那	得	同	要
Langh	naj	ndaej	doengz	aeu
la:ŋ^{6}	na^{3}	dai^{3}	toŋ^{2}	au^{1}
若	前	得	同	要

若是得成亲，

6-1468

是	却	龙	小	女
Cix	gyo	lungz	siuj	nawx
ɕi^{4}	kjo^{1}	luŋ^{2}	θi:u^{3}	nɯ^{4}
是	幸亏	龙	小	女

全靠情妹你。

女唱

6-1469

利	宁	偻	古	同
Lij	ningq	raeuz	guh	doengz
li^{4}	niŋ^{5}	ɹau^{2}	ku^{4}	toŋ^{2}
还	小	我们	做	同

从小结同心，

6-1470

强	乜	月	十	四
Giengz	meh	ndwen	cib	seiq
ki:ŋ^{2}	me^{6}	du:n^{1}	ɕit^{8}	θei^{5}
像	母	月	十	四

如十四月亮。

6-1471

文	邦	古	几	贵
Vunz	biengz	guh	gin	gveiq
vun^{2}	pi:ŋ^{2}	ku^{4}	kin^{1}	kwei^{5}
人	地方	做	子	规

世人如杜鹃，

6-1472

沙	又	义	土	写
Ra	youh	ngeix	duz	ce
ɹa^{1}	jou^{4}	ŋi^{6}	tu^{2}	ɕe^{1}
找	又	想	只	留

雌雄总相思。

男唱

6-1473

利	宁	偻	古	同
Lij	ningq	raeuz	guh	doengz
li⁴	niŋ⁵	ɹau²	ku⁴	toŋ²
还	小	我们	做	同

从小结同心，

6-1474

强	乜	月	十	四
Giengz	meh	ndwen	cib	seiq
kiːŋ²	me⁶	duːn¹	ɕit⁸	θei⁵
像	母	月	十	四

如十四月亮。

6-1475

文	邦	古	不	为
Vunz	biengz	guh	mbouj	vih
vun²	piːŋ²	ku⁴	bou⁵	vei⁶
人	地方	做	不	为

世人不作美，

6-1476

不	特	备	为	你
Mbouj	dwg	beix	gvi	mwngz
bou⁵	tɯk⁸	pi⁴	vei¹	mɯŋ²
不	是	兄	亏	你

莫怪我忘情。

女唱

6-1477

利	宁	偻	古	同
Lij	ningq	raeuz	guh	doengz
li⁴	niŋ⁵	ɹau²	ku⁴	toŋ²
还	小	我们	做	同

从小结同心，

6-1478

强	乜	月	十	四
Giengz	meh	ndwen	cib	seiq
kiːŋ²	me⁶	duːn¹	ɕit⁸	θei⁵
像	母	月	十	四

像十四月亮。

6-1479

狼	乖	办	伕	内
Langh	gvai	baenz	fawh	neix
laːŋ⁶	kwaːi¹	pan²	fəɯ⁶	ni⁴
若	乖	成	时	这

若如今日精，

6-1480

先	得	农	共	然
Senq	ndaej	nuengx	gungh	ranz
θeːn⁵	dai³	nuːŋ⁴	kuŋ⁶	ɹaːn²
先	得	妹	共	家

早与妹成亲。

男唱

6-1481

利 宁 偻 古 同

Lij ningq raeuz guh doengz

li^{4} niŋ^{5} ɹau^{2} ku^{4} toŋ^{2}

还 小 我们 做 同

从小结同心，

6-1482

强 乜 月 十 四

Giengz meh ndwen cib seiq

ki:ŋ^{2} me^{6} du:n^{1} ɕit^{8} θei^{5}

像 母 月 十 四

像十四月亮。

6-1483

代 贝 些 第 义

Dai bae seiq daih ngeih

ta:i^{1} pai^{1} θe^{5} ti^{6} ȵi^{6}

死 去 世 第 二

轮回第二世，

6-1484

办 样 内 知 空

Baenz yiengh neix rox ndwi

pan^{2} juɯ:ŋ^{6} ni^{4} ɹo^{4} du:i^{1}

成 样 这 或 不

还像这样否？

女唱

6-1485

利 宁 偻 古 同

Lij ningq raeuz guh doengz

li^{4} niŋ^{5} ɹau^{2} ku^{4} toŋ^{2}

还 小 我们 做 同

自幼结同心，

6-1486

强 乜 月 十 四

Giengz meh ndwen cib seiq

ki:ŋ^{2} me^{6} du:n^{1} ɕit^{8} θei^{5}

像 母 月 十 四

像十四月亮。

6-1487

代 贝 些 第 义

Dai bae seiq daih ngeih

ta:i^{1} pai^{1} θe^{5} ti^{6} ȵi^{6}

死 去 世 第 二

轮回第二世，

6-1488

办 样 内 不 说

Baenz yiengh neix mbouj naeuz

pan^{2} juɯ:ŋ^{6} ni^{4} bou^{5} nau^{2}

成 样 这 不 说

不一定如此。

男唱

6–1489

利 宁 偻 古 同

Lij ningq raeuz guh doengz

li^4 niŋ^5 ɹau^2 ku^4 toŋ^2

还 小 我们 做 同

从小结同心，

6–1490

强 乜 月 十 四

Giengz meh ndwen cib seiq

ki:ŋ^2 me^6 du:n^1 çit^8 θei^5

像 母 月 十 四

像十四月亮。

6–1491

代 貝 些 第 义

Dai bae seiq daih ngeih

ta:i^1 pai^1 θe^5 ti^6 ȵi^6

死 去 世 第 二

轮回第二世，

6–1492

牙 要 纸 配 作

Yax aeu ceij boiq coq

ja^5 au^1 çi^3 po:i^5 ço^5

也 要 纸 裱 放

要用纸糊装。

女唱

6–1493

利 宁 偻 古 同

Lij ningq raeuz guh doengz

li^4 niŋ^5 ɹau^2 ku^4 toŋ^2

还 小 我们 做 同

从小结同心，

6–1494

强 乜 月 十 五

Giengz meh ndwen cib ngux

ki:ŋ^2 me^6 du:n^1 çit^8 ŋu^4

像 母 月 十 五

像十五月亮。

6–1495

佚 罗 少 貝 哈

Fwx lox sau bae haq

fə^4 lo^4 θa:u^1 pai^1 ha^5

别人 骗 姑娘 去 嫁

谣传我要嫁，

6–1496

想 沙 友 邦 偻

Siengj ra youx biengz raeuz

θi:ŋ^3 ɹa^1 ju^4 pi:ŋ^2 ɹau^2

想 找 友 地方 我们

嫁给咱乡人。

男唱

6–1497

利	**宁**	**偻**	**古**	**同**
Lij	ningq	raeuz	guh	doengz
li^{4}	niŋ^{5}	ɹau^{2}	ku^{4}	toŋ^{2}
还	**小**	**我们**	**做**	**同**

从小结同心，

6–1498

强	**乜**	**月**	**十**	**五**
Giengz	meh	ndwen	cib	ngux
kiːŋ^{2}	me^{6}	duːn^{1}	ɕit^{8}	ŋu^{4}
像	**母**	**月**	**十**	**五**

像十五月亮。

6–1499

文	**邦**	**可**	**在**	**家**
Vunz	biengz	goj	cai	gya
vun^{2}	piːŋ^{2}	ko^{5}	ɕaːi^{4}	kja^{1}
人	**地方**	**也**	**在**	**家**

家中有来客，

6–1500

农	**又**	**沙**	**卜**	**而**
Nuengx	youh	ra	boux	lawz
nuːŋ^{4}	jou^{4}	ɹa^{1}	pu^{4}	lauɯ^{2}
妹	**又**	**找**	**人**	**哪**

你还要找谁？

女唱

6–1501

利	**宁**	**偻**	**古**	**同**
Lij	ningq	raeuz	guh	doengz
li^{4}	niŋ^{5}	ɹau^{2}	ku^{4}	toŋ^{2}
还	**小**	**我们**	**做**	**同**

从小结同心，

6–1502

强	**乜**	**月**	**十**	**五**
Giengz	meh	ndwen	cib	ngux
kiːŋ^{2}	me^{6}	duːn^{1}	ɕit^{8}	ŋu^{4}
像	**母**	**月**	**十**	**五**

像十五月亮。

6–1503

在	**良**	**心**	**对**	**达**
Ywq	liengz	sim	doiq	dah
jɯ^{5}	liːŋ^{2}	θin^{1}	toːi^{5}	ta^{6}
在	**良**	**心**	**对**	**女孩**

依良心直说，

6–1504

沙	**则**	**卜**	**知**	**尝**
Ra	saek	boux	rox	caengz
ɹa^{1}	θak^{7}	pu^{4}	ɹo^{4}	ɕaŋ^{2}
找	**些**	**人**	**或**	**未**

找过情友否？

男唱

6-1505

利	宁	偻	古	同
Lij	ningq	raeuz	guh	doengz
li4	niŋ5	ɹau2	ku4	toŋ2
还	小	我们	做	同

从小结同心，

6-1506

强	乜	月	十	五
Giengz	meh	ndwen	cib	ngux
kiːŋ2	me6	duːn1	ɕit8	ŋu4
像	母	月	十	五

像十五月亮。

6-1507

岁	土	交	对	达
Caez	dou	gyau	doiq	dah
ɕai2	tu1	kjaːu1	toːi5	ta6
齐	我	交	对	女孩

自同妹结交，

6-1508

牙	尝	沙	尝	论
Yax	caengz	ra	caengz	lumz
ja6	ɕaŋ2	ɹa1	ɕaŋ2	lun2
也	未	找	未	忘

没找过别人。

女唱

6-1509

利	宁	偻	古	同
Lij	ningq	raeuz	guh	doengz
li4	niŋ5	ɹau2	ku4	toŋ2
还	小	我们	做	同

从小结同心，

6-1510

强	乜	月	十	五
Giengz	meh	ndwen	cib	ngux
kiːŋ2	me6	duːn1	ɕit8	ŋu4
像	母	月	十	五

像十五月亮。

6-1511

日	日	土	日	知
Yiz	ngoenz	dou	yiz	rox
i6	ŋon2	tu1	i6	ɹo4
越	天	我	越	知

我现在已知，

6-1512

贵	伕	罗	土	空
Gwiz	fwx	lox	dou	ndwi
kɯi2	fə4	lo4	tu1	duːi1
丈夫	别人	骗	我	空

哥是在骗我。

男唱

6–1513

利	宁	偻	古	同
Lij	ningq	raeuz	guh	doengz
li⁴	niŋ⁵	ɹau²	ku⁴	toŋ²
还	小	我们	做	同

从小结同心，

6–1514

强	乜	月	十	五
Giengz	meh	ndwen	cib	ngux
kiːŋ²	me⁶	duːn¹	ɕit⁸	ŋu⁴
像	母	月	十	五

像十五月亮。

6–1515

土	阝	沚	阝	作
Dou	boux	saed	boux	soh
tu¹	pu⁴	θat⁸	pu⁴	θo⁶
我	人	实	人	直

我是老实人，

6–1516

秀	不	罗	阝	而
Ciuh	mbouj	lox	boux	lawz
ɕiːu⁶	bou⁵	lo⁴	pu⁴	lauɯ²
世	不	骗	个	哪

从没骗过人。

女唱

6–1517

利	宁	偻	古	同
Lij	ningq	raeuz	guh	doengz
li⁴	niŋ⁵	ɹau²	ku⁴	toŋ²
还	小	我们	做	同

从小结同心，

6–1518

强	乜	月	十	五
Giengz	meh	ndwen	cib	ngux
kiːŋ²	me⁶	duːn¹	ɕit⁸	ŋu⁴
像	母	月	十	五

像十五月亮。

6–1519

在	良	心	你	哥
Ywq	liengz	sim	mwngz	go
juɯ⁵	liːŋ²	θin¹	muɯŋ²	ko¹
在	良	心	你	哥

哥凭良心说，

6–1520

罗	则	阝	知	尝
Lox	saek	boux	rox	caengz
lo⁴	θak⁷	pu⁴	ɹo⁴	ɕaŋ²
骗	些	人	或	未

是否骗过人？

男唱

6-1521

利	**宁**	**偻**	**古**	**同**
Lij	ningq	raeuz	guh	doengz
li⁴	niŋ⁵	ɹau²	ku⁴	toŋ²
还	小	我们	做	同

小时同心结，

6-1522

强	**乜**	**月**	**十**	**五**
Giengz	meh	ndwen	cib	ngux
kiːŋ²	me⁶	duːn¹	ɕit⁸	ŋu⁴
像	母	月	十	五

像十五月亮。

6-1523

不	**得**	**你**	**共**	**罗**
Mbouj	ndaej	mwngz	gungh	loh
bou⁵	dai³	mɯŋ²	kuŋ⁶	lo⁶
不	得	你	共	路

不和你成亲，

6-1524

沙	**合**	**不**	**造**	**然**
Nyaek	hoz	mbouj	caux	ranz
ȵak⁷	ho²	bou⁵	ɕaːu⁴	ɹaːn²
生气	喉	不	造	家

宁愿不结婚。

女唱

6-1525

利	**宁**	**偻**	**古**	**同**
Lij	ningq	raeuz	guh	doengz
li⁴	niŋ⁵	ɹau²	ku⁴	toŋ²
还	小	我们	做	同

从小同心结，

6-1526

强	**乜**	**月**	**十**	**五**
Giengz	meh	ndwen	cib	ngux
kiːŋ²	me⁶	duːn¹	ɕit⁸	ŋu⁴
像	母	月	十	五

像十五月亮。

6-1527

牙	**要**	**土**	**共**	**罗**
Yax	aeu	dou	gungh	loh
ja⁵	au¹	tu¹	kuŋ⁶	lo⁶
也	要	我	共	路

想和我共路，

6-1528

对	**广**	**合**	**你**	**貝**
Doiq	gvangj	hwz	mwngz	bae
toːi⁵	kwaːŋ³	ho²	mɯŋ²	pai¹
退	广	合	你	去

推掉你婚约。

男唱

6-1529

利 宁 偻 古 同

Lij ningq raeuz guh doengz

li^{4} niŋ^{5} ɹau^{2} ku^{4} toŋ^{2}

还 小 我们 做 同

从小结同心，

6-1530

强 乜 月 十 五

Giengz meh ndwen cib ngux

kiːŋ^{2} me^{6} duːn^{1} ɕit^{8} ŋu^{4}

像 母 月 十 五

像十五月亮。

6-1531

叫 土 对 光 合

Heuh dou doiq gvangj hwz

heːu^{6} tu^{1} toːi^{5} kwaːŋ^{3} ho^{2}

叫 我 退 广 合

叫我退婚约，

6-1532

甲 不 勒 刀 好

Gyah mbouj lawh dauq ndei

kja^{6} bou^{5} laɯ^{6} taːu^{5} dei^{1}

宁可 不 换 倒 好

可不同你好。

女唱

6-1533

利 宁 偻 古 同

Lij ningq raeuz guh doengz

li^{4} niŋ^{5} ɹau^{2} ku^{4} toŋ^{2}

还 小 我们 做 同

从小结同心，

6-1534

强 乜 月 十 五

Giengz meh ndwen cib ngux

kiːŋ^{2} me^{6} duːn^{1} ɕit^{8} ŋu^{4}

像 母 月 十 五

像十五月亮。

6-1535

备 不 对 广 合

Beix mbouj doiq gvangj hwz

pi^{4} bou^{5} toːi^{5} kwaːŋ^{3} ho^{2}

兄 不 退 广 合

兄不退婚约，

6-1536

秋 元 罗 内 空

Ciuq roen loh neix ndwi

ɕiːu^{5} joːn^{1} lo^{6} ni^{4} duːi^{1}

看 路 路 这 空

我俩也落空。

男唱

6–1537

利	宁	偻	古	同
Lij	ningq	raeuz	guh	doengz
li^{4}	niŋ^{5}	ɹau^{2}	ku^{4}	toŋ^{2}
还	小	我们	做	同

从小结同心，

6–1538

强	乜	月	十	五
Giengz	meh	ndwen	cib	ngux
ki:ŋ^{2}	me^{6}	du:n^{1}	çit^{8}	ŋu^{4}
像	五	月	十	五

像十五月亮。

6–1539

牙	要	土	共	罗
Yax	aeu	dou	gungh	loh
ja^{5}	au^{1}	tu^{1}	kuŋ^{6}	lo^{6}
也	要	我	共	路

想和我同路，

6–1540

钱	可	卜	长	船
Cienz	goq	boux	cangh	ruz
çi:n^{2}	ko^{5}	pu^{4}	ça:ŋ^{6}	ɹu^{2}
钱	雇	人	匠	船

付船夫工钱。

女唱

6–1541

利	宁	偻	古	同
Lij	ningq	raeuz	guh	doengz
li^{4}	niŋ^{5}	ɹau^{2}	ku^{4}	toŋ^{2}
还	小	我们	做	同

自小结同心，

6–1542

强	乜	月	十	五
Giengz	meh	ndwen	cib	ngux
ki:ŋ^{2}	me^{6}	du:n^{1}	çit^{8}	ŋu^{4}
像	母	月	十	五

像十五月亮。

6–1543

元	少	在	拉	罗
Roen	sau	ywq	laj	roq
jo:n^{1}	θa:u^{1}	jɯ^{5}	la^{3}	ɹo^{5}
路	姑娘	在	下	屋檐

妹走屋檐下，

6–1544

备	不	知	说	而
Beix	mbouj	rox	naeuz	rawz
pi^{4}	bou^{5}	ɹo^{4}	nau^{2}	ɹaɯ^{2}
兄	不	知	说	什么

兄无话可说。

男唱

6-1545

利 宁 偻 古 同

Lij ningq raeuz guh doengz

li^{4} niŋ^{5} ɹau^{2} ku^{4} toŋ^{2}

还 小 我们 做 同

从小结同心，

6-1546

强 乜 月 十 五

Giengz meh ndwen cib ngux

ki:ŋ^{2} me^{6} du:n^{1} ɕit^{8} ŋu^{4}

像 母 月 十 五

像十五月亮。

6-1547

团 一 吃 大 罗

Donh ndeu gwn daih loh

to:n^{6} de:u^{1} kɯn^{1} ta:i^{6} lo^{6}

半 一 吃 大 路

一半做伙食，

6-1548

团 一 可 长 船

Donh ndeu goq cangh ruz

to:n^{6} de:u^{1} ko^{5} ɕa:ŋ^{6} ɹu^{2}

半 一 雇 匠 船

一半雇船夫。

女唱

6-1549

利 宁 偻 古 同

Lij ningq raeuz guh doengz

li^{4} niŋ^{5} ɹau^{2} ku^{4} toŋ^{2}

还 小 我们 做 同

从小结同心，

6-1550

强 乜 月 十 七

Giengz meh ndwen cib caet

ki:ŋ^{2} me^{6} du:n^{1} ɕit^{8} ɕat^{7}

像 母 月 十 七

像十七月亮。

6-1551

说 门 灯 开 黑

Naeuz mwnz daeng gaej ndaep

nau^{2} mɯn^{2} taŋ^{1} ka:i^{5} dap^{7}

说 芯 灯 莫 灭

灯光你莫熄，

6-1552

伴 对 生 讲 笑

Buenx doiq saemq gangj riu

pu:n^{4} to:i^{5} θan^{5} ka:ŋ^{3} ɹiu^{1}

伴 对 庚 讲 笑

伴好友谈笑。

男唱

6-1553

乜	生	马	些	内
Meh	seng	ma	seiq	neix
me^{6}	θeːŋ^{1}	ma^{1}	θe^{5}	ni^{4}
母	生	来	世	这

生来这世上，

6-1554

义	样	样	是	为
Ngeix	yiengh	yiengh	cix	vei
n̥i^{4}	jɯːŋ^{6}	jɯːŋ^{6}	ɕi^{4}	vei^{1}
想	样	样	就	亏

事事不胜意。

6-1555

通	海	十	八	吉
Doeng	haij	cib	bet	giz
toŋ^{1}	haːi^{3}	ɕit^{8}	peːt^{7}	ki^{2}
通	海	十	八	处

通海十八处，

6-1556

点	火	不	老	黑
Diemj	feiz	mbouj	lau	ndaep
teːn^{3}	fi^{2}	bou^{5}	laːu^{1}	dap^{7}
点	火	不	怕	灭

点火把照明。

女唱

6-1557

通	海	十	八	吉
Doeng	haij	cib	bet	giz
toŋ^{1}	haːi^{3}	ɕit^{8}	peːt^{7}	ki^{2}
通	海	十	八	处

通海十八处，

6-1558

点	火	不	老	黑
Diemj	feiz	mbouj	lau	ndaep
teːn^{3}	fi^{2}	bou^{5}	laːu^{1}	dap^{7}
点	火	不	怕	灭

点火把照明。

6-1559

代	貝	那	办	芬
Dai	bae	naj	baenz	faed
taːi^{1}	pai^{1}	na^{3}	pan^{2}	fat^{8}
死	去	前	成	佛

死去变成佛，

6-1560

古	乜	巴	黑	灯
Guh	meh	mbaj	ndaep	daeng
ku^{4}	me^{6}	ba^{3}	dap^{7}	taŋ^{1}
做	母	蝴蝶	灭	灯

像飞蛾扑火。

男唱

6–1561

通	**海**	**十**	**八**	**吉**
Doeng	haij	cib	bet	giz
toŋ^{1}	haːi^{3}	ɕit^{8}	peːt^{7}	ki^{2}
通	海	十	八	处

通海十八处，

6–1562

点	**火**	**不**	**老**	**黑**
Diemj	feiz	mbouj	lau	ndaep
teːn^{3}	fi^{2}	bou^{5}	laːu^{1}	dap^{7}
点	火	不	怕	灭

点火把照明。

6–1563

乃	**小**	**三**	**十**	**七**
Naih	souj	sam	cib	caet
naːi^{6}	θiːu^{3}	θaːn^{1}	ɕit^{8}	ɕat^{7}
久	守	三	十	七

守三十七天，

6–1564

牙	**办**	**芬**	**广**	**英**
Yax	baenz	faed	gvangj	in
ja^{5}	pan^{2}	fat^{8}	kwaːŋ^{3}	in^{1}
也	成	佛	广	姻

也成鬼夫妻。

女唱

6–1565

利	**宁**	**偻**	**古**	**同**
Lij	ningq	raeuz	guh	doengz
li^{4}	niŋ^{5}	ɹau^{2}	ku^{4}	toŋ^{2}
还	小	我们	做	同

从小结同心，

6–1566

强	**乜**	**月**	**十**	**七**
Giengz	meh	ndwen	cib	caet
kiːŋ^{2}	me^{6}	duːn^{1}	ɕit^{8}	ɕat^{7}
像	母	月	十	七

像十七月亮。

6–1567

小	**仙**	**不**	**办**	**芬**
Siuj	sien	mbouj	baenz	faed
θiːu^{3}	θiːn^{1}	bou^{5}	pan^{2}	fat^{8}
修	仙	不	成	佛

修炼不成佛，

6–1568

白	**反**	**坤**	**能**	**空**
Beg	fan	goet	nyaenx	ndwi
peːk^{8}	faːn^{1}	kot^{7}	ɲan^{4}	duːi^{1}
白	翻	骨	那样	空

终枯骨成空。

男唱

6-1569

利	**宁**	**偻**	**古**	**同**
Lij	ningq	raeuz	guh	doengz
li^{4}	niŋ^{5}	ɹau^{2}	ku^{4}	toŋ^{2}
还	小	我们	做	同

自幼结同心，

6-1570

强	**乜**	**月**	**十**	**七**
Giengz	meh	ndwen	cib	caet
ki:ŋ^{2}	me^{6}	du:n^{1}	ɕit^{8}	ɕat^{7}
像	母	月	十	七

像十七月亮。

6-1571

小	**仙**	**狼**	**办**	**芬**
Siuj	sien	langh	baenz	faed
θi:u^{3}	θi:n^{1}	la:ŋ^{6}	pan^{2}	fat^{8}
守	仙	若	成	佛

修仙若成佛，

6-1572

七	**十**	**义**	**开**	**立**
Caet	cib	ngeih	gaej	liz
ɕat^{7}	ɕit^{8}	ȵi^{6}	ka:i^{5}	li^{2}
七	十	二	莫	离

七十二莫走。

女唱

6-1573

利	**宁**	**偻**	**古**	**同**
Lij	ningq	raeuz	guh	doengz
li^{4}	niŋ^{5}	ɹau^{2}	ku^{4}	toŋ^{2}
还	小	我们	做	同

从小结同心，

6-1574

强	**乜**	**月**	**十**	**七**
Giengz	meh	ndwen	cib	caet
ki:ŋ^{2}	me^{6}	du:n^{1}	ɕit^{8}	ɕat^{7}
像	母	月	十	七

像十七月亮。

6-1575

小	**仙**	**狼**	**办**	**芬**
Siuj	sien	langh	baenz	faed
θi:u^{3}	θi:n^{1}	la:ŋ^{6}	pan^{2}	fat^{8}
守	仙	若	成	佛

修仙若成佛，

6-1576

备	**反**	**坤**	**古**	**龙**
Beix	fan	goet	guh	lungz
pi^{4}	fa:n^{1}	kot^{7}	ku^{4}	luŋ^{2}
兄	翻	骨	做	龙

兄转身做龙。

男唱

6–1577

利	**宁**	**偻**	**古**	**同**
Lij	ningq	raeuz	guh	doengz
li^{4}	niŋ^{5}	ɹau^{2}	ku^{4}	toŋ^{2}
还	**小**	**我们**	**做**	**同**

从小结同心，

6–1578

强	**乜**	**月**	**十**	**八**
Giengz	meh	ndwen	cib	bet
ki:ŋ^{2}	me^{6}	du:n^{1}	ɕit^{8}	pe:t^{7}
像	**母**	**月**	**十**	**八**

像十八月亮。

6–1579

代	**条**	**心**	**不**	**念**
Dai	diuz	sim	mbouj	net
ta:i^{1}	tiu^{2}	θin^{1}	bou^{5}	ne:t^{7}
死	**条**	**心**	**不**	**实**

死去心不服，

6–1580

刀	**马**	**节**	**英**	**元**
Dauq	ma	ciep	in	yuenz
ta:u^{5}	ma^{1}	ɕe:t^{7}	in^{1}	ju:n^{2}
回	**来**	**接**	**姻**	**缘**

轮回接姻缘。

女唱

6–1581

利	**宁**	**偻**	**古**	**同**
Lij	ningq	raeuz	guh	doengz
li^{4}	niŋ^{5}	ɹau^{2}	ku^{4}	toŋ^{2}
还	**小**	**我们**	**做**	**同**

自幼结同心，

6–1582

强	**乜**	**月**	**十**	**八**
Giengz	meh	ndwen	cib	bet
ki:ŋ^{2}	me^{6}	du:n^{1}	ɕit^{8}	pe:t^{7}
像	**母**	**月**	**十**	**八**

像十八月亮。

6–1583

代	**心**	**是**	**尝**	**念**
Dai	sim	cix	caengz	net
tai^{1}	θin^{1}	ɕi^{4}	ɕaŋ^{2}	ne:t^{7}
死	**心**	**就**	**未**	**实**

人死心未死，

6–1584

良	**节**	**不**	**得**	**偻**
Liengh	ciep	mbouj	ndaej	raeuz
le:ŋ^{6}	ɕe:t^{7}	bou^{5}	dai^{3}	ɹau^{2}
谅	**接**	**不**	**得**	**我们**

谅接不得我。

男唱

6–1585

利	宁	偻	古	同
Lij	ningq	raeuz	guh	doengz
li⁴	niŋ⁵	ɹau²	ku⁴	toŋ²
还	小	我们	做	同

从小结同心，

6–1586

强	乜	月	十	八
Giengz	meh	ndwen	cib	bet
kiːŋ²	me⁶	duːn¹	ɕit⁸	peːt⁷
像	母	月	十	八

像十八月亮。

6–1587

想	划	船	貝	节
Siengj	vaij	ruz	bae	ciep
θiːŋ³	vaːi³	ɹu²	pai¹	ɕeːt⁷
想	划	船	去	接

想划船去接，

6–1588

知	对	农	知	空
Rox	doiq	nuengx	rox	ndwi
ɹo⁴	toːi⁵	nuːŋ⁴	ɹo⁴	duːi¹
知	对	妹	或	不

怕接不上妹。

女唱

6–1589

利	宁	偻	古	同
Lij	ningq	raeuz	guh	doengz
li⁴	niŋ⁵	ɹau²	ku⁴	toŋ²
还	小	我们	做	同

从小结同心。

6–1590

强	乜	月	十	八
Giengz	meh	ndwen	cib	bet
kiːŋ²	me⁶	duːn¹	ɕit⁸	peːt⁷
像	母	月	十	八

像十八月亮。

6–1591

管	划	船	貝	节
Guenj	vaij	ruz	bae	ciep
kuːn³	vaːi³	ɹu²	pai¹	ɕeːt⁷
管	划	船	去	接

只管划去接，

6–1592

不	对	又	貝	而
Mbouj	doiq	youh	bae	lawz
bou⁵	toːi⁵	jou⁴	pai¹	laɯ²
不	对	又	去	哪

怎可能不对？

男唱

6-1593

利	**宁**	**偻**	**古**	**同**
Lij	ningq	raeuz	guh	doengz
li^{4}	niŋ^{5}	ɹau^{2}	ku^{4}	toŋ^{2}
还	**小**	**我们**	**做**	**同**

从小结同心，

6-1594

强	**乜**	**月**	**十**	**九**
Giengz	meh	ndwen	cib	gouj
kiːŋ^{2}	me^{6}	duːn^{1}	ɕit^{8}	kjou^{3}
像	**母**	**月**	**十**	**九**

像十九月亮。

6-1595

文	**三**	**少**	**牙**	**了**
Vunz	sanq	sau	yax	liux
vun^{2}	θaːn^{5}	θaːu^{1}	ja^{5}	liːu^{4}
人	**散**	**姑娘**	**也**	**完**

人走青春散，

6-1596

造	**秀**	**不**	**同**	**跟**
Caux	ciuh	mbouj	doengz	riengz
ɕaːu^{4}	ɕiːu^{6}	bou^{5}	toŋ^{2}	ɹiːŋ^{2}
造	**世**	**不**	**同**	**跟**

结缘不同住。

女唱

6-1597

利	**宁**	**偻**	**古**	**同**
Lij	ningq	raeuz	guh	doengz
li^{4}	niŋ^{5}	ɹau^{2}	ku^{4}	toŋ^{2}
还	**小**	**我们**	**做**	**同**

从小结同心，

6-1598

强	**乜**	**月**	**十**	**九**
Giengz	meh	ndwen	cib	gouj
kiːŋ^{2}	me^{6}	duːn^{1}	ɕit^{8}	kjou^{3}
像	**母**	**月**	**十**	**九**

像十九月亮。

6-1599

老	**秀**	**少**	**是**	**了**
Lau	ciuh	sau	cix	liux
laːu^{1}	ɕiːu^{6}	θaːu^{1}	ɕi^{4}	liːu^{4}
怕	**世**	**姑娘**	**就**	**完**

担心妹已老，

6-1600

秀	**备**	**可**	**利**	**南**
Ciuh	beix	goj	lij	nanz
ɕiːu^{6}	pi^{4}	ko^{5}	li^{4}	naːn^{2}
世	**兄**	**也**	**还**	**久**

兄青春还长。

男唱

6–1601

强	**乜**	**月**	**义**	**十**
Giengz	meh	ndwen	ngeih	cib
ki:ŋ^{2}	me^{6}	du:n^{1}	ȵi^{6}	ɕit^{8}
像	母	月	二	十

像二十月亮，

6–1602

六	**林**	**貝**	**点**	**灯**
Ruh	rib	bae	diemj	daeng
ɹu^{6}	ɹip^{8}	pai^{1}	te:n^{3}	taŋ^{1}
萤	虫	去	点	灯

萤火虫点灯。

6–1603

秀	**备**	**南**	**不**	**南**
Ciuh	beix	nanz	mbouj	nanz
ɕi:u^{6}	pi^{4}	na:n^{2}	bou^{5}	na:n^{2}
世	兄	久	不	久

兄青春长否，

6–1604

秀	**少**	**可**	**利**	**乃**
Ciuh	sau	goj	lij	naih
ɕi:u^{6}	θa:u^{1}	ko^{5}	li^{4}	na:i^{6}
世	姑娘	也	还	久

妹青春还长。

女唱

6–1605

强	**乜**	**月**	**义**	**十**
Giengz	meh	ndwen	ngeih	cib
ki:ŋ^{2}	me^{6}	du:n^{1}	ȵi^{6}	ɕit^{8}
像	母	月	二	十

像二十月亮，

6–1606

六	**林**	**貝**	**点**	**灯**
Ruh	rib	bae	diemj	daeng
ɹu^{6}	ɹip^{8}	pai^{1}	te:n^{3}	taŋ^{1}
萤	虫	去	点	灯

萤火虫点灯。

6–1607

秀	**土**	**可**	**利**	**难**
Ciuh	dou	goj	lij	nanz
ɕi:u^{6}	tu^{1}	ko^{5}	li^{4}	na:n^{2}
世	我	也	还	久

我青春还长，

6–1608

伴	**得**	**三**	**秀**	**友**
Buenx	ndaej	sam	ciuh	youx
pu:n^{4}	dai^{3}	θa:n^{1}	ɕi:u^{6}	ju^{4}
伴	得	三	世	友

可伴三世友。

男唱

6–1609

强 乜 月 义 十

Giengz meh ndwen ngeih cib

kiːŋ^{2} me^{6} duːn^{1} ɲi^{6} ɕit^{8}

像 母 月 二 十

像二十月亮，

6–1610

六 林 貝 点 灯

Ruh rib bae diemj daeng

ɹu^{6} ɹip^{8} pai^{1} teːn^{3} taŋ^{1}

萤 虫 去 点 灯

萤火虫点灯。

6–1611

很 田 貝 秋 洋

Hwnj dienh bae ciuz yangz

hɯn^{3} teːn^{6} pai^{1} ɕiu^{2} jaːŋ^{2}

上 殿 去 朝 皇

上殿去面圣，

6–1612

装 身 办 龙 女

Cang ndang baenz lungz nawx

ɕaːŋ^{1} daːŋ^{1} pan^{2} luŋ^{2} nɯ^{4}

装 身 成 龙 女

打扮成龙女。

女唱

6–1613

强 乜 月 义 十

Giengz meh ndwen ngeih cib

kiːŋ^{2} me^{6} duːn^{1} ɲi^{6} ɕit^{8}

像 母 月 二 十

像二十月亮，

6–1614

六 林 貝 点 灯

Ruh rib bae diemj daeng

ɹu^{6} ɹip^{8} pai^{1} teːn^{3} taŋ^{1}

萤 虫 去 点 灯

萤火虫点灯。

6–1615

很 田 貝 秋 洋

Hwnj dienh bae ciuz yangz

hɯn^{3} teːn^{6} pai^{1} ɕiu^{2} jaːŋ^{2}

上 殿 去 朝 皇

上殿去面圣，

6–1616

装 身 不 哈 农

Cang ndang mbouj ha nuengx

ɕaːŋ^{1} daːŋ^{1} bou^{5} ha^{1} nuːŋ^{4}

装 身 不 配 妹

打扮不如妹。

男唱

6-1617

强 乜 月 义 十

Giengz meh ndwen ngeih cib

kiːŋ2 me6 duːn1 ȵi6 ɕit8

像 母 月 二 十

像二十月亮，

6-1618

六 林 貝 点 灯

Ruh rib bae diemj daeng

ɹu6 ɹip8 pai1 teːn3 taŋ1

萤 虫 去 点 灯

萤火虫点灯。

6-1619

很 田 貝 秋 洋

Hwnj dienh bae ciuz yangz

hɯn3 teːn6 pai1 ɕiu2 jaːŋ2

上 殿 去 朝 皇

上殿去面圣，

6-1620

装 身 美 又 美

Cang ndang maeq youh maeq

ɕaːŋ1 daːŋ1 mai5 jou4 mai5

装 身 粉 又 粉

打扮美又美。

女唱

6-1621

强 乜 月 义 十

Giengz meh ndwen ngeih cib

kiːŋ2 me6 duːn1 ȵi6 ɕit8

像 母 月 二 十

像二十月亮，

6-1622

六 林 貝 点 灯

Ruh rib bae diemj daeng

ɹu6 ɹip8 pai1 teːn3 taŋ1

萤 虫 去 点 灯

萤火虫点灯。

6-1623

很 田 貝 秋 洋

Hwnj dienh bae ciuz yangz

hɯn3 teːn6 pai1 ɕiu2 jaːŋ2

上 殿 去 朝 皇

上殿去面圣，

6-1624

装 身 办 鸟 炕

Cang ndang baenz roeg enq

ɕaːŋ1 daːŋ1 pan2 ɹok8 eːn5

装 身 成 鸟 燕

打扮如燕子。

男唱

6–1625

强	乜	月	义	十
Giengz	meh	ndwen	ngeih	cib
kiːŋ2	me6	duːn1	ȵi6	ɕit8
像	母	月	二	十

像二十月亮，

6–1626

六	林	点	灯	龙
Ruh	rib	diemj	daeng	loengz
ɹu6	ɹip8	teːn3	taŋ1	loŋ2
萤	虫	点	灯	笼

萤火虫点灯。

6–1627

变	农	祘	狼	通
Bienh	nuengx	suenq	langh	doeng
peːn6	nuːŋ4	θuːn5	laːŋ6	toŋ1
即便	妹	算	若	通

妹你若想好，

6–1628

乃	站	加	土	观
Naih	soengz	caj	dou	gonq
naːi6	θoŋ2	kja3	tu1	koːn5
慢	站	等	我	先

慢慢等着我。

女唱

6–1629

强	乜	月	义	十
Giengz	meh	ndwen	ngeih	cib
kiːŋ2	me6	duːn1	ȵi6	ɕit8
像	母	月	二	十

像二十月亮，

6–1630

六	林	点	灯	龙
Ruh	rib	diemj	daeng	loengz
ɹu6	ɹip8	teːn3	taŋ1	loŋ2
萤	虫	点	灯	笼

萤火虫点灯。

6–1631

当	卩	当	米	同
Dangq	boux	dangq	miz	doengz
taːŋ5	pu4	taːŋ5	mi2	toŋ2
另	人	另	有	同

各自有情友，

6–1632

卩	而	站	加	备
Boux	lawz	soengz	caj	beix
pu4	lauɯ2	θoŋ2	kja3	pi4
人	哪	站	等	兄

谁等着你兄？

男唱

6-1633

良	**不**	**办**	**加**	**贺**
Liengh	mbouj	baenz	gya	hoq
le:ŋ^{6}	bou^{5}	pan^{2}	kja^{1}	ho^{5}
谅	**不**	**成**	**家**	**眷属**

谅结不了婚，

6-1634

同	**果**	**古**	**然**	**一**
Doengz	goj	guh	ranz	ndeu
toŋ^{2}	ko^{3}	ku^{4}	ɹa:n^{2}	de:u^{1}
同	**合**	**做**	**家**	**一**

结合成一家。

6-1635

出	**外**	**岁**	**共**	**轿**
Ok	rog	caez	gungh	giuh
o:k^{7}	ɹo:k^{8}	ɕai^{2}	kuŋ^{6}	ki:u^{6}
出	**外**	**齐**	**共**	**轿**

外出同坐轿，

6-1636

说	**鸟**	**九**	**开**	**三**
Naeuz	roeg	geuq	gaej	sanq
nau^{2}	ɹok^{8}	kje:u^{5}	ka:i^{5}	θa:n^{5}
说	**鸟**	**画眉**	**莫**	**散**

画眉鸟莫散。

女唱

6-1637

良	**不**	**办**	**加**	**贺**
Liengh	mbouj	baenz	gya	hoq
le:ŋ^{6}	bou^{5}	pan^{2}	kja^{1}	ho^{5}
谅	**不**	**成**	**家**	**眷属**

成不了一家，

6-1638

开	**沙**	**罗**	**里**	**草**
Gaej	ra	loh	ndaw	rum
ka:i^{5}	ɹa^{1}	lo^{6}	daɯ^{1}	ɹum^{1}
莫	**找**	**路**	**里**	**草**

就别走歧途。

6-1639

南	**铁**	**貝**	**写**	**本**
Namh	dek	bae	ce	mbwn
na:n^{6}	te:k^{7}	pai^{1}	ɕe^{1}	bɯn^{1}
土	**裂**	**去**	**留**	**天**

地裂不顾天，

6-1640

样	**而**	**论**	**秀**	**友**
Yiengh	lawz	lumz	ciuh	youx
jɯ:ŋ^{6}	laɯ^{2}	lun^{2}	ɕi:u^{6}	ju^{4}
样	**哪**	**忘**	**世**	**友**

怎能忘伴侣？

男唱

6-1641

南 铁 贝 写 本

Namh dek bae ce mbwn

na:n^{6} te:k^{7} pai^{1} çe^{1} bɯn^{1}

土 裂 去 留 天

地裂不顾天，

6-1642

特 贝 英 罗 机

Dawz bae ing loh giq

təɯ^{2} pai^{1} iŋ^{1} lo^{6} ki^{5}

拿 去 靠 路 岔

拿去岔路放。

6-1643

本 刀 铁 古 四

Mbwn dauq dek guh seiq

bɯn^{1} ta:u^{5} te:k^{7} ku^{4} θei^{5}

天 又 裂 做 四

天裂成四块，

6-1644

比 命 不 中 你

Biq mingh mbouj cuengq mwngz

pi^{5} miŋ^{6} bou^{5} çu:ŋ^{5} mɯŋ^{2}

逃 命 不 放 你

逃命不离你。

女唱

6-1645

南 铁 贝 写 本

Namh dek bae ce mbwn

na:n^{6} te:k^{7} pai^{1} çe^{1} bɯn^{1}

土 裂 去 留 天

地裂不顾天，

6-1646

特 贝 英 罗 机

Dawz bae ing loh giq

təɯ^{2} pai^{1} iŋ^{1} lo^{6} ki^{5}

拿 去 靠 路 岔

拿去岔路放。

6-1647

墨 刀 马 年 纸

Maeg dauq ma nem ceij

mak^{8} ta:u^{5} ma^{1} ne:m^{1} çi^{3}

墨 回 来 贴 纸

墨会来找纸，

6-1648

真 土 备 英 元

Caen duz beix in yuenz

çin^{1} tu^{2} pi^{4} in^{1} ju:n^{2}

真 的 兄 姻 缘

那是兄缘分。

男唱

6-1649

墨	**刀**	**马**	**年**	**纸**
Maeg	dauq	ma	nem	ceij
mak^8	ta:u^5	ma^1	ne:m^1	çi^3
墨	**回**	**来**	**贴**	**纸**

墨会来找纸，

6-1650

几	**时**	**吨**	**年**	**布**
Geij	seiz	doenh	nem	baengz
ki^3	θi^2	ton^6	ne:m^1	paŋ^2
几	**时**	**蓝靛**	**贴**	**布**

哪有靛找布？

6-1651

铁	**是**	**空**	**年**	**钢**
Diet	cix	ndwi	nem	gang
ti:t^7	çi^4	du:i^1	ne:m^1	ka:ŋ^1
铁	**就**	**不**	**贴**	**钢**

铁都不连钢，

6-1652

几	**时**	**少**	**年**	**包**
Geij	seiz	sau	nem	mbauq
ki^3	θi^2	θa:u^1	ne:m^1	ba:u^5
几	**时**	**姑娘**	**贴**	**小伙**

哪有妹连哥？

女唱

6-1653

伕	**造**	**安**	**卡**	**江**
Fwx	caux	aen	ga	ndaengq
fə^4	ça:u^4	an^1	ka^1	daŋ^5
别人	**造**	**个**	**口**	**染缸**

人造那染缸，

6-1654

不	**真**	**吨**	**年**	**布**
Mbouj	caen	doenh	nem	baengz
bou^5	çin^1	ton^6	ne:m^1	paŋ^2
不	**真**	**蓝**	**贴**	**布**

蓝靛找到布。

6-1655

伕	**造**	**秀**	**了**	**江**
Fwx	caux	ciuh	liux	gyang
fə^4	ça:u^4	çi:u^6	li:u^4	kja:ŋ^1
别人	**造**	**世**	**了**	**友**

人家去出嫁，

6-1656

不	**是**	**少**	**年**	**包**
Mbouj	cix	sau	nem	mbauq
bou^5	çi^4	θa:u^1	ne:m^1	ba:u^5
不	**是**	**姑娘**	**贴**	**小伙**

那是妹连哥。

男唱

6-1657

南	**铁**	**贝**	**写**	**本**
Namh	dek	bae	ce	mbwn
$na:n^{6}$	$te:k^{7}$	pai^{1}	$çe^{1}$	$bɯn^{1}$
土	裂	去	留	天

地裂不顾天，

6-1658

特	**贝**	**英**	**作**	**从**
Dawz	bae	ing	coq	congh
$təɯ^{2}$	pai^{1}	$iŋ^{1}$	$ço^{5}$	$ço:ŋ^{6}$
拿	去	靠	放	洞

拿去洞口放。

6-1659

勾	**门**	**子**	**不**	**动**
Gaeu	maenz	lwg	mbouj	doengh
kau^{1}	man^{2}	$lɯk^{8}$	bou^{5}	$toŋ^{4}$
藤	薯	拉	不	动

薯藤拉不动，

6-1660

备	**累**	**农**	**下**	**王**
Beix	laeq	nuengx	roengz	vaengz
pi^{4}	lai^{5}	$nu:ŋ^{4}$	$ɹoŋ^{2}$	$vaŋ^{2}$
兄	看	妹	下	潭

兄看妹跳潭。

女唱

6-1661

南	**铁**	**贝**	**写**	**本**
Namh	dek	bae	ce	mbwn
$na:n^{6}$	$te:k^{7}$	pai^{1}	$çe^{1}$	$bɯn^{1}$
土	裂	去	留	天

地裂不顾天，

6-1662

特	**贝**	**英**	**作**	**从**
Dawz	bae	ing	coq	congh
$təɯ^{2}$	pai^{1}	$iŋ^{1}$	$ço^{5}$	$ço:ŋ^{6}$
拿	去	靠	放	洞

拿去洞口放。

6-1663

勾	**门**	**勒**	**不**	**动**
Gaeu	maenz	lwg	mbouj	doengh
kau^{1}	man^{2}	$lɯk^{8}$	bou^{5}	$toŋ^{4}$
藤	薯	拉	不	动

薯藤拉不动，

6-1664

备	**农**	**是**	**同**	**说**
Beix	nuengx	cix	doengz	naeuz
pi^{4}	$nu:ŋ^{4}$	$çi^{4}$	$toŋ^{2}$	nau^{2}
兄	妹	就	同	说

兄妹多商量。

男唱

6-1665
南 铁 贝 写 本
Namh dek bae ce mbwn
na:n^{6} te:k^{7} pai^{1} çe^{1} bɯn^{1}
土 裂 去 留 天
地裂不顾天，

6-1666
特 贝 英 作 从
Dawz bae ing coq congh
təɯ^{2} pai^{1} iŋ^{1} ço^{5} ço:ŋ^{5}
拿 去 靠 放 洞
拿去洞口放。

6-1667
八 变 心 了 友
Bah bienq sim liux youx
pa^{6} pi:n^{5} θin^{1} li:u^{4} ju^{4}
莫急 变 心 啰 友
情友莫变心，

6-1668
阝 阝 是 满 美
Boux boux cix monh maez
pu^{4} pu^{4} çi^{4} mo:n^{6} mai^{2}
人 人 就 谈情 说爱
凡人都谈爱。

女唱

6-1669
南 铁 贝 写 本
Namh dek bae ce mbwn
na:n^{6} te:k^{7} pai^{1} çe^{1} bɯn^{1}
土 裂 去 留 天
地裂不顾天，

6-1670
特 贝 英 作 权
Dawz bae ing coq gemh
təɯ^{2} pai^{1} iŋ^{1} ço^{5} ke:n^{6}
拿 去 靠 放 山坳
拿去坳口放。

6-1671
正 可 贝 连 连
Cingz goj bae lienz lienz
çiŋ^{3} ko^{5} pai^{1} li:n^{2} li:n^{2}
情 也 去 连 连
一件件送礼，

6-1672
备 自 想 不 堂
Beix gag siengj mbouj daengz
pi^{4} ka:k^{8} θi:ŋ^{3} bou^{5} taŋ^{2}
兄 自 想 不 到
兄真想不到？

女唱

6-1673

南	铁	贝	写	本
Namh	dek	bae	ce	mbwn
$na:n^6$	$te:k^7$	pai^1	$çe^1$	$bɯn^1$
土	裂	去	留	天

地裂不顾天，

6-1674

特	贝	英	作	师
Dawz	bae	ing	coq	cwx
$təɯ^2$	pai^1	$iŋ^1$	$ço^5$	$çɯ^4$
拿	去	靠	放	社

拿去社堂放。

6-1675

八	变	心	妻	伕
Bah	bienq	sim	maex	fwx
pa^6	$pi:n^5$	$θin^1$	mai^4	$fə^4$
莫急	变	心	妻	别人

哥莫急变心，

6-1676

加	备	勒	叫	正
Caj	beix	lawh	heuh	cingz
kja^3	pi^4	$ləɯ^1$	$he:u^6$	$çiŋ^2$
等	兄	换	叫	情

妹先要礼品。

男唱

6-1677

南	铁	贝	写	本
Namh	dek	bae	ce	mbwn
$na:n^6$	$te:k^7$	pai^1	$çe^1$	$bɯn^1$
土	裂	去	留	天

地裂不顾天，

6-1678

特	贝	英	作	师
Dawz	bae	ing	coq	cwx
$təɯ^2$	pai^1	$iŋ^1$	$ço^5$	$çɯ^4$
拿	去	靠	放	社

拿去社堂放。

6-1679

卜	卜	是	妻	伕
Boux	boux	cix	maex	fwx
pu^4	pu^4	$çi^4$	mai^4	$fə^4$
人	人	是	妻	别人

人人有丈夫，

6-1680

给	备	勒	卜	而
Hawj	beix	lawh	boux	lawz
$həɯ^3$	pi^4	$ləɯ^6$	pu^4	$laɯ^2$
给	兄	换	个	哪

我跟谁结交？

女唱

6-1681

良 不 办 文 么

Liengh mbouj baenz vunz maz

le:ŋ^{6} bou^{5} pan^{2} vun^{2} ma^{2}

谅 不 成 人 什么

谅此生孤苦，

6-1682

爱 古 文 由 元

Ngaiq guh vunz youz yuenq

ŋa:i^{5} ku^{4} vun^{2} jou^{2} ju:n^{5}

爱 做 人 游 院

愿做游荡人。

6-1683

采 罗 累 邦 很

Byaij loh laeq bangx haenz

pja:i^{3} lo^{6} lai^{5} pa:ŋ^{4} han^{2}

走 路 看 旁 边

走路留意看，

6-1684

正 义 那 浪 你

Cingz ngeih naj laeng mwngz

ɕiŋ^{2} ȵi^{6} na^{3} laŋ^{1} mɯŋ^{2}

情 义 前 后 你

前后有礼品。

男唱

6-1685

良 不 办 文 么

Liengh mbouj baenz vunz maz

le:ŋ^{6} bou^{5} pan^{2} vun^{2} ma^{2}

谅 不 成 人 什么

谅此生孤苦，

6-1686

爱 古 文 由 玉

Ngaiq guh vunz youz yiz

ŋa:i^{5} ku^{4} vun^{2} jou^{2} ji^{4}

爱 做 人 游 弋

爱做游荡人。

6-1687

你 讲 话 不 是

Mwngz gangj vah mbouj cix

mɯŋ^{2} ka:ŋ^{3} va^{6} bou^{5} ɕi^{4}

你 讲 话 不 是

你讲话不对，

6-1688

米 正 义 开 么

Miz cingz ngeih gij maz

mi^{2} ɕiŋ^{2} ȵi^{6} ka:i^{2} ma^{2}

有 情 义 什 么

有什么礼品？

女唱

6–1689

良	**不**	**办**	**文**	**么**
Liengh	mbouj	baenz	vunz	maz
le:ŋ^{6}	bou^{5}	pan^{2}	vun^{2}	ma^{2}
谅	**不**	**成**	**人**	**什么**

谅此生孤苦，

6–1690

爱	**古**	**文**	**由**	**玉**
Ngaiq	guh	vunz	youz	yiz
ŋa:i^{5}	ku^{4}	vun^{2}	jou^{2}	ji^{4}
爱	**做**	**人**	**游**	**弋**

爱做游荡人。

6–1691

米	**话**	**说**	**我**	**观**
Miz	vah	naeuz	gou	gonq
mi^{2}	va^{6}	nau^{2}	kou^{1}	ko:n^{5}
有	**话**	**说**	**我**	**先**

有话对我说，

6–1692

明	**可**	**欢**	**邦**	**你**
Cog	goj	vuen	biengz	mwngz
ɕo:k^{8}	ko^{5}	vu:n^{1}	pi:ŋ^{2}	mɯŋ^{2}
将来	**也**	**欢**	**地方**	**你**

游至你家乡。

男唱

6–1693

良	**不**	**办**	**文**	**么**
Liengh	mbouj	baenz	vunz	moq
le:ŋ^{6}	bou^{5}	pan^{2}	vun^{2}	mo^{5}
谅	**不**	**成**	**人**	**新**

谅不成新人，

6–1694

爱	**古**	**文**	**由**	**玉**
Ngaiq	guh	vunz	youz	yiz
ŋa:i^{5}	ku^{4}	vun^{2}	jou^{2}	ji^{4}
爱	**做**	**人**	**游**	**弋**

爱做游荡人。

6–1695

有	**话**	**想**	**说**	**你**
Miz	vah	siengj	naeuz	mwngz
mi^{2}	va^{6}	θi:ŋ^{3}	nau^{2}	mɯŋ^{2}
有	**话**	**想**	**说**	**你**

想对你说话，

6–1696

老	**农**	**楼**	**给**	**文**
Lau	nuengx	laeuh	hawj	vunz
la:u^{1}	nu:ŋ^{4}	lau^{6}	haɯ^{3}	vun^{2}
怕	**妹**	**漏**	**给**	**人**

怕你不守口。

女唱

6-1697

良	**不**	**办**	**文**	**么**
Liengh	mbouj	baenz	vunz	moq
leːŋ⁶	bou⁵	pan²	vun²	mo⁵
谅	不	成	人	新

谅不成新人，

6-1698

爱	**古**	**文**	**采**	**罗**
Ngaiq	guh	vunz	byaij	loh
ŋaːi⁵	ku⁴	vun²	pjaːi³	lo⁶
爱	做	人	走	路

愿做游荡人。

6-1699

年	**空**	**办**	**么**	**古**
Nienz	ndwi	baenz	maz	guh
niːn²	duːi¹	pan²	ma²	ku⁴
反正	不	成	什么	做

既一事无成，

6-1700

采	**罗**	**单**	**包**	**少**
Byaij	loh	danq	mbauq	sau
pjaːi³	lo⁶	taːn⁵	baːu⁵	θaːu¹
走	路	称赞	小伙	姑娘

走路赞情侣。

男唱

6-1701

良	**不**	**办**	**文**	**么**
Liengh	mbouj	baenz	vunz	moq
leːŋ⁶	bou⁵	pan²	vun²	mo⁵
谅	不	成	人	新

谅不成新人，

6-1702

爱	**古**	**文**	**采**	**罗**
Ngaiq	guh	vunz	byaij	lo
ŋaːi⁵	ku⁴	vun²	pjaːi³	lo⁶
爱	做	人	走	路

愿做游荡人。

6-1703

爱	**划**	**龙**	**划**	**务**
Ngaiq	veh	lungz	veh	huj
ŋaːi⁵	ve⁶	luŋ²	ve⁶	hu³
爱	画	龙	画	云

愿浪迹天涯，

6-1704

办	**邦**	**友**	**是**	**却**
Baenz	baengz	youx	cix	gyo
pan²	paŋ²	ju⁴	ɕi⁴	kjo¹
成	朋	友	就	幸亏

幸运就交友。

女唱

6-1705

良	不	办	文	么
Liengh	mbouj	baenz	vunz	moq
le:ŋ^{6}	bou^{5}	pan^{2}	vun^{2}	mo^{5}
谅	不	成	人	新

谅不成新人，

6-1706

爱	古	文	采	罗
Ngaiq	guh	vunz	byaij	loh
ŋa:i^{5}	ku^{4}	vun^{2}	pja:i^{3}	lo^{6}
爱	做	人	走	路

愿做游荡人。

6-1707

划	龙	不	办	务
Veh	lungz	mbouj	baenz	huj
ve^{6}	luŋ^{2}	bou^{5}	pan^{2}	hu^{3}
画	龙	不	成	云

龙腾不见云，

6-1708

秋	走	罗	内	空
Ciuq	byaij	loh	neix	ndwi
ɕi:u^{5}	pja:i^{3}	lo^{6}	ni^{4}	du:i^{1}
看	走	路	这	空

交友也成空。

男唱

6-1709

良	不	办	文	么
Liengh	mbouj	baenz	vunz	moq
le:ŋ^{6}	bou^{5}	pan^{2}	vun^{2}	mo^{5}
谅	不	成	人	新

谅不成新人，

6-1710

爱	古	文	采	罗
Ngaiq	guh	vunz	byaij	loh
ŋa:i^{5}	ku^{4}	vun^{2}	pja:i^{3}	lo^{6}
爱	做	人	走	路

愿做游荡人。

6-1711

划	龙	不	办	务
Veh	lungz	mbouj	baenz	huj
ve^{6}	luŋ^{2}	bou^{5}	pan^{2}	hu^{3}
画	龙	不	成	云

龙腾不见云，

6-1712

古	友	作	年	你
Guh	youx	coq	nem	mwngz
ku^{4}	ju^{4}	ɕo^{5}	ne:m^{1}	muŋ^{2}
做	友	放	贴	你

情友不离你。

女唱

6-1713

良 不 办 文 么

Liengh mbouj baenz vunz moq

le:ŋ^{6} bou^{5} pan^{2} vun^{2} mo^{5}

谅 不 成 人 新

谅不成新人，

6-1714

爱 古 文 由 浪

Ngaiq guh vunz youz langh

ŋa:i^{5} ku^{4} vun^{2} jou^{2} la:ŋ^{6}

爱 做 人 游 浪

愿做游荡人。

6-1715

得 贵 吃 加 当

Ndaej gwiz gwn gya dangq

dai^{3} kɯi^{2} kɯn^{1} kja^{1} ta:ŋ^{5}

得 丈夫 吃 家 当

嫁给有钱人，

6-1716

句 卢 浪 开 特

Coenz louz langh gaej dawz

kjon^{2} lu^{2} la:ŋ^{6} ka:i^{5} təɯ^{2}

句 流 浪 莫 拿

别提流浪话。

男唱

6-1717

良 不 办 文 么

Liengh mbouj baenz vunz moq

le:ŋ^{6} bou^{5} pan^{2} vun^{2} mo^{5}

谅 不 成 人 新

谅不成新人，

6-1718

爱 古 文 由 浪

Ngaiq guh vunz youz langh

ŋa:i^{5} ku^{4} vun^{2} jou^{2} la:ŋ^{6}

爱 做 人 游 浪

愿做游荡人。

6-1719

团 一 吃 加 当

Donh ndeu gwn gya dangq

to:n^{6} de:u^{1} kɯn^{1} kja^{1} ta:ŋ^{5}

半 一 吃 家 当

一面靠家财，

6-1720

团 一 干 方 卢

Donh ndeu ganq fueng louz

to:n^{6} de:u^{1} ka:n^{5} fu:ŋ^{1} lu^{2}

半 一 照料 风 流

一面顾游荡。

女唱

6-1721

团	一	吃	加	当
Donh	ndeu	gwn	gya	dangq
to:n^{6}	de:u^{1}	kɯn^{1}	kja^{1}	ta:ŋ^{5}
半	一	吃	家	当

一面靠家财，

6-1722

团	一	干	方	卢
Donh	ndeu	ganq	fueng	louz
to:n^{6}	de:u^{1}	ka:n^{5}	fu:ŋ^{1}	lu^{2}
半	一	照料	风	流

一面顾游荡。

6-1723

分	团	貝	干	收
Baen	donh	bae	ganq	caeuq
pan^{1}	to:n^{6}	pai^{1}	ka:n^{5}	ɕau^{5}
分	半	去	顾	收

将家财藏起，

6-1724

干	方	卢	满	秀
Ganq	fueng	louz	mued	ciuh
ka:n^{5}	fu:ŋ^{1}	lu^{2}	mu:t^{8}	ɕi:u^{6}
顾	风	流	没	世

一辈子游荡。

男唱

6-1725

良	不	办	同	年
Liengh	mbouj	baenz	doengz	nienz
le:ŋ^{6}	bou^{5}	pan^{2}	toŋ^{2}	ni:n^{2}
谅	不	成	同	年

不成同龄友，

6-1726

卢	连	外	江	垌
Louz	lienz	vaij	gyang	doengh
lu^{2}	li:n^{2}	va:i^{3}	kja:ŋ^{1}	toŋ^{6}
游	荡	过	中	垌

云游走他乡。

6-1727

见	乜	巴	古	穷
Raen	meh	mbaj	guh	gyoengq
ɹan^{1}	me^{6}	ba^{3}	ku^{4}	kjoŋ^{5}
见	母	蝴蝶	做	群

见蝴蝶结伴，

6-1728

农	秋	通	知	空
Nuengx	ciuq	doeng	rox	ndwi
nu:ŋ^{4}	ɕiu^{5}	toŋ^{1}	ɹo^{4}	du:i^{1}
妹	看	通	或	不

妹是否想通？

女唱

6-1729

良	**不**	**办**	**同**	**年**
Liengh	mbouj	baenz	doengz	nienz
le:ŋ^6	bou^5	pan^2	toŋ^2	ni:n^2
谅	不	成	同	年

不成同龄友，

6-1730

卢	**连**	**外**	**江**	**垌**
Louz	lienz	vaij	gyang	doengh
lu^2	li:n^2	va:i^3	kja:ŋ^1	toŋ^6
游	荡	过	中	垌

云游走他乡。

6-1731

见	**乜**	**巴**	**古**	**穷**
Raen	meh	mbaj	guh	gyoengq
ɹan^1	me^6	ba^3	ku^4	kjoŋ^5
见	母	蝴蝶	做	群

见蝴蝶结伴，

6-1732

通	**秀**	**满**	**包**	**少**
Doeng	ciuh	monh	mbauq	sau
toŋ^1	ɕi:u^6	mo:n^6	ba:u^5	θa:u^1
通	世	情	小伙	姑娘

像后生谈爱。

男唱

6-1733

良	**不**	**办**	**同**	**年**
Liengh	mbouj	baenz	doengz	nienz
le:ŋ^6	bou^5	pan^2	toŋ^2	ni:n^2
谅	不	成	同	年

不成同龄友，

6-1734

卢	**连**	**外**	**江**	**垌**
Louz	lienz	vaij	gyang	doengh
lu^2	li:n^2	va:i^3	kja:ŋ^1	toŋ^6
游	荡	过	中	垌

云游走他乡。

6-1735

见	**乜**	**巴**	**古**	**穷**
Raen	meh	mbaj	guh	gyoengq
ɹan^1	me^6	ba^3	ku^4	kjoŋ^5
见	母	蝴蝶	做	群

见蝴蝶结伴，

6-1736

讲	**不**	**通**	**论**	**偻**
Gangj	mbouj	doeng	lumj	raeuz
ka:ŋ^3	bou^5	toŋ^1	lun^3	ɹau^2
讲	不	通	像	我们

它不通人语。

女唱

6–1737

良	**不**	**办**	**同**	**年**
Liengh	mbouj	baenz	doengz	nienz
le:ŋ^{6}	bou^{5}	pan^{2}	toŋ^{2}	ni:n^{2}
谅	**不**	**成**	**同**	**年**

不成同龄友，

6–1738

卢	**连**	**外**	**江**	**垌**
Louz	lienz	vaij	gyang	doengh
lu^{2}	li:n^{2}	va:i^{3}	kja:ŋ^{1}	toŋ^{6}
游	**荡**	**过**	**中**	**垌**

云游走他乡。

6–1739

讲	**句**	**句**	**是**	**通**
Gangj	coenz	coenz	cix	doeng
ka:ŋ^{3}	kjon^{2}	kjon^{2}	ɕi^{4}	toŋ^{1}
讲	**句**	**句**	**就**	**通**

蝴蝶通人语，

6–1740

八	**列**	**友**	**英**	**台**
Bah	leh	youx	ing	daiz
pa^{6}	le^{6}	ju^{4}	iŋ^{1}	ta:i^{2}
唉	**咱**	**友**	**英**	**台**

罢了吧英台。

男唱

6–1741

讲	**句**	**句**	**是**	**通**
Gangj	coenz	coenz	cix	doeng
ka:ŋ^{3}	kjon^{2}	kjon^{2}	ɕi^{4}	toŋ^{1}
讲	**句**	**句**	**就**	**通**

句句听得懂，

6–1742

不	**古**	**样**	**中**	**声**
Mbouj	guh	yiengh	cuengq	sing
bou^{5}	ku^{4}	jɯ:ŋ^{6}	ɕu:ŋ^{5}	θiŋ^{1}
不	**做**	**样**	**放**	**声**

就是不会讲。

6–1743

罗	**罗**	**是**	**通**	**正**
Loh	loh	cix	doeng	cingz
lo^{6}	lo^{6}	ɕi^{4}	toŋ^{1}	ɕiŋ^{2}
路	**路**	**就**	**通**	**情**

条条都有理，

6–1744

不	**古**	**安**	**而**	**想**
Mbouj	guh	aen	lawz	siengj
bou^{5}	ku^{4}	an^{1}	lau^{2}	θi:ŋ^{3}
不	**做**	**个**	**哪**	**想**

就是想不通。

女唱

6-1745

良	不	办	同	年
Liengh	mbouj	baenz	doengz	nienz
le:ŋ^{6}	bou^{5}	pan^{2}	toŋ^{2}	ni:n^{2}
谅	不	成	同	年

不成同龄友，

6-1746

卢	连	外	江	垌
Louz	lienz	vaij	gyang	doengh
lu^{2}	li:n^{2}	va:i^{3}	kja:ŋ^{1}	toŋ^{6}
游	荡	过	中	垌

游荡在山间。

6-1747

讲	笑	貝	米	从
Gangj	riu	bae	miz	congh
ka:ŋ^{3}	ɹiu^{1}	pai^{1}	mi^{2}	ɕo:ŋ^{6}
讲	笑	去	有	洞

谈笑有话头，

6-1748

讲	垌	貝	米	方
Gangj	doengh	bae	miz	fueng
ka:ŋ^{3}	toŋ^{6}	pai^{1}	mi^{2}	fu:ŋ^{1}
讲	垌	去	有	方

云游亦有方。

男唱

6-1749

良	不	办	同	年
Liengh	mbouj	baenz	doengz	nienz
le:ŋ^{6}	bou^{5}	pan^{2}	toŋ^{2}	ni:n^{2}
谅	不	成	同	年

不成同龄友，

6-1750

卢	连	外	江	巴
Louz	lienz	vaij	gyang	baq
lu^{2}	li:n^{2}	va:i^{3}	kja:ŋ^{1}	pa^{5}
游	荡	过	中	坡

游荡在山间。

6-1751

年	空	合	九	姄
Nienz	ndwi	hob	gyaeuj	yah
ni:n^{2}	du:i^{1}	ho:p^{8}	kjau^{3}	ja^{6}
反正	不	合	公	婆

不合为夫妻，

6-1752

沙	十	八	农	银
Ra	cib	bet	nuengx	ngaenz
ɹa^{1}	ɕit^{8}	pe:t^{7}	nu:ŋ^{4}	ŋan^{2}
找	十	八	妹	银

找十八岁妹。

女唱

6-1753

良 不 办 同 年

Liengh mbouj baenz doengz nienz

leːŋ^{6} bou^{5} pan^{2} toŋ^{2} niːn^{2}

谅 不 成 同 年

不成同龄友，

6-1754

卢 连 外 江 巴

Louz lienz vaij gyang baq

lu^{2} liːn^{2} vaːi^{3} kjaːŋ^{1} pa^{5}

游 荡 过 中 坡

流浪走山坡。

6-1755

空 米 句 米 话

Ndwi miz coenz miz vah

duːi^{1} mi^{2} kjon^{2} mi^{2} va^{6}

没 有 句 有 话

没共同话语，

6-1756

同 沙 为 罗 而

Doengz ra vih loh lawz

toŋ^{2} ɹa^{1} vei^{6} lo^{6} laɯ^{2}

同 找 为 路 哪

何必在一起？

男唱

6-1757

为 好 卜 好 叔

Vih ndij boh ndij au

vei^{6} di^{1} po^{6} di^{1} aːu^{1}

为 与 父 与 叔

一切为父辈，

6-1758

包 少 牙 同 沙

Mbauq sau yax doengz ra

baːu^{5} θaːu^{1} ja^{5} toŋ^{2} ɹa^{1}

小伙 姑娘 也 同 找

男女才相连。

6-1759

为 条 元 龙 那

Vih diuz roen lungz nax

vei^{6} tiːu^{2} joːn^{1} luŋ^{2} na^{4}

为 条 路 大舅 小舅

为舅家大礼，

6-1760

阝 牙 沙 阝 貝

Boux yax ra boux bae

pu^{4} ja^{5} ɹa^{1} pu^{4} pai^{1}

人 也 找 人 去

要相恋相依。

女唱

6-1761

当 秀 勒 秀 兰

Daengq ciuh lwg ciuh lan

taŋ^{5} ɕiːu^{6} lɯk^{8} ɕiːu^{6} laːn^{1}

叮嘱 世 子 世 孙

教子孙后代，

6-1762

在 而 开 同 沙

Ywq lawz gaej doengh ra

jɯ^{5} laɯ^{2} kaːi^{5} toŋ^{2} ɹa^{1}

在 哪 莫 相 找

不要再相连。

6-1763

当 秀 勒 秀 兰

Daengq ciuh lwg ciuh lan

taŋ^{5} ɕiːu^{6} lɯk^{8} ɕiːu^{6} laːn^{1}

叮嘱 世 子 世 孙

教世世代代，

6-1764

开 同 沙 论 偻

Gaej doengz ra lumj raeuz

kaːi^{5} toŋ^{2} ɹa^{1} lun^{3} ɹau^{2}

莫 同 找 像 我们

莫像我俩恋。

男唱

6-1765

良 不 办 同 年

Liengh mbouj baenz doengz nienz

leːŋ^{6} bou^{5} pan^{2} toŋ^{2} niːn^{2}

谅 不 成 同 年

不成同龄友，

6-1766

卢 连 外 江 巴

Louz lienz vaij gyang baq

lu^{2} liːn^{2} vaːi^{3} kjaːŋ^{1} pa^{5}

游 荡 过 中 坡

走山坡流浪。

6-1767

知 能 开 同 沙

Rox nyaenx gaej doengh ra

ɹo^{4} ɲan^{4} kaːi^{5} toŋ^{2} ɹa^{1}

知 那样 莫 相 找

懂得不结交，

6-1768

先 办 巴 跟 卢

Senq baenz mbaj riengz louz

θeːn^{5} pan^{2} ba^{3} ɹiːŋ^{2} lu^{2}

先 成 蝴蝶 跟 玩

早化蝶成双。

女唱

6-1769

同 沙 是 同 沙

Doengh ra cix doengh ra

toŋ2 ɹa1 ɕi4 toŋ2 ɹa1

相 找 是 相 找

相连归相连，

6-1770

空 米 话 同 标

Ndwi miz vah doengh beu

duːi1 mi2 va6 toŋ2 peːu1

没 有 话 相 得罪

话不相得罪。

6-1771

不 办 巴 跟 卢

Mbouj baenz mbaj riengz louz

bou5 pan2 ba3 ɹiːŋ2 lu2

不 成 蝴蝶 跟 玩

不成蝶共舞，

6-1772

偻 同 九 完 仪

Raeuz doengz iu vuenh saenq

ɹau2 toŋ2 iːu1 vuːn6 θin5

我们 同 邀 换 信

咱相邀交情。

男唱

6-1773

同 沙 是 同 沙

Doengh ra cix doengh ra

toŋ2 ɹa1 ɕi4 toŋ2 ɹa1

相 找 是 相 找

相邀就相邀，

6-1774

空 米 话 同 通

Ndwi miz vah doengh doeng

duːi1 mi2 va6 toŋ2 toŋ1

没 有 话 相 通

许久不通信。

6-1775

牙 断 仪 了 同

Yax duenx saenq liux doengz

ja5 tuːn4 θin5 liːu4 toŋ2

也 断 信 完 同

信息要断了，

6-1776

米 句 是 同 当

Miz coenz cix doengz daengq

mi2 kjon2 ɕi4 toŋ2 taŋ5

有 句 就 同 叮嘱

有话快叮嘱。

女唱

6-1777

同	沙	是	同	沙
Doengh	ra	cix	doengh	ra
toŋ^{2}	ɹa^{1}	ɕi^{4}	toŋ^{2}	ɹa^{1}
相	找	是	相	找

约会就约会，

6-1778

空	米	话	样	而
Ndwi	miz	vah	yiengh	lawz
duːi^{1}	mi^{2}	va^{6}	jɯːŋ^{6}	laɯ^{2}
没	有	话	样	哪

不知说什么。

6-1779

同	师	是	同	师
Doengz	swz	cix	doengz	swz
toŋ^{2}	θɯ^{2}	ɕi^{4}	toŋ^{2}	θɯ^{2}
同	辞	是	同	辞

辞别就辞别，

6-1780

空	米	字	貝	送
Ndwi	miz	saw	bae	soengq
duːi^{1}	mi^{2}	θaɯ^{1}	pai^{1}	θoŋ^{5}
不	有	书	去	送

也无信相通。

男唱

6-1781

包	少	牙	同	沙
Mbauq	sau	yax	doengh	ra
baːu^{5}	θaːu^{1}	ja^{5}	toŋ^{2}	ɹa^{1}
小伙	姑娘	也	相	找

情侣要约会，

6-1782

米	话	牙	同	说
Miz	vah	yax	doengh	naeuz
mi^{2}	va^{6}	ja^{5}	toŋ^{2}	nau^{2}
有	话	也	相	说

有话要商量。

6-1783

良	不	办	同	要
Liengh	mbouj	baenz	doengh	aeu
leːŋ^{6}	bou^{5}	pan^{2}	toŋ^{2}	au^{1}
谅	不	成	相	要

谅不成夫妻，

6-1784

同	说	牙	可	初
Doengh	naeuz	yax	goj	couj
toŋ^{2}	nau^{2}	ja^{5}	ko^{5}	ɕu^{3}
相	说	也	可	羞

交谈会羞耻。

女唱

6–1785

良	不	办	同	年
Liengh	mbouj	baenz	doengz	nienz
leːŋ6	bou5	pan2	toŋ2	niːn2
谅	不	成	同	年

不成同龄友，

6–1786

卢	连	外	江	巴
Louz	lienz	vaij	gyang	baq
lu2	liːn2	vaːi3	kjaːŋ1	pa5
游	荡	过	中	坡

走山坡流浪。

6–1787

利	条	元	乜	巴
Lij	diuz	roen	meh	mbaj
li4	tiːu2	joːn1	me6	ba3
还	条	路	母	蝴蝶

剩条蝴蝶路，

6–1788

你	沙	说	你	跟
Mwngz	ra	naeuz	mwngz	riengz
mɯŋ2	ɹa1	nau2	mɯŋ2	ɹiːŋ2
你	找	或	你	跟

兄行此路否？

男唱

6–1789

良	不	办	同	年
Liengh	mbouj	baenz	doengz	nienz
leːŋ6	bou5	pan2	toŋ2	niːn2
谅	不	成	同	年

不成同龄友，

6–1790

卢	连	外	江	巴
Louz	lienz	vaij	gyang	baq
lu2	liːn2	vaːi3	kjaːŋ1	pa5
游	荡	过	中	坡

走山坡流浪。

6–1791

元	文	邦	是	沙
Roen	vunz	biengz	cix	ra
joːn1	vun2	piːŋ2	ɕi4	ɹa1
路	人	地方	就	找

行人道便找，

6–1792

元	乜	巴	是	跟
Roen	meh	mbaj	cix	riengz
joːn1	me6	ba3	ɕi4	ɹiːŋ2
路	母	蝴蝶	就	跟

蝴蝶路便跟。

女唱

6–1793

良	**不**	**办**	**同**	**年**
Liengh	mbouj	baenz	doengz	nienz
leːŋ^{6}	bou^{5}	pan^{2}	toŋ^{2}	niːn^{2}
谅	不	成	同	年

不成同龄友，

6–1794

卢	**连**	**外**	**江**	**巴**
Louz	lienz	vaij	gyang	baq
lu^{2}	liːn^{2}	vaːi^{3}	kjaːŋ^{1}	pa^{5}
游	荡	过	中	坡

走山坡流浪。

6–1795

变	**心**	**开**	**变**	**化**
Bienq	sim	gaej	bienq	vaq
piːn^{5}	θin^{1}	kaːi^{5}	piːn^{5}	va^{5}
变	心	莫	变	化

变心莫变身，

6–1796

在	**加**	**邦**	**要**	**正**
Ywq	caj	baengz	aeu	cingz
jɯ^{5}	kja^{3}	paŋ^{2}	au^{1}	ɕiŋ^{2}
在	等	朋	要	情

等人要礼品。

男唱

6–1797

变	**心**	**开**	**变**	**化**
Bienq	sim	gaiq	bienq	vaq
piːn^{5}	θin^{1}	kaːi^{5}	piːn^{5}	va^{5}
变	心	莫	变	化

变心莫变化，

6–1798

在	**加**	**邦**	**三**	**辰**
Ywq	caj	baengz	sanq	sinz
jɯ^{5}	kja^{3}	paŋ^{2}	θaːn^{5}	θin^{2}
在	等	朋	散	飞溅

等情友散魂。

6–1799

鸟	**炕**	**开**	**八**	**飞**
Roeg	enq	gaej	bah	mbin
ɹok^{8}	eːn^{5}	kaːi^{5}	pa^{6}	bin^{1}
鸟	燕	莫	急	飞

燕子别飞走，

6–1800

加	**玩**	**正**	**土**	**观**
Caj	vanz	cingz	dou	gonq
kja^{3}	vaːn^{2}	ɕiŋ^{2}	tu^{1}	koːn^{5}
等	还	情	我	先

先还我情义。

女唱

6–1801

良 不 办 同 年

Liengh mbouj baenz doengz nienz

le:ŋ^{6} bou^{5} pan^{2} toŋ^{2} ni:n^{2}

谅 不 成 同 年

不成同龄友，

6–1802

卢 连 外 江 巴

Louz lienz vaij gyang baq

lu^{2} li:n^{2} va:i^{3} kja:ŋ^{1} pa^{5}

游 荡 过 中 坡

走山坡流浪。

6–1803

想 古 仙 变 化

Siengj guh sien bienq vaq

θi:ŋ^{3} ku^{4} θi:n^{1} pi:n^{5} va^{5}

想 做 仙 变 化

想变成神仙，

6–1804

知 得 备 知 空

Rox ndaej beix rox ndwi

ɹo^{4} dai^{3} pi^{4} ɹo^{4} du:i^{1}

知 得 兄 或 不

不知得兄否？

男唱

6–1805

良 不 办 同 年

Liengh mbouj baenz doengz nienz

le:ŋ^{6} bou^{5} pan^{2} toŋ^{2} ni:n^{2}

谅 不 成 同 年

不成同龄友，

6–1806

卢 连 外 江 巴

Louz lienz vaij gyang baq

lu^{2} li:n^{2} va:i^{3} kja:ŋ^{1} pa^{5}

游 荡 过 中 坡

游荡过山坡。

6–1807

空 办 仙 是 八

Ndwi baenz sien cix bah

du:i^{1} pan^{2} θi:n^{1} ɕi^{4} pa^{6}

不 成 仙 就 罢

不成仙就算，

6–1808

变 化 马 年 偻

Bienq vaq ma nem raeuz

pi:n^{5} va^{5} ma^{1} ne:m^{1} ɹau^{2}

变 化 来 贴 我们

来与我相守。

女唱

6-1809
良 不 办 同 年
Liengh mbouj baenz doengz nienz
leːŋ^6 bou^5 pan^2 toŋ^2 niːn^2
谅 不 成 同 年
不成同龄友，

6-1810
卢 连 外 邦 初
Louz lienz vaij bangx cauq
lu^2 liːn^2 vaːi^3 paːŋ^4 ɕaːu^5
游 荡 过 旁 灶
围转火灶边。

6-1811
干 少 空 得 包
Ganq sau ndwi ndaej mbauq
kaːn^5 θaːu^1 duːi^1 dai^3 baːu^5
照料 姑娘 不 得 小伙
结交没结果，

6-1812
丰 全 刀 可 怜
Fungh cienj dauq hoj lienz
fuŋ^6 ɕiːn^3 taːu^5 ho^3 liːn^2
凤 转 回 可 怜
可怜凤回头。

男唱

6-1813
良 不 办 同 年
Liengh mbouj baenz doengz nienz
leːŋ^6 bou^5 pan^2 toŋ^2 niːn^2
谅 不 成 同 年
不成同龄友，

6-1814
卢 连 外 邦 初
Louz lienz vaij bangx cauq
lu^2 liːn^2 vaːi^3 paːŋ^4 ɕaːu^5
游 荡 过 旁 灶
围转火灶边。

6-1815
不 办 少 跟 包
Mbouj baenz sau riengz mbauq
bou^5 pan^2 θaːu^1 ɹiːŋ^2 baːu^5
不 成 姑娘 跟 小伙
结不成伴侣，

6-1816
团 刀 水 山 下
Dwen dauq raemx bya roengz
tɯːn^1 taːu^5 ɹan^4 pja^1 ɹoŋ^2
提 回 水 眼 下
想起眼泪流。

女唱

6–1817

良 不 办 同 年

Liengh mbouj baenz doengz nienz

le:ŋ^{6} bou^{5} pan^{2} toŋ^{2} ni:n^{2}

谅 不 成 同 年

不成同龄友，

6–1818

卢 连 外 邦 依

Louz lienz vaij bangx rij

lu^{2} li:n^{2} va:i^{3} pa:ŋ^{4} ɹi^{3}

游 荡 过 旁 溪

游荡在溪边。

6–1819

年 空 办 韦 机

Nienz ndwi baenz vae giq

ni:n^{2} du:i^{1} pan^{2} vai^{1} ki^{5}

反正 不 成 姓 支

结不成情侣，

6–1820

八 贝 田 佚 站

Bah bae dieg fwz soengz

pa^{6} pai^{1} ti:k^{8} fɯ^{2} θoŋ^{2}

莫 去 地 荒 站

莫急走他乡。

男唱

6–1821

良 不 办 同 年

Liengh mbouj baenz doengz nienz

le:ŋ^{6} bou^{5} pan^{2} toŋ^{2} ni:n^{2}

谅 不 成 同 年

不成同龄友，

6–1822

卢 连 外 邦 依

Louz lienz vaij bangx rij

lu^{2} li:n^{2} va:i^{3} pa:ŋ^{4} ɹi^{3}

游 荡 过 旁 溪

游荡在溪边。

6–1823

年 空 办 韦 机

Nienz ndwi baenz vae giq

ni:n^{2} du:i^{1} pan^{2} vai^{1} ki^{5}

反正 不 成 姓 支

结不成情侣，

6–1824

当 田 偻 当 站

Dangq denz raeuz dangq soengz

ta:ŋ^{5} te:n^{2} ɹau^{2} ta:ŋ^{5} θoŋ^{2}

另 地 我们 另 站

各自住一方。

女唱

6–1825

良	**不**	**办**	**同**	**年**
Liengh	mbouj	baenz	doengz	nienz
$le:ŋ^6$	bou^5	pan^2	$toŋ^2$	$ni:n^2$
谅	不	成	同	年

不成同龄友，

6–1826

卢	**连**	**外**	**邦**	**水**
Louz	lienz	vaij	bangx	raemx
lu^2	$li:n^2$	$va:i^3$	$pa:ŋ^4$	$ɹan^4$
游	荡	过	旁	水

游荡过水边。

6–1827

年	**空**	**办**	**对**	**生**
Nienz	ndwi	baenz	doiq	saemq
$ni:n^2$	$du:i^1$	pan^2	$to:i^5$	$θan^5$
反正	不	成	对	庚

不成同龄友，

6–1828

讲	**坤**	**动**	**是**	**良**
Gangj	goenq	dungx	cix	liengz
$ka:ŋ^3$	kon^5	$tuŋ^4$	$ɕi^4$	$li:ŋ^2$
讲	断	肚	就	凉

断交心就凉。

男唱

6–1829

良	**不**	**办**	**同**	**年**
Liengh	mbouj	baenz	doengz	nienz
$le:ŋ^6$	bou^5	pan^2	$toŋ^2$	$ni:n^2$
谅	不	成	同	年

不成同龄友，

6–1830

卢	**连**	**外**	**邦**	**水**
Louz	lienz	vaij	bangx	raemx
lu^2	$li:n^2$	$va:i^3$	$pa:ŋ^4$	$ɹan^4$
游	荡	过	旁	水

游荡过水边。

6–1831

年	**不**	**办**	**对**	**生**
Nienz	mbouj	baenz	doiq	saemq
$ni:n^2$	bou^5	pan^2	$to:i^5$	$θan^5$
反正	不	成	对	庚

不成同龄友，

6–1832

讲	**坤**	**貝**	**古**	**而**
Gangj	goenq	bae	guh	rawz
$ka:ŋ^3$	kon^5	pai^1	ku^4	$ɹaɯ^2$
讲	断	去	做	什么

何必要绝情？

女唱

6–1833

良 不 办 同 年

Liengh mbouj baenz doengz nienz

leːŋ^{6} bou^{5} pan^{2} toŋ^{2} niːn^{2}

谅 不 成 同 年

结不成情侣，

6–1834

卢 连 外 邦 岭

Louz lienz vaij bangx lingx

lu^{2} liːn^{2} vaːi^{3} paːŋ^{4} liŋ^{4}

游 荡 过 旁 岭

游荡过岭边。

6–1835

貝 日 而 是 定

Bae ngoenz lawz cix dingh

pai^{1} ŋon^{2} laɯ^{2} ɕi^{4} tiŋ^{6}

去 天 哪 就 定

决定何时走，

6–1836

当 备 姓 你 岁

Daengq beix singq mwngz caez

taŋ^{5} pi^{4} θiŋ^{5} mɯŋ^{2} ɕai^{2}

叮嘱 兄 姓 你 齐

告诉你亲戚。

男唱

6–1837

良 不 办 同 年

Liengh mbouj baenz doengz nienz

leːŋ^{6} bou^{5} pan^{2} toŋ^{2} niːn^{2}

谅 不 成 同 年

结不成情侣，

6–1838

卢 连 外 拉 罗

Louz lienz vaij laj roq

lu^{2} liːn^{2} vaːi^{3} la^{3} ɹo^{5}

游 荡 过 下 屋檐

屋檐下游荡。

6–1839

貝 可 貝 了 农

Bae goj bae liux nuengx

pai^{1} ko^{5} pai^{1} liːu^{4} nuːŋ^{1}

去 也 去 啰 妹

走是要走的，

6–1840

尝 知 定 日 而

Caengz rox dingh ngoenz lawz

ɕaŋ^{2} ɹo^{4} tiŋ^{6} ŋon^{2} laɯ^{2}

未 知 定 天 哪

尚未定日期。

女唱

6–1841
良 不 办 同 年
Liengh mbouj baenz doengz nienz
le:ŋ^6 bou^5 pan^2 toŋ^2 ni:n^2
谅 不 成 同 年
成不了情侣，

6–1842
卢 连 外 邦 党
Louz lienz vaij bangx daengq
lu^2 li:n^2 va:i^3 pa:ŋ^4 taŋ^5
游 荡 过 旁 凳
围着凳子转。

6–1843
年 空 办 对 邦
Nienz ndwi baenz doih baengz
ni:n^2 du:i^1 pan^2 to:i^6 paŋ^2
反正 不 成 伙伴 朋
结不成伴侣，

6–1844
写 字 防 你 貝
Sij sw foengx mwngz bae
θi^3 θɯ^1 foŋ^4 mɯŋ^2 pai^1
写 字 赶 你 去
立契赶你去。

男唱

6–1845
良 不 办 同 年
Liengh mbouj baenz doengz nienz
le:ŋ^6 bou^5 pan^2 toŋ^2 ni:n^2
谅 不 成 同 年
成不了伴侣，

6–1846
卢 连 外 邦 党
Louz lienz vaij bangx daengq
lu^2 li:n^2 va:i^3 pa:ŋ^4 taŋ^5
游 荡 过 旁 凳
围着凳子转。

6–1847
年 不 办 对 邦
Nienz mbouj baenz doih baengz
ni:n^2 bou^5 pan^2 to:i^6 paŋ^2
反正 不 成 伙伴 朋
结不成伴侣，

6–1848
写 字 防 古 而
Sij sw foengx guh rawz
θi^3 θɯ^1 foŋ^4 ku^4 ɹaɯ^2
写 字 赶 做 什么
何必写契约？

女唱

6–1849

良	**不**	**办**	**韦**	**机**
Liengh	mbouj	baenz	vae	giq
le:ŋ^{6}	bou^{5}	pan^{2}	vai^{1}	ki^{5}
谅	**不**	**成**	**姓**	**支**

成不了伴侣，

6–1850

写	**字**	**十**	**作**	**间**
Sij	sw	cih	coq	gen
θi^{3}	θɯ^{1}	ɕi^{6}	ɕo^{5}	ke:n^{1}
写	**字**	**个**	**放**	**手臂**

写字放手臂。

6–1851

良	**不**	**办**	**同**	**年**
Liengh	mbouj	baenz	doengz	nienz
le:ŋ^{6}	bou^{5}	pan^{2}	toŋ^{2}	ni:n^{2}
谅	**不**	**成**	**同**	**年**

不成同龄友，

6–1852

卜	**貝**	**千**	**里**	**罗**
Boux	bae	cien	leix	loh
pu^{4}	pai^{1}	ɕi:n^{1}	li^{4}	lo^{6}
个	**去**	**千**	**里**	**路**

各走千里远。

男唱

6–1853

千	**里**	**罗**
Cien	leix	loh
ɕi:n^{1}	li^{4}	lo^{6}
千	**里**	**路**

千里远，

6–1854

却	**堂**	**友**	**同**	**哈**
Gyoh	daengz	youx	doengz	ha
kjo^{6}	taŋ^{2}	ju^{4}	toŋ^{2}	ha^{1}
可怜	**到**	**友**	**同**	**配**

可怜同龄友。

6–1855

千	**里**	**罗**	**刀**	**马**
Cien	leix	loh	dauq	ma
ɕi:n^{1}	li^{4}	lo^{6}	ta:u^{5}	ma^{1}
千	**里**	**路**	**回**	**来**

千里相看望，

6–1856

抹	**水**	**山**	**同**	**分**
Uet	raemx	bya	doengz	mbek
u:t^{7}	ɹan^{4}	pja^{1}	toŋ^{2}	me:k^{7}
抹	**水**	**眼**	**相**	**分别**

挥泪又告别。

女唱

6-1857

千	里	罗
Cien	leix	loh
çi:n^{1}	li^{4}	lo^{6}
千	里	路

千里远，

6-1858

却	堂	友	长	字
Gyoh	daengz	youx	cangh	saw
kjo^{6}	taŋ^{2}	ju^{4}	ça:ŋ^{6}	θaɯ^{1}
可怜	到	友	匠	书

可怜教书友。

6-1859

千	里	罗	不	师
Cien	leix	loh	mbouj	swz
çi:n^{1}	li^{4}	lo^{6}	bou^{5}	θɯ^{2}
千	里	路	不	辞

千里不怕远，

6-1860

古	时	一	同	沙
Guh	seiz	ndeu	doengh	ra
ku^{4}	θi^{2}	de:u^{1}	toŋ^{2}	ɹa^{1}
做	时	一	相	找

急着要相寻。

男唱

6-1861

倍	三	是	倍	三
Boiq	sanq	cix	boiq	sanq
po:i^{5}	θa:n^{5}	çi^{4}	po:i^{5}	θa:n^{5}
险	散	就	险	散

分手就分手，

6-1862

不	卟	完	龙	义
Mbouj	boux	vuenh	lungz	ngeih
bou^{5}	pu^{4}	vu:n^{6}	luŋ^{2}	ŋi^{6}
不	个	换	龙	谊

无人换礼物。

6-1863

倍	三	牙	可	好
Boiq	sanq	yax	goj	ndei
po:i^{5}	θa:n^{5}	ja^{5}	ko^{5}	dei^{1}
险	散	也	可	好

分手也是好，

6-1864

正	头	比	不	玩
Cingz	gyaeuj	bi	mbouj	vanz
çiŋ^{2}	kjau^{3}	pi^{1}	bou^{5}	va:n^{2}
情	头	年	不	还

旧礼不用还。

女唱

6–1865

倍	三	是	倍	三
Boiq	sanq	cix	boiq	sanq
poːi5	θaːn5	ɕi4	poːi5	θaːn5
险	散	就	险	散

分手就分手，

6–1866

不	卩	玩	正	双
Mbouj	boux	vanz	cingz	song
bou5	pu4	vaːn2	ɕiŋ2	θoːŋ1
不	个	还	情	两

不还双份礼。

6–1867

倍	三	空	了	同
Boiq	sanq	ndwi	liux	doengz
poːi5	θaːn5	duːi1	liːu4	toŋ2
险	散	不	啰	同

朋友虽然散，

6–1868

正	双	偻	可	在
Cingz	song	raeuz	goj	ywq
ɕiŋ2	θoːŋ1	ɹau2	ko5	jɯ5
情	两	我们	也	在

我俩情尚在。

男唱

6–1869

千	里	罗
Cien	leix	loh
ɕiːn1	li4	lo6
千	里	路

千里远，

6–1870

却	堂	友	长	欢
Gyoh	daengz	youx	cangh	fwen
kjo6	taŋ2	ju4	ɕaːŋ6	vuːn1
可怜	到	友	匠	歌

怜及歌手友。

6–1871

心	火	不	好	团
Sin	hoj	mbouj	ndei	dwen
θin1	ho3	bou5	dei1	tɯːn1
辛	苦	不	好	提

辛苦不好说，

6–1872

为	心	头	不	念
Vih	sim	daeuz	mbouj	net
vei6	θin1	tau2	bou5	neːt7
为	心	脏	不	实

心里不好受。

女唱

6-1873

千	里	罗
Cien	leix	loh
çiːn^{1}	li^{4}	lo^{6}
千	里	路

千里远，

6-1874

却	堂	友	巴	轻
Gyoh	daengz	youx	bak	mbaeu
kjo^{6}	taŋ^{2}	ju^{4}	paːk^{7}	bau^{1}
可怜	到	友	嘴	轻

可怜巧舌友。

6-1875

可	义	作	心	头
Goj	ngeix	coq	sim	daeuz
ko^{5}	ȵi^{4}	ço^{5}	θin^{1}	tau^{2}
也	想	放	心	心脏

总记在心间，

6-1876

不	说	卜	而	知
Mbouj	naeuz	boux	lawz	rox
bou^{5}	nau^{2}	pu^{4}	laɯ^{2}	ɹo^{4}
不	说	人	哪	知

不告诉别人。

男唱

6-1877

千	里	罗
Cien	leix	loh
çiːn^{1}	li^{4}	lo^{6}
千	里	路

千里远，

6-1878

却	堂	友	巴	强
Gyoh	daengz	youx	bak	giengz
kjo^{6}	taŋ^{2}	ju^{4}	paːk^{7}	kiːŋ^{2}
可怜	到	友	嘴	犟

可怜善谈友。

6-1879

丢	下	斗	吃	烟
Diuq	roengz	daeuj	gwn	ien
tiːu^{5}	ɹoŋ^{2}	tau^{3}	kɯn^{1}	in^{1}
跳	下	来	吃	烟

分手自吸烟，

6-1880

心	凉	不	了	农
Sim	liengz	mbouj	liux	nuengx
θin^{1}	liːŋ^{2}	bou^{5}	liːu^{4}	nuːŋ^{4}
心	凉	不	了	妹

妹说心凉否？

女唱

6–1881

千 里 罗

Cien leix loh

çi:n^{1} li^{4} lo^{6}

千 里 路

千里远，

6–1882

却 堂 友 巴 强

Gyoh daengz youx bak giengz

kjo^{6} taŋ^{2} ju^{4} pa:k^{7} ki:ŋ^{2}

可怜 到 友 嘴 犟

可怜善谈友。

6–1883

丢 下 斗 吃 烷

Diuq roengz daeuj gwn ien

ti:u^{5} ɹoŋ^{2} tau^{3} kɯn^{1} in^{1}

跳 下 来 吃 烟

分手独吸烟，

6–1884

心 凉 堂 又 怨

Sim liengz daengz youh yonq

θin^{1} li:ŋ^{2} taŋ^{2} jou^{4} jo:n^{5}

心 凉 到 又 怨

孤单又埋怨。

男唱

6–1885

良 不 办 韦 机

Liengh mbouj baenz vae giq

le:ŋ^{6} bou^{5} pan^{2} vai^{1} ki^{5}

谅 不 成 姓 支

谅不成伴侣，

6–1886

写 字 十 作 定

Sij saw cih coq din

θi^{3} θaɯ^{1} çi^{6} ço^{5} tin^{1}

写 字 个 放 脚

写字放脚面。

6–1887

命 空 合 广 英

Mingh ndwi hob gvangj in

miŋ^{6} du:i^{1} ho:p^{8} kwa:ŋ^{3} in^{1}

命 不 合 广 姻

命不搭姻缘，

6–1888

头 良 心 不 付

Gyaeuj liengz sim mbouj fug

kjau^{3} li:ŋ^{6} θin^{1} bou^{5} fuk^{8}

头 良 心 不 服

内心不服气。

女唱

6-1889

良 不 办 韦 机

Liengh mbouj baenz vae giq

le:ŋ^{6} bou^{5} pan^{2} vai^{1} ki^{5}

谅 不 成 姓 支

谅不成伴侣，

6-1890

写 字 十 作 定

Sij saw cih coq din

θi^{3} θaɯ^{1} çi^{6} ço^{5} tin^{1}

写 字 个 放 脚

写字放脚面。

6-1891

农 牙 合 广 英

Nuengx yax hob gvangj in

nu:ŋ^{4} ja^{5} ho:p^{8} kwa:ŋ^{3} in^{1}

妹 也 合 广 姻

妹想合八字，

6-1892

是 特 正 出 光

Cix dawz cingz ok gvangq

çi^{4} taɯ^{2} çiŋ^{2} o:k^{7} kwa:ŋ^{5}

就 拿 情 出 光

把信物拿来。

男唱

6-1893

良 不 办 韦 机

Liengh mbouj baenz vae giq

le:ŋ^{6} bou^{5} pan^{2} vai^{1} ki^{5}

谅 不 成 姓 支

谅不成伴侣，

6-1894

写 字 十 作 定

Sij saw cih coq din

θi^{3} θaɯ^{1} çi^{6} ço^{5} tin^{1}

写 字 个 放 脚

写字放脚面。

6-1895

想 牙 开 小 正

Siengj yax hai siuj cingz

θi:ŋ^{3} ja^{5} ha:i^{1} θi:u^{3} çiŋ^{2}

想 要 开 小 情

想送上信物，

6-1896

邦 少 平 说 乱

Biengz sau bingz naeuz luenh

pi:ŋ^{2} θa:u^{1} piŋ^{2} nau^{2} lu:n^{6}

地方 姑娘 安宁 或 乱

地方平稳否？

男唱

6–1897

良	**不**	**办**	**韦**	**机**
Liengh	mbouj	baenz	vae	giq
leːŋ^{6}	bou^{5}	pan^{2}	vai^{1}	ki^{5}
谅	**不**	**成**	**姓**	**支**

谅不成伴侣，

6–1898

写	**字**	**十**	**作**	**定**
Sij	saw	cih	coq	din
θi^{3}	θaɯ^{1}	ɕi^{6}	ɕo^{5}	tin^{1}
写	**字**	**个**	**放**	**脚**

写字放脚面。

6–1899

米	**正**	**是**	**开**	**正**
Miz	cingz	ɕix	hai	cingz
mi^{2}	ɕiŋ^{2}	ɕi^{4}	haːi^{1}	ɕiŋ^{2}
有	**情**	**就**	**开**	**情**

有信物拿来，

6–1900

邦	**少**	**平**	**办**	**水**
Biengz	sau	bingz	baenz	raemx
piːŋ^{2}	θaːu^{1}	piŋ^{2}	pan^{2}	ɹan^{4}
地方	**姑娘**	**平**	**成**	**水**

地方平如水。

女唱

6–1901

良	**不**	**办**	**韦**	**机**
Liengh	mbouj	baenz	vae	giq
leːŋ^{6}	bou^{5}	pan^{2}	vai^{1}	ki^{5}
谅	**不**	**成**	**姓**	**支**

谅不成伴侣，

6–1902

写	**字**	**十**	**作**	**法**
Sij	saw	cih	coq	faz
θi^{3}	θaɯ^{1}	ɕi^{6}	ɕo^{5}	fa^{2}
写	**字**	**个**	**放**	**竹墙**

写字放屏风。

6–1903

命	**不**	**结**	**关**	**巴**
Mingh	mbouj	giet	gvan	baz
miŋ^{6}	bou^{5}	kiːt^{7}	kwaːn^{1}	pa^{2}
命	**不**	**结**	**夫**	**妻**

命不成夫妻，

6–1904

从	**而**	**贝**	**爱**	**伏**
Congh	lawz	bae	gyaez	fwx
ɕoːŋ^{6}	laɯ^{2}	pai^{1}	kjai^{2}	fə^{4}
洞	**哪**	**去**	**爱**	**别人**

如何去爱人？

男唱

6-1905

良	**不**	**办**	**韦**	**机**
Liengh	mbouj	baenz	vae	giq
le:ŋ6	bou5	pan2	vai1	ki5
谅	不	成	姓	支

谅不成伴侣，

6-1906

写	**字**	**十**	**作**	**法**
Sij	saw	cih	coq	faz
θi3	θaɯ1	ɕi6	ɕo5	fa2
写	字	个	放	竹墙

写字放屏风。

6-1907

尻	**是**	**结**	**关**	**巴**
Nyienh	cix	giet	gvan	baz
ȵu:n6	ɕi4	ki:t7	kwa:n1	pa2
愿	就	结	夫	妻

愿就做夫妻，

6-1908

开	**特**	**心**	**马**	**用**
Gaej	dawz	sim	ma	yoengx
ka:i5	taɯ2	θin1	ma1	joŋ4
莫	拿	心	来	唆使

没那么多心。

女唱

6-1909

良	**不**	**办**	**韦**	**机**
Liengh	mbouj	baenz	vae	giq
le:ŋ6	bou5	pan2	vai1	ki5
谅	不	成	姓	支

谅不成伴侣，

6-1910

写	**字**	**十**	**作**	**法**
Sij	saw	cih	coq	faz
θi3	θaɯ1	ɕi6	ɕo5	fa2
写	字	个	放	竹墙

写字放屏风。

6-1911

命	**不**	**结**	**关**	**巴**
Mingh	mbouj	giet	gvan	baz
miŋ6	bou5	ki:t7	kwa:n1	pa2
命	不	结	夫	妻

命不成夫妻，

6-1912

抹	**水**	**山**	**同**	**分**
Uet	raemx	bya	doengh	mbek
u:t7	ɹan4	pja1	toŋ2	me:k7
抹	水	眼	相	分别

挥泪相告别。

男唱

6–1913

良　不　办　韦　机

Liengh　mbouj　baenz　vae　giq

leːŋ^{6}　bou^{5}　pan^{2}　vai^{1}　ki^{5}

谅　不　成　姓　支

谅不成伴侣，

6–1914

写　字　十　作　法

Sij　saw　cih　coq　faz

θi^{3}　θaɯ^{1}　ɕi^{6}　ɕo^{5}　fa^{2}

写　字　个　放　竹墙

写字放屏风。

6–1915

命　不　结　关　巴

Mingh　mbouj　giet　gvan　baz

miŋ^{6}　bou^{5}　kiːt^{7}　kwaːn^{1}　pa^{2}

命　不　结　夫　妻

命不成夫妻，

6–1916

抹　水　山　又　哭

Uet　raemx　bya　youh　daej

uːt^{7}　ɹan^{4}　pja^{1}　jou^{4}　tai^{3}

抹　水　眼　又　哭

流泪又哭泣。

女唱

6–1917

良　不　办　韦　机

Liengh　mbouj　baenz　vae　giq

leːŋ^{6}　bou^{5}　pan^{2}　vai^{1}　ki^{5}

谅　不　成　姓　支

谅不成伴侣，

6–1918

写　字　十　作　法

Sij　saw　cih　coq　faz

θi^{3}　θaɯ^{1}　ɕi^{6}　ɕo^{5}　fa^{2}

写　字　个　放　竹墙

写字放屏风。

6–1919

日　貝　垌　刀　马

Ngoenz　bae　doengh　dauq　ma

ŋon^{2}　pai^{1}　toŋ^{6}　taːu^{5}　ma^{1}

天　去　垌　回　来

每干活归家，

6–1920

秋　邦　法　要　样

Ciuq　bangx　faz　aeu　yiengh

ɕiːu^{5}　paːŋ^{4}　fa^{2}　au^{1}　jɯːŋ^{6}

看　旁　竹墙　要　样

看屏风思念。

男唱

6–1921

良	**不**	**办**	**韦**	**机**
Liengh	mbouj	baenz	vae	giq
le:ŋ^{6}	bou^{5}	pan^{2}	vai^{1}	ki^{5}
谅	**不**	**成**	**姓**	**支**

谅不成伴侣，

6–1922

写	**字**	**十**	**作**	**法**
Sij	saw	cih	coq	faz
θi^{3}	θaɯ^{1}	ɕi^{6}	ɕo^{5}	fa^{2}
写	**字**	**个**	**放**	**竹墙**

写字放屏风。

6–1923

日	**貝**	**垌**	**刀**	**马**
Ngoenz	bae	doengh	dauq	ma
ŋon^{2}	pai^{1}	toŋ^{6}	ta:u^{5}	ma^{1}
天	**去**	**垌**	**回**	**来**

每干活归家，

6–1924

秋	**邦**	**法**	**见**	**农**
Ciuq	bangx	faz	raen	nuengx
ɕi:u^{5}	pa:ŋ^{4}	fa^{2}	ɹan^{1}	nu:ŋ^{4}
看	**旁**	**竹墙**	**见**	**妹**

见字如见妹。

女唱

6–1925

良	**不**	**办**	**韦**	**机**
Liengh	mbouj	baenz	vae	giq
le:ŋ^{6}	bou^{5}	pan^{2}	vai^{1}	ki^{5}
谅	**不**	**成**	**姓**	**支**

谅不成伴侣，

6–1926

写	**字**	**十**	**作**	**勾**
Sij	saw	cih	coq	ngaeu
θi^{3}	θaɯ^{1}	ɕi^{6}	ɕo^{5}	ŋau^{1}
写	**字**	**个**	**放**	**钩**

写字挂吊钩。

6–1927

良	**不**	**得**	**同**	**要**
Liengh	mbouj	ndaej	doengh	aeu
le:ŋ^{6}	bou^{5}	dai^{3}	toŋ^{2}	au^{1}
谅	**不**	**得**	**相**	**要**

谅结不了婚，

6–1928

结	**勾**	**作**	**拉**	**两**
Giet	ngaeu	coq	laj	liengj
ki:t^{7}	ŋau^{1}	ɕo^{5}	la^{3}	li:ŋ^{3}
结	**钩**	**放**	**下**	**伞**

打结放伞中。

男唱

6-1929

良	不	办	韦	机
Liengh	mbouj	baenz	vae	giq
le:ŋ^{6}	bou^{5}	pan^{2}	vai^{1}	ki^{5}
谅	不	成	姓	支

谅不成伴侣，

6-1930

写	字	十	作	勾
Sij	saw	cih	coq	ngaeu
θi^{3}	θaɯ^{1}	ɕi^{6}	ɕo^{5}	ŋau^{1}
写	字	个	放	钩

写字挂吊钩。

6-1931

良	不	得	同	要
Liengh	mbouj	ndaej	doengh	aeu
le:ŋ^{6}	bou^{5}	dai^{3}	toŋ^{2}	au^{1}
谅	不	得	相	要

谅不能成亲，

6-1932

同	说	写	给	伕
Doengh	naeuz	ce	hawj	fwx
toŋ^{2}	nau^{2}	ɕe^{1}	həɯ^{3}	fə^{4}
相	说	留	给	别人

分别另交人。

女唱

6-1933

良	不	办	韦	机
Liengh	mbouj	baenz	vae	giq
le:ŋ^{6}	bou^{5}	pan^{2}	vai^{1}	ki^{5}
谅	不	成	姓	支

谅不成伴侣，

6-1934

写	字	十	作	勾
Sij	saw	cih	coq	ngaeu
θi^{3}	θaɯ^{1}	ɕi^{6}	ɕo^{5}	ŋau^{1}
写	字	个	放	钩

写字挂吊钩。

6-1935

良	不	得	同	要
Liengh	mbouj	ndaej	doengh	aeu
le:ŋ^{6}	bou^{5}	dai^{3}	toŋ^{2}	au^{1}
谅	不	得	相	要

谅不能成亲，

6-1936

同	说	洋	岁	从
Doengz	naeuz	yaeng	caez	coengh
toŋ^{2}	nau^{2}	jaŋ^{1}	ɕai^{2}	ɕoŋ^{6}
同	说	再	齐	帮

同商量互助。

男唱

6-1937

良　不　办　韦　机

Liengh mbouj baenz vae giq

le:ŋ^{6} bou^{5} pan^{2} vai^{1} ki^{5}

谅　不　成　姓　支

谅不成伴侣，

6-1938

写　字　十　作　勾

Sij saw cih coq ngaeu

θi^{3} θaɯ^{1} ɕi^{6} ɕo^{5} ŋau^{1}

写　字　个　放　钩

写字挂吊钩。

6-1939

牙　断　仪　邦　偻

Yax duenx saenq biengz raeuz

ja^{5} tu:n^{4} θin^{5} pi:ŋ^{2} ɹau^{2}

要　断　信　地方　我们

我俩要断绝，

6-1940

自　说　正　不　良

Gag naeuz cingz mbouj lingh

ka:k^{8} nau^{2} ɕiŋ^{2} bou^{5} le:ŋ^{6}

自　说　情　不　另

还说情义在。

女唱

6-1941

良　不　办　韦　机

Liengh mbouj baenz vae giq

le:ŋ^{6} bou^{5} pan^{2} vai^{1} ki^{5}

谅　不　成　姓　支

谅不成伴侣，

6-1942

写　字　十　作　更

Sij saw cih coq gaen

θi^{3} θaɯ^{1} ɕi^{6} ɕo^{5} kan^{1}

写　字　个　放　巾

写字放毛巾。

6-1943

备　封　仪　空　很

Beix fung saenq ndwi hwnj

pi^{4} fuŋ^{1} θin^{5} du:i^{1} hɯn^{3}

兄　封　信　不　上

兄不寄一信，

6-1944

刀　伕　更　天　牙

Dauq fawh gwnz denh ya

ta:u^{5} faɯ^{6} kɯn^{2} ti:n^{1} ja^{6}

回　时　上　天　下

哪时友得到？

男唱

6–1945

良 不 办 韦 机

Liengh mbouj baenz vae giq

le:ŋ^{6} bou^{5} pan^{2} vai^{1} ki^{5}

谅 不 成 姓 支

谅不成伴侣，

6–1946

写 字 十 作 更

Sij saw cih coq gaen

θi^{3} θaɯ^{1} ɕi^{6} ɕo^{5} kan^{1}

写 字 个 放 巾

写字放毛巾。

6–1947

备 封 仪 可 很

Beix fung saenq goj hwnj

pi^{4} fuŋ^{1} θin^{5} ko^{5} hɯn^{3}

兄 封 信 也 上

兄纵使写信，

6–1948

身 少 生 邦 伏

Ndang sau seng biengz fwx

da:ŋ^{1} θa:u^{1} θe:ŋ^{1} pi:ŋ^{2} fə^{4}

身 姑娘 生 地方 别人

妹身在他乡。

女唱

6–1949

良 不 办 韦 机

Liengh mbouj baenz vae giq

le:ŋ^{6} bou^{5} pan^{2} vai^{1} ki^{5}

谅 不 成 姓 支

谅不成伴侣，

6–1950

写 字 十 作 手

Sij saw cih coq fwngz

θi^{3} θaɯ^{1} ɕi^{6} ɕo^{5} fɯŋ^{2}

写 字 个 放 手

写字放手中。

6–1951

良 土 不 得 你

Liengh dou mbouj ndaej mwngz

le:ŋ^{6} tu^{1} bou^{5} dai^{3} mɯŋ^{2}

谅 我 不 得 你

我不得嫁你，

6–1952

写 贝 正 口 那

Sij mbaw cingz gaeuj naj

θi^{3} baɯ^{1} ɕiŋ^{2} kau^{3} na^{3}

写 张 情 看 脸

看情书怀念。

男唱

6-1953

良	**空**	**办**	**韦**	**机**
Liengh	ndwi	baenz	vae	giq
le:ŋ6	du:i1	pan2	vai1	ki5
谅	**不**	**成**	**姓**	**支**

谅不成伴侣，

6-1954

写	**字**	**十**	**作**	**手**
Sij	saw	cih	coq	fwngz
θi3	θaɯ1	ɕi6	ɕo5	fɯŋ2
写	**字**	**个**	**放**	**手**

写字放手中。

6-1955

良	**土**	**不**	**得**	**你**
Liengh	dou	mbouj	ndaej	mwngz
le:ŋ6	tu1	bou5	dai3	mɯŋ2
谅	**我**	**不**	**得**	**你**

我不得娶你，

6-1956

秋	**江**	**手**	**要**	**样**
Ciuq	gyang	fwngz	aeu	yiengh
ɕi:u5	kja:ŋ1	fɯŋ2	au1	jɯ:ŋ6
看	**中**	**手**	**要**	**样**

看字如看你。

女唱

6-1957

良	**空**	**办**	**韦**	**机**
Liengh	ndwi	baenz	vae	giq
le:ŋ6	du:i1	pan2	vai1	ki5
谅	**不**	**成**	**姓**	**支**

谅不成伴侣，

6-1958

写	**字**	**十**	**作**	**更**
Sij	saw	cih	coq	gaen
θi3	θaɯ1	ɕi6	ɕo5	kan1
写	**字**	**个**	**放**	**巾**

写字放毛巾。

6-1959

貝	**那**	**秋**	**不**	**见**
Bae	naj	ciuq	mbouj	raen
pai1	na3	ɕiu5	bou5	ɹan1
去	**前**	**看**	**不**	**见**

走远不见面，

6-1960

忠	**很**	**见**	**又**	**哭**
Fangz	hwnz	raen	youh	daej
fa:ŋ2	hɯn2	ɹan1	jou4	tai3
做	**梦**	**见**	**又**	**哭**

梦里见又哭。

男唱

6–1961

良	空	办	韦	机
Liengh	ndwi	baenz	vae	giq
le:ŋ^{6}	du:i^{1}	pan^{2}	vai^{1}	ki^{5}
谅	不	成	姓	支

谅不成伴侣，

6–1962

写	字	十	作	更
Sij	saw	cih	coq	gaen
θi^{3}	θaɯ^{1}	ɕi^{6}	ɕo^{5}	kan^{1}
写	字	个	放	巾

写字放毛巾。

6–1963

貝	那	秋	不	见
Bae	naj	ciuq	mbouj	raen
pai^{1}	na^{3}	ɕi:u^{5}	bou^{5}	ɹan^{1}
去	前	看	不	见

走远不见面，

6–1964

写	贝	更	口	那
Ce	mbaw	gaen	gaeuj	naj
ɕe^{1}	baɯ^{1}	kan^{1}	kau^{3}	na^{3}
留	张	巾	看	脸

毛巾做纪念。

女唱

6–1965

良	空	办	韦	机
Liengh	ndwi	baenz	vae	giq
le:ŋ^{6}	du:i^{1}	pan^{2}	vai^{1}	ki^{5}
谅	不	成	姓	支

谅不成伴侣，

6–1966

写	字	十	作	更
Sij	saw	cih	coq	gaen
θi^{3}	θaɯ^{1}	ɕi^{6}	ɕo^{5}	kan^{1}
写	字	个	放	巾

写字放毛巾。

6–1967

貝	那	秋	不	见
Bae	naj	ciuq	mbouj	raen
pai^{1}	na^{3}	ɕiu^{5}	bou^{5}	ɹan^{1}
去	前	看	不	见

走远不见面，

6–1968

要	更	古	桥	圽
Aeu	gaen	guh	giuz	raih
au^{1}	kan^{1}	ku^{4}	ki:u^{2}	ɹa:i^{6}
要	巾	做	桥	走

要巾来搭桥。

男唱

6–1969

良 空 办 韦 机

Liengh ndwi baenz vae giq

le:ŋ^{6} du:i^{1} pan^{2} vai^{1} ki^{5}

谅 不 成 姓 支

谅不成伴侣，

6–1970

写 字 十 作 更

Sij saw cih coq gaen

θi^{3} θaɯ^{1} ɕi^{6} ɕo^{5} kan^{1}

写 字 个 放 巾

写字放毛巾。

6–1971

良 不 得 农 银

Liengh mbouj ndaej nuengx ngaenz

le:ŋ^{6} bou^{5} dai^{3} nu:ŋ^{4} ŋan^{2}

谅 不 得 妹 银

谅娶不得妹，

6–1972

采 古 很 邦 累

Byaij guh haenz biengz laeq

pja:i^{3} ku^{4} han^{2} pi:ŋ^{2} lai^{5}

走 做 边 地方 看

做给天下看。

女唱

6–1973

良 不 办 韦 机

Liengh mbouj baenz vae giq

le:ŋ^{6} bou^{5} pan^{2} vai^{1} ki^{5}

谅 不 成 姓 支

谅不成伴侣，

6–1974

写 字 十 作 更

Sij saw cih coq gaen

θi^{3} θaɯ^{1} ɕi^{6} ɕo^{5} kan^{1}

写 字 个 放 巾

写字放毛巾。

6–1975

结 卜 妻 不 办

Giet boh maex mbouj baenz

ki:t^{7} po^{6} mai^{4} bou^{5} pan^{2}

结 夫 妻 不 成

结夫妻不成，

6–1976

变 古 存 变 哭

Benh guh caemz benh daej

pe:n^{6} ku^{4} ɕan^{2} pe:n^{6} tai^{3}

边 做 玩 边 哭

边聊边洒泪。

第七篇　交往歌

《交往歌》主要唱述对歌双方互相考察彼此对汉语的掌握程度，歌中数百句学习汉语的唱词表明了瑶族乐于与周边的壮族、汉族等民族交往交流。圩场是各民族交往交流的重要场所，唱词中提到瑶族宰杀牲畜到圩市里售卖，说明瑶族是推动区域经济发展的主要参与者之一，学好汉语有利于消除语言隔阂，促进族际交往和商品流通。除了学习汉语，瑶族还把汉族民间文学的精品融入到本民族的歌谣之中，使汉族民间文学成为民族文化交流融汇的结晶，如唱词中出现了后羿射日、盘古开天辟地等神话传说故事。汉族人民迁居边疆地区也带来了先进的生产技术，瑶族常邀请汉族来帮助修路、建房和筑坝等，客观上也促进了区域生产技术的提高。

男唱

7-1

欢	**写**	**南**
Fwen	ce	nanz
vu:n^1	ɕe^1	na:n^2
歌	留	久

久别歌，

7-2

南	**来**	**不**	**好**	**口**
Nanz	lai	mbouj	ndei	gaeuj
na:n^2	la:i^1	bou^5	dei^1	kau^3
久	多	不	好	看

太久不好听。

7-3

欢	**写**	**南**	**内**	**兰**
Fwen	ce	nanz	neix	lanh
vu:n^1	ɕe^1	na:n^2	ni^4	la:n^6
歌	留	久	这	滥

乱唱久别歌，

7-4

丢	**邦**	**头**	**内**	**写**
Ndek	baengx	gyaeuj	neix	ce
de:k^7	paŋ^4	kjau^3	ni^4	ɕe^1
丢	面	头	这	留

脸面尽丢光。

女唱

7-5

欢	**写**	**南**
Fwen	ce	nanz
vu:n^1	ɕe^1	na:n^2
歌	留	久

久别歌，

7-6

南	**来**	**不**	**好**	**听**
Nanz	lai	mbouj	ndei	dingq
na:n^2	la:i^1	bou^5	dei^1	tiŋ^5
久	多	不	好	听

太久不好听。

7-7

米	**罗**	**貝**	**米**	**兴**
Miz	loh	bae	miz	hingq
mi^2	lo^6	pai^1	mi^2	hiŋ^5
有	路	去	有	兴趣

有路有兴趣，

7-8

牙	**好**	**听**	**貝**	**南**
Yax	ndei	dingq	bae	nanz
ja^5	dei^1	tiŋ^5	pai^1	na:n^2
也	好	听	去	久

唱歌才好听。

男唱

7-9

欢	**写**	**南**
Fwen	ce	nanz
vuːn^{1}	çe^{1}	naːn^{2}
歌	**留**	**久**

久别歌，

7-10

南	**来**	**不**	**好**	**累**
Nanz	lai	mbouj	ndei	laeq
naːn^{2}	laːi^{1}	bou^{5}	dei^{1}	lai^{5}
久	**多**	**不**	**好**	**看**

太久不好听。

7-11

欢	**写**	**南**	**内**	**得**
Fwen	ce	nanz	neix	ndaej
vuːn^{1}	çe^{1}	naːn^{2}	ni^{4}	dai^{3}
歌	**留**	**久**	**这**	**得**

久别歌可唱，

7-12

良	**干**	**罗**	**一**	**貝**
Lingh	ganq	loh	ndeu	bae
leːŋ^{6}	kaːn^{5}	lo^{6}	deːu^{1}	pai^{1}
另	**照料**	**路**	**一**	**去**

需重整头绪。

女唱

7-13

特	**罗**	**内**	**貝**	**丢**
Dawz	loh	neix	bae	ndek
tənɯ^{2}	lo^{6}	ni^{4}	pai^{1}	deːk^{7}
拿	**路**	**这**	**去**	**丢**

抛弃老路子，

7-14

良	**开**	**罗**	**一**	**貝**
Lingh	hai	loh	ndeu	bae
leːŋ^{6}	haːi^{1}	lo^{6}	deːu^{1}	pai^{1}
另	**开**	**路**	**一**	**去**

另外开新路。

7-15

特	**罗**	**内**	**貝**	**远**
Dawz	loh	neix	bae	gyae
tənɯ^{2}	lo^{6}	ni^{4}	pai^{1}	kjai^{1}
拿	**路**	**这**	**去**	**远**

远离老路子，

7-16

偻	**良**	**开**	**罗**	**么**
Raeuz	lingh	hai	loh	moq
ɹau^{2}	leːŋ^{6}	haːi^{1}	lo^{6}	mo^{5}
我们	**另**	**开**	**路**	**新**

开辟新路子。

男唱

7-17

十	义	罗	欢	美
Cib	ngeih	loh	fwen	maez
çit^{8}	ȵi^{6}	lo^{6}	vu:n^{1}	mai^{2}
十	二	路	歌	爱

十二路情歌，

7-18

开	罗	而	貝	观
Hai	loh	lawz	bae	gonq
ha:i^{1}	lo^{6}	laɯ^{2}	pai^{1}	ko:n^{5}
开	路	哪	去	先

先唱哪一路。

7-19

十	三	罗	欢	满
Cib	sam	loh	fwen	monh
çit^{8}	θa:n^{1}	lo^{6}	vu:n^{1}	mo:n^{6}
十	三	路	歌	情

十三路爱歌，

7-20

才	农	祘	罗	而
Caih	nuengx	suenq	loh	lawz
ça:i^{6}	nu:ŋ^{4}	θu:n^{5}	lo^{6}	laɯ^{2}
随	妹	算	路	哪

任你选哪路。

女唱

7-21

欢	写	南	牙	了
Fwen	ce	nanz	yax	liux
vu:n^{1}	çe^{1}	na:n^{2}	ja^{5}	li:u^{4}
歌	留	久	也	完

久别歌也完，

7-22

良	开	罗	貝	沙
Lingh	hai	loh	bae	ra
le:ŋ^{6}	ha:i^{1}	lo^{6}	pai^{1}	ɹa^{1}
另	开	路	去	找

需另开歌路。

7-23

平	欢	口	欢	么
Bingz	fwen	gaeuq	fwen	moq
piŋ^{2}	vu:n^{1}	kau^{5}	vu:n^{1}	mo^{5}
凭	歌	旧	歌	新

任老歌新歌，

7-24

可	沙	堂	欢	三
Goj	ra	daengz	fwen	sanq
ko^{5}	ɹa^{1}	taŋ^{2}	vu:n^{1}	θa:n^{5}
也	找	到	歌	散

离不开独唱。

男唱

7-25

欢	**写**	**南**	**牙**	**了**
Fwen	ce	nanz	yax	liux
vuːn^{1}	çe^{1}	naːn^{2}	ja^{5}	liːu^{4}
歌	留	久	也	完

久别歌也完，

7-26

偻	**打**	**祘**	**偻**	**贝**
Raeuz	daj	suenq	raeuz	bae
ɹau^{2}	ta^{3}	θuːn^{5}	ɹau^{2}	pai^{1}
我们	打	算	我们	去

我俩从头起。

7-27

后	**欢**	**满**	**欢**	**美**
Haeuj	fwen	monh	fwen	maez
hau^{3}	vuːn^{1}	moːn^{6}	vuːn^{1}	mai^{2}
进	歌	情	歌	爱

到情歌歌场，

7-28

你	**贝**	**不**	**了**	**农**
Mwngz	bae	mbouj	liux	nuengx
mɯŋ^{2}	pai^{1}	bou^{5}	liːu^{4}	nuːŋ^{4}
你	去	不	啰	妹

妹你去不去？

女唱

7-29

欢	**写**	**南**	**牙**	**了**
Fwen	ce	nanz	yax	liux
vuːn^{1}	çe	naːn^{2}	ja^{5}	liːu^{4}
歌	留	久	也	完

久别歌也完，

7-30

偻	**打**	**祘**	**偻**	**贝**
Raeuz	daj	suenq	raeuz	bae
ɹau^{2}	ta^{3}	θuːn^{5}	ɹau^{2}	pai^{1}
我们	打	算	我们	去

我俩从头来。

7-31

后	**欢**	**满**	**欢**	**美**
Haeuj	fwen	monh	fwen	maez
hau^{3}	vuːn^{1}	moːn^{6}	vuːn^{1}	mai^{2}
进	歌	情	歌	爱

到情歌歌场，

7-32

偻	**岁**	**贝**	**欢**	**三**
Raeuz	caez	bae	fwen	sanq
ɹau^{2}	çai^{2}	pai^{1}	vuːn^{1}	θaːn^{5}
我们	齐	去	歌	散

我俩去对歌。

男唱

7-33
欢 写 南 牙 了
Fwen ce nanz yax liux
vuːn^{1} çe^{1} naːn^{2} ja^{5} liːu^{4}
歌 留 久 也 完
久别歌也完，

7-34
偻 打 祘 偻 飞
Raeuz daj suenq raeuz mbin
ɹau^{2} ta^{3} θuːn^{5} ɹau^{2} bin^{1}
我们 打 算 我们 飞
我俩快打算。

7-35
土 问 你 少 金
Dou cam mwngz sau gim
tu^{1} çaːm^{1} mɯŋ^{2} θaːu^{1} kin^{1}
我 问 你 姑娘 金
我问你小妹，

7-36
你 飞 说 你 在
Mwngz mbin naeuz mwngz ywq
mɯŋ^{2} bin^{1} nau^{2} mɯŋ^{2} jɯ^{5}
你 飞 或 你 在
妹去还是留？

女唱

7-37
欢 写 南 牙 了
Fwen ce nanz yax liux
vuːn^{1} çe^{1} naːn^{2} ja^{5} liːu^{4}
歌 留 久 也 完
久别歌也完，

7-38
当 田 偻 当 领
Dangq dieg raeuz dangq lingh
taːŋ^{5} tiːk^{8} ɹau^{2} taːŋ^{5} liŋ^{6}
另 地 我们 另 样
各地不一样。

7-39
米 羽 偻 岁 飞
Miz fwed raeuz caez mbin
mi^{2} fuːt^{8} ɹau^{2} çai^{2} bin^{1}
有 翅 我们 齐 飞
有翅一起飞，

7-40
米 定 偻 岁 走
Miz din raeuz caez yamq
mi^{2} tin^{1} ɹau^{2} çai^{2} jaːm^{5}
有 脚 我们 齐 走
有脚一起走。

男唱

7-41

欢	写	南	牙	了
Fwen	ce	nanz	yax	liux
vu:n^{1}	ɕe^{1}	na:n^{2}	ja^{5}	li:u^{4}
歌	留	久	也	完

久别歌也完，

7-42

当	田	偻	当	领
Dangq	dieg	raeuz	dangq	lingh
ta:ŋ^{5}	ti:k^{8}	ɹau^{2}	ta:ŋ^{5}	liŋ^{6}
另	地	我们	另	样

各地不一样。

7-43

农	米	羽	是	飞
Nuengx	miz	fwed	cix	mbin
nu:ŋ^{4}	mi^{2}	fu:t^{8}	ɕi^{4}	bin^{1}
妹	有	翅	就	飞

妹有翅就飞，

7-44

定	龙	是	不	走
Din	lungz	cix	mbouj	yamq
tin^{1}	luŋ^{2}	ɕi^{4}	bou^{5}	ja:m^{5}
脚	龙	就	不	走

我不跟你走。

女唱

7-45

华	老	出	贝	字
Hak	laux	ok	mbaw	saw
ha:k^{7}	la:u^{4}	o:k^{7}	baɯ^{1}	θaɯ^{1}
官	大	出	张	字

大官出告示，

7-46

给	土	貝	会	垌
Hawj	dou	bae	faex	doengh
həɯ^{3}	tu^{1}	pai^{1}	fai^{4}	toŋ^{6}
给	我	去	树	垌

给我搬迁去。

7-47

不	南	偻	古	穷
Mbouj	nanz	raeuz	guh	gyoengq
bou^{5}	na:n^{2}	ɹau^{2}	ku^{4}	kjoŋ^{5}
不	久	我们	做	群

我们会聚居，

7-48

狼	垌	光	内	伕
Langh	doengh	gvangq	neix	fwz
la:ŋ^{6}	toŋ^{6}	kwa:ŋ^{5}	ni^{4}	fɯ^{2}
放	垌	宽	这	荒

将此地丢弃。

男唱

7-49

今	**天**	**良**	**样**	**内**
Ginh	denh	liengh	yiengh	neix
kin^{5}	tiːn^{1}	liːŋ^{6}	jɯːŋ^{6}	ni^{4}
今	天	亮	样	这

今天这么亮，

7-50

明	**天**	**良**	**样**	**而**
Mingz	denh	liengh	yiengh	lawz
min^{2}	tiːn^{1}	liːŋ^{6}	jɯːŋ^{6}	laɯ^{2}
明	天	亮	样	哪

明天将如何？

7-51

狼	**垌**	**光**	**内**	**伕**
Langh	doengh	gvangq	neix	fwz
laːŋ^{6}	toŋ^{6}	kwaːŋ^{5}	ni^{4}	fɯ^{2}
放	垌	宽	这	荒

留这平地荒，

7-52

牙	**貝**	**而**	**了**	**农**
Yax	bae	lawz	liux	nuengx
ja^{5}	pai^{1}	laɯ^{2}	liːu^{4}	nuːŋ^{4}
也	去	哪	了	妹

妹你欲何往？

女唱

7-53

今	**天**	**良**	**样**	**内**
Ginh	denh	liengh	yiengh	neix
kin^{5}	tiːn^{1}	liːŋ^{6}	jɯːŋ^{6}	ni^{4}
今	天	亮	样	这

今天这样亮，

7-54

明	**天**	**良**	**样**	**而**
Mingz	denh	liengh	yiengh	lawz
min^{2}	tiːn^{1}	liːŋ^{6}	jɯːŋ^{6}	laɯ^{2}
明	天	亮	样	哪

明天将如何？

7-55

平	**貝**	**而**	**貝**	**而**
Bingz	bae	lawz	bae	lawz
piŋ^{2}	pai^{1}	laɯ^{2}	pai^{1}	laɯ^{2}
凭	去	哪	去	哪

任我去何方，

7-56

问	**古**	**而**	**了**	**备**
Cam	guh	rawz	liux	beix
ɕaːm^{1}	ku^{4}	ɹaɯ^{2}	liːu^{4}	pi^{4}
问	做	哪	了	兄

不用你过问。

男唱

7-57

今	**天**	**良**	**样**	**内**
Ginh	denh	liengh	yiengh	neix
kin^5	ti:n^1	li:ŋ^6	jɯ:ŋ^6	ni^4
今	天	亮	样	这

今天这样亮，

7-58

明	**天**	**良**	**样**	**而**
Mingz	denh	liengh	yiengh	lawz
min^2	ti:n^1	li:ŋ^6	jɯ:ŋ^6	law^2
明	天	亮	样	哪

明天将如何？

7-59

问	**你**	**农**	**貝**	**而**
Cam	mwngz	nuengx	bae	lawz
ça:m^1	mɯŋ^2	nu:ŋ^4	pai^1	law^2
问	你	妹	去	哪

问妹何所去，

7-60

牙	**年**	**你**	**一**	**路**
Yax	nem	mwngz	yiz	lu
ja^5	ne:m^1	mɯŋ^2	i^2	lu^4
也	贴	你	一	路

要与你同路。

女唱

7-61

今	**天**	**良**	**样**	**内**
Ginh	denh	liengh	yiengh	neix
kin^5	ti:n^1	li:ŋ^6	jɯ:ŋ^6	ni^4
今	天	亮	样	这

今天这样亮，

7-62

明	**天**	**良**	**样**	**而**
Mingz	denh	liengh	yiengh	lawz
min^2	ti:n^1	li:ŋ^6	jɯ:ŋ^6	law^2
明	天	亮	样	哪

明天将如何？

7-63

平	**貝**	**板**	**貝**	**河**
Bingz	bae	mbanj	bae	haw
piŋ^2	pai^1	ba:n^3	pai^1	həɯ^1
凭	去	村	去	圩

任走亲赶圩，

7-64

龙	**年**	**土**	**不**	**得**
Lungz	nem	dou	mbouj	ndaej
luŋ^2	ne:m^1	tu^1	bou^5	dai^3
龙	贴	我	不	得

兄不能跟我。

男唱

7-65

十	**阝**	**十**	**条**	**定**
Cib	boux	cib	diuz	dwngx
çit^{8}	pu^{4}	çit^{8}	ti:u^{2}	tɯŋ^{4}
十	人	十	条	棍

十人十根棍，

7-66

特	**貝**	**丢**	**下**	**官**
Dawz	bae	vengh	roengz	gumz
təɯ^{2}	pai^{1}	vi:ŋ^{6}	ɹoŋ^{2}	kun^{2}
拿	去	丢	下	坑

拿去丢下坑。

7-67

十	**阝**	**十**	**句**	**欢**
Cib	boux	cib	coenz	fwen
çit^{8}	pu^{4}	çit^{8}	kjon^{2}	vu:n^{1}
十	人	十	句	歌

十人十句歌，

7-68

特	**貝**	**盘**	**少**	**口**
Dawz	bae	buenz	sau	gaeuq
təɯ^{2}	pai^{1}	pu:n^{2}	θa:u^{1}	kau^{5}
拿	去	盘	姑娘	旧

盘问旧情妹。

女唱

7-69

十	**阝**	**十**	**条**	**定**
Cib	boux	cib	diuz	dwngx
çit^{8}	pu^{4}	çit^{8}	ti:u^{2}	tɯŋ^{4}
十	人	十	条	棍

十人十根棍，

7-70

特	**貝**	**丢**	**下**	**官**
Dawz	bae	vengh	roengz	gumz
təɯ^{2}	pai^{1}	vi:ŋ^{6}	ɹoŋ^{2}	kun^{2}
拿	去	丢	下	坑

拿去丢下坑。

7-71

十	**阝**	**十**	**开**	**团**
Cib	boux	cib	gaiq	duenz
çit^{8}	pu^{4}	çit^{8}	ka:i^{5}	tu:n^{2}
十	人	十	块	猜

十人十张嘴，

7-72

开	**欢**	**貝**	**跟**	**比**
Hai	fwen	bae	riengz	beij
ha:i^{1}	vu:n^{1}	pai^{1}	ɹi:ŋ^{2}	pi^{3}
开	歌	去	跟	比

用歌去比赛。

男唱

7–73

十	卜	十	条	定
Cib	boux	cib	diuz	dwngx
ɕit^{8}	pu^{4}	ɕit^{8}	tiːu^{2}	tɯŋ^{4}
十	人	十	条	棍

十人十根棍，

7–74

特	貝	丢	下	那
Dawz	bae	ndek	roengz	naz
təɯ^{2}	pai^{1}	deːk^{7}	ɹoŋ^{2}	na^{2}
拿	去	丢	下	田

拿去丢下田。

7–75

十	卜	十	开	差
Cib	boux	cib	gaiq	ca
ɕit^{8}	pu^{4}	ɕit^{8}	kaːi^{5}	ɕa^{1}
十	人	十	块	叉

十人十把叉，

7–76

貝	挖	那	古	莫
Bae	vat	naz	guh	mboq
pai^{1}	vaːt^{7}	na^{2}	ku^{4}	bo^{5}
去	挖	田	做	泉

去挖田做泉。

女唱

7–77

十	卜	十	条	定
Cib	boux	cib	diuz	dwngx
ɕit^{8}	pu^{4}	ɕit^{8}	tiːu^{2}	tɯŋ^{4}
十	人	十	条	棍

十人十根棍，

7–78

特	貝	丢	下	开
Dawz	bae	ndek	roengz	gai
təɯ^{2}	pai^{1}	deːk^{7}	ɹoŋ^{2}	kaːi^{1}
拿	去	丢	下	街

拿去丢街上。

7–79

十	卜	十	条	才
Cib	boux	cib	diuz	sai
ɕit^{8}	pu^{4}	ɕit^{8}	tiːu^{2}	θaːi^{1}
十	人	十	条	带

十人十条带，

7–80

要	尾	马	同	省
Aeu	byai	ma	doengh	swnj
au^{1}	pjaːi^{1}	ma^{1}	toŋ^{2}	θɯn^{3}
要	尾	来	相	接

互相来连接。

男唱

7-81

少	牙	貝	干	罗
Sau	yax	bae	ganj	loh
θaːu^{1}	ja^{5}	pai^{1}	kaːn^{3}	lo^{6}
姑娘	也	去	赶	路

妹要去赶路，

7-82

包	牙	貝	干	元
Mbauq	yax	bae	ganj	roen
baːu^{5}	ja^{5}	pai^{1}	kaːn^{3}	joːn^{1}
小伙	也	去	赶	路

哥也去赶路。

7-83

貝	干	田	四	方
Bae	ganj	denz	seiq	fueng
pai^{1}	kaːn^{3}	teːn^{2}	θei^{5}	fuːŋ^{1}
去	赶	地	四	方

去看看天下，

7-84

貝	干	元	龙	女
Bae	ganj	roen	lungz	nawx
pai^{1}	kaːn^{3}	joːn^{1}	luŋ^{2}	nɯ^{4}
去	赶	路	龙	女

去赶龙女路。

女唱

7-85

少	牙	貝	干	罗
Sau	yax	bae	ganj	loh
θaːu^{1}	ja^{5}	pai^{1}	kaːn^{3}	lo^{6}
姑娘	也	去	赶	路

妹要去赶路，

7-86

包	牙	貝	干	元
Mbauq	yax	bae	ganj	roen
baːu^{5}	ja^{5}	pai^{1}	kaːn^{3}	joːn^{1}
小伙	也	去	赶	路

兄也要赶路。

7-87

貝	干	田	四	方
Bae	ganj	denz	seiq	fueng
pai^{1}	kaːn^{3}	teːn^{2}	θei^{5}	fuːŋ^{1}
去	赶	地	四	方

去看看天下，

7-88

貝	干	元	少	包
Bae	ganj	roen	sau	mbauq
pai^{1}	kaːn^{3}	joːn^{1}	θaːu^{1}	baːu^{5}
去	赶	路	姑娘	小伙

去赶情友路。

男唱

7-89

办 架 尖 割 森

Baenz cax raeh vuet ndoeng

pan^{2} kja^{4} ɹai^{6} vuːt^{7} doŋ^{1}

磨 刀 利 割 山林

磨利刀开路，

7-90

砍 貝 通 罗 机

Vuet bae doeng loh giq

vuːt^{7} pai^{1} toŋ^{1} lo^{6} ki^{5}

砍 去 通 路 岔

去开通岔路。

7-91

少 干 元 样 内

Sau ganq roen yiengh neix

θaːu^{1} kaːn^{5} joːn^{1} jɯːŋ^{6} ni^{4}

姑娘 照料 路 样 这

妹开这条路，

7-92

备 干 罗 样 而

Beix ganq loh yiengh lawz

pi^{4} kaːn^{5} lo^{6} jɯːŋ^{6} laɯ^{2}

兄 照料 路 样 哪

兄开哪条路？

女唱

7-93

办 架 尖 割 森

Baenz cax raeh vuet ndoeng

pan^{2} kja^{4} ɹai^{6} vuːt^{7} doŋ^{1}

磨 刀 利 割 山林

磨利刀开路，

7-94

砍 貝 通 罗 老

Vuet bae doeng loh laux

vuːt^{7} pai^{1} toŋ^{1} lo^{6} laːu^{4}

砍 去 通 路 大

开去通大路。

7-95

少 干 元 给 包

Sau ganq roen hawj mbauq

θaːu^{1} kaːn^{5} joːn^{1} həɯ^{3} baːu^{5}

姑娘 照料 路 给 小伙

妹为兄开路，

7-96

包 干 罗 给 少

Mbauq ganq loh hawj sau

baːu^{5} kaːn^{5} lo^{6} həɯ^{3} θaːu^{1}

小伙 照料 路 给 姑娘

兄为妹开路。

男唱

7-97

办 架 尖 割 森

Baenz cax raeh vuet ndoeng

pan^{2} kja^{4} ɹai^{6} vuːt^{7} doŋ^{1}

磨 刀 利 割 山林

磨利刀开路，

7-98

砍 貝 通 东 海

Vuet bae doeng doeng haij

vuːt^{7} pai^{1} toŋ^{1} toŋ^{1} haːi^{3}

砍 去 通 东 海

开路去东海。

7-99

三 条 元 全 开

Sam diuz roen gyonj hai

θaːn^{1} tiːu^{2} joːn^{1} kjoːn^{5} haːi^{1}

三 条 路 都 开

三条路全开，

7-100

才 备 采 条 而

Caih beix byaij diuz lawz

ɕaːi^{6} pi^{4} pjaːi^{3} tiːu^{2} laɯ^{2}

随 兄 走 条 哪

任兄走哪条。

女唱

7-101

办 架 尖 割 森

Baenz cax raeh vuet ndoeng

pan^{2} kja^{4} ɹai^{6} vuːt^{7} doŋ^{1}

磨 刀 利 割 山林

磨利刀开路，

7-102

砍 貝 通 罗 背

Vuet bae doeng loh boih

vuːt^{7} pai^{1} toŋ^{1} lo^{6} poːi^{6}

砍 去 通 路 僻静

开去通小路。

7-103

平 罗 好 罗 凶

Bingz loh ndei loh rwix

piŋ^{2} lo^{6} dei^{1} lo^{6} ɹuːi^{4}

凭 路 好 路 孬

任凭路险恶，

7-104

少 包 对 一 貝

Sau mbauq doiq ndeu bae

θaːu^{1} baːu^{5} toːi^{5} deːu^{1} pai^{1}

姑娘 小伙 对 一 去

妹陪哥同行。

男唱

7-105

办	架	尖	割	森
Baenz	cax	raeh	vuet	ndoeng
pan^2	kja^4	ɹai^6	vuːt^7	doŋ^1
磨	刀	利	割	山林

磨利刀开路，

7-106

砍	貝	通	罗	背
Vuet	bae	doeng	loh	boih
vuːt^7	pai^1	toŋ^1	lo^6	poːi^6
砍	去	通	路	僻静

开去通小路。

7-107

平	罗	好	罗	凶
Bingz	loh	ndei	loh	rwix
piŋ^2	lo^6	dei^1	lo^6	ɹɯːi^4
凭	路	好	路	孬

任凭路险恶，

7-108

可	米	对	伴	偻
Goj	miz	doiq	buenx	raeuz
ko^5	mi^2	toːi^5	puːn^4	ɹau^2
也	有	对	伴	我们

都有人同行。

女唱

7-109

办	架	尖	割	森
Baenz	cax	raeh	vuet	ndoeng
pan^2	kja^4	ɹai^6	vuːt^7	doŋ^1
磨	刀	利	割	山林

磨利刀开路，

7-110

砍	貝	通	垌	光
Vuet	bae	doeng	doengh	gvangq
vuːt^7	pai^1	toŋ^1	toŋ^6	kwaːŋ^5
砍	去	通	垌	宽

开通大地方。

7-111

牛	跟	歪	岁	狼
Cwz	riengz	vaiz	caez	langh
ɕɯ^2	ɹiːŋ^2	vaːi^2	ɕai^2	laːŋ^6
黄牛	跟	水牛	齐	放

牛群同放牧，

7-112

垌	光	全	草	绿
Doengh	gvangq	gyonj	nywj	heu
toŋ^6	kwaːŋ^5	kjoːn^3	ɲɯ^3	heːu^1
垌	宽	都	草	青

平地青草多。

男唱

7-113

办	**架**	**尖**	**割**	**森**
Baenz	cax	raeh	vuet	ndoeng
pan^{2}	kja^{4}	ɹai^{6}	vuːt^{7}	doŋ^{1}
磨	**刀**	**利**	**割**	**山林**

磨利刀开路，

7-114

割	**貝**	**通**	**垌**	**光**
Vuet	bae	doeng	doengh	gvangq
vuːt^{7}	pai^{1}	toŋ^{1}	toŋ^{6}	kwaːŋ^{5}
割	**去**	**通**	**垌**	**宽**

开通大地方。

7-115

牛	**跟**	**歪**	**岁**	**狼**
Cwz	riengz	vaiz	caez	langh
ɕɯ^{2}	ɹiːŋ^{2}	vaːi^{2}	ɕai^{2}	laːŋ^{6}
黄牛	**跟**	**水牛**	**齐**	**放**

牛群同放牧，

7-116

貝	**垌**	**光**	**不**	**马**
Bae	doengh	gvangq	mbouj	ma
pai^{1}	toŋ^{6}	kwaːŋ^{5}	bou^{5}	ma^{1}
去	**垌**	**宽**	**不**	**来**

去平地不回。

女唱

7-117

牛	**跟**	**歪**	**岁**	**狼**
Cwz	riengz	vaiz	caez	langh
ɕɯ^{2}	ɹiːŋ^{2}	vaːi^{2}	ɕai^{2}	laːŋ^{6}
黄牛	**跟**	**水牛**	**齐**	**放**

牛群同放牧，

7-118

貝	**垌**	**光**	**不**	**马**
Bae	doengh	gvangq	mbouj	ma
pai^{1}	toŋ^{6}	kwaːŋ^{5}	bou^{5}	ma^{1}
去	**垌**	**宽**	**不**	**来**

进平地不回。

7-119

貝	**得**	**蛟**	**得**	**魚**
Bae	ndaej	nyauh	ndaej	bya
pai^{1}	dai^{3}	ȵaːu^{6}	dai^{3}	pja^{1}
去	**得**	**虾**	**得**	**鱼**

出去得鱼虾，

7-120

牙	**不**	**马**	**田**	**内**
Yax	mbouj	ma	denz	neix
ja^{5}	bou^{5}	ma^{1}	teːn^{2}	ni^{4}
也	**不**	**来**	**地**	**这**

不愿回旧地。

男唱

7-121

牛 跟 歪 岁 狼

Cwz riengz vaiz caez langh

ɕɯ^2 ɹiːŋ^2 vaːi^2 ɕai^2 laːŋ^6

黄牛 跟 水牛 齐 放

牛群同放牧，

7-122

貝 垌 光 欢 吨

Bae doengh gvangq ndwek doem

pai^1 toŋ^6 kwaːŋ^5 dɯːk^7 tɯn^1

去 垌 广 欢 腾

欢腾走大地。

7-123

牙 可 为 你 好

Yax goj vih mwngz ndei

ja^5 ko^5 vei^6 mɯŋ^2 dei^1

也 也 为 你 好

都是因为你，

7-124

牙 写 邦 龙 女

Yax ce biengz lungz nawx

ja^5 ɕe^1 piːŋ^2 luŋ^2 nɯ^4

也 留 地方 龙 女

要离开此地。

女唱

7-125

牛 跟 歪

Cwz riengz vaiz

ɕɯ^2 ɹiːŋ^2 vaːi^2

黄牛 跟 水牛

黄牛和水牛，

7-126

岁 共 开 一 狼

Caez gungh gaiq ndeu langh

ɕai^2 kuŋ^6 kaːi^5 deːu^1 laːŋ^6

齐 共 块 一 放

在一处放牧。

7-127

龙 自 不 办 主

Lungz gag mbouj baenz cawj

luːŋ^2 kaːk^8 bou^5 pan^2 ɕəɯ^3

龙 自 不 成 主

兄不会作主，

7-128

又 说 为 偻 好

Youh naeuz vih raeuz ndei

jou^4 nau^2 vei^6 ɹau^2 dei^1

又 说 为 我们 好

反过来怪我。

男唱

7-129

罗	更	是	罗	马
Loh	gwnz	cix	loh	max
lo^6	kɯn^2	ɕi^4	lo^6	ma^4
路	上	是	路	马

上面是马路，

7-130

罗	拉	是	罗	牛
Loh	laj	cix	loh	cwz
lo^6	la^3	ɕi^4	lo^6	ɕɯ^2
路	下	是	路	黄牛

下面是牛路。

7-131

分	你	外	更	河
Mbek	mwngz	vaij	gwnz	haw
meːk^7	mɯŋ^2	vaːi^3	kɯn^2	həɯ^1
分别	你	过	上	圩

要你走圩场，

7-132

你	貝	不	了	农
Mwngz	bae	mbouj	liux	nuengx
mɯŋ^2	pai^1	bou^5	liːu^4	nuːŋ^4
你	去	不	啰	妹

妹愿意去否？

女唱

7-133

乜	女	点	土	马
Meh	mbwk	dem	duz	max
me^6	bɯk^7	teːn^1	tu^2	ma^4
女	人	与	只	马

女人和马匹，

7-134

不	得	外	江	开
Mbouj	ndaej	vaij	gyang	gai
bou^5	dai^3	vaːi^3	kjaːŋ^1	kaːi^1
不	得	过	中	街

不得走街上。

7-135

乜	女	点	土	歪
Meh	mbwk	dem	duz	vaiz
me^6	bɯk^7	teːn^1	tu^2	vaːi^2
女	人	与	只	水牛

女人和水牛，

7-136

外	江	开	不	得
Vaij	gyang	gai	mbouj	ndaej
vaːi^3	kjaːŋ^1	kaːi^1	bou^5	dai^3
过	中	街	不	得

也不准过街。

男唱

7-137

乜	**女**	**点**	**土**	**马**
Meh	mbwk	dem	duz	max
me^{6}	bɯk^{7}	teːn^{1}	tu^{2}	ma^{4}
女	人	与	只	马

女人和马匹，

7-138

不	**得**	**外**	**江**	**开**
Mbouj	ndaej	vaij	gyang	gai
bou^{5}	dai^{3}	vaːi^{3}	kjaːŋ^{1}	kaːi^{1}
不	得	过	中	街

不得走街上。

7-139

乜	**女**	**点**	**土**	**歪**
Meh	mbwk	dem	duz	vaiz
me^{6}	bɯk^{7}	teːn^{1}	tu^{2}	vaːi^{2}
女	人	与	只	水牛

女人和水牛，

7-140

堂	**江**	**开**	**又**	**在**
Daengz	gyang	gai	youh	ywq
taŋ^{2}	kjaːŋ^{1}	kaːi^{1}	jou^{4}	jɯ^{5}
到	中	街	又	住

在街心停留。

女唱

7-141

乜	**女**	**点**	**土**	**马**
Meh	mbwk	dem	duz	max
me^{6}	bɯk^{7}	teːn^{1}	tu^{2}	ma^{4}
女	人	与	只	马

女人和马匹，

7-142

不	**得**	**外**	**江**	**河**
Mbouj	ndaej	vaij	gyang	haw
bou^{5}	dai^{3}	vaːi^{3}	kjaːŋ^{1}	həɯ^{1}
不	得	过	中	圩

不得过圩场。

7-143

土	**牛**	**点**	**土**	**驴**
Duz	cwz	dem	duz	lawz
tu^{2}	ɕɯ^{2}	teːn^{1}	tu^{2}	lɯ^{2}
只	黄牛	与	只	驴

黄牛和毛驴，

7-144

时	**不**	**得**	**古**	**对**
Cwz	mbouj	ndaej	guh	doih
ɕɯ^{2}	bou^{5}	dai^{3}	ku^{4}	toːi^{6}
除	不	得	做	伙伴

绝不在一起。

男唱

7-145

日 盘 土 貝 拉

Ngoenz bonz dou bae laj

ŋon^{2} poːn^{2} tu^{1} pai^{1} la^{3}

天 前 我 去 下

前天我外出，

7-146

马 刚 观 土 驴

Max gangq gonq duz lawz

ma^{4} kaːŋ^{5} koːn^{5} tu^{2} lɯ^{2}

马 先 前 只 驴

马在驴前走。

7-147

日 乱 土 貝 河

Ngoenz lwenz dou bae haw

ŋon^{2} lɯːn^{2} tu^{1} pai^{1} həɯ^{1}

天 昨 我 去 圩

昨日我赶圩，

7-148

马 年 驴 古 对

Max nem lawz guh doih

ma^{4} neːm^{1} lɯ^{2} ku^{4} toːi^{6}

马 贴 驴 做 伙伴

马和驴同行。

女唱

7-149

乜 女 吨 布 长

Meh mbwk daenj buh raez

me^{6} bɯk^{7} tan^{3} pu^{6} ɹai^{2}

女 人 穿 衣服 长

女人穿长袍，

7-150

不 得 貝 刚 观

Mbouj ndaej bae gangq gonq

bou^{5} dai^{3} pai^{1} kaːŋ^{5} koːn^{5}

不 得 去 先 前

不得走前面。

7-151

卜 才 吨 绸 团

Boux sai daenj couz duenh

pu^{4} θaːi^{1} tan^{3} ɕu^{2} tuːn^{6}

男 人 穿 绸 缎

男人穿绸缎，

7-152

刚 观 农 是 跟

Gangq gonq nuengx cix riengz

kaːŋ^{5} koːn^{5} nuːŋ^{4} ɕi^{4} ɹiːŋ^{2}

先 前 妹 就 跟

妹紧跟上前。

男唱

7–153

乜	女	吨	布	长
Meh	mbwk	daenj	buh	raez
me^6	bɯk^7	tan^3	pu^6	ɹai^2
女	人	穿	衣服	长

女人穿长袍，

7–154

它	是	貝	刚	观
De	cix	bae	gangq	gonq
te^1	ɕi^4	pai^1	ka:ŋ^5	ko:n^5
她	就	去	先	前

她走在前头。

7–155

卟	才	吨	绸	团
Boux	sai	daenj	couz	duenh
pu^4	θa:i^1	tan^3	ɕu^2	tu:n^6
男	人	穿	绸	缎

男人穿绸缎，

7–156

洋	讲	满	跟	浪
Yaeng	gangj	monh	riengz	laeng
jaŋ^1	ka:ŋ^3	mo:n^6	ɹi:ŋ^2	laŋ^1
慢	讲	情	跟	后

走后面谈情。

女唱

7–157

观	是	观
Gonq	cix	gonq
ko:n^5	ɕi^4	ko:n^5
先	就	先

走前面也行，

7–158

良	牙	不	它	力
Liengh	yax	mbouj	dwk	rengz
le:ŋ^6	ja^5	bou^5	tɯk^7	ɹe:ŋ^2
谅	也	不	费	力

也不会费力。

7–159

观	是	八	包	娘
Gonq	cix	bah	mbauq	nangz
ko:n^5	ɕi^4	pa^6	ba:u^5	na:ŋ^2
先	就	罢	小伙	姑娘

尽管走在前，

7–160

它	力	开	么	由
Dwk	rengz	gij	maz	raeuh
tɯk^7	ɹe:ŋ^2	ka:i^2	ma^2	ɹau^6
费	力	什	么	多

也没多费力。

男唱

7-161

日	**盘**	**土**	**贝**	**拉**
Ngoenz	bonz	dou	bae	laj
ŋon^{2}	poːn^{2}	tu^{1}	pai^{1}	la^{3}
天	前	我	去	下

前天我外出，

7-162

马	**刚**	**观**	**土**	**母**
Max	gangq	gonq	duz	mou
ma^{4}	kaːŋ^{5}	koːn^{5}	tu^{2}	mu^{1}
马	先	前	只	猪

马走猪前面。

7-163

日	**乱**	**土**	**贝**	**州**
Ngoenz	lwenz	dou	bae	cou
ŋon^{2}	lɯːn^{2}	tu^{1}	pai^{1}	ɕu^{1}
天	昨	我	去	州

昨天去州府，

7-164

可	**友**	**土**	**贝**	**观**
Goj	youx	dou	bae	gonq
ko^{5}	ju^{4}	tu^{1}	pai^{1}	koːn^{5}
也	友	我	去	先

情友走在前。

女唱

7-165

观	**是**	**观**
Gonq	cix	gonq
koːn^{5}	ɕi^{4}	koːn^{5}
先	就	先

先走就先走，

7-166

良	**农**	**牙**	**不**	**代**
Liengh	nuengx	yax	mbouj	dai
leːŋ^{6}	nuːŋ^{4}	ja^{5}	bou^{5}	taːi^{1}
谅	妹	也	不	死

谅妹不会死。

7-167

观	**是**	**八**	**包**	**乖**
Gonq	cix	bah	mbauq	gvai
koːn^{5}	ɕi^{4}	pa^{6}	baːu^{5}	kwaːi^{1}
先	就	罢	小伙	乖

哥愿走在前，

7-168

不	**尝**	**代**	**时**	**内**
Mbouj	caengz	dai	seiz	neix
bou^{5}	ɕaŋ^{2}	taːi^{1}	θi^{2}	ni^{4}
不	未	死	时	这

不会马上死。

男唱

7-169

日	**盘**	**土**	**貝**	**拉**
Ngoenz	bonz	dou	bae	laj
ŋon^{2}	po:n^{2}	tu^{1}	pai^{1}	la^{3}
天	前	我	去	下

前天我外出，

7-170

马	**刚**	**观**	**土**	**歪**
Max	gangq	gonq	duz	vaiz
ma^{4}	ka:ŋ^{5}	ko:n^{5}	tu^{2}	va:i^{2}
马	先	前	只	水牛

马在水牛前。

7-171

日	**乱**	**土**	**貝**	**开**
Ngoenz	lwenz	dou	bae	gai
ŋon^{2}	lɯ:n^{2}	tu^{1}	pai^{1}	ka:i^{1}
天	昨	我	去	街

昨日我上街，

7-172

可	**少**	**乖**	**貝**	**观**
Goj	sau	gvai	bae	gonq
ko^{5}	θa:u^{1}	kwa:i^{1}	pai^{1}	ko:n^{5}
也	姑娘	乖	去	先

情妹走前头。

女唱

7-173

观	**是**	**观**
Gonq	cix	gonq
ko:n^{5}	çi^{4}	ko:n^{5}
先	就	先

先走就先走，

7-174

良	**农**	**牙**	**不**	**老**
Liengh	nuengx	yax	mbouj	lau
le:ŋ^{6}	nu:ŋ^{4}	ja^{5}	bou^{5}	la:u^{1}
谅	妹	也	不	怕

妹不会害怕。

7-175

符	三	**美**	**斗**	**包**
Fouz	san	mae	daeuj	bau
fu^{2}	θa:n^{1}	mai^{1}	tau^{3}	pa:u^{1}
符	编	线	来	包

用线包护符，

7-176

土	**不**	**老**	**貝**	**观**
Dou	mbouj	lau	bae	gonq
tu^{1}	bou^{5}	la:u^{1}	pai^{1}	ko:n^{5}
我	不	怕	去	先

不怕走前头。

男唱

7-177

土　牛　角　勾　强

Duz　cwz　gaeu　gaeuz　ngengq

tu^{2}　ɕɯ^{2}　kau^{1}　kau^{2}　ŋeːŋ^{5}

只　黄牛　角　弯　硬

黄牛触角硬，

7-178

刀　貝　吨　土　歪

Dauq　bae　daemj　duz　vaiz

taːu^{5}　pai^{1}　tan^{3}　tu^{2}　vaːi^{2}

又　去　碰　只　水牛

敢去斗水牛。

7-179

乜　女　内　真　乖

Meh　mbwk　neix　caen　gvai

me^{6}　bɯk^{7}　ni^{4}　ɕin^{1}　kwaːi^{1}

女　人　这　真　乖

这女人聪明，

7-180

罗　阝　才　貝　观

Lox　boux　sai　bae　gonq

lo^{4}　pu^{4}　θaːi^{1}　pai^{1}　koːn^{5}

哄　男　人　去　先

哄男人先走。

女唱

7-181

土　牛　角　勾　强

Duz　cwz　gaeu　gaeuz　ngengq

tu^{2}　ɕɯ^{2}　kau^{1}　kau^{2}　ŋeːŋ^{5}

只　黄牛　角　弯　硬

黄牛触角硬，

7-182

刀　貝　吨　后　雷

Dauq　bae　daemj　haeuj　ndoi

taːu^{5}　pai^{1}　tan^{3}　hau^{3}　doːi^{1}

又　去　碰　进　坡

去触碰山坡。

7-183

南　是　三　办　灰

Namh　cix　sanq　baenz　hoi

naːn^{6}　ɕi^{4}　θaːn^{5}　pan^{2}　hoːi^{1}

土　就　散　成　灰

泥巴碎成粉，

7-184

土　是　空　貝　观

Dou　cix　ndwi　bae　gonq

tu^{1}　ɕi^{4}　duːi^{1}　pai^{1}　koːn^{5}

我　就　不　去　先

我不走在前。

男唱

7-185
卜 吃 后 里 笂
Boux gwn haeux ndaw yiuj
pu4 kɯn1 hau4 daɯ1 jiːu3
人 吃 米 里 仓
人吃粮仓米，

7-186
动 是 良 貝 远
Dungx cix liengh bae gyae
tuŋ4 ɕi4 liːŋ6 pai1 kjai1
肚 就 量 去 远
目光就长远。

7-187
卜 吃 后 里 谁
Boux gwn haeux ndaw rae
pu4 kɯn1 hau4 daɯ1 ɹai1
人 吃 米 里 甑子
人吃甑里饭，

7-188
它 是 貝 刚 观
De cix bae gangq gonq
te1 ɕi4 pai1 kaːŋ5 koːn5
他 就 去 先 前
喜欢走前头。

女唱

7-189
观 是 观
Gonq cix gonq
koːn5 ɕi4 koːn5
先 就 先
即便走在前，

7-190
良 农 牙 不 老
Liengh nuengx yax mbouj lau
leːŋ6 nuːŋ4 ja5 bou5 laːu1
谅 妹 也 不 怕
情妹不害怕。

7-191
土 米 卜 米 叔
Dou miz boh miz au
tu1 mi2 po6 mi2 aːu1
我 有 父 有 叔
有父有叔伯，

7-192
不 老 貝 刚 观
Mbouj lau bae gangq gonq
bou5 laːu1 pai1 kaːŋ5 koːn5
不 怕 去 先 前
不怕走前头。

男唱

7-193

小	**帅**	**吃**	**头**	**付**
Siu	cai	gwn	daeuh	fuh
θi:u^{1}	ça:i^{1}	kɯn^{1}	tau^{6}	fu^{6}
消	灾	吃	豆	腐

闭眼吃豆腐，

7-194

土	**不**	**特**	**友**	**你**
Dou	mbouj	dwg	youx	mwngz
tu^{1}	bou^{5}	tɯk^{8}	ju^{4}	mɯŋ^{2}
我	不	是	友	你

我非你情友。

7-195

友	**你**	**在**	**邦**	**更**
Youx	mwngz	ywq	biengz	gwnz
ju^{4}	mɯŋ^{2}	jɯ^{5}	pi:ŋ^{2}	kɯn^{2}
友	你	在	地方	上

你友在上寨，

7-196

装	**身**	**办**	**龙**	**女**
Cang	ndang	baenz	lungz	nawx
ça:ŋ^{1}	da:ŋ^{1}	pan^{2}	luŋ^{2}	nɯ^{4}
装	身	成	龙	女

乔装成龙女。

女唱

7-197

友	**土**	**在**	**邦**	**更**
Youx	dou	ywq	biengz	gwnz
ju^{4}	tu^{1}	jɯ^{5}	pi:ŋ^{2}	kɯn^{2}
友	我	在	地方	上

我友在他乡，

7-198

贝	**字**	**变**	**办**	**话**
Mbaw	saw	bienq	baenz	vah
baɯ^{1}	θaɯ^{1}	pi:n^{5}	pan^{2}	va^{6}
张	书	变	成	话

用信来传话。

7-199

土	**不**	**当**	**不**	**话**
Dou	mbouj	daengq	mbouj	vah
tu^{1}	bou^{5}	taŋ^{5}	bou^{5}	va^{6}
我	不	叮嘱	不	话

我不讲不说，

7-200

开	**罗**	**光**	**你**	**貝**
Hai	loh	gvangq	mwngz	bae
ha:i^{1}	lo^{6}	kwa:ŋ^{5}	mɯŋ^{2}	pai^{1}
开	路	宽	你	去

大路让你走。

男唱

7-201

巴	土	三	丈	光
Bak	dou	sam	ciengh	gvangq
pa:k^{7}	tou^{1}	θa:n^{1}	ɕɯ:ŋ^{6}	kwa:ŋ^{5}
嘴	门	三	丈	宽

门口三丈宽，

7-202

邦	党	四	丈	长
Bangx	daengq	seiq	ciengh	raez
pa:ŋ^{4}	taŋ^{5}	θei^{5}	ɕɯ:ŋ^{6}	ɹai^{2}
旁	凳	四	丈	长

凳子四丈长。

7-203

开	罗	给	土	貝
Hai	loh	hawj	dou	bae
ha:i^{1}	lo^{6}	həɯ^{3}	tu^{1}	pai^{1}
开	路	给	我	去

开路让我走，

7-204

千	年	你	犯	罪
Cien	nienz	mwngz	famh	coih
ɕi:n^{1}	ni:n^{2}	mɯŋ^{2}	fa:n^{6}	ɕo:i^{6}
千	年	你	犯	罪

你就犯大错。

女唱

7-205

开	罗	给	土	貝
Hai	loh	hawj	dou	bae
ha:i^{1}	lo^{6}	həɯ^{3}	tu^{1}	pai^{1}
开	路	给	我	去

开路让我走，

7-206

开	元	给	土	瓜
Hai	roen	hawj	dou	gvaq
ha:i^{1}	jo:n^{1}	həɯ^{3}	tu^{1}	kwa^{5}
开	路	给	我	过

开路给我过。

7-207

牙	貝	更	足	巴
Yax	bae	gwnz	coh	baj
ja^{5}	pai^{1}	kɯn^{2}	ɕo^{6}	pa^{3}
也	去	上	朝	伯母

要去跟伯母，

7-208

牙	貝	拉	作	刘
Yax	bae	laj	coh	liuz
ja^{5}	pai^{1}	la^{3}	ɕo^{6}	li:u^{2}
也	去	下	朝	婶娘

要去跟婶娘。

男唱

7-209

开	**罗**	**给**	**你**	**貝**
Hai	loh	hawj	mwngz	bae
ha:i^{1}	lo^{6}	həɯ^{3}	mɯŋ^{2}	pai^{1}
开	路	给	你	去

开路让你走，

7-210

开	**元**	**给**	**你**	**瓜**
Hai	roen	hawj	mwngz	gvaq
ha:i^{1}	jo:n^{1}	həɯ^{3}	mɯŋ^{2}	kwa^{5}
开	路	给	你	过

开路让你行。

7-211

扛	**两**	**外**	**拉**	**达**
Gwed	liengj	vaij	laj	dah
kɯ:t^{8}	li:ŋ^{3}	va:i^{3}	la^{3}	ta^{6}
扛	伞	过	下	河

扛伞走河边，

7-212

貝	**那**	**可**	**米**	**元**
Bae	naj	goj	miz	roen
pai^{1}	na^{3}	ko^{5}	mi^{2}	jo:n^{1}
去	前	也	有	路

一定有前途。

女唱

7-213

开	**罗**	**给**	**土**	**貝**
Hai	loh	hawj	dou	bae
ha:i^{1}	lo^{6}	həɯ^{3}	tu^{1}	pai^{1}
开	路	给	我	去

开路让我走，

7-214

开	**元**	**给**	**土**	**瓜**
Hai	roen	hawj	dou	gvaq
ha:i^{1}	jo:n^{1}	həɯ^{3}	tu^{1}	kwa^{5}
开	路	给	我	过

开路叫我去。

7-215

空	**米**	**金**	**银**	**子**
Ndwi	miz	gim	yinz	swj
du:i^{1}	mi^{2}	kin^{1}	jin^{2}	θɯ^{3}
不	有	金	银	子

手中没有钱，

7-216

才	**农**	**貝**	**方**	**而**
Caih	nuengx	bae	fueng	lawz
ɕa:i^{6}	nu:ŋ^{4}	pai^{1}	fu:ŋ^{1}	laɯ^{2}
随	妹	去	方	哪

任我去何方？

男唱

7-217

在	田	内	古	么
Ywq	denz	neix	guh	maz
jɯ^{5}	teːn^{2}	ni^{4}	ku^{4}	ma^{2}
在	地	这	做	什么

在这做什么，

7-218

同	九	貝	邦	光
Doengz	iu	bae	biengz	gvangq
toŋ^{2}	iːu^{1}	pai^{1}	piːŋ^{2}	kwaːŋ^{5}
同	邀	去	地方	宽

同去大地方。

7-219

邦	佚	好	古	洋
Biengz	fwx	ndei	guh	angq
piːŋ^{2}	fə^{4}	dei^{1}	ku^{4}	aːŋ^{5}
地方	别人	好	做	高兴

他乡较欢乐，

7-220

垌	光	好	古	存
Doengh	gvangq	ndei	guh	caemz
toŋ^{6}	kwaːŋ^{5}	dei^{1}	ku^{4}	ɕan^{2}
垌	广	好	做	玩

他乡乐趣多。

女唱

7-221

邦	佚	土	不	貝
Biengz	fwx	dou	mbouj	bae
piːŋ^{2}	fə^{4}	tu^{1}	bou^{5}	pai^{1}
地方	别人	我	不	去

他乡我不去，

7-222

邦	文	土	不	走
Biengz	vunz	dou	mbouj	yamq
piːŋ^{2}	vun^{2}	tu^{1}	bou^{5}	jaːm^{5}
地方	人	我	不	走

他乡我不走。

7-223

邦	佚	土	不	讲
Biengz	fwx	dou	mbouj	gangj
piːŋ^{2}	fə^{4}	tu^{1}	bou^{5}	kaːŋ^{3}
地方	别人	我	不	讲

他乡我免谈，

7-224

垌	光	农	不	貝
Doengh	gvangq	nuengx	mbouj	bae
toŋ^{6}	kwaːŋ^{5}	nuːŋ^{4}	bou^{5}	pai^{1}
垌	宽	妹	不	去

平地我不去。

男唱

7-225

在	**田**	**内**	**古**	**么**
Ywq	denz	neix	guh	maz
jɯ^{5}	teːn^{2}	ni^{4}	ku^{4}	ma^{2}
在	地	这	做	什么

此地没奔头，

7-226

同	**九**	**貝**	**邦**	**伕**
Doengz	iu	bae	biengz	fwx
toŋ^{2}	iːu^{1}	pai^{1}	piːŋ^{2}	fə^{4}
相	邀	去	地方	别人

做伴走他乡。

7-227

你	**貝**	**土**	**又**	**貝**
Mwngz	bae	dou	youx	bae
mɯŋ^{2}	pai^{1}	tu^{1}	jou^{4}	pai^{1}
你	去	我	又	去

你走我也走，

7-228

貝	**邦**	**伕**	**小**	**凉**
Bae	biengz	fwx	siu	liengz
pai^{1}	piːŋ^{2}	fə^{4}	θiːu^{1}	liːŋ^{2}
去	地方	别人	消	凉

去他乡逍遥。

女唱

7-229

田	**它**	**远**	**又**	**远**
Denz	de	gyae	youh	gyae
teːn^{2}	te^{1}	kjai^{1}	jou^{4}	kjai^{1}
地	那	远	又	远

那里太遥远，

7-230

土	**不**	**貝**	**龙**	**女**
Dou	mbouj	bae	lungz	nawx
tu^{1}	bou^{5}	pai^{1}	luŋ^{2}	nɯ^{4}
我	不	去	龙	女

情妹我不去。

7-231

邦	**文**	**土**	**不**	**貝**
Biengz	vunz	Dou	mbouj	bae
piːŋ^{2}	vun^{2}	tu^{1}	bou^{5}	pai^{1}
地方	人	我	不	去

他乡我不去，

7-232

方	**伕**	**农**	**不**	**貝**
Biengz	fwx	nuengx	mbouj	bae
piːŋ^{2}	fə^{4}	nuːŋ^{4}	bou^{5}	pai^{1}
地方	别人	妹	不	去

他乡妹不走。

男唱

7-233
托 土 貝 了 农
Doh dou bae liux nuengx
to^{6} tu^{1} pai^{1} liːu^{4} nuːŋ^{4}
同 我 去 啰 妹
妹你陪我去，

7-234
土 米 两 你 扛
Dou miz liengj mwngz gang
tu^{1} mi^{2} liːŋ^{3} mɯŋ^{2} kaːŋ^{1}
我 有 伞 你 撑
有伞给你撑。

7-235
托 土 貝 了 农
Doh dou bae liux nuengx
to^{6} tu^{1} pai^{1} liːu^{4} nuːŋ^{4}
同 我 去 啰 妹
情妹陪我去，

7-236
土 米 然 你 在
Dou miz ranz mwngz ywq
tu^{1} mi^{2} ɹaːn^{2} mɯŋ^{2} jɯ^{5}
我 有 家 你 住
有屋给你住。

女唱

7-237
田 它 远 又 远
Denz de gyae youh gyae
teːn^{2} te^{1} kjai^{1} jou^{4} kjai^{1}
地 那 远 又 远
那里太遥远，

7-238
土 不 貝 是 八
Dou mbouj bae cix bah
tu^{1} bou^{5} pai^{1} ɕi^{4} pa^{6}
我 不 去 就 罢
我不去算了。

7-239
邦 它 土 貝 瓜
Biengz de dou bae gvaq
piːŋ^{2} te^{1} tu^{1} pai^{1} kwa^{5}
地方 那 我 去 过
那地我去过，

7-240
然 远 田 空 米
Ranz gyae denz ndwi miz
ɹaːn^{2} kjai^{1} teːn^{2} duːi^{1} mi^{2}
家 远 地 不 有
家离田地远。

男唱

7-241

托 土 貝 了 农

Doh dou bae liux nuengx

to^{6} tu^{1} pai^{1} liːu^{4} nuːŋ^{4}

同 我 去 啰 妹

情妹同我去，

7-242

土 米 田 你 站

Dou miz denz mwngz soengz

tu^{1} mi^{2} teːn^{2} mɯŋ^{2} θoŋ^{2}

我 有 地 你 站

有地给你耕。

7-243

托 土 貝 了 同

Doh dou bae liux doengz

to^{6} tu^{1} pai^{1} liːu^{4} toŋ^{2}

同 我 去 啰 同

情妹跟我去，

7-244

土 米 方 你 在

Dou miz fueng mwngz ywq

tu^{1} mi^{2} fuːŋ^{1} mɯŋ^{2} jɯ^{5}

我 有 方 你 在

有屋给你住。

女唱

7-245

田 它 远 又 远

Dieg de gyae youh gyae

tiːk^{8} te^{1} kjai^{1} jou^{4} kjaːi^{1}

地 那 远 又 远

那里太遥远，

7-246

土 不 貝 了 哥

Dou mbouj bae liux go

tu^{1} bou^{5} pai^{1} liːu^{4} ko^{1}

我 不 去 啰 哥

情哥我不去。

7-247

田 它 罗 又 罗

Dieg de ndoq youh ndoq

tiːk^{8} te^{1} do^{5} jou^{4} do^{5}

地 那 秃 又 秃

那里地贫瘠，

7-248

土 不 托 你 貝

Dou mbouj doh mwngz bae

tu^{1} bou^{5} to^{6} mɯŋ^{2} pai^{1}

我 不 同 你 去

我不同你去。

男唱

7-249

田	**牙**	**罗**	**是**	**罗**
Dieg	yax	ndoq	cix	ndoq
ti:k^8	ja^5	do^5	ɕi^4	do^5
地	**也**	**秃**	**就**	**秃**

地贫瘠也罢，

7-250

肥	**作**	**它**	**可**	**翁**
Bwnh	coq	de	goj	oeng
pɯn^6	ɕo^5	te^1	ko^5	oŋ^1
粪	**放**	**那**	**也**	**肥沃**

放粪它会肥。

7-251

托	**土**	**貝**	**了**	**同**
Doh	dou	bae	liux	doengz
to^6	tu^1	pai^1	li:u^4	toŋ^2
同	**我**	**去**	**啰**	**同**

情妹同我去，

7-252

邦	**土**	**可**	**来**	**满**
Biengz	dou	goj	lai	monh
pi:ŋ^2	tu^1	ko^5	la:i^1	mo:n^6
地方	**我**	**也**	**多**	**谈情**

那里好谈情。

女唱

7-253

田	**它**	**远**	**又**	**远**
Dieg	de	gyae	youh	gyae
ti:k^8	te^1	kjai^1	jou^4	kjai^1
地	**那**	**远**	**又**	**远**

那里太遥远，

7-254

土	**不**	**貝**	**了**	**哥**
Dou	mbouj	bae	liux	go
tu^1	bou^5	pai^1	li:u^4	ko^1
我	**不**	**去**	**啰**	**哥**

我真不想去。

7-255

田	**它**	**罗**	**又**	**罗**
Dieg	de	ndoq	youh	ndoq
ti:k^8	te^1	do^5	jou^4	do^5
地	**那**	**秃**	**又**	**秃**

田地太贫瘠，

7-256

种	**歪**	**不**	**出**	**叶**
Ndaem	faiq	mbouj	ok	mbaw
dan^1	va:i^5	bou^5	o:k^7	baɯ^1
种	**棉**	**不**	**出**	**叶**

种棉不长苗。

男唱

7-257

田	牙	罗	是	罗
Dieg	yax	ndoq	cix	ndoq
ti:k^{8}	ja^{5}	do^{5}	ɕi^{4}	do^{5}
地	要	秃	就	秃

地贫瘠也罢，

7-258

种	歪	可	结	足
Ndaem	faiq	goj	giet	gyouz
dan^{1}	va:i^{5}	ko^{5}	ki:t^{7}	kju^{2}
种	棉	也	结	棉球

种棉也丰收。

7-259

托	土	貝	邦	土
Doh	dou	bae	biengz	dou
to^{6}	tu^{1}	pai^{1}	pi:ŋ^{2}	tu^{1}
同	我	去	地方	我

同去我家乡，

7-260

方	卢	米	卜	伴
Fueng	louz	miz	boux	buenx
fu:ŋ^{1}	lu^{2}	mi^{2}	pu^{4}	pu:n^{4}
风	流	有	个	伴

有人伴玩耍。

女唱

7-261

田	它	远	又	远
Dieg	de	gyae	youh	gyae
ti:k^{8}	te^{1}	kjai^{1}	jou^{4}	kjai^{1}
地	那	远	又	远

那边太遥远，

7-262

土	不	貝	了	哥
Dou	mbouj	bae	liux	go
tu^{1}	bou^{5}	pai^{1}	li:u^{4}	ko^{1}
我	不	去	啰	哥

情妹我不去。

7-263

田	它	罗	又	罗
Dieg	de	ndoq	youh	ndoq
ti:k^{8}	te^{1}	do^{5}	jou^{4}	do^{5}
地	那	秃	又	秃

那里地贫瘠，

7-264

银	可	土	不	貝
Ngaenz	goq	dou	mbouj	bae
ŋan^{2}	ko^{5}	tu^{1}	bou^{5}	pai^{1}
银	雇	我	不	去

给钱也不去。

男唱

7-265

你	**管**	**托**	**土**	**貝**
Mwngz	guenj	doh	dou	bae
mɯŋ²	kuːn³	to⁶	tu¹	pai¹
你	管	同	我	去

你但同我去，

7-266

忧	**开**	**么**	**了**	**邦**
You	gij	maz	liux	baengz
jou¹	kaːi²	ma²	liːu⁴	paŋ²
忧	什	么	啰	朋

情友莫担忧。

7-267

貝	**交**	**龙**	**垌**	**光**
Bae	gyau	lungz	doengh	gvangq
pai¹	kjaːu¹	luŋ²	toŋ⁶	kwaːŋ⁵
去	交	龙	垌	宽

大地方交友，

7-268

得	**银**	**钢**	**马**	**然**
Ndaej	ngaenz	gang	ma	ranz
dai³	ŋan²	kaːŋ¹	ma¹	ɹaːn²
得	银	缸	回	家

得银子回家。

女唱

7-269

田	**它**	**远**	**又**	**远**
Dieg	de	gyae	youh	gyae
tiːk⁸	te¹	kjai¹	jou⁴	kjai¹
地	那	远	又	远

那边太遥远，

7-270

土	**不**	**貝**	**了**	**邦**
Dou	mbouj	bae	liux	baengz
tu¹	bou⁵	pai¹	liːu⁴	paŋ²
我	不	去	了	朋

情妹我不去。

7-271

不	**文**	**得**	**银**	**钢**
Mbouj	vun	ndaej	ngaenz	gang
bou⁵	vun¹	dai³	ŋan²	kaːŋ¹
不	奢求	得	银	缸

不可求钱财，

7-272

但	**得**	**邦**	**岁**	**心**
Danh	ndaej	baengz	caez	sim
taːn⁶	dai³	paŋ²	ɕai²	θin¹
但	得	朋	齐	心

我俩结同心。

男唱

7-273

下	祥	托	土	貝
Roengz	riengh	doh	dou	bae
ɹoŋ^{2}	ɹi:ŋ^{6}	to^{6}	tu^{1}	pai^{1}
下	栏	同	我	去

出门同我去，

7-274

下	累	好	土	采
Roengz	lae	ndij	dou	byai
ɹoŋ^{2}	lai^{1}	di^{1}	tu^{1}	pja:i^{3}
下	梯	与	我	走

出门跟我走。

7-275

托	土	貝	邦	伕
Doh	dou	bae	biengz	fwx
to^{6}	tu^{1}	pai^{1}	pi:ŋ^{2}	fə^{4}
同	我	去	地方	别

跟我走他乡，

7-276

米	田	在	田	吃
Miz	dieg	ywq	dieg	gwn
mi^{2}	ti:k^{8}	jɯ^{5}	ti:k^{8}	kɯn^{1}
有	地	在	地	吃

吃住有保障。

女唱

7-277

罗	千	远	方	远
Loh	cien	gyae	fanh	gyae
lo^{6}	ɕi:n^{1}	kjai^{1}	fa:n^{6}	kjai^{1}
路	千	远	万	远

路途太遥远，

7-278

土	不	貝	龙	女
Dou	mbouj	bae	lungz	nawx
tu^{1}	bou^{5}	pai^{1}	luŋ^{2}	nɯ^{4}
我	不	去	龙	女

情妹我不去。

7-279

貝	空	米	文	勒
Bae	ndwi	miz	vunz	lawh
pai^{1}	du:i^{1}	mi^{2}	vun^{2}	laɯ^{6}
去	不	有	人	换

若没人结交，

7-280

它	刀	伕	又	笑
Daj	dauq	fwx	youh	riu
ta^{3}	ta:u^{5}	fə^{4}	jou^{4}	ɹi:u^{1}
打	回	别人	又	笑

回来被人笑。

男唱

7-281

下	祥	托	土	貝
Roengz	riengh	doh	dou	bae
ɹoŋ^{2}	ɹiːŋ^{6}	to^{6}	tu^{1}	pai^{1}
下	栏	同	我	去

出门跟我走，

7-282

下	累	好	土	采
Roengz	lae	ndij	dou	byaij
ɹoŋ^{2}	lai^{1}	di^{1}	tu^{1}	pjaːi^{3}
下	梯	与	我	走

下楼随我去。

7-283

你	貝	土	是	勒
Mwngz	bae	dou	cix	lawh
mɯŋ^{2}	pai^{1}	tu^{1}	ɕi^{4}	laɯ^{6}
你	去	我	就	换

你我相结交，

7-284

不	狼	农	刀	空
Mbouj	langh	nuengx	dauq	ndwi
bou^{5}	laːŋ^{6}	nuːŋ^{4}	taːu^{5}	duːi^{1}
不	放	妹	回	空

不让你失望。

女唱

7-285

罗	千	远	万	远
Loh	cien	gyae	fanh	gyae
lo^{6}	ɕiːn^{1}	kjai^{1}	faːn^{6}	kjai^{1}
路	千	远	万	远

路途太遥远，

7-286

土	不	貝	是	八
Dou	mbouj	bae	cix	bah
tu^{1}	bou^{5}	pai^{1}	ɕi^{4}	pa^{6}
我	不	去	就	罢

我真不愿去。

7-287

邦	你	龙	不	那
Biengz	mwngz	lungz	mbouj	nax
piːŋ^{2}	mɯŋ^{2}	luŋ^{2}	bou^{5}	na^{4}
地方	你	大舅	不	小舅

你处无亲戚，

7-288

农	貝	邦	卜	而
Nuengx	bae	baengh	boux	lawz
nuːŋ^{4}	pai^{1}	paŋ^{6}	pu^{4}	laɯ^{2}
妹	去	靠	个	哪

妹去依靠谁？

男唱

7-289

你	**管**	**托**	**土**	**貝**
Mwngz	guenj	doh	dou	bae
mɯŋ^{2}	ku:n^{3}	to^{6}	tu^{1}	pai^{1}
你	**管**	**同**	**我**	**去**

你但同我去，

7-290

忧	**开**	**么**	**对**	**达**
You	gij	maz	doih	dah
jou^{1}	ka:i^{2}	ma^{2}	to:i^{6}	ta^{6}
忧	**什**	**么**	**伙伴**	**女孩**

还忧什么心？

7-291

然	**更**	**米**	**龙**	**那**
Ranz	gwnz	miz	lungz	nax
ɹa:n^{2}	kɯn^{2}	mi^{2}	luŋ^{2}	na^{4}
家	**上**	**有**	**大舅**	**小舅**

我上有叔伯，

7-292

然	**拉**	**米**	**巴**	**刘**
Ranz	laj	miz	baj	liuz
ɹa:n^{2}	la^{3}	mi^{2}	pa^{3}	li:u^{2}
家	**下**	**有**	**伯母**	**婶娘**

我下有妯娌。

女唱

7-293

邦	**佚**	**土**	**不**	**貝**
Biengz	fwx	dou	mbouj	bae
pi:ŋ^{2}	fə^{4}	tu^{1}	bou^{5}	pai^{1}
地方	**别人**	**我**	**不**	**去**

他乡我不去，

7-294

邦	**文**	**土**	**不**	**采**
Biengz	vunz	dou	mbouj	byaij
pi:ŋ^{2}	vun^{2}	tu^{1}	bou^{5}	pja:i^{3}
地方	**人**	**我**	**不**	**走**

别处我不走。

7-295

阝	**阝**	**是**	**贵**	**佚**
Boux	boux	cix	gwiz	fwx
pu^{4}	pu^{4}	ɕi^{4}	kɯi^{2}	fə^{4}
人	**人**	**是**	**丈夫**	**别人**

皆有妇之夫，

7-296

沙	**田**	**读**	**不**	**米**
Ra	dieg	douh	mbouj	miz
ɹa^{1}	ti:k^{8}	tou^{6}	bou^{5}	mi^{2}
找	**地**	**栖息**	**不**	**有**

我去投靠谁？

男唱

7-297

你 管 托 土 貝

Mwngz guenj doh dou bae

mɯŋ^{2} kuːn^{3} to^{6} tu^{1} pai^{1}

你 管 同 我 去

你但同我去，

7-298

忧 开 么 小 面

You gij maz siuj mienh

jou^{1} kaːi^{2} ma^{2} θiːu^{3} meːn^{6}

忧 什 么 小 面

小妹莫忧愁。

7-299

外 卡 桥 三 先

Vaij ga giuz sam senq

vaːi^{3} ka^{1} kiːu^{2} θaːn^{1} θeːn^{5}

过 条 桥 三 先

过了三先桥，

7-300

然 元 田 土 米

Ranz yuenq denz dou miz

ɹaːn^{2} juːn^{5} teːn^{2} tu^{1} mi^{2}

家 院 地 我 有

就到我庭院。

女唱

7-301

罗 千 远 万 远

Loh cien gyae fanh gyae

lo^{6} ɕiːn^{1} kjai^{1} faːn^{6} kjai^{1}

路 千 远 万 远

路途太遥远，

7-302

土 不 貝 老 表

Dou mbouj bae laux biuj

tu^{1} bou^{5} pai^{1} laːu^{4} piːu^{3}

我 不 去 老 表

我不去你家。

7-303

团 秀 文 貝 了

Donh ciuh vunz bae liux

toːn^{6} ɕiːu^{6} vun^{2} pai^{1} liːu^{4}

半 世 人 去 完

活过半辈子，

7-304

农 不 托 你 貝

Nuengx mbouj doh mwngz bae

nuːŋ^{4} bou^{5} to^{6} mɯŋ^{2} pai^{1}

妹 不 同 你 去

妹不同你走。

男唱

7-305

九	**农**	**采**	**罗**	**远**
Iu	nuengx	byaij	loh	gyae
i:u1	nu:ŋ4	pja:i3	lo6	kjai1
邀	**妹**	**走**	**路**	**远**

约妹走远路，

7-306

你	**不**	**貝**	**老**	**表**
Mwngz	mbouj	bae	laux	biuj
muɯŋ2	bou5	pai1	la:u4	pi:u3
你	**不**	**去**	**老**	**表**

表妹你不走。

7-307

少	**不**	**貝**	**是**	**了**
Sau	mbouj	bae	cix	liux
θa:u1	bou5	pai1	çi4	li:u4
姑娘	**不**	**去**	**就**	**算**

妹不去则罢，

7-308

老	**表**	**备**	**可**	**米**
Laux	biuj	beix	goj	miz
la:u4	pi:u3	pi4	ko5	mi2
老	**表**	**兄**	**也**	**有**

兄另有人随。

女唱

7-309

邦	**伕**	**土**	**不**	**貝**
Biengz	fwx	dou	mbouj	bae
pi:ŋ2	fə4	tu1	bou5	pai1
地方	**别人**	**我**	**不**	**去**

他乡我不去，

7-310

邦	**文**	**土**	**不**	**走**
Biengz	vunz	dou	mbouj	yamq
pi:ŋ2	vun2	tu1	bou5	ja:m5
地方	**人**	**我**	**不**	**走**

别处我不走。

7-311

站	**更**	**占**	**好**	**汉**
Soengz	gwnz	canz	hau	hanq
θoŋ2	kuɯn2	ça:n2	ha:u1	ha:n5
站	**上**	**晒台**	**白**	**灿灿**

打扮站晒台，

7-312

干	**然**	**卜**	**千**	**年**
Ganq	ranz	boh	cien	nienz
ka:n5	ɹa:n2	po6	çi:n1	ni:n2
照料	**家**	**父**	**千**	**年**

永远住娘家。

男唱

7-313

你	管	托	土	貝
Mwngz	guenj	doh	dou	bae
mɯŋ^{2}	ku:n^{3}	to^{6}	tu^{1}	pai^{1}
你	管	同	我	去

放心跟我走，

7-314

忧	开	么	韦	阿
You	gij	maz	vae	oq
jou^{1}	ka:i^{2}	ma^{2}	vai^{1}	o^{5}
忧	什	么	姓	别

情妹你何忧？

7-315

明	你	代	然	卜
Cog	mwngz	dai	ranz	boh
ɕo:k^{8}	mɯŋ^{2}	ta:i^{1}	ɹa:n^{2}	po^{6}
将来	你	死	家	父

在娘家终老，

7-316

鸦	特	肉	貝	吃
A	dawz	noh	bae	gwn
a^{1}	təɯ^{2}	no^{6}	pai^{1}	kɯn^{1}
鸦	拿	肉	去	吃

乌鸦吃尸身。

女唱

7-317

邦	伕	土	不	貝
Biengz	fwx	dou	mbouj	bae
pi:ŋ^{2}	fə^{4}	tu^{1}	bou^{5}	pai^{1}
地方	别人	我	不	去

他乡我不去，

7-318

邦	文	土	不	采
Biengz	vunz	dou	mbouj	byaij
pi:ŋ^{2}	vun^{2}	tu^{1}	bou^{5}	pja:i^{3}
地方	人	我	不	走

别处我不走。

7-319

站	然	卜	土	在
Soengz	ranz	boh	dou	ywq
θoŋ^{2}	ɹa:n^{2}	po^{6}	tu^{1}	jɯ^{5}
站	家	父	我	在

住在我娘家，

7-320

刘	果	我	出	花
Liuz	go	ngox	ok	va
li:u^{2}	ko^{1}	ŋo^{4}	o:k^{7}	va^{1}
看	棵	芦苇	出	花

看芦苇开花。

男唱

7-321

你	**管**	**托**	**土**	**貝**
Mwngz	guenj	doh	dou	bae
mɯŋ^2	ku:n^3	to^6	tu^1	pai^1
你	管	同	我	去

放心同我去，

7-322

忧	**开**	**么**	**韦**	**阿**
You	gij	maz	vae	oq
jou^1	ka:i^2	ma^2	vai^1	o^5
忧	什	么	姓	别

情妹你何愁？

7-323

明	**你**	**代**	**然**	**卜**
Cog	mwngz	dai	ranz	boh
ɕo:k^8	mɯŋ^2	ta:i^1	ɹa:n^2	po^6
将来	你	死	家	父

在娘家终老，

7-324

给	**引**	**罗**	**不**	**米**
Gaeq	yinx	loh	mbouj	miz
kai^5	jin^4	lo^6	bou^5	mi^2
鸡	引	路	不	有

引路鸡也无。

女唱

7-325

罗	**千**	**远**	**万**	**远**
Loh	cien	gyae	fanh	gyae
lo^6	ɕi:n^1	kjai^1	fa:n^6	kjai^1
路	千	远	万	远

路途太遥远，

7-326

土	**不**	**貝**	**了**	**哥**
Dou	mbouj	bae	liux	go
tu^1	bou^5	pai^1	li:u^4	ko^1
我	不	去	啰	哥

情妹我不去。

7-327

尻	**土**	**代**	**然**	**卜**
Nyienh	dou	dai	ranz	boh
n̥u:n^6	tu^1	ta:i^1	ɹa:n^2	po^6
愿	我	死	家	父

愿死在娘家，

7-328

利	**得**	**片**	**三**	**层**
Lij	ndaej	benq	sam	caengz
li^4	dai^3	pe:n^6	θa:n^1	ɕaŋ^2
还	得	板	三	层

有棺材装殓。

男唱

7-329

九	**农**	**采**	**罗**	**远**
Iu	nuengx	byaij	loh	gyae
$i:u^1$	$nu:ŋ^4$	$pja:i^3$	lo^6	$kjai^1$
邀	妹	走	路	远

约妹出远门，

7-330

你	**不**	**貝**	**对**	**达**
Mwngz	mbouj	bae	doih	dah
$mɯŋ^2$	bou^5	pai^1	$to:i^6$	ta^6
你	不	去	伙伴	女孩

情妹不愿去。

7-331

勒	**乜**	**女**	**在**	**家**
Lwg	meh	mbwk	cai	gya
$lɯk^8$	me^6	$bɯk^7$	$ɕa:i^4$	kja^1
子	女	人	在	家

女子守闺阁，

7-332

忧	**不**	**得**	**卢**	**汉**
You	mbouj	ndaej	louz	han
jou^1	bou^5	dai^3	lu^2	$ha:n^1$
忧	不	得	游	扬

又怕难远行。

女唱

7-333

罗	**你**	**远**	**又**	**远**
Loh	mwngz	gyae	youh	gyae
lo^6	$mɯŋ^2$	$kjai^1$	jou^4	$kjai^1$
路	你	远	又	远

跟你走太远，

7-334

土	**不**	**貝**	**了**	**哥**
Dou	mbouj	bae	liux	go
tu^1	bou^5	pai^1	$li:u^4$	ko^1
我	不	去	啰	哥

哥啊我不去。

7-335

厌	**土**	**代**	**然**	**卜**
Nyienh	dou	dai	ranz	boh
$ȵu:n^6$	tu^1	$ta:i^1$	$ɹa:n^2$	po^6
愿	我	死	家	父

愿在娘家死，

7-336

利	**得**	**罗**	**文**	**荣**
Lij	ndaej	loh	vuen	yungz
li^4	dai^3	lo^6	$vu:n^1$	$juŋ^2$
还	得	路	欢	乐

还死得欢乐。

男唱

7-337

你 管 托 土 貝

Mwngz guenj doh dou bae

mɯŋ^{2} ku:n^{3} to^{6} tu^{1} pai^{1}

你 管 同 我 去

你但同我去，

7-338

忧 开 么 龙 女

You gij maz lungz nawx

jou^{1} ka:i^{2} ma^{2} luŋ^{2} nɯ^{4}

优 什 么 龙 女

情妹你莫愁。

7-339

好 土 貝 邦 伕

Ndij dou bae biengz fwx

di^{1} tu^{1} pai^{1} pi:ŋ^{2} fə^{4}

与 我 去 地方 别人

跟我去他乡，

7-340

银 子 三 古 杬

Yinz swj san guh daemh

jin^{2} θɯ^{3} θa:n^{1} ku^{4} tan^{6}

银 子 编 做 箩

银子装成箩。

女唱

7-341

金 银 吨 古 罗

Gim ngaenz daeb guh loh

kin^{1} ŋan^{2} tat^{8} ku^{4} lo^{6}

金 银 砌 做 路

金银铺成路，

7-342

农 是 托 你 貝

Nuengx cix doh mwngz bae

nu:ŋ^{4} çi^{4} to^{6} mɯŋ^{2} pai^{1}

妹 就 同 你 去

妹就跟你去。

7-343

银 子 吨 古 累

Yinz swj daeb guh lae

jin^{2} θɯ^{3} tat^{8} ku^{4} lai^{1}

银 子 砌 做 梯

银子砌成梯，

7-344

少 是 貝 古 妻

Sau cix bae guh maex

θa:u^{1} çi^{4} pai^{1} ku^{4} mai^{4}

姑娘 就 去 做 妻

妹就做你妻。

男唱

7-345

在	**然**	**乜**	**相**	**母**
Ywq	ranz	meh	ciengx	mou
jɯ^{5}	ɹa:n^{2}	me^{6}	çi:ŋ^{4}	mu^{1}
在	家	母	养	猪

在娘家养猪，

7-346

土	**土**	**是**	**土**	**佚**
Duz	duz	cix	duz	fwx
tu^{2}	tu^{2}	çi^{4}	tu^{2}	fə^{4}
只	只	是	只	别人

养成归别人。

7-347

下	**累**	**好**	**土**	**貝**
Roengz	lae	ndij	dou	bae
ɹoŋ^{2}	lai^{1}	di^{1}	tu^{1}	pai^{1}
下	梯	与	我	去

出门随我去，

7-348

万	**样**	**全**	**土**	**偻**
Fanh	yiengh	gyonj	duz	raeuz
fa:n^{6}	jɯ:ŋ^{6}	kjo:n^{3}	tu^{2}	ɹau^{2}
万	样	都	的	我们

一切归我们。

女唱

7-349

相	**母**	**间**	**它**	**间**
Ciengx	mou	gienh	daz	gienh
çi:ŋ^{4}	mu^{1}	ki:n^{6}	ta^{2}	ki:n^{6}
养	猪	栏	又	栏

养猪一栏栏，

7-350

判	**下**	**元**	**貝**	**开**
Buenq	roengz	yienh	bae	gai
pu:n^{5}	ɹoŋ^{2}	je:n^{6}	pai^{1}	ka:i^{1}
贩	下	县	去	卖

卖到各县去。

7-351

在	**然**	**乜**	**好**	**来**
Ywq	ranz	meh	ndei	lai
jɯ^{5}	ɹa:n^{2}	me^{6}	dei^{1}	la:i^{1}
在	家	母	好	多

在娘家多好，

7-352

土	**不**	**貝**	**了**	**备**
Dou	mbouj	bae	liux	beix
tu^{1}	bou^{5}	pai^{1}	li:u^{4}	pi^{4}
我	不	去	啰	兄

我不跟你走。

男唱

7-353

在	然	卜	空	却
Ywq	ranz	boh	ndwi	gyoh
jɯ^{5}	ɹa:n^{2}	po^{6}	du:i^{1}	kjo^{6}
在	家	父	不	可怜

在家父不怜，

7-354

扛	两	托	土	貝
Gwed	liengj	doh	dou	bae
kɯ:t^{8}	li:ŋ^{3}	to^{6}	tu^{1}	pai^{1}
扛	伞	同	我	去

扛伞跟我走。

7-355

在	然	乜	空	爱
Ywq	ranz	meh	ndwi	gyaez
jɯ^{5}	ɹa:n^{2}	me^{6}	du:i^{1}	kjai^{2}
在	家	母	不	爱

在家母不爱，

7-356

托	土	貝	了	农
Doh	dou	bae	liux	nuengx
to^{6}	tu^{1}	pai^{1}	li:u^{4}	nu:ŋ^{4}
同	我	去	啰	妹

妹你跟我走。

女唱

7-357

在	然	卜	可	却
Ywq	ranz	boh	goj	gyoh
jɯ^{5}	ɹa:n^{2}	po^{6}	ko^{5}	kjo^{6}
在	家	父	也	可怜

在家父也怜，

7-358

土	不	托	你	貝
Dou	mbouj	doh	mwngz	bae
tu^{1}	bou^{5}	to^{6}	mɯŋ^{2}	pai^{1}
我	不	同	你	去

我不跟你走。

7-359

在	然	乜	可	爱
Ywq	ranz	meh	goj	gyaez
jɯ^{5}	ɹa:n^{2}	me^{6}	ko^{5}	kjai^{2}
在	家	母	也	爱

在家母也爱，

7-360

土	不	貝	是	八
Dou	mbouj	bae	cix	bah
tu^{1}	bou^{5}	pai^{1}	ɕi^{4}	pa^{6}
我	不	去	就	罢

我不去算了。

男唱

7-361

江	开	三	条	罗
Gyang	gai	sam	diuz	loh
kja:ŋ1	ka:i1	θa:n1	ti:u2	lo6
中	街	三	条	路

街上三条路，

7-362

条	而	罗	牙	门
Diuz	lawz	loh	yax	monz
ti:u2	law2	lo6	ja6	mun2
条	哪	路	衙	门

哪条通衙门？

7-363

貝	问	娅	从	办
Bae	haemq	yah	coengh	baenz
pai1	han6	ja6	çoŋ6	pan2
去	问	婆	帮	成

向婆王求助，

7-364

牙	门	几	卜	华
Yax	monz	geij	boux	hak
ja6	mun2	ki3	pu4	ha:k7
衙	门	几	个	官

衙门几个官？

女唱

7-365

江	开	三	条	罗
Gyang	gai	sam	diuz	loh
kja:ŋ1	ka:i1	θa:n1	ti:u2	lo6
中	街	三	条	路

街上三条路，

7-366

条	而	罗	牙	门
Diuz	lawz	loh	yax	monz
ti:u2	law2	lo6	ja6	mun2
条	哪	路	衙	门

哪条通衙门？

7-367

貝	问	娅	从	办
Bae	haemq	yah	coengh	baenz
pai1	han6	ja6	çoŋ6	pan2
去	问	婆	帮	成

向婆王求助，

7-368

牙	门	双	卜	华
Yax	monz	song	boux	hak
ja6	mun2	θo:ŋ1	pu4	ha:k7
衙	门	两	个	官

衙门两个官。

男唱

7-369

更	巴	双	条	汉
Gwnz	mbaq	song	diuz	hanz
kɯn²	ba⁵	θoːŋ¹	tiːu²	haːn²
上	肩	两	条	担

肩上两条担，

7-370

土	牙	难	特	担
Dou	yax	nanz	dawz	rap
tu¹	ja⁵	naːn²	təɯ²	ɹaːt⁷
我	也	难	拿	担

不知怎么挑。

7-371

牙	门	双	𠂤	华
Yax	monz	song	boux	hak
ja⁶	mun²	θoːŋ¹	pu⁴	haːk⁷
衙	门	两	个	官

衙门两个官，

7-372

样	而	重	天	凉
Yiengh	lawz	naek	denh	liengz
juːŋ⁶	laɯ²	nak⁷	teːn¹	liːŋ²
样	哪	重	天	凉

为何让天旱？

女唱

7-373

江	开	三	条	罗
Gyang	gai	sam	diuz	loh
kjaːŋ¹	kaːi¹	θaːn¹	tiːu²	lo⁶
中	街	三	条	路

街上三条路，

7-374

条	而	罗	丁	江
Diuz	lawz	loh	dingq	gyang
tiːu²	laɯ²	lo⁶	tiŋ⁵	kjaːŋ¹
条	哪	路	正	中

哪条在中间？

7-375

罗	更	是	罗	忠
Loh	gwnz	cix	loh	fangz
lo⁶	kɯn²	ɕi⁴	lo⁶	faːŋ²
路	上	是	路	鬼

上边是鬼路，

7-376

罗	江	是	罗	岁
Loh	gyang	cix	loh	saeq
lo⁶	kjaːŋ¹	ɕi⁴	lo⁶	θai⁵
路	中	是	路	小

中间是小路。

男唱

7-377

江	**开**	**三**	**条**	**罗**
Gyang	gai	sam	diuz	loh
kja:ŋ^{1}	ka:i^{1}	θa:n^{1}	ti:u^{2}	lo^{6}
中	街	三	条	路

街上三条路，

7-378

条	**而**	**罗**	**丁**	**江**
Diuz	lawz	loh	dingq	gyang
ti:u^{2}	lauɯ^{2}	lo^{6}	tiŋ^{5}	kja:ŋ^{1}
条	哪	路	正	中

哪条在中间？

7-379

秋	**后**	**拜**	**山**	**尚**
Ciuq	haeuj	baih	bya	sang
ɕi:u^{5}	hau^{3}	pa:i^{6}	pja^{1}	θa:ŋ^{1}
看	进	边	山	高

望到高山旁，

7-380

龙	**反**	**身**	**貝**	**读**
Lungz	fan	ndang	bae	douh
luŋ^{2}	fa:n^{1}	da:ŋ^{1}	pai^{1}	tou^{6}
龙	翻	身	去	栖息

又转身走去。

女唱

7-381

江	**开**	**三**	**条**	**罗**
Gyang	gai	sam	diuz	loh
kja:ŋ^{1}	ka:i^{1}	θa:n^{1}	ti:u^{2}	lo^{6}
中	街	三	条	路

街上三条路，

7-382

条	**而**	**罗**	**丁**	**江**
Diuz	lawz	loh	dingq	gyang
ti:u^{2}	lauɯ^{2}	lo^{6}	tiŋ^{5}	kja:ŋ^{1}
条	哪	路	正	中

哪条在中间？

7-383

秋	**后**	**拜**	**英**	**刚**
Ciuq	haeuj	baih	ing	gang
ɕi:u^{5}	hau^{3}	pa:i^{6}	iŋ^{1}	ka:ŋ^{1}
看	进	边	阴	间

遥望进阴间，

7-384

山	**而**	**尚**	**了**	**备**
Bya	lawz	sang	liux	beix
pja^{1}	lauɯ^{2}	θa:ŋ^{1}	li:u^{4}	pi^{4}
山	哪	高	啰	兄

兄说哪山高？

男唱

7-385

秋	后	拜	英	刚
Ciuq	haeuj	baih	ing	gang
çiːu^{5}	hau^{3}	paːi^{6}	iŋ^{1}	kaːŋ^{1}
看	进	边	阴	间

遥望进阴间，

7-386

条	而	罗	丁	江
Diuz	lawz	loh	dingq	gyang
tiːu^{2}	lauː^{2}	lo^{6}	tiŋ^{5}	kjaːŋ^{1}
条	哪	路	正	中

哪条在中间？

7-387

秋	后	拜	英	刚
Ciuq	haeuj	baih	ing	gang
çiːu^{5}	hau^{3}	paːi^{6}	iŋ^{1}	kaːŋ^{1}
看	进	边	阴	间

遥望进阴间，

7-388

米	山	尚	外	对
Miz	bya	sang	vaij	doih
mi^{2}	pja^{1}	θaːŋ^{1}	vaːi^{3}	toːi^{6}
有	山	高	过	伙伴

见山特别高。

女唱

7-389

江	开	三	条	罗
Gyang	gai	sam	diuz	loh
kjaːŋ^{1}	kaːi^{1}	θaːn^{1}	tiːu^{2}	lo^{6}
中	街	三	条	路

街上三条路，

7-390

条	而	罗	邦	边
Diuz	lawz	loh	bangx	bien
tiːu^{2}	lauː^{2}	lo^{6}	paːŋ^{4}	piːn^{1}
条	哪	路	旁	边

哪条在旁边。

7-391

骑	马	貝	卢	连
Gwih	max	bae	louz	lienz
kuːi^{6}	ma^{4}	pai^{1}	lu^{2}	liːn^{2}
骑	马	去	游	荡

骑马去游荡，

7-392

貝	求	仙	刚	观
Bae	gouz	sien	gangq	gonq
pai^{1}	kjou^{2}	θiːn^{1}	kaːŋ^{5}	koːn^{5}
去	求	仙	先	前

赶去求神仙。

男唱

7-393

条	**而**	**罗**	**丁**	**江**
Diuz	lawz	loh	dingq	gyang
tiːu^{2}	laɯ^{2}	lo^{6}	tiŋ^{5}	kjaːŋ^{1}
条	哪	路	正	中

哪条在中间，

7-394

条	**而**	**罗**	**邦**	**边**
Diuz	lawz	loh	bangx	bien
tiːu^{2}	laɯ^{2}	lo^{6}	paːŋ^{4}	piːn^{1}
条	哪	路	旁	边

哪条在旁边？

7-395

骑	**马**	**貝**	**卢**	**连**
Gwih	max	bae	louz	lienz
kɯːi^{6}	ma^{4}	pai^{1}	lu^{2}	liːn^{2}
骑	马	去	游	荡

骑马去游荡，

7-396

貝	**求**	**仙**	**好**	**汉**
Bae	gouz	sien	hauj	hanq
pai^{1}	kjou^{2}	θiːn^{1}	haːu^{3}	haːn^{5}
去	求	仙	好	汉

去求好汉仙。

女唱

7-397

条	**而**	**罗**	**丁**	**江**
Diuz	lawz	loh	dingq	gyang
tiːu^{2}	laɯ^{2}	lo^{6}	tiŋ^{5}	kjaːŋ^{1}
条	哪	路	正	中

哪条在中间，

7-398

条	**而**	**罗**	**龙**	**头**
Diuz	lawz	loh	lungz	daeuz
tiːu^{2}	laɯ^{2}	lo^{6}	luŋ^{2}	tau^{2}
条	哪	路	龙	头

哪条通龙头？

7-399

骑	**马**	**貝**	**油**	**油**
Gwih	max	bae	youz	youz
kɯːi^{6}	ma^{4}	pai^{1}	ju^{2}	ju^{2}
骑	马	去	悠	悠

骑马匆匆去，

7-400

貝	**龙**	**头**	**求**	**安**
Bae	lungz	daeuz	gouz	an
pai^{1}	luŋ^{2}	tau^{2}	kjou^{2}	aːn^{1}
去	龙	头	求	安

去龙头求安。

男唱

7-401

江	**开**	**三**	**条**	**罗**
Gyang	gai	sam	diuz	loh
kjaːŋ^{1}	kaːi^{1}	θaːn^{1}	tiːu^{2}	lo^{6}
中	街	三	条	路

街上三条路，

7-402

条	**而**	**罗**	**龙**	**头**
Diuz	lawz	loh	lungz	daeuz
tiːu^{2}	laɯ^{2}	lo^{6}	luŋ^{2}	tau^{2}
条	哪	路	龙	头

哪条通龙头？

7-403

骑	**马**	**贝**	**堂**	**州**
Gwih	max	bae	daengz	cou
kɯːi^{6}	ma^{4}	pai^{1}	taŋ^{2}	ɕu^{1}
骑	马	去	到	州

骑马去州城，

7-404

贝	**方**	**而**	**开**	**天**
Bae	fueng	lawz	hai	den
pai^{1}	fuːŋ^{1}	laɯ^{2}	haːi^{1}	teːn^{5}
去	方	哪	开	店

何处开店铺？

女唱

7-405

骑	**马**	**外**	**垌**	**光**
Gwih	max	vaij	doengh	gvangq
kɯːi^{6}	ma^{4}	vaːi^{3}	toŋ^{6}	kwaːŋ^{5}
骑	马	过	垌	宽

骑马过平川，

7-406

是	**不**	**用**	**特**	**便**
Cix	mbouj	yungh	dawz	bien
ɕi^{4}	bou^{5}	juŋ^{6}	təɯ^{2}	piːn^{1}
是	不	用	拿	鞭

不用持马鞭。

7-407

但	**你**	**农**	**巴**	**强**
Danh	mwngz	nuengx	mbaq	giengz
taːn^{6}	mɯŋ^{2}	nuːŋ^{4}	ba^{5}	kiːŋ^{2}
但	你	妹	肩	犟

但你身硬朗，

7-408

洋	**小**	**凉**	**洋**	**采**
Yaeng	siu	liengz	yaeng	byaij
jaŋ^{1}	θiːu^{1}	liːŋ^{2}	jaŋ^{1}	piaːi^{3}
慢	消	凉	慢	走

边走边乘凉。

男唱

7-409

骑 马 外 垌 光

Gwih max vaij doengh gvangq

kɯ:i⁶ ma⁴ va:i³ toŋ⁶ kwa:ŋ⁵

骑 马 过 垌 宽

骑马过平川，

7-410

是 不 用 装 安

Cix mbouj yungh cang an

ɕi⁴ bou⁵ juŋ⁶ ɕa:ŋ¹ a:n¹

是 不 用 装 鞍

不用装马鞍。

7-411

但 你 备 办 然

Danh mwngz beix baenz ranz

ta:n⁶ mɯŋ² pi⁴ pan² ɹa:n²

但 你 兄 成 家

但与兄成家，

7-412

平 办 王 办 类

Bingz baenz vang baenz raeh

piŋ² pan² va:ŋ¹ pan² ɹai⁶

凭 成 横 成 竖

其他不用管。

女唱

7-413

骑 马 外 垌 光

Gwih max vaij doengh gvangq

kɯ:i⁶ ma⁴ va:i³ toŋ⁶ kwa:ŋ⁵

骑 马 过 垌 宽

骑马过平川，

7-414

是 不 用 特 便

Cix mbouj yungh dawz bien

ɕi⁴ bou⁵ juŋ⁶ təɯ² pi:n¹

是 不 用 拿 鞭

不用持马鞭。

7-415

骑 马 貝 堂 天

Gwih max bae daengz den

kɯ:i⁶ ma⁴ pai¹ taŋ² te:n⁵

骑 马 去 到 店

骑马到店铺，

7-416

求 要 钎 杀 能

Gouz aeu cien cah naengh

kjou² au¹ ɕi:n¹ ɕa⁶ naŋ⁶

求 要 毡 垫 坐

要毛毡垫坐。

男唱

7-417

良	**不**	**得**	**同**	**完**
Liengh	mbouj	ndaej	doengh	vuenh
le:ŋ^{6}	bou^{5}	dai^{3}	toŋ^{2}	vu:n^{6}
谅	**不**	**得**	**相**	**换**

既不成眷属，

7-418

真	**写**	**南**	**是**	**八**
Caen	ce	nanz	cix	bah
ɕin^{1}	ɕe^{1}	na:n^{2}	ɕi^{4}	pa^{6}
真	**留**	**久**	**就**	**罢**

等太久就罢。

7-419

罗	**平**	**办**	**罗**	**马**
Loh	bingz	baenz	loh	max
lo^{6}	piŋ^{2}	pan^{2}	lo^{6}	ma^{4}
路	**平**	**成**	**路**	**马**

路平能跑马，

7-420

瓜	**是**	**瓜**	**快**	**快**
Gvaq	cix	gvaq	riuz	riuz
kwa^{5}	ɕi^{4}	kwa^{5}	ɹi:u^{2}	ɹi:u^{2}
过	**就**	**过**	**快**	**快**

想走快点走。

女唱

7-421

良	**不**	**得**	**同**	**完**
Liengh	mbouj	ndaej	doengh	vuenh
le:ŋ^{6}	bou^{5}	dai^{3}	toŋ^{2}	vu:n^{6}
谅	**不**	**得**	**相**	**换**

既不成眷属，

7-422

真	**写**	**南**	**是**	**八**
Caen	ce	nanz	cix	bah
ɕin^{1}	ɕe^{1}	na:n^{2}	ɕi^{4}	pa^{6}
真	**留**	**久**	**就**	**罢**

那就别久留。

7-423

日	**乱**	**土**	**貝**	**瓜**
Ngoenz	lwenz	dou	bae	gvaq
ŋon^{2}	lɯ:n^{2}	tu^{1}	pai^{1}	kwa^{5}
天	**昨**	**我**	**去**	**过**

昨日我去过，

7-424

办	**罗**	**马**	**在**	**而**
Baenz	loh	max	ywq	lawz
pan^{2}	lo^{6}	ma^{4}	jɯ^{5}	law^{2}
成	**路**	**马**	**在**	**哪**

不见平坦路。

男唱

7-425

良	**不**	**得**	**同**	**完**
Liengh	mbouj	ndaej	doengh	vuenh
le:ŋ^{6}	bou^{5}	dai^{3}	toŋ^{2}	vu:n^{6}
谅	**不**	**得**	**相**	**换**

既不成眷属，

7-426

真	**写**	**南**	**是**	**八**
Caen	ce	nanz	cix	bah
ɕin^{1}	ɕe^{1}	na:n^{2}	ɕi^{4}	pa^{6}
真	**留**	**久**	**就**	**罢**

那就别久留。

7-427

罗	**牛**	**你**	**刀**	**瓜**
Loh	cwz	mwngz	dauq	gvaq
lo^{6}	ɕɯ^{2}	mɯŋ^{2}	ta:u^{5}	kwa^{5}
路	**黄牛**	**你**	**倒**	**过**

你走过牛路，

7-428

利	**罗**	**马**	**尝**	**堂**
Lij	loh	max	caengz	daengz
li^{4}	lo^{6}	ma^{4}	ɕaŋ^{2}	taŋ^{2}
还	**路**	**马**	**未**	**到**

还没到马路。

女唱

7-429

良	**不**	**得**	**同**	**完**
Liengh	mbouj	ndaej	doengh	vuenh
le:ŋ^{6}	bou^{5}	dai^{3}	toŋ^{2}	vu:n^{6}
谅	**不**	**得**	**相**	**换**

既不成眷属，

7-430

真	**写**	**南**	**是**	**八**
Caen	ce	nanz	cix	bah
ɕin^{1}	ɕe^{1}	na:n^{2}	ɕi^{4}	pa^{6}
真	**留**	**久**	**就**	**罢**

那就别久留。

7-431

很	**京**	**貝**	**讲**	**话**
Hwnj	ging	bae	gangj	vah
hɯn^{3}	kiŋ^{1}	pai^{1}	ka:ŋ^{3}	va^{6}
上	**京**	**去**	**讲**	**话**

上京去讲话，

7-432

断	**元**	**罗**	**双**	**偻**
Duenx	roen	loh	song	raeuz
tu:n^{4}	jo:n^{1}	lo^{6}	θo:ŋ^{1}	ɹau^{2}
断	**路**	**路**	**两**	**我们**

断我俩缘分。

男唱

7-433

良	不	得	同	完
Liengh	mbouj	ndaej	doengh	vuenh
le:ŋ6	bou5	dai3	toŋ2	vu:n6
谅	不	得	相	换

既不成眷属，

7-434

真	写	南	是	八
Caen	ce	nanz	cix	bah
ɕin1	ɕe1	na:n2	ɕi4	pa6
真	留	久	就	罢

那就别久留。

7-435

你	农	空	外	瓜
Mwngz	nuengx	ndwi	vaij	gvaq
mɯŋ2	nu:ŋ4	du:i1	va:i3	kwa5
你	妹	不	过	过

妹你没经过，

7-436

话	又	义	双	偻
Vah	youh	ngeix	song	raeuz
va6	jou4	ȵi4	θo:ŋ1	ɹau2
话	又	想	两	我们

总思念我俩。

女唱

7-437

良	不	得	同	完
Liengh	mbouj	ndaej	doengh	vuenh
le:n6	bou5	dai3	toŋ2	vu:n6
谅	不	得	相	换

既不成眷属，

7-438

真	写	南	韦	阿
Caen	ce	nanz	vae	oq
ɕin1	ɕe1	na:n2	vai1	o5
真	留	久	姓	别

情愿不见面。

7-439

很	京	貝	讲	果
Hwnj	ging	bae	gangj	goj
hɯn3	kiŋ1	pai1	ka:ŋ3	ko3
上	京	去	讲	故事

上京去闲聊，

7-440

得	元	罗	知	尝
Ndaej	yuenz	loh	rox	caengz
dai3	ju:n2	lo6	ɹo4	ɕaŋ2
得	缘	路	或	未

缘路通没有？

男唱

7-441

良	**不**	**得**	**同**	**完**
Liengh	mbouj	ndaej	doengh	vuenh
leːŋ^{6}	bou^{5}	dai^{3}	toŋ^{2}	vuːn^{6}
谅	**不**	**得**	**相**	**换**

既不成眷属，

7-442

真	**写**	**南**	**韦**	**阿**
Caen	ce	nanz	vae	oq
ɕin^{1}	ɕe^{1}	naːn^{2}	vai^{1}	o^{5}
真	**留**	**久**	**姓**	**别**

情愿不见面。

7-443

很	**京**	**贝**	**讲**	**果**
Hwnj	ging	bae	gangj	goj
hɯn^{3}	kiŋ^{1}	pai^{1}	kaːŋ^{3}	ko^{3}
上	**京**	**去**	**讲**	**故事**

上京去聊天，

7-444

元	**罗**	**真**	**土**	**偻**
Roen	loh	caen	duz	raeuz
joːn^{1}	lo^{6}	ɕin^{1}	tu^{2}	ɹau^{2}
路	**路**	**真**	**的**	**我们**

是我俩的路。

女唱

7-445

良	**不**	**得**	**同**	**完**
Liengh	mbouj	ndaej	doengh	vuenh
leːŋ^{6}	bou^{5}	dai^{3}	toŋ^{2}	vuːn^{6}
谅	**不**	**得**	**相**	**换**

既不成眷属，

7-446

真	**写**	**南**	**韦**	**机**
Caen	ce	nanz	vae	giq
ɕin^{1}	ɕe^{1}	naːn^{2}	vai^{1}	ki^{5}
真	**留**	**久**	**姓**	**支**

愿久违情友。

7-447

很	**京**	**贝**	**讲**	**利**
Hwnj	ging	bae	gangj	leix
hɯn^{3}	kiŋ^{1}	pai^{1}	kaːŋ^{3}	li^{4}
上	**京**	**去**	**讲**	**理**

上京去讲理，

7-448

米	**正**	**义**	**知**	**空**
Miz	cingz	ngeih	rox	ndwi
mi^{2}	ɕiŋ^{2}	ȵi^{6}	ɹo^{4}	duːi^{1}
有	**情**	**义**	**或**	**不**

有没有情义？

男唱

7-449

良	**不**	**得**	**同**	**完**
Liengh	mbouj	ndaej	doengh	vuenh
leːŋ^{6}	bou^{5}	dai^{3}	toŋ^{6}	vuːn^{6}
谅	**不**	**得**	**相**	**换**

既不成眷属，

7-450

真	**写**	**南**	**韦**	**机**
Caen	ce	nanz	vae	giq
ɕin^{1}	ɕe^{1}	naːn^{2}	vai^{1}	ki^{5}
真	**留**	**久**	**姓**	**支**

愿久违情友。

7-451

很	**京**	**貝**	**讲**	**利**
Hwnj	ging	bae	gangj	leix
hɯn^{3}	kiŋ^{1}	pai^{1}	kaːŋ^{3}	li^{4}
上	**京**	**去**	**讲**	**理**

上京去讲理，

7-452

了	**正**	**义**	**双**	**偻**
Liux	cingz	ngeih	song	raeuz
liːu^{4}	ɕiŋ^{2}	ȵi^{6}	θoːŋ^{1}	ɹau^{2}
完	**情**	**义**	**两**	**我们**

我俩情义尽。

女唱

7-453

良	**不**	**得**	**同**	**完**
Liengh	mbouj	ndaej	doengh	vuenh
leːŋ^{6}	bou^{5}	dai^{3}	toŋ^{2}	vuːn^{6}
谅	**不**	**得**	**相**	**换**

既不成眷属，

7-454

真	**写**	**南**	**是**	**八**
Caen	ce	nanz	cix	bah
ɕin^{1}	ɕe^{1}	naːn^{2}	ɕi^{4}	pa^{6}
真	**留**	**久**	**就**	**罢**

愿久违情友。

7-455

下	**累**	**貝**	**牙**	**沙**
Roengz	lae	bae	yax	ra
ɹoŋ^{2}	lai^{1}	pai^{1}	ja^{5}	ɹa^{1}
下	**梯**	**去**	**也**	**找**

出门去约会，

7-456

话	**三**	**可**	**貝**	**然**
Vah	sanq	goj	bae	ranz
va^{6}	θaːn^{5}	ko^{5}	pai^{1}	ɹaːn^{2}
话	**散**	**也**	**去**	**家**

说完就回家。

男唱

7-457

农	**得**	**义**	**十**	**令**
Nuengx	ndaej	ngeih	cib	lingz
nuːŋ^{4}	dai^{3}	ȵi^{6}	ɕit^{8}	liŋ^{2}
妹	得	二	十	零

妹二十来岁，

7-458

特	**正**	**下**	**拉**	**达**
Dawz	cingz	roengz	laj	dah
təɯ^{2}	ɕiŋ^{2}	ɹoŋ^{2}	la^{3}	ta^{6}
拿	情	下	下	河

过河去谈情。

7-459

少	**才**	**得**	**十**	**五**
Sau	nda	ndaej	cib	haj
θaːu^{1}	da^{1}	dai^{3}	ɕit^{8}	ha^{3}
姑娘	刚	得	十	五

妹才十五岁，

7-460

讲	**话**	**弄**	**办**	**龙**
Gangj	vah	ndongj	baenz	lungz
kaːŋ^{3}	va^{6}	doːŋ^{3}	pan^{2}	luŋ^{2}
讲	话	硬	成	龙

兄前讲错话。

女唱

7-461

日	**乱**	**点**	**日**	**盘**
Ngoenz	lwenz	dem	ngoenz	bonz
ŋon^{2}	lɯːn^{2}	teːn^{1}	ŋon^{2}	poːn^{2}
天	昨	与	天	前

昨天和前天，

7-462

得	**义**	**双**	**句**	**话**
Ndaej	nyi	song	coenz	vah
dai^{3}	ȵi^{1}	θoːŋ^{1}	kjon^{2}	va^{6}
得	听	两	句	话

听见两句话。

7-463

分	**勒**	**下**	**拉**	**达**
Mbek	lwg	roengz	laj	dah
beːk^{7}	lɯk^{8}	ɹoŋ^{2}	la^{3}	ta^{6}
分别	子	下	下	河

别子去河边，

7-464

话	**堂**	**备**	**知**	**空**
Vah	daengz	beix	rox	ndwi
va^{6}	taŋ^{2}	pi^{4}	ɹo^{4}	duːi^{1}
话	到	兄	或	不

兄你听闻否？

男唱

7-465

日 乱 点 日 盘

Ngoenz lwenz dem ngoenz bonz

ŋon^{2} lɯːn^{2} teːn^{1} ŋon^{2} poːn^{2}

天 昨 与 天 前

昨天和前天，

7-466

可 得 义 它 的

Goj ndaej nyi daj diq

ko^{5} dai^{3} ȵi^{1} ta^{3} ti^{5}

也 得 听 打 点

似听见一些。

7-467

日 乱 点 日 内

Ngoenz lwenz dem ngoenz neix

ŋon^{2} lɯːn^{2} teːn^{1} ŋon^{2} ni^{4}

天 昨 与 天 这

昨天和今天，

7-468

句 话 一 不 米

Coenz vah ndeu mbouj miz

kjon^{2} va^{6} deːu^{1} bou^{5} mi^{2}

句 话 一 不 有

一句话没有。

女唱

7-469

开 听 话 江 元

Gaej dingq vah gyang roen

kaːi^{5} tiŋ^{5} va^{6} kjaːŋ^{1} joːn^{1}

莫 听 话 中 路

莫道听途说，

7-470

开 听 句 大 罗

Gaej dingq coenz daih loh

kaːi^{5} tiŋ^{5} kjon^{2} taːi^{6} lo^{6}

莫 听 句 大 路

莫捕风捉影。

7-471

话 江 元 古 波

Vah gyang roen guh boq

va^{6} kjaːŋ^{1} joːn^{1} ku^{4} po^{5}

话 中 路 做 吹牛

路边话乱吹，

7-472

话 大 罗 古 荒

Vah daih loh guh byangz

va^{6} taːi^{6} lo^{6} ku^{4} pjaːŋ^{2}

话 大 路 做 撒谎

路边话撒谎。

男唱

7–473

你	**记**	**话**	**江**	**元**
Mwngz	geiq	vah	gyang	roen
mɯŋ^{2}	ki^{5}	va^{6}	kja:ŋ^{1}	jo:n^{1}
你	记	话	中	路

你道听途说，

7–474

良	**土**	**牙**	**不**	**知**
Liengh	dou	yax	mbouj	rox
le:ŋ^{6}	tu^{1}	ja^{5}	bou^{5}	ɹo^{4}
谅	我	也	不	知

我也不知底。

7–475

你	**记**	**话**	**大**	**罗**
Mwngz	geiq	vah	daih	loh
mɯŋ^{2}	ki^{5}	va^{6}	ta:i^{6}	lo^{6}
你	记	话	大	路

你听路边话，

7–476

土	**不**	**知**	**土**	**你**
Dou	mbouj	rox	duh	mwngz
tu^{1}	bou^{5}	ɹo^{4}	tu^{2}	mɯŋ^{2}
我	不	知	的	你

我全然不知。

女唱

7–477

记	**话**	**作**	**江**	**元**
Geiq	vah	coq	gyang	roen
ki^{5}	va^{6}	ɕo^{5}	kja:ŋ^{1}	jo:n^{1}
记	话	放	中	路

你道听途说，

7–478

记	**句**	**作**	**江**	**板**
Geiq	coenz	coq	gyang	mbanj
ki^{5}	kjon^{2}	ɕo^{5}	kja:ŋ^{1}	ba:n^{3}
记	句	放	中	村

你听信流言。

7–479

少	**在**	**浪**	**管**	**干**
Sau	ywq	laeng	guenj	ganq
θa:u^{1}	jɯ^{5}	laŋ^{1}	ku:n^{3}	ka:n^{5}
姑娘	在	后	管	照料

妹在家料理，

7–480

备	**貝**	**那**	**不**	**论**
Beix	bae	naj	mbouj	lumz
pi^{4}	pai^{1}	na^{3}	bou^{5}	lun^{2}
兄	去	前	不	忘

兄离别不忘。

男唱

7-481

开 听 话 大 罗

Gaej dingq vah daih loh

kaːi^{5} tiŋ^{5} va^{6} taːi^{6} lo^{6}

莫 听 话 大 路

莫道听途说，

7-482

伕 罗 你 了 金

Fwx lox mwngz liux gim

fə^{4} lo^{4} mɯŋ^{2} liːu^{4} kin^{1}

别人 骗 你 啰 金

别人欺骗你。

7-483

话 大 罗 不 真

Vah daih loh mbouj caen

va^{6} taːi^{6} lo^{6} bou^{5} ɕin^{1}

话 大 路 不 真

路边话不真，

7-484

真 心 堂 牙 祘

Caen sim daengz yax suenq

ɕin^{1} θin^{1} taŋ^{2} ja^{5} θuːn^{5}

真 心 到 才 算

心里话才真。

女唱

7-485

开 听 话 江 元

Gaej dingq vah gyang roen

kaːi^{5} tiŋ^{5} va^{6} kjaːŋ^{1} joːn^{1}

莫 听 话 中 路

莫听路边话，

7-486

开 听 句 大 罗

Gaej dingq coenz daih loh

kaːi^{5} tiŋ^{5} kjon^{2} taːi^{6} lo^{6}

莫 听 句 大 路

莫道听途说。

7-487

话 江 元 古 波

Vah gyang roen guh boq

va^{6} kjaːŋ^{1} joːn^{1} ku^{4} po^{5}

话 中 路 做 吹牛

路边话乱吹，

7-488

话 大 罗 不 真

Vah daih loh mbouj caen

va^{6} taːi^{6} lo^{6} bou^{5} ɕin^{1}

话 大 路 不 真

路边话不实。

男唱

7–489

开	**听**	**话**	**江**	**元**
Gaej	dingq	vah	gyang	roen
ka:i^{5}	tiŋ^{5}	va^{6}	kja:ŋ^{1}	jo:n^{1}
莫	听	话	中	路

莫听路边话，

7–490

卡	**九**	**清**	**百**	**怪**
Gaq	iu	cing	bak	gvaiq
ka^{5}	i:u^{1}	çiŋ^{1}	pa:k^{7}	kwa:i^{5}
这	妖	精	百	怪

是妖精鬼怪。

7–491

开	**听**	**句**	**伕**	**来**
Gaej	dingq	coenz	fwz	lai
ka:i^{5}	tiŋ^{5}	kjon^{2}	fə^{4}	la:i^{1}
莫	听	句	别人	多

莫听路人话，

7–492

宂	**听**	**动**	**双**	**偻**
Nyienh	dingq	dungx	song	raeuz
ȵu:n^{6}	tiŋ^{5}	tuŋ^{4}	θo:ŋ^{1}	ɹau^{2}
愿	听	肚	两	我们

我俩交真心。

女唱

7–493

讲	**话**	**是**	**讲**	**真**
Gangj	vah	cix	gangj	caen
ka:ŋ^{3}	va^{6}	çi^{4}	ka:ŋ^{3}	çin^{1}
讲	话	就	讲	真

要讲真实话，

7–494

开	**古**	**句**	**讲**	**加**
Gaej	guh	coenz	gangj	gyaj
ka:i^{5}	ku^{4}	kjon^{2}	ka:ŋ^{3}	kja^{3}
莫	做	句	讲	假

不能讲假话。

7–495

讲	**真**	**牙**	**办**	**话**
Gangj	caen	yax	baenz	vah
ka:ŋ^{3}	çin^{1}	ja^{5}	pan^{2}	va^{6}
讲	真	也	成	话

真话才算话，

7–496

讲	**加**	**才**	**合**	**你**
Gangj	gyaj	caih	hoz	mwngz
ka:ŋ^{3}	kja^{3}	ça:i^{6}	ho^{2}	mɯŋ^{2}
讲	假	随	喉	你

假话由你编。

男唱

7-497

变　土　讲　不　真

Bienh dou gangj mbouj caen

pi:n^{6} tu^{1} ka:ŋ^{3} bou^{5} ɕin^{1}

即便　我　讲　不　真

疑我讲不真，

7-498

要　令　马　占　主

Aeu rin ma canq swh

au^{1} ɹin^{1} ma^{1} ɕa:n^{5} θɯ^{6}

要　石　来　占　卜

石头来作证。

7-499

变　土　讲　不　合

Bienh dou gangj mbouj hob

pi:n^{6} tu^{1} ka:ŋ^{3} bou^{5} ho:p^{8}

即便　我　讲　不　合

若我讲不对，

7-500

要　墨　马　写　字

Aeu maeg ma sij saw

au^{1} mak^{8} ma^{1} θi^{3} θaɯ^{1}

要　墨　来　写　字

写字做凭证。

女唱

7-501

讲　话　是　讲　真

Gangj vah cix gangj caen

ka:ŋ^{3} va^{6} ɕi^{4} ka:ŋ^{3} ɕin^{1}

讲　话　就　讲　真

讲话要讲真，

7-502

开　古　句　讲　加

Gaej guh coenz gangj gyaj

ka:i^{5} ku^{4} kjon^{2} ka:ŋ^{3} kja^{3}

莫　做　句　讲　假

不能讲假话。

7-503

讲　话　真　貝　那

Gangj vah caen bae naj

ka:ŋ^{3} va^{6} ɕin^{1} pai^{1} na^{3}

讲　话　真　去　前

真话走得远，

7-504

开　古　加　欣　手

Gaej guh gyaj raemj fwngz

ka:i^{5} ku^{4} kja^{3} ɹan^{3} fɯŋ^{2}

莫　做　假　砍　手

假话被砍手。

男唱

7-505

变 土 讲 不 真

Bienh dou gangj mbouj caen

pi:n^{6} tu^{1} ka:ŋ^{3} bou^{5} ɕin^{1}

即便 我 讲 不 真

若我讲不真，

7-506

要 令 马 占 能

Aeu rin ma camh naengh

au^{1} ɹin^{1} ma^{1} ɕa:n^{6} naŋ^{6}

要 石 来 垫 坐

石头当坐垫。

7-507

变 土 讲 不 作

Bienh dou gangj mbouj soh

pi:n^{6} tu^{1} ka:ŋ^{3} bou^{5} θo^{6}

即便 我 讲 不 直

若我话不实，

7-508

良 米 罗 一 说

Lingh miz loh ndeu naeuz

le:ŋ^{6} mi^{2} lo^{6} de:u^{1} nau^{2}

另 有 路 一 说

就另当别论。

女唱

7-509

讲 话 是 讲 真

Gangj vah cix gangj caen

ka:ŋ^{3} va^{6} ɕi^{4} ka:ŋ^{3} ɕin^{1}

讲 话 就 讲 真

讲话要真实，

7-510

开 古 句 讲 兵

Gaej guh coenz gangj binq

ka:i^{5} ku^{4} kjon^{2} ka:ŋ^{3} pin^{5}

莫 做 句 讲 赖

别讲无底话。

7-511

要 乔 马 剪 符

Aeu geuz ma raed fouz

au^{1} ke:u^{2} ma^{1} ɹat^{8} fu^{2}

要 剪 来 剪 符

剪符法作证，

7-512

土 仪 牙 得 你

Dou saenq yax ndaej mwngz

tu^{1} θin^{5} ja^{5} dai^{3} mɯŋ^{2}

我 信 才 得 你

才信得过你。

男唱

7-513

讲	**真**	**说**	**讲**	**加**
Gangj	caen	naeuz	gangj	gyaj
kaːŋ^{3}	ɕin^{1}	nau^{2}	kaːŋ^{3}	kja^{3}
讲	真	或	讲	假

真话或假话，

7-514

是	**对**	**那**	**土**	**说**
Cix	doiq	naj	dou	naeuz
ɕi^{4}	toːi^{5}	na^{3}	tu^{1}	nau^{2}
就	对	脸	我	说

当着我面说。

7-515

讲	**作**	**说**	**讲**	**勾**
Gangj	soh	naeuz	gangj	gaeuz
kaːŋ^{3}	θo^{6}	nau^{2}	kaːŋ^{3}	kau^{2}
讲	直	或	讲	弯

是否真心话，

7-516

对	**那**	**说**	**了**	**农**
Doiq	naj	naeuz	liux	nuengx
toːi^{5}	na^{3}	nau^{2}	liːu^{4}	nuːŋ^{4}
对	脸	说	啰	妹

妹当面直言。

女唱

7-517

讲	**能**	**来**	**的**	**话**
Gangj	nyaenx	lai	diq	vah
kaːŋ^{3}	ȵan^{4}	laːi^{1}	ti^{5}	va^{6}
讲	那样	多	的	话

讲那许多话，

7-518

在	**里**	**动**	**文**	**偻**
Ywq	ndaw	dungx	vunz	raeuz
jɯ^{5}	daɯ^{1}	tuŋ^{4}	vun^{2}	ɹau^{2}
在	里	肚	人	我们

在你我心中。

7-519

发	**墨**	**是**	**利**	**勾**
Fad	maeg	cix	lij	gaeuz
faːt^{8}	mak^{8}	ɕi^{4}	li^{4}	kau^{2}
弹	墨	就	还	弯

墨线打还弯，

7-520

双	**偻**	**讲**	**来**	**作**
Song	raeuz	gangj	lai	soh
θoːŋ^{1}	ɹau^{2}	kaːŋ^{3}	laːi^{1}	θo^{6}
两	我们	讲	多	直

我俩心最诚。

男唱

7–521

讲	**真**	**说**	**讲**	**加**
Gangj	caen	naeuz	gangj	gyaj
ka:ŋ^{3}	çin^{1}	nau^{2}	ka:ŋ^{3}	kja^{3}
讲	真	或	讲	假

真话或假话，

7–522

是	**对**	**那**	**土**	**说**
Cix	doiq	naj	dou	naeuz
çi^{4}	to:i^{5}	na^{3}	tu^{1}	nau^{2}
就	对	脸	我	说

当着我面说。

7–523

讲	**作**	**说**	**讲**	**勾**
Gangj	soh	naeuz	gangj	gaeuz
ka:ŋ^{3}	θo^{6}	nau^{2}	ka:ŋ^{3}	kau^{2}
讲	直	或	讲	弯

实话或假话，

7–524

在	**心**	**头**	**你**	**义**
Ywq	sim	daeuz	mwngz	ngeix
jɯ^{5}	θin^{1}	tau^{2}	mɯŋ^{2}	ȵi^{4}
在	心	脏	你	想

你扪心自问。

女唱

7–525

讲	**话**	**是**	**讲**	**真**
Gangj	vah	cix	gangj	caen
ka:ŋ^{3}	va^{6}	çi^{4}	ka:ŋ^{3}	çin^{1}
讲	话	就	讲	真

要讲真心话，

7–526

开	**古**	**句**	**讲**	**送**
Gaej	guh	coenz	gangj	soengx
ka:i^{5}	ku^{4}	kjon^{2}	ka:ŋ^{3}	θoŋ^{4}
莫	做	句	讲	恭维

不讲违心话。

7–527

讲	**作**	**合**	**作**	**动**
Gangj	coq	hoz	coq	dungx
ka:ŋ^{3}	ço^{5}	ho^{2}	ço^{5}	tuŋ^{4}
讲	放	喉	放	肚

全讲赤诚话，

7–528

明	**可**	**中**	**状**	**元**
Cog	goj	cungq	cangh	yenz
ço:k^{8}	ko^{5}	çoŋ^{5}	ça:ŋ^{5}	je:n^{2}
将来	也	中	状	元

会有好结果。

男唱

7-529

讲 几 来 的 话

Gangj geij lai diq vah

ka:ŋ^{3} ki^{3} la:i^{1} ti^{5} va^{6}

讲 几 多 的 话

讲那许多话，

7-530

在 里 动 你 金

Ywq ndaw dungx mwngz gim

jɯ^{5} daɯ^{1} tuŋ^{4} mɯŋ^{2} kin^{1}

在 里 肚 你 金

情友记在心。

7-531

讲 几 来 话 真

Gangj geij lai vah caen

ka:ŋ^{3} ki^{3} la:i^{1} va^{6} ɕin^{1}

讲 几 多 话 真

讲多少真话，

7-532

在 良 心 你 义

Ywq liengz sim mwngz ngeix

jɯ^{5} li:ŋ^{2} θin^{1} mɯŋ^{2} ȵi^{4}

在 良 心 你 想

你扪心自问。

女唱

7-533

讲 话 是 讲 真

Gangj vah cix gangj caen

ka:ŋ^{3} va^{6} ɕi^{4} ka:ŋ^{3} ɕin^{1}

讲 话 就 讲 真

讲话要真诚，

7-534

开 古 句 讲 地

Gaej guh coenz gangj deih

ka:i^{5} ku^{4} kjon^{2} ka:ŋ^{3} ti^{6}

莫 做 句 讲 频繁

莫吞吞吐吐。

7-535

讲 真 牙 友 义

Gangj caen yax youx ngeih

ka:ŋ^{3} ɕin^{1} ja^{5} ju^{4} ȵi^{6}

讲 真 也 友 义

讲真给新友，

7-536

讲 地 牙 友 偻

Gangj deih yax youx raeuz

ka:ŋ^{3} ti^{6} ja^{5} ju^{4} ɹau^{2}

讲 频繁 也 友 我们

我俩讲一半。

男唱

7-537

土 是 问 同 貝

Dou cix cam doengz bae

tu^{1} çi^{4} ça:m^{1} toŋ^{2} pai^{1}

我 是 问 同 去

我朝正面问，

7-538

你 刀 汉 同 刀

Mwngz dauq han doengz dauq

mɯŋ^{2} ta:u^{5} ha:n^{1} toŋ^{2} ta:u^{5}

你 倒 应 同 倒

你往反面答。

7-539

天 子 送 银 毫

Denh swj soengq yinz hauz

ti:n^{1} θɯ^{3} θoŋ^{5} jin^{2} ha:u^{2}

天 子 送 银 毫

天子送银两，

7-540

话 讲 刀 样 而

Vah gangj dauq yiengh lawz

va^{6} ka:ŋ^{3} ta:u^{5} jɯ:ŋ^{6} laɯ^{2}

话 讲 倒 样 哪

何必讲反话？

女唱

7-541

土 是 问 同 貝

Dou cix cam doengz bae

tu^{1} çi^{4} ça:m^{1} toŋ^{2} pai^{1}

我 是 问 同 去

我朝正面问，

7-542

你 刀 汉 同 刀

Mwngz dauq han doengz dauq

mɯŋ^{2} ta:u^{5} ha:n^{1} toŋ^{2} ta:u^{5}

你 倒 应 同 倒

你朝反面答。

7-543

天 子 送 银 毫

Denh swj soengq yinz hauz

ti:n^{1} θɯ^{3} θoŋ^{5} jin^{2} ha:u^{2}

天 子 送 银 毫

天子送银两，

7-544

讲 话 刀 勒 正

Gangj vah dauq lawh cingz

ka:ŋ^{3} va^{6} ta:u^{5} laɯ^{6} çiŋ^{2}

讲 话 倒 换 情

讲反话结交。

男唱

7–545

管 你 讲 样 而

Guenj mwngz gangj yiengh lawz

ku:n^{3} mɯŋ^{2} ka:ŋ^{3} jɯ:ŋ^{6} laɯ^{2}

管 你 讲 样 哪

管你怎么说，

7–546

你 利 特 知 不

Mwngz lij dawz rox mbouj

mɯŋ^{2} li^{4} təɯ^{2} ɹo^{4} bou^{5}

你 还 拿 或 不

你还等我不？

7–547

相 初 讲 话 口

Cieng co gangj vah gaeuq

ɕi:ŋ^{1} ɕo^{1} ka:ŋ^{3} va^{6} kau^{5}

正 初 讲 话 旧

新年讲旧话，

7–548

农 利 认 知 空

Nuengx lij nyinh rox ndwi

nu:ŋ^{4} li^{4} ȵin^{6} ɹo^{4} du:i^{1}

妹 还 认 或 不

妹还认账不？

女唱

7–549

架 芬 三 芬 四

Cax faenz sam faenz seiq

kja^{4} fan^{2} θa:n^{1} fan^{2} θei^{5}

刀 伐 三 伐 四

刀砍来砍去，

7–550

浪 是 利 出 叶

Laeng cix lij ok mbaw

laŋ^{1} ɕi^{4} li^{4} o:k^{7} baɯ^{1}

后 是 还 出 叶

还会长新芽。

7–551

观 你 讲 样 而

Gonq mwngz gangj yiengh lawz

ko:n^{5} mɯŋ^{2} ka:ŋ^{3} jɯ:ŋ^{6} laɯ^{2}

先 你 讲 样 哪

以前说什么，

7–552

浪 不 可 样 能

Laeng mbouj goj yiengh nyaenx

laŋ^{1} bou^{5} ko^{5} jɯ:ŋ^{6} ȵan^{4}

后 不 也 样 那样

过后不会变。

男唱

7-553

讲	**话**	**作**	**里**	**水**
Gangj	vah	coq	ndaw	raemx
kaːŋ^3	va^6	ɕo^5	daɯ^1	ɹan^4
讲	话	放	里	水

讲话放水中，

7-554

韦	**机**	**心**	**是**	**付**
Vae	giq	sim	cix	fouz
vai^1	ki^5	θin^1	ɕi^4	fu^2
姓	支	心	就	浮

情侣心不定。

7-555

讲	**话**	**能**	**作**	**土**
Gangj	vah	nyaenx	coq	dou
kaːŋ^3	va^6	ȵan^4	ɕo^5	tu^1
讲	话	那样	放	我

对我那样讲，

7-556

本	**师**	**你**	**了**	**农**
Mbwn	swz	mwngz	liux	nuengx
bɯn^1	θɯ^2	mɯŋ^2	liːu^4	nuːŋ^4
天	辞	你	啰	妹

恐遭到报应。

女唱

7-557

土	**讲**	**话**	**作**	**备**
Dou	gangj	vah	coq	beix
tu^1	kaːŋ^3	va^6	ɕo^5	pi^4
我	讲	话	放	兄

我对兄不恭，

7-558

利	**拉**	**为**	**灯**	**日**
Lij	laj	vei	daeng	ngoenz
li^4	la^3	vei^1	taŋ^1	ŋon^2
还	下	亏	灯	天

还愧对太阳。

7-559

土	**讲**	**话**	**作**	**你**
Dou	gangj	vah	coq	mwngz
tu^1	kaːŋ^3	va^6	ɕo^5	mɯŋ^2
我	讲	话	放	你

讲话冒犯你，

7-560

利	**更**	**本**	**在**	**才**
Lij	gwnz	mbwn	ywq	raix
li^4	kɯn^2	bɯn^1	jɯ^5	ɹaːi^4
还	上	天	在	实

老天有耳听。

男唱

7-561

讲	**话**	**作**	**里**	**水**
Gangj	vah	coq	ndaw	raemx
kaːŋ^{3}	va^{6}	ɕo^{5}	dauɯ^{1}	ɹan^{4}
讲	话	放	里	水

你讲心底话，

7-562

韦	**机**	**心**	**是**	**反**
Vae	giq	sim	cix	fanz
vai^{1}	ki^{5}	θin^{1}	ɕi^{4}	faːn^{2}
姓	支	心	就	烦

情侣我心烦。

7-563

讲	**话**	**作**	**平**	**班**
Gangj	vah	coq	bingz	ban
kaːŋ^{3}	va^{6}	ɕo^{5}	piŋ^{2}	paːn^{1}
讲	话	放	平	辈

冒犯同龄人，

7-564

心	**不**	**干**	**了**	**农**
Sim	mbouj	gam	liux	nuengx
θin^{1}	bou^{5}	kaːn^{1}	liːu^{4}	nuːŋ^{4}
心	不	甘	啰	妹

心里不服气。

女唱

7-565

讲	**话**	**作**	**里**	**水**
Gangj	vah	coq	ndaw	raemx
kaːŋ^{3}	va^{6}	ɕo^{5}	dauɯ^{1}	ɹan^{4}
讲	话	放	里	水

你讲心底话，

7-566

韦	**机**	**心**	**是**	**反**
Vae	giq	sim	cix	fanz
vai^{1}	ki^{5}	θin^{1}	ɕi^{4}	faːn^{2}
姓	支	心	就	烦

情侣我心烦。

7-567

讲	**话**	**作**	**平**	**班**
Gangj	vah	coq	bingz	ban
kaːŋ^{3}	va^{6}	ɕo^{5}	piŋ^{2}	paːn^{1}
讲	话	放	平	辈

冒犯同龄友，

7-568

心	**不**	**干**	**是**	**勒**
Sim	mbouj	gam	cix	lawh
θin^{1}	bou^{5}	kaːn^{1}	ɕi^{4}	lauɯ^{6}
心	不	甘	就	换

不服也结交。

男唱

7-569

讲	**话**	**作**	**里**	**水**
Gangj	vah	coq	ndaw	raemx
kaːŋ3	va6	ɕo5	daɯ1	ɹan4
讲	话	放	里	水

你讲心底话，

7-570

韦	**机**	**心**	**是**	**凉**
Vae	giq	sim	cix	liengz
vai1	ki5	θin1	ɕi4	liːŋ2
姓	支	心	就	凉

情侣就心寒。

7-571

讲	**话**	**作**	**文**	**邦**
Gangj	vah	coq	vunz	biengz
kaːŋ3	va6	ɕo5	vun2	piːŋ2
讲	话	放	人	地方

对世人讲话，

7-572

刀	**心**	**凉**	**作**	**备**
Dauq	sim	liengz	coq	beix
taːu5	θin1	liːŋ2	ɕo5	pi4
倒	心	凉	放	兄

令情哥心寒。

女唱

7-573

讲	**话**	**作**	**里**	**水**
Gangj	vah	coq	ndaw	raemx
kaːŋ3	va6	ɕo5	daɯ1	ɹan4
讲	话	放	里	水

你讲心底话，

7-574

万	**代**	**不**	**老**	**立**
Fanh	daih	mbouj	lau	liz
faːn6	taːi6	bou5	laːu1	li2
万	代	不	怕	离

永远不分离。

7-575

山	**吨**	**达**	**河**	**池**
Bya	daenh	dah	hoz	ciz
pja1	tan6	ta6	ho6	ɕi2
山	堵	河	河	池

山阻河池河，

7-576

六	**十**	**比**	**讲**	**话**
Roek	cib	bi	gangj	vah
ɹok7	ɕit8	pi1	kaːŋ3	va6
六	十	年	讲	话

六十岁讲话。

男唱

7–577

令	**托**	**达**	**不**	**烂**
Rin	doek	dah	mbouj	naeuh
ɹin^{1}	tok^{7}	ta^{6}	bou^{5}	nau^{6}
石	落	河	不	烂

石泡水不烂，

7–578

句	**话**	**口**	**不**	**论**
Coenz	vah	gaeuq	mbouj	lumz
kjon^{2}	va^{6}	kau^{5}	bou^{5}	lun^{2}
句	话	旧	不	忘

老话不会忘。

7–579

山	**听**	**长**	**交**	**春**
Bya	dingq	raez	gyau	cin
pja^{1}	tiŋ^{5}	ɹai^{2}	kjaːu^{1}	ɕun^{1}
山	听	长	交	春

立春雷声响，

7–580

土	**听**	**你**	**讲**	**话**
Dou	dingq	mwngz	gangj	vah
tu^{1}	tiŋ^{5}	mɯŋ^{2}	kaːŋ^{3}	va^{6}
我	听	你	讲	话

我听你的话。

女唱

7–581

讲	**话**	**作**	**魚**	**吨**
Gangj	vah	coq	bya	daemz
kaːŋ^{3}	va^{6}	ɕo^{5}	pja^{1}	tan^{2}
讲	话	放	鱼	塘

对鱼塘讲话，

7–582

讲	**恨**	**作**	**叶**	**会**
Gangj	haemz	coq	mbaw	faex
kaːŋ^{3}	han^{2}	ɕo^{5}	baɯ^{1}	fai^{4}
讲	恨	放	叶	树

对树叶放话。

7–583

鸟	**九**	**点**	**鸟**	**累**
Roeg	geuq	dem	roeg	laej
ɹok^{8}	kjeːu^{5}	teːn^{1}	ɹok^{8}	lai^{3}
鸟	画眉	与	鸟	麻雀

画眉和麻雀，

7–584

你	**论**	**貝**	**么**	**备**
Mwngz	lumz	bae	maq	beix
mɯŋ^{2}	lun^{2}	pai^{1}	ma^{5}	pi^{4}
你	忘	去	嘛	兄

兄你莫忘记。

男唱

7-585

讲 话 作 魚 吨

Gangj vah coq bya daemz

kaːŋ^{3} va^{6} ɕo^{5} pja^{1} tan^{2}

讲 话 放 鱼 塘

对池鱼讲话，

7-586

讲 恨 作 叶 会

Gangj haemz coq mbaw faex

kaːŋ^{3} han^{2} ɕo^{5} baɯ^{1} fai^{4}

讲 恨 放 叶 树

对树叶放话。

7-587

讲 鸟 九 鸟 累

Gangj roeg geuq roeg laej

kaːŋ^{3} ɹok^{8} kjeːu^{5} ɹok^{8} lai^{3}

讲 鸟 画眉 鸟 麻雀

讲眉鸟麻雀，

7-588

讲 备 得 开 么

Gangj beix ndaej gij maz

kaːŋ^{3} pi^{4} dai^{3} kaːi^{2} ma^{2}

讲 兄 得 什 么

讲兄干什么？

女唱

7-589

句 话 口 双 偻

Coenz vah gaeuq song raeuz

kjon^{2} va^{6} kau^{5} θoːŋ^{1} ɹau^{2}

句 话 旧 两 我们

我俩那老话，

7-590

戻 收 作 拉 司

Nyienh caeuq coq laj swj

ȵuːn^{6} ɕau^{5} ɕo^{5} la^{3} θɯ^{3}

愿 收 放 下 屋檐

愿收放檐下。

7-591

话 貝 通 妻 伕

Vah bae doeng maex fwx

va^{6} pai^{1} toŋ^{1} mai^{4} fə^{4}

话 去 通 妻 别人

话通别人妻，

7-592

利 小 古 知 空

Lij siuj guh rox ndwi

li^{4} θiːu^{3} ku^{4} ɹo^{4} duːi^{1}

还 消 做 或 不

我俩还连否？

男唱

7-593

句	话	口	双	偻
Coenz	vah	gaeuq	song	raeuz
kjon²	va⁶	kau⁵	θoːŋ¹	ɹau²
句	话	旧	两	我们

我俩的往事，

7-594

认	收	作	本	阝
Nyinh	caeuq	coq	bonj	bouh
ȵin⁶	ɕau⁵	ɕo⁵	poːn³	pou⁶
仍	收	放	本	簿

仍记本子里。

7-595

你	论	貝	马	友
Mwngz	lumz	bae	ma	youx
mɯŋ²	lun²	pai¹	ma¹	ju⁴
你	忘	去	来	友

友你别忘记，

7-596

利	本	阝	土	特
Lij	bonj	bouh	dou	dawz
li⁴	poːn³	pou⁶	tu¹	təɯ²
还	本	簿	我	拿

本子在我手。

女唱

7-597

句	话	口	双	偻
Coenz	vah	gaeuq	song	raeuz
kjon²	va⁶	kau⁵	θoːŋ¹	ɹau²
句	话	旧	两	我们

我俩的往事，

7-598

认	收	作	拉	板
Nyinh	caeuq	coq	laj	bam
ȵin⁶	ɕau⁵	ɕo⁵	la³	paːn¹
仍	收	放	下	阁楼

仍藏在阁楼。

7-599

你	论	貝	马	邦
Mwngz	lumz	bae	ma	baengz
mɯŋ²	lun²	pai¹	ma¹	paŋ²
你	忘	去	来	朋

情侣别忘了，

7-600

板	可	在	更	堂
Bam	goj	ywq	gwnz	dangz
paːn¹	ko⁵	jɯ⁵	kɯn²	taːŋ²
阁楼	也	在	上	堂

阁楼在屋中。

男唱

7-601

句	**话**	**口**	**双**	**偻**
Coenz	vah	gaeuq	song	raeuz
kjon^{2}	va^{6}	kau^{5}	θoːŋ^{1}	ɹau^{2}
句	话	旧	两	我们

我俩的往事，

7-602

认	**收**	**作**	**拉**	**令**
Nyinh	caeuq	coq	laj	ringq
ȵin^{6}	ɕau^{5}	ɕo^{5}	la^{3}	ɹiŋ^{3}
仍	收	放	下	碗架

收在碗架里。

7-603

要	**银**	**子**	**古**	**定**
Aeu	yinz	swj	guh	dingh
au^{1}	yin^{2}	θɯ^{3}	ku^{4}	tiŋ^{6}
要	银	子	做	定

银子做信物，

7-604

在	**拉**	**令**	**⻏**	**洋**
Ywq	laj	ringq	boux	nyaengz
jɯ^{5}	la^{3}	ɹiŋ^{3}	pu^{4}	ȵaŋ^{2}
在	下	碗架	个	汉

在汉人碗架。

女唱

7-605

句	**话**	**口**	**双**	**偻**
Coenz	vah	gaeuq	song	raeuz
kjon^{2}	va^{6}	kau^{5}	θoːŋ^{1}	ɹau^{2}
句	话	旧	两	我们

我俩的往事，

7-606

认	**收**	**作**	**拉**	**兰**
Nyinh	caeuq	coq	laj	lanz
ȵin^{6}	ɕau^{5}	ɕo^{5}	la^{3}	laːn^{2}
仍	收	放	下	篮

收藏在篮里。

7-607

千	**句**	**话**	**知**	**讲**
Cien	coenz	vah	rox	gangj
ɕiːn^{1}	kjon^{2}	va^{6}	ɹo^{4}	kaːŋ^{3}
千	句	话	知	讲

口才实在好，

7-608

玩	**下**	**南**	**贝**	**空**
Vanz	roengz	namh	bae	ndwi
vaːn^{2}	ɹoŋ^{2}	naːn^{6}	pai^{1}	duːi^{1}
还	下	土	去	空

白葬入土中。

男唱

7-609

句　话　口　双　偻

Coenz vah gaeuq song raeuz

kjon^{2} va^{6} kau^{5} θoːŋ^{1} ɹau^{2}

句　话　旧　两　我们

我俩的往事，

7-610

认　收　作　拉　令

Nyinh caeuq coq laj ringq

ȵin^{6} ɕau^{5} ɕo^{5} la^{3} ɹiŋ^{3}

仍　收　放　下　碗架

封存碗架中。

7-611

句　讲　三　句　兵

Coenz gangj sam coenz binq

kjon^{2} kaːŋ^{3} θaːn^{1} kjon^{2} pin^{5}

句　讲　三　句　赖

说话多反复，

7-612

备　仪　不　得　你

Beix saenq mbouj ndaej mwngz

pi^{4} θin^{5} bou^{5} dai^{3} mɯŋ^{2}

兄　信　不　得　你

兄信不过你。

女唱

7-613

句　话　口　双　偻

Coenz vah gaeuq song raeuz

kjon^{2} va^{6} kau^{5} θoːŋ^{1} ɹau^{2}

句　话　旧　两　我们

我俩的往事，

7-614

夃　收　作　拉　笂

Nyienh caeuq coq laj yiuj

ȵuːn^{6} ɕau^{5} ɕo^{5} la^{3} jiːu^{3}

愿　收　放　下　仓

收在竹仓里。

7-615

千　句　话　同　丢

Cien coenz vah doengz diu

ɕiːn^{1} kjon^{2} va^{6} toŋ^{2} tiːu^{1}

千　句　话　同　刁

好多刺耳话，

7-616

论　古　了　给　你

Lwnh guh liux hawj mwngz

lun^{6} ku^{4} liːu^{4} həɯ^{3} mɯŋ^{2}

告诉　做　完　给　你

我讲给你听。

男唱

7-617

句 话 口 双 偻

Coenz vah gaeuq song raeuz

kjon^{2} va^{6} kau^{5} θoːŋ^{1} ɹau^{2}

句 话 旧 两 我们

我俩的往事，

7-618

认 收 作 拉 笂

Nyinh caeuq coq laj yiuj

ȵin^{6} ɕau^{5} ɕo^{5} la^{3} jiːu^{3}

仍 收 放 下 仓

收在竹仓里。

7-619

话 讲 刀 得 了

Vah gangj dauq ndaej liux

va^{6} kaːŋ^{3} taːu^{5} dai^{3} liːu^{4}

话 讲 倒 得 完

该讲都讲了，

7-620

利 小 尝 共 然

Lij siuj caengz gungh ranz

li^{4} θiːu^{3} ɕaŋ^{2} kuŋ^{6} ɹaːn^{2}

还 少 未 共 家

只是未成亲。

女唱

7-621

句 话 口 双 偻

Coenz vah gaeuq song raeuz

kjon^{2} va^{6} kau^{5} θoːŋ^{1} ɹau^{2}

句 话 旧 两 我们

我俩的往事，

7-622

认 收 作 拉 依

Nyinh caeuq coq laj eiq

ȵin^{6} ɕau^{5} ɕo^{5} la^{3} ei^{5}

仍 收 放 下 腋

收在腋窝下。

7-623

话 真 讲 堂 底

Vah caen gangj daengz dij

va^{6} ɕin^{1} kaːŋ^{3} taŋ^{2} ti^{3}

话 真 讲 到 底

把话讲绝了，

7-624

开 依 对 那 文

Hai eiq doiq naj vunz

haːi^{1} ei^{5} toːi^{5} na^{3} vun^{2}

开 腋 对 脸 人

秘密不隐藏。

男唱

7-625

岁 共 勒 三 娅

Caez gungh lwg sam yah

ɕai^{2} kuŋ^{6} lɯk^{8} θaːn^{1} ja^{6}

齐 共 子 三 婆

同为婆王子，

7-626

八 讲 话 同 为

Bah gangj vah doengh vei

pa^{6} kaːŋ^{3} va^{6} toŋ^{2} vei^{1}

莫急 讲 话 相 亏

讲话莫相欺。

7-627

岁 共 勒 义 支

Caez gungh lwg ngeih ceij

ɕai^{2} kuŋ^{6} lɯk^{8} ŋei^{6} ɕei^{3}

齐 共 子 伏 羲

同为伏羲子，

7-628

句 而 好 洋 讲

Coenz lawz ndei yaeng gangj

kjon^{2} laɯ^{2} dei^{1} jaŋ^{1} kaːŋ^{3}

句 哪 好 再 讲

选好话来讲。

女唱

7-629

岁 共 勒 三 娅

Caez gungh lwg sam yah

ɕai^{2} kuŋ^{6} lɯk^{8} θaːn^{1} ja^{6}

齐 共 子 三 婆

同为婆王子，

7-630

讲 话 不 老 论

Gangj vah mbouj lau lumz

kaːŋ^{3} va^{6} bou^{5} laːu^{1} lun^{2}

讲 话 不 怕 忘

讲过忘不了。

7-631

观 你 讲 吨 本

Gonq mwngz gangj daemx mbwn

koːn^{5} mɯŋ^{2} kaːŋ^{3} tan^{4} bɯn^{1}

先 你 讲 顶 天

你先讲大话，

7-632

内 你 论 貝 了

Neix mwngz lumz bae liux

ni^{4} mɯŋ^{2} lun^{2} pai^{1} liːu^{4}

这 你 忘 去 完

如今全忘了。

男唱

7–633

岁	共	勒	三	妚
Caez	gungh	lwg	sam	yah
çai^{2}	kuŋ^{6}	lɯk^{8}	θa:n^{1}	ja^{6}
齐	共	子	三	婆

同为婆王子，

7–634

八	讲	话	同	为
Bah	gangj	vah	doengh	vei
pa^{6}	ka:ŋ^{3}	va^{6}	toŋ^{2}	vei^{1}
莫急	讲	话	相	亏

讲话莫相欺。

7–635

岁	共	勒	义	支
Caez	gungh	lwg	ngeih	ceij
çai^{2}	kuŋ^{6}	lɯk^{8}	ŋei^{6}	çei^{3}
齐	共	子	伏	羲

同为伏羲子，

7–636

开	同	立	论	伕
Gaej	doengz	liz	lumj	fwx
ka:i^{5}	toŋ^{2}	li^{2}	lun^{3}	fə^{4}
莫	同	离	像	别人

别做陌路人。

女唱

7–637

相	初	土	讲	瓜
Cieng	co	dou	gangj	gvaq
çi:ŋ^{1}	ço^{1}	tu^{1}	ka:ŋ^{3}	kwa^{5}
正	初	我	讲	过

年初我讲过，

7–638

画	马	是	办	土
Vah	max	cix	baenz	duz
va^{6}	ma^{4}	çi^{4}	pan^{2}	tu^{2}
画	马	就	成	只

画马要像马。

7–639

外	十	六	安	船
Vaij	cib	roek	aen	ruz
va:i^{3}	çit^{8}	ɹok^{7}	an^{1}	ɹu^{2}
过	十	六	个	船

划十六只船，

7–640

貝	节	土	大	才
Bae	ciep	dou	dah	raix
pai^{1}	çe:t^{7}	tu^{1}	ta^{6}	ɹa:i^{4}
去	接	我	实	在

果真去接我。

男唱

7-641

相	初	土	讲	瓜
Cieng	co	dou	gangj	gvaq
çiːŋ^{1}	ço^{1}	tu^{1}	kaːŋ^{3}	kwa^{5}
正	初	我	讲	过

年初我讲过，

7-642

画	马	是	办	龙
Vah	mx	cix	baenz	lungz
va^{6}	ma^{4}	çi^{4}	pan^{2}	luŋ^{2}
画	马	就	成	龙

画马画成龙。

7-643

卜	义	十	同	下
Boux	ngeih	cib	doengh	roengz
pu^{4}	ȵi^{6}	çit^{8}	toŋ^{2}	ɹoŋ^{2}
人	二	十	相	下

二十岁以下，

7-644

画	龙	是	办	仙
Vah	lungz	cix	baenz	sien
va^{6}	luŋ^{2}	çi^{4}	pan^{2}	θiːn^{1}
画	龙	就	成	仙

画龙画成仙。

女唱

7-645

卜	义	十	同	下
Boux	ngeih	cib	doengh	roengz
pu^{4}	ȵi^{6}	çit^{8}	toŋ^{2}	ɹoŋ^{2}
人	二	十	相	下

二十岁以下，

7-646

画	龙	是	办	仙
Vah	lungz	cix	baenz	sien
va^{6}	luŋ^{2}	çi^{4}	pan^{2}	θiːn^{1}
画	龙	是	成	仙

画马画成仙。

7-647

三	十	堂	了	邦
Sam	cib	daengz	liux	baengz
θaːn^{1}	çit^{8}	taŋ^{2}	liːu^{4}	paŋ^{2}
三	十	到	啰	朋

到了三十岁，

7-648

讲	话	弄	办	龙
Gangj	vah	ndongj	baenz	lungz
kaːŋ^{3}	va^{6}	doːŋ^{3}	pan^{2}	luŋ^{2}
讲	话	硬	成	龙

讲话就硬气。

男唱

7-649

龙 秋 更 山 背

Lungz ciuz gwnz bya boih

luŋ^{2} ɕiːu^{2} kɯn^{2} pja^{1} poːi^{6}

龙 朝 上 山 背

龙朝阴山上，

7-650

良 想 牙 不 堂

Liengh siengj yax mbouj daengz

leːŋ^{6} θiːŋ^{3} ja^{5} bou^{5} taŋ^{2}

谅 想 也 不 到

谅也望不到。

7-651

爱 你 由 了 农

Gyaez mwngz raeuh liux nuengx

kjai^{2} mɯŋ^{2} ɹau^{6} liːu^{4} nuːŋ^{4}

爱 你 多 了 妹

兄实在爱你，

7-652

可 强 忠 花 罗

Goj giengz fangz va loh

ko^{5} kiːŋ^{2} faːŋ^{2} va^{1} lo^{6}

也 像 鬼 花 路

像爱朵鲜花。

女唱

7-653

金 龙 在 里 水

Gim lungz ywq ndaw raemx

kin^{1} luŋ^{2} jɯ^{5} daɯ^{1} ɹan^{4}

金 龙 在 里 水

金龙在水中，

7-654

秋 拜 那 米 吨

Ciuq baih naj miz daemz

ɕiːu^{5} paːi^{6} na^{3} mi^{2} tan^{2}

看 边 前 有 塘

见前边有塘。

7-655

备 得 扦 灯 日

Beix ndaej set daeng ngoenz

pi^{4} dai^{3} θeːt taŋ^{1} ŋon^{2}

兄 得 射 灯 天

兄能射太阳，

7-656

偻 是 办 九 玉

Raeuz cix baenz kiuj yix

ɹau^{2} ɕi^{4} pan^{2} kiːu^{3} ji^{4}

我们 就 成 后 羿

就变成后羿。

男唱

7-657

龙 拉 达 考 水

Lungz laj dah gau raemx

luŋ^{2} la^{3} ta^{6} kaːu^{1} ɹan^{4}

龙 下 河 划 水

龙河中戏水，

7-658

文 老 斗 不 岁

Fwn laux daeuj mbouj caez

vun^{1} laːu^{4} tau^{3} bou^{5} ɕai^{2}

雨 大 来 不 齐

大雨不均匀。

7-659

额 听 山 不 雷

Ngieg dingq bya mbouj loiz

ŋeːk^{8} tiŋ^{5} pja^{1} bou^{5} loːi^{2}

蛟龙 听 山 不 雷

此处不打雷，

7-660

龙 秋 贝 方 么

Lungz ciuq bae fueng moq

luŋ^{2} ɕiːu^{5} pai^{1} fuːŋ^{1} mo^{5}

龙 看 去 方 新

兄转去他乡。

女唱

7-661

额 很 拜 广 东

Ngieg hwnj baih gvangj doeng

ŋeːk^{8} hɯn^{3} paːi^{6} kwaːŋ^{3} toŋ^{1}

蛟龙 起 边 广 东

蛟龙在广东，

7-662

龙 秋 江 水 依

Lungz ciuq gyang raemx rij

luŋ^{2} ɕiːu^{5} kjaːŋ^{1} ɹan^{4} ɹi^{3}

龙 看 中 水 溪

龙戏溪水中。

7-663

龙 空 秋 田 内

Lungz ndwi ciuq denz neix

luŋ^{2} duːi^{1} ɕiːu^{5} teːn^{2} ni^{4}

龙 不 看 地 这

兄不来此地，

7-664

备 的 农 召 心

Beix daeq nuengx cau sim

pi^{4} ti^{5} nuːŋ^{4} ɕaːu^{5} θin^{1}

兄 替 妹 操 心

但替妹操心。

男唱

7-665

额 秋 拜 广 东

Ngieg ciuq baih gvangj doeng

ŋe:k^{8} çi:u^{5} pa:i^{6} kwa:ŋ^{3} toŋ^{1}

蛟龙 看 边 广 东

蛟龙在广东，

7-666

龙 秋 江 水 依

Lungz ciuq gyang raemx rij

luŋ^{2} çi:u^{5} kja:ŋ^{1} ɹan^{4} ɹi^{3}

龙 看 中 水 溪

龙戏溪水中。

7-667

龙 不 秋 田 内

Lungz mbouj ciuq denz neix

luŋ^{2} bou^{5} çi:u^{5} te:n^{2} ni^{4}

龙 不 看 地 这

兄不来此地，

7-668

可 狼 额 下 王

Goj langh ngieg roengz vaengz

ko^{5} la:ŋ^{6} ŋe:k^{8} ɹoŋ^{2} vaŋ^{2}

也 放 蛟龙 下 潭

把龙放下潭。

女唱

7-669

额 秋 拜 广 东

Ngieg ciuq baih gvangj doeng

ŋe:k^{8} çi:u^{5} pa:i^{6} kwa:ŋ^{3} toŋ^{1}

蛟龙 看 边 广 东

蛟龙在广东，

7-670

龙 秋 江 三 依

Lungz ciuq gyang sam rij

luŋ^{2} çi:u^{5} kja:ŋ^{1} θa:n^{1} ɹi^{3}

龙 看 中 三 溪

龙戏溪水中。

7-671

往 双 偻 同 满

Uengj song raeuz doengh muengh

va:ŋ^{3} θo:ŋ^{1} ɹau^{2} toŋ^{2} mu:ŋ^{6}

枉 两 我们 相 望

我俩相眺望，

7-672

阝 开 跟 阝 貝

Boux gaej riengz boux bae

pu^{4} ka:i^{5} ɹi:ŋ^{2} pu^{4} pai^{1}

人 莫 跟 人 去

切莫相随走。

男唱

7-673

额	秋	拜	广	东
Ngieg	ciuq	baih	gvangj	doeng
ŋeːk^{8}	ɕiːu^{5}	paːi^{6}	kwaːŋ^{3}	toŋ^{1}
蛟龙	看	边	广	东

蛟龙聚广东，

7-674

龙	秋	江	三	王
Lungz	ciuq	gyang	sam	vaengz
luŋ^{2}	ɕiːu^{5}	kjaːŋ^{1}	θaːn^{1}	vaŋ^{2}
龙	看	中	三	潭

龙戏潭水中。

7-675

往	双	偻	同	满
Uengj	song	raeuz	doengh	muengh
vaːŋ^{3}	θoːŋ^{1}	ɹau^{2}	toŋ^{2}	muːŋ^{6}
枉	两	我们	相	望

我俩相眺望，

7-676

阝	跟	阝	下	王
Boux	riengz	boux	roengz	vaengz
pu^{4}	ɹiːŋ^{2}	pu^{4}	ɹoŋ^{2}	vaŋ^{2}
人	跟	人	下	潭

相随下水潭。

女唱

7-677

额	秋	拜	广	东
Ngieg	ciuq	baih	gvangj	doeng
ŋeːk^{8}	ɕiːu^{5}	paːi^{6}	kwaːŋ^{3}	toŋ^{1}
蛟龙	看	边	广	东

蛟龙聚广东，

7-678

龙	秋	江	务	全
Lungz	ciuq	gyang	huj	cienj
luŋ^{2}	ɕiːu^{2}	kjaːŋ^{1}	hu^{3}	ɕuːn^{3}
龙	看	中	云	转

龙腾在云端。

7-679

以	样	内	同	断
Ei	yiengh	neix	doengh	duenx
i^{5}	jɯːŋ^{6}	ni^{4}	toŋ^{2}	tuːn^{4}
依	样	这	相	断

就这样分手，

7-680

利	讲	满	知	空
Lij	gangj	monh	rox	ndwi
li^{4}	kaːŋ^{3}	moːn^{6}	ɹo^{4}	duːi^{1}
还	讲	情	或	不

还谈情或否？

男唱

7–681

额 秋 拜 广 东

Ngieg ciuq baih gvangj doeng

ŋe:k^{8} ɕi:u^{5} pa:i^{6} kwa:ŋ^{3} toŋ^{1}

蛟龙 看 边 广 东

蛟龙聚广东，

7–682

龙 秋 江 务 全

Lungz ciuq gyang huj cienj

luŋ^{2} ɕi:u^{5} kja:ŋ^{1} hu^{3} ɕu:n^{3}

龙 看 中 云 转

龙腾在云端。

7–683

往 双 偻 讲 满

Uengj song raeuz gangj monh

va:ŋ^{3} θo:ŋ^{1} ɹau^{2} ka:ŋ^{3} mo:n^{6}

枉 两 我们 讲 情

我俩谈恋爱，

7–684

不 知 断 日 而

Mbouj rox duenx ngoenz lawz

bou^{5} ɹo^{4} tu:n^{4} ŋon^{2} lau^{2}

不 知 断 天 哪

不知何日断。

女唱

7–685

额 秋 拜 广 东

Ngieg ciuq baih gvangj doeng

ŋe:k^{8} ɕi:u^{5} pa:i^{6} kwa:ŋ^{3} toŋ^{1}

蛟龙 看 边 广 东

蛟龙聚广东，

7–686

龙 秋 江 务 全

Lungz ciuq gyang huj cienj

luŋ^{2} ɕi:u^{5} kja:ŋ^{1} hu^{3} ɕu:n^{3}

龙 看 中 云 转

龙腾在云端。

7–687

包 少 偻 讲 满

Mbauq sau raeuz gangj monh

ba:u^{5} θa:u^{1} ɹau^{2} ka:ŋ^{3} mo:n^{6}

小伙 姑娘 我们 讲 情

兄妹俩谈情，

7–688

卜 团 秀 牙 论

Boux donh ciuh yax lumz

pu^{4} to:n^{6} ɕi:u^{6} ja^{5} lun^{2}

人 半 世 也 忘

半世也相忘。

男唱

7-689

额 秋 拜 广 东

Ngieg ciuq baih gvangj doeng

ŋe:k^{8} çi:u^{5} pa:i^{6} kwa:ŋ^{3} toŋ^{1}

蛟龙 看 边 广 东

蛟龙聚广东，

7-690

龙 秋 江 水 达

Lungz ciuq gyang raemx dah

luŋ^{2} çi:u^{5} kja:ŋ^{1} ɹan^{4} ta^{6}

龙 看 中 水 河

龙在河水中。

7-691

空 米 正 是 八

Ndwi miz cingz cix bah

du:i^{1} mi^{2} çiŋ^{2} çi^{4} pa^{6}

不 有 情 就 罢

无礼品相送，

7-692

当 话 农 牙 特

Daengq vah nuengx yax dawz

taŋ^{5} va^{6} nu:ŋ^{4} ja^{5} təɯ^{2}

叮嘱 话 妹 也 拿

说话妹要听。

女唱

7-693

额 秋 拜 广 东

Ngieg ciuq baih gvangj doeng

ŋe:k^{8} çi:u^{5} pa:i^{6} kwa:ŋ^{3} toŋ^{1}

蛟龙 看 边 广 东

蛟龙聚广东，

7-694

龙 秋 江 水 达

Lungz ciuq gyang raemx dah

luŋ^{2} çi:u^{5} kja:ŋ^{1} ɹan^{4} ta^{6}

龙 看 中 水 河

龙在河水中。

7-695

不 米 正 是 八

Mbouj miz cingz cix bah

bou^{5} mi^{2} çiŋ^{2} çi^{4} pa^{6}

不 有 情 就 罢

没礼品就算，

7-696

备 开 变 良 心

Beix gaej bienq liengz sim

pi^{4} ka:i^{5} pi:n^{5} li:ŋ^{2} θin^{1}

兄 莫 变 良 心

兄莫变良心。

男唱

7-697

额 秋 拜 广 东

Ngieg ciuq baih gvangj doeng

ŋe:k^{8} çi:u^{5} pa:i^{6} kwa:ŋ^{3} toŋ^{1}

蛟龙 看 边 广 东

蛟龙聚广东，

7-698

龙 秋 江 水 格

Lungz ciuq gyang raemx gek

luŋ^{2} çi:u^{5} kja:ŋ^{1} ɹan^{4} ke:k^{7}

龙 看 中 水 激流

龙在急流中。

7-699

以 样 内 同 分

Ei yiengh neix doengh mbek

i^{1} jɯ:ŋ^{6} ni^{4} toŋ^{2} me:k^{7}

依 样 这 相 分别

就这样分手，

7-700

额 不 太 很 下

Ngieg mbouj daih hwnj roengz

ŋe:k^{8} bou^{5} ta:i^{6} hɯn^{3} ɹoŋ^{2}

蛟龙 不 太 上 下

蛟龙不往来。

女唱

7-701

额 秋 拜 广 东

Ngieg ciuq baih gvangj doeng

ŋe:k^{8} çi:u^{5} pa:i^{6} kwa:ŋ^{3} toŋ^{1}

蛟龙 看 边 广 东

蛟龙聚广东，

7-702

龙 秋 江 水 莫

Lungz ciuq gyang raemx mboq

luŋ^{2} çi:u^{5} kja:ŋ^{1} ɹan^{4} bo^{5}

龙 看 中 水 泉

龙腾泉水中。

7-703

空 米 正 了 哥

Ndwi miz cingz liux go

du:i^{1} mi^{2} çiŋ^{2} li:u^{4} ko^{1}

不 有 情 了 哥

哥啊情没了，

7-704

当 罗 偻 当 貝

Dangq loh raeuz dangq bae

ta:ŋ^{5} lo^{6} ɹau^{2} ta:ŋ^{5} pai^{1}

另 路 我们 另 去

各走各的路。

男唱

7-705

额	**秋**	**拜**	**四**	**方**
Ngieg	ciuq	baih	seiq	fueng
ŋe:k^{8}	çi:u^{5}	pa:i^{6}	θei^{5}	fu:ŋ^{1}
蛟龙	**看**	**边**	**四**	**方**

龙面向四方，

7-706

龙	**秋**	**江**	**务**	**全**
Lungz	ciuq	gyang	huj	cienj
luŋ^{2}	çi:u^{5}	kja:ŋ^{1}	hu^{3}	çu:n^{3}
龙	**看**	**中**	**云**	**转**

龙腾在云端。

7-707

交	**正**	**开**	**古**	**断**
Gyau	cingz	gaej	guh	duenx
kja:u^{1}	çiŋ^{2}	ka:i^{5}	ku^{4}	tu:n^{4}
交	**情**	**莫**	**做**	**断**

交情莫断绝，

7-708

偻	**讲**	**满**	**长**	**刘**
Raeuz	gangj	monh	ciengz	liuz
ɹau^{2}	ka:ŋ^{3}	mo:n^{6}	çi:ŋ^{2}	li:u^{2}
我们	**讲**	**情**	**常**	**常**

我俩永相爱。

女唱

7-709

额	**秋**	**拜**	**四**	**方**
Ngieg	ciuq	baih	seiq	fueng
ŋe:k^{8}	çi:u^{5}	pa:i^{6}	θei^{5}	fu:ŋ^{1}
蛟龙	**看**	**边**	**四**	**方**

龙面向四方，

7-710

龙	**秋**	**江**	**水**	**莫**
Lungz	ciuq	gyang	raemx	mboq
luŋ^{2}	çi:u^{5}	kja:ŋ^{1}	ɹan^{4}	bo^{5}
龙	**看**	**中**	**水**	**泉**

龙腾泉水中。

7-711

当	**卜**	**采**	**当**	**罗**
Dangq	boux	byaij	dangq	loh
ta:ŋ^{5}	pu^{4}	pja:i^{3}	ta:ŋ^{5}	lo^{6}
另	**人**	**走**	**另**	**路**

各走各的路，

7-712

万	**些**	**不**	**同**	**跟**
Fanh	seiq	mbouj	doengh	riengz
fa:n^{6}	θe^{5}	bou^{5}	toŋ^{2}	ɹi:ŋ^{2}
万	**世**	**不**	**相**	**跟**

永远不见面。

男唱

7-713
额 秋 拜 四 方
Ngieg ciuq baih seiq fueng
ŋe:k^{8} çi:u^{5} pa:i^{6} θei^{5} fu:ŋ^{1}
蛟龙 看 边 四 方
蛟龙面四方，

7-714
龙 秋 江 水 达
Lungz ciuq gyang raemx dah
luŋ^{2} çi:u^{5} kja:ŋ^{1} ɹan^{4} ta^{6}
龙 看 中 水 河
龙在河水中。

7-715
空 米 正 是 八
Ndwi miz cingz cix bah
du:i^{1} mi^{2} çiŋ^{2} çi^{4} pa^{6}
不 有 情 就 罢
没有情就算，

7-716
阝 开 沙 阝 貝
Boux gaej ra boux bae
pu^{4} ka:i^{5} ɹa^{1} pu^{4} pa:i^{1}
人 莫 找 人 去
莫找伴跟随。

女唱

7-717
额 秋 拜 四 方
Ngieg ciuq baih seiq fueng
ŋe:k^{8} çi:u^{5} pa:i^{6} θei^{5} fu:ŋ^{1}
蛟龙 看 边 四 方
蛟龙面四方，

7-718
龙 秋 江 水 达
Lungz ciuq gyang raemx dah
luŋ^{2} çi:u^{5} kja:ŋ^{1} ɹan^{4} ta^{6}
龙 看 中 水 河
龙在河水中。

7-719
十 分 不 同 沙
Cib faen mbouj doengh ra
çit^{8} fan^{1} bou^{5} toŋ^{2} ɹa^{1}
十 分 不 相 找
实在不相寻，

7-720
干 达 马 年 王
Ganq dah ma nem vaengz
ka:n^{5} ta^{6} ma^{1} ne:m^{1} vaŋ^{2}
照料 河 来 贴 潭
引河通水潭。

男唱

7-721

仁	**是**	**作**	**坤**	**蒙**
Nyawh	cix	coq	goenq	moengz
ȵəɯ^6	ɕi^4	ɕo^5	kon^5	moŋ^2
玉	是	放	断	茬

珠宝定百年，

7-722

你	**从**	**土**	**知**	**不**
Mwngz	coengz	dou	rox	mbouj
mɯŋ^2	ɕoŋ^2	tu^1	ɹo^4	bou^5
你	从	我	或	不

你愿我不愿。

7-723

得	**金**	**龙**	**古**	**收**
Ndaej	gim	lungz	guh	caueq
dai^3	kin^1	luŋ^2	ku^4	ɕou^5
得	金	龙	做	收

金龙做纪念，

7-724

能	**是**	**不**	**说**	**而**
Nyaenx	cix	mbouj	naeuz	rawz
ȵan^4	ɕi^4	bou^5	nau^2	ɹaɯ^2
那样	就	不	说	什么

我没有话说。

女唱

7-725

仁	**是**	**作**	**坤**	**蒙**
Nyawh	cix	coq	goenq	moengz
ȵəɯ^6	ɕi^4	ɕo^5	kon^5	moŋ^2
玉	是	放	断	茬

珠宝定百年，

7-726

你	**从**	**土**	**知**	**不**
Mwngz	coengz	dou	rox	mbouj
mɯŋ^2	ɕoŋ^2	tu^1	ɹo^4	bou^5
你	从	我	或	不

你愿我不愿。

7-727

秀	**少**	**包**	**同**	**诱**
Ciuh	sau	mbauq	doengh	yaeuh
ɕiːu^6	θaːu^1	baːu^5	toŋ^2	jau^4
也	姑娘	小伙	相	诱

兄妹莫相欺，

7-728

不	**爱**	**是**	**同**	**师**
Mbouj	ngaiq	cix	doengh	swz
bou^5	ŋaːi^5	ɕi^4	toŋ^2	θɯ^2
不	爱	就	相	辞

不爱就分离。

男唱

7-729

仁	**是**	**作**	**坤**	**蒙**
Nyawh	cix	coq	goenq	moengz
ɲəɯ^{6}	ɕi^{4}	ɕo^{5}	kon^{5}	moŋ^{2}
玉	是	放	断	茬

珠玉定百年，

7-730

你	**从**	**土**	**是**	**爱**
Mwngz	coengz	dou	cix	ngaiq
mɯŋ^{2}	ɕoŋ^{2}	tu^{1}	ɕi^{4}	ŋa:i^{5}
你	从	我	就	爱

你愿意就好。

7-731

你	**叫**	**土**	**就**	**斗**
Mwngz	heuh	dou	couh	daeuj
mɯŋ^{2}	he:u^{6}	tu^{1}	ɕou^{6}	tau^{3}
你	叫	我	就	来

你喊我就来，

7-732

爱	**完**	**心**	**古**	**存**
Ngaiq	vuenh	sim	guh	caemz
ŋa:i^{5}	vu:n^{6}	θin^{1}	ku^{4}	ɕan^{2}
爱	换	心	做	玩

结交心愉悦。

女唱

7-733

仁	**是**	**作**	**坤**	**蒙**
Nyawh	cix	coq	goenq	moengz
ɲəɯ^{6}	ɕi^{4}	ɕo^{5}	kon^{5}	moŋ^{2}
玉	是	放	断	茬

珠宝定百年，

7-734

你	**从**	**土**	**是**	**爱**
Mwngz	coengz	dou	cix	ngaiq
mɯŋ^{2}	ɕoŋ^{2}	tu^{1}	ɕi^{4}	ŋa:i^{5}
你	从	我	就	爱

你应我高兴。

7-735

仁	**是**	**作**	**外**	**开**
Nyawh	cix	coq	vaij	gai
ɲəɯ^{6}	ɕi^{4}	ɕo^{5}	va:i^{3}	ka:i^{1}
玉	是	放	过	街

持宝望知心，

7-736

爱	**完**	**心**	**卜**	**作**
Ngaiq	vuenh	sim	boux	coz
ŋa:i^{5}	vu:n^{6}	θin^{1}	pu^{4}	ɕo^{2}
爱	换	心	人	年轻

结交年轻人。

男唱

7-737

仁　是　作　心　满

Nyawh cix coq sim muengh

ȵəɯ^{6} ɕi^{4} ɕo^{5} θin^{1} muːŋ^{6}

玉　是　放　心　望

持宝望知心，

7-738

你　从　土　是　完

Mwngz coengz dou cix vuenh

mɯŋ^{2} ɕoŋ^{2} tu^{1} ɕi^{4} vuːn^{6}

你　从　我　就　换

你应我还情。

7-739

少　装　身　好　占

Sau cang ndang hau canz

θaːu^{1} ɕaːŋ^{1} daːŋ^{1} haːu^{1} ɕaːn^{2}

姑娘　装　身　白　灿灿

妹穿着靓丽，

7-740

备　是　完　要　正

Beix cix vuenh aeu cingz

pi^{4} ɕi^{4} vuːn^{6} au^{1} ɕiŋ^{2}

兄　就　换　要　情

兄应酬还礼。

女唱

7-741

仁　是　作　坤　蒙

Nyawh cix coq goenq moengz

ȵəɯ^{6} ɕi^{4} ɕo^{5} kon^{5} moŋ^{2}

玉　是　放　断　茬

珠宝定百年，

7-742

岁　站　江　水　达

Caez soengz gyang raemx dah

ɕai^{2} θoŋ^{2} kjaːŋ^{1} ɹan^{4} ta^{6}

齐　站　中　水　河

同站河水中。

7-743

卩　勒　卩　不　瓜

Boux lawh boux mbouj gvaq

pu^{4} laɯ^{6} pu^{4} bou^{5} kwa^{5}

人　换　人　不　过

兄妹相攀比，

7-744

同　沙　满　秀　文

Doengh ra mued ciuh vunz

toŋ^{2} ɹa^{1} muːt^{8} ɕiːu^{6} vun^{2}

相　找　没　世　人

结交一辈子。

男唱

7-745

仁	是	作	坤	蒙
Nyawh	cix	coq	goenq	moengz
ȵəɯ^{6}	ɕi^{4}	ɕo^{5}	kon^{5}	moŋ^{2}
玉	是	放	断	茬

珠宝定百年，

7-746

岁	站	江	水	依
Caez	soengz	gyang	raemx	rij
ɕai^{2}	θoŋ^{2}	kjaːŋ^{1}	ɹan^{4}	ɹi^{4}
齐	站	中	水	溪

同站溪水中。

7-747

龙	空	秋	田	内
Lungz	ndwi	ciuq	denz	neix
luŋ^{2}	duːi^{1}	ɕiːu^{5}	teːn^{2}	ni^{4}
龙	不	看	地	这

兄不顾此地，

7-748

明	农	可	召	心
Cog	nuengx	goj	cau	sim
ɕoːk^{8}	nuːŋ^{4}	ko^{5}	ɕaːu^{5}	θin^{1}
将来	妹	也	操	心

情妹定心焦。

女唱

7-749

仁	是	作	坤	蒙
Nyawh	cix	coq	goenq	moengz
ȵəɯ^{6}	ɕi^{4}	ɕo^{5}	kon^{5}	moŋ^{2}
玉	是	放	断	茬

珠宝定百年，

7-750

岁	站	江	务	全
Caez	soengz	gyang	huj	cienj
ɕai^{2}	θoŋ^{2}	kjaːŋ^{1}	hu^{3}	ɕuːn^{3}
齐	站	中	云	转

同站在空中。

7-751

八	要	友	九	段
Bah	aeu	youx	gouj	duenx
pa^{6}	au^{1}	ju^{4}	kjau^{3}	tuːn^{4}
莫急	要	友	九	段

别急恋新友，

7-752

伴	土	观	备	银
Buenx	dou	gonq	beix	ngaenz
puːn^{4}	tu^{1}	koːn^{5}	pi^{4}	ŋan^{2}
伴	我	先	兄	银

和我相陪伴。

男唱

7-753

仁　是　作　坤　蒙

Nyawh cix coq goenq moengz

ȵəɯ^{6} ɕi^{4} ɕo^{5} kon^{5} moŋ^{2}

玉　是　放　断　茬

珠宝定百年，

7-754

岁　站　江　务　全

Caez soengz gyang fuj cienj

ɕai^{2} θoŋ^{2} kja:ŋ^{1} hu^{3} ɕu:n^{3}

齐　站　中　云　转

同站在空中。

7-755

八　要　友　九　段

Bah aeu youx gouj duenx

pa^{6} au^{1} ju^{4} kjau^{3} tu:n^{4}

莫急　要　友　九　段

别恋富家子，

7-756

秀　土　伴　秀　你

Ciuh dou buenx ciuh mwngz

ɕi:u^{6} tu^{1} pu:n^{4} ɕi:u^{6} mɯŋ^{2}

世　我　伴　世　你

伴你一辈子。

女唱

7-757

仁　是　作　坤　蒙

Nyawh cix coq goenq moengz

ȵəɯ^{6} ɕi^{4} ɕo^{5} kon^{5} moŋ^{2}

玉　是　放　断　茬

珠宝定百年，

7-758

岁　站　江　地　歪

Caez soengz gyang reih faiq

ɕai^{2} θoŋ^{2} kja:ŋ^{1} ɹei^{6} va:i^{5}

齐　站　中　地　棉

同在棉花地。

7-759

伴　秀　土　狼　外

Buenx ciuh dou langh vaij

pu:n^{4} ɕi:u^{6} tu^{1} la:ŋ^{6} va:i^{3}

伴　世　我　若　过

陪伴我一生，

7-760

正　祘　备　米　心

Cingq suenq beix miz sim

ɕiŋ^{5} θu:n^{5} pi^{4} mi^{2} θin^{1}

正　算　兄　有　心

兄才是真心。

男唱

7-761
仁 是 作 坤 蒙
Nyawh cix coq goenq moengz
ȵəɯ6 ɕi4 ɕo5 kon5 moŋ2
玉 是 放 断 茬
珠宝定百年，

7-762
岁 站 江 地 歪
Caez soengz gyang reih faiq
ɕai2 θoŋ2 kja:ŋ1 ɹei6 va:i5
齐 站 中 地 棉
同在棉花地。

7-763
伴 秀 你 不 外
Buenx ciuh mwngz mbouj vaij
pu:n4 ɕi:u6 mɯŋ2 bou5 va:i3
伴 世 你 不 过
不伴你终身，

7-764
秀 不 采 拉 本
Ciuh mbouj byaij laj mbwn
ɕi:u6 bou5 pja:i3 la3 bɯn1
世 不 走 下 天
我誓不为人。

女唱

7-765
仁 是 作 坤 蒙
Nyawh cix coq goenq moengz
ȵəɯ6 ɕi4 ɕo5 kon5 moŋ2
玉 是 放 断 茬
珠宝定百年，

7-766
岁 站 江 地 歪
Caez soengz gyang reih faiq
ɕai2 θoŋ2 kja:ŋ1 ɹei6 va:i5
齐 站 中 地 棉
同在棉花地。

7-767
真 勒 龙 大 才
Caen lwg lungz dah raix
ɕin1 lɯk8 luŋ2 ta6 ɹa:i4
真 子 龙 实 在
果然是龙子，

7-768
外 达 马 节 偻
Vaij dah ma ciep raeuz
va:i3 ta6 ma1 ɕe:t7 ɹau2
过 河 来 接 我们
过河迎接我。

男唱

7-769

仁	**是**	**作**	**坤**	**蒙**
Nyawh	cix	coq	goenq	moengz
ȵəɯ^{6}	ɕi^{4}	ɕo^{5}	kon^{5}	moŋ^{2}
玉	是	放	断	茬

珠宝定百年，

7-770

岁	**站**	**江**	**地**	**歪**
Caez	soengz	gyang	reih	faiq
ɕai^{2}	θoŋ^{2}	kjaːŋ^{1}	ɹei^{6}	vaːi^{5}
齐	站	中	地	棉

同在棉花地。

7-771

真	**勒**	**龙**	**大**	**才**
Caen	lwg	lungz	dah	raix
ɕin^{1}	lɯk^{8}	luŋ^{2}	ta^{6}	ɹaːi^{4}
真	子	龙	实	在

果然是龙子，

7-772

汉	**才**	**貝**	**古**	**皇**
Hanh	caiz	bae	guh	vuengz
haːn^{6}	ɕaːi^{6}	pai^{1}	ku^{4}	vuːŋ^{2}
限	才	去	做	皇

立志去做皇。

女唱

7-773

四	**求**①	**点**	**张**	**校**②
Siz	giuz	dem	cangh	yau
θɯ^{4}	kiːu^{6}	teːn^{1}	ɕaːŋ^{5}	jaːu^{4}
石	球	与	张	校

石球和张校，

7-774

卜	**汉**	**卜**	**古**	**皇**
Boux	hanh	boux	guh	vuengz
pu^{4}	haːn^{6}	pu^{4}	ku^{4}	vuːŋ^{2}
人	限	人	做	皇

争着当皇帝。

7-775

张	**校**	**真**	**可**	**狂**
Cangh	yau	caen	goj	guengz
ɕaːŋ^{5}	jaːu^{4}	ɕin^{1}	ko^{5}	kuːŋ^{2}
张	校	正	也	狂

张校真了得，

7-776

要	**龙**	**马**	**提**	**名**
Aeu	luengz	ma	diz	mid
au^{1}	luːŋ^{2}	ma^{1}	ti^{2}	mit^{8}
要	铜	来	锻造	匕首

用铜打造刀。

① 四求［θɯ^{4} kiːu^{6}］：石球，人名。
② 张校［ɕaːŋ^{5} jaːu^{4}］：张校，人名。

男唱

7-777

四 求 点 张 校

Siz giuz dem cangh yau

θɯ⁴ kiːu⁶ teːn¹ çaːŋ⁵ jaːu⁴

石 球 与 张 校

石球和张校，

7-778

阝 汉 阝 古 皇

Boux hanh boux guh vuengz

pu⁴ haːn⁶ pu⁴ ku⁴ vuːŋ²

人 限 人 做 皇

争着当皇帝。

7-779

四 求 牙 古 皇

Siz giuz yax guh vuengz

θɯ⁴ kiːu² ja⁵ ku⁴ vuːŋ²

石 球 要 做 皇

石球要称王，

7-780

是 利 从 师 付

Cix lij coengz sae fouh

çi⁴ li⁴ çoŋ² θei¹ fou⁶

是 还 从 师 傅

要先拜师傅。

女唱

7-781

四 求 点 张 校

Siz giuz dem cangh yau

θɯ⁴ kiːu⁶ teːn¹ çaːŋ⁵ jaːu⁴

石 球 与 张 校

石球和张校，

7-782

阝 汉 阝 古 皇

Boux hanh boux guh vuengz

pu⁴ haːn⁶ pu⁴ ku⁴ vuːŋ²

人 限 人 做 皇

争着当皇帝。

7-783

张 校 真 可 狂

Cangh yau caen goj guengz

çaːŋ⁵ jaːu⁴ çin¹ ko⁵ kuːŋ²

张 校 真 也 狂

张校了不起，

7-784

要 钢 马 提 连

Aeu gang ma diz lienh

au¹ kaːŋ¹ ma¹ ti² liːn⁶

要 钢 来 锻造 链

用钢制成链。

男唱

7-785

额	**牙**	**不**	**得**	**站**
Ngieg	yax	mbouj	ndaej	soengz
ŋeːk^{8}	ja^{5}	bou^{5}	dai^{3}	θoŋ^{2}
蛟龙	也	不	得	站

蛟龙不得歇，

7-786

龙	**牙**	**不**	**得**	**加**
Lungz	yax	mbouj	ndaej	caj
luŋ^{2}	ja^{5}	bou^{5}	dai^{3}	kja^{3}
龙	也	不	得	等

龙不得等待。

7-787

同	**说**	**𠬠**	**句**	**话**
Doengh	naeuz	boux	coenz	vah
toŋ^{2}	nau^{2}	pu^{4}	kjon^{2}	va^{6}
相	说	人	句	话

相互告个别，

7-788

当	**罗**	**偻**	**当**	**貝**
Dangq	loh	raeuz	dangq	bae
taːŋ^{5}	lo^{6}	ɹau^{2}	taːŋ^{5}	pai^{1}
另	路	我们	另	去

各走各的路。

女唱

7-789

不	**文**	**额**	**得**	**站**
Mbouj	vun	ngieg	ndaej	soengz
bou^{5}	vun^{1}	ŋeːk^{8}	dai^{3}	θoŋ^{2}
不	奢求	蛟龙	得	站

不求蛟龙待，

7-790

不	**文**	**龙**	**得**	**加**
Mbouj	vun	lungz	ndaej	caj
bou^{5}	vun^{1}	luŋ^{2}	dai^{3}	kja^{3}
不	奢求	龙	得	等

不求龙能等。

7-791

当	**义**	**三**	**句**	**话**
Daengq	ngeih	sam	coenz	vah
taŋ^{5}	ȵi^{6}	θaːn^{1}	kjon^{2}	va^{6}
叮嘱	二	三	句	话

交代几句话，

7-792

当	**𠬠**	**三**	**当**	**吉**
Dangq	boux	sanq	dangq	giz
taːŋ^{5}	pu^{4}	θaːn^{5}	taːŋ^{5}	ki^{2}
另	人	散	另	处

就各奔东西。

男唱

7-793

优	**令**	**吨**	**桥**	**公**
Yaeuj	rin	daeb	giuz	gungj
jau^{3}	ɹin^{1}	tat^{8}	kiːu^{2}	kuŋ^{3}
抬	石	砌	桥	拱

抬石砌拱桥，

7-794

能	**拉**	**果**	**比**	**把**
Naengh	laj	go	biz	baz
naŋ^{6}	la^{3}	ko^{1}	pi^{2}	pa^{2}
坐	下	棵	枇	杷

坐在枇杷下。

7-795

丰	**飞**	**山**	**它**	**山**
Fungh	mbin	bya	daz	bya
fuŋ^{6}	bin^{1}	pja^{1}	ta^{2}	pja^{1}
凤	飞	山	又	山

凤飞过山巅，

7-796

知	**貝**	**吉**	**而**	**读**
Rox	bae	giz	lawz	douh
ɹo^{4}	pai^{1}	ki^{2}	lau^{2}	tou^{6}
知	去	处	哪	栖息

不知何所去。

女唱

7-797

优	**令**	**吨**	**桥**	**公**
Yaeuj	rin	daeb	giuz	gungj
jau^{3}	ɹin^{1}	tat^{8}	kiːu^{2}	kuŋ^{3}
抬	石	砌	桥	拱

抬石砌拱桥，

7-798

能	**拉**	**果**	**比**	**把**
Naengh	laj	go	biz	baz
naŋ^{6}	la^{3}	ko^{1}	pi^{2}	pa^{2}
坐	下	棵	枇	杷

坐在枇杷下。

7-799

丰	**飞**	**外**	**江**	**那**
Fungh	mbin	vaij	gyang	naz
fuŋ^{6}	bin^{1}	vaːi^{3}	kjaːŋ^{1}	na^{2}
凤	飞	过	中	田

凤飞越田垌，

7-800

知	**日**	**而**	**得**	**刀**
Rox	ngoenz	lawz	ndaej	dauq
ɹo^{4}	ŋon^{2}	lau^{2}	dai^{3}	taːu^{5}
知	天	哪	得	回

不知何时归。

男唱

7–801

优	**令**	**吨**	**桥**	**公**
Yaeuj	rin	daeb	giuz	gungj
jau^{3}	ɹin^{1}	tat^{8}	ki:u^{2}	kuŋ^{3}
抬	**石**	**砌**	**桥**	**拱**

抬石砌拱桥，

7–802

水	**达**	**外**	**拉**	**单**
Raemx	dah	vaij	laj	dan
ɹan^{4}	ta^{6}	va:i^{3}	la^{3}	ta:n^{1}
水	**河**	**过**	**下**	**滩**

河水滩下过。

7–803

佚	**九**	**你**	**造**	**然**
Fwx	iu	mwngz	caux	ranz
fə^{4}	i:u^{1}	mɯŋ^{2}	ɕa:u^{4}	ɹa:n^{2}
别人	**邀**	**你**	**造**	**家**

人邀你成家，

7–804

你	**开**	**汉**	**了**	**农**
Mwngz	gaej	han	liux	nuengx
mɯŋ^{2}	ka:i^{5}	ha:n^{1}	li:u^{4}	nu:ŋ^{4}
你	**莫**	**应**	**啰**	**妹**

你不要回应。

女唱

7–805

优	**令**	**吨**	**桥**	**公**
Yaeuj	rin	daeb	giuz	gungj
jau^{3}	ɹin^{1}	tat^{8}	ki:u^{2}	kuŋ^{3}
抬	**石**	**砌**	**桥**	**拱**

抬石砌拱桥，

7–806

水	**达**	**外**	**拉**	**单**
Raemx	dah	vaij	laj	dan
ɹan^{4}	ta^{6}	va:i^{3}	la^{3}	ta:n^{1}
水	**河**	**过**	**下**	**滩**

河水滩下过。

7–807

土	**是**	**想**	**不**	**汉**
Dou	cix	siengj	mbouj	han
tu^{1}	ɕi^{4}	θi:ŋ^{3}	bou^{5}	ha:n^{1}
我	**是**	**想**	**不**	**应**

本想不答应，

7–808

秀	**平**	**班**	**牙**	**了**
Ciuh	bingz	ban	yax	liux
ɕi:u^{6}	piŋ^{2}	pa:n^{1}	ja^{5}	li:u^{4}
世	**平**	**辈**	**要**	**完**

青春快过去。

男唱

7-809

优	**令**	**吨**	**桥**	**公**
Yaeuj	rin	daeb	giuz	gungj
jau^{3}	ɹin^{1}	tat^{8}	ki:u^{2}	kuŋ^{3}
抬	石	砌	桥	拱

抬石砌拱桥，

7-810

水	**达**	**外**	**拉**	**单**
Raemx	dah	vaij	laj	dan
ɹan^{4}	ta^{6}	va:i^{3}	la^{3}	ta:n^{1}
水	河	过	下	滩

河水滩下过。

7-811

跟	**农**	**貝**	**造**	**然**
Riengz	nuengx	bae	caux	ranz
ri:ŋ^{2}	nu:ŋ^{4}	pai^{1}	ɕa:u^{4}	ɹa:n^{2}
跟	妹	去	造	家

到你家上门，

7-812

心	**你**	**干**	**知**	**不**
Sim	mwngz	gam	rox	mbouj
θin^{1}	mɯŋ^{2}	ka:n^{1}	ɹo^{4}	bou^{5}
心	你	甘	或	不

问你甘心否？

女唱

7-813

优	**令**	**吨**	**桥**	**公**
Yaeuj	rin	daeb	giuz	gungj
jau^{3}	ɹin^{1}	tat^{8}	ki:u^{2}	kuŋ^{3}
抬	石	砌	桥	拱

抬石砌拱桥，

7-814

水	**达**	**外**	**拉**	**单**
Raemx	dah	vaij	laj	dan
ɹan^{4}	ta^{6}	va:i^{3}	la^{3}	ta:n^{1}
水	河	过	下	滩

河水滩下过。

7-815

跟	**农**	**貝**	**造**	**然**
Riengz	nuengx	bae	caux	ranz
ɹi:ŋ^{2}	nu:ŋ^{4}	pai^{1}	ɕa:u^{4}	ɹa:n^{2}
跟	妹	去	造	家

到妹家上门，

7-816

心	**不**	**干**	**大**	**才**
Sim	mbouj	gam	dah	raix
θin^{1}	bou^{5}	ka:n^{1}	ta^{6}	ɹa:i^{4}
心	不	甘	实	在

实在不甘心。

男唱

7–817

优	**令**	**吨**	**桥**	**公**
Yaeuj	rin	daeb	giuz	gungj
jau^{3}	ɹin^{1}	tat^{8}	kiːu^{2}	kuŋ^{3}
抬	石	砌	桥	拱

抬石砌拱桥，

7–818

水	**强**	**依**	**下**	**歪**
Raemx	giengh	rij	roengz	fai
ɹan^{4}	kiːŋ^{6}	ɹi^{3}	ɹoŋ^{2}	vaːi^{1}
水	跳	溪	下	水坝

溪中水翻坝。

7–819

往	**土**	**吨**	**桥**	**开**
Uengj	dou	daeb	giuz	gai
vaːŋ^{3}	tu^{1}	tat^{8}	kiːu^{2}	kaːi^{1}
枉	我	砌	桥	街

我砌街边桥，

7–820

少	**米**	**来**	**条**	**罗**
Sau	miz	lai	diuz	loh
θaːu^{1}	mi^{2}	laːi^{1}	tiːu^{2}	lo^{6}
姑娘	有	多	条	路

妹有多条路。

女唱

7–821

往	**土**	**吨**	**桥**	**开**
Uengj	dou	daeb	giuz	gai
vaːŋ^{3}	tu^{1}	tat^{8}	kiːu^{2}	kaːi^{1}
枉	我	砌	桥	街

我砌街边桥，

7–822

少	**米**	**来**	**条**	**罗**
Sau	miz	lai	diuz	loh
θaːu^{1}	mi^{2}	laːi^{1}	tiːu^{2}	lo^{6}
姑娘	有	多	条	路

姑娘多条路。

7–823

往	**土**	**吨**	**桥**	**可**
Uengj	dou	daeb	giuz	goz
vaːŋ^{3}	tu^{1}	tat^{8}	kiːu^{2}	ko^{2}
枉	我	砌	桥	弯

我砌荒野桥，

7–824

农	**米**	**罗**	**文**	**荣**
Nuengx	miz	loh	vuen	yungz
nuːŋ^{4}	mi^{2}	lo^{6}	vuːn^{1}	juŋ^{2}
妹	有	路	欢	乐

妹有欢乐路。

男唱

7-825

吨 元 是 吨 光

Daeb roen cix daeb gvangq

tat8 jo:n1 ɕi4 tat8 kwa:ŋ5

砌 路 就 砌 宽

修路要修宽，

7-826

邦 牙 走 外 貝

Baengz yax yamq vaij bae

paŋ2 ja5 ja:m5 va:i3 pai1

朋 要 走 过 去

情侣要经过。

7-827

吨 罗 是 吨 长

Daeb loh cix daeb raez

tat8 lo6 ɕi4 tat8 ɹai2

砌 路 就 砌 长

修路要修长，

7-828

龙 牙 貝 古 判

Lungz yax bae guh buenq

luŋ2 ja5 pai1 ku4 pu:n5

龙 要 去 做 贩

兄要做生意。

女唱

7-829

判 牛 说 判 歪

Buenq cwz naeuz buenq vaiz

pu:n5 ɕɯ2 nau2 pu:n5 va:i2

贩 黄牛 或 贩 水牛

水牛或黄牛，

7-830

给 少 乖 吨 罗

Hawj sau gvai daeb loh

həɯ3 θa:u1 kwa:i1 tat8 lo6

给 姑娘 乖 砌 路

要姑娘修路。

7-831

判 开 么 的 合

Buenq gij maz diq huq

pu:n5 ka:i2 ma2 ti5 ho5

贩 什 么 的 货

卖什么货物，

7-832

农 吨 罗 加 你

Nuengx daeb loh caj mwngz

nu:ŋ4 tat8 lo6 kja3 mɯŋ2

妹 砌 路 等 你

妹为你修路。

男唱

7-833

吨	**元**	**三**	**丈**	**光**
Daeb	roen	sam	ciengh	gvangq
tat⁸	joːn¹	θaːn¹	ɕɯːŋ⁶	kwaːŋ⁵
砌	**路**	**三**	**丈**	**宽**

修路三丈宽，

7-834

吨	**罗**	**四**	**丈**	**长**
Daeb	loh	seiq	ciengh	raez
tat⁸	lo⁶	θei⁵	ɕɯːŋ⁶	ɹai²
砌	**路**	**四**	**丈**	**长**

修路四丈长。

7-835

条	**罗**	**内**	**貝**	**远**
Diuz	loh	neix	bae	gyae
tiːu²	lo⁶	ni⁴	pai¹	kjai¹
条	**路**	**这**	**去**	**远**

此路通长远，

7-836

偻	**岁**	**貝**	**古**	**判**
Raeuz	caez	bae	guh	buenq
ɹau²	ɕai²	pai¹	ku⁴	puːn⁵
我们	**齐**	**去**	**做**	**贩**

咱去做商贩。

女唱

7-837

吨	**元**	**三**	**丈**	**光**
Daeb	roen	sam	ciengh	gvangq
tat⁸	joːn¹	θaːn¹	ɕɯːŋ⁶	kwaːŋ⁵
砌	**路**	**三**	**丈**	**宽**

修路三丈宽，

7-838

吨	**罗**	**四**	**丈**	**长**
Daeb	loh	seiq	ciengh	raez
tat⁸	lo⁶	θei⁵	ɕɯːŋ⁶	ɹai²
砌	**路**	**四**	**丈**	**长**

修路四丈长。

7-839

吨	**罗**	**给**	**你**	**貝**
Daeb	loh	hawj	mwngz	bae
tat⁸	lo⁶	həɯ³	mɯŋ²	pai¹
砌	**路**	**给**	**你**	**去**

修路让你走，

7-840

忠	**么**	**追**	**你**	**刀**
Fangz	maz	coi	mwngz	dauq
faːŋ²	ma²	ɕoːi	mɯŋ²	taːu⁵
鬼	**什么**	**催**	**你**	**回**

你为何返回？

男唱

7-841

吨	**元**	**是**	**吨**	**光**
Daeb	roen	cix	daeb	gvangq
tat^{8}	jo:n^{1}	ɕi^{4}	tat^{8}	kwa:ŋ^{5}
砌	路	就	砌	宽

修路要修宽，

7-842

邦	**牙**	**走**	**很**	**下**
Baengz	yax	yamq	hwnj	roengz
paŋ^{2}	ja^{5}	ja:m^{5}	hɯn^{3}	ɹoŋ^{2}
朋	也	走	上	下

情侣要往来。

7-843

吨	**条**	**罗**	**内**	**通**
Daeb	diuz	loh	neix	doeng
tat^{8}	ti:u^{2}	lo^{6}	ni^{4}	toŋ^{1}
砌	条	路	这	通

修好这条路，

7-844

龙	**貝**	**方**	**你**	**在**
Lungz	bae	fueng	mwngz	ywq
luŋ^{2}	pai^{1}	fu:ŋ^{1}	mɯŋ^{2}	jɯ^{5}
龙	去	方	你	住

我去你家住。

女唱

7-845

土	**说**	**吨**	**条**	**内**
Dou	naeuz	daeb	diuz	neix
tu^{1}	nau^{2}	tat^{8}	ti:u^{2}	ni^{4}
我	说	砌	条	这

我说修这条，

7-846

你	**说**	**吨**	**条**	**它**
Mwngz	naeuz	daeb	diuz	de
mɯŋ^{2}	nau^{2}	tat^{8}	ti:u^{2}	te^{1}
你	说	砌	条	那

你说修那条。

7-847

吨	**貝**	**堂**	**广**	**西**
Daeb	bae	daengz	gvangj	sih
tat^{8}	pai^{1}	taŋ^{2}	kwa:ŋ^{3}	θei^{1}
砌	去	到	广	西

修路到广西，

7-848

条	**它**	**又**	**斗**	**碰**
Diuz	de	youh	daeuj	bungq
ti:u^{2}	te^{1}	jou^{4}	tau^{3}	puŋ^{5}
条	那	又	来	碰

路修到一起。

男唱

7-849

请	**长**	**马**	**吨**	**令**
Cingj	cangh	ma	daeb	rin
$çiŋ^3$	$ça:ŋ^6$	ma^1	tat^8	$ɹin^1$
请	匠	来	砌	石

请师傅砌石，

7-850

请	**坤**	**马**	**吨**	**罗**
Cingj	gun	ma	daeb	loh
$çiŋ^3$	kun^1	ma^1	tat^8	lo^6
请	官	来	砌	路

请汉人修路。

7-851

吨	**貝**	**堂**	**红**	**夺**
Daeb	bae	daengz	hoengz	doh
tat^8	pai^1	$taŋ^2$	$hoŋ^2$	to^6
砌	去	到	红	渡

修路到红渡，

7-852

中	**安**	**墓**	**英**	**台**
Cungq	aen	moh	ing	daiz
$çoŋ^5$	an^1	mo^6	$iŋ^1$	$ta:i^2$
中	个	墓	英	台

碰到英台墓。

女唱

7-853

请	**长**	**马**	**吨**	**令**
Cingj	cangh	ma	daeb	rin
$çiŋ^3$	$ça:ŋ^6$	ma^1	tat^8	$ɹin^1$
请	匠	来	砌	石

请石匠砌石，

7-854

请	**坤**	**马**	**吨**	**罗**
Cingj	gun	ma	daeb	loh
$çiŋ^3$	kun^1	ma^1	tat^8	lo^6
请	官	来	砌	路

请汉人修路。

7-855

吨	**貝**	**堂**	**红**	**夺**
Daeb	bae	daengz	hoengz	doh
tat^8	pai^1	$taŋ^2$	$hoŋ^2$	to^6
砌	去	到	红	渡

修路到红渡，

7-856

老	**名**	**作**	**你**	**空**
Lau	mingz	coh	mwngz	ndwi
$la:u^1$	$miŋ^2$	$ço^6$	$mɯŋ^2$	$du:i^1$
怕	名	字	你	空

怕没你名字。

男唱

7-857

请	**长**	**马**	**吨**	**令**
Cingj	cangh	ma	daeb	rin
ɕiŋ^{3}	ɕaːŋ^{6}	ma^{1}	tat^{8}	ɹin^{1}
请	**匠**	**来**	**砌**	**石**

请石匠砌石，

7-858

请	**坤**	**马**	**吨**	**罗**
Cingj	gun	ma	daeb	loh
ɕiŋ^{3}	kun^{1}	ma^{1}	tat^{8}	lo^{6}
请	**官**	**来**	**砌**	**路**

请汉人修路。

7-859

吨	**条**	**元**	**内**	**么**
Daeb	diuz	roen	neix	moq
tat^{8}	tiːu^{2}	joːn^{1}	ni^{4}	mo^{5}
砌	**条**	**路**	**这**	**新**

修这条新路，

7-860

佚	**外**	**罗**	**利**	**哭**
Fwx	vaij	loh	lij	daej
fə^{4}	vaːi^{3}	lo^{6}	li^{4}	tai^{3}
别人	**过**	**路**	**还**	**哭**

路人还哭泣。

女唱

7-861

请	**长**	**马**	**吨**	**令**
Cingj	cangh	ma	daeb	rin
ɕiŋ^{3}	ɕaːŋ^{6}	ma^{1}	tat^{8}	ɹin^{1}
请	**匠**	**来**	**砌**	**石**

请石匠砌石，

7-862

请	**坤**	**马**	**吨**	**罗**
Cingj	gun	ma	daeb	loh
ɕiŋ^{3}	kun^{1}	ma^{1}	tat^{8}	lo^{6}
请	**官**	**来**	**砌**	**路**

请汉人修路。

7-863

吨	**元**	**三**	**丈**	**光**
Daeb	roen	sam	ciengh	gvangq
tat^{8}	joːn^{1}	θaːn^{1}	ɕɯːŋ^{6}	kwaːŋ^{5}
砌	**路**	**三**	**丈**	**宽**

修路三丈宽，

7-864

老	**牙**	**犯**	**交**	**春**
Lau	yax	famh	gyau	cin
laːu^{1}	ja^{5}	faːn^{6}	kjaːu^{1}	ɕun^{1}
怕	**也**	**犯**	**交**	**春**

怕修到立春。

男唱

7-865

请	**长**	**马**	**吨**	**令**
Cingj	cangh	ma	daeb	rin
çiŋ^{3}	ça:ŋ^{6}	ma^{1}	tat^{8}	ɹin^{1}
请	匠	来	砌	石

请石匠砌石，

7-866

请	**坤**	**马**	**吨**	**歪**
Cingj	gun	ma	daeb	fai
çiŋ^{3}	kun^{1}	ma^{1}	tat^{8}	va:i^{1}
请	官	来	砌	水坝

请汉人筑坝。

7-867

吨	**桥**	**公**	**红**	**夺**
Daeb	giuz	gungj	hoengz	doh
tat^{8}	ki:u^{2}	kuŋ^{3}	hoŋ^{2}	to^{6}
砌	桥	拱	红	渡

修红渡拱桥，

7-868

占	**名**	**作**	**双**	**偻**
Camx	mingz	coh	song	raeuz
ça:n^{6}	miŋ^{2}	ço^{6}	θo:ŋ^{1}	ɹau^{2}
凿	名	字	两	我们

刻我俩名字。

女唱

7-869

请	**长**	**马**	**吨**	**令**
Cingj	cangh	ma	daeb	rin
çiŋ^{3}	ça:ŋ^{6}	ma^{1}	tat^{8}	ɹin^{1}
请	匠	来	砌	石

请石匠砌石，

7-870

请	**坤**	**马**	**吨**	**罗**
Cingj	gun	ma	daeb	loh
çiŋ^{3}	kun^{1}	ma^{1}	tat^{8}	lo^{6}
请	官	来	砌	路

请汉人筑路。

7-871

吨	**贝**	**堂**	**九**	**渡**
Daeb	bae	daengz	gouj	duh
tat^{8}	pai^{1}	taŋ^{2}	kjau^{3}	tu^{2}
砌	去	到	九	渡

修路到九渡，

7-872

良	**祘**	**甫**	**一**	**点**
Lingh	suenq	bouh	ndeu	dem
le:ŋ^{6}	θu:n^{5}	pu^{6}	de:u^{1}	te:n^{1}
另	算	步	一	还

还加长一节。

男唱

7–873

请 长 马 吨 令

Cingj cangh ma daeb rin

çiŋ^{3} ça:ŋ^{6} ma^{1} tat^{8} ɹin^{1}

请 匠 来 砌 石

请石匠砌石，

7–874

请 坤 马 吨 罗

Cingj gun ma daeb loh

çiŋ^{3} kun^{1} ma^{1} tat^{8} lo^{6}

请 官 来 砌 路

请汉人修路。

7–875

吨 条 元 九 渡

Daeb diuz roen gouj duh

tat^{8} ti:u^{2} jo:n^{1} kjau^{3} tu^{2}

砌 条 路 九 渡

修那九渡路，

7–876

知 命 付 知 空

Rox mingh fouz rox ndwi

ɹo^{4} miŋ^{6} fu^{2} ɹo^{4} du:i^{1}

知 命 浮 或 不

还有命没有？

女唱

7–877

请 长 马 吨 令

Cingj cangh ma daeb rin

çiŋ^{3} ça:ŋ^{6} ma^{1} tat^{8} ɹin^{1}

请 匠 来 砌 石

请师傅砌石，

7–878

请 坤 马 吨 罗

Cingj gun ma daeb loh

çiŋ^{3} kun^{1} ma^{1} tat^{8} lo^{6}

请 官 来 砌 路

请汉人筑路。

7–879

吨 斗 堂 九 渡

Daeb daeuj daengz gouj duh

tat^{8} tau^{3} taŋ^{2} kjau^{3} tu^{2}

砌 来 到 九 渡

修路到九渡，

7–880

命 付 是 能 堂

Mingh fouz cix naengh daengz

miŋ^{6} fu^{2} çi^{4} naŋ^{6} taŋ^{2}

命 浮 就 坐 到

坐待命结束。

男唱

7-881

请	**长**	**马**	**吨**	**令**
Cingj	cangh	ma	daeb	rin
çiŋ^{3}	ça:ŋ^{6}	ma^{1}	tat^{8}	ɹin^{1}
请	匠	来	砌	石

请师傅砌石，

7-882

请	**坤**	**马**	**吨**	**罗**
Cingj	gun	ma	daeb	loh
çiŋ^{3}	kun^{1}	ma^{1}	tat^{8}	lo^{6}
请	官	来	砌	路

请汉人筑路。

7-883

十	**分**	**命**	**狼**	**付**
Cib	faen	mingh	langh	fouz
çit^{8}	fan^{1}	miŋ^{6}	la:ŋ^{6}	fu^{2}
十	分	命	若	浮

若真的命到，

7-884

吨	**九**	**渡**	**可**	**平**
Daeb	gouj	duh	goj	bingz
tat^{8}	kjau^{3}	tu^{2}	ko^{5}	piŋ^{2}
砌	九	渡	也	平

保九渡平安。

女唱

7-885

请	**长**	**马**	**吨**	**令**
Cingj	cangh	ma	daeb	rin
çiŋ^{3}	ça:ŋ^{6}	ma^{1}	tat^{8}	ɹin^{1}
请	匠	来	砌	石

请石匠砌石，

7-886

请	**坤**	**马**	**吨**	**罗**
Cingj	gun	ma	daeb	loh
çiŋ^{3}	kun^{1}	ma^{1}	tat^{8}	lo^{6}
请	官	来	砌	路

请汉人修路。

7-887

邦	**龙**	**米**	**几**	**卜**
Biengz	lungz	miz	geij	boux
pi:ŋ^{2}	luŋ^{2}	mi^{2}	ki^{3}	pu^{4}
地方	龙	有	几	人

兄家乡人多，

7-888

么	**不**	**吨**	**罗**	**元**①
Maz	mbouj	daeb	loh	roen
ma^{2}	bou^{5}	tat^{8}	lo^{6}	jo:n^{1}
什么	不	砌	路	路

为何不修路？

① 吨罗元［tat^{8} lo^{6} jon^{1}］：顶路，壮族、瑶族的区域风俗，说是新筑的路要人的魂魄去“顶”，路才不垮。

男唱

7-889

请 长 马 吨 令

Cingj cangh ma daeb rin

çiŋ^{3} ça:ŋ^{6} ma^{1} tat^{8} ɹin^{1}

请 匠 来 砌 石

请师傅砌石，

7-890

请 坤 马 吨 然

Cingj gun ma daeb ranz

çiŋ^{3} kun^{1} ma^{1} tat^{8} ɹa:n^{2}

请 官 来 砌 家

请汉人砌屋。

7-891

吨 堂 头 名 山

Daeb daengz gyaeuj mingz san

tat^{8} taŋ^{2} kjau^{3} min^{2} θa:n^{1}

砌 到 头 明 山

砌到明山头，

7-892

兰 条 命 你 空

Lanh diuz mingh mwngz ndwi

la:n^{6} ti:u^{2} miŋ^{6} mɯŋ^{2} du:i^{1}

滥 条 命 你 空

白丢你的命。

女唱

7-893

请 长 马 吨 令

Cingj cangh ma daeb rin

çiŋ^{3} ça:ŋ^{6} ma^{1} tat^{8} ɹin^{1}

请 匠 来 砌 石

请石匠砌石，

7-894

请 坤 马 吨 然

Cingj gun ma daeb ranz

çiŋ^{3} kun^{1} ma^{1} tat^{8} ɹa:n^{2}

请 官 来 砌 家

请汉人建屋。

7-895

吨 堂 头 名 山

Daeb daengz gyaeuj mingz san

tat^{8} taŋ^{2} kjau^{3} min^{2} θa:n^{1}

砌 到 头 明 山

砌到明山头，

7-896

专 开 作 你 写

Conq gaiq coh mwngz ce

ço:n^{5} ka:i^{5} ço^{6} mɯŋ^{2} çe^{1}

钻 块 名字 你 留

刻你名留念。

男唱

7-897

请	**长**	**马**	**吨**	**令**
Cingj	cangh	ma	daeb	rin
ɕiŋ^{3}	ɕa:ŋ^{6}	ma^{1}	tat^{8}	ɹin^{1}
请	匠	来	砌	石

请石匠砌石，

7-898

请	**坤**	**马**	**吨**	**依**
Cingj	gun	ma	daeb	rij
ɕiŋ^{3}	kun^{1}	ma^{1}	tat^{8}	ɹi^{3}
请	官	来	砌	溪

请汉人砌溪。

7-899

吨	**贝**	**堂**	**板**	**里**
Daeb	bae	daengz	mbanj	ndaw
tat^{8}	pai^{1}	taŋ^{2}	ba:n^{3}	dauɯ^{1}
砌	去	到	村	里

砌到村里头，

7-900

祘	**作**	**占**	**几**	**来**
Suenq	soq	canh	geij	lai
θu:n^{5}	θo^{5}	ɕa:n^{6}	ki^{3}	la:i^{1}
算	数	赚	几	多

赚多少工钱？

女唱

7-901

请	**长**	**马**	**吨**	**令**
Cingj	cangh	ma	daeb	rin
ɕiŋ^{3}	ɕa:ŋ^{6}	ma^{1}	tat^{8}	ɹin^{1}
请	匠	来	砌	石

请石匠砌石，

7-902

请	**坤**	**马**	**吨**	**罗**
Cingj	gun	ma	daeb	loh
ɕiŋ^{3}	kun^{1}	ma^{1}	tat^{8}	lo^{6}
请	官	来	砌	路

请汉人修路。

7-903

龙	**尝**	**变**	**祘**	**作**
Lungz	caengz	bienz	suenq	soq
luŋ^{2}	ɕaŋ^{2}	pe:n^{2}	θu:n^{5}	θo^{5}
龙	未	熟练	算	数

兄还未算账，

7-904

不	**知**	**占**	**说**	**师**
Mbouj	rox	canh	naeuz	saw
bou^{5}	ɹo^{4}	ɕa:n^{6}	nau^{2}	θɯ^{1}
不	知	赚	或	输

不知赚或亏。

男唱

7-905

优	**石**	**吨**	**它**	**吨**
Yaeuj	rin	daeb	daz	dab
jauj	ɹin^{1}	tat^{8}	ta^{2}	taːt^{8}
抬	**石**	**砌**	**又**	**砌**

抬一堆堆石，

7-906

特	**马**	**吨**	**古**	**城**
Dawz	ma	daeb	guh	singz
təɯ^{2}	ma^{1}	tat^{8}	ku^{4}	θiŋ^{2}
拿	**来**	**砌**	**做**	**城**

用来筑城墙。

7-907

备	**牙**	**貝**	**北**	**京**
Beix	yax	bae	baek	ging
pi^{4}	ja^{5}	pai^{1}	pak^{7}	kiŋ^{1}
兄	**要**	**去**	**北**	**京**

兄要上北京，

7-908

少	**吨**	**城**	**封**	**权**
Sau	daeb	singz	fung	gemh
θaːu^{1}	tat^{8}	θiŋ^{2}	fuŋ^{1}	keːn^{6}
姑娘	**砌**	**城**	**封**	**山坳**

妹砌墙拦路。

女唱

7-909

请	**长**	**马**	**吨**	**令**
Cingj	cangh	ma	daeb	rin
ɕiŋ^{3}	ɕaːŋ^{6}	ma^{1}	tat^{8}	ɹin^{1}
请	**匠**	**来**	**砌**	**石**

请石匠砌石，

7-910

请	**坤**	**马**	**吨**	**元**
Cingj	gun	ma	daeb	yuenq
ɕiŋ^{3}	kun^{1}	ma^{1}	tat^{8}	juːn^{5}
请	**官**	**来**	**砌**	**院**

汉人筑墙院。

7-911

农	**吨**	**城**	**封**	**权**
Nuengx	daeb	singz	fung	gemh
nuːŋ^{4}	tat^{8}	θiŋ^{2}	fuŋ^{1}	keːn^{6}
妹	**砌**	**城**	**封**	**山坳**

妹砌墙拦路，

7-912

备	**吨**	**元**	**当**	**润**
Beix	daeb	yuenq	dangj	rumz
pi^{4}	tat^{8}	juːn^{5}	taːŋ^{3}	ɹun^{2}
兄	**砌**	**院**	**挡**	**风**

兄砌院挡风。

男唱

7-913

优	**令**	**吨**	**它**	**吨**
Yaeuj	rin	daeb	daq	daeb
jau^{3}	ɹin^{1}	tat^{8}	ta^{5}	tat^{8}
抬	**石**	**砌**	**连**	**砌**

运一堆堆石，

7-914

特	**马**	**吨**	**古**	**城**
Dawz	ma	daeb	guh	singz
təɯ^{2}	ma^{1}	tat^{8}	ku^{4}	θiŋ^{2}
拿	**来**	**砌**	**做**	**城**

用来砌城墙。

7-915

报	**作**	**貝**	**堂**	**京**
Bauq	coh	bae	daengz	ging
paːu^{5}	ɕo^{6}	pai^{1}	taŋ^{2}	kiŋ^{1}
报	**名字**	**去**	**到**	**京**

名字报到京，

7-916

九	**名**	**貝**	**堂**	**相**
Riuz	mingz	bae	daengz	siengj
ɹiːu^{2}	miŋ^{2}	pai^{1}	taŋ^{2}	θeːŋ^{3}
传	**名**	**去**	**到**	**省**

名传到官府。

女唱

7-917

优	**令**	**吨**	**它**	**吨**
Yaeuj	rin	daeb	daq	daeb
jau^{3}	ɹin^{1}	tat^{8}	ta^{5}	tat^{8}
抬	**石**	**砌**	**连**	**砌**

搬一堆堆石，

7-918

特	**马**	**吨**	**古**	**祘**
Dawz	ma	daeb	guh	suen
təɯ^{2}	ma^{1}	tat^{8}	ku^{4}	θuːn^{1}
拿	**来**	**砌**	**做**	**园**

用来砌园子。

7-919

令	**吨**	**南**	**又**	**盘**
Rin	daeb	namh	youh	buenz
ɹin^{1}	tat^{8}	naːn^{6}	jou^{4}	puːn^{2}
石	**砌**	**土**	**又**	**盘**

石裂土又松，

7-920

叫	**文**	**邦**	**斗**	**㞢**
Heuh	vunz	biengz	daeuj	raih
heːu^{6}	vun^{2}	piːŋ^{2}	tau^{3}	ɹaːi^{6}
叫	**人**	**地方**	**来**	**走**

叫路人踩实。

男唱

7-921

优	**令**	**吨**	**它**	**吨**
Yaeuj	rin	daeb	daq	daeb
jau^{3}	ɹin^{1}	tat^{8}	ta^{5}	tat^{8}
抬	**石**	**砌**	**连**	**砌**

搬一堆堆石，

7-922

特	**马**	**吨**	**古**	**祘**
Dawz	ma	daeb	guh	suen
tɐɯ^{2}	ma^{1}	tat^{8}	ku^{4}	θuːn^{1}
拿	**来**	**砌**	**做**	**园**

用来砌园子。

7-923

令	**吨**	**南**	**又**	**盘**
Rin	daeb	namh	youh	buenz
ɹin^{1}	tat^{8}	naːn^{6}	jou^{4}	puːn^{2}
石	**砌**	**土**	**又**	**盘**

石裂土又松，

7-924

圆	**办**	**安**	**良**	**机**
Nduen	baenz	aen	lengh	giq
doːn^{1}	pan^{2}	an^{1}	leːŋ^{6}	ki^{5}
圆	**成**	**个**	**喇**	**叭**

圆圆像喇叭。

女唱

7-925

优	**令**	**吨**	**它**	**吨**
Yaeuj	rin	daeb	daq	daeb
jau^{3}	ɹin^{1}	tat^{8}	ta^{5}	tat^{8}
抬	**石**	**砌**	**连**	**砌**

搬一堆堆石，

7-926

特	**马**	**吨**	**古**	**祘**
Dawz	ma	daeb	guh	suen
tɐɯ^{2}	ma^{1}	tat^{8}	ku^{4}	θuːn^{1}
拿	**来**	**砌**	**做**	**园**

用来砌园子。

7-927

农	**吨**	**狼**	**空**	**圆**
Nuengx	daeb	langh	ndwi	nduen
nuːŋ^{4}	tat^{8}	laːŋ^{6}	duːi^{1}	doːn^{1}
妹	**砌**	**若**	**不**	**圆**

妹若砌不圆，

7-928

龙	**吨**	**角**	**一**	**补**
Lungz	daeb	gaek	ndeu	bouj
luŋ^{2}	tat^{8}	kak^{7}	deːu^{1}	pu^{3}
龙	**砌**	**角**	**一**	**补**

兄来补完整。

男唱

7-929

优	令	吨	它	吨
Yaeuj	rin	daeb	daq	daeb
jau³	ɹin¹	tat⁸	ta⁵	tat⁸
抬	石	砌	连	砌

搬一堆堆石，

7-930

特	马	吨	古	开
Dawz	ma	daeb	guh	gai
təɯ²	ma¹	tat⁸	ku⁴	kaːi¹
拿	来	砌	做	街

用来砌为街。

7-931

农	吨	罗	好	来
Nuengx	daeb	loh	ndei	lai
nuːŋ⁴	tat⁸	lo⁶	dei¹	laːi¹
妹	砌	路	好	多

妹砌路真好，

7-932

土	吨	开	一	开
Dou	daeb	gai	ndeu	gyaiq
tu¹	tat⁸	kaːi¹	deːu¹	kaːi⁵
我	砌	街	一	界

我砌一界碑。

女唱

7-933

优	令	吨	它	吨
Yaeuj	rin	daeb	daq	daeb
jau⁵	ɹin¹	tat⁸	ta⁵	tat⁸
抬	石	砌	连	砌

搬一堆堆石，

7-934

特	马	吨	古	开
Dawz	ma	daeb	guh	gyaiq
təɯ²	ma¹	tat⁸	ku⁴	kaːi⁵
拿	来	砌	做	界

用来砌界碑。

7-935

吨	条	罗	河	才
Daeb	diuz	loh	haw	caiz
tat⁸	tiːu²	lo⁶	həɯ¹	caːi²
砌	条	路	圩	才

修筑都安街，

7-936

平	办	开	庆	远
Bingz	baenz	gai	ging	yenj
piŋ²	pan²	kaːi¹	kiŋ³	juːn⁶
平	成	街	庆	远

像庆远平坦。

男唱

7-937

优	**令**	**吨**	**它**	**吨**
Yaeuj	rin	daeb	daq	daeb
jau^3	ɹin^1	tat^8	ta^5	tat^8
抬	**石**	**砌**	**连**	**砌**

搬一堆堆石，

7-938

特	**马**	**吨**	**古**	**城**
Dawz	ma	daeb	guh	singz
təɯ^2	ma^1	tat^8	ku^4	θiŋ^2
拿	**来**	**砌**	**做**	**城**

用来筑城墙。

7-939

吨	**貝**	**堂**	**南**	**宁**
Daeb	bae	daengz	nanz	ningz
tat^8	pai^1	taŋ^2	naːn^2	niŋ^2
砌	**去**	**到**	**南**	**宁**

修路通南宁，

7-940

平	**貝**	**堂**	**庆**	**远**
Bingz	bae	daengz	ging	yenj
piŋ^2	pai^1	taŋ^2	kiŋ^3	juːn^6
平	**去**	**到**	**庆**	**远**

修路通庆远。

女唱

7-941

优	**令**	**吨**	**它**	**吨**
Yaeuj	rin	daeb	daq	daeb
jau^3	ɹin^1	tat^8	ta^5	tat^8
抬	**石**	**砌**	**连**	**砌**

搬一堆堆石，

7-942

特	**马**	**吨**	**古**	**船**
Dawz	ma	daeb	guh	ruz
təɯ^2	ma^1	tat^8	ku^4	ɹu^2
拿	**来**	**砌**	**做**	**船**

用来砌成船。

7-943

牙	**吨**	**元**	**古**	**州**
Yax	daeb	yienh	guh	cou
ja^5	tat^8	jeːn^6	ku^4	ɕu^1
也	**砌**	**县**	**做**	**州**

想改县为州，

7-944

用	**功**	**夫**	**了**	**备**
Yungh	goeng	fou	liux	beix
juŋ^6	koŋ^1	fu^1	liːu^4	pi^4
用	**功**	**夫**	**啰**	**兄**

兄要下功夫。

男唱

7-945

优	**令**	**吨**	**它**	**吨**
Yaeuj	rin	daeb	daq	daeb
jau^{3}	ɹin^{1}	tat^{8}	ta^{5}	tat^{8}
抬	石	砌	连	砌

搬一堆堆石，

7-946

特	**马**	**吨**	**古**	**楼**
Dawz	ma	daeb	guh	laeuz
təɯ^{2}	ma^{1}	tat^{8}	ku^{4}	lau^{2}
拿	来	砌	做	楼

用来建楼房。

7-947

吨	**桥**	**公**	**龙**	**头**
Daeb	giuz	gungj	lungz	daeuz
tat^{8}	kiːu^{2}	kuŋ^{3}	luŋ^{2}	tau^{2}
砌	桥	拱	龙	头

砌龙头拱桥，

7-948

不	**真**	**偻**	**貝**	**吨**
Mbouj	caen	raeuz	bae	daeb
bou^{5}	ɕin^{1}	ɹau^{2}	pai^{1}	tat^{8}
不	真	我们	去	砌

不是我们砌。

女唱

7-949

吨	**元**	**三**	**丈**	**光**
Daeb	roen	sam	ciengh	gvangq
tat^{8}	joːn^{1}	θaːn^{1}	ɕɯːŋ^{6}	kwaːŋ^{5}
砌	路	三	丈	宽

砌路三丈宽，

7-950

吨	**罗**	**四**	**丈**	**长**
Daeb	loh	seiq	ciengh	raez
tat^{8}	lo^{6}	θei^{5}	ɕɯːŋ^{6}	ɹai^{2}
砌	路	四	丈	长

砌路四丈长。

7-951

吨	**条**	**罗**	**内**	**貝**
Daeb	diuz	loh	neix	bae
tat^{8}	tiːu^{2}	lo^{6}	ni^{4}	pai^{1}
砌	条	路	这	去

砌成这条路，

7-952

龙	**利**	**美**	**知**	**不**
Lungz	lij	maez	rox	mbouj
luŋ^{2}	li^{4}	mai^{2}	ɹo^{4}	bou^{5}
龙	还	爱	或	不

兄还谈情否？

男唱

7-953

吨	**元**	**三**	**丈**	**光**
Daeb	roen	sam	ciengh	gvangq
tat^{8}	joːn^{1}	θaːn^{1}	ɕɯːŋ^{6}	kwaːŋ^{5}
砌	**路**	**三**	**丈**	**宽**

砌路三丈宽，

7-954

吨	**罗**	**四**	**丈**	**长**
Daeb	loh	seiq	ciengh	raez
tat^{8}	lo^{6}	θei^{5}	ɕɯːŋ^{6}	ɹai^{2}
砌	**路**	**四**	**丈**	**长**

砌路四丈长。

7-955

吨	**条**	**罗**	**内**	**贝**
Daeb	diuz	loh	neix	bae
tat^{8}	tiːu^{2}	lo^{6}	ni^{4}	pai^{1}
砌	**条**	**路**	**这**	**去**

修通这条路，

7-956

可	**强**	**坤**	**跟**	**客**
Goj	giengz	gun	riengz	hek
ko^{5}	kiːŋ^{2}	kun^{1}	ɹiːŋ^{2}	heːk^{7}
也	**像**	**官**	**跟**	**客**

像“官汉”“客汉”。

女唱

7-957

吨	**条**	**罗**	**山**	**尚**
Daeb	diuz	loh	bya	sang
tat^{8}	tiːu^{2}	lo^{6}	pja^{1}	θaːŋ^{1}
砌	**条**	**路**	**山**	**高**

修条高山路，

7-958

装	**身**	**办**	**鸟**	**炕**
Cang	ndang	baenz	roeg	enq
ɕaːŋ^{1}	daːŋ^{1}	pan^{2}	ɹok^{8}	eːn^{5}
装	**身**	**成**	**鸟**	**燕**

装扮如燕子。

7-959

尝	**外**	**元**	**内**	**惯**
Caengz	vaij	roen	neix	gvenq
ɕaŋ^{2}	vaːi^{3}	joːn^{1}	ni^{4}	kweːn^{5}
未	**过**	**路**	**这**	**惯**

新路未走惯，

7-960

洋	**面**	**面**	**小**	**凉**
Yaeng	menh	menh	siu	liengz
jaŋ^{1}	meːn^{6}	meːn^{6}	θiːu^{1}	liːŋ^{2}
再	**慢**	**慢**	**消**	**凉**

边走边逍遥。

男唱

7–961

吨	**条**	**罗**	**山**	**尚**
Daeb	diuz	loh	bya	sang
tat^{8}	tiːu^{2}	lo^{6}	pja^{1}	θaːŋ^{1}
砌	**条**	**路**	**山**	**高**

砌条高山路，

7–962

装	**身**	**办**	**则**	**园**
Cang	ndang	baenz	cwh	yoij
ɕaːŋ^{1}	daːŋ^{1}	pan^{2}	ɕɯ^{6}	joːi^{3}
装	**身**	**成**	**脂**	**胭**

扮如胭脂鸟。

7–963

条	**元**	**不**	**卩**	**修**
Diuz	roen	mbouj	boux	coih
tiːu^{2}	joːn^{1}	bou^{5}	pu^{4}	ɕoːi^{6}
条	**路**	**无**	**人**	**修**

道路无人修，

7–964

洋	**会**	**观**	**农**	**银**
Yaeng	hoih	gonq	nuengx	ngaenz
jaŋ^{1}	hoːi^{6}	koːn^{5}	nuːŋ^{4}	ŋan^{2}
慢慢	**会**	**先**	**妹**	**银**

情妹慢慢走。

女唱

7–965

吨	**条**	**罗**	**山**	**尚**
Daeb	diuz	loh	bya	sang
tat^{8}	tiːu^{2}	lo^{6}	pja^{1}	θaːŋ^{1}
砌	**条**	**路**	**山**	**高**

修条高山路，

7–966

装	**身**	**办**	**则**	**园**
Cang	ndang	baenz	cwh	yoij
ɕaːŋ^{1}	daːŋ^{1}	pan^{2}	ɕɯ^{6}	joːi^{3}
装	**身**	**成**	**脂**	**胭**

扮如胭脂鸟。

7–967

邦	**你**	**米**	**几**	**卩**
Biengz	mwngz	miz	geij	boux
piːŋ^{2}	mɯŋ^{2}	mi^{2}	ki^{3}	pu^{4}
地方	**你**	**有**	**几**	**人**

你村有几人，

7–968

么	**不**	**修**	**罗**	**元**
Maz	mbouj	coih	loh	roen
ma^{2}	bou^{5}	ɕoːi^{6}	lo^{6}	joːn^{1}
何	**不**	**修**	**路**	**路**

为何不修路？

男唱

7-969

杀	**母**	**贝**	**干**	**河**
Gaj	mou	bae	ganj	haw
ka^{3}	mu^{1}	pai^{1}	kaːn^{3}	həɯ^{1}
杀	猪	去	赶	圩

赶圩卖猪肉，

7-970

杀	**羊**	**贝**	**干**	**衣**
Gaj	yiengz	bae	ganj	hih
ka^{3}	jɯːŋ^{2}	pai^{1}	kaːn^{3}	ji^{5}
杀	羊	去	赶	圩

赶圩卖羊肉。

7-971

睡	**不**	**它**	**又**	**很**
Ninz	mbouj	ndaek	youh	hwnj
nin^{2}	bou^{5}	dak^{7}	jou^{4}	hɯn^{3}
睡	不	着	又	起

睡不着又起，

7-972

为	**好**	**农**	**召**	**心**
Vih	ndij	nuengx	cau	sim
vei^{6}	di^{1}	nuːŋ^{4}	ɕaːu^{5}	θin^{1}
为	与	妹	操	心

为情妹操心。

女唱

7-973

杀	**母**	**贝**	**干**	**河**
Gaj	mou	bae	ganj	haw
ka^{3}	mu^{1}	pai^{1}	kaːn^{3}	həɯ^{1}
杀	猪	去	赶	圩

杀猪上街卖，

7-974

杀	**羊**	**贝**	**干**	**衣**
Gaj	yiengz	bae	ganj	hih
ka^{3}	jɯːŋ^{2}	pai^{1}	kaːn^{3}	ji^{5}
杀	羊	去	赶	圩

杀羊上街卖。

7-975

打	**空**	**办**	**生**	**衣**
Daj	ndwi	baenz	seng	eiq
ta^{3}	duːi^{1}	pan^{2}	θeːŋ^{1}	i^{5}
打	不	成	相	依

找不到对象，

7-976

又	**说**	**为**	**跟**	**偻**
Youh	naeuz	vih	riengz	raeuz
jou^{4}	nau^{2}	vei^{6}	ɹiːŋ^{2}	ɹau^{2}
又	说	为	跟	我们

还说为了我。

男唱

7-977

杀	**母**	**貝**	**干**	**河**
Gaj	mou	bae	ganj	haw
ka^{3}	mu^{1}	pai^{1}	kaːn^{3}	həɯ^{1}
杀	猪	去	赶	圩

杀猪上街卖，

7-978

杀	**羊**	**貝**	**干**	**衣**
Gaj	yiengz	bae	ganj	hih
ka^{3}	jɯːŋ^{2}	pai^{1}	kaːn^{3}	ji^{5}
杀	羊	去	赶	圩

杀羊上街卖。

7-979

貝	**而**	**打**	**生**	**衣**
Bae	lawz	daj	seng	eiq
pai^{1}	laɯ^{2}	ta^{3}	θeːŋ^{1}	i^{5}
去	哪	打	相	依

去哪找对象，

7-980

不	**说**	**备**	**句**	**一**
Mbouj	naeuz	beix	coenz	ndeu
bou^{5}	nau^{2}	pi^{4}	kjon^{2}	deːu^{1}
不	说	兄	句	一

又不讲明白。

女唱

7-981

杀	**母**	**貝**	**干**	**河**
Gaj	mou	bae	ganj	haw
ka^{3}	mu^{1}	pai^{1}	kaːn^{3}	həɯ^{1}
杀	猪	去	赶	圩

杀猪上街卖，

7-982

杀	**羊**	**貝**	**干**	**衣**
Gaj	yiengz	bae	ganj	hih
ka^{3}	jɯːŋ^{2}	pai^{1}	kaːn^{3}	ji^{5}
杀	羊	去	赶	圩

杀羊上街卖。

7-983

十	**分**	**米**	**生**	**衣**
Cib	faen	miz	seng	eiq
ɕit^{8}	fan^{1}	mi^{2}	θeːŋ^{1}	i^{5}
十	分	有	相	依

若真有对象，

7-984

话	**可**	**论**	**给**	**你**
Vah	goj	lwnh	hawj	mwngz
va^{6}	ko^{5}	lun^{6}	həɯ^{3}	mɯŋ^{2}
话	也	告诉	给	你

我会告诉你。

男唱

7–985

卩	才	貝	干	河
Boux	sai	bae	ganj	haw
pu^{4}	θa:i^{1}	pai^{1}	ka:n^{3}	həɯ^{1}
男	人	去	赶	圩

男人去赶圩，

7–986

它	是	米	生	衣
De	cix	miz	seng	eiq
te^{1}	ɕi^{4}	mi^{2}	θe:ŋ^{1}	i^{5}
他	是	有	相	依

他必有对象。

7–987

乜	女	貝	干	衣
Meh	mbwk	bae	ganj	hih
me^{6}	bɯk^{7}	pai^{1}	ka:n^{3}	ji^{5}
女	人	去	赶	圩

女人去赶圩，

7–988

米	生	衣	开	么
Miz	seng	eiq	gij	maz
mi^{2}	θe:ŋ^{1}	i^{5}	ka:i^{2}	ma^{2}
有	相	依	什	么

哪会有对象？

女唱

7–989

乜	女	貝	南	宁
Meh	mbwk	bae	nanz	ningz
me^{6}	bɯk^{7}	pai^{1}	na:n^{2}	niŋ^{2}
女	人	去	南	宁

女人去南宁，

7–990

讲	坤	办	龙	女
Gangj	gun	baenz	lungz	nawx
ka:ŋ^{3}	kun^{1}	pan^{2}	luŋ^{2}	nɯ^{4}
讲	官话	成	龙	女

讲话如龙女。

7–991

買	得	开	又	得
Cawx	ndaej	gai	youh	ndaej
ɕəɯ^{4}	dai^{3}	ka:i^{1}	jou^{4}	dai^{3}
买	得	卖	又	得

又会做买卖，

7–992

么	生	衣	不	米
Maz	seng	eiq	mbouj	miz
ma^{2}	θe:ŋ^{1}	i^{5}	bou^{5}	mi^{2}
怎么	相	依	不	有

哪没有对象？

男唱

7-993

杀 母 貝 干 河

Gaj mou bae ganj haw

ka^{3} mu^{1} pai^{1} kaːn^{3} həɯ^{1}

杀 猪 去 赶 圩

杀猪上街卖，

7-994

杀 羊 貝 干 开

Gaj yiengz bae ganj gai

ka^{3} jɯːŋ^{2} pai^{1} kai^{3} kaːi^{1}

杀 羊 去 赶 街

杀羊上街卖。

7-995

你 在 河 而 开

Mwngz ywq haw lawz gai

mɯŋ^{2} jɯ^{5} həɯ^{1} laɯ^{2} kaːi^{1}

你 在 圩 哪 卖

你赶哪条街？

7-996

备 貝 買 你 要

Beix bae cawx mwngz aeu

pi^{4} pai^{1} ɕəɯ^{4} mɯŋ^{2} au^{1}

兄 去 买 你 要

兄去同你买。

女唱

7-997

杀 母 貝 干 河

Gaj mou bae ganj haw

ka^{3} mu^{1} pai^{1} kaːn^{3} həɯ^{1}

杀 猪 去 赶 圩

杀猪上街卖，

7-998

杀 羊 貝 干 开

Gaj yiengz bae ganj gai

ka^{3} jɯːŋ^{2} pai^{1} kaːn^{3} kaːi^{1}

杀 羊 去 赶 街

杀羊上街卖。

7-999

在 更 开 摆 开

Ywq gwnz gai baij gai

jɯ^{5} kɯn^{2} kaːi^{1} paːi^{3} kaːi^{1}

在 上 街 摆 卖

在街上摆卖，

7-1000

备 自 買 不 堂

Beix gag cawx mbouj daengz

pi^{4} kaːk^{8} ɕəɯ^{4} bou^{5} taŋ^{2}

兄 自 买 不 到

兄没有买到。

男唱

7–1001

阝	才	貝	干	河
Boux	sai	bae	ganj	haw
pu^{4}	θaːi^{1}	pai^{1}	kaːn^{3}	həɯ^{1}
男	人	去	赶	圩

男子去赶圩，

7–1002

它	是	米	本	阝
De	cix	miz	bonj	bouh
te^{1}	ɕi^{4}	mi^{2}	poːn^{3}	pou^{6}
他	是	有	本	薄

他带有本子。

7–1003

乜	女	能	怛	补
Meh	mbwk	naengh	dan	bouq
me^{6}	bɯk^{7}	naŋ^{6}	taːn^{1}	pu^{5}
女	人	坐	摊	铺

女人坐摊铺，

7–1004

友	而	祘	给	你
Youx	lawz	suenq	hawj	mwngz
ju^{4}	laɯ^{2}	θuːn^{5}	həɯ^{3}	mɯŋ^{2}
友	哪	算	给	你

谁帮你算账？

女唱

7–1005

卜	才	貝	干	河
Boux	sai	bae	ganj	haw
pu^{4}	θaːi^{1}	pai^{1}	kaːn^{3}	həɯ^{1}
男	人	去	赶	圩

男人去赶圩，

7–1006

它	是	米	本	阝
De	cix	miz	bonj	bouh
te^{1}	ɕi^{4}	mi^{2}	poːn^{3}	pou^{6}
他	是	有	本	薄

他带有本子。

7–1007

乜	女	能	怛	补
Meh	mbwk	naengh	dan	bouq
me^{6}	bɯk^{7}	naŋ^{6}	taːn^{1}	pu^{5}
女	人	坐	摊	铺

女人坐摊铺，

7–1008

不	祘	是	自	办
Mbouj	suenq	cix	gag	baenz
bou^{5}	θuːn^{5}	ɕi^{4}	kaːk^{8}	pan^{2}
不	算	就	自	成

不算账也清。

男唱

7-1009

扇 子 是 贝 皮

Can swj cix mbaw beiz

çe:n^{4} θɯ^{3} çi^{4} baɯ^{1} pi^{2}

扇 子 是 张 扇

扇子叫“贝皮”，

7-1010

美 支 是 红 兰

Mae sei cix hoengz lanh

mai^{1} θi^{1} çi^{4} hoŋ^{2} la:n^{6}

线 丝 是 红 兰

丝线是“红兰”。

7-1011

永 顺 点 都 安

Yungj sun dem duh anh

jin^{3} çin^{4} te:n^{1} tu^{5} ŋa:n^{5}

永 顺 与 都 安

永顺跟都安，

7-1012

偻 同 汉 讲 坤

Raeuz doengh hanh gangj gun

ɹau^{2} toŋ^{2} ha:n^{6} ka:ŋ^{3} kun^{1}

我们 相 限 讲 官话

争相讲汉话。

女唱

7-1013

你 在 田 都 安

Mwngz ywq dieg duh anh

mɯŋ^{2} juɯ^{5} ti:k^{8} tu^{5} ŋa:n^{5}

你 在 地 都 安

你家在都安，

7-1014

日 日 汉 讲 坤

Ngoenz ngoenz hanh gangj gun

ŋon^{2} ŋon^{2} ha:n^{6} ka:ŋ^{3} kun^{1}

天 天 限 讲 官话

天天讲汉话。

7-1015

农 永 顺 的 文

Nuengx yungj sun diq vunz

nu:ŋ^{4} jin^{3} çin^{4} ti^{5} vun^{2}

妹 永 顺 的 人

妹是永顺人，

7-1016

讲 坤 土 空 知

Gangj gun dou ndwi rox

ka:ŋ^{3} kun^{1} tu^{1} du:i^{1} ɹo^{4}

讲 官话 我 不 知

我不懂汉话。

男唱

7-1017

永	**顺**	**点**	**都**	**安**
Yungj	sun	dem	duh	anh
jin^{3}	ɕin^{4}	teːn^{1}	tu^{5}	ŋaːn^{5}
永	**顺**	**与**	**都**	**安**

永顺和都安，

7-1018

阝	**阝**	**巴**	**是**	**轻**
Boux	boux	bak	cix	mbaeu
pu^{4}	pu^{4}	paːk^{7}	ɕi^{4}	bau^{1}
人	**人**	**嘴**	**是**	**轻**

人人爱讲话。

7-1019

貝	**干**	**衣**	**龙**	**头**
Bae	ganj	hih	lungz	daeuz
bai^{1}	kaːn^{3}	ji^{5}	luŋ^{2}	tau^{2}
去	**赶**	**圩**	**龙**	**头**

去赶龙头圩，

7-1020

龙	**教**	**坤**	**你**	**听**
Lungz	son	gun	mwngz	dingq
luŋ^{2}	θoːn^{1}	kun^{1}	mɯŋ^{2}	tiŋ^{5}
龙	**教**	**官话**	**你**	**听**

兄教你汉话。

女唱

7-1021

乜	**月**	**点**	**拉**	**里**
Meh	ndwen	dem	ndau	ndeiq
me^{6}	duːn^{1}	teːn^{1}	dau^{1}	di^{5}
母	**月**	**与**	**星**	**星**

月亮和星星，

7-1022

不	**玉**	**乜**	**灯**	**日**
Mbouj	yiz	meh	daeng	ngoenz
bou^{5}	ji^{2}	me^{6}	taŋ^{1}	ŋon^{2}
不	**粘**	**母**	**灯**	**天**

不靠近太阳。

7-1023

讲	**朵**	**牙**	**不**	**办**
Gangj	doj	yax	mbouj	baenz
kaːŋ^{3}	to^{3}	ja^{5}	bou^{5}	pan^{2}
讲	**土**	**也**	**不**	**成**

壮话讲不成，

7-1024

讲	**坤**	**牙**	**不**	**变**
Gangj	gun	yax	mbouj	bienz
kaːŋ^{3}	kun^{1}	ja^{5}	bou^{5}	peːn^{2}
讲	**官话**	**也**	**不**	**熟练**

汉话讲不好。

男唱

7-1025

日	**盘**	**堂**	**浪**	**你**
Ngoenz	bonz	daengz	laeng	mwngz
ŋon^{2}	poːn^{2}	taŋ^{2}	laŋ^{1}	muɯŋ^{2}
天	**前**	**到**	**家**	**你**

前天到你家，

7-1026

少	**是**	**知**	**讲**	**话**
Sau	cix	rox	gangj	vah
θaːu^{1}	ɕi^{4}	ɹo^{4}	kaːŋ^{3}	va^{6}
姑娘	**就**	**知**	**讲**	**话**

妹最会讲话。

7-1027

日	**内**	**堂**	**浪**	**土**
Ngoenz	neix	daengz	laeng	dou
ŋon^{2}	ni^{4}	taŋ^{2}	laŋ^{1}	tu^{1}
天	**今**	**到**	**家**	**我**

今天到我家，

7-1028

话	**是**	**讲**	**不**	**办**
Vah	cix	gangj	mbouj	baenz
va^{6}	ɕi^{4}	kaːŋ^{3}	bou^{5}	pan^{2}
话	**是**	**讲**	**不**	**成**

话都讲不出。

女唱

7-1029

讲	**朵**	**说**	**讲**	**慢**
Gangj	doj	naeuz	gangj	manz
kaːŋ^{3}	to^{3}	nau^{2}	kaːŋ^{3}	maːn^{2}
讲	**土**	**或**	**讲**	**蛮**

土语或蛮话，

7-1030

土	**是**	**知**	**它**	**的**
Dou	cix	rox	daq	diq
tu^{1}	ɕi^{4}	ɹo^{4}	ta^{5}	ti^{5}
我	**就**	**知**	**连**	**点**

我会讲一点。

7-1031

讲	**坤**	**古**	**道**	**理**
Gangj	gun	guh	dauh	leix
kaːŋ^{3}	kun^{1}	ku^{4}	taːu^{6}	li^{4}
讲	**官话**	**做**	**道**	**理**

汉话打招呼，

7-1032

罗	**内**	**农**	**不**	**通**
Loh	neix	nuengx	mbouj	doeng
lo^{6}	ni^{4}	nuːŋ^{4}	bou^{5}	toŋ^{1}
路	**这**	**妹**	**不**	**通**

这点妹不懂。

男唱

7-1033

扇	**子**	**是**	**贝**	**皮**
Canx	swj	cix	mbaw	beiz
ça:n^4	θɯ^3	çi^4	baɯ^1	pi^2
扇	子	是	张	扇

扇子是“贝皮”，

7-1034

美	**支**	**是**	**红**	**兰**
Mae	sei	cix	hoengz	lanh
mai^1	θi^1	çi^4	hoŋ^2	la:n^6
线	丝	是	红	兰

丝线是“红兰”。

7-1035

九	**问**	**你**	**了**	**邦**
Gou	haemq	mwngz	liux	baengz
kou^1	han^5	mɯŋ^2	li:u^4	paŋ^2
我	问	你	啰	朋

我问你啊友，

7-1036

土	**忙**	**作**	**开**	**么**
Duz	mbangq	coh	gij	maz
tu^2	ba:ŋ^5	ço^6	ka:i^2	ma^2
只	鼯鼠	名字	什	么

“土忙”叫什么？

女唱

7-1037

扇	**子**	**是**	**贝**	**皮**
Canx	swj	cix	mbaw	beiz
ça:n^4	θɯ^3	çi^4	baɯ^1	pi^2
扇	子	是	张	扇

扇子是“贝皮”，

7-1038

美	**支**	**是**	**红**	**兰**
Mae	sei	cix	hoengz	lanh
mai^1	θi^1	çi^4	hoŋ^2	la:n^6
线	丝	是	红	兰

丝线是“红兰”。

7-1039

飞	**虎**	**是**	**土**	**忙**
Feih	fuj	cix	duz	mbangq
fei^5	fu^3	çi^4	tu^2	ba:ŋ^5
飞	虎	是	只	鼯鼠

飞虎是“土忙”，

7-1040

又	**问**	**邦**	**古**	**而**
Youh	haemq	baengz	guh	rawz
jou^4	han^5	paŋ^2	ku^4	ɹaɯ^2
又	问	朋	做	什么

还问做什么？

男唱

7-1041

卜	**是**	**叫**	**古**	**父**
Boh	cix	heuh	guh	fux
po⁶	çi⁴	heːu⁶	ku⁴	fu⁴
卜	是	叫	做	父

“卜”就叫作“父”，

7-1042

叔	**是**	**叫**	**古**	**奥**
Cuh	cix	heuh	guh	au
çu⁶	çi⁴	heːu⁶	ku⁴	aːu¹
叔	就	叫	做	叔

叔就叫作“奥”。

7-1043

飞	**鼠**	**是**	**王**	**蛟**
Feih	cuj	cix	vangh	vauz
fei⁵	çi³	çi⁴	vaːŋ⁶	vaːu²
飞	鼠	是	飞	鼠

飞鼠是“王蛟”，

7-1044

土	**交**	**开**	**么**	**姓**
Duz	gyau	gij	maz	singq
tu²	kjaːu¹	kaːi²	ma²	θiŋ⁵
只	蜘蛛	什	么	姓

“土交”怎么说?

女唱

7-1045

卜	**是**	**叫**	**古**	**父**
Boh	cix	heuh	guh	fux
po⁶	çi⁴	heːu⁶	ku⁴	fu⁴
卜	是	叫	做	父

“卜”就叫作“父”，

7-1046

叔	**是**	**叫**	**古**	**奥**
Cuh	cix	heuh	guh	au
çu⁶	çi⁴	heːu⁶	ku⁴	aːu¹
叔	就	叫	做	叔

叔就叫作“奥”。

7-1047

飞	**鼠**	**是**	**王**	**蛟**
Feih	cuj	cix	vangh	vauz
fei⁵	çi³	çi⁴	vaːŋ⁶	vaːu²
飞	鼠	是	飞	鼠

飞鼠是“王蛟”，

7-1048

土	**交**	**是**	**支**	**出**
Duz	gyau	cix	cih	cuh
tu²	kjaːu¹	çi⁴	çi⁵	çu⁵
只	蜘蛛	是	蜘	蛛

“土交”是蜘蛛。

男唱

7-1049

关	**门**	**是**	**关**	**土**
Gvanh	mwnz	cix	gven	dou
kwa:n^{5}	mɯn^{2}	ɕi^{4}	kwe:n^{1}	tou^{1}
关	门	是	关	门

关门是“关土”，

7-1050

公	**母**	**是**	**为**	**犮**
Gueng	mou	cix	vei	ciq
ku:ŋ^{1}	mu^{1}	ɕi^{4}	vei^{4}	ɕi^{5}
喂	猪	是	喂	猪

“公母”是喂猪。

7-1051

能	**苗**	**是**	**狐**	**狸**
Nyaen	meuz	cix	huz	liz
ɲan^{1}	me:u^{2}	ɕi^{4}	hu^{6}	li^{6}
野狸	猫	是	狐	狸

“能苗”是狐狸，

7-1052

野	**鸡**	**开**	**么**	**少**
Yej	gih	gij	maz	sau
je^{3}	ki^{5}	ka:i^{2}	ma^{2}	θa:u^{1}
野	鸡	什	么	姑娘

野鸡叫什么？

女唱

7-1053

关	**门**	**是**	**关**	**土**
Gvanh	mwnz	cix	gven	dou
kwa:n^{5}	mɯn^{2}	ɕi^{4}	kwe:n^{1}	tou^{1}
关	门	是	关	门

关门是“关土”，

7-1054

公	**母**	**是**	**为**	**犮**
Gueng	mou	cix	vei	ciq
ku:ŋ^{1}	mu^{1}	ɕi^{4}	vei^{4}	ɕi^{5}
喂	猪	是	喂	猪

“公母”是喂猪。

7-1055

能	**苗**	**是**	**狐**	**狸**
Nyaen	meuz	cix	huz	liz
ɲan^{1}	me:u^{2}	ɕi^{4}	hu^{6}	li^{6}
野狸	猫	是	狐	狸

“能苗”是狐狸，

7-1056

野	**鸡**	**是**	**乌**	**给**
Yej	gih	cix	roeg	gae
je^{3}	ki^{5}	ɕi^{4}	ɹok^{8}	kai^{1}
野	鸡	是	鸟	雉

野鸡是“乌给”。

男唱

7-1057

马	**丰**	**是**	**土**	**多**
Maj	fungh	cix	duz	doq
ma^{3}	fuŋ^{5}	ɕi^{4}	tu^{2}	to^{5}
马	蜂	是	只	马蜂

马蜂是“土多”，

7-1058

唱	**歌**	**是**	**说**	**欢**
Cang	goh	cix	naeuz	fwen
ɕaːŋ^{4}	ko^{5}	ɕi^{4}	nau^{2}	vuːn^{1}
唱	歌	是	说	歌

唱歌是“说欢”。

7-1059

晒	**平**	**是**	**安**	**盘**
Cai	bingz	cix	aen	buenz
ɕaːi^{4}	piŋ^{6}	ɕi^{4}	an^{1}	puːn^{2}
晒	坪	是	个	盘

晒坪是“安盘”，

7-1060

土	**团**	**开**	**么**	**姓**
Duz	duenh	gij	maz	singq
tu^{2}	tuːn^{6}	kaːi^{2}	ma^{2}	θiŋ^{5}
只	野猪	什	么	姓

“土团”是什么？

女唱

7-1061

马	**丰**	**是**	**土**	**多**
Maj	fungh	cix	duz	doq
ma^{3}	fuŋ^{5}	ɕi^{4}	tu^{2}	to^{5}
马	蜂	是	只	马蜂

马蜂是“土多”，

7-1062

唱	**歌**	**是**	**说**	**欢**
Cang	goq	cix	naeuz	fwen
ɕaːŋ^{4}	ko^{5}	ɕi^{4}	nau^{2}	vuːn^{1}
唱	歌	是	说	歌

唱歌是“说欢”。

7-1063

晒	**平**	**是**	**安**	**盘**
Cai	bingz	cix	aen	buenz
ɕaːi^{4}	piŋ^{6}	ɕi^{4}	an^{1}	puːn^{2}
晒	坪	是	个	盘

晒坪是“安盘”，

7-1064

土	**团**	**是**	**野**	**狏**
Duz	duenh	cix	yej	ciq
tu^{2}	tuːn^{6}	ɕi^{4}	je^{3}	ɕi^{5}
只	团	是	野	猪

“土团”是野猪。

男唱

7-1065

马	**丰**	**是**	**土**	**多**
Maj	fungh	cix	duz	doq
ma^3	fuŋ^5	ɕi^4	tu^2	to^5
马	蜂	是	只	马蜂

马蜂是“土多”，

7-1066

唱	**歌**	**是**	**说**	**欢**
Cang	goq	cix	naeuz	fwen
ɕa:ŋ^4	ko^5	ɕi^4	nau^2	vu:n^1
唱	歌	是	说	歌

唱歌是“说欢”。

7-1067

月	**亮**	**是**	**乜**	**月**
Yez	lieng	cix	meh	ndwen
je^6	le:ŋ^4	ɕi^4	me^6	du:n^1
月	亮	是	母	月

月亮是“乜月”，

7-1068

采	**邦**	**开**	**么**	**农**
Caij	biengz	gij	maz	nuengx
ɕa:i^3	pi:ŋ^2	ka:i^2	ma^2	nu:ŋ^4
走	地方	什	么	妹

“采邦”是什么？

女唱

7-1069

马	**丰**	**是**	**土**	**多**
Ma	fungh	cix	duz	doq
ma^3	fuŋ^5	ɕi^4	tu^2	to^5
马	蜂	是	只	马蜂

马蜂是“土多”，

7-1070

唱	**歌**	**是**	**说**	**欢**
Cang	goq	cix	naeuz	fwen
ɕa:ŋ^4	ko^5	ɕi^4	nau^2	vu:n^1
唱	歌	是	说	歌

唱歌是“说欢”。

7-1071

月	**亮**	**是**	**乜**	**月**
Yez	lieng	cix	meh	ndwen
je^6	le:ŋ^4	ɕi^4	me^6	du:n^1
月	亮	是	母	月

月亮是“乜月”，

7-1072

采	**邦**	**是**	**由**	**方**
Byaij	biengz	cix	youz	fangh
pja:i^3	pi:ŋ^2	ɕi^4	jou^6	fa:ŋ^5
走	地方	是	游	方

“采邦”是云游。

男唱

7-1073
能 是 叫 说 坐
Naengh cix heuh naeuz co
naŋ6 ɕi4 heːu6 nau2 ɕo4
坐 是 叫 说 坐
“能”就叫作“坐”,

7-1074
克 是 叫 说 貝
Gwz cix heuh naeuz bae
kə4 ɕi4 heːu6 nau2 pai1
克 就 叫 说 去
“克”就叫作“貝”。

7-1075
罗 丝 是 勒 岁
Loz swh cix lwg sae
lo6 θɯ5 ɕi4 lɯk8 θei1
螺 蛳 是 子 蛳
螺蛳叫“勒岁”,

7-1076
元 远 开 么 农
Roen gyae gij maz nuengx
joːn1 kjai1 kaːi2 ma2 nuːŋ4
路 远 什 么 妹
“元远”是什么?

女唱

7-1077
能 是 叫 说 坐
Naengh cix heuh naeuz co
naŋ6 ɕi4 heːu6 nau2 ɕo4
坐 是 叫 说 坐
“能”就叫作“坐”,

7-1078
克 是 叫 说 貝
Gwz cix heuh naeuz bae
kə4 ɕi4 heːu6 nau2 pai1
克 就 叫 说 去
“克”就叫作“貝”。

7-1079
罗 丝 是 勒 岁
Loz swh cix lwg sae
lo6 θɯ5 ɕi4 lɯk8 θei1
螺 蛳 是 子 蛳
螺蛳叫“勒岁”,

7-1080
元 远 是 远 路
Roen gyae cix yenj lu
joːn1 kjai1 ɕi4 joːn3 lu4
路 远 是 远 路
“元远”是远路。

男唱

7–1081

白 米 是 后 好

Bwz mij cix haeux hau

pə^{2} mi^{3} çi^{4} hau^{4} haːu^{1}

白 米 是 米 白

白米说“后好”，

7–1082

勒 朵 是 秀 品

Lwg ndo cix giuj bingj

lɯk^{8} do^{1} çi^{4} çiːu^{3} pin^{3}

子 酒曲 是 酒 饼

“勒朵”是酒饼。

7–1083

告 令 是 高 岭

Gau lingq cix gauh lingj

kaːu^{1} liŋ^{5} çi^{4} kaːu^{1} liŋ^{3}

告 陡 是 高 岭

“告令”是高岭，

7–1084

永 顺 开 么 文

Yungj sun gij maz vunz

jin^{3} çin^{4} kaːi^{2} ma^{2} vun^{2}

永 顺 什 么 人

永顺是何人？

女唱

7–1085

白 米 是 后 好

Bwz mij cix haeux hau

pə^{2} mi^{3} çi^{4} hau^{4} haːu^{1}

白 米 是 米 白

白米说“后好”，

7–1086

勒 朵 是 秀 品

Lwg ndo cix giuj bingj

lɯk^{8} do^{1} çi^{4} çiːu^{3} pin^{3}

子 酒曲 是 酒 饼

“勒朵”是酒饼。

7–1087

告 令 是 高 岭

Gau lingq cix gauh lingj

kaːu^{1} liŋ^{5} çi^{4} kaːu^{1} liŋ^{3}

告 陡 是 高 岭

“告令”是高岭，

7–1088

永 顺 真 友 偻

Yungj sun caen youx raeuz

jin^{3} çin^{4} çin^{1} ju^{4} ɹau^{2}

永 顺 真 友 我们

永顺是密友。

男唱

7-1089

河　州　是　永　顺

Haw cou cix yungj sun

həɯ^{1} ɕou^{1} ɕi^{4} jin^{3} ɕin^{4}

圩　周　是　永　顺

“河州”是永顺，

7-1090

手　巾　是　贝　更

Souj ginh cix mbaw gaen

ɕou^{3} kin^{6} ɕi^{4} baɯ^{1} kan^{1}

手　巾　是　张　巾

手巾是“贝更”。

7-1091

半　夜　是　用　很

Ban ye cix byongh hwnz

po:n^{4} je^{4} ɕi^{4} pjo:ŋ^{6} hɯn^{2}

半　夜　是　半　夜

半夜是“用很”，

7-1092

给　很　开　么　农

Gaeq haen gij maz nuengx

kai^{5} han^{1} ka:i^{2} ma^{2} nu:ŋ^{4}

鸡　啼　什　么　妹

“给很”是什么？

女唱

7-1093

河　州　是　永　顺

Haw cou cix yungj sun

həɯ^{1} ɕou^{1} ɕi^{4} jin^{3} ɕin^{4}

圩　周　是　永　顺

“河州”是永顺，

7-1094

手　巾　是　贝　更

Souj ginh cix mbaw gaen

ɕou^{3} kin^{6} ɕi^{4} baɯ^{1} kan^{1}

手　巾　是　张　巾

手巾是“贝更”。

7-1095

半　夜　是　用　很

Ban ye cix byongh hwnz

po:n^{4} je^{4} ɕi^{4} pjo:ŋ^{6} hɯn^{2}

半　夜　是　半　夜

半夜是“用很”，

7-1096

给　很　是　鸡　叫

Gaeq haen cix gih gyau

kai^{5} han^{1} ɕi^{4} ki^{5} kja:u^{4}

鸡　啼　是　鸡　叫

“给很”是鸡啼。

男唱

7–1097

半	**夜**	**是**	**用**	**很**
Ban	ye	cix	byongh	hwnz
po:n^4	je^4	ɕi^4	pjo:ŋ^6	hɯn^2
半	夜	是	半	夜

半夜是“用很”，

7–1098

给	**很**	**是**	**鸡**	**叫**
Gaeq	haen	cix	gih	gyau
kai^5	han^1	ɕi^4	ki^5	kja:u^4
鸡	啼	是	鸡	叫

“给很”是鸡叫。

7–1099

讲	**坤**	**汉**	**发**	**宝**
Gangj	gun	han	faz	bauj
ka:ŋ^3	kun^1	ha:n^1	fa^6	pa:u^3
讲	官话	应	法	宝

汉话是法宝，

7–1100

来	**到**	**开**	**么**	**少**
Laiz	dau	gij	maz	sau
la:i^2	ta:u^4	ka:i^2	ma^2	θa:u^1
来	到	什	么	姑娘

来到怎么说？

女唱

7–1101

半	**夜**	**是**	**用**	**很**
Ban	ye	cix	byongh	hwnz
po:n^4	je^4	ɕi^4	pjo:ŋ^6	hɯn^2
半	夜	是	半	夜

半夜是“用很”，

7–1102

给	**很**	**是**	**鸡**	**叫**
Gaeq	haen	cix	gih	gyau
kai^5	han^1	ɕi^4	ki^5	kja:u^4
鸡	啼	是	鸡	叫

“给很”是鸡叫。

7–1103

讲	**坤**	**汉**	**发**	**宝**
Gangj	gun	han	faz	bauj
ka:ŋ^3	kun^1	ha:n^1	fa^6	pa:u^3
讲	官话	应	法	宝

汉话是法宝，

7–1104

来	**到**	**是**	**马**	**堂**
Laiz	dau	cix	ma	daengz
la:i^2	ta:u^4	ɕi^4	ma^1	taŋ^2
来	到	是	来	到

来到是“马堂”。

① 土退[tu^{2} tu:i^{1}]：特堆，壮族民间传说人物。传说他因砍摇钱树而亡，民间把他的故事和吴刚的传说相混淆，故歌词中说"'土退'是吴刚"。

男唱

7-1105

关	是	叫	古	夫
Gvan	cix	heuh	guh	fuh
kwa:n^{1}	ɕi^{4}	he:u^{6}	ku^{4}	fu^{5}
关	是	叫	做	夫

"关"就叫作"夫"，

7-1106

女	婝	叫	古	贵
Nij	six	heuh	guh	gwiz
ni^{3}	θi^{4}	he:u^{6}	ku^{4}	kɯi^{2}
女	婿	叫	做	婿

女婿称为"贵"。

7-1107

怕	王	是	土	雷
Byaj	vangz	cix	duz	loiz
pa^{4}	va:ŋ^{6}	ɕi^{4}	tu^{2}	lo:i^{2}
雷	王	是	只	雷

雷王是"土雷"，

7-1108

土	退	开	么	姓
Duz	daeq	gij	maz	singq
tu^{2}	tu:i^{1}	ka:i^{2}	ma^{2}	θiŋ^{5}
只	蟋蟀	什	么	姓

"土退"是什么？

女唱

7-1109

关	是	叫	古	夫
Gvan	cix	heuh	guh	fuh
kwa:n^{1}	ɕi^{4}	he:u^{6}	ku^{4}	fu^{5}
关	是	叫	做	夫

"关"就叫作"夫"，

7-1110

女	婝	叫	古	贵
Nij	six	heuh	guh	gwiz
ni^{3}	θi^{4}	he:u^{6}	ku^{4}	kɯ:i^{2}
女	婿	叫	做	婿

女婿称为"贵"。

7-1111

怕	王	是	土	雷
Byaj	vangz	cix	duz	loiz
pa^{4}	va:ŋ^{6}	ɕi^{4}	tu^{2}	lo:i^{2}
雷	王	是	只	雷

雷王是"土雷"，

7-1112

土	退①	是	务	干
Duz	doi	cix	vuj	ganq
tu^{2}	tu:i^{1}	ɕi^{4}	vu^{3}	ka:n^{5}
只	蟋蟀	是	吴	刚

"土退"是吴刚。

男唱

7-1113

白	**米**	**是**	**后**	**好**
Bwz	mij	cix	haeux	hau
pə^{2}	mi^{3}	ɕi^{4}	hau^{4}	haːu^{1}
白	米	是	米	白

白米称“后好”,

7-1114

勒	**朵**	**是**	**秀**	**品**
Lwg	ndo	cix	giuj	bingj
lɯk^{8}	do^{1}	ɕi^{4}	ɕiːu^{3}	pin^{3}
子	酒曲	是	酒	饼

“勒朵”是酒饼。

7-1115

日	**明**	**九**	**作**	**强**
Ngoenz	cog	gou	coq	gingq
ŋon^{2}	ɕoːk^{8}	kou^{1}	ɕo^{5}	kiŋ^{5}
天	明	我	放	镜

明天我放镜,

7-1116

名	**堂**	**贝**	**堂**	**州**
Mingz	dangz	bae	daengz	cou
miŋ^{2}	taːŋ^{2}	pai^{1}	taŋ^{2}	ɕu^{1}
名	堂	去	到	州

名誉传州城。

女唱

7-1117

丰	**是**	**叫**	**古**	**润**
Fungh	cix	heuh	guh	rumz
fuŋ^{5}	ɕi^{4}	heːu^{6}	ku^{4}	ɹun^{2}
风	是	叫	做	风

风就叫作“润”,

7-1118

更	**本**	**汉**	**上**	**天**
Gwnz	mbwn	hanj	sang	denh
kɯn^{2}	bɯn^{1}	haːn^{3}	θaːŋ^{4}	tiːn^{1}
上	天	喊	上	天

“更本”是上天。

7-1119

贝	**干**	**河**	**買**	**求**
Bae	ganj	haw	cawx	gyu
pai^{1}	kaːn^{3}	həɯ^{1}	ɕəɯ^{4}	kju^{1}
去	赶	圩	买	盐

去赶圩买盐,

7-1120

丰	**干**	**田**	**包**	**少**
Fungh	ganj	denz	mbauq	sau
fuŋ^{6}	kaːn^{3}	teːn^{2}	baːu^{5}	θaːu^{1}
风	赶	地	小伙	姑娘

风临情侣地。

男唱

7-1121

丰	**是**	**叫**	**古**	**润**
Fungh	cix	heuh	guh	rumz
fuŋ⁵	ɕi⁴	heːu⁶	ku⁴	ɹun²
风	是	叫	做	风

风就称为“润”，

7-1122

更	**本**	**汉**	**上**	**天**
Gwnz	mbwn	hanj	sang	denh
kɯn²	bɯn¹	haːn³	θaːŋ⁴	tiːn¹
上	天	喊	上	天

“更本”是上天。

7-1123

伕	**汉**	**求**	**古**	**元**
Fwx	hanj	gyu	guh	yenz
fə⁴	haːn³	kju¹	ku⁴	jeːn⁶
别人	喊	盐	做	盐

人说“求”是盐，

7-1124

农	**汉**	**元**	**古**	**么**
Nuengx	hanj	yenz	guh	maz
nuːŋ⁴	haːn³	jeːn⁶	ku⁴	ma²
妹	喊	盐	做	什么

妹那里咋叫？

女唱

7-1125

丰	**是**	**叫**	**古**	**润**
Fungh	cix	heuh	guh	rumz
fuŋ⁵	ɕi⁴	heːu⁶	ku⁴	ɹun²
风	是	叫	做	风

风就叫作“润”，

7-1126

更	**本**	**汉**	**上**	**天**
Gwnz	mbwn	hanj	sang	denh
kɯn²	bɯn¹	haːn³	θaːŋ⁴	tiːn¹
上	天	喊	上	天

“更本”是上天。

7-1127

伕	**汉**	**求**	**古**	**元**
Fwx	hanj	gyu	guh	yenz
fə⁴	haːn³	kju¹	ku⁴	jeːn⁶
别人	叫	盐	做	盐

人称“求”为盐，

7-1128

农	**汉**	**元**	**古**	**求**
Nuengx	hanj	yenz	guh	gyu
nuːŋ⁴	haːn³	jeːn⁶	ku⁴	kju¹
妹	应	盐	做	盐

妹说盐是“求”。

男唱

7-1129

佚 汉 求 古 元

Fwx hanj gyu guh yenz

fə^{4} ha:n^{3} kju^{1} ku^{4} je:n^{6}

别人 喊 盐 做 盐

人说“求”是盐，

7-1130

农 叫 元 古 求

Nuengx heuh yenz guh gyu

nu:ŋ^{4} he:u^{6} je:n^{6} ku^{4} kju^{1}

妹 叫 盐 做 盐

妹说盐是“求”。

7-1131

名 堂 贝 堂 州

Mingz dangz bae daengz cou

miŋ^{2} ta:ŋ^{2} pai^{1} taŋ^{2} ɕu^{1}

名 堂 去 到 州

名传到州城，

7-1132

斤 求 几 来 两

Gaen gyu geij lai liengx

kan^{1} kju^{1} ki^{3} la:i^{1} li:ŋ^{4}

斤 盐 几 多 两

一斤多少两？

女唱

7-1133

佚 汉 求 古 元

Fwx hanj gyu guh yenz

fə^{4} ha:n^{3} kju^{1} ku^{4} je:n^{6}

别人 喊 盐 做 盐

人说“求”是盐，

7-1134

农 叫 元 古 求

Nuengx heuh yenz guh gyu

nu:ŋ^{4} he:u^{6} je:n^{6} ku^{4} kju^{1}

妹 叫 盐 做 盐

妹说盐是“求”。

7-1135

明 堂 贝 堂 州

Mingz dangz bae daengz cou

miŋ^{2} ta:ŋ^{2} pai^{1} taŋ^{2} ɕu^{1}

名 堂 去 到 州

名传到州城，

7-1136

斤 求 十 六 两①

Gaen gyu cib roek liengx

kan^{1} kju^{1} ɕit^{8} ɹok^{7} li:ŋ^{4}

斤 盐 十 六 两

每斤十六两。

① 斤求十六两 [kan^{1} kju^{1} ɕit^{8} ɹok^{7} li:ŋ^{4}]：每斤十六两。过去的计重单位，每市斤计十六两，每两十六分。

男唱

7-1137

一　斤　十　六　两

It gaen cib roek liengx

it^7 kan^1 çit^7 ɹok^7 liːŋ^4

一　斤　十　六　两

每斤十六两，

7-1138

两　两　十　六　分

Liengx liengx cib roek faen

liːŋ^4 liːŋ^4 çit^7 ɹok^7 fan^1

两　两　十　六　分

每两十六分。

7-1139

亱　斗　堂　点　灯

Haemh daeuj daengz diemj daeng

han^6 tau^3 taŋ^2 teːn^3 taŋ^1

夜　来　到　点　灯

上灯时来到，

7-1140

对　生　友　阝　而

Doiq saemq youx boux lawz

toːi^5 θan^5 ju^4 pu^4 laɯ^2

对　庚　友　个　哪

来客是何人？

女唱

7-1141

一　斤　十　六　两

It gaen cib roek liengx

it^7 kan^1 çit^7 ɹok^7 liːŋ^4

一　斤　十　六　两

每斤十六两，

7-1142

两　两　十　六　分

Liengx liengx cib roek faen

liːŋ^4 liːŋ^4 çit^7 ɹok^7 fan^1

两　两　十　六　分

每两十六分。

7-1143

亱　斗　堂　点　灯

Haemh daeuj daengz diemj daeng

han^6 tau^3 taŋ^2 teːn^3 taŋ^1

夜　来　到　点　灯

上灯时来到，

7-1144

对　生　真　友　偻

Doiq saemq caen youx raeuz

toːi^5 θan^5 çin^1 ju^4 ɹau^2

对　庚　真　友　我们

来客是我友。

男唱

7-1145

一	**斤**	**十**	**六**	**两**
It	gaen	cib	roek	liengx
it^{7}	kan^{1}	ɕit^{7}	ɹok^{7}	liːŋ^{4}
一	斤	十	六	两

每斤十六两，

7-1146

两	**两**	**十**	**六**	**分**
Liengx	liengx	cib	roek	faen
liːŋ^{4}	liːŋ^{4}	ɕit^{7}	ɹok^{7}	fan^{1}
两	两	十	六	分

每两十六分。

7-1147

讲	**坤**	**汉**	**点**	**灯**
Gangj	gun	hanj	diemj	daeng
kaːŋ^{3}	kun^{1}	haːn^{3}	teːn^{3}	taŋ^{1}
讲	官话	喊	点	灯

汉话叫“点灯”，

7-1148

讲	**朵**	**叫**	**开**	**么**
Gangj	doj	heuh	gij	maz
kaːŋ^{3}	to^{3}	heːu^{6}	kaːi^{2}	ma^{2}
讲	土	叫	什	么

壮话叫什么？

女唱

7-1149

一	**斤**	**十**	**六**	**两**
It	gaen	cib	roek	liengx
it^{7}	kan^{1}	ɕit^{7}	ɹok^{7}	liːŋ^{4}
一	斤	十	六	两

每斤十六两，

7-1150

两	**两**	**十**	**六**	**分**
Liengx	liengx	cib	roek	faen
liːŋ^{4}	liːŋ^{4}	ɕit^{7}	ɹok^{7}	fan^{1}
两	两	十	六	分

每两十六分。

7-1151

讲	**坤**	**汉**	**点**	**灯**
Gangj	gun	hanj	diemj	daeng
kaːŋ^{3}	kun^{1}	haːn^{3}	teːn^{3}	taŋ^{1}
讲	官话	喊	点	灯

汉话叫“点灯”，

7-1152

讲	**朵**	**叫**	**点**	**灯**
Gangj	doj	heuh	diemj	daeng
kaːŋ^{3}	to^{3}	heːu^{6}	teːn^{3}	taŋ^{1}
讲	土	叫	点	灯

壮话说“点灯”。

男唱

7-1153

房	**子**	**叫**	**古**	**然**
Fangz	swj	heuh	guh	ranz
faːŋ6	θɯ3	heːu6	ku4	ɹaːn2
房	子	叫	做	家

房子叫作“然”，

7-1154

更	**板**	**汉**	**楼**	**上**
Gwnz	bam	hanj	laeuz	sang
kɯn2	paːn1	haːn3	lau2	θaːŋ4
上	阁楼	喊	楼	上

“更板”叫楼上。

7-1155

同	**子**	**是**	**勒**	**求**
Dungz	swj	cix	lwg	gyaeuq
tuŋ6	θɯ3	ɕi4	lɯk8	kjau5
桐	子	是	子	桐

桐子叫“勒求”，

7-1156

油	**同**	**开**	**么**	**油**
Youz	Doengz	gij	maz	youz
jou2	tuŋ6	kaːi2	ma2	jou2
油	桐	什	么	油

桐油叫什么？

女唱

7-1157

房	**子**	**叫**	**古**	**然**
Fangz	swj	heuh	guh	ranz
faːŋ6	θɯ3	heːu6	ku4	ɹaːn2
房	子	叫	做	家

房子叫作“然”，

7-1158

更	**板**	**汉**	**楼**	**上**
Gwnz	bam	hanj	laeuz	sang
kɯn2	paːn1	haːn3	lau2	θaːŋ4
上	阁楼	喊	楼	上

“更板”叫楼上。

7-1159

同	**子**	**是**	**勒**	**求**
Doengz	swj	cix	lwg	gyaeuq
toŋ6	θɯ3	ɕi4	lɯk8	kjau5
桐	子	是	子	桐

桐子叫“勒求”，

7-1160

油	**同**	**是**	**油**	**同**
Youz	Doengz	cix	youz	doengz
jou2	tuŋ6	ɕi4	jou2	toŋ6
油	桐	是	油	桐

桐油叫“油同”。

男唱

7-1161

房 子 叫 古 然

Fangz swj heuh guh ranz

fa:ŋ^6 θɯ^3 he:u^6 ku^4 ɹa:n^2

房 子 叫 做 家

房子叫作“然”，

7-1162

更 板 汉 楼 上

Gwnz bam hanj laeuz sang

kɯn^2 pa:n^1 ha:n^3 lau^2 θa:ŋ^4

上 阁楼 喊 楼 上

“更板”是楼上。

7-1163

同 子 是 勒 求

Doengz swj cix lwg gyaeuq

toŋ^6 θɯ^3 ɕi^4 lɯk^8 kjau^5

桐 子 是 子 桐

桐子叫“勒求”，

7-1164

茶 油 开 么 油

Caz youz gij maz youz

ɕa^2 jou^2 ka:i^2 ma^2 jou^2

茶 油 什 么 油

茶油叫什么？

女唱

7-1165

房 子 叫 古 然

Fangz swj heuh guh ranz

fa:ŋ^6 θɯ^3 he:u^6 ku^4 ɹa:n^2

房 子 叫 做 家

房子叫作“然”，

7-1166

更 板 汉 楼 上

Gwnz bam hanj laeuz sang

kɯn^2 pa:n^1 ha:n^3 lau^2 θa:ŋ^4

上 阁楼 喊 楼 上

“更板”是楼上。

7-1167

同 子 是 勒 求

Doengz swj cix lwg gyaeuq

toŋ^6 θɯ^3 ɕi^4 lɯk^8 kjau^5

桐 子 是 子 桐

桐子叫“勒求”，

7-1168

茶 油 是 油 茶

Caz youz cix youz caz

ɕa^2 jou^2 ɕi^4 jou^2 ɕa^2

茶 油 是 油 茶

茶油叫“油茶”。

男唱

7-1169

高	**粱**	**是**	**后**	**王**
Gauh	liengz	cix	haeux	vangz
ka:u^{5}	le:ŋ^{6}	ɕi^{4}	hau^{4}	va:ŋ^{2}
高	粱	是	米	王

高粱叫“后王”，

7-1170

勒	**蕉**	**是**	**芭**	**蕉**
Lwg	gyoij	cix	bah	ciuh
lɯk^{8}	kjo:i^{3}	ɕi^{4}	pa^{5}	ɕi:u^{5}
子	蕉	是	芭	蕉

“勒蕉”是芭蕉。

7-1171

样	**样**	**你**	**知**	**了**
Yiengh	yiengh	mwngz	rox	liux
jɯ:ŋ^{6}	jɯ:ŋ^{6}	mɯŋ^{2}	ɹo^{4}	li:u^{4}
样	样	你	知	完

样样你都懂，

7-1172

土	**九**	**作**	**开**	**么**
Duz	yiuh	coh	gij	maz
tu^{2}	ji:u^{6}	ɕo^{6}	ka:i^{2}	ma^{2}
只	鹞	名字	什	么

鹞子叫什么？

女唱

7-1173

高	**粱**	**是**	**后**	**王**
Gauh	liengz	cix	haeux	vangz
ka:u^{5}	le:ŋ^{6}	ɕi^{4}	hau^{4}	va:ŋ^{2}
高	粱	是	米	王

高粱叫“后王”，

7-1174

勒	**蕉**	**是**	**芭**	**蕉**
Lwg	gyoij	cix	bah	ciuh
lɯk^{8}	kjo:i^{3}	ɕi^{4}	pa^{5}	ɕi:u^{5}
子	蕉	是	芭	蕉

“勒蕉”是芭蕉。

7-1175

告	**内**	**论**	**你**	**了**
Gau	neix	lwnh	mwngz	liux
ka:u^{1}	ni^{4}	lun^{6}	mɯŋ^{2}	li:u^{4}
次	这	告诉	你	完

全都告诉你，

7-1176

土	**九**	**是**	**土**	**令**
Duz	yiuh	cix	duz	lingz
tu^{2}	ji:u^{6}	ɕi^{4}	tu^{2}	liŋ^{2}
只	鹞	是	只	灵

鹞子叫“土灵”。

男唱

7-1177

来	**是**	**叫**	**古**	**多**
Lai	cix	heuh	guh	doh
la:i^{1}	çi^{4}	he:u^{6}	ku^{4}	to^{5}
多	是	叫	做	多

“来”就叫作“多”，

7-1178

多	**是**	**叫**	**说**	**来**
Doh	cix	heuh	naeuz	lai
to^{5}	çi^{4}	he:u^{6}	nau^{2}	la:i^{1}
多	是	叫	说	多

“多”也叫作“来”。

7-1179

九	**问**	**你**	**少**	**乖**
Gou	haemq	mwngz	sau	gvai
kou^{1}	han^{5}	mɯŋ^{2}	θa:u^{1}	kwa:i^{1}
我	问	你	姑娘	乖

我问你小妹，

7-1180

河	**才**	**开**	**么**	**元**
Haw	caiz	gij	maz	yienh
həɯ^{1}	ça:i^{2}	ka:i^{2}	ma^{2}	je:n^{6}
圩	才	什	么	县

才圩属哪县？

女唱

7-1181

备	**说**	**来**	**古**	**多**
Beix	naeuz	lai	guh	doh
pi^{4}	nau^{2}	la:i^{1}	ku^{4}	to^{5}
兄	说	多	做	多

兄说“来”是“多”，

7-1182

农	**汉**	**多**	**古**	**来**
Nuengx	han	doh	guh	lai
nu:ŋ^{4}	ha:n^{1}	to^{5}	ku^{4}	la:i^{1}
妹	应	多	做	多

妹说“多”是“来”。

7-1183

观	**班**	**老**	**它**	**排**
Gonq	ban	laux	de	baiz
ko:n^{5}	pa:n^{1}	la:u^{4}	te^{1}	pa:i^{2}
先	班	老	他	排

老一代定夺，

7-1184

河	**才**	**是**	**都**	**安**
Haw	caiz	cix	duh	anh
həɯ^{1}	ça:i^{2}	çi^{4}	tu^{5}	ŋa:n^{5}
圩	才	是	都	安

才圩归都安。

男唱

7-1185

土	**问**	**你**	**了**	**农**
Dou	haemq	mwngz	liux	nuengx
tu^{1}	han^{5}	mɯŋ^{2}	liːu^{4}	nuːŋ^{4}
我	问	你	啰	妹

小妹我问你，

7-1186

开	**么**	**变**	**文**	**偻**
Gij	maz	bienq	vunz	raeuz
kaːi^{2}	ma^{2}	piːn^{5}	vun^{2}	ɹau^{2}
什	么	变	人	我们

什么变成人？

7-1187

样	**样**	**农**	**知**	**说**
Yiengh	yiengh	nuengx	rox	naeuz
jɯːŋ^{6}	jɯːŋ^{6}	nuːŋ^{4}	ɹo^{4}	nau^{2}
样	样	妹	知	说

样样妹都懂，

7-1188

文	**偻**	**开**	**么**	**姓**
Vunz	raeuz	gij	maz	singq
vun^{2}	ɹau^{2}	kaːi^{2}	ma^{2}	θiŋ^{5}
人	我们	什	么	姓

“文偻”是什么？

女唱

7-1189

盘	**古**	**造**	**天**	**地**
Buenz	guj	caux	denh	di
puːn^{2}	ku^{3}	ɕaːu^{4}	tiːn^{1}	ti^{4}
盘	古	造	天	地

盘古造天地，

7-1190

猿	**猴**	**变**	**文**	**偻**
Yienz	houz	bienq	vunz	raeuz
jen^{6}	hau^{6}	piːn^{5}	vun^{2}	ɹau^{2}
猿	猴	变	人	我们

猿猴变成人。

7-1191

字	**历**	**史**	**米**	**说**
Saw	liz	sij	miz	naeuz
θaɯ^{1}	li^{6}	ɕi^{3}	mi^{2}	nau^{2}
书	历	史	有	说

史书有记载，

7-1192

文	**偻**	**是**	**人**	**类**
Vunz	raeuz	cix	yinz	lei
vun^{2}	ɹau^{2}	ɕi^{4}	jin^{2}	lei^{4}
人	我们	是	人	类

“文偻”是人类。

男唱

7-1193

土 问 你 了 农

Dou haemq mwngz liux nuengx

tu^{1} han^{5} mɯŋ^{2} li:u^{4} nu:ŋ^{4}

我 问 你 啰 妹

小妹我问你，

7-1194

会 开 么 出 花

Faex gij maz ok va

fai^{4} ka:i^{2} ma^{2} o:k^{7} va^{1}

树 什 么 出 花

什么树开花？

7-1195

土 问 你 少 而

Dou haemq mwngz sau roih

tu^{1} ham^{5} mɯŋ^{2} θa:u^{1} ɹo:i^{6}

我 问 你 姑娘 他

小妹我问你，

7-1196

花 开 么 出 观

Va gij maz ok gonq

va^{1} ka:i^{2} ma^{2} o:k^{7} ko:n^{5}

花 什 么 出 先

什么花先开？

女唱

7-1197

不 用 问 了 邦

Mbouj yungh haemq liux baengz

bou^{5} juŋ^{6} han^{5} li:u^{4} paŋ^{2}

不 用 问 啰 朋

情哥不用问，

7-1198

会 王 是 出 花

Faex vangh cix ok va

fai^{4} va:ŋ^{6} ɕi^{4} o:k^{7} va^{1}

树 苹婆 就 出 花

苹婆树开花。

7-1199

不 用 问 了 而

Mbouj yungh haemq liux roih

bou^{5} juŋ^{6} han^{5} li:u^{4} ɹo:i^{6}

不 用 问 啰 他

情哥不用问，

7-1200

花 枇 杷 出 观

Va biz baz ok gonq

va^{1} pi^{2} pa^{2} o:k^{7} ko:n^{5}

花 枇 杷 出 先

枇杷花先开。

男唱

7-1201

土	**问**	**你**	**了**	**农**
Dou	haemq	mwngz	liux	nuengx
tu^{1}	han^{5}	mɯŋ^{2}	liːu^{4}	nuːŋ^{4}
我	问	你	啰	妹

小妹我问你，

7-1202

会	**开**	**么**	**出**	**花**
Faex	gij	maz	ok	va
fai^{4}	kaːi^{2}	ma^{2}	oːk^{7}	va^{1}
树	什	么	出	花

什么树开花？

7-1203

土	**问**	**你**	**少**	**而**
Dou	haemq	mwngz	sau	roih
tu^{1}	han^{5}	mɯŋ^{2}	θaːu^{1}	ɹoːi^{6}
我	问	你	姑娘	她

我问你情妹，

7-1204

花	**么**	**出**	**伕**	**阴**
Va	maz	ok	fawh	yim
va^{1}	ma^{2}	oːk^{7}	fəɯ^{6}	in^{1}
花	何	出	时	阴

啥花冷天开？

女唱

7-1205

不	**用**	**问**	**了**	**邦**
Mbouj	yungh	haemq	liux	baengz
bou^{5}	juŋ^{6}	han^{5}	liːu^{4}	paŋ^{2}
不	用	问	啰	朋

情哥不用问，

7-1206

会	**王**	**是**	**出**	**花**
Faex	vangh	cix	ok	va
fai^{4}	vaːŋ^{6}	ɕi^{4}	oːk^{7}	va^{1}
树	苹婆	就	出	花

苹婆树开花。

7-1207

不	**仪**	**果**	**枇**	**杷**
Mbouj	saenq	go	biz	baz
bou^{5}	θin^{5}	ko^{1}	pi^{2}	pa^{2}
不	信	棵	枇	杷

不信枇杷树，

7-1208

出	**花**	**对**	**伕**	**阴**
Ok	va	doiq	fawh	yim
oːk^{7}	va^{1}	toːi^{5}	fəɯ^{6}	in^{1}
出	花	对	时	阴

冷天才开花。

男唱

7-1209

土 问 你 了 农

Dou haemq mwngz liux nuengx

tu^{1} han^{5} mɯŋ^{2} liːu^{4} nuːŋ^{4}

我 问 你 啰 妹

我问你小妹，

7-1210

会 开 么 出 花

Faex gij maz ok va

fai^{4} kaːi^{2} ma^{2} oːk^{7} va^{1}

树 什 么 出 花

什么树开花？

7-1211

土 问 你 少 而

Dou haemq mwngz sau roih

tu^{1} han^{5} mɯŋ^{2} θaːu^{1} ɹoːi^{6}

我 问 你 姑娘 她

我问你情妹，

7-1212

花 开 么 出 义

Va gij maz ok ngeiq

va^{1} kaːi^{2} ma^{2} oːk^{7} ȵi^{5}

花 什 么 出 枝

什么花分叉？

女唱

7-1213

不 用 问 了 邦

Mbouj yungh haemq liux baengz

bou^{5} juŋ^{6} han^{5} liːu^{4} paŋ^{2}

不 用 问 啰 朋

情哥不用问，

7-1214

会 王 是 出 花

Faex vangh cix ok va

fai^{4} vaːŋ^{6} ɕi^{4} oːk^{7} va^{1}

树 苹婆 就 出 花

苹婆树开花。

7-1215

不 仪 果 枇 杷

Mbouj saenq go biz baz

bou^{5} θin^{5} ko^{1} pi^{2} pa^{2}

不 信 棵 枇 杷

不信枇杷树，

7-1216

出 花 又 出 义

Ok va youh ok ngeiq

oːk^{7} va^{1} jou^{4} oːk^{7} ȵi^{5}

出 花 又 出 枝

开花会分叉。

男唱

7-1217

土	问	你	了	农
Dou	haemq	mwngz	liux	nuengx
tu^{1}	han^{5}	mɯŋ^{2}	liːu^{4}	nuːŋ^{4}
我	问	你	啰	妹

我问你小妹，

7-1218

会	开	么	出	花
Faex	gij	maz	ok	va
fai^{4}	kaːi^{2}	ma^{2}	oːk^{7}	va^{1}
树	什	么	出	花

什么树开花？

7-1219

土	问	你	少	而
Dou	haemq	mwngz	sau	roih
tu^{1}	han^{5}	mɯŋ^{2}	θaːu^{1}	ɹoːi^{6}
我	问	你	姑娘	她

我问你小妹，

7-1220

花	开	么	中	先
Va	gij	maz	cuengq	sienq
va^{1}	kaːi^{2}	ma^{2}	ɕuːŋ^{5}	θiːn^{5}
花	什	么	放	线

什么花成串？

女唱

7-1221

不	用	问	了	邦
Mbouj	yungh	haemq	liux	baengz
bou^{5}	juŋ^{6}	han^{5}	liːu^{4}	paŋ^{2}
不	用	问	啰	朋

我友不用问，

7-1222

会	王	是	出	花
Faex	vangh	cix	ok	va
fai^{4}	vaːŋ^{6}	ɕi^{4}	oːk^{7}	va^{1}
树	苹婆	就	出	花

苹婆树开花。

7-1223

不	仪	果	枇	杷
Mbouj	saenq	go	biz	baz
bou^{5}	θin^{5}	ko^{1}	pi^{2}	pa^{2}
不	信	棵	枇	杷

不信枇杷树，

7-1224

出	花	又	中	先
Ok	va	youh	cuengq	sienq
oːk^{7}	va^{1}	jou^{4}	ɕuːŋ^{5}	θiːn^{5}
出	花	又	放	线

开花像串线。

男唱

7–1225

土	**问**	**你**	**了**	**农**
Dou	haemq	mwngz	liux	nuengx
tu^{1}	han^{5}	mɯŋ^{2}	liːu^{4}	nuːŋ^{4}
我	问	你	啰	妹

我问你小妹，

7–1226

会	**开**	**么**	**出**	**花**
Faex	gij	maz	ok	va
fai^{4}	kaːi^{2}	ma^{2}	oːk^{7}	va^{1}
树	什	么	出	花

什么树开花？

7–1227

土	**问**	**你**	**少**	**而**
Dou	haemq	mwngz	sau	roih
tu^{1}	han^{5}	mɯŋ^{2}	θaːu^{1}	ɹoːi^{6}
我	问	你	姑娘	她

我问你小妹，

7–1228

花	**么**	**出**	**四**	**林**
Va	maz	ok	seiq	limq
va^{1}	ma^{2}	oːk^{7}	θei^{5}	lin^{5}
花	何	出	四	棱角

何花呈四棱？

女唱

7–1229

不	**用**	**问**	**了**	**邦**
Mbouj	yungh	haemq	liux	baengz
bou^{5}	juŋ^{6}	han^{5}	liːu^{4}	paŋ^{2}
不	用	问	啰	朋

我友不用问，

7–1230

会	**王**	**是**	**出**	**花**
Faex	vangh	cix	ok	va
fai^{4}	vaːŋ^{6}	ɕi^{4}	oːk^{7}	va^{1}
树	苹婆	就	出	花

苹婆树开花。

7–1231

不	**仪**	**果**	**勒**	**麻**
Mbouj	saenq	go	lwg	raz
bou^{5}	θin^{5}	ko^{1}	lɯk^{8}	ɹa^{2}
不	信	棵	子	芝麻

不信看芝麻，

7–1232

它	**出**	**花**	**四**	**林**
De	ok	va	seiq	limq
te^{1}	oːk^{7}	va^{1}	θei^{5}	lin^{5}
它	出	花	四	棱角

开花呈四棱。

男唱

7-1233

土	**问**	**你**	**了**	**农**
Dou	haemq	mwngz	liux	nuengx
tu^{1}	han^{5}	mɯŋ^{2}	li:u^{4}	nu:ŋ^{4}
我	问	你	啰	妹

小妹我问你，

7-1234

会	**开**	**么**	**出**	**花**
Faex	gij	maz	ok	va
fai^{4}	ka:i^{2}	ma^{2}	o:k^{7}	va^{1}
树	什	么	出	花

什么树开花？

7-1235

土	**问**	**你**	**少**	**而**
Dou	haemq	mwngz	sau	roih
tu^{1}	han^{5}	mɯŋ^{2}	θa:u^{1}	ɹo:i^{6}
我	问	你	姑娘	她

我问你小妹，

7-1236

花	**开**	**么**	**才**	**绞**
Va	gij	maz	caih	heux
va^{1}	ka:i^{2}	ma^{2}	ca:i^{6}	he:u^{4}
花	什	么	随	绕

什么花打结？

女唱

7-1237

不	**用**	**问**	**了**	**邦**
Mbouj	yungh	haemq	liux	baengz
bou^{5}	juŋ^{6}	han^{5}	li:u^{4}	paŋ^{2}
不	用	问	啰	朋

我友不用问，

7-1238

会	**王**	**是**	**出**	**花**
Faex	vangh	cix	ok	va
fai^{4}	va:ŋ^{6}	çi^{4}	o:k^{7}	va^{1}
树	苹婆	是	出	花

苹婆树开花。

7-1239

写	**字**	**作**	**邦**	**法**
Sij	saw	coq	bangx	faz
θi^{3}	θaɯ^{1}	ço^{5}	pa:ŋ^{4}	fa^{2}
写	字	放	旁	竹墙

写字放壁边，

7-1240

不	**是**	**花**	**才**	**绞**
Mbouj	cix	va	caih	heux
bou^{5}	çi^{4}	va^{1}	ça:i^{6}	he:u^{4}
不	是	花	随	绕

不是花打结。

男唱

7-1241

土	问	你	了	农
Dou	haemq	mwngz	liux	nuengx
tu^{1}	han^{5}	$muɯŋ^{2}$	$li:u^{4}$	$nu:ŋ^{4}$
我	问	你	啰	妹

我问你小妹，

7-1242

会	开	么	三	板
Faex	gij	maz	san	banj
fai^{4}	$ka:i^{2}$	ma^{2}	$θa:n^{1}$	$pa:n^{3}$
树	什	么	编	板

何树可编板？

7-1243

土	问	你	平	班
Dou	haemq	mwngz	bingz	ban
tu^{1}	han^{5}	$muɯŋ^{2}$	$piŋ^{2}$	$pa:n^{1}$
我	问	你	平	辈

问你同龄友，

7-1244

开	么	反	双	边
Gaiq	maz	fan	song	mbiengj
$ka:i^{5}$	ma^{2}	$fa:n^{1}$	$θo:ŋ^{1}$	$buɯ:ŋ^{3}$
什	么	翻	两	边

什么翻两边？

女唱

7-1245

不	用	问	了	邦
Mbouj	yungh	haemq	liux	baengz
bou^{5}	$juŋ^{6}$	han^{5}	$li:u^{4}$	$paŋ^{2}$
不	用	问	啰	朋

我友不用问，

7-1246

会	王	是	三	板
Faex	vangh	cix	san	banj
fai^{4}	$va:ŋ^{6}$	$ɕi^{4}$	$θa:n^{1}$	$pa:n^{3}$
树	苹婆	是	编	板

苹婆可编板。

7-1247

伕	打	提	兵	乓
Fwx	daj	diz	bingq	bamq
$fə^{4}$	ta^{3}	ti^{2}	$piŋ^{5}$	$pa:n^{5}$
别人	打	锻造	乒	乓

打铁匠打铁，

7-1248

不	是	反	双	边
Mbouj	cix	fan	song	mbiengj
bou^{5}	$ɕi^{4}$	$fa:n^{1}$	$θo:ŋ^{1}$	$buɯ:ŋ^{3}$
不	是	翻	两	边

不是翻两边。

男唱

7-1249

土	**问**	**你**	**了**	**农**
Dou	haemq	mwngz	liux	nuengx
tu^{1}	han^{5}	mɯŋ^{2}	liːu^{4}	nuːŋ^{4}
我	问	你	啰	妹

小妹我问你，

7-1250

会	**开**	**么**	**三**	**封**
Faex	gij	maz	san	fung
fai^{4}	kaːi^{2}	ma^{2}	θaːn^{1}	fuŋ^{1}
树	什	么	编	竹垫

什么能编垫？

7-1251

问	**罗**	**罗**	**你**	**供**
Haemq	loh	loh	mwngz	gungz
han^{5}	lo^{6}	lo^{6}	mɯŋ^{2}	kuŋ^{2}
问	路	路	你	穷

样样你不懂，

7-1252

后	**里**	**封**	**貝**	**朵**
Haeuj	ndaw	fung	bae	ndoj
hau^{3}	daɯ^{1}	fuŋ^{1}	pai^{1}	do^{3}
进	里	竹垫	去	躲

躲进竹垫里。

女唱

7-1253

美	**支**	**好**	**三**	**布**
Mae	sei	ndei	san	buh
mai^{1}	θi^{1}	dei^{1}	θaːn^{1}	pu^{6}
纱	丝	好	编	衣服

毛线好织衣，

7-1254

托	**老**	**好**	**三**	**封**
Duk	laux	ndei	san	fung
tuk^{7}	laːu^{4}	dei^{1}	θaːn^{1}	fuŋ^{1}
篾	大	好	编	竹垫

老篾好编垫。

7-1255

你	**问**	**土**	**狼**	**供**
Mwngz	haemq	dou	langh	gungz
mɯŋ^{2}	han^{5}	tu^{1}	laːŋ^{6}	kuŋ^{2}
你	问	我	若	穷

我若被问住，

7-1256

拉	**本**	**土**	**不**	**采**
Laj	mbwn	dou	mbouj	byaij
la^{3}	bɯn^{1}	tu^{1}	bou^{5}	pjaːi^{3}
下	天	我	不	走

天下我不走。

男唱

7-1257

土	**问**	**你**	**了**	**农**
Dou	haemq	mwngz	liux	nuengx
tu¹	han⁵	mɯŋ²	liːu⁴	nuːŋ⁴
我	问	你	啰	妹

小妹我问你，

7-1258

开	**么**	**能**	**不**	**宁**
Gij	maz	naengh	mbouj	ning
kaːi²	ma²	naŋ⁶	bou⁵	niŋ¹
什	么	坐	不	动

什么坐不动？

7-1259

土	**问**	**你**	**少**	**金**
Dou	haemq	mwngz	sau	gim
tu¹	han⁵	mɯŋ²	θaːu¹	kin¹
我	问	你	姑娘	金

我问你小妹，

7-1260

开	**么**	**宁**	**不**	**很**
Gij	maz	ninz	mbouj	hwnj
kaːi²	ma²	nin²	bou⁵	hɯn³
什	么	睡	不	起

什么睡不起？

女唱

7-1261

会	**老**	**在**	**江**	**权**
Faex	laux	ywq	gyang	gemh
fai⁴	laːu⁴	jɯ⁵	kjaːŋ¹	keːn⁶
树	大	在	中	山坳

大树在山坳，

7-1262

它	**是**	**能**	**不**	**宁**
De	cix	naengh	mbouj	ning
te¹	ɕi⁴	naŋ⁶	bou⁵	niŋ¹
他	是	坐	不	动

它坐着不动。

7-1263

不	**用**	**问**	**了**	**金**
Mbouj	yungh	haemq	liux	gim
bou⁵	juŋ⁶	han⁵	liːu⁴	kin¹
不	用	问	啰	金

不用金口问，

7-1264

文	**代**	**宁**	**不**	**很**
Vunz	dai	ninz	mbouj	hwnj
vun²	taːi¹	nin²	bou⁵	hɯn³
人	死	睡	不	起

死人睡不起。

男唱

7-1265

土	**问**	**你**	**了**	**农**
Dou	haemq	mwngz	liux	nuengx
tu^{1}	han^{5}	mɯŋ^{2}	liːu^{4}	nuːŋ^{4}
我	**问**	**你**	**啰**	**妹**

小妹我问你，

7-1266

南	**开**	**么**	**知**	**飞**
Namh	gij	maz	rox	mbin
naːn^{6}	kaːi^{2}	ma^{2}	ɹo^{4}	bin^{1}
土	**什**	**么**	**知**	**飞**

什么土会飞？

7-1267

土	**问**	**你**	**了**	**金**
Dou	haemq	mwngz	liux	gim
tu^{1}	han^{5}	mɯŋ^{2}	liːu^{4}	kin^{1}
我	**问**	**你**	**啰**	**金**

我问你好友，

7-1268

令	**开**	**么**	**知**	**采**
Rin	gij	maz	rox	byaij
ɹin^{1}	kaːi^{2}	ma^{2}	ɹo^{4}	pjaːi^{3}
石	**什**	**么**	**知**	**走**

什么石会走？

女唱

7-1269

伕	**反**	**地**	**邦**	**岭**
Fwx	fan	reih	bangx	lingq
fə^{4}	faːn^{1}	ɹei^{6}	paːŋ^{4}	liŋ^{5}
别人	**翻**	**地**	**旁**	**岭**

翻犁坡边地，

7-1270

不	**真**	**南**	**知**	**飞**
Mbouj	caen	namh	rox	mbin
bou^{5}	ɕin^{1}	naːn^{6}	ɹo^{4}	bin^{1}
不	**真**	**土**	**知**	**飞**

泥团会飞起。

7-1271

令	**磨**	**变**	**连**	**连**
Rin	muh	bienq	lienz	lienz
ɹin^{1}	mu^{6}	piːn^{5}	liːn^{2}	liːn^{2}
石	**磨**	**变**	**连**	**连**

石磨转不停，

7-1272

不	**是**	**令**	**知**	**采**
Mbouj	cix	rin	rox	byaij
bou^{5}	ɕi^{4}	ɹin^{1}	ɹo^{4}	pjaːi^{3}
不	**是**	**石**	**知**	**走**

并非石自转。

男唱

7-1273

土 问 你 了 同

Dou haemq mwngz liux doengz

tu^{1} han^{5} mɯŋ^{2} liːu^{4} toŋ^{2}

我 问 你 啰 同

我问你好友，

7-1274

开 么 站 邦 干

Gij maz soengz bangx gamj

kaːi^{2} ma^{2} θoŋ^{2} paːŋ^{4} kaːn^{3}

什 么 站 旁 洞

什么站洞口？

7-1275

土 问 你 了 邦

Dou haemq mwngz liux baengz

tu^{1} han^{5} mɯŋ^{2} liːu^{4} paŋ^{2}

我 问 你 啰 朋

我问你好友，

7-1276

南 么 变 办 秋

Namh maz bienq baenz siu

naːn^{6} ma^{2} piːn^{5} pan^{2} θiːu^{1}

土 什么 变 成 硝

什么变成土？

女唱

7-1277

不 用 问 了 同

Mbouj yungh haemq liux doengz

bou^{5} juŋ^{6} han^{5} liːu^{4} toŋ^{2}

不 用 问 啰 同

友不用再问，

7-1278

龙 是 站 邦 干

Lungz cix soengz bangx gamj

luŋ^{2} ɕi^{4} θoŋ^{2} paːŋ^{4} kaːn^{3}

龙 就 站 旁 洞

龙站岩洞口。

7-1279

伕 要 秋 绞 南

Fwx aeu siu gyaux namh

fə^{4} au^{1} θiːu^{1} kjaːu^{4} naːn^{6}

别人 要 硝 混合 土

硝里掺泥土，

7-1280

不 真 南 变 办

Mbouj caen namh bienq baenz

bou^{5} ɕin^{1} naːn^{6} piːn^{5} pan^{2}

不 真 土 变 成

不是土变的。

男唱

7-1281

土　问　你　了　邦

Dou haemq mwngz liux baengz

tu^{1} han^{5} mɯŋ^{2} liːu^{4} paŋ^{2}

我　问　你　啰　朋

我问你好友，

7-1282

长　开　么　双　它

Caengh gij maz song daz

ɕaŋ^{6} kaːi^{2} ma^{2} θoːŋ^{1} ta^{2}

秤　什　么　两　砣

何秤配两砣？

7-1283

土　问　你　少　而

Dou haemq mwngz sau roih

tu^{1} han^{5} mɯŋ^{2} θaːu^{1} ɹoːi^{6}

我　问　你　姑娘　她

我问你小妹，

7-1284

它　开　么　双　头

Daz gij maz song gyaeuj

ta^{2} kaːi^{2} ma^{2} θoːŋ^{1} kjau^{3}

砣　什　么　两　头

何秤有两头？

女唱

7-1285

特　桶　貝　担　水

Dawz doengj bae rap raemx

təɯ^{2} toŋ^{3} pai^{1} ɹaːt^{7} ɹan^{4}

拿　桶　去　担　水

用桶去挑水，

7-1286

不　是　长　双　它

Mbouj cix caengh song daz

bou^{5} ɕi^{4} ɕaŋ^{6} θoŋ^{1} ta^{2}

不　是　秤　两　砣

像一秤两砣。

7-1287

担　貝　又　担　马

Rap bae youh rap ma

ɹaːt^{7} pai^{1} jou^{4} ɹaːt^{7} ma^{1}

担　去　又　挑　来

挑来又挑去，

7-1288

不　是　它　双　头

Mbouj cix daz song gyaeuj

bou^{5} ɕi^{4} ta^{2} θoːŋ^{1} kjau^{3}

不　是　砣　两　头

不是两头秤。

男唱

7-1289

土	**问**	**你**	**了**	**邦**
Dou	haemq	mwngz	liux	baengz
tu^{1}	han^{5}	mɯŋ^{2}	liːu^{4}	paŋ^{2}
我	问	你	啰	朋

好友我问你，

7-1290

堂	**开**	**么**	**头**	**红**
Dangh	gij	maz	gyaeuj	hoengz
taːŋ^{6}	kaːi^{2}	ma^{2}	kjau^{3}	hoŋ^{2}
蛇	什	么	头	红

什么蛇头红？

7-1291

土	**问**	**你**	**少**	**同**
Dou	haemq	mwngz	sau	doengz
tu^{1}	han^{5}	mɯŋ^{2}	θaːu^{1}	toŋ^{2}
我	问	你	姑娘	同

我问你情妹，

7-1292

龙	**开**	**么**	**头**	**坤**
Lungz	gij	maz	gyaeuj	goenq
luŋ^{2}	kaːi^{2}	ma^{2}	kjau^{3}	kon^{5}
龙	什	么	头	断

什么龙断头？

女唱

7-1293

间	**布**	**作**	**拉**	**刚**
Gen	buh	coq	laj	gang
keːn^{1}	pu^{6}	ɕo^{5}	la^{3}	kaːŋ^{1}
衣	袖	放	下	缸

衣袖放缸底，

7-1294

不	**是**	**堂**	**头**	**红**
Mbouj	cix	dangh	gyaeuj	hoengz
bou^{5}	ɕi^{4}	taːŋ^{6}	kjau^{3}	hoŋ^{2}
不	是	蛇	头	红

像条红头蛇。

7-1295

文	**帐**	**班**	**更**	**从**
Vwnz	cang	banq	gwnz	congz
vɯn^{6}	ɕaːŋ^{4}	paːn^{5}	kɯn^{2}	ɕoːŋ^{2}
蚊	帐	搭	上	床

蚊帐吊床上，

7-1296

不	**是**	**龙**	**头**	**坤**
Mbouj	cix	lungz	gyaeuj	goenq
bou^{5}	ɕi^{4}	luŋ^{2}	kjau^{3}	kon^{5}
不	是	龙	头	断

像是断头龙。

男唱

7-1297

土	**问**	**你**	**了**	**同**
Dou	haemq	mwngz	liux	doengz
tu^{1}	han^{5}	mɯŋ^{2}	liːu^{4}	toŋ^{2}
我	**问**	**你**	**啰**	**同**

好友我问你，

7-1298

开	**么**	**站**	**邦**	**初**
Gij	maz	soengz	bangx	cauq
kaːi^{2}	ma^{2}	θoŋ^{2}	paːŋ^{4}	ɕaːu^{5}
什	**么**	**站**	**旁**	**灶**

什么站灶边？

7-1299

土	**问**	**你**	**韦**	**口**
Dou	haemq	mwngz	vae	gaeuq
tu^{1}	han^{5}	mɯŋ^{2}	vai^{1}	kau^{5}
我	**问**	**你**	**姓**	**旧**

问你老朋友，

7-1300

水	**么**	**斗**	**不**	**定**
Raemx	maz	daeuj	mbouj	dingz
ɹan^{4}	ma^{2}	tau^{3}	bou^{5}	tiŋ^{2}
水	**何**	**来**	**不**	**停**

啥水流不停？

女唱

7-1301

不	**用**	**问**	**了**	**同**
Mbouj	yungh	haemq	liux	doengz
bou^{5}	juŋ^{6}	han^{5}	liːu^{4}	toŋ^{2}
不	**用**	**问**	**啰**	**同**

友不用再问，

7-1302

龙	**是**	**站**	**邦**	**初**
Lungz	cix	soengz	bangx	cauq
luŋ^{2}	ɕi^{4}	θoŋ^{2}	paːŋ^{4}	ɕaːu^{5}
龙	**就**	**站**	**旁**	**灶**

兄就站灶旁。

7-1303

优	**瓜**	**马**	**傲**	**氿**
Yaeuj	gva	ma	ngauh	laeuj
jau^{3}	kwa^{1}	ma^{1}	ŋaːu^{6}	lau^{3}
抬	**锅**	**来**	**熬**	**酒**

用灶来熬酒，

7-1304

水	**是**	**斗**	**不**	**定**
Raemx	cix	daeuj	mbouj	dingz
ɹan^{4}	ɕi^{4}	tau^{3}	bou^{5}	tiŋ^{2}
水	**就**	**来**	**不**	**停**

水就流不停。

男唱

7-1305

土 问 你 少 同

Dou haemq mwngz sau doengz

tu^{1} han^{5} mɯŋ^{2} θa:u^{1} toŋ^{2}

我 问 你 姑娘 同

情妹我问你，

7-1306

开 么 站 邦 初

Gij maz soengz bangx cauq

ka:i^{2} ma^{2} θoŋ^{2} pa:ŋ^{4} ça:u^{5}

什 么 站 旁 灶

什么站灶旁？

7-1307

土 问 你 对 少

Dou haemq mwngz doiq sau

tu^{1} han^{5} mɯŋ^{2} to:i^{5} θa:u^{1}

我 问 你 对 姑娘

我问你好友，

7-1308

开 么 刀 样 润

Gij maz dauq yiengh rumz

ka:i^{2} ma^{2} ta:u^{5} jɯ:ŋ^{6} ɹun^{2}

什 么 回 样 风

什么走如风？

女唱

7-1309

不 用 问 包 同

Mbouj yungh haemq mbauq doengz

bou^{5} juŋ^{6} han^{5} ba:u^{5} toŋ^{2}

不 用 问 小伙 同

好友不用问，

7-1310

龙 是 站 邦 初

Lungz cix soengz bangx cauq

luŋ^{2} çi^{4} θoŋ^{2} pa:ŋ^{4} ça:u^{5}

龙 就 站 旁 灶

兄就站灶边。

7-1311

份 炕 贝 绞 绞

Hoenz ien bae ngauq ngauq

hon^{2} i:n^{1} pai^{1} ŋa:u^{5} ŋa:u^{5}

雾 烟 去 悠 悠

烟雾腾空起，

7-1312

不 是 刀 样 润

Mbouj cix dauq yiengh rumz

bou^{5} çi^{4} ta:u^{5} jɯ:ŋ^{6} ɹun^{2}

不 是 回 样 风

并非风吹去。

男唱

7-1313

土	问	你	了	江
Dou	haemq	mwngz	liux	gyang
tu1	han5	mɯŋ2	liːu4	kjaːŋ1
我	问	你	啰	友

密友我问你，

7-1314

开	么	尚	外	闹
Gij	maz	sang	vaij	naux
kaːi2	ma2	θaːŋ1	vaːi3	naːu4
什	么	高	过	崖

什么比崖高？

7-1315

土	问	你	对	朝
Dou	haemq	mwngz	doiq	sauh
tu1	han5	mɯŋ2	toːi5	θaːu6
我	问	你	对	辈

我问你好友，

7-1316

开	么	闹	外	很
Gij	maz	naux	vaij	hwnz
kaːi2	ma2	naːu4	vaːi3	hɯn2
什	么	闹	过	夜

什么闹过夜？

女唱

7-1317

不	用	问	了	江
Mbouj	yungh	haemq	liux	gyang
bou5	juŋ6	han5	liːu4	kjaːŋ1
不	用	问	啰	友

好友不用问，

7-1318

山	是	尚	外	闹
Bya	cix	sang	vaij	naux
pja1	ɕi4	θaːŋ1	vaːi3	naːu4
山	就	高	过	崖

山巅比崖高。

7-1319

卜	么	点	卜	道①
Boux	mo	dem	boux	dauh
pu4	mo1	teːn1	pu4	taːu6
人	麽	与	人	道

麽公与道公，

7-1320

不	是	闹	外	很
Mbouj	cix	naux	vaij	hwnz
bou5	ɕi4	naːu4	vaːi3	hɯn2
不	是	闹	过	夜

就是闹过夜。

① 卜么点卜道［pu4 mo1 teːn1 pu4 taːu6］：麽公和道公。当地老百姓举行葬礼往往会请麽公、道公来做法事，法事往往通宵达旦，故有此称。

男唱

7–1321

土 问 你 了 邦

Dou haemq mwngz liux baengz

tu^{1} han^{5} mɯŋ^{2} liːu^{4} paŋ^{2}

我 问 你 啰 朋

密友我问你，

7–1322

然 瓦 样 而 封

Ranz ngvax yiengh lawz fung

ɹaːn^{2} ŋwa^{4} jɯːŋ^{6} lauɯ^{2} fuŋ^{1}

家 瓦 样 哪 封

屋顶怎么封？

7–1323

土 问 你 少 论

Dou haemq mwngz sau lwnz

tu^{1} han^{5} mɯŋ^{2} θaːu^{1} lun^{2}

我 问 你 姑娘 最小

我问你小妹，

7–1324

封 拜 而 斗 观

Fung baih lawz daeuj gonq

fuŋ^{1} paːi^{6} lauɯ^{2} tau^{3} koːn^{5}

封 边 哪 来 先

先封哪一头？

女唱

7–1325

不 用 问 了 邦

Mbouj yungh haemq liux baengz

bou^{5} juŋ^{6} han^{5} liːu^{4} paŋ^{2}

不 用 问 啰 朋

好友别问了，

7–1326

阝 长 是 知 封

Boux cangh cix rox fung

pu^{4} ɕaːŋ^{6} ɕi^{4} ɹo^{4} fuŋ^{1}

人 匠 就 知 封

师傅他会封。

7–1327

然 瓦 变 办 龙

Ranz ngvax bienq baenz lungz

ɹaːn^{2} ŋwa^{4} piːn^{5} pan^{2} luŋ^{2}

房 瓦 变 成 龙

屋顶像条龙，

7–1328

封 拜 而 土 得

Fung baih lawz doq ndaej

fuŋ^{1} paːi^{6} lauɯ^{2} to^{5} dai^{3}

封 边 哪 都 得

封哪头都行。

男唱

7-1329

少　不　乱　斗　对

Sau　mbouj　luenh　daeuj　doiq

θaːu^{1}　bou^{5}　luːn^{6}　tau^{3}　toːi^{5}

姑娘　不　乱　来　对

妹来不凑巧，

7-1330

包　不　乱　斗　碰

Mbauq　mbouj　luenh　daeuj　bungz

baːu^{5}　bou^{5}　luːn^{6}　tau^{3}　puŋ^{2}

小伙　不　乱　来　逢

哥来不逢时。

7-1331

同　对　更　叶　弄

Doengh　doiq　gwnz　mbaw　rungz

toŋ^{2}　toːi^{5}　kɯn^{2}　baɯ^{1}　ɹuŋ^{2}

相　对　上　叶　榕

榕树下相逢，

7-1332

同　碰　更　叶　会

Doengh　bungz　gwnz　mbaw　faex

toŋ^{2}　puŋ^{2}　kɯn^{2}　baɯ^{1}　fai^{4}

相　逢　上　叶　树

大树旁相会。

女唱

7-1333

润　吹　江　罗　老

Rumz　ci　gyang　loh　laux

ɹun^{2}　çi^{1}　kjaːŋ^{1}　lo^{6}　laːu^{4}

风　吹　中　路　大

风吹大路上，

7-1334

水　泡　拉　果　弄

Raemx　bauq　laj　go　rungz

ɹan^{4}　paːu^{5}　la^{3}　ko^{1}　ɹuŋ^{2}

水　涌　下　棵　榕

水泡榕树脚。

7-1335

同　对　是　文　荣

Doengh　doiq　cix　vuen　yungz

toŋ^{2}　toːi^{5}　çi^{4}　vuːn^{1}　juŋ^{2}

相　对　就　欢　乐

相会就高兴，

7-1336

同　碰　是　文　喜

Doengh　bungz　cix　vuen　heij

toŋ^{2}　puŋ^{2}　çi^{4}　vuːn^{1}　hi^{3}

相　逢　就　欢　喜

相逢就欢喜。

男唱

7-1337

少	不	乱	斗	对
Sau	mbouj	luenh	daeuj	doiq
θaːu^1	bou^5	luːn^6	tau^3	toːi^5
姑娘	不	乱	来	对

妹来不凑巧，

7-1338

包	不	乱	斗	碰
Mbauq	mbouj	luenh	daeuj	bungz
baːu^5	bou^5	luːn^6	tau^3	puŋ^2
小伙	不	乱	来	逢

哥来不逢时。

7-1339

牙	了	秀	文	荣
Yax	liux	ciuh	vuen	yungz
ja^5	liːu^4	ɕiːu^6	vuːn^1	juŋ^2
也	完	世	欢	乐

青春快过去，

7-1340

不	师	碰	韦	机
Mbouj	swz	bungz	vae	giq
bou^5	θɯ^2	puŋ^2	vai^1	ki^5
不	辞	逢	姓	支

舍不得情侣。

女唱

7-1341

润	吹	江	罗	老
Rumz	ci	gyang	loh	laux
ɹun^2	ɕi^1	kjaːŋ^1	lo^6	laːu^4
风	吹	中	路	大

风吹大路上，

7-1342

水	泡	拉	果	弄
Raemx	bauq	laj	go	rungz
ɹan^4	paːu^5	la^3	ko^1	ɹuŋ^2
水	涌	下	棵	榕

水泡榕树下。

7-1343

同	对	是	文	荣
Doengh	doiq	cix	vuen	yungz
toŋ^2	toːi^5	ɕi^4	vuːn^1	juŋ^2
相	对	就	欢	乐

相逢就欢乐，

7-1344

同	碰	是	讲	满
Doengh	bungz	cix	gangj	monh
toŋ^2	puŋ^2	ɕi^4	kaːŋ^3	moːn^6
相	逢	就	讲	情

相会就谈情。

男唱

7-1345

润	**吹**	**江**	**罗**	**老**
Rumz	ci	gyang	loh	laux
ɹun^{2}	çi^{1}	kja:ŋ^{1}	lo^{6}	la:u^{4}
风	**吹**	**中**	**路**	**大**

风吹大路上，

7-1346

水	**泡**	**拉**	**果**	**弄**
Raemx	bauq	laj	go	rungz
ɹan^{4}	pa:u^{5}	la^{3}	ko^{1}	ɹuŋ^{2}
水	**涌**	**下**	**棵**	**榕**

水泡榕树下。

7-1347

立	**乃**	**空**	**同**	**碰**
Liz	naih	ndwi	doengh	bungz
li^{2}	na:i^{6}	du:i^{1}	toŋ^{2}	puŋ^{2}
离	**久**	**不**	**相**	**逢**

久违不相逢，

7-1348

利	**文**	**荣**	**知**	**不**
Lij	vuen	yungz	rox	mbouj
li^{4}	vu:n^{1}	juŋ^{2}	ɹo^{4}	bou^{5}
还	**欢**	**乐**	**或**	**不**

欢乐不欢乐？

女唱

7-1349

润	**吹**	**江**	**罗**	**老**
Rumz	ci	gyang	loh	laux
ɹun^{2}	çi^{1}	kja:ŋ^{1}	lo^{6}	la:u^{4}
风	**吹**	**中**	**路**	**大**

风吹大路上，

7-1350

水	**泡**	**拉**	**果**	**弄**
Raemx	bauq	laj	go	rungz
ɹan^{4}	pa:u^{5}	la^{3}	ko^{1}	ɹuŋ^{2}
水	**涌**	**下**	**棵**	**榕**

水泡榕树下。

7-1351

心	**火**	**又**	**心**	**供**
Sin	hoj	youh	sin	gungz
θin^{1}	ho^{3}	jou^{4}	θin^{1}	kuŋ^{2}
辛	**苦**	**又**	**辛**	**穷**

贫穷又苦闷，

7-1352

文	**荣**	**开**	**么**	**由**
Vuen	yungz	gij	maz	raeuh
vu:n^{1}	juŋ^{2}	ka:i^{2}	ma^{2}	ɹau^{6}
欢	**乐**	**什**	**么**	**多**

有什么欢乐。

男唱

7-1353

润 吹 江 罗 老

Rumz ci gyang loh laux

ɹun^{2} ɕi^{1} kja:ŋ^{1} lo^{6} la:u^{4}

风 吹 中 路 大

风吹大路上，

7-1354

水 泡 拉 果 弄

Raemx bauq laj go rungz

ɹan^{4} pa:u^{5} la^{3} ko^{1} ɹuŋ^{2}

水 涌 下 棵 榕

水泡榕树下。

7-1355

秀 内 不 文 荣

Ciuh neix mbouj vuen yungz

ɕi:u^{6} ni^{4} bou^{5} vu:n^{1} juŋ^{2}

世 这 不 欢 乐

今生不欢悦，

7-1356

堂 秀 浪 洋 祘

Daengz ciuh laeng yaeng suenq

taŋ^{2} ɕi:u^{6} laŋ^{1} jaŋ^{1} θu:n^{5}

到 世 后 再 算

下辈子再说。

女唱

7-1357

润 吹 江 罗 老

Rumz ci gyang loh laux

ɹun^{2} ɕi^{1} kja:ŋ^{1} lo^{6} la:u^{4}

风 吹 中 路 大

风吹大路上，

7-1358

水 泡 拉 果 弄

Raemx bauq laj go rungz

ɹan^{4} pa:u^{5} la^{3} ko^{1} ɹuŋ^{2}

水 涌 下 棵 榕

水泡榕树下。

7-1359

加 秀 浪 文 荣

Caj ciuh laeng vuen yungz

kja^{3} ɕi:u^{6} laŋ^{1} vu:n^{1} juŋ^{2}

等 世 后 欢 乐

等来世欢愉，

7-1360

秀 少 论 牙 了

Ciuh sau lumz yax liux

ɕi:u^{6} θa:u^{1} lun^{2} ja^{5} li:u^{4}

世 姑娘 忘 也 完

相互忘却了。

男唱

7-1361

润 吹 江 罗 老

Rumz ci gyang loh laux

ɹun^{2} çi^{1} kjaːŋ^{1} lo^{6} laːu^{4}

风 吹 中 路 大

风吹大路上，

7-1362

水 泡 拉 果 弄

Raemx bauq laj go rungz

ɹan^{4} paːu^{5} la^{3} ko^{1} ɹuŋ^{2}

水 涌 下 棵 榕

水泡榕树下。

7-1363

秀 秀 是 文 荣

Ciuh ciuh cix vuen yungz

çiːu^{6} çiːu^{6} çi^{4} vuːn^{1} juŋ^{2}

世 世 是 欢 乐

世代都欢愉，

7-1364

利 说 么 了 农

Lij naeuz maz liux nuengx

li^{4} nau^{2} ma^{2} liːu^{4} nuːŋ^{4}

还 说 什么 啰 妹

小妹还说啥。

女唱

7-1365

润 吹 江 罗 老

Rumz ci gyang loh laux

ɹun^{2} çi^{1} kjaːŋ^{1} lo^{6} laːu^{4}

风 吹 中 路 大

风吹大路上，

7-1366

水 泡 拉 果 弄

Raemx bauq laj go rungz

ɹan^{4} paːu^{5} la^{3} ko^{1} ɹuŋ^{2}

水 涌 下 棵 榕

水泡榕树下。

7-1367

心 火 又 心 供

Sin hoj youh sin gungz

θin^{1} ho^{3} jou^{4} θin^{1} kuŋ^{2}

辛 苦 又 辛 穷

辛苦又贫穷，

7-1368

刀 碰 龙 亘 内

Dauq bungz lungz haemh neix

taːu^{5} puŋ^{2} luŋ^{2} han^{6} ni^{4}

倒 逢 龙 夜 这

今夜遇上兄。

男唱

7-1369

润	**吹**	**江**	**罗**	**老**
Rumz	ci	gyang	loh	laux
ɹun^{2}	ɕi^{1}	kja:ŋ^{1}	lo^{6}	la:u^{4}
风	吹	中	路	大

风吹大路上，

7-1370

水	**泡**	**拉**	**桥**	**灯**
Raemx	bauq	laj	giuz	daemq
ɹan^{4}	pa:u^{5}	la^{3}	ki:u^{2}	tan^{5}
水	涌	下	桥	低

水淹矮桥下。

7-1371

斗	**内**	**碰**	**农**	**银**
Daeuj	neix	bungz	nuengx	ngaenz
tau^{3}	ni^{4}	puŋ^{2}	nu:ŋ^{4}	ŋan^{2}
来	这	逢	妹	银

来此逢小妹，

7-1372

强	**灯**	**日**	**才**	**出**
Giengz	daeng	ngoenz	nda	ok
ki:ŋ^{2}	taŋ^{1}	ŋon^{2}	da^{1}	o:k^{7}
像	灯	天	刚	出

像旭日初升。

女唱

7-1373

润	**吹**	**江**	**罗**	**老**
Rumz	ci	gyang	loh	laux
ɹun^{2}	ɕi^{1}	kja:ŋ^{1}	lo^{6}	la:u^{4}
风	吹	中	路	大

风吹大路上，

7-1374

水	**泡**	**拉**	**果**	**弄**
Raemx	bauq	laj	go	rungz
ɹan^{4}	pa:u^{5}	la^{3}	ko^{1}	ɹuŋ^{2}
水	涌	下	棵	榕

水泡榕树下。

7-1375

方	**卢**	**斗**	**同**	**碰**
Fueng	louz	daeuj	doengh	bungz
fu:ŋ^{1}	lu^{2}	tau^{3}	toŋ^{2}	puŋ^{2}
风	游	来	相	逢

萍水两相逢，

7-1376

更	**本**	**开**	**良**	**三**
Gwnz	mbwn	hai	liengz	sanq
kɯn^{2}	bɯn^{1}	ha:i^{1}	li:ŋ^{2}	θa:n^{5}
上	天	开	良	伞

苍天真开眼。

男唱

7–1377

润　吹　江　罗　老

Rumz　ci　gyang　loh　laux

ɹun^2　çi^1　kjaːŋ^1　lo^6　laːu^4

风　吹　中　路　大

风吹大路上，

7–1378

水　泡　拉　果　干

Raemx　bauq　laj　go　gam

ɹan^4　paːu^5　la^3　ko^1　kaːn^1

水　涌　下　棵　柑

水泡柑子树。

7–1379

备　农　同　立　南

Beix　nuengx　doengh　liz　nanz

pi^4　nuːŋ^4　toŋ^2　li^2　naːn^2

兄　妹　相　离　久

兄妹离别久，

7–1380

讲　利　玩　知　不

Gangj　lij　van　rox　mbouj

kaːŋ^3　li^4　vaːn^1　ɹo^4　bou^5

讲　还　甜　或　不

情意还在否？

女唱

7–1381

润　吹　江　罗　老

Rumz　ci　gyang　loh　laux

ɹun^2　çi^1　kjaːŋ^1　lo^6　laːu^4

风　吹　中　路　大

风吹大路上，

7–1382

水　泡　拉　果　干

Raemx　bauq　laj　go　gam

ɹan^4　paːu^5　la^3　ko^1　kaːn^1

水　涌　下　棵　柑

水泡柑子树。

7–1383

少　女　碰　平　班

Sau　nawx　bungz　bingz　ban

saːu^1　nɯ^4　puŋ^2　piŋ^2　paːn^1

姑娘　女　逢　平　辈

小妹遇男友，

7–1384

玩　办　糖　氿　师

Van　baenz　diengz　laeuj　ndwq

vaːn^1　pan^2　tiːŋ^2　lau^3　dɯ^5

甜　成　糖　酒　糟

赛过甜酒糟。

男唱

7-1385

润	**吹**	**江**	**罗**	**老**
Rumz	ci	gyang	loh	laux
ɹun²	ɕi¹	kja:ŋ¹	lo⁶	la:u⁴
风	吹	中	路	大

风吹大路上，

7-1386

水	**泡**	**拉**	**果**	**干**
Raemx	bauq	laj	go	gam
ɹan⁴	pa:u⁵	la³	ko¹	ka:n¹
水	涌	下	棵	柑

水泡柑子树。

7-1387

斗	**内**	**碰**	**平**	**班**
Daeuj	neix	bungz	bingz	ban
tau³	ni⁴	puŋ²	piŋ²	pa:n¹
来	这	逢	平	辈

到此遇密友，

7-1388

强	**少**	**然**	**十**	**八**
Giengz	sau	ranz	cib	bet
ki:ŋ²	θa:u¹	ɹa:n²	ɕit⁸	pe:t⁷
像	姑娘	家	十	八

如闺女十八。

女唱

7-1389

润	**吹**	**江**	**罗**	**老**
Rumz	ci	gyang	loh	laux
ɹun²	ɕi¹	kja:ŋ¹	lo⁶	la:u⁴
风	吹	中	路	大

风吹大路上，

7-1390

水	**泡**	**拉**	**果**	**干**
Raemx	bauq	laj	go	gam
ɹan⁴	pa:u⁵	la³	ko¹	ka:n¹
水	涌	下	棵	柑

水泡柑子树。

7-1391

同	**立**	**板**	**内**	**南**
Doengh	liz	ban	neix	nanz
toŋ²	li²	pa:n¹	ni⁴	na:n²
相	离	这	么	久

分别这么久，

7-1392

造	**然**	**尝**	**了**	**备**
Caux	ranz	caengz	liux	beix
ɕa:u⁴	ɹa:n²	ɕaŋ²	li:u⁴	pi⁴
造	家	未	啰	兄

兄成家没有？

男唱

7-1393

润	**吹**	**江**	**罗**	**老**
Rumz	ci	gyang	loh	laux
ɹun^{2}	ɕi^{1}	kjaːŋ^{1}	lo^{6}	laːu^{4}
风	**吹**	**中**	**路**	**大**

风吹大路上，

7-1394

水	**泡**	**拉**	**果**	**干**
Raemx	bauq	laj	go	gam
ɹan^{4}	baːu^{5}	la^{3}	ko^{1}	kaːn^{1}
水	**涌**	**下**	**棵**	**柑**

水泡柑子树。

7-1395

勒	**江**	**友**	**平**	**班**
Lawq	gyangz	youx	bingz	ban
lɯ^{5}	kjaːŋ^{2}	ju^{4}	piŋ^{2}	paːn^{1}
望	**诸**	**友**	**平**	**辈**

看看同龄友，

7-1396

全	**造**	**然**	**貝**	**了**
Gyonj	caux	ranz	bae	liux
kjoːn^{3}	ɕaːu^{4}	ɹaːn^{2}	pai^{1}	liːu^{4}
都	**造**	**家**	**去**	**完**

全都结了婚。

女唱

7-1397

润	**吹**	**江**	**罗**	**老**
Rumz	ci	gyang	loh	laux
ɹun^{2}	ɕi^{1}	kjaːŋ^{1}	lo^{6}	laːu^{4}
风	**吹**	**中**	**路**	**大**

风吹大路上，

7-1398

水	**泡**	**拉**	**果**	**支**
Raemx	bauq	laj	go	sei
ɹan^{4}	paːu^{5}	la^{3}	ko^{1}	θi^{1}
水	**涌**	**下**	**棵**	**丝**

水泡竹林下。

7-1399

斗	**内**	**碰**	**少**	**好**
Daeuj	neix	bungz	sau	ndei
tau^{3}	ni^{4}	puŋ^{2}	θaːu^{1}	dei^{1}
来	**这**	**逢**	**姑娘**	**好**

到此遇见妹，

7-1400

强	**是**	**碰**	**龙**	**女**
Giengz	cix	bungz	lungz	nawx
kiːŋ^{2}	ɕi^{4}	puŋ^{2}	luŋ^{2}	nɯ^{4}
像	**是**	**逢**	**龙**	**女**

像碰上龙女。

男唱

7–1401

润	**吹**	**江**	**罗**	**老**
Rumz	ci	gyang	loh	laux
ɹun^{2}	ɕi^{1}	kjaːŋ^{1}	lo^{6}	laːu^{4}
风	吹	中	路	大

风吹大路上，

7–1402

水	**泡**	**拉**	**果**	**支**
Raemx	bauq	laj	go	sei
ɹan^{4}	paːu^{5}	la^{3}	ko^{1}	θi^{1}
水	涌	下	棵	丝

水泡竹林下。

7–1403

些	**观**	**米**	**正**	**好**
Seiq	gonq	miz	cingz	ndei
θe^{5}	koːn^{5}	mi^{2}	ɕiŋ^{2}	dei^{1}
世	先	有	情	好

前世情义深，

7–1404

是	**斗**	**堂**	**日**	**内**
Cix	daeuj	daengz	ngoenz	neix
ɕi^{4}	tau^{3}	taŋ^{2}	ŋon^{2}	ni^{4}
就	来	到	天	这

今日又重逢。

女唱

7–1405

润	**吹**	**江**	**罗**	**老**
Rumz	ci	gyang	loh	laux
ɹun^{2}	ɕi^{1}	kjaːŋ^{1}	lo^{6}	laːu^{4}
风	吹	中	路	大

风吹大路上，

7–1406

水	**泡**	**拉**	**果**	**支**
Raemx	bauq	laj	go	sei
ɹan^{4}	paːu^{5}	la^{3}	ko^{1}	θi^{1}
水	涌	下	棵	丝

水泡竹林下。

7–1407

斗	**内**	**碰**	**包**	**好**
Daeuj	neix	bungz	mbauq	ndei
tau^{3}	ni^{4}	puŋ^{2}	baːu^{5}	dei^{1}
来	这	逢	小伙	好

到此遇帅哥，

7–1408

强	**会**	**支**	**中**	**先**
Giengz	faex	sei	cuengq	sienq
kiːŋ^{2}	fai^{4}	θi^{1}	ɕuːŋ^{5}	θiːn^{5}
像	树	丝	放	线

像竹子长高。

男唱

7-1409

润	吹	江	罗	老
Rumz	ci	gyang	loh	laux
ɹun^{2}	ɕi^{1}	kja:ŋ^{1}	lo^{6}	la:u^{4}
风	吹	中	路	大

风吹大路上，

7-1410

水	泡	拉	果	支
Raemx	bauq	laj	go	si
ɹan^{4}	pa:u^{5}	la^{3}	ko^{1}	θi^{1}
水	涌	下	棵	丝

水泡竹林下。

7-1411

少	好	碰	包	好
Sau	ndei	bungz	mbauq	ndei
θa:u^{1}	dei^{1}	puŋ^{2}	ba:u^{5}	dei^{1}
姑娘	好	逢	小伙	好

美女遇帅哥，

7-1412

空	米	吉	相	会
Ndwi	miz	giz	siengh	hoih
du:i^{1}	mi^{2}	ki^{2}	θi:ŋ^{6}	ho:i^{6}
不	有	处	相	会

无处可交心。

女唱

7-1413

斗	内	碰	包	好
Daeuj	neix	bungz	mbauq	ndei
tau^{3}	ni^{4}	puŋ^{2}	ba:u^{5}	dei^{1}
来	这	逢	小伙	好

到此遇男友，

7-1414

润	吹	外	罗	机
Rumz	ci	vaij	loh	giq
ɹun^{2}	ɕi^{1}	va:i^{3}	lo^{6}	ki^{5}
风	吹	过	路	岔

风吹过岔路。

7-1415

貝	方	而	干	衣
Bae	fueng	lawz	ganj	hih
pai^{1}	fu:ŋ^{1}	laɯ^{2}	ka:n^{3}	ji^{5}
去	方	哪	赶	圩

去赶哪处圩？

7-1416

堂	田	内	同	碰
Daengz	denz	neix	doengh	bungz
taŋ^{2}	te:n^{2}	ni^{4}	toŋ^{2}	puŋ^{2}
到	地	这	相	逢

到此地相逢。

男唱

7-1417

斗	内	碰	少	好
Daeuj	neix	bungz	sau	ndei
tau^{3}	ni^{4}	puŋ^{2}	θa:u^{1}	dei^{1}
来	这	逢	姑娘	好

到此遇靓妹，

7-1418

润	吹	外	拉	依
Rumz	ci	vaij	laj	rij
ɹun^{2}	ɕi^{1}	va:i^{3}	la^{3}	ɹi^{3}
风	吹	过	下	溪

风吹小溪边。

7-1419

斗	碰	少	韦	机
Daeuj	bungz	sau	vae	giq
tau^{3}	puŋ^{2}	θa:u^{1}	vai^{1}	ki^{5}
来	逢	姑娘	姓	支

遇上老情妹，

7-1420

强	拉	里	更	本
Giengz	ndau	ndeiq	gwnz	mbwn
ki:ŋ^{2}	da:u^{1}	di^{5}	kɯn^{2}	bɯn^{1}
像	星	星	上	天

如同遇星星。

女唱

7-1421

斗	内	碰	少	好
Daeuj	neix	bungz	sau	ndei
tau^{3}	ni^{4}	puŋ^{2}	θa:u^{1}	dei^{1}
来	这	逢	姑娘	好

到此遇美女，

7-1422

润	吹	外	拉	依
Rumz	ci	vaij	laj	rij
ɹun^{2}	ɕi^{1}	va:i^{3}	la^{3}	ɹi^{3}
风	吹	过	下	溪

风吹小溪边。

7-1423

斗	内	碰	韦	机
Daeuj	neix	bungz	vae	giq
tau^{3}	ni^{4}	puŋ^{2}	vai^{1}	ki^{5}
来	这	逢	姓	支

来此遇情友，

7-1424

可	强	乜	一	生
Goj	giengz	meh	ndeu	seng
ko^{5}	ki:ŋ^{2}	me^{6}	de:u^{1}	θe:ŋ^{1}
也	像	母	一	生

像同胞兄妹。

男唱

7-1425

卡	**边**	**点**	**努**	**生**
Ga	biengq	dem	nou	raenz
ka^{1}	peːŋ^{5}	teːn^{1}	nu^{1}	ɹan^{2}
松	**鼠**	**与**	**鼠**	**松鼠**

见大小松鼠，

7-1426

古	**存**	**江**	**地**	**从**
Guh	caemz	gyang	reih	cungh
ku^{4}	ɕan^{2}	kjaːŋ^{1}	ɹei^{6}	ɕuːŋ^{6}
做	**玩**	**中**	**地**	**中**

在地上嬉戏。

7-1427

老	**牙**	**办**	**备**	**农**
Lau	yax	baenz	beix	nuengx
laːu^{1}	ja^{5}	pan^{2}	pi^{4}	nuːŋ^{4}
怕	**也**	**成**	**兄**	**妹**

疑要成夫妻，

7-1428

斗	**罗**	**内**	**同**	**碰**
Daeuj	loh	neix	doengh	bungz
tau^{3}	lo^{6}	ni^{4}	toŋ^{2}	puŋ^{2}
来	**路**	**这**	**相**	**逢**

到此地相逢。

女唱

7-1429

斗	**吉**	**内**	**碰**	**农**
Daeuj	giz	neix	bungz	nuengx
tau^{3}	ki^{2}	ni^{4}	puŋ^{2}	nuːŋ^{4}
来	**处**	**这**	**逢**	**妹**

在此遇情妹，

7-1430

万	**些**	**备**	**不**	**论**
Fanh	seiq	beix	mbouj	lumz
faːn^{6}	θe^{5}	pi^{4}	bou^{5}	lun^{2}
万	**世**	**兄**	**不**	**忘**

兄永世难忘。

7-1431

斗	**内**	**碰**	**农**	**银**
Daeuj	neix	bungz	nuengx	ngaenz
tau^{3}	ni^{4}	puŋ^{2}	nuːŋ^{4}	ŋan^{2}
来	**这**	**逢**	**妹**	**银**

在此遇情妹，

7-1432

秀	**文**	**不**	**吃**	**希**
Ciuh	vunz	mbouj	gwn	heiq
ɕiːu^{6}	vun^{2}	bou^{5}	kɯn^{1}	hi^{5}
世	**人**	**不**	**吃**	**气**

今生不担忧。

男唱

7-1433
卡 边 点 努 生
Ga biengq dem nou raenz
ka1 pe:ŋ5 te:n1 nu1 ɹan2
松 鼠 与 鼠 松鼠
那大小松鼠，

7-1434
古 存 江 地 歪
Guh caemz gyang reih faiq
ku4 ɕan2 kja:ŋ1 ɹei6 va:i5
做 玩 中 地 棉
棉花地里玩。

7-1435
牙 了 正 外 开
Yax liux cingz vaij gai
ja5 li:u4 ɕiŋ2 va:i3 ka:i1
要 完 情 过 街
来往情快过，

7-1436
才 碰 歪 结 足
Nda bungz faiq giet gyouz
da1 puŋ2 va:i5 ki:t7 kju2
刚 逢 棉 结 棉球
才逢棉桃结。

女唱

7-1437
卡 边 点 努 生
Ga biengq dem nou raenz
ka1 pe:ŋ5 te:n1 nu1 ɹan2
松 鼠 与 鼠 松鼠
你看那松鼠，

7-1438
古 存 江 地 楼
Guh caemz gyang reih raeu
ku4 ɕan2 kja:ŋ1 ɹei6 ɹau1
做 玩 中 地 枫
在枫林嬉戏。

7-1439
友 垌 方 南 州
Youx doengh fangh nanz couh
ju4 toŋ6 fa:ŋ5 na:n2 ɕou5
友 垌 方 南 州
友来自南州，

7-1440
不 乱 斗 同 碰
Mbouj luenh daeuj doengh bungz
bou5 lu:n6 tau3 toŋ2 puŋ2
不 乱 来 相 逢
很少得相逢。

男唱

7-1441

同	**碰**	**江**	**罗**	**机**
Doengh	bungz	gyang	loh	giq
toŋ^{2}	puŋ^{2}	kja:ŋ^{1}	lo^{6}	ki^{5}
相	逢	中	路	岔

路上擦肩过，

7-1442

吃	**希**	**份**	**它**	**份**
Gwn	heiq	faenh	daz	faenh
kɯn^{1}	hi^{5}	fan^{6}	ta^{2}	fan^{6}
吃	气	份	又	份

悔恨说不完。

7-1443

农	**银**	**碰**	**备**	**银**
Nuengx	ngaenz	bungz	beix	ngaenz
nu:ŋ^{4}	ŋan^{2}	puŋ^{2}	pi^{4}	ŋan^{2}
妹	银	逢	兄	银

情妹见情哥，

7-1444

可	**强**	**双**	**达**	**农**
Goj	giengz	song	dah	nuengx
ko^{5}	ki:ŋ^{2}	θo:ŋ^{1}	ta^{6}	nu:ŋ^{4}
也	像	两	女孩	妹

如同亲兄妹。

女唱

7-1445

同	**碰**	**江**	**罗**	**机**
Doengh	bungz	gyang	loh	giq
toŋ^{2}	puŋ^{2}	kja:ŋ^{1}	lo^{6}	ki^{5}
相	逢	中	路	岔

岔路擦肩过，

7-1446

吃	**希**	**份**	**它**	**份**
Gwn	heiq	faenh	daz	faenh
kɯn^{1}	hi^{5}	fan^{6}	ta^{2}	fan^{6}
吃	气	份	又	份

悔恨说不完。

7-1447

备	**银**	**碰**	**农**	**银**
Beix	ngaenz	bungz	nuengx	ngaenz
pi^{4}	ŋan^{2}	puŋ^{2}	nu:ŋ^{4}	ŋan^{2}
兄	银	逢	妹	银

情哥遇情妹，

7-1448

得	**古**	**存**	**是**	**抵**
Ndaej	guh	caemz	cix	dij
dai^{3}	ku^{4}	çan^{2}	çi^{4}	ti^{3}
得	做	玩	就	值

得牵手才值。

男唱

7-1449

同	**碰**	**江**	**罗**	**机**
Doengh	bungz	gyang	loh	giq
toŋ^{2}	puŋ^{2}	kjaːŋ^{1}	lo^{6}	ki^{5}
相	**逢**	**中**	**路**	**岔**

岔道擦肩过，

7-1450

吃	**希**	**层**	**它**	**层**
Gwn	heiq	caengz	daz	caengz
kɯn^{1}	hi^{5}	ɕaŋ^{2}	ta^{2}	ɕaŋ^{2}
吃	**气**	**层**	**又**	**层**

悔恨说不完。

7-1451

亘	**论**	**采**	**罗**	**往**
Haemh	laep	byaij	loh	vang
han^{6}	lap^{7}	pjaːi^{3}	lo^{6}	vaːŋ^{1}
夜	**黑**	**走**	**路**	**横**

夜间随便走，

7-1452

堂	**江**	**王**	**碰**	**农**
Daengz	gyang	vaengz	bungz	nuengx
taŋ^{2}	kjaːŋ^{1}	vaŋ^{2}	puŋ^{2}	nuːŋ^{4}
到	**中**	**潭**	**逢**	**妹**

到潭中遇妹。

女唱

7-1453

同	**碰**	**江**	**罗**	**机**
Doengh	bungz	gyang	loh	giq
toŋ^{2}	puŋ^{2}	kjaːŋ^{1}	lo^{6}	ki^{5}
相	**逢**	**中**	**路**	**岔**

岔道擦肩过，

7-1454

吃	**希**	**层**	**它**	**层**
Gwn	heiq	caengz	daz	caengz
kɯn^{1}	hi^{5}	ɕaŋ^{2}	ta^{2}	ɕaŋ^{2}
吃	**气**	**层**	**又**	**层**

悔恨说不完。

7-1455

马	**同**	**碰**	**很**	**王**
Ma	doengh	bungz	haenz	vaengz
ma^{1}	toŋ^{2}	puŋ^{2}	han^{2}	vaŋ^{2}
来	**相**	**逢**	**边**	**潭**

水潭边相会，

7-1456

手	**寿**	**间**	**不**	**中**
Fwngz	caeux	gen	mbouj	cuengq
fɯŋ^{2}	ɕau^{4}	keːn^{1}	bou^{5}	ɕuːŋ^{5}
手	**抓**	**手臂**	**不**	**放**

紧握不松手。

男唱

7–1457

同	碰	江	罗	机
Doengh	bungz	gyang	loh	giq
toŋ^{2}	puŋ^{2}	kja:ŋ^{1}	lo^{6}	ki^{5}
相	逢	中	路	岔

岔道擦肩过，

7–1458

吃	希	层	它	层
Gwn	heiq	caengz	daz	caengz
kɯn^{1}	hi^{5}	ɕaŋ^{2}	ta^{2}	ɕaŋ^{2}
吃	气	层	又	层

悔恨说不尽。

7–1459

马	同	节	江	王
Ma	doengh	ciep	gyang	vaengz
ma^{1}	toŋ^{2}	ɕe:t^{7}	kja:ŋ^{1}	vaŋ^{2}
来	相	接	中	潭

到潭边幽会，

7–1460

卩	寿	间	卩	哭
Boux	caeux	gen	boux	daej
pu^{4}	ɕau^{4}	ke:n^{1}	pu^{4}	tai^{3}
个	抓	手臂	个	哭

相拥眼泪流。

女唱

7–1461

同	碰	江	罗	机
Doengh	bungz	gyang	loh	giq
toŋ^{2}	puŋ^{2}	kja:ŋ^{1}	lo^{6}	ki^{5}
相	逢	中	路	岔

岔道擦肩过，

7–1462

吃	希	层	它	层
Gwn	heiq	caengz	daz	caengz
kɯn^{1}	hi^{5}	ɕaŋ^{2}	ta^{2}	ɕaŋ^{2}
吃	气	层	又	层

悔恨说不尽。

7–1463

达	刀	变	办	王
Dah	dauq	bienq	baenz	vaengz
ta^{6}	ta:u^{5}	pi:n^{5}	pan^{2}	vaŋ^{2}
河	倒	变	成	潭

河道变水潭，

7–1464

才	碰	忠	花	罗
Nda	bungz	fangz	va	lox
da^{1}	puŋ^{2}	fa:ŋ^{2}	va^{1}	lo^{4}
刚	逢	鬼	花	洛

才遇到“洛神”。

男唱

7-1465

同 碰 江 罗 机

Doengh bungz gyang loh gjq

toŋ^{2} puŋ^{2} kja:ŋ^{1} lo^{6} ki^{5}

相 逢 中 路 岔

岔道擦肩过，

7-1466

吃 希 层 它 层

Gwn heiq caengz daz caengz

kɯn^{1} hi^{5} ɕaŋ^{2} ta^{2} ɕaŋ^{2}

吃 气 层 又 层

悔恨说不完。

7-1467

斗 同 节 江 王

Daeuj doengh ciep gyang vaengz

tau^{3} toŋ^{2} ɕe:t^{7} kja:ŋ^{1} vaŋ^{2}

来 相 接 中 潭

到潭边会面，

7-1468

强 忠 空 米 庙

Giengz fangz ndwi miz miuh

ki:ŋ^{2} fa:ŋ^{2} du:i^{1} mi^{2} mi:u^{6}

像 鬼 不 有 庙

像孤魂野鬼。

女唱

7-1469

偻 同 碰 吉 而

Raeuz doengh bungz giz lawz

ɹau^{2} toŋ^{2} puŋ^{2} ki^{2} laɯ^{2}

我们 相 逢 处 哪

在何处会面，

7-1470

土 是 说 你 瓜

Dou cix naeuz mwngz gvaq

tu^{1} ɕi^{4} nau^{2} mɯŋ^{2} kwa^{5}

我 是 说 你 过

我已跟你说。

7-1471

同 碰 作 拉 达

Doengh bungz coq laj dah

toŋ^{2} puŋ^{2} ɕo^{5} la^{3} ta^{6}

相 逢 放 下 河

相遇在河边，

7-1472

卜 念 那 卜 写

Boux nenq naj boux ce

pu^{4} ne:n^{5} na^{3} pu^{4} ɕe^{1}

人 记 脸 人 留

相记在心里。

男唱

7-1473

偻 同 碰 吉 而

Raeuz doengh bungz giz lawz

ɹau^{2} toŋ^{2} puŋ^{2} ki^{2} laɯ^{2}

我们 相 逢 处 哪

在哪里幽会，

7-1474

土 是 说 你 瓜

Dou cix naeuz mwngz gvaq

tu^{1} ɕi^{4} nau^{2} mɯŋ^{2} kwa^{5}

我 是 说 你 过

我已告诉你。

7-1475

同 碰 作 拉 达

Doengh bungz coq laj dah

toŋ^{2} puŋ^{2} ɕo^{5} la^{3} ta^{6}

相 逢 放 下 河

相遇在河边，

7-1476

念 那 牙 下 船

Nenq naj yax roengz ruz

ne:n^{5} na^{3} ja^{5} ɹoŋ^{2} ɹu^{2}

记 脸 也 下 船

脸熟也下船。

女唱

7-1477

堂 吉 内 碰 达

Daengz giz neix bungz dah

taŋ^{2} ki^{2} ni^{4} puŋ^{2} ta^{6}

到 处 这 逢 河

这里遇到河，

7-1478

牙 瓜 貝 柳 州

Yax gvaq bae louj couh

ja^{5} kwa^{5} pai^{1} lou^{4} ɕou^{1}

要 过 去 柳 州

要过去柳州。

7-1479

碰 江 友 伴 头

Bungz gyang youx buenx gyaeuj

puŋ^{2} kja:ŋ^{1} ju^{4} pu:n^{4} kjau^{3}

碰 中 友 伴 头

密友做伴行，

7-1480

写 船 土 下 单

Ce ruz Dou roengz dan

ɕe^{1} ɹu^{2} tu^{1} ɹoŋ^{2} ta:n^{1}

留 船 我 下 滩

船停我下滩。

男唱

7–1481

堂	吉	内	碰	达
Daengz	giz	neix	bungz	dah
taŋ^2	ki^2	ni^4	puŋ^2	ta^6
到	处	这	逢	河

这里有条河，

7–1482

牙	瓜	貝	柳	州
Yax	gvaq	bae	louj	couh
ja^5	kwa^5	pai^1	lou^4	ɕou^1
要	过	去	柳	州

过河去柳州。

7–1483

外	达	斗	碰	船
Vaij	dah	daeuj	bungz	ruz
vaːi^3	ta^6	tau^3	puŋ^2	ɹu^2
过	河	来	逢	船

过河有船渡，

7–1484

牙	付	少	很	往
Yax	fuz	sau	hwnj	vaengq
ja^5	fu^2	θaːu^1	hɯn^3	vaŋ^5
也	扶	姑娘	上	岸

扶小妹上岸。

女唱

7–1485

堂	吉	内	碰	达
Daengz	giz	neix	bungz	dah
taŋ^2	ki^2	ni^4	puŋ^2	ta^6
到	处	这	逢	河

前面有条河，

7–1486

牙	瓜	貝	河	才
Yaek	gvaq	bae	haw	caiz
jak^7	kwa^5	pai^1	həɯ^1	ɕaːi^2
欲	过	去	圩	才

过河去都安。

7–1487

三	八	碰	英	台
Sanh	bek	bungz	ing	daiz
θaːn^1	peːk^7	puŋ^2	iŋ^1	taːi^2
山	伯	逢	英	台

山伯遇英台，

7–1488

得	共	开	知	不
Ndaej	gungh	gai	rox	mbouj
dai^3	kuŋ^6	kaːi^1	ɹo^4	bou^5
得	共	街	或	不

得在一起否？

男唱

7-1489

堂	**吉**	**内**	**碰**	**达**
Daengz	giz	neix	bungz	dah
taŋ^2	ki^2	ni^4	puŋ^2	ta^6
到	**处**	**这**	**逢**	**河**

前面有条河，

7-1490

牙	**瓜**	**貝**	**河**	**才**
Yax	gvaq	bae	haw	caiz
ja^5	kwa^5	pai^1	həɯ^1	ɕa:i^2
也	**过**	**去**	**圩**	**才**

过河去都安。

7-1491

三	**八**	**碰**	**英**	**台**
Sanh	bek	bungz	ing	daiz
θa:n^1	pe:k^7	puŋ^2	iŋ^1	ta:i^2
山	**伯**	**逢**	**英**	**台**

山伯遇英台，

7-1492

得	**共**	**开**	**是**	**抵**
Ndaej	gungh	gai	cix	dij
dai^3	kuŋ^6	ka:i^1	ɕi^4	ti^3
得	**共**	**街**	**就**	**值**

能逛街就值。

女唱

7-1493

堂	**吉**	**内**	**碰**	**达**
Daengz	giz	neix	bungz	dah
taŋ^2	ki^2	ni^4	puŋ^2	ta^6
到	**处**	**这**	**逢**	**河**

前面是条河，

7-1494

牙	**瓜**	**貝**	**河**	**所**
Yaek	gvaq	bae	haw	so
jak^7	kwa^5	pai^1	həɯ^1	θo^1
欲	**过**	**去**	**圩**	**苏**

过河去地苏。

7-1495

碰	**江**	**友**	**利**	**作**
Bungz	gyangz	youx	lij	coz
puŋ^2	kja:ŋ^2	ju^4	li^4	ɕo^2
逢	**诸**	**友**	**还**	**年轻**

遇上年轻友，

7-1496

银	**吨**	**波**	**不**	**累**
Ngaenz	daeb	bo	mbouj	laeq
ŋan^2	tat^8	po^1	bou^5	lai^5
银	**砌**	**堆**	**不**	**看**

钱多也不屑。

男唱

7-1497

堂	**吉**	**内**	**碰**	**达**
Daengz	giz	neix	bungz	dah
taŋ^{2}	ki^{2}	ni^{4}	puŋ^{2}	ta^{6}
到	**处**	**这**	**逢**	**河**

前面有条河，

7-1498

牙	**瓜**	**贝**	**河**	**所**
Yax	gvaq	bae	haw	so
ja^{5}	kwa^{5}	pai^{1}	həɯ^{1}	θo^{1}
也	**过**	**去**	**圩**	**苏**

过河去地苏。

7-1499

斗	**内**	**碰**	**少**	**作**
Daeuj	neix	bungz	sau	coz
tau^{3}	ni^{4}	puŋ^{2}	θaːu^{1}	ɕo^{2}
来	**这**	**逢**	**姑娘**	**年轻**

到此遇小妹，

7-1500

岁	**合**	**心**	**是**	**念**
Caez	hoz	sim	cix	net
ɕai^{2}	ho^{2}	θin^{1}	ɕi^{4}	neːt^{7}
齐	**喉**	**心**	**就**	**实**

志同心踏实。

女唱

7-1501

堂	**吉**	**内**	**碰**	**达**
Daengz	giz	neix	bungz	dah
taŋ^{2}	ki^{2}	ni^{4}	puŋ^{2}	ta^{6}
到	**处**	**这**	**逢**	**河**

前面是条河，

7-1502

牙	**瓜**	**贝**	**河**	**寿**
Yax	gvaq	bae	haw	caeuz
ja^{5}	kwa^{5}	pai^{1}	həɯ^{1}	ɕau^{2}
也	**过**	**去**	**圩**	**寿**

过河去永顺。

7-1503

碰	**江**	**友**	**巴**	**轻**
Bungz	gyangz	youx	bak	mbaeu
puŋ^{2}	kjaːŋ^{2}	ju^{4}	paːk^{7}	bau^{1}
逢	**诸**	**友**	**嘴**	**轻**

遇上巧舌友，

7-1504

牙	**说**	**而**	**牙**	**由**
Yax	naeuz	lawz	yax	raeuh
ja^{5}	nau^{2}	laɯ^{2}	ja^{5}	ɹau^{6}
也	**说**	**哪**	**也**	**多**

不知说啥好。

男唱

7-1505

堂	吉	内	碰	达
Daengz	giz	neix	bungz	dah
taŋ2	ki2	ni4	puŋ2	ta6
到	处	这	逢	河

前面有条河，

7-1506

牙	瓜	貝	河	寿
Yax	gvaq	bae	haw	caeuz
ja5	kwa5	pai1	həɯ1	ɕau2
也	过	去	圩	寿

过河去永顺。

7-1507

碰	江	友	巴	轻
Bungz	gyangz	youx	bak	mbaeu
puŋ2	kjaːŋ2	ju4	paːk7	bau1
逢	诸	友	嘴	轻

遇上巧舌友，

7-1508

牙	说	不	以	西
Yax	naeuz	mbouj	eiq	sei
ja5	nau2	bou5	i1	θi5
也	说	不	意	思

说话没意思。

女唱

7-1509

堂	吉	内	碰	达
Daengz	giz	neix	bungz	dah
taŋ2	ki2	ni4	puŋ2	ta6
到	处	这	逢	河

前面是条河，

7-1510

牙	瓜	貝	务	绿
Yax	gvaq	bae	huj	heu
ja5	kwa5	pai1	hu3	heːu1
也	过	去	云	青

过河上青天。

7-1511

碰	江	友	巴	丢
Bungz	gyangz	youx	bak	diu
puŋ2	kjaːŋ2	ju4	paːk7	tiːu1
逢	诸	友	嘴	刁

碰上巧舌友，

7-1512

讲	笑	全	不	伕
Gangj	riu	gyonj	mbouj	mbwq
kaːŋ3	ɹiːu1	kjoːn3	bou5	bɯ5
讲	笑	都	不	闷

谈笑心不闷。

男唱

7-1513

堂	**吉**	**内**	**碰**	**达**
Daengz	giz	neix	bungz	dah
taŋ^{2}	ki^{2}	ni^{4}	puŋ^{2}	ta^{6}
到	**处**	**这**	**逢**	**河**

前面有条河，

7-1514

牙	**瓜**	**貝**	**务**	**绿**
Yax	gvaq	bae	huj	heu
ja^{5}	kwa^{5}	pai^{1}	hu^{3}	heːu^{1}
也	**过**	**去**	**云**	**青**

过河上青天。

7-1515

碰	**江**	**友**	**巴**	**丢**
Bungz	gyangz	youx	bak	diu
puŋ^{2}	kjaːŋ^{2}	ju^{4}	paːk^{7}	tiːu^{1}
逢	**诸**	**友**	**嘴**	**刁**

碰上巧舌友，

7-1516

讲	**笑**	**心**	**又**	**三**
Gangj	riu	sim	youh	sanq
kaːŋ^{3}	ɹiːu^{1}	θin^{1}	jou^{4}	θaːn^{5}
讲	**笑**	**心**	**又**	**散**

聊天可散心。

女唱

7-1517

堂	**吉**	**内**	**碰**	**达**
Daengz	giz	neix	bungz	dah
taŋ^{2}	ki^{2}	ni^{4}	puŋ^{2}	ta^{6}
到	**处**	**这**	**逢**	**河**

前面有条河，

7-1518

牙	**瓜**	**貝**	**务**	**绿**
Yax	gvaq	bae	huj	heu
ja^{5}	kwa^{5}	pai^{1}	hu^{3}	heːu^{1}
也	**过**	**去**	**云**	**青**

过河上青天。

7-1519

碰	**江**	**友**	**巴**	**轻**
Bungz	gyangz	youx	bak	mbaeu
puŋ^{2}	kjaːŋ^{2}	ju^{4}	paːk^{7}	bau^{1}
逢	**诸**	**友**	**嘴**	**轻**

碰上巧舌友，

7-1520

卜	**笑**	**卜**	**又**	**沙**
Boux	riu	boux	youh	nyah
pu^{4}	ɹiːu^{1}	pu^{4}	jou^{4}	ȵa^{6}
人	**笑**	**人**	**又**	**生气**

嘲笑又生气。

男唱

7-1521

堂	**吉**	**内**	**碰**	**达**
Daengz	giz	neix	bungz	dah
taŋ^{2}	ki^{2}	ni^{4}	puŋ^{2}	ta^{6}
到	**处**	**这**	**逢**	**河**

前面有条河，

7-1522

牙	**瓜**	**貝**	**务**	**绿**
Yax	gvaq	bae	huj	heu
ja^{5}	kwa^{5}	pai^{1}	hu^{3}	he:u^{1}
也	**过**	**去**	**云**	**青**

过河上青天。

7-1523

碰	**伕**	**农**	**是**	**笑**
Bungz	fwx	nuengx	cix	riu
puŋ^{2}	fə^{4}	nu:ŋ^{4}	ɕi^{4}	ɹi:u^{1}
逢	**别人**	**妹**	**就**	**笑**

妹遇别人笑，

7-1524

碰	**土**	**少**	**是**	**沙**
Bungz	dou	sau	cix	nyah
puŋ^{2}	tu^{1}	θa:u^{1}	ɕi^{4}	ɲa^{6}
逢	**我**	**姑娘**	**就**	**生气**

妹遇我生气。

女唱

7-1525

堂	**吉**	**内**	**碰**	**达**
Daengz	giz	neix	bungz	dah
taŋ^{2}	ki^{2}	ni^{4}	puŋ^{2}	ta^{6}
到	**处**	**这**	**逢**	**河**

前面有条河，

7-1526

牙	**瓜**	**貝**	**务**	**绿**
Yax	gvaq	bae	huj	heu
ja^{5}	kwa^{5}	pai^{1}	hu^{3}	he:u^{1}
也	**过**	**去**	**云**	**青**

过河上青天。

7-1527

碰	**江**	**友**	**巴**	**丢**
Bungz	gyangz	youx	bak	diu
puŋ^{2}	kja:ŋ^{2}	ju^{4}	pa:k^{7}	ti:u^{1}
逢	**诸**	**友**	**嘴**	**刁**

碰上巧舌友，

7-1528

讲	**笑**	**办**	**鸟**	**炕**
Gangj	riu	baenz	roeg	enq
ka:ŋ^{3}	ɹi:u^{1}	pan^{2}	ɹok^{8}	e:n^{5}
讲	**笑**	**成**	**鸟**	**燕**

谈笑如燕语。

男唱

7-1529

堂	**吉**	**内**	**碰**	**达**
Daengz	giz	neix	bungz	dah
taŋ^{2}	ki^{2}	ni^{4}	puŋ^{2}	ta^{6}
到	**处**	**这**	**逢**	**河**

前面一条河，

7-1530

牙	**瓜**	**貝**	**务**	**好**
Yax	gvaq	bae	huj	hau
ja^{5}	kwa^{5}	pai^{1}	hu^{3}	haːu^{1}
也	**过**	**去**	**云**	**白**

过河上青天。

7-1531

斗	**内**	**碰**	**你**	**少**
Daeuj	neix	bungz	mwngz	sau
tau^{3}	ni^{4}	puŋ^{2}	mɯŋ^{2}	θaːu^{1}
来	**这**	**逢**	**你**	**姑娘**

遇见小妹你，

7-1532

强	**花**	**桃**	**义**	**月**
Giengz	va	dauz	ngeih	nyied
kiːŋ^{2}	va^{1}	taːu^{2}	ȵi^{6}	ȵuːt^{8}
像	**花**	**桃**	**二**	**月**

胜二月桃花。

女唱

7-1533

堂	**吉**	**内**	**碰**	**达**
Daengz	giz	neix	bungz	dah
taŋ^{2}	ki^{2}	ni^{4}	puŋ^{2}	ta^{6}
到	**处**	**这**	**逢**	**河**

前面一条河，

7-1534

牙	**瓜**	**貝**	**务**	**好**
Yax	gvaq	bae	huj	hau
ja^{5}	kwa^{5}	pai^{1}	hu^{3}	haːu^{1}
也	**过**	**去**	**云**	**白**

过河上青天。

7-1535

包	**刀**	**马**	**碰**	**少**
Mbauq	dauq	ma	bungz	sau
baːu^{5}	taːu^{5}	ma^{1}	puŋ^{2}	θaːu^{1}
小伙	**倒**	**来**	**逢**	**姑娘**

情哥遇情妹，

7-1536

比	**花**	**桃**	**利**	**美**
Beij	va	dauz	lij	maeq
pi^{3}	va^{1}	taːu^{2}	li^{4}	mai^{5}
比	**花**	**桃**	**还**	**粉**

比桃花还美。

男唱

7-1537

堂　吉　内　碰　达

Daengz giz neix bungz dah

taŋ^{2} ki^{2} ni^{4} puŋ^{2} ta^{6}

到　处　这　逢　河

前面有条河，

7-1538

牙　瓜　贝　务　好

Yax gvaq bae huj hau

ja^{5} kwa^{5} pai^{1} hu^{3} haːu^{1}

也　过　去　云　白

过河上青天。

7-1539

秀　包　碰　秀　少

Ciuh mbauq bungz ciuh sau

ɕiːu^{6} baːu^{5} puŋ^{2} ɕiːu^{6} θaːu^{1}

世　小伙　逢　世　姑娘

情哥遇情妹，

7-1540

得　交　心　是　念

Ndaej gyau sim cix net

dai^{3} kjaːu^{1} θin^{1} ɕi^{4} neːt^{7}

得　交　心　就　实

相交心才甘。

女唱

7-1541

堂　吉　内　碰　达

Daengz giz neix bungz dah

taŋ^{2} ki^{2} ni^{4} puŋ^{2} ta^{6}

到　处　这　逢　河

前面一条河，

7-1542

牙　瓜　贝　务　好

Yax gvaq bae huj hau

ja^{5} kwa^{5} pai^{1} hu^{3} haːu^{1}

也　过　去　云　白

过河上青天。

7-1543

往　元　秀　包　少

Uengj ien ciuh mbauq sau

vaːŋ^{3} juːn^{1} ɕiːu^{6} baːu^{5} θaːu^{1}

枉　冤　世　小伙　姑娘

冤枉情兄妹，

7-1544

同　交　不　同　得

Doengh gyau mbouj doengh ndaej

toŋ^{2} kjaːu^{1} bou^{5} toŋ^{2} dai^{3}

相　交　不　相　得

结交不成亲。

男唱

7–1545

堂	吉	内	碰	达
Daengz	giz	neix	bungz	dah
taŋ^{2}	ki^{2}	ni^{4}	puŋ^{2}	ta^{6}
到	处	这	逢	河

前面有条河，

7–1546

牙	瓜	貝	思	恩
Yax	gvaq	bae	swh	wnh
ja^{5}	kwa^{5}	pai^{1}	θɯ^{1}	an^{1}
也	过	去	思	恩

过河去思恩。

7–1547

同	碰	是	古	存
Doengh	bungz	cix	guh	caemz
toŋ^{2}	puŋ^{2}	çi^{4}	ku^{4}	çan^{2}
相	逢	就	做	玩

相遇就行乐，

7–1548

米	几	日	样	内
Miz	geij	ngoenz	yiengh	neix
mi^{2}	ki^{3}	ŋon^{2}	jɯːŋ^{6}	ni^{4}
有	几	天	样	这

人生有几何！

女唱

7–1549

堂	吉	内	碰	达
Daengz	giz	neix	bungz	dah
taŋ^{2}	ki^{2}	ni^{4}	puŋ^{2}	ta^{6}
到	处	这	逢	河

前面一条河，

7–1550

牙	瓜	貝	思	恩
Yax	gvaq	bae	swh	wnh
ja^{5}	kwa^{5}	pai^{1}	θɯ^{1}	an^{1}
也	过	去	思	恩

过河去思恩。

7–1551

知	九	是	古	存
Rox	yiuj	cix	guh	caemz
ɹo^{4}	jiːu^{3}	çi^{4}	ku^{4}	çan^{2}
知	礼	就	做	玩

聪明就玩乐，

7–1552

外	月	日	是	了
Vaij	ndwen	ngoenz	cix	liux
vaːi^{3}	dɯːn^{1}	ŋon^{2}	çi^{4}	liːu^{4}
过	月	天	就	算

时光不待我。

男唱

7–1553

堂 吉 内 碰 水

Daengz giz neix bungz raemx

taŋ^{2} ki^{2} ni^{4} puŋ^{2} ɹan^{4}

到 处 这 逢 水

这地方有水，

7–1554

牙 存 老 被 凉

Yax caemx lau deng liengz

ja^{5} ɕan^{4} la:u^{1} te:ŋ^{1} li:ŋ^{2}

也 洗澡 怕 挨 凉

洗澡怕风寒。

7–1555

斗 内 碰 少 娘

Daeuj neix bungz sau nangz

tau^{3} ni^{4} puŋ^{2} θa:u^{1} na:ŋ^{2}

来 这 逢 姑娘 姑娘

在此遇姑娘，

7–1556

巴 不 强 外 对

Bak mbouj giengz vaij doih

pa:k^{7} bou^{5} ki:ŋ^{2} va:i^{3} to:i^{6}

嘴 不 犟 过 伙伴

口才不出众。

女唱

7–1557

堂 吉 内 碰 水

Daengz giz neix bungz raemx

taŋ^{2} ki^{2} ni^{4} puŋ^{2} ɹan^{4}

到 处 这 逢 水

这地方有水，

7–1558

牙 存 老 被 凉

Yax caemx lau deng liengz

ja^{5} ɕan^{4} la:u^{1} te:ŋ^{1} li:ŋ^{2}

也 洗澡 怕 挨 凉

洗澡怕风寒。

7–1559

少 娘 碰 包 娘

Sau nangz bungz mbauq nangz

θa:u^{1} na:ŋ^{2} puŋ^{2} ba:u^{5} na:ŋ^{2}

姑娘 姑娘 逢 小伙 姑娘

情妹遇情哥，

7–1560

巴 强 是 勒 仪

Bak giengz cix lawh saenq

pa:k^{7} ki:ŋ^{2} ɕi^{4} laɯ^{6} θin^{5}

嘴 犟 就 换 信

有意换信物。

男唱

7–1561

堂	吉	内	碰	水
Daengz	giz	neix	bungz	raemx
taŋ^{2}	ki^{2}	ni^{4}	puŋ^{2}	ɹan^{4}
到	处	这	逢	水

这地方有水，

7–1562

牙	存	老	祾	砂
Yax	caemx	lau	deng	sa
ja^{5}	ɕan^{4}	laːu^{1}	teːŋ^{1}	θa^{1}
也	洗澡	怕	挨	痧

洗澡怕着痧。

7–1563

斗	内	碰	元	加
Daeuj	neix	bungz	ien	gya
tau^{3}	ni^{4}	puŋ^{2}	juːn^{1}	kja^{1}
来	这	逢	冤	家

到此遇冤家，

7–1564

貝	马	心	不	念
Bae	ma	sim	mbouj	net
pai^{1}	ma^{1}	θin^{1}	bou^{5}	neːt^{7}
去	来	心	不	实

回去心不安。

女唱

7–1565

堂	吉	内	碰	水
Daengz	giz	neix	bungz	raemx
taŋ^{2}	ki^{2}	ni^{4}	puŋ^{2}	ɹan^{4}
到	处	这	逢	水

这地方有水，

7–1566

牙	存	老	祾	砂
Yax	caemx	lau	deng	sa
ja^{5}	ɕan^{4}	laːu^{1}	teːŋ^{1}	θa^{1}
也	洗澡	怕	挨	痧

想洗怕着痧。

7–1567

牙	了	秀	元	加
Yax	liux	ciuh	ien	gya
ja^{5}	liːu^{4}	ɕiːu^{6}	juːn^{1}	kja^{1}
也	完	世	冤	家

青春快过去，

7–1568

才	碰	花	对	生
Nda	bungz	va	doiq	saemq
da^{1}	puŋ^{2}	va^{1}	toːi^{5}	θan^{5}
刚	逢	花	对	庚

才遇同龄友。

男唱

7-1569

斗 内 碰 花 买

Daeuj neix bungz va mai

tau^{3} ni^{4} puŋ^{2} va^{1} maːi^{1}

来 这 逢 花 密蒙

遇见姊妹花，

7-1570

手 寿 尾 又 比

Fwngz caeux byai youh beij

fɯŋ^{2} ɕau^{4} pjaːi^{1} jou^{4} pi^{3}

手 抓 尾 又 歌

边唱还边舞。

7-1571

斗 内 碰 韦 机

Daeuj neix bungz vae giq

tau^{3} ni^{4} puŋ^{2} vai^{1} ki^{5}

来 这 逢 姓 支

在此遇情侣，

7-1572

月 当 四 十 日

Ndwen daengq seiq cib ngoenz

duːn^{1} taŋ^{5} θei^{5} ɕit^{8} ŋon^{2}

月 当 四 十 天

时间过得快。

女唱

7-1573

斗 内 碰 花 买

Daeuj neix bungz va mai

tau^{3} ni^{4} puŋ^{2} va^{1} maːi^{1}

来 这 逢 花 密蒙

碰上姊妹花，

7-1574

手 寿 尾 又 比

Fwngz caeux byai youh beij

fɯŋ^{2} ɕau^{4} pjaːi^{1} jou^{4} pi^{3}

手 抓 尾 又 歌

边唱还边舞。

7-1575

灯 日 点 拉 里

Daeng ngoenz dem ndau ndeiq

taŋ^{1} ŋon^{2} teːn^{1} daːu^{1} di^{5}

灯 天 与 星 星

太阳与星辰，

7-1576

不 乱 得 同 碰

Mbouj luenh ndaej doengh bungz

bou^{5} luːn^{6} dai^{3} toŋ^{2} puŋ^{2}

不 乱 得 相 逢

不容易相逢。

男唱

7-1577

斗	内	碰	花	买
Daeuj	neix	bungz	va	mai
tau^3	ni^4	$pu\eta^2$	va^1	$ma{:}i^1$
来	这	逢	花	密蒙

碰上姊妹花，

7-1578

手	寿	尾	又	动
Fwngz	caeux	byai	youh	doengh
$f\text{ɯ}\eta^2$	$\text{ɕ}au^4$	$pja{:}i^1$	jou^4	$to\eta^6$
手	抓	尾	又	动

手舞嘴又吟。

7-1579

斗	内	碰	江	农
Daeuj	neix	bungz	gyangz	nuengx
tau^3	ni^4	$pu\eta^2$	$kja{:}\eta^2$	$nu{:}\eta^4$
来	这	逢	诸	妹

到此遇情妹，

7-1580

是	不	肻	刀	然
Cix	mbouj	nyienh	dauq	ranz
$\text{ɕ}i^4$	bou^5	$\text{ɲ}u{:}n^6$	$ta{:}u^5$	$\text{ɹ}a{:}n^2$
就	不	愿	回	家

总不愿离去。

女唱

7-1581

好	巴	斗	碰	鸦
Ndij	baq	daeuj	bungz	a
di^1	pa^5	tau^3	$pu\eta^2$	a^1
沿	坡	来	逢	鸦

上坡见乌鸦，

7-1582

好	山	斗	碰	会
Ndij	bya	daeuj	bungz	faex
di^1	pja^1	tau^3	$pu\eta^2$	fai^4
沿	山	来	逢	树

爬山遇树木。

7-1583

碰	江	龙	巴	尖
Bungz	gyangz	lungz	bak	raeh
$pu\eta^2$	$kja{:}\eta^2$	$lu\eta^2$	$pa{:}k^7$	$\text{ɹ}ai^6$
逢	诸	龙	嘴	利

遇上巧舌兄，

7-1584

万	代	农	不	论
Fanh	daih	nuengx	mbouj	lumz
$fa{:}n^6$	$ta{:}i^6$	$nu{:}\eta^4$	bou^5	lun^2
万	代	妹	不	忘

妹永世不忘。

男唱

7-1585

好	**巴**	**斗**	**碰**	**鸦**
Ndij	baq	daeuj	bungz	a
di^{1}	pa^{5}	tau^{3}	puŋ^{2}	a^{1}
沿	**坡**	**来**	**逢**	**鸦**

上坡见乌鸦，

7-1586

好	**山**	**斗**	**碰**	**会**
Ndij	bya	daeuj	bungz	faex
di^{1}	pja^{1}	tau^{3}	puŋ^{2}	fai^{4}
沿	**山**	**来**	**逢**	**树**

爬山遇树木。

7-1587

斗	**碰**	**少**	**巴**	**尖**
Daeuj	bungz	sau	bak	raeh
tau^{3}	puŋ^{2}	θa:u^{1}	pa:k^{7}	ɹai^{6}
来	**逢**	**姑娘**	**嘴**	**利**

碰上巧舌妹，

7-1588

可	**强**	**祝**	**英**	**台**
Goj	giengz	cuz	ing	daiz
ko^{5}	ki:ŋ^{2}	ɕu^{6}	iŋ^{1}	ta:i^{2}
也	**像**	**祝**	**英**	**台**

如同祝英台。

女唱

7-1589

好	**巴**	**斗**	**碰**	**鸦**
Ndij	baq	daeuj	bungz	a
di^{1}	pa^{5}	tau^{3}	puŋ^{2}	a^{1}
沿	**坡**	**来**	**逢**	**鸦**

上坡见乌鸦，

7-1590

好	**山**	**斗**	**碰**	**存**
Ndij	bya	daeuj	bungz	cuemx
di^{1}	pja^{1}	tau^{3}	puŋ^{2}	ɕu:n^{4}
沿	**山**	**来**	**逢**	**刺麻**

上山遇刺麻。

7-1591

碰	**江**	**龙**	**庆**	**远**
Bungz	gyangz	lungz	ging	yenj
puŋ^{2}	kja:ŋ^{2}	luŋ^{2}	kiŋ^{3}	ju:n^{6}
逢	**诸**	**龙**	**庆**	**远**

碰上庆远兄，

7-1592

讲	**满**	**外**	**秀**	**文**
Gangj	monh	vaij	ciuh	vunz
ka:ŋ^{3}	mo:n^{6}	va:i^{3}	ɕi:u^{6}	vun^{2}
讲	**情**	**过**	**世**	**人**

一辈子相恋。

男唱

7-1593

好 巴 斗 碰 鸦

Ndij baq daeuj bungz a

di^{1} pa^{5} tau^{3} puŋ^{2} a^{1}

沿 坡 来 逢 鸦

上坡见乌鸦，

7-1594

好 山 斗 碰 早

Ndij bya daeuj bungz romh

di^{1} pja^{1} tau^{3} puŋ^{2} ɹoːn^{6}

沿 山 来 逢 鹰

上山见老鹰。

7-1595

斗 碰 友 长 判

Daeuj bungz youx cangh buenq

tau^{3} puŋ^{2} ju^{4} ɕaːŋ^{6} puːn^{5}

来 逢 友 匠 贩

碰上商贾友，

7-1596

满 团 秀 是 貝

Monh donh ciuh cix bae

moːn^{6} toːn^{6} ɕiːu^{6} ɕi^{4} pai^{1}

情 半 世 就 去

半途恋就走。

女唱

7-1597

下 岸 碰 会 坤

Roengz rungh bungz faex goen

ɹoŋ^{2} ɹuŋ^{6} puŋ^{2} fai^{4} kon^{1}

下 岸 逢 树 粉单竹

进村见粉竹，

7-1598

很 山 碰 会 谁

Hwnj bya bungz faex raeq

hɯn^{3} pja^{1} puŋ^{2} fai^{4} ɹai^{5}

上 山 逢 树 板栗

上山碰栗木。

7-1599

斗 内 碰 少 青

Daeuj neix bungz sau oiq

tau^{3} ni^{4} puŋ^{2} θaːu^{1} oːi^{5}

来 这 逢 姑娘 嫩

到此遇情妹，

7-1600

可 当 对 金 秋

Goj daengq doiq gim ciuz

ko^{5} taŋ^{5} toːi^{5} kin^{1} ɕiːu^{2}

也 当 对 金 耳环

视同金耳环。

男唱

7-1601

下 岸 碰 会 坤

Roengz rungh bungz faex goen

ɹoŋ2 ɹuŋ6 puŋ2 fai4 kon1

下 岸 逢 树 粉单竹

进村碰粉竹，

7-1602

很 山 碰 会 我

Hwnj bya bungz faex ngox

hɯn3 pja1 puŋ2 fai4 ŋo4

上 山 逢 树 芦苇

上山遇芦苇。

7-1603

哥 斗 内 碰 农

Go daeuj neix bungz Nuengx

ko1 tau3 ni4 puŋ2 nu:ŋ4

哥 来 这 逢 妹

在此遇情妹，

7-1604

广 合 貝 几 来

Gvangj hwz bae geij lai

kwa:ŋ3 ho2 pai1 ki3 la:i1

广 合 去 几 多

需多少姻缘。

女唱

7-1605

好 巴 斗 碰 鸦

Ndij baq daeuj bungz a

di1 pa5 tau3 puŋ2 a1

沿 坡 来 逢 鸦

上坡遇乌鸦，

7-1606

好 山 斗 碰 友

Ndij bya daeuj bungz youx

di1 pja1 tau3 puŋ2 ju4

沿 山 来 逢 友

上山遇密友。

7-1607

马 碰 花 良 六

Ma bungz va liengz loux

ma1 puŋ2 va1 li:ŋ2 lou4

来 逢 花 石 榴

碰上石榴花，

7-1608

斗 碰 友 金 银

Daeuj bungz youx gim ngaenz

tau3 puŋ2 ju4 kin1 ŋan2

来 逢 友 金 银

邂逅心上人。

男唱

7-1609

好 巴 斗 碰 鸦

Ndij baq daeuj bungz a

di^{1} pa^{5} tau^{3} puŋ^{2} a^{1}

沿 坡 来 逢 鸦

上坡碰乌鸦，

7-1610

好 山 斗 碰 友

Ndij bya daeuj bungz youx

di^{1} pja^{1} tau^{3} puŋ^{2} ju^{4}

沿 山 来 逢 友

上山遇情友。

7-1611

碰 少 空 知 故

Bungz sau ndwi rox gux

puŋ^{2} θa:u^{1} du:i^{1} ɹo^{4} ku^{5}

逢 姑娘 不 知 招呼

逢妹不亲近，

7-1612

碰 友 空 知 玩

Bungz youx ndwi rox vanz

puŋ^{2} ju^{4} du:i^{1} ɹo^{4} va:n^{2}

逢 友 不 知 还

遇友不会聊。

女唱

7-1613

牙 了 秀 双 偻

Yax liux ciuh song raeuz

ja^{5} li:u^{4} ɕi:u^{6} θo:ŋ^{1} ɹau^{2}

也 完 世 两 我们

我俩情将尽，

7-1614

刀 碰 山 会 王

Dauq bungz bya faex vangh

ta:u^{5} puŋ^{2} pja^{1} fai^{4} va:ŋ^{6}

倒 逢 山 树 苹婆

碰见苹婆树。

7-1615

牙 了 秀 对 邦

Yax liux ciuh doih baengz

ja^{5} li:u^{4} ɕi:u^{6} to:i^{6} paŋ^{2}

也 完 世 伙伴 朋

情侣缘将尽，

7-1616

碰 会 王 更 果

Bungz faex vangh gwnz go

puŋ^{2} fai^{4} va:ŋ^{6} kɯn^{2} ko^{1}

逢 树 苹婆 上 棵

苹婆树结果。

男唱

7-1617

牙 了 秀 少 好

Yax liux ciuh sau ndei

ja^{5} li:u^{4} ɕi:u^{6} θa:u^{1} dei^{1}

也 完 世 姑娘 好

将断情妹情，

7-1618

刀 碰 山 会 王

Dauq bungz bya faex vangh

ta:u^{5} puŋ^{2} pja^{1} fai^{4} va:ŋ^{6}

倒 逢 山 树 苹婆

见到苹婆树。

7-1619

文 中 点 文 狼

Vunz cuengq dem vunz langh

vun^{2} ɕu:ŋ^{5} te:n^{1} vun^{2} la:ŋ^{6}

人 放 与 人 放

同为浪荡人，

7-1620

同 当 牙 同 碰

Doengh daengq yax doengh bungz

toŋ^{2} taŋ^{5} ja^{5} toŋ^{2} puŋ^{2}

相 叮嘱 要 相 逢

分手要道别。

女唱

7-1621

牙 了 秀 包 好

Yax liux ciuh mbauq ndei

ja^{5} li:u^{4} ɕi:u^{6} ba:u^{5} dei^{1}

也 完 世 小伙 好

青春期将过，

7-1622

刀 碰 山 会 王

Dauq bungz bya faex vangh

ta:u^{5} puŋ^{2} pja^{1} fai^{4} va:ŋ^{6}

倒 逢 山 树 苹婆

碰到苹婆树。

7-1623

观 文 中 文 狼

Gonq vunz cuengq vunz langh

ko:n^{5} vun^{2} ɕu:ŋ^{5} vun^{2} la:ŋ^{6}

先 人 放 人 放

以前爱游荡，

7-1624

同 当 在 日 而

Doengh daengq ywq ngoenz lawz

toŋ^{2} taŋ^{5} jɯ^{5} ŋon^{2} laɯ^{2}

相 叮嘱 在 日 哪

约何日幽会。

男唱

7-1625

牙	了	秀	少	好
Yax	liux	ciuh	sau	ndei
ja5	liːu4	ɕiːu6	θaːu1	dei1
也	完	世	姑娘	好

青春快过去，

7-1626

刀	碰	山	会	王
Dauq	bungz	bya	faex	vangh
taːu5	puŋ2	pja1	fai4	vaːŋ6
倒	逢	山	树	苹婆

再遇苹婆树。

7-1627

日	寅	它	同	当
Ngoenz	yin2	de	doengh	daengq
ŋon2	jin2	te1	toŋ2	taŋ5
天	寅	那	相	叮嘱

寅日便约会，

7-1628

日	卯	才	同	碰
Ngoenz	maux	nda	doengh	bungz
ŋon2	maːu4	da1	toŋ2	puŋ2
天	卯	刚	相	逢

卯日才相逢。

女唱

7-1629

牙	了	秀	包	乖
Yax	liux	ciuh	mbauq	gvai
ja5	liːu4	ɕiːu6	baːu5	kwaːi1
也	完	世	小伙	乖

青春快过去，

7-1630

碰	花	买	出	义
Bungz	va	mai	ok	ngeiq
puŋ2	va1	maːi1	oːk7	ȵi5
逢	花	密蒙	出	枝

见密蒙抽枝。

7-1631

灯	日	点	拉	里
Daeng	ngoenz	dem	ndau	ndeiq
taŋ1	ŋon2	teːn1	dau1	di5
灯	天	与	星	星

太阳和星辰，

7-1632

斗	田	内	同	碰
Daeuj	denz	neix	doengh	bungz
tau3	teːn2	ni4	toŋ2	puŋ2
来	地	这	相	逢

到此来相会。

男唱

7-1633

牙	了	秀	少	乖
Yax	liux	ciuh	sau	gvai
ja⁵	liːu⁴	çiːu⁶	θaːu¹	kwaːi¹
也	完	世	姑娘	乖

青春快结束，

7-1634

碰	花	买	出	义
Bungz	va	mai	ok	ngeiq
puŋ²	va¹	maːi¹	oːk⁷	n̥i⁵
逢	花	密蒙	出	枝

见密蒙抽枝。

7-1635

岁	很	河	三	里
Caez	hwnj	haw	sam	leix
çai²	hɯn³	həɯ¹	θaːn¹	li⁴
齐	上	圩	三	里

同赶三里圩，

7-1636

它	斗	内	碰	你
Daz	daeuj	neix	bungz	mwngz
ta²	tau³	ni⁴	puŋ²	mɯŋ²
又	来	这	逢	你

在此两相逢。

女唱

7-1637

欢	同	碰	牙	了
Fwen	doengh	bungz	yax	liux
vuːn¹	toŋ²	puŋ²	ja⁵	liːu⁴
歌	相	逢	也	完

相逢歌将尽，

7-1638

满	后	罗	同	见
Monh	haeuj	loh	doengh	raen
moːn⁶	hau³	lo⁶	toŋ²	ɹan¹
情	进	路	相	见

闲聊别后情。

7-1639

特	罗	内	貝	生
Dawz	loh	neix	bae	haem
təɯ²	lo⁶	ni⁴	pai¹	han¹
拿	路	这	去	埋

告别旧日情，

7-1640

良	貝	见	罗	么
Lingh	bae	raen	loh	moq
leːŋ⁶	pai¹	ɹan¹	lo⁶	mo⁵
另	去	见	路	新

迎接新时光。

男唱

7-1641

欢	同	碰	尝	了
Fwen	doengh	bungz	caengz	liux
vuːn^{1}	toŋ^{2}	puŋ^{2}	ɕaŋ^{2}	liːu^{4}
歌	相	逢	未	完

相逢歌未尽，

7-1642

先	满	罗	同	见
Senq	monh	loh	doengh	raen
θeːn^{5}	moːn^{6}	lo^{6}	toŋ^{2}	ɹan^{1}
先	情	路	相	见

先谈见面情。

7-1643

欢	同	碰	尝	生
Fwen	doengh	bungz	caengz	haem
vuːn^{1}	toŋ^{2}	puŋ^{2}	ɕaŋ^{2}	han^{1}
歌	相	逢	未	埋

相逢歌未尽，

7-1644

先	同	见	么	农
Senq	doengh	raen	maq	nuengx
θeːn^{5}	toŋ^{2}	ɹan^{1}	ma^{5}	nuːŋ^{4}
先	相	见	嘛	妹

见面便唱歌。

女唱

7-1645

歌	同	碰	牙	了
Fwen	doengh	bungz	yaek	liux
vuːn^{1}	toŋ^{2}	puŋ^{2}	jak^{7}	liːu^{4}
欢	相	逢	要	完

相逢歌将尽，

7-1646

满	后	罗	同	见
Monh	haeuj	loh	doengh	raen
moːn^{6}	hau^{3}	lo^{6}	toŋ^{2}	ɹan^{1}
情	进	路	相	见

转聊会面情。

7-1647

特	罗	内	贝	生
Dawz	loh	neix	bae	haem
təɯ^{2}	lo^{6}	ni^{4}	pai^{1}	han^{1}
拿	路	这	去	埋

将旧情抛弃，

7-1648

偻	同	见	是	八
Raeuz	doengh	raen	cix	bah
ɹau^{2}	toŋ^{2}	ɹan^{1}	ɕi^{4}	pa^{6}
我们	相	见	就	罢

我们谈新情。

男唱

7-1649

庖　内　见　你　邦

Haemh neix raen mwngz baengz

han^{6} ni^{4} ɹan^{1} mɯŋ^{2} paŋ^{2}

夜　这　见　你　朋

今晚见密友，

7-1650

能　邦　觉　吃　茶

Naengh bangx daengq gwn caz

naŋ^{6} pa:ŋ^{4} taŋ^{5} kɯn^{1} ça^{2}

坐　旁　凳　吃　茶

落座来品茶。

7-1651

庖　内　备　外　马

Haemh neix beix vaij ma

han^{6} ni^{4} pi^{4} va:i^{3} ma^{1}

夜　这　兄　过　来

今夜兄来到，

7-1652

茶　在　而　了　农

Caz ywq lawz liux nuengx

ça^{2} jɯ^{5} laɯ^{2} li:u^{4} nu:ŋ^{4}

茶　在　哪　啰　妹

妹备茶没有？

女唱

7-1653

你　马　你　空　讲

Mwngz ma mwngz ndwi gangj

mɯŋ^{2} ma^{1} mɯŋ^{2} du:i^{1} ka:ŋ^{3}

你　来　你　不　讲

你来不预告，

7-1654

邦　空　认　仙　茶

Baengz ndwi nyinh cien caz

paŋ^{2} du:i^{1} ȵin^{6} çe:n^{1} ça^{2}

朋　不　记得　煎　茶

我不曾沏茶。

7-1655

空　知　邦　外　马

Ndwi rox baengz vaij ma

du:i^{1} ɹo^{4} paŋ^{2} va:i^{3} ma^{1}

不　知　朋　过　来

不知我友来，

7-1656

论　茶　空　认　仙

Lumz caz ndwi nyinh cien

lun^{2} ça^{2} du:i^{1} ȵin^{6} çe:n^{1}

忘　茶　不　记得　煎

还没有沏茶。

男唱

7–1657

同	**见**	**是**	**讲**	**洋**
Doengh	raen	cix	gangj	angq
toŋ²	ɹan¹	ɕi⁴	ka:ŋ³	a:ŋ⁵
相	见	就	讲	高兴

见面心欢喜，

7–1658

能	**邦**	**党**	**吃**	**寿**
Naengh	bangx	daengq	gwn	caeuz
naŋ⁶	pa:ŋ⁴	taŋ⁵	kɯn¹	ɕau²
坐	旁	凳	吃	晚饭

坐下吃晚餐。

7–1659

米	**话**	**是**	**同**	**说**
Miz	vah	cix	doengh	naeuz
mi²	va⁶	ɕi⁴	toŋ²	nau²
有	话	就	相	说

有话好相商，

7–1660

收	**古**	**而**	**了**	**农**
Caeu	guh	rawz	liux	nuengx
ɕau¹	ku⁴	ɹaɯ²	li:u⁴	nu:ŋ⁴
藏	做	什么	啰	妹

妹何不直言？

女唱

7–1661

同	**见**	**是**	**讲**	**洋**
Doengh	raen	cix	gangj	angq
toŋ²	ɹan¹	ɕi⁴	ka:ŋ³	a:ŋ⁵
相	见	就	讲	高兴

见面心欢喜，

7–1662

能	**邦**	**党**	**吃**	**寿**
Naengh	bangx	daengq	gwn	caeuz
naŋ⁶	pa:ŋ⁴	taŋ⁵	kɯn¹	ɕau²
坐	旁	凳	吃	晚饭

坐下吃晚餐。

7–1663

米	**话**	**备**	**管**	**说**
Miz	vah	beix	guenj	naeuz
mi²	va⁶	pi⁴	ku:n³	nau²
有	话	兄	尽管	说

有话尽管说，

7–1664

偻	**点**	**偻**	**不**	**爱**
Raeuz	dem	raeuz	mbouj	ngaih
ɹau²	te:n¹	ɹau²	bou⁵	ŋa:i⁶
我们	与	我们	不	妨碍

我俩别见外。

男唱

7-1665

[illegible]	**内**	**见**	**你**	**邦**
Haemh	neix	raen	mwngz	baengz
han^{6}	ni^{4}	ɹan^{1}	mɯŋ^{2}	paŋ^{2}
夜	这	见	你	朋

今夜好友来，

7-1666

能	**邦**	**党**	**古**	**存**
Naengh	bangx	daengq	guh	caemz
naŋ^{6}	paːŋ^{4}	taŋ^{5}	ku^{4}	ɕan^{2}
坐	旁	凳	做	玩

坐下来玩玩。

7-1667

十	**义**	**罗**	**同**	**见**
Cib	ngeih	loh	doengh	raen
ɕit^{8}	ȵi^{6}	lo^{6}	toŋ^{2}	ɹan^{1}
十	二	路	相	见

曾多次见面，

7-1668

不	**比**	**日**	**样**	**内**
Mbouj	beij	ngoenz	yiengh	neix
bou^{5}	pi^{3}	ŋon^{2}	jɯːŋ^{6}	ni^{4}
不	比	天	样	这

但不如今晚。

女唱

7-1669

同	**见**	**是**	**讲**	**洋**
Doengh	raen	cix	gangj	angq
toŋ^{2}	ɹan^{1}	ɕi^{4}	kaːŋ^{3}	aːŋ^{5}
相	见	就	讲	高兴

见面心欢喜，

7-1670

能	**邦**	**党**	**古**	**存**
Naengh	bangx	daengq	guh	caemz
naŋ^{6}	paːŋ^{4}	taŋ^{5}	ku^{4}	ɕan^{2}
坐	旁	凳	做	玩

坐下来玩玩。

7-1671

见	**江**	**友**	**备**	**银**
Raen	gyang	youx	beix	ngaenz
ɹan^{1}	kjaːŋ^{2}	ju^{4}	pi^{4}	ŋan^{2}
见	诸	友	兄	银

见情哥容颜，

7-1672

强	**灯**	**日**	**拉**	**里**
Giengz	daeng	ngoenz	ndau	ndeiq
kiːŋ^{2}	taŋ^{1}	ŋon^{2}	dau^{1}	di^{5}
像	灯	天	星	星

胜天上星辰。

男唱

7-1673

庖	内	见	你	邦
Haemh	neix	raen	mwngz	baengz
han6	ni4	ɹan1	mɯŋ2	paŋ2
夜	这	见	你	朋

今天见密友，

7-1674

能	邦	党	古	存
Naengh	bangx	daengq	guh	caemz
naŋ6	pa:ŋ4	taŋ5	ku4	ɕan2
坐	旁	凳	做	玩

同坐下玩耍。

7-1675

备	农	不	同	见
Beix	nuengx	mbouj	doengh	raen
pi4	nu:ŋ4	bou5	toŋ2	ɹan1
兄	妹	不	相	见

兄妹不见面，

7-1676

中	声	作	罗	机
Cuengq	sing	coq	loh	giq
ɕu:ŋ5	θiŋ1	ɕo5	lo6	ki5
放	声	放	路	岔

泪洒小路旁。

女唱

7-1677

庖	内	见	你	邦
Haemh	neix	raen	mwngz	baengz
han6	ni4	ɹan1	mɯŋ2	paŋ2
夜	这	见	你	朋

今天见密友，

7-1678

能	邦	党	古	存
Naengh	bangx	daengq	guh	caemz
naŋ6	pa:ŋ4	taŋ5	ku4	ɕan2
坐	旁	凳	做	玩

同坐下玩耍。

7-1679

拉	里	见	灯	日
Ndau	ndeiq	raen	daeng	ngoenz
da:u1	di5	ɹan1	taŋ1	ŋon2
星	星	见	灯	天

星斗会太阳，

7-1680

强	忠	很	见	备
Giengz	fangz	hwnz	raen	beix
ki:ŋ2	fa:ŋ2	hɯn2	ɹan1	pi4
像	做	梦	见	兄

入梦乡见兄。

男唱

7-1681

亘	内	偻	同	见
Haemh	neix	raeuz	doengh	raen
han⁶	ni⁴	ɹau²	toŋ²	ɹan¹
夜	这	我们	相	见

今夜咱邂逅，

7-1682

岁	讲	笑	讲	洋
Caez	gangj	riu	gangj	angq
çai²	kaːŋ³	ɹiːu¹	kaːŋ³	aːŋ⁵
齐	讲	笑	讲	高兴

聊天享欢乐。

7-1683

亘	内	见	你	邦
Haemh	neix	raen	mwngz	baengz
han⁶	ni⁴	ɹan¹	muɯŋ²	paŋ²
夜	这	见	你	朋

今天见密友，

7-1684

可	当	万	千	金
Goj	dangq	fanh	cien	gim
ko⁵	taːŋ⁵	faːn⁶	çiːn¹	kin¹
也	当	万	千	金

值万两黄金。

女唱

7-1685

亘	内	偻	同	见
Haemh	neix	raeuz	doengh	raen
han⁶	ni⁴	ɹau²	toŋ²	ɹan¹
夜	这	我们	相	见

今我俩相会，

7-1686

岁	讲	笑	讲	洋
Caez	gangj	riu	gangj	angq
çai²	kaːŋ³	ɹiːu¹	kaːŋ³	aːŋ⁵
齐	讲	笑	讲	高兴

谈笑享欢乐。

7-1687

同	见	空	同	讲
Doengh	raen	ndwi	doengh	gangj
toŋ²	ɹan¹	duːi¹	toŋ²	kaːŋ³
相	见	不	相	讲

见面不谈心，

7-1688

元	往	邦	巴	强
Ien	uengj	baengz	bak	giengz
juːn¹	vaːŋ³	paŋ²	paːk⁷	kiːŋ²
冤	枉	朋	嘴	犟

白费那利嘴。

男唱

7-1689

庙 内 偻 同 见

Haemh neix raeuz doengh raen

han^{6} ni^{4} ɹau^{2} toŋ^{2} ɹan^{1}

夜 这 我们 相 见

我俩今相会，

7-1690

岁 讲 笑 讲 洋

Caez gangj riu gangj angq

ɕai^{2} kaːŋ^{3} ɹiːu^{1} kaːŋ^{3} aːŋ^{5}

齐 讲 笑 讲 高兴

谈笑享欢乐。

7-1691

见 农 是 空 讲

Raen nuengx cix ndwi gangj

ɹan^{1} nuːŋ^{4} ɕi^{4} duːi^{1} kaːŋ^{3}

见 妹 就 不 讲

见面不畅谈，

7-1692

样 而 当 得 你

Yiengh lawz daengh ndaej mwngz

jɯːŋ^{6} lauː^{2} taŋ^{6} dai^{3} mɯŋ^{2}

样 哪 配 得 你

怕配不上你。

女唱

7-1693

庙 内 偻 同 见

Haemh neix raeuz doengh raen

han^{6} ni^{4} ɹau^{2} toŋ^{2} ɹan^{1}

夜 这 我们 相 见

我俩今相会，

7-1694

古 而 不 波 小

Guh rawz mbouj boq seuq

ku^{4} ɹaɯ^{2} bou^{5} po^{5} θeːu^{5}

做 什么 不 吹 哨

为何不吹哨？

7-1695

庙 内 见 老 表

Haemh neix raen laux biuj

han^{6} ni^{4} ɹan^{1} lau^{4} piːu^{3}

夜 这 见 老 表

今夜会老表，

7-1696

讲 不 了 秀 正

Gangj mbouj liux ciuh cingz

kaːŋ^{3} bou^{5} liːu^{4} ɕiːu^{6} ɕiŋ^{2}

讲 不 完 世 情

情话说不完。

男唱

7-1697

庖 内 偻 同 见

Haemh neix raeuz doengh raen

han^{6} ni^{4} ɹau^{2} toŋ^{2} ɹan^{1}

夜 这 我们 相 见

今我俩相会，

7-1698

古 而 不 讲 利

Guh rawz mbouj gangj laex

ku^{4} ɹaɯ^{2} bou^{5} ka:ŋ^{3} li^{4}

做 什么 不 讲 礼

怎能不讲礼？

7-1699

偻 同 见 些 内

Raeuz doengh raen seiq neix

ɹau^{2} toŋ^{2} ɹan^{1} θe^{5} ni^{4}

我们 相 见 世 这

今生能会面，

7-1700

些 第 义 办 而

Seiq daih ngeih baenz rawz

θe^{5} ti^{5} ȵi^{6} pan^{2} ɹaɯ^{2}

世 第 二 成 什么

来世将如何？

女唱

7-1701

庖 内 偻 同 见

Haemh neix raeuz doengh raen

han^{6} ni^{4} ɹau^{2} toŋ^{2} ɹan^{1}

夜 这 我们 相 见

今我俩相会，

7-1702

古 而 不 讲 话

Guh rawz mbouj gangj vah

ku^{4} ɹaɯ^{2} bou^{5} ka:ŋ^{3} va^{6}

做 什么 不 讲 话

为何不开口？

7-1703

见 些 内 是 八

Raen seiq neix cix bah

ɹan^{1} θe^{5} ni^{3} ɕi^{4} pa^{6}

见 世 这 就 罢

先享受当下，

7-1704

讲 些 那 古 而

Gangj seiq naj guh rawz

ka:ŋ^{3} θe^{5} na^{3} ku^{4} ɹaɯ^{2}

讲 世 前 做 什么

先忘掉未来。

男唱

7-1705

亱 内 偻 同 见

Haemh neix raeuz doengh raen

han^{6} ni^{4} ɹau^{2} toŋ^{2} ɹan^{1}

夜 这 我们 相 见

我俩今相会，

7-1706

古 而 不 讲 果

Guh rawz mbouj gangj goj

ku^{4} ɹaɯ^{2} bou^{5} kaːŋ^{3} ko^{3}

做 什么 不 讲 故事

为何不聊天？

7-1707

要 板 党 马 能

Aeu banj daengq ma naengh

au^{1} paːn^{3} taŋ^{5} ma^{1} naŋ^{6}

要 板 凳 来 坐

拿板凳来坐，

7-1708

广 合 不 农 银

Gvangj hwz mbouj nuengx ngaenz

kwaːŋ^{3} ho^{2} bou^{5} nuːŋ^{4} ŋan^{2}

广 合 不 妹 银

妹是否欢愉？

女唱

7-1709

堂 吉 内 同 见

Daengz giz neix doengh raen

taŋ^{2} ki^{2} ni^{4} toŋ^{2} ɹan^{1}

到 处 这 相 见

特意来相会，

7-1710

古 而 不 讲 果

Guh rawz mbouj gangj goj

ku^{4} ɹaɯ^{2} bou^{5} kaːŋ^{3} ko^{3}

做 什么 不 讲 故事

为何不聊天？

7-1711

斗 见 龙 命 火

Daeuj raen lungz mingh hoj

tau^{3} ɹan^{1} luŋ^{2} miŋ^{6} ho^{3}

来 见 龙 命 苦

来见命苦兄，

7-1712

广 合 不 乱 米

Gvangj hwz mbouj luenh miz

kwaːŋ^{3} ho^{2} bou^{5} luːn^{6} mi^{2}

广 合 不 乱 有

姻缘不复存。

男唱

7–1713

庭 内 偻 同 见

Haemh neix raeuz doengh raen

han^{6} ni^{4} ɹau^{2} toŋ^{2} ɹan^{1}

夜 这 我们 相 见

我俩今相会，

7–1714

古 而 不 讲 果

Guh rawz mbouj gangj goj

ku^{4} ɹaɯ^{2} bou^{5} kaːŋ^{3} ko^{3}

做 什么 不 讲 故事

为何不说话？

7–1715

同 见 是 唱 歌

Doengh raen cix cang go

toŋ^{2} ɹan^{1} ɕi^{4} ɕaːŋ^{4} ko^{5}

相 见 就 唱 歌

见面就唱歌，

7–1716

怨 命 火 古 而

Yonq mingh hoj guh rawz

joːn^{5} miŋ^{6} ho^{3} ku^{4} ɹaɯ^{2}

怨 命 苦 做 什么

为何怨命苦？

女唱

7–1717

庭 内 偻 同 见

Haemh neix raeuz doengh raen

han^{6} ni^{4} ɹau^{2} toŋ^{2} ɹan^{1}

夜 这 我们 相 见

我俩今见面，

7–1718

古 而 不 讲 果

Guh rawz mbouj gangj goj

ku^{4} ɹaɯ^{2} bou^{5} kaːŋ^{3} ko^{3}

做 什么 不 讲 故事

为何不讲话？

7–1719

想 不 怨 命 火

Siengj mbouj yonq mingh hoj

θiːŋ^{3} bou^{5} joːn^{5} miŋ^{6} ho^{3}

想 不 怨 命 苦

想不怨命苦，

7–1720

唱 歌 不 外 春

Cang go mbouj vaij cin

ɕaːŋ^{4} ko^{5} bou^{5} vaːi^{3} ɕun^{1}

唱 歌 不 过 春

唱歌不长久。

男唱

7–1721

堂	吉	内	同	见
Daengz	giz	neix	doengh	raen
taŋ^{2}	ki^{2}	ni^{4}	toŋ^{2}	ɹan^{1}
到	处	这	相	见

到这里见面，

7–1722

可	强	忠	花	罗
Goj	giengz	fangz	va	lox
ko^{5}	kiːŋ^{2}	faːŋ^{2}	va^{1}	lo^{4}
也	像	鬼	花	洛

如同见“洛神”。

7–1723

斗	内	碰	你	农
Daeuj	neix	bungz	mwngz	nuengx
tau^{3}	ni^{4}	puŋ^{2}	muɯŋ^{2}	nuːŋ^{4}
来	这	逢	你	妹

来此遇情妹，

7–1724

当	花	偌	花	才
Dangq	va	roz	va	yaij
taːŋ^{5}	va^{1}	ɹo^{2}	va^{1}	jaːi^{3}
当	花	枯	花	枯

像老花待谢。

女唱

7–1725

堂	吉	内	同	见
Daengz	giz	neix	doengh	raen
taŋ^{2}	ki^{2}	ni^{4}	toŋ^{2}	ɹan^{1}
到	处	这	相	见

到这里见面，

7–1726

可	强	忠	花	罗
Goj	giengz	fangz	va	lox
ko^{5}	kiːŋ^{2}	faːŋ^{2}	va^{1}	lo^{4}
也	像	鬼	花	洛

如同见“洛神”。

7–1727

不	见	利	小	可
Mbouj	raen	lij	siuj	goj
bou^{5}	ɹan^{1}	li^{4}	θiːu^{3}	ko^{3}
不	见	还	小	事

不见不打紧，

7–1728

见	又	火	召	心
Raen	youh	hoj	cau	sim
ɹan^{1}	jou^{4}	ho^{3}	ɕaːu^{5}	θin^{1}
见	又	苦	操	心

见了又伤心。

男唱

7-1729

堂	**吉**	**内**	**同**	**见**
Daengz	giz	neix	doengh	raen
taŋ^{2}	ki^{2}	ni^{4}	toŋ^{2}	ɹan^{1}
到	处	这	相	见

到这里见面，

7-1730

强	**灯**	**日**	**中**	**先**
Giengz	daeng	ngoenz	cuengq	sienq
kiːŋ^{2}	taŋ^{1}	ŋon^{2}	ɕuːŋ^{5}	θiːn^{5}
像	灯	天	放	线

像太阳发光。

7-1731

想	**好**	**农**	**同**	**恋**
Siengj	ndij	nuengx	doengh	lienh
θiːŋ^{3}	di^{1}	nuːŋ^{4}	toŋ^{2}	liːn^{6}
想	与	妹	相	恋

想和妹结交，

7-1732

见	**不**	**得**	**农**	**火**
Raen	mbouj	ndaej	nuengx	hoj
ɹan^{1}	bou^{5}	dai^{3}	nuːŋ^{4}	ho^{3}
见	不	得	妹	苦

见不得妹穷。

女唱

7-1733

想	**好**	**少**	**同**	**恋**
Siengj	ndij	sau	doengh	lienh
θiːŋ^{3}	di^{1}	θaːu^{1}	toŋ^{2}	liːn^{6}
想	与	姑娘	相	恋

想和兄结交，

7-1734

老	**会**	**不**	**绞**	**勾**
Lau	faex	mbouj	heux	gaeu
laːu^{1}	fai^{4}	bou^{5}	heːu^{4}	kau^{1}
怕	树	不	绕	藤

怕树不缠藤。

7-1735

想	**恋**	**友**	**巴**	**轻**
Siengj	lienh	youx	bak	mbaeu
θiːŋ^{3}	liːn^{6}	ju^{4}	paːk^{7}	bau^{1}
想	恋	友	嘴	轻

想恋巧舌友，

7-1736

知	**得**	**要**	**知**	**不**
Rox	ndaej	aeu	rox	mbouj
ɹo^{4}	dai^{3}	au^{1}	ɹo^{4}	bou^{5}
知	得	要	或	不

不知能嫁否？

男唱

7-1737

开 好 土 同 恋

Gaej ndij dou doengh lienh

ka:i^{5} di^{1} tu^{1} toŋ^{2} li:n^{6}

莫 与 我 相 恋

别同我结交，

7-1738

良 不 得 同 要

Liengh mbouj ndaej doengh aeu

le:ŋ^{6} bou^{5} dai^{3} toŋ^{2} au^{1}

谅 不 得 相 要

谅不成夫妻。

7-1739

同 恋 外 秀 偻

Doengh lienh vaij ciuh raeuz

toŋ^{2} li:n^{6} va:i^{3} çi:u^{6} ɹau^{2}

相 恋 过 世 我们

结交过一生，

7-1740

不 得 要 洋 祘

Mbouj ndaej aeu yaeng suenq

bou^{5} dai^{3} au^{1} jaŋ^{1} θu:n^{5}

不 得 要 再 算

不成亲再说。

女唱

7-1741

同 恋 不 得 要

Doengh lienh mbouj ndaej aeu

toŋ^{2} li:n^{6} bou^{5} dai^{3} au^{1}

相 恋 不 得 要

结交不成亲，

7-1742

同 说 空 是 八

Doengh naeuz ndwi cix bah

toŋ^{2} nau^{2} du:i^{1} çi^{4} pa^{6}

相 说 不 就 罢

等于白费神。

7-1743

些 内 贵 你 华

Seiq neix gwiz mwngz hah

θe^{5} ni^{4} kɯi^{2} mɯŋ^{2} ha^{6}

世 这 丈夫 你 占

今世你妻管，

7-1744

代 貝 那 洋 要

Dai bae naj yaeng aeu

ta:i^{1} pai^{1} na^{3} jaŋ^{1} au^{1}

死 去 前 再 要

下辈子再嫁。

男唱

7-1745

些	**内**	**不**	**得**	**要**
Seiq	neix	mbouj	ndaej	aeu
θe5	ni4	bou5	dai3	au1
世	这	不	得	娶

今生不能娶，

7-1746

些	**浪**	**牙**	**不**	**念**
Seiq	laeng	yax	mbouj	nenq
θe5	laŋ1	ja5	bou5	neːn5
世	后	也	不	记

来世会相忘。

7-1747

代	**貝**	**那**	**同**	**恋**
Dai	bae	naj	doengh	lienh
taːi1	pai1	na3	toŋ2	liːn6
死	去	前	相	恋

死去还相恋，

7-1748

牙	**不**	**认**	**同**	**要**
Yax	mbouj	nyinh	doengh	aeu
ja5	bou5	ȵin6	toŋ2	au1
也	不	记得	相	要

不记得相爱。

女唱

7-1749

同	**恋**	**空**	**同**	**得**
Doengh	lienh	ndwi	doengh	ndaej
toŋ2	liːn6	duːi1	toŋ2	dai3
相	恋	不	相	得

相恋不成亲，

7-1750

古	**秀**	**抹**	**水**	**山**
Guh	ciuh	uet	raemx	bya
ku4	ɕiːu6	uːt7	ɹan4	pja1
做	世	抹	水	眼

常伤心流泪。

7-1751

同	**恋**	**空**	**少**	**而**
Doengh	lienh	ndwi	sau	roih
toŋ2	liːn6	duːi1	θaːu1	ɹoːi6
相	恋	空	姑娘	她

恋爱一场空，

7-1752

抹	**水**	**山**	**同**	**分**
Uet	raemx	bya	doengh	mbek
uːt7	ɹan4	pja1	toŋ2	meːk7
抹	水	眼	相	分别

洒热泪告别。

男唱

7-1753

同	**恋**	**不**	**同**	**得**
Doengh	lienh	mbouj	doengh	ndaej
toŋ^2	li:n^6	bou^5	toŋ^2	dai^3
相	恋	不	相	得

相恋不成亲，

7-1754

古	**秀**	**抹**	**水**	**山**
Guh	ciuh	uet	raemx	bya
ku^4	ɕi:u^6	u:t^7	ɹan^4	pja^1
做	世	抹	水	眼

伤心一辈子。

7-1755

同	**恋**	**空**	**少**	**而**
Doengh	lienh	ndwi	sau	roih
toŋ^2	li:n^6	du:i^1	θa:u^1	ɹo:i^6
相	恋	不	姑娘	她

妹呀空恋爱，

7-1756

偻	**难**	**办**	**卜**	**妻**
Raeuz	nanz	baenz	boh	maex
ɹau^2	na:n^2	pan^1	po^6	mai^4
我们	难	成	夫	妻

成不了夫妻。

女唱

7-1757

偻	**同**	**恋**	**了**	**而**
Raeuz	doengh	lienh	liux	roih
ɹau^2	toŋ^2	li:n^6	li:u^4	ɹo:i^6
我们	相	恋	啰	她

我俩紧相连，

7-1758

可	**强**	**山**	**恋**	**会**
Goj	giengz	bya	lienh	faex
ko^5	ki:ŋ^2	pja^1	li:n^6	fai^4
也	像	山	恋	树

恰似山恋树。

7-1759

同	**恋**	**空**	**同**	**得**
Doengh	lienh	ndwi	doengh	ndaej
toŋ^2	li:n^6	du:i^1	toŋ^2	dai^3
相	恋	不	相	得

结交不成亲，

7-1760

坏	**巴**	**尖**	**你**	**貝**
Vaih	bak	raeh	mwngz	bae
va:i^6	pa:k^7	ɹai^6	mɯŋ^2	pai^1
坏	嘴	利	你	去

白费你口舌。

男唱

7-1761

偻 同 恋 了 而

Raeuz doengh lienh liux roih

ɹau^{2} toŋ^{2} liːn^{6} liːu^{4} ɹoːi^{6}

我们 相 恋 啰 她

我俩紧相连，

7-1762

可 强 山 恋 会

Goj giengz bya lienh faex

ko^{5} kiːŋ^{2} pja^{1} liːn^{6} fai^{4}

也 像 山 恋 树

如同山恋树。

7-1763

同 恋 三 比 岁

Doengh lienh sam bi caez

toŋ^{2} liːn^{6} θaːn^{1} pi^{1} çai^{2}

相 恋 三 年 齐

结交三年整，

7-1764

同 得 不 用 媒

Doengh ndaej mbouj yungh moiz

toŋ^{2} dai^{3} bou^{5} juŋ^{6} moːi^{2}

相 得 不 用 媒

娶妻不用媒。

女唱

7-1765

偻 同 恋 了 而

Raeuz doengh lienh liux roih

ɹau^{2} toŋ^{2} liːn^{6} liːu^{4} ɹoi^{6}

我们 相 恋 啰 他

我俩紧相连，

7-1766

可 强 山 恋 会

Goj giengz bya lienh faex

ko^{5} kiːŋ^{2} pja^{1} liːn^{6} fai^{4}

也 像 山 恋 树

恰似山恋树。

7-1767

恋 三 比 空 得

Lienh sam bi ndwi ndaej

liːn^{6} θaːn^{1} pi^{1} duːi^{1} dai^{3}

恋 三 年 不 得

三年不能娶，

7-1768

良 要 妻 给 你

Lingh aeu maex hawj mwngz

liːŋ^{6} au^{1} mai^{4} haɯ^{3} mɯŋ^{2}

另 娶 妻 给 你

你去娶别人。

男唱

7–1769

偻 同 恋 了 而

Raeuz doengh lienh liux roih

ɹau^{2} toŋ^{2} liːn^{6} liːu^{4} ɹoːi^{6}

我们 相 恋 啰 她

我俩紧相连，

7–1770

可 强 山 恋 会

Goj giengz bya lienh faex

ko^{5} kiːŋ^{2} pja^{1} liːn^{6} fai^{4}

也 像 山 恋 树

好比山恋树。

7–1771

伕 恋 是 同 得

Fwx lienh cix doengh ndaej

fə^{4} liːn^{6} ɕi^{4} toŋ^{2} dai^{3}

别人 恋 是 相 得

别人恋可娶，

7–1772

备 恋 累 写 空

Beix lienh laeq ce ndwi

pi^{4} liːn^{6} lai^{5} ɕe^{1} duːi^{1}

兄 恋 看 留 空

兄恋一场空。

女唱

7–1773

同 恋 空 同 得

Doengh lienh ndwi doengh ndaej

toŋ^{2} liːn^{6} duːi^{1} toŋ^{2} dai^{3}

相 恋 不 相 得

空恋不成亲，

7–1774

伴 备 外 苗 春

Buenx beix vaij miuz cin

puːn^{4} pi^{4} vaːi^{3} miːu^{2} ɕun^{1}

伴 兄 过 禾苗 春

伴兄度青春。

7–1775

讲 满 观 农 银

Gangj monh gonq nuengx ngaenz

kaːŋ^{3} moːn^{6} koːn^{5} nuːŋ^{4} ŋan^{2}

讲 情 先 妹 银

小妹且谈情，

7–1776

外 月 日 是 了

Vaij ndwen ngoenz cix liux

vaːi^{3} duːn^{1} ŋon^{2} ɕi^{4} liːu^{4}

过 月 天 就 算

只管度日月。

男唱

7-1777

同 恋 不 同 得

Doengh lienh mbouj doengh ndaej

toŋ^{2} li:n^{6} bou^{5} toŋ^{2} dai^{3}

相 恋 不 相 得

结交不成亲，

7-1778

伴 农 外 苗 红

Buenx nuengx vaij miuz hoengq

pu:n^{4} nu:ŋ^{4} va:i^{3} mi:u^{2} hoŋ^{6}

伴 妹 过 禾苗 空

伴妹度青春。

7-1779

刘 见 友 四 方

Liuz raen youx seiq fueng

li:u^{2} ɹan^{1} ju^{4} θei^{5} fu:ŋ^{1}

看 见 友 四 方

看见各地友，

7-1780

想 好 同 讲 满

Siengj ndij doengz gangj monh

θi:ŋ^{3} di^{1} toŋ^{2} ka:ŋ^{3} mo:n^{6}

想 与 同 讲 情

想与之谈情。

女唱

7-1781

同 恋 空 了 备

Doengh lienh ndwi liux beix

toŋ^{2} li:n^{6} du:i^{1} li:u^{4} pi^{4}

相 恋 不 完 兄

恋爱虽无果，

7-1782

可 抵 万 千 金

Goj dij fanh cien gim

ko^{5} ti^{3} fa:n^{6} ɕi:n^{1} kin^{1}

也 值 万 千 金

值万两黄金。

7-1783

同 恋 秀 广 阴

Doengh lienh ciuh gvangj yim

toŋ^{2} li:n^{6} ɕi:u^{6} kwa:ŋ^{3} in^{1}

相 恋 世 光 阴

恋一代姻缘，

7-1784

不 千 年 了 备

Ndwi cien nienz liux beix

du:i^{1} ɕi:n^{1} ni:n^{2} li:u^{4} pi^{4}

不 千 年 啰 兄

不能得长久。

男唱

7-1785

偻	**同**	**恋**	**了**	**农**
Raeuz	doengh	lienh	liux	nuengx
ɹau^{2}	toŋ^{2}	liːn^{6}	liːu^{4}	nuːŋ^{4}
我们	相	恋	啰	妹

我俩谈恋爱，

7-1786

抵	**得**	**万**	**千**	**金**
Dij	ndaej	fanh	cien	gim
ti^{3}	dai^{3}	faːn^{6}	ɕiːn^{1}	kin^{1}
值	得	万	千	金

值得万两金。

7-1787

得	**你**	**农**	**岁**	**心**
Ndaej	mwngz	nuengx	caez	sim
dai^{3}	mɯŋ^{2}	nuːŋ^{4}	ɕai^{2}	θin^{1}
得	你	妹	齐	心

深得妹芳心，

7-1788

米	**千**	**金**	**难**	**買**
Miz	cien	gim	nanz	cawx
mi^{2}	ɕiːn^{1}	kin^{1}	naːn^{2}	ɕaɯ^{4}
有	千	金	难	买

千金也难买。

女唱

7-1789

同	**恋**	**空**	**了**	**邦**
Doengh	lienh	ndwi	liux	baengz
toŋ^{2}	liːn^{6}	duːi^{1}	liːu^{4}	paŋ^{2}
相	恋	不	完	朋

我俩空相恋，

7-1790

当	**会**	**王**	**邦**	**山**
Dangq	faex	vangh	bangx	bya
taːŋ^{5}	fai^{4}	vaːŋ^{6}	paːŋ^{4}	pja^{1}
当	树	苹婆	旁	山

如同山中树。

7-1791

同	**恋**	**空**	**包**	**而**
Doengh	lienh	ndwi	mbauq	roih
toŋ^{2}	liːn^{6}	duːi^{1}	baːu^{5}	ɹoːi^{6}
相	恋	不	小伙	他

我俩空结交，

7-1792

几	**时**	**偻**	**同**	**得**
Geij	seiz	raeuz	doengh	ndaej
ki^{3}	θi^{2}	ɹau^{2}	toŋ^{2}	dai^{3}
几	时	我们	相	得

何时可成亲？

男唱

7-1793

同 恋 空 同 得

Doengh lienh ndwi doengh ndaej

toŋ^{2} liːn^{6} duːi^{1} toŋ^{2} dai^{3}

相 恋 不 相 得

相恋无结果，

7-1794

讲 满 观 少 而

Gangj monh gonq sau roih

kaːŋ^{3} moːn^{6} koːn^{5} θaːu^{1} ɹoːi^{6}

讲 情 先 姑娘 她

只管来谈情。

7-1795

貝 托 伕 造 家

Bae doh fwx caux gya

pai^{1} to^{6} fə^{4} ɕaːu^{4} kja^{1}

去 同 别人 造 家

另找人成家，

7-1796

你 恋 土 不 得

Mwngz lienh dou mbouj ndaej

mɯŋ^{2} liːn^{6} tu^{1} bou^{5} dai^{3}

你 恋 我 不 得

你嫁不得我。

女唱

7-1797

同 恋 得 几 比

Doengh lienh ndaej geij bi

toŋ^{2} liːn^{6} dai^{3} ki^{3} pi^{1}

相 恋 得 几 年

相恋得几年，

7-1798

同 立 得 几 年

Doengh liz ndaej geij nienz

toŋ^{2} li^{2} dai^{3} ki^{3} niːn^{2}

相 离 得 几 年

分别得多年。

7-1799

从 来 不 尝 见

Coengz laiz mbouj caengz raen

ɕuŋ^{6} laːi^{2} bou^{5} ɕaŋ^{2} ɹan^{1}

从 来 不 未 见

从来未同处，

7-1800

卜 恋 卜 写 空

Boux lienh boux ce ndwi

pu^{4} liːn^{6} pu^{4} ɕe^{1} duːi^{1}

个 恋 个 留 空

我俩白相恋。

男唱

7–1801

包	少	偻	同	恋
Mbauq	sau	raeuz	doengh	lienh
baːu^{5}	θaːu^{1}	ɹau^{2}	toŋ^{2}	liːn^{6}
小伙	姑娘	我们	相	恋

兄妹曾相恋，

7–1802

卩	卩	是	满	美
Boux	boux	cix	monh	maez
pu^{4}	pu^{4}	ɕi^{4}	moːn^{6}	mai^{2}
人	人	是	谈情	说爱

相亲又相爱。

7–1803

恋	了	农	又	貝
Lienh	liux	nuengx	youh	bae
liːn^{6}	liːu^{4}	nuːŋ^{4}	jou^{4}	pai^{1}
恋	完	妹	又	去

恋完妹又走，

7–1804

空	米	文	讲	满
Ndwi	miz	vunz	gangj	monh
duːi^{1}	mi^{2}	vun^{2}	kaːŋ^{3}	moːn^{6}
不	有	人	讲	情

没有人谈情。

女唱

7–1805

同	恋	得	几	比
Doengh	lienh	ndaej	geij	bi
toŋ^{2}	liːn^{6}	dai^{3}	ki^{3}	pi^{1}
相	恋	得	几	年

相恋得几年，

7–1806

同	立	得	几	代
Doengh	liz	ndaej	geij	daih
toŋ^{2}	li^{2}	dai^{3}	ki^{3}	taːi^{6}
相	离	得	几	代

分别得几代。

7–1807

米	元	你	是	采
Miz	roen	mwngz	cix	byaij
mi^{2}	joːn^{1}	mɯŋ^{2}	ɕi^{4}	pjaːi^{3}
有	路	你	就	走

有路你管走，

7–1808

份	备	可	跟	浪
Faenh	beix	goj	riengz	laeng
fan^{6}	pi^{4}	ko^{5}	ɹiːŋ^{2}	laŋ^{1}
份	兄	也	跟	后

跟兄找门路。

男唱

7-1809

伕	**恋**	**伕**	**是**	**要**
Fwx	lienh	fwx	cix	aeu
fə⁴	li:n⁶	fə⁴	ɕi⁴	au¹
别人	**恋**	**别人**	**就**	**要**

别人恋成亲，

7-1810

偻	**恋**	**空**	**恋**	**初**
Raeuz	lienh	ndwi	lienh	byouq
ɹau²	li:n⁶	du:i¹	li:n⁶	pjou⁵
我们	**恋**	**不**	**恋**	**空**

我俩恋无果。

7-1811

同	**恋**	**空**	**了**	**友**
Doengh	lienh	ndwi	liux	youx
toŋ²	li:n⁶	du:i¹	li:u⁴	ju⁴
相	**恋**	**不**	**完**	**友**

我俩空相恋，

7-1812

空	**办**	**罗**	**开**	**么**
Ndwi	baenz	loh	gij	maz
du:i¹	pan²	lo⁶	ka:i²	ma²
不	**成**	**路**	**什**	**么**

没得到结果。

女唱

7-1813

少	**恋**	**貝**	**邦**	**伕**
Sau	lienh	bae	biengz	fwx
θa:u¹	li:n⁶	pai¹	pi:ŋ²	fə⁴
姑娘	**恋**	**去**	**地方**	**别人**

妹恋去他乡，

7-1814

包	**恋**	**貝**	**邦**	**文**
Mbauq	lienh	bae	biengz	vunz
ba:u⁵	li:n⁶	pai¹	pi:ŋ²	vun²
小伙	**恋**	**去**	**地方**	**人**

兄恋去异地。

7-1815

古	**样**	**内**	**同**	**巡**
Guh	yiengh	neix	doengh	cunz
ku⁴	jɯ:ŋ⁶	ni⁴	toŋ²	ɕun²
做	**样**	**这**	**相**	**巡**

咱落此下场，

7-1816

心	**凉**	**来**	**了**	**备**
Sim	liengz	lai	liux	beix
θin¹	li:ŋ²	la:i¹	li:u⁴	pi⁴
心	**凉**	**多**	**啰**	**兄**

实在太心酸。

男唱

7–1817

包	恋	后	邦	伕
Mbauq	lienh	haeuj	biengz	fwx
ba:u^{5}	li:n^{6}	hau^{3}	pi:ŋ^{2}	fə^{4}
小伙	恋	进	地方	别人

兄恋到他乡，

7–1818

农	恋	后	邦	文
Nuengx	lienh	haeuj	biengz	vunz
nu:ŋ^{4}	li:n^{6}	hau^{3}	pi:ŋ^{2}	vun^{2}
妹	恋	进	地方	人

妹另走一方。

7–1819

同	恋	不	外	春
Doengh	lienh	mbouj	vaij	cin
toŋ^{2}	li:n^{6}	bou^{5}	va:i^{3}	ɕun^{1}
相	恋	不	过	春

相恋难长久，

7–1820

同	巡	不	外	秀
Doengh	cunz	mbouj	vaij	ciuh
toŋ^{2}	ɕun^{2}	bou^{5}	va:i^{3}	ɕi:u^{6}
相	巡	不	过	世

来往不到头。

女唱

7–1821

观	你	恋	阝	而
Gonq	mwngz	lienh	boux	lawz
ko:n^{5}	mɯŋ^{2}	li:n^{6}	pu^{4}	laɯ^{2}
先	你	恋	个	哪

以前你恋谁，

7–1822

你	说	你	空	知
Mwngz	naeuz	mwngz	ndwi	rox
mɯŋ^{2}	nau^{2}	mɯŋ^{2}	du:i^{1}	ɹo^{4}
你	说	你	不	知

你说你不知。

7–1823

往	双	偻	唱	歌
Uengj	song	raeuz	cang	go
va:ŋ^{3}	θo:ŋ^{1}	ɹau^{2}	ɕa:ŋ^{4}	ko^{5}
枉	两	我们	唱	歌

我俩徒唱歌，

7–1824

元	罗	可	土	文
Roen	loh	goj	duz	vunz
jo:n^{1}	lo^{6}	ko^{5}	tu^{2}	vun^{2}
路	路	可	的	人

路归别人走。

男唱

7-1825

观	**你**	**恋**	**阝**	**而**
Gonq	mwngz	lienh	boux	lawz
ko:n^{5}	mɯŋ^{2}	li:n^{6}	pu^{4}	laɯ^{2}
先	你	恋	个	哪

之前你恋谁，

7-1826

你	**说**	**土**	**牙**	**知**
Mwngz	naeuz	dou	yax	rox
mɯŋ^{2}	nau^{2}	tu^{1}	ja^{5}	ɹo^{4}
你	说	我	才	知

你说我才懂。

7-1827

貝	**年**	**伕**	**唱**	**歌**
Bae	nem	fwx	cang	go
pai^{1}	ne:m^{1}	fə^{4}	ɕa:ŋ^{4}	ko^{5}
去	贴	别人	唱	歌

跟别人唱歌，

7-1828

老	**名**	**作**	**你**	**空**
Lau	mingz	coh	mwngz	ndwi
la:u^{1}	miŋ^{2}	ɕo^{6}	mɯŋ^{2}	du:i^{1}
怕	名	字	你	空

怕毁妹名声。

女唱

7-1829

恋	**是**	**恋**
Lienh	cix	lienh
li:n^{6}	ɕi^{4}	li:n^{6}
恋	就	恋

恋就恋，

7-1830

金	**刀**	**先**	**得**	**优**
Gim	dauq	senq	ndaej	yaeuq
kin^{1}	ta:u^{5}	θe:n^{5}	dai^{3}	jau^{5}
金	倒	先	得	收

早收到礼金。

7-1831

牙	**恋**	**你**	**不**	**说**
Yax	lienh	mwngz	mbouj	naeuz
ja^{5}	li:n^{6}	mɯŋ^{2}	bou^{5}	nau^{2}
也	恋	你	不	说

要恋你早说，

7-1832

得	**同**	**要**	**牙**	**知**
Ndaej	doengh	aeu	yax	rox
dai^{3}	toŋ^{2}	au^{1}	ja^{5}	ɹo^{4}
得	相	要	才	知

快成家才知。

男唱

7-1833

恋 是 恋

Lienh cix lienh

li:n^6 çi^4 li:n^6

恋 就 恋

恋就恋，

7-1834

金 刀 先 得 优

Gim dauq senq ndaej yaeuq

kin^1 ta:u^5 θe:n^5 dai^3 jau^5

金 倒 先 得 收

早收到礼物。

7-1835

同 恋 是 空 头

Doengh lienh cix ndwi gyaeuj

toŋ^2 li:n^6 çi^4 du:i^1 kjau^3

相 恋 就 不 头

相恋没结果，

7-1836

讲 同 要 么 农

Gangj doengh aeu maz nuengx

ka:ŋ^3 toŋ^2 au^1 ma^2 nu:ŋ^4

讲 相 要 什么 妹

终究一场空。

女唱

7-1837

恋 是 恋

Lienh cix lienh

li:n^6 çi^4 li:n^6

恋 就 恋

恋就恋，

7-1838

金 刀 先 得 优

Gim dauq senq ndaej yaeuq

kin^1 ta:u^5 θe:n^5 dai^3 jau^5

金 倒 先 得 收

早收到礼金。

7-1839

才 牙 头 不 头

Caih yax gyaeuj mbouj gyaeuj

ça:i^6 ja^5 kjau^3 bou^5 kjau^3

随 也 头 不 头

结果无所谓，

7-1840

偻 同 要 偻 观

Raeuz doengh aeu raeuz gonq

ɹau^2 toŋ^2 au^1 ɹau^2 ko:n^5

我们 相 要 我们 先

先成亲再说。

男唱

7–1841

恋　是　恋

Lienh cix lienh

li:n⁶ çi⁴ li:n⁶

恋　就　恋

恋就恋，

7–1842

金　刀　先　得　优

Gim dauq senq ndaej yaeuq

kin¹ ta:u⁵ θe:n⁵ dai³ jau⁵

金　倒　早　得　收

早收到礼金。

7–1843

恋　江　友　巴　轻

Lienh gyangz youx bak mbaeu

li:n⁶ kja:ŋ⁵ ju⁴ pa:k⁷ bau¹

恋　诸　友　嘴　轻

恋上巧舌友，

7–1844

坤　勾　貝　邦　伕

Goenq gaeu bae biengz fwx

kon⁵ kau¹ pai¹ pi:ŋ² fə⁴

断　藤　去　地方　别人

流浪走他乡。

女唱

7–1845

恋　是　恋

Lienh cix lienh

li:n⁶ çi⁴ li:n⁶

恋　就　恋

恋就恋，

7–1846

金　刀　先　得　银

Gim dauq senq ndaej ngaenz

kin¹ ta:u⁵ θe:n⁵ dai³ ŋan²

金　倒　早　得　银

友早得礼金。

7–1847

爱　恋　备　古　存

Ngaiq lienh beix guh caemz

ŋa:i⁵ li:n⁶ pi⁴ ku⁴ çan²

爱　恋　兄　做　玩

爱相恋玩耍，

7–1848

空　办　龙　天　份

Ndwi baenz lungz denh faenh

du:i¹ pan² luŋ² ti:n¹ fan⁶

不　成　龙　天　份

无缘分成亲。

男唱

7-1849

恋	是	恋
Lienh	cix	lienh
li:n^{6}	ɕi^{4}	li:n^{6}
恋	就	恋

恋就恋，

7-1850

金	刀	先	得	银
Gim	dauq	senq	ndaej	ngaenz
kin^{1}	ta:u^{5}	θe:n^{5}	dai^{3}	ŋan^{2}
金	倒	早	得	银

友早得礼金。

7-1851

爱	恋	备	古	存
Ngaiq	lienh	beix	guh	caemz
ŋa:i^{5}	li:n^{6}	pi^{4}	ku^{4}	ɕan^{2}
爱	恋	兄	做	玩

爱相恋玩耍，

7-1852

土	不	恨	贵	伕
Dou	mbouj	haemz	gwiz	fwx
tu^{1}	bou^{5}	han^{2}	kɯi^{2}	fə^{4}
我	不	恨	丈夫	别人

我不恨别人。

女唱

7-1853

恋	是	恋
Lienh	cix	lienh
li:n^{6}	ɕi^{4}	li:n^{6}
恋	就	恋

恋就恋，

7-1854

金	刀	先	得	银
Gim	dauq	senq	ndaej	ngaenz
kin^{1}	ta:u^{5}	θe:n^{5}	dai^{3}	ŋan^{2}
金	倒	早	得	银

早收下礼金。

7-1855

恋	空	得	古	存
Lienh	ndwi	ndaej	guh	caemz
li:n^{6}	du:i^{1}	dai^{3}	ku^{4}	ɕan^{2}
恋	不	得	做	玩

相恋非儿戏，

7-1856

秀	话	恨	不	抵
Ciuh	vah	haemz	mbouj	dij
ɕi:u^{6}	va^{6}	han^{2}	bou^{5}	ti^{3}
世	话	恨	不	值

惹是非不值。

男唱

7-1857

恋	**是**	**恋**
Lienh	cix	lienh
liːn^{6}	ɕi^{4}	liːn^{6}
恋	就	恋

恋就恋，

7-1858

金	**刀**	**先**	**得**	**银**
Gim	dauq	senq	ndaej	ngaenz
kin^{1}	taːu^{5}	θeːn^{5}	dai^{3}	ŋan^{2}
金	倒	早	得	银

礼金早已得。

7-1859

贵	**伕**	**土**	**不**	**恨**
Gwiz	fwx	dou	mbouj	haemz
kɯi^{2}	fə^{4}	tu^{1}	bou^{5}	han^{2}
丈夫	别人	我	不	恨

人夫我不恨，

7-1860

贵	**文**	**土**	**不**	**龙**
Gwiz	vunz	dou	mbouj	loengh
kɯi^{2}	vun^{2}	tu^{1}	bou^{5}	loŋ^{6}
丈夫	人	我	不	弄

人夫我不欺。

女唱

7-1861

同	**恋**	**更**	**然**	**瓦**
Doengh	lienh	gwnz	ranz	ngvax
toŋ^{2}	liːn^{6}	kɯn^{2}	ɹaːn^{2}	ŋwa^{4}
相	恋	上	家	瓦

瓦屋里也恋，

7-1862

同	**恋**	**拉**	**然**	**楼**
Doengh	lienh	laj	ranz	laeuz
toŋ^{2}	liːn^{6}	la^{3}	ɹaːn^{2}	lau^{2}
相	恋	下	家	楼

楼房下也恋。

7-1863

恋	**空**	**得**	**同**	**要**
Lienh	ndwi	ndaej	doengh	aeu
liːn^{6}	duːi^{1}	dai^{3}	toŋ^{2}	au^{1}
恋	不	得	相	要

恋而不成亲，

7-1864

坤	**心**	**头**	**备**	**农**
Goenq	sim	daeuz	beix	nuengx
kon^{5}	θin^{1}	tau^{2}	pi^{4}	nuːŋ^{4}
断	心	脏	兄	妹

兄妹伤断肠。

男唱

7–1865

同	**恋**	**更**	**然**	**瓦**
Doengh	lienh	gwnz	ranz	ngvax
toŋ2	liːn6	kɯn2	ɹaːn2	ŋwa4
相	恋	上	家	瓦

瓦屋里也恋，

7–1866

同	**恋**	**拉**	**然**	**楼**
Doengh	lienh	laj	ranz	laeuz
toŋ2	liːn6	la3	ɹaːn2	lau2
相	恋	下	家	楼

楼房下也恋。

7–1867

伕	**恋**	**伕**	**是**	**要**
Fwx	lienh	fwx	cix	aeu
fə4	liːn6	fə4	ɕi4	au1
别人	恋	别人	就	要

别人恋能娶，

7–1868

偻	**恋**	**空**	**恋**	**空**
Raeuz	lienh	ndwi	lienh	ndwi
ɹau2	liːn6	duːi1	liːn6	duːi1
我们	恋	空	恋	空

我俩空恋爱。

女唱

7–1869

同	**恋**	**更**	**然**	**瓦**
Doengh	lienh	gwnz	ranz	ngvax
toŋ2	liːn6	kɯn2	ɹaːn2	ŋwa4
相	恋	上	家	瓦

瓦屋里也恋，

7–1870

同	**恋**	**拉**	**然**	**单**
Doengh	lienh	laj	ranz	gyan
toŋ2	liːn6	la3	ɹaːn2	kjaːn1
相	恋	下	家	干栏

干栏下也恋。

7–1871

同	**恋**	**八**	**十**	**三**
Doengh	lienh	bet	cib	sam
toŋ2	liːn6	peːt7	ɕit8	saːn1
相	恋	八	十	三

恋到八十三，

7–1872

得	**共**	**然**	**知**	**不**
Ndaej	gungh	ranz	rox	mbouj
dai3	kuŋ6	ɹaːn2	ɹo4	bou5
得	共	家	或	不

咱能成亲否？

男唱

7-1873

同	**恋**	**更**	**然**	**瓦**
Doengh	lienh	gwnz	ranz	ngvax
toŋ^{2}	liːn^{6}	kɯn^{2}	ɹaːn^{2}	ŋwa^{4}
相	恋	上	家	瓦

瓦屋里也恋，

7-1874

同	**恋**	**拉**	**然**	**单**
Doengh	lienh	laj	ranz	gyan
toŋ^{2}	liːn^{6}	la^{3}	ɹaːn^{2}	kjaːn^{1}
相	恋	下	家	干栏

干栏下也恋。

7-1875

同	**恋**	**八**	**十**	**三**
Doengh	lienh	bet	cib	sam
toŋ^{2}	liːn^{6}	peːt^{7}	ɕit^{8}	saːn^{1}
相	恋	八	十	三

恋到八十三，

7-1876

得	**然**	**单**	**拉**	**师**
Ndaej	ranz	gyan	laj	cwx
dai^{3}	ɹaːn^{2}	kjaːn^{1}	la^{3}	θɯ^{4}
得	家	干栏	下	社

终得进社宇。

女唱

7-1877

同	**恋**	**更**	**然**	**瓦**
Doengh	lienh	gwnz	ranz	ngvax
toŋ^{2}	liːn^{6}	kɯn^{2}	ɹaːn^{2}	ŋwa^{4}
相	恋	上	家	瓦

瓦房里也恋，

7-1878

同	**恋**	**拉**	**然**	**单**
Doengh	lienh	laj	ranz	gyan
toŋ^{2}	liːn^{6}	la^{3}	ɹaːn^{2}	kjaːn^{1}
相	恋	下	家	干栏

栏下也相恋。

7-1879

同	**恋**	**八**	**十**	**三**
Doengh	lienh	bet	cib	sam
toŋ^{2}	liːn^{6}	peːt^{7}	ɕit^{8}	saːn^{1}
相	恋	八	十	三

恋到八十三，

7-1880

秀	**平**	**班**	**牙**	**了**
Ciuh	bingz	ban	yax	liux
ɕiːu^{6}	piŋ^{2}	paːn^{1}	ja^{5}	liːu^{4}
世	平	辈	也	完

青春已过去。

男唱

7-1881
同 恋 更 然 瓦
Doengh lienh gwnz ranz ngvax
toŋ2 liːn6 kɯn2 ɹaːn2 ŋwa4
相 恋 上 家 瓦
瓦屋里也恋，

7-1882
同 恋 拉 然 单
Doengh lienh laj ranz gyan
toŋ2 liːn6 la3 ɹaːn2 kjaːn1
相 恋 下 家 干栏
栏下也相恋。

7-1883
同 恋 得 同 玩
Doengh lienh ndaej doengh vanz
toŋ2 liːn6 dai3 toŋ2 vaːn2
相 恋 得 相 还
相恋要通信，

7-1884
偻 牙 南 同 沙
Raeuz yax nanz doengh ra
ɹau2 ja5 naːn2 toŋ2 ɹa1
我们 也 难 相 找
我俩难相寻。

女唱

7-1885
同 恋 更 然 瓦
Doengh lienh gwnz ranz ngvax
toŋ2 liːn6 kɯn2 ɹaːn2 ŋwa4
相 恋 上 家 瓦
在瓦屋相恋，

7-1886
同 恋 拉 然 哈
Doengh lienh laj ranz haz
toŋ2 liːn6 la3 ɹaːn2 ha2
相 恋 下 家 茅
在茅房相恋。

7-1887
同 恋 空 了 而
Doengh lienh ndwi liux roih
toŋ2 liːn6 duːi1 liːu4 ɹoːi6
相 恋 不 完 他
相恋也白搭，

7-1888
龙 当 加 貝 了
Lungz dang gya bae liux
luŋ2 taːŋ1 kja1 pai1 liːu4
龙 当 家 去 完
兄去结婚了。

男唱

7-1889

同	**恋**	**更**	**然**	**瓦**
Doengh	lienh	gwnz	ranz	ngvax
toŋ^{2}	liːn^{6}	kɯn^{2}	ɹaːn^{2}	ŋwa^{4}
相	恋	上	家	瓦

瓦房里也恋，

7-1890

同	**恋**	**拉**	**然**	**哈**
Doengh	lienh	laj	ranz	haz
toŋ^{2}	liːn^{6}	la^{3}	ɹaːn^{2}	ha^{2}
相	恋	下	家	茅

茅房下也恋。

7-1891

付	**防**	**水**	**叶**	**巴**
Fouz	vangh	raemx	rong	byaz
fu^{2}	vaːŋ^{6}	ɹan^{4}	ɹoːŋ^{1}	pja^{2}
浮	摇晃	水	叶	芋

芋叶水浮荡，

7-1892

家	**在**	**而**	**了**	**农**
Gya	ywq	lawz	liux	nuengx
kja^{1}	jɯ^{5}	lau^{2}	liːu^{4}	nuːŋ^{4}
家	在	哪	啰	妹

哪有什么家？

女唱

7-1893

同	**恋**	**更**	**然**	**瓦**
Doengh	lienh	gwnz	ranz	ngvax
toŋ^{2}	liːn^{6}	kɯn^{2}	ɹaːn^{2}	ŋwa^{4}
相	恋	上	家	瓦

瓦屋里也恋，

7-1894

同	**恋**	**拉**	**然**	**哈**
Doengh	lienh	laj	ranz	haz
toŋ^{2}	liːn^{6}	la^{3}	ɹaːn^{2}	ha^{2}
相	恋	下	家	茅

茅屋里也恋。

7-1895

恋	**友**	**伏**	**古**	**么**
Lienh	youx	fwx	guh	maz
liːn^{6}	ju^{4}	fə^{4}	ku^{4}	ma^{2}
恋	友	别人	做	什么

莫恋别人友，

7-1896

当	**家**	**你**	**是**	**八**
Dang	gya	mwngz	cix	bah
taːŋ^{1}	kja^{1}	mɯŋ^{2}	ɕi^{4}	pa^{6}
当	家	你	就	罢

你成你的家。

男唱

7-1897

同	恋	更	然	瓦
Doengh	lienh	gwnz	ranz	ngvax
toŋ^{2}	liːn^{6}	kɯn^{2}	ɹaːn^{2}	ŋwa^{4}
相	恋	上	家	瓦

瓦屋里也恋，

7-1898

同	恋	拉	然	哈
Doengh	lienh	laj	ranz	haz
toŋ^{2}	liːn^{6}	la^{3}	ɹaːn^{2}	ha^{2}
相	恋	下	家	茅

茅屋里也恋。

7-1899

空	得	友	同	哈
Ndwi	ndaej	youx	doengh	ha
duːi^{1}	dai^{3}	ju^{4}	toŋ^{2}	ha^{1}
不	得	友	相	配

不得友相称，

7-1900

当	家	心	不	念
Dang	gya	sim	mbouj	net
taːŋ^{1}	kja^{1}	θin^{1}	bou^{5}	neːt^{7}
当	家	心	不	实

结婚不甘心。

女唱

7-1901

同	恋	八	十	三
Doengh	lienh	bet	cib	sam
toŋ^{2}	liːn^{6}	peːt^{7}	ɕit^{8}	θaːn^{1}
相	恋	八	十	三

恋到八十三，

7-1902

偻	牙	难	同	为
Raeuz	yax	nanz	doengz	viq
ɹau^{2}	ja^{5}	naːn^{2}	toŋ^{2}	vi^{5}
我们	也	难	同	忘情

我俩难分别。

7-1903

同	恋	八	十	四
Doengh	lienh	bet	cib	seiq
toŋ^{2}	liːn^{6}	peːt^{7}	ɕit^{8}	θei^{5}
相	恋	八	十	四

恋到八十四，

7-1904

备	牙	为	土	写
Beix	yax	viq	dou	ce
pi^{4}	ja^{5}	vi^{5}	tu^{1}	ɕe^{1}
兄	要	忘情	我	留

兄离我而去。

男唱

7-1905

同 恋 八 十 三

Doengh lienh bet cib sam

toŋ^{2} li:n^{6} pe:t^{7} ɕit^{8} θa:n^{1}

相 恋 八 十 三

恋到八十三，

7-1906

偻 牙 难 同 为

Raeuz yax nanz doengz viq

ɹau^{2} ja^{5} na:n^{2} toŋ^{2} vi^{5}

我们 也 难 同 忘情

我俩难分别。

7-1907

同 恋 八 十 四

Doengh lienh bet cib seiq

toŋ^{2} li:n^{6} pe:t^{7} ɕit^{8} θei^{5}

相 恋 八 十 四

恋到八十四，

7-1908

牙 为 秀 方 卢

Yax viq ciuh fueng louz

ja^{5} vi^{5} ɕi:u^{6} fu:ŋ^{1} lu^{2}

要 忘情 世 风 流

故友将离别。

女唱

7-1909

同 恋 八 十 三

Doengh lienh bet cib sam

toŋ^{2} li:n^{6} pe:t^{7} ɕit^{8} θa:n^{1}

相 恋 八 十 三

恋到八十三，

7-1910

偻 牙 难 同 为

Raeuz yax nanz doengh viq

ɹau^{2} ja^{5} na:n^{2} toŋ^{2} vi^{5}

我们 也 难 相 忘情

我俩难离别。

7-1911

偻 同 恋 些 内

Raeuz doengh lienh seiq neix

ɹau^{2} toŋ^{2} li:n^{6} θe^{5} ni^{4}

我们 相 恋 世 这

此生两相恋，

7-1912

些 第 义 办 而

Seiq daih ngeih baenz rawz

θe^{5} ti^{5} ȵi^{6} pan^{2} ɹaɯ^{2}

世 第 二 成 什么

来世将如何？

男唱

7-1913

同	恋	八	十	三
Doengh	lienh	bet	cib	sam
toŋ^{2}	liːn^{6}	peːt^{7}	ɕit^{8}	θaːn^{1}
相	恋	八	十	三

恋到八十三，

7-1914

偻	牙	难	同	沙
Raeuz	yax	nanz	doengh	ra
ɹau^{2}	ja^{5}	naːn^{2}	toŋ^{2}	ɹa^{1}
我们	也	难	相	找

我俩难相寻。

7-1915

恋	些	内	是	八
Lienh	seiq	neix	cix	bah
liːn^{6}	θe^{5}	ni^{4}	ɕi^{4}	pa^{6}
恋	世	这	就	罢

今生恋则已，

7-1916

讲	些	那	古	而
Gangj	seiq	naj	guh	rawz
kaːŋ^{3}	θe^{5}	na^{3}	ku^{4}	ɹaɯ^{2}
讲	世	前	做	什么

何必讲来世。

女唱

7-1917

同	恋	八	十	三
Doengh	lienh	bet	cib	sam
toŋ^{2}	liːn^{6}	peːt^{7}	ɕit^{8}	θaːn^{1}
相	恋	八	十	三

恋到八十三，

7-1918

偻	牙	难	同	分
Raeuz	yax	nanz	doengh	mbek
ɹau^{2}	ja^{5}	naːn^{2}	toŋ^{2}	meːk^{7}
我们	也	难	相	分别

我俩难分别。

7-1919

恋	空	得	三	八
Lienh	ndwi	ndaej	sanh	bek
liːn^{6}	duːi^{1}	dai^{3}	θaːn^{1}	peːk^{7}
恋	不	得	山	伯

恋不到山伯，

7-1920

心	不	念	造	然
Sim	mbouj	net	caux	ranz
θin^{1}	bou^{5}	neːt^{7}	ɕaːu^{4}	ɹaːn^{2}
心	不	实	造	家

结婚不甘心。

男唱

7-1921

同	**恋**	**八**	**十**	**三**
Doengh	lienh	bet	cib	sam
toŋ^{2}	liːn^{6}	peːt^{7}	ɕit^{8}	θaːn^{1}
相	恋	八	十	三

恋到八十三，

7-1922

僂	**牙**	**南**	**同**	**分**
Raeuz	yax	nanz	doengh	mbek
ɹau^{2}	ja^{5}	naːn^{2}	toŋ^{2}	meːk^{7}
我们	也	难	相	分别

我俩难分离。

7-1923

牙	**恋**	**要**	**三**	**八**
Yaek	lienh	aeu	sanh	bek
jak^{7}	liːn^{6}	au^{1}	θaːn^{1}	peːk^{7}
欲	恋	要	山	伯

想和山伯恋，

7-1924

良	**马**	**节**	**英**	**元**
Lingh	ma	ciep	in	yuenz
liːŋ^{6}	ma^{1}	ɕiːt^{7}	in^{1}	juːn^{2}
另	来	接	姻	缘

重新找姻缘。

女唱

7-1925

同	**恋**	**更**	**果**	**桃**
Doengh	lienh	gwnz	go	dauz
toŋ^{2}	liːn^{6}	kɯn^{2}	ko^{1}	taːu^{2}
相	恋	上	棵	桃

桃树上相恋，

7-1926

润	**吹**	**外**	**罗**	**机**
Rumz	ci	vaij	loh	giq
ɹun^{2}	ɕi^{1}	vaːi^{3}	lo^{6}	ki^{5}
风	吹	过	路	岔

风吹过岔路。

7-1927

牙	**恋**	**要**	**卜**	**内**
Yax	lienh	aeu	boux	neix
ja^{5}	liːn^{6}	au^{1}	pu^{4}	ni^{4}
也	恋	要	人	这

想恋那个人，

7-1928

办	**手**	**玉**	**你**	**好**
Banh	souj	yi	mwngz	ndei
paːn^{6}	ɕou^{3}	ji^{4}	mɯŋ^{2}	dei^{1}
办	手	艺	你	好

要有真本领。

男唱

7-1929

同	**恋**	**更**	**果**	**桃**
Doengh	lienh	gwnz	go	dauz
toŋ^{2}	liːn^{6}	kɯn^{2}	ko^{1}	taːu^{2}
相	恋	上	棵	桃

桃树上相恋，

7-1930

润	**吹**	**外**	**罗**	**老**
Rumz	ci	vaij	loh	laux
ɹun^{2}	ɕi^{1}	vaːi^{3}	lo^{6}	laːu^{4}
风	吹	过	路	大

风吹过大路。

7-1931

少	**牙**	**恋**	**要**	**包**
Sau	yaek	lienh	aeu	mbauq
saːu^{1}	jak^{7}	liːn^{6}	au^{1}	baːu^{5}
姑娘	要	恋	要	小伙

妹想和哥恋，

7-1932

是	**开**	**造**	**家**	**然**
Cix	gaej	caux	gya	ranz
ɕi^{4}	kaːi^{5}	ɕaːu^{4}	kja^{1}	ɹaːn^{2}
就	莫	造	家	家

就先别结婚。

女唱

7-1933

同	**恋**	**更**	**果**	**桃**
Doengh	lienh	gwnz	go	dauz
toŋ^{2}	liːn^{6}	kɯn^{2}	ko^{1}	taːu^{2}
相	恋	上	棵	桃

桃树上相恋，

7-1934

润	**吹**	**外**	**尾**	**会**
Rumz	ci	vaij	byai	faex
ɹun^{2}	ɕi^{1}	vaːi^{3}	pjaːi^{1}	fai^{4}
风	吹	过	尾	树

风吹过树梢。

7-1935

同	**恋**	**不**	**同**	**得**
Doengh	lienh	mbouj	doengh	ndaej
toŋ^{2}	liːn^{6}	bou^{5}	toŋ^{2}	dai^{3}
相	恋	不	相	得

相恋不结婚，

7-1936

坏	**卜**	**乜**	**本**	**钱**
Vaih	boh	meh	bonj	cienz
vaːi^{6}	po^{6}	me^{6}	poːn^{3}	ɕiːn^{2}
坏	父	母	本	钱

费父母本钱。

男唱

7-1937

同	**恋**	**更**	**果**	**桃**
Doengh	lienh	gwnz	go	dauz
toŋ^{2}	liːn^{6}	kɯn^{2}	ko^{1}	taːu^{2}
相	恋	上	棵	桃

桃树上相恋，

7-1938

润	**吹**	**外**	**山**	**四**
Rumz	ci	vaij	bya	cwx
ɹun^{2}	ɕi^{1}	vaːi^{3}	pja^{1}	ɕɯ^{4}
风	吹	过	山	社

风吹到社山。

7-1939

恋	**得**	**金**	**跟**	**玉**
Lienh	ndaej	gim	riengz	nyawh
liːn^{6}	dai^{3}	kin^{1}	ɹiːŋ^{2}	ɲəɯ^{6}
恋	得	金	跟	玉

恋得金和玉，

7-1940

牙	**不**	**貝**	**邦**	**文**
Yax	mbouj	bae	biengz	vunz
ja^{5}	bou^{5}	pai^{1}	piːŋ^{2}	vun^{2}
也	不	去	地方	人

也不去他乡。

女唱

7-1941

同	**恋**	**比**	**第**	**一**
Doengh	lienh	bi	daih	it
toŋ^{2}	liːn^{6}	pi^{1}	ti^{5}	it^{7}
相	恋	年	第	一

相恋第一年，

7-1942

农	**召**	**心**	**跟**	**你**
Nuengx	cau	sim	riengz	mwngz
nuːŋ^{4}	ɕaːu^{5}	θin^{1}	ɹiːŋ^{2}	mɯŋ^{2}
妹	操	心	跟	你

妹为你揪心。

7-1943

恋	**空**	**得**	**备**	**银**
Lienh	ndwi	ndaej	beix	ngaenz
liːn^{6}	duːi^{1}	dai^{3}	pi^{4}	ŋan^{2}
恋	不	得	兄	银

恋不得情哥，

7-1944

变	**古**	**存**	**变**	**哭**
Benh	guh	caemz	benh	daej
peːn^{6}	ku^{4}	ɕan^{2}	peːn^{6}	tai^{3}
边	做	玩	边	哭

伤心眼泪流。

男唱

7-1945

同	恋	比	第	义
Doengh	lienh	bi	daih	ngeih
toŋ^{2}	liːn^{6}	pi^{1}	ti^{5}	ȵi^{6}
相	恋	年	第	二

相恋第二年，

7-1946

韦	机	不	好	说
Vae	giq	mbouj	ndei	naeuz
vai^{1}	ki^{5}	bou^{5}	dei^{1}	nau^{2}
姓	支	不	好	说

情友不听话。

7-1947

恋	江	友	巴	轻
Lienh	gyangz	youx	bak	mbaeu
liːn^{6}	kjaːŋ^{5}	ju^{4}	paːk^{7}	bau^{1}
恋	诸	友	嘴	轻

恋个巧舌友，

7-1948

坤	勾	貝	邦	伕
Goenq	gaeu	bae	biengz	fwx
kon^{5}	kau^{1}	pai^{1}	piːŋ^{2}	fə^{4}
断	藤	去	地方	别人

摆脱走他乡。

女唱

7-1949

同	恋	比	第	三
Doengh	lienh	bi	daih	sam
toŋ^{2}	liːn^{6}	pi^{1}	ti^{5}	θaːn^{1}
相	恋	年	第	三

相恋第三年，

7-1950

偻	牙	难	同	对
Raeuz	yax	nanz	doengh	doiq
ɹau^{2}	ja^{5}	naːn^{2}	toŋ^{2}	toːi^{5}
我们	也	难	同	对

我俩难相处。

7-1951

恋	不	得	包	青
Lienh	ndwi	ndaej	mbauq	oiq
liːn^{6}	duːi^{1}	dai^{3}	baːu^{5}	oːi^{5}
恋	不	得	小伙	嫩

不得恋小哥，

7-1952

同	恋	不	米	正
Doengh	lienh	mbouj	miz	cingz
toŋ^{2}	liːn^{6}	bou^{5}	mi^{2}	ɕiŋ^{2}
相	恋	不	有	情

相恋无真情。

男唱

7-1953

同	**恋**	**比**	**第**	**四**
Doengh	lienh	bi	daih	seiq
toŋ²	liːn⁶	pi¹	ti⁵	θei⁵
相	恋	年	第	四

相恋第四年，

7-1954

牙	**不**	**希**	**开**	**么**
Yax	mbouj	heiq	gij	maz
ja⁵	bou⁵	hi⁵	kaːi⁵	ma²
也	不	气	什	么

没有操心事。

7-1955

恋	**空**	**得**	**包**	**而**
Lienh	ndwi	ndaej	mbauq	roih
liːn⁶	duːi¹	dai³	baːu⁵	ɹoːi⁶
恋	不	得	小伙	她

不得恋情妹，

7-1956

造	**家**	**心**	**不**	**念**
Caux	gya	sim	mbouj	net
ɕaːu⁴	kja¹	θin¹	bou⁵	neːt⁷
造	家	心	不	实

结婚不甘心。

女唱

7-1957

同	**恋**	**比**	**第**	**五**
Doengh	lienh	bi	daih	haj
toŋ²	liːn⁶	pi¹	ti⁵	ha³
相	恋	年	第	五

相恋第五年，

7-1958

你	**沙**	**说**	**你**	**师**
Mwngz	ra	naeuz	mwngz	swz
mɯŋ²	ɹa¹	nau²	mɯŋ²	θɯ²
你	找	说	你	辞

你要我不要。

7-1959

恋	**江**	**友**	**更**	**河**
Lienh	gyangz	youx	gwnz	haw
liːn⁶	kjaːŋ²	ju⁴	kɯn²	həɯ¹
恋	诸	友	上	圩

恋不上情友，

7-1960

满	**三**	**时**	**是**	**了**
Monh	sam	seiz	cix	liux
moːn⁶	θaːn¹	θi²	ɕi⁴	liːu⁴
情	三	时	就	完

便绝往日情。

男唱

7-1961

同	恋	比	第	六
Doengh	lienh	bi	daih	roek
toŋ^{2}	liːn^{6}	pi^{1}	ti^{5}	ɹok^{7}
相	恋	年	第	六

相恋第六年，

7-1962

备	农	开	同	立
Beix	nuengx	gaej	doengh	liz
pi^{4}	nuːŋ^{4}	kaːi^{5}	toŋ^{2}	li^{2}
兄	妹	莫	相	离

兄妹别分手。

7-1963

恋	空	得	少	好
Lienh	ndwi	ndaej	sau	ndei
liːn^{6}	duːi^{1}	dai^{3}	saːu^{1}	dei^{1}
恋	不	得	姑娘	好

不得恋小妹，

7-1964

但	得	义	句	好
Danh	ndaej	nyi	coenz	hauq
taːn^{6}	dai^{3}	ɲi^{1}	kjon^{2}	haːu^{5}
但	得	听	句	话

但记得芳心。

女唱

7-1965

同	恋	比	第	七
Doengh	lienh	bi	daih	caet
toŋ^{2}	liːn^{6}	pi^{1}	ti^{5}	ɕat^{7}
相	恋	年	第	七

相恋第七年，

7-1966

牙	七	友	巴	轻
Yax	caet	youx	bak	mbaeu
ja^{5}	ɕat^{7}	ju^{4}	paːk^{7}	bau^{1}
也	遇	友	嘴	轻

又遇巧舌友。

7-1967

偻	空	得	同	要
Raeuz	ndwi	ndaej	doengh	aeu
ɹau^{2}	duːi^{1}	dai^{3}	toŋ^{2}	au^{1}
我们	不	得	相	要

我俩无结果，

7-1968

马	拉	本	不	抵
Ma	laj	mbwn	mbouj	dij
ma^{1}	la^{3}	bɯn^{1}	bou^{5}	ti^{3}
来	下	天	不	值

今生不值得。

男唱

7-1969

同	**恋**	**比**	**第**	**八**
Doengh	lienh	bi	daih	bet
toŋ²	li:n⁶	pi¹	ti⁵	pe:t⁷
相	恋	年	第	八

相恋第八年，

7-1970

心	**不**	**念**	**农**	**银**
Sim	mbouj	net	nuengx	ngaenz
θin¹	bou⁵	ne:t⁷	nu:ŋ⁴	ŋan²
心	不	实	妹	银

对妹不放心。

7-1971

恋	**农**	**办**	**友**	**文**
Lienh	nuengx	baenz	youx	vunz
li:n⁶	nu:ŋ⁴	pan²	ju⁴	vun²
恋	妹	成	友	人

恋妹妹嫁人，

7-1972

可	**怜**	**偻**	**同**	**分**
Hoj	lienz	raeuz	doengh	mbek
ho³	li:n²	ɹau²	toŋ²	me:k⁷
可	怜	我们	相	分别

惜我俩分离。

女唱

7-1973

同	**恋**	**比**	**第**	**九**
Doengh	lienh	bi	daih	gouj
toŋ²	li:n⁶	pi¹	ti⁵	kjou³
相	恋	年	第	九

相恋第九年，

7-1974

乃	**秋**	**乃**	**可**	**怜**
Naih	ciuq	naih	hoj	lienz
na:i⁶	ɕi:u⁵	na:i⁶	ho³	li:n²
越	看	越	可	怜

越来越可怜。

7-1975

秋	**备**	**牙**	**办**	**仙**
Ciuq	beix	yaek	baenz	sien
ɕi:u⁵	pi⁴	jak⁷	pan²	θi:n¹
看	兄	要	成	仙

情哥要成仙，

7-1976

往	**土**	**恋**	**你**	**空**
Uengj	dou	lienh	mwngz	ndwi
va:ŋ³	tu¹	li:n⁶	muɯŋ²	du:i¹
枉	我	恋	你	空

枉费我爱你。

男唱

7–1977

同	**恋**	**比**	**第**	**十**
Doengh	lienh	bi	daih	cib
toŋ²	liːn⁶	pi¹	ti⁵	ɕit⁸
相	恋	年	第	十

相恋第十年，

7–1978

心	**农**	**是**	**自**	**付**
Sim	nuengx	cix	gag	fouz
θin¹	nuːŋ⁴	ɕi⁴	kaːk⁸	fu²
心	妹	是	自	浮

妹自觉心慌。

7–1979

牙	**恋**	**秀**	**方**	**卢**
Yaek	lienh	ciuh	fueng	louz
jak⁷	liːn⁶	ɕiːu⁶	fuːŋ¹	lu²
要	恋	世	风	流

青春期相恋，

7–1980

貝	**州**	**僂**	**一**	**罗**
Bae	cou	raeuz	it	loh
pai¹	ɕou¹	ɹau²	it⁷	lo⁶
去	州	我们	一	路

外出两相伴。

国家古籍工作规划项目

全国少数民族古籍工作“十四五”规划重点项目

国家民委铸牢中华民族共同体意识
古籍整理出版书系

广西高甲壮语瑶歌译注

第四册

第八篇 走亲歌
第九篇 美满歌
第十篇 告别歌

广西壮族自治区少数民族古籍保护研究中心 编

主　编 韦体吉 蓝长龙 岑学贵

副主编 蓝永红 蓝　盛 陆　霞 王江苗

广西教育出版社
南宁

目录

Contents

第八篇 走亲歌

《走亲歌》主要唱述男女双方结交的过程，涉及的话题有民间信仰、农业气候和内河航运等。瑶族信仰文化融合了汉族道教文化和壮族麽文化，巫师是瑶族社会民间信仰仪式活动的主持者，主要施行驱鬼治病、祭祀超度等法事仪式。瑶族是典型的山地游耕民族，农业收成主要取决于自然条件，所以农业气候问题是瑶歌中的常见主题。如唱词中提到的雨水过多会影响播种，连年干旱会造成部分河水断流、棉籽干裂和种粮无收成。流经都安的河流主要有红水河、刁江、澄江等，唱词中提到瑶族用樟木和栎木来造船，然后驾驶木船沿内河到南宁、柳州、百色和广东的一些地方贩卖布匹、食盐、香烟等商品，说明清代中叶汉族商贾先后进入都安经商之后，受其影响，有一部分瑶族人也加入到水路运输业和城乡商品交易行业中。

女唱

8-1

不	**办**	**备**	**跟**	**农**
Mbouj	baenz	beix	riengz	nuengx
bou^{5}	pan^{2}	pi^{4}	ɹiːŋ^{2}	nuːŋ^{4}
不	成	兄	跟	妹

结不成兄妹，

8-2

双	**手**	**吊**	**条**	**汉**
Song	fwngz	duengh	diuz	hanz
θoːŋ^{1}	fɯŋ^{2}	tuːŋ^{6}	tiːu^{2}	haːn^{2}
两	手	拉	条	担

两手空空回。

8-3

不	**办**	**妻**	**跟**	**关**
Mbouj	baenz	maex	riengz	gvan
bou^{5}	pan^{2}	mai^{4}	ɹiːŋ^{2}	kwaːn^{1}
不	成	妻	跟	夫

结不成夫妻，

8-4

分	**貝**	**三**	**秀**	**友**
Mbek	bae	sam	ciuh	youx
beːk^{7}	pai^{1}	θaːn^{1}	ɕiːu^{6}	ju^{4}
分	去	三	世	友

失去三生友。

男唱

8-5

不	**办**	**备**	**跟**	**农**
Mbouj	baenz	beix	riengz	nuengx
bou^{5}	pan^{2}	pi^{4}	ɹiːŋ^{2}	nuːŋ^{4}
不	成	兄	跟	妹

结不成兄妹，

8-6

双	**手**	**吊**	**条**	**汉**
Song	fwngz	duengh	diuz	hanz
θoːŋ^{1}	fɯŋ^{2}	tuːŋ^{6}	tiːu^{2}	haːn^{2}
两	手	拉	条	担

两手空空回。

8-7

不	**办**	**妻**	**跟**	**关**
Mbouj	baenz	maex	riengz	gvan
bou^{5}	pan^{2}	mai^{4}	ɹiːŋ^{2}	kwaːn^{1}
不	成	妻	跟	夫

结不成夫妻，

8-8

阝	**古**	**三**	**给**	**你**
Boux	guh	sanq	hawj	mwngz
pu^{4}	ku^{4}	θaːn^{5}	həɯ^{3}	mɯŋ^{2}
人	做	散	给	你

愿为你单身。

女唱

8-9

不	办	备	跟	农
Mbouj	baenz	beix	riengz	nuengx
bou^{5}	pan^{2}	pi^{4}	ɹiːŋ^{2}	nuːŋ^{4}
不	成	兄	跟	妹

结不成兄妹，

8-10

双	手	吊	条	汉
Song	fwngz	duengh	diuz	hanz
θoːŋ^{1}	fɯŋ^{2}	tuːŋ^{6}	tiːu^{2}	haːn^{2}
两	手	拉	条	担

两手空空回。

8-11

阝	秋	阝	古	三
Boux	ciuq	boux	guh	sanq
pu^{4}	ɕiːu^{5}	pu^{4}	ku^{4}	θaːn^{5}
人	看	人	做	散

彼此都单身，

8-12

偻	牙	难	了	备
Raeuz	yax	nanz	liux	beix
ɹau^{2}	ja^{5}	naːn^{2}	liːu^{4}	pi^{4}
我们	也	难	啰	兄

咱俩难为情。

男唱

8-13

不	办	备	跟	农
Mbouj	baenz	beix	riengz	nuengx
bou^{5}	pan^{2}	pi^{4}	ɹiːŋ^{2}	nuːŋ^{4}
不	成	兄	跟	妹

结不成兄妹，

8-14

双	手	吊	条	汉
Song	fwngz	duengh	diuz	hanz
θoːŋ^{1}	fɯŋ^{2}	tuːŋ^{6}	tiːu^{2}	haːn^{2}
两	手	拉	条	担

两手空空回。

8-15

在	家	是	古	三
Cai	gya	cix	guh	sanq
ɕaːi^{4}	kja^{1}	ɕi^{4}	ku^{4}	θaːn^{5}
在	家	就	做	散

在家守单身，

8-16

造	然	少	是	了
Caux	ranz	sau	cix	liux
ɕaːu^{4}	ɹaːn^{2}	θaːu^{1}	ɕi^{4}	liːu^{4}
造	家	姑娘	就	算

嫁人就算了。

女唱

8-17

不	**办**	**备**	**跟**	**农**
Mbouj	baenz	beix	riengz	nuengx
bou^5	pan^2	pi^4	ɹiːŋ^2	nuːŋ^4
不	成	兄	跟	妹

结不成兄妹，

8-18

双	**手**	**吊**	**条**	**良**
Song	fwngz	duengh	diuz	liengz
θoːŋ^1	fɯŋ^2	tuːŋ^6	tiːu^2	leːŋ^2
两	手	拉	条	梁

两手空空回。

8-19

不	**办**	**巴**	**跟**	**娘**
Mbouj	baenz	baj	riengz	nangz
bou^5	pan^2	pa^3	ɹiːŋ^2	naːŋ^2
不	成	伯母	跟	姑娘

结不成夫妻，

8-20

心	**凉**	**不**	**了**	**备**
Sim	liengz	mbouj	liux	beix
θin^1	liːŋ^2	bou^5	liːu^4	pi^4
心	凉	不	啰	兄

情哥心寒否？

男唱

8-21

不	**办**	**备**	**跟**	**农**
Mbouj	baenz	beix	riengz	nuengx
bou^5	pan^2	pi^4	ɹiːŋ^2	nuːŋ^4
不	成	兄	跟	妹

结不成兄妹，

8-22

双	**手**	**吊**	**条**	**良**
Song	fwngz	duengh	diuz	liengz
θoːŋ^1	fɯŋ^2	tuːŋ^6	tiːu^2	leːŋ^2
两	手	拉	条	梁

两手空空回。

8-23

不	**办**	**巴**	**跟**	**娘**
Mbouj	baenz	baj	riengz	nangz
bou^5	pan^2	pa^3	ɹiːŋ^2	naːŋ^2
不	成	伯母	跟	姑娘

结不成夫妻，

8-24

心	**凉**	**堂**	**又**	**怨**
Sim	liengz	daengz	youh	yonq
θin^1	liːŋ^2	taŋ^2	jou^4	joːn^5
心	凉	到	又	怨

心中也怨恨。

女唱

8-25

不	**办**	**备**	**跟**	**农**
Mbouj	baenz	beix	riengz	nuengx
bou^{5}	pan^{2}	pi^{4}	ɹiːŋ^{2}	nuːŋ^{4}
不	成	兄	跟	妹

结不成兄妹，

8-26

双	**手**	**吊**	**条**	**良**
Song	fwngz	duengh	diuz	liengz
θoːŋ^{1}	fɯŋ^{2}	tuːŋ^{6}	tiːu^{2}	leːŋ^{2}
两	手	拉	条	梁

两手空空回。

8-27

不	**办**	**巴**	**跟**	**娘**
Mbouj	baenz	baj	riengz	nangz
bou^{5}	pan^{2}	pa^{3}	ɹiːŋ^{2}	naːŋ^{2}
不	成	伯母	跟	姑娘

结不成夫妻，

8-28

好	**文**	**邦**	**古**	**对**
Ndij	vunz	biengz	guh	doih
di^{1}	vun^{2}	piːŋ^{2}	ku^{4}	toːi^{6}
与	人	地方	做	伙伴

与路人为伴。

男唱

8-29

不	**办**	**备**	**跟**	**农**
Mbouj	baenz	beix	riengz	nuengx
bou^{5}	pan^{2}	pi^{4}	ɹiːŋ^{2}	nuːŋ^{4}
不	成	兄	跟	妹

结不成兄妹，

8-30

双	**手**	**吊**	**条**	**良**
Song	fwngz	duengh	diuz	liengz
θoːŋ^{1}	fɯŋ^{2}	tuːŋ^{6}	tiːu^{2}	leːŋ^{2}
两	手	拉	条	梁

两手空空回。

8-31

不	**办**	**巴**	**跟**	**娘**
Mbouj	baenz	baj	riengz	nangz
bou^{5}	pan^{2}	pa^{3}	ɹiːŋ^{2}	naːŋ^{2}
不	成	伯母	跟	姑娘

结不成夫妻，

8-32

当	**邦**	**偻**	**当**	**在**
Dangq	biengz	raeuz	dangq	ywq
taːŋ^{5}	piːŋ^{2}	ɹau^{2}	taːŋ^{5}	jɯ^{5}
另	地方	我们	另	住

咱天各一方。

女唱

8-33

不	**办**	**备**	**跟**	**农**
Mbouj	baenz	beix	riengz	nuengx
bou^{5}	pan^{2}	pi^{4}	ɹiːŋ^{2}	nuːŋ^{4}
不	成	兄	跟	妹

结不成兄妹，

8-34

双	**手**	**吊**	**条**	**勾**
Song	fwngz	duengh	diuz	ngaeu
θoːŋ^{1}	fɯŋ^{2}	tuːŋ^{6}	tiːu^{2}	ŋau^{1}
两	手	拉	条	钩

两手空空回。

8-35

牙	**断**	**仪**	**邦**	**偻**
Yax	duenx	saenq	biengz	raeuz
ja^{5}	tuːn^{4}	θin^{5}	piːŋ^{2}	ɹau^{2}
也	断	信	地方	我们

将断绝来往，

8-36

可	**说**	**正**	**不**	**凉**
Goj	naeuz	cingz	mbouj	liengz
ko^{5}	nau^{2}	ɕiŋ^{2}	bou^{5}	liːŋ^{2}
也	说	情	不	凉

还说情未了。

男唱

8-37

不	**办**	**备**	**跟**	**农**
Mbouj	baenz	beix	riengz	nuengx
bou^{5}	pan^{2}	pi^{4}	ɹiːŋ^{2}	nuːŋ^{4}
不	成	兄	跟	妹

结不成兄妹，

8-38

双	**手**	**吊**	**条**	**绸**
Song	fwngz	duengh	diuz	couz
θoːŋ^{1}	fɯŋ^{2}	tuːŋ^{6}	tiːu^{2}	ɕu^{2}
两	手	拉	条	绸

两手空空回。

8-39

不	**办**	**友**	**给**	**土**
Mbouj	baenz	youx	hawj	dou
bou^{5}	pan^{2}	ju^{4}	həɯ^{3}	tu^{1}
不	成	友	给	我

不成我情友，

8-40

心	**付**	**不**	**了**	**农**
Sim	fouz	mbouj	liux	nuengx
θin^{1}	fu^{2}	bou^{5}	liːu^{4}	nuːŋ^{4}
心	浮	不	啰	妹

妹你心急吗？

女唱

8-41

不	办	备	跟	农
Mbouj	baenz	beix	riengz	nuengx
bou⁵	pan²	pi⁴	ɹiːŋ²	nuːŋ⁴
不	成	兄	跟	妹

结不成兄妹，

8-42

双	手	吊	条	绸
Song	fwngz	duengh	diuz	couz
θoːŋ¹	fɯŋ²	tuːŋ⁶	tiːu²	ɕu²
两	手	拉	条	绸

两手空空回。

8-43

岁	单	秀	方	卢
Caez	danq	ciuh	fueng	louz
ɕai²	taːn⁵	ɕiːu⁶	fuːŋ¹	lu²
齐	当	世	风	流

此生共风流，

8-44

拜	而	付	不	祘
Baih	lawz	fouz	mbouj	suenq
paːi⁶	laɯ²	fu²	bou⁵	θuːn⁵
边	哪	浮	不	算

着急也无用。

男唱

8-45

不	办	备	跟	农
Mbouj	baenz	beix	riengz	nuengx
bou⁵	pan²	pi⁴	ɹiːŋ²	nuːŋ⁴
不	成	兄	跟	妹

结不成兄妹，

8-46

双	手	吊	条	绸
Song	fwngz	duengh	diuz	couz
θoːŋ¹	fɯŋ²	tuːŋ⁶	tiːu²	ɕu²
两	手	拉	条	绸

两手空空回。

8-47

断	仪	牙	才	土
Duenx	saenq	yax	caih	dou
tuːn⁴	θin⁵	ja⁵	ɕaːi⁶	tu¹
断	信	也	随	我

断交也随我，

8-48

付	正	牙	才	农
Fouz	cingz	yax	caih	nuengx
fu²	ɕiŋ²	ja⁵	ɕaːi⁶	nuːŋ⁴
浮	情	也	随	妹

绝情也由你。

女唱

8-49

不 办 备 跟 农

Mbouj baenz beix riengz nuengx

bou^{5} pan^{2} pi^{4} ɹiːŋ^{2} nuːŋ^{4}

不 成 兄 跟 妹

结不成兄妹，

8-50

双 手 吊 条 交

Song fwngz duengh diuz gyau

θoːŋ^{1} fɯŋ^{2} tuːŋ^{6} tiːu^{2} kjaːu^{1}

两 手 拉 条 胶

两手空空回。

8-51

不 办 包 跟 少

Mbouj baenz mbauq riengz sau

bou^{5} pan^{2} baːu^{5} ɹiːŋ^{2} θaːu^{1}

不 成 小伙 跟 姑娘

做不成情友，

8-52

金 交 给 邦 累

Gim gyau hawj biengz laeq

kin^{1} kjaːu^{1} həɯ^{3} piːŋ^{2} lai^{5}

金 交 给 地方 看

真情天可鉴。

男唱

8-53

不 办 备 跟 农

Mbouj baenz beix riengz nuengx

bou^{5} pan^{2} pi^{4} ɹiːŋ^{2} nuːŋ^{4}

不 成 兄 跟 妹

结不成兄妹，

8-54

双 手 吊 条 交

Song fwngz duengh diuz gyau

θoːŋ^{1} fɯŋ^{2} tuːŋ^{6} tiːu^{2} kjaːu^{1}

两 手 拉 条 胶

两手空空回。

8-55

不 办 包 跟 少

Mbouj baenz mbauq riengz sau

bou^{5} pan^{2} baːu^{5} ɹiːŋ^{2} θaːu^{1}

不 成 小伙 跟 姑娘

做不成情友，

8-56

金 交 牙 付 用

Gim gyau yax fouz yungh

kin^{1} kjaːu^{1} ja^{5} fu^{2} juŋ^{6}

金 交 也 无 用

挚诚也无用。

女唱

8-57
不 办 备 跟 农
Mbouj baenz beix riengz nuengx
bou5 pan2 pi4 ɹiːŋ2 nuːŋ4
不 成 兄 跟 妹
结不成兄妹，

8-58
你 开 羊 土 来
Mwngz gaej yoengx dou lai
mɯŋ2 kaːi5 joŋ4 tu1 laːi1
你 莫 唆使 我 多
你别太怨我。

8-59
比 瓜 托 比 才
Bi gvaq doh bi gyai
pi1 kwa5 to6 pi1 kjaːi1
年 过 同 年 前
去年和前年，

8-60
心 空 付 样 内
Sim ndwi fouz yiengh neix
θin1 duːi1 fu2 jɯːŋ6 ni4
心 不 浮 样 这
我也不心急。

男唱

8-61
不 办 备 跟 农
Mbouj baenz beix riengz nuengx
bou5 pan2 pi4 ɹiːŋ2 nuːŋ4
不 成 兄 跟 妹
结不成兄妹，

8-62
你 开 羊 土 来
Mwngz gaej yoengx dou lai
mɯŋ2 kaːi5 joŋ4 tu1 laːi1
你 莫 唆使 我 多
你别太怨我。

8-63
堂 日 而 你 代
Daengz ngoenz lawz mwngz dai
taŋ2 ŋon2 lau2 mɯŋ2 taːi1
到 天 哪 你 死
哪天你殒命，

8-64
不 阝 站 头 会
Mbouj boux soengz gyaeuj faex
bou5 pu4 θoŋ2 kjau3 fai4
不 人 站 头 棺
无人可守灵。

女唱

8-65

小	**女**	**在**	**更**	**楼**
Siuj	nawx	ywq	gwnz	laeuz
θiːu^{3}	nɯ^{4}	jɯ^{5}	kɯn^{2}	lau^{2}
小	女	在	上	楼

小女在楼上，

8-66

是	**交**	**正**	**貝**	**瓜**
Cix	gyau	cingz	bae	gvaq
ɕi^{4}	kjaːu^{1}	ɕiŋ^{2}	pai^{1}	kwa^{5}
是	交	情	去	过

我俩是故交。

8-67

阝	**站**	**浪**	**站**	**那**
Boux	soengz	laeng	soengz	naj
pu^{4}	θoŋ^{2}	laŋ^{1}	θoŋ^{2}	na^{3}
个	站	后	站	前

无论在哪里，

8-68

不	**正**	**勒**	**豪**	**南**
Mbouj	cingq	lwg	hauq	nanz
bou^{5}	ɕiŋ^{5}	lɯk^{8}	haːu^{5}	naːn^{2}
不	正	子	孝	久

都算是守孝。

男唱

8-69

不	**办**	**它**	**跟**	**代**
Mbouj	baenz	da	riengz	daiq
bou^{5}	pan^{2}	ta^{1}	ɹiːŋ^{2}	taːi^{5}
不	成	岳父	跟	岳母

成不了亲家，

8-70

双	**拜**	**祘**	**钱**	**红**
Song	baih	suenq	cienz	hong
θoːŋ^{1}	paːi^{6}	θuːn^{5}	ɕiːn^{2}	hoːŋ^{1}
两	边	算	钱	工

各自算工钱。

8-71

不	**办**	**头**	**良**	**通**
Mbouj	baenz	gyaeuj	liengz	ndong
bou^{5}	pan^{2}	kjau^{3}	leːŋ^{2}	doːŋ^{1}
不	成	头	梁	亲家

不成一家人，

8-72

祘	**钱**	**红**	**土**	**刀**
Suenq	cienz	hong	dou	dauq
θuːn^{5}	ɕiːn^{2}	hoːŋ^{1}	tu^{1}	taːu^{5}
算	钱	工	我	回

付我工钱来。

女唱

8–73

不	**办**	**它**	**跟**	**代**
Mbouj	baenz	da	riengz	daiq
bou^{5}	pan^{2}	ta^{1}	ɹi:ŋ^{2}	ta:i^{5}
不	成	岳父	跟	岳母

成不了亲家，

8–74

双	**拜**	**祘**	**钱**	**红**
Song	baih	suenq	cienz	hong
θo:ŋ^{1}	pa:i^{6}	θu:n^{5}	ɕi:n^{2}	ho:ŋ^{1}
两	边	算	钱	工

各自算工钱。

8–75

从	**乜**	**巴**	**古**	**红**
Coengh	meh	baj	guh	hong
ɕoŋ^{6}	me^{6}	pa^{3}	ku^{4}	ho:ŋ^{1}
帮	母	伯母	做	工

帮姨妈做工，

8–76

钱	**红**	**开**	**么**	**备**
Cienz	hong	gij	maz	beix
ɕi:n^{2}	ho:ŋ^{1}	ka:i^{2}	ma^{2}	pi^{4}
钱	工	什	么	兄

讨什么工钱？

男唱

8–77

不	**办**	**它**	**跟**	**代**
Mbouj	baenz	da	riengz	daiq
bou^{5}	pan^{2}	ta^{1}	ɹi:ŋ^{2}	ta:i^{5}
不	成	岳父	跟	岳母

成不了亲家，

8–78

双	**拜**	**祘**	**钱**	**红**
Song	baih	suenq	cienz	hong
θo:ŋ^{1}	pa:i^{6}	θu:n^{5}	ɕi:n^{2}	ho:ŋ^{1}
两	边	算	钱	工

各自算工钱。

8–79

不	**办**	**头**	**良**	**通**
Mbouj	baenz	gyaeuj	liengz	ndong
bou^{5}	pan^{2}	kjau^{3}	le:ŋ^{2}	do:ŋ^{1}
不	成	头	梁	亲家

不成一家人，

8–80

钱	**红**	**是**	**牙**	**祘**
Cienz	hong	cix	yax	suenq
ɕi:n^{2}	ho:ŋ^{1}	ɕi^{4}	ja^{5}	θu:n^{5}
钱	工	是	也	算

就要算工钱。

① 坤勾作更会[kon⁵ kau¹ ɕo⁵ kɯn² fai⁴]：在树上斩藤，表示决绝。

女唱

8-81
备 跟 农
Beix riengz nuengx
pi⁴ ɹiːŋ² nuːŋ⁴
兄 跟 妹
兄与妹，

8-82
秀 同 羊 不 米
Ciuh doengh yaeng mbouj miz
ɕiːu⁶ toŋ² jaŋ¹ bou⁵ mi²
世 相 商量 不 有
从来不商议。

8-83
讲 能 办 同 立
Gangj nyaenx baenz doengh liz
kaːŋ³ ȵan⁴ pan² toŋ² li²
讲 这样 成 相 离
为何相分离？

8-84
团 十 比 不 了
Dwen cib bi mbouj liux
tɯːn¹ ɕit⁸ pi¹ bou⁵ liːu⁴
提 十 年 不 完
十年说不完。

男唱

8-85
备 跟 农
Beix riengz nuengx
pi⁴ ɹiːŋ² nuːŋ⁴
兄 跟 妹
兄与妹，

8-86
秀 同 羊 不 说
Ciuh doengh yaeng mbouj naeuz
ɕiːu⁶ toŋ² jaŋ¹ bou⁵ nau²
世 相 商量 不 说
从来不商议。

8-87
坤 润 作 更 楼
Goenq rumz coq gwnz laeuz
kon⁵ ɹun² ɕo⁵ kɯn² lau²
断 风 放 上 楼
咱俩已恩断，

8-88
坤 勾 作 更 会①
Goenq gaeu coq gwnz faex
kon⁵ kau¹ ɕo⁵ kɯn² fai⁴
断 藤 放 上 树
咱俩已义绝。

女唱

8–89

备	**跟**	**农**
Beix	riengz	nuengx
pi^{4}	ɹi:ŋ^{2}	nu:ŋ^{4}
兄	跟	妹

兄与妹，

8–90

秀	**同**	**羊**	**不**	**说**
Ciuh	doengh	yaeng	mbouj	naeuz
ɕi:u^{6}	toŋ^{2}	jaŋ^{1}	bou^{5}	nau^{2}
世	相	商量	不	说

从来不商议。

8–91

讲	**话**	**牙**	**领**	**偻**
Gangj	vah	yax	lingx	raeuz
ka:ŋ^{3}	va^{6}	ja^{5}	liŋ^{4}	ɹau^{2}
讲	话	也	领	我们

有话和我讲，

8–92

开	**好**	**文**	**同**	**羊**
Gaej	ndij	vunz	doengh	yaeng
ka:i^{5}	di^{1}	vun^{2}	toŋ^{2}	jaŋ^{1}
莫	与	人	相	商量

莫和他人言。

男唱

8–93

备	**跟**	**农**
Beix	riengz	nuengx
pi^{4}	ɹi:ŋ^{2}	nu:ŋ^{4}
兄	跟	妹

兄与妹，

8–94

同	**羊**	**讲**	**话**	**轻**
Doengh	yaeng	gangj	vah	mbaeu
toŋ^{2}	jaŋ^{1}	ka:ŋ^{3}	va^{6}	bau^{1}
相	商量	讲	话	轻

常甜言蜜语。

8–95

同	**心**	**办**	**论**	**偻**
Doengz	sim	baenz	lumj	raeuz
toŋ^{2}	θin^{1}	pan^{2}	lun^{3}	ɹau^{2}
同	心	成	像	我们

我俩心相印，

8–96

得	**要**	**心**	**是**	**于**
Ndaej	aeu	sim	cix	gam
dai^{3}	au^{1}	θin^{1}	ɕi^{4}	ka:n^{1}
得	要	心	就	甘

结婚才甘心。

女唱

8–97

备 跟 农

Beix riengz nuengx

pi^{4} ɹiːŋ^{2} nuːŋ^{4}

兄 跟 妹

兄与妹，

8–98

同 羊 讲 话 轻

Doengh yaeng gangj vah mbaeu

toŋ^{2} jaŋ^{1} kaːŋ^{3} va^{6} bau^{1}

相 商量 讲 话 轻

常甜言蜜语。

8–99

勒 仪 是 不 够

Lawh saenq cix mbouj gaeuq

ləɯ^{6} θin^{5} ɕi^{4} bou^{5} kau^{5}

换 信 是 不 够

通信还不够，

8–100

讲 同 要 么 备

Gangj doengh aeu maz beix

kaːŋ^{3} toŋ^{2} au^{1} ma^{2} pi^{4}

讲 相 要 什么 兄

何来谈结婚？

男唱

8–101

备 跟 农

Beix riengz nuengx

pi^{4} ɹiːŋ^{2} nuːŋ^{4}

兄 跟 妹

兄与妹，

8–102

同 羊 讲 话 轻

Doengh yaeng gangj vah mbaeu

toŋ^{2} jaŋ^{1} kaːŋ^{3} va^{6} bau^{1}

相 商量 讲 话 轻

常甜言蜜语。

8–103

才 牙 够 不 够

Caih yax gaeuq mbouj gaeuq

ɕaːi^{6} ja^{5} kau^{5} bou^{5} kau^{5}

随 也 够 不 够

管它够不够，

8–104

偻 同 要 偻 观

Raeuz doengh aeu raeuz gonq

ɹau^{2} toŋ^{2} au^{1} ɹau^{2} koːn^{5}

我们 相 要 我们 先

先结婚再说。

女唱

8–105

备 跟 农

Beix riengz nuengx

pi^{4} ɹi:ŋ^{2} nu:ŋ^{4}

兄 跟 妹

兄与妹，

8–106

同 羊 古 开 么

Doengh yaeng guh gij maz

toŋ^{2} jaŋ^{1} ku^{4} ka:i^{2} ma^{2}

相 商量 做 什 么

还商量什么。

8–107

厄 是 结 关 巴

Nyienh cix giet gvan baz

ȵu:n^{6} ɕi^{4} ki:t^{7} kwa:i^{1} pa^{2}

愿 就 结 夫 妻

愿意就成婚，

8–108

开 特 心 马 羊

Gaej dawz sim ma yaeng

ka:i^{5} təɯ^{2} θin^{1} ma^{1} jaŋ^{1}

莫 拿 心 来 商量

别浪费时间。

男唱

8–109

备 跟 农

Beix riengz nuengx

pi^{4} ɹi:ŋ^{2} nu:ŋ^{4}

兄 跟 妹

兄与妹，

8–110

同 羊 古 开 么

Doengh yaeng guh gij maz

toŋ^{2} jaŋ^{1} ku^{4} ka:i^{2} ma^{2}

相 商量 做 什 么

还商量什么。

8–111

想 牙 结 关 巴

Siengj yah giet gvan baz

θi:ŋ^{3} ja^{6} ki:t^{7} kwa:i^{1} pa^{2}

想 呀 结 夫 妻

一心成夫妻，

8–112

广 英 不 同 合

Gvangj in mbouj doengh hob

kwa:ŋ^{3} in^{1} bou^{5} toŋ^{2} ho:p^{8}

广 姻 不 相 合

可八字不合。

女唱

8–113

备 跟 农

Beix riengz nuengx

pi^{4} ɹiːŋ^{2} nuːŋ^{4}

兄 跟 妹

兄与妹，

8–114

同 羊 古 包 少

Doengh yaeng guh mbauq sau

toŋ^{2} jaŋ^{1} ku^{4} baːu^{5} θaːu^{1}

相 商量 做 小伙 姑娘

商量做情侣。

8–115

良 不 得 同 交

Liengh mbouj ndaej doengh gyau

leːŋ^{6} bou^{5} dai^{3} toŋ^{2} kjaːu^{1}

谅 不 得 相 交

若不成夫妻，

8–116

包 少 偻 一 罗

Mbauq sau raeuz it loh

baːu^{5} θaːu^{1} ɹau^{2} it^{7} lo^{6}

小伙 姑娘 我们 一 路

情友做到底。

男唱

8–117

备 跟 农 特 平

Beix riengz nuengx dawz bingz

pi^{4} ɹiːŋ^{2} nuːŋ^{4} təɯ^{2} piŋ^{2}

兄 跟 妹 守 平

兄妹相守信，

8–118

中 正 下 垌 光

Cuengq cingz roengz doengh gvangq

ɕuːŋ^{5} ɕiŋ^{2} ɹoŋ^{2} toŋ^{6} kwaːŋ^{5}

放 情 下 垌 宽

去浪迹天涯。

8–119

鸟 九 飞 往 往

Roeg yiuh mbin vangq vangq

ɹok^{8} jiːu^{6} bin^{1} vaːŋ^{5} vaːŋ^{5}

鸟 鹞 飞 扬 扬

咱比翼双飞，

8–120

秀 对 邦 米 元

Ciuh doiq baengz miz yuenz

ɕiːu^{6} toːi^{5} paːŋ^{2} mi^{2} juːn^{2}

世 对 朋 有 缘

情友今有缘。

女唱

8-121

备	**跟**	**农**	**特**	**平**
Beix	riengz	nuengx	dawz	bingz
pi^{4}	ɹiːŋ^{2}	nuːŋ^{4}	təɯ^{2}	piŋ^{2}
兄	跟	妹	守	平

兄妹各守信，

8-122

中	**正**	**下**	**垌**	**开**
Cuengq	cingz	roengz	doengh	hai
ɕuːŋ^{5}	ɕiŋ^{2}	ɹoŋ^{2}	toŋ^{6}	haːi^{1}
放	情	下	垌	开

去浪迹天涯。

8-123

中	**正**	**管**	**天**	**开**
Cuengq	cingz	guenj	denh	gyaiq
ɕuːŋ^{5}	ɕiŋ^{2}	kuːn^{3}	tiːn^{1}	kaːi^{5}
放	情	管	天	界

齐心走天涯，

8-124

害	**你**	**备**	**定**	**手**
Haih	mwngz	beix	din	fwngz
haːi^{6}	mɯŋ^{2}	pi^{4}	tin^{1}	fɯŋ^{2}
害	你	兄	脚	手

怕耽误前途。

男唱

8-125

备	**跟**	**农**	**特**	**平**
Beix	riengz	nuengx	dawz	bingz
pi^{4}	ɹiːŋ^{2}	nuːŋ^{4}	təɯ^{2}	piŋ^{2}
兄	跟	妹	守	平

兄妹各守信，

8-126

中	**正**	**下**	**垌**	**开**
Cuengq	cingz	roengz	doengh	hai
ɕuːŋ^{5}	ɕiŋ^{2}	ɹoŋ^{2}	toŋ^{6}	haːi^{1}
放	情	下	垌	开

去浪迹天涯。

8-127

土	**不**	**理**	**不**	**其**
Dou	mbouj	leix	mbouj	laix
tu^{1}	bou^{5}	li^{4}	bou^{5}	laːi^{4}
我	不	理	不	睬

我不理不睬，

8-128

才	**农**	**刀**	**方**	**而**
Caih	nuengx	dauq	fueng	lawz
ɕaːi^{6}	nuːŋ^{4}	taːu^{5}	fuːŋ^{1}	laɯ^{2}
随	妹	回	方	哪

随你去何方。

女唱

8–129

备	**跟**	**农**	**特**	**平**
Beix	riengz	nuengx	dawz	bingz
pi^{4}	ɹiːŋ^{2}	nuːŋ^{4}	təɯ^{2}	piŋ^{2}
兄	跟	妹	守	平

兄妹各守信，

8–130

中	**正**	**下**	**垌**	**光**
Cuengq	cingz	roengz	doengh	gvangq
ɕuːŋ^{5}	ɕiŋ^{2}	ɹoŋ^{2}	toŋ^{6}	kwaːŋ^{5}
放	情	下	垌	宽

去浪迹天涯。

8–131

不	**理**	**土**	**么**	**邦**
Mbouj	leix	dou	maq	baengz
bou^{5}	li^{4}	tu^{1}	ma^{5}	paːŋ^{2}
不	理	我	嘛	朋

情友不理我，

8–132

老	**牙**	**当**	**良**	**心**
Lau	yaek	daengq	liengz	sim
laːu^{1}	jak^{7}	taŋ^{5}	liːŋ^{2}	θin^{1}
怕	要	叮嘱	良	心

会良心不安。

男唱

8–133

备	**跟**	**农**	**特**	**平**
Beix	riengz	nuengx	dawz	bingz
pi^{4}	ɹiːŋ^{2}	nuːŋ^{4}	təɯ^{2}	piŋ^{2}
兄	跟	妹	守	平

兄妹各守信，

8–134

中	**正**	**下**	**达**	**老**
Cuengq	cingz	roengz	dah	laux
ɕuːŋ^{5}	ɕiŋ^{2}	ɹoŋ^{2}	ta^{6}	laːu^{4}
放	情	下	河	大

去浪迹天涯。

8–135

交	**能**	**来**	**对**	**朝**
Gyau	nyaenx	lai	doiq	sauh
kjaːu^{1}	ȵan^{4}	laːi^{1}	toːi^{5}	θaːu^{6}
交	那么	多	对	辈

交太多情友，

8–136

却	**备**	**可**	**召**	**心**
Gyo	beix	goj	cau	sim
kjo^{1}	pi^{4}	ko^{5}	ɕaːu^{5}	θin^{1}
幸亏	兄	可	操	心

我会很操心。

女唱

8–137

备 跟 农 特 平

Beix riengz nuengx dawz bingz

pi^{4} ɹiːŋ^{2} nuːŋ^{4} təɯ^{2} piŋ^{2}

兄 跟 妹 守 平

兄妹各守信，

8–138

份 小 正 不 断

Faenh siuj cingz mbouj duenx

fan^{6} θiːu^{3} ɕiŋ^{2} bou^{5} tuːn^{4}

份 小 情 不 断

小礼品不断。

8–139

结 英 元 了 伴

Giet in yuenz liux buenx

kiːt^{7} in^{1} juːn^{2} liːu^{4} puːn^{4}

结 姻 缘 啰 伴

情侣结婚吧，

8–140

得 卜 样 是 收

Ndaej boux yiengh cix caeu

dai^{3} pu^{4} jɯːŋ^{6} ɕi^{4} ɕau^{1}

得 人 样 就 收

有礼品便收。

男唱

8–141

备 跟 农 特 平

Beix riengz nuengx dawz bingz

pi^{4} ɹiːŋ^{2} nuːŋ^{4} təɯ^{2} piŋ^{2}

兄 跟 妹 守 平

兄妹各守信，

8–142

份 小 正 不 小

Faenh siuj cingz mbouj siuj

fan^{6} θiːu^{3} ɕiŋ^{2} bou^{5} θiːu^{3}

份 小 情 不 少

礼品少不了。

8–143

九 月 九

Gouj nyied gouj

kjou^{3} ȵuːt^{8} kjou^{3}

九 月 九

九月九，

8–144

份 老 表 不 论

Faenh laux biuj mbouj lumz

fan^{6} laːu^{4} piːu^{3} bou^{5} lun^{2}

份 老 表 不 忘

老表不相忘。

女唱

8-145

备	**跟**	**农**	**特**	**平**
Beix	riengz	nuengx	dawz	bingz
pi^{4}	ɹiːŋ^{2}	nuːŋ^{4}	təɯ^{2}	piŋ^{2}
兄	跟	妹	守	平

兄妹各守信，

8-146

份	**小**	**正**	**不**	**小**
Faenh	siuj	cingz	mbouj	siuj
fan^{6}	θiːu^{3}	ɕiŋ^{2}	bou^{5}	θiːu^{3}
份	小	情	不	少

礼品少不了。

8-147

偻	**交**	**心**	**利**	**宁**
Raeuz	gyau	sim	lij	ningq
ɹau^{2}	kjaːu^{1}	θin^{1}	li^{4}	niŋ^{5}
我们	交	心	还	小

从小就结交，

8-148

刀	**合**	**命**	**关**	**巴**
Dauq	hob	mingh	gvan	baz
taːu^{5}	hoːp^{8}	miŋ^{6}	kwaːi^{1}	pa^{2}
又	合	命	夫	妻

今才合八字。

男唱

8-149

备	**跟**	**农**	**特**	**平**
Beix	riengz	nuengx	dawz	bingz
pi^{4}	ɹiːŋ^{2}	nuːŋ^{4}	təɯ^{2}	piŋ^{2}
兄	跟	妹	守	平

兄妹各守信，

8-150

份	**小**	**正**	**不**	**面**
Faenh	siuj	cingz	mbouj	mienx
fan^{6}	θiːu^{3}	ɕiŋ^{2}	bou^{5}	miːn^{4}
份	小	情	不	免

礼物少不了。

8-151

会	**王**	**狼**	**出**	**坚**
Faex	vangh	langh	ok	genq
fai^{4}	vaːŋ^{6}	laːŋ^{6}	oːk^{7}	keːn^{5}
树	苹婆	若	出	硬心

苹婆出铁心，

8-152

双	**拜**	**节**	**英**	**元**
Song	baih	ciep	in	yuenz
θoːŋ^{1}	paːi^{6}	ɕeːt^{7}	in^{1}	juːn^{2}
两	边	接	姻	缘

咱俩就结婚。

女唱

8–153

会 王 狼 出 坚

Faex vangh langh ok genq

fai^4 va:ŋ^6 la:ŋ^6 o:k^7 ke:n^5

树 苹婆 若 出 硬心

苹婆出铁心，

8–154

双 拜 节 英 元

Song baih ciep in yuenz

θo:ŋ^1 pa:i^6 çe:t^7 in^1 ju:n^2

两 边 接 姻 缘

我俩就成亲。

8–155

会 王 狼 出 龙

Faex vangh langh ok lungz

fai^4 va:ŋ^6 la:ŋ^6 o:k^7 luŋ^2

树 苹婆 若 出 龙

苹婆变成龙，

8–156

结 正 双 了 农

Giet cingz sueng liux nuengx

ki:t^7 çiŋ^2 θu:ŋ^1 li:u^4 nu:ŋ^4

结 情 双 啰 妹

我俩成夫妻。

男唱

8–157

会 王 狼 出 坚

Faex vangh langh ok genq

fai^4 va:ŋ^6 la:ŋ^6 o:k^7 ke:n^5

树 苹婆 若 出 硬心

苹婆出铁心，

8–158

双 拜 节 英 元

Song baih ciep in yuenz

θo:ŋ^1 pa:i^6 çe:t^7 in^1 ju:n^2

两 边 结 姻 缘

我俩便结婚。

8–159

会 王 狼 出 龙

Faex vangh langh ok lungz

fai^4 va:ŋ^6 la:ŋ^6 o:k^7 luŋ^2

树 苹婆 若 出 龙

苹婆变成龙，

8–160

结 正 双 对 墓

Giet cingz sueng doiq moh

ki:t^7 çiŋ^2 θu:ŋ^1 to:i^5 mo^6

结 情 双 对 墓

死后又同墓。

女唱

8-161

备	**托**	**农**	**好**	**来**
Beix	doh	nuengx	ndei	lai
pi^{4}	to^{6}	nuːŋ^{4}	dei^{1}	laːi^{1}
兄	同	妹	好	多

兄妹感情深，

8-162

论	**告**	**代**	**土**	**听**
Lwnh	goq	daez	dou	dingq
lun^{6}	ko^{5}	tai^{2}	tu^{1}	tiŋ^{5}
告诉	故	事	我	听

给我讲故事。

8-163

优	**声**	**令**	**牙**	**令**
Yaeuj	sing	liengh	yah	liengh
jau^{3}	θiŋ^{1}	liːŋ^{6}	ja^{6}	liːŋ^{6}
抬	声	高	呀	高

叫声高又高，

8-164

知	**了**	**命**	**日**	**而**
Rox	liux	mingh	ngoenz	lawz
ɹo^{4}	liːu^{4}	miŋ^{6}	ŋon^{2}	laɯ^{2}
知	完	命	天	哪

死期也未知。

男唱

8-165

备	**跟**	**农**	**好**	**来**
Beix	riengz	nuengx	ndei	lai
pi^{4}	ɹiːŋ^{2}	nuːŋ^{4}	dei^{1}	laːi^{1}
兄	跟	妹	好	多

兄妹感情深，

8-166

论	**告**	**代**	**土**	**听**
Lwnh	goq	daez	dou	dingq
lun^{6}	ko^{5}	tai^{2}	tu^{1}	tiŋ^{5}
告诉	故	事	我	听

给我讲故事。

8-167

十	**分**	**不**	**米**	**命**
Cib	faen	mbouj	miz	mingh
ɕit^{8}	fan^{1}	bou^{5}	mi^{2}	miŋ^{6}
十	分	不	有	命

若死期将至，

8-168

备	**农**	**是**	**同**	**说**
Beix	nuengx	cix	doengh	naeuz
pi^{4}	nuːŋ^{4}	ɕi^{4}	toŋ^{2}	nau^{2}
兄	妹	就	相	说

咱俩就道别。

女唱

8–169

备	**跟**	**农**	**好**	**来**
Beix	riengz	nuengx	ndei	lai
pi^4	ɹiːŋ^2	nuːŋ^4	dei^1	laːi^1
兄	跟	妹	好	多

兄妹感情深，

8–170

论	**告**	**代**	**土**	**听**
Lwnh	goq	daez	dou	dingq
lun^6	ko^5	tai^2	tu^1	tiŋ^5
告诉	故	事	我	听

给我讲故事。

8–171

十	**分**	**不**	**米**	**命**
Cib	faen	mbouj	miz	mingh
çit^8	fan^1	bou^5	mi^2	miŋ^6
十	分	不	有	命

若死期将至，

8–172

当	**备**	**姓**	**马**	**岁**
Daengq	beix	singq	ma	caez
taŋ^5	pi^4	θiŋ^5	ma^1	çai^2
叮嘱	兄	姓	来	齐

必见你一面。

男唱

8–173

备	**跟**	**农**	**好**	**来**
Beix	riengz	nuengx	ndei	lai
pi^4	ɹiːŋ^2	nuːŋ^4	dei^1	laːi^1
兄	跟	妹	好	多

兄妹感情深，

8–174

论	**告**	**代**	**土**	**听**
Lwnh	goq	daez	dou	dingq
lun^6	ko^5	tai^2	tu^1	tiŋ^5
告诉	故	事	我	听

给我讲故事。

8–175

十	**分**	**不**	**米**	**命**
Cib	faen	mbouj	miz	mingh
çit^8	fan^1	bou^5	mi^2	miŋ^6
十	分	不	有	命

若死期将至，

8–176

办	**病**	**不**	**用**	**赔**
Baenz	bingh	mbouj	yungh	boi
pan^2	piŋ^6	bou^5	juŋ^6	poːi^1
成	病	不	用	求仙

生病不求仙。

女唱

8-177

备 跟 农 好 来

Beix riengz nuengx ndei lai

pi^{4} ɹiːŋ^{2} nuːŋ^{4} dei^{1} laːi^{1}

兄 跟 妹 好 多

兄妹感情深，

8-178

论 告 代 土 听

Lwnh goq daez dou dingq

lun^{6} ko^{5} tai^{2} tu^{1} tiŋ^{5}

告诉 故 事 我 听

给我讲故事。

8-179

十 分 不 米 命

Cib faen mbouj miz mingh

ɕit^{8} fan^{1} bou^{5} mi^{2} miŋ^{6}

十 分 不 有 命

若死期将至，

8-180

双 拜 听 山 长

Song baih dingq byaj raez

θoːŋ^{1} paːi^{6} tiŋ^{5} pja^{3} ɹai^{2}

两 边 听 雷 鸣

双方听雷鸣。

男唱

8-181

十 分 不 米 命

Cib faen mbouj miz mingh

ɕit^{8} fan^{1} bou^{5} mi^{2} miŋ^{6}

十 分 不 有 命

若死期将至，

8-182

双 拜 听 山 长

Song baih dingq byaj raez

θoːŋ^{1} paːi^{6} tiŋ^{5} pja^{3} ɹai^{2}

两 边 听 雷 鸣

双方听雷鸣。

8-183

当 卜 当 在 远

Dangq boux dangq ywq gyae

taːŋ^{5} pu^{4} taːŋ^{5} jɯ^{5} kjai^{1}

另 人 另 在 远

咱们离得远，

8-184

要 山 长 古 定

Aeu byaj raez guh dingh

au^{1} pja^{3} ɹai^{2} ku^{4} tiŋ^{6}

要 雷 鸣 做 定

以雷鸣为约。

女唱

8–185

备 托 农 好 来

Beix doh nuengx ndei lai

pi^4 to^6 nuːŋ^4 dei^1 laːi^1

兄 同 妹 好 多

兄妹感情深，

8–186

论 告 代 三 八

Lumj goq daez sanh bek

lun^3 ko^5 tai^2 θaːn^1 peːk^7

像 故 事 山 伯

像梁祝一样。

8–187

包 少 不 同 原

Mbauq sau mbouj doengh nyied

baːu^5 θaːu^1 bou^5 toŋ^2 n̥iːt^8

小伙 姑娘 不 相 甘心

情侣不甘心，

8–188

牙 可 才 良 心

Yax goj caih liengz sim

ja^5 ko^5 ɕaːi^6 liːŋ^2 θin^1

也 可 随 良 心

婚姻也随缘。

男唱

8–189

备 托 农 好 来

Beix doh nuengx ndei lai

pi^4 to^6 nuːŋ^4 dei^1 laːi^1

兄 同 妹 好 多

兄妹感情深，

8–190

论 告 代 三 八

Lumj goq daez sanh bek

lun^3 ko^5 tai^2 θaːn^1 peːk^7

像 故 事 山 伯

像梁祝一样。

8–191

十 在 心 不 干

Siz caih sim mbouj gam

θi^2 ɕaːi^4 θin^1 bou^5 kaːn^1

实 在 心 不 甘

倘若心不甘，

8–192

刀 马 节 英 元

Dauq ma ciep in yuenz

taːu^5 ma^1 ɕeːt^7 in^1 juːn^2

回 来 结 姻 缘

回来结姻缘。

女唱

8–193

备	**托**	**农**	**好**	**来**
Beix	doh	nuengx	ndei	lai
pi^{4}	to^{6}	nu:ŋ^{4}	dei^{1}	la:i^{1}
兄	同	妹	好	多

兄妹感情深，

8–194

论	**告**	**代**	**三**	**八**
Lumj	goq	daez	sanh	bek
lun^{3}	ko^{5}	tai^{2}	θa:n^{1}	pe:k^{7}
像	故	事	山	伯

和梁祝一样。

8–195

代	**心**	**利**	**尝**	**干**
Dai	sim	lij	caengz	gam
ta:i^{1}	θin^{1}	li^{4}	çaŋ^{2}	ka:n^{1}
死	心	还	未	甘

死了不瞑目，

8–196

良	**节**	**不**	**得**	**偻**
Liengh	ciep	mbouj	ndaej	raeuz
le:ŋ^{6}	çe:t^{7}	bou^{5}	dai^{3}	ɹau^{2}
谅	结	不	得	我们

我俩难结缘。

男唱

8–197

备	**托**	**农**	**好**	**来**
Beix	doh	nuengx	ndei	lai
pi^{4}	to^{6}	nu:ŋ^{4}	dei^{1}	la:i^{1}
兄	同	妹	好	多

兄妹感情深，

8–198

论	**告**	**代**	**偻**	**观**
Lwnh	goq	daez	raeuz	gonq
lun^{6}	ko^{5}	tai^{2}	ɹau^{2}	ko:n^{5}
告诉	故	事	我们	先

给我讲故事。

8–199

马	**江**	**元**	**内**	**怨**
Ma	gyang	roen	neix	yonq
ma^{1}	kja:ŋ^{1}	jo:n^{1}	ni^{4}	jo:n^{5}
来	中	路	这	怨

途中生怨言，

8–200

利	**论**	**观**	**知**	**空**
Lij	lumj	gonq	rox	ndwi
li^{4}	lun^{3}	ko:n^{5}	ɹo^{4}	du:i^{1}
还	像	先	或	不

是否已变心？

女唱

8–201

备 托 农 好 来

Beix doh nuengx ndei lai

pi^4 to^6 nuːŋ^4 dei^1 laːi^1

兄 同 妹 好 多

兄妹感情深，

8–202

论 告 代 土 观

Lwnh goq daez dou gonq

lun^6 ko^5 tai^2 tu^1 koːn^5

告诉 故 事 我 先

给我讲故事。

8–203

马 江 元 内 怨

Ma gyang roen neix yonq

ma^1 kjaːŋ^1 joːn^1 ni^4 joːn^5

来 中 路 这 怨

途中生怨言，

8–204

不 比 观 土 说

Mbouj beij gonq dou naeuz

bou^5 pi^3 koːn^5 tu^1 nau^2

不 比 先 我 说

不如对我说。

男唱

8–205

卜 罵 说 乜 罵

Boh ndaq naeuz meh ndaq

po^6 da^5 nau^2 me^6 da^5

父 骂 或 母 骂

被父母责备，

8–206

么 是 沙 能 来

Maz cix nyah nyaenx lai

ma^2 ɕi^4 ȵa^6 ȵan^4 laːi^1

何 是 生气 那么 多

心情格外差。

8–207

卜 代 说 乜 代

Boh dai naeuz meh dai

po^6 taːi^1 nau^2 me^6 taːi^1

父 死 或 母 死

父死或母亡，

8–208

马 江 开 内 怨

Ma gyang gai neix yonq

ma^1 kjaːŋ^1 kaːi^1 ni^4 joːn^5

来 中 街 这 怨

到街上抱怨。

女唱

8-209

卜	土	牙	空	罵
Boh	dou	yax	ndwi	ndaq
po^6	tu^1	ja^5	du:i^1	da^5
父	我	也	不	骂

父亲还健在，

8-210

乜	土	牙	空	代
Meh	dou	yax	ndwi	dai
me^6	tu^1	ja^5	du:i^1	ta:i^1
母	我	也	不	死

母亲也康宁。

8-211

却	邦	友	土	来
Gyoh	baengz	youx	dou	lai
kjo^6	paŋ^2	jou^4	tu^1	la:i^1
可怜	朋	友	我	多

怜惜我好友，

8-212

马	江	开	内	怨
Ma	gyang	gai	neix	yonq
ma^1	kja:ŋ^1	ka:i^1	ni^4	jo:n^5
来	中	街	这	怨

才来街上怨。

男唱

8-213

农	托	土	同	交
Nuengx	doh	dou	doengh	gyau
nu:ŋ^4	to^6	tu^1	toŋ^2	kja:u^1
妹	同	我	相	交

妹与我结交，

8-214

包	跟	少	开	希
Mbauq	riengz	sau	gaej	heiq
ba:u^5	ɹi:ŋ^2	θa:u^1	ka:i^5	hi^5
小伙	跟	姑娘	莫	气

双方都莫愁。

8-215

说	双	句	欢	比
Naeuz	song	coenz	fwen	beij
nau^2	θo:ŋ^1	kjon^2	vu:n^1	pi^3
说	两	句	歌	歌

唱两句山歌，

8-216

玩	作	田	内	写
Vanq	coq	denz	neix	ce
va:n^6	ɕo^5	te:n^2	ni^4	ɕe^1
撒	放	地	这	留

留此作纪念。

女唱

8–217

备	**托**	**农**	**同**	**交**
Beix	doh	nuengx	doengh	gyau
pi^{4}	to^{6}	nuːŋ^{4}	toŋ^{2}	kjaːu^{1}
兄	同	妹	相	交

兄和妹结交，

8–218

包	**点**	**少**	**开**	**希**
Mbauq	dem	sau	gaej	heiq
baːu^{5}	teːn^{1}	θaːu^{1}	kaːi^{5}	hi^{5}
小伙	与	姑娘	莫	气

双方均莫愁。

8–219

声	**欢**	**写**	**𡶴**	**内**
Sing	fwen	ce	rungh	neix
θiŋ^{1}	vuːn^{1}	çe^{1}	ɹuŋ^{6}	ni^{4}
声	歌	留	𡶴	这

此地留歌声，

8–220

知	**备**	**刀**	**方**	**而**
Rox	beix	dauq	fueng	lawz
ɹo^{4}	pi^{4}	taːu^{5}	fuːŋ^{1}	laɯ^{2}
知	兄	回	方	哪

情哥去何方？

男唱

8–221

备	**托**	**农**	**同**	**交**
Beix	doh	nuengx	doengh	gyau
pi^{4}	to^{6}	nuːŋ^{4}	toŋ^{2}	kjaːu^{1}
兄	同	妹	相	交

兄和妹结交，

8–222

更	**好**	**分**	**阝**	**节**
Gaen	hau	baen	boux	cik
kan^{1}	haːu^{1}	pan^{1}	pu^{4}	çik^{7}
巾	白	分	人	尺

白绢各一尺。

8–223

双	**偻**	**刀**	**同**	**分**
Song	raeuz	dauq	doengh	mbek
θoːŋ^{1}	ɹau^{2}	taːu^{5}	toŋ^{2}	beːk^{7}
两	我们	又	相	分

我俩要诀别，

8–224

间	**布**	**抹**	**水**	**山**
Gen	buh	uet	raemx	bya
keːn^{1}	pu^{6}	uːt^{7}	ɹan^{4}	pja^{1}
衣	袖	抹	水	眼

衣袖揩热泪。

女唱

8-225

备	**托**	**农**	**同**	**交**
Beix	doh	nuengx	doengh	gyau
pi4	to6	nuːŋ4	toŋ2	kjaːu1
兄	同	妹	相	交

兄和妹结交，

8-226

更	**好**	**分**	**阝**	**节**
Gaen	hau	baen	boux	cik
kan1	haːu1	pan1	pu4	ɕik7
巾	白	分	人	尺

白绢各一尺。

8-227

友	**而**	**讲**	**说**	**分**
Youx	lawz	gangj	naeuz	mbek
ju4	laɯ2	kaːŋ3	nau2	beːk7
友	哪	讲	说	分

谁说要分别，

8-228

务	**是**	**格**	**它**	**贝**
Huj	cix	gek	de	bae
hu3	ɕi4	keːk7	te1	pai1
云	就	隔	他	去

让他随风去。

男唱

8-229

备	**托**	**农**	**同**	**交**
Beix	doh	nuengx	doengh	gyau
pi4	to6	nuːŋ4	toŋ2	kjaːu1
兄	同	妹	相	交

兄和妹结交，

8-230

更	**好**	**分**	**阝**	**节**
Gaen	hau	baen	boux	cik
kan1	haːu1	pan1	pu4	ɕik7
巾	白	分	人	尺

白绢各一尺。

8-231

包	**少**	**不**	**给**	**分**
Mbauq	sau	mbouj	hawj	mbek
baːu5	θaːu1	bou5	həɯ3	beːk7
小伙	姑娘	不	给	分

兄妹不可分，

8-232

甲	**本**	**铁**	**刀**	**好**
Gyah	mbwn	dek	dauq	ndei
kja6	bɯn1	teːk7	taːu5	dei1
宁可	天	裂	倒	好

如天不可裂。

女唱

8-233
备 托 农 同 交
Beix doh nuengx doengh gyau
pi4 to6 nu:ŋ4 toŋ2 kja:u1
兄 同 妹 相 交
兄和妹结交，

8-234
更 好 分 阝 节
Gaen hau baen boux cik
kan1 ha:u1 pan1 pu4 çik7
巾 白 分 人 尺
白绢各一尺。

8-235
采 合 会 不 铁
Caij hoh faex mbouj dek
ça:i3 ho6 fai4 bou5 te:k7
踩 节 树 不 裂
竹节踩不爆，

8-236
同 分 江 火 份
Doengh mbek gyang feiz hoenz
toŋ2 be:k7 kja:ŋ1 fi2 hon2
相 分 中 火 烟
也难禁烈火。

男唱

8-237
备 同 农 托 交
Beix doengz nuengx doh gyau
pi4 toŋ2 nu:ŋ4 to6 kja:u1
兄 同 妹 同 交
兄和妹结交，

8-238
更 好 分 阝 节
Gaen hau baen boux cik
kan1 ha:u1 pan1 pu4 çik7
巾 白 分 人 尺
白绢各一尺。

8-239
包 少 它 同 分
Mbauq sau de doengh mbek
ba:u5 θa:u1 te1 toŋ2 be:k7
小伙 姑娘 他 相 分
兄妹若分别，

8-240
强 歪 铁 更 果
Giengz faiq dek gwnz go
ki:ŋ2 va:i5 te:k7 kɯn2 ko1
像 棉 裂 上 棵
如棉桃炸裂。

① 更给好马卡［kap⁸ kai⁵ ha:u¹ ma¹ ka³］：捉白鸡来杀。当地民间传统习俗，杀白鸡表示诀绝。

女唱

8-241

备　同　农　同　交

Beix doengz nuengx doengh gyau

pi⁴ toŋ² nu:ŋ⁴ toŋ² kja:u¹

兄　同　妹　相　交

兄和妹结交，

8-242

更　好　分　𠇌　节

Gaen hau baen boux cik

kan¹ ha:u¹ pan¹ pu⁴ çik⁷

巾　白　分　人　尺

白绢各一尺。

8-243

包　少　刀　同　分

Mbauq sau dauq doengh mbek

ba:u⁵ θa:u¹ ta:u⁵ toŋ² be:k⁷

小伙　姑娘　又　相　分

兄妹若分别，

8-244

外　罗　罗　是　伏

Vaij loh loh cix fwz

va:i³ lo⁶ lo⁶ çi⁴ fu²

过　路　路　就　荒

坦途变陌路。

男唱

8-245

包　跟　少

Mbauq riengz sau

ba:u⁵ ɹi:ŋ² θa:u¹

小伙　跟　姑娘

兄和妹，

8-246

更　给　好　马　卡①

Gaeb gaeq hau ma gaj

kap⁸ kai⁵ ha:u¹ ma¹ ka³

捉　鸡　白　来　杀

决心要别离。

8-247

包　少　强　水　达

Mbauq sau giengz raemx dah

ba:u⁵ θa:u¹ ki:ŋ² ɹan⁴ ta⁶

小伙　姑娘　像　水　河

兄妹如河水，

8-248

瓜　了　是　论　王

Gvaq liux cix lumz vaengz

kwa⁵ li:u⁴ çi⁴ lun² vaŋ²

过　完　就　忘　潭

流走忘其源。

女唱

8-249

包	**跟**	**少**
Mbauq	riengz	sau
baːu^{5}	ɹiːŋ^{2}	θaːu^{1}
小伙	**跟**	**姑娘**

兄和妹，

8-250

更	**给**	**好**	**马**	**卡**
Gaeb	gaeq	hau	ma	gaj
kap^{8}	kai^{5}	haːu^{1}	ma^{1}	ka^{3}
捉	**鸡**	**白**	**来**	**杀**

决心要别离。

8-251

包	**少**	**代**	**貝**	**那**
Mbauq	sau	dai	bae	naj
baːu^{5}	θaːu^{1}	taːi^{1}	pai^{1}	na^{3}
小伙	**姑娘**	**死**	**去**	**前**

我俩若逝世，

8-252

卡	**给**	**金**	**坤**	**符**
Gaj	gaeq	gimq	goenq	fouz
ka^{3}	kai^{5}	kin^{5}	kon^{5}	fu^{2}
杀	**鸡**	**禁**	**断**	**符**

杀白鸡送葬。

男唱

8-253

包	**跟**	**少**
Mbauq	riengz	sau
baːu^{5}	ɹiːŋ^{2}	θaːu^{1}
小伙	**跟**	**姑娘**

兄和妹，

8-254

更	**给**	**好**	**马**	**卡**
Gaeb	gaeq	hau	ma	gaj
kap^{8}	kai^{5}	haːu^{1}	ma^{1}	ka^{3}
捉	**鸡**	**白**	**来**	**杀**

决心要别离。

8-255

包	**少**	**代**	**貝**	**那**
Mbauq	sau	dai	bae	naj
baːu^{5}	θaːu^{1}	taːi^{1}	pai^{1}	na^{3}
小伙	**姑娘**	**死**	**去**	**前**

我俩若逝世，

8-256

八	**卡**	**给**	**金**	**忠**
Bah	gaj	gaeq	gimq	fangz
pa^{6}	ka^{3}	kai^{5}	kin^{5}	faːŋ^{2}
莫急	**杀**	**鸡**	**禁**	**鬼**

莫断回头路。

女唱

8-257

包　跟　少

Mbauq riengz sau

baːu^{5} ɹiːŋ^{2} θaːu^{1}

小伙　跟　姑娘

兄和妹，

8-258

更　给　好　马　卡

Gaeb gaeq hau ma gaj

kap^{8} kai^{5} haːu^{1} ma^{1} ka^{3}

捉　鸡　白　来　杀

决心要别离。

8-259

金　坤　符　貝　那

Gimq goenq fouz bae naj

kin^{5} kon^{5} fu^{2} pai^{1} na^{3}

禁　断　符　去　前

切断回头路，

8-260

利　米　话　样　而

Lij miz vah yiengh rawz

li^{4} mi^{2} va^{6} jɯːŋ^{6} ɹaɯ^{2}

还　有　话　样　什么

还能说什么？

男唱

8-261

包　跟　少

Mbauq riengz sau

baːu^{5} ɹiːŋ^{2} θaːu^{1}

小伙　跟　姑娘

兄和妹，

8-262

更　给　好　马　卡

Gaeb gaeq hau ma gaj

kap^{8} kai^{5} haːu^{1} ma^{1} ka^{3}

捉　鸡　白　来　杀

决心要别离。

8-263

金　坤　符　狼　瓜

Gimq goenq fouz langh gvaq

kin^{5} kon^{5} fu^{2} laːŋ^{6} kwa^{5}

禁　断　符　若　过

若不再回头，

8-264

一　句　话　不　米

It coenz vah mbouj miz

it^{7} kjon^{2} va^{6} bou^{5} mi^{2}

一　句　话　不　有

我无话可说。

女唱

8-265

包	跟	少
Mbauq	riengz	sau
baːu^{5}	ɹiːŋ^{2}	θaːu^{1}
小伙	跟	姑娘

兄和妹，

8-266

更	给	好	马	卡
Gaeb	gaeq	hau	ma	gaj
kap^{8}	kai^{5}	haːu^{1}	ma^{1}	ka^{3}
捉	鸡	白	来	杀

决心要别离。

8-267

金	坤	符	狼	瓜
Gimq	goenq	fouz	langh	gvaq
kin^{5}	kon^{5}	fu^{2}	laːŋ^{6}	kwa^{5}
禁	断	符	若	过

若能过此关，

8-268

定	貝	那	要	你
Dingh	bae	naj	aeu	mwngz
tiŋ^{6}	pai^{1}	na^{3}	au^{1}	mɯŋ^{2}
定	去	前	要	你

下辈子嫁你。

男唱

8-269

包	跟	少
Mbauq	riengz	sau
baːu^{5}	ɹiːŋ^{2}	θaːu^{1}
小伙	跟	姑娘

兄和妹，

8-270

更	给	好	古	样
Gaeb	gaeq	hau	guh	yiengh
kap^{8}	kai^{5}	haːu^{1}	ku^{4}	jɯːŋ^{6}
捉	鸡	白	做	样

假装要分别。

8-271

包	少	金	银	相
Mbauq	sau	gim	ngaenz	ciengx
baːu^{5}	θaːu^{1}	kin^{1}	ŋan^{2}	ɕiːŋ^{4}
小伙	姑娘	金	银	养

兄妹情意深，

8-272

在	卩	仿	岁	合
Ywq	boux	fiengh	caez	hoz
jɯ^{5}	pu^{4}	fiːŋ^{6}	ɕai^{2}	ho^{2}
在	人	边	齐	脖

隔世也同心。

女唱

8-273

包 跟 少

Mbauq riengz sau

baːu^{5} ɹiːŋ^{2} θaːu^{1}

小伙 跟 姑娘

兄和妹，

8-274

更 给 好 古 样

Gaeb gaeq hau guh yiengh

kap^{8} kai^{5} haːu^{1} ku^{4} jɯːŋ^{6}

捉 鸡 白 做 样

假装要分别。

8-275

包 少 八 讲 强

Mbauq sau bah gangj giengz

baːu^{5} θaːu^{1} pa^{6} kaːŋ^{3} kiːŋ^{2}

小伙 姑娘 莫急 讲 犟

兄妹莫狂言，

8-276

良 不 得 共 然

Liengh mbouj ndaej gungh ranz

leːŋ^{6} bou^{5} dai^{3} kuŋ^{6} ɹaːn^{2}

谅 不 得 共 家

怕不成夫妻。

男唱

8-277

包 跟 少

Mbauq riengz sau

baːu^{5} ɹiːŋ^{2} θaːu^{1}

小伙 跟 姑娘

兄和妹，

8-278

更 给 好 共 墓

Gaeb gaeq hau gungh moh

kap^{8} kai^{5} haːu^{1} kuŋ^{6} mo^{6}

捉 鸡 白 共 墓

死后葬同墓。

8-279

一 比 貝 一 阝

It bi bae it boux

it^{7} pi^{1} pai^{1} it^{7} pu^{4}

一 年 去 一 人

一年死一人，

8-280

了 邦 友 邦 你

Liux baengz youx biengz mwngz

liːu^{4} paŋ^{2} ju^{4} piːŋ^{2} mɯŋ^{2}

完 朋 友 地方 这

此处无挚友。

女唱

8-281

包 跟 少

Mbauq riengz sau

baːu^{5} ɹiːŋ^{2} θaːu^{1}

小伙 跟 姑娘

兄和妹，

8-282

更 给 好 共 墓

Gaeb gaeq hau gungh moh

kap^{8} kai^{5} haːu^{1} kuŋ^{6} mo^{6}

捉 鸡 白 共 墓

死后葬同墓。

8-283

一 比 交 一 卜

It bi gyau it boux

it^{7} pi^{1} kjaːu^{1} it^{7} pu^{4}

一 年 交 一 人

一年交一人，

8-284

邦 友 刀 马 岁

Baengz youx dauq ma caez

paŋ^{2} ju^{4} taːu^{5} ma^{1} ɕai^{2}

朋 友 回 来 齐

新友一样多。

男唱

8-285

包 跟 少

Mbauq riengz sau

baːu^{5} ɹiːŋ^{2} θaːu^{1}

小伙 跟 姑娘

兄和妹，

8-286

更 给 好 共 墓

Gaeb gaeq hau gungh moh

kap^{8} kai^{5} haːu^{1} kuŋ^{6} mo^{6}

捉 鸡 白 共 墓

死后葬同墓。

8-287

交 卜 又 漆 卜

Gyau boux youh saet boux

kjaːu^{1} pu^{4} jou^{4} θat^{7} pu^{4}

交 人 又 失 人

顾此又失彼，

8-288

邦 友 出 而 马

Baengz youx ok lawz ma

paŋ^{2} ju^{4} oːk^{7} lauɯ^{2} ma^{1}

朋 友 出 哪 来

朋友从哪来？

女唱

8-289

包	**跟**	**少**
Mbauq	riengz	sau
ba:u^{5}	ɹi:ŋ^{2}	θa:u^{1}
小伙	**跟**	**姑娘**

兄和妹，

8-290

更	**给**	**好**	**共**	**墓**
Gaeb	gaeq	hau	gungh	moh
kap^{8}	kai^{5}	ha:u^{1}	kuŋ^{6}	mo^{6}
捉	**鸡**	**白**	**共**	**墓**

死后葬同墓。

8-291

四	**方**	**交**	**四**	**阝**
Seiq	fueng	gyau	seiq	boux
θei^{5}	fu:ŋ^{1}	kja:u^{1}	θei^{5}	pu^{4}
四	**方**	**交**	**四**	**人**

四方交四个，

8-292

邦	**友**	**玩**	**托**	**邦**
Baengz	youx	vanq	doh	biengz
paŋ^{2}	ju^{4}	va:n^{6}	to^{6}	pi:ŋ^{2}
朋	**友**	**撒**	**遍**	**地方**

朋友遍天下。

男唱

8-293

包	**跟**	**少**
Mbauq	riengz	sau
ba:u^{5}	ɹi:ŋ^{2}	θa:u^{1}
小伙	**跟**	**姑娘**

兄和妹，

8-294

阝	**包**	**阝**	**不**	**得**
Boux	bau	boux	mbouj	ndaej
pu^{4}	pa:u^{1}	pu^{4}	bou^{5}	dai^{3}
人	**包**	**人**	**不**	**得**

谁都信不过。

8-295

包	**少**	**办**	**卜**	**妻**
Mbauq	sau	baenz	boh	maex
ba:u^{5}	θa:u^{1}	pan^{2}	po^{6}	mai^{4}
小伙	**姑娘**	**成**	**夫**	**妻**

兄妹成夫妻，

8-296

话	**牙**	**得**	**同**	**包**
Vah	yax	ndaej	doengh	bau
va^{6}	ja^{5}	dai^{3}	toŋ^{2}	pa:u^{1}
话	**才**	**得**	**相**	**包**

才能靠得住。

女唱

8-297

包 跟 少

Mbauq riengz sau

baːu⁵ ɹiːŋ² θaːu¹

小伙 跟 姑娘

兄和妹，

8-298

卜 包 卜 不 得

Boux bau boux mbouj ndaej

pu⁴ paːu¹ pu⁴ bou⁵ dai³

人 包 人 不 得

谁都信不过。

8-299

包 少 办 卜 妻

Mbauq sau baenz boh maex

baːu⁵ θaːu¹ pan² po⁶ mai⁴

小伙 姑娘 成 夫 妻

兄妹成夫妻，

8-300

讲 话 岁 样 支

Gangj vah caez yiengh sei

kaːŋ³ va⁶ çai² juːŋ⁶ θi¹

讲 话 齐 样 丝

说话有分量。

男唱

8-301

包 跟 少

Mbauq riengz sau

baːu⁵ ɹiːŋ² θaːu¹

小伙 跟 姑娘

兄和妹，

8-302

卜 包 卜 不 得

Boux bau boux mbouj ndaej

pu⁴ paːu¹ pu⁴ bou⁵ dai³

人 包 人 不 得

互相靠不住。

8-303

包 少 办 卜 妻

Mbauq sau baenz boh maex

baːu⁵ θaːu¹ pan² po⁶ mai⁴

小伙 姑娘 成 夫 妻

兄妹成夫妻，

8-304

不 比 友 论 偻

Mbouj beij youx lumj raeuz

bou⁵ pi³ ju⁴ lun³ ɹau²

不 比 友 像 我们

才情深义重。

女唱

8-305

包 跟 少

Mbauq riengz sau

baːu^{5} ɹiːŋ^{2} θaːu^{1}

小伙 跟 姑娘

兄和妹，

8-306

卜 包 卜 不 得

Boux bau boux mbouj ndaej

pu^{4} paːu^{1} pu^{4} bou^{5} dai^{3}

人 包 人 不 得

谁靠不了谁。

8-307

包 少 办 卜 妻

Mbauq sau baenz boh maex

baːu^{5} θaːu^{1} pan^{2} po^{6} mai^{4}

小伙 姑娘 成 夫 妻

兄妹成夫妻，

8-308

讲 不 岁 论 偻

Gangj mbouj caez lumj raeuz

kaːŋ^{3} bou^{5} ɕai^{2} lun^{3} ɹau^{2}

讲 不 齐 像 我们

才情投意合。

男唱

8-309

包 跟 少

Mbauq riengz sau

baːu^{5} ɹiːŋ^{2} θaːu^{1}

小伙 跟 姑娘

兄和妹，

8-310

卜 包 卜 玩 友

Boux bau boux vanz youx

pu^{4} paːu^{1} pu^{4} vaːn^{2} ju^{4}

人 包 人 还 友

互相为挚友。

8-311

马 拉 本 内 初

Ma laj mbwn neix cuz

ma^{1} la^{3} bɯn^{1} ni^{4} ɕu^{2}

来 下 天 这 凑

来世上聚头，

8-312

刘 天 牙 内 空

Liuh denh ya neix ndwi

liːu^{6} tiːn^{1} ja^{6} ni^{4} duːi^{1}

游 天 下 这 空

到世上消遣。

女唱

8–313

包	跟	少
Mbauq	riengz	sau
baːu^{5}	ɹiːŋ^{2}	θaːu^{1}
小伙	跟	姑娘

兄和妹，

8–314

卜	包	卜	玩	友
Boux	bau	boux	vanz	youx
pu^{4}	paːu^{1}	pu^{4}	vaːn^{2}	jou^{4}
人	包	人	还	友

互相为挚友。

8–315

马	拉	本	几	刀
Ma	laj	mbwn	geij	dauq
ma^{1}	la^{3}	bɯn^{1}	ki^{3}	taːu^{5}
来	下	天	几	回

来世上几遭，

8–316

伴	对	朝	几	比
Buenx	doiq	sauh	geij	bi
puːn^{4}	toːi^{5}	θaːu^{6}	ki^{3}	pi^{1}
伴	对	辈	几	年

伴情侣几年。

男唱

8–317

包	少	义	十	九
Mbauq	sau	ngeih	cib	gouj
baːu^{5}	θaːu^{1}	ȵi^{6}	ɕit^{8}	kjou^{3}
小伙	姑娘	二	十	九

兄妹二十九，

8–318

爱	龙	笑	古	存
Ngaiq	loengh	riu	guh	caemz
ŋaːi^{5}	loŋ^{6}	ɹiːu^{1}	ku^{4}	ɕan^{2}
爱	弄	笑	做	玩

爱和人嬉戏。

8–319

往	远	空	农	银
Uengj	gyae	ndwi	nuengx	ngaenz
vaːŋ^{3}	kjai^{1}	duːi^{1}	nuːŋ^{4}	ŋan^{2}
枉	远	空	妹	银

我俩距离远。

8–320

偻	不	办	么	古
Raeuz	mbouj	baenz	maz	guh
ɹau^{2}	bou^{5}	pan^{2}	ma^{2}	ku^{4}
我们	不	成	什么	做

办不成啥事。

女唱

8-321

包	**少**	**乂**	**十**	**九**
Mbauq	sau	ngeih	cib	gouj
ba:u^{5}	θa:u^{1}	ȵi^{6}	ɕit^{8}	kjou^{3}
小伙	姑娘	二	十	九

兄妹二十九，

8-322

爱	**龙**	**笑**	**平**	**班**
Ngaiq	loengh	riu	bingz	ban
ŋa:i^{5}	loŋ^{6}	ɹi:u^{1}	piŋ^{2}	pa:n^{1}
爱	弄	笑	平	班

好同友说笑。

8-323

当	**阝**	**当**	**造**	**家**
Dangq	boux	dangq	caux	gya
ta:ŋ^{5}	pu^{4}	ta:ŋ^{5}	ɕa:u^{4}	kja^{1}
另	人	另	造	家

各自有小家，

8-324

秀	**平**	**班**	**牙**	**了**
Ciuh	bingz	ban	yax	liux
ɕi:u^{6}	piŋ^{2}	pa:n^{1}	ja^{5}	li:u^{4}
世	平	班	也	完

少年时光尽。

男唱

8-325

包	**少**	**三**	**十**	**十**
Mbauq	sau	sam	cib	cib
ba:u^{5}	θa:u^{1}	θa:n^{1}	ɕit^{8}	ɕit^{8}
小伙	姑娘	三	十	十

兄妹三十岁，

8-326

爱	**完**	**仪**	**好**	**美**
Ngaiq	vuenh	saenq	ndei	maez
ŋa:i^{5}	vu:n^{6}	θin^{5}	dei^{1}	mai^{2}
爱	换	信	好	说爱

爱寄信言情。

8-327

秀	**卜**	**老**	**交**	**代**
Ciuh	boh	laux	gyau	daiq
ɕi:u^{6}	po^{6}	la:u^{4}	kja:u^{1}	tai^{5}
世	父	老	交	代

老一辈传训，

8-328

包	**少**	**偻**	**岁**	**记**
Mbauq	sau	raeuz	caez	geiq
ba:u^{5}	θa:u^{1}	ɹau^{2}	ɕai^{2}	ki^{5}
小伙	姑娘	我们	齐	记

兄妹同谨记。

女唱

8-329

包	**少**	**三**	**十**	**十**
Mbauq	sau	sam	cib	cib
ba:u^5	θa:u^1	θa:n^1	ɕit^8	ɕit^8
小伙	**姑娘**	**三**	**十**	**十**

兄妹三十岁，

8-330

爱	**完**	**仪**	**古**	**存**
Ngaiq	vuenh	saenq	guh	caemz
ŋa:i^5	vu:n^6	θin^5	ku^4	ɕan^2
爱	**换**	**信**	**做**	**玩**

爱寄信闲聊。

8-331

结	**卜**	**妻**	**空**	**办**
Giet	boh	maex	ndwi	baenz
ki:t^7	po^6	mai^4	du:i^1	pan^2
结	**夫**	**妻**	**不**	**成**

结不成夫妻，

8-332

古	**灯**	**日**	**同**	**秋**
Guh	daeng	ngoenz	doengh	ciuq
ku^4	taŋ^1	ŋon^2	toŋ^2	ɕi:u^5
做	**灯**	**天**	**相**	**照**

仍照亮彼此。

男唱

8-333

包	**少**	**不**	**同**	**得**
Mbauq	sau	mbouj	doengh	ndaej
ba:u^5	θa:u^1	bou^5	toŋ^2	dai^3
小伙	**姑娘**	**不**	**相**	**得**

结不成夫妻，

8-334

老	**是**	**犯**	**开**	**么**
Lau	cix	famh	gij	maz
la:u^1	ɕi^4	fa:n^6	ka:i^2	ma^2
怕	**是**	**犯**	**什**	**么**

怕犯什么忌。

8-335

很	**更**	**天**	**贝**	**查**
Hwnj	gwnz	denh	bae	caz
hɯn^3	kɯn^2	ti:n^1	pai^1	ɕa^2
上	**上**	**天**	**去**	**查问**

到天上去查，

8-336

应	**么**	**不**	**同**	**得**
Yinh	maz	mbouj	doengh	ndaej
iŋ^1	ma^2	bou^5	toŋ^2	dai^3
因	**何**	**不**	**相**	**得**

缘何不成家。

女唱

8-337

包	**少**	**不**	**同**	**得**
Mbauq	sau	mbouj	doengh	ndaej
ba:u^{5}	θa:u^{1}	bou^{5}	toŋ^{2}	dai^{3}
小伙	姑娘	不	相	得

结不成夫妻，

8-338

老	**是**	**犯**	**开**	**么**
Lau	cix	famh	gij	maz
la:u^{1}	çi^{4}	fa:n^{6}	ka:i^{2}	ma^{2}
怕	是	犯	什	么

怕犯什么忌。

8-339

很	**十**	**田**	**貝**	**查**
Hwnj	cib	dienh	bae	caz
hɯn^{3}	çit^{8}	te:n^{6}	pai^{1}	ça^{2}
上	十	殿	去	查问

到阴司去查，

8-340

广	**英**	**不**	**同**	**合**
Gvangj	in	mbouj	doengh	hob
kwa:ŋ^{3}	in^{1}	bou^{5}	toŋ^{2}	ho:p^{8}
广	姻	不	相	合

八字不相合。

男唱

8-341

广	**英**	**不**	**同**	**合**
Gvangj	in	mbouj	doengh	hob
kwa:ŋ^{3}	in^{1}	bou^{5}	toŋ^{2}	ho:p^{8}
广	姻	不	相	合

八字不相合，

8-342

本	**是**	**不**	**同**	**吃**
Bonj	cix	mbouj	doengh	gwn
po:n^{3}	çi^{4}	bou^{5}	toŋ^{2}	kɯn^{1}
本	是	不	相	吃

终难结姻缘。

8-343

往	**为**	**土**	**点**	**你**
Uengj	feiq	dou	dem	mwngz
va:ŋ^{3}	vi^{5}	tu^{1}	te:n^{1}	mɯŋ^{2}
枉	费	我	与	你

可惜我和你，

8-344

广	**英**	**千**	**里**	**罗**
Gvangj	in	cien	leix	loh
kwa:ŋ^{3}	in^{1}	çi:n^{1}	li^{4}	lo^{6}
广	姻	千	里	路

姻缘差千里。

女唱

8-345

广 英 不 同 合

Gvangj in mbouj doengh hob

kwa:ŋ^{3} in^{1} bou^{5} toŋ^{2} ho:p^{8}

广 姻 不 相 合

八字不相合，

8-346

本 是 不 同 吃

Bonj cix mbouj doengh gwn

po:n^{3} ɕi^{4} bou^{5} toŋ^{2} kɯn^{1}

本 是 不 相 吃

终难结姻缘。

8-347

友 垌 光 牙 飞

Youx doengh gvangq yaek mbin

ju^{4} toŋ^{6} kwa:ŋ^{5} jak^{7} bin^{1}

友 垌 宽 要 飞

远方友要走，

8-348

八 召 心 了 备

Bah cau sim liux beix

pa^{6} ɕa:u^{5} θin^{1} li:u^{4} pi^{4}

莫急 操 心 啰 兄

情哥莫操心。

男唱

8-349

广 英 不 同 合

Gvangj in mbouj doengh hob

kwa:ŋ^{3} in^{1} bou^{5} toŋ^{2} ho:p^{8}

广 姻 不 相 合

八字不相合，

8-350

本 是 不 同 吃

Bonj cix mbouj doengh gwn

po:n^{3} ɕi^{4} bou^{5} toŋ^{2} kɯn^{1}

本 是 不 相 吃

终难结姻缘。

8-351

友 垌 光 牙 飞

Youx doengh gvangq yaek mbin

ju^{4} toŋ^{6} kwa:ŋ^{5} jak^{7} bin^{1}

友 垌 宽 要 飞

远方友要走，

8-352

秋 通 正 知 不

Ciuq doeng cingz rox mbouj

ɕi:u^{5} toŋ^{1} ɕiŋ^{2} ɹo^{4} bou^{5}

看 通 情 或 不

看通情与否。

女唱

8-353

广 英 不 同 合

Gvangj in mbouj doengh hob

kwaːŋ^{3} in^{1} bou^{5} toŋ^{2} hoːp^{8}

广 姻 不 相 合

八字不相合，

8-354

本 是 不 同 吃

Bonj cix mbouj doengh gwn

poːn^{3} ɕi^{4} bou^{5} toŋ^{2} kɯn^{1}

本 是 不 相 吃

终难结姻缘。

8-355

友 垌 光 牙 飞

Youx doengh gvangq yaek mbin

ju^{4} toŋ^{6} kwaːŋ^{5} jak^{7} bin^{1}

友 垌 宽 要 飞

远方友要走，

8-356

秀 通 正 牙 了

Ciuh doeng cingz yaek liux

ɕiːu^{6} toŋ^{1} ɕiŋ^{2} jak^{7} liːu^{4}

世 通 情 要 完

今生情将尽。

男唱

8-357

包 少 千 斤 重

Mbauq sau cien gaen naek

baːu^{5} θaːu^{1} ɕiːn^{1} kan^{1} nak^{7}

小伙 姑娘 千 斤 重

情义千斤重，

8-358

百 义 两 土 特

Bak ngeih liengx dou dawz

paːk^{7} ȵi^{6} liːŋ^{4} tu^{1} təɯ^{2}

百 二 两 我 拿

我也甘愿担。

8-359

务 全 刀 日 而

Huj cienj dauq ngoenz lawz

hu^{3} ɕuːn^{3} taːu^{5} ŋon^{2} laɯ^{2}

云 转 回 天 哪

待到风云转，

8-360

包 少 偻 一 罗

Mbauq sau raeuz it loh

baːu^{5} θaːu^{1} ɹau^{2} it^{7} lo^{6}

小伙 姑娘 我们 一 路

我俩再同行。

女唱

8–361

包	少	千	斤	重
Mbauq	sau	cien	gaen	naek
ba:u^{5}	θa:u^{1}	ɕi:n^{1}	kan^{1}	nak^{7}
小伙	姑娘	千	斤	重

情义千斤重，

8–362

百	义	两	古	斤
Bak	ngeih	liengx	guh	gaen
pa:k^{7}	ȵi^{6}	li:ŋ^{4}	ku^{4}	kan^{1}
百	二	两	做	斤

每斤百二两。

8–363

话	不	元	备	银
Vah	mbouj	yonq	beix	ngaenz
va^{6}	bou^{5}	jo:n^{5}	pi^{4}	ŋan^{2}
话	不	怨	兄	银

不怨恨情哥，

8–364

平	爱	从	爱	不
Bingz	ngaiq	coengh	ngaiq	mbouj
piŋ^{2}	ŋa:i^{5}	ɕoŋ^{6}	ŋa:i^{5}	bou^{5}
凭	爱	帮	爱	不

无论是否帮。

男唱

8–365

包	少	千	斤	重
Mbauq	sau	cien	gaen	naek
ba:u^{5}	θa:u^{1}	ɕi:n^{1}	kan^{1}	nak^{7}
小伙	姑娘	千	斤	重

情义千斤重，

8–366

百	义	两	合	元
Bak	ngeih	liengx	hob	yuenz
pa:k^{7}	ȵi^{6}	li:ŋ^{4}	ho:p^{8}	ju:n^{2}
百	二	两	合	圆

每斤百二两。

8–367

月	亮	强	乜	月
Yez	lieng	giengx	meh	ndwen
je^{6}	le:ŋ^{4}	ki:ŋ^{4}	me^{6}	du:n^{1}
月	亮	伴	母	月

有圆月相伴，

8–368

偻	岁	全	天	牙
Raeuz	caez	cienj	denh	ya
ɹau^{2}	ɕai^{2}	ɕu:n^{2}	ti:n^{1}	ja^{6}
我们	齐	转	天	下

我俩行天下。

女唱

8-369

包	**少**	**千**	**斤**	**重**
Mbauq	sau	cien	gaen	naek
ba:u^{5}	θa:u^{1}	ɕi:n^{1}	kan^{1}	nak^{7}
小伙	**姑娘**	**千**	**斤**	**重**

情义千斤重，

8-370

百	**义**	**两**	**合**	**元**
Bak	ngeih	liengx	hob	yuenz
pa:k^{7}	ȵi^{6}	li:ŋ^{4}	ho:p^{8}	ju:n^{2}
百	**二**	**两**	**合**	**圆**

每斤百二两。

8-371

良	**三**	**了**	**刀**	**圆**
Liengh	sanq	liux	dauq	nduen
le:ŋ^{6}	θa:n^{5}	li:u^{4}	ta:u^{5}	do:n^{1}
谅	**散**	**完**	**回**	**圆**

破镜再重圆，

8-372

利	**合**	**元**	**知**	**不**
Lij	hob	yuenz	rox	mbouj
li^{4}	ho:p^{8}	ju:n^{2}	ɹo^{4}	bou^{5}
还	**合**	**圆**	**或**	**不**

情深如初否？

男唱

8-373

包	**少**	**千**	**斤**	**重**
Mbauq	sau	cien	gaen	naek
ba:u^{5}	θa:u^{1}	ɕi:n^{1}	kan^{1}	nak^{7}
小伙	**姑娘**	**千**	**斤**	**重**

情义千斤重，

8-374

百	**义**	**两**	**合**	**元**
Bak	ngeih	liengx	hob	yuenz
pa:k^{7}	ȵi^{6}	li:ŋ^{4}	ho:p^{8}	ju:n^{2}
百	**二**	**两**	**合**	**圆**

每斤百二两。

8-375

良	**修**	**牙**	**不**	**圆**
Liengh	coih	yax	mbouj	nduen
le:ŋ^{6}	ɕo:i^{6}	ja^{5}	bou^{5}	do:n^{1}
谅	**修**	**也**	**不**	**圆**

破镜难重圆，

8-376

元	**可**	**办**	**同**	**沙**
Yienh	goj	baenz	doengh	ra
ji:n^{6}	ko^{5}	pan^{2}	toŋ^{2}	ɹa^{1}
现	**也**	**成**	**相**	**找**

何苦再相寻。

女唱

8-377

包 少 千 斤 重

Mbauq sau cien gaen naek

ba:u5 θa:u1 çi:n1 kan1 nak7

小伙 姑娘 千 斤 重

情义千斤重，

8-378

百 义 两 土 特

Bak ngeih liengx dou dawz

pa:k7 ȵi6 li:ŋ4 tu1 təɯ2

百 二 两 我 拿

再重我也扛。

8-379

岁 包 少 堂 哪

Caez mbauq sau daengz gyawz

çai2 ba:u5 θa:u1 taŋ2 kjaɯ2

齐 小伙 姑娘 到 哪

兄和妹相伴，

8-380

很 河 可 来 满

Hwnj haw goj lai monh

hɯn3 həɯ1 ko5 la:i1 mo:n6

上 圩 也 多 情

赶圩情意合。

男唱

8-381

包 少 千 斤 重

Mbauq sau cien gaen naek

ba:u5 θa:u1 çi:n1 kan1 nak7

小伙 姑娘 千 斤 重

情义千斤重，

8-382

百 义 两 古 斤

Bak ngeih liengx guh gaen

pa:k7 ȵi6 li:ŋ4 ku4 kan1

百 二 两 做 斤

每斤百二两。

8-383

后 了 良 刀 种

Haeux liux lingh dauq ndaem

hau4 li:u4 le:ŋ6 ta:u5 dan1

米 完 另 回 种

米吃完再种，

8-384

方 卢 春 不 刀

Fueng louz cin mbouj dauq

fu:ŋ1 lu2 çun1 bou5 ta:u5

风 流 春 不 回

青春难倒回。

女唱

8-385

包	**少**	**全**	**可**	**依**
Mbauq	sau	cienj	goj	eiq
ba:u^{5}	θa:u^{1}	ɕu:n^{2}	ko^{5}	i^{5}
小伙	**姑娘**	**转**	**还**	**依**

兄妹两相依，

8-386

天	**牙**	**反**	**不**	**平**
Denh	ya	fan	mbouj	bingz
ti:n^{1}	ja^{6}	fa:n^{1}	bou^{5}	piŋ^{2}
天	**下**	**翻**	**不**	**平**

天下不太平。

8-387

同	**分**	**三**	**层**	**城**
Doengh	mbek	sam	caengz	singz
toŋ^{2}	be:k^{7}	θa:n^{1}	ɕaŋ^{2}	θiŋ^{2}
相	**分**	**三**	**层**	**城**

相隔三座城，

8-388

利	**米**	**正**	**知**	**不**
Lij	miz	cingz	rox	mbouj
li^{4}	mi^{2}	ɕiŋ^{2}	ɹo^{4}	bou^{5}
还	**有**	**情**	**或**	**不**

尚记旧情否？

男唱

8-389

包	**少**	**全**	**可**	**依**
Mbauq	sau	cienj	goj	eiq
ba:u^{5}	θa:u^{1}	ɕu:n^{3}	ko^{5}	i^{5}
小伙	**姑娘**	**转**	**还**	**依**

兄妹两相依，

8-390

天	**牙**	**反**	**不**	**平**
Denh	ya	fan	mbouj	bingz
ti:n^{1}	ja^{6}	fa:n^{1}	bou^{5}	piŋ^{2}
天	**下**	**翻**	**不**	**平**

天下不太平。

8-391

同	**分**	**三**	**层**	**城**
Doengh	mbek	sam	caengz	singz
toŋ^{2}	be:k^{7}	θa:n^{1}	ɕaŋ^{2}	θiŋ^{2}
相	**分**	**三**	**层**	**城**

相隔三座城，

8-392

正	**双**	**偻**	**可**	**在**
Cingz	song	raeuz	goj	ywq
ɕiŋ^{2}	θo:ŋ^{1}	ɹau^{2}	ko^{5}	jɯ^{5}
情	**两**	**我们**	**也**	**在**

我俩情义在。

女唱

8-393

包	**少**	**天**	**地**	**满**
Mbauq	sau	denh	deih	muengh
baːu^{5}	θaːu^{1}	tiːn^{1}	tei^{6}	muːŋ^{6}
小伙	姑娘	天	地	望

兄妹相眺望，

8-394

六	**月**	**下**	**雪**	**凉**
Loeg	nyied	roengz	nae	liengz
lok^{8}	ȵuːt^{8}	ɹoŋ^{2}	nai^{1}	liːŋ^{2}
六	月	下	雪	凉

六月下大雪。

8-395

正	**土**	**我**	**哈**	**贵**
Cingz	dou	ngox	haz	bengz
ɕiŋ^{2}	tu^{1}	ŋo^{4}	ha^{2}	peːŋ^{2}
情	我	芦苇	茅草	贵

情义我珍惜，

8-396

卜	**米**	**银**	**牙**	**秀**
Boux	miz	ngaenz	yax	ciuh
pu^{4}	mi^{2}	ŋan^{2}	ja^{5}	ɕiːu^{6}
人	有	银	才	世

有钱买不到。

男唱

8-397

包	**少**	**天**	**地**	**满**
Mbauq	sau	denh	deih	muengh
baːu^{5}	θaːu^{1}	tiːn^{1}	tei^{6}	muːŋ^{6}
小伙	姑娘	天	地	望

兄妹相守望，

8-398

六	**月**	**下**	**雪**	**三**
Loeg	nyied	roengz	nae	sanq
lok^{8}	ȵuːt^{8}	ɹoŋ^{2}	nai^{1}	θaːn^{5}
六	月	下	雪	散

六月下小雪。

8-399

得	**你**	**农**	**共**	**然**
Ndaej	mwngz	nuengx	gungh	ranz
dai^{3}	mɯŋ^{2}	nuːŋ^{4}	kuŋ^{6}	ɹaːn^{2}
得	你	妹	共	家

能和妹成家，

8-400

心	**是**	**干**	**满**	**秀**
Sim	cix	gam	mued	ciuh
θin^{1}	ɕi^{4}	kaːn^{1}	muːt^{8}	ɕiːu^{6}
心	就	甘	没	世

此生心安悦。

女唱

8-401

包	少	天	地	满
Mbauq	sau	denh	deih	muengh
ba:u^5	θa:u^1	ti:n^1	tei^6	mu:ŋ^6
小伙	姑娘	天	地	望

兄妹相眺望，

8-402

六	月	下	雪	三
Loeg	nyied	roengz	nae	sanq
lok^8	ȵu:t^8	ɹoŋ^2	nai^1	θa:n^5
六	月	下	雪	散

六月下小雪。

8-403

貝	问	忠	卢	汉
Bae	haemq	fangz	louz	han
pai^1	han^5	fa:ŋ^2	lu^2	ha:n^1
去	问	鬼	游	荡

向上天祈求，

8-404

共	然	得	知	不
Gungh	ranz	ndaej	rox	mbouj
kuŋ^6	ɹa:n^2	dai^3	ɹo^4	bou^5
共	家	得	或	不

咱能否成婚？

男唱

8-405

包	少	不	同	得
Mbauq	sau	mbouj	doengh	ndaej
ba:u^5	θa:u^1	bou^5	toŋ^2	dai^3
小伙	姑娘	不	相	得

兄妹不成家，

8-406

乃	义	了	心	反
Naih	ngeix	liux	sim	fanz
na:i^6	ȵi^4	li:u^4	θin^1	fa:n^2
慢	想	啰	心	烦

想起就心烦。

8-407

貝	问	娅	王	三
Bae	haemq	yah	vangz	san
pai^1	han^5	ja^6	va:ŋ^2	θa:n^1
去	问	婆	王	三

求问三婆王，

8-408

得	共	然	是	抵
Ndaej	gungh	ranz	cix	dij
dai^3	kuŋ^6	ɹa:n^2	ɕi^4	ti^3
得	共	家	就	值

能成亲才值。

女唱

8-409
包 少 僆 岁 在
Mbauq sau raeuz caez ywq
baːu^{5} θaːu^{1} ɹau^{2} ɕai^{2} jɯ^{5}
小伙 姑娘 我们 齐 住
兄妹在一起，

8-410
卩 古 比 卩 代
Boux guh beij boux daix
pu^{4} ku^{4} pi^{3} pu^{4} taːi^{4}
人 做 歌 人 接
你唱歌我和。

8-411
日 明 堂 板 爱
Ngoenz cog daengz ban ngaiz
ŋon^{2} ɕoːk^{8} taŋ^{2} paːn^{1} ŋaːi^{2}
天 明 到 时 饭
明天中午时，

8-412
当 开 僆 当 在
Dangq gai raeuz dangq ywq
taːŋ^{5} kaːi^{1} ɹau^{2} taːŋ^{5} jɯ^{5}
另 街 我们 另 住
各住一条街。

男唱

8-413
包 少 僆 岁 在
Mbauq sau raeuz caez ywq
baːu^{5} θaːu^{1} ɹau^{2} ɕai^{2} jɯ^{5}
小伙 姑娘 我们 齐 住
兄妹在一起，

8-414
卩 古 比 卩 代
Boux guh beij boux daix
pu^{4} ku^{4} pi^{3} pu^{4} taːi^{4}
人 做 歌 人 接
你唱歌我和。

8-415
日 明 堂 板 爱
Ngoenz cog daengz ban ngaiz
ŋon^{2} ɕoːk^{8} taŋ^{2} paːn^{1} ŋaːi^{2}
天 明 到 时 饭
明天晌午时，

8-416
强 勒 歪 分 乜
Giengz lwg vaiz mbek meh
kiːŋ^{2} lɯk^{8} vaːi^{2} beːk^{7} me^{6}
像 子 水牛 分 母
东西各一方。

女唱

8-417
包 少 偻 岁 在
Mbauq sau raeuz caez ywq
ba:u^{5} θa:u^{1} ɹau^{2} ɕai^{2} jɯ^{5}
小伙 姑娘 我们 齐 住
兄妹成一家，

8-418
𰀡 古 比 𰀡 林
Boux guh beij boux limz
pu^{4} ku^{4} pi^{3} pu^{4} lin^{2}
人 做 歌 人 品尝
你唱我捧场。

8-419
日 明 堂 板 令
Ngoenz cog daengz ban ringz
ŋon^{2} ɕo:k^{8} taŋ^{2} pa:n^{1} ɹiŋ^{2}
天 明 到 时 晌午
明天中午时，

8-420
当 卡 群 同 分
Daengq ga gimz doengh mbek
taŋ^{5} ka^{1} kin^{2} toŋ^{2} be:k^{7}
当 脚 钳 相 分
我俩将离别。

男唱

8-421
包 少 偻 岁 在
Mbauq sau raeuz caez ywq
ba:u^{5} θa:u^{1} ɹau^{2} ɕai^{2} jɯ^{5}
小伙 姑娘 我们 齐 住
兄妹在一起，

8-422
𰀡 说 比 𰀡 团
Boux naeuz beij boux dwen
pu^{4} nau^{2} pi^{3} pu^{4} tɯ:n^{1}
人 说 歌 人 提
你唱我回应。

8-423
比 么 头 良 圆
Bi moq gyaeuj liengz nduen
pi^{1} mo^{5} kjau^{3} le:ŋ^{2} do:n^{1}
年 新 头 梁 圆
来年咱团聚，

8-424
欢 利 全 知 不
Fwen lij cienz rox mbouj
vɯ:n^{1} li^{4} ɕu:n^{2} ɹo^{4} bou^{5}
歌 还 传 或 不
还有歌声否？

女唱

8–425

包	少	偻	岁	在
Mbauq	sau	raeuz	caez	ywq
baːu^{5}	θaːu^{1}	ɹau^{2}	ɕai^{2}	jɯ^{5}
小伙	姑娘	我们	齐	住

兄妹在一起，

8–426

阝	说	比	阝	团
Boux	naeuz	beij	boux	dwen
pu^{4}	nau^{2}	pi^{3}	pu^{4}	tɯːn^{1}
人	说	歌	人	提

你唱我附和。

8–427

比	么	头	良	圆
Bi	moq	gyaeuj	liengz	nduen
pi^{1}	mo^{5}	kjau^{3}	leːŋ^{2}	doːn^{1}
年	新	头	梁	圆

来年咱团聚，

8–428

欢	全	貝	邦	佚
Fwen	cienz	bae	biengz	fwx
vuːn^{1}	ɕuːn^{2}	pai^{1}	piːŋ^{2}	fə^{4}
歌	传	去	地方	别人

歌声传他乡。

男唱

8–429

包	少	偻	岁	在
Mbauq	sau	raeuz	caez	ywq
baːu^{5}	θaːu^{1}	ɹau^{2}	ɕai^{2}	jɯ^{5}
小伙	姑娘	我们	齐	住

兄妹在一起，

8–430

阝	说	比	阝	汉
Boux	naeuz	beij	boux	han
pu^{4}	nau^{2}	pi^{3}	pu^{4}	haːn^{1}
人	说	歌	人	应

你唱歌我和。

8–431

比	么	农	造	然
Bi	moq	nuengx	caux	ranz
pi^{1}	mo^{5}	nuːŋ^{4}	ɕaːu^{4}	ɹaːn^{2}
年	新	妹	造	家

明年你成家，

8–432

友	而	汉	欢	备
Youx	lawz	han	fwen	beix
ju^{4}	laɯ^{2}	haːn^{1}	vuːn^{1}	pi^{4}
友	哪	应	歌	兄

兄唱有谁和？

女唱

8-433

包	少	偻	岁	在
Mbauq	sau	raeuz	caez	ywq
baːu^{5}	θaːu^{1}	ɹau^{2}	ɕai^{2}	jɯ^{5}
小伙	姑娘	我们	齐	住

兄妹在一起，

8-434

卜	说	比	卜	跟
Boux	naeuz	beij	boux	riengz
pu^{4}	nau^{2}	pi^{3}	pu^{4}	ɹiːŋ^{2}
人	说	歌	人	跟

你唱歌我和。

8-435

比	么	堂	月	相
Bi	moq	daengz	ndwen	cieng
pi^{1}	mo^{5}	taŋ^{2}	duːn^{1}	ɕiːŋ^{1}
年	新	到	月	正

明年过年时，

8-436

卜	心	凉	作	卜
Boux	sim	liengz	coq	boux
pu^{4}	θin^{1}	liːŋ^{2}	ɕo^{5}	pu^{4}
人	心	凉	放	人

各冷眼相看。

男唱

8-437

包	少	偻	在	岁
Mbauq	sau	raeuz	ywq	caez
baːu^{5}	θaːu^{1}	ɹau^{2}	jɯ^{5}	ɕai^{2}
小伙	姑娘	我们	在	齐

兄妹在一起，

8-438

貝	而	是	同	叫
Bae	lawz	cix	doengh	heuh
pai^{1}	laɯ^{2}	ɕi^{4}	toŋ^{2}	heːu^{6}
去	哪	是	相	叫

相约同进出。

8-439

少	貝	远	貝	了
Sau	bae	gyae	bae	liux
θaːu^{1}	pai^{1}	kjai^{1}	pai^{1}	liːu^{4}
姑娘	去	远	去	完

妹远走高飞，

8-440

可	小	干	满	美
Goj	siuj	ganq	monh	maez
ko^{5}	θiːu^{3}	kaːn^{5}	moːn^{6}	mai^{2}
也	少	照料	情	爱

不用再谈情。

女唱

8-441

土	貝	远	貝	了
Dou	bae	gyae	bae	liux
tu^{1}	pai^{1}	kjai^{1}	pai^{1}	li:u^{4}
我	去	远	去	啰

从此我走远，

8-442

正	义	土	不	文
Cingz	ngeih	dou	mbouj	vun
çiŋ^{2}	ɲi^{6}	tu^{1}	bou^{5}	vun^{1}
情	义	我	不	奢求

情义我不求。

8-443

友	而	在	近	你
Youx	lawz	ywq	gyawj	mwngz
ju^{4}	laɯ^{2}	jɯ^{5}	kjaɯ^{3}	mɯŋ^{2}
友	哪	在	近	你

哪位离你近，

8-444

米	正	你	是	勒
Miz	cingz	mwngz	cix	lawh
mi^{2}	çiŋ^{2}	mɯŋ^{2}	çi^{4}	ləɯ^{6}
有	情	你	就	换

你同她谈情。

男唱

8-445

包	少	偻	在	岁
Mbauq	sau	raeuz	ywq	caez
ba:u^{5}	θa:u^{1}	ɹau^{2}	jɯ^{5}	çai^{2}
小伙	姑娘	我们	在	齐

兄妹在一起，

8-446

貝	而	是	同	伴
Bae	lawz	cix	doengh	buenx
pai^{1}	laɯ^{2}	çi^{4}	toŋ^{2}	pu:n^{4}
去	哪	就	相	伴

进出相陪伴。

8-447

刀	分	州	分	元
Dauq	mbek	cou	mbek	yienh
ta:u^{5}	be:k	çu^{1}	be:k^{7}	je:n^{6}
又	分	州	分	县

现远走他乡，

8-448

友	而	伴	备	银
Youx	lawz	buenx	beix	ngaenz
jou^{4}	laɯ^{2}	pu:n^{4}	pi^{4}	ŋan^{2}
友	哪	伴	兄	银

谁来伴兄台？

女唱

8–449

包	少	偻	在	岁
Mbauq	sau	raeuz	ywq	caez
ba:u^{5}	θa:u^{1}	ɹau^{2}	jɯ^{5}	ɕai^{2}
小伙	姑娘	我们	在	齐

兄妹都健在，

8–450

貝	而	是	同	伴
Bae	lawz	cix	doengh	buenx
pai^{1}	laɯ^{2}	ɕi^{4}	toŋ^{2}	pu:n^{4}
去	哪	就	相	伴

进出相陪伴。

8–451

很	代	三	古	判
Hwnj	daih	san	guh	buenq
hɯn^{3}	ta:i^{6}	θa:n^{1}	ku^{4}	pu:n^{5}
上	大	山	做	贩

进山做买卖，

8–452

得	𠮩	伴	知	尝
Ndaej	boux	buenx	rox	caengz
dai^{3}	pu^{4}	pu:n^{4}	ɹo^{4}	ɕaŋ^{2}
得	人	伴	或	未

是否有同伴？

男唱

8–453

包	少	偻	在	岁
Mbauq	sau	raeuz	ywq	caez
ba:u^{5}	θa:u^{1}	ɹau^{2}	jɯ^{5}	ɕai^{2}
小伙	姑娘	我们	在	齐

兄妹都健在，

8–454

貝	而	是	同	伴
Bae	lawz	cix	doengh	buenx
pai^{1}	laɯ^{2}	ɕi^{4}	toŋ^{2}	pu:n^{4}
去	哪	就	相	伴

进出相陪伴。

8–455

很	代	三	古	判
Hwnj	daih	san	guh	buenq
hɯn^{3}	ta:i^{6}	θa:n^{1}	ku^{4}	pu:n^{5}
上	大	山	做	贩

进山做生意，

8–456

得	𠮩	伴	牙	貝
Ndaej	boux	buenx	yax	bae
dai^{3}	pu^{4}	pu:n^{4}	ja^{5}	pai^{1}
得	人	伴	才	去

有伴侣再走。

女唱

8-457

包	**少**	**偻**	**在**	**岁**
Mbauq	sau	raeuz	ywq	caez
ba:u^{5}	θa:u^{1}	ɹau^{2}	jɯ^{5}	ɕai^{2}
小伙	姑娘	我们	在	齐

兄妹都健在，

8-458

尻	**是**	**勒**	**了**	**金**
Nyienh	cix	lawh	liux	gim
ȵu:n^{6}	ɕi^{4}	ləɯ^{6}	li:u^{4}	kin^{1}
愿	就	换	啰	金

愿就换信物。

8-459

装	**马**	**八**	**出**	**定**
Cang	max	bah	ok	din
ɕa:ŋ^{1}	ma^{4}	pa^{6}	o:k^{7}	tin^{1}
装	马	莫急	出	脚

别急策马去，

8-460

加	**玩**	**正**	**土**	**观**
Caj	vanz	cingz	dou	gonq
kja^{3}	va:n^{2}	ɕiŋ^{2}	tu^{1}	ko:n^{5}
等	还	情	我	先

先把情还我。

男唱

8-461

包	**少**	**偻**	**岁**	**在**
Mbauq	sau	raeuz	caez	ywq
ba:u^{5}	θa:u^{1}	ɹau^{2}	ɕai^{2}	jɯ^{5}
小伙	姑娘	我们	齐	住

兄妹在一起，

8-462

尻	**是**	**勒**	**了**	**金**
Nyienh	cix	lawh	liux	gim
ȵu:n^{6}	ɕi^{4}	ləɯ^{6}	li:u^{4}	kin^{1}
愿	就	换	啰	金

愿就换信物。

8-463

中	**钱**	**打**	**羽**	**飞**
Cuengq	cienz	daj	fwed	mbin
ɕu:ŋ^{5}	ɕi:n^{2}	ta^{3}	fu:t^{8}	bin^{1}
放	钱	打	翅	飞

哪怕是亏钱，

8-464

千	**金**	**回**	**不**	**刀**
Cien	gim	hoiz	mbouj	dauq
ci:n^{1}	kin^{1}	ho:i^{2}	bou^{5}	ta:u^{5}
千	金	回	不	回

哪怕赔千金。

女唱

8-465

包	**少**	**偻**	**岁**	**在**
Mbauq	sau	raeuz	caez	ywq
ɓaːu^{5}	θaːu^{1}	ɹau^{2}	ɕai^{2}	jɯ^{5}
小伙	姑娘	我们	齐	住

兄妹在一起，

8-466

厼	**是**	**勒**	**了**	**金**
Nyienh	cix	lawh	liux	gim
ȵuːn^{6}	ɕi^{4}	ləɯ^{6}	liːu^{4}	kin^{1}
愿	就	换	啰	金

愿就换信物。

8-467

米	**羽**	**你**	**是**	**飞**
Miz	fwed	mwngz	cix	mbin
mi^{2}	fuːt^{8}	mɯŋ^{2}	ɕi^{4}	bin^{1}
有	翅	你	就	飞

有翅你先飞，

8-468

龙	**小**	**心**	**尝**	**飞**
Lungz	siuj	sim	caengz	mbin
luŋ^{2}	θiːu^{3}	θin^{1}	ɕaŋ^{2}	bin^{1}
龙	小	心	未	飞

兄胆小未飞。

男唱

8-469

包	**少**	**偻**	**岁**	**在**
Mbauq	sau	raeuz	caez	ywq
ɓaːu^{5}	θaːu^{1}	ɹau^{2}	ɕai^{2}	jɯ^{5}
小伙	姑娘	我们	齐	住

兄妹在一起，

8-470

厼	**是**	**勒**	**了**	**金**
Nyienh	cix	lawh	liux	gim
ȵuːn^{6}	ɕi^{4}	ləɯ^{6}	liːu^{4}	kin^{1}
愿	就	换	啰	金

愿就换信物。

8-471

打	**金**	**交**	**狼**	**飞**
Daj	gim	gyau	langh	mbin
ta^{3}	kin^{1}	kjaːu^{1}	laːŋ^{6}	bin^{1}
打	金	蜘蛛	若	飞

金蛛若能飞，

8-472

貝	**南**	**宁**	**同**	**节**
Bae	nanz	ningz	doengh	ciep
pai^{1}	naːn^{2}	niŋ^{2}	toŋ^{2}	ɕeːt^{7}
去	南	宁	相	接

去南宁会面。

女唱

8–473

包	**少**	**偻**	**岁**	**在**
Mbauq	sau	raeuz	caez	ywq
ba:u^{5}	θa:u^{1}	ɹau^{2}	ɕai^{2}	jɯ^{5}
小伙	姑娘	我们	齐	住

兄妹在一起，

8–474

戹	**是**	**勒**	**了**	**同**
Nyienh	cix	lawh	liux	doengz
ȵu:n^{6}	ɕi^{4}	ləɯ^{6}	li:u^{4}	toŋ^{2}
愿	就	换	啰	同

愿就换信物。

8–475

乜	**巴**	**点**	**灯**	**龙**
Meh	mbaj	diemj	daeng	loengz
me^{6}	ba^{3}	ti:n^{3}	taŋ^{1}	loŋ^{2}
母	蝴蝶	点	灯	笼

蝴蝶打灯笼，

8–476

秋	**方**	**而**	**来**	**良**
Ciuq	fueng	lawz	lai	liengh
ɕi:u^{5}	fu:ŋ^{1}	laɯ^{2}	la:i^{1}	li:ŋ^{6}
看	方	哪	多	亮

只为寻良人。

男唱

8–477

包	**少**	**偻**	**岁**	**在**
Mbauq	sau	raeuz	caez	ywq
ba:u^{5}	θa:u^{1}	ɹau^{2}	ɕai^{2}	jɯ^{5}
小伙	姑娘	我们	齐	住

兄妹在一起，

8–478

戹	**是**	**勒**	**了**	**同**
Nyienh	cix	lawh	liux	doengz
ȵu:n^{6}	ɕi^{4}	ləɯ^{6}	li:u^{4}	toŋ^{2}
愿	就	换	啰	同

愿就换信物。

8–479

乜	**巴**	**点**	**灯**	**龙**
Meh	mbaj	diemj	daeng	loengz
me^{6}	ba^{3}	ti:n^{3}	taŋ^{1}	loŋ^{2}
母	蝴蝶	点	灯	笼

蝴蝶打灯笼，

8–480

秋	**四**	**方**	**拉**	**蒙**
Ciuq	seiq	fueng	laj	mok
ɕi:u^{5}	θei^{5}	fu:ŋ^{1}	la^{3}	mo:k^{7}
看	四	方	下	雾

四方雾蒙蒙。

女唱

8-481

包	**少**	**僗**	**岁**	**在**
Mbauq	sau	raeuz	caez	ywq
baːu^{5}	θaːu^{1}	ɹau^{2}	ɕai^{2}	jɯ^{5}
小伙	**姑娘**	**我们**	**齐**	**住**

兄妹在一起，

8-482

厈	**是**	**勒**	**了**	**同**
Nyienh	cix	lawh	liux	doengz
ȵuːn^{6}	ɕi^{4}	ləɯ^{6}	liːu^{4}	toŋ^{2}
愿	**就**	**换**	**啰**	**同**

愿就换信物。

8-483

专	**那**	**秋**	**四**	**方**
Veq	naj	ciuq	seiq	fueng
ve^{5}	na^{3}	ɕiːu^{5}	θei^{5}	fuːŋ^{1}
转	**脸**	**看**	**四**	**方**

转脸望四周，

8-484

空	**米**	**同**	**而**	**爱**
Ndwi	miz	doengz	lawz	ngaiq
duːi^{1}	mi^{2}	toŋ^{2}	laɯ^{2}	ŋaːi^{5}
不	**有**	**同**	**哪**	**爱**

没有有缘人。

男唱

8-485

包	**少**	**僗**	**岁**	**在**
Mbauq	sau	raeuz	caez	ywq
baːu^{5}	θaːu^{1}	ɹau^{2}	ɕai^{2}	jɯ^{5}
小伙	**姑娘**	**我们**	**齐**	**住**

兄妹在一起，

8-486

厈	**是**	**勒**	**了**	**江**
Nyienh	cix	lawh	liux	gyang
ȵuːn^{6}	ɕi^{4}	ləɯ^{6}	liːu^{4}	kjaːŋ^{1}
愿	**就**	**换**	**啰**	**友**

愿就换信物。

8-487

乜	**巴**	**贝**	**点**	**灯**
Meh	mbaj	bae	diemj	daeng
me^{6}	ba^{3}	pai^{1}	tiːn^{3}	taŋ^{1}
母	**蝴蝶**	**去**	**点**	**灯**

蝴蝶去点灯，

8-488

邦	**少**	**米**	**贵**	**人**
Biengz	sau	miz	gviq	yinz
piːŋ^{2}	θaːu^{1}	mi^{2}	kwi^{5}	jin^{2}
地方	**姑娘**	**有**	**贵**	**人**

你乡有贵人。

女唱

8-489
包 少 偻 岁 在
Mbauq sau raeuz caez ywq
baːu^{5} θaːu^{1} ɹau^{2} ɕai^{2} jɯ^{5}
小伙 姑娘 我们 齐 住
兄妹在一起，

8-490
斥 是 勒 了 江
Nyienh cix lawh liux gyang
ȵuːn^{6} ɕi^{4} ləɯ^{6} liːu^{4} kjaːŋ^{1}
愿 就 换 啰 友
愿就换信物。

8-491
丰 打 羽 飞 尚
Fungh daj fwed mbin sang
fuŋ^{6} ta^{3} fuːt^{8} bin^{1} θaːŋ^{1}
凤 打 翅 飞 高
凤展翅高飞，

8-492
貝 江 王 同 节
Bae gyang vaengz doengh ciep
pai^{1} kjaːŋ^{1} vaŋ^{2} toŋ^{2} ɕeːt^{7}
去 中 潭 相 接
到潭中相会。

男唱

8-493
包 少 偻 岁 在
Mbauq sau raeuz caez ywq
baːu^{5} θaːu^{1} ɹau^{2} ɕai^{2} jɯ^{5}
小伙 姑娘 我们 齐 住
兄妹在一起，

8-494
斥 是 勒 了 江
Nyienh cix lawh liux gyang
ȵuːn^{6} ɕi^{4} ləɯ^{6} liːu^{4} kjaːŋ^{1}
愿 就 换 啰 友
愿就换信物。

8-495
貝 同 节 江 王
Bae doengh ciep gyang vaengz
pai^{1} toŋ^{2} ɕeːt^{7} kjaːŋ^{1} vaŋ^{2}
去 相 接 中 潭
到潭中相会，

8-496
卜 寿 间 卜 哭
Boux caeux gen boux daej
pu^{4} ɕau^{4} keːn^{1} pu^{4} tai^{3}
人 抓 手臂 人 哭
手挽手悲泣。

女唱

8-497

包	**少**	**偻**	**岁**	**在**
Mbauq	sau	raeuz	caez	ywq
baːu^{5}	θaːu^{1}	ɹau^{2}	ɕai^{2}	jɯ^{5}
小伙	**姑娘**	**我们**	**齐**	**住**

兄妹在一起，

8-498

尻	**是**	**勒**	**了**	**江**
Nyienh	cix	lawh	liux	gyang
ȵuːn^{6}	ɕi^{4}	ləɯ^{6}	liːu^{4}	kjaːŋ^{1}
愿	**就**	**换**	**啰**	**友**

愿就换信物。

8-499

勒	**穷**	**友**	**在**	**行**
Lawh	gyoengq	youx	caih	hangz
ləɯ^{6}	kjoŋ^{5}	ju^{4}	ɕaːi^{6}	haːŋ^{2}
换	**群**	**友**	**在**	**行**

交上好朋友，

8-500

贵	**更**	**间**	**不**	**中**
Gwiz	gaem	gen	mbouj	cuengq
kɯi^{2}	kan^{1}	keːn^{1}	bou^{5}	ɕuːŋ^{5}
丈夫	**握**	**手臂**	**不**	**放**

夫抓手不放。

男唱

8-501

勒	**卡**	**阝**	**元**	**远**
Lawh	gaq	boux	roen	gyae
ləɯ^{6}	ka^{5}	pu^{4}	joːn^{1}	kjai^{1}
换	**这**	**人**	**路**	**远**

交个远方友，

8-502

一	**告**	**得**	**一**	**的**
It	gau	ndaej	it	diq
it^{7}	kaːu^{1}	dai^{3}	it^{7}	ti^{5}
一	**次**	**得**	**一**	**点**

嫌礼品太薄。

8-503

交	**卡**	**友**	**田**	**内**
Gyau	gaq	youx	denz	neix
kjaːu^{1}	ka^{5}	ju^{4}	teːn^{2}	ni^{4}
交	**这**	**友**	**地**	**这**

交个本地友，

8-504

正	**义**	**三**	**下**	**王**
Cingz	ngeih	sanq	roengz	vaengz
ɕiŋ^{2}	ȵi^{6}	θaːn^{5}	ɹoŋ^{2}	vaŋ^{2}
情	**义**	**散**	**下**	**潭**

情义又丢失。

女唱

8-505

勒	**卡**	**阝**	**拉**	**罗**
Lawh	gaq	boux	laj	roq
ləɯ^{6}	ka^{5}	pu^{4}	la^{3}	ɹo^{5}
换	**这**	**人**	**下**	**屋檐**

交个路边友，

8-506

利	**得**	**作**	**刀**	**芬**
Lij	ndaej	coq	dauq	fwnz
li^{4}	dai^{3}	ɕo^{5}	taːu^{5}	fɯn^{2}
还	**得**	**放**	**倒**	**柴**

还得樵夫名。

8-507

勒	**阝**	**客**	**阝**	**坤**
Lawh	boux	gwz	boux	gun
ləɯ^{6}	pu^{4}	kə^{2}	pu^{4}	kun^{1}
换	**人**	**客**	**人**	**官**

交个汉族友，

8-508

得	**正**	**是**	**回**	**克**
Ndaej	cingz	cix	veiz	gwz
dai^{3}	ɕiŋ^{2}	ɕi^{4}	vei^{2}	kə^{4}
得	**情**	**就**	**回**	**去**

得礼便回去。

男唱

8-509

勒	**卡**	**阝**	**元**	**远**
Lawh	gaq	boux	roen	gyae
ləɯ^{6}	ka^{5}	pu^{4}	joːn^{1}	kjai^{1}
换	**这**	**人**	**路**	**远**

交个远方友，

8-510

一	**告**	**得**	**一**	**的**
It	gau	ndaej	it	diq
it^{7}	kaːu^{1}	dai^{3}	it^{7}	ti^{5}
一	**次**	**得**	**一**	**点**

嫌礼品太薄。

8-511

交	**卡**	**少**	**田**	**内**
Gyau	gaq	sau	denz	neix
kjaːu^{1}	ka^{5}	θaːu^{1}	teːn^{2}	ni^{4}
交	**这**	**姑娘**	**地**	**这**

交个本地妹，

8-512

阝	**利**	**当**	**阝**	**代**
Boux	lix	daengq	boux	dai
pu^{4}	li^{4}	taŋ^{5}	pu^{4}	taːi^{1}
人	**活**	**当**	**人**	**死**

活人当死人。

女唱

8-513

勒	**卡**	**卜**	**然**	**瓦**
Lawh	gaq	boux	ranz	ngvax
ləɯ⁶	ka⁵	pu⁴	ɹa:n²	ŋwa⁴
换	**些**	**人**	**家**	**瓦**

交住瓦房友，

8-514

拉	**祥**	**利**	**米**	**周**
Laj	riengh	lij	miz	saeu
la³	ɹi:ŋ⁶	li⁴	mi²	θau¹
下	**栏**	**还**	**有**	**柱**

家中有大柱。

8-515

勒	**卡**	**卜**	**论**	**偻**
Lawh	gaq	boux	lumj	raeuz
ləɯ⁶	ka⁵	pu⁴	lun³	ɹau²
换	**这**	**人**	**像**	**我们**

交我这种人，

8-516

要	**正**	**么**	**了**	**备**
Aeu	cingz	maz	liux	beix
au¹	ɕiŋ²	ma²	li:u⁴	pi⁴
要	**情**	**什么**	**啰**	**兄**

要什么礼品？

男唱

8-517

勒	**江**	**友**	**元**	**远**
Lawh	gyangz	youx	roen	gyae
ləɯ⁶	kja:ŋ²	ju⁴	jo:n¹	kjai¹
换	**诸**	**友**	**路**	**远**

交远方朋友，

8-518

一	**告**	**得**	**一**	**样**
It	gau	ndaej	it	yiengh
it⁷	ka:u¹	dai³	it⁷	jɯ:ŋ⁶
一	**次**	**得**	**一**	**样**

礼品各不同。

8-519

交	**卡**	**友**	**板**	**祥**
Gyau	gak	youx	mbanj	riengh
kja:u¹	ka:k⁷	ju⁴	ba:n³	ɹi:ŋ⁶
交	**各**	**友**	**村**	**栏**

交附近村友，

8-520

它	**刀**	**想**	**正**	**偻**
De	dauq	siengj	cingz	raeuz
te¹	ta:u⁵	θi:ŋ³	ɕiŋ²	ɹau²
他	**倒**	**想**	**情**	**我们**

还倒贴礼品。

女唱

8-521

勒	**卡**	**卩**	**然**	**瓦**
Lawh	gaq	boux	ranz	ngvax
ləɯ^{6}	ka^{5}	pu^{4}	ɹaːn^{2}	ŋwa^{4}
换	**些**	**人**	**家**	**瓦**

交住瓦房友，

8-522

拉	**祥**	**利**	**米**	**母**
Laj	riengh	lij	miz	mou
la^{3}	ɹiːŋ^{6}	li^{4}	mi^{2}	mu^{1}
下	**栏**	**还**	**有**	**猪**

家中还有猪。

8-523

勒	**卡**	**卩**	**论**	**土**
Lawh	gaq	boux	lumj	dou
ləɯ^{6}	ka^{5}	pu^{4}	lun^{3}	tu^{1}
换	**这**	**人**	**像**	**我**

交我这种人，

8-524

更	**初**	**空**	**米**	**节**
Gwnz	cauq	ndwi	miz	ciep
kɯn^{2}	ɕaːu^{5}	duːi^{1}	mi^{2}	ɕeːt^{7}
上	**灶**	**不**	**有**	**接**

没有隔夜粮。

男唱

8-525

勒	**卡**	**卩**	**论**	**偻**
Lawh	gaq	boux	lumj	raeuz
ləɯ^{6}	ka^{5}	pu^{4}	lun^{3}	ɹau^{2}
换	**这**	**人**	**像**	**我们**

交我这种人，

8-526

然	**楼**	**不**	**然**	**瓦**
Ranz	laeuz	mbouj	ranz	ngvax
ɹaːn^{2}	lau^{2}	bou^{5}	ɹaːn^{2}	ŋwa^{4}
家	**楼**	**不**	**家**	**瓦**

屋都没一间。

8-527

交	**文**	**邦**	**是**	**八**
Gyau	vunz	biengz	cix	bah
kjaːu^{1}	vun^{2}	piːŋ^{2}	ɕi^{4}	pa^{6}
交	**人**	**地方**	**就**	**罢**

交路人算了，

8-528

玉	**子**	**占**	**古**	**枕**
Nyawh	swj	camh	guh	swiz
ɲəɯ^{6}	θɯ^{3}	ɕaːn^{6}	ku^{4}	θɯːi^{2}
玉	**子**	**垫**	**做**	**枕**

珠宝当枕头。

女唱

8-529

勒	卡	卩	然	瓦
Lawh	gaq	boux	ranz	ngvax
ləɯ6	ka5	pu4	ɹa:n2	ŋwa4
换	这	人	家	瓦

交住瓦房友，

8-530

拉	祥	利	米	歪
Laj	riengh	lij	miz	vaiz
la3	ɹi:ŋ6	li4	mi2	va:i2
下	栏	还	有	水牛

家中还有牛。

8-531

勒	卡	卩	更	开
Lawh	gaq	boux	gwnz	gai
ləɯ6	ka5	pu4	kɯn2	ka:i1
换	这	人	上	街

交个街上友，

8-532

老	钱	财	不	当
Lau	cienz	caiz	mbouj	daengh
la:u1	ɕi:n2	ɕa:i2	bou5	taŋ6
怕	钱	财	不	配

有钱也无用。

男唱

8-533

佚	相	羊	打	穷
Fwx	ciengx	yiengz	daj	gyoengq
fə4	ɕi:ŋ4	jɯ:ŋ2	ta3	kjoŋ5
别人	养	羊	打	群

养羊养一群，

8-534

备	勒	友	打	邦
Beix	lawh	youx	daj	bang
pi4	ləɯ6	ju4	ta3	pa:ŋ1
兄	换	友	打	帮

交友交一帮。

8-535

当	卩	在	当	方
Dangq	boux	ywq	dangq	fueng
ta:ŋ5	pu4	jɯ5	ta:ŋ5	fu:ŋ1
另	人	在	另	方

友各住一方，

8-536

样	而	存	得	托
Yiengh	lawz	cunz	ndaej	doh
jɯ:ŋ6	lauɯ2	ɕun2	dai3	to6
样	哪	巡	得	遍

怎能都见面？

女唱

8-537

牙	空	交	来	友
Yax	ndwi	gyau	lai	youx
ja^{5}	duːi^{1}	kjaːu^{1}	laːi^{1}	ju^{4}
也	不	交	多	友

交友也不多，

8-538

牙	空	勒	来	文
Yax	ndwi	lawh	lai	vunz
ja^{5}	duːi^{1}	ləɯ^{6}	laːi^{1}	vun^{2}
也	不	换	多	人

认识人也少。

8-539

勒	你	土	知	你
Lawh	mwngz	dou	rox	mwngz
ləɯ^{6}	mɯŋ^{2}	tu^{1}	ɹo^{4}	mɯŋ^{2}
换	你	我	知	你

相交又相知，

8-540

文	邦	土	不	知
Vunz	bangx	dou	mbouj	rox
vun^{2}	paːŋ^{4}	tu^{1}	bou^{5}	ɹo^{4}
人	旁	我	不	知

旁人我不熟。

男唱

8-541

不	仪	果	后	良
Mbouj	saenq	go	haeux	liengz
bou^{5}	θin^{5}	ko^{1}	hau^{4}	leːŋ^{2}
不	信	棵	米	粱

你看那高粱，

8-542

米	粒	托	米	吉
Miz	ngveih	doek	miz	giz
mi^{2}	ŋwei^{6}	tok^{7}	mi^{2}	ki^{2}
有	粒	落	有	处

结籽多又多。

8-543

命	农	正	可	好
Mingh	nuengx	cingq	goj	ndei
miŋ^{6}	nuːŋ^{4}	ɕiŋ^{5}	ko^{5}	dei^{1}
命	妹	正	也	好

妹你命真好，

8-544

一	比	交	一	阝
It	bi	gyau	it	boux
it^{7}	pi^{1}	kjaːu^{1}	it^{7}	pu^{4}
一	年	交	一	人

一年交一友。

女唱

8-545

勒	**十**	**阝**	**八**	**阝**
Lawh	cib	boux	bet	boux
ləɯ^{6}	ɕit^{8}	pu^{4}	peːt^{7}	pu^{4}
换	十	人	八	人

交朋友再多，

8-546

不	**比**	**友**	**头**	**比**
Mbouj	beij	youx	gyaeuj	bi
bou^{5}	pi^{3}	ju^{4}	kjau^{3}	pi^{1}
不	比	友	头	年

比不上初恋。

8-547

勒	**十**	**达**	**少**	**好**
Lawh	cib	dah	sau	ndei
ləɯ^{6}	ɕit^{8}	ta^{6}	θaːu^{1}	dei^{1}
换	十	女孩	姑娘	好

交十个情哥，

8-548

不	**比**	**你**	**了**	**备**
Mbouj	beij	mwngz	liux	beix
bou^{5}	pi^{3}	mɯŋ^{2}	liːu^{4}	pi^{4}
不	比	你	啰	兄

不比你一个。

男唱

8-549

勒	**十**	**阝**	**八**	**阝**
Lawh	cib	boux	bet	boux
ləɯ^{6}	ɕit^{8}	pu^{4}	peːt^{7}	pu^{4}
换	十	人	八	人

交朋友再多，

8-550

不	**比**	**友**	**可**	**比**
Mbouj	beij	youx	goek	bi
bou^{5}	pi^{3}	ju^{4}	kok^{7}	pi^{1}
不	比	友	根	年

比不上初恋。

8-551

勒	**十**	**达**	**少**	**好**
Lawh	cib	dah	sau	ndei
ləɯ^{6}	ɕit^{8}	ta^{6}	θaːu^{1}	dei^{1}
换	十	女孩	姑娘	好

交十个情妹，

8-552

友	**头**	**比**	**来**	**满**
Youx	gyaeuj	bi	lai	monh
ju^{4}	kjau^{3}	pi^{1}	laːi^{1}	moːn^{6}
友	头	年	多	情

初恋情最深。

女唱

8-553

勒	十	阝	巴	强
Lawh	cib	boux	bak	giengz
ləɯ^6	ɕit^8	pu^4	pa:k^7	ki:ŋ^2
换	十	人	嘴	犟

十个巧舌哥，

8-554

不	比	娘	在	行
Mbouj	beij	nangz	caih	hangz
bou^5	pi^3	na:ŋ^2	ɕa:i^6	ha:ŋ^2
不	比	姑娘	在	行

不比我聪慧。

8-555

交	十	阝	知	讲
Gyau	cib	boux	rox	gangj
kja:u^1	ɕit^8	pu^4	ɹo^4	ka:ŋ^3
交	十	人	知	讲

十个巧舌友，

8-556

不	比	邦	双	偻
Mbouj	beij	baengz	song	raeuz
bou^5	pi^3	paŋ^2	θo:ŋ^1	ɹau^2
不	比	朋	两	我们

不比我俩强。

男唱

8-557

勒	十	阝	巴	强
Lawh	cib	boux	bak	giengz
ləɯ^6	ɕit^8	pu^4	pa:k^7	ki:ŋ^2
换	十	人	嘴	犟

十个巧舌妹，

8-558

不	比	娘	山	四
Mbouj	beij	nangz	bya	cwx
bou^5	pi^3	na:ŋ^2	pja^1	ɕɯ^4
不	比	姑娘	山	社

不如山妹子。

8-559

交	十	阝	妻	伕
Gyau	cib	boux	maex	fwx
kja:u^1	ɕit^8	pu^4	mai^4	fə^4
交	十	人	妻	别人

交十个情友，

8-560

不	比	农	勒	正
Mbouj	beij	nuengx	lawh	cingz
bou^5	pi^3	nu:ŋ^4	ləɯ^6	ɕiŋ^2
不	比	妹	换	情

比不得初恋。

女唱

8-561

勒 十 𠂭 山 尚

Lawh cib boux bya sang

ləɯ^{6} ɕit^{8} pu^{4} pja^{1} θaːŋ^{1}

换 十 人 山 高

十个高山妹，

8-562

不 比 娘 山 灯

Mbouj beij nangz bya daemq

bou^{5} pi^{3} naːŋ^{2} pja^{1} tan^{5}

不 比 姑娘 山 低

不比村中女。

8-563

交 十 𠂭 对 生

Gyau cib boux doiq saemq

kjaːu^{1} ɕit^{8} pu^{4} toːi^{5} θan^{5}

交 十 人 对 庚

十个同龄友，

8-564

甲 能 水 山 下

Gap naengh raemx bya roengz

kaːt^{7} naŋ^{6} ɹan^{4} pja^{1} ɹoŋ^{2}

合伙 坐 水 眼 下

同坐热泪流。

男唱

8-565

勒 十 𠂭 巴 强

Lawh cib boux bak giengz

ləɯ^{6} ɕit^{8} pu^{4} paːk^{7} kiːŋ^{2}

换 十 人 嘴 犟

十个倔强女，

8-566

不 比 少 巴 尖

Mbouj beij sau bak raeh

bou^{5} pi^{3} θaːu^{1} paːk^{7} ɹai^{6}

不 比 姑娘 嘴 利

不如巧舌妹。

8-567

交 十 𠂭 邦 美

Gyau cib boux baengz maez

kjaːu^{1} ɕit^{8} pu^{4} paŋ^{2} mai^{2}

交 十 人 朋 爱

交再多情友，

8-568

不 比 岁 双 偻

Mbouj beij caez song raeuz

bou^{5} pi^{3} ɕai^{2} θoːŋ^{1} ɹau^{2}

不 比 齐 两 我们

比不上我俩。

女唱

8-569

牙	**勒**	**你**	**不**	**说**
Yaek	lawh	mwngz	mbouj	naeuz
jak^{7}	ləɯ^{6}	mɯŋ^{2}	bou^{5}	nau^{2}
要	换	你	不	说

想交你不说，

8-570

牙	**交**	**你**	**不**	**讲**
Yaek	gyau	mwngz	mbouj	gangj
jak^{7}	kja:u^{1}	mɯŋ^{2}	bou^{5}	ka:ŋ^{3}
要	交	你	不	讲

想交你不讲。

8-571

包	**少**	**牙**	**同**	**狼**
Mbauq	sau	yax	doengh	langh
ba:u^{5}	θa:u^{1}	ja^{5}	toŋ^{2}	la:ŋ^{6}
小伙	姑娘	也	相	放

兄妹要纵情，

8-572

才	**讲**	**作**	**通**	**正**
Nda	gangj	coh	doeng	cingz
da^{1}	ka:ŋ^{3}	ɕo^{6}	toŋ^{1}	ɕiŋ^{2}
刚	讲	名字	通	情

彼此才相识。

男唱

8-573

观	**土**	**九**	**你**	**勒**
Gonq	dou	iu	mwngz	lawh
ko:n^{5}	tu^{1}	i:u^{1}	mɯŋ^{2}	ləɯ^{6}
先	我	邀	你	换

我约你结交，

8-574

你	**自**	**师**	**土**	**写**
Mwngz	gag	swz	dou	ce
mɯŋ^{2}	ka:k^{8}	θɯ^{2}	tu^{1}	ɕe^{1}
你	自	辞	我	留

你置之不理。

8-575

秋	**土**	**办**	**勒**	**业**
Ciuq	dou	baenz	lwg	nyez
ɕi:u^{5}	tu^{1}	pan^{2}	lɯk^{8}	ȵe^{2}
看	我	成	子	孩

妹看不上我，

8-576

好	**卜**	**它**	**勒**	**仪**
Ndij	boux	de	lawh	saenq
di^{1}	pu^{4}	te^{1}	ləɯ^{6}	θin^{5}
与	人	他	换	信

与他人结交。

女唱

8-577

牙	勒	你	不	说
Yaek	lawh	mwngz	mbouj	naeuz
jak^{7}	ləɯ^{6}	mɯŋ^{2}	bou^{5}	nau^{2}
要	换	你	不	说

想交你不说，

8-578

牙	交	你	不	知
Yaek	gyau	mwngz	mbouj	rox
jak^{7}	kja:u^{1}	mɯŋ^{2}	bou^{5}	ɹo^{4}
要	交	你	不	知

想交你不讲。

8-579

交	可	交	了	哥
Gyau	goj	gyau	liux	go
kja:u^{1}	ko^{5}	kja:u^{1}	li:u^{4}	ko^{1}
交	也	交	啰	哥

有机会便交，

8-580

广	合	不	乱	米
Gvangj	hob	mbouj	luenh	miz
kwa:ŋ^{5}	ho:p^{8}	bou^{5}	lu:n^{6}	mi^{2}
广	合	不	乱	有

难得有缘人。

男唱

8-581

观	土	九	你	勒
Gonq	dou	iu	mwngz	lawh
ko:n^{5}	tu^{1}	i:u^{1}	mɯŋ^{2}	ləɯ^{6}
先	我	邀	你	换

我约你结交，

8-582

你	自	师	不	跟
Mwngz	gag	swz	mbouj	riengz
mɯŋ^{2}	ka:k^{8}	θɯ^{2}	bou^{5}	ɹi:ŋ^{2}
你	自	辞	不	跟

你置之不理。

8-583

刀	貝	勒	文	邦
Dauq	bae	lawh	vunz	bangx
ta:u^{5}	pai^{1}	ləɯ^{6}	vun^{2}	pa:ŋ^{4}
回	去	换	人	旁

宁找陌路人，

8-584

貝	银	千	牙	知
Bae	ngaenz	cien	yax	rox
pai^{1}	ŋan^{2}	ɕi:n^{1}	ja^{5}	ɹo^{4}
去	银	千	才	知

费钱才后悔。

女唱

8-585

观	土	九	你	勒
Gonq	dou	iu	mwngz	lawh
koːn^{5}	tu^{1}	iːu^{1}	mɯŋ^{2}	ləɯ^{6}
先	我	邀	你	换

我约你结交，

8-586

你	自	师	不	跟
Mwngz	gag	swz	mbouj	riengz
mɯŋ^{2}	kaːk^{8}	θɯ^{2}	bou^{5}	ɹiːŋ^{2}
你	自	辞	不	跟

你置之不理。

8-587

甲	土	勒	文	邦
Gyah	dou	lawh	vunz	bangx
kja^{6}	tu^{1}	ləɯ^{6}	vun^{2}	paːŋ^{4}
宁可	我	换	人	旁

宁交陌路人，

8-588

贝	银	千	不	怨
Bae	ngaenz	cien	mbouj	yonq
pai^{1}	ŋan^{2}	ɕiːn^{1}	bou^{5}	joːn^{5}
去	银	千	不	怨

宁可花重金。

男唱

8-589

以	样	内	贝	那
Ei	yiengh	neix	bae	naj
i^{1}	jɯːŋ^{6}	ni^{4}	pai^{1}	na^{3}
依	样	这	去	前

从今天开始，

8-590

妻	伕	土	不	玩
Maex	fwx	dou	mbouj	vanz
mai^{4}	fə^{4}	tu^{1}	bou^{5}	vaːn^{2}
妻	别人	我	不	还

我不交人妻。

8-591

秀	内	开	古	办
Ciuh	neix	gaej	guh	bamz
ɕiːu^{6}	ni^{4}	kaːi^{5}	ku^{4}	paːn^{2}
世	这	莫	做	笨

今生莫犯傻，

8-592

狼	少	完	勒	伕
Langh	sau	vuenh	lwg	fwx
laːŋ^{6}	θaːu^{1}	vuːn^{6}	lɯk^{8}	fə^{4}
放	姑娘	换	子	别人

胡乱去交友。

女唱

8-593

牙	**勒**	**友**	**邦**	**偻**
Yaek	lawh	youx	biengz	raeuz
jak^{7}	ləɯ^{6}	ju^{4}	pi:ŋ^{2}	ɹau^{2}
要	换	友	地方	我们

要交本地友，

8-594

是	**办**	**两**	**面**	**刀**
Cix	baenz	liengx	mienh	dauq
ɕi^{4}	pan^{2}	li:ŋ^{4}	me:n^{6}	ta:u^{5}
就	成	两	面	刀

就做两面刀。

8-595

马	**王**	**两**	**头**	**咬**
Maj	vangh	liengx	gyaeuj	ngauj
ma^{3}	va:ŋ^{6}	li:ŋ^{4}	kjau^{3}	ŋa:u^{3}
蚂	蟥	两	头	咬

蚂蟥两头咬，

8-596

老	**备**	**完**	**不**	**下**
Lau	beix	vuenh	mbouj	roengz
la:u^{1}	pi^{4}	vu:n^{6}	bou^{5}	ɹoŋ^{2}
怕	兄	换	不	下

怕兄交不了。

男唱

8-597

小	**女**	**在**	**更**	**楼**
Siuj	nawx	ywq	gwnz	laeuz
θi:u^{3}	nɯ^{4}	jɯ^{5}	kɯn^{2}	lau^{2}
小	女	在	上	楼

小女守闺阁，

8-598

是	**利**	**交**	**貝**	**瓜**
Cix	lij	gyau	bae	gvaq
ɕi^{4}	li^{4}	kja:u^{1}	pai^{1}	kwa^{5}
是	还	交	去	过

我都结交过。

8-599

你	**米**	**几**	**来**	**老**
Mwngz	miz	geij	lai	laux
mɯ:ŋ^{2}	mi^{2}	ki^{3}	la:i^{1}	la:u^{4}
你	有	几	多	大

你又算什么？

8-600

么	**备**	**完**	**不**	**下**
Maz	beix	vuenh	mbouj	roengz
ma^{2}	pi^{4}	vu:n^{6}	bou^{5}	ɹoŋ^{2}
什么	兄	换	不	下

我都能拿下。

女唱

8-601

牙 勒 友 邦 偻

Yaek lawh youx biengz raeuz

jak^{7} ləɯ^{6} ju^{4} piːŋ^{2} ɹau^{2}

要 换 友 地方 我们

要交本地友，

8-602

是 打 办 生 衣

Cix daj baenz seng eiq

ɕi^{4} ta^{3} pan^{1} θeːŋ^{1} ei^{5}

就 打 成 生 意

就做成生意。

8-603

牙 交 文 田 内

Yaek gyau vunz denz neix

jak^{7} kjaːu^{1} vun^{2} teːn^{2} ni^{4}

要 交 人 地 这

欲交本地友，

8-604

办 手 玉 你 好

Banh souj yi mwngz ndei

paːn^{6} ɕou^{3} ji^{4} muɯŋ^{2} dei^{1}

办 手 艺 你 好

把手艺练好。

男唱

8-605

备 托 农 从 相

Beix doh nuengx coengh ceng

pi^{4} to^{6} nuːŋ^{4} ɕoŋ^{6} ɕeːŋ^{5}

兄 同 妹 帮 争

兄妹若相争，

8-606

小 正 牙 不 师

Siuj cingz yax mbouj swz

θiːu^{3} ɕiŋ^{2} ja^{5} bou^{5} θɯ^{2}

小 情 也 不 辞

也不为礼品。

8-607

年 少 办 妻 伕

Nienz sau baenz maex fwx

niːn^{2} θaːu^{1} pan^{2} mai^{4} fə^{4}

反正 姑娘 成 妻 别人

妹已成人妻，

8-608

备 爱 勒 爱 空

Beix ngaiq lawh ngaiq ndwi

pi^{4} ŋaːi^{5} ləɯ^{6} ŋaːi^{5} duːi^{1}

兄 爱 换 爱 不

我爱交不交。

女唱

8-609

土	**交**	**你**	**开**	**希**
Dou	gyau	mwngz	gaej	heiq
tu^{1}	kja:u^{1}	mɯŋ^{2}	ka:i^{5}	hi^{5}
我	**交**	**你**	**莫**	**气**

你莫愁相识,

8-610

土	**勒**	**你**	**开**	**忧**
Dou	lawh	mwngz	gaej	you
tu^{1}	ləɯ^{6}	mɯŋ^{2}	ka:i^{5}	jou^{1}
我	**换**	**你**	**莫**	**忧**

你莫忧相知。

8-611

不	**瓜**	**貝**	**钱**	**州**
Mbouj	gvaq	bae	cienz	cou
bou^{5}	kwa^{5}	pai^{1}	ɕi:n^{2}	ɕu^{1}
不	**过**	**去**	**钱**	**州**

去州城路费,

8-612

可	**利**	**土**	**貝**	**对**
Goj	lij	dou	bae	doiq
ko^{5}	li^{4}	tu^{1}	pai^{1}	to:i^{5}
也	**还**	**我**	**去**	**退**

由我去付清。

男唱

8-613

土	**交**	**你**	**开**	**希**
Dou	gyau	mwngz	gaej	heiq
tu^{1}	kja:u^{1}	mɯŋ^{2}	ka:i^{5}	hi^{5}
我	**交**	**你**	**莫**	**气**

你莫愁相识,

8-614

土	**勒**	**你**	**开**	**忧**
Dou	lawh	mwngz	gaej	you
tu^{1}	ləɯ^{6}	mɯŋ^{2}	ka:i^{5}	jou^{1}
我	**换**	**你**	**莫**	**忧**

你莫忧相知。

8-615

断	**仪**	**牙**	**才**	**土**
Duenx	saenq	yax	caih	dou
tu:n^{4}	θin^{5}	ja^{5}	ɕa:i^{6}	tu^{1}
断	**信**	**也**	**随**	**我**

断信也随我,

8-616

付	**正**	**牙**	**才**	**农**
Fuz	cingz	yax	caih	nuengx
fu^{2}	ɕiŋ^{2}	ja^{5}	ɕa:i^{6}	nu:ŋ^{4}
负	**情**	**也**	**随**	**妹**

断情也随你。

男唱

8-617

土 交 你 开 希

Dou gyau mwngz gaej heiq

tu^{1} kjaːu^{1} mɯŋ^{2} kaːi^{5} hi^{5}

我 交 你 莫 气

你莫愁相识，

8-618

土 勒 你 开 老

Dou lawh mwngz gaej lau

tu^{1} ləɯ^{6} mɯŋ^{2} kaːi^{5} laːu^{1}

我 换 你 莫 怕

你莫怕相知。

8-619

平 代 卜 代 叔

Bingz dai boh dai au

piŋ^{2} taːi^{1} po^{6} taːi^{1} aːu^{1}

凭 死 父 死 叔

管家中谁死，

8-620

年 包 少 偻 观

Nienz mbauq sau raeuz gonq

niːn^{2} baːu^{5} θaːu^{1} ɹau^{2} koːn^{5}

反正 小伙 姑娘 我们 先

交情不会变。

女唱

8-621

土 交 你 开 希

Dou gyau mwngz gaej heiq

tu^{1} kjaːu^{1} mɯŋ^{2} kaːi^{5} hi^{5}

我 交 你 莫 气

你莫愁相识，

8-622

土 勒 你 开 老

Dou lawh mwngz gaej lau

tu^{1} ləɯ^{6} mɯŋ^{2} kaːi^{5} laːu^{1}

我 换 你 莫 怕

你莫怕相知。

8-623

秀 包 三 秀 少

Ciuh mbauq sam ciuh sau

çiːu^{6} baːu^{5} θaːn^{1} çiːu^{6} θaːu^{1}

世 小伙 三 世 姑娘

一夫三代妻，

8-624

老 开 么 了 农

Lau gij maz liux nuengx

laːu^{1} kaːi^{2} ma^{2} liːu^{4} nuːŋ^{4}

怕 什 么 啰 妹

妹还怕什么？

女唱

8-625

土	交	你	开	希
Dou	gyau	mwngz	gaej	heiq
tu^{1}	kjaːu^{1}	mɯŋ^{2}	kaːi^{5}	hi^{5}
我	交	你	莫	气

你莫愁相识，

8-626

土	勒	你	开	老
Dou	lawh	mwngz	gaej	lau
tu^{1}	ləɯ^{6}	mɯŋ^{2}	kaːi^{5}	laːu^{1}
我	换	你	莫	怕

你莫怕相知。

8-627

不	瓜	贝	银	好
Mbouj	gvaq	bae	ngaenz	hau
bou^{5}	kwa^{5}	pai^{1}	ŋan^{2}	haːu^{1}
不	过	去	银	白

大不了花钱，

8-628

包	少	不	同	中
Mbauq	sau	mbouj	doengh	cuengq
baːu^{5}	θaːu^{1}	bou^{5}	toŋ^{2}	ɕuːŋ^{5}
小伙	姑娘	不	相	放

兄妹情不弃。

男唱

8-629

尝	得	义	十	比
Caengz	ndaej	ngeih	cib	bi
ɕaŋ^{2}	dai^{3}	ȵi^{6}	ɕit^{8}	pi^{1}
未	得	二	十	年

未满二十岁，

8-630

是	好	你	同	勒
Cix	ndij	mwngz	doengh	lawh
ɕi^{4}	di^{1}	mɯŋ^{2}	toŋ^{2}	ləɯ^{6}
就	与	你	相	换

就和你相识。

8-631

拆	婚	姻	没	特
Cwz	hunh	yinh	meij	dawz
ɕa^{6}	von^{5}	jin^{5}	mei^{3}	təɯ^{2}
拆	婚	姻	没	拿

舍弃了婚姻，

8-632

往	土	勒	你	空
Uengj	dou	lawh	mwngz	ndwi
vaːŋ^{3}	tu^{1}	ləɯ^{6}	mɯŋ^{2}	duːi^{1}
枉	我	换	你	空

也换不回你。

女唱

8-633

尝 得 义 十 比

Caengz ndaej ngeih cib bi

ɕaŋ^{2} dai^{3} ȵi^{6} ɕit^{8} pi^{1}

未 得 二 十 年

未满二十岁，

8-634

是 好 你 同 勒

Cix ndij mwngz doengh lawh

ɕi^{4} di^{1} mɯŋ^{2} toŋ^{2} ləɯ^{6}

就 与 你 相 换

就和你相识。

8-635

文 邦 古 金 师

Vunz biengz guh ginh sae

vun^{2} piːŋ^{2} ku^{4} kin^{5} θei^{1}

人 地方 做 军 师

听路人谗言，

8-636

同 勒 不 外 春

Doengh lawh mbouj vaij cin

toŋ^{2} ləɯ^{6} bou^{5} vaːi^{3} ɕun^{1}

相 换 不 过 春

此情不长久。

男唱

8-637

同 勒 不 外 春

Doengh lawh mbouj vaij cin

toŋ^{2} ləɯ^{6} bou^{5} vaːi^{3} ɕun^{1}

相 换 不 过 春

此情不长久，

8-638

同 巡 不 外 秀

Doengh cunz mbouj vaij ciuh

toŋ^{2} ɕun^{2} bou^{5} vaːi^{3} ɕiːu^{6}

相 巡 不 过 世

此生不来往。

8-639

少 好 包 同 刘

Sau ndij mbauq doengz liuh

θaːu^{1} di^{1} baːu^{5} toŋ^{2} liːu^{6}

姑娘 与 小伙 同 游

妹随兄游荡，

8-640

可 当 空 米 正

Goj dangq ndwi miz cingz

ko^{5} taːŋ^{5} duːi^{1} mi^{2} ɕiŋ^{2}

也 当 不 有 情

全当没爱过。

女唱

8-641

想	**好**	**你**	**同**	**勒**
Siengj	ndij	mwngz	doengh	lawh
θiːŋ3	di1	mɯŋ2	toŋ2	ləɯ6
想	与	你	相	换

想和你结交，

8-642

勒	**伕**	**讲**	**皮**	**义**
Lwg	fwx	gangj	bienz	nyiz
lɯk8	fə4	kaːŋ3	piːn2	ȵi2
子	别人	讲	便	宜

怕人说闲话。

8-643

从	**你**	**勒**	**卜**	**好**
Coengh	mwngz	lawh	boux	ndei
ɕoŋ6	mɯŋ2	ləɯ6	pu4	dei1
帮	你	换	人	好

帮你交好人，

8-644

刘	**果**	**支**	**中**	**先**
Liuh	go	sei	cuengq	sienq
liːu6	ko1	θi1	ɕuːŋ5	θiːn5
游	棵	丝	放	线

竹尾吊金丝。

男唱

8-645

想	**好**	**少**	**同**	**勒**
Siengj	ndij	sau	doengh	lawh
θiːŋ3	di1	θaːu1	toŋ2	ləɯ6
想	与	姑娘	相	换

想和妹结交，

8-646

提	**伕**	**讲**	**话**	**恨**
Diq	fwx	gangj	vah	haemz
ti5	fə4	kaːŋ3	va6	han2
替	别人	讲	话	恨

替别人顶罪。

8-647

补	**兰**	**金**	**跟**	**银**
Bu	lanz	gim	riengz	ngaenz
pu1	laːn2	kin1	ɹiːŋ2	ŋan2
捧	篮	金	跟	银

捧一篮金银，

8-648

采	**日**	**元**	**堂**	**黑**
Byaij	ngoenz	roen	daengz	laep
pjaːi3	ŋon2	joːn1	taŋ2	lap7
走	天	路	到	黑

从早走到晚。

女唱

8-649

命 你 合 阝 它

Mingh mwngz hob boux de

miŋ^{6} mɯŋ^{2} hoːp^{8} pu^{4} te^{1}

命 你 合 人 他

你与他人配，

8-650

它 不 写 不 中

De mbouj ce mbouj cuengq

te^{1} bou^{5} ɕe^{1} bou^{5} ɕuːŋ^{5}

他 不 留 不 放

他不离不弃。

8-651

贵 古 勾 马 吊

Gwiz guh gaeu ma duengh

kɯi^{2} ku^{4} kau^{1} ma^{1} tuːŋ^{6}

丈夫 做 藤 来 拉

爱人不放手，

8-652

备 开 想 堂 偻

Beix gaej siengj daengz raeuz

pi^{4} kaːi^{5} θiːŋ^{3} taŋ^{2} ɹau^{2}

兄 莫 想 到 我们

兄莫来找我。

男唱

8-653

土 勒 土 是 要

Dou lawh dou cix aeu

tu^{1} ləɯ^{6} tu^{1} ɕi^{4} au^{1}

我 换 我 就 要

我结交就娶，

8-654

说 贵 你 开 满

Naeuz gwiz mwngz gaej muengh

nau^{2} kɯi^{2} mɯŋ^{2} kaːi^{5} muːŋ^{6}

说 丈夫 你 莫 望

你夫别指望。

8-655

土 交 土 不 中

Dou gyau dou mbouj cuengq

tu^{1} kjaːu^{1} tu^{1} bou^{5} ɕuːŋ^{5}

我 交 我 不 放

我结交到底，

8-656

贵 农 是 拍 手

Gwiz nuengx cix bongx fwngz

kɯi^{2} nuːŋ^{4} ɕi^{4} poːŋ^{4} fɯŋ^{2}

丈夫 妹 就 拍 手

你夫没机会。

女唱

8-657
观 偻 造 同 勒
Gonq raeuz caux doengh lawh
koːn^{5} ɹau^{2} ɕaːu^{4} toŋ^{2} ləɯ^{6}
先 我们 造 相 换
我俩热恋时，

8-658
玩 办 师 氿 架
Van baenz ndwq laeuj gyaz
vaːn^{1} pan^{2} dɯ^{5} lau^{3} kja^{2}
甜 成 酒糟 酒 糟
甜蜜似糟酒。

8-659
空 得 勒 少 而
Ndwi ndaej lawh sau lawz
duːi^{1} dai^{3} ləɯ^{6} θaːu^{1} laɯ^{2}
不 得 换 姑娘 哪
不要交别人，

8-660
元 家 偻 可 在
Ien gya raeuz goj ywq
juːn^{1} kja^{1} ɹau^{2} ko^{5} jɯ^{5}
冤 家 我们 也 在
我俩情仍在。

男唱

8-661
观 偻 造 同 勒
Gonq raeuz caux doengh lawh
koːn^{5} ɹau^{2} ɕaːu^{4} toŋ^{2} ləɯ^{6}
先 我们 造 相 换
我俩热恋时，

8-662
玩 办 师 氿 架
Van baenz ndwq laeuj gyaz
vaːn^{1} pan^{2} dɯ^{5} lau^{3} kja^{2}
甜 成 酒糟 酒 糟
甜蜜似糟酒。

8-663
正 义 是 空 沙
Cingz ngeih cix ndwi ra
ɕiŋ^{2} ȵi^{6} ɕi^{4} duːi^{1} ɹa^{1}
情 义 是 不 找
情义你不说，

8-664
元 家 开 么 农
Ien gya gij maz nuengx
juːn^{1} kja^{1} kaːi^{2} ma^{2} nuːŋ^{4}
冤 家 什 么 妹
我怎知你心。

女唱

8-665

观	偻	造	同	勒
Gonq	raeuz	caux	doengh	lawh
koːn5	ɹau2	ɕaːu4	toŋ2	ləɯ6
先	我们	造	相	换

我俩热恋时,

8-666

玩	办	师	氿	小
Van	baenz	ndwq	laeuj	siu
vaːn1	pan2	dɯ5	lau3	θiːu1
甜	成	酒糟	酒	烧

甜蜜如烧酒。

8-667

空	得	勒	阝	一
Ndwi	ndaej	lawh	boux	ndeu
duːi1	dai3	ləɯ6	pu4	deːu1
不	得	换	人	一

交不得一个,

8-668

代	不	丢	㟙	内
Dai	mbouj	deuz	rungh	neix
taːi1	bou5	tiːu2	ɹuŋ6	ni4
死	不	逃	㟙	这

我死都不走。

男唱

8-669

观	偻	造	同	勒
Gonq	raeuz	caux	doengh	lawh
koːn5	ɹau2	ɕaːu4	toŋ2	ləɯ6
先	我们	造	相	换

我俩热恋时,

8-670

玩	办	师	氿	小
Van	baenz	ndwq	laeuj	siu
vaːn1	pan2	dɯ5	lau3	θiːu1
甜	成	酒糟	酒	烧

甜蜜如烧酒。

8-671

备	牙	勒	阝	一
Beix	yax	lawh	boux	ndeu
pi4	ja5	ləɯ6	pu4	deːu1
兄	才	换	人	一

兄要交一个,

8-672

是	良	丢	生	衣
Cix	lingh	diu	seng	eiq
ɕi4	leːŋ6	tiːu1	θeːŋ1	ei5
就	另	挑	生	意

要另想他法。

女唱

8-673

备	**托**	**农**	**从**	**声**
Beix	doh	nuengx	coengh	sing
pi^{4}	to^{6}	nuːŋ^{4}	ɕoŋ^{6}	θiŋ^{1}
兄	同	妹	帮	声

兄同妹合声，

8-674

小	**正**	**牙**	**难**	**沙**
Siuj	cingz	yax	nanz	ra
θiːu^{3}	ɕiŋ^{2}	ja^{5}	naːn^{2}	ɹa^{1}
小	情	也	难	找

难找小礼品。

8-675

少	**乖**	**牙**	**变**	**化**
Sau	gvai	yax	bienq	vaq
θaːu^{1}	kwaːi^{1}	ja^{5}	piːn^{5}	va^{5}
女	乖	也	变	化

情妹要变心，

8-676

样	**而**	**沙**	**小**	**正**
Yiengh	lawz	ra	siuj	cingz
jɯːŋ^{6}	laɯ^{2}	ɹa^{1}	θiːu^{3}	ɕiŋ^{2}
样	哪	找	小	情

如何找礼品？

男唱

8-677

观	**偻**	**造**	**同**	**勒**
Gonq	raeuz	caux	doengh	lawh
koːn^{5}	ɹau^{2}	ɕaːu^{4}	toŋ^{2}	ləɯ^{6}
先	我们	造	相	换

我俩热恋时，

8-678

玩	**办**	**师**	**氿**	**糖**
Van	baenz	ndwq	laeuj	diengz
vaːn^{1}	pan^{2}	dɯ^{5}	lau^{3}	tiːŋ^{2}
甜	成	酒糟	酒	糖

甜蜜如糖酒。

8-679

当	**卜**	**在**	**当**	**邦**
Dangq	boux	ywq	dangq	biengz
taːŋ^{5}	pu^{4}	jɯ^{5}	taːŋ^{5}	piːŋ^{2}
另	人	在	另	地方

今天各一方，

8-680

心	**凉**	**不**	**了**	**农**
Sim	liengz	mbouj	liux	nuengx
θin^{1}	liːŋ^{2}	bou^{5}	liːu^{4}	nuːŋ^{4}
心	凉	不	啰	妹

怎能不心寒？

女唱

8-681
观 偻 造 同 勒
Gonq raeuz caux doengh lawh
koːn⁵ ɹau² ɕaːu⁴ toŋ² ləɯ⁶
先 我们 造 相 换
我俩热恋时，

8-682
玩 办 师 楼 兴
Van baenz ndwq laeuj hing
vaːn¹ pan² dɯ⁵ lau³ hiŋ¹
甜 成 酒糟 酒 姜
甜蜜如姜酒。

8-683
勒 友 牙 米 名
Lawh youx yax miz mingz
ləɯ⁶ ju⁴ ja⁵ mi² miŋ²
换 友 也 有 名
交友要正当，

8-684
土 不 清 妻 伕
Dou mbouj sing maex fwx
tu¹ bou⁵ θiŋ¹ mai⁴ fə⁴
我 不 抢 妻 别人
不夺别人妻。

男唱

8-685
观 偻 造 同 勒
Gonq raeuz caux doengh lawh
koːn⁵ ɹau² ɕaːu⁴ toŋ² ləɯ⁶
先 我们 造 相 换
我俩热恋时，

8-686
玩 办 师 氿 兴
Van baenz ndwq laeuj hing
vaːn¹ pan² dɯ⁵ lau³ hiŋ¹
甜 成 酒糟 酒 姜
甜蜜如姜酒。

8-687
勒 友 全 同 清
Lawh youx gyonj doengh sing
ləɯ⁶ ju⁴ kjoːn³ toŋ² θiŋ¹
换 友 都 相 抢
交友靠抢夺，

8-688
难 交 正 了 农
Nanz gyau cingz liux nuengx
naːn² kjaːu¹ ɕiŋ² liːu⁴ nuːŋ⁴
难 交 情 啰 妹
否则难成真。

女唱

8–689

观	**偻**	**造**	**同**	**勒**
Gonq	raeuz	caux	doengh	lawh
koːn^{5}	ɹau^{2}	ɕaːu^{4}	toŋ^{2}	ləɯ^{6}
先	我们	造	相	换

我俩热恋时，

8–690

玩	**办**	**师**	**氿**	**兴**
Van	baenz	ndwq	laeuj	hing
vaːn^{1}	pan^{2}	dɯ^{5}	lau^{3}	hiŋ^{1}
甜	成	酒糟	酒	姜

甜蜜如姜酒。

8–691

牙	**勒**	**友**	**米**	**名**
Yaek	lawh	youx	miz	mingz
jak^{7}	ləɯ^{6}	ju^{4}	mi^{2}	miŋ^{2}
要	换	友	有	名

想交好情友，

8–692

是	**特**	**正**	**出**	**光**
Cix	dawz	cingz	ok	gvengq
ɕi^{4}	təɯ^{2}	ɕiŋ^{2}	oːk^{7}	kweːŋ^{5}
就	拿	情	出	空旷

快拿出信物。

男唱

8–693

勒	**空**	**得**	**农**	**银**
Lawh	ndwi	ndaej	nuengx	ngaenz
ləɯ^{6}	duːi^{1}	dai^{3}	nuːŋ^{4}	ŋan^{2}
换	不	得	妹	银

交不上情妹，

8–694

的	**贵**	**你**	**小**	**些**
Diq	gwiz	mwngz	siuj	swj
ti^{5}	kɯi^{2}	mɯŋ^{2}	θiːu^{3}	θɯ^{3}
点	丈夫	你	小	屑

你丈夫不屑。

8–695

代	**后**	**金**	**洋**	**铁**
Dai	haeuj	gim	yangz	dez
taːi^{1}	hau^{3}	kin^{1}	jaːŋ^{2}	te^{2}
死	进	金	洋	棺

死后进金棺，

8–696

列	**备**	**外**	**本**	**龙**
Rex	beix	vaij	mbwn	loengz
ɹe^{4}	pi^{4}	vaːi^{3}	bɯn^{1}	loŋ^{2}
扶	兄	过	天	笼

扶兄过天桥。

女唱

8-697

勒	**你**	**不**	**得**	**你**
Lawh	mwngz	mbouj	ndaej	mwngz
ləɯ^{6}	mɯŋ^{2}	bou^{5}	dai^{3}	mɯŋ^{2}
换	你	不	得	你

交你不得你，

8-698

的	**贵**	**你**	**小**	**难**
Diq	gwiz	mwngz	siuj	nanq
ti^{5}	kɯi^{2}	mɯŋ^{2}	θiːu^{3}	naːn^{5}
点	丈夫	你	少	呻吟

情哥莫抱怨。

8-699

交	**邦**	**不**	**得**	**邦**
Gyau	baengz	mbouj	ndaej	baengz
kjaːu^{1}	paŋ^{2}	bou^{5}	dai^{3}	paŋ^{2}
交	朋	不	得	朋

交友不得友，

8-700

刀	**小**	**难**	**跟**	**你**
Dauq	siu	nanh	riengz	mwngz
taːu^{5}	θiːu^{1}	naːn^{6}	ɹiːŋ^{2}	mɯŋ^{2}
倒	消	难	跟	你

反受累于你。

男唱

8-701

同	**对**	**勒**	**元**	**干**
Doengz	doih	lwg	yoen	ganq
toŋ^{2}	toːi^{6}	lɯk^{8}	joːn^{1}	kaːn^{5}
同	伙伴	子	元	照料

你我皆凡人，

8-702

卜	**而**	**兰**	**样**	**它**
Boux	lawz	lanh	yiengh	de
pu^{4}	laɯ^{2}	laːn^{6}	jɯːŋ^{6}	te^{1}
人	哪	大方	样	那

谁那么大方。

8-703

包	**少**	**不**	**同**	**得**
Mbauq	sau	mbouj	doengh	ndaej
baːu^{5}	θaːu^{1}	bou^{5}	toŋ^{2}	dai^{3}
小伙	姑娘	不	相	得

兄妹不成家，

8-704

牙	**可**	**才**	**良**	**心**
Yax	goj	caih	liengz	sim
ja^{5}	ko^{5}	çaːi^{6}	liːŋ^{2}	θin^{1}
也	可	随	良	心

凭各自良心。

女唱

8–705

同	**对**	**勒**	**元**	**干**
Doengz	doih	lwg	yoen	ganq
toŋ^{2}	to:i^{6}	lɯk^{8}	jo:n^{1}	ka:n^{5}
同	**伙伴**	**子**	**元**	**照料**

你我皆凡人，

8–706

卜	**而**	**兰**	**样**	**它**
Boux	lawz	lanh	yiengh	de
pu^{4}	laɯ^{2}	la:n^{6}	jɯ:ŋ^{6}	te^{1}
人	**哪**	**大方**	**样**	**那**

谁那么大方。

8–707

岁	**九**	**月**	**动**	**乜**
Caez	gouj	ndwen	dungx	meh
çai^{2}	kjou^{3}	du:n^{1}	tuŋ^{4}	me^{6}
齐	**九**	**月**	**肚**	**母**

同九月怀胎，

8–708

友	**而**	**列**	**论**	**你**
Youx	lawz	leh	lumj	mwngz
ju^{4}	laɯ^{2}	le^{6}	lun^{3}	mɯŋ^{2}
友	**哪**	**选**	**像**	**你**

就你眼光高。

男唱

8–709

同	**对**	**勒**	**元**	**干**
Doengz	doih	lwg	yoen	ganq
toŋ^{2}	to:i^{6}	lɯk^{8}	jo:n^{1}	ka:n^{5}
同	**伙伴**	**子**	**元**	**照料**

你我皆凡人，

8–710

卜	**而**	**兰**	**样**	**它**
Boux	lawz	lanh	yiengh	de
pu^{4}	laɯ^{2}	la:n^{6}	jɯ:ŋ^{6}	te^{1}
人	**哪**	**大方**	**样**	**那**

谁那么大方。

8–711

些	**观**	**伏**	**先**	**列**
Seiq	gonq	fwx	senq	leh
θe^{5}	ko:n^{5}	fə^{4}	θe:n^{5}	le^{6}
世	**先**	**别人**	**早**	**选**

世人早已选，

8–712

瓜	**了**	**牙**	**堂**	**偻**
Gvaq	liux	yax	daengz	raeuz
kwa^{5}	li:u^{4}	ja^{5}	taŋ^{2}	ɹau^{2}
过	**完**	**才**	**到**	**我们**

之后才到我。

女唱

8–713

包	**少**	**不**	**同**	**得**
Mbauq	sau	mbouj	doengh	ndaej
baːu^{5}	θaːu^{1}	bou^{5}	toŋ^{2}	dai^{3}
小伙	**姑娘**	**不**	**相**	**得**

兄妹结不成，

8–714

良	**芬**	**会**	**多**	**然**
Lingh	faenz	faex	doq	ranz
leːŋ^{6}	fan^{2}	fai^{4}	to^{5}	ɹaːn^{2}
另	**伐**	**树**	**造**	**家**

伐木另建房。

8–715

备	**叫**	**农**	**不**	**汉**
Beix	heuh	nuengx	mbouj	han
pi^{4}	heːu^{6}	nuːŋ^{4}	bou^{5}	haːn^{1}
兄	**叫**	**妹**	**不**	**应**

兄呼妹不应，

8–716

元	**远**	**是**	**波**	**小**
Roen	gyae	cix	boq	seuq
joːn^{1}	kjai^{1}	ɕi^{4}	po^{5}	θeːu^{5}
路	**远**	**就**	**吹**	**哨**

路远就吹哨。

男唱

8–717

包	**少**	**不**	**同**	**得**
Mbauq	sau	mbouj	doengh	ndaej
baːu^{5}	θaːu^{1}	bou^{5}	toŋ^{2}	dai^{3}
小伙	**姑娘**	**不**	**相**	**得**

兄妹结不成，

8–718

良	**芬**	**会**	**多**	**然**
Lingh	faenz	faex	doq	ranz
leːŋ^{6}	fan^{2}	fai^{4}	to^{5}	ɹaːn^{2}
另	**伐**	**树**	**造**	**家**

伐木另建房。

8–719

但	**叫**	**作**	**你**	**汉**
Danh	heuh	coh	mwngz	han
taːn^{6}	heːu^{6}	ɕo^{6}	mɯŋ^{2}	haːn^{1}
但	**叫**	**名字**	**你**	**应**

若你在乎我，

8–720

不	**欢**	**偻**	**同**	**得**
Mbouj	fwen	raeuz	doengh	ndaej
bou^{5}	vuːn^{1}	ɹau^{2}	toŋ^{2}	dai^{3}
不	**歌**	**我们**	**相**	**得**

不苛求成家。

女唱

8-721

包	**少**	**不**	**同**	**得**
Mbauq	sau	mbouj	doengh	ndaej
baːu^5	θaːu^1	bou^5	toŋ^2	dai^3
小伙	**姑娘**	**不**	**相**	**得**

兄妹结不成，

8-722

开	**古**	**沙**	**古**	**恨**
Gaej	guh	nyah	guh	haemz
kaːi^5	ku^4	ȵa^6	ku^4	han^2
莫	**做**	**生气**	**做**	**恨**

莫赌气含怨。

8-723

貝	**邦**	**达**	**古**	**存**
Bae	bangx	dah	guh	caemz
pai^1	paːŋ^4	ta^6	ku^4	ɕan^2
去	**旁**	**河**	**做**	**玩**

同到河边玩，

8-724

米	**日**	**可**	**同**	**得**
Miz	ngoenz	goj	doengh	ndaej
mi^2	ŋon^2	ko^5	toŋ^2	dai^3
有	**天**	**也**	**相**	**得**

久后必相交。

男唱

8-725

不	**同**	**得**	**是**	**八**
Mbouj	doengh	ndaej	cix	bah
bou^5	toŋ^2	dai^3	ɕi^4	pa^6
不	**相**	**得**	**就**	**罢**

结不成就算，

8-726

开	**古**	**沙**	**古**	**恨**
Gaej	guh	nyah	guh	haemz
kaːi^5	ku^4	ȵa^6	ku^4	han^2
莫	**做**	**生气**	**做**	**恨**

莫赌气含怨。

8-727

貝	**邦**	**达**	**古**	**存**
Bae	bangx	dah	guh	caemz
pai^1	paːŋ^4	ta^6	ku^4	ɕan^2
去	**旁**	**河**	**做**	**玩**

同到河边玩，

8-728

不	**比**	**偻**	**日**	**内**
Mbouj	beij	raeuz	ngoenz	neix
bou^5	pi^3	ɹau^2	ŋon^2	ni^4
不	**比**	**我们**	**天**	**这**

何不今日识？

女唱

8-729

不	同	得	是	八
Mbouj	doengh	ndaej	cix	bah
bou⁵	toŋ²	dai³	ɕi⁴	pa⁶
不	相	得	就	罢

结不成就算,

8-730

开	同	沙	同	恨
Gaej	doengh	nyah	doengh	haemz
ka:i⁵	toŋ²	ɲa⁶	toŋ²	han²
莫	相	生气	相	恨

莫赌气含怨。

8-731

但	米	仪	同	分
Danh	miz	saenq	doengh	baen
ta:n⁶	mi²	θin⁵	toŋ²	pan¹
但	有	信	相	分

若能通书信,

8-732

可	强	偻	同	得
Goj	giengz	raeuz	doengh	ndaej
ko⁵	ki:ŋ²	ɹau²	toŋ²	dai³
可	像	我们	相	得

我俩心相印。

男唱

8-733

不	同	得	是	八
Mbouj	doengh	ndaej	cix	bah
bou⁵	toŋ²	dai³	ɕi⁴	pa⁶
不	相	得	就	罢

结不成就算,

8-734

貝	那	开	用	团
Bae	naj	gaej	yungh	dwen
pai¹	na³	ka:i⁵	juŋ⁶	tɯ:n¹
去	前	莫	用	提

往后别再提。

8-735

不	得	结	英	元
Mbouj	ndaej	giet	in	yuenz
bou⁵	dai³	ki:t⁷	in¹	ju:n²
不	得	结	姻	缘

不能结姻缘,

8-736

开	团	古	心	三
Gaej	dwen	guh	sim	sanq
ka:i⁵	tɯ:n¹	ku⁴	θin¹	θa:n⁵
莫	提	做	心	散

叫人白伤心。

女唱

8-737
不 同 得 是 八
Mbouj doengh ndaej cix bah
bou5 toŋ2 dai3 çi4 pa6
不 相 得 就 罢
结不成就算，

8-738
貝 那 开 用 团
Bae naj gaej yungh dwen
pai1 na3 ka:i5 juŋ6 tɯ:n1
去 前 莫 用 提
往后别再提。

8-739
卜 在 万 里 元
Boux ywq fanh leix roen
pu4 jɯ5 fa:n6 li4 jo:n1
人 在 万 里 路
相距万里远，

8-740
不 团 正 牙 了
Mbouj dwen cingz yax liux
bou5 tɯ:n1 çiŋ2 ja5 li:u4
不 提 情 也 完
不提情义尽。

男唱

8-741
不 同 得 是 八
Mbouj doengh ndaej cix bah
bou5 toŋ2 dai3 çi4 pa6
不 相 得 就 罢
结不成就算，

8-742
貝 那 开 用 论
Bae naj gaej yungh lumz
pai1 na3 ka:i5 juŋ6 lun2
去 前 莫 用 忘
今后莫相忘。

8-743
平 得 伏 得 文
Bingz ndaej fwx ndaej vunz
piŋ2 dai3 fə4 dai3 vun2
凭 得 别人 得 人
任结交何人，

8-744
开 论 正 韦 机
Gaej lumz cingz vae giq
ka:i5 lun2 çiŋ2 vai1 ki5
莫 忘 情 姓 支
勿忘我俩情。

女唱

8-745

不	同	得	是	八
Mbouj	doengh	ndaej	cix	bah
bou^{5}	toŋ^{2}	dai^{3}	ɕi^{4}	pa^{6}
不	相	得	就	罢

结不成就算，

8-746

貝	那	开	用	论
Bae	naj	gaej	yungh	lumz
pai^{1}	na^{3}	kaːi^{5}	juŋ^{6}	lun^{2}
去	前	莫	用	忘

今后莫相忘。

8-747

平	得	伏	得	文
Bingz	ndaej	fwx	ndaej	vunz
piŋ^{2}	dai^{3}	fə^{4}	dai^{3}	vun^{2}
凭	得	别人	得	人

任结交何人，

8-748

强	得	你	了	备
Giengz	ndaej	mwngz	liux	beix
kiːŋ^{2}	dai^{3}	mɯŋ^{2}	liːu^{4}	pi^{4}
像	得	你	啰	兄

都当作是你。

男唱

8-749

不	同	得	是	八
Mbouj	doengh	ndaej	cix	bah
bou^{5}	toŋ^{2}	dai^{3}	ɕi^{4}	pa^{6}
不	相	得	就	罢

结不成就算，

8-750

貝	那	开	论	土
Bae	naj	gaej	lumz	dou
pai^{1}	na^{3}	kaːi^{5}	lun^{2}	tu^{1}
去	前	莫	忘	我

今后勿忘我。

8-751

貝	说	乜	相	母
Bae	naeuz	meh	ciengx	mou
pai^{1}	nau^{2}	me^{6}	ɕiːŋ^{4}	mu^{1}
去	说	母	养	猪

叫母备婚宴，

8-752

方	卢	偻	同	得
Fueng	louz	raeuz	doengh	ndaej
fuːŋ^{1}	lu^{2}	ɹau^{2}	toŋ^{2}	dai^{3}
风	流	我们	相	得

我俩要结婚。

女唱

8-753

不	同	得	是	八
Mbouj	doengh	ndaej	cix	bah
bou^{5}	toŋ^{2}	dai^{3}	çi^{4}	pa^{6}
不	相	得	就	罢

结不成就算，

8-754

貝	问	呀	从	存
Bae	haemq	yaz	coengh	cwnz
pai^{1}	han^{5}	ja^{2}	çoŋ^{6}	çɯːn^{2}
去	问	巫婆	帮	整

向神仙求助。

8-755

要	空	得	农	银
Aeu	ndwi	ndaej	nuengx	ngaenz
au^{1}	duːi^{1}	dai^{3}	nuːŋ^{4}	ŋan^{2}
要	不	得	妹	银

娶不得情妹，

8-756

变	古	存	变	哭
Benh	guh	caemz	benh	daej
peːn^{6}	ku^{4}	çan^{2}	peːn^{6}	tai^{3}
边	做	玩	边	哭

边玩耍边哭。

男唱

8-757

不	同	得	是	八
Mbouj	doengh	ndaej	cix	bah
bou^{5}	toŋ^{6}	dai^{3}	çi^{4}	pa^{6}
不	相	得	就	罢

结不成就算，

8-758

貝	邦	达	古	存
Bae	bangx	dah	guh	caemz
pai^{1}	paːŋ^{4}	ta^{6}	ku^{4}	çan^{2}
去	旁	河	做	玩

同到河边玩。

8-759

良	要	不	得	你
Liengh	aeu	mbouj	ndaej	mwngz
leːŋ^{6}	au^{1}	bou^{5}	dai^{3}	mɯŋ^{2}
谅	要	不	得	你

谅娶不到你，

8-760

采	古	很	邦	累
Byaij	guh	haenz	biengz	laeq
pjaːi^{3}	ku^{4}	han^{2}	piːŋ^{2}	lai^{5}
走	做	边	地方	看

到他乡游玩。

女唱

8-761

不	同	得	是	八
Mbouj	doengh	ndaej	cix	bah
bou^{5}	toŋ^{2}	dai^{3}	çi^{4}	pa^{6}
不	相	得	就	罢

结不成就算，

8-762

貝	那	洋	古	针
Bae	naj	yaeng	guh	cim
pai^{1}	na^{3}	jaŋ^{1}	ku^{4}	çim^{1}
去	前	再	做	针

去做针线活。

8-763

代	貝	读	桥	林①
Dai	bae	douh	giuz	linz
ta:i^{1}	pai^{1}	tou^{6}	ki:u^{2}	lin^{2}
死	去	栖息	桥	林

魂魄归骞林，

8-764

牙	古	针	少	包
Yax	guh	cim	sau	mbauq
ja^{5}	ku^{4}	çim^{1}	θa:u^{1}	ba:u^{5}
也	做	针	姑娘	小伙

为情做女红。

男唱

8-765

不	同	得	是	八
Mbouj	doengh	ndaej	cix	bah
bou^{5}	toŋ^{2}	dai^{3}	çi^{4}	pa^{6}
不	相	得	就	罢

结不成就算，

8-766

貝	那	洋	古	针
Bae	naj	yaeng	guh	cim
pai^{1}	na^{3}	jaŋ^{1}	ku^{4}	çim^{1}
去	前	再	做	针

去做针线活。

8-767

代	后	庙	广	英
Dai	haeuj	miuh	gvangj	in
ta:i^{1}	hau^{3}	mi:u^{6}	kwa:ŋ^{3}	in^{1}
死	进	庙	广	姻

魂归广姻庙，

8-768

古	针	牙	不	得
Guh	cim	yax	mbouj	ndaej
ku^{4}	çim^{1}	ja^{5}	bou^{5}	dai^{3}
做	针	也	不	得

做不得针线。

① 桥林 [ki:u^{2} lin^{2}]：桥林，即骞林。传说中的月中森林。

女唱

8-769

不	**同**	**得**	**是**	**八**
Mbouj	doengh	ndaej	cix	bah
bou^{5}	toŋ^{2}	dai^{3}	ɕi^{4}	pa^{6}
不	相	得	就	罢

结不成就算，

8-770

贝	**那**	**牙**	**古**	**同**
Bae	naj	yax	guh	doengz
pai^{1}	na^{3}	ja^{5}	ku^{4}	toŋ^{2}
去	前	也	做	同

往后仍是友。

8-771

代	**贝**	**读**	**桥**	**龙**
Dai	bae	douh	giuz	lungz
taːi^{1}	pai^{1}	tou^{6}	kiːu^{2}	luŋ^{2}
死	去	栖息	桥	龙

死后投地府，

8-772

牙	**要**	**双**	**对**	**墓**
Yax	aeu	song	doiq	moh
ja^{5}	au^{1}	θoːŋ^{1}	toːi^{5}	mo^{6}
也	要	两	对	墓

要进双人墓。

男唱

8-773

牙	**要**	**双**	**对**	**墓**
Yax	aeu	song	doiq	moh
ja^{5}	au^{1}	θoːŋ^{1}	toːi^{5}	mo^{6}
也	要	两	对	墓

想要双人墓，

8-774

贝	**问**	**娅**	**王**	**连**
Bae	haemq	yah	vangz	lienz
pai^{1}	han^{5}	ja^{6}	vaːŋ^{2}	liːn^{2}
去	问	婆	王	连

去问婆王神。

8-775

牙	**要**	**蒙**	**跟**	**棉**
Yax	aeu	moeg	riengz	mienz
ja^{5}	au^{1}	mok^{8}	ɹiːŋ^{2}	miːn^{2}
也	要	棉被	跟	棉

想要棉被窝，

8-776

贝	**求**	**仙**	**牙**	**得**
Bae	gouz	sien	yax	ndaej
pai^{1}	kjou^{2}	θiːn^{1}	ja^{5}	dai^{3}
去	求	仙	才	得

就去求神仙。

女唱

8-777

牙 要 双 对 墓

Yax aeu song doiq moh

ja^{5} au^{1} θoːŋ^{1} toːi^{5} mo^{6}

也 要 两 对 墓

想要双人墓，

8-778

貝 问 奵 王 连

Bae haemq yah vangz lienz

pai^{1} han^{5} ja^{6} vaːŋ^{2} liːn^{2}

去 问 婆 王 连

去问婆王神。

8-779

盆 蒙 几 来 钱

Bunz moeg geij lai cienz

pun^{2} mok^{8} ki^{3} laːi^{1} çiːn^{2}

床 棉被 几 多 钱

棉被多少钱，

8-780

盆 毡 几 来 加

Bunz cien geij lai gyaq

pun^{2} çiːn^{1} ki^{3} laːi^{1} kja^{5}

床 毡 几 多 价

毯子什么价？

男唱

8-781

盆 蒙 几 来 钱

Bunz moeg geij lai cienz

pun^{2} mok^{8} ki^{3} laːi^{1} çiːn^{2}

床 棉被 几 多 钱

棉被多少钱，

8-782

盆 毡 几 来 加

Bunz cien geij lai gyaq

pun^{2} çiːn^{1} ki^{3} laːi^{1} kja^{5}

床 毡 几 多 价

毯子什么价。

8-783

美 支 点 洋 沙

Mae sei dem yangz sa

mai^{1} θi^{1} teːn^{1} jaːŋ^{2} θa^{1}

纱 丝 与 洋 纱

蚕丝与洋纱，

8-784

讲 加 不 对 同

Gangj gyaq mbouj doiq doengz

kaːŋ^{3} kja^{5} bou^{5} toːi^{5} toŋ^{2}

讲 价 不 对 同

价位不相同。

女唱

8-785

美	**支**	**点**	**美**	**歪**
Mae	sei	dem	mae	faiq
mai^{1}	θi^{1}	teːn^{1}	mai^{1}	vaːi^{5}
纱	**丝**	**与**	**纱**	**棉**

蚕丝与棉线，

8-786

甲	**不**	**见**	**刀**	**好**
Gyah	mbouj	gen	dauq	ndei
kja^{6}	bou^{5}	keːn^{4}	taːu^{5}	dei^{1}
宁可	**不**	**见**	**倒**	**好**

未必有多好。

8-787

玉	**子**	**点**	**龙**	**火**
Nyawh	swj	dem	luengz	feiz
ȵəɯ^{6}	θɯ^{3}	teːn^{1}	luːŋ^{2}	fi^{2}
玉	**子**	**与**	**铜**	**火**

宝玉和红铜，

8-788

不	**貝**	**吉**	**而**	**得**
Mbouj	bae	giz	lawz	ndaej
bou^{5}	pai^{1}	ki^{2}	laɯ^{2}	dai^{3}
不	**去**	**处**	**哪**	**得**

实在太难得。

男唱

8-789

美	**支**	**点**	**美**	**歪**
Mae	sei	dem	mae	faiq
mai^{1}	θi^{1}	teːn^{1}	mai^{1}	vaːi^{5}
纱	**丝**	**与**	**纱**	**棉**

蚕丝与棉线，

8-790

甲	**不**	**见**	**刀**	**好**
Gyah	mbouj	gen	dauq	ndei
kja^{6}	bou^{5}	keːn^{4}	taːu^{5}	dei^{1}
宁可	**不**	**见**	**倒**	**好**

未必有多好。

8-791

玉	**子**	**点**	**龙**	**火**
Nyawh	swj	dem	luengz	feiz
ȵəɯ^{6}	θɯ^{3}	teːn^{1}	luːŋ^{2}	fi^{2}
玉	**子**	**与**	**铜**	**火**

宝子和红铜，

8-792

又	**好**	**开**	**么**	**由**
Youh	ndei	gij	maz	raeuh
jou^{4}	dei^{1}	kaːi^{2}	ma^{2}	ɹau^{6}
又	**好**	**什**	**么**	**多**

又有什么好？

女唱

8–793

不	**同**	**得**	**是**	**八**
Mbouj	doengh	ndaej	cix	bah
bou^{5}	toŋ^{2}	dai^{3}	çi^{4}	pa^{6}
不	相	得	就	罢

结不成就算，

8–794

貝	**邦**	**达**	**古**	**王**
Bae	bangx	dah	guh	vaengz
pai^{1}	pa:ŋ^{4}	ta^{6}	ku^{4}	vaŋ^{2}
去	旁	河	做	潭

同到河边玩。

8–795

良	**不**	**得**	**少**	**娘**
Liengh	mbouj	ndaej	sau	nangz
le:ŋ^{6}	bou^{5}	dai^{3}	θa:u^{1}	na:ŋ^{2}
谅	不	得	姑娘	姑娘

娶不到姑娘，

8–796

堂	**庙**	**忠**	**又**	**哭**
Daengz	miuh	fangz	youh	daej
taŋ^{2}	mi:u^{6}	fa:ŋ^{2}	jou^{4}	tai^{3}
到	庙	鬼	又	哭

到庙门哭诉。

男唱

8–797

在	**王**	**三**	**同**	**当**
Ywq	vangz	san	doengh	daengq
jɯ^{5}	va:ŋ^{2}	θa:n^{1}	toŋ^{2}	taŋ^{5}
在	王	三	相	叮嘱

在阴间约定，

8–798

马	**些**	**内**	**共**	**然**
Ma	seiq	neix	gungh	ranz
ma^{1}	θe^{5}	ni^{4}	kuŋ^{6}	ɹa:n^{2}
来	世	这	共	家

今世来成家。

8–799

貝	**问**	**妍**	**王**	**三**
Bae	haemq	yah	vangz	san
pai^{1}	han^{5}	ja^{6}	va:ŋ^{2}	θa:n^{1}
去	问	婆	王	三

去问三王神，

8–800

代	**得**	**你**	**知**	**不**
Dai	ndaej	mwngz	rox	mbouj
ta:i^{1}	dai^{3}	mɯŋ^{2}	ɹo^{4}	bou^{5}
死	得	你	或	不

死后得你否？

女唱

8-801

在	**王**	**三**	**共**	**乜**
Ywq	vangz	san	gungh	meh
jɯ^{5}	va:ŋ^{2}	θa:n^{1}	kuŋ^{6}	me^{6}
在	**王**	**三**	**共**	**母**

在阴间共母，

8-802

万	**些**	**不**	**同**	**元**
Fanh	seiq	mbouj	doengz	yuenz
fa:n^{6}	θe^{5}	bou^{5}	toŋ^{2}	ju:n^{2}
万	**世**	**不**	**同**	**缘**

我俩永无缘。

8-803

元	**罗**	**在**	**千**	**年**
Roen	loh	ywq	cien	nienz
jo:n^{1}	lo^{6}	jɯ^{5}	ɕi:n^{1}	ni:n^{2}
道	**路**	**在**	**千**	**年**

路上走千年，

8-804

老	**你**	**貝**	**不**	**刀**
Lau	mwngz	bae	mbouj	dauq
la:u^{1}	mɯŋ^{2}	pai^{1}	bou^{5}	ta:u^{5}
怕	**你**	**去**	**不**	**回**

怕你不回头。

男唱

8-805

在	**王**	**三**	**共**	**乜**
Ywq	vangz	san	gungh	meh
jɯ^{5}	va:ŋ^{2}	θa:n^{1}	kuŋ^{6}	me^{6}
在	**王**	**三**	**共**	**母**

在阴间共母，

8-806

万	**些**	**不**	**同**	**元**
Fanh	seiq	mbouj	doengz	yuenz
fa:n^{6}	θe^{5}	bou^{5}	toŋ^{2}	ju:n^{2}
万	**世**	**不**	**同**	**缘**

我俩永无缘。

8-807

卜	**妻**	**是**	**千**	**年**
Boh	maex	cix	cien	nienz
po^{6}	mai^{4}	ɕi^{4}	ɕi:n^{1}	ni:n^{2}
夫	**妻**	**是**	**千**	**年**

夫妻共千年，

8-808

包	**少**	**可**	**团**	**秀**
Mbauq	sau	goj	donh	ciuh
ba:u^{5}	θa:u^{1}	ko^{5}	to:n^{6}	ɕi:u^{6}
小伙	**姑娘**	**也**	**半**	**世**

咱已过半百。

女唱

8–809

利	**宁**	**在**	**王**	**三**
Lij	ningq	ywq	vangz	san
li^{4}	niŋ^{5}	jɯ^{5}	vaːŋ^{2}	θaːn^{1}
还	小	在	王	三

前世在阴间，

8–810

乜	**安**	**古**	**勒**	**合**
Meh	an	guh	lwg	hob
me^{6}	aːn^{1}	ku^{4}	lɯk^{8}	hoːp^{8}
母	安	做	子	合

取名为合子。

8–811

特	**字**	**份**	**马**	**托**
Dawz	saw	faenz	ma	doh
təɯ^{2}	θaɯ^{1}	fan^{2}	ma^{1}	to^{6}
拿	书	文	来	向

拿八字来合，

8–812

合	**是**	**结**	**英**	**元**
Hob	cix	giet	in	yuenz
hoːp^{8}	ɕi^{4}	kiːt^{7}	in^{1}	juːn^{2}
合	就	结	姻	缘

合上就结婚。

男唱

8–813

利	**宁**	**在**	**王**	**三**
Lij	ningq	ywq	vangz	san
li^{4}	niŋ^{5}	jɯ^{5}	vaːŋ^{2}	θaːn^{1}
还	小	在	王	三

前世在阴间，

8–814

乜	**安**	**古**	**九**	**玉**
Meh	an	guh	giuj	yi
me^{6}	aːn^{1}	ku^{4}	kiːu^{3}	ji^{4}
母	安	做	九	玉

取名为九玉。

8–815

特	**字**	**份**	**马**	**义**
Dawz	saw	faenz	ma	ngeix
təɯ^{2}	θaɯ^{1}	fan^{2}	ma^{1}	ȵi^{4}
拿	书	文	来	想

拿八字推算，

8–816

伴	**得**	**农**	**知**	**空**
Buenx	ndaej	nuengx	rox	ndwi
puːn^{4}	dai^{3}	nuːŋ^{4}	ɹo^{4}	duːi^{1}
伴	得	妹	或	不

能否陪伴你？

女唱

8-817

利	宁	在	王	三
Lij	ningq	ywq	vangz	san
li^{4}	niŋ^{5}	jɯ^{5}	va:ŋ^{2}	θa:n^{1}
还	小	在	王	三

前世在阴间，

8-818

乜	安	古	老	表
Meh	an	guh	laux	biuj
me^{6}	a:n^{1}	ku^{4}	la:u^{4}	pi:u^{3}
母	安	做	老	表

母定为老表。

8-819

特	马	祘	古	了
Dawz	ma	suenq	guh	liux
təɯ^{2}	ma^{1}	θu:n^{5}	ku^{4}	li:u^{4}
拿	来	算	做	完

反复算清楚，

8-820

农	伴	不	得	你
Nuengx	buenx	mbouj	ndaej	mwngz
nu:ŋ^{4}	pu:n^{4}	bou^{5}	dai^{3}	mɯŋ^{2}
妹	伴	不	得	你

我配不上你。

男唱

8-821

利	宁	在	王	三
Lij	ningq	ywq	vangz	san
li^{4}	niŋ^{5}	jɯ^{5}	va:ŋ^{2}	θa:n^{1}
还	小	在	王	三

前世在阴间，

8-822

乜	安	古	邦	友
Meh	an	guh	baengz	youx
me^{6}	a:n^{1}	ku^{4}	paŋ^{2}	ju^{4}
母	安	做	朋	友

母定为朋友。

8-823

在	王	三	六	卩
Ywq	vangz	san	loeg	bouh
jɯ^{5}	va:ŋ^{2}	θa:n^{1}	lok^{8}	pou^{6}
在	王	三	录	簿

在阴间上册，

8-824

定	古	友	给	你
Dingh	guh	youx	hawj	mwngz
tiŋ^{6}	ku^{4}	ju^{4}	həɯ^{3}	mɯŋ^{2}
定	做	友	给	你

定为你情友。

女唱

8-825

利	宁	在	王	三
Lij	ningq	ywq	vangz	san
li^4	$ni\eta^5$	$j\text{ɯ}^5$	$va{:}\eta^2$	$\theta a{:}n^1$
还	小	在	王	三

前世在阴间，

8-826

乜	安	古	邦	友
Meh	an	guh	baengz	youx
me^6	$a{:}n^1$	ku^4	$pa\eta^2$	ju^4
母	安	做	朋	友

母定为朋友。

8-827

在	王	三	六	卩
Ywq	vangz	san	loeg	bouh
$j\text{ɯ}^5$	$va{:}\eta^2$	$\theta a{:}n^1$	lok^8	pou^6
在	王	三	录	簿

在阴间上册，

8-828

古	友	不	米	正
Guh	youx	mbouj	miz	cingz
ku^4	ju^4	bou^5	mi^2	$\text{ɕ}i\eta^2$
做	友	不	有	情

好友没有情。

男唱

8-829

在	王	三	共	英
Ywq	vangz	san	gungh	in
$j\text{ɯ}^5$	$va{:}\eta^2$	$\theta a{:}n^1$	$ku\eta^6$	in^1
在	王	三	共	姻

在阴间联姻，

8-830

丰	代	仪	外	马
Fungh	daiq	saenq	vaij	ma
$fu\eta^6$	$ta{:}i^5$	θin^5	$va{:}i^3$	ma^1
凤	带	信	过	来

凤凰送信来。

8-831

不	写	钱	古	么
Mbouj	ce	cienz	guh	maz
bou^5	$\text{ɕ}e^1$	$\text{ɕ}i{:}n^2$	ku^4	ma^2
不	留	钱	做	什么

不留钱做甚，

8-832

爱	方	卢	同	得
Ngaiq	fueng	louz	doengh	ndaej
$\eta a{:}i^5$	$fu{:}\eta^1$	lu^2	$to\eta^2$	dai^3
爱	风	流	相	得

盼兄妹成亲。

女唱

8-833
在 王 三 共 英
Ywq vangz san gungh in
jɯ^{5} va:ŋ^{2} θa:n^{1} kuŋ^{6} in^{1}
在 王 三 共 姻
在阴间联姻，

8-834
丰 代 仪 外 更
Fungh daiq saenq vaij gwnz
fuŋ^{6} ta:i^{5} θin^{5} va:i^{3} kɯn^{2}
凤 带 信 过 上
凤凰带信来。

8-835
得 阝 样 作 手
Ndaej boux yiengh coq fwngz
dai^{3} pu^{4} jɯ:ŋ^{6} ɕo^{5} fɯŋ^{2}
得 人 样 放 手
每人一份礼，

8-836
偻 同 交 利 宁
Raeuz doengh gyau lij ningq
ɹau^{2} toŋ^{2} kja:u^{1} li^{4} niŋ^{5}
我们 相 交 还 小
从小就结交。

男唱

8-837
在 王 三 共 英
Ywq vangz san gungh in
jɯ^{5} va:ŋ^{2} θa:n^{1} kuŋ^{6} in^{1}
在 王 三 共 姻
在阴间联姻，

8-838
丰 代 仪 外 马
Fungh daiq saenq vaij ma
fuŋ^{6} ta:i^{5} θin^{5} va:i^{3} ma^{1}
凤 带 信 过 来
凤凰送信来。

8-839
娅 王 连 送 花
Yah vangz lienz soengq va
ja^{6} va:ŋ^{2} li:n^{2} θoŋ^{5} va^{1}
婆 王 连 送 花
婆王神送花，

8-840
应 么 不 同 得
Yinh maz mbouj doengh ndaej
iŋ^{1} ma^{2} bou^{5} toŋ^{2} dai^{3}
因 何 不 相 得
一定能如愿。

女唱

8-841

在 王 三 共 英

Ywq vangz san gungh in

jɯ^{5} va:ŋ^{2} θa:n^{1} kuŋ^{6} in^{1}

在 王 三 共 姻

在阴间联姻，

8-842

丰 代 仪 外 马

Fungh daiq saenq vaij ma

fuŋ^{6} ta:i^{5} θin^{5} va:i^{3} ma^{1}

凤 带 信 过 来

凤凰送信来。

8-843

娅 王 连 送 花

Yah vangz lienz soengq va

ja^{6} va:ŋ^{2} li:n^{2} θoŋ^{5} va^{1}

婆 王 连 送 花

婆王神送花，

8-844

又 好 开 么 由

Youh ndei gij maz raeuh

jou^{4} dei^{1} ka:i^{2} ma^{2} ɹau^{6}

又 好 什 么 多

又能好多少。

男唱

8-845

命 不 秀 完 后

Mingh mbouj souh vuenh haeux

miŋ^{6} bou^{5} θi:u^{6} vu:n^{6} hau^{4}

命 不 受 换 米

命不适贩米，

8-846

得 斗 自 办 斤

Ndaej daeuq gag baenz gaen

dai^{3} tau^{5} ka:k^{8} pan^{2} kan^{1}

得 斗 自 成 斤

一斗变一斤。

8-847

命 不 秀 花 银

Mingh mbouj souh va ngaenz

miŋ^{6} bou^{5} θi:u^{6} va^{1} ŋan^{2}

命 不 受 花 银

命不适金银，

8-848

得 斤 自 办 两

Ndaej gaen gag baenz liengx

dai^{3} kan^{1} ka:k^{8} pan^{2} li:ŋ^{4}

得 斤 自 成 两

一斤变一两。

女唱

8-849

命	牙	秀	牙	得
Mingh	yax	souh	yax	ndaej
miŋ^{6}	ja^{5}	θiːu^{6}	ja^{5}	dai^{3}
命	也	受	才	得

命该有才得，

8-850

谁	不	得	古	声
Cwz	mbouj	ndaej	guh	sing
ɕɯ^{2}	bou^{5}	dai^{3}	ku^{4}	θiŋ^{1}
谁	不	得	做	声

谁都不要争。

8-851

三	七①	狼	安	名
Sam	caet	langh	an	mingz
θaːn^{1}	ɕat^{7}	laːŋ^{6}	aːn^{1}	miŋ^{2}
三	婆	若	安	名

婆王若确定，

8-852

洋	开	正	同	送
Yaeng	hai	cingz	doengh	soengq
jaŋ^{1}	haːi^{1}	ɕiŋ^{2}	toŋ^{2}	θoŋ^{5}
再	开	情	相	送

再互送信物。

男唱

8-853

命	狼	得	少	乖
Mingh	langh	ndaej	sau	gvai
miŋ^{6}	laːŋ^{6}	dai^{3}	θaːu^{1}	kwaːi^{1}
命	若	得	姑娘	乖

若能娶小妹，

8-854

貝	江	开	开	六
Bae	gyang	gai	hai	luh
pai^{1}	kjaːŋ^{1}	kaːi^{1}	haːi^{1}	lu^{6}
去	中	街	开	炉

到街上设宴。

8-855

命	狼	得	勒	独
Mingh	langh	ndaej	lwg	dog
miŋ^{6}	laːŋ^{6}	dai^{3}	lɯk^{8}	toːk^{8}
命	若	得	子	独

命中有贵子，

8-856

日	明	是	共	然
Ngoenz	cog	cix	gungh	ranz
ŋon^{2}	ɕoːk^{8}	ɕi^{4}	kuŋ^{6}	ɹaːn^{2}
天	明	就	共	家

明天就结婚。

① 三七[θaːn^{1} ɕat^{7}]：三婆。指管生育的三婆，分别为上楼婆王云霄，中楼婆王瑶霄，下楼婆王凌霄。三婆合称婆王。

女唱

8-857

命 狼 得 少 乖

Mingh langh ndaej sau gvai

miŋ6 la:ŋ6 dai3 θa:u1 kwa:i1

命 若 得 姑娘 乖

命该娶小妹，

8-858

貝 江 开 开 补

Bae gyang gai hai bouq

pai1 kja:ŋ1 ka:i1 ha:i1 pou5

去 中 街 开 铺

上街开店铺。

8-859

命 狼 得 你 友

Mingh langh ndaej mwngz youx

miŋ6 la:ŋ6 dai3 mɯŋ2 ju4

命 若 得 你 友

命若该嫁你，

8-860

貝 九 渡 开 河

Bae gouj duh hai haw

pai1 kjau3 tu6 ha:i1 həɯ1

去 九 渡 开 圩

到九渡设市。

男唱

8-861

命 狼 得 少 乖

Mingh langh ndaej sau gvai

miŋ6 la:ŋ6 dai3 θa:u1 kwa:i1

命 若 得 姑娘 乖

命该娶小妹，

8-862

貝 江 开 它 能

Bae gyang gai de naengh

pai1 kja:ŋ1 ka:i1 te1 naŋ6

去 中 街 那 坐

到街上摆摊。

8-863

命 狼 得 你 邦

Mingh langh ndaej mwngz baengz

miŋ6 la:ŋ6 dai3 mɯŋ2 paŋ2

命 若 得 你 朋

命若该娶你，

8-864

手 更 当 写 字

Fwngz gwnz dangq sij saw

fɯŋ2 kɯn2 ta:ŋ5 θi3 θaɯ1

手 上 当 写 字

便去做生意。

女唱

8-865

命　狼　得　少　乖

Mingh langh ndaej sau gvai

miŋ^{6} la:ŋ^{6} dai^{3} θa:u^{1} kwa:i^{1}

命　若　得　姑娘　乖

命该娶小妹，

8-866

貝　江　开　它　能

Bae gyang gai de naengh

pai^{1} kja:ŋ^{1} ka:i^{1} te^{1} naŋ^{6}

去　中　街　那　坐

到街上摆摊。

8-867

命　狼　得　你　邦

Mingh langh ndaej mwngz baengz

miŋ^{6} la:ŋ^{6} dai^{3} mɯŋ^{2} paŋ^{2}

命　若　得　你　朋

命若该嫁你，

8-868

貝　垌　光　开　河

Bae doengh gvangq hai haw

pai^{1} toŋ^{6} kwa:ŋ^{5} ha:i^{1} həɯ^{1}

去　垌　宽　开　圩

到平地设市。

男唱

8-869

命　狼　得　少　金

Mingh langh ndaej sau gim

miŋ^{6} la:ŋ^{6} dai^{3} θa:u^{1} kin^{1}

命　若　得　姑娘　金

命该娶小妹，

8-870

定　不　立　鞋　草

Din mbouj liz haiz cauj

tin^{1} bou^{5} li^{2} ha:i^{2} ɕa:u^{3}

脚　不　离　鞋　草

定勤俭持家。

8-871

命　狼　得　你　友

Mingh langh ndaej mwngz youx

miŋ^{6} la:ŋ^{6} dai^{3} mɯŋ^{2} ju^{4}

命　若　得　你　友

命该得情妹，

8-872

日　三　朝　讲　笑

Ngoenz sam cau gangj riu

ŋon^{2} θa:n^{1} ɕa:u^{1} ka:ŋ^{3} ɹi:u^{1}

天　三　时　讲　笑

天天笑颜开。

女唱

8-873

命	**狼**	**得**	**少**	**金**
Mingh	langh	ndaej	sau	gim
miŋ^{6}	laːŋ^{6}	dai^{3}	θaːu^{1}	kin^{1}
命	若	得	姑娘	金

命该娶情妹，

8-874

定	**不**	**立**	**鞋**	**格**
Din	mbouj	liz	haiz	gieg
tin^{1}	bou^{5}	li^{2}	haːi^{2}	kiːk^{8}
脚	不	离	鞋	木屐

天天穿板鞋。

8-875

命	**狼**	**得**	**勒**	**额**
Mingh	langh	ndaej	lwg	ngieg
miŋ^{6}	laːŋ^{6}	dai^{3}	lɯk^{8}	ŋeːk^{8}
命	若	得	子	蛟龙

命该得情哥，

8-876

日	**换**	**几**	**刀**	**绸**
Ngoenz	rieg	geij	dauq	couz
ŋon^{2}	ɹɯːk^{8}	ki^{3}	taːu^{5}	ɕu^{2}
天	换	几	回	绸

天天穿绸缎。

男唱

8-877

命	**狼**	**得**	**少**	**金**
Mingh	langh	ndaej	sau	gim
miŋ^{6}	laːŋ^{6}	dai^{3}	θaːu^{1}	kin^{1}
命	若	得	姑娘	金

命该娶情妹，

8-878

定	**不**	**立**	**鞋**	**袜**
Din	mbouj	liz	haiz	mad
tin^{1}	bou^{5}	li^{2}	haːi^{2}	maːt^{8}
脚	不	离	鞋	袜

脚不离鞋袜。

8-879

日	**阳**	**特**	**贝**	**打**
Ngoenz	ndit	dawz	bae	dak
ŋon^{2}	dit^{7}	təɯ^{2}	pai^{1}	taːk^{7}
天	阳光	拿	去	晒

晴天拿去晒，

8-880

不	**给**	**邦**	**贝**	**秋**
Mbouj	hawj	baengz	bae	ciuq
bou^{5}	həɯ^{3}	paŋ^{2}	pai^{1}	ɕiːu^{5}
不	给	朋	去	看

不给朋友看。

女唱

8-881

命	**狼**	**得**	**你**	**金**
Mingh	langh	ndaej	mwngz	gim
miŋ^{6}	la:ŋ^{6}	dai^{3}	mɯŋ^{2}	kin^{1}
命	若	得	你	金

命该得你友，

8-882

定	**不**	**立**	**鞋**	**团**
Din	mbouj	liz	haiz	duenh
tin^{1}	bou^{5}	li^{2}	ha:i^{2}	tu:n^{6}
脚	不	离	鞋	缎

脚不离鞋子。

8-883

命	**狼**	**得**	**你**	**伴**
Mingh	langh	ndaej	mwngz	buenx
miŋ^{6}	la:ŋ^{6}	dai^{3}	mɯŋ^{2}	pu:n^{4}
命	若	得	你	伴

命若得你伴，

8-884

布	**三**	**层**	**长**	**刘**
Buh	sam	caengz	ciengz	liuz
pu^{6}	θa:n^{1}	ɕaŋ^{2}	ɕi:ŋ^{2}	li:u^{2}
衣服	三	层	常	常

常穿三重衣。

男唱

8-885

命	**空**	**秀**	**银**	**金**
Mingh	ndwi	souh	ngaenz	gim
miŋ^{6}	du:i^{1}	θi:u^{6}	ŋan^{2}	kin^{1}
命	不	受	银	金

命中无金银，

8-886

特	**贝**	**生**	**下**	**南**
Dawz	bae	haem	roengz	namh
təɯ^{2}	pai^{1}	han^{1}	ɹoŋ^{2}	na:n^{6}
拿	去	埋	下	土

埋没入土中。

8-887

命	**空**	**秀**	**银**	**万**
Mingh	ndwi	souh	ngaenz	fanh
miŋ^{6}	du:i^{1}	θi:u^{6}	ŋan^{2}	fa:n^{6}
命	不	受	银	万

命中无万银，

8-888

特	**贝**	**兰**	**下**	**官**
Dawz	bae	lanh	roengz	guenz
təɯ^{2}	pai^{1}	la:n^{6}	ɹoŋ^{2}	ku:n^{2}
拿	去	烂	下	坪

埋到晒坪下。

女唱

8-889

命 空 秀 农 宁

Mingh ndwi souh nuengx ningq

miŋ6 du:i1 θi:u6 nu:ŋ4 niŋ5

命 不 受 妹 小

命不容小妹，

8-890

备 姓 心 不 干

Beix singq sim mbouj gam

pi4 θiŋ5 θin1 bou5 ka:n1

兄 姓 心 不 甘

兄也心不甘。

8-891

命 空 秀 我 还

Mingh ndwi souh ngoj vanz

miŋ6 du:i1 θi:u6 ŋo3 va:n2

命 不 受 我 还

命不随我愿，

8-892

很 然 当 下 祥

Hwnj ranz dangq roengz riengh

hɯn3 ɹa:n2 ta:ŋ5 ɹoŋ2 ɹi:ŋ6

上 家 当 下 栏

上门当出嫁。

男唱

8-893

下 祥 秋 本 好

Roengz riengh ciuq mbwn hau

ɹoŋ2 ɹi:ŋ6 ɕi:u5 bɯn1 ha:u1

下 栏 看 天 白

择吉日出嫁，

8-894

交 打 支 拉 祥①

Gyau daz sei laj riengh

kja:u1 ta2 θi1 la3 ɹi:ŋ6

蜘蛛 拉 丝 下 栏

蜘蛛吐金丝。

8-895

日 明 点 日 令

Ngoenz cog dem ngoenz riengh

ŋon2 ɕo:k8 te:n1 ŋon2 ɹiŋ6

天 明 与 天 后

明天和后天，

8-896

卜 在 仿 灯 日

Boux ywq fiengh daeng ngoenz

pu4 jɯ5 fi:ŋ6 taŋ1 ŋon2

人 在 边 灯 天

各在半边天。

① 交打支拉祥［kja:u1 ta2 θi1 la3 ɹi:ŋ6］：蜘蛛吐金丝，当地民众认为是吉祥之兆。

女唱

8-897

下	**祥**	**秋**	**本**	**好**
Roengz	riengh	ciuq	mbwn	hau
ɹoŋ^{2}	ɹiːŋ^{6}	ɕiːu^{5}	bɯn^{1}	haːu^{1}
下	栏	看	天	白

择吉日出嫁，

8-898

交	**打**	**支**	**拉**	**罗**
Gyau	daz	sei	laj	roq
kjaːu^{1}	ta^{2}	θi^{1}	la^{3}	ɹo^{5}
蜘蛛	拉	丝	下	屋檐

蜘蛛吐金丝。

8-899

日	**内**	**点**	**日**	**明**
Ngoenz	neix	dem	ngoenz	cog
ŋon^{2}	ni^{4}	teːn^{1}	ŋon^{2}	ɕoːk^{8}
天	这	与	天	明

今天和明天，

8-900

当	**罗**	**偻**	**当**	**貝**
Dangq	loh	raeuz	dangq	bae
taːŋ^{5}	lo^{6}	ɹau^{2}	taːŋ^{5}	pai^{1}
另	路	我们	另	去

各走各的路。

男唱

8-901

下	**祥**	**秋**	**本**	**绿**
Roengz	riengh	ciuq	mbwn	heu
ɹoŋ^{2}	ɹiːŋ^{6}	ɕiːu^{5}	bɯn^{1}	heːu^{1}
下	栏	看	天	青

择晴天出嫁，

8-902

见	**穷**	**对**	**特**	**两**
Raen	gyoengq	doih	dawz	liengj
ɹan^{1}	kjoŋ^{5}	toːi^{6}	təɯ^{2}	liːŋ^{3}
见	群	伙伴	拿	伞

见众友打伞。

8-903

阳	**斗**	**秋**	**山**	**光**
Ndit	daeuj	ciuq	bya	gvengq
dit^{7}	tau^{3}	ɕiːu^{5}	pja^{1}	kweːŋ^{5}
阳光	来	看	山	空旷

日出照阳坡，

8-904

阴	**堂**	**农**	**知**	**空**
Raemh	daengz	nuengx	rox	ndwi
ɹan^{6}	taŋ^{2}	nuːŋ^{4}	ɹo^{4}	duːi^{1}
阴	到	妹	或	不

能否庇护妹？

女唱

8–905

下 祥 秋 本 绿

Roengz riengh ciuq mbwn heu

ɹoŋ^2 ɹiːŋ^6 ɕiːu^5 bɯn^1 heːu^1

下 栏 看 天 青

择晴天出嫁，

8–906

见 穷 对 特 两

Raen gyoengq doih dawz liengj

ɹan^1 kjoŋ^5 toːi^6 təɯ^2 liːŋ^3

见 群 伙伴 拿 伞

见众友打伞。

8–907

阳 斗 秋 山 光

Ndit daeuj ciuq bya gvengq

dit^7 tau^3 ɕiːu^5 pja^1 kweːŋ^5

阳光 来 看 山 空旷

日出照阳坡，

8–908

阴 后 拜 山 尚

Raemh haeuj baih bya sang

ɹan^6 hau^3 paːi^6 pja^1 θaːŋ^1

阴 后 边 山 高

高山顶背阳。

男唱

8–909

下 祥 秋 本 绿

Roengz riengh ciuq mbwn heu

ɹoŋ^2 ɹiːŋ^6 ɕiːu^5 bɯn^1 heːu^1

下 栏 看 天 青

择晴天出嫁，

8–910

见 穷 对 特 两

Raen gyoengq doih dawz liengj

ɹan^1 kjoŋ^5 toːi^6 təɯ^2 liːŋ^3

见 群 伙伴 拿 伞

见众友打伞。

8–911

当 开 么 的 相

Dangj gij maz diq siengq

taːŋ^3 kaːi^2 ma^2 ti^5 θiːŋ^5

挡 什 么 的 相

打伞干什么，

8–912

么 阳 阴 不 堂

Maz ndit raemh mbouj daengz

ma^2 dit^7 ɹan^6 bou^5 taŋ^2

何 阳光 阴 不 到

太阳会下山。

女唱

8–913

下 祥 秋 本 绿

Roengz riengh ciuq mbwn heu

ɹoŋ^{2} ɹiːŋ^{6} ɕiːu^{5} bɯn^{1} heːu^{1}

下 栏 看 天 青

择晴天出嫁，

8–914

见 穷 对 特 两

Raen gyoengq doih dawz liengj

ɹan^{1} kjoŋ^{5} toːi^{6} təɯ^{2} liːŋ^{3}

见 群 伙伴 拿 伞

见众友打伞。

8–915

空 当 开 么 相

Ndwi dangj gij maz siengq

duːi^{1} taːŋ^{3} kaːi^{2} ma^{2} θiːŋ^{5}

不 挡 什 么 相

打伞非挡脸，

8–916

阳 自 阴 不 堂

Ndit gag raemh mbouj daengz

dit^{7} kaːk^{8} ɹan^{6} bou^{5} taŋ^{2}

阳光 自 阴 不 到

只为挡阳光。

男唱

8–917

下 祥 秋 本 绿

Roengz riengh ciuq mbwn heu

ɹoŋ^{2} ɹiːŋ^{6} ɕiːu^{5} bɯn^{1} heːu^{1}

下 栏 看 天 青

择晴天出嫁，

8–918

见 穷 对 特 两

Raen gyoengq doih dawz liengj

ɹan^{1} kjoŋ^{5} toːi^{6} təɯ^{2} liːŋ^{3}

见 群 伙伴 拿 伞

见众友打伞。

8–919

少 乃 站 乃 相

Sau naih soengz naih siengq

θaːu^{1} naːi^{6} θoŋ^{2} naːi^{6} θiːŋ^{5}

姑娘 慢 站 慢 相

妹边走边看，

8–920

真 卜 乜 备 银

Caen boh meh beix ngaenz

ɕin^{1} po^{6} me^{6} pi^{4} ŋan^{2}

真 父 母 兄 银

是情哥父母。

女唱

8-921

穷 对 在 里 强

Gyoengq doih ywq ndaw gingq

kjoŋ^{5} toːi^{6} jɯ^{5} daɯ^{1} kiŋ^{5}

群 伙伴 在 里 镜

众人在镜中，

8-922

相 后 拜 皮 义

Siengq haeuj baih bienz nyiz

θiːŋ^{5} hau^{3} paːi^{6} piːn^{2} ȵi^{2}

相 进 边 便 宜

去寻找吉兆。

8-923

见 拉 里 打 支

Raen ndau ndeiq daz sei

ɹan^{1} dau^{1} di^{5} ta^{2} θi^{1}

见 星 星 纺 丝

见星辰挂丝，

8-924

不 知 好 说 凶

Mbouj rox ndei naeuz rwix

bou^{5} ɹo^{4} dei^{1} nau^{2} ɹuːi^{4}

不 知 好 或 孬

不知好或坏。

男唱

8-925

穷 对 在 里 强

Gyoengq doih ywq ndaw gingq

kjoŋ^{5} toːi^{6} jɯ^{5} daɯ^{1} kiŋ^{5}

群 伙伴 在 里 镜

众人在镜中，

8-926

相 后 拜 皮 义

Siengq haeuj baih bienz nyiz

θiːŋ^{5} hau^{3} paːi^{6} piːn^{2} ȵi^{2}

相 进 边 便 宜

去寻找吉兆。

8-927

见 拉 里 打 支

Raen ndau ndeiq daz sei

ɹan^{1} dau^{1} di^{5} ta^{2} θi^{1}

见 星 星 纺 丝

见星辰挂丝，

8-928

不 好 牙 可 凶

Mbouj ndei yax goj rwix

bou^{5} dei^{1} ja^{5} ko^{5} ɹuːi^{4}

不 好 也 可 孬

不好就是坏。

女唱

8-929
穷 对 在 里 强
Gyoengq doih ywq ndaw gingq
kjoŋ^{5} to:i^{6} jɯ^{5} daɯ^{1} kiŋ^{5}
群 伙伴 在 里 镜
众人在镜中，

8-930
相 后 拜 河 寿
Siengq haeuj baih haw caeuz
θi:ŋ^{5} hau^{3} pa:i^{6} həɯ^{1} ɕau^{2}
相 进 边 圩 寿
望进永顺圩。

8-931
采 罗 老 忧 忧
Byaij loh laux you you
pja:i^{3} lo^{6} la:u^{4} jou^{1} jou^{1}
走 路 大 忧 忧
走路心忧虑，

8-932
友 土 说 长 判
Youx dou naeuz cangh buenq
ju^{4} tu^{1} nau^{2} ɕa:ŋ^{6} pu:n^{5}
友 我 或 匠 贩
我友或商贩。

男唱

8-933
穷 对 在 里 强
Gyoengq doih ywq ndaw gingq
kjoŋ^{5} to:i^{6} jɯ^{5} daɯ^{1} kiŋ^{5}
群 伙伴 在 里 镜
众人在镜中，

8-934
相 后 拜 河 才
Siengq haeuj baih haw saiz
θi:ŋ^{5} hau^{3} pa:i^{6} həɯ^{1} θa:i^{2}
相 进 边 圩 才
望进都安街。

8-935
小 女 能 更 开
Siuj nawx naengh gwnz gai
θi:u^{3} nɯ^{4} naŋ^{6} kɯn^{2} ka:i^{1}
小 女 坐 上 街
小女在街上，

8-936
日 日 摆 但 补
Ngoenz ngoenz baij dan bouq
ŋon^{2} ŋon^{2} pa:i^{3} ta:n^{1} pu^{5}
天 天 摆 摊 铺
天天做生意。

女唱

8–937

灯	**日**	**点**	**拉**	**里**
Daeng	ngoenz	dem	ndau	ndeiq
taŋ^{1}	ŋon^{2}	te:n^{1}	dau^{1}	di^{5}
灯	天	与	星	星

太阳和星辰，

8–938

天	**牙**	**反**	**不**	**平**
Denh	ya	fan	mbouj	bingz
ti:n^{1}	ja^{6}	fa:n^{1}	bou^{5}	piŋ^{2}
天	下	翻	不	平

天道要翻覆。

8–939

拉	**里**	**点**	**七**	**星**
Ndau	ndeiq	dem	caet	sing
dau^{1}	di^{5}	te:n^{1}	ɕat^{7}	θiŋ^{1}
星	星	与	七	星

长庚和北斗，

8–940

平	**办**	**王**	**办**	**类**
Bingz	baenz	vang	baenz	raeh
piŋ^{2}	pan^{2}	va:ŋ^{1}	pan^{2}	ɹai^{6}
凭	成	横	成	竖

管你横或竖。

男唱

8–941

灯	**日**	**很**	**拜**	**东**
Daeng	ngoenz	hwnj	baih	doeng
taŋ^{1}	ŋon^{2}	hɯn^{3}	pa:i^{6}	toŋ^{1}
灯	天	上	边	东

太阳东边起，

8–942

乜	**月**	**下**	**拉**	**地**
Meh	ndwen	roengz	laj	deih
me^{6}	du:n^{1}	ɹoŋ^{2}	la^{3}	tei^{6}
母	月	下	下	地

月亮西边下。

8–943

灯	**日**	**点**	**拉**	**里**
Daeng	ngoenz	dem	ndau	ndeiq
taŋ^{1}	ŋon^{2}	te:n^{1}	dau^{1}	di^{5}
灯	天	与	星	星

太阳和星辰，

8–944

牙	**同**	**立**	**古**	**岁**
Yax	doengh	liz	guh	caez
ja^{5}	toŋ^{2}	li^{2}	ku^{4}	ɕai^{2}
也	相	离	做	齐

要保持距离。

女唱

8-945

友	**而**	**在**	**都**	**安**
Youx	lawz	ywq	duh	anh
ju^{4}	law^{2}	jɯ^{5}	tu^{5}	ŋa:n^{5}
友	哪	在	都	安

哪位在都安，

8-946

牙	**得**	**单**	**满**	**美**
Yax	ndaej	danq	monh	maez
ja^{5}	dai^{3}	ta:n^{5}	mo:n^{6}	mai^{2}
也	得	承担	谈情	说爱

可谈情说爱。

8-947

全	**同**	**立**	**古**	**岁**
Gyonj	doengh	liz	guh	caez
kjo:n^{3}	toŋ^{2}	li^{2}	ku^{4}	ɕai^{2}
都	相	离	做	齐

朋友全离散，

8-948

老	**更**	**本**	**不**	**中**
Lau	gwnz	mbwn	mbouj	cuengq
la:u^{1}	kɯn^{2}	bɯn^{1}	bou^{5}	ɕu:ŋ^{5}
怕	上	天	不	放

怕老天不助。

男唱

8-949

灯	**日**	**很**	**拜**	**东**
Daeng	ngoenz	hwnj	baih	doeng
taŋ^{1}	ŋon^{2}	hɯn^{3}	pa:i^{6}	toŋ^{1}
灯	天	起	边	东

太阳东边起，

8-950

乜	**月**	**下**	**拉**	**地**
Meh	ndwen	roengz	laj	deih
me^{6}	du:n^{1}	ɹoŋ^{2}	la^{3}	tei^{6}
母	月	下	下	地

月亮西边下。

8-951

灯	**日**	**很**	**样**	**内**
Daeng	ngoenz	hwnj	yiengh	neix
taŋ^{1}	ŋon^{2}	hɯn^{3}	jɯ:ŋ^{6}	ni^{4}
灯	天	起	样	这

太阳这么高，

8-952

不	**知**	**早**	**说**	**怪**
Mbouj	rox	romh	naeuz	gvaiz
bou^{5}	ɹo^{4}	ɹo:n^{6}	nau^{2}	kwa:i^{2}
不	知	早	或	晚

不知早或晚。

女唱

8-953

灯	**日**	**很**	**拜**	**东**
Daeng	ngoenz	hwnj	baih	doeng
taŋ^{1}	ŋon^{2}	hɯn^{3}	paːi^{6}	toŋ^{1}
灯	天	起	边	东

太阳东方起，

8-954

乜	**月**	**下**	**高**	**岭**
Meh	ndwen	roengz	gauh	lingj
me^{6}	duːn^{1}	ɹoŋ^{2}	kaːu^{1}	liŋ^{4}
母	月	下	高	岭

月往高岭去。

8-955

灯	**日**	**很**	**对**	**正**
Daeng	ngoenz	hwnj	doiq	cingq
taŋ^{1}	ŋon^{2}	hɯn^{3}	toːi^{5}	ɕiŋ^{5}
灯	天	起	对	正

太阳到中天，

8-956

板	**内**	**对**	**午**	**时**
Ban	neix	doiq	ngox	seiz
paːn^{1}	ni^{4}	toːi^{5}	ŋo^{4}	θi^{2}
时	这	对	午	时

刚好对午时。

男唱

8-957

灯	**日**	**很**	**拜**	**东**
Daeng	ngoenz	hwnj	baih	doeng
taŋ^{1}	ŋon^{2}	hɯn^{3}	paːi^{6}	toŋ^{1}
灯	天	起	边	东

太阳东方起，

8-958

乜	**月**	**下**	**高**	**岭**
Meh	ndwen	roengz	gauh	lingj
me^{6}	duːn^{1}	ɹoŋ^{2}	kaːu^{1}	liŋ^{4}
母	月	下	高	岭

月往高岭去。

8-959

灯	**日**	**很**	**不**	**正**
Daeng	ngoenz	hwnj	mbouj	cingq
taŋ^{1}	ŋon^{2}	hɯn^{3}	bou^{5}	ɕiŋ^{5}
灯	天	起	不	正

太阳走不正，

8-960

老	**是**	**良**	**完**	**皇**
Lau	cix	lingh	vuenh	vuengz
laːu^{1}	ɕi^{4}	leːŋ^{6}	vuːn^{6}	vuːŋ^{2}
怕	是	另	换	皇

怕改朝换代。

女唱

8-961

灯　日　很　拜　东

Daeng ngoenz hwnj baih doeng

taŋ^{1} ŋon^{2} hɯn^{3} pa:i^{6} toŋ^{1}

灯　天　起　边　东

太阳东边起，

8-962

乜　月　下　高　岭

Meh ndwen roengz gauh lingj

me^{6} du:n^{1} ɹoŋ^{2} ka:u^{1} liŋ^{4}

母　月　下　高　岭

月往高岭去。

8-963

更　桥　米　水　清

Gwnz giuz miz raemx cingh

kɯn^{2} ki:u^{2} mi^{2} ɹan^{4} ɕiŋ^{6}

上　桥　有　水　清

桥上有清水，

8-964

不　得　正　灯　日

Mbouj ndaej cingq daeng ngoenz

bou^{5} dai^{3} ɕiŋ^{5} taŋ^{1} ŋon^{2}

不　得　正　灯　天

不可对太阳。

男唱

8-965

灯　日　很　拜　东

Daeng ngoenz hwnj baih doeng

taŋ^{1} ŋon^{2} hɯn^{3} pa:i^{6} toŋ^{1}

灯　天　起　边　东

太阳东边起，

8-966

乜　月　下　高　岭

Meh ndwen roengz gauh lingj

me^{6} du:n^{1} ɹoŋ^{2} ka:u^{1} liŋ^{4}

母　月　下　高　岭

月往高岭去。

8-967

更　桥　米　水　清

Gwnz giuz miz raemx cingh

kɯn^{2} ki:u^{2} mi^{2} ɹan^{4} ɕiŋ^{6}

上　桥　有　水　清

桥上有清水，

8-968

不　得　对　正　站

Mbouj ndaej doiq cingq soengz

bou^{5} dai^{3} to:i^{5} ɕiŋ^{5} θoŋ^{2}

不　得　对　正　站

不可对着站。

女唱

8-969

灯	**日**	**很**	**拜**	**东**
Daeng	ngoenz	hwnj	baih	doeng
taŋ^{1}	ŋon^{2}	hɯn^{3}	paːi^{6}	toŋ^{1}
灯	天	起	边	东

太阳东边起，

8-970

乜	**月**	**下**	**三**	**王**①
Meh	ndwen	roengz	sam	vangh
me^{6}	duːn^{1}	ɹoŋ^{2}	θaːn^{1}	vaːŋ^{6}
母	月	下	三	旺

月往三旺走。

8-971

走	**路**	**代**	**阳**	**伞**
Couj	lu	daiq	ndit	sanj
ɕou^{3}	lu^{6}	taːi^{5}	dit^{7}	θaːn^{3}
走	路	带	阳光	伞

走路带阳伞，

8-972

打	**你**	**帮**	**貝**	**跟**
Daz	mwngz	bangh	bae	riengz
ta^{2}	mɯŋ^{2}	paːŋ^{1}	pai^{1}	ɹiːŋ^{2}
拉	你	帮	去	跟

拉你去同行。

男唱

8-973

灯	**日**	**很**	**拜**	**东**
Daeng	ngoenz	hwnj	baih	doeng
taŋ^{1}	ŋon^{2}	hɯn^{3}	paːi^{6}	toŋ^{1}
灯	天	起	边	东

太阳东边起，

8-974

乜	**月**	**下**	**九**	**吨**
Meh	ndwen	roengz	gouj	daenh
me^{6}	duːn^{1}	ɹoŋ^{2}	kjau^{3}	tan^{6}
母	月	下	九	顿

月往九顿去。

8-975

灯	**日**	**下**	**山**	**灯**
Daeng	ngoenz	roengz	bya	daemq
taŋ^{1}	ŋon^{2}	ɹoŋ^{2}	pja^{1}	tan^{5}
灯	天	下	山	低

太阳下矮山，

8-976

阴	**堂**	**农**	**知**	**空**
Raemh	daengz	nuengx	rox	ndwi
ɹan^{6}	taŋ^{2}	nuːŋ^{4}	ɹo^{4}	duːi^{1}
遮	到	妹	或	不

还晒小妹没？

① 三王[θaːn^{1} vaːŋ^{6}]：指三旺街。

女唱

8-977

灯	日	很	拜	东
Daeng	ngoenz	hwnj	baih	doeng
taŋ^{1}	ŋon^{2}	hɯn^{3}	pa:i^{6}	toŋ^{1}
灯	天	起	边	东

太阳东边起，

8-978

乜	月	下	九	吨
Meh	ndwen	roengz	gouj	daenh
me^{6}	du:n^{1}	ɹoŋ^{2}	kjau^{3}	tan^{6}
母	月	下	九	顿

月往九顿去。

8-979

灯	日	很	样	能
Daeng	ngoenz	hwnj	yiengh	nyaenx
taŋ^{1}	ŋon^{2}	hɯn^{3}	jɯ:ŋ^{6}	ȵan^{4}
灯	天	起	样	那么

太阳那样走，

8-980

不	办	份	土	偻
Mbouj	baenz	faenh	duz	raeuz
bou^{5}	pan^{2}	fan^{6}	tu^{2}	ɹau^{2}
不	成	份	的	我们

不归我所有。

男唱

8-981

灯	日	很	拜	东
Daeng	ngoenz	hwnj	baih	doeng
taŋ^{1}	ŋon^{2}	hɯn^{3}	pa:i^{6}	toŋ^{1}
灯	天	起	边	东

太阳东边起，

8-982

乜	月	下	九	渡
Meh	ndwen	roengz	gouj	duh
me^{6}	du:n^{1}	ɹoŋ^{2}	kjau^{3}	tu^{6}
母	月	下	九	渡

月往九渡去。

8-983

灯	日	很	六	六
Daeng	ngoenz	hwnj	luh	luh
taŋ^{1}	ŋon^{2}	hɯn^{3}	lu^{6}	lu^{6}
灯	天	起	悠	悠

太阳冉冉升，

8-984

干	朋	友	岁	站
Ganq	baengz	youx	caez	soengz
ka:n^{5}	paŋ^{2}	ju^{4}	ɕai^{2}	θoŋ^{2}
照料	朋	友	齐	站

朋友同观望。

女唱

8-985

灯	日	很	拜	东
Daeng	ngoenz	hwnj	baih	doeng
taŋ¹	ŋon²	hɯn³	pa:i⁶	toŋ¹
灯	天	起	边	东

太阳东边起，

8-986

乜	月	下	九	渡
Meh	ndwen	roengz	gouj	duh
me⁶	du:n¹	ɹoŋ²	kjau³	tu⁶
母	月	下	九	渡

月往九渡去。

8-987

灯	日	很	六	六
Daeng	ngoenz	hwnj	luh	luh
taŋ¹	ŋon²	hɯn³	lu⁶	lu⁶
灯	天	起	悠	悠

太阳冉冉升，

8-988

沙	田	读	不	米
Ra	dieg	douh	mbouj	miz
ɹa¹	ti:k⁸	tou⁶	bou⁵	mi²
找	地	栖息	不	有

无处可躲藏。

男唱

8-989

灯	日	牙	外	山
Daeng	ngoenz	yaek	vaij	bya
taŋ¹	ŋon²	jak⁷	va:i³	pja¹
灯	天	要	过	山

太阳将落山，

8-990

乜	月	牙	外	权
Meh	ndwen	yaek	vaij	gemh
me⁶	du:n¹	jak⁷	va:i³	ke:n⁶
母	月	要	过	山坳

月亮将上来。

8-991

重	心	牙	小	面
Naek	sim	yah	siuj	mienh
nak⁷	θin¹	ja⁶	θi:u³	me:n⁶
重	心	呀	小	面

用心呀朋友，

8-992

古	务	全	灯	日
Guh	huj	cienj	daeng	ngoenz
ku⁴	hu³	ɕu:n³	taŋ¹	ŋon²
做	云	转	灯	天

做云绕太阳。

女唱

8-993

灯	**日**	**牙**	**下**	**从**
Daeng	ngoenz	yaek	roengz	congh
taŋ^{1}	ŋon^{2}	jak^{7}	ɹoŋ^{2}	ɕoːŋ^{6}
灯	天	要	下	洞

太阳将落山，

8-994

口	**它**	**亮**	**办**	**油**
Gaeuj	de	rongh	baenz	youz
kau^{3}	te^{1}	ɹoːŋ^{6}	pan^{2}	jou^{2}
看	它	亮	成	油

斜阳洒清辉。

8-995

备	**知**	**法**	**知**	**符**
Beix	rox	fap	rox	fouz
pi^{4}	ɹo^{4}	faːp^{8}	ɹo^{4}	fu^{2}
兄	知	法	知	符

情哥懂符法，

8-996

求	**灯**	**日**	**全**	**刀**
Gouz	daeng	ngoenz	cienj	dauq
kjou^{2}	taŋ^{1}	ŋon^{2}	ɕuːn^{3}	taːu^{5}
求	灯	天	转	回

求太阳倒转。

男唱

8-997

阝	**么**	**点**	**阝**	**道**
Boux	mo	dem	boux	dauh
pu^{4}	mo^{1}	teːn^{1}	pu^{4}	taːu^{6}
人	麽	与	人	道

麽公和道公，

8-998

是	**知**	**法**	**知**	**符**
Cix	rox	fap	rox	fouz
ɕi^{4}	ɹo^{4}	faːp^{8}	ɹo^{4}	fu^{2}
就	知	法	知	符

才懂符懂法。

8-999

英	**乱**	**办**	**论**	**土**
In	luenh	baenz	lumj	dou
in^{1}	luːn^{6}	pan^{2}	lun^{3}	tu^{1}
姻	乱	成	像	我

姻缘乱如我，

8-1000

求	**灯**	**日**	**不**	**刀**
Gouz	daeng	ngoenz	mbouj	dauq
kjou^{2}	taŋ^{1}	ŋon^{2}	bou^{5}	taːu^{5}
求	灯	天	不	回

求不回太阳。

女唱

8-1001

灯 日 牙 下 从

Daeng ngoenz yaek roengz congh

taŋ1 ŋon2 jak7 ɹoŋ2 ɕo:ŋ6

灯 天 要 下 洞

太阳将落山，

8-1002

口 它 亮 办 灯

Gaeuj de rongh baenz daeng

kau3 te1 ɹo:ŋ6 pan2 taŋ1

看 它 亮 成 灯

仍光芒四射。

8-1003

备 知 法 三 层

Beix rox fap sam caengz

pi4 ɹo4 fa:p8 θa:n1 ɕaŋ2

兄 知 法 三 层

哥会三重法，

8-1004

是 貝 狼 要 刀

Cix bae laengz aeu dauq

ɕi4 pai1 laŋ2 au1 ta:u5

就 去 拦 要 回

把它拉回来。

男唱

8-1005

灯 日 牙 下 从

Daeng ngoenz yaek roengz congh

taŋ1 ŋon2 jak7 ɹoŋ2 ɕo:ŋ6

灯 天 要 下 洞

太阳将落山，

8-1006

口 它 亮 办 灯

Gaeuj de rongh baenz daeng

kau3 te1 ɹo:ŋ6 pan2 taŋ1

看 它 亮 成 灯

仍光芒四射。

8-1007

英 乱 变 办 忠

In luenh bienq baenz fangz

in1 lu:n6 pi:n5 pan2 fa:ŋ2

姻 乱 变 成 鬼

姻缘乱如麻，

8-1008

是 貝 狼 是 刀

Cix bae laengz cix dauq

ɕi4 pai1 laŋ2 ɕi4 ta:u5

就 去 拦 就 回

把它拉回来。

男唱

8-1009

拉　里　在　更　本

Ndau ndeiq ywq gwnz mbwn

dau^{1} di^{5} jɯ^{5} kɯn^{2} bɯn^{1}

星　星　在　上　天

天上的星辰，

8-1010

米　安　支　安　东

Miz aen sei aen ndongq

mi^{2} an^{1} θi^{1} an^{1} doːŋ^{5}

有　个　昏暗　个　明亮

有明也有暗。

8-1011

灯　日　打　果　变

Daeng ngoenz daj gox benh

taŋ^{1} ŋon^{2} ta^{3} ko^{4} peːn^{6}

灯　天　打　角落　边

太阳挂天边，

8-1012

口　农　变　良　心

Gaeuj nuengx bienq liengz sim

kau^{3} nuːŋ^{4} piːn^{5} liːŋ^{2} θin^{1}

看　妹　变　良　心

盼妹莫变心。

女唱

8-1013

拉　里　在　更　本

Ndau ndeiq ywq gwnz mbwn

dau^{1} di^{5} jɯ^{5} kɯn^{2} bɯn^{1}

星　星　在　上　天

天上的星辰，

8-1014

米　安　支　安　东

Miz aen sei aen ndongq

mi^{2} an^{1} θi^{1} an^{1} doːŋ^{5}

有　个　昏暗　个　明亮

有明也有暗。

8-1015

变　土　刀　不　变

Bienq dou dauq mbouj bienq

piːn^{5} tu^{1} taːu^{5} bou^{5} piːn^{5}

变　我　又　不　变

我心自不变，

8-1016

同　年　可　念　你

Doengz nienz goj niemh mwngz

toŋ^{2} niːn^{2} ko^{5} niːm^{6} mɯŋ^{2}

同　年　也　念　你

永远记得你。

男唱

8–1017
拉 里 在 更 本
Ndau ndeiq ywq gwnz mbwn
dau^{1} di^{5} jɯ^{5} kɯn^{2} bɯn^{1}
星 星 在 上 天
天上的星星，

8–1018
米 安 支 安 东
Miz aen sei aen ndongq
mi^{2} an^{1} θi^{1} an^{1} doːŋ^{5}
有 个 昏暗 个 明亮
有明也有暗。

8–1019
见 拉 里 古 穷
Raen ndau ndeiq guh gyoengq
ɹan^{1} dau^{1} di^{5} ku^{4} kjoŋ^{5}
见 星 星 做 群
星辰聚成光，

8–1020
农 秋 亮 知 空
Nuengx ciuq rongh rox ndwi
nuːŋ^{4} ɕiːu^{5} ɹoːŋ^{6} ɹo^{4} duːi^{1}
妹 看 亮 或 不
你说亮不亮？

女唱

8–1021
拉 里 在 更 本
Ndau ndeiq ywq gwnz mbwn
dau^{1} di^{5} jɯ^{5} kɯn^{2} bɯn^{1}
星 星 在 上 天
天上的星星，

8–1022
米 安 支 安 东
Miz aen sei aen ndongq
mi^{2} an^{1} θi^{1} an^{1} doːŋ^{5}
有 个 昏暗 个 明亮
有明也有暗。

8–1023
十 三 安 古 穷
Cib sam aen guh gyoengq
ɕit^{8} θaːn^{1} an^{1} ku^{4} kjoŋ^{5}
十 三 个 做 群
十三个成群，

8–1024
亮 办 红 灯 日
Rongh baenz hoengz daeng ngoenz
ɹoːŋ^{6} pan^{2} hoŋ^{2} taŋ^{1} ŋon^{2}
亮 成 红 灯 天
比太阳更亮。

男唱

8-1025

拉　里　牙　貝　辰

Ndau ndeiq yaek bae finz

dau^{1} di^{5} jak^{7} pai^{1} fin^{2}

星　星　要　去　出走

星辰要私奔，

8-1026

七　星　下　拉　地

Caet sing roengz laj deih

ɕat^{7} θiŋ^{1} ɹoŋ^{2} la^{3} tei^{6}

七　星　下　下　地

北斗要陨落。

8-1027

重　心　空　知　记

Naek sim ndwi rox geiq

nak^{7} θin^{1} duːi^{1} ɹo^{4} ki^{5}

重　心　不　知　记

倾心又健忘，

8-1028

往　为　包　点　少

Uengj feiq mbauq dem sau

vaːŋ^{3} vi^{5} baːu^{5} tiːn^{3} θaːu^{1}

枉　费　小伙　与　姑娘

枉费一段情。

女唱

8-1029

拉　里　牙　貝　辰

Ndau ndeiq yaek bae finz

dau^{1} di^{5} jak^{7} pai^{1} fin^{2}

星　星　要　去　出走

星辰要私奔，

8-1030

七　星　下　拉　地

Caet sing roengz laj deih

ɕat^{7} θiŋ^{1} ɹoŋ^{2} la^{3} tei^{6}

七　星　下　下　地

北斗要陨落。

8-1031

八　列　金　银　哥

Bah leh gim ngaenz go

pa^{6} le^{6} kin^{1} ŋan^{2} ko^{1}

唉　啃　金　银　哥

可叹好情哥，

8-1032

命　貝　合　卜　而

Mingh bae hob boux lawz

miŋ^{6} pai^{1} hoːp^{8} pu^{4} laɯ^{2}

命　去　合　人　哪

八字跟谁合。

男唱

8–1033

拉 里 牙 貝 辰

Ndau ndeiq yaek bae finz

dau^{1} di^{5} jak^{7} pai^{1} fin^{2}

星 星 要 去 出走

星辰要私奔，

8–1034

七 星 下 拉 罗

Caet sing roengz laj loh

çat^{7} θiŋ^{1} ɹoŋ^{2} la^{3} lo^{6}

七 星 下 下 路

北斗要陨落。

8–1035

八 列 金 银 农

Bah leh gim ngaenz nuengx

pa^{6} le^{6} kin^{1} ŋan^{2} nuːŋ^{4}

唉 唷 金 银 妹

可叹好情妹，

8–1036

命 土 合 命 你

Mingh dou hob mingh mwngz

miŋ^{6} tu^{1} hoːp^{8} miŋ^{6} mɯŋ^{2}

命 我 合 命 你

我俩命相合。

女唱

8–1037

拉 里 在 更 本

Ndau ndeiq ywq gwnz mbwn

dau^{1} di^{5} jɯ^{5} kɯn^{2} bɯn^{1}

星 星 在 上 天

星星在天上，

8–1038

七 星 下 拉 达

Caet sing roengz laj dah

çat^{7} θiŋ^{1} ɹoŋ^{2} la^{3} ta^{6}

七 星 下 下 河

北斗落河中。

8–1039

小 土 给 尝 杀

Siuj duz gaeq caengz gaj

θiːu^{3} tu^{2} kai^{5} çaŋ^{2} ka^{3}

少 只 鸡 未 杀

来不及杀鸡，

8–1040

代 貝 五 名 洋

Dai bae haj mingz yangz

taːi^{1} pai^{1} ha^{3} miŋ^{2} jaːŋ^{2}

死 去 五 名 皇

死去五个皇。

男唱

8-1041

拉	**里**	**牙**	**貝**	**辰**
Ndau	ndeiq	yaek	bae	finz
dau^{1}	di^{5}	jak^{7}	pai^{1}	fin^{2}
星	星	要	去	出走

星辰要私奔，

8-1042

七	**星**	**牙**	**貝**	**哈**
Caet	sing	yaek	bae	haq
ɕat^{7}	θiŋ^{1}	jak^{7}	pai^{1}	ha^{5}
七	星	要	去	嫁

北斗要出嫁。

8-1043

龙	**牙**	**貝**	**秋**	**达**
Lungz	yaek	bae	ciuq	dah
luŋ^{2}	jak^{7}	pai^{1}	ɕiːu^{5}	ta^{6}
龙	要	去	看	河

龙要戏河水，

8-1044

马	**牙**	**完**	**双**	**朝**
Max	yaek	vuenh	song	cauz
ma^{4}	jak^{7}	vuːn^{6}	θoːŋ^{1}	ɕaːu^{2}
马	要	换	两	槽

马要跳两槽。

女唱

8-1045

拉	**里**	**牙**	**貝**	**辰**
Ndau	ndeiq	yaek	bae	finz
dau^{1}	di^{5}	jak^{7}	pai^{1}	fin^{2}
星	星	要	去	出走

星辰要私奔，

8-1046

七	**星**	**牙**	**貝**	**付**
Caet	sing	yaek	bae	fouz
ɕat^{7}	θiŋ^{1}	jak^{7}	pai^{1}	fu^{2}
七	星	要	去	浮

北斗要远游。

8-1047

少	**在**	**拜**	**内**	**务**
Sau	ywq	baih	neix	huj
θaːu^{1}	jɯ^{5}	paːi^{6}	ni^{4}	hu^{3}
姑娘	在	边	这	云

我在云这边，

8-1048

友	**在**	**拜**	**红**	**盘**
Youx	ywq	baih	nding	buenz
ju^{4}	jɯ^{5}	paːi^{6}	diŋ^{1}	puːn^{2}
友	在	边	红	盘

哥在夕阳下。

男唱

8–1049
也 月 在 里 务
Meh ndwen ywq ndaw huj
me6 du:n1 jɯ5 dauɯ1 hu3
母 月 在 里 云
月亮在云中，

8–1050
农 秋 牙 不 真
Nuengx ciuq yax mbouj caen
nu:ŋ4 çi:u5 ja5 bou5 çin1
妹 看 也 不 真
妹也看不清。

8–1051
请 长 马 提 金
Cingj cangh ma diz gim
çiŋ3 ça:ŋ6 ma1 ti2 kin1
请 匠 来 锻造 金
请金匠铸金，

8–1052
友 变 心 良 样
Youx bienq sim lingh yiengh
ju4 pi:n5 θin1 le:ŋ6 jɯ:ŋ6
友 变 心 另 样
情友已变心。

女唱

8–1053
也 月 在 里 务
Meh ndwen ywq ndaw huj
me6 du:n1 jɯ5 dauɯ1 hu3
母 月 在 里 云
月亮在云里，

8–1054
结 朵 样 灯 龙
Giet duj yiengh daeng loengz
ki:t7 tu3 jɯ:ŋ6 taŋ1 loŋ2
结 朵 样 灯 笼
结彩似灯笼。

8–1055
得 你 备 岁 站
Ndaej mwngz beix caez soengz
dai3 mɯŋ2 pi4 çai2 θoŋ2
得 你 兄 齐 站
和兄在一起，

8–1056
来 方 是 不 相
Lai fueng cix mbouj siengq
lai1 fu:ŋ1 çi4 bou5 θi:ŋ5
多 方 就 不 看
旁人难入眼。

男唱

8-1057

元	**口**	**茶**	**元**	**么**
Yied	gaeuj	caz	yied	moq
juːn^1	kau^3	ɕa^2	juːn^1	mo^5
愈	看	茶	愈	新

越久情越深，

8-1058

你	**知**	**不**	**农**	**银**
Mwngz	rox	mbouj	nuengx	ngaenz
mɯŋ^2	ɹo^4	bou^5	nuːŋ^4	ŋan^2
你	知	不	妹	银

情妹你知否？

8-1059

拉	**里**	**尚**	**外**	**本**
Ndau	ndeiq	sang	vaij	mbwn
dau^1	di^5	θaːŋ^1	vaːi^3	bɯn^1
星	星	高	过	天

星辰比天高，

8-1060

不	**是**	**偻**	**么**	**农**
Mbouj	cix	raeuz	maq	nuengx
bou^5	ɕi^4	ɹau^2	ma^5	nuːŋ^4
不	是	我们	嘛	妹

那就是我俩。

女唱

8-1061

元	**口**	**茶**	**元**	**么**
Yied	gaeuj	caz	yied	moq
juːn^1	kau^3	ɕa^2	juːn^1	mo^5
愈	看	茶	愈	新

越久情越深，

8-1062

你	**知**	**不**	**备**	**银**
Mwngz	rox	mbouj	beix	ngaenz
mɯŋ^2	ɹo^4	bou^5	pi^4	ŋan^2
你	知	不	兄	银

情哥你知否。

8-1063

拉	**里**	**点**	**灯**	**日**
Ndau	ndeiq	dem	daeng	ngoenz
dau^1	di^5	teːn^1	taŋ^1	ŋon^2
星	星	与	灯	天

星辰和太阳，

8-1064

在	**更**	**本**	**好**	**汉**
Ywq	gwnz	mbwn	hau	hanq
jɯ^5	kɯn^2	bɯn^1	haːu^1	haːn^5
在	上	天	白	灿灿

天上放光芒。

男唱

8-1065

拉 里 牙 贝 辰

Ndau ndeiq yaek bae finz

dau^{1} di^{5} jak^{7} pai^{1} fin^{2}

星 星 要 去 出走

星辰要私奔，

8-1066

你 秋 真 知 不

Mwngz ciuq caen rox mbouj

mɯŋ^{2} ɕiːu^{5} ɕin^{1} ɹo^{4} bou^{5}

你 看 真 或 不

你看清没有？

8-1067

灯 日 很 南 州

Daeng ngoenz hwnj nanz couh

taŋ^{1} ŋon^{2} hɯn^{3} naːn^{2} ɕou^{5}

灯 天 上 南 州

太阳升南州，

8-1068

农 秋 亮 知 空

Nuengx ciuq rongh rox ndwi

nuːŋ^{4} ɕiːu^{5} ɹoːŋ^{6} ɹo^{4} duːi^{1}

妹 看 亮 或 不

妹看亮不亮。

女唱

8-1069

拉 里 牙 贝 辰

Ndau ndeiq yaek bae finz

dau^{1} di^{5} jak^{7} pai^{1} fin^{2}

星 星 要 去 出走

星辰要私奔，

8-1070

你 秋 真 知 不

Mwngz ciuq caen rox mbouj

mɯŋ^{2} ɕiːu^{5} ɕin^{1} ɹo^{4} bou^{5}

你 看 真 或 不

你看清没有？

8-1071

灯 日 很 南 州

Daeng ngoenz hwnj nanz couh

taŋ^{1} ŋon^{2} hɯn^{3} naːn^{2} ɕou^{5}

灯 天 上 南 州

太阳升南州，

8-1072

邦 口 阮 是 跟

Baengz gaeuj nyienh cix riengz

paŋ^{2} kau^{3} ȵuːn^{6} ɕi^{4} ɹiːŋ^{2}

朋 看 愿 就 跟

愿意就相随。

男唱

8-1073

秋	**公**	**务**	**内**	**论**
Ciuq	goeng	huj	neix	laep
ɕiːu^{5}	koŋ^{1}	hu^{3}	ni^{4}	lap^{7}
看	座	云	这	黑

见乌云压顶，

8-1074

动	**全**	**乱**	**令**	**令**
Dungx	gyonj	luenh	lin	lin
tuŋ^{4}	kjoːn^{3}	luːn^{6}	lin^{1}	lin^{1}
肚	都	乱	阵	阵

心绪乱纷纷。

8-1075

想	**牙**	**打**	**羽**	**飞**
Siengj	yaek	daj	fwed	mbin
θiːŋ^{3}	jak^{7}	ta^{3}	fuːt^{8}	bin^{1}
想	要	打	翅	飞

想展翅高飞，

8-1076

老	**贝**	**忠**	**不**	**领**
Lau	bae	fangz	mbouj	lingx
laːu^{1}	pai^{1}	faːŋ^{2}	bou^{5}	liŋ^{4}
怕	去	鬼	不	领

恐无人领情。

女唱

8-1077

亮	**不**	**外**	**灯**	**日**
Rongh	mbouj	vaij	daeng	ngoenz
ɹoːŋ^{6}	bou^{5}	vaːi^{3}	taŋ^{1}	ŋon^{2}
亮	不	过	灯	天

不比太阳亮，

8-1078

务	**师**	**是**	**利**	**论**
Huj	cw	cix	lij	laep
hu^{3}	ɕɯ^{1}	ɕi^{4}	li^{4}	lap^{7}
云	遮	是	还	黑

云遮还会暗。

8-1079

润	**吹**	**更**	**台**	**芬**
Rumz	ci	gwnz	daiz	faed
ɹun^{2}	ɕi^{1}	kɯn^{2}	taːi^{2}	fat^{8}
风	吹	上	桌	佛

风吹神台上，

8-1080

芬	**贝**	**读**	**更**	**楼**
Faenx	bae	douh	gwnz	laeuz
fan^{4}	pai^{1}	tou^{6}	kɯn^{2}	lau^{2}
尘	去	栖息	上	楼

尘埃落楼阁。

男唱

8–1081

更	本	牙	古	论
Gwnz	mbwn	yaek	guh	laep
kɯn^{2}	bɯn^{1}	jak^{7}	ku^{4}	lap^{7}
上	天	要	做	黑

天色将昏暗，

8–1082

拉	地	牙	古	恨
Laj	deih	yax	guh	haemz
la^{3}	tei^{6}	ja^{5}	ku^{4}	han^{2}
下	地	也	做	恨

世上有冤屈。

8–1083

本	古	论	备	银
Mbwn	guh	laep	beix	ngaenz
bɯn^{1}	ku^{4}	lap^{7}	pi^{4}	ŋan^{2}
天	做	黑	兄	银

天黑误兄台，

8–1084

邦	古	黑	少	包
Biengz	guh	laep	sau	mbauq
piːŋ^{2}	ku^{4}	lap^{7}	θaːu^{1}	baːu^{5}
地方	做	黑	姑娘	小伙

地黑误兄妹。

女唱

8–1085

更	本	牙	古	论
Gwnz	mbwn	yaek	guh	laep
kɯn^{2}	bɯn^{1}	jak^{7}	ku^{4}	lap^{7}
上	天	要	做	黑

天色将昏暗，

8–1086

拉	地	牙	古	付
Laj	deih	yax	guh	fouz
la^{3}	tei^{6}	ja^{5}	ku^{4}	fu^{2}
下	地	也	做	浮

世上有冤屈。

8–1087

本	古	论	是	优
Mbwn	guh	laep	cix	you
bɯn^{1}	ku^{4}	lap^{7}	ɕi^{4}	jou^{1}
天	做	黑	就	忧

天昏暗可忧，

8–1088

邦	古	恨	不	爱
Biengz	guh	haemz	mbouj	ngaih
piːŋ^{2}	ku^{4}	han^{2}	bou^{5}	ŋaːi^{6}
地方	做	恨	不	妨碍

世上冤无碍。

男唱

8-1089
更 本 论 义 义
Gwnz mbwn laep nyiq nyiq
kɯn^{2} bɯn^{1} lap^{7} ȵi^{5} ȵi^{5}
上 天 黑 乎 乎
天上黑乎乎，

8-1090
拉 地 论 棉 棉
Laj deih laep mienz mienz
la^{3} tei^{6} lap^{7} miːn^{2} miːn^{2}
下 地 黑 麻 麻
世间暗蒙蒙。

8-1091
乱 是 论 千 年
Luenh cix laep cien nienz
luːn^{6} ɕi^{4} lap^{7} ɕiːn^{1} niːn^{2}
乱 就 黑 千 年
乱世永久黑，

8-1092
不 义 本 刀 亮
Mbouj ngeix mbwn dauq rongh
bou^{5} ȵi^{4} bɯn^{1} taːu^{5} ɹoːŋ^{6}
不 想 天 又 亮
不料天复明。

女唱

8-1093
更 本 论 义 义
Gwnz mbwn laep nyiq nyiq
kɯn^{2} bɯn^{1} lap^{7} ȵi^{5} ȵi^{5}
上 天 黑 乎 乎
天上黑乎乎，

8-1094
拉 地 论 棉 棉
Laj deih laep mienz mienz
la^{3} tei^{6} lap^{7} miːn^{2} miːn^{2}
下 地 黑 麻 麻
世间暗蒙蒙。

8-1095
乱 是 论 千 年
Luenh cix laep cien nienz
luːn^{6} ɕi^{4} lap^{7} ɕiːn^{1} niːn^{2}
乱 就 黑 千 年
哪怕黑千年，

8-1096
刀 对 龙 唱 歌
Dauq doiq lungz cang go
taːu^{5} toːi^{5} luŋ^{2} ɕaːŋ^{4} ko^{5}
又 对 龙 唱 歌
兄妹仍对歌。

男唱

8-1097

本	古	论	样	内
Mbwn	guh	laep	yiengh	neix
bɯn^{1}	ku^{4}	lap^{7}	jɯːŋ^{6}	ni^{4}
天	做	黑	样	这

天色如此暗，

8-1098

问	你	农	说	而
Haemq	mwngz	nuengx	naeuz	rawz
han^{5}	mɯŋ^{2}	nuːŋ^{4}	nau^{2}	ɹaɯ^{2}
问	你	妹	说	什么

妹说怎么办？

8-1099

更	祥	下	斗	师
Gwnz	riengh	roengz	daeuj	swz
kɯn^{2}	ɹiːŋ^{6}	ɹoŋ^{2}	tau^{3}	θɯ^{2}
上	栏	下	来	辞

上苍也无奈，

8-1100

你	说	而	了	农
Mwngz	naeuz	rawz	liux	nuengx
mɯŋ^{2}	nau^{2}	ɹaɯ^{2}	liːu^{4}	nuːŋ^{4}
你	说	什么	啰	妹

妹说怎么办？

女唱

8-1101

本	古	论	样	内
Mbwn	guh	laep	yiengh	neix
bɯn^{1}	ku^{4}	lap^{7}	jɯːŋ^{6}	ni^{4}
天	做	黑	样	这

天色如此暗，

8-1102

农	不	知	说	而
Nuengx	mbouj	rox	naeuz	rawz
nuːŋ^{4}	bou^{5}	ɹo^{4}	nau^{2}	ɹaɯ^{2}
妹	不	知	说	什么

妹不知说啥。

8-1103

更	祥	下	斗	师
Gwnz	riengh	roengz	daeuj	swz
kɯn^{2}	ɹiːŋ^{6}	ɹoŋ^{2}	tau^{3}	θɯ^{2}
上	栏	下	来	辞

上苍也无奈，

8-1104

不	古	而	得	傲
Mbouj	guh	lawz	ndaej	euq
bou^{5}	ku^{4}	laɯ^{2}	dai^{3}	eːu^{5}
不	做	哪	得	拒绝

天命也难违。

男唱

8-1105

更	**本**	**古**	**不**	**是**
Gwnz	mbwn	guh	mbouj	cix
kɯn^{2}	bɯn^{1}	ku^{4}	bou^{5}	ɕi^{4}
上	天	做	不	是

天上做不对，

8-1106

拉	**地**	**古**	**不**	**正**
Laj	deih	guh	mbouj	cingq
la^{3}	tei^{6}	ku^{4}	bou^{5}	ɕiŋ^{5}
下	地	做	不	正

地下做不公。

8-1107

不	**是**	**土**	**为**	**你**
Mbouj	cix	dou	viq	mwngz
bou^{5}	ɕi^{4}	tu^{1}	vi^{5}	mɯŋ^{2}
不	是	我	忘情	你

并非我负你，

8-1108

更	**本**	**古**	**能**	**斗**
Gwnz	mbwn	guh	nyaenx	daeuj
kɯn^{2}	bɯn^{1}	ku^{4}	ɲan^{4}	tau^{3}
上	天	做	这样	来

苍天不公平。

女唱

8-1109

本	**土**	**牙**	**不**	**为**
Mbwn	dou	yax	mbouj	viq
bɯn^{1}	tu^{1}	ja^{5}	bou^{5}	vi^{5}
天	我	也	不	忘情

苍天我不负，

8-1110

地	**土**	**牙**	**不**	**论**
Deih	dou	yax	mbouj	lumz
tei^{6}	tu^{1}	ja^{5}	bou^{5}	lun^{2}
地	我	也	不	忘

大地我不忘。

8-1111

为	**南**	**贝**	**而**	**吃**
Viq	namh	bae	lawz	gwn
vi^{5}	naːn^{6}	pai^{1}	laɯ^{2}	kɯn^{1}
忘情	土	去	哪	吃

欺地无所食，

8-1112

为	**本**	**贝**	**而**	**在**
Viq	mbwn	bae	lawz	ywq
vi^{5}	bɯn^{1}	pai^{1}	laɯ^{2}	jɯ^{5}
忘情	天	去	哪	住

负天无所住。

男唱

8–1113

本	**天**	**牙**	**本**	**天**
Mbwn	denh	yah	mbwn	denh
bɯn^{1}	tiːn^{1}	ja^{6}	bɯn^{1}	tiːn^{1}
天	天	呀	天	天

苍天呀苍天，

8–1114

你	**办**	**仙**	**告**	**内**
Mwngz	baenz	sien	gau	neix
mɯŋ^{2}	pan^{2}	θiːn^{1}	kaːu^{1}	ni^{4}
你	成	仙	次	这

这下你成仙。

8–1115

岁	**站**	**江**	**庙**	**柒**
Caez	soengz	gyang	miuh	six
ɕai^{2}	θoŋ^{2}	kjaːŋ^{1}	miːu^{6}	θi^{4}
齐	站	中	庙	社

同站庙堂中，

8–1116

备	**沙**	**农**	**是**	**貝**
Beix	ra	nuengx	cix	bae
pi^{4}	ɹa^{1}	nuːŋ^{4}	ɕi^{4}	pai^{1}
兄	找	妹	就	去

兄妹同进退。

女唱

8–1117

本	**天**	**牙**	**本**	**天**
Mbwn	denh	yah	mbwn	denh
bɯn^{1}	tiːn^{1}	ja^{6}	bɯn^{1}	tiːn^{1}
天	天	呀	天	天

苍天呀苍天，

8–1118

你	**办**	**仙**	**来**	**罗**
Mwngz	baenz	sien	lai	loh
mɯŋ^{2}	pan^{2}	θiːn^{1}	laːi^{1}	lo^{6}
你	成	仙	多	路

你成多路仙。

8–1119

润	**刀**	**反**	**古**	**务**
Rumz	dauq	fan	guh	huj
ɹun^{2}	taːu^{5}	faːn^{1}	ku^{4}	hu^{3}
风	回	翻	做	云

风云多变幻，

8–1120

古	**友**	**不**	**米**	**正**
Guh	youx	mbouj	miz	cingz
ku^{4}	ju^{4}	bou^{5}	mi^{2}	ɕiŋ^{2}
做	友	不	有	情

朋友无情义。

男唱

8-1121

务	**论**	**牙**	**务**	**论**
Huj	laep	yah	huj	laep
hu^{3}	lap^{7}	ja^{6}	hu^{3}	lap^{7}
云	黑	呀	云	黑

乌云呀乌云，

8-1122

在	**里**	**加**	**务**	**黑**
Ywq	ndaw	caj	huj	ndaem
jɯ^{5}	daɯ^{1}	kja^{3}	hu^{3}	nan^{1}
在	里	等	云	黑

还在等黑云。

8-1123

东	**不**	**外**	**灯**	**日**
Ndongq	mbouj	vaij	daeng	ngoenz
doːŋ^{5}	bou^{5}	vaːi^{3}	taŋ^{1}	ŋon^{2}
明亮	不	过	灯	天

不比太阳亮，

8-1124

务	**师**	**是**	**利**	**论**
Huj	cw	cix	lij	laep
hu^{3}	ɕɯ^{1}	ɕi^{4}	li^{4}	lap^{7}
云	遮	是	还	黑

云遮也变暗。

女唱

8-1125

务	**论**	**牙**	**务**	**论**
Huj	laep	yah	huj	laep
hu^{3}	lap^{7}	ja^{6}	hu^{3}	lap^{7}
云	黑	呀	云	黑

乌云呀乌云，

8-1126

在	**里**	**加**	**务**	**黑**
Ywq	ndaw	caj	huj	ndaen
jɯ^{5}	daɯ^{1}	kja^{3}	hu^{3}	nan^{1}
在	里	等	云	黑

还在等黑云。

8-1127

务	**师**	**封**	**灯**	**日**
Huj	cw	fung	daeng	ngoenz
hu^{3}	ɕɯ^{1}	fuŋ^{1}	taŋ^{1}	ŋon^{2}
云	遮	封	灯	天

乌云遮太阳，

8-1128

偻	**难**	**办**	**备**	**农**
Raeuz	nanz	baenz	beix	nuengx
ɹau^{2}	naːn^{2}	pan^{2}	pi^{4}	nuːŋ^{4}
我们	难	成	兄	妹

我俩难成亲。

男唱

8-1129

务	论	牙	务	论
Huj	laep	yah	huj	laep
hu3	lap7	ja6	hu3	lap7
云	黑	呀	云	黑

乌云呀乌云，

8-1130

在	里	加	务	黑
Ywq	ndaw	caj	huj	ndaem
jɯ5	daɯ1	kja3	hu3	nan1
在	里	等	云	黑

还在等黑云。

8-1131

农	银	牙	农	银
Nuengx	ngaenz	yah	nuengx	ngaenz
nuːŋ4	ŋan2	ja6	nuːŋ4	ŋan2
妹	银	呀	妹	银

小妹呀小妹，

8-1132

在	拉	架	会	坤
Ywq	laj	gyaz	faex	goen
jɯ5	la3	kja2	fai4	kon1
在	下	草丛	树	粉单竹

独自竹林下。

女唱

8-1133

务	论	牙	务	论
Huj	laep	yah	huj	laep
hu3	lap7	ja6	hu3	lap7
云	黑	呀	云	黑

乌云呀乌云，

8-1134

在	里	加	务	黑
Ywq	ndaw	caj	huj	ndaem
jɯ5	daɯ1	kja3	hu3	nan1
在	里	等	云	黑

还在等黑云。

8-1135

金	刀	完	得	银
Gim	dauq	vuenh	ndaej	ngaenz
kin1	taːu5	vuːn6	dai3	ŋan2
金	倒	换	得	银

金子变银子，

8-1136

文	偻	心	不	念
Vunz	raeuz	sim	mbouj	net
vun2	ɹau2	θin1	bou5	neːt7
人	我们	心	不	实

我们心难安。

男唱

8-1137

务	**论**	**牙**	**务**	**论**
Huj	laep	yah	huj	laep
hu^{3}	lap^{7}	ja^{6}	hu^{3}	lap^{7}
云	黑	呀	云	黑

乌云呀乌云，

8-1138

在	**里**	**加**	**务**	**绿**
Ywq	ndaw	caj	huj	heu
jɯ^{5}	daɯ^{1}	kja^{3}	hu^{3}	heːu^{1}
在	里	等	云	青

还在等青云。

8-1139

往	**你**	**农**	**巴**	**丢**
Uengj	mwngz	nuengx	bak	diu
vaːŋ^{3}	mɯŋ^{2}	nuːŋ^{4}	paːk^{7}	tiːu^{1}
枉	你	妹	嘴	刁

枉你巧舌妹，

8-1140

空	**知**	**求**	**务**	**论**
Ndwi	rox	giuz	huj	laep
duːi^{1}	ɹo^{4}	kiːu^{2}	hu^{3}	lap^{7}
不	知	求	云	黑

不会求乌云。

女唱

8-1141

务	**论**	**牙**	**务**	**论**
Huj	laep	yah	huj	laep
hu^{3}	lap^{7}	ja^{6}	hu^{3}	lap^{7}
云	黑	呀	云	黑

乌云呀乌云，

8-1142

在	**里**	**加**	**务**	**绿**
Ywq	ndaw	caj	huj	heu
jɯ^{5}	daɯ^{1}	kja^{3}	hu^{3}	heːu^{1}
在	里	等	云	青

还在等青云。

8-1143

往	**乜**	**巴**	**你**	**丢**
Uengj	meh	bak	mwngz	diu
vaːŋ^{3}	me^{6}	paːk^{7}	mɯŋ^{2}	tiːu^{1}
枉	母	嘴	你	刁

你母人伶俐，

8-1144

条	**条**	**你**	**全**	**知**
Diuz	diuz	mwngz	gyonj	rox
tiːu^{2}	tiːu^{2}	mɯŋ^{2}	kjoːn^{3}	ɹo^{4}
条	条	你	都	知

样样你都懂。

男唱

8–1145

务 论 牙 务 论

Huj laep yah huj laep

hu^{3} lap^{7} ja^{6} hu^{3} lap^{7}

云 黑 呀 云 黑

乌云呀乌云，

8–1146

在 里 加 务 绿

Ywq ndaw caj huj heu

jɯ^{5} daɯ^{1} kja^{3} hu^{3} heːu^{1}

在 里 等 云 青

还在等青云。

8–1147

往 乜 巴 你 丢

Uengj meh bak mwngz diu

vaːŋ^{3} me^{6} paːk^{7} mɯŋ^{2} tiːu^{1}

枉 母 嘴 你 刁

你母人伶俐，

8–1148

生 拉 桥 务 论

Swngh laj giuz huj laep

θɯn^{5} la^{3} kiːu^{2} hu^{3} lap^{7}

生 下 桥 云 黑

阴天生桥下。

女唱

8–1149

务 论 牙 务 论

Huj laep yah huj laep

hu^{3} lap^{7} ja^{6} hu^{3} lap^{7}

云 黑 呀 云 黑

乌云呀乌云，

8–1150

在 里 加 务 绿

Ywq ndaw caj huj heu

jɯ^{5} daɯ^{1} kja^{3} hu^{3} heːu^{1}

在 里 等 云 青

还在等青云。

8–1151

巴 立 动 空 丢

Bak leih dungx ndwi diu

paːk^{7} lei^{6} tuŋ^{4} duːi^{1} tiːu^{1}

嘴 利 肚 不 刁

嘴利脑不灵，

8–1152

生 下 桥 是 了

Seng roengz giuz cix liux

θeːŋ^{1} ɹoŋ^{2} kiːu^{2} ɕi^{4} liːu^{4}

生 下 桥 就 算

桥下生也罢。

男唱

8-1153

务	**论**	**牙**	**务**	**论**
Huj	laep	yah	huj	laep
hu^{3}	lap^{7}	ja^{6}	hu^{3}	lap^{7}
云	黑	呀	云	黑

乌云呀乌云，

8-1154

在	**里**	**加**	**务**	**好**
Ywq	ndaw	caj	huj	hau
jɯ^{5}	daɯ^{1}	kja^{3}	hu^{3}	haːu^{1}
在	里	等	云	白

还在等白云。

8-1155

貝	**邦**	**伕**	**同**	**交**
Bae	biengz	fwx	doengh	gyau
pai^{1}	piːŋ^{2}	fə^{4}	toŋ^{2}	kjaːu^{1}
去	地方	别人	相	交

去远方交友，

8-1156

狼	**少**	**作**	**务**	**论**
Langh	sau	coq	huj	laep
laːŋ^{6}	θaːu^{1}	ɕo^{5}	hu^{3}	lap^{7}
放	姑娘	放	云	黑

留妹乌云下。

女唱

8-1157

务	**论**	**牙**	**务**	**论**
Huj	laep	yah	huj	laep
hu^{3}	lap^{7}	ja^{6}	hu^{3}	lap^{7}
云	黑	呀	云	黑

乌云呀乌云，

8-1158

在	**里**	**加**	**务**	**好**
Ywq	ndaw	caj	huj	hau
jɯ^{5}	daɯ^{1}	kja^{3}	hu^{3}	haːu^{1}
在	里	等	云	白

还在等白云。

8-1159

勒	**仪**	**古**	**包**	**少**
Lawh	saenq	guh	mbauq	sau
ləɯ^{6}	θin^{5}	ku^{4}	baːu^{5}	θaːu^{1}
换	信	做	小伙	姑娘

换信做兄妹，

8-1160

老	**开**	**么**	**了**	**农**
Lau	gij	maz	liux	nuengx
laːu^{1}	kaːi^{2}	ma^{2}	liːu^{4}	nuːŋ^{4}
怕	什	么	啰	妹

还忌讳什么？

男唱

8-1161

务 论 牙 务 论

Huj laep yah huj laep

hu^{3} lap^{7} ja^{6} hu^{3} lap^{7}

云 黑 呀 云 黑

乌云呀乌云，

8-1162

在 里 加 务 好

Ywq ndaw caj huj hau

jɯ^{5} daɯ^{1} kja^{3} hu^{3} haːu^{1}

在 里 等 云 白

还在等白云。

8-1163

勒 仪 古 包 少

Lawh saenq guh mbauq sau

ləɯ^{6} θin^{5} ku^{4} baːu^{5} θaːu^{1}

换 信 做 小伙 姑娘

换信做兄妹，

8-1164

可 老 不 外 秀

Goj lau mbouj vaij ciuh

ko^{5} laːu^{1} bou^{5} vaːi^{3} ɕiːu^{6}

也 怕 不 过 世

就怕不到头。

女唱

8-1165

务 论 牙 务 论

Huj laep yah huj laep

hu^{3} lap^{7} ja^{6} hu^{3} lap^{7}

云 黑 呀 云 黑

乌云呀乌云，

8-1166

在 里 加 务 好

Ywq ndaw caj huj hau

jɯ^{5} daɯ^{1} kja^{3} hu^{3} haːu^{1}

在 里 等 云 白

还在等白云。

8-1167

往 秀 包 秀 少

Uengj ciuh mbauq ciuh sau

vaːŋ^{3} ɕiːu^{6} baːu^{5} ɕiːu^{6} θaːu^{1}

枉 世 小伙 世 姑娘

枉费一世情，

8-1168

得 交 心 是 念

Ndaej gyau sim cix net

dai^{3} kjaːu^{1} θin^{1} ɕi^{4} neːt^{7}

得 交 心 就 实

交心才踏实。

男唱

8-1169

务　论　牙　务　论

Huj　laep　yah　huj　laep

hu^{3}　lap^{7}　ja^{6}　hu^{3}　lap^{7}

云　黑　呀　云　黑

乌云呀乌云，

8-1170

在　里　加　务　好

Ywq　ndaw　caj　huj　hau

jɯ^{5}　daɯ^{1}　kja^{3}　hu^{3}　haːu^{1}

在　里　等　云　白

还在等白云。

8-1171

往　秀　包　秀　少

Uengj　ciuh　mbauq　ciuh　sau

vaːŋ^{3}　ɕiːu^{6}　baːu^{5}　ɕiːu^{6}　θaːu^{1}

枉　世　小伙　世　姑娘

枉兄妹一场，

8-1172

同　交　不　同　得

Doengh　gyau　mbouj　doengh　ndaej

toŋ^{2}　kjaːu^{1}　bou^{5}　toŋ^{2}　dai^{3}

相　交　不　相　得

有缘也无份。

女唱

8-1173

务　论　牙　务　论

Huj　laep　yah　huj　laep

hu^{3}　lap^{7}　ja^{6}　hu^{3}　lap^{7}

云　黑　呀　云　黑

乌云呀乌云，

8-1174

在　里　加　务　好

Ywq　ndaw　caj　huj　hau

jɯ^{5}　daɯ^{1}　kja^{3}　hu^{3}　haːu^{1}

在　里　等　云　白

还在等白云。

8-1175

同　勒　古　包　少

Doengh　lawh　guh　mbauq　sau

toŋ^{2}　ləɯ^{6}　ku^{4}　baːu^{5}　θaːu^{1}

相　换　做　小伙　姑娘

交心做朋友，

8-1176

同　交　古　备　农

Doengh　gyau　guh　beix　nuengx

toŋ^{2}　kjaːu^{1}　ku^{4}　pi^{4}　nuːŋ^{4}

相　交　做　兄　妹

结交成兄妹。

男唱

8–1177

本	**论**	**务**	**三**	**层**
Mbwn	laep	huj	sam	caengz
bɯn^{1}	lap^{7}	hu^{3}	θa:n^{1}	çaŋ^{2}
天	黑	云	三	层

乌云罩青天，

8–1178

强	**忠**	**空**	**米**	**庙**
Giengz	fangz	ndwi	miz	miuh
ki:ŋ^{2}	fa:ŋ^{2}	du:i^{1}	mi^{2}	mi:u^{6}
像	鬼	不	有	庙

似孤魂野鬼。

8–1179

务	**更**	**本**	**论**	**了**
Huj	gwnz	mbwn	laep	liux
hu^{3}	kɯn^{2}	bɯn^{1}	lap^{7}	li:u^{4}
云	上	天	黑	完

乌云罩青天，

8–1180

沙	**田**	**邦**	**不**	**米**
Ra	dieg	baengh	mbouj	miz
ɹa^{1}	ti:k^{8}	paŋ^{6}	bou^{5}	mi^{2}
找	地	靠	不	有

无安生之地。

女唱

8–1181

本	**论**	**务**	**三**	**层**
Mbwn	laep	huj	sam	caengz
bɯn^{1}	lap^{7}	hu^{3}	θa:n^{1}	çaŋ^{2}
天	黑	云	三	层

乌云罩青天，

8–1182

强	**忠**	**空**	**米**	**庙**
Giengz	fangz	ndwi	miz	miuh
ki:ŋ^{2}	fa:ŋ^{2}	du:i^{1}	mi^{2}	mi:u^{6}
像	鬼	不	有	庙

似孤魂野鬼。

8–1183

务	**更**	**本**	**论**	**了**
Huj	gwnz	mbwn	laep	liux
hu^{3}	kɯn^{2}	bɯn^{1}	lap^{7}	li:u^{4}
云	上	天	黑	完

乌云罩青天，

8–1184

利	**邦**	**备**	**古**	**三**
Lij	baengh	beix	guh	san
li^{4}	paŋ^{6}	pi^{4}	ku^{4}	θa:n^{1}
还	靠	兄	做	山

有兄做靠山。

男唱

8-1185

本	**论**	**务**	**三**	**层**
Mbwn	laep	huj	sam	caengz
bɯn^{1}	lap^{7}	hu^{3}	θaːn^{1}	ɕaŋ^{2}
天	黑	云	三	层

乌云罩青天，

8-1186

强	**忠**	**空**	**米**	**罗**
Giengz	fangz	ndwi	miz	loh
kiːŋ^{2}	faːŋ^{2}	duːi^{1}	mi^{2}	lo^{6}
像	鬼	不	有	路

似孤魂野鬼。

8-1187

包	**少**	**付**	**样**	**勾**
Mbauq	sau	fouz	yiengh	ngaeu
baːu^{5}	θaːu^{1}	fu^{2}	jɯːŋ^{6}	ŋau^{1}
小伙	姑娘	浮	样	钩

兄妹情未定，

8-1188

备	**不**	**知**	**说**	**而**
Beix	mbouj	rox	naeuz	rawz
pi^{4}	bou^{5}	ɹo^{4}	nau^{2}	ɹaɯ^{2}
兄	不	知	说	什么

兄无须多言。

女唱

8-1189

本	**论**	**务**	**三**	**层**
Mbwn	laep	huj	sam	caengz
bɯn^{1}	lap^{7}	hu^{3}	θaːn^{1}	ɕaŋ^{2}
天	黑	云	三	层

乌云罩青天，

8-1190

强	**忠**	**空**	**米**	**罗**
Giengz	fangz	ndwi	miz	loh
kiːŋ^{2}	faːŋ^{2}	duːi^{1}	mi^{2}	lo^{6}
像	鬼	不	有	路

似孤魂野鬼。

8-1191

务	**更**	**本**	**论**	**托**
Huj	gwnz	mbwn	laep	doh
hu^{3}	kɯn^{2}	bɯn^{1}	lap^{7}	to^{6}
云	上	天	黑	遍

乌云遮住天，

8-1192

知	**农**	**友**	**卜**	**而**
Rox	nuengx	youx	boux	lawz
ɹo^{4}	nuːŋ^{4}	ju^{4}	pu^{4}	laɯ^{2}
知	妹	友	人	哪

不识我情侣。

男唱

8-1193

本 论 务 三 层

Mbwn laep huj sam caengz

bɯn^{1} lap^{7} hu^{3} θa:n^{1} ɕaŋ^{2}

天 黑 云 三 层

乌云罩青天，

8-1194

强 忠 空 米 庙

Giengz fangz ndwi miz miuh

ki:ŋ^{2} fa:ŋ^{2} du:i^{1} mi^{2} mi:u^{6}

像 鬼 不 有 庙

似孤魂野鬼。

8-1195

务 师 本 是 了

Huj cw mbwn cix liux

hu^{3} ɕɯ^{1} bɯn^{1} ɕi^{4} li:u^{4}

云 遮 天 就 算

云遮天也罢，

8-1196

备 古 友 给 你

Beix guh youx hawj mwngz

pi^{4} ku^{4} ju^{4} həɯ^{3} mɯŋ^{2}

兄 做 友 给 你

哥做你情友。

女唱

8-1197

本 论 务 三 层

Mbwn laep huj sam caengz

bɯn^{1} lap^{7} hu^{3} θa:n^{1} ɕaŋ^{2}

天 黑 云 三 层

乌云罩青天，

8-1198

老 知 反 头 团

Lau rox fan gyaeuj donz

la:u^{1} ɹo^{4} fa:n^{1} kjau^{3} to:n^{2}

怕 知 反 头 团

怕改姓易代。

8-1199

你 走 定 刚 观

Mwngz yamq din gangq gonq

mɯŋ^{2} ja:m^{5} tin^{1} ka:ŋ^{5} ko:n^{5}

你 走 脚 先 前

你一马当先，

8-1200

是 办 份 土 你

Cix baenz faenh duz mwngz

ɕi^{4} pan^{2} fan^{6} tu^{2} mɯŋ^{2}

就 成 份 的 你

必不虚此行。

男唱

8–1201

本 论 务 三 层

Mbwn laep huj sam caengz

bɯn^{1} lap^{7} hu^{3} θaːn^{1} ɕaŋ^{2}

天 黑 云 三 层

乌云罩青天，

8–1202

老 知 反 头 代

Lau rox fan gyaeuj daiz

laːu^{1} ɹo^{4} faːn^{1} kjau^{3} taːi^{2}

怕 知 反 头 台

怕大官落马。

8–1203

反 秀 貝 大 才

Fan ciuh bae dah raix

faːn^{1} ɕiːu^{6} pai^{1} ta^{6} ɹaːi^{4}

反 世 去 实 在

世态若炎凉，

8–1204

备 托 乃 跟 你

Beix doek naiq riengz mwngz

pi^{4} tok^{7} naːi^{5} ɹiːŋ^{2} mɯŋ^{2}

兄 落 累 跟 你

兄为你感伤。

女唱

8–1205

本 论 务 三 层

Mbwn laep huj sam caengz

bɯn^{1} lap^{7} hu^{3} θaːn^{1} ɕaŋ^{2}

天 黑 云 三 层

乌云罩青天，

8–1206

老 知 反 头 代

Lau rox fan gyaeuj daiz

laːu^{1} ɹo^{4} faːn^{1} kjau^{3} taːi^{2}

怕 知 反 头 台

怕大官落马。

8–1207

可 利 土 在 才

Goj lix dou ywq caih

ko^{5} li^{4} tu^{1} jɯ^{5} ɕaːi^{6}

也 剩 我 在 在

只要有我在，

8–1208

八 托 乃 备 银

Bah doek naiq beix ngaenz

pa^{6} tok^{7} naːi^{5} pi^{4} ŋan^{2}

莫急 落 累 兄 银

情哥莫感伤。

男唱

8-1209

本 论 务 三 层

Mbwn laep huj sam caengz

bɯn^{1} lap^{7} hu^{3} θa:n^{1} çaŋ^{2}

天 黑 云 三 层

乌云罩青天，

8-1210

老 知 反 天 下

Lau rox fan denh yah

la:u^{1} ɹo^{4} fa:n^{1} ti:n^{1} ja^{6}

怕 知 翻 天 下

怕天翻地覆。

8-1211

反 秀 貝 是 八

Fan ciuh bae cix bah

fa:n^{1} çi:u^{6} pai^{1} çi^{4} pa^{6}

翻 世 去 就 罢

改朝不要紧，

8-1212

天 下 利 双 僗

Denh yah lij song raeuz

ti:n^{1} ja^{6} li^{4} θo:ŋ^{1} ɹau^{2}

天 下 还 两 我们

还有我俩在。

女唱

8-1213

本 论 务 三 层

Mbwn laep huj sam caengz

bɯn^{1} lap^{7} hu^{3} θa:n^{1} çaŋ^{2}

天 黑 云 三 层

乌云罩青天，

8-1214

老 知 反 天 下

Lau rox fan denh yah

la:u^{1} ɹo^{4} fa:n^{1} ti:n^{1} ja^{6}

怕 知 翻 天 下

怕天翻地覆。

8-1215

反 秀 貝 是 八

Fan ciuh bae cix bah

fa:n^{1} çi:u^{6} pai^{1} çi^{4} pa^{6}

翻 世 去 就 罢

任世事变迁，

8-1216

可 利 农 伴 龙

Goj lij nuengx buenx lungz

ko^{5} li^{4} nu:ŋ^{4} pu:n^{4} luŋ^{2}

可 还 妹 伴 龙

情妹永伴哥。

男唱

8-1217

务	**更**	**本**	**全**	**刀**
Huj	gwnz	mbwn	cienj	dauq
hu^{3}	kɯn^{2}	bɯn^{1}	çu:n^{3}	ta:u^{5}
云	上	天	转	回

天上云翻覆，

8-1218

义	**又**	**老**	**外**	**贝**
Ngeix	youh	lau	vaij	bae
ȵi^{4}	jou^{4}	la:u^{1}	va:i^{3}	pai^{1}
想	又	怕	过	去

仍心有余悸。

8-1219

爱	**讲**	**满**	**跟**	**美**
Ngaiq	gangj	monh	riengz	maez
ŋa:i^{5}	ka:ŋ^{3}	mo:n^{6}	ɹi:ŋ^{2}	mai^{2}
爱	讲	情	跟	爱

爱谈情说爱，

8-1220

老	**少**	**贝**	**不**	**刀**
Lau	sau	bae	mbouj	dauq
la:u^{1}	θa:u^{1}	pai^{1}	bou^{5}	ta:u^{5}
怕	姑娘	去	不	回

怕妹不复返。

女唱

8-1221

务	**更**	**本**	**全**	**刀**
Huj	gwnz	mbwn	cienj	dauq
hu^{3}	kɯn^{2}	bɯn^{1}	çu:n^{3}	ta:u^{5}
云	上	天	转	回

天上云翻覆，

8-1222

义	**又**	**老**	**外**	**贝**
Ngeix	youh	lau	vaij	bae
ȵi^{4}	jou^{4}	la:u^{1}	va:i^{3}	pai^{1}
想	又	怕	过	去

仍心有余悸。

8-1223

观	**讲**	**满**	**跟**	**美**
Gonq	gangj	monh	riengz	maez
ko:n^{5}	ka:ŋ^{3}	mo:n^{6}	ɹi:ŋ^{2}	mai^{2}
前	讲	情	跟	爱

论谈情说爱，

8-1224

邦	**而**	**不**	**当**	**姓**
Biengz	lawz	mbouj	dangq	singq
pi:ŋ^{2}	laɯ^{2}	bou^{5}	ta:ŋ^{5}	θiŋ^{5}
地方	哪	不	另	姓

异姓兄妹多。

男唱

8-1225

务	更	本	才	支
Huj	gwnz	mbwn	raiz	sei
hu^{3}	kɯn^{2}	bɯn^{1}	ɹa:i^{2}	θi^{1}
云	上	天	花纹	丝

云彩带花纹，

8-1226

手	特	皮	跟	间
Fwngz	dawz	biz	riengz	gen
fɯŋ^{2}	tәɯ^{2}	pi^{2}	ɹi:ŋ^{2}	ke:n^{1}
手	拿	匕首	跟	手臂

匕首不离身。

8-1227

务	更	本	同	专
Huj	gwnz	mbwn	doengz	cienj
hu^{3}	kɯn^{2}	bɯn^{1}	toŋ^{2}	ɕu:n^{3}
云	上	天	同	转

天上云翻转，

8-1228

老	田	农	不	平
Lau	denz	nuengx	mbouj	bingz
la:u^{1}	te:n^{2}	nu:ŋ^{4}	bou^{5}	piŋ^{2}
怕	地	妹	不	平

此地不太平。

女唱

8-1229

务	更	本	才	格
Huj	gwnz	mbwn	raiz	gek
hu^{3}	kɯn^{2}	bɯn^{1}	ɹa:i^{2}	ke:k^{7}
云	上	天	花纹	格

云彩带花纹，

8-1230

又	说	额	不	平
Youh	naeuz	ngieg	mbouj	bingz
jou^{4}	nau^{2}	ŋe:k^{8}	bou^{5}	piŋ^{2}
又	说	蛟龙	不	平

还说不太平。

8-1231

务	才	格	不	真
Huj	raiz	gek	mbouj	caen
hu^{3}	ɹa:i^{2}	ke:k^{7}	bou^{5}	ɕin^{1}
云	花纹	格	不	真

云彩花不正，

8-1232

又	说	正	不	良
Youh	naeuz	cingz	mbouj	lengj
jou^{4}	nau^{2}	ɕiŋ^{2}	bou^{5}	le:ŋ^{6}
又	说	情	不	靓

说彩礼不好。

男唱

8–1233

务 更 本 才 支

Huj gwnz mbwn raiz sei

hu^{3} kɯn^{2} bɯn^{1} ɹa:i^{2} θi^{1}

云 上 天 花纹 丝

云彩呈花丝，

8–1234

手 特 皮 跟 间

Fwngz dawz biz riengz gen

fɯŋ^{2} təɯ^{2} pi^{2} ɹi:ŋ^{2} ke:n^{1}

手 拿 匕首 跟 手臂

匕首不离身。

8–1235

务 更 本 同 专

Huj gwnz mbwn doengz cienj

hu^{3} kɯn^{2} bɯn^{1} toŋ^{2} ɕu:n^{3}

云 上 天 同 转

天上云彩转，

8–1236

田 农 刀 佚 站

Denz nuengx dauq fwx soengz

te:n^{2} nu:ŋ^{4} ta:u^{5} fə^{4} θoŋ^{2}

地 妹 回 别人 站

妹落脚他乡。

女唱

8–1237

务 更 本 才 格

Huj gwnz mbwn raiz gek

hu^{3} kɯn^{2} bɯn^{1} ɹa:i^{2} ke:k^{7}

云 上 天 花纹 格

云彩呈花格，

8–1238

又 说 额 不 从

Youh naeuz ngieg mbouj coengz

jou^{4} nau^{2} ŋe:k^{8} bou^{5} ɕoŋ^{2}

又 说 蛟龙 不 从

还说不太平。

8–1239

自 写 田 四 方

Gag ce denz seiq fueng

ka:k^{8} ɕe^{1} te:n^{2} θei^{5} fu:ŋ^{1}

自 留 地 四 方

你背井离乡，

8–1240

又 说 同 不 爱

Youh naeuz doengz mbouj ngaiq

jou^{4} nau^{2} toŋ^{2} bou^{5} ŋa:i^{5}

又 说 同 不 爱

怪朋友不爱。

男唱

8-1241

务	**更**	**本**	**才**	**单**
Huj	gwnz	mbwn	raiz	gyan
hu^3	kɯn^2	bɯn^1	ɹaːi^2	kjaːn^1
云	上	天	花纹	干栏

云呈栏干纹，

8-1242

汉	**吃**	**水**	**吨**	**歪**
Hat	gwn	raemx	daemz	vaiz
haːt^7	kɯn^1	ɹan^4	tan^2	vaːi^2
渴	喝	水	塘	水牛

饮塘水解渴。

8-1243

合	**汉**	**不**	**老**	**代**
Hoz	hat	mbouj	lau	dai
ho^2	haːt^7	bou^5	laːu^1	taːi^1
喉	渴	不	怕	死

口渴不怕死，

8-1244

小	**财**	**加**	**土**	**观**
Souj	caiz	caj	dou	gonq
θiːu^3	ɕaːi^2	kja^3	tu^1	koːn^5
守	财	等	我	先

先为我守财。

女唱

8-1245

务	**更**	**本**	**才**	**单**
Huj	gwnz	mbwn	raiz	gyan
hu^3	kɯn^2	bɯn^1	ɹaːi^2	kjaːn^1
云	上	天	花纹	干栏

云呈栏干纹，

8-1246

汉	**吃**	**水**	**吨**	**牛**
Hat	gwn	raemx	daemz	cwz
haːt^7	kɯn^1	ɹan^4	tan^2	ɕɯ^2
渴	喝	水	塘	黄牛

饮塘水解渴。

8-1247

合	**汉**	**不**	**办**	**而**
Hoz	hat	mbouj	baenz	rawz
ho^2	haːt^7	bou^5	pan^2	ɹaɯ^2
喉	渴	不	成	什么

口渴不算啥，

8-1248

站	**时**	**一**	**可**	**得**
Soengz	seiz	ndeu	goj	ndaej
θoŋ^2	θi^2	deːu^1	ko^5	dai^3
站	时	一	也	得

站一下无妨。

男唱

8-1249

务 更 本 才 单

Huj gwnz mbwn raiz gyan

hu^{3} kɯn^{2} bɯn^{1} ɹa:i^{2} kja:n^{1}

云 上 天 花纹 干栏

云呈栏干纹，

8-1250

汉 吃 水 桥 付

Hat gwn raemx giuz fouz

ha:t^{7} kɯn^{1} ɹan^{4} ki:u^{2} fu^{2}

渴 喝 水 桥 浮

喝脏水解渴。

8-1251

小 些 古 友 土

Siuj sej guh youx dou

θi:u^{3} θe^{3} ku^{4} ju^{4} tu^{1}

姑 且 做 友 我

姑且为我友，

8-1252

忧 开 么 了 农

You gij maz liux nuengx

jou^{1} ka:i^{2} ma^{2} li:u^{4} nu:ŋ^{4}

忧 什 么 啰 妹

妹还忧虑啥？

女唱

8-1253

务 更 本 才 单

Huj gwnz mbwn raiz gyan

hu^{3} kɯn^{2} bɯn^{1} ɹa:i^{2} kja:n^{1}

云 上 天 花纹 干栏

云呈栏干纹，

8-1254

汉 吃 水 桥 付

Hat gwn raemx giuz fouz

ha:t^{7} kɯn^{1} ɹan^{4} ki:u^{2} fu^{2}

渴 喝 水 桥 浮

口渴喝脏水。

8-1255

小 些 古 友 土

Siuj sej guh youx dou

θi:u^{3} θe^{3} ku^{4} ju^{4} tu^{1}

姑 且 做 友 我

姑且为我友，

8-1256

洋 特 心 对 正

Yaeng dawz sim doiq cingq

jaŋ^{1} təɯ^{2} θin^{1} to:i^{5} çiŋ^{5}

再 拿 心 对 正

再放平心态。

男唱

8-1257

务　更　本　才　单

Huj gwnz mbwn raiz gyan

hu^{3} kɯn^{2} bɯn^{1} ɹa:i^{2} kja:n^{1}

云　上　天　花纹　干栏

云呈栏干纹，

8-1258

汉　吃　水　桥　头

Hat gwn raemx giuz daeuz

ha:t^{7} kɯn^{1} ɹan^{4} ki:u^{2} tau^{2}

渴　喝　水　桥　头

口渴喝脏水。

8-1259

汉　元　是　利　说

Hanx yenz cix lij naeuz

ha:n^{4} je:n^{6} ɕi^{4} li^{4} nau^{2}

古　书　就　还　说

古书上记载，

8-1260

讲　文　偻　皮　清

Gangj vunz raeuz biz gingq

ka:ŋ^{3} vun^{2} ɹau^{2} pi^{2} kiŋ^{5}

讲　人　我们　必　经

讲人类起源。

女唱

8-1261

务　更　本　才　单

Huj gwnz mbwn raiz gyan

hu^{3} kɯn^{2} bɯn^{1} ɹa:i^{2} kja:n^{1}

云　上　天　花纹　干栏

云呈栏干纹，

8-1262

汉　吃　水　桥　头

Hat gwn raemx giuz daeuz

ha:t^{7} kɯn^{1} ɹan^{4} ki:u^{2} tau^{2}

渴　喝　水　桥　头

口渴喝脏水。

8-1263

关　伏　是　年　偻

Gvan fwx cix nem raeuz

kwan^{1} fə^{4} ɕi^{4} ne:m^{1} ɹau^{2}

夫　别人　就　贴　我们

人夫愿跟我，

8-1264

不　是　生　王　岁

Mbouj cix saemq vuengz saeq

bou^{5} ɕi^{4} θan^{5} vu:ŋ^{2} θai^{5}

不　是　庚　王　小

我俩非发小。

男唱

8-1265

务	**更**	**本**	**才**	**单**
Huj	gwnz	mbwn	raiz	gyan
hu^{3}	kɯn^{2}	bɯn^{1}	ɹaːi^{2}	kjaːn^{1}
云	上	天	花纹	干栏

云呈栏干纹，

8-1266

汉	**吃**	**水**	**桥**	**头**
Hat	gwn	raemx	giuz	daeuz
haːt^{7}	kɯn^{1}	ɹan^{4}	kiːu^{2}	tau^{2}
渴	喝	水	桥	头

口渴喝脏水。

8-1267

农	**不**	**特**	**句**	**偻**
Nuengx	mbouj	dawz	coenz	raeuz
nuːŋ^{4}	bou^{5}	təɯ^{2}	kjon^{2}	ɹau^{2}
妹	不	拿	句	我们

妹不听我说，

8-1268

长	**刘**	**外**	**桥**	**灯**
Ciengz	liuz	vaij	giuz	daemq
ɕiːŋ^{2}	liːu^{2}	vaːi^{3}	kiːu^{2}	tan^{5}
常	常	过	桥	低

终生走歧路。

女唱

8-1269

务	**更**	**本**	**才**	**单**
Huj	gwnz	mbwn	raiz	gyan
hu^{3}	kɯn^{2}	bɯn^{1}	ɹaːi^{2}	kjaːn^{1}
云	上	天	花纹	干栏

云呈栏干纹，

8-1270

汉	**吃**	**水**	**桥**	**头**
Hat	gwn	raemx	giuz	daeuz
haːt^{7}	kɯn^{1}	ɹan^{4}	kiːu^{2}	tau^{2}
渴	喝	水	桥	头

口渴喝脏水。

8-1271

偻	**刀**	**可**	**爱**	**偻**
Raeuz	dauq	goj	ngaiq	raeuz
ɹau^{2}	taːu^{5}	ko^{5}	ŋaːi^{5}	ɹau^{2}
我们	倒	也	爱	我们

我俩相爱慕，

8-1272

不	**卜**	**帮**	**偻**	**祘**
Mbouj	boux	bangh	raeuz	suenq
bou^{5}	pu^{4}	paːŋ^{1}	ɹau^{2}	θuːn^{5}
无	人	帮	我们	算

无人帮筹谋。

男唱

8-1273

务	**更**	**本**	**才**	**单**
Huj	gwnz	mbwn	raiz	gyan
hu^{3}	kɯn^{2}	bɯn^{1}	ɹa:i^{2}	kja:n^{1}
云	**上**	**天**	**花纹**	**干栏**

云呈栏干纹，

8-1274

汉	**吃**	**水**	**桥**	**单**
Hat	gwn	raemx	giuz	dan
ha:t^{7}	kɯn^{1}	ɹan^{4}	ki:u^{2}	ta:n^{1}
渴	**喝**	**水**	**桥**	**滩**

口渴喝脏水。

8-1275

山	**背**	**阳**	**不**	**堂**
Bya	boih	ndit	mbouj	daengz
pja^{1}	po:i^{6}	dit^{7}	bou^{5}	taŋ^{2}
山	**背**	**阳光**	**不**	**到**

阴面无阳光，

8-1276

务	**反**	**贝**	**反**	**刀**
Huj	fan	bae	fan	dauq
hu^{3}	fa:n^{1}	pai^{1}	fa:n^{1}	ta:u^{5}
云	**翻**	**去**	**翻**	**回**

风云多翻覆。

女唱

8-1277

务	**更**	**本**	**才**	**单**
Huj	gwnz	mbwn	raiz	gyan
hu^{3}	kɯn^{2}	bɯn^{1}	ɹa:i^{2}	kja:n^{1}
云	**上**	**天**	**花纹**	**干栏**

云呈栏干纹，

8-1278

汉	**吃**	**水**	**桥**	**单**
Hat	gwn	raemx	giuz	dan
ha:t^{7}	kɯn^{1}	ɹan^{4}	ki:u^{2}	ta:n^{1}
渴	**喝**	**水**	**桥**	**滩**

口渴喝脏水。

8-1279

讲	**真**	**定**	**么**	**江**
Gangj	caen	dingh	maq	gyang
ka:ŋ^{3}	ɕin^{1}	tiŋ^{6}	ma^{5}	kja:ŋ^{1}
讲	**真**	**定**	**嘛**	**友**

怎能说得准，

8-1280

润	**反**	**务**	**是**	**全**
Rumz	fan	huj	cix	cienj
ɹun^{2}	fa:n^{1}	hu^{3}	ɕi^{4}	ɕu:n^{3}
风	**翻**	**云**	**就**	**转**

风云多变幻。

男唱

8-1281

务 更 本 才 单

Huj gwnz mbwn raiz gyan

hu^{3} kɯn^{2} bɯn^{1} ɹa:i^{2} kja:n^{1}

云 上 天 花纹 干栏

云呈栏干纹，

8-1282

汉 吃 水 桥 单

Hat gwn raemx giuz dan

ha:t^{7} kɯn^{1} ɹan^{4} ki:u^{2} ta:n^{1}

渴 喝 水 桥 滩

口渴喝脏水。

8-1283

山 背 阳 不 堂

Bya boih ndit mbouj daengz

pja^{1} po:i^{6} dit^{7} bou^{5} taŋ^{2}

山 背 阳光 不 到

阴面无阳光，

8-1284

文 下 仿 牙 仿

Fwn roengz bengx yah bengx

vun^{1} ɹoŋ^{2} pe:ŋ^{4} ja^{6} pe:ŋ^{4}

雨 下 纷 呀 纷

山雨落纷纷。

女唱

8-1285

务 更 本 才 单

Huj gwnz mbwn raiz gyan

hu^{3} kɯn^{2} bɯn^{1} ɹa:i^{2} kja:n^{1}

云 上 天 花纹 干栏

云呈栏干纹，

8-1286

汉 吃 水 桥 单

Hat gwn raemx giuz dan

ha:t^{7} kɯn^{1} ɹan^{4} ki:u^{2} ta:n^{1}

渴 喝 水 桥 滩

口渴喝脏水。

8-1287

山 背 阳 不 堂

Bya boih ndit mbouj daengz

pja^{1} po:i^{6} dit^{7} bou^{5} taŋ^{2}

山 背 阳光 不 到

阴面无阳光，

8-1288

文 下 邦 庆 远

Fwn roengz biengz ging yenj

vun^{1} ɹoŋ^{2} pi:ŋ^{2} kiŋ^{3} ju:n^{6}

雨 下 地方 庆 远

庆远下大雨。

男唱

8-1289
更 本 三 层 务
Gwnz mbwn sam caengz huj
kɯn^{2} bɯn^{1} θa:n^{1} ɕaŋ^{2} hu^{3}
上 天 三 层 云
天上三重云，

8-1290
拉 地 四 层 润
Laj deih seiq caengz rumz
la^{3} tei^{6} θei^{5} ɕaŋ^{2} ɹun^{2}
下 地 四 层 风
地上大风吹。

8-1291
忧 苗 不 堂 更
You miuz mbouj daengz gwnz
jou^{1} mi:u^{2} bou^{5} taŋ^{2} kɯn^{2}
忧 禾苗 不 到 上
怕禾苗不长，

8-1292
文 拉 本 代 了
Vunz laj mbwn dai liux
vun^{2} la^{3} bɯn^{1} ta:i^{1} li:u^{4}
人 下 天 死 完
天下人饿死。

女唱

8-1293
务 是 全 用 本
Huj cix cienj byongh mbwn
hu^{3} ɕi^{4} ɕu:n^{3} pjo:ŋ^{6} bɯn^{1}
云 是 转 半 天
云在空中转，

8-1294
润 是 吹 拉 地
Rumz cix ci laj deih
ɹun^{2} ɕi^{4} ɕi^{1} la^{3} tei^{6}
风 是 吹 下 地
风在地上吹。

8-1295
务 刀 师 拉 里
Huj dauq cw ndau ndeiq
hu^{3} ta:u^{5} ɕɯ^{1} dau^{1} di^{5}
云 倒 遮 星 星
云层遮星辰，

8-1296
内 备 祘 不 通
Neix beix suenq mbouj doeng
ni^{4} pi^{4} θu:n^{5} bou^{5} toŋ^{1}
这 兄 算 不 通
情哥无计施。

男唱

8-1297

务	**是**	**全**	**用**	**本**
Huj	cix	cienj	byongh	mbwn
hu³	çi⁴	çuːn³	pjoːŋ⁶	bɯn¹
云	是	转	半	天

云在空中转，

8-1298

润	**是**	**吹**	**拉**	**地**
Rumz	cix	ci	laj	deih
ɹun²	çi⁴	çi¹	la³	tei⁶
风	是	吹	下	地

风在地上吹。

8-1299

务	**刀**	**师**	**拉**	**里**
Huj	dauq	cw	ndau	ndeiq
hu³	taːu⁵	çɯ¹	dau¹	di⁵
云	倒	遮	星	星

云层遮星辰，

8-1300

采	**拉**	**地**	**不**	**说**
Byaij	laj	deih	mbouj	naeuz
pjaːi³	la³	tei⁶	bou⁵	nau²
走	下	地	不	说

也无计可施。

女唱

8-1301

务	**不**	**知**	**古**	**务**
Huj	mbouj	rox	guh	huj
hu³	bou⁵	ɹo⁴	ku⁴	hu³
云	不	知	做	云

云不会做云，

8-1302

全	**邦**	**伏**	**又**	**文**
Cienj	biengz	fwx	youh	fwn
çuːn³	piːŋ²	fə⁴	jou⁴	vun¹
转	地方	别人	又	雨

转动就下雨。

8-1303

润	**不**	**知**	**古**	**润**
Rumz	mbouj	rox	guh	rumz
ɹun²	bou⁵	ɹo⁴	ku⁴	ɹun²
风	不	知	做	风

风不会做风，

8-1304

后	**邦**	**文**	**貝**	**在**
Haeuj	biengz	vunz	bae	ywq
hau³	piːŋ²	vun²	pai¹	jɯ⁵
进	地方	人	去	住

在此地停留。

男唱

8–1305

务	**不**	**知**	**古**	**务**
Huj	mbouj	rox	guh	huj
hu^{3}	bou^{5}	ɹo^{4}	ku^{4}	hu^{3}
云	不	知	做	云

云不会做云，

8–1306

全	**邦**	**文**	**又**	**文**
Cienj	biengz	vunz	youh	fwn
ɕu:n^{3}	pi:ŋ^{2}	vun^{2}	jou^{4}	vun^{1}
转	地方	人	又	雨

翻滚就下雨。

8–1307

润	**不**	**知**	**古**	**润**
Rumz	mbouj	rox	guh	rumz
ɹun^{2}	bou^{5}	ɹo^{4}	ku^{4}	ɹun^{2}
风	不	知	做	风

风不会做风，

8–1308

堂	**用**	**本**	**又**	三
Daengz	byongh	mbwn	youh	sanq
taŋ^{2}	pjo:ŋ^{6}	bɯn^{1}	jou^{4}	θa:n^{5}
到	半	天	又	散

到空中又散。

女唱

8–1309

务	**不**	**知**	**古**	**务**
Huj	mbouj	rox	guh	huj
hu^{3}	bou^{5}	ɹo^{4}	ku^{4}	hu^{3}
云	不	知	做	云

云不会做云，

8–1310

全	**邦**	**文**	**又**	**文**
Cienj	biengz	vunz	youh	fwn
ɕu:n^{3}	pi:ŋ^{2}	vun^{2}	jou^{4}	vun^{1}
转	地方	人	又	雨

翻滚就下雨。

8–1311

务	**是**	**全**	**用**	**本**
Huj	cix	cienj	byongh	mbwn
hu^{3}	ɕi^{4}	ɕu:n^{3}	pjo:ŋ^{6}	bɯn^{1}
云	是	转	半	天

云在天空转，

8–1312

润	**是**	**吹**	**尾**	**会**
Rumz	cix	ci	byai	faex
ɹun^{2}	ɕi^{4}	ɕi^{1}	pja:i^{1}	fai^{4}
风	是	吹	尾	树

风吹动树梢。

男唱

8–1313

务	**是**	**全**	**用**	**本**
Huj	cix	cienj	byongh	mbwn
hu^{3}	ɕi^{4}	ɕuːn^{3}	pjoːŋ^{6}	bɯn^{1}
云	是	转	半	天

云在天空转，

8–1314

润	**是**	**吹**	**尾**	**会**
Rumz	cix	ci	byai	faex
ɹun^{2}	ɕi^{4}	ɕi^{1}	pjaːi^{1}	fai^{4}
风	是	吹	尾	树

风吹动树梢。

8–1315

润	**吹**	**狼**	**同**	**得**
Rumz	ci	langh	doengh	ndaej
ɹun^{2}	ɕi^{1}	laːŋ^{6}	toŋ^{2}	dai^{3}
风	吹	若	相	得

若得风相助，

8–1316

结	**卜**	**妻**	**广**	**英**
Giet	boh	maex	gvangj	in
kiːt^{7}	po^{6}	mai^{4}	kwaːŋ^{3}	in^{1}
结	夫	妻	广	姻

让夫妻完婚。

女唱

8–1317

务	**是**	**全**	**用**	**本**
Huj	cix	cienj	byongh	mbwn
hu^{3}	ɕi^{4}	ɕuːn^{3}	pjoːŋ^{6}	bɯn^{1}
云	是	转	半	天

云在天空转，

8–1318

润	**是**	**吹**	**尾**	**会**
Rumz	cix	ci	byai	faex
ɹun^{2}	ɕi^{4}	ɕi^{1}	pjaːi^{1}	fai^{4}
风	是	吹	尾	树

风吹动树梢。

8–1319

双	**偻**	**狼**	**同**	**得**
Song	raeuz	langh	doengh	ndaej
θoːŋ^{1}	ɹau^{2}	laːŋ^{6}	toŋ^{2}	dai^{3}
两	我们	若	相	得

若我俩成亲，

8–1320

利	**口**	**务**	**跟**	**润**
Lij	gaeuj	huj	riengz	rumz
li^{4}	kau^{3}	hu^{3}	ɹiːŋ^{2}	ɹun^{2}
还	看	云	跟	风

得益于上天。

男唱

8–1321

务 是 全 用 本

Huj cix cienj byongh mbwn

hu^3 ɕi^4 ɕuːn^3 pjoːŋ^6 bɯn^1

云 是 转 半 天

云在天空转，

8–1322

润 是 吹 拉 笂

Rumz cix ci laj yiuj

ɹun^2 ɕi^4 ɕi^1 la^3 jiːu^3

风 是 吹 下 仓

风吹谷仓下。

8–1323

特 句 土 貝 折

Dawz coenz dou bae euj

təɯ^2 kjon^2 tu^1 pai^1 eːu^3

拿 句 我 去 折

抛弃我的话，

8–1324

老 秀 农 貝 空

Lauq ciuh nuengx bae ndwi

laːu^5 ɕiːu^6 nuːŋ^4 pai^1 duːi^1

误 世 妹 去 空

枉费了青春。

女唱

8–1325

务 是 全 用 本

Huj cix cienj byongh mbwn

hu^3 ɕi^4 ɕuːn^3 pjoːŋ^6 bɯn^1

云 是 转 半 天

云在天空转，

8–1326

润 是 吹 拉 笂

Rumz cix ci laj yiuj

ɹun^2 ɕi^4 ɕi^1 la^3 jiːu^3

风 是 吹 下 仓

风吹谷仓下。

8–1327

少 跟 包 同 刘

Sau riengz mbauq doengz liuh

θaːu^1 ɹiŋ^2 baːu^5 toŋ^2 liːu^6

姑娘 跟 小伙 同 游

兄妹一起玩，

8–1328

又 老 秀 开 么

Youh lauq ciuh gij maz

jou^4 laːu^5 ɕiːu^6 kaːi^2 ma^2

又 误 世 什 么

必不枉青春。

男唱

8-1329

润	**吹**	**貝**	**吹**	**貝**
Rumz	ci	bae	ci	bae
ɹun^{2}	ɕi^{1}	pai^{1}	ɕi^{1}	pai^{1}
风	吹	去	吹	去

风不断吹走，

8-1330

知	**日**	**而**	**得**	**刀**
Rox	ngoenz	rawz	ndaej	dauq
ɹo^{4}	ŋon^{2}	ɹaɯ^{2}	dai^{3}	taːu^{5}
知	天	什么	得	回

不知何时回。

8-1331

润	**吹**	**貝**	**达**	**老**
Rumz	ci	bae	dah	laux
ɹun^{2}	ɕi^{1}	pai^{1}	ta^{6}	laːu^{4}
风	吹	去	河	大

风吹到河边，

8-1332

几	**时**	**刀**	**马**	**王**
Geij	seiz	dauq	ma	vaengz
ki^{3}	θi^{2}	taːu^{5}	ma^{1}	vaŋ^{2}
几	时	回	来	潭

何时回潭边？

女唱

8-1333

润	**吹**	**拜**	**庆**	**远**
Rumz	ci	baih	ging	yenj
ɹun^{2}	ɕi^{1}	paːi^{6}	kiŋ^{3}	juːn^{6}
风	吹	边	庆	远

风往庆远吹，

8-1334

务	**全**	**拜**	**皮**	**义**
Huj	cienj	baih	bienz	nyiz
hu^{3}	ɕuːn^{3}	paːi^{6}	piːn^{2}	ȵi^{2}
云	转	边	便	宜

云往山中转。

8-1335

山	**背**	**是**	**开**	**立**
Bya	boih	cix	gaej	liz
pja^{1}	poːi^{6}	ɕi^{4}	kaːi^{5}	li^{2}
山	背	是	莫	离

阴面相依偎，

8-1336

润	**吹**	**是**	**开**	**三**
Rumz	ci	cix	gaej	sanq
ɹun^{2}	ɕi^{1}	ɕi^{4}	kaːi^{5}	θaːn^{5}
风	吹	是	莫	散

别被风吹散。

男唱

8-1337

润	**牙**	**吹**	**是**	**吹**
Rumz	yah	ci	cix	ci
ɹun²	ja⁶	ɕi¹	ɕi⁴	ɕi¹
风	呀	吹	就	吹

冷风随意吹，

8-1338

不	**老**	**立**	**对**	**伴**
Mbouj	lau	liz	doiq	buenx
bou⁵	la:u¹	li²	to:i⁵	pu:n⁴
不	怕	离	对	伴

不怕离情友。

8-1339

务	**牙**	**全**	**是**	**全**
Huj	yah	cienj	cix	cienj
hu³	ja⁶	ɕu:n³	ɕi⁴	ɕu:n³
云	呀	转	就	转

乌云随意转，

8-1340

不	**老**	**伴**	**贝**	**南**
Mbouj	lau	buenx	bae	nanz
bou⁵	la:u¹	pu:n⁴	pai¹	na:n²
不	怕	伴	去	久

不怕久别离。

女唱

8-1341

润	**吹**	**拜**	**庆**	**远**
Rumz	ci	baih	ging	yenj
ɹun²	ɕi¹	pa:i⁶	kiŋ³	ju:n⁶
风	吹	边	庆	远

风朝庆远吹，

8-1342

务	**全**	**拜**	**皮**	**义**
Huj	cienj	baih	bienz	nyiz
hu³	ɕu:n³	pa:i⁶	pi:n²	ȵi²
云	转	边	便	宜

云往山中转。

8-1343

润	**吹**	**吉**	**它**	**吉**
Rumz	ci	giz	daz	giz
ɹun²	ɕi¹	ki²	ta²	ki²
风	吹	处	又	处

风儿到处吹，

8-1344

吹	**后**	**邦**	三	**王**
Ci	haeuj	biengz	sam	vangz
ɕi¹	hau³	pi:ŋ²	θa:n¹	va:ŋ²
吹	进	地方	三	王

吹进婆王殿。

男唱

8–1345

润	**吹**	**拜**	**它**	**斗**
Rumz	ci	baih	de	daeuj
ɹun^{2}	ɕi^{1}	paːi^{6}	te^{1}	tau^{3}
风	吹	边	那	来

风从那边来，

8–1346

作	**果**	**后**	**是**	**付**
Coq	go	haeux	cix	fouz
ɕo^{5}	ko^{1}	hau^{4}	ɕi^{4}	fu^{2}
放	棵	米	就	浮

禾苗会倒下。

8–1347

润	**吹**	**拜**	**柳**	**州**
Rumz	ci	baih	louj	couh
ɹun^{2}	ɕi^{1}	paːi^{6}	lou^{4}	ɕou^{1}
风	吹	边	柳	州

风往柳州吹，

8–1348

老	**论**	**土**	**貝**	**了**
Lau	lumz	dou	bae	liux
laːu^{1}	lun^{2}	tu^{1}	pai^{1}	liːu^{4}
怕	忘	我	去	啰

怕得新忘旧。

女唱

8–1349

润	**吹**	**拜**	**它**	**斗**
Rumz	ci	baih	de	daeuj
ɹun^{2}	ɕi^{1}	paːi^{6}	te^{1}	tau^{3}
风	吹	边	那	来

风从那边来，

8–1350

作	**果**	**后**	**是**	**反**
Coq	go	haeux	cix	fan
ɕo^{5}	ko^{1}	hau^{4}	ɕi^{4}	faːn^{1}
放	棵	米	就	翻

禾苗被吹翻。

8–1351

润	**吹**	**拜**	**东**	**兰**
Rumz	ci	baih	doeng	lanz
ɹun^{2}	ɕi^{1}	paːi^{6}	toŋ^{1}	laːn^{2}
风	吹	边	东	兰

风往东兰吹，

8–1352

写	**南**	**是**	**论**	**那**
Ce	nanz	cix	lumz	naj
ɕe^{1}	naːn^{2}	ɕi^{4}	lun^{2}	na^{3}
留	久	就	忘	脸

久别易相忘。

男唱

8–1353

润	吹	拜	它	斗
Rumz	ci	baih	de	daeuj
ɹun^{2}	ɕi^{1}	pa:i^{6}	te^{1}	tau^{3}
风	吹	边	那	来

风从那边来，

8–1354

作	果	后	是	付
Coq	go	haeux	cix	fouz
ɕo^{5}	ko^{1}	hau^{4}	ɕi^{4}	fu^{2}
放	棵	米	就	浮

禾苗会倒下。

8–1355

润	吹	拜	柳	州
Rumz	ci	baih	louj	couh
ɹun^{2}	ɕi^{1}	pa:i^{6}	lou^{4}	ɕou^{1}
风	吹	边	柳	州

风往柳州吹，

8–1356

心	你	付	知	不
Sim	mwngz	fouz	rox	mbouj
θin^{1}	mɯŋ^{2}	fu^{2}	ɹo^{4}	bou^{5}
心	你	浮	或	不

你是否心烦？

女唱

8–1357

润	吹	拜	它	斗
Rumz	ci	baih	de	daeuj
ɹun^{2}	ɕi^{1}	pa:i^{6}	te^{1}	tau^{3}
风	吹	边	那	来

风从那边来，

8–1358

作	果	后	是	付
Coq	go	haeux	cix	fouz
ɕo^{5}	ko^{1}	hau^{4}	ɕi^{4}	fu^{2}
放	棵	米	就	浮

禾苗会倒下。

8–1359

润	吹	拜	柳	州
Rumz	ci	baih	louj	couh
ɹun^{2}	ɕi^{1}	pa:i^{6}	lou^{4}	ɕou^{1}
风	吹	边	柳	州

风往柳州吹，

8–1360

心	付	是	开	怨
Sim	fouz	cix	gaej	yonq
θin^{1}	fu^{2}	ɕi^{4}	ka:i^{5}	jo:n^{5}
心	浮	就	莫	怨

心烦你莫怨。

男唱

8-1361

润 吹 拜 它 斗

Rumz ci baih de daeuj

ɹun^{2} ɕi^{1} pa:i^{6} te^{1} tau^{3}

风 吹 边 那 来

风从那边来，

8-1362

作 果 后 是 荣

Coq go haeux cix yungz

ɕo^{5} ko^{1} hau^{4} ɕi^{4} juŋ^{2}

放 棵 米 就 溶

禾苗被吹烂。

8-1363

润 吹 拜 广 东

Rumz ci baih gvangj doeng

ɹun^{2} ɕi^{1} pa:i^{6} kwa:ŋ^{3} toŋ^{1}

风 吹 边 广 东

风向广东吹，

8-1364

勒 龙 不 田 读

Lwg lungz mbouj dieg douh

lɯk^{8} luŋ^{2} bou^{5} ti:k^{8} tou^{6}

子 龙 不 地 栖息

情哥无处靠。

女唱

8-1365

润 吹 拜 它 斗

Rumz ci baih de daeuj

ɹun^{2} ɕi^{1} pa:i^{6} te^{1} tau^{3}

风 吹 边 那 来

风从那边来，

8-1366

作 果 后 是 荣

Coq go haeux cix yungz

ɕo^{5} ko^{1} hau^{4} ɕi^{4} juŋ^{2}

放 棵 米 就 溶

禾苗被吹烂。

8-1367

润 吹 拜 广 东

Rumz ci baih gvangj doeng

ɹun^{2} ɕi^{1} pa:i^{6} kwa:ŋ^{3} toŋ^{1}

风 吹 边 广 东

风向广东吹，

8-1368

龙 是 代 更 天

Lungz cix dai gwnz denh

luŋ^{2} ɕi^{4} ta:i^{1} kɯn^{2} ti:n^{1}

龙 就 死 上 天

哥死在天上。

男唱

8–1369

润 吹 拜 庆 远

Rumz ci baih ging yenj

ɹun^{2} çi^{1} pa:i^{6} kiŋ^{3} ju:n^{6}

风 吹 边 庆 远

风朝庆远吹，

8–1370

务 全 拜 难 逃

Huj cienj baih nanz dauz

hu^{3} çu:n^{3} pa:i^{6} na:n^{2} ta:u^{2}

云 转 边 难 逃

乌云被吹散。

8–1371

被 难 告 它 告

Deng nanz gau daz gau

te:ŋ^{1} na:n^{2} ka:u^{1} ta^{2} ka:u^{1}

挨 难 次 又 次

屡屡遭大难，

8–1372

好 老 不 了 农

Ndei lau mbouj liux nuengx

dei^{1} la:u^{1} bou^{5} li:u^{4} nu:ŋ^{4}

好 怕 不 啰 妹

妹是否担忧？

女唱

8–1373

润 吹 拜 庆 远

Rumz ci baih ging yenj

ɹun^{2} çi^{1} pa:i^{6} kiŋ^{3} ju:n^{6}

风 吹 边 庆 远

风朝庆远吹，

8–1374

务 全 拜 难 逃

Huj cienj baih nanz dauz

hu^{3} çu:n^{3} pa:i^{6} na:n^{2} ta:u^{2}

云 转 边 难 逃

乌云被吹散。

8–1375

被 难 告 它 告

Deng nanz gau daz gau

te:ŋ^{1} na:n^{2} ka:u^{1} ta^{2} ka:u^{1}

挨 难 次 又 次

屡屡遭大难，

8–1376

好 老 是 开 勒

Ndei lau cix gaej lawh

dei^{1} la:u^{1} çi^{4} ka:i^{5} ləɯ^{6}

好 怕 就 莫 换

担忧便绝交。

男唱

8-1377

润	**吹**	**拜**	**庆**	**远**
Rumz	ci	baih	ging	yenj
ɹun^{2}	ɕi^{1}	paːi^{6}	kiŋ^{3}	juːn^{6}
风	吹	边	庆	远

风往庆远吹，

8-1378

务	**全**	**拜**	**难**	**逃**
Huj	cienj	baih	nanz	dauz
hu^{3}	ɕuːn^{3}	paːi^{6}	naːn^{2}	taːu^{2}
云	转	边	难	逃

乌云被吹散。

8-1379

被	**难**	**是**	**开**	**老**
Deng	nanz	cix	gaej	lau
teːŋ^{1}	naːn^{2}	ɕi^{4}	kaːi^{5}	laːu^{1}
挨	难	是	莫	怕

悲难何所惧，

8-1380

但	**包**	**少**	**岁**	**在**
Danh	mbauq	sau	caez	ywq
taːn^{6}	baːu^{5}	θaːu^{1}	ɕai^{2}	jɯ^{5}
但	小伙	姑娘	齐	在

但求情常在。

女唱

8-1381

润	**吹**	**拜**	**庆**	**远**
Rumz	ci	baih	ging	yenj
ɹun^{2}	ɕi^{1}	paːi^{6}	kiŋ^{3}	juːn^{6}
风	吹	边	庆	远

风吹往庆远，

8-1382

务	**全**	**拜**	**难**	**逃**
Huj	cienj	baih	nanz	dauz
hu^{3}	ɕuːn^{3}	paːi^{6}	naːn^{2}	taːu^{2}
云	转	边	难	逃

乌云被吹散。

8-1383

被	**难**	**告**	**它**	**告**
Deng	nanz	gau	daz	gau
teːŋ^{1}	naːn^{2}	kaːu^{1}	ta^{2}	kaːu^{1}
挨	难	次	又	次

屡屡遭大难，

8-1384

很	**果**	**桃**	**貝**	**满**
Hwnj	go	dauz	bae	muengh
hɯn^{3}	ko^{1}	taːu^{2}	pai^{1}	muːŋ^{6}
上	棵	桃	去	望

上桃树眺望。

男唱

8–1385

本	古	论	样	内
Mbwn	guh	laep	yiengh	neix
bɯn^{1}	ku^{4}	lap^{7}	jɯ:ŋ^{6}	ni^{4}
天	做	黑	样	这

天总这么黑，

8–1386

知	是	牙	下	文
Rox	cix	yaek	roengz	fwn
ɹo^{4}	ɕi^{4}	jak^{7}	ɹoŋ^{2}	vun^{1}
或	是	要	下	雨

会不会下雨。

8–1387

山	四	欢	冬	冬
Bya	cwx	ndot	doen	doen
pja^{1}	ɕɯ^{4}	do:t^{7}	ton^{1}	ton^{1}
山	社	闹	咚	咚

高山响惊雷，

8–1388

不	知	文	知	良
Mbouj	rox	fwn	rox	rengx
bou^{5}	ɹo^{4}	vun^{1}	ɹo^{4}	ɹe:ŋ^{4}
不	知	雨	或	旱

不知晴或雨。

女唱

8–1389

本	古	论	样	内
Mbwn	guh	laep	yiengh	neix
bɯn^{1}	ku^{4}	lap^{7}	jɯ:ŋ^{6}	ni^{4}
天	做	黑	样	这

天总这么黑，

8–1390

不	知	文	知	良
Mbouj	rox	fwn	rox	rengx
bou^{5}	ɹo^{4}	vun^{1}	ɹo^{4}	ɹe:ŋ^{4}
不	知	雨	或	旱

不知晴或雨。

8–1391

四	处	全	考	润
Seiq	cih	gyonj	gauj	rumz
θei^{5}	ɕi^{6}	kjo:n^{3}	ka:u^{3}	ɹun^{2}
四	处	都	搅	风

四面都刮风，

8–1392

不	文	牙	可	良
Mbouj	fwn	yax	goj	rengx
bou^{5}	vun^{1}	ja^{5}	ko^{5}	ɹe:ŋ^{4}
不	雨	也	可	旱

不雨就是晴。

男唱

8-1393

月	**米**	**九**	**日**	**良**
Ndwen	miz	gouj	ngoenz	rengx
du:n^{1}	mi^{2}	kjou^{3}	ŋon^{2}	ɹe:ŋ^{4}
月	有	九	天	旱

每月九天晴，

8-1394

义	**十**	**一**	**日**	**文**
Ngeih	cib	it	ngoenz	fwn
ȵi^{6}	ɕit^{8}	it^{7}	ŋon^{2}	vun^{1}
二	十	一	天	雨

二十一天雨。

8-1395

求	**三**	**娅**	**更**	**本**
Gouz	sam	yah	gwnz	mbwn
kjou^{2}	θa:n^{1}	ja^{6}	kɯn^{2}	bɯn^{1}
求	三	婆	上	天

求天上三婆，

8-1396

古	**文**	**开**	**古**	**良**
Guh	fwn	gaej	guh	rengx
ku^{4}	vun^{1}	ka:i^{5}	ku^{4}	ɹe:ŋ^{4}
做	雨	莫	做	旱

要雨不要晴。

女唱

8-1397

本	**论**	**牙**	**下**	**斗**
Mbwn	laep	yaek	roengz	daeuj
bɯn^{1}	lap^{7}	jak^{7}	ɹoŋ^{2}	tau^{3}
天	黑	要	下	来

如黑云压城，

8-1398

更	**本**	**自**	**良**	**样**
Gwnz	mbwn	gag	lingh	yiengh
kɯn^{2}	bɯn^{1}	ka:k^{8}	le:ŋ^{6}	jɯ:ŋ^{6}
上	天	自	另	样

天色不一样。

8-1399

划	**手**	**古**	**务**	**光**
Vad	fwngz	guh	huj	gvengq
va:t^{8}	fɯŋ^{2}	ku^{4}	hu^{3}	kwe:ŋ^{5}
招	手	做	云	光

伸手拨乌云，

8-1400

两	**是**	**不**	**火**	**特**
Liengj	cix	mbouj	hoj	dawz
li:ŋ^{3}	ɕi^{4}	bou^{5}	ho^{3}	təɯ^{2}
伞	就	不	用	拿

就不用带伞。

男唱

8-1401

日	下	三	告	文
Ngoenz	roengz	sam	gau	fwn
ŋon^{2}	ɹoŋ^{2}	θaːn^{1}	kaːu^{1}	vun^{1}
天	下	三	次	雨

每天三场雨，

8-1402

老	更	本	米	蒙
Lau	gwnz	mbwn	miz	mok
laːu^{1}	kɯn^{2}	bɯn^{1}	mi^{2}	moːk^{7}
怕	上	天	有	雾

怕乌云密布。

8-1403

少	在	远	空	知
Sau	ywq	gyae	ndwi	rox
θaːu^{1}	jɯ^{5}	kjai^{1}	duːi^{1}	ɹo^{4}
姑娘	在	远	不	知

妹离远不知，

8-1404

来	备	可	文	荣
Laih	beix	goj	vuen	yungz
laːi^{6}	pi^{4}	ko^{5}	vuːn^{1}	juŋ^{2}
以为	兄	也	欢	乐

以为兄好过。

女唱

8-1405

开	斗	来	了	文
Gaej	daeuj	lai	liux	fwn
kaːi^{5}	tau^{3}	laːi^{1}	liːu^{4}	vun^{1}
莫	来	多	啰	雨

雨莫下太多，

8-1406

身	吨	不	好	在
Ndang	dumz	mbouj	ndei	ywq
daːŋ^{1}	tum^{2}	bou^{5}	dei^{1}	jɯ^{5}
身	湿	不	好	在

湿身不舒服。

8-1407

八	列	龙	小	女
Bah	leh	lungz	siuj	nawx
pa^{6}	le^{6}	luŋ^{2}	θiːu^{3}	nɯ^{4}
唉	啃	龙	小	女

可怜小龙女，

8-1408

伴	备	采	罗	王
Buenx	beix	byaij	loh	vang
puːn^{4}	pi^{4}	pjaːi^{3}	lo^{6}	vaːŋ^{1}
伴	兄	走	路	横

陪兄走小路。

男唱

8-1409

开	**斗**	**来**	**了**	**文**
Gaej	daeuj	lai	liux	fwn
kaːi^{5}	tau^{3}	laːi^{1}	liːu^{4}	vun^{1}
莫	来	多	啰	雨

雨莫下太多，

8-1410

身	**吨**	**不**	**好**	**在**
Ndang	dumz	mbouj	ndei	ywq
daːŋ^{1}	tum^{2}	bou^{5}	dei^{1}	jɯ^{5}
身	湿	不	好	在

衣湿不舒服。

8-1411

好	**办**	**龙**	**小**	**女**
Ndei	baenz	lungz	siuj	nawx
dei^{1}	pan^{2}	luŋ^{2}	θiːu^{3}	nɯ^{4}
好	成	龙	小	女

靓过小龙女，

8-1412

办	**妻**	**伕**	**貝**	**空**
Baenz	maex	fwx	bae	ndwi
pan^{2}	mai^{4}	fə^{4}	pai^{1}	duːi^{1}
成	妻	别人	去	空

枉为别人妻。

女唱

8-1413

日	**斗**	**三**	**相**	**文**
Ngoenz	daeuj	sam	ciengz	fwn
ŋon^{2}	tau^{3}	θaːn^{1}	ɕiːŋ^{2}	vun^{1}
天	来	三	场	雨

每天三场雨，

8-1414

牙	**不**	**吨**	**叶**	**会**
Yax	mbouj	dumz	mbaw	faex
ja^{5}	bou^{5}	tum^{2}	baɯ^{1}	fai^{4}
也	不	湿	叶	树

淋不到树叶。

8-1415

日	**古**	**三**	**相**	**哭**
Ngoenz	guh	sam	ciengz	daej
ŋon^{2}	ku^{4}	θaːn^{1}	ɕiːŋ^{2}	tai^{3}
天	做	三	场	哭

每天哭三场，

8-1416

要	**不**	**得**	**友**	**文**
Aeu	mbouj	ndaej	youx	vunz
au^{1}	bou^{5}	dai^{3}	ju^{4}	vun^{2}
要	不	得	友	人

娶不到情友。

男唱

8–1417

文 牙 斗 是 斗
Fwn yaek daeuj cix daeuj
vun^{1} jak^{7} tau^{3} ɕi^{4} tau^{3}
雨 要 来 就 来
雨要下就下，

8–1418

不 老 吨 堂 身
Mbouj lau dumz daengz ndang
bou^{5} la:u^{1} tum^{2} taŋ^{2} da:ŋ^{1}
不 怕 湿 到 身
不怕湿到身。

8–1419

土 特 两 貝 扛
Dou dawz liengj bae gang
tu^{1} təɯ^{2} li:ŋ^{3} pai^{1} ka:ŋ^{1}
我 拿 伞 去 撑
我用伞去挡，

8–1420

不 老 身 你 美
Mbouj lau ndang mwngz mbaeq
bou^{5} la:u^{1} da:ŋ^{1} mɯŋ^{2} bai^{5}
不 怕 身 你 湿
不怕你淋湿。

女唱

8–1421

文 牙 斗 是 斗
Fwn yaek daeuj cix daeuj
vun^{1} jak^{7} tau^{3} ɕi^{4} tau^{3}
雨 要 来 就 来
雨要下就下，

8–1422

不 老 吨 堂 同
Mbouj lau dumz daengz doengz
bou^{5} la:u^{1} tum^{2} taŋ^{2} toŋ^{2}
不 怕 湿 到 同
不怕被淋湿。

8–1423

文 下 貝 蒙 蒙
Fwn roengz bae moengz moengz
vun^{1} ɹoŋ^{2} pai^{1} moŋ^{2} moŋ^{2}
雨 下 去 蒙 蒙
细雨蒙蒙下，

8–1424

方 而 方 不 斗
Fueng lawz fueng mbouj daeuj
fu:ŋ^{1} laɯ^{2} fu:ŋ^{1} bou^{5} tau^{3}
方 哪 方 不 来
何处不被淋？

男唱

8-1425

文	可	斗	可	斗
Fwn	goj	daeuj	goj	daeuj
vun^{1}	ko^{5}	tau^{3}	ko^{5}	tau^{3}
雨	也	来	也	来

雨总下不停，

8-1426

空	得	造	苗	红
Ndwi	ndaej	caux	miuz	hong
duːi^{1}	dai^{3}	ɕaːu^{4}	miːu^{2}	hoːŋ^{1}
不	得	造	禾苗	工

没办法播种。

8-1427

文	可	下	可	下
Fwn	goj	roengz	goj	roengz
vun^{1}	ko^{5}	ɹoŋ^{2}	ko^{5}	ɹoŋ^{2}
雨	也	下	也	下

雨总下不停，

8-1428

苗	红	不	卜	单
Miuz	hong	mbouj	boux	danq
miːu^{2}	hoːŋ^{1}	bou^{5}	pu^{4}	taːn^{5}
禾苗	工	无	人	承担

庄稼无人管。

女唱

8-1429

文	可	斗	可	斗
Fwn	goj	daeuj	goj	daeuj
vun^{1}	ko^{5}	tau^{3}	ko^{5}	tau^{3}
雨	也	来	也	来

雨总下不停，

8-1430

不	得	造	苗	红
Mbouj	ndaej	caux	miuz	hong
bou^{5}	dai^{3}	ɕaːu^{4}	miːu^{2}	hoːŋ^{1}
不	得	造	禾苗	工

没办法播种。

8-1431

文	可	下	可	下
Fwn	goj	roengz	goj	roengz
vun^{1}	ko^{5}	ɹoŋ^{2}	ko^{5}	ɹoŋ^{2}
雨	也	下	也	下

雨总下不停，

8-1432

造	苗	红	元	往
Caux	miuz	hong	ien	uengj
ɕaːu^{4}	miːu^{2}	hoːŋ^{1}	juːn^{1}	vaːŋ^{3}
造	禾苗	工	冤	枉

庄稼无收成。

男唱

8-1433

文	**牙**	**斗**	**是**	**斗**
Fwn	yaek	daeuj	cix	daeuj
vun^{1}	jak^{7}	tau^{3}	ɕi^{4}	tau^{3}
雨	要	来	就	来

雨要下就下，

8-1434

土	**可**	**朵**	**拉**	**令**
Dou	goj	ndoj	laj	rin
tu^{1}	ko^{5}	do^{3}	la^{3}	ɹin^{1}
我	也	躲	下	石

我躲岩石下。

8-1435

润	**牙**	**飞**	**是**	**飞**
Rumz	yax	mbin	cix	mbin
ɹun^{6}	ja^{5}	bin^{1}	ɕi^{4}	bin^{1}
风	要	飞	就	飞

任凭狂风吹，

8-1436

土	**要**	**令**	**古**	**两**
Dou	aeu	rin	guh	liengj
tu^{1}	au^{1}	ɹin^{1}	ku^{4}	liːŋ^{3}
我	要	石	做	伞

我以石为伞。

女唱

8-1437

文	**牙**	**下**	**是**	**下**
Fwn	yaek	roengz	cix	roengz
vun^{1}	jak^{7}	ɹoŋ^{2}	ɕi^{4}	ɹoŋ^{2}
雨	要	下	就	下

雨要下就下，

8-1438

土	**可**	**站**	**拉**	**两**
Dou	goj	soengz	laj	liengj
tu^{1}	ko^{5}	θoŋ^{2}	la^{3}	liːŋ^{3}
我	也	站	下	伞

我有伞来遮。

8-1439

贵	**牙**	**强**	**是**	**强**
Gwiz	yaek	giengz	cix	giengz
kɯi^{2}	jak^{7}	kiːŋ^{2}	ɕi^{4}	kiːŋ^{2}
丈夫	要	犟	就	犟

夫君要逞强，

8-1440

土	**装**	**样**	**土**	**貝**
Dou	cang	yiengh	dou	bae
tu^{1}	ɕaːŋ^{1}	jɯːŋ^{6}	tu^{1}	pai^{1}
我	装	样	我	去

我打扮出走。

男唱

8-1441

文 牙 下 是 下

Fwn yaek roengz cix roengz

vun^{1} jak^{7} ɹoŋ^{2} ɕi^{4} ɹoŋ^{2}

雨 要 下 就 下

雨要下就下，

8-1442

土 可 站 拉 毛

Dou goj soengz laj mauh

tu^{1} ko^{5} θoŋ^{2} la^{3} maːu^{6}

我 可 站 下 帽

我用帽遮挡。

8-1443

秀 牙 老 是 老

Ciuh yaek laux cix laux

ɕiːu^{6} jak^{7} laːu^{4} ɕi^{4} laːu^{4}

世 要 老 就 老

人要老就老，

8-1444

但 少 包 利 作

Danh sau mbauq lij coz

taːn^{6} θaːu^{1} baːu^{5} li^{4} ɕo^{2}

但 姑娘 小伙 还 年轻

我们还年轻。

女唱

8-1445

文 牙 斗 是 斗

Fwn yaek daeuj cix daeuj

vun^{1} jak^{7} tau^{3} ɕi^{4} tau^{3}

雨 要 来 就 来

雨要下就下，

8-1446

土 可 站 拉 桥

Dou goj soengz laj giuz

tu^{1} ko^{5} θoŋ^{2} la^{3} kiːu^{2}

我 可 站 下 桥

桥下可躲雨。

8-1447

邦 牙 笑 是 笑

Bangx yaek riu cix riu

paːŋ^{4} jak^{7} ɹiːu^{1} ɕi^{4} ɹiːu^{1}

旁 要 笑 就 笑

路人笑就笑，

8-1448

外 桥 可 米 对

Vaij giuz goj miz doih

vaːi^{3} kiːu^{2} ko^{5} mi^{2} toːi^{6}

过 桥 也 有 伙伴

此生有人伴。

男唱

8–1449
文 托 占 托 占
Fwn doek canz doek canz
vun¹ tok⁷ ɕaːn² tok⁷ ɕaːn²
雨 落 潺潺 落 潺潺
雨声沙沙响，

8–1450
托 更 占 拉 司
Doek gwnz canz laj swj
tok⁷ kɯn² ɕaːn² la³ θɯ³
落 上 晒台 下 偏屋
淋晒台偏屋。

8–1451
文 斗 偻 岁 在
Fwn daeuj raeuz caez ywq
vun¹ tau³ ɹau² ɕai² jɯ⁵
雨 来 我们 齐 在
雨中我俩在，

8–1452
罗 河 偻 岁 貝
Loh haw raeuz caez bae
lo⁶ həɯ¹ ɹau² ɕai² pai¹
路 圩 我们 齐 去
赶圩咱同行。

女唱

8–1453
文 托 占 托 占
Fwn doek canz doek canz
vun¹ tok⁷ ɕaːn² tok⁷ ɕaːn²
雨 落 潺潺 落 潺潺
雨声沙沙响，

8–1454
托 更 占 拉 司
Doek gwnz canz laj swj
tok⁷ kɯn² ɕaːn² la³ θɯ³
落 上 晒台 下 偏屋
淋晒台偏屋。

8–1455
文 斗 貝 邦 伕
Fwn daeuj bae biengz fwx
vun¹ tau³ pai¹ piːŋ² fə⁴
雨 来 去 地方 别人
雨天走他乡，

8–1456
明 利 刀 知 空
Cog lij dauq rox ndwi
ɕoːk⁸ li⁴ taːu⁵ ɹo⁴ duːi¹
将来 还 回 或 不
你可有归期？

男唱

8–1457

文 托 占 托 占

Fwn doek canz doek canz

vun^1 tok^7 ɕa:n^2 tok^7 ɕa:n^2

雨 落 潺潺 落 潺潺

雨声沙沙响，

8–1458

托 更 占 拉 架

Doek gwnz canz laj gyaz

tok^7 kɯn^2 ɕa:n^2 la^3 kja^2

落 上 晒台 下 草丛

淋晒台草丛。

8–1459

文 斗 吨 开 瓦

Fwn daeuj daemj gaiq ngvax

vun^1 tau^3 tan^3 ka:i^5 ŋwa^4

雨 来 碰 块 瓦

雨打落瓦片，

8–1460

坏 苗 加 你 貝

Vaih miuz gyaj mwngz bae

va:i^6 mi:u^2 kja^3 mɯŋ^2 pai^1

坏 禾苗 秧 你 去

压坏你庄稼。

女唱

8–1461

文 托 占 托 占

Fwn doek canz doek canz

vun^1 tok^7 ɕa:n^2 tok^7 ɕa:n^2

雨 落 潺潺 落 潺潺

雨声沙沙响，

8–1462

托 更 占 拉 架

Doek gwnz canz laj gyaz

tok^7 kɯn^2 ɕa:n^2 la^3 kja^2

落 上 晒台 下 草丛

淋晒台草丛。

8–1463

文 斗 貝 是 八

Fwn daeuj bae cix bah

vun^1 tau^3 pai^1 ɕi^4 pa^6

雨 来 去 就 算

雨天走算了，

8–1464

在 牙 反 交 春

Ywq yax fanz gyau cin

jɯ^5 ja^5 fa:n^2 kja:u^1 ɕun^1

在 也 烦 交 春

立春又烦心。

男唱

8–1465

文	**托**	**占**	**托**	**占**
Fwn	doek	canz	doek	canz
vun^{1}	tok^{7}	ɕa:n^{2}	tok^{7}	ɕa:n^{2}
雨	**落**	**潺潺**	**落**	**潺潺**

雨声沙沙响，

8–1466

托	**更**	**占**	**拉**	**架**
Doek	gwnz	canz	laj	gyaz
tok^{7}	kɯn^{2}	ɕa:n^{2}	la^{3}	kja^{2}
落	**上**	**晒台**	**下**	**草丛**

淋晒台草丛。

8–1467

山	**牙**	**拉**	**是**	**拉**
Bya	yaek	lak	cix	lak
pja^{1}	jak^{7}	la:k^{7}	ɕi^{4}	la:k^{7}
山	**要**	**崩塌**	**就**	**崩塌**

雨把山冲垮，

8–1468

但	**拉**	**巴**	**开**	**下**
Danh	laj	baq	gaej	roengz
ta:n^{6}	la^{3}	pa^{5}	ka:i^{5}	ɹoŋ^{2}
但	**下**	**坡**	**莫**	**下**

但坡岭未塌。

女唱

8–1469

文	**托**	**占**	**托**	**占**
Fwn	doek	canz	doek	canz
vun^{1}	tok^{7}	ɕa:n^{2}	tok^{7}	ɕa:n^{2}
雨	**落**	**潺潺**	**落**	**潺潺**

雨声沙沙响，

8–1470

托	**更**	**占**	**拉**	**罗**
Doek	gwnz	canz	laj	roq
tok^{7}	kɯn^{2}	ɕa:n^{2}	la^{3}	ɹo^{5}
落	**上**	**晒台**	**下**	**屋檐**

淋檐下晒台。

8–1471

文	**斗**	**吨**	**桥**	**果**
Fwn	daeuj	dumz	giuz	gox
vun^{1}	tau^{3}	tum^{2}	ki:u^{2}	ko^{4}
雨	**来**	**湿**	**桥**	**角落**

雨把桥打湿，

8–1472

沙	**田**	**朵**	**不**	**米**
Ra	dieg	ndoj	mbouj	miz
ɹa^{1}	ti:k^{8}	do^{3}	bou^{5}	mi^{2}
找	**地**	**躲**	**不**	**有**

无处可安身。

男唱

8-1473

文	托	占	托	占
Fwn	doek	canz	doek	canz
vun¹	tok⁷	ɕaːn²	tok⁷	ɕaːn²
雨	落	潺潺	落	潺潺

雨声沙沙响，

8-1474

托	更	占	拉	笂
Doek	gwnz	canz	laj	yiuj
tok⁷	kun²	ɕaːn²	la³	jiːu³
落	上	晒台	下	仓

淋晒台米仓。

8-1475

文	斗	吨	老	表
Fwn	daeuj	dumz	laux	biuj
vun¹	tau³	tum²	laːu⁴	piːu³
雨	来	湿	老	表

雨淋湿伴侣，

8-1476

造	秀	不	同	跟
Caux	ciuh	mbouj	doengh	riengz
ɕaːu⁴	ɕiːu⁶	bou⁵	toŋ²	ɹiːŋ²
造	世	不	相	跟

咱俩难成家。

女唱

8-1477

文	托	占	托	占
Fwn	doek	canz	doek	canz
vun¹	tok⁷	ɕaːn²	tok⁷	ɕaːn²
雨	落	潺潺	落	潺潺

雨声沙沙响，

8-1478

托	更	占	拉	令
Doek	gwnz	canz	laj	ringq
tok⁷	kun²	ɕaːn²	la³	ɹiŋ³
落	上	晒台	下	碗架

淋晒台碗架。

8-1479

声	欢	刀	好	听
Sing	fwen	dauq	ndei	dingq
θiŋ¹	vuːn¹	taːu⁵	dei¹	tiŋ⁵
声	歌	倒	好	听

歌声倒动听，

8-1480

友	内	姓	韦	么
Youx	neix	singq	vae	maz
ju⁴	ni⁴	θiŋ⁵	vai¹	ma²
友	这	姓	姓	什么

朋友你贵姓？

男唱

8-1481

文	托	占	托	占
Fwn	doek	canz	doek	canz
vun^{1}	tok^{7}	çaːn^{2}	tok^{7}	çaːn^{2}
雨	落	潺潺	落	潺潺

雨声沙沙响，

8-1482

托	更	占	尾	会
Doek	gwnz	canz	byai	faex
tok^{7}	kɯn^{2}	çaːn^{2}	pjaːi^{1}	fai^{4}
落	上	晒台	尾	树

淋晒台树梢。

8-1483

听	声	欢	是	得
Dingq	sing	fwen	cix	ndaej
tiŋ^{5}	θiŋ^{1}	vuːn^{1}	çi^{4}	dai^{3}
听	声	歌	就	得

听歌就听歌，

8-1484

问	姓	岁	古	而
Cam	singq	caez	guh	rawz
çaːm^{1}	θiŋ^{5}	çai^{2}	ku^{4}	ɹaɯ^{2}
问	姓	齐	做	什么

何必问姓名？

女唱

8-1485

文	斗	貝	邦	伕
Fwn	daeuj	bae	biengz	fwx
vun^{1}	tau^{3}	pai^{1}	piːŋ^{2}	fə^{4}
雨	来	去	地方	别人

雨天走他乡，

8-1486

务	刀	克	邦	偻
Huj	dauq	gwz	biengz	raeuz
hu^{3}	taːu^{5}	kə^{4}	piːŋ^{2}	ɹau^{2}
云	回	去	地方	我们

晴时归故土。

8-1487

伕	沙	庙	偻	轻
Fwx	ra	miuh	raeuz	mbaeu
fə^{4}	ɹa^{1}	miːu^{6}	ɹau^{2}	bau^{1}
别人	找	庙	我们	轻

路人找对庙，

8-1488

文	刀	反	古	良
Fwn	dauq	fan	guh	rengx
vun^{1}	taːu^{5}	faːn^{1}	ku^{4}	ɹeːŋ^{4}
雨	倒	反	做	旱

雨天变晴天。

男唱

8-1489

良　三　比　好　汉

Rengx sam bi hau hanq

ɹe:ŋ^{4} θa:n^{1} pi^{1} ha:u^{1} ha:n^{5}

旱　三　年　白　灿灿

久旱土变白，

8-1490

天　牙　干　苗　春

Denh yaek ganq miuz cin

ti:n^{1} jak^{7} ka:n^{5} mi:u^{2} ɕun^{1}

天　要　照料　禾苗　春

天要顾春耕。

8-1491

头　衣　不　下　文

Gyaeuj hih mbouj roengz fwn

kjau^{3} ji^{5} bou^{5} ɹoŋ^{2} vun^{1}

头　圩　不　下　雨

圩边不下雨，

8-1492

更　本　很　代　六

Gwnz mbwn hwnj daih loeg

kɯn^{2} bɯn^{1} hɯn^{3} ta:i^{6} lok^{8}

上　天　起　苔　绿

天宫长青苔。

女唱

8-1493

头　衣　不　下　文

Gyaeuj hih mbouj roengz fwn

kjau^{3} ji^{5} bou^{5} ɹoŋ^{2} vun^{1}

头　圩　不　下　雨

圩边不下雨，

8-1494

更　本　很　代　六

Gwnz mbwn hwnj daih loeg

kɯn^{2} bɯn^{1} hɯn^{3} ta:i^{6} lok^{8}

上　天　起　苔　绿

天宫长青苔。

8-1495

结　三　层　拉　蒙

Giet sam caengz laj mok

ki:t^{7} θa:n^{1} ɕaŋ^{2} la^{3} mo:k^{7}

结　三　层　下　雾

云层结成块，

8-1496

文　下　托　牙　难

Fwn roengz doh yax nanz

vun^{1} ɹoŋ^{2} to^{6} ja^{5} na:n^{2}

雨　下　遍　也　难

下大雨也难。

男唱

8–1497

本	**良**	**板**	**内**	**乃**
Mbwn	rengx	ban	neix	naih
bɯn^{1}	ɹeːŋ^{4}	paːn^{1}	ni^{4}	naːi^{6}
天	旱	这	么	久

天旱这么久，

8–1498

粒	**歪**	**铁**	**好**	**占**
Ngveih	faiq	dek	hau	canz
ŋwei^{6}	vaːi^{5}	teːk^{7}	haːu^{1}	ɕaːn^{2}
粒	棉	裂	白	灿灿

棉籽晒干裂。

8–1499

本	**良**	**板**	**内**	**南**
Mbwn	rengx	ban	neix	nanz
bɯn^{1}	ɹeːŋ^{4}	paːn^{1}	ni^{4}	naːn^{2}
天	旱	这	么	久

天旱这么久，

8–1500

应	**当**	**合**	**头**	**衣**
Wng	dang	hob	gyaeuj	hih
iŋ^{1}	taːŋ^{1}	hoːp^{8}	kjau^{3}	ji^{5}
应	当	合	头	圩

当聚集求雨。

女唱

8–1501

本	**良**	**板**	**内**	**乃**
Mbwn	rengx	ban	neix	naih
bɯn^{1}	ɹeːŋ^{4}	paːn^{1}	ni^{4}	naːi^{6}
天	旱	这	么	久

天旱这么久，

8–1502

粒	**歪**	**铁**	**好**	**全**
Ngveih	faiq	dek	hau	ronz
ŋwei^{6}	vaːi^{5}	teːk^{7}	haːu^{1}	ɹoːn^{2}
粒	棉	裂	白	穿

棉籽晒干裂。

8–1503

良	**三**	**义**	**九**	**月**
Rengx	sam	ngeih	gouj	ndwen
ɹeːŋ^{4}	θaːn^{1}	ȵi^{6}	kjou^{3}	duːn^{1}
旱	三	二	九	月

旱上几个月，

8–1504

利	**团**	**堂**	**知**	**不**
Lij	dwen	daengz	rox	mbouj
li^{4}	tɯːn^{1}	taŋ^{2}	ɹo^{4}	bou^{5}
还	提	到	或	不

是否还谈情？

男唱

8-1505

本	良	板	内	乃
Mbwn	rengx	ban	neix	naih
bɯn^{1}	ɹeːŋ^{4}	paːn^{1}	ni^{4}	naːi^{6}
天	旱	这	么	久

天旱这么久，

8-1506

粒	歪	铁	好	全
Ngveih	faiq	dek	hau	ronz
ŋwei^{6}	vaːi^{5}	teːk^{7}	haːu^{1}	ɹoːn^{2}
粒	棉	裂	白	穿

棉籽晒干裂。

8-1507

良	三	义	九	月
Rengx	sam	ngeih	gouj	ndwen
ɹeːŋ^{4}	θaːn^{1}	ȵi^{6}	kjou^{3}	duːn^{1}
旱	三	二	九	月

再旱几个月，

8-1508

不	团	正	牙	了
Mbouj	dwen	cingz	yax	liux
bou^{5}	tɯːn^{1}	ɕiŋ^{2}	ja^{5}	liːu^{4}
不	提	情	也	完

情不谈也断。

女唱

8-1509

良	三	比	样	内
Rengx	sam	bi	yiengh	neix
ɹeːŋ^{4}	θaːn^{1}	pi^{1}	jɯːŋ^{6}	ni^{4}
旱	三	年	样	这

如此旱三年，

8-1510

种	歪	不	出	叶
Ndaem	faiq	mbouj	ok	mbaw
nan^{1}	vaːi^{5}	bou^{5}	oːk^{7}	baɯ^{1}
种	棉	不	出	叶

种棉不发芽。

8-1511

本	古	良	斗	师
Mbwn	guh	rengx	daeuj	swz
bɯn^{1}	ku^{4}	ɹeːŋ^{4}	tau^{3}	θɯ^{2}
天	做	旱	来	辞

久旱无甘露，

8-1512

你	说	而	了	备
Mwngz	naeuz	rawz	liux	beix
mɯŋ^{2}	nau^{2}	ɹaɯ^{2}	liːu^{4}	pi^{4}
你	说	什么	啰	兄

你说怎么办？

男唱

8–1513

良	**三**	**比**	**样**	**内**
Rengx	sam	bi	yiengh	neix
ɹe:ŋ^4	θa:n^1	pi^1	jɯ:ŋ^6	ni^4
旱	三	年	样	这

连续旱三年，

8–1514

种	**歪**	**不**	**结**	**足**
Ndaem	faiq	mbouj	giet	gyouz
nan^1	va:i^5	bou^5	ki:t^7	kju^2
种	棉	不	结	棉球

种棉不丰收。

8–1515

良	**是**	**良**	**邦**	**初**
Rengx	cix	rengx	biengz	sou
ɹe:ŋ^4	ɕi^4	ɹe:ŋ^4	pi:ŋ^2	θu^1
旱	就	旱	地方	你们

你家乡遇旱，

8–1516

邦	**土**	**不**	**可**	**在**
Biengz	dou	mbouj	goj	ywq
pi:ŋ^2	tu^1	bou^5	ko^5	jɯ^5
地方	我	不	也	在

我家乡无灾。

女唱

8–1517

本	**古**	**良**	**能**	**斗**
Mbwn	guh	rengx	nyaenx	daeuj
bɯn^1	ku^4	ɹe:ŋ^4	ȵan^4	tau^3
天	做	旱	那么	来

天降大旱灾，

8–1518

种	**后**	**不**	**出**	**尾**
Ndaem	haeux	mbouj	ok	byai
nan^1	hau^4	bou^5	o:k^7	pja:i^1
种	米	不	出	尾

种粮无收成。

8–1519

比	**内**	**良**	**来**	**来**
Bi	neix	rengx	lai	lai
pi^1	ni^4	ɹe:ŋ^4	la:i^1	la:i^1
年	这	旱	多	多

今年天大旱，

8–1520

文	**江**	**开**	**代**	**了**
Vunz	gyang	gai	dai	liux
vun^2	kja:ŋ^1	ka:i^1	ta:i^1	li:u^4
人	中	街	死	完

街上人死光。

男唱

8–1521

良	**三**	**比**	**斗**	**连**
Rengx	sam	bi	daeuj	lienz
ɹeːŋ^{4}	θaːn^{1}	pi^{1}	tau^{3}	liːn^{2}
旱	三	年	来	连

连续旱三年，

8–1522

作	**南**	**坚**	**是**	**红**
Coq	namh	genq	cix	hoengz
ɕo^{5}	naːn^{6}	keːn^{5}	ɕi^{4}	hoŋ^{2}
放	土	硬	就	红

土变干变硬。

8–1523

良	**三**	**比**	**了**	**同**
Rengx	sam	bi	liux	doengz
ɹeːŋ^{4}	θaːn^{1}	pi^{1}	liːu^{4}	toŋ^{2}
旱	三	年	啰	同

天已旱三年，

8–1524

勒	**龙**	**牙**	**分**	**乜**
Lwg	lungz	yax	mbek	meh
lɯk^{8}	luŋ^{2}	ja^{5}	beːk^{7}	me^{6}
子	龙	也	分	母

龙子也逃荒。

女唱

8–1525

良	**三**	**比**	**斗**	**连**
Rengx	sam	bi	daeuj	lienz
ɹeːŋ^{4}	θaːn^{1}	pi^{1}	tau^{3}	liːn^{2}
旱	三	年	来	连

连续旱三年，

8–1526

作	**南**	**坚**	**是**	**红**
Coq	namh	genq	cix	hoengz
ɕo^{5}	naːn^{6}	keːn^{5}	ɕi^{4}	hoŋ^{2}
放	土	硬	就	红

土变干变硬。

8–1527

良	**三**	**比**	**广**	**东**
Rengx	sam	bi	gvangj	doeng
ɹeːŋ^{4}	θaːn^{1}	pi^{1}	kwaːŋ^{3}	toŋ^{1}
旱	三	年	广	东

广东旱三年，

8–1528

龙	**是**	**代**	**更**	**天**
Lungz	cix	dai	gwnz	denh
luŋ^{2}	ɕi^{4}	taːi^{1}	kɯn^{2}	tiːn^{1}
龙	就	死	上	天

天上龙旱死。

男唱

8–1529

良	**三**	**比**	**斗**	**连**
Rengx	sam	bi	daeuj	lienz
ɹeːŋ^{4}	θaːn^{1}	pi^{1}	tau^{3}	liːn^{2}
旱	**三**	**年**	**来**	**连**

连续旱三年，

8–1530

作	**南**	**坚**	**是**	**红**
Coq	namh	genq	cix	hoengz
ço^{5}	naːn^{6}	keːn^{5}	çi^{4}	hoŋ^{2}
放	**土**	**硬**	**就**	**红**

土变干变硬。

8–1531

良	**三**	**比**	**坤**	**刀**
Rengx	sam	bi	goenq	dauq
ɹeːŋ^{4}	θaːn^{1}	pi^{1}	kon^{5}	taːu^{5}
旱	**三**	**年**	**断**	**回**

旱三年不断，

8–1532

少	**是**	**付**	**生**	**衣**
Sau	cix	fouz	seng	eiq
θaːu^{1}	çi^{4}	fu^{2}	θeːŋ^{1}	ei^{5}
姑娘	**就**	**无**	**生**	**意**

妹就没生意。

女唱

8–1533

本	**古**	**良**	**作**	**那**
Mbwn	guh	rengx	coq	naz
bɯn^{1}	ku^{4}	ɹeːŋ^{4}	ço^{5}	na^{2}
天	**做**	**旱**	**放**	**田**

天旱田受灾，

8–1534

利	**邦**	**卡**	**水**	**莫**
Lij	baengh	ga	raemx	mboq
li^{4}	paŋ^{6}	ka^{1}	ɹan^{4}	bo^{5}
还	**靠**	**条**	**水**	**泉**

还指望泉水。

8–1535

良	**三**	**比**	**斗**	**作**
Rengx	sam	bi	daeuj	coq
ɹeːŋ^{4}	θaːn^{1}	pi^{1}	tau^{3}	ço^{5}
旱	**三**	**年**	**来**	**放**

三年受旱灾，

8–1536

利	**邦**	**莫**	**水**	**凉**
Lij	baengh	mboq	raemx	liengz
li^{4}	paŋ^{6}	bo^{5}	ɹan^{4}	liːŋ^{2}
还	**靠**	**泉**	**水**	**凉**

全靠清泉水。

男唱

8-1537

本　古　良　作　那

Mbwn guh rengx coq naz

bɯn^{1} ku^{4} ɹeːŋ^{4} ɕo^{5} na^{2}

天　做　旱　放　田

田地受旱灾，

8-1538

利　邦　卡　水　莫

Lij baengh ga raemx mboq

li^{4} paŋ^{6} ka^{1} ɹan^{4} bo^{5}

还　靠　条　水　泉

全靠有泉水。

8-1539

良　三　比　斗　作

Rengx sam bi daeuj coq

ɹeːŋ^{4} θaːn^{1} pi^{1} tau^{3} ɕo^{5}

旱　三　年　来　放

连遭三年旱，

8-1540

莫　不　太　论　王

Mboq mbouj daih lumj vaengz

bo^{5} bou^{5} taːi^{6} lun^{3} vaŋ^{2}

泉　不　太　像　潭

泉也难支撑。

女唱

8-1541

本　古　良　作　那

Mbwn guh rengx coq naz

bɯn^{1} ku^{4} ɹeːŋ^{4} ɕo^{5} na^{2}

天　做　旱　放　田

田地受旱灾，

8-1542

利　邦　卡　水　依

Lij baengh ga raemx rij

li^{4} paŋ^{6} ka^{1} ɹan^{4} ɹi^{3}

还　靠　条　水　溪

全靠有溪水。

8-1543

良　三　比　样　内

Rengx sam bi yiengh neix

ɹeːŋ^{4} θaːn^{1} pi^{1} juːŋ^{6} ni^{4}

旱　三　年　样　这

如此旱三年，

8-1544

问　你　备　说　而

Haemq mwngz beix naeuz rawz

han^{5} mɯŋ^{2} pi^{4} nau^{2} ɹaɯ^{2}

问　你　兄　说　什么

兄说怎么办？

男唱

8-1545

本	**古**	**良**	**作**	**那**
Mbwn	guh	rengx	coq	naz
bɯn1	ku4	ɹeːŋ4	ɕo5	na2
天	做	旱	放	田

田地受旱灾，

8-1546

利	**邦**	**卡**	**水**	**依**
Lij	baengh	ga	raemx	rij
li4	paŋ6	ka1	ɹan4	ɹi3
还	靠	条	水	溪

全靠有溪水。

8-1547

良	**三**	**比**	**样**	**内**
Rengx	sam	bi	yiengh	neix
ɹeːŋ4	θaːn1	pi1	jɯːŋ6	ni4
旱	三	年	样	这

如此旱三年，

8-1548

邦	**地**	**是**	**付**	**苗**
Biengz	deih	cix	fouz	miuz
piːŋ2	tei6	ɕi4	fu2	miːu2
地方	地	就	无	禾苗

禾苗全晒死。

女唱

8-1549

本	**古**	**良**	**作**	**那**
Mbwn	guh	rengx	coq	naz
bɯn1	ku4	ɹeːŋ4	ɕo5	na2
天	做	旱	放	田

田地受旱灾，

8-1550

利	**邦**	**卡**	**水**	**格**
Lij	baengh	ga	raemx	mbaek
li4	paŋ6	ka1	ɹan4	bak7
还	靠	条	水	梯田

全靠洼塘水。

8-1551

良	**作**	**南**	**是**	**铁**
Rengx	coq	namh	cix	dek
ɹeːŋ4	ɕo5	naːn6	ɕi4	teːk7
旱	放	土	就	裂

田地受旱灾，

8-1552

古	**内**	**分**	**双**	**偻**
Guh	neix	mbek	song	raeuz
ku4	ni4	beːk7	θoːŋ1	ɹau2
做	这	分	两	我们

害我俩离别。

男唱

8-1553
本 古 良 作 那
Mbwn guh rengx coq naz
bɯn¹ ku⁴ ɹeːŋ⁴ ɕo⁵ na²
天 做 旱 放 田
田地受旱灾，

8-1554
利 邦 卡 水 格
Lij baengh ga raemx mbaek
li⁴ paŋ⁶ ka¹ ɹan⁴ bak⁷
还 靠 条 水 梯田
全靠洼塘水。

8-1555
采 合 会 不 铁
Caij hoh faex mbouj dek
ɕaːi³ ho⁶ fai⁴ bou⁵ teːk⁷
踩 节 树 不 裂
竹子踩不爆，

8-1556
同 分 江 火 份
Doengh mbek gyang feiz hoenz
toŋ² beːk⁷ kjaːŋ¹ fi² hon²
相 分 中 火 烟
烈火中分离。

女唱

8-1557
本 古 良 作 那
Mbwn guh rengx coq naz
bɯn¹ ku⁴ ɹeːŋ⁴ ɕo⁵ na²
天 做 旱 放 田
田地受旱灾，

8-1558
利 邦 卡 水 格
Lij baengh ga raemx mbaek
li⁴ paŋ⁶ ka¹ ɹan⁴ bak⁷
还 靠 条 水 梯田
全靠洼塘水。

8-1559
本 牙 铁 是 铁
Mbwn yaek dek cix dek
bɯn¹ jak⁷ teːk⁷ ɕi⁴ teːk⁷
天 要 裂 就 裂
天要裂就裂，

8-1560
分 不 得 双 偻
Mbek mbouj ndaej song raeuz
beːk⁷ bou⁵ dai³ θoːŋ¹ ɹau²
分 不 得 两 我们
我俩不分离。

男唱

8-1561

本	**牙**	**铁**	**是**	**铁**
Mbwn	yaek	dek	cix	dek
bɯn^{1}	jak^{7}	teːk^{7}	ɕi^{4}	teːk^{7}
天	要	裂	就	裂

天裂让它裂，

8-1562

分	**不**	**得**	**你**	**少**
Mbek	mbouj	ndaej	mwngz	sau
beːk^{7}	bou^{5}	dai^{3}	mɯŋ^{2}	θaːu^{1}
分	不	得	你	姑娘

兄妹不分别。

8-1563

水	**吨**	**堂**	**它**	**好**
Raemx	dumx	daengz	dat	hau
ɹan^{4}	tun^{4}	taŋ^{2}	taːt^{7}	haːu^{1}
水	淹	到	山崖	白

水淹到山崖，

8-1564

少	**是**	**开**	**立**	**备**
Sau	cix	gaej	liz	beix
θaːu^{1}	ɕi^{4}	kaːi^{5}	li^{2}	pi^{4}
姑娘	就	莫	离	兄

妹也不离哥。

女唱

8-1565

本	**古**	**良**	**作**	**那**
Mbwn	guh	rengx	coq	naz
bɯn^{1}	ku^{4}	ɹeːŋ^{4}	ɕo^{5}	na^{2}
天	做	旱	放	田

田地受旱灾，

8-1566

利	**邦**	**卡**	**水**	**达**
Lij	baengh	ga	raemx	dah
li^{4}	paŋ^{6}	ka^{1}	ɹan^{4}	ta^{6}
还	靠	条	水	河

全靠有河水。

8-1567

良	**三**	**比**	**貝**	**那**
Rengz	sam	bi	bae	naj
ɹeːŋ^{4}	θaːn^{1}	pi^{1}	pai^{1}	na^{3}
旱	三	年	去	前

旱三年以上，

8-1568

坤	**卡**	**达**	**南**	**宁**
Goenq	ga	dah	nanz	ningz
kon^{5}	ka^{1}	ta^{6}	naːn^{2}	niŋ^{2}
断	条	河	南	宁

邕江也断流。

男唱

8-1569

本 古 良 作 那

Mbwn guh rengx coq naz

bɯn^{1} ku^{4} ɹeːŋ^{4} ɕo^{5} na^{2}

天 做 旱 放 田

田地受旱灾，

8-1570

利 邦 卡 水 达

Lij baengh ga raemx dah

li^{4} paŋ^{6} ka^{1} ɹaːn^{4} ta^{6}

还 靠 条 水 河

全靠河水灌。

8-1571

良 三 比 貝 那

Rengz sam bi bae naj

ɹeːŋ^{4} θaːn^{1} pi^{1} pai^{1} na^{3}

旱 三 年 去 前

旱三年以上，

8-1572

干 达 貝 跟 船

Ganj dah bae riengz ruz

kaːn^{3} ta^{6} pai^{1} ɹiːŋ^{2} ɹu^{2}

赶 河 去 跟 船

河干可涉足。

女唱

8-1573

良 三 比 貝 那

Rengz sam bi bae naj

ɹeːŋ^{4} θaːn^{1} pi^{1} pai^{1} na^{3}

旱 三 年 去 前

旱三年以上，

8-1574

干 达 貝 跟 船

Ganj dah bae riengz ruz

kaːn^{3} ta^{6} pai^{1} ɹiːŋ^{2} ɹu^{2}

赶 河 去 跟 船

河干可涉足。

8-1575

良 三 比 柳 州

Rengz sam bi louj couh

ɹeːŋ^{4} θaːn^{1} pi^{1} lou^{4} ɕou^{1}

旱 三 年 柳 州

柳州旱三年，

8-1576

干 船 貝 跟 水

Ganj ruz bae riengz raemx

kaːn^{3} ɹu^{2} pai^{1} ɹiːŋ^{2} ɹan^{4}

赶 船 去 跟 水

无水可载舟。

男唱

8–1577

船	**牙**	**船**
Ruz	yah	ruz
ɹu^{2}	ja^{6}	ɹu^{2}
船	呀	船

船呀船，

8–1578

观	**土**	**特**	**你**	**瓜**
Gonq	dou	dawz	mwngz	gvaq
koːn^{5}	tu^{1}	təɯ^{2}	mɯŋ^{2}	kwa^{5}
先	我	拿	你	过

我曾扛过你。

8–1579

特	**貝**	**堂**	**邦**	**达**
Dawz	bae	daengz	bangx	dah
təɯ^{2}	pai^{1}	taŋ^{2}	paːŋ^{4}	ta^{6}
拿	去	到	旁	河

扛到河边去，

8–1580

专	**那**	**是**	**下**	**船**
Veq	naj	cix	roengz	ruz
ve^{5}	na^{3}	ɕi^{4}	ɹoŋ^{2}	ɹu^{2}
转	脸	就	下	船

乘船往前行。

女唱

8–1581

想	**托**	**备**	**共**	**船**
Siengj	doh	beix	gungh	ruz
θiːŋ^{3}	to^{6}	pi^{4}	kuŋ^{6}	ɹu^{2}
想	同	兄	共	船

想和哥共船，

8–1582

船	**牙**	**反**	**下**	**达**
Ruz	yaek	fan	roengz	dah
ɹu^{2}	jak^{7}	faːn^{1}	ɹoŋ^{2}	ta^{6}
船	要	翻	下	河

船要翻下河。

8–1583

些	**观**	**土**	**被**	**瓜**
Seiq	gonq	dou	deng	gvaq
θe^{5}	koːn^{5}	tu^{1}	teːŋ^{1}	kwa^{5}
世	先	我	挨	过

前世我挨过，

8–1584

不	**托**	**备**	**共**	**船**
Mbouj	doh	beix	gungh	ruz
bou^{5}	to^{6}	pi^{4}	kuŋ^{6}	ɹu^{2}
不	同	兄	共	船

不和哥共船。

男唱

8-1585

船 牙 船

Ruz yah ruz

ɹu^{2} ja^{6} ɹu^{2}

船 呀 船

船呀船，

8-1586

长 刘 付 更 水

Ciengz liuz fouz gwnz raemx

ɕiːŋ^{2} liːu^{2} fu^{2} kɯn^{2} ɹan^{4}

常 常 浮 上 水

常浮在水上。

8-1587

先 绞 边 空 门

Sienq heux nden ndwi maenh

θiːn^{5} heːu^{4} deːn^{1} duːi^{1} man^{6}

线 绕 边 不 稳固

锚绳绑不稳，

8-1588

船 拜 坤 下 王

Ruz baih goenq roengz vaengz

ɹu^{2} paːi^{6} kon^{5} ɹoŋ^{2} vaŋ^{2}

船 差点 断 下 潭

险些冲下潭。

女唱

8-1589

想 托 备 共 船

Siengj doh beix gungh ruz

θiːŋ^{3} to^{6} pi^{4} kuŋ^{6} ɹu^{2}

想 同 兄 共 船

想和哥同行，

8-1590

船 标 下 垌 光

Ruz biu roengz doengh gvangq

ɹu^{2} piːu^{1} ɹoŋ^{2} toŋ^{6} kwaːŋ^{5}

船 漂 下 垌 宽

船驶往外地。

8-1591

堂 丁 江 开 狼

Daengz dingq gyang gaej langh

taŋ^{2} tiŋ^{5} kjaːŋ^{1} kaːi^{5} laːŋ^{6}

到 正 中 莫 放

河中掌稳舵，

8-1592

真 祘 长 特 船

Caen suenq cangh dawz ruz

ɕin^{1} θuːn^{5} ɕaːŋ^{6} təɯ^{2} ɹu^{2}

真 算 匠 拿 船

才算真水手。

男唱

8–1593

船 牙 船

Ruz yah ruz

ɹu^{2} ja^{6} ɹu^{2}

船 呀 船

船呀船，

8–1594

长 刘 付 垌 光

Ciengz liuz fouz doengh gvangq

ɕiːŋ^{2} liːu^{2} fu^{2} toŋ^{6} kwaːŋ^{5}

常 常 浮 垌 宽

常在外地转。

8–1595

堂 江 王 被 狼

Daengz gyang vaengz deng langh

taŋ^{2} kjaːŋ^{1} vaŋ^{2} teːŋ^{1} laːŋ^{6}

到 中 潭 被 放

深水中失控，

8–1596

败 家 当 跟 船

Baih gya dangq riengz ruz

paːi^{6} kja^{1} taːŋ^{5} ɹiːŋ^{2} ɹu^{2}

败 家 当 跟 船

险倾家荡产。

女唱

8–1597

船 土 船 会 考

Ruz dou ruz faex gauj

ɹu^{2} tu^{1} ɹu^{2} fai^{4} kaːu^{3}

船 我 船 树 大果樟

船用樟木做，

8–1598

长 老 多 牙 办

Cangh laux doq yax baenz

ɕaːŋ^{6} laːu^{4} to^{5} ja^{5} pan^{2}

匠 大 造 才 成

是名匠手艺。

8–1599

用 贝 千 万 银

Yungh bae cien fanh ngaenz

juŋ^{6} pai^{1} ɕiːn^{1} faːn^{6} ŋan^{2}

用 去 千 万 银

花白银万两，

8–1600

多 办 安 船 么

Doq baenz aen ruz moq

to^{5} pan^{2} an^{1} ɹu^{2} mo^{5}

造 成 个 船 新

做成一艘船。

男唱

8-1601

船	**土**	**船**	**会**	**坚**
Ruz	dou	ruz	faex	genq
ɹu^{2}	tu^{1}	ɹu^{2}	fai^{4}	keːn^{5}
船	**我**	**船**	**树**	**硬**

船用栎木做，

8-1602

要	**先**	**马**	**绞**	**很**
Aeu	sienq	ma	heux	haenz
au^{1}	θiːn^{5}	ma^{1}	heːu^{4}	han^{2}
要	**线**	**来**	**绕**	**边**

用铁线绕边。

8-1603

船	**土**	**船**	**会**	**坤**
Ruz	dou	ruz	faex	goen
ɹu^{2}	tu^{1}	ɹu^{2}	fai^{4}	kon^{1}
船	**我**	**船**	**树**	**粉单竹**

粉单竹做船，

8-1604

不	**老**	**生**	**下**	**水**
Mbouj	lau	caem	roengz	raemx
bou^{5}	laːu^{1}	çan^{1}	ɹoŋ^{2}	ɹan^{4}
不	**怕**	**沉**	**下**	**水**

不怕沉下水。

女唱

8-1605

船	**土**	**船**	**会**	**考**
Ruz	dou	ruz	faex	gauj
ɹu^{2}	tu^{1}	ɹu^{2}	fai^{4}	kaːu^{3}
船	**我**	**船**	**树**	**大果樟**

此是樟木船，

8-1606

长	**老**	**多**	**牙**	**办**
Cangh	laux	doq	yax	baenz
çaːŋ^{6}	laːu^{4}	to^{5}	ja^{5}	pan^{2}
匠	**大**	**造**	**才**	**成**

名匠造才成。

8-1607

狼	**下**	**达**	**不**	**生**
Langh	roengz	dah	mbouj	caem
laːŋ^{6}	ɹoŋ^{2}	ta^{6}	bou^{5}	çan^{1}
放	**下**	**河**	**不**	**沉**

下河不会沉，

8-1608

貝	**南**	**宁**	**代**	**合**
Bae	nanz	ningz	daiq	huq
pai^{1}	naːn^{2}	niŋ^{2}	taːi^{5}	ho^{5}
去	**南**	**宁**	**带**	**货**

去南宁拉货。

男唱

8-1609

船	**你**	**船**	**会**	**坚**
Ruz	mwngz	ruz	faex	genq
ɹu^2	mɯŋ^2	ɹu^2	fai^4	keːn^5
船	**你**	**船**	**树**	**硬**

此系栎木船，

8-1610

要	**先**	**马**	**绞**	**很**
Aeu	sienq	ma	heux	haenz
au^1	θiːn^5	ma^1	heːu^4	han^2
要	**线**	**来**	**绕**	**边**

用铁线来绕。

8-1611

貝	**银**	**万**	**银**	**千**
Bae	ngaenz	fanh	ngaenz	cien
pai^1	ŋan^2	faːn^6	ŋan^2	ɕiːn^1
去	**银**	**万**	**银**	**千**

花千万两银，

8-1612

老	**本**	**钱**	**不**	**刀**
Lau	bonj	cienz	mbouj	dauq
laːu^1	poːn^3	ɕiːn^2	bou^5	taːu^5
怕	**本**	**钱**	**不**	**回**

怕血本无归。

女唱

8-1613

代	**船**	**很**	**百**	**色**
Daiq	ruz	hwnj	bak	saek
taːi^5	ɹu^2	hɯn^3	paːk^7	θak^7
带	**船**	**上**	**百**	**色**

领船去百色，

8-1614

不	**老**	**客**	**义**	**元**
Mbouj	lau	hek	ngeix	yiemz
bou^5	laːu^1	heːk^7	ȵi^4	jiːn^2
不	**怕**	**客**	**想**	**嫌**

不愁客不乘。

8-1615

代	**船**	**万**	**船**	**千**
Daiq	ruz	fanh	ruz	cien
taːi^5	ɹu^2	faːn^6	ɹu^2	ɕiːn^1
带	**船**	**万**	**船**	**千**

带领无数船，

8-1616

少	**占**	**钱**	**告**	**内**
Sau	canh	cienz	gau	neix
θaːu^1	ɕaːn^6	ɕiːn^2	kaːu^1	ni^4
姑娘	**赚**	**钱**	**次**	**这**

妹此行赚钱。

男唱

8–1617

代	**船**	**很**	**百**	**色**
Daiq	ruz	hwnj	bak	saek
ta:i^{5}	ɹu^{2}	hɯn^{3}	pa:k^{7}	θak^{7}
带	船	上	百	色

领船去百色，

8–1618

不	**老**	**客**	**龙**	**头**
Mbouj	lau	gwz	lungz	daeuz
bou^{5}	la:u^{1}	kə^{2}	luŋ^{2}	tau^{2}
不	怕	客	龙	头

不怕龙头客。

8–1619

占	**钱**	**偻**	**岁**	**要**
Canh	cienz	raeuz	caez	aeu
ɕa:n^{6}	ɕi:n^{2}	ɹau^{2}	ɕai^{2}	au^{1}
赚	钱	我们	齐	要

赚钱两家分，

8–1620

钱	**公**	**偻**	**岁**	**能**
Cienz	goem	raeuz	caez	naengh
ɕi:n^{2}	kon^{1}	ɹau^{2}	ɕai^{2}	naŋ^{6}
钱	亏	我们	齐	坐

亏钱两家填。

女唱

8–1621

代	**船**	**很**	**百**	**色**
Daiq	ruz	hwnj	bak	saek
ta:i^{5}	ɹu^{2}	hɯn^{3}	pa:k^{7}	θak^{7}
带	船	上	百	色

带船去百色，

8–1622

不	**老**	**客**	**义**	**旦**
Mbouj	lau	gwz	ngeix	dan
bou^{5}	la:u^{1}	kə^{2}	ȵi^{4}	ta:n^{1}
不	怕	客	想	谁

不怕客顾忌。

8–1623

代	**船**	**很**	**北**	**山**
Daiq	ruz	hwnj	baek	bya
ta:i^{5}	ɹu^{2}	hɯn^{3}	pak^{7}	pja^{1}
带	船	上	北	山

领船去北山，

8–1624

不	**老**	**反**	**下**	**水**
Mbouj	lau	fan	roengz	raemx
bou^{5}	la:u^{1}	fa:n^{1}	ɹoŋ^{2}	ɹan^{4}
不	怕	翻	下	水

不怕翻下水。

男唱

8–1625

代	**船**	**很**	**南**	**州**
Daiq	ruz	hwnj	nanz	couh
ta:i^{5}	ɹu^{2}	hɯn^{3}	na:n^{2}	ɕou^{5}
带	**船**	**上**	**南**	**州**

带船上南州，

8–1626

堂	**庆**	**远**	**又**	**反**
Daengz	ging	yenj	youh	fan
taŋ^{2}	kiŋ^{3}	ju:n^{6}	jou^{4}	fa:n^{1}
到	**庆**	**远**	**又**	**翻**

到庆远翻船。

8–1627

貝	**碰**	**水**	**强**	**单**
Bae	bungq	raemx	giengh	dan
pai^{1}	puŋ^{5}	ɹan^{4}	kji:ŋ^{6}	ta:n^{1}
去	**碰**	**水**	**跳**	**滩**

碰上水下滩，

8–1628

船	**反**	**貝**	**反**	**刀**
Ruz	fan	bae	fan	dauq
ɹu^{2}	fa:n^{1}	pai^{1}	fa:n^{1}	ta:u^{5}
船	**翻**	**去**	**翻**	**回**

船转来转去。

女唱

8–1629

代	**船**	**很**	**南**	**州**
Daiq	ruz	hwnj	nanz	couh
ta:i^{5}	ɹu^{2}	hɯn^{3}	na:n^{2}	ɕou^{5}
带	**船**	**上**	**南**	**州**

带船上南州，

8–1630

貝	**庆**	**远**	**判**	**布**
Bae	ging	yenj	buenq	baengz
pai^{1}	kiŋ^{3}	ju:n^{6}	pu:n^{5}	paŋ^{2}
去	**庆**	**远**	**贩**	**布**

去庆远贩布。

8–1631

代	**船**	**堂**	**江**	**王**
Daiq	ruz	daengz	gyang	vaengz
ta:i^{5}	ɹu^{2}	taŋ^{2}	kja:ŋ^{1}	vaŋ^{2}
带	**船**	**到**	**中**	**潭**

船到深潭中，

8–1632

少	**又**	**王**	**罗**	**机**
Sau	youh	vang	loh	giq
θa:u^{1}	jou^{4}	va:ŋ^{1}	lo^{6}	ki^{5}
姑娘	**又**	**横**	**路**	**岔**

妹掉转船头。

男唱

8–1633

代 船 很 南 州

Daiq ruz hwnj nanz couh

ta:i^{5} ɹu^{2} hɯn^{3} na:n^{2} ɕou^{5}

带 船 上 南 州

带船去南州，

8–1634

貝 庆 远 判 炕

Bae ging yenj buenq ien

pai^{1} kiŋ^{3} ju:n^{6} pu:n^{5} i:n^{1}

去 庆 远 贩 烟

去庆远贩烟。

8–1635

船 反 貝 卢 连

Ruz fan bae luz lienz

ɹu^{2} fa:n^{1} pai^{1} lu^{2} li:n^{2}

船 翻 去 游 荡

带船去游荡，

8–1636

貝 千 年 不 刀

Bae cien nienz mbouj dauq

pai^{1} ɕi:n^{1} ni:n^{2} bou^{5} ta:u^{5}

去 千 年 不 回

一去不复返。

女唱

8–1637

代 船 很 南 州

Daiq ruz hwnj nanz couh

ta:i^{5} ɹu^{2} hɯn^{3} na:n^{2} ɕou^{5}

带 船 上 南 州

带船去南州，

8–1638

貝 庆 远 判 炕

Bae ging yenj buenq ien

pai^{1} kiŋ^{3} ju:n^{6} pu:n^{5} i:n^{1}

去 庆 远 贩 烟

去庆远贩烟。

8–1639

代 船 很 柳 州

Daiq ruz hwnj louj couh

ta:i^{5} ɹu^{2} hɯn^{3} lou^{4} ɕou^{1}

带 船 上 柳 州

带船去柳州，

8–1640

偻 岁 补 很 往

Raeuz caez bu hwnj vaengq

ɹau^{2} ɕai^{2} pu^{1} hɯn^{3} vaŋ^{5}

我们 齐 捧 上 岸

我俩同上岸。

男唱

8-1641

代	船	很	代	三
Daiq	ruz	hwnj	daih	san
ta:i^{5}	ɹu^{2}	hɯn^{3}	ta:i^{6}	θa:n^{1}
带	船	上	大	山

带船去大山，

8-1642

船	牙	反	下	海
Ruz	yaek	fan	roengz	haij
ɹu^{2}	jak^{7}	fa:n^{1}	ɹoŋ^{2}	ha:i^{3}
船	要	翻	下	海

险些翻下海。

8-1643

船	很	单	不	得
Ruz	hwnj	dan	mbouj	ndaej
ɹu^{2}	hɯn^{3}	ta:n^{1}	bou^{5}	dai^{3}
船	上	滩	不	得

船上不了滩，

8-1644

补	兰	買	求	贵
Buq	lanh	cawx	gyu	bengz
pu^{5}	la:n^{6}	ɕəɯ^{4}	kju^{1}	pe:ŋ^{2}
破	大方	买	盐	贵

高价买盐巴。

女唱

8-1645

代	船	很	北	京
Daiq	ruz	hwnj	baek	king
ta:i^{5}	ɹu^{2}	hɯn^{3}	pak^{7}	kiŋ^{1}
带	船	上	北	京

带船去北京，

8-1646

皇	心	牙	对	伴
Vuengz	sim	yax	doiq	buenx
vu:ŋ^{2}	θin^{1}	ja^{5}	to:i^{5}	pu:n^{4}
皇	心	也	对	伴

皇心愿交友。

8-1647

代	船	很	庆	远
Daiq	ruz	hwnj	ging	yenj
ta:i^{5}	ɹu^{2}	hɯn^{3}	kiŋ^{3}	ju:n^{6}
带	船	上	庆	远

带船去庆远，

8-1648

说	伴	祘	本	钱
Naeuz	buenx	suenq	bonj	cienz
nau^{2}	pu:n^{4}	θu:n^{5}	po:n^{3}	ɕi:n^{2}
说	伴	算	本	钱

叫情友算账。

男唱

8-1649

代	**船**	**很**	**北**	**京**
Daiq	ruz	hwnj	baek	king
ta:i⁵	ɹu²	hɯn³	pak⁷	kiŋ¹
带	船	上	北	京

带船去北京，

8-1650

重	**心**	**牙**	**对**	**伴**
Naek	sim	yax	doiq	buenx
nak⁷	θin¹	ja⁵	to:i⁵	pu:n⁴
重	心	也	对	伴

情侣特重情。

8-1651

代	**船**	**很**	三	**王**
Daiq	ruz	hwnj	sam	vangz
ta:i⁵	ɹu²	hɯn³	θa:n¹	va:ŋ²
带	船	上	三	王

带船见婆王，

8-1652

说	**对**	**伴**	**重**	**心**
Naeuz	doiq	buenx	naek	sim
nau²	to:i⁵	pu:n⁴	nak⁷	θin¹
说	伙伴	伴	重	心

说伴侣情深。

女唱

8-1653

代	**安**	**船**	**第**	**一**
Daiq	aen	ruz	daih	it
ta:i⁵	an¹	ɹu²	ti⁵	it⁷
带	个	船	第	一

带第一艘船，

8-1654

堂	**拉**	**利**	**吃**	**令**
Daengz	laj	leih	gwn	ringz
taŋ²	la³	li⁶	kɯn¹	ɹiŋ²
到	拉	利	吃	午饭

晌午到拉利。

8-1655

庆	**远**	**出**	**贝**	**正**
Ging	yenj	ok	mbaw	cingz
kiŋ³	ju:n⁶	o:k⁷	baɯ¹	ɕiŋ²
庆	远	出	张	告示

庆远贴告示，

8-1656

特	**船**	**平**	**了**	**备**
Dawz	ruz	bingz	liux	beix
təɯ²	ɹu²	piŋ²	li:u⁴	pi⁴
拿	船	平	啰	兄

哥要掌好舵。

男唱

8-1657

代	**安**	**船**	**第**	**义**
Daiq	aen	ruz	daih	ngeih
ta:i^{5}	an^{1}	ɹu^{2}	ti^{5}	ȵi^{6}
带	**个**	**船**	**第**	**二**

带第二艘船，

8-1658

堂	**罗**	**机**	**吃**	**炕**
Daengz	loh	giq	gwn	ien
taŋ^{2}	lo^{6}	ki^{5}	kɯn^{1}	i:n^{1}
到	**路**	**岔**	**吃**	**烟**

到岔路吸烟。

8-1659

代	**船**	**万**	**船**	**千**
Daiq	ruz	fanh	ruz	cien
ta:i^{5}	ɹu^{2}	fa:n^{6}	ɹu^{2}	ɕi:n^{1}
带	**船**	**万**	**船**	**千**

带千万艘船，

8-1660

貝	**卢**	**连**	**邦**	**伕**
Bae	luz	lienz	biengz	fwx
pai^{1}	lu^{2}	li:n^{2}	pi:ŋ^{2}	fə^{4}
去	**游**	**荡**	**地方**	**别人**

去外地游玩。

女唱

8-1661

代	**安**	**船**	**第**	**三**
Daiq	aen	ruz	daih	sam
ta:i^{5}	an^{1}	ɹu^{2}	ti^{5}	θa:n^{1}
带	**个**	**船**	**第**	**三**

带第三艘船，

8-1662

堂	**拉**	**单**	**月**	**乃**
Daengz	laj	dan	yiet	naiq
taŋ^{2}	la^{3}	ta:n^{1}	ji:t^{7}	na:i^{5}
到	**拉**	**滩**	**歇**	**累**

到滩头歇息。

8-1663

代	**船**	**很**	**三**	**才**①
Daiq	ruz	hwnj	sam	saih
ta:i^{5}	ɹu^{2}	hɯn^{3}	θa:n^{1}	θa:i^{6}
带	**船**	**上**	**三**	**才**

带船去三才，

8-1664

快	**斗**	**牙**	**备**	**银**
Riuz	daeuj	yah	beix	ngaenz
ɹi:u^{2}	tau^{3}	ja^{6}	pi^{4}	ŋan^{2}
快	**来**	**呀**	**兄**	**银**

情哥快过来。

① 三才［θa:n^{1} θa:i^{6}］：三才镇，位于环江毛南族自治县。

男唱

8–1665
代 安 船 第 四
Daiq aen ruz daih seiq
ta:i5 an1 ɹu2 ti5 θei5
带 个 船 第 四
带第四艘船，

8–1666
堂 罗 机 吃 令
Daengz loh giq gwn ringz
taŋ2 lo6 ki5 kɯn1 ɹiŋ2
到 路 岔 吃 午饭
岔路吃午饭。

8–1667
垌 光 出 九 清
Doengh gvangq ok iu cing
toŋ6 kwa:ŋ5 o:k7 i:u1 ɕiŋ1
垌 宽 出 妖 精
外地有妖精，

8–1668
特 心 平 了 农
Dawz sim bingz liux nuengx
təɯ2 θin1 piŋ2 li:u4 nu:ŋ4
拿 心 平 啰 妹
妹你要小心。

女唱

8–1669
代 安 船 第 五
Daiq aen ruz daih haj
ta:i5 an1 ɹu2 ti5 ha3
带 个 船 第 五
带第五艘船，

8–1670
堂 拉 达 又 站
Daengz laj dah youh soengz
taŋ2 la3 ta6 jou4 θoŋ2
到 下 河 又 站
到河边不走。

8–1671
代 船 很 广 东
Daiq ruz hwnj gvangj doeng
ta:i5 ɹu2 hɯn3 kwa:ŋ3 toŋ1
带 船 上 广 东
带船去广东，

8–1672
不 得 站 更 水
Mbouj ndaej soengz gwnz raemx
bou5 dai3 θoŋ2 kɯn2 ɹan4
不 得 站 上 水
不在水上待。

男唱

8-1673

代	**安**	**船**	**第**	**六**
Daiq	aen	ruz	daih	roek
taːi^{5}	an^{1}	ɹu^{2}	ti^{5}	ɹok^{7}
带	个	船	第	六

带第六艘船，

8-1674

不	**老**	**托**	**下**	**桥**
Mbouj	lau	doek	roengz	giuz
bou^{5}	laːu^{1}	tok^{7}	ɹoŋ^{2}	kiːu^{2}
不	怕	落	下	桥

不怕沉下桥。

8-1675

备	**代**	**船**	**长**	**刘**
Beix	daiq	ruz	ciengz	liuz
pi^{4}	taːi^{5}	ɹu^{2}	ɕiːŋ^{2}	liːu^{2}
兄	带	船	常	常

哥经常带船，

8-1676

不	**老**	**笑**	**邦**	**伏**
Mbouj	lau	riu	biengz	fwx
bou^{5}	laːu^{1}	ɹiːu^{1}	piːŋ^{2}	fə^{4}
不	怕	笑	地方	别人

不怕去远方。

女唱

8-1677

代	**安**	**船**	**第**	**七**
Daiq	aen	ruz	daih	caet
taːi^{5}	an^{1}	ɹu^{2}	ti^{5}	ɕat^{7}
带	个	船	第	七

带第七艘船，

8-1678

要	**会**	**良**	**多**	**船**
Aeu	faex	lingh	doq	ruz
au^{1}	fai^{4}	leːŋ^{6}	to^{5}	ɹu^{2}
要	树	另	造	船

是新造木船。

8-1679

代	**船**	**很**	**柳**	**州**
Daiq	ruz	hwnj	louj	couh
taːi^{5}	ɹu^{2}	hɯn^{3}	lou^{4}	ɕou^{1}
带	船	上	柳	州

带船去柳州，

8-1680

判	**求**	**下**	**都**	**安**
Buenq	gyu	roengz	duh	anh
puːn^{5}	kju^{1}	ɹoŋ^{2}	tu^{5}	ŋaːn^{5}
贩	盐	下	都	安

贩盐到都安。

男唱

8-1681

代	安	船	第	八
Daiq	aen	ruz	daih	bet
taːi^{5}	an^{1}	ɹu^{2}	ti^{5}	peːt^{7}
带	个	船	第	八

带第八艘船，

8-1682

阝	节	阝	后	船
Boux	ciep	boux	haeuj	ruz
pu^{4}	ɕeːt^{7}	pu^{4}	hau^{3}	ɹu^{2}
个	接	个	进	船

游客纷纷上。

8-1683

外	达	偻	岁	补
Vaij	dah	raeuz	caez	bu
vaːi^{3}	ta^{6}	ɹau^{2}	ɕai^{2}	pu^{1}
过	河	我们	齐	捧

过河相搀扶，

8-1684

外	船	偻	岁	优
Vaij	ruz	raeuz	caez	yaeuj
vaːi^{3}	ɹu^{2}	ɹau^{2}	ɕai^{2}	jau^{3}
过	船	我们	齐	抬

过船相照顾。

女唱

8-1685

代	安	船	第	九
Daiq	aen	ruz	daih	gouj
taːi^{5}	an^{1}	ɹu^{2}	ti^{5}	kjou^{3}
带	个	船	第	九

带第九艘船，

8-1686

貝	小	绕	在	行
Bae	siu	yauz	caih	hangz
pai^{1}	θiːu^{1}	jaːu^{2}	ɕaːi^{6}	haːŋ^{2}
去	逍	遥	在	行

最逍遥自在。

8-1687

代	船	堂	江	王
Daiq	ruz	daengz	gyang	vaengz
taːi^{5}	ɹu^{2}	taŋ^{2}	kjaːŋ^{1}	vaŋ^{2}
带	船	到	中	潭

带船过深渊，

8-1688

开	给	生	下	水
Gaej	hawj	caem	roengz	raemx
kaːi^{5}	həu^{3}	ɕan^{1}	ɹoŋ^{2}	ɹan^{4}
莫	给	沉	下	水

莫让船沉没。

男唱

8–1689

代	**安**	**船**	**第**	**十**
Daiq	aen	ruz	daih	cib
ta:i^{5}	an^{1}	ɹu^{2}	ti^{5}	ɕit^{8}
带	个	船	第	十

带第十艘船，

8–1690

十	**卩**	**十**	**条**	**勾**
Cib	boux	cib	diuz	ngaeu
ɕit^{8}	pu^{4}	ɕit^{8}	ti:u^{2}	ŋau^{1}
十	个	十	条	钩

各自备船钩。

8–1691

代	**船**	**很**	**龙**	**头**
Daiq	ruz	hwnj	lungz	daeuz
ta:i^{5}	ɹu^{2}	hɯn^{3}	luŋ^{2}	tau^{2}
带	船	上	龙	头

领船去龙头，

8–1692

不	**老**	**坤**	**兰**	**罗**
Mbouj	lau	gun	lanz	loh
bou^{5}	la:u^{1}	kun^{1}	la:n^{2}	lo^{6}
不	怕	官	拦	路

不怕人拦路。

女唱

8–1693

水	**达**	**很**	**蒙**	**蒙**
Raemx	dah	hwnj	moengz	moengz
ɹan^{4}	ta^{6}	hɯn^{3}	moŋ^{2}	moŋ^{2}
水	河	上	迅	猛

河水在上涨，

8–1694

采	**荣**	**荣**	**江**	**海**
Byaij	yoengh	yoengh	gyang	haij
pja:i^{3}	joŋ^{6}	joŋ^{6}	kja:ŋ^{1}	ha:i^{3}
走	汹	汹	中	海

滚滚入大海。

8–1695

伴	**秀**	**土**	**狼**	**外**
Buenx	ciuh	dou	langh	vaij
pu:n^{4}	ɕi:u^{6}	tu^{1}	la:ŋ^{6}	va:i^{3}
伴	世	我	若	过

若终身伴我，

8–1696

正	**祘**	**备**	**米**	**心**
Cingq	suenq	beix	miz	sim
ɕiŋ^{5}	θu:n^{5}	pi^{4}	mi^{2}	θin^{1}
正	算	兄	有	心

算哥有良心。

男唱

8-1697

水	**达**	**很**	**蒙**	**蒙**
Raemx	dah	hwnj	moengz	moengz
ɹan^{4}	ta^{6}	hɯn^{3}	moŋ^{2}	moŋ^{2}
水	河	上	迅	猛

河水在猛涨，

8-1698

采	**荣**	**荣**	**江**	**海**
Byaij	yoengh	yoengh	gyang	haij
pjaːi^{3}	joŋ^{6}	joŋ^{6}	kjaːŋ^{1}	haːi^{3}
走	汹	汹	中	海

汹涌入大海。

8-1699

伴	**秀**	**你**	**不**	**外**
Buenx	ciuh	mwngz	mbouj	vaij
puːn^{4}	çiːu^{6}	mɯŋ^{2}	bou^{5}	vaːi^{3}
伴	世	你	不	过

不伴你终生，

8-1700

秀	**不**	**采**	**拉**	**本**
Ciuh	mbouj	byaij	laj	mbwn
çiːu^{6}	bou^{5}	pjaːi^{3}	la^{3}	bɯn^{1}
世	不	走	下	天

永远不见人。

女唱

8-1701

水	**达**	**很**	**九**	**经**
Raemx	dah	hwnj	gouj	gingh
ɹan^{4}	ta^{6}	hɯn^{3}	kjau^{3}	kiŋ^{5}
水	河	上	九	经

河水涨不停，

8-1702

水	**可**	**定**	**拉**	**单**
Raemx	goj	dingh	laj	dan
ɹan^{4}	ko^{5}	tiŋ^{6}	la^{3}	taːn^{1}
水	也	定	下	滩

定在滩头下。

8-1703

伕	**九**	**你**	**造**	**然**
Fwx	iu	mwngz	caux	ranz
fə^{4}	iːu^{1}	mɯŋ^{2}	çaːu^{4}	ɹaːn^{2}
别人	邀	你	造	家

别人来求婚，

8-1704

你	**开**	**汉**	**了**	**备**
Mwngz	gaej	han	liux	beix
mɯŋ^{2}	kaːi^{5}	haːn^{1}	liːu^{4}	pi^{4}
你	莫	应	啰	兄

兄可别答应。

男唱

8-1705

水 达 很 九 经

Raemx dah hwnj gouj gingh

ɹan^{4} ta^{6} hɯn^{3} kjau^{3} kiŋ^{5}

水 河 上 九 经

河水涨不停，

8-1706

水 可 定 拉 单

Raemx goj dingh laj dan

ɹan^{4} ko^{5} tiŋ^{6} la^{3} ta:n^{1}

水 也 定 下 滩

定在滩头下。

8-1707

土 是 想 不 汉

Dou cix siengj mbouj han

tu^{1} ɕi^{4} θi:ŋ^{3} bou^{5} ha:n^{1}

我 是 想 不 应

我想不答应，

8-1708

秀 平 班 牙 了

Ciuh bingz ban yaek liux

ɕiu^{6} piŋ^{2} pa:n^{1} jak^{7} li:u^{4}

世 平 班 要 完

但怕误青春。

女唱

8-1709

水 莫 在 江 丢

Raemx mboq ywq gyang diu

ɹan^{4} bo^{5} jɯ^{5} kja:ŋ^{1} ti:u^{1}

水 泉 在 中 渠道

泉水在山腰，

8-1710

刘 不 定 不 断

Liuz mbouj dingz mbouj duenx

li:u^{2} bou^{5} tiŋ^{2} bou^{5} tu:n^{4}

流 不 停 不 断

源源流不断。

8-1711

站 千 比 牙 祘

Soengz cien bi yax suenq

θoŋ^{2} ɕi:n^{1} pi^{1} ja^{5} θu:n^{5}

站 千 年 才 算

过千年才算，

8-1712

断 县 是 不 说

Duenx yenh cix mbouj naeuz

tu:n^{4} je:n^{6} ɕi^{4} bou^{5} nau^{2}

断 言 是 不 说

不随便乱说。

男唱

8-1713

水	**莫**	**在**	**江**	**丢**
Raemx	mboq	ywq	gyang	diu
ɹan^{4}	bo^{5}	jɯ^{5}	kja:ŋ^{1}	ti:u^{1}
水	泉	在	中	渠道

清泉在山腰，

8-1714

刘	**不**	**定**	**不**	**断**
Liuz	mbouj	dingz	mbouj	duenx
li:u^{2}	bou^{5}	tiŋ^{2}	bou^{5}	tu:n^{4}
流	不	停	不	断

源源流不断。

8-1715

土	**可**	**站**	**长**	**刘**
Dou	goj	soengz	ciengz	liuz
tu^{1}	ko^{5}	θoŋ^{2}	çi:ŋ^{2}	li:u^{2}
我	也	站	常	常

我永远不走，

8-1716

老	**伴**	**不**	**长**	**刘**
Lau	buenx	mbouj	ciengz	liuz
la:u^{1}	pu:n^{4}	bou^{5}	çi:ŋ^{2}	li:u^{2}
怕	伴	不	常	常

怕你不坚持。

女唱

8-1717

水	**莫**	**在**	**拉**	**累**
Raemx	mboq	ywq	laj	lae
ɹan^{4}	bo^{5}	jɯ^{5}	la^{3}	lai^{1}
水	泉	在	下	梯

清泉在门前，

8-1718

刀	**貝**	**远**	**要**	**水**
Dauq	bae	gyae	aeu	raemx
ta:u^{5}	pai^{1}	kjai^{1}	au^{1}	ɹan^{4}
倒	去	远	要	水

偏长途取水。

8-1719

板	**可**	**米**	**对**	**生**
Mbanj	goj	miz	doiq	saemq
ba:n^{3}	ko^{5}	mi^{2}	to:i^{5}	θan^{5}
村	可	有	对	庚

本村有对象，

8-1720

刀	**问**	**友**	**元**	**远**
Dauq	haemq	youx	roen	gyae
ta:u^{5}	han^{5}	ju^{4}	jo:n^{1}	kjai^{1}
倒	问	友	路	远

偏远道求友。

男唱

8-1721

水	**莫**	**在**	**拉**	**累**
Raemx	mboq	ywq	laj	lae
ɹan^{4}	bo^{5}	jɯ^{5}	la^{3}	lai^{1}
水	泉	在	下	梯

清泉在门前，

8-1722

刀	**貝**	**远**	**要**	**水**
Dauq	bae	gyae	aeu	raemx
ta:u^{5}	pai^{1}	kjai^{1}	au^{1}	ɹan^{4}
倒	去	远	要	水

偏远程取水。

8-1723

板	**可**	**米**	**对**	**生**
Mbanj	goj	miz	doiq	saemq
ba:n^{3}	ko^{5}	mi^{2}	to:i^{5}	θan^{5}
村	可	有	对	庚

本村有对象，

8-1724

不	**比**	**友**	**元**	**远**
Mbouj	beij	youx	roen	gyae
bou^{5}	pi^{3}	ju^{4}	jo:n^{1}	kjai^{1}
不	比	友	路	远

不比远方友。

女唱

8-1725

水	**莫**	**十**	**义**	**王**
Raemx	mboq	cib	ngeih	vaengz
ɹan^{4}	bo^{5}	ɕit^{8}	ȵi^{6}	vaŋ^{2}
水	泉	十	二	潭

泉源好多潭，

8-1726

知	**王**	**而**	**来**	**拉**
Rox	vaengz	lawz	lai	laeg
ɹo^{4}	vaŋ^{2}	laɯ^{2}	la:i^{1}	lak^{8}
知	潭	哪	多	深

不知哪处深。

8-1727

江	**邦**	**十**	**义**	**家**
Gyang	biengz	cib	ngeih	gya
kja:ŋ^{1}	pi:ŋ^{2}	ɕit^{8}	ȵi^{6}	kja^{1}
中	地方	十	二	家

世间好多家，

8-1728

知	**备**	**那**	**方**	**而**
Rox	beix	naj	fueng	lawz
ɹo^{4}	pi^{4}	na^{3}	fu:ŋ^{1}	laɯ^{2}
知	兄	脸	方	哪

哥来自何方？

男唱

8-1729

水	莫	在	江	权
Raemx	mboq	ywq	gyang	gemh
ɹan^{4}	bo^{5}	jɯ^{5}	kja:ŋ^{1}	ke:n^{6}
水	泉	在	中	山坳

清泉在山坳，

8-1730

不	乱	变	同	排
Mbouj	luenh	bienq	doengh	baiz
bou^{5}	lu:n^{6}	pi:n^{5}	toŋ^{2}	pa:i^{2}
不	乱	变	相	排

很难并排流。

8-1731

七	十	义	条	开
Caet	cib	ngeih	diuz	gai
çat^{7}	çit^{8}	ɲi^{6}	ti:u^{2}	ka:i^{1}
七	十	二	条	街

七十二条街，

8-1732

重	你	来	了	农
Naek	mwngz	lai	liux	nuengx
nak^{7}	mɯŋ^{2}	la:i^{1}	li:u^{4}	nu:ŋ^{4}
重	你	多	啰	妹

就看中情妹。

女唱

8-1733

水	莫	在	更	令
Raemx	mboq	ywq	gwnz	rin
ɹan^{4}	bo^{5}	jɯ^{5}	kɯn^{2}	ɹin^{1}
水	泉	在	上	石

清泉在岭上，

8-1734

不	吃	合	又	汉
Mbouj	gwn	hoz	youh	hat
bou^{5}	kɯn^{1}	ho^{2}	jou^{4}	ha:t^{7}
不	喝	喉	又	渴

不喝口又渴。

8-1735

分	子	下	吉	家
Faen	swj	roengz	giz	gya
fan^{1}	θɯ^{3}	ɹoŋ^{2}	ki^{2}	kja^{1}
分	子	下	处	家

嫁女到各处，

8-1736

为	好	巴	文	偻
Vih	ndij	bak	vunz	raeuz
vei^{6}	di^{1}	pa:k^{7}	vun^{2}	ɹau^{2}
为	与	嘴	人	我们

全为一张嘴。

男唱

8–1737

水	**莫**	**在**	**更**	**令**
Raemx	mboq	ywq	gwnz	rin
ɹan^4	bo^5	jɯ^5	kɯn^2	ɹin^1
水	泉	在	上	石

清泉在岭上，

8–1738

洗	**身**	**牙**	**不**	**净**
Swiq	ndang	yax	mbouj	cingh
θɯːi^5	daːŋ^1	ja^5	bou^5	ɕiŋ^6
洗	身	也	不	净

洗澡本不净。

8–1739

交	**给**	**贵**	**不**	**领**
Gyau	hawj	gwiz	mbouj	lingx
kjaːu^1	həɯ^3	kɯi^2	bou^5	liŋ^4
交	给	丈夫	不	领

丈夫不愿娶，

8–1740

才	**开**	**命**	**双**	**偻**
Caih	hai	mingh	song	raeuz
ɕaːi^6	haːi^1	miŋ^6	θoːŋ^1	ɹau^2
随	开	命	两	我们

才撮合我们。

女唱

8–1741

水	**莫**	**在**	**邦**	**山**
Raemx	mboq	ywq	bangx	bya
ɹan^4	bo^5	jɯ^5	paːŋ^4	pja^1
水	泉	在	旁	山

清泉在山边，

8–1742

鸟	**沙**	**下**	**斗**	**存**
Roeg	ra	roengz	daeuj	caemx
ɹok^8	ɹa^1	ɹoŋ^2	tau^3	ɕam^4
鸟	白鹇	下	来	洗澡

白雉来洗澡。

8–1743

要	**求**	**糖**	**作**	**水**
Aeu	gyu	diengz	coq	raemx
au^1	kju^1	tiːŋ^2	ɕo^5	ɹan^4
要	盐	糖	放	水

盐和糖再甜，

8–1744

不	**比**	**观**	**土**	**说**
Mbouj	beij	gonq	dou	naeuz
bou^5	pi^3	koːn^5	tu^1	nau^2
不	比	先	我	说

不比情话甜。

男唱

8-1745

净	**不**	**外**	**水**	**莫**
Cingh	mbouj	vaij	raemx	mboq
çiŋ^{6}	bou^{5}	vaːi^{3}	ɹan^{4}	bo^{5}
净	不	过	水	泉

清不过泉水，

8-1746

作	**不**	**外**	**水**	**文**
Soh	mbouj	vaij	raemx	fwn
θo^{6}	bou^{5}	vaːi^{3}	ɹan^{4}	vun^{1}
直	不	过	水	雨

直不过雨滴。

8-1747

同	**对**	**马**	**拉**	**本**
Doengz	doih	ma	laj	mbwn
toŋ^{2}	toːi^{6}	ma^{1}	la^{3}	bɯn^{1}
同	伙伴	来	下	天

同在天地间，

8-1748

么	**办**	**文**	**样**	**内**
Maz	baenz	vunz	yiengh	neix
ma^{2}	pan^{2}	vun^{2}	jɯːŋ^{6}	ni^{4}
什么	成	人	样	这

为何不如人。

女唱

8-1749

净	**不**	**外**	**水**	**莫**
Cingh	mbouj	vaij	raemx	mboq
çiŋ^{6}	bou^{5}	vaːi^{3}	ɹan^{4}	bo^{5}
净	不	过	水	泉

清不过泉水，

8-1750

作	**不**	**外**	**水**	**文**
Soh	mbouj	vaij	raemx	fwn
θo^{6}	bou^{5}	vaːi^{3}	ɹan^{4}	vun^{1}
直	不	过	水	雨

直不过雨滴。

8-1751

友	**而**	**友**	**不**	**文**
Youx	lawz	youx	mbouj	vunz
ju^{4}	laɯ^{2}	ju^{4}	bou^{5}	vun^{2}
友	哪	友	不	人

哪个不是人，

8-1752

友	**而**	**龙**	**小**	**女**
Youx	lawz	lungz	siuj	nawx
ju^{4}	laɯ^{2}	luŋ^{2}	θiːu^{3}	nɯ^{4}
友	哪	龙	小	女

哪个是龙女？

男唱

8–1753

水 刘 貝 刘 貝

Raemx liuz bae liuz bae

ɹan^{4} liːu^{2} pai^{1} liːu^{2} pai^{1}

水 流 去 流 去

河水东流去，

8–1754

几 时 刀 刘 刀

Geij seiz dauq liuz dauq

ki^{3} θi^{2} taːu^{5} liːu^{2} taːu^{5}

几 时 又 流 回

谁见水倒流。

8–1755

水 刘 貝 达 老

Raemx liuz bae dah laux

ɹan^{4} liːu^{2} pai^{1} ta^{6} laːu^{4}

水 流 去 河 大

水流归大河，

8–1756

几 时 刀 马 王

Geij seiz dauq ma vaengz

ki^{3} θi^{2} taːu^{5} ma^{1} vaŋ^{2}

几 时 回 来 潭

不会再回渊。

女唱

8–1757

水 吨 可 水 吨

Raemx daemz goj raemx daemz

ɹan^{4} tan^{2} ko^{5} ɹan^{4} tan^{2}

水 塘 也 水 塘

塘水归塘水，

8–1758

碰 令 它 是 刀

Bungq rin de cix dauq

puŋ^{5} ɹin^{1} te^{1} ɕi^{4} taːu^{5}

碰 石 那 就 回

撞石会回头。

8–1759

达 老 可 达 老

Dah laux goj dah laux

ta^{6} laːu^{4} ko^{5} ta^{6} laːu^{4}

河 大 也 河 大

大河是大河，

8–1760

水 可 泡 托 下

Raemx goj bauq doh roengz

ɹan^{4} ko^{5} paːu^{5} to^{6} ɹoŋ^{2}

水 也 涌 向 下

总奔涌向前。

男唱

8–1761

水 吨 可 水 吨

Raemx daemz goj raemx daemz

ɹan^{4} tan^{2} ko^{5} ɹan^{4} tan^{2}

水 塘 也 水 塘

塘水是塘水，

8–1762

牙 不 比 水 莫

Yax mbouj beij raemx mboq

ja^{5} bou^{5} pi^{3} ɹan^{4} bo^{5}

也 不 比 水 泉

比不上泉水。

8–1763

水 吨 是 花 罗

Raemx daemz cix va roz

ɹan^{4} tan^{2} ɕi^{4} va^{1} ɹo^{2}

水 塘 是 花 枯

塘水如落花，

8–1764

水 莫 是 长 刘

Raemx mboq cix ciengz liuz

ɹan^{4} bo^{5} ɕi^{4} ɕiːŋ^{2} liːu^{2}

水 泉 是 常 常

泉水不断流。

女唱

8–1765

水 吨 可 水 吨

Raemx daemz goj raemx daemz

ɹan^{4} tan^{2} ko^{5} ɹan^{4} tan^{2}

水 塘 也 水 塘

塘水是塘水，

8–1766

牙 不 比 水 莫

Yax mbouj beij raemx mboq

ja^{5} bou^{5} pi^{3} ɹan^{4} bo^{5}

也 不 比 水 泉

比不上泉水。

8–1767

达 老 可 达 老

Dah laux goj dah laux

ta^{6} laːu^{4} ko^{5} ta^{6} laːu^{4}

河 大 也 河 大

大河是大河，

8–1768

长 刘 泡 连 连

Ciengz liuz bauq lienz lienz

ɕiːŋ^{2} liːu^{2} paːu^{5} liːn^{2} liːn^{2}

常 常 涌 连 连

永远流不停。

男唱

8-1769

水	吨	生	是	生
Raemx	daemz	caem	cix	caem
ɹan^4	tan^2	ɕan^1	ɕi^4	ɕan^1
水	塘	沉	就	沉

塘水不流动，

8-1770

水	莫	可	利	泡
Raemx	mboq	goj	lij	bauq
ɹan^4	bo^5	ko^5	li^4	paːu^5
水	泉	也	还	涌

泉水还在冒。

8-1771

家	然	造	是	造
Gya	ranz	caux	cix	caux
kja^1	ɹaːn^2	ɕaːu^4	ɕi^4	ɕaːu^4
家	家	造	就	造

要结婚就结，

8-1772

秀	少	包	开	论
Ciuh	sau	mbauq	gaej	lumz
ɕiːu^6	θaːu^1	baːu^5	kaːi^5	lun^2
世	姑娘	小伙	莫	忘

莫忘我俩情。

女唱

8-1773

水	吨	生	是	生
Raemx	daemz	caem	cix	caem
ɹan^4	tan^2	ɕan^1	ɕi^4	ɕan^1
水	塘	沉	就	沉

塘水不流动，

8-1774

水	莫	可	很	泡
Raemx	mboq	goj	hwnj	bauq
ɹan^4	bo^5	ko^5	hɯn^3	paːu^5
水	泉	也	起	涌

泉水冒不停。

8-1775

备	貝	农	又	省
Beix	bae	nuengx	youh	swnj
pi^4	pai^1	nuːŋ^4	jou^4	θɯn^3
兄	去	妹	又	接

兄妹相接应，

8-1776

可	很	样	灯	日
Goj	hwnj	yiengh	daeng	ngoenz
ko^5	hɯn^3	juːŋ^6	taŋ^1	ŋon^2
也	起	样	灯	天

如太阳升起。

女唱

8-1777

水	**达**	**刀**	**马**	**王**
Raemx	dah	dauq	ma	vaengz
ɹan^4	ta^6	taːu^5	ma^1	vaŋ^2
水	河	回	来	潭

河水流归渊，

8-1778

水	**吨**	**刀**	**马**	**莫**
Raemx	daemz	dauq	ma	mboq
ɹan^4	tan^2	taːu^5	ma^1	bo^5
水	塘	回	来	泉

塘水流回泉。

8-1779

少	**刀**	**刀**	**然**	**卜**
Sau	dauq	dauq	ranz	boh
θaːu^1	taːu^5	taːu^5	ɹaːn^2	po^6
姑娘	又	回	家	父

妹回父母家，

8-1780

备	**屍**	**火**	**是**	**巡**
Beix	nyienh	hoj	cix	cunz
pi^4	ȵuːn^6	ho^3	ɕi^4	ɕun^2
兄	愿	苦	就	巡

兄愿就来访。

男唱

8-1781

水	**达**	**刀**	**马**	**王**
Raemx	dah	dauq	ma	vaengz
ɹan^4	ta^6	taːu^5	ma^1	vaŋ^2
水	河	回	来	潭

河水流归渊，

8-1782

水	**吨**	**刀**	**马**	**莫**
Raemx	daemz	dauq	ma	mboq
ɹan^4	tan^2	taːu^5	ma^1	bo^5
水	塘	回	来	泉

塘水流回泉。

8-1783

少	**刀**	**马**	**然**	**卜**
Sau	dauq	ma	ranz	boh
θaːu^1	taːu^5	ma^1	ɹaːn^2	po^6
姑娘	又	来	家	父

妹回父母家，

8-1784

备	**又**	**火**	**本**	**钱**
Beix	youh	hoj	bonj	cienz
pi^4	jou^4	ho^3	poːn^3	ɕiːn^2
兄	又	苦	本	钱

兄无钱求婚。

女唱

8–1785

水 达 刀 马 王

Raemx dah dauq ma vaengz

ɹan4 ta6 taːu5 ma1 vaŋ2

水 河 回 来 潭

河水流归渊，

8–1786

水 吨 刀 马 格

Raemx daemz dauq ma mbaek

ɹan4 tan2 taːu5 ma1 bak7

水 塘 回 来 梯田

塘水入梯田。

8–1787

少 刀 良 完 田

Sau dauq lingh vuenh dieg

θaːu1 taːu5 leːŋ6 vuːn6 tiːk8

姑娘 又 另 换 地

妹是要改嫁，

8–1788

备 利 尻 知 空

Beix lij nyienh rox ndwi

pi4 li4 ȵuːn6 ɹo4 duːi1

兄 还 愿 或 不

哥还愿娶不？

男唱

8–1789

水 达 刀 马 王

Raemx dah dauq ma vaengz

ɹan4 ta6 taːu5 ma1 vaŋ2

水 河 回 来 潭

河水流归渊，

8–1790

水 吨 刀 马 格

Raemx daemz dauq ma mbaek

ɹan4 tan2 taːu5 ma1 bak7

水 塘 回 来 梯田

塘水入梯田。

8–1791

少 得 良 完 田

Sau ndaej lingh vuenh dieg

θaːu1 dai3 leːŋ6 vuːn6 tiːk8

姑娘 得 另 换 地

姑娘愿改嫁，

8–1792

备 是 换 小 正

Beix cix rieg siuj cingz

pi4 ɕi4 ɹɯːk8 θiːu3 ɕiŋ2

兄 就 换 小 情

兄备礼求婚。

女唱

8–1793

优	**初**	**作**	**更**	**初**
Yaeuj	cauq	coq	gwnz	cauq
jau^{3}	çaːu^{5}	ço^{5}	kɯn^{2}	çaːu^{5}
抬	灶	放	上	灶

火灶架上锅，

8–1794

要	**水**	**凉**	**马**	**碰**
Aeu	raemx	liengz	ma	bungq
au^{1}	ɹan^{4}	liːŋ^{2}	ma^{1}	puŋ^{5}
要	水	凉	来	掺

再加入冷水。

8–1795

重	**心**	**牙**	**沙**	**丰**
Naek	sim	yaek	ra	fungh
nak^{7}	θin^{1}	jak^{7}	ɹa^{1}	fuŋ^{6}
重	心	要	找	凤

诚心找对象，

8–1796

碰	**卡**	**达**	**古**	**王**
Bungq	ga	dah	guh	vaengz
puŋ^{5}	ka^{1}	ta^{6}	ku^{4}	vaŋ^{2}
掺	条	河	做	潭

河添水为渊。

男唱

8–1797

打	**水**	**作**	**盆**	**金**
Daek	raemx	coq	buenz	gim
tak^{7}	ɹan^{4}	ço^{5}	puːn^{2}	kin^{1}
舀	水	放	盆	金

舀水放金盆，

8–1798

亱	**洗**	**定**	**又**	**刀**
Haemh	swiq	din	youh	dauq
han^{6}	θɯːi^{5}	tin^{1}	jou^{4}	taːu^{5}
夜	洗	脚	又	倒

洗完脚又倒。

8–1799

怨	**命**	**不**	**办**	**宝**
Yonq	mingh	mbouj	baenz	bauj
joːn^{5}	miŋ^{6}	bou^{5}	pan^{2}	paːu^{3}
怨	命	不	成	宝

嫌命不值钱，

8–1800

伴	**对**	**朝**	**采**	**邦**
Buenx	doiq	sauh	byaij	biengz
puːn^{4}	toːi^{5}	θaːu^{6}	pjaːi^{3}	piːŋ^{2}
伴	对	辈	走	地方

陪情侣游荡。

女唱

8–1801

打 水 作 安 邦

Daek raemx coq aen mbaengq

tak^{7} ɹan^{4} ɕo^{5} an^{1} baŋ^{5}

舀 水 放 个 大竹筒

舀水入竹筒，

8–1802

水 刀 当 古 汉

Raemx dauq dangh gouq hat

ɹan^{4} ta:u^{5} ta:ŋ^{6} kou^{5} ha:t^{7}

水 倒 当 救 渴

水还能解渴。

8–1803

貝 板 开 貝 南

Bae mbanj gaej bae nanz

pai^{1} ba:n^{3} ka:i^{5} pai^{1} na:n^{2}

去 村 莫 去 久

外出别太久，

8–1804

刀 然 贵 又 罵

Dauq ranz gwiz youh ndaq

ta:u^{5} ɹa:n^{2} kɯi^{2} jou^{4} da^{5}

回 家 丈夫 又 骂

回家丈夫骂。

男唱

8–1805

打 水 作 安 瓜

Daek raemx coq aen gva

tak^{7} ɹan^{4} ɕo^{5} an^{1} kwa^{1}

舀 水 放 个 锅

打水放锅中，

8–1806

土 仙 茶 在 加

Dou cienq caz ywq caj

tu^{1} ɕe:n^{1} ɕa^{2} jɯ^{5} kja^{3}

我 煎 茶 在 等

我沏茶等待。

8–1807

贵 牙 罵 是 罵

Gwiz yaek ndaq cix ndaq

kɯi^{2} jak^{7} da^{5} ɕi^{4} da^{5}

丈夫 要 骂 就 骂

丈夫骂就骂，

8–1808

瓜 了 洋 赔 恨

Gvaq liux yaeng boiz haemz

kwa^{5} li:u^{4} jaŋ^{1} po:i^{2} han^{2}

过 完 再 赔 恨

过后再算账。

女唱

8-1809

打	**水**	**作**	**安**	**初**
Daek	raemx	coq	aen	cauq
tak^{7}	ɹan^{4}	ɕo^{5}	an^{1}	ɕaːu^{5}
舀	水	放	个	灶

舀水入锅中，

8-1810

特	**马**	**泡**	**古**	**茶**
Dawz	ma	bauq	guh	caz
təɯ^{2}	ma^{1}	paːu^{5}	ku^{4}	ɕa^{2}
拿	来	滚	做	茶

烧开来沏茶。

8-1811

打	**水**	**作**	**安**	**瓜**
Daek	raemx	coq	aen	gva
tak^{7}	ɹan^{4}	ɕo^{5}	an^{1}	kwa^{1}
舀	水	放	个	锅

舀水放进锅，

8-1812

特	**马**	**安**	**古**	**初**
Dawz	ma	an	guh	cauq
təɯ^{2}	ma^{1}	aːn^{1}	ku^{4}	ɕaːu^{5}
拿	来	安	做	灶

拿来当晚饭。

男唱

8-1813

打	**水**	**作**	**安**	**初**
Daek	raemx	coq	aen	cauq
tak^{7}	ɹan^{4}	ɕo^{5}	an^{1}	ɕaːu^{5}
舀	水	放	个	灶

舀水入锅里，

8-1814

特	**马**	**泡**	**古**	**茶**
Dawz	ma	bauq	guh	caz
təɯ^{2}	ma^{1}	paːu^{5}	ku^{4}	ɕa^{2}
拿	来	滚	做	茶

烧开来沏茶。

8-1815

打	**水**	**作**	**安**	**瓜**
Daek	raemx	coq	aen	gva
tak^{7}	ɹan^{4}	ɕo^{5}	an^{1}	kwa^{1}
舀	水	放	个	锅

舀水放进锅，

8-1816

仙	**办**	**茶**	**氿**	**师**
Cienq	baenz	caz	laeuj	ndwq
ɕeːn^{1}	pan^{2}	ɕa^{2}	lau^{3}	dɯ^{5}
煎	成	茶	酒	酒糟

煮成甜酒茶。

女唱

8-1817
仙 茶 作 盆 金
Cienq caz coq buenz gim
$ɕeːn^1$ $ɕa^2$ $ɕo^5$ $puːn^2$ kin^1
煎 茶 放 盆 金
沏茶放金盆，

8-1818
不 吃 合 又 汉
Mbouj gwn hoz youh hat
bou^5 $kɯn^1$ ho^2 jou^4 $haːt^7$
不 喝 喉 又 渴
不喝口又渴。

8-1819
分 子 下 吉 家
Mbek swj roengz giz gya
$beːk^7$ $θɯ^3$ $ɹoŋ^2$ ki^2 kja^1
分别 子 下 处 家
子女被分离，

8-1820
分 秀 满 双 僂
Mbek ciuh monh song raeuz
$beːk^7$ $ɕiːu^6$ $moːn^6$ $θoːŋ^1$ $ɹau^2$
分 世 情 两 我们
我俩被分开。

男唱

8-1821
水 吨 生 堂 底
Raemx daemz caem daengz dij
$ɹan^4$ tan^2 $ɕan^1$ $taŋ^2$ ti^3
水 塘 沉 到 底
塘水浅见底，

8-1822
魚 丢 蛟 是 付
Bya diuq nyauh cix fouz
pja^1 $tiːu^5$ $ɲaːu^6$ $ɕi^4$ fu^2
鱼 跳 虾 就 浮
鱼跳小虾浮。

8-1823
友 而 爱 堂 土
Youx lawz ngaiq daengz dou
ju^4 $lauː^2$ $ŋaːi^5$ $taŋ^2$ tu^1
友 哪 爱 到 我
谁人爱上我，

8-1824
千 年 正 同 送
Cien nienz cingz doengh soengq
$ɕiːn^1$ $niːn^2$ $ɕiŋ^2$ $toŋ^2$ $θoŋ^5$
千 年 情 相 送
礼物常相送。

女唱

8-1825

魚	**兰**	**丢**	**很**	**单**
Bya	lamz	diuq	hwnj	dan
pja^{1}	laːm^{2}	tiːu^{5}	hɯn^{3}	taːn^{1}
鱼	蓝刀	跳	上	滩

蓝刀跳上岸，

8-1826

可	**利**	**土**	**魚**	**利**
Goj	lij	duz	bya	leix
ko^{5}	li^{4}	tu^{2}	pja^{1}	li^{4}
也	还	只	鱼	鲤

还有鲤鱼在。

8-1827

水	**吨**	**生**	**堂**	**底**
Raemx	daemz	caem	daengz	dij
ɹan^{4}	tan^{2}	ɕan^{1}	taŋ^{2}	ti^{3}
水	塘	沉	到	底

水塘旱到底，

8-1828

魚	**利**	**不**	**外**	**春**
Bya	leix	mbouj	vaij	cin
pja^{1}	li^{4}	bou^{5}	vaːi^{3}	ɕun^{1}
鱼	鲤	不	过	春

鲤鱼命不长。

男唱

8-1829

魚	**利**	**丢**	**很**	**单**
Bya	leix	diuq	hwnj	dan
pja^{1}	li^{4}	tiːu^{5}	hɯn^{3}	taːn^{1}
鱼	鲤	跳	上	滩

鲤鱼跳上岸，

8-1830

拜	**浪**	**米**	**沙**	**锯**
Baih	laeng	miz	nyod	gawq
paːi^{6}	laŋ^{1}	mi^{2}	ɲoːt^{8}	kəɯ^{5}
边	后	有	齿	锯

脊背有刺鳍。

8-1831

丢	**后**	**干**	**貝**	**在**
Deuz	haeuj	gamj	bae	ywq
tiːu^{2}	hau^{3}	kaːn^{3}	pai^{1}	jɯ^{5}
逃	进	洞	去	住

进岩洞去住，

8-1832

伏	**备**	**作**	**罗**	**而**
Mbwq	beix	coq	loh	rawz
bɯ^{5}	pi^{4}	ɕo^{5}	lo^{6}	ɹaɯ^{2}
厌恶	兄	放	路	什么

为何厌情哥？

女唱

8-1833

魚	**兰**	**点**	**魚**	**利**
Bya	lamz	dem	bya	leix
pja^{1}	la:m^{2}	te:n^{1}	pja^{1}	li^{4}
鱼	蓝刀	与	鱼	鲤

蓝刀和鲤鱼，

8-1834

义	**百**	**四**	**两**	**金**
Ngeih	bak	seiq	liengx	gim
ȵi^{6}	pa:k^{7}	θei^{5}	li:ŋ^{4}	kin^{1}
二	百	四	两	金

价格贵过天。

8-1835

可	**利**	**土**	**魚**	**令**
Goj	lij	duz	bya	lingz
ko^{5}	li^{4}	tu^{2}	pja^{1}	liŋ^{2}
也	还	条	鱼	鲮

剩下野鲮鱼，

8-1836

牙	**吃**	**是**	**中**	**先**
Yaek	gwn	cix	cuengq	set
jak^{7}	kɯn^{1}	ɕi^{4}	ɕu:ŋ^{5}	θe:t^{7}
欲	吃	就	放	鱼竿

想吃就去钓。

男唱

8-1837

魚	**米**	**六**	**十**	**斤**
Bya	miz	roek	cib	gaen
pja^{1}	mi^{2}	ɹok^{7}	ɕit^{8}	kan^{1}
鱼	有	六	十	斤

鱼重六十斤，

8-1838

身	**土**	**生**	**下**	**拉**
Ndang	duz	caem	roengz	laeg
da:ŋ^{1}	tu^{2}	ɕan^{1}	ɹoŋ^{2}	lak^{8}
身	只	沉	下	深

鱼身往下沉。

8-1839

魚	**米**	**千**	**斤**	**重**
Bya	miz	cien	gaen	naek
pja^{1}	mi^{2}	ɕi:n^{1}	kan^{1}	nak^{7}
鱼	有	千	斤	重

鱼有千斤重，

8-1840

样	**而**	**拉**	**堂**	**更**
Yiengh	lawz	rag	daengz	gwnz
jɯ:ŋ^{6}	lauɯ^{2}	ɹa:k^{8}	taŋ^{2}	kɯn^{2}
样	哪	拉	到	上

怎么拖上岸？

女唱

8-1841

水	**达**	**很**	**吨**	**本**
Raemx	dah	hwnj	daemx	mbwn
ɹan^{4}	ta^{6}	hɯn^{3}	tan^{4}	bɯn^{1}
水	**河**	**起**	**顶**	**天**

河水涨到天，

8-1842

利	**土**	**初**	**中**	**先**
Lix	duz	sou	cuengq	sienq
li^{4}	tu^{2}	θu^{1}	ɕuːŋ^{5}	θiːn^{5}
剩	**的**	**你们**	**放**	**线**

不适合垂钓。

8-1843

特	**华**	**农**	**马**	**恋**
Dawz	vah	nuengx	ma	lienh
təɯ^{2}	va^{6}	nuːŋ^{4}	ma^{1}	liːn^{6}
拿	**话**	**妹**	**来**	**恋**

用妹的话说，

8-1844

权	**内**	**权**	**召**	**心**
Gienh	neix	gienh	cau	sim
kjiːn^{6}	ni^{4}	kjiːn^{6}	ɕaːu^{5}	θin^{1}
件	**这**	**件**	**操**	**心**

此事太烦心。

男唱

8-1845

魚	**利**	**点**	**魚**	**岁**
Bya	leix	dem	bya	saeq
pja^{1}	li^{4}	teːn^{1}	pja^{1}	θai^{5}
鱼	**鲤**	**与**	**鱼**	**小**

鲤鱼和翠鱼，

8-1846

你	**牙**	**列**	**农**	**银**
Mwngz	yax	leh	nuengx	ngaenz
mɯŋ^{2}	ja^{5}	le^{6}	nuːŋ^{4}	ŋan^{2}
你	**也**	**选**	**妹**	**银**

常看望情妹。

8-1847

吃	**希**	**貝**	**吨**	**本**
Gwn	heiq	bae	daemx	mbwn
kɯn^{1}	hi^{5}	pai^{1}	tan^{4}	bɯn^{1}
吃	**气**	**去**	**顶**	**天**

再大的烦恼，

8-1848

才	**农**	**银**	**斗**	**列**
Caih	nuengx	ngaenz	daeuj	leh
ɕaːi^{6}	nuːŋ^{4}	ŋan^{2}	tau^{3}	le^{6}
随	**妹**	**银**	**来**	**选**

欢迎妹探望。

女唱

8-1849

魚	**利**	**丢**	**很**	**单**
Bya	leix	diuq	hwnj	dan
pja^{1}	li^{4}	tiːu^{5}	hɯn^{3}	taːn^{1}
鱼	鲤	跳	上	滩

鲤鱼跳上岸，

8-1850

魚	**兰**	**丢**	**不**	**丢**
Bya	lamz	diuq	mbouj	diuq
pja^{1}	laːm^{2}	tiːu^{5}	bou^{5}	tiːu^{5}
鱼	蓝刀	跳	不	跳

蓝刀鱼跳否？

8-1851

月	**内**	**贝**	**十**	**九**
Ndwen	neix	bae	cib	gouj
duːn^{1}	ni^{4}	pai^{1}	ɕit^{8}	kjou^{3}
月	这	去	十	九

本月十九天，

8-1852

可	**利**	**秋**	**月**	**浪**
Goj	lij	ciuq	ndwen	laeng
ko^{5}	li^{4}	ɕiːu^{5}	duːn^{1}	laŋ^{1}
也	还	看	月	后

只能盼下日。

男唱

8-1853

魚	**利**	**丢**	**很**	**单**
Bya	leix	diuq	hwnj	dan
pja^{1}	li^{4}	tiːu^{5}	hɯn^{3}	taːn^{1}
鱼	鲤	跳	上	滩

鲤鱼跳上岸，

8-1854

魚	**兰**	**丢**	**不**	**丢**
Bya	lamz	diuq	mbouj	diuq
pja^{1}	laːm^{2}	tiːu^{5}	bou^{5}	tiːu^{5}
鱼	蓝刀	跳	不	跳

蓝刀鱼跳否？

8-1855

很	**山**	**尚**	**贝**	**刘**
Hwnj	bya	sang	bae	liuh
hɯn^{3}	pja^{1}	θaːŋ^{1}	pai^{1}	liːu^{6}
上	山	高	去	游

上高山眺望，

8-1856

秋	**样**	**飞**	**不**	**飞**
Ciuq	yiengh	mbin	mbouj	mbin
ɕiːu^{5}	jɯːŋ^{6}	bin^{1}	bou^{5}	bin^{1}
看	样	飞	不	飞

能否展翅飞？

女唱

8-1857

很	山	尚	貝	刘
Hwnj	bya	sang	bae	liuh
hɯn^3	pja^1	θaːŋ^1	pai^1	liːu^6
上	山	高	去	游

上高山眺望，

8-1858

秋	样	飞	不	飞
Ciuq	yiengh	mbin	mbouj	mbin
ɕiːu^5	jɯːŋ^6	bin^1	bou^5	bin^1
看	样	飞	不	飞

能否展翅飞？

8-1859

卡	牛	真	不	真
Gaj	cwz	caen	mbouj	caen
ka^3	cɯ^2	ɕin^1	bou^5	ɕin^1
杀	牛	真	不	真

是否真杀牛？

8-1860

秀	广	英	牙	了
Ciuh	gvangj	in	yaek	liux
ɕiːu^6	kwaːŋ^3	in^1	jak^7	liːu^4
世	广	姻	要	完

青春期快过。

男唱

8-1861

很	山	尚	貝	刘
Hwnj	bya	sang	bae	liuh
hɯn^3	pja^1	θaːŋ^1	pai^1	liːu^6
上	山	高	去	游

上高山眺望，

8-1862

秋	样	飞	不	飞
Ciuq	yiengh	mbin	mbouj	mbin
ɕiːu^5	jɯːŋ^6	bin^1	bou^5	bin^1
看	样	飞	不	飞

能否展翅飞？

8-1863

才	牙	真	不	真
Caih	yax	caen	mbouj	caen
ɕaːi^6	ja^5	ɕin^1	bou^5	ɕin^1
随	也	真	不	真

管你真不真，

8-1864

可	交	心	牙	知
Goj	gyau	sim	yax	rox
ko^5	kjaːu^1	θin^1	ja^5	ɹo^4
也	交	心	才	知

交心才知道。

女唱

8–1865

很	**山**	**尚**	**貝**	**刘**
Hwnj	bya	sang	bae	liuh
hɯn^{3}	pja^{1}	θaːŋ^{1}	pai^{1}	liːu^{6}
上	山	高	去	游

上高山眺望，

8–1866

秋	**东**	**海**	**米**	**吨**
Ciuq	doeng	haij	miz	daemz
ɕiːu^{5}	toŋ^{1}	haːi^{3}	mi^{2}	tan^{2}
看	东	海	有	塘

见东海有塘。

8–1867

秋	**见**	**田**	**备**	**银**
Ciuq	raen	denz	beix	ngaenz
ɕiːu^{5}	ɹan^{1}	teːn^{2}	pi^{4}	ŋan^{2}
看	见	地	兄	银

望见兄家园，

8–1868

牙	**飞**	**空**	**米**	**羽**
Yaek	mbin	ndwi	miz	fwed
jak^{7}	bin^{1}	duːi^{1}	mi^{2}	fuːt^{8}
要	飞	不	有	翅

想飞无翅膀。

男唱

8–1869

秋	**刀**	**可**	**见**	**田**
Ciuq	dauq	goj	raen	denz
ɕiːu^{5}	taːu^{5}	ko^{5}	ɹan^{1}	teːn^{2}
看	回	也	见	地

望见妹家园，

8–1870

伕	**不**	**狼**	**你**	**马**
Fwx	mbouj	langh	mwngz	ma
fə^{4}	bou^{5}	laːŋ^{6}	mɯŋ^{2}	ma^{1}
别人	不	放	你	来

你夫不放手。

8–1871

秋	**刀**	**可**	**见**	**山**
Ciuq	dauq	goj	raen	bya
ɕiːu^{5}	taːu^{5}	ko^{5}	ɹan^{1}	pja^{1}
看	回	也	见	山

望见妹故乡，

8–1872

几	**时**	**马**	**见**	**农**
Geij	seiz	ma	raen	nuengx
ki^{3}	θi^{2}	ma^{1}	ɹan^{1}	nuːŋ^{4}
几	时	来	见	妹

何时能见妹？

女唱

8–1873

很	**山**	**尚**	**貝**	**刘**
Hwnj	bya	sang	bae	liuh
hɯn^{3}	pja^{1}	θaːŋ^{1}	pai^{1}	liːu^{6}
上	山	高	去	游

上高山眺望，

8–1874

秋	**东**	**海**	**米**	**王**
Ciuq	doeng	haij	miz	vaengz
ɕiːu^{5}	toŋ^{1}	haːi^{3}	mi^{2}	vaŋ^{2}
看	东	海	有	潭

见东海有渊。

8–1875

邦	**伏**	**满**	**了**	**农**
Biengz	fwx	monh	liux	nuengx
piːŋ^{2}	fə^{4}	moːn^{6}	liːu^{4}	nuːŋ^{4}
地方	别人	情	啰	妹

妹家有情爱，

8–1876

心	**备**	**银**	**自**	**凉**
Sim	beix	ngaenz	gag	liengz
θin^{1}	pi^{4}	ŋan^{2}	kaːk^{8}	liːŋ^{2}
心	兄	银	自	凉

情哥心自寒。

男唱

8–1877

很	**山**	**尚**	**貝**	**刘**
Hwnj	bya	sang	bae	liuh
hɯn^{3}	pja^{1}	θaːŋ^{1}	pai^{1}	liːu^{6}
上	山	高	去	游

上高山眺望，

8–1878

秋	**东**	**海**	**卢**	**连**
Ciuq	doeng	haij	luz	lienz
ɕiːu^{5}	toŋ^{1}	haːi^{3}	lu^{2}	liːn^{2}
看	东	海	连	连

见东海辽阔。

8–1879

邦	**伏**	**满**	**吨**	**天**
Biengz	fwx	monh	daemx	denh
piːŋ^{2}	fə^{4}	moːn^{6}	tan^{4}	tiːn^{1}
地方	别人	情	顶	天

别处情再浓，

8–1880

不	**比**	**邦**	**少**	**包**
Mbouj	beij	biengz	sau	mbauq
bou^{5}	pi^{3}	piːŋ^{2}	θaːu^{1}	baːu^{5}
不	比	地方	姑娘	小伙

不比我俩好。

女唱

8-1881

很 山 尚 貝 刘

Hwnj bya sang bae liuh

hɯn^{3} pja^{1} θa:ŋ^{1} pai^{1} li:u^{6}

上 山 高 去 游

上高山眺望，

8-1882

秋 东 海 米 吨

Ciuq doeng haij miz daemz

çi:u^{5} toŋ^{1} ha:i^{3} mi^{2} tan^{2}

看 东 海 有 塘

见东海有塘。

8-1883

秋 见 田 备 银

Ciuq raen denz beix ngaenz

çi:u^{5} ɹan^{1} te:n^{2} pi^{4} ŋan^{2}

看 见 地 兄 银

见情兄家园，

8-1884

南 马 全 讲 满

Nanz ma gyonj gangj monh

na:n^{2} ma^{1} kjo:n^{1} ka:ŋ^{3} mo:n^{6}

久 来 聚 讲 情

难来相聚首。

男唱

8-1885

很 公 山 九 烟

Hwnj goeng bya gouj ien

hɯn^{3} koŋ^{1} pja^{1} kjau^{3} i:n^{1}

上 座 山 九 烟

登上九烟山，

8-1886

秋 三 八 吨 布

Ciuq sanh bek daemj baengz

çi:u^{5} θa:n^{1} pe:k^{7} tan^{3} paŋ^{2}

看 山 伯 织 布

望山伯织布。

8-1887

秋 女 不 见 娘

Ciuq nawx mbouj raen nangz

çi:u^{5} nɯ^{4} bou^{5} ɹan^{1} na:ŋ^{2}

看 女 不 见 姑娘

望妹不见妹，

8-1888

秋 三 层 托 乃

Ciuq sam caengz doek naiq

çi:u^{5} θa:n^{1} çaŋ^{2} tok^{7} na:i^{5}

看 三 层 落 累

越望越伤心。

女唱

8-1889
乜 生 你 阝 一
Meh seng mwngz boux ndeu
me^{6} θe:ŋ^{1} mɯŋ^{2} pu^{4} de:u^{1}
母 生 你 人 一
你是独生仔，

8-1890
采 元 开 托 乃
Byaij roen gaej doek naiq
pja:i^{3} jo:n^{1} ka:i^{5} tok^{7} na:i^{5}
走 路 莫 落 累
走路莫伤心。

8-1891
洋 小 凉 洋 采
Yaeng siu liengz yaeng caij
jaŋ^{1} θi:u^{1} li:ŋ^{2} jaŋ^{1} ɕa:i^{3}
再 消 凉 再 踩
边休息边走，

8-1892
欢 备 可 跟 浪
Fwen beix goj riengz laeng
vu:n^{1} pi^{4} ko^{5} ɹi:ŋ^{2} laŋ^{1}
歌 兄 也 跟 后
情哥跟后头。

男唱

8-1893
很 公 山 九 烟
Hwnj goeng bya gouj ien
hɯn^{3} koŋ^{1} pja^{1} kjau^{3} i:n^{1}
上 座 山 九 烟
登上九烟山，

8-1894
秋 三 八 吨 布
Ciuq sanh bek daemj baengz
ɕi:u^{5} θa:n^{1} pe:k^{7} tan^{3} paŋ^{2}
看 山 伯 织 布
看山伯织布。

8-1895
秋 那 不 见 浪
Ciuq naj mbouj raen laeng
ɕi:u^{5} na^{3} bou^{5} ɹan^{1} laŋ^{1}
看 前 不 见 后
望前不见后，

8-1896
秋 江 堂 凉 孝
Ciuq gyang dangz liengz yauj
ɕi:u^{5} kja:ŋ^{1} ta:ŋ^{2} li:ŋ^{2} ja:u^{3}
看 中 堂 凉 飕飕
厅堂凉飕飕。

女唱

8–1897

很 公 山 九 烟

Hwnj goeng bya gouj ien

hɯn^{3} koŋ^{1} pja^{1} kjau^{3} iːn^{1}

上 座 山 九 烟

登上九烟山，

8–1898

秋 三 八 吨 绸

Ciuq sanh bek daemj couz

ɕiːu^{5} θaːn^{1} peːk^{7} tan^{3} ɕu^{2}

看 山 伯 织 绸

看山伯织绸。

8–1899

庆 远 可 利 土

Ging yenj goj lij dou

kiŋ^{3} juːn^{6} ko^{5} li^{4} tu^{1}

庆 远 也 还 我

庆远还有我，

8–1900

备 开 忧 老 秀

Beix gaej you lauq ciuh

pi^{4} kaːi^{5} jou^{1} laːu^{5} ɕiːu^{6}

兄 莫 忧 误 世

莫愁误青春。

男唱

8–1901

很 公 山 三 咬

Hwnj goeng bya sam ngauh

hɯn^{3} koŋ^{1} pja^{1} θaːn^{1} ŋaːu^{6}

上 座 山 三 影

登上三影山，

8–1902

手 寿 毛 又 站

Fwngz caeux mauh youh soengz

fɯŋ^{2} ɕau^{4} maːu^{6} jou^{4} θoŋ^{2}

手 抓 帽 又 站

脱帽独伫立。

8–1903

秋 全 论 办 岸

Ciuq gyonj laep baenz rungh

ɕiːu^{5} kjoːn^{3} lap^{7} pan^{2} ɹuŋ^{6}

看 都 黑 成 岸

到处一片黑，

8–1904

不 办 同 偻 了

Mbouj baenz doengz raeuz liux

bou^{5} pan^{2} toŋ^{2} ɹau^{2} liːu^{4}

不 成 同 我们 啰

看不见朋友。

女唱

8–1905

很	公	山	三	咬
Hwnj	goeng	bya	sam	ngauh
hɯn^{3}	koŋ^{1}	pja^{1}	θaːn^{1}	ŋaːu^{6}
上	座	山	三	影

登上三影山，

8–1906

手	寿	毛	又	站
Fwngz	caeux	mauh	youh	soengz
fɯŋ^{2}	çau^{4}	maːu^{6}	jou^{4}	θoŋ^{2}
手	抓	帽	又	站

脱帽自伫立。

8–1907

秋	同	不	见	同
Ciuq	doengz	mbouj	raen	doengz
çiːu^{5}	toŋ^{2}	bou^{5}	ɹan^{1}	toŋ^{2}
看	同	不	见	同

望友不见友，

8–1908

同	貝	方	而	在
Doengz	bae	fueng	lawz	ywq
toŋ^{2}	pai^{1}	fuːŋ^{1}	lauː^{2}	jɯ^{5}
同	去	方	哪	住

友今何所去？

男唱

8–1909

很	山	貝	要	会
Hwnj	bya	bae	aeu	faex
hɯn^{3}	pja^{1}	pai^{1}	au^{1}	fai^{4}
上	山	去	要	树

上山要木头，

8–1910

不	得	是	要	芬
Mbouj	ndaej	cix	aeu	fwnz
bou^{5}	dai^{3}	çi^{4}	au^{1}	fɯn^{2}
不	得	就	要	柴

不得就捡柴。

8–1911

貝	那	秋	不	见
Bae	naj	ciuq	mbouj	raen
pai^{1}	na^{3}	çiːu^{5}	bou^{5}	ɹan^{1}
去	前	看	不	见

往前不见路，

8–1912

要	更	古	桥	才
Aeu	gaen	guh	giuz	raih
au^{1}	kan^{1}	ku^{4}	kiːu^{2}	ɹaːi^{6}
要	巾	做	桥	爬

毛巾代为桥。

女唱

8–1913

很	**山**	**貝**	**要**	**会**
Hwnj	bya	bae	aeu	faex
hɯn^{3}	pja^{1}	pai^{1}	au^{1}	fai^{4}
上	**山**	**去**	**要**	**树**

上山要木头，

8–1914

不	**得**	**是**	**要**	**凿**
Mbouj	ndaej	cix	aeu	liu
bou^{5}	dai^{3}	ci^{4}	au^{1}	liːu^{1}
不	**得**	**就**	**要**	**柴火**

无木要小柴。

8–1915

秋	**后**	**拜**	**务**	**绿**
Ciuq	haeuj	baih	huj	heu
ɕiːu^{5}	hau^{3}	paːi^{6}	hu^{3}	heːu^{1}
看	**进**	**边**	**云**	**青**

抬头望苍穹，

8–1916

米	**的**	**一**	**托**	**乃**
Miz	diq	ndeu	doek	naiq
mi^{2}	ti^{5}	deːu^{1}	tok^{7}	naːi^{5}
有	**点**	**一**	**落**	**累**

悲凉又失望。

男唱

8–1917

很	**公**	**山**	**四**	**林**
Hwnj	goeng	bya	seiq	limq
hɯn^{3}	koŋ^{1}	pja^{1}	θei^{5}	lim^{5}
上	**座**	**山**	**四**	**棱角**

登上四棱山，

8–1918

比	**命**	**寿**	**果**	**哈**
Beij	mingh	caeux	go	haz
pi^{3}	miŋ^{6}	ɕau^{4}	ko^{1}	ha^{2}
比	**命**	**抓**	**棵**	**茅草**

小命悬一线。

8–1919

命	**不**	**结**	**关**	**巴**
Mingh	mbouj	giet	gvan	baz
miŋ^{6}	bou^{5}	kiːt^{7}	kwaːn^{1}	pa^{2}
命	**不**	**结**	**夫**	**妻**

成不了夫妻，

8–1920

广	**英**	**写**	**给**	**伕**
Gvangj	in	ce	hawj	fwx
kwaːŋ^{3}	in^{1}	ɕe^{1}	həɯ^{3}	fə^{4}
广	**姻**	**留**	**给**	**别人**

姻缘送别人。

女唱

8-1921

很 公 山 四 林

Hwnj goeng bya seiq limq

hɯn^{3} koŋ^{1} pja^{1} θei^{5} lim^{5}

上 座 山 四 棱角

登上四棱山，

8-1922

比 命 寿 果 仟

Beij mingh caeux go em

pi^{3} miŋ^{6} ɕau^{4} ko^{1} eːm^{1}

比 命 抓 棵 芭芒

小命悬一线。

8-1923

命 不 结 同 年

Mingh mbouj giet doengz nienz

miŋ^{6} bou^{5} kiːt^{7} toŋ^{2} niːn^{2}

命 不 结 同 年

命中无姻缘，

8-1924

广 英 千 里 罗

Gvangj in cien leix loh

kwaːŋ^{3} in^{1} ɕiːn^{1} li^{4} lo^{6}

广 姻 千 里 路

姻缘远离去。

男唱

8-1925

很 公 山 四 林

Hwnj goeng bya seiq limq

hɯn^{3} koŋ^{1} pja^{1} θei^{5} lim^{5}

上 座 山 四 棱角

登上四棱山，

8-1926

比 命 寿 果 哈

Beij mingh caeux go haz

pi^{3} miŋ^{6} ɕau^{4} ko^{1} ha^{2}

比 命 抓 棵 茅草

小命悬一线。

8-1927

怕 儿 来 元 家

Ba geij lai ien gya

pa^{1} ki^{3} laːi^{1} juːn^{1} kja^{1}

怕 几 多 冤 家

曾经历太多，

8-1928

为 好 你 了 农

Vih ndij mwngz liux nuengx

vei^{6} di^{1} mɯŋ^{2} liːu^{4} nuːŋ^{4}

为 与 你 啰 妹

都是为了你。

女唱

8–1929

很 公 山 四 林

Hwnj goeng bya seiq limq

hɯn^{3} koŋ^{1} pja^{1} θei^{5} lim^{5}

上 座 山 四 棱角

登上四棱山，

8–1930

比 命 寿 果 哈

Beij mingh caeux go haz

pi^{3} miŋ^{6} ɕau^{4} ko^{1} ha^{2}

比 命 抓 棵 茅草

小命悬一线。

8–1931

不 得 怕 元 家

Mbouj ndaej ba ien gya

bou^{5} dai^{3} pa^{1} juːn^{1} kja^{1}

不 得 怕 冤 家

不敢造冤家，

8–1932

而 刀 马 对 仪

Raz dauq ma doiq saenq

ɹa^{2} taːu^{5} ma^{1} toːi^{5} θin^{5}

一会 回 来 退 信

就决定悔约。

男唱

8–1933

很 公 山 四 林

Hwnj goeng bya seiq limq

hɯn^{3} koŋ^{1} pja^{1} θei^{5} lim^{5}

上 座 山 四 棱角

登上四棱山，

8–1934

比 命 寿 果 仟

Beij mingh caeux go em

pi^{3} miŋ^{6} ɕau^{4} ko^{1} eːm^{1}

比 命 抓 棵 芭芒

小命悬一线。

8–1935

伕 记 仪 马 念

Fwx geiq saenq ma niemh

fə^{4} ki^{5} θin^{5} ma^{1} niːm^{6}

别人 寄 信 来 念

别人信中说，

8–1936

说 少 变 罗 机

Naeuz sau bienq loh giq

nau^{2} θaːu^{1} piːn^{5} lo^{6} ki^{5}

说 姑娘 变 路 岔

妹另有所图。

女唱

8-1937

很 公 山 桥 金

Hwnj goeng bya giuz gim

hɯn^{3} koŋ^{1} pja^{1} kiːu^{2} kin^{1}

上 座 山 桥 金

登上金桥山，

8-1938

口 本 红 办 血

Gaeuj mbwn nding baenz lwed

kau^{3} bɯn^{1} diŋ^{1} pan^{2} lɯːt^{8}

看 天 红 成 血

天空红似血。

8-1939

很 公 山 内 欢

Hwnj goeng bya neix ndwek

hɯn^{3} koŋ^{1} pja^{1} ni^{4} dɯːk^{7}

上 座 山 这 热闹

到此山对歌，

8-1940

牙 满 秀 双 偻

Yaek mued ciuh song raeuz

jak^{7} muːt^{8} çiːu^{6} θoːŋ^{1} ɹau^{2}

要 没 世 两 我们

绝此生情缘。

男唱

8-1941

古 对 很 山 尚

Guh doih hwnj bya sang

ku^{4} toːi^{6} hɯn^{3} pja^{1} θaːŋ^{1}

做 伙伴 上 山 高

相伴上高山，

8-1942

秋 四 方 凉 孝

Ciuq seiq fueng liengz yauj

çiːu^{5} θei^{5} fuːŋ^{1} liːŋ^{2} jaːu^{3}

看 四 方 凉 飕飕

四下甚悲凉。

8-1943

少 貝 贵 不 刀

Sau bae gwiz mbouj dauq

θaːu^{1} pai^{1} kɯi^{2} bou^{5} taːu^{5}

姑娘 去 丈夫 不 回

妹嫁人去了，

8-1944

包 自 满 千 年

Mbauq gag monh cien nienz

baːu^{5} kaːk^{8} moːn^{6} çiːn^{1} niːn^{2}

小伙 自 谈情 千 年

兄独守约定。

女唱

8-1945

古	**对**	**很**	**山**	**尚**
Guh	doih	hwnj	bya	sang
ku^{4}	toːi^{6}	hɯn^{3}	pja^{1}	θaːŋ^{1}
做	伙伴	上	山	高

结伴上高山，

8-1946

折	**牙**	**洋**	**古**	**特**
Euj	yaz	yangz	guh	dawh
eːu^{3}	ja^{2}	jaːŋ^{2}	ku^{4}	təɯ^{6}
折	芸	香	做	筷

芸香当筷条。

8-1947

土	**九**	**你**	**不**	**勒**
Dou	iu	mwngz	mbouj	lawh
tu^{1}	iːu^{1}	mɯŋ^{2}	bou^{5}	ləɯ^{6}
我	邀	你	不	换

不互换信物，

8-1948

老	**牙**	**伕**	**秀**	**正**
Lau	yaek	mbwq	ciuh	cingz
laːu^{1}	jak^{7}	bɯ^{5}	ɕiːu^{6}	ɕiŋ^{2}
怕	要	厌恶	世	情

怕是要绝情。

男唱

8-1949

古	**对**	**很**	**山**	**尚**
Guh	doih	hwnj	bya	sang
ku^{4}	toːi^{6}	hɯn^{3}	pja^{1}	θaːŋ^{1}
做	伙伴	上	山	高

结伴上高山，

8-1950

折	**牙**	**洋**	**古**	**特**
Euj	yaz	yangz	guh	dawh
eːu^{3}	ja^{2}	jaːŋ^{2}	ku^{4}	təɯ^{6}
折	芸	香	做	筷

芸香当筷条。

8-1951

卜	**义**	**十**	**同**	**勒**
Boux	ngeih	cib	doengh	lawh
pu^{4}	ȵi^{6}	ɕit^{8}	toŋ^{2}	ləɯ^{6}
人	二	十	相	换

二十岁恋爱，

8-1952

伕	**牙**	**才**	**合**	**你**
Mbwq	yax	caih	hoz	mwngz
bɯ^{5}	ja^{5}	ɕaːi^{6}	ho^{2}	mɯŋ^{2}
厌恶	也	随	喉	你

愿不愿由你。

女唱

8-1953

古 对 很 山 尚

Guh doih hwnj bya sang

ku^{4} to:i^{6} hɯn^{3} pja^{1} θa:ŋ^{1}

做 伙伴 上 山 高

结伴上高山，

8-1954

折 牙 洋 古 特

Euj yaz yangz guh dawh

e:u^{3} ja^{2} ja:ŋ^{2} ku^{4} təɯ^{6}

折 芸 香 做 筷

芸香当筷条。

8-1955

伕 九 你 是 勒

Fwx iu mwngz cix lawh

fə^{4} i:u^{1} mɯŋ^{2} ɕi^{4} ləɯ^{6}

别人 邀 你 就 换

你另有所图，

8-1956

农 可 克 加 你

Nuengx goj gwz caj mwngz

nu:ŋ^{4} ko^{5} kə^{4} kja^{3} mɯŋ^{2}

妹 也 耐心 等 你

妹耐心等你。

男唱

8-1957

古 对 很 山 尚

Guh doih hwnj bya sang

ku^{4} to:i^{6} hɯn^{3} pja^{1} θa:ŋ^{1}

做 伙伴 上 山 高

结伴上高山，

8-1958

折 牙 洋 古 特

Euj yaz yangz guh dawh

e:u^{3} ja^{2} ja:ŋ^{2} ku^{4} təɯ^{6}

折 芸 香 做 筷

芸香当筷条。

8-1959

伕 九 你 是 勒

Fwx iu mwngz cix lawh

fə^{4} i:u^{1} mɯŋ^{2} ɕi^{4} ləɯ^{6}

别人 邀 你 就 换

不愿你另找，

8-1960

克 加 备 古 而

Gwz caj beix guh rawz

kə^{4} kja^{3} pi^{4} ku^{4} ɹaɯ^{2}

耐心 等 兄 做 什么

不勉强等兄。

女唱

8-1961

古 对 很 山 尚

Guh doih hwnj bya sang

ku^{4} to:i^{6} hɯn^{3} pja^{1} θa:ŋ^{1}

做 伙伴 上 山 高

结伴上高山，

8-1962

折 牙 洋 古 特

Euj yaz yangz guh dawh

e:u^{3} ja^{2} ja:ŋ^{2} ku^{4} təɯ^{6}

折 芸 香 做 筷

芸香当筷条。

8-1963

文 邦 古 金 师

Vunz biengz guh ginh sae

vun^{2} pi:ŋ^{2} ku^{4} kin^{5} θei^{1}

人 地方 做 军 师

人给我说媒，

8-1964

同 勒 不 外 春

Doengh lawh mbouj vaij cin

toŋ^{2} ləɯ^{6} bou^{5} va:i^{3} ɕun^{1}

相 换 不 过 春

结交不长久。

男唱

8-1965

古 对 很 山 尚

Guh doih hwnj bya sang

ku^{4} to:i^{6} hɯn^{3} pja^{1} θa:ŋ^{1}

做 伙伴 上 山 高

结伴上高山，

8-1966

折 牙 洋 古 特

Euj yaz yangz guh dawh

e:u^{3} ja^{2} ja:ŋ^{2} ku^{4} təɯ^{6}

折 芸 香 做 筷

芸香当筷条。

8-1967

文 邦 古 金 师

Vunz biengz guh ginh sae

vun^{2} pi:ŋ^{2} ku^{4} kin^{5} θei^{1}

人 地方 做 军 师

人给我说媒，

8-1968

卜 牙 伕 卜 写

Boux yax mbwq boux ce

pu^{4} ja^{5} bɯ^{5} pu^{4} ɕe^{1}

人 也 厌恶 人 留

谁都没兴趣。

女唱

8-1969

古 对 很 山 尚

Guh doih hwnj bya sang

ku^4 to:i^6 hɯn^3 pja^1 θa:ŋ^1

做 伙伴 上 山 高

结伴上高山，

8-1970

折 牙 洋 古 为

Euj yaz yangz guh vei

e:u^3 ja^2 ja:ŋ^2 ku^4 vei^1

折 芸 香 做 亏

折枝不讨好。

8-1971

同 恋 三 比 岁

Doengh lienh sam bi caez

toŋ^2 li:n^6 sa:n^1 pi^1 ɕai^2

相 恋 三 年 齐

相恋三年整，

8-1972

同 得 不 用 媒

Doengh ndaej mbouj yungh moiz

toŋ^2 dai^3 bou^5 juŋ^6 mo:i^2

相 得 不 用 媒

成亲不用媒。

男唱

8-1973

古 对 很 山 尚

Guh doih hwnj bya sang

ku^4 to:i^6 hɯn^3 pja^1 θa:ŋ^1

做 伙伴 上 山 高

结伴上高山，

8-1974

折 牙 洋 古 为

Euj yaz yangz guh vei

e:u^3 ja^2 ja:ŋ^2 ku^4 vei^1

折 芸 香 做 亏

折枝不讨好。

8-1975

同 恋 空 同 得

Doengh lienh ndwi doengh ndaej

toŋ^2 li:n^6 du:i^1 toŋ^2 dai^3

相 恋 不 相 得

恋爱不成亲，

8-1976

坏 巴 尖 你 空

Vaih bak raeh mwngz ndwi

va:i^6 pa:k^7 ɹai^6 mɯŋ^2 du:i^1

坏 嘴 利 你 空

误你巧舌妹。

女唱

8–1977

古	对	很	山	尚
Guh	doih	hwnj	bya	sang
ku4	to:i6	hɯn3	pja1	θa:ŋ1
做	伙伴	上	山	高

结伴上高山，

8–1978

折	牙	洋	古	为
Euj	yaz	yangz	guh	vei
e:u3	ja2	ja:ŋ2	ku4	vei1
折	芸	香	做	亏

折枝不讨好。

8–1979

好	干	又	好	累
Ndei	gan	youh	ndei	laeq
dei1	ka:n5	jou4	dei1	lai5
好	看	又	好	看

长相真好看，

8–1980

样	而	得	堂	手
Yiengh	lawz	ndaej	daengz	fwngz
jɯ:ŋ6	laɯ2	dai3	taŋ2	fɯŋ2
样	哪	得	到	手

如何得成亲？

男唱

8–1981

古	对	很	山	尚
Guh	doih	hwnj	bya	sang
ku4	to:i6	hɯn3	pja1	θa:ŋ1
做	伙伴	上	山	高

结伴上高山，

8–1982

折	牙	洋	古	为
Euj	yaz	yangz	guh	vei
e:u3	ja2	ja:ŋ2	ku4	vei1
折	芸	香	做	亏

折枝不讨好。

8–1983

卜	米	钱	是	得
Boux	miz	cienz	cix	ndaej
pu4	mi2	çi:n2	çi4	dai3
人	有	钱	就	得

有钱拿到手，

8–1984

农	可	累	写	空
Nuengx	goj	laeq	ce	ndwi
nu:ŋ4	ko5	lai5	çe1	du:i1
妹	也	看	留	空

妹看不可得。

女唱

8-1985

古	**对**	**很**	**山**	**尚**
Guh	doih	hwnj	bya	sang
ku^4	toːi^6	hɯn^3	pja^1	θaːŋ^1
做	伙伴	上	山	高

结伴上高山，

8-1986

折	**牙**	**洋**	**古**	**为**
Euj	yaz	yangz	guh	vei
eːu^3	ja^2	jaːŋ^2	ku^4	vei^1
折	芸	香	做	亏

折枝不讨好。

8-1987

秋	**四**	**方**	**告**	**累**
Ciuq	seiq	fueng	gau	laeq
ɕiu^5	θei^5	fuːŋ^1	kaːu^1	lai^5
看	四	方	次	看

朝四周眺望，

8-1988

知	**得**	**备**	**知**	**空**
Rox	ndaej	beix	rox	ndwi
ɹo^4	dai^3	pi^4	ɹo^4	duːi^1
知	得	兄	或	不

不知得兄否？

男唱

8-1989

古	**对**	**很**	**山**	**尚**
Guh	doih	hwnj	bya	sang
ku^4	toːi^6	hɯn^3	pja^1	θaːŋ^1
做	伙伴	上	山	高

结伴上高山，

8-1990

折	**牙**	**洋**	**古**	**为**
Euj	yaz	yangz	guh	vei
eːu^3	ja^2	jaːŋ^2	ku^4	vei^1
折	芸	香	做	亏

折枝不讨好。

8-1991

但	**定**	**手**	**你**	**尖**
Danh	din	fwngz	mwngz	raeh
taːn^6	tin^1	fɯŋ^2	mɯŋ^2	ɹai^6
但	脚	手	你	利

但你手段高，

8-1992

不	**得**	**又**	**貝**	**而**
Mbouj	ndaej	youh	bae	lawz
bou^5	dai^3	jou^4	pai^1	laɯ^2
不	得	又	去	哪

怎可能不得。

女唱

8–1993

山	**灯**	**米**	**牙**	**洋**
Bya	daemq	miz	yaz	yangz
pja^{1}	tan^{5}	mi^{2}	ja^{2}	ja:ŋ^{2}
山	低	有	芸	香

矮山有芸香，

8–1994

山	**尚**	**米**	**果**	**爱**
Bya	sang	miz	go	ngaih
pja^{1}	θa:ŋ^{1}	mi^{2}	ko^{1}	ŋa:i^{6}
山	高	有	棵	艾草

高山有艾草。

8–1995

可	**重**	**心**	**大**	**才**
Goj	naek	sim	dah	raix
ko^{5}	nak^{7}	θin^{1}	ta^{6}	ɹa:i^{4}
也	重	心	实	在

情义实在深，

8–1996

农	**是**	**开**	**贝**	**贵**
Nuengx	cix	gaej	bae	gwiz
nu:ŋ^{4}	ɕi^{4}	ka:i^{5}	pai^{1}	kɯi^{2}
妹	就	莫	去	丈夫

妹不嫁他人。

男唱

8–1997

山	**灯**	**米**	**牙**	**洋**
Bya	daemq	miz	yaz	yangz
pja^{1}	tan^{5}	mi^{2}	ja^{2}	ja:ŋ^{2}
山	低	有	芸	香

矮山有芸香，

8–1998

山	**尚**	**米**	**果**	**爱**
Bya	sang	miz	go	ngaih
pja^{1}	θa:ŋ^{1}	mi^{2}	ko^{1}	ŋa:i^{6}
山	高	有	棵	艾草

高山有艾草。

8–1999

可	**重**	**心**	**大**	**才**
Goj	naek	sim	dah	raix
ko^{5}	nak^{7}	θin^{1}	ta^{6}	ɹa:i^{4}
也	重	心	实	在

实在有真情，

8–2000

备	**是**	**采**	**很**	**下**
Beix	cix	byaij	hwnj	roengz
pi^{4}	ɕi^{4}	pja:i^{3}	hɯn^{3}	ɹoŋ^{2}
兄	就	走	上	下

兄就勤来往。

第九篇　美满歌

《美满歌》主要唱述孩子失去双亲之后犹如树断梢，孩子的成长离不开父母的呵护，父在子才贵，无依无靠的生活极为艰难，告诫世人要孝顺健在的长辈，希冀家庭美满幸福。瑶族认为人与自然之间存在着相互依存和互助互利的共生关系，所以瑶族歌师会充分利用周边的芭蕉树、吊丝竹、松树、桄榔树和枫树等植物，将其编入唱词当中，借以强调人与自然和谐共处的重要性，以及强化人们的生态环保意识。瑶族村寨的空间布局有一定的讲究，神庙一般建在村边的高山上，社庙则建在寨子之中，有些民居建在社庙旁边或地势较为开阔的平地上。建造房屋前，瑶族要邀请工匠来测量地基，估算雇请工匠数量。然后请风水师来择吉上梁，屋柱有十二根，屋外挂有牛角作为装饰物，屋前建有晒台来晾晒农作物。从唱词中可知瑶族民居的样式主要为砖瓦式、干栏式和围篱式。人口的增长势必会对土地资源的利用产生影响，所以男女双方在对歌时提议瑶族与汉族的孩子长大以后可共处一地，这是瑶族对中华民族共同体意识的朴实表达。

女唱

9-1

往	土	种	果	瓜
Vangj	dou	ndaem	go	gva
va:ŋ^{3}	tu^{1}	dan^{1}	ko^{1}	kwa^{1}
曾经	我	种	棵	瓜

我曾种过瓜，

9-2

不	阝	达	很	强
Mbouj	boux	daz	hwnj	gyanh
bou^{5}	pu^{4}	ta^{2}	hɯn^{3}	kje:ŋ^{6}
无	人	蔓延	上	棚

无人搭瓜棚。

9-3

卜	代	乜	又	边
Boh	dai	meh	youh	rengh
po^{6}	ta:i^{1}	me^{6}	jou^{4}	ɹe:ŋ^{6}
父	死	母	又	跟

父母同过世，

9-4

不	阝	古	古	文
Mbouj	boux	goq	guh	vunz
bou^{5}	pu^{4}	ku^{5}	ku^{4}	vun^{2}
无	人	顾	做	人

无人抚养我。

男唱

9-5

卜	代	乜	又	边
Boh	dai	meh	youh	rengh
po^{6}	ta:i^{1}	me^{6}	jou^{4}	ɹe:ŋ^{6}
父	死	母	又	跟

父母同过世，

9-6

不	阝	古	古	文
Mbouj	boux	goq	guh	vunz
bou^{5}	pu^{4}	ku^{5}	ku^{4}	vun^{2}
无	人	顾	做	人

无人抚养我。

9-7

可	利	土	点	你
Goj	lix	dou	dem	mwngz
ko^{5}	li^{4}	tu^{1}	te:n^{1}	mɯŋ^{2}
也	剩	我	与	你

还有我俩在，

9-8

忧	开	么	了	农
You	gij	maz	liux	nuengx
jou^{1}	ka:i^{2}	ma^{2}	li:u^{4}	nu:ŋ^{4}
忧	什	么	啰	妹

妹不用忧愁。

女唱

9-9

卜 代 乜 又 边

Boh dai meh youh rengh

po^6 ta:i^1 me^6 jou^4 ɹe:ŋ^6

父 死 母 又 跟

父母同过世，

9-10

不 阝 帮 偻 祘

Mbouj boux bangh raeuz suenq

bou^5 pu^4 pa:ŋ^1 ɹau^2 θu:n^5

无 人 帮 我们 算

我俩真无助。

9-11

卜 代 貝 利 早

Boh dai bae lij romh

po^6 ta:i^1 pai^1 li^4 ɹo:n^6

父 死 去 还 早

年幼丧老父，

9-12

不 阝 祘 给 偻

Mbouj boux suenq hawj raeuz

bou^5 pu^4 θu:n^5 həɯ^3 ɹau^2

无 人 算 给 我们

无人扶助我。

男唱

9-13

卜 代 貝 利 早

Boh dai bae lij romh

po^6 ta:i^1 pai^1 li^4 ɹo:n^6

父 死 去 还 早

父亲死得早，

9-14

不 阝 祘 给 偻

Mbouj boux suenq hawj raeuz

bou^5 pu^4 θu:n^5 həɯ^3 ɹau^2

无 人 算 给 我们

无人扶助我。

9-15

利 你 备 巴 轻

Lix mwngz beix bak mbaeu

li^4 mɯŋ^2 pi^4 pa:k^7 bau^1

剩 你 兄 嘴 轻

只有兄能干，

9-16

干 条 元 偻 采

Ganq diuz roen raeuz caij

ka:n^5 ti:u^2 jo:n^1 ɹau^2 ɕa:i^3

照料 条 路 我们 踩

你来找出路。

女唱

9–17

卜	代	乜	又	代
Boh	dai	meh	youh	dai
po^{6}	ta:i^{1}	me^{6}	jou^{4}	ta:i^{1}
父	死	母	又	死

父母相继死，

9–18

偻	办	尾	会	坤
Raeuz	baenz	byai	faex	goenq
ɹau^{2}	pan^{2}	pja:i^{1}	fai^{4}	kon^{5}
我们	成	尾	树	断

恰似树无梢。

9–19

交	空	得	对	生
Gyau	ndwi	ndaej	doiq	saemq
kja:u^{1}	du:i^{1}	dai^{3}	to:i^{5}	θan^{5}
交	不	得	对	庚

找不到对象，

9–20

自	能	水	山	下
Gag	naengh	raemx	bya	roengz
ka:k^{8}	nan^{6}	ɹan^{4}	pja^{1}	ɹoŋ^{2}
自	坐	水	眼	下

独坐热泪流。

男唱

9–21

卜	代	乜	又	代
Boh	dai	meh	youh	dai
po^{6}	ta:i^{1}	me^{6}	jou^{4}	ta:i^{1}
父	死	母	又	死

父母同过世，

9–22

偻	办	尾	会	坤
Raeuz	baenz	byaj	faex	goenq
ɹau^{2}	pan^{2}	pja:i^{1}	fai^{4}	kon^{5}
我们	成	尾	树	断

恰似树无梢。

9–23

交	空	得	你	邦
Gyau	ndwi	ndaej	mwngz	baengz
kja:u^{1}	du:i^{1}	dai^{3}	muɯŋ^{2}	paŋ^{2}
交	不	得	你	朋

我攀不上你，

9–24

完	空	得	你	同
Vuenh	ndwi	ndaej	mwngz	doengz
vu:n^{6}	du:i^{1}	dai^{3}	muɯŋ^{2}	toŋ^{2}
换	不	得	你	同

我配不上你。

女唱

9–25

卜	**代**	**乜**	**又**	**代**
Boh	dai	meh	youh	dai
po^{6}	ta:i^{1}	me^{6}	jou^{4}	ta:i^{1}
父	**死**	**母**	**又**	**死**

父母早过世，

9–26

古	**三**	**层**	**勒**	**甲**
Guh	sam	caengz	lwg	gyax
ku^{4}	θa:n^{1}	ɕaŋ^{2}	lɯk^{8}	kja^{4}
做	**三**	**层**	**子**	**孤**

留我做孤儿。

9–27

应	**乱**	**得**	**然**	**瓦**
Wng	luenh	ndaej	ranz	ngvax
iŋ^{1}	lu:n^{6}	dai^{3}	ɹa:n^{2}	ŋwa^{4}
应	**乱**	**得**	**家**	**瓦**

没有好结果，

9–28

话	**是**	**重**	**句**	**浪**
Vah	cix	naek	coenz	laeng
va^{6}	ɕi^{4}	nak^{7}	kjon^{2}	laŋ^{1}
话	**是**	**重**	**句**	**后**

话要留余地。

男唱

9–29

卜	**代**	**乜**	**又**	**代**
Boh	dai	meh	youh	dai
po^{6}	ta:i^{1}	me^{6}	jou^{4}	ta:i^{1}
父	**死**	**母**	**又**	**死**

父母早过世，

9–30

古	**三**	**层**	**勒**	**甲**
Guh	sam	caengz	lwg	gyax
ku^{4}	θa:n^{1}	ɕaŋ^{2}	lɯk^{8}	kja^{4}
做	**三**	**层**	**子**	**孤**

留我做孤儿。

9–31

卜	**代**	**貝**	**是**	**八**
Boh	dai	bae	cix	bah
po^{6}	ta:i^{1}	pai^{1}	ɕi^{4}	pa^{6}
父	**死**	**去**	**就**	**罢**

可怜父早逝，

9–32

乜	**貝**	**哈**	**写**	**偻**
Meh	bae	haq	ce	raeuz
me^{6}	pai^{1}	ha^{5}	ɕe^{1}	ɹau^{2}
母	**去**	**嫁**	**留**	**我们**

母嫁我落孤。

女唱

9–33

卜	代	乜	又	代
Boh	dai	meh	youh	dai
po^{6}	taːi^{1}	me^{6}	jou^{4}	taːi^{1}
父	死	母	又	死

父母早过世，

9–34

古	三	层	勒	甲
Guh	sam	caengz	lwg	gyax
ku^{4}	θaːn^{1}	ɕaŋ^{2}	lɯk^{8}	kja^{4}
做	三	层	子	孤

留我当孤儿。

9–35

卜	代	乜	貝	哈
Boh	dai	meh	bae	haq
po^{6}	taːi^{1}	me^{6}	pai^{1}	ha^{5}
父	死	母	去	嫁

父死母另嫁，

9–36

古	勒	甲	它	力
Guh	lwg	gyax	dwk	rengz
ku^{4}	lɯk^{8}	kja^{4}	tɯk^{7}	ɹeːŋ^{2}
做	子	孤	费	力

最苦我孤儿。

男唱

9–37

古	勒	甲	它	力
Guh	lwg	gyax	dwk	rengz
ku^{4}	lɯk^{8}	kja^{4}	tɯk^{7}	ɹeːŋ^{2}
做	子	孤	费	力

当孤儿困苦，

9–38

𠂤	而	被	牙	知
Boux	lawz	deng	yax	rox
pu^{4}	laɯ^{2}	teːŋ^{1}	ja^{5}	ɹo^{4}
人	哪	挨	才	知

当了才知道。

9–39

古	勒	甲	心	火
Guh	lwg	gyax	sin	hoj
ku^{4}	lɯk^{8}	kja^{4}	θin^{1}	ho^{3}
做	子	孤	辛	苦

当孤儿辛苦，

9–40

𠂤	米	卜	牙	贵
Boux	miz	boh	yax	bengz
pu^{4}	mi^{2}	po^{6}	ja^{5}	peːŋ^{2}
人	有	父	才	贵

父在子才贵。

女唱

9–41

古	勒	甲	它	力
Guh	lwg	gyax	dwk	rengz
ku^4	lɯk^8	kja^4	tɯk^7	ɹeːŋ^2
做	子	孤	费	力

当孤儿困苦，

9–42

阝	而	被	牙	知
Boux	lawz	deng	yax	rox
pu^4	lauː^2	teːŋ^1	ja^5	ɹo^4
人	哪	挨	才	知

当了才知道。

9–43

义	土	鸦	叫	作
Nyi	duz	a	heuh	coh
ȵi^1	tu^2	a^1	heːu^6	ɕo^6
听	只	鸦	叫	朝

乌鸦来报丧，

9–44

水	山	罗	样	文
Raemx	bya	roh	yiengh	fwn
ɹan^4	pja^1	ɹo^6	jɯːŋ^6	vun^1
水	眼	漏	样	雨

泪崩如雨下。

男唱

9–45

古	勒	甲	它	力
Guh	lwg	gyax	dwk	rengz
ku^4	lɯk^8	kja^4	tɯk^7	ɹeːŋ^2
做	子	孤	费	力

当孤儿困苦，

9–46

阝	而	被	牙	知
Boux	lawz	deng	yax	rox
pu^4	lauː^2	teːŋ^1	ja^5	ɹo^4
人	哪	挨	才	知

当了才知道。

9–47

土	鸦	刀	知	火
Duz	a	dauq	rox	hoj
tu^2	a^1	taːu^5	ɹo^4	ho^3
只	鸦	倒	知	苦

乌鸦会体谅，

9–48

马	叫	作	文	偻
Ma	heuh	coh	vunz	raeuz
ma^1	heːu^6	ɕo^6	vun^2	ɹau^2
来	叫	朝	人	我们

报丧告知人。

女唱

9-49

古	**勒**	**甲**	**它**	**力**
Guh	lwg	gyax	dwk	rengz
ku^{4}	lɯk^{8}	kja^{4}	tɯk^{7}	ɹeːŋ^{2}
做	子	孤	费	力

当孤儿困苦，

9-50

卜	**而**	**被**	**牙**	**知**
Boux	lawz	deng	yax	rox
pu^{4}	laɯ^{2}	teːŋ^{1}	ja^{5}	ɹo^{4}
人	哪	挨	才	知

当了才知道。

9-51

义	**勒**	**伏**	**叫**	**卜**
Nyi	lwg	fwx	heuh	boh
ȵi^{1}	lɯk^{8}	fə^{4}	heːu^{6}	po^{6}
听	子	别人	叫	父

闻别人叫父，

9-52

义	**又**	**抹**	**水**	**山**
Ngeix	youh	uet	raemx	bya
ŋi^{4}	jou^{4}	uːt^{7}	ɹan^{4}	pja^{1}
想	又	抹	水	眼

伤心泪自流。

男唱

9-53

然	**而**	**然**	**不**	**罗**
Ranz	lawz	ranz	mbouj	roh
ɹaːn^{2}	laɯ^{2}	ɹaːn^{2}	bou^{5}	ɹo^{6}
家	哪	家	不	漏

谁家都有难，

9-54

卜	**而**	**卜**	**不**	**代**
Boh	lawz	boh	mbouj	dai
po^{6}	laɯ^{2}	po^{6}	bou^{5}	taːi^{1}
父	哪	父	不	死

谁父都会死。

9-55

八	**吃**	**希**	**少**	**乖**
Bah	gwn	heiq	sau	gvai
pa^{6}	kɯn^{1}	hi^{5}	θaːu^{1}	kwaːi^{1}
莫急	吃	气	姑娘	乖

情妹莫忧愁，

9-56

江	**邦**	**可**	**米**	**对**
Gyang	biengz	goj	miz	doih
kjaːŋ^{1}	piːŋ^{2}	ko^{5}	mi^{2}	toːi^{6}
中	地方	也	有	伙伴

此地有人在。

女唱

9-57

然	**而**	**然**	**不**	**罗**
Ranz	lawz	ranz	mbouj	roh
ɹaːn^{2}	laɯ^{2}	ɹaːn^{2}	bou^{5}	ɹo^{6}
家	**哪**	**家**	**不**	**漏**

谁都会落难，

9-58

卜	**而**	**卜**	**不**	**代**
Boh	lawz	boh	mbouj	dai
po^{6}	laɯ^{2}	po^{6}	bou^{5}	taːi^{1}
父	**哪**	**父**	**不**	**死**

谁父都会死。

9-59

八	**吃**	**希**	**少**	**乖**
Bah	gwn	heiq	sau	gvai
pa^{6}	kɯn^{1}	hi^{5}	θaːu^{1}	kwaːi^{1}
莫急	**吃**	**气**	**姑娘**	**乖**

情妹莫忧愁，

9-60

它	**代**	**它**	**可**	**刀**
De	dai	de	goj	dauq
te^{1}	taːi^{1}	te^{1}	ko^{5}	taːu^{5}
他	**死**	**他**	**也**	**回**

逝者会轮回。

男唱

9-61

四	**处**	**墓**	**很**	**草**
Seiq	cih	moh	hwnj	rum
θei^{5}	ɕi^{6}	mo^{6}	hɯn^{3}	ɹum^{1}
四	**处**	**墓**	**起**	**草**

坟墓已长草，

9-62

良	**代**	**牙**	**不**	**刀**
Liengh	dai	yax	mbouj	dauq
leːŋ^{6}	taːi^{1}	ja^{5}	bou^{5}	taːu^{5}
谅	**死**	**也**	**不**	**回**

父死不复生。

9-63

四	**处**	**草**	**绿**	**绕**
Seiq	cih	rum	heu	yauj
θei^{5}	ɕi^{6}	ɹum^{1}	heːu^{1}	yaːu^{3}
四	**处**	**草**	**青**	**青**

遍野长青草，

9-64

良	**不**	**刀**	**而**	**马**
Liengh	mbouj	dauq	lawz	ma
leːŋ^{6}	bou^{5}	taːu^{5}	laɯ^{2}	ma^{1}
谅	**不**	**回**	**哪**	**来**

谅也不回还。

女唱

9-65

在 里 阴 小 绕

Ywq ndaw yim siu yauz

jɯ^{5} daɯ^{1} in^{1} θiːu^{1} jaːu^{5}

在 里 阴 逍 遥

在阴司逍遥，

9-66

良 牙 不 办 仙

Liengh yax mbouj baenz sien

leːŋ^{6} ja^{5} bou^{5} pan^{2} θiːn^{1}

谅 也 不 成 仙

谅成不了仙。

9-67

罗 老 在 千 年

Loh laux ywq cien nienz

lo^{6} laːu^{4} jɯ^{5} ɕiːn^{1} niːn^{2}

路 大 在 千 年

道路永远在，

9-68

文 偻 代 不 刀

Vunz raeuz dai mbouj dauq

vun^{2} ɹau^{2} taːi^{1} bou^{5} taːu^{5}

人 我们 死 不 回

人死不复生。

男唱

9-69

命 定 它 是 代

Mingh dinj de cix dai

miŋ^{6} tin^{3} te^{1} ɕi^{4} taːi^{1}

命 短 他 就 死

命短他就死，

9-70

命 长 不 可 在

Mingh raez mbouj goj ywq

miŋ^{6} ɹai^{2} bou^{5} ko^{5} jɯ^{5}

命 长 不 也 在

命长依然活。

9-71

貝 小 仙 午 子①

Bae siuh sien ngox swj

pai^{1} θiːu^{3} θiːn^{1} ŋo^{4} θɯ^{3}

去 修 仙 午 子

去修仙度日，

9-72

牙 不 在 跟 偻

Yax mbouj ywq riengz raeuz

ja^{5} bou^{5} jɯ^{5} ɹiːŋ^{2} ɹau^{2}

也 不 在 跟 我们

不和我同处。

①午子[ŋo^{4} θɯ^{3}]：午子，指每时每刻。

女唱

9–73

卜	**代**	**后**	**庙**	**芬**
Boh	dai	haeuj	miuh	faed
po^{6}	taːi^{1}	hau^{3}	miːu^{6}	fat^{8}
父	**死**	**进**	**庙**	**佛**

父死魂进庙，

9–74

乜	**代**	**后**	**庙**	**忠**
Meh	dai	haeuj	miuh	fangz
me^{6}	taːi^{1}	hau^{3}	miːu^{6}	faːŋ^{2}
母	**死**	**进**	**庙**	**鬼**

母死变成鬼。

9–75

利	**你**	**农**	**在**	**浪**
Lix	mwngz	nuengx	ywq	laeng
li^{4}	mɯŋ^{2}	nuːŋ^{4}	jɯ^{5}	laŋ^{1}
剩	**你**	**妹**	**在**	**后**

还有妹活着，

9–76

清	**明**	**堂**	**古**	**秋**
Cing	mingz	daengz	guh	ciuq
ɕiŋ^{1}	miŋ^{2}	taŋ^{2}	ku^{4}	ɕiːu^{5}
清	**明**	**到**	**做**	**看**

清明时扫墓。

男唱

9–77

往	**土**	**种**	**果**	**土**
Vangj	dou	ndaem	go	duh
vaːŋ^{3}	tu^{1}	dan^{1}	ko^{1}	tu^{6}
曾经	**我**	**种**	**棵**	**豆**

我常种豆子，

9–78

好	**古**	**菜**	**送**	**爱**
Ndei	guh	byaek	soengq	ngaiz
dei^{1}	ku^{4}	pjak^{7}	θoŋ^{5}	ŋaːi^{2}
好	**做**	**菜**	**送**	**饭**

当菜好下饭。

9–79

往	**土**	**勒**	**少**	**乖**
Vangj	dou	lawh	sau	gvai
vaːŋ^{3}	tu^{1}	ləɯ^{6}	θaːu^{1}	kwaːi^{1}
曾经	**我**	**换**	**姑娘**	**乖**

我和妹结交，

9–80

代	**好**	**句**	**佚**	**羊**
Dai	ndij	coenz	fwx	yoengx
taːi^{1}	di^{1}	kjon^{2}	fə^{4}	joŋ^{4}
死	**与**	**句**	**别人**	**唆使**

遭人泼冷水。

女唱

9-81

伏 种 土 办 土

Fwx ndaem duh baenz duh

fə^{4} dan^{1} tu^{6} pan^{2} tu^{6}

别人 种 豆 成 豆

人种豆得豆，

9-82

偻 种 土 办 勾

Raeuz ndaem duh baenz gaeu

ɹau^{2} dan^{1} tu^{6} pan^{2} kau^{1}

我们 种 豆 成 藤

我种豆得蔓。

9-83

伏 造 秀 同 要

Fwx caux ciuh doengh aeu

fə^{4} ɕaːu^{4} ɕiːu^{6} toŋ^{2} au^{1}

别人 造 世 相 要

别人结成亲，

9-84

双 偻 古 而 祘

Song raeuz guh rawz suenq

θoːŋ^{1} ɹau^{2} ku^{4} ɹaɯ^{2} θuːn^{5}

两 我们 做 什么 算

我俩如何办？

男唱

9-85

伏 种 土 办 土

Fwx ndaem duh baenz duh

fə^{4} dan^{1} tu^{6} pan^{2} tu^{6}

别人 种 豆 成 豆

人种豆得豆，

9-86

偻 种 土 办 勾

Raeuz ndaem duh baenz gaeu

ɹau^{2} dan^{1} tu^{6} pan^{2} kau^{1}

我们 种 豆 成 藤

我种不结荚。

9-87

伏 造 秀 同 要

Fwx cauz ciuh doengh aeu

fə^{4} ɕaːu^{4} ɕiːu^{6} toŋ^{2} au^{1}

别人 造 世 相 要

同辈人婚配，

9-88

偻 古 勾 绞 会

Raeuz guh gaeu heux faex

ɹau^{2} ku^{4} kau^{1} heːu^{4} fai^{4}

我们 做 藤 绕 树

我如藤缠树。

女唱

9–89

种	**中**	**作**	**吉**	**跕**
Ndaem	coeng	coq	giz	genz
dan^{1}	çoŋ^{1}	ço^{5}	ki^{2}	kjeːn^{2}
种	**葱**	**放**	**处**	**贫瘠**

贫瘠地种葱，

9–90

从	**土**	**先**	**了**	**金**
Coengh	dou	senj	liux	gim
çoŋ^{6}	tu^{1}	θeːn^{3}	liːu^{4}	kin^{1}
帮	**我**	**迁**	**啰**	**金**

友帮我移栽。

9–91

先	**狼**	**对**	**田**	**平**
Senj	langh	doih	dieg	bingz
θeːn^{3}	laːŋ^{6}	toːi^{6}	tiːk^{8}	piŋ^{2}
迁	**放**	**伙伴**	**地**	**平**

放弃平原友，

9–92

真	**正**	**少**	**满**	**秀**
Caen	cingz	sau	mued	ciuh
çin^{1}	çiŋ^{2}	θaːu^{1}	muːt^{8}	çiːu^{6}
真	**情**	**姑娘**	**没**	**世**

此乃妹真情。

男唱

9–93

种	**中**	**作**	**吉**	**跕**
Ndaem	coeng	coq	giz	genz
dan^{1}	çoŋ^{1}	ço^{5}	ki^{2}	kjeːn^{2}
种	**葱**	**放**	**处**	**贫瘠**

种葱瘦地上，

9–94

从	**土**	**先**	**了**	**江**
Coengh	dou	senj	liux	gyang
çoŋ^{6}	tu^{1}	θeːn^{3}	liːu^{4}	kjaːŋ^{1}
帮	**我**	**迁**	**啰**	**友**

友帮我移栽。

9–95

贵	**口**	**空**	**在**	**行**
Gwiz	gaeuq	ndwi	caih	hangz
kɯi^{2}	kau^{5}	duːi^{1}	çaːi^{6}	haːŋ^{2}
丈夫	**旧**	**不**	**在**	**行**

前妻无德能，

9–96

话	**土**	**诱**	**了**	**备**
Vah	dou	byaengz	liux	beix
va^{6}	tu^{1}	pjaŋ^{2}	liːu^{4}	pi^{4}
话	**我**	**骗**	**啰**	**兄**

原先我瞒你。

女唱

9-97

种	**中**	**作**	**吉**	**迠**
Ndaem	coeng	coq	giz	genz
dan^{1}	ɕoŋ^{1}	ɕo^{5}	ki^{2}	kjeːn^{2}
种	葱	放	处	贫瘠

种葱瘦地上，

9-98

从	**土**	**先**	**了**	**叔**
Coengh	dou	senj	liux	au
ɕoŋ^{6}	tu^{1}	θeːn^{3}	liːu^{4}	aːu^{1}
帮	我	迁	啰	叔

快帮我移栽。

9-99

先	**对**	**田**	**金**	**交**
Senj	doiq	dieg	gim	gyau
θeːn^{3}	toːi^{5}	tiːk^{8}	kin^{1}	kjaːu^{1}
迁	对	地	金	交

移栽到好地，

9-100

不	**论**	**少**	**田**	**内**
Mbouj	lumz	sau	denz	neix
bou^{5}	lun^{2}	θaːu^{1}	teːn^{2}	ni^{4}
不	忘	姑娘	地	这

不忘本地妹。

男唱

9-101

种	**中**	**作**	**吉**	**迠**
Ndaem	coeng	coq	giz	genz
dan^{1}	ɕoŋ^{1}	ɕo^{5}	ki^{2}	kjeːŋ^{2}
种	葱	放	处	贫瘠

种葱瘦地上，

9-102

从	**土**	**先**	**了**	**论**
Coengh	dou	senj	liux	lwnz
ɕoŋ^{6}	tu^{1}	θeːn^{3}	liːu^{4}	lun^{2}
帮	我	迁	完	情友

小妹帮移栽。

9-103

勒	**友**	**文**	**貝**	**文**
Lawh	youx	vunz	bae	vunz
ləɯ^{6}	ju^{4}	vun^{2}	pai^{1}	vun^{2}
换	友	人	去	人

交谁谁离去，

9-104

几	**时**	**真**	**备**	**农**
Geij	seiz	caen	beix	nuengx
ki^{3}	θi^{2}	ɕin^{1}	pi^{4}	nuːŋ^{4}
几	时	真	兄	妹

谁才是兄妹？

女唱

9–105

种	**中**	**作**	**吉**	**迠**
Ndaem	coeng	coq	giz	genz
dan^{1}	ɕoŋ^{1}	ɕo^{5}	ki^{2}	kjeːn^{2}
种	**葱**	**放**	**处**	**贫瘠**

种葱瘦地上，

9–106

从	**土**	**先**	**了**	**金**
Coengh	dou	senj	liux	gim
ɕoŋ^{6}	tu^{1}	θeːn^{3}	liːu^{4}	kin^{1}
帮	**我**	**迁**	**完**	**金**

友帮我移栽。

9–107

勒	**阝**	**阝**	**是**	**飞**
Lawh	boux	boux	cix	mbin
ləɯ^{6}	pu^{4}	pu^{4}	ɕi^{4}	bin^{1}
换	**人**	**人**	**尽**	**飞**

交谁谁离去，

9–108

心	**阝**	**而**	**论**	**备**
Sim	boux	lawz	lumj	beix
θin^{1}	pu^{4}	laɯ^{2}	lun^{3}	pi^{4}
心	**人**	**哪**	**像**	**兄**

有谁像仁兄？

男唱

9–109

种	**蕉**	**作**	**邦**	**岭**
Ndaem	gyoij	coq	bangx	lingq
dan^{1}	kjoːi^{3}	ɕo^{5}	paːŋ^{4}	liŋ^{5}
种	**芭蕉**	**放**	**旁**	**岭**

种蕉在岭边，

9–110

老	**草**	**变**	**办**	**穷**
Lau	rum	bienq	baenz	gyoengq
laːu^{1}	ɹum^{1}	piːn^{5}	pan^{2}	kjoŋ^{5}
怕	**草**	**变**	**成**	**群**

怕杂草成群。

9–111

勒	**友**	**文**	**貝**	**文**
Lawh	youx	vunz	bae	vunz
laɯ^{6}	ju^{4}	vun^{2}	pai^{1}	vun^{2}
换	**友**	**人**	**去**	**人**

交友友离去，

9–112

对	**良**	**心**	**不**	**瓜**
Doiq	liengz	sim	mbouj	gvaq
toːi^{5}	liːŋ^{2}	θin^{1}	bou^{5}	kwa^{5}
对	**良**	**心**	**不**	**过**

心里多难受。

女唱

9-113

种 蕉 作 邦 城

Ndaem gyoij coq bangx singz

dan^{1} kjoːi^{3} ɕo^{5} paːŋ^{4} θiŋ^{2}

种 芭蕉 放 旁 城

种蕉石墙边，

9-114

种 兴 作 邦 达

Ndaem hing coq bangx dah

dan^{1} hiŋ^{1} ɕo^{5} paːŋ^{4} ta^{6}

种 姜 放 旁 河

种姜在河畔。

9-115

对 良 心 不 瓜

Doiq liengz sim mbouj gvaq

toːi^{5} liːŋ^{2} θin^{1} bou^{5} kwa^{5}

对 良 心 不 过

你心里难受，

9-116

又 利 勒 古 而

Youh lij lawh guh lawz

jou^{4} li^{4} ləɯ^{6} ku^{4} ɹaɯ^{2}

又 还 换 做 什么

何苦要结交？

男唱

9-117

种 蕉 作 邦 城

Ndaem gyoij coq bangx singz

dan^{1} kjoːi^{3} ɕo^{5} paːŋ^{4} θiŋ^{2}

种 芭蕉 放 旁 城

种蕉石墙边，

9-118

种 兴 作 邦 达

Ndaem hing coq bangx dah

dan^{1} hiŋ^{1} ɕo^{5} paːŋ^{4} ta^{6}

种 姜 放 旁 河

种姜在河畔。

9-119

对 良 心 不 瓜

Doiq liengz sim mbouj gvaq

toːi^{5} liːŋ^{2} θin^{1} bou^{5} kwa^{5}

对 良 心 不 过

心里过不去，

9-120

勒 古 开 年 正

Lawh guh gaej nem cingz

ləɯ^{6} ku^{4} kaːi^{5} neːm^{1} ɕiŋ^{2}

换 做 莫 贴 情

交我莫送礼。

女唱

9–121

种 蕉 作 邦 城

Ndaem gyoij coq bangx singz

dan^{1} kjoːi^{3} ɕo^{5} paːŋ^{4} θiŋ^{2}

种 芭蕉 放 旁 城

种蕉石墙边，

9–122

种 兴 作 邦 庙

Ndaem hing coq bangx miuh

dan^{1} hiŋ^{1} ɕo^{5} paːŋ^{4} miːu^{6}

种 姜 放 旁 庙

种姜庙宇旁。

9–123

土 知 心 你 了

Dou rox sim mwngz liux

tu^{1} ɹo^{4} θin^{1} mɯŋ^{2} liːu^{4}

我 知 心 你 完

我懂你的心，

9–124

正 板 祥 你 米

Cingz mbanj riengh mwngz miz

ɕiŋ^{2} baːn^{3} ɹiːŋ^{6} mɯŋ^{2} mi^{2}

情 村 栏 你 有

礼品你当有。

男唱

9–125

种 蕉 作 邦 城

Ndaem gyoij coq bangx singz

dan^{1} kjoːi^{3} ɕo^{5} paːŋ^{4} θiŋ^{2}

种 芭蕉 放 旁 城

种蕉石墙边，

9–126

种 兴 作 邦 往①

Ndaem hing coq bangx vangj

dan^{1} hiŋ^{1} ɕo^{5} paːŋ^{4} vaːŋ^{3}

种 姜 放 旁 水柜

种姜水柜旁。

9–127

土 知 心 你 邦

Dou rox sim mwngz baengz

tu^{1} ɹo^{4} θin^{1} mɯŋ^{2} paŋ^{2}

我 知 心 你 朋

我识密友心，

9–128

友 内 当 良 心

Youx neix dangq liengz sim

ju^{4} ni^{4} taːŋ^{5} liːŋ^{2} θin^{1}

友 这 另 良 心

友另有心计。

① 往［vaːŋ^{3}］：水柜。用水泥砌成，可用于储水的容器。

女唱

9-129

种　蕉　作　邦　岭

Ndaem gyoij coq bangx lingq

dan^{1} kjoːi^{3} ɕo^{5} paːŋ^{4} liŋ^{5}

种　芭蕉　放　旁　岭

种蕉在岭边，

9-130

老　草　变　办　果

Lau rum bienq baenz go

laːu^{1} ɹum^{1} piːn^{5} pan^{2} ko^{1}

怕　草　变　成　棵

草盛果苗稀。

9-131

备　勒　农　是　却

Beix lawh nuengx cix gyo

pi^{4} ləɯ^{6} nuːŋ^{4} ɕi^{4} kjo^{1}

兄　换　妹　是　幸亏

兄想妹就交，

9-132

空　米　合　贝　问

Ndwi miz hoz bae haemq

duːi^{1} mi^{2} ho^{2} pai^{1} han^{5}

不　有　喉　去　问

我无意追问。

男唱

9-133

尝　得　义　十　比

Caengz ndaej ngeih cib bi

ɕaŋ^{2} dai^{3} ȵi^{6} ɕit^{8} pi^{1}

未　得　二　十　年

不到二十岁，

9-134

是　交　你　对　生

Cix gyau mwngz doiq saemq

ɕi^{4} kjaːu^{1} mɯŋ^{2} toːi^{5} θan^{5}

就　交　你　对　庚

就同你结交。

9-135

交　正　全　同　问

Gyau cingz gyonj doengh haemq

kjaːu^{1} ɕiŋ^{2} kjoːn^{3} toŋ^{2} han^{5}

交　情　都　相　问

送礼时问清，

9-136

卩　样　内　不　米

Boux yiengh neix mbouj miz

pu^{4} jɯːŋ^{6} ni^{4} bou^{5} mi^{2}

人　样　这　不　有

是否有此人？

女唱

9–137

往 土 种 果 会

Vangj dou ndaem go faex

va:ŋ^{3} tu^{1} dan^{1} ko^{1} fai^{4}

曾经 我 种 棵 树

以往我栽树，

9–138

得 很 空 得 下

Ndaej hwnj ndwi ndaej roeng

dai^{3} hɯn^{3} du:i^{1} dai^{3} ɹoŋ^{2}

得 上 不 得 下

只有往上长。

9–139

往 土 勒 你 同

Vangj dou lawh mwngz doengz

va:ŋ^{3} tu^{1} ləɯ^{6} mɯŋ^{2} toŋ^{2}

曾经 我 换 你 同

你我曾结交，

9–140

空 得 站 对 面

Ndwi ndaej soengz doiq mienh

du:i^{1} dai^{3} θoŋ^{2} to:i^{5} me:n^{6}

不 得 站 对 面

未得在一起。

男唱

9–141

种 蕉 作 更 令

Ndaem gyoij coq gwnz rin

dan^{1} kjo:i^{3} ɕo^{5} kɯn^{2} ɹin^{1}

种 芭蕉 放 上 石

种蕉石滩上，

9–142

种 兴 作 邦 岭

Ndaem hing coq bangx lingq

dan^{1} hiŋ^{1} ɕo^{5} pa:ŋ^{4} liŋ^{5}

种 姜 放 旁 岭

种姜在岭边。

9–143

自 站 不 对 正

Gag soengz mbouj doiq cingq

ka:k^{8} θoŋ^{2} bou^{5} to:i^{5} ɕiŋ^{5}

自 站 不 对 正

你站不对位，

9–144

怨 命 作 卜 而

Yonq mingh coq boux lawz

jo:n^{5} miŋ^{6} ɕo^{5} pu^{4} laɯ^{2}

怨 命 放 个 哪

莫去怪别人。

女唱

9–145

往	土	种	果	杭
Vangj	dou	ndaem	go	gangx
va:ŋ^{3}	tu^{1}	dan^{1}	ko^{1}	ka:ŋ^{4}
曾经	我	种	棵	毛竹

平时种毛竹，

9–146

不	给	邦	它	草
Mbouj	hawj	bangx	de	rum
bou^{5}	həɯ^{3}	pa:ŋ^{4}	te^{1}	ɹum^{1}
不	给	旁	那	草

勤除周围草。

9–147

土	勒	土	是	巡
Dou	lawh	dou	cix	cunz
tu^{1}	laɯ^{6}	tu^{1}	ɕi^{4}	ɕun^{2}
我	换	我	就	巡

我友我探望，

9–148

不	给	文	勒	田
Mbouj	hawj	vunz	lawh	dieg
bou^{5}	həɯ^{3}	vun^{2}	ləɯ^{6}	ti:k^{8}
不	给	人	换	地

不让人插手。

男唱

9–149

往	土	种	果	杭
Vangj	dou	ndaem	go	gangx
va:ŋ^{3}	tu^{1}	dan^{1}	ko^{1}	ka:ŋ^{4}
曾经	我	种	棵	毛竹

平时种毛竹，

9–150

不	给	拉	貝	远
Mbouj	hawj	rag	bae	gyae
bou^{5}	həɯ^{3}	ɹa:k^{8}	pai^{1}	kjai^{1}
不	给	根	去	远

其根不蔓延。

9–151

往	土	勒	全	岁
Vangj	dou	lawh	cienz	caez
va:ŋ^{3}	tu^{1}	ləɯ^{6}	ɕe:n^{2}	ɕai^{2}
曾经	我	换	全	齐

交友我专一，

9–152

不	给	貝	邦	伕
Mbouj	hawj	bae	biengz	fwx
bou^{5}	həɯ^{3}	pai^{1}	pi:ŋ^{2}	fə^{4}
不	给	去	地方	别人

别让他走远。

女唱

9–153

往 土 种 果 杭

Vangj dou ndaem go gangx

va:ŋ^{3} tu^{1} dan^{1} ko^{1} ka:ŋ^{4}

曾经 我 种 棵 毛竹

平时种毛竹，

9–154

不 给 光 吃 笋

Mbouj hawj gvaengq gwn rangz

bou^{5} həɯ^{3} kwaŋ^{5} kɯn^{1} ɹa:ŋ^{2}

不 给 象虫 吃 笋

莫让虫吃笋。

9–155

往 土 勒 友 江

Vangj dou lawh youx gyang

va:ŋ^{3} tu^{1} ləɯ^{6} ju^{4} kja:ŋ^{1}

曾经 我 换 友 小

我结交小哥，

9–156

洋 堂 是 不 中

Yangz daengz cix mbouj cuengq

ja:ŋ^{2} taŋ^{2} ɕi^{4} bou^{5} ɕu:ŋ^{5}

皇 到 就 不 放

皇来也不让。

男唱

9–157

月 相 种 会 骨

Ndwen cieng ndaem faex ndoek

du:n^{1} ɕi:ŋ^{1} dan^{1} fai^{4} dok^{7}

月 正 种 树 刺竹

正月栽刺竹，

9–158

六 月 是 出 笋

Loeg nyied cix ok rangz

lok^{8} ȵu:t^{8} ɕi^{4} o:k^{7} ɹa:ŋ^{2}

六 月 就 出 笋

六月长新笋。

9–159

中 先 吨 山 尚

Cuengq sienq daemx bya sang

ɕu:ŋ^{5} θi:n^{5} tan^{4} pja^{1} θa:ŋ^{1}

放 线 顶 山 高

竹梢抵高山，

9–160

洋 玲 是 不 出

Yangz ginz cix mbouj ok

ja:ŋ^{2} kin^{2} ɕi^{4} bou^{5} o:k^{7}

皇 抖 就 不 出

拽也拽不脱。

女唱

9-161

月 相 种 会 骨

Ndwen cieng ndaem faex ndoek

du:n^{1} ɕi:ŋ^{1} dan^{1} fai^{4} dok^{7}

月 正 种 树 刺竹

正月栽刺竹，

9-162

月 义 种 会 支

Ndwen ngeih ndaem faex sei

du:n^{1} ȵi^{6} dan^{1} fai^{4} θi^{1}

月 二 种 树 丝

二月种丝竹。

9-163

土 古 润 貝 吹

Dou guh rumz bae ci

tu^{1} ku^{4} ɹun^{2} pai^{1} ɕi^{1}

我 做 风 去 吹

我变风去吹，

9-164

连 时 是 拔 拉

Lienz seiz cix bok rag

li:n^{2} θi^{2} ɕi^{4} po:k^{7} ɹa:k^{8}

即便 时 就 拔 根

便连根拔起。

男唱

9-165

月 相 种 会 骨

Ndwen cieng ndaem faex ndoek

du:n^{1} ɕi:ŋ^{1} dan^{1} fai^{4} dok^{7}

月 正 种 树 刺竹

正月种刺竹，

9-166

六 月 是 出 尾

Loeg nyied cix ok byai

lok^{8} ȵu:t^{8} ɕi^{4} o:k^{7} pja:i^{1}

六 月 就 出 尾

六月就出梢。

9-167

会 中 先 好 来

Faex cuengq sienq ndei lai

fai^{4} ɕu:ŋ^{5} θi:n^{5} dei^{1} la:i^{1}

树 放 线 好 多

竹长得太好，

9-168

你 开 说 可 在

Mwngz gai naeuz goj ywq

mɯŋ^{2} ka:i^{1} nau^{2} ko^{5} jɯ^{5}

你 卖 或 还 在

你卖了没有？

女唱

9–169

会	**中**	**先**	**好**	**来**
Faex	cuengq	sienq	ndei	lai
fai^{4}	ɕuːŋ^{5}	θiːn^{5}	dei^{1}	laːi^{1}
树	**放**	**线**	**好**	**多**

竹长得真好，

9–170

要	**尾**	**马**	**古**	**特**
Aeu	byai	ma	guh	dawh
au^{1}	pjaːi^{1}	ma^{1}	ku^{4}	təɯ^{6}
要	**尾**	**来**	**做**	**筷**

竹尾可制筷。

9–171

会	**中**	**先**	**可**	**在**
Faex	cuengq	sienq	goj	ywq
fai^{4}	ɕuːŋ^{5}	θiːn^{5}	ko^{5}	jɯ^{5}
树	**放**	**线**	**还**	**在**

好竹子尚在，

9–172

牙	**勒**	**备**	**是**	**要**
Yaek	lawh	beix	cix	aeu
jak^{7}	ləɯ^{6}	pi^{4}	ɕi^{4}	au^{1}
要	**换**	**兄**	**就**	**要**

想交兄就来。

男唱

9–173

果	**会**	**在**	**邦**	**达**
Go	faex	ywq	bangx	dah
ko^{1}	fai^{4}	jɯ^{5}	paːŋ^{4}	ta^{6}
棵	**树**	**在**	**旁**	**河**

竹子在河边，

9–174

八	**贝**	**捡**	**叶**	**加**
Bah	bae	gip	rong	gya
pa^{6}	pai^{1}	kip^{7}	ɹoːŋ^{1}	kja^{1}
莫急	**去**	**捡**	**竹**	**壳**

别去捡竹壳。

9–175

红	**开**	**开**	**八**	**沙**
Hong	gaiq	gaej	bah	ra
hoːŋ^{1}	kaːi^{5}	kaːi^{5}	pa^{6}	ɹa^{1}
东	**西**	**莫**	**急**	**找**

嫁妆先莫备，

9–176

干	**家**	**然**	**加**	**备**
Ganq	gya	ranz	caj	beix
kaːn^{5}	kja^{1}	ɹaːn^{2}	kja^{3}	pi^{4}
照料	**家**	**家**	**等**	**兄**

管好家等兄。

女唱

9–177

果	会	在	邦	达
Go	faex	ywq	bangx	dah
ko^{1}	fai^{4}	jɯ^{5}	paːŋ^{4}	ta^{6}
棵	树	在	旁	河

竹子在河边，

9–178

八	貝	捡	叶	支
Bah	bae	gip	rong	sei
pa^{6}	pai^{1}	kip^{7}	ɹoːŋ^{1}	θi^{1}
莫急	去	捡	叶	丝

莫忙捡竹叶。

9–179

干	家	然	你	好
Ganq	gya	ranz	mwngz	ndei
kaːn^{5}	kja^{1}	ɹaːn^{2}	mɯŋ^{2}	dei^{1}
照料	家	家	你	好

你把家管好，

9–180

几	比	龙	貝	在
Geij	bi	lungz	bae	ywq
ki^{3}	pi^{1}	luŋ^{2}	pai^{1}	jɯ^{5}
几	年	龙	去	住

几年后同住。

男唱

9–181

果	会	在	邦	达
Go	faex	ywq	bangx	dah
ko^{1}	fai^{4}	jɯ^{5}	paːŋ^{4}	ta^{6}
棵	树	在	旁	河

竹子在河边，

9–182

八	貝	捡	叶	绸
Bah	bae	gip	mbaw	couz
pa^{6}	pai^{1}	kip^{7}	baɯ^{1}	ɕu^{2}
莫急	去	捡	叶	绸

别忙捡竹叶。

9–183

干	家	当	加	土
Ganq	gya	dang	caj	dou
kaːn^{5}	kja^{1}	taːŋ^{1}	kja^{3}	tu^{1}
照料	家	当	等	我

管好家等我，

9–184

八	貝	而	了	农
Bah	bae	lawz	liux	nuengx
pa^{6}	pai^{1}	laɯ^{2}	liːu^{4}	nuːŋ^{4}
莫急	去	哪	啰	妹

妹莫忙嫁人。

女唱

9–185

果 会 在 邦 达

Go faex ywq bangx dah

ko^{1} fai^{4} jɯ^{5} pa:ŋ^{4} ta^{6}

棵 树 在 旁 河

竹子在河边，

9–186

八 貝 捡 叶 绸

Bah bae gip mbaw couz

pa^{6} pai^{1} kip^{7} baɯ^{1} ɕu^{2}

莫急 去 捡 叶 绸

别忙捡竹叶。

9–187

干 家 当 加 土

Ganq gya dang caj dou

ka:n^{5} kja^{1} ta:ŋ^{1} kja^{3} tu^{1}

照料 家 当 等 我

管好家等我，

9–188

忧 开 么 了 备

You gij maz liux beix

jou^{1} ka:i^{2} ma^{2} li:u^{4} pi^{4}

忧 什 么 啰 兄

兄你莫忧愁。

男唱

9–189

果 会 在 邦 吨

Go faex ywq bangx daemz

ko^{1} fai^{4} jɯ^{5} pa:ŋ^{4} tan^{2}

棵 树 在 旁 塘

竹子在塘边，

9–190

米 卜 芬 卜 华

Miz boux faenz boux hah

mi^{2} pu^{4} fan^{2} pu^{4} ha^{6}

有 人 伐 人 占

有砍也有护。

9–191

果 会 在 邦 达

Go faex ywq bangx dah

ko^{1} fai^{4} jɯ^{5} pa:ŋ^{4} ta^{6}

棵 树 在 旁 河

竹子在河边，

9–192

米 卜 华 知 尝

Miz boux hah rox caengz

mi^{2} pu^{4} ha^{6} ɹo^{4} ɕaŋ^{2}

有 人 占 或 未

有谁护没有？

女唱

9–193

果	**会**	**在**	**邦**	**吨**
Go	faex	ywq	bangx	daemz
ko^{1}	fai^{4}	jɯ^{5}	pa:ŋ^{4}	tan^{2}
棵	**树**	**在**	**旁**	**塘**

竹子在塘边，

9–194

米	**阝**	**芬**	**阝**	**华**
Miz	boux	faenz	boux	hah
mi^{2}	pu^{4}	fan^{2}	pu^{4}	ha^{6}
有	**人**	**伐**	**人**	**占**

有砍也有护。

9–195

伕	**作**	**空**	**堂**	**加**
Fwx	coq	ndwi	daengz	gyaq
fə^{4}	ɕo^{5}	du:i^{1}	taŋ^{2}	ka^{5}
别人	**放**	**不**	**到**	**价**

别人给钱少，

9–196

乜	**可**	**华**	**加**	**龙**
Meh	goj	hah	caj	lungz
me^{6}	ko^{5}	ha^{6}	kja^{3}	luŋ^{2}
母	**也**	**占**	**等**	**龙**

仍留着等兄。

男唱

9–197

果	**会**	**在**	**邦**	**达**
Go	faex	ywq	bangx	dah
ko^{1}	fai^{4}	jɯ^{5}	pa:ŋ^{4}	ta^{6}
棵	**树**	**在**	**旁**	**河**

竹子在河边，

9–198

米	**阝**	**华**	**知**	**尝**
Miz	boux	hah	rox	caengz
mi^{2}	pu^{4}	ha^{6}	ɹo^{4}	ɕaŋ^{2}
有	**人**	**占**	**或**	**未**

有没有人护？

9–199

土	**办**	**阝**	**刀**	**浪**
Dou	baenz	boux	dauq	laeng
tu^{1}	pan^{2}	pu^{4}	ta:u^{5}	laŋ^{1}
我	**成**	**人**	**回**	**后**

我成后来者，

9–200

不	**文**	**娘**	**跟**	**女**
Mbouj	vun	nangz	riengz	nawx
bou^{5}	vun^{1}	na:ŋ^{2}	ɹi:ŋ^{2}	nɯ^{4}
不	**奢求**	**姑娘**	**跟**	**女**

不奢望得妹。

女唱

9-201

果	**会**	**在**	**邦**	**达**
Go	faex	ywq	bangx	dah
ko^{1}	fai^{4}	jɯ^{5}	paːŋ^{4}	ta^{6}
棵	树	在	旁	河

竹子在河边，

9-202

米	**阝**	**华**	**知**	**尝**
Miz	boux	hah	rox	caengz
mi^{2}	pu^{4}	ha^{6}	ɹo^{4}	ɕaŋ^{2}
有	人	占	或	未

它有主没有？

9-203

自	**办**	**阝**	**刀**	**浪**
Gag	baenz	boux	dauq	laeng
kaːk^{8}	pan^{2}	pu^{4}	taːu^{5}	laŋ^{1}
自	成	人	回	后

你自己落后，

9-204

怨	**作**	**土**	**不**	**得**
Yonq	coq	dou	mbouj	ndaej
joːn^{5}	ɕo^{5}	tu^{1}	bou^{5}	dai^{3}
怨	放	我	不	得

这怨不得我。

男唱

9-205

果	**会**	**老**	**卢**	**连**
Go	faex	laux	luz	lienz
ko^{1}	fai^{4}	laːu^{4}	lu^{2}	liːn^{2}
棵	树	大	连	连

竹高大参天，

9-206

巴	**仙**	**下**	**斗**	**华**
Baz	sien	roengz	daeuj	hah
pa^{2}	θiːn^{1}	ɹoŋ^{2}	tau^{3}	ha^{6}
婆	仙	下	来	占

天仙来管辖。

9-207

佚	**要**	**貝**	**古**	**娅**
Fwx	aeu	bae	guh	yah
fə^{4}	au^{1}	pai	ku^{4}	ja^{6}
别人	要	去	做	婆

人娶做老婆，

9-208

备	**怨**	**八**	**拉**	**本**
Beix	yonq	bah	laj	mbwn
pi^{4}	joːn^{5}	pa^{6}	la^{3}	bɯn^{1}
兄	怨	罢	下	天

兄怨气冲天。

女唱

9-209

果 会 老 卢 连

Go faex laux luz lienz

ko^{1} fai^{4} laːu^{4} lu^{2} liːn^{2}

棵 树 大 连 连

竹高入霄汉，

9-210

巴 仙 下 斗 配

Baz sien roengz daeuj boiq

pa^{2} θiːn^{1} ɹoŋ^{2} tau^{3} poːi^{5}

婆 仙 下 来 配

天仙来管控。

9-211

要 贝 牙 正 对

Aeu bae yax cingq doiq

au^{1} pai^{1} ja^{5} ɕiŋ^{5} toːi^{5}

要 去 也 正 对

拿走也是好，

9-212

在 牙 老 红 力

Ywq yax lauq hong rengz

jɯ^{5} ja^{5} laːu^{5} hoːŋ^{1} ɹeːŋ^{2}

在 也 误 工 力

留着也费心。

男唱

9-213

果 会 老 卢 连

Go faex laux luz lienz

ko^{1} fai^{4} laːu^{4} lu^{2} liːn^{2}

棵 树 大 连 连

竹高入云霄，

9-214

巴 仙 下 斗 秋

Baz sien roengz daeuj ciuq

pa^{2} θiːn^{1} ɹoŋ^{2} tau^{3} ɕiːu^{5}

婆 仙 下 来 看

天仙来观看。

9-215

伕 要 贝 是 了

Fwx aeu bae cix liux

fə^{4} au^{1} pai^{1} ɕi^{4} liːu^{4}

别人 要 去 就 完

人娶走算了，

9-216

老 表 备 可 米

laux biuj beix goj miz

laːu^{4} piːu^{3} pi^{4} ko^{5} mi^{2}

老 表 兄 也 有

兄不乏表妹。

女唱

9-217

果	**会**	**老**	**卢**	**连**
Go	faex	laux	luz	lienz
ko^{1}	fai^{4}	laːu^{4}	lu^{2}	liːn^{2}
棵	**树**	**大**	**连**	**连**

竹高入霄汉，

9-218

巴	**仙**	**下**	**斗**	**配**
Baz	sien	roengz	daeuj	boiq
pa^{2}	θiːn^{1}	ɹoŋ^{2}	tau^{3}	poːi^{5}
婆	**仙**	**下**	**来**	**配**

天仙来管顾。

9-219

要	**貝**	**牙**	**正**	**对**
Aeu	bae	yax	cingq	doiq
au^{1}	pai^{1}	ja^{5}	çiŋ^{5}	toːi^{5}
要	**去**	**也**	**正**	**对**

拿走也是好，

9-220

在	**牙**	**火**	**貝**	**巡**
Ywq	yax	hoj	bae	cunz
jɯ^{5}	ja^{5}	ho^{3}	pai^{1}	çun^{2}
在	**也**	**难**	**去**	**巡**

留着还得管。

男唱

9-221

果	**会**	**老**	**又**	**头**
Go	faex	laux	youh	daeuz
ko^{1}	fai^{4}	laːu^{4}	jou^{4}	tau^{2}
棵	**树**	**老**	**又**	**大**

树又老又大，

9-222

吉	**勾**	**米**	**田**	**邦**
Gix	gaeu	miz	dieg	baengh
ki^{4}	kau^{1}	mi^{2}	tiːk^{8}	paŋ^{6}
这	**藤**	**有**	**地**	**靠**

野藤有依靠。

9-223

果	**红**	**在**	**邦**	**往**
Go	hoengz	ywq	bangx	vangj
ko^{1}	hoŋ^{2}	jɯ^{5}	paːŋ^{4}	vaːŋ^{3}
棵	**红**	**在**	**旁**	**水柜**

水柜旁果熟，

9-224

邦	**求**	**满**	**三**	**时**
Baengz	gouz	muengh	sam	seiz
paŋ^{2}	kjou^{2}	muːŋ^{6}	θaːn^{1}	θi^{2}
朋	**求**	**望**	**三**	**时**

友探望良久。

女唱

9-225

果	**会**	**老**	**又**	**头**
Go	faex	laux	youh	daeuz
ko^{1}	fai^{4}	laːu^{4}	jou^{4}	tau^{2}
棵	树	老	又	大

树又老又大，

9-226

吉	**勾**	**米**	**田**	**邦**
Gix	gaeu	miz	dieg	baengh
ki^{4}	kau^{1}	mi^{2}	tiːk^{8}	paːŋ^{6}
这	藤	有	地	靠

野藤有依靠。

9-227

果	**红**	**在**	**邦**	**往**
Go	hoengz	ywq	bangx	vangj
ko^{1}	hoŋ^{2}	jɯ^{5}	paːŋ^{4}	vaːŋ^{3}
棵	红	在	旁	水柜

水柜边果熟，

9-228

友	**而**	**满**	**是**	**却**
Youx	lawz	muengh	cix	gyo
ju^{4}	laɯ^{2}	muːŋ^{6}	ɕi^{4}	kjo^{1}
友	哪	望	是	幸亏

盼望人光顾。

男唱

9-229

果	**会**	**老**	**又**	**头**
Go	faex	laux	youh	daeuz
ko^{1}	fai^{4}	laːu^{4}	jou^{4}	tau^{2}
棵	树	大	又	大

树又老又大，

9-230

十	**卩**	**纠**	**不**	**宁**
Cib	boux	geuh	mbouj	ning
ɕit^{8}	pu^{4}	kiːu^{6}	bou^{5}	niŋ^{1}
十	人	撬	不	动

十人撼不动。

9-231

十	**卩**	**汉**	**十**	**声**
Cib	boux	hat	cib	sing
ɕit^{8}	pu^{4}	haːt^{7}	ɕit^{8}	θiŋ^{1}
十	人	吼	十	声

十人吼十声，

9-232

公	**名**	**写**	**给**	**伏**
Goeng	mingz	ce	hawj	fwx
koŋ^{1}	miŋ^{2}	ɕe^{1}	həɯ^{3}	fə^{4}
功	名	留	给	别人

名分给别人。

女唱

9-233

果	**会**	**当**	**果**	**吉**
Go	faex	dangq	go	ge
ko^{1}	fai^{4}	taːŋ^{5}	ko^{1}	ke^{1}
棵	**树**	**当**	**棵**	**松**

松树也是树，

9-234

果	**吉**	**当**	**果**	**加**
Go	ge	dangq	go	gyaq
ko^{1}	ke^{1}	taːŋ^{5}	ko^{1}	kja^{5}
棵	**松**	**当**	**棵**	**桄榔**

桄榔也是树。

9-235

些	**内**	**贵**	**你**	**华**
Seiq	neix	gwiz	mwngz	hah
θe^{5}	ni^{4}	kɯi^{2}	mɯŋ^{2}	ha^{6}
世	**这**	**丈夫**	**你**	**占**

今生你妻管，

9-236

代	**贝**	**那**	**洋**	**玩**
Dai	bae	naj	yaeng	vanz
taːi^{1}	pai^{1}	na^{3}	jaŋ^{1}	vaːn^{2}
死	**去**	**前**	**再**	**还**

下辈再结交。

男唱

9-237

果	**会**	**当**	**果**	**吉**
Go	faex	dangq	go	ge
ko^{1}	fai^{4}	taːŋ^{5}	ko^{1}	ke^{1}
棵	**树**	**当**	**棵**	**松**

松树也是树，

9-238

果	**吉**	**当**	**果**	**楼**
Go	ge	daengq	go	raeu
ko^{1}	ke^{1}	taːŋ^{5}	ko^{1}	ɹau^{1}
棵	**松**	**当**	**棵**	**枫**

枫树也是树。

9-239

不	**同**	**得**	**是**	**了**
Mbouj	doengh	ndaej	cix	liux
bou^{5}	toŋ^{2}	dai^{3}	ɕi^{4}	liːu^{4}
不	**相**	**得**	**就**	**算**

没结婚就算，

9-240

秀	**可**	**利**	**双**	**偻**
Ciuh	goj	lij	song	raeuz
ɕiːu^{6}	ko^{5}	li^{4}	θoːŋ^{1}	ɹau^{2}
世	**也**	**还**	**两**	**我们**

我俩曾相好。

女唱

9-241

果	会	在	㟖	里
Go	faex	ywq	rungh	ndaw
ko^{1}	fai^{4}	jɯ^{5}	ɹuŋ^{6}	daɯ^{1}
棵	树	在	㟖	里

一树在深山，

9-242

叶	它	圆	办	两
Mbaw	de	nduen	baenz	liengj
baɯ^{1}	te^{1}	do:n^{1}	pan^{2}	li:ŋ^{3}
叶	那	圆	成	伞

树冠如伞盖。

9-243

三	十	不	造	祥
Sam	cib	mbouj	caux	riengh
θa:n^{1}	ɕit^{8}	bou^{5}	ɕa:u^{4}	ɹi:ŋ^{6}
三	十	不	造	栏

三十未成家，

9-244

动	备	乱	知	空
Dungx	beix	luenh	rox	ndwi
tuŋ^{4}	pi^{4}	lu:n^{6}	ɹo^{4}	du:i^{1}
肚	兄	乱	或	不

兄心乱不乱？

男唱

9-245

菜	卡	在	里	祘
Byaek	gat	ywq	ndaw	suen
pjak^{7}	ka:t^{7}	jɯ^{5}	daɯ^{1}	θu:n^{1}
菜	芥	在	里	园

芥菜在园中，

9-246

可	米	叶	一	青
Goj	miz	mbaw	ndeu	oiq
ko^{5}	mi^{2}	baɯ^{1}	de:u^{1}	o:i^{5}
也	有	叶	一	嫩

总会长嫩叶。

9-247

江	邦	可	米	对
Gyang	biengz	goj	miz	doih
kja:ŋ^{1}	pi:ŋ^{2}	ko^{5}	mi^{2}	to:i^{6}
中	地方	也	有	伙伴

朋辈有人在，

9-248

少	青	开	八	蒙
Sau	oiq	gaej	bah	muengz
θa:u^{1}	o:i^{5}	ka:i^{5}	pa^{6}	mu:ŋ^{2}
姑娘	嫩	莫	急	忙

小妹心莫慌。

女唱

9-249

菜 卡 在 里 祘

Byaek gat ywq ndaw suen

pjak^{7} ka:t^{7} jɯ^{5} daɯ^{1} θu:n^{1}

菜 芥 在 里 园

芥菜在园中，

9-250

叶 它 圆 办 毛

Mbaw de nduen baenz mauh

baɯ^{1} te^{1} do:n^{1} pan^{2} ma:u^{6}

叶 那 圆 成 帽

叶子圆如帽。

9-251

广 东 中 凉 好

Gvangj doeng cuengq liengz ndei

kwa:ŋ^{3} toŋ^{1} ɕu:ŋ^{5} li:ŋ^{2} dei^{1}

广 东 放 凉 好

广东本不错，

9-252

知 得 备 知 空

Rox ndaej beix rox ndwi

ɹo^{4} dai^{3} pi^{4} ɹo^{4} du:i^{1}

知 得 兄 或 不

未知得兄否？

男唱

9-253

果 会 在 岸 里

Go faex ywq rungh ndaw

ko^{1} fai^{4} jɯ^{5} ɹuŋ^{6} daɯ^{1}

棵 树 在 岸 里

一树在深山，

9-254

叶 它 貝 结 土

Mbaw de bae giet duh

baɯ^{1} te^{1} pai^{1} ki:t^{7} tu^{6}

叶 那 去 结 豆

其叶结成团。

9-255

利 双 偻 了 友

Lix song raeuz liux youx

li^{4} θo:ŋ^{1} ɹau^{2} li:u^{4} ju^{4}

剩 两 我们 啰 友

就留下我俩，

9-256

在 古 务 师 本

Ywq guh huj cw mbwn

jɯ^{5} ku^{4} hu^{3} ɕɯ^{1} bɯn^{1}

在 做 云 遮 天

如孤云蔽天。

女唱

9-257

果	会	在	岸	里
Go	faex	ywq	rungh	ndaw
ko^{1}	fai^{4}	jɯ^{5}	ɹuŋ^{6}	daɯ^{1}
棵	树	在	岸	里

一树在深山，

9-258

叶	它	貝	结	土
Mbaw	de	bae	giet	duh
baɯ^{1}	te^{1}	pai^{1}	kiːt^{7}	tu^{6}
叶	那	去	结	豆

其叶结成团。

9-259

利	双	偻	了	友
Lix	song	raeuz	liux	youx
li^{4}	θoːŋ^{1}	ɹau^{2}	liːu^{4}	ju^{4}
剩	两	我们	啰	友

就留下我俩，

9-260

写	古	务	连	润
Ce	guh	huj	lienz	rumz
çe^{1}	ku^{4}	hu^{3}	liːn^{2}	ɹun^{2}
留	做	云	连	风

如同云和风。

男唱

9-261

果	会	在	岸	里
Go	faex	ywq	rungh	ndaw
ko^{1}	fai^{4}	jɯ^{5}	ɹuŋ^{6}	daɯ^{1}
棵	树	在	岸	里

一树在深山，

9-262

叶	它	貝	结	土
Mbaw	de	bae	giet	duh
baɯ^{1}	te^{1}	pai^{1}	kiːt^{7}	tu^{6}
叶	那	去	结	豆

其叶结成团。

9-263

义	尚	貝	吨	务
Ngeiq	sang	bae	daemx	huj
ȵi^{5}	θaːŋ^{1}	pai^{1}	tan^{4}	hu^{3}
枝	高	去	顶	云

梢高入云端，

9-264

叶	貝	读	灯	日
Mbaw	bae	douh	daeng	ngoenz
baɯ^{1}	pai^{1}	tou^{6}	taŋ^{1}	ŋon^{2}
叶	去	栖息	灯	天

叶子近太阳。

女唱

9-265

会	老	论	刀	拉
Faex	laux	laemx	dauq	laj
fai^{4}	laːu^{4}	lan^{4}	taːu^{5}	la^{3}
树	大	倒	回	下

大树已倒伏，

9-266

明	是	利	很	站
Cog	cix	lij	hwnj	soengz
ɕoːk^{8}	ɕi^{4}	li^{4}	hɯn^{3}	θoŋ^{2}
将来	是	还	起	站

它还会复生。

9-267

会	全	论	托	下
Faex	gyonj	laemx	doh	roengz
fai^{4}	kjoːn^{3}	lan^{4}	to^{6}	ɹoŋ^{2}
树	都	倒	向	下

大树都倒下，

9-268

利	乕	同	知	不
Lij	nyienh	doengz	rox	mbouj
li^{4}	ȵuːn^{6}	toŋ^{2}	ɹo^{4}	bou^{5}
还	愿	同	或	不

友情尚存否？

男唱

9-269

会	老	论	刀	拉
Faex	laux	laemx	dauq	laj
fai^{4}	laːu^{4}	lan^{4}	taːu^{5}	la^{3}
树	大	倒	回	下

大树已倒伏，

9-270

明	是	利	很	站
Cog	cix	lij	hwnj	soengz
ɕoːk^{8}	ɕi^{4}	li^{4}	hɯn^{3}	θoŋ^{2}
将来	是	还	起	站

它还会复活。

9-271

会	全	论	托	下
Faex	gyonj	laemx	doh	roengz
fai^{4}	kjoːn^{3}	lan^{4}	to^{6}	ɹoŋ^{2}
树	都	倒	向	下

树木全倒了，

9-272

了	同	偻	告	内
Liux	doengz	raeuz	gau	neix
liːu^{4}	toŋ^{2}	ɹau^{2}	kaːu^{1}	ni^{4}
完	同	我们	次	这

我俩情也绝。

女唱

9-273

果	会	在	山	内
Go	faex	ywq	bya	neix
ko¹	fai⁴	jɯ⁵	pja¹	ni⁴
棵	树	在	山	这

树长在此山，

9-274

义	貝	读	山	仙
Ngeiq	bae	douh	bya	sien
ȵi⁵	pai¹	tou⁶	pja¹	θi:n¹
枝	去	栖息	山	仙

枝伸向仙山。

9-275

果	会	老	卢	连
Go	faex	laux	luz	lienz
ko¹	fai⁴	la:u⁴	lu²	li:n²
棵	树	大	连	连

此树高又大，

9-276

更	米	千	土	丰
Gwnz	miz	cien	duz	fungh
kɯn²	mi²	ɕi:n¹	tu²	fuŋ⁶
上	有	千	只	凤

上栖千只凤。

男唱

9-277

果	会	在	山	内
Go	faex	ywq	bya	neix
ko¹	fai⁴	jɯ⁵	pja¹	ni⁴
棵	树	在	山	这

此山长大树，

9-278

义	貝	读	山	单
Ngeiq	bae	douh	bya	dan
ȵi⁵	pai¹	tou⁶	pja¹	ta:n¹
枝	去	栖息	山	单

枝伸向他山。

9-279

果	会	老	又	尚
Go	faex	laux	youh	sang
ko¹	fai⁴	la:u⁴	jou⁴	θa:ŋ¹
棵	树	大	又	高

此树大且高，

9-280

丰	在	更	打	羽
Fungh	ywq	gwnz	daj	fwed
fuŋ⁶	jɯ⁵	kɯn²	ta³	fu:t⁸
凤	在	上	打	翅

凤展翅其上。

女唱

9–281

果	**会**	**老**	**又**	**尚**
Go	faex	laux	youh	sang
ko^{1}	fai^{4}	laːu^{4}	jou^{4}	θaːŋ^{1}
棵	**树**	**大**	**又**	**高**

此树大且高，

9–282

丰	**在**	**更**	**打**	**羽**
Fungh	ywq	gwnz	daj	fwed
fuŋ^{6}	jɯ^{5}	kɯn^{2}	ta^{3}	fuːt^{8}
凤	**在**	**上**	**打**	**翅**

凤展翅其上。

9–283

义	**京**	**城**	**内**	**欢**
Nyi	ging	singz	neix	ndwek
ȵi^{1}	kiŋ^{1}	θiŋ^{2}	ni^{4}	dɯːk^{7}
听	**京**	**城**	**这**	**热闹**

传京城热闹，

9–284

丰	**三**	**外**	**马**	**秋**
Fungh	sanq	vaij	ma	ciuq
fuŋ^{6}	θaːn^{5}	vaːi^{3}	ma^{1}	ɕiːu^{5}
凤	**散**	**过**	**来**	**看**

凤飞过来看。

男唱

9–285

果	**会**	**老**	**又**	**尚**
Go	faex	laux	youh	sang
ko^{1}	fai^{4}	laːu^{4}	jou^{4}	θaːŋ^{1}
棵	**树**	**大**	**又**	**高**

此树大又高，

9–286

丰	**在**	**更**	**中**	**先**
Fungh	ywq	gwnz	cuengq	sienq
fuŋ^{6}	jɯ^{5}	kɯn^{2}	ɕuːŋ^{5}	θiːn^{5}
凤	**在**	**上**	**放**	**线**

凤栖添风光。

9–287

润	**吹**	**干**	**不**	**见**
Rumz	ci	gan	bu	gen
ɹun^{2}	ɕi^{1}	kaːn^{5}	pu^{5}	keːn^{4}
风	**吹**	**看**	**不**	**见**

风吹看不见，

9–288

乃	**乃**	**先**	**定**	**芬**
Naih	naih	senq	dingh	faenz
naːi^{6}	naːi^{6}	θeːn^{5}	tiŋ^{6}	fan^{2}
久	**久**	**早**	**定**	**伐**

早先定要砍。

女唱

9-289

果	会	在	邦	它
Go	faex	ywq	bangx	dat
ko^{1}	fai^{4}	jɯ^{5}	pa:ŋ^{4}	ta:t^{7}
棵	树	在	旁	山崖

崖壁一棵树，

9-290

邦	条	拉	古	文
Baengh	diuz	rag	guh	vunz
paŋ^{6}	ti:u^{2}	ɹa:k^{8}	ku^{4}	vun^{2}
靠	条	根	做	人

靠条根活命。

9-291

秀	些	马	拉	本
Ciuh	seiq	ma	laj	mbwn
ɕi:u^{6}	θe^{5}	ma^{1}	la^{3}	bɯn^{1}
世	世	来	下	天

今生在世上，

9-292

邦	农	银	造	秀
Baengh	nuengx	ngaenz	caux	ciuh
paŋ^{6}	nu:ŋ^{4}	ŋan^{2}	ɕa:u^{4}	ɕi:u^{6}
靠	妹	银	造	世

靠妹妹成家。

男唱

9-293

果	会	在	邦	它
Go	faex	ywq	bangx	dat
ko^{1}	fai^{4}	jɯ^{5}	pa:ŋ^{4}	ta:t^{7}
棵	树	在	旁	山崖

崖边一棵树，

9-294

特	马	巴	古	汉
Dawz	ma	mbaq	guh	hanz
təɯ^{2}	ma^{1}	ba^{5}	ku^{4}	ha:n^{2}
拿	来	肩	做	担

锯来制扁担。

9-295

义	勒	伏	造	然
Nyi	lwg	fwx	caux	ranz
ȵi^{1}	lɯk^{8}	fə^{4}	ɕa:u^{4}	ɹa:n^{2}
听	子	别人	造	家

想结交别人，

9-296

土	貝	兰	要	刀
Dou	bae	lanz	aeu	dauq
tu^{1}	pai^{1}	la:n^{2}	au^{1}	ta:u^{5}
我	去	拦	要	回

我拦截回来。

女唱

9-297

会	**老**	**论**	**下**	**斗**
Faex	laux	laemx	roengz	daeuj
fai^{4}	laːu^{4}	lan^{4}	ɹoŋ^{2}	tau^{3}
树	**大**	**倒**	**下**	**来**

大树倒下来，

9-298

明	**是**	**利**	**出**	**叶**
Cog	cix	lij	ok	mbaw
ɕoːk^{8}	ɕi^{4}	li^{4}	oːk^{7}	bauɯ^{1}
将来	**是**	**还**	**出**	**叶**

它还会发芽。

9-299

水	**动**	**了**	**刀**	**师**
Raemx	doengq	liux	dauq	saw
ɹan^{4}	toŋ^{5}	liːu^{4}	taːu^{5}	θaɯ^{1}
水	**浑**	**完**	**回**	**清**

浊水变清水，

9-300

在	**而**	**办**	**备**	**农**
Ywq	lawz	baenz	beix	nuengx
juɯ^{5}	laɯ^{2}	pan^{2}	pi^{4}	nuːŋ^{4}
在	**哪**	**成**	**兄**	**妹**

哪里成兄妹？

男唱

9-301

果	**会**	**在**	**邦**	**它**
Go	faex	ywq	bangx	dat
ko^{1}	fai^{4}	juɯ^{5}	paːŋ^{4}	taːt^{7}
棵	**树**	**在**	**旁**	**山崖**

树在崖壁边，

9-302

好	**汉**	**样**	**金**	**银**
Hau	hanq	yiengh	gim	ngaenz
haːu^{1}	haːn^{5}	juːŋ^{6}	kin^{1}	ŋan^{2}
白	**灿灿**	**样**	**金**	**银**

闪光像金银。

9-303

交	**印**	**给**	**你**	**更**
Gyau	yinq	hawj	mwngz	gaem
kjaːu^{1}	in^{5}	həɯ^{3}	mɯŋ^{2}	kan^{1}
交	**印**	**给**	**你**	**握**

权在你手上，

9-304

古	**而**	**不**	**办**	**主**
Guh	lawz	mbouj	baenz	cawj
ku^{4}	ɹaɯ^{2}	bou^{5}	pan^{2}	ɕɯ^{3}
做	**什么**	**不**	**成**	**主**

是由你做主。

女唱

9-305

果 会 在 大 罗

Go faex ywq daih loh

ko^{1} fai^{4} jɯ^{5} taːi^{6} lo^{6}

棵 树 在 大 路

路边好多树，

9-306

米 条 作 条 勾

Miz diuz soh diuz gaeuz

mi^{2} tiːu^{2} θo^{6} tiːu^{2} kau^{2}

有 条 直 条 曲

有直也有弯。

9-307

当 几 道 貝 说

Daengq geij dauh bae naeuz

taŋ^{5} ki^{3} taːu^{6} pai^{1} nau^{2}

叮嘱 几 道 去 说

派多人告知，

9-308

利 贤 偻 知 不

Lij nyienh raeuz rox mbouj

li^{4} ȵuːn^{6} ɹau^{2} ɹo^{4} bou^{5}

还 愿 我们 或 不

你满意没有？

男唱

9-309

果 会 在 大 罗

Go faex ywq daih loh

ko^{1} fai^{4} jɯ^{5} taːi^{6} lo^{6}

棵 树 在 大 路

路边好多树，

9-310

米 条 作 条 勾

Miz diuz soh diuz gaeuz

mi^{2} tiːu^{2} θo^{6} tiːu^{2} kau^{2}

有 条 直 条 弯

有直也有弯。

9-311

偻 刀 可 认 偻

Raeuz dauq goj nyienh raeuz

ɹau^{2} taːu^{5} ko^{5} ȵin^{6} ɹau^{2}

我们 倒 也 认 我们

虽我俩相好，

9-312

不 卜 邦 偻 祘

Mbouj boux bang raeuz suenq

bou^{5} pu^{4} paːŋ^{1} ɹau^{2} θuːn^{5}

无 人 帮 我们 算

但无人助力。

女唱

9–313

果	会	在	大	罗
Go	faex	ywq	daih	loh
ko^{1}	fai^{4}	jɯ^{5}	taːi^{6}	lo^{6}
棵	树	在	大	路

路边许多树，

9–314

米	条	作	条	勾
Miz	diuz	soh	diuz	gaeuz
mi^{2}	tiːu^{2}	θo^{6}	tiːu^{2}	kau^{2}
有	条	直	条	弯

有直也有弯。

9–315

条	作	伕	是	要
Diuz	soh	fwx	cix	aeu
tiːu^{2}	θo^{6}	fə^{4}	ɕi^{4}	au^{1}
条	直	别人	就	要

直的别人要，

9–316

写	条	勾	给	备
Ce	diuz	gaeuz	hawj	beix
ɕe^{1}	tiːu^{2}	kau^{2}	həɯ^{3}	pi^{4}
留	条	弯	给	兄

留弯的给兄。

男唱

9–317

果	会	在	大	罗
Go	faex	ywq	daih	loh
ko^{1}	fai^{4}	jɯ^{5}	taːi^{6}	lo^{6}
棵	树	在	大	路

路边许多树，

9–318

条	作	它	米	心
Diuz	soh	de	miz	sim
tiːu^{2}	θo^{6}	te^{1}	mi^{2}	θin^{1}
条	直	它	有	心

直的树有芯。

9–319

巴	你	讲	刀	真
Bak	mwngz	gangj	dauq	caen
paːk^{7}	mɯŋ^{2}	kaːŋ^{3}	taːu^{5}	ɕin^{1}
嘴	你	讲	倒	真

嘴巴讲真话，

9–320

安	心	它	又	良
Aen	sim	de	youh	lingh
an^{1}	θin^{1}	te^{1}	jou^{4}	leːŋ^{6}
个	心	他	又	另

心口不一致。

女唱

9–321

果　会　在　江　权

Go faex ywq gyang gemh

ko^{1} fai^{4} jɯ^{5} kja:ŋ^{1} ke:n^{6}

棵　树　在　中　山坳

树在坳口上，

9–322

写　古　田　土　兵

Ce guh denz duz bing

çe^{1} ku^{4} te:n^{2} tu^{2} piŋ^{1}

留　做　地　只　蚂蟥

留给蚂蟥爬。

9–323

会　老　出　叶　红

Faex laux ok mbaw nding

fai^{4} la:u^{4} o:k^{7} baɯ^{1} diŋ^{1}

树　大　出　叶　红

大树发嫩芽，

9–324

老　不　真　广　合

Lau mbouj caen gvangj hox

la:u^{1} bou^{5} çin^{1} kwa:ŋ^{3} ho^{4}

怕　不　真　好　兆

恐非好兆头。

男唱

9–325

会　老　出　叶　么

Faex laux ok mbaw moq

fai^{4} la:u^{4} o:k^{7} baɯ^{1} mo^{5}

树　大　出　叶　新

大树吐嫩梢，

9–326

老　不　真　广　合

Lau mbouj caen gvangj hox

la:u^{1} bou^{5} çin^{1} kwa:ŋ^{3} ho^{4}

怕　不　真　好　兆

恐非好兆头。

9–327

会　老　出　叶　么

Faex laux ok mbaw moq

fai^{4} la:u^{4} o:k^{7} baɯ^{1} mo^{5}

树　大　出　叶　新

大树吐新芽，

9–328

广　合　不　乱　米

Gvangj hwz mbouj luenh miz

kwa:ŋ^{3} ho^{2} bou^{5} lu:n^{6} mi^{2}

广　合　不　乱　有

此兆很少有。

女唱

9-329

果 会 在 江 权
Go faex ywq gyang gemh
ko^{1} fai^{4} jɯ^{5} kja:ŋ^{1} ke:n^{6}
棵 树 在 中 山坳
树在坳口上，

9-330

写 古 田 土 兵
Ce guh denz duz bing
ɕe^{1} ku^{4} te:n^{2} tu^{2} piŋ^{1}
留 做 地 只 蚂蟥
留给蚂蟥爬。

9-331

会 老 出 叶 红
Faex laux ok mbaw nding
fai^{4} la:u^{4} o:k^{7} baɯ^{1} diŋ^{1}
树 大 出 叶 红
大树发嫩芽，

9-332

不 真 洋 面 祘
Mbouj caen yaeng menh suenq
bou^{5} ɕin^{1} jaŋ^{1} me:n^{6} θu:n^{5}
不 真 再 慢 算
事从长计议。

男唱

9-333

果 会 在 江 权
Go faex ywq gyang gemh
ko^{1} fai^{4} jɯ^{5} kja:ŋ^{1} ke:n^{6}
棵 树 在 中 山坳
树在坳口上，

9-334

写 古 田 土 兵
Ce guh denz duz bing
ɕe^{1} ku^{4} te:n^{2} tu^{2} piŋ^{1}
留 做 地 只 蚂蟥
留给蚂蟥爬。

9-335

会 老 在 北 京
Faex laux ywq baek king
fai^{4} la:u^{4} jɯ^{5} pak^{7} kiŋ^{1}
树 大 在 北 京
大树在北京，

9-336

写 古 城 皇 帝
Ce guh singz vuengz daeq
ɕe^{1} ku^{4} θiŋ^{2} vu:ŋ^{2} tai^{5}
留 做 城 皇 帝
留做皇城景。

女唱

9-337

果	**会**	**在**	**江**	**杈**
Go	faex	ywq	gyang	gemh
ko^{1}	fai^{4}	jɯ^{5}	kjaːŋ^{1}	keːn^{6}
棵	**树**	**在**	**中**	**山坳**

树在坳口上，

9-338

写	**古**	**田**	**土**	**鸦**
Ce	guh	denz	duz	a
ɕe^{1}	ku^{4}	teːn^{2}	tu^{2}	a^{1}
留	**做**	**地**	**只**	**鸦**

给乌鸦栖息。

9-339

会	**老**	**在**	**邦**	**山**
Faex	laux	ywq	bangx	bya
fai^{4}	laːu^{4}	jɯ^{5}	paːŋ^{4}	pja^{1}
树	**大**	**在**	**旁**	**山**

大树在山边，

9-340

写	**古**	**架**	**乌**	**烷**
Ce	guh	gyaz	roeg	enq
ɕe^{1}	ku^{4}	kja^{2}	ɹok^{8}	eːn^{5}
留	**做**	**草丛**	**鸟**	**燕**

留燕子落脚。

男唱

9-341

果	**会**	**在**	**江**	**杈**
Go	faex	ywq	gyang	gemh
ko^{1}	fai^{4}	jɯ^{5}	kjaːŋ^{1}	keːn^{6}
棵	**树**	**在**	**中**	**山坳**

树在坳口上，

9-342

写	**古**	**田**	**土**	**鸦**
Ce	guh	denz	duz	a
ɕe^{1}	ku^{4}	teːn^{2}	tu^{2}	a^{1}
留	**做**	**地**	**只**	**鸦**

给乌鸦栖息。

9-343

会	**老**	**在**	**邦**	**山**
Faex	laux	ywq	bangx	bya
fai^{4}	laːu^{4}	jɯ^{5}	paːŋ^{4}	pja^{1}
树	**大**	**在**	**旁**	**山**

大树在山边，

9-344

鸦	**马**	**更**	**讲**	**满**
A	ma	gwnz	gangj	monh
a^{1}	ma^{1}	kɯn^{2}	kaːŋ^{3}	moːn^{6}
鸦	**来**	**上**	**讲**	**情**

树上鸦求偶。

女唱

9-345

果	会	在	江	权
Go	faex	ywq	gyang	gemh
ko^{1}	fai^{4}	jɯ^{5}	kjaːŋ^{1}	keːn^{6}
棵	树	在	中	山坳

树在坳口上，

9-346

写	古	田	土	交
Ce	guh	denz	duz	gyau
çe^{1}	ku^{4}	teːn^{2}	tu^{2}	kjaːu^{1}
留	做	地	只	蜘蛛

留蜘蛛张网。

9-347

会	老	在	它	好
Faex	laux	ywq	dat	hau
fai^{4}	laːu^{4}	jɯ^{5}	taːt^{7}	haːu^{1}
树	大	在	山崖	白

大树在崖边，

9-348

金	交	飞	马	读
Gim	gyau	mbin	ma	douh
kin^{1}	kjaːu^{1}	bin^{1}	ma^{1}	tou^{6}
金	蜘蛛	飞	来	栖息

蜘蛛也来栖。

男唱

9-349

果	会	在	江	权
Go	faex	ywq	gyang	gemh
ko^{1}	fai^{4}	jɯ^{5}	kjaːŋ^{1}	keːn^{6}
棵	树	在	中	山坳

树在坳口上，

9-350

写	古	田	土	交
Ce	guh	denz	duz	gyau
çe^{1}	ku^{4}	teːn^{2}	tu^{2}	kjaːu^{1}
留	做	地	只	蜘蛛

留蜘蛛张网。

9-351

会	老	在	它	好
Faex	laux	ywq	dat	hau
fai^{4}	laːu^{4}	jɯ^{5}	taːt^{7}	haːu^{1}
树	大	在	山崖	白

大树在崖边，

9-352

写	金	交	结	蒙
Ce	gim	gyau	giet	muengx
çe^{1}	kin^{1}	kjaːu^{1}	kiːt^{7}	muːŋ^{4}
留	金	蜘蛛	结	网

留蜘蛛张网。

女唱

9-353

果	**会**	**在**	**江**	**开**
Go	faex	ywq	gyang	gai
ko^{1}	fai^{4}	jɯ^{5}	kjaːŋ^{1}	kaːi^{1}
棵	**树**	**在**	**中**	**街**

树长在街边，

9-354

很	**河**	**求**	**朵**	**阴**
Hwnj	haw	gouz	ndoj	raemh
hɯn^{3}	həɯ^{1}	kjou^{2}	do^{3}	ɹan^{6}
上	**圩**	**求**	**躲**	**阴**

路人得乘凉。

9-355

明	**果**	**会**	**内**	**论**
Cog	go	faex	neix	laemx
ɕoːk^{8}	ko^{1}	fai^{4}	ni^{4}	lan^{4}
将来	**棵**	**树**	**这**	**倒**

若是大树倒，

9-356

农	**貝**	**邦**	**阝**	**而**
Nuengx	bae	baengh	boux	lawz
nuːŋ^{4}	pai^{1}	paŋ^{6}	pu^{4}	laɯ^{2}
妹	**去**	**靠**	**人**	**哪**

妹去依靠谁？

男唱

9-357

果	**会**	**在**	**江**	**开**
Go	faex	ywq	gyang	gai
ko^{1}	fai^{4}	jɯ^{5}	kjaːŋ^{1}	kaːi^{1}
棵	**树**	**在**	**中**	**街**

大树在街上，

9-358

文	**来**	**却**	**朵**	**阴**
Vunz	lai	gyo	ndoj	raemh
vun^{2}	laːi^{1}	kjo^{1}	do^{3}	ɹan^{6}
人	**多**	**幸亏**	**躲**	**阴**

路人得乘凉。

9-359

明	**果**	**会**	**内**	**论**
Cog	go	faex	neix	laemx
ɕoːk^{8}	ko^{1}	fai^{4}	ni^{4}	lan^{4}
将来	**棵**	**树**	**这**	**倒**

若是大树倒，

9-360

田	**朵**	**阴**	**空**	**米**
Dieg	ndoj	raemh	ndwi	miz
tiːk^{8}	do^{3}	ɹan^{6}	duːi^{1}	mi^{2}
地	**躲**	**阴**	**不**	**有**

无处觅阴凉。

女唱

9-361

果	会	在	江	权
Go	faex	ywq	gyang	gemh
ko^{1}	fai^{4}	jɯ^{5}	kja:ŋ^{1}	ke:n^{6}
棵	树	在	中	山坳

树在坳口上，

9-362

写	乌	炕	古	弄
Ce	roeg	enq	guh	rongz
çe^{1}	ɹok^{8}	e:n^{5}	ku^{4}	ɹo:ŋ^{2}
留	乌	燕	做	窝

让燕子筑巢。

9-363

会	老	在	天	森
Faex	laux	ywq	denh	ndoeng
fai^{4}	la:u^{4}	jɯ^{5}	ti:n^{1}	doŋ^{1}
树	大	在	天	山林

大树在远方，

9-364

写	少	同	朵	阴
Ce	sau	doengz	ndoj	raemh
çe^{1}	θa:u^{1}	toŋ^{2}	do^{3}	ɹan^{6}
留	姑娘	同	躲	阴

让小妹乘凉。

男唱

9-365

果	会	在	用	本
Go	faex	ywq	byongh	mbwn
ko^{1}	fai^{4}	jɯ^{5}	pjo:ŋ^{6}	bɯn^{1}
棵	树	在	半	天

树高入霄汉，

9-366

芬	马	古	周	坚
Faenz	ma	guh	saeu	genq
fan^{2}	ma^{1}	ku^{4}	θau^{1}	ke:n^{5}
伐	来	做	柱	硬

砍来做柱子。

9-367

变	代	贝	是	面
Bienh	dai	bae	cix	menh
pi:n^{6}	ta:i^{1}	pai^{1}	çi^{4}	me:n^{6}
即便	死	去	是	慢

余生尚很长，

9-368

在	牙	恋	同	要
Ywq	yaek	lienh	doengh	aeu
jɯ^{5}	jak^{7}	li:n^{6}	toŋ^{2}	au^{1}
在	要	恋	相	要

活要连婚姻。

男唱

9-369

义	果	会	内	论
Nyi	go	faex	neix	laemx
ȵi^{1}	ko^{1}	fai^{4}	ni^{4}	lan^{4}
听	棵	树	这	倒

若是此树倒，

9-370

土	贝	砍	要	尾
Dou	bae	raemj	aeu	byai
tu^{1}	pai^{1}	ɹan^{3}	au^{1}	pja:i^{1}
我	去	砍	要	尾

我要砍树梢。

9-371

义	贵	口	你	代
Nyi	gwiz	gaeuq	mwngz	dai
ȵi^{1}	kɯi^{2}	kau^{5}	mɯŋ^{2}	ta:i^{1}
听	丈夫	旧	你	死

若你变单身，

9-372

土	贝	才	要	田
Dou	bae	raih	aeu	dieg
tu^{1}	pai^{1}	ɹa:i^{6}	au^{1}	ti:k^{8}
我	去	爬	要	地

我前去守护。

男唱

9-373

果	会	在	江	权
Go	faex	ywq	gyang	gemh
ko^{1}	fai^{4}	jɯ^{5}	kja:ŋ^{1}	ke:n^{6}
棵	树	在	中	山坳

树在坳中间，

9-374

中	先	贝	吨	本
Cuengq	sienq	bae	daemx	mbwn
ɕu:ŋ^{5}	θi:n^{5}	pai^{1}	tan^{4}	bɯn^{1}
放	线	去	顶	天

树梢入云端。

9-375

田	全	开	给	文
Dieg	gyonj	gai	hawj	vunz
ti:k^{8}	kjo:n^{3}	ka:i^{1}	həɯ^{3}	vun^{2}
地	都	卖	给	人

地都卖给人，

9-376

几	时	少	得	刀
Geij	seiz	sau	ndaej	dauq
ki^{3}	θi^{2}	θa:u^{1}	dai^{3}	ta:u^{5}
几	时	姑娘	得	回

何时妹回来？

女唱

9-377

果 会 在 江 权

Go faex ywq gyang gemh

ko^{1} fai^{4} jɯ^{5} kja:ŋ^{1} ke:n^{6}

棵 树 在 中 山坳

树在坳中间，

9-378

鸦 可 恋 可 朵

A goj lienh goj ndoj

a^{1} ko^{5} li:n^{6} ko^{5} do^{3}

鸦 也 恋 也 躲

鸦流连树上。

9-379

明 果 会 内 㑩

Cog go faex neix roz

ço:k^{8} ko^{1} fai^{4} ni^{4} ɹo^{2}

将来 棵 树 这 枯

若大树枯死，

9-380

刚 㑩 貝 而 读

Gaeng roz bae lawz douh

kaŋ^{1} ɹo^{2} pai^{1} laɯ^{2} tou^{6}

猴 枯 去 哪 栖息

猴子何所依？

男唱

9-381

果 会 在 江 权

Go faex ywq gyang gemh

ko^{1} fai^{4} jɯ^{5} kja:ŋ^{1} ke:n^{6}

棵 树 在 中 山坳

树在坳中间，

9-382

写 古 田 土 生

Ce guh dieg duz nyaen

çe^{1} ku^{4} ti:k^{8} tu^{2} ɲan^{1}

留 做 地 只 野兽

留给野兽爬。

9-383

会 老 不 用 芬

Faex laux mbouj yungh faenz

fai^{4} la:u^{4} bou^{5} juŋ^{6} fan^{2}

树 大 不 用 伐

大树不可砍，

9-384

写 古 元 偻 采

Ce guh roen raeuz byaij

çe^{1} ku^{4} jo:n^{1} ɹau^{2} pja:i^{3}

留 做 路 我们 走

留我俩幽会。

女唱

9-385

果　会　在　江　权

Go faex ywq gyang gemh

ko^{1} fai^{4} jɯ^{5} kjaːŋ^{1} keːn^{6}

棵　树　在　中　山坳

此树在坳口，

9-386

写　古　田　土　生

Ce guh dieg duz nyaen

ɕe^{1} ku^{4} tiːk^{8} tu^{2} ȵan^{1}

留　做　地　只　野兽

留给野兽爬。

9-387

架　尖　是　管　芬

Cax raeh cix guenj faenz

kja^{4} ɹai^{6} ɕi^{4} kuːn^{3} fan^{2}

刀　利　就　管　伐

刀利你就砍，

9-388

银　卜　而　貝　買

Ngaenz boux lawz bae cawx

ŋan^{2} pu^{4} laɯ^{2} pai^{1} ɕəɯ^{4}

银　人　哪　去　买

又不用银买。

男唱

9-389

果　会　老

Go faex laux

ko^{1} fai^{4} laːu^{4}

棵　树　大

此大树，

9-390

观　秀　卜　土　种

Gonq ciuh boh dou ndaem

koːn^{5} ɕiːu^{6} po^{6} tu^{1} dan^{1}

先　世　父　我　种

是我父辈栽。

9-391

会　老　在　思　恩

Faex laux ywq swh wnh

fai^{4} laːu^{4} jɯ^{5} θɯ^{1} an^{1}

树　大　在　思　恩

大树在思恩，

9-392

卜　而　芬　是　闹

Boux lawz faenz cix ngaux

pu^{4} laɯ^{2} fan^{2} ɕi^{4} ȵaːu^{4}

人　哪　伐　就　闹

谁砍就告谁。

女唱

9-393

会 老 在 思 恩

Faex laux ywq swh wnh

fai^{4} la:u^{4} jɯ^{5} θɯ^{1} an^{1}

树 大 在 思 恩

大树在思恩，

9-394

阝 而 芬 是 闹

Boux lawz faenz cix nyaux

pu^{4} laɯ^{2} fan^{2} ɕi^{4} ȵa:u^{4}

人 哪 伐 就 闹

谁砍就告谁。

9-395

几 阝 芬 会 老

Geij boux faenz faex laux

ki^{3} pu^{4} fan^{2} fai^{4} la:u^{4}

几 人 伐 树 大

有人砍大树，

9-396

是 利 闹 堂 洋

Cix lij nyaux daengz yangz

ɕi^{4} li^{4} ȵa:u^{4} taŋ^{2} ja:ŋ^{2}

是 还 闹 到 皇

被告上朝廷。

男唱

9-397

果 会 老

Go faex laux

ko^{1} fai^{4} la:u^{4}

棵 树 大

此大树，

9-398

观 秀 卜 土 种

Gonq ciuh boh dou ndaem

ko:n^{5} ɕi:u^{6} po^{6} tu^{1} dan^{1}

先 世 父 我 种

是我父辈栽。

9-399

把 斧 百 义 斤

Fag fuj bak ngeih gaen

fa:k^{8} fu^{3} pa:k^{7} ȵi^{6} kan^{1}

把 斧 百 二 斤

斧重百二斤，

9-400

芬 牙 得 会 老

Faenz yax ndaej faex laux

fan^{2} ja^{5} dai^{3} fai^{4} la:u^{4}

伐 才 得 树 大

才砍得大树。

女唱

9-401

果	**会**	**在**	**丁**	**闹**
Go	faex	ywq	dingj	naux
ko^{1}	fai^{4}	jɯ^{5}	tiŋ^{3}	naːu^{4}
棵	**树**	**在**	**顶**	**巅**

山巅一棵树，

9-402

好	**古**	**朝**	**打**	**布**
Ndei	guh	saux	dak	baengz
dei^{1}	ku^{4}	θaːu^{4}	taːk^{7}	paŋ^{2}
好	**做**	**竿**	**晒**	**布**

好做晒布竿。

9-403

果	**会**	**在**	**江**	**王**
Go	faex	ywq	gyang	vaengz
ko^{1}	fai^{4}	jɯ^{5}	kjaːŋ^{1}	vaŋ^{2}
棵	**树**	**在**	**中**	**潭**

潭边一棵树，

9-404

好	**打**	**布**	**跟**	**布**
Ndei	dak	baengz	riengz	buh
dei^{1}	taːk^{7}	paŋ^{2}	ɹiːŋ^{2}	pu^{6}
好	**晒**	**布**	**跟**	**衣服**

好晒布和衣。

男唱

9-405

果	**会**	**在**	**丁**	**闹**
Go	faex	ywq	dingj	naux
ko^{1}	fai^{4}	jɯ^{5}	tiŋ^{3}	naːu^{4}
棵	**树**	**在**	**顶**	**巅**

山巅一棵树，

9-406

好	**古**	**朝**	**打**	**布**
Ndei	guh	saux	dak	baengz
dei^{1}	ku^{4}	θaːu^{4}	taːk^{7}	paŋ^{2}
好	**做**	**竿**	**晒**	**布**

好做晒布竿。

9-407

果	**会**	**在**	**江**	**王**
Go	faex	ywq	gyang	vaengz
ko^{1}	fai^{4}	jɯ^{5}	kjaːŋ^{1}	vaŋ^{2}
棵	**树**	**在**	**中**	**潭**

潭边一棵树，

9-408

王	**貝**	**堂**	**邦**	**农**
Vang	bae	daengz	biengz	nuengx
vaːŋ^{1}	pai^{1}	taŋ^{2}	piːŋ^{2}	nuːŋ^{4}
横	**去**	**到**	**地方**	**妹**

长到妹家乡。

女唱

9-409

果	会	在	丁	闹
Go	faex	ywq	dingj	naux
ko^{1}	fai^{4}	jɯ^{5}	tiŋ^{3}	naːu^{4}
棵	树	在	顶	巅

山巅一棵树，

9-410

好	古	朝	打	绸
Ndei	guh	saux	dak	couz
dei^{1}	ku^{4}	θaːu^{4}	taːk^{7}	ɕu^{2}
好	做	竿	晒	绸

好做晒绸竿。

9-411

果	会	在	柳	州
Go	faex	ywq	louj	couh
ko^{1}	fai^{4}	jɯ^{5}	lou^{4}	ɕou^{1}
棵	树	在	柳	州

柳州一棵树，

9-412

好	打	绸	跟	团
Ndei	dak	couz	riengz	duenh
dei^{1}	taːk^{7}	ɕu^{2}	ɹiːŋ^{2}	tuːn^{6}
好	晒	绸	跟	缎

好晒绸和缎。

男唱

9-413

果	会	在	丁	闹
Go	faex	ywq	dingj	naux
ko^{1}	fai^{4}	jɯ^{5}	tiŋ^{3}	naːu^{4}
棵	树	在	顶	巅

山巅一棵树，

9-414

好	古	朝	打	正
Ndei	guh	saux	dak	cingz
dei^{1}	ku^{4}	θaːu^{4}	taːk^{7}	ɕiŋ^{2}
好	做	竿	晒	情

用来晒礼品。

9-415

果	会	在	南	宁
Go	faex	ywq	nanz	ningz
ko^{1}	fai^{4}	jɯ^{5}	naːn^{2}	niŋ^{2}
棵	树	在	南	宁

南宁一棵树，

9-416

好	打	正	少	包
Ndei	dak	cingz	sau	mbauq
dei^{1}	taːk^{7}	ɕiŋ^{2}	θaːu^{1}	baːu^{5}
好	晒	情	姑娘	小伙

晒兄妹彩礼。

女唱

9-417

果	**会**	**在**	**丁**	**闹**
Go	faex	ywq	dingj	naux
ko^{1}	fai^{4}	jɯ^{5}	tiŋ^{3}	naːu^{4}
棵	**树**	**在**	**顶**	**巅**

山巅一棵树，

9-418

好	**古**	**朝**	**打**	**美**
Ndei	guh	saux	dak	mae
dei^{1}	ku^{4}	θaːu^{4}	taːk^{7}	mai^{1}
好	**做**	**竿**	**晒**	**纱**

好做晒纱竿。

9-419

果	**会**	**在**	**元**	**远**
Go	faex	ywq	roen	gyae
ko^{1}	fai^{4}	jɯ^{5}	joːn^{1}	kjai^{1}
棵	**树**	**在**	**路**	**远**

此树在远方，

9-420

好	**美**	**不**	**了**	**备**
Ndei	maez	mbouj	liux	beix
dei^{1}	mai^{2}	bou^{5}	liːu^{4}	pi^{4}
好	**说爱**	**不**	**啰**	**兄**

问兄喜欢否？

男唱

9-421

果	**会**	**在**	**丁**	**闹**
Go	faex	ywq	dingj	naux
ko^{1}	fai^{4}	jɯ^{5}	tiŋ^{3}	naːu^{4}
棵	**树**	**在**	**顶**	**巅**

此树在山巅，

9-422

好	**古**	**朝**	**打**	**润**
Ndei	guh	saux	dak	rumz
dei^{1}	ku^{4}	θaːu^{4}	taːk^{7}	ɹun^{2}
好	**做**	**竿**	**晒**	**风**

好用来晾风。

9-423

果	**会**	**在**	**用**	**本**
Go	faex	ywq	byongh	mbwn
ko^{1}	fai^{4}	jɯ^{5}	pjoːŋ^{6}	bɯn^{1}
棵	**树**	**在**	**半**	**天**

此树在半空，

9-424

老	**坚**	**润**	**不**	**得**
Lau	genq	rumz	mbouj	ndaej
laːu^{1}	keːn^{5}	ɹun^{2}	bou^{5}	dai^{3}
怕	**硬**	**风**	**不**	**得**

恐禁不起风。

女唱

9-425

果	会	在	用	本
Go	faex	ywq	byongh	mbwn
ko^{1}	fai^{4}	jɯ^{5}	pjoːŋ^{6}	bɯn^{1}
棵	树	在	半	天

此树在半空，

9-426

芬	马	挖	古	告
Faenz	ma	vat	guh	gau
fan^{2}	ma^{1}	vaːt^{7}	ku^{4}	kaːu^{1}
伐	来	挖	做	糕印

砍来做糕印。

9-427

比	内	润	斗	老
Bi	neix	rumz	daeuj	laux
pi^{1}	ni^{4}	ɹun^{2}	tau^{3}	laːu^{4}
年	这	风	来	大

今年风力大，

9-428

牙	告	达	吉	而
Yaek	gauj	dah	giz	lawz
jak^{7}	kaːu^{3}	ta^{6}	ki^{2}	laɯ^{2}
要	搞	河	处	哪

河中浪头高。

男唱

9-429

果	会	在	用	本
Go	faex	ywq	byongh	mbwn
ko^{1}	fai^{4}	jɯ^{5}	pjoːŋ^{6}	bɯn^{1}
棵	树	在	半	天

此树在半空，

9-430

芬	马	挖	古	告
Faenz	ma	vat	guh	gau
fan^{2}	ma^{1}	vaːt^{7}	ku^{4}	kaːu^{1}
伐	来	挖	做	糕印

用来做糕印。

9-431

比	内	润	斗	老
Bi	neix	rumz	daeuj	laux
pi^{1}	ni^{4}	ɹun^{2}	tau^{3}	laːu^{4}
年	这	风	来	大

今年刮大风，

9-432

牙	告	达	古	王
Yaek	gauj	dah	guh	vaengz
jak^{7}	kaːu^{3}	ta^{6}	ku^{4}	vaŋ^{2}
要	搞	河	做	潭

河水变深渊。

女唱

9–433

果 会 在 丁 闹

Go faex ywq dingj naux

ko^{1} fai^{4} jɯ^{5} tiŋ^{3} naːu^{4}

棵 树 在 顶 巅

山巅一棵树，

9–434

牙 告 古 然 楼

Yaek gauj guh ranz laeuz

jak^{7} kaːu^{3} ku^{4} ɹaːn^{2} lau^{2}

要 搞 做 家 楼

用来建楼房。

9–435

邦 达 出 叶 纠

Bangx dah ok mbaw gyaeuq

paːŋ^{4} ta^{6} oːk^{7} baɯ^{1} kjau^{5}

旁 河 出 叶 桐

河畔长桐树，

9–436

牙 要 古 桥 才

Yaek aeu guh giuz raih

jak^{7} au^{1} ku^{4} kiːu^{2} ɹaːi^{6}

要 要 做 桥 爬

用来架木桥。

男唱

9–437

果 会 在 丁 闹

Go faex ywq dingj naux

ko^{1} fai^{4} jɯ^{5} tiŋ^{3} naːu^{4}

棵 树 在 顶 巅

山巅一棵树，

9–438

牙 告 古 然 千

Yaek gauj guh ranz cien

jak^{7} kaːu^{3} ku^{4} ɹaːn^{2} ɕiːn^{1}

要 搞 做 家 砖

用来建砖房。

9–439

用 几 来 本 钱

Yungh geij lai bonj cienz

juŋ^{6} ki^{3} laːi^{1} poːn^{3} ɕiːn^{2}

用 几 多 本 钱

费好大功夫，

9–440

多 办 安 然 瓦

Doq baenz aen ranz ngvax

to^{5} pan^{2} an^{1} ɹaːn^{2} ŋwa^{4}

造 成 个 家 瓦

才建成瓦房。

女唱

9-441

果 会 在 邦 令

Go faex ywq bangx lingq

ko^{1} fai^{4} jɯ^{5} pa:ŋ^{4} liŋ^{5}

棵 树 在 旁 陡

山边一棵树，

9-442

林 马 堂 拉 占

Ringx ma daengz laj canz

ɹiŋ^{4} ma^{1} taŋ^{2} la^{3} ɕa:n^{2}

滚 来 到 下 晒台

滚到晒台下。

9-443

墨 作 锯 又 班

Maeg coq gawq youh ban

mak^{8} ɕo^{5} kəɯ^{5} jou^{4} pa:n^{1}

墨 放 锯 又 分

分解成板材，

9-444

八 安 然 不 了

Bet aen ranz mbouj liux

pe:t^{7} an^{1} ɹa:n^{2} bou^{5} li:u^{4}

八 个 家 不 完

够建八座屋。

男唱

9-445

观 秀 卜 古 然

Gonq ciuh boh guh ranz

ko:n^{5} ɕi:u^{6} po^{6} ku^{4} ɹa:n^{2}

先 世 父 做 家

父辈建新房，

9-446

安 然 千 果 会

Aen ranz cien go faex

an^{1} ɹa:n^{2} ɕi:n^{1} ko^{1} fai^{4}

个 家 千 棵 树

每座千棵树。

9-447

堂 秀 你 了 岁

Daengz ciuh mwngz liux caez

taŋ^{2} ɕi:u^{6} mɯŋ^{2} li:u^{4} ɕai^{2}

到 世 你 完 齐

到你来建屋，

9-448

果 会 八 安 然

Go faex bet aen ranz

ko^{1} fai^{4} pe:t^{7} an^{1} ɹa:n^{2}

棵 树 八 个 家

一树建八屋。

女唱

9-449

果	**会**	**八**	**安**	**然**
Go	faex	bet	aen	ranz
ko^{1}	fai^{4}	peːt^{7}	an^{1}	ɹaːn^{2}
棵	**树**	**八**	**个**	**家**

一树建八屋，

9-450

土	**牙**	**尝**	**古**	**瓜**
Dou	yax	caengz	guh	gvaq
tu^{1}	ja^{5}	ɕaŋ^{2}	ku^{4}	kwa^{5}
我	**也**	**未**	**做**	**过**

我未曾做过。

9-451

头	**媒**	**认**	**乜**	**花**
Gyaeuj	moiz	nyinh	meh	va
kjau^{3}	moːi^{2}	ȵin^{6}	me^{6}	va^{1}
头	**媒**	**认**	**母**	**花**

媒婆认花婆，

9-452

农	**古**	**瓜**	**知**	**尝**
Nuengx	guh	gvaq	rox	caengz
nuːŋ^{4}	ku^{4}	kwa^{5}	ɹo^{4}	ɕaŋ^{2}
妹	**做**	**过**	**或**	**未**

兄是否做过？

男唱

9-453

果	**会**	**八**	**安**	**然**
Go	faex	bet	aen	ranz
ko^{1}	fai^{4}	peːt^{7}	an^{1}	ɹaːn^{2}
棵	**树**	**八**	**个**	**家**

一树建八屋，

9-454

利	**勒**	**双**	**条**	**八**
Lij	lw	song	diuz	bah
li^{4}	lɯ^{1}	θoːŋ^{1}	tiːu^{2}	pa^{6}
还	**剩**	**两**	**条**	**桁条**

剩两根桁条。

9-455

头	**媒**	**认**	**乜**	**花**
Gyaeuj	moiz	nyinh	meh	va
kjau^{3}	moːi^{2}	ȵin^{6}	me^{6}	va^{1}
头	**媒**	**认**	**母**	**花**

媒婆认花婆，

9-456

利	**沙**	**得**	**务**	**鞋**
Lij	ra	ndaej	gouh	haiz
li^{4}	ɹa^{1}	dai^{3}	kou^{6}	haːi^{2}
还	**找**	**得**	**双**	**鞋**

还得一双鞋。

女唱

9-457

果	会	八	安	然
Go	faex	bet	aen	ranz
ko^{1}	fai^{4}	pe:t^{7}	an^{1}	ɹa:n^{2}
棵	树	八	个	家

一树造八屋，

9-458

土	牙	尝	古	瓜
Dou	yax	caengz	guh	gvaq
tu^{1}	ja^{5}	ɕaŋ^{2}	ku^{4}	kwa^{5}
我	也	未	做	过

我也未做过。

9-459

头	媒	认	乜	花
Gyaeuj	moiz	nyinh	meh	va
kjau^{3}	mo:i^{2}	ɲin^{6}	me^{6}	va^{1}
头	媒	认	母	花

媒婆认花婆，

9-460

老	乜	农	古	办
Lau	meh	nuengx	guh	baenz
la:u^{1}	me^{6}	nu:ŋ^{4}	ku^{4}	pan^{2}
怕	母	妹	做	成

恐妹母做到。

男唱

9-461

双	果	会	同	杈
Song	go	faex	doengz	vet
θo:ŋ^{1}	ko^{1}	fai^{4}	toŋ^{2}	ve:t^{7}
两	棵	树	同	枝

两棵树连枝，

9-462

多	办	八	安	然
Doq	baenz	bet	aen	ranz
to^{5}	pan^{2}	pe:t^{7}	an^{1}	ɹa:n^{2}
造	成	八	个	家

造成八个屋。

9-463

利	利	三	条	单
Lij	lix	sam	diuz	gyan
li^{4}	li^{4}	θa:n^{1}	ti:u^{2}	kja:n^{1}
还	剩	三	条	单

还剩三块料，

9-464

多	办	三	安	师
Doq	baenz	sam	aen	swx
to^{5}	pan^{2}	θa:n^{1}	an^{1}	θɯ^{4}
造	成	三	个	篮

做成三个箱。

女唱

9–465

果 会 八 安 然

Go faex bet aen ranz

ko^{1} fai^{4} pe:t^{7} an^{1} ɹa:n^{2}

棵 树 八 个 家

一树造八屋，

9–466

利 勒 三 条 八

Lij lw sam diuz bah

li^{4} lɯ^{1} θa:n^{1} ti:u^{2} pa^{6}

还 剩 三 条 桁条

剩三根桁条。

9–467

多 办 安 央 华

Doq baenz aen yangq vaj

to^{5} pan^{2} an^{1} ja:ŋ^{5} va^{3}

造 成 个 香 火

做成香火台，

9–468

口 农 优 卢 汉

Gaeuj nuengx yaeuj luz ham

kau^{3} nu:ŋ^{4} jau^{3} lu^{2} ha:m^{1}

看 妹 抬 炉 龛

给哥摆香炉。

男唱

9–469

安 然 千 果 会

Aen ranz cien go faex

an^{1} ɹa:n^{2} ɕi:n^{1} ko^{1} fai^{4}

个 家 千 棵 树

千棵树安家，

9–470

土 牙 尝 古 堂

Dou yax caengz guh daengz

tu^{1} ja^{5} ɕaŋ^{2} ku^{4} taŋ^{2}

我 也 未 做 到

我是没做到。

9–471

央 华 空 米 忠

Yangq vaj ndwi miz fangz

ja:ŋ^{1} va^{3} du:i^{1} mi^{2} fa:ŋ^{2}

香 火 不 有 鬼

未请祖宗魂，

9–472

优 卢 汉 不 得

Yaeuj luz ham mbouj ndaej

jau^{3} lu^{2} ha:m^{1} bou^{5} dai^{3}

抬 炉 龛 不 得

无须建神龛。

女唱

9-473

古	**然**	**江**	**大**	**罗**
Guh	ranz	gyang	daih	loh
ku^4	ɹaːn^2	kjaːŋ^1	taːi^6	lo^6
做	**家**	**中**	**大**	**路**

路边建新屋，

9-474

托	**托**	**瓜**	**是**	**问**
Doh	doh	gvaq	cix	cam
to^6	to^6	kwa^5	ɕi^4	ɕaːm^1
遍	**遍**	**过**	**就**	**问**

路人尽议论。

9-475

想	**牙**	**忧**	**卢**	**汉**
Siengj	yaek	yaeuj	luz	ham
θiːŋ^3	jak^7	jau^3	lu^2	haːm^1
想	**要**	**抬**	**炉**	**龛**

本想建神龛，

9-476

为	**然**	**空**	**得**	**在**
Vih	ranz	ndwi	ndaej	ywq
vei^6	ɹaːn^2	duːi^1	dai^3	jɯ^5
为	**家**	**不**	**得**	**住**

但非我住宅。

男唱

9-477

古	**然**	**江**	**大**	**罗**
Guh	ranz	gyang	daih	loh
ku^4	ɹaːn^2	kjaːŋ^1	taːi^6	lo^6
做	**家**	**中**	**大**	**路**

路边建新屋，

9-478

托	**托**	**瓜**	**是**	**代**
Doh	doh	gvaq	cix	daiq
to^6	to^6	kwa^5	ɕi^4	tai^5
遍	**遍**	**过**	**就**	**招待**

见者尽夸奖。

9-479

古	**然**	**作**	**江**	**开**
Guh	ranz	coq	gyang	gai
ku^4	ɹaːn^2	ɕo^5	kjaːŋ^1	kaːi^1
做	**家**	**放**	**中**	**街**

街上建新屋，

9-480

文	**来**	**却**	**月**	**乃**
Vunz	lai	gyo	yiet	naiq
vun^2	laːi^1	kjo^1	jiːt^7	naːi^5
人	**多**	**幸亏**	**歇**	**累**

众人得歇息。

女唱

9–481
安 庙 作 山 尚
An miuh coq bya sang
aːn^{1} miːu^{6} ɕo^{5} pja^{1} θaːŋ^{1}
安 庙 放 山 高
建庙放高山，

9–482
古 然 江 罗 老
Guh ranz gyang loh laux
ku^{4} ɹaːn^{2} kjaːŋ^{1} lo^{6} laːu^{4}
做 家 中 路 大
建屋在路旁。

9–483
文 貝 河 刀 刀
Vunz bae haw dauq dauq
vun^{2} pai^{1} həɯ^{1} taːu^{5} taːu^{5}
人 去 圩 又 回
赶圩人来回，

9–484
却 月 乃 小 凉
Gyo yiet naiq siu liengz
kjo^{1} jiːt^{7} naːi^{5} θiːu^{1} liːŋ^{2}
幸亏 歇 累 消 凉
得乘凉歇脚。

男唱

9–485
安 庙 作 山 尚
An miuh coq bya sang
aːn^{1} miːu^{6} ɕo^{5} pja^{1} θaːŋ^{1}
安 庙 放 山 高
建庙在高山，

9–486
古 然 江 罗 老
Guh ranz gyang loh laux
ku^{4} ɹaːn^{2} kjaːŋ^{1} lo^{6} laːu^{4}
做 家 中 路 大
建屋大路旁。

9–487
文 貝 河 刀 刀
Vunz bae haw dauq dauq
vun^{2} pai^{1} həɯ^{1} taːu^{5} taːu^{5}
人 去 圩 又 回
赶圩人来回，

9–488
全 吵 闹 然 你
Gyonj cauj nyaux ranz mwngz
kjoːn^{3} ɕaːu^{3} ȵaːu^{4} ɹaːn^{2} mɯŋ^{2}
都 吵 闹 家 你
尽吵扰你家。

女唱

9-489

安	庙	作	山	尚
An	miuh	coq	bya	sang
aːn^{1}	miːu^{6}	ɕo^{5}	pja^{1}	θaːŋ^{1}
安	庙	放	山	高

建庙在高山，

9-490

古	然	江	罗	边
Guh	ranz	gyang	loh	nden
ku^{4}	ɹaːn^{2}	kjaːŋ^{1}	lo^{6}	deːn^{1}
做	家	中	路	边

建屋在路边。

9-491

尻	古	然	当	客
Nyienh	guh	ranz	dang	hek
ȵuːn^{6}	ku^{4}	ɹaːn^{2}	taːŋ^{1}	heːk^{7}
愿	做	家	当	客

建屋为待客，

9-492

又	吵	闹	开	么
Youh	cauj	nyaux	gij	maz
jou^{4}	ɕaːu^{3}	ȵaːu^{4}	kai^{2}	ma^{2}
又	吵	闹	什	么

不怕客搅扰。

男唱

9-493

安	庙	作	山	尚
An	miuh	coq	bya	sang
aːn^{1}	miːu^{6}	ɕo^{5}	pja^{1}	θaːŋ^{1}
安	庙	放	山	高

建庙在山上，

9-494

古	然	江	罗	背
Guh	ranz	gyang	loh	boih
ku^{4}	ɹaːn^{2}	kjaːŋ^{1}	lo^{6}	poːi^{6}
做	家	中	路	僻静

建屋僻静处。

9-495

很	河	是	同	对
Hwnj	haw	cix	doengz	doiq
hɯn^{3}	həɯ^{1}	ɕi^{4}	toŋ^{2}	toːi^{5}
上	圩	就	同	对

赶圩同一路，

9-496

当	卜	在	当	然
Dangq	boux	ywq	dangq	ranz
taːŋ^{5}	pu^{4}	jɯ^{5}	taːŋ^{5}	ɹaːn^{2}
另	个	住	另	家

你我不相干。

女唱

9–497

安 庙 作 山 尚

An miuh coq bya sang

a:n1 mi:u6 ɕo5 pja1 θa:ŋ1

安 庙 放 山 高

建庙在山上，

9–498

古 然 江 罗 机

Guh ranz gyang loh giq

ku4 ɹa:n2 kja:ŋ1 lo6 ki5

做 家 中 路 岔

建屋岔路边。

9–499

卜 而 古 地 理

Boux lawz guh deih leix

pu4 laɯ2 ku4 tei6 li4

人 哪 做 地 理

谁选屋基地，

9–500

马 岸 内 优 然

Ma rungh neix yaeuj ranz

ma1 ɹuŋ6 ni4 jau3 ɹa:n2

来 岸 这 举 家

到此处建屋。

男唱

9–501

安 庙 作 山 尚

An miuh coq bya sang

a:n1 mi:u6 ɕo5 pja1 θa:ŋ1

安 庙 放 山 高

建庙在山上，

9–502

古 然 江 垌 开

Guh ranz gyang doengh hai

ku4 ɹa:n2 kja:ŋ1 toŋ6 ha:i1

做 家 中 垌 开

建屋平地处。

9–503

大 罗 文 下 斗

Daih loh fwn roengz daeuj

ta:i6 lo6 vun1 ɹoŋ2 tau3

大 路 雨 下 来

若天降大雨，

9–504

办 要 瓦 封 然

Banh aeu ngvax fung ranz

pa:n6 au1 ŋwa4 fuŋ1 ɹa:n2

办 要 瓦 封 家

快找瓦盖屋。

女唱

9-505

安 庙 作 山 尚

An miuh coq bya sang

aːn^{1} miːu^{6} ɕo^{5} pja^{1} θaːŋ^{1}

安 庙 放 山 高

立庙高山上，

9-506

古 然 江 辰 柒

Guh ranz gyang sinz six

ku^{4} ɹaːn^{2} kjaːŋ^{1} θin^{2} θi^{4}

做 家 中 神 社

建屋社庙边。

9-507

佚 古 然 是 在

Fwx guh ranz cix ywq

fə^{4} ku^{4} ɹaːn^{2} ɕi^{4} jɯ^{5}

别人 做 家 就 住

别人造屋住，

9-508

小 女 古 写 空

Siuj nawx guh ce ndwi

θiːu^{3} nɯ^{4} ku^{4} ɕe^{1} duːi^{1}

小 女 做 留 空

妹建屋闲置。

男唱

9-509

安 庙 作 山 尚

An miuh coq bya sang

aːn^{1} miːu^{6} ɕo^{5} pja^{1} θaːŋ^{1}

安 庙 放 山 高

立庙在山上，

9-510

古 然 江 辰 柒

Guh ranz gyang sinz six

ku^{4} ɹaːn^{2} kjaːŋ^{1} θin^{2} θi^{4}

做 家 中 神 社

建屋社庙旁。

9-511

芬 广 英 马 在

Faed gvangj in ma ywq

fat^{8} kwaːŋ^{3} in^{1} ma^{1} jɯ^{5}

佛 广 姻 来 住

送姻亲来往，

9-512

不 干 足 洋 油

Mbouj ganq cuz yieng youz

bou^{5} kaːn^{5} ɕu^{2} juːŋ^{1} jou^{2}

不 照料 足 香 油

还得贴本钱。

女唱

9–513

安	**庙**	**作**	**山**	**尚**
An	miuh	coq	bya	sang
aːn^{1}	miːu^{6}	ɕo^{5}	pja^{1}	θaːŋ^{1}
安	庙	放	山	高

建庙在山上，

9–514

古	**然**	**江**	**大**	**罗**
Guh	ranz	gyang	daih	loh
ku^{4}	ɹaːn^{2}	kjaːŋ^{1}	taːi^{6}	lo^{6}
做	家	中	大	路

建屋大路旁。

9–515

长	**吉**	**而**	**马**	**多**
Cangh	giz	lawz	ma	doq
ɕaːŋ^{6}	ki^{2}	lauɯ^{2}	ma^{1}	to^{5}
匠	处	哪	来	造

何方工匠建，

9–516

么	**广**	**合**	**能**	**来**
Maz	gvangj	hwz	nyaenx	lai
ma^{2}	kwaːŋ^{3}	ho^{2}	ȵan^{4}	laːi^{1}
何	广	合	那么	多

那么合机缘？

男唱

9–517

安	**庙**	**作**	**山**	**尚**
An	miuh	coq	bya	sang
aːn^{1}	miːu^{6}	ɕo^{5}	pja^{1}	θaːŋ^{1}
安	庙	放	山	高

建庙高山上，

9–518

古	**然**	**江**	**大**	**罗**
Guh	ranz	gyang	daih	loh
ku^{4}	ɹaːn^{2}	kjaːŋ^{1}	taːi^{6}	lo^{6}
做	家	中	大	路

建屋大路旁。

9–519

长	**广**	**东**	**马**	**多**
Cangh	gvangj	doeng	ma	doq
ɕaːŋ^{6}	kwaːŋ^{3}	toŋ^{1}	ma^{1}	to^{5}
匠	广	东	来	造

广东师傅做，

9–520

开	**瓦**	**作**	**好**	**占**
Gaiq	ngvax	coq	hau	canz
kaːi^{5}	ŋwa^{4}	ɕo^{5}	haːu^{1}	ɕaːn^{2}
盖	瓦	放	白	灿灿

盖瓦亮堂堂。

女唱

9-521

古	**然**	**江**	**垌**	**光**
Guh	ranz	gyang	doengh	gvangq
ku^{4}	ɹaːn^{2}	kjaːŋ^{1}	toŋ^{6}	kwaːŋ^{5}
做	家	中	垌	宽

平地建新屋，

9-522

不	**给**	**邦**	**貝**	**站**
Mbouj	hawj	baengz	bae	soengz
bou^{5}	həɯ^{3}	paŋ^{2}	pai^{1}	θoŋ^{2}
不	给	朋	去	站

不让情友住。

9-523

拉	**里**	**双**	**刀**	**双**
Ndau	ndeiq	sueng	dauq	sueng
dau^{1}	di^{5}	θuːŋ^{1}	taːu^{5}	θuːŋ^{1}
星	星	双	又	双

星星一对对，

9-524

不	**给**	**方**	**而**	**三**
Mbouj	hawj	fueng	lawz	sanq
bou^{5}	həɯ^{3}	fuːŋ^{1}	laɯ^{2}	θaːn^{5}
不	给	方	哪	散

彼此不分离。

男唱

9-525

古	**然**	**江**	**垌**	**光**
Guh	ranz	gyang	doengh	gvangq
ku^{4}	ɹaːn^{2}	kjaːŋ^{1}	toŋ^{6}	kwaːŋ^{5}
做	家	中	垌	宽

平地建新屋，

9-526

要	**连**	**广**	**割**	**哈**
Aeu	liemz	gvangj	gvej	haz
au^{1}	liːn^{2}	kwaːŋ^{3}	kwe^{3}	ha^{2}
要	镰	广	割	茅草

大镰割茅草。

9-527

命	**不**	**结**	**关**	**巴**
Mingh	mbouj	giet	gvan	baz
miŋ^{6}	bou^{5}	kiːt^{7}	kwaːn^{1}	pa^{2}
命	不	结	夫	妻

命不成夫妻，

9-528

古	**然**	**写**	**文**	**在**
Guh	ranz	ce	vunz	ywq
ku^{4}	ɹaːn^{2}	ɕe^{1}	vun^{2}	jɯ^{5}
做	家	留	人	住

徒劳建新屋。

女唱

9-529

古 然 江 垌 光

Guh ranz gyang doengh gvangq

ku^{4} ɹa:n^{2} kja:ŋ^{1} toŋ^{6} kwa:ŋ^{5}

做 家 中 垌 宽

平地建新屋，

9-530

要 连 广 割 哈

Aeu liemz gvangj gvej haz

au^{1} li:n^{2} kwa:ŋ^{3} kwe^{3} ha^{2}

要 镰 广 割 茅草

大镰割茅草。

9-531

命 不 结 关 巴

Mingh mbouj giet gvan baz

miŋ^{6} bou^{5} ki:t^{7} kwa:n^{1} pa^{2}

命 不 结 夫 妻

命不成夫妻，

9-532

送 少 貝 ⿸厂元 伕

Soengq sau bae nyienh fwx

θoŋ^{5} θa:u^{1} pai^{1} ȵu:n^{6} fə^{4}

送 姑娘 去 愿 别人

送妹交别人。

男唱

9-533

古 然 开 古 来

Guh ranz gaej guh lai

ku^{4} ɹa:n^{2} ka:i^{5} ku^{4} la:i^{1}

做 家 莫 做 多

建房莫建多，

9-534

堂 尾 不 卩 在

Daengz byai mbouj boux ywq

taŋ^{2} pja:i^{1} bou^{5} pu^{4} jɯ^{5}

到 尾 无 人 住

多了无人住。

9-535

古 安 一 改 伕

Guh aen ndeu gaij mbwq

ku^{4} an^{1} de:u^{1} ka:i^{3} bɯ^{5}

做 个 一 解 闷

建一座解闷，

9-536

在 团 秀 是 貝

Ywq donh ciuh cix bae

jɯ^{5} to:n^{6} ɕi:u^{6} ɕi^{4} pai^{1}

住 半 世 就 去

中年要谢世。

女唱

9-537

古 然 开 古 来

Guh ranz gaej guh lai

ku^{4} ɹa:n^{2} ka:i^{5} ku^{4} la:i^{1}

做 家 莫 做 多

建房莫建多，

9-538

堂 尾 不 阝 在

Daengz byai mbouj boux ywq

taŋ^{2} pja:i^{1} bou^{5} pu^{4} jɯ^{5}

到 尾 无 人 住

到头无人住。

9-539

貝 小 仙 我 师

Bae siuh sien ngox cwj

pai^{1} θi:u^{3} θi:n^{1} ŋo^{4} ɕɯ^{3}

去 修 仙 和 尚

修炼当和尚，

9-540

刀 良 祘 造 然

Dauq lingh suenq caux ranz

ta:u^{5} le:ŋ^{6} θu:n^{5} ɕa:u^{4} ɹa:n^{2}

倒 另 算 造 家

会有房子住。

男唱

9-541

多 安 然 四 周

Doq aen ranz seiq saeu

to^{5} an^{1} ɹa:n^{2} θei^{5} θau^{1}

造 个 家 四 柱

新屋四根柱，

9-542

更 楼 三 丈 光

Gwnz laeuz sam ciengh gvangq

kɯn^{2} lau^{2} θa:n^{1} ɕɯ:ŋ^{6} kwa:ŋ^{5}

上 楼 三 丈 宽

楼上三丈宽。

9-543

貝 方 而 请 长

Bae fueng lawz cingj cangh

pai^{1} fu:ŋ^{1} laɯ^{2} ɕiŋ^{3} ɕa:ŋ^{6}

去 方 哪 请 匠

请何方工匠，

9-544

多 然 光 能 来

Doq ranz gvangq nyaenx lai

to^{5} ɹa:n^{2} kwa:ŋ^{5} ɲan^{4} la:i^{1}

造 家 宽 那么 多

建那么大屋？

女唱

9-545

优	**安**	**然**	**四**	**周**
Yaeuj	aen	ranz	seiq	saeu
jau^{3}	an^{1}	ɹa:n^{2}	θei^{5}	θau^{1}
举	**个**	**家**	**四**	**柱**

新屋四根柱，

9-546

更	**楼**	**三**	**丈**	**光**
Gwnz	laeuz	sam	ciengh	gvangq
kɯn^{2}	lau^{2}	θa:n^{1}	ɕɯ:ŋ^{6}	kwa:ŋ^{5}
上	**楼**	**三**	**丈**	**宽**

楼上三丈宽。

9-547

貝	**广**	**东**	**请**	**长**
Bae	gvangj	doeng	cingj	cangh
pai^{1}	kwa:ŋ^{3}	toŋ^{1}	ɕiŋ^{3}	ɕa:ŋ^{6}
去	**广**	**东**	**请**	**匠**

请广东工匠，

9-548

多	**然**	**光**	**加**	**龙**
Doq	ranz	gvangq	caj	lungz
to^{5}	ɹa:n^{2}	kwa:ŋ^{5}	kja^{3}	luŋ^{2}
造	**家**	**宽**	**等**	**龙**

建大屋等兄。

男唱

9-549

古	**然**	**开**	**古**	**司**
Guh	ranz	gaej	guh	swj
ku^{4}	ɹa:n^{2}	kạ:i^{5}	ku^{4}	θɯ^{3}
做	**家**	**莫**	**做**	**偏屋**

建屋无偏屋，

9-550

偻	**岁**	**克**	**江**	**文**
Raeuz	caez	gwz	gyang	fwn
ɹau^{2}	ɕai^{2}	kə^{4}	kja:ŋ^{1}	vun^{1}
我们	**齐**	**去**	**中**	**雨**

注定挨雨淋。

9-551

八	**造**	**秀**	**少**	**论**
Bah	caux	ciuh	sau	lwnz
pa^{6}	ɕa:u^{4}	ɕi:u^{6}	θa:u^{1}	lun^{2}
莫急	**造**	**世**	**姑娘**	**最小**

妹别急成家，

9-552

岁	**古**	**文**	**双**	**边**
Caez	guh	vunz	song	mbiengj
ɕai^{2}	ku^{4}	vun^{2}	θo:ŋ^{1}	bɯ:ŋ^{3}
齐	**做**	**人**	**两**	**边**

我俩闲谈情。

女唱

9–553

古 然 开 古 司

Guh ranz gaej guh swj

ku^{4} ɹaːn^{2} kaːi^{5} ku^{4} θɯ^{3}

做 家 莫 做 偏屋

造房无偏屋，

9–554

偻 岁 克 江 天

Raeuz caez gwz gyang denh

ɹau^{2} ɕai^{2} kə^{4} kjaːŋ^{1} tiːn^{1}

我们 齐 去 中 天

无异于露宿。

9–555

些 第 义 办 仙

Seiq daih ngeih baenz sien

θe^{5} ti^{5} ȵi^{6} pan^{2} θiːn^{1}

世 第 二 成 仙

来世变成仙，

9–556

牙 年 花 对 生

Yaek nem va doiq saemq

jak^{7} neːm^{1} va^{1} toːi^{5} θan^{5}

要 贴 花 对 庚

跟定同龄妹。

男唱

9–557

古 然 开 古 司

Guh ranz gaej guh swj

ku^{4} ɹaːn^{2} kaːi^{5} ku^{4} θɯ^{3}

做 家 莫 做 偏屋

建房无偏屋，

9–558

偻 岁 克 江 开

Raeuz caez gwz gyang gai

ɹau^{2} ɕai^{2} kə^{4} kjaːŋ^{1} kaːi^{1}

我们 齐 去 中 街

去街上避雨。

9–559

八 造 秀 少 乖

Bah caux ciuh sau gvai

pa^{6} ɕaːu^{4} ɕiːu^{6} θaːu^{1} kwaːi^{1}

莫急 造 世 姑娘 乖

妹莫忙成家，

9–560

岁 古 歪 狼 巴

Caez guh vaiz langh baq

ɕai^{2} ku^{4} vaːi^{2} laːŋ^{6} pa^{5}

齐 做 水牛 放 坡

闲游无牵绊。

女唱

9-561

古	**然**	**开**	**古**	**司**
Guh	ranz	gaej	guh	swj
ku^{4}	ɹa:n^{2}	ka̩:i^{5}	ku^{4}	θɯ^{3}
做	**家**	**莫**	**做**	**偏屋**

建房无偏屋，

9-562

偻	**岁**	**克**	**江**	**天**
Raeuz	caez	gwz	gyang	denh
ɹau^{2}	ɕai^{2}	kə^{4}	kja:ŋ^{1}	ti:n^{1}
我们	**齐**	**去**	**中**	**天**

无异去露宿。

9-563

说	**农**	**兰**	**本**	**钱**
Naeuz	nuengx	lanh	bonj	cienz
nau^{2}	nu:ŋ^{4}	la:n^{6}	po:n^{3}	ɕi:n^{2}
说	**妹**	**大方**	**本**	**钱**

妹舍得花钱，

9-564

优	**然**	**千**	**岁**	**在**
Yaeuj	ranz	cien	caez	ywq
jau^{3}	ɹa:n^{2}	ɕi:n^{1}	ɕai^{2}	jɯ^{5}
举	**家**	**砖**	**齐**	**住**

建砖房同住。

男唱

9-565

古	**然**	**不**	**办**	**然**
Guh	ranz	mbouj	baenz	ranz
ku^{4}	ɹa:n^{2}	bou^{5}	pan^{2}	ɹa:n^{2}
做	**家**	**不**	**成**	**家**

建屋不成家，

9-566

写	**古**	**占**	**打**	**后**
Ce	guh	canz	dak	haeux
ɕe^{1}	ku^{4}	ɕa:n^{2}	ta:k^{7}	hau^{4}
留	**做**	**晒台**	**晒**	**米**

留屋当晒台。

9-567

四	**处**	**润**	**全**	**斗**
Seiq	cih	rumz	gyonj	daeuj
θei^{5}	ɕi^{6}	ɹun^{2}	kjo:n^{3}	tau^{3}
四	**处**	**风**	**都**	**来**

四面都通风，

9-568

乃	**口**	**动**	**乃**	**凉**
Naih	gaeuj	dungx	naih	liengz
na:i^{6}	kau^{3}	tuŋ^{4}	na:i^{6}	li:ŋ^{2}
越	**看**	**肚**	**越**	**凉**

越想心越寒。

女唱

9-569

古	然	不	办	家
Guh	ranz	mbouj	baenz	gya
ku⁴	ɹa:n²	bou⁵	pan²	kja¹
做	家	不	成	家

建屋不成家，

9-570

写	古	占	打	歪
Ce	guh	canz	dak	faiq
çe¹	ku⁴	ça:n²	ta:k⁷	va:i⁵
留	做	晒台	晒	棉

留屋晒棉花。

9-571

然	吨	七	吨	八
Ranz	daen	di	daen	daiq
ɹa:n²	tan¹	ti¹	tan¹	ta:i⁵
家	塌	七	塌	八

屋破烂不堪，

9-572

老	不	太	办	然
Lau	mbouj	daih	baenz	ranz
la:u¹	bou⁵	ta:i⁶	pan²	ɹa:n²
怕	不	太	成	家

怕其不成屋。

男唱

9-573

古	然	不	办	然
Guh	ranz	mbouj	baenz	ranz
ku⁴	ɹa:n²	bou⁵	pan²	ɹa:n²
做	家	不	成	家

建屋不成家，

9-574

写	古	占	打	歪
Ce	guh	canz	dak	faiq
çe¹	ku⁴	ça:n²	ta:k⁷	va:i⁵
留	做	晒台	晒	棉

留屋晒棉花。

9-575

中	古	然	月	乃
Cuengq	guh	ranz	yiet	naiq
çu:ŋ⁵	ku⁴	ɹa:n²	ji:t⁷	na:i⁵
特意	做	家	歇	累

造屋为歇息，

9-576

备	来	真	古	然
Beix	laih	caen	guh	ranz
pi⁴	la:i⁶	çin¹	ku⁴	ɹa:n²
兄	以为	真	做	家

不是要结婚。

女唱

9–577

古　然　作　更　令

Guh　ranz　coq　gwnz　rin

ku^{4}　ɹa:n^{2}　ɕo^{5}　kɯn^{2}　ɹin^{1}

做　家　放　上　石

石板上建屋，

9–578

润　吹　全　付　方

Rumz　ci　gyonj　fouz　fangh

ɹun^{2}　ɕi^{1}　kjo:n^{3}　fu^{2}　fa:ŋ^{6}

风　吹　都　浮　摇

风吹屋摇晃。

9–579

古　然　作　吉　光

Guh　ranz　coq　giz　gvangq

ku^{4}　ɹa:n^{2}　ɕo^{5}　ki^{2}　kwa:ŋ^{5}

做　家　放　处　宽

空旷处建屋，

9–580

想　要　友　在　行

Siengj　aeu　youx　caih　hangz

θi:ŋ^{3}　au^{1}　ju^{4}　ɕa:i^{6}　ha:ŋ^{2}

想　要　友　在　行

交个伶俐友。

男唱

9–581

古　然　作　更　令

Guh　ranz　coq　gwnz　rin

ku^{4}　ɹa:n^{2}　ɕo^{5}　kɯn^{2}　ɹin^{1}

做　家　放　上　石

石板上建屋，

9–582

润　吹　全　付　方

Rumz　ci　gyonj　fouz　fangh

ɹun^{2}　ɕi^{1}　kjo:n^{3}　fu^{2}　fa:ŋ^{6}

风　吹　都　浮　摇

风吹屋摇晃。

9–583

古　然　作　江　南

Guh　ranz　coq　gyang　namh

ku^{4}　ɹa:n^{2}　ɕo^{5}　kja:ŋ^{1}　na:n^{6}

做　家　放　中　土

泥地上建屋，

9–584

它　牙　门　千　年

De　yax　maenh　cien　nienz

te^{1}　ja^{5}　man^{6}　ɕi:n^{1}　ni:n^{2}

它　也　稳固　千　年

永久都稳固。

女唱

9-585

古	**然**	**作**	**吉**	**内**
Guh	ranz	coq	giz	neix
ku^4	ɹa:n^2	ɕo^5	ki^2	ni^4
做	**家**	**放**	**处**	**这**

在此处建屋，

9-586

对	**后**	**田**	**土**	**龙**
Doiq	haeuj	dieg	duz	lungz
to:i^5	hau^3	ti:k^8	tu^2	luŋ^2
对	**进**	**地**	**的**	**龙**

正对龙脉地。

9-587

然	**农**	**正**	**可**	**宗**
Ranz	nuengx	cingq	goj	soeng
ɹa:n^2	nu:ŋ^4	ɕiŋ^5	ko^5	θoŋ^1
家	**妹**	**正**	**也**	**舒服**

妹家风水好，

9-588

龙	**全**	**马**	**中**	**先**
Lungz	gyonj	ma	cuengq	sienq
luŋ^2	kjo:n^3	ma^1	ɕu:ŋ^5	θi:n^5
龙	**都**	**来**	**放**	**线**

龙来添祥瑞。

男唱

9-589

古	**然**	**作**	**吉**	**内**
Guh	ranz	coq	giz	neix
ku^4	ɹa:n^2	ɕo^5	ki^2	ni^4
做	**家**	**放**	**处**	**这**

在此处建屋，

9-590

对	**后**	**田**	**土**	**龙**
Doiq	haeuj	dieg	duz	lungz
to:i^5	hau^3	ti:k^8	tu^2	luŋ^2
对	**进**	**地**	**的**	**龙**

正对龙脉地。

9-591

拜	**那**	**中**	**相**	**公**
Baih	naj	cungq	siengq	goeng
pa:i^6	na^3	ɕoŋ^5	θi:ŋ^5	koŋ^1
边	**前**	**中**	**相**	**公**

科考中文官，

9-592

拜	**浪**	**双**	**土**	**马**
Baih	laeng	song	duz	max
pa:i^6	laŋ^1	θo:ŋ^1	tu^2	ma^4
边	**后**	**两**	**匹**	**马**

出门骑骏马。

女唱

9-593

古	然	作	江	权
Guh	ranz	coq	gyang	gemh
ku^4	ɹa:n^2	ɕo^5	kja:ŋ^1	ke:n^6
做	家	放	中	山坳

建屋在山坳，

9-594

是	用	干	马	封
Cix	yungh	cien	ma	fung
ɕi^4	juŋ^6	ɕi:n^1	ma^1	fuŋ^1
就	用	砖	来	封

要用砖来围。

9-595

古	然	作	田	森
Guh	ranz	coq	denz	ndoeng
ku^4	ɹa:n^2	ɕo^5	te:n^2	doŋ^1
做	家	放	地	山林

在林中建屋，

9-596

文	来	却	朵	阴
Vunz	lai	gyo	ndoj	raemh
vun^2	la:i^1	kjo^1	do^3	ɹan^6
人	多	幸亏	躲	阴

众人得乘凉。

男唱

9-597

古	然	作	江	权
Guh	ranz	coq	gyang	gemh
ku^4	ɹa:n^2	ɕo^5	kja:ŋ^1	ke:n^6
做	家	放	中	山坳

建屋在山坳，

9-598

是	用	干	马	封
Cix	yungh	cien	ma	fung
ɕi^4	juŋ^6	ɕi:n^1	ma^1	fuŋ^1
就	用	砖	来	封

要用砖来围。

9-599

卜	乜	农	斥	从
Boh	meh	nuengx	nyienh	coengh
po^6	me^6	nu:ŋ^4	ȵu:n^6	ɕoŋ^6
父	母	妹	愿	帮

妹父母肯帮，

9-600

包	同	自	不	爱
Mbauq	doengz	gag	mbouj	ngaiq
ba:u^5	toŋ^2	ka:k^8	bou^5	ŋa:i^5
小伙	同	自	不	爱

兄也不同意。

女唱

9-601

然	**瓦**	**农**	**牙**	**米**
Ranz	ngvax	nuengx	yax	miz
ɹaːn^{2}	ŋwa^{4}	nuːŋ^{4}	ja^{5}	mi^{2}
家	瓦	妹	也	有

瓦房妹也有，

9-602

然	**千**	**少**	**牙**	**得**
Ranz	cien	sau	yax	ndaej
ɹaːn^{2}	ɕiːn^{1}	θaːu^{1}	ja^{5}	dai^{3}
家	砖	姑娘	也	得

砖屋妹也有。

9-603

难	**为**	**土**	**了**	**岁**
Nanz	vei	dou	liux	caez
naːn^{2}	vi^{1}	tu^{1}	liːu^{4}	ɕai^{2}
难	为	我	完	齐

实在难为我，

9-604

备	**办**	**会**	**来**	**架**
Beix	baenz	faex	laj	gyaz
pi^{4}	pan^{2}	fai^{4}	la^{3}	kja^{2}
兄	成	树	下	草丛

兄如藤下树。

男唱

9-605

给	**伏**	**义**	**十**	**日**
Gaeq	faeg	ngeih	cib	ngoenz
kai^{5}	fak^{8}	ȵi^{6}	ɕit^{8}	ŋon^{2}
鸡	孵	二	十	天

蛋孵二十天，

9-606

不	**办**	**牙**	**可**	**乱**
Mbouj	baenz	yax	goj	luenh
bou^{5}	pan^{2}	ja^{5}	ko^{5}	luːn^{6}
不	成	也	也	乱

不出雏也坏。

9-607

造	**家**	**然**	**貝**	**团**
Caux	gya	ranz	bae	donh
ɕaːu^{4}	kja^{1}	ɹaːn^{2}	pai^{1}	toːn^{6}
造	家	家	去	半

正筹备结婚，

9-608

不	**师**	**团**	**办**	**沙**
Mbouj	ngawz	donh	baenz	sa
bou^{5}	ŋɯ^{2}	toːn^{6}	pan^{2}	θa^{1}
不	料	半	成	痧

不料身微恙。

女唱

9-609

给　伏　义　十　日

Gaeq faeg ngeih cib ngoenz

kai^5 fak^8 ṇi^6 çit^8 ŋon^2

鸡　孵　二　十　天

蛋孵二十天，

9-610

不　办　牙　可　坏

Mbouj baenz yax goj vaih

bou^5 pan^2 ja^5 ko^5 va:i^6

不　成　也　也　坏

不出雏也坏。

9-611

六　十　比　大　才

Loeg cib bi dah raix

lok^8 çit^8 pi^1 ta^6 ɹa:i^4

六　十　年　实　在

待到六十岁，

9-612

才　卜　仁　双　偻

Caih boux yinh song raeuz

ça:i^6 pu^4 jin^6 θo:ŋ^1 ɹau^2

随　人　腻　两　我们

我俩仍甜蜜。

男唱

9-613

给　伏　义　十　日

Gaeq faeg ngeih cib ngoenz

kai^5 fak^8 ṇi^6 çit^8 ŋon^2

鸡　孵　二　十　天

蛋孵二十天，

9-614

不　办　牙　可　乱

Mbouj baenz yax goj luenh

bou^5 pan^2 ja^5 ko^5 lu:n^6

不　成　也　也　乱

不出雏也坏。

9-615

米　土　斤　土　半

Miz duz gaen duz buenq

mi^2 tu^2 kan^1 tu^2 pu:n^5

有　只　斤　只　半

有大也有小，

9-616

自　怨　命　不　办

Gag yonq mingh mbouj baenz

ka:k^8 jo:n^5 miŋ^6 bou^5 pan^2

自　怨　命　不　成

命运各不同。

女唱

9–617

然	**瓦**	**四**	**周**	**同**
Ranz	ngvax	seiq	saeu	doengz
ɹaːn^{2}	ŋwa^{4}	θei^{5}	θau^{1}	toŋ^{2}
家	瓦	四	柱	同

友家大瓦屋，

9–618

分	**古**	**双**	**给**	**伕**
Baen	guh	song	hawj	fwx
pan^{1}	ku^{4}	θoːŋ^{1}	həɯ^{3}	fə^{4}
分	做	两	给	别人

送给别人住。

9–619

吃	**爱**	**又**	**折**	**特**
Gwn	ngaiz	youh	euj	dawh
kɯn^{1}	ŋaːi^{2}	jou^{4}	eːu^{3}	təɯ^{6}
吃	饭	又	折	筷

吃饭折筷条，

9–620

然	**农**	**在**	**不**	**下**
Ranz	nuengx	ywq	mbouj	roengz
ɹaːn^{2}	nuːŋ^{4}	jɯ^{5}	bou^{5}	ɹoŋ^{2}
家	妹	住	不	下

妹家不容人。

男唱

9–621

然	**瓦**	**四**	**周**	**同**
Ranz	ngvax	seiq	saeu	doengz
ɹaːn^{2}	ŋwa^{4}	θei^{5}	θau^{1}	toŋ^{2}
家	瓦	四	柱	同

友那大瓦屋，

9–622

分	**古**	**双**	**给**	**邦**
Baen	guh	song	hawj	baengz
pan^{1}	ku^{4}	θoːŋ^{1}	həɯ^{3}	paŋ^{2}
分	做	两	给	朋

送给别人住。

9–623

然	**土**	**家**	**不**	**当**
Ranz	dou	gya	mbouj	dangq
ɹaːn^{2}	tu^{1}	kja^{1}	bou^{5}	taːŋ^{5}
家	我	家	不	当

我一无所有，

9–624

要	**叶**	**王**	**马**	**封**
Aeu	mbaw	vangh	ma	fung
au^{1}	baɯ^{1}	vaːŋ^{6}	ma^{1}	fuŋ^{1}
要	叶	苹婆	来	封

用树叶围屋。

女唱

9-625

然	**更**	**是**	**然**	**瓦**
Ranz	gwnz	cix	ranz	ngvax
ɹaːn^2	kɯn^2	çi^4	ɹaːn^2	ŋwa^4
家	上	是	家	瓦

上屋是瓦房，

9-626

然	**拉**	**是**	**然**	**楼**
Ranz	laj	cix	ranz	laeuz
ɹaːn^2	la^3	çi^4	ɹaːn^2	lau^2
家	下	是	家	楼

下屋是楼房。

9-627

然	**内**	**不**	**然**	**偻**
Ranz	neix	mbouj	ranz	raeuz
ɹaːn^2	ni^4	bou^5	ɹaːn^2	ɹau^2
家	这	不	家	我们

若非我们家，

9-628

然	**卩**	**而**	**了**	**备**
Ranz	boux	lawz	liux	beix
ɹaːn^2	pu^4	laɯ^2	liːu^4	pi^4
家	人	哪	啰	兄

兄说是谁家？

男唱

9-629

然	**更**	**是**	**然**	**瓦**
Ranz	gwnz	cix	ranz	ngvax
ɹaːn^2	kɯn^2	çi^4	ɹaːn^2	ŋwa^4
家	上	是	家	瓦

上屋是瓦房，

9-630

然	**拉**	**是**	**然**	**单**
Ranz	laj	cix	ranz	gyan
ɹaːn^2	la^3	çi^4	ɹaːn^2	kjaːn^1
家	下	是	家	干栏

下屋是干栏。

9-631

四	**处**	**全**	**封**	**三**
Seiq	cih	gyonj	fung	san
θei^5	çi^6	kjoːn^3	fuŋ^1	θaːn^1
四	处	都	封	山

四周高山围，

9-632

少	**在**	**江**	**玩**	**仪**
Sau	ywq	gyang	vanz	saenq
θaːu^1	jɯ^5	kjaːŋ^1	vaːn^2	θin^5
姑娘	在	中	还	信

妹在内交友。

女唱

9–633
然 更 是 然 瓦
Ranz gwnz cix ranz ngvax
ɹa:n² kɯn² ɕi⁴ ɹa:n² ŋwa⁴
家 上 是 家 瓦
上屋是瓦房，

9–634
然 拉 是 然 单
Ranz laj cix ranz gyan
ɹa:n² la³ ɕi⁴ ɹa:n² kja:n¹
家 下 是 家 干栏
下屋是干栏。

9–635
四 处 全 封 三
Seiq cih gyonj fung san
θei⁵ ɕi⁶ kjo:n³ fuŋ¹ θa:n¹
四 处 都 封 山
四周高山围，

9–636
点 灯 江 中 红
Diemj daeng gyang cuengq hoengq
ti:n³ taŋ¹ kja:ŋ¹ ɕu:ŋ⁵ hoŋ⁶
点 灯 中 放 空
中挂长明灯。

男唱

9–637
然 更 是 然 瓦
Ranz gwnz cix ranz ngvax
ɹa:n² kɯn² ɕi⁴ ɹa:n² ŋwa⁴
家 上 是 家 瓦
上屋是瓦房，

9–638
然 拉 是 然 楼
Ranz laj cix ranz laeuz
ɹa:n² la³ ɕi⁴ ɹa:n² lau²
家 下 是 家 楼
下屋是楼房。

9–639
心 火 不 外 偻
Sin hoj mbouj vaij raeuz
θin¹ ho³ bou⁵ va:i³ ɹau²
辛 苦 不 过 我们
数我最穷苦，

9–640
命 不 好 外 农
Mingh mbouj ndei vaij nuengx
miŋ⁶ bou⁵ dei¹ va:i³ nu:ŋ⁴
命 不 好 过 妹
情妹最命好。

女唱

9-641

然 更 是 然 瓦

Ranz gwnz cix ranz ngvax

ɹaːn^{2} kɯn^{2} ɕi^{4} ɹaːn^{2} ŋwa^{4}

家 上 是 家 瓦

上屋是瓦房，

9-642

然 拉 是 然 哈

Ranz laj cix ranz haz

ɹaːn^{2} la^{3} ɕi^{4} ɹaːn^{2} ha^{2}

家 下 是 家 茅草

下屋是茅房。

9-643

心 火 来 包 而

Sin hoj lai mbauq lawz

θin^{1} ho^{3} laːi^{1} baːu^{5} laɯ^{2}

辛 苦 多 小伙 哪

情哥真困苦，

9-644

偻 牙 难 同 全

Raeuz yax nanz doengh gyonj

ɹau^{2} ja^{5} naːn^{2} toŋ^{2} kjoːn^{1}

我们 也 难 相 聚

我俩难聚合。

男唱

9-645

然 更 是 然 瓦

Ranz gwnz cix ranz ngvax

ɹaːn^{2} kɯn^{2} ɕi^{4} ɹaːn^{2} ŋwa^{4}

家 上 是 家 瓦

上屋是瓦房，

9-646

然 拉 是 然 千

Ranz laj cix ranz cien

ɹaːn^{2} la^{3} ɕi^{4} ɹaːn^{2} ɕiːn^{1}

家 下 是 家 砖

下屋是砖房。

9-647

米 钱 不 米 钱

Miz cienz mbouj miz cienz

mi^{2} ɕiːn^{2} bou^{5} mi^{2} ɕiːn^{2}

有 钱 不 有 钱

你家是否富，

9-648

老 你 元 土 备

Lau mwngz yiemz dou beix

laːu^{1} mɯŋ^{2} jiːn^{2} tu^{1} pi^{4}

怕 你 嫌 我 兄

怕你嫌弃我？

女唱

9-649

然	更	是	然	千
Ranz	gwnz	cix	ranz	cien
ɹaːn^{2}	kɯn^{2}	ɕi^{4}	ɹaːn^{2}	ɕiːn^{1}
家	上	是	家	砖

上屋是砖房，

9-650

然	拉	是	然	瓦
Ranz	laj	cix	ranz	ngvax
ɹaːn^{2}	la^{3}	ɕi^{4}	ɹaːn^{2}	ŋwa^{4}
家	下	是	家	瓦

下屋是瓦房。

9-651

貝	邦	伕	是	八
Bae	biengz	fwx	cix	bah
pai^{1}	piːŋ^{2}	fə^{4}	ɕi^{4}	pa^{6}
去	地方	别人	就	罢

嫁他乡算了，

9-652

玉	子	占	古	枕
Nyawh	swj	camh	guh	swiz
ȵəɯ^{6}	θɯ^{3}	ɕaːn^{6}	ku^{4}	θɯːi^{2}
玉	子	垫	做	枕

用玉做枕头。

男唱

9-653

然	十	义	果	周
Ranz	cib	ngeih	go	saeu
raːn^{2}	ɕit^{8}	ȵi^{6}	ko^{1}	θau^{1}
家	十	二	棵	柱

屋柱十二根，

9-654

果	定	江	周	坚
Go	din	gyang	saeu	genq
ko^{1}	tin^{1}	kjaːŋ^{1}	θau^{1}	keːn^{5}
棵	脚	中	柱	硬

中柱是硬木。

9-655

卡	主	拜	连	连
Gaq	cawj	baiz	lienz	lienz
ka^{5}	ɕɯ^{3}	paːi^{2}	liːn^{2}	liːn^{2}
这	主	排	连	连

主家人排座，

9-656

强	然	元	卩	坤
Giengz	ranz	yuenq	boux	gun
kiːŋ^{2}	ɹaːn^{2}	juːn^{5}	pu^{4}	kun^{1}
像	家	院	人	官

像汉人墙院。

女唱

9–657

然	**十**	**义**	**果**	**周**
Ranz	cib	ngeih	go	saeu
ra:n^{2}	çit^{8}	n̥i^{6}	ko^{1}	θau^{1}
家	**十**	**二**	**棵**	**柱**

屋柱十二根，

9–658

果	**定**	**江**	**周**	**乜**
Go	din	gyang	saeu	meh
ko^{1}	tin^{1}	kja:ŋ^{1}	θau^{1}	me^{6}
棵	**脚**	**中**	**柱**	**母**

中为顶梁柱。

9–659

卡	**主**	**排**	**列**	**列**
Gaq	cawj	baiz	lex	lex
ka^{5}	çɯ^{3}	pa:i^{2}	le^{4}	le^{4}
这	**主**	**排**	**列**	**列**

主家人排座，

9–660

强	**骨**	**些**	**土**	**龙**
Giengz	ndok	sej	duz	lungz
ki:ŋ^{2}	dok^{7}	θe^{3}	tu^{2}	luŋ^{2}
像	**骨**	**肋**	**只**	**龙**

像龙肋线骨。

男唱

9–661

然	**十**	**义**	**果**	**周**
Ranz	cib	ngeih	go	saeu
ɹa:n^{2}	çit^{8}	n̥i^{6}	ko^{1}	θau^{1}
家	**十**	**二**	**棵**	**柱**

一屋十二柱，

9–662

拉	**同**	**吊**	**头**	**司**
Lwg	doengz	venj	gyaeuj	swj
lɯk^{8}	toŋ^{2}	ve:n^{3}	kjau^{3}	θɯ^{3}
子	**筒**	**挂**	**头**	**偏屋**

顶筒吊偏屋。

9–663

话	**贝**	**通**	**贵**	**伕**
Vah	bae	doeng	gwiz	fwx
va^{6}	pai^{1}	toŋ^{1}	kɯi^{2}	fə^{4}
话	**去**	**通**	**丈夫**	**别人**

她丈夫得知，

9–664

利	**小**	**古**	**知**	**空**
Lij	ciuq	goq	rox	ndwi
li^{4}	θi:u^{1}	ku^{5}	ɹo^{4}	du:i^{1}
还	**照**	**顾**	**或**	**不**

还小看人否？

女唱

9-665

然 十 义 果 周

Ranz cib ngeih go saeu

ɹaːn^{2} ɕit^{8} ȵi^{6} ko^{1} θau^{1}

家 十 二 棵 柱

一屋十二柱，

9-666

拉 同 吊 头 片

Lwg doengz venj gyaeuj benh

lɯk^{8} toŋ^{2} veːn^{3} kjau^{3} peːn^{6}

子 筒 挂 头 板

顶筒吊四周。

9-667

银 子 元 刀 元

Yinz swj yuenz dauq yuenz

jin^{2} θɯ^{3} juːn^{2} taːu^{5} juːn^{2}

银 子 圆 又 圆

白银数不清，

9-668

可 想 给 文 邦

Goj siengj hawj vunz biengz

ko^{5} θiːŋ^{3} həɯ^{3} vun^{2} piːŋ^{2}

还 想 给 人 地方

随意送路人。

男唱

9-669

然 十 义 果 周

Ranz cib ngeih go saeu

ɹaːn^{2} ɕit^{8} ȵi^{6} ko^{1} θau^{1}

家 十 二 棵 柱

一屋十二柱，

9-670

拉 同 吊 头 会

Lwg doengz venj gyaeuj faex

lɯk^{8} toŋ^{2} veːn^{3} kjau^{3} fai^{4}

子 筒 挂 头 树

顶筒吊四周。

9-671

你 貝 然 土 累

Mwngz bae ranz dou laeq

mɯŋ^{2} pai^{1} ɹaːn^{2} tu^{1} lai^{5}

你 去 家 我 看

你到我家看，

9-672

然 瓦 占 天 良

Ranz ngvax camh denh liengz

ɹaːn^{2} ŋwa^{4} ɕaːn^{6} tiːn^{1} leːŋ^{2}

家 瓦 垫 天 梁

瓦屋铺吊棚。

女唱

9-673

然 瓦 占 天 良

Ranz ngvax camh denh liengz

ɹaːn^{2} ŋwa^{4} ɕaːn^{6} tiːn^{1} leːŋ^{2}

家 瓦 垫 天 梁

瓦屋铺吊棚，

9-674

又 好 开 么 由

Youh ndei gij maz raeuh

jou^{4} dei^{1} kaːi^{2} ma^{2} ɹau^{6}

又 好 什 么 多

又有什么好。

9-675

然 土 当 拉 周

Ranz dou dang laj saeu

ɹaːn^{2} tu^{1} taːŋ^{1} la^{3} θau^{1}

家 我 抹灰 下 柱

我屋披白灰，

9-676

可 利 强 外 你

Goj lij giengz vaij mwngz

ko^{5} li^{4} kiːŋ^{2} vaːi^{3} mɯŋ^{2}

也 还 强 过 你

更比你屋强。

男唱

9-677

然 瓦 占 天 良

Ranz ngvax camh denh liengz

ɹaːn^{2} ŋwa^{4} ɕaːn^{6} tiːn^{1} leːŋ^{2}

家 瓦 垫 天 梁

瓦屋铺吊棚，

9-678

然 你 然 会 纠

Ranz mwngz ranz faex gyaeuq

ɹaːn^{2} mɯŋ^{2} ɹaːn^{2} fai^{4} kjau^{5}

家 你 家 树 桐

你屋桐木造。

9-679

然 你 当 拉 周

Ranz mwngz dang laj saeu

ɹaːn^{2} mɯŋ^{2} taːŋ^{1} la^{3} θau^{1}

家 你 抹灰 下 柱

你屋披白灰，

9-680

乜 不 收 天 良

Meh mbouj caeu denh liengz

me^{6} bou^{5} ɕau^{1} tiːn^{1} leːŋ^{2}

母 不 收 天 梁

母不爱吊棚。

女唱

9-681

然	瓦	占	天	良
Ranz	ngvax	camh	denh	liengz
ɹaːn^{2}	ŋwa^{4}	ɕaːn^{6}	tiːn^{1}	leːŋ^{2}
家	瓦	垫	天	梁

瓦屋铺吊棚，

9-682

然	你	然	会	我
Ranz	mwngz	ranz	faex	ngox
ɹaːn^{2}	mɯŋ^{2}	ɹaːn^{2}	fai^{4}	ŋo^{4}
家	你	家	树	无花果

用无花果木。

9-683

然	三	拉	四	罗
Ranz	sam	laj	seiq	loh
ɹaːn^{2}	θaːn^{1}	la^{3}	θei^{5}	lo^{6}
家	三	下	四	路

坐落偏僻处，

9-684

邦	斗	初	吉	而
Baengz	daeuj	coengh	giz	lawz
paŋ^{2}	tau^{3}	ɕoŋ^{6}	ki^{2}	laɯ^{2}
朋	来	朝	处	哪

客来找不着。

男唱

9-685

然	瓦	占	天	良
Ranz	ngvax	camh	denh	liengz
ɹaːn^{2}	ŋwa^{4}	ɕaːn^{6}	tiːn^{1}	leːŋ^{2}
家	瓦	垫	天	梁

瓦屋铺吊棚，

9-686

然	土	然	会	古
Ranz	dou	ranz	faex	goux
ɹaːn^{2}	tu^{1}	ɹaːn^{2}	fai^{4}	ku^{4}
家	我	家	树	乌桕

我屋乌桕木。

9-687

然	土	当	汉	伏
Ranz	dou	dang	hanq	faeg
ɹaːn^{2}	tu^{1}	taːŋ^{1}	haːn^{5}	fak^{8}
家	我	当	鹅	孵

我家位置好，

9-688

卜	祖	斗	打	排
Boux	couj	daeuj	daj	baiz
pu^{4}	ɕou^{3}	tau^{3}	ta^{3}	paːi^{2}
人	租	来	打	牌

被租来打牌。

女唱

9-689

然　瓦　占　天　良

Ranz　ngvax　camh　denh　liengz

ɹaːn^{2}　ŋwa^{4}　ɕaːn^{6}　tiːn^{1}　leːŋ^{2}

家　瓦　垫　天　梁

瓦屋铺吊棚，

9-690

然　土　然　会　华

Ranz　dou　ranz　faex　vak

ɹaːn^{2}　tu^{1}　ɹaːn^{2}　fai^{4}　vaːk^{7}

家　我　家　树　黄桦

我屋桦木造。

9-691

然　三　罗　四　拉

Ranz　sam　loh　seiq　laj

ɹaːn^{2}　θaːn^{1}　lo^{6}　θei^{5}　la^{3}

家　三　路　四　下

坐落虽偏僻，

9-692

卜　客　斗　不　定

Boux　hek　daeuj　mbouj　dingz

pu^{4}　heːk^{7}　tau^{3}　bou^{5}　tiŋ^{2}

人　客　来　不　停

汉人来不断。

男唱

9-693

然　瓦　占　天　良

Ranz　ngvax　camh　denh　liengz

ɹaːn^{2}　ŋwa^{4}　ɕaːn^{6}　tiːn^{1}　leːŋ^{2}

家　瓦　垫　天　梁

瓦屋铺吊棚，

9-694

然　你　然　会　华

Ranz　mwngz　ranz　faex　vak

ɹaːn^{2}　mɯŋ^{2}　ɹaːn^{2}　fai^{4}　vaːk^{7}

家　你　家　树　黄桦

你屋桦木造。

9-695

然　三　罗　四　拉

Ranz　sam　loh　seiq　laj

ɹaːn^{2}　θaːn^{1}　lo^{6}　θei^{5}　la^{3}

家　三　路　四　下

坐落虽偏僻，

9-696

卜　客　牙　得　站

Boux　hek　yax　ndaej　soengz

pu^{4}　heːk^{7}　ja^{5}　dai^{3}　θoŋ^{2}

人　客　也　得　站

汉人愿来坐。

女唱

9-697

多	**安**	**然**	**第**	**一**
Doq	aen	ranz	daih	it
to^{5}	an^{1}	ɹa:n^{2}	ti^{5}	it^{7}
造	**个**	**家**	**第**	**一**

建第一座屋，

9-698

要	**勒**	**尺**	**马**	**量**
Aeu	lwg	cik	ma	rau
au^{1}	lɯk^{8}	ɕik^{7}	ma^{1}	ɹa:u^{1}
要	**子**	**尺**	**来**	**量**

用尺子测量。

9-699

贝	**问**	**卜**	**问**	**叔**
Bae	cam	boh	cam	au
pai^{1}	ɕa:m^{1}	po^{6}	ɕa:m^{1}	a:u^{1}
去	**问**	**父**	**问**	**叔**

要请教父辈，

9-700

要	**几**	**来**	**长**	**多**
Aeu	geij	lai	cangh	doq
au^{1}	ki^{3}	la:i^{1}	ɕa:ŋ^{6}	to^{5}
要	**几**	**多**	**匠**	**造**

用多少工匠。

男唱

9-701

多	**安**	**然**	**第**	**义**
Doq	aen	ranz	daih	ngeih
to^{5}	an^{1}	ɹa:n^{2}	ti^{5}	ȵi^{6}
造	**个**	**家**	**第**	**二**

建第二座屋，

9-702

大	**落**	**雨**	**不**	**老**
Daih	loh	hij	mbouj	lau
ta:i^{6}	lo^{2}	hi^{3}	bou^{5}	la:u^{1}
大	**落**	**雨**	**不**	**怕**

大雨也不怕。

9-703

要	**银**	**子**	**马**	**包**
Aeu	yinz	swj	ma	bau
au^{1}	jin^{2}	θɯ^{3}	ma^{1}	pa:u^{1}
要	**银**	**子**	**来**	**包**

用银箔来盖，

9-704

不	**老**	**润**	**斗**	**碰**
Mbouj	lau	rumz	daeuj	bungq
bou^{5}	la:u^{1}	ɹun^{2}	tau^{3}	puŋ^{5}
不	**怕**	**风**	**来**	**碰**

不怕风雨侵。

女唱

9–705

多	安	然	第	三
Doq	aen	ranz	daih	sam
to^{5}	an^{1}	ɹaːn^{2}	ti^{5}	θaːn^{1}
造	个	家	第	三

建第三座屋，

9–706

不	老	犯	头	符
Mbouj	lau	famh	gyaeuj	fouz
bou^{5}	laːu^{1}	faːn^{6}	kjau^{3}	fu^{2}
不	怕	犯	头	符

不怕犯鬼神。

9–707

要	金	银	马	故
Aeu	gim	ngaenz	ma	guq
au^{1}	kin^{1}	ŋan^{2}	ma^{1}	ku^{5}
要	金	银	来	箍

用金银包起，

9–708

叫	邦	友	岁	站
Heuh	baengz	youx	caez	soengz
heːu^{6}	paŋ^{2}	ju^{4}	ɕai^{2}	θoŋ^{2}
叫	朋	友	齐	站

请朋友来往。

男唱

9–709

多	安	然	第	四
Doq	aen	ranz	daih	seiq
to^{5}	an^{1}	ɹaːn^{2}	ti^{5}	θei^{5}
造	个	家	第	四

建第四座屋，

9–710

四	处	很	四	楼
Seiq	cih	hwnj	seiq	laeuz
θei^{5}	ɕi^{6}	hɯn^{3}	θei^{5}	lau^{2}
四	处	起	四	楼

全是四层楼。

9–711

优	然	瓦	四	周
Yaeuj	ranz	ngvax	seiq	saeu
jau^{3}	ɹaːn^{2}	ŋwa^{4}	θei^{5}	θau^{1}
举	家	瓦	四	柱

新建大瓦房，

9–712

鸟	鸠	飞	马	读
Roeg	raeu	mbin	ma	douh
ɹok^{8}	ɹau^{1}	bin^{1}	ma^{1}	tou^{6}
鸟	斑鸠	飞	来	栖息

斑鸠来栖息。

女唱

9-713

多	**安**	**然**	**第**	**五**
Doq	aen	ranz	daih	haj
to^5	an^1	ɹa:n^2	ti^5	ha^3
造	个	家	第	五

建第五座屋，

9-714

利	**加**	**阝**	**长**	**字**
Lij	caj	boux	cangh	saw
li^4	kja^3	pu^4	ɕa:ŋ^6	θaɯ^1
还	等	个	匠	字

请来择字匠。

9-715

加	**阝**	**长**	**要**	**时**
Caj	boux	cangh	aeu	seiz
kja^3	pu^4	ɕa:ŋ^6	au^1	θi^2
等	个	匠	要	时

请匠择吉时，

9-716

知	**时**	**而**	**得**	**优**
Rox	seiz	rawz	ndaej	yaeuj
ɹo^4	θi^2	ɹaɯ^2	dai^3	jau^3
知	时	什么	得	举

吉时竖屋架。

男唱

9-717

多	**安**	**然**	**第**	**六**
Doq	aen	ranz	daih	roek
to^5	an^1	ɹa:n^2	ti^5	ɹok^7
造	个	家	第	六

建第六座屋，

9-718

勒	**独**	**马**	**能**	**堂**
Lwg	dog	ma	naengh	dangz
lɯk^8	to:k^8	ma^1	naŋ^6	ta:ŋ^2
子	独	来	坐	堂

独子坐中堂。

9-719

然	**瓦**	**十**	**三**	**层**
Ranz	ngvax	cib	sam	caengz
ɹa:n^2	ŋwa^4	ɕit^8	θa:n^1	ɕaŋ^2
家	瓦	十	三	层

瓦房十三层，

9-720

友	**在**	**行**	**牙**	**秀**
Youx	caih	hangz	yax	souh
ju^4	ɕa:i^6	ha:ŋ^2	ja^5	θi:u^6
友	在	行	才	受

要娶伶俐妻。

女唱

9-721

多	安	然	第	七
Doq	aen	ranz	daih	caet
to^5	an^1	$ɹa:n^2$	ti^5	$ɕat^7$
造	个	家	第	七

建第七座屋，

9-722

合	办	朵	花	买
Hob	baenz	duj	va	mai
$ho:p^8$	pan^2	tu^3	va^1	$ma:i^1$
合	成	朵	花	密蒙

貌似姊妹花。

9-723

优	然	瓦	同	拜
Yaeuj	ranz	ngvax	doengh	baiz
jau^3	$ɹa:n^2$	$ŋwa^4$	$toŋ^2$	$pa:i^2$
举	家	瓦	相	排

新房一排排，

9-724

平	办	开	庆	远
Bingz	baenz	gai	ging	yenj
$piŋ^2$	pan^2	$ka:i^1$	$kiŋ^3$	$ju:n^6$
平	成	街	庆	远

如同庆远街。

男唱

9-725

多	安	然	第	八
Doq	aen	ranz	daih	bet
to^5	an^1	$ɹa:n^2$	ti^5	$pe:t^7$
造	个	家	第	八

建第八座屋，

9-726

双	拜	杈	卡	君
Song	baih	ngaq	ga	gyinz
$θo:ŋ^1$	$pa:i^6$	$ŋa^5$	ka^1	$kjin^2$
两	边	叉	腿	裙

形如宽摆裙。

9-727

然	卜	乜	广	英
Ranz	boux	meh	gvangj	in
$ɹa:n^2$	pu^4	me^6	$kwa:ŋ^3$	in^1
家	人	母	广	姻

结婚用新房，

9-728

重	心	牙	得	在
Naek	sim	yax	ndaej	ywq
nak^7	$θin^1$	ja^5	dai^3	$jɯ^5$
重	心	才	得	住

重情方可住。

女唱

9-729

多 安 然 第 九

Doq aen ranz daih gouj

to^{5} an^{1} ɹa:n^{2} ti^{5} kjou^{3}

造 个 家 第 九

建第九座屋，

9-730

小 貝 九 条 良

Siuj bae gouj diuz liengz

θi:u^{3} pai^{1} kjou^{3} ti:u^{2} le:ŋ^{2}

少 去 九 条 梁

少了九根梁。

9-731

叫 邦 友 马 相

Heuh baengz youx ma siengq

he:u^{6} paŋ^{2} ju^{4} ma^{1} θi:ŋ^{5}

叫 朋 友 来 相

叫朋友来看，

9-732

它 力 阝 长 多

Dwk rengz boux cangh doq

tɯk^{7} ɹe:ŋ^{2} pu^{4} ɕa:ŋ^{6} to^{5}

费 力 个 匠 造

工匠够辛苦。

男唱

9-733

多 安 然 第 十

Doq aen ranz daih cib

to^{5} an^{1} ɹa:n^{2} ti^{5} ɕit^{8}

造 个 家 第 十

建第十座屋，

9-734

六 林 点 灯 龙

Ruh rib diemj daeng loengz

ɹu^{6} ɹip^{8} ti:n^{3} taŋ^{1} loŋ^{2}

萤 虫 点 灯 笼

萤火虫绕飞。

9-735

多 然 双 它 双

Doq ranz sueng daz sueng

to^{5} ɹa:n^{2} θu:ŋ^{1} ta^{2} θu:ŋ^{1}

造 家 双 又 双

新屋排成双，

9-736

不 给 方 而 三

Mbouj hawj fueng lawz sanq

bou^{5} həɯ^{3} fu:ŋ^{1} laɯ^{2} θa:n^{5}

不 给 方 哪 散

情侣不可分。

女唱

9–737

然　瓦　排　它　排

Ranz　ngvax　baiz　daz　baiz

ɹaːn^{2}　ŋwa^{4}　paːi^{2}　ta^{2}　paːi^{2}

家　瓦　排　又　排

新房一排排，

9–738

勾　歪　务　它　务

Gaeu　vaiz　huq　daz　huq

kau^{1}　vaːi^{2}　hu^{5}　ta^{2}　hu^{5}

角　水牛　副　又　副

全挂上牛角。

9–739

牙　要　卩　能　补

Yax　aeu　boux　naengh　bouq

ja^{5}　au^{1}　pu^{4}　naŋ^{6}　pu^{5}

也　要　个　坐　铺

想找个掌柜，

9–740

田　农　空　米　文

Denz　nuengx　ndwi　miz　vunz

teːn^{2}　nuːŋ^{4}　duːi^{1}　mi^{2}　vun^{2}

地　妹　不　有　人

妹找不到人。

男唱

9–741

然　瓦　排　它　排

Ranz　ngvax　baiz　daz　baiz

ɹaːn^{2}　ŋwa^{4}　paːi^{2}　ta^{2}　paːi^{2}

家　瓦　排　又　排

新房一排排，

9–742

勾　歪　务　它　务

Gaeu　vaiz　huq　daz　huq

kau^{1}　vaːi^{2}　hu^{5}　ta^{2}　hu^{5}

角　水牛　副　又　副

全挂上牛角。

9–743

元　条　命　土　初

Yonq　diuz　mingh　dou　couj

joːn^{5}　tiːu^{2}　miŋ^{6}　tu^{1}　ɕou^{3}

怨　条　命　我　丑

怨我命不好，

9–744

付　不　得　然　你

Fuq　mbouj　ndaej　ranz　mwngz

fu^{5}　bou^{5}　dai^{3}　ɹaːn^{2}　mɯŋ^{2}

附　不　得　家　你

我配不上你。

男唱

9-745

然	瓦	排	它	排
Ranz	ngvax	baiz	daz	baiz
ɹa:n^2	ŋwa^4	pa:i^2	ta^2	pa:i^2
家	瓦	排	又	排

新房一排排，

9-746

金	银	箱	它	箱
Gim	ngaenz	sieng	daz	sieng
kin^1	ŋan^2	θe:ŋ^1	ta^2	θe:ŋ^1
金	银	箱	又	箱

金银一箱箱。

9-747

农	米	歪	令	祥
Nuengx	miz	vaiz	rim	riengh
nu:ŋ^4	mi^2	va:i^2	ɹin^1	ɹi:ŋ^6
妹	有	水牛	满	栏

妹有牛满栏，

9-748

备	米	样	开	么
Beix	miz	yiengh	gij	maz
pi^4	mi^2	jɯ:ŋ^6	ka:i^2	ma^2
兄	有	样	什	么

兄一无所有。

女唱

9-749

然	瓦	排	它	排
Ranz	ngvax	baiz	daz	baiz
ɹa:n^2	ŋwa^4	pa:i^2	ta^2	pa:i^2
家	瓦	排	又	排

新房一排排，

9-750

金	银	箱	它	箱
Gim	ngaenz	sieng	daz	sieng
kin^1	ŋan^2	θe:ŋ^1	ta^2	θe:ŋ^1
金	银	箱	又	箱

金银一箱箱。

9-751

空	米	歪	令	祥
Ndwi	miz	vaiz	rim	riengh
du:i^1	mi^2	va:i^2	ɹin^1	ɹi:ŋ^6
不	有	水牛	满	栏

没有牛满栏，

9-752

才	备	想	方	而
Caih	beix	siengj	fueng	lawz
ɕa:i^6	pi^4	θi:ŋ^3	fu:ŋ^1	laɯ^2
随	兄	想	方	哪

任兄去何方。

女唱

9–753

然　瓦　排　它　排

Ranz ngvax baiz daz baiz

ɹa:n^{2} ŋwa^{4} pa:i^{2} ta^{2} pa:i^{2}

家　瓦　排　又　排

新房一排排，

9–754

金　银　箱　它　箱

Gim ngaenz sieng daz sieng

kin^{1} ŋan^{2} θe:ŋ^{1} ta^{2} θe:ŋ^{1}

金　银　箱　又　箱

金银一箱箱。

9–755

可　米　样　它　样

Goj miz yiengh daz yiengh

ko^{5} mi^{2} jɯ:ŋ^{6} ta^{2} jɯ:ŋ^{6}

也　有　样　又　样

样样皆齐全，

9–756

米　旦　良　是　玩

Miz damj liengh cix vanz

mi^{2} ta:n^{3} le:ŋ^{6} çi^{4} va:n^{2}

有　胆　量　就　还

有胆就结交。

男唱

9–757

然　瓦　排　它　排

Ranz ngvax baiz daz baiz

ɹa:n^{2} ŋwa^{4} pa:i^{2} ta^{2} pa:i^{2}

家　瓦　排　又　排

新房一排排，

9–758

金　银　箱　它　箱

Gim ngaenz sieng daz sieng

kin^{1} ŋan^{2} θe:ŋ^{1} ta^{2} θe:ŋ^{1}

金　银　箱　又　箱

金银一箱箱。

9–759

包　乖　⿸厂元　米　良

Mbauq gvai nyienh miz liengh

ba:u^{5} kwa:i^{1} n̥u:n^{6} mi^{2} le:ŋ^{6}

小伙　乖　愿　有　量

兄固有胸怀，

9–760

命　农　不　秀　财

Mingh nuengx mbouj souh caiz

miŋ^{6} nu:ŋ^{4} bou^{5} θi:u^{6} ça:i^{2}

命　妹　不　受　财

妹不愿接受。

女唱

9-761

然	瓦	排	它	排
Ranz	ngvax	baiz	daz	baiz
ɹaːn^{2}	ŋwa^{4}	paːi^{2}	ta^{2}	paːi^{2}
家	瓦	排	又	排

新房一排排，

9-762

友	吨	鞋	牙	秀
Youx	daenj	haiz	yax	souh
ju^{4}	tan^{3}	haːi^{2}	ja^{5}	θiːu^{6}
友	穿	鞋	才	受

只娶穿鞋妹。

9-763

金	银	用	不	了
Gim	ngaenz	yungh	mbouj	liux
kin^{1}	ŋan^{2}	juŋ^{6}	bou^{5}	liːu^{4}
金	银	用	不	完

金银用不完，

9-764

秀	牙	得	然	你
Souh	yax	ndaej	ranz	mwngz
θiːu^{6}	ja^{5}	dai^{3}	ɹaːn^{2}	muɯŋ^{2}
受	才	得	家	你

才能嫁得你。

男唱

9-765

然	瓦	排	它	排
Ranz	ngvax	baiz	daz	baiz
ɹaːn^{2}	ŋwa^{4}	paːi^{2}	ta^{2}	paːi^{2}
家	瓦	排	又	排

新房一排排，

9-766

友	吨	鞋	牙	秀
Youx	daenj	haiz	yax	souh
ju^{4}	tan^{3}	haːi^{2}	ja^{5}	θiːu^{6}
友	穿	鞋	才	受

有鞋穿才娶。

9-767

金	银	用	它	了
Gim	ngaenz	yungh	daz	liux
kin^{1}	ŋan^{2}	juŋ^{6}	ta^{2}	liːu^{4}
金	银	用	又	完

钱多也用完，

9-768

不	比	秀	双	偻
Mbouj	beij	ciuh	song	raeuz
bou^{5}	pi^{3}	çiːu^{6}	θoːŋ^{1}	ɹau^{2}
不	比	世	两	我们

我俩情不尽。

女唱

9-769

然	**瓦**	**排**	**它**	**排**
Ranz	ngvax	baiz	daz	baiz
ɹaːn²	ŋwa⁴	paːi²	ta²	paːi²
家	瓦	排	又	排

新房一排排，

9-770

金	**银**	**吨**	**刀**	**吨**
Gim	ngaenz	daemh	dauq	daemh
kin¹	ŋan²	tan⁶	taːu⁵	tan⁶
金	银	箩	又	箩

金银一箩箩。

9-771

观	**是**	**好**	**办**	**能**
Gonq	cix	ndei	baenz	nyaenx
koːn⁵	ɕi⁴	dei¹	pan²	ȵan⁴
先	是	好	成	那么

之前情义深，

9-772

内	**问**	**是**	**不**	**汉**
Neix	haemq	cix	mbouj	han
ni⁴	han⁵	ɕi⁴	bou⁵	haːn¹
这	问	就	不	应

而今不搭理。

男唱

9-773

然	**瓦**	**排**	**刀**	**排**
Ranz	ngvax	baiz	dauq	baiz
ɹaːn²	ŋwa⁴	paːi²	taːu⁵	paːi²
家	瓦	排	又	排

新房一排排，

9-774

金	**银**	**吨**	**它**	**吨**
Gim	ngaenz	daemh	daz	daemh
kin¹	ŋan²	tan⁶	ta²	tan⁶
金	银	箩	又	箩

金银一箩箩。

9-775

元	**远**	**是**	**办**	**能**
Roen	gyae	cix	baenz	nyaenx
joːn¹	kjai¹	ɕi⁴	pan²	ȵan⁴
路	远	就	成	那么

皆因路途远，

9-776

不	**农**	**可**	**重**	**心**
Mbouj	nuengx	goj	naek	sim
bou⁵	nuːŋ⁴	ko⁵	nak⁷	θin¹
不	妹	可	重	心

妹本有深情。

女唱

9–777

然	**瓦**	**排**	**它**	**排**
Ranz	ngvax	baiz	daz	baiz
ɹa:n^{2}	ŋwa^{4}	pa:i^{2}	ta^{2}	pa:i^{2}
家	瓦	排	又	排

新房一排排，

9–778

金	**银**	**吨**	**它**	**吨**
Gim	ngaenz	daemh	daz	daemh
kin^{1}	ŋan^{2}	tan^{6}	ta^{2}	tan^{6}
金	银	箩	又	箩

金银一箩箩。

9–779

外	**桥**	**生**	**下**	**水**
Vaij	giuz	caem	roengz	raemx
va:i^{3}	ki:u^{2}	ɕan^{1}	ɹoŋ^{2}	ɹan^{4}
过	桥	沉	下	水

过河沉下水，

9–780

念	**作**	**备**	**不**	**堂**
Niemh	coq	beix	mbouj	daengz
ni:m^{6}	ɕo^{5}	pi^{4}	bou^{5}	taŋ^{2}
念	放	兄	不	到

不见兄来救。

男唱

9–781

金	**跟**	**银**	**变**	**化**
Gim	riengz	ngaenz	bienq	vaq
kin^{1}	ɹi:ŋ^{2}	ŋan^{2}	pi:n^{5}	va^{5}
金	跟	银	变	化

金银会变化，

9–782

托	**下**	**达**	**下**	**吨**
Doek	roengz	dah	roengz	daemz
tok^{7}	ɹoŋ^{2}	ta^{6}	ɹoŋ^{2}	tan^{2}
落	下	河	下	塘

它会沉下水。

9–783

观	**正**	**友**	**金**	**银**
Gonq	cingq	youx	gim	ngaenz
ko:n^{5}	ɕiŋ^{5}	ju^{4}	kin^{1}	ŋan^{2}
先	正	友	金	银

之前情意深，

9–784

内	**空**	**办**	**么**	**古**
Neix	ndwi	baenz	maz	guh
ni^{4}	du:i^{1}	pan^{2}	ma^{2}	ku^{4}
这	不	成	什么	做

而今空荡荡。

女唱

9-785

金	**跟**	**银**	**变**	**化**
Gim	riengz	ngaenz	bienq	vaq
kin^{1}	ɹiːŋ^{2}	ŋan^{2}	piːn^{5}	va^{5}
金	跟	银	变	化

金银会变化，

9-786

托	**下**	**达**	**下**	**吨**
Doek	roengz	dah	roengz	daemz
tok^{7}	ɹoŋ^{2}	ta^{6}	ɹoŋ^{2}	tan^{2}
落	下	河	下	塘

它会沉下水。

9-787

观	**正**	**友**	**边**	**正**
Gonq	cingq	youx	rengh	cingz
koːn^{5}	ɕiŋ^{5}	ju^{4}	ɹeːŋ^{6}	ɕiŋ^{2}
先	正	友	跟	情

前为真情友，

9-788

内	**变**	**心**	**貝**	**了**
Neix	bienq	sim	bae	liux
ni^{4}	piːn^{5}	θin^{1}	pai^{1}	liːu^{4}
这	变	心	去	完

而今已变心。

男唱

9-789

金	**跟**	**银**	**变**	**化**
Gim	riengz	ngaenz	bienq	vaq
kin^{1}	ɹiːŋ^{2}	ŋan^{2}	piːn^{5}	va^{5}
金	跟	银	变	化

金银会变化，

9-790

托	**下**	**达**	**貝**	**代**
Doek	roengz	dah	bae	dai
tok^{7}	ɹoŋ^{2}	ta^{6}	pai^{1}	taːi^{1}
落	下	河	去	死

它会沉下水。

9-791

观	**正**	**罗**	**跟**	**才**
Gonq	cingq	loh	riengz	raih
koːn^{5}	ɕiŋ^{5}	lo^{6}	ɹiːŋ^{2}	ɹaːi^{6}
先	正	路	跟	爬

之前并肩走，

9-792

内	**包**	**乖**	**凉**	**动**
Neix	mbauq	gvai	liengz	dungx
ni^{4}	baːu^{5}	kwaːi^{1}	liːŋ^{2}	tuŋ^{4}
这	小伙	乖	凉	肚

而今徒悲凉。

女唱

9-793

金	**跟**	**银**	**变**	**化**
Gim	riengz	ngaenz	bienq	vaq
kin¹	ɹiːŋ²	ŋan²	piːn⁵	va⁵
金	跟	银	变	化

金银也会变，

9-794

托	**下**	**达**	**贝**	**要**
Doek	roengz	dah	bae	aeu
tok⁷	ɹoŋ²	ta⁶	pai¹	au¹
落	下	河	去	要

它会沉下水。

9-795

想	**外**	**媒**	**贝**	**说**
Siengj	vaij	moiz	bae	naeuz
θiːŋ³	vaːi³	moːi²	pai¹	nau²
想	过	媒	去	说

想托媒告知，

9-796

空	**办**	**偻**	**天**	**份**
Ndwi	baenz	raeuz	denh	faenh
duːi¹	pan²	ɹau²	tiːn¹	fan⁶
不	成	我们	天	分

非我俩天缘。

男唱

9-797

金	**跟**	**银**	**变**	**化**
Gim	riengz	ngaenz	bienq	vaq
kin¹	ɹiːŋ²	ŋan²	piːn⁵	va⁵
金	跟	银	变	化

金银也会变，

9-798

托	**下**	**达**	**贝**	**要**
Doek	roengz	dah	bae	aeu
tok⁷	ɹoŋ²	ta⁶	pai¹	au¹
落	下	河	去	要

它会沉下水。

9-799

利	**宁**	**空**	**同**	**说**
Lij	ningq	ndwi	doengh	naeuz
li⁴	niŋ⁵	duːi¹	toŋ²	nau²
还	小	不	相	说

小时不商定，

9-800

内	**正**	**偻**	**牙**	**坤**
Neix	cingz	raeuz	yax	goenq
ni⁴	ɕiŋ²	ɹau²	ja⁵	kon⁵
这	情	我们	也	断

如今情义断。

女唱

9-801

金　跟　银　变　化

Gim　riengz　ngaenz　bienq　vaq

kin^{1}　ɹiːŋ^{2}　ŋan^{2}　piːn^{5}　va^{5}

金　跟　银　变　化

金银也会变，

9-802

托　下　达　貝　空

Doek　roengz　dah　bae　ndwi

tok^{7}　ɹoŋ^{2}　ta^{6}　pai^{1}　duːi^{1}

落　下　河　去　空

它会沉下水。

9-803

观　正　领　古　贵

Gonq　cingq　lingx　guh　gwiz

koːn^{5}　ɕiŋ^{5}　liŋ^{4}　ku^{4}　kɯi^{2}

先　正　领　做　丈夫

曾订为丈夫，

9-804

内　是　空　办　友

Neix　cix　ndwi　baenz　youx

ni^{4}　ɕi^{4}　duːi^{1}　pan^{2}　ju^{4}

这　是　不　成　友

现朋友难做。

男唱

9-805

金　跟　银　变　化

Gim　riengz　ngaenz　bienq　vaq

kin^{1}　ɹiːŋ^{2}　ŋan^{2}　piːn^{5}　va^{5}

金　跟　银　变　化

金银也会变，

9-806

托　下　达　貝　空

Doek　roengz　dah　bae　ndwi

tok^{7}　ɹoŋ^{2}　ta^{6}　pai^{1}　duːi^{1}

落　下　河　去　空

它会沉下水。

9-807

友　而　领　古　贵

Youx　lawz　lingx　guh　gwiz

ju^{4}　laɯ^{2}　liŋ^{4}　ku^{4}　kɯi^{2}

友　哪　领　做　丈夫

谁订为丈夫，

9-808

布　么　马　土　累

Buh　moq　ma　dou　laeq

pu^{6}　mo^{5}　ma^{1}　tu^{1}　lai^{5}

衣服　新　来　我　看

送新衣过来。

男唱

9–809

金	**跟**	**银**	**变**	**化**
Gim	riengz	ngaenz	bienq	vaq
kin^{1}	ɹi:ŋ^{2}	ŋan^{2}	pi:n^{5}	va^{5}
金	跟	银	变	化

金银也会变，

9–810

托	**下**	**达**	**貝**	**空**
Doek	roengz	dah	bae	ndwi
tok^{7}	ɹoŋ^{2}	ta^{6}	pai^{1}	du:i^{1}
落	下	河	去	空

它会沉下水。

9–811

乜	**你**	**领**	**古**	**贵**
Meh	mwngz	lingx	guh	gwiz
me^{6}	mɯŋ^{2}	liŋ^{4}	ku^{4}	kɯi^{2}
母	你	领	做	丈夫

你母订为婿，

9–812

利	**说**	**么**	**了**	**农**
Lij	naeuz	maz	liux	nuengx
li^{4}	nau^{2}	ma^{2}	li:u^{4}	nu:ŋ^{4}
还	说	什么	啰	妹

那还说什么？

女唱

9–813

乜	**土**	**厈**	**古**	**代**
Meh	dou	nyienh	guh	daiq
me^{6}	tu^{1}	ȵu:n^{6}	ku^{4}	ta:i^{5}
母	我	愿	做	岳母

母同意我嫁，

9–814

备	**不**	**爱**	**古**	**贵**
Beix	mbouj	ngaiq	guh	gwiz
pi^{4}	bou^{5}	ŋa:i^{5}	ku^{4}	kɯi^{2}
兄	不	爱	做	丈夫

兄又不愿娶。

9–815

乜	**土**	**厈**	**分**	**空**
Meh	dou	nyienh	baen	ndwi
me^{6}	tu^{1}	ȵu:n^{6}	pan^{1}	du:i^{1}
母	我	愿	分	空

愿不要彩礼，

9–816

空	**米**	**媒**	**马**	**问**
Ndwi	miz	moiz	ma	haemq
du:i^{1}	mi^{2}	mo:i^{2}	ma^{1}	han^{5}
不	有	媒	来	问

竟无人提亲。

男唱

9–817

发	**媒**	**堂**	**大**	**罗**
Fat	moiz	daengz	daih	loh
fa:t^{7}	mo:i^{2}	taŋ^{2}	ta:i^{6}	lo^{6}
发	**媒**	**到**	**大**	**路**

媒人已上路，

9–818

卜	**农**	**空**	**在**	**然**
Boh	nuengx	ndwi	ywq	ranz
po^{6}	nu:ŋ^{4}	du:i^{1}	jɯ^{5}	ɹa:n^{2}
父	**妹**	**不**	**在**	**家**

你父不在家。

9–819

乜	**出**	**外**	**马**	**汉**
Meh	ok	rog	ma	han
me^{6}	o:k^{7}	ɹo:k^{8}	ma^{1}	ha:n^{1}
母	**出**	**外**	**来**	**应**

你母出来说，

9–820

少	**造**	**然**	**办**	**了**
Sau	caux	ranz	baenz	liux
θa:u^{1}	ɕa:u^{4}	ɹa:n^{2}	pan^{2}	li:u^{4}
姑娘	**造**	**家**	**成**	**完**

妹早已成家。

女唱

9–821

貝	**邦**	**伕**	**月**	**乃**
Bae	biengz	fwx	yiet	naiq
pai^{1}	pi:ŋ^{2}	fə^{4}	ji:t^{7}	na:i^{5}
去	**地方**	**别人**	**歇**	**累**

在外地歇息，

9–822

备	**来**	**貝**	**千**	**年**
Beix	laih	bae	cien	nienz
pi^{4}	la:i^{6}	pai^{1}	ɕi:n^{1}	ni:n^{2}
兄	**以为**	**去**	**千**	**年**

非永远不回。

9–823

貝	**邦**	**伕**	**小**	**凉**
Bae	biengz	fwx	siu	liengz
pai^{1}	pi:ŋ^{2}	fə^{4}	θi:u^{1}	li:ŋ^{2}
去	**地方**	**别人**	**消**	**凉**

在外地休闲，

9–824

米	**日**	**少**	**可**	**刀**
Miz	ngoenz	sau	goj	dauq
mi^{2}	ŋon^{2}	θa:u^{1}	ko^{5}	ta:u^{5}
有	**天**	**姑娘**	**也**	**回**

到时妹会回。

男唱

9–825

月	**乃**	**不**	**月**	**乃**
Yiet	naiq	mbouj	yiet	naiq
ji:t^{7}	na:i^{5}	bou^{5}	ji:t^{7}	na:i^{5}
歇	累	不	歇	累

歇息还歇息，

9–826

老	**是**	**貝**	**千**	**年**
Lau	cix	bae	cien	nienz
la:u^{1}	çi^{4}	pai^{1}	çi:n^{1}	ni:n^{2}
怕	是	去	千	年

怕是永不回。

9–827

小	**凉**	**不**	**小**	**凉**
Siu	liengz	mbouj	siu	liengz
θi:u^{1}	li:ŋ^{2}	bou^{5}	θi:u^{1}	li:ŋ^{2}
消	凉	不	消	凉

消遣归消遣，

9–828

老	**千**	**年**	**了**	**农**
Lau	cien	nienz	liux	nuengx
la:u^{1}	çi:n^{1}	ni:n^{2}	li:u^{4}	nu:ŋ^{4}
怕	千	年	啰	妹

只怕永不回。

女唱

9–829

金	**跟**	**银**	**变**	**化**
Gim	riengz	ngaenz	bienq	vaq
kin^{1}	ɹi:ŋ^{2}	ŋan^{2}	pi:n^{5}	va^{5}
金	跟	银	变	化

金银也会变，

9–830

银	**你**	**加**	**来**	**来**
Ngaenz	mwngz	gyaj	lai	lai
ŋan^{2}	mɯŋ^{2}	kja^{3}	la:i^{1}	la:i^{1}
银	你	假	多	多

你的银太假。

9–831

土	**祘**	**你**	**不**	**乖**
Dou	suenq	mwngz	mbouj	gvai
tu^{1}	θu:n^{5}	mɯŋ^{2}	bou^{5}	kwa:i^{1}
我	算	你	不	乖

我料你变心，

9–832

土	**牙**	**特**	**心**	**变**
Dou	yax	dawz	sim	bienq
tu^{1}	ja^{5}	təɯ^{2}	θin^{1}	pi:n^{5}
我	才	拿	心	变

我才变主意。

男唱

9–833

利　宁　土　可　说

Lij ningq dou goj naeuz

li^{4} niŋ^{5} tu^{1} ko^{5} nau^{2}

还　小　我　也　说

以前我曾说，

9–834

心　头　你　空　念

Sim daeuz mwngz ndwi niemh

θin^{1} tau^{2} mɯŋ^{2} du:i^{1} ni:m^{5}

心　脏　你　不　念

你心放不下。

9–835

土　祘　你　不　变

Dou suenq mwngz mbouj bienh

tu^{1} θu:n^{5} mɯŋ^{2} bou^{5} pi:n^{6}

我　算　你　不　便

我料你没空，

9–836

土　干　田　土　貝

Dou ganq dieg dou bae

tu^{1} ka:n^{5} ti:k^{8} tu^{1} pai^{1}

我　照料　地　我　去

我下地忙活。

女唱

9–837

利　宁　土　可　说

Lij ningq dou goj naeuz

li^{4} niŋ^{5} tu^{1} ko^{5} nau^{2}

还　小　我　也　说

正如我所料，

9–838

心　头　你　空　回

Sim daeuz mwngz ndwi hoiz

θin^{1} tau^{2} mɯŋ^{2} du:i^{1} ho:i^{2}

心　脏　你　不　回

你不愿回头。

9–839

被　后　架　会　累

Deng haeuj gyaz faex laeq

te:ŋ^{1} hau^{3} kja^{2} fai^{4} lai^{5}

挨　进　草丛　树　看

进树丛中看，

9–840

乃　回　乃　通　正

Naih hoiz naih doeng cingz

na:i^{6} ho:i^{2} na:i^{6} toŋ^{1} ɕiŋ^{2}

慢　回　慢　通　情

正回心转意。

男唱

9-841

金 银 吨 古 笂

Gim ngaenz daeb guh yiuj

kin^{1} ŋan^{2} tat^{8} ku^{4} jiːu^{3}

金 银 砌 做 仓

金银堆满仓，

9-842

份 老 表 不 岁

Faenh laux biuj mbouj caez

fan^{6} laːu^{4} piːu^{3} bou^{5} çai^{2}

份 老 表 不 齐

缺婚姻缘分。

9-843

不 厈 你 是 貝

Mbouj nyienh mwngz cix bae

bou^{5} ȵuːn^{6} mɯŋ^{2} çi^{4} pai^{1}

不 愿 你 就 去

不愿你就走，

9-844

友 当 韦 马 节

Youx dangq vae ma ciep

ju^{4} taːŋ^{5} vai^{1} ma^{1} çeːt^{7}

友 另 姓 来 接

异性友替你。

女唱

9-845

金 银 吨 古 笂

Gim ngaenz daeb guh yiuj

kin^{1} ŋan^{2} tat^{8} ku^{4} jiːu^{3}

金 银 砌 做 仓

金银堆满仓，

9-846

份 老 表 不 岁

Faenh laux biuj mbouj caez

fan^{6} laːu^{4} piːu^{3} bou^{5} çai^{2}

份 老 表 不 齐

就缺少姻缘。

9-847

备 叫 农 是 貝

Beix heuh nuengx cix bae

pi^{4} heːu^{6} nuːŋ^{4} çi^{4} pai^{1}

兄 叫 妹 就 去

兄请妹就去，

9-848

开 古 文 连 全

Gaej guh vunz lienh cienh

kaːi^{5} ku^{4} vun^{2} liːn^{6} çiːn^{6}

莫 做 人 滥 贱

做人重尊严。

男唱

9-849

金	**银**	**吨**	**好**	**汉**
Gim	ngaenz	daeb	hau	hanq
kin^{1}	ŋan^{2}	tat^{8}	haːu^{1}	haːn^{5}
金	银	砌	白	灿灿

金银堆成山，

9-850

貝	**干**	**友**	**发**	**財**
Bae	gan	youx	fat	caiz
pai^{1}	kaːn^{5}	ju^{4}	faːt^{7}	ɕaːi^{2}
去	看	友	发	财

去盯有钱人。

9-851

邦	**友**	**农**	**米**	**来**
Baengz	youx	nuengx	miz	lai
paŋ^{2}	ju^{4}	nuːŋ^{4}	mi^{2}	laːi^{1}
朋	友	妹	有	多

妹有朋友多，

9-852

正	**土**	**貝**	**不**	**秀**
Cingz	dou	bae	mbouj	souh
ɕiŋ^{2}	tu^{1}	pai^{1}	bou^{5}	θiːu^{6}
情	我	去	不	受

对我不领情。

女唱

9-853

金	**银**	**吨**	**好**	**汉**
Gim	ngaenz	daeb	hau	hanq
kin^{1}	ŋan^{2}	tat^{8}	haːu^{1}	haːn^{5}
金	银	砌	白	灿灿

金银堆成山，

9-854

貝	**干**	**友**	**然**	**楼**
Bae	gan	youx	ranz	laeuz
pai^{1}	kaːn^{5}	ju^{4}	ɹaːn^{2}	lau^{2}
去	看	友	家	楼

看中有钱人。

9-855

乜	**农**	**刀**	**可**	**说**
Meh	nuengx	dauq	goj	naeuz
me^{6}	nuːŋ^{4}	taːu^{5}	ko^{5}	nau^{2}
母	妹	倒	也	说

妹母亲应允，

9-856

内	**文**	**龙**	**不**	**秀**
Neix	vunz	lungz	mbouj	souh
ni^{4}	vun^{2}	luŋ^{2}	bou^{5}	θiːu^{6}
这	人	龙	不	受

兄又不接受。

男唱

9-857

金 银 吨 好 汉

Gim ngaenz daeb hau hangq

kin^1 ŋan^2 tat^8 haːu^1 haːn^5

金 银 砌 白 灿灿

金银堆成山，

9-858

貝 干 友 然 千

Bae gan youx ranz cien

pai^1 kaːn^5 ju^4 ɹaːn^2 ɕiːn^1

去 看 友 家 砖

看中有钱人。

9-859

命 狼 付 堂 天

Mingh langh fouq daengz denh

miŋ^6 laːŋ^6 fu^6 taŋ^2 tiːn^1

命 若 富 到 天

命中若大富，

9-860

貝 造 钱 在 加

Bae caux cienz ywq caj

pai^1 ɕaːu^4 ɕiːn^2 jɯ^5 kja^3

去 造 钱 在 等

挣钱等情友。

女唱

9-861

金 跟 银

Gim riengz ngaenz

kin^1 ɹiːn^2 ŋan^2

金 跟 银

金和银，

9-862

牙 空 通 邦 光

Yax ndwi doeng biengz gvangq

ja^5 duːi^1 toŋ^1 piːŋ^2 kwaːŋ^5

也 不 通 地方 宽

不通大地方。

9-863

牙 空 通 邦 邦

Yax ndwi doeng biengz baengz

ja^5 duːi^1 toŋ^1 piːŋ^2 paŋ^2

也 不 通 地方 朋

不通友家乡，

9-864

往 土 满 你 空

Uengj dou muengh mwngz ndwi

vaːŋ^3 tu^1 muːŋ^6 mɯŋ^2 duːi^1

枉 我 望 你 空

枉我盼望你。

男唱

9-865

金 跟 银

Gim riengz ngaenz

kin¹ ɹiːŋ² ŋan²

金 跟 银

金和银，

9-866

土 不 恨 农 宁

Dou mbouj haemz nuengx ningq

tu¹ bou⁵ han² nuːŋ⁴ niŋ⁵

我 不 恨 妹 小

我不恨小妹。

9-867

要 银 子 古 定

Aeu yinz swj guh dingh

au¹ jin² θɯ³ ku⁴ tiŋ⁶

要 银 子 做 定

用银子定情，

9-868

米 命 牙 米 財

Miz mingh yax miz caiz

mi² miŋ⁶ ja⁵ mi² ɕaːi²

有 命 才 有 财

有命才有财。

女唱

9-869

金 银 在 垌 光

Gim ngaenz ywq doengh gvangq

kin¹ ŋan² jɯ⁵ toŋ⁶ kwaːŋ⁵

金 银 在 垌 宽

金银在平地，

9-870

不 乱 变 办 龙

Mbouj luenh bienq baenz lungz

bou⁵ luːn⁶ piːn⁵ pan² luŋ²

不 乱 变 成 龙

不会变成龙。

9-871

银 子 在 广 东

Yinz swj ywq gvangj doeng

jin² θɯ³ jɯ⁵ kwaːŋ³ toŋ¹

银 子 在 广 东

银子在广东，

9-872

不 乱 传 邦 农

Mbouj luenh cienz biengz nuengx

bou⁵ luːn⁶ ɕuːn² piːŋ² nuːŋ⁴

不 乱 传 地方 妹

不到妹家乡。

男唱

9–873

金 跟 玉

Gim riengz nyawh

kin^{1} ɹiːŋ^{2} ȵəɯ^{6}

金 跟 玉

金和玉，

9–874

花 铁 样 花 买

Va dek yiengh va mai

va^{1} teːk^{7} jɯːŋ^{6} va^{1} maːi^{1}

花 裂 样 花 密蒙

酷像姊妹花。

9–875

利 认 观 知 空

Lij nyinh gonq rox ndwi

li^{4} ȵin^{6} koːn^{5} ɹo^{4} duːi^{1}

还 认 先 或 不

是否记前情，

9–876

利 同 赔 知 不

Lij doengh beiz rox mbouj

li^{4} toŋ^{2} poːi^{2} ɹo^{4} bou^{5}

还 相 陪 或 不

愿相守候否？

女唱

9–877

金 跟 玉

Gim riengz nyawh

kin^{1} ɹiːŋ^{2} ȵəɯ^{6}

金 跟 玉

金和玉，

9–878

花 铁 样 花 买

Va dek yiengh va mai

va^{1} teːk^{7} jɯːŋ^{6} va^{1} maːi^{1}

花 裂 样 花 密蒙

像姊妹花开。

9–879

唱 歌 不 正 赔

Cang go mbouj cingq beiz

ɕaːŋ^{4} ko^{5} bou^{5} ɕiŋ^{5} poːi^{2}

唱 歌 不 正 陪

对歌就相陪，

9–880

利 说 么 了 备

Lij naeuz maz liux beix

li^{4} nau^{2} ma^{2} liːu^{4} pi^{4}

还 说 什么 啰 兄

兄满意与否？

男唱

9-881

金 跟 玉

Gim riengz nyawh

kin^{1} ɹiːŋ^{2} ȵəɯ^{6}

金 跟 玉

金和玉，

9-882

花 铁 样 花 买

Va dek yiengh va mai

va^{1} teːk^{7} jɯːŋ^{6} va^{1} maːi^{1}

花 裂 样 花 密蒙

像姊妹花开。

9-883

唱 欢 样 而 赔

Ciengq fwen yiengh lawz beiz

ɕiːŋ^{5} vuːn^{1} jɯːŋ^{6} laɯ^{2} poːi^{2}

唱 歌 样 哪 陪

唱歌怎么陪，

9-884

你 回 马 土 听

Mwngz hoiz ma dou dingq

mɯŋ^{2} hoːi^{2} ma^{1} tu^{1} tiŋ^{5}

你 回 来 我 听

你唱给我听。

女唱

9-885

金 跟 玉

Gim riengz nyawh

kin^{1} ɹiːŋ^{2} ȵəɯ^{6}

金 跟 玉

金和玉，

9-886

花 铁 样 花 买

Va dek yiengh va mai

va^{1} teːk^{7} jɯːŋ^{6} va^{1} maːi^{1}

花 裂 样 花 密蒙

像姊妹花开。

9-887

唱 欢 全 同 赔

Ciengq fwen gyonj doengh beiz

ɕiːŋ^{5} vuːn^{1} kjoːn^{3} toŋ^{2} poːi^{2}

唱 歌 都 相 陪

相陪伴唱歌，

9-888

邦 又 米 几 阝

Biengz youh miz geij boux

piːŋ^{2} jou^{4} mi^{2} ki^{3} pu^{4}

地方 又 有 几 人

天下有几人？

男唱

9-889

金	**跟**	**玉**
Gim	riengz	nyawh
kin^{1}	ɹiːŋ^{2}	ȵəɯ^{6}
金	跟	玉

金和玉，

9-890

花	**铁**	**样**	**花**	**单**
Va	dek	yiengh	va	dan
va^{1}	teːk^{7}	jɯːŋ^{6}	va^{1}	taːn^{1}
花	裂	样	花	丹

像牡丹花开。

9-891

伕	**九**	**你**	**造**	**然**
Fwx	iu	mwngz	caux	ranz
fə^{4}	iːu^{1}	mɯŋ^{2}	ɕaːu^{4}	ɹaːn^{2}
别人	邀	你	造	家

人传你结婚，

9-892

你	**开**	**汉**	**了**	**农**
Mwngz	gaej	han	liux	nuengx
mɯŋ^{2}	kaːi^{5}	haːn^{1}	liːu^{4}	nuːŋ^{4}
你	莫	应	啰	妹

妹不要答应。

女唱

9-893

金	**跟**	**玉**
Gim	riengz	nyawh
kin^{1}	ɹiːŋ^{2}	ȵəɯ^{6}
金	跟	玉

金和玉，

9-894

花	**铁**	**样**	**花**	**单**
Va	dek	yiengh	va	dan
va^{1}	teːk^{7}	jɯːŋ^{6}	va^{1}	taːn^{1}
花	裂	样	花	丹

像牡丹花开。

9-895

土	**是**	**想**	**不**	**汉**
Dou	cix	siengj	mbouj	han
tu^{1}	ɕi^{4}	θiːŋ^{3}	bou^{5}	haːn^{1}
我	是	想	不	应

我本不想应，

9-896

秀	**平**	**班**	**牙**	**了**
Ciuh	bingz	ban	yaek	liux
ɕiːu^{6}	piŋ^{2}	paːn^{1}	jak^{7}	liːu^{4}
世	平	班	要	完

青春又快过。

男唱

9-897

金 跟 玉

Gim riengz nyawh

kin^{1} ɹiːŋ^{2} ɳəɯ^{6}

金 跟 玉

金和玉，

9-898

花 铁 样 花 单

Va dek yiengh va dan

va^{1} teːk^{7} jɯːŋ^{6} va^{1} taːn^{1}

花 裂 样 花 丹

像牡丹花开。

9-899

得 你 农 共 然

Ndaej mwngz nuengx gungh ranz

dai^{3} mɯŋ^{2} nuːŋ^{4} kuŋ^{6} ɹaːn^{2}

得 你 妹 共 家

得和你结婚，

9-900

心 是 干 满 秀

Sim cix gam mued ciuh

θin^{1} ɕi^{4} kaːn^{1} muːt^{8} ɕiːu^{6}

心 就 甘 没 世

今生心也甘。

女唱

9-901

金 跟 玉

Gim riengz nyawh

kin^{1} ɹiːŋ^{2} ɳəɯ^{6}

金 跟 玉

金和玉，

9-902

花 铁 样 花 单

Va dek yiengh va dan

va^{1} teːk^{7} jɯːŋ^{6} va^{1} taːn^{1}

花 裂 样 花 丹

像牡丹花开。

9-903

心 厌 得 共 然

Sim nyienh ndaej gungh ranz

θin^{1} ɳuːn^{6} dai^{3} kuŋ^{6} ɹaːn^{2}

心 愿 得 共 家

愿意共一家，

9-904

心 干 卜 乜 古

Sim gan boh meh guh

θin^{1} kaːn^{1} po^{6} me^{6} ku^{4}

心 肝 父 母 做

成父母心肝。

男唱

9–905

金	**跟**	**银**	**岁**	**吵**
Gim	riengz	ngaenz	caez	cauj
kin^{1}	ɹiːŋ^{2}	ŋan^{2}	ɕai^{2}	ɕaːu^{3}
金	**跟**	**银**	**齐**	**兑换**

金和银通用，

9–906

少	**跟**	**包**	**岁**	**心**
Sau	riengz	mbauq	caez	sim
θaːu^{1}	ɹiːŋ^{2}	baːu^{5}	ɕai^{2}	θin^{1}
姑娘	**跟**	**小伙**	**齐**	**心**

妹和兄齐心。

9–907

牙	**勒**	**多**	**跟**	**延**
Yaek	lawh	doq	riengz	dinz
jak^{7}	ləɯ^{6}	to^{5}	ɹiːŋ^{2}	tin^{2}
要	**换**	**马蜂**	**跟**	**黄蜂**

我俩要成亲，

9–908

是	**开**	**飞**	**邦**	**伕**
Cix	gaej	mbin	biengz	fwx
ɕi^{4}	kaːi^{5}	bin^{1}	piːŋ^{2}	fə^{4}
就	**莫**	**飞**	**地方**	**别人**

就别走他乡。

女唱

9–909

金	**跟**	**银**	**岁**	**吵**
Gim	riengz	ngaenz	caez	cauj
kin^{1}	ɹiːŋ^{2}	ŋan^{2}	ɕai^{2}	ɕaːu^{3}
金	**跟**	**银**	**齐**	**兑换**

金和银共用，

9–910

少	**跟**	**包**	**岁**	**心**
Sau	riengz	mbauq	caez	sim
θaːu^{1}	ɹiːŋ^{2}	baːu^{5}	ɕai^{2}	θin^{1}
姑娘	**跟**	**小伙**	**齐**	**心**

妹和兄齐心。

9–911

勒	**阝**	**阝**	**是**	**飞**
Lawh	boux	boux	cix	mbin
ləɯ^{6}	pu^{4}	pu^{4}	ɕi^{4}	bin^{1}
换	**人**	**人**	**就**	**飞**

想交谁谁走，

9–912

心	**阝**	**而**	**论**	**备**
Sim	boux	lawz	lumj	beix
θin^{1}	pu^{4}	laɯ^{2}	lun^{3}	pi^{4}
心	**人**	**哪**	**像**	**兄**

专一不如兄。

男唱

9-913

金	**跟**	**银**	**岁**	**吵**
Gim	riengz	ngaenz	caez	cauj
kin^{1}	ɹiːŋ^{2}	ŋan^{2}	ɕai^{2}	ɕaːu^{3}
金	跟	银	齐	兑换

金和银共用，

9-914

少	**跟**	**包**	**岁**	**合**
Sau	riengz	mbauq	caez	hoz
θaːu^{1}	ɹiːŋ^{2}	baːu^{5}	ɕai^{2}	ho^{2}
姑娘	跟	小伙	齐	喉

妹和兄同心。

9-915

同	**勒**	**秀**	**卜**	**作**
Doengh	lawh	ciuh	boux	coz
toŋ^{2}	ləɯ^{6}	ɕiːu^{6}	pu^{4}	ɕo^{2}
相	换	世	人	年轻

青春时结交，

9-916

寿	**良**	**合**	**良**	**动**
Caeux	lingh	hoz	lingh	dungx
ɕau^{3}	leːŋ^{6}	ho^{2}	leːŋ^{6}	tuŋ^{4}
握	另	喉	另	肚

该一心一意。

女唱

9-917

金	**跟**	**银**	**岁**	**吵**
Gim	riengz	ngaenz	caez	cauj
kin^{1}	ɹiːŋ^{2}	ŋan^{2}	ɕai^{2}	ɕaːu^{3}
金	跟	银	齐	兑换

金和银共用，

9-918

少	**跟**	**包**	**岁**	**合**
Sau	riengz	mbauq	caez	hoz
θaːu^{1}	ɹiːŋ^{2}	baːu^{5}	ɕai^{2}	ho^{2}
姑娘	跟	小伙	齐	喉

妹和兄同心。

9-919

同	**勒**	**秀**	**卜**	**作**
Doengh	lawh	ciuh	boux	coz
toŋ^{2}	ləɯ^{6}	ɕiːu^{6}	pu^{4}	ɕo^{2}
相	换	世	人	年轻

青春时结交，

9-920

合	**爱**	**贝**	**米**	**卜**
Hoz	ngaiq	bae	miz	boux
ho^{2}	ŋaːi^{5}	pai^{1}	mi^{2}	pu^{4}
喉	爱	去	有	人

由各人心愿。

女唱

9-921

金	**银**	**担**	**它**	**担**
Gim	ngaenz	rap	daz	rap
kin^{1}	ŋan^{2}	ɹa:t^{8}	ta^{2}	ɹa:t^{8}
金	银	担	又	担

金银一担担，

9-922

要	**勾**	**卡**	**马**	**挑**
Aeu	gaeu	gat	ma	dauz
au^{1}	kau^{1}	ka:t^{7}	ma^{1}	ta:u^{2}
要	藤	葛	来	绑

用葛藤捆绑。

9-923

伴	**特**	**心**	**空**	**交**
Buenx	dawz	sim	ndwi	gyau
pu:n^{4}	təɯ^{2}	θin^{1}	du:i^{1}	kja:u^{1}
伴	拿	心	不	交

伴不愿交心，

9-924

偻	**良**	**交**	**韦**	**机**
Raeuz	lingh	gyau	vae	giq
ɹau^{2}	le:ŋ^{6}	kja:u^{1}	vai^{1}	ki^{5}
我们	另	交	姓	支

我另找对象。

男唱

9-925

金	**银**	**担**	**刀**	**担**
Gim	ngaenz	rap	dauq	rap
kin^{1}	ŋan^{2}	ɹa:t^{8}	ta:u^{5}	ɹa:t^{8}
金	银	担	又	担

金银一担担，

9-926

要	**勾**	**卡**	**马**	**挑**
Aeu	gaeu	gat	ma	dauz
au^{1}	kau^{1}	ka:t^{7}	ma^{1}	ta:u^{2}
要	藤	葛	来	绑

用葛藤捆绑。

9-927

伴	**特**	**心**	**可**	**交**
Buenx	dawz	sim	goj	gyau
pu:n^{4}	təɯ^{2}	θin^{1}	ko^{5}	kja:u^{1}
伴	拿	心	也	交

伴情愿交心，

9-928

龙	**自**	**老**	**不**	**勒**
Lungz	gag	lau	mbouj	lawh
luŋ^{2}	ka:k^{8}	la:u^{1}	bou^{5}	ləɯ^{6}
龙	自	怕	不	换

只因兄不敢。

女唱

9–929

金　银　担　它　担

Gim　ngaenz　rap　daz　rap

kin^{1}　ŋan^{2}　ɹa:t^{8}　ta^{2}　ɹa:t^{8}

金　银　担　又　担

金银一担担，

9–930

要　勾　卡　古　船

Aeu　gaeu　gat　guh　ruz

au^{1}　kau^{1}　ka:t^{7}　ku^{4}　ɹu^{2}

要　藤　葛　做　船

用葛藤箍船。

9–931

断　仪　牙　才　土

Duenx　saenq　yax　caih　dou

tu:n^{4}　θin^{5}　ja^{5}　ɕa:i^{6}　tu^{1}

断　信　也　随　我

断信在于我，

9–932

付　正　牙　才　备

Fouz　cingz　yax　caih　beix

fu^{2}　ɕiŋ^{2}　ja^{5}　ɕa:i^{6}　pi^{4}

无　情　也　随　兄

负情在于兄。

男唱

9–933

金　银　担　它　担

Gim　ngaenz　rap　daz　rap

kin^{1}　ŋan^{2}　ɹa:t^{8}　ta^{2}　ɹa:t^{8}

金　银　担　又　担

金银一担担，

9–934

要　勾　卡　古　船

Aeu　gaeu　gat　guh　ruz

au^{1}　kau^{1}　ka:t^{7}　ku^{6}　ɹu^{2}

要　藤　葛　做　船

用葛藤箍船。

9–935

土　可　拍　秀　土

Dou　goj　bongx　ciuh　dou

tu^{1}　ko^{5}　po:ŋ^{4}　ɕi:u^{6}　tu^{1}

我　也　拍　世　我

婚姻我自主，

9–936

忠　卢　厌　不　厌

Fangz　louz　nyienh　mbouj　nyienh

fa:ŋ^{2}　lu^{2}　ɳu:n^{6}　bou^{5}　ɳu:n^{6}

鬼　玩　愿　不　愿

问你愿不愿？

女唱

9–937

金	**银**	**好**	**多**	**样**
Gim	ngaenz	hau	doq	yiengh
kin^{1}	ŋan^{2}	ha:u^{1}	to^{5}	jɯ:ŋ^{6}
金	银	白	马蜂	样

金银亮闪闪，

9–938

特	**貝**	**抹**	**水**	**才**
Dawz	bae	uet	raemx	raiz
təɯ^{2}	pai^{1}	u:t^{7}	ɹan^{4}	ɹa:i^{2}
拿	去	抹	水	露

还让露水淋。

9–939

然	**卜**	**本**	**米**	**財**
Ranz	boh	bonj	miz	caiz
ɹa:n^{2}	po^{6}	po:n^{3}	mi^{2}	ɕa:i^{2}
家	父	本	有	财

父家本有财，

9–940

命	**少**	**乖**	**不**	**秀**
Mingh	sau	gvai	mbouj	souh
miŋ^{6}	θa:u^{1}	kwa:i^{1}	bou^{5}	θi:u^{6}
命	姑娘	乖	不	受

妹无福消受。

男唱

9–941

金	**银**	**好**	**多**	**样**
Gim	ngaenz	hau	doq	yiengh
kin^{1}	ŋan^{2}	ha:u^{1}	to^{5}	jɯ:ŋ^{6}
金	银	白	马蜂	样

金银亮闪闪，

9–942

特	**貝**	**抹**	**水**	**才**
Dawz	bae	uet	raemx	raiz
təɯ^{2}	pai^{1}	u:t^{7}	ɹan^{4}	ɹa:i^{2}
拿	去	抹	水	露

还让露水洗。

9–943

命	**土**	**尻**	**合**	**同**
Mingh	dou	nyienh	hob	doengz
miŋ^{6}	tu^{1}	ȵu:n^{6}	ho:p^{8}	toŋ^{2}
命	我	愿	合	同

我俩命相合，

9–944

欢	**偻**	**不**	**同**	**得**
Fwen	raeuz	mbouj	doengh	ndaej
vu:n^{1}	ɹau^{2}	bou^{5}	toŋ^{2}	dai^{3}
歌	我们	不	相	得

奈何没缘分。

女唱

9-945

命 土 斥 合 同

Mingh dou nyienh hob doengz

miŋ^{6} tu^{1} ȵuːn^{6} hoːp^{8} toŋ^{2}

命 我 愿 合 同

我俩命相合，

9-946

文 倭 不 同 得

Vunz raeuz mbouj doengh ndaej

vun^{2} ɹau^{2} bou^{5} toŋ^{2} dai^{3}

人 我们 不 相 得

却不能成亲。

9-947

斥 同 哈 了 岁

Nyienh doengh ha liux caez

ȵuːn^{6} toŋ^{2} ha^{1} liːu^{4} ɕai^{2}

愿 相 配 完 齐

我俩命全合，

9-948

不 同 得 了 论

Mbouj doengh ndaej liux lwnz

bou^{5} toŋ^{2} dai^{3} liːu^{4} lun^{2}

不 相 得 啰 情友

却不能成亲。

男唱

9-949

金 银 好 又 好

Gim ngaenz hau youh hau

kin^{1} ŋan^{2} haːu^{1} jou^{4} haːu^{1}

金 银 白 又 白

金银亮闪闪，

9-950

强 文 泡 作 纸

Giengz fwn bauq coq ceij

kiːŋ^{2} vun^{1} paːu^{5} ɕo^{5} ɕi^{3}

像 雨 泡 放 纸

像水泡白纸。

9-951

知 包 少 样 内

Rox mbauq sau yiengh neix

ɹo^{4} baːu^{5} θaːu^{1} jɯːŋ^{6} ni^{4}

知 小伙 姑娘 样 这

知如此结局，

9-952

空 同 满 古 而

Ndwi doengh muengh guh rawz

duːi^{1} toŋ^{2} muːŋ^{6} ku^{4} ɹaɯ^{2}

不 相 望 做 什么

不相互守望。

女唱

9–953

金	**银**	**好**	**又**	**好**
Gim	ngaenz	hau	youh	hau
kin^1	ŋan^2	haːu^1	jou^4	haːu^1
金	银	白	又	白

金银亮闪闪，

9–954

强	**文**	**泡**	**作**	**袋**
Giengz	fwn	bauq	coq	daeh
kiːŋ^2	vun^1	paːu^5	ɕo^5	tai^6
像	雨	泡	放	袋

如雨淋白布。

9–955

金	**银**	**好**	**刀**	**得**
Gim	ngaenz	hau	dauq	ndaej
kin^1	ŋan^2	haːu^1	taːu^5	dai^3
金	银	白	又	得

金银再宝贵，

9–956

不	**比**	**岁**	**双**	**偻**
Mbouj	beij	caez	song	raeuz
bou^5	pi^3	ɕai^2	θoːŋ^1	ɹau^2
不	比	齐	两	我们

难换我俩情。

男唱

9–957

金	**银**	**好**	**又**	**好**
Gim	ngaenz	hau	youh	hau
kin^1	ŋan^2	haːu^1	jou^4	haːu^1
金	银	白	又	白

金银亮闪闪，

9–958

强	**文**	**泡**	**豆**	**付**
Giengz	fwn	bauq	daeuh	fouh
kiːŋ^2	vun^1	paːu^5	tau^6	fu^6
像	雨	泡	豆	腐

像水淋豆腐。

9–959

能	**更**	**台**	**吃**	**饭**
Naengh	gwnz	daiz	gwn	souh
naŋ^6	kɯn^2	tai^2	kɯn^1	θou^6
坐	上	桌	吃	饭

围在桌边坐，

9–960

卩	**卩**	**是**	**满**	**美**
Boux	boux	cix	monh	maez
pu^4	pu^4	ɕi^4	moːn^6	mai^2
人	人	是	谈情	说爱

人人爱谈情。

女唱

9–961

金 银 好 又 好

Gim ngaenz hau youh hau

kin^{1} ŋan^{2} haːu^{1} jou^{4} haːu^{1}

金 银 白 又 白

金银亮闪闪，

9–962

强 文 泡 豆 付

Giengz fwn bauq daeuh fouh

kiːŋ^{2} vun^{1} paːu^{5} tau^{6} fu^{6}

像 雨 泡 豆 腐

像出水豆腐。

9–963

能 更 台 吃 饭

Naengh gwnz daiz gwn souh

naŋ^{6} kɯn^{2} tai^{2} kɯn^{1} θou^{6}

坐 上 桌 吃 饭

围桌共进餐，

9–964

强 阝 初 打 排

Giengz boux souh daj baiz

kiːŋ^{2} pu^{4} θu^{3} ta^{3} paːi^{2}

像 人 主 打 牌

像后生娱乐。

男唱

9–965

金 银 好 样 蛋

Gim ngaenz hau yiengh gyaeq

kin^{1} ŋan^{2} haːu^{1} jɯːŋ^{6} kjai^{5}

金 银 白 样 蛋

金银白闪闪，

9–966

那 农 美 样 支

Naj nuengx maeq yiengh sei

na^{3} nuːŋ^{4} mai^{5} jɯːŋ^{6} θi^{1}

脸 妹 粉红 样 丝

只脸红扑扑。

9–967

布 好 人 刀 米

Buh hau yinz dauq miz

pu^{6} haːu^{1} jin^{2} taːu^{5} mi^{2}

衣 白 人 倒 有

白衣人皆有，

9–968

友 千 金 难 有

Youx cien gim nanz youj

ju^{4} ɕiːn^{1} kin^{1} naːn^{2} jou^{3}

友 千 金 难 有

千金友难得。

女唱

9–969

金 银 好 样 蛋

Gim ngaenz hau yiengh gyaeq

kin^{1} ŋan^{2} ha:u^{1} jɯ:ŋ^{6} kjai^{5}

金 银 白 样 蛋

金银白闪闪，

9–970

那 农 美 样 支

Naj nuengx maeq yiengh sei

na^{6} nu:ŋ^{4} mai^{5} jɯ:ŋ^{6} θi^{1}

脸 妹 粉红 样 丝

妹脸红通通。

9–971

布 好 人 刀 米

Buh hau yinz dauq miz

pu^{4} ha:u^{1} ji:n^{2} ta:u^{5} mi^{2}

衣 白 人 倒 有

白衣人人有，

9–972

不 比 你 了 备

Mbouj beij mwngz liux beix

bou^{5} pi^{3} mɯŋ^{2} li:u^{4} pi^{4}

不 比 你 啰 兄

比不上仁兄。

男唱

9–973

金 银 好 样 蛋

Gim ngaenz hau yiengh gyaeq

kin^{1} ŋan^{2} ha:u^{1} jɯ:ŋ^{6} kjai^{5}

金 银 白 样 蛋

金银白闪闪，

9–974

那 农 美 样 中

Naj nuengx maeq yiengh coeng

na^{3} nu:ŋ^{4} mai^{5} jɯ:ŋ^{6} ɕoŋ^{1}

脸 妹 粉红 样 葱

妹娇嫩如葱。

9–975

貝 邦 达 口 龙

Bae bangx dah gaeuj lungz

pai^{1} pa:ŋ^{4} ta^{6} kau^{3} luŋ^{2}

去 旁 河 看 龙

河边观龙子，

9–976

装 身 不 哈 农

Cang ndang mbouj ha nuengx

ɕa:ŋ^{1} da:ŋ^{1} bou^{5} ha^{1} nu:ŋ^{4}

装 身 不 配 妹

装扮难配妹。

女唱

9–977

金	**银**	**好**	**样**	**蛋**
Gim	ngaenz	hau	yiengh	gyaeq
kin^{1}	ŋan^{2}	haːu^{1}	jɯːŋ^{6}	kjai^{5}
金	银	白	样	蛋

金银白闪闪，

9–978

那	**备**	**美**	**样**	**中**
Naj	beix	maeq	yiengh	coeng
na^{3}	pi^{4}	mai^{5}	jɯːŋ^{6}	ɕoŋ^{1}
脸	兄	粉红	样	葱

兄面色滋润。

9–979

貝	**邦**	**达**	**口**	**龙**
Bae	bangx	dah	gaeuj	lungz
pai^{1}	paːŋ^{4}	ta^{6}	kau^{3}	luŋ^{2}
去	旁	河	看	龙

河边观龙子，

9–980

装	**身**	**美**	**又**	**美**
Cang	ndang	maeq	youh	maeq
ɕaːŋ^{1}	daːŋ^{1}	mai^{5}	jou^{4}	mai^{5}
装	身	粉红	又	粉红

装扮面貌新。

男唱

9–981

勒	**龙**	**在**	**江**	**海**
Lwg	lungz	ywq	gyang	haij
lɯk^{8}	luŋ^{2}	jɯ^{5}	kjaːŋ^{1}	haːi^{3}
子	龙	在	中	海

龙子在海中，

9–982

不	**正**	**万**	**千**	**金**
Mbouj	cingq	fanh	cien	gim
bou^{5}	ɕiŋ^{5}	faːn^{6}	ɕiːn^{1}	kin^{1}
不	正	万	千	金

高贵千万金。

9–983

伕	**沙**	**庙**	**广**	**英**
Fwx	ra	miuh	gvangj	in
fə^{4}	ɹa^{5}	miːu^{6}	kwaːŋ^{3}	in^{1}
别人	找	庙	广	姻

别人寻姻缘，

9–984

不	**千**	**金**	**么**	**农**
Mbouj	cien	gim	maq	nuengx
bou^{5}	ɕiːn^{1}	kin^{1}	ma^{5}	nuːŋ^{4}
不	千	金	嘛	妹

价值千金否？

女唱

9–985

伕	**讲**	**金**	**跟**	**银**
Fwx	gangj	gim	riengz	ngaenz
$fə^4$	$ka:ŋ^3$	kin^1	$ɹi:ŋ^2$	$ŋan^2$
别人	**讲**	**金**	**跟**	**银**

别人讲金银，

9–986

偻	**讲**	**布**	**跟**	**化**
Raeuz	gangj	baengz	riengz	vaq
$ɹau^2$	$ka:ŋ^3$	$paŋ^2$	$ɹi:ŋ^2$	va^5
我们	**讲**	**布**	**跟**	**裤**

我们讲衣着。

9–987

特	**貝**	**堂**	**邦**	**达**
Dawz	bae	daengz	bangx	dah
$təɯ^2$	pai^1	$taŋ^2$	$pa:ŋ^4$	ta^6
拿	**去**	**到**	**旁**	**河**

拿到河边去，

9–988

才	**天**	**牙**	**反**	**平**
Caih	denh	ya	fan	bingz
$ça:i^6$	$ti:n^1$	ja^6	$fa:n^1$	$piŋ^2$
随	**天**	**下**	**翻**	**平**

由天来判定。

男唱

9–989

才	**天**	**牙**	**反**	**平**
Caih	denh	ya	fan	bingz
$ça:i^6$	$ti:n^1$	ja^6	$fa:n^1$	$piŋ^2$
随	**天**	**下**	**翻**	**平**

由天来判定，

9–990

才	**金**	**良**	**反**	**夫**
Caih	gim	lingh	fan	foek
$ça:i^6$	kin^1	$le:ŋ^6$	$fa:n^1$	fu^5
随	**金**	**另**	**翻**	**覆**

任吾友变心。

9–991

名	**堂**	**开**	**正**	**作**
Mingz	dangz	gai	cingz	coq
$miŋ^2$	$ta:ŋ^2$	$ka:i^1$	$çiŋ^2$	$ço^5$
名	**堂**	**卖**	**情**	**放**

说凭彩礼娶，

9–992

命	**狼**	**付**	**是**	**却**
Mingh	langh	fouq	cix	gyo
$miŋ^6$	$la:ŋ^6$	fu^6	$çi^4$	kjo^1
命	**若**	**富**	**就**	**幸亏**

终究由命定。

女唱

9-993

才	**天**	**牙**	**反**	**平**
Caih	denh	ya	fan	bingz
çaːi^{6}	tiːn^{1}	ja^{6}	faːn^{1}	piŋ^{2}
随	天	下	翻	平

任由天做主，

9-994

才	**金**	**良**	**反**	**团**
Caih	gim	lingh	fan	donh
çaːi^{6}	kin^{1}	leːŋ^{6}	faːn^{1}	toːn^{6}
随	金	另	翻	半

任由你反复。

9-995

牙	**要**	**声**	**对**	**伴**
Yax	aeu	sing	doiq	buenx
ja^{5}	au^{1}	θiŋ^{1}	toːi^{5}	puːn^{4}
才	要	声	对	伴

想说悄悄话，

9-996

貝	**更**	**相**	**小**	**美**
Bae	gwnz	ciengz	siu	maez
pai^{1}	kɯn^{2}	çiːŋ^{2}	θiːu^{1}	mai^{2}
去	上	墙	消	说爱

到屋外幽会。

男唱

9-997

伕	**讲**	**金**	**跟**	**银**
Fwx	gangj	gim	riengz	ngaenz
fə^{4}	kaːŋ^{3}	kin^{1}	ɹiːŋ^{2}	ŋan^{2}
别人	讲	金	跟	银

别人讲金银，

9-998

偻	**讲**	**安**	**正**	**义**
Raeuz	gangj	aen	cingz	ngeih
ɹau^{2}	kaːŋ^{3}	an^{1}	çiŋ^{2}	ȵi^{6}
我们	讲	个	情	义

我们讲情义。

9-999

土	**心**	**火**	**样**	**内**
Dou	sin	hoj	yiengh	neix
tu^{1}	θin^{1}	ho^{3}	jɯːŋ^{6}	ni^{4}
我	辛	苦	样	这

我如此贫穷，

9-1000

当	**得**	**农**	**知**	**空**
Daengh	ndaej	nuengx	rox	ndwi
taŋ^{6}	dai^{3}	nuːŋ^{4}	ɹo^{4}	duːi^{1}
配	得	妹	或	不

配得上妹否？

女唱

9-1001

伕	**讲**	**金**	**跟**	**银**
Fwx	gangj	gim	riengz	ngaenz
fə^{4}	kaːŋ^{3}	kin^{1}	riːŋ^{2}	ŋan^{2}
别人	**讲**	**金**	**跟**	**银**

别人讲金钱，

9-1002

偻	**讲**	**安**	**花**	**罗**
Raeuz	gangj	aen	va	loh
ɹau^{2}	kaːŋ^{3}	an^{1}	va^{1}	lo^{6}
我们	**讲**	**个**	**花**	**路**

我们讲缘分。

9-1003

尝	**得**	**论**	**头**	**果**
Caengz	ndaej	lwnh	gyaeuj	goj
ɕaŋ^{2}	dai^{3}	lun^{6}	kjau^{3}	ko^{3}
未	**得**	**告诉**	**头**	**故事**

未从头讲起，

9-1004

农	**利**	**火**	**外**	**你**
Nuengx	lij	hoj	vaij	mwngz
nuːŋ^{4}	li^{4}	ho^{3}	vaːi^{3}	mɯŋ^{2}
妹	**还**	**苦**	**过**	**你**

妹比你还穷。

男唱

9-1005

伕	**讲**	**金**	**跟**	**银**
Fwx	gangj	gim	riengz	ngaenz
fə^{4}	kaːŋ^{3}	kin^{1}	riːŋ^{2}	ŋan^{2}
别人	**讲**	**金**	**跟**	**银**

别人讲金钱，

9-1006

偻	**讲**	**安**	**花**	**罗**
Raeuz	gangj	aen	va	loh
ɹau^{2}	kaːŋ^{3}	an^{1}	va^{1}	lo^{6}
我们	**讲**	**个**	**花**	**路**

我们讲缘分。

9-1007

金	**银**	**刀**	**小**	**可**
Gim	ngaenz	dauq	siuj	goj
kin^{1}	ŋan^{2}	taːu^{5}	θiːu^{3}	ko^{3}
金	**银**	**倒**	**小**	**事**

金银是小事，

9-1008

秀	**花**	**罗**	**好**	**美**
Ciuh	va	loh	ndei	maez
ɕiːu^{6}	va^{1}	lo^{6}	dei^{1}	mai^{2}
世	**花**	**路**	**好**	**欢乐**

缘分更珍贵。

女唱

9-1009

伕　讲　金　跟　银

Fwx gangj gim riengz ngaenz

fə^{4} ka:ŋ^{3} kin^{1} ɹi:ŋ^{2} ŋan^{2}

别人　讲　金　跟　银

别人讲金钱，

9-1010

偻　讲　安　正　义

Raeuz gangj aen cingz ngeih

ɹau^{2} ka:ŋ^{3} an^{1} çiŋ^{2} ȵi^{6}

我们　讲　个　情　义

我们讲情义。

9-1011

金　银　刀　荣　玉

Gim ngaenz dauq yungz yi

kin^{1} ŋan^{2} ta:u^{5} juŋ^{2} ji^{4}

金　银　倒　容　易

金银容易得，

9-1012

秀　备　农　难　办

Ciuh beix nuengx nanz baenz

çi:u^{6} pi^{4} nu:ŋ^{4} na:n^{2} pan^{2}

世　兄　妹　难　成

兄妹情难得。

男唱

9-1013

伕　讲　金　跟　银

Fwx gangj gim riengz ngaenz

fə^{4} ka:ŋ^{3} kin^{1} ɹi:ŋ^{2} ŋan^{2}

别人　讲　金　跟　银

别人讲金钱，

9-1014

偻　讲　安　正　义

Raeuz gangj aen cingz ngeih

ɹau^{2} ka:ŋ^{3} an^{1} çiŋ^{2} ȵi^{6}

我们　讲　个　情　义

我们讲情义。

9-1015

金　银　刀　荣　玉

Gim ngaenz dauq yungz yi

kin^{1} ŋan^{2} ta:u^{5} juŋ^{2} ji^{4}

金　银　倒　容　易

金银容易得，

9-1016

正　义　偻　重　来

Cingz ngeih raeuz naek lai

çiŋ^{2} ȵi^{6} ɹau^{2} nak^{7} la:i^{1}

情　义　我们　重　多

我俩情意重。

女唱

9–1017

千	金	完	千	金
Cien	gim	vuenh	cien	gim
çiːn^{1}	kin^{1}	vuːn^{6}	ciːn^{1}	kin^{1}
千	金	换	千	金

同样是千金，

9–1018

八	貝	领	阝	岁
Bah	bae	lingx	boux	saeq
pa^{6}	pai^{1}	liŋ^{4}	pu^{4}	θai^{1}
莫急	去	领	个	小

莫应诺别人。

9–1019

好	文	十	八	年
Ndij	vunz	cib	bet	nienz
di^{1}	vun^{2}	çit^{8}	peːt^{7}	niːn^{2}
与	人	十	八	年

跟人十八年，

9–1020

命	中	不	得	你
Mingh	cungq	mbouj	ndaej	mwngz
miŋ^{6}	çoŋ^{5}	bou^{5}	dai^{3}	muɯŋ^{2}
命	中	不	得	你

注定无缘分。

男唱

9–1021

千	金	完	千	金
Cien	gim	vuenh	cien	gim
çiːn^{1}	kin^{1}	vuːn^{6}	çiːn^{1}	kin^{1}
千	金	换	千	金

同样是千金，

9–1022

八	貝	领	妻	伕
Bah	bae	lingx	maex	fwx
pa^{6}	pai^{1}	liŋ^{4}	mai^{4}	fə^{4}
莫急	去	领	妻	别人

莫娶别人妻。

9–1023

包	少	金	银	買
Mbauq	sau	gim	ngaenz	cawx
baːu^{5}	θaːu^{1}	kin^{1}	ŋan^{2}	çəɯ^{4}
小伙	姑娘	金	银	买

兄妹情义重，

9–1024

得	勒	不	得	要
Ndaej	lawh	mbouj	ndaej	aeu
dai^{3}	ləɯ^{6}	bou^{5}	dai^{3}	au^{1}
得	换	不	得	要

相交难成亲。

女唱

9–1025

千 金 完 千 金

Cien gim vuenh cien gim

çiːn^{1} kin^{1} vuːn^{6} çiːn^{1} kin^{1}

千 金 换 千 金

同样是千金，

9–1026

老 土 轮 不 得

Lau dou lwnz mbouj ndaej

laːu^{1} tu^{1} lun^{2} bou^{5} dai^{3}

怕 我 轮 不 得

怕轮不到我。

9–1027

但 方 卢 邦 累

Danh fueng louz biengz laeq

taːn^{6} fuːŋ^{1} lu^{2} piːŋ^{2} lai^{5}

但 风 流 地方 看

四处去游走，

9–1028

才 备 得 阝 而

Caih beix ndaej boux lawz

çaːi^{6} pi^{4} dai^{3} pu^{4} laɯ^{2}

随 兄 得 个 哪

兄爱谁娶谁。

男唱

9–1029

千 金 完 千 金

Cien gim vuenh cien gim

çiːn^{1} kin^{1} vuːn^{6} çiːn^{1} kin^{1}

千 金 换 千 金

同样是千金，

9–1030

八 貝 论 付 母

Bah bae lwnz fuj muj

pa^{6} pai^{1} lun^{2} fu^{4} mu^{4}

莫急 去 告诉 父 母

别急告父母。

9–1031

千 金 马 配 初

Cien gin ma boiq couj

çiːn^{1} kin^{1} ma^{1} poːi^{5} çou^{3}

千 金 来 配 丑

重金配丑友，

9–1032

勒 友 不 米 正

Lawh youx mbouj miz cingz

ləɯ^{6} ju^{4} bou^{5} mi^{2} çiŋ^{2}

换 友 不 友 情

结交也无情。

女唱

9-1033

千	**金**	**完**	**千**	**金**
Cien	gim	vuenh	cien	gim
ɕi:n^{1}	kin^{1}	vu:n^{6}	ɕi:n^{1}	kin^{1}
千	金	换	千	金

花千金交友，

9-1034

八	**贝**	**论**	**付**	**母**
Bah	bae	lwnz	fuj	muj
pa^{6}	pai^{1}	lun^{2}	fu^{4}	mu^{4}
莫急	去	告诉	父	母

别告诉父母。

9-1035

千	**金**	**马**	**配**	**初**
Cien	gim	ma	boiq	couj
ɕi:n^{1}	kin^{1}	ma^{1}	po:i^{5}	ɕou^{3}
千	金	来	配	丑

千金配丑友，

9-1036

勒	**友**	**火**	**心**	**凉**
Lawh	youx	hoj	sim	liengz
ləɯ^{6}	ju^{4}	ho^{3}	θin^{1}	li:ŋ^{2}
换	友	苦	心	凉

交友讨心寒。

男唱

9-1037

千	**金**	**完**	**千**	**金**
Cien	gim	vuenh	cien	gim
ɕi:n^{1}	kin^{1}	vu:n^{6}	ɕi:n^{1}	kin^{1}
千	金	换	千	金

千金交好友，

9-1038

八	**贝**	**论**	**垌**	**光**
Bah	bae	lwnh	doengh	gvangq
pa^{6}	pai^{1}	lun^{6}	toŋ^{6}	kwa:ŋ^{5}
莫急	去	告诉	垌	宽

劝君莫张扬。

9-1039

千	**金**	**变**	**办**	**南**
Cien	gim	bienq	baenz	namh
ɕi:n^{1}	kin^{1}	pi:n^{5}	pan^{2}	na:n^{6}
千	金	变	成	土

千金变泥土，

9-1040

八	**沙**	**秀**	**方**	**卢**
Bah	ra	ciuh	fueng	louz
pa^{6}	ɹa^{1}	ɕi:u^{6}	fu:ŋ^{1}	lu^{2}
莫急	找	世	风	流

莫急找风流。

女唱

9-1041

要	**银**	**子**	**马**	**打**
Aeu	yinz	swj	ma	daj
au^{1}	jin^{2}	θɯ^{3}	ma^{1}	ta^{3}
要	银	子	来	打

用银子来铸，

9-1042

要	**龙**	**火**	**马**	**加**
Aeu	lungz	feiz	ma	caj
au^{1}	luːŋ^{2}	fi^{2}	ma^{1}	kja^{3}
要	铜	火	来	等

用铜饰来等。

9-1043

些	**内**	**贵**	**土**	**华**
Seiq	neix	gwiz	dou	hah
θe^{5}	ni^{4}	kɯi^{2}	tu^{1}	ha^{6}
世	这	丈夫	我	占

今生我夫管，

9-1044

代	**貝**	**那**	**洋**	**要**
Dai	bae	naj	yaeng	aeu
taːi^{1}	pai^{1}	na^{3}	jaŋ^{1}	au^{1}
死	去	前	再	娶

下辈子再说。

男唱

9-1045

些	**内**	**空**	**得**	**要**
Seiq	neix	ndwi	ndaej	aeu
θe^{5}	ni^{4}	duːi^{1}	dai^{3}	au^{1}
世	这	不	得	娶

今生娶不成，

9-1046

些	**浪**	**牙**	**不**	**认**
Seiq	laeng	yax	mbouj	nyinh
θe^{5}	laŋ^{1}	ja^{5}	bou^{5}	ȵin^{6}
世	后	也	不	记得

来世记不起。

9-1047

代	**貝**	**那**	**完**	**仪**
Dai	bae	naj	vuenh	saenq
taːi^{1}	pai^{1}	na^{3}	vuːn^{6}	θin^{5}
死	去	前	换	信

下辈子结交，

9-1048

牙	**不**	**认**	**同**	**要**
Yax	mbouj	nyinh	doengh	aeu
ja^{5}	bou^{5}	ȵin^{6}	toŋ^{2}	au^{1}
也	不	记得	相	娶

也不会成亲。

女唱

9-1049

代	**贝**	**那**	**完**	**仪**
Dai	bae	naj	vuenh	saenq
taːi^{1}	pai^{1}	na^{3}	vuːn^{6}	θin^{5}
死	去	前	换	信

下辈子再恋，

9-1050

牙	**不**	**认**	**堂**	**偻**
Yax	mbouj	nyinh	daengz	raeuz
ja^{5}	bou^{5}	ȵin^{6}	taŋ^{2}	ɹau^{2}
也	不	记得	到	我们

谁人忆我们。

9-1051

代	**贝**	**那**	**同**	**要**
Dai	bae	naj	doengh	aeu
taːi^{1}	pai^{1}	na^{3}	toŋ^{2}	au^{1}
死	去	前	相	娶

下辈子再娶，

9-1052

不	**比**	**偻**	**时**	**内**
Mbouj	beij	raeuz	seiz	neix
bou^{5}	pi^{3}	ɹau^{2}	θi^{2}	ni^{4}
不	比	我们	时	这

不如现在娶。

男唱

9-1053

银	**子**	**不**	**银**	**安**
Yinz	swj	bu	yinz	an
jin^{2}	θɯ^{3}	pu^{5}	jin^{2}	aːn^{1}
银	子	不	银	安

首饰不放盒，

9-1054

安	**可**	**在**	**更**	**堂**
An	goj	ywq	gwnz	dangz
aːn^{1}	ko^{5}	jɯ^{5}	kɯn^{2}	taːŋ^{2}
安	也	在	上	堂

随意搁案上。

9-1055

你	**农**	**空**	**装**	**身**
Mwngz	nuengx	ndwi	cang	ndang
mɯŋ^{2}	nuːŋ^{4}	duːi^{1}	ɕaːŋ^{1}	daːŋ^{1}
你	妹	不	装	身

妹不爱打扮，

9-1056

明	**代**	**忠**	**不**	**领**
Cog	dai	fangz	mbouj	lingx
ɕoːk^{8}	taːi^{1}	faŋ^{2}	bou^{5}	liŋ^{4}
将来	死	鬼	不	领

死去鬼不要。

女唱

9-1057

平 乜 女 卜 才

Bingz meh mbwk boh sai

piŋ^{2} me^{6} bɯk^{7} po^{6} θa:i^{1}

凭 女 人 男 人

任女人男人，

9-1058

丢 罗 代 不 瓜

Deuz loh dai mbouj gvaq

ti:u^{2} lo^{6} ta:i^{1} bou^{5} kwa^{5}

逃 路 死 不 过

死路逃不脱。

9-1059

忠 不 领 是 八

Fangz mbouj lingx cix bah

faŋ^{2} bou^{5} liŋ^{4} çi^{4} pa^{6}

鬼 不 领 就 罢

鬼不认更好，

9-1060

在 阝 万 千 年

Ywq boux fanh cien nienz

jɯ^{5} pu^{4} fa:n^{6} çi:n^{1} ni:n^{2}

住 人 万 千 年

快活千万年。

男唱

9-1061

银 子 是 我 合

Yinz swj cix ngoj hox

jin^{2} θɯ^{3} çi^{4} ŋo^{3} ho^{4}

银 子 是 我 焊

首饰我铸造，

9-1062

不 办 备 家 財

Mbouj baenz beix gya caiz

bou^{5} pai^{2} pi^{4} kja^{1} ça:i^{2}

不 成 兄 家 财

不是兄家财。

9-1063

银 子 玩 更 台

Yinz swj vanq gwnz daiz

jin^{2} θɯ^{3} va:n^{6} kɯn^{2} ta:i^{2}

银 子 撒 上 桌

首饰撒桌上，

9-1064

办 財 少 知 不

Baenz caiz sau rox mbouj

pan^{2} ça:i^{2} θa:u^{1} ɹo^{4} bou^{5}

成 财 姑娘 或 不

成妹私财否？

女唱

9-1065

银	**子**	**是**	**我**	**配**
Yinz	swj	cix	ngoj	boiq
jin^{2}	θɯ^{3}	ɕi^{4}	ŋo^{3}	poːi^{5}
银	子	是	我	配

首饰我也有，

9-1066

牙	**完**	**田**	**勒**	**龙**
Yaek	vuenh	denz	lwg	lungz
jak^{7}	vuːn^{6}	teːn^{2}	lɯk^{8}	luŋ^{2}
要	换	地	子	龙

想去换龙子。

9-1067

饿	**冬**	**中**	**相**	**公**
Ngox	doeng	cungq	siengq	goeng
ŋo^{4}	toŋ^{1}	ɕoŋ^{5}	θiːŋ^{5}	koŋ^{1}
饿	冻	中	相	公

穷考中大官，

9-1068

牙	**玩**	**正**	**你**	**农**
Yax	vanz	cingz	mwngz	nuengx
ja^{5}	vaːn^{2}	ɕiŋ^{2}	mɯŋ^{2}	nuːŋ^{4}
才	还	情	你	妹

应还妹恩情。

男唱

9-1069

银	**子**	**飞**	**牙**	**飞**
Yinz	swj	feih	yah	feih
jin^{2}	θɯ^{3}	fei^{5}	ja^{6}	fei^{5}
银	子	飞	呀	飞

首饰飞呀飞，

9-1070

打	**金**	**贵**	**貝**	**存**
Daj	gim	gvih	bae	comz
ta^{3}	kin^{1}	kwei^{6}	pai^{1}	ɕoːn^{2}
打	金	柜	去	集

用金柜收集。

9-1071

飞	**路**	**后**	**邦**	**文**
Feih	lu	haeuj	biengz	vunz
fei^{5}	lu^{4}	hau^{3}	piːŋ^{2}	vun^{2}
飞	路	进	地方	人

飞到他乡去，

9-1072

论	**土**	**说**	**可**	**认**
Lwnh	dou	naeuz	goj	nyinh
lun^{6}	tu^{1}	nau^{2}	ko^{5}	ȵin^{6}
告诉	我	说	也	记得

竟说不清楚。

女唱

9–1073

银	**子**	**飞**	**牙**	**飞**
Yinz	swj	feih	yah	feih
jin^{2}	θɯ^{3}	fei^{5}	ja^{6}	fei^{5}
银	子	飞	呀	飞

首饰飞呀飞，

9–1074

打	**金**	**贵**	**貝**	**存**
Daj	gim	gvih	bae	comz
ta^{3}	kin^{1}	kwei^{6}	pai^{1}	ɕoːn^{2}
打	金	柜	去	集

金柜去收拾。

9–1075

飞	**路**	**后**	**邦**	**文**
Feih	lu	haeuj	biengz	vunz
fei^{5}	lu^{4}	hau^{3}	piːŋ^{2}	vun^{2}
飞	路	进	地方	人

飞错入他乡，

9–1076

装	**身**	**办**	**龙**	**女**
Cang	ndang	baenz	lungz	nawx
ɕaːŋ^{1}	daːŋ^{1}	pan^{2}	luŋ^{2}	nɯ^{4}
装	身	成	龙	女

乔装成龙女。

男唱

9–1077

银	**子**	**不**	**对**	**同**
Yinz	swj	mbouj	doiq	doengz
jin^{2}	θɯ^{3}	bou^{5}	toi^{5}	toŋ^{2}
银	子	不	对	同

首饰不配对，

9–1078

银	**龙**	**不**	**对**	**务**
Ngaenz	lungz	mbouj	doiq	huj
ŋan^{2}	luŋ^{2}	bou^{5}	toi^{5}	hu^{3}
银	龙	不	对	云

银龙不成双。

9–1079

名	**堂**	**开**	**正**	**初**
Mingz	dangz	hai	cingz	bywq
miŋ^{2}	taːŋ^{2}	haːi^{1}	ɕiŋ^{2}	pjou^{5}
名	堂	开	情	空

说用彩礼娶，

9–1080

知	**命**	**付**	**知**	**空**
Rox	mingh	fouq	rox	ndwi
ɹo^{4}	miŋ^{6}	fu^{6}	ɹo^{4}	duːi^{1}
知	命	富	或	不

命能消受否？

女唱

9–1081

银	**子**	**不**	**对**	**同**
Yinz	swj	mbouj	doiq	doengz
jin^2	θɯ^3	bou^5	toi^5	toŋ^2
银	子	不	对	同

首饰不配对，

9–1082

银	**龙**	**不**	**对**	**务**
Ngaenz	lungz	mbouj	doiq	huj
ŋan^2	luŋ^2	bou^5	to:i^5	hu^3
银	龙	不	对	云

银龙不成双。

9–1083

命	**好**	**是**	**一**	**路**
Mingh	ndei	cix	it	lu
miŋ^6	dei^1	ɕi^4	it^7	lu^4
命	好	就	一	路

命好就成家，

9–1084

命	**付**	**是**	**同**	**跟**
Mingh	fouz	cix	doengh	riengz
miŋ^6	fu^2	ɕi^4	toŋ^2	ɹi:ŋ^2
命	浮	就	相	跟

命差就交友。

男唱

9–1085

银	**子**	**不**	**对**	**同**
Yinz	swj	mbouj	doiq	doengz
jin^2	θɯ^3	bou^5	to:i^5	toŋ^2
银	子	不	对	同

首饰不配对，

9–1086

银	**龙**	**不**	**对**	**堂**
Ngaenz	lungz	mbouj	doiq	dangz
ŋan^2	luŋ^2	bou^5	to:i^5	ta:ŋ^2
银	龙	不	对	堂

银龙不成双。

9–1087

送	**你**	**貝**	**邦**	**光**
Soengq	mwngz	bae	biengz	gvangq
θoŋ^5	mɯŋ^2	pai^1	pi:ŋ^2	kwa:ŋ^5
送	你	去	地方	宽

送你去远方，

9–1088

好	**阝**	**兰**	**交**	**心**
Ndij	boux	lanh	gyau	sim
di^1	pu^4	la:n^6	kja:u^1	θin^1
与	人	大方	交	心

结交新朋友。

女唱

9-1089

板	**米**	**能**	**的**	**光**
Mbanj	miz	nyaenx	diq	gvangq
ba:n^{3}	mi^{2}	ȵan^{4}	ti^{5}	kwa:ŋ^{5}
村	**有**	**那么**	**的**	**宽**

村子那么大，

9-1090

刀	**狼**	**农**	**貝**	**辰**
Dauq	langh	nuengx	bae	finz
ta:u^{5}	la:ŋ^{6}	nu:ŋ^{4}	pai^{1}	fin^{2}
倒	**放**	**妹**	**去**	**出走**

却让妹出走。

9-1091

板	**米**	**能**	**包**	**论**
Mbanj	miz	nyaenx	mbauq	lwnz
ba:n^{3}	mi^{2}	ȵan^{4}	ba:u^{5}	lun^{2}
村	**有**	**那么**	**俊**	**情友**

村中多才俊，

9-1092

刀	**中**	**少**	**貝**	**伕**
Dauq	cuengq	sau	bae	fwx
ta:u^{5}	ɕu:ŋ^{5}	θa:u^{1}	pai^{1}	fə^{4}
倒	**放**	**姑娘**	**去**	**别人**

让妹走他乡。

男唱

9-1093

空	**米**	**阝**	**对**	**堂**
Ndwi	miz	boux	doiq	dangz
du:i^{1}	mi^{2}	pu^{4}	to:i^{5}	ta:ŋ^{2}
不	**有**	**人**	**对**	**堂**

无人配得上，

9-1094

狼	**农**	**貝**	**造**	**家**
Langh	nuengx	bae	caux	gya
la:ŋ^{6}	nu:ŋ^{4}	pai^{1}	ɕa:u^{4}	kja^{1}
放	**妹**	**去**	**造**	**家**

让妹择良婿。

9-1095

空	**米**	**阝**	**同**	**哈**
Ndwi	miz	boux	doengh	ha
du:i^{1}	mi^{2}	pu^{4}	toŋ^{2}	ha^{1}
不	**有**	**人**	**相**	**配**

无人比得上，

9-1096

中	**少**	**貝**	**造**	**秀**
Cuengq	sau	bae	caux	ciuh
ɕu:ŋ^{5}	θa:u^{1}	pai^{1}	ɕa:u^{4}	ɕi:u^{6}
放	**姑娘**	**去**	**造**	**世**

任妹去结婚。

女唱

9–1097

中	**土**	**貝**	**邦**	**光**
Cuengq	dou	bae	biengz	gvangq
çu:ŋ^{5}	tu^{1}	pai^{1}	pi:ŋ^{2}	kwa:ŋ^{5}
放	我	去	地方	宽

我去大地方，

9–1098

可	**来**	**满**	**来**	**美**
Goj	lai	muenh	lai	maez
ko^{5}	la:i^{1}	mu:n^{6}	la:i^{1}	mai^{2}
也	多	欢乐	多	欢乐

会更加欢乐。

9–1099

备	**狼**	**农**	**是**	**貝**
Beix	langh	nuengx	cix	bae
pi^{4}	la:ŋ^{6}	nu:ŋ^{4}	çi^{4}	pai^{1}
兄	放	妹	就	去

兄放妹就走，

9–1100

元	**远**	**可**	**来**	**满**
Roen	gyae	goj	lai	muenh
jo:n^{1}	kjai^{1}	ko^{5}	lai^{1}	mu:n^{6}
路	远	也	多	欢乐

远方更欢乐。

男唱

9–1101

狼	**农**	**貝**	**邦**	**佚**
Langh	nuengx	bae	biengz	fwx
la:ŋ^{6}	nu:ŋ^{4}	pai^{1}	pi:ŋ^{2}	fə^{4}
放	妹	去	地方	别人

让妹走他乡，

9–1102

备	**自**	**干**	**自**	**吃**
Beix	gag	ganq	gag	gwn
pi^{4}	ka:k^{8}	ka:n^{5}	ka:k^{8}	kɯn^{1}
兄	自	照料	自	吃

兄孤身过活。

9–1103

狼	**农**	**后**	**邦**	**文**
Langh	nuengx	haeuj	biengz	vunz
la:ŋ^{6}	nu:ŋ^{4}	hau^{3}	pi:ŋ^{2}	vun^{2}
放	妹	进	地方	人

让妹去他乡，

9–1104

龙	**办**	**钱**	**要**	**妻**
Lungz	banh	cienz	aeu	maex
luŋ^{2}	pa:n^{6}	çi:n^{2}	au^{1}	mai^{4}
龙	办	钱	娶	妻

兄筹钱娶妻。

女唱

9–1105

银　子　是　八　角

Yinz swj cix baz gox

jin^{2} θɯ^{3} ɕi^{4} pa^{2} ko^{4}

银　子　是　八　角

首饰八角形，

9–1106

命　土　合　命　你

Mingh dou hob mingh mwngz

mi:ŋ^{6} tu^{1} ho:p^{8} mi:ŋ^{6} mɯŋ^{2}

命　我　合　命　你

我俩命相合。

9–1107

应　当　合　广　英

Wng dang hob gvangj in

iŋ^{1} ta:ŋ^{1} ho:p^{8} kwa:ŋ^{3} in^{1}

应　当　合　广　姻

想必合姻缘，

9–1108

不　古　而　同　沙

Mbouj guh lawz doengh ra

bou^{5} ku^{4} laɯ^{2} toŋ^{2} ɹa^{1}

不　做　哪　相　找

为何不结缘？

男唱

9–1109

银　子　是　八　林

Yinz swj cix baz limq

jin^{2} θɯ^{3} ɕi^{4} pa^{2} lim^{5}

银　子　是　八　棱

首饰呈八棱，

9–1110

定　不　得　心　你

Dingh mbouj ndaej sim mwngz

tiŋ^{6} bou^{5} dai^{3} θin^{1} mɯŋ^{2}

定　不　得　心　你

你心难揣测。

9–1111

秋　样　务　更　本

Ciuq yiengh huj gwnz mbwn

ɕiu^{5} jɯ:ŋ^{6} hu^{3} kɯn^{2} bɯn^{1}

看　样　云　上　天

如同天上云，

9–1112

少　米　文　伴　罗

Sau miz vunz buenx loh

θa:u^{1} mi^{2} vun^{2} pu:n^{4} lo^{6}

姑娘　有　人　伴　路

妹有伴同行。

女唱

9-1113

银 子 元 它 元

Yinz swj yenz daz yenz

jin^{2} θɯ^{3} jeːn^{2} ta^{2} jen^{2}

银 子 元 又 元

首饰一枚枚，

9-1114

同 年 正 不 正

Doengz nienz cingz bu cingz

toŋ^{2} niːn^{2} ɕiŋ^{2} pu^{5} ɕiŋ^{2}

同 年 情 不 情

情友无礼品。

9-1115

记 在 卜 条 命

Geiq ywq boux diuz mingh

ki^{5} jɯ^{5} pu^{4} tiːu^{2} miŋ^{6}

记 在 人 条 命

记在八字上，

9-1116

本 可 定 双 僂

Mbwn goj dingh song raeuz

bɯn^{1} ko^{5} tiŋ^{6} θoːŋ^{1} ɹau^{2}

天 也 定 两 我们

天撮合我俩。

男唱

9-1117

银 子 元 它 元

Yinz swj yenz daz yenz

jin^{2} θɯ^{3} jeːn^{2} ta^{2} jeːn^{2}

银 子 元 又 元

首饰一枚枚，

9-1118

同 年 正 不 正

Doengz nienz cingz bu cingz

toŋ^{2} niːn^{2} ɕiŋ^{2} pu^{5} ɕiŋ^{2}

同 年 情 不 情

情友无礼品。

9-1119

文 昌 可 利 仪

Vwnz cangh goj lij saenq

vɯn^{6} ɕaːŋ^{5} ko^{5} li^{4} θin^{5}

文 章 也 还 信

有文字可循，

9-1120

定 貝 那 要 你

Dingh bae naj aeu mwngz

tiŋ^{6} pai^{1} na^{3} au^{1} mɯŋ^{2}

定 去 前 娶 你

定将来娶你。

女唱

9-1121

要	**银**	**子**	**马**	**提**
Aeu	yinz	swj	ma	diz
au^{1}	jin^{2}	θɯ^{3}	ma^{1}	ti^{2}
要	**银**	**子**	**来**	**锻造**

用首饰打造，

9-1122

浪	**可**	**办**	**长**	**元**
Laeng	goj	baenz	cangh	yenz
laŋ^{1}	ko^{5}	pan^{2}	ɕaːŋ^{5}	jeːn^{2}
后	**也**	**成**	**状**	**元**

子孙中状元。

9-1123

米	**话**	**说**	**九**	**观**
Miz	vah	naeuz	gou	gonq
mi^{2}	va^{6}	nau^{2}	kou^{1}	koːn^{5}
有	**话**	**说**	**我**	**先**

好事先告知，

9-1124

明	**可**	**欢**	**邦**	**你**
Cog	goj	ndwek	biengz	mwngz
ɕoːk^{8}	ko^{5}	dɯːk^{7}	piːŋ^{2}	mɯŋ^{2}
将来	**也**	**热闹**	**地方**	**你**

期待兄佳讯。

男唱

9-1125

要	**银**	**子**	**马**	**提**
Aeu	yinz	swj	ma	diz
au^{1}	jin^{2}	θɯ^{3}	ma^{1}	ti^{2}
要	**银**	**子**	**来**	**锻造**

用首饰打造，

9-1126

浪	**可**	**办**	**九**	**玉**①
Laeng	goj	baenz	gouj	yi
laŋ^{1}	ko^{5}	pan^{2}	kjou^{3}	ji^{6}
后	**也**	**成**	**九**	**爷**

子孙得当官。

9-1127

米	**话**	**想**	**说**	**你**
Miz	vah	siengj	naeuz	mwngz
mi^{2}	va^{6}	θiːŋ^{3}	nau^{2}	mɯŋ^{2}
有	**话**	**想**	**说**	**你**

想同你说事，

9-1128

老	**农**	**楼**	**给**	**文**
Lau	nuengx	laeuh	hawj	vunz
laːu^{1}	nuːŋ^{4}	lau^{6}	həɯ^{3}	vun^{2}
怕	**妹**	**漏**	**给**	**人**

怕妹说漏嘴。

①九玉[kjou^{3} ji^{6}]：九爷。县官和土官都称为爷，"九"表示官职很高。

女唱

9-1129

要	**银**	**子**	**马**	**提**
Aeu	yinz	swj	ma	diz
au¹	jin²	θɯ³	ma¹	ti²
要	**银**	**子**	**来**	**锻造**

用首饰打造，

9-1130

浪	**可**	**办**	**则**	**学**
Laeng	goj	baenz	cwz	yoz
laŋ¹	go⁵	pan²	ɕɯ⁶	jo⁶
后	**也**	**成**	**督**	**学**

子孙有官当。

9-1131

米	**话**	**不**	**说**	**九**
Miz	vah	mbouj	naeuz	gou
mi²	va⁶	bou⁵	nau²	kou¹
有	**话**	**不**	**说**	**我**

不同我商谈，

9-1132

明	**田**	**农**	**可**	**凉**
Cog	denz	nuengx	goj	liengz
ɕo:k⁸	te:n²	nu:ŋ⁴	ko⁵	li:ŋ²
将来	**地**	**妹**	**也**	**凉**

妹不存希望。

男唱

9-1133

要	**银**	**子**	**马**	**提**
Aeu	yinz	swj	ma	diz
au¹	jin²	θɯ³	ma¹	ti²
要	**银**	**子**	**来**	**锻造**

用首饰打造，

9-1134

浪	**可**	**办**	**则**	**往**
Laeng	goj	baenz	cwz	vangj
laŋ¹	ko⁵	pan²	ɕɯ⁶	va:ŋ³
后	**也**	**成**	**大**	**器**

子孙会成器。

9-1135

巴	**轻**	**土**	**是**	**讲**
Bak	mbaeu	dou	cix	gangj
pa:k⁷	bau¹	tu¹	ɕi⁴	ka:ŋ³
嘴	**轻**	**我**	**就**	**讲**

我心直口快，

9-1136

农	**可**	**当**	**良**	**心**
Nuengx	goj	dangq	liengz	sim
nu:ŋ⁴	ko⁵	ta:ŋ⁵	li:ŋ²	θin¹
妹	**也**	**当**	**良**	**心**

妹要记在心。

女唱

9-1137

要	**银**	**子**	**马**	**提**
Aeu	yinz	swj	ma	diz
au^{1}	jin^{2}	θɯ^{3}	ma^{1}	ti^{2}
要	银	子	来	锻造

用首饰打造，

9-1138

要	**龙**	**火**	**马**	**碰**
Aeu	luengz	feiz	ma	bungq
au^{1}	luːŋ^{2}	fi^{2}	ma^{1}	puŋ^{5}
要	铜	火	来	掺

用红铜掺和。

9-1139

银	**子**	**美**	**得**	**送**
Yinz	swj	meiz	ndaej	soengq
jin^{2}	θɯ^{3}	mei^{2}	dai^{3}	θoŋ^{5}
银	子	妹	得	送

首饰送情妹，

9-1140

满	**勒**	**丰**	**内**	**空**
Muenz	lwg	fungh	neix	ndwi
muːn^{2}	lɯk^{8}	fuŋ^{6}	ni^{4}	duːi^{1}
瞒	子	凤	这	空

未瞒眼前妹。

男唱

9-1141

银	**子**	**来**	**了**	**而**
Yinz	swj	lai	liux	lawz
jin^{2}	θɯ^{3}	laːi^{1}	liːu^{4}	lauɯ^{2}
银	子	多	啰	哪

首饰太多了，

9-1142

应	**么**	**少**	**不**	**知**
Yinh	maz	sau	mbouj	rox
iŋ^{1}	ma^{2}	θaːu^{1}	bou^{5}	ɹo^{4}
因	何	姑娘	不	知

妹居然不知。

9-1143

银	**子**	**在**	**大**	**罗**
Yinz	swj	ywq	daih	loh
jin^{2}	θɯ^{3}	jɯ^{5}	taːi^{6}	lo^{6}
银	子	在	大	路

首饰在路上，

9-1144

你	**知**	**不**	**农**	**银**
Mwngz	rox	mbouj	nuengx	ngaenz
mɯŋ^{2}	ɹo^{4}	bou^{5}	nuːŋ^{4}	ŋan^{2}
你	知	不	妹	银

小妹你知否？

女唱

9–1145

银	**子**	**空**	**了**	**农**
Yinz	swj	ndwi	liux	nuengx
jin^{2}	θɯ^{3}	duːi^{1}	liːu^{4}	nuːŋ^{4}
银	子	空	啰	妹

仅首饰而已，

9–1146

你	**来**	**说**	**银**	**铜**
Mwngz	laih	naeuz	ngaenz	doengz
mɯŋ^{2}	lai^{6}	nau^{2}	ŋan^{2}	toŋ^{2}
你	以为	说	银	铜

并非银或铜。

9–1147

特	**后**	**龙**	**贝**	**荣**
Dawz	haeuj	loengx	bae	yungz
təɯ^{2}	hau^{3}	loŋ^{4}	pai^{1}	juŋ^{2}
拿	进	箱	去	熔

放进箱熔化，

9–1148

变	**金**	**贝**	**是**	**八**
Bienq	gim	bae	cix	bah
piːn^{5}	kin^{1}	pai^{1}	ɕi^{4}	pa^{6}
变	金	去	就	算

首饰变成金。

男唱

9–1149

银	**子**	**来**	**了**	**而**
Yinz	swj	lai	liux	lawz
jin^{2}	θɯ^{3}	laːi^{1}	liːu^{4}	laɯ^{2}
银	子	多	啰	哪

首饰太多了，

9–1150

应	**么**	**少**	**不**	**报**
Yinh	maz	sau	mbouj	bauq
iŋ^{1}	ma^{2}	θaːu^{1}	bou^{5}	paːu^{5}
因	何	姑娘	不	报

为何妹不报？

9–1151

银	**子**	**来**	**美**	**到**
Yinz	swj	laih	meij	dau
jin^{2}	θɯ^{3}	laːi^{6}	mei^{3}	taːu^{4}
银	子	以为	没	到

以为没送到，

9–1152

报	**说**	**农**	**付**	**正**
Bauq	naeuz	nuengx	fouz	cingz
paːu^{5}	nau^{2}	nuŋ^{4}	fu^{2}	ɕiŋ^{2}
报	说	妹	无	情

被妹说无情。

女唱

9-1153

银 子 空 了 农

Yinz swj ndwi liux nuengx

jin^{2} θɯ^{3} du:i^{1} li:u^{4} nu:ŋ^{4}

银 子 不 啰 妹

仅仅是首饰，

9-1154

你 来 说 银 相

Mwngz laih naeuz ngaenz cieng

mɯŋ^{2} lai^{6} nau^{2} ŋan^{2} ɕi:ŋ^{1}

你 以为 说 银 正

并非压岁银。

9-1155

银 九 玉 下 邦

Ngaenz gouj yi roengz biengz

ŋan^{2} kjou^{3} ji^{6} ɹoŋ^{2} pi:ŋ^{2}

银 九 爷 下 地方

官银下地方，

9-1156

卜 米 元 牙 秀

Boux miz yuenz yax souh

pu^{4} mi^{2} ju:n^{2} ja^{5} θi:u^{6}

人 有 缘 才 受

有缘人才得。

男唱

9-1157

银 子 来 了 而

Yinz swj lai liux lawz

jin^{2} θɯ^{3} la:i^{1} li:u^{4} laɯ^{2}

银 子 多 啰 哪

首饰太多了，

9-1158

应 么 你 不 念

Yinh maz mwngz mbouj niemh

iŋ^{1} ma^{2} mɯŋ^{2} bou^{5} ni:m^{6}

因 何 你 不 念

为何没发觉？

9-1159

银 子 在 旁 边

Yinz swj cai bangz nden

jin^{2} θɯ^{3} ɕa:i^{4} pa:ŋ^{2} de:n^{1}

银 子 在 旁 边

首饰在旁边，

9-1160

见 不 得 龙 火

Gen mbouj ndaej luengz feiz

ke:n^{4} bou^{5} dai^{3} lu:ŋ^{2} fi^{2}

见 不 得 铜 火

唯独少金子。

女唱

9–1161

银 子 空 了 农

Yinz swj ndwi liux nuengx

jin^{2} θɯ^{3} du:i^{1} li:u^{4} nu:ŋ^{4}

银 子 空 啰 妹

仅首饰而已，

9–1162

你 来 说 银 支

Mwngz laih naeuz ngaenz sei

mɯŋ^{2} la:i^{6} nau^{2} ŋan^{2} θi^{1}

你 以为 说 银 私

不是私房银。

9–1163

外 达 润 又 吹

Vaij dah rumz youh ci

va:i^{3} ta^{6} ɹun^{2} jou^{4} çi^{1}

过 河 风 又 吹

过河被风吹，

9–1164

一 斤 小 一 两

It gaen siuj it liengx

it^{7} kan^{1} θi:u^{3} it^{7} li:ŋ^{4}

一 斤 少 一 两

一斤少一两。

男唱

9–1165

银 子 来 了 而

Yinz swj lai liux lawz

jin^{2} θɯ^{3} la:i^{1} li:u^{4} laɯ^{2}

子 银 多 啰 哪

首饰太多了，

9–1166

应 么 你 不 优

Yinh maz mwngz mbouj yaeuq

iŋ^{1} ma^{2} mɯŋ^{2} bou^{5} jau^{5}

困 何 你 不 藏

为何不收好？

9–1167

银 子 斗 堂 手

Yinz swj daeuj daengz fwngz

jin^{2} θɯ^{3} tau^{3} taŋ^{2} fɯŋ^{2}

银 子 来 到 手

首饰送到手，

9–1168

优 农 后 然 土

Yaeuq nuengx haeuj ranz dou

jau^{5} nu:ŋ^{4} hau^{3} ɹa:n^{2} tu^{1}

藏 妹 进 家 我

迎妹进我家。

女唱

9-1169

银	**子**	**空**	**了**	**农**
Yinz	swj	ndwi	liux	nuengx
jin^{2}	θɯ^{3}	du:i^{1}	li:u^{4}	nu:ŋ^{4}
银	子	空	啰	妹

仅首饰而已，

9-1170

你	**来**	**说**	**银**	**金**
Mwngz	laih	naeuz	ngaenz	gim
mɯŋ^{2}	la:i^{6}	nau^{2}	ŋan^{2}	kin^{1}
你	以为	说	银	金

非金锭银锭。

9-1171

说	**农**	**八**	**变**	**心**
Naeuz	nuengx	bah	bienq	sim
nau^{2}	nu:ŋ^{4}	pa^{6}	pi:n^{5}	θin^{1}
说	妹	莫急	变	心

妹你莫变心，

9-1172

加	**玩**	**正**	**土**	**观**
Gaj	vanz	cingz	dou	gonq
kja^{3}	va:n^{2}	ɕiŋ^{2}	tu^{1}	ko:n^{5}
等	还	情	我	先

先还我的情。

男唱

9-1173

银	**子**	**来**	**了**	**而**
Yinz	swj	lai	liux	lawz
jin^{2}	θɯ^{3}	la:i^{1}	li:u^{4}	laɯ^{2}
银	子	多	啰	哪

首饰多了吧，

9-1174

应	**么**	**你**	**不**	**勒**
Yinh	maz	mwngz	mbouj	lawh
iŋ^{1}	ma^{2}	mɯŋ^{2}	bou^{5}	laɯ^{6}
因	何	你	不	换

你不愿结交。

9-1175

华	**仔**	**同**	**你**	**贝**
Vaz	caij	doengz	mwngz	bae
va^{2}	ɕa:i^{3}	toŋ^{2}	mɯŋ^{2}	pai^{1}
娃	仔	同	你	去

娃仔跟你去，

9-1176

么	**不**	**勒**	**要**	**正**
Maz	mbouj	lawh	aeu	cingz
ma^{2}	bou^{5}	ləɯ^{6}	au^{1}	ɕiŋ^{2}
何	不	换	要	情

何不换礼品？

女唱

9–1177

理	**在**	**九**	**牙**	**赢**
Leix	ywq	gou	yax	hingz
li^{4}	jɯ^{5}	kou^{1}	ja^{5}	hiŋ^{2}
理	在	我	也	赢

理在我一边，

9–1178

观	**你**	**定**	**样**	**而**
Gonq	mwngz	dingh	yiengh	lawz
koːn^{5}	mɯŋ^{2}	tiŋ^{6}	jɯːŋ^{6}	laɯ^{2}
先	你	定	样	哪

以前怎么定？

9–1179

特	**仪**	**备**	**貝**	**而**
Dawz	saenq	beix	bae	lawz
təɯ^{2}	θin^{5}	pi^{4}	pai^{1}	laɯ^{2}
拿	信	兄	去	哪

兄的信没了，

9–1180

强	**水**	**绿**	**邦**	**莫**
Giengz	raemx	heu	bangx	mboq
kiːŋ^{2}	ɹan^{4}	heːu^{1}	paːŋ^{4}	bo^{5}
像	水	清	旁	泉

清白如泉水。

男唱

9–1181

中	**大**	**人**	**了**	**乖**
Cungq	da	yinz	liux	gvai
ɕoŋ^{5}	ta^{4}	jin^{2}	liːu^{4}	kwaːi^{1}
中	大	人	啰	乖

考中当大官，

9–1182

代	**土**	**是**	**利**	**勒**
Dai	dou	cix	lij	lawh
taːi^{1}	tu^{1}	ɕi^{4}	li^{4}	ləɯ^{6}
死	我	是	还	换

死也要结交。

9–1183

仪	**你**	**不**	**可**	**在**
Saenq	mwngz	mbouj	goj	ywq
θin^{5}	mɯŋ^{2}	bou^{5}	ko^{5}	jɯ^{5}
信	你	不	也	在

你信物还在，

9–1184

农	**利**	**買**	**补**	**点**
Nuengx	lij	cawx	bouj	dem
nuːŋ^{4}	li^{4}	ɕəɯ^{4}	pu^{3}	teːn^{1}
妹	还	买	补	还

妹还买来补。

女唱

9-1185

中 大 人 了 乖

Cungq da yinz liux gvai

çoŋ^{5} ta^{4} jin^{2} liːu^{4} kwaːi^{1}

中 大 人 啰 乖

考中当大官，

9-1186

代 土 是 利 勒

Dai dou cix lij lawh

taːi^{1} tu^{1} çi^{4} li^{4} ləɯ^{6}

死 我 是 还 换

死我也结交。

9-1187

土 不 文 你 買

Dou mbouj vun mwngz cawx

tu^{1} bou^{5} vuːn^{1} mɯŋ^{2} çəɯ^{4}

我 不 求 你 买

不奢望你买，

9-1188

但 仪 备 在 岁

Danh saenq beix ywq caez

taːn^{6} θin^{5} pi^{4} jɯ^{5} çai^{2}

但 信 兄 在 齐

只求原物在。

男唱

9-1189

理 在 九 牙 为

Leix ywq gou yax vei

li^{4} jɯ^{5} kou^{1} ja^{5} vei^{1}

理 在 我 也 亏

怎样我都亏，

9-1190

卡 土 给 三 两

Gaj duz gaeq sam liengx

ka^{3} tu^{2} kai^{5} θaːn^{1} liːŋ^{4}

杀 只 鸡 三 两

如杀三两鸡。

9-1191

卜 道 马 叫 尚

Boux dauh ma heuh sang

pu^{4} taːu^{6} ma^{1} heːu^{6} θaːŋ^{1}

人 道 来 叫 高

道公来念经，

9-1192

正 在 江 良 为

Cingq ywq gyang lingz veih

çiŋ^{5} jɯ^{5} kjaːŋ^{1} liŋ^{2} vei^{6}

正 在 中 灵 位

正在法事中。

女唱

9–1193
中 大 人 了 乖
Cungq da yinz liux gvai
ɕoŋ^{5} ta^{4} jin^{2} liːu^{4} kwaːi^{1}
中 大 人 啰 乖
考取官位了，

9–1194
代 土 是 利 义
Dai dou cix lij ngeix
taːi^{1} tu^{1} ɕi^{4} li^{4} ȵi^{4}
死 我 是 还 想
死后还在想。

9–1195
正 在 江 良 为
Cingz ywq gyang lingz veih
ɕiŋ^{2} jɯ^{5} kjaːŋ^{1} liŋ^{2} vei^{6}
正 在 中 灵 位
正在法事中，

9–1196
又 问 备 古 而
Youh haemq beix guh rawz
jou^{4} han^{5} pi^{4} ku^{4} ɹau^{2}
又 问 兄 做 什么
为何要问兄？

男唱

9–1197
中 大 人 了 乖
Cungq da yinz liux gvai
ɕoŋ^{5} ta^{4} jin^{2} liːu^{4} kwaːi^{1}
中 大 人 啰 乖
已考取官位，

9–1198
代 土 是 利 认
Dai dou cix lij nyinh
taːi^{1} tu^{1} ɕi^{4} li^{4} ȵin^{6}
死 我 是 还 认
死都不忘记。

9–1199
条 才 完 条 仪
Diuz sai vuenh diuz saenq
tiːu^{2} θaːi^{1} vuːn^{6} tiːu^{2} θin^{5}
条 带 换 条 信
交换信物时，

9–1200
农 利 认 知 空
Nuengx lij nyinh rox ndwi
nuːŋ^{4} li^{4} ȵin^{6} ɹo^{4} duːi^{1}
妹 还 记得 或 不
妹还记得吗？

女唱

9-1201

中	**大**	**人**	**了**	**乖**
Cungq	da	yinz	liux	gvai
çoŋ^{5}	ta^{4}	jin^{2}	liːu^{4}	kwaːi^{1}
中	大	人	啰	乖

考取官职了，

9-1202

代	**土**	**是**	**利**	**义**
Dai	dou	cix	lij	ngeix
taːi^{1}	tu^{1}	çi^{4}	li^{4}	ȵi^{4}
死	我	是	还	想

死后还怀念。

9-1203

付	**母**	**管**	**四**	**处**
Fuj	muj	guenj	seiq	cih
fu^{4}	mu^{4}	kuːn^{3}	θei^{5}	çi^{6}
父	母	管	四	处

父母繁忙中，

9-1204

是	**利**	**义**	**堂**	**你**
Cix	lij	ngeix	daengz	mwngz
çi^{4}	li^{4}	ȵi^{4}	taŋ^{2}	mɯŋ^{2}
是	还	想	到	你

都还想到你。

男唱

9-1205

中	**大**	**人**	**了**	**乖**
Cungq	da	yinz	liux	gvai
çoŋ^{5}	ta^{4}	jin^{2}	liːu^{4}	kwaːi^{1}
中	大	人	啰	乖

已考取官职，

9-1206

代	**土**	**是**	**利**	**义**
Dai	dou	cix	lij	ngeix
taːi^{1}	tu^{1}	çi^{4}	li^{4}	ȵi^{4}
死	我	是	还	想

死了我还想。

9-1207

观	**勒**	**业**	**利**	**衣**
Gonq	lwg	nyez	lij	iq
koːn^{5}	lɯk^{8}	ȵe^{2}	li^{4}	i^{5}
先	子	小孩	还	小

还在儿提时，

9-1208

不	**记**	**话**	**九**	**龙**
Mbouj	geiq	vah	gouj	lungz
bou^{5}	ki^{5}	va^{6}	kjou^{3}	luŋ^{2}
不	记	话	九	龙

不听兄的话。

女唱

9–1209

中 大 人 了 乖

Cungq da yinz liux gvai

ɕoŋ^{5} ta^{4} jin^{2} liːu^{4} kwaːi^{1}

中 大 人 啰 乖

已考取官职，

9–1210

代 好 句 声 好

Dai ndij coenz sing hauq

taːi^{1} di^{1} kjon^{2} θiŋ^{1} haːu^{5}

死 与 句 声 话

就为一句话。

9–1211

声 欢 貝 义 咬

Sing fwen bae ngih ngauz

θiŋ^{1} vuːn^{1} pai^{1} ŋi^{6} ŋaːu^{2}

声 歌 去 悠 悠

高歌去悠悠，

9–1212

明 利 刀 知 空

Cog lij dauq rox ndwi

ɕoːk^{8} li^{4} taːu^{5} ɹo^{4} duːi^{1}

将来 还 回 或 不

还会回来否？

男唱

9–1213

中 大 人 了 乖

Cungq da yinz liux gvai

ɕoŋ^{5} ta^{4} jin^{2} liːu^{4} kwaːi^{1}

中 大 人 啰 乖

已考取官职，

9–1214

代 是 不 想 三

Dai cix mbouj siengj sanq

taːi^{1} ɕi^{4} bou^{5} θiːŋ^{3} θaːn^{5}

死 就 不 想 散

到死不分离。

9–1215

少 反 本 古 南

Sau fan mbwn guh namh

θaːu^{1} faːn^{1} bɯn^{1} ku^{4} naːn^{6}

姑娘 翻 天 做 土

能翻天为地，

9–1216

备 是 刀 要 你

Beix cix dauq aeu mwngz

pi^{4} ɕi^{4} taːu^{5} au^{1} mɯŋ^{2}

兄 就 回 娶 你

兄便来娶你。

女唱

9-1217

中	**大**	**人**	**了**	**乖**
Cungq	da	yinz	liux	gvai
çoŋ^{5}	ta^{4}	jin^{2}	liːu^{4}	kwaːi^{1}
中	大	人	啰	乖

考取官职了，

9-1218

代	**好**	**句**	**声**	**好**
Dai	ndij	coenz	sing	hauq
taːi^{1}	di^{1}	kjon^{2}	θiŋ^{1}	haːu^{5}
死	与	句	声	话

就为一句话。

9-1219

知	**你**	**刀**	**空**	**刀**
Rox	mwngz	dauq	ndwi	dauq
ɹo^{4}	mɯŋ^{2}	taːu^{5}	duːi^{1}	taːu^{5}
知	你	回	不	回

你回不回头，

9-1220

开	**罗**	**伴**	**召**	**心**
Gaej	lox	buenx	cau	sim
kaːi^{5}	lo^{4}	puːn^{4}	çaːu^{5}	θin^{1}
莫	哄	伴	操	心

莫骗妹心焦。

男唱

9-1221

中	**大**	**人**	**了**	**乖**
Cungq	da	yinz	liux	gvai
çoŋ^{5}	ta^{4}	jin^{2}	liːu^{4}	kwaːi^{1}
中	大	人	啰	乖

已考取官职，

9-1222

代	**好**	**句**	**声**	**好**
Dai	ndij	coenz	sing	hauq
taːi^{1}	di^{1}	kjon^{2}	θiŋ^{1}	haːu^{5}
死	与	句	声	话

为了一句话。

9-1223

土	**讲**	**刀**	**是**	**刀**
Dou	gangj	dauq	cix	dauq
tu^{1}	kaːŋ^{3}	taːu^{5}	çi^{4}	taːu^{5}
我	讲	回	就	回

我说回就回，

9-1224

伴	**开**	**乱**	**领**	**文**
Buenx	gaeq	luenh	lingx	vunz
puːn^{4}	kaːi^{5}	luːn^{6}	liŋ^{4}	vun^{2}
伴	莫	乱	领	人

妹莫嫁别人。

女唱

9-1225

中	**大**	**人**	**了**	**乖**
Cungq	da	yinz	liux	gvai
ɕoŋ^{5}	ta^{4}	jin^{2}	liːu^{4}	kwaːi^{1}
中	大	人	啰	乖

已考取官职，

9-1226

代	**好**	**句**	**话**	**罗**
Dai	ndij	coenz	vah	lox
taːi^{1}	di^{1}	kjon^{2}	va^{6}	lo^{4}
死	与	句	话	骗

只为一句话。

9-1227

金	**支**	**刀**	**马**	**托**
Gim	sei	dauq	ma	doh
kin^{1}	θi^{1}	taːu^{5}	ma^{1}	to^{6}
金	丝	又	来	向

红线又复还，

9-1228

空	**知**	**合**	**英**	**元**
Ndwi	rox	hob	in	yuenz
duːi^{1}	ɹo^{4}	hoːp^{8}	in^{1}	juːn^{2}
不	知	合	姻	缘

不知合缘否？

男唱

9-1229

中	**大**	**人**	**了**	**乖**
Cungq	da	yinz	liux	gvai
ɕoŋ^{5}	ta^{4}	jin^{2}	liːu^{4}	kwaːi^{1}
中	大	人	啰	乖

已考取官职，

9-1230

代	**好**	**句**	**话**	**罗**
Dai	ndij	coenz	vah	lox
taːi^{1}	di^{1}	kjon^{2}	va^{6}	lo^{4}
死	与	句	话	骗

只为一句话。

9-1231

克	**皮**	**米**	**文**	**能**
Gwz	biz	miz	vunz	naengh
kɯ^{6}	pi^{6}	mi^{2}	vun^{2}	naŋ^{6}
隔	壁	有	人	坐

隔壁有人坐，

9-1232

金	**堂**	**不**	**得**	**银**
Gim	dangz	mbouj	ndaej	ngaenz
kin^{1}	taːŋ^{2}	bou^{5}	dai^{3}	ŋan^{2}
金	堂	不	得	银

金斗不过银。

女唱

9-1233

中	**大**	**人**	**了**	**乖**
Cungq	da	yinz	liux	gvai
çoŋ^{5}	ta^{4}	jin^{2}	li:u^{4}	kwa:i^{1}
中	大	人	啰	乖

已考取官职，

9-1234

代	**好**	**句**	**话**	**罗**
Dai	ndij	coenz	vah	lox
ta:i^{1}	di^{1}	kjon^{2}	va^{6}	lo^{4}
死	与	句	话	骗

只为一句话。

9-1235

采	**罗**	**见**	**文**	**来**
Byaij	loh	raen	vunz	lai
pja:i^{3}	lo^{6}	ɹan^{1}	vun^{2}	la:i^{1}
走	路	见	人	多

路上行人多，

9-1236

秋	**田**	**农**	**米**	**文**
Ciuq	denz	nuengx	miz	vunz
çi:u^{5}	te:n^{2}	nu:ŋ^{4}	mi^{2}	vun^{2}
看	地	妹	有	人

妹家访客多。

男唱

9-1237

中	**大**	**人**	**了**	**乖**
Cungq	da	yinz	liux	gvai
çoŋ^{5}	ta^{4}	jin^{2}	li:u^{4}	kwa:i^{1}
中	大	人	啰	乖

已考取官职，

9-1238

代	**好**	**句**	**话**	**罗**
Dai	ndij	coenz	vah	lox
ta:i^{1}	di^{1}	kjon^{2}	va^{6}	lo^{4}
死	与	句	话	骗

只为一句话。

9-1239

采	**罗**	**见**	**文**	**来**
Byaij	loh	raen	vunz	lai
pja:i^{3}	lo^{6}	ɹan^{1}	vun^{2}	la:i^{1}
走	路	见	人	多

路上行人多，

9-1240

当	**花**	**罗**	**花**	**尾**
Daengq	va	loh	va	byai
taŋ^{5}	va^{1}	lo^{6}	va^{1}	pja:i^{1}
当	花	路	花	尾

当路边野花。

女唱

9-1241

中	**大**	**人**	**了**	**乖**
Cungq	da	yinz	liux	gvai
çoŋ^{5}	ta^{4}	jin^{2}	liːu^{4}	kwaːi^{1}
中	大	人	啰	乖

已考取官职，

9-1242

代	**好**	**句**	**三**	**八**
Dai	ndij	coenz	sanh	bek
taːi^{1}	di^{1}	kjon^{2}	θaːn^{1}	peːk^{7}
死	与	句	山	伯

只为一句话。

9-1243

小	**正**	**是**	**尝**	**换**
Siuj	cingz	cix	caengz	rieg
θiu^{3}	çiŋ^{2}	çi^{4}	çaŋ^{2}	ɹɯːk^{8}
小	情	就	未	换

定情物未还，

9-1244

备	**先**	**分**	**土**	**写**
Beix	senq	mbek	dou	ce
pi^{4}	θeːn^{5}	beːk^{7}	tu^{1}	çe^{1}
兄	早	分	我	留

兄就抛弃我。

男唱

9-1245

比	**不**	**学**	**文**	**秀**
Beij	mbouj	yoz	vunz	ciuh
pi^{3}	bou^{5}	jo^{6}	vun^{2}	çiːu^{6}
比	不	如	人	世

自愧不如人，

9-1246

乃	**小**	**作**	**江**	**官**
Naih	siu	coq	gyang	guenz
naːi^{6}	θiːu^{1}	ço^{5}	kjaːŋ^{1}	kuːn^{2}
慢	消	放	中	坪

到晒坪消气。

9-1247

丰	**点**	**丰**	**合**	**元**
Fungh	dem	fungh	hob	yuenz
fuŋ^{6}	teːn^{1}	fuŋ^{6}	hoːp^{8}	juːn^{2}
凤	与	凤	合	缘

凤与凤投缘，

9-1248

八	**变**	**心**	**妻**	**伕**
Bah	bienq	sim	maex	fwx
pa^{6}	piːn^{5}	θin^{1}	mai^{4}	fə^{4}
莫急	变	心	妻	别人

劝妹别变心。

女唱

9-1249

比　不　学　文　秀

Beij mbouj yoz vunz ciuh

pi^{3} bou^{5} jo^{6} vun^{2} çiːu^{6}

比　不　如　人　世

自愧不如人，

9-1250

乃　小　作　江　田

Naih siu coq gyang denz

naːi^{6} θiːu^{1} ço^{5} kjaːŋ^{1} teːn^{2}

慢　消　放　中　地

到田间消气。

9-1251

变　办　粒　后　千

Bienq baenz ngveih haeux ciem

piːn^{5} pan^{2} ŋwei^{6} hau^{4} çiːn^{1}

变　成　粒　米　籼

变一粒籼米，

9-1252

牙　连　花　对　生

Yax lienz va doiq saemq

ja^{5} liːn^{2} va^{1} toːi^{5} θan^{5}

也　连　花　对　庚

也粘住情哥。

男唱

9-1253

比　不　学　文　秀

Beij mbouj yoz vunz ciuh

pi^{3} bou^{5} jo^{6} vun^{2} çiːu^{6}

比　不　如　人　世

自愧不如人，

9-1254

乃　小　作　江　手

Naih siu coq gyang fwngz

naːi^{6} θiːu^{1} ço^{5} kjaːŋ^{1} fɯŋ^{2}

慢　消　放　中　手

要慢慢消气。

9-1255

勒　九　变　勒　坤

Lwg yiuz bienq lwg gun

lɯk^{8} jiːu^{6} piːn^{5} lɯk^{8} kun^{1}

子　瑶　变　子　官

瑶族变汉族，

9-1256

办　文　貝　而　在

Baenz vunz bae lawz ywq

pan^{2} vun^{2} pai^{1} laɯ^{2} jɯ^{5}

成　人　去　哪　住

哪有地方住？

女唱

9–1257

比	**不**	**学**	**文**	**秀**
Beij	mbouj	yoz	vunz	ciuh
pi^{3}	bou^{5}	jo^{6}	vun^{2}	ɕi:u^{6}
比	不	如	人	世

比不上世人，

9–1258

乃	**小**	**作**	**江**	**手**
Naih	siu	coq	gyang	fwngz
na:i^{6}	θi:u^{1}	ɕo^{5}	kja:ŋ^{1}	fɯŋ^{2}
慢	消	放	中	手

要慢慢消气。

9–1259

勒	**九**	**变**	**勒**	**坤**
Lwg	yiuz	bienq	lwg	gun
lɯk^{8}	ji:u^{6}	pi:n^{5}	lɯk^{8}	kun^{1}
子	瑶	变	子	官

瑶族变汉族，

9–1260

办	**文**	**偻**	**共**	**罗**
Baenz	vunz	raeuz	gungh	loh
pan^{2}	vun^{1}	ɹau^{2}	kuŋ^{6}	lo^{6}
成	人	我们	共	路

长大共相处。

男唱

9–1261

比	**文**	**昌**	**小**	**些**
Beij	vwnz	cangh	siuj	seq
pi^{3}	vɯn^{6}	ɕa:ŋ^{5}	θi:u^{3}	θe^{5}
比	文	章	小	事

文章是小事，

9–1262

正	**卜**	**乜**	**难**	**堂**
Cingz	boh	meh	nanz	daengz
ɕiŋ^{2}	po^{6}	me^{6}	na:n^{2}	taŋ^{2}
情	父	母	难	到

父母情难还。

9–1263

秋	**巴**	**罗**	**内**	**王**
Ciuq	bak	loh	neix	vang
ɕi:u^{5}	pa:k^{7}	lo^{6}	ni^{4}	va:ŋ^{1}
看	嘴	路	这	横

此路有缺口，

9–1264

难	**办**	**元**	**少**	**包**
Nanz	baenz	yuenz	sau	mbauq
na:n^{2}	pan^{2}	ju:n^{2}	θa:u^{1}	ba:u^{5}
难	成	缘	姑娘	小伙

恐情路难续。

女唱

9-1265

比	**不**	**我**	**几**	**汉**
Bi	mbouj	ngoj	geij	hanh
pi^{1}	bou^{5}	ŋo^{3}	ki^{3}	ha:n^{6}
年	不	料到	几	限

今年遭厄运，

9-1266

被	**难**	**拜**	**广**	**东**
Deng	nanz	baih	gvangj	doeng
te:ŋ^{1}	na:n^{2}	pa:i^{6}	kwa:ŋ^{3}	toŋ^{1}
挨	难	边	广	东

在广东落难。

9-1267

身	**农**	**生**	**下**	**朋**
Ndang	nuengx	seng	laj	boengz
da:ŋ^{1}	nu:ŋ^{4}	θe:n^{1}	la^{3}	poŋ^{2}
身	妹	生	下	泥

妹生来有恙，

9-1268

累	**同**	**而**	**得**	**收**
Laeq	doengz	lawz	ndaej	caeu
lai^{5}	toŋ^{2}	laɯ^{2}	dai^{3}	ɕau^{1}
看	同	哪	得	收

看谁肯收留。

男唱

9-1269

比	**不**	**我**	**几**	**汉**
Bi	mbouj	ngoj	geij	hanh
pi^{1}	bou^{5}	ŋo^{3}	ki^{3}	ha:n^{6}
年	不	料到	几	限

今年遭厄运，

9-1270

被	**难**	**拜**	**广**	**东**
Deng	nanz	baih	gvangj	doeng
te:ŋ^{1}	na:n^{2}	pa:i^{6}	kwa:ŋ^{3}	toŋ^{1}
挨	难	边	广	东

在广东落难。

9-1271

身	**农**	**生**	**下**	**朋**
Ndang	nuengx	seng	laj	boengz
da:ŋ^{1}	nu:ŋ^{4}	θe:ŋ^{1}	la^{3}	poŋ^{2}
身	妹	生	下	泥

妹生来有恙，

9-1272

龙	**是**	**付**	**生**	**衣**
Lungz	cix	fouz	seng	eiq
luŋ^{2}	ɕi^{4}	fu^{2}	θe:ŋ^{1}	i^{5}
龙	就	无	相	依

兄不离不弃。

女唱

9–1273

比	**不**	**我**	**几**	**汉**
Bi	mbouj	ngoj	geij	hanh
pi^{1}	bou^{5}	ŋo^{3}	ki^{3}	ha:n^{6}
年	不	料到	几	限

今年厄运多，

9–1274

被	**难**	**拜**	**柳**	**州**
Deng	nanz	baih	louj	couh
te:ŋ^{1}	na:n^{2}	pa:i^{6}	lou^{4}	ɕou^{1}
挨	难	边	柳	州

在柳州落难。

9–1275

备	**玩**	**仪**	**空**	**快**
Beix	vanz	saenq	ndwi	riuz
pi^{4}	va:n^{2}	θin^{5}	du:i^{1}	ɹi:u^{2}
兄	还	信	不	快

兄回信不快，

9–1276

少	**被**	**收**	**条**	**命**
Sau	deng	siu	diuz	mingh
θa:u^{1}	te:ŋ^{1}	θi:u^{1}	ti:u^{2}	miŋ^{6}
姑娘	挨	收	条	命

妹险些丢命。

男唱

9–1277

比	**不**	**我**	**几**	**汉**
Bi	mbouj	ngoj	geij	hanh
pi^{1}	bou^{5}	ŋo^{3}	ki^{3}	ha:n^{6}
年	不	料到	几	限

今年厄运多，

9–1278

被	**难**	**拜**	**柳**	**州**
Deng	nanz	baih	louj	couh
te:ŋ^{1}	na:n^{2}	pa:i^{6}	lou^{4}	ɕou^{1}
挨	难	边	柳	州

在柳州落难。

9–1279

备	**玩**	**仪**	**可**	**快**
Beix	vanz	saenq	goj	riuz
pi^{4}	va:n^{2}	θin^{5}	ko^{5}	ɹi:u^{2}
兄	还	信	也	快

兄早想回信，

9–1280

正	**贝**	**州**	**不**	**刀**
Cingz	bae	cou	mbouj	dauq
ɕi:ŋ^{2}	pai^{1}	ɕou^{1}	bou^{5}	ta:u^{5}
情	去	州	不	回

但礼品不全。

男唱

9-1281

比	**不**	**我**	**几**	**汉**
Bi	mbouj	ngoj	geij	hanh
pi^{1}	bou^{5}	ŋo^{3}	ki^{3}	haːn^{6}
年	不	料到	几	限

今年遭厄运，

9-1282

被	**难**	**拜**	**更**	**河**
Deng	nanz	baih	gwnz	haw
teːŋ^{1}	naːn^{2}	paːi^{6}	kɯn^{2}	həɯ^{1}
挨	难	边	上	圩

在圩上落难。

9-1283

农	**被**	**难**	**方**	**而**
Nuengx	deng	nanz	fueng	lawz
nuːŋ^{4}	teːŋ^{1}	naːn^{2}	fuːŋ^{1}	laɯ^{2}
妹	挨	难	方	哪

妹何方落难，

9-1284

马	**问**	**龙**	**要**	**罪**
Ma	cam	lungz	aeu	coih
ma^{1}	ɕaːm^{1}	luŋ^{2}	au^{1}	ɕoːi^{6}
来	问	龙	要	罪

来怪罪于兄？

女唱

9-1285

比	**不**	**我**	**几**	**汉**
Bi	mbouj	ngoj	geij	hanh
pi^{1}	bou^{5}	ŋo^{3}	ki^{3}	haːn^{6}
年	不	料到	几	限

今年厄运多，

9-1286

被	**难**	**拜**	**更**	**开**
Deng	nanz	baih	gwnz	gai
teːŋ^{1}	naːn^{2}	paːi^{6}	kɯn^{2}	kaːi^{1}
挨	难	边	上	街

在街上落难。

9-1287

被	**难**	**合**	**比**	**来**
Deng	nanz	hop	bi	lai
teːŋ^{1}	naːn^{2}	hoːp^{7}	pi^{1}	lai^{1}
挨	难	周	年	多

落难一年多，

9-1288

不	**代**	**牙**	**老**	**秀**
Mbouj	dai	yax	lauq	ciuh
bou^{5}	taːi^{1}	ja^{5}	laːu^{5}	ɕiːu^{6}
不	死	也	误	世

不死也误时。

男唱

9–1289

比 不 我 几 汉

Bi mbouj ngoj geij hanh

pi^{1} bou^{5} ŋo^{3} ki^{3} haːn^{6}

年 不 料到 几 限

今年厄运多，

9–1290

被 难 拜 更 开

Deng nanz baih gwnz gai

teːŋ^{1} naːn^{2} paːi^{6} kɯn^{2} kaːi^{1}

挨 难 边 上 街

在街上落难。

9–1291

被 难 合 比 来

Deng nanz hop bi lai

teːŋ^{1} nan^{2} hoːp^{7} pi^{1} laːi^{1}

挨 难 周 年 多

落难一年多，

9–1292

正 包 乖 牙 断

Cingz mbauq gvai yax duenx

ɕiŋ^{2} baːu^{5} kwaːi^{1} ja^{5} tuːn^{4}

情 小伙 乖 也 断

兄情义也断。

女唱

9–1293

比 不 我 几 汉

Bi mbouj ngoj geij hanh

pi^{1} bou^{5} ŋo^{3} ki^{3} haːn^{6}

年 不 料到 几 限

今年厄运多，

9–1294

被 难 拜 广 西

Deng nanz baih gvangj sih

teːŋ^{1} naːn^{2} paːi^{6} kwaːŋ^{3} θei^{1}

挨 难 边 广 西

在广西落难。

9–1295

备 得 沙 卜 它

Beix ndaej ra boux de

pi^{4} dai^{3} ɹa^{1} pu^{4} te^{1}

兄 得 找 个 那

兄去找别人，

9–1296

少 是 写 正 重

Sau cix ce cingz naek

θaːu^{1} ɕi^{4} ɕe^{1} ɕiŋ^{2} nak^{7}

姑娘 就 留 情 重

妹会留情面。

男唱

9-1297

比 不 我 几 汉

Bi mbouj ngoj geij hanh

pi^{1} bou^{5} ŋo^{3} ki^{3} haːn^{6}

年 不 料到 几 限

今年厄运多，

9-1298

被 难 拜 广 西

Deng nanz baih gvangj sih

teːŋ^{1} naːn^{2} paːi^{6} kwaːŋ^{3} θei^{1}

挨 难 边 广 西

在广西落难。

9-1299

加 土 沙 阝 它

Gyah dou ra boux de

kja^{6} tu^{1} ɹa^{1} pu^{4} te^{1}

自 我 找 个 那

我去找别人，

9-1300

不 得 写 你 农

Mbouj ndaej ce mwngz nuengx

bou^{5} dai^{3} ɕe^{1} mɯŋ^{2} nuːŋ^{4}

不 得 留 你 妹

又舍不得你。

女唱

9-1301

比 不 我 几 汉

Bi mbouj ngoj geij hanh

pi^{1} bou^{5} ŋo^{3} ki^{3} haːn^{6}

年 不 料到 几 限

今年遭厄运，

9-1302

被 文 犯 里 牢

Deng vunz famh ndaw lauz

teːŋ^{1} vun^{2} faːn^{6} daɯ^{1} laːu^{2}

挨 人 犯 里 牢

无异于囚犯。

9-1303

被 难 告 它 告

Deng nanz gau daz gau

teːŋ^{1} naːn^{2} kaːu^{1} ta^{2} kaːu^{1}

挨 难 次 又 次

一次次落难，

9-1304

好 老 不 了 备

Ndei lau mbouj liux beix

dei^{1} laːu^{1} bou^{5} liːu^{4} pi^{4}

好 怕 不 啰 兄

兄你惧怕否？

男唱

9-1305

比	**不**	**我**	**几**	**汉**
Bi	mbouj	ngoj	geij	hanh
pi^{1}	bou^{5}	$ŋo^{3}$	ki^{3}	$ha:n^{6}$
年	不	料到	几	限

今年遭厄运，

9-1306

强	**文**	**犯**	**里**	**牢**
Giengz	vunz	famh	ndaw	lauz
$ki:ŋ^{2}$	vun^{2}	$fa:n^{6}$	$daɯ^{1}$	$la:u^{2}$
像	人	犯	里	牢

无异于囚犯。

9-1307

被	**难**	**告**	**它**	**告**
Deng	nanz	gau	daz	gau
$te:ŋ^{1}$	$na:n^{2}$	$ka:u^{1}$	ta^{2}	$ka:u^{1}$
挨	难	次	又	次

一次次落难，

9-1308

好	**老**	**是**	**开**	**勒**
Ndei	lau	cix	gaej	lawh
dei^{1}	$la:u^{1}$	$ɕi^{4}$	$ka:i^{5}$	$ləɯ^{6}$
好	怕	就	莫	换

怕就莫结交。

女唱

9-1309

比	**不**	**我**	**几**	**汉**
Bi	mbouj	ngoj	geij	hanh
pi^{1}	bou^{5}	$ŋo^{3}$	ki^{3}	$ha:n^{6}$
年	不	料到	几	限

今年遭厄运，

9-1310

强	**文**	**犯**	**里**	**牢**
Giengz	vunz	famh	ndaw	lauz
$ki:ŋ^{2}$	vun^{2}	$fa:n^{6}$	$daɯ^{1}$	$la:u^{2}$
像	人	犯	里	牢

无异于囚犯。

9-1311

被	**难**	**告**	**它**	**告**
Deng	nanz	gau	daz	gau
$te:ŋ^{1}$	$na:n^{2}$	$ka:u^{1}$	ta^{2}	$ka:u^{1}$
挨	难	次	又	次

一次次落难，

9-1312

很	**果**	**桃**	**贝**	**满**
Hwnj	go	dauz	bae	muengh
$hɯn^{3}$	ko^{1}	$ta:u^{2}$	pai^{1}	$mu:ŋ^{6}$
上	棵	桃	去	望

上树去祈福。

男唱

9-1313

比	**不**	**我**	**几**	**汉**
Bi	mbouj	ngoj	geij	hanh
pi^1	bou^5	$ŋo^3$	ki^3	$ha:n^6$
年	**不**	**料到**	**几**	**限**

今年遭厄运，

9-1314

强	**文**	**犯**	**里**	**牢**
Giengz	vunz	famh	ndaw	lauz
$ki:ŋ^2$	vun^2	$fa:n^6$	$daɯ^1$	$la:u^2$
像	**人**	**犯**	**里**	**牢**

无异于囚犯。

9-1315

被	**难**	**是**	**开**	**老**
Deng	nanz	cix	gaej	lau
$te:ŋ^1$	$na:n^2$	$ɕi^4$	$ka:i^5$	$la:u^1$
挨	**难**	**就**	**莫**	**怕**

落难不要慌，

9-1316

干	**包**	**少**	**自**	**在**
Ganq	mbauq	sau	gag	ywq
$ka:n^5$	$ba:u^5$	$θa:u^1$	$ka:k^8$	$jɯ^5$
照料	**小伙**	**姑娘**	**自**	**住**

要顾小家庭。

女唱

9-1317

比	**不**	**我**	**良**	**豪**
Bi	mbouj	ngoj	liengz	hauq
pi^1	bou^5	$ŋo^3$	$li:ŋ^2$	$ha:u^5$
年	**不**	**料到**	**良**	**孝**

未为你戴孝，

9-1318

办	**包**	**不**	**办**	**贵**
Baenz	mbauq	mbouj	baenz	gwiz
pan^2	$ba:u^5$	bou^5	pan^2	$kɯi^2$
成	**小伙**	**不**	**成**	**丈夫**

情友非丈夫。

9-1319

华	**老**	**刀**	**马**	**回**
Hak	laux	dauq	ma	hoiz
$ha:k^7$	$la:u^4$	$ta:u^5$	ma^1	$ho:i^2$
官	**大**	**倒**	**来**	**回**

嫁也无结果，

9-1320

古	**存**	**空**	**是**	**八**
Guh	caemz	ndwi	cix	bah
ku^4	$ɕan^2$	$du:i^1$	$ɕi^4$	pa^6
做	**玩**	**不**	**就**	**算**

同游玩算了。

男唱

9-1321

比 不 哈 良 豪

Beij mbouj ha liengz hauq

pi^{3} bou^{5} ha^{1} liːŋ^{2} haːu^{5}

比 不 配 良 孝

你不是孝子，

9-1322

办 包 不 办 贵

Baenz mbauq mbouj baenz gwiz

pan^{2} baːu^{5} bou^{5} pan^{2} kɯi^{2}

成 小伙 不 成 丈夫

也不是丈夫。

9-1323

自 唱 歌 能 空

Gag cang go nyaenx ndwi

kaːk^{8} ɕaːŋ^{4} ko^{5} ɲan^{4} duːi^{1}

自 唱 歌 那么 空

独自唱山歌，

9-1324

不 卜 陪 声 好

Mbouj boux boiz sing hauq

bou^{5} pu^{4} poːi^{2} θiŋ^{1} haːu^{5}

无 人 陪 声 话

没有人对唱。

女唱

9-1325

比 不 学 良 豪

Beij mbouj yoz liengz hauq

pi^{3} bou^{5} jo^{6} liːŋ^{2} haːu^{5}

比 不 如 良 孝

不去比良孝，

9-1326

办 包 不 办 贵

Baenz mbauq mbouj baenz gwiz

pan^{2} baːu^{5} bou^{5} pan^{2} kɯi^{2}

成 小伙 不 成 丈夫

是友非丈夫。

9-1327

老 名 作 你 空

Lau mingz coh mwngz ndwi

laːu^{1} miŋ^{2} ɕo^{6} mɯŋ^{2} duːi^{1}

怕 名 字 你 不

就怕你威名，

9-1328

可 强 文 犯 罪

Goj giengz vunz famh coih

ko^{5} kiːŋ^{2} vun^{2} faːn^{6} ɕoːi^{6}

也 像 人 犯 罪

像囚犯一样。

男唱

9-1329

八	**十**	**字**	**孝**	**孝**
Bet	cih	saw	yauq	yauq
peːt^{7}	ɕi^{6}	θaɯ^{1}	jaːu^{5}	jaːu^{5}
八	个	字	耀	耀

八字真如铁，

9-1330

乜	**好**	**古**	**千**	**金**
Meh	ndei	guh	cien	gim
me^{6}	dei^{1}	ku^{4}	ɕiːn^{1}	kin^{1}
母	好	做	千	金

母深爱小姐。

9-1331

鸟	**炕**	**打**	**羽**	**飞**
Roeg	enq	daj	fwed	mbin
ɹok^{8}	eːn^{5}	ta^{3}	fuːt^{8}	bin^{1}
鸟	燕	打	翅	飞

燕子展翅飞，

9-1332

千	**金**	**回**	**不**	**刀**
Cien	gim	hoiz	mbouj	dauq
ɕiːn^{1}	kin^{1}	hoːi^{2}	bou^{5}	taːu^{5}
千	金	回	不	回

千金回不来。

女唱

9-1333

八	**十**	**字**	**孝**	**孝**
Bet	cih	saw	yauq	yauq
peːt^{7}	ɕi^{6}	θaɯ^{1}	jaːu^{5}	jaːu^{5}
八	个	字	耀	耀

八字真如铁，

9-1334

乜	**好**	**古**	**千**	**金**
Meh	ndei	guh	cien	gim
me^{6}	dei^{1}	ku^{4}	ɕiːn^{1}	kin^{1}
母	好	做	千	金

母深爱小姐。

9-1335

贵	**农**	**空**	**重**	**心**
Gwiz	nuengx	ndwi	naek	sim
kɯi^{2}	nuːŋ^{4}	duːi^{1}	nak^{7}	θin^{1}
丈夫	妹	不	重	心

妹丈夫寡情，

9-1336

大	**羽**	**飞**	**正**	**对**
Daj	fwed	mbin	cingq	doiq
ta^{3}	fuːt^{8}	bin^{1}	ɕiŋ^{5}	toːi^{5}
打	翅	飞	正	对

离家寻自由。

男唱

9-1337

八	十	字	孝	孝
Bet	cih	saw	yauq	yauq
peːt^{7}	ɕi^{6}	θaɯ^{1}	jaːu^{5}	jaːu^{5}
八	个	字	耀	耀

八字真如铁，

9-1338

说	对	少	开	蒙
Naeuz	doiq	sau	gaej	muengz
nau^{2}	toːi^{5}	θaːu^{1}	kaːi^{5}	muːŋ^{2}
说	对	姑娘	莫	忙

情妹莫挂念。

9-1339

银	子	开	八	字
Yinz	swj	gaej	bah	nyungz
jin^{2}	θɯ^{3}	kaːi^{5}	pa^{6}	ȵuŋ^{2}
银	子	莫	急	辩

先不提礼金，

9-1340

同	偻	不	可	在
Doengz	raeuz	mbouj	goj	ywq
toŋ^{2}	ɹau^{2}	bou^{5}	ko^{5}	jɯ^{5}
同	我们	不	也	在

我俩情义在。

男唱

9-1341

八	十	字	孝	孝
Bet	cih	saw	yauq	yauq
peːt^{7}	ɕi^{6}	θaɯ^{1}	jaːu^{5}	jaːu^{5}
八	个	字	耀	耀

八字真如铁，

9-1342

说	对	少	开	蒙
Naeuz	doiq	sau	gaej	muengz
nau^{2}	toːi^{5}	θaːu^{1}	kaːi^{5}	muːŋ^{2}
说	对	姑娘	莫	忙

情妹别思念。

9-1343

表	备	祘	尝	通
Biuj	beix	suenq	caengz	doeng
piːu^{3}	pi^{4}	θuːn^{5}	ɕaŋ^{2}	toŋ^{1}
表	兄	算	未	通

兄我没想好，

9-1344

乃	站	加	土	观
Naih	soengz	caj	dou	gonq
naːi^{6}	θoŋ^{2}	kja^{3}	tu^{1}	koːn^{5}
慢	站	等	我	先

妹耐心等待。

女唱

9-1345

八	十	字	孝	孝
Bet	cih	saw	yauq	yauq
peːt^{7}	ɕi^{6}	θaɯ^{1}	jaːu^{5}	jaːu^{5}
八	个	字	耀	耀

八字真如铁，

9-1346

说	对	少	开	蒙
Naeuz	doiq	sau	gaej	muengz
nau^{2}	doːi^{5}	θaːu^{1}	kaːi^{5}	muːŋ^{2}
说	对	姑娘	莫	忙

情妹莫牵挂。

9-1347

当	卜	当	米	同
Dangq	boux	dangq	miz	doengz
taːŋ^{5}	pu^{4}	taːŋ^{5}	mi^{2}	toŋ^{2}
另	人	另	有	同

各自有情友，

9-1348

卜	而	站	加	备
Boux	lawz	soengz	caj	beix
pu^{4}	laɯ^{2}	θoŋ^{2}	kja^{3}	pi^{4}
人	哪	站	等	兄

谁在等老兄？

男唱

9-1349

八	十	字	孝	孝
Bet	cih	saw	yauq	yauq
peːt^{7}	ɕi^{6}	θaɯ^{1}	jaːu^{5}	jaːu^{5}
八	个	字	耀	耀

八字真如铁，

9-1350

说	对	备	开	备
Naeuz	doiq	beix	gaej	beix
nau^{2}	toːi^{5}	pi^{4}	kaːi^{5}	pi^{4}
说	对	兄	莫	兄

情哥莫相忘。

9-1351

飞	路	后	邦	文
Feih	lu	haeuj	biengz	vunz
fei^{5}	lu^{4}	hau^{3}	piːŋ^{2}	vun^{2}
飞	路	进	地方	人

远走入他乡，

9-1352

论	土	说	可	认
Lumz	dou	naeuz	goj	nyinh
lun^{2}	tu^{1}	nau^{2}	ko^{5}	ȵin^{6}
忘	我	或	也	记得

还记得我否？

女唱

9-1353

八	**十**	**字**	**孝**	**孝**
Bet	cih	saw	yauq	yauq
pe:t^{7}	ɕi^{6}	θaɯ^{1}	ja:u^{5}	ja:u^{5}
八	个	字	耀	耀

八字真如铁，

9-1354

说	**表**	**农**	**开**	**立**
Naeuz	biuj	nuengx	gaej	liz
nau^{2}	pi:u^{3}	nu:ŋ^{4}	ka:i^{5}	li^{2}
说	表	妹	莫	离

劝情妹留下。

9-1355

初	**观**	**牙**	**少**	**好**
Couh	gonq	yax	sau	ndei
ɕou^{6}	ko:n^{5}	ja^{5}	θa:u^{1}	dei^{1}
初	先	也	姑娘	好

当初妹允偌，

9-1356

开	**八**	**立**	**然**	**乜**
Gaej	bah	liz	ranz	meh
ka:i^{5}	pa^{6}	li^{2}	ɹa:n^{2}	me^{6}
莫	急	离	家	母

不急离娘家。

男唱

9-1357

八	**十**	**字**	**米**	**元**
Bet	cih	saw	miz	yuenz
pe:t^{7}	ɕi^{6}	θaɯ^{1}	mi^{2}	ju:n^{2}
八	个	字	有	缘

八字中有缘，

9-1358

听	**鸟**	**炕**	**开**	**穷**
Dingq	roeg	enq	gaiq	gyoengq
tiŋ^{5}	ɹok^{8}	e:n^{5}	ka:i^{5}	kjoŋ^{5}
听	鸟	燕	架	群

如燕子聚众。

9-1359

断	**土**	**你**	**又**	**论**
Duenx	dou	mwngz	youh	lumz
tu:n^{4}	tu^{1}	mɯŋ^{2}	jou^{4}	lun^{2}
断	我	你	又	忘

别后断音讯，

9-1360

作	**你**	**空**	**出**	**光**
Coh	mwngz	ndwi	ok	gvengq
ɕo^{6}	mɯŋ^{2}	du:i^{1}	o:k^{7}	kwe:ŋ^{5}
名字	你	不	出	空旷

从此无处寻。

女唱

9–1361

八	**十**	**字**	**米**	**元**
Bet	cih	saw	miz	yuenz
pe:t^{7}	ɕi^{6}	θaɯ^{1}	mi^{3}	ju:n^{2}
八	个	字	有	缘

八字中有缘，

9–1362

听	**鸟**	**炕**	**几**	**句**
Dingq	roeg	enq	geij	coenz
tiŋ^{5}	ɹok^{8}	e:n^{5}	ki^{3}	kjon^{2}
听	鸟	燕	几	句

听燕子呢喃。

9–1363

米	**欢**	**是**	**结**	**欢**
Miz	fwen	cix	giet	fwen
mi^{2}	vu:n^{1}	ɕi^{4}	ki:t^{7}	vu:n^{1}
有	歌	就	结	歌

有歌就唱歌，

9–1364

米	**月**	**良**	**米**	**的**
Miz	ndwen	lingh	miz	diq
mi^{2}	du:n^{1}	le:ŋ^{6}	mi^{2}	ti^{5}
有	月	另	有	点

月下共欢唱。

男唱

9–1365

八	**十**	**字**	**米**	**元**
Bet	cih	saw	miz	yuenz
pe:t^{7}	ɕi^{6}	θaɯ^{1}	mi^{3}	ju:n^{2}
八	个	字	有	缘

八字有缘分，

9–1366

乃	**先**	**水**	**山**	**下**
Naih	senq	raemx	bya	roengz
na:i^{6}	θe:n^{5}	ɹan^{4}	pja^{1}	ɹoŋ^{2}
慢	早	水	眼	下

想起泪水流。

9–1367

八	**十**	**字**	**空**	**从**
Bet	cih	saw	ndwi	coengz
pe:t^{7}	ɕi^{6}	θaɯ^{1}	du:i^{1}	ɕoŋ^{2}
八	个	字	不	从

八字合不起，

9–1368

当	**方**	**偻**	**当**	**在**
Dangq	fueng	raeuz	dangq	ywq
ta:ŋ^{5}	fu:ŋ^{1}	ɹau^{2}	ta:ŋ^{5}	jɯ^{5}
另	方	我们	另	住

无缘在一起。

女唱

9–1369

八	**十**	**字**	**庆**	**远**
Bet	cih	saw	ging	yenj
pe:t^{7}	çi^{6}	θaɯ^{1}	kiŋ^{3}	ju:n^{6}
八	个	字	庆	远

庆远看八字，

9–1370

务	**全**	**拜**	**桂**	**林**
Huj	cienj	baih	gvei	linz
hu^{3}	çu:n^{3}	pa:i^{6}	kwei^{1}	lin^{2}
云	转	边	桂	林

缘分到桂林。

9–1371

比	**丰**	**中**	**九**	**金**
Beij	fungh	cungq	gouj	gim
pi^{3}	fuŋ^{6}	çoŋ^{5}	kjou^{3}	kin^{1}
比	凤	中	九	金

如同凤高升，

9–1372

空	**米**	**文**	**马**	**秀**
Ndwi	miz	vuen	ma	souh
du:i^{1}	mi^{2}	vu:n^{1}	ma^{1}	θi:u^{6}
不	有	欢	来	受

无福分享受。

男唱

9–1373

八	**十**	**字**	**庆**	**远**
Bet	cih	saw	ging	yenj
pe:t^{7}	çi^{6}	θaɯ^{1}	kiŋ^{3}	ju:n^{6}
八	个	字	庆	远

庆远看八字，

9–1374

在	**垌**	**开**	**卢**	**连**
Ywq	doengh	hai	louz	lienz
jɯ^{5}	toŋ^{6}	ha:i^{1}	lu^{2}	li:n^{2}
在	垌	开	游	荡

到外地游荡。

9–1375

备	**得**	**沙**	**本**	**钱**
Beix	ndaej	ra	bonj	cienz
pi^{4}	dai^{3}	ɹa^{1}	po:n^{3}	çi:n^{2}
兄	得	找	本	钱

兄备得本钱，

9–1376

少	**得**	**边**	**知**	**不**
Sau	ndaej	rengh	rox	mbouj
θa:u^{1}	dai^{3}	ɹe:ŋ^{6}	ɹo^{4}	bou^{5}
姑娘	得	跟	或	不

妹愿跟我否？

女唱

9-1377

八	**十**	**字**	**庆**	**远**
Bet	cih	saw	ging	yenj
pe:t^{7}	ɕi^{6}	θaɯ^{1}	kiŋ^{3}	ju:n^{6}
八	个	字	庆	远

庆远看八字，

9-1378

在	**垌**	**开**	**卢**	**连**
Ywq	doengh	hai	louz	lienz
jɯ^{5}	toŋ^{6}	ha:i^{1}	lu^{2}	li:n^{2}
在	垌	开	游	荡

到外地游荡。

9-1379

备	**得**	**沙**	**本**	**钱**
Beix	ndaej	ra	bonj	cienz
pi^{4}	dai^{3}	ɹa^{1}	po:n^{3}	ɕi:n^{2}
兄	得	找	本	钱

兄备得彩礼，

9-1380

是	**边**	**龙**	**勒**	**仪**
Cix	rengh	lungz	lawh	saenq
ɕi^{4}	ɹe:ŋ^{6}	luŋ^{2}	ləɯ^{6}	θin^{5}
就	跟	龙	换	信

就与兄结交。

男唱

9-1381

一	**年**	**小**	**一**	**日**
It	nienz	siuj	it	ngoenz
it^{7}	ni:n^{2}	θi:u^{3}	it^{7}	ŋon^{2}
一	年	少	一	天

一年少一天，

9-1382

听	**鸟**	**炕**	**支**	**罗**
Dingq	roeg	enq	cih	loh
tiŋ^{5}	ɹok^{8}	e:n^{5}	ɕi^{6}	lo^{6}
听	鸟	燕	指	路

由燕子带路。

9-1383

满	**的**	**巴**	**跟**	**合**
Muengh	diq	bak	riengz	hoz
mu:ŋ^{6}	ti^{5}	pa:k^{7}	ɹi:ŋ^{2}	ho^{2}
望	点	嘴	跟	脖

苟且得欢乐，

9-1384

元	**可**	**写**	**给**	**佚**
Yuenz	goj	ce	hawj	fwx
ju:n^{2}	ko^{5}	ɕe^{1}	həɯ^{3}	fə^{4}
缘	也	留	给	别人

缘分归别人。

女唱

9-1385

一	日	小	一	时
It	ngoenz	siuj	it	seiz
it^{7}	ŋon^{2}	θi:u^{3}	it^{7}	θi^{2}
一	天	少	一	时

一天少一时，

9-1386

了	正	义	双	偻
Liux	cingz	ngeih	song	raeuz
li:u^{4}	ɕiŋ^{2}	ȵi^{6}	θo:ŋ^{1}	ɹau^{2}
完	情	义	两	我们

我俩情将尽。

9-1387

不	仪	句	话	土
Mbouj	saenq	coenz	vah	dou
bou^{5}	θin^{5}	kjon^{2}	va^{6}	tu^{1}
不	信	句	话	我

对哥述衷肠，

9-1388

土	不	论	你	闹
Dou	mbouj	lumz	mwngz	nauq
tu^{1}	bou^{5}	lun^{2}	mɯŋ^{2}	na:u^{5}
我	不	忘	你	不

情缘永不忘。

男唱

9-1389

一	日	小	一	时
It	ngoenz	siuj	it	seiz
it^{7}	ŋon^{2}	θi:u^{3}	it^{7}	θi^{2}
一	天	少	一	时

一天少一时，

9-1390

了	正	义	双	偻
Liux	cingz	ngeih	song	raeuz
li:u^{4}	ɕiŋ^{2}	ȵi^{6}	θo:ŋ^{1}	ɹau^{2}
完	情	义	两	我们

我俩情将尽。

9-1391

知	讲	又	知	说
Rox	gangj	youh	rox	naeuz
ɹo^{4}	ka:ŋ^{3}	jou^{4}	ɹo^{4}	nau^{2}
知	讲	又	知	说

真能说会道，

9-1392

不	古	而	同	沙
Mbouj	guh	rawz	doengh	ra
bou^{5}	ku^{4}	ɹaɯ^{2}	toŋ^{2}	ɹa^{1}
不	做	什么	相	找

如何相追寻？

女唱

9-1393

更	**本**	**是**	**双**	**处**
Gwnz	mbwn	cix	song	cih
kɯn²	bɯn¹	ɕi⁴	θoŋ¹	ɕi⁶
上	天	是	两	处

天意是两可，

9-1394

交	**一**	**句**	**包**	**娘**
Gyauq	it	coenz	mbauq	nangz
kjaːu⁵	it⁷	kjon²	baːu⁵	naːŋ²
教	一	句	小伙	姑娘

教我俩一句。

9-1395

特	**字**	**命**	**马**	**相**
Dawz	saw	mingh	ma	siengq
təɯ²	θaɯ¹	miŋ⁶	ma¹	θiːŋ⁵
拿	书	命	来	相

拿八字来看，

9-1396

份	**利**	**强**	**知**	**不**
Faenh	lij	giengz	rox	mbouj
fan⁶	li⁴	kiːŋ²	ɹo⁴	bou⁵
份	还	强	或	不

还有缘分否？

男唱

9-1397

更	**本**	**是**	**双**	**处**
Gwnz	mbwn	cix	song	cih
kɯn²	bɯn¹	ɕi⁴	θoŋ¹	ɕi⁶
上	天	是	两	处

天意是两可，

9-1398

交	**一**	**句**	**包**	**娘**
Gyauq	it	coenz	mbauq	nangz
kjaːu⁵	it⁷	kjon²	baːu⁵	naːŋ²
教	一	句	小伙	姑娘

教兄妹一句。

9-1399

特	**字**	**命**	**马**	**相**
Dawz	saw	mingh	ma	siengq
təɯ²	θaɯ¹	miŋ⁶	ma¹	θiːŋ⁵
拿	书	命	来	相

拿八字来看，

9-1400

份	**利**	**强**	**外**	**对**
Faenh	lij	giengz	vaij	doih
fan⁶	li⁴	kiːŋ²	vaːi³	toːi⁶
份	还	强	过	伙伴

缘分强过人。

女唱

9-1401

更	**本**	**是**	**双**	**处**
Gwnz	mbwn	cix	song	cih
kɯn^{2}	bɯn^{1}	ɕi^{4}	θoŋ^{1}	ɕi^{6}
上	天	是	两	处

天意是两可，

9-1402

交	**一**	**句**	**包**	**娘**
Gyauq	it	coenz	mbauq	nangz
kja:u^{5}	it^{7}	kjon^{2}	ba:u^{5}	na:ŋ^{2}
教	一	句	小伙	姑娘

教兄妹一句。

9-1403

特	**字**	**命**	**马**	**相**
Dawz	saw	mingh	ma	siengq
təɯ^{2}	θaɯ^{1}	miŋ^{6}	ma^{1}	θi:ŋ^{5}
拿	书	命	来	相

拿八字来看，

9-1404

欢	**强**	**是**	**勒**	**仪**
Fwen	giengz	cix	lawh	saenq
vu:n^{1}	ki:ŋ^{2}	ɕi^{4}	ləɯ^{6}	θin^{5}
歌	强	就	换	信

有缘就结交。

男唱

9-1405

更	**本**	**是**	**双**	**处**
Gwnz	mbwn	cix	song	cih
kɯn^{2}	bɯn^{1}	ɕi^{4}	θoŋ^{1}	ɕi^{6}
上	天	是	两	处

天意是两可，

9-1406

交	**一**	**句**	**包**	**而**
Gyauq	it	coenz	mbauq	lawz
kja:u^{5}	it^{7}	kjon^{2}	ba:u^{5}	laɯ^{2}
教	一	句	小伙	哪

教情哥一句。

9-1407

采	**元**	**丢**	**很**	**马**
Byaij	roen	diuq	hwnj	ma
pja:i^{3}	jo:n^{1}	ti:u^{5}	hɯn^{3}	ma^{1}
走	路	跳	上	马

兄妹共一骑，

9-1408

全	**古**	**家**	**一**	**在**
Gyonj	guh	gya	ndeu	ywq
kjo:n^{1}	ku^{4}	kja^{1}	de:u^{1}	jɯ^{5}
聚	做	家	一	住

合一家同居。

女唱

9-1409

更	**本**	**是**	**双**	**处**
Gwnz	mbwn	cix	song	cih
kɯn^{2}	bɯn^{1}	ɕi^{4}	θoŋ^{1}	ɕi^{6}
上	天	是	两	处

天意是两可，

9-1410

交	**一**	**句**	**包**	**而**
Gyauq	it	coenz	mbauq	lawz
kja:u^{5}	it^{7}	kjon^{2}	ba:u^{5}	laɯ^{2}
教	一	句	小伙	哪

教情哥一句。

9-1411

是	**加**	**全**	**古**	**家**
Cix	caj	gyonj	guh	gya
ɕi^{4}	kja^{3}	kjo:n^{1}	ku^{4}	kja^{1}
是	等	聚	做	家

等着要成家，

9-1412

老	**龙**	**从**	**不**	**得**
Lau	lungz	coengz	mbouj	ndaej
la:u^{1}	luŋ^{2}	ɕoŋ^{2}	bou^{5}	dai^{3}
怕	龙	从	不	得

怕兄不接受。

男唱

9-1413

更	**本**	**是**	**双**	**处**
Gwnz	mbwn	cix	song	cih
kɯn^{2}	bɯn^{1}	ɕi^{4}	θoŋ^{1}	ɕi^{6}
上	天	是	两	处

天意是两可，

9-1414

交	**一**	**句**	**包**	**而**
Gyauq	it	coenz	mbauq	lawz
kja:u^{5}	it^{7}	kjon^{2}	ba:u^{5}	laɯ^{2}
教	一	句	小伙	哪

教情哥一句。

9-1415

是	**加**	**全**	**古**	**家**
Cix	caj	gyonj	guh	gya
ɕi^{4}	kja^{3}	kjo:n^{1}	ku^{4}	kja^{1}
是	等	聚	做	家

两人合一家，

9-1416

邦	**土**	**从**	**得**	**由**
Biengz	dou	coengz	ndaej	raeuh
pi:ŋ^{2}	tu^{1}	ɕoŋ^{2}	dai^{3}	ɹau^{6}
地方	我	从	得	多

乡俗容得下。

女唱

9–1417

更	本	是	双	处
Gwnz	mbwn	cix	song	cih
kɯn^{2}	bɯn^{1}	ɕi^{4}	θoŋ^{1}	ɕi^{6}
上	天	是	两	处

天意是两可，

9–1418

交	一	句	包	而
Gyauq	it	coenz	mbauq	lawz
kjaːu^{5}	it^{7}	kjon^{2}	baːu^{5}	laɯ^{2}
教	一	句	小伙	哪

教情哥一句。

9–1419

长	判	断	思	恩
Cangh	buenq	duenx	swh	wnh
ɕaːŋ^{6}	puːn^{5}	tuːn^{4}	θɯ^{1}	an^{1}
匠	贩	断	思	恩

商贩断思恩，

9–1420

老	龙	生	本	阝
Lau	lungz	seng	bonj	bouh
laːu^{1}	luŋ^{2}	θeːŋ^{1}	poːn^{3}	pou^{6}
怕	龙	生	本	薄

兄应记账目。

男唱

9–1421

七	十	义	贝	正
Caet	cib	ngeih	mbaw	cingz
ɕat^{7}	ɕit^{8}	ȵi^{6}	baɯ^{1}	ɕiŋ^{2}
七	十	二	张	情

七十二诉状，

9–1422

贝	一	生	下	府
Mbaw	ndeu	caem	roengz	fuj
baɯ^{1}	deːu^{1}	ɕan^{1}	ɹoŋ^{2}	fu^{3}
张	一	沉	下	府

一张告到府。

9–1423

十	分	生	本	阝
Cib	faen	seng	bonj	bouh
ɕit^{8}	fan^{1}	θeːŋ^{1}	poːn^{3}	pou^{6}
十	分	生	本	薄

若还有本子，

9–1424

不	给	农	贝	跟
Mbouj	hawj	nuengx	bae	riengz
bou^{5}	həɯ^{3}	nuːŋ^{4}	pai^{1}	ɹiːŋ^{2}
不	给	妹	去	跟

妹可脱干系。

女唱

9-1425

更 本 是 双 恩

Gwnz mbwn cix song nganh

kɯn^{2} bɯn^{1} ɕi^{4} θo:ŋ^{1} ŋa:n^{6}

上 天 是 两 案

天意是两可，

9-1426

才 对 生 土 说

Caih doiq saemq dou naeuz

ɕa:i^{6} to:i^{5} θan^{5} tu^{1} nau^{2}

随 对 庚 我 说

任我伴侣说。

9-1427

变 龙 那 不 要

Bienh lungz nax mbouj aeu

pi:n^{6} luŋ^{2} na^{4} bou^{5} au^{1}

即便 大舅 小舅 不 要

若不顾亲戚，

9-1428

双 偻 是 合 命

Song raeuz cix hob mingh

θo:ŋ^{1} ɹau^{2} ɕi^{4} ho:p^{8} miŋ^{6}

两 我们 就 合 命

我俩就订婚。

男唱

9-1429

更 本 是 双 恩

Gwnz mbwn cix song nganh

kɯn^{2} bɯn^{1} ɕi^{4} θo:ŋ^{1} ŋa:n^{6}

上 天 是 两 案

天意是两可，

9-1430

才 对 生 土 说

Caih doiq saemq dou naeuz

ɕa:i^{6} to:i^{5} θan^{5} tu^{1} nau^{2}

随 对 庚 我 说

任我情侣说。

9-1431

从 龙 那 相 口

Coengh lungz nax siengq gaeuj

ɕoŋ^{6} luŋ^{2} na^{4} θi:ŋ^{5} kau^{3}

帮 大舅 小舅 相 看

替亲戚掂量，

9-1432

龙 得 要 知 不

Lungz ndaej aeu rox mbouj

luŋ^{2} dai^{3} au^{1} ɹo^{4} bou^{5}

龙 得 娶 或 不

兄能娶你否？

女唱

9-1433

更 本 是 双 恩

Gwnz mbwn cix song nganh

kɯn^{2} bɯn^{1} çi^{4} θoːŋ^{1} ŋan^{6}

上 天 是 两 案

天意是两可，

9-1434

才 对 生 土 说

Caih doiq saemq dou naeuz

çaːi^{6} toːi^{5} θan^{5} tu^{1} nau^{2}

随 对 庚 我 说

任我情友说。

9-1435

但 外 秀 双 偻

Danh vaij ciuh song raeuz

taːn^{6} vaːi^{3} çiːu^{6} θoːŋ^{1} ɹau^{2}

但 过 世 两 我们

过我俩恋期，

9-1436

不 得 要 洋 标

Mbouj ndaej aeu yaeng suenq

bou^{5} dai^{3} au^{1} jaŋ^{1} θuːn^{5}

不 得 娶 再 算

不成家就算。

女唱

9-1437

更 本 是 双 恩

Gwnz mbwn cix song nganh

kɯn^{2} bɯn^{1} çi^{4} θoːŋ^{1} ŋan^{6}

上 天 是 两 案

天意是两可，

9-1438

才 对 生 土 说

Caih doiq saemq dou naeuz

çaːi^{6} toːi^{5} θan^{5} tu^{1} nau^{2}

随 对 庚 我 说

由我情侣说。

9-1439

变 龙 那 不 要

Bienh lungz nax mbouj aeu

piːŋ^{6} luŋ^{2} na^{4} bou^{5} au^{1}

即便 大舅 小舅 不 要

不理会亲戚，

9-1440

双 偻 交 正 重

Song raeuz gyau cingz naek

θoːŋ^{1} ɹau^{2} kjaːu^{1} çiŋ^{2} nak^{7}

两 我们 交 情 重

我俩情义深。

女唱

9-1441

更 本 是 双 阴

Gwnz mbwn cix song yim

kɯn^{2} bɯn^{1} ɕi^{4} θoːŋ^{1} in^{1}

上 天 是 两 阴

天上光阴快，

9-1442

送 仪 是 送 快

Soengq saenq cix soengq riuz

θoːŋ^{5} θin^{5} ɕi^{4} θoŋ^{5} ɹiːu^{2}

送 信 是 送 快

送信要抓紧。

9-1443

不 乃 伕 封 桥

Mbouj naih fwx fung giuz

bou^{5} naːi^{6} fə^{4} fuŋ^{1} kiːu^{2}

不 久 别人 封 桥

晚了桥被封，

9-1444

少 讲 笑 不 得

Sau gangj riu mbouj ndaej

θaːu^{1} kaːŋ^{3} ɹiːu^{1} bou^{5} dai^{3}

姑娘 讲 笑 不 得

我绝不懈怠。

男唱

9-1445

更 本 是 双 蒙

Gwnz mbwn cix song bungh

kɯn^{2} bɯn^{1} ɕi^{4} θoːŋ^{1} puŋ^{6}

上 天 是 两 间

天上分开住，

9-1446

土 干 共 友 你

Dou ganq gungh youx mwngz

tu^{1} kaːn^{5} kuŋ^{6} ju^{4} mɯŋ^{2}

我 照料 共 友 你

悉心照料你。

9-1447

早 咟 土 貝 巡

Haet haemh dou bae cunz

hat^{7} han^{6} tu^{1} pai^{1} ɕun^{2}

早 晚 我 去 巡

早起我探望，

9-1448

龙 古 文 不 知

Lungz guh vunz mbouj rox

luŋ^{2} ku^{4} vun^{2} bou^{5} ɹo^{4}

龙 做 人 不 知

兄问心无愧。

女唱

9–1449

九	**特**	**给**	**贝**	**吃**
Yiuh	dawz	gaeq	bae	gwn
jiːu^{6}	təɯ^{2}	kai^{5}	pai^{1}	kɯn^{1}
鹞	拿	鸡	去	吃

鹞抓鸡去吃，

9–1450

权	**毛**	**作**	**大**	**罗**
Giemz	bwn	coq	daih	loh
kiːn^{6}	pɯn^{1}	ɕo^{5}	taːi^{6}	lo^{6}
拔	毛	放	大	路

拔毛撒路上。

9–1451

更	**本**	**是**	**双**	**华**
Gwnz	mbwn	cix	song	hak
kɯn^{2}	bɯn^{1}	ɕi^{4}	θoːŋ^{1}	haːk^{7}
上	天	是	两	官

天上就我俩，

9–1452

备	**知**	**是**	**开**	**正**
Beix	rox	cix	hai	cingz
pi^{4}	ɹo^{4}	ɕi^{4}	haːi^{1}	ɕiŋ^{2}
兄	知	就	开	情

兄就该送礼。

男唱

9–1453

更	**本**	**是**	**双**	**华**
Gwnz	mbwn	cix	song	hak
kɯn^{2}	bɯn^{1}	ɕi^{4}	θoːŋ^{1}	haːk^{7}
上	天	是	两	官

天上就我俩，

9–1454

备	**知**	**是**	**丢**	**银**
beix	rox	cix	diuq	ngaenz
pi^{4}	ɹo^{4}	ɕi^{4}	tiːu^{1}	ŋan^{2}
兄	知	就	丢	银

兄该送首饰。

9–1455

想	**牙**	**开**	**小**	**正**
Siengj	yax	hai	siuj	cingz
θiːŋ^{3}	ja^{5}	haːi^{1}	θiːu^{3}	ɕiŋ^{2}
想	要	开	小	情

只送小礼品，

9–1456

邦	**少**	**空**	**安**	**玉**
Biengz	sau	ndwi	anh	yiz
piːŋ^{2}	θaːu^{1}	duːi^{1}	aːn^{1}	ji^{4}
地方	姑娘	不	安	逸

恐妹心难安。

女唱

9-1457

更	**本**	**是**	**双**	**偻**
Gwnz	mbwn	cix	song	raeuz
kɯn^{2}	bɯn^{1}	ɕi^{4}	θoːŋ^{1}	ɹau^{2}
上	天	是	两	我们

天上就我俩，

9-1458

备	**优**	**不**	**得**	**土**
Beix	yaeuj	mbouj	ndaej	dou
pi^{4}	jau^{5}	bou^{5}	dai^{3}	tu^{1}
兄	举	不	得	我

兄顾不得我。

9-1459

明	**令**	**朵**	**刀**	**付**
Cog	rin	doj	dauq	fouz
ɕoːk^{8}	ɹin^{1}	to^{3}	taːu^{5}	fu^{2}
将来	石	土	倒	浮

待石头翻身，

9-1460

办	**论**	**土**	**不**	**定**
Baenz	lumj	dou	mbouj	dingh
pan^{2}	lun^{3}	tu^{1}	bou^{5}	tiŋ^{6}
成	像	我	不	定

结果也难料。

男唱

9-1461

更	**本**	**是**	**双**	**蒙**
Gwnz	mbwn	cix	song	bungh
kɯn^{2}	bɯn^{1}	ɕi^{4}	θoːŋ^{1}	puŋ^{6}
上	天	是	两	间

天上分两边，

9-1462

团	**一**	**中**	**相**	**公**
Donh	ndeu	cungq	siengq	goeng
toːn^{6}	deːu^{1}	ɕoŋ^{5}	θiːŋ^{5}	koŋ^{1}
半	一	中	相	公

一半成大官。

9-1463

务	**特**	**折**	**古**	**双**
Gouh	dawh	euj	guh	song
kou^{6}	taɯ^{6}	eːu^{3}	ku^{4}	θoːŋ^{1}
双	筷	折	做	两

筷子尚成双，

9-1464

不	**师**	**偻**	**同**	**分**
Mbouj	ywz	raeuz	doengh	mbek
bou^{5}	jɯ^{2}	ɹau^{2}	toŋ^{2}	beːk^{7}
不	如	我们	相	分

如我俩离别。

女唱

9-1465
更 本 是 双 蒙
Gwnz mbwn cix song bungh
kɯn^{2} bɯn^{1} ɕi^{4} θoːŋ^{1} puŋ^{6}
上 天 是 两 间
天上分两边，

9-1466
团 一 中 相 公
Donh ndeu cungq siengq goeng
toːn^{6} deːu^{1} ɕoŋ^{5} θiːŋ^{5} koŋ^{1}
半 一 中 相 公
一半当文官。

9-1467
务 特 折 古 双
Gouh dawh euj guh song
kou^{6} təɯ^{6} eːu^{3} ku^{4} θoːŋ^{1}
双 筷 折 做 两
筷子尚成双，

9-1468
利 对 同 知 不
Lij doiq doengz rox mbouj
li^{4} toːi^{5} toŋ^{2} ɹo^{4} bou^{5}
还 对 同 或 不
咱能否成对？

男唱

9-1469
更 本 是 双 蒙
Gwnz mbwn cix song bungh
kɯn^{2} bɯn^{1} ɕi^{4} θoːŋ^{1} puŋ^{6}
上 天 是 两 间
天上分为二，

9-1470
团 一 中 相 长
Donh ndeu cungq sieng raez
toːn^{6} deːu^{1} ɕoŋ^{5} θiːŋ^{1} ɹai^{2}
半 一 中 状 元
一半有官职。

9-1471
务 特 不 同 岁
Gouh dawh mbouj doengz caez
kou^{6} təɯ^{6} bou^{5} toŋ^{2} ɕai^{2}
双 筷 不 同 齐
筷子不平齐，

9-1472
少 牙 貝 写 包
Sau yax bae ce mbauq
θaːu^{1} ja^{5} pai^{1} ɕe^{1} baːu^{5}
姑娘 也 去 留 小伙
妹离兄而去。

女唱

9-1473

务 特 不 同 岁

Gouh dawh mbouj doengz caez

kou6 təɯ6 bou5 toŋ2 ɕai2

双 筷 不 同 齐

筷子不平齐，

9-1474

少 牙 贝 写 包

Sau yax bae ce mbauq

θaːu1 ja5 pai1 ɕe1 baːu5

姑娘 也 去 留 小伙

妹离兄而去。

9-1475

灯 日 很 罗 老

Daeng ngoenz hwnj loh laux

taŋ1 ŋon2 hɯn3 lo6 laːu4

灯 天 上 路 大

太阳照大路，

9-1476

少 包 样 花 买

Sau mbauq yiengh va mai

θaːu1 baːu5 jɯːŋ6 va1 maːi1

姑娘 小伙 样 花 密蒙

兄妹似鲜花。

男唱

9-1477

务 特 不 同 岁

Gouh dawh mbouj doengz caez

kou6 təɯ6 bou5 toŋ2 ɕai2

双 筷 不 同 齐

筷子不平齐，

9-1478

卡 而 长 是 砍

Ga lawz raez cix raemj

ka1 lauɯ2 ɹai2 ɕi4 ɹan3

条 哪 长 就 砍

哪根长就砍。

9-1479

要 贵 不 对 生

Aeu gwiz mbouj doiq saemq

au1 kɯi2 bou5 toːi5 θan5

要 丈夫 不 对 庚

嫁夫不同龄，

9-1480

砍 又 坤 心 头

Raemj youh goenq sim daeuz

ɹan3 jou4 kon5 θin1 tau2

砍 又 断 心 脏

分离心又痛。

女唱

9-1481
务 特 不 同 岁
Gouh dawh mbouj doengz caez
kou^{6} təɯ^{6} bou^{5} toŋ^{2} ɕai^{2}
双 筷 不 同 齐
筷子不平齐，

9-1482
卡 而 长 是 砍
Ga lawz raez cix raemj
ka^{1} laɯ^{2} ɹai^{2} ɕi^{4} ɹan^{3}
条 哪 长 就 砍
哪根长就砍。

9-1483
自 要 不 对 生
Gag aeu mbouj doiq saemq
kaːk^{8} au^{1} bou^{5} toːi^{5} θan^{5}
自 要 不 对 庚
交友不同龄，

9-1484
能 作 备 不 堂
Nyaengq coq beix mbouj daengz
ȵaŋ^{5} ɕo^{5} pi^{4} bou^{5} taŋ^{2}
恼 放 兄 不 到
怪不到我兄。

男唱

9-1485
务 特 不 同 岁
Gouh dawh mbouj doengz caez
kou^{6} təɯ^{6} bou^{5} toŋ^{2} ɕai^{2}
双 筷 不 同 齐
筷子不平齐，

9-1486
卡 而 长 是 锯
Ga lawz raez cix gawq
ka^{1} laɯ^{2} ɹai^{2} ɕi^{4} kəɯ^{5}
条 哪 长 就 锯
哪根长就锯。

9-1487
土 九 你 不 勒
Dou iu mwngz mbouj lawh
tu^{1} iːu^{1} mɯŋ^{2} bou^{5} ləɯ^{6}
我 邀 你 不 换
我想不结交，

9-1488
老 牙 伕 小 正
Lau yax mbwq siuj cingz
laːu^{1} ja^{5} bɯ^{5} θiːu^{3} ɕiŋ^{2}
怕 也 厌恶 小 情
人言怕礼品。

女唱

9-1489
务 特 不 同 岁
Gouh dawh mbouj doengz caez
kou^{6} təɯ^{6} bou^{5} toŋ^{2} ɕai^{2}
双 筷 不 同 齐
筷子不平齐，

9-1490
卡 而 长 是 锯
Ga lawz raez cix gawq
ka^{1} laɯ^{2} ɹai^{2} ɕi^{4} kəɯ^{5}
条 哪 长 就 锯
哪根长就锯。

9-1491
阝 义 十 同 勒
Boux ngeih cib doengz lawh
pu^{4} ȵi^{6} ɕit^{8} toŋ^{2} ləɯ^{6}
个 二 十 相 换
二十岁结交，

9-1492
伕 牙 才 合 你
Mbwq yax caih hoz mwngz
bɯ^{5} ja^{5} ɕaːi^{6} ho^{2} mɯŋ^{2}
厌恶 也 随 脖 你
不愿也由你。

男唱

9-1493
务 特 不 同 岁
Gouh dawh mbouj doengz caez
kou^{6} təɯ^{6} bou^{5} toŋ^{2} ɕai^{2}
双 筷 不 同 齐
筷子不平齐，

9-1494
卡 而 长 是 锯
Ga lawz raez cix gawq
ka^{1} laɯ^{2} ɹai^{2} ɕi^{4} kəɯ^{5}
条 哪 长 就 锯
哪根长就锯。

9-1495
文 邦 古 金 师
Vunz biengz guh ginh sae
vun^{2} piːŋ^{2} ku^{4} kin^{5} θei^{1}
人 地方 做 军 师
听旁人指示，

9-1496
同 勒 不 外 春
Doengh lawh mbouj vaij cin
toŋ^{2} ləɯ^{6} bou^{5} vaːi^{3} ɕun^{1}
相 换 不 过 春
结交无结果。

女唱

9-1497

务 特 不 同 岁

Gouh dawh mbouj doengz caez

kou^{6} təɯ^{6} bou^{5} toŋ^{2} ɕai^{2}

双 筷 不 同 齐

筷子不平齐，

9-1498

卡 而 长 是 锯

Ga lawz raez cix gawq

ka^{1} laɯ^{2} ɹai^{2} ɕi^{4} kəɯ^{5}

条 哪 长 就 锯

哪根长就锯。

9-1499

重 心 你 是 勒

Naek sim mwngz cix lawh

nak^{7} θin^{1} mɯŋ^{2} ɕi^{4} ləɯ^{6}

重 心 你 就 换

有情就结交，

9-1500

对 那 备 开 说

Doiq naj beix gaej naeuz

toːi^{5} na^{3} pi^{4} kaːi^{5} nau^{2}

对 脸 兄 莫 说

不要说怪话。

男唱

9-1501

务 特 不 同 岁

Gouh dawh mbouj doengz caez

kou^{6} təɯ^{6} bou^{5} toŋ^{2} ɕai^{2}

双 筷 不 同 齐

筷子不平齐，

9-1502

卡 而 长 是 锯

Ga lawz raez cix gawq

ka^{1} laɯ^{2} ɹai^{2} ɕi^{4} kəɯ^{5}

条 哪 长 就 锯

哪根长就锯。

9-1503

包 少 偻 岁 在

Mbauq sau raeuz caez ywq

baːu^{5} θaːu^{1} ɹau^{2} ɕai^{2} jɯ^{5}

小伙 姑娘 我们 齐 住

兄妹在一起，

9-1504

强 务 特 江 手

Giengz gouh dawh gyang fwngz

kiːŋ^{2} kou^{6} təɯ^{6} kjaːŋ^{1} fɯŋ^{2}

像 双 筷 中 手

像一双筷子。

女唱

9-1505

务	**特**	**不**	**同**	**岁**
Gouh	dawh	mbouj	doengz	caez
kou^{6}	təɯ^{6}	bou^{5}	toŋ^{2}	çai^{2}
双	**筷**	**不**	**同**	**齐**

筷子不平齐，

9-1506

卡	**而**	**长**	**是**	**锯**
Ga	lawz	raez	cix	gawq
ka^{1}	laɯ^{2}	ɹai^{2}	çi^{4}	kəɯ
条	**哪**	**长**	**就**	**锯**

哪根长就锯。

9-1507

包	**少**	**偻**	**岁**	**在**
Mbauq	sau	raeuz	caez	ywq
baːu^{5}	θaːu^{1}	ɹau^{2}	çai^{2}	jɯ^{5}
小伙	**姑娘**	**我们**	**齐**	**在**

兄妹在一起，

9-1508

秋	**果**	**我**	**出**	**花**
Ciuq	go	ngox	ok	va
çiːu^{5}	ko^{1}	ŋo^{4}	oːk^{7}	va^{1}
看	**棵**	**无花果**	**出**	**花**

共赏无花果。

男唱

9-1509

秋	**果**	**我**	**出**	**花**
Ciuq	go	ngox	ok	va
çiːu^{5}	ko^{1}	ŋo^{4}	oːk^{7}	va^{1}
看	**棵**	**无花果**	**出**	**花**

共赏无花果，

9-1510

方	**卢**	**生**	**貝**	**边**
Fueng	louz	seng	bae	nden
fuːŋ^{1}	lu^{2}	θeːŋ^{1}	pai^{1}	deːn^{1}
风	**流**	**生**	**去**	**边**

游人总围观。

9-1511

特	**金**	**龙**	**马**	**相**
Dawz	gim	lungz	ma	siengq
təɯ^{2}	kin^{1}	luŋ^{2}	ma^{1}	θiːŋ^{5}
拿	**金**	**龙**	**来**	**相**

用金龙试探，

9-1512

农	**米**	**连**	**知**	**空**
Nuengx	miz	lienh	rox	ndwi
nuːŋ^{4}	mi^{2}	liːn^{6}	ɹo^{4}	duːi^{1}
妹	**有**	**链**	**或**	**不**

妹被禁锢否？

女唱

9-1513

秋	**果**	**我**	**出**	**花**
Ciuq	go	ngox	ok	va
çiːu5	ko1	ŋo4	oːk1	va1
看	棵	无花果	出	花

共赏无花果，

9-1514

方	**卢**	**生**	**貝**	**边**
Fueng	louz	seng	bae	nden
fuːŋ1	lu2	θeːŋ1	pai1	deːn1
风	流	生	去	边

游人总围观。

9-1515

打	**金**	**龙**	**马**	**相**
Daj	gim	lungz	ma	siengq
ta3	kin1	luŋ2	ma1	θiːŋ5
打	金	龙	来	相

用金龙试探，

9-1516

空	**米**	**连**	**桃**	**定**
Ndwi	miz	lienh	dauz	din
duːi1	mi2	liːn6	taːu2	tin1
不	有	链	绑	脚

手脚无约束。

男唱

9-1517

针	**跟**	**美**	**共**	**土**
Cim	riengz	mae	gungh	duq
çim1	ɹiːŋ2	mai1	kuŋ6	tu5
针	跟	线	共	结子

针线不分离，

9-1518

润	**跟**	**务**	**飞**	**尚**
Rumz	riengz	huj	mbin	sang
ɹun2	ɹiːŋ2	hu3	bin1	θaːŋ1
风	跟	云	飞	高

风随云高飞。

9-1519

讲	**满**	**观**	**了**	**江**
Gangj	monh	gonq	liux	gyang
kaːŋ3	moːn6	koːn5	liːu4	kjaːŋ1
讲	满	先	啰	友

好友先谈情，

9-1520

蒙	**开**	**么**	**造**	**秀**
Muengz	gij	maz	caux	ciuh
muːŋ2	kaːi2	ma2	çaːu4	çiːu6
忙	什	么	造	世

先别急成家。

女唱

9-1521

针 跟 美 共 土

Cim riengz mae gungh duq

çim^{1} ɹiːŋ^{2} mai^{1} kuŋ^{6} tu^{5}

针 跟 线 共 结子

针线不分离，

9-1522

润 跟 务 飞 尚

Rumz riengz huj mbin sang

ɹun^{2} ɹiːŋ^{2} hu^{3} bin^{1} θaːŋ^{1}

风 跟 云 飞 高

风随云高飞。

9-1523

双 文 共 条 心

Song vunz gungh diuz sim

θoːŋ^{1} vun^{2} kuŋ^{6} tiːu^{2} θin^{1}

两 人 共 条 心

两人心连心，

9-1524

文 邦 牙 斗 干

Vunz biengz yax daeuj ganq

vun^{2} piːŋ^{2} ja^{5} tau^{3} gaːn^{5}

人 地方 才 来 顾

世人也羡慕。

男唱

9-1525

针 跟 美 共 土

Cim riengz mae gungh duq

çim^{1} ɹiːŋ^{2} mai^{1} kuŋ^{6} tu^{5}

针 跟 线 共 结子

针线常相连，

9-1526

润 跟 务 开 三

Rumz riengz huj gaej sanq

ɹun^{2} ɹiːŋ^{2} hu^{3} kaːi^{5} θaːn^{5}

风 跟 云 莫 散

风云不可分。

9-1527

双 文 共 条 心

Song vunz gungh diuz sim

θoːŋ^{1} vun^{2} kuŋ^{6} tiːu^{2} θin^{1}

两 人 共 条 心

两人一条心，

9-1528

当 阝 飞 当 边

Dangq boux mbin dangq mbiengj

taːŋ^{5} pu^{4} bin^{1} taːŋ^{5} buɯŋ^{3}

另 人 飞 另 边

遇事各自飞。

女唱

9-1529

针 跟 美 共 土

Cim riengz mae gungh duq

ɕim^{1} ɹiːŋ^{2} mai^{1} kuŋ^{6} tu^{5}

针 跟 线 共 结子

针线常相连，

9-1530

润 跟 务 当 龙

Rumz riengz huj dang lungz

ɹun^{2} ɹiːŋ^{2} hu^{3} taːŋ^{1} luŋ^{2}

风 跟 云 当 龙

风云不可分。

9-1531

得 田 农 是 站

Ndaej denz nuengx cix soengz

dai^{3} teːn^{2} nuːŋ^{4} ɕi^{4} θoŋ^{2}

得 地 妹 就 站

妹随遇则安，

9-1532

开 罗 土 心 三

Gaej lox dou sim sanq

kaːi^{5} lo^{4} tu^{1} θin^{1} θaːn^{5}

莫 哄 我 心 散

莫让我分心。

男唱

9-1533

针 跟 美 共 土

Cim riengz mae gungh duq

ɕim^{1} ɹiːŋ^{2} mai^{1} kuŋ^{6} tu^{5}

针 跟 线 共 结子

针线常相连，

9-1534

润 跟 务 当 龙

Rumz riengz huj dang lungz

ɹun^{2} ɹiːŋ^{2} hu^{3} taːŋ^{1} luŋ^{2}

风 跟 云 当 龙

风云不可分。

9-1535

得 你 农 岁 站

Ndaej mwngz nuengx caez soengz

dai^{3} mɯŋ^{2} nuːŋ^{4} ɕai^{2} θoŋ^{2}

得 你 妹 齐 站

得妹便安心，

9-1536

来 方 龙 不 想

Lai fueng lungz mbouj siengj

laːi^{1} fuːŋ^{1} luŋ^{2} bou^{5} θiːŋ^{3}

多 方 龙 不 想

兄不想别人。

女唱

9–1537

针	**跟**	**美**	**同**	**拉**
Cim	riengz	mae	doengh	lwd
çim^{1}	ɹiːŋ^{2}	mai^{1}	toŋ^{2}	lɯt^{8}
针	跟	线	相	拉

针和线相连，

9–1538

墨	**跟**	**纸**	**同**	**包**
Maeg	riengz	ceij	doengh	bau
mak^{8}	ɹiːŋ^{2}	çi^{3}	toŋ^{2}	paːu^{1}
墨	跟	纸	相	包

墨和纸一家。

9–1539

内	**空**	**办**	**包**	**少**
Neix	ndwi	baenz	mbauq	sau
ni^{4}	duːi^{1}	pan^{2}	baːu^{5}	θaːu^{1}
这	不	成	小伙	姑娘

兄妹不成家，

9–1540

你	**古**	**而**	**打**	**祘**
Mwngz	guh	rawz	daj	suenq
mɯŋ^{2}	ku^{4}	ɹaɯ^{2}	ta^{3}	θuːn^{5}
你	做	什么	打	算

你做何打算？

男唱

9–1541

针	**跟**	**美**	**同**	**拉**
Cim	riengz	mae	doengh	lwd
çim^{1}	ɹiːŋ^{2}	mai^{1}	toŋ^{2}	lɯt^{8}
针	跟	线	相	拉

针和线相寻，

9–1542

墨	**跟**	**纸**	**同**	**包**
Maeg	riengz	ceij	doengh	bau
mak^{8}	ɹiːŋ^{2}	çi^{3}	toŋ^{2}	paːu^{1}
墨	跟	纸	相	包

墨和纸结合。

9–1543

不	**办**	**份**	**包**	**少**
Mbouj	baenz	faenh	mbauq	sau
bou^{5}	pan^{2}	fan^{6}	baːu^{5}	θaːu^{1}
不	成	份	小伙	姑娘

成不了伴侣，

9–1544

同	**交**	**空**	**是**	**八**
Doengh	gyau	ndwi	cix	bah
toŋ^{2}	kjaːu^{1}	duːi^{1}	çi^{4}	pa^{6}
相	交	不	就	算

空结交而已。

女唱

9-1545

针	**跟**	**美**	**同**	**拉**
Cim	riengz	mae	doengh	rag
çim^{1}	ɹiːŋ^{2}	mai^{1}	toŋ^{2}	ɹaːk^{8}
针	跟	线	相	根

针和线相寻，

9-1546

墨	**跟**	**纸**	**同**	**连**
Maeg	riengz	ceij	doengh	lienz
mak^{8}	ɹiːŋ^{2}	çi^{3}	toŋ^{2}	liːn^{2}
墨	跟	纸	相	连

墨和纸相连。

9-1547

欢	**比**	**在**	**千**	**比**
Fwen	beij	ywq	cien	bi
vuːn^{1}	pi^{3}	jɯ^{5}	çiːn^{1}	pi^{1}
歌	歌	在	千	年

山歌永世传，

9-1548

文	**偻**	**贝**	**不**	**刀**
Vunz	raeuz	bae	mbouj	dauq
vun^{2}	ɹau^{2}	pai^{1}	bou^{5}	taːu^{5}
人	我们	去	不	回

人死不复生。

男唱

9-1549

针	**跟**	**美**	**同**	**拉**
Cim	riengz	mae	doengh	rag
çim^{1}	ɹiːŋ^{2}	mai^{1}	toŋ^{2}	ɹaːk^{8}
针	跟	线	相	根

针和线相牵，

9-1550

墨	**跟**	**纸**	**同**	**连**
Maeg	riengz	ceij	doengh	lienz
mak^{8}	ɹiːŋ^{2}	çi^{3}	toŋ^{2}	liːn^{2}
墨	跟	纸	相	连

墨和纸相随。

9-1551

卜	**妻**	**是**	**千**	**年**
Boh	maex	cix	cien	nienz
po^{6}	mai^{4}	çi^{4}	çiːn^{1}	niːn^{2}
夫	妻	是	千	年

夫妻共一生，

9-1552

包	**少**	**可**	**团**	**秀**
Mbauq	sau	goj	donh	ciuh
baːu^{5}	θaːu^{1}	ko^{5}	toːn^{6}	çiːu^{6}
小伙	姑娘	也	半	世

情侣难长久。

女唱

9–1553

针	**跟**	**美**
Cim	riengz	mae
çim^{1}	ɹiːŋ^{2}	mai^{1}
针	跟	线

针和线，

9–1554

岁	**共**	**拜**	**一**	**认**
Caez	gungh	baih	ndeu	nyib
çai^{2}	kuŋ^{6}	paːi^{6}	deːu^{1}	ɲip^{8}
齐	共	边	一	缝

同方向缝合。

9–1555

针	**可**	**贝**	**令**	**令**
Cim	goj	bae	lid	lid
çim^{1}	ko^{5}	pai^{1}	lit^{8}	lit^{8}
针	也	去	悠	悠

针在前面走，

9–1556

美	**可**	**初**	**很**	**布**
Mae	goj	coux	hwnj	baengz
mai^{1}	ko^{5}	çou^{4}	hɯn^{3}	paŋ^{2}
线	也	接	上	布

线在后面跟。

男唱

9–1557

针	**跟**	**美**
Cim	riengz	mae
çim^{1}	ɹiːŋ^{2}	mai^{1}
针	跟	线

针和线，

9–1558

岁	**共**	**拜**	**一**	**衣**
Caez	gungh	baih	ndeu	iet
çai^{2}	kuŋ^{6}	paːi^{6}	deːu^{1}	jiːt^{7}
齐	共	边	一	伸

同一方向走。

9–1559

尻	**是**	**尻**
Nyienh	cix	nyienh
ɲuːn^{6}	çi^{4}	ɲuːn^{6}
愿	就	愿

心头愿，

9–1560

岁	**共**	**罗**	**一**	**贝**
Caez	gungh	loh	ndeu	bae
çai^{2}	kuŋ^{6}	lo^{6}	deːu^{1}	pai^{1}
齐	共	路	一	去

一路走到底。

女唱

9-1561

观	**正**	**元**	**土**	**吨**
Gonq	cingq	roen	dou	daeb
ko:n^5	çiŋ^5	jo:n^1	tu^1	tat^8
先	**正**	**路**	**我**	**砌**

前世我砌路，

9-1562

利	**小**	**份**	**广**	**英**
Lij	siuj	faenh	gvangj	in
li^4	θi:u^3	fan^6	kwa:ŋ^3	in^1
还	**少**	**份**	**广**	**姻**

就少份婚姻。

9-1563

观	**正**	**罗**	**土**	**存**
Gonq	cingq	loh	dou	caemz
ko:n^5	çiŋ^5	lo^6	tu^1	çan^2
先	**正**	**路**	**我**	**玩**

前世共游玩，

9-1564

利	**小**	**正**	**尝**	**开**
Lij	siuj	cingz	caengz	hai
li^4	θi:u^3	çiŋ^2	çaŋ^2	ha:i^1
还	**少**	**情**	**未**	**开**

未交换信物。

男唱

9-1565

观	**正**	**元**	**土**	**忙**
Gonq	cingq	roen	dou	muengz
ko:n^5	çiŋ^5	jo:n^1	tu^1	mu:ŋ^2
先	**正**	**路**	**我**	**亡**

前为亡魂路，

9-1566

内	**刀**	**罗**	**古**	**正**
Neix	dauq	loh	guh	cingz
ni^4	ta:u^5	lo^6	ku^4	çiŋ^2
这	**倒**	**路**	**做**	**正**

而今成正道。

9-1567

观	**土**	**真**	**友**	**你**
Gonq	dou	caen	youx	mwngz
ko:n^5	tu^1	çin^1	ju^4	mɯŋ^2
先	**我**	**真**	**友**	**你**

前世是情友，

9-1568

内	**办**	**坤**	**外**	**罗**
Neix	baenz	gun	vaij	loh
ni^4	pan^2	kun^1	va:i^3	lo^6
这	**成**	**官**	**过**	**路**

今为陌路人。

女唱

9-1569

观	**正**	**达**	**跟**	**吨**
Gonq	cingq	dah	riengz	daemz
koːn^{5}	ɕiŋ^{5}	ta^{6}	ɹiːŋ^{2}	tan^{2}
先	**正**	**河**	**跟**	**塘**

前是河和塘，

9-1570

内	**凉**	**办**	**水**	**莫**
Neix	liengz	baenz	raemx	mboq
ni^{4}	liːŋ^{2}	pan^{2}	ɹan^{4}	bo^{5}
这	**凉**	**成**	**水**	**泉**

今成清泉水。

9-1571

观	**正**	**元**	**跟**	**罗**
Gonq	cingq	roen	riengz	loh
koːn^{5}	ɕiŋ^{5}	joːn^{1}	ɹiːŋ^{2}	lo^{6}
先	**正**	**路**	**跟**	**路**

原先是通途，

9-1572

内	**办**	**我**	**相**	**长**
Neix	baenz	ngox	siengq	raez
ni^{4}	pan^{2}	ŋo^{4}	θiːŋ^{5}	ɹai^{2}
这	**成**	**芦苇**	**相**	**长**

而今生荒草。

男唱

9-1573

观	**正**	**元**	**跟**	**罗**
Gonq	cingq	roen	riengz	loh
koːn^{5}	ɕiŋ^{5}	joːn^{1}	ɹiːŋ^{2}	lo^{6}
先	**正**	**路**	**跟**	**路**

原先是通途，

9-1574

内	**办**	**我**	**小**	**帅**
Neix	baenz	ngox	siuj	caiq
ni^{4}	pan^{2}	ŋo^{4}	θiːu^{1}	ɕaːi^{5}
这	**成**	**芦苇**	**消**	**债**

而今变死路。

9-1575

观	**正**	**偻**	**跟**	**采**
Gonq	cingq	raeuz	riengz	byaij
koːn^{5}	ɕiŋ^{5}	ɹau^{2}	ɹiːŋ^{2}	pjaːi^{3}
先	**正**	**我们**	**跟**	**走**

前为谈情路，

9-1576

内	**包**	**乖**	**凉**	**动**
Neix	mbauq	gvai	liengz	dungx
ni^{4}	baːu^{5}	kwaːi^{1}	liːŋ^{2}	tuŋ^{4}
这	**小伙**	**乖**	**凉**	**肚**

今情哥心寒。

女唱

9–1577

观	**正**	**达**	**跟**	**吨**
Gonq	cingq	dah	riengz	daemz
ko:n^{5}	ɕiŋ^{5}	ta^{6}	ɹi:ŋ^{2}	tan^{2}
先	正	河	跟	塘

原是河和塘，

9–1578

内	**凉**	**办**	**水**	**莫**
Neix	liengz	baenz	raemx	mboq
ni^{4}	li:ŋ^{2}	pan^{2}	ɹan^{4}	bo^{5}
这	凉	成	水	泉

而今变泉水。

9–1579

观	**正**	**元**	**土**	**华**
Gonq	cingq	roen	dou	hah
ko:n^{5}	ɕiŋ^{5}	jo:n^{1}	tu^{1}	ha^{6}
先	正	路	我	占

是我开的路，

9–1580

内	**刀**	**卡**	**土**	**写**
Neix	dauq	gaz	dou	ce
ni^{4}	ta:u^{5}	ka^{2}	tu^{1}	ɕe^{1}
这	倒	卡	我	留

却把我卡住。

男唱

9–1581

观	**正**	**叶**	**包**	**纸**
Gonq	cingq	rong	bau	ceij
ko:n^{5}	ɕiŋ^{5}	ɹo:ŋ^{1}	pa:u^{1}	ɕi^{3}
先	正	叶	包	纸

原是叶包纸，

9–1582

内	**纸**	**刀**	**包**	**叶**
Neix	ceij	dauq	bau	rong
ni^{4}	ɕi^{3}	ta:u^{5}	pa:u^{1}	ɹo:ŋ^{1}
这	纸	又	包	叶

今用纸包叶。

9–1583

观	**正**	**友**	**你**	**同**
Gonq	cingq	youx	mwngz	doengz
ko:n^{5}	ɕiŋ^{5}	ju^{4}	mɯŋ^{2}	toŋ^{2}
先	正	友	你	同

原是你情友，

9–1584

内	**办**	**花**	**才**	**丰**
Neix	baenz	va	raiz	fungh
ni^{4}	pan^{2}	va^{1}	ɹa:i^{2}	fuŋ^{6}
这	成	花	花纹	凤

现成路边花。

女唱

9-1585

观　正　布　包　花

Gonq cingq baengz bau va

koːn^{5} ɕiŋ^{5} paŋ^{2} paːu^{1} va^{1}

先　正　布　包　花

原是包装布，

9-1586

内　办　华　拉　定

Neix baenz vaq laj din

ni^{4} pan^{2} va^{5} la^{3} tin^{1}

这　成　裤　下　脚

今成了裤子。

9-1587

观　正　友　米　正

Gonq cingq youx miz cingz

koːn^{5} ɕiŋ^{5} ju^{4} mi^{2} ɕiŋ^{2}

先　正　友　有　情

原是赤诚友，

9-1588

内　变　心　贝　了

Neix bienq sim bae liux

ni^{4} piːn^{5} θin^{1} pai^{1} liːu^{4}

这　变　心　去　完

而今心已变。

男唱

9-1589

观　正　达　跟　吨

Gonq cingq dah riengz daemz

koːn^{5} ɕiŋ^{5} ta^{6} ɹiːŋ^{2} tan^{2}

先　正　河　跟　塘

原是河和塘，

9-1590

内　变　办　水　格

Neix bienq baenz raemx gek

ni^{4} piːn^{5} pan^{2} ɹan^{4} keːk^{7}

这　变　成　水　洼

而今成水洼。

9-1591

观　正　支　刀　连

Gonq cingq sei dauq lienz

koːn^{5} ɕiŋ^{5} θi^{1} taːu^{5} liːn^{2}

先　正　丝　又　连

原是整团丝，

9-1592

内　分　贝　来　河

Neix mbek bae lai haw

ni^{4} beːk^{7} pai^{1} laːi^{1} həɯ^{1}

这　分　去　多　圩

现分开去卖。

女唱

9-1593

观 正 达 跟 吨

Gonq cingq dah riengz daemz

ko:n^{5} ɕiŋ^{5} ta^{6} ɹi:ŋ^{2} tan^{2}

先 正 河 跟 塘

原是河和塘，

9-1594

内 变 办 水 依

Neix bienq baenz raemx rij

ni^{4} pi:n^{5} pan^{2} ɹan^{4} ɹi^{3}

这 变 成 水 溪

而今变小溪。

9-1595

观 正 元 韦 机

Gonq cingq roen vae giq

ko:n^{5} ɕiŋ^{5} jo:n^{1} vai^{1} ki^{5}

先 正 路 姓 支

原先是情友，

9-1596

内 特 备 古 论

Neix dawz beix guh lumz

ni^{4} təɯ^{2} pi^{4} ku^{4} lun^{2}

这 拿 兄 做 忘

而今竟忘情。

男唱

9-1597

千 金 八 同 当

Cien gim bah doengh daengq

ɕi:n^{1} kin^{1} pa^{6} toŋ^{2} taŋ^{5}

千 金 莫急 相 叮嘱

千金莫告别，

9-1598

卜 邦 卜 古 文

Boux baengh boux guh vunz

pu^{4} paŋ^{6} pu^{4} ku^{4} vun^{2}

人 靠 人 做 人

相依度一生。

9-1599

汉 吃 水 用 本

Hat gwn raemx byongh mbwn

ha:t^{7} kɯn^{1} ɹan^{4} pjo:ŋ^{6} bɯn^{1}

渴 喝 水 半 天

哪怕喝露水，

9-1600

利 邦 你 小 古

Lij baengh mwngz ciuq goq

li^{4} paŋ^{6} mɯŋ^{2} θi:u^{1} ku^{5}

还 靠 你 照 顾

彼此也相帮。

男唱

9–1601

千	金	八	同	当
Cien	gim	bah	doengh	daengq
çiːn^{1}	kin^{1}	pa^{6}	toŋ^{2}	taŋ^{5}
千	金	莫急	相	叮嘱

先不急告别，

9–1602

𠂉	邦	𠂉	古	文
Boux	baengh	boux	guh	vunz
pu^{4}	paŋ^{6}	pu^{4}	ku^{4}	vun^{2}
人	靠	人	做	人

相依过日子。

9–1603

歪	老	貝	点	春
Faiq	laux	bae	diemj	cin
vaːi^{5}	laːu^{4}	pai^{1}	tiːn^{3}	çun^{1}
棉	老	去	点	春

棉花刚播种，

9–1604

蒙	开	么	了	农
Muengz	gij	maz	liux	nuengx
muːŋ^{2}	kaːi^{2}	ma^{2}	liːu^{4}	nuːŋ^{4}
忙	什	么	啰	妹

妹你莫慌忙。

女唱

9–1605

千	金	八	同	当
Cien	gim	bah	doengh	daengq
çiːn^{1}	kin^{1}	pa^{6}	toŋ^{2}	taŋ^{5}
千	金	莫急	相	叮嘱

先不要告别，

9–1606

𠂉	邦	𠂉	古	文
Boux	baengh	boux	guh	vunz
pu^{4}	paŋ^{6}	pu^{4}	ku^{4}	vun^{2}
人	靠	人	做	人

相依过日子。

9–1607

汉	吃	水	用	本
Hat	gwn	raemx	byongh	mbwn
haːt^{7}	kɯn^{1}	ɹan^{4}	pjoːŋ^{6}	bɯn^{1}
渴	喝	水	半	天

喝露水解渴，

9–1608

不	玉	文	田	内
Mbouj	ngwz	vunz	denz	neix
bou^{5}	ŋɯ^{2}	vun^{2}	teːn^{2}	ni^{4}
不	疑	人	地	这

原是本地人。

女唱

9-1609

千	**金**	**八**	**同**	**当**
Cien	gim	bah	doengh	daengq
çiːn^{1}	kin^{1}	pa^{6}	toŋ^{2}	taŋ^{5}
千	金	莫急	相	叮嘱

先不要告别，

9-1610

阝	**邦**	**阝**	**古**	**文**
Boux	baengh	boux	guh	vunz
pu^{4}	paŋ^{6}	pu^{4}	ku^{4}	vun^{2}
人	靠	人	做	人

相依过日子。

9-1611

歪	**老**	**貝**	**点**	**春**
Faiq	laux	bae	diemj	cin
vaːi^{5}	laːu^{4}	pai^{1}	tiːn^{3}	çun^{1}
棉	老	去	点	春

棉花种完了，

9-1612

洋	**开**	**正**	**同**	**送**
Yaeng	hai	cingz	doengh	soengq
jaŋ^{1}	haːi^{1}	çiŋ^{2}	toŋ^{2}	θoŋ^{5}
再	开	情	相	送

再互送信物。

男唱

9-1613

得	**金**	**八**	**为**	**祖**
Ndaej	gim	bah	viq	coj
dai^{3}	kin^{1}	pa^{6}	vi^{5}	ço^{3}
得	金	莫急	忘	祖

得金莫忘祖，

9-1614

得	**友**	**八**	**为**	**正**
Ndaej	youx	bah	viq	cingz
dai^{3}	ju^{4}	pa^{6}	vi^{5}	çiŋ^{2}
得	友	莫急	忘	情

得友当记情。

9-1615

得	**阝**	**么**	**马**	**领**
Ndaej	boux	moq	ma	lingx
dai^{3}	pu^{4}	mo^{5}	ma^{1}	liŋ^{4}
得	人	新	来	领

将结交新人，

9-1616

八	**论**	**正**	**阝**	**口**
Bah	lumz	cingz	boux	gaeuq
pa^{6}	lun^{2}	çiŋ^{2}	pu^{4}	kau^{5}
莫急	忘	情	人	旧

别忘旧友情。

女唱

9-1617

得	金	八	为	祖
Ndaej	gim	bah	viq	coj
dai^{3}	kin^{1}	pa^{6}	vi^{5}	ɕo^{3}
得	金	莫急	忘	祖

得金莫忘祖，

9-1618

得	友	八	为	正
Ndaej	youx	bah	viq	cingz
dai^{3}	ju^{4}	pa^{4}	vi^{5}	ɕiŋ^{2}
得	友	莫急	忘	情

得友当记情。

9-1619

得	卜	么	马	领
Ndaej	boux	moq	ma	lingx
dai^{3}	pu^{4}	mo^{5}	ma^{1}	liŋ^{4}
得	人	新	来	领

结织新朋友，

9-1620

是	论	正	卜	口
Cix	lumz	cingz	boux	gaeuq
ɕi^{4}	lun^{2}	ɕiŋ^{2}	pu^{4}	kau^{5}
就	忘	情	人	旧

就忘旧朋友。

男唱

9-1621

得	歪	八	为	歪
Ndaej	faiq	bah	viq	faiq
dai^{3}	vaːi^{5}	pa^{6}	vi^{5}	vaːi^{5}
得	棉	莫急	忘	棉

对得起棉花，

9-1622

歪	古	布	牙	办
Faiq	guh	buh	yax	baenz
vaːi^{5}	ku^{4}	pu^{6}	ja^{5}	pan^{2}
棉	做	衣服	才	成

棉花才成布。

9-1623

得	金	八	为	银
Ndaej	gim	bah	viq	ngaenz
dai^{3}	kin^{1}	pa^{6}	vi^{5}	ŋan^{2}
得	金	莫急	忘	银

得金莫丢银，

9-1624

些	浪	马	洋	用
Seiq	laeng	ma	yaeng	yungh
θe^{5}	laŋ^{1}	ma^{1}	jaŋ^{1}	juːŋ^{6}
世	后	来	再	用

下辈子有用。

女唱

9–1625

得	歪	八	为	歪
Ndaej	faiq	bah	viq	faiq
dai^{3}	vaːi^{5}	pa^{6}	vi^{5}	vaːi^{5}
得	棉	莫急	忘	棉

对得起棉花，

9–1626

歪	古	布	牙	办
Faiq	guh	buh	yax	baenz
vaːi^{5}	ku^{4}	pu^{6}	ja^{5}	pan^{2}
棉	做	衣服	才	成

棉花才成布。

9–1627

为	南	貝	而	吃
Viq	namh	bae	lawz	gwn
vi^{5}	naːn^{6}	pai^{1}	laɯ^{2}	kɯn^{1}
忘	土	去	哪	吃

无地哪有食，

9–1628

为	本	貝	而	在
Viq	mbwn	bae	lawz	ywq
vi^{5}	bɯn^{1}	pai^{1}	laɯ^{2}	jɯ^{5}
忘	天	去	哪	住

无天哪有住。

男唱

9–1629

得	布	八	为	歪
Ndaej	buh	bah	viq	faiq
dai^{3}	pu^{6}	pa^{6}	vi^{5}	vaːi^{5}
得	衣服	莫急	忘	棉

得布莫忘棉，

9–1630

歪	古	布	牙	好
Faiq	guh	baengz	yax	hau
vaːi^{5}	ku^{4}	paŋ^{2}	ja^{5}	haːu^{1}
棉	做	布	才	白

棉花成好布。

9–1631

得	友	八	为	少
Ndaej	youx	bah	viq	sau
dai^{3}	ju^{4}	pa^{6}	vi^{5}	θaːu^{1}
得	友	莫急	忘	姑娘

换友不忘妹，

9–1632

少	开	正	来	满
Sau	hai	cingz	lai	monh
θaːu^{1}	haːi^{1}	ɕiŋ^{2}	laːi^{1}	moːn^{6}
姑娘	开	情	多	情

妹感情尤深。

女唱

9–1633

得	布	八	为	歪
Ndaej	buh	bah	viq	faiq
dai^{3}	pu^{6}	pa^{6}	vi^{5}	va:i^{5}
得	布	莫急	忘	棉

有布别忘棉，

9–1634

歪	古	布	牙	好
Faiq	guh	buh	yax	hau
va:i^{5}	ku^{4}	pu^{6}	ja^{5}	ha:u^{1}
棉	做	衣服	才	白

棉花做成布。

9–1635

得	阝	么	马	交
Ndaej	boux	moq	ma	gyau
dai^{3}	pu^{4}	mo^{5}	ma^{1}	kja:u^{1}
得	人	新	来	交

换个新朋友，

9–1636

卜	叔	是	文	喜
Boh	au	cix	vuen	heij
po^{6}	a:u^{1}	ɕi^{4}	vu:n^{1}	hi^{3}
父	叔	就	欢	喜

让父辈满意。

男唱

9–1637

真	歪	些	牙	好
Caen	faiq	reh	yax	hau
ɕin^{1}	va:i^{5}	ɹe^{6}	ja^{5}	ha:u^{1}
真	棉	条	才	白

真细棉最好，

9–1638

真	花	桃	牙	美
Caen	va	dauz	yax	maeq
ɕin^{1}	va^{1}	ta:u^{2}	ja^{5}	mai^{5}
真	花	桃	才	粉红

真桃花最艳。

9–1639

英	元	伕	了	岁
In	yuenz	fwx	liux	caez
in^{1}	ju:n^{2}	fə^{4}	li:u^{4}	ɕai^{2}
姻	缘	别人	完	齐

姻缘归别人，

9–1640

备	不	知	说	而
Beix	mbouj	rox	naeuz	rawz
pi^{4}	bou^{5}	ɹo^{4}	nau^{2}	ɹaɯ^{2}
兄	不	知	说	什么

兄无话可说。

女唱

9-1641

真 歪 些 牙 好

Caen faiq reh yax hau

çin^{1} va:i^{5} ɹe^{6} ja^{5} ha:u^{1}

真 棉 条 才 白

精选棉最好，

9-1642

真 花 桃 牙 美

Caen va dauz yax maeq

çin^{1} va^{1} ta:u^{2} ja^{5} mai^{5}

真 花 桃 才 粉红

真桃花最艳。

9-1643

可 真 勒 皇 帝

Goj caen lwg vuengz daeq

ko^{5} çin^{1} lɯk^{8} vu:ŋ^{2} tai^{5}

也 真 子 皇 帝

若真是皇子，

9-1644

明 可 得 同 要

Cog goj ndaej doengh aeu

ço:k^{8} ko^{5} dai^{3} toŋ^{2} au^{1}

将来 也 得 相 要

必有缘分在。

男唱

9-1645

得 歪 开 八 告

Ndaej faiq gaej bah gauj

dai^{3} va:i^{5} ka:i^{5} pa^{6} ka:u^{3}

得 棉 莫 急 轧

别急轧棉花，

9-1646

堂 八 月 洋 公

Daengz bet nyied yaeng gung

taŋ^{2} pe:t^{7} ȵu:t^{8} jaŋ^{1} kuŋ^{1}

到 八 月 再 弓

八月才弹棉。

9-1647

比 么 狼 文 荣

Bi moq langh vuen yungz

pi^{1} mo^{5} la:ŋ^{6} vu:n^{1} juŋ^{2}

年 新 若 欢 乐

明年若丰收，

9-1648

话 真 牙 说 农

Vah caen yax naeuz nuengx

va^{6} çin^{1} ja^{5} nau^{2} nu:ŋ^{4}

话 真 也 说 妹

再同妹商量。

女唱

9-1649

得	**歪**	**开**	**八**	**告**
Ndaej	faiq	gaej	bah	gauj
dai^3	vaːi^5	kaːi^5	pa^6	kaːu^3
得	棉	莫	急	轧

棉花莫忙轧，

9-1650

堂	**八**	**月**	**洋**	**公**
Daengz	bet	nyied	yaeng	gung
taŋ^2	peːt^7	ȵuːt^8	jaŋ^1	kuŋ^1
到	八	月	再	弓

到八月才弹。

9-1651

加	**比**	**么**	**文**	**荣**
Gaj	bi	moq	vuen	yungz
kja^3	pi^1	mo^5	vuːn^1	juŋ^2
等	年	新	欢	乐

若明年丰收，

9-1652

少	**论**	**牙**	**回**	**克**
Sau	lwnz	yax	veiz	gwz
θaːu^1	lun^2	ja^5	vei^6	kə^4
姑娘	最小	才	回	去

小妹才回还。

男唱

9-1653

得	**歪**	**开**	**八**	**打**
Ndaej	faiq	gaej	bah	daz
dai^3	vaːi^5	kaːi^5	pa^6	ta^2
得	棉	莫	急	纺

棉花别急纺，

9-1654

吊	**邦**	**法**	**好**	**汉**
Venj	bangx	faz	hau	hanq
veːn^3	paːŋ^4	fa^2	haːu^1	haːn^5
挂	旁	竹墙	白	灿灿

挂在竹墙上。

9-1655

少	**写**	**贵**	**开**	**干**
Sau	ce	gwiz	gaej	ganq
θaːu^1	ɕe^1	kɯi^2	kaːi^5	kaːn^5
姑娘	留	丈夫	莫	照料

妹不理丈夫，

9-1656

备	**补**	**兰**	**送**	**正**
Beix	bu	lanh	soengq	cingz
pi^4	pu^1	laːn^6	θoŋ^5	ɕiŋ^2
兄	捧	大方	送	情

兄密密送礼。

女唱

9–1657

得 歪 开 八 打

Ndaej faiq gaej bah daz

dai^{3} va:i^{5} ka:i^{5} pa^{6} ta^{2}

得 棉 莫 急 纺

棉花先别纺，

9–1658

吊 邦 法 好 累

Venj bangx faz hau laiq

ve:n^{3} pa:ŋ^{4} fa^{2} ha:u^{1} lai^{5}

挂 旁 竹墙 白 看

挂在竹墙上。

9–1659

少 写 贵 刀 得

Sau ce gwiz dauq ndaej

θa:u^{1} ɕe^{1} kɯi^{2} ta:u^{5} dai^{3}

姑娘 留 丈夫 倒 得

妹可来相会，

9–1660

妻 伕 不 中 你

Maex fwx mbouj cuengq mwngz

mai^{4} fə^{4} bou^{5} ɕu:ŋ^{5} mɯŋ^{2}

妻 别人 不 放 你

恐兄赴他约。

男唱

9–1661

得 歪 开 八 打

Ndaej faiq gaej bah daz

dai^{3} va:i^{5} ka:i^{5} pa^{6} ta^{2}

得 棉 莫 急 纺

棉花不急纺，

9–1662

吊 邦 法 米 由

Venj bangx faz miz raeuh

ve:n^{3} pa:ŋ^{4} fa^{2} mi^{2} ɹau^{6}

挂 旁 竹墙 有 多

先挂竹墙上。

9–1663

龙 狼 特 句 口

Lungz langh dawz coenz gaeuq

luŋ^{2} la:ŋ^{6} təɯ^{2} kjon^{2} kau^{5}

龙 若 拿 句 旧

兄若听劝告，

9–1664

伕 内 先 办 然

Fawh neix senq baenz ranz

fəɯ^{6} ni^{4} θe:n^{5} pan^{2} ɹa:n^{2}

时 这 早 成 家

如今早成家。

女唱

9-1665

得　歪　开　八　打

Ndaej faiq gaej bah daz

dai^{3} va:i^{5} ka:i^{5} pa^{6} ta^{2}

得　棉　莫　急　纺

棉花先不纺，

9-1666

吊　邦　法　米　由

Venj bangx faz miz raeuh

ve:n^{3} pa:ŋ^{4} fa^{2} mi^{2} ɹau^{6}

挂　旁　竹墙　有　多

先挂竹墙上。

9-1667

龙　可　特　句　口

Lungz goj dawz coenz gaeuq

luŋ^{2} ko^{5} təɯ^{2} kjon^{2} kau^{5}

龙　也　拿　句　旧

兄是守诺言，

9-1668

农　自　不　特　平

Nuengx gag mbouj dawz bingz

nu:ŋ^{4} ka:k^{8} bou^{5} təɯ^{2} piŋ^{2}

妹　自　不　拿　平

妹不守信用。

男唱

9-1669

龙　可　特　句　口

Lungz goj dawz coenz gaeuq

luŋ^{2} ko^{5} təɯ^{2} kjon^{2} kau^{5}

龙　也　拿　句　旧

兄是守诺言，

9-1670

农　自　不　特　平

Nuengx gag mbouj dawz bingz

nu:ŋ^{4} ka:k^{8} bou^{5} təɯ^{2} piŋ^{2}

妹　自　不　拿　平

妹不守信用。

9-1671

备　可　特　句　真

Beix goj dawz coenz caen

pi^{4} ko^{5} təɯ^{2} kjon^{2} ɕin^{1}

兄　也　拿　句　真

兄是守诚信，

9-1672

心　农　银　自　边

Sim nuengx ngaenz gag vengh

θin^{1} nu:ŋ^{4} ŋan^{2} ka:k^{8} ve:ŋ^{6}

心　妹　银　自　边

妹自己变心。

女唱

9–1673

得	**歪**	**开**	**八**	**打**
Ndaej	faiq	gaej	bah	daz
dai^{3}	va:i^{5}	ka:i^{5}	pa^{6}	ta^{2}
得	棉	莫	急	纺

棉花不急纺，

9–1674

吊	**邦**	**法**	**米**	**由**
Venj	bangx	faz	miz	raeuh
ve:n^{3}	pa:ŋ^{4}	fa^{2}	mi^{2}	ɹau^{6}
挂	旁	竹墙	有	多

挂到竹墙上。

9–1675

几	**卩**	**特**	**句**	**口**
Geij	boux	dawz	coenz	gaeuq
ki^{3}	pu^{4}	təɯ^{2}	kjon^{2}	kau^{5}
几	人	拿	句	旧

有人守信用，

9–1676

伕	**内**	**利**	**在**	**而**
Fawh	neix	lij	ywq	lawz
fəɯ^{6}	ni^{4}	li^{4}	jɯ^{5}	laɯ^{2}
时	这	还	在	哪

如今在哪里？

男唱

9–1677

得	**先**	**开**	**八**	**讲**
Ndaej	set	gaej	bah	gangj
dai^{3}	θe:t^{7}	ka:i^{5}	pa^{6}	ka:ŋ^{3}
得	鱼竿	莫	急	讲

钓得鱼别说，

9–1678

特	**很**	**板**	**貝**	**杭**
Dawz	hwnj	banj	bae	gangx
təɯ^{2}	hɯn^{3}	pa:n^{3}	pai^{1}	ka:ŋ^{4}
拿	上	板	去	烘

到板上烘干。

9–1679

得	**贵**	**开**	**八**	**洋**
Ndaej	gwiz	gaej	bah	angq
dai^{3}	kɯi^{2}	ka:i^{5}	pa^{6}	a:ŋ^{5}
得	丈夫	莫	急	高兴

得婿别得意，

9–1680

狼	**瓜**	**秀**	**在**	**而**
Langh	gvaq	ciuh	ywq	lawz
la:ŋ^{6}	kwa^{5}	ɕi:u^{6}	jɯ^{5}	laɯ^{2}
若	过	世	在	哪

少有共白首。

女唱

9-1681

得	先	开	八	讲
Ndaej	set	gaej	bah	gangj
dai^3	$θe:t^7$	$ka:i^5$	pa^6	$ka:ŋ^3$
得	鱼竿	莫	急	讲

钓得鱼别说，

9-1682

特	很	板	貝	祥
Dawz	hwnj	banj	bae	riengq
$təɯ^2$	$hɯn^3$	$pa:n^3$	pai^1	$ɹi:ŋ^5$
拿	上	板	去	烘

放板上烘干。

9-1683

得	巴	开	八	想
Ndaej	baz	gaej	bah	siengj
dai^3	pa^2	$ka:i^5$	pa^6	$θi:ŋ^3$
得	妻	莫	急	想

得妻别留恋，

9-1684

伴	土	观	备	银
Buenx	dou	gonq	beix	ngaenz
$pu:n^4$	tu^1	$ko:n^5$	pi^4	$ŋan^2$
伴	我	先	兄	银

兄台先伴我。

男唱

9-1685

歪	可	在	更	果
Faiq	goj	ywq	gwnz	go
$va:i^5$	ko^5	$jɯ^5$	$kɯn^2$	ko^1
棉	也	在	上	棵

棉花在树上，

9-1686

几	时	办	歪	些
Geij	seiz	baenz	faiq	reh
ki^3	$θi^2$	pan^2	$va:i^5$	$ɹe^6$
几	时	成	棉	条

何时能成熟？

9-1687

少	可	站	然	乜
Sau	goj	soengz	ranz	meh
$θa:u^1$	ko^5	$θoŋ^2$	$ɹa:n^2$	me^6
姑娘	也	站	家	母

姑娘在闺房，

9-1688

备	可	列	可	貝
Beix	goj	leh	goj	bae
pi^4	ko^5	le^6	ko^5	pai^1
兄	也	选	也	去

任兄去选择。

女唱

9-1689

歪	**可**	**在**	**更**	**果**
Faiq	goj	ywq	gwnz	go
va:i^{5}	ko^{5}	jɯ^{5}	kɯn^{2}	ko^{1}
棉	也	在	上	棵

棉在树上长，

9-1690

几	**时**	**办**	**歪**	**些**
Geij	seiz	baenz	faiq	reh
ki^{3}	θi^{2}	pan^{2}	va:i^{5}	ɹe^{6}
几	时	成	棉	条

几时能成熟？

9-1691

少	**可**	**站**	**然**	**乜**
Sau	goj	soengz	ranz	meh
θa:u^{1}	ko^{5}	θoŋ^{2}	ɹa:n^{2}	me^{6}
姑娘	也	站	家	母

姑娘守闺房，

9-1692

备	**又**	**火**	**本**	**钱**
Beix	youh	hoj	bonj	cienz
pi^{4}	jou^{4}	ho^{3}	po:n^{3}	ɕi:n^{2}
兄	又	苦	本	钱

兄无彩礼钱。

男唱

9-1693

架	**左**	**不**	**好**	**特**
Cax	swix	mbouj	ndei	dawz
kja^{4}	θɯ:i^{4}	bou^{5}	dei^{1}	təɯ^{2}
刀	左	不	好	拿

左刀不给力，

9-1694

特	**貝**	**芬**	**果**	**杭**
Dawz	bae	faenz	go	gangz
təɯ^{2}	pai^{1}	fan^{2}	ko^{1}	ka:ŋ^{2}
拿	去	伐	棵	合欢

去砍合欢树。

9-1695

贵	**不**	**好**	**是**	**狼**
Gwiz	mbouj	ndei	cix	langh
kɯi^{2}	bou^{5}	dei^{1}	ɕi^{4}	la:ŋ^{6}
丈夫	不	好	就	放

夫不好就离，

9-1696

友	**而**	**安**	**你**	**要**
Youx	lawz	anh	mwngz	aeu
ju^{4}	laɯ^{2}	a:n^{6}	mɯŋ^{2}	au^{1}
友	哪	按	你	要

谁强迫你要。

女唱

9-1697

架	**左**	**不**	**好**	**特**
Cax	swix	mbouj	ndei	dawz
kja^{4}	θɯːi^{4}	bou^{5}	dei^{1}	təɯ^{2}
刀	左	不	好	拿

左刀不好使，

9-1698

特	**貝**	**芬**	**果**	**蕉**
Dawz	bae	faenz	go	gyoij
təɯ^{2}	pai^{1}	fan^{2}	ko^{1}	kjoːi^{3}
拿	去	伐	棵	芭蕉

去砍芭蕉树。

9-1699

巴	**你**	**好**	**又**	**青**
Baz	mwngz	ndei	youh	oiq
pa^{2}	mɯŋ^{2}	dei^{1}	jou^{4}	oːi^{5}
妻	你	好	又	嫩

你妻靓且乖，

9-1700

大	**你**	**对**	**它**	**貝**
Dax	mwngz	doiq	de	bae
ta^{4}	mɯŋ^{2}	toːi^{5}	te^{1}	pai^{1}
赌	你	退	她	去

谅你不抛弃。

男唱

9-1701

架	**左**	**不**	**好**	**特**
Cax	swix	mbouj	ndei	dawz
kja^{4}	θɯːi^{4}	bou^{5}	dei^{1}	təɯ^{2}
刀	左	不	好	拿

左刀不好使，

9-1702

特	**貝**	**芬**	**果**	**节**
Dawz	bae	faenz	go	ciet
təɯ^{2}	pai^{1}	fan^{2}	ko^{1}	çeːt^{7}
拿	去	伐	棵	节瓜

拿去割瓜藤。

9-1703

巴	**不**	**好**	**又**	**换**
Baz	mbouj	ndei	youh	rieg
pa^{2}	bou^{5}	dei^{1}	jou^{4}	ɹɯːk^{8}
妻	不	好	又	换

妻不好又换，

9-1704

良	**完**	**田**	**农**	**银**
Lingh	vuenh	dieg	nuengx	ngaenz
leːŋ^{6}	vuːn^{6}	tiːk^{8}	nuːŋ^{4}	ŋan^{2}
另	换	地	妹	银

再交别处友。

女唱

9–1705

门	**钱**	**完**	**门**	**钱**
Maenz	cienz	vuenh	maenz	cienz
man^{2}	çiːn^{2}	vuːn^{6}	man^{2}	çiːn^{2}
元	钱	换	元	钱

钱和钱交换，

9–1706

同	**年**	**爱**	**不**	**爱**
Doengz	nienz	ngaiq	mbouj	ngaiq
toŋ^{2}	niːn^{2}	ŋaːi^{5}	bou^{5}	ŋaːi^{5}
同	年	爱	不	爱

吾友爱不爱？

9–1707

门	**钱**	**好**	**样**	**歪**
Maenz	cienz	hau	yiengh	faiq
man^{2}	çiːn^{2}	haːu^{1}	jɯːŋ^{6}	vaːi^{5}
元	钱	白	样	棉

铜钱白如棉，

9–1708

爱	**友**	**凶**	**知**	**空**
Ngaiq	youx	rwix	rox	ndwi
ŋaːi^{5}	ju^{4}	ɹɯːi^{4}	ɹo^{4}	dɯːi^{1}
爱	友	孬	或	不

情哥要不要？

男唱

9–1709

门	**钱**	**完**	**门**	**钱**
Maenz	cienz	vuenh	maenz	cienz
man^{2}	çiːn^{2}	vuːn^{6}	man^{2}	çiːn^{2}
元	钱	换	元	钱

钱和钱交换，

9–1710

同	**年**	**爱**	**不**	**爱**
Doengz	nienz	ngaiq	mbouj	ngaiq
toŋ^{2}	niːn^{2}	ŋaːi^{5}	bou^{5}	ŋaːi^{5}
同	年	爱	不	爱

我友愿不愿？

9–1711

王	**歪**	**见**	**王**	**歪**
Vaengz	vaiz	gen	vaengz	vaiz
vaŋ^{2}	vaːi^{2}	keːn^{4}	vaːŋ^{2}	vaːi^{2}
潭	牛	见	潭	牛

牛潭见牛潭，

9–1712

不	**爱**	**又**	**贝**	**而**
Mbouj	ngaiq	youh	bae	lawz
bou^{5}	ŋaːi^{5}	jou^{4}	pai^{1}	lauɯ^{2}
不	爱	又	去	哪

不爱又何求？

女唱

9-1713

门 钱 完 门 钱

Maenz cienz vuenh maenz cienz

man^2 çiːn^2 vuːn^6 man^2 çiːn^2

元 钱 换 元 钱

钱和钱交换，

9-1714

同 年 足 不 足

Doengz nienz cuz mbouj cuz

toŋ^2 niːn^2 çu^2 bou^5 çu^2

同 年 足 不 足

友是否满意？

9-1715

想 边 少 一 罗

Siengj rengh sau it loh

θiːŋ^3 ɹeːŋ^6 θaːu^1 it^7 lo^6

想 跟 姑娘 一 路

想结成姻缘，

9-1716

知 命 付 知 空

Rox mingh fouq rox ndwi

ɹo^4 miŋ^6 fu^6 ɹo^4 duːi^1

知 命 富 或 不

不知有缘否？

男唱

9-1717

门 钱 完 门 钱

Maenz cienz vuenh maenz cienz

man^2 çiːn^2 vuːn^6 man^2 çiːn^2

元 钱 换 元 钱

钱和钱交换，

9-1718

同 年 足 不 足

Doengz nienz cuz mbouj cuz

toŋ^2 niːn^2 çu^2 bou^5 çu^2

同 年 足 不 足

友是否满意？

9-1719

元 条 命 土 祖

Yiemz diuz mingh dou couj

jiːn^2 tiːu^2 miŋ^6 tu^1 çou^3

嫌 条 命 我 丑

嫌我命不好，

9-1720

付 不 得 农 银

Fouq mbouj ndaej nuengx ngaenz

fu^6 bou^5 dai^3 nuːŋ^4 ŋan^2

富 不 得 妹 银

配不上情妹。

女唱

9–1721

门 钱 完 门 钱

Maenz cienz vuenh maenz cienz

man^{2} ɕi:n^{2} vu:n^{6} man^{2} ɕi:n^{2}

元 钱 换 元 钱

钱和钱交换，

9–1722

同 年 满 不 满

Doengz nienz muenh mbouj muenh

toŋ^{2} ni:n^{2} mu:n^{6} bou^{5} mu:n^{6}

同 年 欢乐 不 欢乐

吾友高兴否？

9–1723

打 银 子 不 祘

Daj yinz swj mbouj suenq

ta^{3} jin^{2} θɯ^{3} bou^{5} θu:n^{5}

打 银 子 不 算

送首饰不计，

9–1724

才 农 伴 卩 而

Caih nuengx buenx boux lawz

ɕa:i^{6} nu:ŋ^{4} pu:n^{4} pu^{4} laɯ^{2}

随 妹 伴 个 哪

任由我嫁谁。

男唱

9–1725

门 钱 完 门 钱

Maenz cienz vuenh maenz cienz

man^{2} ɕi:n^{2} vu:n^{6} man^{2} ɕi:n^{2}

元 钱 换 元 钱

钱和钱交换，

9–1726

同 年 满 不 满

Doengz nienz muenh mbouj muenh

toŋ^{2} ni:n^{2} mu:n^{6} bou^{5} mu:n^{6}

同 年 欢乐 不 欢乐

吾友满意否？

9–1727

八 要 友 九 顿

Bah aeu youx gouj daenh

pa^{6} au^{1} ju^{4} kjau^{3} tan^{6}

莫急 娶 友 九 顿

别娶他乡友，

9–1728

秀 土 伴 秀 你

Ciuh dou buenx ciuh mwngz

ɕi:u^{6} tu^{1} pu:n^{4} ɕi:u^{6} mɯŋ^{2}

世 我 伴 世 你

我俩过一生。

女唱

9-1729

门 钱 完 门 钱

Maenz cienz vuenh maenz cienz

man^{2} çiːn^{2} vuːn^{6} man^{2} çiːn^{2}

元 钱 换 元 钱

钱和钱交换，

9-1730

同 年 爱 不 爱

Doengz nienz ngaiq mbouj ngaiq

toŋ^{2} niːn^{2} ŋaːi^{5} bou^{5} ŋaːi^{5}

同 年 爱 不 爱

吾友愿不愿？

9-1731

伴 秀 土 狼 外

Buenx ciuh dou langh vaij

puːn^{4} çiːu^{6} tu^{1} laːŋ^{6} vaːi^{3}

伴 世 我 若 过

伴我一辈子，

9-1732

正 祘 备 米 心

Cingq suenq beix miz sim

çiŋ^{5} θuːn^{5} pi^{4} mi^{2} θin^{1}

正 算 兄 有 心

算兄付真情。

男唱

9-1733

门 钱 完 门 钱

Maenz cienz vuenh maenz cienz

man^{2} çiːn^{2} vuːn^{6} man^{2} çiːn^{2}

元 钱 换 元 钱

钱和钱交换，

9-1734

同 年 爱 不 爱

Doengz nienz ngaiq mbouj ngaiq

toŋ^{2} niːn^{2} ŋaːi^{5} bou^{5} ŋaːi^{5}

同 年 爱 不 爱

我友愿不愿？

9-1735

伴 秀 你 不 外

Buenx ciuh mwngz mbouj vaij

puːn^{4} çiːu^{6} mɯŋ^{2} bou^{5} vaːi^{3}

伴 世 你 不 过

不伴你一生，

9-1736

秀 不 采 拉 本

Ciuh mbouj byaij laj mbwn

çiːu^{6} bou^{5} pjaːi^{3} la^{3} bɯn^{1}

世 不 走 下 天

我誓不为人。

女唱

9–1737

门 钱 折 古 四

Maenz cienz euj guh seiq

man^{2} çi:n^{2} e:u^{3} ku^{4} θei^{5}

元 钱 折 做 四

一元折做四，

9–1738

记 作 拉 床 宁

Geiq coq laj mbonq ninz

ki^{5} ço^{5} la^{3} bo:n^{5} nin^{2}

寄 放 下 床 睡

存放床铺底。

9–1739

兵 拜 蒙 刀 更

Binq baih moeg dauq gwnz

pin^{5} pa:i^{6} mok^{8} ta:u^{5} kɯn^{2}

翻 边 棉被 回 上

翻底面朝上，

9–1740

文 跟 你 古 对

Vunz riengz mwngz guh doih

vun^{2} ɹi:ŋ^{2} mɯŋ^{2} ku^{4} to:i^{6}

人 跟 你 做 伙伴

恐是有新欢。

男唱

9–1741

门 钱 折 古 四

Maenz cienz euj guh seiq

man^{2} çi:n^{2} e:u^{3} ku^{4} θei^{5}

元 钱 折 做 四

一元折做四，

9–1742

记 作 拉 从 宁

Geiq coq laj congz ninz

ki^{5} ço^{5} la^{3} ço:ŋ^{2} nin^{2}

寄 放 下 床 睡

压在床铺下。

9–1743

兵 面 蒙 刀 更

Binq mienh moeg dauq gwnz

pin^{5} me:n^{6} mok^{8} ta:u^{5} kɯn^{2}

翻 面 棉被 倒 上

翻底面朝上，

9–1744

忠 很 见 你 备

Fangz hwnz raen mwngz beix

fa:ŋ^{2} hɯn^{2} ɹan^{1} mɯŋ^{2} pi^{4}

做 梦 见 你 兄

梦中见到你。

女唱

9-1745
门 钱 折 古 四
Maenz cienz euj guh seiq
man² çiːn² eːu³ ku⁴ θei⁵
元 钱 折 做 四
一元折做四，

9-1746
记 作 拉 大 堂
Geiq coq laj daih dangz
ki⁵ ço⁵ la³ taːi⁶ taːŋ²
寄 放 下 大 堂
压放台桌下。

9-1747
代 后 庙 办 忠
Dai haeuj miuh baenz fangz
taːi¹ hau³ miːu⁶ pan² faːŋ²
死 进 庙 成 鬼
死进庙成鬼，

9-1748
洋 装 身 同 勒
Yaeng cang ndang doengh lawh
jaŋ¹ çaːŋ¹ daːŋ¹ toŋ² ləɯ⁶
再 装 身 相 换
再打扮结交。

男唱

9-1749
门 钱 折 古 四
Maenz cienz euj guh seiq
man² çiːn² eːu³ ku⁴ θei⁵
元 钱 折 做 四
一元折做四，

9-1750
记 作 拉 大 堂
Geiq coq laj daih dangz
ki⁵ ço⁵ la³ taːi⁶ taːŋ²
寄 放 下 大 堂
压放台桌下。

9-1751
变 农 代 刀 浪
Bienh nuengx dai dauq laeng
piːn⁶ nuːŋ⁴ taːi¹ taːu⁵ laŋ¹
即便 妹 死 回 后
若妹死在后，

9-1752
土 古 忠 引 罗
Dou guh fangz yinx loh
tu¹ ku⁴ faːŋ² jin⁴ lo⁶
我 做 鬼 引 路
我做鬼带路。

女唱

9-1753

门	钱	折	古	四
Maenz	cienz	euj	guh	seiq
man^{2}	çiːn^{2}	eːu^{3}	ku^{4}	θei^{5}
元	钱	折	做	四

一元折做四

9-1754

记	作	拉	果	甘
Geiq	coq	laj	go	gam
ki^{5}	ço^{5}	la^{3}	ko^{1}	kaːn^{1}
寄	放	下	棵	柑

埋在果树下。

9-1755

明	刀	结	刀	完
Cog	dauq	giet	dauq	vuenh
çoːk^{8}	taːu^{5}	kiːt^{7}	taːu^{5}	vuːn^{6}
将来	又	结	又	换

以后想结交，

9-1756

利	玩	正	知	不
Lij	vanz	cingz	rox	mbouj
li^{4}	vaːn^{2}	çiŋ^{2}	ɹo^{4}	bou^{5}
还	还	情	或	不

还还旧情否？

男唱

9-1757

门	钱	折	古	四
Maenz	cienz	euj	guh	seiq
man^{2}	çiːn^{2}	eːu^{3}	ku^{4}	θei^{5}
元	钱	折	做	四

一元折做四，

9-1758

记	作	拉	果	甘
Geiq	coq	laj	go	gam
ki^{5}	ço^{5}	la^{3}	ko^{1}	kaːn^{1}
寄	放	下	棵	柑

埋在果树下。

9-1759

明	刀	结	刀	完
Cog	dauq	giet	dauq	vuenh
çoːk^{8}	taːu^{5}	kiːt^{7}	taːu^{5}	vuːn^{6}
将来	又	结	又	换

将来再结交，

9-1760

声	欢	偻	可	在
Sing	fwen	raeuz	goj	ywq
θiŋ^{1}	vuːn^{1}	ɹau^{2}	ko^{5}	jɯ^{5}
声	歌	我们	还	在

山歌声犹在。

女唱

9-1761

门 钱 折 古 千

Maenz cienz euj guh cien

man^{2} çiːn^{2} eːu^{3} ku^{4} çiːn^{1}

元 钱 折 做 千

一币掰为千，

9-1762

兰 了 又 刀 元

Lanh liux youh dauq yuenz

laːn^{6} liːu^{4} jou^{4} taːu^{5} juːn^{2}

烂 完 又 回 圆

破碎又复圆。

9-1763

米 欢 是 结 欢

Miz fwen cix giet fwen

mi^{2} vuːn^{1} çi^{4} kiːt^{7} vuːn^{1}

有 歌 就 结 歌

有歌就唱歌，

9-1764

米 月 良 米 的

Miz ndwen lingh miz diq

mi^{2} duːn^{1} leːŋ^{6} mi^{2} ti^{5}

有 月 另 有 点

每月都对歌。

男唱

9-1765

门 钱 折 古 千

Maenz cienz euj guh cien

man^{2} çiːn^{2} eːu^{3} ku^{4} çiːn^{1}

元 钱 折 做 千

一币掰为千，

9-1766

兰 了 又 刀 元

Lanh liux youh dauq yuenz

laːn^{6} liːu^{4} jou^{4} taːu^{5} juːn^{2}

烂 完 又 回 圆

破碎又复圆。

9-1767

观 秀 老 造 欢

Gonq ciuh laux caux fwen

koːn^{5} çiːu^{6} laːu^{4} caːu^{4} vuːn^{1}

先 世 老 造 歌

前辈造山歌，

9-1768

句 拜 句 可 在

Coenz baez coenz goj ywq

kjon^{2} pai^{2} kjon^{2} ko^{5} jɯ^{5}

句 次 句 还 在

句句全都在。

男唱

9–1769

道	光	义	十	一
Dau	gvangh	ngeih	cib	it
taːu^{4}	kwaːŋ^{6}	ȵi^{6}	ɕit^{8}	it^{7}
道	光	二	十	一

道光廿一年，

9–1770

交	字	玉	你	特
Gyau	saw	yix	mwngz	dawz
kjaːu^{1}	θaɯ^{1}	ji^{4}	mɯŋ^{2}	təɯ^{2}
交	字	契	你	拿

交契约给你。

9–1771

农	得	刀	方	而
Nuengx	ndaej	dauq	fueng	lawz
nuːŋ^{4}	dai^{3}	taːu^{5}	fuːŋ^{1}	laɯ^{2}
妹	得	回	方	哪

妹归哪个乡，

9–1772

龙	得	边	知	不
Lungz	ndaej	rengh	rox	mbouj
luŋ^{2}	dai^{3}	ɹeːŋ^{6}	ɹo^{4}	bou^{5}
龙	得	跟	或	不

兄得共乡否？

男唱

9–1773

道	光	义	十	义
Dau	gvangh	ngeih	cib	ngeih
taːu^{4}	kwaːŋ^{6}	ȵi^{6}	ɕit^{8}	ȵi^{6}
道	光	二	十	二

道光廿二年，

9–1774

交	字	玉	你	特
Gyau	saw	yix	mwngz	dawz
kjaːu^{1}	θaɯ^{1}	ji^{4}	mɯŋ^{2}	təɯ^{2}
交	字	契	你	拿

交契约给你。

9–1775

才	农	刀	方	而
Caih	nuengx	dauq	fueng	lawz
ɕaːi^{6}	nuːŋ^{4}	taːu^{5}	fuːŋ^{1}	laɯ^{2}
随	妹	回	方	哪

任妹到何方，

9–1776

写	字	份	贝	送
Sij	saw	faenz	bae	soengq
θi^{3}	θaɯ^{1}	fan^{2}	pai^{1}	θoŋ^{5}
写	书	份	去	送

写书信相送。

女唱

9–1777

道	**光**	**义**	**十**	**三**
Dau	gvangh	ngeih	cib	sam
taːu^{4}	kwaːŋ^{6}	ȵi^{6}	ɕit^{8}	θaːn^{1}
道	光	二	十	三

道光廿三年，

9–1778

偻	**是**	**沙**	**同**	**完**
Raeuz	cix	ra	doengh	vuenh
ɹau^{2}	ɕi^{4}	ɹa^{1}	toŋ^{2}	vuːn^{6}
我们	就	找	相	换

我俩就结交。

9–1779

伕	**造**	**家**	**卢**	**浪**
Fwx	caux	gya	louz	langh
fə^{4}	ɕaːu^{4}	kja^{1}	lu^{2}	laːŋ^{6}
别人	造	家	流	浪

别人忙成家，

9–1780

备	**兰**	**干**	**广**	**西**
Beix	lanh	ganq	gvangj	sih
pi^{4}	laːn^{6}	kaːn^{5}	kwaːŋ^{3}	θei^{1}
兄	大方	照料	广	西

兄不离广西。

男唱

9–1781

道	**光**	**义**	**十**	**四**
Dau	gvangh	ngeih	cib	seiq
taːu^{4}	kwaːŋ^{6}	ȵi^{6}	ɕit^{8}	θei^{5}
道	光	二	十	四

道光廿四年，

9–1782

吃	**希**	**芬**	**刀**	**芬**
Gwn	heiq	faen	dauq	faen
kɯn^{1}	hi^{5}	fan^{1}	taːu^{5}	fan^{1}
吃	气	愤	又	愤

烦恼事特多。

9–1783

字	**命**	**刀**	**伕**	**更**
Saw	mingh	dauq	fwx	gaem
θaɯ^{1}	miŋ^{6}	taːu^{5}	fə^{4}	kan^{1}
书	命	又	别人	握

命书别人管，

9–1784

身	**少**	**生**	**邦**	**伕**
Ndang	sau	caem	biengz	fwx
daːŋ^{1}	θaːu^{1}	ɕan^{1}	piːŋ^{2}	fə^{4}
身	姑娘	沉	地方	别人

妹身归别人。

女唱

9–1785

道	光	义	十	五
Dau	gvangh	ngeih	cib	haj
ta:u^{4}	kwa:ŋ^{6}	ȵi^{6}	ɕit^{8}	ha^{3}
道	光	二	十	五

道光廿五年，

9–1786

邦	拉	可	利	秋
Biengz	laj	goj	lij	ciuq
pi:ŋ^{2}	la^{3}	ko^{5}	li^{4}	ɕi:u^{5}
地方	下	也	还	看

外乡尚吵闹。

9–1787

垌	光	米	卜	一
Doengh	gvangq	miz	boux	ndeu
toŋ^{6}	kwa:ŋ^{5}	mi^{2}	pu^{4}	de:u^{1}
垌	宽	有	人	一

外乡有一人，

9–1788

不	卜	秀	讲	满
Mbouj	boux	ciuz	gangj	monh
bou^{5}	pu^{4}	ɕi:u^{2}	ka:ŋ^{3}	mo:n^{6}
无	人	邀	讲	情

还没谈恋爱。

男唱

9–1789

道	光	义	十	六
Dau	gvangh	ngeih	cib	roek
ta:u^{4}	kwa:ŋ^{6}	ȵi^{6}	ɕit^{8}	ɹok^{7}
道	光	二	十	六

道光廿六年，

9–1790

桥	拉	达	是	付
Giuz	laj	dah	cix	fouz
ki:u^{2}	la^{3}	ta^{6}	ɕi^{4}	fu^{2}
桥	下	河	是	浮

大河桥板浮。

9–1791

你	农	不	满	土
Mwngz	nuengx	mbouj	monh	dou
muɯŋ^{2}	nu:ŋ^{4}	bou^{5}	mo:n^{6}	tu^{1}
你	妹	不	谈情	我

妹不来恋我，

9–1792

秀	方	卢	牙	了
Ciuh	fueng	louz	yax	liux
ɕi:u^{6}	fu:ŋ^{1}	lu^{2}	ja^{5}	li:u^{4}
世	风	流	也	完

枉费了青春。

女唱

9-1793

道 光 义 十 七

Dau gvangh ngeih cib caet

taːu^4 kwaːŋ^6 ȵi^6 ɕit^8 ɕat^7

道 光 二 十 七

道光廿七年，

9-1794

得 氵 不 得 写

Ndaej saet mbouj ndaej ce

dai^3 θat^7 bou^5 dai^3 ɕe^1

得 失 不 得 留

做事要果断。

9-1795

完 仪 作 广 西

Vuenh saenq coq gvangj sih

vuːn^6 θin^5 ɕo^5 kwaːŋ^3 θei^1

换 信 放 广 西

在广西结交，

9-1796

不 得 写 你 农

Mbouj ndaej ce mwngz nuengx

bou^5 dai^3 ɕe^1 muɯŋ^2 nuːŋ^4

不 得 留 你 妹

不可耽误你。

男唱

9-1797

道 光 义 十 八

Dau gvangh ngeih cib bet

taːu^4 kwaːŋ^6 ȵi^6 ɕit^8 peːt^7

道 光 二 十 八

道光廿八年，

9-1798

心 不 念 了 而

Sim mbouj net liux lawz

θin^1 bou^5 neːt^7 liːu^4 laɯ^2

心 不 实 啰 哪

心中不踏实。

9-1799

不 得 乜 元 家

Mbouj ndaej meh ien gya

bou^5 dai^3 me^6 juːn^1 kja^1

不 得 母 冤 家

娶不得情妹，

9-1800

而 刀 马 对 仪

Roih dauq ma doiq saenq

ɹoi^6 taːu^5 ma^1 toːi^5 θin^5

她 又 来 退 信

她反来烦心。

女唱

9-1801

道	**光**	**义**	**十**	**九**
Dau	gvangh	ngeih	cib	gouj
ta:u^{4}	kwa:ŋ^{6}	ȵi^{6}	ɕit^{8}	kjou^{3}
道	光	二	十	九

道光廿九年，

9-1802

说	**老**	**表**	**开**	**论**
Naeuz	laux	biuj	gaej	lumz
nau^{2}	la:u^{4}	pi:u^{3}	ka:i^{5}	lun^{2}
说	老	表	莫	忘

老表莫相忘。

9-1803

由	**方**	**在**	**拉**	**本**
Youz	fangh	ywq	laj	mbwn
jou^{2}	fa:ŋ^{5}	jɯ^{5}	la^{3}	bɯn^{1}
游	方	在	下	天

游荡在天涯，

9-1804

对	**龙**	**是**	**讲**	**满**
Doiq	lungz	cix	gangj	monh
to:i^{5}	luŋ^{2}	ɕi^{4}	ka:ŋ^{3}	mo:n^{6}
对	龙	就	讲	情

是友就谈情。

男唱

9-1805

道	**光**	**三**	**十**	**令**
Dau	gvangh	sam	cib	lingz
ta:u^{4}	kwa:ŋ^{6}	θa:n^{1}	ɕit^{8}	liŋ^{2}
道	光	三	十	零

道光三十年，

9-1806

是	**交**	**正**	**堂**	**你**
Cix	gyau	cingz	daengz	mwngz
ɕi^{4}	kja:u^{1}	ɕiŋ^{2}	taŋ^{2}	mɯŋ^{2}
就	交	情	到	你

信物交给你。

9-1807

汉	**丰**	**空**	**米**	**主**
Han	fungh	ndwi	miz	cawj
ha:n^{1}	fuŋ^{6}	du:i^{1}	mi^{2}	ɕɯ^{3}
应	凤	不	有	主

还说无对象，

9-1808

问	**你**	**农**	**说**	**而**
Haemq	mwngz	nuengx	naeuz	rawz
han^{5}	mɯŋ^{2}	nu:ŋ^{4}	nau^{2}	ɹaɯ^{2}
问	你	妹	说	什么

此话可当真？

女唱

9-1809

道　光　三　十　令

Dau gvangh sam cib lingz

taːu^{4} kwaːŋ^{6} θaːn^{1} ɕit^{8} liŋ^{2}

道　光　三　十　零

道光三十年，

9-1810

是　交　正　堂　你

Cix gyau cingz daengz mwngz

ɕi^{4} kjaːu^{1} ɕiŋ^{2} taŋ^{2} mɯŋ^{2}

就　交　情　到　你

信物交给你。

9-1811

才　汉　丰　时　内

Nda han fungh seiz neix

da^{1} haːn^{1} fuŋ^{6} θi^{2} ni^{4}

刚　应　凤　时　这

刚答应别人，

9-1812

又　问　农　古　而

Youh haemq nuengx guh rawz

jou^{4} han^{5} nuːŋ^{4} ku^{4} ɹaɯ^{2}

又　问　妹　做　什么

还问我什么？

男唱

9-1813

道　光　三　十　令

Dau gvangh sam cib lingz

taːu^{4} kwaːŋ^{6} θaːn^{1} ɕit^{8} liŋ^{2}

道　光　三　十　零

道光三十年，

9-1814

是　交　正　堂　你

Cix gyau cingz daengz mwngz

ɕi^{4} kjaːu^{1} ɕiŋ^{2} taŋ^{2} mɯŋ^{2}

就　交　情　到　你

信物交给你。

9-1815

汉　丰　空　合　理

Han fungh ndwi hwz leix

haːn^{1} fuŋ^{6} duːi^{1} ho^{2} li^{4}

应　凤　不　合　理

乱应允不合，

9-1816

可　元　主　空　米

Goj yiemz cawj ndwi miz

ko^{5} jiːn^{2} ɕɯ^{3} duːi^{1} mi^{2}

也　嫌　主　不　有

当时无对象。

女唱

9-1817

道	光	三	十	零
Dau	gvangh	sam	cib	lingz
taːu^4	kwaːŋ^6	θaːn^1	ɕit^8	liŋ^2
道	光	三	十	零

道光三十年，

9-1818

是	交	正	貝	瓜
Cix	gyau	cingz	bae	gvaq
ɕi^4	kjaːu^1	ɕiŋ^2	pai^1	kwa^5
就	交	情	去	过

就交信物了。

9-1819

不	合	元	是	八
Mbouj	hob	yuenz	cix	bah
bou^5	hoːp^8	juːn^2	ɕi^4	pa^6
不	合	缘	就	算

不合缘则罢，

9-1820

当	话	备	牙	特
Daengq	vah	beix	yaek	dawz
taŋ^5	va^6	pi^4	jak^7	təɯ^2
叮嘱	话	兄	要	拿

兄要听我说。

男唱

9-1821

观	在	秀	道	光
Gonq	ywq	ciuh	dau	gvangh
kon^5	jɯ^5	ɕiːu^6	taːu^4	kwaːŋ^6
先	在	世	道	光

在道光年间，

9-1822

卩	在	万	千	比
Boux	ywq	fanh	cien	bi
pu^4	jɯ^5	faːn^6	ɕiːn^1	pi^1
人	在	万	千	年

人寿命最长。

9-1823

汉	丰	内	不	好
Han	fungh	neix	mbouj	ndei
haːn^1	fuŋ^6	ni^4	bou^5	dei^1
应	凤	这	不	好

恋爱谈不好，

9-1824

卩	十	比	牙	老
Boux	cib	bi	yax	laux
pu^4	ɕit^8	pi^1	ja^5	laːu^4
人	十	年	也	老

十年人也老。

女唱

9-1825

汉 丰 内 不 好

Han fungh nix mbouj ndei

haːn^{1} fuːŋ^{6} ni^{4} bou^{5} dei^{1}

应 风 这 不 好

恋爱谈不好，

9-1826

阝 十 比 牙 老

Boux cib bi yax laux

pu^{4} ɕit^{8} pi^{1} ja^{5} laːu^{4}

人 十 年 也 老

十年人也老。

9-1827

不 干 少 跟 包

Mbouj ganq sau riengz mbauq

bou^{5} kaːn^{5} θaːu^{1} ɹiːŋ^{2} baːu^{5}

不 顾 姑娘 跟 小伙

不管顾恋情，

9-1828

秀 𡰪 老 貝 空

Ciuh nyienh lauq bae ndwi

ɕiːu^{6} ȵuːn^{6} laːu^{5} pai^{1} duːi^{1}

世 愿 误 去 空

白误过青春。

男唱

9-1829

观 在 秀 金 论

Gonq ywq ciuh gim lwnz

koːn^{5} jɯ^{5} ɕiːu^{6} kin^{1} lun^{2}

先 在 世 金 情友

在少年时代，

9-1830

是 同 九 同 完

Cix doengh iu doengh vuenh

ɕi^{4} toŋ^{2} iːu^{1} toŋ^{2} vuːn^{6}

就 相 邀 相 换

结交最从容。

9-1831

刀 堂 秀 对 邦

Dauq daengz ciuh doih baengz

taːu^{5} taŋ^{2} ɕiːu^{6} toːi^{6} paŋ^{2}

又 到 世 伙伴 朋

到了友情时，

9-1832

瓦 玩 变 办 龙

Ngvax vanj bienq baenz lungz

ŋwa^{4} vaːn^{3} piːn^{5} pan^{2} luŋ^{2}

瓦 碗 变 成 龙

瓷片也值钱。

女唱

9-1833

观 在 秀 金 论

Gonq ywq ciuh gim lwnz

koːn^{5} jɯ^{5} ɕiːu^{6} kin^{1} lun^{2}

先 在 世 金 情友

还在少年时，

9-1834

是 同 九 同 完

Cix doengh iu doengh vuenh

ɕi^{4} toŋ^{2} iːu^{1} toŋ^{2} vuːn^{6}

就 相 邀 相 换

结交最从容。

9-1835

刀 堂 秀 对 邦

Dauq daengz ciuh doih baengz

taːu^{5} taŋ^{2} ɕiːu^{6} toːi^{6} paŋ^{2}

又 到 世 伙伴 朋

成了情友后，

9-1836

手 寿 相 古 银

Fwngz caeux ciengz guh ngaenz

fɯŋ^{2} ɕau^{4} ɕiːŋ^{2} ku^{4} ŋan^{2}

手 抓 墙 做 银

土石也值钱。

男唱

9-1837

观 在 秀 金 论

Gonq ywq ciuh gim lwnz

koːn^{5} jɯ^{5} ɕiːu^{6} kin^{1} lun^{2}

先 在 世 金 情友

还在少年时，

9-1838

是 同 九 同 完

Cix doengh iu doengh vuenh

ɕi^{4} toŋ^{2} iːu^{1} toŋ^{2} vuːn^{6}

就 相 邀 相 换

结交最从容。

9-1839

明 刀 代 下 南

Cog dauq dai roengz namh

ɕoːk^{8} taːu^{5} taːi^{1} ɹoŋ^{2} naːn^{6}

将来 又 死 下 土

死后入了土，

9-1840

不 卜 干 满 美

Mbouj boux ganq monh maez

bou^{5} pu^{4} kaːn^{5} moːn^{6} mai^{2}

无 人 照料 情 爱

无所谓恋情。

女唱

9-1841
观 在 秀 金 论
Gonq ywq ciuh gim lwnz
koːn^{5} jɯ^{5} ɕiːu^{6} kin^{1} lun^{2}
先 在 世 金 情友
还在少年时,

9-1842
是 同 九 同 完
Cix doengh iu doengh vuenh
ɕi^{4} toŋ^{2} iːu^{1} toŋ^{2} vuːn^{6}
就 相 邀 相 换
可从容结交。

9-1843
刀 堂 秀 对 邦
Dauq daengz ciuh doih baengz
taːu^{5} taŋ^{2} ɕiːu^{6} toːi^{6} paŋ^{2}
又 到 世 伙伴 朋
变成情侣后,

9-1844
银 堂 是 牙 要
Ngaenz daengx cix yax aeu
ŋan^{2} taŋ^{4} ɕi^{4} ja^{5} au^{1}
银 锭 就 也 要
银锭都想要。

男唱

9-1845
观 在 秀 道 光
Gonq ywq ciuh dau gvangh
koːn^{5} jɯ^{5} ɕiːu^{6} taːu^{4} kwaːŋ^{6}
先 在 世 道 光
在道光年间,

9-1846
令 南 特 貝 收
Rin namh dawz bae caeu
ɹin^{1} naːn^{6} təɯ^{2} pai^{1} ɕau^{2}
石 土 拿 去 收
土石都值钱。

9-1847
刀 堂 秀 双 偻
Dauq daengz ciuh song raeuz
taːu^{5} taŋ^{2} ɕiːu^{6} θoːŋ^{1} ɹau^{2}
又 到 世 两 我们
到我俩时代,

9-1848
利 得 要 知 不
Lij ndaej aeu rox mbouj
li^{4} dai^{3} au^{1} ɹo^{4} bou^{5}
还 得 要 或 不
土石还贵否?

女唱

9-1849

观 在 秀 道 光

Gonq ywq ciuh dau gvangh

ko:n5 jɯ5 ɕi:u6 ta:u4 kwa:ŋ6

先 在 世 道 光

在道光年代，

9-1850

令 南 特 貝 收

Rin namh dawz bae caeu

ɹin1 na:n6 təɯ2 pai1 ɕau1

石 土 拿 去 收

土石都值钱。

9-1851

刀 堂 秀 双 偻

Dauq daengz ciuh song raeuz

ta:u5 taŋ2 ɕi:u6 θo:ŋ1 ɹau2

又 到 世 两 我们

到我俩时代，

9-1852

不 得 要 牙 祘

Mbouj ndaej aeu yax suenq

bou5 dai3 au1 ja5 θu:n5

不 得 要 才 算

不值钱再说。

男唱

9-1853

观 在 秀 金 论

Gonq ywq ciuh gim lwnz

ko:n5 jɯ5 ɕi:u6 kin1 lun2

先 在 世 金 情友

还在少年时，

9-1854

是 九 龙 完 仪

Cix iu lungz vuenh saenq

ɕi4 i:u1 luŋ2 vu:n6 θin5

就 邀 龙 换 信

就和兄换信。

9-1855

刀 堂 秀 头 经

Dauq daengz ciuh gyaeuj ging

ta:u5 taŋ2 ɕi:u6 kjau3 kiŋ1

又 到 世 头 京

到热恋过后，

9-1856

完 仪 不 用 媒

Vuenh saenq mbouj yungh moiz

vu:n6 θin5 bou5 juŋ6 mo:i2

换 信 不 用 媒

换信不用媒。

女唱

9–1857

观 在 秀 金 论

Gonq ywq ciuh gim lwnz

ko:n5 jɯ5 ɕi:u6 kin1 lun2

先 在 世 金 情友

还在少年时，

9–1858

是 九 偻 同 勒

Cix iu raeuz doengh lawh

ɕi4 i:u1 ɹau2 toŋ2 ləɯ6

就 邀 我们 相 换

相约结交情。

9–1859

明 刀 貝 邦 伕

Cog dauq bae biengz fwx

ɕo:k8 ta:u5 pai1 pi:ŋ2 fə4

将来 又 去 地方 别人

将来去外乡，

9–1860

友 而 爱 合 偻

Youx lawz ngaiq hoz raeuz

ju4 laɯ2 ŋa:i5 ho2 ɹa:u2

友 哪 爱 脖 我们

谁有我深情。

男唱

9–1861

观 在 秀 道 光

Gonq ywq ciuh dau gvangh

ko:n5 jɯ5 ɕi:u6 ta:u4 kwa:ŋ6

先 在 世 道 光

在道光年代，

9–1862

令 南 特 貝 荣

Rin namh dawz bae yungz

ɹin1 na:n6 təɯ2 pai1 juŋ2

石 土 拿 去 熔

将石头熔化。

9–1863

刀 堂 秀 你 同

Dauq daengz ciuh mwngz doengh

ta:u5 taŋ2 ɕi:u6 mɯŋ2 toŋ2

回 到 世 你 同

到你这一代，

9–1864

方 刀 写 给 伕

Fueng dauq ce hawj fwx

fu:ŋ1 ta:u5 ɕe1 həɯ3 fə4

方 倒 留 给 别人

田地白送人。

女唱

9-1865

观	**在**	**秀**	**道**	**光**
Gonq	ywq	ciuh	dau	gvangh
koːn^{5}	jɯ^{5}	ɕiːu^{6}	taːu^{4}	kwaːŋ^{6}
先	在	世	道	光

在道光年代，

9-1866

令	**南**	**特**	**貝**	**江**
Rin	namh	dawz	bae	gyaeng
ɹin^{1}	naːn^{6}	təɯ^{2}	pai^{1}	kjaŋ^{1}
石	土	拿	去	囚

土石都收藏。

9-1867

刀	**堂**	**秀**	**刀**	**浪**
Dauq	daengz	ciuh	dauq	laeng
taːu^{5}	taŋ^{2}	ɕiːu^{6}	taːu^{5}	laŋ^{1}
又	到	世	回	后

轮回到后来，

9-1868

平	**办**	**王**	**办**	**类**
Bingz	baenz	vang	baenz	raeh
piŋ^{2}	pan^{2}	vaːŋ^{1}	pan^{2}	ɹai^{6}
凭	成	横	成	竖

有谁去管顾。

男唱

9-1869

观	**在**	**秀**	**道**	**光**
Gonq	ywq	ciuh	dau	gvangh
koːn^{5}	jɯ^{5}	ɕiːu^{6}	taːu^{4}	kwaːŋ^{6}
先	在	世	道	光

在道光年代，

9-1870

令	**南**	**特**	**貝**	**江**
Rin	namh	dawz	bae	gyaeng
ɹin^{1}	naːn^{6}	təɯ^{2}	pai^{1}	kjaŋ^{1}
石	土	拿	去	囚

土石都值钱。

9-1871

刀	**堂**	**秀**	**刀**	**浪**
Dauq	daengz	ciuh	dauq	laeng
taːu^{5}	taŋ^{2}	ɕiːu^{6}	taːu^{5}	laŋ^{1}
又	到	世	回	后

轮回到后世，

9-1872

刀	**得**	**更**	**天**	**牙**
Dauq	ndaej	gwnz	denh	ya
taːu^{5}	dai^{3}	kɯn^{2}	tiːn^{1}	ja^{6}
倒	得	上	天	下

真得坐天下。

女唱

9-1873

十 义 土 勒 汉

Cib ngeih duz lwg hanq

çit^{8} ȵi^{6} tu^{2} lɯk^{8} ha:n^{5}

十 二 只 子 鹅

十二只幼鹅，

9-1874

土 汉 土 古 皇

Duz hanh duz guh vuengz

tu^{2} ha:n^{6} tu^{2} ku^{4} vu:ŋ^{2}

只 限 只 做 皇

打赌谁当皇。

9-1875

十 义 土 勒 龙

Cib ngeih duz lwg lungz

çit^{8} ȵi^{6} tu^{2} lɯk^{8} luŋ^{2}

十 二 只 子 龙

十二个龙子，

9-1876

土 站 土 能 田

Duz soengz duz naengh denz

tu^{2} θoŋ^{2} tu^{2} naŋ^{6} te:n^{2}

只 站 只 坐 地

相互争地位。

男唱

9-1877

十 义 土 勒 汉

Cib ngeih duz lwg hanq

çit^{8} ȵi^{6} tu^{2} lɯk^{8} ha:n^{5}

十 二 只 子 鹅

十二只幼鹅，

9-1878

土 汉 土 古 洋

Duz hanh duz guh yangz

tu^{2} ha:n^{6} tu^{2} ku^{4} ja:ŋ^{2}

只 限 只 做 皇

互相争皇位。

9-1879

贵 人 尝 马 堂

Gviq yinz caengz ma daengz

kwi^{5} jin^{2} çaŋ^{2} ma^{1} taŋ^{2}

贵 人 未 来 到

时机还没到，

9-1880

蒙 开 么 了 农

Muengz gij maz liux nuengx

mu:ŋ^{2} ka:i^{2} ma^{2} li:u^{4} nu:ŋ^{4}

忙 什 么 啰 妹

妹不要着急。

女唱

9-1881

十	**义**	**土**	**勒**	**汉**
Cib	ngeih	duz	lwg	hanq
çit^{8}	ȵi^{6}	tu^{2}	lɯk^{8}	ha:n^{5}
十	二	只	子	鹅

十二只幼鹅，

9-1882

土	**汉**	**土**	**古**	**洋**
Duz	hanh	duz	guh	yangz
tu^{2}	ha:n^{6}	tu^{2}	ku^{4}	ja:ŋ^{2}
只	限	只	做	皇

互相争皇位。

9-1883

加	**贵**	**人**	**马**	**堂**
Caj	gviq	yinz	ma	daengz
kja^{3}	kwi^{5}	jin^{2}	ma^{1}	taŋ^{2}
等	贵	人	来	到

等贵人来到，

9-1884

秀	**少**	**娘**	**牙**	**了**
Ciuh	sau	nangz	yax	liux
çiu^{6}	θa:u^{1}	na:ŋ^{2}	ja^{5}	li:u^{4}
世	姑娘	姑娘	也	完

妹青春已过。

男唱

9-1885

勒	**龙**	**点**	**勒**	**额**
Lwg	lungz	dem	lwg	ngieg
lɯk^{8}	luŋ^{2}	te:n^{1}	lɯk^{8}	ŋe:k^{8}
子	龙	与	子	蛟龙

龙子和蛟龙，

9-1886

田	**它**	**在**	**广**	**东**
Denz	de	ywq	gvangj	doeng
te:n^{2}	te^{1}	jɯ^{5}	kwa:ŋ^{3}	toŋ^{1}
地	它	在	广	东

它们住广东。

9-1887

勒	**额**	**点**	**勒**	**龙**
Lwg	ngieg	dem	lwg	lungz
lɯk^{8}	ŋe:k^{8}	te:n^{1}	lɯk^{8}	luŋ^{2}
子	蛟龙	与	子	龙

蛟龙和龙子，

9-1888

得	**共**	**方**	**知**	**不**
Ndaej	gungh	fueng	rox	mbouj
dai^{3}	ku:ŋ^{6}	fu:ŋ^{1}	ɹo^{4}	bou^{5}
得	共	方	或	不

是否能共处？

女唱

9–1889

勒	**龙**	**点**	**勒**	**额**
Lwg	lungz	dem	lwg	ngieg
lɯk^{8}	luŋ^{2}	te:n^{1}	lɯk^{8}	ŋe:k^{8}
子	龙	与	子	蛟龙

蛟龙和龙子，

9–1890

田	**它**	**在**	**广**	**东**
Denz	de	ywq	gvangj	doeng
te:n^{2}	te^{1}	jɯ^{5}	kwa:ŋ^{3}	toŋ^{1}
地	它	在	广	东

它们住广东。

9–1891

勒	**额**	**点**	**勒**	**龙**
Lwg	ngieg	dem	lwg	lungz
lɯk^{8}	ŋe:k^{8}	te:n^{1}	lɯk^{8}	luŋ^{2}
子	蛟龙	与	子	龙

龙子和蛟龙，

9–1892

岁	**共**	**方**	**一**	**在**
Caez	gungh	fueng	ndeu	ywq
ɕai^{2}	kuŋ^{6}	fu:ŋ^{1}	de:u^{1}	jɯ^{5}
齐	共	方	一	住

同个地方住。

男唱

9–1893

勒	**龙**	**点**	**勒**	**额**
Lwg	lungz	dem	lwg	ngieg
lɯk^{8}	luŋ^{2}	te:n^{1}	lɯk^{8}	ŋe:k^{8}
子	龙	与	子	蛟龙

龙子和蛟龙，

9–1894

田	**它**	**在**	**广**	**东**
Denz	de	ywq	gvangj	doeng
te:n^{2}	te^{1}	jɯ^{5}	kwa:ŋ^{3}	toŋ^{1}
地	它	在	广	东

它们住广东。

9–1895

勒	**额**	**点**	**勒**	**龙**
Lwg	ngieg	dem	lwg	lungz
lɯk^{8}	ŋe:k^{8}	te:n^{1}	lɯk^{8}	luŋ^{2}
子	蛟龙	与	子	龙

蛟龙和龙子，

9–1896

几	**时**	**双**	**对**	**务**
Geij	seiz	song	doiq	gouh
ki^{3}	θi^{2}	θo:ŋ^{1}	to:i^{5}	kou^{6}
几	时	两	对	双

何时成双对？

女唱

9–1897

勒	龙	点	勒	额
Lwg	lungz	dem	lwg	ngieg
luɯk^{8}	luŋ^{2}	teːn^{1}	luɯk^{8}	ŋeːk^{8}
子	龙	与	子	蛟龙

龙子和蛟龙，

9–1898

田	它	在	广	东
Dieg	de	ywq	gvangj	doeng
tiːk^{8}	te^{1}	juɯ^{5}	kwaːŋ^{3}	toŋ^{1}
地	它	在	广	东

它们住广东。

9–1899

勒	额	点	勒	龙
Lwg	ngieg	dem	lwg	lungz
luɯk^{8}	ŋeːk^{8}	teːn^{1}	luɯk^{8}	luŋ^{2}
子	蛟龙	与	子	龙

蛟龙和龙子，

9–1900

得	共	方	是	抵
Ndaej	gungh	fueng	cix	dij
dai^{3}	kuŋ^{6}	fuːŋ^{1}	ɕi^{4}	ti^{3}
得	共	方	就	值

同住就值得。

男唱

9–1901

额	点	龙
Ngieg	dem	lungz
ŋeːk^{8}	teːn^{1}	luŋ^{2}
蛟龙	与	龙

蛟龙和龙子，

9–1902

文	下	贝	长	沙
Fwn	roengz	bae	cangz	sah
vun^{1}	ɹoŋ^{2}	pai^{1}	ɕaːŋ^{6}	ɕa^{5}
雨	下	去	长	沙

雨天去长沙。

9–1903

比	才	点	比	瓜
Bi	gyai	dem	bi	gvaq
pi^{1}	kjaːi^{1}	teːn^{1}	pi^{1}	kwa^{5}
年	前	与	年	过

前年和去年，

9–1904

天	牙	乱	不	好
Denh	ya	luenh	mbouj	ndei
tiːn^{1}	ja^{6}	luːn^{6}	bou^{5}	dei^{1}
天	下	乱	不	好

天下乱不宁。

女唱

9–1905

额	**点**	**龙**
Ngieg	dem	lungz
ŋe:k^{8}	te:n^{1}	luŋ^{2}
蛟龙	**与**	**龙**

蛟龙和龙子，

9–1906

文	**下**	**貝**	**江**	**西**
Fwn	roengz	bae	gyangh	sih
vun^{1}	ɹoŋ^{2}	pai^{1}	kja:ŋ^{5}	θi^{5}
雨	**下**	**去**	**江**	**西**

雨天去江西。

9–1907

山	**长**	**的**	**长**	**的**
Byaj	raez	diq	raez	diq
pja^{3}	ɹai^{2}	ti^{5}	ɹai^{2}	ti^{5}
雷	**鸣**	**点**	**鸣**	**点**

雷鸣声阵阵，

9–1908

定	**利**	**开**	**么**	**皇**
Dingh	lij	gij	maz	vuengz
tiŋ^{6}	li^{4}	ka:i^{2}	ma^{2}	vu:ŋ^{2}
定	**还**	**什**	**么**	**皇**

利于谋皇位。

男唱

9–1909

额	**点**	**龙**
Ngieg	dem	lungz
ŋe:k^{8}	te:n^{1}	luŋ^{2}
蛟龙	**与**	**龙**

蛟龙和龙子，

9–1910

文	**下**	**貝**	**江**	**西**
Fwn	roengz	bae	gyangh	sih
vun^{1}	ɹoŋ^{2}	pai^{1}	kja:ŋ^{5}	θi^{5}
雨	**下**	**去**	**江**	**西**

雨天去江西。

9–1911

山	**长**	**的**	**长**	**的**
Byaj	raez	diq	raez	diq
pja^{1}	ɹai^{2}	ti^{5}	ɹai^{2}	ti^{6}
雷	**长**	**点**	**长**	**点**

雷声一阵阵，

9–1912

定	**利**	**开**	**犯**	**春**
Dingh	lij	gaej	famh	cin
tiŋ^{6}	li^{4}	ka:i^{5}	fa:n^{6}	ɕun^{1}
定	**还**	**莫**	**犯**	**春**

最好莫冲春。

女唱

9–1913

额 点 龙

Ngieg dem lungz

ŋe:k^{8} te:n^{1} luŋ^{2}

蛟龙 与 龙

蛟龙和龙子，

9–1914

文 下 贝 庆 远

Fwn roengz bae ging yenj

vun^{1} ɹoŋ^{2} pai^{1} kiŋ^{3} ju:n^{6}

雨 下 去 庆 远

雨天去庆远。

9–1915

比 内 龙 古 伴

Bi neix lungz guh buenx

pi^{1} ni^{4} luŋ^{2} ku^{4} pu:n^{4}

年 这 龙 做 伴

今年兄陪伴，

9–1916

备 利 满 知 空

Beix lij muenh rox ndwi

pi^{4} li^{4} mu:n^{6} ɹo^{4} du:i^{1}

兄 还 欢乐 或 不

兄还开心吗？

男唱

9–1917

额 点 龙

Ngieg dem lungz

ŋe:k^{8} te:n^{1} luŋ^{2}

蛟龙 与 龙

蛟龙和龙子，

9–1918

文 下 贝 庆 远

Fwn roengz bae ging yenj

vun^{1} ɹoŋ^{2} pai^{1} kiŋ^{3} ju:n^{6}

雨 下 去 庆 远

雨天去庆远。

9–1919

比 内 农 古 伴

Bi neix nuengx guh buenx

pi^{1} ni^{4} nu:ŋ^{4} ku^{4} pu:n^{4}

年 这 妹 做 伴

今年妹陪伴，

9–1920

满 贝 万 里 元

Muenh bae fanh leix roen

mu:n^{6} pai^{1} fa:n^{6} li^{4} jo:n^{1}

欢乐 去 万 里 路

路遥也欢乐。

第十篇　告别歌

《告别歌》主要唱述男女双方按照农历来互诉衷肠，在表达爱意的同时进一步加深对彼此的了解。男女双方在对唱过程中把历史、民间节俗、神话传说、造纸工艺等内容编入唱词中，以此交流民间常识。唱词中提到农历三月北京出新皇的说法有可能指清代光绪帝即位（1875 年正月），新帝即位的诏书传至地处山区的瑶寨时也需要一些时间，所以瑶族收到信息的时间就出现了延后的现象，这说明中央王朝已有效管理边远地区的瑶族村寨。壮族、汉族、瑶族等民族均认为花神是掌管人间生育的神祇，花朝节日期因地而异，歌中唱到瑶族花朝节为农历二月初六，人们祭拜花神以祈求神灵赐福，希冀子孙繁衍以延续家族香火。伏羲是中国古代传说中的人文始祖，瑶族聚居区也流传伏羲兄妹再造人类的传说，唱词中提到洪水淹天之后伏羲与二妹配对做夫妻并造天下子民。瑶族人民对汉族节俗与神话传说的移植与改编，说明了各民族文化交流互鉴、融汇发展。清朝雍正年间，都安已有手工纱纸生产，清末民初最为鼎盛，当时都安造纸户有千余户，高岭是都安重要的纱纸生产基地之一。歌中唱到去高岭买楮树皮来造纸以及男女双方有意合伙做生意，说明当地部分瑶族民众已掌握了传统造纸技术，推动了当地的纱纸产业的发展兴盛。

男唱

10–1

一	**月**	**后**	**交**	**春**
It	nyied	haeuj	gyau	cin
it^{7}	ȵuːt^{8}	hau^{3}	kaːu^{1}	ɕun^{1}
一	月	进	交	春

一月份立春，

10–2

爱	**农**	**银**	**土**	**重**
Gyaez	nuengx	ngaenz	dou	naek
kjai^{2}	nuːŋ^{4}	ŋan^{2}	tu^{1}	nak^{7}
爱	妹	银	我	重

对小妹深情。

10–3

分	**子**	**下**	**吉**	**家**
Faen	swj	roengz	giz	gya
fan^{1}	θɯ^{3}	ɹoŋ^{2}	ki^{2}	kja^{3}
分	子	下	处	家

如孩儿分家，

10–4

农	**不**	**重**	**爱**	**偻**
Nuengx	mbouj	naek	ngaiq	raeuz
nuːŋ^{4}	bou^{5}	nak^{7}	ŋaːi^{5}	ɹau^{2}
妹	不	重	爱	我们

妹不深爱我。

女唱

10–5

义	**月**	**后**	**春**	**分**
Ngeih	nyied	haeuj	cin	faen
ȵi^{6}	ȵuːt^{8}	hau^{3}	ɕun^{1}	fan^{1}
二	月	进	春	分

二月春分季，

10–6

农	**银**	**贝**	**拜**	**地**
Nuengx	ngaenz	bae	baiq	deih
nuːŋ^{4}	ŋan^{2}	pai^{1}	paːi^{5}	tei^{6}
妹	银	去	拜	地

妹出门拜地。

10–7

拜	**了**	**又**	**烧**	**纸**
Baiq	liux	youh	byaeu	ceij
paːi^{5}	liːu^{4}	jou^{4}	pjau^{1}	ɕi^{3}
拜	完	又	烧	纸

拜完烧纸钱，

10–8

明	**农**	**可**	**米**	**元**
Cog	nuengx	goj	miz	yuenz
ɕoːk^{8}	nuːŋ^{4}	ko^{5}	mi^{2}	juːn^{2}
将来	妹	也	有	缘

妹将会逢缘。

男唱

10–9

三	月	后	清	明
Sam	nyied	haeuj	cing	mingz
θaːn^{1}	ȵuːt^{8}	hau^{3}	ɕiŋ^{1}	miŋ^{2}
三	月	进	清	明

三月清明节，

10–10

北	京	出	洋	么
Baek	king	ok	yangz	moq
pak^{7}	kiŋ^{1}	oːk^{7}	jaːŋ^{2}	mo^{5}
北	京	出	皇	新

北京换新皇。

10–11

你	爱	土	古	罗
Mwngz	gyaez	dou	guh	lox
mɯŋ^{2}	kjai^{2}	tu^{1}	ku^{4}	lo^{4}
你	爱	我	做	哄

莫要哄骗我，

10–12

我	爱	我	牙	真
Ngoj	gyaez	ngoj	yax	caen
ŋo^{3}	kjai^{2}	ŋo^{3}	ja^{5}	ɕin^{1}
我	爱	我	才	真

恋爱要真心。

女唱

10–13

四	月	后	谷	雨
Seiq	nyied	haeuj	goek	hawx
θei^{5}	ȵuːt^{8}	hau^{3}	kok^{7}	həɯ^{4}
四	月	进	谷	雨

四月谷雨季，

10–14

勒	伕	不	爱	偻
Lwg	fwx	mbouj	gyaez	raeuz
lɯk^{8}	fə^{4}	bou^{5}	kjai^{2}	ɹau^{2}
子	别人	不	爱	我们

人家不爱我。

10–15

义	又	坤	心	头
Ngeix	youh	goenq	sim	daeuz
ȵi^{4}	jou^{4}	kon^{5}	θin^{1}	tau^{2}
想	又	断	心	脏

思念伤断肠，

10–16

利	爱	偻	知	不
Lij	gyaez	raeuz	rox	mbouj
li^{4}	kjai^{2}	ɹau^{2}	ɹo^{4}	bou^{5}
还	爱	我们	或	不

是否还爱我？

男唱

10–17

五	**月**	**后**	**蒙**	**中**
Ngux	nyied	haeuj	muengz	cungq
ŋu^{4}	ȵu:t^{8}	hau^{3}	mu:ŋ^{2}	ɕuŋ^{5}
五	月	进	芒	种

五月入芒种，

10–18

勒	**丰**	**貝**	**而**	**站**
Lwg	fungh	bae	lawz	soengz
lɯk^{8}	fuŋ^{6}	pai^{1}	laɯ^{2}	θoŋ^{2}
子	凤	去	哪	站

凤何处栖身？

10–19

爱	**穷**	**友**	**四**	**方**
Gyaez	gyoengq	youx	seiq	fueng
kjai^{2}	kjoŋ^{5}	ju^{4}	θei^{5}	fu:ŋ^{1}
爱	群	友	四	方

爱周边诸友，

10–20

不	**办**	**同**	**土**	**了**
Mbouj	baenz	doengz	dou	liux
bou^{5}	pan^{2}	toŋ^{2}	tu^{1}	liu^{4}
不	成	同	我	啰

不做我情友。

女唱

10–21

六	**月**	**后**	**大**	**师**
Loeg	nyied	haeuj	daih	sawq
lok^{8}	ȵu:t^{8}	hau^{3}	ta:i^{6}	θəɯ^{5}
六	月	进	大	暑

六月入大暑，

10–22

好	**伕**	**伕**	**不**	**爱**
Ndei	mbwq	fwx	mbouj	gyaez
dei^{1}	bɯ^{5}	fə^{4}	bou^{5}	kjai^{2}
好	闷	别人	不	爱

闷热不舒服。

10–23

好	**伕**	**单**	**满**	**美**
Ndij	fwx	danq	monh	maez
di^{1}	fə^{4}	ta:n^{5}	mo:n^{6}	mai^{2}
与	别人	承担	谈情	说爱

跟别人谈情，

10–24

不	**爱**	**堂**	**土**	**了**
Mbouj	gyaez	daengz	dou	liux
bou^{5}	kjai^{2}	taŋ^{2}	tu^{1}	li:u^{4}
不	爱	到	我	啰

不再爱我了。

男唱

10-25

七	**月**	**后**	**交**	**秋**
Caet	nyied	haeuj	gyau	cou
ɕat^{7}	ȵuːt^{8}	hau^{3}	kaːu^{1}	ɕou^{1}
七	月	进	交	秋

七月份立秋，

10-26

爱	**土**	**说**	**爱**	**伕**
Gyaez	dou	naeuz	gyaez	fwx
kjai^{2}	tu^{1}	nau^{2}	kjai^{2}	fə^{4}
爱	我	或	爱	别人

请问你爱谁？

10-27

团	**堂**	**你**	**又**	**伕**
Dwen	daengz	mwngz	youh	mbwq
tɯːn^{1}	taŋ^{2}	mɯŋ^{2}	jou^{4}	bɯ^{5}
提	到	你	又	厌恶

想到你就腻，

10-28

义	**勒**	**伕**	**又**	**爱**
Ngeix	lwg	fwx	youh	gyaez
ŋi^{4}	lɯk^{8}	fə^{4}	jou^{4}	kjai^{2}
想	子	别人	又	爱

想别人就爱。

女唱

10-29

八	**月**	**后**	**白**	**罗**
Bet	nyied	haeuj	beg	loh
peːt^{7}	ȵuːt^{8}	hau^{3}	peːk^{8}	lo^{6}
八	月	进	白	露

八月进白露，

10-30

却	**勒**	**独**	**土**	**来**
Gyoh	lwg	dog	dou	lai
kjo^{6}	lɯk^{8}	toːk^{8}	tu^{1}	laːi^{1}
可怜	子	独	我	多

思念我独仔。

10-31

山	**八**	**托**	**英**	**台**
Sanh	bek	doh	yingh	taiz
θaːn^{1}	peːk^{7}	to^{6}	iŋ^{1}	taːi^{2}
山	伯	同	英	台

山伯和英台，

10-32

爱	**你**	**来**	**贝**	**了**
Gyaez	mwngz	lai	bae	liux
kjai^{2}	mɯŋ^{2}	lai^{1}	pai^{1}	liːu^{4}
爱	你	多	去	啰

我真心爱你。

男唱

10-33

九	月	后	宗	阳
Gouj	nyied	haeuj	cungz	yiengz
kjou^{3}	ȵuːt^{8}	hau^{3}	ɕuŋ^{1}	jiːŋ^{2}
九	月	进	重	阳

九月重阳节，

10-34

阝	阝	爱	土	了
Boux	boux	gyaez	dou	liux
pu^{4}	pu^{4}	kjai^{2}	tu^{1}	liːu^{4}
人	人	爱	我	完

人人都爱我。

10-35

九	月	九
Gouj	nyied	gouj
kjou^{3}	ȵuːt^{8}	kjou^{3}
九	月	九

九月九，

10-36

却	老	表	土	来
Gyoh	laux	biuj	dou	lai
kjo^{6}	laːu^{4}	piːu^{3}	tu^{1}	laːi^{1}
可怜	老	表	我	多

思念我情友。

女唱

10-37

十	月	十
Cib	nyied	cib
ɕit^{8}	ȵuːt^{8}	ɕit^{8}
十	月	十

十月十，

10-38

另	古	担	一	特
Rib	guh	rap	ndeu	dawz
ɹip^{8}	ku^{4}	ɹaːt^{8}	deːu^{1}	təɯ^{2}
捡	做	担	一	拿

合做一担挑。

10-39

爱	穷	友	更	河
Gyaez	gyoengq	youx	gwnz	haw
kjai^{2}	kjoŋ^{5}	ju^{4}	kɯn^{2}	həɯ^{1}
爱	群	友	上	圩

爱圩上诸友，

10-40

满	三	时	是	了
Monh	sam	seiz	cix	liux
moːn^{6}	θaːn^{1}	θi^{2}	ɕi^{4}	liːu^{4}
谈情	三	时	就	算

且谈情作乐。

男唱

10-41

观	偻	造	同	爱
Gonq	raeuz	caux	doengh	gyaez
ko:n^{5}	ɹau^{2}	ɕa:u^{4}	toŋ^{2}	kjai^{2}
先	我们	造	相	爱

我俩初恋时，

10-42

同	岁	貝	拜	早
Doengz	caez	bae	baiq	romh
toŋ^{2}	ɕai^{2}	pai^{1}	pa:i^{5}	ɹo:n^{6}
同	齐	去	拜	早

清晨去拜神。

10-43

友	而	祘	你	伴
Youx	lawz	suenq	mwngz	buenx
jou^{4}	law^{2}	θu:n^{5}	mɯŋ^{2}	pu:n^{6}
友	哪	算	你	伴

有谁迷恋你？

10-44

七	友	早	不	爱
Caet	youx	romh	mbouj	gyaez
ɕat^{7}	ju^{4}	ɹo:n^{6}	bou^{5}	kjai^{2}
七	友	早	不	爱

妹太招人爱。

女唱

10-45

观	偻	造	同	爱
Gonq	raeuz	caux	doengh	gyaez
ko:n^{5}	ɹau^{2}	ɕa:u^{4}	toŋ^{2}	kjai^{2}
先	我们	造	相	爱

我俩初恋时，

10-46

同	岁	貝	拜	庙
Doengz	caez	bae	baiq	miuh
toŋ^{2}	ɕai^{2}	pai^{1}	pa:i^{5}	mi:u^{6}
同	齐	去	拜	庙

一同去拜庙。

10-47

同	爱	是	尝	了
Doengh	gyaez	cix	caengz	liux
toŋ^{2}	kjai^{2}	ɕi^{4}	ɕaŋ^{2}	li:u^{4}
相	爱	是	未	完

爱意犹未尽，

10-48

备	造	秀	写	偻
Beix	caux	ciuh	ce	raeuz
pi^{4}	ɕa:u^{4}	ɕi:u^{6}	ɕe^{1}	ɹau^{2}
兄	造	世	留	我们

兄另寻新欢。

男唱

10–49

观	**偻**	**造**	**同**	**爱**
Gonq	raeuz	caux	doengh	gyaez
koːn^{5}	ɹau^{2}	ɕaːu^{4}	toŋ^{2}	kjai^{2}
先	我们	造	相	爱

我俩初恋时，

10–50

同	**岁**	**貝**	**拜**	**早**
Doengz	caez	bae	baiq	romh
toŋ^{2}	ɕai^{2}	pai^{1}	paːi^{5}	ɹoːn^{6}
同	齐	去	拜	早

清晨去拜神。

10–51

土	**爱**	**少**	**样**	**内**
Dou	gyaez	sau	yiengh	neix
tu^{1}	kjai^{2}	θaːu^{1}	jɯːŋ^{6}	ni^{4}
我	爱	姑娘	样	这

哥对妹痴情，

10–52

农	**爱**	**备**	**样**	**而**
Nuengx	gyaez	beix	yiengh	lawz
nuːŋ^{4}	kjai^{2}	pi^{4}	jɯːŋ^{6}	laɯ^{2}
妹	爱	兄	样	哪

妹对哥如何？

女唱

10–53

爱	**你**	**办**	**水**	**莫**
Gyaez	mwngz	baenz	raemx	mboq
kjai^{2}	mɯŋ^{2}	pan^{2}	ɹan^{4}	bo^{5}
爱	你	成	水	泉

爱你如山泉，

10–54

却	**你**	**办**	**水**	**师**
Gyoh	mwngz	baenz	raemx	saw
kjo^{6}	mɯŋ^{2}	pan^{2}	ɹan^{4}	θaɯ^{1}
可怜	你	成	水	清

怜你如清水。

10–55

卜	**乜**	**爱**	**样**	**而**
Boh	meh	gyaez	yiengh	lawz
po^{6}	me^{6}	kjai^{2}	jɯːŋ^{6}	laɯ^{2}
父	母	爱	样	哪

如父母爱子，

10–56

土	**爱**	**你**	**样**	**能**
Dou	gyaez	mwngz	yiengh	nyaenx
tu^{1}	kjai^{2}	mɯŋ^{2}	jɯːŋ^{6}	ɲan^{4}
我	爱	你	样	那么

情深意更浓。

男唱

10–57

变	你	爱	土	来
Bienh	mwngz	gyaez	dou	lai
piːn^{6}	mɯŋ^{2}	kjai^{2}	tu^{1}	laːi^{1}
即便	你	爱	我	多

妹若真爱哥，

10–58

土	代	你	开	哭
Dou	dai	mwngz	gaej	daej
tu^{1}	taːi^{1}	mɯŋ^{2}	kaːi^{5}	tai^{3}
我	死	你	莫	哭

哥死妹莫哭。

10–59

代	是	尝	下	会
Dai	cix	caengz	roengz	faex
taːi^{1}	çi^{4}	çaŋ^{2}	ɹoŋ^{2}	fai^{4}
死	是	未	下	棺

哥死未入棺，

10–60

农	先	恋	爱	文
Nuengx	senq	lienh	gyaez	vunz
nuːŋ^{4}	θeːn^{5}	liːn^{6}	kjai^{2}	vun^{2}
妹	早	恋	爱	人

恐妹寻新欢。

女唱

10–61

日	备	哭	三	相
Ngoenz	beix	daej	sam	ciengz
ŋon^{2}	pi^{4}	tai^{3}	θaːn^{1}	çiːŋ^{2}
天	兄	哭	三	场

兄为爱伤感，

10–62

少	在	远	不	知
Sau	ywq	gyae	mbouj	rox
θaːu^{1}	jɯ^{5}	kjai^{1}	bou^{5}	ɹo^{4}
姑娘	在	远	不	知

妹离远不知。

10–63

义	土	鸦	叫	作
Nyi	duz	a	heuh	coh
n̥i^{1}	tu^{2}	a^{1}	heːu^{6}	ço^{6}
听	只	鸦	叫	名字

听闻乌鸦叫，

10–64

水	眼	罗	样	文
Raemx	da	roh	yiengh	fwn
ɹan^{4}	ta^{1}	ɹo^{6}	jɯːŋ^{6}	vun^{1}
水	眼	漏	样	雨

眼泪如雨下。

男唱

10–65

变 你 爱 土 来

Bienh mwngz gyaez dou lai

piːn^{6} mɯŋ^{2} kjai^{2} tu^{1} laːi^{1}

即便 你 爱 我 多

妹若真爱哥，

10–66

土 代 你 开 哭

Dou dai mwngz gaej daej

tu^{1} taːi^{1} mɯŋ^{2} kaːi^{5} tai^{3}

我 死 你 莫 哭

哥死你莫哭。

10–67

要 乔 马 剪 舌

Aeu geuz ma raed linx

au^{1} keːu^{2} ma^{1} ɹat^{8} lin^{4}

要 剪 来 剪 舌

自己剪舌头，

10–68

土 牙 仪 你 爱

Dou yax saenq mwngz gyaez

tu^{1} ja^{5} θin^{5} mɯŋ^{2} kjai^{2}

我 才 信 你 爱

才信是真心。

女唱

10–69

爱 你 办 水 莫

Gyaez mwngz baenz raemx mboq

kjai^{2} mɯŋ^{2} pan^{2} ɹan^{4} bo^{5}

爱 你 成 水 泉

爱你如山泉，

10–70

却 你 办 水 凉

Gyoh mwngz baenz raemx liengz

kjo^{6} mɯŋ^{2} pan^{2} ɹan^{4} liːŋ^{2}

可怜 你 成 水 凉

爱你如清水。

10–71

伕 爱 你 龙 包

Fwx gyaez mwngz lungz mbauq

fə^{4} kjai^{2} mɯŋ^{2} luŋ^{2} baːu^{5}

别人 爱 你 龙 小伙

别人对待兄，

10–72

不 比 农 爱 龙

Mbouj beij nuengx gyaez lungz

bou^{5} pi^{3} nuːŋ^{4} kjai^{2} luŋ^{2}

不 比 妹 爱 龙

不如妹情深。

男唱

10–73

巴	**可**	**罗**	**说**	**爱**
Bak	goj	lox	naeuz	gyaez
pa:k⁷	ko⁵	lo⁴	nau²	kjai²
嘴	也	哄	说	爱

嘴巴上说爱，

10–74

几	**比**	**空**	**见**	**面**
Geij	bi	ndwi	gen	mienh
ki³	pi¹	du:i¹	ke:n⁴	me:n⁶
几	年	不	见	面

几年不见面。

10–75

巴	**罗**	**爱**	**小**	**面**
Bak	lox	gyaez	siuj	mienh
pa:k⁷	lo⁴	kjai²	θi:u³	me:n⁶
嘴	哄	爱	小	面

嘴巴说爱我，

10–76

外	**权**	**是**	**论**	**偻**
Vaij	gemh	cix	lumz	raeuz
va:i³	ke:n⁶	ɕi⁴	lun²	ɹau²
过	山坳	就	忘	我们

过坳全忘怀。

女唱

10–77

土	**爱**	**你**	**龙**	**乖**
Dou	gyaez	mwngz	lungz	gvai
tu¹	kjai²	mɯŋ²	luŋ²	kwa:i¹
我	爱	你	龙	乖

妹钟爱情哥，

10–78

爱	**作**	**尾**	**会**	**坤**
Gyaez	coq	byai	faex	goenq
kjai²	ɕo⁵	pja:i¹	fai⁴	kon⁵
爱	放	尾	树	断

情寄断尾树。

10–79

土	**爱**	**你**	**对**	**生**
Dou	gyaez	mwngz	doiq	saemq
tu¹	kjai²	mɯŋ²	to:i⁵	θan⁵
我	爱	你	对	庚

妹爱同龄友，

10–80

能	**了**	**水**	**山**	**下**
Naengh	liux	raemx	bya	roengz
naŋ⁶	li:u⁴	ɹan⁴	pja¹	ɹoŋ²
坐	完	水	眼	下

思念泪长流。

男唱

10–81

土	**爱**	**你**	**了**	**农**
Dou	gyaez	mwngz	liux	nuengx
tu^{1}	kjai^{2}	mɯŋ^{2}	liːu^{4}	nuːŋ^{4}
我	爱	你	啰	妹

哥钟爱情妹，

10–82

爱	**作**	**拉**	**床**	**宁**
Gyaez	coq	laj	mbonq	ninz
kjai^{2}	ɕo^{5}	la^{3}	boːn^{5}	nin^{2}
爱	放	下	床	睡

情寄在床底。

10–83

土	**爱**	**你**	**少**	**金**
Dou	gyaez	mwngz	sau	gim
tu^{1}	kjai^{2}	mɯŋ^{2}	θaːu^{1}	kin^{1}
我	爱	你	姑娘	金

哥钟爱情妹，

10–84

爱	**作**	**城**	**皇**	**帝**
Gyaez	coq	singz	vuengz	daeq
kjai^{2}	ɕo^{5}	θiŋ^{2}	vuːŋ^{2}	tai^{5}
爱	放	城	皇	帝

情寄在皇都。

女唱

10–85

巴	**可**	**罗**	**爱**	**土**
Bak	goj	lox	gyaez	dou
paːk^{7}	ko^{5}	lo^{4}	kjai^{2}	tu^{1}
嘴	也	哄	爱	我

嘴上说爱我，

10–86

碰	**少**	**是**	**空**	**动**
Bungz	sau	cix	ndwi	dongx
puŋ^{2}	θaːu^{1}	ɕi^{4}	duːi^{1}	toːŋ^{4}
逢	姑娘	就	不	打招呼

见面不招呼。

10–87

巴	**罗**	**爱**	**老**	**表**
Bak	lox	gyaez	laux	biuj
paːk^{7}	lo^{4}	kjai^{2}	laːu^{4}	piːu^{3}
嘴	哄	爱	老	表

表面很亲热，

10–88

造	**秀**	**不**	**说**	**论**
Caux	ciuh	mbouj	naeuz	lwnz
ɕaːu^{4}	ɕiːu^{6}	bou^{5}	nau^{2}	lun^{2}
造	世	不	说	情友

成亲瞒着妹。

男唱

10–89

日	**农**	**哭**	**三**	**相**
Ngoenz	nuengx	daej	sam	ciengz
ŋon^{2}	nuːŋ^{4}	tai^{3}	θaːn^{1}	ɕiːŋ^{2}
天	妹	哭	三	场

妹为爱伤感，

10–90

龙	**在**	**远**	**不**	**知**
Lungz	ywq	gyae	mbouj	rox
luŋ^{2}	jɯ^{5}	kjai^{1}	bou^{5}	ɹo^{4}
龙	在	远	不	知

兄全然不知。

10–91

貝	**三**	**比**	**被**	**火**
Bae	sam	bi	deng	hoj
pai^{1}	θaːn^{1}	pi^{1}	teːŋ^{1}	ho^{3}
去	三	年	挨	苦

在外地受苦，

10–92

岏	**却**	**刀**	**年**	**你**
Nyienh	gyoh	dauq	nem	mwngz
ɲuːn^{6}	kjo^{6}	taːu^{5}	neːm^{1}	mɯŋ^{2}
愿	可怜	回	跟	你

愿回头跟你。

女唱

10–93

知	**你**	**刀**	**不**	**刀**
Rox	mwngz	dauq	mbouj	dauq
ɹo^{4}	mɯŋ^{2}	taːu^{5}	bou^{5}	taːu^{5}
知	你	回	不	回

不知回不回，

10–94

开	**罗**	**伴**	**召**	**心**
Gaej	lox	buenx	cau	sim
kaːi^{5}	lo^{4}	puːn^{4}	ɕaːu^{5}	θin^{1}
莫	哄	伴	操	心

莫哄我揪心。

10–95

连	**三**	**果**	**桃**	**定**
Lienh	sam	guj	dauz	din
liːn^{6}	θaːn^{1}	ku^{3}	taːu^{2}	tin^{1}
链	三	股	绑	脚

挨大链锁脚，

10–96

少	**飞**	**牙**	**不**	**得**
Sau	mbin	yax	mbouj	ndaej
θaːu^{1}	bin^{1}	ja^{5}	bou^{5}	dai^{3}
姑娘	飞	也	不	得

妹逃脱不了。

男唱

10–97

爱	又	却
Gyaez	youh	gyoh
kjai^{2}	jou^{4}	kjo^{6}
爱	又	可怜

爱而怜，

10–98

好	罗	貝	考	朋
Ndij	loh	bae	gauj	boengz
di^{1}	lo^{6}	pai^{1}	ka:u^{3}	poŋ^{2}
沿	路	去	搅	泥

一路踩烂泥。

10–99

爱	友	不	古	红
Gyaez	youx	mbouj	guh	hong
kjai^{2}	ju^{4}	bou^{5}	ku^{4}	ho:ŋ^{1}
爱	友	不	做	工

为爱不干活，

10–100

端	吃	江	玩	水
Donq	gwn	gyang	vanj	raemx
to:n^{5}	kɯn^{1}	kja:ŋ^{1}	va:n^{3}	ɹan^{4}
顿	喝	半	碗	水

喝清水度日。

女唱

10–101

爱	又	却
Gyaez	youh	gyoh
kjai^{2}	jou^{4}	kjo^{6}
爱	又	可怜

爱而怜，

10–102

好	罗	貝	考	朋
Ndij	loh	bae	gauj	boengz
di^{1}	lo^{6}	pai^{1}	ka:u^{3}	poŋ^{2}
沿	路	去	搅	泥

一路踩烂泥。

10–103

爱	友	不	古	红
Gyaez	youx	mbouj	guh	hong
kjai^{2}	ju^{4}	bou^{5}	ku^{4}	ho:ŋ^{1}
爱	友	不	做	工

为爱不干活，

10–104

团	堂	同	又	哭
Dwen	daengz	doengz	youh	daej
tɯ:n^{1}	taŋ^{2}	toŋ^{2}	jou^{4}	tai^{3}
提	到	同	又	哭

思念泪长流。

男唱

10–105

爱	**又**	**却**
Gyaez	youh	gyoh
kjai^2	jou^4	kjo^6
爱	**又**	**可怜**

爱而怜，

10–106

好	**罗**	**它**	**衣**	**定**
Ndij	loh	daz	iet	din
di^1	lo^6	ta^2	ji:t^7	tin^1
沿	**路**	**又**	**伸**	**脚**

步履懒洋洋。

10–107

爱	**穷**	**友**	**米**	**正**
Gyaez	gyoengq	youx	miz	cingz
kjai^2	kjoŋ^5	ju^4	mi^2	çiŋ^2
爱	**群**	**友**	**有**	**情**

为众深情友，

10–108

召	**心**	**堂**	**又**	**怨**
Cau	sim	daengz	youh	yonq
ça:u^5	θin^1	taŋ^2	jou^4	jo:n^5
操	**心**	**到**	**又**	**怨**

心焦出怨言。

女唱

10–109

爱	**又**	**却**
Gyaez	youh	gyoh
kjai^2	jou^4	kjo^6
爱	**又**	**可怜**

爱而怜，

10–110

好	**罗**	**它**	**衣**	**定**
Ndij	loh	daz	iet	din
di^1	lo^6	ta^2	ji:t^7	tin^1
沿	**路**	**又**	**伸**	**脚**

步履懒洋洋。

10–111

爱	**友**	**开**	**爱**	**真**
Gyaez	youx	gaej	gyaez	caen
kjai^2	ju^4	ka:i^5	kjai^2	çin^1
爱	**友**	**莫**	**爱**	**真**

交友别太真，

10–112

写	**心**	**一**	**爱**	**备**
Ce	sim	ndeu	gyaez	beix
çe^1	θin^1	de:u^1	kjai^2	pi^4
留	**心**	**一**	**爱**	**兄**

留一心爱兄。

男唱

10–113

爱	**又**	**却**
Gyaez	youh	gyoh
kjai^{2}	jou^{4}	kjo^{6}
爱	**又**	**可怜**

爱而怜，

10–114

好	**罗**	**它**	**衣**	**定**
Ndij	loh	daz	iet	din
di^{1}	lo^{6}	ta^{2}	jiːt^{7}	tin^{1}
沿	**路**	**又**	**伸**	**脚**

步履懒洋洋。

10–115

爱	**穷**	**友**	**米**	**心**
Gyaez	gyoengq	youx	miz	sim
kjai^{2}	kjoŋ^{5}	ju^{4}	mi^{2}	θin^{1}
爱	**群**	**友**	**有**	**心**

爱上真心友，

10–116

千	**年**	**正**	**同**	**送**
Cien	nienz	cingz	doengh	soengq
çiːn^{1}	niːn^{2}	çiŋ^{2}	toŋ^{2}	θoŋ^{5}
千	**年**	**情**	**相**	**送**

常互送礼物。

女唱

10–117

爱	**又**	**却**
Gyaez	youh	gyoh
kjai^{2}	jou^{4}	kjo^{6}
爱	**又**	**可怜**

爱而怜，

10–118

好	**罗**	**它**	**衣**	**定**
Ndij	loh	daz	iet	din
di^{1}	lo^{6}	ta^{2}	jiːt^{7}	tin^{1}
沿	**路**	**又**	**伸**	**脚**

步履懒洋洋。

10–119

爱	**堂**	**友**	**千**	**金**
Gyaez	daengz	youx	cien	gim
kjai^{2}	taŋ^{2}	ju^{4}	çiːn^{1}	kin^{1}
爱	**到**	**友**	**千**	**金**

爱上真心友，

10–120

不	**论**	**时**	**一**	**闹**
Mbouj	lumz	seiz	ndeu	nauq
bou^{5}	lun^{2}	θi^{2}	deːu^{1}	naːu^{5}
不	**忘**	**时**	**一**	**也**

一刻也不忘。

男唱

10–121

爱 又 结

Gyaez youh giet

kjai^{2} jou^{4} ki:t^{7}

爱 又 结

爱结交，

10–122

念 办 后 江 那

Net baenz haeux gyang naz

ne:t^{7} pan^{2} hau^{4} kja:ŋ^{1} na^{2}

实 成 米 中 田

真如田中谷。

10–123

爱 堂 秀 少 而

Gyaez daengz ciuh sau lawz

kjai^{2} taŋ^{2} ɕi:u^{6} θa:u^{1} laɯ^{2}

爱 到 世 姑娘 哪

深爱妹永久，

10–124

当 家 心 不 念

Dangq gya sim mbouj net

ta:ŋ^{5} kja^{1} θin^{1} bou^{5} ne:t^{7}

另 家 心 不 实

另住心不安。

女唱

10–125

爱 又 结

Gyaez youh giet

kjai^{2} jou^{4} ki:t^{7}

爱 又 结

爱结交，

10–126

念 办 后 江 那

Net baenz haeux gyang naz

ne:t^{7} pan^{2} hau^{4} kja:ŋ^{1} na^{2}

实 成 米 中 田

真如田中谷。

10–127

狼 乱 办 关 巴

Langh luenh baenz gvan baz

la:ŋ^{6} lu:n^{6} pan^{2} kwa:n^{1} pa^{2}

若 乱 成 夫 妻

若真成夫妻，

10–128

全 古 家 一 在

Gyonj guh gya ndeu ywq

kjo:n^{1} ku^{4} kja^{1} de:u^{1} jɯ^{5}

聚 做 家 一 住

两人合一家。

男唱

10-129

爱 又 结

Gyaez youh giet

kjai^{2} jou^{4} kiːt^{7}

爱 又 结

爱结交，

10-130

念 办 后 江 那

Net baenz haeux gyang naz

neːt^{7} pan^{2} hau^{4} kjaːŋ^{1} na^{2}

实 成 米 中 田

真如田中谷。

10-131

爱 堂 友 同 哈

Gyaez daengz youx doengh ha

kjai^{2} taŋ^{2} ju^{4} toŋ^{2} ha^{1}

爱 到 友 相 配

爱上同龄友，

10-132

得 共 然 是 抵

Ndaej gungh ranz cix dij

dai^{3} kuŋ^{6} ɹaːn^{2} ɕi^{4} ti^{3}

得 共 家 就 值

结婚才值得。

女唱

10-133

爱 又 结

Gyaez youh giet

kjai^{2} jou^{4} kiːt^{7}

爱 又 结

爱结交，

10-134

念 办 后 江 那

Net baenz haeux gyang naz

neːt^{7} pan^{2} hau^{4} kjaːŋ^{1} na^{2}

实 成 米 中 田

真如田中谷。

10-135

勒 仪 得 共 家

Lawh saenq ndaej gungh gya

ləɯ^{6} θin^{5} dai^{3} kuŋ^{6} kja^{1}

换 信 得 共 家

谈情得结婚，

10-136

邦 又 米 几 卩

Biengz youh miz geij boux

piːŋ^{2} jou^{4} mi^{2} ki^{3} pu^{4}

地方 又 有 几 个

天下有几人？

男唱

10–137

爱	**又**	**结**
Gyaez	youh	giet
kjai2	jou4	kiːt7
爱	又	结

爱结交，

10–138

念	**办**	**后**	**里**	**谁**
Net	baenz	haeux	ndaw	rae
neːt7	pan2	hau4	daɯ1	ɹai1
实	成	米	里	甑子

真如甑中谷。

10–139

爱	**友**	**不**	**得**	**貝**
Gyaez	youx	mbouj	ndaej	bae
kjai2	ju4	bou5	dai3	pai1
爱	友	不	得	去

情友娶不走，

10–140

皮	**斗**	**长**	**又**	**哭**
Bid	daeuj	raez	youh	daej
pit8	tau3	ɹai2	jou4	tai3
蝉	来	鸣	又	哭

蝉鸣催人泪。

女唱

10–141

爱	**又**	**结**
Gyaez	youh	giet
kjai2	jou4	kiːt7
爱	又	结

爱结交，

10–142

念	**办**	**后**	**里**	**谁**
Net	baenz	haeux	ndaw	rae
neːt7	pan2	hau4	daɯ1	ɹai1
实	成	米	里	甑子

真如甑中谷。

10–143

爱	**友**	**不**	**得**	**貝**
Gyaez	youx	mbouj	ndaej	bae
kjai2	ju4	bou5	dai3	pai1
爱	友	不	得	去

情友娶不走，

10–144

秀	**满**	**美**	**牙**	**了**
Ciuh	monh	maez	yax	liux
ɕiːu6	moːn6	mai2	ja5	liːu4
世	情	爱	也	完

青春期也过。

男唱

10–145

爱　又　结

Gyaez youh giet

kjai^{2} jou^{4} kiːt^{7}

爱　又　结

爱结交，

10–146

念　办　后　里　谁

Net baenz haeux ndaw rae

neːt^{7} pan^{2} hau^{4} daɯ^{1} ɹai^{1}

实　成　米　里　甑子

真如甑中谷。

10–147

爱　穷　友　当　韦

Gyaez gyoengq youx dangq vae

kjai^{2} kjoŋ^{5} ju^{4} taːŋ^{5} vai^{1}

爱　群　友　另　姓

深爱异姓友，

10–148

想　貝　不　想　刀

Siengj bae mbouj siengj dauq

θiːŋ^{3} pai^{1} bou^{5} θiːŋ^{3} taːu^{5}

想　去　不　想　回

只想去跟随。

女唱

10–149

爱　又　结

Gyaez youh giet

kjai^{2} jou^{4} kiːt^{7}

爱　又　结

爱结交，

10–150

念　办　后　里　谁

Net baenz haeux ndaw rae

neːt^{7} pan^{2} hau^{4} daɯ^{1} ɹai^{1}

实　成　米　里　甑子

真如甑中谷。

10–151

秀　满　爱　秀　美

Ciuh monh gyaez ciuh maez

ɕiːu^{6} moːn^{6} kjai^{2} ɕiːu^{6} mai^{2}

世　情　爱　世　爱

两人情义深，

10–152

不　古　而　同　沙

Mbouj guh rawz doengh ra

bou^{5} ku^{4} ɹaɯ^{2} toŋ^{2} ɹa^{1}

不　做　什么　相　找

为何不相见？

男唱

10-153

爱	又	结
Gyaez	youh	giet
kjai²	jou⁴	kiːt⁷
爱	又	结

爱结交，

10-154

念	办	后	江	开
Net	baenz	haeux	gyang	gai
neːt⁷	pan²	hau⁴	kjaːŋ¹	kaːi¹
实	成	米	中	街

真如市上米。

10-155

三	八	爱	英	台
Sanh	bek	gyaez	yingh	taiz
θaːn¹	peːk⁷	kjai²	iŋ¹	taːi²
山	伯	爱	英	台

山伯爱英台，

10-156

得	共	开	知	不
Ndaej	gungh	gai	rox	mbouj
dai³	kuŋ⁶	kaːi¹	ɹo⁴	bou⁵
得	共	街	或	不

得相聚与否？

女唱

10-157

爱	又	结
Gyaez	youh	giet
kjai²	jou⁴	kiːt⁷
爱	又	结

爱结交，

10-158

念	办	后	江	开
Net	baenz	haeux	gyang	gai
neːt⁷	pan²	hau⁴	kjaːŋ¹	kaːi¹
实	成	米	中	街

真如市上米。

10-159

三	八	爱	英	台
Sanh	bek	gyaez	yingh	taiz
θaːn¹	peːk⁷	kjai²	iŋ¹	taːi²
山	伯	爱	英	台

山伯爱英台，

10-160

代	共	开	一	在
Dai	gungh	gai	ndeu	ywq
taːi¹	kuŋ⁶	kaːi¹	deːu¹	jɯ⁵
死	共	街	一	住

死还葬一处。

男唱

10-161

巴　罗　土　爱　土

Bak lox dou gyaez dou

pa:k^{7} lo^{4} tu^{1} kjai^{2} tu^{1}

嘴　哄　我　爱　我

嘴上说爱我，

10-162

罗　要　油　煎　蛋

Lox aeu youz cien gyaeq

lo^{4} au^{1} jou^{2} ɕe:n^{1} kjai^{5}

骗　要　油　煎　蛋

是想捞油水。

10-163

巴　罗　土　了　岁

Bak lox dou liux caez

pa:k^{7} lo^{4} tu^{1} li:u^{4} ɕai^{2}

嘴　哄　我　完　齐

完全在骗我，

10-164

邦　美　罗　土　空

Baengz maez lox dou ndwi

paŋ^{2} mai^{2} lo^{4} tu^{1} du:i^{1}

朋　爱　哄　我　空

朋友你骗我。

女唱

10-165

巴　罗　土　爱　土

Bak lox dou gyaez dou

pa:k^{7} lo^{4} tu^{1} kjai^{2} tu^{1}

嘴　哄　我　爱　我

嘴上说爱我，

10-166

罗　要　油　剪　哈

Lox aeu youz cien haj

lo^{4} au^{1} jou^{2} ɕe:n^{1} ha^{3}

骗　要　油　煎　油

是想捞油水。

10-167

巴　罗　土　是　八

Bak lox dou cix bah

pa:k^{7} lo^{4} tu^{1} ɕi^{4} pa^{6}

嘴　哄　我　就　罢

骗我就骗我，

10-168

貝　那　开　罗　文

Bae naj gaej lox vunz

pai^{1} na^{3} ka:i^{5} lo^{4} vun^{2}

去　前　莫　哄　人

往后莫骗人。

男唱

10-169

秀	**少**	**包**	**同**	**重**
Ciuh	sau	mbauq	doengh	naek
ɕiːu^{6}	θaːu^{1}	baːu^{5}	toŋ^{2}	nak^{7}
世	姑娘	小伙	相	重

兄妹相敬重，

10-170

卩	**完**	**仪**	**卩**	**特**
Boux	vuenh	saenq	boux	dawz
pu^{4}	vuːn^{6}	θin^{5}	pu^{4}	təɯ^{2}
人	换	信	人	守

完全相信任。

10-171

岁	**同**	**对**	**很**	**河**
Caez	doengz	doih	hwnj	haw
ɕai^{2}	toŋ^{2}	toːi^{6}	hɯn^{3}	həɯ^{1}
齐	同	伙伴	上	圩

一同去赶圩，

10-172

正	**卩**	**而**	**来**	**重**
Cingz	boux	lawz	lai	naek
ɕiŋ^{2}	pu^{4}	laɯ^{2}	laːi^{1}	nak^{7}
情	人	哪	多	重

谁礼品更贵？

女唱

10-173

秀	**少**	**包**	**同**	**重**
Ciuh	sau	mbauq	doengh	naek
ɕiːu^{6}	θaːu^{1}	baːu^{5}	toŋ^{2}	nak^{7}
世	姑娘	小伙	相	重

兄妹相敬重，

10-174

卩	**完**	**仪**	**卩**	**特**
Boux	vuenh	saenq	boux	dawz
pu^{4}	vuːn^{6}	θin^{5}	pu^{4}	təɯ^{2}
人	换	信	人	守

完全相信任。

10-175

平	**贝**	**板**	**贝**	**河**
Bingz	bae	mbanj	bae	haw
piŋ^{2}	pai^{1}	baːn^{3}	pai^{1}	həɯ^{1}
凭	去	村	去	圩

不管到哪里，

10-176

正	**双**	**偻**	**来**	**重**
Cingz	song	raeuz	lai	naek
ɕiŋ^{2}	θoːŋ^{1}	ɹau^{2}	laːi^{1}	nak^{7}
情	两	我们	多	重

我俩情最深。

男唱

10–177

秀　少　包　同　重

Ciuh sau mbauq doengh naek

ɕiːu^{6} θaːu^{1} baːu^{5} toŋ^{2} nak^{7}

世　姑娘　小伙　相　重

兄妹相敬重，

10–178

阝　完　仪　阝　特

Boux vuenh saenq boux dawz

pu^{4} vuːn^{6} θin^{5} pu^{4} təɯ^{2}

人　换　信　人　守

完全相信任。

10–179

同　完　古　样　而

Doengh vuenh guh yiengh lawz

toŋ^{2} vuːn^{6} ku^{4} juːŋ^{6} laɯ^{2}

相　换　做　样　哪

相交做样子，

10–180

念　少　乖　空　爱

Net sau gvai ndwi ngaiq

neːt^{7} θaːu^{1} kwaːi^{1} duːi^{1} ŋaːi^{5}

实　姑娘　乖　不　爱

谅妹非真爱。

女唱

10–181

变　包　乖　同　重

Bienh mbauq gvai doengh naek

piːn^{6} baːu^{5} kwaːi^{1} toŋ^{2} nak^{7}

即便　小伙　乖　相　重

若情哥重情，

10–182

煮　菜　开　作　求

Cawj byaek gaej coq gyu

ɕəɯ^{3} pjak^{7} kaːi^{5} ɕo^{5} kju^{1}

煮　菜　莫　放　盐

菜无须放盐。

10–183

友　而　重　堂　土

Youx lawz naek daengz dou

ju^{4} laɯ^{2} nak^{7} taŋ^{2} tu^{1}

友　哪　重　到　我

谁真敬重我？

10–184

是　写　河　开　很

Cix ce haw gaej hwnj

ɕi^{4} ɕe^{1} həɯ^{1} kaːi^{5} hɯn^{3}

就　留　圩　莫　上

从此别赶圩。

男唱

10–185

变	**少**	**乖**	**狼**	**重**
Bienh	sau	gvai	langh	naek
piːn^{6}	θaːu^{1}	kwaːi^{1}	laːŋ^{6}	nak^{7}
即便	**姑娘**	**乖**	**若**	**重**

若我妹重情，

10–186

煮	**菜**	**开**	**作**	**求**
Cawj	byaek	gaej	coq	gyu
ɕaɯ^{3}	pjak^{7}	kaːi^{5}	ɕo^{5}	kju^{1}
煮	**菜**	**莫**	**放**	**盐**

菜无须放盐。

10–187

农	**狼**	**重**	**堂**	**土**
Nuengx	langh	naek	daengz	dou
nuːŋ^{4}	laːŋ^{6}	nak^{7}	taŋ^{2}	tu^{1}
妹	**若**	**重**	**到**	**我**

妹若敬重我，

10–188

方	**卢**	**是**	**开**	**单**
Fueng	louz	cix	gaej	danq
fuːŋ^{1}	lu^{2}	ɕi^{4}	kaːi^{5}	taːn^{5}
风	**流**	**就**	**莫**	**承担**

莫再要风流。

女唱

10–189

重	**是**	**重**	**样**	**令**
Naek	cix	naek	yiengh	rin
nak^{7}	ɕi^{4}	nak^{7}	jɯːŋ^{6}	ɹin^{1}
重	**就**	**重**	**样**	**石**

如石头样重，

10–190

开	**古**	**轻**	**样**	**纸**
Gaej	guh	mbaeu	yiengh	ceij
kaːi^{5}	ku^{6}	bau^{1}	jɯːŋ^{6}	ɕi^{3}
莫	**做**	**轻**	**样**	**纸**

莫如纸轻浮。

10–191

土	**重**	**龙**	**样**	**内**
Dou	naek	lungz	yiengh	neix
tu^{1}	nak^{7}	luŋ^{2}	jɯːŋ^{6}	ni^{4}
我	**重**	**龙**	**样**	**这**

我敬兄如此，

10–192

备	**重**	**农**	**样**	**而**
Beix	naek	nuengx	yiengh	lawz
pi^{4}	nak^{7}	nuːŋ^{4}	jɯːŋ^{6}	laɯ^{2}
兄	**重**	**妹**	**样**	**哪**

兄对妹如何？

男唱

10–193

重　是　重　样　令

Naek　cix　naek　yiengh　rin

nak^{7}　çi^{4}　nak^{7}　jɯːŋ^{6}　ɹin^{1}

重　就　重　样　石

如石头样重，

10–194

开　古　轻　样　纸

Gaej　guh　mbaeu　yiengh　ceij

kaːi^{5}　ku^{4}　bau^{1}　jɯːŋ^{6}　çi^{3}

莫　做　轻　样　纸

莫如纸轻浮。

10–195

重　是　重　正　义

Naek　cix　naek　cingz　ngeih

nak^{7}　çi^{4}　nak^{7}　çiŋ^{2}　ȵi^{6}

重　就　重　情　义

重就重情义，

10–196

开　古　纸　配　初

Gaej　guh　ceij　boiq　couz

kaːi^{5}　ku^{4}　çi^{3}　poːi^{5}　çu^{2}

莫　做　纸　配　绸

莫以纸代绸。

女唱

10–197

重　是　重　样　令

Naek　cix　naek　yiengh　rin

nak^{7}　çi^{4}　nak^{7}　jɯːŋ^{6}　ɹin^{1}

重　就　重　样　石

如石头样重，

10–198

开　古　轻　样　纸

Gaej　guh　mbaeu　yiengh　ceij

kaːi^{5}　ku^{4}　bau^{1}　jɯːŋ^{6}　çi^{3}

莫　做　轻　样　纸

莫如纸轻浮。

10–199

友　而　重　正　义

Youx　lawz　naek　cingz　ngeih

ju^{4}　laɯ^{2}　nak^{7}　çiŋ^{2}　ȵi^{6}

友　哪　重　情　义

哪位重情义，

10–200

是　采　地　邦　偻

Cix　caij　deih　biengz　raeuz

çi^{4}　çaːi^{3}　tei^{6}　piːŋ^{2}　ɹau^{2}

就　踩　地　地方　我们

请赴我家乡。

男唱

10–201

重 是 重 样 令

Naek cix naek yiengh rin

nak^{7} ɕi^{4} nak^{7} jɯːŋ^{6} ɹin^{1}

重 就 重 像 石

像石头样重，

10–202

开 古 轻 样 纸

Gaej guh mbaeu yiengh ceij

kaːi^{5} ku^{4} bau^{1} jɯːŋ^{6} ɕi^{3}

莫 做 轻 样 纸

莫如纸样轻。

10–203

交 空 得 正 义

Gyau ndwi ndaej cingz ngeih

kjaːu^{1} duːi^{1} dai^{3} ɕiŋ^{2} ȵi^{6}

交 不 得 情 义

交个薄情友，

10–204

可 为 秀 你 空

Goj viq ciuh mwngz ndwi

ko^{5} vi^{5} ɕiːu^{6} mɯŋ^{2} duːi^{1}

也 忘情 世 你 空

枉过一辈子。

女唱

10–205

重 是 重 样 令

Naek cix naek yiengh rin

nak^{7} ɕi^{4} nak^{7} jɯːŋ^{6} ɹin^{1}

重 就 重 样 石

像石头样重，

10–206

开 古 轻 样 歪

Gaej guh mbaeu yiengh faiq

kaːi^{5} ku^{4} bau^{1} jɯːŋ^{6} vaːi^{5}

莫 做 轻 样 棉

莫如棉样轻。

10–207

重 是 重 大 才

Naek cix naek dah raix

nak^{7} ɕi^{4} nak^{7} ta^{6} ɹaːi^{4}

重 就 重 实 在

妹真心敬兄，

10–208

备 牙 采 很 下

Beix yax caij hwnj roengz

pi^{4} ja^{5} ɕaːi^{3} hɯn^{3} ɹoŋ^{2}

兄 才 踩 上 下

兄才有颜面。

男唱

10–209

重　是　重　样　令

Naek cix naek yiengh rin

nak^{7} ɕi^{4} nak^{7} jɯːŋ^{6} ɹin^{1}

重　就　重　样　石

像石头样重，

10–210

开　古　轻　样　歪

Gaej guh mbaeu yiengh faiq

kaːi^{5} ku^{4} bau^{1} jɯːŋ^{6} vaːi^{5}

莫　做　轻　样　棉

莫如棉样轻。

10–211

红　粮　堂　大　才

Hong liengz daengz dah raix

hoːŋ^{1} liːŋ^{2} taŋ^{2} ta^{6} ɹaːi^{4}

工　粮　到　实　在

农忙已来临，

10–212

不　太　单　方　卢

Mbouj daih danq fueng louz

bou^{5} taːi^{6} taːn^{5} fuːŋ^{1} lu^{2}

不　太　承担　风　流

顾不上风流。

女唱

10–213

重　是　重　样　令

Naek cix naek yiengh rin

nak^{7} ɕi^{4} nak^{7} jɯːŋ^{6} ɹin^{1}

重　就　重　样　石

像石头样重，

10–214

开　古　轻　样　团

Gaej guh mbaeu yiengh duenh

kaːi^{5} ku^{4} bau^{1} jɯːŋ^{6} tuːn^{6}

莫　做　轻　样　缎

莫如缎样轻。

10–215

友　而　重　堂　伴

Youx lawz naek daengz buenx

ju^{4} laɯ^{2} nak^{7} taŋ^{2} puːn^{6}

友　哪　重　到　伴

谁敬重侣伴，

10–216

是　开　断　罗　河

Cix gaej duenx loh haw

ɕi^{4} kaːi^{5} tuːn^{4} lo^{6} həɯ^{1}

就　莫　断　路　圩

就要常来往。

男唱

10–217

重 是 重 样 令

Naek cix naek yiengh rin

nak^{7} ɕi^{4} nak^{7} jɯ:ŋ^{6} ɹin^{1}

重 就 重 样 石

像石头样重，

10–218

开 古 轻 样 团

Gaej guh mbaeu yiengh duenh

ka:i^{5} ku^{4} bau^{1} jɯ:ŋ^{6} tu:n^{6}

莫 做 轻 样 缎

莫如缎样轻。

10–219

重 是 重 了 伴

Naek cix naek liux buenx

nak^{7} ɕi^{4} nak^{7} li:u^{4} pu:n^{4}

重 就 重 啰 伴

重情就重情，

10–220

开 具 满 来 吉

Gaej bae monh lai giz

ka:i^{5} pai^{1} mo:n^{6} lai^{1} ki^{2}

莫 去 谈情 多 处

莫多情不定。

女唱

10–221

重 办 令 垌 光

Naek baenz rin doengh gvangq

nak^{7} pan^{2} ɹin^{1} toŋ^{6} kwa:ŋ^{5}

重 成 石 垌 宽

重如他乡石，

10–222

水 斗 产 不 宁

Raemx daeuj canj mbouj ning

ɹan^{4} tau^{3} ɕa:n^{3} bou^{5} niŋ^{1}

水 来 冲 不 动

大水冲不走。

10–223

友 而 重 小 正

Youx lawz naek siuj cingz

ju^{4} lauɯ^{2} nak^{7} θi:u^{3} ɕiŋ^{2}

友 哪 重 小 情

谁注重礼品，

10–224

中 音 马 土 听

Cuengq hing ma dou dingq

ɕu:ŋ^{5} hiŋ^{1} ma^{1} tu^{1} tiŋ^{5}

放 音 来 我 听

唱首歌我听。

男唱

10–225

重　办　令　垌　光

Naek　baenz　rin　doengh　gvangq

nak^{7}　pan^{2}　ɹin^{1}　toŋ^{6}　kwa:ŋ^{5}

重　成　石　垌　宽

重如他乡石，

10–226

水　斗　产　不　宁

Raemx　daeuj　canj　mbouj　ning

ɹan^{4}　tau^{3}　ɕa:n^{3}　bou^{5}　niŋ^{1}

水　来　冲　不　动

大水冲不走。

10–227

不　断　份　小　正

Mbouj　duenx　faenh　siuj　cingz

bou^{5}　tu:n^{4}　fan^{6}　θi:u^{3}　ɕiŋ^{2}

不　断　份　小　情

只要情还在，

10–228

清　明　刀　同　对

Cing　mingz　dauq　doengz　doih

ɕiŋ^{1}　miŋ^{2}　tau^{5}　toŋ^{2}　to:i^{6}

清　明　又　同　伙伴

清明又会面。

女唱

10–229

重　办　令　垌　光

Naek　baenz　rin　doengh　gvangq

nak^{7}　pan^{2}　ɹin^{1}　toŋ^{6}　kwa:ŋ^{5}

重　成　石　垌　宽

重如他乡石，

10–230

水　斗　产　不　付

Raemx　daeuj　canj　mbouj　fouz

ɹan^{4}　tau^{3}　ɕa:n^{3}　bou^{5}　fu^{2}

水　来　冲　不　浮

大水冲不走。

10–231

友　而　单　方　卢

Youx　lawz　danq　fueng　louz

ju^{4}　laɯ^{2}　ta:n^{5}　fu:ŋ^{1}　lu^{2}

友　哪　承担　风　流

哪个要风流，

10–232

明　可　付　吉　祘

Cog　goj　fouz　giz　suenq

ɕo:k^{8}　ko^{5}　fu^{2}　ki^{2}　θu:n^{5}

将来　也　浮　处　算

将无处安身。

男唱

10–233

重	**办**	**令**	**垌**	**光**
Naek	baenz	rin	doengh	gvangq
nak^{7}	pan^{2}	ɹin^{1}	toŋ^{6}	kwaːŋ^{5}
重	成	石	垌	宽

重如他乡石，

10–234

水	**斗**	**产**	**不**	**付**
Raemx	daeuj	canj	mbouj	fouz
ɹan^{4}	tau^{3}	ɕaːn^{3}	bou^{5}	fu^{2}
水	来	冲	不	浮

大水冲不走。

10–235

友	**而**	**单**	**方**	**卢**
Youx	lawz	danq	fueng	louz
ju^{4}	lauɯ^{2}	taːn^{5}	fuːŋ^{1}	lu^{2}
友	哪	承担	风	流

哪个要风流，

10–236

是	**特**	**符**	**三**	**美**①
Cix	dawz	fouz	sam	moih
ɕi^{4}	təɯ^{2}	fu^{2}	θaːn^{1}	moːi^{6}
就	拿	符	三	妹

要受婆王管。

女唱

10–237

一	**月**	**一**
It	nyied	it
it^{7}	ȵuːt^{8}	it^{7}
一	月	一

一月一，

10–238

米	**日**	**阳**	**日**	**凉**
Miz	ngoenz	ndit	ngoenz	liengz
mi^{2}	ŋon^{2}	dit^{7}	ŋon^{2}	liːŋ^{2}
有	天	阳光	天	凉

有暖也有冷。

10–239

想	**托**	**备**	**采**	**邦**
Siengj	doh	beix	caij	biengz
θiːŋ^{3}	to^{6}	pi^{4}	ɕaːi^{3}	piːŋ^{2}
想	同	兄	踩	地方

想和兄闲逛，

10–240

巴	**空**	**强**	**外**	**对**
Bak	ndwi	giengz	vaij	doih
paːk^{7}	duːl^{1}	kiːŋ^{2}	vaːi^{3}	toːi^{6}
嘴	不	强	过	伙伴

嘴笨不如人。

①三美[θaːn^{1} moːi^{6}]：三妹，也叫婆王。指瑶族民间信奉的圣母。

男唱

10-241

义 月 义

Ngeih nyied ngeih

ȵi^{6} ȵuːt^{8} ȵi^{6}

二 月 二

二月二，

10-242

话 良 立 更 台

Vah lingz leih gwnz daiz

va^{6} leːŋ^{6} li^{6} kɯn^{2} tai^{2}

话 伶 俐 上 台

台上讲好话。

10-243

当 阝 当 在 远

Dangq boux dangq ywq gyae

taːŋ^{5} pu^{4} taːŋ^{5} jɯ^{5} kjai^{1}

另 人 另 在 远

住地离太远，

10-244

用 心 长 大 才

Yungh sim raez dah raix

juŋ^{6} θin^{1} ɹai^{2} ta^{6} ɹaːi^{4}

用 心 长 实 在

思念常叹息。

女唱

10-245

三 月 三

Sam nyied sam

θaːn^{1} ȵuːt^{8} θaːn^{1}

三 月 三

三月三，

10-246

水 强 单 美 六

Raemx giengh dan mae loek

ɹan^{4} kiːŋ^{6} taːn^{1} mai^{1} lok^{7}

水 跳 滩 木 轮

水跳水坝车。

10-247

红 粮 堂 了 友

Hong liengz daengz liux youx

hoːŋ^{1} liːŋ^{2} taŋ^{2} liːu^{4} ju^{4}

工 粮 到 啰 友

农忙已来临，

10-248

当 阝 三 当 吉

Dangq boux sanq dangq giz

taːŋ^{5} pu^{4} θaːn^{5} taːŋ^{5} ki^{2}

各 人 散 各 处

各自忙农事。

男唱

10-249

四 月 四

Seiq ŋyied seiq

θei^{5} ȵu:t^{8} θei^{5}

四 月 四

四月四，

10-250

水 强 依 下 那

Raemx giengh rij roengz naz

ɹan^{4} kji:ŋ^{6} ɹi^{3} ɹoŋ^{2} na^{2}

水 跳 溪 下 田

溪水漫灌田。

10-251

当 阝 当 造 家

Dangq boux dangq caux gya

ta:ŋ^{5} pu^{4} taŋ^{5} ɕa:u^{4} kja^{1}

各 人 各 造 家

各自成家业，

10-252

动 心 而 知 不

Doengh sim lawz rox mbouj

toŋ^{6} θin^{1} laɯ^{2} ɹo^{4} bou^{5}

动 心 哪 或 不

是否已动心？

女唱

10-253

五 月 五

Ngux nyied ngux

ŋu^{4} ȵu:t^{8} ŋu^{4}

五 月 五

五月五，

10-254

勒 独 八 出 叶

Lwg dog bah ok mbaw

lɯk^{8} to:k^{8} pa^{6} o:k^{7} baɯ^{1}

子 独 莫急 出 叶

独子别出声。

10-255

加 友 口 很 河

Caj youx gaeuq hwnj haw

kja^{3} ju^{4} kau^{5} hɯn^{3} həɯ^{1}

等 友 旧 上 圩

等前友外出，

10-256

偻 洋 师 元 采

Raeuz yaeng swz roen byaij

ɹau^{2} jaŋ^{1} θɯ^{2} jo:n^{1} pja:i^{3}

我们 再 辞 路 走

我俩试谈情。

男唱

10-257

六　月　六

Loeg nyied loeg

lok⁸ ṇu:t⁸ lok⁸

六　月　六

六月六，

10-258

勒　独　干　方　卢

Lwg dog ganq fueng louz

lɯk⁸ to:k⁸ ka:n⁵ fu:ŋ¹ lu²

子　独　照料　风　流

独子要风流。

10-259

农　不　听　句　土

Nuengx mbouj dingq coenz dou

nu:ŋ⁴ bou⁵ tiŋ⁵ kjon² tu¹

妹　不　听　句　我

妹不听我说，

10-260

正　貝　州　不　刀

Cingz bae cou mbouj dauq

ɕiŋ² pai¹ ɕu¹ bou⁵ ta:u⁵

情　去　州　不　回

情散不复回。

女唱

10-261

七　月　七

Caet nyied caet

ɕat⁷ ṇu:t⁸ ɕat⁷

七　月　七

七月七，

10-262

合　办　朵　花　支

Hob baenz duj va ci

ho:p⁸ pan² tu³ va¹ ɕi¹

合　成　朵　花　支

美如鲜花开。

10-263

初　团　狼　皮　义

Couz duenh langh bienz nyiz

ɕu² tu:n⁶ la:ŋ⁶ pi:n² ṇi²

绸　缎　若　便　宜

绸缎若便宜，

10-264

偻　岁　支　阝　样

Raeuz caez ci boux yiengh

ɹau² ɕai² ɕi¹ pu⁴ jɯ:ŋ⁶

我们　齐　裁　人　样

各人缝一件。

男唱

10–265

八　月　八

Bet nyied bet

pe:t^{7} ȵu:t^{8} pe:t^{7}

八　月　八

八月八，

10–266

蒙　跟　先　岁　扛

Moeg riengz riep caez gang

mok^{8} ɹi:ŋ^{2} ɹi:p^{7} ɕai^{2} ka:ŋ^{1}

棉被　跟　蚊帐　齐　撑

铺盖摊开晒。

10–267

歪　些　可　办　布

Faiq reh goj baenz baengz

va:i^{5} ɹe^{6} ko^{5} pan^{2} paŋ^{2}

棉　条　也　成　布

精棉织布好，

10–268

不　装　身　么　农

Mbouj cang ndang maq nuengx

bou^{5} ɕa:ŋ^{1} da:ŋ^{1} ma^{5} nu:ŋ^{4}

不　装　身　嘛　妹

妹做新衣否？

女唱

10–269

九　月　九

Gouj nyied gouj

kjou^{3} ȵu:t^{8} kjou^{3}

九　月　九

九月九，

10–270

合　办　朵　花　中

Hob baenz duj va coeng

ho:p^{8} pan^{2} tu^{3} va^{1} ɕoŋ^{1}

合　成　朵　花　葱

恰似鲜花开。

10–271

歪　些　告　办　布

Faiq reh gauj baenz baengz

va:i^{5} ɹe^{6} ka:u^{3} pan^{2} paŋ^{2}

棉　条　轧　成　布

精棉织成布，

10–272

老　土　站　不　刀

Lau dou soengz mbouj dauq

la:u^{1} tu^{1} θoŋ^{2} bou^{5} ta:u^{5}

怕　我　站　不　回

怕我不愿走。

男唱

10-273

十	月	十
Cib	nyied	cib
çit8	ȵuːt8	çit8
十	月	十

十月十，

10-274

另	古	担	一	特
Rib	guh	rap	ndeu	dawz
ɹip8	ku4	ɹaːt7	deːu1	təɯ5
捡	做	担	一	拿

凡事一肩挑。

10-275

平	貝	板	貝	河
Bingz	bae	mbanj	bae	haw
piŋ2	pai1	baːn3	pai1	həɯ1
凭	去	村	去	圩

无论去哪里，

10-276

不	论	时	一	闹
Mbouj	lumz	seiz	ndeu	nauq
bou5	lun2	θi2	deːu1	naːu5
不	忘	时	一	也

一刻也不忘。

女唱

10-277

义	月	一
Ngeih	nyied	it
ȵi6	ȵuːt8	it7
二	月	一

二月一，

10-278

貝	另	后	江	那
Bae	rip	haeux	gyang	naz
pai1	ɹip7	hau4	kjaːŋ1	na2
去	捡	米	中	田

田中捡遗谷。

10-279

狼	农	貝	造	家
Langh	nuengx	bae	caux	gya
laːŋ6	nuːŋ4	pai1	çaːu4	kja1
放	妹	去	造	家

情妹去嫁人，

10-280

抹	水	山	同	分
Uet	raemx	bya	doengh	mbek
uːt7	ɹan4	pja1	toŋ2	beːk7
抹	水	眼	相	分

挥泪去告别。

男唱

10-281

义 月 二

Ngeih nyied ngeih

ȵi^{6} ȵuːt^{8} ȵi^{6}

二 月 二

二月二，

10-282

占 石 作 更 从

Canx rin coq gwnz congz

ɕaːn^{6} ɹin^{1} ɕo^{5} kɯn^{2} ɕoːŋ^{2}

凿 石 放 上 桌

凿石放桌上。

10-283

满 卡 秀 勒 龙

Monh gaq ciuh lwg lungz

moːn^{6} ka^{5} ɕiːu^{6} lɯk^{8} luŋ^{2}

谈情 这 世 子 龙

我俩共谈情，

10-284

不 办 同 土 了

Mbouj baenz doengz dou liux

bou^{5} pan^{2} toŋ^{2} tu^{1} liːu^{4}

不 成 同 我 啰

终难结姻缘。

女唱

10-285

义 月 三

Ngeih nyied sam

ȵi^{6} ȵuːt^{8} θaːn^{1}

二 月 三

二月三，

10-286

花 干 铁 好 占

Va gam dek hau canz

va^{1} kaːn^{1} teːk^{7} haːu^{1} ɕaːn^{2}

花 甘 裂 白 灿灿

柑子花盛开。

10-287

八 列 金 银 哥

Bah leh gim ngaenz go

pa^{6} le^{6} kin^{1} ŋan^{2} ko^{1}

唉 唷 金 银 哥

可叹我情哥，

10-288

命 贝 合 卜 而

Mingh bae hob boux lawz

miŋ^{6} pai^{1} hoːp^{8} pu^{4} laɯ^{2}

命 去 合 人 哪

同谁合八字？

男唱

10-289

义 月 四

Ngeih nyied seiq

ȵi^{6} ȵuːt^{8} θei^{5}

二 月 四

二月四，

10-290

水 强 依 下 单

Raemx giengh rij roengz dan

ɹan^{4} kjiːŋ^{6} ɹi^{3} ɹoŋ^{2} taːn^{1}

水 跳 溪 下 滩

山溪水猛涨。

10-291

四 月 三

Seiq ŋyied sam

θei^{5} ȵuːt^{8} θaːn^{1}

四 月 三

四月三，

10-292

水 强 单 美 六

Raemx giengh dan mae loek

ɹan^{4} kjiːŋ^{6} taːn^{1} mai^{1} lok^{7}

水 跳 滩 木 轮

水淹水坝车。

女唱

10-293

义 月 五

Ngeih nyied haj

ȵi^{6} ȵuːt^{8} ha^{3}

二 月 五

二月五，

10-294

水 达 很 蒙 蒙

Raemx dah hwnj moengz moengz

ɹan^{4} ta^{6} hɯn^{3} moŋ^{2} moŋ^{2}

水 河 上 濛 濛

河中水猛涨。

10-295

单 方 卢 四 方

Danq fueng louz seiq fueng

taːn^{5} fuːŋ^{1} lu^{2} θei^{5} fuːŋ^{1}

承担 风 流 四 方

先四处游荡，

10-296

八 造 然 了 备

Bah caux ranz liux beix

pa^{6} ɕaːu^{4} ɹaːn^{2} liːu^{4} pi^{4}

莫急 造 家 啰 兄

兄莫急成家。

男唱

10–297

义　月　六

Ngeih nyied loeg

ȵi6 ȵu:t8 lok8

二　月　六

二月六，

10–298

花　罗　不　阝　拜

Va lox mbouj boux baiz

va1 lo4 bou5 pu4 pa:i2

花　洛　不　人　拜

花神无人拜。

10–299

动　饿　那　又　才

Dungx iek naj youh raiz

tuŋ4 ji:k7 na3 jou4 ɹa:i2

肚　饿　脸　又　花纹

肚饿脸又脏，

10–300

玩　爱　不　阝　送

Vanj ngaiz mbouj boux soengq

va:n3 ŋa:i2 bou5 pu4 θoŋ5

碗　饭　不　人　送

无人给饭吃。

女唱

10–301

义　月　七

Ngeih nyied caet

ȵi6 ȵu:t8 ɕat7

二　月　七

二月七，

10–302

合　办　朵　花　桃

Hob baenz duj va dauz

ho:p8 pan2 tu3 va1 ta:u2

合　成　朵　花　桃

正值桃花开。

10–303

友　十　八　同　交

Youx cib bet doengh gyau

ju4 ɕit8 pe:t7 toŋ2 kja:u1

友　十　八　相　交

结交正当时，

10–304

不　老　正　偻　坤

Mbouj lau cingz raeuz goenq

bou5 la:u1 ɕiŋ2 ɹau2 kon5

不　怕　情　我们　断

不怕情路断。

男唱

10-305

义	**月**	**八**
Ngeih	nyied	bet
ȵi^{6}	ȵu:t^{8}	pe:t^{7}
二	月	八

二月八，

10-306

鸟	**炕**	**叫**	**时**	**时**
Roeg	enq	heuh	seiz	seiz
ɹok^{8}	e:n^{5}	he:u^{6}	θi^{2}	θi^{2}
鸟	燕	叫	时	时

燕子叫喳喳。

10-307

勒	**仪**	**了**	**是**	**貝**
Lawh	saenq	liux	cix	bae
ləɯ^{6}	θin^{5}	li:u^{4}	ɕi^{4}	pai^{1}
换	信	完	就	去

换信物就走，

10-308

不	**知**	**远**	**说**	**近**
Mbouj	rox	gyae	naeuz	gyawj
bou^{5}	ɹo^{4}	kjai^{1}	nau^{2}	kjaɯ^{3}
不	知	远	或	近

不知往何方。

女唱

10-309

义	**月**	**九**
Ngeih	nyied	gouj
ȵi^{6}	ȵu:t^{8}	kjou^{3}
二	月	九

二月九，

10-310

古	**友**	**秋**	**小**	**正**
Guh	youx	ciuq	siuj	cingz
ku^{4}	ju^{4}	ɕi:u^{5}	θi:u^{3}	ɕiŋ^{2}
做	友	看	小	情

结交有礼品。

10-311

千	**里**	**罗**	**北**	**京**
Cien	leix	loh	baek	king
ɕi:n^{1}	li^{4}	lo^{6}	pak^{7}	kiŋ^{1}
千	里	路	北	京

北京千里远，

10-312

开	**同**	**立**	**论**	**伕**
Gaej	doengh	liz	lumj	fwx
ka:i^{5}	toŋ^{2}	li^{2}	lun^{3}	fə^{4}
莫	相	离	像	别人

我俩不分离。

男唱

10-313

义 月 十

Ngeih nyied cib

ȵi^{6} ȵu:t^{8} ɕit^{8}

二 月 十

二月十，

10-314

六 林 外 思 恩

Ruh rib vaij swh wnh

ɹu^{6} ɹip^{8} va:i^{3} θɯ^{1} an^{1}

萤 虫 过 思 恩

萤虫飞思恩。

10-315

合 九 义 狼 办

Hob gouj nyiz langh baenz

ho:p^{8} kjou^{3} ȵi^{2} la:ŋ^{6} pan^{3}

合 九 义 若 成

若八字相合，

10-316

贝 吃 爱 垌 光

Bae gwn ngaiz doengh gvangq

pai^{1} kɯn^{1} ŋa:i^{2} toŋ^{6} kwa:ŋ^{5}

去 吃 饭 垌 宽

到外地成家。

女唱

10-317

三 月 一

Sam nyied it

θa:n^{1} ȵu:t^{8} it^{7}

三 月 一

三月一，

10-318

六 林 读 江 王

Ruh rib douh gyang vaengz

ɹu^{6} ɹip^{8} tou^{6} kja:ŋ^{1} vaŋ^{2}

萤 虫 栖息 中 潭

萤虫栖潭中。

10-319

本 亮 利 在 浪

Mbwn rongh lij ywq laeng

bɯn^{1} ɹo:ŋ^{6} li^{4} jɯ^{5} laŋ^{1}

天 亮 还 在 后

天亮时起步，

10-320

不 尝 堂 时 内

Mbouj caengz daengz seiz neix

bou^{5} ɕaŋ^{2} taŋ^{2} θi^{2} ni^{4}

不 未 到 时 这

如今尚未到。

男唱

10–321

三	**月**	**义**
Sam	nyied	ngeih
θaːn^{1}	ȵuːt^{8}	ȵi^{6}
三	月	二

三月二，

10–322

采	**拉**	**地**	**古**	**存**
Caij	laj	deih	guh	caemz
ɕaːi^{3}	la^{3}	tei^{6}	ku^{4}	ɕan^{2}
踩	下	地	做	玩

徒步求开心。

10–323

说	**农**	**八**	**貝**	**文**
Naeuz	nuengx	bah	bae	vunz
nau^{2}	nuːŋ^{4}	pa^{6}	pai^{1}	vun^{2}
说	妹	莫急	去	人

妹别急嫁人，

10–324

加	**要**	**定**	**岁**	**走**
Caj	aeu	din	caez	yamq
kja^{3}	au^{1}	tin^{1}	ɕai^{2}	jaːm^{5}
等	要	脚	齐	走

等我同步走。

女唱

10–325

三	**月**	**三**
Sam	nyied	sam
θaːn^{1}	ȵuːt^{8}	θaːn^{1}
三	月	三

三月三，

10–326

船	**拉**	**单**	**全**	**刀**
Ruz	laj	dan	cienj	dauq
ɹu^{2}	la^{3}	taːn^{1}	ɕuːn^{3}	taːu^{5}
船	下	滩	转	回

滩下船调头。

10–327

不	**办**	**少**	**跟**	**包**
Mbouj	baenz	sau	riengz	mbauq
bou^{5}	pan^{2}	θaːu^{1}	ɹiːŋ^{2}	baːu^{5}
不	成	姑娘	跟	小伙

成不了情侣，

10–328

团	**堂**	**水**	**山**	**下**
Dwen	daengz	raemx	bya	roengz
tɯːn^{1}	taŋ^{2}	ɹan^{4}	pja^{1}	ɹoŋ^{2}
提	到	水	眼	下

想到眼泪流。

男唱

10–329

三	**月**	**四**
Sam	nyied	seiq
θa:n^{1}	ɲ̥u:t^{8}	θei^{5}
三	月	四

三月四，

10–330

水	**拉**	**依**	**同**	**反**
Raemx	laj	rij	doengz	fan
ɹan^{4}	la^{3}	ɹi^{3}	toŋ^{2}	fa:n^{1}
水	下	溪	同	翻

山溪水猛涨。

10–331

刘	**卡**	**卜**	**造**	**然**
Liuz	gak	boux	caux	ranz
li:u^{2}	ka:k^{7}	pu^{4}	ɕa:u^{4}	ɹa:n^{2}
看	各	人	造	家

各自去结婚，

10–332

良	**反**	**牙**	**不**	**刀**
Liengh	fan	yax	mbouj	dauq
le:ŋ^{6}	fa:n^{1}	ja^{5}	bou^{5}	ta:u^{5}
谅	翻	也	不	回

谅不可改变。

女唱

10–333

三	**月**	**五**
Sam	nyied	ngux
θa:n^{1}	ɲ̥u:t^{8}	ŋ̥u^{4}
三	月	五

三月五，

10–334

花	**罗**	**不**	**卜**	**团**
Va	lox	mbouj	boux	dwen
va^{1}	lo^{4}	bou^{5}	pu^{4}	tɯ:n^{1}
花	洛	不	人	提

花神无人提。

10–335

花	**慢**	**铁**	**好**	**占**
Va	manh	dek	hau	canz
va^{1}	ma:n^{6}	te:k^{7}	ha:u^{1}	ɕa:n^{2}
花	辣椒	裂	白	灿灿

辣椒花已开，

10–336

不	**团**	**正**	**牙**	**了**
Mbouj	dwen	cingz	yax	liux
bou^{5}	tɯ:n^{1}	ɕiŋ^{2}	ja^{5}	li:u^{4}
不	提	情	也	完

不提恐情断。

男唱

10-337

三　月　六

Sam nyied loeg

θaːn^{1} ȵuːt^{8} lok^{8}

三　月　六

三月六，

10-338

勒　独　八　造　然

Lwg dog bah caux ranz

lɯk^{8} toːk^{8} pa^{6} ɕaːu^{4} ɹaːn^{2}

子　独　莫急　造　家

独子莫成家。

10-339

水　拉　达　同　反

Raemx laj dah doengz fan

ɹan^{4} la^{3} ta^{6} toŋ^{2} faːn^{1}

水　下　河　同　翻

等大河涨水，

10-340

洋　造　然　岁　在

Yaeng caux ranz caez ywq

jaŋ^{1} ɕaːu^{4} ɹaːn^{2} ɕai^{2} jɯ^{5}

再　造　家　齐　住

我俩共一家。

女唱

10-341

三　月　七

Sam nyied caet

θaːn^{1} ȵuːt^{8} ɕat^{7}

三　月　七

三月七，

10-342

早　亘　你　开　论

Haet haemh mwngz gaej lumz

hat^{7} han^{6} mɯŋ^{2} kaːi^{5} lun^{2}

早　晚　你　莫　忘

时刻要记住。

10-343

口　务　全　刀　更

Gaeuj huj cienj dauq gwnz

kau^{3} hu^{3} ɕuːn^{3} taːu^{5} kɯn^{2}

看　云　转　到　上

云彩向上翻，

10-344

洋　装　身　同　勒

Yaeng cang ndang doengh lawh

jaŋ^{1} ɕaːŋ^{1} daːŋ^{1} toŋ^{2} ləɯ^{6}

再　装　身　相　换

再打扮结交。

男唱

10-345

三	月	八
Sam	nyied	bet
θa:n1	n̥u:t8	pe:t7
三	月	八

三月八，

10-346

心	不	念	牙	难
Sim	mbouj	net	yax	nanz
θin1	bou5	ne:t7	ja5	na:n2
心	不	实	也	难

心不安也难。

10-347

空	米	卩	古	三
Ndwi	miz	boux	guh	sam
du:i1	mi2	pu4	ku4	θa:n1
不	有	人	做	三

没有人帮衬，

10-348

偻	牙	难	了	农
Raeuz	yax	nanz	liux	nuengx
ɹau2	ja5	na:n2	li:u4	nu:ŋ4
我们	也	难	啰	妹

我俩实在难。

女唱

10-349

三	月	九
Sam	nyied	gouj
θa:n1	n̥u:t8	kjou3
三	月	九

三月九，

10-350

乃	小	作	更	开
Naih	siuj	coq	gwnz	gai
na:i6	θi:u3	ɕo5	kɯn2	ka:i1
慢	消	放	上	街

在街上逍遥。

10-351

山	八	托	英	台
Sanh	bek	doh	yingh	daiz
θa:n1	pe:k7	to6	iŋ1	ta:i2
山	伯	同	英	台

山伯和英台，

10-352

代	是	不	同	中
Dai	cix	mbouj	doengh	cuengq
ta:i1	ɕi4	bou5	toŋ2	ɕu:ŋ5
死	是	不	相	放

死都不离别。

男唱

10-353

三	**月**	**十**
Sam	nyied	cib
θaːn^{1}	ɲuːt^{8}	ɕit^{8}
三	月	十

三月十，

10-354

六	**林**	**读**	**邦**	**更**
Ruh	rib	douh	biengz	gwnz
ɹu^{6}	ɹip^{8}	tou^{6}	piːŋ^{2}	kɯn^{2}
萤	虫	栖息	地方	上

萤虫栖外地。

10-355

秋	**样**	**务**	**更**	**本**
Ciuq	yiengh	huj	gwnz	mbwn
ɕiːu^{5}	jɯːŋ^{6}	hu^{3}	kɯn^{2}	bɯn^{1}
看	样	云	上	天

如同空中云，

10-356

少	**米**	**文**	**伴**	**罗**
Sau	miz	vunz	buenx	loh
θaːu^{1}	mi^{2}	vun^{2}	puːn^{4}	lo^{6}
姑娘	有	人	伴	路

妹有伴同行。

女唱

10-357

四	**月**	**一**
Seiq	nyied	it
θei^{5}	ɲuːt^{8}	it^{7}
四	月	一

四月一，

10-358

六	**林**	**读**	**更**	**楼**
Ruh	rib	douh	gwnz	laeuz
ɹu^{6}	ɹip^{8}	tou^{6}	kɯn^{2}	lau^{2}
萤	虫	栖息	上	楼

萤虫栖楼上。

10-359

说	**备**	**八**	**断**	**偻**
Naeuz	beix	bah	duenx	raeuz
nau^{2}	pi^{4}	pa^{6}	tuːn^{4}	ɹau^{2}
说	兄	莫急	断	我们

兄别离开我，

10-360

马	**年**	**少**	**勒**	**仪**
Ma	nem	sau	lawh	saenq
ma^{1}	neːm^{1}	θaːu^{1}	ləɯ^{6}	θin^{5}
来	和	姑娘	换	信

来同我结交。

男唱

10-361

四	**月**	**义**
Seiq	nyied	ngeih
θei^{5}	ȵuːt^{8}	ȵi^{6}
四	月	二

四月二，

10-362

秋	**四**	**处**	**吨**	**本**
Giuq	seiq	cih	daemx	mbwn
ɕiːu^{5}	θei^{5}	ɕi^{6}	tan^{4}	bɯn^{1}
看	四	处	顶	天

一眼看天下。

10-363

狼	**农**	**后**	**邦**	**文**
Langh	nuengx	haeuj	biengz	vunz
laːŋ^{6}	nuːŋ^{4}	hau^{3}	piːŋ^{2}	vun^{2}
若	妹	进	地方	人

妹若走他乡，

10-364

桥	**金**	**不**	**卜**	**采**
Giuz	gim	mbouj	boux	byaij
kiːu^{2}	kin^{1}	bou^{5}	pu^{4}	pjaij
桥	金	不	人	走

情桥无人走。

女唱

10-365

四	**月**	**三**
Seiq	nyied	sam
θei^{5}	ȵuːt^{8}	θaːn^{1}
四	月	三

四月三，

10-366

船	**拉**	**单**	**全**	**刀**
Ruz	laj	dan	cienj	dauq
ɹu^{3}	la^{3}	taːn^{1}	ɕuːn^{3}	taːu^{5}
船	下	滩	转	回

滩头船调转。

10-367

干	**少**	**空**	**得**	**包**
Ganq	sau	ndwi	ndaej	mbauq
kaːn^{5}	θaːu^{1}	duːi^{1}	dai^{3}	baːu^{5}
照料	姑娘	不	得	小伙

兄妹不成亲，

10-368

十	**利**	**闹**	**堂**	**洋**
Cix	lij	nyaux	daengz	yangz
ɕi^{4}	li^{4}	ȵaːu^{4}	taŋ^{2}	jaːŋ^{2}
此	还	闹	到	皇

还对簿公堂。

男唱

10–369

四　月　四

Seiq nyied seiq

θei^{5} ȵuːt^{8} θei^{5}

四　月　四

四月四，

10–370

占　令　作　江　王

Camh rin coq gyang vaengz

ɕaːn^{6} ɹin^{1} ɕo^{5} kjaːŋ^{1} vaŋ^{2}

垫　石　放　中　潭

潭中垫石头。

10–371

秋　女　不　见　娘

Ciuq nawx mbouj raen nangz

ɕiːu^{5} nɯ^{4} bou^{5} ɹan^{1} naːŋ^{2}

看　女　不　见　姑娘

望妹不见妹，

10–372

堂　江　王　岸　初

Daengz gyang vaengz rungh sou

taŋ^{2} kjaːŋ^{1} vaŋ^{2} ɹuŋ^{6} θu^{1}

到　中　潭　岸　你们

寻到你们村。

女唱

10–373

四　月　五

Seiq nyied ngux

θei^{5} ȵuːt^{8} ŋu^{4}

四　月　五

四月五，

10–374

从　韦　阿　古　文

Coengh vae oq guh vunz

ɕoŋ^{6} vai^{1} o^{5} ku^{4} vun^{2}

帮　姓　别　做　人

助情友一把。

10–375

全　些　马　拉　本

Cienj seiq ma laj mbwn

ɕuːn^{3} θe^{5} ma^{1} la^{3} bɯn^{1}

转　世　来　下　天

轮回来人世，

10–376

不　哈　文　了　备

Mbouj ha vunz liux beix

bou^{5} ha^{1} vun^{2} liːu^{4} pi^{4}

不　配　人　啰　兄

配不上别人。

男唱

10-377

四 月 六

Seiq nyied loeg

θei^{5} n̥u:t^{8} lok^{8}

四 月 六

四月六，

10-378

勒 独 口 外 很

Lwg dog gaeuj vaij haenz

lɯk^{8} to:k^{8} kau^{3} va:i^{3} han^{2}

子 独 看 过 边

独子望天边。

10-379

备 邦 农 古 文

Beix baengh nuengx guh vunz

pi^{4} paŋ^{6} nu:ŋ^{4} ku^{4} vun^{2}

兄 靠 妹 做 人

兄靠妹度日，

10-380

口 更 本 白 路

Gaeuj gwnz mbwn beg luq

kau^{3} kɯn^{2} bɯn^{1} pe:k^{8} lu^{5}

看 上 天 白 乎

望苍天茫然。

女唱

10-381

四 月 七

Seiq nyied caet

θei^{5} n̥u:t^{8} ɕat^{7}

四 月 七

四月七，

10-382

合 办 朵 花 江

Hob baenz duj va gyang

ho:p^{8} pan^{2} tu^{3} va^{1} kja:ŋ^{1}

合 成 朵 花 桄榔

看桄榔花开。

10-383

土 办 𠂜 刀 浪

Dou baenz boux dauq laeng

tu^{1} pan^{2} pu^{4} ta:u^{5} laŋ^{1}

我 成 人 回 后

我来得太晚，

10-384

平 办 王 办 类

Bingz baenz vang baenz raeh

piŋ^{2} pan^{2} va:ŋ^{1} pan^{2} ɹai^{6}

凭 成 横 成 竖

管结果如何。

男唱

10-385

四	**月**	**八**
Seiq	nyied	bet
θei^{5}	n̥u:t^{8}	pe:t^{7}
四	月	八

四月八，

10-386

鸟	**炕**	**不**	**田**	**站**
Roeg	enq	mbouj	dieg	soengz
ɹok^{8}	e:n^{5}	bou^{5}	ti:k^{8}	θoŋ^{2}
鸟	燕	不	地	站

燕子无所居。

10-387

干	**田**	**后**	**四**	**方**
Ganq	denz	haeuj	seiq	fueng
ka:n^{5}	te:n^{2}	hau^{3}	θei^{5}	fu:ŋ^{1}
照料	地	进	四	方

走遍天涯路，

10-388

空	**见**	**同**	**讲**	**满**
Ndwi	raen	doengz	gangj	monh
du:i^{1}	ɹan^{1}	toŋ^{2}	ka:ŋ^{3}	mo:n^{6}
不	见	同	讲	情

不见友谈情。

女唱

10-389

四	**月**	**九**
Seiq	nyied	gouj
θei^{5}	n̥u:t^{8}	kjou^{3}
四	月	九

四月九，

10-390

古	**友**	**秋**	**三**	**时**
Guh	youx	ciuq	sam	seiz
ku^{4}	ju^{4}	ɕi:u^{5}	θa:n^{1}	θi^{2}
做	友	看	三	时

姑且看情友。

10-391

偻	**岁**	**干**	**罗**	**河**
Raeuz	caez	ganj	loh	haw
ɹau^{2}	ɕai^{2}	ka:n^{3}	lo^{6}	həɯ^{1}
我们	齐	赶	路	圩

我俩同赶圩，

10-392

八	**同**	**师**	**元**	**采**
Bah	doengh	swz	roen	byaij
pa^{6}	toŋ^{2}	θɯ^{2}	jo:n^{1}	pja:i^{3}
莫急	相	辞	路	走

别路上分手。

男唱

10-393

四	月	十
Seiq	nyied	cib
θei5	ɲuːt8	ɕit8
四	月	十

四月十，

10-394

六	林	读	思	恩
Ruh	rib	douh	swh	wnh
ɹu6	ɹip8	tou6	θɯ1	an1
萤	虫	栖息	思	恩

萤虫栖思恩。

10-395

以	样	内	刀	更
Ei	yiengh	neix	dauq	gwnz
i1	jɯːŋ6	ni4	taːu5	kɯn2
依	样	这	回	上

从今天往后，

10-396

包	少	偻	一	路
Mbauq	sau	raeuz	it	lu
baːu5	θaːu1	ɹau2	it7	lu6
小伙	姑娘	我们	一	路

我俩在一起。

女唱

10-397

五	月	一
Ngux	nyied	it
ŋu4	ɲuːt8	it7
五	月	一

五月一，

10-398

拉	歪	亮	外	亱
Laj	faiq	rongh	vaij	haemh
la3	vaːi5	ɹoːŋ6	vaːi3	han6
下	棉花	亮	过	夜

灯火彻夜明。

10-399

满	卡	卩	秀	文
Monh	gak	boux	ciuh	vunz
moːn6	kaːk7	pu4	ɕiːu6	vun2
谈情	各	人	世	人

人人都欢乐，

10-400

包	少	论	是	了
Mbauq	sau	lumz	cix	liux
baːu5	θaːu1	lun2	ɕi4	liːu4
小伙	姑娘	忘	就	算

情缘断再说。

男唱

10-401

五	**月**	**义**
Ngux	nyied	ngeih
ŋu^{4}	ȵu:t^{8}	ȵi^{6}
五	月	二

五月二，

10-402

采	**拉**	**地**	**古**	**洋**
Byaij	laj	deih	guh	yangz
pja:i^{3}	la^{3}	tei^{6}	ku^{4}	ja:ŋ^{2}
走	下	地	做	皇

徒步寻欢乐。

10-403

满	**卡**	**卜**	**在**	**行**
Monh	gak	boux	caih	hangz
mo:n^{6}	ka:k^{7}	pu^{4}	ɕa:i^{6}	ha:ŋ^{2}
谈情	各	人	在	行

谈情行家在，

10-404

正	**不**	**堂**	**土**	**秀**
Cingz	mbouj	daengz	dou	souh
ɕiŋ^{2}	bou^{5}	taŋ^{2}	tu^{1}	θi:u^{6}
情	不	到	我	受

难交得情友。

女唱

10-405

五	**月**	三
Ngux	nyied	sam
ŋu^{4}	ȵu:t^{8}	θa:n^{1}
五	月	三

五月三，

10-406

船	**拉**	**单**	**岁**	**在**
Ruz	laj	dan	caez	ywq
ɹu^{2}	la^{3}	ta:n^{1}	ɕai^{2}	jɯ^{5}
船	下	滩	齐	在

滩下船聚集。

10-407

干	**少**	**古**	**妻**	**伕**
Gan	sau	guh	maex	fwx
ka:n^{5}	θa:u^{1}	ku^{4}	mai^{4}	fɯ^{4}
看	姑娘	做	妻	别人

妹做别人妻，

10-408

天	**备**	**不**	**卜**	**站**
Denh	beix	mbouj	boux	soengz
ti:n^{1}	pi^{4}	bou^{5}	pu^{4}	θoŋ^{2}
天	兄	不	人	站

兄孤立无援。

男唱

10-409

五	**月**	**四**
Ngux	nyied	seiq
ŋu^{4}	ȵuːt^{8}	θei^{5}
五	月	四

五月四，

10-410

秋	**四**	**处**	**吨**	**本**
Ciuq	seiq	cih	daemx	mbwn
çiːu^{5}	θei^{5}	çi^{6}	tan^{4}	bɯn^{1}
看	四	处	顶	天

举首望苍穹。

10-411

提	**钢**	**连**	**空**	**办**
Diz	gang	lienh	ndwi	baenz
ti^{2}	kaːŋ^{1}	liːn^{6}	duːi^{1}	pan^{2}
锻造	钢	链	不	成

钢链做不好，

10-412

堂	**思**	**恩**	**又**	**动**
Daengz	swh	wnh	youh	doengh
taŋ^{2}	θɯ^{1}	an^{1}	jou^{4}	toŋ^{6}
到	思	恩	又	动

到思恩就脱。

女唱

10-413

五	**月**	**五**
Ngux	nyied	ngux
ŋu^{4}	ȵuːt^{8}	ŋu^{4}
五	月	五

五月五，

10-414

邦	**韦**	**阿**	**交**	**心**
Baengh	vae	oq	gyau	sim
paŋ^{6}	vai^{1}	o^{5}	kjaːu^{1}	θin^{1}
靠	姓	别	交	心

同情侣交心。

10-415

采	**南**	**不**	**立**	**定**
Caij	namh	mbouj	liz	din
çaːi^{3}	naːn^{6}	bou^{5}	li^{2}	tin^{1}
踩	土	不	离	脚

走路迈碎步，

10-416

飞	**牙**	**不**	**跟**	**对**
Mbin	yax	mbouj	riengz	doih
bin^{1}	ja^{5}	bou^{5}	ɹiːŋ^{2}	toːi^{6}
飞	也	不	跟	伙伴

跟不上别人。

男唱

10-417

五	**月**	**六**
Ngux	nyied	loeg
ŋu^{4}	ɲuːt^{8}	lok^{8}
五	月	六

五月六，

10-418

邦	**勒**	**独**	**古**	**文**
Baengh	lwg	dog	guh	vunz
paŋ^{6}	lɯk^{8}	toːk^{8}	ku^{4}	vun^{2}
靠	子	独	做	人

靠独子生活。

10-419

中	**先**	**貝**	**吨**	**本**
Cuengq	sienq	bae	daemx	mbwn
ɕuːŋ^{5}	θiːn^{5}	pai^{1}	tan^{4}	bɯn^{1}
放	线	去	顶	天

阳光冲破天，

10-420

古	**正**	**下**	**达**	**老**
Guh	cingz	roengz	dah	laux
ku^{4}	ɕiŋ^{2}	ɹoŋ^{2}	ta^{6}	laːu^{4}
做	情	下	河	大

备礼下大河。

女唱

10-421

五	**月**	**七**
Ngux	nyied	caet
ŋu^{4}	ɲuːt^{8}	ɕat^{7}
五	月	七

五月七，

10-422

可	**强**	**芬**	**跟**	**忠**
Goj	giengz	faed	rieŋgz	fangz
ko^{5}	kiːŋ^{2}	fat^{8}	ɹiːŋ^{2}	faːŋ^{2}
也	像	佛	跟	鬼

鬼神共一路。

10-423

满	**卡**	**秀**	**少**	**娘**
Monh	gaq	ciuh	sau	nangz
moːn^{6}	ka^{5}	ɕiːu^{6}	θaːu^{1}	naːŋ^{2}
谈情	这	世	姑娘	姑娘

众姑娘情深，

10-424

堂	**庙**	**忠**	**利**	**动**
Daengz	miuh	fangz	lij	dongx
taŋ^{2}	miːu^{6}	faːŋ^{2}	li^{4}	toːŋ^{4}
到	庙	鬼	还	打招呼

鬼神也在乎。

男唱

10–425

五	月	八
Ngux	nyied	bet
ŋu^{4}	ȵu:t^{8}	pe:t^{7}
五	月	八

五月八，

10–426

心	不	念	牙	难
Sim	mbouj	net	yax	nanz
θin^{1}	bou^{5}	ne:t^{7}	ja^{5}	na:n^{2}
心	不	实	也	难

心不定也难。

10–427

满	卡	卜	造	然
Muengh	gaq	boux	caux	ranz
mu:ŋ^{6}	ka^{5}	pu^{4}	ɕa:u^{4}	ɹa:n^{2}
望	这	人	造	家

见别人成家，

10–428

心	反	动	又	乱
Sim	fan	dungx	youh	luenh
θin^{1}	fa:n^{1}	tuŋ^{4}	jou^{4}	lu:n^{6}
心	翻	肚	又	乱

心烦意又乱。

女唱

10–429

五	月	九
Ngux	nyied	gouj
ŋu^{4}	ȵu:t^{8}	kjou^{3}
五	月	九

五月九，

10–430

强	土	九	当	润
Giengz	duz	yiuh	dang	rumz
ki:ŋ^{2}	tu^{2}	ji:u^{6}	ta:ŋ^{1}	ɹun^{2}
像	只	鹞	当	风

鹞隼击长空。

10–431

造	秀	不	哈	文
Caux	ciuh	mbouj	ha	vunz
ɕa:u^{4}	ɕi:u^{6}	bou^{5}	ha^{1}	vun^{2}
造	世	不	配	人

当家不如人，

10–432

付	拉	本	内	在
Fouz	laj	mbwn	neix	ywq
fu^{2}	la^{3}	bɯn^{1}	ni^{4}	jɯ^{5}
浮	下	天	这	在

此生且苟活。

男唱

10–433

五 月 十

Ngux nyied cib

ŋu^{4} ȵu:t^{8} ɕit^{8}

五 月 十

五月十，

10–434

六 林 读 桥 龙

Ruh rib douh giuz lungz

ɹu^{6} ɹip^{8} tou^{6} ki:u^{2} luŋ^{2}

萤 虫 栖息 桥 龙

萤虫栖龙桥。

10–435

干 田 空 得 站

Ganq denz ndwi ndaej soengz

ka:n^{5} te:n^{2} du:i^{1} dai^{3} θoŋ^{2}

照料 地 不 得 站

管地不得住，

10–436

四 方 写 你 在

Seiq fueng ce mwngz ywq

θei^{5} fu:ŋ^{1} ɕe^{1} mɯŋ^{2} jɯ^{5}

四 方 留 你 住

天下全归你。

女唱

10–437

同 恋 比 第 一

Doengh lienh bi daih it

toŋ^{2} li:n^{6} pi^{1} ti^{5} it^{7}

相 恋 年 第 一

相恋第一年，

10–438

农 召 心 跟 你

Nuengx cau sim riengz mwngz

nu:ŋ^{4} ɕa:u^{5} θin^{1} ɹi:ŋ^{2} mɯŋ^{2}

妹 操 心 跟 你

妹为你操心。

10–439

恋 空 得 备 银

Lienh ndwi ndaej beix ngaenz

lin^{6} du:i^{1} dai^{3} pi^{4} ŋan^{2}

恋 不 得 兄 银

恋不上情哥，

10–440

变 古 存 变 哭

Benh guh çaemz benh daej

pe:n^{6} ku^{4} ɕan^{2} pe:n^{6} tai^{3}

边 做 玩 边 哭

伤心眼泪流。

男唱

10–441

同 恋 比 第 一

Doengh lienh bi daih ngeih

toŋ^{2} liːn^{6} pi^{1} ti^{5} n̥i^{6}

相 恋 年 第 二

相恋第二年，

10–442

韦 机 不 好 说

Vae giq mbouj ndei naeuz

vai^{1} ki^{5} bou^{5} dei^{1} nau^{2}

姓 支 不 好 说

情友不听话。

10–443

恋 穷 友 巴 轻

Lienh gyoengq youx bak mbaeu

liːn^{6} kjoŋ^{5} jou^{4} paːk^{7} bau^{1}

恋 群 友 嘴 轻

恋那巧舌妹，

10–444

坤 勾 贝 邦 伕

Goenq gaeu bae biengz fwx

kon^{5} kau^{1} pai^{1} piːŋ^{2} fə^{4}

断 藤 去 地方 别人

弃我走他乡。

女唱

10–445

同 恋 比 第 三

Doengh lienh bi daih sam

toŋ^{2} liːn^{6} pi^{1} ti^{5} θaːn^{1}

相 恋 年 第 三

相恋第三年，

10–446

偻 牙 难 同 对

Raeuz yax nanz doengz doih

ɹau^{2} ja^{5} naːn^{2} toŋ^{2} toːi^{6}

我们 也 难 同 伙伴

我俩难相伴。

10–447

恋 空 得 少 青

Lienh ndwi ndaej sau oiq

liːn^{6} duːi^{1} dai^{3} θaːu^{1} oːi^{5}

恋 不 得 姑娘 嫩

恋不得小妹，

10–448

古 对 空 米 正

Guh doih ndwi miz cingz

ku^{4} toːi^{6} duːi^{1} mi^{2} ɕiŋ^{2}

做 伙伴 不 有 情

相伴也寡情。

男唱

10-449

同	**恋**	**比**	**第**	**四**
Doengh	lienh	bi	daih	seiq
toŋ^{2}	liːn^{6}	pi^{1}	ti^{5}	θei^{5}
相	恋	年	第	四

相恋第四年，

10-450

牙	**不**	**希**	**开**	**么**
Yax	mbouj	heiq	gij	maz
ja^{5}	bou^{5}	hi^{5}	kaːi^{2}	ma^{2}
也	不	气	什	么

什么也不愁。

10-451

恋	**空**	**得**	**少**	**而**
Lienh	ndwi	ndaej	sau	lawz
liːn^{6}	duːi^{1}	dai^{3}	θaːu^{1}	laɯ^{2}
恋	不	得	姑娘	哪

恋不得情妹，

10-452

造	**家**	**心**	**不**	**念**
Caux	gya	sim	mbouj	net
çaːu^{4}	kja^{1}	θin^{1}	bou^{5}	neːt^{7}
造	家	心	不	实

结婚心不甘。

女唱

10-453

同	**恋**	**比**	**第**	**五**
Doengh	lienh	bi	daih	haj
toŋ^{2}	liːn^{6}	pi^{1}	ti^{5}	ha^{3}
相	恋	年	第	五

相恋第五年，

10-454

你	**沙**	**说**	**你**	**师**
Mwngz	ra	naeuz	mwngz	swz
mɯŋ^{2}	ɹa^{1}	nau^{2}	mɯŋ^{2}	θɯ^{2}
你	找	或	你	辞

分手或移情。

10-455

满	**穷**	**友**	**更**	**河**
Monh	gyoengq	youx	gwnz	haw
moːn^{6}	kjoŋ^{5}	ju^{4}	kɯn^{2}	həɯ^{1}
谈情	群	友	上	圩

圩上人谈情，

10-456

满	**三**	**时**	**是**	**了**
Monh	sam	seiz	cix	liux
moːn^{6}	θaːn^{1}	θi^{2}	çi^{4}	liːu^{4}
谈情	三	时	就	算

恐难得长久。

男唱

10-457

同	**恋**	**比**	**第**	**六**
Doengh	lienh	bi	daih	roek
$toŋ^{2}$	$liːn^{6}$	pi^{1}	ti^{5}	$ɹok^{7}$
相	恋	年	第	六

相恋第六年，

10-458

备	**农**	**开**	**同**	**立**
Beix	nuengx	gaej	doengh	liz
pi^{4}	$nuːŋ^{4}$	$kaːi^{5}$	$toŋ^{2}$	li^{2}
兄	妹	莫	相	离

兄妹不相离。

10-459

恋	**空**	**得**	**少**	**好**
Lienh	ndwi	ndaej	sau	ndei
$liːn^{6}$	$duːi^{1}$	dai^{3}	$θaːu^{1}$	dei^{1}
恋	不	得	姑娘	好

恋不得情妹，

10-460

但	**得**	**义**	**句**	**叫**
Danh	ndaej	nyi	coenz	heuh
$taːn^{6}$	dai^{3}	$ȵi^{1}$	$kjon^{2}$	$heːu^{6}$
但	得	听	句	叫

也闻妹叫声。

女唱

10-461

同	**恋**	**比**	**第**	**七**
Doengh	lienh	bi	daih	caet
$toŋ^{2}$	$liːn^{6}$	pi^{1}	ti^{5}	$ɕat^{7}$
相	恋	年	第	七

相恋第七年，

10-462

牙	**七**	**友**	**巴**	**轻**
Yax	caep	youx	bak	mbaeu
ja^{5}	$ɕap^{7}$	ju^{4}	$paːk^{7}$	bau^{1}
才	遇	友	嘴	轻

遇你巧舌友。

10-463

偻	**空**	**得**	**同**	**要**
Raeuz	ndwi	ndaej	doengh	aeu
$ɹau^{2}$	$duːi^{1}$	dai^{3}	$toŋ^{2}$	au^{1}
我们	不	得	相	娶

若不得成亲，

10-464

马	**拉**	**本**	**不**	**抵**
Ma	laj	mbwn	mbouj	dij
ma^{1}	la^{3}	$bɯn^{1}$	bou^{5}	ti^{3}
来	下	天	不	值

今生太不值。

男唱

10-465

同	**恋**	**比**	**第**	**八**
Doengh	lienh	bi	daih	bet
toŋ^{2}	liːn^{6}	pi^{1}	ti^{5}	peːt^{7}
相	恋	年	第	八

相恋第八年，

10-466

心	**不**	**念**	**农**	**银**
Sim	mbouj	net	nuengx	ngaenz
θin^{1}	bou^{5}	neːt^{7}	nuːŋ^{4}	ŋan^{2}
心	不	实	妹	银

对妹不放心。

10-467

恋	**妹**	**办**	**妻**	**文**
Lienh	nuengx	baenz	maex	vunz
liːn^{6}	nuːŋ^{4}	pan^{2}	mai^{4}	vun^{2}
恋	妹	成	妻	人

情妹嫁别人，

10-468

可	**怜**	**偻**	**同**	**分**
Hoj	lienz	raeuz	doengh	mbek
ho^{3}	liːn^{2}	ɹau^{2}	toŋ^{2}	beːk^{7}
可	怜	我们	相	分

我俩难分离。

女唱

10-469

同	**恋**	**比**	**第**	**九**
Doengh	lienh	bi	daih	gouj
toŋ^{2}	liːn^{6}	pi^{1}	ti^{5}	kjou^{3}
相	恋	年	第	九

相恋第九年，

10-470

乃	**秋**	**乃**	**可**	**怜**
Naih	ciuq	naih	hoj	lienz
naːi^{6}	ɕiːu^{5}	naːi^{6}	ho^{3}	liːn^{2}
越	看	越	可	怜

越来越可怜。

10-471

农	**备**	**牙**	**办**	**仙**
Nuengx	beix	yaek	baenz	sien
nuːŋ^{4}	pi^{4}	jak^{7}	pan^{2}	θiːn^{1}
妹	兄	要	成	仙

兄妹要成仙，

10-472

往	**土**	**恋**	**你**	**作**
Uengj	dou	lienh	mwngz	coq
vaːŋ^{3}	tu^{1}	liːn^{6}	mɯŋ^{2}	ɕo^{5}
枉	我	恋	你	放

枉我恋着你。

男唱

10-473

同	**恋**	**比**	**第**	**十**
Doengh	lienh	bi	daih	cib
toŋ^{2}	liːn^{6}	pi^{1}	ti^{5}	ɕit^{8}
相	恋	年	第	十

恋爱第十年，

10-474

心	**农**	**是**	**自**	**付**
Sim	nuengx	cix	gag	fouz
θin^{1}	nuːŋ^{4}	ɕi^{4}	kaːk^{8}	fu^{2}
心	妹	就	自	浮

妹浮想联翩。

10-475

牙	**恋**	**秀**	**方**	**卢**
Yax	lienh	ciuh	fueng	louz
ja^{5}	liːn^{6}	ɕiːu^{6}	fuːŋ^{1}	lu^{2}
也	恋	世	风	流

爱上风流人，

10-476

貝	**州**	**偻**	**古**	**对**
Bae	cou	raeuz	guh	doih
pai^{1}	ɕu^{1}	ɹau^{2}	ku^{4}	toːi^{6}
去	州	我们	做	伙伴

我俩结伴行。

女唱

10-477

土	**可**	**团**	**堂**	**你**
Dou	goj	dwen	daengz	mwngz
tu^{1}	ko^{5}	tɯːn^{1}	taŋ^{2}	mɯŋ^{2}
我	也	提	到	你

妹常思念哥，

10-478

你	**空**	**团**	**土**	**闹**
Mwngz	ndwi	dwen	dou	nauq
mɯŋ^{2}	duːi^{1}	tɯːn^{1}	tu^{1}	naːu^{5}
你	不	提	我	一点

哥却把妹忘。

10-479

少	**空**	**团**	**堂**	**包**
Sau	ndwi	dweŋ	daengz	mbauq
θaːu^{1}	duːi^{1}	tɯːn^{1}	taŋ^{2}	baːu^{5}
姑娘	不	提	到	小伙

若妹不念情，

10-480

老	**元**	**罗**	**牙**	**伕**
Lau	roen	loh	yaek	fwz
laːu^{1}	joːn^{1}	lo^{6}	jak^{7}	fɯ^{2}
怕	路	路	要	荒

恐情路荒芜。

男唱

10-481

一 比 十 义 庖

It bi cib ngeih haemh

it^{7} pi^{1} ɕit^{8} n̥i^{6} han^{6}

一 年 十 二 夜

一年十二晚，

10-482

庖 而 庖 不 团

Haemh lawz haemh mbouj dwen

han^{6} laɯ^{2} han^{6} bou^{5} tɯːn^{1}

夜 哪 夜 不 提

哪晚不思量？

10-483

一 比 十 义 月

It bi cib ngeih ndwen

it^{7} pi^{1} ɕit^{8} n̥i^{6} duːn^{1}

一 年 十 二 月

每年十二月，

10-484

时 而 不 团 农

Seiz lawz mbouj dwen nuengx

θi^{2} laɯ^{2} bou^{5} tɯːn^{1} nuːŋ^{4}

时 哪 不 提 妹

无时不想妹。

女唱

10-485

巴 可 罗 说 团

Bak goj lox naeuz dwen

paːk^{7} ko^{5} lo^{4} nau^{2} tɯːn^{1}

嘴 也 哄 说 提

嘴巴说想念，

10-486

外 元 是 空 叫

Vaij roen cix ndwi heuh

vaːi^{3} joːn^{1} ɕi^{4} duːi^{1} heːu^{6}

过 路 就 不 叫

见面不招呼。

10-487

巴 罗 团 老 表

Bak lok dwen laux biuj

paːk^{7} lo^{4} tɯːn^{1} laːu^{4} piːu^{3}

嘴 哄 提 老 表

嘴说爱老表，

10-488

叫 堂 农 在 而

Heuh daengz nuengx ywq lawz

heːu^{6} taŋ^{2} nuːŋ^{4} jɯ^{5} laɯ^{2}

叫 到 妹 在 哪

何时提起妹。

男唱

10–489

日	**可**	**团**	**三**	**朝**
Ngoenz	goj	dwen	sam	sauh
ŋon^{2}	ko^{5}	tɯːn^{1}	θaːn^{1}	θaːu^{6}
天	**也**	**提**	**三**	**回**

每天念三回，

10–490

么	**备**	**不**	**出**	**追**
Maz	beix	mbouj	ok	gyeiq
ma^{2}	pi^{4}	bou^{5}	oːk^{7}	kjei^{5}
何	**兄**	**不**	**出**	**寻**

何不见兄面。

10–491

欢	**农**	**可**	**貝**	**追**
Vunz	nuengx	goj	bae	gyeiq
vun^{2}	nuːŋ^{4}	ko^{5}	pai^{1}	kjei^{5}
人	**妹**	**也**	**去**	**寻**

若妹来探望，

10–492

应	**么**	**龙**	**不**	**知**
Yinh	maz	lungz	mbouj	rox
iŋ^{1}	ma^{2}	luŋ^{2}	bou^{5}	ɹo^{4}
因	**何**	**龙**	**不**	**知**

为何兄不知？

女唱

10–493

巴	**可**	**罗**	**说**	**团**
Bak	goj	lox	naeuz	dwen
paːk^{7}	ko^{5}	lo^{4}	nau^{2}	tɯːn^{1}
嘴	**也**	**哄**	**说**	**提**

嘴上说思念，

10–494

外	**元**	**是**	**空**	**讲**
Vaij	roen	cix	ndwi	gangj
vaːi^{3}	joːn^{1}	ɕi^{4}	duːi^{1}	kaːŋ^{3}
过	**路**	**就**	**不**	**讲**

过路不声张。

10–495

巴	**罗**	**团**	**对**	**邦**
Bak	lox	dwen	doih	baengz
paːk^{7}	lo^{4}	tɯːn^{1}	toːi^{6}	paŋ^{2}
嘴	**哄**	**提**	**伙伴**	**朋**

骗说想情友，

10–496

备	**空**	**满**	**堂**	**偻**
Beix	ndwi	muengh	daengz	raeuz
pi^{4}	duːi^{1}	muːŋ^{6}	taŋ^{2}	ɹau^{2}
兄	**不**	**望**	**到**	**我们**

却总不理我。

男唱

10-497

早	**出**	**土**	**又**	**念**
Haet	ok	dou	youh	naemh
hat^{7}	o:k^{7}	tou^{1}	jou^{4}	nan^{6}
早	出	门	又	念叨

早上出门念，

10-498

庖	**刀**	**然**	**又**	**团**
Haemh	dauq	ranz	youh	dwen
han^{6}	ta:u^{5}	ɹa:n^{2}	jou^{4}	tɯ:n^{1}
夜	回	家	又	提

晚上回家想。

10-499

可	**义**	**堂**	**声**	**欢**
Goj	ngeix	daengz	sing	fwen
ko^{5}	ȵi^{4}	taŋ^{2}	θiŋ^{1}	vɯ:n^{1}
也	想	到	声	歌

听到歌声时，

10-500

可	**团**	**堂**	**你**	**农**
Goj	dwen	daengz	mwngz	nuengx
ko^{5}	tɯ:n^{1}	taŋ^{2}	mɯŋ^{2}	nu:ŋ^{4}
也	提	到	你	妹

常想念情妹。

女唱

10-501

巴	**可**	**罗**	**说**	**团**
Bak	goj	lox	naeuz	dwen
pa:k^{7}	ko^{5}	lo^{4}	nau^{2}	tɯ:n^{1}
嘴	也	哄	说	提

嘴巴说思念，

10-502

外	**元**	**是**	**空**	**知**
Vaij	roen	cix	ndwi	rox
va:i^{3}	jo:n^{1}	ɕi^{4}	du:i^{1}	ɹo^{4}
过	路	就	不	知

过路不声张。

10-503

巴	**罗**	**团**	**堂**	**少**
Bak	lox	dwen	daengz	sau
pa:k^{7}	lo^{4}	tɯ:n^{1}	taŋ^{2}	θa:u^{1}
嘴	哄	提	到	姑娘

嘴说思念妹，

10-504

外	**罗**	**空**	**后**	**然**
Vaij	loh	ndwi	haeuj	ranz
va:i^{3}	lo^{6}	du:i^{1}	hau^{3}	ɹa:n^{2}
过	路	不	进	家

过家门不入。

男唱

10-505

早	**出**	**土**	**又**	**念**
Haet	ok	dou	youh	naemh
hat⁷	o:k⁷	tou¹	jou⁴	nan⁶
早	出	门	又	念叨

出门我念叨，

10-506

古	**红**	**乃**	**又**	**团**
Guh	hong	naiq	youh	dwen
ku⁴	hoŋ¹	na:i⁵	jou⁴	tɯ:n¹
做	工	累	又	提

歇息又思量。

10-507

义	**堂**	**伴**	**声**	**欢**
Nyi	daengz	buenx	sing	fwen
ȵi¹	taŋ²	pu:n⁴	θiŋ¹	vɯ:n¹
听	到	伴	声	歌

听闻妹歌声，

10-508

时	**时**	**团**	**堂**	**农**
Seiz	seiz	dwen	daengz	nuengx
θi²	θi²	tɯ:n¹	taŋ²	nu:ŋ⁴
时	时	提	到	妹

无时不想妹。

女唱

10-509

知	**你**	**团**	**空**	**团**
Rox	mwngz	dwen	ndwi	dwen
ɹo⁴	mɯŋ²	tɯ:n¹	du:i¹	tɯ:n¹
知	你	提	不	提

知你想不想，

10-510

外	**元**	**是**	**空**	**能**
Vaij	roen	cix	ndwi	naengh
va:i³	jo:n¹	ɕi⁴	du:i¹	naŋ⁶
过	路	就	不	坐

过家门不入。

10-511

巴	**罗**	**团**	**对**	**生**
Bak	lox	dwen	doiq	saemq
pa:k⁷	lo⁴	tɯ:n¹	to:i⁵	san⁵
嘴	哄	提	对	庚

说爱同龄友，

10-512

念	**堂**	**农**	**知**	**空**
Niemh	daengz	nuengx	rox	ndwi
ni:m⁶	taŋ²	nu:ŋ⁴	ɹo⁴	du:i¹
念	到	妹	或	不

思念情妹否？

男唱

10–513

日	**日**	**龙**	**可**	**团**
Ngongz	ngongz	lungz	goj	dwen
ŋon^{2}	ŋon^{2}	luŋ^{2}	ko^{5}	tɯ:n^{1}
天	天	龙	也	提

兄天天思念，

10–514

农	**在**	**远**	**不**	**知**
Nuengx	ywq	gyae	mbouj	rox
nu:ŋ^{4}	jɯ^{5}	kjai^{1}	bou^{5}	ɹo^{4}
妹	在	远	不	知

妹离远不知。

10–515

哥	**可**	**团**	**堂**	**少**
Go	goj	dwen	daengz	sau
ko^{1}	ko^{5}	tɯ:n^{1}	taŋ^{2}	θa:u^{1}
哥	也	提	到	姑娘

哥思念妹妹，

10–516

农	**来**	**备**	**知**	**空**
Nuengx	laih	beix	rox	ndwi
nu:ŋ^{4}	la:i^{6}	pi^{4}	ɹo^{4}	du:i^{1}
妹	以为	兄	或	不

妹疑兄真情。

女唱

10–517

开	**团**	**来**	**了**	**龙**
Gaej	dwen	lai	liux	lungz
ka:i^{5}	tɯ:n^{1}	la:i^{1}	li:u^{4}	luŋ^{2}
莫	提	多	啰	龙

兄你莫念叨，

10–518

开	**念**	**来**	**了**	**备**
Gaej	niemh	lai	liux	beix
ka:i^{5}	ni:m^{6}	la:i^{1}	li:u^{4}	pi^{4}
莫	念	多	啰	兄

兄你莫思量。

10–519

但	**米**	**正**	**同**	**交**
Danh	miz	cingz	doengh	gyau
ta:n^{6}	mi^{2}	ɕiŋ^{2}	toŋ^{2}	kja:u^{1}
但	有	情	相	交

有情义结交，

10–520

包	**少**	**不**	**同**	**中**
Mbauq	sau	mbouj	doengh	cuengq
ba:u^{5}	θa:u^{1}	bou^{5}	toŋ^{2}	ɕu:ŋ^{5}
小伙	姑娘	不	相	放

兄妹不放弃。

男唱

10–521

土	是	想	不	团
Dou	cix	siengj	mbouj	dwen
tu^{1}	çi^{4}	θiːŋ^{3}	bou^{5}	tɯːn^{1}
我	是	想	不	提

想不打招呼，

10–522

偻	又	元	少	包
Raeuz	youh	yuenz	sau	mbauq
ɹau^{2}	jou^{4}	juːn^{2}	θaːu^{1}	baːu^{5}
我们	又	缘	姑娘	小伙

兄妹又有缘。

10–523

是	想	不	中	好
Cix	siengj	mbouj	cuengq	hauq
çi^{4}	θiːŋ^{3}	bou^{5}	çuːŋ^{5}	haːu^{5}
就	想	不	放	话

想不打招呼，

10–524

正	少	包	重	来
Cingz	sau	mbauq	naek	lai
çiŋ^{2}	θaːu^{1}	baːu^{5}	nak^{7}	laːi^{1}
情	姑娘	小伙	重	多

兄妹情义重。

女唱

10–525

开	团	来	了	备
Gaej	dwen	lai	liux	beix
kaːi^{5}	tɯːn^{1}	laːi^{1}	liːu^{4}	pi^{4}
莫	提	多	啰	兄

莫太多念叨，

10–526

开	念	来	了	同
Gaej	niemh	lai	liux	doengz
kaːi^{5}	niːm^{6}	laːi^{1}	liːu^{4}	toŋ^{2}
莫	念	多	啰	同

莫太多思量。

10–527

你	米	田	你	站
Mwngz	miz	denz	mwngz	soengz
mɯŋ^{2}	mi^{2}	teːn^{2}	mɯŋ^{2}	θoŋ^{2}
你	有	地	你	站

你有你家园，

10–528

土	米	方	土	在
Dou	miz	fueng	dou	ywq
tu^{1}	mi^{2}	fuːŋ^{1}	tu^{1}	jɯ^{5}
我	有	方	我	住

我有我乐土。

男唱

10–529

土	**是**	**想**	**不**	**团**
Dou	cix	siengj	mbouj	dwen
tu^{1}	ɕi^{4}	θiːŋ^{3}	bou^{5}	tɯːn^{1}
我	是	想	不	提

正想不念叨，

10–530

偻	**又**	**元**	**韦**	**机**
Raeuz	youh	yuenz	vae	giq
ɹau^{2}	jou^{4}	juːn^{2}	vai^{1}	ki^{5}
我们	又	缘	姓	支

只为兄妹情。

10–531

想	**不**	**团**	**你**	**农**
Siengj	mbouj	dwen	mwngz	nuengx
θiːŋ^{3}	bou^{5}	tɯːn^{1}	mɯŋ^{2}	nuːŋ^{4}
想	不	提	你	妹

想不念叨妹，

10–532

观	**正**	**义**	**重**	**来**
Gonq	cingz	ngeih	naek	lai
koːn^{5}	ɕiŋ^{2}	ȵi^{6}	nak^{7}	laːi^{1}
前	情	义	重	多

我俩情义深。

女唱

10–533

开	**团**	**来**	**了**	**备**
Gaej	dwen	lai	liux	beix
kaːi^{5}	tɯːn^{1}	laːi^{1}	liːu^{4}	pi^{4}
莫	提	多	啰	兄

兄别太念叨，

10–534

开	**念**	**来**	**了**	**同**
Gaej	niemh	lai	liux	doengz
kaːi^{5}	niːm^{6}	laːi^{1}	liːu^{4}	toŋ^{2}
莫	念	多	啰	同

友别太思量。

10–535

当	**阝**	**在**	**当**	**方**
Dangq	boux	ywq	dangq	fueng
taːŋ^{5}	pu^{4}	jɯ^{5}	taːŋ^{5}	fuːŋ^{1}
另	人	住	另	方

各住各家乡，

10–536

团	**同**	**古**	**样**	**而**
Dwen	doengz	guh	yiengh	lawz
tɯːn^{1}	toŋ^{2}	ku^{4}	jɯːŋ^{6}	laɯ^{2}
提	同	做	样	哪

何故要思量。

男唱

10-537

土	**是**	**想**	**不**	**团**
Dou	cix	siengj	mbouj	dwen
tu^{1}	ɕi^{4}	θiːŋ^{3}	bou^{5}	tɯːn^{1}
我	是	想	不	提

本不想念叨，

10-538

偻	**又**	**元**	**韦**	**机**
Raeuz	youh	yuenz	vae	giq
ɹau^{2}	jou^{4}	juːn^{2}	vai^{1}	ki^{5}
我们	又	缘	姓	支

只缘兄妹情。

10-539

想	**不**	**团**	**样**	**内**
Siengj	mbouj	dwen	yiengh	neix
θiːŋ^{3}	bou^{5}	tɯːn^{1}	jɯːŋ^{6}	ni^{4}
想	不	提	样	这

想不提思念，

10-540

农	**说**	**备**	**付**	**正**
Nuengx	naeuz	beix	fouz	cingz
nuːŋ^{4}	nau^{2}	pi^{4}	fu^{2}	ɕiŋ^{2}
妹	说	兄	无	情

妹嫌兄无情。

女唱

10-541

开	**团**	**来**	**了**	**备**
Gaej	dwen	lai	liux	beix
kaːi^{5}	tɯːn^{1}	laːi^{1}	liːu^{4}	pi^{4}
莫	提	多	啰	兄

兄别太念叨，

10-542

开	**念**	**来**	**了**	**金**
Gaej	niemh	lai	liux	gim
kaːi^{5}	niːm^{6}	laːi^{1}	liːu^{4}	kin^{1}
莫	念	多	啰	金

友别太思量。

10-543

双	**拜**	**造**	**红**	**吃**
Song	baih	caux	hong	gwn
θoŋ^{1}	paːi^{6}	ɕaːu^{4}	hoːŋ^{1}	kɯn^{1}
两	边	造	工	吃

各忙各的活，

10-544

包	**少**	**论**	**是**	**了**
Mbauq	sau	lumz	cix	liux
baːu^{5}	θaːu^{1}	lun^{2}	ɕi^{4}	liːu^{4}
小伙	姑娘	忘	就	算

兄妹可相忘。

男唱

10–545

土 是 想 不 团

Dou cix siengj mbouj dwen

tu^{1} ɕi^{4} θiːŋ^{3} bou^{5} tɯːn^{1}

我 是 想 不 提

我想不念叨，

10–546

偻 又 元 对 生

Raeuz youh yuenz doiq saemq

ɹau^{2} jou^{4} juːn^{2} toːi^{5} θan^{5}

我们 又 缘 对 庚

兄妹情义浓。

10–547

想 不 团 不 念

Siengj mbouj dwen mbouj niemh

θiːŋ^{3} bou^{5} tɯːn^{1} bou^{5} niːm^{6}

想 不 提 不 念

想不再思念，

10–548

偻 又 份 包 少

Raeuz youh faenh mbauq sau

ɹau^{2} jou^{4} fan^{6} baːu^{5} θaːu^{1}

我们 又 份 小伙 姑娘

我俩是情侣。

女唱

10–549

开 团 来 了 备

Gaej dwen lai liux beix

kaːi^{5} tɯːn^{1} laːi^{1} liːu^{4} pi^{4}

莫 提 多 啰 兄

兄别太念叨，

10–550

开 念 来 了 金

Gaej niemh lai liux gim

kaːi^{5} niːm^{6} laːi^{1} liːu^{4} kin^{1}

莫 念 多 啰 金

友别太思量。

10–551

你 米 田 你 林

Mwngz miz denz mwngz rimz

mɯŋ^{2} mi^{2} teːn^{2} mɯŋ^{2} ɹim^{2}

你 有 地 你 领

你有地可栖，

10–552

土 米 元 土 采

Dou miz roen dou byaij

tu^{1} mi^{2} joːn^{1} tu^{1} pjaːi^{3}

我 有 路 我 走

我有路可走。

男唱

10-553

土	是	想	不	团
Dou	cix	siengj	mbouj	dwen
tu^{1}	ɕi^{4}	θiːŋ^{3}	bou^{5}	tɯːn^{1}
我	是	想	不	提

我想不念叨，

10-554

却	堂	农	声	欢
Gyoh	daengz	nuengx	sing	fwen
kjo^{6}	taŋ^{2}	nuːŋ^{4}	θiŋ^{1}	vuːn^{1}
可怜	到	妹	声	歌

爱恋妹歌声。

10-555

土	是	想	不	团
Dou	cix	siengj	mbouj	dwen
tu^{1}	ɕi^{4}	θiːŋ^{3}	bou^{5}	tɯːn^{1}
我	是	想	不	提

我想不念叨，

10-556

偻	又	份	包	少
Raeuz	youh	faenh	mbauq	sau
ɹau^{2}	jou^{4}	fan^{6}	baːu^{5}	θaːu^{1}
我们	又	份	小伙	姑娘

我俩是情侣。

女唱

10-557

团	友	开	团	来
Dwen	youx	gaej	dwen	lai
tɯːn^{1}	ju^{4}	kaːi^{5}	tɯːn^{1}	laːi^{1}
提	友	莫	提	多

望友莫过分，

10-558

团	来	卜	乜	罵
Dwen	lai	boh	meh	ndaq
tɯːn^{1}	laːi^{1}	po^{6}	me^{6}	da^{5}
提	多	父	母	骂

过分父母骂。

10-559

古	红	吃	是	八
Guh	hong	gwn	cix	bah
ku^{4}	hoːŋ^{1}	kɯn^{1}	ɕi^{4}	pa^{6}
做	工	吃	就	罢

种庄稼度日，

10-560

沙	条	罗	内	写
Ra	diuz	loh	neix	ce
ɹa^{1}	tiːu^{2}	lo^{6}	ni^{4}	ɕe^{1}
找	条	路	这	留

结交是后话。

男唱

10-561

土	**是**	**想**	**不**	**团**
Dou	cix	siengj	mbouj	dwen
tu^1	$çi^4$	$θi:ŋ^3$	bou^5	$tɯ:n^1$
我	是	想	不	提

我想不念叨，

10-562

偻	**又**	**元**	**对**	**生**
Raeuz	youh	yuenz	doiq	saemq
$ɹau^2$	jou^4	$ju:n^2$	$to:i^5$	$θan^5$
我们	又	缘	对	庚

又想同龄友。

10-563

想	**不**	**团**	**样**	**能**
Siengj	mbouj	dwen	yiengh	nyaenx
$θi:ŋ^3$	bou^5	$tɯ:n^1$	$jɯ:ŋ^6$	$ɲan^4$
想	不	提	样	那么

想不说那样，

10-564

对	**生**	**不**	**重**	**心**
Doiq	saemq	mbouj	naek	sim
$to:i^5$	$θan^5$	bou^5	nak^7	$θin^1$
对	庚	不	重	心

友又不上心。

女唱

10-565

团	**友**	**开**	**团**	**来**
Dwen	youx	gaej	dwen	lai
$tɯ:n^1$	ju^4	$ka:i^5$	$tɯ:n^1$	$la:i^1$
提	友	莫	提	多

望友莫过分，

10-566

团	**来**	**卜**	**乜**	**罵**
Dwen	lai	boh	meh	ndaq
$tɯ:n^1$	$la:i^1$	po^6	me^6	da^5
提	多	父	母	骂

过分父母骂。

10-567

古	**红**	**吃**	**是**	**八**
Guh	hong	gwn	cix	bah
ku^4	$ho:ŋ^1$	$kɯn^1$	$çi^4$	pa^6
做	工	吃	就	罢

种庄稼度日，

10-568

卜	**乜**	**罵**	**心**	**凉**
Boh	meh	ndaq	sim	liengz
po^6	me^6	da^5	$θin^1$	$li:ŋ^2$
父	母	骂	心	凉

挨骂不值得。

男唱

10-569

土	是	想	不	团
Dou	cix	siengj	mbouj	dwen
tu¹	ɕi⁴	θiːŋ³	bou⁵	tɯːn¹
我	是	想	不	提

我想不念叨，

10-570

偻	又	元	对	生
Raeuz	youh	yuenz	doiq	saemq
ɹau²	jou⁴	juːn²	toːi⁵	θan⁵
我们	又	缘	对	庚

又想同龄友。

10-571

乜	牙	罵	是	罵
Meh	yaek	ndaq	cix	ndaq
me⁶	jak⁷	da⁵	ɕi⁴	da⁵
母	要	骂	就	骂

母责怪就怪，

10-572

八	沙	秀	方	卢
Bah	ra	ciuh	fueng	louz
pa⁶	ɹa¹	ɕiːu⁶	fuːŋ¹	lu²
莫急	找	世	风	流

别急于谈情。

女唱

10-573

端	吃	粒	后	一
Donq	gwn	ngveih	haeux	ndeu
toːn⁵	kɯn¹	ŋwei⁶	hau⁴	deːu¹
顿	吃	粒	米	一

每餐一粒米，

10-574

那	绿	办	果	兴
Naj	heu	baenz	go	hing
na³	heːu¹	pan²	ko¹	hiŋ¹
脸	青	成	棵	姜

脸青如姜苗。

10-575

端	吃	用	玩	宁
Donq	gwn	byongh	vanj	ningq
toːn⁵	kɯn¹	pjoːŋ⁶	vaːn³	niŋ⁵
顿	吃	半	碗	小

每餐小半碗，

10-576

相	命	加	卜	而
Ciengx	mingh	caj	boux	lawz
ɕiːŋ⁴	miŋ⁶	kja³	pu⁴	laɯ²
养	命	等	人	哪

养命等哪个？

男唱

10–577

端	**吃**	**粒**	**后**	**一**
Donq	gwn	ngveih	haeux	ndeu
to:n^{5}	kɯn^{1}	ŋwei^{6}	hau^{4}	de:u^{1}
顿	吃	粒	米	一

每餐一粒米，

10–578

那	**绿**	**办**	**果**	**兴**
Naj	heu	baenz	go	hing
na^{3}	he:u^{1}	pan^{2}	ko^{1}	hiŋ^{1}
脸	青	成	棵	姜

脸青如姜苗。

10–579

端	**吃**	**用**	**玩**	**宁**
Donq	gwn	byongh	vanj	ningq
to:n^{5}	kɯn^{1}	pjo:ŋ^{6}	va:n^{3}	niŋ^{5}
顿	吃	半	碗	小

每餐小半碗，

10–580

相	**命**	**加**	**农**	**银**
Ciengx	mingh	caj	nuengx	ngaenz
ɕi:ŋ^{4}	miŋ^{6}	kja^{3}	nu:ŋ^{4}	ŋan^{2}
养	命	等	妹	银

养命等情妹。

女唱

10–581

端	**吃**	**粒**	**后**	**面**
Donq	gwn	ngveih	haeux	meg
to:n^{5}	kɯn^{1}	ŋwei^{6}	hau^{4}	me:k^{8}
顿	吃	粒	米	麦

每餐一粒麦，

10–582

分	**团**	**写**	**古**	**午**
Mbek	donh	ce	guh	ringz
be:k^{7}	to:n^{6}	ɕe^{1}	ku^{4}	ɹiŋ^{2}
分	半	留	做	午饭

留半粒午餐。

10–583

端	**吃**	**端**	**不**	**吃**
Donq	gwn	donq	mbouj	gwn
to:n^{5}	kɯn^{1}	to:n^{5}	bou^{5}	kɯn^{1}
顿	吃	顿	不	吃

我日不甘食，

10–584

召	**心**	**跟**	**你**	**备**
Cau	sim	riengz	mwngz	beix
ɕa:u^{5}	θin^{1}	ɹi:ŋ^{2}	mɯŋ^{2}	pi^{4}
操	心	跟	你	兄

只为你揪心。

男唱

10-585

端	吃	粒	后	面
Donq	gwn	ngveih	haeux	meg
toːn^{5}	kɯn^{1}	ŋwei^{6}	hau^{4}	meːk^{8}
顿	吃	粒	米	麦

每餐一粒麦，

10-586

分	团	写	古	爱
Mbek	donh	ce	guh	ngaiz
beːk^{7}	toːn^{6}	ɕe^{1}	ku^{4}	ŋaːi^{2}
分	半	留	做	饭

还省下半粒。

10-587

端	吃	十	端	帅
Donq	gwn	cib	donq	saiq
toːn^{5}	kɯn^{1}	ɕit^{8}	toːn^{5}	θaːi^{5}
顿	吃	十	顿	扒

饭都吃不下，

10-588

明	你	代	不	抵
Cog	mwngz	dai	mbouj	dij
ɕoːk^{8}	mɯŋ^{2}	taːi^{1}	bou^{5}	ti^{3}
将来	你	死	不	值

今生你不值。

女唱

10-589

端	吃	用	玩	水
Donq	gwn	byongh	vanj	raemx
toːn^{5}	kɯn^{1}	pjoːŋ^{6}	vaːn^{3}	ɹan^{4}
顿	吃	半	碗	水

喝水不吃饭，

10-590

下	祥	身	是	轻
Roengz	riengh	ndang	cix	mbaeu
ɹoŋ^{2}	ɹiːŋ^{6}	daːŋ^{1}	ɕi^{4}	bau^{1}
下	栏	身	就	轻

走路身打飘。

10-591

十	庖	不	吃	寿
Cib	haemh	mbouj	gwn	caeuz
ɕit^{8}	han^{6}	bou^{5}	kɯn^{1}	ɕau^{2}
十	夜	不	吃	晚饭

十天不吃饭，

10-592

团	堂	龙	自	印
Dwen	daengz	lungz	gag	imq
tɯːn^{1}	taŋ^{2}	luŋ^{2}	kaːk^{8}	im^{5}
提	到	龙	自	饱

想到兄就烦。

男唱

10-593
团 堂 秀 备 农
Dwen daengz ciuh beix nuengx
tɯ:n^{1} taŋ^{2} ɕi:u^{6} pi^{4} nu:ŋ^{4}
提 到 世 兄 妹
思念兄妹情，

10-594
是 不 斥 吃 爱
Cix mbouj nyienh gwn ngaiz
ɕi^{4} bou^{5} ɳu:n^{6} kɯn^{1} ŋa:i^{2}
就 不 愿 吃 饭
饭都不想吃。

10-595
团 堂 友 少 乖
Dwen daengz youx sau gvai
tɯ:n^{1} taŋ^{2} ju^{4} θa:u^{1} kwa:i^{1}
提 到 友 姑娘 乖
想到俏情妹，

10-596
吃 爱 不 办 端
Gwn ngaiz mbouj baenz donq
kɯn^{1} ŋa:i^{2} bou^{5} pan^{2} to:n^{5}
吃 饭 不 成 顿
饮食也无味。

女唱

10-597
卜 代 说 乜 代
Boh dai naeuz meh dai
po^{6} ta:i^{1} nau^{2} me^{6} ta:i^{1}
父 死 或 母 死
又非父母亡，

10-598
吃 爱 不 办 端
Gwn ngaiz mbouj baenz donq
kɯn^{1} ŋa:i^{2} bou^{5} pan^{2} to:n^{5}
吃 饭 不 成 顿
饮食不知味。

10-599
差 罗 而 了 伴
Ca loh lawz liux buenx
ɕa^{1} lo^{6} lauɯ^{2} li:u^{4} pu:n^{4}
差 路 哪 啰 伴
到底为哪般，

10-600
沙 饭 端 不 吃
Ra souh donq mbouj gwn
ɹa^{1} θou^{6} to:n^{5} bou^{5} kɯn^{1}
找 饭 顿 不 吃
连饭都不吃？

男唱

10-601

岁	土	团	堂	你
Caez	dou	dwen	daengz	mwngz
ɕai^{2}	tu^{1}	tɯ:n^{1}	taŋ^{2}	mɯŋ^{2}
齐	我	提	到	你

自我想起你，

10-602

吃	不	下	粒	后
Gwn	mbouj	roengz	ngveih	haeux
kɯn^{1}	bou^{5}	ɹoŋ^{2}	ŋwei^{6}	hau^{4}
吃	不	下	粒	米

粒米不下肚。

10-603

平	爱	吃	爱	不
Bingz	ngaiq	gwn	ngaiq	mbouj
piŋ^{2}	ŋa:i^{5}	kɯn^{1}	ŋa:i^{5}	bou^{5}
凭	爱	吃	爱	不

你爱吃不吃，

10-604

玩	但	寿	江	手
Vanj	danh	caeux	gyang	fwngz
va:n^{3}	ta:n^{6}	ɕau^{4}	kja:ŋ^{1}	fɯŋ^{2}
碗	但	握	中	手

手定要端碗。

女唱

10-605

团	堂	欢	跟	比
Dwen	daengz	fwen	riengz	beij
tɯ:n^{1}	taŋ^{2}	vɯ:n^{1}	ɹi:ŋ^{2}	pi^{3}
提	到	歌	跟	歌

想当初对歌，

10-606

乃	义	动	乃	凉
Naih	ngeix	dungx	naih	liengz
na:i^{6}	ȵi^{4}	tuŋ^{4}	na:i^{6}	li:ŋ^{2}
越	想	肚	越	凉

越想心越凉。

10-607

团	堂	友	江	邦
Dwen	daengz	youx	gyang	biengz
tɯ:n^{1}	taŋ^{2}	ju^{4}	kja:ŋ^{1}	pi:ŋ^{2}
提	到	友	中	地方

想到知心友，

10-608

红	良	不	想	干
Hong	liengz	mbouj	siengj	ganq
ho:ŋ^{1}	li:ŋ^{2}	bou^{5}	θi:ŋ^{3}	ka:n^{5}
工	忙	不	想	照料

农忙顾不上。

男唱

10-609

团	堂	秀	备	农
Dwen	daengz	ciuh	beix	nuengx
tɯːn¹	taŋ²	ɕiːu⁶	pi⁴	nuːŋ⁴
提	到	世	兄	妹

思念兄妹情，

10-610

义	了	心	又	付
Ngeix	liux	sim	youh	fouz
ȵi⁴	liːu⁴	θin¹	jou⁴	fu²
想	啰	心	又	浮

想到又伤感。

10-611

团	堂	秀	方	卢
Dwen	daengz	ciuh	fueng	luz
tɯːn¹	taŋ²	ɕiːu⁶	fuːŋ¹	lu²
提	到	世	风	流

提到风流事，

10-612

心	付	堂	又	怨
Sim	fouz	daengz	youh	yonq
θin¹	fu²	taŋ²	jou⁴	joːn⁵
心	浮	到	又	怨

心烦意又乱。

女唱

10-613

团	堂	欢	跟	比
Dwen	daengz	fwen	riengz	beij
tɯːn¹	taŋ²	vɯːn¹	ɹiːŋ²	pi³
提	到	歌	跟	歌

想当初对歌，

10-614

乃	义	动	乃	凉
Naih	ngeix	dungx	naih	liengz
naːi⁶	ȵi⁴	tuŋ⁴	naːi⁶	liːŋ²
越	想	肚	越	凉

越想心越凉。

10-615

团	堂	友	巴	强
Dwen	daengz	youx	bak	giengz
tɯːn¹	taŋ²	ju⁴	paːk⁷	kiːŋ²
提	到	友	嘴	强

提到伶俐友，

10-616

想	年	你	勒	仪
Siengj	nem	mwngz	lawh	saenq
θiːŋ³	neːm¹	mɯŋ²	ləɯ⁶	θin⁵
想	贴	你	换	信

想和你结交。

男唱

10–617

团 堂 安 花 罗

Dwen daengz aen va lox

tɯːn^1 taŋ^2 an^1 va^1 lo^4

提 到 个 花 洛

提到那花神，

10–618

我 拉 地 是 付

Ngo laj deih cix fouz

ŋo^1 la^3 tei^6 ɕi^4 fu^2

勾 下 地 就 浮

实在是心酸。

10–619

团 堂 秀 友 土

Dwen daengz ciuh youx dou

tɯːn^1 taŋ^2 ɕiːu^6 ju^4 tu^1

提 到 世 友 我

提到我恋情，

10–620

勒 方 卢 爱 哭

Lwg fueng louz ngaiq daej

lɯk^8 fuːŋ^1 lu^2 ŋaːi^5 tai^3

子 风 流 爱 哭

真啼笑皆非。

女唱

10–621

团 堂 安 花 罗

Dwen daengz aen va lox

tɯːn^1 taŋ^2 an^1 va^1 lo^4

提 到 个 花 洛

提到那花神，

10–622

我 拉 地 是 付

Ngo laj deih cix fouz

ŋo^1 la^3 tei^6 ɕi^4 fu^2

勾 下 地 就 浮

实在是心酸。

10–623

团 堂 秀 平 班

Dwen daengz ciuh bingz ban

tɯːn^1 taŋ^2 ɕiːu^6 piŋ^2 paːn^1

提 到 世 平 班

提到平辈友，

10–624

家 然 不 想 造

Gya ranz mbouj siengj caux

kja^1 ɹaːn^2 bou^5 θiːŋ^3 ɕaːu^4

家 家 不 想 造

不想造家业。

男唱

10-625

团　堂　秀　平　班

Dwen daengz ciuh bingz ban

tɯ:n^{1} taŋ^{2} çi:u^{6} piŋ^{2} pa:n^{1}

提　到　世　平　班

提到平辈友，

10-626

家　然　不　想　造

Gya ranz mbouj siengj caux

kja^{1} ɹa:n^{2} bou^{5} θi:ŋ^{3} ça:u^{4}

家　家　不　想　造

不想造家业。

10-627

团　堂　秀　少　土

Dwen daengz ciuh sau dou

tɯ:n^{1} taŋ^{2} çi:u^{6} θa:u^{1} tu^{1}

提　到　世　姑娘　我

提到我恋情，

10-628

厐　買　閙　马　吃

Nyienh cawx nauh ma gwn

ȵu:n^{6} çəɯ^{4} na:u^{6} ma^{1} kɯn^{1}

愿　买　砒霜　来　吃

愿服毒了断。

女唱

10-629

買　閙　马　吃　代

Cawx nauh ma gwn dai

çəɯ^{4} na:u^{6} ma^{1} kɯn^{1} ta:i^{1}

买　砒霜　来　吃　死

吃砒霜死去，

10-630

文　来　堂　又　怨

Vunz lai daengz youh yonq

vun^{2} la:i^{1} taŋ^{2} jou^{4} jo:n^{5}

人　多　到　又　怨

又遭人唾骂。

10-631

开　古　能　了　伴

Gaej guh nyaenx liux buenx

ka:i^{5} ku^{4} ȵan^{4} li:u^{4} pu:n^{4}

莫　做　那么　啰　伴

好友别那样，

10-632

坏　条　命　你　貝

Vaih diuz mingh mwngz bae

va:i^{6} ti:u^{2} miŋ^{6} mɯŋ^{2} pai^{1}

坏　条　命　你　去

枉丢你姓命。

男唱

10–633

当	卜	当	在	远
Dangq	boux	dangq	ywq	gyae
ta:ŋ^{5}	pu^{4}	ta:ŋ^{5}	jɯ^{5}	kjai^{1}
另	人	另	在	远

兄妹离得远，

10–634

卜	团	卜	不	知
Boux	dwen	boux	mbouj	rox
pu^{4}	tɯ:n^{1}	pu^{4}	bou^{5}	ɹo^{4}
人	提	人	不	知

思念不见面。

10–635

团	堂	安	命	火
Dwen	daengz	aen	mingh	hoj
tɯ:n^{1}	taŋ^{2}	an^{1}	miŋ^{6}	ho^{3}
提	到	个	命	苦

想到命苦楚，

10–636

不	苪	干	方	卢
Mbouj	nyienh	ganq	fueng	louz
bou^{5}	ɲu:n^{6}	ka:n^{5}	fu:ŋ^{1}	lu^{2}
不	愿	照料	风	流

不愿要风流。

女唱

10–637

马	拉	本	些	内
Ma	laj	mbwn	seiq	neix
ma^{1}	la^{3}	bɯn^{1}	θe^{5}	ni^{4}
来	下	天	世	这

想到这辈子，

10–638

乃	义	动	乃	付
Naih	ngeix	dungx	naih	fouz
na:i^{6}	ɲi^{4}	tuŋ^{4}	na:i^{6}	fu^{2}
越	想	肚	越	浮

心酸又苦楚。

10–639

农	不	干	方	卢
Nuengx	mbouj	ganq	fueng	louz
nu:ŋ^{4}	bou^{5}	ka:n^{5}	fu:ŋ^{1}	lu^{2}
妹	不	照料	风	流

妹不愿风流，

10–640

马	拉	本	几	刀
Ma	laj	mbwn	geij	dauq
ma^{1}	la^{3}	bɯn^{1}	ki^{3}	ta:u^{5}
来	下	天	几	回

又能活多久。

男唱

10-641

马	**拉**	**本**	**些**	**内**
Ma	laj	mbwn	seiq	neix
ma^{1}	la^{3}	bɯn^{1}	θe^{5}	ni^{4}
来	下	天	世	这

想到这辈子，

10-642

义	**又**	**抹**	**水**	**山**
Ngeix	youh	uet	raemx	bya
ȵi^{4}	jou^{4}	uːt^{7}	ɹan^{4}	pja^{1}
想	又	抹	水	眼

禁不住落泪。

10-643

伕	**马**	**偻**	**牙**	**马**
Fwx	ma	raeuz	yax	ma
fə^{4}	ma^{1}	ɹau^{2}	ja^{5}	ma^{1}
别人	来	我们	也	来

同样是人生，

10-644

不	**哈**	**邦**	**哈**	**对**
Mbouj	ha	biengz	ha	doih
bou^{5}	ha^{1}	piːŋ^{2}	ha^{1}	toːi^{6}
不	配	地方	配	伙伴

总比不上人。

女唱

10-645

秀	**可**	**利**	**双**	**偻**
Ciuh	goj	lij	song	raeuz
ɕiːu^{6}	ko^{5}	li^{4}	θoːŋ^{1}	ɹau^{2}
世	也	还	两	我们

至少我俩在，

10-646

优	**开**	**么**	**老**	**表**
You	gij	maz	laux	biuj
jou^{1}	kaːi^{2}	ma^{2}	laːu^{4}	piːu^{3}
忧	什	么	老	表

老表你莫忧。

10-647

不	**哈**	**文**	**是**	**了**
Mbouj	ha	vunz	cix	liux
bou^{5}	ha^{1}	vun^{2}	ɕi^{4}	liːu^{4}
不	配	人	就	算

不如人就算，

10-648

但	**波**	**小**	**你**	**汉**
Danh	boq	seuq	mwngz	han
taːn^{6}	po^{5}	θeːu^{5}	mɯŋ^{2}	haːn^{1}
但	吹	哨	你	应

但夫唱妇随。

男唱

10-649

秀	些	马	拉	本
Ciuh	seiq	ma	laj	mbwn
$çiːu^6$	$θe^5$	ma^1	la^3	$bɯn^1$
世	世	来	下	天

轮回到人世，

10-650

采	果	草	不	论
Caij	go	rum	mbouj	laemx
$çaːi^3$	ko^1	$ɹum^1$	bou^5	lan^4
踩	棵	草	不	倒

我一事无成。

10-651

佚	马	是	米	份
Fwx	ma	cix	miz	faenh
$fə^4$	ma	$çi^4$	mi^2	fan^6
别人	来	就	有	份

别人有缘分，

10-652

偻	马	阴	灯	日
Raeuz	ma	raemh	daeng	ngoenz
$ɹau^2$	ma^1	$ɹan^6$	$taŋ^1$	$ŋon^2$
我们	来	阴	灯	天

我来遮阳光。

女唱

10-653

秀	可	利	双	偻
Ciuh	goj	lix	song	raeuz
$çiːu^6$	ko^5	li^4	$θoːŋ^1$	$ɹau^2$
世	也	剩	两	我们

有我俩同在，

10-654

优	开	么	老	表
You	gij	maz	laux	biuj
jou^1	$kaːi^2$	ma^2	$laːu^4$	$piːu^3$
忧	什	么	老	表

你还愁什么？

10-655

不	哈	文	是	了
Mbouj	ha	vunz	cix	liux
bou^5	ha^1	vun^2	$çi^4$	$liːu^4$
不	配	人	就	算

不如人就算，

10-656

但	得	刘	拉	本
Danh	ndaej	liuh	laj	mbwn
$taːn^6$	dai^3	$liːu^6$	la^3	$bɯn^1$
但	得	游	下	天

乐得游天下。

男唱

10–657

伕	**马**	**偻**	**牙**	**马**
Fwx	ma	raeuz	yax	ma
fə^{4}	ma^{1}	ɹau^{2}	ja^{5}	ma^{1}
别人	来	我们	也	来

人生我也生，

10–658

沙	**空**	**米**	**田**	**邦**
Ra	ndwi	miz	dieg	baengh
ɹa^{1}	du:i^{1}	mi^{2}	ti:k^{8}	paŋ^{6}
找	不	有	地	靠

我无依无靠。

10–659

农	**造**	**家**	**造**	**当**
Nuengx	caux	gya	caux	dangq
nu:ŋ^{4}	ɕa:u^{4}	kja^{1}	ɕa:u^{4}	ta:ŋ^{5}
妹	造	家	造	家

妹成家立业，

10–660

备	**付**	**方**	**拉**	**本**
Beix	fouz	fangh	laj	mbwn
pi^{4}	fu^{2}	fa:ŋ^{6}	la^{3}	bɯn^{1}
兄	浮	摇	下	天

兄浪荡天涯。

女唱

10–661

秀	**些**	**马**	**拉**	**本**
Ciuh	seiq	ma	laj	mbwn
ɕi:u^{6}	θe^{5}	ma^{1}	la^{3}	bɯn^{1}
世	世	来	下	天

轮回来人世，

10–662

果	**草**	**是**	**办**	**秀**
Go	rum	cix	baenz	ciuh
ko^{1}	ɹum^{1}	ɕi^{4}	pan^{2}	ɕi:u^{6}
棵	草	就	成	世

还不如草木。

10–663

哭	**水**	**山**	**古**	**了**
Daej	raemx	bya	guh	liux
tai^{3}	ɹan^{4}	pja^{1}	ku^{4}	li:u^{4}
哭	水	眼	做	完

眼泪哭干了，

10–664

空	**办**	**秀**	**开**	**么**
Ndwi	baenz	ciuh	gij	maz
du:i^{1}	pan^{2}	ɕi:u^{6}	ka:i^{2}	ma^{2}
不	成	世	什	么

也一事无成。

男唱

10-665

伕	**马**	**偻**	**牙**	**马**
Fwx	ma	raeuz	yax	ma
fə^{4}	ma^{1}	ɹau^{2}	ja^{5}	ma^{1}
别人	来	我们	也	来

人生我也生，

10-666

站	**不**	**哈**	**老**	**表**
Soengz	mbouj	ha	laux	biuj
θoŋ^{2}	bou^{5}	ha^{1}	laːu^{4}	piːu^{3}
站	不	配	老	表

我比不上人。

10-667

伕	**马**	**是**	**造**	**秀**
Fwx	ma	cix	caux	ciuh
fə^{4}	ma^{1}	ɕi^{4}	ɕaːu^{4}	ɕiːu^{6}
别人	来	就	造	世

别人造家业，

10-668

偻	**马**	**刘**	**灯**	**日**
Raeuz	ma	liuh	daeng	ngoenz
ɹau^{2}	ma^{1}	liːu^{6}	taŋ^{1}	ŋon^{2}
我们	来	游	灯	天

我们望青天。

女唱

10-669

造	**秀**	**不**	**办**	**秀**
Caux	ciuh	mbouj	baenz	ciuh
ɕaːu^{4}	ɕiːu^{6}	bou^{5}	pan^{2}	ɕiːu^{6}
造	世	不	成	世

创业不成业，

10-670

古	**土**	**九**	**当**	**润**
Guh	duz	yiuh	dang	rumz
ku^{4}	tu^{2}	jiːu^{6}	taŋ^{1}	ɹun^{2}
做	只	鹞	当	风

如鹞隼乱飞。

10-671

造	**秀**	**不**	**哈**	**文**
Caux	ciuh	mbouj	ha	vunz
ɕaːu^{4}	ɕiːu^{6}	bou^{5}	ha^{1}	vun^{2}
造	世	不	配	人

创业不如人，

10-672

付	**拉**	**本**	**内**	**在**
Fouz	laj	mbwn	neix	ywq
fu^{2}	la^{3}	bɯn^{1}	ni^{4}	jɯ^{5}
浮	下	天	这	在

在天涯游荡。

男唱

10-673

伕	马	是	造	秀
Fwx	ma	cix	caux	ciuh
fə^{4}	ma^{1}	ɕi^{4}	ɕaːu^{4}	ɕiːu^{6}
别人	来	就	造	世

人生就创业，

10-674

偻	马	刘	拉	本
Raeuz	ma	liuh	laj	mbwn
ɹau^{2}	ma^{1}	liːu^{6}	la^{3}	bɯn^{1}
我们	来	游	下	天

我们望青天。

10-675

古	务	不	办	润
Guh	huj	mbouj	baenz	rumz
ku^{4}	hu^{3}	bou^{5}	pan^{2}	ɹun^{2}
做	云	不	成	风

一样做不了，

10-676

马	拉	本	内	初
Ma	laj	mbwn	neix	couj
ma^{1}	la^{3}	bɯn^{1}	ni^{4}	ɕou^{3}
来	下	天	这	丑

在世上丢脸。

女唱

10-677

不	自	你	命	火
Mbouj	gag	mwngz	mingh	hoj
bou^{5}	kaːk^{8}	mɯŋ^{2}	miŋ^{6}	ho^{3}
不	自	你	命	苦

何止你命苦，

10-678

命	农	牙	可	供
Mingh	nuengx	yax	goj	gungz
miŋ^{6}	nuːŋ^{4}	ja^{5}	ko^{5}	kuŋ^{2}
命	妹	也	也	穷

妹命也是穷。

10-679

良	造	秀	文	荣
Liengh	caux	ciuh	vuen	yungz
leːŋ^{6}	ɕaːu^{4}	ɕiːu^{6}	vuːn^{1}	juŋ^{2}
谅	造	世	欢	乐

想造家业旺，

10-680

老	少	元	坤	凶
Lau	sau	yiemz	goet	rwix
laːu^{1}	θaːu^{1}	jiːn^{2}	kot^{7}	ɹuːi^{4}
怕	姑娘	嫌	骨	孬

妹却无好命。

男唱

10-681

命 火 偻 岁 火

Mingh hoj raeuz caez hoj

miŋ6 ho3 ɹau2 çai2 ho3

命 苦 我们 齐 苦

命苦大家苦，

10-682

命 供 偻 岁 供

Mingh gungz raeuz caez gungz

miŋ6 kuŋ2 ɹau2 çai2 kuŋ2

命 穷 我们 齐 穷

命穷大家穷。

10-683

牙 造 秀 文 荣

Yaek caux ciuh vuen yungz

jak7 ça:u4 çi:u6 vu:n1 juŋ2

要 造 世 欢 乐

要建欢乐家，

10-684

么 不 说 利 早

Maz mbouj naeuz lij romh

ma2 bou5 nau2 li4 ɹo:n6

何 不 说 还 早

为何不早说？

女唱

10-685

少 牙 怨 命 火

Sau yax yonq mingh hoj

θa:u1 ja5 jo:n5 miŋ6 ho3

姑娘 也 怨 命 苦

妹也怨命苦，

10-686

备 牙 怨 命 供

Beix yax yonq mingh gungz

pi4 ja5 jo:n5 miŋ6 kuŋ2

兄 也 怨 命 穷

兄也怨命穷。

10-687

下 垌 貝 秋 本

Roengz doengh bae ciuq mbwn

ɹoŋ2 toŋ6 pai1 çi:u5 bɯn1

下 垌 去 看 天

出门望苍天，

10-688

么 办 文 样 内

Maz baenz vunz yiengh neix

ma2 pan2 vun2 jɯ:ŋ6 ni4

何 成 人 样 这

为何变如此？

男唱

10-689
少　牙　怨　命　火
Sau　yax　yonq　mingh　hoj
θaːu1　ja5　joːn5　miŋ6　ho3
姑娘　也　怨　命　苦
妹也怨命苦，

10-690
备　牙　怨　命　供
Beix　yax　yonq　mingh　gungz
pi4　ja5　joːn5　miŋ6　kuŋ2
兄　也　怨　命　穷
兄也怨命穷。

10-691
卜　而　卜　不　文
Boux　lawz　boux　mbouj　vunz
pu4　laɯ2　pu4　bou5　vun2
人　哪　人　不　人
同样都是人，

10-692
卜　而　龙　小　女
Boux　lawz　lungz　siuj　nawx
pu4　laɯ2　luŋ2　θiːu3　nɯ4
人　哪　龙　小　女
何人成龙凤？

女唱

10-693
土　可　怨　命　土
Dou　goj　yonq　mingh　dou
tu1　ko5　joːn5　miŋ6　tu1
我　也　怨　命　我
我自个怨命，

10-694
不　说　卜　而　知
Mbouj　naeuz　boux　lawz　rox
bou5　nau2　pu4　laɯ2　ɹo4
不　说　人　哪　知
不说谁人懂？

10-695
元　条　命　土　火
Yonq　diuz　mingh　dou　hoj
joːn5　tiːu2　miŋ6　tu1　ho3
怨　条　命　我　苦
自怨我命苦，

10-696
干　罗　不　对　你
Ganj　loh　mbouj　doiq　mwngz
kaːn3　lo6　bou5　toːi5　mɯŋ2
赶　路　不　对　你
走路不遇你。

男唱

10–697

命	**凶**	**开**	**八**	**怨**
Mingh	rwix	gaej	bah	yonq
miŋ^{6}	ɹu:i^{4}	ka:i^{5}	pa^{6}	jo:n^{5}
命	**孬**	**莫**	**急**	**怨**

命不好莫怨，

10–698

沙	**卩**	**祘**	**尝**	**堂**
Ra	boux	suenq	caengz	daengz
ɹa^{1}	pu^{4}	θu:n^{5}	ɕaŋ^{2}	taŋ^{2}
找	**人**	**算**	**未**	**到**

贵人还未到。

10–699

本	**亮**	**利**	**在**	**浪**
Mbwn	rongh	lij	ywq	laeng
bɯn^{1}	ɹo:ŋ^{6}	li^{4}	jɯ^{5}	laŋ^{1}
天	**亮**	**还**	**在**	**后**

其人还在后，

10–700

不	**尝**	**堂**	**时**	**内**
Mbouj	caengz	daengz	seiz	neix
bou^{5}	ɕaŋ^{2}	taŋ^{2}	θi^{2}	ni^{4}
不	**未**	**到**	**时**	**这**

此时尚未到。

女唱

10–701

土	**可**	**怨**	**可**	**怨**
Dou	goj	yonq	goj	yonq
tu^{1}	ko^{5}	jo:n^{5}	ko^{5}	jo:n^{5}
我	**也**	**怨**	**也**	**怨**

我怨来怨去，

10–702

怨	**作**	**八**	**十**	**字**
Yonq	coq	bet	cih	saw
jo:n^{5}	ɕo^{5}	pe:t^{7}	ɕi^{6}	θaɯ^{1}
怨	**放**	**八**	**个**	**字**

怨八字不好。

10–703

不	**怨**	**作**	**卩**	**而**
Mbouj	yonq	coq	boux	lawz
bou^{5}	jo:n^{5}	ɕo^{5}	pu^{4}	laɯ^{2}
不	**怨**	**放**	**人**	**哪**

不怨任何人，

10–704

出	**时**	**生**	**土**	**斗**
Ok	seiz	seng	dou	daeuj
o:k^{7}	θi^{2}	θe:ŋ^{1}	tu^{1}	tau^{3}
出	**时**	**生**	**我**	**来**

我生辰不好。

男唱

10-705

命	**凶**	**八**	**怨**	**天**
Mingh	rwix	bah	yonq	denh
miŋ^{6}	ɹu:i^{4}	pa^{6}	jo:n^{5}	ti:n^{1}
命	孬	莫急	怨	天

先不要怨天，

10-706

浪	**办**	**仙**	**不**	**定**
Laeng	baenz	sien	mbouj	dingh
laŋ^{1}	pan^{2}	θi:n^{1}	bou^{5}	tiŋ^{6}
后	成	仙	不	定

将来或成仙。

10-707

少	**乖**	**八**	**怨**	**命**
Sau	gvai	bah	yonq	mingh
θa:u^{1}	kwa:i^{1}	pa^{6}	jo:n^{5}	miŋ^{6}
姑娘	乖	莫急	怨	命

小妹别怨命，

10-708

本	**可**	**定**	**双**	**偻**
Mbwn	goj	dingh	song	raeuz
bɯn^{1}	ko^{5}	tiŋ^{6}	θo:ŋ^{1}	ɹau^{2}
天	也	定	两	我们

天撮合我们。

女唱

10-709

土	**可**	**怨**	**可**	**怨**
Dou	goj	yonq	goj	yonq
tu^{1}	ko^{5}	jo:n^{5}	ko^{5}	jo:n^{5}
我	也	怨	也	怨

我怨来怨去，

10-710

怨	**作**	**八**	**十**	**字**
Yonq	coq	bet	cih	saw
jo:n^{5}	ɕo^{5}	pe:t^{7}	ɕi^{6}	θaɯ^{1}
怨	放	八	个	字

怨八字不好。

10-711

不	**怨**	**作**	**卩**	**而**
Mbouj	yonq	coq	boux	lawz
bou^{5}	jo:n^{5}	ɕo^{5}	pu^{4}	laɯ^{2}
不	怨	放	人	哪

不怨任何人，

10-712

出	**时**	**生**	**斗**	**犯**
Ok	seiz	seng	daeuj	famh
o:k^{7}	θi^{2}	θe:ŋ^{1}	tau^{3}	fa:n^{6}
出	时	生	来	犯

生辰犯吉祥。

男唱

10–713
命 凶 八 怨 天
Mingh rwix bah yonq denh
miŋ^{6} ɹuːi^{4} pa^{6} joːn^{5} tiːn^{1}
命 孬 莫急 怨 天
命歹别怨天，

10–714
浪 办 仙 可 爱
Laeng baenz sien goj ngaih
laŋ^{1} pan^{2} θiːn^{1} ko^{5} ŋaːi^{6}
后 成 仙 也 易
成仙也不难。

10–715
少 乖 八 托 乃
Sau gvai bah doek naiq
θaːu^{1} kwaːi^{1} pa^{6} tok^{7} naːi^{5}
姑娘 乖 莫急 落 累
小妹莫泄气，

10–716
不 乃 可 文 荣
Mbouj naih goj vuen yungz
bou^{5} naːi^{6} ko^{5} vuːn^{1} juŋ^{2}
不 久 也 欢 乐
将来会幸福。

女唱

10–717
命 凶 牙 命 凶
Mingh rwix yax mingh rwix
miŋ^{6} ɹuːi^{4} ja^{5} miŋ^{6} ɹuːi^{4}
命 孬 也 命 孬
命不好则罢，

10–718
么 是 背 能 来
Maz cix boih nyaenx lai
ma^{2} ɕi^{4} poːi^{6} ɲan^{4} laːi^{1}
何 就 背 那么 多
竟那么倒霉。

10–719
命 凶 来 包 乖
Mingh rwix lai mbauq gvai
miŋ^{6} ɹuːi^{4} laːi^{1} baːu^{1} kwaːi^{1}
命 孬 多 小伙 乖
我命真不好，

10–720
配 文 来 不 得
Boiq vunz lai mbouj ndaej
poːi^{5} vun^{2} laːi^{1} bou^{5} dai^{3}
配 人 多 不 得
配不上大家。

男唱

10–721

命	**凶**	**八**	**元**	**天**
Mingh	rwix	bah	yonq	denh
miŋ^{6}	ɹuːi^{4}	pa^{6}	joːn^{5}	tiːn^{1}
命	孬	莫急	怨	天

命歹别怨天，

10–722

浪	**办**	**仙**	**来**	**罗**
Laeng	baenz	sien	lai	loh
laŋ^{1}	pan^{2}	θiːn^{1}	laːi^{1}	lo^{6}
后	成	仙	多	路

成仙机会多。

10–723

碰	**秀**	**是**	**唱**	**歌**
Bungz	couh	cix	cang	go
puŋ^{2}	ɕiːu^{6}	ɕi^{4}	ɕaːŋ^{4}	ko^{5}
逢	就	是	唱	歌

相逢就唱歌，

10–724

怨	**命**	**火**	**古**	**而**
Yonq	mingh	hoj	guh	rawz
joːn^{5}	miŋ^{6}	ho^{3}	ku^{4}	ɹaɯ^{2}
怨	命	苦	做	什么

何须怨命苦。

女唱

10–725

命	**土**	**凶**	**又**	**凶**
Mingh	dou	rwix	youh	rwix
miŋ^{6}	tu^{1}	ɹuːi^{4}	jou^{4}	ɹuːi^{4}
命	我	孬	又	孬

我命真不好，

10–726

配	**不**	**得**	**龙**	**好**
Boiq	mbouj	ndaej	lungz	ndei
poːi^{5}	bou^{5}	dai^{3}	luŋ^{2}	dei^{1}
配	不	得	龙	好

配不上情哥。

10–727

怨	**条**	**命**	**背**	**时**
Yonq	diuz	mingh	boih	seiz
joːn^{5}	tiːu^{2}	miŋ^{6}	poːi^{6}	θi^{2}
怨	条	命	背	时

怨我命太差，

10–728

配	**龙**	**好**	**不**	**得**
Boiq	lungz	ndei	mbouj	ndaej
poːi^{5}	luŋ^{2}	dei^{1}	bou^{5}	dai^{3}
配	龙	好	不	得

与情哥无缘。

男唱

10-729

少 牙 怨 命 火

Sau yax yonq mingh hoj

θaːu¹ ja⁵ joːn⁵ miŋ⁶ ho³

姑娘 也 怨 命 苦

妹怨命太苦，

10-730

备 牙 怨 命 供

Beix yax yonq mingh gungz

pi⁴ ja⁵ joːn⁵ miŋ⁶ kuŋ²

兄 也 怨 命 穷

兄也怨命穷。

10-731

同 对 马 拉 本

Doengz doih ma laj mbwn

toŋ² toːi⁶ ma¹ la³ bɯn¹

同 伙伴 来 下 天

同来人世间，

10-732

文 偻 可 一 样

Vunz raeuz goj it yiengh

vun² ɹau² ko⁵ it⁷ jɯːŋ⁶

人 我们 也 一 样

人人都一样。

女唱

10-733

命 凶 办 土 给

Mingh rwix baenz duz gaeq

miŋ⁶ ɹɯːi⁴ pan² tu² kai⁵

命 孬 成 只 鸡

命贱如鸡命，

10-734

捡 后 岁 后 存

Gip haeux saeg haeux ruenh

kip⁷ hau⁴ θai¹ hau⁴ ɹun⁶

捡 米 小 米 箕

专选好米吃。

10-735

命 凶 来 备 银

Mingh rwix lai beix ngaenz

miŋ⁶ ɹɯːi⁴ laːi¹ pi⁴ ŋan²

命 孬 多 兄 银

我命真不好，

10-736

变 古 存 变 哭

Benh guh caemz benh daej

peːn⁶ ku⁴ ɕan² peːn⁶ tai³

边 做 玩 边 哭

常暗自流泪。

男唱

10-737

伕	**马**	**偻**	**牙**	**马**
Fwx	ma	raeuz	yax	ma
fə^{4}	ma^{1}	ɹau^{2}	ja^{5}	ma^{1}
别人	来	我们	也	来

来到人世间，

10-738

强	**鸦**	**吊**	**叶**	**会**
Giengz	a	venj	mbaw	faex
ki:ŋ^{2}	a^{1}	ve:n^{3}	baɯ^{1}	fai^{4}
像	鸦	挂	叶	树

像乌鸦倒悬。

10-739

牙	**不**	**自**	**你**	**哭**
Yax	mbouj	gag	mwngz	daej
ja^{5}	bou^{5}	ka:k^{8}	mɯŋ^{2}	tai^{3}
也	不	自	你	哭

非你一人哭，

10-740

备	**可**	**抹**	**水**	**山**
Beix	goj	uet	raemx	bya
pi^{4}	ko^{5}	u:t^{7}	ɹan^{4}	pja^{1}
兄	也	抹	水	眼

兄也常流泪。

女唱

10-741

命	**凶**	**办**	**土**	**给**
Mingh	rwix	baenz	duz	gaeq
miŋ^{6}	ɹɯ:i^{4}	pan^{2}	tu^{2}	kai^{5}
命	孬	成	只	鸡

命贱如鸡命，

10-742

捡	**后**	**岁**	**后**	**那**
Gip	haeux	saeq	haeux	naz
kip^{7}	hau^{4}	θai^{5}	hau^{4}	na^{2}
捡	米	小	米	田

专吃地上粮。

10-743

命	**凶**	**来**	**包**	**而**
Mingh	rwix	lai	mbauq	lawz
miŋ^{6}	ɹɯ:i^{4}	la:i^{1}	ba:u^{5}	laɯ^{2}
命	孬	多	小伙	哪

哥啊我命贱，

10-744

吃	**水**	**山**	**古**	**端**
Gwn	raemx	bya	guh	donq
kɯn^{1}	ɹan^{4}	pja^{1}	ku^{4}	to:n^{5}
吃	水	眼	做	顿

眼泪流不停。

男唱

10-745

命	**凶**	**牙**	**命**	**办**
Mingh	rwix	yax	mingh	baenz
miŋ^{6}	ɹuːi^{4}	ja^{5}	miŋ^{6}	pan^{2}
命	孬	也	命	成

命贱天注定，

10-746

空	**要**	**钱**	**貝**	**買**
Ndwi	aeu	cienz	bae	cawx
duːi^{1}	au^{1}	ɕiːn^{2}	pai^{1}	ɕəɯ^{4}
不	要	钱	去	买

不是用钱买。

10-747

先	**玩**	**说**	**先**	**特**
Senj	vanj	naeuz	senj	dawh
θeːn^{3}	vaːn^{3}	nau^{2}	θeːn^{3}	təɯ^{6}
选	碗	或	选	筷

不是选碗筷，

10-748

是	**列**	**要**	**安**	**好**
Cix	leh	aeu	aen	ndei
ɕi^{4}	le^{6}	au^{1}	an^{1}	dei^{1}
就	选	要	个	好

可以选好的。

女唱

10-749

命	**土**	**凶**	**来**	**来**
Mingh	dou	rwix	lai	lai
miŋ^{6}	tu^{1}	ɹuːi^{4}	laːi^{1}	laːi^{1}
命	我	孬	多	多

我命真不好，

10-750

尻	**代**	**貝**	**是**	**八**
Nyienh	dai	bae	cix	bah
ȵuːn^{6}	taːi^{1}	pai^{1}	ɕi^{4}	pa^{6}
愿	死	去	就	罢

愿一死了之。

10-751

命	**凶**	**办**	**告**	**化**
Mingh	rwix	baenz	gauj	vaq
miŋ^{6}	ɹuːi^{4}	pan^{2}	kaːu^{3}	va^{5}
命	孬	成	乞	丐

我是乞丐命，

10-752

空	**米**	**那**	**见**	**龙**
Ndwi	miz	naj	gen	lungz
duːi^{1}	mi^{2}	na^{3}	keːn^{4}	luŋ^{2}
不	有	脸	见	龙

无脸面见兄。

男唱

10-753

八	怨	命	了	同
Bah	yonq	mingh	liux	doengz
pa^{6}	joːn^{5}	miŋ^{6}	liːu^{4}	toŋ^{2}
莫急	怨	命	啰	同

吾友别怨命，

10-754

土	可	站	果	纠
Dou	goj	soengz	go	gyaeuq
tu^{1}	ko^{5}	θoŋ^{2}	ko^{1}	kjau^{5}
我	也	站	棵	桐

我也无住所。

10-755

八	怨	命	代	寿
Bah	yonq	mingh	dai	caeux
pa^{6}	joːn^{5}	miŋ^{6}	taːi^{1}	ɕau^{4}
莫急	怨	命	死	早

别怨恨命短，

10-756

文	土	后	文	你
Vunz	dou	haeuj	vunz	mwngz
vun^{2}	tu^{1}	hau^{3}	vuːn^{2}	mɯŋ^{2}
人	我	进	人	你

我俩一个样。

女唱

10-757

命	土	凶	来	来
Mingh	dou	rwix	lai	lai
miŋ^{6}	tu^{1}	ɹuːi^{4}	laːi^{1}	laːi^{1}
命	我	孬	多	多

我命真不好，

10-758

厈	代	贝	了	哥
Nyienh	dai	bae	liux	go
ȵuːn^{6}	taːi^{1}	pai^{1}	liːu^{4}	ko^{1}
愿	死	去	啰	哥

愿一死了之。

10-759

甲	代	办	安	墓
Gyah	dai	baenz	aen	moh
kja^{6}	taːi^{1}	pan^{2}	an^{1}	mo^{6}
宁可	死	成	个	墓

愿死入坟墓，

10-760

伕	外	罗	利	代
Fwx	vaij	loh	lij	daiz
fə^{4}	vaːi^{3}	lo^{6}	li^{4}	tai^{4}
别人	过	路	还	夸

路人还会赞。

男唱

10-761

命	**凶**	**八**	**怨**	**天**
Mingh	rwix	bah	yonq	denh
miŋ^{6}	ɹuːi^{4}	pa^{6}	joːn^{5}	tiːn^{1}
命	孬	莫急	怨	天

命不好别怨，

10-762

浪	**办**	**仙**	**来**	**罗**
Laeng	baenz	sien	lai	loh
laŋ^{1}	pan^{2}	θiːn^{1}	laːi^{1}	lo^{6}
后	成	仙	多	路

成仙机会多。

10-763

少	**八**	**怨**	**命**	**火**
Sau	bah	yonq	mingh	hoj
θaːu^{1}	pa^{6}	joːn^{5}	miŋ^{6}	ho^{3}
姑娘	莫急	怨	命	苦

妹别怨命苦，

10-764

命	**土**	**合**	**命**	**你**
Mingh	dou	hob	mingh	mwngz
miŋ^{6}	tu^{1}	hoːp^{8}	miŋ^{6}	mɯŋ^{2}
命	我	合	命	你

我俩一样命。

女唱

10-765

命	**土**	**凶**	**来**	**来**
Mingh	dou	rwix	lai	lai
miŋ^{6}	tu^{1}	ɹuːi^{4}	laːi^{1}	laːi^{1}
命	我	孬	多	多

我命真不好，

10-766

𠩵	**代**	**不**	**𠩵**	**在**
Nyienh	dai	mbouj	nyienh	ywq
ȵuːn^{6}	taːi^{1}	bou^{5}	ȵuːn^{6}	jɯ^{5}
愿	死	不	愿	在

愿一死了之。

10-767

貝	**小**	**仙**	**我**	**子**
Bae	siu	sien	ngox	cwj
pai^{1}	θiːu^{1}	θiːn^{1}	ŋo^{4}	ɕɯ^{3}
去	修	仙	和	尚

愿去做和尚，

10-768

不	**𠩵**	**在**	**拉**	**本**
Mbouj	nyienh	ywq	laj	mbwn
bou^{5}	ȵuːn^{6}	jɯ^{5}	la^{3}	bɯn^{1}
不	愿	在	下	天

不愿混红尘。

男唱

10–769

火	**牙**	**命**	**偻**	**出**
Hoj	yax	mingh	raeuz	ok
ho^{3}	ja^{5}	miŋ^{6}	ɹau^{2}	oːk^{7}
苦	也	命	我们	出

苦也由命定，

10–770

凶	**牙**	**命**	**偻**	**办**
Rwix	yax	mingh	raeuz	baenz
ɹuːi^{4}	ja^{5}	miŋ^{6}	ɹau^{2}	pan^{2}
孬	也	命	我们	成

歹也天注定。

10–771

古	**对**	**在**	**拉**	**本**
Guh	doih	ywq	laj	mbwn
ku^{4}	toːi^{6}	jɯ^{5}	la^{3}	bɯn^{1}
做	伙伴	在	下	天

同活在世上，

10–772

外	**秀**	**偻**	**是**	**祘**
Vaij	ciuh	raeuz	cix	suenq
vaːi^{3}	ɕiːu^{6}	ɹau^{2}	ɕi^{4}	θuːn^{5}
过	世	我们	就	算

共同度今生。

女唱

10–773

命	**土**	**凶**	**来**	**来**
Mingh	dou	rwix	lai	lai
miŋ^{6}	tu^{1}	ɹuːi^{4}	laːi^{1}	laːi^{1}
命	我	孬	多	多

我命真不好，

10–774

厌	**代**	**不**	**厌**	**在**
Nyienh	dai	mbouj	nyienh	ywq
ȵuːn^{6}	taːi^{1}	bou^{5}	ȵuːn^{6}	jɯ^{5}
愿	死	不	愿	在

愿一死了之。

10–775

貝	**小**	**仙**	**我**	**子**
Bae	siuh	sien	ngox	cwj
pai^{1}	θiːu^{3}	θiːn^{1}	ŋo^{4}	ɕɯ^{3}
去	修	仙	和	尚

愿去当尼姑，

10–776

刀	**洋**	**合**	**英**	**元**
Dauq	yaeng	hob	in	yuenz
taːu^{5}	jaŋ^{1}	hoːp^{8}	in^{1}	juːn^{2}
回	再	合	姻	缘

再来续姻缘。

男唱

10-777

当	**阝**	**当**	**在**	**远**
Dangq	boux	dangq	ywq	gyae
taːŋ^{5}	pu^{4}	taːŋ^{5}	jɯ^{5}	kjai^{1}
另	人	另	住	远

相距太遥远，

10-778

阝	**代**	**阝**	**不**	**知**
Boux	dai	boux	mbouj	rox
pu^{4}	taːi^{1}	pu^{4}	bou^{5}	ɹo^{4}
人	死	人	不	知

死讯都不知。

10-779

义	**土**	**鸦**	**叫**	**作**
Nyi	duz	a	heuh	coh
ɲi^{1}	tu^{2}	a^{1}	heːu^{6}	ɕo^{6}
听	只	鸦	叫	名字

乌鸦传噩耗，

10-780

水	**山**	**罗**	**样**	**文**
Raemx	bya	roh	yiengh	fwn
ɹan^{4}	pja^{1}	ɹo^{6}	jɯːŋ^{6}	vun^{1}
水	眼	漏	样	雨

泪落如雨下。

女唱

10-781

命	**凶**	**牙**	**命**	**办**
Mingh	rwix	yax	mingh	baenz
miŋ^{6}	ɹuːi^{4}	ja^{5}	miŋ^{6}	pan^{2}
命	孬	也	命	成

命孬由命定，

10-782

空	**要**	**银**	**貝**	**作**
Ndwi	aeu	ngaenz	bae	coq
duːi^{1}	au^{1}	ŋan^{2}	pai^{1}	ɕo^{5}
不	要	银	去	放

不是买得来。

10-783

土	**鸦**	**刀**	**知**	**火**
Duz	a	dauq	rox	hoj
tu^{2}	a^{1}	taːu^{5}	ɹo^{4}	ho^{3}
只	鸦	倒	知	苦

乌鸦通人意，

10-784

马	**叫**	**作**	**包**	**少**
Ma	heuh	coh	mbauq	sau
ma^{1}	heːu^{6}	ɕo^{6}	baːu^{5}	θaːu^{1}
来	叫	名字	小伙	姑娘

帮兄妹通报。

男唱

10–785

不	自	命	你	火
Mbouj	gag	mingh	mwngz	hoj
bou^{5}	ka:k^{8}	miŋ^{6}	mɯŋ^{2}	ho^{3}
不	自	命	你	苦

何止你命苦，

10–786

命	土	牙	可	供
Mingh	dou	yax	goj	gungz
miŋ^{2}	tu^{1}	ja^{5}	ko^{5}	kuŋ^{2}
命	我	也	也	穷

我的命也穷。

10–787

秀	些	马	拉	本
Ciuh	seiq	ma	laj	mbwn
ɕi:u^{6}	θe^{5}	ma^{1}	la^{3}	bɯn^{1}
世	世	来	下	天

轮回来人世，

10–788

可	双	偻	命	凶
Goj	song	raeuz	mingh	rwix
ko^{5}	θo:ŋ^{1}	ɹau^{2}	miŋ^{6}	ɹɯ:i^{4}
也	两	我们	命	孬

就我俩命苦。

女唱

10–789

命	凶	牙	命	办
Mingh	rwix	yax	mingh	baenz
miŋ^{6}	ɹɯ:i^{4}	ja^{5}	miŋ^{6}	pan^{2}
命	孬	也	命	成

命孬由命定，

10–790

空	米	文	马	罵
Ndwi	miz	vunz	ma	ndaq
du:i^{1}	mi^{2}	vun^{2}	ma^{1}	da^{5}
不	有	人	来	骂

不会有人骂。

10–791

马	拉	本	天	牙
Ma	laj	mbwn	denh	ya
ma^{1}	la^{3}	bɯn^{1}	ti:n^{1}	ja^{6}
来	下	天	天	下

整个人世间，

10–792

火	不	自	双	偻
Hoj	mbouj	gag	song	raeuz
ho^{3}	bou^{5}	ka:k^{8}	θo:ŋ^{1}	ɹau^{2}
苦	不	自	两	我们

不只我俩穷。

男唱

10-793

命	**土**	**凶**	**又**	**凶**
Mingh	dou	rwix	youh	rwix
miŋ^{6}	tu^{1}	ɹuːi^{4}	jou^{4}	ɹuːi^{4}
命	我	孬	又	孬

我命实在苦，

10-794

背	**你**	**农**	**开**	**元**
Boih	mwngz	nuengx	gaej	yiemz
poːi^{6}	mɯŋ^{2}	nuːŋ^{4}	kaːi^{5}	jiːn^{2}
背	你	妹	莫	嫌

妹你莫嫌弃。

10-795

命	**土**	**凶**	**吨**	**天**
Mingh	dou	rwix	daemx	denh
miŋ^{6}	tu^{1}	ɹuːi^{4}	tan^{4}	tiːn^{1}
命	我	孬	顶	天

命苦到极点，

10-796

农	**开**	**元**	**对**	**面**
Nuengx	gaej	yiemz	doiq	mienh
nuːŋ^{4}	kaːi^{5}	jiːn^{2}	toːi^{5}	meːn^{6}
妹	莫	嫌	对	面

妹莫嫌弃哥。

女唱

10-797

岁	**共**	**勒**	**三**	**娅**
Caez	gungh	lwg	sam	yah
ɕai^{2}	kuːŋ^{6}	lɯk^{8}	θaːn^{1}	ja^{6}
齐	共	子	三	婆

同为婆王子，

10-798

八	**讲**	**话**	**同**	**元**
Bah	gangj	vah	doengh	yiemz
pa^{6}	kaːŋ^{3}	va^{6}	toŋ^{2}	jiːn^{2}
莫急	讲	话	相	嫌

莫相互嫌弃。

10-799

同	**对**	**勒**	**王**	**连**
Doengz	doih	lwg	vangz	lienz
toŋ^{2}	toːi^{6}	lɯk^{8}	vaːŋ^{2}	liːn^{2}
同	伙伴	子	王	连

同为花神子，

10-800

友	**而**	**元**	**你**	**备**
Youx	lawz	yiemz	mwngz	beix
ju^{4}	laɯ^{2}	jiːn^{2}	mɯŋ^{2}	pi^{4}
友	哪	嫌	你	兄

谁会嫌弃你？

男唱

10–801

秀	些	马	拉	本
Ciuh	seiq	ma	laj	mbwn
çiːu^{6}	θe^{5}	ma^{1}	la^{3}	bɯn^{1}
世	世	来	下	天

轮回人世间，

10–802

可	双	偻	被	难
Goj	song	raeuz	deng	nanz
ko^{5}	θoːŋ^{1}	ɹau^{2}	teːŋ^{1}	naːn^{2}
也	两	我们	挨	难

就我俩遭难。

10–803

马	文	千	文	万
Ma	vunz	cien	vunz	fanh
ma^{1}	vun^{2}	çiːn^{1}	vun^{2}	faːn^{6}
来	人	千	人	万

茫茫人海中，

10–804

难	全	对	双	偻
Nanz	cienz	doiq	song	raeuz
naːn^{2}	çeːn^{2}	toːi^{5}	θoŋ^{1}	ɹau^{2}
难	全	对	两	我们

就我俩命苦。

女唱

10–805

马	拉	本	些	内
Ma	laj	mbwn	seiq	neix
ma^{1}	la^{3}	bɯn^{1}	θe^{5}	ni^{4}
来	下	天	世	这

枉来人世间，

10–806

义	牙	不	相	仁
Ngeix	yax	mbouj	siengq	yunz
ȵi^{4}	ja^{5}	bou^{5}	θiːŋ^{5}	juːn^{2}
想	也	不	相	回应

思念无回应。

10–807

卜	命	火	的	文
Boux	mingh	hoj	diq	vunz
pu^{4}	miŋ^{6}	ho^{3}	ti^{5}	vun^{2}
人	命	苦	的	人

天下苦命人，

10–808

不	自	偻	双	卜
Mbouj	gag	raeuz	song	boux
bou^{5}	kaːk^{8}	ɹau^{2}	θoːŋ^{1}	pu^{4}
不	自	我们	两	人

不只我们俩。

男唱

10-809

命 凶 来 了 金

Mingh rwix lai liux gim

miŋ^{6} ɹu:i^{4} la:i^{1} li:u^{4} kin^{1}

命 孬 多 啰 金

命太苦了友，

10-810

不 卩 邦 土 祘

Mbouj boux bang dou suenq

bou^{5} pu^{4} pa:ŋ^{1} tu^{1} θu:n^{5}

无 人 帮 我 算

我孤身无助。

10-811

命 凶 来 了 伴

Mingh rwix lai liux buenx

miŋ^{6} ɹu:i^{4} la:i^{1} li:u^{4} pu:n^{4}

命 孬 多 啰 伴

实在太苦命，

10-812

不 卩 祘 给 偻

Mbouj boux suenq hawj raeuz

bou^{5} pu^{4} θu:n^{5} həɯ^{3} ɹau^{2}

无 人 算 给 我们

无人助我们。

女唱

10-813

应 乱 办 友 土

Wng luenh baenz youx dou

iŋ^{1} lu:n^{6} pan^{2} ju^{4} tu^{1}

应 乱 成 友 我

倘若是我友，

10-814

土 是 邦 你 祘

Dou cix bang mwngz suenq

tu^{1} ɕi^{4} pa:ŋ^{1} mɯŋ^{2} θu:n^{5}

我 就 帮 你 算

我就来帮你。

10-815

办 关 文 了 伴

Baenz gvan vunz liux buenx

pan^{2} kwa:n^{1} vun^{2} li:u^{4} pu:n^{4}

成 夫 人 啰 伴

你是别人夫，

10-816

农 难 祘 给 你

Nuengx nanz suenq hawj mwngz

nu:ŋ^{4} na:n^{2} θu:n^{5} həɯ^{3} mɯŋ^{2}

妹 难 算 给 你

难为你谋划。

男唱

10-817

从 土 沵 了 江

Coengh dou suenq liux gyang

çoŋ^{6} tu^{1} θuːn^{5} liːu^{4} kjaːŋ^{1}

帮 我 算 啰 友

友请帮助我，

10-818

邦 土 羊 了 邦

Bang dou yaeng liux baengz

paːŋ^{1} tu^{1} jaŋ^{1} liːu^{4} paŋ^{2}

帮 我 商 啰 朋

妹请帮哥忙。

10-819

你 邦 土 沵 傍

Mwngz bang dou suenq mbangj

mɯŋ^{2} paːŋ^{1} tu^{1} θuːn^{5} baːŋ^{3}

你 帮 我 算 些

友鼎力帮我，

10-820

办 伴 不 为 正

Baenz buenx mbouj viq cingz

pan^{2} puːn^{4} bou^{5} vi^{5} çiŋ^{2}

成 伴 不 忘 情

我不会忘情。

女唱

10-821

在 拜 内 桥 付

Ywq baih neix giuz fouz

jɯ^{5} paːi^{6} ni^{4} kiːu^{2} fu^{2}

在 边 这 桥 浮

在浮桥这边，

10-822

土 是 邦 你 沵

Dou cix bang mwngz suenq

tu^{1} çi^{4} paːŋ^{1} mɯŋ^{2} θuːn^{5}

我 就 帮 你 算

我帮你策划。

10-823

外 拜 它 桥 断

Vaij baih de giuz duenx

vaːi^{3} paːi^{6} te^{1} kiːu^{2} tuːn^{4}

过 边 那 桥 断

过到桥那边，

10-824

才 你 沵 土 你

Caih mwngz suenq duz mwngz

çaːi^{6} mɯŋ^{2} θuːn^{5} tu^{2} mɯŋ^{2}

随 你 算 的 你

靠自己谋划。

男唱

10–825

从	**土**	**祘**	**了**	**江**
Coengh	dou	suenq	liux	gyang
çoŋ^{6}	tu^{1}	θu:n^{5}	li:u^{4}	kja:ŋ^{1}
帮	我	算	啰	友

友帮我计划，

10–826

邦	**土**	**羊**	**了**	**伴**
Bang	dou	yaeng	liux	buenx
pa:ŋ^{1}	tu^{1}	jaŋ^{1}	li:u^{4}	pu:n^{4}
帮	我	商	啰	伴

妹同哥商讨。

10–827

你	**邦**	**土**	**祘**	**团**
Mwngz	bang	dou	suenq	donh
mɯŋ^{2}	pa:ŋ^{1}	tu^{1}	θu:n^{5}	to:n^{6}
你	帮	我	算	半

你帮我一半，

10–828

干	**元**	**偻**	**岁**	**占**
Ganq	yienh	raeuz	caez	canh
ka:n^{5}	ji:n^{6}	ɹau^{2}	çai^{2}	ça:n^{6}
照料	现	我们	齐	赚

得利我俩分。

女唱

10–829

在	**拜**	**内**	**桥**	**付**
Ywq	baih	neix	giuz	fouz
jɯ^{5}	pa:i^{6}	ni^{4}	ki:u^{2}	fu^{2}
在	边	这	桥	浮

在浮桥这边，

10–830

土	**是**	**邦**	**你**	**祘**
Dou	cix	bang	mwngz	suenq
tu^{1}	çi^{4}	pa:ŋ^{1}	mɯŋ^{2}	θu:n^{5}
我	就	帮	你	算

我帮你策划。

10–831

外	**拜**	**它**	**桥**	**段**
Vaij	baih	de	giuz	duenx
va:i^{3}	pa:i^{6}	te^{1}	ki:u^{2}	tu:n^{4}
过	边	那	桥	段

过到桥那边，

10–832

不	**知**	**祘**	**样**	**而**
Mbouj	rox	suenq	yiengh	lawz
bou^{5}	ɹo^{4}	θu:n^{5}	jɯ:ŋ^{6}	laɯ^{2}
不	知	算	样	哪

我无能为力。

男唱

10-833

从　土　㳦　了　江

Coengh　dou　suenq　liux　gyang

çoŋ^{6}　tu^{1}　θuːn^{5}　liːu^{4}　kjaːŋ^{1}

帮　我　算　啰　友

友帮我策划，

10-834

邦　土　羊　了　同

Bang　dou　yaeng　liux　doengz

paːŋ^{1}　tu^{1}　jaŋ^{1}　liːu^{4}　toŋ^{2}

帮　我　商量　啰　同

妹同哥商讨。

10-835

你　邦　土　㳦　作

Mwngz　bang　dou　suenq　soq

mɯŋ^{2}　paːŋ^{1}　tu^{1}　θuːn^{5}　θo^{5}

你　帮　我　算　数

你帮我谋划，

10-836

古　元　罗　同　存

Guh　roen　loh　doengh　cunz

ku^{4}　joːn^{1}　lo^{6}　toŋ^{2}　çun^{2}

做　路　路　相　巡

今后常来往。

女唱

10-837

在　拜　内　桥　付

Ywq　baih　neix　giuz　fouz

jɯ^{5}　paːi^{6}　ni^{4}　kiːu^{2}　fu^{2}

在　边　这　桥　浮

在浮桥这边，

10-838

土　是　邦　你　想

Dou　cix　bang　mwngz　siengj

tu^{1}　çi^{4}　paːŋ^{1}　mɯŋ^{2}　θiːŋ^{3}

我　就　帮　你　想

我为你谋划。

10-839

外　拜　它　桥　强

Vaij　baih　de　giuz　giengh

vaːi^{3}　paːi^{6}　te^{1}　kiːu^{2}　kjiːŋ^{6}

过　边　那　桥　跳

过到桥那边，

10-840

仁　相　可　下　王

Nyengh　siengq　goj　roengz　vaengz

ɲeːŋ^{6}　θiːŋ^{5}　ko^{5}　ɹoŋ^{2}　vaŋ^{2}

眼　看　也　下　潭

已接近大潭。

男唱

10–841

从 土 祘 了 江

Coengh dou suenq liux gyang

ɕoŋ^{6} tu^{1} θuːn^{5} liːu^{4} kjaːŋ^{1}

帮 我 算 啰 友

友帮我策划，

10–842

邦 土 羊 了 同

Bang dou yaeng liux doengz

paːŋ^{1} tu^{1} jaŋ^{1} liːu^{4} toŋ^{2}

帮 我 商量 啰 同

妹同哥商讨。

10–843

你 邦 土 祘 作

Mwngz bang dou suenq soq

mɯŋ^{2} paːŋ^{1} tu^{1} θuːn^{5} θo^{5}

你 帮 我 算 数

你为我谋划，

10–844

广 合 写 给 你

Gvangj hwz ce hawj mwngz

kwaːŋ^{3} ho^{2} ɕe^{1} həɯ^{3} mɯŋ^{2}

广 合 留 给 你

姻缘留给你。

女唱

10–845

在 拜 内 桥 付

Ywq baih neix giuz fouz

jɯ^{5} paːi^{6} ni^{4} kiːu^{2} fu^{2}

在 边 这 桥 浮

在浮桥这边，

10–846

土 是 邦 你 祘

Dou cix bang mwngz suenq

tu^{1} ɕi^{4} paːŋ^{1} mɯŋ^{2} θuːn^{5}

我 就 帮 你 算

我帮你策划。

10–847

外 拜 它 桥 段

Vaij baih de giuz duenx

vaːi^{3} paːi^{6} te^{1} kiːu^{2} tuːn^{4}

过 边 那 桥 段

过到桥那边，

10–848

当 县 偻 当 站

Dangq yienh raeuz dangq soengz

taːŋ^{5} jeːn^{6} ɹau^{2} taːŋ^{5} θoŋ^{2}

另 县 我们 另 站

各住各家乡。

男唱

10-849

从　土　祘　了　江

Coengh　dou　suenq　liux　gyang

çoŋ^{6}　tu^{1}　θuːn^{5}　liːu^{4}　kjaːŋ^{1}

帮　我　算　啰　友

友帮我谋划，

10-850

邦　土　羊　友　义

Bang　dou　yaeng　youx　ngeih

paːŋ^{1}　tu^{1}　jaŋ^{1}　ju^{4}　ȵi^{6}

帮　我　商量　友　义

妹同哥商讨。

10-851

你　邦　土　祘　的

Mwngz　bang　dou　suenq　diq

mɯŋ^{2}　paːŋ^{1}　tu^{1}　θuːn^{5}　ti^{5}

你　帮　我　算　点

你帮我出力，

10-852

米　义　不　为　正

Miz　ngeih　mbouj　viq　cingz

mi^{2}　ȵi^{6}　bou^{5}　vi^{5}　çiŋ^{2}

有　义　不　忘　情

情义永不忘。

女唱

10-853

在　拜　内　桥　付

Ywq　baih　neix　giuz　fouz

jɯ^{5}　paːi^{6}　ni^{4}　kiːu^{2}　fu^{2}

在　边　这　桥　浮

在浮桥这边，

10-854

土　是　邦　你　讲

Dou　cix　bang　mwngz　gangj

tu^{1}　çi^{4}　paːŋ^{1}　mɯŋ^{2}　kaːŋ^{3}

我　就　帮　你　讲

我帮你的忙。

10-855

外　拜　它　桥　堂

Vaij　baih　de　giuz　dangz

vaːi^{3}　paːi^{6}　te^{1}　kiːu^{2}　taːŋ^{2}

过　边　那　桥　堂

过到桥那边，

10-856

可　办　狼　你　写

Goj　baenz　langh　mwngz　ce

ko^{5}　pan^{2}　laːŋ^{6}　mɯŋ^{2}　çe^{1}

也　成　放　你　留

妹束手无策。

男唱

10-857

从	**土**	**祘**	**了**	**江**
Coengh	dou	suenq	liux	gyang
ɕoŋ^{6}	tu^{1}	θu:n^{5}	li:u^{4}	kja:ŋ^{1}
帮	我	算	啰	友

友帮我谋划，

10-858

邦	**土**	**羊**	**友**	**义**
Bang	dou	yaeng	youx	ngeih
pa:ŋ^{1}	tu^{1}	jaŋ^{1}	ju^{4}	ŋi^{6}
帮	我	商量	友	义

妹同哥商讨。

10-859

好	**土**	**打**	**相**	**衣**
Ndij	dou	daj	seng	eiq
di^{1}	tu^{1}	ta^{3}	θe:ŋ^{1}	ei^{5}
与	我	打	生	意

和我做生意，

10-860

告	**田**	**内**	**古**	**付**
Gauj	denz	neix	guh	fouz
ka:u^{3}	te:n^{2}	ni^{4}	ku^{4}	fu^{2}
搞	地	这	做	浮

定做得红火。

女唱

10-861

在	**拜**	**内**	**桥**	**付**
Ywq	baih	neix	giuz	fouz
jɯ^{5}	pa:i^{6}	ni^{4}	ki:u^{2}	fu^{2}
在	边	这	桥	浮

在浮桥这边，

10-862

土	**是**	**邦**	**你**	**讲**
Dou	cix	bang	mwngz	gangj
tu^{1}	ɕi^{4}	pa:ŋ^{1}	mɯŋ^{2}	ka:ŋ^{3}
我	就	帮	你	讲

我帮你策划。

10-863

外	**拜**	**它**	**桥**	**堂**
Vaij	baih	de	giuz	dangz
va:i^{3}	pa:i^{6}	te^{1}	ki:u^{2}	ta:ŋ^{2}
过	边	那	桥	堂

过了那边桥，

10-864

卜	**狼**	**卜**	**下**	**王**
Boux	langh	boux	roengz	vaengz
pu^{4}	la:ŋ^{6}	pu^{4}	ɹoŋ^{2}	vaŋ^{2}
人	放	人	下	潭

各自顾前程。

男唱

10–865
从 土 祘 了 江
Coengh dou suenq liux gyang
çoŋ6 tu1 θu:n5 li:u4 kja:ŋ1
帮 我 算 啰 友
友帮我策划，

10–866
邦 土 羊 友 义
Bang dou yaeng youx ngeih
pa:ŋ1 tu1 jaŋ1 ju4 ȵi6
帮 我 商量 友 义
妹帮哥商议。

10–867
打 相 衣 狼 比
Daj seng eiq langh biq
ta3 θe:ŋ1 ei5 la:ŋ6 pi5
打 生 意 若 逃
生意做红火，

10–868
占 作 作 广 西
Canx coh coq gvangj Sih
ça:n6 ço6 ço5 kwa:ŋ3 θei1
凿 名字 放 广 西
在广西留名。

女唱

10–869
在 拜 内 桥 付
Ywq baih neix giuz fouz
jɯ5 pa:i6 ni4 ki:u2 fu2
在 边 这 桥 浮
在浮桥这边，

10–870
土 是 邦 你 优
Dou cix bang mwngz yaeuq
tu1 çi4 pa:ŋ1 mɯŋ2 jau5
我 就 帮 你 藏
我为你助力。

10–871
比 么 后 春 寿
Bi moq haeuj cin caeux
pi1 mo5 hau3 çun1 çau4
年 新 进 春 早
明年春来早，

10–872
沙 卜 祘 不 米
Ra boux suenq mbouj miz
ɹa1 pu4 θu:n5 bou5 mi2
找 人 算 不 有
无人可帮忙。

男唱

10–873

乜	**月**	**点**	**灯**	**日**
Meh	ndwen	dem	daeng	ngoenz
me^{6}	duːn^{1}	teːn^{1}	taŋ^{1}	ŋon^{2}
母	月	与	灯	天

月亮和太阳。

10–874

在	**更**	**本**	**同**	**配**
Ywq	gwnz	mbwn	doengh	boiq
jɯ^{5}	kɯn^{2}	bɯn^{1}	toŋ^{2}	poːi^{5}
在	上	天	相	配

在天上成对，

10–875

公	**喜**	**点**	**义**	**莫**
Goeng	hei	dem	ngeih	moih
koŋ^{1}	hi^{3}	teːn^{1}	ȵi^{6}	moːi^{6}
公	羲	与	二	妹

伏羲和女娲，

10–876

同	**配**	**古**	**关**	**巴**
Doengh	boiq	guh	gvan	baz
toŋ^{2}	poːi^{5}	ku^{4}	kwaːn^{1}	pa^{2}
相	配	做	夫	妻

结合为夫妻。

女唱

10–877

乜	**月**	**点**	**灯**	**日**
Meh	ndwen	dem	daeng	ngoenz
me^{6}	duːn^{1}	teːn^{1}	taŋ^{1}	ŋon^{2}
母	月	与	灯	天

月亮和太阳。

10–878

在	**更**	**本**	**同**	**配**
Ywq	gwnz	mbwn	doengh	boiq
jɯ^{5}	kɯn^{2}	bɯn^{1}	toŋ^{2}	poːi^{5}
在	上	天	相	配

在天上成对，

10–879

公	**喜**	**点**	**义**	**莫**
Goeng	hei	dem	ngeih	moih
koŋ^{1}	hi^{3}	teːn^{1}	ȵi^{6}	moːi^{6}
公	羲	与	二	妹

伏羲和女娲，

10–880

造	**天**	**牙**	**勒**	**民**
Caux	denh	ya	lwg	minz
ɕaːu^{4}	tiːn^{1}	ja^{6}	lɯk^{8}	min^{2}
造	天	下	子	民

造天下人类。

男唱

10-881

乜	**月**	**点**	**拉**	**里**
Meh	ndwen	dem	ndau	ndeiq
me^{6}	duːn^{1}	teːn^{1}	dau^{1}	di^{5}
母	月	与	星	星

月亮和星星，

10-882

同	**配**	**在**	**更**	**本**
Doengh	boiq	ywq	gwnz	mbwn
toŋ^{2}	poːi^{5}	jɯ^{5}	kɯn^{2}	bɯn^{1}
相	配	在	上	天

在天上成对。

10-883

农	**银**	**点**	**备**	**银**
Nuengx	ngaenz	dem	beix	ngaenz
nuːŋ^{4}	ŋan^{2}	teːn^{1}	pi^{4}	ŋan^{2}
妹	银	与	兄	银

情妹和情哥，

10-884

马	**拉**	**本**	**同**	**配**
Ma	laj	mbwn	doengh	boiq
ma^{1}	la^{3}	bɯn^{1}	toŋ^{2}	poːi^{5}
来	下	天	相	配

来世间成双。

女唱

10-885

乜	**月**	**点**	**灯**	**日**
Meh	ndwen	dem	daeng	ngoenz
me^{6}	duːn^{1}	teːn^{1}	taŋ^{1}	ŋon^{2}
母	月	与	灯	天

月亮和太阳，

10-886

在	**更**	**本**	**同**	**配**
Ywq	gwnz	mbwn	doengh	boiq
jɯ^{5}	kɯn^{2}	bɯn^{1}	toŋ^{2}	poːi^{5}
在	上	天	相	配

在天上成对。

10-887

少	**青**	**点**	**包**	**青**
Sau	oiq	dem	mbauq	oiq
θaːu^{1}	oːi^{5}	teːn^{1}	baːu^{5}	oːi^{5}
姑娘	嫩	与	小伙	嫩

情妹和情哥，

10-888

同	**配**	**万**	**千**	**年**
Doengh	boiq	fanh	cien	nienz
toŋ^{2}	poːi^{5}	faːn^{6}	ɕiːn^{1}	niːn^{2}
相	配	万	千	年

永远成双对。

男唱

10-889

千	**果**	**会**	**邦**	**山**
Cien	go	faex	bangx	bya
çiːn^{1}	ko^{1}	fai^{4}	paːŋ^{4}	pja^{1}
千	棵	树	旁	山

山边千棵树，

10-890

全	**沙**	**马**	**同**	**配**
Gyonj	ra	ma	doengh	boiq
kjoːn^{3}	ɹa^{1}	ma^{1}	toŋ^{2}	poːi^{5}
都	找	来	相	配

自然相匹配。

10-891

卜	**好**	**配**	**卜**	**凶**
Boux	ndei	boiq	boux	rwix
pu^{4}	dei^{1}	poːi^{5}	pu^{4}	ɹuːi^{4}
人	好	配	人	孬

靓人配丑人，

10-892

十	**在**	**心**	**不**	**甘**
Siz	caih	sim	mbouj	gam
θi^{2}	çaːi^{4}	θin^{1}	bou^{5}	kaːn^{1}
实	在	心	不	甘

实在心不甘。

女唱

10-893

千	**果**	**会**	**邦**	**山**
Cien	go	faex	bangx	bya
çiːn^{1}	ko^{1}	fai^{4}	paːŋ^{4}	pja^{1}
千	棵	树	旁	山

山边千棵树，

10-894

全	**沙**	**马**	**同**	**配**
Gyonj	ra	ma	doengh	boiq
kjoːn^{3}	ɹa^{1}	ma^{1}	toŋ^{2}	poːi^{5}
都	找	来	相	配

自然相匹配。

10-895

平	**卜**	**好**	**卜**	**凶**
Bingz	boux	ndei	boux	rwix
piŋ^{2}	pu^{4}	dei^{1}	pu^{4}	ɹuːi^{4}
凭	人	好	人	孬

不管好与丑，

10-896

配	**古**	**份**	**包**	**少**
Boiq	guh	faenh	mbauq	sau
poːi^{5}	ku^{4}	fan^{6}	baːu^{5}	θaːu^{1}
配	做	份	小伙	姑娘

是兄妹情分。

男唱

10–897

千	**果**	**会**	**邦**	**山**
Cien	go	faex	bangx	bya
çiːn¹	ko¹	fai⁴	paːŋ⁴	pja¹
千	棵	树	旁	山

山边千棵树，

10–898

全	**沙**	**马**	**同**	**补**
Gyonj	ra	ma	doengh	bouj
kjoːn³	ɹa¹	ma¹	toŋ²	pu³
都	找	来	相	补

自然相匹配。

10–899

卩	**好**	**配**	**卩**	**初**
Boux	ndei	boiq	boux	couj
pu⁴	dei¹	poːi⁵	pu⁴	çou³
人	好	配	人	丑

靓的配丑的，

10–900

可	**难**	**办**	**家**	**然**
Goj	nanz	baenz	gya	ranz
ko⁵	naːn²	pan²	kja¹	ɹaːn²
也	难	成	家	家

难合成一家。

女唱

10–901

千	**果**	**会**	**邦**	**山**
Cien	go	faex	bangx	bya
çiːn¹	ko¹	fai⁴	paːŋ⁴	pja¹
千	棵	树	旁	山

山边千棵树，

10–902

全	**沙**	**马**	**同**	**补**
Gyonj	ra	ma	doengh	bouj
kjoːn³	ɹa¹	ma¹	toŋ²	pu³
都	找	来	相	补

自然相匹配。

10–903

平	**卩**	**好**	**卩**	**祖**
Bingz	boux	ndei	boux	couj
piŋ²	pu⁴	dei¹	pu⁴	çou³
凭	人	好	人	丑

不论美与丑，

10–904

同	**可**	**古**	**关**	**巴**
Doengz	goj	guh	gvan	baz
toŋ²	ko⁵	ku⁴	kwaːn¹	pa²
同	也	做	夫	妻

结交做夫妻。

男唱

10-905

支	**点**	**支**	**同**	**配**
Sei	dem	sei	doengh	boiq
θi¹	te:n¹	θi¹	toŋ²	po:i⁵
丝	与	丝	相	配

丝和丝相配，

10-906

绸	**跟**	**段**	**同**	**排**
Couz	riengz	duenh	doengh	baiz
ɕu²	ɹi:ŋ²	tu:n⁶	toŋ²	pa:i²
绸	跟	缎	相	排

绸和缎相比。

10-907

绸	**段**	**在**	**江**	**开**
Couz	duenh	ywq	gyang	gai
ɕu²	tu:n⁶	jɯ⁵	kja:ŋ¹	ka:i¹
绸	缎	在	中	街

绸缎摆街上，

10-908

条	**而**	**来**	**广**	**合**
Diuz	lawz	lai	gvangj	hwz
ti:u²	lauɯ²	la:i¹	kwa:ŋ³	ho²
条	哪	多	广	合

哪条最称心？

女唱

10-909

支	**点**	**支**	**同**	**配**
Sei	dem	sei	doengh	boiq
θi¹	te:n¹	θi¹	toŋ²	po:i⁵
丝	与	丝	相	配

丝和丝搭配，

10-910

绸	**点**	**段**	**同**	**平**
Couz	dem	duenh	doengh	bingz
ɕu²	te:n¹	tu:n⁶	toŋ²	piŋ²
绸	与	缎	相	平

绸和缎比美。

10-911

绸	**段**	**在**	**南**	**宁**
Couz	duenh	ywq	nanz	ningz
ɕu²	tu:n⁶	jɯ⁵	na:n²	niŋ²
绸	缎	在	南	宁

绸缎在南宁，

10-912

条	**条**	**可**	**一**	**样**
Diuz	diuz	goj	it	yiengh
ti:u²	ti:u²	ko⁵	it⁷	jɯ:ŋ⁶
条	条	也	一	样

条条一样好。

男唱

10–913

金 结 配 金 结

Gim gez boiq gim gez

kin^{1} kje^{1} po:i^{5} kin^{1} kje^{1}

金 结 配 金 结

金子配金子，

10–914

南 沙 配 南 头

Namh sa boiq namh daeuh

na:n^{6} θa^{1} po:i^{5} na:n^{6} tau^{6}

土 沙 配 土 灰

沙土配灰土。

10–915

初 配 初

Couj boiq couj

ɕou^{3} po:i^{5} ɕou^{3}

丑 配 丑

丑配丑，

10–916

配 了 样 而 说

Boiq liux yiengh lawz naeuz

po:i^{5} li:u^{4} jɯ:ŋ^{6} laɯ^{2} nau^{2}

配 完 样 哪 说

配了怎样说？

女唱

10–917

金 结 配 金 结

Gim gez boiq gim gez

kin^{1} kje^{1} po:i^{5} kin^{1} kje^{1}

金 结 配 金 结

金子配金子，

10–918

南 砂 配 南 头

Namh sa boiq namh daeuh

na:n^{6} θa^{1} po:i^{5} na:n^{6} tau^{6}

土 沙 配 土 灰

沙土配灰土。

10–919

初 配 初

Couj boiq couj

ɕou^{3} po:i^{5} ɕou^{3}

丑 配 丑

丑配丑，

10–920

配 了 良 开 正

Boiq liux lingh hai cingz

po:i^{5} li:u^{4} le:ŋ^{6} ha:i^{1} ɕiŋ^{2}

配 完 另 开 情

先配后送礼。

男唱

10–921

金	**结**	**配**	**金**	**结**
Gim	gez	boiq	gim	gez
kin^{1}	kje^{1}	poːi^{5}	kin^{1}	kje^{1}
金	结	配	金	结

金子配金子，

10–922

南	**砂**	**配**	**南**	**老**
Namh	sa	boiq	namh	laux
naːn^{6}	θa^{1}	poːi^{5}	naːn^{6}	laːu^{4}
土	沙	配	土	大

沙土配粗土。

10–923

少	**配**	**包**
Sau	boiq	mbauq
θaːu^{1}	poːi^{5}	baːu^{5}
姑娘	配	小伙

妹配哥，

10–924

配	**了**	**样**	**而**	**玩**
Boiq	liux	yiengh	lawz	vanz
poːi^{5}	liːu^{4}	jɯːŋ^{6}	laɯ^{2}	vaːn^{2}
配	完	样	哪	还

如何相往来？

女唱

10–925

金	**结**	**配**	**金**	**结**
Gim	gez	boiq	gim	gez
kin^{1}	kje^{1}	poːi^{5}	kin^{1}	kje^{1}
金	结	配	金	结

金子配金子，

10–926

南	**砂**	**配**	**南**	**老**
Namh	sa	boiq	namh	laux
naːn^{6}	θa^{1}	poːi^{5}	naːn^{6}	laːu^{4}
土	沙	配	土	大

沙土配粗土。

10–927

得	**少**	**马**	**配**	**包**
Ndaej	sau	ma	boiq	mbauq
dai^{3}	θaːu^{1}	ma^{1}	poːi^{5}	baːu^{5}
得	姑娘	来	配	小伙

得妹来配郎，

10–928

卜	**老**	**是**	**文**	**荣**
Boh	laux	cix	vuen	yungz
po^{6}	laːu^{4}	ɕi^{4}	vuːn^{1}	juŋ^{2}
父	大	就	欢	乐

公婆心欢怡。

男唱

10–929

金	**结**	**配**	**金**	**结**
Gim	gez	boiq	gim	gez
kin^{1}	kje^{1}	po:i^{5}	kin^{1}	kje^{1}
金	结	配	金	结

金子配金子，

10–930

南	**砂**	**配**	**南**	**坚**
Namh	sa	boiq	namh	genq
na:n^{6}	θa^{1}	po:i^{5}	na:n^{6}	ke:n^{5}
土	沙	配	土	硬

沙土配硬土。

10–931

绸	**绿**	**配**	**绸**	**黄**
Couz	heu	boiq	couz	henj
çu^{2}	he:u^{1}	po:i^{5}	çu^{2}	he:n^{3}
绸	青	配	绸	黄

青绸配黄绸，

10–932

不	**古**	**样**	**而**	**说**
Mbouj	guh	yiengh	lawz	naeuz
bou^{5}	ku^{4}	jɯ:ŋ^{6}	law^{2}	nau^{2}
不	做	样	哪	说

如何去评说？

女唱

10–933

金	**结**	**配**	**金**	**结**
Gim	gez	boiq	gim	gez
kin^{1}	kje^{1}	po:i^{5}	kin^{1}	kje^{1}
金	结	配	金	结

金子配金子，

10–934

南	**砂**	**配**	**南**	**坚**
Namh	sa	boiq	namh	genq
na:n^{6}	θa^{1}	po:i^{5}	na:n^{6}	ke:n^{5}
土	沙	配	土	硬

沙土配硬土。

10–935

绸	**绿**	**配**	**绸**	**黄**
Couz	heu	boiq	couz	henj
çu^{2}	he:u^{1}	po:i^{5}	çu^{2}	he:n^{3}
绸	青	配	绸	黄

青绸配黄绸，

10–936

土	**装**	**样**	**配**	**你**
Dou	cang	yiengh	boiq	mwngz
tu^{1}	ça:ŋ^{1}	jɯ:ŋ^{6}	po:i^{5}	mɯŋ^{2}
我	装	样	配	你

勤打扮配兄。

男唱

10–937

貝	高	岭	買	沙
Bae	gauh	lingj	cawx	sa
pai^{1}	ka:u^{1}	liŋ^{4}	ɕəɯ^{4}	θa^{1}
去	高	岭	买	纱

高岭买纱皮，

10–938

特	马	然	配	纸
Dawz	ma	ranz	boiq	ceij
təɯ^{2}	ma^{1}	ɹa:n^{2}	po:i^{5}	ɕi^{3}
拿	来	家	配	纸

调配做纱纸。

10–939

土	配	少	样	内
Dou	boiq	sau	yiengh	neix
tu^{1}	po:i^{5}	θa:u^{1}	jɯ:ŋ^{6}	ni^{4}
我	配	姑娘	样	这

我如此对妹，

10–940

农	配	备	样	而
Nuengx	boiq	beix	yiengh	lawz
nu:ŋ^{4}	po:i^{5}	pi^{4}	jɯ:ŋ^{6}	laɯ^{2}
妹	配	兄	样	哪

妹如何对我？

女唱

10–941

貝	高	岭	買	沙
Bae	gauh	lingj	cawx	sa
pai^{1}	ka:u^{1}	liŋ^{4}	ɕəɯ^{4}	θa^{1}
去	高	岭	买	纱

高岭买纱皮，

10–942

特	马	然	配	才
Dawz	ma	ranz	boiq	ndaij
təɯ^{2}	ma^{1}	ɹa:n^{2}	po:i^{5}	da:i^{3}
拿	来	家	配	苎麻

用来打绳索。

10–943

土	配	龙	不	外
Dou	boiq	lungz	mbouj	vaij
tu^{1}	po:i^{5}	luŋ^{2}	bou^{5}	va:i^{3}
我	配	龙	不	过

妹配不上兄，

10–944

秀	不	采	拉	本
Ciuh	mbouj	caij	laj	mbwn
ɕi:u^{6}	bou^{5}	ɕa:i^{3}	la^{3}	bɯn^{1}
世	不	踩	下	天

不在天地间。

男唱

10–945

你 配 土 狼 得

Mwngz boiq dou langh ndaej

mɯŋ^{2} po:i^{5} tu^{1} la:ŋ^{6} dai^{3}

你 配 我 若 得

你若配上我，

10–946

田 内 写 你 站

Denz neix ce mwngz soengz

te:n^{2} ni^{4} ɕe^{1} mɯŋ^{2} θoŋ^{2}

地 这 留 你 站

此地让你住。

10–947

你 配 土 狼 下

Mwngz boiq dou langh roengz

mɯŋ^{2} po:i^{5} tu^{1} la:ŋ^{6} ɹoŋ^{2}

你 配 我 若 下

妹若配得兄，

10–948

四 方 写 你 在

Seiq fueng ce mwngz ywq

θei^{5} fu:ŋ^{1} ɕe^{1} mɯŋ^{2} jɯ^{5}

四 方 留 你 住

天下任你住。

女唱

10–949

金 结 配 金 结

Gim gez boiq gim gez

kin^{1} kje^{1} po:i^{5} kin^{1} kje^{1}

金 结 配 金 结

金子配金子，

10–950

南 砂 配 南 瓦

Namh sa boiq namh ngvax

na:n^{6} θa^{1} po:i^{5} na:n^{6} ŋwa^{4}

土 沙 配 土 瓦

沙土配瓦土。

10–951

土 配 你 不 瓜

Dou boiq mwngz mbouj gvaq

tu^{1} po:i^{5} mɯŋ^{2} bou^{5} kwa^{5}

我 配 你 不 过

我配不上你，

10–952

外 达 貝 配 龙

Vaij dah bae boiq lungz

va:i^{3} ta^{6} pai^{1} po:i^{5} luŋ^{2}

过 河 去 配 龙

远处找对象。

男唱

10–953

龙 配 龙 牙 得

Lungz boiq lungz yax ndaej

luŋ^{2} poːi^{5} luŋ^{2} ja^{5} dai^{3}

龙 配 龙 才 得

只有龙配龙，

10–954

额 配 不 得 龙

Ngieg boiq mbouj ndaej lungz

ŋeːk^{8} poːi^{5} bou^{5} dai^{3} luŋ^{2}

蛟龙 配 不 得 龙

蛟龙难配龙。

10–955

配 得 丰 相 公

Boiq ndaej fungh siengq goeng

poːi^{5} dai^{3} fuŋ^{6} θiːŋ^{5} koŋ^{1}

配 得 凤 相 公

配得好相公，

10–956

偻 办 同 告 内

Raeuz baenz doengz gau neix

ɹau^{2} pan^{2} toŋ^{2} kaːu^{1} ni^{4}

我们 成 同 次 这

我俩成情侣。

女唱

10–957

友 而 牙 配 额

Youx lawz yaek boiq ngieg

ju^{4} laɯ^{2} jak^{7} poːi^{5} ŋeːk^{8}

友 哪 要 配 蛟龙

谁想配蛟龙，

10–958

貝 秋 客 广 东

Bae ciuq hek gvangj doeng

pai^{1} ɕiːu^{5} heːk^{7} kwaːŋ^{3} toŋ^{1}

去 看 客 广 东

请看广东客。

10–959

友 而 牙 配 龙

Youx lawz yaek boiq lungz

ju^{4} laɯ^{2} jak^{7} poːi^{5} luŋ^{2}

友 哪 要 配 龙

谁想去配龙，

10–960

貝 秋 王 告 元

Bae ciuq vaengz gau yenz

pai^{1} ɕiːu^{5} vaŋ^{2} kaːu^{1} jeːn^{2}

去 看 潭 告 元

去到水潭看。

男唱

10–961

务 袜 配 务 鞋

Gouh mad boiq gouh haiz

kou^6 ma:t^8 po:i^5 kou^6 ha:i^2

双 袜 配 双 鞋

袜子配双鞋，

10–962

条 才 配 乜 布

Diuz sai boiq meh buh

ti:u^2 θa:i^1 po:i^5 me^6 pu^6

条 带 配 母 衣服

一带配一衣。

10–963

金 令 配 央 华

Gim lingz boiq yangq vaj

kin^1 liŋ^2 po:i^5 ja:ŋ^5 va^3

金 灵 配 香 火

灵台配香火，

10–964

土 古 友 配 你

Dou guh youx boiq mwngz

tu^1 ku^4 ju^4 po:i^5 mɯŋ^2

我 做 友 配 你

我来陪伴你。

女唱

10–965

务 袜 配 务 鞋

Gouh mad boiq gouh haiz

kou^6 ma:t^8 po:i^5 kou^6 ha:i^2

双 袜 配 双 鞋

袜子配双鞋，

10–966

条 才 配 乜 布

Diuz sai boiq meh buh

ti:u^2 θa:i^1 po:i^5 me^6 pu^6

条 带 配 母 衣服

一带配一衣。

10–967

金 令 配 央 华

Gim lingz boiq yangq vaj

kin^1 liŋ^2 po:i^5 ja:ŋ^5 va^3

金 灵 配 香 火

灵台配香火，

10–968

配 友 不 米 正

Boiq youx mbouj miz cingz

po:i^5 ju^4 bou^5 mi^2 ɕiŋ^2

配 友 不 有 情

配兄没有情。

男唱

10-969
玩 是 配 更 令
Vanj cix boiq gwnz ringj
va:n3 ɕi4 po:i5 kɯn2 ɹiŋ3
碗 是 配 上 碗架
碗配上碗架，

10-970
特 是 配 更 台
Dawh cix boiq gwnz daiz
təɯ6 ɕi4 po:i5 kɯn2 tai2
筷 就 配 上 台
筷配方台桌。

10-971
秀 满 配 秀 美
Ciuh monh boiq ciuh maez
ɕi:u6 mo:n6 po:i5 ɕi:u6 mai2
世 情 配 世 爱
谈情配说爱，

10-972
不 古 而 同 罵
Mbouj guh rawz doengh ndaq
bou5 ku4 ɹaɯ2 toŋ2 da5
不 做 什么 相 骂
何以去相寻？

女唱

10-973
玩 是 配 更 令
Vanj cix boiq gwnz ringj
va:n3 ɕi4 po:i5 kɯn2 ɹiŋ3
碗 是 配 上 碗架
碗配上碗架，

10-974
特 是 配 更 台
Dawh cix boiq gwnz daiz
təɯ6 ɕi4 po:i5 kɯn2 tai2
筷 就 配 上 台
筷配方台桌。

10-975
秀 满 配 秀 美
Ciuh monh boiq ciuh maez
ɕi:u6 mo:n6 po:i5 ɕi:u6 mai2
世 情 配 世 爱
谈情配说爱，

10-976
先 岁 配 后 生
Senq caez boiq haux seng
θe:n5 ɕai2 po:i5 hou4 θe:ŋ1
先 齐 配 后 生
先生配后生。

男唱

10–977

得 蛟 马 配 魚

Ndaej nyauh ma boiq bya

dai^{3} ȵaːu^{6} ma^{1} poːi^{5} pja^{1}

得 虾 来 配 鱼

得虾来配鱼，

10–978

是 不 沙 堂 特

Cix mbouj ra daengz dawh

ɕi^{4} bou^{5} ɹa^{1} taŋ^{2} təɯ^{6}

就 不 找 到 筷

不必用筷子。

10–979

得 金 马 配 玉

Ndaej gim ma boiq nyawh

dai^{3} kin^{1} ma^{1} poːi^{5} ȵəɯ^{6}

得 金 来 配 玉

金子配玉石，

10–980

同 勒 不 外 春

Doengh lawh mbouj vaij cin

toŋ^{2} ləɯ^{6} bou^{5} vaːi^{3} ɕun^{1}

相 换 不 过 春

结交不到头。

女唱

10–981

得 蛟 马 配 魚

Ndaej nyauh ma boiq bya

dai^{3} ȵaːu^{6} ma^{1} poːi^{5} pja^{1}

得 虾 来 配 鱼

得虾来配鱼，

10–982

是 不 沙 堂 特

Cix mbouj ra daengz dawh

ɕi^{4} bou^{5} ɹa^{1} taŋ^{2} təɯ^{6}

就 不 找 到 筷

不必用筷子。

10–883

得 金 马 配 玉

Ndaej gim ma boiq nyawh

dai^{3} kin^{1} ma^{1} poːi^{5} ȵəɯ^{6}

得 金 来 配 玉

金子配玉石，

10–984

得 勒 仪 是 甘

Ndaej lawh saenq cix gam

dai^{3} ləɯ^{6} θin^{5} ɕi^{4} kaːn^{1}

得 换 信 是 甘

结交心才甘。

男唱

10–985

得	蛟	马	配	魚
Ndaej	nyauh	ma	boiq	bya
dai^{3}	ȵaːu^{6}	ma^{1}	poːi^{5}	pja^{1}
得	虾	来	配	鱼

得虾来配鱼，

10–986

会	配	牙	得	山
Faex	boiq	yax	ndaej	bya
fai^{4}	poːi^{5}	ja^{5}	dai^{3}	pja^{1}
树	配	也	得	山

树也配得山。

10–987

配	得	友	同	哈
Boiq	ndaej	youx	doengz	ha
poːi^{5}	dai^{3}	ju^{4}	toŋ^{2}	ha^{1}
配	得	友	同	配

男女友匹配，

10–988

当	家	心	是	念
Dang	gya	sim	cix	net
taːŋ^{1}	kja^{1}	θin^{1}	ɕi^{4}	neːt^{7}
当	家	心	是	实

成家心踏实。

女唱

10–989

得	蛟	马	配	魚
Ndaej	nyauh	ma	boiq	bya
dai^{3}	ȵaːu^{6}	ma^{1}	poːi^{5}	pja^{1}
得	虾	来	配	鱼

得虾来配鱼，

10–990

山	配	牙	得	会
Bya	boiq	yax	ndaej	faex
pja^{1}	poːi^{5}	ja^{5}	dai^{3}	fai^{4}
山	配	也	得	树

山也配得树。

10–991

同	配	不	同	得
Doengh	boiq	mbouj	doengh	ndaej
toŋ^{2}	poːi^{5}	bou^{5}	toŋ^{2}	dai^{3}
相	配	不	相	得

相配不成亲，

10–992

坏	巴	尖	你	貝
Vaih	bak	raeh	mwngz	bae
vaːi^{6}	paːk^{7}	ɹai^{6}	mɯŋ^{2}	pai^{1}
坏	嘴	利	你	去

枉费你青春。

男唱

10-993

然	**千**	**配**	**然**	**瓦**
Ranz	cien	boiq	ranz	ngvax
ɹa:n^{2}	ɕi:n^{1}	po:i^{5}	ɹa:n^{2}	ŋwa^{4}
家	砖	配	家	瓦

砖屋配瓦屋，

10-994

然	**哈**	**配**	**然**	**单**
Ranz	haz	boiq	ranz	gyan
ɹa:n^{2}	ha^{2}	po:i^{5}	ɹa:n^{2}	kja:n^{1}
家	茅	配	家	干栏

茅屋配干栏。

10-995

土	**配**	**你**	**平**	**班**
Dou	boiq	mwngz	bingz	ban
tu^{1}	po:i^{5}	mɯŋ^{2}	piŋ^{2}	pa:n^{1}
我	配	你	平	班

配你同龄友，

10-996

得	**共**	**然**	**知**	**不**
Ndaej	gungh	ranz	rox	mbouj
dai^{3}	kuŋ^{6}	ɹa:n^{2}	ɹo^{4}	bou^{5}
得	共	家	或	不

能成一家否？

女唱

10-997

然	**千**	**配**	**然**	**瓦**
Ranz	cien	boiq	ranz	ngvax
ɹan^{2}	ɕi:n^{1}	po:i^{5}	ɹa:n^{2}	ŋwa^{4}
家	砖	配	家	瓦

砖屋配瓦屋，

10-998

然	**瓦**	**配**	**然**	**楼**
Ranz	ngvax	boiq	ranz	laeuz
ɹa:n^{2}	ŋwa^{4}	po:i^{5}	ɹa:n^{2}	lau^{2}
家	瓦	配	家	楼

瓦房配楼房。

10-999

更	**祥**	**下**	**斗**	**说**
Gwnz	riengh	roengz	daeuj	naeuz
kɯn^{2}	ɹi:ŋ^{6}	ɹoŋ^{2}	tau^{3}	nau^{2}
上	栏	下	来	说

天神传话说，

10-1000

给	**偻**	**共**	**然**	**在**
Hawj	raeuz	gungh	ranz	ywq
həɯ^{3}	ɹau^{2}	kuŋ^{6}	ɹa:n^{2}	jɯ^{5}
给	我们	共	家	住

我俩共一家。

男唱

10–1001

本 配 牙 得 妻

Mbwn boiq yax ndaej maex

bɯn^{1} poːi^{5} ja^{5} dai^{3} mai^{4}

天 配 也 得 妻

天配得上妻，

10–1002

会 配 牙 得 桥

Faex boiq yax ndaej giuz

fai^{4} poːi^{5} ja^{5} dai^{3} kiːu^{2}

树 配 也 得 桥

树配得上桥。

10–1003

鸟 轩 配 鸟 九

Roeg henj boiq roeg geuq

ɹok^{8} heːn^{3} poːi^{5} ɹok^{8} kjeːu^{5}

鸟 黄莺 配 鸟 画眉

黄莺配画眉，

10–1004

得 长 刘 知 不

Ndaej ciengz liuz rox mbouj

dai^{3} ɕiːŋ^{2} liːu^{2} ɹo^{4} bou^{5}

得 常 常 或 不

是否得长久？

女唱

10–1005

九 钱 配 黄 连

Gouj cienz boiq vangz lenx

kjou^{3} ɕiːn^{2} poːi^{5} vaːŋ^{6} leːn^{4}

九 钱 配 黄 鹂

钱鸟配黄鹂，

10–1006

同 配 在 更 桥

Doengh boiq ywq gwnz giuz

toŋ^{2} poːi^{5} jɯ^{5} kɯn^{2} kiːu^{2}

相 配 在 上 桥

在桥上栖息。

10–1007

鸟 轩 点 鸟 九

Roeg henj dem roeg geuq

ɹok^{8} heːn^{3} teːn^{1} ɹok^{8} kjeːu^{5}

鸟 黄莺 与 鸟 画眉

黄莺和画眉，

10–1008

长 刘 正 同 送

Ciengz liuz cingz doengh soengq

ɕiːŋ^{2} liːu^{2} ɕiŋ^{2} toŋ^{2} θoŋ^{5}

常 常 情 相 送

常常相送情。

男唱

10–1009

鸟	轩	牙	飞	貝
Roeg	henj	yaek	mbin	bae
ɹok^{8}	heːn^{3}	jak^{7}	bin^{1}	pai^{1}
鸟	黄莺	要	飞	去

黄莺要飞走，

10–1010

鸟	给	牙	刀	田
Roeg	gaeq	yax	dauq	denz
ɹok^{8}	kai^{5}	ja^{5}	taːu^{5}	teːn^{2}
鸟	鸡	也	回	地

野鸡又回归。

10–1011

鸟	九	点	鸟	轩
Roeg	geuq	dem	roeg	henj
ɹok^{8}	kjeːu^{5}	teːn^{1}	ɹok^{8}	heːn^{3}
鸟	画眉	与	鸟	黄莺

画眉和黄莺，

10–1012

利	讲	满	知	空
Lij	gangj	monh	rox	ndwi
li^{4}	kaːŋ^{3}	moːn^{6}	ɹo^{4}	duːi^{1}
还	讲	情	或	不

还在谈情否？

女唱

10–1013

鸟	轩	牙	飞	貝
Roeg	henj	yaek	mbin	bae
ɹok^{8}	heːn^{3}	jak^{7}	bin^{1}	pai^{1}
鸟	黄莺	要	飞	去

黄莺要飞走，

10–1014

鸟	给	牙	刀	田
Roeg	gaeq	yaek	dauq	denz
ɹok^{8}	kai^{5}	jak^{7}	taːu^{5}	teːn^{2}
鸟	鸡	要	回	地

野鸡又回归。

10–1015

鸟	九	点	鸟	轩
Roeg	geuq	dem	roeg	henj
ɹok^{8}	kjeːu^{5}	teːn^{1}	ɹok^{8}	heːn^{3}
鸟	画眉	与	鸟	黄莺

画眉和黄莺，

10–1016

爱	讲	满	三	时
Ngaiq	gangj	monh	sam	seiz
ŋaːi^{5}	kaːŋ^{3}	moːn^{6}	θaːn^{1}	θi^{2}
爱	讲	情	三	时

偶然得谈情。

男唱

10–1017

鸟	**轩**	**牙**	**飞**	**贝**
Roeg	henj	yaek	mbin	bae
ɹok⁸	heːn³	jak⁷	bin¹	pai¹
鸟	黄莺	要	飞	去

黄莺要飞走，

10–1018

鸟	**给**	**牙**	**走**	**路**
Roeg	gaeq	yaek	couj	lu
ɹok⁸	kai⁵	jak⁷	ɕou³	lu⁶
鸟	鸡	要	走	路

野鸡要离去。

10–1019

飞	**贝**	**吉**	**而**	**读**
Mbin	bae	giz	lawz	douh
bin¹	pai¹	ki²	laɯ²	tou⁶
飞	去	处	哪	栖息

飞到何处去，

10–1020

狼	**开**	**田**	**内**	**凉**
Langh	gaiq	denz	neix	liengz
laːŋ⁶	kaːi⁵	teːn²	ni⁴	liːŋ²
放	块	地	这	凉

留此地荒凉？

女唱

10–1021

鸟	**轩**	**牙**	**飞**	**贝**
Roeg	henj	yaek	mbin	bae
ɹok⁸	heːn³	jak⁷	bin¹	pai¹
鸟	黄莺	要	飞	去

黄莺要飞走，

10–1022

鸟	**给**	**牙**	**走**	**路**
Roeg	gaeq	yaek	couj	lu
ɹok⁸	kai⁵	jak⁷	ɕou³	lu⁶
鸟	鸡	要	走	路

野鸡要离去。

10–1023

飞	**贝**	**吉**	**而**	**读**
Mbin	bae	giz	lawz	douh
bin¹	pai¹	ki²	laɯ²	tou⁶
飞	去	处	哪	栖息

飞到何处去，

10–1024

不	**走**	**路**	**邦**	**偻**
Mbouj	couj	lu	biengz	raeuz
bou⁵	ɕou³	lu⁶	piːŋ²	ɹau²
不	走	路	地方	我们

不来我家乡？

男唱

10-1025

鸟	**轩**	**牙**	**飞**	**貝**
Roeg	henj	yaek	mbin	bae
ɹok^{8}	heːn^{3}	jak^{7}	bin^{1}	pai^{1}
鸟	黄莺	要	飞	去

黄莺要飞走，

10-1026

鸟	**给**	**牙**	**走**	**路**
Roeg	gaeq	yaek	couj	lu
ɹok^{8}	kai^{5}	jak^{7}	ɕou^{3}	lu^{6}
鸟	鸡	要	走	路

野鸡将离去。

10-1027

尝	**米**	**吉**	**而**	**读**
Caengz	miz	giz	lawz	douh
ɕaŋ^{2}	mi^{2}	ki^{2}	laɯ^{2}	tou^{6}
未	有	处	哪	栖息

还没地方去，

10-1028

想	**走**	**路**	**邦**	**你**
Siengj	couj	lu	biengz	mwngz
θiːŋ^{3}	ɕou^{3}	lu^{6}	piːŋ^{2}	mɯŋ^{2}
想	走	路	地方	你

想去你家乡。

女唱

10-1029

鸟	**轩**	**牙**	**飞**	**貝**
Roeg	henj	yaek	mbin	bae
ɹok^{8}	heːn^{3}	jak^{7}	bin^{1}	pai^{1}
鸟	黄莺	要	飞	去

黄莺要飞走，

10-1030

鸟	**给**	**牙**	**走**	**路**
Roeg	gaeq	yax	couj	lu
ɹok^{8}	kai^{5}	ja^{5}	ɕou^{3}	lu^{6}
鸟	鸡	也	走	路

野鸡要离去。

10-1031

伕	**封**	**河**	**九**	**渡**
Fwx	fung	haw	gouj	duh
fə^{4}	fuŋ^{1}	həɯ^{1}	kjau^{3}	tu^{6}
别人	封	圩	九	渡

九渡圩被封，

10-1032

备	**走**	**路**	**不**	**通**
Beix	couj	lu	mbouj	doeng
pi^{4}	ɕou^{3}	lu^{6}	bou^{5}	toŋ^{1}
兄	走	路	不	通

兄不可通行。

男唱

10-1033

鸟	轩	牙	飞	貝
Roeg	henj	yaek	mbin	bae
ɹok8	heːn3	jak7	bin1	pai1
鸟	黄莺	要	飞	去

黄莺要飞走，

10-1034

鸟	给	牙	走	路
Roeg	gaeq	yax	couj	lu
ɹok8	kai5	ja5	ɕou3	lu6
鸟	鸡	也	走	路

野鸡将离去。

10-1035

伕	封	河	九	渡
Fwx	fung	haw	gouj	duh
fə4	fuŋ1	həɯ1	kjau3	tu6
别人	封	圩	九	渡

九渡圩被封，

10-1036

可	利	补	义	王
Goj	lij	bouq	ngeih	vaengz
ko5	li4	pu5	ȵi6	vaŋ2
也	还	铺	二	潭

还有二潭铺。

女唱

10-1037

鸟	轩	牙	飞	貝
Roeg	henj	yaek	mbin	bae
ɹok8	heːn3	jak7	bin1	pai1
鸟	黄莺	要	飞	去

黄莺要飞走，

10-1038

鸟	给	牙	全	刀
Roeg	gaeq	yax	cienj	dauq
ɹok8	kai5	ja5	ɕuːn3	taːu5
鸟	鸡	也	转	回

野鸡要回归。

10-1039

卜	从	卜	句	好
Boux	coengh	boux	coenz	hauq
pu4	ɕoŋ6	pu4	kjon2	haːu5
人	帮	人	句	话

要互相合作，

10-1040

狼	写	田	满	美
Langh	ce	denz	monh	maez
laːŋ6	ɕe1	teːn2	moːn6	mai2
放	留	地	谈情	说爱

让家园欢乐。

男唱

10-1041

鸟	**九**	**点**	**鸟**	**轩**
Roeg	geuq	dem	roeg	henj
ɹok^{8}	kjeːu^{5}	teːn^{1}	ɹok^{8}	heːn^{3}
鸟	画眉	与	鸟	黄莺

画眉和黄莺，

10-1042

中	**先**	**外**	**更**	**河**
Cuengq	sienq	vaij	gwnz	haw
ɕuːŋ^{5}	θiːn^{5}	vaːi^{3}	kɯn^{2}	həɯ^{1}
放	线	过	上	圩

圩上摆风光。

10-1043

爱	**讲**	**满**	**三**	**时**
Ngaiq	gangj	monh	sam	seiz
ŋaːi^{5}	kaːŋ^{3}	moːn^{6}	θaːn^{1}	θi^{2}
爱	讲	情	三	时

偶然得谈情，

10-1044

河	**可**	**写**	**给**	**伕**
Haw	goj	ce	hawj	fwx
həɯ^{1}	ko^{5}	ɕe^{1}	həɯ^{3}	fə^{4}
圩	也	留	给	别人

过后不思量。

女唱

10-1045

鸟	**轩**	**点**	**鸟**	**九**
Roeg	henj	dem	roeg	geuq
ɹok^{8}	heːn^{3}	teːn^{1}	ɹok^{8}	kjeːu^{5}
鸟	黄莺	与	鸟	画眉

黄莺和画眉，

10-1046

讲	**笑**	**全**	**不**	**伕**
Gangj	riu	gyonj	mbouj	mbwq
kaːŋ^{3}	ɹiːu^{1}	kjoːn^{3}	bou^{5}	bɯ^{5}
讲	笑	都	不	闷

闲聊不烦闷。

10-1047

金	**刀**	**马**	**秀**	**玉**
Gim	dauq	ma	ciuz	nyawh
kin^{1}	taːu^{5}	ma^{1}	ɕiːu^{2}	ɲəɯ^{6}
金	回	来	邀	玉

金子来寻玉，

10-1048

坤	**相**	**初**	**知**	**空**
Goenq	cieng	couh	rox	ndwi
kon^{5}	ɕiːŋ^{1}	ɕou^{6}	ɹo^{4}	duːi^{1}
断	正	初	或	不

能断初情否？

男唱

10–1049

鸟	轩	点	鸟	九
Roeg	henj	dem	roeg	geuq
ɹok^8	he:n^3	te:n^1	ɹok^8	kje:u^5
鸟	黄莺	与	鸟	画眉

黄莺和画眉，

10–1050

全	讲	笑	讲	洋
Gyonj	gangj	riu	gangj	angq
kjo:n^3	ka:ŋ^3	ɹi:u^1	ka:ŋ^3	a:ŋ^5
都	讲	笑	讲	高兴

闲聊尽欢乐。

10–1051

巴	轻	土	是	讲
Bak	mbaeu	dou	cix	gangj
pa:k^7	bau^1	tu^1	çi^4	ka:ŋ^3
嘴	轻	我	就	讲

嘴快我就讲，

10–1052

农	可	当	良	心
Nuengx	goj	daengq	liengz	sim
nu:ŋ^4	ko^5	taŋ^5	li:ŋ^2	θin^1
妹	也	当	良	心

妹你莫在意。

女唱

10–1053

结	正	作	邦	莫
Giet	cingz	coq	bangx	mboq
ki:t^7	çiŋ^2	ço^5	pa:ŋ^4	bo^5
结	情	放	旁	泉

泉边结情意，

10–1054

不	给	卜	乜	见
Mbouj	hawj	boh	meh	raen
bou^5	həɯ^3	po^6	me^6	ɹan^1
不	给	父	母	见

不让父母懂。

10–1055

结	正	安	刀	安
Giet	cingz	aen	dauq	aen
ki:t^7	çiŋ^2	an^1	ta:u^5	an^1
结	情	个	又	个

结情不间断，

10–1056

不	给	生	下	水
Mbouj	hawj	caem	roengz	raemx
bou^5	həɯ^3	çan^1	ɹoŋ^2	ɹan^4
不	给	沉	下	水

莫让沉入水。

男唱

10–1057

结	**正**	**作**	**邦**	**莫**
Giet	cingz	coq	bangx	mboq
kiːt^{7}	ɕiŋ^{2}	ɕo^{5}	paːŋ^{4}	bo^{5}
结	情	放	旁	泉

泉边结情意，

10–1058

不	**给**	**卜**	**乜**	**见**
Mbouj	hawj	boh	meh	raen
bou^{5}	həɯ^{3}	po^{6}	me^{6}	ɹan^{1}
不	给	父	母	见

不让父母见。

10–1059

结	**正**	**作**	**思**	**恩**
Giet	cingz	coq	swh	wnh
kiːt^{7}	ɕiŋ^{2}	ɕo^{5}	θɯ^{1}	an^{1}
结	情	放	思	恩

结情放思恩，

10–1060

写	**给**	**龙**	**口**	**那**
Ce	hawj	lungz	gaeuj	naj
ɕe^{1}	həɯ^{3}	luŋ^{2}	kau^{3}	na^{3}
留	给	龙	看	脸

留给兄纪念。

女唱

10–1061

结	**正**	**作**	**邦**	**莫**
Giet	cingz	coq	bangx	mboq
kiːt^{7}	ɕiŋ^{2}	ɕo^{5}	paːŋ^{4}	bo^{5}
结	情	放	旁	泉

泉边结情意，

10–1062

不	**给**	**卜**	**乜**	**说**
Mbouj	hawj	boh	meh	naeuz
bou^{5}	həɯ^{3}	po^{6}	me^{6}	nau^{2}
不	给	父	母	说

不让父母说。

10–1063

结	**正**	**作**	**更**	**勾**
Giet	cingq	coq	gwnz	gaeu
kiːt^{7}	ɕiŋ^{5}	ɕo^{5}	kɯn^{2}	kau^{1}
结	情	放	上	藤

野藤上结情，

10–1064

你	**要**	**马**	**土**	**累**
Mwngz	aeu	ma	dou	laeq
mɯŋ^{2}	au^{1}	ma^{1}	tu^{1}	lai^{5}
你	要	来	我	看

可望不可即。

男唱

10-1065

结	**正**	**作**	**邦**	**莫**
Giet	cingz	coq	bangx	mboq
kiːt^{7}	ɕiŋ^{2}	ɕo^{5}	paːŋ^{4}	bo^{5}
结	情	放	旁	泉

泉边结情意，

10-1066

不	**给**	**卜**	**乜**	**说**
Mbouj	hawj	boh	meh	naeuz
bou^{5}	həɯ^{3}	po^{6}	me^{6}	nau^{2}
不	给	父	母	说

不让父母说。

10-1067

结	**正**	**作**	**更**	**勾**
Giet	cingz	coq	gwnz	gaeu
kiːt^{7}	ɕiŋ^{2}	ɕo^{5}	kɯn^{2}	kau^{1}
结	情	放	上	藤

野藤上结情，

10-1068

龙	**要**	**牙**	**不**	**得**
Lungz	aeu	yax	mbouj	ndaej
luŋ^{2}	au^{1}	ja^{5}	bou^{5}	dai^{3}
龙	要	也	不	得

兄也要不到。

女唱

10-1069

结	**正**	**作**	**邦**	**山**
Giet	cingz	coq	bangx	bya
kiːt^{7}	ɕiŋ^{2}	ɕo^{5}	paːŋ^{4}	pja^{1}
结	情	放	旁	山

在山边结情，

10-1070

结	**作**	**丫**	**会**	**谁**
Giet	coq	nga	faex	raeq
kiːt^{7}	ɕo^{5}	ŋa^{1}	fai^{4}	ɹai^{5}
结	放	丫	树	板栗

情搁栗树丫。

10-1071

结	**正**	**好**	**了**	**岁**
Giet	cingz	ndei	liux	caez
kiːt^{7}	ɕiŋ^{2}	dei^{1}	liːu^{4}	ɕai^{2}
结	情	好	完	齐

结情实在好，

10-1072

代	**好**	**代**	**结**	**正**
Daih	ndij	daih	giet	cingz
tai^{6}	di^{1}	tai^{6}	kiːt^{7}	ɕiŋ^{2}
代	与	代	结	情

代代都结情。

男唱

10—1073

结 正 作 邦 山

Giet cingz coq bangx bya

kiːt⁷ ɕiŋ² ɕo⁵ paːŋ⁴ pja¹

结 情 放 旁 山

在山边结情，

10—1074

结 作 丫 会 谁

Giet coq nga faex raeq

kiːt⁷ ɕo⁵ ŋa¹ fai⁴ ɹai⁵

结 放 丫 树 板栗

情搁栗树丫。

10—1075

结 正 好 了 岁

Giet cingz ndei liux caez

kiːt⁷ ɕiŋ² dei¹ liːu⁴ ɕai²

结 情 好 完 齐

结情实在好，

10—1076

代 而 得 洋 要

Daih lawz ndaej yaeng aeu

tai⁶ laɯ² dai³ jaŋ¹ au¹

代 哪 得 再 要

盼望成姻缘。

女唱

10—1077

结 正 作 邦 山

Giet cingz coq bangx bya

kiːt⁷ ɕiŋ² ɕo⁵ paːŋ⁴ pja¹

结 情 放 旁 山

在山边结情，

10—1078

结 作 丫 会 纠

Giet coq nga faex gyaeuq

kiːt⁷ ɕo⁵ ŋa¹ fai⁴ kjau⁵

结 放 丫 树 桐

情搁桐树丫。

10—1079

结 正 好 能 由

Giet cingz ndei nyaenx raeuh

kiːt⁷ ɕiŋ² dei¹ ȵan⁴ ɹau⁶

结 情 好 那么 多

结情固然好，

10—1080

手 寿 不 办 才

Fwngz caeux mbouj baenz caiz

fɯŋ² ɕau⁴ bou⁵ pan² ɕaːi⁶

手 抓 不 成 才

有谁握得牢。

男唱

10–1081

结	**正**	**作**	**邦**	**山**
Giet	cingz	coq	bangx	bya
kiːt^{7}	ɕiŋ^{2}	ɕo^{5}	paːŋ^{4}	pja^{1}
结	情	放	旁	山

在山边结情，

10–1082

结	**作**	**丫**	**会**	**纠**
Giet	coq	nga	faex	gyaeuq
kiːt^{7}	ɕo^{5}	ŋa^{1}	fai^{4}	kjau^{5}
结	放	丫	树	桐

情搁桐树丫。

10–1083

结	**正**	**给**	**邦**	**口**
Giet	cingz	hawj	baengz	gaeuq
kiːt^{7}	ɕiŋ^{2}	həɯ^{3}	paŋ^{2}	kau^{5}
结	情	给	朋	旧

为密友结情，

10–1084

农	**牙**	**要**	**加**	**偻**
Nuengx	yax	yau	caj	raeuz
nuːŋ^{4}	ja^{5}	jaːu^{4}	kja^{3}	ɹau^{2}
妹	也	要	等	我们

妹也要等我。

女唱

10–1085

结	**正**	**作**	**邦**	**山**
Giet	cingz	coq	bangx	bya
kiːt^{7}	ɕiŋ^{2}	ɕo^{5}	paːŋ^{4}	pja^{1}
结	情	放	旁	山

在山边结情，

10–1086

结	**作**	**丫**	**会**	**古**
Giet	coq	nga	faex	goux
kiːt^{7}	ɕo^{5}	ŋa^{1}	fai^{4}	ku^{4}
结	放	丫	树	乌桕

情结乌桕树。

10–1087

结	**正**	**好**	**了**	**友**
Giet	cingz	ndei	liux	youx
kiːt^{7}	ɕiŋ^{2}	dei^{1}	liːu^{4}	ju^{4}
结	情	好	啰	友

好友间结情，

10–1088

卜	**卜**	**是**	**满**	**美**
Boux	boux	cix	monh	maez
pu^{4}	pu^{4}	ɕi^{4}	moːn^{6}	mai^{2}
人	人	就	谈情	说爱

人人情满怀。

男唱

10–1089

结	**正**	**作**	**邦**	**山**
Giet	cingz	coq	bangx	bya
kiːt⁷	ɕiŋ²	ɕo⁵	paːŋ⁴	pja¹
结	情	放	旁	山

在山边结情，

10–1090

结	**作**	**丫**	**会**	**古**
Giet	coq	nga	faex	goux
kiːt⁷	ɕo⁵	ŋa¹	fai⁴	ku⁴
结	放	丫	树	乌桕

情结乌桕树。

10–1091

结	**正**	**好**	**了**	**友**
Giet	cingz	ndei	liux	youx
kiːt⁷	ɕiŋ²	dei¹	liːu⁴	ju⁴
结	情	好	啰	友

结情实在好，

10–1092

祘	**罗**	**罗**	**是**	**通**
Suenq	loh	loh	cix	doeng
θuːn⁵	lo⁶	lo⁶	ɕi⁴	toŋ¹
算	路	路	就	通

情通百事通。

女唱

10–1093

不	**文**	**得**	**共**	**然**
Mbouj	vun	ndaej	gungh	ranz
bou⁵	vun¹	dai³	kuŋ⁶	ɹaːn²
不	奢求	得	共	家

不求成一家，

10–1094

但	**得**	**占**	**同**	**托**
Danh	ndaej	canz	doengh	doh
taːn⁶	dai³	ɕaːn²	toŋ²	to⁶
但	得	晒台	相	向

求晒台相连。

10–1095

不	**文**	**得**	**共**	**罗**
Mbouj	vun	ndaej	gungh	loh
bou⁵	vun¹	dai³	kuŋ⁶	lo⁶
不	奢求	得	共	路

不求得一路，

10–1096

但	**得**	**罗**	**同**	**排**
Danh	ndaej	loh	doengh	baiz
taːn⁶	dai³	lo⁶	toŋ²	paːi²
但	得	路	相	排

但求不离远。

男唱

10–1097

不 文 得 共 然

Mbouj vun ndaej gungh ranz

bou^{5} vun^{1} dai^{3} kuŋ^{6} ɹaːn^{2}

不 奢求 得 共 家

不求成一家，

10–1098

但 得 占 同 对

Danh ndaej canz doengz doih

taːn^{6} dai^{3} ɕaːn^{2} toŋ^{2} toːi^{6}

但 得 晒台 同 伙伴

求晒台相连。

10–1099

不 文 得 少 青

Mbouj vun ndaej sau oiq

bou^{5} vun^{1} dai^{3} θaːu^{1} oːi^{5}

不 奢求 得 姑娘 嫩

不求娶情妹，

10–1100

但 得 会 三 时

Danh ndaej hoih sam seiz

taːn^{6} dai^{3} hoːi^{6} θaːn^{1} θi^{2}

但 得 会 三 时

但得会一面。

女唱

10–1101

不 文 得 土 早

Mbouj vun ndaej duz romh

bou^{5} vun^{1} dai^{3} tu^{2} ɹon^{6}

不 奢求 得 只 鹰

不求得全鹰，

10–1102

但 得 羽 古 皮

Danh ndaej fwed guh beiz

taːn^{6} dai^{3} fuːt^{8} ku^{4} pi^{2}

但 得 翅 做 扇

求鹰翅为扇。

10–1103

不 文 得 包 好

Mbouj vun ndaej mbauq ndei

bou^{5} vun^{1} dai^{3} baːu^{5} dei^{1}

不 奢求 得 小伙 好

不求得情哥，

10–1104

但 得 义 句 好

Danh ndaej nyi coenz hauq

taːn^{6} dai^{3} ȵi^{1} kjon^{2} haːu^{5}

但 得 听 句 话

求听情哥声。

男唱

10–1105

不	**文**	**得**	**土**	**早**
Mbouj	vun	ndaej	duz	romh
bou^{5}	vun^{1}	dai^{3}	tu^{2}	ɹon^{6}
不	奢求	得	只	鹰

不求得全鹰，

10–1106

但	**得**	**羽**	**古**	**皮**
Danh	ndaej	fwed	guh	beiz
taːn^{6}	dai^{3}	fuːt^{8}	ku^{4}	pi^{2}
但	得	翅	做	扇

求鹰翅为扇。

10–1107

不	**文**	**得**	**你**	**少**
Mbouj	vun	ndaej	mwngz	sau
bou^{5}	vun^{1}	dai^{3}	mɯŋ^{2}	θaːu^{1}
不	奢求	得	你	姑娘

不求娶情妹，

10–1108

但	**得**	**交**	**正**	**义**
Danh	ndaej	gyau	cingz	ngeih
taːn^{6}	dai^{3}	kjaːu^{1}	ɕiŋ^{2}	ȵi^{6}
但	得	交	情	义

求同妹结情。

女唱

10–1109

不	**文**	**得**	**共**	**然**
Mbouj	vun	ndaej	gungh	ranz
bou^{5}	vun^{1}	dai^{3}	kuŋ^{6}	ɹaːn^{2}
不	奢求	得	共	家

不求成一家，

10–1110

但	**得**	**占**	**同**	**共**
Danh	ndaej	canz	doengh	gungh
taːn^{6}	dai^{3}	ɕaːn^{2}	toŋ^{2}	kuŋ^{6}
但	得	晒台	相	共

但求共晒台。

10–1111

不	**文**	**得**	**共**	**岸**
Mbouj	vun	ndaej	gungh	rungh
bou^{5}	vun^{1}	dai^{3}	kuŋ^{6}	ɹuŋ^{6}
不	奢求	得	共	岸

不求共一村，

10–1112

但	**得**	**共**	**灯**	**日**
Danh	ndaej	gungh	daeng	ngoenz
taːn^{6}	dai^{3}	kuŋ^{6}	taŋ^{1}	ŋon^{2}
但	得	共	灯	天

求共存于世。

男唱

10–1113

杀 土 给 羽 红

Gaj duz gaeq fwed nding

ka^{3} tu^{2} kai^{5} fuːt^{8} diŋ^{1}

杀 只 鸡 翅 红

杀只红毛鸡，

10–1114

在 定 站 则 时

Ywq din soengz saek seiz

jɯ^{5} tin^{1} θoŋ^{2} θak^{7} θi^{2}

在 脚 站 些 时

得临时幽会。

10–1115

利 宁 偻 古 对

Lij ningq raeuz guh doih

li^{4} niŋ^{5} ɹau^{2} ku^{4} toːi^{6}

还 小 我们 做 伙伴

孩提在一起，

10–1116

农 利 记 知 空

Nuengx lij geiq rox ndwi

nuːŋ^{4} li^{4} ki^{5} ɹo^{4} duːi^{1}

妹 还 记 或 不

妹可曾记得？

女唱

10–1117

杀 土 给 三 两

Gaj duz gaeq sam liengx

ka^{3} tu^{2} kai^{5} θaːn^{1} liːŋ^{4}

杀 只 鸡 三 两

杀一只小鸡，

10–1118

土 叫 代 叫 利

Duz heuh dai heuh lix

tu^{2} heːu^{6} taːi^{1} heːu^{6} li^{4}

只 叫 死 叫 活

鸡惨叫不止。

10–1119

观 勒 业 利 衣

Gonq lwg nyez lij iq

koːn^{5} lɯk^{8} ȵe^{2} li^{4} i^{5}

先 子 小孩 还 小

以前年纪小，

10–1120

不 记 话 九 龙

Mbouj geiq vah gouj lungz

bou^{5} ki^{5} va^{6} kjou^{3} luŋ^{2}

不 记 话 九 龙

不记兄的话。

男唱

10-1121

杀	**土**	**给**	**羽**	**红**
Gaj	duz	gaeq	fwed	hoengz
ka^{3}	tu^{2}	kai^{5}	fuːt^{8}	hoŋ^{2}
杀	只	鸡	翅	红

杀只红毛鸡，

10-1122

在	**定**	**站**	**则**	**时**
Ywq	din	soengz	saek	seiz
jɯ^{5}	tin^{1}	θoŋ^{2}	θak^{7}	θi^{2}
在	脚	站	些	时

得临时幽会。

10-1123

得	**少**	**乖**	**古**	**对**
Ndaej	sau	gvai	guh	doih
dai^{3}	θaːu^{1}	kwaːi^{1}	ku^{4}	toːi^{6}
得	姑娘	乖	做	伙伴

与情妹结缘，

10-1124

是	**不**	**勒**	**刀**	**浪**
Cix	mbouj	lawq	dauq	laeng
ɕi^{4}	bou^{5}	laɯ^{5}	taːu^{5}	laŋ^{1}
就	不	望	回	后

哥绝不后悔。

女唱

10-1125

得	**包**	**乖**	**古**	**对**
Ndaej	mbauq	gvai	guh	doih
dai^{3}	baːu^{5}	kwaːi^{1}	ku^{4}	toːi^{6}
得	小伙	乖	做	伙伴

与情哥结伴，

10-1126

是	**不**	**勒**	**刀**	**浪**
Cix	mbouj	lawq	dauq	laeng
ɕi^{4}	bou^{5}	laɯ^{5}	taːu^{5}	laŋ^{1}
就	不	望	回	后

妹绝不后悔。

10-1127

得	**古**	**对**	**马**	**江**
Ndaej	guh	doih	ma	gyang
dai^{3}	ku^{4}	toːi^{6}	ma^{1}	kjaːŋ^{1}
得	做	伙伴	来	中

得做伴同行，

10-1128

玩	**办**	**糖**	**氿**	**师**
Van	baenz	diengz	laeuj	ndwq
vaːn^{1}	pan^{2}	tiːŋ^{2}	lau^{3}	dɯ^{5}
甜	成	糖	酒	酒糟

甜如酒糟糖。

男唱

10-1129

杀	**土**	**给**	**羽**	**红**
Gaj	duz	gaeq	fwed	hoengz
ka^{3}	tu^{2}	kai^{5}	fuːt^{8}	hoŋ^{2}
杀	只	鸡	翅	红

杀只红毛鸡，

10-1130

在	**定**	**站**	**好**	**汉**
Ywq	din	soengz	hau	hanq
jɯ^{5}	tin^{1}	θoŋ^{2}	haːu^{1}	haːn^{5}
在	脚	站	白	灿灿

风光会一面。

10-1131

古	**对**	**外**	**江**	**板**
Guh	doih	vaij	gyang	mbanj
ku^{4}	toːi^{6}	vaːi^{3}	kjaːŋ^{1}	baːn^{3}
做	伙伴	过	中	村

做伴走村坊，

10-1132

好	**汉**	**样**	**金**	**银**
Hau	hanq	yiengh	gim	ngaenz
haːu^{1}	haːn^{5}	jɯːŋ^{6}	kin^{1}	ŋan^{2}
白	灿灿	样	金	银

闪耀如金银。

女唱

10-1133

杀	**土**	**给**	**羽**	**红**
Gaj	duz	gaeq	fwed	hoengz
ka^{3}	tu^{2}	kai^{5}	fuːt^{8}	hoŋ^{2}
杀	只	鸡	翅	红

杀只红毛鸡，

10-1134

在	**定**	**站**	**好**	**汉**
Ywq	din	soengz	hau	hanq
jɯ^{5}	tin^{1}	θoŋ^{2}	haːu^{1}	haːn^{5}
在	脚	站	白	灿灿

风光来会面。

10-1135

古	**对**	**外**	**江**	**板**
Guh	doih	vaij	gyang	mbanj
ku^{4}	toːi^{6}	vaːi^{3}	kjaːŋ^{1}	baːn^{3}
做	伙伴	过	中	村

结伴走村中，

10-1136

阝	**完**	**仪**	**阝**	**特**
Boux	vuenh	saenq	boux	dawz
pu^{4}	vuːn^{6}	θin^{5}	pu^{4}	təɯ^{2}
人	换	信	人	拿

相交换信物。

男唱

10–1137

杀 土 给 羽 红

Gaj duz gaeq fwed hoengz

ka^{3} tu^{2} kai^{5} fu:t^{8} hoŋ^{2}

杀 只 鸡 翅 红

杀只红毛鸡，

10–1138

在 定 站 好 汉

Ywq din soengz hau hanq

jɯ^{5} tin^{1} θoŋ^{2} ha:u^{1} ha:n^{5}

在 脚 站 白 灿灿

风光会一面。

10–1139

古 对 外 江 板

Guh doih vaij gyang mbanj

ku^{4} to:i^{6} va:i^{3} kja:ŋ^{1} ba:n^{3}

做 伙伴 过 中 村

一同走村中，

10–1140

累 备 完 卜 而

Laeq beix vuenh boux lawz

lai^{5} pi^{4} vu:n^{6} pu^{4} lauɯ^{2}

看 兄 换 人 哪

看兄看中谁。

女唱

10–1141

杀 土 给 羽 红

Gaj duz gaeq fwed hoengz

ka^{3} tu^{2} kai^{5} fu:t^{8} hoŋ^{2}

杀 只 鸡 翅 红

杀只红毛鸡，

10–1142

在 定 站 好 汉

Ywq din soengz hau hanq

jɯ^{5} tin^{1} θoŋ^{2} ha:u^{1} ha:n^{5}

在 脚 站 白 灿灿

风光会一面。

10–1143

古 对 外 江 板

Guh doih vaij gyang mbanj

ku^{4} to:i^{6} va:i^{3} kja:ŋ^{1} ba:n^{3}

做 伙伴 过 中 村

一同走村中，

10–1144

备 爱 完 爱 空

Beix ngaiq vueuh ngaiq ndwi

pi^{4} ŋa:i^{5} vu:n^{6} ŋa:i^{5} du:i^{1}

兄 爱 换 爱 不

兄愿结交否？

男唱

10－1145

古　对　外　马　干

Guh doih vaij ma ganq

ku^{4} to:i^{6} va:i^{3} ma^{1} ka:n^{5}

做　伙伴　过　来　照料

同培养感情，

10－1146

同　满　外　桥　头

Doengh muengh vaij giuz daeuz

toŋ^{2} mu:ŋ^{6} va:i^{3} ki:u^{2} tau^{2}

相　望　过　桥　头

惜别在桥头。

10－1147

得　古　对　论　偻

Ndaej guh doih lumj raeuz

dai^{3} ku^{4} to:i^{6} lun^{3} ɹau^{2}

得　做　伙伴　像　我们

如我俩结伴，

10－1148

得　要　心　是　念

Ndaej aeu sim cix net

dai^{3} au^{1} θin^{1} ɕi^{4} ne:t^{7}

得　要　心　就　实

相娶心才甘。

女唱

10－1149

古　对　外　马　干

Guh doih vaij ma ganq

ku^{4} to:i^{6} va:i^{3} ma^{1} ka:n^{5}

做　伙伴　过　来　照料

同培养感情，

10－1150

同　满　外　桥　头

Doengh muengh vaij giuz daeuz

toŋ^{2} mu:ŋ^{6} va:i^{3} ki:u^{2} tau^{2}

相　望　过　桥　头

在桥头惜别。

10－1151

勒　仪　是　空　求

Lawh saenq cix ndwi gouz

ləɯ^{6} θin^{5} ɕi^{4} du:i^{1} kjou^{2}

换　信　是　不　求

未交换信物，

10－1152

讲　同　要　么　备

Gangj doengh aeu maz beix

ka:ŋ^{3} toŋ^{2} au^{1} ma^{2} pi^{4}

讲　相　娶　什么　兄

莫讲恋爱话。

男唱

10–1153

古　对　外　马　干

Guh　doih　vaij　ma　ganq

ku^{4}　to:i^{6}　va:i^{3}　ma^{1}　ka:n^{5}

做　伙伴　过　来　照料

同培养感情，

10–1154

同　满　外　桥　头

Doengh　muengh　vaij　giuz　daeuz

toŋ^{2}　mu:ŋ^{6}　va:i^{3}　ki:u^{2}　tau^{2}

相　望　过　桥　头

在桥头惜别。

10–1155

才　牙　求　不　求

Caih　yaek　gouz　mbouj　gouz

ça:i^{6}　jak^{7}　kjou^{2}　bou^{5}　kjou^{2}

随　要　求　不　求

追求不追求，

10–1156

偻　同　要　偻　观

Raeuz　doengh　aeu　raeuz　gonq

ɹau^{2}　toŋ^{2}　au^{1}　ɹau^{2}　ko:n^{5}

我们　相　要　我们　先

我俩先恋爱。

女唱

10–1157

古　对　外　马　干

Guh　doih　vaij　ma　ganq

ku^{4}　to:i^{6}　va:i^{3}　ma^{1}　ka:n^{5}

做　伙伴　过　来　照料

同培养感情，

10–1158

同　满　外　桥　头

Doengh　muengh　vaij　giuz　daeuz

toŋ^{2}　mu:ŋ^{6}　va:i^{3}　ki:u^{2}　tau^{2}

相　望　过　桥　头

在桥头惜别。

10–1159

汪　秀　包　秀　少

Uengj　ciuh　mbauq　ciuh　sau

va:ŋ^{3}　çi:u^{6}　ba:u^{5}　çi:u^{6}　θa:u^{1}

枉　世　小伙　世　姑娘

兄妹枉结情，

10–1160

同　交　不　同　得

Doengh　gyau　mbouj　doengh　ndaej

toŋ^{2}　kja:u^{1}　bou^{5}　toŋ^{2}　dai^{3}

相　交　不　相　得

可交不可娶。

男唱

10-1161

古	**对**	**外**	**马**	**干**
Guh	doih	vaij	ma	ganq
ku⁴	to:i⁶	va:i³	ma¹	ka:n⁵
做	**伙伴**	**过**	**来**	**照料**

同培养感情，

10-1162

同	**满**	**外**	**务**	**好**
Doengh	muengh	vaij	huj	hau
toŋ²	mu:ŋ⁶	va:i³	hu³	ha:u¹
相	**望**	**过**	**云**	**白**

白云端守望。

10-1163

同	**用**	**古**	**包**	**少**
Doengh	yoengx	guh	mbauq	sau
toŋ²	joŋ⁴	ku⁴	ba:u⁵	θa:u¹
相	**唆使**	**做**	**小伙**	**姑娘**

爱慕成情友，

10-1164

同	**交**	**古**	**备**	**农**
Doengh	gyau	guh	beix	nuengx
toŋ²	kja:u¹	ku⁴	pi⁴	nu:ŋ⁴
相	**交**	**做**	**兄**	**妹**

结交成兄妹。

女唱

10-1165

古	**对**	**外**	**马**	**干**
Guh	doih	vaij	ma	ganq
ku⁴	to:i⁶	va:i³	ma¹	ka:n⁵
做	**伙伴**	**过**	**来**	**照料**

同培养感情，

10-1166

同	**满**	**外**	**务**	**好**
Doengh	muengh	vaij	huj	hau
toŋ²	mu:ŋ⁶	va:i³	hu³	ha:u¹
相	**望**	**过**	**云**	**白**

白云端守望。

10-1167

得	**古**	**对**	**三**	**时**
Ndaej	guh	doih	sam	seiz
dai³	ku⁴	to:i⁶	θa:n¹	θi²
得	**做**	**伙伴**	**三**	**时**

得短时幽会，

10-1168

强	**十**	**比**	**卜**	**妻**
Giengz	cib	bi	boh	maex
ki:ŋ²	ɕit⁸	pi¹	po⁶	mai⁴
像	**十**	**年**	**夫**	**妻**

如十年夫妻。

男唱

10–1169

古	对	外	马	干
Guh	doih	vaij	ma	ganq
ku^{4}	to:i^{6}	va:i^{3}	ma^{1}	ka:n^{5}
做	伙伴	过	来	照料

同培养感情，

10–1170

同	满	外	更	河
Doengh	muengh	vaij	gwnz	haw
toŋ^{2}	mu:ŋ^{6}	va:i^{3}	kɯn^{2}	həɯ^{1}
相	望	过	上	圩

圩场上惜别。

10–1171

古	对	时	刀	时
Guh	doih	seiz	dauq	seiz
ku^{4}	to:i^{6}	θi^{2}	ta:u^{5}	θi^{2}
做	伙伴	时	又	时

久不久会面，

10–1172

空	千	年	了	农
Ndwi	cien	nienz	liux	nuengx
du:i^{1}	çi:n^{1}	ni:n^{2}	li:u^{4}	nu:ŋ^{4}
不	千	年	啰	妹

不会得长久。

女唱

10–1173

古	对	外	马	干
Guh	doih	vaij	ma	ganq
ku^{4}	to:i^{6}	va:i^{3}	ma^{1}	ka:n^{5}
做	伙伴	过	来	照料

同培养感情，

10–1174

同	满	外	桥	仙
Doengh	muengh	vaij	giuz	sien
toŋ^{2}	mu:ŋ^{6}	va:i^{3}	ki:u^{2}	θi:n^{1}
相	望	过	桥	仙

仙桥上惜别。

10–1175

得	古	对	千	年
Ndaej	guh	doih	cien	nienz
dai^{3}	ku^{4}	to:i^{6}	çi:n^{1}	ni:n^{2}
得	做	伙伴	千	年

得永久共处，

10–1176

马	拉	本	是	抵
Ma	laj	mbwn	cix	dij
ma^{1}	la^{3}	bɯn^{1}	çi^{4}	ti^{3}
来	下	天	就	值

今生就值得。

男唱

10–1177

古　对　外　马　干

Guh doih vaij ma ganq

ku^{4} to:i^{6} va:i^{3} ma^{1} ka:n^{5}

做　伙伴　过　来　照料

同培养感情，

10–1178

同　满　外　桥　仙

Doengh muengh vaij giuz sien

toŋ^{2} mu:ŋ^{6} va:i^{3} ki:u^{2} θi:n^{1}

相　望　过　桥　仙

仙桥上惜别。

10–1179

元　罗　在　千　年

Roen loh ywq cien nienz

jo:n^{1} lo^{6} jɯ^{5} çi:n^{1} ni:n^{2}

路　路　在　千　年

道路永远在，

10–1180

文　偻　代　不　刀

Vunz raeuz dai mbouj dauq

vun^{2} ɹau^{2} ta:i^{1} bou^{5} ta:u^{5}

人　我们　死　不　回

人死不复生。

女唱

10–1181

古　对　外　马　干

Guh doih vaij ma ganq

ku^{4} to:i^{6} va:i^{3} ma^{1} ka:n^{5}

做　伙伴　过　来　照料

同培养感情，

10–1182

同　满　外　桥　仙

Doengh muengh vaij giuz sien

toŋ^{2} mu:ŋ^{6} va:i^{3} ki:u^{2} θi:n^{1}

相　望　过　桥　仙

仙桥上惜别。

10–1183

得　古　对　千　年

Ndaej guh doih cien nienz

dai^{3} ku^{4} to:i^{6} çi:n^{1} ni:n^{2}

得　做　伙伴　千　年

得永久共处，

10–1184

用　本　钱　是　抵

Yungh bonj cienz cix dij

juŋ^{6} po:n^{3} çi:n^{2} çi^{4} ti^{3}

用　本　钱　就　值

花本钱也值。

男唱

10-1185

古	**对**	**外**	**马**	**干**
Guh	doih	vaij	ma	ganq
ku^{4}	to:i^{6}	va:i^{3}	ma^{1}	ka:n^{5}
做	**伙伴**	**过**	**来**	**照料**

同培养感情，

10-1186

同	**满**	**外**	**桥**	**仙**
Doengh	muengh	vaij	giuz	sien
toŋ^{2}	mu:ŋ^{6}	va:i^{3}	ki:u^{2}	θi:n^{1}
相	**望**	**过**	**桥**	**仙**

仙桥上惜别。

10-1187

卜	**妻**	**是**	**千**	**年**
Boh	maex	cix	cien	nienz
po^{6}	mai^{4}	ɕi^{4}	ɕi:n^{1}	ni:n^{2}
夫	**妻**	**是**	**千**	**年**

夫妻得永久，

10-1188

包	**少**	**可**	**团**	**秀**
Mbauq	sau	goj	donh	ciuh
ba:u^{5}	θa:u^{1}	ko^{5}	to:n^{6}	ɕi:u^{6}
小伙	**姑娘**	**也**	**半**	**世**

情侣太短暂。

女唱

10-1189

古	**对**	**外**	**马**	**干**
Guh	doih	vaij	ma	ganq
ku^{4}	to:i^{6}	va:i^{3}	ma^{1}	ka:n^{5}
做	**伙伴**	**过**	**来**	**照料**

同培养感情，

10-1190

同	**满**	**外**	**务**	**绿**
Doengh	muengh	vaij	huj	heu
toŋ^{2}	mu:ŋ^{6}	va:i^{3}	hu^{3}	he:u^{1}
相	**望**	**过**	**云**	**青**

在天上守望。

10-1191

得	**古**	**对**	**时**	**一**
Ndaej	guh	doih	seiz	ndeu
dai^{3}	ku^{4}	to:i^{6}	θi^{2}	de:u^{1}
得	**做**	**伙伴**	**时**	**一**

得会一次面，

10-1192

强	**布**	**绿**	**安**	**龙**
Giengz	baengz	heu	aen	loengx
ki:ŋ^{2}	paŋ^{2}	he:u^{1}	an^{1}	loŋ^{4}
像	**布**	**青**	**个**	**箱子**

比新衣还美。

男唱

10–1193

古 对 外 马 干

Guh doih vaij ma ganq

ku⁴ to:i⁶ va:i³ ma¹ ka:n⁵

做 伙伴 过 来 照料

同培养感情，

10–1194

同 满 外 务 绿

Doengh muengh vaij huj heu

toŋ² mu:ŋ⁶ va:i³ hu³ he:u¹

相 望 过 云 青

在天上守望。

10–1195

强 鸟 烒 鸟 九

Giengz roeg enq roeg geuq

ki:ŋ² ɹok⁸ e:n⁵ ɹok⁸ kje:u⁵

像 鸟 燕 鸟 画眉

像燕子画眉，

10–1196

空 长 刘 了 农

Ndwi ciengz liuz liux nuengx

du:i¹ ɕi:ŋ² li:u² li:u⁴ nu:ŋ⁴

不 常 常 啰 妹

不会得长久。

女唱

10–1197

古 对 外 马 干

Guh doih vaij ma ganq

ku⁴ to:i⁶ va:i³ ma¹ ka:n⁵

做 伙伴 过 来 照料

同培养感情，

10–1198

同 满 外 务 绿

Doengh muengh vaij huj heu

toŋ² mu:ŋ⁶ va:i³ hu³ he:u¹

相 望 过 云 青

在天外守望。

10–1199

得 古 对 长 刘

Ndaej guh doih ciengz liuz

dai³ ku⁴ to:i⁶ ɕi:ŋ² li:u²

得 做 伙伴 常 常

永久在一起，

10–1200

强 鸟 九 鸟 烒

Giengz roeg geuq roeg enq

ki:ŋ² ɹok⁸ kje:u⁵ ɹok⁸ e:n⁵

像 鸟 眉 鸟 燕

胜画眉飞燕。

男唱

10-1201

古	**对**	**外**	**马**	**干**
Guh	doih	vaij	ma	ganq
ku⁴	to:i⁶	va:i³	ma¹	ka:n⁵
做	**伙伴**	**过**	**来**	**照料**

同培养感情，

10-1202

同	**满**	**外**	**更**	**开**
Doengh	muengh	vaij	gwnz	gai
toŋ²	mu:ŋ⁶	va:i³	kɯn²	ka:i¹
相	**望**	**过**	**上**	**街**

大街上守望。

10-1203

偻	**古**	**对**	**好**	**来**
Raeuz	guh	doih	ndei	lai
ɹau²	ku⁴	to:i⁶	dei¹	la:i¹
我们	**做**	**伙伴**	**好**	**多**

我俩感情好，

10-1204

代	**同**	**得**	**知**	**不**
Dai	doengh	ndaej	rox	mbouj
ta:i¹	toŋ²	dai³	ɹo⁴	bou⁵
死	**相**	**得**	**或**	**不**

能成亲与否？

女唱

10-1205

古	**对**	**外**	**马**	**干**
Guh	doih	vaij	ma	ganq
ku⁴	to:i⁶	va:i³	ma¹	ka:n⁵
做	**伙伴**	**过**	**来**	**照料**

同培养感情，

10-1206

同	**满**	**外**	**更**	**开**
Doengh	muengh	vaij	gwnz	gai
toŋ²	mu:ŋ⁶	va:i³	kɯn²	ka:i¹
相	**望**	**过**	**上**	**街**

大街上守望。

10-1207

偻	**古**	**对**	**好**	**来**
Raeuz	guh	doih	ndei	lai
ɹau²	ku⁴	to:i⁶	dei¹	la:i¹
我们	**做**	**伙伴**	**好**	**多**

我俩感情深，

10-1208

代	**是**	**不**	**同**	**中**
Dai	cix	mbouj	doengh	cuengq
ta:i¹	ɕi⁴	bou⁵	toŋ²	ɕu:ŋ⁵
死	**就**	**不**	**相**	**放**

死都不分离。

男唱

10–1209

同	**满**	**外**	**桥**	**头**
Doengh	muengh	vaij	giuz	daeuz
toŋ^{2}	muːŋ^{6}	vaːi^{3}	kiːu^{2}	tau^{2}
相	**望**	**过**	**桥**	**头**

一同走过桥，

10–1210

文	**说**	**偻**	**米**	**安**
Vunz	naeuz	raeuz	miz	anq
vun^{2}	nau^{2}	ɹau^{2}	mi^{2}	aːn^{5}
人	**说**	**我们**	**有**	**案**

人说有缘分。

10–1211

年	**空**	**得**	**同**	**完**
Nienz	ndwi	ndaej	doengh	vuenh
niːn^{2}	duːi^{1}	dai^{3}	toŋ^{2}	vuːn^{6}
反正	**不**	**得**	**相**	**换**

谅不得结交，

10–1212

安	**花**	**罗**	**花**	**才**①
An	va	lox	va	caiz
aːn^{1}	va^{1}	lo^{4}	va^{1}	çaːi^{2}
安	**花**	**洛**	**花**	**裁**

安花神花婆。

女唱

10–1213

古	**对**	**外**	**桥**	**头**
Guh	doih	vaij	giuz	daeuz
ku^{4}	toːi^{6}	vaːi^{3}	kiːu^{2}	tau^{2}
做	**伙伴**	**过**	**桥**	**头**

我俩同过桥，

10–1214

文	**说**	**偻**	**卜**	**妻**
Vunz	naeuz	raeuz	boh	maex
vun^{2}	nau^{2}	ɹau^{2}	po^{6}	mai^{4}
人	**说**	**我们**	**夫**	**妻**

人说是夫妻。

10–1215

抹	**水**	**山**	**又**	**哭**
Uet	raemx	bya	youh	daej
uːt^{7}	ɹan^{4}	pja^{1}	jou^{4}	tai^{3}
抹	**水**	**眼**	**又**	**哭**

在为结交哭，

10–1216

办	**卜**	**妻**	**在**	**而**
Baenz	boh	maex	ywq	lawz
pan^{2}	po^{6}	mai^{4}	jɯ^{5}	laɯ^{2}
成	**夫**	**妻**	**在**	**哪**

哪里成夫妻？

① 花罗花才［va^{1} lo^{4} va^{1} çaːi^{2}］：花神、花婆，两个都是生育神。

男唱

10-1217

古	**对**	**外**	**桥**	**头**
Guh	doih	vaij	giuz	daeuz
ku^{4}	to:i^{6}	va:i^{3}	ki:u^{2}	tau^{2}
做	伙伴	过	桥	头

我俩同过桥，

10-1218

文	**说**	**偻**	**米**	**份**
Vunz	naeuz	raeuz	miz	faenh
vun^{2}	nau^{2}	ɹau^{2}	mi^{2}	fan^{6}
人	说	我们	有	份

人说有缘分。

10-1219

采	**罗**	**定**	**是**	**坤**
Byaij	loh	din	cix	goenq
pja:i^{3}	lo^{6}	tin^{1}	ɕi^{4}	kon^{5}
走	路	脚	是	断

走累脚要断，

10-1220

强	**下**	**水**	**貝**	**代**
Giengh	roengz	raemx	bae	dai
kji:ŋ^{6}	ɹoŋ^{2}	ɹan^{4}	pai^{1}	ta:i^{1}
跳	下	水	去	死

愿跳水寻死。

女唱

10-1221

古	**对**	**外**	**桥**	**头**
Guh	doih	vaij	giuz	daeuz
ku^{4}	to:i^{6}	va:i^{3}	ki:u^{2}	tau^{2}
做	伙伴	过	桥	头

我俩同过桥，

10-1222

文	**说**	**偻**	**米**	**份**
Vunz	naeuz	raeuz	miz	faenh
vun^{2}	nau^{2}	ɹau^{2}	mi^{2}	fan^{6}
人	说	我们	有	份

人说有缘分。

10-1223

古	**对**	**外**	**桥**	**灯**
Guh	doih	vaij	giuz	daemq
ku^{4}	to:i^{6}	va:i^{3}	ki:u^{2}	tan^{5}
做	伙伴	过	桥	低

一同过矮桥，

10-1224

说	**对**	**生**	**特**	**平**
Naeuz	doiq	saemq	dawz	bingz
nau^{2}	to:i^{5}	θan^{5}	təɯ^{2}	piŋ^{2}
说	对	庚	拿	平

我友心要定。

男唱

10–1225

古 对 外 罗 老

Guh doih vaij loh laux

ku^4 to:i^6 va:i^3 lo^6 la:u^4

做 伙伴 过 路 大

一同走大路，

10–1226

文 说 偻 少 包

Vunz naeuz raeuz sau mbauq

vun^2 nau^2 ɹau^2 θa:u^1 ba:u^5

人 说 我们 姑娘 小伙

人说是情侣。

10–1227

古 对 外 桥 头

Guh doih vaij giuz daeuz

ku^4 to:i^6 va:i^3 ki:u^2 tau^2

做 伙伴 过 桥 头

我俩同过桥，

10–1228

阝 中 好 阝 跟

Boux cuengq hauq boux riengz

pu^4 ɕu:ŋ^5 ha:u^5 pu^4 ɹi:ŋ^2

人 放 话 人 跟

你唱歌我和。

女唱

10–1229

古 对 外 桥 头

Guh doih vaij giuz daeuz

ku^4 to:i^6 va:i^3 ki:u^2 tau^2

做 伙伴 过 桥 头

我俩同过桥，

10–1230

文 说 偻 少 包

Vunz naeuz raeuz sau mbauq

vun^2 nau^2 ɹau^2 θa:u^1 ba:u^5

人 说 我们 姑娘 小伙

人说是情侣。

10–1231

娅 王 连 空 叫

Yah vangz lienz ndwi heuh

ja^6 va:ŋ^2 li:n^2 du:i^1 he:u^6

婆 王 连 不 叫

婆王她不叫，

10–1232

中 好 了 是 貝

Cuengq hauq liux cix bae

ɕu:ŋ^5 ha:u^5 li:u^4 ɕi^4 pai^1

放 话 完 就 去

叫就跟着走。

男唱

10-1233

包	**少**	**牙**	**同**	**断**
Mbauq	sau	yaek	doengh	duenx
ba:u5	θa:u1	jak7	toŋ2	tu:n4
小伙	姑娘	要	相	断

兄妹要诀别，

10-1234

阝	**利**	**元**	**几**	**来**
Boux	lij	yuenz	geij	lai
pu4	li4	ju:n2	ki3	la:i1
人	还	缘	几	多

缘分快到头。

10-1235

水	**达**	**牙**	**满**	**开**
Raemx	dah	yaek	mued	gai
ɹan4	ta6	jak7	mu:t8	ka:i1
水	河	要	淹没	街

河水淹大街，

10-1236

少	**米**	**来**	**条**	**罗**
Sau	miz	lai	diuz	loh
θa:u1	mi2	la:i1	ti:u2	lo6
姑娘	有	多	条	路

妹的退路多。

女唱

10-1237

水	**达**	**牙**	**满**	**开**
Raemx	dah	yaek	mued	gai
ɹan4	ta6	jak7	mu:t8	ka:i1
水	河	要	淹没	街

河水淹大街，

10-1238

少	**米**	**来**	**条**	**罗**
Sau	miz	lai	diuz	loh
θa:u1	mi2	la:i1	ti:u2	lo6
姑娘	有	多	条	路

妹的退路多。

10-1239

往	**土**	**吨**	**桥**	**哥**
Uengj	dou	daeb	giuz	go
va:ŋ3	tu1	tat8	ki:u2	ko1
枉	我	砌	桥	哥

妹为哥支撑，

10-1240

备	**米**	**罗**	**文**	**荣**
Beix	miz	loh	vuen	yungz
pi4	mi2	lo6	vu:n1	juŋ2
兄	有	路	欢	乐

哥有好出路。

男唱

10–1241

包 少 牙 同 断

Mbauq sau yaek doengh duenx

ba:u^{5} θa:u^{1} jak^{7} toŋ^{2} tu:n^{4}

小伙 姑娘 要 相 断

兄妹要诀别，

10–1242

卜 利 元 几 日

Boux lix yuenz geij ngoenz

pu^{4} li^{4} ju:n^{2} ki^{3} ŋon^{2}

人 剩 缘 几 天

缘分快到头。

10–1243

天 牙 乱 纷 纷

Denh ya luenh faen faen

ti:n^{1} ja^{6} lu:n^{6} fan^{1} fan^{1}

天 下 乱 纷 纷

天下乱纷纷，

10–1244

知 浪 办 而 样

Rox laeng baenz lawz yiengh

ɹo^{4} laŋ^{1} pan^{2} lauː^{2} juːŋ^{6}

知 后 成 哪 样

往后将如何？

女唱

10–1245

邦 牙 乱 是 乱

Biengz yaek luenh cix luenh

pi:ŋ^{2} jak^{7} lu:n^{6} çi^{4} lu:n^{6}

地方 要 乱 就 乱

天下乱就乱，

10–1246

干 庆 远 偻 好

Ganq ging yenj raeuz ndei

ka:n^{5} kiŋ^{3} ju:n^{6} ɹau^{2} dei^{1}

照料 庆 远 我们 好

要管好庆远。

10–1247

天 牙 乱 纷 纷

Denh ya luenh faen faen

ti:n^{1} ja^{6} lu:n^{6} fan^{1} fan^{1}

天 下 乱 纷 纷

天下乱纷纷，

10–1248

偻 可 米 吉 祘

Raeuz goj miz giz suenq

ɹau^{2} ko^{5} mi^{2} ki^{2} θu:n^{5}

我们 也 有 处 算

我们有出路。

男唱

10-1249

包	少	牙	同	断
Mbauq	sau	yaek	doengh	duenx
ba:u^{5}	θa:u^{1}	jak^{7}	toŋ^{2}	tu:n^{4}
小伙	姑娘	要	相	断

兄妹要诀别，

10-1250

卩	利	元	几	时
Boux	lij	yuenz	geij	seiz
pu^{4}	li^{4}	ju:n^{2}	ki^{3}	θi^{2}
人	还	缘	几	时

缘分快到头。

10-1251

当	卡	卩	很	河
Daengq	gak	boux	hwnj	haw
taŋ^{5}	ka:k^{7}	pu^{4}	hɯn^{3}	həɯ^{1}
叮嘱	各	人	上	圩

到圩场约会，

10-1252

满	三	时	是	了
Monh	sam	seiz	cix	liux
mo:n^{6}	θa:n^{1}	θi^{2}	ɕi^{4}	li:u^{4}
谈情	三	时	就	算

聊聊情算了。

女唱

10-1253

以	样	内	貝	那
Ei	yiengh	neix	bae	naj
i^{1}	jɯ:ŋ^{6}	ni^{4}	pai^{1}	na^{3}
依	样	这	去	前

从今天往后，

10-1254

断	条	罗	山	尚
Duenx	diuz	loh	bya	sang
tu:n^{4}	ti:u^{2}	lo^{6}	pja^{1}	θa:ŋ^{1}
断	条	路	山	高

不可再来往。

10-1255

采	罗	歪	罗	王
Byaij	loh	mbit	loh	vang
pja:i^{3}	lo^{6}	bit^{7}	lo^{6}	va:ŋ^{1}
走	路	歪	路	横

任走什么路，

10-1256

不	想	堂	土	了
Mbouj	siengj	daengz	dou	liux
bou^{5}	θi:ŋ^{3}	taŋ^{2}	tu^{1}	li:u^{4}
不	想	到	我	啰

不再思念我。

男唱

10–1257

你	**断**	**土**	**不**	**断**
Mwngz	duenx	dou	mbouj	duenx
mɯŋ^{2}	tuːn^{4}	tu^{1}	bou^{5}	tuːn^{4}
你	断	我	不	断

你断我不断，

10–1258

正	**义**	**可**	**利**	**米**
Cingz	ngeih	goj	lij	miz
ɕiŋ^{2}	ȵi^{6}	ko^{5}	li^{4}	mi^{2}
情	义	也	还	有

我俩情义在。

10–1259

你	**立**	**土**	**不**	**立**
Mwngz	liz	dou	mbouj	liz
mɯŋ^{2}	li^{2}	tu^{1}	bou^{5}	li^{2}
你	离	我	不	离

你离我不离，

10–1260

九	**义**	**可**	**利**	**先**
Gouj	ngeih	goj	lij	sienq
kjou^{3}	ȵi^{6}	ko^{5}	li^{4}	θiːn^{5}
九	义	也	还	线

情义还未断。

女唱

10–1261

以	**样**	**内**	**贝**	**那**
Ei	yiengh	neix	bae	naj
i^{1}	jɯːŋ^{6}	ni^{4}	pai^{1}	na^{3}
依	样	这	去	前

从今天往后，

10–1262

断	**条**	**罗**	**更**	**河**
Duenx	diuz	loh	gwnz	haw
tuːn^{4}	tiːu^{2}	lo^{6}	kɯn^{2}	həɯ^{1}
断	条	路	上	圩

赶圩不相认。

10–1263

以	**样**	**内**	**贝**	**师**
Ei	yiengh	neix	bae	swz
i^{1}	jɯːŋ^{6}	ni^{4}	pai^{1}	θɯ^{2}
依	样	这	去	辞

就这样告辞，

10–1264

当	**河**	**偻**	**当**	**很**
Dangq	haw	raeuz	dangq	hwnj
taːŋ^{5}	həɯ^{1}	ɹau^{2}	taːŋ^{5}	hɯn^{3}
另	圩	我们	另	上

各自去赶圩。

男唱

10–1265

包 少 牙 同 断

Mbauq sau yaek doengh duenx

baːu^{5} θaːu^{1} jak^{7} toŋ^{2} tuːn^{4}

小伙 姑娘 要 相 断

兄妹要诀别，

10–1266

米 话 是 同 说

Miz vah cix doengh naeuz

mi^{2} va^{6} ɕi^{4} toŋ^{2} nau^{2}

有 话 就 相 说

有话好相商。

10–1267

牙 断 友 邦 偻

Yaek duenx youx biengz raeuz

jak^{7} tuːn^{4} ju^{4} piːŋ^{2} ɹau^{2}

要 断 友 地方 我们

将离我而去，

10–1268

不 说 土 利 早

Mbouj naeuz dou lij romh

bou^{5} nau^{2} tu^{1} li^{4} ɹoːn^{6}

不 说 我 还 早

为何不早说？

女唱

10–1269

断 果 会 浪 然

Duenx go faex laeng ranz

tuːn^{4} ko^{1} fai^{4} laŋ^{1} ɹaːn^{2}

断 棵 树 后 家

离屋后大树，

10–1270

貝 方 而 月 乃

Bae fueng lawz yiet naiq

pai^{1} fuːŋ^{1} laɯ^{2} jiːt^{7} naːi^{5}

去 方 哪 歇 累

到何方栖息。

10–1271

断 元 城 大 才

Duenx roen singz dah raix

tuːn^{4} joːn^{1} θiŋ^{2} ta^{6} ɹaːi^{4}

断 路 城 实 在

真断了大路，

10–1272

貝 拜 而 小 凉

Bae baih lawz siu liengz

pai^{1} paːi^{6} laɯ^{2} θiːu^{1} liːŋ^{2}

去 边 哪 消 凉

去何方逍遥？

男唱

10–1273

断	**果**	**会**	**浪**	**然**
Duenx	go	faex	laeng	ranz
tuːn^4	ko^1	fai^4	laŋ^1	ɹaːn^2
断	棵	树	后	家

离屋后大树，

10–1274

断	**果**	**江**	**拉**	**司**
Duenx	go	gyang	laj	swj
tuːn^4	ko^1	kjaːŋ^1	la^3	θɯ^3
断	棵	桄榔	下	偏屋

别屋下桄榔。

10–1275

断	**花**	**娘**	**花**	**女**
Duenx	va	nangz	va	nawx
tuːn^4	va^1	naːŋ^2	va^1	nɯ^4
断	花	姑娘	花	女

别姑娘女郎，

10–1276

断	**秀**	**满**	**秀**	**美**
Duenx	ciuh	monh	ciuh	maez
tuːn^4	ɕiːu^6	moːn^6	ɕiːu^6	mai^2
断	世	情	世	爱

别热恋时光。

女唱

10–1277

断	**果**	**会**	**浪**	**然**
Duenx	go	faex	laeng	ranz
tuːn^4	ko^1	fai^4	laŋ^1	ɹaːn^2
断	棵	树	后	家

离屋后大树，

10–1278

断	**果**	**江**	**拉**	**达**
Duenx	go	gyang	laj	dah
tuːn^4	ko^1	kjaːŋ^1	la^3	ta^6
断	棵	桄榔	下	河

别河岸桄榔。

10–1279

你	**断**	**土**	**是**	**八**
Mwngz	duenx	dou	cix	bah
mɯŋ^2	tuːn^4	tu^1	ɕi^4	pa^6
你	断	我	就	罢

你弃我则罢，

10–1280

貝	**那**	**开**	**断**	**文**
Bae	naj	gaej	duenx	vunz
pai^1	na^3	kaːi^5	tuːn^4	vun^2
去	前	莫	断	人

往后莫负人。

男唱

10—1281

断	**果**	**会**	**拉**	**占**
Duenx	go	faex	laj	canz
tu:n^{4}	ko^{1}	fai^{4}	la^{3}	ça:n^{2}
断	棵	树	下	晒台

别晒台边树，

10—1282

断	**果**	**江**	**拉**	**达**
Duenx	go	gyang	laj	dah
tu:n^{4}	ko^{1}	kja:ŋ^{1}	la^{3}	ta^{6}
断	棵	桄榔	下	河

别河岸桄榔。

10—1283

你	**断**	**土**	**大**	**才**
Mwngz	duenx	dou	dah	raix
mɯŋ^{2}	tu:n^{4}	tu^{1}	ta^{6}	ɹa:i^{4}
你	断	我	实	在

果真离开我，

10—1284

农	**贝**	**田**	**而**	**站**
Nuengx	bae	denz	lawz	soengz
nu:ŋ^{4}	pai^{1}	te:n^{2}	laɯ^{2}	θoŋ^{2}
妹	去	地	哪	站

妹去向何方？

女唱

10—1285

断	**果**	**会**	**拉**	**占**
Duenx	go	faex	laj	canz
tu:n^{4}	ko^{1}	fai^{4}	la^{3}	ça:n^{2}
断	棵	树	下	晒台

别晒台边树，

10—1286

断	**果**	**江**	**拉**	**达**
Duenx	go	gyang	laj	dah
tu:n^{4}	ko^{1}	kja:ŋ^{1}	la^{3}	ta^{6}
断	棵	桄榔	下	河

别河岸桄榔。

10—1287

你	**断**	**土**	**是**	**了**
Mwngz	duenx	dou	cix	liux
mɯŋ^{2}	tu:n^{4}	tu^{1}	çi^{4}	li:u^{4}
你	断	我	就	算

你弃我就算，

10—1288

老	**表**	**备**	**可**	**米**
Laux	biuj	beix	goj	miz
la:u^{4}	pi:u^{3}	pi^{4}	ko^{5}	mi^{2}
老	表	兄	也	有

我另寻对象。

男唱

10-1289

断	**是**	**断**
Duenx	cix	duenx
tuːn^{4}	ɕi^{4}	tuːn^{4}
断	就	断

离就离，

10-1290

庆	**远**	**可**	**米**	**文**
Ging	yenj	goj	miz	vunz
kiŋ^{3}	juːn^{6}	ko^{5}	mi^{2}	vun^{2}
庆	远	也	有	人

庆远不乏人。

10-1291

断	**是**	**八**	**少**	**论**
Duenx	cix	bah	sau	lwnz
tuːn^{4}	ɕi^{4}	pa^{6}	θaːu^{1}	lun^{2}
断	就	罢	姑娘	最小

小妹离就离，

10-1292

文	**江**	**邦**	**米**	**由**
Vunz	gyang	biengz	miz	raeuh
vun^{2}	kjaːŋ^{1}	piːŋ^{2}	mi^{2}	ɹau^{6}
人	中	地方	有	多

各地人才多。

女唱

10-1293

美	**支**	**牙**	**断**	**六**
Mae	sei	yaek	duenx	loek
mai^{1}	θi^{1}	jak^{7}	tuːn^{4}	lok^{7}
线	丝	要	断	线轴

丝线断绞盘，

10-1294

达	**六**	**牙**	**断**	**船**
Dah	loeg	yaek	duenx	ruz
ta^{6}	lok^{8}	jak^{7}	tuːn^{4}	ɹu^{2}
河	绿	要	断	船

绿河断行船。

10-1295

长	**判**	**断**	**柳**	**州**
Cangh	buenq	duenx	louj	couh
ɕaːŋ^{6}	puːn^{5}	tuːn^{4}	lou^{4}	ɕou^{1}
匠	贩	断	柳	州

商贩别柳州，

10-1296

少	**好**	**牙**	**断**	**包**
Sau	ndei	yaek	duenx	mbauq
θaːu^{1}	dei^{1}	jak^{7}	tuːn^{4}	baːu^{5}
姑娘	好	要	断	小伙

妹要别情郎。

男唱

10-1297

美 支 牙 断 六

Mae sei yaek duenx loek

mai^{1} θi^{1} jak^{7} tuːn^{4} lok^{7}

线 丝 要 断 线轴

丝线断绞盘，

10-1298

达 六 牙 断 船

Dah loeg yaek duenx ruz

ta^{6} lok^{8} jak^{7} tuːn^{4} ɹu^{2}

河 绿 要 断 船

绿河断行船。

10-1299

农 狼 断 邦 土

Nuengx langh duenx biengz dou

nuːŋ^{4} laːŋ^{6} tuːn^{4} piːŋ^{2} tu^{1}

妹 若 断 地方 我

妹若走他乡，

10-1300

邦 初 是 凉 孝

Biengz sou cix liengz yauj

piːŋ^{2} θu^{1} çi^{4} liːŋ^{2} jaːu^{3}

地方 你们 就 凉 飕飕

你处亦荒凉。

女唱

10-1301

美 支 牙 断 六

Mae sei yaek duenx loek

mai^{1} θi^{1} jak^{7} tuːn^{4} lok^{7}

线 丝 要 断 线轴

丝线断绞盘，

10-1302

达 六 牙 断 船

Dah loeg yaek duenx ruz

ta^{6} lok^{8} jak^{7} tuːn^{4} ɹu^{2}

河 绿 要 断 船

绿河断行船。

10-1303

断 是 断 邦 初

Duenx cix duenx biengz sou

tuːn^{4} çi^{4} tuːn^{4} piːŋ^{2} θu^{1}

断 就 断 地方 你们

断绝你家乡，

10-1304

邦 土 不 可 在

Biengz dou mbouj goj ywq

piːŋ^{2} tu^{1} bou^{5} ko^{5} jɯ^{5}

地方 我 不 也 在

妹情路尚在。

男唱

10-1305

长 判 断 河 池

Cangh buenq duenx hoz ciz

ɕaːŋ6 puːn5 tuːn4 ho2 ɕi2

匠 贩 断 河 池

商贩别河池，

10-1306

少 貝 吉 而 读

Sau bae giz lawz douh

θaːu1 pai1 ki2 laɯ2 tou6

姑娘 去 处 哪 栖息

妹往何所去？

10-1307

十 义 安 怛 补

Cib ngeih aen dan bouq

ɕit8 ȵi6 an1 taːn1 pu5

十 二 个 摊 铺

十二家商铺，

10-1308

农 走 路 不 通

Nuengx couj lu mbouj doeng

nuːŋ4 ɕou3 lu6 bou5 toŋ1

妹 走 路 不 通

不怕无路走。

女唱

10-1309

牙 断 土 了 邦

Yaek duenx dou liux baengz

jak7 tuːn4 tu1 liːu4 paŋ2

要 断 我 啰 朋

友要离别了，

10-1310

友 垌 光 你 米

Youx doengh gvangq mwngz miz

ju4 toŋ6 kwaːŋ5 mɯŋ2 mi2

友 垌 宽 你 有

你有外乡友。

10-1311

长 判 断 河 池

Cangh buenq duenx hoz ciz

ɕaːŋ6 puːn5 tuːn4 ho2 ɕi2

匠 贩 断 河 池

商贩别河池，

10-1312

米 日 好 马 刘

Miz ngoenz ndei ma liuh

mi2 ŋon2 dei1 ma1 liːu6

有 天 好 来 游

会有再来日。

男唱

10–1313

比	**才**	**先**	**同**	**断**
Bi	gyai	senq	doengh	duenx
pi^{1}	kja:i^{1}	θe:n^{5}	toŋ^{2}	tu:n^{4}
年	前	早	相	断

前年早离别，

10–1314

比	**瓜**	**先**	**同**	**立**
Bi	gvaq	senq	doengh	liz
pi^{1}	kwa^{5}	θe:n^{5}	toŋ^{2}	li^{2}
年	去	早	相	离

去年早分离。

10–1315

同	**断**	**得**	**几**	**比**
Doengh	duenx	ndaej	geij	bi
toŋ^{2}	tu:n^{4}	dai^{3}	ki^{3}	pi^{1}
相	断	得	几	年

断绝已多年，

10–1316

同	**立**	**得**	**几**	**年**
Doengh	liz	ndaej	geij	nienz
toŋ^{2}	li^{2}	dai^{3}	ki^{3}	ni:n^{2}
相	离	得	几	年

分别已很久。

女唱

10–1317

断	**条**	**元**	**拉**	**罗**
Duenx	diuz	roen	laj	roq
tu:n^{4}	ti:u^{2}	jo:n^{1}	la^{3}	ɹo^{5}
断	条	路	下	屋檐

断绝门前路，

10–1318

断	**条**	**罗**	**南**	**宁**
Duenx	diuz	loh	nanz	ningz
tu:n^{4}	ti:u^{2}	lo^{6}	na:n^{2}	niŋ^{2}
断	条	路	南	宁

阻断南宁路。

10–1319

以	**样**	**内**	**断**	**正**
Ei	yiengh	neix	duenx	cingz
i^{1}	jɯ:ŋ^{6}	ni^{4}	tu:n^{4}	ɕiŋ^{2}
依	样	这	断	情

从此两绝情，

10–1320

利	**狼**	**声**	**知**	**不**
Lij	langh	sing	rox	mbouj
li^{4}	la:ŋ^{6}	θiŋ^{1}	ɹo^{4}	bou^{5}
还	放	声	或	不

还唱不唱歌？

男唱

10-1321

断 条 元 拉 罗

Duenx diuz roen laj roq

tuːn^{4} tiːu^{2} joːn^{1} la^{3} ɹo^{5}

断 条 路 下 屋檐

断绝门前路，

10-1322

断 条 罗 南 宁

Duenx diuz loh nanz ningz

tuːn^{4} tiːu^{2} lo^{6} naːn^{2} niŋ^{2}

断 条 路 南 宁

阻断南宁路。

10-1323

断 仪 八 断 正

Duenx saenq bah duenx cingz

tuːn^{4} θin^{5} pa^{6} tuːn^{4} ɕiŋ^{2}

断 信 莫急 断 情

断信别断情，

10-1324

利 狼 声 知 不

Lij langh sing rox mbouj

li^{4} laːŋ^{6} θiŋ^{1} ɹo^{4} bou^{5}

还 放 声 或 不

还唱不唱歌？

女唱

10-1325

断 果 会 浪 然

Duenx go faex laeng ranz

tuːn^{4} ko^{1} fai^{4} laŋ^{1} ɹaːn^{2}

断 棵 树 后 家

别屋后大村，

10-1326

断 条 元 满 美

Duenx diuz roen monh maez

tuːn^{4} tiːu^{2} joːn^{1} moːn^{6} mai^{2}

断 条 路 情 爱

断此谈情路。

10-1327

少 狼 断 然 卜

Sau langh duenx ranz boh

θaːu^{1} laːŋ^{6} tuːn^{4} ɹaːn^{2} po^{6}

姑娘 若 断 家 父

妹离开父家，

10-1328

备 断 罗 满 美

Beix duenx loh monh maez

pi^{4} tuːn^{4} lo^{6} moːn^{6} mai^{2}

兄 断 路 情 爱

兄别恋爱路。

男唱

10-1329

给	喊	堂	它	堂
Gaeq	haen	dangz	daz	dangz
kai^{5}	han^{1}	ta:ŋ^{2}	ta^{2}	ta:ŋ^{2}
鸡	啼	趟	又	趟

鸡鸣一遍遍，

10-1330

乜	点	灯	腊	布
Meh	diemj	daeng	lax	buh
me^{6}	ti:n^{3}	taŋ^{1}	la^{4}	pu^{6}
母	点	灯	找	衣服

母收拾嫁衣。

10-1331

给	喊	堂	了	友
Gaeq	haen	daengz	liux	youx
kai^{5}	han^{1}	taŋ^{2}	li:u^{4}	ju^{4}
鸡	啼	到	啰	友

雄鸡已啼鸣，

10-1332

灭	腊	布	装	身
Meh	lax	buh	cang	ndang
me^{6}	la^{4}	pu^{6}	ça:ŋ^{1}	da:ŋ^{1}
母	找	衣服	装	身

母催快打扮。

女唱

10-1333

给	喊	堂	它	堂
Gaeq	haen	dangz	daz	dangz
kai^{5}	han^{1}	ta:ŋ^{2}	ta^{2}	ta:ŋ^{2}
鸡	啼	趟	又	趟

鸡鸣一遍遍，

10-1334

乜	点	灯	腊	坤
Meh	diemj	daeng	lax	goenh
me^{6}	ti:n^{3}	taŋ^{1}	la^{4}	kon^{6}
母	点	灯	找	手镯

母秉灯觅镯。

10-1335

给	喊	堂	它	堂
Gaeq	haen	dangz	daz	dangz
kai^{5}	han^{1}	ta:ŋ^{2}	ta^{2}	ta:ŋ^{2}
鸡	啼	趟	又	趟

鸡鸣一遍遍，

10-1336

乜	腊	坤	作	手
Meh	lax	goenh	coq	fwngz
me^{6}	la^{4}	kon^{6}	ço^{5}	fuŋ^{2}
母	找	手镯	放	手

母交给手镯。

男唱

10–1337

给	喊	堂	它	堂
Gaeq	haen	dangz	daz	dangz
kai^5	han^1	ta:ŋ^2	ta^2	ta:ŋ^2
鸡	啼	趟	又	趟

鸡鸣一遍遍，

10–1338

乜	点	灯	腊	两
Meh	diemj	daeng	lax	liengj
me^6	ti:n^3	taŋ^1	la^4	li:ŋ^3
母	点	灯	找	伞

母持灯觅伞。

10–1339

给	喊	堂	它	堂
Gaeq	haen	dangz	daz	dangz
kai^5	han^1	ta:ŋ^2	ta^2	ta:ŋ^2
鸡	啼	趟	又	趟

鸡鸣一遍遍，

10–1340

灭	腊	两	给	媒
Meh	lax	liengj	hawj	moiz
me^6	la^4	li:ŋ^3	həɯ^3	mo:i^2
母	找	伞	给	媒

母帮媒找伞。

女唱

10–1341

给	喊	堂	它	堂
Gaeq	haen	dangz	daz	dangz
kai^5	han^1	ta:ŋ^2	ta^2	ta:ŋ^2
鸡	啼	趟	又	趟

鸡鸣一遍遍，

10–1342

乜	点	灯	腊	贵
Meh	diemj	daeng	lax	gvih
me^6	ti:n^3	taŋ^1	la^4	kwei^6
母	点	灯	找	柜

母持灯翻柜。

10–1343

给	喊	京	第	义
Gaeq	haen	geng	daih	ngeih
kai^5	han^1	kji:ŋ^1	ti^5	ȵi^6
鸡	啼	更	第	二

鸡鸣第二遍，

10–1344

蒙	跟	贵	下	累
Moeg	riengz	gvih	roengz	lae
mok^8	ɹi:ŋ^2	kwei^6	ɹoŋ^2	lai^1
棉被	跟	柜	下	梯

新娘要出闺。

男唱

10–1345

鸭 跟 给 岁 江

Bit riengz gaeq caez gyaeng

pit^{7} ɹiːŋ^{2} kai^{5} ɕai^{2} kjaŋ^{1}

鸭 跟 鸡 齐 关

鸭和鸡同笼，

10–1346

给 喊 堂 又 早

Gaeq haen daengz youh romh

kai^{5} han^{1} taŋ^{2} jou^{4} ɹoːn^{6}

鸡 啼 到 又 早

鸡叫特别早。

10–1347

柳 州 刀 伕 判

Louj couh dauq fwx buenq

lou^{4} ɕou^{1} taːu^{5} fə^{4} puːn^{5}

柳 州 倒 别人 贩

柳州别人住，

10–1348

庆 远 刀 伕 站

Ging yenj dauq fwx soengz

kiŋ^{3} juːn^{6} taːu^{5} fə^{4} θoŋ^{2}

庆 远 回 别人 站

庆远别人管。

女唱

10–1349

鸭 跟 给 岁 江

Bit riengz gaeq caez gyaeng

pit^{7} ɹiːŋ^{2} kai^{5} ɕai^{2} kjaŋ^{1}

鸭 跟 鸡 齐 关

鸭和鸡同笼，

10–1350

给 喊 堂 又 叫

Gaeq haen daengz youh heuh

kai^{5} han^{1} taŋ^{2} jou^{4} heːu^{6}

鸡 啼 到 又 叫

鸡啼鸭又叫。

10–1351

土 知 心 你 了

Dou rox sim mwngz liux

tu^{1} ɹo^{4} θin^{1} mɯŋ^{2} liːu^{4}

我 知 心 你 完

妹知哥心意，

10–1352

城 板 良 你 米

Singz mbanj liengh mwngz miz

θiŋ^{2} baːn^{3} leːŋ^{6} mɯŋ^{2} mi^{2}

城 村 谅 你 有

安心随你走。

《广西高甲壮语瑶歌》曲谱

演　　唱：袁朝信　韦凤兵
袁宝贤　卢柳爱
曲谱听记：刘岱远　张筱伟
吴蓝滔
曲谱整理：曹　昆　马鹏翔
张静佳　吴雄军

1=C $\frac{2}{4}$ $\frac{3}{4}$ $\frac{4}{4}$ $\frac{5}{4}$ …

庄 板

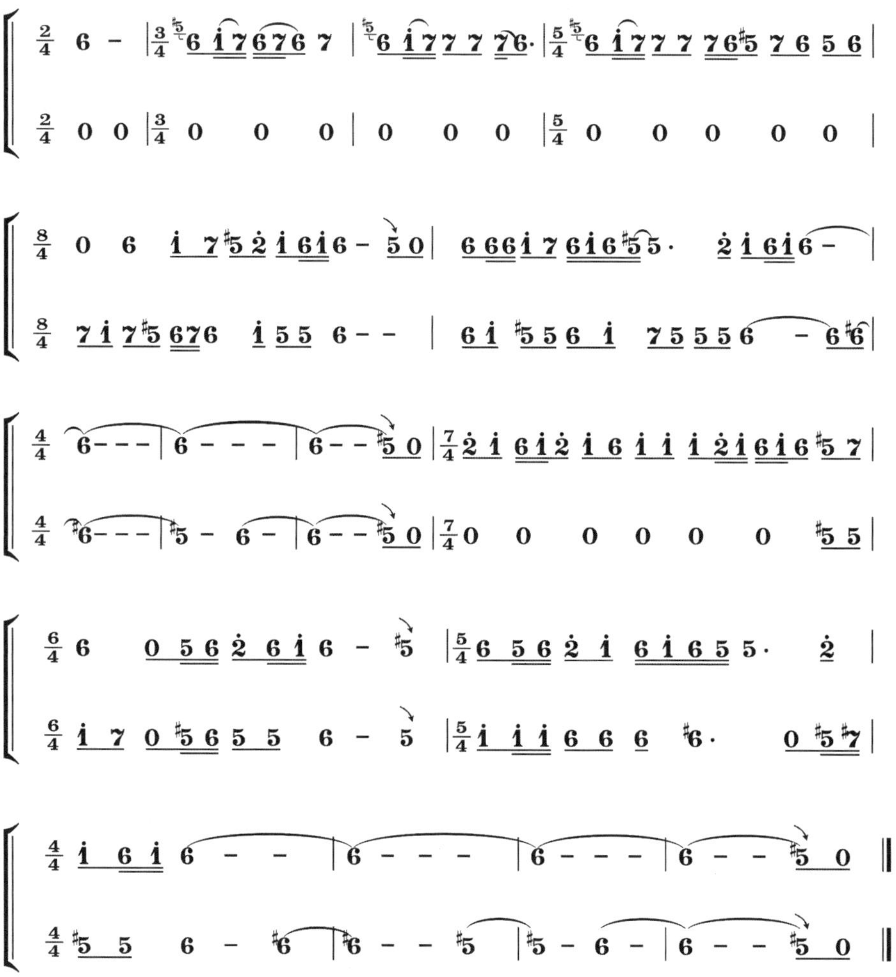

扫 码 看 视 频

后记

《广西高甲壮语瑶歌》系汉族、壮族、瑶族三个民族文化的融合体，大约于清光绪年间开始在都安、宜州、金城江交界的瑶族民间传唱，使用的是壮语北部方言柳江土语、红水河土语、桂北土语和瑶族布努语相互糅合的语音，其篇幅之庞大、内容之丰富、语音之特别实属罕见。《广西高甲壮语瑶歌》资料挖掘工作始于2007年，当时在广西都安瑶族自治县文学艺术界联合会任职的蓝永红在社会调查中发现《广西高甲壮语瑶歌》流传的信息，遂追踪至都安电信局高甲籍瑶族干部蓝绍益处，才得以首次看到《广西高甲壮语瑶歌》抄本的部分内容。2013年6月，蓝永红调到都安密洛陀文化研究会工作，之后继续关注《广西高甲壮语瑶歌》。2014年，蓝永红终于在都安瑶族自治县永安乡（现永安镇）仁业村瑶族歌师袁朝信手中搜集到《广西高甲壮语瑶歌》的完整抄本，之后便以都安密洛陀文化研究会的名义向广西壮族自治区少数民族古籍整理出版规划领导小组办公室（今广西壮族自治区少数民族古籍保护研究中心，以下简称自治区古籍中心）申请立项。自治区古籍中心经反复研究论证，于2019年5月28日在都安召开瑶族古籍整理工作座谈会，正式宣布《广西高甲壮语瑶歌译注》立项并启动。考虑到蓝永红要承担其他项目繁重的编纂任务，同时还兼顾都安密洛陀文化研究会日常工作，经过征求意见，同意将翻译整理工作交由河池市民族宗教事务委员会原副主任韦体吉负责。

《广西高甲壮语瑶歌》主要通过口头进行传承。当地凡有喜庆活动，都有请歌师唱壮语瑶歌助兴的习俗，这样既活跃了气氛，又传承了民族历史文化和生产生活知识，因此《广西高甲壮语瑶歌》受到当地各民族群众的广泛欢迎。传承人袁朝信是当地著名的歌师，曾受邀参加过无数次的对歌和演唱活动，对《广西高甲壮语瑶歌》可以说是信手拈来，了然于胸。为了把自己一辈子所唱的歌记录下来，传给下一代，2013 年袁朝信歌师受都安电信局干部蓝绍益所托，用汉字和土俗字记录了自己毕生所唱的《广西高甲壮语瑶歌》，编为 10 辑，这便是本书翻译整理的底本。

由于《广西高甲壮语瑶歌》语言复杂，记录文字不规范，翻译整理的难度非一般文献可比。在兼顾工作进度和翻译质量的前提下，时年 76 岁的韦体吉坚持每天工作 10 个小时以上，历经 416 天的不懈努力，终于完成了《广西高甲壮语瑶歌》18000 多行“四对照”的翻译整理任务，再由都安瑶族自治县少数民族语言文字研究中心（以下简称都安民语中心）陆霞标注国际音标。至 2020 年 8 月，含土俗字原行、拼音壮文、国际音标、汉文直译、汉文意译“五对照”洋洋洒洒 9 万余行的书稿圆满完成。

为了进一步了解《广西高甲壮语瑶歌》产生的历史背景和流传分布的状况，探究其蕴含的思想内涵，解决翻译整理中存在的问题，2021 年 4 月 28 日至 30 日，自治区古籍中心和广西教育出版社联合广西师范大学、南宁师范大学、都安民语中心等单位组成调研组，深入都安瑶族自治县永安镇高甲地区，就《广西高甲壮语瑶歌》的演唱场合、思想内容、语音、唱腔、艺术特色等开展田野调查，并请《广西高甲壮语瑶歌》传承人袁朝信、韦凤兵、袁宝贤、卢柳爱四位歌师演唱其中的主要唱段。通过此次田野考察，调研组加深了对《广西高甲壮语瑶歌》的理解，对进一步提升翻译整理的准确性、完善补充书稿不足起到了关键作用。同时，南宁师范大学曹昆教授带领团队录制了《广西高甲壮语瑶歌》原声演唱的全过程，记录了民歌曲谱，为本书的融合出版打下了坚实的基础。

翻译整理是基础和核心，后期的学术提升和深度研究尤需恒力。为充分挖掘展示《广西高甲壮语瑶歌》中蕴含的中华民族共同体思想内涵，自治区古籍中心邀请广西师范大学文学院岑学贵教授、广西民族大学博士后蓝长龙加入项目组，负责本书的代序、凡例、题解、注释的撰写和语音校订、译文梳理等工作。岑学贵教授深入都安高甲地区考察，访问歌手，起草了本书代序第一稿，奠定了本书价值阐述的主要方向。蓝长龙博士负责对拼音壮文转写、国际音标注音、汉文直译和汉文意译等内容做全面的梳理和校订。2021 年 10 月至 12 月，蓝长龙博士多次前往都安瑶族自治县永安镇与袁朝信歌师校核书稿中的汉文直译和汉文意译，在充分厘清书稿内容和参考代序第一稿的基础上，写成代序第二稿，并撰写了题解和注释。后书稿多次送审，所指出的问题均由蓝长龙博士修改完善，至 2022 年 9 月形成完善的出版稿。

本书从资料搜集、立项到翻译整理出版，历经 8 年时间，得到各级各部门有关领导和众多专家学者、民族文化工作者的大力支持和热心帮助。蓝绍益最早关注《广西高甲壮语瑶歌》，个人多次深入高甲地区搜集瑶歌，整理了大量第一手资料，并极力向各方面宣传推介《广西高甲壮语瑶歌》，引起了有关部门的重视。都安密洛陀文化研究会会长蒙启英、副会长蓝永红积极推动《广西高甲壮语瑶歌》的翻译整理研究，两次专程赴南宁向自治区古籍中心汇报，寻求支持，为《广西高甲壮语瑶歌》立项实施发挥了关键作用。尤为可贵的是，广西高甲著名歌师袁朝信不辞艰辛把自己毕生所唱做了全面整理、详尽记录，并毫无保留地贡献了手抄歌本，为本书的翻译整理奠定了坚实的文献基础。河池市民族事务委员会原副主任韦体吉不顾近 80 岁的高龄，主动承担了本书全部“四对照”的翻译整理任务，每天工作 10 多个小时，夙兴夜寐，殚精竭虑，花费了近 14 个月的时间终完成全书的解读、破译、整理工作，可谓厥功至伟。都安民语中心陆霞负责国际音标注音，由于高甲壮语瑶歌语音夹杂壮语、瑶语、汉语及其不同方言，语音极为复杂，注音工作更加困难，很多语音都得一一访问发音人方可确定，费时费力可见一斑。

国家民委全国少数民族古籍整理研究室将该书列为“铸牢中华民族共同体意识古籍整理出版书系”全国首批试点项目，并自始至终给予悉心指导，特别在编纂思路、整理方法、政治学术把关、装帧设计等方面，提出了指导性意见和思路，有效提升了本书质量；

自治区民宗委党组高度重视本书编纂工作，将之列入年度重点工作项目，有力推动了工作的开展；中共都安瑶族自治县委宣传部、县人大教科文卫民工委、县民语中心、永安镇政府、安兰村村民委员会等单位，以及黄俊霖、张良玉、韦凤兵、袁宝贤、袁瑞光、覃宝亮、卢柳爱、韦海科等人为本书编纂工作提供了诸多便利，在桂林市国资委工作的蓝誉国先生在工作之余提供了宝贵的资料信息和参考意见。

自治区古籍中心负责本书的编纂工作的统筹协调，在搜集、整理、翻译等各环节均予以关心督促，韦如柱主任负责全书的后期统纂，该中心其他同志也为本书的出版付出了诸多努力。

作为出版单位，广西教育出版社始终关注项目进度，从选题策划、作者培训、撰稿规范、编校管理等各环节均予以人力、物力、财力的支持，并改变传统，积极从案头走向田头，该社的韦胜辉、陈逸飞、熊奥奔三位编辑，与项目作者一起担负起抢救搜集、翻译整理、书稿修改等职责，彰显了广西教育出版社在民族文化保护传承工作的使命担当。同时，广西教育出版社高度重视该项目，积极联系专家为该项目把脉推介，终于使该项目成功入选“‘十四五’时期国家民文出版项目库”及“2021—2035 年国家古籍工作规划重点出版项目（第一批）”。

在此，谨对在本书搜集、整理、翻译、出版过程中曾给予支持帮助的各级各部门和单位及有关领导、专家学者、民间艺人等，表示衷心的感谢！

由于水平有限，书中难免有讹误和不足之处，敬请方家不吝赐教。